한국인 일본어 문학사전

A Dictionary of Literature in Japanese by Korean Authors

김순전 감수

김순전 · 박경수 · 사희영 · 김경인 · 박제홍 · 장미경 공저

제이앤씨
Publishing Company

머리말

본 『한국인 일본어 문학사전』의 발간은 지금까지 한국문학사에서 도외시되어 왔던 근대 한국인의 일본어 문학활동에 대한 재조명과 더불어 일제강점기 한국문학이 지녔던 시대적 특수성을 제고(提高)하는 데에 목적이 있다.

대한민국에서 '한국인이 쓴 일본어 문학작품'에 대한 연구는 독해(讀解) 및 판독(判讀) 문제로 접근이 어려운데다, 친일(親日) 문제까지 더해져 오랫동안 연구자들로부터 외면되어 왔다. 그러나 일제의 내정간섭기와 식민통치기로 점철된 파란만장했던 한국근대사에서 행해졌던 한국인의 일본어글쓰기는 자의적이었거나 혹은 일제에 의해 강제되었던 언어일 뿐 '한국인에 의해 창작된 한국문학'이라는 사실에는 의심의 여지가 없을 것이다.

그렇다면 근대 한국인 작가들은 어떠한 연유로 일본어글쓰기를 하게 되었을까?

한국인의 일본어 문학활동은 구한말 일본유학생의 습작에서 비롯되어 일제강점기 식민치하에서 활동한 작가들에 의해 대거 양산되었으며, 해방 이후에는 일본에 잔류한 재일한국인 작가와 그 후속작가들에 의해 현재까지 이어지고 있다. 이는 대개 전자의 경우 '조선인 일본어문학(1900~1945)'으로, 후자는 '재일한국인 문학(1945. 8~   )'으로 분류되는데, 본 『한국인 일본어 문학사전』은 한국 역사상 식민지라는 특수성을 지닌 시기에 행해진 근대 일본어 문학작품을 주축으로 한다.

근대 한국문학사에서 일본어글쓰기는 1900년대부터 1930년대 중반까지는 어느 정도 자의적인 글쓰기가 행해지던 시기로, 대개 일본식 선진교육을 받았다는 엘리트적 사고의 표출이거나 친일표현의 수단으로, 혹은 일본에 체재하면서 식민지 조국의 실상을 일본에 알리기 위한 의도로 행해지고 있었다. 그러나 <중일전쟁>과 <태평양전쟁> 시기, 즉 문학자의 사명이 국책으로 강조되던 1930년대 말부터 1945년까지는 일제의 강압에 의해 대다수의 문인들은 일본어글쓰기로 전환하지 않으면 안 되었고, 게다가 '전시문학'이나 '국책문학'을 표방하는 내용을 담아내야만 했다. 그 때문에 당시의 문인들은 숱한 고충과 갈등 끝에 어쩔 수 없이 국책에 순응하는 문학으로 선회할 수밖에 없었고, 그중에는 아예 적극적인 친일로 전환하여 국책을 선전하거나 선동하는 경우도 허다했다.

이런 까닭에 일제강점기에 시행되었던 한국인의 일본어 문학작품은 해방과 동시에 '친일문학'으로 분류되어 그 존재자체가 부정되다가 급기야 한국문학의 범주에서 제외되는 결과를 초래하게 되었다. 이로 인해 후속 연구자들은 그들의 작품에 관심을 두지도 않았거니와, 설사 찾아냈다 하더라도 언어적 장벽까지 더해져 선뜻 다뤄볼 엄두조차 내지 못했던 것도 사실이다. 한국 근대문학사에 수많은 일본어 문학작품이 분명히 존재하였음에도 불구하고 그렇게 세월이 흐르는 동안 상당수의 작품이 소실 또는 사장되는 뺄셈공식만이 고착되어버리고 만 것이다.

그런 가운데 1966년 임종국의 『친일문학론』이 출판되면서 친일성향이 강한 소수의 작품이 알려지기 시작하였고, 1980~90년대에 이르면 극소수의 연구자들에 의해 아주 조금씩 재조명되기 시작하였다. 그러나 이때까지도 여전히 한국의 근대문학은 일본 제국주의에 얼룩져 있다는 인식이 주도적인 상황이었으므로, 대부분의 작품에 '친일' 아니면 '반일'이라는 이분법적 잣대만이 적용되고 있었고, 일단 '친일문학'으로 낙인찍힌 작품들은 거의 예외 없이 논의의 대상에서조차 제외되는 뺄셈공식으로 이어졌다. 일본 문단에서도 한국인의 일본어 문학은 '식민지문학' 혹은 '외지문학'으로 분류하여 자국문학과 차별을 두고 있는 실정이었다.

실로 2000년대 접어들면서 본 연구팀을 비롯한 일부 연구자들의 한국근대문학에 대한 시각의 다양화 노력이 있기까지는 뼈아픈 역사를 이야기하는 이러한 수많은 작품들은 소멸되거나 사장되어 흔적조차 찾을 수 없는 지경에 이르고 있었다.

이러한 사실에 크게 안타까움을 느낀 본 집필진은 그간 '한국인 일본어 문학작품 연구'에 있어서의 중대한 허들로 작용했을 '자료발굴의 어려움'과 '언어적 장벽'을 해결할 수 있으리라는 확신을 가지고, 2002년부터 당시의 일본어 문학작품 발굴에 착수하였다. 그리고 작품이 확보되는 대로 작품의 이력과 작가사항을 꼼꼼히 정리해 나갔으며, 내용은 일본어로 된 원작을 토대로 충실한 번역을 거친 후 대략의 줄거리로 정리해 나갔다. 그렇게 본 작업에 매진한 지 십 수 년의 세월이 흘렀고, 그간의 피땀 어린 노력 끝에 드디어 오늘의 결실을 보게 된 것이다.

본 『한국인 일본어 문학사전』이 발간되기까지 집필진의 피나는 노고는 이루 말로 다할 수 없다. 각지에 흩어져 있는 작품 일체를 수집하기 위해 당시의 한국과 일본, 대만, 만주에서 발간된 저널을 일일이 찾아 조사하였으며, 한국과 일본의 국회도서관, 전국 각 대학도서관, 각 지역의 고서점 외에도 자료가 있을만한 조그마한 단서라도 있으면 어디건 마다하지 않고 찾아다녔다. 실로 그동안 조사한 저널만 해도, 조선과 만주뿐 아니라 일본에서 간행된 신문과 잡지 및 각 대학과 문학단체에서 발행하는 동인지에 이르기까지 그 수를 다 헤아릴 수 없을 정도이며, 단행본으로 출판된 단편집이나 작품집도 수십 권에 이른다.

본 『한국인 일본어 문학사전』은 이들 저널의 조사를 통해 확인된 일본어작품 중에서도 특히 문학의 정점이라 할 수 있는 소설(小說)에 집중하였다. 본문에서는 근대(1900년~1945년) 한국 및 일본에서 발행된 신문과 잡지, 그리고 작품집이나 단행본으로 출판된 일체의 문헌에 수록된 109인 작가들의 인적 및 경력 사항과 그들의 소설 359편을 요약 정리하였다. 이와 더불어 소설 주변의 담론들이 다른 장르의 문학과 맺는 유기적 관계성을 고려하여 이들 작품 게재지에 대한 제반사항과 재일한국인작가 관련사항, 그리고 소설을 제외한 다른 장르의 작품(시, 수필, 평론, 기행문, 일기문, 희곡, 시나리오, 르포, 방문기, 보고문, 선언문, 앙케트 및 인터뷰, 좌담회, 잡문, 사설 및 기사, 서간문, 극평, 위문문 등)과 이들 작품의 게재지 목록, 재일한국인 작가와 작품 목록까지 수록하였다.

본 작업이 일제강점기에 행해진 일본어 문학작품의 위치정립과 한국근대문학의 외연을 확장할 수 있는 중차대한 작업이었던 만큼, 이 과정에서 얻은 수확 또한 적지 않았다. '민족'과 '국가'라는 틀의 안팎을 오가는 시각으로 작품 하나하나를 검토한 결과, '동시대를 살았던 한국인의 삶'은 말할 것도 없고 '이성과 감성의 갈등', '조선과 일본의 이중적 중압감', '민족적 저항' 등이 내재되어 있는 상당수의 작품을 발견할 수 있었다. 또 이들 작품에서 일제가 요구했던 문학자의 사명에 대한 내적갈등까지 엿볼 수 있어, '한국인의 일본어 문학활동'에 대한 기존관념을 깨는 새로운 연구의 발판을 마련하는 수확도 얻을 수 있었다.

일제강점기 선인들은 참으로 어려운 식민지시대를 살아왔다. 국가가 지켜주지 못하여 문학적 주도권을 잃은 문학자들 역시 자의건 타의건 문인으로 살아가기 위해 지배국의 언어와 이념을 선택했던 부끄러운 문학적 발자취를 남길 수밖에 없었다. 그렇지만 그들 또한 분명히 한국역사와 한국문학사의 한 흐름에 위치하고 있었기에, 그 문인들의 존재나 그들의 작품을 한국문학의 또 다른 잔상으로 받아들여야 하는 것도 오늘날 우리가 감내해야 할 운명이지 않을까 싶다. 미력하나마 이러한 작업을 통하여 뼈아픈 식민지시절에 창작된 문학작품에 대한 온전한 위치정립이 이루어지고, 이로써 덧셈공식에 의한 한국학·한국문학의 새로운 지평과 그 외연이 더욱 확장되어 가기를 기대하는 바이다.

동일연장선상에서 중국권역, 유럽권역, 미국권역, 러시아권역 등 여러 외국에 체재하며 문학활동을 하였던 '한국인의 외국어창작물'에도 관심을 기울여야 할 것이다. 그들 작품이 '한글'로 쓰이지 않았다는 이유로 자칫 '한국문학'에서 소외되는 경향이 있는데, 그 작품들 또한 한국인에 의해 창작된 한국인의 삶과 감성이 담긴 '한국문학'임을 부인해서는 안 될 것이다. 이러한 덧셈공식의 한국문학적 환경을 조성해 나가는 일이야말로 '세계 속의 한국문학'을 싹틔워 나가고, 한국문학의 위상 또한 드높일 수 있는 든든한 토대가 되리라고 본다.

바쁜 일상에서도 의미있는 사전제작 작업을 열심히 도와주신 전남대 일문과 근현대문학팀의 김서은, 유철, 차유미, 여성경, 와타나베 도키오, 요시다 유코씨 등에게도 감사드리는 바이다.

또한 근래 출판업계의 어려운 상황에서도 흔쾌히 출판에 응해주시고 최선을 다해 좋은 책으로 편집해 주신 제이앤씨 출판사의 윤석현 사장님과 편집실 여러분께도 감사드린다.

2018. 10.
전남대학교 교수 김순전

일러두기

1. 본서 『한국인 일본어 문학사전』은 근대 한국인 일본어 문학작품을 망라하고, 근대 한국인의 일본어소설을 주축으로 ① 작가에 대한 제반사항 ② 각 작품별 기초사항 ③ 작품줄거리 순으로 정리한 문학사전이다.

   ① 작가사항은, 성명(姓名), 생몰년(生沒年), 호(號) 혹은 필명 및 창씨개명 등을 소개하고, 출생지를 밝혔으며, 학력과 주요경력 등을 시간 흐름에 따라 소개하였다.

   ② 작품별 기초사항은, 일목요연하게 다음과 같이 <표>로 제시하였다.

원제(原題)		원제(글의 구성이 구분된 경우 '1~5' 식으로 표기)
한국어 제목		원제의 번역
원작가명(原作家名)	본명	
	필명	작품 발표 당시 사용한 필명(본명과 다를 경우에 한함)
게재지(揭載誌)		해당 작품이 발표된 잡지, 신문, 작품집 등
게재년도		해당 작품의 게재년월을 표기함
배경		·시간적 배경: 작품을 통해 추론이 가능한 경우 ·공간적 배경: 작품에 명확히 드러나 있는 경우
등장인물		주요등장인물을 간략히 소개함
기타사항		작품의 특징적 사항(공모입선작, 내용의 순서 등), 번역자 정보, 원문 전체를 번역한 경우 '원문전체번역'으로 명기함

   ③ 작품줄거리는, 일본어소설 원문의 문체를 가급적 살려 그 내용을 요약 정리하였고, 내용의 흐름상 포인트가 되는 부분을 원문 그대로 번역하여 「 」안에 제시하여 원문의 실감을 더하였다.

2. 전체 배열에 있어서 작가명은 가나다순으로, 동일작가의 작품배열은 발표순으로, 발표시기가 동일한 경우 작품명의 仮名(アイウ)순으로 배열하였다.

3. 제목 및 본문에서의 작품명 표기는 '원문(한글번역)'으로 하였다.

4. 본문 내용 중 인명(특히 일본식 이름)의 표기는 교육부에서 제시한 <일본어 한글표기법>에 따랐으며, 이해를 돕기 위해 초출용어에는 ( )안에 원문을 병기하였다.

5. 소설 내용에서 이니셜로 사용된 영문표기나 기호는 원문 그대로 사용하였다.

6. 일본어소설 원문의 복자된 부분은 '×××…'로 통일하였다.

7. 소설 내용에서의 화폐단위는 일본은행권과 한국(조선)은행권이 100% 태환되었음을 고려하여, 공간적 배경을 기준으로 다음과 같이 표기하였다.

   ① 소설의 공간적 배경이 한국(조선)일 경우 : 원

   ② 소설의 공간적 배경이 일본(내지)일 경우 : 엔(圓)

8. 소설 내용 중 고유명사(특히 일본어로 된 인명)의 한글표기가 확실치 않은 경우, 보편적인 읽기로 독음을 표기하고 ( )안에 원문을 병기하였다.

9. 별도의 독음표기가 없는 창씨개명의 한글표기는, 일반적으로 알려져 있는 인명으로 다음과 같이 표기하였다.

   ex) 金光史郎(김희명) → 가네미쓰 시로(金光史郎), 高野在善(본명미상) → 다카노 재선(高野在善) 등.

10. 한글로 발표한 작품을 다시 일본어로 번역하여 다른 잡지에 재발표했을 경우, 기타사항에 그와 관련한 내용을 명기하였다.

11. 작품 서두의 '작가의 말'은 줄거리 다음에 기재하였다.

12. 개작소설 중, 분량 및 내용의 변화가 상당한 경우에는 개작분의 '기초사항' 및 '줄거리'를 별도로 추가하여 정리하였다.

13. 부호는 아래와 같이 사용하였다.
   ① 「   」: 단편, 잡지, 기관지, 영화제목
   ② 『   』: 장편, 단행본
   ③ '   ' : 독백, 특히 강조할 때
   ④ "   " : 대화 및 인용문
   ⑤ (   ) : 원문을 병기하거나 그 밖에 필요할 때
   ⑥ <   > : 법령, 주요사건(전쟁 등), 기관명 및 단체명
   ⑦ 《   》 : 신문

14. 본『한국인 일본어 문학사전』과 관련하여 참고할 수 있도록 권말에 詩, 詩論, 俳句·短歌, 隨筆, 童話, 作文·慰問文, 評論, 書簡文, 紀行文, 日記文, 戲曲·시나리오, 르포·訪問記·報告文, 宣言文, 檄文·激勵文, 앙케트 및 인터뷰, 座談會, 雜文, 社說 및 記事, 劇評, 慰問文 등 여러 장르의 일본어 작품 목록과, 일본어잡지 목록, 재일 한국인작가 사항 등을 <부록>으로 정리하여 수록하였다.

15. 한국에서 간행된 저널로는 《京城日報》《每日申報》《釜山日報》《朝鮮新聞夕刊》《滿洲日日新聞》「開拓」「觀光朝鮮」「國民文學」「國民新報」「國民總力」「金融組合回報」「內鮮一體」「綠旗」「東洋之光」「每新寫眞旬報」「文敎の朝鮮」「文化朝鮮」「新文界」「臣民」「新時代」「新女性」「朝光」「朝鮮」「朝鮮公論」「朝鮮及滿州」「朝鮮の敎育研究」「朝鮮時論」「朝鮮之光」「朝鮮の言論と世相」「朝鮮行政」「朝鮮畵報」「朝鮮實業俱樂部會報」「週刊朝鮮」「總動員」「春秋」「興亞文化」「淸凉」(경성제국대학 예과동인지)「城大文學」(경성제국대학 동인지) 등의 신문, 잡지, 동인지와 단행본 등을 참고하였다.

16. 일본에서 간행된 저널로는 《大阪每日新聞》《大阪朝日新聞》《福岡日日新聞》《週間朝日》《朝鮮時報》《都新聞》《帝國大學新聞》《北海道帝國大學新聞》《サンデー每日》《週刊朝日》「靑卷」「海を越えて」「外地評論」「改造」「學之光」「解放」「協和事業彙報」「現代文學」「月刊文章」「行動」「社會福利」「新人」「新潮」「新太陽」「靑年

作家」,「戰旗」,「進め」,「靑年作家」,「週刊朝日」,「魂」,「中央公論」,「知性」,「麴麯」,「'ひ'新しき村」,「婦人畫報」,「婦人朝日」,「ぷろふいる」,「プロレタリア文學」,「プロレタリア藝術」,「日本の風俗」,「日本評論」,「文學案內」,「文學界」,「文學評論」,「文藝」,「文章俱樂部」,「文藝首都」,「文藝戰線」,「文藝春秋」,「文藝通信」,「新滿洲」,「新文化」,「大地に立つ」,「太陽」,「滿蒙時代」,「モダン日本」,「野獸群」,「山都學苑」,「若草」,「白金學報」(明治學園の同窓會報),「關朝」(關西大學朝鮮人學友會回報),「藝術科」(日本大學藝術科),「堤防」(東京帝國大學),「三田文學」(慶應義塾大學文學部),「新藝術」(日本大學),「早稻田文學」(早稻田文學文藝部) 등의 신문, 잡지, 동인지와 단행본 등을 참고하였다.

8

목 차

머리말 / 3
일러두기 / 6

001 **姜敬愛(강경애)** 19
　　長山串(장산곶) 20

002 **姜相鎬(강상호)** 23
　　父の心配(아버지의 근심) 23

003 **高晶玉(고정옥)** 26
　　シーク(병) 27

004 **具滋均(구자균)** 29
　　別れ行く(헤어지다) 30

005 **金耕修(김경수)** 32
　　新らしき日(새 날) 32

006 **金光旭(김광욱)** 35
　　移住民(이주민) 35

007 **金近烈(김근열)** 38
　　彼は凝視する(그는 응시한다) 38

008 **金南天(김남천)** 41
　　少年行(소년행) 42
　　姉の事件(누나의 사건) 45
　　或る朝(어느 아침) 47

009 **金達壽(김달수)** 50
　　をやぢ(아부지) 51
　　族譜(족보) 54
　　塵(고물) 56

010 **金東里(김동리)** 59
　　野ばら(찔레꽃) 61
　　村の通り道(동구 앞길) 63

011 **金東仁(김동인)** 66
　　馬鈴薯(감자) 68
　　ペタラギ(배따라기) 70

赭い山 - ある醫師の手記 72
(붉은 산 - 어느 의사의 수기)
足指が似て居る(발가락이 닮았다) 74

012 **金來成(김내성)** 77
　　楕圓形の鏡(타원형 거울) 78
　　探偵小說家の殺人(탐정소설가의 살인) 81

013 **金末峰(김말봉)** 84
　　苦行(고행) 85

014 **金明淳(김명순)** 88
　　人生行路難(인생행로의 고난) 89

015 **金文輯(김문집)** 91
　　京城異聞(경성이문) 92

016 **金飛兎(김비토)** 95
　　白衣のマドンナ - 妻の不貞に泣く友 95
　　T君の爲に(백의의 마돈나 - 아내의
　　부정에 우는 친구 T군을 위해)

017 **金史良(김사량)** 98
　　土城廊(토성랑) 100
　　土城廊(토성랑)(개작) 103
　　尹參奉(윤참봉) 105
　　光の中に(빛 속으로) 107
　　箕子林(기자림) 109
　　天馬(천마) 112
　　草深し(덤불숲) 114
　　蛇(뱀) 116
　　無窮一家(무궁일가) 118
　　コブタンネ(곱단네) 121
　　光冥(광명) 123
　　泥棒(도둑) 125
　　月女(월네) 128
　　蟲(벌레) 129

郷愁(향수)	132	
天使(천사)	135	
山の神々(산신령들)	137	
鼻(코)	140	
嫁(며느리)	142	
ムルオリ島(물오리섬)	144	
親方コブセ(꼽추십장)	147	
Q伯爵(Q백작)	149	
乞食の墓(거지의 무덤)	151	
太白山脈(태백산맥)	153	

018 金士永(김사영) 156
兄弟(형제) 157
幸不幸(행복과 불행) 159
聖顔(성스러운 얼굴) 162
道(길) 164
細流(실개천) 167

019 金三圭(김삼규) 169
杭に立ったメス(말뚝에 박힌 메스) 169

020 金聖珉(김성민) 173
半島の藝術家たち(반도의 예술가들) 174
綠旗聯盟(녹기연맹) 176

021 金英根(김영근) 181
苦力(노동자) 181

022 金永年(김영년) 184
朴書房(박서방) 185
夜(밤) 187

023 金寧容(김영용) 190
愛すればこそ(사랑하기 때문에) 190

024 金龍濟(김용제) 193
壯丁(장정) 194

025 金鍾武(김종무) 197
救はれた小姐(구원받은 누이) 197

026 金鎭壽(김진수) 200
肩掛(숄) 201
夜(밤) 203

027 金哲(김철) 205
冬の宿(겨울 처소) 205

028 金晃(김황) 208
おつぱらふやつ(내쫓을 놈) 209

029 金熙明(김희명) 213
乞食の大將(거지대장) 214
麗物侮辱の會 216
(아름다운 것들을 모욕하는 모임)
笞の下を行く(채찍 아래를 걷다) 219
インテリゲンチヤ(지식인) 221

030 羅稻香(나도향) 224
啞者の三龍(벙어리 삼룡) 225

031 盧聖錫(노성석) 227
うたかた(물거품) 228
名門の出(명문출신) 230

032 盧天命(노천명) 234
下宿(하숙) 235

033 明貞基(명정기) 239
或る女店員の秘密 239
(어느 여점원의 비밀)

034 朴能(박능) 241
味方 - 民族主義を蹴る 241
(아군 - 민족주의를 차버리다)

035 朴泰遠(박태원) 244
崔老人傳抄錄(최노인전 초록) 245
路は暗きを(길은 어둡고) 247
距離(거리) 249

036 朴花城(박화성) 252
洪水前後(홍수전후) 254
旱鬼(한귀) 256

037 白大鎭(백대진) 259
饅頭賣ノ子供(만두팔이 아이) 260

038 白默石(백묵석) 263
一小事件(사소한 사건) 263

039 白信愛(백신애) 266
顎富者(턱부자) 267

040 **卞東琳(변동림)** 270
淨魂(깨끗한 영혼) 271

041 **徐起鴻(서기홍)** 273
アザビの記録(아자비의 기록) 273

042 **孫東村(손동촌)** 277
草堂(초당) 277

043 **辛仁出(신인출)** 280
緋に染まる白衣(붉게 물든 백의) 280

044 **安含光(안함광)** 283
放浪息子 - Kさんに捧ぐ 285
(방랑아들 - K씨에게 바치다)

045 **安懷南(안회남)** 287
軍鷄(투계) 288
謙虛 - 金裕貞傳(겸허 - 김유정전) 290
溫室(온실) 293

046 **廉想涉(염상섭)** 295
自殺未遂(자살미수) 296

047 **吳泳鎭(오영진)** 299
婆さん(할머니) 300
真相(진상) 302
友の死後(친구의 사후) 304
かがみ(거울) 306
丘の上の生活者(언덕 위의 생활자) 308
若い龍の郷(젊은 용의 둥지) 310

048 **禹昌壽(우창수)** 313
釋迦の夢(석가의 꿈) 313

049 **俞鎭午(유진오)** 316
金講師とT教授(김강사와 T교수) 319
かち栗(황률) 321
秋 - 又は杞壺の散步 323
(가을 - 또는 기호의 산책)
滄浪亭記(창랑정기) 325
夏(여름) 327
蝶(나비) 329
汽車の中(기차 안) 332
福男伊(복남이) 333

南谷先生(남곡선생) 335
祖父の鐵屑(조부의 고철) 337

050 **尹基鼎(윤기정)** 341
氷庫(얼음창고) 342

051 **尹白南(윤백남)** 345
口笛(휘파람) 346
破鏡符合(파경부합) 348

052 **尹滋瑛(윤자영)** 350
友の身の上(친구의 신상) 351

053 **李光洙(이광수)** 353
愛か(사랑인가) 355
血書(혈서) 357
無情(무정) 359
萬爺の死(만영감의 죽음) 362
無明(무명) 364
見知らぬ女人(미지의 여인) 366
心相觸れてこそ(마음이 서로 맞아야) 368
嘉實(가실) 371
亂啼鳥(난제오) 373
夢(꿈) 374
鬻庄記(육장기) 376
山寺の人々(산사의 사람들) 378
加川校長(가가와교장) 380
蠅(파리) 382
兵になれる(병사가 될 수 있다) 384
大東亜(대동아) 386
四十年(사십년) 388
元述の出征(원술의 출정) 391
少女の告白(소녀의 고백) 393

054 **李光天(이광천)** 395
或る子供の備忘錄 395
(어느 아이의 비망록)

055 **李箕永(이기영)** 398
故郷(고향) 399
苗木(묘목) 402

056 **李無影(이무영)** 405
坂(고개) 406

11

文書房(문서방)　408
土龍 - 間島旅裏 第2話　411
(토롱 - 간도여행 뒷이야기 제2화)
靑瓦の家(청기와집)　413
宏壯氏(굉장씨)　417
クェンチャン
花屈物語(화굴 이야기)　419
情熱の書(정열의 서)　421
婿(사위)　425
肖像(초상)　428
母(어머니)　430
果園物語(과수원 이야기)　433
初雪(첫눈)　435
第一課第一章(제1과 제1장)　437

057　李北鳴(이북명)　441
初陣(첫 출진)　442
裸の部落(벌거숭이 부락)　444
鐵を掘る話(철을 캐는 이야기)　446

058　李箱(이상)　450
翼(날개)　451
つばさ

059　李碩崑(이석곤)　454
觀音菩薩(관음보살)　454
收縮(수축)　456

060　李石薰(이석훈)　459
五錢の悲しみ(5전의 비애)　460
平家蟹の敗走(조개치레의 패주)　463
ホームシツク(향수병)　465
ある午後のユーモア(어느 오후의 유머)　467
おしろい顔(분칠한 얼굴)　469
澱んだ池に投げつけた石　470
(고인 연못에 던진 돌멩이)
バリカンを持った紳士　472
(바리캉을 든 신사)
大森の追憶(오모리의 추억)　474
やっぱり男の世界だわ！　476
(역시 남자들 세상이네!)
家が欲しい(집을 갖고 싶다)　478
墜落した男(추락한 남자)　479
樂しい葬式(즐거운 장례식)　481

移住民列車(이주민열차)　482
ユエビンと支那人船夫　485
(유에빈과 중국인선원)
嫉妬(질투)　487
ふるさと(고향)　489
黎明 - ある序章(여명 - 어느 서장)　491
インテリ、金山行く！　493
(인텔리, 금산에 가다!)
靜かな嵐(고요한 폭풍)　494
どじようと詩人(미꾸라지와 시인)　497
東への旅(동쪽으로의 여행)　499
夜 - 靜かな嵐 第二部　501
(밤 - 고요한 폭풍 제2부)
先生たち(선생님들)　503
北の旅(북쪽 여행)　505
永遠の女(영원한 여자)　507
靜かな嵐 第三部 完結編　510
(고요한 폭풍 제3부 완결편)
隣りの女(이웃집 여자)　513
漢江の船唄(한강의 뱃노래)　515
豚追遊戱(돼지쫓기 놀이)　517
行軍(행군)　518
血緣(혈연)　520
蓬島物語(쑥섬 이야기)　521
よもぎしまものがたり
善靈(선령)　523
處女地(처녀지)　525

061　李星斗(이성두)　528
朝鮮の女優を繞る二人の男　528
(조선의 여배우를 둘러싼 두 남자)
戀人を父より奪った一鮮人の手記　530
(연인을 아버지로부터 빼앗은 한 조선인의 수기)

062　李壽昌(이수창)　533
愚かなる告白(어리석은 고백)　534
惱ましき回想(괴로운 회상)　535
或る鮮人求職者の話　538
(어느 조선인구직자의 이야기)
街に歸りて(거리로 돌아와서)　539
或る面長とその子　541
(어느 면장과 그 아들)

063 李蓍珩(이시형) 544
  イヨ島(이어도) 544
  新任教師(신임교사) 547

064 李永福(이영복) 549
  畑堂任(밭당님) 550

065 李允基(이윤기) 552
  北支戰線追憶記(북중국전선 추억기) 552
  戰ふ志願兵(전투하는 지원병) 555
  平原を征く - 河北戰線從軍記 557
  (평원을 정벌하다 - 허베이전선 종군기)
  追擊戰記(추격전기) 561

066 李益相(이익상) 564
  亡靈の乱舞(망령들의 난무) 565

067 李人稙(이인직) 568
  寡婦の夢(과부의 꿈) 569

068 李在鶴(이재학) 572
  涙(눈물) 573
  街路の詩人(거리의 시인) 575

069 李甸洙(이전수) 577
  とつかび(도깨비) 577

070 李貞來(이정래) 579
  愛國子供隊(어린이애국대) 579

071 李周洪(이주홍) 582
  地獄案內(지옥안내) 584

072 李泰俊(이태준) 588
  櫻は植ゑたが(벗나무는 심어놓고) 589
  不遇先生(불우선생) 591
  福德房(복덕방) 593
  鴉(까마귀) 595
  農軍(농군) 597
  鐵路(철로) 599
  ねえやさん(누이) 601
  孫巨富(손거부) 603
  アダムの後裔(아담의 후예) 605
  夜道(밤길) 607
  寧越令監(영월영감) 609

  月夜(달밤) 611
  兎物語(토끼 이야기) 613
  侘しい話(서글픈 이야기) 615
  土百姓(촌뜨기) 617
  石橋(돌다리) 619
  第一號船の挿話 621
  (제1호 선박의 에피소드)

073 李皓根(이호근) 624
  不安なくなる(불안이 사라지다) 624

074 李孝石(이효석) 627
  豚(도야지) 628
  蕎麥の花の頃(메밀꽃 필 무렵) 630
  銀の鱒(은빛송어) 632
  綠の塔(녹색탑) 634
  一票の效能(한 표의 효능) 637
  ほのかな光(은은한 빛) 639
  秋(가을) 641
  素服と靑磁(소복과 청자) 642
  春衣裳(봄 의상) 645
  薊の章(엉겅퀴의 장) 647
  皇帝(황제) 649

075 任淳得(임순득) 652
  名付親(대모) 653
  秋の贈物(가을의 선물) 656
  月夜の語り(달밤의 이야기) 658

076 張德祚(장덕조) 661
  子守唄(자장가) 663
  行路(행로) 666

077 張赫宙(장혁주) 668
  白揚木(포플러) 670
  餓鬼道(아귀도) 672
  追はれる人々(쫓겨 가는 사람들) 675

078 丁匋希(정도희) 679
  演奏会(연주회) 679

079 鄭飛石(정비석) 682
  村は春と共に(마을은 봄과 함께) 684
  愛の倫理(사랑의 윤리) 686

山の憩ひ(산의 휴식)	688	
化の皮(철면피)	690	
射撃(사격)	691	
幸福(행복)	693	
落花の賦(낙화에 부쳐)	695	

080 鄭然圭(정연규) 698
血戰の前夜(혈전의 전야) 700
咽ぶ涙(흐느껴 울다) 701
棄てられた屍(버려진 시신) 703
大澤子爵の遺書(오사와자작의 유서) 705
光子の生(미쓰코의 삶) 707

081 鄭遇尙(정우상) 710
聲(목소리) 710

082 鄭人澤(정인택) 713
見果てぬ夢(못다 이룬 꿈) 715
淸涼里界隈(청량리계외) 717
殻(껍질) 719
傘 - 大人のお伽噺 721
(우산 - 어른을 위한 동화)
色箱子(セクサンヂヤ)(색상자) 723
晩年記(만년기) 725
濃霧(농무) 728
雀を燒く(참새를 굽다) 730
不肖の子ら(불초의 자식들) 732
かへりみはせじ(후회하지 않으리) 733
連翹(개나리) 735
愛情(애정) 737
覺書(각서) 739
美しい話(아름다운 이야기) 742

083 趙容萬(조용만) 744
神経質時代(신경질시대) 746
UNE VIE(그 여자의 일생) 748
船の中(배 안) 750
森君夫妻と僕と(모리부부와 나) 752
ふるさと(고향) 755
佛國寺の宿(불국사 여관) 757
端溪の硯(단계벼루) 759

084 朱瓊淑(주경숙) 762
情熱の末路(정열의 말로) 762

085 池奉文(지봉문) 765
權爺さん(권할아버지) 766

086 秦學文(진학문) 768
叫び(외침) 769

087 蔡萬植(채만식) 771
童話(동화) 772

088 崔東一(최동일) 775
渦巻の中(소용돌이 속에서) 775
狂つた男(미친 남자) 777
惡夢(악몽) 780
或下男の話 - 秋の夜長物語 782
(어느 머슴 이야기 - 가을밤의 긴 이야기)
泥海(진흙탕길) 784

089 崔明翊(최명익) 787
逆說(역설) 788
心紋(심문) 790

090 崔秉一(최병일) 793
或る晩(어느 날 밤) 793
本音(진심) 795
安書房(안서방) 797
啞(벙어리저금통) 799
旅人(나그네) 801
童話(동화) 803
梨の木(배나무) 805
風景畵 - 小品三題(풍경화 - 세 이야기) 807
村の人(마을 사람) 810
便り(소식) 812

091 崔曙海(최서해) 815
飢餓と殺戮(기아와 살육) 816
二重(이중) 818
紅焰(홍염) 820

092 崔允秀(최윤수) 823
廢邑の人々(폐읍 사람들) 823

093 崔載瑞(최재서) 826
報道演習班(보도연습반) 828
燧石(부싯돌) 830
月城君の從軍(쓰키시로군의 종군) 831
非時の花(철 늦은 꽃) 833

民族の結婚(민족의 결혼) 836

094　崔貞熙(최정희) 839
　日陰(그늘) 841
　地脈(지맥) 843
　幻の兵士(환영 속의 병사) 845
　静寂記(정적기) 847
　二月十五日の夜(2월 15일 밤) 849
　野菊抄(야국초) 851

095　韓商鎬(한상호) 854
　春を待つ(봄을 기다리다) 854
　妹の自殺(누이동생의 자살) 856

096　韓雪野(한설야) 859
　初戀(첫사랑) 861
　合宿所の夜(합숙소의 밤) 863
　暗い世界(어두운 세계) 865
　白い開墾地(하얀 개간지) 867
　大陸(대륙) 869
　摸索(모색) 871
　血(피) 873
　影(그림자) 876

097　韓植(한식) 878
　履歴と宣言(이력과 선언) 879
　飴賣り(엿장수) 880

098　韓再熙(한재희) 883
　朴爺の話(박노인 이야기) 883
　朝子の死(아사코의 죽음) 884
　從嫂の死(사촌형수의 죽음) 887

099　許泳(허영) 890
　流れ(방랑) 891

100　許俊(허준) 893
　習作部屋から(습작실에서) 894

101　玄鎭健(현진건) 896
　火事(불) 897
　朝鮮の顔(조선의 얼굴) 899
　ピアーノ(피아노) 901
　B舍監とラヴレター(B사감과 러브레터) 903

102　玄薰(현훈) 905
　巌(바위) 905
　山また山(산 넘어 산) 908

103　洪永杓(홍영표) 910
　犧牲(희생) 910

104　洪鐘羽(홍종우) 913
　東京の片隅で(도쿄의 외진 곳에서) 914
　耕す人々の群(경작하는 사람들) 916
　ミインメヌリ(민며느리) 919
　妻の故郷(아내의 고향) 922
　ふるさとの姉(고향의 누이) 924
　見學物語(견학 이야기) 926

105　安東益雄(안도 마스오) 929
　若い力(젊은 힘) 929
　晴風(산들바람) 932

106　金園正博(가나조노 마사히로) 934
　姉は何處に(누나는 어디에) 934
　武裝(무장) 937

107　吳本篤彦(구레모토 아쓰히코) 939
　矜恃(긍지) 940
　羈絆(굴레) 942
　虧月(이지러진 달) 944
　崖(벼랑) 946

108　高野在善(다카노 재선) 949
　軍裝(군장) 949

109　南川博(미나미가와 히로시) 952
　金玉均の死(김옥균의 죽음) 952

〈부록〉 955
　Ⅰ. 조선인 일본어 문학 목록 959
　Ⅱ. 조선인 일본어 문학 게재지 목록 1061
　Ⅲ. 재일한국인 일본어 문학 목록 1103

참고문헌 / 1125

한국인 일본어 문학사전

A Dictionary of Literature in Japanese by Korean Authors

姜敬愛(강경애)

강경애(1906~1944) 소설가. 필명 강가마, 강악설(姜岳雪).

001

1906년	4월 황해도 송화(松禾)에서 가난한 농민의 딸로 출생하였다.
1909년	겨울에 아버지가 사망하였다.
1910년	장연(長淵) 최도감의 후처로 재가한 어머니를 따라 장연으로 가서 이복형제들과 함께 성장하였으나 전처소생의 자식들로부터 구박을 당하였다. 어려서부터 입담이 좋아 '도토리 소설장이'라는 별명으로 불리기도 하였다.
1915년	황해도 장연여자청년학교를 거쳐 장연소학교에 입학하였다.
1921년	형부의 도움으로 평양 숭의여학교에 입학하였다.
1923년	장연 출신의 도쿄유학생 양주동과 알게 되었고, 그해 10월 동맹휴학에 연관되어 퇴학당하였다. 이후 청진동에서 양주동과 동거하며 서울 동덕여학교 3학년에 편입하였다.
1924년	양주동이 주재하던 잡지 「금성」에 '강가마'라는 필명으로 시 「책 한 권」을 발표하였다. 그해 9월 양주동과 헤어져 장연으로 돌아왔지만 중이염으로 청력이 약화되었다.
1925년	11월 「조선문단」에 시 「가을」을 발표하였다.
1929년	10월 <근우회> 장연지회 회원으로, 《조선일보(朝鮮日報)》에 독자투고 「염상섭 씨의 논설 '명일(明日)의 길'을 읽고」를 발표하는데, 이 글에서 마르크스주의적인 관점을 드러내 보였다. 처녀작 「어머니와 딸」을 발표하며 문단에 등단하였다.
1931년	《조선일보》에 단편소설 「파금(破琴)」을 발표하였다. 《조선일보》에 '강악설'이란 필명으로 「양주동 군의 신춘평론 - 반박을 위한 반박」이라는 양주동 비판문을 썼다. 조혼한 장하일과 결혼하였으며, 장하일의 부인을 피해 간도 용정으로 이주하였다. 이후 <화요회>와 <북풍회>의 멤버로 활동하다가 <제2차 조선공산당사건>으로 검거되었다가 출옥하였다. 「삼천리」, 「혜성」, 「비판」 등에 논객으로 활동했던 김경재의 소개로 용정의 동흥중학교 교사를 하였다.
1932년	6월 일본군의 간도토벌과 중이염 때문에 용정을 떠나 경성에서 치료하다 9월에

	다시 간도로 갔다.
1934년	8월부터 12월까지 《동아일보(東亞日報)》에 장편소설 『인간문제』를 120회에 걸쳐 연재하였다. 이 작품은 후에 평양(1949)과 소련(1955년 - 러시아어 譯) 그리고 서울(1992)에서 단행본으로 출판되었다.
1936년	간도 용정에서 안수길, 박영준 등과 「북향(北鄕)」의 동인으로 가담하였으나 건강문제로 인해 적극적으로 활동하지 못하였다.
1939년	《조선일보》 간도지국장을 역임하나 풍토병과 과로로 건강이 악화되어 고향인 장연으로 돌아왔다.
1940년	4월 병이 악화되어 사망하였다. (1942년 남편과 함께 간도에서 귀국하여 황해도 장연에서 요양하다가 1944년 4월 26일에 사망했다는 설과 1943년에 사망했다는 설이 있다.)

　강경애는 어려운 살림과 병고 속에서도 약 20여 편의 작품을 남겼는데, 작가 자신의 빈곤했던 경험을 살려 식민지의 궁핍했던 문제를 소재로 삼은 작품들이 다수를 차지하였다. 그녀는 정치조직이나 이론에서는 고립적인 입장을 취해 카프조직과는 무관하게 계급문제를 읽어내고, 그것을 사실적으로 작품에서 형상화하였다. 특히 일제강점기 후반의 흉년과 세계적 경제공황 등 극한적인 사회적 빈궁상을 자신의 작품에 사실적 기법으로 상세히 반영하였다. 특히 『인간문제』는 사회의 최하층에 속해 있는 사람들의 비극적 삶을 그렸으며, 「지하촌」은 극한적인 기아와 궁핍 속에서 사람이 얼마만큼 악해지고 비참해질 수 있는가를 지적하고 상세히 묘사함으로써 사회경제적 모순을 작품의 기본적인 갈등구조로 삼았다.

　소설 창작에만 전념하였던 강경애는 박화성(朴花城)과 함께 '프로문학 진영의 대표적 여류문학작가'라는 평을 받았다.

長山串(장산곶)
てふさんかん

〈기초사항〉

원제(原題)	長山串(第一回~第五回)	
한국어 제목	장산곶	
원작가명(原作家名)	본명	강경애(姜敬愛)
	필명	
게재지(揭載誌)	오사카마이니치신분(大阪每日新聞) 조선판	

게재년도	1936년 6월
배경	• 시간적 배경: 어느 해 여름 • 공간적 배경: 황해도 장산곶에 위치한 몽금포
등장인물	① 얼마 전 아내를 잃은 어부 향삼 ② 조선인에게 호의적이었던 향삼의 친구 시무라 ③ 향삼의 어린 두 딸 명희와 순희 ④ 조선인을 무조건 업신여기는 어업조합장 요시오 ⑤ 어느 순간부터 향삼에게 등을 돌린 시무라의 어머니 등
기타사항	1937년 2월 「분가쿠안나이(文學案内)」에 재수록 됨.

〈줄거리〉

황해를 향해 튀어나온 장산(長山)에 둘러싸인 몽금포(夢金浦). 그곳에 사는 어부 향삼(享三)은 구름 낀 하늘을 쳐다보며 묵묵히 걸음을 옮기는 자신의 모습이 너무 초라하고 비참했다. 어업조합장 요시오(吉尾)에게 다시 일거리를 부탁하기 위해 어업조합을 찾아간 향삼은 우연히 요시오와 그 부인이 식사를 하면서 나누는 대화를 들었다. 자신과 시무라(志村)에 대해 험담을 하고 있었다. 향삼의 부인이 바다에 빠져죽은 것은 '시무라 같은 놈과 어울려 다닌 벌'이라고도 했고, 시무라의 어머니가 더는 조선인들과 어울리지 못하게 말했다고도 했다. 그런 이야기를 들은 향삼은 배고파 울고 있을 아이들과 앞으로 어떻게 살아가야 할지 막막했지만 슬프고 분한 마음에 그대로 발길을 돌리고 말았다.

시무라는 군에 입대하기 전, 어머니에게 향삼을 아들처럼 생각하고 의지하라고 당부했었다. 그러나 향삼은 시무라가 떠나자마자 어업조합에서 쫓겨났고, 아내까지 잃어 의지할 곳이 없었다. 향삼은 눈을 들어 시무라가 떠난 바다 너머를 바라보았다. 시무라와 함께 갑작스러운 폭풍을 만났던 어느 날의 광경이 눈앞에 펼쳐졌다. 파도가 넘실거리고 무시무시한 천둥소리와 함께 쏟아지는 빗줄기 속에서 둘은 필사적으로 서로를 부둥켜안았다. 저녁에야 바람이 멎어 겨우 돌아올 수 있었는데, 그런 두 사람을 보고 요시오는 고기를 잡아오지 않았다고 잔소리를 퍼붓기 시작했다. 사람 좋고 온순한 향삼은 그저 머리를 조아리며 사과했지만, 이것을 본 시무라는 낯빛을 붉히며 요시오에게 덤벼들었던 것이다. 그날 밤, 시무라는 조선인이라면 어떻게든 트집을 잡는 요시오의 나쁜 버릇에 의분을 토했지만, 향삼은 꾹 참고 순종하는 것이 제일이라며 쓸쓸히 웃었었다.

「이런 추억에 잠겨 조금 전 요시오가 비웃던 일 등을 함께 떠올리며 집에 도착했다. 문을 여니 명희가 '으앙' 하고 울음을 터트리며 뛰쳐나왔다.

"아부지, 순희가 토했어요. 저거 봐요." 명희는 방 한 구석에 토해놓은 오물을 가리켰다.

붉게 상기된 명희의 얼굴에는 헝클어진 머리카락이 흘러내리고 볼에는 베갯자국이 남아 있었다. 방안에 눅눅하고 이상한 냄새가 감돌고 있었다.

"이 망할 년들아, 몸뚱이는 다 커갖고 이게 대체 뭔 짓이냐?"

걸레로 닦아내며 보니 하얀 밥알과 소화되지 않은 쇠고기조각이 섞여 있었다. 어디 가서 이런 것을 먹은 걸까? 혹시 시무라의 어머니에게라도 간 걸까? 그 집에서도 이런 것을 먹을 리는 없는데…….

"너희들 오늘 아침에 어디에 간 거냐?" 순희는 가쁜 숨을 몰아쉬면서 힘없이 벽에 기대어 있었다. 머리카락에 토해낸 하얀 밥알이 덩어리져 묻어 있었다.

　"저, 저기 순희가 머, 먹었어요." 명희가 얼굴을 찌푸리며 울음을 터트렸다. 이상하여 이마에 손을 얹어보니 열이 펄펄 끓었다.

　"울지 말고 어서 말해, 어디 가서 이런 흰 쌀밥을 먹었어?"

　"그, 그게 요시오 아저씨네 이런 곳에 밥이 있길래……."라며 두 팔을 크게 벌려 보였다. 향삼은 요시오 집 담벼락 밖에 놓인 쓰레기통이 생각났다. 거기에 버려진 상한 밥과 쇠고기며 생선 등이 떠올라 꼭 쇠망치로 얻어맞은 것만 같았다.」

　안개비가 연기처럼 뿌옇게 내리기 시작하고, 약 살 돈도 없는 향삼은 나무뿌리라도 주워와 군불이라도 지피고 따뜻한 물이라도 먹여야겠다고 결심했다. 오늘같이 비 오는 날에는 감시인이 없을 거라고 생각한 향삼은 도끼와 노끈을 들고 장산으로 숨어들었다. 그런데 향삼이 기합을 넣으며 나무뿌리를 향해 도끼를 내리치려는 순간, 언덕에서 "누구냐?"하는 호통소리와 함께 다가오는 발소리가 들렸다. 향삼은 나무뿌리 몇 개를 들고 허둥지둥 도망치기 시작했다. 여기저기 찢기고 부딪쳐 상처투성이가 된 몸으로 간신히 집에 돌아온 향삼은 온돌아궁이에 불을 지피려고 성냥을 찾았다. 아침에 썼던 성냥이 보이지 않자 향삼은 습관처럼 아내를 부르려는 자신을 발견하였다.

　며칠 뒤 향삼은 굴 바구니를 들고 바닷가로 나왔다. 나무뿌리를 캐온 것이 들통나 주재소로 끌려간 것을 요시오가 알게 된 이상 복직할 가망도 사라졌다. 온몸은 두들겨 맞아 아팠지만 아이들의 주린 배를 채우기 위해 바다로 나온 것이었다. 아내가 몸을 던진 몽금포 쪽을 차마 지날 수 없어 장산곶 쪽으로 걸어갔다. 한껏 아름다운 바다를 바라보면서 제일 무서운 건 굶주림이라는 사실을 새삼 절감하며 조개를 주워 담았다.

　그러다 신사(神社)로 가는 산중턱 비탈길을 달리는 자동차 소리에 돌아보니 흙먼지 속에 시무라의 어머니가 숨을 헐떡이며 올라오는 것이 보였다. 형무소에 수감 중인 맏아들과 전쟁터에 있는 시무라를 위해 기도하러 오는 길일 것이다. 그때 털썩 고꾸라지는 노파의 모습을 본 향삼은 달려가 부축하려 했지만 노파는 그런 향삼의 손을 뿌리쳤다.

　시무라 어머니의 돌변한 태도가 자신의 궁한 처지 때문일 거라고 생각한 향삼은 당장이라도 이곳을 떠나고 싶어졌다. 눈앞에 펼쳐진 넓은 바다에서는 피라미 한 마리 잡을 수 없었고, 장산은 미쓰이(三井)의 소유가 된 후 솔가지 하나도 건드리지 못하게 되었다. 그런 상황에서 아내는 죽고 아이는 굶주리다 못해 병들고 만 세상이 원망스럽기만 했다.

　그때 느닷없이 돌풍이 불어오며 장산곶 하늘이 캄캄해지고 빗줄기가 쏟아졌다. 그런데도 노파는 돌계단에 앉아 군고구마를 먹고 있었다. 향삼은 노파에게 달려가 "어머니, 돌아갑시다!"라며 노파를 들쳐업고 돌계단을 뛰어 내려갔다. 그때 향삼의 등에서 "미안하구먼!"하는 노파의 쉰 목소리가 들렸다. 자동차들은 흙탕물을 끼얹으며 연이어 달려가고, 황해에서 밀려온 성난 파도가 요란하게 으르렁거리며 장산곶을 삼키고 있었다.

姜相鎬(강상호)

강상호(1906~1974) 소설가.

002

약력

1928년	4월 「『히』아타라시키무라(『ひ』新しき村)」에 일본어소설 「아버지의 근심(父の心配)」을 발표하였다.
1930년	2월 <전협(全協)실업자동맹> 도쿄 지방위원회에 가입하였다.
1936년	3월 6일 오사카고등재판소(大阪控訴院)에서 4년 형을 선고받고 옥고를 치렀다.
1974년	5월 20일 사망하였다.

002-1

父の心配(아버지의 근심)

⟨기초사항⟩

원제(原題)	父の心配	
한국어 제목	아버지의 근심	
원작가명(原作家名)	본명	강상호(姜相鎬)
	필명	
게재지(揭載誌)	『히』아타라시키무라(『ひ』新しき村)	
게재년도	1928년 4월	
배경	• 시간적 배경: • 공간적 배경: 일본 나가노현의 오지마산	

등장인물	① 아들 때문에 검사직에서 퇴직당한 아버지 미치히데 ② 은행급사인 딸 지에코 ③ 지에코의 어머니 기누요 ④ 난폭하기 이를 데 없는 아들 다다마로 등
기타사항	

〈줄거리〉

「"이게 뭐지? '나는 시시각각 나의 심장이 심한 열에 쫓기는 것을 어찌할 수가 없습니다.' 그리고 '당신은 나의 태양입니다. 그래서 당신 없이는 하루도 살아갈 수 없습니다.' 쳇, 무슨 잠꼬대 같은 소리야. 음, 그리고 '나는 이 가슴속 깊이 확실히 당신을 새겨놓았습니다. 그래서 내가 존재하는 한 당신은 나의 것입니다.' 쳇, 남의 귀한 딸을 누구 맘대로! 그리고 또 뭐야? '당신의 상냥한 답변에 정말 난 어떻게 해야 좋을지 모르겠습니다.' 그렇다면 우리 딸이 답장까지 썼단 말이야? 요컨대 요 녀석이 유혹을 당한 거구만."

잉크를 찾으러 지에코(知惠子)의 방에 들어간 미치히데(道秀)는 뜻밖에도 지에코에게 온 비밀편지를 발견하고 놀랍고 흥분된 마음으로 군데군데 잡히는 대로 읽어내리고 있었다.」

그때 "여보! 지에코는 아직 돌아오지 않았나요?"라 물으며 아내 기누요(絹代)가 돌아왔다. 미치히데는 깜짝 놀라 편지를 원래자리에 넣어두고 시침 뗀 얼굴로 지에코의 방에서 나왔다. 얼마되지 않아 은행 급사다운 수수한 복장의 지에코가 돌아왔다. 오늘은 지에코의 월급날이었는데, 지에코는 자신의 월급이 오른 데다 상여금까지 받았다며 좋아하였다. 기누요는 그렇게 생활비까지 벌어오는 지에코를 대견스러워했지만, 미치히데는 어린 나이에 세상에 나가 생활비를 벌어야 하는 딸이 안쓰럽고 미안하기만 했다. 그는 비밀편지 일은 가슴에 묻어두기로 한 대신, 세상의 모든 남자는 여자를 유혹하는 상습범이니 조심하라고 타이르고 혹시라도 믿어도 괜찮겠다 싶은 남자가 생기면 반드시 아버지와 상담해서 결정하기로 다짐을 받았다. 지에코는 어떤 의심도 보이지 않고 기누요와 함께 유카타(浴衣)용 옷감을 사기 위해 외출했다.

두 사람이 나간 후 한 청년이 이 집의 난폭한 아들 다다마로(忠麿)를 데리고 현관에 나타났다. 그는 다다마로가 자신의 주인집 유리창을 깼으니 변상하라고 했다. 그게 사실이냐고 묻는 미치히데에게 다다마로는 매우 작은 돌멩이라 두꺼운 유리창은 깨지지 않을 줄 알았다고 당돌하게 대답했다. 청년은 질렸다는 듯이 경멸적인 웃음을 띠었고 미치히데는 그런 청년에게 사과했다.

청년이 돌아간 후 미치히데는 한치의 뉘우침도 없이 여전히 냉정하고 난폭한 아들을 보고 있자니 참고 있던 분노가 한순간에 치밀어 올랐다.

「"너는 도대체 어떻게 된 인간이냐? 마치 우리를 전멸시키기 위해 태어난 것 같구나. 네가 오지마산(大島山)의 소나무 숲에 불을 지르는 바람에 나는 검사(檢事) 자리를 빼앗겼다. 그 후로 너는 남의 집 개를 죽였다. 다른 사람에게 상처를 입히고 난동을 부렸다. 매일같이 싸움질을 하지 않나, 그러더니 이번에는 남의 집 유리를 깼다. 아, 너는 도대체 왜 그러니? 내가 울어도 봤다. 웃어도 봤다. 머리를 숙이고 부탁도 했다. 그렇지만 너는 조금도 변함이 없구나. 너는 칼로 찔러도 피 한 방울 안 나올 게다. 아, 이 얼마나 무서운 짐승이냐!"

그는 애써 말을 멈추려고 해봤지만 갈수록 가슴이 답답하고 미칠 것 같아 견딜 수 없었다.

그는 두려운 눈으로 아들의 얼굴을 쳐다보았다.」

　　너무나 태연자약한 아들을 보며 미치히데는 온몸을 부들부들 떨며 방으로 들어가 옷장에서 오래된 장검(長劍)을 꺼냈다. 그리곤 누나에게 의지해서 하루 세 끼 축내며 살아봤자 좋을 것 없으니 함께 죽자고 했다. 그런데도 다다마로는 통쾌한 일들을 그만두느니 차라리 죽는 편이 낫다는 듯 흔쾌히 고개를 끄떡이는게 아닌가!

　　미치히데는 칼을 빼서 가만히 응시하더니, "명예로운 검을 다다마로나 나 같은 하찮은 짐승의 피로 더럽힐 수 없다."며 다시 칼집에 집어넣었다. 그러더니 이번에는 다다마로에게 부엌칼을 가져오라고 시켰다. 하지만 미치히데는 칼을 쥔 채 아들을 노려보다가 도저히 어쩌지 못하고 파랗게 질린 얼굴로 뒤로 나자빠지며 "안 돼, 나는 못해!"라며 절망적으로 외쳤다.

　　"왜 그러세요? 아버지! 왜 그러세요?" 다다마로의 목소리에 간신히 정신을 차린 미치히데는 다다마로에게 돈과 편지가 든 봉투를 주며 약방에 가서 약을 사오라고 시켰다. 시큰둥한 표정으로 방을 나서는 다다마로를 보며, 미치히데는 저토록 분별없는 아들에게는 아무 죄도 없고 따라서 죽일 이유도 없음을 깨닫는다.

　　잠시 후 약국에 약이 떨어졌다며 화가 잔뜩 난 다다마로가 빈손으로 돌아왔다. 미치히데는 하느님이 우리를 구해 준 것이니 죽지 말고 앞으로 행복하게 살자고 말했다. 그때 다다마로가 아버지에게 약을 사려던 돈으로 공을 사고 싶다고 말하자 미치히데는 흔쾌히 허락했다.

　　다다마로는 돈을 꼭 쥐고 먼지를 휘날리며 거리로 달려 나갔다.

高晶玉(고정옥)

—

고정옥(1911~1969) 북한 국문학자, 교육자. 필명 위민(渭民).

003

약력

1911년	4월 경남 함양군 함양읍 하동에서 출생하였다.
1924년	함양공립보통학교를 나와 서울에서 경성 제2 고등보통학교를 졸업하였다.
1929년	경성제국대학(京城帝國大學)에 입학한 후 《동아일보(東亞日報)》에 시 「삶의 값」과 영화평론 「파리의 아팟슈」를 게재하였다.
1930년	《조선일보(朝鮮日報)》에 시 「님이여」와 영화평론 「프로영화 교육론」을, 「청량(淸凉)」에 일본어소설 「병(シーク)」을 발표하였다.
1931년	<독서회 사건>으로 1년간 수감되었다.
1932년	<공산당 반제동맹(反帝同盟)사건>으로 공판을 받았다. 출옥 후 고향에서 농사일에 종사하다가 복학하였다.
1939년	경성제대 조선어문학과(朝鮮語文學科)를 졸업하고 춘천사범학교에서 교원생활을 하였다.
1941년	「춘추(春秋)」 4월호에 '고위민(高渭民)'이라는 필명으로 「조선민요의 분류」라는 논문을 발표하였다.
1945년	광복 후에는 서울대학교 국어과 교수로 있으면서 정학모, 정형용, 손낙범, 방종현, 김형규, 구자균 등과 함께 <우리어문학회(語文學會)> 회원으로 활동하였다.
1949년	평론 「인간성(人間性)의 해방(解放)」(우리어문학회), 사설시조에 대한 최초의 본격적 연구서 『고장시조선주(古長時調選註)』(정음사), 『조선민요연구(朝鮮民謠研究)』(수선사)를 발간하였다.
1950년	서울대학교 사범대 국어과 교수로 재임하다 6·25 전쟁 중에 월북하였다. 이후 김일성종합대학의 교수가 되어 주로 한국 고전문학과 구비문학을 연구하였다.
1954년	이후 북한에서 『조선속담집』(1954), 『전설집』(1956), 『조선속담연구』(1957), 『조선구전문학연구』(1962) 등을 출간하였다.
1969년	6월 사망하였다.

1947년 수선사에서 발간한 고정옥의『조선민요연구(朝鮮民謠硏究)』는 출간한 지 70여 년이 지났지만 최초의 본격적인 민요연구로 정평이 나 있다. 민요의 개념을 ① '民'이란 한자개념에 의거해 백성집단의 공동제작이라는 점 ② 민중들이 향유한다는 점 ③ 민족의 노래라는 점 등으로 파악하였다. 당시는 막연한 개념으로 민요를 수집하고 연구하던 때였기에 민요에 대한 연구시각을 재정립한 업적이 크다. 또한 민요의 분류법과 한국민요의 내용적·형식적 특질 규명에 있어서도 한국 민요연구의 초석을 마련하였다.

 003-1

シーク(병)

〈기초사항〉

원제(原題)	シーク(1~5)	
한국어 제목	병	
원작가명(原作家名)	본명	고정옥(高晶玉)
	필명	
게재지(揭載誌)	청량(清凉)	
게재년도	1930년 7월	
배경	• 시간적 배경: 6년 전의 여름부터 현재의 겨울 • 공간적 배경: G항구 마을과 '랑그림'이라는 서양인 마을	
등장인물	① 결혼을 앞두고 자기혐오에서 빠져나오지 못했던 가와이 ② 가와이가 돌아오길 기다리는 약혼녀 미치코 등	
기타사항		

〈줄거리〉

가와이(河合)는 4년 만에 친구 이쿠타(生田)를 카페 '리라'에서 만났다. 흐트러진 몰취미한 여급의 찢어지는 웃음과 미친 사람처럼 주관 없는 폭스트롯(Fox trot, 1910년 초 아메리카에서 시작한 비교적 템포가 빠른 사교댄스)을 뒤로 하고 12시가 다 되어 카페를 도망치듯 나왔다. 겨울이 금방이라도 찾아올 듯 차가운 바람이 불었다. 플라타너스 잎이 포장도로를 걸어가는 두 사람을 조롱하듯이 굴러다니고, 하수도의 쥐구멍에서는 수증기가 피어올랐다.

가와이는 오랜만에 만난 이쿠타가 귀찮고 기분 나쁜 인간으로 변모한 것만 같아, 별다른 말없이 그와 무관한 다른 상념들을 떠올리며 묵묵히 서너 블록을 함께 걷다가 헤어졌다. 그 뒤 누추한 자신의 하숙집으로 돌아왔을 때는 그의 두 다리의 신경은 완전히 마비된 상태였다.

가와이는 불안한 자기혐오의 질책에 몸부림을 치다가, 문득 책상 위에 놓인 약혼자 미치코 (ミチ子)의 편지를 발견했다. 가와이와 함께 할 날을 기다린다는 미치코의 애절한 편지는 그에게 심리적 안정을 주어 현실로 나아가게 만들었다. '금방 돌아갈테니, 안심하고 기다려 달라'는 내용의 답장을 쓴 후, 가와이는 6년 전 G항구 마을에서 그녀와 함께 했던 생활을 떠올렸다.

가와이는 6년 전 봄 신경쇠약으로 휴학한 후, R여자전문학교를 막 나온 미치코와 사랑의 보금자리를 마련하여 4개월간 향락과 행복에 도취된 로맨틱한 생활을 했다. 미치코의 방은 바다를 향해 있어 N바다의 습기를 머금은 부드러운 바람이 흘러들어왔다. 멀리 수평선 너머에 보이는 섬들은 꿈들을 자아냈고, 만월에 가까운 달빛과 풍경은 멋진 모습을 연출하곤 하였다.

가와이는 둘이서 소설 「운명적 사랑(赤い戀)」에 대해 이야기를 나눴던 일, 여학교에서 선생을 하고 있는 미치코의 친구와 가와이의 친구가 놀러왔던 일 등을 회상하였다. 미치코와 보낸 여름은 가와이에게는 하나의 생의 과도기였다.

그러나 학교에 복학한 후 그의 생활은, 미치코와 함께 했던 시간이 초현실주의 시론의 한 페이지에 불과했다는 듯 다시 부패인생으로 빠져 들었다. 미치코의 편지를 받은 가와이는 고민 끝에 새로운 삶을 결정한 듯 답장을 보내고 자신의 주변을 정리했다.

12월, H은행에 취직한 가와이는 새로운 출발을 위해 미치코와 함께 간단한 짐만을 챙긴 채 K간선의 2등 열차를 탔다. K역에 도착하여 덜커덩거리는 택시를 타고 랑그림(RYANGLIM)이라는 서양인 마을에 도착했다. 그들이 살 셋집은 언덕 위에 세워진 교회를 중심으로 왼쪽은 선교사의 집, 오른쪽은 중학교 교원의 사택이 있는 곳이었다. 가와이는 주변을 돌아보며 이곳에서 행복한 생활을 할 수 있으리라 기대했다.

그렇게 살기 시작한 랑그림에 벌써 세 번째 봄이 찾아왔다. 가와이는 소소한 것에서 잊고 있었던 생의 환희를 느꼈고, 스스로에게 초조해하지 말자고 되뇌었다. 가와이는 이웃집 만찬에 초대받아 함께 어울리는 등 평범한 생활로 자신의 천재성을 말살하였다. 그리하여 사소한 일상사를 비롯해 세계를 뒤흔드는 큰 사건도 차분히 이야기할 수 있게 되었고, 규칙적이고 위생적이며 늘 틀에 박혀 생활하는 이웃 야마모토(山本)선생도 자신과는 무관한 먼 타인이라고 생각하지 않게 되었다.

그리고 그해 겨울 크리스마스에는 미치코가 교회에서 캐럴을 연주해 유능한 피아니스트로 존경받게 되었다. 이런 생활 속에서 가와이는 자책과 회의 같은 젊은 날의 고민에 둔감해졌고, 보들레르의 악의 찬미도 지나간 꿈처럼 여기게 되었다.

「이 세상의 의욕세계, 동경세계의 완전한 묵살이다. 그리고 그는 말한다.
- 개체발생은 계통발생의 축소판이다. 인간의 정충과 난자가 결합 후 7, 8개월쯤 지나 개 (犬)의 형상이 되는 일은 있을 수 없다. 단지 세계인구가 증가하는 것처럼 개가 될 요소도 증가하는 것 같긴 하다. 그렇지만 그것은 지구의 과거 역사처럼 모호한 미래 일에 속한다. 혹시 이미 개가 된 예가 있다고 해도 그것은 기형이다. 조부나 부모의 머리가 너무 미천했기 때문이고, 복막의 압박이 지나치게 심했기 때문이다 - 라고.」

- 1930년 5월 상순 -

具滋均(구자균)

구자균 (1912~1964) 국문학자. 호 일오(一梧).

004

약력

1912년	경기도 개성에서 출생하였다.
1931년	경성제국대학 예과에 입학하였다.
1933년	3월 「청량(淸凉)」에 일본어소설 「헤어지다(別れ行く)」를 발표하였다.
1936년	경성제국대학 조선어문학과(朝鮮語文學科)를 졸업하였고, 대구사범학교에서 해방될 때까지 조선어, 한문, 영어 등을 가르쳤다.
1945년	10월 보성전문학교(普成專門學校) 교수로 취임하였다.
1946년	9월 보성전문학교가 대학으로 개편됨에 따라 고려대학교 문과대학의 부교수가 되었다.
1947년	경성제국대학 졸업논문을 수정 및 보완하여 위항문학(委巷文學)을 대상으로 『조선평민문학사(朝鮮平民文學史)』를 간행하였다.
1955년	『국문학개론(國文學槪論)』을 일성당서점에서 간행하였다.
1956년	고전문학, 구비문학, 한문학, 현대문학을 포괄적으로 다루고 있는 『국문학사』를 출간하였다.
1959년	논문 「한말우국경시가(韓末憂國警時歌)에 대하여」를 발표했다.
1963년	논문 「근세적 문인 장혼(張混)에 대하여」 등이 있다.
1964년	사망하였다. 이후 경북대학교에서 명예문학박사 학위를 수여받았다.
1965년	사망 후 문하생들이 유고간행회를 조직하여 『국문학논고(國文學論考)』를 박영사에서 간행하였다.

구자균은 초창기 국문학계의 선구자 중 한 사람으로 고전문학 연구를 개척하였으며, 그 중에서도 특히 평민문학 또는 서민적 문학을 평민적 관점에서 연구한 학자였다. 사대부 문학이나 실학파 문학과는 다른 특성이 있는 위항문학의 특질을 규명하려했다. 「근세적 문인 장혼(張混)에 대하여」를 통해 위항문인에 대한 본격적인 작가론을 시도하였으나 숙환으로 전기적 사실의 해명에 그쳤다.

分れ行く(헤어지다)

〈기초사항〉

원제(原題)	分れ行く(一~三)	
한국어 제목	헤어지다	
원작가명(原作家名)	본명	구자균(具滋均)
	필명	
게재지(揭載誌)	청량(清凉)	
게재년도	1933년 3월	
배경	• 시간적 배경: 어느 추운 겨울 • 공간적 배경: 어느 작은 농촌마을	
등장인물	① 토지를 빼앗기고 소작농으로 전락한 김서방 ② 욕심 많은 지주 임참봉 ③ 마을을 위해 희생하는 성철 ④ 성철을 사랑하는 김서방의 딸 금주 등	
기타사항		

〈줄거리〉

「어둡고 어두운 우울한 공기가 실내를 채우고 또 채우고 있었다. 천정에 더러운 작은 램프가 늘어져있어, 바람이 휙 하고 불면 꺼질 것만 같았다. 추웠다. 벽은 파리와 빈대가 죽은 자국으로 가득했고, 때가 끼어 더러워진 이불만이 어질러져 있었다.

콜록, 콜록, 콜록……. 기침을 할 때마나 피골이 상접한 병자의 더러운 몸은 힘없이 움직였다. 목에서 찢어질 것 같은 작은 숨소리를 뱉어내더니 이내 호흡마저 멈추고 말았다. 수십 초. 간신히 가래를 뱉고 괴로운 신음소리를 내며 마치 죽은 사람처럼 미동도 하지 않았다. 찬물에 얼리기라도 한 것처럼 코끝은 빨갛게 얼어붙었다. 이불을 끌어당겨 얼굴을 덮었다. 그러자 마치 참새다리같이 야윈 더러운 두 다리가 이불 밖으로 삐져나왔다.

"담배도 인제 끊어야것구면."」

병자 옆에 앉아 이렇게 혼잣말을 한 김서방도 한때는 자작농으로 아내와 딸 금주(金珠)와 함께 행복한 생활을 했었다. 그러나 불경기와 도시의 공업화로 인해 농가소득이 떨어지자 결국 빚을 지게 되어 가진 토지를 조합에 모조리 빼앗기게 되었다. 우여곡절 끝에 친구의 도움으로 임참봉네 토지를 소작하게 되었지만, 아무리 열심히 일해도 생활은 점점 어려워졌다. 그리고 몇 년 사이에 아내는 힘든 노동 때문에 병자의 몸이 되고 말았다. 그 때문에 딸 금주도 다니던 보통학교(초등학교)를 그만두어야 했다.

김서방뿐만 아니라 마을의 70호 농부들도 점점 몰락해가는 가운데 유일하게 지주 임참봉만이 부유해질 뿐이었다. 그러나 무지하고 순박한 농민들은 자신들의 기구한 팔자만 탓했다.

소작인들은 소작미를 납부하지 못해 쫓기듯 마을을 떠나야 했는데, 박첨지(朴僉知)도 그 중 한 사람이었다. 한 달 전 그는 아내와 다섯 아이들을 데리고 낡아빠진 가재도구들을 등에 지고 흐느껴 울며 간도로 떠나갔다. 이런 극한상황에 처한 소작인들 중에는 현실에 절망하여 최후의 반항으로 임참봉의 산에서 목을 매 죽는 이도 있었다.

그러던 어느 추운 날 임참봉네 하인 우서방(禹書房)이 김서방을 찾아왔다. 그는 딸 금주를 임참봉에게 바치면 금주를 비롯해 온 식구가 호의호식할 것이고, 그렇지 않으면 김서방의 모든 재산을 압류하겠다고 위협하였다. 그러나 김서방은 온 식구가 함께 죽는 한이 있어도 금주를 임참봉에게 보낼 수 없다고 다짐하였다.

한편 임참봉과 두세 명의 지주들은 수리조합 발기회를 가졌다. 임참봉은 저수지가 생기면 수확이 늘고 빚도 갚을 수 있을 거라고 순종적이고 우둔한 농민들을 꼬드겼다. 그리하여 저수지 설치비를 지주와 농민들이 함께 부담하기로 하고, 돈을 낼 수 없는 형편의 농민들은 토지를 담보로 돈을 빌려 먼저 내고 나중에 갚기로 하였다. 그러나 면사무소에 근무하던 성철(星哲)은 저당권 설정 이자가 너무 비싸서 결국 토지까지 뺏기게 될 것이며, 매년 수리조합의 비용까지 소작인들이 부담해야 한다며 이에 반대하였다. 성철의 집은 유복한 지주집안으로 그의 아버지는 동정심 많고 온화한 사람이었다. 그런데 성철이 경성의 T학교에 다니고 있을 때, 돌연 집안이 파산하여 중도에 학교를 그만둘 수밖에 없었다. 그 후 아버지와 어머니가 연이어 돌아가시고, 성철은 면사무소에 다니며 월급을 모아 무지한 농부나 아이들을 가르치고 있었다. 그런 성철을 마을 농민들은 선생님처럼 여기고 따랐었다. 그러나 성철이 수리조합에 반대하자 성철이 마치 자신들의 부를 빼앗는 적이라도 되는 양 그를 적대시하였고, 임참봉이 내민 문서에 모두 날인을 하고 말았다.

가을이 되어 시작된 큰 규모의 저수지 공사에 농민들은 모두 깜짝 놀라며, 이제 마을에서 쫓겨나는 사람도 우물가에 빠져죽는 이도 없을 거라며, 북과 장구를 들고 나와 몇 년 만에 풍년제를 올렸다. 그러나 겨울이 되자 저수지 공사비용이 초과되었고 나라의 보조도 받지 못하게 되었다며, 할당받은 돈을 한 달 이내에 갚지 않으면 토지를 빼앗기게 될 거라는 통보가 농민들에게 날아들었다. 그러니 농민들은 망연자실할 수밖에 없었다.

예상하고 있던 일이 일어나자 마음속 가득 분노를 느낀 성철은 마을사람들을 구하기 위해 사랑하던 금주를 불러내어, 헤어지자고 말하였다. 그리고 자기를 떠나지 말라고 애원하는 금주에게 오히려 임참봉의 첩이 되어 큰돈을 뜯어내 부모님을 행복하게 해드리라고 당부하였다. 금주는 헤어지는 것이 죽을 만큼 괴로웠지만 성철의 결심을 보고 그 말에 따르겠다며 기다리겠다고 하였다.

다음날 성철은 임참봉을 찾아가 마을사람들의 저수지부담금이라며 거금을 내놓았다. 농부들의 토지를 빼앗으려던 애초의 계획이 성철로 인해 틀어지자, 임참봉은 성철이 괘씸하고 미웠지만 돈을 받은 이상 어쩔 수 없이 농민들의 토지문서를 돌려주어야 했다.

그로부터 4, 5일이 지나 농민들은 놀라운 소식을 들었다. 성철이 면사무소의 공금을 횡령하여 저수지부담금으로 임참봉에게 주었고, 그로 인해 파출소로 끌려갔다는 것이다. 그들은 성철만이 자신들 편이었음을 뒤늦게 깨닫고, 어떤 이는 감격과 흥분으로 울기까지 하였다.

(미완)

<부기(附記)>
이것은 작가가 계획하고 있는 중편 「농촌은 이렇게(農村はかくして)」의 최초의 장이다.

- 1933. 1. 15 -

金耕修(김경수)

—

김경수(생몰년 미상)

005

약력

1939년 5～6월「동양지광(東洋之光)」에 일본어소설「새 날(新らしき日)」을 발표하였다.

 005-1

新らしき日(새 날)

〈기초사항〉

원제(原題)	新らしき日	
한국어 제목	새 날	
원작가명(原作家名)	본명	김경수(金耕修)
	필명	
게재지(揭載誌)	동양지광(東洋之光)	
게재년도	1939년 5～6월	
배경	• 시간적 배경: 어느 가을 • 공간적 배경: 수리사업이 한창인 T지방	
등장인물	① T지방의 자유노동자조합의 위원 동구 ② 조합위원장 데라타 ③ 동구에게 버림받은 아내 등	
기타사항		

    동구(東九)가 고향을 떠난 지 6년째 되는 어느 가을. 다시는 만나지 않을 작정이었던 아내가 어머니의 편지를 가지고 찾아왔다. 편지내용은 자신은 아버지가 돌아가신 후 많이 늙어 이제는 숙부 집에 몸을 의탁할 생각이니, 경찰에 그만 끌려 다니고 아내와 함께 참된 인간이 되어 사이좋게 잘 살아주기를 바란다는 것이었다.

    그는 사상투쟁을 위해 아내와 풍요로운 삶을 버리고, 현재 T시청 발행의 노동자로서 S노동소개소에서 하루하루의 양식을 받아 겨우 살아가는 T지방 자유노동자조합의 위원자리에 있었다. 숙식은 S매립지 마을의 외딴 곳에 있는 사무실에서 해결하고 있었다.

    동구는 자신에게 짐이 되는 아내를 독립시키기 위해 집으로 편지를 보내어 아내를 올라오도록 하였다. 남편과의 새로운 삶을 꿈꾸고 올라온 아내에게, 동구는 자신이 경찰 신세를 지는 것은 나쁜 짓이 아닌 조합을 위한 투쟁 때문이라고 설명하였다. 그리고 시마초(島町)의 모슬린 공장으로 가서 아내가 묵을 방을 얻어주고, 아내에게 별거를 통보하고 발길을 돌리려했다. 하지만 괴로워하는 아내의 모습에 차마 떠나지 못했던 동구는 겨우 잠이 든 아내를 홀로 남겨두고 돌아섰다.

    다음날 아침, 여느 때와 마찬가지로 출근한 동구는 한 달간의 사무비와 뉴스발행을 위한 조합비를 모으기 위해 일했다. 동구는 수입금 협의를 위해 조합위원장인 데라타(寺田)를 소개소의 뒤뜰 정원에서 만났다. 4년 전부터 점점 세력이 약해지기 시작해 하루가 다르게 무너져가는 조합현황과 사회주의의 열정 사이에서 고민하던 데라타도 지금은 지칠 대로 지쳐있었다. 조합에서는 현장정황과 기타 뉴스를 발행하는 것 외에도 부상자와 질병자의 구제활동도 계속해 왔는데, 최근에는 조합비가 충분히 모이지 않자 조합원들이 직접 나서서 구제활동을 하곤 하였다.

    그렇게 2개월이 지난 어느 날, 한 때 조합 일을 함께 했던 사무실 건물 주인이 찾아와 가건물을 철거할 계획이라며 이제 조합운동은 그만두는 것이 좋을 거라고 충고하였다. 그런데 며칠 동안 데라타의 모습이 보이지 않아 불안해하고 있던 동구 앞으로 데라타가 보내온 엽서가 도착했다. 그 엽서와 신문기사에는 데라타의 자살소식이 담겨있었다. 그제야 동구는 투쟁보다도 '어떻게 살 것인가?'하는 자신의 문제를 생각하게 되었다.

    한편 홀로 지내는 아내는 씩씩하게 일하며 가끔 찾아오는 남편에게 자신이 일은 할 테니 함께 살아달라고 애원하였다. 어느 여름날, 홀로 외로이 조합의 간판을 내린 동구는 슬픔에 모든 것을 잊고 싶은 심정으로 아내를 찾아갔다. 아직 공장에서 돌아오지 않은 아내를 기다리다, 동구는 이내 깊은 잠에 빠져들었다. 집으로 돌아온 아내는 잠들어 있는 동구를 보고, 어쩌면 남편이 자신과 함께 살게 될지도 모른다는 희망에 들뜬 마음으로 식사준비를 했다. 잠에서 깬 동구는 자신의 가슴에 머리를 묻고 안겨있는 아내를 보고 깜짝 놀라 일어서려다, 한층 더 강하게 자신을 끌어안는 아내를 뿌리치지 못하고 본능적 욕망에 굴복하고 말았다.

    그리고 얼마 후 형사가 동구의 일로 아내를 찾아왔을 때, 아내는 새로운 생명을 잉태하고 있었다. 아이를 잉태했다는 사실에 기쁨과 희망으로 들떴던 그녀는, 절망스러운 심정으로 동구에게 면회를 가지만 아이를 가졌다는 사실을 차마 말하지 못한 채 돌아오고 말았다.

    어느새 가을이 가고 겨울이 왔다. 아내는 목화솜을 넣은 옷을 들고 다시 동구를 찾아왔다. 동구는 그제야 불러온 아내의 배를 보고 아내의 임신을 알게 되었다. 동구는 자신은 가정을 책임질 수 없다며 낙태하라고 아내를 설득했지만, 아내는 그럴 바에는 차라리 자살하겠노라고 단호하게 말하고 되돌아서 가버렸다.

봄이 되어도 동구는 석방되지 않았다. 그러던 어느 날, 특고실로 불려간 동구는 아내의 출산소식을 듣고, 무력한 아버지가 되고 말았다는 번민에 괴로워하면서도 끝내 사상을 포기하지 못하고 고민하였다. 하루하루 악몽에 시달리며 며칠째 물 한 방울도 먹지 않았던 동구는 결국 정신을 잃고 병원으로 실려 갔다.

닷새 동안 수면상태에 있다 겨우 정신을 차린 동구의 곁은 아내와 아이가 지키고 있었다. 죽음에서 다시 살아 돌아온 동구에게는 한때는 사상의 적으로만 여겨졌던 아내와 아이가 이제는 생활의 일부이자 생명의 은인으로 여겨졌다. 열심히 간병해 준 아내 덕분에 건강을 되찾은 동구는, 아이와 아내를 데리고 고향으로 돌아가 그리운 어머니를 만날 날을 기다렸다.

金光旭(김광욱)

—

김광욱(생몰년 미상) 소설가.

1927년   12월 무산계급 전투잡지 「스스메(進め)」에 「무산계급과 식민지민족(無産階級 と植民地民族)」을 발표하였다.

1929년   4~5월 「스스메」에 일본어소설 「이주민(移住民)」을 발표하였다.

006-1

移住民(이주민)

〈기초사항〉

원제(原題)	移住民(一~四)	
한국어 제목	이주민	
원작가명(原作家名)	본명	김광욱(金光旭)
	필명	
게재지(揭載誌)	스스메(進め)	
게재년도	1929년 4~5월	
배경	• 시간적 배경: 만주 이주가 한창이던 1920년대 후반 • 공간적 배경: 만주	
등장인물	① 만주로 이주하는 김일선 부부 ② 열일곱 살 정희 ③ 정희의 부친 이영삼 등	
기타사항		

　　김일선(金一善)은 아내와 자식을 데리고 만주로 가고 있었다. 불안해하는 아내에게 김일선은 걱정하지 말라고 위로하였지만 어떻게 생계를 이어가야 할지 자신도 막막하기만 하였다.

　　촌장은 총독부 관리에게서 들은 이야기를 전해주었다. 그 이야기인 즉, K도 영사관(領事館)에서 만주로 이주한 동포에게 땅을 분배해 주는데, 못된 운동에 가담하지 않고 그 땅만 일정기간 열심히 경작하면 5, 6년 후에는 소지주가 될 수 있다는 것이었다.

　　그런데 마을 친구는 그와는 정반대되는 이야기를 들려주었다. ○○운동을 하는 선배의 말에 따르면, 관공서의 이민 장려는 모두 거짓말로 그곳으로 온 사람들은 굶어죽기 일쑤라고 했다는 것이다. 그러나 김일선은 촌장 말을 의지해 헌옷가지만을 짊어진 가난한 사람들 틈에 끼어 고향을 떠나 만주행 기차를 탄 것이었다.

　　기차는 새벽 1시 무렵 압록강을 건너기 전 C역에 도착해, 난방과 제설장치를 준비하고 검열하기 위해서 긴 시간 정차하였다. 검열사와 완장을 찬 헌병이 차내에 들어와 여행증명을 확인하기 시작했다. 그런데 아직 여행증명서를 준비하지 못한 노파의 짐에서 놋쇠 소변기를 발견하고 열등민족이라고 경멸하였다. 얼마 후 7, 8명의 젊은이가 포승에 묶여 군대운송 화물차에 옮겨지고 먼저 출발한 후에야 기차도 떠날 준비를 하였다.

　　김일선 부부 옆 좌석에는 열일곱 살 정희(貞姬)가 세 명의 동생들과 함께 H역으로 가기 위해 타고 있었다. 정희는 아버지와 함께 고향을 떠나왔지만 S역에서 아버지의 여행허가가 떨어지지 않아 H역에서 다시 만나기로 약속하고 동생들만 데리고 기차를 탔던 것이다.

　　K시의 여학교를 다니다 여름방학을 맞아 고향에 돌아온 정희는, 수해와 기근은 말할 것도 없고, 제반 농사 수수료 및 차입금의 이자 등 이중 삼중고에 시달리는 농민들을 보았다. K국 시대 때 군장을 지냈던 정희의 아버지 이영삼(李榮三)은 신사상을 가진 박삼봉(朴三奉)의 제안을 받아들였다. 제안인 즉, 농민들과 의기투합하여 수리조합의 수문을 파괴하고 ××회사와 요시다(吉田)농장의 창고를 열어 농기구와 비료를 빼내자는 것이다. 마을 위쪽은 정부의 ××회사나 요시다농장이 경영하고 있는 N국의 이민부락이었는데, 설치해 놓은 관개시설은 그들만의 농업을 위해 사용되고 있었다. 그 때문에 들판 중앙을 흐르는 하천이 막혀 아래쪽 C사람 부락에는 물이 공급되지 않았고, 강우기 때는 수문이 개방되어 가옥이며 수확물이 격류에 휩쓸려 떠내려가기 일쑤였다.

　　그러나 박삼봉의 계획은 실패로 돌아가고 결국 모두 붙잡히고 말았다. 그 일이 있은 며칠 후 정희 집으로 요시다와 집달리 그리고 사복차림의 순사가 쳐들어왔다. 그들은 아버지가 오일식(呉一熄)에게 돈을 빌린 차용증서를 내보이며 강제집행을 하였다. 어머니는 욕을 퍼부으며 저항하였지만 어찌해볼 도리가 없었다. 그날 저녁 정희 어머니는 요시다농장의 창고와 ××회사의 창고에 불을 질러 버리고 독극물을 끼얹은 채 자살해 버렸다.

　　이주한 어느 해 정월. ××지방의 이주민들이 김일선의 집에 모여 즐거운 설날을 보냈다. 그 다음날, 김일선은 친분이 있는 대지주 촌장을 만났다. 그는 김일선에게 비밀로 해줄 것을 당부하며 N국의 만몽(滿蒙)정책에 대비하기 위한 국책 때문에 C인의 소작을 제한하게 되었다며 귀화할 것을 제의하였다.

　　그로부터 수개월 후 N영사관의 넓은 정원에는 하얀 옷의 군중들이 모여 있었고 그 속에 김일선도 함께 있었다. ×성으로 이주한 C인 농민들이 개척한 논밭과 집을 빼앗기게 되자 N영사관에 도움을 청하러 온 것이다. N영사가 현관에 나타나 군중에게 연설을 시작했을 때, 돌연 뒤에서 젊은 여자의 비명이 들려왔다. 김일선은 그 여자가 정희인 것을 알아채고 달려가 부축하였다. 말을 듣지 않는 그녀를 순사들이 마차 뒤에 매달아 끌고 다녔던 것이다. 그녀는 무고하게 죽은 아버지의 원한을 갚아야 한다며 절규하였다. 그녀의 아버지 이영삼은 동화 26전과 보자기 짐 하나를 짊어지고 국경을 건너려다 국경을 지키는 보초병의 총에 맞아 숨을 거두고 말았던 것이다.

「그녀의 비명과 저주의 목소리에 군중은 그 자리에 얼마간 숨죽이며 서 있었다.

"으!…… 나, 죽고 싶지 않아. 꼭 반드시 원수를 갚아야해……. 아버지를 죽인 원수, 어머니를 죽게 한 미운 놈들…… 난 죽을 수 없어, 나를 이렇게까지 더럽히고 내 일생을 농락한 그놈들……. 내 동생들을 잡아간 그놈들……. 반드시 원수를 갚을 거야……."

그녀의 음성은 점점 낮게 잠기더니 입가에 검붉은 피를 토해냈다.

군중들은 갑자기 큰소리로 외쳐대기 시작했다.

"그놈을 해치워라!"

"때려×여 버려라……." 군중들은 점점 위세를 높여서 영사에게 다가갔고, 소리를 지르며 영사관 안으로 밀물처럼 밀려들어갔다.」

金近烈(김근열)

—

김근열(생몰년 미상)

007

약력

1920년대	일본에서 유학하였다.
1928년	9월 일본 문예잡지 「분쇼쿠라부(文章俱樂部)」에 일본어소설 「그는 응시한다(彼は凝視する)」를 발표하였다.

 007-1

彼は凝視する(그는 응시한다)

〈기초사항〉

원제(原題)	彼は凝視する	
한국어 제목	그는 응시한다	
원작가명(原作家名)	본명	김근열(金近烈)
	필명	
게재지(揭載誌)	분쇼쿠라부(文章俱樂部)	
게재년도	1928년 9월	
배경	• 시간적 배경: 1920년대 후반 • 공간적 배경: 도쿄	
등장인물	① 홀어머니 외아들로 부당한 사회를 응시하고 있는 '그(학생)' ② 사상범으로 수감되어 옥사한 아들은 둔 어머니	
기타사항	분쇼쿠라부 '현상소품(懸賞小品)'. 원문전체번역	

- 하지만 너무나 혼미한 현대이다.

어떤 사람은 태양빛을 자기 혼자만의 것이라 착각할 정도로 은혜 받은 온몸으로, 어떤 주저함도 없이 미친 듯 춤을 춘다. - 거기에도 그룹이 있다.

어떤 이는 태양과 달 사이를 누비며 그 중 어느 방향으로 가야 할 지 방황하고 있다. - 휘청한 다리는 뭔가에 매달리려고 한다.

어떤 이는 가슴을 졸이며 자책하고, 흐르는 피조차도 스스로 빨아들이지 못한 채 어두운 얼굴로 근근이 살아가고 있다. - 게다가 그 일부를 빨아들이지 못한 탓에 다른 대부분을 타인에게 부여하지 않으면 안 되는 비참함을 반복하고 있다.

세기말인지 과도기인지, 현대를 바로 직시하면서 혼자만의 세계로 숨어드는 비겁함을 느끼지 않는 자는 없을 것이다. 젊은 가슴에 제시된 미래 세계의 건설을 위해 굳세게 전진하는 자야말로 인간으로서의 당연한 의무임에 틀림없다.

젊은 그는 고민하고 있다.

젊은 그는 응시하고 있다.

그는 아직 아버지의 유산으로 비교적 행복한 나날을 보내고 있는 학생일 뿐이다. 현재 그는 홀어머니의 외아들이다. 그는 학업에 힘쓰고 있다. 어떤 어두운 그림자도 그의 주위에서 찾아볼 수 없었다. 그것은 이미 과거의 일이 되어버렸다. 그리고 현재의 그는 그를 둘러싼 환경에 어떤 변화도 없는데 스스로의 생활을 주체하지 못하고 진퇴의 자유를 잃었다.

그는 응시하고 있다.

아마도 그것은 황혼이었을 것이다. (그는 그것을 오려두지 않았던 것을 깊이 후회하고 있는 동시에, 반면에는 그렇게 하지 않았던 것에 일종의 안도감도 가지고 있다.) 후줄근한 무명옷을 입은 쉰 전후의 여자가 무심코 걸음을 옮기고 있다. 그 뒤로 회색건물이 뭔가를 시사라도 하듯 높은 경계를 희미하게 보이고 있었다. 여자는 울고 있다. 고개 숙인 그녀의 얼굴 한쪽에 새겨진 주름의 깊이를 느낄 수 있었다. - 그것은 작년 연말 신문지상에 실렸던 사진이다. 그것의 설명으로 「주의자(主義者)의 어머니」라고 적혀있지 않은가. - 옥사한 그녀의 불행한 아들의 사체를 찾으러 왔던 것이다.

그것을 본 이후 그는 도저히 그것을 잊어버릴 수 없었다.

한밤중에 문득 잠에서 깨어 어두컴컴한 방의 벽면에서 분명히 본 적도 있었다. 친구와 앉아 있던 다방의 커피잔 위에서도 그것을 생생하게 보았다. (그는 결국 한 모금도 마시지 못하고, 친구에게 의심을 받으며 다방을 나오지 않으면 안 되었다.) 희뿌연 먼지가 떠돌던 거리에서 자신의 구둣발에 짓밟힐 뻔한 그것을 보고, 들어올린 다리를 땅에 내려딛는 것을 주저한 순간 옆으로 나뒹군 적도 있었다. 전차의 유리창에 선명하게 새겨진 그것을 보고 꽁꽁 얽매인 마음을 어쩌지 못하고 방황하다 내려야 할 정류소를 지나쳐 버린 적도 있었다.

모든 시간을 통해 그는 그것을 응시했었다.

그리고 결국 심각한 번민에 빠지고 말았다. 태양과 달 사이를 방황하는 인간이 되어버린 것이다.

무자비하게 학대받고 있는 사람을 위해, 미래의 행복을 약속하는 결의와 행동(그것은 분명 정의의 반기이다)을 누가 부정할 수 있을까. 그러한 결의 하에 용감히 행동하고 있는 몇몇 사람들이 있다는 사실을 그는 알고 있다.

또 그들이 현재 부당한 압박을 권력자로부터 얼마나 받고 있는가도 알고 있다.

인간으로서의 양심이 있다면 그 또한 엄연히 그 정도(正道)를 따라야 하지 않겠는가.

다수의 타인의 행복을 위해 단 한 사람의 혈족의 마음을 희생케 하는 것은 현대를 사는 젊은 가슴에는 하나의 경사스런 일이어야 한다.

젊은 그는 비약하려고 안달하고 있다.

그는 늙은 어머니의 모습을 잊을 수 없었다. 그는 홀어머니와 외아들의 신상을 생각했다.

젊은 그는 고민하고 있다.

젊은 그는 응시하고 있다.

- 주의자의 어머니, 높은 벽, 회색지붕.

- 주소 도쿄시 외곽 스기나미마치(杉並町) 고엔지(高圓寺) 42번지 -

金南天(김남천)

—

김남천(1911~1953) 소설가, 문학평론가. 본명 효식(孝植).

008

약력

1911년	3월 평안남도 성천(成川)에서 출생하였다.
1926년	평양고등보통학교 재학 중 한재덕 등과 동인지 「월역(月域)」을 내면서 신흥문학에 관심을 갖게 되었다. 「단오」, 「명절」 등 10여 편의 작품을 썼다.
1929년	평양고보를 졸업하고 도쿄(東京)로 건너가 호세이(法政)대학 예과에 입학했다. 안막(安漠), 임화(林和) 등을 만나 <카프(KAPF, 조선프롤레타리아예술가동맹)>에 가입해 활동하였다.
1930년	<카프> 도쿄지부가 발행한 동인지 「무산자(無産者)」에 임화, 안막, 한재덕(韓載德), 이북만(李北滿), 김두용(金斗鎔) 등과 함께 동인으로 가담하였다.
1931년	'김남천'이라는 필명을 만들었다. 호세이대학에서 좌익단체에 가입했다는 이유로 제적당하였다. 귀국 후 좌익극단인 <청복극장>에서 연극운동을 펼쳤다. 평양고무공장 파업에 참가하여 그 체험을 희곡 「조정안」, 소설 「공장신문(工場新聞)」, 「공우회」를 써서 발표하였다. 10월 <카프 제1차 검거>에서 <조선공산주의자협의회 사건>에 연루되어 2년의 실형을 선고받았다.
1933년	병보석으로 출옥한 후 낙향하여 옥중 체험기인 단편 「물」과 「생의 고민」을 발표하였다. 《조선중앙일보》 기자를 역임하였다.
1934년	<카프> 제2차 검거 때 검거되었으나 제1차 검거 때 투옥되었다는 이유로 제외되어, 기자 자격으로 조사과정을 취재 및 보도하였다. 단편 「문예구락부(文藝俱樂部)」를 발표하였다.
1935년	임화와 김기진 등과 <카프> 해소파(解消派)의 주도적 역할을 하였으며, 5월 21일 <카프> 해산계를 경기도 경찰국에 직접 제출하였다.
1937년	고발문학론, 모럴론 등의 평론활동을 펼치는 가운데 「처를 때리고」(「조선문학」), 「제퇴선(祭退膳)」, 「춤추는 남편」을 발표하였다.
1938년	「소년행(少年行)」, 「무자리」, 「남매」, 「생일 전날」(「삼천리문학」), 「가애자(加愛者)」, 「요지경」, 「누나의 사건」, 「미담(美談)」 등을 발표하였다.
1939년	관찰문학론을 주장하는 한편 『사랑의 수족관』을 연재하고, 장편 『대하(大河)』

1940년	와 창작집『소년행』을 출간하였다.「녹성당(綠星堂)」,「이리」를 발표하였다.
1940년	단편「노고지리 우지진다」,「어머니 삼제(三題)」와「경영(經營)」등을 발표하였다. 장편『사랑의 수족관』을 출간하였다.「무자리」(제목은「소년행」으로 기재됨)와「누나의 사건」이 일본어로 번역, 발표되었다.
1942년	단편「등불」을 발표하고 중편「구름이 말하기를」을 연재하였다.
1943년	1월 일본어소설「어떤 아침(或る朝)」을「국민문학(國民文學)」에 발표하였다.
1945년	8월 16일 임화와 함께 <조선문화건설중앙협의회>를 조직한 후, 이기영과 한설야의 <조선프롤레타리아문학동맹>과 통합하여 <조선문학가동맹>을 결성하였다. 장편『1945년 8·15』를 연재하였다.
1946년	희곡「3·1운동」을 발표하는 한편 시사적인 평론을 다수 발표하였다. <조선문학가동맹> 상무위원으로 활동하였다.
1947년	<조선문학가동맹> 부위원장을 역임하였고, 단편집『맥(麥)』(을유문화사)을 출간하였다. 이 해 월북하여 해주 제일인쇄소의 편집국장으로서 남조선노동당의 대남공작활동을 주도하였다.
1948년	8월 해주에서 열린 <남조선인민대표자회의>에서 북한 <최고인민회의> 제1기 대의원으로 선출되었다.
1950년	<한국전쟁> 당시 서울에 내려와 머물면서 낙동강 전선을 종군 취재하였다.
1951년	<조선문학예술총동맹> 서기장이 되었다. 숙청의 빌미가 된 소설「꿀」을 발표하였다.
1953년	남로당계 작가인 임화, 이원조 등과 함께 숙청되어 사형당한 것으로 알려지고 있으나 정확한 사망일은 알 수 없다.

　카프 해소파의 주도적 역할을 하였던 김남천은 사회주의 리얼리즘 논쟁에 대해서 러시아의 현실과는 다른 한국의 특수상황에 대한 고찰을 꾀해 모럴론, 고발문학론, 관찰문학론 및 발자크 문학 연구에까지 이르는 '리얼리즘론'을 전개하였다.

 008-1

少年行(소년행)

〈기초사항〉

원제(原題)	少年行(1~4)
한국어 제목	소년행

원작가명(原作家名)	본명	김효식(金孝植)
	필명	김남천(金南天)
게재지(揭載誌)		조선소설대표작집(朝鮮小說代表作集)
게재년도		1940년 2월
배경		• 시간적 배경: 어느 해 가을 • 공간적 배경: 광산 부근의 시골
등장인물		① 상급학교로의 진학을 꿈꾸는 열네 살 김운봉 ② 2년 전 경성으로 떠난 운봉의 누나인 기생 담홍 ③ 아편중독으로 폐인에 가까운 운봉의 아버지 ④ 담홍을 사랑하는 스물두 살의 마을 청년 학구 등
기타사항		번역자: 신건(申建) 이 작품의 원작은 1938년 5월에 발표한 「무자리」인데, 신건 편역의 『朝鮮小說代表作集』에 번역 수록하는 단계에서 「소년행」으로 게재됨

〈줄거리〉

마지막 수업이 끝났을 때, 담임선생님은 학생들에게 상급학교로 진학할 학생은 손을 들어보라고 하였다. 선생님의 그 질문에 손을 든 학생은 60명이 넘는 학생들 중 단 다섯 명에 불과했다. 금융조합장 아들, 양조장 주인 아들, 의사 아들, 군에서 가장 부자라는 김좌수의 손자……, 그리고 그들 중에 뜻밖에도 김운봉(金雲峰)의 오른손이 섞여있었다. 선생님은 말할 것도 없고 반 아이들도 그런 운봉을 의심스러운 눈초리로 쳐다보았다. 그러더니 선생님은 운봉에게 어느 학교에 진학할 생각이냐고 물었다. 운봉이 자신 있게 '경성공립 제1고등보통학교'라고 대답하자, 선생님은 또 한 번 의외라는 표정으로 조만간 아버지를 학교로 모셔오라고 하는 게 아닌가.

집으로 돌아오는 길, 운봉은 아버지를 학교로 모셔오라는 선생님의 말씀을 떠올리며 이내 고민에 빠졌다. 아버지는 거의 폐인에 가까운 사람이었고, 어머니 역시 아이들의 교육비와 생활비 등은 모두 누나인 담홍(淡紅)에게 의지하고 있어서, 운봉의 학교진학을 허락해 줄 리 없기 때문이었다. 그나마 운봉이 경성의 고등보통학교로 진학할 꿈을 가지고 시험준비를 하기로 결심할 수 있었던 것은, 누나 담홍이 2년 전 경성으로 올라가며 "누나가 이렇게 경성으로 나가는 건 다 너 하나 공부시키기 위해서다."라고 말 해준 것 때문이었다. 그런 누나의 말을 떠올리며, 선생님의 말씀 때문에 고민하던 운봉은 부모님은 사정이 있어 학교에 못 오시지만 누나의 도움으로 상급학교에 진학할 수 있노라고 설명하면 되리라 생각하고 한층 가벼워진 발걸음으로 집에 돌아왔다. 그런데 집에서는 너무 뜻밖의 상황이 운봉을 기다리고 있었다.

오늘 아침, 아편의 약기운이 떨어진 아버지가 고래고래 소리를 지르며 난동을 부리는 통에 어머니가 소중히 간직했던 1원짜리 지폐 한 장을 마지못해 아버지에게 건네준 것이 화근이었다. 돈을 받아 그 길로 집을 나갔던 아버지가 아편과다복용으로 하루도 지나지 않아 위독한 상태가 되고만 것이다. 운봉은 누나에게 전보를 치기 위해 누나의 주소가 적힌 오래된 편지봉투를 꼭 쥐고 우체국으로 달려갔다.

운봉이 「아버지 위독. 서둘러 내려와. 남동생.」이라는 전보를 치고 집으로 돌아왔을 때, 방 안에서는 어머니와 동생 운희(雲姬)와 운규(雲圭)의 우는 소리가 들려왔다.

장례는 4일장으로 치르기로 하였다. 누나와 함께 기생으로 일했던 명월(明月)의 오빠인 학구(鶴九)가 광산에서 돌아오자마자 운봉의 집에 들러 장례에 대한 이런저런 일들을 거들었다. 그런데 전보를 친 지 이틀이 지나고 입관이 끝나도록 담홍이 돌아오지 않자, 어머니와 운봉은 걱정이 이만저만이 아니었다. 다른 이유에서가 아니었다. 어머니는 장례비 때문이었고, 운봉은 자신의 학교진학 때문이었다.

아버지가 돌아가시고 사흘째 되는 날 아침, 밤새 일하고 돌아오는 길에 운봉의 집에 들른 학구는 마당 한쪽에 힘없이 걸터앉은 운봉에게 담홍이 아직까지 오지 않은 것이 이상하다며 혹시 누나에게서 마지막으로 편지가 온 게 언제였느냐고 물었다. 그때서야 운봉과 학구는 담홍의 주소가 바뀌었을지도 모른다는 생각을 했다. 그런데 정말 다행스럽게도 바로 그때 새하얀 웃옷과 긴 치마를 입고, 기차여행 탓인지 헝클어진 머리에 창백한 얼굴로 담홍이 집에 도착하였다. 울어 젖히는 어머니와 동생들을 묵묵히 바라보던 담홍은 표정 없는 얼굴로 아버지가 누워있는 장막을 한참 바라보더니 그 큰 눈에 이내 눈물이 맺혔다.

그렇게 장례가 끝난 후에도 담홍은 경성으로 돌아가지 않았다. 어떻게 된 것인지 그녀가 들고 온 고리짝에는 철 지난 낡은 옷가지들과 잡다한 물건들만 가득 들어있었다. 그리고 무엇보다 놀라운 것은 담홍이 내놓은 돈의 액수였다. 거처를 옮긴 데다 갑작스러운 소식에 충분한 돈을 융통하지 못했다고는 하지만 턱없이 적은 돈에 어머니는 놀라지 않을 수 없었다. 하지만 초라하기 그지없는 딸의 몰골을 보고 어머니는 차마 무어라 탓할 수가 없었다.

그런 누나의 상황에 운봉 또한 당혹스럽기는 마찬가지였다. 당장 내일부터 학교에 가야하고, 학교에 가면 상급학교 진학에 대해 선생님에게 뭔가 말하지 않으면 안 될 텐데 답답해 미칠 지경이었다. 하지만 운봉 역시 누나에게 학교에 보내줄 수 있느냐고 차마 물어보지 못하고 밤이 깊어갔다. 그날 밤, 좀처럼 잠들지 못하고 있던 운봉의 귓가로 어머니의 목소리가 들려왔다.

「"너, 언제부터 이런 몸이 된 거냐?" 어머니의 묻는 목소리다. 이 말만 가지고는 그것이 누구에게 향한 질문인지 확실히 알 수 없었다. 운희에게도 이렇게 물을 수 있기 때문이다. 그런데 아무 대답 소리도 없다.

"담홍아, 벌써 잠든 거야?" 다시 어머니의 재촉하는 목소리가 들렸다. 그 물음이 담홍 누나에게 한 것임이 이것으로 분명해졌다. 하지만 정말 잠든 것인지 아니면 깨어있으면서 입을 다물고 있는 것인지 누나는 아무 말도 하지 않았다. 어머니의 긴 한숨소리가 들려왔다. 그리고 그 한숨소리가 다 가시기 전에 "4개월 됐어요."라는 가느다란 누나의 대답소리가 들렸다. 그 뒤로는 아무 말도 없이 잠잠해지고 말았다. 이 짧은 대화가 어떤 것을 의미하는지 운봉도 충분히 이해할 수 있었다.」

어머니는 아이의 아버지가 '무엇을 하는 사람인가' 추궁했다. 그 말의 의미는 다름 아니라 아이의 아버지가 돈이 있는 남자인지 무일푼의 남자인지를 묻는 것이었다. 어머니의 추궁에 담홍은 자신을 비웃기라도 하듯 "돈 있는 남자라면 이렇게 짐 싸들고 돌아오지 않죠."라고 내뱉었다. 그 한 마디로 모든 정황이 설명되었다.

다음날 아침 운봉은 모든 교과서와 공책 그리고 「중등학교입학시험문제집」을 보자기에 싸서 아버지의 제단 아래에 치워두고 학구 형을 만나러 갔다. 밤새 일하고 아직 돌아오지 않았다는 학구 형을 마을 어귀 두부집에서 만난 운봉은 자기도 광산에서 일하게 해달라고 부탁하였다. 학구 형과 두부를 먹던 운봉은 앞으로는 세상 그 어떤 것도 두렵지 않을 것 같았다.

- 조선문고판 김남천단편집 『소년행』에서 -

姉の事件(누나의 사건)

〈기초사항〉

원제(原題)	姉の事件	
한국어 제목	누나의 사건	
원작가명(原作家名)	본명	김효식(金孝植)
	필명	김남천(金南天)
게재지(揭載誌)	조선문학선집(朝鮮文學選集)	
게재년도	1940년 9월	
배경	• 시간적 배경: 어느 해 단오 무렵 • 공간적 배경: 평양 근방의 작은 면(面)	
등장인물	① 소학교 6학년생인 '나(학구)' ② '나'의 누이이자 기생인 수향 ③ 폐인이나 다름없는 아버지 ④ 공금횡령과 문서위조로 감옥에 간 수향의 애인 임재호 등	
기타사항	번역자 미상	

〈줄거리〉

　　산에서 돌아오자 누나 수향(壽香)이 헝클어진 머리모양에 더러워진 회색의 후지견(富士絹) 치마를 아무렇게나 걸치고 앉아 담배를 피우고 있었다. 낮잠을 잤는지 안 그래도 큰 눈이 더 크게 뜨여 있는데다 핏줄까지 서 있었지만, 여느 때처럼 우울해 보이지는 않았다. 수향과 사이가 좋았던 대서사(代書人) 임재호(林載浩)가 상인조합의 적립금을 횡령하여 열흘 전에 경찰에 붙잡혔는데, 오늘 평양으로 송치된다고 했다. 상무조합의 돈 천여 원을 횡령하여 소비한 것뿐만 아니라 문서까지 위조한 것이 탄로가 났다. 그런데 그 돈을 모조리 수향에게 맡겨서 사용했다는 소문이 나돌았던 것이다. 아들이 대서사가 된 덕에 집을 사고, 가구를 사고, 마당에는 펌프까지 설치했다고 자랑하고 다니던 재호어머니가, 이 소문을 듣고 어젯밤에 쳐들어와 "내 자식을 유치장 귀신으로 만든 게 너하고 네 딸년 짓이니까, 나도 죽여라!!"라고 악을 써댔다.

　　그때 옆집 명월(明月)과 소주를 마시고 있던 수향은 처음에는 마치 남의 일이나 되는 양 나 몰라라 시치미를 떼고 있었지만, 안방에서 가슴을 쥐어뜯으며 울고 있는 어머니가 보기 싫었던지 갑자기 울면서 재호어머니에게 덤벼들었고, 명월의 큰 오빠가 나서서 겨우 싸움을 말렸다.

　　이런 소동이 벌어진 후, 수향은 한동안 멍한 표정으로 담배만 연달아 피워댔다. 그 모습을 본 나는 가슴이 두근거렸고 다리가 얼어붙는 것 같았다. 그런데 누나가 뜻밖에도 생기가 감돈 목소리로 씨름을 보러 가자고 하는 게 아닌가. 나는 무엇보다도 누나의 웃는 얼굴이 좋았다.

임재호가 잡혀간 뒤로는 누나의 얼굴에서 웃음을 찾아볼 수 없었고, 날이 갈수록 집에는 충돌과 불쾌한 일들만 연달아 발생했다. 불평불만 없이 온 가족이 웃으며 생활하는 날이 단 하루도 없는 것 같았다. 폐인이 된 아버지 때문인가? 기생이 된 누이 때문인가? 그도 아니면 어머니가 드세기 때문인가? 어머니가 우울한 얼굴을 하면 누이 역시 어두운 얼굴을 했고, 어머니가 기분이 좋을 때는 아버지가 약값을 내놓으라고 소리쳤다. 나는 집에 있는 게 싫어 책을 들고 산으로 가거나 청소를 핑계 대며 학교에 남아 있곤 했다.

그런데 웬일인지 누이가 밝은 얼굴로 나에게 농담까지 했다. 순간 재호가 무죄석방이라도 되었나? 라고 생각할 정도였다.

단오날 아침, 어머니는 누나의 일로 화를 내며 우셨다는 사실도 잊어버린 듯 여느 때보다 기분이 좋아 보였다. 나는 집안 분위기가 너무 험악해 아무 내색도 못했지만, 명절 아침인데도 먹을 게 아무 것도 없어 솔직히 불만이었는데, 뜻밖에도 돼지고기를 준비한다며 조금만 놀다 오라는 누나의 말이 기뻤다.

나는 동생을 업고 강변으로 나와 씨름과 그네뛰기대회를 구경하고 강변에서 만난 여동생과 집으로 돌아왔다. 온 가족이 모여 명절음식을 먹으면 좋겠다는 생각이 들었다.

쌀밥에 돼지고기 구이와 미역국이 있었다. 나는 젓가락을 들고 고기를 집었는데, 누나는 거식증에 걸린 사람처럼 아무것도 먹지 않았다. 어머니의 성화에 국물을 조금 떠먹은 누나는 부엌으로 뛰쳐나가 구역질을 해대었고, 이를 본 어머니의 얼굴이 창백해졌다.

처음에 나는 무슨 일인가 짐작이 가지 않았는데, 부모님이 이야기하는 것을 들으니 누나가 임신을 했다는 게 아닌가. 다음날 아침 누나는 일어나지도 않았고, 내가 학교에 다녀왔을 때도 눈을 감은 채 누워 있었다.

누나를 기생으로 만든 것이 후회스러운지 아버지는 어디론가 가서는 오후 늦도록 돌아오지 않았다. 나는 홀로 분노를 삭이며 한 시간 정도 강변을 헤매다 명월의 집에 들렀는데, 명월에게서 내일 임재호가 소환될 거라는 이야기를 들었다. 이 소식을 들으면 누나가 얼마나 상심이 클까 더욱 걱정이 되었다.

누나를 걱정하며 집으로 돌아오니, 방 안에서 누나와 부모님의 다투는 소리가 들려왔다.

「"지금은 일이 이렇게 됐으니까 너도 나중 일을 생각해야 될 거 아니냐. 네가 그 놈 자식을 낳으면 뭐가 되겠냐? 또 설령 재호가 무죄석방이 된다고 해서 이제 와 어쩌겠니. 화류계의 정조란 것이 뭐 있다니. 꽃도 꺾은 놈이 임자라고, 태어날 아이 이름은 짓기 나름이지. 태어날 애가 임씨면 어떻고 김씨면 어떠냐! 얼른 맘 고쳐먹고 시킨 대로 해라. 만일 네가 김씨 집에 가서 사내아이라도 낳으면 부귀영화는 따 논 당상이고, 또 계집년을 낳더라도 기생질 못하는 동안에는 뭐든 원하는 대로 할 수 있지 않겠니? 네가 원하기만 하면 신세 좀 지면되지. 야, 중매쟁이만 통하면 잘 될 거라고 하니 얼른 한시라도 빨리 뱃속아이를 김씨 자식이라고 믿게만 하면 되는 거 아니냐. 팔삭둥이가 될 리는 없을 게다. 월경이 멈춘 것이 한 달밖에 안 됐다고 하니, 어차피 그리 할 거면, 그렇게까지 말해주는데 얼마나 고맙냐. 화도 복으로 바꾸는 것이 인간의 힘이란다……"

언제 끝날지도 모를 정도로 어머니의 이야기는 거미줄이라도 뽑는 것처럼 계속되었는데, 갑자기 "듣기 싫어!"라는 수향누나의 목소리가 그것을 삼켜버렸다. 나는 나도 모르게 벌떡 서서 기둥을 부여잡고 꼼짝도 하지 못했다. 바로 그때, "아, 이런 부정한 일이 또 있을까, 그렇게 말했는데 아직도 못 알아듣다니. 에잇, 이 년아!" 다시 아버지의 목소리와 함께 그림자가 문에 비치는가 싶더니 탁하는 소리가 들려왔다. 이어서 아버지의 무서운 고함소리가 귀청을 때렸다.

"이년아! 내일 당장 재호 녀석이랑 감옥으로 가라! 그 놈하고 손잡고 감옥으로 가버려!"

或る朝(어느 아침)

〈기초사항〉

원제(原題)		或る朝
한국어 제목		어느 아침
원작가명(原作家名)	본명	김효식(金孝植)
	필명	김남천(金南天)
게재지(揭載誌)		국민문학(國民文學)
게재년도		1943년 1월
배경		• 시간적 배경: 어느 아침 • 공간적 배경: 경성의 북악산 근방
등장인물		① 작가인 '나' ② 한때 출판과 문필작업을 했던 S선생 ③ 수행원을 거느릴 정도로 유명한 K씨 등
기타사항		

〈줄거리〉

「젊은 남자가 조산부처럼 아내의 초산(初産)을 돕는다는 이야기도 있고, 어떤 곳에서는 남편이 출산에 입회하면 태어나는 아이의 장래가 좋다는 나이 든 어른들의 이야기도 있지만, 우리 고향에서는 산기(産氣)가 있으면 남자는 어른 아이 할 것 없이 모두 집을 나가는 풍습이 있었다. 나도 어렸을 때, 어머니나 누나들이 출산을 할 때면 아버지나 친척들 손에 이끌려 강이나 산으로 놀러 나갔던 기억이 남아있다. 특히 겨울에는 숙모 집으로 가서 화덕에 밤을 구워먹고 있으면, 저녁 무렵 이윽고 귀여운 아기가 태어났다며 데리러 왔다. 부엌에서 하얗게 피어오르는 수증기 속에서 소금기 나는 미역국 냄새를 맡으며, 아주머니들이 바쁘게 움직이는 마당에 서서 뭔가 가슴 설레던 어릴 적 기억들이 떠올랐다. 그것은 비할 데 없이 그립고 매력적인 풍습이라는 생각이 들어, 나는 아직 해가 뜨기 전의 어둑한 현관을 두 아이를 데리고 나섰다. 그날도 일찍이 가정의인 여의사를 불러두고 산실에서 멀리 떨어져 있기로 한 것이다.」

지난 10여 년간 아이 넷을 두었고, 이번에 다섯째 아이가 태어나려 하고 있었다. 어느 때는 옆방에서 산모의 신음소리를 들은 적도 있었고, 어느 때는 한 달이 지난 후에야 아이를 낳았다는 연락을 받은 적도 있었다. 그런가 하면 한 번은 내 손으로 아이를 받았는데 아내가 산욕열을 앓기도 했었다. 과거의 기억들을 떠올리며 걷고 있는데, 문득 공원 근처에서 자주 만났던 개벽사(開闢社)의 S 선생이 떠올랐다. 선생을 처음 만난 것은 10년 전쯤의 일인데, 그를 공원에서 다시 만났을 때는 「개벽(開闢)」이라는 잡지가 폐간된 지 오래된 때였다. 선생은 출판과 문필생활을 접고 어느 제약회사의 중직을 맡고 있었다.

내가 「개벽」이라는 잡지를 처음 보게 된 것은 보통학교(초등학교) 때로 신문지국과 이발소를 겸하고 있던 곳에서였다. 이발사로부터 책 제목을 처음 들었을 때 이상한 이름의 책이라고 생각했고, 그 후 철이 들어 「개벽」이 조선에서 가장 훌륭한 잡지라는 것을 알게 되었다. 그리고 나도 어른이 되면 반드시 이 책에 글을 써보리라 결심했는데, 안타깝게도 나의 졸작이 활자화 될 즈음 이미 그 잡지는 폐간되고 없었다.

언덕 너머로 달려가는 두 아이를 바라보면서 사별한 전처에게서 태어난 두 딸들을 떠올렸다. 안암동 외할아버지 댁에서 사범학교부속학교에 다니고 있는 장녀와 태어난 지 열흘도 안되어 어미를 잃은 둘째와는 못 만난 지 벌써 1년 6개월이나 되었다.

나는 어려서부터 남녀평등론자였고, 지금도 딸이라고 차별하는 일은 절대 없다고 자부하고 있었다. 그런데 다섯째의 출생을 앞두고 있는 지금, 은근히 사내아이이길 기대하고 있는 내 자신을 발견하고, 산통으로 괴로워하고 있을 아내에게 미안하고 스스로가 수치스럽기까지 했다. 위로 세 명의 누이와 아래로 또 몇 명의 여동생이 있는 나는 아들이라는 이유로 꽤 대우를 받으며 자랐지만, 그것이 늘 불만스러웠다. 그런데 어른이 된 지금, 다른 사람의 아들 출생은 축하해주고 딸의 출생을 걱정하는 남존여비론자가 되어있다니!

산꼭대기 휴게소에서 잠시 쉬려했으나, 먼저 K 씨 일행이 와서 쉬고 있었다. K 씨는 무슨 일이 생길 때마다 반드시 감상문이니 회고담이니 하는 글을 신문에 실을 정도로 근방에 모르는 이가 없는 유명한 사람이었다. 중일전쟁이 일어난 이듬해, 작품을 쓰느라 피곤해진 머리를 식히기 위해 하루에도 두세 번 북악산에 올랐을 때 자주 만났던 사람이다. K 씨는 메리야스 위로 양복상의를 걸친 뚱뚱하게 살찐 몸에 골프바지를 입고 왕처럼 앉아 있었고, 그를 둘러싸고 아래쪽에 대여섯 명의 수행원이 쭈그리고 앉아 이야기를 경청하고 있었다. K 씨는 도쿄에서 M 경시총감을 만났을 때의 일을 이야기하고 있었다. M 씨라면 소년시절 학교에서 외웠던 당시 정무총감의 이름이었다. 휴게소를 나오는데 "후회하지 않으리. 후회하지 않으리. 후회하지 않으리"라는 내용의 일본군가 「바다에 가니(海行かば)」를 부르는 K 씨 일행의 노랫소리가 울려 퍼졌다.

약수터까지 올라가 약수를 한 잔씩 마시고 골짜기의 좁은 길을 따라 내려와 휴게소 옆을 지나 집으로 가는 길로 접어들었다. 휴게소에 K 씨 일행의 모습은 없었다. 대신 40세가량의 메리야스와 당코바지 차림의 남자가 네 명의 아이들과 함께 그곳에서 라디오체조를 하고 있었는데 마음이 따뜻해지는 정경이었다. 나는 아이들과 귀갓길을 서두르며 이제 곧 다섯 아이의 아버지가 되면 언젠가 모두 데리고 와서 라디오체조를 해보리라 생각하였다.

집이 점점 가까워오자 자꾸만 산모의 일이 걱정되었다. 집 가까이의 모퉁이를 돌았을 때 집에서 나오는 여의사와 맞닥뜨렸는데, 여의사로부터 태어난 아이가 아들이라는 소리를 듣고 매우 기뻐하며 집으로 돌아왔다. 아이들을 방으로 들여보내고 산실 밖에서 아내에게 말을 걸었는데, 그 목소리에 사내아이를 순산했다는 안도감이 묻어있었다. 아이들을 씻기고 식사를 한 후 집을 나서는데, 평소의 출근 시간보다 꽤 늦어있었다.

나는 러시아워가 지난 조용한 거리를 걸어가며 고향에 계신 아버지에게 칠 전보 글자를 세고 있었다. 마침 국민학교(초등학교) 앞에 2학년쯤 되는 아이들이 작은 배낭을 등에 메고 소풍을 가는 행렬이 줄지어 있었다. 매우 명랑하고 힘찬 행렬이었다. 나는 시간 가는 줄 모르고 거리 쪽으로 걸어가는 이 순수한 소국민(小國民)의 행렬을 끝까지 지켜보았다. 그리고 문득 나의 다섯 아이들도 저들 속에 섞여있고, 또 S선생의 막내, 혹은 K씨의 손자도 저 행렬 속에 있는 것은 아닐까 하는 생각을 하였다.

- 1942년 12월 -

金達壽(김달수)

김달수(1919~1997) 소설가, 고대사연구가. 필명 오사와 다쓰오(大澤達雄), 가네미쓰 준(金光淳), 박영태(朴永泰), 손인장(孫仁章), 김문수(金文洙), 백인(白仁).

009

약력

1919년	경남 창원에서 출생하였다.
1930년	일본 시나가와(品川)로 건너갔다.
1931년	전구공장에 다니며 오이야마나카(大井山中)소학교 야학에 다니다 1년 후 소학교 4학년에 편입하였으나 6학년 때 퇴학당하였다. 도쿄를 중심으로 여러 곳에서 근무하였다.
1939년	니혼(日本)대학 전문부(專門部) 예술과(藝術科)에 입학하여 친구들과 동인지 「신세이삿카(新生作家)」를 만들어 논문을 발표하였다.
1940년	대학 재학 중에 최초의 작품 「위치(位置)」를 발표하였으며, 11월에는 오사와 다쓰오(大澤達雄)라는 필명으로 「게이주쓰카(藝術科)」에 일본어소설 「아부지(をやぢ)」를 발표하였다.
1941년	대학을 졸업한 후 가나가와니치니치신포사(神奈川日日新報社, 이후 가나가와신문사로 통합) 사회부 기자가 되었다. 「분게이슈토(文藝首都)」의 동인이 되었다. 오사와 다쓰오라는 필명으로 「신게이주쓰(新藝術)」에 일본어소설 「기차변(汽車辨)」(3월)과 「족보(族譜)」(11월)를 발표하였다.
1942년	3월에는 「분게이슈토」에 가네미쓰 준(金光淳)이라는 필명으로 일본어소설 「고물(塵)」을, 7월에는 오사와 다쓰오라는 필명으로 「신게이주쓰」에 「잡초(雜草)」를 발표하였다.
1943년	경성여행이 계기가 되어 경성일보사에 취직하였으나, 조선총독부의 어용신문사임을 알고 이듬해 가나가와로 돌아가 가나가와신문사로 복귀하였다.
1946년	한국의 사정을 소개하는 일본어잡지 「민슈초센(民主朝鮮)」을 창간하고 편집을 맡았다. 거기에 일본어 장편 『후예의 거리(後裔の街)』를 연재하면서 본격적인 문학활동을 시작하였다. 10월 <신닛폰분가쿠카이(新日本文学会)> 회원이 되었다.
1948년	장편 『후예의 거리(後裔の街)』를 출간하였다.
1954년	장편 『현해탄(玄海灘)』을 출간하였다. 이 작품은 1953년 하반기 <아쿠타가와

1958년	상>과 1955년 <신초문학상(新潮文学賞)> 후보에 오르기도 하였다.		

상>과 1955년 <신초문학상(新潮文学賞)> 후보에 오르기도 하였다.

1958년	중편「박달의 재판(朴達の裁判)」으로 하반기 <아쿠타가와상> 후보에 올랐다.
1959년	『번지 없는 마을(番地のない部落)』(光書房),『박달의 재판(朴達の裁判)』(筑摩書房)을 출간하였다.
1969년	장편『태백산맥(太白山脈)』을 출간하였다.
1975年	이진희(李進熙), 강재언(姜在彦) 등과 함께 계간(季刊)「삼천리(三千里)」를 창간하였다.
1980년	지쿠마쇼보(筑摩書房)에서『김달수소설전집(金達寿小説全集)』(전7권)을 간행하였다.
1981年	재일조선인 정치범, 사상범의 구명 및 감형을 탄원할 목적으로 한국을 방문하였다. 이로 인해 김석범(金石範)이나 김시종(金時鐘) 등의 공격을 받았다.
1982년	『교기의 시대(行基の時代)』를 마지막으로 창작활동을 접은 한편,「일본 속의 조선문화(日本の中の朝鮮文化)」시리즈 집필은 만년까지 지속하였다.
1997년	5월 도쿄 나가노(長野) 자택에서 78세로 사망하였다.

김달수는 재일조선인을 대표하는 지식인으로 고국에서 일어나는 큰 문제나 재일조선인이 얽힌 사건을 다룬 '전후문학'의 주요작가이며, 패전 후 일본에 한국인의 일본어 문학을 정착시킨 역할을 하였다. 주요 작품으로『현해탄』,『박달(朴達)의 재판』,『후예의 거리』등 소설과 고대 한일관계를 조명한『일본 속의 조선문화』(12권) 등이 있다. 또한 광복 후에만 200권 이상의 잡지를 편집한 경력도 중시되고 있다. 조국과 민족의 독립, 그 속에서 살아가는 지식인의 존재방식을 묘사하여 식민지 지배의 억압과 그에 따른 한국인의 슬픔과 증오를 유려한 필체로 그려냈다는 평가를 받았다.

009-1

をやぢ(아부지)

〈기초사항〉

원제(原題)		をやぢ
한국어 제목		아부지
원작가명(原作家名)	본명	김달수(金達壽)
	필명	오사와 다쓰오(大澤達雄)
게재지(掲載誌)		게이주쓰카(藝術科)
게재년도		1940년 11월

배경	• 시간적 배경: 1940년 중반 • 공간적 배경: 일본 도쿄
등장인물	① 공장에 다니는 다테요시 ② 집안일을 도맡은 여동생 다케코 ③ 노무자 합숙소를 운영했던 어머니 시게 ④ 잡지사에 근무하는 형 게이스케 ⑤ 어머니의 남자 하기노 ⑥ 사촌 주조 등
기타사항	

〈줄거리〉

다테요시(健吉)가 퇴근하고 돌아와 보니 낯선 갈색신발이 놓여있었다. 요코하마의 사촌 형 주조(重三)의 것이었다. "아부지 계셔?"하고 묻는 다테요시의 발음이 이상하지만 다케코(竹子)는 잘 알아듣는다. 왜냐하면 그들이 '아부지'라고 부르는 데에는 여느 때보다 많은 노력을 필요로 하기 때문이었다.

다테요시의 친아버지는 조부에게 숙부인 주조의 아버지보다 더 인정을 받아 상당한 재산을 물려받았지만, 술과 노름 그리고 여자를 탐하느라 그 많은 재산을 탕진하고 말았다. 주변 사람들이 하나둘 자신을 떠나자 부인과 자식을 데리고 갱생을 다짐하며 도쿄(東京)로 나왔다. 그러나 부유하게 자란 몸이라 막노동생활을 견디지 못한 데다 방탕한 생활로 인해 얻은 병이 화근이 되어 목에서 피를 토하며 죽고 말았다.

그 후 어머니 시게(茂)는 아버지가 남긴 300엔으로 오모리(大森) 공사장 근처에 노무자 합숙소 같은 하숙을 치기로 했다. 아버지의 죽음으로 학교를 자퇴하고 도쿄로 나온 형 게이스케(啓介)는 당시 유행하던 사상을 쫓아다니며 시게가 고생하여 모은 돈을 몰래 조금씩 빼내 쓰다가 들키는 바람에 교토(京都)로 도망치듯 떠나고 말았다. 공사장 일도 끝나갈 무렵, 막노동꾼인 하기노(萩野)가 어머니의 방에 와서 함께 자곤 했다. 그럴 때면 다테요시와 다케코는 하기노의 머리와 발등을 할퀴며 쫓아내었고, 어머니와 함께 밤 새워 울기도 하였다.

시게는 다테요시의 소풍날에 김밥을 싸주고는 3, 4년 집을 떠나 돈을 벌어오겠다며 트럭을 타고 떠나버렸다. 아버지가 살아계실 때부터 일을 도와주었던 다나카(田中)는 시게가 보내오는 돈으로 남겨진 어린 남매를 돌봐주었다. 그러나 얼마 후 어머니로부터 돈이 끊기자 다나카마저 떠나버렸다. 요코하마에 사촌형 주조가 살고 있었지만 그 역시 남매를 돌봐주지 않았고, 다테요시도 사정하지 않았다.

그 무렵 형 게이스케가 돌아와 남매의 가엾은 모습에 마음을 고쳐먹고 잡지사에 근무하게 되었다. 다테요시도 소학교(초등학교)를 나와 공장에 다니기 시작했고, 어린 다케코가 집안 살림을 도맡아야했다. 이즈음 주조가 자신의 먼 친척이자 카페에서 일하고 있는 요시에(芳江)를 게이스케에게 소개하여 요시에의 몸값을 지불하고 결혼하였다. 이를 빌미로 주조는 중매인으로서 다테요시의 집을 쉴 새 없이 출입하기 시작했다.

요시에가 아기를 낳았을 때 어머니 시게가 하기노와 함께 집으로 돌아왔다. 그러나 집에 함께 돌아온 하기노는 2년이 다 되도록 형제들이나 요시에와 이야기를 나누지 않았다. 그저 자기 방에 틀어박혀 시게나 다케코가 차려다 준 밥상만 받아먹을 뿐이었다. 다케코는 언제부턴가 그런 하기노를 '아버지'라고 부르기 시작했다. 하지만 다테요시 형제는 어머니와 함께 돌아온 하기노를 어떻게 불러야 할지 곤란하기만 했다. 하기노는 의부 아닌 의부로서 어머니 시게와 함께 살았고, 게이스케의 세 아이들은 하기노를 잘 따랐지만 요시에는 그가 아이들을 안는 것조차 허락하지 않았다. 한지붕 밑에서 남처럼 살았으나, 게이스케의 직업적 입지가 올라갈수록 초라한 하기노의 존재가 문제시되기 시작했다.

그러던 어느 날, 주조가 다테요시의 집에 찾아와 가족들 앞에서 대외적인 체면도 있으니 하기노를 내보내겠다고 통보하였다. 젊어서 고향 시코쿠(四国)에 처자식을 두고 떠나왔던 하기노는 이제 와서 돌아가고 싶어도 전처에게 새 남편이 생겨 돌아갈 수도 없는 처지였다. 어쨌든 친척이라는 이유를 내세우며 자기 이익만을 챙기려는 주조에게 화가 난 다테요시는 남의 집안일에 신경 쓰지 말라고 소리쳤고, 그 바람에 집안은 험악한 분위기에 휩싸이고 말았다. 주조는 상기된 얼굴로 돌아갔고, 게이스케는 화를 내며 집을 뛰쳐나가 버렸다.

새벽 1시가 지나서야 술에 취해 돌아온 게이스케는 잠든 하기노를 깨우며 "나가란 말야! 나가! 왜 이렇게 나를 괴롭히는 거야. 일어나! 나가란 말야!"라고 악을 썼다.

이튿날 다케코의 제안으로 생활비를 주기로 하고 하기노와 시게가 살 작은 방 하나를 얻어주었다. 집 앞으로 들판이 펼쳐져 있고, 공장들 옆으로는 고물상들이 있어 리어카와 차들이 많은 아주 작고 초라한 집이었지만 시게는 마냥 기쁘기만 하였다.

그로부터 얼마 후, 다테요시와 다케코는 게이스케가 준 돈 5원을 들고 어머니 시게의 집으로 갔다. 그런데 집에는 아무도 없었고, 대신 시게와 하기노가 넝마주이를 한다는 이야기를 전해 듣게 되었다. 저녁을 먹고 다시 어머니 집으로 간 다테요시와 다케코는 넝마주이들이 주워온 쓰레기를 젊은 남자에게 넘기고 굽실거리며 돈을 받는 어머니의 모습에 분노하였고, 어머니 시게에게 넝마주이를 그만두라고 다그쳤다. 하지만 하기노는 일할 수 있을 때까지 하겠다고 고집을 부렸다. 동생들을 뒤따라왔던 게이스케는 이 모습을 보고 한 달만 더 지켜보자며 다테요시를 데리고 집으로 돌아왔다.

그 후 한 달 정도 지났을 때, 게이스케 형제의 어머니가 넝마주이를 한다는 사실과 하기노가 의부도 타인도 아닌 관계라는 사실이 모두에게 알려지게 되었고, 그 후 시게와 하기노는 다시 집으로 돌아오게 되었다.

「하기노는 집으로 돌아와서도 이전과 다름없이 신발장도 따로 마루 밑에 두었고, 밥도 따로 먹었다. 다만 필요할 때는 게이스케와도 이야기를 나누게 되었다. 그것은 게이스케가 먼저 시도한 결과였다. 요시에도 이것이 선천적인 운명이라고 포기라도 했는지, 하기노에게 아이들을 돌봐줄 것을 부탁했다. 하기노와 아이들은 금방 친해졌다. 아이들은 하기노를 '아버지'라고 불렀는데, 요시에는 아이들에게 '할아버지'라고 부르도록 하기노가 없을 때 가르쳤다. 게이스케 형제의 '아버지'라는 발음도 날이 갈수록 자연스러워졌지만, 형제는 여전히 다른 적당한 호칭을 생각하고 있었다. 집안에는 어머니 시게의 웃음소리가 끊이지 않았다.」

- 1940. 10. 10 -

< 작자부기 >
표제의 '아부지'의 '부'는 '버'이지만 작품 내용에 따라 '부'를 사용했다.

族譜(족보)

〈기초사항〉

원제(原題)		族譜
한국어 제목		족보
원작가명(原作家名)	본명	김달수(金達壽)
	필명	오사와 다쓰오(大澤達雄)
게재지(揭載誌)		신게이주쓰(新藝術)
게재년도		1941년 11월
배경		• 시간적 배경: 창씨개명이 한창이던 1940년 여름 • 공간적 배경: 마산의 고향마을
등장인물		① 일본에서 잠시 돌아와 고향을 찾은 서른살의 김종태 ② 대학생인 스물셋의 종태의 동생 경태 ③ 조선양반의 풍습과 족보를 지키며 창씨개명을 거부해 온 숙부 김귀엄 ④ 일본에서 온 사람만 보면 병이 난다는 경태의 어릴 적 친구 상도 ⑤ 마을에서 유일하게 소학교를 나온 지식인이자 애국반 반장으로 창씨개명을 선도하는 갑득 등
기타사항		

〈줄거리〉

고향의 포플러 가로수가 가볍게 잎을 살랑거리며 평화롭게 서있었다. 종태(宗泰)와 경태(敬泰)는 일본으로 건너간 지 12년 만에 고향을 찾았다. 예전과 다른 것은 양복을 입은 사람을 봐도 아이들은 도망가 숨으려 하지 않고 호기심어린 얼굴로 따라다니는 것뿐이었다. 그런 아이들에게 조선어가 서툰 경태는 일본어로 말을 건네며 슈트케이스에서 캐러멜을 꺼내 나눠주었다.

길가에서 만난 상도(相度)의 늙은 어머니는 경태 아버지 귀문(貴文)의 동생인 숙부 김귀엄(金貴嚴)의 집으로 형제를 안내해 주었다. 김귀엄은 높은 망건과 갓을 쓰고 끈이 긴 두루마기를 걸치고 앉아 형제의 인사를 받았다. 그리고 뒤쪽 선반에서 하얀 보자기에 싼 족보를 가져와 향을 피우고 족보를 읽기 시작했다. 숙부는 어려운 살림살이에도 양반의 정통성을 고집하고, 숙모는 양반 출신이 아니라며 조카들로 하여금 절도 올리지 못하게 했고, 더위에도 버선을 신고 있었다.

숙부 귀엄은 종태의 조부가 살아계실 때, 양반집의 엄격함에 항의하며 마구간에서 소 두 마리를 끌고 경성으로 떠났고, 아버지 귀문은 도쿄유학을 허락하지 않은 부모를 원망해 유흥에 빠져 돈을 허비하였다. 그런 와중에 할아버지마저 돌아가시자 김씨 일가는 몰락하고 말았다. 귀엄이 참봉이란 칭호를 얻어가지고 고향에 돌아왔다는 소문을 종태 형제가 들은 것은 아버지가 돌아가신 지 3년 후의 일이었다.

경태는 튼튼하게 제본된 노란 표지의 족보 제1권을 받아보았으나, 한지에 한자로 쓰여 있어 잘 읽을 수가 없었다. '천명이 현도에 내리고 상현에 내려와 황금알에서 김씨의 시조가 태어났다……'로 시작하는 족보 28권에는 시조(始祖) 이하 수천 명의 사람들을 수록하고 있었다. 귀엄은 이 족보를 집안 장손인 종태 형제에게 물려줄 심산이었다.

경태는 석양 속에 서서 선조들이 묻혀있는 중리산(中里山)을 바라보며, 족보라는 전통풍습에 따라 대대로 이어져온 가문의 마지막에 자기들 형제가 서 있는 것처럼 느껴졌다. 그때 문득, 어릴 적 자신이 귀여워했던 강아지를 공기총으로 쏴 죽이고 아버지를 파산시킨 고리업자 도쿠타(德田)가 떠올랐다.

중리산 산기슭 포플러 숲속에서 나이가 한 살 위인 경태의 숙적이자 머슴이었던 상도를 만나, 일본에 간 주일(周一)과 부산에 가 있는 종달(鐘達) 등 친구의 근황을 들을 수 있었다.

어느 날 저녁, 식사를 마치고 밖으로 나오니 아스팔트 도로 위에 마을사람들이 옛날처럼 모깃불을 피우고 둘러앉아 이야기를 나누고 있었다. 그곳에서 경태는 마을에 전기가 들어왔지만 요금이 40전이나 한다는 것과 소학교(초등학교) 4학년 이상은 조선어를 사용할 수 없다는 것, 그리고 조선어를 사용하면 선생님에게 서로 고발하게 되어 있다는 이야기를 들었다. 그러다 어릴 때 친구인 용식(龍植)의 아버지가 소작으로는 도저히 먹고살 수 없다며 용식을 일본으로 도항시켜달라고 부탁하는 바람에, 경태는 당혹스러워 쩔쩔매고 있었다. 바로 그때 이갑득(李甲得)이 나타나 용식아버지를 집으로 돌려보내주었다.

잠시 후 작업복 차림의 덕산(德山)이 갑득에게 다가와 창씨개명(創氏改名)할 성을 만들어달라고 부탁하는 것을 보면서, 신문에 창씨개명 성과에 관한 기사가 실렸던 것과 역이나 길가에 밀항방지 포스터와 함께 창씨개명에 관한 전단지가 붙어있었던 것이 생각났다. 그리고 동네에서 창씨개명하지 않은 사람은 숙부 김귀엄 뿐이라는 이야기를 들었다.

집에 돌아오니 귀엄은 종태 형제에게 내일 선산에 성묘갈 것을 제안했다. 그리고 먹을 것이 없어 선산을 담보로 전정선(全定善)에게 350원을 빌려 쓴 것을 어렵게 털어놓았다. 종태 형제는 경성에 갈 계획을 포기하는 대신 그 돈을 갚아주기로 한다. 대신 귀엄에게 '가네미쓰 슈타이(金光宗泰)'로 창씨개명할 것을 권하는데, 형제는 왠지 죄를 짓는 것 같아 마음이 괴로웠다.

다음날 귀엄은 자신이 마련해 준 하얀 한복을 나란히 차려입은 종태 형제를 마을사람들에게 자랑이라도 하듯 앞세우고 산소로 향했다.

종태와 경태는 선산 벌초를 해준 보답으로 상도와 용식, 그리고 갑득을 데리고 면소재지로 나가 식사를 대접하였다. 그때 갑득은 숙부의 자랑거리인 족보를 종태 형제가 가지고 떠난 후에도 귀엄이 마을에서 큰소리 칠 수 있도록, 시장에서 돼지 한 마리를 사서 마을잔치를 벌이라고 권하였다.

종태는 빚을 갚기 위해 전정선을 찾아가고, 경태는 숙부의 창씨개명을 위해 면사무소의 호적담당자를 찾아갔다. 경태의 어눌한 조선말을 들은 일본인 담당자가 일본어를 더 배워오라며 경태를 쫓아내자, 경태는 서툰 조선말로 화를 내며 면사무소를 박차고 나와 버렸다. 그때 마침 돌아온 종태가 경태에게 전후사정을 전해 듣고 동생을 데리고 면사무소로 들어갔다. 그가 동생을 쫓아냈던 담당자에게 능숙한 일본어로 "직무에 바쁘신 중에 정말 죄송합니다만, 이번 <조선민사령(朝鮮民事令)> 개정에 따라 창씨개명을 하러 온 사람입니다. 선처를 바랍니다."라고 말하자 모두들 깜짝 놀라는 것이었다.

마을로 돌아온 종태 형제는 마을잔치를 벌였다. 귀엄은 거만하게 웃으며 따라주는 술을 마셨고, 마을사람들은 민요를 불러가며 흥겹게 잔치를 즐겼다. 종태는 마을사람들에게 자신들은 일본으로 가지만 다시 돌아올 거라며, 숙부 귀엄을 부탁하였다. 또 흥에 겨워진 갑득이 종태 형제에게 일본노래를 불러달라고 하자 경태는 오히려 서툰 조선말로 15, 6년 전의 조선유행가를 불러 주었다.

잔치가 끝난 후, 종태와 경태가 방안에서 족보문제를 의논하고 있을 때 갑자기 밖에서 숙부의 고함소리가 들려왔다. 허겁지겁 밖으로 나가보니, 숙부가 높다란 포플러 가로수 위에 올라가 하늘을 향해 "천민들은 모두 나와라!"라고 외쳐대고 있었다.

종태와 경태는 허둥지둥 사다리를 찾았다. 그런데 그 순간 만세를 부르던 귀엄의 바지가 흘러내렸고 그것을 끌어올리려 허리를 펴는 순간 귀엄은 투신한 것처럼 아스팔트로 떨어져 죽고 말았다.

장례는 갑득의 지휘 하에 마을사람들 손에 의해 치러졌다. 소복차림의 숙모가 강가에서 귀엄의 물건들을 태우고 있었고, 거기서 2, 3미터 떨어진 자갈밭에선 종태와 경태가 족보를 불태우고 있었다.

「종태는 땀인지 눈물인지 모를 물기에 번질거리는 얼굴을 들어 연기를 쫓으며 말했다.
"아무 말도 하지 않을 것이다. 아무 말도 하지 않을 것이다."
경태는 여름 태양이 내리쬐는 속에 더욱 더 활활 타오르는 불 옆에서 고개를 숙인 채 서있었지만, 전혀 뜨거움을 느끼지 못했다. 그는 형의 말을 먼 종소리처럼 들었다. 족보는 잿더미가 되었다.」

〈부기〉
작자는 이 원고를 마치고, 제2부의 원고를 시작하고 있다.

塵(고물)

〈기초사항〉

원제(原題)		塵
한국어 제목		고물
원작가명(原作家名)	본명	김달수(金達壽)
	필명	가네미쓰 준(金光淳)
게재지(揭載誌)		분게이슈토(文藝首都)

게재년도	1942년 4월
배경	• 시간적 배경: • 공간적 배경: 일본의 Y시 D읍
등장인물	① 경태 ② 돈을 벌기 위해 일본으로 건너와 고물장수를 하는 현팔길 ③ D공장의 중역이자 쓰레기 운반권의 결정자인 노시리 ④ D읍 협화회 간사 서민희 등
기타사항	

〈줄거리〉

경태(敬泰)는 저녁밥을 먹고 습관적으로 자기 방으로 돌아와서 책상에 기대어 담배를 피우고 있었다. 미닫이가 열리고 형수가 얼굴을 내밀며 경찰서에서 사촌형처럼 신세졌던 현팔길(玄八吉)이 부엌에 와있다고 알렸다. 팔길이 이번에 D공장의 쓰레기 운반권을 얻어서 공장의 기계를 보고 있던 중 왼손 약지를 잘렸는데, 휘발유를 끼얹고 성냥불을 붙여서 손가락을 새까맣게 태우고 그런 손으로 기죽지 않고 열심히 일하고 있다는 이야기를 최근에 들은 적이 있었다.

현팔길은 일본에 가기 위한 도항증명을 얻기 위해 3년 동안 주재소를 쫓아다닌 결과, 생계를 위협받던 소작을 그만두고 일본으로 건너올 수 있었다. 현팔길은 일본인이면 다 부유하다고 믿었다. 그런데 일본인들의 집 밖에 버려진 구멍 난 냄비들을 주워왔다가 결국 도둑으로 몰린 적이 있었다. 그 일 이후 그는 넝마주이도 그만두어야 했다.

현팔길이 신사(神社)의 계단에 앉아 고향 쪽 바다를 바라보며 고향에서 쟁기를 끄는 자신의 모습을 상상하고 있을 때, 문득 D공장에서 나온 쓰레기 운반선이 눈에 들어왔다. 그걸 보고 현팔길은 D공장에서 나온 고물들이 집결되는, 어부 몇몇이 조성한 '히가시(ひがし)'에서 쓰레기를 사는 대신 쓰레기 운반권을 직접 사기로 마음먹었다. 그런데 그 운반권은 노시리(野尻)가 쥐고 있었다. 오래전 D공장이 파업에 직면했을 때, 노시리가 오사카에서 새로운 직공들을 모아와 큰 문제없이 공장을 가동시킬 수 있게 되었다. 그 공로로 사장인 해군중장이 쓰레기 운반권을 노시리에게 주었고, 그 덕분에 현재 D공장의 중역에까지 오르게 되었다. 전에 어떤 유력한 D읍 의회의원이 쓰레기 운반권을 빼앗기 위해, 노시리를 빼고 D공장과 직접 교섭을 하려다 결국 실패하고 만 사건이 있었다. 그러나 그 실패원인이 알려져 있지 않아 노시리는 쓰레기 운반권을 누구에게도 주지 않을 거라고 사람들은 믿고 있었다. 하지만 노시리에게 쓰레기 운반권은 이제 그다지 중요한 것이 아니었다.

현팔길은 고향에서 머슴 생활을 하며 고생했던 것을 떠올리며 어떻게 해서든 돈을 벌어 고향에 논을 사야겠다고 다짐했다. 다음날 새벽, 그는 노시리의 집 앞에 쓰레기 인력거를 세워두고 노시리가 나오기를 기다렸다. 현팔길은 오전 10시경이 되어서야 나타난 노시리 앞에 엎드려 한쪽 다리를 부둥켜안고 매달렸다. 그렇게 하여 현팔길은 노시리에게 매달 300엔의 권리금을 지불하는 조건으로 쓰레기 운반권을 얻을 수 있었다.

그런데 Y시 D읍의 고물상들은 현팔길이 잘 나가는 것을 배 아파했고, 쓰레기를 주워 팔던 히가시 어부들은 생계를 위협받자 공장에 항의하였다. 그러나 공장 측에서는 본업인 어업으로 돌아가라는 대답만 할 뿐이어서, 어부들은 현팔길을 비방하고 투서하는 데서 멈출 수밖에 없었다.

　D공장 망루 옆에 있는 창고에서 현팔길은 마누라와 둘이서 밤새도록 일을 했다. 그러던 어느 날 D읍 협화회(協和會) 간사이자 보험원으로, 조선인들 사이에 유지로 알려진 서민희(徐民喜)가 찾아왔다. 그는 거액의 벌이가 된다는 현팔길의 사업을 차지하고 싶어 하는 어느 쓰레기도매상 주인에게 부탁받고, 장사가 잘 되는 이유를 캐내어 알려줄 심산으로 찾아온 것이었다. 현팔길은 경찰의 신용까지 얻고 있는 서민희의 사업양도 제안을 거절하지 못했다. 그는 마지못해 이틀 후 답을 주겠노라고 대답하고 서민희를 돌려보냈다.

　그런 연유로 현팔길이 서민희와 잘 아는 사이인 경태를 찾아오게 된 것이다. 서민희에게 자기 사업체를 빼앗지 말라고 말해달라는 현팔길의 부탁을 들은 경태는 걱정하지 말라고 타일러 보냈다. 경태는 서민희를 만나러 가는 길에 현팔길이 어떤 일을 하는지 궁금하여 그의 창고에 들러보았다. 현팔길은 배에서 열심히 고철을 운반하고 있었다.

　현팔길은 오늘 교섭에 대한 사례로 담배 히카리(光) 한 갑을 경태에게 가져다주었다. 경태가 그 담배를 피우며 현팔길과 그의 아내가 열심히 일하는 모습을 지켜보고 있을 때, 서민희가 나타났다.

「경태와 서민희는 손을 마주잡은 채 그것을 바라보았다. 순간 대립의 기운이 감돌았다. 경태와 서민희는 손을 풀며 동시에 쓴 웃음을 지었다.

　"오해하면 곤란하네."라고 서민희가 말했다.

　"음, 알고 있네, 알고 있어. 역시 히카리는 너무 비쌌어."

　경태는 서민희의 어깨를 두드렸다. 이상하게 경태는 패배감 속에서 둘의 친밀함을 느꼈다. 경태는 널빤지를 걸어 현팔길에게 다가갔다.

　"걱정할 필요 없네. 열심히 일해서 고향에 논을 많이 사도록 하게. 그리고 빨리 돌아가게."

　현팔길은 기뻐 날뛰다가 바다에 풍덩 빠졌다. 빠진 채로 두 손을 벌리고 바닷물을 철썩철썩 미친 듯이 내리치며 물거품을 일으키면서 외쳤다.

　"아이고(기쁘다) 아이고!(기쁘다!)"」

金東里(김동리)

—

김동리(1913~1995) 소설가, 시인. 본명 시종(始鐘). 이명 창귀(昌貴). 아명 창봉(昌鳳). 족보명 태창(太昌). 호 동리(東里).

010

1913년	11월 경북 경주시(慶州市) 성건리(城乾里)에서 출생하였다.
1920년	경주 제일교회(第一敎會)부설의 계남소학교에 입학하였다.
1928년	대구 계성중학(啓聖中學)에서 2년을 수학한 후 서울 경신중학(儆新中學) 3학년에 편입하였다.
1929년	경신중학 4년에 학교를 중퇴하고 문학수련에 전념하였다. 박목월(朴木月), 김달진(金達鎭), 서정주(徐廷柱) 등과 교유하였다. 시 「고독」(《매일신보(每日申報)》)과 「방랑의 우수」(《중외일보》)를 발표하였다.
1934년	《조선일보(朝鮮日報)》 신춘문예에 시(詩) 「백로(白鷺)」가 입선하여 등단하게 되었다.
1935년	《조선중앙일보》에 소설 「화랑(花郞)의 후예(後裔)」가 당선되었다.
1936년	《동아일보(東亞日報)》 신춘문예에 소설 「산화(山火)」가 당선되어 작가로서의 위치를 굳혔다. 5월 「바위」(「신동아」)와 「무녀도」(「중앙」) 등의 단편소설을 발표하였고, 서정주, 김달진 등과 「시인부락(詩人部落)」 동인으로 활동하였다.
1939년	단편 「황토기」, 「찔레꽃」, 「두꺼비」 등을 발표하였다.
1940년	단편 「완미설」, 「다음 항구」, 「혼구」, 「동구앞길」 등을 발표하였으며, 「찔레꽃」과 「동구앞길」이 일본어로 번역, 발표되었다.
1942년	단편 「소녀」와 「하현」(「문장」)이 조선총독부의 검열로 전문이 삭제 당하였다.
1946년	<조선청년문학가협회(朝鮮靑年文學家協會)> 초대회장으로 역임되었고, 문단의 좌우투쟁에 개입하였다. 단편 「윤회설」을 발표하였다.
1947년	순수문학론을 둘러싸고 '본격문학'이라는 말을 사용하였다. 「달」, 「혈거부족」 등을 발표하였고, 첫 창작집 『무녀도(巫女圖)』를 을유문화사에서 간행하였다. 《경향신문》 문화부장에 취임하였다.
1948년	평론집 『문학과 인간』이 백민문화사에서 간행되었다.
1949년	《동아일보》에 장편 『해방』을 연재하였다. 두 번째 창작집 『황토기(黃土記)』가

	수선사에서 간행되었다.
1951년	<문총구국대> 부대장을 역임하였다. 피난지 부산에서 창작집『귀환장정(歸還壯丁)』을 출간하였다.
1955년	「현대문학」에『사반의 십자가』를 연재하였고, 창작집『실존무(實存舞)』가 인간사에서 간행되었다. 자유문학상을 수상하였다.
1958년	『사반의 십자가』로 예술원 문학부문 작품상을 수상하였다. 장편소설『춘추』를 출간하였다.
1963년	장편소설『해풍』을《국제신문》에 연재하였으며, 창작집『등신불(等身佛)』(정음사)을 출간하였다.
1967년	『까치소리』로 <3·1 문화상> 예술부문 본상을 수상하였다.
1972년	서라벌예술대학장에 취임하였다. 장편소설『삼국기』를《서울신문》에 연재하였다.
1973년	창작집『까치소리』와 수필집『사색과 인생』, 시집『바위』를 출간하였다. 중앙대학교 예술대학장에 취임하였다.
1978년	장편소설『을화』를「문학사상」에 연재하고 단행본으로 출간하였다. 창작집『꽃이 지는 이야기』, 수필집『취미와 인생』을 출간하였다.
1979년	한국소설가협회장에 피선되었다. 소년소녀 소설집『꿈같은 여름』을 출간하였다.
1981년	4월 대한민국예술원 회장에 선임되었다.
1982년	『을화』가 노벨문학상 본선에 진출하였고, 『사반의 십자가』를 개작 간행하였다.
1983년	<한국문인협회> 이사장에 피선되었으며 대한민국예술원 원로회원에 추대되었다. 시집『패랭이꽃』을 출간하였다.
1985년	수필집『생각이 흐르는 강물』을 출간하였다.
1988년	수필집『사랑의 샘은 곳마다 솟고』를 출간하였다.
1995년	6월 17일 사망하였다.

　　김동리는 순수문학과 신인간주의(新人間主義)의 문학사상으로 일관해 왔다. 8·15 광복 직후 민족주의문학 진영에 가담하여 좌파이론가인 김동석, 김병규 등과 순수문학논쟁을 벌이는 등 좌익문단에 맞서 우익 민족문학론을 옹호한 대표적인 인물이다. 좌·우익의 정치적 격변 <한국전쟁> 등의 현실을 배경으로 작품이 변모되어, 종래의 토속적 및 한국적 특성을 인류 보편성으로, 종래의 한국적 인간상을 보편적 인간상으로 한국 현실을 세계적 현실로 확대하고자 노력하였다. 고유의 토속성과 외래사상의 대립을 통해 인간성의 문제를 그렸고, <한국전쟁> 이후에는 인간과 이념의 갈등에 주안점을 두었다.

野ばら(찔레꽃)

〈기초사항〉

원제(原題)	野ばら	
한국어 제목	찔레꽃	
원작가명(原作家名)	본명	김시종(金始鐘)
	필명	김동리(金東里)
게재지(揭載誌)	조선소설대표작집(朝鮮小說代表作集)	
게재년도	1940년 2월	
배경	• 시간적 배경: 보리가 익어 수확을 맞은 시기 • 공간적 배경: 농촌마을	
등장인물	① 예순의 순녀 어머니 ② 남편을 찾아 만주로 떠나는 25세의 순녀 등	
기타사항	번역자: 신건(申建)	

〈줄거리〉

올해는 보리가 정말 풍작이다. 하얀 구름이 끝없이 펼쳐지는 감청색 하늘 끝에 맞닿은 넓은 보리밭에는, 지금 사방으로 익어가는 기름진 보리들이 한껏 숨을 들이쉬고 있다. 보리가 풍년일 때는 밭두둑 구석구석까지 찔레꽃이 하얗게 핀다. 찔레꽃을 앞에 두고 어린 송아지가 울고, 밭 저쪽 두렁에서는 어미 소가 운다.

순녀(順女)의 어머니는 보리를 베던 낫을 내던지고 두둑에 털썩 주저앉으며 혀를 찼다. 25년 동안 한 번도 떨어진 적이 없는 딸과 헤어지게 된 것이다. 4남 1녀 다섯 남매 중 막내인 순녀가 아이를 둘 낳기까지, 순녀는 한 남자의 아내라기보다는 어머니의 딸이었다. 다른 자식들이 내켜하지 않아하는 것을 빤히 알면서도 순녀를 모른 척 이웃마을 젊은이에게 시집보낸 것도, 멀리 보내 못 보는 것보다 낫겠다 싶어서였다. 그런데 사위는 아내를 맞은 지 5년 만에 만주로 돈벌이하러 떠나버렸고, 그 후 2년 동안 소식 한 번 없어 다들 비명횡사했을 거라고 짐작만 하고 있었다.

그런데 그 무렵 순녀 남편의 당숙뻘인 노인이 만주에서 돌아온 것이다. 그의 말에 따르면, 순녀의 남편이 만주에 있는데 순녀를 데려오라고 했다는 것이다. 설사 만주벽지를 떠돌아다닌다고 해도 처자를 고향에 둔 사람이 어떻게 2년 동안 소식 한번 없을 수 있는지, 순녀의 어머니는 화가 났다. 순녀의 어머니는 그 날로 머리를 싸매고 누워 아무것도 먹지 못했다. 아무리 그래도 당숙 편에 편지 한 통 들려 보내지 않은 그런 사위를 어찌 믿고 딸을 멀고 먼 만주까지 보낼 수 있겠냐며, 순녀 어머니는 답답하고 원망스러운 마음에 땅이 꺼져라 한숨만 쉴 따름이었다. 그러나 아내가 남편을 따르는 것은 하늘의 정한 이치가 아닌가? 아무리 생각해도 딸을 보내는 것 외에는 방법이 없었다. 순녀 어머니는 자꾸만 눈물을 훔쳤다. 그리고는 다시금 낫을 집어 들고 보리를 베기 시작했다.

오늘 아침에는 옆집에서 찹쌀을 빌려다 밥을 지었지만, 헤어질 것을 생각하니 두 모녀는 마치 모래를 씹는 것만 같았다. 문득 순녀 어머니는 순녀가 보리떡을 먹고 싶어 했던 것이 생각났다. 그래서 아직 덜 여문 보리이삭을 훑어다 보리떡을 만들기로 한 것이다. 방앗간에 어두운 등불을 켜놓고 나무 절굿공이를 갈아 떡을 찧었고, 기름도 아끼지 않고 썼다. 보리떡이 다 만들어지자 방에 들어가서 딸을 흔들어 깨웠다. 그러나 겉으로 내놓고 울 수 없는 순녀는 잠든 것처럼 반응이 없었다. 어머니는 날이 샐 때까지 순녀가 가지고 갈만한 물건들을 챙겼다. 이제 가면 언제 다시 만날지 모를 딸을 위해 오래된 고리짝을 아무리 뒤적여보아도 이렇다 할 만한 것이 없었다. 고리짝 안에서 두어 번 세탁한 삼베 속옷을 챙겼다. 또 순녀 어머니는 순녀의 여비를 마련하기 위해 집에 있는 작은 송아지를 팔았고, 남몰래 이웃집에서 40냥(8원)을 빌렸다.

다음날 아침, 끝없이 펼쳐진 보리밭 길을 따라 순녀는 떠나고 어머니는 떠나보낸다.

떠나는 것은 틀림없이 딸이고 떠나보내는 것은 어머니가 틀림없지만, 지금 두 사람의 가슴속은 보내는 어머니가 떠나는 딸이고, 떠나는 딸이 보내는 어머니인 것이다.

"언제 다시 만날 수 있을까요, 어머니!"라며 딸은 목 놓아 울고 어머니는 손수건으로 입을 틀어막고 흐느껴 울었다. 딸의 넋두리에 장단이라도 맞추듯 숲에서는 뻐꾸기가 한바탕 어우러져 울었다. '지금이 마지막으로 보는 것이다. 마음에 담아두고 봐둬야지' 순녀는 몇 번이고 다짐하며 얼굴을 들었다. 하지만 눈물로 가득 찬 그녀의 눈에는 단지 하얗게 센 머리카락과 깊게 패인 주름만이 희미하게 비칠 뿐이다. 감청색 하늘에는 솜처럼 하얀 구름이 나른한 바람을 타고 남으로 남으로 흘러가고, 그 구름이 흘러가는 하늘 끝까지 윤기 나는 보리가 펼쳐져 있다. 밭두둑 구석구석까지 하얀 찔레꽃이 흐드러지게 피어있었다.

「"음매, 음매" 찔레꽃 앞에서 송아지가 울고,

"음머, 음머" 어느 밭두둑에선가 어미 소가 운다.

어머니의 눈에는 멀어져 가는 순녀가 보였다. 어머니는 벌써 모든 것을 알고 있었다. 말할 것도 없이 순녀의 작은 보따리 안에는 어젯밤 찧은 보리떡과 어머니가 입었던 삼베 속옷 한 벌이 들어있을 것이고, 그러고 보면 굳이 무슨 말이 필요하겠는가.

지금, 기차를 타고 멀리멀리 떠나는 것은 늙디 늙은 어머니이고, 노랗게 익어가는 보리밭두둑에 하얀 머리를 이고 홀로 서있는 것은 젊은 딸이다.

"음매 – 음매 –"

"음머 음머 –"

찔레꽃 하얀 밭두둑을 사이에 두고 송아지와 어미 소는 울고 있다.」

- 창작 32인 모음(創作三十二人集)에서 -

村の通り道(동구 앞길)

〈기초사항〉

원제(原題)		村の通り道
한국어 제목		동구 앞길
원작가명(原作家名)	본명	김시종(金始鐘)
	필명	김동리(金東里)
게재지(揭載誌)		모던니혼(モダン日本)
게재년도		1940년 8월
배경		• 시간적 배경: 어느 해 5월 • 공간적 배경: 어느 농촌마을
등장인물		① 양주사 영감의 소실 순녀 ② 양주사 영감의 본처 ③ 양주사 집 하녀 선이 등
기타사항		번역자: 가나야마 이즈미(金山泉)

〈줄거리〉

오늘은 5월 1일이다. 순녀(順女)는 보름 앞으로 다가온 엄마 생신으로 친정에 갈 생각을 하니 마음이 설렜다. 그때는 옆집 사는 옥남(玉男)에게 어린 아들을 업히고 수탉과 얼마 전 새로 산 신발을 가지고 갈 것이다. 결혼하고 7년, 한 해에 한 번뿐인 이 날을 위해 순녀는 1년을 사는 것만 같았다. 게다가 올해는 어린 아들까지 데리고 갈 생각을 하니 너무나 즐거웠다.

순녀는 시집와서 사십이 넘도록 아이가 없는 영감에게 복덩이를 셋이나 안겨주었다. 아들에 대한 기갈이 풀려서인지 셋째는 아직 큰마누라한테 데려가지 않고 순녀가 키우고 있었다. 순녀는 자신이 셋째아들을 키우고 싶다고 부탁했지만, 영감은 심심하면 일이나 하라고 핀잔을 주며 들어주지 않았다.

셋째마저 빼앗기면 순녀야말로 살아갈 낙을 잃게 될 것이었다. 부모형제를 위해서 논 다섯 마지기 소작을 부치는 것은 큰 은혜도 아니었다. 이웃들은 편히 살면서 왜 자꾸 말라가냐고 하지만, 배 아파 낳은 자식을 제 손으로 키우지 못하는 설움을 알아주는 이는 아무도 없었다. 그 아이들이 훗날 생모라고 찾아와줄지 모르겠지만, 큰마누라는 아이들이 행여나 제 생모를 알아볼까봐 순녀를 숫제 원수 대하듯 하였다.

순녀가 둘째아들을 낳자, 큰 마누라는 허접한 논 몇 마지기 떼어주고 순녀랑 헤어지라고 자꾸만 영감을 졸라댔다. 하지만 영감은 그마저도 아까워서 망설이고 있었다. 속 모르는 친정오빠들은 영감이 하자는 대로 논 몇 마지기를 주면 헤어지라면서 은근히 논 욕심을 냈다. 친정오빠들의 생각이 어떻든 순녀는 찰거머리처럼 영감 곁에 붙어있을 생각이었다.

쉰이 갓 넘은 아버지는 병석에 누워 밤낮으로 약 타령만 해대고 보통학교(초등학교)를 졸업한 둘째오빠는 만주로 떠난 뒤 아무 소식도 없었다. 도저히 큰오빠의 벌이만으로 어린조카와 남동생까지 포함한 많은 식구들의 배고픔을 해결할 수 없었다.

그때 중매쟁이 허(許)생원이 찾아와, 윗마을 사는 양(楊)주사 영감이 아들이 없는데 그 집에 들어가 아들만 낳아주면 전 재산을 물려받게 될 거라고 했다. 순녀는 친정식구들이 농사라도 실컷 부쳐먹게 하자는 생각에 소실로 왔고, 그 덕분에 친정살림이 조금은 나아졌다는 이야기를 들었다. 그러나 이제와서 보니 누구보다 목마른 것은 제 자식을 키우지 못하는 순녀 자신이었다. 제 배 아파 낳은 자식들에게 한 번만이라도 어미노릇을 하고 싶었다.

툇마루에 앉아 영감집에서 일하는 선이(善伊)의 손에 이끌려 올 맏아들 영준(永俊)과 선이의 등에 업혀올 둘째아들 기준(基俊)을 기다렸다. 순녀는 선이를 시켜 아이들을 데려오게 하는 데 갖은 꾀를 다 썼다. 들키면 무수한 매를 맞고 쫓겨날지 모를 일이지만, 일단 모험을 해보기로 한 것이다. 이윽고 선이도 순녀의 모험에 동참하게 되었고, 한 차례 성공한 적이 있었다. 그때 선이는 작은 아이만 안고 왔다. 그것만으로도 순녀는 오랜 설움을 조금이나마 풀 수 있었다. 선이에게 어른들 눈을 속이게 하는 것은 미안했지만, 마을 하나를 사이에 두고 자식들을 코빼기도 안 보여주는 영감과 큰마누라가 원망스러웠다.

그때 선이가 두 아들을 데리고 집으로 들어섰다. 순간 당황한 순녀는 멍하니 있다가 영준을 덥석 끌어안았다. 영준의 이름을 마음속으로 부르며 눈물을 흘리다가, "영준아"하고 소리 내어 불렀다. 영준은 모르는 아줌마가 울며 자기 이름을 부르자 깜짝 놀라 덩달아 울음을 터뜨렸다. 순녀는 울지 말라며 먹을 것으로 달래지만, 영준은 그것을 밀쳐냈다. 선이는 그 모습이 딱했는지 영준에게 받아도 된다고 타이르고, 그제야 영준이 먹을 것들을 받아들었다. 자기가 누군지 아느냐고 묻는 순녀가 낯설고 두렵기만 한 영준은, 선이가 엄마라고 알려 주어도 곧이듣지 않았다. 순녀는 기준을 안아 젖을 먹이면서, 영준에게 기준이가 동생인 것처럼 잠들어 있는 성준(成俊)도 동생이라고 알려주었다. 하지만 영준은 거짓말이라고 날카롭게 쏘아붙였다. 순녀는 자신을 선이의 엄마라고 고집하는 영준의 말에 속이 탔다.

그런데 그날 밤, 큰마누라가 서슬이 시퍼래져서 순녀의 집에 들이닥쳤다. 영준에게 그렇게 말하지 말라고 당부했건만, 어린 영준이 결국 큰마누라에게 말해버린 모양이었다. 큰 마누라는 비록 자기 배 아파 낳은 자식은 아니지만 그래도 친자식처럼 키워왔고, 덕분에 아이들도 자기를 생모인 줄 알고 지내왔다. 그런 모든 공이 한순간에 무너졌다며 순녀를 피투성이가 되도록 두들겨 팼다.

「마누라는 제 손으로 자신의 머리카락을 쥐어뜯고 자신의 옷을 갈기갈기 찢었다. 제 손등을 물어뜯는가 하면 주먹으로 제 가슴을 마치 몽둥이로 두들겨 패듯 내려쳤다. 순녀의 얼굴과 가슴을 치고 유방까지 물어뜯었다. 그제야 나타난 영감이 고함을 지르며 말렸지만, 큰마누라는 입에 피거품을 물고 자신의 가슴을 쥐어뜯으면서 울부짖었다.

"봐라 봐, 이년, 순녀야! 너는 아이를 낳았다. 아들을 낳았어. 네 이년! 남편이 있고 아이가 있다고 나이든 사람을 이렇게 바보 취급하는 게 아니다! 나 같은 여자를 괴롭히면 못써. 운이 좋은 여자는 아이를 낳고 남편을 뺏네. 아이고! 아이고! 불쌍한 것은 나요. 남편도 없고 아들도 없어. 너 죽고 나 죽자. 아아, 아아!" 의사가 오고 여러 사람이 그녀를 강제로 들어낼 때까지 마누라의 악다구니는 끝나지 않았다.」

의사가 처치를 하고 돌아간 뒤에도 순녀는 정신이 들지 않았다. 이튿날도 기진하여 누워있는 순녀의 귀에 "어차피 낼모레 데려갈 아이인데……. 애기가 울어서……."라고 중얼거리는 영감의 목소리가 어렴풋이 들려왔다.

　　그로부터 15일이 지난 후의 일이다. 순녀는 낡은 고무신을 신고 빨간 수탉을 안고 더욱 창백해진 얼굴로 동구 앞을 지나가고 있었다. 하지만 성준을 업고 그 뒤를 따라갈 줄 알았던 옥남의 모습은 어디에도 보이지 않았다.

金東仁(김동인)

—

김동인(1900~1951) 소설가, 언론인. 호 금동(琴童), 금동인(琴童仁), 춘사(春士), 만덕(萬德), 시어딤. 창씨명 히가시 후미히토(東文仁), 곤도 후미히토 혹은 가네히가시 후미히토(金東文仁).

011

약력

1900년	10월 평양의 대부호이자 개신교 장로였던 김대윤(金大閏)의 차남으로 태어났다.
1907년	개신교 학교인 평안남도 평양 숭덕소학교(崇德小學校)에 입학하였다.
1912년	평양 숭실중학교에 입학하였으나, 이듬해 중퇴하였다.
1914년	일본 도쿄학원 중학부에 입학하였다.
1915년	도쿄학원의 폐쇄로, 당시 이광수(李光洙), 문일평(文一平), 주요한(朱耀翰) 등이 재학하고 있던 메이지학원(明治学院) 중학부 2학년에 편입하였다.
1917년	아버지가 사망하여 일시 귀국하였고, 유산을 상속받은 후 어물상을 하던 부호의 딸 김혜인(金惠仁)과 결혼하지만 예술과 문학에 대한 동경으로 다시 일본으로 건너갔다. 하지만 다니던 메이지학원을 중퇴하고, 일본 도쿄의 가와바타미술학교(川端畵塾)에 입학하여 서양화가인 후지시마 다케지(藤島武二)의 문하생이 되었다.
1919년	2월 일본 도쿄에서 주요한을 발행인으로 한국 최초의 순문예동인지 「창조」를 창간하고 단편소설 「약한 자의 슬픔」을 발표하며 등단하였다. 또한 도쿄 히비야공원에서 <재일본도쿄조선유학생학우회> 독립선언 행사에 참여하여 체포되었다가 하루 만에 풀려났으며, <2·8독립선언>과 <3·1운동>에도 참여하였다.
1920년	문학비평가의 역할 문제를 둘러싸고 염상섭과 논쟁을 벌였으며, 가세가 몰락하면서 대중소설을 쓰기 시작했다.
1921년	6월 「창조」에 단편 「배따라기」를 발표하였다.
1923년	첫 창작집 『목숨 - 시어딤 창작집』(창조사)을 자비로 발간했다.
1924년	「창조」의 후신인 「영대」를 간행하였고, 이후 자연주의적 인생관을 반영한 일련의 작품을 발표하였다.
1925년	단편 「감자」를 발표하였다.
1928년	10월 「감자」가 일본어로 번역, 발표되었다.
1929년	중편 「여인」, 미완의 장편 『태평행』 등을 연재하였다. 평론 「조선근대소설고」를 발표하였다.

1930년	생활의 어려움으로 아내가 가출한 후 11살 연하의 김경애와 재혼하였고, 9월부터 1931년 11월까지《동아일보(東亞日報)》에 첫 번째 장편소설『젊은 그들』을 연재하였다. 중편『여인』을 출간하였다.
1932년	7월 문인친목단체인 <조선문필가협회>의 발기인으로 위원 및 사업부 책임자를 맡았으며,《동아일보》기자가 되었다. 단편「발가락이 닮았다」를 발표하였다.
1933년	4월《조선일보》기자 겸 학예부장으로 약 40여 일간 재직하였다. 장편 역사소설『운현궁의 봄』을 연재하였다.
1934년	아편중독 증세를 보였다.「춘원연구」의 연재를 시작하였고, 단편「대동강은 속삭인다」,「몽상록」을 발표하였다.
1935년	월간잡지「야담(野談)」을 인수하여 12월부터 1937년 6월까지 발행했다. 독립운동가이자 정치인인 그의 형 김동원은 안창호의 측근으로 <흥사단>의 측면지원조직이던 <동우구락부>를 조직했는데, 그 역시 두 조직에 가입했다. 그 뒤 이광수의 <수양동맹회>와 통합하자 <수양동우회>의 회원이 되었다.「배따라기」가 일본어로 번역, 발표되었다.
1937년	<수양동우회사건>으로 구속되었다가 풀려난 뒤 전향 의혹을 받게 되었다.
1938년	총독부 관리가 있는 줄 모르고 한 말 때문에 천황모독죄로 반년간 헌병대에 갇혀 지냈다. 단편「대탕지 아주머니」를 발표하였다.
1939년	『김동인 단편집』을 간행하였다. 2월 초중순경 조선총독부 학무국 사회교육과를 찾아가 <문단사절>을 조직해 중국 화북지방에 주둔한 황군(皇軍)을 위문할 것을 제안했다. 그리고 <북지 황군 위문 문단사절>로 중국 전선에 일본군 위문을 다녀와 이를 기록으로 남겼다.
1940년	「82」와「발가락이 닮았다」가 일본어로 번역, 발표되었다.
1941년	11월 <조선문인협회>가 주최한 내선작가 간담회에 출석하여 발언하였고, 같은 해 12월 경성방송국에 출연해 시국적 작품을 낭독했다.
1943년	6월 <조선문인보국회>의 소설희곡부회 상담역을 맡았다. 그 외에 총독부 기관지《매일신보(每日申報)》에 내선일체와 황민화를 선전, 선동하는 글을 많이 남겼다.
1944년	1월 20일에 조선인 학병이 첫 입영을 하게 되자, 1월 19일부터 1월 28일에 걸쳐《매일신보》에「반도민중의 황민화 - 징병제 실시 수감(隨感)」이라는 제목으로 학병 권유를 연재하면서 선동했다.
1945년	12월 이후 신탁통치 반대운동을 지지하였다
1946년	우파 문인들을 규합하여 <전조선문필가협회(全朝鮮文筆家協會)>를 결성하였다.
1947년	3월「백민」에 산문「망국인기(亡國人記)」, 이듬해 5월에『속 망국인기』를 게재하였다.
1948년	단편집『발가락이 닮았다』를 간행하였다. 3월부터 1949년 8월까지「신천지」에 산문「문단 30년의 자취」등을 발표하면서 일제강점기 수많은 친일활동 행적에 대해 변명하는 논조를 썼다.
1949년	7월 중풍으로 반신불수가 되었다.

1950년	<한국전쟁>이 일어났으나 몸이 불편하여 피난을 포기하고 홀로 서울에 남아 조선 인민군에게 체포되어 심문을 당했다.
1951년	1월 5일 서울 하왕십리동의 자택에서 사망하였다.

김동인은 1920년대 이광수의 계몽주의적 문학 경향에 맞서 사실주의적 수법을 사용하였고, 1925년 유행한 신경향파 및 프로문학에 맞서 예술지상주의를 표방하며 순수문학운동을 전개하였다. 또한 『영대』를 간행하며 자연주의적 인생관이 짙게 반영된 작품들을 발표하였다. 그의 문학의 가장 중요한 특성은 자연주의와 유미주의이다. 먼저 『태형』, 『명문』, 『감자』 등과 같은 초기 작품에서는 물질주의적, 환경결정론적 인간관과 반도덕성 등의 자연주의적 특성을 구체적으로 드러냈다. 그리고 『배따라기』에 나타나는 병적 광기, 쾌락주의, 반도덕성은 후에 『광염소나타』, 『광화사』에서처럼 그의 유미주의를 형성시켜주었으나, 이는 자연주의 작품에 비해 뚜렷한 성취를 보여주지는 못했다. 그 외에도 『붉은 산』에서는 민족주의 경향이, 『발가락이 닮았다』에서는 인도주의적 경향이 다양하게 나타나고 있다. 서술자의 관점에서는 고정된 초점자의 일원묘사 방식의 『약한 자의 슬픔』, 『마음이 여튼자여』 등을, 서사의 전개를 효율적으로 진행시키는 전지적인 관점에서 『감자』, 『무명』, 『배회』 등을, 서술자의 인격이나 개설이 드러나는 동종타자서술방식의 『광화사』, 『발가락이 닮았다』, 『붉은 산』 등을 들 수 있다.

馬鈴薯(감자)

〈기초사항〉

원제(原題)	馬鈴薯	
한국어 제목	감자	
원작가명(原作家名)	본명	김동인(金東仁)
	필명	
게재지(揭載誌)	분쇼쿠라부(文章俱樂部)	
게재년도	1928년 10월	
배경	• 시간적 배경: 어느 해 봄 • 공간적 배경: 평양 칠성문 밖 빈민굴	
등장인물	① 생계를 위해 몸을 팔게 된 복녀 ② 게으름뱅이 남편 ③ 중국인 왕서방 등	
기타사항	번역자: 이수창(李壽昌)	

　　가난하긴 하지만 농가에서 예의바르게 자란 복녀(福女)는 열다섯 살이 되던 해 봄, 같은 동네 사는 스무 살 연상에 게으름뱅이인 홀아비에게 80원에 팔려갔다. 그녀의 남편이 된 홀아비는 조부 때는 몇 마지기의 논을 가진 자작농이었지만, 지금은 복녀의 몸값으로 지불한 80원이 그의 전 재산이었다. 처음 3, 4년 동안은 복녀의 집에서 도와주어 그럭저럭 지냈지만, 결국 처가에서도 신용을 잃어 두 사람은 평양성 안으로 들어가 맞벌이를 하기로 했다.

　　그러나 게으른 그는 매일 지게를 짊어지고 나가 연광정(練光亭) 부근만을 걷거나, 대동강을 멍하니 바라보며 놀기만 했다. 부잣집 행랑살이로 들어가기도 했지만 부지런한 복녀와 달리 빈둥빈둥 놀기만 하는 남편 때문에 결국 쫓겨나고 말았다. 그래서 그들은 칠성문(七星門) 밖의 빈민굴로 들어가게 되었다. 그곳은 싸움, 간통, 살인, 도둑, 구걸, 징역 등 인생에 존재하는 온갖 죄악과 비참함의 발원지였다. 그곳 사람들의 직업은 동냥이고, 부업은 도둑질과 매음 등 추악한 것들뿐이었다. 복녀도 그들과 한패가 되어 동냥을 다녔지만, 젊고 건강한 그들을 누구도 동정하지 않았다. 열아홉 나이에 용모가 반반한 복녀는 근처의 여자들처럼 돈 있는 남자에게 몸을 팔면 5, 60전의 돈을 손쉽게 벌 수 있다는 것을 알았지만, 그렇게까지는 할 수 없었다.

　　어느 해 기자묘(箕子墓)의 솔밭에 송충이가 많아져 평양부에서는 빈민을 지원한다는 명목으로 빈민굴의 여자들에게 송충이를 잡도록 하였다. 복녀도 거기에 뽑혀 열심히 송충이를 잡고 하루 32전의 품삯을 받을 수 있었다. 그런데 이상한 것은 십여 명의 여자인부들이 벌레는 잡지 않고 수다를 떨며 놀기만 하는데도 자신보다 더 많은 40전의 품삯을 받는다는 것이었다.

　　그러던 어느 날 복녀도 감독에게 불려가게 되고, 그때부터는 그녀 역시 놀면서 품삯을 많이 받는 무리에 속하게 되었다. 남편 아닌 남자와 관계를 갖는다는 건 상상조차 해본 적 없던 그녀였지만, 즐기면서 품삯도 더 받고 긴장된 쾌락을 맛볼 수 있는 이것이야말로 삶의 비결이란 생각을 하게 되었다. 그 후 복녀는 일하는 시간보다 얼굴을 치장하는 시간이 더 길어졌다.

　　1년이 지나고 그녀의 처세술은 점점 경지에 올랐고, 근처 비렁뱅이에게 애교를 판 덕분에 생활도 점점 나아지게 되었다. 한편 남편은 뒹굴고 놀면서 오히려 좋아하였다.

　　칠성문 밖에는 중국인의 야채밭이 있어서 가을이면 빈민굴의 여인들이 어둠을 틈타 감자며 배추를 훔쳐오곤 했는데 복녀도 그 무리에 끼었다. 감자 한 바구니를 훔쳐 나오던 어느 날 밤, 복녀는 야채밭 소작인 왕서방에게 붙잡히고 말았다. 그런데 왕서방의 집까지 따라간 복녀는 오히려 3원을 챙겨들고 집으로 돌아왔다. 그리고 남편에게 아무렇지 않게 왕서방과의 일을 웃으며 이야기했다. 그 일이 있은 후 왕서방은 발이 닳게 복녀의 집을 드나들었고, 그녀의 남편은 시간을 따지지 않고 눈치껏 자리를 비켜주었다.

　　이듬해 봄, 왕서방은 100원을 주고 어떤 처녀를 부인으로 들였다. 동네 부인들은 비꼬며 복녀를 약 올렸다. 복녀는 태연한 척 하였지만 사실은 울화통이 터졌다. 결혼식날이 되어 왕서방 집에서는 성대하게 결혼식이 치러졌다. 복녀는 평소보다 진하게 화장을 하고 내부의 동정을 살피다가, 두 시쯤 손님들이 돌아가자 신랑신부 앞으로 나아갔다. 그리고 놀란 왕서방의 팔을 붙잡고 음탕한 미소를 지어보이며 자기 집으로 가자고 유혹했다. 왕서방은 곤란해 어쩔 줄 몰라 하며 싫다고 복녀의 손을 힘껏 뿌리쳤다. 그 바람에 벌러덩 나동그라진 복녀가 몸을 추스르고 일어서는데, 그녀의 손에는 낫 한 자루가 들려있었다.

그녀는 왕서방을 죽이고 말겠다고 악다구니를 써대며 낫을 마구 휘둘렀다. 하지만 그 소란도 얼마 되지 않아 잠잠해졌다. 그녀가 휘두르던 낫은 어느새 왕서방 손에 쥐어져 있었고, 복녀는 낫에 찔려 쓰러져 있었다.

「복녀의 사체는 사흘이 지나도록 묘지로 옮겨지지 않았다. 그 후 중국인 왕서방이 빈번히 그녀의 남편을 찾아왔고, 남편도 종종 왕서방 집으로 찾아갔다.

사흘이 지나 나흘째가 되었다.

그녀의 시체는 한밤중에 왕서방 집에서 자신의 집으로 옮겨졌다. 그리고 그 주변에는 세 남자가 둘러앉아 있었다.

한 사람은 그녀의 남편, 다른 한 사람은 중국인 왕서방, 나머지 한 사람은 한방의원이었다.

왕서방은 말없이 안주머니에서 지갑을 끄집어내더니 그녀의 남편에게는 10원짜리 석 장을, 한방의원에게는 10원짜리 두 장을 각각 쥐어 주었다.

다음날 복녀는 뇌출혈로 급사했다는 진단 아래, 공동묘지에 묻혔다.」

*원작자와 「감자」에 대하여: 「감자」의 작자 김동인씨는 순수한 단편작가로, 그 현실적인 관찰과 감각적인 필치는 타의 추종을 불허한다. 그리고 「감자」는 문단에 있어 가장 훌륭한 수확의 하나로 이미 조선문단의 정평을 얻고 있다. 작가 자신 또한 이것은 회심의 작품이라고 밝히고 있다. (역자)

ペタラギ(배따라기)

〈기초사항〉

원제(原題)	ペタラギ(舟唄, 一~九)	
한국어 제목	배따라기	
원작가명(原作家名)	본명	김동인(金東仁)
	필명	
게재지(揭載誌)	오사카마이니치신분(大阪毎日新聞) 조선판	
게재년도	1935년 1월	
배경	• 시간적 배경: 어느 해 봄 • 공간적 배경: 현재의 평양과 과거의 영유	
등장인물	① 대동강 봄맞이를 나선 '나' ② 아내와 동생의 관계를 오해한 뱃사람 '그' ③ '그'의 아내 ④ '그'의 아우 등	
기타사항	번역자 미상	

대동강 뱃놀이가 시작되는 삼월 삼짇날, 나는 대동강을 향한 모란봉 기슭에 누워 있었다. 평양성내는 아직 새싹이 돋아나는 봄기운만 느껴졌지만, 이 모란봉 일대와 장림(長林) 주변은 봄이 한창이었고, 기생들 노래에 맞추어 아악이 아름다운 음색으로 울리고 있었다. 그때 문득 어딘가에서 아주 능수능란한 '영유(永柔) 배따라기' 노랫소리가 들려왔다.

2년 전 여름을 영유에서 지낸 적이 있는 나는, 해질녘 바다를 배경으로 배에서 들려오던 '배따라기' 노래의 안타까움과 애처로움이 생각났다. 나는 배따라기 노랫소리에 끌려 기자묘(箕子墓)의 넓은 곳으로 나가 순진한 얼굴의 뱃사람을 만났다. 그는 영유가 고향이지만 고향을 떠난 지 20여년이 되었다며 자신의 운명에 대해 이야기하였다.

그가 태어난 마을은 영유에서 20리 정도 떨어져있는 바다를 마주한 조그만 어촌이었다. 30가구 정도 되는 작은 마을에서 그는 꽤 능력 있는 사람이었다. 부모는 그의 나이 열대여섯 정도 되었을 때 모두 죽고, 피붙이라고는 옆집에 사는 그의 동생부부가 전부였다. 그들 형제는 글을 잘 아는 고기잡이로 마을의 대표적 인물이었다. 그는 촌에서는 보기 드문 예쁘고 요염한 아내를 맞아들였지만, 애교를 잘 부리는 천진난만한 아내의 행동이 못마땅해 아내를 폭행하기도 하였다. 그럴 때면 옆집에 사는 아우가 말리곤 했는데, 아내가 아우에게 친절히 대하는 것마저 눈엣가시여서 동생까지 자주 때리곤 했다.

영유에 있었던 어느 해, 생일상을 맞아 음식을 잔뜩 차려 먹고 일부는 남겨두었다. 그에게는 맛있는 음식은 남겨놓았다가 먹는 버릇이 있었기 때문이다. 그런데 점심때쯤 동생 부부가 찾아오자 그가 아끼느라 남겨두었던 음식으로 아내가 상까지 차려 내주었다. 그 사실을 안 그는 화가 잔뜩 나서, 아내가 발을 밟은 것을 트집 잡아 분이 풀릴 때까지 그녀를 두드려 팼다. 그리고 난 후, 옆 동네 탁주집에 가서 술파는 계집과 해가 저물도록 어울려 놀다가 밤이 되어서야 아내에게 줄 떡을 사서 돌아왔다.

그로부터 서너 달이 지난 어느 날, 아우가 영유고을 출입이 잦아지고 며칠씩 묵고 오는 날이 생기면서 영유에 첩이 생겼다는 소문이 퍼졌다. 이 소문을 들은 아내는, 영유로 나가는 시동생을 말리지 않는 동서를 탓하며 싸우기도 하였다. 하루는 아우 부부와 싸우고 돌아온 아내가 그에게까지 동생을 말리지 않는다며 화를 냈다. 그런 아내에게 심사가 뒤틀린 그는 버럭 화를 내며 아내를 때리고 나가라고 윽박질렀다. 결국 아내는 울면서 뛰쳐나가 아우의 집으로 가서는 밤이 늦도록 돌아오지 않았다. 새벽동이 틀 때쯤 그는 화가 나서 아내와 아우를 찔러죽일 셈으로 식칼을 들고 나가다가 걱정스럽게 집안을 들여다보고 서있는 아내를 보고 화를 풀기도 하였다. 어쨌든 그와 그의 아내, 그리고 아우의 삼각관계는 이와 같았다.

추석이 다가오자 그는 추석준비도 할 겸, 아내가 갖고 싶어 하는 거울도 살 겸하여 장에 나갔다. 적당한 거울을 사고 장을 본 뒤, 아내의 기뻐할 얼굴을 생각하며 탁주집도 들르지 않고 서둘러 집으로 돌아왔다. 그런데 그가 집에 도착하여 방문을 열었을 때 뜻하지 않은 광경이 눈앞에 펼쳐졌다. 방 한 가운데 떡 하니 상이 차려져 있고 아내와 아우는 흐트러진 차림이었다. 두 사람은 쥐를 잡는 중이었다고 말했지만 그 말을 믿을 수 없었던 그는 아우와 아내를 마구 때린 후 내쫓았다. 그런데 어두워지도록 분이 풀리지 않은 그가 캄캄해서 불을 켜려고 성냥을 찾는 순간 쥐를 발견하게 되었다. 그는 그제야 두 사람의 말이 사실이었다는 것을 알았다.

그는 마음을 가라앉히고 아내를 기다렸지만 이튿날에도 아내는 돌아오지 않았다. 기다리다 못한 그는 아내를 찾아 나섰고, 결국 바닷가에서 물에 빠져죽은 아내를 발견하게 되었다.

이틀 뒤 간단하게 장사를 치르고 난 그 다음날부터 아우의 모습도 마을에서 사라지고 말았다. 모든 불행의 원인이 자신에게 있다고 생각한 그는 뱃사람이 되어 아우를 찾기 위해 마을을 떠났다.

그렇게 11년이 지난 어느 날 그가 탄 배가 풍랑을 만나 파손되고 말았다. 그가 정신을 잃고 있는 동안 자신을 간호해 준 아우를 만나게 되지만, 안부를 묻고 잠이 들었다 깨어보니 아우는 어디론가 사라지고 없었다. 아우를 찾지 못한 그는 다시 다른 배를 타고 떠나야 했다.

이후에도 해주에서 잠시 아우의 모습을 발견하지만 놓치고 말았다. 그런가 하면 6년 전 강화도를 지나다가 아우가 부르는 듯한 애절한 '배따라기' 노래를 듣고 서둘러 소리 나는 쪽으로 달려갔지만, 간발의 차로 인천으로 떠나버린 아우를 만나지 못하였다.

그 후 그는 두 번 다시 아우를 만나지 못하였고 아우의 생사도 알 수 없다는 이야기였다.

그의 숙명적 경험담에 잠을 설친 다음날 아침, 나는 서둘러 그를 찾아갔지만 그의 배는 새벽에 이미 떠나고 없었다.

「모란대에, 기자묘에 다시 봄은 찾아왔다. 작년 그가 깔고 앉은 탓에 꺾였던 풀들도 새로이 싹이 터서 보라색 꽃을 피우려 하건만, 끝없는 후회를 단 한 구절의 '배따라기'에 의탁하여 방황하는 그의 모습은 이 좁은 기자묘와 모란대에서 다시 볼 수 없었다. 다만 그가 남긴 '배따라기'의 구슬픈 가락만이 추억하듯이 나뭇가지를 흔들어 읊조릴 뿐이었다.」

 011-3

赭い山 – ある醫師の手記(붉은 산 – 어느 의사의 수기)

〈기초사항〉

원제(原題)	赭い山 – ある醫師の手記	
한국어 제목	붉은 산 – 어느 의사의 수기	
원작가명(原作家名)	본명	김동인(金東仁)
	필명	
게재지(揭載誌)	조선소설대표작집(朝鮮小說代表作集)	
게재년도	1940년 2월	
배경	• 시간적 배경: 어느 해 겨울 • 공간적 배경: 만주의 ××촌	
등장인물	① 의사인 '나' ② '삵'이라는 별명의 정익호	
기타사항	번역자: 신건(申建)	

　　이것은 내가 만주를 여행했을 때의 일이다. 아직 문명의 혜택을 받지 못한 그들의 질병을 조사해보고 싶어 1년 예정으로 만주 지역을 순회하였던 것이다.

　　××촌 부락은 만주평야 한가운데 위치한 이름도 없는 작은 마을인데 약 20호의 조선인 소작인만이 살고 있었다. 나는 그 마을에 10여일 정도 머물렀는데 거기서 '삵'이라는 별명을 가진 정익호(鄭益鎬)를 만나게 된다. 삵은 내가 그곳에 가기 1년 전 쯤 이웃마을에라도 오듯 빈손으로 ××촌에 나타났는데, 그의 생김새나 행동 때문에 동네사람들은 아무도 그에게 대적하지 않았다. 삵은 여러 곳을 돌아다닌 듯 여러 지방의 사투리를 쓰고 있어 정확한 고향을 알 수 없었고, 일본어를 비롯해 한자, 중국어 그리고 러시아어까지 할 줄 알았다. 그런 그의 경력을 자세히 아는 사람은 아무도 없었다.

　　그의 얼굴 생김생김을 뜯어보면 쥐와 같이 날카로운 이가 있으며 눈에는 독한 기운과 교활함이 있었다. 뭉툭한 코에는 코털이 콧구멍 밖까지 비어져 나왔으며, 몸집은 작으나 민첩하기 이를 데 없었다. 그의 나이는 스물다섯 같기도 하고 마흔 같기도 한 것이 도통 가늠이 안 되었다. 그의 몸집이나 얼굴생김은 그야말로 남의 미움을 사고 근접치 못할 놈이라는 인상을 주기에 충분했다. 또 그의 행동은 '삵'과 같아서, 동네사람들은 병이 나거나 죽게 되면 "삵이나 죽지." "삵에게나 옮겨가지" 라는 독설로 그에 대한 원망을 표현했다. 이렇듯 그 누구도 삵을 동정하지도 사랑하지도 않았다.

　　이처럼 삵은 투전과 싸움으로 이름난 마을의 골칫거리요 망나니였다. 동네 전체가 마치 자기 집이라도 되는 양 삵은 내키는 대로 이집 저집을 드나들었다. 그는 투전이 일쑤고 싸움도 잘하고 칼부림도 잘하고 색시에게 덤벼들기도 잘하였다. 아무리 바쁜 농사철이라도 젊고 튼튼한 몇 사람이 마을의 부녀자와 가축을 지키고 있어야 했다. 남녀노소 할 것 없이 동네사람들이 모두 모여 여러 차례 삵을 쫓아낼 궁리를 하였고, 합의도 하였다. 그러나 그를 내쫓겠노라 선뜻 솔선하여 나서는 사람이 없었다.

　　내가 그 마을을 떠나기 전날, 소작료를 적게 냈다는 이유로 마을의 송첨지 노인이 만주인 지주에게 얻어맞아 죽게 되는 사건이 벌어졌다. 마을사람들은 복수를 해야 한다고 분개했지만 누구 하나 이에 맞서 감히 항의하러 나서지 못하였다.

　　나는 송첨지의 사체를 검시하고 돌아오는 길에, 삵을 만나 송첨지가 죽은 것을 아느냐고 물었다. 그 말을 들은 삵은 고개를 떨어트리고 슬픈 표정을 지었다.

　　고향을 떠나 이역만리 타국에서 학대받는 농민들의 비애와 그 원통함을 호소할 데 없는 농민들을 생각하니 슬퍼서 잠이 오지 않았다.

　　그런데 이튿날 아침, 누군가 나의 집 대문을 급하게 두드리는 소리에 반사적으로 일어나 진찰가방을 들고 나가보니 삵이 피투성이가 된 채 동구 밖에 쓰러져 있었다. 삵은 밭두렁에서 허리가 뒤로 꺾인 채 정신을 못 차리고 온몸이 마비되어 가고 있었다.

　　「"익호, 어이 익호!" 하지만 그는 정신을 차리지 못했다. 나는 응급처치를 하였다. 그의 사지는 심하게 경련을 일으켰다. 이윽고 그의 눈이 번쩍 뜨였다.

　　"익호! 정신이 좀 드나?" 그는 내 얼굴을 올려다보았다. 잠시 가만히 그렇게 있었다. 그의 눈동자가 간신히 움직였다. 마침내 어떻게 된 영문인지 알아차린 모양이었다.

"선생님. 전 다녀왔습니다."

　　"어디에?"

　　"그 놈, 그 지주 놈 집에."

　　뭣이? 나는 눈물이 넘칠 것 같은 눈을 꼬옥 감았다. 그리고 갑자기 이미 식어가는 그의 손을 잡았다. 아주 잠시 침묵이 흘렀다. 그의 사지에는 무서울 정도의 경련이 끊임없이 일었다. 그것은 죽음의 경련이었다. 거의 알아들을 수 없는 목소리가 그의 입에서 흘러나왔다.

　　"선생님."

　　"왜 그런가?"

　　"나, 보고 싶, 보고……."

　　"뭐가?"

　　그는 입을 움직였다. 하지만 말이 되어 나오지 않았다. 더 이상 그럴 힘조차 남아있지 않았다. 잠시 후, 그는 또 다시 입을 움직였다. 무슨 말인가가 흘러나왔다.

　　"붉은 산이 보고 싶어, 그리고 하얀 옷이……."

　　죽음 앞에 이르러서 그는 고국과 형제를 떠올린 것이었다. (중략)

　　"노래 불러 줘. 부탁이에요……. 동해물과 백두산이, 마르고 닳도록……."

　　나는 끄덕이며 눈을 감았다. 그리고 입을 열었다. 나는 간신히 노래 부를 수 있었다.

　　"동해물과……."

　　이렇게 부르는 내 노래에 맞추어 뒤에 서있던 부락사람들 입에서도 엄숙한 합창이 울려 퍼졌다.

　　"무궁화 삼천리 화려강산……."

　　광막한 겨울 만주들판에서 '밥벌레' 익호의 죽음을 애도하는 장엄한 노랫소리가 점점 크고 엄숙하게 울려 퍼졌다. 그 속에 익호의 몸은 점차 차가워져갔다.」

- 박문문고판 자선 김동인 단편선에서 -

足指が似て居る(발가락이 닮았다)

〈기초사항〉

원제(原題)		足指が似て居る
한국어 제목		발가락이 닮았다
원작가명(原作家名)	본명	김동인(金東仁)
	필명	
게재지(揭載誌)		조선문학선집(朝鮮文學選集)

게재년도	1940년 2월
배경	• 시간적 배경: 일제강점기 • 공간적 배경: '나'의 병원
등장인물	① 의사인 '나' ② 서른이 넘도록 장가를 안 간 'M' 등
기타사항	번역자 미확인

〈줄거리〉

노총각 M이 결혼을 했다는 소식에 우리는 서로의 얼굴을 바라보았다.

M은 운영이 위태로운 어느 작은 회사에 다니는 가난한 월급쟁이였다. 그의 어려운 경제사정이 그를 늙은 노총각으로 지내게 한 것만 같아, 친구들은 M에게 총각생활을 접고 장가들기를 권하였다. 그런 이야기를 흘려듣던 M이 우리도 모르는 사이에 결혼을 한 것이다.

그런데 나는 M이 장가를 가지 않는 것에 대해 다른 종류의 해석을 내리고 있었다. 체질상 성욕이 강한 M은 그 동안 방탕한 생활을 하였고, 그 때문에 그는 자신의 생식능력을 의심하게 되어 의사인 나를 찾아왔다. 일 년 내내 그에게서 성병이 떠난 적이 없었다. M은 나를 찾아와 "남자가 ××병을 앓으면 아이를 가질 수 없는가?"라고 물었다. 의사인 내가 발견한 M의 육체적인 결함. 나는 그것 때문에 M이 서른이 넘도록 장가를 가지 않는다고 생각했다. M이 결혼을 안 하는 이유를 그런 것에서 찾은 나는 그의 도덕심에 동정까지 하고 있었다. 일생을 빈곤하게 살며 늙어서도 자식 없이 홀로 쓸쓸히 지낼 그를 생각하면 가련하기 이를 데 없었다.

그러던 어느 날, M은 다른 병원에서 검사를 받았는데 이상이 없다는 결과가 나왔노라고 나에게 말해주었다. 그 이야기를 듣고 나서야 나는 그간의 마음의 짐을 벗을 수 있었다.

하지만 나는 M이 검사를 받지 않았다는 것을 짐작으로 알고 있었다. 의사인 나의 판단으로 볼 때, 그가 생식능력이 없다는 것은 불을 보듯 빤한 일이기 때문이다. 그런 사실을 알면서도 나는 그에게 생식이 가능하다고 말해줄 수밖에 없었고, 그 후 M은 친구들 몰래 결혼한 것이다. 주변에서는 유흥비를 아끼기 위해 결혼을 했다고 수군거렸다. 그는 모 여학교 출신인 신부가 신식결혼을 원했지만 무리하게 구식결혼을 하였다. 연애결혼은 아니었지만 결혼한 뒤 그의 얼굴이 좀 밝아진 듯하여 다행이라고 여기고 있었다.

어머니로서의 행복은 누리지 못할 그의 아내지만, 대신 아내로서는 남들보다 몇 곱절 더 행복하기를 진심으로 바랐다. 얼마간의 신혼이 지난 뒤부터는 M이 젊은 아내를 학대한다는 소문이 조금씩 들리기도 하였다.

결혼 후 부인이 임신을 하게 되자, M은 자신의 생식능력 여부를 검사하려고 했지만 막상 자신이 없어져 고민에 빠져있었다. 검사를 받겠다며 몇 차례 나를 찾아오기도 했지만 결국엔 그대로 돌아가고 말았던 것이다. 자기는 생식불능자인데 아내가 임신을 했다는 것은 괴로운 일이었다. M은 결코 '아내의 장래'를 위해서가 아니라 아내에 대한 의혹 때문에 검사를 하려고 했다. 그러나 M은 결과가 두려워 끝내 검사를 받지 못하였다.

그러한 M이 어느 날 갓난아기를 안고 나를 찾아왔다. 아기가 기관지를 앓고 있었는데, M의 속셈은 그 아이가 자신의 아이라는 대답을 듣고 싶었던 데 있었다. M은 아이가 제 증조부를 닮았다고도 하고 자기를 닮은 데가 있다고도 했다.

「"내 발가락을 보게, 내 것은 남들 발가락과 달라 가운데 발가락이 가장 길다네. 아주 드문 경우지. 그런데 말이야……."

그는 강보에서 아기의 발을 조심스레 꺼냈다.

"이 놈의 발가락을 보게. 내 것과 똑 같다네. 쏙 빼닮았어……."

그는 동의를 구하듯 내 얼굴을 빤히 쳐다보았다. 이토록 자기와 닮은 구석을 찾으려고 발가락까지 들먹이는구나 생각하니, 나는 그의 심정에 그만 눈물이 핑 돌았다. 큰 의혹 속에서 그 의혹을 어떻게든 지우려는 M의 애달픈 노력은 인생의 가장 덧없는 비극이다. M이 보라며 내민 아기의 발은 보지 않고, 그의 얼굴만 잠시 바라보던 나는 이내 이런 말을 하고 말았다.

"발가락만이 아니라 얼굴도 닮은 데가 있네, 그려."

그리고 나의 얼굴로 쏟아지는 의혹과 희망이 교차하는 그의 시선을 피해 아무렇지 않은 듯 등을 돌렸다.」

金來成(김내성)

김내성(1909~1957) 소설가. 호 아인(雅人).

012

약력

1909년	5월 평안남도 대동에서 출생하였다. 어려서 한문을 수학하였고, 강남보통학교 재학 중 결혼한 뒤 평양공립고등보통학교에 입학하였다. 문학에 관심을 갖기 시작하여 시와 소설 등을 탐독하면서 「서광(曙光)」 동인으로 동요와 시, 그리고 소설 등을 발표하였다. 이 무렵부터 탐정소설을 즐겨 읽기 시작하였다. 평양공립고등보통학교를 졸업하기 1년 전에 조혼한 아내와 이혼하였다.
1931년	와세다대학(早稻田大學) 제2 고등학원 문과를 거쳐, 동 대학의 독법과(獨法科)에 입학하여 한때는 변호사가 되고자 하였으나 결국 문학을 선택하였다.
1935년	일본잡지 「프로필(ぷろふいる)」에 탐정소설 「타원형 거울(橢圓形の鏡)」과 「탐정소설가의 살인(探偵小說家の殺人)」을, 「모던니혼(モダン日本)」에 「연문기담(戀文綺譚)」을 각각 투고한 것이 당선되어 탐정소설가로 데뷔하였다.
1936년	졸업 후 귀국하여 《조선일보(朝鮮日報)》에 「가상범인(假想犯人)」, 「마인(魔人)」을, 「소년」에 「백가면(白假面)」 등을 발표하여, 탐정소설가의 입지를 확보하였다. 김영순(金泳順)과 재혼하고 본격적인 작품활동을 시작하면서 조선일보사에 입사하였으나 《조선일보》가 폐간되자 직장을 화신상회(和信商會)로 옮겼다.
1938년	「살인예술가(殺人藝術家)」를 연재하였으며 「백(白)과 홍(紅)」을 발표하였다.
1946년	애정 및 인생문제를 다룬 「인생안내(人生案內)」, 「유곡지」를 발표하였다.
1949년	「행복의 위치」, 「청춘극장」을 발표하였다.
1953년	「인생화보(人生畵報)」를 발표하였다.
1954년	「애인(愛人)」을 발표하였다.
1957년	《경향신문》에 「실락원(失樂園)의 별」(1956. 6~1957. 2)을 연재하던 중 뇌출혈로 사망하였다.

김내성은 사건 구조의 치밀성과 인생문제를 대중적 관심에서 이끌어가는 탁월한 글 솜씨 덕분에 대중작가로 성공할 수 있었다. 통속성과 대중성을 구별하여 통속성은 배척되어 마땅하지만 대

중성은 소설적인 문학성으로써 중요시되어야 한다고 주장하였다. 광복 이후에는 여성문제와 애정 및 인생문제를 다룬 작품들을 발표함으로써, 지금까지의 탐정소설 경향에서 벗어나 본격적인 대 중소설을 개척하고자 노력하였다.

楕圓形の鏡(타원형 거울)

〈기초사항〉

원제(原題)	楕圓形の鏡(一~五)	
한국어 제목	타원형 거울	
원작가명(原作家名)	본명	김내성(金來成)
	필명	
게재지(揭載誌)	프로필(ぷろふいる)	
게재년도	1935년 12월	
배경	• 시간적 배경: 1934년 가을 • 공간적 배경: 평양	
등장인물	① 소설가 모현철 ② 살해당한 현철의 아내 도영 ③ 도영의 정부이자 시인인 류광영 등	
기타사항	<신인소개> <글의 차례: 1.현상모집 - 2.류광영의 응모 - 3.류광영 당선 - 4.타원형 거울 - 5.무서운 착오>	

〈줄거리〉

　「경성에서 발행되는 탐정소설 잡지「괴인(怪人)」은 10월호에 다음과 같은 현상모집광고 를 게재하였다.

　1.출제자의 말: 본사 발행의「괴인」이 창간 이래 고작 1주년이 안 되는 동안 이와 같은 장족 의 발전을 이룩한 것은 실로 독자 여러분의 두터운 후원과 편달을 얻은 때문으로 본사 일동은 깊이 감사드리는 바입니다. 그리하여 본사는 조금이나마 독자 여러분의 후의에 보답코자 오 는 1935년 신년호, 즉「괴인」창간 1주년 기념호에 발표할 작품을 현상모집 하여, 실로 근소함 에 한탄을 금할 길 없지만 당선자에게 다음의 상금을 증정하기로 기획하였습니다. 따라서 현 상문제는 이른바 출제자의 상상적 출안에 비난하지 말고, 당국의 미궁사건으로 유일하게 잠 재워져버린「도영살해사건(桃英殺害事件)」입니다. 그 사건은 여러분도 아시는 대로 지금으

로부터 5년 전 평양의 한귀퉁이에서 행해진 참극으로 아직까지 누가 범인인지, 그리고 어떤 방법으로 살인이 이뤄졌는지, 완전히 미해결인 채 남겨져 있습니다. 탐정소설 애독자는 물론 탐정 여러분과 강호(江湖) 일반의 응모가 있기를 절실하게 바라는 바입니다.

2.도영살해사건의 내용

(A) 범행장소: 평양

(B) 범행시간: 1929년 5월 25일 오전 1시 25분경

(C) 관계인물:

　　　모현철(毛賢哲 - 38세) 소설가

　　　도영(桃英 - 28세) 모현철의 처

　　　류광영(劉光影 - 27세) 신진시인

　　　청엽(淸葉 - 51세) 노비, 중풍의 노파

　　　계옥(桂玉 - 19세) 식모, 청엽의 딸

현상모집에 제시된 문제는, 지금으로부터 5년 전인 1929년 5월 25일 오전 1시 25분경 평양에서 발생한 미궁사건인 '도영살해사건(桃英殺害事件)'에 대한 살해동기와 방법 및 범인을 추정하는 것이었다. '도영살해사건'은 소설가 모현철(毛賢哲)의 아내 도영(桃英, 28세)이 방에서 살색양말에 목이 졸려 살해된 사건이었다.

모현철의 집의 구조는 현관에서 복도를 거쳐 각 방으로 들어가게 되어있고, 침실에서 부엌에 이르는 위쪽이 2층으로 침실과 현관 위쪽이 모현철의 서재이고, 계단 너머 거실 위쪽이 류광영의 방이다.

살해현장에 대한 설명으로, 도영의 방에 세계문학전집 중 한 권인 『춘희(春姬)』가 절반 정도 펼쳐진 채 엎어져 있었고, 침대 머리맡에 세워진 옷걸이에는 치마와 상의가 걸려 있었다. 또 살색의 양말 한 짝이 축 늘어져 있었으며, 서쪽은 문이고 북쪽의 벽 중앙에는 '타원형 거울'을 사이에 두고 매화와 대나무의 수묵화가 양쪽에 걸려 있었다고 씌어 있었다.

그리고 경찰의 진술조사서의 내용을 요약하면 다음과 같다.

-계옥(桂玉, 19세): 식모, 청엽의 딸. 6시쯤 저녁을 먹고 난 후 10시 30분 무렵에 현관문을 잠그고 잠이 들었는데 그녀의 어머니가 깨워서 도영의 방에 가보니 죽어 있었음. 2층에 올라가 모현철을 깨운 다음 류광영도 깨워 함께 내려왔는데, 두 사람은 도영의 시신을 사이에 두고 서로 노려보았다고 함. 파출소에 연락하려고 나가보니 현관문이 열려 있었음.

-청엽(淸葉, 51세): 계옥의 모친. 1년 전부터 중풍으로 전신불구가 된 몸. 새벽 1시 쯤 잠에서 깨었을 때 도영의 방에서 류광영과 도영의 말싸움하는 소리가 들리고 뒤이어 현관문 열리는 소리가 나자 딸을 깨웠음.

-모현철(毛賢哲, 38세): 소설가. 류광영의 처녀작을 추천해 준 관계로 1년 전 정월부터 집에서 류광영을 돌보고 있음. 저녁을 먹고 류광영과 도영과 이야기한 후 2층에 올라가 12시까지 일을 하고 아래층 화장실에 들렀다가 도영에게 들러 밤 인사를 하고 잠이 듦. 중매결혼이지만 도영을 사랑하며, 도영이 류광영이 온 후부터 전처럼 자신을 사랑하지 않는다는 걸 알면서도 도영을 잃고 싶지 않아 류광영과 동거하고 있었음.

-류광영(劉光影, 27세): 신진시인. 학생시절부터 도영과 연인관계였는데, 가난한 학생신

분인 탓에 도영이 부유한 모현철과 결혼하자 도영을 포기하였음. 도영을 만나기 위해 작품추천을 구실로 모현철에게 접근했고 한집에 동거하게 됨. 류광영과 도영은 정신적인 사랑을 하고 있었음. 사건 당일 9시 30분까지 거실에서 잡담을 나누다 2층에 올라가 하이네 시를 번역하고 12시 20분 쯤 잠이 듦. 청엽의 증언에 대해서는 청엽이 꿈을 꾼 것일 거라고 생각함.

'도영살해사건'은 흉기가 피해자의 소지품이라는 점과 물적 증거를 확보하지 못한 재판정은 외부범인에 의한 살해라고 추정하였고, 다음해 4월 증거불충분으로 류광영은 무죄가 선고되었다. 이에 모현철은 그 이듬해 2월 9일에 비관하는 내용의 유서를 남기고 해금강(海金剛)에 몸을 던져버렸다.

「괴인」의 현상공모를 본 류광영은 자신을 향한 혐의를 벗을 좋은 기회라고 생각하고 응모하기로 결심한다. 그러나 류광영은 모현철의 범행방법을 찾아내지 못해 답답해하던 참에 집을 나서 을밀대까지 간다. 대동강 강변에서는 『곤지키야샤(金色夜叉)』의 야간촬영이 한창 진행되고 있었는데, 감독이 요구하는 대로 연기할 수밖에 없는 배우에게서 힌트를 얻은 류광영은 '모현철 범인설'로 응모에 당선되게 된다.

류광영이 밝힌 도영의 살해방법은 이렇다.

배우 출신인 도영에게 모현철이 대본을 적어와 연기를 해달라고 부탁하고, 도영은 배우의 열정으로 대본에 등장하는 류광영과 말다툼하는 연기를 한다. 연기하는 소리를 들은 청엽이 도영과 류광영이 말다툼을 한 거라고 생각하게 한 후, 도영을 면양말로 목 졸라 살해하고 현관문을 열어놓은 뒤 청엽이 계옥을 깨우는 사이에 2층으로 올라간 것이라는 설정이었다.

류광영의 당선을 축하하는 모임이 평양 요리점 장춘관(長春館)에서 열렸다. 그곳에서 기생이 화장을 고치려고 타원형 거울을 내리려다 깨뜨리는 상황을 목격한 류광영은, 갑자기 창백해진 얼굴로 경찰서를 향해 달려간다. 사건이 일어나기 전날 도영이 타원형 거울을 깬 사실을 기억해 냈기 때문이다. 즉, 자살한 것으로 되어있는 모현철은 사실 자살하지 않았고 「괴인」의 주재자가 되어 '도영살해사건'의 현상공모 광고를 낸 것이다. 사건 전날 도영의 방에 걸려있던 타원형 거울이 깨졌다는 사실을 모르고 있던 모현철이, 사건당시 도영의 방에 거울이 걸려있는 것으로 기록하고 있었기 때문이다. 그렇게 '도영살해사건'의 진범이 밝혀지고 사건은 마무리된다.

*작자의 말: '분내음의 향기 그리운 여름밤, 인파 속으로 그 향기 맡으러 간다' '누구든 죽이고 싶은 이 마음, 아아, 이 마음 창 너머의 장맛비' '철길에 목숨 내던지려 희롱하고, 죽음의 유혹에 내달리다' 라며 사라진 순간, 인간 고유의 탐욕 - 탐미와 함께 모든 번뇌에서 인간을 해방하는 - 이 온몸을 지배하였다. 펜을 들었다. 「타원형 거울」이 탐정소설의 요소를 어느 정도 갖추고 있는지 작자는 모른다. 독자의 선량한 비평을 바란다.

探偵小說家の殺人(탐정소설가의 살인)

〈기초사항〉

원제(原題)	探偵小說家の殺人(上·中·下)	
한국어 제목	탐정 소설가의 살인	
원작가명(原作家名)	본명	김내성(金來成)
	필명	
게재지(揭載誌)	프로필(ぷろふいる)	
게재년도	1935년 3월	
배경	• 시간적 배경: 어느 해 11월 • 공간적 배경: 조선의 경성	
등장인물	① 살해된 해왕좌의 단장 박영민 ② 영민의 아내 이몽란 ③ 탐정소설가 류불란 ④ 극단 단원 나운귀 등	
기타사항	<특별현상모집 입선작> <글의 차례: 상. 탐정극「두 발의 총성」- 중. 괴기극「살인유희」- 하.「한 장의 사진」>	

〈줄거리〉

「그날 밤, 해왕좌(海王座) 제×회의 공연 프로그램 중에 가장 인기 있는 탐정극「두 발의 총성」의 제1막과 제2막이 끝났을 때 관객들은 어쩐지 무서운 의혹과 폭풍우 같은 흥분의 소용돌이 속에 휩싸이고 말았다. 만일 해왕좌의 단장을 죽인 범인이 그 부인이 아니라면 도대체 누구란 말인가. 이 극 속의 범인이 원작자가 상상한 것처럼 과연 현실사건의 진짜 범인일까?」

이 극은 11월 23일 단장 박영민(朴永敏)이 자신의 집에서 살해되는 사건을 재현한 것으로, 범행 당시 함께했던 단원들이 그대로 출현하였고, 탐정소설가 류불란(劉不亂)이 제3막에서 범인을 밝히는 내용이었다.

제1막은 박영민의 집 2층에서 단장 박영민과 단원이자 부인인 이몽란(李夢蘭), 류불란, 나운귀(羅雲鬼), 김영애(金英愛) 등 단원들이 모여 식사한 후 이야기를 나누다가 김영애의 외모가 화제에 오른다. 그때 단장 박영민이 김영애의 눈은 아름답고 부인 이몽란의 눈은 돼지의 눈 같다고 말하는 바람에 화가 난 몽란이 아래층으로 내려가 버린다. 박영민이 부인을 따라 아래층으로 내려간 뒤, 나운귀는 화장실에 가고 류불란과 몇몇 단원은 여전히 이야기를 나누고 있었다. 그때 "바보 같은 짓 하지 마. 몽란! 나를 죽일 셈이야?" "죽이겠어요. 죽이겠어요. 사람을 모욕하는 것도 정도가 있어야죠."라는 단장과 몽란의 다투는 소리가 들리는가 싶더니 곧이어 두 번의 총성이 집안을 뒤흔든다.

깜짝 놀란 단원들이 아래층으로 달려가 보니, 박영민이 자신이 소유하고 있던 총에 맞아 쓰러져 있고, 그 옆에 총이 차갑게 빛나고 있었다.

아래층 서재는 정원 쪽 유리창에 커튼이 쳐져 있다. 오른쪽 테이블 위에는 수십 권의 책이 쌓여 있고, 어항에는 두 마리의 금붕어가 헤엄치고 있다. 그 밖에도 거울과 잉크병 등이 놓여 있었다. 테이블 위쪽의 벽시계는 유리가 깨져있고 바늘은 9시 30분에서 정지해 있다. 벽시계 아래에 걸린 달력은 23일(11월)을 나타내고 있고, 왼쪽 복도 옆의 총이 놓인 책장 서랍은 유리문이 절반 정도 열려있다.

사건을 조사하는 경찰에게 이몽란은 '자신은 침실에 있었는데, 남편과 다투는 자신의 목소리를 들었으며 자신은 류불란을 사랑한다'고 진술한다. 하지만 단장과 다투는 이몽란의 목소리를 들었다는 단원들의 진술 때문에 이몽란은 범인으로 지목되어 경찰서로 끌려간다.

제2막은 이몽란을 사랑하는 류불란은 자신의 연적인 나운귀가 탐정잡지에 실렸던 「타원형 거울」이라는 작품을 흉내 낸 것이라고 추측하고, 나운귀를 범인으로 한 가설 희곡을 완성시킨다. 그리고 당시 함께 있던 단원들이 재연하는 연극을 무대에 올리기로 한다.

류불란은 자신이 범인으로 지목한 나운귀에게 편지를 보냈고, 나운귀로부터 자신도 이몽란을 사랑하고 있으니, 진범을 잡을 수만 있다면 기꺼이 응하겠노라는 답장을 받는다.

제3막은 박영민이 서재에서 팔짱을 끼고 문을 뒤로 한 채 무언가를 생각하고 있을 때, 문이 열리고 순식간에 뛰어든 나운귀가 책상서랍에서 총을 꺼내 박영민의 가슴을 겨누어 한 발을 쏜다. 그런 후 나운귀는 박영민과 이몽란이 서로 싸우는 목소리를 똑같이 재현한다. 그리고 또 한 발의 총성이 울리고 나운귀는 총과 서랍의 지문을 손수건으로 닦아내고 사라진다.

공연이 끝나고 나운귀는 빨갛게 충혈된 눈으로 류불란을 노려보며 '당신의 뜻대로 내가 비록 혐의를 받는다 해도 자신은 끝까지 훌륭하게 연기를 소화하여 모든 사람들을 놀라게 할 것'이라며 격노해서 말한다. 뚜렷한 증거가 없어 나운귀를 잡지 못한 채 상연이 시작된 지 나흘째 되는 날, 나운귀는 이전 상연에서 보여준 대사가 아닌 '몽란을 사랑했으나 몽란은 차가운 모욕의 눈빛으로 자신을 대했고 그때마다 살기를 느꼈다. 단장이 몽란을 모욕하는 것을 보고도 단장과 당신을 죽일 생각을 하지 못했다. 괴롭혀서 미안하다'고 독백하였다. 그리고 관중석을 향해 자신이 단장을 죽였다고 외치며 모두 돌아가지 않으면 총을 쏘겠다며 난동을 피웠다. 사건은 그것으로 일단 마무리되었다.

사건이 마무리된 후 류불란은 「두 발의 총성」으로 작가적 명성도 얻고, 이몽란의 사랑도 얻게 되었다. 해왕좌의 「두 발의 총성」이 막을 내린 지 2주 정도 지난 어느 추운 밤, 류불란은 몽란을 택시에 태워 보내고 혼마치(本町)의 헌책방 선영각(鮮映閣)에 들른다. 그곳에서 류불란은 우연히 한 신사가 암호문 같은 것을 책 사이에 끼워 넣는 것을 목격하게 된다. 호기심이 발동한 류불란은 두 번째로 암호문을 확인한 신사의 뒤를 밟아 북한산으로 간다.

심한 눈보라 속에 덩그마니 서 있는 건물로 들어가니, 가면을 쓰고 X1, X2, ……X6이라고 적힌 글자를 가슴에 단 여섯 명의 사람들이 있었다. '자극증진회'라는 이름으로 모인 그들은 '살인유희'라는 게임을 하였고, 제비뽑기에 당첨된 류불란에게 X7이라는 자를 살해할 것을 명령하였다. 류불란은 테이블 위에 놓인 두 자루의 단도를 쥐었으나 차마 죽이지 못하고 망설이다가 뒤를 돌아보니, 회장이라는 X1이 류불란을 향해 총을 겨누고 있었다. 얼마 후 꺄악! 하는 비명소리가 들렸다.

다음날 오후 5시 경, H검사는 나운귀가 있는 감옥을 방문하여 두 번째 탄환을 시계에 겨냥한 이유를 물었고, 나운귀는 시계추소리가 신경에 거슬려 쏘았다고 진술한다. 이에 H검사는 사진기 필름을 현상해 본 결과, 시계는 사건이 발생하기 전부터 멈춰있었다고 말하며, 나운귀가 이몽란을 위해 연극을 한 것이라고 단정하여 무죄를 인정하였다. 그런 뒤 나운귀를 데리고 대학 부속병원 사체실로 향하였다. 그곳에는 이미 류불란이 와 있었는데, 검사는 두 사람에게 몽란의 시체를 확인시켰다. 경찰서 취조실에서 류불란은 자신이 어젯밤 협박에 못 이겨 죽인 사람이 몽란이었다는 사실을 H검사를 통해 듣게 된다.

　그런데 H검사가 발견했던 시계 사진은, 나운귀의 무죄를 입증해 주는 듯 하였으나 오히려 범인으로 확정짓는 결과를 낳고 만다. 박영민 단장이 죽고 난 후 자신에게 혐의가 돌아올 것을 염려한 나운귀는 자신의 무죄를 증명하기 위해, 시계가 전부터 멈춰진 것처럼 조작하여 시계 사진을 찍어두고, 자신은 몽란을 위해 거짓자백을 한 것처럼 꾸몄던 것이다. 그러나 그 사진에는 박영민이 살해 된 이후 넣어진 금붕어 한 마리의 모습과 사진을 찍고 있는 나운귀의 얼굴이 책상 위 거울에 비쳐진 것까지 찍혀있었던 것이다. 이후 나운귀가 ××복수단에 가입하여 그 잔당과 짜고 류불란을 협박해 그로 하여금 이몽란을 죽이도록 사주하였다는 사실까지 밝혀지게 된다.

金末峰(김말봉)

—

김말봉(1901~1962) 소설가. 본명 김말봉(金末鳳). 필명 노초(露草), 보옥(步玉).

013

약력

1901년	4월 3일 부산에서 출생하였다.
1917년	부산 일신여학교(日新女學校)를 수료하였다.
1918년	서울 정신여학교(貞信女學校)를 졸업하였다.
1919년	황해도 재령(載寧)의 명신학교(明信學校)에서 교원생활을 하였다.
1920년	일본으로 건너가 도쿄(東京) 쇼에이고등학교(頌榮高等學校)에 입학하였다.
1923년	쇼에이고등학교를 졸업하였다.
1925년	일본어소설「시집살이(嫁暮らし)」를 발표하여《동아일보(東亞日報)》신춘문예에 입선하였다.
1927년	교토(京都)의 도시샤대학(同志社大學) 영문과를 졸업하였고, 귀국하여 전상범(全尙範)과 결혼하였다.
1929년	《중외일보(中外日報)》기자로 근무하며 쓴 탐방기와 수필이 호평을 받았다.
1932년	《중앙일보》신춘문예에 단편「망명녀(亡命女)」가 당선되면서 문단에 데뷔하였다.
1935년	《동아일보》에 장편소설『밀림(密林)』을 연재하였고, 단편「고행(苦行)」을 발표하였다.
1936년	「고행」이 일본어로 번역되어 《오사카마이니치신분》 조선판에 게재되었다.
1937년	《조선일보(朝鮮日報)》에『찔레꽃』을 연재함으로써, 통속소설가로서의 입지를 굳혔다.
1945년	복지시설 박애원(博愛院)을 경영하였다. 미완의 장편『카인의 시장』을 연재하였다.
1949년	하와이 시찰여행을 하고 돌아왔다.
1950년	장편『별들의 고향』을 연재하였다. <한국전쟁> 때 부산에서 피난생활을 하던 문인들에게 많은 도움을 주었다.
1952년	베니스에서 열린 <세계예술가대회>에 참석하였다. 왕성한 작품활동을 전개하여「태양의 권속」,「파도에 부치는 노래」,「새를 보라」,「바람의 향연」등 다수의 작품을 발표하였다.

1954년	「푸른 날개」를 발표하였다.
1956년	《조선일보》에 『생명(生命)』을 연재하였다.
1957년	<대한민국예술원> 회원이 되었다.
1959년	장편『장미의 고향』을 《대구일보》에 연재하였다.
1962년	사망하였다. (1961년 2월 9일 사망했다는 설도 있다.)

김말봉은 1930~50년대에 활동하였고 대부분의 작품은 인간의 애욕문제를 다루었으나, 광복 후에는 사회성을 띤 작품을 쓰기도 하였다. 문학성을 인정받지 못한 대중소설을 표방하여 신문에 장편소설을 연재하는 등 애욕의 갈등 속에서도 정의가 승리하는 인간의 참된 삶의 가치와 정의 실현을 작품 속에 형상화하고자 하였다.

작품활동 외에도 공창(公娼)폐지운동에 앞장섰고, 복지시설(박애원)을 경영하는 등 사회활동에 적극적으로 참여했으며, 1957년에는 한국 최초로 여성 장로직에 오르기도 했다.

苦行(고행)

〈기초사항〉

원제(原題)	苦行(第一回~第八回)	
한국어 제목	고행	
원작가명(原作家名)	본명	김말봉(金末鳳)
	필명	김말봉(金末峰)
게재지(揭載誌)	오사카마이니치신분(大阪每日新聞) 조선판	
게재년도	1936년 5~6월	
배경	• 시간적 배경: 어느 해 여름 • 공간적 배경: 경성	
등장인물	① 평범한 샐러리맨인 '나' ② 남편을 철석같이 믿는 아내 정희 ③ 전직 기생이던 나의 정부 미자 등	
기타사항	번역자 미상	

〈줄거리〉

나는 미자(美子)와 바람을 피우고 있다. 그러나 아내 정희(貞姬)가 싫어서 바람을 피우는 건 아니다. 아내는 두 아이의 엄마지만 갸름한 얼굴에 늘씬한 몸매의 하얀 피부를 가진 여자로 그 용모가 변함이 없었다. 그런데 나는 작년 가을 한 달간 출장을 가있었던 ××에서 알게 된 기생 출신의 미자의 유혹을 뿌리치지 못하고 애인사이가 되고 말았다. 그 후 미자는 나를 따라 경성으로 올라왔고, 셋방을 얻어서 지금까지 지내온 것이다. 그러던 어느 날 미자가 오르간 조율을 받아야 한다는 소리에, 나는 정희에게 친한 친구의 여동생이라며 미자를 소개했다. 아내가 오르간 조율을 해준 이후로 미자는 아내를 언니라고 부르며 공공연하게 우리 집을 드나들기 시작하였다. 미자는 거의 매일 우리 집에 드나들며 아내의 결점을 찾아내어 나에게 고자질하고, 정희는 반대로 미자의 장점만을 말하였다. 나는 미자와 색욕에 빠져 있으면서도 아내를 향한 사랑은 나날이 깊어만 갔다. 그러나 지칠 줄 모르는 미자의 정력과 경제적 문제에 괴로워하면서도, 나는 이런 불장난을 그만두지 못하고 미자에게 질질 끌려 다니고 있었다.

오후 3시가 되면 미자는 어김없이 전화를 걸어온다. 오늘도 전화를 걸어 와 온천에 갈 약속을 하였다. 그런데 뒤이어 아내 정희에게서 전화가 걸려와 2개월 전부터 영화보기로 했던 약속을 재확인하였다. 나는 최근 4, 5일 동안 새벽 두세 시가 되어야 귀가했던 것이 너무 미안해 지금까지 미뤄왔던 아내와의 약속을 지키는 쪽을 선택하였다. 그래서 미자에게 전화를 걸어 갑자기 손님이 왔다는 거짓말을 하고 온천행을 취소하였다.

그런데 아이들에게 줄 과자와 과일을 사들고 집으로 돌아와서, 온 식구가 빙 둘러앉아 수박을 먹고 있을 때 불쑥 미자가 찾아왔다. 미자는 아내에게 배우고 있는 바느질이 잘 되지 않아 찾아왔노라고 했다. 저녁을 먹고 가라는 아내의 권유에 미자는 그냥 돌아가겠다며 자리에서 일어나, 나에게 슬쩍 다가와 우리 사이를 아내에게 일러바치겠다고 협박하였다. 식사 후 외출할 거라는 아내의 말에, 미자는 나의 회사동료인 최(崔)씨를 만나기로 했다며 돌아갔다. 나는 독이 오른 미자가 나의 추악한 행동을 아내에게 폭로할지도 모른다는 두려움과 회사동료이자 경쟁자인 최씨에게 미자를 빼앗기고 싶지 않은 마음에, 아내에게 ××회사 중역과 온천에서 만나기로 한 약속을 핑계 대며 10원짜리 지폐를 쥐어주고 서둘러 집을 나섰다. 아내는 그런 나에게 토라져 10원을 마당에 내동댕이쳐버리는데, 나는 아내의 그런 모습에 오히려 마음이 편안하였다.

나는 미자의 집으로 쳐들어가 최씨를 쫓아내고 미자와 함께 술잔을 기울였다. 하지만 마음 한편은 아내에 대한 죄책감에 괴롭기만 했다. 11시가 다 되어 미자가 이부자리를 펼쳤을 때, 놀랍게도 남편이 급한 약속 때문에 나가서 결국 영화를 보러 가지 못했다며 아내가 미자를 찾아온 것이었다. 너무 놀란 나는 허겁지겁 걸치고 있던 유카타(浴衣)까지 벗어던지고 반침 안으로 숨어들어 납작 엎드린 자세로 머리를 받친 채 꼼짝하지 못하였고, 미자는 널브러져있던 옷가지며 음식들을 닥치는 대로 치우느라 부산을 떨었다.

반침 안에 벌레가 있는지 땀으로 범벅이 된 나의 몸 여기저기를 물어댔고, 시큼한 냄새가 코를 찔렀다. 아내는 미자에게 이야기상대가 되어주겠노라며 자고 가겠다고 하였다. 아내는 오르간 상태를 체크하듯 오르간을 치기 시작했다. 나는 오르간소리에 맞추어 가려운 곳을 긁다가 팔꿈치로 그만 벽을 쿵 치고 말았다. 그 소리에 아내는 쥐가 있나보다며 반침을 노려보았다. 금방이라도 들통 날까봐 온몸이 바들바들 떨렸다. 나는 신의 존재를 믿지 않기에 대신 속으로 아버지를 불러댔다. 아버지의 꾸지람이 들리는 듯했다. 기도 덕분인지, 아니면 미자가 쥐가 아니라고 해서인지 아내는 다시 오르간으로 돌아앉아 노래를 불렀다. 아내의 목소리를 칭찬하는 미자의 말에 아내는 나의 목소리를 칭찬했고, 아내의 말에 화가 난 미자가 남편의 외도가 의심스럽지 않냐고 물었다. 그런 물음에도 아랑곳 않고 아내는 남편의 결백과 완벽함을 자랑했다.

그런 이야기를 엿듣고 있으려니 이번에는 요의가 나를 괴롭혔다. 그런 나의 고통을 알 턱이 없는 아내는 새벽 1시를 알리는 시계소리에도 돌아갈 생각조차 하지 않고, 심심하다며 미자가 낮에 가져왔던 바느질감을 달라고 하여 바느질을 하기 시작했다. 터질 것 같은 방광을 부여잡고 차마 뛰쳐나갈 엄두도 내지 못한 나는, 스스로의 어리석음을 탓하며 이 고행이 지나고 나면 위대한 인간으로 거듭나리라 다짐했다.

생리적 욕구를 더 이상 참지 못하게 되자 숨이 콱 막혀왔고, 반침의 문을 살짝 연다는 것이 그만 삐거덕 소리가 나고 말았다. 그런데 천만다행히도 아내는 정말 쥐가 있나보다며 문을 꼭 닫아버렸다. 나는 질식사할 것 같은 공포를 느끼며 강도흉내라도 내어 반침에서 나가기로 결심했다. "이봐, 여인네들이여, 눈을 뜨면 가만두지 않겠다!" 이렇게 낮은 저음으로 소리칠 준비를 한 다음 얼굴을 가린 채 천천히 엉덩이를 들어올렸다. 바로 그 순간, 아내가 벌떡 일어나더니 아이가 울고 있을지 모른다며 집으로 돌아갔다.

「이때의 아내는 나를 강도로까지 타락하지 않게 해준 구세주입니다.

아내가 돌아가고 10분 정도 지나 나도 곧장 귀가했습니다. 대문을 열어준 아내의 등에 업힌 용주(用柱)가 이따금 훌쩍이며 막 잠이 들려 하고 있었습니다. 나는 속으로 두 손을 모아 깊은 참회를 하면서 아내와 아이를 함께 부드럽게 끌어안고 소리 없이 울었습니다.」

金明淳(김명순)

—

김명순(1896~1951) 시인, 소설가. 아호 탄실(彈實). 필명 망양생(望洋生), 망양초(望洋草).

014

약력

1896년	1월 평남 평양군 융덕면(隆德面)에서 출생하였다.
1911년	서울 진명여학교(進明女學校)를 졸업하였다.
1917년	육당 최남선이 주재한 「청춘(靑春)」에 단편 「의심(疑心)의 소녀」가 현상모집 3등에 당선되어 등단하였다.
1919년	도쿄 유학시절 전영택(田榮澤)의 소개로 「창조(創造)」 동인으로 참가하였다.
1920년	첫 번째 시 「조로(朝露)의 화몽(花夢)」을 「창조」에 발표하였고, 단편 「처녀의 가는 길」(「신여자」)과 「조묘의 묘전에」(「여자계」)를 발표하였다.
1921년	단편 「칠면조」를 「개벽」에 발표하였다.
1924년	동인지 「폐허이후(廢墟以後)」에 시 「위로」를 발표하였다. 단편 「돌아볼 때」와 「탄실이와 주영이」를 발표하였다.
1925년	《매일신보(每日申報)》 기자로 입사하였으며, 시집 『생명의 과실』(한성도서)을 발행하였다. 단편소설 「꿈 묻는 날 밤」을 발표하였다.
1926년	소설 「나는 사랑한다」를 《동아일보(東亞日報)》에 발표하였다.
1927년	영화 「광랑(狂浪)」의 주연으로 출연한 후 영화배우로 활약하기 시작하였다.
1929년	단편 「모르는 사람같이」를 발표하였다.
1937년	「조선 및 만주(朝鮮及滿洲)」에 일본어소설 「인생행로의 고난(人生行路難)」을 발표하였다.
1939년	시 「그믐밤」을 「삼천리(三千里)」에 발표한 후 일본으로 건너갔다.
1951년	일본 도쿄에서 생활고에 시달리다가 정신병에 걸려 아오야마정신병원(靑山精神病院)에서 사망한 것으로 추정된다.

　여성신문학의 선두주자 김명순은 자유연애를 극도로 부각시켜 여성해방을 부르짖는 선구자 역할을 하였다. 소설에 '유부남-처녀', '유부녀-미혼남', '유부남-유부녀'의 불륜적 사랑관계를 등장시키며 여자주인공의 내면심리를 치밀하게 묘사하여 당대 신여성의 연애관을 잘 보여주고 있다.

人生行路難(인생행로의 고난)

〈기초사항〉

원제(原題)	人生行路難(1~2)	
한국어 제목	인생행로의 고난	
원작가명(原作家名)	본명	김명순(金明淳)
	필명	
게재지(揭載誌)	조선 및 만주(朝鮮及滿洲)	
게재년도	1937년 9~10월	
배경	• 시간적 배경: 어느 해 여름 • 공간적 배경: 만주	
등장인물	① 취직을 위해 만주로 온 오광인 ② 만주 어느 관청의 총무과장 ③ 시험감독관의 부하직원 노바라 등	
기타사항		

〈줄거리〉

　　일본어와 영어에 능통한 통역가 지망생 오광인(吳光仁)은 조선에서 일자리를 구하기가 쉽지 않자, 쇼와(昭和) ×년 8월 하순에 안동성(安東省) 사무소의 소개장을 들고 만주로 떠나왔다. 서탑의 더러운 뒷골목에 있는 조선인 여인숙에 여장을 풀고, 목적했던 S진자청(Sチンチャ廳)의 총무과장실을 찾아갔다. 건물 왼쪽에 청장실이 있고 오른쪽에 총무과장실이 있었는데, 과장실은 높은 천정의 넓고 둥근 방으로 커다란 책상이 놓여 있고, 벽 중앙에는 만주국 황제의 초상화를 비롯해 만주국전도(滿洲國全圖)와 비적출몰상황도(匪賊出沒槪況圖) 등이 걸려 있었다. 특히 눈길을 끈 것은 '조선인 공비(鮮共匪)'의 출몰상황을 나타낸 표였다.

　　만주에 있는 무지한 조선인 농민이나 공비들 때문에 조선인에 대해 좋지 않은 감정을 가지고 있던 총무과장은, 오광인의 자격은 훌륭하지만 충분한 급료를 줄 수 없다며 은근히 거절의 뜻을 비쳤다. 하지만 오광인은 조선에서는 일자리를 구하기 힘들고 만주국 건설에 힘쓰고 싶다며 그를 설득하였고, 총무과장은 하얼빈 주재 미국영사가 베이징 주재 미국 공사 앞으로 보내온 문서 하나를 오광인에게 주며 번역해보라고 시켰다. 오광인의 번역 문서를 본 총무과장은 오광인에게 몇 명의 통역응시자가 더 있으니 나중에 다시 와달라고 부탁했다.

　　그리고 며칠 뒤 시험장에 가보니 외무담당 주임이 추천한 친구를 비롯해 워싱턴대학을 졸업한 사람도 포함해 총 8명의 응시자가 와 있었다. 시험은 영문일역, 일문영역, 회화, 논문 등 네 번으로 나눠 치러졌다.

　　영문 일본어번역 시험은 「나가타(永田蹴山)중장 암살 책임을 둘러싼 하야시 육군대신의 사임문제」를 다룬 영자신문을 비롯해 그렇게 어려운 문제는 아니었다. 그런데 일문 영어번역은 불량한 러시아인의 동정을 살펴보고 싶다는 의뢰문을 비롯해 외교관 시험이라고 해도 어려울 정도의 내용들로, 외무담당 주임의 친구를 제외한 응시자 모두가 난감해 하였다. 외무담당 주임의 친구는 50분 쯤 지나자 다 쓴 답안지를 웃으며 제출한 반면, 워싱턴 출신의 미국인 M·A는 두 번째 시간에 일본어를 절반 정도밖에 쓰지 못했다. 그런가 하면 마지막 논문시험의 제목은 「만주건국의 이상과 일본 및 일본계 관사의 사명」이었다. 돌아오는 길에 M·A는 입사자는 이미 내정되어 있는데 자신들이 들러리를 섰다며 분해하였다. 그리고 얼마 후 외무담당 주임 친구 94점, 오광인 91점, 워싱턴의 M·A가 85점이라는 시험결과와 함께 오광인은 낙제통지서를 건네받았다.

거짓말까지 해가며 겨우 여행경비를 변통해 온 오광인은 차마 경성으로 돌아갈 수 없어, 지푸라기라도 잡는 심정으로 시험 감독관이었던 사람을 찾아갔다. 그에게 일자리를 부탁하였지만 거절당하고, 대신 그의 부하직원인 노바라(野原)를 소개받았다. 노바라는 영어가 능숙하고 접대를 잘할 사람을 찾고 있던 ×철(鐵)의 후지무라(藤村)씨를 소개해 주었다. 오광인은 일본의 민요도 잘 알고 있으며 고용살이와 고학 경험이 있기 때문에 분위기를 잘 맞출 수 있다고 어필하였고, 후지무라는 다롄(大蓮)에 있는 사장에게 잘 말해주겠노라고 장담하고 헤어졌다.

오광인은 돌아가는 길에 우연히 보석가게에 진열된 보석들을 바라보며, 이제 월급 200원인 곳에 취직하게 되었으니 애인 에쓰코(悅子) 앞에도 당당히 나설 수 있고 잘하면 결혼식도 올릴 수 있겠다 생각하며 마냥 기뻐했다.

그러나 채용통지를 기다린 지 2주일이 지나도 후지무라에게선 아무런 소식이 없었다. 기다리다 지친 오광인은 노바라를 찾아갔다. 오광인은 다롄의 취직자리에 이미 이공계 출신의 인재가 채용된 사실을 듣게 되었고, 지푸라기라도 잡는 심정으로 노바라에게 사정하였다.

「"잘 알겠습니다. 그러면 적어도 제 이력서만이라도 받아주시면 안 되겠습니까? 언제라도 좋으니 제발 부탁드립니다."

"내가 그런 걸 받아둬봤자 소용없어요. 부탁받은 이력서가 이렇게나 많은데."

그는 서랍에서 큼지막한 서류봉투를 꺼내 보여주었다. 그때 "어이!"라는 목소리와 함께 탁하는 고막을 찢는 듯한 소리가 들렸다. 그것은 시험관이 끈질기게 매달리는 오광인에게 화가 나서 찻잔을 책상에 내던진 소리였다.

"그만 좀 하고 돌아가! 패배했을 때는 남자답게 물러서는 것이 자신을 위해서도 좋다고!"

(당연한 말이다. 더 이상 무슨 말을 하겠는가.)

"갑니다, 물론 가야지요."

"음, 돌아가! 빨리 빨리!" 폭소가 실내에 울려 퍼졌다.

오광인은 숨을 죽이며 살그머니 총국을 빠져나왔다. 태양은 빛을 잃고 있었다.」

金文輯(김문집)

김문집(1907~ ?) 문학평론가, 언론인, 소설가. 호 화돈(花豚). 창씨명 오에 류노스케(大江龍之介).

015

1907년	7월 경북 대구에서 출생하였다.
1916년	대구 희원심상소학교(喜媛尋常小學校)에 입학하였다.
1920년	희원심상소학교를 졸업한 뒤 도쿄 와세다중학교(早稲田中學)에서 4년간 유학하였으나 졸업은 하지 못했다.
1926년	마쓰야마고등학교(松山高校)에 입학하였다.
1929년	9월 마쓰야마고등학교에서 성적불량으로 퇴학당하였다.
1935년	일본에서 중·고등학교를 졸업 후 도쿄제국대학(東京帝國大學) 문과를 중퇴하였다. 일본의 신감각파 소설가인 요코미쓰 리이치(横光利一) 밑에서 문학을 공부하다가 귀국하였다. 10월 《동아일보(東亞日報)》에 「장혁주군에게 보내는 공개장」을 발표하였다. 「동정의 낭만파」라는 콩트를 발표하면서 등단하였으나 주로 평론가로 활동하였다.
1936년	「민속적 전통에의 방향」에서 한국적 개성을 발굴하고 창작해야 한다는 논지를 펼쳤다. 「미타분가쿠(三田文學)」에 일본어소설 「경성이문(京城異聞)」을 발표하였다.
1937년	《동아일보》에 발표한 「비평예술론」에서 "가치의 창조가 작가의 생명이라면, 가치의 재창조는 비평의 혈혼(血魂)이다."며 비평의 창조적 측면을 강조하기도 하였다.
1938년	『비평문학』과 일본어 창작집 『아리랑고개(ありらん峠)』를 출간하였다.
1939년	3월 '조선어 교육 폐지론'을 펼친 총독부에 항의하기 위해 조선총독 미나미 지로(南次郎)를 면담하였는데, 그 후부터 친일행위를 시작하였다. <조선문인협회> 발기인 간사를 지내며 친일비평을 하였고, <국민정신총동원조선연맹> 조선총독부 촉탁을 지냈다. 10월 기관지 「총동원」에 일본어소설 「검붉은 혈서(黒ずんだ血書)」를 발표하였다.
1940년	4월 파렴치범으로 검거되어 <조선문인협회> 간사직을 사임했고 징역 8개월을

선고 받았다. 11월 <조선문인협회>가 '주최하는 전선(戰線) 병사 위문대 및 위문문 보내기 행사' 등 단체활동에 참여하였다. 녹기연맹에서 『신민의 서(臣民の書)』를 간행하였다.

1941년	5월 석방된 뒤 일본으로 건너갔다.
1942년	2월 후쿠오카니치니치신분사(福岡日日新聞社)에 입사했다.
1945년	해방 후 귀화하였다.
1960년	10월 논문 「조선중립과 조선연방(朝鮮中立と朝鮮聯邦)」(도쿄국제문화학회)을 간행하였다. 이후의 행적은 알려진 바가 없다.

　김문집은 《조선일보》에 비평을 발표하던 최재서, 이원조, 김기림 등에 맞서 《동아일보》에 '화돈 칼럼'란을 두고 논쟁을 벌인 것으로 유명하다. 그는 평론 「전통과 기교문제」(《동아일보》1936. 1. 16)에서 "한국문학의 결함은 전통이 없는 데 있으며, 기교 곧 예(藝)가 없다"고 주장하였다. 또 언어는 '민족의 내부적 상징'을 뜻하므로 우리말을 많이 써야 한다고 주장하며 언어를 아름답게 구사한 작품을 높이 평가했다. 심미적, 언어예술의 미적 형상성에 중점을 두고 비평의 독립성을 강조하는 경향을 보였다.

京城異聞(경성이문)

〈기초사항〉

원제(原題)	京城異聞	
한국어 제목	경성이문	
원작가명(原作家名)	본명	김문집(金文輯)
	필명	
게재지(揭載誌)	미타분가쿠(三田文学)	
게재년도	1936년 5월	
배경	• 시간적 배경: 어느 날 밤 • 공간적 배경: 경성	
등장인물	① 아프리카 흑인 색소폰 연주자 판유 ② 어느 자작의 미망인 민부인 등	
기타사항		

　　상하이(上海)에서 제법 규모있는 밴드로 알려진 데이토리암밴드에서 쫓겨나 임시로 자동차 운전수를 한 적이 있는 판유(パンユウ)는, 조선으로 뽑혀온 종로 뒷길 클럽의 색소폰 연주자였다. 그런데 현재 클럽밴드에서 해고되어 그 어떤 역할도 맡지 못하고 있었다. 그런 그에게 미국에서 생활한 적이 있는 자작(子爵)의 미망인 민(閔)부인이 관심을 갖기 시작한 것은 반가(反歌)를 연주하게 할 속셈에서였다.

　　판유가 미망인과 함께 눈이 빙빙 도는 남대문거리를 지나 호텔 보헤미안(BOHEMIAN)에 도착했다. 귀부인을 마스코트하고 있다는 사실에 들뜬 판유가 성모마리아를 대하듯 부인에게 서투른 조선어로 말했다. "부인 부디 언제까지나 저를 부인 옆에 있게 허락해 주세요."

　　샹들리에 불이 켜지자, 판유는 오후 내내 침실에 누워있던 부인에게 목욕을 하지 않겠느냐며 부인을 안아 올렸다. 그리고 안락의자에 그녀를 내려놓은 뒤 부인의 서양식 의복을 만두껍질을 벗기듯 벗겨냈다. 부인은 그다지 유쾌하지 않았지만, 그것이 매일의 습관임을 아는지라 그가 하는 대로 내버려두었다. 부인은 존경스럽다고 말하는 눈앞의 검은 그림자를 아무 말 없이 가만히 쳐다볼 뿐이었다.

　　턱시도 차림의 판유와 한복을 곱게 차려입은 부인은 포도주를 곁들인 가벼운 식사를 마치고 중앙복도로 나왔다. 그곳에는 숙박료를 내지 못한 보헤미안들이 숙박료 대신 그려주고 간 그림들이 몇 점 걸려 있었다.

　　두 사람은 지하 홀로 내려갔다. 그곳 무대에서는 몇 가지 프로그램이 연출되고 있었고, 몇몇 일행들이 무대를 향해 박수를 보내고 있었다. 판유는 이방 노인의 자리에 부인을 앉히고 그 옆으로 가서 앉았다. 그린카(グリンカ)의 오페라 「여행을 위한 생명」이 보헤미안의 독특한 양식으로 연출되고 있었다. 그는 자신이 좋아하는 오페라가 끝나자 잔을 탁자에 내려놓고 박수갈채를 보냈다. 그런 그를 부인이 저지시켰다. 아무리 남편을 잃었다고는 해도 사교클럽에 가입하고 흑인과 함께 향락의 길을 모색하는 자신에 대해 변명의 궁색함을 느꼈기 때문이었다. 그러나 그러한 것을 알 리 없는 판유는 부인이 옆에 있는 것만으로도 행복하기만 했다.

　　차르(제정 러시아 황제의 칭호)의 끝날 줄 모르던 권세와 영광이 극동에 위치한 작은 식민도시의 지하 홀 무대에서 연출되는 것을 보고, 동석한 노인은 비탄에 빠져 있다가 비틀비틀 자리에서 일어섰다. 그러더니 마침 무대에서 여러 색의 공을 돌리고 있는 피에로를 불렀다. 그러자 홀 안의 모든 시선이 노인에게 집중되었다.

　　노인은 혁명이 일어나기 전까지 40년간 차르에게 충성하던 관리였다고 자신을 소개하고, 혁명에 의한 폭동으로 아내와 자식 여섯을 잃었다며 옛날 러시아를 생각하는 것만으로도 가슴이 아프다고 탄식하였다. 그러자 판유는 노인에게 술을 따라주며 슬픔을 잊으라고 위로했다. 부인은 주위의 시선을 묵살하듯 새침해 있었다. 러시아 노인으로 인해 그날 밤 프로그램은 갑작스럽게 변경되었다. 밝은 분위기를 연출하기 위해 나폴리 무용이 준비된 것이다. 신분고하를 막론하고 모두가 한자리에 뒤엉켜 거나한 술자리가 벌어졌다. 그렇게 밤은 깊어갔다.

　　다음날 해질녘에야 옆방 침실에서 눈을 뜬 판유는, 부인용 궐련을 들고 부인이 잠들어있는 방으로 가서 그녀를 흔들어 깨웠다. 그는 어젯밤 춤을 추면서 부인에게 꾸지람 듣던 것을 떠올라 부인을 달래보려고 했다. 그러나 부인은 판유에게 돈은 얼마든지 줄 테니 고향으로든 어디로든 떠나달라고 말하였다. 판유는 그런 부인의 갑작스러운 말이 믿기지 않았다.

「모멸과 특별한 취급, 노동과 불합리한 법률, 경원, 학대, 색소폰, 냉혹한 사회에서 버려진 이색인종인 자신의 모습을 상상하던 판유는 다시 부인의 얼굴을 바라보았다.

"부인이 버리면 나, 정말 곤란합니다." 늘어진 고사리처럼 천천히 고개를 들어 그는 이미 젖은 눈으로 침대 위 벽에 걸린 고야의 그림을 보았다.

"세상에는 더 참담한 사람들이 많아요." 이렇게 말하며 부인은 일어나 떠날 채비를 하였다. 판유는 거리의 젖은 북처럼 침묵하였다. 온전히 자기 자신의 경우를 그린 것 같은 고야의 그림을 응시하던 눈에서 파자마 옷자락으로 진주 같은 큼지막한 눈물방울이 떨어졌다. 저도 모르게 눈물을 닦은 판유는 거친 목소리로 어머니에게 배신당한 젖먹이 아이처럼 소리쳤다.

"부인! 부인! 나는 억울합니다."

야자열매가 열린 아프리카 서해안의 고향과 어머니, 소꿉친구들, 갈색피부의 건강한 처녀들, 맹수사냥과 통구이, 달밤의 춤, 자유로운 아가씨들, 숲, 젖가슴, 아벨리아 꽃그늘의 아가씨들 그림자.

"나는 나……." 왠지 더 이상의 말이 그의 목에서 나오지 않았다. 번민하듯 그는 침을 삼켰다.」

金飛兎(김비토)

—

김비토(생몰년 미상)

016

 약력

1928년	12월 경성제국대학 예과에 재학 중 일본어소설 「백의의 마돈나(白衣のマドン ナ)」를 「청량(清凉)」에 발표하였다.

>>> **016-1**

白衣のマドンナ – 妻の不貞に泣く友T君の為に
(백의의 마돈나 – 아내의 부정에 우는 친구 T군을 위해)

〈기초사항〉

원제(原題)		白衣のマドンナ - 妻の不貞に泣く友T君の為に
한국어 제목		백의의 마돈나 - 아내의 부정에 우는 친구 T군을 위해
원작가명(原作家名)	본명	김비토(金飛兎)
	필명	
게재지(揭載誌)		청량(清凉)
게재년도		1928년 12월
배경		• 시간적 배경: 어느 해 2~7월 하순 • 공간적 배경: 조선의 한 마을
등장인물		① 상하이로 유학 간 남편의 사진을 안고 자는 여자 보부 ② 교활하기 짝이 없는 보부의 젊은 정부 등
기타사항		

<줄거리>

　　21살의 보부(寶富)는 17살 때 시집와서 지금은 남편을 상하이(上海)로 유학 보내고 홀로 지내고 있었다. 그녀는 하루일과를 마치고나면 피곤한 가운데에서도 남편의 사진을 꺼내들고 그리워하다가 잠이 들고는 했다. 남편을 너무 그리워한 탓인지 밤마다 남편과 관련된 여러 가지 꿈을 꾸었다. 때로는 남편과 달콤한 시간을 보내는 꿈을 꾸기도 했고, 때로는 남편이 외국여자와 즐기고 있는 불길한 꿈을 꾸기도 했다. 한번은 다홍차림의 아가씨가 남편에게 궐련을 권하며 휘감기는 꿈을 꾼 적이 있었다. 그런 꿈들은 남편이 2년 전 여름방학을 맞아 돌아왔을 때, "상하이 시내에 가니 서관(書館)이라는 간판을 내건 곳이 있어 들어가 보았더니, 그곳은 다름 아닌 요릿집이지 뭔가. 내가 들어서자 거기에 있던 아가씨들이 몰려와 예기치 않게 큰 대접을 받았지."라고 했던 말이 화근이었음에 분명했다. 보부는 유곽에서 유녀와 놀고 있는 남편의 꿈 때문에 괴로웠지만, 단지 꿈일 뿐이라고 애써 스스로를 안심시켰다.

　　그러던 2월 어느 날 밤, 여느 때와 마찬가지로 남편사진을 들여다보고 있는데 밖에서 헛기침 소리가 들려왔다. 도둑인가하고 내다보니 마을에서 교활하기로 소문난 젊은 남자가 서있었다. 남편이 없는 동안 젊은 남자에게 도움을 받아오던 보부는 잠깐만 시간을 내달라는 남자를 매정하게 돌려보낼 수 없었다. 쓸쓸해서 보부를 만나러왔다는 남자는 보부에게 남편사진을 수호신처럼 끌고 살지만 남편은 어디선가 다른 여자와 놀고 있을 거라고 약을 올렸다. 보부는 그 말에 화를 내며 남자를 돌려보냈으나, 남편이 유녀들과 뒤얽혀있는 모습이 수시로 떠올라 견딜 수가 없었다.

　　결국 보부는 애지중지하던 남편의 사진을 방 한 구석에 내동댕이쳐버리고, 대신 교활하기 짝이 없는 그 남자에게 몸과 마음을 내맡기고 말았다.

　　그렇게 한 달이 지난 어느 날, 보부는 자기 몸에 이상이 생겼음을 직감하였고 두 달 후에는 임신한 사실을 확인하게 되었다. 그녀는 점점 불러오는 배를 보며 뱃속의 아이를 어떻게 해야 할지 막막하였다. 식구들과 마을사람들에게 뭐라고 변명해야 할지 당황스러웠다. 설령 저주받은 아이가 태어난다 해도 사람들의 조소 속에 성장할 것이 틀림없었다.

　　며칠 후, 보부는 마을에서 떨어진 공동묘지의 한 구덩이 앞에 하얀 소복을 입고 서 있었다. 산초나무 뿌리를 삶아 마시면 낙태한다고 해서 마셔보았지만 아무 효과가 없자, 한밤중에 묘지에 와서 깊게 파인 구덩이로 뛰어내리고 있었던 것이다. 높은 곳에서 떨어지면 아이가 유산된다는 말을 떠올리고 어젯밤에 이어 오늘밤 또 다시 온 것이었다. 우두커니 서있는 보부의 등 뒤로 3개월 만에 나타난 젊은 정부가 서 있었다. 보부가 혼자 묘지로 올라가는 모습을 보고 뒤를 밟아 쫓아온 터였다. 남자는 혼자서 아이를 훌륭하게 키운 어머니도 있다며, 성모마리아에 대해 지껄였다. 성령의 은혜를 입어 임신했다고 믿게 한 신념 강한 여인이라며, 그 덕분에 예수 그리스도가 탄생할 수 있었다는 것이다. 그리고 보부에게 애를 지우려 애쓰지 말고 마리아를 모방해서 잘 길러보라고 충고한다. 즉, 남편사진을 항상 끌어안고 갔더니 수태하게 되었다고 꾸며대라는 것이었다. 어찌할 바를 모르던 보부는 남자의 말대로 마리아가 아닌 마돈나로 변신하게 되었다.

　　「"나는 남편의 사진을 안은 여자입니다. 그래서 잉태하고 말았답니다……."

보부는 역시 자신의 입장을 완전히 달라지게 하기 위해, 매우 근사한 문구를 강한 어조로 되풀이 해보지 않고는 견딜 수 없었다. 반복하면 반복할수록 가슴 위를 오래도록 뒤덮고 있던 몇 겹의 불안한 베일이 한 겹씩 벗겨져 한없는 시원함이 가슴속에 흐르는 것을 느꼈다.

　　드디어 보부는 창문으로 흘러들어오는 아침햇살 속에서, 오랫동안 칭칭 감고 있던 띠를 풀고 적당히 부풀어 오른 배를 자랑스럽게 쓸어내렸다.」

金史良(김사량)

—

김사량(1914~1950) 소설가. 본명 김시창(金時昌). 필명 구민(具珉).

017

| 1914년 | 3월 평양(平壤) 육로리(陸路里)에서 아버지 김태순(金泰淳)과 미국식 교육을 받은 재녀로 기독교에 귀의한 어머니 사이에서 출생하였다. 미곡상을 하는 부유한 가정에서 성장하였으며, 공립보통학교를 우등생으로 다녔다. |

1928년   평양고등보통학교에 입학하였다.

1931년   평양고등보통학교 5학년 때 해주, 평양, 신의주의 <동맹휴교사건>의 주모자 중의 한 명으로 주목받아 퇴학처분을 받고 쫓기게 되었다. 그해 12월 형 김시명의 도움으로 가짜 학생증과 교복을 입고 일본으로 건너갔다.

1932년   10월 일본으로 건너가 첫 문학작품이라 할 수 있는 시「시정초추(市井初秋)」를 잡지「도코(東光)」에 발표하였다.

1933년   4월 사가(佐賀)고등학교 문과을류(文科乙類)에 입학하였다.

1934년   고등학교 2학년 봄방학 때 평양으로 돌아와 임화의 '독일낭만주의 강의'에 참가했고, 일본어소설「토성랑(土城廊)」을 창작하지만 발표하지 않았다.

1935년   <신협극단(新協劇團)>의 지방공연을 관람하거나 좌담회에 참가하는 등 극예술에도 관심을 갖게 되었고, <조선예술좌(朝鮮藝術座)>와 인연을 맺고「토성랑」을 각색하여 11월 쓰키지(築地)소극장에서 상연하였다.

1936년   2월「사가고등학교 문과을류 졸업기념지(佐賀高等學校文科乙類卒業記念誌)」에 일본어 콩트「짐(荷)」을 게재하고, 4월에 도쿄제국대학(東京帝國大學) 문학부 독일문학과에 입학하였다. 6월 쓰루마루 다쓰오(鶴丸辰雄), 우메사와 지로(梅沢次郎) 등과 동인잡지「데이보(堤防)」를 발행하였다. 잡지 창간호에 구민(具珉)이란 필명으로「잡음(雜音)」, 9월 2호에「토성랑(土城廊)」을 발표하였다. 10월 <조선예술좌>와 연루되어 사상범 보호관찰법에 의해 2개월간의 구류생활을 하였다.

1937년   3월「데이보(堤防)」4호에「빼앗긴 시(奪われの詩)」와《데이코쿠다이가쿠신분(帝國大學新聞)》에 일본어소설「윤참봉(尹參奉)」을 게재하였다.

1939년   1월 평양에서 최창옥과 결혼하였고, 4월 초《조선일보(朝鮮日報)》학예부 기자

로 1개월 반 근무한 후 기자생활을 그만두고 도쿄제국대학 대학원에 진학하였다. 장혁주의 소개로 야스타카 도쿠조(保高德藏)를 알게 되고, 그가 주재하는 「분게이슈토(文藝首都)」에 「조선문학풍월록(朝鮮文學風月録)」, 「빛 속으로(光の中に)」를 발표하였다.

1940년   2월 「빛 속으로」가 아쿠타가와상 후보작에 올랐다. 「분게이슈토」에 「토성랑」을 개작, 수록하였다. 4월에 귀국하여 강원도 홍천군 화전민 부락의 실태조사를 실시하였다. 일본어소설 「천마(天馬)」와 「기자림(箕子林)」(「분게이슈토」), 「덤불숲(草探し)」(「분게이(文藝)」), 「뱀(蛇)」, 「무궁일가(無窮一家)」 등을 발표하였다.

1941년   일본문예잡지 「분가쿠카이(文學界)」에 「광명(光冥)」, 「분게이」에 「도둑(泥棒)」 등 다수의 일본어소설을 발표하였다. 12월 <사상범예방구금법>에 의해 가마쿠라(鎌倉)경찰서에 또 다시 구류되었다.

1942년   1월 29일 석방된 후 귀국하였다. 「국민문학(國民文學)」에 일본어소설 「물오리섬(ムルオリ島)」, 「신초(新潮)」에 「꼽추십장(親方コブセ)」을 발표하였고, 그밖에 「Q백작(Q伯爵)」, 「거지의 무덤(乞食の墓)」, 「형제」 등을 발표하였다.

1943년   「국민문학」에 일본어 장편 『태백산맥(太白山脈)』을 연재(2~10월)하였다. 8월 28일 <국민총력조선연맹>의 지시에 따라 해군견학단 일원으로 파견되어 르포 「해군행」, 장편소설 『바다의 노래』를 집필하였다.

1944년   4월 평양대동공업전문학교 독일어 교사가 되어 문필활동을 중단하였다.

1945년   5월 중국행을 결심하고 《조선일보》의 조선 출신병의 정황선전 보고단으로 단장인 노천명과 함께 보도단에 합류하였다. 연안 근처의 태항산에 있는 화북 <조선독립동맹> 조선의용군본부로 탈출했다가 8월 15일 일본 패전 소식을 듣고 조선의용군본부 선발대에 참가하여 귀국하였다. 해방 이후 12월 서울에서 열린 두 차례의 문학좌담회에 참석하였다.

1946년   1월 「연안망명기」를 「민성(民聲)」에 싣고, 2월 경성에서 평양으로 돌아갔다. 3월에는 <북조선예술총동맹>이 김창만의 지도하에 결성되자 이에 가입하였다. 김일성대학 독문학과 강사로 선임되었고, 6월 29일 평안남도 <문학가총연맹>의 위원장이 되었으며, <조소친선협회>의 부회장이 되었다.

1947년   1월 태항산에서 지은 「복돌이의 군복」을 「적성」에, 4월 르포 「동원작가의 수첩」을 「문화전선」에 발표하고 탈출기 『노마만리(駑馬萬里)』를 해방 2주년 기념일에 맞춰 단행본으로 양서각에서 발간하였다. 이때 심장병을 앓게 되었다.

1950년   <한국전쟁>이 발발하자 6월 26일 <제1차 종군작가단>의 일원으로 뽑혀 최전선을 따라 종군한 후 10월부터 11월에 걸친 후퇴 중에 강원도 원주 부근에서 낙오되어 심장병으로 사망한 것으로 추정된다.

김사량은 1939년 잡지 「분게이슈토(文藝首都)」에 소설 「빛 속으로(光の中に)」를 발표하고 일본문단에 데뷔하였다. 1932년부터 1950년까지 그의 작품은 시 5편, 소설 31편, 기행문 3편, 평론 8편, 희곡 5편, 수필 7편, 르포 7편 등 약 66편이다.

김사량의 일본어 글쓰기는 조선 문화와 예술을 소개하고, 일제의 탄압에도 굴하지 않고 끈기 있게 생명력을 이어나가는 민중의 삶과 조국의 현실을 일관되게 묘사하고 있는 점에서 주목된다.

土城廊(토성랑)

〈기초사항〉

원제(原題)	土城廊(一～六)	
한국어 제목	토성랑	
원작가명(原作家名)	본명	김시창(金時昌)
	필명	구민(具珉)
게재지(揭載誌)	데이보(堤防)	
게재년도	1936년 10월	
배경	• 시간적 배경: 1930년대 어느 해 여름 • 공간적 배경: 평양 토성랑의 빈민촌	
등장인물	① 머슴으로 살다가 자유의 몸이 된 50대 초반의 원삼영감 ② 자작농에서 소작농으로 전락한 이후 지게꾼이 된 이첨지 ③ 이첨지의 아내 등	
기타사항		

〈줄거리〉

　　원삼(元三)영감은 오십이 넘도록 학대와 멸시를 받으며 머슴으로 살아오던 주인집이 몰락하자, 음력 2월 북풍 눈서리에 홑옷차림으로 P시의 마을장터에 오게 되었다. 우스꽝스런 수염에 이상한 차림의 원삼을 본 지게꾼들은 그를 놀려댔다. 그런 원삼영감을 본 이첨지(李僉知)는 그를 토성랑의 움막에서 생활하며 지게꾼으로 일할 수 있게 도와주었다.

　　일을 마치고 어두워져서야 돌아온 원삼은 악취가 진동하는 움막 안으로 들어가 젖은 옷과 구멍 난 양말을 벗어놓고, 남은 돈을 세고 또 세었다. 바로 그때 이첨지의 움막에서 싸우는 소리가 들렸다. 부인은 돈도 못 벌어온다고 이첨지를 몰아세웠고, 이첨지는 그런 아내에게 입을 찢어놓겠다며 악을 써댔다. 최근 들어 부쩍 쇠약해진 이첨지는 그날그날의 식량도 벌어오지 못하는 날이 많아졌다. 원삼은 그런 이첨지를 위해 식량을 사다주고는 하였는데, 그럴 때마다 이첨지는 오히려 원삼에게 물을 퍼붓거나 욕을 해대며 냉대하였다. 하지만 원삼은 자신을 냉대하는 이첨지와 달리 그의 아내가 자신을 의지하고 있다는 사실에 쾌락마저 느끼고 있었다.

　　토성랑은 이들 외에도 외아들이 강도죄로 끌려간 후 미쳐버린 아내를 데리고 사는 칠순의 덕일(德一)노인, 밀주를 만들어 팔다가 걸려 소와 가재도구를 팔아 벌금을 내고 빈털터리가 된 후 상제교(上帝敎)를 믿게 된 말더듬이, 토성랑의 급류에 딸을 잃은 임생원, 절름발이 거지 등등 구구절절한 사연을 가진 사람들이 모여 사는 빈민촌이었다.

　　그런데 올봄 관청의 입찰에 당선된 다카키상회(高木商會)가 토성랑의 지대(地代)징수업무를 맡게 되었다며 지대납입서를 배부하더니 이윽고 양복을 입은 두 사람의 징수원이 토성랑에 찾아왔다. 그때 덕일노파가 머리를 산발하고 그들에게 달려들었는가 하면 임생원이 그

두 사람을 폭행하는 사건이 발생하였다. 몇 주 후 덕일노파는 풀려났지만 임생원은 끝내 돌아오지 않았다.

어느 폭풍우가 몰아치고 간 다음날, 이첨지는 병든 몸을 이끌고 일을 하러 가기 위해 집을 나서려던 참이었다. 그때 마침 원삼영감에게서 쌀을 받아 들어오는 마누라를 발견한 이첨지는 멸시와 증오로 마누라의 머리채를 붙잡아 땅바닥에 내팽개치고 때렸다. 그날 밤 이첨지는 각혈과 기침으로 눈을 붙이지 못하다가 첫닭이 울자 지게를 짊어지고 움막을 나섰다. 이첨지의 아내는 그런 남편의 뒷모습을 오래도록 배웅했다.

날이 밝자 레인코트를 입은 두 사람의 수금원이 토성랑에 나타났고, 원삼은 준비해 두었던 지대를 건네주었다. 그런 다음 이첨지를 찾아 그의 움막으로 들어가려던 원삼은 잠들어있는 이첨지의 아내를 발견하고 붉게 상기된 얼굴로 마른침을 삼키며 멍하니 그녀를 바라보았다. 그때 마침 그런 원삼의 모습을 목격한 덕일노파는 원삼과 이첨지 아내가 밀통한다는 소문을 토성랑에 퍼뜨렸다. 그 소문을 들은 이첨지는 눈에 띄게 병세가 악화되었고, 별일 아닌 일에도 아내에게 욕설을 퍼붓거나 사발을 집어던졌다.

이첨지는 본래 고향에서 600평 정도의 땅을 소유한 자작농이었다. 그런데 어떤 보이지 않는 거대한 힘에 의해 땅을 빼앗겼고 4, 5년 뒤 그 땅에는 'T회사 관리농장'이라는 표지판이 세워졌다. 그런데 설상가상으로 어느 늦여름 이첨지에게 소작이동통지가 날아들었다. 이첨지의 아내는 소작이라도 지켜볼 요량으로 마름을 찾아갔다.

「밤늦게 돌아온 그녀의 모습, 쓰러져 우는 그녀의 머리카락은 헝클어져 있었고 상의는 구겨질 대로 구겨진 데다 등 쪽이 찢어져 그 사이로 하얀 속살이 훤히 들여다보였다.

돌연 정신을 차린 그는 악몽을 떨쳐내기라도 하듯 세차게 도리질을 했다. 그는 천천히 품에서 담뱃대를 꺼내었다. 그래, 정조를 잃은 아내 덕분에 소작권이 복귀되었을 때 우리 둘 다 목숨을 끊었어야 옳았다고 생각했다. 하지만 그날 밤 그는 미친 듯이 "조선 놈으로는 부족하더냐!"고 악을 쓰며 아내를 거의 죽을 지경까지 만들어 놓았다. 한밤중에 소작논에 들어가 아직 익지 않은 벼를 모조리 베어버리고 막아놓은 제방수문을 부숴버린 뒤 이 도시로 도망쳐왔던 것이다.」

이런 불행한 일을 겪은 후 이첨지는 원삼영감이 자기들 부부 사이에 개입되기 전까지 아내와는 타인처럼 지내고 있었다.

그런데 최근 들어 원삼과 따로 돈벌이를 나가던 이첨지는 마을의 부호인 김참봉 딸을 유혹하다 들켜서 쫓겨난 고향친구 병길(炳吉)을 우연히 만나게 되었다. 그리고 그의 도움으로 창고에 저장되어 있는 곡물을 다른 곳으로 운반하는 해적(解積)일을 K창고에서 하게 되었다. 이 일은 새벽에 비밀리에 수행하는 것으로 조합에 10원을 납부하고 가입해야만 참여할 수 있었다. 하지만 일을 한참하고 있을 때 조합의 노동자들에게 발각되어 잠시 몸싸움이 있었고, 그 때문에 설움에 북받친 이첨지가 무리하게 짐을 나르다 그만 쌀가마니에 깔려 죽고 말았다.

한편, 원삼은 홍수가 나고 지대까지 납부해야 하는 토성랑을 떠나 성내에 방을 구해야겠다고 마음먹고 네 사람이 살집을 구하러 다녔다. 그러나 결국 실패하고 토성랑으로 돌아와 움막을 고치고 있었다. 바로 그때 병길이 피범벅이 된 이첨지를 등에 업고 나타났다.

남편의 비참한 주검 앞에서 쓰러져 우는 이첨지의 아내를 알 수 없는 미소로 바라보는 병길을 원삼은 경계와 분노의 눈길로 바라보았다.

어두워져가는 토성랑을 바라보며 원삼은 제방 위에 서 있었다. 이첨지도 죽은 이때에 이첨지의 아내와 어린 자식을 길가로 내쫓을 수는 없으니 자신이 그들을 돌보는 것이 마땅하다고 생각했다. 그리고 이첨지를 잃은 절망 속에서도 이첨지 아내에 대한 애정을 떠올리며 미소지었다. 바로 그때 원삼은 어둠 속에서 돌다리 쪽으로 도망치는 덕일부부를 발견하고 퍼뜩 정신을 차렸다. 멀리 굉음이 울리는가 싶더니 토성의 둑이 무너지고 토성은 이내 급류에 휩쓸리고 말았다. 그제야 원삼은 이첨지 아내의 움막을 향해 황급히 뛰기 시작했다.

193×년 7월 ×일

토성은 유실되었고, 철교가 놓인 3천여 평 땅만이 남았다. 그곳에는 다시 새로운 빈민들이 모여들었고, 유일하게 원삼만이 철교 근처에 살고 있었다. 이첨지의 아내는 결국 병길과 함께 살게 되었고, 원삼은 더 이상 지게를 지고 일하러 나가지 않았다. 다른 사람과도 거의 말을 섞지 않았으며, 아침에 겨우 움막에서 나와 다른 집에서 밥을 빌어먹는 거지가 되었다.

이듬해 3월 ×일, 토성랑에 돌연 철거명령이 떨어졌다. 국제선로가 움막 앞을 지나는데 토성랑이 도시의 미관을 심하게 해친다는 이유에서였다. 토성랑의 빈민들은 움직이지 않았지만, 다카키(高木) 부회의원(府會議員)이 철거를 주장한 이후 결국 움막은 차례로 도랑에 던져져 철거는 간단히 끝나버렸다.

「그리고 그날 밤의 일이었다.

펑텐(奉天)행 특급열차가 토성랑 앞 지점에서 날카로운 기적을 연발하며 황급히 급정차하였다. 하마터면 전복될 뻔하였다. 선로 위에는 돌덩어리가 산더미처럼 쌓여 있었다. 기차에서 내린 기관수들이 방해물을 치우려 하였다. 그러나 그들은 그 자리에 화석처럼 굳어버리고 말았다. 그것은 랜턴 불빛이 기관차 바퀴 아래에서 흥건한 새빨간 피를 비추고 있었기 때문이다.

다음날 아침 아무리 조사해도 죽은 이의 신원을 알 수 없었다. 단지 기관차가 멈춘 지점에서 2, 30m 떨어진 논두렁에 솔처럼 우스꽝스러운 수염이 달린 죽은 사람의 머리가 나뒹굴고 있었다.」

제방은 새로 견고하게 축조되었고, 벚나무가 심어졌다. 봄에는 민들레꽃이 피었고, 여름이면 해가 저물 때쯤 남녀가 부채를 흔들며 개를 데리고 산책하는 모습도 보였다. 가을 수확철이 되자 매일 쌀가마니를 실은 트럭들이 줄지어 돌다리 위를 끊임없이 달렸다. 제방 동쪽 저지대인 수천 평의 땅에는 붉은 굴뚝에 하얀 글자로 '다카키상회벽돌제작소(高木商會煉瓦製作所)'라고 새겨진 커다란 벽돌공장이 세워졌다.

土城廊(토성랑)(개작)

〈기초사항〉

원제(原題)		土城廊(一~六)
한국어 제목		토성랑
원작가명(原作家名)	본명	김시창(金時昌)
	필명	김사량(金史良)
게재지(揭載誌)		분게이슈토(文藝首都)
게재년도		1940년 2월
배경		• 시간적 배경: 어느 해 여름 • 공간적 배경: 평양 토성랑의 빈민촌
등장인물		① 머슴으로 살다가 자유의 몸이 된 53세의 원삼영감 ② 자작농에서 소작농으로, 이후 지게꾼으로 전락한 선달 ③ 선달의 아내 등
기타사항		1936년 「데이보」에 발표한 작품을 「분게이슈토」에 개작 수록하였음.

〈줄거리〉

　　원삼(元三)영감은 오십 넘게 머슴으로 살아오다가 주인집이 망하여 자유의 몸이 되어 평양거리 장터로 나오게 되었다. 장터에서 놀림을 받고 근근이 살아가던 원삼은 지게꾼인 선달(先達)을 만나게 되고, 그가 마련해 준 토성랑의 한 움막집에서 생활하며 지게꾼의 삶을 시작하였다.

　　원삼이 살게 된 토성랑은 구구절절한 사연을 가진 사람들이 모여 사는 빈민촌이었다. 외아들이 강도죄로 끌려가자 미쳐버린 아내를 데리고 사는 덕일(德一)노인, 밀주를 만들다가 유치장에 끌려갔다 나온 후 계룡산에 세워진 동학교파 중 하나인 상제교(上帝敎)의 신자가 된 말더듬이, 강물에 휩쓸려 죽은 딸을 추억하며 살아가는 임생원, 절름발이 거지 등이 살고 있었다.

　　그러던 어느 날, 토성랑 빈민촌의 철거문제가 거론되게 되었다. 이유인 즉, 조선을 관통하는 철도가 토성랑 앞을 지나게 되는데 그곳 빈민촌의 움막들이 도시의 미관과 국제적인 체면을 해치기 때문이라는 것이다. 삶의 터전을 빼앗길 위기에 놓인 움막 주민들은 토성랑 한가운데에 모여 철거를 반대하며 소란을 피웠다. 바로 그날 밤 펑톈(奉天)행 급행열차가 토성랑 앞에 다다랐을 때였다. 선로 위에 돌들이 산더미처럼 쌓여있는 것을 뒤늦게 발견하고 열차는 날카로운 기적 소리를 내며 급정차하게 되었다. 그러나 선로와 산더미 같은 돌무더기 위로 새빨간 피가 흩어져 있었다. 그 사건 이후 토성랑 어디에서도 임생원의 모습은 보이지 않았다.

　　한편 선달 덕분에 새 생활을 시작하게 된 원삼은, 열심히 지게를 져서 번 돈으로 병들어 벌이가 시원찮아진 선달네를 위해 식량을 사다주기도 하였다. 하지만 선달은 자기보다 나을 것 없는 원삼의 신세를 져야 하고, 또 돈을 못 벌어온다고 구박하는 아내와 하루가 멀다 하고 싸우는 자신의 처지가 비참하기만 하였다. 그러던 어느 날, 선달은 병든 몸을 이끌고 일을 나서려다가 원삼에게서 받은 쌀 봉지를 들고 잔뜩 상기된 얼굴로 들어오는 아내와 맞닥뜨렸다. 그런 아내의 모습을 본 선달은 화가 치밀어 견딜 수가 없었다. 지게로 다짜고짜 아내의 머리를 내려치고, 발로 차고, 때리고, 머리채를 질질 끌어 내팽개쳤다. 뿐만 아니라 사정을 알아보려고 온 원삼의 멱살을 쥐고 머리로 들이받기까지 했다. 그날 밤, 선달은 밤새 피를 토하며 고통스러워하다 새벽닭이 울자 겨우 일하러 나섰다.

선달이 이토록 화를 낸 것은 미친 덕일노파가 원삼영감과 선달의 아내가 눈이 맞았다는 소문을 퍼뜨린 때문이었다. 하지만 그보다 더 선달을 괴롭히는 것은 고향에서의 악몽 같은 기억들이었다. 선달도 한때는 고향의 넓디넓은 논에서 열심히 일하며 행복한 나날을 보냈었다. 그런데 어느 순간 보이지 않는 거대한 힘에 의해 가지고 있던 논밭은 모두 다른 사람에게 넘어가버리고 생활은 나날이 곤궁해졌다. 그런데 그해 여름이 다 끝나갈 즈음, 이미 소작농으로 전락해버린 선달에게 소작권마저 넘기라는 통지가 날아온 것이었다. 아내는 농사를 지을 수 있게 해달라고 애원이라도 해보겠다며 마름을 찾아갔다. 그런데 한밤중이 되어서야 돌아온 아내의 몰골은 말이 아니었다. 머리는 헝클어지고 구겨진 옷깃 사이로 맨살을 훤히 드러낸 채 겁에 질린 얼굴로 돌아온 것이다. 그 후 소작권은 복귀되었지만 선달은 끝내 고향을 뒤로한 채 아내를 데리고 토성랑으로 들어왔던 것이다.

이곳 토성랑에 살기 위해서는 지대(地代) 25전을 지불해야 했다. 토성랑 철거문제와 여름 장마로 점점 불어나는 강물을 바라보던 원삼은 착잡한 심정에 사로잡혔다. 그러다 성안으로 들어갈 결심을 하고, 양복을 입은 수금원에게 토지세를 지불하며 성 안에 방을 구해줄 것을 부탁하였다. 그런가 하면 직접 성 안으로 들어가 셋방을 구해보려고도 하지만, 누구 한 사람 원삼영감을 상대해 주지 않아 결국 토성랑으로 돌아올 수밖에 없었다.

한편 고향에서의 일과 생활고로 생각이 복잡했던 선달은, 우연히 강가의 창고 처마 밑에서 가마니를 뒤집어쓰고 죽어있는 말더듬이 남자를 발견하였다. 선달은 꼭 자신의 마지막 모습을 본 듯한 무서운 망상에서 벗어나기 위해 닥치는 대로 일에 몰두하였다. 그 덕분에 원삼의 도움 없이 쌀을 사오기도 하였다. 그리고 우연히 고향의 옆집 머슴이었던 병길(炳吉)을 만나게 되면서, 그의 소개로 창고에서 짐 나르는 일을 하게 되어 무척 기뻐하였다. 그런데 그 기쁨도 잠시, 창고 일에 참가할 자격이 없던 선달은 무리해서 짐을 지고 내려오다 그만 바닥으로 떨어져 목숨을 잃고 말았다. 병길에게 업혀 토성랑으로 돌아온 선달의 시신은 처참하기 이를 데 없었다. 옷은 온통 피투성이에 붕대로 칭칭 감긴 몸은 나무토막처럼 비쩍 마르고 시커멨으며, 피범벅 된 얼굴 위로는 파리 떼들이 몰려들었다.

원삼영감이 처참한 선달의 모습을 떠올리며 깊은 슬픔에 빠져있을 때, 토성 위에서 피하라고 외치며 흔들어대는 구호대의 빨간 깃발을 보았다. 원삼은 선달의 은혜를 갚기 위해서라도 그의 아내와 아이를 구해야 한다고 결심하였다. 그때 성 안이 불빛바다처럼 붉어지는가 싶더니 땅이 울리는 소리와 함께 토성이 무너져 내렸다. 원삼은 무시무시한 급류 속에서 슬픔에 잠겨있는 선달의 아내를 데리고 나가기 위해 헐레벌떡 자리를 박차고 일어섰다. 하지만 발이 미끄러지는 바람에 흙탕물이 넘실대는 급경사로 빠져버리고 말았다.

수영을 못하는 원삼영감은 물속에서 버둥거리며 외쳤다.

「"아…주머니…도망, 도망쳐유…으, 으."

"원삼영감, 원삼영감!" 선달아내는 있는 힘껏 소리치며 쫓아 달려갔다. 때때로 미끄러 넘어지거나 고꾸라지거나 풀썩 쓰러졌다가는 다시 일어났다.

"으, 으……."

"원삼영감! 정신차려요. 원삼영감!"

"윽, 도망쳐…도망쳐유."

괴로운 목소리는 그것을 끝으로 들리지 않았다. 물은 빨갛고, 강은 까맸다. 몇 번인가 하얀 것이 떠오르고 사라지기를 반복하더니 점점 깊은 곳으로 빨려들 듯 흘러갔다. 소용돌이치는 탁류는 혀를 날름거리고 있었다. 선달아내는 그래도 비틀거리며 필사적으로 몸부림치며 따라 달렸다.

"앗, 위험해! 그곳은 위험해!"

먼저 달려온 병길은 선달아내를 눌러 멈추고 꽉 부둥켜 잡았다. (중략: 원삼은 어느새인가 수십 미터 급류에 휩싸여 탁류 속으로 사라지고 말았다.)

선달의 아내는 병길에게 몸을 기대고 얼굴을 감싸 쥐었다. 남자는 망연하게 원삼영감이 사라진 쪽을 언제까지 언제까지나 바라보았다. 쿠릉 쿠릉. 기세 좋게 흐르는 탁류는 의연히 넓게 물살을 채우고 있었다. 때때로 먼 곳에서 다시 쿵! 하고 토성 일부가 무너지는 소리만이 한층 기분 나쁘게 들려왔다. 얼마 후 16일 밤의 달이 떠올라서 물살은 황금달빛을 받으며 악마의 춤사위를 펼치고 있었다.」

尹參奉(윤참봉)

〈기초사항〉

원제(原題)	尹參奉	
한국어 제목	윤참봉	
원작가명(原作家名)	본명	김시창(金時昌)
	필명	구민(具玟)
게재지(揭載誌)	데이코쿠다이가쿠신분(帝國大學新聞)	
게재년도	1939년 2월	
배경	• 시간적 배경: 어느 해 여름 • 공간적 배경: 조선의 고향마을	
등장인물	① 사가현에서 유학중인 '나' ② 지게꾼 윤참봉	
기타사항	초출은 1936년 「사가고등학교 문과을류 졸업기념지(佐賀高校文乙卒業記念誌)」에 발표한 「짐(荷)」이며, 이후 1942년 고초쇼린(甲鳥書林)에서 출판한 『고향(故鄕)』에서는 「윤주사(尹主事)」로 개작 발표되었음.	

　　막대 양끝에 가마니 짐을 달고 돌아다니며 생선이나 먹을 것을 파는 보따리장수를 볼 때마다 나는 윤(尹)참봉을 떠올린다. 윤참봉은 막다른 궁지에서 생활의 어려움을 희극 아닌 희극처럼 별난 의욕으로 만들어 간다는 점에서 다른 지게꾼보다 조금 나은 노동자였다.

　　윤참봉은 아침 일찍 일어나면 먼저 자신의 영역을 순찰하기 시작한다. 무너져가는 그의 오두막이 우두커니 서있는 저습지 일대를 그는 자신의 영토라고 정해두고, 땅바닥에 경계선을 긋고 다니느라 여념이 없었다.

　　그는 하루 종일 돌아다녀 겨우 30전 밖에 못 벌어도, 저녁나절에 만나 내가 오늘 벌이가 어땠느냐고 물으면, 호탕하게 "지독한 불경기라 돈벌이가 안 돼."라고 대답하곤 했다.

　　그는 2남 1녀를 열병으로 한꺼번에 잃었다고 했지만, 믿을 수 없는 얘기였다. 다만 부인이 산욕을 앓다 고통스럽게 죽었다는 것만은 사실일 거라고들 했다.

　　올 여름 귀국했을 때였다. 어떻게 알았는지 다음날 윤참봉이 나를 찾아와 "일본이라는 데는 풍작이라더군!"이라며 자신이 꼭 소작농이라도 되는 양 투덜거리며 불평을 늘어놓았다.

　　또 어떤 날은 "제기랄, 못살겠어. 벼 한 가마니가 5전이라니! 불량품의 싸구려 비단을 일본 공장에서 직접 가져와 큰돈을 번 자가 있지. 일본으로 건너가면 날 좀 도와줄 수 없겠나? 사가(佐賀)의 거처는 어딘가? 간단히 편지라도 써 주면 좋겠네……."라며 조바심을 치기도 하였다. 그러다 방금 전의 용건은 까맣게 잊고 화제를 바구어 익살스럽게 웃으며 두서없는 푸념을 늘어놓았다. 그런가하면 그는 다시 정색을 하고 촌장(村長)과 주재소장(駐在所長) 중 누가 지위가 높은지 모르겠다며 고개를 갸웃했다. 내가 픽하고 쓴 웃음을 짓자 그는 갑자기 대단히 어려운 문제라 힘들다는 듯 희끗희끗한 봉발을 벅벅 긁었다.

　　그러던 어느 날, 담벼락에 기대어 이(虱)를 잡고 있던 윤참봉은 이런 말소리를 듣게 되었다.

　　「"정말이라니까요, 어르신. 이 근방이 1등 후보집니다요." 그러자 그 말을 받아 다른 곳에서 투덜거리는 목소리가 들렸다.

　　"음, 지금쯤 사들이면 다음 달부터라도 시작할 수 있겠군."

　　참봉은 땅에 한쪽 팔을 짚고 목을 길게 빼고 두 사람을 이상하다는 듯 쳐다보았다.

　　"하긴 그거야 언젠가는……."

　　양복을 입은 신사와 두루마기를 두른 사람은 연기를 내뿜으며 지팡이를 흔들며 저쪽으로 멀어져갔다.

　　그 무렵부터 윤참봉의 모습을 볼 수 없게 되었고, 어느 저녁 무렵 윤참봉의 집이 내려다보이는 언덕에 올라간 나는, 어느 틈에 방적공장의 부지로 수용되어버린 윤참봉의 허름한 판잣집 집터에서 황량한 바람에 나부끼는 붉고 하얀 깃발들을 보았다.」

　　그런데 가을학기가 시작되어 사가(佐賀)로 돌아온 지 얼마 안 되어 고향 어머니로부터 윤참봉이 양잿물을 마시고 죽었다는 소식이 전해졌다. 나는 지나친 몽상과 도취로 인한 자존심의 짐을 감당할 수 없었던 건 아닐까 추측해 볼 뿐이었다. 그리고 오늘 기숙사에서 도붓장수를 발견했을 때 아마도 저 영감은 위대한 입과 위장의 명예를 걸고 쉽게 자살하지 못할 거라는 생각을 하였다.

취사장의 쓰레기 처리장에서, 지게에 매단 막대를 어깨에 걸치고 허리를 쭉 펴고는 "벼……, 싸구려 비단……, 촌장…….."을 중얼거리는 대신, 저 영감은 화가 난 듯 이렇게 외칠 것이다.

"쳇, 짐이 이것밖에 안되는군!"

光の中に(빛 속으로)

〈기초사항〉

원제(原題)	光の中に(一~五)	
한국어 제목	빛 속으로	
원작가명(原作家名)	본명	김시창(金時昌)
	필명	김사량(金史良)
게재지(揭載誌)	분게이슈토(文藝首都)	
게재년도	1939년 10월	
배경	• 시간적 배경: 어느 해 여름 • 공간적 배경: 도쿄	
등장인물	① 제국대학교에 다니는 조선인 유학생 '나(南)' ② 아동부 학생 야마다 하루오 ③ 조선인 야학생 이(李) 등	
기타사항		

〈줄거리〉

나는 제국대학교에 다니는 유학생으로, 영세민 구제사업 단체인 S협회에서 영어를 가르치게 되었다. 그곳에서는 '남(南)'이라는 조선이름 대신 '미나미(南)'라는 일본이름으로 불렸다. 아이들과 차츰 가까워지는 동안 나는 아동부의 야마다 하루오(山田春雄)라는 이상한 아이에게 관심을 갖게 되었다.

지저분한 옷차림의 하루오는 항상 아이들에게 따돌림을 당하면서도 자기보다 작은 어린애나 여자아이를 괴롭혔다. 그의 부모가 협회를 찾아오는 일은 한 번도 없었다. 하루오는 누구의 관심도 받지 못했고, 사랑받으려고도 사랑하려고도 하지 않는 아이였다.

그러던 어느 날, 가르치던 학생 중에 '이(李)'라는 조선청년이 나를 찾아와 나의 이름이 '미나미'라 불리는 것에 대해 항의하였다. 그때 이(李)가 조선어로 나에게 항의하는 것을 본 하루오는 그후 나를 '조센진'이라 부르며 놀리기 시작했는데, 그런 그를 나는 애정으로 지도하기로 결심했다.

학생들이 고원(高原)으로 캠프를 가기로 한 어느 날, 나는 그들과 함께 못가는 하루오를 위해 우에노(上野)공원에 데려가 주기로 약속하였다. 그러나 하루오의 어머니가 일본인 아버지의 칼에 맞아 피투성이가 된 채 협회로 실려 오게 되면서, 그때에야 하루오가 일본인 아버지와 조선인 어머니 사이에서 태어났다는 사실을 알게 되었다. 하루오의 아버지가 한 짓이라며 질책하는 이(李)의 말에, 하루오는 협회로 실려 온 여인이 자신의 엄마가 아니라고 부인하고 자기도 조선인이 아니라고 반항하였다. 협회에서는 응급치료밖에 할 수 없어, 나는 평소 알고 지내던 윤(尹)의사에게 부탁해 하루오의 어머니를 근처 아이오이(相生)병원에 입원시켰다.

그날 저녁, 몰아치는 비바람을 뚫고 하루오가 나를 찾아왔다. 난 하루오를 하룻밤 내 방에서 재워주기로 했다. 밤늦게 수업을 마치고 찾아온 이(李)는 하루오를 감싸는 나의 행동에 항의하였다. 이(李)의 이야기를 들으며 나 역시 하루오나 선술집을 찾는 조선인들처럼, 내가 조선인이라는 사실을 부인해 왔음을 깨닫게 되었다. 그리고 하루오의 잠든 모습을 보면서 나는 문득 하루오가 감옥에 있을 때 만났던 깡패 한베(半兵衛)의 아들임을 깨닫는다. 한베는 자신도 남조선에서 태어났으며 아내도 조선여자로 조선요릿집에서 일하던 것을 빼내왔노라고 말했다.

다음날 아침, 눈을 떴을 때 하루오의 모습은 보이지 않았고 담배쌈지 또한 사라지고 없었다. 나는 그런 것은 아랑곳 않고 하루오의 어머니가 입원해 있는 병원으로 찾아가 하루오에 대한 이야기를 나누며 그녀를 위로하였다. 그녀는 폭력을 휘두르는 남편에 대한 증오보다, 자신을 자유의 몸이 되게 해준 것에 대한 고마움으로 고통을 감수하며 살아가고 있었다. 병원에서 나오는 길에 나를 보고 도망치는 하루오를 발견하는데, 붙잡고 보니 없어졌던 담배쌈지 꾸러미를 감추고 있었다. 나는 담배쌈지를 어디에 쓰려고 그러는지 의아하게 생각했지만 어머니에게 가져다주라고 말하고, 학교로 돌아와 하루오를 기다렸다.

한 시간 쯤 지나 하루오가 왔고, 우리는 우에노공원으로 향했다. 나는 하루오를 데리고 백화점에 가서 에스컬레이터와 엘리베이터도 타고, 식당에 가서 아이스크림과 카레도 사먹었을 뿐 아니라 하루오의 런닝셔츠도 사주었다.

잠시 후 공원에 올라갔을 때, 하루오는 자신이 가지고 간 담배쌈지로 어머니의 상처를 치료해주었노라고 고백하였다. 얼마 후 공원에서 운전면허증을 땄다는 이(李)를 우연히 만나게 된 우리는, 그가 운전하는 차를 타고 동물원으로 향했다. 이(李)와 헤어진 후 나는, 운전수가 되겠다는 이(李)는 꿈을 이루었는데 하루오는 장래 꿈이 무엇이냐고 물었다. 그러자 하루오는 갑자기 밝아진 목소리로 무용가가 될 거라고 말하였다. 나는 깜짝 놀라서 잠시나마 온몸에서 광채가 나는 하루오를 지그시 바라보았다. 내 눈앞에는 '이상한 태생을 가진, 상처투성이의 왜곡된 삶을 살아온 한 소년이 무대 위에서 팔다리를 힘차게 뻗으며 붉고 푸른 온갖 빛을 쫓으며 힘차게 춤추는 이미지'가 떠올랐다. 그런 하루오를 바라보며 나는 마음속으로 협회 옆에 셋방을 얻어 단둘이 지내야겠다고 결심하였다. 석양에 반사되어 반짝반짝 금빛으로 빛나는 연못을 바라보며, 우리 둘은 마음이 점점 깨끗해지는 것을 느꼈다.

「"동물원 간다는 게 여기까지 오고 말았구나."
"그래도 난 보트를 타고 싶은데……." 하루오는 수줍은 듯 이렇게 말했다.
"그래? 그럼 내려가자꾸나."

거기서부터 길고 긴 계단이 이어져 있었다. 나와 하루오는 그것을 한 계단 한 계단 내려갔다. 하루오는 한 계단 앞서 걸어가며 마치 노인을 데려가기라도 하듯 조심스럽게 내 손을 잡아 끌었다. 그러다 중간쯤 내려오자 문득 걸음을 멈추더니 내 쪽으로 바짝 다가와 나를 올려다보며 응석을 부리듯 이렇게 말했다.

"선생님, 전 선생님 이름 알고 있어요."

"그래?" 나는 겸연쩍게 웃어보였다.

"말해보렴."

"남선생님이죠?" 이렇게 말하더니 이내 자신의 옆구리에 끼고 있던 웃옷을 내 손에 던져주고는 희희낙락 돌계단을 혼자서 달려 내려갔다.

나도 겨우 구원받은 듯 가벼운 발걸음으로 앞으로 고꾸라질 듯이 잽싸게 그의 뒤를 쫓아 내려갔다.」

箕子林(기자림)

〈기초사항〉

원제(原題)	箕子林(一~六)	
한국어 제목	기자림	
원작가명(原作家名)	**본명**	김시창(金時昌)
	필명	김사량(金史良)
게재지(揭載誌)	분게이슈토(文藝首都)	
게재년도	1940년 6월	
배경	• 시간적 배경: 어느 해 여름~겨울 • 공간적 배경: 기자림(箕子林) 입구	
등장인물	① 점쟁이 기(箕)초시 ② 기초시의 할멈 ③ 기초시의 딸 당실 ④ 당실의 남편 바위 ⑤ 집주인 선우참봉 등	
기타사항		

〈줄거리〉

울창한 천년수로 뒤덮인 기자림(箕子林) 입구 한쪽에, 기(箕)초시는 매일같이 색 바랜 우산을 쓰고 멍석 앞에는 채색 삽화의 역서(易書)를 펼쳐놓고 점을 보고 있었다. 기초시는 몸이 비대해 위엄 있게 보였고, 어눌하고 둔중한 말투는 염불 비슷하게 들려 묘한 신기(神氣)까지 갖추고 있는 듯 보였다. 그래서 촌사람들은 그의 점괘를 겁내면서도 만족해했고, 기초시 또한 자신이 기자왕 4천년을 잇는 자손이라는 점과 기자릉 숲에서 점쟁이로 조종(祖宗)의 학문을 전한다는 사실을 자랑스럽게 여겼다.

가는귀가 먼 노인 셋이 그곳에 와서 돌려가며 책을 함께 읽었고, 그러다 기초시가 복채라도 받는 날이면 귀갓길에 따라와 소주를 얻어마시곤 하였다. 전찻길 근처 벼랑에는 거지부부가 살고 있었는데, 험상궂게 생긴 한 쪽 눈이 먼 남편 대신 마누라가 밥을 얻으러 다녔다. 그녀는 가끔 기초시에게 운세를 보곤 하였다.

기초시는 죄인 목을 베어 매달던 형장 위에 세워진 빈민굴에 살고 있었다. 해가 저물어 돌아와 보니, 말라비틀어진 할멈이 부엌에서 술안주를 준비하느라 바쁘게 움직이고 있었다. 딸 당실(タンシル)은 두 칸을 이어놓은 오른쪽 후미진 방에서 밀매음을 했는데, 주머니 사정이 좋은 도박꾼이나 장물아비 혹은 거지 왕초 같은 패거리들이 자주 찾아왔다. 그러면 할멈은 부엌이 딸린 왼쪽 방에서 기거하고, 기초시는 부엌에서 멍석을 뒤집어 쓴 채 가끔 남은 술을 훔쳐 마시며 밤을 새곤 했다. 기초시는 할멈이나 딸의 이런 처사를 묵인하기 어려웠으나, 시집간 딸은 남과 마찬가지라 나무라서는 안 된다고 생각했다. 학자로 청빈한 생활을 할 것이라는 자신의 운세 때문에 재수가 없는데다, 모든 화(禍)는 자신의 울퉁불퉁한 손에 있다고 생각했다.

원래 기초시는 고향에서 인근마을 아이들을 모아 천자문을 가르쳤었다. 그러던 어느 해 심한 기근이 들어 곡식은 타 죽었고 가축도 죽었을 뿐만 아니라, 아이들은 남자들이 산으로 풀뿌리를 캐러간 사이 어미젖이 말라 새카맣게 죽어갔다. 기초시도 기력을 잃어, 풀 캐러 간 사위를 방안에서 기다리고 있었을 때, 할멈은 굶주림에 미치광이가 되어 당실의 죽은 애기를 고기인 줄 알고 삶아버리는 등 괴이한 행각을 벌였다.

그 후 기초시 일가는 유랑생활을 시작하게 되었다. 산을 옮겨 다니며 화전을 일구는 동안 할멈은 점차 제정신을 되찾았다. 그러나 여름이 끝나고 추수가 임박했을 때 큰 폭우가 산악지대를 강타했고, 기초시는 두 살 된 손자를 부둥켜안은 채 물에 휩쓸려 떠내려가다 손자는 죽고, 기초시는 큰 부상을 당해 다리를 절게 되었다. 이후 그들은 묘향산 밀림으로 들어가 화전을 일구었는데, 보현사 소유였던 밀림의 벌채권이 미무라(三村) 회사로 넘어가버렸다. 그때 화전민 소재를 파악하려고 혈안이 된 산림감독관에게 결국 할멈과 당실이 있는 바위굴이 발각되었다. 그런데 감독관은 당실을 겁탈하려 하였고, 그때 굴 밖에 숨어있던 사위 바위(バウイ)가 도끼를 들고 들어가 감독관을 죽이고 말았다. 결국 바위는 붙잡혀 지방 검사국으로 이송되었는데, 그때 기초시 일가도 바위를 따라 이곳까지 오게 된 것이었다.

기초시 일가는 만수대(萬壽臺) 밑에 작은 움막을 짓고 살았다. 노파와 당실은 강가를 돌아다니며 하루치 땔감을 모아오기도 하고, 여울을 건너 중국인이 지배하는 밭에서 야채를 훔쳐오기도 했다. 기초시는 딱히 돈벌이가 없어 근처 기자림에 와서 졸곤 하였는데, 거기서 늙은 점쟁이와 친해지게 되었고, 그 점쟁이가 죽으면서 물려준 역서로 점을 봐주며 돈을 벌게 된 것이었다.

그런데 시간이 지나면서 당실은 조금씩 변해갔다. 빈민굴 움막에 사는 여자답지 않게 예쁜 옷과 화장으로 몸을 치장하기 시작했고, 가끔씩 밤에 돌아오지 않는 날도 많아졌다. 할멈은 딸이 공장에 다닌다고 했다. 그런데 기초시가 술에 취해 여인숙 앞에 쓰러져 주정하다가 험상궂은 장정에게 폭행을 당할 뻔 했을 때 만류하는 여자가 있어 바라보니 당실이었다. 기초시는 움막에 돌아와 격분하여 처음으로 당실을 호되게 꾸짖었다. 그러나 당실은 오히려 마구 욕지거리를 해댔고, 할멈도 딸의 편을 들며 땅바닥을 치고 통곡하였다. 이후 그들은 언덕에 초가집을 얻어 손님을 맞으며 생활하게 되었다. 기초시가 하는 일이라고는 한 달에 한번 고개를 넘어 커다란 기와집에 사는 구두쇠에게 지대와 집세를 내려가는 것뿐이었다. 그런데 그 구두쇠가 당실을 찾아 집으로 오면서부터는 집세 내려가는 일마저도 없어져 기초시는 결국 쓸모없는 존재가 되고 말았다.

며칠 후, 여느 때보다 조금 늦게 기자림에 나온 기초시는 능묘제(陵墓祭)로 모인 사람들 틈에서 우연히 구두쇠 집주인을 만났다. 그리고 그가 참봉이라는 직책을 가진 사람이라는 걸 알고 내심 기뻐하며 술집으로 향했다. 기초시는 술집에서 후사가 없는 선우(鮮于)참봉에게 아들을 낳아주면 돈방석에 앉게 될 거라는 이야기를 듣게 되었다. 기분좋게 술에 취해 집에 돌아온 기초시는 당실의 배를 부둥켜안으며 부자가 될 거라며 좋아라 소란을 피우다 하수구에 처박히기까지 하였다.

얼마 되지 않아 산기가 가까워진 당실은 참봉의 집에서 지내게 되었고, 할멈도 참봉의 집에서 지내다가 저녁이면 한 끼를 받아다 그에게 주었다. 기초시는 마음이 더욱 풍족해지고 행복했다.

기초시는 돈을 모아 당실이 낳을 아기 옷을 사주고 당실의 환심을 사야겠다고 생각했다. 참봉 집에 드나드는 자신의 모습과 딸이 사내아이를 낳으면 자신도 젊은 여자를 아내로 맞아 후사를 봐야겠다는 생각도 하였다.

그러나 얼마 되지 않아 감옥에 갇혀있던 바위가 풀려나왔다. 그리고 아내 당실이 참봉 집에 있다는 이야기를 듣고 흥분하여, 극구 말리는 기초시를 뒤로 한 채 숲속을 달려 내려갔다.

기초시는 바위가 참봉 집으로 간 뒤 양복 입은 서양인에게 2원에 역서를 팔고, 그 돈으로 예쁜 옷감을 사서 참봉 집으로 갔다. 어둑어둑한 저녁이 되어 참봉 집에 도착해 보니, 바위는 선우참봉네 맹견에게 목덜미를 물린 채 피투성이가 되어 죽어가고 있었다. 그리고 자신을 애타게 부르는 바위의 목소리에 뛰쳐나온 당실도 툇마루에서 아래로 굴러 떨어져 죽어 있었다. 선우참봉은 후사가 태어나지 못한 것만 슬퍼할 뿐 당실을 제대로 장사지내려고도 하지 않았다. 결국 기초시와 할멈은 딸과 사위의 시신을 수습해 장수산(長壽山) 공동묘지에 나란히 묻어주었다.

그 후 기초시는 늘 쓰던 색 바랜 우산도 우산장이에게 팔아버리고 소지품 하나 없이 옛날이야기를 읽는 노인들 무리에 끼게 되었다. 갈 곳이 없어진 그는 숲속에 숨어 있다가 전각에서 파수를 보던 능지기가 떠나면, 처마 밑으로 다리를 절며 내려가서 늙은 아내가 얻어온 밥을 먹었다.

「이윽고 겨울이 되어 기자림 안에는 초겨울 찬바람이 불었다. 어느 날 할멈은 성내에서 돌아오는 길에 기초시에게 쓰게 할 셈으로 길가에서 낡은 밀짚모자를 하나 주워왔다. 기초시는 매우 기뻐하며 부들부들 떨리는 손으로 몇 번이나 그것을 써보려고 했다. 그러나 그의 머리는 옆으로 상당히 넓은데다 상투가 있어서 아무리해도 들어가지 않았다. 그래서 그는 양손을 탁탁 털더니 콧물을 훌쩍거리며 이렇게 중얼거렸다.

"난 아무래도 학자 머리를 하고 있어서 말이야."

할멈이 말했다.

"이것은 여름용이구먼요."」

天馬(천마)

⟨기초사항⟩

원제(原題)	天馬(一~五)	
한국어 제목	천마	
원작가명(原作家名)	본명	김시창(金時昌)
	필명	김사량(金史良)
게재지(揭載誌)	분게이슈토(文藝首都)	
게재년도	1940년 6월	
배경	• 시간적 배경: 어느 해 봄 • 공간적 배경: 경성의 한 번화가	
등장인물	① 소설가 현룡 ② 일본에서 막 건너온 전직 관리이자 현재 시국잡지 「U」의 책임자 오무라 ③ 도쿄 문단의 작가로 오무라의 동창 다나카 ④ 여류시인 문소옥 등	
기타사항		

⟨줄거리⟩

　겁이 많은 소설가 현룡(玄龍)은 타고난 문학적 재능은 조금 있었지만, 절망과 고독 그리고 조선사회의 혼란스러운 환경 탓에 성격파탄자가 되었고 결국 아버지와 형에게 의절당하고 말았다. 게다가 현룡은 너무나 조선인다운 외모 때문에 도쿄에서 생활하는 15년 동안, 들개와 같은 삶을 살아야 했다. 그는 조선인이라는 이유로 받는 멸시에서 벗어나기 위해, 자신은 귀족 아들이자 문학천재로 조선 문단에서는 일류작가로 통한다는 거짓말을 하고 다녔다. 그런 거짓말로 빌어먹으며 사는 동안 현룡은 자신조차 거짓을 진짜라고 착각하게 되었다. 힘든 생활과 문학창작으로 고민하던 현룡은 무슨 착각에선지 여자를 칼로 찌르려 시도하다가 실패하고 결국 조선으로 송환되고 말았다.

　경성으로 돌아온 후, 일본에서 건너온 지 얼마 안 된 관청직원 오무라(大村)에게 접근해 발탁되게 되었다. 현룡은 오무라를 등에 업고 시국에 편승하여 조선 문인들을 협박하거나 폭행과 공갈 행위를 일삼았다. 그러던 어느 날 혼마치(本町)를 걷던 현룡은 프랑스 여자를 발견하고 호기심에 접근하였는데, 그녀가 두만강 국경에서 스파이로 검거되면서 현룡 또한 스파이 혐의를 받고 검거되었다. 그동안의 친분으로 오무라는 관청의 힘을 이용해 그를 석방시켜 주었지만, 더 이상 쓸모가 없어진 현룡에게 절로 들어갈 것을 강요하였다. 현룡은 절로 들어가야 하는 자신의 운명을 황폐한 존재이자 쓰레기통에 버려진 희생자라고 비관하였다.

　내일이면 절로 들어가게 된 현룡은 사바세계의 마지막 즐거움이나 누려보자며 경성의 유명한 뒷골목 사창가를 찾아갔다. 그리고 흥분한 나머지 상대 창녀의 뺨을 '메론이다. 메론!'

이라며 덥석 물고 기상천외한 행동을 하였다. 다음날 아침 10시가 지나서야 답답한 구름이 가득 드리워진 미로 같은 창녀촌을 초라한 행색으로 터벅터벅 걸었다. 빨간색 혹은 파란색 페인트가 덕지덕지 칠해져 있는 대문에 흙벽이 당장이라도 무너질 것 같은 허름한 집들 사이를 현룡은 뭔가 깊은 생각에 잠겨 헤매고 있었다. 간신히 유곽 출구를 찾은 현룡은 혼마치 5가를 배회하다가 메이지(明治)제과 앞에서 멈춰섰다.

어젯밤 조선 문인들의 회합이 여기에서 열렸던 일을 떠올린 것이다. 현룡은 겉으로 애국주의를 외치며 조선어 창작은 물론 조선어 자체가 정치적인 반역이라고 주장하였는데, 그 모임에는 현룡 같은 문인을 증오하고 배척하는 사람들이 모여 있었다.

모임에 참여한 사람들은 흥분과 긴장이 넘치는 얼굴로 조선문화의 일반적인 문제와 조선어로 저술하는 문제 등에 대해 열심히 토론하고 있었다. 그 중 혈기 넘치는 비평가 이명식(李明植)은 조선어 창작의 중요성과 조선작품의 소개를 위해 좋은 번역기관을 만들어야 한다고 주장하였다. 그때 이를 듣던 현룡이 무시하듯 코웃음을 쳤고, 화가 난 이명식은 접시로 그의 머리를 내리쳤다. 접시에 맞은 현룡은 여전히 낄낄대면서 뒤로 쓰러졌지만, 이명식은 결국 상해죄로 검거되어 유치장으로 연행되고 말았다.

어제 일을 떠올린 현룡이 제과점으로 들어가자, 그곳에 있던 많은 사람들이 그를 비웃었다. 구석진 자리에 앉은 현룡은 구겨진 신문지 사이에서 꿈틀대는 빈대 한 마리를 보며, 그 빈대가 마치 자신의 모습처럼 생각되었다. 그때 현룡은 한때 일방적으로 좋아했던 아키코(明子)의 오빠이자 오무라의 동창이기도 한 도쿄 문단의 작가 다나카(田中)가 만주 가는 길에 경성에 들러 조선호텔에 투숙하고 있다는 신문기사를 보게 되었다. 다나카는 최근 슬럼프에 빠져 글을 못 쓰고 있는 속물근성의 작가였다. 현룡은 다나카에게 자신의 이야기를 오무라에게 잘 해줄 것을 부탁하기 위해 호텔로 찾아갔다. 하지만 다나카는 외출 중이었다. 그렇다고 포기할 현룡이 아니었다. 그는 로비 소파에 누워 너덧 시간이나 코를 골며 잠을 잤다. 그래도 다나카가 나타나지 않자 현룡은 경성거리로 그를 찾아나섰다.

거리를 헤매다 우연히 들른 다방에서 현룡은 여류 시인 문소옥(文素玉)을 만났다. 다방 안은 그럭저럭 학문을 쌓은 무직자, 아무 생각 없이 서양식을 따르는 자, 영화쟁이 패거리, 저급한 문학청년 등 조선사회의 특별한 종족들로 가득 차 있었다. 그들은 때마침 화젯거리도 바닥나 조금 지루해진 터에, 현룡과 문소옥의 만남을 흥미롭게 지켜보고 있었다. 문소옥은 현룡을 대단한 시인이라고 여기고 있었고, 현룡은 문소옥을 자유연애를 실행하지 못하고 난륜(亂倫)의 길에 빠진 여성이라고 생각하고 있었다. 현룡은 문소옥에게 간밤에 오무라가 위스키를 들고 찾아와 원고청탁을 했다고 거짓말을 하는가 하면, 조선말로 창작하는 것은 실패를 부르는 부적과 같고 똥과 같아 진절머리가 나서 머잖아 도쿄문단으로 복귀할 거라고 허세를 부리기도 하였다.

문소옥과 헤어져 다방을 나온 현룡은 구세기 유물 같은 종각 앞에서, 꽃핀 복숭아나무 가지를 꺾어 파는 농부를 만났다. 그 농부는 아내를 잃은 슬픔을 술로 달래려고 아내와 함께 심었던 복숭아나무 가지를 내다 팔고 있었다. 농부의 모습에서 자신의 모습을 본 현룡은 복숭아 가지를 사고 주변에 몰려든 거지 아이들에게 동전을 던져 준 후, 다나카를 찾아 종로 뒷골목을 헤매 다녔다. 다나카를 찾아다니다 지친 현룡은 비참한 자신의 모습에 서글퍼져 선술집에 들어가 술을 마셨다.

그런데 10시 무렵, 현룡이 홀로 술을 마시고 있는 선술집으로 놀랍게도 다나카와 천박한 우월감을 가진 일본인 가도이(角井) 그리고 오무라가 들어섰다. 현룡은 절에 가지 않기 위해 다나카와 오무라에게 조선민족을 욕하며 비굴하게 도움을 요청해보지만, 다나카 일행은 모른 척 그를 외면하고 택시를 타고 떠나버렸다.

술에 취한 현룡은 복숭아나무 가지를 타고 하늘에 오르겠다며 골목에서 소란을 피웠다. 하지만 결국 하늘에 오르지 못한 현룡은 이튿날 아침 하숙집 골방에서 눈을 떴다. 농부의 모습을 떠올리며 삶과 죽음 사이에서 발악을 하던 현룡은 환각상태에 빠져 밖으로 뛰쳐나왔다. 환각으로 땅바닥에 나뒹굴고 있던 현룡 앞에 우연히 문소옥이 나타났다. 그녀는 현룡에게 신사(神社)의 제일(祭日)이니 신사에 가자고 권하였다. 일본인의 신(神)이라며 아무도 참배하지 않았을 때에도, 현룡은 일본인들과 함께 신사를 참배하며 여러 가지 중요한 역할을 맡아했었다. 그러나 지금은 신사를 향해 구름처럼 몰려드는 조선인들이 미워서 견딜 수가 없었다. 미친 사람처럼 껄껄 웃기만 하는 현룡의 태도에 놀라 문소옥은 허둥지둥 도망쳤다. 문소옥의 육체에 대한 욕정에 휩싸인 현룡은 곧 뒤쫓아 달려갔지만, 악대를 선두에 세우고 신사로 가는 행렬 때문에 결국 그녀를 놓치고 말았다.

그 순간 현룡은 신사행렬의 반대방향으로 쫓기듯 달려갔다. 그때 비가 내리기 시작했고 개구리가 "조센진"이라고 아우성치는 환청이 들렸다.

「그는 팔을 휘두르며 두세 마디 큰 소리로 외쳤다. 그러더니 갑자기 또 살기가 풍기는 단말마의 투우처럼 무서운 기세로 내달리며 한 집 한 집의 대문을 두드리기 시작했다.

"여기 일본인을 구해 줘, 구해 줘!"

그는 숨을 씩씩거리면서 외쳐댔다. 그리고 또 다른 집으로 뛰어가 대문을 두드렸다.

"열어줘, 여기 일본인을 들여보내 줘!"

다시 내달렸다. 대문을 두드렸다.

"이제 난 조센진이 아냐! 겐노가미 류노스케(玄の上龍之介)다. 류노스케! 류노스케를 들여보내 줘!"

어디선가 천둥이 우르릉 쾅쾅 울리고 있었다.」

草深し(덤불숲)

〈기초사항〉

원제(原題)		草深し
한국어 제목		덤불숲
원작가명(原作家名)	본명	김시창(金時昌)
	필명	김사량(金史良)
게재지(揭載誌)		분게이(文藝)

게재년도	1940년 7월
배경	• 시간적 배경: 1930년대 후반 • 공간적 배경: 강원도 어느 산골마을
등장인물	① 의사 박인식 ② 산골마을의 군수였던 숙부 ③ 중학교에서 조선어를 가르쳤던 은사 '쿵쿵이' 선생 등
기타사항	

〈줄거리〉

첩첩이 산으로 둘러싸인 산간벽지 회당에서 은사 쿵쿵이 선생을 다시 보게 될 줄 박인식(朴仁植)은 꿈에도 생각지 못했다. 그는 산속 깊이 살고 있는 화전민들의 질병을 조사하기 위해 양부산(兩斧山)에 가는 길에 숙부가 군수로 있는 이 마을에 들른 것이다. 숙부는 사립대학(私大) 전문부를 나와 문관자격이 없어 40대 중반에야 겨우 산골 군수로 임명되었는데, 군수라고 하면 급료도 적을뿐더러 실권이 한정되어 있어 내무주임보다 권한이 작은 존재였다. 그런 숙부가 군민들을 한자리에 모아놓고 어눌한 일본어로 조선인에게 색이 있는 옷을 입도록 한 식민지 정책의 하나인 색의장려(色衣奬勵)에 대한 연설을 하고 있었다.

「"에에, 요컨대 우리는 흰옷을 폐지하고 색깔 있는 옷을 착용해야만 하오."
숙부는 가슴을 펴고 태연히 뒷짐을 진 채 자랑스레 연설을 하고 있었다.
"조선인들이 가난해진 건 흰옷을 착용했기 때문이오. 경제적으로나 시간적으로나 비경제적이기 때문이오. 즉 흰옷은 빨리 더러워지므로 돈이 들고 세탁하는 데도 시간이 들기 때문이오."
허리를 잔뜩 굽히고 엎드려 있는 초라한 산민들은 입을 멍하니 벌리고 무슨 소리를 하는 건가 신기한 듯 바라보고 있었다. 숙부는 일단 말이 끝나자 거만하게 일동을 둘러보고 턱수염을 잠시 훑어내렸다.」

그때 그 뒤에서 빨간 코를 닦으며 열심히 조선어로 통역하고 있는 사람이 있었는데, 그는 다름 아닌 중학교 때 『조선어독본』을 가르치던 한심한 쿵쿵이 선생이었다. 쿵쿵이 선생은 다른 일본인 선생에게 무시당하며 하루 종일 새빨개진 얼굴로 코만 쿵쿵 풀어대어 쿵쿵이 선생이라는 별명이 붙어 있었다. 한없이 무시당하면서도 비굴하게 생활하는 같은 민족의 쿵쿵이 선생을 보는 것이 참을 수 없어서, 학생들은 동맹휴교 때 쿵쿵이 선생 또한 배척하였었다. 박인식은 그런 선생을 다시 만나게 되어 울 수도 웃을 수도 없는 묘한 기분이 들었다.

회당에 모인 사람들이 하나같이 죄수복 같은 흙빛의 누더기 복장을 하고 있는 가운데, 오로지 의자에 버젓이 앉아있는 내무주임만이 흰옷을 입고 있었다. 연설이 끝나자 회당에 모인 사람들에게 흰옷을 입었다는 이유로 먹물을 그어대는 비참한 모습을 보며 무서운 생각마저 들었다.

인식은 저녁밥을 먹고 화전민에게 필요한 약들을 챙기기 위해 약방에 다녀오던 중, 어느 초가집 앞에서 시끄럽게 악다구니를 쓰는 여자의 목소리를 들었다. 그 순간 여자의 소리에 쫓기듯 도망쳐 나오는 쿵쿵이 선생과 마주쳤다. 선생이 부인의 흰 치마에 까맣게 먹칠을 하자 화가 난 부인이 선생을 때리며 악을 써대고 있었던 것이다. 그는 선생과 함께 숙부의 집으로 돌아오다가, 동쪽 먼 산악지대에서 경작지를 만들기 위해 불을 지른 것이 잇따라 산불로 번져가는 것을 목격하였다.

인식은 다음날 일찍 여행채비를 마치고 차에 몸을 실었다. 그때 문득 멀리 시장입구 포플러나무 아래에 먹통과 붓을 들고 두세 명의 군청 직원과 함께 서있는 쿵쿵이 선생과 숙부를 발견하였다. 그들은 아무것도 모른 채 시장으로 들어오는 사람들을 잡아 그들의 누추한 옷에 먹칠을 하고 있었다. 인식은 가슴속에서 끓어오르는 분노를 느꼈다.

종점에서 차를 내려 산속 깊이 들어가자 산자락 사이에 오두막 한 채가 서 있었다. 다가오는 인식을 산림감시원으로 오인했는지, 어른들은 어디론가 숨어버리고 아이들은 겁에 질려 울면서 맨발로 돌밭 위를 뛰어 도망쳤다. 인식은 발길을 돌려 소나무숲 속에 세워진 사당 같은 오두막집에 들러 덩치가 큰 까까머리 노승과 30대 남자에게 하룻밤 묵게 해달라고 부탁하였다. 그런데 방에 들어선 인식은 그들이 무지한 산민들에게 부적을 팔며 기생하는 사교(邪敎) 집단이라는 것을 알게 되고, 날이 밝자 참담한 심정으로 그곳을 떠났다.

그 후 3, 4년이 지나 인식은 의대를 졸업하고, 혜택 받지 못한 사람들을 위해 헌신하겠다는 각오로 시골에 조촐한 간판을 내걸고 의원을 개업하였다. 그 사이 숙부는 갈수록 불어나는 부채에 쫓기고 비열한 수뢰사건에 연루되어, 결국은 면직되어 고향에 돌아와 토지중개인이 되어 있었다. 그러나 쿵쿵이 선생 소식은 듣지 못했다. 그러다 숙부가 시골의 토지조사를 위해 나왔을 때 쿵쿵이 선생에 대해 물어보았다. 그에 따르면 쿵쿵이 선생은 인식이 갔던 그해 가을, 색의장려를 위해 산으로 출장을 떠난 후 돌아오지 않았다고 했다.

그리고 얼마 후 인식은 경성에서 배달된 잡지에서 참혹한 동학교 일파였던 백백교(白白敎) 사건에 대한 기사를 보게 되었다. 그 기사에는 마교(魔敎) 간부들이 가련한 농사꾼과 군민들을 속여 재산과 양식을 빼앗았을 뿐 아니라 그 아내나 딸까지 겁탈하고, 자신을 따르지 않는 사람들을 234명이나 살해했다는 내용이 실려 있었다. 그런데 무엇보다 인식을 경악케 한 것은 보도된 곳이 자신이 예전에 찾아갔던 그 산간지방이라는 사실이었다. 인식은 문득 쿵쿵이 선생도 그 산속으로 출장을 떠났다가 결국 그 남자들에게 살해된 것이 아닐까 하는 슬픈 예감을 떨쳐버릴 수 없었다.

蛇(뱀)

〈기초사항〉

원제(原題)		蛇
한국어 제목		뱀
원작가명(原作家名)	본명	김시창(金時昌)
	필명	김사량(金史良)

게재지(揭載誌)	조센가호(朝鮮畵報)
게재년도	1940년 8월
배경	• 시간적 배경: 어느 여름날 아침 • 공간적 배경: 도쿄 쓰키지(築地) 뒷골목
등장인물	① 연극배우를 꿈꾸는 넝마주이 대남 ② 뱀집 주인
기타사항	

〈줄거리〉

　　안개가 심한 어느 여름날 아침 6시. 큰 몸집의 대남(大男)이 낡아빠진 회색 윗옷에 코르덴 바지를 입고 도쿄(東京) 쓰키지(築地) 뒷골목에 나타났다. 그는 어제부터 극장에 와서 고리키 작품인『밑바닥에서』의 무대연습을 밤새 지켜보고 있었다. 그는 한때 친구가 운영하던 극단에 몸담은 적이 있었는데, 고리키의『밑바닥에서』를 상연할 때면 반드시 '사친'의 역할을 맡아 했었다. 대남은 자신도 모르게 어깨를 높이 세우며 멋지게 포즈를 취한 뒤 '사친'의 대사를 외쳤다. 그러나 어제부터 아무것도 먹지 못한 탓인지 어지러워 그만둘 수밖에 없었다.

　　대남은 돈 한 푼 없는 넝마주이였다. 극단이라고 해봤자 이주노동자들이 모여 만든 것으로 항만노동자, 구두수선공, 넝마주이, 청소부, 신문배달부 등 내세울 것 하나 없는 사람들뿐이었다. 그런데 그런 극단마저 없어진 뒤라, 대남은 우연히 극장에 들어와 연극을 향한 애처로운 향수를 달래고 있던 참이었다. 연습무대인 만큼 관람료를 내지 않아도 되었고, 무엇보다 여러 차례 고쳐서 하는 것을 곰곰이 즐겨볼 수 있기 때문에 어제는 일까지 쉬어가며 하루 종일 아무것도 먹지 않고 연극연습을 지켜보고 있었던 것이다.

　　극장에서 나온 대남은 터벅터벅 공터로 걸어가다가 깜짝 놀라 멈춰 섰다. 공터 귀퉁이의 돌 위에 커다란 뱀 한 마리가 여름날의 아침안개를 쐬며 유연하게 몸을 틀고 앉아 있었기 때문이다. 큰 뱀은 아침햇살을 받아 요염한 빛으로 반짝반짝 빛나 보였다. 그는 순간 만족스럽게 배를 깔고 누워있는 뱀에게 질투심마저 느끼면서, 이 녀석을 반드시 잡아서 팔아넘겨야겠다고 결심하였다. 혹시 착각이 아닐까 싶어 여러 차례 확인해 봤지만, 틀림없는 큰 뱀이었다. 뱀은 사람을 잡아먹을 기세로 꼼짝하지 않고 엎드려 있었다. 대남은 이상하다고 생각했지만 무서워서 차마 가까이 다가가지 못하고 쳐다보고만 있었다. 그때 공터 귀퉁이 공사장 쪽에서 목수들이 줄줄이 나오는 것이 보였다. 대남은 목수들에게 뺏기면 큰일이다 싶어 허겁지겁 큰 길 근처의 뱀집으로 뛰어갔다. 뱀집 주인은 가게 안을 쓸고 있었고, 뱀이 들어있는 병들이 그리스 폐허의 인간상 기둥처럼 선반 위에 쭈욱 늘어서 있었다.

　　그는 목이 짧은 뱀집 주인을 불러 공터에 뱀이 있다고 소리치며, 뱀집 주인을 공터로 데려갔다. 뱀은 아무것도 모른 채 방금 전과 같이 똬리를 튼 채 너무나 만족스런 듯 졸고 있었다. 뱀집 주인은 속으로 비실비실 웃음을 흘리며 말없이 재빠르게 옆으로 돌아갔다. 그때 뱀이 스 으스윽 똬리를 풀자 그놈의 목을 움켜잡았다. 뱀은 두세 번 몸을 튕기는가 싶더니 기세 좋게 몸을 비틀었다. 아침 햇살을 받아 반짝반짝 흔들리는 뱀의 모습은 어쩐지 구름을 타고 하늘로 승천하려는 청룡 같았다. 옆쪽에 모여 있던 목공들도 소리치며 모여들었다. 뱀집 주인은 뱀을 자신의 몸에 감고 서둘러 달려갔다. 대남도 양손을 흔들며 그 옆을 따라 달렸다.

　　뱀집 주인은 가게 안으로 달려 들어가더니 뱀을 냅다 선반 안에 넣어버렸다. 그리고는 아무

일 없었다는 듯 자기 할 일을 하였다.

「"꽤 벌지요?"
대남은 방금 전 뱀 이야기를 할 셈으로 자못 빙빙 돌려 물어보았다.
"아니요. 요즘엔 완전히 올라서요."
그런데 뱀집 주인은 다른 이야기를 했다.
"역시, 큰 뱀은 돈이 되겠지요."
"그게 뱀이 크면 모두 허사예요."
(이 자식이!) 대남은 슬그머니 화가 났다.
"큰 뱀은 단지 뱀집의 외관 장식용일 뿐이오. 돈은 안 되지만 그래도 어제 놓쳐버린 놈이라서요."
대남은 가슴이 덜컥 내려앉았다. 교활하다고 생각했지만 더 매달리지 못했다. 그래서 점점 서먹해져 잠시 꿈지럭대고 있다가, 코르덴바지를 두세 번 털고 슥 사라지듯 나와 버렸다. 결국 정처 없이 걸었다. 그 뒤에서 뱀집 주인은 소리도 내지 않고 히죽히죽 웃고 있었다.」

대남은 그 뒤 후카가와(深川)의 넝마주이 우두머리를 찾아가 오랜만에 실컷 음식을 얻어먹을 수 있었다. 그날은 마침 우두머리의 마흔다섯 번째 생일이었던 것이다. 배가 든든해진 대남은 다시 쓰키지 극장을 향해 걸어가다 뱀집 앞을 지나치게 되었다. 대남은 잠시 걸음을 멈추고 가게 안을 들여다보았다. 장식장 안에는 아침에 잡았던 큰 뱀이 똬리를 틀고 있었는데, 대남을 알아보는지 슬쩍 고개를 쳐들고 이쪽을 노려보았다. 그런데 이번에는 뱀이 공복을 느끼는지 큰 입을 쩍 벌리고 대남을 향해 두세 번 혀를 날름거렸다.

017-9

無窮一家(무궁일가)

〈기초사항〉

원제(原題)		無窮一家(一~六)
한국어 제목		무궁일가
원작가명(原作家名)	본명	김시창(金時昌)
	필명	김사량(金史良)
게재지(揭載誌)		가이조(改造)
게재년도		1940년 9월

배경	• 시간적 배경: 어느 해 여름 • 공간적 배경: 도쿄의 누마즈(沼津)
등장인물	① 운전수로 일하며 가족을 부양하는 최동성 ② 최동성의 아버지 최노인 ③ 노무자에서 큰 부자가 된 윤천수 ④ 최동성의 집에 세 들어 사는 강명선
기타사항	

〈줄거리〉

「12시 정각에 하타가야(幡ヶ谷)에 있는 차고에 차를 넣고 어둡고 스산한 언덕길을 터벅터벅 오다큐선(小田急線) 선로를 따라 집으로 돌아가는 최동성(崔東成)의 마음은 오늘밤 특히 어둡고 무거웠다. 등 뒤 하늘에는 낫 모양의 예리한 초승달이 걸려있어, 그의 그림자를 눈앞의 땅위로 소리도 없이 드리우고 있었다. 한 걸음 한 걸음 그것을 밟고 지나가는 그는 또 자기동정으로 상처 입은 마음이 가득했다. 하루하루 힘겹게 일해도 넉넉하지 않은 형편인데 설상가상으로 맹장염에 걸려 한 달 동안 앓아 누워있어야 했다. 그 동안 근무처인 차고가 회사제(會社制)로 바뀐 통에 지금까지 격일출근이었던 것이 이틀 연속 출근하고 하루 쉬는 형식으로, 게다가 비번일 때조차도 다른 날과 마찬가지로 아침에 일단 7시까지 출근해서 출근부에 도장을 찍고 세차를 한 후 파트너에게 인계해야 한다고 했다.」

최동성은 가을부터 야학 전문부에 다니려던 계획을 포기하면 평생 자동차 운전수에서 헤어나지 못할 거라는 생각에 기운이 빠졌다. 또 알코올중독인 아버지와 6개월째 밀린 집세와 전기료, 그리고 외상으로 남겨둔 수술비 등만 생각하면 눈앞이 캄캄했다.

이런저런 생각에 엉뚱한 방향으로 차를 몰던 그는 손님의 호통소리에 정신을 차리고 브레이크를 밟았다. 태웠을 때는 몰랐는데 운전을 하며 자세히 보니, 반들반들 벗겨진 이마에 뱀 같은 눈빛을 하고 있는 손님은 윤천수(尹千壽)였다. 동성의 아버지 최노인은 한학자로 일본의 개화문명을 배우기 위해 누마즈(沼津)로 건너왔고, 그곳에서 노무자 합숙소의 감독으로 일하며 가련한 동포를 보살펴 주기 위해 애를 썼다. 그때 노무자였던 윤천수는 악랄한 폭력으로 동포들을 짓밟으며 간악한 행위를 일삼았다. 얼마 지나지 않아 거액의 부를 거머쥔 윤천수는 대저택을 갖게 되었고 일본 주재의 명사들과 폭넓게 교류하게 되었다.

최노인은 그런 윤천수를 무척 싫어해 동성에게 윤천수의 도움을 절대 받지 못하도록 하였다. 그러나 중학교를 그만두고 유리공장 직공, 인쇄공, 신문배달부 등을 전전해야 했던 동성은 윤천수에게 몇 번이고 달려가 사정하고 싶었다. 결국 눈을 질끈 감고 윤천수의 집을 찾아갔지만 문전박대를 당한 채 돌아온 적도 있었다.

동성이 늦은 시간에 집에 돌아오니, 전기요금 때문에 큰일이 벌어져 있었다. 밀린 전기요금 때문에 낮에 전기회사 직원이 와서 포악한 행동으로 전기를 끊겠다고 협박하였고, 함께 살던 강명선(姜明善)의 동생이 이를 방관하자 화가 난 최노인이 미터기를 부숴버린 것이었다. 명선의 동생은 학자금 때문에 중학교를 포기하고 명선과 함께 살고 있었다. 뒤늦게 이 사실을 알게 된 명선은 미터기를 변상할 돈이 없어 다른 곳으로 이사하겠다며 밤늦게 1엔 50전을 들고 찾아왔다.

다음날 아침 6시경 악몽에 시달리며 신음하던 동성은 어머니가 흔들어대는 통에 잠에서 깼다. 동성의 불길한 꿈 이야기를 들은 최노인은 길몽이라 위로하였지만, 아들이 출근하고 난후 악몽을 꾸지 않도록 빨간 잉크로 부적을 만들어 동성의 방에 붙였다. 그리고는 부인에게 30전을 받아 조선에서 오는 고향마을의 한(韓)참봉을 마중 나갔다. 한참봉은 일본으로 일하러 온 아들의 사망소식을 듣고 아들의 유골을 찾기 위해 일본에 왔는데, 최노인과는 27, 8년만의 재회였다.

한편 돈이 필요해진 강명선은 해가 저물 무렵 아카사카(赤坂) 산오(山王)의 S호텔 4층으로 돈을 받기 위해 사촌형을 찾아갔다. 2년 전 윤천수 밑에서 일하던 사촌형은 유력한 정치가 Z집의 데릴사위로 들어가기 위해 돈이 필요했고, 그때 명선에게 영화를 할 수 있도록 유명한 사람을 소개해 주겠다는 구실로 퇴직하도록 종용하여 그 퇴직금을 융통해서 썼던 것이다. 그러나 퇴직 후에도 퇴직금이 나오지 않자, 명선은 월급으로 받은 40엔을 모조리 사촌형에게 빌려주었었다. 그런데 그 후 사촌형은 명선을 모른 체 했고, 일자리를 잃게 된 명선 일가는 동성의 집에서 신세를 지게 되었던 것이다. 그로부터 벌써 2년이 흘러, 동성의 집에서 나가야 할 상황인데다 분만일이 머잖은 부인을 고국으로 돌려보낼 여비도 필요해서 사촌형을 찾아갔다. 하지만 사촌형은 바쁘다며 10엔짜리 한 장 던져주고는 사라져버렸다. 명선은 전신주에 붙어있는 「광부채용, 하루에 5엔」이라는 광고지를 멍하니 바라볼 뿐이었다.

한편 동성은 학교를 그만두고 쉬는 날에 차 수리를 배워 엔지니어가 되어야겠다고 생각하며 집으로 돌아왔다. 퍼붓는 빗소리 속에 집에서는 최노인과 명선의 동생이 싸우는 소리가 요란하게 들려왔다. 명선이 어제 집을 나간 후 돌아오지 않자 명선의 아내가 시동생에게 쌀을 살 돈 좀 달라고 부탁한 모양이었다. 그런데 동생이 돈을 주지 않자, 때마침 이를 본 최노인이 화가 나 달려든 것이다. 결국 명선의 동생은 울며 합숙소로 들어가 버렸고, 명선의 아내는 홋카이도 광산으로 돈을 벌러 간다는 명선의 편지를 뒤늦게 방에서 발견하였다.

그날 밤 명선의 아내가 산통이 시작되어 힘들어하자, 동성의 어머니는 명선의 아내를 돌봐주었다. 동성은 명선의 동생을 데리러 합숙소로 향하였다. 합숙소로 가는 도중, 동성은 일본 여러 곳을 돌아다녔다는 노무자 미륵(彌勒)을 만나 홋카이도의 상황을 듣고 조금 안심이 되었다. 합숙소로 찾아간 동성은 명선의 동생에게 형수의 산통소식을 알려주고, 변두리 가게에서 산모에게 필요한 물건들을 사들고 집으로 돌아왔다. 자신만이 절망의 구렁텅이에 빠져있다고 생각했던 동성은 자신과 마찬가지로 모두가 괴로움과 기쁨 속에 살고 있음을 확인하고, 오랜만에 구원받은 것 같은 기분이 들었다. 집에 도착해 보니 명선의 동생이 들어가지 못하고 밖에서 배회하고 있었다. 동성은 명선의 동생을 집으로 들여보낸 후 혼자말로 중얼거렸다.

"난 혼자가 아니야. 난 혼자가 아니야."

コブタンネ(곱단네)

〈기초사항〉

원제(原題)		コブタンネ
한국어 제목		곱단네
원작가명(原作家名)	본명	김시창(金時昌)
	필명	김사량(金史良)
게재지(揭載誌)		빛 속으로(光の中に)
게재년도		1940년 12월
배경		• 시간적 배경: 14, 5년 전 늦가을 회상 • 공간적 배경: 조선의 어느 마을
등장인물		① 어릴 적 일을 회상하는 '나' ② '나'보다 두세 살 위인 곱단네
기타사항		

〈줄거리〉

우리 집은 부자는 아니었지만, 넓은 마당이 있고 큰 창고가 있어서 가을 추수 때가 되면 시골에서 소달구지가 끊임없이 모여와 창고에 가득 곡물을 채웠었다. 다른 부자 친척들이 겨울 동안 창고에 보관해 달라고 맡긴 곡물이었다. 그럴 때면 아버지는 마치 자신이 진짜 부자가 된 것 같은 기분에 즐거워하셨고, 나 또한 신이 났다. 왜냐하면 곡물이 가득한 창고에서 몸집이 작은 동네 아이들과 술래잡기와 전쟁놀이를 할 수 있었고, 게다가 내가 대장이 되어 동네아이들을 병정으로 거느릴 수 있었기 때문이다.

병정 중에 딱 한 사람 여자병정이 있었으니, 그것은 곱단네(コブタンネ)로 우리 집에 세 들어 사는 사람의 딸이었다. 나보다 두세 살 위였는데, 눈이 크고 부끄럼이 많아 늘 웃는 아이였다. 곱단네는 항상 어머니 몰래 와서 술래잡기를 했는데, 창고 속의 그늘진 곳이나 구석진 곳에 소리도 내지 않고 잘도 숨었다. 그러면 그녀의 어머니는 나중에 꽥꽥 소리를 지르며 찾아다녔다. 그녀의 집은 매우 궁핍해서 아버지는 지게꾼 일을 하며 여기저기 돌아다녔고, 어머니는 불량품 양말을 공장에서 받아와 기웠다. 곱단네는 어머니 일을 겨우 돕고 있었다.

하루는 곱단네가 자신의 어머니를 피해 내가 숨어있던 곳으로 와 함께 숨었다. 그녀는 어머니가 찾으러 왔지만 나가면 호되게 맞을 거라며 나가지 않았다. 뿐만 아니라 둘이 있는 게 어색해서 나가려는 나를, 곱단네는 둘이 함께 나가면 오히려 이상하게 생각할 거라며 말리기도 하였다. 그 바람에 어색한 분위기 속에 우리는 10분 동안이나 그대로 있어야 했다. 그 후 나는 왠지 그녀를 만나면 어색했다. 그러나 곱단네는 아무렇지 않게 평상시처럼 행동했다.

그 해 추수가 마무리 될 무렵, 그녀는 전과는 달리 누나라고 할 정도로 성장하여 어엿한 양말 공장의 여공이 되었다. 그러던 어느 날, 여느 때처럼 우리가 창고 속에서 숨바꼭질을 하고 있는데 곱단네가 슬그머니 안으로 들어왔다. 내가 안쪽 구석에 숨는 것을 보고 자신도 그 쪽으로 새끼고양이처럼 들어왔다. 그러더니 편지를 읽어달라고 내밀었다. '다리가 있는 데서 만나고 싶다'는 내용의 연애편지였다. 나는 가지 말라고 그녀를 말렸다.

그리고 얼마 후, 나는 어머니가 이웃사람에게 말하는 것을 들었다. 불쌍하게도 곱단네가 남자 직공이랑 연애한 것이 들켜 공장에서 해고되었고, 지금은 어느 일본인 집에 하녀로 들어가 있다는 이야기였다.

그러던 어느 날, 곱단네가 나를 조용히 불러냈다. 자기가 일하는 집의 중학생 아들이 자신을 괴롭히고 이상한 짓을 한다며 어떻게 하면 좋겠냐는 것이었다. 나는 '지쿠쇼(畜生, 짐승 같은 놈)'라는 일본어를 가르쳐주며 화를 내라고 일러주었다. 그러나 그녀는 '지쿠쇼'라는 말을 끝내 외우지 못하고 그대로 돌아갔다.

그로부터 2, 3일 후 나는 곱단네가 일본인 집 젊은 도련님에게 "죽소(죽겠다)"라고 말해 쫓겨 돌아왔다는 이야기를 들었다. 그녀가 돌아온 지 얼마 안 되어, 그녀의 일가는 방값을 지불하고 어딘가로 이사를 갔다. 이사 가는 날, 곱단네는 아버지나 어머니에게는 예의바르게 이별을 고했지만, 나에게는 새침하게 눈길 한 번 주지도 않고 맥없이 멀어져갔다.

벌써 14, 5년 전의 일이다. 그 사이 모든 것이 변해 아버지도 돌아가시고 우리 집도 마을 근교 언덕 위로 이사를 했다. 이전보다 마당도 좁고 창고도 없는 쓸쓸한 집이었다. 어느 날 저녁, 나는 서재에서 이런저런 지난 일을 떠올리며, 그때의 꼬맹이 병정들은 지금쯤 어떻게 지내고 있을까? 또 곱단네는 옛날 애인과 결혼이라도 했을까? 등등의 그리운 생각에 잠겨있었다. 바로 그때, 대문을 열고 셋방을 찾는 여자의 목소리가 들렸다.

「"셋방 없을까요?"

그 소릴 겨우 들은 어머니가 마루에 나가신 순간 갑자기 앞마당 쪽에서 시끌벅적한 소리가 들렸다. 그리곤 어머니가 여동생을 향해 외쳤다.

"옛날 곱단네가 왔구나, 곱단네가!"

나는 깜짝 놀라 문득 유리창을 열고 마당을 내다보았다. 정말 거기에는 옛날과 행동거지며 모습이 그다지 변하지 않은 곱단네가 서있었다. 서른 정도 되었으려나, 등에는 아기를 업고, 그녀의 치맛자락에는 옛날의 내 나이 또래의 남자아이가 매달려있었다. 그녀는 창문 여는 소리에 처음에는 놀라서 돌아보더니 내 얼굴을 보고는 역시 이전처럼 새침하게 나 몰라라 하는 표정을 지었다. 그리고 얼굴을 벌겋게 붉히면서 어머니께 말했다.

"정말 저 깜짝 놀랐어요. 요즘에 어딜 가나 셋방이 없거든요. 그래서 지금도 빈방을 찾아 돌아다니는 중이랍니다."

뭐하나 변한 게 없는 것은 곱단네의 키였다. 그리고 그녀가 가난하다는 것도……」

光冥(광명)

원제(原題)		光冥(一~五)
한국어 제목		광명
원작가명(原作家名)	본명	김시창(金時昌)
	필명	김사량(金史良)
게재지(揭載誌)		분가쿠카이(文學界)
게재년도		1941년 2월
배경		• 시간적 배경: 어느 해 가을 • 공간적 배경: 도쿄
등장인물		① 일본에서 살게 된 조선인 '나' ② 일본인과 결혼한 누나 ③ 누나의 딸 메구미 ④ 기요미즈 집의 식모 ⑤ 조선인 고학생 문(文) ⑥ 기요미즈 부인 등
기타사항		

〈줄거리〉

나는 누나가 있는 일본에 와서 생활한 후부터 외모만 보고도 조선인을 구별할 수 있게 되었다. 누나는 의사인 일본인과 결혼하여 도쿄에서 살고 있었다. 누나에게는 5살 된 딸 메구미(惠)가 있었다. 결혼한 지 10년 만에 얻은 메구미는 밝고 귀염성 있는 아이로 지바(千葉)에서 살 때 많은 사람들에게 사랑을 받았다. 그러나 도쿄로 이사 온 뒤로는 다른 아이들에게 조선아이라고 놀림 받으며 괴롭힘을 당하였고, 이 사실을 안 누나는 매우 마음 아파하였다.

누나의 집을 방문했을 때 누나집 근처에서 노부모를 모시고 사는 문필가(文筆家)인 고학생 문(文)을 만났다. 나는 문군에게 기요미즈(淸水) 일가의 이야기를 듣게 되었다. 조선인 남편과 일본인 부인, 15세인 첫 번째 부인의 딸인 여학생 그리고 열일곱 살 조선인 식모가 함께 살고 있었다. 그 식모는 야학에도 보내주고 바느질일을 가르쳐 준다는 이야기에 도쿄까지 건너왔는데, 급료 한푼 받지 못하고 오히려 폭행을 당하고 있다는 이야기였다. 나는 안타까운 식모를 돕기 위해 나중에 문군과 함께 기요미즈의 집을 방문하기로 약속하고 헤어졌다.

다음날 아침 늦게까지 자고 있는데 누나가 찾아왔다. 출근하는 매형을 따라 역으로 나간 메구미가 돌아오지 않았다는 것이다. 근처 아이들이 놀아주지 않아 먼 곳까지 놀러 다니다보니 메구미는 길을 잃을 때도 있었다. 나와 누나는 서둘러 메구미를 찾아 나섰다. 찾아 헤매던 나는 초원 아래 작은 주택가 하천에서 빨래하는 문군의 어머니 그리고 기요미즈네 식모와 함께 있는 메구미를 발견했다. 문군의 어머니는 고향으로 돌아가지도 못하는 식모의 안타까운 사정을 이야기하며 식모를 누나 집에서 1년 정도 데리고 있다가 조선으로 돌려보내면 어떻겠느냐는 제안을 해왔다. 나는 누나부부와 상담해 보기로 하고 메구미를 데리고 집으로 돌아왔다.

그러나 다음날 오후, 함께 목욕을 가자고 찾아온 문군에게서 뜻밖의 소식을 들었다. 식모가 어디론가 사라졌는데 문군이 꼬드겨서 데리고 갔다고 생각한 기요미즈부인이 문군의 집으로 찾아와 경찰에 신고하겠다는 협박을 남기고 돌아갔다는 것이다.

목욕을 마치고 누나 집에 들른 나는 식모의 일을 의논했고, 누나도 매형과 의논해 받아들이 겠다고 대답해 주었다.

집에 돌아와 문군이 오기를 기다리고 있는데, 문군의 어머니가 찾아와 문군이 경찰에 끌려 갔다며 흐느껴 울었다. 나는 급히 기요미즈의 집으로 찾아갔다.

마흔 살 정도의 뚱뚱한 주인남자가 석간을 펼친 채 앉아 있었다. 나는 "주제넘지만 문군이 석방될 수 있도록 해달라"고 말하였다. 그러나 너무 위선적이고 잘난척하는 주인남자의 태도 에 화가 난 나는 식모의 사정에 대해 따져 물었다.

「나는 다만 이런 의미의 말을 하고 싶었다. '방금 당신은 내선융화라는 말을 하였다. 정말 로 지금 그 문제를 진정으로 통절히 생각하고 괴로워하지 않는 사람은 한 사람도 없을 것이다. 그러나 당신들은 당신의 식모를 대하는 그런 태도가 진실로 내선융화를 꾀하는 것이라 생각 하느냐'고. 그러나 나는 겨우 중얼거리듯 이렇게 말했을 뿐이었다.

"……조선인 아가씨라서 소나 돼지처럼 취급해도 좋다. 급료도 주지 않아도 된다. 그런데 한 가지, 그 아가씨가 조선인으로서 조선인들과 어울리기 때문에 그것이 당신들에겐 불편하 고 곤란한 거겠죠."

그러자 남자는 얼굴이 적갈색으로 부어오르고 헉헉 어깨로 숨을 들이쉬며 몸을 부르르 떨 었다. 그러더니 당장에라도 숨이 끊어질 듯한 소리로 "경찰 불러, 이건 완전히 억지다!"라며 신음하는가 싶더니 갑자기 어깨를 떨어뜨리고 고개를 푹 숙이는 게 아닌가.」

그때 조선인 여학생이 나타났고, 나는 그녀 앞에서 조선인으로서 흐트러진 모습을 보여서 는 안 되겠다는 생각으로 마음을 가라앉혔다. 그리고 내선융화에 앞장서야 하는 집안에서 조 선인 식모를 학대하는 일은 옳지 않다고 설득하였다. 그러자 부인은 울먹이며 조선인 남편과 혼혈인 아이들로 인해 겪어야 하는 고통과 조선인 식모를 다른 시선으로 바라보는 남편에 대 한 불만 등을 토로했다. 그녀의 이야기를 들은 나는, 식모에게는 따로 공사장에서 일하는 사랑 하는 조선인남자가 있다는 것을 설명해 주었다. 그리고 식모를 누나의 집으로 보내고 문군을 풀어줄 것을 제안하였고, 부인도 그에 동의하였다.

그 다음날부터 방공연습이 시작되어, 누나도 아침부터 밤까지 다른 누구보다 분주하게 돌 아다녔다. 한편 기요미즈부인은 경찰서에 문군의 선처를 부탁하였고, 나와 매형이 힘쓴 덕분 에 문군은 나흘 만에 석방되어 돌아왔다. 나는 문군에게 식모는 공사장 노동자와 결혼해 목탄 만드는 일을 하러 기슈(紀州)에 가기로 한 사실을 전하고, 기요미즈부부가 허위를 벗어던지 고 새롭게 출발할 수 있도록 그 가정을 도와주자고 제안했다.

문군과 헤어져 누나 집 근처에 다다랐을 때, 동네 아이들이 쓰레기통 위에 메구미를 올려놓 고 겁을 주며 괴롭히고 있는 모습을 목격하였다. 나는 울고 있는 메구미를 안고 누나의 집으로 갔다. 슬픔과 분노 속에 동네아이들이 메구미를 괴롭히게 된 사정을 듣고 있는데, 때마침 방공 연습에서 돌아온 누나는 이 사실을 알고 몹시 슬퍼하였다. 나는 메구미도 기요미즈 일가도 어느 한쪽이 부정되기 때문에 그런 상황들이 벌어지는 것이라고 생각했다.

그때 밖에서 사이렌 소리가 크게 울렸다. 저녁안개 낀 도로에는 경방단(警防團) 사람들이 메가폰을 입에 대고 공습경보를 외치며 뛰어다니고 있었고, 모여든 많은 사람들은 폭탄이 떨어진 곳의 불을 끄는 가상훈련을 하고 있었다.

「하얀 어깨띠가 일렬횡대로 길게 늘어져, 술집 뒤쪽의 펌프장까지 이어져 있었다. 그곳에서 물을 퍼 올린 몇 십 개의 물동이는 한 사람 한 사람의 손을 거쳐 옆에서 옆으로 전해져 불길까지 운반되었다. 그것이 일사불란하게 긴장 속에 행해지는 광경은 장관이었다. 특히 이 근처에는 ×××인이 많이 살고 있었기에, 행렬 중에는 키가 크고 노란머리의 외국인 부대도 참가해서 이채로움을 더하고 있었다. 나는 줄 선 사람들 속에서 열심히 물동이를 옆으로 전달하고 있는 기요미즈부인의 모습도 발견했다. 그런데 더욱 놀랍게도 마침 그 옆의 옆에 우연히 누나가 대기하고 서서 물동이가 오기를 기다리고 있었다.」

누나가 양동이를 전달받자 모여 있는 사람들 속에서 빨간 옷의 메구미가 익살스레 손을 두드리며 신나서 소리 지르는 모습이 보였다. 그러자 메구미의 친구들도 뒤따라 "와아~, 와아~!"하며 큰소리로 환호했다.

泥棒(도둑)

〈기초사항〉

원제(原題)	泥棒	
한국어 제목	도둑	
원작가명(原作家名)	본명	김시창(金時昌)
	필명	김사량(金史良)
게재지(揭載誌)	분게이(文藝)	
게재년도	1941년 5월	
배경	• 시간적 배경: • 공간적 배경: 도쿄의 한 유치장과 술집 '야요이'	
등장인물	① 대학생인 '나' ② 홋카이도 아바시리 출신의 좀도둑 다무라 ③ 다무라의 조카 하루에 등	
기타사항		

〈줄거리〉

　　나는 고국을 떠난 후 타국 유치장에서 만난 좀도둑 다무라(田村)에 대해 이야기하려 한다.
다무라는 무엇인가를 말할 때 항상 귀엣말로 속닥속닥 중얼거리는 버릇이 있었다. 홋카이
도(北海道) 아바시리(網走) 출신인 그는 마흔두세 살쯤 되어 보이는 가무잡잡한 얼굴에 키가
작고 몸집이 왜소한 남자였다.

　　감옥에서는 큰 죄를 저지른 사람일수록 힘이 있었고, 감옥에서의 유일한 즐거움은 먹는 이
야기였다. 어느 날은 죄수들끼리 고향음식에 대해 자랑하다가 다무라가 중죄인이 많기로 소
문난 홋카이도 아바시리 출신이라는 사실이 알려지게 되었다. 그때부터 감옥에서 그의 위상
은 높아졌다. 그는 유치장 배식에 자신이 좋아하는 감자가 들어오지 않으면 불만스러워 하였
고, 누군가 단무지 하나라도 남기면 제일 먼저 달려가 낚아챌 정도로 식탐이 강했다.

　　아침에 일어났을 때와 잠자기 전, 벽을 향해 무릎을 꿇고 앉아 신에게 기도하는 그는 주로
나에게만 작은 목소리로 중얼거렸다. 그리고 때때로 석방되어 나가는 남자들에게는 야요이
(弥生)라는 술집에 있는 조카 하루에(椿江)에게 자신이 이곳 형무소에 있음을 알려달라고 부
탁했다. 그러면 자신에게 면회 오고 사식도 넣어줄 거라는 것이었다. 그러나 석방된 사람들이
다무라의 부탁을 무시한 것인지 어느 누구도 면회를 오지 않았고, 사식도 들어오지 않았다.

　　다무라는 한 번도 자신에 대해 말한 적이 없었고, 조사를 위해 호출된 적도 없어서 그가 어
떤 죄로 복역하는지조차 알 수 없었다. 그러던 어느 날 밤, 내가 사상문제에 연루된 중학교 친
구를 집에 재워준 것 때문에 구속되었노라고 말하자, 다무라도 자신의 사연을 다음과 같이 털
어놓았다.

　　절도죄로 감옥에 들어가게 된 그는 다시 정직하게 살아보자는 결심으로 300엔 정도의 돈
을 모아 출옥하였다. 하지만 그는 감옥에서 나오자마자 술과 여자 그리고 불량배의 소굴인 항
구로 돌아가 오랜만에 술과 여자에 취해 자신의 결심을 망각하고 말았다. 이튿날 다시 마음을
고쳐먹고 탄 연락선에서 아들을 데리고 모리오카(盛岡)로 가는 30대 중반의 부인을 만나게
되었다. 다무라는 남자아이가 귀여워 과자와 도시락을 사주었다. 다무라의 친절에 미안해하
는 부인과 그를 잘 따르는 남자아이를 보며, 애정에 굶주렸던 다무라의 마음은 부드럽게 녹아
내리기 시작했고 행복해졌다. 성실한 인간이 되고자 마음먹었던 그는 그들의 기뻐하는 모습
을 보며 그렇게 갱생의 길로 들어섰다고 생각했다. 그러나 연락선에서 기차로 갈아타고 종착
지인 모리오카역에 가까워질수록 그의 마음은 우울해졌고, 역에 도착해서 마중 나온 그녀의
남편을 봤을 때는 질투심에 그만 그녀의 지갑을 훔치고 말았다. 그 안에는 70엔이 들어있었
다. 그 뒤 도쿄로 돌아간 다무라는 매일 술에 취해 살았다. 그러다 문득 큰누나의 딸인 하루에
를 생각해냈다. 도둑인 그를 기피하였던 큰누나 부부와는 달리 호기심에선지 외삼촌이 도둑
인 줄 알면서도 그를 잘 따랐던 하루에였다. 누나의 옛집을 찾아갔지만 어디론가 이사를 가버
린 후였고, 수소문 끝에 하루에가 야요이라는 술집에서 여급으로 일하고 있다는 사실을 알게
되었다. 그는 그런 조카가 불쌍해 옛날처럼 아사쿠사(浅草)며 우에노(上野)로 데리고 다니며
맛있는 음식을 사주고, 우에노의 마쓰자카야(松板屋)에서 기모노 위에 걸쳐 입는 예쁜 하오
리(羽織)까지 사주었다고 하였다. 그때 하루에는 그런 외삼촌을 '소매치기 대장' 쯤으로 알고
흐뭇해하였다. 그리고 이튿날 그는 감옥에 잡혀 들어왔노라고 했다. 나는 이야기하며 우는 그
를 보면서 석방되면 꼭 그녀를 찾아가 다무라의 소식을 전해주어야겠다고 다짐했다.

석방이 된 나는 곧장 야요이로 하루에를 찾아갔는데 공교롭게도 문이 닫혀 있었다. 나는 자신의 초라한 몰골을 깨닫고 하숙집으로 돌아와 신사복으로 갈아입고, 다시 야요이로 가보았다. 칸막이가 되어있는 2층 술집에서 만난 하루에는 중간키에 호리호리한 몸매의 아름답고 사랑스러운 여자였다. 나는 그 술집에서 유치장에 있었던 젊은 음악가가 노래하고 있는 것을 보았다. 그도 출소하자마자 하루에를 찾아왔으나, 다무라의 말은 전하지 않은 모양이었다. 나는 나만이라도 다무라와의 약속을 지켜야겠다는 중대한 책임감을 느꼈다. 그러나 그녀에게 범죄자로 보이게 될까봐 두려워진 나는 '중요한 이야기'가 있다고 말은 꺼내놓고도 다무라의 이야기를 선뜻 꺼내지 못하고 갈팡질팡 허튼소리만 하였다. 예컨대 '외삼촌의 마음으로 하루에를 사랑하고 싶다'느니 '당신에게 긴자(銀座)의 미쓰코시(三越)백화점에서 벨트도 사줄 수 있다'느니……. 그런데 그 순간 내내 웃음으로 얼버무리던 하루에가 갑자기 굳어진 표정으로 자신의 외삼촌을 아느냐고 물었다. 나는 그녀의 물음에는 대답하지 않고 다만 외삼촌을 사랑하느냐고만 재차 물었다. 그녀는 고개를 끄덕여 보이고 진지한 표정으로 외삼촌을 어디서 만났느냐고 다그쳐 물었다. 나는 자세한 이야기는 내일 학생복 차림으로 와서 다시 해야겠다고 결심하고 '이 근방'이라고만 말하고 그녀와 헤어져 밖으로 나왔다.

밖으로 나온 나는 술집 앞에서 서너 명의 취객들과 마주쳤는데 모두 유치장에서 만났던 사람들이었다. 그들도 역시 석방되자마자 다무라의 부탁대로 야요이를 찾기는 찾았으나 하나같이 하루에에게 반해 다무라의 일은 말하지 않은 채 매일같이 술집만 드나들고 있었던 것이다.

다음날 밤 나는 학생복 차림으로 다시 술집을 찾아갔다. 그러나 하루에는 이미 그곳을 그만두고 떠난 후로 그녀의 행방을 아는 사람은 아무도 없었다.

그로부터 한 달쯤 지났을까. 나는 대학로에 있는 어느 철물점에서 유치장에서 함께 있었던 남자를 만나게 되었다. 그는 다무라가 나를 이용해 하루에에게 도망가도록 신호를 보냈던 것이며, 만약 잡혀서 조사를 받게 되면 후줄근한 하오리를 내놓으라고 미리 일러두었다는 이야기도 들려주었다.

「나는 왠지 흐뭇하면서도 지금은 다시 볼 수 없게 된 그녀에 대한 한없는 애정이 물밀듯이 가슴속에 밀려드는 것을 느꼈다. 그와 동시에 나는 돌연 자신의 모든 어리석은 몽상을 뒤엎는 듯한 이 도둑의 애틋한 사연에 짐작 가는 것이 있었다.

"아니, 그 도둑의 진정한 마음은 사람을 기만하는 데 있었던 것이 아니다."

나는 이렇게 중얼거렸다.

"역시 자신이 사준 하오리를 그녀가 오래오래 입어주길 바랐기 때문일 것이다. 그러길 원했던 것이다. 그랬던 것이 자기도 모르는 사이 다시 사람을 기만하게 되었던 것이리라."

그렇게 생각하자, 눈에 보이지 않는 신께서도 그의 영혼을 구원해주실 것만 같았다.」

月女(월네)
ウオルネ

〈기초사항〉

원제(原題)		月女
한국어 제목		월네
원작가명(原作家名)	본명	김시창(金時昌)
	필명	김사량(金史良)
게재지(揭載誌)		슈칸아사히(週刊朝日)
게재년도		1941년 5월
배경		• 시간적 배경: 어느 해 5월 • 공간적 배경: 평양
등장인물		① 중학생 '나' ② 기생 월네 ③ 의사 윤상선 등
기타사항		

〈줄거리〉

월네(月女)는 기생의 도시 평양에서도 가장 뛰어난 미인이며 접대를 아주 잘하는 기생으로 알려져 있었다. 누구라도 한번 보면 현혹되었고, 그녀에게 가까이 간 손님은 모두 정신을 빼앗겼다. 나의 선생님, 친척, 선배, 친구들 중에도 그런 희생자는 많았다. 월네는 어릴 적 친구인 나조차도 장난감 취급을 하였다.

사실 그녀는 기생이 되지 않아도 될 정도의 집안이었지만, 아버지가 죽은 후 탐욕스런 어머니가 그녀를 기생학교에 보냈다. 소꿉놀이를 하며 함께 놀기도 했는데 의기소침한 나는 늘 그녀에게 질질 끌려 다녔다. 그러나 그녀는 기생학교에 다니면서부터 나를 상대해주지 않았고, 빨간 양귀비처럼 더욱 아름다워졌다. 그녀의 집에서는 장구소리와 아직 미숙한 노랫소리가 들려왔고, 밤이 되면 집 앞에 불량중학생들이 찾아와 하모니카나 휘파람을 불거나, 손바닥을 치며 웃기도 했다. 그 소리에 나는 공부에 집중할 수 없었고, 아버지는 참지 못하고 긴 담뱃대를 휘둘러 중학생들을 쫓아냈다. 도망가는 무리 중에는 T중학교 축구선수인 하얀 얼굴의 호남아 윤상선(尹相先)의 모습도 있었다. 가끔 월네의 방에서 윤상선의 목소리가 들리곤 했기 때문에, 그를 쫓아내 준 아버지가 새삼 고마웠다. 그런데 문제는 그 일로 아버지와 월네 사이에 큰 싸움이 벌어져, 결국 우리 집은 언덕 쪽으로 이사하고 말았다. 그 후로 나는 그녀를 만나지 못했다.

중학생이 된 나는, 어느 여름날 대동강변 연광정(練光亭) 앞에서 우연히 월네를 만났다. 그즈음 그녀는 기생학교를 졸업한 뒤라 연회자리에 불려나가고 있었다. 그녀는 나의 시(詩)를 보고 문장이 좋다며 자신에게 온 연애편지에 답장을 써달라고 하였다. 그녀의 제안을 받아들이기로 한 나는 곧장 그녀의 거처로 갔는데, 거기에 윤상선이 빈둥거리며 누워 있었다. 월네는

3~4년 기생을 하는 사이 제법 많은 돈을 모았고, 윤상선은 학교를 나오자마자 평양 시내에 병원을 냈다고 했다. 소문에 따르면 월네가 그의 병원을 자주 출입하고 있으며, 얼마 지나지 않아 두 사람이 동거한다고 전해졌다.

5월 어느 화창한 봄날, 나는 윤상선의 병원 앞을 지나가고 있었다. 그때 우연히 월네가 몹시 흐트러진 모습으로 병원에서 뛰쳐나와 대동강 쪽으로 달려가는 모습을 목격하였다. 불길한 예감에 그 뒤를 쫓아간 나는 월네가 죽겠노라며 보트에 올라타는 것을 '네가 죽어도 윤상선은 눈 하나 깜짝하지 않을 것'이라며 말렸다. 그러자 월네는 그냥 겁만 주려고 했을 뿐이라며 얼버무렸다.

그 후 얼마 지나지 않아, 나는 월네가 마흔 살 된 변호사의 첩이 되어 기생을 그만두었다는 소문을 들었다. 소문에 따르면 변호사도 윤상선도 그녀의 재산을 노리고 있었는데, 결국 변호사가 이 젊은 수완가를 물리쳤다는 것이었다. 나는 그녀가 나이 들면서 그저 마음약한 여자가 되어간다고 생각하니 불쌍하게 여겨졌다.

「하지만 그녀는 여전히 아침에 윤상선과 나란히 호텔에서 나오는가 하면, 그날 저녁에는 변호사와 함께 중국요리를 먹고 있기도 했다. 그럴 때 나를 발견한 그녀는,

"어이, 중학생! 여드름이 꽤 늘었네."라며 고른 치아를 내보이며 웃었다. 이전에 새하얗던 치아가 충치가 생겼는지 대부분 금으로 씌워져 있었다. 나는 점차 몸도 마음도 멋있어져 가는데 반해 이번에는 그녀 쪽이 점차 야위어가고 쭈그러져 갔다.」

 017-14

蟲(벌레)

〈기초사항〉

원제(原題)	蟲(一~四)	
한국어 제목	벌레	
원작가명(原作家名)	본명	김시창(金時昌)
	필명	김사량(金史良)
게재지(揭載誌)	신초(新潮)	
게재년도	1941년 7월	
배경	• 시간적 배경: 어느 해 초여름 • 공간적 배경: 도쿄의 시바우라 해안가	
등장인물	① 넝마주이 '나' ② 모르핀중독자 '지기미' 등	
기타사항		

　　외로움을 잘 타는 성격의 나는 넝마주이를 생활수단으로 삼고 있었으나, 누구에게도 부끄럽지 않을 긍지를 가진 어엿한 서생(書生)으로 대관급에서부터 공사판 노동자에 이르기까지 여러 종류의 사람들과 사귀고 있었다.

　　어느 날, 헌 신문을 팔려는 히나(日那)와 가격흥정을 하다 애교랍시고 튀어나온 배를 '통' 소리가 나게 쳤다가, 상대가 몹시 화를 내는 통에 허겁지겁 도망쳤다. 도망쳐 쓰레기통 위에 앉은 나는 스케치북을 꺼내 울컥한 기분을 달래려 풍자화연필을 쥐고 히나의 튀어나온 배를 데생하였다. 그러나 장삿속으로 그에게 알랑거려야했던 것이 화가 나 그림 가운데에 가래침을 뱉어 결국 데생을 엉망으로 만들어버렸다. 일본에서는 나를 이해해주는 사람이 아무도 없었다. 너무 외로웠다. 그토록 외로울 때면 모르핀환자가 모르핀을 생각해내는 순간처럼 참을 수 없을 정도로 사람이 그리웠고, 그럴 때면 나는 넝마를 짊어진 채 시바우라(芝浦) 해안으로 갔다.

　　시바우라 해안은 이주조선인의 메카로, 고난과 역경이 가득한 곳인 동시에 희망과 동경이 넘쳐나는 곳이다. 각지에서 입항해 온 배에 석탄을 실어 나르는 인부들은 거의 대부분 조선인이었다. 이곳은 그들이 일하러 가는 밤 2, 3시와 돌아오는 낮 4, 5시가 되면 거미 알을 뿌려놓은 듯 분주했다. 누워서 뒹굴거나 노래를 부르는 사람도 있고, 가와사키(川崎)로 향하는 무리도 있으며 옷을 갈아입고 간다(神田)의 야학교로 가는 고학생도 있다. 나머지 무리들은 방 안에서 고향의 「모심기노래」와 「연락선은 떠나간다」 등의 유행가를 부르며 와자지껄하다가 밤 9시쯤 되면 다들 잠이 들어 고요해진다. 어쨌든 이런 생활을 하는 인부들이 도합 6백여 명이 있다.

　　나는 그들 속에 있으면, 자신이 왠지 부자가 된 것 같은 따뜻한 기분에 젖어들곤 하였다. 그래서 그곳을 자주 찾아가지만 그들은 넝마주이인 내가 조선인 전체를 욕 먹인다며 상대해주지도 않았다.

　　일본에서 가장 인내와 체력이 필요한 일을 하고 있다는 바보 같은 자부심을 가지고 있는 인부들 중에서 '지기미'라는 별명으로 통하는 60대의 모르핀중독 노인만이 나의 유일한 친구가 되어 주었다. 그는 미이라처럼 깡마른 몸으로 마라톤 선수처럼 항상 양 주먹을 가슴위에 놓고 자못 바쁜 듯이 '지미'라는 말을 '지기미 지기미'라고 중얼거리며 돌아다녔다. 지기미 또한 600명이 넘는 동포들 중 누구 한 사람 신경 쓰지 않는 들개처럼 고독한 존재였다.

　　정해진 숙소도 일정한 직업도 없이 어슬렁거려서, 식당에서 물건이 없어지면 대개 그의 짓으로 몰았다. 그에게 모르핀을 파는 사람은 근처에서 한약방을 운영하는 윤(尹)영감이었다. 윤영감은 거짓말쟁이에다 주정뱅이였으며, 가짜 약을 비싼 가격에 인부들에게 강매하고, 글자를 모르는 인부들 편지를 졸필로 대필해주고 높은 수고료까지 챙기는 사기꾼이었다. 없어진 물건은 대개 윤영감의 방에서 나왔기 때문에 그가 오히려 의심스러웠지만, 그는 지기미에게 그 물건을 샀다며 죄를 지기미에게 뒤집어씌웠다. 지기미는 모르핀 때문인지 애써서 그 사실을 정정하려고도 하지 않았다. 딱히 정해진 숙소가 없는 지기미는 밤마다 다른 인부들의 숙소를 기웃거리다 아무 데나 들어가 도둑잠을 자고는 했다.

　　그런데 언제부터인가 지기미는 조선음식을 파는 식당 부엌에서 잠을 잘 수 있었다. 왜냐하면 식당의 물을 길어다주기도 하고 불을 지피는 등의 잡일을 도와주었기 때문이었다. 그러면서도 새벽 2시가 되면 지기미는 몇 년 동안 거르지 않고 계속해 온 그의 일과 중 하나인 인부 깨우는 일을 했다. 인부들의 숙소이기도 한 식당들을 뛰어다니며 "어잇! 일어나라, 일어나!" "시간이다. 어잇, 어잇, 일어나!"라고 소리친다. 누구 한 사람 깨워달라고 부탁하지도 않았지만, 지기미는 자신이 그들에게 얼마나 필요한 존재인지를 알리려는 듯 소리쳤다. 그의 호령에 여기저기에서 작업복을 걸친 인부들이 바람 부는 황량한 해안 길로 줄지어 나왔다. 인부들은 줄을 서 기다리다 짐을 나르는 전마선(傳馬船)을 타고 호수를 떠나 바다 쪽에 정박해 있는 큰 기선으로 일하러 나갔다. 지기미는 그렇게 일하러 나가는 인부들의 모습을 말없이 서서 배웅했다.

그리고 나면 다시 창고 윗부분을 개조해서 만든 '이층 방'으로 돌아와, 사랑하는 아이들을 전장에 보낸 의욕 없는 아버지처럼 기운 없이 '지기미 지기미'라고 중얼거렸다. 그리고 빈 식당 하나하나를 체크하였고, 혹시 아파서 일을 못 나간 사람이 있으면 병문안을 하였다.

인부들이 지내는 '이층 방'은 1시부터 3시 사이 동안만 잠깐 햇빛이 비추는데, 그나마 빨래 건조대에 가려 마치 감옥의 쇠창살 모양의 그림자를 드리웠다. 한 번은 심한 신경쇠약에 기묘한 통계습관까지 가진 젊은 대학생이 그 그림자를 보고 감옥으로 착각한 나머지 미쳐버린 일이 있었다. 그 대학생은 여러 가지 통계수치를 이야기하며 노동자들에게 자각하라고 외쳐댔다.

「"너는 왜 담배만 뻐끔뻐끔 피우고 있는 거냐. 우리 같은 조선인이 1년 동안 담뱃값만으로 쓴 돈이 수천 수백 수십 수만 수천 수백 수십 수 엔이다. 그것으로 소학교(초등학교)가 수천 수백 수십 개교가 충분히 세워질 것이다. 또한 술 소비량을 생각해봐라. 실로 그것만으로도 중학교가 수천 수백 수십 수개교가 만들어지지 않겠는가. 또 여러분이 나에게 좀 더 말하게 해준다면 이번에는 조선인구 통계로 이야기해 보겠다. 여자가 남자보다 수백 수십 수만 수천 수백 수십 수명이 적다. 그런데도 첩을 둔 놈이 놀랍게도 십 수만 수천 수백 수십 수 명이나 있으니, 아! 이것으로 배합의 공평을 어떻게 취할 수 있단 말인가. 뭐? 시끄러워? 뭐가 시끄럽다는 거야! 이 불쌍한 놈들! 너희들이야말로 숫자가 얼마나 신성한 것인지를 모르는구나. 엉, 그렇지 않냐? 숫자라는 것 결국 통계라는 것에 무지하면 결국 끝이다. 아! 끝인 거야. (중략) 내가 도대체 뭐 하러 여기 와 있다고 생각하는 거냐. 나는 이런 곳에 일하러 온 고학생이 아니다. 대학생에도 여러 가지가 있다. 대학생이라도 나는 버젓이 ××대학의 사회학부에 다니고 있다. 그것도 자비유학생이다. 그래 나는 그렇다. 너희들이 여기에서 어떠한 생활을 하고 있는지 제대로 통계를 내러 온 것이다! 그런데 그것이 어떠냐." 거기에서 그는 잠깐 쉬더니 눈물을 참느라 목이 멘 소리로 다시 계속해서 외쳤다. "이 주위 인근지역만 해도 너희들 수백 수십 수명. 그중 독신자가 ○%인데 알코올 중독자가 ××명, 도박 상습자가 ××명, 성병에 걸린 놈이 ×× 명, 야! 이래도 되는 거냐. 어이, 다들 대답해 봐, 조금이라도 자각을 가지라는 거야! 아이고, 아이고! 나를 쳤어. 그래 쳐! 쳐봐라! 나 한 사람 정도의 목숨이 뭐라고. 죽여라! 순교자는 죽임을 당하는 거다!"」

처음에는 쓸데없는 말을 지껄인다고 화를 내거나 때렸지만 나중에는 모두 슬프게 웃어 넘겼다. 하루는 누군가의 작업복을 걸치고 인부들을 따라 일하러 나갔다 돌아와서는 코피를 흘리며 열이 나더니 그림자를 보고 감옥에 갇혔다 착각하여 발광을 하였고, 인부들이 붙잡아 지기미의 마약을 먹인 후에야 겨우 진정되었다. 다음날 식당 사람들은 돈을 모아 이 대학생을 고향으로 돌려보냈다.

어쨌든 그 사건 이후 지기미는 이곳에 그런 일이 생기지 않도록 햇빛이 비추는 동안은 빨래 건조대 위에 누워있게 되었다. 나는 목탄연필을 들고 이층 방에 누워 잠들어 있는 그를 스케치하였다. 그러다 문득 바다 쪽을 바라보며 '배따라기'를 흥얼거렸다. 그때 지기미가 갑자기 고개를 들어 올리고 나를 물끄러미 쳐다보았다. 그리고 고향에서 친구들과 잘 여문 벼이삭을 자르는 꿈을 꾸었다며 35, 6년 전의 경상도 이야기와 지기미가 한국병정이었을 때 명성황후(明成皇后)를 보호하기 위해 러시아 병정을 죽이고 도망다니다 일본으로 건너온 이야기를 들려주었다. 그러더니 갑자기 호령과 함께 벌떡 일어나 바다 쪽을 향해 경례를 했다. 전마선(傳馬船)이 다가오고 있었다. 지기미는 "지기미 지기미"를 외치며 전마선을 향해 걸어갔다. 전마선에서는 검은 남자들이 이쪽 해안을 응시하고 있었다. 지기미는 기쁜 듯이 양 손을 흔들면서 "어—이! 어—이!"라고 소리치기 시작했다. 후미로 들어선 전마선을 향해 즐거워 날뛰며 덩실대는 지기미의 모습은, 마치 저녁노을 속에서 하늘을 향해 기도하는 이슬람교도처럼 아름다웠다.

鄕愁(향수)

〈기초사항〉

원제(原題)		鄕愁
한국어 제목		향수
원작가명(原作家名)	본명	김시창(金時昌)
	필명	김사량(金史良)
게재지(揭載誌)		분게이슌주(文藝春秋)
게재년도		1941년 7월
배경		• 시간적 배경: 1938년 5월 • 공간적 배경: 베이징
등장인물		① 도쿄 A대학 미학연구실에 다니는 이현 ② 이현의 큰누나 ③ 이현의 매부 윤장산 ④ 이현의 동창 이토 등
기타사항		

　　개통된 지 얼마 안 된 베이징(北京)행 직행열차는 만주나 북중국(北支)으로 가는 사람들을 가득 태우고 한밤중에 평양을 통과하고 있었다. 스물일곱 살의 이현(李絃)은 갑자기 여행을 결정하고 혼자 평양에서 기차를 탔다.

　　한때 북중국에서 동분서주 활약했던 유명한 망명객 윤장산(尹長山)이 매부였던 탓에, 이현이 조선시대 도자기와 송명(宋明)시대 도자기 비교를 위한 '중국 고미술 시찰'이라는 목적으로 여행권을 신청했을 때 당국은 의심스런 눈초리로 쳐다보았다. 사실 여행의 목적은 이현이 아직 예닐곱 살이었을 때 발발한 <3·1운동> 이후 북으로 망명한 누나 부부가 베이징에 와 있다는 이야기를 듣고 그들을 만나기 위해서였다.

　　예전에 누나 부부는 시골에서 사립학교를 경영하며 아이들과 마을사람들에게 개명사상을 보급하였었다. 그런데 <3·1운동> 이후 누나 부부는 시베리아, 연해주, 북만주, 동만주 등 여러 곳을 돌아다니며 이주동포들을 모아 지도하고 있다는 소식만 전해오고 있었다. 그런데 얼마 전 매부의 제자라는 박준(朴峻)이 찾아와 매부를 구하러 베이징으로 간다고 하였다. 그 후 병세가 악화된 어머니는 죽기 전에 딸 부부와 손자 무수(蕪水)를 만나고 싶다고 하소연하였고, 어머니의 슬퍼하는 모습을 보다 못한 이현이 누나 부부를 만나고 오겠다고 집을 나선 것이다.

　　기차는 어느새 압록강을 지나고 세관검사도 끝나 안봉선(安奉線)으로 들어섰다. 그러자 긴장의 끈이 풀렸는지 이현은 선잠에 빠져들며 누나 꿈을 꾸었다. 그런데 달처럼 고왔던 누나의 모습은 오간 데 없고 쇠약하고 검푸른 얼굴이었다. 이현이 잠에서 깨었을 때는 오후였고, 기차 안도 꽤 한가해져 있었다.

　　베이징 둥처역(東車站)에 도착한 것은 밤 12시였다. 누나에게 전보를 쳐 놓았지만 플랫폼에는 아무도 나와 있지 않았다. 베이징에서 공부한 후 미국으로 넘어갈 계획을 세워 중학교 때 중국어를 조금 배운 적이 있는 이현은 별다른 어려움 없이 인력거를 타고 누나의 낡아빠진 작은 집을 찾아가 고목나무처럼 야윈 누나와 재회할 수 있었다.

　　이미 마약중독자가 되어 버린 누나는 고향소식을 듣고 몹시 괴로워했고, 남자하인이 주는 마약을 받아 마시고는 그대로 마취상태에 빠져버렸다.

　　다음날 아침 이현은 정신을 차린 누나로부터 외아들 무수는 일본군 통역병에 지원하여 지금은 산시성(山西省)에 가 있다는 이야기를 들었다. 또 매부는 박준의 부인과 정분이 나서 베이징성내의 빈민집합소를 전전하고 있다고 했다. 매부 밑에서 행동대장을 했던 옥상렬(玉相烈)이 지금은 특무기관에서 활동하며 누나를 돌보고 있음을 알게 되었다.

　　이튿날 이현은 조선여관에서 묵기로 하고 누나와 함께 베이징 주변을 둘러보았다. 그러다 우연히 카메라를 맨 고등학교와 대학동창인 친구 이토(伊藤)를 만나게 되었다. 그는 <중일전쟁>이 동양평화와 세계평화를 위해 부득이 치러야 하는 전쟁이라고 믿고 있었으며, 전장에 소집되어 도쿄역에서 헤어졌었다. 그런데 이토는 오른손을 잃은 완전한 군인으로 변해 있었다. 이토와 일본어로 이야기하며 악수하려던 이현은 갑자기 누나 생각이 나서 돌아보았다. 누나는 벤치에서 일어나 홰나무 숲 쪽으로 도망치듯 가고 있었다. "기다려요! 기다려요!" 이현은 자신도 모르게 일본어로 외쳤다. 그러나 누나는 망상과 공포에 사로잡혀 숲속으로 사라져 찾을 수 없었고, 이현도 이토와 헤어져 인력거에 몸을 실었다.

인력거를 타고 무작정 길을 가던 이현은 골동품을 살펴보기 위해 '유리창(琉璃廠)'이란 곳으로 갔다. 그리고 한 가게에서 애처로워 보이는 고려청자와 이조백자를 찾아냈다. 이현은 그것을 누나에게 선물하기 위해 어머니에게 받아온 300원을 내고 샀다. 이현은 골동품을 산 것이 왠지 누나와 그 가족을 구출한 것만 같은 흥분과 환희를 느꼈다.

숙소에 돌아온 이현은 이상한 꿈과 환상에 시달리다가, 소란스런 소리에 겨우 정신을 차렸다. 밖으로 나가보니 전쟁터를 다니며 시계를 수선해 판다는 남자가 뭔가를 시끄럽게 설명하고 있었다. 이현은 혹시나 하여 시계수선공에게 무수에 대해 물었지만 그는 알지 못하였다. 이현은 연관(煙館 - 정부에서 허가한 아편흡연소)과 토약점(土藥店 - 정제되지 않은 아편을 파는 곳)이 많은 다스란(大柵欄) 거리로 나가, 혹시나 누나를 만날 수 있지 않을까 찾아다녔지만 결국 찾지 못했다.

이현이 다시 누나의 집으로 갔을 때, 누나는 없고 대신 옥상렬이 이현의 어머니가 위독하다는 전보를 전해주었다. 그는 누나 집에서 아편밀매가 이뤄지고 있다는 사실과 무수가 ××전선에서 대단한 공을 세우고 있다는 사실을 말해주며 <중일전쟁>에 동참해야 한다고 강조하였다. 그리고 고향으로 돌아가는 이현에게 돋보기와 구두 2켤레를 건네주면서 평남 강서에 사는 자신의 가족에게 전해달라고 부탁하였다. 늦게야 집으로 돌아온 누나는 어머니에게 '누나 부부는 베이징에 없었고 어딘가에서 잘 살고 있다는 소식만 들었노라'고 거짓말을 해달라고 부탁하였다.

골동품들이 고향으로 돌아가고 싶다고 외치는 듯한 환청을 들으며, 이현은 서둘러 골동품을 싸서 뚱처역으로 갔다. 누나는 역 매표구에서 차표를 사서 이현에게 건네주었다. 이현은 누나가 건네주는 차표가 노동자나 인력거꾼, 부랑자, 거지 등 중국인의 피 같은 돈으로 산 것임을 알면서도 차마 거절하지 못하였다. 비참한 마음으로 차표를 받아든 이현은 기차의 마지막 차량에 몸을 실었다.

「누나는 어둑한 구석에 가만히 선 채 배웅했다. 이현도 차량의 계단에 우두커니 선 채 손도 흔들지 않았다. 그리고 이윽고 점점 멀어져 보이지 않게 될 때까지 불꽃 같은 눈으로 서로를 바라보고만 있었다. 불꽃은 서로를 부르며 함께 타올라 한 줄기 광명을 이루려고 하였다. 5분은 족히 그렇게 서있던 이현은 뭔가 따뜻한 것이 가슴에 솟구치는 것을 느끼며 속으로 중얼거렸다.

"나는 이 차표로 돌아간다. 내 몸속에도 이 차표 값만큼 중국인 피가 녹아들 것이다. 이렇게 나는 훌륭한 동아(東亞)의 한 사람이 된다. 그렇다! 한 번 더 누나와 매부를 위해 다시 오자. 그때는 누나와 매부 차례다."

1938년 봄, 5월도 저물어갈 무렵의 일이었다.」

天使(천사)

〈기초사항〉

원제(原題)	天使(一~二)	
한국어 제목	천사	
원작가명(原作家名)	본명	김시창(金時昌)
	필명	김사량(金史良)
게재지(揭載誌)	후진아사히(婦人朝日)	
게재년도	1941년 8월	
배경	• 시간적 배경: 어느 해 4월 • 공간적 배경: 경성과 강원도 고산의 석왕사	
등장인물	① 경성을 여행 중인 스케 ② 젊은 시인 조(曺) ③ 착실하고 사색적인 홍(洪) ④ 스케의 절친한 친구였던 홍의 여동생 이쁜이 등	
기타사항		

〈줄거리〉

5월 어느 날 밤 스케(亮)는 경성의 밤거리를 걷다가 문득 신라왕족을 회상하게 하는 등불의 진열을 보고 오늘이 4월 초파일임을 생각해냈다. 그리고 경성에서 고원 쪽으로 너덧 시간이면 갈 수 있는 석왕사(釋王寺)에 가야겠다고 결심했다. 그곳은 음력 4월이면 관등제(觀燈祭)로 유명한 곳이었다.

그때 친구인 젊은 시인 조(曺)를 만났다. 천재시인이었지만, 최근에는 미치광이처럼 미래 속에 살고 있는 듯 아무나 붙잡고 며칠 동안 미래를 논하곤 했다. 그는 스케를 인파가 붐비는 종로로 끌고 가서 "미래야말로 우리의 것이다."라며 미래를 위해 술을 마시자고 제안했고, 결국 한밤중이 되어서야 그의 허름한 하숙방으로 함께 돌아왔다.

이튿날 오후, 스케는 석왕사에 가기 위해 조(曺)군의 하숙집을 빠져나와 경성역에서 경원선 열차를 탔다. 오후 6시쯤 되어 석왕사역에 도착해 자동차로 십분 정도 들어가 밭이 구불구불 이어져 있는 곳에서 내렸을 때, 해는 아직 산 위에 걸려있었다.

그곳은 스케가 7년 전 대학동창이던 홍(洪)을 병문안 왔다가, 홍의 여동생 이쁜이(イップンイ)와 함께 산책을 했던 곳이었다. 다른 친구도 많았지만 착실하고 사색적인 홍(洪)과는 서로 마음을 나누는 돈독한 사이였다. 스케와는 대조적인 성격이었지만, 그 시대를 풍미했던 사상으로 인해 둘은 더욱 가까워졌다. 그러나 그 사상이 퇴조해 갈 즈음 홍(洪)은 폐병에 걸려 대학을 그만두고 고향으로 돌아와 이 석왕사에서 요양을 하였다. 가끔 스케의 글에 대한 신랄한 직언과 비판을 담은 편지를 보내오기도 하고, 때론 광적으로 변해 스케를 적대시하는 내용의 편지를 보내오기도 했다. 그런데 그마저 연락이 끊긴지 벌써 3년이나 되었다.

스케는 홍(洪)이 일부러 심술부리는 거라고 생각하여, 기회가 닿으면 다시 병문안을 핑계 삼아 찾아가 많은 이야기를 나누려고 작정하고 있었다. 스케가 석왕사에 가려고 결심한 것도 홍(洪)이 아직 여기에 있을지도 모른다는 생각 때문이었다.

7년 사이에 자작나무는 벌써 숲처럼 무성해 있었다. 홍(洪)도 건강해져 있지 않을까? 이쁜이는 아름다운 여성으로 성장해 있겠지? 등등의 사색에 잠겨 절 옆을 걷고 있었다. 그때 홍(洪)이 요양하던 때 절을 지키고 있던 할멈을 만났다. 그 할멈은 3년 전 4월 초파일에 홍(洪)이 편안히 미소를 띤 채 죽었다는 사실과 그 후 이쁜이가 절에서 주최하는 그네뛰기 대회가 있을 때마다 참가해서 운명처럼 그네를 탄다는 이야기도 들려주었다.

할멈과 헤어진 스케는 홍(洪)이 쓰던 방을 살펴보고 숙소주인에게 홍(洪)의 죽음에 대한 이야기를 들을 셈으로 홍(洪)이 요양했던 숙소로 갔다. 상수리나무에 둘러싸여 있었던 홍(洪)의 숙소에는 젊은 소복차림의 여자가 묵고 있었고, 또 숙소주인도 바뀌어 스케는 홍(洪)의 일을 들을 수가 없었다. 스케는 그곳에 가방만 맡겨놓고 경내에 있는 만월루(滿月樓)에 올라가 7년 전의 일을 회상하고 있었다. 그때 씨름과 그네뛰기 대회가 열리고 있는 산기슭에서 환호성소리가 들려왔다. 스케는 이쁜이를 만나면 홍(洪)의 소식을 들을 수 있을지도 모른다는 생각에 그네뛰기 하는 곳으로 서둘러 갔다.

씨름대회는 이미 끝나 일등을 한 선수들은 소를 타고 군악을 울리며 돌아갔고, 그네뛰기는 3명의 결승자만을 남겨놓고 있었다. 광장 한가운데의 5, 60척의 높은 나무에 굵은 새끼줄이 늘어져있고, 그네 앞 위쪽에는 불을 밝힌 등불 세 개가 매달려 있었다. 그네를 높이 뛰어 그 등불 가까이 가는 사람이 입상하는 것이었다.

스케가 도착했을 때는 두 번째 후보자가 그네를 타고 있었는데, 등불까지 가지 못하고 내려오는 중이었다. 구경하던 남자들은 이쁜이를 내보내라고 아우성을 쳤다. 스케는 이쁜이를 찾으려고 무리를 헤집고 앞쪽 심판대로 나아갔다. 그런데 그네뛰기 선수들이 앉아있는 옆자리에 조(曹)가 서 있는 게 아닌가. 스케가 조(曹)의 등을 두드리자 조(曹)는 웃으며 스케가 탄 다음 기차를 타고 석왕사에 왔다고 하였다. 이쁜이가 그네를 타기 시작하자 스케와 조(曹)는 멋진 그네뛰기에 넋을 잃고 말았다.

「"미의 향연이다. 이렇게 아름다운 것을 본 적이 없어."

조(曹)가 중얼거렸다.

"이쁜이 말에 의하면 이런 환성이 가득한 날 밤, 홍(洪)은 죽었다고 해. 역시 강한 놈으로, 최후에는 기쁨에 넘쳐 목이 메여 숨을 거두었다고 해. 그녀는 오빠의 영혼과 함께 노는 기분으로, 그네뛰기 대회가 있을 때마다 온다더군. …봐, 어느새 등롱 가까이 가기 시작했어. 저것 봐, 곧 찰 것 같아. 닿았다. 아! 아깝다. 조금만 더!"

사람들은 흔들리며 와~ 하고 환호성을 지르다가 갑자기 숨을 죽였다.

'이번이 기회야!' 스케도 손에 땀을 쥐고 지켜보았다.

"홍(洪)은 죽을 때 광적인 시인의 기분이었을지도 몰라."라고 스케는 말하였다.

"아니 오히려 천사를 부르는 신(神)에 가까웠을 거야."

시인인 조(曹)가 대꾸했다.

"그러고 보니 이쁜이의 저 모습이야말로 천사다……."

그렇게 말한 순간이었다. 팽팽히 당겨질 대로 당겨진 줄이 아름다운 천사를 태우고 밤하늘을 가로지르는 것을 지켜보고 있노라니 그녀는 허공으로 뛰어올라 쭉쭉 등롱 쪽으로 가까워져 갔다. 점점 가까이 갔다. 거기서 얼마 안 되는 곳에서 갑자기 다리를 차올라 몸이 풍선처럼 둥글게 되더니 등롱 두 개가 채여 확 솟아올랐다. 와~! 하는 환성이 터지고 군중들은 파도처럼 흔들리기 시작했다. 어둠속 밤하늘에 등롱은 불을 뿜으면서 타오르더니 그 중 하나가 하늘에서 훨훨 내려오기 시작했다.

스케는 갑자기 조(曹)와 서로 부둥켜안았다.

"저것 봐! 홍(洪)이 하늘에서 내려오고 있어!"라고 외쳤다.

"천사에게 불려서 천사에게 불려서……."

시인 조(曹)는 목이 메여 있었다.」

山の神々(산신령들)

〈기초사항〉

원제(原題)		山の神々
한국어 제목		산신령들
원작가명(原作家名)	본명	김시창(金時昌)
	필명	김사량(金史良)
게재지(揭載誌)		문화조선(文化朝鮮)
게재년도		1941년 9월
배경		• 시간적 배경: 산신당에서 무제가 열리던 때 • 공간적 배경: 대봉산 근방의 Y읍 온천장
등장인물		① 조선무속을 연구하는 '나' ② 40대 무녀 ③ 늙은 중 등
기타사항		이 작품은 1941년 10월 「니혼노후조쿠(日本の風俗)」에 『신들의 향연(神々の宴)』이라는 제목으로 게재되었음.

〈줄거리〉

Y온천은 조선 서쪽의 깊은 산속에 있는 곳으로, 새로 개통한 평원선(平元線)을 타고 평양에서 동북쪽으로 80킬로미터 정도 떨어져 있었다. 그리 유명한 곳은 아니지만 울창한 산과 우뚝 솟은 바위 등이 아름답게 펼쳐져 있었다. 옛날 시객(詩客)들이 Y온천에 와서 "이름난 산과 구슬 같은 물의 대봉산(大峰山) 산기슭 / 맑은 물이 끓어오른다 / 이 온천을 하늘이 만들었고 /

발견해 낸 것은 최(崔)영감이라."라고 읊기도 하였다.

　이곳에는 최영감이 온천을 발견하게 된 전설이 전해지고 있었다. 최영감은 Y읍 군수의 시종으로, 어느 눈 덮인 겨울날 군수를 따라 매사냥을 하러 협곡에 들어갔다가 산속에서 미동도 하지 않은 채 최영감 쪽을 응시하고 있는 늙은 호랑이 한 마리를 만나게 된다. 최영감이 군수에게 도망가라며 호랑이 앞으로 나아가니, 호랑이는 슬픈 듯 바라보며 고개를 옆으로 젓는다. 그것을 본 군수는 자신의 비겁함을 창피하게 여겨 앞으로 나아가 죄를 빌었는데, 이번에도 호랑이는 고개를 옆으로 저을 뿐이다. 이상히 여긴 최영감이 다가가보니, 호랑이는 발에 큰 나뭇조각이 찔린 채 피를 흘리고 있었다. 최영감은 호랑이 발의 나뭇조각을 빼주었고, 호랑이는 고마움을 표하며 모습을 감추었다.

　그로부터 1년 사이에 군수도 바뀌어 최영감은 관직을 그만두고 나무꾼이 되었다. 가을에 산속 깊이 땔감을 구하러 간 최영감은 그때의 호랑이를 다시 만나게 되고, 호랑이의 안내를 받아 따라간 곳에서 바위 사이로 수증기가 피어오르는 온천을 발견하게 되었다. 호랑이 발의 상처가 깨끗이 나은 것을 본 최영감은 예사 온천이 아니라고 생각하여 그곳에 작은 여관을 짓고 손님을 받게 되었는데, 그것이 세상에 알려지게 되었다는 이야기였다.

　이러한 전설 때문인지 탕에서 치료하고 난 후 산신에게 기원을 하면 아이를 점지해 준다는 미신도 생겨나, 산중턱에 있는 산신당에는 새벽 4시부터 6시까지 여자들의 행렬이 줄을 잇기도 하였다.

　그러나 지금은 여관 주인이 X라는 일본인으로 바뀌어 있었다. X는 이곳 온천수의 사용권을 최영감의 12대손에게 간단하게 사들인 후, 새로 여관을 짓고 공중목욕탕을 만들어 장사를 하였다. 행여 다른 여관이 옥내목욕탕을 만들려고 하면 엄청난 가격을 요구하였다. 그래서 X여관이 아닌 곳에 묵는 사람들은 할 수 없이 이 공중목욕탕을 이용해야 했다.

　원천수(源泉水) 사용권을 판 최영감의 12대손은 공중목욕탕 옆에 K라는 큰 여관을 세워 경영하였고, 그 집안사람들은 주변에 살면서 제삿날이면 제물 등을 준비하였다. 또 그곳에는 무녀도 서너 명이 살고 있었는데, 그 중에 괴이한 주문을 외는 마흔 정도 되어 보이는, 물색 저고리의 코가 낮은 무녀도 있었다. 조선무속을 연구하고 있는 나는 무제가 열리면 그곳을 찾아갔고, 그녀가 주문을 외우는 곳에도 몇 번 얼굴을 내민 적이 있었다.

　그런데 이상하게도 그녀가 산신당에서 제사를 지내는 동안에는, 한 늙은 중이 항상 사당 앞에 서 있곤 하였다. 그는 온천장 안쪽에 불상 하나를 단 위에 둔 작은 절을 지어 생활하고 있었다. 그는 자신의 부처님이 더 영험하다며 금이나 5월 이상을 기부하면 아이를 얻게 해주고, 아이의 이름을 현판에 새겨 복을 받게 해주겠다며 지나가는 산책객들을 붙잡기도 하였다.

　그는 여관에 묵는 손님들에게 기부를 하라고 종용한 후에는 꼭 목욕탕에 들러, 때는 밀지 않고 큰 소리로 탕가(湯歌)만 불러대었다. 이곳 조선의 서쪽 일대 사람들은 탕에 들어가면 탕가를 큰 소리로 불러대는 버릇이 있었다.

　「"인생 칠십 고래 드물다고 하지만 / 탕 안에서의 칠십은 왜 이리 짧은가 / 칠십하나 / 둘의 셋 / 셋에 넷"
하고 노래하면, 팔십에 이르러서는 판자 너머로 무녀의 높고 날카로운 목소리가 이를 이어받아,

"애처로운 팔십이여 / 팔십에 아들을 얻고 / 어느 날에 키워서 영화를 볼까 / 팔십 하나에서 둘 / 둘에서 셋"

이렇게 계속 노래하여 구십 봄 햇살이 어쩌고저쩌고 해서 결국 백에 이르면 늙은 중은 썩은 참외 같은 머리를 쳐들고,

"백로(百)여 헛되이 날아가지 말아라 / 너를 붙잡는 나도 / 내 뜻이 아니다."라며 애절하고 비장하게 이어받았다.」

명창 같은 늙은 중의 목소리 때문에 누구도 노래소절을 이어받을 엄두를 못 냈지만, 그럴 때면 판자 너머 여자목욕탕에서 물색 저고리의 무녀가 탕가를 이어받아 부르곤 했다.

탕가를 부르고 싶었던 나는 뜨거운 물속에서 몇 번씩 시도한 끝에 겨우 어설픈 목소리로 마지막 100까지 노래할 수 있었다. 기분이 좋아져 목욕을 마치고 나와 보니 신발이 보이지 않았다. 조선 온천장에는 여자가 남자목욕탕에서 목욕을 하거나, 남자목욕탕 수도꼭지를 빼 몸에 지니거나, 남자 탈의실에서 신발을 훔쳐서 가지고 있으면 아이를 가질 수 있다는 미신이 있었기 때문에 집어간 것이었다. 어쩔 수 없이 나는 목욕탕 카운터 남자의 더러워진 고무신을 빌려 신고 나왔지만, 내 신발 덕분에 누군가가 자식을 얻게 될 것을 생각하니 기분이 유쾌해졌다. 나중에야 신발 한 짝은 무녀가 석녀 귀부인에게 팔고, 다른 한 짝은 늙은 중이 상인의 젊은 첩에게 팔았다는 얘기를 들었다. 어쨌든 나도 아이를 점지해 주는 산신령의 한 사람이 된 셈이다.

산신들을 모시는 제사가 사흘 동안 열렸다. 온천장 기슭에는 평양 모씨의 첩이라는 젊은 산파가 산모가 아이 낳는 것을 도와주며 살고 있었는데, 정작 자신의 아이가 사산되자 산신들의 재앙이 내렸다며 제사를 올렸다. 첫날은 산신당을 중심으로 열리고, 두 번째 날은 성황신이 머문다는 산신당 기슭의 큰 고목나무 아래에서 열렸다. 무당복을 입은 무녀들은 무서운 저주를 퍼붓거나 손을 비비면서 신탁을 전수하거나 했다. 무녀 중 한 사람은 머리까지 기른 박수무당으로 옛날 남색군복을 입고 색조로 보살을 그린 부채를 흔들며 큰 목소리로 주문을 외웠다. 이런 제사를 정오까지 문밖에서 올린 다음 산신당이나 성황당의 신들을 산파집으로 맞아들이는 의식이 거행되었다. 방안 벽에는 원색으로 그린 신들의 그림을 붙여놓고, 제사상을 차린 후 산신들과 그 시종들의 향연이 본격적으로 시작되었다.

그런데 이틀째 저녁, 약탕을 보내주는 용왕님이 이 제사에 초대받지 못해 화를 내었다하여 늙은 무녀를 중심으로 용왕님의 분노를 잠재우는 무제가 다시 열렸다. 그러나 물색 저고리의 무녀는 자신이 모시는 신을 빌려주었더니 늙은 무녀가 제멋대로 한다며 화를 내고 나가서는 얼굴도 비치지 않았다.

나는 Y금강이라는 바위가 기묘하게 서 있는 곳을 산책하였다. 그곳에는 서너 채의 집이 있었는데, 그 중 안쪽 구석의 물색 저고리 무녀의 집은 장지문이 잠긴 채 인기척이 없었다. 그런데 제일 앞쪽 집에 다다랐을 때, 늙은 중이 집안을 들여다보고 있는 것을 보고 나는 깜짝 놀라 멈춰 섰다. 그때 안쪽 건물에서 허둥지둥 두 사람의 그림자가 뛰어나오는 것이 보였다. 물색 저고리의 무녀와 목욕탕 카운터의 남자였다. 그것을 발견한 늙은 중은 두 사람을 쫓아갔다.

이튿날 그곳을 떠나온 나는 그로부터 4, 5일 후 자주 놀러가는 골동품가게에서 주인과 수다를 떨고 있었다. 그때 늙은 중이 들어왔다. 실내가 어두워선지 나를 발견하지 못한 그는 그림

을 사지 않겠느냐며 산신당에 걸려있었던 호랑이 그림을 내놓았다. 어디서 난 물건이냐는 주인의 물음에 늙은 중은 깜짝 놀라며 다시 그림을 둘둘 말아서 나가버렸다. 아마도 물색 저고리 무녀와 잘 되지 않은 것이 틀림없었다. 그녀의 화를 돋우기 위해서는 그림을 없애는 것이 효과가 있다고 생각한 것일까? 호랑이의 오른쪽 발에는 상처의 흔적이 있었다.

鼻(코)

〈기초사항〉

원제(原題)	鼻	
한국어 제목	코	
원작가명(原作家名)	본명	김시창(金時昌)
	필명	김사량(金史良)
게재지(揭載誌)	지세이(知性)	
게재년도	1941년 10월	
배경	• 시간적 배경: 어느 해 여름 • 공간적 배경: 평양의 한 고무공장	
등장인물	① N고무공장 감독 강대균 ② 여공 임명주 등	
기타사항		

〈줄거리〉

조선 평양부(平壤府) N고무공장 감독인 강대균(姜大均)의 코는 순수 조선인의 코였지만, 그의 코가 유난히 눈에 띄는 것은 개 발바닥 같은 붉은 색을 띤 주먹코였기 때문이다. 이런 코 때문에 그의 면상에 어울리지 않는 모기가 윙윙대는 듯한 작은 콧소리를 냈는데, 이것이 나이 쉰이 다 된 강대균의 큰 고민거리였다. 그런데 생김새와 달리 후각이 무척 발달해 공장 동료들은 그를 '개발이(犬蹄)'라 불렀고, 공장 여공들은 '빨간 코' 혹은 '코 감독'이라 불렀다. 그래서인지 그는 '빨강'이라든가 '코'라는 단어를 무척 싫어했고, 심지어는 코를 뜻하는 일본어 '하나(鼻)'와 동음이의어인 꽃을 뜻하는 '하나(花)'라는 단어조차 싫어했다.

어느 날은 공장 안에 삽살개 한 마리가 들어오자, 개를 쫓아내기 위해 개에게 다가갔다. 그러다 문득 개가 자신의 코를 놀린다는 착각에 빠져 돌멩이를 집어 개에게 던졌다. 깜짝 놀란 개는 여공(女工)들이 손질해 놓은 꽃밭으로 뛰어들었고, 그것을 작업장에서 본 여공들은 "저런 망할 놈의 개새끼. 꽃밭에 뛰어들다니!"라며 소리를 질러댄 적도 있었다.

강대균은 부인이 있었지만 자식이 없었다. 그래서 자신의 말에 늘 온순하게 대답할 뿐만 아니라, 하얀 고무신을 주며 손을 잡아도 뿌리치지 않는 여공 임명주(任明珠)를 마음에 두고 있었다. 그런데 임명주가 자신에게는 말 한마디 없이 같은 공장의 직공 우경일(禹敬一)과 결혼을 하고 말았다. 강대균은 화가 나 자신을 배신하고 결혼해버린 임명주에게 저주를 퍼부으며 그날 밤 잠자리에 들었다.

그의 저주 때문인지, 명주 부부의 장례식이 치러지는 꿈을 꾸었다. 그런데 명주의 관이 우경일의 관과 헤어져 풍수노인을 앞장세운 채 잠들어 있는 강대균의 얼굴을 돌아다니다 콧구멍 속으로 쏙 들어왔다. 그리고 그의 콧구멍 속에서 그녀가 생전에 입었던 옷을 태우고 난 후, 만가를 부르며 내려간 영구행렬은 그의 간장(肝腸)에 구덩이를 파고 관을 내리려 했다. 깜짝 놀란 그는 비명을 지르며 악몽에서 깨어났다.

불길한 예감과 이상한 느낌에 거울을 보니, 왼쪽에 작은 사마귀가 하나 붙어있는 납작하고 작은 그의 코가 마치 혹을 붙인 감자처럼 빨갛게 주먹 크기로 짓물러져 있었다. 그는 병원에 가서 화상연고를 바르고 거즈로 싸는 치료를 받았다. 그런데 이상하게도 그의 코는 원래 상태로 돌아오지 않았다. 공장직원들과 여공들은 그의 코를 웃음거리로 삼았고, 매독 때문에 코가 떨어질 거라고 수군댔다. 코를 고치기 위해 이비인후과에도 다녀봤지만 별 효과가 없자 그는 유명한 한의사를 찾아갔다. 노약한 한의사는 큰소리치며 수십 개의 침을 코에 꽂았다. 그러나 그의 코는 낫기는커녕 붉은 토마토 두 개가 매달린 모양이 되어버렸다. 그러자 이번에는 유명한 무당을 찾아갔다. 무당은 돌귀신이 붙었다며 굿을 했는데 그 또한 효과가 없었다.

코 때문에 고심하고 있던 어느 날, 공장주가 호출하여 가보니 여공들이 강대균의 코 때문에 일에 전념하지 못한다며 해직 통보를 하였다. 앞이 캄캄해진 강대균은 문득 꿈에서 죽어 치러진 명주의 묘를 다른 데로 이장하면 되지 않을까 하는 생각을 하게 되었고, 그 길로 풍수노인을 찾아갔다. 풍수노인은 뱀을 통째로 구워 술을 담근 것과 생수를 약탕관에 끓인 후 재를 두세 번 떨어뜨려 매일 세 번씩 마시면 명주의 묘가 이장되고 코도 원래대로 돌아갈 거라는 이야기를 해주었다.

집에 돌아온 강대균이 꾸준히 그 약을 복용한 지 사흘째 되던 날, 다시 기이한 꿈을 꾸었다. 예전에 보았던 장례식 행렬이 다시 나타나 가짜 명당을 지정해 주었다고 풍수노인을 구박하며 다른 곳으로 묘를 이장해 가는 것이 아닌가. 그것을 보고 너무 기뻐 소리를 지르다 잠에서 깨니, 그의 코 옆에 붙어있던 작은 사마귀도 떨어지고 코끝의 붉은 기도 사라져 균형 잡힌 반듯한 코가 되어있었다. 게다가 과거의 콧소리도 사라지고 없었다.

코가 나은 후 공장에 다시 출근한 강대균을 보고 여공들은 깜짝 놀랐고, 공장주는 해직 통보를 취소했다. 그로부터 이틀 후, 퇴근하던 강대균은 공원 버드나무 아래에서 결혼 후 회사를 그만 두었던 명주를 우연히 만나게 되었다.

「"어머나, 감독님, 오랜만이에요." 명주는 분명히 저세상 사람의 목소리가 아닌 소리로 이렇게 말했다. 그런데 보기 드문 코맹맹이 소리여서 다소 의아하긴 했지만, 그는 그녀의 말소리에 그나마 정신을 차릴 수 있었다.

"왜 그러세요, 꼭 똥 씹은 표정으로……?"

"당신은, 아니 너는……?" 확실히 죽었을 텐데 라고 말하려다 문득 그녀의 코가 얼마 전의 자신의 코와 똑같다는 것을 알아채고, 자기도 모르게 눈을 크게 뜬 채 말을 잇지 못하였다.

"결혼하고 나서 저, 갑자기 볼썽사납게 살이 쪄서, 누구인지 금방 못 알아보겠지요? 저도 이런 얼굴과 몸이 돼버려서 정말 죽을 맛이에요. 감독님은 여전히 좋아 보이시네요."

강대균은 더욱 경직된 채 말 한 마디 못하고 있었지만, 그녀의 얼굴을 가만히 들여다보고 있는 사이 보면 볼수록 유난히 코만 크게 보여서, 갑자기 기쁨에 도취되어 후후후, 후후후 웃음을 터트렸다.」

(註 서조선(西朝鮮)의 민화에 의함)

嫁(며느리)

〈기초사항〉

원제(原題)	嫁	
한국어 제목	며느리	
원작가명(原作家名)	본명	김시창(金時昌)
	필명	김사량(金史良)
게재지(揭載誌)	신초(新潮)	
게재년도	1941년 11월	
배경	• 시간적 배경: 어느 해 가을 • 공간적 배경: 산골 마을	
등장인물	① 열두 살 꼬마신랑 은동 ② 어린 은동에게 시집온 열일곱 살 곱실이 ③ 첩으로 들어온 탐욕스런 시어머니 ④ 날품팔이 득보 등	
기타사항		

〈줄거리〉

곱실이(ゴブシリ)는 2년 전 자기보다 다섯 살이나 어린 은동(銀童)의 집으로 50원에 팔려왔다. 시아버지는 젊고 탐욕스런 첩을 얻은 지 얼마 안 되어 중풍으로 쓰러졌고, 그 후 구석진 방에서 죽은 시체처럼 누워 지냈다. 시어머니가 애지중지 하는 외아들인 남편 은동은 여기저기 기웃거리며 놀러 다니느라 일을 하지 않았다. 그러니 곱실이 바느질 같은 집안일은 물론이고 가축을 키우는 일까지 혼자 도맡아 해야 했다. 곱실이는 시어머니에게 얻어맞으며 갖은 폭언과 구박을 당하였지만, 친정에서 배운 대로 시아버지는 물론 가족들을 극진히 보살폈다. 집안일은 가끔 서른 살 먹은 날품팔이 총각 득보(得甫)가 와서 도와주었는데, 그도 행실이 난잡하

여 시어머니와 득보가 어떤 관계인지는 벌써 마을에 파다하게 소문이 나있었다.

그런데 언제부터인가 득보가 자신을 노리고 있는 것을 알게 된 곱실이는 밤이면 불안해서 잠을 이룰 수가 없었다. 혹시 득보가 들어오기라도 해서 소리를 지르면 시어머니가 달려와 더 큰 소동이 날 것이고, 그렇다고 어린 남편을 깨울 수도 없는 일이었다. 그런데 얼마 후 정말 득보가 나타났다. 하지만 마침 은동이 잠에서 깨어나 득보가 그냥 돌아갔기 때문에 그 밤은 별 탈 없이 지나갈 수 있었다. 그 일이 있고난 후 곱실이는 어린 남편이 조금은 믿음직스러웠다.

가을 수확 시기가 되어 곱실이의 집에서도 오후 늦게부터 밤을 따기 시작했다. 날품팔이 득보는 늠름한 골격을 드러내놓고 시도 때도 없이 곱실이에게 추파를 던졌고, 시어머니는 며느리와 득보를 감시하며 쉴 새 없이 며느리를 구박하고 재촉하였다. 시아버지가 방문 쪽으로 기어와 물을 달라고 사정하여도, 시어머니는 물을 주기는커녕 물을 주려는 곱실이에게 욕을 퍼부어대며 돼지 먹이나 주라고 호통을 쳤다. 그러자 곱실이는 돼지우리로 갔다가 몰래 다시 들어와 시아버지에게 물을 주었다. 그때 마침 득보와 시어머니의 말소리가 들려왔다. 도시로 나가서 일을 할 거라는 득보의 말에 시어머니는 며느리와 함께 떠나면 가만두지 않겠다고 엄포를 놓고 있었다. 놀란 곱실이는 물동이를 들고 마을 우물로 도망갔다. 그 모습을 본 시어머니는 침을 퉤 뱉고는 내실로 들어가 득보에게 눈짓을 보냈고, 얼마 후 어둠속에서 그녀의 신음소리가 들려왔다.

곱실이 우물에 도착했을 때는 마을에서 제일 가난한 칠성(七星)네로 시집온 열네 살 옥난이(オングナニ) 물을 기르고 있었다. 옥난은 기력이 왕성한 스물일곱의 남편 때문에 밤이 무서워 자주 도망쳐 나오곤 했다. 옥난은 은동의 소꿉친구로 가끔 함께 놀곤 했는데, 그 모습을 본 칠성이 일부러 은동을 도랑 속에 빠뜨리기도 했다. 우물가에서 만난 옥난은 은동이 박첨지 집 송아지에게 장난을 쳐서 두들겨 맞고 있었다며 걱정하였다. 곱실이는 마치 자신의 은동이나 되는 냥 말하는 옥난을 보며 뾰로통해졌다. 옥난은 곱실이에게 꽈리를 주고 물동이를 인 채 새다리를 비틀거리며 집으로 돌아갔다. 물동이를 이고 집으로 돌아가는 길에 곱실이는 어린 시절 향수에 잠겼다.

「저 산과 계곡 너머에 있는 부락의 물방앗간 근처에서, 모여든 여자아이들은 노래를 부르거나 물장난을 쳤다. 초가을이면 옅어져가는 석양을 받으며 줄지어 앉아서, 봉선화로 물들인 손톱이 누가 더 빨간지 경쟁하며 놀던 친구들의 얼굴. 짚 인형을 까불대며 떠들고 놀던 달밤. 지금은 그것도 머나먼 전설처럼 되고 말았다. 양친은 남동생과 여동생을 데리고 만주로 건너갔고, 부락의 여자애들도 뿔뿔이 흩어졌다. 양복 입은 남자들에게 도시로 끌려간 분네(ブンネ), 읍내 최주사 집에 종으로 들어 간 점순이(ヂョムスンイ), 옥분이(オクプンイ), 어딘가로 팔려간 복실이(ボクシリ)……이렇게 한 사람 한 사람을 떠올리니, 그래도 먹는 것으로 고생하지 않은 곳에 시집온 것만으로도 자신은 행복하다는 생각이 들었다.」

꽈리를 불며 물동이를 이고 집으로 돌아가던 곱실이는 박첨지에게 맞아 눈물로 얼룩져 더러워진 얼굴의 은동을 만나 함께 집으로 돌아왔다.

집에 오니 시어머니는 보이지 않고 득보가 남아 뒷정리를 하고 있었다. 득보는 돼지우리를 일부러 열어놓고 돼지들이 흩어진 혼잡한 틈을 타 가끔 수작을 걸곤 했는데, 그날도 돼지우리를 열어놓고 돼지를 모는 척 하면서 곱실이에게 치근대며 다가왔다. 곱실이는 득보를 밀쳐내고 뒤꼍으로 도망쳤다. 그때 지붕 위에 말려둔 고추를 거둬들이고 있던 시어머니가 득보를 보고 소리를 질러댔고, 득보는 심술궂게 돼지들을 들판으로 쫓아버리고 웃으며 도망쳐버렸다. 밤을 따기 위해 밤나무로 올라갔던 은동이 이 광경을 보게 되었다. 그리고 얼마 후 다시 나타나 곱실이에게 치근대는 득보를 본 은동은 밤나무에서 뛰어내리다 그만 물웅덩이에 빠지고 말았다. 그 바람에 놀란 득보는 도망쳤고, 곱실이는 은동을 데리고 집 근처 하천으로 가서 진흙에 더럽혀진 옷을 벗겨 씻겨주었다. 그리고 두 사람은 그곳에 흩어져 돌아다니는 새끼돼지를 몰고 집으로 돌아왔다.

늑대무리가 밤새도록 울던 그날 밤, 곱실이와 은동은 문단속을 단단히 하고 잠이 들었다. 다음날 아침이 되어도 흩어진 몇 마리의 돼지는 돌아오지 않았고, 득보도 도시로 떠났는지 마을에서 모습을 감췄다. 저녁 무렵, 마을 노인들은 잡아먹힌 돼지머리의 잔해를 산에서 보았다며 소란이었다. 그 이야기를 들은 시어머니는 그것은 득보의 머리가 틀림없다고 주장하며, 자신의 돼지는 누가 훔쳐간 게 분명하다며 마을에 있는 돼지우리란 우리는 죄다 들여다보고 다녔다.

ムルオリ島(물오리섬)

〈기초사항〉

원제(原題)		ムルオリ島(第一節~第四節)
한국어 제목		물오리섬
원작가명(原作家名)	본명	김시창(金時昌)
	필명	김사량(金史良)
게재지(揭載誌)		국민문학(國民文學)
게재년도		1942년 1월
배경		• 시간적 배경: 어느 해 가을 • 공간적 배경: 대동강 유역의 물오리섬
등장인물		① 요양을 떠나온 랑(烺) ② 벽지도 출신의 뱃사람 미륵 ③ 미륵의 아내 순이 ④ 지주의 첩이 된 봉구네 등
기타사항		

　　완만한 대동강 물줄기를 따라 하루에 한 번 증기선이 썰물을 타고, 평양성 연광정(練光亭) 하구에서 강 하류의 요포(瑤浦) 고봉사(高峰寺) 기슭까지 내려간다. 의사에게 전지요양을 권유받은 랑(娘)은 대동강 하류 어딘가의 아름다운 언덕이나 작은 섬에 살고 싶어 사전조사를 하기 위해 20년 만에 이 증기선을 타게 되었다. 랑은 갑판에 기대어 서서 어렸을 적 벽지도(碧只島)의 숙모 댁에서 꿈같은 여름날을 보냈던 추억을 떠올렸다.

　　강가에서 소라를 줍기도 하고 해질녘엔 버들피리를 불며 송아지를 타고 집으로 돌아오기도 했다. 또 밤이 되면 처녀들은 봉구네 사랑방에 모여 수를 놓으며 밤이 깊도록 이야기꽃을 피우기도 했었다. 그는 평양 도련님이라는 이유로 그녀들 사이에서 인기가 있었다. 순이(スウニ), 칠성네(七星女), 소분네(ソブンネ), 봉구네(ボングネ), 그리고 몸집 좋고 무뚝뚝하지만 씨름을 잘해 상으로 황소를 받아 키우던 미륵(彌勒) 등이 또렷하게 떠올랐다.

　　다도강(多島江)으로 나아가는 증기선 안에서 랑은 칠성네를 만났다. 칠성네는 겸이포(兼二浦)에서 농사를 짓고 사는데 집으로 가는 길에 물오리섬을 지나고 싶어 증기선을 탔다고 했다. 순이는 미륵과 결혼해 물오리섬에 살고 있지만, 칠성네도 순이를 만나본 지 10년은 훌쩍 넘었다고 했다. 순이 부부가 살고 있다는 이야기에 랑은 추자도(楸子島)에서 내려 물오리섬에 가보기로 하였다.

　　칠성네와 헤어져 물가에 대놓은 고기잡이 천렵선(川獵船)을 빌려 혼자 물오리섬으로 갔다. 여기저기 둘러보아도 인가도 없고 경작지도 보이지 않는 것이 꼭 무인도 같았다. 물가 가까이 갔을 때 야생 뽕나무열매를 따는 소녀 둘을 만났다. 랑은 소녀들에게서 돛단배를 타고 이 섬에 자주 온다는 미륵의 이야기를 들었다. 랑이 미륵을 보았을 때는 흰 넝쿨장미 아래 드러누워서 잠을 자고 있었다. 랑은 미륵에게 어릴 적 이야기를 하며 말문을 터보려고 했지만, 미륵은 화를 내며 좀처럼 입을 열지 않았다. 날이 어두워졌을 때, 랑은 미륵과 술자리에 마주 앉았다. 미륵은 취기가 돌자 비로소 그간의 대략적인 이야기를 들려주었다.

　　미륵이 열 살 되던 해 가을, 고기잡이배를 타고 황해로 나간 미륵의 아버지는 연평도로 나가 술집여자에게 빠져 돌아오지 않았다고 한다. 그때부터 미륵은 어린나이에도 어머니를 도와 어른 못지않게 일을 했다. 그는 소 한 마리 키우기를 간절하게 원했지만, 소를 사기는 어려운 살림이었기에 들일하는 틈틈이 씨름기술을 연마하였다. 그리고 열아홉 살 되던 해 드디어 단옷날 씨름대회에서 2등을 하여 부상으로 송아지를 타게 되었다. 젊은 여자 때문에 아버지가 가족을 버렸다고 생각한 미륵은 순이가 아무리 호감을 표현해도 무뚝뚝하게 응수하였다. 그러나 순이는 포기하지 않고 미륵이 소를 아낀다는 사실을 알고 소에게 잡초를 한줌씩 가져다주었고, 그로 인해 미륵과 순이는 점점 가까워지게 되었다. 그리고 추수가 끝나는 대로 미륵과 순이는 결혼하기로 하였다. 그런데 긴 가뭄으로 작물이 모두 타버려 소작료를 낼 수 없게 되자, 고리대금업자인 땅주인은 소작료 대신 미륵의 송아지를 끌고 가버렸다. 소를 잃은 미륵은 외양간 여물통을 도끼로 부수며 미쳐 날뛰었고 그 후 돈을 벌기 위해 황해도로 떠났다. 황해 바다에서 일을 하다가 아버지를 만나기도 했지만 증오심에 외면하고 말았다. 미륵은 어렵게 번 돈을 들고 어머니와 순이 셋이서 생활할 수 있으리라는 기대를 안고 고향으로 돌아왔다. 그러나 어머니는 조개젓갈을 팔러 다니는 사내를 따라 떠나버린 뒤였다.

　　순이는 미륵이 떠나있는 동안 미륵만을 기다렸지만, 미륵은 그런 순이조차 믿지 못하게 되어, 정말 자신과 살고 싶다면 물오리섬에 들어가 살자고 제안하였다. 그래서 미륵과 순이의 물오리섬 생활이 시작되었다. 미륵은 섬 전체를 개간하였고, 순이는 수를 놓거나 미륵을 도와 농사를 지었다. 그러나 매년 닥치는 홍수에 작물은 고스란히 떠내려가 버리고, 미륵 부부는 결국 빈털터리가 되고 말았다.

미륵은 양식과 돈을 빌리기 위해, 옛날 지주의 집을 다시 찾아갔다. 미륵은 그곳에서 뜻밖에 한때 자신을 좋아했던 봉구네가 지주의 첩이 된 것을 알게 되었다. 지주는 담보도 없이 양식과 비료를 빌려줄 수 없다고 하였고, 미륵은 어쩔 수 없이 물오리섬을 저당 잡히게 되었다. 돌아오는 미륵을 쫓아온 봉구네는 그의 소매를 끌고 유혹하였는데, 미륵은 자신의 소를 빼앗은 지주의 첩이라는 사실에 치를 떨며 그녀의 손을 뿌리쳤다.

이듬해 여름, 오랜만의 풍작에 부부가 두 손을 맞잡고 기뻐할 즈음, 다시 큰 비로 인해 대동강이 범람하여 돼지우리와 지붕을 쓸고 가버리는 사건이 발생했다. 절망한 미륵은 빚 상환을 연장하기 위해 지주에게 달려가 통사정했다. 하지만 지주는 매몰차게 거절하며 나가버리고, 봉구네는 미륵을 끌어안으며 마련해 놓은 돈을 가지고 둘이서 도망가자고 유혹하였다. 그 순간 미륵은 지주에게 복수할 방법이라 여기고 봉구네와 지주의 돈을 챙겨 진남포(鎭南浦)행 기차를 탔다. 얼마 되지 않아 미륵은 나룻배도 없이 홀로 섬에 남아있을 순이를 떠올리고 기차에서 뛰어내렸다. 그 길로 곧장 물오리섬으로 배를 타고 갔지만, 섬은 이미 물에 잠겨버린 뒤였고 물에 떠내려간 순이의 모습은 어디에서도 찾을 수 없었다.

이후 그는 뱃사람이 되어 돛단배를 타고 평양과 진남포 사이를 소금이나 물고기를 실어 나르며 오르내렸다. 그때마다 어김없이 물오리섬에 배를 대고 옛날을 회상하며 순이의 망령과 함께한다고 했다. 그리고 고리대금업자인 지주에게 미륵 대신 하늘이 복수라도 해준 듯, 홍수가 난 뒤의 물오리섬은 모래에 덮여 농작물이 하나도 자라지 못하게 되었다고 했다.

이런 슬픈 이야기가 끝났을 때는 중천에 달이 떠올라 빛나고 있었고, 돛단배는 봉래도(蓬萊島) 옆을 지나고 있었다. 달빛에 반짝이는 아름다운 풍경과 대비되는 순이의 슬픈 최후와 미륵의 고독하고 불쌍한 신세가 너무 마음 아팠다.

랑은 미륵에게 조심스럽게 어머니를 만난 적 없느냐고 물었지만, 미륵은 성난 목소리로 말하였다.

「"만나지 않을 거야! 어머니도 아버지나 내가 나와 있는 바다가 그리워서 그런 바다 남자랑 도망친 게 틀림없어. 하지만 바다는 쓰레기가 있는 곳이야. 인간쓰레기가. 난 바다를 저주한다! 물을 저주한다!"

그리고 갑자기 커다란 눈에 불꽃이 일더니 절로 감정이 북받쳐오는지 덤비듯이 상체를 일으켰다.

"난 당신을 알아! 흥, 순이가 생각나서 왔겠지! 당신 얼굴에 그렇게 쓰여 있어. 하지만 순이는 내 여자란 말이오, 알겠어요? 내 것이라고! 지금도 나는 순이와 함께 사는 거나 마찬가지요. 용궁에서 순이가 항상 미소 지으면서 나를 부르고 있지! 그리고 이 대동강 위에 언제나 발소리를 내며 나타나는걸!"

그러더니 갑자기 푹하고 고개를 떨어트리고 말았다. 랑은 말없이 고개를 끄덕였다.

늙은 선장은 그때 배 한쪽의 돛대 줄을 잡아당겨 비스듬히 방향을 틀며 히죽 웃었다.

"성 안에 다 왔네, 그려."」

親方コブセ(꼽추십장)

〈기초사항〉

원제(原題)	親方コブセ	
한국어 제목	꼽추십장	
원작가명(原作家名)	본명	김시창(金時昌)
	필명	김사량(金史良)
게재지(揭載誌)	신초(新潮)	
게재년도	1942년 1월	
배경	• 시간적 배경: 어느 일요일 • 공간적 배경: 일본 X시의 조선이주민 마을	
등장인물	① 소설가 '나' ② 조선인 회사원 O군 ③ 스물아홉의 꼽추십장 등	
기타사항		

〈줄거리〉

내가 X시의 한 회사에 다니는 O군에게서 일요일 조선이주민 운동회에 참석하라는 연락을 받아 X시에 도착한 것은 약속보다 1시간 남짓 늦은 시간이었다. 그래서 O군이 사는 XX읍 2번지로 버스를 타고 갔다.

차에서 내린 곳은 거친 파도가 치는 매립지 근처로 조선이주민의 오두막이 빼곡히 들어서 있어, 대학을 나온 O군이 살만한 곳 같지는 않았다. 부락 앞 길가에서 조선옷을 입은 여자들에게 길을 물어보려는데 갑자기 뒤쪽 담뱃가게 안에서 남자 둘이서 욕설을 퍼붓는 소리가 들렸다. 나는 담배도 사고 O군 집도 물어볼 겸 담뱃가게로 들어갔다.

가게 안에는 내 키의 절반정도밖에 안 되는 꼽추사내가 주인에게 덤벼들고 있었는데, 소문으로 듣던 노무자들의 꼽추십장이었다. 꼽추는 지독한 불구이면서도 마음이 올곧고 말주변과 수완이 좋을 뿐 아니라, 언제 어디서나 포기하지 않고 극복하려는 끈기를 가졌다고 했다. 또한 사람들에 대한 배려가 뛰어나 수하에 300명이나 되는 노무자를 데리고 있다고 했다. 꼽추는 담뱃가게에서 담배를 사고 남은 잔돈을 던져주는 주인의 불친절에 대해 항의하고 있었다. 결국 주인의 사과를 받은 꼽추는 기분 좋게 웃으며 건너편 부락으로 뛰어갔다.

나는 꼽추와 O군이 친구였다는 사실을 기억하고 서둘러 쫓아갔지만 어디로 갔는지 찾을 수가 없었다. 그런데 길거리를 헤매다 장구소리와 남자들의 요란한 노랫소리가 들리는 움막에서 O군과 꼽추를 다시 만날 수 있었다. 동굴같이 어둡고 고기냄새와 연기로 가득 찬 곳에 3, 40명이 화로를 에워싸고 모여 있었다. 그들은 곱창을 굽고 막걸리잔을 돌려가며 노래를 부르고 있었는데 그 가운데에서 꼽추가 춤을 추고 있었다. 노래는 서로 사랑하는 이가 헤어진다는 슬픈 속요(俗謠)였다. 거기 모인 사람들은 돈을 벌기 위해 남쪽(타이완)으로 가는 사람들을 위해 송별연을 하고 있는 중이었다.

O군은 그들의 십장인 꼽추의 이야기를 자주 했었다. 그가 나서면 모든 일이 해결된다고 했다. 한 번은 시집갔다가 소박맞고 돌아온 고향여자를 데려왔는데, 그 여자는 십장이 꼽추라는 사실에 놀라 죽어도 싫다며 그를 거부했다고 했다. 그런데 십장이 어떻게 달랬는지 다음날 여자는 떠나지 않았다. 그런가 하면 꼽추는 아버지가 현청(縣廳)의 과장까지 지낸 담뱃가게 아가씨를 좋아해서 두 사람의 혼사가 진지하게 거론되었을 정도로 수완이 좋다고 하였다.

O군과 이야기를 나누고 있는데 갑자기 누군가 목덜미를 잡아끌어 돌아보니 꼽추십장이었다. 춤을 추라고 부추기는 꼽추의 말에, 막걸리와 감격에 취한 나는 장구와 피리소리에 맞춰 "어화, 청춘!"하고 일성을 터뜨리며 한바탕 춤을 추었다. 꼽추는 그것이 마음에 들었는지 내게 달려들어 "자네는 말이 통하는군, 통해! 오늘 나랑 한바탕 놀아보세!"라며 크게 웃었다. 웃고 있는 그의 눈가에는 눈물이 글썽거리고 있었다.

4시가 지나자 방안의 무리는 타이완행 배를 타러 선착장으로 내려갔다. O군과 나 그리고 부락사람들이 그 뒤를 따랐다. 꼽추십장은 묵묵히 걸어가는 그들 뒤를 심하게 절룩거리는 발걸음으로 쫓아가며 쉴 새 없이 뭔가 주의를 주고 있었다. 그렇게 담뱃가게 앞에 다다랐을 때, 꼽추십장은 앞서 가던 사람들을 멈춰 서게 했다. 그러더니 담배를 있는 대로 사가지고 나와 모두에게 나누어주며, 남쪽은 말라리아라는 병이 있으니 조심하라고 일렀다.

시간이 되자 탑승자들은 부두 입구로 배를 타기 위해 나왔다.

「처음에 십장은 입구 쪽에 딱 달라붙어서 싱글벙글 웃으며 배웅하고 있었다. 마치 토끼처럼 눈은 빨갛고, 입가는 자꾸 씰룩거렸다. 그러다 그는 갑자기 참을 수 없었는지 승선인원을 통제하던 수위(守衛)가 뒤를 돌아본 순간 잽싸게 튀어나와 배에 타는 마지막 무리 속에 끼어들었다. 가는 남자들도 돌아보지 않고 풀죽어서 들어가고, 보내는 사람들도 멍한 상태로 서 있을 뿐이었다. 애당초 감정이란 것이 없는 사람들처럼. 나는 언젠가 고향역에서 본 만주이주민들과 배웅하는 사람들의 감격적인 이별장면을 떠올리고, 그들과 같은 피를 가진 사람들인데 어쩜 여기서는 이렇게 쉽게 헤어질 수 있는지, 가슴이 아팠다.」

떠나는 이들은 배웅하는 사람들의 인사에도 답하지 않고 모두들 묵묵히 배안으로 사라져갔다. 그때 마침 마라톤대회에 참석한 선봉대가 지나가는 것이 보였다. 몇몇 사람들이 목소리를 높여 응원하는 소리가 들렸다. 그러자 꼽추십장은 이산(李山) 대신에 타이완행 배를 타기 위해 들어가던 김해(金海)가 느닷없이 오늘 있을 마라톤에서 이산이 타월을 받아다 주기로 했는데 아직 타월을 못 받았다며 못가겠다고 했던 것을 떠올렸다. 꼽추십장은 이산이 마라톤 선봉대에 섞여 지나가고 있다는 소리를 듣자마자 이산에게 달려가 타월을 뺏어들고 김해에게 건네주기 위해 절름거리며 죽을힘을 다해 달려갔다.

Q伯爵(Q백작)

〈기초사항〉

원제(原題)		Q伯爵
한국어 제목		Q백작
원작가명(原作家名)	본명	김시창(金時昌)
	필명	김사량(金史良)
게재지(揭載誌)		고향(故郷)
게재년도		1942년 4월
배경		• 시간적 배경: 어느 해 초겨울 • 공간적 배경: 부산 발 신징(新京)행 기차 안
등장인물		① '나' ② 대학동창인 기자 ③ 자칭 아나키스트인 Q백작 등
기타사항		이 작품은 1941년 2월 「문장」에 한국어로 발표한 「유치장에서 만난 사나이」를 일본어로 번역, 개제(改題)하여 두 번째 소설집 『故郷』에 수록한 작품임.

〈줄거리〉

　　나는 연말휴가를 보내기 위해 귀향하던 도중 부산발 신징(新京)행 열차 안에서 대학동창 세 명을 만나게 된다. 세 친구는 도쿄에서 각자 광고회사원, 축산회사원, 조선R신문 도쿄지국 기자로 생활하고 있었다. 오랜만에 만난 우리 넷은 술잔을 기울이며 여러 가지 이야기를 나눴는데, 그때 기자인 친구가 Q백작이라 불리는 사나이의 이야기를 해주었다.

　　Q백작은 조선 어느 지방의 지사(知事) 아들이자 사상가로 알려져 있을 뿐, 어떤 사건 때문에 유치장에 들어와 있는지는 알 수 없었다고 한다. 6개월 전에 유치장에 들어온 Q백작은 스스로를 아나키스트라고 칭하며 무지하고 광적인 허풍 같은 소리를 곧잘 해대곤 하였고, 유치장 사람들은 붙임성이 좋고 밝은 성격인 그를 놀리고 핀잔을 줌으로써 무료함을 달래곤 했었다는 것이다.

　　그러던 어느 날 Q백작의 죄목을 우연히 듣게 되는데, 그것은 같은 집 하숙생이 불온사상 혐의로 검거되자 그의 방에서 수상해 보이는 서적 따위의 증거물을 자신의 방으로 옮겨놓은 것이 발각되어 검거되었음을 알게 되었다고 한다.

　　그런 Q백작은 함께 갇혀있던 기자 친구가 검사국으로 넘겨지게 되었을 때도, "우마쿠 야레요(잘하세요!)"라고 큰 소리로 응원해주기도 했다고 한다.

　　그리고는 재작년 쯤, 기자 친구는 경부선열차로 고향에 돌아가던 중 이 Q백작을 다시 만났다고 했다. 기차는 만주광야로 이주하는 이민자들로 가득 차 있었는데, 그 모습을 본 기자 친구는 이민자들을 바라보며 자신도 용기를 내어 새롭게 태어나겠노라 맹세했다. 바로 그때 까만 외투에 흰 명주목도리를 걸친 사나이가 술에 취해 비틀거리며 들어섰는데, 그가 바로 Q백작이었던 것이다. 그때 Q백작은 이민자와 그 가족들이 눈물로 헤어지는 모습에 갑자기 목소리를 높여 울기 시작했다.

「Q백작은 발작이라도 일으킨 사람처럼 머리를 치켜들고 이번에는 조선어로 크게 외치기 시작했다.

"나도 울고 싶어. 큰소리로 울고 싶어. 난 우는 게 좋아, 그래서 항상 이 이민열차를 타는 거야."

그러더니 갑자기 울음소리를 죽이고 얼굴 근육을 심하게 일그러뜨렸다. 나는 이 열정적인 남자가 우리도 때때로 빠지는 절망적인 고독감 속에 빠진 것이라고 생각했다. 그렇다. 그것은 무서운 절망과 다르지 않았다. 나는 그가 빨리 마음을 진정시키기를 바랐다. 하지만 그는 경련이라도 일으킨 듯 이윽고 턱을 심하게 떨기 시작하더니 갑자기 비명 같은 소리를 질러댔다. (중략)

"나는 지금 나 자신에게 복수당하고 있다. 내가 내 목을 조이고 있는 거야. 바라는 것도 없고, 기쁨도 없고, 즐거움도 없어. 희망도 없어. 아, 나는 이 이민열차에 탔을 때만 구원을 받는다. 나도 그들과 함께 갈 수 있어. 울부짖을 수 있어. 이 사람들에겐 희망이 있어. 슬퍼하기 위해 가는 게 아니야."」

이민자들과 함께 같은 방향으로 가는 것은 기쁘지만, 국경을 넘어 다시 혼자 돌아올 때는 슬프다고 말하는 Q백작의 모습을 보며 기자 친구는 측은한 생각마저 들었다고 하였다.

그러다 Q백작이 비틀거리며 통로바닥에 쓰러진 것을 보았지만, 때마침 기차가 환승역에 도착하는 바람에 기자 친구는 Q백작을 일으키지 못하고 급히 내리고 말았다고 했다. 그런데 그때 기차 안에서 승객들의 비명소리가 들려왔다고 한다. 그 소리에 놀란 기자 친구는 떠나는 기차를 허겁지겁 쫓아가며 Q백작을 불렀지만, 기차는 이미 저만치 떠나버린 뒤였다. 기자 친구는 죽었을지도 모르는 Q백작을 두고 내린 것에 한없는 양심의 가책을 느꼈다고 했다.

그런데 바로 작년 여름, 조사차 강원도 산골을 찾게 된 기자 친구가 열흘 동안의 폭풍우로 한강 상류가 불어나 탁류가 된 것을 보고 있을 때였다. 강물에 갇혀 구조를 외치는 사람들 속에서 왠지 낯익은 목소리와 양복차림의 남자를 보게 되었는데 그것이 아무래도 Q백작인 것만 같았다는 것이다. Q백작과 닮은 그 사람은 구조활동을 펼치다가 뗏목과 함께 떠내려가 버렸는데, 그 사람의 이름은 아무도 모르더라는 것이었다.

이후 올 봄, 기자 친구가 경성으로 돌아와 종로에서 동대문행 전차를 타고 가던 도중, Q백작과 닮은 사람을 또 보았다고 하였다. 방공연습과 훈련이 있는 날이었는데, 뒷모습밖에 보지 못했지만 Q백작과 닮은 남자가 고초메(五町目) 네거리에서 소방조직인 경방단원(警防團員)들에게 훈시를 하고 있었다고 한다.

기자 친구의 이야기를 듣고 있던 나는, Q백작이라면 과연 그럴 수 있을지도 모른다는 생각에 무릎을 치며 말했다.

「"그래, 틀림없이 그 사람이 Q백작이었을지 모르겠군. 그는 전쟁이 일어나서 기뻐하고 있겠지. 왜냐면 지금 국가가 이민열차 같은 현실적인 고통이 있긴 하지만, 일정한 방향을 향해 국민을 태우고 거국일치의 체제로 매진에 매진을 하고 있으니까. 그래서 그는 생활목표나 방향을 얻었을지도 모르지. 경방단(警防團)의 반장 정도는 거뜬히 해냈을 것 같네.”

　　모두들 잠자코 끄덕였다.

　　“정말 그러면 좋겠지만.” 신문기자는 가만히 맥주 글라스를 들여다보며 슬프게 중얼거렸다. 그리고 다시 말을 이었다. “그런데 그로부터 또 어느 날…….”」

乞食の墓(거지의 무덤)

〈기초사항〉

원제(原題)	乞食の墓	
한국어 제목	거지의 무덤	
원작가명(原作家名)	본명	김시창(金時昌)
	필명	김사량(金史良)
게재지(揭載誌)	문화조선(文化朝鮮)	
게재년도	1942년 7월	
배경	• 시간적 배경: 어느 해 가을 • 공간적 배경: 평양 대성산 일대	
등장인물	① 유물에 관심이 많은 ‘나’ ② 마을의 대지주인 큰어머니 ③ 한때 큰어머니 집에서 더부살이를 했던 봉삼 등	
기타사항		

〈줄거리〉

　　나는 희수(喜壽)를 맞은 큰어머니를 축하드리기 위해 대성산(大聖山) 북쪽 산기슭에 위치한 큰어머니 집을 15, 6년 만에 방문하였다. 그곳은 고구려왕 성지의 초석이 되는 곳으로, 옛날부터 동명왕(東明王)이나 녹족부인(鹿足夫人)을 비롯한 많은 민간신앙의 발상지이기도 했다. 꿈을 좇던 소년시절에는 나도 친구들과 산 위로 헌 기와를 주우러 다니곤 했는데, 이번에도 가능하면 조카들과 함께 산 위에 올라볼 생각이었다.

　　어쨌든 큰어머니의 집으로 가는 도중 나는 옛날 큰어머니 집에서 더부살이를 했던 봉삼(ボンサミ)을 만났다. 옹고집에 완고했던 봉삼은 어렸을 때와는 달리 자부심과 위엄을 갖춘 마치 무사 같은 기골장대한 모습으로 변해있었다. 게다가 네 아이의 아버지가 되어있었다. 옛날에 봉삼이는 땔감을 하러 산으로 갈 때 어린 나를 데리고 송림 사이를 누비며 진귀한 화초의 이름

을 가르쳐주기도 하고, 괴담이나 옛날이야기 혹은 자신의 아름다운 고향 이야기를 들려주곤 했었다. 봉삼은 결혼한 뒤 큰어머니의 집에서 나와 소달구지를 끌며 생활하고 있다고 했다.

봉삼과 헤어진 나는 큰어머니가 살고 있는 마을로 향했다. 그 마을은 큰어머니의 마을이라고 해도 좋을 만큼 전답 대부분이 큰어머니 일가의 소유였고, 큰어머니의 집은 궁전처럼 훌륭했다. 소작인인 마을사람들과 친척들이 모여 큰어머니의 생신잔치를 위한 일손을 돕고 있었다. 새하얗게 샌 머리가 산만하게 흐트러진 작은 키의 큰어머니는 나를 반기며 눈물까지 흘렸다. 그러나 곧 옛날처럼 돌아가신 백부를 비롯해 며느리, 손자, 하다못해 돌아가신 내 아버지에 대해서까지 두루 험담을 늘어놓았다. 지주인 큰어머니는 수확철만 되면 소작미(納米)로 인해 분쟁을 일으킬 정도로 소작인들에게 인색했다.

「창고열쇠는 큰어머니의 치마고름에 늘어뜨리고 누구에게도 내놓지 않았으며, 닭이나 병아리 수는 말할 것도 없고 달걀개수까지 일일이 세어서 기억해 두었다. 그리고 비라도 내리면 창고에 들어가서 쌀이나 조, 팥, 콩을 이쪽 독에서 저쪽으로, 저쪽 독에서 이쪽으로 옮겨놓기를 반복하다 종국엔 되로 세기도 하고 저울에 재기도 하였다. 밤이면 밤마다 베틀(紡車)을 돌리게 했고, 베를 짜는 여자가 졸지 못하게 감시하였으며, 밤이 깊어지면 남몰래 지폐다발을 다시 세어보곤 했다. 최근에는 그 정도가 더욱 심해졌으나 이상하게도 이번 생일만큼은 음식 준비를 묵인하는 것을 보면 왠지 불길한 생각이 든다고 사촌형은 진지하게 말했다. 이런 일이 전에는 없었기 때문이었다. 그런데 숙모는 이런 말까지 했다.

"생일이면 생일이지, 닭이든 고기든 가져왔으면 그거나 주고 후딱 가버리면 좋을 것을, 바보들 왜 저렇게 구름처럼 모여서 왁자지껄 떠들어대는지 원. 대체 그 속을 모르겠어, 흐흠. 흠."」

큰어머니의 그런 험담소리에 질린 나는 서둘러 사랑방으로 건너갔다. 그곳에서 사촌형으로부터 수리조합의 횡포로 인해 아무리 열심히 농사를 지어도 먹고살기 힘들어진 현재의 시골근황에 대해 듣게 되었다.

그리고 14~5년 전 거지차림으로 나타났다가 열흘 정도 지나 죽어버린 봉삼아버지에 대한 이야기를 들었다. 봉삼아버지가 봉삼을 찾아 처음 큰어머니의 집에 나타났을 때, 큰어머니는 봉삼에게 "거지를 데리고 꺼져!"라며 온갖 협박을 다했다고 했다. 그런데 열흘 만에 봉삼아버지가 돌연 죽어버리자, 봉삼은 사촌형의 소개로 일자리를 얻어 다른 마을로 떠났다고 한다. 그런데 큰어머니에 대한 원한이 쌓인 봉삼은 그 앙갚음이라도 하듯 큰어머니가 자신의 묏자리로 공언하였던 곳에 자신의 아버지를 묻어버린 것이다. 봉삼 또한 풍수설(상지법)을 믿고 있었기 때문에, 면사무소에서 지정해 준 공동묘지에 허위장례를 치른 뒤 한밤중에 몰래 그곳으로 가서 아버지의 시신을 묻었던 것이다. 그 덕분인지 결혼한 봉삼은 장남을 평양중학교에 보낼 정도로 재산도 꽤 모았다고 했다.

그런데 뜻밖에도 봉삼아버지의 묏자리에서 옛날 그릇 파편들이 많이 나왔다는 이야기를 듣고, 나는 점심을 먹고 조카들을 동반하여 묘지로 가보았다. 봉삼아버지의 묘는 마을 뒤편의 공동묘지에서 조금 떨어진 산기슭 나무숲 가운데에 높다란 돌로 덮여 있었다. 대성산을 배경으로 한 그곳은 바람이 쉬어가고 햇빛도 누그러지는 조용한 곳으로, 때마침 저녁 해를 받아 반짝반짝 빛나고 있었다. 돌은 이끼가 끼어 파랬고, 그 옆쪽에 배나무가 두세 그루, 그리고 주변에는 큰 밤나무 숲이 나뭇가지를 늘어뜨리고 있었다.

공동묘지일대를 파내어 살펴보니 이조백자(李朝白磁)나 진사유(辰砂釉)의 파편들이 흩어져있었다. 아무래도 옛날에 가마(窯)가 있었던 자리임에 틀림없었다. 특히 봉삼 아버지의 묘지 주변에는 백자파편이 훨씬 많았고, 그곳에서 부서지지 않은 완전한 그릇도 하나 발견되었다. 내가 돌을 더 들추려고 하자 죽은 시신의 뼈가 나온다며 조카가 말렸다.

한때 이곳에서 썩지 않은 하얀 뼈를 목격한 큰어머니는 사람 뼈가 썩지 않는 이 좋은 명당을 빼앗겼다고 분해하면서, 매일같이 풍수가를 데리고 다른 명당을 찾아다닌다고 했다.

사실 성산(聖山)을 뒤로 하고 '좌청룡 우백호'로 갈라진 두 봉우리에 의지한 그곳은 그야말로 풍수에 딱 들어맞는 명당자리임에 틀림없었다. 최근 봉삼이 행복해진 것이 정말 묏자리를 잘 쓴 덕분일지 모른다는 생각이 들자, 나는 묘지를 들추던 손이 꺼림칙해져 그만두고 돌아가기로 하였다. 무사 모습의 늠름한 봉삼의 풍채를 떠올리며, 봉삼 일가의 앞길이 다복하기를 빌었다. 때마침 대성산에서 바람이 불어오고, 산꼭대기에 황금빛을 받아 날아가는 한무리의 새 떼가 날개를 퍼덕이는 것이 보였다.

太白山脈(태백산맥)

〈기초사항〉

원제(原題)	太白山脈(一~十一)	
한국어 제목	태백산맥	
원작가명(原作家名)	본명	김시창(金時昌)
	필명	김사량(金史良)
게재지(揭載誌)	국민문학(國民文學)	
게재년도	1943년 2~10월(5월호를 제외한 8회 연재)	
배경	• 시간적 배경: 갑신정변 이후의 1880년대 말 • 공간적 배경: 태백산맥 일대	
등장인물	① 급진파 지사였던 윤천일 ② 윤천일의 큰아들 일동 ③ 윤천일의 둘째아들 월동 ③ 월동의 애인 봉이 등	
기타사항		

〈줄거리〉

오십대의 전 육군장교인 우국지사 윤천일(尹天一)은 김옥균(金玉均), 박영효(朴泳孝)의 지휘 아래 혁신정치를 꾀한 급진당에 가담하여 갑신년 우정국의 낙성식장을 습격하고 청나라의 사대당 일파를 축출하려다가 거사가 사흘 만에 실패로 끝나 쫓기는 신세가 되었다. 그 때문에 큰아들 일동(日東)의 아내는 청군에게 습격당해 폭행당하여 참살되고, 윤천일은 아내와 20대의 두 아들을 데리고 누더기를 걸친 볼품없는 행색으로 피신하였다. 그러나 뒤를 쫓던 포졸들과 양수강(兩水江)에서 격투를 벌이다가 끝내 아내마저 급류에 잃고 태백산맥의 화전마을로 들어온 지 벌써 두 번째 봄을 맞고 있었다.

태백산맥 계곡의 경사면에 숲을 불태워 구불구불한 산비탈을 이루고 있는 이 마을은 특별한 부락명이 없이 배나무골(梨木洞)이라 불렸는데, 하나둘 씩 모인 사람이 어느덧 73명이나 되었다. 윤천일은 이곳에서 부락민들의 존경을 받아 윤선생이라 불리며 마을 주민을 이끌고 있었다. 그러나 여름 폭풍우가 밀려와 그들이 애써 일군 계곡의 화전이 모두 쓸려가 버리고 마을사람도 4명이나 목숨을 잃게 되자, 윤천일은 벌거숭이산 때문에 홍수의 재난에서 벗어나지 못함을 깨달았다. 그래서 윤천일은 3년마다 새로운 경작지를 찾아 떠나야하는 화전민들을 붙들어둔 채, 두 아들을 화전이 아닌 정착할 수 있는 땅을 찾으라고 떠나보냈다.

윤천일은 매일 사냥을 나가 잡은 사냥감을 부락의 모든 집들에 나누어주며 위로와 용기를 북돋아 주었다. 이 산속에도 『정감록(鄭鑑錄)』의 예언을 빙자한 사교(邪敎)들이 횡행하고 있었는데 백치아들 봉수(鳳壽)와 딸 봉이(鳳伊)를 데리고 사는 황해도 출신 성용삼(成龍三)은 동학교에 빠져있었다. 성용삼의 아내는 굶주림을 이기지 못해 독버섯을 먹고 앓아누웠는데, 동학교도 일파들이 병을 낫게 해준다고 부적을 붙이고 주문을 외웠고, 윤천일의 둘째아들 월동(月東)의 연인인 봉이까지 탐내어 교주의 시녀로 만들려고 하였다. 한편 봉이는 산신제단 앞에 앉아 월동형제의 빠른 무사귀가를 빌었고, 월동과 사랑을 속삭이고 이별을 하였던 계곡 바위에서 엉터리 품바타령을 부르며 서울로 가는 봉수와 이별을 했다. 봉이는 월동이 극락낙토를 찾으면 서울로 함께 떠나자고 했던 약속을 떠올리며 멀리 사라져 가는 봉수의 뒷모습을 바라보았다.

일동형제를 기다리다 못한 마을사람들이 윤천일에게 항의하며 술렁거리기 시작했다. 윤천일은 더 이상 마을사람들을 붙잡아둘 수 없어 제각각 헤어지기로 했다. 그때 산기슭에서 인기척이 들리는데, 그것은 동학 교리를 악용한 무리와 관리들에 의해 생활을 유린당하고 강원도 산간에서 쫓겨 온 농민들이었다. 윤천일은 울분의 마음에 울컥하였지만 그냥 일동형제를 기다리기로 결심했다. 더 이상 기다리지 못한 마을사람들 일부는 마을을 떠났고, 월동과 장래를 약속한 봉이와 일동을 사모한 허(許)서방의 딸 이쁜이는 여전히 일동형제의 무사귀가만을 빌며 기다리고 있었다.

한편 집을 떠난 일동형제는 험준한 산길을 헤치고 낙토를 찾아 가던 중, 작은 산골짜기 중턱에서 황두건(黃頭巾)의 두목 차랑생(車狼生)을 만나게 되었다. 그리고 서로의 포부를 밝히며 의기투합한 후 차랑생의 안내로 설악산(雪嶽山)에서 오대산(五臺山)으로 가게 되었고, 그곳 월정사(月精寺)에서 노승을 만났다. 노승에게서 많은 가르침을 받은 그들은 태백산맥 줄기의 낙토를 발견하고 부락으로 다시 향했다. 일동은 부락민을 모두 모아 이상적인 세계건설을 목표로 하였고, 월동과 차랑생은 서울에서의 투쟁을 다짐하며 길을 나섰다. 그러나 마을로 돌아오던 중 수십 마리의 이리떼와 마주치고 말았다. 그때 차랑생이 자진해 혼자 이리에게 맞서 희생함으로써 일동형제는 간신히 죽음을 면하게 되었다. 차랑생을 묻어주고 서둘러 돌아오던 중 범바위골(虎岩洞)에서 경성으로 향하는 봉수를 만나 마을소식을 들었다. 그리고 범바위골을 습격한 동학교도들을 물리친 후 낙토로 향할 때 함께 갈 것을 약속하고 배나무골로 향했다.

한편 마을 사람들을 괴롭히는 포교에 반대하던 윤천일은 포교당 두목이 관가에 고발하여, 잡으러 온 포졸들과 사투를 벌이다가 포졸의 칼에 맞아 벼랑으로 떨어지고 말았다. 그것을 본 성용삼은 죄책감에 목을 매어 자살하였다. 그러나 벼랑으로 떨어진 윤천일이 떡갈나무를 붙잡은 채 의식을 잃고 급류에 떠내려갔는데, 천만다행으로 그때 마침 강가를 따라 부락으로 돌아오던 아들들에게 발견되어 겨우 목숨을 건질 수 있었다.

죽은 줄 알았던 윤천일과 일동형제가 돌아오자 배나무골 주민들은 모여 기뻐하였고, 다음 날 새벽 짐을 싸서 유토피아를 향해 출발하였다. 범바위골에 도착하자 김옥균이 일본정부에 의해 이미 오가사와라섬(小笠原島)에 유배된 것을 몰랐던 월동은 김옥균을 구하러 서울로 가겠다고 결심하고, 함께 투쟁에 나서겠다는 마을 청년 길만(吉萬)과 봉이를 데리고 형과 일행에게 이별을 고하고 경성으로 떠났다.

윤천일과 부락민들은 낙토를 향해 출발한 지 열하루 만에 목적지인 태백산맥 정상에 도착하였다. 멀리 경성이 바라보이는 낙토에 도착한 윤천일은 경성 성문이 열리는 것을 알리는 종소리가 종각에서 울려 퍼지자, 들것 위에 황금 불상처럼 정좌한 채 엄숙하게 이야기를 시작했다.

「주위에는 일동과 허서방 그리고 이쁜이를 비롯한 많은 사람들이 신탁이라도 받는 사람처럼 공손하게 그의 말을 기다렸다.

"아, 신이여! 당신은 성스러운 봉우리처럼 고귀하고, 넓은 바다처럼 자애심 깊어라. 계림(鷄林)의 초야에 묻혀 사는 윤천일은 이 산 정상에서 200의 생령과 함께 삼가 이 몸을 바칩니다. 그리고 우리 일동을 받아주신, 그 이름도 성스러운 태백의 산들이여! 그대들에게 신은 깃들고, 태양은 쉬도다. 이 불쌍한 200의 생령을 신과 태양이 함께 돌보아주시고 축복하여 주시니, 이 초야의 윤천일이 정중하게 감사의 뜻을 표하나이다. 그리고 깊이 잠든 대지여! 일어나 저의 말을 잠시 들어주소서! 그대는 수풀로 뒤덮지만, 그대를 열매 맺게 하고 풍요로운 옥토로 개척하는 것은 실로 우리들이 아니오, 이제 이 백성은 화전의 민족이 아니니 그대를 모독하는 일은 없으리."」

부락민들을 축복해 달라고 하늘을 향해 외치는 윤천일의 모습에 상서로운 구름이 깔리고 엄숙한 하늘의 기운이 차고 넘쳐서 사방의 신들도 춤추며 내려올 듯이 보였다.

그때 한쪽 구석에서는 마을의 득보(得甫)노인이 윤천일의 저승 가는 길을 평안히 건너라고 종이 노잣돈을 주듯이 고향을 나오면서 고이 간직해 온 자랑거리 족보를 한 장씩 찢어 날리고 있었다.

이를 지켜보던 윤천일은 자신의 시야에 들어온 봉우리를 손가락으로 가리키며 남쪽 봉우리를 산신봉(山神峰), 동남쪽 봉우리를 갈미봉(ガルミ峰), 서남쪽을 아리랑고개(アリラン峠)라고 명명한 후, 정좌한 채 조용히 숨을 거뒀다.

金士永(김사영)

—

김사영(1915~?) 소설가. 호 겸암(謙庵). 창씨명 기요카와 시로(清川士郎).

018

약력

1915년	2월 경상북도 상주군에서 출생하였다.
1935년	대구사범학교를 졸업한 후 경상북도 금호보통학교 훈도(교사)로 재직하였고, 이후 경상북도 영천군 청통보통학교 훈도로 재직하였다.
1940년	1월《매일신보(每日申報)》신춘현상 당선소설 「춘풍(春風)」으로 문단에 등단했고, 같은 해 5월 잡지 「삼천리」에 소설 「원천(怨天)」을 발표했다.
1942년	일본어소설 「형제(兄弟)」가 <조선문인협회> 주최 현상소설 당선작으로 뽑혀, 11월부터 1943년 3월까지 잡지 「신시대」에 연재되었다.
1943년	「국민문학(國民文學)」에 일본어소설 「성스러운 얼굴(聖顔)」(5월)과 「행복과 불행(幸不幸)」(11월)을 발표하였다.
1944년	「녹기」에 「메아리(こだま)」(1월), 「국민문학」에 「길(道)」(5월)과 「실개천(細流)」(7월), 「신여성(新女性)」에 「샘물(いづみ)」(5월)을 일본어로 발표하였다.
1952년	경상북도 문경고등학교에서 특수교사로 근무하였다.

　김사영은 1942년부터 1944년까지 「형제(兄弟)」, 「성스러운 얼굴(聖顔)」 등 징병과 지원병, 일본의 침략전쟁을 선전하는 내용을 담은 일본어소설을 발표하였고, 1944년 4월 24일부터 5월 3일까지 조선군사후원회의 위촉을 받아 <조선문인보국회>로부터 징병검사 상황 및 관련 미담을 수집하기 위한 차원에서 경상남북도에 파견되어 활동하였다.

兄弟(형제)

〈기초사항〉

원제(原題)		兄弟(一~七)
한국어 제목		형제
원작가명(原作家名)	본명	김사영(金士永)
	필명	
게재지(揭載誌)		신시대(新時代)
게재년도		1942년 11월
배경		• 시간적 배경: 어느 해 겨울~봄 • 공간적 배경: 경성의 상곡동
등장인물		① 신설학교 교사 이현 ② 이현의 이복형 요시조(아명 이치로) 등
기타사항		<조선문인협회> 입선작

〈줄거리〉

이현(李炫)은 개교한 지 4, 5개월 밖에 안 된 상곡동(上谷洞) 신설학교로 부임해 왔을 때, 다른 일본인과 달리 시골구석에 따로 동떨어져 살고 있는 기하라 만사쿠(木原萬作)의 집을 보고 놀랐다. 이곳에서 순사부장을 지냈던 만사쿠는 성격이 곧고 정이 많아 마을사람들의 존경을 받았었다. 그런데 다른 곳으로 부임해가서도 이곳을 고향처럼 그리워하다 병사하였다고 했다. 가족들은 그의 주검을 재임시절 잃었던 두 아들 곁에 장사하고 이곳에 정착해 살고 있었던 것이다. 그 집에는 일본어와 조선어가 능숙한 요시조(吉藏)라는 사람이 있었는데, 그는 기하라집안의 일도 잘 꾸려나갔을 뿐 아니라 마을에 무슨 일이 생기면 제일 먼저 달려가 내 일처럼 돌봐주기로 유명하였다. 신설된 지 얼마 안 되어 엉망인 등굣길과 자갈투성이인 운동장의 정비작업을 부락민 공동작업으로 삼아 앞장서 도와주고 있었다.

그러던 어느 날, 요시조가 만사쿠의 손자 히데오(秀雄)의 전학문제로 히데오의 어머니와 함께 학교에 찾아오게되고, 이때 요시조를 처음 본 이현은 왠지 어릴 때 헤어졌던 자신의 이복형을 떠올린다.

이현에게는 호적에 없는 이복형이 한 명 있었다. 아버지가 측량술을 배우기 위해 일본에 갔을 때 만난 일본여자와의 사이에서 태어난 이치로(一郎)라는 형이었다. 이현이 대여섯 살이 되었을 무렵, 그 여자는 이치로를 입적시키고 아버지와 함께 살기를 원했다. 그러나 어머니는 물론 할아버지도 이를 허락하지 않았다. 그래서 마을 앞 도로가의 작은 집에 살게 되었는데, 때때로 어머니는 그 여자를 찾아가 입에 담지 못할 욕설을 퍼부어대며 화를 냈다. 그때마다 이치로의 손을 부여잡고 울던 여자는 아들을 홀로 남겨두고 어느 날 홀연히 마을을 떠나고 말았다. 그 후로 이치로는 이현의 집에 와 살게 되었는데, 질투에서 비롯된 어머니의 학대와 힘든 노동, 그리고 고독감으로 그토록 쾌활하던 이치로의 성격은 점점 되바라지고 비뚤어져 갔다.

그러던 어느 해 정월, 친척들이 모두 모여 차례를 지내는 자리에 끼지 못한 이치로는 2, 3일 후 집을 나갔고, 아버지를 제외한 그 누구도 이치로를 찾으려 하지 않았다. 그로부터 한 닷새쯤 지난 어느 날, 거지같은 몰골로 돌아온 이치로는 창고에서 술을 마시거나 산기슭에서 담배를 피우는 등 급격하게 변해갔다. 이듬해 봄, 이치로는 두 번째 가출을 감행했다. 두 번째 가출은 두 달 만에 끝이 났는데, 그때 이치로는 손목시계에 가죽구두를 신은 멋진 모습으로 집에 돌아왔다. 하지만 여전히 빈둥거리며 반항을 일삼던 이치로는 돌아온 지 한 달 만에 조부의 돈 30원과 어머니의 옷 두 벌을 훔쳐 아예 집을 나가고 말았다. 그 후 아버지는 술과 담배도 끊고 그리스도교 신자가 되었다. 몇 년 후 조부가 돌아가시고, 뒤이어 어머니마저 돌아가셨다. 아버지 또한 이현이 중학교를 졸업하고 결혼한 지 얼마 되지 않아 돌아가시고 말았다.

'가마니 증산주간'을 맞아 가마니짜기 대회가 학교 운동장에서 열렸다. 그때 대회의 잡일을 돕고 있던 요시조가 이현에게 고향과 어릴 적 애칭 등을 물었다. 이현은 그런 요시조의 모습을 보면서 형 이치로와 닮았다는 생각을 더욱 굳히게 된다. 한편 요시조는 이현의 대답을 들으며 이현이 자신의 동생임을 알게 되지만 차마 형이라고 밝히지 못하고 돌아서고 말았다.

그러던 어느 날, 학부형 집의 결혼식에 참석했다가 우연히 요시조와 함께 집으로 돌아오던 이현이 그에게 실제 이름과 고향을 물어보았다. 그러나 요시조는 "내 이름은 요시조이고 일본사람입니다. 그리고 일본 땅이 모두 내 고향이지요."라고 얼버무렸다. 그런 요시조의 대답에 이현은 굳이 확인할 필요가 없겠다고 느꼈다.

그런데 어느 눈 내리는 날 저녁, 요시조가 당황한 모습으로 이현을 찾아왔다. 히데오의 어머니가 산기가 있는데 산모가 위험하여 의사를 불러야 한다는 것이다. 그래서 의사와 친분이 있는 이현에게 소개장을 써달라고 부탁하러 온 것이었다. 이현은 요시조와 함께 의사를 데리러 갔고, 의사를 겨우 설득해 마을로 돌아오는 길이었다. 고개를 막 넘었을 때 요시조는 먼저 가서 식구들을 안심시키겠노라고 서둘러 고개를 내려갔다. 그런데 산기슭을 황급히 내려가던 요시조가 자전거와 함께 절벽 아래로 굴러 떨어지고 말았다. 그 모습을 목격한 이현이 차가운 바위에 주저앉아 자신도 모르게 "형!"을 외치며 울부짖었다. 요시조도 이현의 가슴에 머리를 묻고 이현의 어릴 적 이름을 불렀다. 요시조를 집으로 옮긴 이현은 기하라 사카에로부터 요시조의 그간의 이야기를 듣게 되었다.

요시조는 절도죄로 기하라 만사쿠에게 검거되었고, 만사쿠의 집에서 거두어 선도하였지만 이번에는 만사쿠 집안의 돈을 훔쳐 도망쳤다고 했다. 그러다 다시 검거된 요시조를 만사쿠는 또 5, 6년 남짓 데리고 있으면서 부인도 얻어주었지만, 옛날 습성을 버리지 못한 요시조는 아내를 술집에 팔아넘기고 모습을 감췄다가 수개월 후 다시 절도죄로 붙잡혀 형무소에 들어가게 되었다. 형기를 마치고 나오던 날, 만사쿠가 자신이 술집에 팔아넘겼던 아내와 함께 자신을 기다리고 있는 모습을 본 요시조는 그간의 죄를 뉘우치며 새사람이 되었다고 했다. 그리고 부인이 사망하자 만사쿠의 집에 기거하며 그 집안일을 돕고 있다는 이야기였다.

「운명이라 하고 말면 그뿐일지 모른다. 하지만 아무리 운명이라지만 그것은 너무 잔혹한 운명이었다. 절벽으로 떨어진 요시조는 그로부터 2주도 안 되어 죽고 말았던 것이다. 태어난 아기는 포동포동 살이 올랐지만 요시조는 마침내 죽고 말았다. 그것은 마치 자신의 죽음과 아이의 출생을 맞바꾸기라도 하듯, 미리 계획된 일이라도 된 듯한 그런 죽음이었다. 이현은 어린 옛날 그랬듯이 그로부터 20여년이 지난 지금 다시 꿈처럼 형을 만났다 싶은 순간 꿈처럼 형을 잃고 만 것이다. 이 가혹한 현실을 그는 도저히 믿을 수 없었다. 얼마동안 그는 멍하니 실신한 목각인형이나 된 듯 모든 표정을 상실한 채 공허한 정신으로 지냈다.」

이현은 형 요시조의 주검을 만사쿠와 그 아들들의 묘지 옆에 나란히 묻어주었다.
새봄이 되어 학교수업을 마친 이현은 히데오와 반 아이 네다섯 명을 데리고 산에 올라갔다. 봄 새순들을 바라보며 걷다보니 어느새 요시조의 무덤 앞에 다다라 있었다. 이현은 유교적이고 봉건적인 인습 속에서도 고난의 일생을 훌륭하게 살다간 형을 생각하며, 형이 그랬듯이 모두를 한가족으로 여기고 만사쿠의 집안일은 물론 마을일까지 형을 대신해서 열심히 돌보겠노라 다짐하였다.

幸不幸(행복과 불행)

〈기초사항〉

원제(原題)	幸不幸(一~五)	
한국어 제목	행복과 불행	
원작가명(原作家名)	본명	김사영(金士永)
	필명	
게재지(揭載誌)	국민문학(國民文學)	
게재년도	1943년 11월	
배경	• 시간적 배경: 어느 해 여름 • 공간적 배경: 어느 탄광마을	
등장인물	① 일곱 살에 불구가 된 필남 ② 필남 이후 더 이상 자식을 낳지 못하는 필남의 부모 ③ 미국인 목사 '설(薛)' ④ 하모니카를 좋아하는 대식 ⑤ 떠돌이 엿장수 최서방 등	
기타사항		

〈줄거리〉

필남(必男)은 넓은 이마에 송아지처럼 커다란 눈을 가진 여자아이였다. 필남의 아버지는 다음에는 꼭 아들이 태어나라는 바람을 담아 딸의 이름을 필남이라고 지었지만, 필남이 일곱 살이 되도록 아내는 좀처럼 임신할 기미가 보이지 않았다. 위로 자식이 둘 더 있었지만 모두 죽고, 지금은 외동딸 필남만 남았다.

　그런데 그토록 귀한 딸이 일곱 살 되던 해, 어쩌다 엉덩이에 종기가 생겼는데 한곳을 치료하면 또 다른 곳에, 그것도 점점 더 큰 종기가 생기는 바람에 오른쪽 엉덩이가 석류처럼 벌어져 참혹하기 이를 데 없었다. 그래서 이웃마을 정노인(鄭老人)을 불러 침술치료를 받고 뜸 치료를 받았다. 살이 타들어가는 그 치료가 얼마나 아프고 참기 어려웠던지 필남은 의식을 잃기도 했다. 그렇게 1년이 지나고 필남은 어찌어찌 목숨은 건졌으나 겨우 서있을 정도의 불구의 몸이 되고 말았다. 교회를 다니는 어머니는 '주님의 은혜'라며 감사하였고, 필남 또한 앞으로 어떤 힘든 일도 그때의 고통을 생각하면 참고 이겨낼 수 있을 것 같았다.

　한편 필남의 아버지는 필남이 6개월간의 힘든 치료 때문에 바보가 되지 않았을까 걱정하며, 학교에 못 보내는 대신 집에서 찬미가도 가르치고 언문(諺文)도 가르쳤다. 그러나 필남의 눈은 항상 게슴츠레 흐려져 있었고, 무엇을 해도 재밌어하지 않았다. 필남은 오로지 자장가 부르는 것만을 좋아했다. 마을 아이들을 보기만 하면, 필남은 절름발을 질질 끌며 입안에서 중얼거리듯 자장가를 불렀다. 그런데 이상하게도 필남의 자장가를 들은 아이들은 엄마 젖을 물린 것보다 쌔근쌔근 더 편안하게 잘 잤다.

　그러던 어느 일요일, 교회도 가지 않고 남의 집 아이를 업고 있는 필남을 본 부모님은 더 이상 자식을 낳지 못하는 자신을 필남이 비웃는 것만 같아 그녀의 등을 세게 내려쳤다. 바로 그 때, 시골 교회를 돌아다니며 선교활동을 하고 있던 '설(薛)'이라는 조선이름의 미국인 목사가 그 광경을 보고 어눌한 조선어로 때리는 필남의 부모를 말렸다.

　1, 2년에 한번 씩 말을 타고 시골 교회를 돌아다니는 목사는 식구가 없어 조용한 필남의 집에서 머물렀다. 필남의 어머니는 마치 그리스도가 재림이라도 한 듯 "목사님, 목사님"하며 굽실거렸지만, 필남은 그런 목사가 옛날이야기에 등장하는 귀신같이 무섭기만 하였다.

　그런데 자신을 때리는 부모를 말려준 것을 계기로 필남은 목사가 어쩌면 좋은 아저씨일지도 모른다는 생각을 하게 되었다. 얼마 후 하모니카를 좋아하는 대식(大植)의 제안으로 필남은 친구들을 데리고 목사의 아코디언을 구경하기 위해 목사의 방에 가보았다. 아이들이 방안으로 들어가지 못하고 문만 빠끔히 열고 안을 들여다보고 있었는데, 산책에서 돌아온 목사는 고함을 지르며 아이들을 쫓아냈다. 필남은 그런 목사의 얼굴이 전과 달리 무섭게 다가와 다시는 보고 싶지 않았다.

　하지만 어머니의 심부름으로 새하얀 쌀밥을 목사에게 가져다주러 간 날 저녁, 필남은 흰 쌀밥을 마당에 있는 개가 먹고 있는 것을 목격하고 목사는 자신들과는 다른 별세계에서 온 사람이라고 생각하게 되었다.

　그날 이후 필남은 마을아이들이 아무리 목사의 집을 보여 달라고 해도 더 이상 들어주지 않았다. 그러자 아이들은 절름발이 흉내를 내며 필남을 놀려대기 시작했고, 필남은 아이들을 피해 다녔는데 필남을 놀리지 않고 놀아주는 것은 대식뿐이었다.

　그러던 어느 날, 사팔뜨기 돌(乭)이가 대식의 하모니카 소리보다 목사의 손풍금 소리가 더 좋다고 놀려댔다. 그 말을 들은 대식은 그날 저녁 목사의 방에 들어가 손풍금을 만지다가 발각되어 흠씬 얻어맞았다. 목사는 대식을 두들겨 패며 두 번 다시 손풍금을 만지면 패죽이겠노라고 협박까지 했다. 이를 본 필남은 교회에서의 모습과 대식에게 말하는 목사의 이중성을 보고 더욱 싫어하게 되었다.

그로부터 4, 5년이 흘러 열넷이 된 대식은 학교를 졸업해 대장간에서 일하게 되었고, 필남도 열두 살의 어엿한 소녀로 자랐다. 그런데 그 무렵 목사의 손풍금을 누군가가 부서뜨리는 사건이 발생하고, 목사는 대식을 의심해 몽둥이로 두들겨 팼다. 그 사건 이후 마을에서 더 이상 대식의 모습을 볼 수 없게 되었다.

이를 지켜본 아버지는 목사에게 실망하여 더는 교회에 다니지 않게 되고, 끊었던 술을 폭음하여 2년 후에는 신장염으로 죽고 말았다. 그렇지만 어머니는 전도부인이 되어 각지를 돌아다니다 1년도 채 되지 않아 재가하였다. 그 바람에 필남은 먼 친척 밤골네(栗谷宅)가 일하는 집의 아이를 돌보게 되었다.

어느새 필남은 열여섯의 어여쁜 아가씨로 성장하였고, 그 해 여름에 만난 엿장수 최서방(崔書房)과 이듬해 가을 결혼식을 올렸다. 결혼 이후 필남은 남편을 따라 엿장수 생활을 시작했다. 그로부터 4년 쯤 지났을 때 필남은 탄광으로 엿을 팔러나갔다가 그곳에서 우연히 대식을 만나게 되었다. 대식은 필남의 근황을 듣고 탄광으로 일하러 오라고 제안하였다. 돈벌이가 시원치 않은 엿장수를 그만두고 최서방은 탄광 일을 하게 되고 필남은 갱부들을 상대로 식당을 차려 열심히 일했다. 손님인 갱부들 중 절반 정도는 연성소의 생도였는데, 대식은 그곳의 조수라고 했다.

「"조수가 뭐예요?"

"참 뭘 모르는 사람일세. 말하자면 선생님 대용이라고 할까."

'공부한 사람이 갱부를 하나'하고 이상하게 여겼는데, '역시 대식은 보통 갱부가 아니었구나'하며 필남은 감탄했다. 하지만 그보다도 병사의 공부란 것이 대체 무엇인지 궁금해서 대식에게 물어보았다.

"조선청년도 내지인(일본인)과 마찬가지로 스무 살이 되면 병사가 될 수 있게 되었어. 그렇지만 학교에 다니지 않아 배우지 못한 사람은 곤란하기 때문에 이런 사람들만을 연성소에 들여보내 제대로 교육을 시켜놓는 거지. 내년에는 저 사람들도 훌륭한 병사가 되어서 미국놈들을 물리칠 거야. 멋지지? 그러니까 저 사람들에게는 밥을 많이 주도록 해."

아하하 유쾌하게 웃는 대식과는 달리 필남은 눈을 질끈 감았다. 미국이라고 하면 저 설(薛) 목사의 조국이 아닌가? 그렇다면 미국이라는 나라는 모두 설목사 같은 사람들만 살고 있는 걸까?」

여름도 거의 끝나갈 무렵, 무엇 때문인지 최서방을 비롯한 3명의 광부가 말라리아에 걸렸다. 때마침 '석탄증산대회' 주간에 참여하지 못한 최서방은 몹시 안타까워했고, 이를 지켜본 필남은 결국 남편을 대신해 만삭의 몸으로 탄광에 들어가 탄광차를 밀었다. 몇 번이나 힘들어 쓰러질 뻔하면서도 마지막까지 일하고 돌아온 필남은, 다시 갱부들의 저녁준비를 하였다. 밥을 짓고 난 후 결국 배를 움켜잡고 방으로 들어간 필남은 아들을 출산하였다. 뛸 듯이 좋아하는 최서방을 보며 필남은 눈물을 머금으며 힘겹게 미소지었다.

聖顔(성스러운 얼굴)

〈기초사항〉

원제(原題)	聖顔(一~五)	
한국어 제목	성스러운 얼굴	
원작가명(原作家名)	본명	김사영(金士永)
	필명	
게재지(揭載誌)	국민문학(國民文學)	
게재년도	1943년 5월	
배경	• 시간적 배경: 조선인징병제 실시 이후의 어느 봄날 • 공간적 배경: 어느 시골마을	
등장인물	① 다섯 살 연상의 아내 분녀 ② 남편 정태돌 ③ 태돌의 동생 태식 등	
기타사항		

〈줄거리〉

분녀(粉女)는 다섯 형제 중 외동딸로 마흔이 넘어서 태어난 딸인 만큼 금이야 옥이야 사랑을 받으며 자랐다. 분녀가 열여댓 살이 되자 어머니는 언문(諺文)을 가르치고, 아버지는 한문을 가르쳤다. 열여덟 살이 되어 웬만한 언문은 물론이고 『천자문』과 『명심보감』 등을 외우게 되었을 쯤에는 50리 밖의 정씨 문중으로 시집을 가게 되었다.

정씨 일가는 큰 재물은 없었지만, 유서 있는 집안으로 집터가 매우 컸다. 그 큰 집에는 시부모와 다섯 살 연하의 남편 태돌(泰乭), 시동생 태식(泰植)과 분녀 모두 다섯 식구가 살았다. 아홉 살 된 남동생과 함께 서당을 다니는 남편 태돌은 장난꾸러기 아이답게 나무타기, 싸움, 씨름 등으로 진흙투성이가 되어 돌아오기 일쑤였다. 태돌은 '부인'을 연상의 여자 친구나 마음 좋은 누나를 부르는 호칭쯤으로 생각하는 것 같았다.

시집온 지 4년 째 되던 해, 처음으로 남편은 분녀를 안았고 분녀는 뛰어오를 듯 기뻤다. 그러나 얼마 되지 않아 태돌이 학교를 팽개치고 마을 앞 갈보집에 처박혀 지낸다는 소문이 나돌기 시작했다. 의절하겠다는 아버지의 협박에도 불구하고 태돌은 상투를 자르고 머릿기름을 발라 멋을 내고 다녔다. 일본인 상점에서 모자와 구두를 사들일 무렵에는 태돌의 바람기가 최고절정에 달하고 있었다. 분녀는 태돌을 의심하고 싶지 않았다. 그러나 시집올 때 어머니가 주었던 금비녀와 은반지를 갈보에게 주려고 태돌이 몰래 훔쳐갔을 때는 가슴이 철렁 내려앉았다. 분녀는 T마을로 경성으로 싸돌아다니며 자신에게서 점점 멀어져가는 남편을 책망하지도 않고 묵묵히 시부모를 모시며 집안의 대소사를 게을리 하지 않았다. 스물세 살 되던 해에는 큰딸 일순(一順)을 낳았고 뒤이어 큰아들 갑수(甲洙)를 낳았다. 개화광이 된 태돌은 측량술을 배우겠다며 경성으로 나갔고, 머잖아 시부모는 유행성 감기에 걸려 죽고 말았다. 그리고 남동생이 결혼하여 분가한 후, 태돌은 고향으로 돌아와 측량 일을 하였다.

그러던 어느 날, 친정아버지의 부고를 전해들은 분녀는 친정으로 달려갔지만 장례는 이미 끝난 뒤였다. 아버지는 마을 청년들이 무익한 계획을 꾀하는 것을 심하게 꾸짖다가 여러 명의 불량배에게 두들겨 맞아 숨지고 말았던 것이다. 슬픔이 채 가시기도 전에 분녀는 집으로 돌아왔고, 그 후 태돌은 더욱 열심히 일에 전념하였다. 분녀는 둘째아들 을수(乙洙)를 낳아 기르며 그런대로 평온한 2년을 보냈다.

그러던 어느 해 첫눈 내리던 겨울밤, 늦은 시간에야 측량에서 돌아와 그대로 잠들었던 태돌이 이튿날 아침 차가운 시신이 되어있었다. 분녀 나이 서른 살 때의 일이다.

그해 겨울 밤, 분녀는 정체 모를 세 남자에 의해 마을에서 떨어진 어느 작은 주막으로 보쌈을 당하였다. 다행히 이튿날 무사히 집으로 돌아오긴 했지만, 얼마 후 마을에는 분녀가 머슴과 밀통했다는 소문이 나돌게 되어 결국 고향으로 쫓겨나고 말았다. 그렇게 고향으로 쫓겨 온 지 3년 쯤 되던 해, 시댁의 조부로부터 돌아오라는 연락을 받았다. 머슴과의 추문은 형의 유산을 뺏으려던 태식부부의 소행이었음이 밝혀진 것이었다. 분녀가 돌아왔을 때 재산은 거의 없어진 상태였다. 그러나 분녀는 오히려 기와집을 태식부부에게 내어주고 자신은 초가집으로 옮겨가 밤낮으로 열심히 일하며 살았다.

40년 만의 극심한 가뭄이 기승을 부리던 해에 유행성 이질로 장녀가 죽었지만, 형제는 건강하게 잘 자라 사이좋게 학교에 다녔다. 그해 가을 태식이 먼 친척 숙부의 인감을 위조해 토지를 저당 잡힌 것이 밝혀져 경찰신세를 지게 되었을 때, 분녀는 태식을 위해 선뜻 500원을 내놓았다. 그런 형수의 모습에 태식은 눈물을 흘리며 과거의 잘못을 속죄했다. 그때부터 태식은 교회를 다니기 시작해 독실한 신앙인이 되었다.

학교를 졸업한 큰아들 갑수는 자신이 하던 집안일을 동생 을수에게 맡기고 탄광노무자가 되어 홋카이도로 떠났다. 그런데 일본으로 건너간 갑수가 1년이 넘도록 소식이 없더니 어느 날 홀연히 다리를 절뚝거리며 고향으로 돌아왔다. 그간 갑수의 소식을 알려고 점집으로 어디로 수소문하던 분녀는, 이제 아들의 다리를 고칠 약을 찾아 동분서주하였다. 분녀의 정성이 하늘에 닿았는지 갑수의 다리는 지게를 짊어질 수 있을 정도까지 호전되었다.

갑수와 을수는 매일 소를 끌고 일을 하러 나갔다. 그러던 오월 어느 날, 을수는 갑수에게 지원병이 되고 싶다고 말하였고, 갑수는 일본에서 만난 일본청년들의 강인함에 놀랐다며 동생의 입대지원을 기꺼이 허락하였다. 하지만 쉰이 넘은 늙으신 어머니 분녀에게 차마 말을 꺼내지 못하던 을수는 우연히 지원병에 관한 이야기가 나오자 솔직하게 자신의 결심을 털어놓았다. 그리고 입대지원이야말로 시대의 정황과 조선청년의 장래, 천황의 은혜에 대한 보답을 위한 길이라며 어머니를 설득했다. 하지만 어머니는 아무 말이 없이 낡고 검게 그을린 벽만을 쳐다보고 있었다. 그 벽에는 5년 전 농촌진흥운동이 활발했을 때 여자 혼자 몸으로 일가를 갱생하게 한 공로로 도지사로부터 받은 금박의 표창장이 걸려 있었다.

그로부터 열흘 후, 을수 앞으로 주재소의 호출장이 날아왔다. 알고 보니 '일본 어머니의 마음'으로 분녀가 자식의 입대지원을 찬성해 준 덕분에, 수속을 밟기 위해 을수를 부른 것이었다. 을수는 분녀의 무언의 승낙이 고마워 코끝이 찡해졌다.

조선인 응모자가 모집정원을 초과하였고, 그 중에는 혈서지원을 한 사람도 있다고 하였다.

그런 와중에도 을수는 시험에 무사히 통과해 가을추수가 시작되기 전 경성훈련소로 출발할 수 있었다. 역에는 '축 입소, 니시무라 을수(西村乙洙, 정씨일가는 이미 '니시무라'로 창씨개명 하였다)'라는 깃발이 장대에 높이 매달려 있었고, 관공서 사람들은 물론 학교 학생들과 마을사람들까지 모두 나와 배웅하였다. 분녀는 그 광경에 감격하여 어찌할 바를 몰랐다. 면장님의 만세에 화답이라도 하듯 거기 모인 사람들이 모두 만세를 불렀다. 분녀도 뒤따라 만세를 외치며 눈물을 흘렸다.

그로부터 6개월 쯤 지났을 때, 을수가 훈련을 마치고 ○○부대로 입대하였다는 소식이 전해져왔다. 그간 을수가 했던 농사일은 학생이나 이웃마을의 청년들이 와서 도와주었다. 분녀는 지금까지 주위를 의심하며 살아왔던 자신의 마음을 열었다.

을수가 떠난 후 두 번째 봄을 맞았다. 체력이 해가 다르게 허약해지고 있음을 느낀 분녀는 젊어서 힘들게 샀던 논들을 둘러보고 싶어졌다. 땅덩어리 하나하나가 자식처럼 느껴졌고, 순간 그 땅 위로 아들들의 환영이 겹쳐보였다. 그런데 한순간 몸이 서서히 차가워지는가 싶더니 분녀의 몸이 물속으로 빠져들고 있었다. 분녀가 논을 내려다보며 앉아있던 연못의 제방이 녹아내린 것이다. 근처에서 봄나물을 뜯고 있던 여자들에 의해 분녀는 간신히 뭍으로 올려졌다. 그녀는 의식이 돌아왔는지 흙탕물을 뱉으며 갑수를 찾았다.

「"갑수는 어디에? 갑수… 을수에게 …을수에게 알리지 마라……걱정할 테니까."
이렇게 띄엄띄엄 말하고 다시 입을 우물거렸지만 더 이상 알아들을 수 없었다.
소식을 전해들은 태식이 가장 먼저 달려왔고, 뒤이어 갑수가 왔다. 하지만 갑수가 다리를 끌며 버드나무 우거진 숲을 달려왔을 때 분녀는 이미 숨을 거두고 말았다.
자신의 돌연한 죽음에 조금 놀란 듯 어떤 고통도 불안도 없는 평화로운 얼굴이었다. 자신의 논두렁이 참으로 편안한 베개이기나 한 듯 녹초가 된 머리를 기대고, 이제 막 진흙 속에서 머리를 쳐든 사람처럼 귀 밑으로 누런 풀싹을 베고 있었다.
"마치 성모님의 얼굴이다."
태식은 낮게 중얼거리며 눈물을 닦았다.」

道(길)

〈기초사항〉

원제(原題)	道	
한국어 제목	길	
원작가명(原作家名)	본명	김사영(金士永)
	필명	

게재지(揭載誌)	국민문학(國民文學)
게재년도	1944년 5월
배경	• 시간적 배경: 태평양전쟁이 한창이던 어느 해 여름 • 공간적 배경: 청년특별연성소, 집
등장인물	① 스무 살에 청년특별연성소에 입소한 몽룡 ② 몽룡의 아버지 이일성 ③ 이발소 아들 이일선 ④ 연성소 소장 등
기타사항	

〈줄거리〉

한때 K선 철도공사장에서 일했던 몽룡(夢龍)의 아버지 이일성(李一成)은 1939년 겨울, 읍내로 통하는 도로를 만들기 위해 뒷산을 파내는 난공사에 투입되었다. 이일성은 다이너마이트 폭파 작업을 하던 중 부주의로 사고를 당해, 다행히 목숨은 구했지만 허리를 다치고 말았다. 그 뒤 공사장에 나가지 못하게 된 몽룡의 아버지는 마을에 완성된 3등도로의 수선인부로 일하게 되었다. 그래서 몽룡은 집안농사는 물론이고 어릴 적 일찍 돌아가신 어머니를 대신해 여동생과 남동생까지 돌봐야 했기 때문에 학교에 다닐 수가 없었다.

열 살 때 학교에 보내달라고 떼를 써봤지만 끝내 꿈을 이루지 못하였다. 책가방 대신 지게를 짊어지고 10년 동안 소처럼 일해 온 몽룡은 뒤늦게 공부도 하고 훗날 군인도 될 수 있다는 사실에 들떠 〈청년특별연성소〉에 입소하였다. 어리석게 체념만 하며 살아온 자신에게 배울 수 있는 기회가 온 것이 너무나 기뻤다.

4월 8일 입소식 날 서둘러 학교에 가니, 군수 대리와 면장 및 주재소 수석 그리고 지방유지 등이 참여하여 궁성요배(宮城遙拜)를 올리고 기미가요를 합창하는 등 행사가 진행되었다. 그리고 연성소 직원의 소개와 연성소 생활에 대한 간단한 주의사항이 전달되었다.

예전 T마을 병영에서 보았던 군인들처럼 몽룡 자신도 군인이 될 수 있다는 사실에 가슴이 뛰었다. 하지만 폐인과 다름없는 아버지를 두고 군대에 가겠노라고 차마 말할 수 없었다. 그런데 뜻밖에도 아버지는 국민이라면 군인이 되어 국가를 위해 목숨을 던져야 한다고 말하는 게 아닌가. 몽룡은 아버지의 그 말에 가슴이 뜨거워짐을 느꼈다.

연성소는 한 해 동안 최저 600시간 이상 연성을 해야 했기 때문에, 매일 4시간씩 연성시간을 가져야 했다. 연성시간은 훈육학과를 2~3시간, 교련을 1~2시간, 가끔 근로 작업을 1시간씩 하여 군인으로서의 연성을 다졌다.

국어(일본어)의 정확하고 신속한 습득, 생활 훈련을 통한 정신적인 연성, 형식훈련, 신체단련 등과 같은 연성은 진짜 일본인이 된다는 정신적 부분에서 매우 중요한 것이었다.

국어를 잘 못하는 몽룡은 을반에 들어가게 되었지만 성실하게 연성에 참여하였다. 그러나 시간이 흐를수록 청년들은 슬슬 결석을 하거나 게으름을 피웠고, 언제부터인가 성적이 나쁘거나 게으른 사람은 징벌을 받게 되었다. 예컨대 운동장 열 바퀴 돌기나 변소의 분뇨 퍼내기 열 번, 아니면 소장에게 불려가 한두 시간씩 훈계를 듣기도 했다.

몽룡도 집안일로 연성소를 하루 쉬게 되었는데, 이를 알게 된 아버지는 남의 눈을 속여서는 안 된다며 몽룡을 호되게 꾸짖었다.

다음날 학교에 간 몽룡은 해군에서 훌륭하기로 소문난 야마모토(山本)사령관이 전사했다는 소식을 듣게 되고, 그것이 꼭 자신이 결석한 때문인 것만 같아 자책감이 들었다. 일요일에는 지원병을 배웅하기 위해 학교에 갔다. 학교 운동장에는 사람들로 가득 차 있었고, 펄럭이는 깃발과 일장기의 물결, 만세외침, 축사, 울려 퍼지는 환호 속에서 거수경례를 한 지원병이 선두에서 걷자 환호하는 군중들이 그 뒤를 따랐다. 몽룡은 이러한 모습을 지켜보며 다시 가슴이 고동치는 것을 느꼈다.

그러던 어느 날, 연성소 소장은 에투(アッツ)섬에서 2천 명의 병사가 전사한 소식을 전하며 오열하였다.

「"열 배가 넘는 적과 맞서 이십 여일, 정말 일본남자의 진면목을 발휘해 멀리 떨어진 고도(孤島)를 계속 지켰고, 게다가 한 사람의 병사도 요청하지 않았다. 결국 최후라는 것을 알고 예리한 칼날을 휘두르며 몰려오는 적군을 베고 또 베어 아름답게 야마토(大和)의 벚꽃으로 지셨다. 이 충혼(忠魂) 2천의 원수를……."

격정을 억누르지 못하고 소장의 목소리는 눈물로 목이 메었다. 움푹 팬 눈에서 뚝뚝 떨어지는 눈물을 닦으려고도 않고 더듬거리는 말소리를 가라앉히며 주먹을 굳게 쥐고 있었다.

"이 원수들을 우리는 반드시, 반드시 다시 공격해야 합니다. 결코 2천 동포의 죽음을 헛되이 해서는 안 됩니다. 먼저 야마모토 원수의 전사 소식을 듣고, 또 여기에다 황군 2천의 옥쇄(玉碎) 소식을 들은 때, 우리들의 가슴은 찢어지는 것 같습니다."」

소장은 잠시 말을 멈추고 흥분을 억누른 뒤 천황의 부르심을 받아 큰 전쟁에 참가할 수 있게 된 청년들은 행복하다는 말을 이어갔다. 이 소식이 전해진 후 청년들은 출석률도 높아졌으며, 이전보다 더 열심히 연성에 임하게 되었다. 몽룡도 열심히 노력한 덕분에 갑반(甲班)으로 올라갔다.

이모작이 끝나고 농한기에 접어들 즈음 군인정신을 습득하기 위한 열흘간의 합숙훈련이 시작되었다. 그리고 마지막 과정인 이틀간의 행군을 다들 기운차게 출발했다. 하지만 시간이 갈수록 지독한 더위를 참아내기가 힘들었다. 더군다나 몽룡은 2, 3일 전부터 설사로 고생한 데다 불침번까지 서느라 잠을 못잔 탓에 몹시 지쳐있었다. 팔봉산 기슭을 등반할 때는 혼잣소리로 질 수 없다며 이를 악물고 나무뿌리를 붙잡고 올라갔다. 하지만 날이 서서히 밝아올 무렵 뒤처져있던 사람까지 앞서가고 나니, 주위에는 아무도 없이 적막한 가운데 결국 바위 옆에 쓰러지고 말았다. 얼마나 시간이 흘렀을까, 정신을 차려보니 한여름인데도 바위틈에 하얀 눈이 보였다. 눈으로 갈증을 해소하고 바위 위에서 아래를 내려다보니 아버지가 허리불구가 되면서까지 바위산을 파낸 길이 보였다. 그때 문득 삼등도로를 수리하기 위해 매일 한 번씩 읍내까지 왕복했던 아버지를 떠올리자 정신이 번쩍 들었다. 그때 밑에서 낙오된 이일선(李一善)이 말을 걸었고, 둘은 나란히 산을 올랐다. 해발 4천 미터의 팔봉산 정상이 바로 눈앞에 있었다.

細流(실개천)

〈기초사항〉

원제(原題)	細流	
한국어 제목	실개천	
원작가명(原作家名)	본명	김사영(金士永)
	필명	기요카와 시로(淸川士郎)
게재지(揭載誌)	국민문학(國民文學)	
게재년도	1944년 7월	
배경	• 시간적 배경: 태평양전쟁 중이던 1940년대 초 • 공간적 배경: 밤골	
등장인물	① 정씨 집안의 규오할아범 ② 후쿠오카 광산으로 떠난 큰아들 ③ 사할린 광산으로 떠난 둘째아들 등	
기타사항		

〈줄거리〉

완만한 산 경사면에 위치한 밤골은 상수리숲을 뒤로하고 부락이 둘로 나누어져 한가운데에 밭과 논이 있는 마을이었다. 이 마을 사람들은 비료를 만들거나 저수지를 만들어 수확을 올리려고 노력하는 대신 쉽게 포기해버리는 사람들이었다. 이 마을에서 위세가 당당했던 정씨 집안도 종갓집 사람들이 선산 땅을 모두 팔아 도망가 버린 뒤로 자작농이 점차 줄어들었다.

정씨 집안의 규오(圭午)할아범이 벼농사를 위해 저수지를 만들자고 제안하여 공사를 시작하게 된 것은 밤골마을의 일대사건이었다. 마을 사람들은 손에 손에 연장을 들고 나가 아침부터 밤늦게까지 공사에 전념하였다. 젊은 남정네들은 제방공사를 맡았고, 힘없는 노인과 아녀자들은 수로 공사를 맡았다.

하얗게 머리가 샌 예순아홉 살의 규오할아범은 아내와 함께 그 누구보다 먼저 나가 쉬지도 않고 일했다. 규오할아범은 지금까지 살아오면서 처음 맛보는 마음의 여유를 느꼈다. 할아범은 덧없게만 느껴졌던 인생에 한줄기 빛이라도 발견한 사람처럼 하루하루를 열심히 살아가고 있었다.

그에게는 세 아들이 있었다. 어려운 살림에 제대로 먹이지도 못하고 키운 두 아들은 성인이 되자 마을을 떠나버렸다. 큰아들은 집안의 대를 이어야하지 않겠냐며 극구 말리는 할아범 부부의 만류에도 불구하고 후쿠오카 탄광으로 떠나더니, 떠난 지 1년 만에 며느리와 손자까지 데리고 가버렸다. 그 후 얼마 되지 않아 그토록 성실하던 둘째아들까지 사할린 광산으로 떠나버렸다.

할아범은 떠나는 아들을 배웅하고 술집에 들렀다가 집으로 돌아오던 중 의식을 잃고 쓰러져 잠이 들어 버렸다. 얼마쯤 지났을까, 얼음 밑으로 흐르는 계곡 물소리에 번쩍 정신이 든 할아범은, 흉작을 면치 못하고 있는 벼농사를 위해 계곡물을 밤골로 끌어오면 좋겠다는 생각을 하게 되었다.

그때부터 할아범은 곡괭이를 들고 혼자 저수지공사를 시작했고, 그런 할아범을 비웃던 마을사람들도 언제부턴가 하나 둘 거들기 시작했다. 그런데 뜻밖에도 아랫마을 사람들이 자신들의 물길을 빼앗는다며 이들의 공사를 맹렬하게 반대하고 나섰다. 이에 저수지공사가 훌륭한 가뭄대책이 될 거라며 장려하는 면장의 말과 저수지공사가 끝나면 아랫마을에도 물을 충분히 공급할 수 있다는 도(道)에서 파견된 기사(技師)의 말에 아랫마을 사람들도 설득되었다.

그 후, 규오할아범을 비롯한 마을사람들은 버려진 땅에 보리나 감자를 심기도 하고 돼지와 닭 같은 가축을 키우는 등 열심히 일하였고, 풀을 베어 비료를 만들거나 땅을 개간하는 일에도 힘썼다.

그러던 어느 날 사할린 탄광에 간 아들에게서 편지가 왔다.

「"이곳에 온 지 벌써 세 달이 다 되어갑니다. 처음에는 꽤 갈팡질팡했는데 이젠 제법 익숙해졌습니다. 매일 수백 미터 땅 아래에서 일을 하고 있습니다. 아버지는 아직 석탄이라는 것을 잘 모르겠지요. 용천(龍川) 철교를 건너는 그 힘찬 기차가 석탄의 힘으로 움직인다는 것을 생각해 보세요. 이른바 석탄은 국가가 부흥하기 위한 큰 힘이며, 전쟁에 이기기 위한 제일의 힘이 됩니다. 석탄이 없으면 많은 기계들이 움직이지 못하게 되기 때문입니다. (중략) 저는 매일 아침부터 밤까지 석탄을 캐는 기쁨을 느끼고 있습니다. 살아있는 것을 캐내는 기분은 즉 물건을 탄생시키는 마음입니다. 아버지의 이 못난 자식도 나라의 큰 생명에 직접 연결되어 있다는 것을 생각해 주세요. 전쟁에 직접 참가하고 있는 것이나 다름없습니다."」

조선에서 일주일 걸려 도착하니 조선이나 일본 전국에서 많은 사람이 모여 있으며, 지금시대는 가문보다도 국가가 소중하다는 것과 후쿠오카에 있는 형으로부터 부모님을 규슈에 모시고 싶다는 편지가 왔다는 등의 내용이 담겨 있었다. 규오할아범은 어디에 있든 열심히 일하는 것이 중요하다고 생각하였다.

다음 날 이른 새벽, 할아범 부부는 공사장으로 올라갔다. 그곳에 서서 계곡의 물줄기가 콸콸 넘치는 저수지의 모습을 상상하였다. 그리고 정씨 일가도 이 계곡물처럼 명맥을 이어가기를 바랐다.

규오할아범은 자식들이 나라를 위해 각자의 자리에서 석탄을 캐듯, 자신은 마을에 남아 벼를 수확하리라 다짐하였다. 할아범은 퉤 하고 손바닥에 침을 뱉고 괭이를 잡았다. 뱃속 깊숙한 곳에서 솟아난 새로운 힘이 괭이까지 전해져왔다.

金三圭(김삼규)

—

김삼규(생몰년 미상)

019

약력

1929년   11월~1930년 1월까지 잡지 「조선지방행정(朝鮮地方行政)」에 일본어 탐정소설 「말뚝에 박힌 메스(杭に立ったメス)」를 연재하였다.

 019-1

杭に立ったメス(말뚝에 박힌 메스)

〈기초사항〉

원제(原題)		杭に立ったメス
한국어 제목		말뚝에 박힌 메스
원작가명(原作家名)	본명	김삼규(金三圭)
	필명	
게재지(揭載誌)		조선지방행정(朝鮮地方行政)
게재년도		1929년 11월~1930년 1월
배경		• 시간적 배경: 어느 해 늦가을 • 공간적 배경: 일본 도쿄
등장인물		① 잡지사 기자이자 2류 시인인 '나 = 히라이시' ② 나의 동료 다니시로 ③ 의학연구소의 의학도 미나미 겐과 마키타 신 ④ 나를 용의자로 의심하는 경찰 가미우라 등
기타사항		<글의 차례: G·g·G - 이건 무슨 알? - 스페이드 2 나타나다 - 단검 제2호 - 진범 - 스페이드 3 - 스페이드 4 - 말뚝에 선 메스 - 진범구속 - 스페이드 5 범안>

〈줄거리〉

급한 편집을 마치고 오랜만에 휴가를 얻어 하숙집에서 쉬고 있던 저녁 무렵, 다니시로(谷城)가 한 살인사건 기사가 실린 석간을 들고 나(히라이시, 平石)의 방으로 뛰어들었다.

「"G·g·G란 과연 무엇인가?
가케카미(崖上) 일가의 영애(令愛) 변사체 - 스페이드 A 한 장 달랑 -
오늘 오전 10시 무렵, 니시카타마을의 부호 가케카미 고조(崖上剛藏)의 무남독녀 긴코(銀子, 19세)가 서재에서 누군가의 칼에 살해당했다. 최초 목격자는 집안의 가정부로, 점심을 알리기 위해 영애를 불렀으나 대답이 없자, 방으로 들어간 순간 그 참사를 발견했다고 한다. 범인은 동쪽 창문을 향해 놓인 책상에서 독서 중이던 영애의 등 뒤를 덮친 것으로 보이며, 어떤 증거도 남기지 않은 점과 칼등에 트럼프를 꽂아 몸에 피가 튈 것을 예방한 점 등이 범인의 교묘함을 여실히 보여준다. 그나마 증거로 꼽을 수 있는 것이 있다면 지문 하나 없는 카드 - 스페이드 A -가 그 상처에 대어져 있었을 뿐으로, 그 카드에는 뜻을 알 수 없는 부호가 'G·g·G'라고 타이프라이터로 빨갛게 타이핑되어 있었다. 범행에 사용된 흉기는 발견되지 않았으나, 상당히 예리한 것이었는지 피도 거의 나지 않았다. 원인은 알 수 없지만 책상 안에는 20엔이 들어있는 지갑이 있었는데 그것에는 손을 대지 않았다고 한다. 영애가 상당한 미모의 소유자라는 점으로 볼 때, 강도라기보다는 치정문제로 보는 경향이 강하다. 또한 생전 방탕한 생활을 지속해온 그녀였음을 감안하면 당연하다고 생각되지만, 그럴만한 증거 또한 전혀 발견되지 않았다. 운운."」

나와 다니시로는 미궁에 빠진 이 사건, 무엇보다 같이 알고 지내던 긴코의 살인사건에 대해 탐정다운 기지를 발휘해 범인색출에 나서게 되었다. 나는 그날 밤 가케카미 일가의 담을 넘어 긴코가 살해당한 현장을 수색하고 있는 경찰들과 의학연구소에서 나와 현장을 살펴보는 미나미 겐(南見)을 창문 너머로 훔쳐보았다. 그러다 우연히 잔디밭에 떨어져있던 수건에 돌돌 말려있는 단검을 발견하게 되었다. 그리고 피가 묻은 그것을 살피는 도중 경찰에게 용의자로 잡혀갔다. 그런데 긴코가 죽은 지 사흘째 되는 날 나는 무사히 풀려나게 되는데, 그것은 그 사이 같은 수법의 제2의 살인사건이 발생했기 때문이었다. 카페 여종업원인 루리코(るり子)가 카페에서 심장에 칼을 맞고 죽은 것이다. 다니시로와 나는 루리코의 시체에 남겨진 반점 등을 직접 목격한 순간, 사살이라고 단정 짓고 있는 경찰과는 달리 독살을 의심하게 되었다. 그리고 바로 그때 나타난, 미나미와 같은 의학연구소에 근무하는 마키타 신(牧田伸)이 약물중독이냐고 묻는 말을 듣고서야 의약품에 대해 잘 아는 누군가의 청산가리 주입에 의한 살인임을 확신하게 되었다. 특히 다니시로는 그 범인으로 미나미를 의심하고 있었다.

미인들만 골라 살해하고 어떤 증거도 남기지 않은 살해현장에 스페이드 카드를 남기고 가는 범행수법을 기사를 통해 알게 된 사람들은 스페이드 13, 아니 스페이드 킹까지 살인이 이어질지 모른다는 공포에 휩싸였다.

그리고 일요일 오전, 연구소의 마키타가 나의 하숙을 찾아왔다. 그의 약혼녀 마사코(正子)는 현재 석 달째 병원에 입원해 있는데, 병간호 도중 범인에 대한 추리를 듣고 싶어 잠시 다니시로를 만나러 왔노라고 했다. 외출에서 돌아온 다니시로는 피해자인 긴코와 루리코 모두의 연인이기도 했던 미나미가 범인임이 분명하다며 자신이 추론한 이유, 예컨대 긴코가 살해당한 직후 해부를 실시하지 않은 점, 그로 인해 경찰과 사람들은 사살에 의한 살해로 믿고 있지만 어느 모로 보나 청산가리에 의한 독살이라는 점 등을 장황하게 설명했다. 그러면서 마치 농담처럼 '스페이드 3'이 반드시 또 나타날 것이라고 말했다. 그런데 얼마 후, 마사코의 병간호 때문에 바로 병원으로 달려갔던 마키타로부터 병원의 간호사가 또 살해당했다는 전화가 걸려왔다. 그리고 마키타의 집도로 간호사의 사체를 해부하는 도중 마사코마저 '스페이드 4'의 처참한 희생자가 되고 말았다는 것을 알았다. 다니시로는 희생자와 연인을 잃은 마키타를 가여워하며 눈물을 흘렸다. 그는 내가 범행에 쓰인 단검을 발견함으로써 범인의 변태적 성격을 자극하였고, 그로 인해 제3, 제4의 희생자가 나오게 된 거라고 나를 원망하기도 했다.

그날 밤, 나는 심란한 마음으로 바닷가로 잠시 산책을 나갔다. 내가 서있는 바닷가엔 말뚝이 여러 개 줄지어 박혀있었다. 나는 건너편 하쓰시마(初島)에서 비쳐오는 불빛을 받아 시계를 꺼내어 시간을 확인했다.

「9시 13분. 돌연. 달빛의 장난인가? 도깨비불인가? 달빛을 가르며 내 머리를 스치는 뭔가가 있었다. 시계의 유리덮개가 반짝! 사람의 발소리! 메스! 메스닷! 메스를 던져 내 목숨을 빼앗으려한 자가 있다. 메스는 조롱하듯 눈앞의 말뚝에 우뚝 서서 부르르 몸체를 떨었다. 나도 모르게 소리를 지른 모양이었다. 나는 잽싸게 뒤쪽 벼랑으로 뛰어올라가 그림자를 쫓으려고 했다. 그러다 경악하고 걸음을 멈췄다.

G·g·G=미나미 겐

이것이 만일 사실이라면 미나미 겐이 자취하고 있는 집이 바로 이 부근에 있다. 나는 두려움에 사로잡혀 메스를 확인하기 위해 벼랑을 내려갔다. 메스는 말뚝에 3분의 1쯤 깊숙이 박혀있었다. 이 기세에 당했다면 말할 것도 없이 저승길이었을 것이다. 온몸이 떨려왔다.

"미나미 이 자식. 각오해라!" 이렇게 중얼거리며 메스를 빼들고 그 손잡이를 보았다.

그 순간 너무 기가 막혀 말이 나오지 않았다.」

바로 거기엔 '미나미 겐'이 아닌 '마키타 신'의 이름이 새겨져 있었던 것이다. 내 이야기를 들은 다니시로는 지금까지 주장했던 미나미 범인설에 약간 자신감을 잃은 듯 마키타의 메스를 미나미가 훔쳤을지 모른다고 힘없이 대답할 뿐이었다. 바로 그때 가미우라형사가 '스페이드 5'의 희생자가 나왔다는 사실을 알려왔다. 그런데 놀랍게도 이번 희생자는 미모의 여성이 아닌 남자, 바로 미나미라는 것이다. 그리고 더더욱 놀랍게도 가미우라형사는 제5의 피해자인 미나미의 용의자로 나를 지목했다. 그가 직접 살해현장을 목격했다는 것이다. 나는 끌려가며 다만 "나도 그것을 보고 싶었습니다."라고 말해주었다.

나를 향해 메스가 날아들었던 그날 밤, 가미우라형사는 미나미의 집 부근을 배회하다가 그의 집에서 다투는 두 남자의 목소리를 들었다. 한 남자가 미나미에게 범행을 추궁하며 죽이겠다고 윽박지르고 그와 실랑이를 벌였다. 미나미는 자신이 범인이 아니라고 강하게 주장했고, 남자는 거짓말 말라며 미나미를 향해 메스를 휘둘렀다. 그러다 미나미가 의심스러운 액체가 든 병으로 남자를 위협하자 남자는 그 방을 뛰쳐나왔다. 그때 가미우라형사가 그 남자의 뒤를 쫓았는데, 그가 바로 나의 집으로 들어왔다는 것이다. 그로 인해 가미우라형사는 미나미를 죽인 범인으로 나를 지목했던 것이다. 그렇게 가미우라형사와 그날의 알리바이에 대한 이야기를 나누던 도중, 나는 문득 스페이드5의 피해자를 죽인 범인이 스페이드6 카드를 가슴에 안고 자살하지 않을까 하는 의구심이 들었다. 우리는 서둘러 마키타의 집으로 향했다.

　나와 다니시로는 여성 피해자들과 연인관계였던 미나미를 범인으로 의심했고, 마키타는 약혼녀 마사코가 살해당한 것을 복수하기 위해 미나미를 살해한 것이라고 생각했었다. 그리고 놀랍게도 우리가 마키타의 집에서 발견한 일기장에도 처음에는 이와 같은 내용의 글들이 적혀있었다. 그런데 놀랍게도 후반부에 들어서 마치 우리를 농락이라도 하듯, '이것이 사실이라면 다니시로와 히라이시는 자신들이 마치 명탐정이라도 된 듯 기뻐하겠지'라고 적으며, 앞의 진술과는 정반대되는 자신의 범행사실을 낱낱이 기록하고 있었다. 그 내용에 따르면, 사실 미나미와 같은 여자취향을 가진 마키타가, 미나미와 연인관계에 있는 여자들을 차례로 살해한 것이다. 그런데 간호사를 죽였을 때 미나미가 마키타의 범행사실을 알게 되었고, 그 복수로 미나미는 미키타의 연인 마사코를 독살했던 것이다. 사건이 이 지경에 이르자 마키타는 그런 미나미마저 살해하고, 더 이상 도망칠 곳이 없음을 깨닫고 '천국으로나 도망가볼까'라며 자살하고 말았다.

　그 후 나와 다니시로는 더 이상 탐정은 하지 않기로 하였다.

金聖珉(김성민)

—

김성민(1915~1969) 소설가, 영화감독. 본명 김만익(金萬益). 창씨명 미야하라 소이치(宮原惣一).

020

약력

1915년	5월 평양에서 태어났다. 이후 평양보통고등학교를 중퇴하고 상경하였으나, 뜻을 펼치지 못하고 다시 평양으로 돌아갔다. 그 후 동지를 모아 조선영화제작에 1년 정도 종사했지만 해산되었다.
1936년	8월 오사카마이니치신문사가 현상공모한 <제1회 지바가메오(千葉亀雄)상>(장편대중문학)에 「반도의 예술가들(半島の藝術家たち)」이 1등으로 입선하였다. 그리고 이를 8월 2일~9월 16일까지 8회에 걸쳐 《선데이마이니치(サンデー毎日)》에 연재하였다.
1937년	1월 잡지 「삼천리」에 소설 「봄소낙비」를 발표하였다. 평안북도 북신현(北薪峴)역의 역무원으로 근무하였다.
1940년	일본어 장편 『녹기연맹(綠旗聯盟)』을 발표하였다. 10월 「분쇼(文章)」에 일본어소설 「단풍나무의 삽화(楓の挿話)」를 발표하였다.
1941년	자신의 소설 「반도의 예술가들」을 원작으로 한 영화 「반도의 봄」(감독 이병일)이 제작되었다. 내선일체를 선전하는 일본어 장편 『천상이야기(天上物語)』(3월~10월)를 「녹기(綠旗)」에 연재하였다. 8월 일본어 장편 『혜련이야기(惠蓮物語)』를 발표하였다.
1948년	영화 「사랑의 교실」의 감독 및 제작, 그리고 시나리오를 맡으며 영화계에 데뷔하였다.
1954년	시나리오 「운명의 손」을 발표하였고, 영화 「애원의 향토」, 「북위 41도」의 감독을 맡았다.
1956년	시나리오 「포화 속의 십자가」, 「장화홍련전」, 「구원의 정화」를 발표하였고, 영화 「인생역마차」의 감독을 맡았다.
1958년	영화 「어디로 갈까」, 「형제」의 감독을 맡는 등 1950년대 대한민국의 대표적인 영화감독으로 손꼽혔다.
1960년대	영화 「지상에서 맺지 못할 사랑」(1960), 「격정가」(1961)와 「검은 장갑」(1963)

1969년 　　　　11월 타이완에서 뇌일혈로 사망하였다.

半島の藝術家たち(반도의 예술가들)

〈기초사항〉

원제(原題)	半島の藝術家たち	
한국어 제목	반도의 예술가들	
원작가명(原作家名)	본명	김만익(金萬益)
	필명	김성민(金聖珉)
게재지(揭載誌)	선데이마이니치(サンデー毎日)	
게재년도	1936년 8～9월	
배경	• 시간적 배경: 어느 해 겨울 • 공간적 배경: 경성	
등장인물	① 신인극작가 장영일 ② 평양에서 상경한 친구의 여동생 연숙 ③ XXX 레코드 문예부장 최양수 ④ 최양수의 동거녀이자 여배우였던 영희 등	
기타사항		

〈줄거리〉

　　장영일(張永一)은 고향 친구로부터 영화에 관심이 많은 열아홉 살 여동생 연숙(蓮淑)을 보낼 테니 영화사에 취직시켜달라는 부탁의 편지를 받는다. 영일은 흔쾌히 허락하는 편지를 띄우긴 했지만, 생활할 만한 수입을 받지 못하던 영화배우는 얼굴을 알리려는 기생이 대부분이었다. 그래서 영일은 연숙에게 영화사 사정을 설명하고 영화사 자본주이자 XXX 레코드 문예부장인 최양수(崔洋秀)에게 연숙을 소개해 영화사 판매부 사무원으로 취직시켰다.

　　서른이 갓 넘은 문예부장인 최양수는 바람둥이로 소문난 남자였다. 12살 때 조혼한 그는 7살 연상의 부인과 자식을 고향에 방치한 채, 부모가 물려준 재산을 가지고 일본인들이 거주하는 동네에 큰 집을 짓고 여배우 영희(映姬)와 동거하고 있었다. 그런데 점차 영희는 영일에게 관심을 보이며 유혹하기 시작했고, 최양수 또한 연숙에게 옷을 사주며 그녀의 마음을 사기 위해 애를 썼다. 그렇지만 영희는 영일에게 거절당하고, 이 사실을 알게 된 최양수는 영일과 정을 통했다는 이유로 영희를 쫓아냈다. 결국 영희는 생계를 위해 여배우를 그만두고 짧은 머리에 기모노 차림의 여급이 되었다.

한편 촬영을 맡은 강(康)감독은 여배우를 그만둔 영희 대신 연숙을 여주인공으로 캐스팅해 촬영을 재개하였고, 연숙이 촬영팀에 합류함에 따라 술집을 개조해 만든 촬영소는 더욱 활기를 띠게 된다.

연숙의 촬영을 도와주고 있던 영일은 작곡가 권(權)으로 부터 작곡가 홍(洪)이 최양수에게 원고료 지급을 요청하는 바람에 영일이 홍(洪)의 원고료로 동료들 식대를 융통해 준 것이 탄로 났다는 이야기를 전해 들었다. 그래서 영일은 홍(洪)의 집을 찾아가 만나서 2, 3일 안에 M신문에서 장편소설의 원고료를 받아 갚겠노라며 그 동안의 내막을 이야기하고 양해를 구했다.

이후 영일은 바쁘다는 구실로 좀처럼 만나주지 않는 M신문사 편집부장을 찾아가 원고료를 부탁하였다.

「(무엇보다도 현재 조선에 있어서 저널리즘은 특히 소설의 원고료 등은 재촉하지 않으면 절대로 지불하지 않는다. 2, 3회 집요하게 작가들이 면전에서 재촉해야 비로소, 그것도 재촉당한 회수만 조금씩 지불해주기 때문이다) (중략)

영일이 얼굴을 들어서 상대의 얼굴을 물끄러미 보았다.

"100원이라고 하였나요?"

"100원입니다. 500매에 100원 1장에 20전 씩, 1일 분 평균 80전, 충분한 일당입니다."

편집부장은 얼굴색 하나 변하지 않고 이것만은 확실히 말하고 사라졌다.

영일은 멍해서 잠시 동안 아무 말도 할 수 없었다.

"실례입니다만, 당신들은 외부작가에게도 1장에 20전씩 고료를 지불하고 있습니까?"

"글쎄, 사람에 따라 다르겠지요."

"그러나, 20전은 너무하지 않습니까?"

"뭐라고요? 원고용지의 시세로 하면 20전도 큰 것이지요. 원고용지 100매에 20전 하니까요. 500매에 1원입니다. 거기에 대한 보수가 100원이면……."

손에 쥐고 있던 주판을 들어 올려 탁 튕겨 보이고는 말을 이었다.

"정확히 원가의 100배니까, 무시할 수 없지요."

거드름 피우듯이 편집부장은 듬성듬성 난 콧수염을 꼬았다.」

영일은 예술가임에도 불구하고 원고료를 재촉해야 하는 자신의 처지와 편집부장의 원고료 계산 모습에 굴욕감마저 들어, 다시는 소설을 쓰지 않겠다고 다짐하며 신문사를 나왔다.

한편 술집 마로니에 취직해 쓰바키(椿)라는 일본식 이름으로 개명한 영희는 인텔리 지식인이나 학생들에게 여왕처럼 인기를 얻고 있었다. 그러던 어느 날 최양수는 영희를 찾아와 영일을 횡령죄로 감옥에 넣고 연숙과 결혼할 작전을 세워줄 것을 부탁한다. 물론 영희는 그 부탁을 흔쾌히 받아들였다.

영일의 횡령소식을 들은 연숙은 영일에게 실망하여 평양으로 돌아가겠다며 나가버렸다. 뒤늦게 이 사실을 알게 된 영일과 강감독은 연숙의 아파트와 역으로 그녀를 찾아나섰다. 역에서 연숙을 만난 강감독은 연숙에게, 그동안 영일이 자신의 급료를 나누어 동료들을 돌봐준 사실을 말했고, 덕분에 연숙은 영일에 대한 오해를 풀었다.

그러나 다음날 영일의 집에 찾아간 연숙은, 최양수의 고발로 경찰에게 연행되는 영일을 보게 된다. 영일은 사실대로 이야기하면 오늘 중으로 풀려날 거라 믿고 경찰을 따라나섰다. 하지만 영일을 연행해 간 형사는 죄의 유무도 묻지 않고 다짜고짜 그의 소지품을 빼앗고 그를 유치장에 가두어버렸다.

유치장에서 이틀 밤을 새운 영일은 영희가 마련한 돈과 작곡가 홍(洪)의 진술 덕분에 겨우 유치장에서 풀려날 수 있었다. 하지만 신문에 난 자신의 기사를 보고 괴로워진 영일은 은신처를 찾듯 영희의 집으로 향했다.

한편 영일이 풀려난 사실을 알지 못한 연숙은 최양수의 집에 찾아가 영일을 도와달라고 사정하였다. 최양수는 결혼을 조건으로 영일을 구할 돈 200원을 연숙에게 건네준다. 연숙은 무력한 자신의 모습에 괴로워하며 돈다발을 들고 유치장으로 달려가지만 그때는 이미 영일이 풀려난 뒤였다.

최양수는 아무리 애써도 연숙이 자신과의 결혼을 약속해주지 않자, 석간신문에 둘의 결혼 기사를 제멋대로 싣고 말았다. 그 기사를 본 영일은 절망한 나머지 촬영장에도 나가지 않고 마로니에에서 술에 취해 지냈다.

강감독은 영일을 찾아 연숙의 집으로 데려가 오해를 풀어주려고 하지만, 술에 취한 영일을 본 연숙이 오히려 화를 내며 영화가 완성되는 대로 최양수와 결혼할 거라고 말해버리고 말았다. 그 말에 충격을 받은 영일은 절망하여 연숙의 집을 뛰쳐나가 버렸다.

영화는 2월 25일 아침에 마침내 개봉되었다. 1원이라는 비싼 입장료에도 불구하고 대만원을 이뤘다. 그런데 그날 연숙이 자살시도를 했다는 소식을 전해들은 영일은 병원으로 곧장 달려가 연숙을 극진히 간호했다.

그로부터 3주쯤 지난 어느 날, 연숙과 영일은 경성역에서 강감독의 배웅을 받으며 일과 신혼여행을 겸한 여행을 위해 신징(新京)행 열차에 몸을 실었다.

綠旗聯盟(녹기연맹)

〈기초사항〉

원제(原題)		綠旗聯盟(一~二部)
한국어 제목		녹기연맹
원작가명(原作家名)	본명	김만익(金萬益)
	필명	김성민(金聖珉)
게재지(揭載誌)		녹기연맹(綠旗聯盟)
게재년도		1940년 6월

배경	• 시간적 배경: 1936년 여름~1937년 • 공간적 배경: 도쿄와 경성
등장인물	① 부모님 몰래 사관학교에 입학한 스물여섯 청년 남명철 ② 도쿄에서 성악을 전공하는 동생 남명수 ③ 피아노를 전공하는 여동생 남명희 ④ 경성제국대를 나오고도 일은 하지 않고 도락에 심취해 사는 맏형 남명엽 ⑤ 명철의 예과시절부터의 친구 고마쓰바라 야스시게와 그 여동생 야스코 등
기타사항	<글의 차례: 현해탄을 건너 - 아시아의 백성>

〈줄거리〉

　　명철(明哲)은 친구 야스시게(保重)의 집에 들렀다가 그의 여동생 야스코(保子)를 데리고 이번에 세타가야(世田ヶ谷)로 이사 간 동생들 집으로 찾아갔다. 동생 명수(明洙)와 명희(明姬)는 오랜만에 만나게 된 명철을 위해 정성껏 음식을 마련해두고 있었다. 명철 일행이 도착하자 명수는 형에게 아버지가 보내온 편지를 건네주고, 오랜 친분으로 형제들끼리 잘 알고 지내던 다섯 젊은이들은 명희가 준비한 요리를 맛있게 나눠먹었다. 그리고 명철은 야스시게에게 동생들과 할 이야기가 있다며 먼저 돌아가 줄 것을 부탁한다. 사실 그간 부모님께 숨겨왔던 명철의 사관학교 입학 사실이 형 명엽(明燁)의 고자질로 들통이 나고만 것이다. 아버지가 보내온 편지에는 너 같은 불효자식에게는 더 이상 돈을 대줄 수 없으며 군인을 그만두지 않으면 호적에서 이름을 파버리겠다는 내용의 엄포가 담겨 있었다. 명철은 이곳 사관학교를 졸업하면 경성의 연대(聯隊)로 입대할 예정이었기 때문에, 경성에 돌아갔을 때 자신이 겪게 될 가문 내에서의 고충을 짐작하는 것만으로도 앞이 캄캄했다. 그래서 한 가지 묘안을 떠올린 것이 일본인 여성과 결혼하는 것이었고, 그 상대는 평소에 호감을 가지고 편지왕래를 하고 있던 고마쓰바라 야스코(小松原保子)였다. 사실 아버지를 비롯해 유학자 집안인 남씨 가문에서는 명철이 일본군의 병사가 되려는 것을 극구 반대하고 나섰는데, 일본인 여자와 결혼까지 하면 지레 포기하리라고 예측했기 때문이다. 명철은 자신의 상황을 설명하고 결혼해달라는 내용의 편지를 야스코에게 보냈다. 어떤 로맨스도 예의도 갖추지 않은 명철의 편지를 받아본 야스코는 당황스럽기만 했다. 야스코가 명철의 편지를 받았을 때 마침 함께 있던 큰오빠 야스마사(保雅)는 민족적인 문제와 명철의 무례함 등을 들어가며 거절해야 마땅하다고 종용한다. 오빠의 이야기 때문만은 아니지만 야스코는 결국 명철에게 '청혼을 거절한다, 그래도 지금처럼 친구로 지낼 수 있기를 바란다'는 내용의 답장을 보냈다. 명철은 야스코의 답장을 받은 날 한숨도 자지 못하고 이튿날 훈련 중에 일사병으로 쓰러지고 만다. 야스시게는 그런 명철을 돕고자 야스코와 만나게 해주려고 하지만 명철은 완강히 거절한다.

　　한편, 명철이 진심으로 야스코를 좋아한다는 사실을 알고 있는 명희는 오빠를 돕고 싶은 마음에 야스코의 집을 찾아간다. 하지만 마침 야스코와 그녀의 어머니는 집에 없었고, 대신 큰오빠 야스마사가 명희를 맞이하고 동생이 올 때까지 기다리게 해준다. 그런데 무료함과 서먹함을 피하고자 명희에게 피아노를 쳐줄 것을 부탁한 야스마사는, 야릇한 분위기에 젖어 돌아가려는 명희의 손을 덥석 잡아끈다. 그로부터 며칠 후, 야스마사로부터 명희에게 청혼의 편지가 날아들지만 명희는 정중하게 거절하고, 계속되는 그의 편지를 되돌려 보냈다. 그렇게 하여 야스마사의 편지는 다시 오지 않게 되었지만, 명희의 쓸쓸함은 달랠 길이 없었다.

초가을의 어느 일요일 아침, 야스시게는 명철을 데리고 긴자(銀座)로 나와 몰래 야스코를 불러냈다. 야스시게로 인해 오랜만에 야스코와 단둘이 있게 된 명철은 자신의 청혼에 대한 답을 말해달라고 한다. 명철에게 2, 3일 시간을 달라고 말하고 집으로 돌아온 야스코는 이윽고 아버지와 부딪혀볼 결심을 하고 아버지 방으로 갔다. 하지만 아버지의 방에서는 뜻밖의 광경이 펼쳐지고 있었다. 야스마사 오빠가 아버지가 아무리 반대해도 반드시 명희와 결혼하겠노라고 선포하는 것이 아닌가. 그렇게 하여 야스코는 명철과의 결혼에 대한 이야기는 꺼내보지도 못하고, 대신 명철에게 '언제까지나 당신을 사랑하겠지만 결혼만큼은 주변의 사정이 허락하지 않는다, 그 이유에 대해서는 머잖아 당신도 알게 될 것이다'는 내용의 편지를 보냈다.

어느 늦가을 밤, 명수는 잠결에 어떤 소리를 듣고 눈을 떴다. 그 소리의 주인은 화장실에서 헛구역질을 하며 신음하는 명희였다. 3개월 전 명희와 야스마사 사이에 생긴 일, 그리고 명희의 임신을 알게 된 명수는 야스마사를 만나 그녀의 임신사실을 밝히며 책임져 줄 것을 부탁하였다. 야스마사는 결국 가방을 싸 집을 나와 명희의 집으로 가고, 명수는 며칠 여행을 다녀오라며 두 사람을 아타미(熱海)로 떠나보냈다. 그들이 여행을 다녀오는 동안 둘의 신혼살림을 꾸릴 아파트를 구하고 형 명철에게 이 복잡한 사실을 알려야만 했던 것이다. 이튿날 저녁 무렵, 아타미의 명희에게서 행복감이 듬뿍 담긴 내용의 편지를 받고 명수는 형 명철을 찾아갔다. 먼저 명희의 일을 상의도 없이 혼자 처리한 데 대한 사과와 야스코와의 관계에 대한 우려의 마음을 전했다. 명철은 그런 명수에게 앞으로 힘든 일이 많겠지만 명희의 일을 잘 부탁한다고 말한다. 그리고 명희와 야스마사는 여행에서 돌아온 후 명수가 마련해준 아파트에서 생활하며 취업활동을 시작했다. 하지만 사업가인 야스마사의 아버지가 여기저기 손을 써둔 탓에 야스마사는 좀처럼 직장을 구하지 못했다. 대신 명희가 미와코(美和子)라는 가명으로 어느 레스토랑에 취직하였다. 그해 12월, 명철은 일단 사관학교를 마치고 졸업식이 거행될 3월까지 경성으로 돌아가 연대(聯隊)에 근무해야만 했다. 명철은 경성으로 가기 전 명수와 야스시게와 함께 명희를 만나러 레스토랑으로 갔다. 오랜만에 만난 기모노 차림의 명희는 오빠를 배웅하기 위해 마담에게 양해를 구하고 일찍 레스토랑을 나섰다. 그런데 도쿄역에 도착했을 때 예기치 않게 야스마사와 야스코가 명철을 배웅하기 위해 나와 있는 것이 아닌가. 명희에 대한 책임은 반드시 지겠다고 약속하는 야스마사, 가는 도중 도시락이라도 사먹으라며 10엔짜리 지폐가 든 하얀 봉투를 전하며 지그시 명철을 바라보는 야스코. 그렇게 명철은 네 명의 배웅을 받으며 기차에 몸을 싣고 고향 경성을 향해 떠났다.

명엽은 아내 현숙(賢淑)과 싸운 것을 핑계로 정부인 기생 연선(蓮仙)의 집에서 닷새를 머물렀다. 이제 슬슬 집에 들어갈 요량으로 옷을 챙겨 입고 연선의 집을 나선 명엽은, 단골의 중국요리집에 들러 76연대로 전화를 걸었다. 아버지로부터 얼마간의 돈이라도 받아낼 구실을 만들기 위해서였는데, 명철이 군대를 그만두도록 만들겠다는 조건으로 그동안 여러 차례 아버지에게 돈을 얻어 썼던 것이다. 76연대로 전화를 걸어 도쿄의 육군사관학교를 졸업한 명철이 현재 경성의 연대에 와있다는 사실을 알게 된 명엽은, 아버지에게 1주일 후면 명철이 소위(少尉)로 부임하게 된다는 소식을 전하며 연대로 찾아가 어떻게든 명철이 군대를 그만두도록 해보겠다고 약속한다. 그리고 여느 때처럼 그 대가로 300원을 받아내는 데 성공했다.

한편 도쿄에서 졸업식을 마치고 경성의 연대로 돌아와 훈련생을 가르치게 된 명철은 육군대학에 들어가기 위해 틈틈이 공부하고 있었다. 그러던 3월 어느 일요일 오후, 연대로 찾아온 명엽을 따라 명철은 경성에 돌아온 후 처음으로 아버지를 찾아갔다. 그런데 집에 들어선 명엽과 명철은 공교롭게도 아버지를 찾아온 큰아버지와 맞닥트리고 말았다. 그것이 계기가 되어 머잖아 '명철의 제명(除名)'이라는 안건으로 남씨 일가의 친족회의가 열리게 되는데, 명엽이 궁여지책으로 명철을 무학(無學)의 처자와 결혼시켜 조선식 가정에서 살게 하면 명철도 정신을 차리게 될 거라고 어른들을 설득한 덕분에 제명만은 피할 수 있게 되었다.

5월이 되자, 명수에게서 명철 앞으로 놀라운 내용의 전보가 왔다. 명희가 아들을 출산했는데, 야스마사의 아버지가 산원으로 찾아와 명희를 위로해주었다는 것이다. 이제 명희를 고마쓰바라 일가의 며느리로 입적시키기 위해 남은 것은 명희 부모님의 허락뿐이었다. 그래서 명수는 부랴부랴 아버지를 설득하기 위해 경성으로 돌아왔다. 하지만 형 명철의 문제로 온 집안이 시끄러운 가운데 명수는 차마 명희의 이야기는 꺼내보지도 못하고 시간만 흘러갔다.

중일전쟁이 발발하고 황군이 드디어 출동했다는 뉴스가 신문에 실리기 시작했다. 명철의 제명여부를 놓고 모인 친족들은 중국이 이길 것이라고 입을 모았지만, 명엽과 몇몇 어른은 일본군의 승리를 장담하였다.

바로 그 무렵 도쿄의 야스코에게서 명철에게 다시 편지가 왔다. 편지의 내용인 즉 중일전쟁으로 상황이 어려워진 아버지의 사업 때문에 자신의 결혼이 거론되고 있다는 내용이었다. 명철은 명수를 불러 그에 대해 논의하고, 야스코에게는 그런 식의 결혼을 해서는 안 된다는 답장을 보낸다.

그런가 하면 친족회의에서 결정된 대로 명엽은 명철에게 부탁하여 집안에서 정해둔 가난한 집안의 처자와 맞선을 보게 한다. 하지만 명철은 돈에 딸을 팔려는 처자의 아버지에게 자신은 애당초 결혼할 마음이 없었노라고 단호하게 말하고 처자의 집을 뛰쳐나오고 만다. 사정이 그렇게 되고 보니 그 동안 보류해두었던 명철의 제명은 친족들 사이에서 기정사실화되고 말았다.

그러던 어느 가을 날, 명엽은 명희이야기를 아버지에게 잘 말해주겠다는 조건으로 명수에게 자신을 대신해서 아버지와 아버지의 첩인 난홍(蘭紅)을 서커스공연에 데려가 달라고 부탁하였다. 하지만 명수는 아버지와 난홍을 데리고 서커스 대신 중일전쟁의 현장을 고스란히 기록한 활동사진을 보러갔다. 그의 의도는 일본군이 전장에서 얼마나 장렬하게 싸우는지를 아버지에게 보여주고, 형 명철 또한 저들과 다름없는 일본군이 되어 전장에 나갈 수 있음을 깨우치게 하기 위해서였다. 활동사진(영화)을 보고 난 후 명수는 아버지에게 일본군을 위해 기부금을 낼 것을 권하고, 아버지와 큰아버지는 서로 경쟁이라도 하듯 결국 군을 위해 기부금을 내게 되었다. 이로써 일본군 명철의 제명사건은 일단락되었다고 생각한 명수는 연대로 형을 찾아갔다. 그런데 뜻밖에도 형은 야스코의 집안이 결국 망하고 말았으며 그 후로 야스코로부터의 편지도 끊겼다고 말한다. 하지만 명수는 어쩌면 야스코의 집안이 망했기에 오히려 두 사람이 가까워질 가능성이 열린 것 아니냐고 형을 고무한다. 야스코의 문제는 자신에게 맡겨달라고 명철에게 말한 명수는, 독일에서 귀국한 야스코의 둘째오빠 야스히코(保彦)에게 야스코와 형 명철의 문제를 상의하는 편지를 보내고, 야스히코로부터 둘이 맺어질 수 있도록 노력해보겠다는 답장을 받았다. 이 기쁜 소식을 전하기 위해 다시 형을 찾은 명수는 명철에게 동원령이 내려져 내일 밤 전장으로 떠나야 한다는 놀라운 소식을 접하게 된다.

명철은 그 길로 아버지를 찾아가 출정하게 된 사실을 전하고, 3형제는 서로의 오해를 풀자고 의기투합하며 송별회를 갖는다.

「이튿날, 남씨 집의 사랑방에서는 다시 한 번 아들을 위한 송별회가 성대하게 열렸다. 남씨 일족 사람들이 속속 명철을 축하하기 위해 찾아왔다. 시국에 무관심했던 사람들도 친척 중에서 막상 출정자가 나오자 갑자기 그 사명의 중대함을 실감하게 된 것이다. 사람들은 명철에게 격려의 말을 하고, 또 명엽이 준비해 둔 일장기에 각자 서명을 했다. 아버지의 명필은 그 중에서도 특별히 빛을 발하고 있었다. (중략)

명철은 배웅 나온 많은 친족들 한 사람 한 사람에게 인사를 했다. 마지막으로 명수에게 다가가 "한 가지 더 너에게 부탁하고 싶은 것이 있는데……."라고 운을 뗐다.

"응."이라며 명수는 웃었다.

"실은 야스코에 관한 얘긴데……." 여느 때처럼 그는 발밑을 내려다보며 말을 이었다.

"네가 우리 때문에 여러 가지로 힘써준 건 야스코씨 편지를 통해 잘 알고 있어. 근데 이제 더 이상은 그러면 안 돼."

"응."

"개선(凱旋)할지도 모르지만, 또 전사할지도 몰라. 야스코씨에게 어떤 식으로든 부담 줄 일은 하지 마라."

"알겠어."

"그리고 명희 일도 잘 부탁한다."

"응. 명희 일은 내일이라도 당장 해결될 거야. 그리고 모레에는 드디어 아버지의 상투야."

"자르실까?" 명철이 웃었다. 웃으며 아버지 쪽을 보았다. (중략)

이윽고 발차시간이 다가와 명철이 열차에 올랐다. 그러자 명엽이 앞장서서 "남명철군, 만세!"라고 소리 높여 삼창을 하였다. 모두의 눈에 눈물이 빛났다.」

金英根(김영근)

—

김영근(1908～ ?)

021

약력

1928년	단편「노동자(苦力)」가 이북만의 일본어 번역에 의해「센키(戰旗)」에 발표되었다.

021-1

苦力(노동자)

〈기초사항〉

원제(原題)		苦力
한국어 제목		노동자
원작가명(原作家名)	본명	김영근(金英根)
	필명	
게재지(揭載誌)		센키(戰旗)
게재년도		1928년 10월
배경		• 시간적 배경: 1928년 4월 • 공간적 배경: 중국 텐진의 한 부두
등장인물		① 감시병의 학대를 받으며 일하는 중국인 노동자들
기타사항		번역자: 이북만(李北滿)

　　1928년 4월 초의 어느 날 밤, 텐진(天津) 부두에서 중국인 노동자들이 폭동을 일으켰다. 하지만 그것은 아무 의미도 없는 흔히 있는 일들에 불과할 뿐, 암흑 속에서 일어났다 다시 암흑 속으로 묻히고 말았다. 하지만 어찌 아무 일 없었다는 듯 잊을 수 있을까? 여명을 향해서 힘차게 투쟁의 길을 나아가는 중국 프롤레타리아의 힘찬 외침소리를 우리는 기억해야 한다.

　　＊＊＊

　　부두 맞은편에는 커다란 콘크리트 창고가 있고, 수백 명의 노동자들은 텐진부두의 한구석에서 밀가루 포대를 등에 지고 창고로 운반하는 일을 열 몇 시간씩 하였다. 굽은 등뼈는 운반하는 밀가루 때문에 새하얘져 마치 막대기가 뚝 하고 부러질 것처럼 튀어나와 있었고, 갈기갈기 찢어진 푸른색 옷은 보잘 것 없는 고환을 간신히 감출 정도였으며, 입술과 손은 추위에 시달려 죽은 사람처럼 창백했다. 그들은 소량의 밀가루를 찬물에 타서 먹는 것으로 매일의 노동과 감시병들의 채찍질을 버텨내야 했다.

　　부두에 해가 저물고 하나둘 석유램프가 켜지면 뭐라 형용할 수 없는 허전함이 노동자들을 엄습해왔다. 멀리 어둠속에서는 새로 입항한 배가 하선작업을 하는지 선원들의 노랫소리가 애처롭게 들려왔다.

　　부두 한쪽에 위치한 붉은 창고에서는 감시병의 험악한 눈길을 받으며 묵묵히 회전목마처럼 움직이고 있는 일꾼들의 행렬이 이어졌다. 그 행렬 속에서 가끔 채찍소리가 들려왔다. 텐진부두가 한없는 어둠과 침묵 속으로 빠져들 무렵 갑자기 전등이 켜졌다. 그때 한 노동자가 포대를 등에 짊어진 채 휘청거리더니 콘크리트 도로 위로 쓰러지고 말았다. 그는 쇠약해진 몸을 일으켜보려고 두세 번 발버둥쳤지만 밀가루포대의 무게에 짓눌려 쓰러진 채 움직이지 못했다. 이를 지나칠 리 없는 감시병이 채찍으로 내리쳤고, 그것을 지켜보던 노동자들은 짊어졌던 포대를 내던지고 반항의 눈길로 흉악한 감시병을 쏘아보았다. 하지만 어떤 식으로든 저항을 했다가는 결국 자신들에게 더 큰 고통으로 돌아온다는 사실을 알기에 노동자들은 그저 바라보고 있을 수밖에 없었다. 감시병은 쓰러진 노동자에게 일어나라고 호통을 쳤지만 그는 끝내 일어나지 못했다. 그 광경을 본 프랑스 장교와 중국인 하사관이 해산명령을 내렸고, 감시병은 마지못해 작업종료를 명하고 어둠 속으로 사라졌다.

　　밤이 되자 노동자들은 창고의 처마 밑에서 서로 포개어 잠이 들었다. 그 중 한 늙은 노동자가 쓰러졌던 노동자를 데려와 돌봐주고 있었다. 중국인 노동자들은 군벌(軍閥)과 ××주의자의 박해를 피해 돈을 벌기 위해 고향을 떠나온 사람들이었다. 늙은 노동자는 동료가 죽어 가는데도 아랑곳하지 않고 잠들어있는 동료 노동자들이 한층 더 서운하게 느껴졌다. 그러나 정작 미워해야 할 놈은 프랑스인과 그놈들에게 이용당하는 감시병이라고 생각했다. 그리고 세상물정을 몰라 사람들에게 '바보'라 불리는 정직한 젊은 노동자에게 물을 좀 떠다 달라고 부탁하였다. 노인은 양철깡통에 가져온 물에 밀가루를 타서 환자의 입에 넣어주었다. 하지만 그 노동자는 끝내 숨을 거두고 말았다. 노인은 있는 힘을 다해 그를 흔들어 보았지만 아무 소용이 없었다. 노인은 넋 나간 사람처럼 뭐라고 중얼거리더니 시체 위에 엎드려 흐느껴 울기 시작했다.

　　「"흑, 자네는 결국 ×당한 것인가! ×당한 것인가! 뼈가 닳도록 일해 준 대가로 ×당한 것인가……?" 노인은 쉰 목소리로 울었다.

"그렇다, 이 사람은 살해당했다. 맞아서 ×당한 것이다!"

누군가가 비장한 목소리로 말했다.

"응, 우리도 언젠가는 이렇게 당하게 되겠지!"

"그래, 우리는 이 사람의 원수를 갚아야만 해!"

"옳소!"

"그래, 복수를 하는 거야!"

동료의 죽음을 목격한 일꾼들은 억제하고 있던 반항의 끈을 더는 끊지 않고는 배길 수 없었다. 그들의 팔에는 힘줄이 서고 주먹은 불끈 쥐어졌으며 눈에는 불꽃이 타올랐다. 지금까지 슬픔에 휩싸였던 분위기가 분노에 불탄 사람들의 거친 숨소리로 진동하였다. 노동자들의 얼굴은 지금까지의 슬픔에서 야수마냥 사납게 급변했다. 그리고 동료를 죽이고 자신들을 학대한 놈을 향해 당장이라도 ××의 불길을 치켜들 기세였다.」

동료 노동자가 죽어가는 모습을 지켜보던 노동자들은 울분을 토하며 원수를 갚아야 한다고 떠들어댔다. 그때 한 노동자가 슬그머니 창고를 빠져나가는 것을 누구도 알지 못했다.

날이 밝으면서 노동자들의 격앙된 감정은 점점 더 고조되었다. 바로 그때, 한 차례의 총소리와 함께 창고 앞 넓은 도로에 프랑스 보병부대가 나타났다. 총부리가 노동자들을 향하는가 싶더니 "사격!"이라는 외침소리와 함께 술에 취한 사람처럼 노동자들이 픽픽 쓰러지고 그들의 가슴과 등에서 검은 ×가 뿜어져 나왔다. 얼마 지나지 않아 총을 든 병졸과 맨 손의 노동자들 사이에 육탄전이 벌어졌다. 찌르고 때리고 짓밟고…… 비명, 절규, 분노 등.

얼마의 시간이 지났을까. 아스팔트길은 겹겹이 쌓인 시체들로 피투성이가 되었고, 노동자들은 밧줄에 묶인 채 염주가 꿰어진 듯 줄줄이 끌려갔다.

그날 톈진의 부르주아적 석간신문에는 이 사건과 관련해 한 줄도 실리지 않았고, 호외(號外)에도 전혀 나오지 않았다.

다음날 아침이 되자 어디에서 데려왔는지 또 한무리의 노동자들이 뼈가 앙상히 드러난 등에 밀가루 포대를 짊어지고, 처참한 채찍소리에 맞추어 동료의 피로 물든 아스팔트길 위를 무거운 다리를 질질 끌며 똑같은 자세로 회전목마처럼 계속 움직이고 있었다.

- 1928년 8월 21일 상하이(上海)에서 -

<부기>

이 원고는 중국에 있는 조선동지가 『예술운동』을 위해 보내준 것을 번역한 것이다. 번역할 때 작가의 양해를 얻지 못하고 원문을 상당히 수정하여 번역했다. 특히 후반부는 원작가의 의도는 전했지만 대부분 역자의 생각대로 수정했다. 이것은 결코 나쁜 의도가 아니라 보다 효과적이라고 생각했기 때문이다. 작가와 독자들이 너그럽게 봐주길 바란다. 원작가의 의도를 충분히 이해하지 못한다면, 그것은 오히려 독자의 책임이다. 모두 너그럽게 봐주길 바란다. (이북만)

金永年(김영년)

—

김영년(1909 ~ ?) 공무원. 창씨명 가네미쓰 슌지(金光俊治).

022

약력

1909년	2월 충청북도 청주에서 출생하였다. 경성중학교를 졸업하였다.
1931년	4월 경성제국대학 예과 문과에 입학하였다.
1932년	9월 「청량(清凉)」에 일본어소설 「박서방(朴書房)」과 「밤(夜)」을 발표하였다.
1933년	예과를 수료한 후 경성제국대학 법문학부 법학과에 입학하였다.
1935년	10월 일본고등문관시험 행정과에 합격하였다.
1936년	3월 경성제대를 졸업한 후 충청남도 대전부 문관과 천안군 문관을 지냈다.
1938년	이때부터 1940년 2월까지 충청남도 내무부 지방과 문관과 예산군 문관, 충청남도 경찰부 경무과 경부를 지냈다.
1940년	2월 군수로 승진하였다.
1943년	9월부터 조선총독부 총무국 가찰과 이사관을 역임하였다.
1945년	2월부터 조선총독부 전시산업추진본부 제2과 사무관을 지냈다.
1948년	12월 외무부 조약국장에 임명되었다.
1949년	9월 상공부 전기국장을 역임하였다.
1952년	6월 국무총리 비서실 수석비서관을 역임하였다.
1953년	조선전업(朝鮮電業)주식회사 이사를 거쳐 1954년 부사장을 역임하였다.

朴書房(박서방)
バクソバン

〈기초사항〉

원제(原題)	朴書房(Ⅰ~Ⅲ)	
한국어 제목	박서방	
원작가명(原作家名)	본명	김영년(金永年)
	필명	
게재지(揭載誌)	청량(清凉)	
게재년도	1932년 9월	
배경	• 시간적 배경: 어느 해 겨울 • 공간적 배경: 어느 농촌마을	
등장인물	① 지주의 가장 충직한 소작인 박(朴)서방 ② 마을의 지주 이(李)주사 ③ 이주사에게 고용된 최(崔)마름 등	
기타사항		

〈줄거리〉

눈 덮인 산에서 추위에 떨며 걸어가다가 발밑의 눈이 녹아내리는 바람에 몇천 길 낭떠러지로 떨어지는 꿈에서 깨어났을 때는 벌써 낮이 가까워진 시간이었다. 2, 3일 계속되는 굶주림과 비참한 생활에 분노가 일었다. 불기 없는 온돌에 찢어진 돗자리와 얇은 이불 한 장을 뒤집어 쓴 박(朴)서방의 몸은 동사한 쥐새끼처럼 굳어 있었다. 가재도구 하나 없이 벽에는 색 바랜 광고지와 눌러 죽인 벼룩의 흔적만이 가득하였다. 박(朴)은 부서진 문을 열고 밖으로 나왔다.

마을에서 조금 떨어져 있는 그의 집은 고요했다. 어젯밤 내린 눈이 햇빛을 반사하고 있었다. 눈을 밟고 마을로 걸어가는 고무신을 신은 그의 발이 굳어왔고, 위장 속까지 경련이 일었다. 무슨 일이 있어도 오늘은 밥을 먹어야겠다고 생각했다. 이(李)주사의 가장 충실한 소작인인 박(朴)서방은, 이(李)주사의 명령대로 마을 소작인들의 올가을 수확을 대부분 빼앗아 소작료로 납부하는 데 일익을 담당했었다. 그 때문에 마을 소작인들의 박(朴)서방에 대한 원망과 미움은 극에 달해 있었다. 게다가 박서방 자신의 벼도 반 이상을 납부해버린 통에, 지금은 쌀 한 톨 남아있지 않았던 것이다.

마을 사람들에게는 이(李)주사가 자기 소작료를 면제해 줄 거라며 잘난 척을 했었다. 그러나 먹을 것이 없어서 막상 이(李)주사를 찾아가 부탁했을 때는 보기 좋게 거절당하고 말았다. 풀이 죽은 박(朴)서방은 그 길로 단골술집에 들렀지만, 그곳에 모여 있던 서너 명의 마을사람은 그를 보고도 누구하나 말을 걸지 않았다. 누구에게든 남은 밥이 있으면 좀 달라고 해볼 참이었지만 도무지 용기가 나지 않았다. 그래서 생각한 것이 아는 여자아이가 굶어죽게 되었다고 핑계를 대면 위신도 깎이지 않고 밥도 얻어먹을 수 있을지 모른다는 생각을 하며 걷고 있을 때였다. 홍(洪)서방이 박(朴)서방을 불렀다. 그의 말에 따르면 굶어죽은 할머니의 장례를 치르기 위해 이(李)주사에게 돈을 빌려왔는데, 그 돈을 다 갚을 때까지 세 식구가 이(李)주사 집에서 일하기로 했다는 것이다.

한편, 박(朴)서방이 술집에서 나가고 난 후 27, 8세 정도의 젊은이들이 모여 제사(製絲)공장의 동맹파업을 이야기하며 단결하자는 의지를 다짐하고 있었다. 그리고 아무리 열심히 농사를 지어도 과한 소작료와 빚 때문에 결국 굶주릴 수밖에 없는 자신들의 가난에 대해 생각하였다.

「모두 매년 이맘때가 되면 이렇게 굶어죽는 것이라고 생각하였다. 봄이라도 되면 그들은 자연의 '은혜'를 입었다. 덕분에 풀뿌리나 소나무의 새순 등을 캐서 찌거나 죽을 쑤어 먹을 수 있었다. 그러나 지금은 완전히 굶주림에 쓰러져 있었다. 먹는 것과는 완전히 동떨어져 있었다. 가을이면 많은 사람들이 열 가마 넘게 쌀을 수확하지만 소작료나 빌린 돈을 합하면 반 이상은 그 자리에서 없어지고 말았다. 그리고 그들은 쌀을 씻어낸 물을 끓여서 '먹거나' 해도 항상 코앞에 '죽음'이 쫓아다녔다. 그들의 말을 빌리면 "가난한 자는 먹지 못하게 되어있다"는 것이었다.」

이런 생각들을 하고 있을 때, 최(崔)마름과 그의 친구인 김(金)씨가 웃으며 술집으로 들어왔다. 그들은 볍씨를 쪄먹고 항문이 막혀죽은 농민과 액막이를 위해 뿌려둔 쌀을 줍고 있는 아이들을 쫓아내느라 애를 먹었다는 등의 이야기를 하며 가난한 농민들을 비웃었다. 또 둘은 술잔을 부딪치며 읍내의 금융이 어떻고 기생이 어떻고 하며 떠들어댔다.

그때 박(朴)서방이 들어왔고 잠시 후 집으로 돌아가려는 두 사람을 발견한 박(朴)서방은 비틀거리며 다가가 사흘 동안 밥을 먹지 못했으니 밥 좀 달라고 사정하였다. 하지만 최(崔)마름은 윽박지르며 박(朴)서방을 뿌리쳤고 포악하게 발로 걷어차기까지 했다. 그 모습을 옆에서 잠자코 지켜보던 덩치 큰 남자를 비롯한 젊은이들이 더 이상 참지 못하고 자리를 박차고 일어나 최(崔)마름 쪽으로 다가갔다. 흥분한 그들을 본 최(崔)마름은 늘 순종적이던 그들이 굶주린 늑대처럼 돌변한 것을 보자 갑자기 무서워졌는지 도망치듯 나가버렸다. 마을 사람들은 자신들의 행동에 놀라면서도 왠지 마음 한편이 기쁨으로 꿈틀거리는 것을 느꼈다. 분노에 의한 '혁명'이었다. 하지만 소작지를 떠올린 그들은 이내 불안에 휩싸였다. 그리고 잠시 후, 삭은 고무처럼 멍하니 늘어져있던 박(朴)서방이 벌떡 일어나 뛰쳐나갔다.

그날 밤 많은 눈이 내렸다. 기분 나쁠 정도로 고요한 정적을 깨는 것은 박(朴)서방의 발자국 소리뿐이었다. 어디에서 마셨는지 술에 취한 박(朴)서방은 넘어지고 일어서기를 몇 차례 반복하더니 결국엔 눈 속에 얼굴을 처박고 쓰러진 채 좀처럼 일어나지 못했다.

「잠시 후 뒤쪽에서 이야기소리가 들려왔다.
"아무리 미쳐날뛰어봤자 박(朴)서방 혼자서는 아무것도 못해. 이(李)주사 그놈 머리칼이 곤두서서 벼락치듯 소리쳤다고 하더구먼. 그리고 박(朴)서방을 두들겨 패서 내쫓았대."
흥분한 목소리로 이렇게 말하는 이는 조금 전의 덩치 큰 남자였다. 그러자 또 한 명의 눈썹이 두꺼운 남자가 떨리는 목소리로 말했다.

"그러게 말이야, 혼자서. 그 후 박(朴)서방은 홍(洪)서방네 장례식에 가서 술을 떡이 되게 마셨다고 하더구먼. 그리고는 어디로 간 것일까……?"

두 사람은 잠시 말없이 걸었다. 두 남자는 몸 한쪽에 눈을 뒤집어쓰고 있었다. 문득 덩치 큰 남자가 걸음을 멈췄다.

"아, 아까 젊은 사람이 이쪽이라고 하더구먼. 이 길로 가세."

그리고 두 사람은 바로 앞에 쓰러져 있는 박(朴)서방을 알아차리지 못하고 그대로 어둠속으로 사라지고 말았다.

사방에는 다시 눈 내리는 소리만이 가득했다. 그 순간 박(朴)서방은 몸을 일으키려고 했다. 하지만 경직된 팔이 꺾이면서 다시 바닥에 엎어지고 말았다. 그리고 다신 일어나지 못했다.」

- 1932. 6. 27 밤 -

夜(밤)

〈기초사항〉

원제(原題)		夜
한국어 제목		밤
원작가명(原作家名)	본명	김영년(金永年)
	필명	
게재지(揭載誌)		청량(淸凉)
게재년도		1932년 9월
배경		• 시간적 배경: 어느 해 여름 • 공간적 배경: 어느 농촌마을
등장인물		① 종묘장에 다니는 최(崔)서방 ② 가난한 농부 이만석 ③ 마을의 지주 이(李)주사 등
기타사항		보고문학(報告文學) 입선작

〈줄거리〉

연일 계속되는 폭염으로 논의 이삭들이 누렇게 타들어갔다. 논농사를 포기한 농민들은 다른 돈벌이를 위해 아침 6시부터 12시간을 햇볕이 내리쬐는 옆 마을 종묘장에서 일하거나, 산에 숨어 들어가 약초를 캐 읍내에 내다 팔았다. 그러나 읍내의 약초 가게주인은 15, 6km가 넘는 거리에서 온 이들이 안절부절해지는 저녁때가 될 즈음에야 말도 안 되는 싼 가격을 제시하였고, 그들은 어처구니없어 하면서도 그 가격에라도 팔아야만 했다.

마을의 '구제조합'에서는 농민구제비 기금에서 농민들에게 부업을 할 수 있는 여윳돈 20원을 빌려주었다. 그러나 농민들은 그 돈을 부업이 아닌 하루하루의 식비로 사용하였고, 그돈의 이자인 16전은 이내 그들의 숨통을 조여왔다. 농민들은 수확하기 무섭게 그 돈을 갚아야했고, 그러고 나면 남는 것이라곤 쌀겨와 짚뿐이었다. '공제조합'에서는 또 매월 20전씩 저금하도록 하기 위해, 3일 동안 밥을 굶고 일했다느니 혹은 2주 일하고 두 끼니를 굶어가면서까지 저금했다는 농민들의 미담을 들려주며 강요했다.

면장은 '조합원 중 한 사람이 지주나 조합에서 빌린 돈을 다 갚지 못할 경우, 전 조합원의 저금에서 그 돈을 갚아주는 것이 공제(共濟)'라고 설명하며, 공제조합이나 지주차입금을 먼저 공동으로 변제하도록 하는 공제를 미덕처럼 자랑했다. 그런가하면 면사무소 직원은 농민들이 밤에 부업을 하지 않고 나무 아래서 잠든 것을 보고 '농민들이 나태해졌거나 주머니 사정이 좋아졌기 때문'이라고 보고하기도 하였다. 하지만 실상은 육체노동에 지친 농민들이 하루 일을 마치고 신성한 나무 아래에 모여 하늘을 우러르며 탄식하다 잠들곤 했던 것이었다.

종묘장에 다니는 최(崔)서방도 아내와 한바탕 싸움을 하고는 집을 나서서 이 느티나무 아래로 나와 가마니를 깔고 누웠다. 돈이 없어 약을 먹을 수 없는 최서방은 온몸이 두드려 맞은 것처럼 쑤셨다. 오늘도 7, 8명의 농부들이 땀으로 젖은 바지를 하얗게 드러내 보이며 자고 있었다. 부모가 '만석'이라는 이름을 지어서 자신이 가난하게 산다고 원망하는 이만석(李萬石), 지구가 태양과 충돌할 거라고 떠들고 다니던 '박사'라는 별명의 남자 등이 모여 모깃불을 피워놓고 느티나무 주변에 모여앉아 세상 돌아가는 이야기를 나누고 있었다. 그때 집을 압류당하게 된 양반 출신의 남자가 술을 마시고 나타나 곧 죽어도 자신은 양반이라며 호통을 치고는 고개를 숙이고 비틀비틀 마을로 들어갔다.

갑자기 기분이 우울해진 남정네들은 꽹과리로 마음을 풀자는 이만석의 제안에 모두들 지주 이(李)주사가 타작장소로 쓰고 있는 활궁장으로 모여들었다. 어느새 5~60명의 남자들이 손에 징, 꽹과리, 북, 장구 등 낡은 악기들을 들고 모여들었는데, 하나같이 낡아 찢어진 것들이었다. 이만석이 장구를 치기 시작하자 모두들 박자를 맞추어 각자 들고 온 악기들을 치기 시작했다. 한풀이라도 하듯 늘어진 북을 마구 쳐대는 사람, 머리를 흔들며 박자를 맞추는 사람, 손을 익살스럽게 놀리며 장구를 치는 사람 등등. 불쌍한 그들은 힘든 생활고와 피로를 잊기 위해 미친 듯이 춤추고 악기들을 쳐대었다.

그렇게 얼마쯤 지났을까? 농부들이 흥겹게 사물놀이에 빠져있을 때, 누구의 허락을 받고 이 소란을 피우느냐고 호통을 치며 이(李)주사가 등장했다. 그 바람에 농부들은 잊고 있었던 힘든 현실로 돌아올 수밖에 없었다.

아내와 싸우고 나온 이(李)주사는 화풀이라도 하듯 소리쳤다.

「"뭐하고 있는 거야! 이 기생충 같은 놈들!" 굵은 목소리로 소리쳤다. 깜짝 놀라 뒤돌아본 그들은 밤이었지만 이(李)주사의 붉은 얼굴을 알아보았다. 가슴이 철렁 내려앉았다.

"누구, 누구 허락을 받고, 엉!" 지팡이를 쥐고 있던 이(李)주사의 주먹이 부들부들 떨렸다. 모두 두려운 눈으로 서로의 얼굴을 마주보았다. (중략)

이만석은 잠시 우물우물하였지만, 떨리는 목소리로 말했다.

"구장님이……아까."

"뭐? 구장?(그의 입술이 무섭게 일그러졌다) 구장은 허락했을지 몰라도, 나는 아무 얘기도 못 들었어! 나한테 한마디라도 상의했어? 구장 말이면 무슨 말이든 들을 참이야? 나는, 나는……."

이 시원한 밤에 이(李)주사의 머리에서 열이 났다. 이(李)주사의 가슴에는 다른 분노가 일었다. 구장이 뭐야! 나는 이 마을의 지주가 아니냔 말이야. 그런데 이놈들이 내게는 한마디 의논도 없이……. 모두 자신보다 구장을 더 존경하는 듯한 태도에 이(李)주사의 가슴에서는 불이 일었다. 이것은 그냥 흘려버릴 일이 아니었다.

"그렇지만 구장은……이 마을의……." 최서방이 더듬더듬 말했다.

"뭐라고? 네깟 놈이 건방지게!"

이(李)주사는 다시 지팡이로 최서방의 어깨를 쳤다. 그러나 그에게 논리는 없었다.

"네 놈들이 이렇게 놀고 있을 입장이냐! 밤늦도록 일해도 굶는 놈들이! 그래, 하고 싶으면 해봐!" 그는 이렇게 호통치고는 지팡이를 거칠게 내짚으면서 발길을 돌렸다.

'농민과 위안'이라는 문제를 남겨둔 채.

달빛이 남아있는 이들의 등을 어루만지고 있었다.

(이것은 모두 사실이다. 사실처럼 보이지 않는 것은 필자의 문장 탓이다.)」

金寧容(김영용)

—

김영용(생몰년 미상)

023

약력	
1936년	6월 일본어소설「사랑하기 때문에(愛すればこそ)」를 《선데이마이니치(サンデー毎日)》에 발표하였다.

>>>> **023-1**

愛すればこそ(사랑하기 때문에)

〈기초사항〉

원제(原題)	愛すればこそ	
한국어 제목	사랑하기 때문에	
원작가명(原作家名)	본명	김영용(金寧容)
	필명	
게재지(揭載誌)	선데이마이니치(サンデー毎日)	
게재년도	1936년 6월	
배경	• 시간적 배경: 어느 가을 • 공간적 배경: 조선의 어느 시골마을	
등장인물	① 10세의 신랑 ② 18세의 신부	
기타사항	원문전체번역	

〈전체번역〉

열다섯이 넘도록 아내가 없으면 "아마 시집 올 여자가 없겠지"라고 마음대로 지레짐작하거나 이상하게 여기는 습관이 조선의 시골에서는 별로 진기한 것도 아니거니와 오히려 당연한 이야기이지만······.

열 살 신랑과 열여덟 살 신부의 결혼식이 끝나고 정작 관능적이라 할 수 있는 봄날 밤도, 여름밤도 슬며시 지나가고 벌써 시원한 초가을이 조선가옥인 초가지붕으로 숨어드는 계절이 되었다.

세상 어디나 다 똑같지만, 새신랑 태어난 지 11년밖에 되지 않았으니 아직 어린아이임에 틀림없으나, 그런데도 제법 조숙한 것은 마을총각들(미혼의 청년들)의 가르침인 듯했다.

"어이, 식사준비는 다 됐어?"

가을걷이로 바쁜 요즘인지라 아버지와 어머니는 들판에서 아직 돌아오지 않았다.

「천자문」(초등정도의 한자 책)을 옆에 끼고 서당에서 돌아온 새신랑은 어떻게든 남편으로서의 위엄을 지키고 싶었겠지만.

새신부는 돌아보지도 않았다.

"뭘 꾸물거리고 있어?"

"참나 이런 건방진 사람이 있나."

여드름투성이의 새신부는 열 살의 새신랑이 꼭 자신의 자식 같기만 했다.

말다툼 두세 번, 별로 드물지 않은 형제간의 싸움 같은 것이 시작되었다. 시어머니라도 있으면 안타깝게도 새신부의 실패가 확실하지만······.

아무도 없는 날에는 상황이 달랐다. 힘이 센 새신부는 기운에 못 이겨 새신랑을 7척(약 2미터)이 조금 못 되는 지붕 위로 냅다 던져버렸다.

하늘에는 희미하게 달이 빛나고 있다.

(해가 막 저물었다)

"첫 번째 별 찾았다!" 아이들이 동요라도 부를 것 같은 밤하늘이었다.

둥근 호박이 지붕가득 매달려 여기저기 뒹굴고 있었다.

제일 큰 호박을 필사적으로 안고 있는 새신랑의 모습을 보고 '이것 참 큰일이다!'고 생각한 새신부.

(혹시 이 일이 시어머니 귀에 들어가기라도 하면 친정으로 쫓겨날 것이 틀림없다. 조선의 혼인풍습을 아는 사람은 새신부의 심정을 잘 알 것이다)

그러나 지붕에 익숙한 새신랑은 오히려 신이 나서 좀처럼 내려오려고 하지 않았다.

그렇다고 올려놓은 체면에 '내려오세요.'라는 상냥한 말은 도저히 나오지 않았다. 그야말로 중재인을 세워두지 않고 싸우면 안 될 일이었다.

새신부는 부엌을 들어갔다 나왔다하며 제정신이 아니었다.

아니나 다를까 시어머니의 높은 소리와 함께 시어머니와 시아버지가 마당으로 들어섰다.

"왜 지붕에 올라가 있는 거냐?"

"지붕이 부서지잖느냐!"

그러나 아버지의 말 같은 것은 신경도 쓰지 않는 새신랑.

"어이, 어이!"하고 상냥하게 부인을 불렀다.

"어이, 호박을 큰 것으로 할까? 작은 것으로 할까?"
뜻하지 않은 감동에 새신부는 수줍은 듯
"저, 그쪽의 작은 것이 맛있을 것 같아요."
어린 남편의 애정담긴 기지가 절절하게 가슴에 차올라서 새신부는 마음으로 울었다.

金龍濟(김용제)

—

김용제(1909~1994) 시인, 소설가, 평론가. 호 지촌(知村). 창씨명 가네무라 류사이(金村龍濟)

024

약력

1909년	2월 3일 충청북도 음성에서 출생하였다.
1927년	일본으로 건너가 주오대학(中央大學)에서 수학하였다.
1930년	대학을 중퇴하고, 우유배달 등 노동생활을 체험하며 프롤레타리아 시(詩)운동에 전념하였다.
1931년	일본어 시「사랑하는 대륙」을 전일본무산자예술연맹 동인지「나프(NAPF)」에 발표한 후 등단하였다. 잡지「신흥시인(新興詩人)」,「문학안내」등의 동인을 거쳐 <프로시인회>와 <일본시인회>의 간부를 비롯해 <일본작가동맹>의 서기 등을 역임하였다. <일본시인회>와 <일본작가동맹> 간부를 지낸 것과 경향적인 시를 썼다는 이유로 4년간 감옥살이를 했다.
1937년	강제송환되어 귀국하면서 전향하였다. <조선문인보국회> 상임이사를 맡았고,「동양지광(東洋之光)」의 편집주임을 맡았다. 평론「문학에 있어서의 진취적 낙천주의」,「조선문학의 신세대 - 레아리즘으로 본 휴마니즘」등을 발표하였다.
1938년	4월 동양지광사에 입사했고, 10월 <조선문인협회> 발기인으로 활동했으며, 이후 간사로 있으면서 친일적인 글을 썼다. 평론「문학에 있어서의 진취적 낙천주의」를 발표하였다.
1939년	평론「리아리즘문학전개론」을 발표하였다.
1940년	1월 동양지광사 편집부장으로 활동하였다.
1942년	9월 <조선문입협회> 총무부 상무, 11월 <조선소국민문화협회>의 발기인으로 활동하였다.
1943년	일본어 시집『서사시어동정(敍事詩御東征)』에서 일본천황을 찬양했다. 유진호, 최재서와 제2차 <대동아문학자대회>에 참여하였고, 일본어로 된 시집『아시아시집』으로 <제1회 국어문학총독상>을 받았다.「동양지광」에 연재한 시들을 묶은 이 시집은 이광수가 '열렬한 일본 정신의 기백'이 있다고 평했을 만큼 친일성이 강한 작품이다.
1944년	6월 일본어 시집『보도시첩(報道詩帖)』에서 전쟁 지원, 일본화 등 징병제 선전

에 앞장섰다. 일본어소설 「장정(壯丁)」을 「국민문학(國民文學)」에, 「여초(旅草)」를 「홍아문화」에 게재하였다.

1950년	해방 후 한동안 중단하였던 집필활동을 재개하여 시와 소설을 쓰기 시작하였다.
1953년	소설집 『방랑시인』을 출간하였다.
1958년	『김립 방랑기』를 발표하여 베스트셀러가 되었다.
1961년	소설집 『임꺽정(林巨正)』을 출간하였다.
1981년	소설집 『한국해학소설전집』을 출간하였다.
1985년	소설집 『방랑시인 김삿갓』을 출간하였다.
1994년	6월 사망하였다.

김용제는 임화(林和)와 함께 이상주의적 입장에서 '꿈'을 논하면서도 주류는 어디까지나 리얼리즘이라고 주장하였다. 또 신체제론 이후 시국적 문학관을 드러낸 평론을 실었으며, 광복 후에는 친일적 문학활동을 자책하여 집필을 중단하기도 했으나 1950년부터 다시 시와 소설을 발표 하였다.

024-1

壯丁(장정)

〈기초사항〉

원제(原題)		壯丁
한국어 제목		장정
원작가명(原作家名)	본명	김용제(金龍濟)
	필명	가네무라 류사이(金村龍濟)
게재지(揭載誌)		국민문학(國民文學)
게재년도		1944년 8월
배경		• 시간적 배경: 1944년 5월 • 공간적 배경: 경성
등장인물		① 시인인 '나' ② 가난한 과부 큰어머니 ③ 어머니와 여동생을 부양하고 있는 사촌동생 구니모토 가네호시 등
기타사항		

　　한여름이라도 되는 듯 땀내가 폴폴 나는 만원전차에 부대끼며 집에 돌아왔을 때는 벌써 여섯 시가 지나 있었지만 저녁햇살은 아직 도심부 지붕 위에 남아 있었다. 하늘을 보니 비는 좀처럼 올 것 같지 않았다. 작년에는 짚이 없어 지붕을 덮지 못한 탓에 비가 새어 여간 고생한 것이 아니었다. 그래서 오늘 이미 사용한 적이 있는 짚을 사서 지붕을 튼튼하게 무장해 놓고 비를 기다렸다. 10년 넘도록 고군분투했던 도쿄에서 비참한 모습으로 돌아온 지 8년째이고, 하왕십리(下往十里) 근처로 이사 온 지 5년 동안 전셋집 지붕을 이은 것이 세 번이다. 격변하는 시국에 많은 변화가 있었지만, 그 중 가장 큰 일은 함께 살고 있던 사촌동생 구니모토(國本)가 드디어 군인이 된다는 사실이었다.

　　큰어머니의 외아들 구니모토를 처음 본 것은 도쿄에서 돌아온 직후였다. 내가 청주중학교 2학년 때 단 한 번 본 적 있는 큰아버지는 충북 시골에서 한때는 한방의로 꽤 유명했었다. 그런데 차츰 가세가 기울더니, 내가 도착하기 바로 일주일 전에 급기야 마흔이 갓 넘은 나이에 세상을 떠나셨다고 했다. 그때 당시 구니모토는 소학교(초등학교)를 갓 졸업해 15원의 월급을 받으며 여자사범학교의 급사로 일하고 있었다. 큰어머니는 용기를 내어 떡이나 계절과일을 파는 행상(行商)을 시작하였는데, 최근 들어 물품도 없거니와 행상도 허락되지 않아 형편이 말이 아니었다. 대신 구니모토가 한 출판사에서 일하고 벌어온 돈으로 네 식구가 근근이 살아가고 있었다.

　　그런 구니모토가 제1회 징병 적령이 되어 신체검사를 받았는데, 제1을종(第一乙種)으로 검사에 합격한 것이다. 어린 딸을 데리고 홀로 살아갈 일을 걱정할 줄 알았던 큰어머니는 오히려 아들을 격려하였고, 군의품(軍醫品)공장에 다니는 열여섯 살 사촌누이 종순(種順)은 오빠의 무사를 기원하는 센닌바리(千人針, 전쟁터에서 무사하기를 기원하는 부적)를 만들어 주겠다고 하였다.

　　「이곳 변두리의 작은 초가 셋집 입구에 이윽고 "축 입영, 구니모토 가네호시(國本鐘星)군"이라는 깃발이 펄럭일 그날을 상상하니 나는 가슴이 두근거렸다. 징병입영이라는 것은 오랜 조선의 역사에서 실로 처음인 빛나는 대사건이다. 결코 남의 일이 아니다. 아무쪼록 최초의 한 사람, 능히 최후의 한 사람이라도 되라고 기도하고 싶었다. 이 집에서 군인이 나온다. 내 사촌동생이 입영한다. 나도 단순한 자부심 같은 것을 느꼈다. 이 기분에 대해서도 나는 책임을 느끼지 않을 수 없었다. 왜냐하면 아직 막연하나마 그 후의 큰어머니 일가의 생활을 어떻게든 보살펴 드려야 하기 때문이다.」

　　그런 내 마음을 담아 「사촌동생에게」라는 제목의 자작시를 지어 발표하기도 하였다. 그런데 구니모토가 친구와 영화를 보러갔을 때 장내에서 그 시가 낭독되었고, 그 주인공이 자신이란 걸 눈치 챈 구니모토는 부끄러웠다고 했다.

　　나는 내일부터 북조선 여러 곳의 징병검사 상황을 참관하기 위해 여행을 떠나게 된다. 그래서 사촌동생에게 한 보름쯤 집을 살펴달라고 부탁하였다. <대동아전쟁(태평양전쟁)>을 기념하는 대조봉대일(大詔奉戴日) 아침. 나는 안내역할로 동행해주는 총력연맹 징병후원 사무부의 유(柳)와 함께 함경남북을 목적지로 하여 경원선 열차를 탔다. 유(柳)는 <대동아전쟁>

에 나선 일어선 조선청년의 모습을 주인공으로 한 미담가화(美談佳話)를 출판물로 만들자는 기획을 기안한 담당자로, 이번 건의 협의를 위해 두세 번 만난 적이 있었다. 나보다는 두세 살 위의 학식 있는 인물로, 철도공사 현장에서 격려연설을 하기도 하고 좌담회의 사회를 보기도 했다. 그는 경성제대 예과에서 오랫동안 교편을 잡았던 때문인지 지방군수들 중에는 그의 제자가 있기도 하였다.

밤낮으로 이동해야 하는 힘든 여행이었지만, 장정들이 나라를 위해 목숨을 바치겠다는 진지한 이야기를 들으면 조금도 피로하거나 지루하지 않았다. 게다가 유(柳)에게서 내선(內鮮)과 선만(鮮滿)간의 언어학적 연관성에 대해 들을 수 있는 유익하고 즐거운 여행이었다. 그리고 확실한 것은 몇십만의 장정들이 황국일본을 위해 참전한다는 것이 역사적 현실이며 세계적 미담이고, 그에 동참한 모든 장정들 한 사람 한 사람의 미담이 된다는 것이다.

경성에 돌아온 나는 조선군 보도부나 <조선문인보국회(朝鮮文人報國會)>와 상의하여 조선인 출신의 출정군인 가정을 위문할 계획을 세웠다. 6월 1일부터 8월 말에 걸친 3개월간의 여행채비를 하느라 바쁜 하루하루를 보내고 있었다. 그리고 여행을 떠나기 전날, 시골에서 비통한 한 통의 편지가 날아왔다. 조카 동숙(東淑)이 만리 밖 전장의 군속 활동 중에 전사하였다는 편지였다. 나는 눈을 감고 조카의 명복을 빌었지만, 사실 동숙의 생전 모습이나 추억은 별로 떠오르지 않았다.

나는 오히려 자신의 삶의 태도에 대해 심각하게 생각하였다.

「사촌동생이 징병검사를 받았을 때 느꼈던 것과는 또 달랐다. 더욱 비통한 것이 잠시 내 영혼의 활동을 정지시키기라도 하듯 울려왔다. 울 수만 있다면 소리 내어 울고 싶었지만, 형태를 지닌 눈물은 떨어지지 않았다. 전쟁은 바로 이곳에 있었다.

나는 침묵한 채 이를 악물었다. 눈은 칼끝 같은 붓꽃잎에 꽂혀 움직이지 않았다. 이미 내일부터의 일정이 정해져 있는 각 도(道)의 군인가정 위문을 예정대로 해야 할 것인가, 그렇지 않으면 전사한 조카의 생가로 먼저 달려가야 할 것인가, 나는 홀로 망설이고 있었다.」

金種武(김종무)

—

김종무(생몰년 미상)

025

평안북도에서 출생하였다.
신의주고등보통학교(信義州高等普通學校)를 졸업하였다.

| 1928년 | 4월 「구원받은 누이(救われた小姐)」를 「청량(淸凉)」에 발표하였다. |
| 1932년 | 3월 경성제국대학 예과를 거쳐 사학과(東洋史學 전공)를 졸업하였다. |

　김종무는 경성제국대학 동창생인 조용만(趙容萬), 모리타 요시오(森田芳夫), 스기모토 다케오(杉本長夫) 등과 교유하였다.

 025-1

救われた小姐(구원받은 누이)

〈기초사항〉

원제(原題)	救われた小姐	
한국어 제목	구원받은 누이	
원작가명(原作家名)	본명	김종무(金種武)
	필명	
게재지(揭載誌)	청량(淸凉)	

게재년도	1928년 4월
배경	• 시간적 배경: 어느 해 늦가을 • 공간적 배경: 평안북도 어느 농촌마을
등장인물	① 4년 전 시집간 누이 ② 누이의 친구 복녀 등
기타사항	

〈줄거리〉

(이 미숙한 한 편의 '향토예술(ハイマトクンスト, Heimatkunst)'을 큰아버지의 영전에 바친다.)

누이는 어려서부터 부모를 도와 농사일을 하다가 4년 전 봄에 시집을 갔다. 누이는 남편과 함께 어느 지주의 소작인으로 새로운 생활을 시작하였다. 처음에 누이는 열심히 일하면 얼마간의 돈을 모을 수 있을 거라는 희망으로 쨍쨍 내리쬐는 햇볕 아래에서 괭이를 들고 열심히 일하였다. 그러나 가을이 되어 수확하고 보니, 지주에게 갚을 소작료와 그간 생활을 위해 가불한 돈을 갚을 정도만 겨우 남았다. 그래도 희망을 잃지 않고 다음 해에도 그 다음 해에도 열심히 일했다. 하지만 누이는 3년 동안 새옷 한벌 해 입지 못하는 힘겨운 생활을 되풀이 하고 있었다. 조바심을 내는 누이와는 달리 남편은 '어떻게든 되겠지' 하는 체념으로 별다른 대책도 없이 하루하루를 살았다.

결혼한 지 4년째 되는 봄, 누이는 임신을 했다. 덕분에 현실에 대한 불안도 잠시 잊고 새로운 희망을 가지고 무거운 배를 안고 남편과 함께 수확을 하였다. 가을걷이가 끝난 날, 누이는 잡곡 좁쌀 한 말을 지주에게 빌려오는 길에 태아의 성별을 점쳐주는 여자를 찾아갔다. 그곳에서 아들을 낳을 거라는 말을 듣고 매우 기뻐했다.

그런 어느 날 누이는 저녁밥을 짓기 위해 눈길을 걸어 우물가로 물을 길러 갔다. 누이가 차가운 두레박줄을 끌면서 문득 건너편을 보았을 때, 산모퉁이 삼등도로에 말이 끄는 썰매가 지나가는 것이 보였다. 호랑이 문양의 빨간 융단의자에 바람막이를 두르고 앉아 아이를 안고 가는 젊은 부인이 타고 있었는데, 그녀는 다름 아닌 2년 전 부유한 농가로 시집간 어릴 적 옆집 친구 복녀였다. 복녀는 이번에 아이를 낳으러 친정에 왔다가 돌아가는 길이었다. 누이는 어렸을 적 그리움에 복녀를 아는 체 할까도 생각했지만, 복녀와 너무 대조적인 자신의 초라한 모습에 만날 용기를 내지 못하고 우물 옆 나무 뒤에 숨었다가 집으로 돌아와야만 했다. 어릴 적 친구에게 당당히 말을 걸 수 없는 자신의 처지와 멀지 않아 태어날 아이를 생각하니 누이의 마음은 다시 착잡해지고 말았다. 집에 돌아와 방 안을 들여다보아도 누더기 몇 벌과 더러운 이불 두 장만이 있을 뿐, 아이에게 입힐 만한 옷감은 어디에도 없었다. 화가 난 누이는 애먼 남편에게 투정을 부려보지만, 남편은 체념어린 답변만 할 뿐이다.

다음날 한때 밭이었던 장소를 타작 장소로 사용하기 위해 남편은 가래와 빗자루로 눈을 치우고 탈곡에 들어갔다. 아침 설거지를 하던 누이는 우유부단한 남편만 믿고 있을 게 아니라 자신이 나서서 어떻게든 절망적인 현실에서 벗어나야겠다고 결심하였다. 점심때가 되어 도리깨로 나락을 찧기 시작했을 때, 벼 타작을 감독하기 위해 지주가 찾아왔다. 담장 가까이 가서 보니 한가운데에 벼가 산더미처럼 쌓여 있었다. 누이는 저기서 한 섬만 더 가질 수 있다면 조금은 여유가 생길 것 같았다. 지주의 횡포에 비하면 쌀 한 섬 훔치는 것쯤은 죄도 아니라고 생각한 누이는, 다들 모여 점심을 먹고 있는 사이에 큰 자루를 들고 타작장으로 가서 벼를 퍼

담았다. 그런 다음 담은 쌀자루를 머리에 들어 올리려 했지만 자루는 꿈쩍도 하지 않았다. 그렇다고 담은 것을 다시 퍼내고 싶지는 않았다. 자루를 등에 업고라도 가자는 생각에 등에 지고 일어서는데, 웬일인지 가볍게 들어 올려졌다. 만족감에 젖은 누이는 후들거리는 다리로 몇 걸음 걸어가다 자신의 성공을 확인이라도 하려는 듯 뒤돌아보았다. 그런데 거기에 반 장난으로 쌀자루를 들어 올려준 지주가 분노와 모멸의 눈빛으로 누이를 노려보고 서있는 게 아닌가! 누이는 놀라서 쌀자루를 떨어뜨린 채 본능적으로 뛰어가 헛간으로 숨었다. 누이는 태어나 처음으로 보인 자신의 추태가 조금의 동정도 얻지 못하는 비열한 지주의 눈앞에 적나라하게 드러난 것이 분하였고, 참담한 자신의 생활이 절망스럽기만 하였다. 누이는 절망감에 헛간에 있던 새끼줄을 끌어당겨 자신의 목을 옭아매기 시작했다.

「힘들게만 살아온 누이가 이렇게 자신의 생명을 버리려한 순간, 누이의 뱃속에서는 머지않아 세상의 빛을 받게 될 태아가 당장이라도 모태를 찢고 나올 것처럼 생기 넘치게 약동하며 어머니의 자궁벽을 걷어찼다. 찰나적으로 자신이 임산부라는 사실을 잊고 있던 누이는 갑자기 생각난 듯이 새끼줄을 쥐고 있던 두 손을 늘어뜨렸다. 복부에 몇 번의 강한 충격을 느끼며 자신의 따뜻한 태반 안에 9개월간 키워온 사랑하는 아이의 넘치는 생명의 약동을 의식했을 때, 지금까지 자살하려 했던 의식은 희미해지고 새로운 생명에 대한 애착이 생생히 살아났다. 이렇게 하여 생(生)과 사(死)의 기로에 섰던 누이는 잠깐 생각에 잠겼다.

'하마터면 내 아이마저 잃을 뻔 했구나.'

설령 이 세상에 살아남아 어떤 어려움을 겪게 되더라도 커가는 내 자식에게 단말마의 고통을 맛보게 하는 것이 참을 수 없었던 누이는 여전히 목에 걸쳐있던 새끼줄을 풀어 던지면서 한숨을 쉬었다.」

- 1928. 1. 15 -

金鎭壽(김진수)

—

김진수(1909~1966) 극작가, 연극이론가, 소설가. 호 춘담(春潭).

026

약력

1909년	3월 평안남도 중화군(中和郡) 풍동면(楓洞面)에서 태어났다.
1932년	2월 「릿쿄분가쿠(立敎文學)」에 일본어소설 「숄(肩掛)」을 발표하였다.
1933년	10월 「릿쿄분가쿠」에 일본어소설 「밤(夜)」을 발표하였다.
1935년	릿쿄대학(立敎大學) 문학부(文學部)를 졸업하였다. <도쿄학생예술좌(東京學生藝術座)> 창립에 참가하였다.
1936년	귀국 후 장막극(長幕劇) 「길(道)」이 <극예술연구회(劇藝術硏究會)>의 장막희곡모집(長幕戱曲募集)에 당선되어 등단하였다.
1937년	《동아일보(東亞日報)》에 아동극 「종달새」와 「산타클로스」를 발표하였다.
1938년	은진중학에 근무하면서 「조광」에 「향연」을 발표하였다.
1945년	일본 군대를 배경으로 한 기록적 희곡 「제국 일본의 마지막 날」을 탈고하였고, 여성물 「딸 3형제」를 집필하였다.
1947년	월남하여 경기여자중학교 교사로 재직하였다.
1948년	희곡 「유원지」, 「코스모스」, 「불더미 속에서」 등을 발표하였다.
1950년	종군작가로 활약하며 희곡 「이 몸 조국에 바치리」, 「광명을 찾는 사람들」 등을 발표하였다.
1952년	희곡 「길가에 핀 꽃」, 「해뜰 무렵」, 「바람을 잡아먹은 아이들」을 발표하였다.
1953년	신흥대학교(현, 경희대학교) 국문과 교수를 역임하였다. 유일한 작품집인『김진수 희곡선집』을 출간하였다.
1954년	희곡 「불더미 속에서」, 「버스 정류장이 있는 로터리에서 생긴 일」, 「뒷골목의 예수」를 발표하였다.
1955년	희곡 「바다의 시」를 발표하였다.
1956년	희곡 「청춘」을 발표하였다.
1958년	희곡 「아들들」을 발표하였다.
1966년	사망하였다.

김진수는 30여 년에 걸쳐 아동극 7편이 포함된 21편의 희곡을 남겼다. 그중 14편의 성인극 중에는 장막극 6편이 포함되어 있다. 그는 민족항일기로부터 시작해서 광복 직후의 혼란과 <한국전쟁>을 겪는 동안의 사회변동을 작품 속에 투영하였다.

肩掛(숄)
ショール

〈기초사항〉

원제(原題)	肩掛	
한국어 제목	숄	
원작가명(原作家名)	본명	김진수(金鎭壽)
	필명	
게재지(揭載誌)	릿쿄분가쿠(立敎文學)	
게재년도	1932년 2월	
배경	• 시간적 배경: 어느 해 연말 • 공간적 배경: 도쿄	
등장인물	① 돈 쓰는 것이 유일한 기쁨인 춘삼 ② 도쿄에 사는 친구 박돌 ③ 박돌의 아내 정애	
기타사항		

〈줄거리〉

춘삼(春三)은 태어난 지 얼마 되지 않아 부모를 여의고 누나의 손에 자랐다. 하지만 그로부터 불과 몇 년 후 누나도 다른 곳으로 시집가게 되어, 그때부터 춘삼은 먼 친척의 양자로 이 집 저 집을 전전하며 살아야했다. 어느 시골의 싸구려 여관집에서 점원으로 일하다 도망친 후에는 불우한 운명을 짊어진 채 방랑생활을 계속해왔다. 고향을 버리고 방랑을 해온 지 수십 년이 되지만 유일한 위안이라고는 돈으로 살 수 있는 향락뿐이었다.

그렇게 그해 봄도 나가사키(長崎)에서 방황하고 있을 때의 일이었다. 도쿄에 있는 친구 박돌(朴乭)에게서 한 통의 편지가 왔다. 도쿄에는 긴자(銀座)의 모던걸과 최근 긴자에서 인기가 자자한 조선명기 오산월(吳山月)이 있고, 아사쿠사(浅草) 등 보고 즐길 것들이 많으니, 고독한 생활을 접고 친구들이 기다리는 도쿄로 와서 생활하면 인생관도 바뀔 것이라는 권유였다.

춘삼은 박돌의 편지를 받고 친구들이라도 만나볼 요량으로 짐을 싸들고 도쿄로 왔다.

박돌은 그렇게 여유 있는 생활은 아니었지만 정애(貞愛)와 결혼해 어엿한 가정을 꾸리고 있었다. 평범한 가정에서 자란 박돌은 될 수 있는 한 춘삼을 위해 희생하며 우정으로 대해주었다. 춘삼은 그들의 배려와 가족애에 행복함을 느끼며 점차 안정되어 철공장에 취직까지 하게 되었다.

춘삼의 보름치 급료가 나왔다. 13엔 50전의 쥐꼬리만한 봉급을 못마땅하게 내놓은 회계과의 노다(野田)를 생각하며 춘삼은 전차정류소로 발걸음을 옮겼다. 상점의 유리창에 비치는 기계기름에 찌든 자신의 모습이 초라해보였다. 길을 가던 사람들은 그런 춘삼을 불쾌하다는 듯 멀리하며 걸었다. 전차를 탄 춘삼은 호주머니에 있는 돈에 위안을 얻으며 연말이 가까워진 12월 15일의 살풍경한 도시의 풍경을 바라보았다.

많은 인파속에 섞여 종점에서 내린 춘삼은 돈을 어떻게 쓸까 고민하며 들뜬 기분으로 걷고 있었다. 술과 여자 그리고 방랑이 인생의 전부였던 춘삼은 한 잔 마시고 싶은 유혹을 떨치며 발걸음을 재촉했다. 오늘은 왠지 박돌과 정애가 자신을 기다리고 있을지도 모른다는 생각이 들었다. 또 정애가 월급을 받으면 자신에게 숄을 하나 사달라고 했던 말이 생각났기 때문이다.

박돌이 외출했던 어느 날 밤, 춘삼은 정애와 사람의 정에 대해 서로 많은 이야기를 나눴다. 그때 무슨 마음에서인지 정애가 이번 월급날 숄을 하나 사주지 않겠느냐고 물어왔던 것이다. 춘삼은 꽤 당황했지만 그녀를 만족시키기 위해 그 정도라면 기쁘게 사주겠노라고 대답했었다. 그것은 흔히 말하는 의심스런 관계라기보다 쓸쓸한 인간과 인간의 성스러운 사랑 같은 것이었다. 그때까지 춘삼은 진정한 애정을 가지고 여자와 교제한 적이 없었다. 성욕으로 여성을 찾았고, 어리석은 욕망을 충족하고 나면 공허함과 더 깊은 애욕의 갈증에 쓸쓸할 뿐이었다. 그러나 정애에게서는 지금까지 추구해왔던 성적이고 관념적인 여성이 아니라, 친구와 같은 우정과 연인 같은 애정 그리고 때로는 어머니와 같은 모성을 느끼고 있었다.

그녀도 고독한 타향생활과 단조로운 부부생활 속에 끼어든 춘삼의 존재가 싫지 않았다. 그래서 춘삼을 때로는 친구처럼, 때로는 형제처럼 대해 주었다. 박돌 또한 춘삼과 정애의 관계를 아무 의심 없이 어떠한 경계도 하지 않는 눈치였다.

언젠가 박돌부부가 권유하여 우에노(上野)동물원에 함께 놀러간 적이 있었다. 유원지는 인산인해였고, 여자는 남자의 장식물인 듯 모두들 커플로 온 것을 볼 수 있었다. 인파속에 떠밀려 원숭이 우리 앞에 섰을 때 박돌은 우리 속에 무리와 동떨어져 따돌림 당하고 있는 늙고 초라한 원숭이를 보며 춘삼의 처지를 그 원숭이와 비유하였다. 남편의 경솔함을 걱정한 듯 정애는 춘삼에게 신경을 쓰며 다른 동물을 구경하러가자고 이끌었던 적도 있었다. 박돌은 춘삼과 정애와의 친밀한 관계도 우정이라고 생각하는 듯 우에노에서의 소풍을 즐겁게 마무리 했다. 그 뒤로도 박돌부부는 춘삼에게 매우 친절하게 대해 주었다.

집으로 돌아오는 길에 춘삼은 돈이 있을 때 정애의 숄을 사두자고 마음먹고, 시로키야(白木屋) 지점에서 3엔 80전 하는 숄을 하나 샀다. 춘삼에게는 조금 사치스러운 금액이었지만 그녀가 기뻐할 것을 생각하니 기꺼이 지불할 수 있었다. 집에 가보니 박돌은 아직 퇴근 전이었다. 춘삼은 사온 숄을 정애에게 건넸고, 정애는 그토록 갖고 싶던 숄을 보고는 너무나 기뻐했다.

오랜만에 느껴보는 편안함 때문에 그대로 잠드는 것이 아쉬워진 춘삼은 술을 한 잔 하기 위해 집을 나섰다. 밤에 맛있는 저녁을 준비하겠다는 정애의 말에 순간 외출하고 싶은 맘이 싹 사라졌다. 하지만 단골술집 '술부대'에 가서 어묵에 술이라도 한잔 마시며 뚱뚱한 아주머니와 장난치는 것도 재밌을 것이라는 생각에 집을 나섰다. 술집에 들어간 춘삼은 정애가 기다린다는 생각에 술도 얼마 마시지 않고 집으로 돌아왔다.

그런데 박돌의 집 앞에 도착했을 때 방안에서 박돌의 화내는 소리와 정애의 우는 소리가 들렸다. 춘삼이 사준 숄 때문에 부부싸움이 벌어진 것이다. 숄은 방구석에 꾸깃꾸깃 내던져져 있었다. 춘삼은 나 몰라라 그 광경을 보고만 있을 수 없어 어렵게 말을 꺼냈다.

「"박돌, 부디 용서해 주게. 이렇게 된 것도 모두 나의 잘못이야. 남자면서 왜 그리 달콤한 정에 약해졌던지. 그 때문에 때마침 자네에게도 오해 받을 결과를 초래한 것 같군. 그러나 박돌, 혹시 자네가 나의 진짜 신뢰할만한 친구라면 이 일을 영원히 자네의 오해라고 생각해 주게. 그래서 부디 무엇 때문인지 애매했던 오해가 확실하게 풀리는 날이 오면, 나의 정에 여린 마음을 다시 한 번 되새겨줘. 아마도 자네의 오해도 명백하게 풀릴 때가 있겠지. 그때는 믿어주게. 자네에게 여러 말을 하고 싶지 않네. 그럼, 가겠네. 나는 이제 요코하마(橫浜)로 가려고 하네. 나도 이제부터는 강해질게. 부디 나쁘게 생각하지 말고 하루라도 빨리 오해를 풀길 바라네. 나는 어떤 일이 있어도 자네의 우정은 언제까지 잊을 수 없을 걸세. 그럼 건강하게."

마지막 말을 남기고, 간단한 트렁크를 들고 박돌의 집에서 나오고 말았다. 박돌은 그때까지도 나에게 아무 말도 하지 않았다. 단지 고개를 숙인 채 무엇인가 생각하고 있는 것 같았다.

박돌의 집을 나왔을 때, 멀리서 울려오는 도시의 소음을 들으면서 요코하마행 전차에 몸을 실었다.

"나의 방랑은 이제부터 다시 계속된다."」

夜(밤)

〈기초사항〉

원제(原題)	夜	
한국어 제목	밤	
원작가명(原作家名)	본명	김진수(金鎭壽)
	필명	
게재지(揭載誌)	릿쿄분가쿠(立敎文學)	
게재년도	1933년 10월	
배경	• 시간적 배경: 어느 날 밤 • 공간적 배경: 어느 다방	
등장인물	① 순수한 연애를 추구하는 '그' ② 다방의 여급 아키코	
기타사항		

〈줄거리〉

그가 다방에 들어갔을 때, 지루해진 여급들이 레코드를 틀어놓고 있을 뿐 손님은 한 사람도 없었다. 여자들은 뭔가를 경계하듯 굳은 표정으로 그를 대했다. 그는 여급 아키코(晶子)를 좋아했다. 그녀는 메리메(Mérimée, Prosper)의 카르멘(Carmen)을 연상케 하는 스페인 무녀 같은 야윈 몸매로 정열적이었다. 그런 그녀에게 애정을 느낀 그는, 거의 매일 밤 그녀를 보기 위해 다방을 찾았다. 지금까지 많은 여자를 만났지만 그 정도로 사랑을 느낀 여자는 없었다. 하지만 그녀에게 사랑받고 싶다는 강한 열정은 그녀의 앞에만 서면 꽁꽁 얼어붙고 말았다. 마치 정신을 잃은 사람처럼 행동이 경직되어버리고, 말을 할 때도 얼굴이 빨갛게 상기되어 그녀의 얼굴을 제대로 쳐다보지도 못했다. 매일 밤 찾아와서 커피가 식을 때까지 아무 말도 하지 않고 혼자 우울한 얼굴로 생각에 잠겨있거나, 가끔씩 몰래 훔쳐보는 그의 태도는 그녀를 오히려 불쾌하게 만들었다. 그는 여자들이 속닥거리거나 깔깔거리고 웃으면 자신을 비웃는 것만 같아 안절부절못하였다.

저녁마다 그녀에게 적극적으로 다가가리라 다짐하며 그 다방에 들어서지만, 막상 들어서면 어떻게 해야 할지 난감하기만 했다. 그녀는 사랑의 포로가 된 그를, 노예 앞의 군주처럼 끊임없이 멸시하고 빈정거렸다. 그런 그녀의 태도는 그에게 오히려 미련을 안겨주었다. 물론 그녀를 경멸하게 하는 한편 자신의 사랑까지도 의심하게 만들었다.

다방에 있는 여급들에게도 연애는 있었다. 많은 남자들은 그녀들에게 연애를 가르쳐주며 가볍게 농락하기도 하였다. 그런 남자들은 비열한 속물이라고 비웃으면서도 한편으로는 그들이 부럽기도 하였다. 그는 자신이 꿈꾸고 있는 연애는 순수하고 진지한 것이라고 생각했지만, 그 남자들이 추구하고 있는 연애와 크게 다르지 않다는 생각이 들기도 하였다.

그는 시간이 흐를수록 답답함을 느끼며 안절부절 못하였고, 공허한 마음에 그녀를 쳐다보는 것도 괴로워졌다. 그녀도 그에게는 얼굴조차 돌리지 않았다. 매일 다방에 다니면서도 그녀와 친해지지 못한 것은 아마도 그녀의 성격 탓일 거라고 스스로를 위로하며 포기하지 못했던 그는, 마침내 자신의 어리석음을 깨닫고 포기하기로 결심했다.

「"다방여급 따위에게 연애가 뭐야."

그가 다방을 나섰을 때는 대지가 검은 장막으로 덮인 듯 캄캄하였다. 어둠에 가득 싸여있는 마을을 그는 혼자서 몽유병자처럼 걸었다.

캄캄한 거리를 걸어가고 있는 그의 주위에는 단지 어둠과 침묵이 떠다니고 있을 뿐이었다.

현실세계의 온갖 형상이 시커멓고, 어둠에 감싸여 있는 밤은 그에게 신비 그 자체와 같아서 엄숙한 환상 속에 그를 걷게 했다.

거기에는 추악한 현실도 없었다. 잔혹한 투쟁도 없었다. 비참한 도피도 없었다. 지금 그의 마음에는 연애의 슬픔도 사라져버리고 말았다. 애욕의 괴로움도 잠잠해져 버렸다. 단지 생활의 피로에 안식을 또 현실세계에 망각을 주는 것이었다.」

金哲(김철)

—

김철(생몰년 미상)

027

약력

일본 야마구치고등상업학교(山口高等商業學校)에 재학하였다.

1938년   2월 일본어소설 「겨울 처소(冬の宿)」를 「야마토가쿠엔(山都學苑)」에 발표하였다.

 027-1

冬の宿(겨울 처소)

〈기초사항〉

원제(原題)		冬の宿
한국어 제목		겨울 처소
원작가명(原作家名)	본명	김철(金哲)
	필명	
게재지(揭載誌)		야마토가쿠엔(山都學苑)
게재년도		1938년 2월
배경		• 시간적 배경: 어느 해 겨울 • 공간적 배경: 고향집

등장인물	① 타향에서 지내다 고향으로 돌아온 '나' ② 낭비와 뻔뻔함이 심한 식모 ③ 무엇이든 귀찮아하는 아버지 ④ 어머니를 여읜 슬픔에서 벗어나지 못하는 여동생 등
기타사항	·

〈줄거리〉

- 이 한 편을 돌아가신 어머니에게 바친다 -

어머니가 병으로 돌아가신 후 우리 형제에게 주어진 임무는 여동생의 결혼이었다.

타향에서 지내고 있던 나는 어머니 없이 지낼 식구들을 생각하면 마음이 쓸쓸하였다. 또한 지금까지 여자의 일생에 대해 생각해 본 적이 없던 나는, 어머니의 죽음으로 여자의 일생이 소설 이상의 가시밭길인 것을 깨닫게 되었다. 여동생도 1년 후에 여학교를 졸업하면 어머니의 뒤를 밟아 불확실한 결혼생활에 들어갈 것이라 생각하니, 여자 일생에서 제일 행복한 때인 학창시절을 충분히 만끽하게 해주고 싶었다. 그래서 소극적이고 수동적인 여동생에게 책을 사서 보내주기도 하고 여러 가지 일들을 소개하기도 하였다.

겨울방학이 되어 집으로 돌아온 나는, 그간 모아온 용돈으로 여동생에게 뭐라도 사주고 싶었다. 그러나 여동생은 내 호주머니 사정을 걱정해서인지 극구 사양하다가 마지못해 가장 값싼 물건을 선택하였다. 추운 날이 계속되자, 나는 숯불을 피우고 하루 종일 그 옆에서 책을 읽었다. 방구석에 놓인 상처투성이의 책상을 보며 어릴 적 일들을 떠올렸다. 나이 차이가 별로 없던 우리 형제는 곧잘 싸웠는데 몸싸움보다는 상대의 약점을 교묘하게 들춰내며 싸웠다. 상대의 얼굴을 우습게 그려서 마을의 담벼락에 붙여놓는다거나 욕을 써놓는다거나 하는 행위였고, 그것을 보고 여동생이 얼마나 웃느냐에 따라 보이지 않게 승부가 결정났다. 대부분 여동생은 형의 그림을 보고 많이 웃었기 때문에 나는 한때 여동생을 미워한 적도 있었다. 그런데 어머니가 돌아가신 후 우연히 친구 집을 방문했다가 여학생들의 작문집에서 여동생이 쓴 「나는 호숫가에서 어머니를 그리워한다」라는 제목의 글을 보았다. 그것은 호수 근처에서 어머니를 그리워하며 쓴 글이었는데, 그런 여동생이 한없이 가여웠다.

한편 아버지는 새로 들어온 식모 때문에 생활비가 많이 든다고 불평하였다. 그런데도 식모의 뻔뻔함에 질려 아무 말도 하지 못했고, 여동생은 같은 여자의 입장에서 그녀에게 혐오와 동정을 동시에 느끼고 있었다. 나는 막상 식구들이 더러운 옷을 입고 있는데다 집안이 어지럽혀져 있는 것을 보니 식모가 정말 못마땅했다.

그러던 어느 날 맛있는 음식을 만들어 부엌 어두운 구석에서 혼자 먹고 있는 식모를 발견하였다. 뿐만 아니라 정월 초닷새 쯤 되었을 때 우연히 야채가게에서 청구한 금액과 식모가 청구한 금액이 다르다는 것을 발견하고, 어떻게 된 거냐며 식모를 추궁했다. 그녀는 변명하려다 말문이 막히자 오히려 당당하게 그만두겠다고 큰소리치고는 옷을 곱게 차려입고 나가버렸다. 그래서 나는 집에 돌아온 여동생과 함께 겨우 불을 피워 저녁으로 카레라이스를 만들어 먹었다. 아버지는 우리를 위로하려는 듯 전보다 자주 웃었지만, 아버지의 공허한 웃음이 오히려 쓸쓸하게 느껴졌다.

나는 밤늦도록 헤르만 헷세를 읽다가 발소리를 죽이며 화장실에 다녀오던 중에 여동생의 방에서 들려오는 울음소리를 들었다. 무슨 일인지 물어보니, 여동생은 눈이 내리는 경치를 구경하다 환상 속에 어머니를 만났다며 어머니가 그리워 울고 있노라고 했다. 나는 여동생을 위로하기 위해 홍차를 함께 마시면서 어머니를 생각했다.

어머니는 봉건제 최후의 정치가인 외조부 슬하에 태어나 대부분의 여성이 그랬듯 어떤 교육도 받지 못했었다. 정치적 변동으로 외조부가 낙향하자 어머니는 가난한 아버지에게 시집을 왔다. 어머니는 무지했지만 자신이 보고배운 예의 등으로 우리를 이상적으로 가르치셨다. 그러나 우리는 새로운 사상을 접하면서 어머니와 반목하였고, 언젠가 우리가 행복해지면 어머니도 이해해 줄 거라 믿으며 우리의 불효를 묵인하고 있었는데 그만 돌아가시고 만 것이다.

「나는 창문을 열었다. 바깥의 추위가 온몸에 느껴졌다. 나는 창가에 쌓인 눈을 두 손으로 양껏 쥐어보았다. 손 위에 놓인 눈의 차가움은 뼈까지 스며드는 것 같았다. 나는 어쩐지 그대로 가만히 있었다. 내 육체를 학대하는 것에 상쾌함마저 느꼈다.

나는 눈의 불행한 차가움에서도 마음 깊은 따뜻함을 느꼈다. 멀고 먼 봄의 속삭임을 듣는 것 같았다.

잠시 후 나는 여동생의 방을 나왔다. 내 방에 돌아가 보니, 전등이 꺼져 있었다. 벌써 자리에 누운 아버지는 어둠속에서 커다란 눈으로 천정을 보고 있었다. 내가 다가가자

"지금 몇 시냐?"라고 물었을 뿐이었다.

나도 자려고 했지만, 여러 가지 생각이 꼬리에 꼬리를 물고 떠올랐다.

나는 다시 고향을 떠났다. 내가 고향에 돌아간 것은 단지 이 이별의 슬픔을 아버지와 형 그리고 여동생에게 느끼게 할 뿐이었다.

나는 이렇게 아버지와 형 그리고 여동생의 곁을 2년 전에 떠나왔던 것이다.

11월 30일 야마구치(山口) 유다(湯田)에서」

<부기>
내가 이 원고를 냈을 때, 아베 도모지(阿部知二)의 「겨울 처소」가 있으니 제목을 바꾸는 것이 좋겠다는 충고를 받았지만, 나는 이 주제를 의식적으로 흉내 낸 것은 아니다. 전에 잡지 광고 등에서 본 것이 주제를 정할 때 무의식적으로 작용했는지도 모르겠다. 이것이 모방인지 아닌지의 형이상학적인 논의는 차치하더라도 이런 말을 듣는 것은 그다지 유쾌한 일은 아니다. 같은 '겨울 처소'라도 양철지붕이 있는가 하면 초가지붕도 있다. 아베 도모지의 「겨울 처소」에 비해 나의 「겨울 처소」가 조금 빈약하다 해도 그것 역시 「겨울 처소」임에 틀림없다.

金晃(김황)

—

김황(1895~?) 사회주의운동가. 본명 김동명(金東明). 이명 김지종(金知宗), 김광(金光).

028

028

약력

1895년	함경남도 북청군에서 태어났다.
1921년	모스크바 동방노력자공산대학에 입학하였다.
1923년	졸업한 후 화요회원, <한양청년연맹> 상무집행위원, 혁청당(革淸黨) 당원, <신흥청년동맹> 상무집행위원장, <조선기근구제회> 위원을 역임하였다.
1925년	4월 고려공산청년회가 결성되자 여기에 참가하여 중앙검사위원이 되었고, 12월에는 '제1차 조선공산당 검거사건'에서 벗어난 이후 권오설(權五卨)과 함께 조직을 재건하는 활동을 펼쳤다.
1926년	3월 일본을 거쳐 상하이(上海)로 망명한 이후, 다시 고려공산청년회 만주총국을 설립하라는 임무를 받고 길림성 주허현(珠河縣) 일면파(一面坡)로 갔다. 이곳에서 1926년 5월 <조선공산당> 및 <고려공산청년회> 만주총국의 결성에 참여하였다. 이 때 고려공산청년회 만주총국의 책임자가 되었다.
1927년	10월 <제1차 간도공산당 검거사건> 때 일본 경찰에 체포되었다.
1928년	7월 「내쫓을 놈(おつぱらふやつ)」을 「스스메(進め)」에 발표하였다. 12월 경성지방법원에서 징역 5년을 선고받았다.
1933년	출옥하였다.

おつぱらふやつ(내쫓을 놈)

〈기초사항〉

원제(原題)		おつぱらふやつ
한국어 제목		내쫓을 놈
원작가명(原作家名)	본명	김동명(金東明)
	필명	김황(金晃)
게재지(揭載誌)		스스메(進め)
게재년도		1928년 7월
배경		• 시간적 배경: 1920년대 후반 • 공간적 배경: 만주
등장인물		① 심한 고문을 당한 적이 있는 낫토장수 차득
기타사항		원문전체번역

〈전체번역〉

"이봐!"

"조선인."

"조선인 주제에……."

흥분한 차득(次得)의 머리에는 이런 말들이 한없이 떠올랐다.

그러나 핏줄이 선 눈은 전단지의 글자 하나하나를 탐독했다.

"형제여! 우리는 지난 20년이라는 긴 세월동안 ○○제국주의 흉악한 악마의 손에 붙잡혀 신음해왔다. 그동안 우리가 받은 것은 민족적 압박, 민족적 박해, 민족적 착취, 이런 것뿐이다. 우리는 민족적으로 금치산 선고를 받았고, 우리의 모든 생활수단은 하나같이 박탈당하였다."

"이 상태에 있는 우리 동포는 앉아서 죽음을 기다릴 수 없다. 하루라도 더 살기 위해서 일본 노동시장으로 와서 온갖 압박과 착취를 당하면서도 노동력을 팔 수 밖에 없었다. 그러나 너무나 포악한 일본제국주의자는 도일조선노동자방지(渡日朝鮮勞動者防止)라는 명령 아래 우리 동포에게서 자기가 가진 유일한 상품인 노동력을 팔 자유조차 박탈해 버린 것이다"

"만주와 조선동포! 만주의 옥토(沃土)를 개척한 사람도 조선동포이고, 쫓겨난 조선동포의 대다수를 포용한 곳 또한 만주였다. 그러나 지금 우리 눈앞에는 다시 포악무도한 사실이 발생하지 않았는가? 우리 이백만 동포는 이제 만주에서 쫓겨나지 않으면 안 된다고 하는 이 사실을!

형제여! 이것은 우리 피압박 민중 공동의 적인 반동군벌 장쭤린(張作霖)의 비인간적인 만행인 것은 말할 것이 없다. 그러나 형제여! 기억하라! 이 만행은 장쭤린 혼자만의 소행이 아니라는 사실을! 증오해마지 않을 ○○제국주의자와 교미한 뒤의 소행이라는 것을!"

"형제여! 기억하라! 우리 동포를 국내에서 쫓아낸 것은 어떤 놈이고, 또 국외에서 쫓아 낸 놈은 누구인지를!"

전단지를 다 읽은 그는 연상하는 것을 멈추지 않았다.

"조선인은 개나 말의 똥을 섞은 밥을 먹는다. 그들이 도쿄에 오면 갑자기 건방져지지."

"조선인 두세 명쯤은 ×여도 상관없어."

"조선식 고문이다!" 취조하는 놈이 연필을 검지와 중지 사이에 끼우고 옥죄었다.

"으아악!" 비명을 지르자 옆에 있던 놈이 휴지를 입속에 밀어 넣었다. 또 죽도와 몽둥이로 두들겨 팼다. 완전히 조선식이다.

"2층 심문실에서 피의사건을 조사할 때 같은 고소인 △△△의 두 손을 삼으로 꼰 밧줄로 결박하고 후두부로 매달아 놓고, 동그란 의자를 옆으로 쓰러뜨린 후 그 의자다리 위에 웅크리고 앉게 한 후 죽도로 온몸을 난타하거나, 난폭하게도 군홧발로 걷어찼다. 또⋯⋯두 손목을 삼밧줄을 이용해 후두부에 매달아 결박시킨 채로 대퇴부와 소퇴부 사이에 각목 두 개를 끼우고 판자 위에 각목을 옆으로 놓고 그 위에 앉게 하는 데 그치지 않고, 앞서 말한 후두부에 매달아둔 두 손목에 둥근 의자를 매달아두어 졸지 못하도록 한 다음, 감시 중인 다른 형사들을 시켜 죽도로 구타하여 잘 수도 없게 하는 짓을 사흘 밤낮에 걸쳐 했다. 그 결과 고소인은 인사불성이 되고 만다. 그 사이 후두부와 안면 등을 몽둥이나 손바닥으로 난타하여 인간으로서 견딜 수 없는 폭행과 능욕을 가함으로써 피의심문사항을 긍정적으로 진술하도록 강요한다."

"옷을 몽땅 벗긴 채 수돗가로 데려가 긴 의자에 온몸을 결박한 후 빨간 고무관을 콧구멍에 쑤셔 넣고 수돗물을 주입시키고⋯⋯."

"⋯⋯고소인 ○○○에게 갑자기 '공산당에 대해 말하라!'고 추궁하는데, 이 고소인은 이것을 모르므로 즉시 '모른다'고 대답하면 '거짓으로라도 말하라'고⋯⋯."

"이상의 피고소인은 고소인을 폭 1척에 길이 6척 정도 되는 의자에 천정을 향해 두 다리를 나란히 결박한 후 한 사람은 머리를 누르고 다른 한 사람은 두 개의 주전자에 물을 담아두고 교대로 고소인의 코에 물을 주입시킨다. 여러 차례에 걸쳐 이를 반복하면 인사불성이 된다. 1년이 지난 지금까지도 아직 치유가 안 된다. 지금 형무소에서 치료를 받고 있는 것처럼 폭행을 가하여(현재도 등을 바닥에 대고는 잠을 잘 수 없다) 인간으로서는 도저히 참을 수 없는 능욕과 학대를 가함으로써 피의심문사항의 긍정적인 진술을 강요하였다." (고소장의 1절)

조선에서가 아니면 볼 수 없는 진풍경이다. 동지 P는 의문의 죽음을 당하였고, H는 보석되자마자 발광하여 "조선××만세!" "조선×××만세!"를 계속 외치다가 다시 쓰러졌을 뿐 아니라 공판정에서 용감하게 싸우고 있던 P가 갑자기 백치가 되어 보석으로 나오자마자 사람을 보면 두려워하며 도망쳤다. 그리운 어머니와 처자식도 몰라봤다. 동지들을 보고도 늑대라도 본 것처럼 도망다녔다.

×　　　　×

차득은 자신도 모르게 소리쳤다.

죽임당하는 내 친구여!

원한은 깊고 복수를

우리들은 죽음으로 맹세한다

이것을 노래하고 나니 더 부르고 싶어졌다. 그래서 계속 이어 부르다보니 이번에는 감격에 차서 눈물이 차올랐다.
　그는 감격에 찰 때면 늘 그렇듯 펜을 들어 전단지 뒷면에 적었다.

　첫째도 돈!
　둘째도 돈!
　그리고 셋째도 다시 돈!
　넷, 다섯, 그것도 모두 돈이다!
　돈 없이는 한시도 살아갈 수가 없다.

　돈!
　그것을 위해 아내를 사랑하고, 아이를 사랑하고
　다시 부모에게도 효행을 하는 것이다.
　그리고 나라도 사랑하는 것이다.
　그들은 돈을 위해 태어나, 돈을 위해 살고, 돈을 위해 죽는 녀석들이다.
　불쌍한 돈의 노예!
　그들은 전 세계를 돈으로 채우려고 한다. 인류를 돈의 발판으로 삼으려 한다.
　그리고 그 방석 위에는
　그들이 앉는다.
　그들은 금화에 새겨진 글자 그 자체다.

　다리가 세워졌다 - 돈의 다리가,
　멀리 현해탄을 넘어서.

　조선민중은 이 돈의 광채를 위해
　북으로 북으로 쫓겨난다.
　그리고 하얀 옷을
　추운 바람에 휘날리면서
　눈 속을 정처 없이 방황하고 있다.

　인간으로서 - 마음 있는 인간으로서
　철저하게 압박당하고 또 유린당하는 것을 원하는 자가 있을 것인가?

　그래서 그들은 일어섰다 - 살기 위해.
　아니, 그들 중에는 쫓겨난 그 순간부터, 그 이전부터
　이미 반항의 칼을 휘두른 자도 있었다.

　그런데 일본의 돈의 빛은 뻗어간다
　멀고 넓은 만주의 들판까지.
　이제 우리 백의민족은

만주에서도 쫓겨나게 되었다.
갈 곳이 어디인가?
몸을 에이는 추운 바람, 드넓은 눈의 광야가
그들은 굶주린 늑대처럼 보이고 또한 느껴질 뿐이다.
아아, 그들이 갈 곳은 어디인가?

그들은 - 우리 동포는 만주에서 쫓겨난다.
그러나 중국의 민중이여!
그들을 마차에 밀어 넣어 추방한 것은
결코 민중의 짓이 아님을
우리는 잘 알고 있다.

그리고 일본의 동지여!
영리한 동지들은
벌써 알고 있겠지.
그 증오스러운 어둠의 손길을

그들은 이렇게 해서
새로운 역사의 흐름이
동방을 향해 흐르는 것을 막으려는 것이다.
신세기의 창조자들 - 러시아 민중을 돈의 발판으로 삼으려는 것이다.
자유와 안락, 행복 대신에
착취, 압박, 학살을 부여하려 하고 있다.
동지여! 이것은 남의 일이 아니다 - 그들의 일이다.
착취나 압박에서 태어난 우리들의 반항의 힘을 억누르려 한다.
우리가 획득해야 할 미래의 세계를 부수려하는 것이다.

그러나 동지들이여!
우리의 힘도 그렇게 약하지 않다!
밀고 나아가자, 용감하고 집요하게
빨간 깃발 나부끼는 저 너머 빨간 처녀지가
타오를 듯 우리를 기다리고 있다.

차득은 펜을 내려놓았다. 심장의 고동이 벅차다. 기아(飢餓)와 격렬한 활동으로 그의 심신은 극도로 쇠약해져 있었다. 투쟁! 그렇다. 투쟁 없이는 아무것도 없다. 우리 동포를 구하기 위해서는 투쟁이다. 투쟁이다. 그는 연신 이렇게 외치면서 시계를 보았다. 4시. 두부장수의 피리가 삐ㅡ삐ㅡ 울었다. 자리에서 일어서자 머리가 빙빙 돌지만 어쩔 수 없다. 모자를 쓰고 밖으로 나가 곧장 낫토(納豆)가 든 바구니를 짊어지고 거리로 나섰다. 바람이 휘잉 귓가를 스칠 때마다 차득의 몸은 웅크러지고 작아졌다.

金熙明(김희명)

—

김희명(1903~1977) 소설가, 평론가, 사회운동가. 창씨명 가나미쓰 시로(金光史朗).

029

약력

1903년	3월 충청남도 논산에서 출생하였다.
1917년	논산공립보통학교를 졸업하고 작가가 되기를 꿈꾸며 일본으로 건너가 고학하였다.
1921년	「신민공론(新民公論)」 독자문예란에 수필 「암루일적(暗淚一滴)」을 기고하였다.
1922년	도쿄의 「아세아코론(亞細亞公論)」에 「시조(詩調)」를 번역 소개하였다. 니혼대학(日本大學) 전문부(專門部) 사회과(社會科)에 입학하여, 예술지상주의적 그룹의 동인으로 활동하였다. 이후 프롤레타리아 운동에 참여하였다.
1924년	도쿄에서 창간된 일문잡지 「다이토코론(大東公論)」의 편집을 맡았다.
1926년	11월 「조선시론」에 일본어소설 「화재현장(火事場)」을 발표하였으나 발매금지 당하였다.
1927년	「스스메(進め)」 9월호에 「조선사회운동서설(朝鮮社會運動序說)」을 게재하였다. 「분게이센센(文藝戰線)」 10월호에 「제사공장 회상(製絲工場回想)」을 발표하였다. 일본어소설 「거지대장(乞食の大將)」(「野獸群」), 「아름다운 것들을 모욕하는 모임(麗物侮辱の會)」(「文藝鬪爭」), 「채찍 아래를 걷다(笞の下を行く)」(「文藝戰線」)를 발표하였다.
1928년	도쿄시 사회과 촉탁직원으로 취직한 이후 사회사업운동으로 방향을 전환하였다.
1930년	「지식인(インテリゲンチヤ)」를 「샤카이후쿠리(社會福利)」에 발표하였다.
1940년	이름을 가나미쓰 시로(金光史朗)로 개명하였다.
1963년	도쿄의 ≪한국신문(韓國新聞)≫ 부사장으로 있으면서 「친화(親和)」(110호) 좌담회에 참여하여 한국에서 일본 전후파의 '섹시한 작품'만을 출판하려는 경향을 비판하며 단순히 판매를 위한 작품 선별을 지양하고 양국의 문인이 제휴하여 작품을 선정할 필요가 있다고 역설하였다.
1974년	재일한국인 펜클럽 회장으로서 「일관된 반공(反共)·반독재투쟁(反獨裁鬪爭)…교포동정(僑胞動靜)에 많은 관심(關心)을」이란 글을 ≪동아일보≫(1974. 4. 1)에 게재하였다.

김희명은 일본으로 유학한 후 일본 좌익문학 단체에 가담하여 활발한 문학 활동을 펼쳤다. 초기에는 주로 시를 쓰다가 점차 비평활동에 관심을 기울이는 한편 소설과 희곡도 창작하였다. 그러나 1930년 이후는 문학활동을 거의 하지 않고 도쿄(東京) 사회사업협회에서 일하면서 사회평론의 글을 여러 편 남겼다.

乞食の大將(거지대장)

〈기초사항〉

원제(原題)	乞食の大將	
한국어 제목	거지대장	
원작가명(原作家名)	본명	김희명(金熙明)
	필명	
게재지(揭載誌)	야주군(野獸群)	
게재년도	1927년 1월	
배경	• 시간적 배경: 1920년대 어느 해 겨울 • 공간적 배경: 어느 도살장	
등장인물	① ××전쟁 참전으로 불구가 된 거지 3인조 거지대장 '나(외다리)', ② 부하거지 '외눈박이', ③ 부하거지 '외다리'	
기타사항	원문전체번역	

〈전체번역〉

'3인조'라는 말은 우리를 지칭하는 대명사였다. 우리는 세 사람의 늙은 술주정뱅이다. 게다가 불구로 몸이 성한 녀석은 한 명도 없는 거지 떼로, 화장터 앞이나 도살장 부근은 우리 구역으로 우리 밑에는 수백의 병사가 있다. 부하들은 나의 지휘에 따라서 화장터 앞이나 도살장 부근 혹은 극장가의 옆, 신사(神社) 입구에 진을 치고 절박한 장사행위를 연출한다. 아무 느낌이 없는 발이나 팔에 붕대를 감고 얌전히 풀이 죽은 표정을 연출한 놈은 그나마 나은 편이다. 혹시라도 종양이나 절단된 상처가 있는 사람은 아주 으스댄다. 이것은 상품의 진열장 이상의 효과를 얻을 수 있는 자연적 예술품이다. 나병환자 등은 우리 무리가 가장 환영하는 질병으로, 이런 환자가 다섯 명만 있으면 우리 뒤주에 쌀이 떨어질 날이 없을 것이다.

외다리인 내가 분담한 구역은 도살장 부근이다. 세상 사람들 중에 백정만큼 사귀기 쉬운 사람이 또 있을까? 그들의 장사는 역시 소를 잡는 것이다. 도살 외에 그들에게 사교라고 부를 만한 생활은 없다. 그러나 우리 3인조와 부하들은 그 이상의 진실한 우정을 가지고 있지 않다. 나는 나무지팡이를 한쪽 겨드랑이에 끼고 여러 부하를 데리고 먼저 아침 6시 정도에 싸구려 여인숙을 나온다. 부하를 적당한 요소요소에 배치한 후 나의 걸음은 도살장으로 향한다. 도살장 문은 언제 가더라도 굳건히 닫혀 있었는데, 내가 들어가는 입구는 따로 있었다. 늙은 백정 도 역시 술주정뱅이로 나하고는 제일 사이가 좋다. 인사를 나눈 후 나는 임검순사(臨檢巡査) 의 눈을 피해 도살장으로 숨는다. 시간이 되면 창고 문이 열리고 풋내기 백정이 잡을 소를 끌고 나온다. 소는 천천히 단말마의 순간을 맞이한다. 그리고 비장한 신음과 비명을 지르며 그 몸은 사형장으로 옮겨진다. 사형의 방법에는 두 가지가 있다. 하나는 날카로운 도끼로 이마의 주위를 두드려 죽이는 방법과 다른 하나는 예민한 칼로 같은 곳을 찔러 죽이는 방법이었다.

어느 쪽이든 잔학한 방법이다. 눈에 눈물을 가득 머금고 소는 임검순사 앞에서 기수(技手) 의 진찰에 의해 죽음의 자격을 통과하지 않으면 안 된다. 죽음에 합격하면 소는 드디어 단두대에 오를 절차를 밟게 된다. 강건한 동물은 백정의 칼이나 도끼에 일격을 당하고 그 자리에서 졸도한다. 비통한 절규와 신음은 풋내기 백정의 칼을 떨리게 할 정도로 힘든 일이었다. 늙은 술주정뱅이가 쓰러진 소의 몸에 재빠르게 올라타서 이발사처럼 감자 껍질을 벗기듯이 거대한 동물의 가죽을 벗겨낸다. 칼은 가죽과 살 사이의 하얀 지방부분을 따라 완전하고 재빠르게 벗겨낸다. 한 마리의 소가 껍질이 벗겨져 내장을 일제히 도둑당하는 시간은 불과 5분 정도의 수술시간이 걸린다. 심장의 피, 그 뿜어진 피가 샘처럼 백정을 향해서 분출하는 순간, 때때로 나는 떨어져나간 내 한쪽 다리를 생각하지 않을 수 없었다.

그것은 ××전쟁의 야전부대에 참가하고 있던 당시의 나의 기억이다. 돌격이 태풍처럼 다음 장소로 옮겨간 후, 나는 태풍의 흔적에 남겨진 고아처럼 전사자 사이에서 신음하였다. 내가 의식을 찾고 내 몸의 놀라운 변화를 목격한 것은 들것에 실려 야전병원에 도착한 지 얼마 되지 않았을 때였다. 그 사이 시간은 꽤 흘렀던 것 같은데, 나의 떨어져나간 한쪽 다리의 절단부에 서는, 마치 지금 내가 목격하고 있는 소의 심장의 피처럼 수술대에 내뿜어지고 있었다. 익숙해 지기 전에는 몸의 털이 곤두서는 오한을 느꼈지만 지금은 아무렇지 않을 뿐 아니라 기분 좋은 야수성이 때때로 머릿속에 떠오른다. 거대한 동물의 죽음을 지켜보는 나의 성한 한쪽 손에는 커다란 양동이가 들려있다. 우리는 도살장 밖에서 몰래 나를 기다리는 부하에게 이것을 팔게 해서 세상의 꼬치구이 재료로 제공하고 막대한 이윤을 얻는 것이다. 그리고 나는 배치해 놓은 부하들의 성적을 단속하기 위해 외출하였다. 하나씩 그 감시가 끝나면 일정 장소에서 대장 세 사람이 만나는 것이 매일의 일과였다.

화장터 앞에서도 부하들은 하루가 다르게 진보하는 장사기술을 궁리하고 있었다. 맹인, 벙어리, 외다리, 외팔이, 두 다리가 다 없는 녀석 등이 장례식을 둘러싸고 제사음식을 구걸하고 있다. 혹시 그냥 지나치는 장례가 있으면 그들은 이들을 가로막아 곤혹을 치르게 했다.

세 명의 대장 이른바 3인조가 집합하는 곳은 화장터 부근의 정해진 장소였다.

난폭한 외눈박이와 도학자인 외다리는 먼저 도착해서 내가 오기를 기다리고 있었다. 외눈박이와 외다리가 나와 함께 지금처럼 거지대장으로 공동으로 일하게 된 것은 역시 전쟁이 원인이었다. 세 사람은 ××전쟁 당시 야전병원에서 만난 전우였다. 변해버린 불구의 몸을 우리는 앞으로 어떻게 할 것인가에 대해 고심하고 또 고심했다. 그렇게 해서 우리에게 주어진 생계의 방법이 현재의 이것이다. 우리는 30년 가까운 긴 세월을 비가 오나 바람이 부나 눈이 오나 하루도 빠짐없이 초라한 우리의 몸을 거리에 팔고 다녔다. 우리의 자본은 추태와 불구 그리고 감각 이 세 가지였다. 우리는 그날 먹을 것을 얻기 위해 언제까지나 추태와 불구와 멸시에 매달리지 않으면 안 되었다. 그러나 우리에게 우려할 만한 큰 사건이 그날 난폭자 외눈박이의 입에서 흘러나왔다. 그것은 우리에게 죽음의 찰나였다. 죽음의 자격을 얻을 수 있는 경이할 만한 사건이 아닌가. 외눈박이는 과거 30년 동안 구역 확보를 위해 외부의 적을 상대로 우리의 치외법권을 행사하는 중요한 역할을 담당했었다. 오늘날 우리가 3인조라고 불리게 될 정도로 권위와 지위를 공인받게 된 것은 모두 그의 악전고투의 결과였다. 그러나 이제 마지막 운명이 우리 머리 위에 선고될 날이 왔다. 왜냐하면 권력과 폭력의 박해를 받을 수밖에 없었던 외눈박이는 늙은 얼굴에 비통과 분노를 띠고 고개를 숙였다. 두 형제에게 이별을 고하는 것이다.

　- 모리시타(森下)가 우리 구역을 침범해서 자신들의 권력을 행사하는 것은 내일부터다. 오늘 우리는 나리에게 불려가서 강제로 계약서에 도장을 찍고 말았다. 나리는 모리시타를 편애하고 있었다. 모리시타는 마을자치회 의원이라 거지를 단속하기에 적격이라고 했다. 우리는 30년간의 고투를, 그들이 하루아침에 돈으로 만들어낸 지위로 인해 뺏기지 않으면 안 되었다. 얄궂지 않은가? 전쟁을 위해 죽거나 부상당한 자들에게는 어둡고 차가운 박해가 오고, 솜씨 좋게 돈을 번 비참전자가 유리한 지위에 있다니. 내가 걸어오자 모리시타의 부하인 유도 3단이라는 자가 내일부터 당신들 3인조에게는 5할을 물릴 테니 오늘 중으로 많이 벌어놓으라고 지껄였다. 얄궂지 않은가. 얄궂지 않은가. 나는 형제들과 헤어져 어디라도 가서 쓰러질 거요. 외눈박이의 비장한 뒷모습을 따라 우리 두 외다리는 지팡이를 옮겼다.

(12. 8)

029-2

麗物侮辱の會(아름다운 것들을 모욕하는 모임)

〈기초사항〉

원제(原題)	麗物侮辱の會	
한국어 제목	아름다운 것들을 모욕하는 모임	
원작가명(原作家名)	본명	김희명(金熙明)
	필명	
게재지(揭載誌)	분게이토소(文藝鬪爭)	
게재년도	1927년 4월	
배경	• 시간적 배경: 어느 해 5월 노동절 • 공간적 배경: 도쿄	

등장인물	① 전시회 주최측인 '나' ② 전직 장군의 딸 루리코 등
기타사항	원문전체번역

〈전체번역〉

아름다운 것들을 모욕하는 모임.

우리들 전람회장에는 입구에 크게 임(恁)이라는 간판이 붙어 있었다. 붉은색과 검은색 그리고 남색이 뒤섞인 캔버스에 하얀색과 초록색의 도마뱀 그림이나 '?'가 붙은 나체의 미인상이나 공장, 굴뚝, 감옥의 벽이나 목이 없는 ×복 모습, 피가 솟구치는 노동자의 팔, 망치, 서민의 낫, 다이쇼(大正) 권총, 강도 무라카미 겐지(守上健次)의 자전거가 그려져 있고, 그 위에 대도시의 빌딩, 질주하는 트럭, 임질매독 광고의 조명탑이 그려져 그 한쪽 입구에 '아름다운 것들을 모욕하는 모임 입구'라는 빨간색 글자가 가로세로로 늘어서 있다. 그리고 이것은 100호 정도 크기의 캔버스였다.

전람회 출품자의 주요 직업을 분류하면, 화가 25, 노동자 30, 노동조합 명의로 20, 프로예술협회원 10, 문사 6, 시인 10, 공산주의자 12, 인도주의자 2, 공무원 3, 여급 5, 영화여배우 5, 동인잡지의 사람들이 10, 그 외가 20점으로 이것을 합계하니 작품 158점이 진열되었다. 그리고 그 작품의 내용에 따라서는 실제로 상세하게 기록할 필요를 느낀다. 기계, 공장, 감옥의 설계를 비롯해 시, 소설, 번역, 회화, 선언문, 모형, 고물, 쓰레기, 매춘부, 망치, 그 외의 작품이 모두 반역의 정신에 기초한 기성미학의 인식 및 부르주아의 의식과 그 생활 모양을 거부하고 이것을 나타내어 바르고 새로운 세계관에 기초한 과학적 인생관 및 사회관을 고조시키고, 계급투쟁의 신념과 진리에 대한 확고한 의식을 환기할 만한 재료를 제공하고, 이것을 고취한다. 때로 동지 두세 명은 새로운 시도로 무용을 작품으로 출품하여 시의 낭독이나 선전 강연을 회장 한쪽 구석에서 열연하였다. 동지들은 5월 1일 노동절 전날과 당일 및 다음날을 초대하는 날로 정하고 입장자격자는 모든 노동자에 한한다고 하는 조건을 제한한 회장(會場)의 여러 가지 상황을 보고, 부르주아 신문의 석간은 '괴물극장의 완전히 미친 짓'이라고 악선전을 유포했지만, 프롤레타리아 신문은 앞을 다투어 새로운 신성한 전당이라는 찬사를 써댔다.

5월 1일의 노동절 행렬은 시바우라(芝浦)공원에서 우에노(上野)를 향해 피착취계급의 시위제로 진행된다. 만국의 노동자 단결하라! 이날 세계 노동자는 쇠사슬을 끊고 횡포한 착취지배계급에 도전한다. 우리는 전람회장에서 몸을 그 행렬 속에 던지고 모든 새로운 성스러움을 위해 출품했지만, 행렬이 우에노 회장 근처에 왔을 때 우리는 행렬에서 빠져나와 '아름다운 것들을 모욕하는 모임'이라는 전단을 모인 대중들에게 뿌렸다. 그리고 밀려오게 될 신흥귀족계급이라 할 만한 노동자들을 맞았다. 노동자들은 노동절 노래와 인터내셔널을 뜨겁게 타오르는 음계로 노래하면서 역시 우리 회장으로 흘러들어왔다. 담당자들과 함께 이 인간의 대홍수를 앞에 두고 질서를 유지할 방법으로 메가폰을 이용해 외쳐댔다. 그리고 안내역을 맡은 동지는 모인 무리 앞에 서서 작품 내용을 설명하였다.

"제1호. 제목(조건) 회화(繪畫). 동지는 죽음을 기하여 참호를 파고 있는 것입니다. 빨간 영혼의 태양을 향해 척후를 개척하고 있습니다. 미래를 위해 오늘의 우리는 어떤 한 가지 목적의식 아래 집합해야 하는 우리는 현재의 저주받은 수뢰자(囚牢者)라면 말입니다. 제2호……

시…(동지여 깃발을 흔들어라!) 3호 소설……(학대받는 영혼)……제4…(새로운 철학의 설계도)……제5…시(무대를 돌려라)…제6………제100……제111호…선언.” - 그들은 끊임없이 도약을 시도한다. 어떻게 해서 착취할 것인가. 어떻게 해서 민중을 자기의 지배 아래에 영원히 예속하게 할 것인가. 이 경우 자본주의 사회는 모든 문화현상과 그 효과가 그들의 도구가 되고 수단이 된다. 예술은 일찍부터 그 분야에서 크나큰 박해조건을 가지고 민중 앞에 군림하고 그들을 미망에 빠트리는 요소가 되었다. 자본주의 사회에서 아름다움이라는 것은 무엇인가. 부르주아적 착취의 도구이고 수단이다. 그러나 그들만이 누릴 수 있는 조건이다. 우리는 이것을 단연 거부한다. 단연 철저히 도전한다. 우리에게 아름다움이란 이것을 붕괴시키는 것이었다. 우리의 생활과 이데올로기를 강조한 최후의 새로운 세계관에 기초한 하나의 목적의식 위에 있는 이론과 실행, 이것을 두고 우리는 다른 아름다움의 존재와 미의식을 얻을 수 없다. 우리는 틀렸다. 오랜 세기에 있어서 모든 아름다운 것들을 모욕하고, 미학론을 역적으로 해석한다. ……동지의 열의가 담긴 설명과 불붙은 듯한 군중의 불꽃은 궤멸되기 전의 용광로 안에 겹겹이 쌓여갔다.

그리고 전직 장군(將軍)의 딸 루리코(ルリ子)는 초대 첫날 올 수 있는 자격을 갖지 못해서, 5일째 되는 날 오후, 화가들이 발행한 안내장을 동지에게 내밀었다. 나를 보더니 루리코는 깜짝 놀란 표정으로 얼굴을 붉혔다.

“일전에는 실례했어요.” 나의 목소리.

“아니요.” 그녀의 목소리.

“이 그림을 사가라! 그렇지 않으면 어두운 곳으로 끌고 갈 거야. 자, 사라! 3엔이다!” 동지의 목소리.

그녀는 조금 낭패한 모습으로 침묵한 채 우리 뒤를 따라오더니, 돌연 나를 불러 세웠다.

“어머나, 이런 전람회는 처음이에요. 이런 더러운 회장 좀 봐, 마치 쓰레기장 같아. 게다가 저 사람들은 모두 뭐하는 사람들이죠?”

“직공이에요. 그리고 당신의 표현을 빌리자면 예술가.”

그녀는 얌전히 손수건을 입에 대고 회장을 순회했다.

“저, 돌아갈게요. 당신 바지에 페인트가 묻었어요. 더러워요.”

“더럽지 않아. 우리가 보기에는 잘 차려입은 당신의 화려한 옷과 장식품들이 얼마나 더러운지 몰라.”

그녀를 태운 자동차가 우리에게 흙먼지를 끼얹으며 출발하였다.

우리는 연애를 모욕한다. 인식표준이 다른 상대에게 요구하는 연애는 모두 전람회에 출품해서 모욕해 버리자. 고루한 세계관에 기초하는 모든 아름다움을 모욕해 버리자.

우리는 외치면서 회장으로 들어갔다. 춤추듯이!

- 2. 14 -

笞の下を行く(채찍 아래를 걷다)

〈기초사항〉

원제(原題)	笞の下を行く	
한국어 제목	채찍 아래를 걷다	
원작가명(原作家名)	본명	김희명(金熙明)
	필명	
게재지(揭載誌)	분게이센센(文藝戰線)	
게재년도	1927년 9월	
배경	• 시간적 배경: 1880년대 후반~1925년 말엽 • 공간적 배경: 경성	
등장인물	① 수감 중인 이(李) ② 아들 광조	
기타사항		

〈줄거리〉

이것은 실제 "제2××당사건"으로 수감 중인 늙은 동지 이(李)의 수기를 발췌한 것으로 식민지에서 살아가는 역사적 사실을 정리한 것이다. 창작의 훌륭한 소재가 되지만, 단편으로는 도저히 엮을 수가 없어 원고형식을 갖추지 않은 채 발표하였다.

×월×일(1887년 전후)
한무리의 순찰대가 와서 윗분의 명령이니 현금 500냥과 택지 500평을 공납하라고 통지하고 으스대며 돌아갔다. 죽어도 좋으니 한번이라도 양반이 되고 싶다. 평민인 나는 죄도 없이 사죄를 구하고 다섯 번의 공납을 하지 않으면 안 되었다. 두 번의 약탈로 나는 거지가 되어 부랑자로 떠돌게 될 운명에 처하였다.

×월×일(同)
눈이 내리는 국경을 넘어 온 이래 두 해가 지났다. 아내와 네 살 된 광조(光潮)는 어디에서 나를 원망하고 있을까? 단두대에 오르기 전날 밤, 나는 수난당하고 시대의 박해를 받은 나를 기억해 주기 바란다. 전쟁이 벌어진 랴오둥반도(遼東半島)에서 더 깊숙한 러시아령지방(露領地方)으로 도망쳤다. 전쟁이라도 끝난다면 너희 모자를 만날 수 있으리라 믿는다.

×월×일(1905년 전후)
'청일' '러일' 두 전쟁의 원인이 된 조선반도는 하나의 식민지로서 역사, 문화, 생활이 강자인 작은 섬나라에 의해 규정되고 예속되었다. 섬나라는 정치적, 경제적으로 일대 제국을 형성하고 식민지정책, 이민경영, 남만주철도, 개간사업의 개시, 조차지(租借地)의 획득, 극동의 이권획득 등 근세제국주의 국가로서 군국주의 및 자본주의 착취를 국제적으로 집요하게 개시하기 시작했다.

×월 ×일(1905년 전후)

오늘 나는 경성 네거리에서 유고(諭告)를 읽었다. 나라의 일부패거리들이 자신들의 부귀영화를 위해 도장을 찍음으로써 섬나라와 반도는 동일 통치구역이 되었다. 그러나 그것은 새로운 주인에게 팔려가는 것이다. 백성들은 울분하여 외쳤지만 속사포(速射砲)와 대포에 죽어갔을 뿐이다. 합병의 수훈자인 나리들은 백작에 봉해져 우리를 새로운 채찍과 감옥을 가진 자들에게 팔아넘겼다.

×월 ×일(1914년 전후)

철도가 부설되고 전신주가 가설되고 총독부가 세워졌다. 도로개선을 위해 노동의 의무를 지고, 검은 옷을 입은 이들에게 소작권을 뺏겼다. 개척회사는 저리자금을 빌려주어 농민들의 생활을 피폐하게 하고, 생계가 힘든 농민들은 쫓기듯이 북만주를 향해 떠났다. 이러한 분위기를 틈타 곳곳에서 '홋카이도행 인부 모집' '규슈탄광행 노동자 구함' '오사카행 제사(製絲)여공 모집' '도쿄관영노동 고학생 모집' 등 악성 노동브로커들의 농간에 문맹인 노동자들은 임금을 착취당했다. 관료들이나 지주들도 자본주의 조류에 편승하여 소작인과 노동자들을 학대하고 금품을 착취하였다.

×월 ×일(1919년 전후)

1919년 3월 민족자결주의를 외치며 경성 파고다공원을 중심으로 하여 수만의 민중이 '××××××'를 외치는 무저항 민중운동이 일어났다. ××선언서 서명자 33인은 대화관(大華館)에서 체포되고 구치장에 수감되었다.

×월 ×일(1921년 전후)

1919년의 <3·1운동>은 성공하지 못했지만 효과는 있었다. 그러나 국가사회에 변화가 있다한들 민중의 생활은 아무런 변화가 없으므로 같은 사정의 프롤레타리아가 서로 일치단결해서 투쟁해야만 한다. 이웃나라의 무산계급과 함께 서로 협력하여 완전한 해방과 승리를 이룰 때까지 투쟁하도록 하자.

×월 ×일(同)

내 나이 55세에 중부노동조합의 집행위원장으로 선출되어 앞으로 5~6년 활동하게 될 것이다. 아들 광조가 나와 사회주의 운동을 이해해준 것은 참으로 다행한 일이다. 광조가 빛나는 삶을 살기를 바란다.

×월 ×일(다이쇼 연대가 끝나갈 무렵)

동지들이여! 내가 지옥을 돌파할 의지와 패기로 앞장서련다. 나는 굶주리고 지친 늙은 몸이지만 최전선에서 나의 할 일을 할 것이다. 우리들이 가야할 길은 오직 붉은 태양의 길이다.

- 1927. 7. 28 -

インテリゲンチャ(지식인)

〈기초사항〉

원제(原題)	インテリゲンチャ(一〜十七)	
한국어 제목	지식인	
원작가명(原作家名)	본명	김희명(金熙明)
	필명	
게재지(掲載誌)	샤카이후쿠리(社會福利)	
게재년도	1930년 7〜12월	
배경	• 시간적 배경: 1920년대 후반 • 공간적 배경: 도쿄	
등장인물	① 의사 집안의 아들 모리 겐이치 ② 제도(帝都)그룹 집안의 딸 야마무라 미키코 ③ 아들 기사쿠 ④ 자동차회사에 근무하는 미야하라 가즈코 등	
기타사항		

〈줄거리〉

게이오(慶應)의대 부인과(婦人科) 연구실 담당이던 모리 겐이치(森健一)의 아버지는 도쿄 시부야구(渋谷区) 센다가야(千駄ヶ谷)로 옮겨와 내과, 부인과 병원을 개원하였다. 그는 그 분야 전문의로서 부르주아 부인들에게 인기가 많은 명의였다. 그러나 겐이치의 아버지는 의학보다 정치 쪽에 관심이 더 많아 제1차, 2차 총선거 때 고향인 나가노현(長野縣)에서 입후보했고, 결국엔 낙선하고 말았다. 그러나 그의 아버지는 정치를 포기하지 못하고 오전 진찰이 끝나면 정계사람을 방문하거나 고향의 선거운동원들에게 소식을 전하는 것이 매일의 일과였다. 특히 후쿠자와(福澤)의 문하생 동기였던 야마무라 신노스케(山村進之助)의 집을 자주 방문하여 정치 등의 사회문제를 논하고는 하였다. 야마무라 신노스케는 후쿠자와의 자본주의 문화 실행자로, 그리스도교를 신봉해 실업계로 나가 현재 각료의 중진이 되었고, 제도승합자동차회사(帝都乘合自動車會社)를 경영하고 있었다. 겐이치가 학교를 졸업하자 그의 아버지는 야마무라 집안에 취직을 부탁하였다. 하지만 겐이치는 야나기시마(柳島)에서 세틀먼트 활동을 하며 사회주의운동에 관심을 갖고 있었다.

어느 날 그의 어머니는 야마무라 집안과의 교제를 권하며 미키코(幹子)와 그녀의 오빠 기사쿠(義作)를 집으로 초대하였다. 미키코는 스루가다이(駿河臺) 문화학원(文化學院)을 작년에 나와 다카라즈카(寶塚)의 가극이나 제국극장에 가는 것을 좋아하였다. 기사쿠는 게이오(慶應)를 나와서 아버지가 경영하는 은행에 근무하였는데, 2년도 되지 않아 중역의 위치에 올라있었다. 그러나 겐이치는 이런 집안간의 교제가 너무 지루하고 쓸데없는 시간낭비로 여겼다.

결국 며칠 후 겐이치는 집을 나와 야나기시마 쪽으로 몇 권의 책과 원고용지만을 가지고 이사해버렸다. 동생 요시코(芳子)는 오빠를 조금 이해한다며 여름옷과 침구류를 보내주었다. 더러운 목조 임대아파트였지만 선배 A씨에게서 부탁받은「용감한 병사 슈베이크」의 프랑스판을 번역하면서 행복의 전당에서 지내는 것만 같았다.

이사를 하고 며칠 동안 세틀먼트에서 프랑스어를 배우는 미야하라 가즈코(宮原一子)가 집으로 돌아가는 길에 들러 살림에 필요한 도구나 자취방법을 알려주고 돌아가곤 하였다. 가즈코는 제도(帝都)승합자동차의 차장으로 근무하며 사회문제 연구회를 개최하여 나에게 강연을 부탁하는 등 왕성한 사회운동에 참여하고 있었다.

그런데 그 후 며칠째 가즈코가 집에 들르지 않자 걱정이 된 겐이치는 가즈코의 하숙집을 찾아가 보았다. 그리고 하숙집 아주머니에게서 가즈코가 어머니를 데리러 홋카이도에 갔다는 것을 듣게 되고, 가즈코가 남긴 편지와 그녀의 아버지가 적은 수기를 전해 받았다.

그 편지에는 22년 동안 소식을 몰랐던 어머니의 소식을 알게 되어 삿포로(札幌)에 가게 된 사연과 자신의 불우했던 어린 시절에 대해 적혀있었다. 또 수기에는 전쟁에 참전했다가 불구가 된 후 고향에 돌아왔지만 가정은 깨어지고, '3인조'라 불리는 늙은 술주정뱅이의 한 사람으로 가즈코를 기르기 위해 구걸하며 살아간 것, 그러나 그마저도 지방권력자에 의해 못하게 되면서 좌절해야 했던 사연이 적혀있었다. 그는 그런 상황에서 자란 가즈코가 너무나 불쌍했다. 그로부터 몇 통의 편지가 오간 후 그녀는 어머니를 모시고 돌아와 야나기시마 목재 임대아파트로 이사해 왔고, 출근길 혹은 귀갓길에 겐이치를 찾아와 이데올로기에 대해 토론하며 함께 시간을 보냈다.

그러던 어느 휴일, 겐이치가 가즈코와 그녀의 어머니를 데리고 가부키「주신구라(忠臣藏)」를 보러가기 위해 외출준비를 하고 있을 때 미키코가 찾아왔다. 미키코는 겐이치가 떠난 후 많은 심경의 변화를 느꼈고, 이데올로기 영화「서부전선 이상 없다」를 보고 큰 감명을 받았다고 하였다. 겐이치는 그런 미키코를 보며 마음이 조금 흔들렸지만 결국 가즈코를 선택하기로 결심한다. 그러나 가즈코는 겐이치가 여왕처럼 아름다운 부르주아 미키코와 이야기하는 것을 보고 거리감을 느끼게 되어 더 이상 겐이치의 집을 방문하지 않게 되었다. 뿐만 아니라 자신을 찾아와 사랑을 고백하는 겐이치를 뿌리치고 만다.

가즈코와의 이런 서먹한 공백기가 3주 정도 된 어느 날, 겐이치는 쓸쓸한 마음에 긴자거리로 외출하였다. 그곳에서 프롤레타리아 활동을 하고 있는 학교 친구들을 만나 야마무라 미키코가 병에 걸렸다는 소식도 전해 들었다. 겐이치는 열심히 활동하고 있는 친구들과 자신을 비교하며 대중을 위해 보다 적극적으로 나아갈 것을 다짐한다. 겐이치는 그 후 번역 일을 접고 전적으로 프롤레타리아 일에 뛰어들었다. 그러나 친구들은 재경(在京) 학련사건에 연루되어 유치장에 수감되었고, 겐이치 또한 연설 및 모임의 책임자라는 이유로 유치장에 갇히게 되었다. 그리고 며칠 후 어머니와 요시코 그리고 야마무라의 마중을 받으며 석방되었을 때, 경찰 대기실 의자에 작업복 차림으로 웅크리고 있는 가즈코를 보았지만, 그는 가족과 함께 폭풍우를 거슬러 가마쿠라(鎌倉)로 돌아가야만 했다.

그리고 며칠 후 겐이치는 미키코가 요양하고 있다는 가마쿠라 집으로 병문안을 갔다. 요양 중인 미키코는 겐이치가 번역한「용감한 병사 슈베이크」를 읽고 감명을 받았다고 말한다. 그리고 몸이 낫는 대로 프롤레타리아 활동을 하다 수감된 친구들을 면회 가겠노라고 했다.

한편 미키코의 오빠 기사쿠는 겐이치의 동생 요시코와 결혼하겠다며 의견을 물어왔고, 찬성의 뜻을 밝힌 겐이치는 다시 야나기시마 아파트로 돌아왔다.

　　그리고 수개월이 지난 어느 날, 가즈코가 겐이치의 아파트로 찾아와 용서해 달라며 마음을 고백하였다. 그리고 두 사람은 앞으로 프롤레타리아 동지이자 사랑하는 연인으로 열심히 살아가기로 굳게 다짐한다.

　　그러던 어느 날 신문은 새로운 기사를 보도했다.

　　「야나기시마에 본 공장을 두고 전국 각지에 수십 개의 공장을 소유하고 있는 제도직물(帝都織物)주식회사에 큰 쟁의사건이 돌발한 것이었다. 쟁의가 돌발한 후 여러 계절이 지나는 동안 노사 간의 항쟁은 종례 예를 찾아볼 수 없을 정도로 강경한 태도로, 자본가 측에서는 같은 계열회사 간의 자본결속을 암암리에 정비했고, 노동자 측에서는 전국적으로 격문을 보내어 쟁의자금을 원조하라는 지령을 보냈다. 매일 여러 곳에서 열리는 쟁의비판 연설회와 보고연설은 반드시 수십 명의 희생자를 냈고 난투소동이 벌어졌다. 굳게 폐쇄된 공장 철문은 공장의 어용에게 고용된 큰 몸집의 폭력단이 진을 치고 있었고, 공장 기숙사에 감금된 것이나 진배없이 갇혀있던 여공들은 죽을 각오로 쟁의의 깃발을 사수했다. 그리고 자기들과 이해관계가 다른 수위장의 만행에 격분한 그녀들은 상해사건까지 일으켰다. 항상 학대당하고 순종하기만 했던 약자, 오랜 역사 속에서 지배당하고 착취당해온 자와 그 혈통을 이어온 그녀들은 지금이야말로 쇠사슬을 끊고 해방의 날을 맞이할 준비를 하는 것처럼 죽을힘을 다해 깃발을 지켰다.」

　　쟁의는 시간이 지나도 해결될 기미가 보이지 않았다. 언론집회도 자유롭게 개최할 수 없었다. 결국 쟁의는 계열회사인 제도승합자동차로 확대되었다. 그로 인해 야나기시마 부근은 계엄령이 선포된 듯 경계가 삼엄해졌고 많은 사람들이 희생되었다. 그럼에도 쟁의는 점차 확산되었고 거기에 참여한 가즈코와 겐이치도 결국 검거되고 말았다.

　　한편 요양소에서 돌아온 미키코는 가족들의 화려한 생활을 보며 모순과 부조리를 느낄 뿐이었다. 특히 겐이치에게서 온 편지를 보며 미키코는 겐이치를 좋은 동지로, 가즈코를 친구로 받아들이기로 결심하고 프롤레타리아 운동에 매진하리라 다짐한다. 그렇게 집을 뛰쳐나온 미키코는 아버지에 대한 육신의 애정보다 하층계급 사람들의 행복을 위해 투쟁하는 것에 의미를 두고 쟁의를 응원하기 위해 전위극장에 출연하였다가 결국 구속되었다. 그리고 사장 딸인 미키코의 쟁의참여와 구속은 신문의 사회면을 떠들썩하게 장식하였다.

羅稻香(나도향)

—

나도향(1902~1926) 소설가. 본명 경손(慶孫). 필명 빈(彬). 호 도향.

030

약력

1902년	3월 서울 청파동에서 출생하였다.
1917년	공옥보통학교(攻玉普通學校)를 졸업하였다.
1919년	배재고보(培栽高普)를 졸업한 후 경성의학전문학교(京城醫學專門學校)에 입학하였으나 문학에 뜻을 두어 중퇴하고, 일본 도쿄로 건너가지만 학비조달이 되지 않아 귀국하였다.
1920년	경상북도 안동에서 보통학교 교사로 근무하였다
1921년	「출학(黜學)」을 「배재학보(培栽學報)」에, 「추억」을 「신민공론(新民公論)」에 발표하며 문필활동을 적극적으로 시작했으며, 「계명」의 편집을 담당하기도 하였다.
1922년	「백조(白潮)」 창간호에 「젊은이의 시절」을 발표하고, 홍사용(洪思容), 이상화(李相和), 박종화(朴鍾和), 현진건(玄鎭健) 등과 함께 동인으로 활동하였다. 《동아일보(東亞日報)》에 장편 『환희(幻戱)』를 연재하여 19세 소년작가로 문단의 주목을 받았다.
1923년	장편 『청춘(靑春)』을 창작하였고, 「은화백동화(銀貨白銅貨)」, 「17원50전(十七圓五十錢)」, 「행랑자식」을 발표하였다.
1924년	가족의 생계를 맡았던 할아버지가 독립운동 <철원애국단사건>에 연루되어 수감되었다가 벌금형으로 풀려났으나 사망하게 되자 그때부터 경제적으로 어려움을 겪게 된다. 《시대일보》 기자로 근무하지만 생활은 나아지지 않아 여관이나 친구 하숙방을 전전하며 무절제한 방랑생활을 하였다.
1925년	「벙어리 삼룡(三龍)」, 「물레방아」, 「뽕」 등을 발표하였다.
1926년	다시 공부하기 위해 일본으로 건너갔으나, 뜻을 이루지 못하고 귀국한 후 급성폐렴으로 25세에 사망하였다. 단편 『청춘』을 단행본으로 출판하였다.
1929년	10월 「벙어리 삼룡」이 일본어로 번역, 발표되었다.

나도향은 낭만주의와 자연주의적 경향을 냉철하게 관찰하였고, 낭만적인 미학으로 승화시켰

다. 「17원50전(十七圓五十錢)」, 「은화백동화(銀貨白銅貨)」 등 백조파 특유의 감상적 작품경향에서 「여 이발사」, 「행랑자식」 등 사실주의적 경향으로 전환하였다. 이후 냉철하게 관찰하여 객관적으로 조명하는 등 사실주의 소설의 전형인 「뽕」, 「물레방아」 등을 썼다. 「벙어리 삼룡」 등 본능과 물질에 대한 탐욕으로 갈등하고 괴로워하는 인간내면의 갈등을 그린 탐미적 경향을 띤 단편소설의 전형으로 평가받고 있다.

 030-1

啞者の三龍(벙어리 삼룡)

〈기초사항〉

원제(原題)		啞者の三龍
한국어 제목		벙어리 삼룡
원작가명(原作家名)	본명	나경손(羅慶孫)
	필명	나도향(羅稻香)
게재지(揭載誌)		슈칸아사히(週刊朝日)
게재년도		1929년 10월
배경		• 시간적 배경: 1910년 가을 • 공간적 배경: 남대문이 내려다보이는 연화봉의 오생원 집
등장인물		① 사람 좋은 오생원 ② 오생원의 충실한 하인 벙어리 삼룡 ③ 오생원의 삼대독자 아들 ④ 오생원의 며느리 주인아씨 등
기타사항		번역자: 이수창(李壽昌)

〈줄거리〉

지금으로부터 14, 5년 전, 남대문에서 바로 내려다보이는 연화봉(蓮花峰)은 지위가 높은 사람들이 살던 곳이었다. 그곳에 사는 부지런하고 인심 좋은 오생원은 마을사람들로부터 존경받는 인물이었다. 그에게는 땅딸보에 두꺼비 같은 외모를 가지고 충견처럼 주인에게 헌신하는 벙어리 삼룡(三龍)이라는 하인이 있었다. 오생원은 인내심 많고 부지런한 삼룡을 아꼈지만, 삼대독자로 버릇없이 자란 열일곱 살 먹은 아들은 삼룡에게 인분을 먹이거나, 낮잠 자는 삼룡의 손가락에 불을 지르는 등 심하게 학대하고 구박하였다. 그러나 삼룡은 주인아들을 원망하기보다 오히려 자신의 처지를 원망하였다. 스물세 살이 되도록 이성과의 접촉을 경험하지 못한 삼룡은 넘쳐나는 정욕을 밤새 짚신을 꼬며 억누르고 달래었다.

그해 가을 주인은 아들보다 두 살 많은 몰락한 양반집안의 여자를 돈으로 사다시피 하여 데리고 와 아들과 혼례를 시켰다. 신부는 아름다운 외모뿐만 아니라 글자도 읽고 쓸 줄 알았으며 게다가 행동거지도 모자람이 없어 사람들은 아들과 비교해서 '두루미와 까마귀'라며 신부의 편을 들었다. 그 말을 들은 철없는 아들은 신부를 미워하며 괴롭혔다.

오(吳)생원이 나무랄수록 아들은 화가 나서 신부를 더 학대하였고, 그런 주인아씨를 삼룡은 동정하게 되었다.

어느 날, 삼룡은 술에 만취해서 얻어맞아 길에 쓰러져 있던 아들을 업어다 방에 뉘어주었다. 밤늦게 혼자 바느질을 하던 아씨는 이런 삼룡의 충직한 마음에 감동하여 비단 헝겊으로 쌈지 하나를 만들어 주었다. 그러나 이 비단 쌈지를 본 주인아들은 삼룡과 새색시의 관계를 오해하였다.

그래서 그는 새색시를 마당에 내동댕이치고 쌈지를 갈기갈기 찢어버렸다. 말도 못하고 코가 땅에 닿도록 용서를 빌던 삼룡은, 이런 주인아들의 모습에 의분이 솟구쳐 아들을 내던지고 새색시를 둘러맨 채 주인영감에게 달려가서 하소연을 하였다. 그러자 다음날 아침 주인아들은 삼룡을 채찍으로 더욱 때렸고, 그때부터 삼룡은 안방출입이 금지되었다. 그런데 안방출입이 금지된 후 삼룡은 주인아씨를 보고 싶어 하는 욕구가 자기 내면에서 싹트는 것을 느꼈다. 삼룡은 일도 손에 잡히지 않았을 뿐 아니라 잠도 이루지 못해 집을 배회하고 다녔다.

그로부터 얼마 후 계집종으로부터 주인아씨가 죽게 되었다는 이야기를 들은 삼룡은 안방으로 뛰어 들어가 자살하려던 아씨를 말렸다. 그러나 이 소동으로 인해 삼룡은 또다시 곤혹을 치르게 되었다. 다음날 주인아들이 피투성이가 되도록 삼룡을 때려서 밖으로 내쫓은 것이다. 삼룡은 믿고 의지하던 모든 것이 자신의 원수라는 사실을 깨닫게 되었다.

그날 밤 난데없이 오생원의 집이 화염에 휩싸였다. 그것을 본 삼룡은 불길에 싸인 집안으로 뛰어 들어가 주인을 구한 뒤, 매달리는 주인아들을 뿌리치고 새색시를 구하기 위해 불길 속을 헤매고 다녔다.

「혹시나 하고 한 번 더 건넌방으로 돌아가 보았다. 그때 비로소 주인아씨가 타죽을 각오로 이불을 덮고 누워 있는 것을 발견하였다. 삼룡은 놀랍고 기쁜 나머지 주인아씨를 꼭 끌어안았다. 그리고 필사적으로 버둥거리며 불길을 헤치고 안전한 길을 찾았다.

그러나 어디를 봐도 불바다로 활로를 열 수 없었다. 그래서 어쩔 수 없이 지붕으로 올라갔다. 삼룡은 자신의 몸이 이미 의지대로 움직이지 않는다는 것을 그때 비로소 알았다. 하지만 지금까지 맛본 적 없는 일종의 엑스터시가 그때 그의 가슴에 찾아왔다. 그는 일생을 걸어도 아깝지 않은 희열의 순간을 체감하였던 것이다.

그것이 설령 죽음 앞의 최후의 활약에 지나지 않는다 해도 주인아씨를 안전지대로 구해내기까지의 용기와 침착함을 주기에 더군다나 충분했다.

삼룡은 주인아씨의 무릎 위에 머리를 누이고, 조용히 쓰러졌다. 그 침통했던 울분은 불과 함께 사라진 것인지 평화와 행복, 그러한 미소가 평생 침묵할 수밖에 없었던 삼룡의 입가에 희미하게 번지고 있었다.」

盧聖錫(노성석)

—

노성석(1914~1946) 소설가, 출판인 및 언론인. 창씨명 미즈하라 다카시(瑞原聖).

031

약력

1914년	11월 서울 인사동에서 출생하였다.
1933년	경성제2고등보통학교(현재 경복고등학교)를 졸업한 후 4월 경성제국대학 예과 문과에 입학하였다. 11월 「청량(清凉)」에 일본어소설 「물거품(うたかた)」을 발표하였다.
1934년	3월 「청량」에 일본어소설 「명문출신(名門の出)」을 발표하였다.
1935년	4월 예과 수료 후 경성제국대학예과 법문학부 사학과에 입학하였다.
1938년	경성제국대학 사학과(史學科)를 졸업하였다.
1939년	조선문단부대(朝鮮文壇部隊)의 실행위원(實行委員)으로 선출되었다.
1940년	수필 「미인박명(美人薄命)」을 「문장사(文章社)」에 발표하였다. 12월 일본정신 연구와 보급을 위해 창립된 <황도학회(皇道學會)>에 발기인으로 참여하였다.
1942년	1월 아버지 노익형(盧益亨)이 운영하던 잡지 『신시대(新時代)』를 물려받아 2대 사장이 되었다. <태평양전쟁> 지원을 위해 통합된 조직 <조선임전보국단(朝鮮臨戰保國團)> 발기인을 역임했다. <문인협회> 간부로 부여신궁 출역, 총독부 주최 언론계인사 간담회 참가, 황군작가 위문단 참여 등의 활동을 하였다.
1945년	2월 3일 발기된 <야마토동맹(大和同盟)>의 회원으로 가담하였다. 해방과 더불어 일본인이 소유하고 있던 경기도 인쇄공업조합의 사무를 인계받아 박문서관과 대동인쇄소를 경영하였다.
1946년	12월 33세로 사망하였다.

노성석은 출판업에 종사하면서 아버지 노익형의 영향을 받아 조선어문의 정리에 관심을 갖게 되었다. 당시 가장 유력한 서점이자 출판사이며 인쇄소인 박문서관, 박문출판사, 대동인쇄소를 아버지에게 물려받아 운영하였으며, 한국 최초의 한국어 사전인 문세영의 《조선어사전》과 양주동의 『고가연구』를 편찬하는 등 근대어문운동에 공헌했다. <태평양전쟁> 종전 직후에도 서울 종로

구 종로2가에서 박문서관을 계속 운영한 기록이 있다. 이때 대학동창인 좌파 문학평론가 김동석의 작품 출간에 도움을 주기도 하였다.

うたかた(물거품)

〈기초사항〉

원제(原題)		うたかた
한국어 제목		물거품
원작가명(原作家名)	본명	노성석(盧聖錫)
	필명	
게재지(揭載誌)		청량(清凉)
게재년도		1933년 11월
배경		• 시간적 배경: 어느 해 여름 • 공간적 배경: 도쿄, 경성, 금강산
등장인물		① 미술가 Y ② Y의 부인 B ③ 피아노를 전공한 미녀 M 등
기타사항		

〈줄거리〉

　　Y는 어느 날 자신의 생도들을 인솔해 미술전람회를 견학 갔다. 그는 그것을 계기로 그림도구를 준비해 그림을 그리기 시작했다. 한가할 때마다 그림도구를 들고 산으로 들로 나가 그림을 그렸다. 그리고 그 다음해 5월 미술전람회 작품모집광고를 본 후 시험 삼아 정물화를 그려 출품하였다. 그런데 그것이 뜻하지 않게 입선하게 되었고, 특선에 걸맞은 작품이라는 심사평을 받은 후 자신의 재능을 깨닫고 미술을 동경하게 되었다.

　　그 후 K시의 유명한 실업가이자 미술작품을 감상할 줄 아는 B의 아버지가 Y의 도쿄유학을 전제로 딸과의 결혼을 제의해 왔다. Y는 B양도 맘에 들었지만 결정적으로 미술연구가 가능하다는 사실에 매료되어 결혼하게 되었다. 그 후 도쿄 미술학교에 입학하여 미술연구에 몰두하게 되었다. 그리고 매년 봄에 개최되는 미전(美展)에 출품하여 특선을 수상하면서 유화계의 주목을 받게 되었다.

　　그렇게 3년이 흐른 어느 겨울밤, 한 레스토랑에서 예술가들의 모임이 있었는데, 그곳에서 도쿄음악학교에서 피아노를 전공하는 미모의 M을 만나게 되었다. 먼저 M이 A음악가의 작품집을 빌미로 보내온 편지로 인해 편지왕래가 시작되었고, 타오르는 정열의 마음을 편지에 적어 보내면서 서로 의지하게 되었다. 이후 두 사람은 우에노(上野)로, 아사쿠사(淺草)로 다니며 즐거운 시간을 보내는 날이 많아졌다.

그러나 Y는 M과 즐거운 나날을 보내면서도 한편으로는 임신 중인 아내 B를 생각하지 않을 수 없었다. Y는 언젠가는 M에게 고백하지 않으면 안 된다는 것도 알고 있었다. M과의 관계가 친밀해 질수록 그만큼 고민도 늘어갔다. Y는 아내와 헤어지고 그림을 포기할 것인가, 아니면 M과 헤어질 것인가를 놓고 갈등하느라 학교를 쉬는 날도 많아졌다. 또한 우울한 마음을 달래려고 매일 술과 담배에 절어 살았으며, 잠을 이루지 못해 정신쇠약 환자처럼 되어갔다.

「Y는 '심약한 자여! 너의 이름은 남자'라고 외치지 않을 수 없었다. 당시 Y의 심경은 M을 버리기보다는 미술을 포기하는 것이 한층 더 큰 고통처럼 생각되었다. '한 사람의 여자 때문에 품고 있던 뜻을 관철하지 못하고 중도에 좌절하다니 실로 바보 같은 일이다!'라고 생각한 때도 있었다. Y의 심경은 점점 M과의 사랑을 청산하여 백지로 돌아갈 수 있을 것 같았다. 물론 자신이 사랑의 낙오자, 참패자가 된다는 것도 알고 있었다. 게다가 그 원수 같은 돈 때문에 사랑을 접어야하는 자신이 불쌍했다. 약한 자신을 돌아보며 두 뺨에 뜨거운 눈물이 흐르는 것을 느낀 적도 있었다.」

그렇지만 사랑보다는 미술공부 쪽을 선택하기로 결심한 Y는 얼마 되지 않아 냉정을 되찾았다. M에게 향하던 발길을 끊고, 그녀에게 사랑의 청산서 - 약한 자의 수기 - 이별의 편지를 썼다. 뜬눈으로 밤을 새고 난 후 그 동안 받았던 수십 통의 편지와 사진들을 꺼내어 부엌에서 불태웠다. 그리고 이른 아침, 문도 열리지 않은 우체국에 가서 M앞으로 우표도 붙이지 않은 편지를 그대로 우체통에 집어넣고 말았다. 그런 다음 근처 식당에서 아침식사를 간단히 마치고 Y는 이발소로 들어가 수감 중인 죄수처럼 머리를 밀었다. 그리고 하숙에는 요양 차 고향에 다녀오겠노라는 말 한마디만 남기고 고향으로 돌아가 버렸다.

Y의 편지를 받은 M은 자신이 그동안 속아온 것이 분하면서도 Y가 가련하기도 하였다. 그녀는 Y와의 교제가 경계선을 넘지 않은 것을 다행으로 여기며 사랑의 청산과 함께 ○○○○ 운동에 가담하기로 결심하였다.

한편 B의 집에서는 예고도 없이 수척해진 얼굴로 돌아온 Y를 보고 매우 놀랐다. Y는 M의 모습을 지우기 위해 금강산으로 들어가 그곳 승려들과 함께 생활하면서 고찰(古刹)을 방문하기도 하였다. 그렇게 4개월이 지나자 Y의 몸은 어느 정도 회복되었다.

그런데 또다시 불행한 일이 그에게 닥쳤다. B의 아버지가 전 재산을 털어 경영하던 은행이 경제공황으로 인해 파산선고를 받게 되자, 그 충격에 쓰러져 협심증으로 사망하고 만 것이다. Y는 부인을 친척집에 보내고 자신은 약간의 여비만을 마련해 도쿄로 돌아왔다. 학비를 마련하지 못한 채 학교를 방문해 보니, 학비 미납과 무단결석으로 이미 학적부에서 그의 이름은 지워지고 없었다.

결국 그는 낮에는 신문배달을 하고 밤에는 화백의 그림을 연구하며 지냈다. 그런 와중에도 꾸준히 전람회에 작품을 내었는데 다행히도 연이어 당선되었다. 자신감을 얻은 Y는 K시에서 개인전을 열어, 그 수입으로 외국에 나갈 계획을 세웠다. 그러나 K시의 W백화점을 빌려연 개인전은 결국 실패하여 외국으로의 진출도 물거품이 되고 말았다. 이로 인해 Y는 세상에 대한 원망의 마음을 갖게 되었고, 인생의 권태를 느끼며 점차 염세적으로 변해갔다.

그는 다시 금강산으로 돌아와 그곳 경치를 스케치하기 시작했다. 탐방객들에 의해 그는 '장발화가'라고 불리게 되었다. 그러던 어느 날 아침, 그는 미완성의 작품을 승방에 남겨놓은 채 구룡연못에 몸을 던져 자살해버렸다.

┌ 다음날 신문에는
┌ 장발화가 Y화백
구룡연못에 몸을 던져 자살하다.
무엇이 그로 하여금 그렇게 하게 한 것일까?」
이상 3행의 큰 표제와 그의 약력 등이 적혀 있었다.
그해 가을, Y의 친구와 뜻있는 지지자들이 발기하여 Y의 작품을 수합하고 전람회를 열었다. 한번 이 전람회에 관한 것이 신문에 게재되자, K시에서는 일대 센세이션을 일으켜 매일 전람회를 보러 오는 자가 천 명에 이를 정도가 되었다. Y의 미완성작품도 상당히 고가에 팔렸다. 작품 중 가장 인기를 끈 것은 도쿄에 있었을 때 그린 M의 모습이었다. 그의 작품도 내 외국인에 의해 대부분 매도되었다. 이때에 불란서 유명화가 모씨가 동양 고전미술연구를 위해 신라 옛 수도를 방문했다가, K시에 온 것을 기회로 Y의 전람회를 보게 되었다. 그는 평범하지 않은 Y의 작품을 보고, 세계적인 작품이라고 격찬하였다. 이 일로 Y를 아는 사람들은 한층 더 '장발화가'의 평범하지 않은 천재성을 칭찬하였다. 그의 험난한 일생을 추억하며 동정의 눈물을 흘렸다. 그중에는 M도 물론 포함되어 있었다.
아아, 지하에 잠든 고인의 영혼이여! 만족의 미소를 지어라!」

- 8월 18일 -

 031-2

名門の出(명문출신)

〈기초사항〉

원제(原題)		名門の出
한국어 제목		명문출신
원작가명(原作家名)	본명	노성석(盧聖錫)
	필명	
게재지(揭載誌)		청량(淸凉)
게재년도		1934년 3월

배경	• 시간적 배경: 어느 해 겨울 • 공간적 배경: N이라는 양반마을과 K시
등장인물	① 은행원 최(崔) ② 양반의 체면과 위세만 앞세우는 최의 아버지 ③ 백화점 점원 류(柳) 등
기타사항	

〈줄거리〉

최(崔)의 집은 K시에서 약 100리 정도 떨어져 있는 E역에서 다시 약 15리 정도 떨어진 N마을이라는 곳에 있다. 옛날부터 이조(李朝) 양반들이 많이 모여살기로 유명한 곳이었다. 그곳 양반들은 이름뿐인 상투를 틀어 올리고 열 일고여덟의 나이에 결혼을 하였으며, 초등학교 대신 서당에 다니며 사서오경을 읽었다. 20년 전 당국에서 N마을에 역을 설치하려 할 때도 '양반' 무리들의 반대에 부딪혀, 결국 E마을에 역이 생기게 되었고 N마을은 문명에서 더욱 멀어지게 되었다. 최(崔)의 아버지도 그 마을의 한 사람으로, 윗대 선조가 다른 지방의 감사로 부임해 가서 양민의 재물을 뺏은 덕분에 큰 부자로 생활하였다.

최(崔)도 이런 양반교육을 받아야 해서 극도의 근시임에도 불구하고 나이 드신 어른들 앞에서 안경을 쓸 수 없었고, 늘 꿇어앉아 있지 않으면 안 되었다. 그런데 K시에 살고 있던 친척 형이 그의 아버지를 설득해 준 덕분에 K시에서 상업고등학교까지 졸업하고 작년 봄 K시의 모(某)은행에 취직할 수 있었다.

최(崔)는 은행에서 50원이나 되는 급여를 받았지만, 사치와 술 그리고 여자를 좋아해 항상 적자에 허덕였기에 서너 달에 한 번씩은 꼭 집에 가야했다. 그가 집에 가면 아버지는 항상 그를 앞에 앉혀놓고 집안 친척들의 예를 들며 '결혼'을 강요하였다. 스물네 살인 그는 너무 이르다며 내년에 하겠다고 늘 거절하였고, 그런 그를 보며 아버지는 신학문을 배운 놈들은 건방지기 짝이 없다고 호통쳤다. 그래서 최(崔)의 아버지는 신학문을 배우는 것을 반대했으며, 아버지 명령에 거역하는 것은 불효자라며 화를 냈다. 그러나 최(崔)는 그런 아버지에게 익숙해져 있어 마이동풍 격으로 들으려 하지 않았다.

여느 때처럼 집에 간 최(崔)는 깜박하고 돈지갑을 챙겨오지 않은 채 전차를 타고 말았다. 친구 집에 초대되어 멋들어진 양복과 광을 낸 구두, 파리제 향수를 뿌린 손수건까지 한껏 멋을 부리고 나선 최(崔)는 이만저만 낭패스러운 것이 아니었다. 어쩔 수 없이 차장에게 통사정을 해보았지만 차장은 냉정한 표정을 지을 뿐이었다. 모토마치(元町)에 도착했을 때 이러한 최(崔)를 불쌍하게 생각해서인지 함께 타고 있던 한 여성이 차비를 대신 내주어 전차에서 내릴 수 있었다. 그는 그녀에게 고맙다는 인사만 하고 헤어졌다.

그런데 그로부터 약 2주 후, 축제일과 겹친 연휴 일요일에 다시 고향으로 가던 기차 안에서 그녀를 우연히 만났다. 최(崔)는 일전의 일에 대해 고마움을 표하며 차표를 건넸지만, 그녀는 받지 않았다. 대신 최(崔)가 명함을 꺼내어 건네주자, 그녀도 꽃모양의 명함을 내밀었다. 최(崔)는 그녀가 백화점 여점원 류(柳)라는 것을 알게 되었고, 그녀에게 자신의 하숙집에 와달라고 당부한 뒤 서로 헤어졌다.

이후 눈 내리는 어느 날 밤, 하숙집에서 라디오 멜로디에 도취되어 있을 때, 류(柳)가 찾아왔다. 두 사람은 이야기꽃을 피웠고, 10시가 되어서야 류(柳)는 늦었다며 집으로 돌아갔다.

최(崔)는 아름다운 그녀가 평소 자신이 생각하던 이상적인 여인이자 평생 의지할 수 있는 여성이라고 생각했다.

최(崔)는 매일 발걸음을 옮기던 카페에 발길을 끊고, 류(柳)와 친해지기 위해 틈을 노렸다. 그러나 아무리 애처로운 사랑의 편지를 보내도 그녀에게선 별다른 반응이 없었다. 그러던 어느 토요일, 자포자기한 최(崔)는 월급으로 동료들과 술을 진탕 마시고 일요일 정오가 될 때까지 방바닥에 뒹굴고 있었다. 그때 류(柳)에게서 온 편지가 배달되었다. YES일지 NO일지 초조한 마음을 억누르고 봉투를 뜯었다. 그런데 놀랍게도 봉투 안에는 단지 백지 한 장이 네 번 접혀 들어있을 뿐이었다. 그녀의 진의를 알 수 없어 답답했던 최(崔)는 두세 통의 편지를 더 보낸 후에야 그녀가 자신의 사랑을 받아들였음을 알게 되었다. 이후 두 사람의 교제는 급속도로 발전하여 결혼까지 약속하는 사이가 되었다.

그러던 어느 날 최(崔)가 직장에서 장부정리를 하고 있을 때, 고향집에서 아버지가 위독하다는 전보가 날아왔고, 놀란 최(崔)는 서둘러 고향으로 내려갔다. 그러나 집으로 돌아간 최(崔)는 그것이 재산과 문벌을 겸비한 권(權)이라는 집안의 딸과 결혼을 성사시키기 위해 아버지가 쓴 술수라는 것을 알았다. 최(崔)는 사랑하는 여자가 있다며 아버지를 설득했지만 아버지는 요지부동이었다. 결국 최(崔)는 권대감을 직접 찾아가 혼약을 취소해버리고 말았다. 그런 최(崔)를 괘씸히 여긴 아버지는 류(柳)와의 결혼을 더 완강하게 반대하였다.

그런 아버지를 설득하느라 최(崔)는 일주일이 넘도록 고향에 머물러 있어야 했다. 그런데 어느 날 최(崔)는 한 신문에서 「묘령의 처녀 음독자살 미수」라는 기사를 보게 되었다. 그것이 류(柳)의 이야기임을 알게 된 최(崔)는 서둘러 그녀가 입원해 있는 병원으로 찾아갔다.

그간의 사정은 이러했다. 최(崔)가 돌아오지 않자 걱정이 된 류(柳)는 최(崔)의 고향집으로 만나러 가겠노라는 편지를 보내고 E역에 도착하였다. 그런데 막상 도착하고 보니 최(崔)는 보이지 않고 그의 아버지가 보냈다는 사람이 그녀를 맞았다. 그리고 "최(崔)는 부모가 정해준 여자와 결혼하기 위해 그 여자의 집에 가 있다"고 말했던 것이다. 집으로 돌아온 그녀는 사랑의 배신감과 절망감으로 잠을 이루지 못했고, 수면제라도 먹고 잠을 취하려 했던 것이 자살미수로 오인되어 그런 기사가 실리게 되었다는 것이다.

최(崔)는 그동안 있었던 일들을 그녀에게 들려준 후, 아버지를 설득하기 위해 퇴원한 류(柳)를 데리고 고향으로 내려갔다. 아버지의 결혼반대 이유는 류(柳)가 상민의 딸이기 때문이었다. 아들의 설득과 양반의 체면 사이에서 고민하던 아버지는 급기야 사람을 시켜 류(柳)의 가문을 뒷조사하게 하였다. 2, 3일 후 사무원이 돌아왔다.

「"대감!(정2품 이상의 관원의 호칭) 실은 그 댁은 방판서(方判書)댁의 가문으로……. 그 고명한."이라고 말하였다.

최(崔)의 아버지는 희색이 만연한 얼굴로 되물었다.

"뭐라고 뭐, 방판서……?"

"실은 방판서 조부님이 어머니 쪽 친척입니다만……." 만약을 위해 다시 한 번 덧붙였다. 이 뉴스는 최(崔)에게 있어서는 천금의 가치가 있었다. 그 일 이후 최(崔)의 아버지는 급격히 밝아졌다. 그래서 이판서라든가 무슨 참판이라든가 마을 곳곳을 방문한 이야기자리에서 항상 "이번 우리 며느리는 대단한 명문가의 자제입니다. 방판서라고 아시지요? 그 가문입니다.”라고 반드시 덧붙여서 예방선을 쳤다. 이후 길에서도 집에서도 마을 양반무리를 만날 때마다 예의 그 방판서 일가인 것을 득의만만하여 말하였다. 그러나 득의 속에서 일말의 쓸쓸함을 자아내고 있었고, 최(崔)의 아버지는 이른바 양반의 비애, 세기말의 비애인 것을 절실히 느꼈다.」

盧天命(노천명)

—

노천명(1911~1957) 시인, 수필가, 언론인. 아명 기선(基善). 세례명 베로니카(Veronica).

032

약력

1911년	9월 황해도 장연군(長淵郡)에서 태어났다.
1920년	아버지가 사망하자 가족 모두 경성으로 이사하여 진명보통학교(進明普通學校)에 입학하였다.
1930년	진명여학교(進明女學校)를 졸업하고, 이화여자전문학교(梨花女子專門學校) 영문과에 입학하였다.
1933년	<조선아동예술연구협회>에 발기인으로 참여했다.
1934년	이화여자전문학교 영문과를 졸업하고, 《조선중앙일보》 학예부 기자가 되었다.
1935년	「시원(詩苑)」 창간호에 「내 청춘의 배는」을 발표하여 문단에 등단했다. 10월 여성잡지 「신가정(新家庭)」에 단편 「하숙(下宿)」을 발표하였다.
1936년	「하숙(下宿)」이 일본어로 번역, 발표되었다.
1937년	조선중앙일보사를 퇴사하고, 조선일보사에서 발행한 잡지 「여성」의 편집을 맡았다.
1938년	<극예술연구회>에 참가하여 체홉의 <앵화원>에 출연했으며, 잡지 「신세기」 창간에 참여하기도 하였다. 대표작인 「사슴」이 실려 있는 시집 『산호림(珊瑚林)』을 펴냈다.
1941년	<조선문인협회> 간사로 일하며 '결전문화대강연회(決戰文化大講演會)'에서 시를 낭독했다. 12월에는 <조선임전보국단(朝鮮臨戰報國團)> 산하 부인부대(婦人隊)의 간사가 되었다.
1943년	《매일신보사》 학예부 기자로 활동했다. 5월 인문사(人文社)의 의뢰로 함남여자훈련소를 참관한 후 「국민문학」에 「여인연성(女人錬成)」을 발표했다.
1945년	시집 『창변(窓邊)』을 펴냈고, 해방 직후에는 <건국부인동맹> 결성 준비위원회에 전형위원으로 참가했으며, 《서울신문》 문화부에서 근무하였다.
1946년	서울신문사를 사직하고, 《부녀신문》에 입사하여 편집부 차장을 역임했다.
1950년	<한국전쟁> 때 피난을 가지 못하고 서울에 남아 있다가 6월 하순경 임화(林和)

등이 주도하는 <문학가동맹>에 참여했으며, 문화인 총궐기대회에 참가하여 결의문을 낭독했다. 또한 8월 초순경 김철수(金綴洙)의 「남으로 남으로」라는 '괴뢰시'를 낭독했다는 혐의로, 9월 서울 수복 후 <부역자처벌 특별법>에 의해 중앙고등군법회의에 회부되어 징역 20년형을 선고받고 서대문형무소에서 옥고를 치렀다.

1951년	4월 출감한 후, 가톨릭에 입교하여 영세를 받았다.
1952년	자신의 부역 혐의에 대한 해명의 뜻을 담은 「오산이었다」를 발표했다.
1953년	「영어(囹圄)에서」 등 옥중시(獄中詩) 20여 편을 포함한 시집 『별을 쳐다보며』를 발간했다.
1955년	『여성서간문독본(女性書簡文讀本)』 등 몇 권의 수필집을 발간했다. 서라벌예술대학에 강사로 출강하며 중앙방송국에 촉탁으로 근무했고, 이화여자대학교 출판부의 『이화 70년사』의 간행을 맡았다.
1957년	『이화 70년사』의 무리한 집필로 몸이 극도로 쇠약해져 12월 서울 위생병원에서 뇌빈혈로 사망하였다.

노천명은 평생 독신으로 지내며 「사슴」을 비롯한 다수의 시와 시집을 남겼다. 1958년 유작시집으로 『사슴의 노래』를 펴냈는데 여기에 실린 「유월의 언덕」에서는 「사슴」에서보다 훨씬 짙은 고독과 애수가 엿보인다. 그녀의 시는 고독을 극복하려는 의지보다 그곳에 빠져들려는 모습이 더욱 강하여 절망과 허무에 이르는 길에 이르렀다는 평가를 받았으며 특히 죽기 직전에 쓴 시 「나에게 레몬을」에 잘 나타나 있다.

下宿(하숙)

〈기초사항〉

원제(原題)		下宿
한국어 제목		하숙
원작가명(原作家名)	본명	노천명(盧天命)
	필명	
게재지(揭載誌)		오사카마이니치신문(大阪每日新聞) 조선판
게재년도		1936년 5월

배경	• 시간적 배경: 어느 해 여름 • 공간적 배경: 경성
등장인물	① 회사원 용희 ② 하숙집 주인아주머니 ③ 백치의 딸 등
기타사항	번역자 미상

〈줄거리〉

강원도에서 올라와 경성의 한 회사에 다니는 22살의 신여성 용희(蓉姬)는 하숙생활 3년째를 맞고 있다. 그간 세파에 시달리면서도 일하는 아주머니에게는 낡은 옷을 주거나 담뱃값을 살짝 건네주는 등 하숙생활의 요령을 터득하여 그럭저럭 잘 지내고 있었다. 늘 새로운 하숙집을 찾아 이사해야했기에 방과 친숙해지지 않으려 했지만, 참지 못하고 금세 커튼이나 액자 등으로 장식을 하곤 했다.

지금 살고 있는 하숙집 주인이 봉천으로 이사하게 되어 새로운 하숙집을 찾아야 하는 용희였지만, 낮 근무라 하숙집을 알아보러 다닐 시간이 없었다. 어쩔 수 없이 회사동료나 아는 사람들에게 부탁했지만 그마저 쉽지 않았다.

그러던 어느 황혼 무렵, 지칠 대로 지친 용희가 터벅터벅 집으로 돌아가고 있을 때 문득 길가의 한 집이 눈에 띄었다. 그 집은 얼마 전 공사가 끝난 집이었다. 용희는 어쩌면 막 입주했으니 빈방이 있을지도 모른다 생각하고 그 집 대문 앞에 섰다. 그때 마침 열대여섯 살 정도의 백치 여자아이가 자신의 어머니와 함께 대문을 나왔다. 하숙을 찾는다는 용희의 말에, 부인은 하나는 딸이 공부방으로 쓰고 있고 하나는 아들이 사용하고 있어서 안 된다고 했다. 그런데 포기하고 돌아서려는 용희를 무슨 생각에선지 부인이 붙잡으며 쉬어가라고 했다. 용희는 혹시나 빈방이 있지 않을까하는 기대로 자리에 앉아 부인과 이야기를 나누었다. 그러나 부인이 자꾸 자신의 고향과 나이 그리고 결혼 여부 등을 캐묻자 내심 불쾌해지고 화가 났다. 방을 줄 수 있는지 되묻는 용희에게 부인은 다시 자신의 사정이야기를 늘어놓기 시작했다.

젊어서 과부가 된 그녀에게는 1남 1녀의 자식과 얼마간의 유산이 남겨졌다고 했다. 아들은 열다섯이 되자 학교를 그만두고 사업을 시작했는데, 그마저도 5년 전에 그만두고 지금은 운전수로 일하고 있는데 돈벌이가 매우 좋다고 자랑했다. 자신의 이야기에 지루해하는 용희를 본 부인은 아들의 방을 비워주겠으니 20일 날 이사 오라고 했다. 용희는 방과 식비를 정하고 나서야 안도의 숨을 내쉬었다.

20일 저녁, 용희는 새로운 하숙집으로 이사하였다. 방은 하숙집치고는 보기 힘든 깨끗한 방이었다. 그리고 부인은 용희를 손님으로서 융숭히 대접하였고, 가끔은 바보 같은 자신의 딸보다 더 아껴주는 듯했다. 백치 딸은 용희가 숙제라도 봐주려 하면 책을 덮고 도망가 버렸고, 밖에서 용희의 방을 들여다보고 있어 들어오라고 권하면 '헤~' 하면서 도망가 버렸다. 용희는 그것이 서운하기도 하였다. 그리고 가끔 고집을 부리며 성질을 내는 백치 딸을 보면서, 어떤 여자가 이 집에 시집올지 불쌍한 생각이 들기도 했다. 몸이 좋다는 아들은 아침부터 저녁까지 일 나가고 없어서 거의 볼 수가 없었는데, 막차운전을 끝내고 들어오는 깜깜한 저녁때에야 가끔 볼 수 있었다. 아들은 말수가 없는 성격으로 집에 돌아오면 윗옷을 벗고 세수를 한 다음 얼굴이 채 마르기도 전에 밥 한 사발을 먹어치웠고 금세 코를 골았다. 그리고는 아침이면 첫차 운전 때문에 새벽 일찍 집을 나섰다. 용희는 아들과는 한 번도 말을 해본 적이 없었다.

용희가 회사에서 돌아와 있을 때면 부인은 "요즘 신여성이라는 것들은 꼬다 만 것 같은 머리카락을 뭉뚱그려 머리 뒤에 붙여가지고 다니는데, 용희는 검은 머리를 있는 그대로 묶으니까 그게 얼마나 기품 있어 보이는지 몰라."라며 용희의 단정함을 칭찬하였다. 또 저녁식사가 끝나면 담뱃대를 물고 용희의 방에 들어와 장황한 이야기를 늘어놓곤 했다.

　서로 불만이나 허물없이 지낸지 석 달쯤 되던 어느 날 밤, 부인이 외출하고 없을 때였다. 하숙집 식모가 용희의 방으로 찾아와 이런저런 이야기를 나누다가, 부인이 점을 보러간 이야기를 하였다.

　「"맞다. 그래그래. 재밌는 이야기가 있는디. 나는 오랜 세월 남의 집을 다니며 일하다가 이렇게 할머니가 됐지만, 지금까지 이런 이야기는 들어본 적이 없었당께. 하도 웃겨가꼬 배를 부여잡고 웃었당께. 그게 뭐냐 하면, 자네도 들었을까나?"

　"아니요. 아무것도!"

　용희는 안달이 났다.

　"요전번에……."

　노파는 잠시 밖의 동정을 살피고 나서는

　"요전번에, 우리 안주인이 점을 보고 왔당께."

　"그래서요?"

　"뭔가 있긴 있었던 모양인디. 아직 잡지도 않은 고양이 가죽값 생각한다더니 이야기가 참으로 기가 막혀~!"

　"아이, 할머니도 참. 놀리지 말아요. 얼른 말 해봐요……."

　"호박이 넝쿨째 들어온다는 말이 이런 걸 두고 하는 말이여. 그 점쟁이가 말하기를 자네하고 이 집 아들은 궁합이 딱 맞으니까, 이 집 며느리라고 생각해도 좋소. 라고 했다드만. 호호호……."」

　용희는 식모의 황당한 이야기에 어이가 없었다. 몸이 불편하다는 이유로 식모를 내보낸 용희는 사지가 떨려 잠을 잘 수가 없었다. 용희의 머릿속에서는 운전수 아들의 어수룩한 면상과 검게 빛나는 땟국물 등 어느 것 하나 마음에 들지 않는 태도와 인상이 떠올라 꺼림칙하였다. 그리고 부인이 자신에게 그처럼 호의를 베풀었던 이유가 그것 때문임을 알게 된 용희는, 불쾌한 마음에 어찌해야 좋을지 난감하기 짝이 없었다. 결혼을 거절하면 이 집을 나가 다시 하숙집을 찾아야한다고 생각하니 기가 막혔다.

　바로 그 무렵 도쿄에서 유학 중이던 남동생이 여름방학을 맞아 가끔 용희의 하숙집에 와서 농담도 하며 놀다가곤 했다. 그러자 부인은 외간남자가 출입한다고 오해를 했는지, 친절했던 지금까지의 태도와는 전혀 다르게 돌변하였다. 반찬의 가짓수를 줄이고 용희의 방에는 얼씬도 안 하게 되었으며, 괜스레 헛기침을 하며 용희의 방문 앞을 왔다 갔다 하였다.

　「밥 짓는 식모가 일부러 설명하면서 그 사람은 남동생이라고 말해주어도 부인은 말도 안 되는 비아냥만 잔뜩 늘어놓고 아예 상대하려고도 하지 않았다. 용희는 이제 더 이상 어쩔 수 없다고 생각했다.

하숙, 하숙! 겨우 안정된 곳을 찾았다고 생각한 하숙집이 다시 이러한 형편이다.

용희에게는 그렇게 고통스럽다고 말해왔던 여학교 시절의 기숙사가 지금은 천국처럼 그립고 즐거운 곳으로 생각되었다.

그녀의 눈에는 눈물 같은 것이 빛났다.」

明貞基(명정기)

―

명정기(생몰년 미상)

033

약력

| 1937년 | 11월「조선 및 만주(朝鮮及滿洲)」에 일본어소설(실화)「어느 여점원의 비밀(或る女店員の秘密)」을 발표하였다. |

 033-1

或る女店員の秘密(어느 여점원의 비밀)

〈기초사항〉

원제(原題)	或る女店員の秘密	
한국어 제목	어느 여점원의 비밀	
원작가명(原作家名)	본명	명정기(明貞基)
	필명	
게재지(揭載誌)	조선 및 만주(朝鮮及滿洲)	
게재년도	1937년 11월	
배경	• 시간적 배경: 어느 토요일 • 공간적 배경: 경성	
등장인물	① W백화점 양품부 여점원 김명순 ② W백화점의 모(某)감독	
기타사항	제목 앞에 '실화(實話)'라고 명기됨.	

<줄거리>

W백화점 안에는 투서함이 있다. 투서들 중에는 점원의 서비스에 대한 불만과 회사의 경영 방침에 대한 비판 등의 내용을 담은 투서가 가장 많고, 그 다음으로 점원들 간의 러브레터나 질투의 투서들이 주를 이루었다. 대개 그 투서함은 매주 토요일 감독이 개봉하여 내용을 확인하였다. 그러던 어느 토요일, 감독은 여느 때와 다름없이 투서함을 열어 안에 든 투서들을 확인하였다. 그날은 5통의 투서가 들어있었는데, 유독 감독의 관심을 끄는 투서가 한 장 있었다.

「"3층 양품부 카운터에 있는 안경 쓴 여점원은, 밤 11시부터 12시 사이에 항상 어떤 노동자 차림의 청년과 안국정에서 만나 삼청동 산 쪽으로 사라진다. 그것은 본 투서자가 직접 목격한 사실로, 귀사의 풍기단속에 바람직하지 못한 일이라고 생각한다."

감독은 그 투서에 '호출'이라는 빨간 도장을 찍은 후 안경을 쓴 양품부의 점원을 떠올려보았다. 김명순(金明淳)이라는 여자인데, 지극히 얌전하고 상냥한 이른바 모범점원이었다. 백화점에 들어온 지 2년이 채 안 되었지만, 일도 신속하게 잘하고 애교도 있고 용모도 보통 이상으로 아름다워 단연 인기가 있었다. (중략) 감독은 일단 그녀를 부르기로 했다.」

요즘 어디 아프냐고 운을 뗀 감독은, 명순에게 어젯밤에 외출한 사실이 있느냐고 캐물었다. 당혹스러운 빛이 역력한 얼굴로 명순은 아무 대답도 하지 못하고 쩔쩔매고만 있었다. 감독은 그런 명순에게 대답하지 않을 거면 내일부터 백화점에 나오지 말라고 위협했다. 명순은 감독의 위협에 못 이겨 밤에 외출한 사실을 인정하고 상대 남자는 약혼자라고 고백했다. 사실 그녀의 약혼자는 어느 인쇄소에 다니는데, 그날그날 배당받은 일을 마치지 못하면 일당을 받을 수 없기에 백화점 일이 끝난 후 그의 일을 도와주고 있노라고 한숨을 쉬며 사실을 털어놓았다.

「그녀는 다시 울음 섞인 목소리로 다음과 같이 말했다.

"감독님, 그 사람의 집도 저희 집 바로 근처인데다 길이 어두워서 손을 잡은 적도 있어요. 하지만 그뿐이에요. 이런 사정을 미리 말씀드리지 못한 것은 죄송하게 생각해요. 제발 용서해 주세요."

흥분한 명순의 표정에는 애원과 호소, 그리고 젊은 처자다운 패기와 박력이 깃들어 있었다.

감독도 감동했는지 "명순씨, 그것이 사실이라면 걱정하지 않아도 돼. 성실하게 더 열심히 일하도록 해."라고 말했다.

하지만 모든 여점원이 명순처럼 각별한 것은 아니다. 도덕적 세계에서 상당히 빗나간 생활을 하는 여자들도 꽤 많다.」

朴能(박능)

—

박능(생몰년 미상)

(034)

약력

1932년	9월 「프롤레타리아분가쿠(プロレタリア文學)」에 일본어소설 「아군 - 민족주의를 차버리다(味方 - 民族主義を蹴る)」를 발표하였다.

 034-1

味方 - 民族主義を蹴る(아군 - 민족주의를 차버리다)

〈기초사항〉

원제(原題)		味方 - 民族主義を蹴る(1~3)
한국어 제목		아군 - 민족주의를 차버리다
원작가명(原作家名)	본명	박능(朴能)
	필명	
게재지(揭載誌)		프롤레타리아분가쿠(プロレタリア文學)
게재년도		1932년 9월
배경		• 시간적 배경: 일제시대 • 공간적 배경: 일본 다카쓰키(高槻)의 한 농장
등장인물		① 돈을 벌기 위해 일본의 야마모토 농장으로 들어 온 박성문 ② 성문의 친척아저씨 장기창 ③ 농장감독에게 온갖 아부를 일삼는 막수와 용성 ④ 일본인 소작농 나카타와 무라야마 등
기타사항		

　　일본인의 착취와 억압을 견디지 못하고 고향인 용천(龍川)을 떠나오게 된 박성문(朴成文)은 일본인을 몹시 미워했다. 그가 장기창(張基昌)의 권유로 일본 오사카부(大阪府) 다카쓰키(高槻)의 야마모토(山元)농장으로 온 것은 작년 2월의 일이었다. 일본으로 온 후 멸시와 압박으로 성문은 더욱 민족주의가 강해졌다. 야마모토는 소작인들의 땅을 강제로 빼앗아 인건비가 저렴한 조선인을 고용하여 경작하도록 시켰는데, 농장에서 청소부로 일하던 장기창이 성문을 불러들인 것이었다. 감독은 나쁜 짓만 하지 않으면 해고시키지 않겠다고 약속하였다. 성문은 토지를 되찾으려고 필사의 투쟁을 하고 있는 소작농에게 친근한 동정을 느꼈지만, 그들 또한 일본인이므로 우리의 적이라 생각하고 모른 척 일에만 열중하였다.

　　그렇게 1년이 지나고 성문은 이제 겨우 밥을 먹고 살게 되었노라고 아버지에게 편지를 보냈다. 그런데 얼마 지나지 않아 지주가 스웨덴산 경운기를 사들이면서 사태는 급변하고 말았다. 인력이 이전처럼 필요치 않게 되자, 그동안 부리던 조선인들을 '농장 사정상'이라는 이유로 감독에게 아부하는 막수(漠洙)와 용성(龍成)만을 남기고 모두 해고해버린 것이다. 성문은 굶어죽을 수밖에 없는 생활을 생각하니 감독에게 매달리고 사정하지 않을 수 없었다. 그러나 감독은 오히려 시끄럽다며 폭력을 휘둘렀고, 성문은 참고 있던 분노를 이기지 못하고 낫을 치켜들었다. 하지만 오히려 곤봉으로 얻어맞고 쓰러지고 말았다.

　　밤이 되자 조선 농민 다섯 명이 앞으로의 일을 논의하기 위해 장기창의 오두막으로 모여들었다. 그들의 분노는 감독에게 아부한 덕분에 경운기를 운전하게 되었다는 막수나 용성에게 집중적으로 쏟아졌다. 그러자 성문은 우리도 해고되지 않았으면 똑같은 입장이었을 거라고 그들의 불만을 일축시켰다. 생활의 터전을 잃어버린 그들은 먹는 것만 보장된다면 어떠한 비겁한 일도 참는 습관이 몸에 배이고 말았던 것이다.

　　다음날 아침, 성문은 다시 한 번 하소연이라도 해보자는 심정으로 사무실을 찾아갔지만 혼만 나고 돌아와야 했다. 점심때가 되어 사무실에 간 기창과 농민들은 그곳에서 만난 막수를 때렸다.

「성문은 참지 못하고 감독을 향해 의자를 집어 들었다.
　　"이놈, 시끄럽게 하면 경찰에 넘기겠다!"라고 협박하는 감독의 말이 그의 자제력을 잃게 한 것이었다. - 빌어먹을, 일본인 사기꾼놈! -
　　"이놈들!" 막수가 옆에서 뛰어나와서 감독을 감쌌다.
　　"난폭하게 굴면 가만두지 않겠다."
　　"이런! 배신자……" 성문은 화를 내기보다 한심해져서 적을 지키고 득의만만해하는 같은 조선인의 얼굴을 응시했다.
　　"개새끼!"」

　　숙소로 돌아온 성문은 짐을 쌌다. 기창을 비롯한 농민들은 감독에게는 안 통하니 주인에게 직접 부탁해야겠다며 야마모토의 집으로 몰려갔다. 하지만 주인은 만나지도 못하고 대기하고 있던 순사들에게 쫓겨나야만 했다. 그런데 뜻밖에도 이러지도 저러지도 못하고 불안에 떨고 있는 조선 농민들에게 일본인 소작농이었던 나카타(中田)와 무라야마(村山)가 찾아왔다.

성문은 예전에 그들이 뺏긴 토지를 찾겠다고 난동을 부리다가 순사에게 끌려가는 모습을 본 적이 있었다. 그들은 성문 일행을 위로하며 나쁜 것은 가난한 사람들을 서로 헐뜯게 만드는 자본가 지주라고 성토하였다. 그리고 가난한 일본인 소작농과 조선인 노동자는 형제나 진배 없으니 다 함께 힘을 합쳐 투쟁하자고 제안해 왔다. 성문은 일본인 대 조선인이 아닌 노동자와 자본가, 빈농과 지주의 문제라며 함께 해결해 나가자고 말하는 그들을 보며 왠지 친근함을 느꼈다. 일본인에게 이러한 말을 듣는 것도, 이런 기분을 느낀 것도 그에게는 처음 있는 일이었다. 성문은 뼛속까지 스며있던 일본인에 대한 증오와 의심, 그리고 민족주의가 흔들리는 것을 느꼈다.

「"그래요. 우리도 지주에게 토지를 뺏겨서, 당신들도 우리와 하나로 뭉쳐서 싸우지 않으면 굶어죽으니……. 울며 잠든 날은 셀 수 없어요!……그래요, 싸웁시다. 형제들!"
"형제?!……" 성문은 방해하는 민족주의를 꾹 누르고 외쳤다.
"당신들은 일본인이 아니오. 형제요……!"」

朴泰遠(박태원)

—

박태원(1909~1986) 소설가, 시인. 호 구보(丘甫). 필명 몽보(夢甫), 구보(仇甫), 구보(九甫), 박태원(泊太苑) 등.

035

약력

1909년	12월 경성에서 아버지 박용환(朴容桓)의 6남매 중 2남으로 출생하였다. 등에 큰 점이 있어 처음에는 '점성(點星)'이라 불리기도 하였다.
1916년	큰아버지인 박규병에게서 천자문과 통감 등을 배웠다.
1918년	이름을 태원(泰遠)으로 바꾸고, 경성사범부속보통학교에 입학하였다.
1922년	경성사범부속보통학교를 졸업하고, 경성제일고보(京城第一高普)에 입학하였다.
1926년	「조선문단(朝鮮文壇)」에 시 「누님」이 당선되었다. 초기 필명은 박태원(泊太苑)을 사용하였다. 고리키, 톨스토이 등 서양문학에 관심을 갖기 시작하였다.
1929년	경성제일고보를 졸업하고, 일본 호세이(法政) 대학 예과에 입학하였다. 영화, 미술, 모더니즘 문학에 관심을 갖기 시작하였으나, 2학년 때 중퇴하였다.
1930년	「신생(新生)」에 단편소설 「수염」을 발표하면서 문단에 데뷔하였다. 몽보(夢甫)라는 필명을 쓰며, 이광수(李光洙)에게 사사받았다.
1933년	이태준, 정지용, 이재범, 이상, 김유영, 김기림 등과 함께 순문학적, 유미주의적 성향의 <구인회(九人會)>를 결성한 이래, 반계급주의 입장에서 세태풍속을 착실하게 묘사하여 작가로서의 위치를 굳혔다.
1935년	<구인회>를 주최하여 '조선신문예강좌'에서 「소설과 기교」, 「소설의 감상」 등을 강연하였다.
1938년	장편 『천변풍경』과 단편 『소설가 구보씨의 일일』을 출간하였다.
1939년	중국 전기소설 12편을 번역하여 『지나소설집』을 출간하였다. 단편 「최노인전초록」을 「문장」에 발표하였다.
1940년	「최노인전초록」이 일본어로 번역, 발표되었다. 또 「모던니혼(モダン日本)」에 일본어소설 「길은 어둡고(路は暗きを)」를 발표하였다.
1941년	<조선문인협회> 발기인으로 참여하였다.
1943년	<조선문인협회> 평의원으로 참여하였다.
1945년	<조선문학건설본부>에 참여하여 소설부 위원으로 활동하였다.
1945년	좌익계열의 문학인 단체인 <조선문학가동맹> 중앙집행위원을 역임하면서 작

가의식의 전환을 꾀하였다.

1946년	<조선문학가동맹>의 중앙집행위원을 맡는 중 잠시 남로당 계열의 문예운동에 몸을 담았다.
1947년	의열단 투쟁의 증언을 기록한『약산과 의열단』,『홍길동전』을 출간하였다.
1948년	좌익인사를 감시, 관리하던 단체인 <보도연맹>에 가입하여 전향서에 서명하였다.
1949년	본격적인 첫 장편 역사소설로『군상』을 발표했으나 미완인 채 1950년 2월에 중단되었다.
1950년	<한국전쟁> 중 서울에 온 이태준과 안회남을 따라 가족을 남겨둔 채 홀로 월북하였고, 북한 쪽 종군기자로 활동하였다.
1953년	평양문학대학의 교수를 역임하였으며, 국립고전예술극장 전속작가로 조운과 함께『조선창극집』을 출간하였다.
1955년	정인택의 미망인 권영희와 재혼하였다.
1956년	<남로당> 계열로 몰려 작품 활동이 금지되었다가 1960년 복위되었다.
1963년	<혁명적 대창작 그루빠>에 들어가『갑오농민전쟁』의 전편인 대하역사소설『계명산천은 밝아오느냐』집필을 시작하였다.
1965년	『계명산천은 밝아오느냐』1부를 발표하였다.
1986년	7월 10일 사망하였다. 12월 아내 권영희에 의해『갑오농민전쟁』3부가 완성되었다.

　　1930년대 대표적 모더니즘작가로 평가받는 박태원은 식민지 서민층의 변모상을 객관적으로 묘사하였다. 이광수에게 사사(師事)받고, 소시민 사회의 현실과 풍경들을 무기력한 패배자의 시선으로 그대로 그려나갔다.『천변풍경』은 서울의 영세민 사회를 그리고, 그 속에서 산송장이 되어가는 인간의 열패의식(劣敗意識)을 그린 작품이며,「소설가 구보씨의 일일」은 비슷한 주제를 다루고 있지만 사소설(私小說)적 형식으로 쓴 작품이다. 작품의 형식과 문장의 기교 등에 의식적인 관심을 기울였으며, 광고와 전단 등의 대담한 삽입, 쉼표 사용에 의한 장문의 시도, 중간제목의 강조, 한자의 남용 등 독특한 문체를 낳았다.

 035-1

崔老人傳抄錄(최노인전 초록)

〈기초사항〉

원제(原題)	崔老人傳抄錄
한국어 제목	최노인전 초록

원작가명(原作家名)	본명	박태원(朴泰遠)
	필명	
게재지(掲載誌)		조선소설대표작집(朝鮮小說代表作集)
게재년도		1940년 2월
배경		• 시간적 배경: 개화기 ~ 일제강점 초기 • 공간적 배경: 경성
등장인물		① 한때 관비유학생이었던 약장수 최(崔)노인
기타사항		번역자: 신건(申建)

〈줄거리〉

「최(崔)노인이 약을 파는 행상(行商)을 다닌 지도 벌써 30년이 다 되었다. 스스로 경오생(庚午生)이라 일컬으니 올해 예순아홉이 분명할 것이다. 그 얼굴은 햇볕과 바람에 까맣게 탄데다 가난과 고생으로 주름살은 깊어, 모르는 이들은 그가 곁을 지나가도 그저 세상에 흔하디흔한 약장수이겠거니 하며 별 흥미를 느끼지 않는 모양이나, 자세히 알고 보면 분명히 그들은 호기심으로 눈을 크게 뜰 것이 틀림없었다. 그것은 최노인이야말로 버젓한 대한제국시대의 관비유학생 중 한 명이었기 때문이다.」

그는 유학시절 가장 인상에 남은 조선인으로 박영효를 뽑았다. 관비유학생으로 뽑혀 박영효와 함께 80리 길을 걸어갈 때, "지금은 개화하는 세상이라 반상문벌이 중요한 때가 아니다. 누구든 학업에 힘쓰면 그 사람이 양반이요, 학업에 힘쓰지 않는 사람이 상놈이다."며 학업에 힘쓸 것을 강조하던 박영효의 말을 기억하며 그를 훌륭한 인물이라고 칭찬하였다. 반면 가장 인상에 남은 일본인으로는 후쿠자와 유키치(福澤諭吉)를 들어 말하였다. 일본의 게이오의숙(慶應義塾)에 입학했을 때, 당시 그곳 총장이었던 후쿠자와가 조선에서 온 학생들이 모두 정치과를 지망한다는 이야기를 듣고 "실업뿐 아니라 공업 등 다양한 방면에서 배워 활약을 해야 할 것"이라고 일깨워준 것을 높이 평가하고 있었다.

그 당시 관비유학생들은 너나 할 것 없이 정치과에 적을 두고 알아먹지도 못하는 일본어 강의를 듣기보다 공관(公館)에서 빈둥거리며 시간을 보내기 일쑤였다. 나중에는 공관에 갈 명분조차 없어지자 대부분이 주색에 탐닉하였고, <을미사변>을 계기로 최노인을 포함한 많은 유학생들이 쫓겨나다시피 하여 조선으로 돌아오게 된 것이다.

주변머리가 없고 약삭빠르지 못한 데다 공부까지 거의 하지 않았던 최노인은 돌아와서 경무청의 순검이 되었다. 그러나 최노인은 순검 복장을 하고 경무청보다는 오궁골 갈보집에 더 빈번히 드나들며 화륜선이니 기차니 하는 유학시절 보고 들었던 이야기로 허풍을 떨며 지냈다. 그렇게 19년이란 세월이 흐른 뒤, 최노인은 2년 동안 경성감옥 간수를 지낸 후 '노돌(현재의 노량진)정거장'의 차표 판매원이 되었다. 그 일도 1년 남짓 다니다 그만두고 이번에는 '나무시장'의 표 파는 사무를 보았지만 그것도 반년 정도 되어 그만두고 말았다. 그렇게 온갖 일을 전전하던 최노인이 마지막으로 선택한 직업이 약장수였다.

최노인이 부지런히 약가방을 메고 나서는 것은 유일한 낙인 막걸리값을 벌기 위해서였다. 최노인은 약방을 나서기 무섭게 해장술을 시작으로 30분이 멀다하고 술집을 찾아들어갔다.

약을 팔러 무학재고개를 넘는 길에 술집에 들러 외상술을 마시고, 외상 약값을 받아들고 돌아오는 길에 외상술값을 갚으며 종로약방까지 돌아오는 것이 그의 일과였다.

이런 최노인에게도 한때는 가족과 어엿한 집도 있었다. 최노인은 슬하에 두 딸을 두었는데, 아들이 없는 관계로 큰사위를 데릴사위로 맞아들였다. 그런데 7년 전 부인이 죽고 난 후부터 어찌된 것이 딸과 사위가 주인행세를 하며 최노인을 박대하기 시작했다. 최노인은 그런 자식들이 괘씸하고 화가 나서 집을 뛰쳐나왔고, 그때부터 종로약방에 얹혀살기 시작한 것이다. 작은딸이 자신의 집에서 함께 지내자 해도 듣지 않고 옷을 갈아입으러 한 달에 한두 차례 들릴 뿐이었다.

최노인은 자신의 신세타령을 할 때면 어김없이 딸과 사위를 욕했고, 빨리 죽어야 한다고 푸념을 늘어놓기 일쑤였다. 그러나 내심 오래살기를 바라는 최노인은 늘 다음과 같이 중얼거렸다.

「"근대 사회적 인물로 나는 월남(月南) 이상재(1850~1927, 한말의 선각자, 후년에는 오로지 종교와 교육 사업에 종사 함)에게 사숙(私淑)을 했었어. 월남선생님이 돌아가셨을 때는 바로 내가 영구차 뒤를 따라 남문(南門)밖까지 나갔으니까…… . 월남선생님이 돌아가신 후의 인물이라고 하면 윤치호(尹致昊)선생님인데, 선생님이 돌아가시면 난 다시 영구를 따라가야 하거든…… ."

이렇게 말한 것이 한두 번이 아니었던 것이다.」

창작 32인집(創作 三十二人集)에서

035-2

路は暗きを(길은 어둡고)

〈기초사항〉

원제(原題)	路は暗きを(1~15)	
한국어 제목	길은 어둡고	
원작가명(原作家名)	본명	박태원(朴泰遠)
	필명	
게재지(揭載誌)	모던니혼(モダン日本)	
게재년도	1940년 8월	
배경	• 시간적 배경: 어느 저녁 • 공간적 배경: 경성	

등장인물	① 가정이 있는 남자와 동거 중인 스무 살 향이 ② 아내와 세 아이가 있는 향이의 동거남 등
기타사항	번역자: 김종한(金鐘漢) <글의 차례: 1.불빛 없는 심야 2.에~야, 에~야 3.사는 슬픔 4.이 같은 생활 5.이별도 슬프다 6.그러한 연유로 7.세상이란 8.그 때의 세 사람 9.순정을 다하여 10.요즘 들어 늘 11.드디어 낼모레 12.그래도 13.목포행 열차 14.영등포역 대합실 15.불빛 없는 심야>

〈줄거리〉

등불 없는 길은 어둡고 낮부터 내린 비로 골목 안은 질척거렸다. 향이(香伊)는 금방 터져 나오려는 울음을 삼키며 어둠속으로 들어갔다. 에~야 에~야, 소리도 언짢게 상여가 지나갔다. 가난한 이가 죽었는지 조그만 상여를 멘 이는 네 명뿐이었다. 상여의 행렬은 눈앞을 지나 멀리 사라지고 그 벌판에는 새빨간 불길이 타올랐다. 삽시간에 불바다로 변한 벌판이 향이를 집어삼키려는 순간 향이는 잠에서 깼다.

향이는 언짢고 불길한 예감을 느꼈지만 꿈에 송장을 보면 좋다는 얘기를 기억해냈다. 또한 불을 본 것도 좋은 징조라 여기니 은근히 기분이 좋아졌다. 그러다가 옆을 보니 좁은 단칸방에 사내가 등을 돌리고 자고 있다. 향이는 다시 고개를 돌리고 한숨을 내쉬었다.

향이는 이제 갓 스물을 넘긴 앳된 처자지만 이미 '삶'의 고통을 맛보고 있었다. 그녀의 나이 네 살 때, 아버지는 외간여자와 만주인지 어딘지로 도망가 소식도 모르고, 어머니는 향이 하나만 바라보며 궂은 일 마다않더니 폐병에 걸려 그만 죽고 말았다. 그때부터 향이의 삶은 온갖 슬프고 괴로운 일들로 가득했다. 뿐만 아니라 그녀는 세상에는 자기보다 불행한 사람이 많다는 사실도 알게 되었다. 그래도 향이는 미래를 약속해 주는 사랑을 믿었다. 아무리 가난하더라도 사랑이 행복을 가져다줄 거라고 생각했다. 그런 생각을 하자 문득 외로워진 향이는 등을 돌린 채 잠들어있는 남자를 간간이 돌아보았다. 남자는 자기와의 이런 생활을 후회하고 있는 게 분명했다.

남자에게는 아내와 자식이 있었다. 향이는 남자가 쉽게 아내를 버리고 자기에게 온 것처럼 언제든 또 다른 여자를 찾아 떠날지도 모른다고 생각하자 질투의 불길이 타올랐다. 그런가 하면 남자가 쉽게 자기를 놓아주지 않을 거라 생각하면서도 사랑도 없는 생활을 계속해야할지 고민에 빠지기도 했다.

향이가 남자에게 가정이 있다는 사실을 안 것은 그에게 몸과 마음을 허락한 뒤였다. 처음에는 놀랍고 당혹스러웠지만, 부인에게는 애정이 없으며 머잖아 이혼할 테니 잠시만 기다려달라는 남자의 말에 망설이며 기다려온 것이 벌써 반년이 흘렀다. 또한 자기 또래들은 일개 자동차운전수나 철공소 직공과 살림을 차리는데 자기는 그래도 중산계급의 남자와 함께 한다는 것이 은근히 자랑스럽기도 하였다.

그러나 남자의 가정을 생각할 때마다 향이는 풀이 죽었다. 이미 아이가 셋이나 있고 무엇보다도 그의 부모가 그녀를 받아들이지 않을 것이 분명했다. 그와 동거를 시작한 지 얼마 안 되어 그의 부인이 쫓아왔다. 한 남자를 가운데 두고 두 여자의 실랑이가 오고 갔다. 남자의 부인이 "세상에 남자가 없어서 처자 있는 사내를 유혹하냐?"며 덤벼드는 순간, 향이는 가엾은 어머니가 예전에 아버지와 도망간 여자에게 했던 말이 떠올랐다. 하지만 향이는 이내 '남자가 사랑만 해준다면 한 여자와 세 아이의 증오의 대상이 되어도 견딜 수 있다'며 마음을 다잡았다.

그러던 어느 날, 향이는 한 사내로부터 군산(群山)의 큰 카페에서 일하지 않겠느냐는 제안을 받았다. 향이는 무능력하고 싸늘해진 남자의 태도를 떠올리며 그 사내의 제안을 받아들이고 선불 75원을 받아 챙겼다.

향이는 며칠 전 꾸었던 꿈을 떠올리고 이번 군산행이 어쩌면 자기에게 행운을 가져다줄지 모른다고 생각하며, 남자와의 이별에 대한 아쉬움을 떨쳐내려 애썼다. 향이는 끝내 남자에게 직접 이별을 말하지 못하고 편지 한 장 남긴 채 목포행 열차에 몸을 실었다. 경성역을 출발한 열차 안에서, 남자와의 추억을 떠올리던 향이는 하염없이 눈물을 흘리며 자신의 경솔함을 후회했다.

「20년 동안 깨끗하게 지켜온 몸과 마음, 그것을 처음이자 또 마지막으로 바쳤던 그가 아니던가. 그의 사랑이 전 같지는 않다 하더라도 나에게 불행이 닥칠 경우, 나를 도와주고 나를 동정하며 나와 함께 슬퍼해 줄 이 역시 그 밖에 없지 않을까.

역시 그에게로 돌아가자. 돌아가야 한다.

문득 기름기 많은 남자의 얼굴이 눈앞에 떠올랐다. 그것이 약간 그녀를 불안하게 만들었지만, 이제 와 어쩔 수 없는 일이었다. 다만 그와의 사랑만 부활한다면 모든 것이 문제되지 않을 것이 아닌가……

영등포역을 11시 40분에 출발한 열차는 15분 후에 경성역에 도착했다.

불빛 없는 심야의 길은 어두웠다. 낡은 신발에 진흙이 달라붙었고 우산이 쓸모없을 정도의 비가 머리와 어깨에 내리고 있었다. 향이는 금방이라도 터질 것 같은 울음을 삼키며 무거워진 다리를 옮겼다. 자기에게는 이 길밖에 없다고 단념이라도 한 듯, 혹은 만난 이상 어쩔 수 없다고 체념이라도 한 듯 어둠속으로 걸어갔다.」

距離(거리)

〈기초사항〉

원제(原題)		距離
한국어 제목		거리
원작가명(原作家名)	본명	박태원(朴泰遠)
	필명	
게재지(揭載誌)		조선문학선집(朝鮮文學選集)

게재년도	1940년 9월
배경	시간적 배경: 어느 비오는 가을날 공간적 배경: 경성의 한 작은 동네
등장인물	① 무명작가 '나' ② 약국의 젊은 점원 ③ 집주인인 기생 자매 강옥화, 옥선, 옥희 등
기타사항	번역자 미상

〈줄거리〉

　　나는 형이 죽은 뒤 마땅히 가족을 부양할 의무를 지녔음에도 도리어 어머니와 형수에게 신세를 지고 있었는데, 우리가 바깥채를 얻어 살고, 안채에는 아버지와 세 명의 딸이 모두 기생인 가족이 살고 있었다. 때문에 그들의 외설스런 대화며 비속한 가요들을 밤낮으로 들어야만 했다. 어린 조카의 입에서 「양산도」니 「수심가」니 하는 속요들이 아무렇지 않게 흘러나오는 걸 듣고 꾸짖지만 그때뿐이었다. 어머니는 100장에 3전을 받는 약 봉투 붙이는 일을 하루 3천 매씩 하였고, 형수는 하루 종일 재봉틀을 돌려댔다. 저녁이면, 각자 맡은 일에 지친 네 명이 비좁은 방에서 웅크리고 자야만 했다. 스물아홉의 나는 게으른 데다 손으로 하는 일에는 익숙하지 않고, 할 줄 아는 거라고는 오직 원고 쓰는 일뿐이지만 그마저도 사주는 곳이 없었다. 가족들은 나의 무능력을 원망하는 것만 같았다.

　　어느 비오는 날, 어머니를 도와 약봉투를 붙여보았지만 어머니에 비해 손놀림이 턱없이 느렸고 그런 단순노동이 지루하고 싫기만 하였다. 중학교를 마친 귀한 아들이 그런 잡일을 하는 것에 화가 난 어머니가 내 일을 못하게 훼방을 놓으신 바람에 쫓겨나듯 거리로 나설 수밖에 없었다. 거리에 나서도 갈 곳이 없고 선뜻 찾아갈 친구도 없다. 물론 만나러 가면 반가이 맞아줄 친구들이 없는 것은 아니지만, 그들이 나를 대하는 태도가 부담스럽고 불편할 때가 많았다. 특히 내가 무일푼이라는 사실을 알고 있는 친구들은 돈에 한해서만은 나를 늘 제외시켰는데, 그런 그들의 배려가 고맙기보다는 오히려 불쾌했다. 그 때문에 나는 당분간 친구들을 찾지 않기로 결심했던 것이다.

　　그 무렵 옆집 양약방의 젊은 점원을 알게 되었다. 평소 너무 한가해서 지루해 죽겠다고 한탄하는 그와 금세 친해졌다. 그는 약방을 오가는 사람들의 신상과 사소한 일화까지 알고 있어서 늘 무궁한 이야깃거리를 제공했다. 그의 이야기를 듣다보면 내가 평소 지녀왔던 마을사람들에 대한 인상이 순식간에 무너지기도 했다. 그는 특히 우리 집 안채의 기생 자매와 그녀들의 남자관계에 대한 이야기를 자주 했다. 큰딸인 강옥화(康玉花)는 작년 가을부터 피혁회사 사장을 만나더니 남부럽지 않게 잘 살고 있으며, 막내인 옥희(玉姫)는 여학교를 2년 다닌 덕분에 전문학교 학생을 곧잘 만나고 다니더니 올봄에는 어물전 하는 최(崔)아무개를 만나고 있다고 했다. 그런가 하면 둘째인 옥선(玉仙)만이 성적이 부진하여 친아버지라는 노인에게 구박을 받는다며, 약국 점원은 그런 옥선을 두둔하듯 말했다.

　　그가 안채 사람들에 대해 이토록 자세히 알고 있는 걸 보면 우리 집 사정도 꿰뚫고 있을 게 분명했다. 그런 생각을 하면 문득 불쾌하기도 했지만, 나에 대해 이미 다 알고 있다고 생각하면 한편으로는 마음이 편안했다.

　　그러던 어느 날, 약국에서 그와 이야기를 나누고 있는데 안에서 옥화와 어머니의 다투는 소리가 들려왔다. 나는 동네 웃음거리가 되기 전에 얼른 싸움이 끝나기를 바랐지만, 싸움은 쉬 끝나지 않고 오히려 구경꾼이 몰려들 정도로 커지고 말았다. 나는 당연히 안채로 뛰어 들어가 옥화의 무례함을 꾸짖어야 했지만, 그들의 이야기를 들어보니 섣불리 나설 일이 아니었다. 더 군다나 그들의 이런 소동이 처음은 아닌 듯 하였는데, 어머니와 형수는 나에게 아예 말도 꺼내지 않았던 것이다. 이번에는 옥선이 나오더니 동네사람들 앞에서, 두어 달 전부터 바깥채를 비워달라고 했는데 아직까지 나가지도 않고 방값도 석 달 치나 밀려 있다며 순사를 부르겠다고 윽박질렀다. 나는 그들에게 협박하는 거냐고 소리라도 지르고 싶었지만 꾹 참고 밖으로 뛰쳐나왔다.

「집에서 상당히 떨어진 곳까지 왔을 때 나는 점점 흥분이 가라앉는 것을 느끼고, 문득 만일 내가 그들과 영원히 이만큼의 거리를 유지하게 된다면 그것은 어쩌면 나에게도 나의 가족들에게도 일종의 행복을 의미하는 게 아닐까 생각했다. 인간과 인간 사이에 벌어지는 모든 불쾌한 일들은 결국은 그들이 지나치게 가깝게 모여있다는, 단지 그 때문이 아닐까 하는 생각에, 나는 이대로 두 번 다시 집으로 돌아가지 않으리라 생각했다. 하지만 집을 나오면 도대체 어디로 가야 한단 말인가? 나 자신에게 물었을 때, 문득 내가 오래 전부터 마음 한구석에서 자살을 생각했음을 떠올렸다. 나는 그 순간 나도 모르게 길 위에 우뚝 멈춰 섰다. 결국 지금의 나에게 그것 외에 길이 없다고 생각하자, 비겁하다고 욕먹더라도 스물아홉 해 동안 나에게 너무나 가혹했던 세상에게, 그것이 내가 할 수 있는 단 하나의 앙갚음이라는 생각이 들었다. 한편 그렇게 쉽게 자살을 결심한 내 자신이 신기하게 생각되면서도 더 이상 깊게 생각할 것 없이 그렇게 하자고 결심하고 말았던 것이다.」

그것이 꼭 냉정한 세상에 대한 보복수단인 것만 같았고, 가족들 또한 나에게 잘못을 뉘우칠 것이라는 생각에 강한 유혹을 느꼈지만 다시 못 보게 될 어머니와 형수 그리고 조카들을 떠올리며 자살에 대한 유혹을 떨쳐냈다.

거리에 서서 나는 지나온 생애를 돌아보며, 한 편의 귀한 작품을 남긴 후 흙으로 돌아가자고 다짐했다. 어디론가 떠나고 싶지만 여비가 없었다. 발길은 같은 동네에 사는 친구의 집으로 향했다. 그의 하인은 그가 부재중임을 알렸고, 나는 사직공원으로 발길을 돌렸다. 그런데 뜻밖에도 그곳에 그 친구가 있었다. 자신의 집에 다녀오는 길이라는 내 말에 지나치게 감격스러워하는 친구의 모습에 또 불쾌해졌다. 나는 자신이 얼마나 외로웠는가를 호소하는 그 친구를, 일종의 증오를 담은 눈길로 우울하게 바라볼 뿐이었다.

朴花城(박화성)

—

박화성(1903~1988) 소설가, 수필가. 본명 박경순(朴景順). 호 소영(素影). 필명 박세랑(朴世琅).

036

1903년	4월 16일 전라남도 목포시 죽동에서 부친 박운서와 모친 김운선의 4남매 중 막내딸로 출생하였다.
1915년	목포 정명여학교 고등과를 졸업하였다.
1918년	경성 숙명여자고등보통학교를 졸업하였고, 천안공립보통학교, 아산공립보통학교, 영광중학교 등에서 교사로 재직하며 여러 문인들과 교류하였다.
1925년	이광수의 추천으로 「조선문단」에 「추석전야」를 발표하였다.
1926년	일본으로 건너가 도쿄 니혼여자대학(日本女子大學) 영어영문학과를 다니다가 중퇴하였다.
1928년	<근우회 도쿄지회> 창립대회에서 의장단에 선출되는 등 활발한 항일운동을 하기도 했다.
1932년	《동아일보(東亞日報)》 신춘문예에 「엿단지」가 당선되고 이어 단편 「하수도 공사」와 장편 『백화(白花)』를 발표하면서 본격적인 작품활동을 시작하였다.
1934년	단편 「헐어진 청년회관」을 발표하였으나 총독부의 검열로 전문 삭제되었다. 「논 갈 때」(「文學創造」), 「홍수전후(洪水前後)」(「新家庭」, 1934~1935)를 발표하였다.
1935년	「조광(朝光)」에 「한귀(旱鬼)」를 발표하였다.
1936년	「신동아(新東亞)」에 「고향 없는 사람들」을 발표하였다. 「홍수전후」와 「한귀」가 일본으로 번역, 발표되었다.
1937년	중편 「호박」을 발표하였다.
1938년	단편 「중굿날」을 발표한 후 절필하고 낙향하여 일제의 조선어말살정책에 협조하지 않았다.
1946년	단편 「봄 안개」를 발표하였다.
1948년	작품집 『홍수전후』와 『고향 없는 사람들』을 발간하며 다시 작품활동을 시작하였다. 단편 「광풍(狂風) 속에서」를 발표하였다.

1955년	단편「부덕(婦德)」을 발표하였다. ≪한국일보(韓國日報)≫에 장편『고개를 넘으면』을 연재하였다.
1956년	≪한국일보≫에 장편『사랑』을 연재하였다.
1957년	≪연합신문(聯合新聞)≫에 장편『벼랑에 피는 꽃』을 연재하였다.
1958년	≪연합신문≫에 장편『바람뉘』를 연재하였다.
1961년	<한국문인협회> 이사를 하였다.
1963년	<국제펜클럽 한국본부> 중앙위원에 선출되었다.
1964년	장편『거리에는 바람이』를 발표하였다.
1965년	<한국여류문인협회> 초대 회장에 선임되었다.
1966년	<예술원> 회원(81년 이후 원로회원)을 역임하였다.
1970년	단편「성자와 큐피트」,「평향선」 등을 발표하였다.
1971년	단편「수의(囚衣)」를 발표하였다.
1972년	장편『타오르는 별: 유관순의 일생』을 발표하였다.
1973년	단편「어머니여 말하라」를 발표하였다.
1974년	<한국소설가협회> 상임위원으로 선출되었다.
1976년	단편「신록(新綠)의 요람」,「어둠 속에서」를 발표하였다,
1979년	장편『이브의 후예』를 발표하였다.
1983년	단편「이 포근한 달밤에」를 발표하였다.
1984년	단편「마지막 편지」를 발표하였다.
1985년	단편「달리는 아침에」를 발표하였다.
1988년	1월 사망하였다.

　　박화성의 초기작품은 단편양식을 통한 경향문학적 색채가 짙고 농촌이나 도시 빈민층의 생활을 그려내고 있으며, 후기 작품은 도시의 애정론을 다룬 장편이 많다. 초기에는 계급문학을 지향했던 카프문학과 상관없이 독자적으로 빈궁을 소재로 하여 강렬한 이념과 사상성을 보여주는 동반자 작가로서 활동하였다. 작품 속에 부와 가난, 지주와 소작인, 강자와 약자 등의 계급적 대립관계의 모순을 잘 포착하여 궁핍의 원인을 해명하려는 리얼리즘적 시도를 하였다. 여류작가로서 섬세하면서도 박진감 있는 문장을 바탕으로 현실을 꿰뚫는 작품들을 창작하였다. 후기에는 한국적 여인의 삶과 운명에 초점을 맞추어 현실 개척의지를 상실한 채 자신에게 부여된 삶을 운명으로 순응하고 살아가는 여성을 그려내고 있다.

　　박화성은 1970년 예술원상을 수상한다. 이외에도 한국문학상, 목포시 문화상, 이대(梨大)문화공로상, 은관(銀冠)문화훈장 등을 받았다. 한국근현대를 관통하는 여성작가로서 남성 못지않게 필치가 웅장하고 수려하다는 평가를 받았다. 수많은 장단편 외에도 수필집『추억의 파문』,『순간과 영원사이』와 자서전『눈보라의 운하』가 있다.

洪水前後(홍수전후)

〈기초사항〉

원제(原題)	洪水前後(第1回~第8回)	
한국어 제목	홍수전후	
원작가명(原作家名)	본명	박경순(朴景順)
	필명	박화성(朴花城)
게재지(揭載誌)	오사카마이니치신분(大阪毎日新聞) 조선판	
게재년도	1936년 5월 19~28일	
배경	• 시간적 배경: 1935년 여름 장마철 • 공간적 배경: 영산강 일대에 위치한 영산리(榮山里)마을	
등장인물	① 가난과 재해를 운명처럼 받아들이며 궁핍하게 살아가는 송서방(송명칠) ② 아버지와는 달리 삶을 개척하고자 하는 아들 윤성 ③ 송서방의 아내와 자식들 등	
기타사항	번역자 미상	

〈줄거리〉

엊저녁부터 오늘까지 하루 종일 큰비가 쏟아졌다. 천문학을 배운 건 아니지만 14년간 영산리(榮山里) 벽촌에서 매년 수재를 당하며 살아왔고, 또 작은 배 두 척으로 고기잡이 하는 송서방 명칠(明七)은 구름방향이나 하늘모양으로 날씨의 변화를 예측할 수 있을 정도였다.

송서방과 아내는 농사를 걱정하였다. 스무살 아들 윤성(允成)은 아버지를 닮은 장대한 골격으로 소작인 혈통을 이은 가난한 얼굴상을 가지고 있었다. 단지 큰 눈만이 빛나고 있어 마을 사람들은 열의가 느껴진다며 칭찬하였지만, 지주인 허(許)부자만은 위험한 눈이라고 슬그머니 비난하였다.

송서방은 태평하게 밖에서 자고 들어온 윤성에게 화를 냈지만, 윤성은 오히려 매년 수재를 당하느니 14년간 소작을 하고 있는 허부자에게 말해 다른 집을 빌려 달라고 하여 이사를 가자고 제안하였다. 그러나 송서방은 운은 타고난 것이고 일하지 않으면서 부자를 시기하면 안 된다며, 비가 오는 것도 하늘의 이치이니 가난을 원망하고 빈곤을 한탄하라고 대답하였다. 이 말을 들은 윤성은 아버지의 모순적인 태도에 답답함과 연민을 느꼈다. 영산강물이 범람해 집이 떠내려가고 사람들이 물에 빠져 죽어 마을이 잠길 때도 하늘의 이치라고 죽음을 기다릴 참이냐며 항변하였다. 화가 난 송서방은 그렇게 되기를 바라고 말하는 것이냐며 더욱 노여워하였고, 윤성은 결국 집을 나가버렸다.

빗줄기가 거세지는 가운데 가족들이 보리밥을 먹고 있을 때 쯤 개울물이 넘쳐 집안으로 조금씩 새어들기 시작했다. 그때 밖에서 송서방을 부르는 소리가 들려 나가보니 개울 너머에서

덕성(德成), 윤삼(潤三) 등이 몰려와 높은 곳으로 피하라고 외치고 있었다. 그러나 송서방은 매년 있는 일이니 별 탈 없을 거라며 말을 듣지 않았다. 송서방은 14년간 살면서 배에 일곱 식구를 싣고 물이 빠지길 기다리며 몇 번이나 죽을 고비를 넘겨왔기 때문이었다.

그러나 비는 그치지 않고 폭우가 되어 쏟아졌고, 땅이 꺼질듯 빗소리만 천지에 가득했다. 결국 강물과 개천이 불어나 제방과 방죽과 둑이 터져버렸다. 동네는 이내 물에 잠겼고 사람들은 목 놓아 울면서 물을 피해 높은 곳으로 올라갔다. 영산강 줄기를 따라 위치한 전라도의 여러 마을이 그림자도 볼 수 없게 물에 잠기고 말았다. 그 수재민의 대부분이 가난한 농민과 몇몇 가난한 장사치들이었다.

밤이 깊어가도록 송서방 부부는 앞의 개울에서 넘치는 물을 피해보고자 봇둑을 막기도 하고, 집에 흘러들어온 물의 배수구를 만들기도 하면서 분주하게 돌아다녔다. 보리밥을 한 솥 가득 짓고, 된장과 김치를 통에 가득 담았다. 그리고 물 한 통과 옷보따리 등을 개울 연안으로 끌어올린 배에다 싣고 그것을 집 기둥에 붙들어 매었다. 만약 영산강 물이 범람하여 집이 침수하고 배가 뜬다면 그 배에 가족들을 태우고 물이 빠질 때까지 기다릴 작정이었다. 만반의 준비를 마친 송서방 부부는 아이들을 재워놓고 물이 드는 것을 확인하기 위해 마루에 앉아 있었다. 그러나 하루 종일 과로한 탓인지 깜박 잠이 들고 말았다.

그러다 또 다시 피신하라고 외치는 덕성과 윤삼의 소리에 퍼뜩 정신이 들었다. 하지만 송서방은 고집을 부리며 피신하지 않았다. 이윽고 탁류가 불어 방안까지 흘러들자, 송서방의 아내는 아이들을 깨우면서 어찌할 바를 모르고 허둥거렸다. 그런데 송서방이 아이들을 태우려고 배를 끌어당기려는 순간, 갑자기 탁류가 엄습해 오면서 소용돌이에 배가 휘말려 떠내려가고 말았다. 송서방은 배를 뒤쫓아 헤엄쳐 갔지만 허사였다. 결국 포기하고 돌아온 송서방은 작은 배에 미례(米禮), 귀성(貴成), 화례(花禮)를 태웠고, 그 사이 돌아온 윤성이 어머니를 포플러나무에 올려 로프로 묶어주고 순임(順任)을 건네주었다. 그리고 송서방과 함께 아이들을 태운 배를 끌고 가 큰 포플러나무에 단단히 매어놓았다. 송서방과 윤성도 제각각 포플러나무로 올라갔다. 배 가운데서 떨고 있는 애들과 지붕 위에서 떨고 있는 닭을 내려다보며 그제야 송서방은 친구들의 피신 권유를 매몰차게 물리친 것이 후회되었다. 모든 것들이 물에 떠내려가는 것을 보며 송서방 부부는 물론 애들까지 소리 내어 울었다.

이튿날 날이 밝을 즈음, 거센 바람이 불어와 올라가 있던 포플러나무가 허망하게 부러져 작은 배도 위험하게 되었다. 윤성이 가까스로 배로 가서 아이들을 포플러나무로 올려 보냈다. 그런데 화례가 배에서 내리면서 그 반동으로 배가 뒤집히는 바람에 아직 배에 타고 있던 미례가 탁류에 휩쓸리고 말았다. 미례는 결국 구하지 못했다.

호우가 내린 지 닷샛째에 폭풍과 비가 완전히 멈추었다. 이틀 밤낮을 포플러나무에 목숨을 의지해 온 미례를 제외한 송서방네 여섯 가족은 윤성의 친구들 덕분에 무사히 영산포 읍내로 들어올 수 있었다. 모(某)신문지국의 도움으로 송서방네 가족들은 어느 여관방에 들어가게 되었지만, 송서방 아내는 죽은 미례를 부르며 통곡하였고, 송서방도 살길이 막막해져 신음소리를 내며 울었다.

여관에서 하루를 지새운 송서방이 절망에 울고 있을 때 윤성의 친구들이 찾아왔다. 그 중 대흥(大興)의 아버지인 모(某)보통학교의 김(金)선생이 방 한 칸을 내주었고, 윤성의 친구들은 저마다 쌀과 먹을 것을 가져다주었다. 대흥의 집에서 며칠 지내면서 송서방은 자신이 그토록 싫어했던 그들이야말로, 허부자와는 달리 자신 같은 농민을 진정으로 걱정해 주는 사람들임을 깨닫게 되었다.

송서방이 가족을 데리고 영산리 집으로 돌아왔을 때는 뭐하나 남아있지 않고 진흙만이 엉켜 있었다. 이를 보고 절망하는 송서방에게 어떻게든 살길을 찾아보자며 윤성은 위로하였고, 송서방도 용기를 내어 살아갈 방법을 찾기 위해 윤성과 함께 수재민 모임에 나갔다.

「모든 것을 그저 운이고 하늘의 섭리라고 생각하고 포기해왔던 명칠은 홍수로 인해 딸과 집과 가축과 곡물을 잃어버린 대신 그러한 것들보다 더 크고 숭고한, 눈에 보이지 않는 어떤 것을 깨달을 수 있었다. 아버지 뒤를 따라 걷는 윤성의 눈은 희망으로 빛났고, 그의 입술에는 희열의 미소가 떠올랐다. 정오를 알리는 사이렌소리가 푸른 하늘 높이 울려 퍼지고 있었다.

주) 이 소설은 1935년 7월 남쪽 지방의 대홍수를 묘사한 것이다. 끝」

旱鬼(한귀)

〈기초사항〉

원제(原題)	旱鬼	
한국어 제목	한귀	
원작가명(原作家名)	본명	박경순(朴景順)
	필명	박화성(朴花城)
게재지(揭載誌)	가이조(改造)	
게재년도	1936년 10월	
배경	• 시간적 배경: 가뭄이 극심한 1936년 여름 • 공간적 배경: 전라남도 나주와 영산포 일대 농촌마을	
등장인물	① 절실한 기독교신자인 가난한 농부 성섭 ② 하나님만 믿는 성섭이 원망스럽기만 한 성섭의 아내 등	
기타사항	번역자: 최재서(崔載瑞)	

〈줄거리〉

금성산 상봉에서 불길이 보였다. 그때 나주와 영산포 일대의 넓은 들을 감싸고 있는 각 산봉우리에서도 이미 준비해 둔 짚다발에 일제히 불이 당겨졌다. 마을 사람들이 모여 기우제를 지내는 것이었다. 불이 꺼지자 노인의 호령에 일제히 두렛줄을 잡고 물 푸기를 시작하였고,

성섭(成燮)과 노인도 천 두레를 하고서야 잠시 숨을 돌렸다. 삼천 두레를 푸고 부은 다리를 끌고 집에 돌아오니, 배만 불룩 튀어나온 앙상한 네 명의 아이들이 멍석 위에 널브러져 잠들어 있었다. 성섭은 검정 홑이불을 덮어주고 모깃불을 뒤적여 모기를 쫓았다. 작년에는 홍수로 곡식을 수확하지 못했고 올해는 가뭄 때문에 모를 못 내고 있는 형편이었다. 성섭은 아들 다섯과 딸 하나 여덟 식구가 앞으로 무엇을 먹고 살아가야 할지 걱정이 태산이었다. 이런저런 생각에 한숨을 짓고 있으려니 아내가 내일 먹을 보리를 찧어서 망태기에 이고 돌아왔다.

성섭은 아픈 아내가 걱정되어 늦게까지 방아 찧은 것을 책망하였다. 하지만 아내는 "품앗이 방앗간 일도 해야 하고, 콩밭도 매야 하고, 빨래도 해야 하는데 어떻게 쉴 수가 있겠냐"며 오히려 푸념을 늘어놓았다. 아내를 좀 쉬게 할 셈으로 젖 달라고 칭얼대는 막내 봉현(鳳賢)을 안고 마당으로 나가 달랬었다. 그때 아내는 드러누워 비가오지 않는 날씨를 원망하였다.

「"작년에도 기우제를 지내고, 온 마을이 큰 싸움을 하면서 겨우 모내기를 해놨더니 나중에 홍수로 싹 씻겨가 버렸잖아요. 그런 것을 보면 하나님이 계시다는 것도 뭔가 수상하지요."

"그런 소리 하면 못 써! 누가 뭐라 해도 우리는 하나님 덕분에 오늘까지 생명을 부지해 오지 않았는가?"

말은 이렇게 했지만 그 자신도 작년 홍수 이후로는 신앙심이 훨씬 약해진 것을 인정하지 않을 수 없었다.

"하나님을 믿으세요, 신앙의 힘만 있으면 저 산을 능히 옮길 수 있습니다. 하나님은 악한 사람에게 죄를 주시고 착한 사람에게 행복을 주십니다."

이것은 예배당에서 미국 목사에게 듣기 싫을 정도로 들은 말이었다. 또 성섭 자신도 집사 직분으로 많지 않은 교인을 모아 놓고 그렇게 설교했었다.」

그러나 성섭 또한 세상에서 제일 선량한 사람인 농민들이 왜 홍수와 같은 심한 벌을 받아 식량 걱정을 해야 하는지 알 수가 없었다. 아내도 해마다 겨울에 열리는 부흥회의 새벽기도를 다닐 정도로 독실한 신자였지만 최근에는 비판적이었다. 특히 현실은 아랑곳 않고 신앙적인 말만 하는 성섭이 얄미워, 아내는 작년 가을에 소작료를 갖다 준 일을 또 들먹였다. 작년에 홍수가 나서 수확을 못하자 동네 사람들이 모여 소작료를 내지말자고 결의했는데, 성섭은 이를 아랑곳 않고 혼자서 소작료를 냈던 것이다. 성섭의 아내는 성섭이 남의 것을 탐내지 않고 소작료까지 납부했지만, 복이 들어오기는커녕 다리만 아파 고생했고 가족들은 먹을 것이 없어 죽을 고생을 하고 있다고 비난하였다.

초복이 지나도 비는 오지 않았다. 물도 괴어보지 못한 논들이야 말할 것도 없지만 모를 심어놓은 논바닥도 쩍쩍 갈라졌다. 성섭은 물을 조달하기 위해 모래판을 새벽까지 팠으나 물은 나올 기미가 전혀 없었다. 성섭은 지난 주일날 광주에서 미국목사가 왔던 일을 기억해냈다. 농부들이 목사를 에워싸고 비 좀 내리게 해달라고 기도했을 때 목사는 죄를 회개하라고 하였고, 그 말을 들은 농부들은 화가 나서 목사에게 달려들고 말았다. 그것을 말리는 성섭에게 농부들은 예배당에서 돈푼이나 받아먹은 게 분명하다며 그를 폭행하려 들었다. 그때 마침 논 상태를 조사하기 위해 나온 군청관리들 덕분에 사태는 간신히 수습될 수 있었다.

중복도 며칠 지나자 모두들 비를 체념하고 말았다. 남자들은 논을 매는 일도 포기하고, 동네에 오직 하나있는 우물에서는 한 집 당 세 동이 이상의 물을 못 길어가도록 규칙을 세우고 감시를 하였다. 빨래도 할 수 없어 남자들과 아이들은 거의 웃통을 벗고 살았다. 특히 성섭네 는 배고픈 것보다 물을 마음대로 먹을 수 없어 고생이 더 심했다. 성섭은 먹은 것도 없는데다 물까지 맘대로 먹을 수 없어서 대변이 항문에 걸려 피똥을 쌌고, 큰집에서 겨우 밥을 얻어먹은 봉현은 소화를 못시켜 물똥을 싸는 현실이 산지옥인 것만 같았다.

매일 울며 지내던 성섭아내는 기우제를 한답시고 동네부인들 틈에 끼여 금성산으로 분묘 를 파러가는 등 기우제 행사란 행사는 다 따라다녔다. 그런 아내를 성섭이 꾸짖으면, 아내는 비만 내리게 할 수 있다면 뭔들 못하겠냐고 되레 윽박을 질렀다. 게다가 동네사람들이 올해는 더 큰 흉년이니 소작료를 면해 달라고 지주의 집으로 사정하러 가는데 성섭만 쏙 따돌리고 간 것을 들먹이며, 착한 척하지 말고 자식들이나 챙기라고 살기등등하게 말하였다.

그러나 물 사정은 더욱 나빠져 우물물은 한 집에 두 동이 이상 가져갈 수 없게 되었다. 논 한번 매는 일도 없이 어느덧 여름이 끝나고 입추가 코앞으로 다가온 어느 날이었다. 성섭의 집에서 기르던 검둥이가 부엌에서 물 먹는 것을 보고 봉이가 부지깽이로 검둥이 머리를 때리 자, 검둥이가 봉이에게 달려들어 뺨을 물어뜯고 말았다. 봉이의 비명을 듣고 달려 들어간 아내 의 장딴지가 검둥이랑 부딪치는가 싶더니 아내도 비명을 지르며 그 자리에서 엉덩방아를 찧 고 말았다. 검둥이는 부엌에서 뛰쳐나가버렸다.

「물어뜯긴 봉이의 뺨에서 피가 뚝뚝 흘렀다. 모녀는 부엌바닥에서 몸부림을 치며 소리쳐 울었다. 그것을 본 성섭은 머릿속이 어질어질해지며 눈이 확 뒤집혔다.

"제길! 나를 산 채로 지옥에 던져 넣는 놈이 누구냐? 나는 아무 죄도 없는 인간이다! 왜 나를 이렇게까지 괴롭히는 것이냐?"

그는 주먹을 휘두르면서 이를 갈며 번개처럼 문을 뛰어넘어 화살처럼 정원을 가로질러 사 립문 밖으로 모습을 감췄다.」

白大鎭(백대진)

—

백대진(1892~1967) 문학평론가. 호 설원(雪園). 필명 걱정업슬이, 디시생(D. C. 生), 무생, 낙천생(樂天生), 험구자(險口子), P생(生), 낙천자(樂天子), 백낙천자(白樂天子) 등.

037

약력

1892년	경성에서 태어났다.
1915년	일본어소설 「만두팔이 아이(饅頭賣ノ子供)」와 한글소설 「금상패(金賞牌)」, 「이향(異鄉)의 달」, 「남가일몽(南柯一夢)」, 「아아박명(嗚呼薄命)」을 「신문계(新文界)」에 발표하였다. 12월 역시 「신문계」에 「현대 조선에 자연주의 문학을 제창함」이라는 글을 발표하여 평단에 등장하였다.
1916년	평론 「문학에 대한 신연구」, 「이십세기 초두 구주(歐洲) 제대문학가(諸大文學家)를 추억함」을 발표하였다.
1917년	관립 경성고등 보통학교 사범과를 졸업하였다. 이후 인천공립보통학교 교원으로 근무한 뒤 친일적 성향이 강한 「신문계(新文界)」, 「반도시론(半島時論)」 등 두 잡지를 중심으로 활동하였다. 「반도시론」에 「너를 救할 者는 오직 너니라」, 「노처녀(老處女)」, 「낭인의 기도(良人의 祈禱)」를 발표하였다.
1919년	《태서문예신보》《매일신보(每日申報)》 등을 통해 소설과 수필, 기행문, 번역문 등을 발표했다. 단편소설 「옥동춘」, 「농고자평(聾瞽自評)」을 「천도교회월보(天道教會月報)」에 게재하였다. 또 「여시관(如是觀)」을 6월 13일부터 3회에 걸쳐 필명 백낙천자(白樂天子)로 게재하기도 하였다. 12월 「신문계」에 「현대조선에 자연주의(自然主義) 문학을 제창함」이라는 평론을 게재하였다.
1920년	《매일신보》의 만주 특파원으로 파견되었다.
1923년	11월 「신천지」에 「일본위정자에게 여(與)하노라」라는 글을 써서 6개월간 투옥되었다.
1945년	해방 후에는 우익신문인 《대동신문》의 이사와 회장을 맡았으며, 홍익대학교 신문학과 강사를 지냈다.
1962년	해방 이후에는 야담을 주로 썼는데 중국의 것이 아닌 한국의 것을 소재로 한 점이 특이하다. 야담집 『한국야담사화전집』을 동국문화사에서 출판하였다.
1967년	사망하였다.

백대진은 김억보다 앞서 상징주의 시론을 국내에 도입하는 등 근대문학개념과 리얼리즘 문학론 수립에 이바지해 왔다고 인정받고 있다. 민족의 독립보다 문명개화만이 중요하다고 생각한 문명개화지상론자로, 자신만의 독특한 문학세계를 형성하였다. 「삼십만원」, 「애아의 출발」, 「남가일몽(南柯一夢)」 등 계몽적 성격을 띤 것에서부터 「절교의 서한」, 「낭인의 기도」 등 자본주의 사회의 구조적 모순을 폭로한 작품, 「인과」 등 신여성의 사치스럽고 몰지각한 행태를 비난한 소설 등 다양한 작품 활동을 하였다. 가난에 대한 남다른 관심, 자본주의의 모순에 대한 정확한 인식을 바탕으로 한 그의 소설은 1920년대 신경향파 소설의 전(前) 단계적 의미를 지니고 있다.

037-1

饅頭賣ノ子供(만두팔이 아이)

〈기초사항〉

원제(原題)	饅頭賣ノ子供	
한국어 제목	만두팔이 아이	
원작가명(原作家名)	본명	백대진(白大鎭)
	필명	낙천자(樂天子)
게재지(揭載誌)	신문계(新文界)	
게재년도	1915년 1~3월	
배경	• 시간적 배경: 어느 해 겨울에서 가을 • 공간적 배경: 경성	
등장인물	① 전문학교 학생 신재 ② 고등여자보통학교 4학년 정희 등	
기타사항	미완성	

〈줄거리〉

「눈은 내려 은세계. 달은 비추어 불야성(不夜城)이 되었다. 북에서 불어오는 싫은 찬바람이 산처럼 쌓여있는 눈을 불어 날리고 있는데도 불구하고 가장 기운찬 것은 만두 파는 아이였다. 그 사나운 역풍과 함께 소리 높여 "따끈따끈 만두~ 따끈~"하고 외치는 아이의 소리를 들은 신재(信哉)는 잠시 꿈을 꾸는 것만 같았다.

그리고 근래 경성은 만두 파는 아이들의 날카로운 소리로 떠들썩하다. 그러나 어떤 한 아이는 벙어리도 아닌데 항상 소리치지 않고 사람 옆에 와서 "제발 하나 사주세요. 사주세요."라고 말할 뿐이었다.」

그 아이는 이름도 성도 없는 사생아였다. 창백한 얼굴에 움직일 힘도 없던 그를, 어느 정 많은 사람이 걱정하여 만두 파는 일이라도 하라고 주선해 준 것이었다.

사립중학을 졸업하고 박동전문학교(博洞專門學校) 상과(商科)에 입학한 신재는 찌는 듯한 무더위를 피해 책을 덮고 하이칼라 양복차림에 금색테두리 안경, 지팡이를 짚고 삼청미(三淸湄)의 성주천(成主泉) 납량휴게실(納凉休憩室)로 갔다. 그곳에서 더위를 식히다 처마 밑에서 정희(貞姬)라는 여학생이 적어놓은 쪽지를 발견하는데, 학문과 돈을 겸비한 하이칼라의 호남자를 찾는다는 내용의 쪽지였다. 그는 그 여학생이 궁금해져 근처 찻집에 들어가 물어보았지만 허사였다. 그는 결국 처마 밑으로 돌아와 답장 쪽지를 적어 같은 장소에 놓아두고 집으로 돌아왔다. 집에 돌아오니 이질에 걸렸던 어머니가 돌아가셨다는 전보가 와 있어, 신재는 그날 밤 기차로 고향으로 돌아갔다.

신재가 고향으로 돌아간 날 밤, 고등여자보통학교 4년생인 정희는 달빛에 이끌려 학교친구 두세 명과 함께 성주천으로 갔다. 그런데 처마 밑에 자기가 써놓았던 쪽지와는 다른 쪽지가 끼워져 있는 것을 발견하고, 쪽지를 호주머니에 감추어 넣고 친구들을 재촉해 서둘러 집으로 돌아왔다. 집으로 돌아와 편지를 펴보니 다음과 같이 적혀 있었다.

「"나는 당신의 편지를 읽고 마음속으로 기뻐하였습니다. 자유를 존중하는 이 세계에 태어난 당신과 내가 서로 원하는 것을 위해 자유롭게 행동하는 것이 자연의 이치에 어긋나는 일이 아니라고 단언합니다. 게다가 당신은 문명의 새로운 풍조 속에 즐기는 새로운 여성이지 않습니까? 나는 실제 당신과 같은 새로운 숙녀와 함께 인생 3만6천 일을 서로 즐겁게 보내고 싶습니다. 나는 사립중학을 졸업해서 지금은 어느 전문학교의 상과생입니다. 이것을 혹시 보게 되면 확실히 알 수 있을 것입니다. 청하건대 한번 뵙고 싶으며, 잠깐 서로의 감정이라도 이야기해 보고 싶습니다만 어떻습니까? 좋겠지요. 두 사람 혹시 죽지 않고 이 세상에 살아 있다면 만날 수도 있겠지요. 굿바이, 굿바이."

년   월   일
재동(齋洞) ○○여관(旅館) 김신재(金信哉)」

정희는 반신반의 하면서 일단 재동에 위치한 여관을 조사해 보기로 하고 김신재를 찾아다녔지만 끝내 그를 찾을 수 없었다.

한편 고향으로 돌아갔던 신재는 개교일이 다가오자 아버지와 형의 양해를 구하고 경성으로 돌아왔다. 그리고 얼마 후 동소문(東小門) 밖의 삼산평(三山坪)에서 열리는 여학교 연합운동회에 참가했다. 그날 정희는 서양풍과 조선풍이 조합된 복장에 옅은 화장을 하고 시상수여를 담당하고 있었다. 운동을 좋아하는 신재는 달리기에 참가해 1등을 하였다. 수상을 준비하던 정희는 수상자의 학교와 성명을 발표하는 것을 듣고 깜짝 놀랐다. 쪽지의 주인공이 정희라는 것을 알지 못한 신재는 손수건을 잃어버렸다는 핑계로 정희와 이야기를 나누었다. 운동회가 끝난 후, 신재는 정희를 기다렸지만 그녀는 교장이 베푸는 연회에 참석하러 가버렸다. 그 사실을 알게 된 신재는 포기하고 자신의 숙소로 돌아갔다.

한편 친구에게 들렀다 집으로 돌아가던 정희는 갑자기 쏟아지는 비를 피하기 위해 어느 집 처마 밑으로 들어가 서 있게 되었다. 그런데 학교에서 돌아오던 신재가 그녀가 비를 피하고 서

있는 집의 대문 안으로 들어서는 게 아닌가.

정희는 시간이 흐를수록 신재의 생각을 떨칠 수가 없었다. 그래서 자기 집 여종의 아들인 열한 살 수동(壽童)과 대동여관의 아들 경인(景仁)이 친구인 것을 이용하기로 하였다. 신재가 경인에게 천자문을 가르쳐준다는 사실을 알게 된 정희는 수동도 함께 배우도록 시켰다. 그리고 수동을 시켜 운동회에서 받은 금시계를 훔쳐오도록 하였다. 훔쳐온 금시계를 자신이 주은 것처럼 하여 신재에게 접근할 계획을 세운 것이었다. 수동은 어려서부터 자신을 아껴주고 친절하게 대해주는 정희의 부탁을 거절하지 못했다. 그래서 신재가 목욕탕에 가고 없는 사이, 수동은 경인을 구슬려 신재의 양복을 입고 나오게 했다. 호기심에 찬 아이들이 돌아가며 양복을 입어보고, 그 와중에 수동은 양복주머니에서 금시계를 몰래 훔쳐 정희에게 가져다주었다.

<미완>

白墨石(백묵석)

백묵석(생몰년 미상)

038

약력

| 1936년 | 5월 경성제국대학 문예지인 「성대문학(城大文學)」에 「사소한 사건(一小事件)」을 발표하였다. |

 038-1

一小事件(사소한 사건)

〈기초사항〉

원제(原題)	一小事件	
한국어 제목	사소한 사건	
원작가명(原作家名)	본명	백묵석(白墨石)
	필명	
게재지(揭載誌)	성대문학(城大文學)	
게재년도	1936년 5월	
배경	• 시간적 배경: 어느 해 겨울 • 공간적 배경: 경성	
등장인물	① 고등문관시험을 준비하는 '나' ② 사상과 현실 앞에서 고뇌하는 이(李) ③ 이(李)의 고향선배이자 법문학부 선배 한대완 등	
기타사항	번역자: 최재서(崔載瑞)	

<줄거리>

대학 예과에 들어가면서 문학에 흥미를 가지고 있던 이(李)와 나는 몹시 가까워지게 되었다. 내가 스트린드 베르그나 도스토예프스키, 일본작가 중에는 아쿠타가와 류노스케(芥川竜之介) 등을 언급하면 이(李)는 빅토르위고나 톨스토이 그리고 일본작가 아리시마 다케오(有島武郎)를 언급하는 정도의 차이였다. 우리는 그때 당시 팽배했던 좌익이론에 관심을 갖고 프롤레타리아 작가들의 작품을 읽으며 유물사관이나 유물변증법 등을 담론하며 사회과학연구에 열을 내곤 하였다. 그러다 나는 그것들에 대해 차츰 소홀해지기 시작했고 6개월 정도 남은 고등문관시험을 위해 공부에 전념하였다. 반면 이(李)는 학교를 결석하는 날이 많아졌고 대신 마작이나 당구로 시간을 보내며 자신을 경멸하고 있었다. 고등문관시험은 매년 한두 사람밖에 통과되지 않는 어려운 시험으로 뒤늦게 공부를 시작한 나는 거의 희망이 없었다. 나의 이런 모습을 보고 급우들은 전향하였느냐며 비아냥거렸지만, 이(李)는 내가 심오한 고뇌 끝에 이러한 결론을 내렸다는 것을 이해해 주었다.

그러던 어느 날 이(李)는 나를 찾아와 같은 대학 법문학부 선배인 한대완(韓大完)을 두 번이나 만났다고 말했다. 한대완은 이(李)와 같은 고향의 동문이었다. 백정의 자식인 한대완은 고생하는 홀어머니를 위해 열심히 공부해 대학 법학과에 합격하였고 고등문관시험에 응시하기 위해 열심히 노력했다. 그런데 1학년 가을 돌연 어머니가 돌아가시자 갑자기 경제학과로 전공을 바꾸었고, 우수한 성적 덕분에 은행에서 스카우트 제의도 받게 되었다. 하지만 한대완은 그것을 거절하고 홀연히 모습을 감추고 말았다. 학교에서는 만주로 갔다느니, 남조선 갑부집안(金萬家)의 데릴사위가 되었다느니, 어느 시골에서 농민운동을 한다느니 등등 그에 대한 소문만이 무성했었다. 그런 그가 3년 만에 경성에 나타났다는 소리를 듣고 나도 조금 흥미를 느꼈다.

어쨌든 나는 학교를 그만둘까 생각한다는 이(李)의 말이 마음에 걸렸고, 학교에 오지 않는 이(李)의 소식이 궁금해 권농동(勸農洞) 집으로 그를 찾아갔다. 하지만 이(李)는 외출하고 없고 그의 어머니만이 나를 맞아주었다. 이(李)의 어머니는 시골에서 시집와 3년 되던 해에 남편을 잃고 얼마간의 전답을 경작해서 하나뿐인 아들을 기르고 있었다. 그런 아들이 대학에 들어가자 자식을 홀로 떠나보내지 못하고 그녀도 함께 따라온 것이었다. 그녀의 특기는 집을 조금 수선해서 가격보다 높게 팔아 차익을 남기는 것이어서 이(李)의 집은 심할 때는 한 달에 세 번 옮긴 적도 있었다. 이(李)의 어머니는 조선 엿을 건네주며 학교에 나가지 않는 아들에 대한 걱정을 늘어놓았다. 나는 그녀가 가여워져 걱정하지 말라는 위로와 2, 3일 안에 다시 오겠다는 말을 남기고 헤어졌다.

그 후에 종로를 우울한 모습으로 걸어가고 있는 이(李)를 전차에서 한번 보았을 뿐 그를 만나지는 못했다. 오직 B클럽에서 마작은 않고 구석에 앉아있었다거나 조선은행(朝銀) 앞 정류장에서 멍하니 서있었다는 등의 친구들의 이야기만 들려왔다. 하루에 참고서 1만 페이지 이상 독파해야 하는 나는 졸업이 1년 후인데도 취직이나 여자이야기를 하는 단순한 동기들이 부럽기도 하였다. 아버지의 격려 편지가 10일마다 한통씩 왔고, 형도 성공을 빈다고 전해 와서 기운을 내기는 했지만, 이(李)의 일이 신경 쓰여 나흘 정도 있다가 다시 그의 집을 방문하였다.

그러나 이(李)는 외출하고 없었다. 다만 그의 어머니에게서 이(李)가 책을 찢거나 발작을 일으켜 식사도 제대로 하지 못하고 있다는 것과 한대완이 다녀간 후 밤새 괴로워했다는 사실을 전해들었다. 그러던 중 이(李)가 외출에서 돌아왔다. 나는 말 꺼내기를 어려워하는 이(李)에게 한대완이 찾아온 게 사실이냐고 물었다. 그는 고민스러운 얼굴로 한대완이 찾아 당에 가입할 것을 권유했다고 말하였다. 나는 사상을 절대적 진리로 믿는 것은 옳지 않다고 이(李)를 설득하고 밤늦게 집으로 돌아왔다. 하지만 그의 의도를 알 수가 없어 불안하기만 하였다.

다음날 학교에 나가 육법전서(六法全書)를 넘기면서도 집중이 되지 않아 다시 이(李)의 집을 찾아갔다. 그의 어머니는 이(李)가 걱정시켜 죄송하다며 솔을 사주었다고 기뻐하며 자랑하였다. 기뻐하는 그의 어머니와는 달리 나는 이(李)의 돌변한 태도를 걱정하며 하숙으로 돌아왔다.

집에 돌아와 보니 아버지에게서 편지가 와있었다. 서른이 넘은 두 형들이 직장도 구하지 못하고 있어 속상하다는 푸념과, 오직 내가 고등문관시험에 합격하기만을 고대하고 있다는 내용이었다. 아버지는 우리 집안이 비록 재력은 없으나 어엿한 양반가문임을 강조하며 끝끝내 상투를 고집하는 고지식한 어른이셨다.

이튿날, 감기에 걸렸는지 목이 아팠다. 나는 은단으로 아픔을 달래며 이(李)의 일을 잊으려고 애썼다. 그런데 학교에서 법률서를 보고 있을 때, 뜻밖에도 이(李)의 어머니가 흐트러진 옷매무새로 나를 찾아왔고, 나는 이(李)의 어머니와 그의 집으로 갔다. 방안은 흙투성이 발자국이 가득했고, 책장에 꽂힌 서적이며 양복들이 어지럽혀 있었다. 이(李)는 아침 일찍 외출하고 없었는데 갑자기 세 명의 경찰이 찾아와 온 집안을 뒤지고 갔다는 것이다. 그 이야기를 들은 나는 이(李)를 찾아 종로의 마작클럽 몇 곳과 M찻집 그리고 당구장 등을 헤맸지만 허사였다. 나는 문득 이(李)가 한대완을 만났다던 이문(里門)식당이 생각나 그곳에 가 보았다. 역시 그는 한대완과 만날 약속으로 그곳에 있었다. 나는 외면하는 그의 손을 잡아끌고 밖으로 나와 경찰이 집을 수색하고 간 이야기를 전해주었다.

「"뭐라고?!"

그는 나도 놀랄 정도로 소리를 높이며 나의 오버를 쥐고 멈춰 섰다. 지나가는 사람들이 두세 사람 발을 멈출 정도였다. 그는 눈을 크게 부릅뜨고 두 다리를 부들부들 떨고 있다가,

"그 사람이 검거 당했구나!"라고 울먹이는 목소리로 외쳤다. 그리고 비틀비틀 걷기 시작했다.

"너는 어떻게 할래? 한대완에게 제대로 말했어?"

내가 아무리 큰 소리로 물어도 그는 대답도 없이 쓰러질 듯이 계속 걸었다. 내가 그의 손을 잡았을 때 그는 온몸을 덜덜 떨고 있었다.

나중에 들으니 이(李)는 그날 한대완과 이문식당에서 만날 약속이었는데, 약속시간이 지나도 한(韓)이 오지 않아 이상하다고 생각하고 있었다고 했다. 단지 한(韓)을 만나서 '예스'나 '노' 중 어느 쪽을 말할 셈이었는지 이(李)는 그 후에도 입을 닫고 말하지 않았다. 어쨌든 이(李) 자신도 알 수 없었던 일이었을 것이다.」

- 1936. 3. 15 -

白信愛(백신애)

—

백신애(1908~1939) 소설가. 아명 백무잠(白武 岑). 호적명 무동(戊東) 혹은 술동(戊東). 필명 박계화(朴啓華).

039

약력

1908년	5월 경상북도 영천(永川)에서 출생하였다. 어린 시절 이모부에게서 한문을 배웠으며, 11세에 영천보통학교 2학년에 편입했으나 이듬해에 중퇴하고 대구 신명학교로 전학하였다.
1923년	영천보통학교 4학년에 편입하여 이듬해 졸업하였다.
1924년	대구공립사범학교(大邱師範學校) 강습과에 입학하였다.
1925년	영천공립보통학교와 경상자인보통학교 교원으로 근무하다 <조선여성동우회>, <경성청년여성동맹>에 가입하여 활약하였다.
1926년	<조선여성동우회>와 <경성청년여성동맹>에서의 활약이 탄로나 교직을 박탈당하였다. 그 후 두 단체의 상임위원으로 상경하여 여성운동에 적극 참여하였다. 가을에는 시베리아 방랑길에 올라 러시아를 둘러보았다.
1927년	러시아 블라디보스토크에서 밀정혐의로 감금되어 수사를 받고, 귀국길에 두만강 국경에서 일본경찰에게 잡혀 심한 고문을 당하였다.
1929년	《조선일보(朝鮮日報)》의 신춘문예에 단편「나의 어머니」가 1등으로 당선되어 신문 신춘문예 여류작가 1호가 되었다.
1930년	일본으로 건너가 니혼대학(日本大學) 예술과에 입학하였다.
1931년	귀국했으나 부모의 결혼강요에서 벗어나기 위해 다시 일본으로 건너가 연극에 심취하여 주인공을 맡기도 하였다.
1932년	가을에 귀국하여 오사카상고 출신의 은행원 이근채(李根采)와 약혼하였다. 경산군 안심면 반야월 과수원에서 기거하며 가난한 농촌민중들의 세계를 체험하였다.
1933년	봄에 결혼하였으며,「신여성(新女性)」에 일제강점기 시베리아를 방랑하는 고려인의 실상을 파헤친 작품「꺼래이」를 발표하였다.
1934년	「개벽(開闢)」에 빈곤과 여성비극을 담은 작품「적빈(赤貧)」을 발표하여 문단의 주목을 받았다.

1935년	8월 월간종합잡지 「신조선(新朝鮮)」에 단편 「턱부자(顎富者)」를 발표하였다.
1936년	4월 「턱부자」가 일본어로 번역, 발표되었다.
1938년	남편 이근채와 별거하고, 중국 상하이(上海)로 건너가 40여 일간 체류하면서 이혼 수속을 밟았다.
1939년	5월 위장병으로 경성제국대학병원에 입원하였다가 6월 23일 췌장암으로 사망하였다. 7월에 유고 「지옥행(地獄行)」이 ≪국민신보(國民新報)≫에 발표되었다.

　백신애는 1929년 「나의 어머니」로 문단에 등단한 후 단편 「꺼래이」, 「복선이」, 「적빈(赤貧)」, 「턱부자」, 「빈곤」, 「정조원(貞操怨)」, 「광인수기(狂人手記)」, 「아름다운 노을」 등의 작품을 발표하였다. 식민지의 황폐한 경제적 여건 때문에 실향하는 한국인의 고초와 신분몰락에 따른 가난과 모성애와 애증의 심리 그리고 여성의 능동적인 성에 관해 금기시하는 사회적 억압과 제반 여성들의 본질적인 문제 등 다양한 소재의 작품들을 형상화하였다.

顎富者(턱부자)
テオクブチヤ

〈기초사항〉

원제(原題)		顎富者(一~六)
한국어 제목		턱부자
원작가명(原作家名)	본명	백신애(白信愛)
	필명	
게재지(掲載誌)		오사카마이니치신분(大阪毎日新聞) 조선판
게재년도		1936년 4월
배경		• 시간적 배경: 어느 해 봄 • 공간적 배경:
등장인물		① 턱이 길어 '턱부자'라는 별명을 가진 경춘 ② 시집와 얻은 가족을 모두 잃고 자신도 병에 걸리고 만 아내 ③ 하천공사장의 감독 등
기타사항		번역자 미상

〈줄거리〉

　올해 서른두 살인 경춘(敬春)은 그동안 세 명의 아이를 낳았지만 모두 태어난 지 1, 2년 만에 죽어버리고 지금은 마음 착한 아내와 단 둘이 살고 있었다. 아내가 시집온 후로 집안 식구들은 하나둘 세상을 떠났고 그나마 있던 재산도 바닥이 나고 말았다. 뿐만 아니라 아내 역시 병에 걸렸고, 경춘 또한 집안의 유전인 폐병을 얻어 몹시 야위고 말았다. 그 때문에 그렇잖아도 길쭉한 턱이 더 도드라져 보였다. 그런 그를 마을 사람들은 '턱부자(顎富者)'라는 별명으로 불렀다. 경춘은 '부자'라는 별명 때문에 자신이 가난해진 것이라고 생각하고 그렇게 불리는 것을 몹시 싫어하였다. 그러자 마을사람들은 '턱부자'라는 별명을 일본어로 바꾸어 '아고모치'라고 부르며 놀리기도 하였다. 경춘은 그런 자신의 턱을 원망하였다. 그럴 때면 아내는 턱이 길면 늦복이 있다며 오히려 남편을 위로하였다.

어느 봄날 경춘은 사산(死産)으로 몹시 괴로워하는 아내를 위해 마을 노파가 알려준 '만리풍(萬里風)을 쐰 솔잎'이라는 약초를 캐기 위해 지게를 지고 집을 나섰다. 산에서 만난 산지기 영감은 며칠 전 시장에 갔다가 상투를 잘리는 봉변을 당한데다 그날 보리 한 섬까지 도둑을 맞았다며 기운 없는 목소리로 한탄하였다. 경춘은 그런 영감을 위로한 뒤, 그의 허가를 얻어 아내의 약으로 쓸 솔잎을 따가지고 집으로 돌아왔다. 경춘은 노파가 시킨 대로 그것을 아내의 허리에 놓아주었다. 작년에 8, 90전 했던 보리가 올 봄에는 160, 70전으로 올라 보리밥 한 끼도 제대로 해먹지 못하여, 콩 잎사귀와 싸라기로 죽을 쑤어 허기진 배를 간신히 채웠다.

그러던 어느 날, 경춘은 폐병과 영양부족으로 힘든 일을 할 수 있을지 걱정되었지만 농촌에서 달리 돈을 벌 수 있는 방법이 없어서 다음날 하천공사장으로 일하러 나갔다. 감독이 나눠주는 번호표를 받고 흙을 파서 수레에 담아 옮기는 작업이었다. 흙을 수레 한가득 퍼 담았다. 하지만 수레는 꼼짝도 하지 않았다. 오히려 극심해진 기침 속에 피가 섞여 나오고, 고통을 견디지 못한 경춘은 그만 주저앉고 말았다. 그때 감독 이명수(李命守)가 와서 다정한 목소리로 말을 걸어왔다. 그러더니 일패를 두 개 받아 흙을 수레 2대 분량만 나르고, 수레 한 대당 10대의 수레를 나른 것처럼 꾸며서 5일 후 결산 때 반씩 나눠 갖자는 제안을 해왔던 것이다. 경춘은 부아가 치밀었지만 거절했다가는 당장 쫓겨날 것이 뻔하고, 그렇게 되면 아내에게 아무것도 해줄 수 없다는 생각에 마지못해 감독의 제안을 받아들였다. 그렇지만 양심의 가책을 느낀 경춘은 될 수 있는 한 많은 흙을 퍼 나르려고 노력했다. 집에 돌아와 자신을 걱정하는 아내에게 감독과의 떳떳치 못한 거래에 대해 말할까 고민했지만 차마 말할 수 없었다. 아내의 병은 아무리 솔잎 찜질을 해도 나아지지 않았다.

닷새가 지나 품삯을 받는 날이 되었다. 아내를 데리고 가 의사에게 진료도 받고 약도 짓고 하얀 쌀밥도 먹일 수 있다는 기쁜 마음에 경춘은 들떠서 일찍 일어났다. 경춘은 어둠 속에서 복통을 호소하는 아내의 움푹 패인 눈을 바라보며 다정하게 아내의 손을 잡았다.

「"여보 오늘은 말이야 돈을 받아올 거야. 뭐 갖고 싶은 것 없소? 사올 테니까"
라고 말했다.
"정말 미안해요. 아무것도 원하는 것 없어요. 죽으려나 봐요."
아내는 헐떡거리며 이렇게 말하고 뚝뚝 눈물을 흘렸다.
"무슨 말이야? 밥을 먹으면 좋아질 거야."
경춘은 아내를 나무라듯 말했지만 마음이 에는 듯 아팠다.
"당신이 그런 몸으로 하루에 수레 10대의 흙을 나르는 것이 보통 힘든 일이 아니라는 것을 알아요. 그러면서도 누워만 있자니 차라리 죽는 것이 당신을 위해 낫겠다는 생각이 들어요."

잠시 뒤 아내가 말했다. 경춘은 슬펐다.

"저기, 여보! 우리도 죽으면 다음 세상에서는 행복하게 살아요."

아내는 눈물을 뚝뚝 흘리며 이렇게 말했다.

"여보, 나는 턱이 길어서 죽었다 다시 태어나도 나이 들면 행복하게 살 거야."

경춘은 이불자락으로 아내의 눈물을 닦아주고 밖으로 나갔다.」

하루만 쉬어달라는 아내의 부탁에도 품삯을 받을 생각에 죽을 끓여 아내와 함께 나눠먹고 집을 나섰다.

품삯 6원을 받아든 경춘은 감독에게 3원을 건넸다. 그런데 감독은 경춘의 아내를 걱정하며 1원을 경춘에게 되돌려주었다. 4원을 받아든 경춘은 예상 밖의 1원이 어디서 났느냐고 추궁당할까 두려워 담뱃대에 숨기고 3원만을 들고 서둘러 집으로 돌아왔다.

방에 들어서니 아내는 천장을 보고 누워 눈을 반쯤 뜬 채 움직이지 않았다. 경춘은 아내가 돈에 대해 벌써 알고 화가 난 모양이라고 생각했다. 그래서 아내에게 용서를 빌며 돈을 돌려주겠노라고 소리쳤다. 하지만 아내는 여전히 아무 반응도 없었다. 문득 무서운 생각이 든 경춘은 밖으로 뛰쳐나가 기타무라(北村)라고 하는 의사가 사는 마을을 향해 달렸다. 의사가 외출 중이라는 말을 들은 경춘은, 돌아오면 자신의 집으로 와달라고 당부한 뒤 다시 집으로 돌아왔다. 경춘의 손에는 3원과 담뱃대가 쥐어져 있었다.

얼마쯤 지났을까 의사가 방문하여 그의 아내의 상태를 살펴보았다.

「"안 되겠네요. 미안합니다."라고 말했다.

"뭐라고요?"

"이미 죽은 것 같소."

"예? 거짓말이죠?"

경춘은 급히 문을 열고서 손에 쥐고 있던 4원을 힘껏 마당에 던져버렸다.

"하하하… 봐! 이제 버렸소. 여보, 당신도 이것으로 용서해 줄 거지? 다시는 결코 이런 일 하지 않을게…… 하하하!"

경춘은 아내의 시체를 끌어당기며 소리쳤다.」

卞東琳(변동림)

—

변동림(1916~2004) 수필가, 미술평론가. 필명 김향안(金鄕岸).

040

약력

1916년	서울에서 출생하였다.
1936년	화가이자 소설가인 이상(李箱)과 결혼하였다.
1937년	4월 이상(李箱)이 폐결핵으로 사망하였다.
1942년	「국민문학(國民文學)」 12월호에 일본어소설 「깨끗한 영혼(淨魂)」을 발표하였다.
1944년	서양화가 김환기(金煥基)와 재혼하였다.
1955년	김환기와 함께 프랑스 파리에 유학하여 미술평론을 공부하였다.
1964년	미국 뉴욕으로 건너간 이후 줄곧 그곳에서 생활하였다.
1974년	김환기가 세상을 떠난 뒤에는 남편의 유작과 유품을 관리하였다.
1978년	<환기재단>을 설립해 김환기의 예술을 알리는 데 주력하였다.
1992년	서울 종로구 부암동(付岩洞)에 자비(自費)로 <환기미술관>을 설립하였다.
2004년	2월 사망하였다.

변동림은 경성여자고등보통학교(경기여고)를 거쳐 이화여자전문학교 영문과를 졸업하였다. 1930년대 중반부터 문학활동을 시작하였고, 저서로는 수필집『파리』,『우리끼리의 얘기』,『카페와 참종이』와 김환기의 전기(傳記)『사람은 가고 예술은 남다』가 있다.

淨魂(깨끗한 영혼)

〈기초사항〉

원제(原題)	淨魂	
한국어 제목	깨끗한 영혼	
원작가명(原作家名)	본명	변동림(卞東琳)
	필명	
게재지(揭載誌)	국민문학(國民文學)	
게재년도	1942년 12월	
배경	• 시간적 배경: 어느 해 초봄에서 가을 • 공간적 배경: 황해도 어느 산골의 소학교	
등장인물	① 산골 소학교의 젊은 여교사 정희 ② 외국인 교장 ③ 북한 출신의 여교사 기순이 등	
기타사항	'제1부'로 끝나는 미완성	

〈줄거리〉

「정희(正姬)가 영원(永嫄)의 엽서를 받고 찾아간 산골마을의 소학교(초등학교)는 마을에서 떨어진 언덕 위에 있었다. 언덕 아래에서는 새파란 하늘만 보였다. 언덕 중간에는 수려한 산이 보였다. 언덕을 올라가니 비로소 넓은 운동장이 나타났고, 왼쪽에 그 넓은 운동장에 비해 너무나도 빈약한, 하지만 아담하고 새로운 목조 교사(校舍)가 덩그마니 세워져 있었다. 교실 6실, 직원실 1실, 변소 2개 외에 다른 건물이 눈에 띄지 않아 정희는 "선생님! 저기, 강당은……" 하고 말을 걸었는데, "아직 없습니다. 아, 곧 지어질 거예요."라며, 당황해 하는 교장이 기린처럼 길고 슬픈 목을 붉게 물들이며 머뭇머뭇 발치를 응시하는 것을 보고, 문득 이런 산골에 와서 분별없게 도시의 소학교를 꿈꾼 자신의 우매함을 마음속 깊이 부끄러워했다.」

높은 코에 노란 눈, 바짝 마른 체격, 산양을 닮은 교장선생님으로부터 작년 4월에야 심상소학교로 승격된 탓에 아직은 시설이 부족하다는 설명을 듣던 중, 정희는 도시의 소학교를 꿈꾸었던 자신을 떠올리며 부끄러움을 느꼈다. 교장선생님은 기독교인들이 세운 학교이므로 형식적으로나마 그들의 의지를 따라줄 것을 부탁했다.

학교 교직원으로는 눈이 움푹 들어간 수석교사 원명석(元明錫), 여자에게 친절해 보이는 미남교사 박완영(朴完盈), 성질이 조금 삐딱해 보이는 서철(徐哲) 등 남자선생님 3명과 약간 백치로 보이는 급사 용길(龍吉)이 있었다.

종이 울리자 겨울옷을 입은 아이들이 운동장으로 모였다. 정희는 수많은 아이들과 눈이 마주치자 부끄러운 마음에 인사만 하고 내려왔다. 교장선생님의 선창으로 아이들은 교가를 제창하고, 일제히 상의를 벗고 라디오소리에 맞춰 체조를 한 후 행진곡에 발맞춰 교실로 들어갔다. 1학년을 맡게 된 정희는 첫 조회시간에 자신을 선생님이자 친구라 소개한 후, 서로가 가르침을 주고받자는 약속을 했다.

어쨌거나 영원의 소개로 이 산골마을에 있는 학교로 오게 된 정희는, 그날 밤 늦게까지 영원에게 보낼 편지를 썼다. 이 산골마을의 형편을 전하며 여선생 1명을 더 보내달라는 부탁과 함께, 자신을 희생해서라도 메마른 이곳 어린 영혼에게 정서를 불어넣어주고 싶다는 각오를 담은 편지였다.

정희의 각오와 열정은 그녀를 억척스런 산골마을 교사로 탈바꿈시켰다. 이러한 정희의 열정이 다른 교사들에게도 영향을 미치게 되었다.

정희는 영원에게 두 번째 편지를 썼다.

이번에는 교회 장로의 아들 승룡(承龍)의 이야기였다. 손재주가 뛰어난 승룡은 아침부터 밤늦게까지 열심히 일하며 공부하는 아이였다. 그러나 승룡을 비롯한 이곳 소년들 대부분은 소학교 교육에 만족할 뿐 더 이상의 진학은 엄두도 내지 못할 형편이었다. 정희는 그런 현실이 안타까워 아이들의 공부를 도와주고 싶지만 여건이 녹록치 않다는 내용의 편지였다.

6월 초가 되어 영원의 소개로 북한 출신 기순이(奇順伊)가 이곳에 부임해오자 교무실은 더욱 활기를 띠었다. 여름방학이 코앞으로 다가왔다. 교무실에서는 방학 동안의 학습을 위한 직원회의가 열렸다. 수석교사와 기순이를 제외하고 모두가 학교에 남아 아이들을 돌보기로 하였다. 정희의 열정은 학생을 대할 때뿐만 아니라 직원들을 대할 때에도 점차 어머니의 마음이 되어갔다.

정희는 영원에게 세 번째 편지를 썼다.

여름방학 중의 임간학교(林間學校) 이야기였다. 학습장을 숲속으로 옮겨 학생들을 돌보게 되자, 일손이 부족한 학부모로부터 항의가 들어온다는 이야기, 얼굴이 새까맣게 탔다는 이야기, 영원이 이곳을 방문하게 된다면 맛있는 과일을 대접하고 싶다는 등의 내용이었다.

여름방학 내내 정희의 열정을 충분히 발휘할 수 있었던 임간학교였다. 방학이 끝나고 학기가 시작되자 정희는 가을운동회를 준비하기 시작하였다.

정희는 영원에게 네 번째 편지를 보냈다.

처음 맞는 가을운동회 이야기였다. 운동회를 치르면서 아이들이 훌륭하게 성장한 것을 보고 모두 놀랐다는 이야기, 장로님의 재미있는 이야기를 들으며 사과를 맛있게 먹었다는 풍성한 가을이야기, 그리고 이제는 학예회를 준비하고 있다는 내용의 편지였다.

구월산이 새빨갛게 불타올랐다. 구월산의 단풍이 아이들 눈동자에 비추어 한층 아름다웠다. 파랗고 드높은 가을하늘 아래 아이들의 눈은 더욱 반짝거렸다.

제1부 끝

徐起鴻(서기홍)

—

서기홍(생몰년 미상)

041

약력

1937년   12월 릿쿄대학(立敎大學)에 재학 중 문예지 「릿쿄분가쿠(立敎文學)」에 일본어
                 소설 「아자비의 기록(アザビの記録)」을 발표하였다.

 041-1

アザビの記録(아자비의 기록)

〈기초사항〉

원제(原題)	アザビの記録	
한국어 제목	아자비의 기록	
원작가명(原作家名)	본명	서기홍(徐起鴻)
	필명	
게재지(揭載誌)	릿쿄분가쿠(立敎文學)	
게재년도	1937년 12월	
배경	• 시간적 배경: 어느 겨울 • 공간적 배경: 어느 시골마을	
등장인물	① 작가를 지망하는 '나(한수)' ② 조부의 양자로 들어왔지만 머슴처럼 일만 하는 문보 ③ 갈보의 딸로 200원에 팔려온 문보의 아내 ④ 문보의 아내와 놀아나는 야학교사 주호 등	
기타사항		

아자비(アザビ, 숙부의 비칭, 주인에게 농사일로 고용된 사람), 아즈바이(アズバイ, 숙부).

9살 때 부모를 잃고 우리집에 들어오게 된 문보(文甫)는 명색은 할아버지의 양자였지만 실은 우리 집 농사일을 하는 머슴이었다. 나(韓洙)는 그런 문보를 처음엔 '아즈바이(숙부)'라 불렀는데 할아버지께서 '아자비'라고 부르라고 하여 바로 '아자비'로 부르게 되었다. 문보는 무뚝뚝했지만 반항할 줄 몰랐고 자신에게 가해지는 모든 압박이나 굴욕을 운명이라 체념하며 살아가는 사람이었다.

「아자비의 머리는 둥글고, 얼굴은 부스럼(腫物)의 흔적으로 보이는 얼룩 투성이였으며, 위아래 입술은 검고 두터웠다. 흐리고 무표정한 두 눈을 뒤덮은 눈꺼풀은 언제나 빨갛게 부어올랐고, 몸은 각지고 다부진 근육질이었다.

아자비는 지나치게 말이 없었다.

우리 할아버지 할머니에게 단 한 번도 "아버지" 또는 "어머니"라고 부르는 것조차 들어본 기억이 없었다. 제대로 웃지도 않았다.

그렇지만 땔감을 팔러 나가는 날만큼은 가끔 얼근하게 취하여 씨익 웃는 것을 보기도 하였다.

"문보야, 오늘은 어쨌냐?" 할아버지가 그날 매상을 물으면 아자비는 누런 이를 드러내며 씨익 웃곤 하였다.

"헤에, 열닷 냥 받았는디 닷냥짜리 국수를 먹어서, 헤에, 보시다시피 이것 남았구만요."

할아버지가 "응."이라며 그의 곰발바닥 같은 두 손에서 땔감 판 돈을 아무 잔소리 없이 받아들면, 그는 저도 모르게 "휴우!"라고 안도의 한숨을 쉬었다.」

할아버지는 그런 아자비를 장가들이기 위해 200원이나 되는 혼인금(買金)을 내걸었다. 색시는 읍내에 있는 갈보의 딸이었는데, 거금 200원을 내건 만큼 열여덟 꽃다운 나이에 상당한 미모였다. 그녀는 아자비와 혼인한다는 것을 처음 알았을 때 필사적으로 거절했다는데, 돈에 눈이 돌아버린 어머니 때문에 어쩔 수 없이 아자비에게 시집오게 되었다.

아자비가 장가드는 날은 눈비가 섞여 억수같이 내렸다. 마치 아자비의 결혼을 저주라도 하는 것 같은 어쩐지 불안한 날이었다. 아자비의 결혼생활은 평탄치 못했다. 아지미(나는 그렇게 불렀다)는 인물값을 하는 건지, 아니면 그 어머니에 그 딸이라서 그런 건지 행실이 그다지 좋지 않았다. 그런 것 때문에 아자비는 가끔 불만을 터뜨렸다. 그 날도 색마로 소문난 마을 야학교사인 주호(周浩) 때문에 속이 상했는지 술을 마시고 소처럼 우는 아자비를 보았다. 그리고 언젠가 비오는 날에 혼자서 자위하고 있는 것을 본 적도 있었다.

내가 중학 3학년 때 아자비는 할아버지로부터 밭 2천 평을 받고 분가했다. 아자비의 분가는 귀농을 꿈꾸던 나에게 적잖은 실망을 안겨주었다. 아자비가 분가한 산기슭 오막살이는 마을 젊은이들의 놀이터나 다름없었다. 그들은 매일 밤 아자비 집으로 모여들어 아지미와 입에 담지 못할 음담을 하고 손장난도 했다. 그 장난은 대부분 아지미의 능동적인 태도에서 시작되었다. 아지미는 특히 주호에게 장난을 걸었는데, 아지미가 주호의 조끼 주머니에 있는 손수건을 낚아채어 도망가면 주호는 손수건을 뺏으려 했다. 돌려주지 않으려는 아지미의 손이 그의 겨드랑이에서 허벅지 근처로 왔다 갔다 하면, 주호의 손도 손수건을 쫓아 아지미의 유방에서 허리로, 또 허벅지로, 다시 유방으로 비집고 들어갔다. 손수건을 빌미삼아 서로의 육체를 심하게 비벼대는 꼴이었다. 그 후로도 아지미와 주호의 손수건 장난은 계속되었고, 이를 지켜보는 아자비는 누런 이를 드러내고 웃기만 할 뿐이었는데, 그 웃음소리는 차라리 울부짖는 울음소리였다.

아자비가 분가하고 나서 4년째 되는 여름이었다. 방학을 맞아 귀성한 나는 아랫마을로 품 팔러 나갔던 아자비가 병 때문에 다시 돌아와 몸져누운 것을 알았다. 내가 찾아갔을 때는 코를 찌를 듯 냄새나는 좁은 방에서 심한 통증과 경련 때문에 문지방을 붙들고 미친 듯 신음하고 있었다. 짐승 울음소리와도 같은 신음소리와 이가는 소리에, 독화살에 무수히 찔린 이리처럼 다리를 높이 쳐들고 부들부들 떨고 있는 차마 눈 뜨고는 볼 수 없는 광경이었다. 이웃노인들은 아자비가 문지방을 붙들 때마다 "예삿일이 아니야. 귀신들린 게 틀림없어."라며 머리를 갸웃거렸다. 나는 공포감에 휩싸여 아자비의 어깨를 세게 흔들었다. 그러나 아자비의 심한 경련은 조금도 진정되지 않았다.

갈수록 아자비의 병은 악화되어 양다리는 점점 더 심하게 떨었다. 극심한 경련은 이번에는 머리 쪽으로 옮겨갔다. 한기가 든 것처럼 이를 딱딱 거리며 머리를 좌우상하로 흔들어댔다. 나는 아자비의 두 눈이 치켜 올려질 만큼 머리띠를 세게 묶은 후 힘껏 끌어안았다. 그래도 머리의 진동은 멈추지 않았다. 아자비는 그저 울기만 했다.

나의 분노는 자연히 아지미 쪽으로 향했다. 그런 나를 상대하기 싫었는지 아지미는 엷은 다홍색 치마를 쓸어 올리며 밖으로 나가버렸다. 동네 사람들은 "돈만 있으면 문보도 살아날 수 있을 텐데…… . 불쌍하게스리……."라고 중얼거렸다. 나는 화로라도 뒤집어 쓴 것처럼 얼굴이 화끈거렸다. 그것은 분명 내 할아버지에 대한 암시적인 비난이었다.

어느 날 밤, 술에 취한 주호가 아자비의 집을 찾아왔다. 그 때 아지미의 다홍색 치마를 쏘아 보는 주호의 굶주린 이리 같은 눈빛을 나는 놓치지 않았다. 병들어 있는 아자비의 꼴을 보던 주호의 조소어린 표정이 참을 수 없어 주호의 가슴을 힘껏 걷어찼다. 그때 뒤에서 아지미가 달려오더니 내 소매를 잡아당겼다. 비틀거리면서 쓰러진 주호는 손에 잡힌 도끼를 집어 들었으나, 그래도 교사로서의 양심은 있었는지 더 이상 난폭하게 굴지는 않았다. 아자비를 그토록 힘들게 한 주호가 꽁무니를 빼며 밖으로 나가자 나는 일종의 쾌감을 느꼈다.

어쨌든 이대로 있을 수는 없었다. 병든 아자비를 그대로 두는 것이 용납되지 않아 할아버지께 아자비의 치료비를 담판 짓기로 했다. 순간 엊그제 이번에 총독부 서기로 취직하기 위해 드는 교섭비로 300원이 필요하다는 말씀을 드렸을 때, 입술을 바르르 떨던 할아버지를 떠올렸다. 일전에 할아버지께 아자비가 당장 죽을지 모른다고 위협한 끝에 겨우 치료비로 10원을 받아 아자비에게 준 적이 있었는데, 그것을 점쟁이에게 몽땅 바쳐버린 아지미가 괘씸하고 밉기 짝이 없었다. 할아버지께 겨우 입을 떼어 아자비의 치료비를 요구했다. 그러자 할아버지는 치료비는커녕 교섭비조차도 우선 100원만 주면서 나머지는 나중에 보낸다며 당장 상경하라고 하셨다.

한마디 대꾸도 못하고 밖으로 뛰쳐나온 나는 아자비의 오막살이가 있는 산기슭 언덕길로 접어들었다. 교섭비로 받은 100원 중 50원을 아자비의 치료비로 쓸까도 생각했지만 그것은 대단한 모험이었다. 어두운 방에서 신음하고 있는 아자비를 그대로 버려두고 가야하는 무력한 내 자신이 한없이 미웠다.

하염없이 눈이 내리는 깊은 밤, 멀리서 아자비의 울음소리가 들렸다. 순간 가슴이 철렁 내려앉은 나는, 눈 속을 헤집고 아자비에게 달려갔다. 아자비의 두 뺨에 한 없이 흘러내리던 눈물이 눈빛에 반사되어 빛났다. 나를 보더니 아자비는 갑자기 주호의 목을 베어버리겠다면서 허리춤에서 낫 한 자루를 꺼내들었다. 깜짝 놀란 나는 낫을 뺏어들고 겨우 아자비를 달래어 집으로 데리고 왔다. 그런데 내가 잠시 아지미의 방에 다녀온 사이, 아자비의 모습이 사라지고 없었다. 덜컥 겁이 난 나는 낫부터 찾았다. 그러나 낫은 내가 던져두었던 곳에 없었다. 밖으로 뛰쳐나가 겨우 아자비를 찾은 나는, 아자비의 떨리는 손에서 낫을 뺏어들고는 냅다 밀쳐버렸다. 신음하며 비틀거리던 아자비는 눈 위에 쓰러진 채 훌쩍훌쩍 울기 시작했다. 눈은 여전히 계속 내렸고 아자비에 대한 동정은 점차 미움으로 변해갔다.

상경하고 나서 한 달 정도 지난 어느 날, 할아버지로부터 나머지 교섭비 200원이 배달되어 왔다. 아자비의 사망소식과 아지미의 득남소식이 담긴 편지도 함께였다.

- 1937. 11. 17 -

孫東村(손동촌)

—

손동촌(생몰년 미상)

042

약력

1937년　　　　9월 「분게이슈토(文藝首都)」에 일본어소설 「초당(草堂)」을 발표하였다.

042-1

草堂(초당)

〈기초사항〉

원제(原題)		草堂(1~3)
한국어 제목		초당
원작가명(原作家名)	본명	손동촌(孫東村)
	필명	
게재지(揭載誌)		분게이슈토(文藝首都)
게재년도		1937년 9월
배경		• 시간적 배경: 어느 해 3월 • 공간적 배경: 어느 시골의 면 소재지
등장인물		① 50대 농사꾼 중석과 병든 아내 ② 중학교를 졸업하고 고향으로 돌아온 중석의 큰 아들 원화 ③ 원화의 동생 원구 등
기타사항		작품명에 '佳作'이라는 글자가 병기되어 있는 것으로 보아 현상공모 당선작으로 추정됨.

　　원화(元和)는 아버지 중석(仲錫)의 희망이요 기쁨이었다. 중석은 마을에서도 정평이 나 있는 유능한 일꾼이었지만, 막대기를 가로로 놓고 한 일(一)자를 가르쳐 주어도 쓰지 못할 정도의 문맹이었다. 그런 아버지로서 장남인 원화를 도회지로 보내 중학교를 마치게 한 것은 대단한 자랑거리였다. 자작농이래야 내놓을 것이 별로 없어 거의 소작농으로 살아가는 중석으로서는 상당히 버거운 학비였지만, 좋은 성적으로 학교를 마치고 2〜3일 안으로 돌아온다는 원화의 편지에 근래에 없이 기뻐하며 온 마을을 활보하고 다녔다. 중석은 이제 우리 마을에서 내 아들과 견줄만한 학자는 없다며, 도지사도 부럽지 않다고 뿌듯해 했다.

　　중석은 원화가 마치 지금 당장 고급 공무원이라도 된 것처럼, 장차 순사나 면장이 될 것 같다는 아내에게 핀잔을 주기까지 했다. 면장이나 순사만으로도 상당한 직업이라고 여겼던 아내는 뜻밖에도 남편의 질책에 가까운 말을 듣고 아연해질 정도였다. 노부부는 밤이 깊은 줄도 모르고 장남의 훌륭한 모습을 나름대로 상상하며 흐뭇해했다.

　　그러나 원화가 다니던 중학교는 120명의 졸업생 중 절반이 상급학교로 진학하고, 남은 절반은 사회인이 되기 위해 취직자리를 구해야 했다. 원화는 가망 없는 취직을 깨끗이 포기하고 부모님의 전답을 함께 일구며 이상적인 일을 찾기로 결심했다. 야학이나 집회나 소작쟁의 같은 것은 도회지에서 멀리 떨어져 권력개입이 그리 심하지 않은 시골에서나 가능한 일이라고 생각했던 것이다.

　　그런 원화의 귀가를 중석과 그의 아내는 마치 전쟁에서 살아온 자식을 맞이하듯 떡과 감주를 마련해 이웃들에게 돌렸다. 집 마당에는 아이들이 몰려와 뛰놀고 담벼락에서는 젊은 부인들과 아가씨들이 집안을 들여다보며 원화를 구경하느라 소란스러웠다. 그날 밤 원화는 어릴 적 친구 4명에게 이끌려 마을에서 제일 크다는 음식점에 갔다. 가게 안은 술을 마시는 손님으로 가득했다. 자리가 없어 망설이고 있을 때 작년 말에 겨우 우편소 사무원이 되었다는 정(鄭)이 여자 없는 집은 재미없다며 담판을 지으러 들어가 15분 만에 방을 하나 구해 돌아왔다. 친구 집에서 조용히 자신의 도회지 생활과 고향의 지식인들 이야기나 나눌 거라 기대했던 원화는, 떠들썩한 술집으로 몰려들게 되자 서서히 불쾌해졌다. 하지만 원화의 그런 기분은 아랑곳 않고 친구들은 물마시듯 술을 마셔댔다. 뿐만 아니라 다른 방에 들어간 여자를 빨리 데려오라고 난폭하게 욕까지 해대며 재촉하였다. 원화는 자신을 핑계 삼아 술자리를 만들어 주색에 빠져있는 4명의 친구에게 침을 뱉어주고 싶은 것을 꾹 참고 기회를 보아 자리에서 일어나 나가려고 하였다. 그 순간 방문이 덜컥 열리면서 한 남자가 그의 가슴을 사정없이 밀쳤다. 대머리에 얼굴에 칼자국까지 난 그는, 친구들이 빨리 데려오라고 성화를 부렸던 여자가 있던 방의 손님인 주재소 순사였다. 서툰 일본말로 자기에게 시비건 놈이 누구냐며 화를 내는 그에게, 정(鄭)이 머리를 긁적이며 비굴한 웃음을 흘렸다. 그 모습을 본 원화는 그 자리를 박차고 나와버렸다. 원화는 친구들이 그 순사에게 아부하느라 자기가 없어진 것도 모를 거라고 생각하며, 이런 고향에 희망을 품고 돌아온 자신의 모습이 꼴불견처럼 느껴졌다.

　　거리로 나온 원화는 숨을 가슴 가득 들이마셨다가 확 토해냈다. 원화는 지나가는 사람의 눈을 의식하며 천천히 걸었으나 불쾌한 감정은 여전히 가슴을 압박해왔다.

　　집 앞까지 온 원화는 토담에 몸을 기대고 서서 잠시 어머니가 계신 방을 엿보았다. 방으로 들어가려는데 외양간 옆 동생의 방에서 책을 1절씩 읽어주며 뭔가를 열심히 설명하는 동생의 목소리가 들렸다. 방안에 많은 사람이 모여 있는 것 같았다. 때마침 동생은 이순신이 거북선을 타고 적군을 무찌르는 대목을 읽으면서 설명하고 있었는데, 그 순간 마치 불이라도 난 것처럼 방안이 소란스러워졌다. 원화는 마음 깊은 곳에서 새어나오는 미소를 주체할 수 없었다. 발소리를 죽이고 그 방으로 다가간 원화는 찢어진 문구멍으로 방안을 들여다보았다. 동생 원구(元九)는 등잔 옆에서 낡은 책을 펴 놓고 목에 핏대를 세워가며 뭔가를 열심히 설명하고 있었다. 그리고 20여 명 정도 되는 젊은이들은 벌러덩 누워있거나 담배를 피우거나 혹은 새끼를 꼬면서 원구의 설명에 귀를 기울이고 있었다. 원화는 그런 원구의 모습이 신기하여 발소리를 죽이고 안방으로 가서 어머니께 어찌된 일인가 물었다.

　「"어디서 배웠는지 언제나 저렇게 사람들을 모아 놓고 책을 읽는단다. 마을 젊은이들은 죄다 우리 집 초당으로 모이는 것 같구나."
　어머니의 '초당'이라는 한마디가 원화의 가슴에 신선한 충격으로 다가왔다. 농민의 집합소, 농민의 위안을 위한 방, 그것이 초당인 것이다!
　"너 또 어디 가게?"
　"잠깐 원구 방에 다녀올게요." 원화는 마당으로 나갔다.
　"애야, 초당은 학자가 갈 곳이 아니다."
　"알고 있어요!" 원화는 목소리에 힘을 주어 어머니의 입을 막았다. 하지만 마음속은 기쁨으로 들떠있었다.
　- 도쿄시 간다구(神田區) 오가와초(小川町) 3-9-1호 와타나베(渡辺) 씨 -」

辛仁出(신인출)

—

신인출(생몰년 미상)

043

약력

1928년   8월 잡지 「스스메(進め)」에 일본어소설 「붉게 물든 백의(緋に染まる白衣)」를 발표하였다.

緋に染まる白衣(붉게 물든 백의)

〈기초사항〉

원제(原題)		緋に染まる白衣(一~七)
한국어 제목		붉게 물든 백의
원작가명(原作家名)	본명	신인출(辛仁出)
	필명	
게재지(揭載誌)		스스메(進め)
게재년도		1928년 8월
배경		• 시간적 배경: 홍수피해가 극심했던 어느 해 여름 • 공간적 배경: 경성의 S경찰서, 그리고 T도(도쿄)
등장인물		① ××음모사건에 가담했다는 혐의로 연행된 성길 ② 어떤 사건으로 R국에 망명했던 급진파 인물 T
기타사항		

위협, 착취, 압박…… 이런 것들의 상징인 백의민족 마을 중앙에 있는 S서의 시계탑이 1시를 알릴 즈음, 어두운 그림자를 드리운 취조실에는 비린내 나는 공기로 가득한 적막만이 흐르고 있었다. 긴장과 권태가 동시에 밀려오는 공간이었다. 무언가 암시라도 하듯 흐린 잿빛 하늘은 취조실의 분위기와 조화를 이루고 있었다. 그 한가운데에 형사들의 차가운 시선을 받으며 웅크리고 있던 성길(成吉)은 이 늘어빠진 취조에 질려버렸다. 급진파가 주최하려다 강제해산된 한 강연회 현장에서 연행된 성길은, 피로와 졸음이 한꺼번에 밀려와 언제부터인지 꾸벅꾸벅 졸기 시작했다. 이런 성길을 응시하고 있던 부장의 얼굴에는 표현할 수 없는 모멸감과 우울한 초조의 빛이 역력했다. 부장은 치미는 화를 억누르며 성길의 입에서 증거서류의 행방과 연루자 이름을 뱉어내게 하려고 조바심을 쳤다. 그러나 조바심을 치면 칠수록 실패한다는 사실을 깨달을 즈음 형사는 또다시 폭력을 휘둘렀다.

성길은 결국 구류처분을 받았다. 취조를 마치고 질질 끌려가다시피 하여 독방으로 돌아가던 중 성길은 우연히 옆 구치소 안을 들여다보았다. 그곳에는 새로 잡혀온 동지 두세 명의 얼굴이 초췌하게 어둠속에서 빛나고 있었다. 숨막힐 것 같은 공기와 당장이라도 덮쳐올 것 같은 벽에 기대선 성길은 마음껏 웃고 싶었다. 아니, 웃지 않고는 견딜 수가 없었다. 하지만 의지와는 달리 얼굴은 일그러지고 입술은 굳게 다물어진 채 식은땀이 온몸을 적실뿐이었다.

지난날의 아픈 기억은 여름날 새벽에 몰려가는 번개처럼 성길의 뇌리에 떠올랐다가 사라지곤 하였다. 대륙성 기후에 둘러싸인 이곳 식민지 조선에서는 매년 폭풍우가 밀려오면 전국적으로 하천의 범람과 산사태를 피할 수 없었다. 그 때문에 정치적으로도 경제적으로도 지쳐 신음하는 대지는 하루하루 폐허가 되어갈 수밖에 없었다. 그랬던 것이 올해는 저주받은 이곳 수도를 습격해왔다. 시내를 횡단하는 강의 '침수' '연안 전멸' '×××명 행방불명' 등의 호외를 손에 든 백의민족들은 얼굴로 퍼붓는 비를 맞으며 하늘을 올려다보며 전율할 뿐이었다. 밤이 되자 돌연 폭발음과 함께 전등이 꺼지고 커다란 천둥소리는 낙인찍힌 이 나라의 국토를 깨끗이 씻어낼 기세였다. 어둠의 천지, 흐트러진 질서, 동요하는 인심, 진흙탕을 질주하는 자동차의 경적은 서글픈 외침을 가슴에 일게 했다.

어느 상사에 근무하는 성길은 그날도 일을 마치고 부업 삼아 돕고 있던 C신문사의 편집부에 들렀다가 서둘러 강연회장으로 향하던 중이었다. 그때 T와 마주쳤는데, 예기치 않은 재회와 혁명동지의 입에서 흘러나온 말에 성길은 가슴이 두근거렸다. 이윽고 두 사람은 강연회장에 다다랐다. 하지만 강연은 해산명령을 받았는지 격양된 군중은 무리지어 거리로 쏟아져나오고 있었다.

뿜어져 나오는 혁명가와 행진가로 조용하던 마을은 시끌벅적해졌다. 그런 난리 속에서 도살장으로 끌려가는 동물처럼 손발이 묶여 끌려가는 동지들을 목격한 성길은 눈시울이 뜨거워지는 것을 느꼈다. 강연장에 늦게 도착한 책임감을 느끼지 않을 수 없었다.

남은 동지들의 안부를 걱정하면서 두 사람이 뒤편으로 몸을 피하다 K를 만났는데, 나중에 알고 보니 그는 스파이였다. 그들은 곧 S서로 연행되었다. 그것이 오늘 당한 취조의 내용이었다. 그날부터 며칠간 성길에게는 매일 같은 심문이 반복되었다.

그러던 어느 날 아침, 언제나 어두운 그의 감방에 밝은 빛이 감돌았다. 신문사가 탄원을 넣은 탓인지 다행히 석방되어 성길은 밖으로 나올 수 있었다. 물론 회사에서는 해고통지가 날아와 있었고 그 뒤로 좀처럼 직장을 구할 수 없었는데, 이는 당국을 비난하는 신문들을 발매금지 시키거나 발행 자체를 정지시켜버린 것도 한몫하고 있었다.

결국 성길을 비롯한 권력 없는 자, 저주받은 자들은 그들의 고국에서조차 추방당하고 말았다. 그렇게 성길은 멀리 증오의 대상인 T도(都)로 쫓겨 오고 말았다. T도에서 지인들의 소개로 직장을 구하려했지만, 그림자처럼 그를 미행하는 한 고등계 형사의 명함 한 장으로 그마저도 무산되고 말았다. 그러던 어느 날, 무심한 도시의 대지가 화를 내며 갱생을 절규하기 시작했다. 대지진이 T도를 덮친 것이다. 끊이지 않는 진동, 불만과 분노, 절망, 건설과 파괴……. 그 속에서 성길과 성길의 그림자 즉 미행자는 간신히 살아남았다.

「죽음의 밤이 밝아오고 불꽃의 낮이 지자 두 그림자는 헤어졌다. 타오르는 죄과와 함께 유언비어는 창공으로 날아올랐다. 질서를 바라마지 않는 군중심리, 가스탱크로 물이 흘러들기 시작했을 때처럼 그들은 맹수처럼 광분하였다. 무아지경으로 절규하는 함성, 검은 그림자는 어둠 속을 간다. 불꽃의 하늘이 밝아올 무렵 예리한 목소리, 모여드는 그림자들, 환호소리, 단말마의 신음, 애창, 모든 것은 간단하다. (중략) 성길은 그들과 부딪쳤다. 미쳐 날뛰는 사람처럼 S인(조선인)임을 부정하는 그. 생명이 아까웠으리라. 생에 대한 집착인가, 생활의 꼭두각시인가. 백의의 긍지, 그들에게 그나마 남아있는 것 중 하나가 아닐까? 개죽음……, 그곳으로 끌려오는 한 사람의 희생자. 사람의 도리를 외치고 애원은 귀를 전율케 했다. 아아, 동포여! 성길은 자기도 모르게 상처 입은 그를 안아 올리려고 했다. 그 순간, 날카로운 외침. 그런 그에게 S인(조선인)이 아님을 증명하기 위한 실행을 하라고 한다(이 무슨 얄궂은 운명인가!). …… 무슨 죄! 누가 알까……. 다가오는 그 얼굴, 앗, 어제까지 나란히 걸었던 그 하나의 그림자. 연약한 저항은 튀어 오른 피로 사라졌다. 모든 것은 간단하다. 사건은 신속하게…… 물든 백의를 끌어안으며 외쳤다. 있는 힘껏……부정을……포개진다. 물든 그들은 메마르고 번민하는 대지에게 타오를 듯이 뜨거운 포옹을 받게 되리라.」

安含光(안함광)

—

안함광(1910~1982) 문학평론가. 본명 안종언(安鐘彦).

044

약력

1910년	5월 황해도 신천(信川)에서 출생하였다. 해주에서 보통학교와 해주고보를 졸업하였다.
1929년	<카프(KAPF, 조선프롤레타리아예술가동맹)> 해주지부의 집행위원으로 활동하였다.
1930년	처음에는 '안종언'이라는 본명으로 시평(時評)을 쓰다가 '안함광'으로 이름을 바꾸어 농민문학론을 발표하면서 주목받기 시작하였다. '농민문학문제'를 거론하면서 사회주의 리얼리즘에 대한 논의를 펼쳤다.《부산일보》에 일본어소설 「방랑아들(放浪息子)」을 발표하였다.
1931년	평론 「농민문학문제에 대한 일고찰」을《조선일보(朝鮮日報)》에 발표하였고, 이로 인해 백철과 논쟁을 벌였다.
1934년	<카프>의 해체를 전후하여 「창작방법문제」(《조선중앙일보》6. 17~30), 「창작방법문제의 토의에 기하야」(「문학창조」, 6월) 등을 발표하였다.
1935년	「조선프로문학의 현단계적 위기와 그 전망」(「예술」, 4월), 평론 「창작방법문제 재검토를 위하여」(《조선중앙일보》6. 30~7. 4), 평론 「창작방법론 문제 논의의 발전과정과 그 전개」(《조선일보》5. 30~6. 6) 등에서 사회주의 리얼리즘을 받아들여 창작방법론에 대해 논의하였다.
1936년	《조선일보》에 「쏘시아리스틱 리얼리즘 제창 후의 조선문단의 추향」(1월)과 「창작방법론문제 논의의 발전과정과 그 전개」(5. 30~6. 6) 등을 발표하면서 유물변증법적 창작 방법의 원칙을 중심으로 사회주의 리얼리즘에 대한 논의를 진척시켰다.
1937년	《동아일보(東亞日報)》에 「예술의 순수성 문제」(6월), 「문학에 있어서의 자유주의적 경향」(10월), 「현대문학정신의 모색」(11월)을 발표하였다.
1938년	일본으로 건너가 수학하였다. 「조선문학의 현대적 상모(相貌)」(《동아일보》3. 19~25), 「지성의 자율성의 문제」(《조선일보》7. 10~16), 「지성옹호(知性擁

護)의 변(辯)」(「비판」, 11월)을 발표하였다.

1939년	「문예비평의 논리와 형태」(「조광」, 4월), 「문학에 있어서의 개성과 보편성」(《조선일보》 6. 28~7. 1) 등을 발표하였다.
1943년	평론 「국민문학의 문제」(《매일신보》 8. 24~31) 등 국민문학에 관한 여러 편의 논문을 발표하였다.
1945년	해방 후 해주에서 <황해도예술연맹>의 위원장을 지냈고, <조선프롤레타리아문학동맹>과 <평양예술문화협회>에 가담하였다.
1946년	3월 월북 후 <북조선문학예술총동맹> 중앙상임위원과 제1 서기장으로 활동하였다. 7월 「예술과 정치」(『문화전선』 창간호)를 발표하였다.
1947년	해방 후 북한에서 민족문학론을 펼치면서 평론 『민족과 문학』 『문예론』을 발간했으며 「북조선 민주문학운동의 발전과정과 전망」(『조선문학』 창간호, 6월)을 발표하였다. 조기천의 장편서사시 「백두산」을 비판했다가 당의 비판을 받고 맡고 있던 여러 직책을 사임하기도 하였다.
1948년	5월 「문학의 일보 전진을 위하여 무엇이 요구되는가」를 발표하였다.
1949년	「예술의 계급성」을 발표하였다.
1950년	평론 『문학과 현실』을 간행하였다.
1951년	「전시의 싸우는 조선의 시문학이 제기하는 몇 가지 문제」를 발표하였다.
1952년	9월 엄효식, 한효 등과 함께 『청년들을 위한 문학론』을 출간하였다.
1954년	김일성대학 조선어문학부에서 문학사를 강의하였다.
1956년	북한 최초의 『조선문학사』와 『최서해론』을 간행하였다.
1964년	문학사 총16권 중 제9~11권(19세기 말~1945)을 집필하였다.
1966년	평론집 『문학의 탐구』를 간행하였다.
1967년	5월 주체사상의 유일사상 체계화에 반대하다가 숙청당했다.
1982년	2월 사망하였다.

<카프>가 조직된 후 해주지부의 집행위원을 맡게 된 안함광은 1930년대 이후 한국 비평사에 명백한 흔적을 남겼는데, 그의 초기 비평은 철저한 마르크스 레닌주의에 입각한 계급의식의 확립에 치중하였다. 그러다 1930년대 초 예술운동의 볼셰비키화론에 동조하였으나, 볼셰비키론자들의 좌익편향에는 반대하였으며 실천적 프로문학론을 주장하였다. 문학의 실천적 행동을 주장하는 그는 프롤레타리아의 헤게모니 장악에 주안점을 두어 농민에 대한 이데올로기의 주입을 주장하였다. 그렇게 농민문학론을 제기했던 그는, 해방 이후 북한의 문예론을 확립한 인물로도 평가받고 있다. 또한 그는 혁명적 낭만주의론을 제기하였는가 하면, 작가의 생활적 토대를 강조하는 주체적 세계관 확립과 사실정신에 입각한 사실문학을 주장하며 리얼리즘의 구현을 위해서도 노력하였다.

放浪息子 - Kさんに捧ぐ(방랑아들 - K씨에게 바치다)

〈기초사항〉

원제(原題)	放浪息子 - Kさんに捧ぐ(上·中·下)	
한국어 제목	방랑아들 - K씨에게 바치다	
원작가명(原作家名)	본명	안종언(安鐘彦)
	필명	안함광(安含光)
게재지(揭載誌)	부산일보(釜山日報)	
게재년도	1930년 2월	
배경	• 시간적 배경: 1920년대 중반 이후 • 공간적 배경: 황해도 해주	
등장인물	① 열다섯에 조혼한 '나' ② 신실한 크리스천인 '나'의 부모	
기타사항		

〈줄거리〉

5년 전 나는 부모님의 성화에 못 이겨 정서적으로 맞지 않는 여인과 결혼했다. 그때 내 나이 열다섯, 고등보통학교 1학년에 다니는 철부지 사춘기 소년이었다. 성적인 고민은 물론 이성에 대해 관심도 없었던 나는 후회할 과거도 현재에 대한 불만도 걱정할 미래도 아직 생각하지 못하는 천진난만한 그야말로 미숙아였다. 그런 내가 왜 그리도 빠른 나이에 결혼이란 걸 하지 않으면 안 되었는가? 미주 선진국이라면 모르지만 인습적인 가족제도가 우선시되는 우리나라에서는 조혼하는 것이 곧 가문의 명예를 지키는 일이고, 가정에 대한 애착을 갖게 한다는 봉건적 관념이 팽배하여, 불행히도 그런 사고에서 벗어나지 못한 부모님 때문이었다.

그렇다고 내가 처음부터 부모님의 뜻에 순순히 따랐던 것은 아니다. 나는 조혼을 강요하는 부모님에 맞서 끝없이 반항하였다. 톨스토이의 "사랑이 없는 결혼은 금수의 행위와 같다."는 명구를 떠올리며, 서로 알지도 못한 채 하는 결혼은 먼 장래에 틀림없이 크나큰 양심의 가책과 비극을 초래할 것이라고 예감하였다. 그래서 더욱더 부모님의 말을 듣지 않고 반항하며 인습이라는 탁류에 항거할 수밖에 없었다. 그러나 아버지는 그런 나를 배은망덕한 불효자라고 몰아붙였고 멋대로 하려거든 학교를 그만두라고 협박했다. 또 아버지는 격앙된 어조로 "너를 학교에 보낸 건 성실하고 진솔한, 쓸모 있는 인간이 되라는 것인데 배은망덕한 행위를 부끄러운 줄도 모르고 감행하려는 불성실하고 무모하기 짝이 없는 건방진 인간이 되어서야 되겠느냐?"며 노발대발 하셨다. 그런 아버지의 훈계와 위협에도 불구하고 철저하게 반항하기에는 불행히도 나는 너무 어렸다.

그 후 조혼으로 인해 받은 정신적 충격으로 가슴의 통증이 나날이 심해져갔다. 발랄했던 기상은 오간 데 없고 어린 나이에 우울증에 시달려야 했다. 소화가 잘 안 되는 음식이라도 먹었을 때처럼 현실에 대한 불안감으로 언제나 가슴이 답답하였다. 학교를 마치고 집에 돌아오면 노인처럼 늙은 밉상의 부인이 신경질적인 눈초리로 나를 노려보곤 했다. 나는 그럴 때마다 '의지할 데 없는 고독한 청춘'인 자신을 위로하면서도 출구 없는 어둠 속에서 폭풍처럼 밀려드는 회의, 공포, 불안에 떨어야 했다. 나는 조혼의 충격에서 벗어나 새로운 삶을 개척하려고 노력했지만 그럴 때마다 세상 사람들의 비난이 나에게 쏟아졌다.

이처럼 정신적인 고난이 끊이지 않던 나날 속에서 어느덧 5년의 학창시절은 끝나고 집에 있는 시간이 많아졌다. 자연히 아내와 얼굴을 마주하는 시간이 많아졌고 그럴 때마다 그녀는 나의 무관심을 못 견뎌했다. 급기야는 부모님에게 온갖 악담을 늘어놓으며 나의 불성실함과 자식 교육의 부당함을 책망했다. 아내는 그래도 분이 풀리지 않았는지 밖에 나가서까지 집안 험담을 하고 다녔다. 그런 아내의 행동에 한편으로 나는 가느다란 희망을 갖기도 하였다. 아내의 경거망동을 한탄한 부모님이 혹시나 그녀를 내쫓아 주지나 않을까 하는 기대 때문이었다. 그런데 그런 예상과는 달리 아버지는 내가 그녀를 사랑해주지 않았기에 그런 일이 생기는 거라며 오히려 나를 나무랐다. 또 아버지는 아내에 대한 나의 무관심을 '모던 걸'을 마음에 두고 있기 때문이라며 나를 속물 취급하셨다. 그런 아버지의 오해와 편견을 나는 더 이상 참을 수가 없었다.

「인륜이라는 것 앞에 나의 개성을 굽히고 싶지는 않았다. 부모님께 반항하는 '방랑아들'이 되더라도 성스러운 나의 개성을 살리고 싶어 순정으로 타오르는 피는 너무도 뜨거웠다.

여주인공 노라는 진실한 사랑을 찾기 위해 인형의 집을 뛰쳐나왔다. 나는 내 길을 찾자. 여우 같은 괴물이 울부짖고 자신의 아들도 인격적으로 이해하지 못하는 아버지가 언제나 맹수처럼 분노하고 있는 우울, 불안, 억압의 소굴에서 뛰쳐나가, 나의 개성을 살리기 위해 끝을 모르는 방랑의 길에서 고독의 애수를 끌어안고 싶어졌다. 정처 없고 끝도 모를 길 앞에서 나를 기다리는 것이 영원한 축복일 것인가, 영원한 가책일 것인가? 나는 두 가지 의문을 그저 운명의 물결에 맡긴 채 길을 떠나는 '방랑아들'이다.」

安懷南(안회남)

—

안회남(1910 ~ ?) 소설가, 문학평론가. 본명 안필승(安必承).

045

약력

1910년	11월 신소설 「금수회의록」의 작가 안국선의 외아들로 서울에서 태어났다.
1924년	경성 휘문고등보통학교에 입학하였다.
1927년	학교를 그만두고 <개벽>에 입사해 10년 간 창작활동에 전념했다.
1931년	《조선일보(朝鮮日報)》 신춘문예에 「발(髮)」이 당선되면서 문단에 데뷔하였다.
1933년	단편 「연기(煙氣)」를 발표하였다.
1935년	단편 「악마」, 「우울」을 발표하였다.
1936년	「향기(香氣)」를 발표하였다.
1937년	《조선일보》에 평론 「본격소설론 - 진실과 통속성에 대한 제언」(2. 16~20)을 발표하였다. 단편 「소년과 기생」, 「명상(冥想)」을 발표하였다.
1938년	평론 「미적 관념과 예술적 본능」을 「민성」에 발표하였다. 「조광」에 단편 「그날 밤에 생긴 일」을 발표하였다.
1939년	학예사에서 『안회남단편집』을 출간하였다. 단편 「겸허 - 김유정전」, 「온실(溫室)」, 「투계」를 발표하였다.
1940년	충남 연기군 전의면으로 이전하였다. 단편 「탁류(濁流)를 헤치고」를 발표하였다. 「군계」, 「겸허」, 「투계」가 일본어로 번역 발표되었다.
1941년	「온실(溫室)」이 일본어로 번역, 발표하였다.
1942년	작품집 『탁류를 헤치고』를 출간하였다.
1944년	9월 일본 기타규슈(北九州)의 탄광으로 징용되었다가 귀국하였다. 이때의 경험을 토대로 「탄갱(炭坑)」(해방 후 「민성(民聲)」에 연재)이라는 작품을 썼다. 조선출판사에서 『대지는 부른다』를 출간하였다.
1946년	<조선문학가동맹>에 가담, 소설부위원장을 역임하였다. <조선문학가동맹> 기관지인 「문학」에 단편 「불」을 발표하였다. 고려문화사에서 『전원』을 출간하였다.
1947년	<3·1운동>과 해방 후의 <3·1절>에 일어난 전쟁을 대비시켜 그린 「폭풍의 역사」를 「문학평론」에 발표하였다. 미군정 당국의 공산당 불법화와 좌익작가 탄압으로, 47년 무렵 자진 월북한 것으로 보인다. 을유문화사에서 『불』을 출간하였다.

1948년	봉건적 소작제도 철폐의 문제를 다룬 중편소설 「농민의 비애」를 「문학」에 발표하였다. 평론 「작가의식의 발전과 현실파악」을 《조선중앙일보》(6. 23~25)에 발표하였다. 정음사에서 『봄이 오면』을 출간하였다.	
1949년	《민주조선》의 문화부장을 맡았다.	
1953년	월북하였다.	

안회남은 이태준, 박태원, 이상 등 <구인회> 동인들과 함께 활동하였으며, 초기 작품은 심리묘사 위주로 신변을 다룬 사소설(私小說)이 주를 이루었으나, 이후 급격한 경향의 변화를 보인다. 태평양전쟁 중에 일본에 1년가량 징용으로 끌려갔다 온 후로는 그때의 체험을 바탕으로 한 작품을 썼다. 또한 월북 이후로 추정되는 1948년에 발표한 중편 『농민의 비애』는 미군정의 폭정으로 농민들의 생활이 일제강점기보다 더 비참해지고 있다는 사회고발적인 내용의 소설이다. 광복 후 좌익계열의 문학단체인 <조선문학건설본부>에 이어 <조선문학동맹>의 결성에 참가하여 소설부위원장을 맡았다. <한국전쟁> 시기에 종군 작가단에 참가하여 서울에 왔다가 박태원, 현덕, 설정식 등의 문인들과 함께 북한으로 월북하였다. 1954년경까지의 활동만 확인될 뿐 이후의 행적은 알 수없다. 다만 1966년 임화 숙청 때 곤욕을 치르다가 결국 <사상검토회> 때 숙청된 것으로 추측된다.

 045-1

軍鷄(투계)

〈기초사항〉

원제(原題)		軍鷄
한국어 제목		투계
원작가명(原作家名)	본명	안필승(安必承)
	필명	안회남(安懷南)
게재지(揭載誌)		조선소설대표작집(朝鮮小說代表作集)
게재년도		1940년 2월
배경		• 시간적 배경: 어느 무더운 여름날 • 공간적 배경: 마을 선술집을 중심으로
등장인물		① 공장에서 쫓겨난 술주정뱅이 심(沈) ② 집을 나간 심씨의 큰아들 경구와 어린 막내아들 ③ 동네 선술집 작부 도화 등
기타사항		번역자: 신건(申建)

마을 선술집 마당에 몸집이 큰 늙은 수탉 한 마리가 조그마한 닭장 속에 갇혀있었다. 이를 신기하게 여긴 세 살 난 심(沈)의 막내아들이 장대로 수탉을 괴롭히며 장난을 치다 닭장이 넘어지는 바람에 문이 열려버렸다. 이때 밖으로 나온 수탉이 어린 꼬마에게로 달려들었다. 꼬마는 필사적으로 저항했으나 닭의 공격에 상처를 입고 그 위세에 겁먹고 그만 넘어져 울음을 터뜨리고 말았다.

꼬마의 아버지인 심(沈)은 이름난 주정꾼으로, 한때는 방직공장에서 일했지만 상습적으로 솜뭉치를 훔쳐내 술과 바꿔 마셨다는 사실이 들통 나 바로 엊그제 해직되고 말았다. 그 후 집에서 빈둥거리며 술 마실 궁리만 하고 있었다. 아버지와 같은 공장에 다녔던 큰 아들 경구(敬求)는 아버지의 도둑질이 들통나자 공장을 그만두더니 이내 가출까지 하고 말았다.

그날도 심(沈)은 하릴없이 빈둥거리다 낮잠을 잤다. 그때 집나간 경구가 술을 가득 사들고 돌아오는 꿈을 꾸었는데, 아내가 그 술을 데워오겠다며 부엌으로 들고나가는 게 아닌가! 심씨는 이 무더운 날 데우긴 뭘 데우느냐며 못 마땅해 하고 있는데, 아니나 다를까 데워온 술을 막 입에 데려는 순간 그만 잠에서 깨고 말았다. 괘씸한 여편네 같으니!!

화가 잔뜩 난 심(沈)이 씩씩거리며 전당포에서 돈으로 바꿀만한 물건이 없나 집안을 둘러보고 있는데, 그때 세 살 박이 막내아들이 상처투성이 얼굴로 울며불며 돌아왔다. 선술집 닭하고 싸우다 이렇게 당했다는 이야기를 듣고 울화통이 터진 심(沈)은, 선술집 주인과 그놈의 닭을 가만두지 않겠다며 집을 뛰쳐나가 선술집으로 향했다. 하지만 맨 정신으론 술집 주모를 이길 자신이 없어진 심(沈)은 건들건들 선술집 앞까지는 왔지만 어찌해보지 못하고 수탉이 든 닭장만 한참을 노려보다가 잘 익어가는 호박빵에 군침만 흘리며 돌아오고 말았다.

남편이 실직한 바람에 생활비가 떨어진 심(沈)의 아내는 비상금 5원을 꺼내서 쌀이며 땔감을 사왔다. 이를 보고 놀란 심(沈)은 돈의 출처를 따지고 묻지만 아내는 끝내 입을 열지 않았다. 사실 그 돈은 큰아들 경구에게서 받은 돈이었다. 며칠 전 이웃마을 순이(順伊) 할머니가 불러서 가보니 그곳에는 경구와 순이가 함께 나와 있었다. 아들은 집을 나간 뒤 설렁탕집에 취직해 허드렛일을 하고 있다고 했다. 그러면서 아버지에게는 비밀로 해달라며 어미의 손에 5원을 쥐어 주었던 것이다.

한편, 마을 선술집에서는 그 집의 작부 산옥(山玉)이 도화(桃花)를 향한 시기질투심을 불태우며 저고리에 인두질을 하고 있고, 도화는 사랑채에서 남자 손님을 상대하고 있었다. 남자 손님은 씀씀이가 좋기로 소문난 최(崔)씨라는 관청서기였다. 도화의 간드러지는 웃음소리와 구슬픈 가락소리가 밖에까지 들렸고, 선술집 주인할멈은 어떻게든 최씨에게서 설렁탕이나 냉면 한 그릇이라도 얻어먹어볼 요량으로 갓 구운 호박빵을 사랑채로 내다주며 온갖 아부를 다 떨고 있었다.

아내를 닦달하여 50전을 뜯어낸 심(沈)이 냅다 선술집으로 달려왔을 때는 이미 호박빵도 다 구워지고 최씨가 한 턱 낸 냉면이 막 배달되어온 참이었다.

"술을 가져와, 술! 5전 짜리로!"라고 큰소리친 심씨는 처마 밑으로 옮겨진 닭장을 보며, '얌전한 개새끼도 거지한테는 짖어대고, 양복을 차려입지 않으면 말도 날뛰는 통에 못 탄다'는 시절인데, 저 정도 투계닭이라면 세 살 배기 꼬마쯤은 무시하고도 남겠다며 자조하고 말았다. 심씨의 술 청하는 소리에 방안에서 냉면을 먹고 있던 산옥이 나와 술을 따랐다. 술 한 잔 걸친 심씨는 불편한 심기를 담아 "도화는 어디 갔어?"라고 윽박지른다. 그때 다시 사랑채에서 도화의 구슬픈 가락소리가 들려왔다. 도화와 한방에서 흥에 겨워 나불대는 자가 최씨라는 사실을 알고, 심씨는 더욱 울화가 치밀었다. 하지만 산옥마저도 그러는 심(沈)에게 조용히 하라며 면박을 준다. 저놈의 냉면 때문이다!

50전어치 넘게 술을 마신 심(沈)은 급기야 사랑채에 대고 "도화야! 도화야!"라며 얼른 나오라고 소리를 질러댔다.

「아니나 다를까, 최씨가 나와서 심(沈)을 위아래로 훑어보고는,
"할멈, 냉면 잘 먹었네." 주인할멈에게 약간 고개를 까딱해 보이며 이렇게 말하고 그대로 들어가 버렸다.
"음흉한 놈일세, 자기가 내놓고는 새삼스럽게 잘 먹었다고?"
심(沈)은 이렇게 중얼거리며 닭장으로 다가갔다. 멍하니 내려다보는가 싶더니, "이 놈의 새끼!"라며 갑자기 닭장을 발로 걷어찼다. 닭은 숨을 들이쉬며 목을 움츠렸다. 취하긴 했지만 생각해보면 내 귀한 막내아들이다, 그것을 이놈이 얼굴에 상처까지 내놨으니 그냥 둘 수야 없지. (경구 놈도 없는 이판에, 의지할 데라곤 그 놈밖에 없지 않은가.)
심(沈)은 취한 눈을 간신히 절반쯤 뜨고는 팔을 걷어 올렸다. 술값은 진작 동이 났지만, 산옥에게 한 잔 더 따르라고 악을 쓴 뒤 "이 새끼, 각오해라!"며 닭장 테두리를 들어 올리더니 밑으로 팔을 집어넣었다.
"네 놈이 사람을 깔봐? 어디 두고 봐라!!"
이 말은 엊그제 방직공장에서 쫓겨날 때도 했던 말이다.」

이런 소란을 보고 주인할멈과 도화가 뛰쳐나와 심(沈)을 말렸고, 어느 틈에 마을 악동들이 우르르 모여들어 구경하였다.

- 창작 32인집(創作三十二人集)에서 -

謙虛 - 金裕貞傳(겸허 - 김유정전)

〈기초사항〉

원제(原題)		謙虛 - 金裕貞傳
한국어 제목		겸허 - 김유정전
원작가명(原作家名)	본명	안필승(安必承)
	필명	안회남(安懷南)

게재지(揭載誌)	조선문학선집(朝鮮文學選集)
게재년도	1940년 12월
배경	• 시간적 배경: 소설가 김유정이 사망한 1937년 이후 • 공간적 배경: 경성
등장인물	① 유정과 같은 중학교를 다녔던 친구 '나(안회남)' ② 별세한 작가 김유정 ③ 김유정의 바람둥이 형 현덕 ④ 신경질적인 김유정의 누나 등
기타사항	번역자: 정인택(鄭人澤)

〈줄거리〉

「유정(裕貞)은 주지한 바와 같이 폐병으로 서른을 채우지 못하고 세상을 떠났다. 하지만 그의 이러한 불행은 그가 병상에 눕기 훨씬 이전부터 이미 정해져 있었던 건 아닐까 라는 생각을 나는 어찌할 수 없다. 그것은 결코 우연이 아닌 피하기 힘든 운명이었다고.

바로 얼마 전, 유정의 유고를 정리하다가 그가 중학교 2학년 때 쓴 일기에서 다음과 같은 의미의 글을 발견했다.

"멋지다, 멋지다, 오늘은 학교에서 포환던지기를 하며 신체를 단련하였다. 그때 뜻하지 않게 포환이 내 가슴 위로 떨어졌다. 잠시 멍해졌지만, 나는 쇳덩어리로 가슴을 맞고도 아무렇지 않았다. 내 몸은 아버지의 피고 어머니의 살이며, 선조의 뼈다. 나는 건강하다. 포환에 가슴을 맞고도 아무렇지 않았다. 아아, 멋지다, 멋지다." (중략)

아무리 감격을 잘하는 소년의 마음일지라도 포환에 가슴을 맞고 '멋지다, 멋지다'라고 잇따라 환호한다는 것은 무슨 연유일까.」

유정은 어려서 일찍 부모를 여의고 난봉꾼 같은 큰형 밑에서 자랐는데, 늘 폭력적으로 대하는 형에게 반항이라도 하듯 학교를 빼먹고 겉돌기 일쑤였다. 그런가 하면 유정은 항상 빛바랜 어머니의 사진 한 장을 품고 다니며 어머니에 대한 환상과 끝없는 사랑을 키워갔다. 그런 어머니에 대한 사랑방식은 그가 성년이 되어 여인들을 사랑하게 되었을 때도 고스란히 이어졌다. 유정이 처음 사랑하게 된 여인은 그의 나이 스무 살 때 만난 기생이었다. 남도 명창인데다 여섯 살이나 연상인 기생 애인에 대한 그의 정열은 불 같았고 한결같았다. 하지만 유정의 집안이 몰락하여 물질적인 빈곤이 찾아오자 그녀는 가차 없이 그를 버렸다.

한편 유정의 가족사를 보면, 고향은 춘천으로 큰 부잣집 양반의 자손이었다. 유정의 할아버지를 비롯한 선조들은 양반이라는 권위를 내세워 고향사람들을 상대로 부당하게 재물을 모은 탓에 자자한 원성을 샀고, 따라서 집안의 불행은 어쩌면 당연한 인과응보처럼 여겨졌다. 유정뿐만 아니라 그 가족 모두가 불행한 인생을 살았는데, 난봉꾼에 정신이상자와 같은 큰형과 이혼당한 큰누나, 미쳐서 우물에 투신자살한 또 다른 누나와 경성 이화여고에 재학 중이던 시절 미쳐버린 여동생 등의 인생이 그것을 말해준다.

그런 이유에선지 유정은 선조들의 죄를 갚는 심정으로 한때 고향으로 돌아가 강당을 개설해 고향 아이들에게 무상으로 공부를 가르치기도 하였다. 덕분에 고향사람들의 인심이 유정에게 향했고 선조들의 죄가 조금은 용서받은 듯 했지만, 무슨 연유에선지 결국 강당도 접고 다시 경성으로 돌아오고 말았다.

어쨌든 그나마 부유했던 유정의 집안이 형의 방탕한 생활로 인해 몰락하였고, 유정은 큰누나의 집에 얹혀살게 되었다.

　　나는 그곳에서 유정과 함께 많은 시간을 보냈다. 예컨대 유정의 누나가 직장에 가고 없는 시간을 이용해 장기를 두거나 잡담을 하며 시간을 보냈고, 그러다 점심때가 되면 누나가 차려 놓은 밥상을 들여다 먹곤 했었다. 그때부터 유정은 가슴이 아프다고 했는데, 그 뒤 유정의 병은 급속도로 악화된 것으로 보인다.

　　그러던 중 나는 부모님과의 갈등으로 고민하던 결혼문제가 잘 해결되어 결혼까지 하게 되었고 할아버지의 유산을 물려받아 그나마 부유해졌지만, 나와는 상반되게 유정은 나날이 병세가 악화되어 병원에 입원까지 하게 되었고 경기도 광주(廣州)로 요양을 떠나게 되었다.

　　한편, 춘천에서 돌아온 유정이 몇몇 사업에 손을 댔다가 실패하고 건강까지 나빠지자, 나는 유정에게 소설을 써보라고 권유했다. 나의 권유를 받아들인 그는 짧은 기간 동안 「산골 나그네」나 「총각과 맹꽁이」 등을 비롯한 주옥 같은 작품들을 다수 발표하며 유망한 작가로 세간의 주목을 받게 되었다.

　　어느 날 병문안을 간 나에게 유정은 작가 이상(李箱)이 자살할지 모르니 찾아가보라고 말했다. 그 이유는 며칠 전 유정을 찾아온 이상이 함께 자살하자고 했다는 것이다. 하지만 유정은 살고 싶었고, 그래서 이상의 제안을 거절했다고 했다.

　　그런데 결국 이상보다 먼저 유정이 세상을 떠나고 말았다. 자신의 병상 머리맡에 '겸허'라는 두 글자를 붙여둔 채. 그 두 글자를 써 붙였을 때 유정의 심정은 어떠했을까? 모든 세상사를 포기하고 극도로 자신을 낮추며 세상의 모든 것들을 향해 머리를 숙이고 무릎 꿇고 싶어 하는 그 겸허한 마음가짐이여!

　　나는 유정이 요양하고 있던 광주로 병문안을 가려던 참에 소설가 현덕(1909〜?)으로부터 유정의 죽음을 전해 들었다. 이미 한줌의 재가 되어 한강에 뿌려졌다는 유정의 육체적 유물은 이제 세상에 하나도 남지 않았다. 유일하게 남은 거라곤 유정이 어느 여성에게 보낸 혈서 한 장 뿐.

　　나는 유정이 죽은 뒤에야 그의 조카(큰형의 아들)로부터 그가 한 번 결혼한 적이 있다는 사실을 전해 들었다. 사랑 없이 한 결혼에 대한 죄책감과 불행함에 유정은 절친한 친구였던 나에게마저 그 사실을 숨겼던 것일까? 언젠가 유정이 "나는 영원히 결혼하지 않을 것이다. 나는 문학과 더불어 살 것이다. 문학만이 나의 연인이며 아내이다."라고 말한 적이 있음을 떠올린 나는, 불행히 살다 간 벗이 애틋하기만 했다.

　　유정의 거의 모든 유물은 내가 보관하고 있지만, 아무리 찾아도 유정이 그토록 소중하게 간직하고 있던 어머니의 사진은 어디에도 없었다. 아마도 유정이 저승 가는 길에 품에 꼭 안고 간 것이 아닐까. 그렇게 사진을 품에 안고 어머니 품을 찾아 저세상으로 떠난 것은 아닐까.

溫室(온실)

원제(原題)	溫室	
한국어 제목	온실	
원작가명(原作家名)	본명	안필승(安必承)
	필명	안회남(安懷南)
게재지(揭載誌)	조센가호(朝鮮畵報)	
게재년도	1941년 4월	
배경	시간적 배경: 어느 해 겨울에서 봄 공간적 배경: 초라한 집	
등장인물	① 회사원 '그' ② 폐결핵으로 앓아 누워있는 그의 아내 등	
기타사항	번역자 미상	

〈줄거리〉

어느 날 친구와 함께 다방에 들어간 그는 테이블 위에 놓인 빨간 카네이션과 이름 모를 노란 색 꽃들을 눈여겨보았다. 차분하고 조용한 실내에 「아베마리아」가 잔잔히 흐르고 있었다. 그는 안락의자에 앉아 잠시 병상에서 병마와 씨름하고 있는 아내와 철부지 자식들을 떠올렸다. 아내는 폐결핵으로 오랫동안 병상에 누워있다. 폐결핵은 참으로 사람을 감상적으로 만드는 것 같았다. 아내는 병상에서 자주 눈물을 흘렸고, 그때마다 아내가 안 됐고 측은하였으나 눈물을 닦아주는 것 외에 가난한 그가 해줄 수 있는 것은 달리 없었다. 이 꽃들처럼 아내도 온실에서 살게 하고 싶었다. 자신이 온실이 되어 꽃과 같은 아내를 지켜주고 싶었다.

그는 집으로 돌아오는 길에 헌책을 팔아 모은 돈으로 '꽃처럼 아름답고 행복하기를' 바라며 빨간색과 흰색 카네이션을 사고 거스름돈으로는 아이들의 간식거리를 샀다. 이 모습을 옆에서 지켜보던 친구가 아내사랑이 지나치다며 놀렸지만, 그는 "가난한 자는 아내를 사랑한다."라고 혼잣말처럼 중얼거릴 뿐이었다. 그는 공허한 생활 속에서 아내에 대한 사랑과 정열만이 자신의 종교이며 예술이라고 믿었다.

갑자기 꽃을 들고 방으로 들어서자 아내는 무슨 꽃을 다 사왔느냐며 의아해했다. 그는 싸게 샀다고만 말할 뿐 더 이상 할 말을 찾지 못했다. 꽃 이름을 묻는 아내……

"카네이션."

"참 예쁜 꽃이네요. 활짝 피었네!"

"온실 속에서 자랐으니까."

아내의 병세가 악화되어 병원을 찾았을 때 의사는 폐결핵이라는 진단을 내렸다. 그때까지 그는 오랫동안 아내의 병이 늑막염인줄만 알았다. 더 빨리 병원을 찾았어야 했으나 가난 때문에 그럴 여유를 갖지 못했던 것이 지금에 와서는 못내 아쉬웠다.

다음 날 회사에서 돌아왔을 때 꽃은 이미 시들어 있었다. 가난한 그가 큰돈을 주고 꽃을 사온 것은 그저 아내가 그 꽃처럼 아름답고 행복하길 바라는 염원이었으며, 앞으로 기적과도 같은 좋은 일이 있기를 바라는 작은 노력이었다. 그러한 꽃이 시들어버린 것을 본 그는 또 한 번 절망했다. 창백한 얼굴로 두 눈을 감고 누워있는 아내의 얼굴과 시들어버린 꽃이 오버랩되며 왠지 불길한 생각을 떨쳐버릴 수 없었다.

아내의 간병은 장모님이 도맡아 해주고 있었다. 그리고 퇴근 후에는 그가 아내의 병상을 지켰다. 그는 밤 1시가 되면 언제나 기다렸다는 듯이 냄비를 들고 설렁탕을 사러 나갔다. 그 시간이 되어야 설렁탕 국물이 제대로 우러나와 아내의 몸에 좋을 것 같아서였다. 그날도 어김없이 냄비를 들고 아내를 위해 설렁탕을 사러 다녀왔다. 돌아와 보니 장모님은 보이지 않고, 아내는 그에게 뭔가 말할 듯 말 듯 얼버무리더니 끝내 눈물을 흘리고 말았다.

아내의 이야기에 따르면, 장모님이 낮에 점을 보고 왔는데 그가 '올해 안에 홀아비가 될 운명'이라고 했다는 것이다. 장모님과 아내는 아이들이 배탈이 나거나 감기만 걸려도 걸핏하면 점을 보는 것 같았는데, 그렇게 울고 있는 아내에게 그는 별 쓸 데 없는 소릴 다한다며 묵살하려 했다. 하지만 아내는 '사람에게는 누구에게나 운명이라는 게 있다'며 울음을 그치지 않았다.

사실 그는 결혼 전에도 일찍 홀아비가 될 운명이라는 이야기를 들은 바 있었고, 아내 역시 단명할 운명이란 점괘를 들어오던 터였다. 그러나 그는 그런 말에 신경 쓰지 않았다. 그것은 3년 전 아내가 장티푸스에 걸려 죽을 고비를 넘기면서도 결국 살아났기 때문에 더욱 그랬다. 하지만 아내가 폐결핵 선고를 받은 뒤로는 그 역시도 '뭔가 숙명적인 것이 암시를 주는 것' 같아 견딜 수 없을 때가 종종 있었다.

지루하게도 춥던 겨울이 가고 봄이 왔다. 하지만 햇빛이 들지 않는 어둑한 방에 누워있기만 하는 아내는 봄이 온 줄 모른다.

다음 날 해질녘, 그는 거리에 흐르는 「아베마리아」를 들으며 습관처럼 화려한 다방과 아지랑이 피어나는 온실을 떠올렸다. 그리고 그는 오늘도 주머니의 돈을 털어 빨간 튤립을 한 다발 샀다. 아내는 여전히 자신을 위해 쓸데없이 돈을 쓰는 그를 안타까워했다.

「물론 아내를 위해서긴 했지만, 이번만큼은 그보다 자신을 위한 마음이 앞섰다.

"이 꽃은 이름이 뭐예요?"

"튤립."

시들어버린 카네이션에서 느끼는 불길함, 우수, 위협, 불안, 그런 것들로부터 벗어나기 위해, 즉 자신의 마음을 밝게 하고 위로하기 위해 사온 꽃이었다.

"바깥은 참 포근한가 봐요."

아아, 병상에 있는 아내도 봄이 가까이 왔음을 느낄 수 있구나! (중략)

봄이 되기만 하면, 하늘도 땅도 커다란 하나의 온실이다.

"따뜻한 온실이다."

방 한구석을 돌아보며 그는 잠시나마 무거운 짐을 내려놓은 듯한 표정을 지었다.

(주:설렁탕(雪濃湯)이란 쇠고기를 뼈다귀 등과 함께 24시간 이상 푹 끓인 고깃국으로 조선 특유의 대중적 자양식.)」

廉想涉(염상섭)

—

염상섭(1897~1963) 소설가, 언론인. 본명 상섭(尙燮). 호 횡보(橫步).

046

약력

1897년	8월 서울 종로구 필운동에서 출생하였다.
1907년	관립사범부속보통학교(官立師範附屬普通學校)에 입학하였다.
1911년	보성중학교에 입학하였다.
1913년	일본으로 건너가(1912년) 아자부(麻布)중학교 2학년에 편입하였다.
1914년	도쿄 히지리가쿠인(聖學院) 3학년에 편입하였다.
1915년	교토부립제2중학교(京都府立第二中學校)로 전학하였다.
1918년	게이오(慶應)대학 문과 예과에 입학하였지만, 병으로 10월 8일 자퇴하였다.
1919년	황석우를 통해 「삼광(三光)」의 동인이 되었다. 3월 18일 독립선언서를 발표하려다 검거되었고, 6월 10일 석방되었다.
1920년	2월 《동아일보(東亞日報)》 창간과 함께 진학문(秦學文)의 추천으로 정경부 기자로 입사하였으나 6월 퇴사하였다. 7월 김억(金億), 김찬영(金瓚永), 민태원(閔泰瑗), 남궁벽(南宮璧), 오상순(吳相淳), 황석우(黃錫禹) 등과 함께 동인지 「폐허」를 창간하였다.
1921년	단편 「표본실의 청개구리」를 「개벽(開闢)」에 발표하며 소설가로 등단한 이후 「암야」, 「제야」 등을 발표하였다. 9월부터 「동명」 학예부 기자로 활동하였다.
1922년	「신생활(新生活)」에 「묘지(墓地)」를 연재하기 시작하였다. 『폐허 이후』, 『해바라기』를 출간하였다.
1924년	「묘지」를 『만세전』이라는 제목으로 게재하여 단행본으로 출판하였다. 첫 번째 창작집인 『견우화』와 『만세전』을 출간하였다.
1929년	《조선일보(朝鮮日報)》에 입사하여 학예부장으로 활동하면서 「민족사회운동의 유심적 고찰」, 「소설과 민중」 등의 평론을 발표하기도 하였으나 점차 소설 창작에 전념하였다.
1931년	《조선일보》에 『삼대』를 연재하며, 식민지 현실을 배경으로 가족 간에 벌어지는 세대갈등을 그려냈다.

1936년	만주로 건너가《만선일보(滿鮮日報)》의 주필 겸 편집국장으로 활동하였다.
1938년	1월 「삼천리」에 단편 「자살미수」를 발표하였다.
1939년	중국 안동(安東)으로 이주하였다.
1940년	12월 「자살미수」가 일본어로 번역, 발표되었다.
1945년	10월 귀국하여 신의주에 머물렀다.
1946년	6월 서울로 돌아와 돈암동에 거주하였다.《경향신문(京鄉新聞)》 편집국장을 역임하였으며, 「두 파산」, 「일대의 유업」 등을 발표하였다.
1949년	단편집 『해방의 아들』을 출간하였다.
1950년	해군에 입대하여, 이듬해 해군 소령에 임관하였다.
1952년	<한국전쟁> 중의 서울의 모습을 담담하게 그려낸 장편 『취우(驟雨)』를 《조선일보》에 연재하였다.
1954년	『취우』로 <서울시문화상>을 수상했으며, 예술원 창설과 함께 종신회원으로 추대되었다. 서라벌예대 초대학장으로 취임하였다.
1956년	<제3회 아세아자유문학상>과 <대한민국예술원상>을 수상하였다.
1962년	<3·1문화상> 예술부문의 본상을 수상하였다.
1963년	3월 14일 직장암으로 사망하였다.

自殺未遂(자살미수)

〈기초사항〉

원제(原題)		自殺未遂
한국어 제목		자살미수
원작가명(原作家名)	본명	염상섭(廉尚燮)
	필명	염상섭(廉想涉)
게재지(揭載誌)		조선문학선집(朝鮮文學選集)
게재년도		1940년 12월
배경		• 시간적 배경: 어느 날 오후 • 공간적 배경: 어느 서민의 집 부엌
등장인물		① 가난한 작가 김길진 ② 가난한 삶을 비관해 자살을 시도한 아내 혜순 등
기타사항		번역자 미상

  길진(吉鎭)은 양잿물을 마신 아내 때문에 의사를 부르러 가면서도 왕진료도 못 낼 것을 걱정하였다. 그는 지난달에 ××회사에 써준 원고를 생각해 내고 원고료 독촉전화를 해야겠다고 결심했다. 쌀이 떨어졌을 때마다 여러 차례 독촉전화를 한 바 있어 망설여졌지만, 이번에는 어쩔 도리가 없었다. 저번에도 빈손으로 돌아와 보니 그 사이 혜순(惠順)이 양잿물을 먹고 자살을 시도했던 것이다.

  내내 망설이던 끝에 겨우 용기를 내어 한 군데 전화를 걸어보려고 했지만, 전화를 빌릴 용기가 나지 않아 결국엔 그것도 그만두고 말았다. 집에 돌아와 보니 인력거는 보이지 않았다. 그는 의사가 아직 오지 않은 게 오히려 다행이라고 생각했다. 아내는 정말 죽을 작정으로 양잿물 한 그릇을 다 마셨을까? 아니면 낙태를 하려고 마셨던 것일까? 참을 수 없는 배고픔에 정신이 이상해졌다면 또 모를까, 아무리 그래도 이틀을 굶었다고 양잿물을 마시고 죽으려 했다는 것이 도저히 이해가 안 갔다. 혜순은 사흘에 걸쳐 양잿물을 항아리에 담아놓았다. 최근에는 5전짜리 동전 하나 손에 넣을 수 없어서 전병 하나로 둘이 끼니를 해결한 적도 있었다. 여학교를 나와 정숙하고 가정적이며 남편의 사랑을 받고 사는 여자가 어떻게 양잿물까지 마실 수 있는지, 길진은 아무리 생각해도 이해할 수 없었다.

  아내는 길진의 글재주 하나 믿고 문인이 되기를 염원하였다. 길진은 고통에 신음하는 아내를 쳐다보고 있으려니 불쌍하면서도 분노가 치밀었다. 하지만 아내에 대한 이런 애련함도 분노도 의사를 데리러 가야한다는 막막함에 묻히고 말았다. 이대로 아내가 죽는다면? 그는 아내를 쳐다보았다.

  「'아…… 첫째, 사는 게 옳은가? 죽는 게 옳은가?…….' 이런 생각도 떠올랐다. 하지만 그 대답은 결코 떠오르지 않았다. 그녀가 처음부터 "당신 함께 죽어요."라고 말했다면 함께 죽을 맘이 생겼을지도 모른다고, 그 모습을 처음 보았을 때부터 머릿속에 떠올랐던 생각을 되새겨보았다. 그에게는 무엇보다도 둘의 마음이 서로 다르게 움직이고 있다는 사실이 유감스럽고 화가 났다.」

  혜순이 몸을 뒤척이며 눈을 떴다. "또 배가 아픈가?" 그가 조용히 물었다. 아내는 힘없이 고개를 저었다. 그녀의 온순함이 왠지 애처로웠다. 그녀의 힘없는 시선이 바늘처럼 그의 마음을 찌르는 것 같았다. "내 품에서는 죽지 마. 어떻게든 살아서 행복해져야지. 다른 건 내 힘으로 어떻게 할 수 없으니까……." 누구라도 곁을 지키고 있지 않으면 그녀는 금방이라도 숨이 끊어져버릴 것만 같았다. 길진은 갈 곳을 딱히 정하지도 않고 무작정 밖으로 나왔다. 의사에게 갈까? 아니면 다시 원고료를 재촉하러 가볼까? 그래서 조금이라도 돈을 받아 다른 의사를 데려올까? 생각만 무성한 길진의 눈에, 아내에게 마시게 할 요량으로 주인아주머니에게서 받아놓은 쌀뜨물이 보였다. 그는 쌀뜨물 바닥에 남아있던 몇 알의 불어난 쌀을 으깬 후 그 물을 억지로 혜순에게 마시게 하였다. 혜순의 뱃속에 아직 양잿물이 남아있다면 의사가 오기 전에 완전히 토해내게 할 심산이었다.

  「"……생명이 없는 다음에야 무엇이 있다는 말입니까. 혜순씨! 네! 당신 자신을 위해 살아주시오. 그리고 나를 위해 살아주시오. 나를 위해서 말입니다! 그래도 사는 것이 싫다면 옷 갈 아입고 나랑 죽읍시다. 함께 죽는 겁니다. 당신 혼자 죽게 할 수는 없고, 나 혼자 죽을 수도 없습니다……. 그래도 죽고 싶다면, 아니 나라는 사람에게 어떤 것도 구할 것이 없다면, 가난이 사랑을 정복하고 말았다면, 당신은 당신이 살아야할 길을 찾아 떠나시오. 그래야만 나도 안심하고 살아갈 수 있습니다. 당신이 죽겠다고 하는 건 나에게도 죽으라는 말밖에 안 됩니다. 죽을 힘으로 살아보는 겁니다. 네!! 살아봅시다. 냉정하게, 굴하지 않고 살아내는 겁니다. 사는 걸 그만두면 대체 무엇이 남는다는 말입니까?"」

길진이 울음을 멈추고 아내에게 쌀뜨물을 억지로 마시게 하자, 혜순은 양잿물 냄새를 풍기며 토해냈다. 길진이 죽을 쑤고 있는데 안채 마님이 주었다며 아주머니가 쌀이 든 바가지를 내민다. 그는 다른 사람의 고통은 아랑곳 않고 걱정도 해주지 않던 아주머니의 태도에 처음에는 화가 났지만, 내가 힘들면 타인의 고통에 신경 쓸 여유도 잃게 된다는 사실에 생각이 미쳤다. 의사는 아직도 오지 않았다.

吳泳鎭(오영진)

—

오영진(1916~1974) 극작가, 소설가, 영화이론가, 민족주의 운동가, 호 우천(又川).

047

약력

1916년	12월 평양에서 민족지도자 오윤선(吳胤善)의 막내아들로 태어났다.
1934년	「청량(清凉)」에 일본어소설 「할머니(婆さん)」를 발표하였다.
1936년	「성대문학(城大文學)」에 일본어소설 「진상(真相)」, 「친구의 사후(友の死後)」, 「거울(かがみ)」, 「언덕 위의 생활자(丘の上の生活者)」를 발표하였다.
1937년	《조선일보(朝鮮日報)》에 평론 「영화예술론」을 발표하며 문단에 데뷔하였다.
1938년	경성제국대학 조선어문학과를 졸업하였고, 일본으로 건너가 <도쿄발성영화제작소>에서 영화감독 수업을 받았다.
1939년	평론 「영화와 문학에 관한 프라그멘트」(《조선일보》3. 2~11)를 발표하였다.
1942년	귀국하여 숭인상업학교에 교사로 취직하였고, 안창호(安昌浩)와 조만식(曺晩植) 등 민족지도자들의 영향을 받아 조선인 학도지원병제를 반대했다가 검거되기도 하였다. 시나리오 「배뱅이굿」을 발표하였다.
1943년	희곡 「맹진사댁 경사」를 발표하였다.
1944년	「국민문학(國民文學)」에 일본어소설 「젊은 용의 고향(若い龍の郷)」을 발표하였다.
1945년	평양에서 <조선민주당>과 연관되어 우익민족주의 정치운동을 벌이다가 월남하였다.
1949년	현실을 비판한 사회극 「살아 있는 이중생 각하」와 해방 전후의 혼란을 비판한 「정직한 사기한」을 발표하였다.
1950년	<전국문화단체총연합회>의 사무국 차장을 역임하였다.
1952년	중앙문화사 사장 및 「문학예술」의 주간 등을 역임하였다.
1953년	미국 국무부 초청으로 미국으로 건너가 연극, 영화, 방송계 등을 시찰했으며, 이어 <국제펜클럽> 회원, <한국영화문화협회> 이사, <대한민국예술원> 회원, <국제연극인협회(International Theater Institute)> 한국본부 부위원장, <시네마펜클럽> 회장, <시나리오작가협회> 고문 등과 국제대학교 교수 등을 역임하

였다.

1958년   시나리오「시집가는 날」로 문교부 및 <영화평론가협회> 선정 최우수 각본상과 제4회 아시아영화제 최우수 희극상을 수상하였고, 시나리오「인생차압」과「하늘은 나의 지붕」으로 부산영화 각본상을 수상하였다.

1965년   6월「현대문학」에「영화와 문학」을 발표하였다.

1967년   「해녀 뭍에 오르다」로 <한국연극영화상>을 수상하였다.

1974년   이화여자대학 병원 정신과 병동에 장기입원해 있는 동안「며느리」,「부부」,「누나」,「섹스」라는 4편의 사이코드라마를 쓰기도 하였다. 10월 사망하였다.

　　오영진의 작품은 대체로 현세의 어리석음이나 물욕을 비웃고 꾸짖는 경향을 띠고 있다. 그는 작품의 소재를 전통적인 민속과 고전소설에서 많이 가져와 현대적으로 재창조하고 있다는 측면에서 이른바 '전통의 현대화'라는 평을 받는다. 희곡「맹진사댁 경사」는 시나리오「배뱅이굿」과「한네의 승천」과 더불어 내용상 3부작을 이루는데, 봉건적 결혼제도의 모순과 양반의 허욕과 우매함을 풍자하였다. 또한 말년에는 격렬한 반일 및 반공성향의 작품을 쓰기도 하였는데,「아빠빠를 입었어요」나「모자이크게임」등은 배일사상(排日思想)을 주제로 삼고 있으며,「무희」는 반공정신을 주제로 하고 있다. 오영진은 한국인의 해학과 풍자를 잘 표현한 뛰어난 희극작가로 평가받고 있다.

047-1

婆さん(할머니)

〈기초사항〉

원제(原題)		婆さん
한국어 제목		할머니
원작가명(原作家名)	본명	오영진(吳泳鎭)
	필명	
게재지(揭載誌)		청량(淸凉)
게재년도		1934년 7월
배경		• 시간적 배경: 어느 해 겨울 • 공간적 배경: 어느 병원의 4등 병실
등장인물		① 병원에서 청소부로 일하는 할머니(A) ② 할머니에게 관심과 애정을 갖고 있는 '나'
기타사항		

〈줄거리〉

'나'는 어느 해 겨울 건강이 좋지 않아 잠시 병원에 입원한 적이 있었다. 그때 병원에서 청소부로 일하는 한 할머니에게 유독 관심이 갔다. 병원 개원 이래 줄곧 이곳에서 일해 왔다는 그 할머니를 환자들은 말할 것도 없고 병원 의사나 간호사까지도 무서워했다. 불의를 보면 참지 못하고 거침없이 호통을 치는 할머니의 성격 때문이었다. 할머니는 인간의 몸에서 모든 액체를 빼내버린 듯한 깡마른 체구에 움푹 들어간 눈, 주름투성이인 얼굴을 하고 언제나 굳게 입을 다문 채 말이 없었다. 그리고 하루 종일 큰 물통을 들고 다니며 열심히 청소만 했다.

할머니에 대한 호기심이 컸던 나는 같은 병실의 축농증 수술 환자를 통해 할머니의 과거에 대해 듣게 되었다.

할머니의 이름을 아는 사람은 아무도 없었다. 어쩌면 본인조차도 자신의 이름을 까맣게 잊어버렸을지 모른다. 그러한 이유로 젊었을 때의 할머니를 A라 칭하기로 하자.

A는 열여섯 살이 되던 해에 아버지를 여의고 어머니는 그보다 일찍 세상을 떠났다. 때문에 아버지가 돌아가시자 A는 갑부였던 아버지의 유산을 그대로 물려받게 되었다. 그러나 A는 나이가 어려서 그랬는지 많은 재산을 관리하는 일이 귀찮았다. 이윽고 이듬해 열일곱 살 나이에 가난한 양반집 자제에게 시집을 갔다. 가난한 신랑은 A의 돈을 몰래 가져다 기생놀음에 빠졌고, 집에 오면 A의 비위를 맞추는 이중인격자였다. 그러던 남편이 A가 열여덟 되던 해에 이름을 알 수 없는 병으로 그만 죽고 말았다. 그때 A는 임신 중이었다. 시댁으로부터 남편을 죽인 요망한 계집이라며 갖은 학대를 받다가 결국 쫓겨나는 신세가 되었지만, A는 자신이 시집 갈 때 가지고 갔던 지참금을 아주 조금 돌려받았을 뿐이었다. 그리고 아이마저 시댁에 뺏기고 말았지만 당시에는 심신이 너무 지쳐 항의할 기력조차 없었다. A는 재산을 모두 빼앗기고 나니 오히려 마음이 홀가분했다.

A의 두 번째 남편은 상인이었다. 그는 전남편과의 사이에 자식이 있었다는 것을 꼬투리 잡아 A의 돈을 모두 챙겨서 도망가 버렸다. 드디어 A는 무일푼이 되었다. 그때 A는 '인간은 오로지 자신을 위해서만 살아가는 추한 동물'이라는 것을 깨달았다. 또한 부부의 사랑이란 서로가 자신을 위해서 상대를 사랑하는 것이라는 사실과, 부부란 공공연하게 허락된 성적 만족을 위해 매춘행위를 하는 자들과 다름이 없다는 것을 알았다. A는 자신을 위해 분연히 일어섰다. 남편, 친구, 자식 모두 그녀의 안중에 없었다. 그런 A의 선택은 정당한 것이었다.

A는 외국인이 설립한 병원에 청소부로 취직해 15년이 넘도록 하루같이 같은 병실과 같은 복도를 청소하며 4등 병실 환자들의 절규와 비명이 만들어내는 멜로디를 들으며 살았다. 그녀의 나이 마흔이 훌쩍 넘었다. 그렇게 살아온 기나긴 세월은 할머니(이때부터 다시 나는 그녀를 '할머니'라 쓰고 있다)를 편협한 개인주의자로 만들어놓았다.

할머니가 병원에서 일하게 된 지 15년 쯤 되던 어느 날의 일이다. 병원 회계담당 직원과 환자가 언성을 높이고 있었다. 할머니는 무슨 일인가 궁금해 4등 병실을 들여다보았다. 병상에 누워있는 사람은 늙은 노인이었다. 회계담당 직원은 밀린 병원비를 내지 않으면 강제로 퇴원시키겠다고 으름장을 놓았고, 노인은 돈이 없으니 기다려달라는 부탁을 몇 번이고 반복할 따름이었다. 상황을 짐작한 할머니는 그만 자신이 병원비를 내겠다고 말하고 병실을 나와 버렸다. 그날 밤 집에 돌아온 할머니는 자꾸만 힘들었던 젊은 시절을 떠올리며 '과연 나는 누구를 위해 병원비를 대신 내겠다고 했는가? 이 또한 나를 위해선가?'를 자문하고, 혼란과 외로움에 사무쳐 베개가 흠뻑 젖도록 눈물을 흘렸다.

「할머니는 베개를 뒤집었다. 하지만 그것도 역시 순식간에 흠뻑 젖고 말았다. 그나저나 수십 년간 눈물을 몰랐던 할머니건만 이 눈물은 도대체 어찌된 것일까.
자기 자신에게 정나미가 떨어져 절망한 사람의 눈물인가?
아니면 달콤한 희열과 만족감에 흐르는 눈물인가?
어둠속에서 까마귀가 까악까악 울며 날아갔다.
그날 밤 이후 할머니는 눈에 띄게 수척해져갔다. 자신의 모순된 생활을 중심으로 두 마음이 서로 다투었다. 그 때문에 할머니의 얼굴은 이상하게 쭈그러들었고 더욱 더 주름투성이가 되었다. 게다가 신경질적으로 변했다. 간호사들은 전보다 훨씬 더 할머니를 두려워하였다.」

그 후 할머니가 어떤 삶을 살았는지 나는 알지 못한다. 하지만 퇴원하던 날 할머니가 내 호주머니에 사과 2개와 귤 4개를 말없이 넣어주셨던 것을 결코 잊을 수 없다.

- 1934. 5. 17 -

眞相(진상)

〈기초사항〉

원제(原題)	眞相(一~七)	
한국어 제목	진상	
원작가명(原作家名)	본명	오영진(吳泳鎭)
	필명	
게재지(揭載誌)	성대문학(城大文學)	
게재년도	1936년 2월	
배경	• 시간적 배경: 곡식이 무르익는 가을 • 공간적 배경: ×라는 어느 시골마을	
등장인물	① 마흔 안팎의 술주정뱅이 철수 ② 여자를 좋아하고 허세가 많은 재산가 김성삼 ③ M고등보통학교를 졸업하고 면사무소 서기로 일하는 이부기 ④ 억척스러운 철수의 본처 김씨 ⑤ 젊고 아름다운 여인 서씨	
기타사항		

철수(哲洙)는 마을사람들에게 술주정뱅이에다 막돼먹은 놈이라는 소리를 들었다. 주제에 지주 김성삼(金成三)의 소작을 맡아 농사를 짓지만 농사에 전혀 신경을 쓰지 않으므로 수확이 좋을 리 없었다. 게다가 주머니에 돈푼이라도 생기면 술값으로 탕진하기 일쑤였다. 그런 날은 으레 술에 만취해 주막이나 길가에 쓰러져 자곤 하였다. 이런 그를 아내인 김(金)씨가 좋아할 리 없었다. 보다 못한 아내 김씨도 철수에게 뒤질세라 술을 마시고는 집에 들어오지 않는 날이 많았다. 이렇다 보니 둘은 만나기만 하면 서로 못 잡아먹어서 으르렁거렸다. 그러던 어느 날 부부싸움 끝에 김씨가 드디어 집을 나가고 말았다.

그 날도 철수는 술에 취해 집으로 돌아왔다. 그러나 이미 아내 김씨가 집을 나간 뒤라 혼자서 우두커니 아침을 맞이했다. 아내가 집을 나가고 2, 3일을 이렇게 우두커니 보내고는 또다시 주막 출입을 시작했다. 그러던 어느 날, 철수는 주막에 가려고 집을 나섰다가 한 젊은 여자가 누추한 몰골로 길가에 쭈그려 앉아있는 것을 발견했다. 서(徐)씨라는 그 여인은 철수에게 갈 곳이 없으니 먹이고 재워만 주면 아내가 되겠다고 했다. 그러자 철수는 냉큼 서씨를 집안에 들이게 된다.

이 소문은 어느새 온 마을로 퍼졌고 마을의 모든 남정네들은 철수 같은 술주정뱅이에게 웬 횡재냐며 서씨가 아깝다고 한 마디씩 거들었다. 한편 평소 가깝게 지내는 이들과 술잔을 기울이며 이 소문을 듣게 된 김성삼은, 모범적인 마을에 근본도 모르는 낯선 여자를 들일 수 없다며 서씨와 철수의 동거를 극구 반대하고 나섰다.

어느 날 저녁 성삼은 자신을 따르는 무뢰배들과 철수의 이야기를 한창 떠들어대며 주막에서 나오다가, 그때 마침 퇴근길이던 이부기(李富基)와 마주쳤다. 이부기는 평소 돈푼이나 있다고 으스대며 자신을 무시하는 김성삼이 반가울 리 없었다. 게다가 철수와 서씨의 이야기를 떠들어대며 그런 일은 도덕적으로 있어서는 안 된다고 핏대를 올리는 것을 듣자니, 부아가 치밀었지만 꾹 참고 집으로 돌아갔다.

서씨가 들어온 후 철수는 주막에도 가지 않고 아침부터 밤까지 젊고 부드러운 서씨의 몸을 탐했다. 그러다가 며칠에 한 번씩 바다에 나가 서씨가 좋아하는 고기를 잡아다 저녁을 같이 먹곤 했다. 그렇게 저녁을 먹고 난 후 오후 6시 기차가 지나가는 소리가 나면, 어김없이 서씨를 품에 안고 잠이 들었다. 철수는 서씨와 지내는 하루하루가 꿈만 같았다. 더욱이 서씨는 살림도 잘하고 상냥해서 전부인 김씨와는 비교도 안 될 만큼 좋은 여자였다.

서씨가 들어오고 일주일 정도 지난 어느 날이었다. 철수가 고기를 잡아와 서씨와 저녁을 먹고 밥상을 물리고 일어서려는데 김성삼이 찾아왔다. 철수는 불길한 예감이 들었으나 일부러 내색하지 않고 그를 맞았다. 김성삼은 서씨를 힐끗 쳐다보더니 밖에서 이야기하자며 인적이 드문 야산 기슭으로 철수를 데리고 나왔다.

성삼의 말에 따르면 철수가 갑자기 어여쁜 서씨를 부인으로 맞아들인 것에 대해 마을사람들 사이에 말이 많다는 것이었다. 또한 전부인 김씨가 어느 일본인 집에서 가정부로 일하고 있으며 이제는 집으로 돌아오고 싶어 한다는 말을 전했다. 이 말을 들은 철수는 하늘이 무너지는 것 같았다. 무슨 일이 있어도 서씨와 헤어지지 않겠다고 다짐한 그였지만, 마을 여론은 그렇다 치더라도 지주인 성삼이 장래 운운하며 반대하는 데에는 어쩔 도리가 없었다. 철수는 사이좋은 이부기와 상담이라도 해볼까 했지만 그 날은 밤이 깊어 다음 날 대답하겠다는 말만 남기고 집으로 돌아왔다. 서씨는 철수가 들어오기를 기다리고 있었다. 철수의 얼굴이 굳어있자

서씨는 무슨 일이냐고 묻지만 철수는 차마 사실대로 말할 수가 없었다. 여느 때와 달리 철수는 서씨를 먼저 재우고 한참을 고민하다가 뜬 눈으로 날을 샜다.

결국 철수는 서씨와 헤어지고 김씨를 다시 받아들였다. 그날부터 철수는 다시 주막 출입을 시작했다. 김씨 역시 뻔질나게 성삼의 집을 드나들었다. 김씨가 성삼의 집을 드나드는 것을 여러 번 목격한 이부기는 이를 수상하게 생각했다. 그 후 서씨는 성삼의 주선으로 이웃마을 홀아비한테 시집갔다는 소문이 돌았다. 어느 날 이른 아침, 출근길이던 부기는 마을 어귀에서 읍내 술집에서 자고 들어오는 철수와 마주쳤다.

「"참, 자네한테 말했던가, 집사람이 또 뛰쳐나갔다고?"
부기는 처음 듣는 얘기라 깜짝 놀라 되물었다.
"집사람이라니, 그 김씨 말입니까?"
"어, 이번에는 자기 물건이라면 먼지 하나 안 남기고 죄다 긁어갔어."
철수는 이렇게 말하고 부기가 지금 막 걸어나온 ×촌 쪽으로 터벅터벅 걸어갔다. 부기는 그의 말을 듣고 뭔가 짚이는 것이 있는 모양이었다. 그는 김씨가 요 며칠 사이 뻔질나게 성삼의 집에 드나들던 것을 떠올렸다.
"성삼이 이 자식 짓이로군. 그놈이 전에 김씨의 거처를 알고 있던 것도 이상하고, 이번에도 김씨가 그 놈 집을 뻔질나게 드나들던 것도 이상하다 싶더니."
그는 내심 납득이 갔다. 애당초 성삼이 이 사건과 연관이 있는 게 분명해 보였던 것이다.
"그래, 오늘 퇴근하면 철수에게 내 생각을 모두 말해줘야지. 철수도 이 얘길 들으면 가만히 있진 않겠지."
부기는 인도적인 의분을 느끼며 면사무소 쪽으로 걸음을 재촉했다.」

- 1935. 12. 2 -

友の死後(친구의 사후)

〈기초사항〉

원제(原題)	友の死後	
한국어 제목	친구의 사후	
원작가명(原作家名)	본명	오영진(吳泳鎭)
	필명	
게재지(揭載誌)	성대문학(城大文學)	
게재년도	1936년 5월	

배경	• 시간적 배경: 어느 해 겨울 • 공간적 배경: 황해도 겸이포
등장인물	① 평양에 살고 있는 작가 이수운 ② 수운의 중학교 동창으로 자살한 광철 ③ 광철의 친구이자 수운의 지인으로 신문지사를 운영하는 용훈 ④ 용훈의 신문사에서 잡일을 하는 남희 등
기타사항	

〈줄거리〉

　　수운(壽雲)에게는 광철(光哲)이라는 친구가 있었는데 그가 얼마 전에 돌연 자살을 했다. 그의 자살 사유가 실연이라는 소문도 있고 예전부터 자살을 생각했었다는 소문도 있었다. 그러나 이제 와서 그런 소문 따위가 무슨 의미가 있겠는가.

　　수운은 용훈(龍勳)에게서 온 편지를 꺼내 기차 안에서 다시 읽어 보았다. 수운은 광철의 친구인 용훈과는 그렇게 친한 사이는 아니었으나 얼굴은 익히 알고 있었다. 그런 그에게서 갑자기 만나자는 편지가 온 것이다. 수운 앞으로 쓴 광철의 유서를 전달하고 그의 유작에 대해 상의하고 싶다는 내용이었다. 그러나 수운은 이제 와서 죽은 광철에 대한 이야기를 한들 무슨 소용이 있겠는가 하는 생각에 용훈의 제안에 회의적이었다. 그래도 수운은 어쩔 수 없이 경성에 가는 길에 겸이포(兼二浦)에 들러 용훈을 만나보기로 결심하고 기차에 몸을 실었다.

　　일단 황주(黃州)에 도착해 다시 겸이포행 기차로 갈아타기 위해 기다리던 수운은, 자신이 절친한 친구나 누나들의 죽음에 대해 거의 무감각한 것은 죽음을 초월하거나 감정이 메말라서라기보다는 다만 자신의 성격 때문이라는 생각을 새삼 해본다.

　　이윽고 시골사람들을 가득 태운 겸이포행 기차가 플랫폼으로 들어오고 복잡하고 퀴퀴한 객실로 들어선 수운은 뜻밖에도 그곳에서 경성에 살 때 단골로 다녔던 식당의 여자 급사를 보았다. 아마도 겸이포까지 팔려온 모양이었다. 자신의 얼굴을 뚫어져라 바라보는 그녀의 시선이 낯 뜨겁고 싫어진 수운은 결국 고개를 돌리고 말았다. 그런가 하면 바로 앞에 앉아있던 비쩍 마른 한 남자가 무슨 말인가를 하고 싶은지 줄곧 입을 움찔거리며 수운을 힐끔거렸다. 이런 모든 상황에 불쾌해진 수운은 오로지 한시라도 빨리 겸이포에 도착해 용훈과의 일을 마치고 오늘 중으로 경성으로 향하고 싶은 마음뿐이었다.

　　해지기 직전에야 겨우 겸이포에 도착한 수운은 기차에서 자신을 힐끔거리던 남자의 안내를 받아 간신히 용훈의 신문사를 찾을 수 있었다. 신문사라고는 하지만 시골의 지사에 불과한지라 사무실은 비좁고 초라했다. 용훈은 수운을 만나 인사를 나누기 무섭게 가난한 자신의 처지를 한없이 비관만 할 뿐 정작 본론을 꺼내지 않아 수운을 지치게 했다. 용훈은 신문배달을 하는 아이를 시켜 남희(南熙)를 불러오게 했다. 세 사람이 모인 자리에서 광철의 유서가 수운에게 전달되었다.

　　「"이것이 이(李)군에게 보낸 겁니다. 그리고 이것이 모두 그의 유고이고요."

　　수운은 노란 봉투를 받아들더니 바로 뜯어보았다. 방 안은 글자를 읽을 수 없을 정도로 어두웠다. 유서는 편지지 한 장의 간단한 것으로, 쓴 직후 잉크가 마르기도 전에 접은 탓인지 잉크가 심하게 번져 있었다. 그는 그것을 램프 밑으로 가져가 비춰보았다. 크고 흐트러진 글자로 다음과 같이 적혀있었다.

'나는 죽는다, 어차피 죽을 몸인데 이것으로 된 것 아니겠는가? 당연한 이야기다. 광철.'

이 문구는 광철이 수운에게 보냈던 수많은 편지의 내용을 요약한 것 같았다. 수운은 다 읽고 난 후 마음이 고요해지는 걸 느꼈다. 그래, 이것으로 됐다. 광철은, 자기가 전부터 생각했던 것이 거짓이 아님을 몸소 증명한 셈이라고 생각했다.」

한편, 용훈은 광철 아버지의 뜻에 따라 유고집을 내기로 했다는 소식도 전해주었다. 다만 광철의 유품을 팔아 그 경비를 마련하되 부족한 부분은 친구들이 십시일반 보태기로 했다며 수운에게도 얼마간 부탁한다는 말이었다. 이 모든 상황이 마뜩찮은 수운은 마지못해 그들의 부탁을 수락하지만, 속으로는 되도록 빨리 이들과 헤어져 밤 8시 기차를 타고 싶은 마음뿐이었다.

하지만 남희는 수운의 이런 마음은 아랑곳 않고 저녁을 먹자며 식당으로 끌고 가서 술을 권했다. 그리고 식당을 나선 후에는 여자가 있는 카페로 자리를 옮겨 셋이서 고주망태가 되도록 술을 마셨다. 그 와중에 용훈은 광철의 유고집을 출판하는 일을 수운이 전적으로 맡아서 해줄 것을 요청한다. 수운은 굳이 유고를 발표할 필요가 있겠느냐고 되묻지만, 용훈은 광철 아버지의 간곡한 바람이라며 끈질기게 수운을 설득했다. 그런 용훈에게 짜증나고 기차 시간 때문에 초조해진 수운은 결국 광철의 유고를 자기에게 달라고 말하고 말았다.

시간이 얼마나 흘렀을까, 카페에서 널브러져 잠들어버린 용훈과 남희를 남겨둔 채 수운은 계산을 마친 뒤 낮에 역에서 올 때 보아 둔 여관으로 가 하룻밤을 묵었다. 다음 날 새벽, 잠에서 깬 수운은 여관 급사를 시켜 용훈에게서 광철의 유작을 받아오게 하고 다시 잠이 들었다. 8시 넘어 겨우 눈을 뜬 수운은 9시에 찾아오겠다는 용훈의 메모를 무시한 채 광철의 유작만을 챙겨들고 9시 기차를 타기 위해 부랴부랴 기차역으로 향했다.

- 1936. 3. 20 -

047-4

かがみ(거울)

〈기초사항〉

원제(原題)		かがみ
한국어 제목		거울
원작가명(原作家名)	본명	오영진(吳泳鎭)
	필명	
게재지(揭載誌)		성대문학(城大文學)
게재년도		1936년 7월

배경	• 시간적 배경: 어느 해 초여름 • 공간적 배경: M공립고등보통학교
등장인물	① M공립고등보통학교의 신참내기 교사 '나(박선생)' ② 일본인교장에게 아부 잘하는 김동현 ③ 역사와 지리 담당 교사 오쿠다 ④ 학교 축구부 주장 심성길 등
기타사항	

〈줄거리〉

'나(朴)'는 점심시간에 며칠 전 휴가를 내어 찾아뵙고 온 고향의 병든 어머니와 여동생을 생각하며 학교 뒤뜰을 거닐고 있었다. 그때 등 뒤에서 오쿠다(奧田)선생이 나를 부르며 다가왔다. 무슨 생각을 그리 골똘히 하느라 여러 차례 불러도 듣지 못하냐며 다가온 오쿠다선생은 내가 학교를 비운 사이 큰일이 있었다고 했다. 얼마 전 회의에서 통과되었던 축구부 원정경기가 그 사이 직원회의에서 취소되었다는 것이다. 그는 또 원정경기를 반대하는 데 김동현(金東鉉)선생이 가장 적극적이었다는 이야기도 덧붙였다. 평소 김동현선생을 좋게 생각해오던 나는 오쿠다선생의 말이 믿기지 않았다. 또 원정경기가 취소된 것이 사실이라면 축구부 학생들의 실망이 얼마나 클까를 생각하니 가슴이 답답해졌고, 왜 김동현선생이 원정경기를 반대하고 나섰는지 그 이유가 궁금해 견딜 수 없었다.

교무실 앞에서 김선생과 마주친 내가 방과 후 잠시 할 이야기가 있다고 말하자, 김선생은 4시 이후에 같이 귀가하자며 서둘러 교실로 향했다. 나는 그 얼굴에 불쾌한 빛이 스치는 걸 놓치지 않았다. 그런데 아무리 기다려도 김선생은 나타나지 않았다. 급사를 시켜 알아보니 그는 진작 퇴근해버린 뒤였다.

그날 저녁, 식사를 마치고 책상 앞에 앉은 나는 학교에서 있었던 일은 까마득히 잊고 오로지 어머니와 여동생을 걱정하며 어머니께 편지를 쓰기 시작했다. 편지를 한참 쓰고 있을 때 밖에서 나를 부르는 소리가 들렸다. 문을 열어보니 심성길(沈性吉)을 비롯해 축구부 학생 서너 명이 문 앞에 서 있었다. 나는 학생들을 방으로 불러 들여 찾아온 용건을 물었다. 그들은 다름이 아니라 축구부 원정경기 취소에 따른 억울함을 호소하러 온 것이었다. 그들은 그 동안 여러 차례 우승한 자신들이 원정경기에 참가하는 것이 당연한데, 성적도 좋지 않은 야구부가 대신해서 참가하도록 계획이 바뀐 것에 대해 납득하지 못하겠다고 했다. 또한 반대자들 중 조선인인 김동현선생이 누구보다 적극적으로 반대했다며 학생들은 눈물을 흘렸다. 그 이유를 묻는 나에게 심성길은, 이번 원정경기가 조선인이 주최하는 경기인 데다 일제에 반발하는 경향이 강한 N학교가 참가하기 때문에 총독부에 밉보이지 않기 위해 원정경기를 취소한 것이라고 설명해주었다.

다음 날 나는 김선생에게 축구부 원정경기 취소에 대해 직설적으로 따지고 물었다. 그러나 그에게서 돌아온 대답은 심성길의 설명과 크게 다르지 않았고, 오히려 나에게 어설픈 정의감에 몸을 망칠 수도 있으니 조심하라는 충고까지 했다.

나는 그런 김선생에게 더 이상 맞서보았자 무모하다는 생각이 들어 그만두기로 했다. 대신 나의 정의감을 믿고 찾아온 축구부 학생들에게 면목이 없어 못난 나 자신을 자책할 뿐이었다. 다행히 학생들은 더 이상 나를 찾아오거나 답변을 요구하지 않았다.

그러던 어느 날 나는 교장의 부름을 받았다. 교장은 대뜸 나를 찾아온 축구부 학생들과 무슨 이야기를 했느냐고 캐물으며, 나에게 축구부원들과 한통속이 되어 문제를 부추기면 불이익을 당할 수도 있으니 조심하라고 으름장을 놓았다. 이에 나는 기다렸다는 듯이 축구부 원정경기가 취소된 원인을 따져 물었다. 교장은 당연한 결정이었다고 하더니 김선생과 같은 이야기를 되풀이하며 버럭 화를 냈다. 그런 교장 앞에서 나는 겁쟁이처럼 한 마디 말도 못하고 돌아서나올 수밖에 없었다.

그리고 며칠 후 축구부 주장의 난동사건이 벌어졌다. 심성길이 교무실로 들어왔을 때 한 조선인 선생이 조선어로 또 불려왔냐고 비아냥거린 것이 화근이었다. 심성길이 "모르겠소."라고 조선어로 대답하자 옆에 있던 후카미(深見)선생이 왜 조선어를 쓰냐며 심성길을 때려눕혔다. 그렇게 시작된 후카미선생과 심성길의 몸싸움에 김동현이 가세하자 심성길의 분노는 극에 달했고, 그는 소지하고 있던 칼을 빼들며 김동현을 죽이겠다고 난동을 부렸다. 다행히 내가 심성길을 말려 큰 사고 없이 사건은 끝이 났으나 그 일로 인해 심성길은 퇴학을 당하게 되었다. 그리고 퇴학이 결정되던 날 밤, 심성길이 나를 찾아왔다.

「……그는 분명 내가 갖지 못한 강력한 뭔가를 가지고 있었다.
"여러 가지로 신세가 많았습니다. 선생님도 건강하세요."
그는 이별을 고하고 서둘러 일어섰다.
"만주로 간다는 게 정말인가?"
"네, 꼭 가보고 싶습니다."
"언제 출발하지?" (중략)
"나중에 아버지가 와서 복학시켜달라고 부탁해도 절대 응하지 말아주십시오. 아버지가 요즘 불평이 이만저만이 아니거든요."
이렇게 말하고 이내 "그럼."이라며 다시 한 번 머리를 숙였다. 나는 "으응"이라고 대답한 채 점점 작아지는 그의 뒷모습을 바라보았다. 이윽고 어둠 속으로 사라져 보이지 않게 되었다. 나는 방으로 돌아와 책상 앞에 앉았다. 책상 위에 놓인 작은 거울 속에 비친 내 얼굴을 응시하고 있었다. 치사한 녀석이라고 생각했다. 그리고 불쌍한 녀석이라고 생각했다. 그러자 거울 속 얼굴이 울상을 지었다.」

- 1936. 6. 1 -

丘の上の生活者(언덕 위의 생활자)

〈기초사항〉

원제(原題)	丘の上の生活者
한국어 제목	언덕 위의 생활자

원작가명(原作家名)	본명	오영진(吳泳鎭)
	필명	
게재지(揭載誌)		성대문학(城大文學)
게재년도		1936년 11월
배경		• 시간적 배경: 어느 해 무더운 여름 • 공간적 배경: P시의 언덕 위 빈민촌
등장인물		① K시 금융조합에서 쫓겨나 무위도식하는 한수운 ② 수운의 하숙집 주인 이자 매춘 중개자인 과부 최성녀 ③ 최성녀의 열네 살 된 딸 복녀 등
기타사항		미완성

〈줄거리〉

　　한수운(韓秀運)은 중학교를 졸업하고 3개월 정도 강습을 받은 후 K시의 금융조합에 취직했다. 그는 입사 후 한 달 만에 공금 300원을 횡령하여 200원은 아버지에게 드리고 나머지 100원은 술과 여자로 탕진하였다. 수운은 얼마 못가서 경찰에 체포되어 형무소에서 1년 6개월의 형량을 마치고 출소했다. 그는 출소하자마자 옛 친구나 중학교 동창들을 찾아다녔다. 그 중에는 학생도 있었고 사업가도 있었다. 학생에게는 여비를 구걸하고 사업가 친구에게는 일자리를 부탁했다. 그러나 친구들은 한결같이 그를 손가락질하며 피했다. 먹고 살 길이 막막한 수운은 5, 6년 전까지만 해도 P시 유일의 빈민촌으로 유명했던 지대에 위치한 한 싸구려 여인숙에 하숙을 구했다.

　　그런데 이곳에 2, 3년 전부터 일본의 모(某)재벌이 들어와 제분공장을 짓는 바람에 일대에 상업지구가 형성되었고, 상가들이 하나둘 들어서면서 빈민촌의 영세민들은 차츰차츰 언덕 위로 쫓겨나 살게 되었다. 수운의 하숙집은 그 빈민촌과 상업지구의 경계선쯤에 위치해있었다. 언덕 위에서 살게 된 영세민들은 위에서 아래를 내려다보며 이구동성으로 조망이 좋다고 만족해했고, 날이면 날마다 아랫마을의 공사장으로 돈벌이를 나갔다. 수운은 그렇게 텅 빈 빈민촌과 상가의 경계지역에서 빈둥거릴 뿐이었다. 여전히 일자리를 구하지 못하던 수운은 하숙집 주인인 최성녀(崔姓女)에게 사정하여 한 달에 5원 하던 방값을 4원 50전으로 깎고 하루 한 끼의 식사까지 얻어먹고 있던 터라, 최씨의 매춘 중개행위가 영 못마땅해도 싫은 기색조차 내비치지 못했다. 오히려 그런 최씨에게 묘한 감정마저 느끼고 있었다.

　　어느 일요일 아침, 늦잠을 자던 수운은 최씨가 딸 복녀(福女)를 닦달하는 소리에 못 이긴 듯 자리에서 일어나 하숙집 맞은편에 있는 빵집으로 아침을 해결하기 위해 도망치듯 내뺐다. 수운은 바쁜 빵집 주인에게서 빵을 받아먹은 뒤 언덕 위로 발길을 돌려 텅 빈 교회당으로 갔다. 그곳에서 수운은 전에도 몇 번 본 적이 있는 신학생 김덕언(金德彦)을 만났다. 그는 매주 일요일이면 빠짐없이 교회에 나왔는데, 왜 요즘 마을사람들이 교회에 안 나오는지 모르겠다며 한탄했다. 수운은 그런 덕언에게 아랫마을 공사와 돈벌이 나가는 마을사람들의 상관관계를 상기시켜주었다. 이야기 끝에 덕언은 여름에 교회에서 '하기(夏期) 아동 강습회'를 열 생각이라며 수운에게 학벌을 물었다. 그리고 아침 9시부터 오후 1시까지 성경과 한글을 가르치자고 수운에게 제안하지만, 수운은 곧 취직을 해야 한다며 그의 제안을 거절했다.

　　수운이 저녁 늦게 하숙집으로 돌아왔을 때는 손님이 와 있었다. 최씨를 통해 여자를 사러 온 사람들이었다. 그런데 수운이 어두운 자기 방으로 들어가려고 할 때, 수운의 방에서 복녀가 나오는 것이 아닌가! 수운은 왜 복녀가 자기 방에서 나오는지 궁금해 복녀의 어깨를 붙잡으려다 그만 복녀의 젖가슴에 손이 닿고 말았다. 순간 부드럽고 통통한 어린 여자아이의 피부감촉을 느끼고 수운의 가슴이 설레었다. 그날 밤 잠자리에 누운 수운이 아직도 손끝에 남아있던 복녀의 젖가슴의 감촉을 음미하고 있는데, 최씨가 자신의 방을 손님들과 여자들에게 내어주고 머뭇거리는 복녀를 재촉하며 별다른 양해도 구하지 않고 수운의 방으로 쳐들어왔다. 술에 취한 최씨는 복녀를 벽 쪽에 붙여 자게 하고 자신은 수운의 곁에서 옷을 벗어던졌다. 그렇게 수운은 최씨와 찰나적인 열락에 빠져들고 말았다. 최씨는 무슨 영문인지 조용히 흐느끼기 시작하더니 흐느낌은 이내 통곡으로 바뀌었다. 수운은 영문도 모르고 따라 울었다.

다음날 아침, 수운은 빗소리에 눈을 떴다. 옆에 있어야 할 최씨의 모습은 보이지 않고 복녀만 벽에 바짝 붙어 자고 있었다. 그녀의 벌어진 옷깃 사이로 봉긋 솟은 젖가슴이 드러나 있는 것을 본 수운은 최씨가 집에 없는 것을 확인하고 복녀에게 바짝 다가가 누웠다.

「손등이 간지러웠다. 완연한 여자가 되었다고 생각하며 반쯤 입을 벌리고 자고 있는 복녀의 모습을 넋 놓고 바라보다가, 이윽고 조용히 몸을 일으켰다. 최씨는 집에 없는지 고요했다. 어둑한 하늘에서 비가 하얗게 내리고 있었다. 그는 소리가 나지 않게 조심하며 장지문을 닫고 복녀 곁으로 다가가 그녀를 끌어안듯이 누웠다. 어젯밤과는 전혀 다른 종류의 신선한 가슴의 전율을 느끼면서⋯⋯. 갑자기 최씨의 날카로운 목소리가 귀를 때렸다.

"복녀야 아직 자는 거여?"

밖에서 막 돌아온 듯한 어머니의 목소리를 듣고, 복녀는 지금까지 자고 있었다고는 도저히 믿기지 않을 민첩함으로 수운의 팔을 뿌리치며 벌떡 일어났다. 그녀의 얼굴은 순간 새빨갛게 물들었다. 수치와 경악과 낭패와 불만으로 복녀의 얼굴은 한순간 당장이라도 울음을 터트릴 것처럼 일그러졌다. 그녀는 가슴의 옷깃을 여미며 서둘러 그 방을 빠져나갔다.」

047-6

若い龍の郷(젊은 용의 고향)

〈기초사항〉

원제(原題)		若い龍の郷
한국어 제목		젊은 용의 고향
원작가명(原作家名)	본명	오영진(吳泳鎭)
	필명	
게재지(揭載誌)		국민문학(國民文學)

게재년도	1944년 11월
배경	• 시간적 배경: 대조봉대일을 전후한 일주일 • 공간적 배경: 조선반도에 위치한 ○○해병단
등장인물	① 영화사에서 영화각본의 의뢰를 받고 자료취재차 ○○해병단을 찾은 '나' ② 해병단 F대위와 N소위 ③ 신병을 교육하고 관리하는 신병과장 등
기타사항	

〈줄거리〉

때늦은 장맛비가 내리던 어느 날 오전, '나'는 경성을 출발하여 ○○해병단이 있는 마을에 도착해 여관을 찾았다. 내가 이곳 ○○해병단을 방문하게 된 이유는 영화의 시나리오를 만들기 위해서였다. 직접 해병들의 일상을 보고 들으며 일주일간을 그들과 함께 지내다보면 시나리오를 만드는 데 많은 도움이 되리라 기대했기 때문이다. 첫날 누추한 여관을 나와 근처 번화가를 방황하다 어느새 발길이 멈춘 곳은 바다가 보이는 선착장, 나는 그곳에서 해병대에서 들려오는 나팔소리를 들었다.

다음 날, 나를 반갑게 맞아준 인사부의 F대위는 매우 친절한 사람이었다. 그는 나를 대동하고 해병단 내무반을 일일이 돌며 그곳 사람들을 소개시켜 주었다. 불행히도 지금까지 거의 만나보지 못했던 이 특별한 세계의 사람들을 접하면서 뭐라 형용할 수 없는 놀라움을 느꼈다.

대동아전쟁 선전 조칙하달을 기념하는 '대조봉대일(大詔奉戴日)' 다음날 오전 7시 30분, 나는 해병단에 도착했다. 이제부터 일주일 동안 신병들과 일과를 함께 하게 될 것이다. 나는 그들의 화기애애하고 생명력 넘치는 모습에 감동하며 내가 이곳에 온 목적을 소개했다. 병사들은 자신들을 영화의 주인공으로 써달라는 등 격의 없는 농담을 던져왔다.

내가 만나본 해병단과 병사들의 화기애애한 분위기는 바깥세계에서 들던 것과는 너무나 달랐다. 훈련받는 병사들은 마치 학교에서 교육을 받는 중등학교 학생 같았고, 귀신보다 더 무섭다는 교육반장은 너그럽기 그지없었다. 다만 그들은 애정표현이 지나치게 서툴 뿐이었다. 신병들에게 카누 훈련을 시키고 있는 교관의 제안으로 나도 카누에 도전해 보기로 했다. 교관에게 카누에 대한 설명을 들은 다음 바다로 나가 실전에 참가해보았지만 결코 만만한 일이 아니었다. 신병들과 팀을 나누어 카누 경기를 벌였는데 일곱 팀 중 내가 합류한 팀은 4등을 했다.

카누 연습장에서 돌아온 나는 사관실의 부장으로부터 해병단 내에서의 숙박이 불가하므로 외부 여관에서 출입하라는 통보를 받았다. 애당초 해병단의 배려로 신병들의 침소와 가까운 제2병사 1실에서 숙박할 수 있도록 허락해 주었는데 그것이 불가능하게 되었다는 이야기였다.

다음 날 새벽 일찍, 나는 신병들의 숙소 입구에 서있었다. 고요한 아침의 대기를 울리는 총검술 훈련, 이제까지 느꼈던 화기애애한 분위기와는 사뭇 다른 느낌이었다.

그 다음 날 나는 신병과장의 집에 초대되었다. 과장부인이 나를 보자 자신의 두 아들도 나와 연령이 비슷하며 지금은 전선에 나가있노라고 매우 자랑스러운 표정으로 말했다. 과장부인의 밝은 얼굴은 군국의 어머니의 참모습을 여실히 보여주고 있었다.

「신병과장은 홍조를 띠며 말했다.

"자네는 신의 존재를 어떻게 생각하나? 신의 실재를 믿지 않으면 요컨대 천우신조라는 것도 헛된 바람에 불과하지. 그럼 신이란 무엇인가? 그것은 우주의 중핵을 이루는 대생명이라네. 이 우주의 대생명은 그대로 우리 국체(國體)에 현현(顯現)하고 있다네. 우리 국체는 실로 절대적 위치를 중심으로 하는 지상유일의 이상국가의 현현이야. 중핵은 현인신, 세포는 국민."

나는 굳이 신병과장의 주장을 여기에 서술할 생각은 없다. 다만 팔굉일우(八紘一宇)를 단순히 인간 즉 국민에 한하지 않고 만물에 비추어 이해하고 있는 과장은 위대한 사랑과 열렬한 이상을 가진 사람이다. 우주를 분석하여 이윽고 일렉트로닉이란 무생물에 봉착한 서양인은 불행하다. 신병과장의 주장도 동양인이기에 비로소 직관에 의해 파악할 수 있는 우주관인 것이다.

이 위대한 사랑과 이상을 신병 한 사람 한 사람이 자신의 것으로 체득할 날도 멀지 않으리라.」

해병단에도 바깥세계와 마찬가지로 비가 내렸다. 그로 인해 해병단의 실외훈련은 취소되고 대신 식당과 교실을 겸한 병사들의 침실에서 실내교육을 실시하게 되었고 나는 바로 그 현장을 취재하였다. 덕분에 그곳에서 신병들과 허심탄회한 이야기를 나눌 수 있었다. 나는 오로지 한 가지를 확인하고 싶었다. 그들이 진정으로 원해서 해병단에 지원하였는가? 아니면 어쩌다 보니 지원하고 말았는가? 나는 그들의 진심을 알고 싶었다. 그러자 한 조선인 병사가 말했다. 자신은 초등학교 교사였으나 지원자가 없어 본보기로 지원했으며, 실제로 자신이 지원한 후 지원자가 늘었다고 말했다. 또 다른 병사는 나이는 어리고 아직 신병이지만 선배 병사들에게 지지 않을 용기와 자신감을 가지고 있다고 말했다. 이 말을 들은 나는 그들이 한없이 자랑스러웠다.

나는 마지막으로 조선인 신병들에게 희망사항이 무엇이냐고 물었다. 그들은 해병단 군복을 입고 늠름한 모습으로 금의환향하고 싶다고 말했다. 또한 남자로 태어난 이상 용감히 전투에 임해야 한다고도 했다. 나는 그들의 희망사항을 듣고 하루빨리 소원이 이루어지기를 바랐다. 일주일간의 취재를 마친 나는 용들의 고향과도 같은 아름다운 그곳을 뒤로하고 기차에 몸을 실었다.

禹昌壽(우창수)

—

우창수(생몰년 미상)

048

약력

1926년   5월 「아오마키(青卷)」에 일본어소설 「석가의 꿈(釋迦の夢)」을 발표하였다.

048-1

釋迦の夢(석가의 꿈)

〈기초사항〉

원제(原題)		釋迦の夢(1~5)
한국어 제목		석가의 꿈
원작가명(原作家名)	본명	우창수(禹昌壽)
	필명	
게재지(揭載誌)		아오마키(青卷)
게재년도		1926년 5월
배경		• 시간적 배경: 어느 오후 • 공간적 배경: 어느 신궁과 단특산(檀特山)
등장인물		① 꿈에서 석가가 된 '나' ② 내가 사랑하는 애자
기타사항		

〈줄거리〉

1

「……혹시 책상 위에 얼굴을 묻고 내가 돌아오기를 기다리지 않을까, 여느 때처럼 귀가가 늦는 나를 원망하며 차가운 벽에 기대어 울고 있지 않을까, 갑자기 벽장에서 뛰쳐나와 나를 놀래어주지는 않을까 등등, 집으로 돌아갈 때면 항상 이런 생각들로 마음이 설레곤 한다. 하지만 돌아와 방문을 열면 나는 정신이 퍼뜩 들면서 쓸쓸하고 외로운 생각에 젖고 만다. 생각하지 말자, 생각하지 말자 하면서도 하루에도 몇 번씩, 집에 돌아갈 때마다 이런 꿈을 꾼다. 그래도 또 이런 꿈을 꾸고 싶다.

애자(愛子)! 언젠가는 너도 돌아와 주겠지. 그 날을 기다리며, 그 날이 올 때까지 나는 매일매일 이런 꿈과 공상을 안고 살아가려 한다. 네가 있는 곳을 알지 못해 찾아 나설 수 없는 나로서는 이것이 유일한 것…….

나는 머리를 책상 위에 내리찍었다. 펜이 항아리 안에서 비명을 질렀다. 나는 문득 그 소리에 귀를 빼앗겼지만 잠시 후 다시 펜을 집어 들어 꽉 움켜쥐었다.

멈춰라, 너는 나의 생명이며 나의 신이다. 사랑이 반드시 인간의 신이고 연인이 반드시 인간의 생명이라고는 말하지 않겠다. 하지만 너는 나에게 둘도 없는 생명이다. 생명이여! 연인이여!

하지만 나는 다시 한 번 한숨을 짓지 않으면 안 되었다. 아무리 편지를 써도 어디 있는지 모를 그녀에게는 보낼 수 없으므로. 나는 다시 펜을 내던졌다. 크고 파란 잉크방울이 종이 위에 크고 작게 몸부림쳤다.」

2

사신이 자꾸만 태자인 나의 의중을 떠보면서 행차하기를 바라고 있었다. 부왕(父王)과 교담미(橋曇彌)부인 등이 내 마음을 알지도 못한 채 그저 자비롭게 지켜보는 것이 가여워서 나는 차마 강하게 거절할 수가 없었다. 문을 나서자 먼저 음란이 극에 달하고 색색의 등촉 깃발 등이 불쾌하였지만, 그들의 절규와 같은 탄성에 눈물지며 나는 "가엾은 중생이여. 나는 그대들을 구원할 것이다."라고 중얼거렸다.

나를 태운 가마는 소리도 없이 미끄러지듯 절규 안으로 빨려 들어갔다. 다시 눈을 뜨자 묘지들 - 북망의 크고 작은 언덕들이 끝도 없이 이어져 있기에 전율하며 그 휘장을 내렸다.

내가 세 번째 눈을 떴을 때, 눈앞에는 보리수숲이 깨끗하고 숭고하게 펼쳐져 있었다. 나는 처음 소생한 것 같은 기분으로 신선하게 숨을 들이켰다. 내가 원하던 세계였다. 그러나 돌연 "내려가라." 라며 남루한 할아버지가 지팡이를 짚고 비틀비틀 걸어오며 소리쳤다. 그때 군중들이 나의 행차를 바라고 있다며 사신이 나를 독촉하였으나, 그 역시 불쌍한 중생이다. 나는 그를 향해 웃어 보이며 단호하게 말했다. "돌아가자. 돌아가게 해다오."

3

그 뒤에도 나는 두 번쯤 마을 순례를 해야 했던 것 같다. 그러나 그 어떤 만족도 이루지 못했기에 부모님은 크게 걱정하였다. 그들을 안심시키기 위하여 나는 부왕에게 산으로 보내달라고 했다. 아버지는 기뻐하며 내가 원하는 대로 해주었다. 그러나 그것은 마치 감금과도 같은 것이었다.

새로운 궁에 돌아오자 녹야(鹿野), 최타미(崔陀彌), 야륜타라(耶輸陀羅) 등 세 명의 부인과 수많은 궁녀들이 나를 감시하였다. 그때 문득 나에게 좋은 생각이 떠올랐다. 오늘이야말로 왕궁을 벗어나야겠다고 생각하고 정원 쪽으로 걸었다. 그때 걸어오는 야륜타라를 불렀다. 야륜타라는 기쁜 듯 나를 바라보며 웃었다. 그녀 곁으로 다가가, 그대와의 인연이 남다른데 내 부탁을 들어달라고 하였다. 야륜타라는 깜짝 놀라며 무언가 두려워하는 것 같았으나 곧 승낙했다.

4

모든 것을 버리고 천천히 단특산(檀特山) 위에 올라가 좌정하고 염불을 시작했다. 조금도 무섭지 않았다. 궁정과 거리에서의 일들이 지옥같이 여겨졌고, 그곳 사람들이 아수라의 죄인이나 사자들처럼 보이기도 하였다. 천상의 극락, 선경에서 흘러나오는 아름다운 음악이 염불처럼 끊이지 않고 들리는 것 같았다. 그때 미묘하게 먹이를 찾고 있는 새의 부리소리 같은 것이 들렸다.

나는 그 밖의 생물은 어떤 것도 존재하지 않는 그 선계(仙界)(그것이 불계인지는 모르겠지만)에서 염불을 그치고 눈을 크게 떴다. 나는 이미 성불했을까?

나의 몸은 태양과 같이 빛나고 향기가 나는 것 같았다. 기쁨이 넘쳤다. 이제부터다. 나는 눈을 감고 염불을 계속했다. 귓가를 두드리는 사람소리가 들렸다. 확실히 내 이름을 부르고 있었다. 내 이름을 부르는 것이 누구냐?

" — 씨? — 씨? 돌아 왔어요, 나 애자예요. 애자…….."

그녀는 계속해서 나를 불렀지만 내 목에선 작은 소리마저 나오지 않았고, 두 손은 조금도 움직이지 않았다. 내 말도 그녀에게는 들리지 않은 모양이었다. 바위에 엎드려 울던 그녀는 내 몸에는 손가락 하나 대지 않고 조용히 일어서더니 나를 향해 합장하였다. 그리곤 화내는 나를 아랑곳 않고 조용히 산을 내려갔다.

"나를 석가로 만든 것이 누구냐? 나는 석가 따위 되고 싶지 않아. 나를 놓아줘. 놓아달란 말이다!"

5

가슴을 치면서 나의 쉰 목소리를 들을 때, 나는 책상다리를 그녀의 넓적다리처럼 꽉 끌어안고, 다람쥐처럼 침상에서 뛰쳐나왔다.

俞鎭午(유진오)

—

유진오(1906~1987) 소설가, 법학자, 정치가, 교육자. 호 현민(玄民). 필명 이지휘.

049

약력

1906년	5월 한성부에서 궁내부 제도국 참사관을 지낸 유치형(俞致衡)의 아들로 태어났으며 본관은 기계(杞溪)이다.
1914년	경성재동공립보통학교에 입학하여 1918년 졸업했다.
1919년	경성제일고등보통학교(경기고등학교의 전신)에 입학하였다.
1924년	경성제일고보를 우수한 성적으로 졸업한 후, 4월 경성제국대학 예과 문과 A에 수석으로 입학하였다.
1925년	경성제국대학 예과잡지 「청량(清凉)」의 발간을 주도하였다.
1926년	경성제국대학 예과를 마치고 법문학부 법과에서 수강했다. 재학시절 친구들과 <문우회(文友會)>를 조직하여 동인지 「문우(文友)」의 발간을 주도하였으며, 「문우」에 「S씨와 빠사회」를 게재하였다. 시집 『십자가』를 펴냈다.
1927년	단편소설 「복수」, 「스리」를 「조선지광(朝鮮之光)」에 발표하면서 작가로 등단했다.
1928년	「박군과 그의 누이」, 「갑수의 연애」 등 동반자 소설을 발표하였고, 「진리의 이중성」을 「조선지광」에 발표함으로써 평론가로도 활약하기 시작했다.
1929년	경성제국대학 법문학부 법학과를 수석으로 졸업한 후, 형법연구실 조수가 되었다. 친구 최용달과 한 달간 도쿄로 '학문에의 성지순례'를 다녀왔고, 그때 미키 기요시(三木清) 등 일본의 지식인들과 교류하였다. 경성제대 출신들과 <낙산구락부>를 조직하고 학술지 「신흥」을 창간하는데 중요한 역할을 하였다. 「오월의 구직자」를 발표하였다.
1930년	'이지휘'란 필명으로 당시의 운동 상황과 문제점을 정리한 「년간조선사회운동개관」을 《동아일보(東亞日報)》에 기고했다.
1931년	법리학 연구실 조수로 옮긴 뒤, 겸임으로 예과에서 법학통론을 강의하면서 강사 생활을 시작했다. 이때의 경험이 「김강사와 T교수」에 반영되었다. 같은 해 9월 무렵부터 이강국, 최용달, 박문규, 김광진 등과 <경제연구회>의 주요 구성원을

중심으로 한 <조선사회사정연구소>를 설립하여 활동했다. 「밤중에 거니는 자」, 「상해의 기억」 등을 발표하였다.

1932년	보성전문학교 강사로 출강하였다. <조선사회사정연구소>가 일본 경찰에게 수색당하고 결국 폐쇄되었다. 1937년까지 소설보다는 평론을 집필하는 데 집중하였다.
1935년	「신동아」에 「김강사와 T교수」를 발표하였다.
1936년	함경남도 원산청년회에서 개최한 강연회에서 강연한 내용이 반일적 사상을 담고 있다는 이유로 총독부 경무국에 소환되어 조사를 받았다. 「삼천리」에 단편 「황률」을 발표하였다.
1936년	4월 보성전문학교(고려대학교 전신) 정교수로 임용되었다.
1937년	「지드의 소련 여행기」를 발표하였다. 「김강사와 T교수」를 직접 일본어로 번역하여 일본 문예지인 「분가쿠안나이(文學案内)」에 게재하였다.
1938년	「창랑정기」를 통해 창작활동을 재개하였다.
1939년	단편 「나비」, 「가을」과 장편 『화상보』 등을 발표하였다. 잡지 「삼천리」에 <중일전쟁>을 적극 지지하는 내용의 사설을 기고한 것을 시작으로 <조선문인협회>, <조선실업구락부>, <조선문인보국회>, <조선임전보국단> 등 각종 총독부 어용단체에 가입해 활동하였다. 「황률」, 「가을」이 일본어로 번역, 발표되었다.
1940년	일본의 문학전문지 「분게이(文藝)」에 일본어소설 「여름(夏)」을 게재함으로써 본격적인 일본어소설 창작을 시작하였다. 「창랑정기」가 일본어로 번역, 발표되었으며 「나비」를 직접 번역, 발표하였다.
1941년	제1회 조선예술상 문학부문 심사위원을 맡았으며, <국민총력조선연맹 문화부>의 문화위원에 위촉되었다. 일본어소설 「기차 안(汽車の中)」, 「복남이(福男伊)」 등과 조선어소설 「산울림」, 「젊은 아내」 등을 발표하였다.
1942년	이후 문단의 중요행사로 매년 1회씩 3회에 걸쳐 개최된 <대동아문학자대회>에 대표로 참여했다. 「국민문학(國民文學)」에 일본어소설 「남곡선생(南谷先生)」과 조선어소설 「신징(新京)」을 발표하였다.
1944년	4월 보성전문학교명이 '경성척식경제전문학교'로 바뀌자 교수 겸 척식과장이 되었다. 「국민총력(國民總力)」에 일본어소설 「조부의 고철(祖父の鐵屑)」을 발표하였다.
1945년	<조선언론보국회>가 출범하자 언론보국회의 평의원에 선출되었다. 6월 15일, <조선언론보국회>가 주최한 언론총진격대 강연회에 참여했다. 광복 후에는 학교명이 보성전문학교로 환원되어 교수 겸 법과과장이 되었다.
1948년	초대 제헌국회의원 선거에 출마하여 당선되었다.
1949년	보성전문학교 법정대학 학장을 거쳐 1952부터 65년까지 총장을 역임했다.
1951년	한일회담 한국대표로 참석하였다.
1955년	민주당에 입당하였다.
1959년	<대한민국학술원상>을 수상하였다.

1960년	한일회담 대한민국 수석대표 및 대한교육연합회 회장으로 선출되었다.
1961년	<국가재건국민운동> 본부장, 국제연합(UN) 한국협회장(1961~63년) 등을 역임했다.
1962년	대한민국 문화훈장 등을 수여하였다.
1966년	민중당의 대통령 후보로 지명되었고, 1967년에는 민중당과 신한당이 합당한 신민당의 대표위원이 된 뒤 6월에 국회의원으로 당선되었다.
1967~70년	신민당 총재, 1967~71년 국회의원, 1970~72년 신민당 고문, 1980~87년 국정자문위원, 1982~87년 <옥계유진산선생기념회> 회장 등을 지냈다.
1987년	8월 사망하였다.

유진오의 문학활동은 크게 세 시기로 나뉜다.

첫 번째 시기에 해당되는 작품으로는 「스리」, 「파악」(「조선지광」, 1927. 7~9), 「5월의 구직자」(「조선지광」, 1929. 9) 등이 있다. 이 시기의 작품들은 가난에 허덕이는 민중들의 생활을 그리거나 지식인들이 겪는 정신적 갈등과 그를 통한 역사적 임무의 자각을 주된 내용으로 하고 있다. 이 무렵 이효석과 함께 <카프(KAPF, 조선프롤레타리아예술가동맹)>에 가입하지는 않았지만 프로문학의 입장을 취해 동반자 작가로 불린다.

두 번째 시기에 해당되는 작품으로는 《조선일보》에 발표한 「송군 남매와 나」(1930. 9. 4~17)와 「여직공」(1931. 1. 2~22), 「조선지광」에 발표한 「형」(1931. 2~5)과 「신계단」에 발표한 「5월 제전」(1932. 11) 등이 있다. 이 시기에 동반자적 특성이 가장 전형적으로 드러났는데, 그것은 주로 노동자를 주인공으로 설정해 그들이 자신의 삶이나 일제강점기의 상황을 극복하기 위해 헌신적으로 싸우는 모습이다. 당시 <KAPF>에 참여한 작가들과 같은 소재를 취하면서도 선악의 대립이 조선인 노동자와 일본인 자본가로 설정되어 있다는 점, 주인공이 정치의식이 뛰어난 인물이 아니라 어떤 계기를 통해 사회와 현실에 눈뜨게 되는 노동자로 설정되어 있다는 점이 그들과 다르다.

세 번째 시기에 해당되는 작품으로는 「신동아」에 발표한 「김강사와 T교수」(1935. 1)와 「간호부장」(1935. 12), 《동아일보》에 발표한 「화상보(華想譜)」(1939. 12. 8~1940. 5. 3) 등이 있다. 이 시기의 작품은 일제의 탄압이 갈수록 심해짐에 따라 이전의 열정을 상실하고 다시 차가운 지성의 세계로 복귀하는 모습을 보여준다. 그러나 1941년 이후에는 그의 작품에서 끈질기게 이어지던 현실에 대한 냉철한 비판과 정신적 가치에 대한 지향의 팽팽한 끈이 더 이상 유지되지 못하고 적극적인 친일행위로 나타난다.

소설집으로 『봄』(1940), 『화상보』(1941), 『김강사와 T교수』(1976), 『서울의 이방인』(1977) 등과 수필집으로 『젊은 날의 자화상』(1976), 『미래를 향한 창』(1978) 등이 있다. 그밖에 법 이론서로 『헌법이론과 실제』, 『헌법기초회고록』, 『헌법강의』, 『민주정치의 길』 등이 있다.

金講師とT敎授(김강사와 T교수)

〈기초사항〉

원제(原題)	金講師とT敎授(一~六)	
한국어 제목	김강사와 T교수	
원작가명(原作家名)	본명	유진오(俞鎭午)
	필명	현민(玄民)
게재지(揭載誌)	분가쿠안나이(文學案內)	
게재년도	1937년 2월	
배경	• 시간적 배경: 어느 해 초가을부터 이듬해 2월 무렵까지 • 공간적 배경: 경성의 S전문학교를 중심으로	
등장인물	① 경성 S전문학교 독일어 강사 김만필 ② S전문학교 교무주임 T교수 ③ 경성 모(某)관청의 H과장 ④ T교수가 요주의 학생으로 지목한 스즈키 등	
기타사항	번역자: 유진오(俞鎭午) 자작 역	

〈줄거리〉

　　어느 초가을 아침, 김만필(金萬弼)은 S전문학교 본관의 현관 앞에서 잔뜩 거드름을 피우며 택시에서 내렸다. 오늘이 바로 김만필의 독일어 강사로서의 첫 출근일이자 취임식이 있는 날이다. H과장의 소개로 취직을 의뢰하기 위해 여러 차례 만난 적이 있었던 S전문학교 교장은, 그때와는 전혀 다른 사람처럼 온갖 거드름과 위엄을 떨며 교장실에서 김강사를 맞이하였다. 그는 일본인과 조선인(內鮮人) 공학(共學)의 S전문학교에 조선인 교원으로서는 처음으로 김강사가 취임하게 된 것이니 각별히 주의해달라고 훈계하였다. 그러면서 교장실로 T교수를 불러 김강사에게 소개했다.

　　다음날, 김강사는 난생 처음 교단에 서게 되었다.

　　아침 일찍 교무실로 들어선 김강사는 자신의 존재를 무시하는 듯한 숨막히는 교무실 분위기를 견디지 못하고 도망치듯 신문실(新聞室)로 가서 신문을 읽고 있었다. 그때 T교수가 싱글벙글 상냥한 얼굴로 들어오더니 김강사에게 조선인 선생이라 일본인 학생들이 어떻게 나올지 모르니 조심하라는 친절한 충고를 해주었다. 그런가 하면 스즈키(鈴木)나 야마다(山田)와 같은 질 나쁜 학생들을 조심해야 한다며 흥분하기도 하였다. 김강사는 T교수의 그런 모습을 보며 왠지 무서운 사람이라는 생각이 들었다.

　　며칠 후 자신의 취직에 힘써준 H과장의 집을 방문하기 위해 길을 나선 김강사는 북악산 기슭에 위치한 H과장 집 근처에서 T교수와 맞닥트리게 되었다. T교수는 옆구리에 보따리 하나를 끼고 있었는데, 김강사를 보자 도둑질을 하다 들킨 사람처럼 당황하며 "제법인데!"라고 김강사에게 비열한 미소를 보내는 게 아닌가. T교수는 서둘러 부엌문으로 들어가 가정부에게 들고온 보따리를 건네고 나온 뒤에야 현관의 초인종을 눌렀다.

　　H과장 집에서 나온 T교수는 김강사를 어느 찻집으로 데리고 갔다. T교수는, 김강사가 작년 어느 신문에 원고료를 받을 목적으로 쓴 「독일 신흥작가군상」이라는 논문을 아주 좋은 글이었다고 칭찬했다. 하지만 사실 그 논문은 독일의 좌익작가를 다룬 것인 만큼 그의 사상적 문제와 결부되므로, 학교가 알아서 좋을 것이 없는 문제였다. 그런데 T교수가 어떻게 그걸 알고 있지? 그뿐만이 아니었다. T교수는 김강사의 집 주소까지 알고 있었다. 그런 T교수를 바라보며 김강사는 내심 탐정견을 연상했다. 집으로 돌아가는 길에, 김강사는 T교수의 강압에 못 이겨 택시를 함께 탔다. 택시 안에서 T교수는 같은 독일어 강사인 S강사를 경계하라고 주의를 주었다. S강사는 교수직을 약속받고 만주에서 전임해 왔지만 교장에게 밉보여 강사에 머물러있는 인물이었다.

　　그러던 10월의 어느 일요일, 스즈키가 김강사의 집을 찾아왔다. 그는 학생들이 패기가 없고 안일주의에 빠져있다고 분개하였다. 하지만 김강사는 T교수의 주의를 떠올리며 경계의 끈을 놓지 않았다. 그런데 스즈키는 김강사가 대학시절 문화비판회의 일원이었다는 사실을 T교수에게 들어서 알고 있다고 말했다. 그 말을 들은 김강사는 급기야 스즈키를 T교수가 자신의 뒤를 캐기 위해 보낸 스파이라고 생각하게 된다. 의심의 눈초리를 거두지 않고 있는 김강사에게 스즈키는 자신들이 결성한 독일문학연구회 모임을 지도해 달라고 부탁하고, 김강사는 바빠서 안 된다고 단호하게 거절했다.

　　시간이 흐를수록 김강사는 학교 내의 사정을 짐작할 수 있게 되었다. 쉽게 말해 학교는 교장과 T교수의 농간에 놀아나고 있었다. 그리고 그에 대항하고 있는 정의파의 U교수와 S강사 등이 한패를 이루고 있는 듯 보였다. 그때까지도 여전히 학교에서 설 자리를 찾지 못하고 고독한 싸움을 계속하고 있던 김강사는 우울한 나날을 보내고, 그렇게 연말이 다가왔다.

　　그러던 어느 날, 여전히 친절을 가장한 T교수는 김강사에게 과자상자라도 사들고 교장을 찾아가보라고 충고한다. 그 말에 김강사는 착잡한 심정을 억누르며 과자상자를 사들고 교장 집을 찾아가기 위해 길을 나서지만, 결국 발길을 돌리고 말았다.

　　그렇게 겨울방학이 시작되었다. 방학 동안 내내 김강사는 갈피를 잡지 못한 채 방황하였다. 그리고 다시 개학하였다.

　　지친 마음으로 학교에 나온 김강사는 교무실에서 시끄럽게 떠들고 있는 T교수를 보았다. 얼굴에 기름이 번지르르하고 신수가 좋아진 T교수는, 방학 동안 알게 된 조선인 무당을 통해 조선의 신앙과 미신 등의 풍속을 연구하였노라고 떠들어댔다. 그는 조선인과 조선의 민속을 비웃고 심지어는 조선여자의 피부가 고운 것은 자기 전에 오줌으로 세수를 하기 때문이라며 자기 부인에게도 그렇게 시켜보고 싶다는 말까지 했다. 그런 T교수의 비아냥거림에도 김강사는 그런 얘기는 듣도 보도 못했다는 말만 간신히 할 뿐 그 어떤 반론도 제기하지 못하고 교무실을 빠져나가고 말았다.

　　그리고 2월이 임박해 오던 어느 날, T교수는 김강사에게 "무엇 때문인지는 모르나 H과장이 김강사에 대해 매우 언짢아하고 있더라"며 한 번 찾아가보라고 충고했다.

　　마지못해 김강사는 과자상자를 들고 H과장의 집을 찾아갔다. 먼저 온 손님이 있는 듯 보였지만 방금 막 돌아갔는지 H과장의 부인이 찻잔을 치우고 김강사를 맞아들였다. H과장은 김강사를 보자마자 자신을 속인 건방진 사람이라며 언성을 높였다. 이유인 즉 김강사가 대학시절 ××주의 단체에서 활동했던 사실을 숨기고 본인에게 취직자리를 부탁했다는 것이다. 그 사실이 밝혀진 이상 본인의 체면이 말이 아니게 되었다며 배은망덕한 놈이라고 호통을 쳤다. 김강사는 드디어 올 것이 왔다고 생각했다.

「그는 과거에 ××주의자였던 적은 없었다.
"그것은 오해십니다. 저는 지금까지 ××주의자 같은 건……."
"뭐라고! 아직도 자넨 나를 속일 셈인가!"
그때 문이 열리고 H과장의 부인이 차를 들고 들어왔다. 뒤이어 여느 때와 다름없는 봄바람 같은 능글맞은 미소를 얼굴 가득 띠며 T교수가 응접실로 들어왔다.」

かち栗(황률)

〈기초사항〉

원제(原題)	かち栗	
한국어 제목	황률	
원작가명(原作家名)	본명	유진오(兪鎭午)
	필명	
게재지(揭載誌)	우미오코에테(海を越えて)	
게재년도	1939년 9월	
배경	• 시간적 배경: 어느 해 봄 • 공간적 배경: 경성의 종로 거리	
등장인물	① 황밤을 파는 노인	
기타사항	번역자: 유진오(兪鎭午) 자작 역	

〈줄거리〉

봄이라지만 아직은 차가운 거리에 모래와 먼지가 섞인 바람이 쉴 새 없이 불어왔다. 어느 날 아침, 러시아워의 종로 사거리에 뜬금없이 보자기를 든 한 노인이 나타났다. 더럽고 낡은 두루마기, 머리에는 하얀 먼지가 덕지덕지 붙은 갓을 뒤집어쓰고 있었다. 그는 끔찍한 속도로 달리는 전차, 버스, 자동차들과 마치 경주라도 하듯이 종종걸음으로 급하게 걸어가는 학생과 직장인들의 행렬을 바라보며 한 곳에 선 채 비틀거렸다. 그런 그의 모습은 전혀 색다른 풍경이었다. 노인과 주위의 젊은 학생들과 높은 건물과 경황없는 혼잡함 사이에서 어떠한 조화도 발견할 수 없었다. 노인은 말하자면 시대가 다른 알 수 없는 민족의 미지의 문화 속에 돌연 내던져진 것처럼 보였다. 하지만 그렇다고 해서 노인의 얼굴에 딱히 당황하는 기색이 어리는 것도 아니었다.

바쁜 사람들은 누구도 그 노인을 주시하지 않았고 오히려 방해가 된다는 듯 매몰차게 어깨를 치고 가는 사람도 있었다. 그러나 그 하얀 수염에 깜짝 놀라 순간 노인을 쳐다보는 이들도 있었다. 구레나룻을 비롯해 아래턱 주변까지 무성한 멋진 은백색의 수염이 보기 좋게 가슴 언저리까지 내려와 있었다. 마치 죽림칠현(竹林七賢)의 옛 그림처럼 풍류적인 수염이었다. 그런데 수염에 놀라 노인의 얼굴을 쳐다본 사람들은 그 수염과는 전혀 어울리지 않는 노인의 초라함에 더 놀랐다. 붉고 주름투성이인 피부, 어두침침하고 더러운 윤기 없는 눈, 수염 속에서 바보같이 헤 벌어져 있는 입은 초라하기 그지없었다. 오로지 수염만이 지금과는 전혀 달랐던 옛날을 그리워하며 간신히 버티고 있는 것 같았다.

한 자리에서 줄곧 인파속에 서 있던 노인은, 잠시 후 무슨 생각에선지 동대문 쪽으로 걸음을 옮겼다. 그는 큰 빌딩 사이의 빈자리를 발견하고는 다시 사방을 두리번거렸다. 그리곤 옷매무새를 가다듬고 빌딩 벽 앞에 쭈그리고 앉은 후, 손에 들고 있던 빨간 보자기를 풀었다. 노인의 손놀림은 무슨 금은보석이라도 꺼내는 양 아주 조심스럽게 움직였다.

보자기 속에서 신문지 꾸러미가 나왔다. 그 신문지를 정성스럽게 펼치자 이번에는 하얀 한지 포장이 나왔다. 그것을 또 소중하게 열었다. 속에서 나온 것은 껍질을 깐 누런 밤이었다. 노인은 보자기를 땅 위에 내려놓고 그 위에 한지를 겹쳐놓았다. 그런 다음 밤을 한 움큼씩 쌓기 시작했다. 10분쯤 지나자 6개의 더미가 만들어졌다. 그러더니 이번에는 눈을 깜박거리면서 각각의 높이를 비교하기 시작하였다. 그러다 높은 쪽에서 작은 밤을 하나 집어 비교적 낮은 더미로 옮겨놓았다. 그런 그의 행동은 도심의 러시아워와는 전혀 어울리지 않았다. 직장인들은 근무시간에 쫓겨 노인 앞을 빠르게 지나칠 뿐이었다.

러시아워가 끝나자 거리도 조금 한산해졌다. 노인은 이번에는 신문지를 바닥에 펼쳐놓더니 그 위에 책상다리를 하고 앉았다. 11시경이 되자 거리가 조금씩 어수선해졌지만, 노인은 동상처럼 처음의 자세를 바꾸지 않았다. 노인은 그 자세 그대로 앉아 따뜻한 햇살을 받으며 꾸벅꾸벅 졸고 있는 것 같았다. 그러나 잠시 후, 경찰이 다가와 교통방해가 된다며 노인을 일으켜 세웠다. 노인은 경찰의 지시대로 곧바로 그 작은 좌판을 접었다. 그리고 터벅터벅 동대문 쪽으로 걸어갔다. 파고다공원 앞에 다다르자 그는 광장 한쪽에 아까와 같은 좌판을 열었다. 옆에는 약장수처럼 선글라스를 쓴 남자가 고래고래 소리를 지르며 많은 행인들을 모아놓고 있었지만, 한 무더기에 5전이나 하는 노인의 좌판은 누구도 거들떠보지 않았다.

「몇 시간이 지나도 노인의 밤은 하나도 팔리지 않았다. 이윽고 작은 노란 더미들에는 허연 먼지들이 쌓여갔다. 아마도 그 밤들은 어제도, 그제도 어딘가의 길거리에서 오늘과 똑같이 먼지를 뒤집어썼을 것이다. 노인은 여전히 눈을 감고 있었지만, 간혹 눈을 떴다가는 아침부터 그대로인 밤 더미들을 원망스럽게 노려보았다. 그리고 지나가는 사람들의 얼굴을 사정하듯이 올려다보았다. 남녀노소 모두 색색의 봄옷을 입고 저마다 바삐들 지나쳐갔다. 하지만 이 노인에게 눈길을 주는 사람은 여전히 한 명도 없었다.」

드디어 봄날의 기나긴 하루가 가고 인왕산(仁王山) 너머로 해가 저물자 옅은 노을이 거리에 비추었다. 노인은 그때까지도 여섯 개의 밤 무더기를 앞에 놓고 같은 자세로 앉아 있었다. 손님을 부르는 카페의 재즈송, 그 사이사이 들려오는 곡마단의 트럼펫소리. 저녁이 되자 사람들은 걸음을 더 빨리 재촉했고 전차와 자동차는 기세 좋게 달렸다. 그러나 노인은 변함없이 그 자세를 유지하였다. 심하게 피곤했을까? 조는 듯이 꾸벅꾸벅 몸을 앞뒤로 움직이기 시작했다. 바람이 불 때마다 수염이 하얗게 나부꼈다. 그래도 그에게 신경 쓰는 사람은 아무도 없었다. 그제야 노인은 단념한 것 같았다. 밤을 조심스럽게 보자기에 싸고는 비틀비틀 동대문쪽으로 걸어갔다. 어디로 가는 것일까? 아는 사람은 아무도 없다. 그의 그림자는 금세 어딘가의 어둠 속으로 사라져갔다.

049-3

秋 - 又は杞壺の散歩(가을 - 또는 기호의 산책)

〈기초사항〉

원제(原題)	秋 - 又は杞壺の散歩	
한국어 제목	가을 - 또는 기호의 산책	
원작가명(原作家名)	본명	유진오(兪鎭午)
	필명	
게재지(揭載誌)	모던니혼(モダン日本)	
게재년도	1939년 12월	
배경	• 시간적 배경: 어느 해 늦가을 • 공간적 배경: 경성의 종로 일대	
등장인물	① 작년에 아들을 잃고 4살 된 딸(은희) 하나만 바라보며 살아가는 30대 후반의 병약한 가장 김기호 ② 기호의 도쿄 유학 친구 경석과 화가 홍림 ③ 유학 시절 친구 태주 등	
기타사항	번역자: 오영진(吳泳鎭)	

〈줄거리〉

기호(杞壺)는 일요일 아침 우는 은희(銀姬)를 소리 죽여 달래는 아내의 목소리에 뒤늦게야 잠에서 깼다. 어젯밤 친구 경석(京錫)의 송별회 자리에서 무리하여 마신 술 때문에 그나마 호전되었던 건강이 다시 악화되지 않을까 하는 불안한 마음으로 어젯밤 일을 돌이켜본다.

친구들은 하나같이 고향으로 돌아가겠다는 경석을 만류했지만 경석의 결심은 단호하였고, 술자리는 자연히 숙연해질 뿐이었다. 대화가 자주 끊기고 좀처럼 흥이 나지 않던 술자리는, 그동안 술을 마시지 않던 기호가 무슨 심경의 변화가 있었는지 친구들이 권하는 술잔을 받아 마시면서부터 급변하였다. 그제야 기호와 경석을 비롯한 친구들은 도쿄에서의 유학 시절 이야기로 꽃을 피우며 자정이 넘도록 술을 마셨던 것이다.

기호는 아내가 들여온 밥상 앞에 앉았지만 모래알 같은 밥알을 차마 삼키지 못하고 그대로 밥상을 물렸다. 그리고 덕수궁에 가자고 조르는 은희와 빨래놀이를 하자며 은희를 달래어 빨래터로 데리고 나간 아내를 남겨둔 채 오후 4시 무렵 집을 나섰다.

석양이 짙어질 무렵의 찬 가을바람을 맞으며 기호는 어느새 창경원 문 앞에 와있었다. 그때 문득 창경원 지붕의 추녀 끝을 바라보며, 새삼 한국의 전통미에 감탄과 경이와 희열을 느끼는 자신에게 놀랐다. 그동안 모든 교양을 조선의 전통과는 전혀 무관하게 익혀온 자신이었기에 더욱 그랬다. 기호는 몸이 가벼워지는 것을 느끼며 종묘 뒤 큰 거리로 휘적휘적 걸어 나왔다. 기호는 문득 오랫동안 만나지 못한 화가 홍림(弘林)을 떠올리곤 그를 방문했다. 도쿄에서 미술을 공부하였던 홍림이지만, 지금은 미술을 포기하고 음악과 영화 그리고 스포츠 등 다방면에 심취하여 도락가와 같은 생활을 하고 있었는데, 어떤 의미에서는 가장 현명하게 인생을 살고 있다고 할 수 있었다. 홍림은 기호를 반갑게 맞이하며 새로 산 레코드를 들려주었다. 그는 전에는 서양 것을 좋아했는데 이상하게 최근 들어서는 동양적 예술작품이 좋아졌다며 '우리 동양인에게는 역시 동양의 것이 최고'라고 말한다. 그 말에 기호는 홍림을 찾기 전 창경원에서 자신이 느꼈던 조선의 전통미에 대한 감동을 되새기며 홍림의 집을 뒤로 했다.

다시 거리로 나온 기호는 버스를 타고 일본인 마을로 갔다. 기호는 자신의 예상과는 달리 한산한 일본인 마을의 거리를 거닐다가 우연히 태주(泰周)를 만나게 된다. 태주는 주저하는 기호를 잡아끌다시피 하여 술집으로 데리고 갔다. 기호는 소문으로만 듣던 태주의 추태 - 술에 만취해 여자들에게 돈 자랑을 하며 돈이 최고라고 윽박지르는 모습 - 를 보았지만, 그래도 그의 건강과 패기가 마냥 부럽기만 했다. 술 취한 태주를 홀로 남겨두고 기호는 말없이 술집을 빠져나왔다. 밤 11시가 넘은 시간, 거리에는 비가 내리고 있었다. 기호는 마침 길 건너편을 지나던 인력거를 불러 세우고 가격을 흥정했다. 인력거꾼은 비를 핑계 대며 1원을 달라고 했지만, 기호는 비는 이미 그쳤다며 80전에 타협을 보았다. 그때 문득 인력거꾼의 얼굴을 본 기호는 그가 어린 시절 한 마을에 살았던 수남(壽男)아범임을 알게 된다. 축축하게 젖은 길을 힘겹게 달리는 인력거 안에서 기호는 한때 자신의 유모와도 같았던 수남의 어머니가 돌아가셨다는 소식을 들었다. 기호는 어릴 적 수남어머니에게 다음에 커서 장가가면 금버선과 금비녀를 사주겠다고 했던 약속을 떠올린다. 수남아범은 노구에도 불구하고 열심히 인력거를 끌고 오르막길을 올랐다. 기호는 집까지 가지 못하고 창경원 정문 근처에서 인력거를 세우고 10원짜리 지폐 한 장을 건넸다.

「"잔돈은 없으실까요?" 할아범은 거스름돈이 없어 곤란한 모양이었다.

"다 받아두게."

"예에?"

"할멈이 살아있을 때, 금버선을 만들어주지 못한 값일세."

기호는 조용히 웃었다. 그래도 할아범은 무슨 영문인지를 모르고 오래도록 기호를 바라보더니, 이윽고 그 10원을 자신에게 주었다는 것을 깨닫고는,

"아이고, 과분하십니다. 참판대감 때부터의 은혜를 어떻게 갚아야 할지 송구합니다요."

허리를 굽혀 코가 땅에 닿을 정도로 깊숙이 절을 하였다.

"그럼 잘 가시게."

기호는 이렇게 말하고 동소문 쪽으로 걸어갔다. 두세 걸음 간 후 돌아보니 수남아범도 인력거 손잡이를 들어올린 채, 어둠속으로 사라지려는 기호의 뒷모습을 몇 번이나 돌아보고 있었다.

기호는 오늘 처음으로 마음 따뜻한 편안함을 느꼈다.」

滄浪亭記(창랑정기)

〈기초사항〉

원제(原題)	滄浪亭記	
한국어 제목	창랑정기	
원작가명(原作家名)	본명	유진오(俞鎭午)
	필명	
게재지(揭載誌)	조선소설대표작집(朝鮮小說代表作集)	
게재년도	1940년 2월	
배경	• 시간적 배경: 어린 시절부터 현재 • 공간적 배경: 추억의 창랑정	
등장인물	① 30대 후반의 '나' ② 나의 삼종 증조부인 서강대신 김종호 ③ 서강대신 집안의 몸종 을순 ④ 서강대신의 증손자 김종근 등	
기타사항	번역자: 신건(申建)	

〈줄거리〉

나는 경성에서 태어나 자랐기에 그리워할 아름다운 고향은 없지만 마음이 고달플 때면 달려갈 그리운 마음의 고향이 하나 있다. '창랑정(滄浪亭)'이 바로 그곳이다. 창랑정은 대원군 집정 시대에 이조판서를 지낸 나의 삼종 증조부 되시는 서강대신(西江大臣) 김종호(金宗鎬)가, 쇄국의 꿈이 깨지고 대원군이 세력을 잃게 되자 벼슬을 내놓고 당인리(唐仁里) 근처에 있는 어떤 고관(大官)의 별장을 사서 그의 말년을 보냈던 정자(亭子)이다.

내가 처음 창랑정에 갔을 때의 세세한 기억은 거의 희미해졌지만 일고여덟 살 되던 해였던 것으로 기억한다. 그곳에서 며칠 동안 지낸 기억이 이상하게도 깊이 새겨져서 27, 8년이란 긴 세월이 흐른 지금에도 가끔 내 추억 속의 향수가 되어 마음이 아련해진다.

창랑정을 찾았을 때 서강대신은 병석에 누워 계셨다. 그때 그의 나이 여든이나 되었고 오랜 병석으로 무척 수척했으나 어린 내 마음에도 갖은 풍상을 다 겪은 귀인의 풍모가 느껴졌었다. 서강대신에게는 증손자 김종근(金鍾根)이 있었는데 그는 대를 이을 유일한 자손으로 애지중지 사랑을 받으며 자랐다. 서강대신은 종근을 신식학교에 보낼 것인가 말 것인가를 놓고 아버지와 상의했던 것 같다. 신식개화에 대해서는 우리 김씨 집안에서 아버지 밖에 아는 사람이 없었기 때문이다. 나중에 들은 얘기에 따르면, 서강대신은 달라진 세상을 보며 하나밖에 없는 귀한 자손에게 신식공부를 시킬 필요를 느끼고 아버지와 의논을 하긴 했지만, 끝내 자신의 신념을 버리지 못하고 종근을 학교에 보내지 않았다고 한다.

어른들의 이야기가 길어지자 지루해져 밖으로 나온 나는 창랑정의 웅장한 풍경을 목격하였다. 그때의 창랑정은 칠십칸(七十間) 남짓 되는 외관상으로는 웅장하였으나 퇴색한 모습이었다. 안채로 들어가니 집안 식구들이 할머니의 생신음식을 장만하느라 북적북적 바빴는데, 가구와 장식들은 고관대작의 집답게 신비하기만 했다.

그때 나는 종근의 부인이 시집올 때 데리고 온 열두 살 정도의 몸종인 을순(乙順)을 만나게 되고, 을순과 뒷동산에 올라가 놀고 이야기도 하면서 점점 호감을 갖게 되었다. 그 뒤 나는 창랑정에 갈 때마다 을순과 뒷동산에 올라가 놀았다.

그러던 어느 날 을순과 뒷동산에서 땅을 파며 놀다 오래된 검을 하나 발견하였다. 나와 을순은 한참을 조심스레 땅을 팠다. 그러자 내 키보다도 더 크고 내 힘으로 들어올리기에도 벅찬 오래된 검이 모습을 드러냈다. 칼집은 곳곳이 바스러져 있었으나 칼날은 처음 묻었을 때처럼 그대로 잘 보존되어 있었고, 칼날 손잡이 한쪽은 순금으로 장식되어 있었다.

「"그만 둬. 무섭잖아!"

말리는 을순을 밀쳐내고 나는 다시 한 번 그 검을 들고 휘둘렀다. 옛날이야기에 자주 나오는 장검을 비스듬히 허리에 찬 장군이라도 된 것 같은, 그때의 장쾌한 감명을 나는 지금도 잊을 수가 없다. 그 검이 어느 정도의 보검이었는지, 그 후 그것이 어떻게 되었는지 나는 모른다. 하지만 그것이 상당한 명검이었다는 것은 몇 년이나, 아니 몇 십 년이나 땅 속에 묻혀있어 칼집은 낡았어도 칼날은 그다지 녹슬지 않았다는 것만으로도 충분히 알 수 있었다. 그날 밤 서강대신이 노안을 깜빡이며 감개무량한 표정으로 그 검을 바라보던 모습 또한 여전히 눈앞에 선하다.

대신은 "그러고 보니 이 집은 옛날 정장군(鄭將軍)의 집이었지."라고 혼잣말을 중얼거리며 깊은 사색에 빠져 있었다. 정장군이 어떤 인물이며 어떤 사연이 있어 검을 땅에 묻었는지 지금은 알 길이 없지만, 그 검에는 틀림없이 뭔가 깊은 비밀과 유래가 있으리라는 것은 그날 밤 서강대신의 표정만으로도 충분히 상상할 수 있다.」

그로부터 20여 년이 흐른 지금, 창랑정의 모습은 참담하게 변하고 말았다. 창랑정이 그처럼 몰락하게 된 계기는 서강대신이 죽자 그의 증손자인 종근이 머리를 깎고 양복을 입는 등, 신문화를 구가하고 한문책을 던져버린 채 기생집을 들락거리는 난봉꾼으로 몰락한 데 있었다. 서강대신이 돌아가신 지 3년도 되지 않아, 창랑정은 이미 다른 사람 손에 넘어가 버렸다.

다시 그곳을 찾은 나는, 창랑정의 급변한 모습에 놀라지 않을 수 없었다. 아름다웠던 하늘은 공장 굴뚝 연기로 시커멨고, 마당에는 석탄재가 쌓여 있었다. 나는 그 참담한 모습을 바라보며 옛날의 창랑정을 찾아 멍하니 추억에 잠겼지만, 최신식 여객기 소리에 문득 현실로 돌아오고 말았다.

049-5

夏(여름)

〈기초사항〉

원제(原題)		夏
한국어 제목		여름
원작가명(原作家名)	본명	유진오(俞鎭午)
	필명	
게재지(揭載誌)		분게이(文藝)
게재년도		1940년 7월
배경		• 시간적 배경: 어느 해 가을부터 이듬해 여름 • 공간적 배경: 경성 변두리의 토막촌
등장인물		① 토막촌으로 들어오게 된 윤복동 ② 처녀 때부터 소문난 바람둥이였던 복동의 아내 순이 ③ 땅꾼들의 왕초이자 토막촌의 왕으로 군림하고 있는 정백만 등
기타사항		

〈줄거리〉

입추가 가까운 어느 날 밤, 윤복동(尹福童)과 그의 아내 순이(順伊)는 사람들의 눈을 피해 청부업자를 시켜 토막집을 짓게 하였다. 복동과 그의 아내는 3년 전까지만 해도 송판서(宋判書) 댁에서 그나마 편하게 일하며 먹고 살았는데, 대감이 죽고 난 후 그 아들인 서방님이 하인들을 대거 정리하는 바람에 송판서 댁에서 쫓겨나고 말았다. 그 후 과일행상이며 땔감장사를 해보았지만 번번이 실패하고, 결국엔 몹쓸 병에 걸려 이곳 토막촌으로 굴러들게 된 것이었다. 간신히 완성된 토막집에서 하룻밤을 보내고 난 다음날, 전날 집을 지어주었던 청부업자들의 왕초인 정백만(鄭百萬)이 찾아와 알은 체를 했다. 알고 보니 그는 송판서 댁에 잔치나 제사가 있는 날이면 패거리들을 몰고 와 먹을 걸 빌어먹으며 행패를 부리곤 했던 땅꾼들의 왕초였다. 그는 '이곳 토막촌에도 규칙이란 것이 있다, 그것을 지키지 않으면 내가 용서치 않을 것이다!'

라고 으름장을 놓고 갔다. 복동은 주거문제가 어느 정도 안정이 되자 인근의 구획정리 공사장으로 막일을 하러 다녔다. 하지만 심한 기침으로 고통 받는 복동으로서는 여간 힘든 일이 아니었다. 그러던 어느 날 여느 때처럼 녹초가 된 몸을 이끌고 집으로 돌아오니, 기다렸다는 듯이 아내 순이는 정백만에게 첩이 있더라는 이야기를 떠들어댔다. 그러면서 졸개들을 시켜서 뱀을 팔게 하고 청부업과 고리대금업까지 하고 있는 정백만이 이 부근에서는 최고의 부자이자 왕이라고 흥분해서 말했다. 사실 정백만은 가끔 자기 토막에 졸개들을 불러들여 호화로운 술판을 벌이곤 했다.

막일을 다니느라 무리를 한 탓인지 결국 복동은 며칠 앓아눕고 말았다. 하지만 본격적인 추위가 시작되기 전에 토막에 온돌을 깔아야 했기에 그리 오래 앓아누워 있을 수도 없었다. 복동은 온돌을 깔고 순이는 남이 버린 배춧잎을 주어다 소금과 고춧가루를 뿌려 김장을 담그고 있을 때였다. 외투를 잘 차려입은 정백만이 찾아와 "배추라도 나누어 주려 했더니……"라며 순이에게 시비를 걸고 갔다. 그리고 순이는 순이대로 돌아가는 정백만의 등에 대고 '병신'이라고 악담을 퍼부었다. 간신히 온돌을 다 깔고 난 뒤 서둘러 마르라고, 순이가 국유림에서 훔쳐온 솔가지들로 불을 지폈다. 그리고 그날 밤, 아직 덜 마른 온돌 위에서 잠을 자던 복동은 너무 더워 언뜻 눈을 떴다. 그런데 옆에서 자고 있어야 할 순이가 보이지 않는 게 아닌가. 복동은 체념이라도 한 듯 혼잣말을 중얼거렸다. "또 발작이 시작됐군."

순이의 바람 난 상대는 정백만이었고, 그날 밤 이후 순이는 곧잘 한밤중에 자다가 일어나 나가서 새벽 1, 2시가 되어야 돌아오곤 했다. 처녀 때부터 요란했던 순이의 바람기를 알고 있는 복동은 그런 사실을 알고도 어찌해 볼 도리가 없었다.

그러던 어느 폭풍이 일던 겨울날 저녁, 순이는 갑자기 화장을 하고 비단옷을 차려입고 외출을 하려고 했다. 그때 복동이 저녁밥 지어야지 이 밤에 어딜 가느냐고 고함을 질렀다. 복동이 드디어 폭발하고 만 것이다. 복동은 순이를 잡아 팽개치고 '너같이 행실이 나쁜 여편네는 죽어 마땅하다'며 두들겨 패기 시작했다. 이들의 소란에 사람들이 우르르 몰려들고 그 틈에서 정백만이 불쑥 나타나 무슨 짓들이냐며 버럭 소리를 질렀고, 그 틈에 순이는 복동에게 악다구니를 쓰며 정백만과 함께 토막을 뛰쳐나갔다.

겨울 동안 몸이 너무 쇠약해진 복동은 봄이 되자 금붕어장사를 시작했다. 벌이는 그런대로 괜찮았고 재미도 있었다. 순이는 복동이 그렇게 번 돈으로 양식도 살 수 있게 되어선지 정백만과의 관계가 소원해져선지 간혹 복동과 마주앉아 저녁식사도 하게 되었다. 그러던 어느 날 복동이 아카시아 나무 아래서 쉬고 있을 때 시골에서 온 듯한 젊은 남녀가 이곳에 토막을 지어도 되느냐고 물었다. 그들은 양평의 '널바우'라는 시골에서 더 이상 먹고 살 길이 없어 경성으로 나왔노라 했다. 그리 밉지 않은 젊은이의 아내를 보고 불안감에 휩싸인 복동은 그들에게 경성은 시골사람, 특히 젊은 여자가 살 곳이 못된다며 시골로 돌아가라고 충고했다. 하지만 젊은이가 시골에 돌아가도 먹고 살 길이 막막하다고 하자 사람 좋은 복동은 토막을 지을 때까지 자기 토막에서 머물 것을 허락했다. 이튿날부터 젊은이는 막일을 나가 돈을 벌어오기 시작했고 머잖아 자기 손으로 작은 판잣집도 지어 복동의 집에서 나갔다. 그 무렵부터 복동은 금붕어장사를 그만두고 새벽 1, 2시까지 번화가에서 꽃을 팔기 시작했다. 벌이는 금붕어장사보다 훨씬 나았고, 늦게까지 일하고 토막으로 돌아가면 어김없이 순이는 집에 돌아와 널브러져 자고 있었기에 오히려 마음도 편했다.

그런데 무더위가 기승을 부리는 한여름의 어느 날, 아카시아 나무 아래서 낮잠을 자고 있던 복동을 순이가 다급하게 흔들어 깨웠다. 널바우집 여자가 빨래하다 말고 토막으로 가더니 정백만하고 '그 짓'을 하고 있다는 것이었다. 그 말에 복동은 설명할 수 없는 분노에 사로잡히며 정백만을 때려죽이겠다는 무서운 증오의 불꽃이 일었다. 복동은 널바우집 토막의 입구를 막아둔 낡은 돗자리를 걷어내고, 바지춤을 추스르며 걸어나오는 정백만을 향해 돌진했다. 하지만 힘으로 상대할 수 있는 정백만이 아니었다. 반격에 나선 정백만이 복동의 몸에 올라타 마구잡이로 두들겨 패고 눈과 입에 모래를 처넣었다. 몰려든 아녀자들이 두려움에 떨며 어쩌지 못하고 있을 때 순이가 정백만의 등짝을 물고 늘어졌다. 그 바람에 정백만이 복동에게서 굴러 떨어졌고, 간신히 몸을 일으킨 복동은 지붕 위에 꽂혀있는 낫을 빼들고 정백만을 향해 내려쳤다.

「여인네들은 비명을 지르며 눈을 감았다. 그러나 다음 순간 "얍" 이를 갈며 정백만은 멧돼지처럼 복동을 향해 달려들었다. 정백만의 왼쪽 이마에서 검붉은 피가 솟구쳤다. 낫은 급소를 빗나가 정백만의 왼쪽 이마에 10센티 정도의 상처를 낸 것이다. 정백만은 복동의 팔을 비틀어 낫을 빼앗아 들었다. 그러더니 "이 새끼……."라며 어깨를 내리쳤다. 복동은 털썩 주저앉고 말았다. "우와왓!" 정백만은 피가 뚝뚝 떨어지는 낫을 태양을 향해 치켜들고는 야수처럼 소리를 질렀다.

이것도 벌써 오래된 이야기다. 그 무렵은 구획정리의 손길이 아직 콘크리트 다리까지밖에 미치지 못했던 시절이었지만, 8월이 끝나갈 무렵에는 이곳 토막촌도 흔적없이 철거되고 말았다. 첫서리가 내릴 무렵에는 공사도 벌써 끝나가고 강둑 양쪽에는 멀리 강 아래까지 일직선으로 하얀 석축이 쌓였다. 그리고 여기저기 새로운 주택도 세워졌다. 다섯 달 전의 그 비참한 활극은 누군가의 악몽이었던가.」

蝶(나비)

〈기초사항〉

원제(原題)		蝶
한국어 제목		나비
원작가명(原作家名)	본명	유진오(俞鎭午)
	필명	
게재지(揭載誌)		와세다분가쿠(早稻田文學)
게재년도		1940년 7월
배경		• 시간적 배경: 어느 해 6월 • 공간적 배경: 경성 종로 일대

등장인물	① 백화점 점원을 거쳐 현재 술집 여급으로 일하는 플로라(최명순) ② 플로라의 남편 김대진 ③ 플로라의 제2의 남자인 화가 이종식 ④ 플로라의 제3의 남자이자 제7의 남자인 저축은행 경비 오금동 ⑤ 플로라의 제4의 남자인 불량배 최향태 ⑥ 플로라의 술집 동료이자 최향태의 여자 게이코 등
기타사항	번역자: 유진오(俞鎭午) 자작 역

〈줄거리〉

술집여급이 된 지 3개월밖에 안 되었지만, 플로라의 이름은 이곳 종로 뒷골목에서는 상당한 인기를 얻고 있었다. 그럼에도 불구하고 그녀에게 있어 제1의 남자는 역시 그녀의 남편, 김대진(金大振)이었다. 그것은 그를 사랑해서가 아니라, '플로라'가 되기 이전의 '최명순(崔明順)'이라는 본명이 몇 년 전 결혼식을 올린 남편 '김대진'의 이름과 호적에 나란히 등재되어 있기 때문이다. 그가 생활무능력자임을 알게 된 지 오래고, 종로 뒷골목으로 진출한 이후 수많은 남자들로부터 구애를 받으면 받을수록, 아내를 술집에 내보내고도 아무렇지 않은 파렴치한 남편에 대한 경멸과 회의는 깊어만 갔다. 그럼에도 늦게 귀가한 플로라를 탐하려는 남편의 손길을 그녀는 끝내 뿌리칠 수 없었고, 오히려 그와의 열락의 순간을 즐겼다. 아내에 대한 사랑도 없이 아내와 아내가 벌어온 돈을 탐닉하는 남편 덕분에, 플로라는 남편에 대한 책임감이나 미안함 없이 제2, 제3의 남자를 가벼운 마음으로 만들 수 있었다.

플로라가 처음 여급이 된 순간부터 그녀에게 추파를 던져왔던, 그녀의 제2의 남자라 할 수 있는 화가 이종식(李鍾植). 그는 늘 떠들썩하게 그녀의 미모를 칭송하며 그녀를 모델로 그림을 그리고 싶다는 핑계로 그녀에게 치근덕거렸다. 술집동료인 게이코(ケイ子)의 말에 따르면 그는 도쿄의 전시회에 내놔도 손색이 없을 정도로 유명한 화가라고 했다. 하지만 머잖아 그가 가짜 화가라는 사실이 알려지면서 더는 플로라 앞에 나타나지 않게 되었다. 그렇다고 플로라가 그에게 딱히 배신감을 느낀 것은 아니었다.

이종식과는 달리 술집에 와서도 말없이 혼자 술을 마시며 조용한 눈길로 플로라에게 관심과 애정을 호소하던 '회사원' 오금동(吳今童)은 플로라의 제3의 남자라 할 수 있었다. 그런데 그 또한 가짜 회사원이라는 사실이 저축은행에 일보러 간 한 여급에 의해 밝혀졌다. 오금동은 회사원이 아니라 은행의 소사였던 것이다. 자신의 실체가 들통 난 때문인지, 플로라에게 청혼까지 한 오금동은 그 뒤로 플로라 앞에 나타나지 않게 되었다.

플로라의 제4의 남자는 게이코의 기둥서방으로 알려진, 불량배 최향태(崔享泰)였다. 게이코와 막역한 사이였던 플로라는 게이코와 최향태의 데이트에 가끔 동석하기도 했는데, 어느 날부터 그가 플로라에게 치근덕거리기 시작했다. 최향태가 플로라에게 흑심을 품고 있다는 사실을 알게 된 게이코는 최향태와 크게 싸움을 한 뒤 도망치고 말았다. 그런데 게이코가 도망친 후, 무슨 연유에선지 그동안 게이코가 대납하던 최향태의 술값을 플로라가 떠맡게 되었고, 최향태 역시 자연스럽게 플로라의 기둥서방처럼 행동했다.

플로라에게는 그밖에도 다수에 해당하는 제5의 남자들이 있었다. 또 돈 씀씀이가 커서 '아파트 한 채 쯤'은 얼마든지 얻어줄 수 있다고 큰소리치는 광산갑부 안상렬(安相烈)이 그녀의 제6의 남자가 되었다. 안상렬이 플로라를 사이에 두고 불량배 최향태와 주먹다짐을 하게 된 어느 날 밤, 안상렬의 강압에 못 이겨 한강 철도 건너의 한 여관으로 끌려오다시피 한 플로라는 안상렬의 경제적 유혹보다 더 강한 두려움을 끝내 떨쳐버리지 못하고 여관을 뛰쳐나오고 말았다.

안상렬과의 일이 있던 이튿날 밤, 거의 한 달 만에 놀라울 정도로 달라진 모습의 오금동이 술에 잔뜩 취해서 플로라 앞에 다시 나타났다. 전에 없이 목청껏 플로라의 이름을 외치는가 하면 플로라와 주거니 받거니 술잔을 나누며 호기롭게 굴기도 하였다. 이전의 오금동과는 딴 판인 그는 과연 플로라의 '제7의 남자'라 불릴 만했다.

어느새 시간은 자정을 넘기고 손님들도 모두 돌아가고 없었다. 집이 같은 방향인 관계로 플로라와 오금동은 한 차를 타고 집 근처까지 왔다.

「여느 때처럼 플로라는 집으로 가는 골목보다 한 블록 앞에서 차를 내렸다. 생각에 잠겨있는 것 같기도 하고 어찌해야 할지 몰라 당황해하는 듯 보이기도 하는 오(吳)가 마음에 걸려, 차문의 손잡이를 잡은 채 미안하다느니 고맙다느니 잘 가라느니 주절주절 얼버무리고 있을 때, 저쪽에서 누군가 검은 그림자가 다가왔다. 그 그림자는 이 광경을 못 본 척 외면하며 지나쳤다. 그것이 남편 김대진임을 알아차린 플로라는 딱히 나쁜 짓을 하다 들킨 것도 아닌데 가슴이 철렁하였다. 그래서 서둘러 작별인사를 하고 차문을 닫으려고 한 순간, 무슨 생각을 한 것인지 갑자기 오금동이 "잠깐!"이라고 외치며 차에서 내렸다.

바로 앞에 걸어가고 있는 남편과 뒤에서 따라오는 오금동 사이에 끼어, 플로라는 어찌 해야 좋을지 알 수 없었다.

"비가 오는데 차에서 내리면 어떡해요. 그대로 돌아가세요."

"뭘 이 정도 가지고." 오(吳)의 목소리는 잠겨있었다.

"그래도!" 하지만 오(吳)는 아무 대꾸도 하지 않고 뒤쫓아 와 플로라와 나란히 섰다. 그 순간 뭔가 신비로운 압력이 오(吳)에게서 흘러나오는 것 같았다. 그의 어디에 이런 압력이 숨겨져 있었던 것일까? 남편은 뒤도 돌아보지 않고 도망치듯 멀어져갔다.

골목에 접어들 때까지 두 사람은 한 마디 말도 나누지 않았다. 그 침묵이 또 무겁게 플로라를 압도하였다. 몸이 오그라들고 숨이 차올라, 어젯밤 안상렬과 한강 너머 산속으로 들어갈 때보다 더 고통스러웠다. 플로라는 그제야 오늘밤 오(吳)에게 틈을 보인 것을 후회했다. 하지만 이렇게 된 이상 더는 어쩔 수 없었다. 골목으로 접어드는 곳에서 이번에야말로 헤어질 셈으로 걸음을 멈추자, "플로라!"라며 오(吳)가 갑작스럽게 몸을 밀착해 왔다.

"에?"

뿌리칠 틈도 없이 "플로라! 나는……." 오(吳)는 끓어오르는 감정에 말도 끝맺지 못하고 달려들어 플로라를 ××××× 길갓집의 벽에 밀어붙였다. 저항할 수 없을 만큼 놀라운 남자의 힘.

"어머." 플로라는 간신히 이렇게 말했지만, 뭐가 뭔지 도무지 알 수 없었다. 순간 이러면 안된다는 생각이 별똥별처럼 스쳤지만, 그 뒤에는 지금까지보다 더 새까맸다. (중략)

하지만 자신의 집 대문을 들어섰을 때, 플로라는 이미 평소의 플로라였다. 먼저 부엌으로 가서 깨끗한 물을 떠 요란하게 입안을 헹구었다. 이번에야말로, 이렇다 할 일은 없었다 하더라도, 김대진에게는 정말 미안한 마음이 들어 몸속과 마음속까지 씻어낼 요량으로 몇 번이고 몇 번이고 깨끗하게 헹구었다. 그리고 방 앞에 와서도 플로라는 잠시 망설인 끝에 죄인처럼 고개를 숙이고 소리 나지 않게 장지문을 열었다. 그런데 이건 또 어떻게 된 일인가! 질투의 불꽃을 태우며 전등 아래 웅크리고 있어야할 김대진은 10분 정도밖에 안 되는 그 사이에 벌써 이불을 뒤집어쓰고 눈을 감은 채 잠들어 있었다. 안도했다기보다, 무엇 때문에 입을 헹궜는지 너무 어이가 없어 플로라의 표정은 금방이라도 웃음을 터트릴 것 같았다.」

汽車の中(기차 안)

〈기초사항〉

원제(原題)	汽車の中	
한국어 제목	기차 안	
원작가명(原作家名)	본명	유진오(俞鎭午)
	필명	
게재지(揭載誌)	국민총력(國民總力)	
게재년도	1941년 1월	
배경	• 시간적 배경: 어느 해 가을 • 공간적 배경: 부산에서 경성으로 가는 기차 안	
등장인물	① 입영을 앞둔 사촌을 만나기 위해 조선을 처음 방문한 미즈코 ② 도쿄에서 미술을 전공한 조선인 청년 ③ 도쿄에 거주하는 미즈코의 지인 이(李)등	
기타사항		

〈줄거리〉

심한 안개를 헤치고 현해탄을 건너는 배를 타고 부산에 도착한 미즈코(美津子)는 경성으로 향하는 특급열차 3등칸에 몸을 실었다. 도쿄에서 들었던 이(李)의 말처럼 조선의 열차 3등칸은 일본의 2등칸보다 청결하고 안락했다. 미즈코가 그런 조선열차의 안락함에 감탄하고 있을 때, 허겁지겁 열차에 뛰어오른 한 청년이 마침 비어있던 미즈코의 건너편 자리에 앉았다. 그의 손에는 그림도구함이 들려있었다. 미즈코는 그 순간 도쿄에서 화가로 활동하고 있는 사촌오빠를 떠올렸지만 이내 차창 밖으로 고개를 돌렸다.

미즈코는 달리는 열차의 차창 너머로 내다보이는 황량하고 거친 조선의 들판과 누렇게 때가 탄 백의(白衣)를 입은 초라한 조선인, 그리고 헐어빠지고 누추한 조선의 초가집들을 바라보며 '조선과 조선인'에 대해 헐뜯던 이(李)의 말들에 어느 정도 수긍하며 얼굴을 찌푸렸다. 이(李)때문이었는지 미즈코의 마음에는 이미 조선에 대한 부정적인 선입견이 자리잡고 있었던 것이다.

차창 밖의 풍경을 보는 것이 지루해진 미즈코는 가방에서 책을 꺼내 읽다가 식당칸으로 갔다. 공교롭게도 그녀가 빈자리를 찾아 앉은 자리 바로 앞에 예의 청년이 앉아있었고, 둘은 자연스럽게 이야기를 나누게 되었다. 그때 미즈코는 청년에게 초가지붕에 널려있는 고추에 대해 물으며 더러운 조선의 옷과 초가집 등에 대해 경멸하듯 불만을 토로했다. 그녀의 말에 청년은 자신의 그림을 보여주며 일본과는 다른 조선의 생활풍습과, 중국과 일본의 중용을 구현하고 있는 조선건축의 곡선의 미(美)에 대해 설명하였다. 그의 열띤 설명을 들으며 미즈코는 예술가의 열정을 느낄 수 있었다. 그 사이 기차는 대전역에 도착했다. 그때 하얀 옷을 입은 백발의 노인이 기차에 올랐다. 그런데 그 노인을 발견한 청년이 벌떡 일어나 그에게로 가더니 조선 말로 인사를 건네고 자리에 앉도록 도와주는 것이 아닌가. 미즈코는 그제야 그 청년이 조선인 이라는 사실을 알고 다시 한 번 놀랐다. 능숙한 일본어와 교양이 느껴지는 그의 거동으로 보아 당연히 일본인일 거라 생각했던 것이다. 미즈코는 청년과 대화를 나누는 동안, 도쿄에서 알고 지내던 이(李)가 왜 그토록 조선에 대해 부정적으로만 이야기했는지 비로소 의문을 갖기 시작했다. 그리고 이번에 조선에 온 김에 조선에 대한 올바른 인식을 가지고 돌아가겠노라 다짐했다.

「……. 처음 보는 당신께 이런 말씀을 드리는 것은 좀 그렇지만, 어쨌든 지금까지는 내선(內鮮)이 서로 부정만 해왔습니다. 일본인이 조선인을 대할 때만 그런 것이 아니라 조선인이 일본인을 대할 때도 역시 그랬습니다. 서로의 결점만 찾아내어 서로 경멸했지요. 거기에서 온갖 불행이 생겨나는 거라고 전 생각합니다. 국가적으로 중요한 이때에 그런 태도를 더 이상 지속해서는 안 됩니다. 조선인은 지금이야 많은 결점을 가지고 있습니다. 하지만 그 결점만 지적하고 위축시키기보다는 장점을 발견해서 그것을 격려하고 성장시키는 것이 무엇보다 중요하다고 저는 생각합니다." (중략)

열차가 경성에 도착했을 무렵에는 미즈코의 마음가짐은 부산에 내렸을 때와는 완전히 달라져 있었다. 백의의 사람들도, 의미를 알 수 없는 조선어도 이제는 결코 이상하게 여겨지지 않았다.

"이 사람들의 마음을 이해해야 해……."

미즈코는 긴 세월 경성에 살고 있는 사촌오빠는 어떤 생각을 가지고 있을지 궁금해졌다. 빨리 오빠를 만나 여러 가지 이야기를 듣고 싶다는 생각에, 차창 밖으로 상반신을 내밀고 마중 나온 수많은 사람들 위로 빠르게 시선을 돌렸다.」

049-8

福男伊ボクナミ(복남이)

〈기초사항〉

원제(原題)	福男伊	
한국어 제목	복남이	
원작가명(原作家名)	본명	유진오(俞鎭午)
	필명	
게재지(揭載誌)	슈칸초센(週刊朝鮮)	
게재년도	1941년 5월	

배경	• 시간적 배경: 어느 해 봄 • 공간적 배경: 경성
등장인물	① 정신적 성장이 미숙한 열일곱 살 복남이 ② 복남이가 자신의 아들 향식과 노는 것이 너무 싫은 정해용과 그 아내 ③ 해용의 어린 아들 향식 등
기타사항	

〈줄거리〉

정해용(鄭海用)은 일종의 생활혁명을 꾀하기 위해 어머니와 친척들, 그리고 집안 일꾼들의 반대에도 불구하고 이사를 강행했다. 그 짐정리를 어느 정도 마치고 한숨 돌리고 있을 때, 아내가 아들 향식(享植)을 꾸짖으며 들어왔다. 그토록 함께 놀지 말라고 했던 복남이(福男伊)와 또 놀다가 어미에게 들키고 만 것이다. 사실 해용이 이번에 이사를 결심하게 된 동기 중 하나가 바로 복남이와 아들 향식을 떼어놓기 위해서였다. 그런데 기존의 마을에서 제법 동떨어진 이곳까지 복남이가 쫓아온 모양이었다.

복남이 가족은 대대로 정씨 집안의 몸종이었는데, 노비제가 사라진 지 오래인 지금 무위도식하기만 하는 복남이 모자(母子)는 해용에게 골칫거리였다. 설상가상으로 복남이는 나이와 덩치에 걸맞지 않게 정신적으로 미숙하였고 몸가짐이 더럽고 게으르기 짝이 없었다. 그런데 이상하게도 향식뿐 아니라 젖먹이 어린 딸까지도 복남이를 너무 좋아하고 잘 따라서, 아무리 같이 놀지 말라고 타이르고 혼을 내도 향식은 틈만 나면 복남이와 어울려 놀곤 하였다.

해용은 오늘은 이사하는 날이라 따라온 모양이지만 아마 다시는 오지 않을 거라고 애써 아내를 위로하고 자기 스스로를 안심시켰다. 하지만 이튿날에도 복남이는 보란 듯이 향식을 마을 골목으로 불러내어 놀기 시작했다. 위기의식을 느낀 해용부부는 아들에게 집밖으로 나가지 말라고까지 해봤지만, 그 또한 허사였다. 향식이 밖으로 나가지 않으면 복남이는 길가에 멍하니 쭈그려 앉아 3시간이고 4시간이고 기다리고 있었다.

그러던 어느 날, 드디어 복남이를 쫓아낼 절호의 기회가 찾아왔다. 어느 날, 향식이 마을에서 사라진 사건이 벌어지고 말았다. 집안을 샅샅이 뒤지고 마을을 다 찾아 다녀도 향식을 찾을 수 없었다. 그런데 봄날의 긴 해가 기울어갈 무렵, 복남이가 향식을 등에 업고 돌아온 것이다. 아이는 곤히 잠들어있었고, 어디서 났는지 손에는 캐러멜이 쥐어져있었다.

「"히히히, 도련님이 하도 백화점에 가자고 졸라서."
복남이는 오히려 자랑스럽다는 듯 말했다.
"뭣이!"
"히히히, 백화점에 가니까 도련님이 엘리베이터도 타고 전기의자에도 앉고, 얼마나 좋아했다고요……."
"바보자식!"
해용은 손에 들고 있던 지팡이로 갑자기 복남이의 다리를 후려쳤다. 나무지팡이가 두 동강이 나서 앞부분이 허공으로 날아갔다.
"아얏!" 복남이의 한쪽 다리가 꺾였다.
"누가 너한테 그딴 걸 부탁했어, 엉!"

해용은 부러진 지팡이를 휘둘러 두세 번 더 복남이의 다리를 내려쳤다. 이윽고 복남이는 땅바닥에 무릎을 꿇고 웅크리더니 아픔을 참지 못하고 꺼이꺼이 울음을 터트렸다. 그 와중에도 등에 업은 아이를 놓으려고 하지 않았다. 해용도 눈시울이 뜨거워졌지만, "바보새끼!"라고 한 번 더 윽박질렀다.

　그것이 마지막이었다. 복남이는 두 번 다시 해용의 집에 오지 않았다. 하지만 경성거리를 떠나버린 것은 아니었다. 지금도 가끔 해용은 거리에서 복남이와 마주치곤 하는데, 그때마다 그는 다른 모습을 하고 있었다. (중략)

　요즘에는 메신저라도 되었는지, 바로 얼마 전에 보았을 때는 고물자전거를 타고 오후에 총독부 앞거리를 상쾌하게 달려가고 있었다. 봄볕에 반짝이는 은행나무의 노오란 새싹을 한가로이 바라보면서.」

南谷先生(남곡선생)

〈기초사항〉

원제(原題)	南谷先生(1~4)	
한국어 제목	남곡선생	
원작가명(原作家名)	본명	유진오(兪鎭午)
	필명	
게재지(揭載誌)	국민문학(國民文學)	
게재년도	1942년 신년호	
배경	• 시간적 배경: 어느 해 초겨울 • 공간적 배경: 경성의 종로	
등장인물	① 아내와 딸 마리와 함께 경복궁 근처에 살고 있는 수동 ② 의사면허는 없지만 경성에서 알아주는 한방의원으로 서양의학에 대한 불신과 불만이 많은 남곡선생 등	
기타사항		

〈줄거리〉

　수동(秀東)은 다섯 살 난 딸 마리(瑪璃)의 병세가 점점 악화되는 것을 지켜보며 대학병원에 입원시킬 것을 아내에게 의논했다. 그러나 아내는 병원보다 먼저 남곡(南谷)선생을 찾아가 보는 것이 어떻겠느냐는 의견을 내놓았다. 아내가 딸의 입원을 거부하는 데는 이유가 있었다.

한 달 전 수동은 디프테리아에 걸려 사경을 헤매고 있는 조카를 서둘러 병원에 입원시켰다. 그때 조카를 진찰한 의사는 이대로는 가망이 없지만 후두를 자르는 수술을 하면 살 수도 있을 거라는 진단을 내렸고, 그 말에 수동은 형수를 설득하여 수술을 받게 하였다. 그런데 의사가 후두를 자른 순간 조카는 갑자기 얼굴이 창백해지더니 결국 죽고 말았던 것이다. 하지만 수동이 남곡선생을 찾아가는 것을 꺼려하는 데에도 이유가 있었다.

남곡선생과 수동의 부친은 결코 절친한 사이는 아니었지만 일찍이 서로의 존재를 존경하며 지내온 사이였다. 수동이 남곡선생을 처음 본 것은 그의 나이 열여섯 살 때의 일이다. 그것은 수동의 여동생이 성홍열을 심하게 앓고 있을 때의 일로, 아버지는 딸의 병상을 상세하게 적은 편지를 수동을 시켜 남곡선생에게 전하게 하였다. 하지만 남곡선생은 자기 발로 직접 찾아오지 않는 수동의 아버지를 꾸짖고 난 후에야 겨우 처방전을 써주었다. 한 달간 여동생은 남곡선생의 처방에 따라 지은 약을 먹고 간신히 호전되었는데, 그러는 동안 남곡선생과 수동의 아버지는 일절 서로를 찾지 않았다. 그러던 어느 날 저녁, 병상이 호전되던 수동의 여동생이 식중독으로 급사하고 말았다. 그런데 놀랍게도 여동생 장례를 치른 직후, 그 동안 한 번도 발길을 하지 않던 아버지가 의장을 갖춰 입고 남곡선생을 찾아간 것이다. 둘 사이에 어떤 대화가 오갔는지 수동은 이제 기억도 나지 않지만, 거의 무거운 침묵으로 일관한 어색한 대면이었던 것만은 분명했다. 그렇게 남곡선생과의 인연은 끝나는가 싶었다.

그런데 3년 전, 홀로 되신 어머니가 뇌출혈로 쓰러지신 것이 계기가 되어 남곡선생과의 인연이 다시 시작된 것이다. 그때 수동은 남곡선생과의 옛 인연을 숨긴 채 한 지인의 안내를 받아 남곡선생을 찾아갔다. 그런데 18년 만의 만남이었음에도 불구하고 남곡선생은 수동을 단번에 알아보고 부친이 돌아가셨을 때 연락을 주지 않은 것을 꾸짖었다. 그리고 다음 날 남곡선생은 직접 수동의 집으로 찾아와 어머니를 진찰했다. 처방전을 써달라는 수동에게 그는 '처방은 오늘 밤 잘 생각해본 후에'라는 말만 남기고 가버렸다. 그런데 공교롭게도 다음날 이른 새벽 어머니는 숨을 거두고 말았다. 그날 오후 돌연히 수동의 집을 찾은 남곡선생은, 어제 진맥을 했을 때 어젯밤을 넘기기 힘들 것 같아 처방을 쓰지 않았노라고 말하고 어머니께 향을 올리고 돌아갔다.

그 일을 계기로 수동은 남곡선생을 대할 때는 새것만 좇던 자신의 습관을 버리고 옛 법도로서 섬기기로 결심하고, 무슨 일이 있을 때마다 선생을 찾아가 예를 갖췄다. 그런 수동에게 남곡선생 역시 갖춰야 할 모든 예를 갖춰 대해주었다.

하지만 그런 만남은 오래가지 못했다. 그도 그럴 것이 이미 새로운 문물에 익숙해져있는 수동이 새삼 음력으로 치러지는 옛 법도를 따르기란 결코 쉬운 일이 아니었고, 그러다 흐지부지 남곡선생을 멀리하게 되었다. 마침 모친상을 당한 지 2년 째 되던 해 구정(舊正) 아침, 수동이 지난 밤 늦게까지 글을 쓰다가 늦잠을 자고 있는 사이에 남곡선생이 다녀간 것이다. 그 사실을 알게 된 이후 수동은 지금까지도 죄송한 마음에 남곡선생을 찾지 못하고 있었다.

그러한 연유로 끝내 아내를 설득한 수동은 마리를 대학병원에 입원시켰다. 하지만 아이의 열은 좀처럼 잡히지 않았고 의사는 자꾸 주사만 놓았다. 그래서 결국 수동은 남곡선생을 찾아가기로 결심했다.

그런데 남곡선생은 수동을 보자마자 노기 띤 목소리로 이번엔 또 무슨 일이냐며 호통을 쳤다. 수동은 딸 이야기는 꺼내지도 못하고 돌아올 수밖에 없었다. 그리고는 곧바로 병원으로

가 사경을 헤매는 딸 옆에서 밤을 꼬박 새워 간호했다.

이튿날 집에 돌아오니 가정부가 손님이 왔었다는 말을 전했다. 손님의 행색을 자세히 물어보니 남곡선생이 틀림없었다. 수동은 그 길로 선생을 다시 찾아가 뵙기를 청하였다. 그러나 선생은 어젯밤 돌아오는 길에 비를 너무 맞아 독감에 걸렸다며 앓아누워 있었다. 수동을 본 선생은 집안에 무슨 일이 있느냐고 물었고, 그제야 수동은 딸의 병에 대해 사실대로 말할 수 있었다. 그 말을 들은 선생은 발작을 일으킬 정도로 고통스러운 상황임에도 불구하고 어렵게 딸아이를 위한 처방전을 써주었다. 덕분에 마리는 차츰 열이 내리고 원기를 회복하였다.

수동과 그의 아내는 이번에야말로 남곡선생을 아버지처럼 섬기고 모시자고 결심하고, 수동은 출근 전에 남곡선생의 병문안을 갔다. 하지만 선생은 하루 만에 알아볼 수 없을 만큼 쇠약해져 있었다.

다음날, 수동은 그 동안의 긴장이 풀린 탓인지 늦잠을 자게 되고 결국 남곡선생의 병문안을 가지 못하였다. 저녁에는 또 직원의 송별회 때문에 늦어져서 선생을 찾아뵙지 못하였다. 아내는 그런 그를 도리를 모르는 무례한 사람이라고 몰아세웠다.

「"시끄럿. 선생님 댁에는 내일 아침 찾아뵈면 되잖아." 아내의 말이 다 맞는다고는 생각하면서도 술기운에 수동은 큰소리를 치고 말았다. 하지만 그 '내일 아침'은 이미 늦었다. 이튿날 아침 숨을 헐떡이며 계동마을로 올라가 선생의 집이 보이는 길모퉁이를 돌자, 음침한 대문 기둥에 한지를 붙여 만든 작은 등롱이 매달려있었다. 흠칫 놀라 대문 안으로 뛰어 들어가 허둥지둥 방문을 열자, 약제사 노인이 달랑 혼자 쓸쓸히 팔짱을 끼고 멍하니 앉아있었다.

"어찌 된 겁니까, 밖의 등롱은?" 수동이 물을 것도 없이,

"돌아가셨습니다. 어젯밤에." 화난 사람처럼 퉁명스럽게 대답했다.

수동은 머리를 한 대 얻어맞은 것처럼 깜짝 놀랐다. 참회인지 뭔지 모를 격정 때문에 순간 가슴이 먹먹해지고 말았다. 하지만 그런 것은 안중에도 없다는 듯 노인은 뭐라고 혼잣말을 중얼거리며 일어서더니, 밖으로 나와 등롱 안에서 아직도 희미하게 타고 있던 촛불을 훅 불어 끄고는, 다시 원래 있던 자리로 돌아가 원래의 자세대로 앉아버렸다.」

049-10

祖父の鐵屑(조부의 고철)

〈기초사항〉

원제(原題)	祖父の鐵屑
한국어 제목	조부의 고철

원작가명(原作家名)	본명	유진오(俞鎭午)
	필명	
게재지(揭載誌)	국민총력(國民總力)	
게재년도	1944년 3월	
배경	• 시간적 배경: 태평양전쟁 중이던 어느 해 초겨울 • 공간적 배경: 경성	
등장인물	① 엄격한 조부로부터 유교적 교육을 받고 자란 이경일 ② 경일의 아내 송자 ③ 생전에 고철을 주워 모았던 경일의 조부 이창식 ④ 경일의 어릴 때 친구 용구 등	
기타사항		

〈줄거리〉

경일(慶一)이 아침에 집을 나서며 아내 송자(松子)에게, 오늘은 조부의 제사이니 가능한 풍성하게 제사상을 차려달라고 부탁하였다. 그러나 저녁에 돌아와 보니 예상과는 달리 오늘 우연히 배급받은 밀감 일고여덟 개가 썰렁하게 접시에 놓여 있고 그 뒤로 감주와 마른 명태가 놓여있을 뿐이었다. 남대문시장에 갔지만 살만한 것은 아무것도 없고 암시장에서는 배가 1개에 30전이나 해서 도저히 살 수 없었노라고 아내는 변명하듯 말했다. 성의가 부족하게 보이지만 어쩔 수 없었다. 경일이 정성을 기울인다면 물 한 잔이라도 누가 되지 않을 거라고 말하자, 아내는 혹시라도 시누이인 혜숙(惠淑)의 엄마가 보면 자신을 탓할 거라고 걱정했다. 경일은 요즘 같은 시기에는 물건이 충분히 있어도 반드시 절약해야 한다, 여동생은 작년에도 재작년에도 오지 않았으니 올해도 오지 않을 거라며 아내를 위로했다. 사실 경일의 집안은 대대로 조상을 숭배해 왔다. 예전에 도쿄 유학생이었고 만년을 은행가로 활약했던 아버지도 1년에 열 몇 차례나 되는 기일을 풍성하고 떠들썩하게 지냈다. 아버지는 경일에게 요즘의 젊은이들은 조상에 대한 존경심이 없다고 한탄했었다. 이 같은 생활풍습을 어렸을 때부터 보고자란 경일은, 그에 대한 반감 때문인지 아버지가 돌아가신 후부터는 부모와 조부모의 제사만 옛날식으로 지내왔다.

아내 송자는 원래 시골의 작은 벼락부자 집에서 나고 자란 탓에, 이 넓은 경성에서 여학교 기숙사 말고는 아는 곳도 없고 예법도 전혀 몰랐다. 결혼 초에는 경일 집안의 엄격한 가풍에 대해 불만이 많았지만, 시부모님이 돌아가신 후 제멋대로 해도 트집 잡을 사람 하나 없는 지금, 오히려 제사상을 초라하게 차린 것을 죄스러워할 정도가 되었다. 이것이 바로 환경의 힘이 아닐까. 어쨌든 경일은 조부야말로 요즘 같은 시절에 꼭 맞는 인재라고 곧잘 말하곤 했다. 조부 창식(昌植)은 외고집으로 매우 까다롭고 호통을 잘 치는 할아버지였다. 경일이 소학교(초등학교)에 다닐 때, 처자가 있는 스무 살 남짓의 학생이 있어도 경일은 1등을 놓치지 않았는데, 그래도 할아버지는 경일에게 게으르다고 항상 꾸중하셨다. 한번은 이런 일도 있었다.

어느 날 경일은 친구들을 집으로 데리고 와 집밖에서 돌차기를 하며 놀고 있었는데 갑자기 등 뒤에서 조부의 쩌렁쩌렁한 목소리가 들렸다. 놀란 아이들은 재빨리 사방으로 도망쳤지만 그 중 용구(容九)라는 얌전한 친구는 용구 아버지와 조부가 각별히 친한 사이이고 자기도 조부를 잘 알고 있어서 도망쳐 숨지 않고 성큼성큼 조부 앞으로 다가가 모자를 벗고 정중하게 인사를 하였다. 그렇다고 "오, 너구나!"하며 태도를 바꿀 조부가 아니었다. 갑자기 "이 녀석!" 하고 호통을 치면서 오른손에 들고 있던 담뱃대로 용구의 머리를 내려쳤다. 깜짝 놀란 용구가 허리를 반쯤 숙이고 눈을 치켜떠 조부를 쳐다봤지만, 조부의 기세를 예상한 용구는 잠시 후 토끼처럼 쏜살같이 도망쳐버렸다. "그 때 얼마나 놀랐다고!"라고 중학교를 졸업할 때까지 용구와 나는 그 날 일을 회상하며 웃곤 하였다.

식사 시간이면 경일은 항상 조부와 마주앉았다. 조부는 밥풀을 흘린다든지 밥풀이 밥그릇에 붙어 있으면 야단을 쳤다. 또 편식을 하거나 음식을 소리 내어 씹어도 야단쳤다. 식사 시간에 할아버지의 잔소리는 정말 심했다. 그 중에서도 특히 참을 수 없었던 것은 '음식 먹을 때 말 하지마라!'라는 철칙이었다. 어른들은 떠들면서 경일에게만 『小學』의 가르침을 강요하였다. 그러나 조부는 근면한 사람이었다. 조부의 거처인 행랑채 벽에는 늘 칡껍질을 꼬아 만든 줄이 걸려있었다. 조부가 방에 있을 때 하는 소일거리였다. 조부는 또 물건을 소중하게 사용하는 사람이었다. 한 장의 휴지도 헛되이 쓰지 않았다. 조부는 편지봉투의 내용물, 경일이 쓰고 버린 습자의 반지, 신문지 조각 등이 눈에 보이면 주워서 반듯하게 편 후 깨끗하게 접어두었다. 그것을 시골에 가서 친척들에게 나누어주기도 했다. 받은 사람들은 그것을 창호지나 벽지로 사용하였다. 보통학교를 졸업한 후 나이가 부족하여 상급학교로 진학하지 못하고 1년 정도 놀고 있을 때, 경일은 봄가을에 시골로 내려가 지낸 적이 있었는데 어디를 가나 자신이 썼던 습자지가 덕지덕지 붙어있는 것을 보고 깜짝 놀란 적이 있었다.

그런 조부가 종이보다 더욱 귀하게 여기는 것이 고철이었다. 철이라는 이름이 붙은 것이면 아무리 녹이 슬고 작은 것이라도 조부는 주위의 시선을 아랑곳하지 않고 주워 모았다. 조부의 조끼주머니는 항상 배가 불룩하였다. 내용물은 대부분 고철과 휴지더미였다. 조부의 거실 옆에는 고철이 가득 든 여러 개의 밀감박스가 줄줄이 늘어져 있었다. 경일이 어렸을 때 조부와 외출하는 걸 기피했던 것도 길가에 떨어져있는 고철을 줍는 조부의 행동이 싫어서였다.

사람들은 조부를 '이진사'라고 불렀는데, 조부는 그만큼 존경을 받는 훌륭한 어른이었다. 어머니 말에 의하면, 어머니가 처음 시집왔을 때는 집안 살림이 찢어지게 가난했으나 부자가 된 것은 아버지 대(代)부터였다. 조부는 근면했지만 유학자의 풍습을 버리지 못해 농사일은 절대로 하지 않았다고 했다. 동학란 때 미움을 사 진압 후 관청에 끌려간 것이 변고였지만 이에 관해서는 함구하였다. 결국 조부는 궁핍과 동란의 시대를 산 사람이었지만, 경일이 철들 무렵에는 집안이 부유해졌고 세상도 완전히 변해서, 경일에게 조부는 그저 무섭고 까다로운 사람으로 밖에 보이지 않았다.

여동생은 예상대로 제사에 오지 않았다. 여동생뿐만 아니라 조부의 제사에 온 사람은 최근 5, 6년 동안 아무도 없었다. 이 역시 세상이 바뀐 때문이리라.

경일은 부모가 돌아가셨을 때에도 그다지 눈물을 흘리지 않았는데 이 날은 왜 그런지 마음 속으로 조부를 그리워하며 추모하였다. 제사가 끝났을 때, 경일은 문득 그 동안 잊고 있던 조부의 고철이 떠올랐다. 아내에게 고철의 행방을 물었지만, 아내는 10년 전 이사할 때 밀감상자에 들어있던 것을 본 기억만 있을 뿐 어디에 있는지는 정확히 기억하지 못하고 있었다. 경일은 내일이라도 혹시 고철을 찾게 되면 반장에게 헌납하자고 말했다. 지금 같은 시절에 고철은 무엇보다 중요한 자원이라며, 일요일이 되면 반드시 찾아보리라 다짐했다.

다음 일요일 아침, 일어나자마자 경일은 곳간으로 가서 조부의 고철을 찾기 시작했다. 지금은 사용하지 않은 옛날 도구들을 말끔히 정리하고 나자, 깊숙한 곳에서 고철이 든 낯익은 밀감 상자가 나왔다.

「3개의 상자에 가득 채워져서 하얀 먼지를 뒤집어쓰고 있는 붉은 녹이 슨 오래된 못, 오래된 쇠장석과 구두금속 편자들을 보자 경일은 갑자기 가슴이 벅차올랐다.
"아무리 조부라도 이 고철이 이제 와서 미국, 영국을 격멸시키는 데 큰 역할을 하게 되리라고는 설마 생각하지 못하셨을 거야."
철이나 놋쇠 같은 금속류를 회수할 때마다 깨진 화로나 식기들을 찾느라 야단법석을 떨었는데, 왜 진작 이것이 있다는 걸 생각해내지 못했는지 참으로 이상했다. 아침식사를 마치고 반장 집으로 가서 그 고철의 유래를 대충 이야기하고 웃으며 집으로 돌아왔다. 경일은 상쾌하고 흡족한 기분으로 서재로 들어갔다.」

尹基鼎(윤기정)

—

050

윤기정(1903~1955) 소설가, 문학평론가. 호 효봉(曉峰). 필명 효봉산인(曉峰山人).

약력

1903년	6월 서울의 사무원 가정에서 태어났으며 사립 보인학교(輔仁學校)를 졸업했다.
1921년	소설 「성탄야의 추억」을 발표하여 문단에 데뷔하였다.
1922년	9월에 결성된 <염군사(焰群社)>에서 활동하였다.
1924년	<서울청년회>에 소속되어 최승일, 송영, 박영희 등과 함께 <파스큘라>와 통합하는 조직적 확대를 꾀하여 <카프(KAPF, 조선프롤레타리아예술가동맹)> 결성에 기여했다. <카프>의 초대 서기국장을 역임했으며, 「조선지광(朝鮮之光)」을 중심으로 소설과 평론을 발표했다.
1927년	이 해를 전후하여 <카프>에서 김화산을 중심으로 한 무정부주의자들이 축출될 때 《조선일보(朝鮮日報)》에 평론 「계급예술론의 신전개를 읽고」(3. 25~30), 「상호비판과 이론확립」(6. 15~20) 등을 발표했다. 「조선지광」에 소설 「미치는 사람」, 「딴 길을 걷는 사람들」을 발표하였다. 그리고 5월 「현대평론」에 단편 「얼음창고(氷庫)」를 발표하였는데, 같은 해 10월 조선총독부 자료집 『조선의 언론과 세상(朝鮮の言論と世相)』에 일본어로 번역, 게재되었다.
1928년	「조선지광」에 「의외(意外)」를 발표하였다.
1929년	김유영 등과 <신흥영화예술가동맹>을 결성했으나 이념차이로 인해 곧 탈퇴하고 이듬해 영화동맹 대표를 맡았다.
1930년	사상전환 이후의 소설경향을 잘 보여주는 단편소설 「양회굴뚝」(「조선지광」, 6월)을 발표하였다.
1931년	<신간회>가 해체될 때 임시대회 서기를 맡기도 했다. 1931년과 1934년에는 두 차례의 <카프> 검거사건으로 검거되었다가 각각 기소유예와 집행유예로 석방되었다.
1936년	소설 「자화상」(「조선문학」), 「사생아」(「사해공론」), 「적멸(寂滅)」(「조선문단」), 「차부(車夫)」(「조광」), 「이십원」(「풍림」) 등을 발표하였다.
1937년	소설 「거울을 꺼리는 사나이」(「조선문학」), 「어머니와 아들」(「풍림」), 「공사장」(「사해공론」), 「아씨와 안잠이」(「조광」), 「천재(天災)」(「조선문학」) 등을 발표

1946년	하였다. 월북하였다. 한동안 해주에 거주하다가 <조소문화협회(朝蘇文化協會)> 서기장을 지내는 한편 창작에도 힘썼다.	
1953년	이 시기에 그는 광부들의 노동을 소재로 생산경쟁운동과 인간개조문제를 결부시킨 단편소설 「이창섭 브리가다」를 비롯해 여러 편의 단편 소설을 발표하였다.	
1955년	3월 사망하였다.	
1957년	『윤기정·현경준 단편집』이 출판되었다.	

윤기정의 문단활동은 소설창작과 비평활동으로 크게 나눌 수 있다. 그의 소설은 계급문학운동의 이념적인 요구를 기계적으로 반영한 것으로, 특히 노동자들의 삶의 고통과 착취의 현실을 비판적으로 그려낸 작품들이 있다.

초기 비평의 대표작인 「계급예술론의 신전개를 읽고」와 「상호비판과 이론확립」에서 프로문예의 예술적 완결성을 강조하는 아나키스트 김화산(金華山)을 비판하며, 투쟁기에 있어서의 프롤레타리아문학의 본질은 투쟁적이고 선전적인 데 있다고 보고 민족해방운동을 위해 선전선동 활동을 해야 한다고 주장한 바 있다.

050-1

氷庫(얼음창고)

〈기초사항〉

원제(原題)	氷庫	
한국어 제목	얼음창고	
원작가명(原作家名)	본명	윤기정(尹基鼎)
	필명	
게재지(揭載誌)	조선의 언론과 세상(朝鮮の言論と世相)	
게재년도	1927년 10월	
배경	• 시간적 배경: 어느 해 겨울 • 공간적 배경: 한강 근처의 어느 마을	
등장인물	① 마을을 위해 솔선하여 행동하는 청년 명호 ② 마을사람들의 존경을 받는 불쌍한 노인 등	
기타사항	번역자 미상. 원문전체번역	

〈전체번역〉

추워서 하룻밤 새 한강은 얼음으로 두껍게 뒤덮였다.

옛날에는 이 얼음을 강변 사람들이 임의로 채취하여 저장도 하고 사용도 하였다. 오늘날에는 저 얼음회사가 생겨서 마을사람이 멋대로 채빙할 수 없게 되었다. 이 마을에 불쌍한 노인이 살았다. 아들 둘 모두 조기잡이 배에서 죽고 말았다. 마을에서 불쌍한 노인 하면 누구나 알고 있었는데, 그 노인의 말이라면 다들 순종하였다. 명호(明浩)도 영리한 청년인데, 이 불쌍한 노인을 존경하고 있었다.

×××

오늘은 유난히 날씨가 춥다. 지금까지 2전에 운반하던 얼음을 1전5리로 낮추겠다는 이야기를 들은 마을사람들은 이구동성으로 불평을 말했다.

×××

이렇게 추운 날씨에 2전도 낮은 운임인데 1전5리로 낮추다니 욕심쟁이 얼음창고 주인이라고 입에서 입으로 전해졌다. 명호와 노인은 마을사람들을 모아놓고 "여러분, 2전의 운반료도 불공평하니, 얼음 한 장을 얼음창고로 옮기는 데 5전은 받아야 하지 않겠소!"라고 말했다. 모두 찬성했다.

하지만 얼음창고 주인은 1전5리로 하겠다고 한다.

×××

"여러분, 어떤 고통이 우리 머리 위로 떨어져도 한 사람이라도 1전5리에 얼음을 운반해서는 안 됩니다. 우리는 단결의 힘으로 5전으로 인상할 때까지 설령 처자식이 굶어죽어도 그에 응해서는 안 됩니다." 명호와 노인은 마을사람들에게 맹세하게 하였다. 일동은 이에 찬성 단결하였다.

×××

곤란해진 얼음창고 주인은 썰매를 고용해 왔다.

×××

썰매가 수십 대나 계속해서 얼음 위를 활주하여 얼음창고로 얼음을 운반하기 시작했다.

×××

한 대의 썰매가 갑자기 얼음 속으로 빠져 두 사람의 인부가 죽었다.

이 함정을 누가 팠는지, 활주하는 길 위에 구멍이 있었는데 그 옆에 명호가 톱을 들고 서서 자기가 이 마을의 얼음 운반인부 일동의 생사문제를 위해 구멍을 팠다고 단언했다. 그때 노인이 왔다.

×××

썰매인부는 명호를 얼음물에 빠트리겠다며 분노했다. 노인은 "아니, 내가 도와서 판 구멍에 너희가 둘이나 빠져서 죽었다. 죽이려거든 나를 죽여라."라고 말했다.

×××

썰매인부는 그대로 물러났다. 그 후 얼음창고 주인은 마차를 몇 십 대나 고용했다. 마을사람들은 이것을 발견하고 마차를 둘러싸고 때려죽이겠다고 했다.

×××

마을의 얼음운반인부는 운임이 1전5리로 떨어진 후 얼음을 일절 운반하지 않겠다고 맹세하고, 그때부터 굶주림과 추위로 처자식은 반죽음이 되었다.

×××

죽는 건 매 한가지다. 마부를 때려죽이고 죽으나 추위와 굶주림으로 동사하나 매 한가지다. 우리의 일자리를 가로채간 마부는 한 사람도 남김없이 때려죽이겠다고 말했다.

×××

마부들은 이를 이해하고 서둘러 물러갔다.

×××

마을에서는 비참한 날들이 계속되었다. 얼음창고 앞에 일동은 모였다. 명호와 노인은 주인과 담판하여 5전으로 인상하게 하였다. 마을사람들은 만세를 부르며 기꺼이 얼음운반에 착수하였다.

×××

명호와 노인은 생각했다. 5전으로 올려도 얼음창고 주인은 손해가 없다. 여름이 되면 70전, 80전으로 팔기 때문에 운임을 더 올려도 수지가 맞다. 아, 그렇다! 저기 세 동의 창고도 마을사람들 소유로 하고 강의 얼음도 자유롭게 채취하여 여름이 되면 맘대로 사용하고 남은 것은 싸게 팔게 해야 한다.

×××

마을사람들에게 이에 대해 의논했다. 마을사람들은 찬성하여 얼음창고 주인을 쫓아내기로 했다. 그리고 세 동의 창고는 측량을 마치고 마을사람들 소유로 한 뒤, 마을사람들은 기뻐하며 자신들의 창고로 얼음을 날랐다.

尹白南(윤백남)

—

윤백남(1888~1954) 배우, 극작가, 소설가, 영화감독. 본명 교중(敎重).

051

약력

1888년	10월 충남 공주에서 출생했다.
1902년	경성학당을 졸업하였다.
1904년	일본으로 건너가 후쿠시마현(福島縣) 이와기중학교(盤城中學校) 3학년에 편입하였다.
1905년	와세다실업학교(早稻田實業學校)를 거쳐 관비유학생으로 와세다대학 정경과(政經科)에 진학했다. 그러나 조선통감부의 방해로 수업이 중단되어 도쿄고등상업학교로 이적했다.
1909년	귀국 후 보성전문학교(고려대학교 전신) 강사가 되었다.
1910년	한일병탄 이후 《매일신보(每日申報)》 기자가 되어 문필생활을 시작했다.
1912년	조중환과 함께 극단 <문수성(文秀星)>을 창단하여 1916년 해산될 때까지 번안 신파극을 공연하며 배우로도 활동하였다.
1917년	<백남(白南)프로덕션>을 창립하여, 여러 편의 영화를 제작 및 감독하였다.
1919년	《동아일보(東亞日報)》 기자로 자리를 옮긴 후 본격적인 문필활동을 시작하였다.
1922년	개량신파극단인 민중극단(民衆劇團)을 창단하였다.
1923년	한국 최초의 극영화「월하의 맹서」의 각본과 감독을 맡았다. 부산에서 설립된 조선키네마주식회사의 2번째 영화인「운영전」의 감독을 맡은 이후 본격적으로 활동했다.
1925년	영화사 <윤백남 프로덕션>을 설립하여「심청전」,「개척자」를 제작했으나 흥행 부진으로 영화사는 곧 해체되었다.
1928년	이기세, 김을한, 안종화, 염상섭 등과 함께 <문예영화협회>라는 단체를 만들어 영화연구와 신인교육을 시도했다.
1930년	동아일보사가 창간 10주년 기념으로 제작한 영화「정의는 이긴다」의 각본과 감독을 맡았다.
1931년	<극예술연구회(劇藝術研究會)>의 창립동인으로 신극운동의 선구자 역할을

했다.

1932년	「가이조(改造)」에 일본어소설 「휘파람(口笛)」을 발표하였다.
1933년	「조선공론(朝鮮公論)」에 일본어소설 「파경부합(破鏡符合)」을 발표하였다.
1934년	10월 월간지 「야담」을 창간하였다.
1937년	만주로 건너가 소설집필에만 몰두해 「낙조의 노래」, 「야화」 등의 역사소설을 발표했다.
1945년	해방과 함께 귀국하여 <조선영화건설본부>의 위원장을 맡았고 서라벌예술대학 설립에 적극적으로 참여하는 등 한국영화의 재건과 발전에 관심을 기울였다.
1953년	서라벌예술대학 학장을 역임하고 <대한민국예술원> 초대 회원을 지냈다
1954년	9월 사망하였다.

口笛(휘파람)

〈기초사항〉

원제(原題)		口笛(一~四)
한국어 제목		휘파람
원작가명(原作家名)	본명	윤교중(尹敎重)
	필명	윤백남(尹白南)
게재지(揭載誌)		가이조(改造)
게재년도		1932년 10월
배경		• 시간적 배경: 1920년대 어느 해 초여름 • 공간적 배경: 일본 오사카
등장인물		① 경찰에게 쫓겨 도쿄와 오사카 등지에서 일용직 근로자로 일하는 이홍 ② 남편과 사별하고 도쿄 철물공장에서 일하다 이홍과 동거하게 된 오키요 ③ 철물공장 사장의 딸로 이홍에게 추파를 던지는 오치요 등
기타사항		

〈줄거리〉

　이홍(李弘)은 누군가 계단을 올라오는 소리에 잠에서 깨어났다. 발소리의 주인은 다름 아닌 밤새 일하고 돌아오는 오키요(お淸). 오늘은 이홍이 조선으로 돌아가기로 한 날이다. 이홍은 의심스럽기 짝이 없는 40대 남자가 직장에 갓 다니기 시작한 오키요를 홀로 두고 고국으로

떠나야 한다는 생각에 마음이 이만저만 착잡한 것이 아니었다. 아닌 게 아니라 요즘 들어 오키요는 개방적이다 못해 육감적이기까지 해졌다. 오늘이 비록 잠시라고는 하나 헤어져야 할 날인데도 오키요는 그다지 쓸쓸해하는 기색도 없이 마음씨 좋은 주인에게 빌렸다는 돈을 가지고 뭔가를 사야한다며 급히 밖으로 나가버렸다.

오키요가 밖으로 나간 뒤 이홍은 자신이 공부를 위해 처음 도쿄(東京)에 왔을 때의 일과 오키요를 처음 만나게 된 두 번째 도일(渡日) 당시의 일들을 회상했다.

경찰에 쫓기다 결국 일본으로 온 이홍은 고마쓰 고지(小松弘二)라는 가명으로 철물공장에 취직하였는데, 그곳의 사장 딸인 오치요(お千代)라는 이혼녀가 하루가 멀다 하고 그에게 추파를 던져왔다. 오치요는 육감적이고 포동포동하게 살이 찐 데다 눈은 음탕해 보였으며 언제나 칠칠치 못한 옷차림을 하고 있었다. 그러던 어느 날, 오치요와는 대조적으로 알맞은 몸집과 품위 있고 온화한 성격의 오키요(お淸)라는 과부가 그 철물공장에 취직해 들어왔다. 오키요는 일찍 부모를 여의고 오빠와 살다 열여덟 살 때 쓰치우라(土浦)의 어느 집안으로 시집갔지만, 2년이 채 못 돼서 남편이 죽자 지금은 다시 오빠네 집에서 신세를 지고 있다고 했다.

어느 눈 오는 날 이홍은 몸이 좋지 않아 결근을 하려다 다른 직원들에게 미안한 생각이 들어 뒤늦게야 출근을 했다. 하지만 공교롭게도 사무실에는 아무도 없고 오치요만이 이홍을 기다리고 있었다. 그녀는 아버지가 이홍에게 출납장부를 부탁했다고 접근해 오더니 기회를 놓치지 않고 또다시 치근거리기 시작했다. 그런데 그때 마침 도시락을 놓고 갔다며 사무실로 돌아온 오키요가 그 광경을 목격하고 얼굴을 붉히며 도망치듯 그 자리를 떠났다. 이홍은 이때를 놓치지 않고 오치요의 손아귀에서 빠져나와 오키요의 뒤를 쫓아갔다. 그렇게 이홍과 오키요의 인연은 시작되었다.

그러던 어느 날 결혼문제로 오빠내외와 다투고 집을 뛰쳐나온 오키요는 이홍을 찾아가 같이 있게 해달라고 부탁했다. 망설이던 이홍은 자신이 조선인임을 밝히고 오키요의 표정을 살폈지만 그녀는 아랑곳하지 않았다.

그렇게 두 사람은 동거를 시작하게 되었다. 이 사실을 알게 된 오치요와 공장사람들의 냉담한 시선을 이겨내지 못하고 둘은 결국 공장을 그만두고 말았다.

도쿄가 싫어진 이홍은 오키요와 함께 오사카(大阪)로 거처를 옮겼다. 쉽게 일자리를 구하지 못하는 이홍 대신 오키요가 일을 하게 되었다. 당구장의 게임 보조, 극장식당의 서비스 걸, 이런 것들이 그녀에게 주어진 일이었다. 그래도 먹고 살기 위해서는 어쩔 수 없었다. 무엇보다 슬픈 것은 그녀의 성격이 날이 갈수록 변해가는 것이었다. 지금까지의 의젓했던 성격은 오간데 없고 대신 경박하고 음탕한 기운이 그녀의 몸을 치장해 갔다. 그러던 중 이홍은 고국의 동지로부터 귀국하라는 전갈을 받게 되었다. 이홍은 고민 끝에 나중에 자리가 잡히면 조선으로 그녀를 부르기로 약속하고 홀로 귀국할 결심을 한 것이었다.

이윽고 여행용 궤짝과 화장품을 사들고 오키요가 돌아왔다. 오키요는 마치 흥겨움에 들뜬 사람처럼 자신의 짐을 꾸리고 자기 걱정일랑 하지 말라며 이홍을 재촉해 하숙집을 나섰다. 두 사람은 덴마바시(天滿橋)에서 이별을 하는데, 오키요는 제대로 된 인사말도 건네지 않고 눈물 한 방울 흘리지 않은 채 매정하게 돌아서 가버렸다.

「참을 수 없어진 이홍은 빠른 걸음으로 그녀의 뒤를 쫓아갔다. 만나서 어떻게 하자는 분별은 없었지만, 마치 뭔가에 떠밀리기라도 하듯 뛰었다. 그리고 모퉁이를 돌았다. 그런데 그곳에서 그는 전기에 감전이라도 된 것처럼 움직일 수 없었다. 아아, 이 무슨 뜻밖의 광경이란 말인가. 오키요는 그 모퉁이에서 다섯 걸음도 안 되는 곳의 둥그런 우체통에 기대어 소매로 얼굴을 감싸고 울고 있는 것이 아닌가.

그녀가 울고 있다, 오키요가 슬퍼하고 있다, 있을 수 없는 광경이다.

이홍은 격렬한 환희와 후회와 연민에 전율했다. 그리고 소리 없이 왔던 길을 향해 모퉁이를 돌았다. 기쁨의 눈물이 한 줄기 뺨을 타고 흘렀다.

이홍은 덴마바시를 발걸음도 가볍게 건넜다. 그때 「군함행진곡(軍艦マーチ)」이 휘파람이 되어 절로 흘러 나왔다.」

破鏡符合(파경부합)

〈기초사항〉

원제(原題)	破鏡符合(一~二)	
한국어 제목	파경부합	
원작가명(原作家名)	본명	윤교중(尹敎重)
	필명	윤백남(尹白南)
계재지(揭載誌)	조선공론(朝鮮公論)	
계재년도	1933년 6월	
배경	• 시간적 배경: 신라 진평왕 시대, 580년 즈음 • 공간적 배경: 산 좋고 물 좋은 밤골(栗里)	
등장인물	① 일찍 어머니를 여의고 홀아버지와 사는 효심 지극한 처녀 설랑 ② 설랑의 아버지 ③ 설랑의 아버지를 대신해 변방으로 군역을 떠난 설랑의 정혼자 가실 등	
기타사항		

〈줄거리〉

설랑(薛娘)이 변방으로 떠난 가실(嘉實)을 기다려온 지 어언 6년의 세월이 흘렀다. 늙으신 아버지를 대신하여 언제 죽을지도 모르는 변방으로 군역을 떠나는 가실에게 설랑의 아버지는 살아 돌아오면 설랑과 혼인시켜주겠다고 굳게 약속했었다. 군역기간인 3년이 지나고 또 3년이 더 흘렀건만 가실에게선 그 어떤 소식도 없었다.

그래도 한결같이 가실을 기다리며 혼인할 생각조차 하지 않는 설랑에게, 아버지는 매일같이 가실에 대한 의리는 이만하면 다 한 것이니 어서 혼인하여 손자를 보게 해달라며 성화를 부렸다. 그리곤 마을청년인 형보(亨甫)와의 혼인을 서둘렀다.

6년 전, 설랑을 남몰래 연모하고 있던 이웃마을의 가실은 설랑이 깊은 고민에 빠져있다는 소문을 듣고 용기를 내어 그녀를 찾아왔었다. 설랑은 늙으신 아버지가 변방으로 떠나야 하는데 여식인 자신은 그를 대신할 수 없다며 신세를 한탄하였고, 그 이야기를 들은 가실은 선뜻 자신이 대신 가겠다고 나섰다. 그렇게 하여 둘의 인연은 시작되었고, 드디어 가실이 변방으로 떠날 날이 되었다. 설랑은 떠나려는 가실에게 "그곳에 가시거든 가끔 무사하다는 서찰을 주시어 안심하게 해주세요."라고 간곡히 부탁하였다. 하지만 가실은 "아니, 연락은 하지 않겠소. 한 번 편지를 보내려면 거리가 멀어 돈도 많이 들 것이니 무소식이 희소식이라고 생각하고 당신은 아버지를 잘 돌봐드리도록 하시오."라며 눈물을 머금고 이별을 안타까워하였다. 그때 설랑이 품에서 손거울을 꺼내더니 돌로 쳐서 두 조각으로 나누었다. 그리고는 한쪽은 자신이 갖고 다른 한쪽은 가실에게 주며 "이 한 쪽을 저의 정표라 여기시고 부디 간직해 주세요."라고 말하였다. 거울을 건네받은 가실은 그것을 소중히 품속에 간직하더니, 자신도 그녀에게 줄 선물이 있다며 그녀의 손을 잡아끌고 집 뒤로 데려갔다. 거기에는 가실이 평소 아끼던 말이 묶여 있었는데, "저는 걸어서 가겠습니다. 그러니 이 말을 저 대신 낭자가 맡아 돌봐주시오. 변방에 가면 시련이 많을 것이니 지금부터 심신을 단련하는 의미에서 걸어가겠소."라며 말을 설랑에게 맡기고 자신은 걸어서 길을 떠났다.

그렇게 헤어진 지 6년, 설랑은 가실이 남기고 간 말을 애지중지 돌보며 가실을 기다려왔다. 그런 설랑에게 아버지는 형보와의 혼인을 강요하더니 이윽고 날까지 잡고 만 것이다. 궁지에 몰린 설랑은 자살할 생각까지도 하였지만, 효심이 지극한 그녀인지라 자신이 죽고 난 후 아버지가 받을 충격과 홀로 살아가실 앞날을 생각하니 도저히 죽을 수가 없었다.

혼인날이 점점 가까워졌다. 그녀는 말의 등을 어루만지며 슬픔에 잠겨 눈물로 밤을 새우기도 하였다. 마침내 혼인날이 되었다. 혼인 준비로 밖은 어수선한데 설랑은 착잡한 심정으로 아침부터 자기 방에 틀어박혀 있었다. 그런데 그때 밖에서 누가 찾아왔다는 소리가 들리고, 이렇게 바쁜데 누구냐며 짜증을 내는 아버지의 목소리가 들려왔다. 무슨 영문인지 궁금해진 설랑이 방문을 열고 뛰쳐나와 대문 쪽으로 나가보았다. 그녀의 가슴이 갑자기 두근거리기 시작했다. 대문 틈으로 밖을 내다보니, 대문 앞에 허름한 옷차림의 한 남자가 서 있었다. 그런데 놀랍게도 그 남자는 다름 아닌 가실이 아닌가!

「문밖으로 뛰쳐나간 설랑은 남자의 품으로 몸을 던졌다.

"당신!"

단 한 마디, 그녀는 이렇게 외치고 큰소리로 울음을 터트렸다. 꼭 끌어안은 가실의 손등에는 기쁨의 눈물이 몇 방울 뚝뚝 떨어졌다.

형보와의 결혼식이 파기된 대신 지금까지의 준비는 다시 새로운 의미의 경사스러운 준비로 급변하게 된 것은 물론이었다.

세월이 흘러 3천 년, 하지만 이 두 사람의 아름다운 사랑이야기는 지금도 역시 우리의 가슴 속에 살아있다.」

尹滋瑛(윤자영)

—

윤자영(1894~1938) 노동운동가, 사회운동가. 가명 윤소야(尹蘇野 또는 尹笑也), 정일영(丁一英). 필명 SY生.

052

약력

1894년	9월 경상북도 청송에서 출생했다.
1919년	<3·1운동> 때 경성전수학교 학생 대표로 참가했다가, 체포되어 징역 1년형을 선고받고 복역했다.
1920년	출옥한 후 사회혁명당에 가입했다. 'SY生'이라는 필명으로 일본어소설 「친구의 신상(友の身の上)」을 발표하였다.
1921년	노동운동 단체인 <조선노동공제회> 설립에 가담했고, <사회혁명당>이 <한인사회당>과 연합하여 결성한 상하이파 <고려공산당>에도 입당했다. 사회운동사에 큰 역할을 했던 <서울청년회> 창립에도 관여했다.
1921년	3월부터 10월 사이에 네 차례 간행된 <조선청년회연합회>의 기관지인 「아성(我聲)」의 발간에 적극적으로 참여, 편집위원으로 12편의 글을 기고하였다.
1923년	1월 상하이(上海)에서 열린 국민대표회의에 상하이파 대표로 파견되어 <고려공산당> 개조파의 핵심인물로 활동했다. 개조파 일원으로 대한민국 임시정부에 참여, 김지섭의 <니주바시폭탄투척사건(二重橋事件)>을 지원하였다.
1925년	이때부터 2년간 상하이대학에 재학했다.
1926년	만주로 이동하여 상하이파와 화요파가 연합한 <조선공산당 만주총국>(총국責임비서 조봉암)을 결성하였다.
1929년	김철수가 책임을 맡은 조선공산당 재건설 준비위원회를 조직하였다.
1934년	스탈린의 사상투쟁과 관련하여 그리고리 지노비예프(Grigory Yevseyevich Zinovyev)를 추종했다는 혐의를 받아 구금되었다.
1938년	10월 노보시비르스크(Novosibirsk)주 내무인민위원회에 의해 총살되었다.
2004년	건국훈장 독립장이 추서되었다.

友の身の上(친구의 신상)

〈기초사항〉

원제(原題)	友の身の上	
한국어 제목	친구의 신상	
원작가명(原作家名)	본명	윤자영(尹滋瑛)
	필명	SY生
게재지(揭載誌)	조선공론(朝鮮公論)	
게재년도	1920년 11월	
배경	• 시간적 배경: 1920년 • 공간적 배경: 일본 오사카	
등장인물	① 경성역 S총리 암살미수 사건 당시 부상을 입고 다카라즈카(宝塚)에서 요양 중인 나오 ② 나오군과 가까이 지내는 도쿄 어느 신문사의 기자였던 Y 등	
기타사항		

〈줄거리〉

나오(直)군은 한때 오사카(大坂)의 신문기자였는데, 최근에는 경성 제일의 기자로 이름을 날리고 있었다. Y가 원래 도쿄의 어느 신문사 기자였을 때 나오군과는 서로 마음을 터놓고 지내는 친구 사이였다. Y의 가족과 나오군의 가족은 일가친척처럼 서로 의지하며 가까이 지내곤 하였다.

Y는 자기가 신문기자였을 때부터 좋은 편집자가 될 뜻은 없었지만 나오군만은 최고의 신문기자로서 존경받는 날이 오리라고 기대하고 있었다. Y가 신문사를 떠나 다른 일을 하는 동안 나오군은 이름을 떨쳐 경성 제일의 신문기자가 되었다. 나오군은 Y의 기대를 저버리지 않았으며, 나오군의 사건보도는 과연 다른 사람과 비교가 안 될 정도로 뛰어났다.

Y는 많은 신문기자를 친구로 두고 있었다. 어떤 이는 벼락부자고, 어떤 이는 중앙의 유명한 정치가였으며, 또 어떤 이는 당당한 실업가가 되었다. 그러나 Y는 그들의 출세를 결코 부러워하지 않았으며 자신이 꿈꾸는 일은 물질적인 것과는 아무 상관도 없는 것처럼 느껴졌다. 뿐만 아니라 나오군의 성공을 자기 일처럼 기뻐하며 무한한 자부심마저 느꼈다.

「작년 가을 경성역 앞에서 일대 사건이 발생했다. 경성으로 숨어든 조선인 사상범들이 S총독에게 폭탄을 던져 암살을 기도했다. S총독은 위기를 모면했으나 중대한 사명을 띠고 S총독의 주변에 서 있던 나오군 등 세 명의 신문기자가 그 파편에 의해 다쳤다. A신문의 터치군은 아랫배에, C신문의 모(某)군은 다리에, 나오군은 쇄골부분에 파편이 박혔다. Y가 이 소식을 듣고 급히 경성에 있는 나오군의 사무실을 찾았을 때, 그는 이미 경성의 병원으로 보내져 수술대에 누워있을 때였다.」

　나오군은 파편이 오른쪽 쇄골과 견갑골에 박혀, 피를 많이 흘리고 있었다. 특실로 옮기고 나서 나오군은 비로소 당시의 상황을 이야기했는데, 그런 그의 모습을 보고 Y는 친구의 상태가 호전된 거라 여기고 진심으로 기뻐하였다. 나오군은 응급처치를 받는 와중에도 기자다운 정신을 발휘해 전문(電文)을 적고 있었다. 그리고 그것은 생생하게 기사화되었다.

　Y는 한참 뒤 안정을 되찾고 나오군의 상태를 살펴보았다. 그의 상처는 생각보다 작았고 그다지 깊지 않았다. 그런데 문제는 폭탄의 파편을 아직 빼내지 못한 것이었다. 병원에는 폭탄사건의 희생자인 나오군을 문병하기 위해 사람들이 쇄도했다. Y는 감사하는 마음으로 친구를 위해 자신이 할 수 있는 모든 일을 했다. 나오군이 어느 정도 기운을 차렸을 때에야 Y도 마음이 편안해졌다.

　무심한 탄피가 나오군의 몸속에 들어 있는 동안, 나오군은 결국 왼손의 유혹을 뿌리치지 못하고 창작에 전념했다. 「병실 안에서」는 <공론>에, 「아와지 마을 부근에서」는 신문지상에 '야마구치 이사오(山口諫男)'라는 필명으로 발표했다. Y는 이러한 나오군의 행동을 자랑스럽게 생각하고 있었다.

　나오군은 이제 기자가 아니다. 반도문단에 작가로 이미 이름을 날리고 있었다. 이제 Y의 마음속에는 어떤 일념이 싹트고 있었다. 나오군에게 문단의 권위 있는 어떤 다양한 자료를 주고 싶었다.

　나오군은 지금 오사카에서 가까운 다카라즈카(寶塚)의 온천에서 사랑하는 사람들과 평안하게 창작에 몰두하고 있다. 이제 원래의 예리한 나오군으로 돌아오고 있었다.

　Y는 심신을 다잡아 사업에 열중하면서도 어느 작은 잡지사의 편집일도 맡고 있었다. Y는 여전히 붓을 꺾지 못하고 있었다.

　벌써 사고가 난 지 1년이 지났다. 나오군은 머지않아 건강을 되찾을 것이다.

李光洙(이광수)

이광수(1892~1950) 시인, 소설가, 평론가, 언론인. 아명 이보경(李寶鏡). 호 춘원(春園), 장백산인(長白山人), 고주(孤舟), 외배, 노아자, 닷뫼, 당백, 경서학인(京西學人). 창씨명 가야마 미쓰로(香山光郞).

053

약력

1892년	2월 평북 정주(定州) 갈산면에서 태어났다.
1899년	향리의 서당에서 한학을 수학하며 『대학』, 『중용』, 『맹자』, 『논어』 등을 배웠다.
1902년	가세가 기울기 시작하였고, 부모가 콜레라에 걸려 차례로 사망하였다. 그 이듬해 동학(東學)에 입도하여 천도교의 박찬명 대령 집에 기숙하며 서기(書記)로 일하였다. 이후 관헌의 탄압이 심해지자 1904년 상경하였다.
1905년	<일진회(一進會)>의 유학생으로 선발되어 도일, 대성중학(大城中學)에 입학하였으나 학비곤란으로 11월에 귀국하였다.
1906년	다시 도일하여 메이지학원(明治學院) 중학부 3학년에 편입하여 학업을 계속하였다. 이 무렵 안창호(安昌浩)가 미국에서 귀국하는 길에 도쿄에 들러 실시한 애국연설을 듣고 크게 감명받았다.
1909년	11월 7일에 「노예」, 18일에 일본어소설 「사랑인가(愛か)」, 24일에 「호(虎)」를 쓰는 등 습작에 열중하였다. 그 해 12월에는 「정육론(情育論)」을 《황성신문》에 발표하였다.
1910년	홍명희(洪命熹), 문일평(文一平) 등과 공부하면서 <소년회(少年會)>를 조직하고 회람지 「소년」을 발행하는 한편 시와 평론 등을 발표하기 시작했다. 단편 「어린 희생」을 「소년」에 발표하였다. 이 해에 언문일치의 단편 「무정」을 「대한흥학보」에 발표하였다.
1912년	오산학교 교사로 재직하였다.
1913년	해리엇 비처 스토(Harriet B.Stowe) 부인의 『검둥이의 설움』을 초역하여 신문관에서 간행하였고, 시 「말 듣거라」를 「새별」에 발표하였다.
1914년	미국에서 발간되던 《신한민보(新韓民報)》의 주필로 내정되어 도미하려고 하였으나 <제1차 세계대전> 발발로 귀국하였다. 김병로(金炳魯), 전영택(田榮澤), 신석우(申錫雨) 등과 교유하며 사상가 내지 교육자가 되기를 꿈꾸었다.
1915년	일시 귀국하여 오산학교(五山學校)에서 교편을 잡다가 9월 김성수(金性洙)의

	후원으로 재차 도일하여 와세다대학(早稻田大學) 고등예과에 편입했다.
1916년	와세다대학 고등예과를 수료한 후 와세다대학 철학과에 입학하였다.
1917년	1월부터 한국최초의 근대 장편소설『무정(無情)』을《매일신보(每日申報)》에 연재하였고, 단편「소년의 비애」를「청춘(靑春)」에, 희곡「규한(閨恨)」을「학지광(學之光)」에 발표하였다. 와세다대학을 중퇴하고 과로로 인한 폐결핵으로 귀국하였다.《매일신보》특파원으로 남한지역 오도답파여행(五道踏破旅行)을 떠났다. 두 번째 장편『개척자』를《매일신보》에 연재하기 시작하여 청년층의 호평을 받았다. 전통적인 부조(父祖)중심의 가족제도와 봉건적인 사회제도를 비판하는「신생활론」,「자녀중심론」등의 논문을 발표하여 물의를 일으키기도 하였다. 백혜순과 이혼에 합의했다.
1918년	10월 여의사 허영숙과 장래를 약속하고 베이징으로 애정도피를 떠났다. 그러나 11월 중순경 윌슨 미국 대통령의 14원칙에 의거한 <파리평화회의>가 열리게 된다는 소식을 듣고 서둘러 귀국하였다.
1919년	재차 일본으로 건너가 도쿄(東京)유학생들의「조선청년독립단선언서」를 기초한 후 대학을 중퇴하고 상하이(上海) 임시정부에서 활약했다. 상하이에서 안창호를 만나 그의 민족운동에 크게 공명하여 안창호를 보좌하면서《독립신문》의 사장 겸 편집국장을 역임하였다.
1921년	4월 귀국하였다.「개벽」에「소년에게」를 게재한 것이 출판법위반 혐의로 종로서에 연행되었다. 이 무렵『원각경(圓覺經)』을 탐독하면서 단편「가실」을 집필하였고, 김성수, 송진우(宋鎭禹)의 권고로 동아일보사의 객원이 되어 논설과 소설을 발표하기 시작하였다.
1922년	논문「민족개조론」을「개벽」에 발표해 물의를 일으켰다.
1923년	안창호를 모델로 한 장편『선도자(先導者)』를《동아일보(東亞日報)》에 연재하다가 총독부의 간섭으로 중편완(中篇完, 111회)에서 중단되었다.
1924년	1월《동아일보》사설에「민족적 경륜」을 발표하였다. 단편「혈서(血書)」(「조선문단」)와「재생」등을 발표하였다.
1926년	《동아일보》편집국장을 역임하였다. 역사소설『마의태자(麻衣太子)』를《동아일보》(1926. 5~1927. 1)에 발표하였다.
1928년	역사소설『단종애사(端宗哀史)』를《동아일보》에 총 217회(11. 30~1929. 12. 1)에 걸쳐 발표하였다.「혈서」와「무정」이 일본어로 번역, 발표되었다.
1933년	《조선일보(朝鮮日報)》부사장을 역임하였다.
1936년	일본어소설「만영감의 죽음(萬爺の死)」을「가이조(改造)」에 발표하였다.
1937년	<수양동우회사건>으로 안창호와 함께 투옥되었다.
1939년	친일어용단체인 <조선문인협회> 회장을 역임하였고,「문장(文章)」창간호에 단편「무명」을 발표하였으며, 같은 해 일본어로 번역되었다.
1940년	경제적 어려움으로 <조선문인협회>를 탈퇴하였다. '가야마 미쓰로(香山光郎)'로 창씨개명하였다. 학병을 권유하는 강연을 다니기 시작했다. 이후「의무교육과 우리의 각오」를 비롯한 많은 논설과「조선의 학도여」등의 시,「그들의 사랑」

등의 소설을 발표하였다. 그리고 일본어소설 「마음이 서로 맞아야(心相触れて こそ)」(「緑旗」, 미완성), 「산사의 사람들(山寺の人々)」(《경성일보》)을 발표하 였으며, 「성전 3주년」 등의 수필을 썼다. 또한 「반도 민중의 애국운동」 등의 평론 과 「자원병훈련소」 등의 방문기 등 모든 문학장르를 아우르며 일제를 찬양하는 글을 발표하였다. 「미지의 여인(見知らぬ女人)」이 일본어로 번역, 발표되었다.

1942년	대동아문학자대회 대회에 참가, 학병(學兵)권유 차 일본을 다녀왔다. 장편소설 『원효대사』를 《매일신보》에 184회(3. 1 ~ 10. 31)에 걸쳐 연재하였다.
1943년	<조선문인보국회> 이사를 역임했다. 일본어소설 「가가와교장(加川校長)」(「國 民文學」), 「병사가 될 수 있다(兵になれる)」(「新太陽」), 「대동아(大東亞)」(「緑 旗」)를 발표하였다.
1944년	일본어소설 「사십년(四十年)」(「國民文學」), 「원술의 출정(元述の出征)」(「新時 代」), 「소녀의 고백(少女の告白)」(「新太陽」)을 발표하였다.
1946년	9월부터 광동중학교에서 영어와 작문을 가르쳤다.
1947년	1월 도산 <안창호기념사업회>의 의뢰로 5월 『도산 안창호』를 출간하였으며, 6월 에는 『꿈』을 출간하였다. 미발표 유작으로 남은 장편 『운명』의 집필을 시작하였다.
1949년	2월 <반민족행위특별조사위원회>에 체포되어 서대문형무소에 수감되었으나 3월 병보석 되었고, 8월 불기소 처분되었다. 12월 일제강점기 동안의 자신의 행 적에 대한 경위를 밝힌 『나의 고백』을 출간하였다.
1950년	《태양신문》에 연재하던 장편소설 『서울』이 신문사 요구로 중단되었다. 7월 12 일 납북(拉北)되었으며, 10월 25일 만포(滿浦)에서 병사하였다.

愛か(사랑인가)

〈기초사항〉

원제(原題)	愛か	
한국어 제목	사랑인가	
원작가명(原作家名)	본명	이광수(李光洙)
	필명	이보경(李寶鏡)
게재지(揭載誌)	시로카네가쿠호(白金學報)	
게재년도	1909년 12월	

배경	• 시간적 배경: 한일병탄 직전인 어느 해 여름 밤 • 공간적 배경: 도쿄 시부야
등장인물	① 도쿄의 한 중학교에 유학중인 18세의 문길 ② 문길의 일본인 친구 미사오 등
기타사항	

〈줄거리〉

　　문길(文吉)은 해질 무렵 오로지 미사오(操)를 만날 구실을 만들기 위해 두어 명의 친구를 방문한 끝에 시부야(渋谷)에 있는 그의 하숙집을 찾았다. 비가 와서 질척거리는 길을 걸어 밤 9시에 겨우 미사오의 집에 도착했을 때, 문길은 알 수 없는 기분으로 가슴이 떨리고 숨이 가빠왔다. 문길은 용기를 내어 대문 안까지는 들어갔지만 굳게 잠긴 현관문을 두드릴 용기가 차마 나지 않아 그대로 돌아서고 말았다. 하지만 문길은 여름방학을 맞아 내일이면 고향인 조선으로 돌아가야 한다. 그러니 지금 미사오를 만나지 못하면 다음 학기가 시작될 때까지 그를 볼 수 없다. 문길은 그런 생각에 돌렸던 발길을 다시 되돌려 발소리를 죽였던 처음과는 달리 발소리를 높여 미사오의 집 대문 안을 서성였다. 어떻게든 미사오가, 하다못해 집안의 다른 누구라도 인기척을 느끼고 밖으로 나와 주기를 바라면서. 하지만 결국 "누구세요?"라며 문길을 집 안으로 들여 준 사람은 그 집의 주인남자였다. 문길은 그때도 단도직입적으로 "미사오 있습니까?"라고 묻지 못하고 짐짓 목소리를 높여 "올 여름은 유난히 덥네요."라는 뒤늦은 인사를 전했다. 그 역시 자신의 목소리를 알아듣고 미사오가 방에서 나와주기를 바라는 마음에서였다. 그러나 미사오의 방문은 열릴 줄 몰랐다. 그때 마침 미사오와 같은 방을 쓰는 학생 한 명이 방에서 나왔다. 문길은 너무 반가워 큰소리로 "공부하십니까?"라고 물었다. "예"라고 대답한 그는 발길을 돌려 방으로 다시 들어갔다. 문길은 자신이 왔다는 전갈을 받고 미사오가 곧 나오겠거니 기다렸지만, 미사오는 여전히 나오지 않았다. 방에 없나? 하지만 지금 방에서 소곤거리는 소리가 들리지 않는가? 문길은 그런 미사오의 잔인함에 괴로워하며 부르르 몸을 떨었다. 기다리다 지친 문길의 몸에서는 열이 나고 눈은 충혈되고 숨은 점점 더 거칠어졌다. 미사오는 결국 얼굴을 내밀지 않았다. 문길은 10시가 넘어 주인의 만류를 뿌리치고 그 집을 나왔다.

　　11살 때 부모를 잃고 온갖 고생을 다하며 견뎌 온 그였다. 어려서부터 총명했던 그는 가난 때문에 학교교육은 제대로 받지 못했지만 친구들에게 책을 빌려 독학으로 공부하며 세상을 깜짝 놀라게 하고야 말겠다는 야심을 키워왔다. 그러던 어느 날 어느 고관의 도움으로 도쿄로 유학을 오게 된 것이다. 도쿄의 어느 중학교 3학년에 편입한 문길은, 성적이 좋아 주위 사람들로부터 유망한 청년이란 평을 들었다. 그러나 정작 자신은 행복하지 않았다. 그것은 마음을 나눌 수 있는 진정한 친구가 없었기 때문이다. 문길은 혈안이 되어 마음을 나눌 친구를 찾아다녔지만 2년이 지나도록 그런 친구를 사귀지 못했다.

　　그런데 올해 1월, 어느 운동회에서 미사오를 만난 것이다. 문길은 불타오르는 마음을 억누르며 그에게 다가갔고, 그도 그런 문길의 사랑을 받아주겠노라고 답장을 보내왔다. 문길은 말할 수 없이 기뻤다. 그 후 문길은 하루라도 미사오를 생각하지 않는 날이 없었고, 하루라도 자신의 일기에 미사오의 이야기를 쓰지 않는 날이 없었다. 문길에게 미사오는 목숨과도 같은 존재였다. 그러나 문길은 자신이 일방적으로 그를 사랑하는 것이 아닐까 늘 불안하고 자신이 없었다. 그러다 사흘 전 문길은 급기야 손가락을 잘라 혈서까지 써서 미사오에게 보냈다. 그리고 오늘 용기를 내어 미사오의 집을 찾았던 것인데, 결국엔 그를 만나지도 못하고 쓸쓸한 밤길에 홀로 내쫓긴 셈이 되고 말았다.

　무감각의 상태로 걸음을 옮기던 문길은 죽고 싶은 마음뿐이었다. 지금껏 자살을 부정적으로만 보아왔던 자신이건만, 더 이상 이 세상에 존재하고 싶지 않았다. 멀리서 기적소리가 들렸다. 문길이 기찻길로 뛰어들려는 순간, 검은 그림자가 불쑥 나타나 차단기를 내렸다. 아아, 죽는 순간에까지 방해꾼이라니! 기차를 보낸 후, 문길은 기찻길의 동쪽 선로를 베개 삼아 누워 다음 기차가 오기만을 기다렸다.

「아아, 18년간의 내 목숨은 이것으로 끝이다. 부디 죽어 없어져버려라. 그도 아니면 무감각해져라. 아아, 이것이 나의 마지막이다. 작은 뇌에 품었던 이상은 지금 어디에? 아아, 이것이 나의 마지막이다. 아아, 슬프다! 한 번만이라도 좋으니 누군가에게 안기고 싶다. 아아, 단 한 번만이라도 좋으니. 별은 무정하다. 기차는 왜 오지 않는가? 왜 빨리 와서 나의 이 머리를 부셔주지 않는가? 뜨거운 눈물이 하염없이 흘러내렸다.」

053-2

血書(혈서)

〈기초사항〉

원제(原題)	血書(一～七)	
한국어 제목	혈서	
원작가명(原作家名)	본명	이광수(李光洙)
	필명	
게재지(揭載誌)	조선공론(朝鮮公論)	
게재년도	1928년 4～5월	
배경	• 시간적 배경: 식민지 초기인 1913년 • 공간적 배경: 도쿄	
등장인물	① 도쿄 T대학 법과에 유학 중인 25세의 '나(김행일)' ② 남편을 첩에게 빼앗기고 하숙집을 운영하는 주인할머니 ③ 행일에게 구애하는 18세 일본인 여성 M(마쓰다 노부코) ④ M의 오빠인 마쓰다 신이치 등	
기타사항	번역자: 이수창(李壽昌)	

〈줄거리〉

　　마흔이 다 된 '나'는 15년 전 도쿄유학 시절에 있었던 일을 회상한다.

　　학교에서 돌아와 2층 방으로 올라온 나에게 주인집 할머니는 오늘 있었던 이야기를 들려주며 보따리 하나를 건네주었다. 이야기인즉, 나와 같은 대학에 다니는 한 남학생이 내 사진을 보여주며 칭찬을 했는데, 그 이야기를 들은 여동생이 나를 직접 만나보고 싶어 찾아왔노라 했다는 것이다. 그녀가 주고 갔다는 보따리 안에는 '김선생님께. 당신을 흠모하는 한 여자가'라고 적힌 종이에 싸인 손수 뜬 양말과 손수건 두 장이 들어있었다. 손수건의 한 귀퉁이에는 내 이름 '김'의 이니셜 K와 그녀 이름의 이니셜인 듯한 M이라는 글자가 수놓아져 있었다. 도대체 누구일까? 내게 여자를 조심하라고 귀에 못이 박이도록 말하던 할머니는, 사실 이 보따리를 받은 것은 일주일쯤 전의 일이고 그간 그녀가 두 번이나 더 찾아왔다는 이야기를 들려주며 한번 만나 보라고 권했다. 하지만 당시 청년들 사이에 유행처럼 번지던 독신주의 바람은 일종의 서약처럼 존재하고 있었는데, 나 역시 조선과 일본의 관계가 정리될 때까지는 결혼뿐만 아니라 연애조차도 하지 않겠다고 서약한 청년 중 한 명이었다. 하지만 나도 혈기왕성한 남자인지라 주체하기 힘든 여인에 대한 유혹에 휘둘리며 이렇다 할 답변을 하지 못하고 있었다. 그러던 어느 토요일 오후, 학교에서 돌아오니 주인할머니는 그녀가 내 방을 청소해두고 1시간가량 기다리다 내일 다시 오겠노라며 돌아갔다고 말하였다. 먼지 하나 없이 정갈하게 청소해진 방을 둘러보며, 나는 한편으로는 기쁘면서도 또 한편으로는 소름이 돋기도 했다. 고민에 고민을 거듭한 끝에 나는 M이라는 그녀에게 '연애보다 더 높은 것에 이미 목숨을 바친 남자'라며 거절의 편지를 써서 할머니에게 맡기고 새벽기차를 타고 에노시마(江ノ島)로 여행을 떠났다.

　　에노시마에서 돌아오는 길, 나는 하숙집에서 막 나오는 M을 얼핏 보았지만 서로 모른 척 지나치고 말았다. 주인할머니의 말에 따르면 나의 거절편지를 보고도 하루 종일 나의 귀가를 기다렸다고 했다. 거절을 당하고도 늦도록 나를 기다린 그녀의 마음이 애달파 나는 그녀 생각에 그날 밤도 잠을 이루지 못했다.

　　그 후 학교에서 이니셜 M을 가진 사람들을 찾아보았지만, 너무 많아 그녀의 오빠로 추정되는 사람을 끝내 찾을 수 없었다. 그러다 나는 내가 몸담고 있는 비밀단체의 명령을 받고 조선에 다녀와야 했다. 일을 마치고 다시 도쿄로 돌아온 것은 9월. 내 앞으로 도착해 있는 편지들 사이에 '마쓰다(松田)'라는 사람에게서 온 편지가 섞여있었다. 그 편지를 보내온 사람은 M이라는 여성의 오빠로 통성명을 한 적은 없지만 학교활동에서 면식이 있던 1년 선배였다. 그렇게 나는 M의 오빠를 만나게 되는데, 그는 자신과 M이 어려서 어머니를 잃고 계모 밑에서 자란 것과 고집스럽고 혼자 무슨 일이든 헤쳐 나가려는 M의 성격, 정략결혼을 시키려는 부모님의 뜻을 거역하고 자신이 선택한 남자와 결혼하겠다고 선언한 뒤 결국 나에게 구애하게 된 경위, 그리고 거절당한 후 슬픔에 겨워 병들고 만 현재의 상황까지를 들려주며 동생을 부인으로 맞아줄 것을 나에게 간곡히 부탁하고 있었다.

　　하지만 나는 이미 내 목숨을 조국을 위해 바치겠다는 다짐을 다시 한 번 굳건히 하며 마쓰다의 부탁을 어렵게 거절했다.

　　개학 후 나는 여느 때와 다름없이 계속 학교를 다녔지만 M을 향한 나의 마음은 갈피를 잡지 못하고 있었다. 그러던 어느 날 강가로 산책을 나갔다가 소나기를 맞은 나는, 그날 밤 심한 고

열에 시달리게 되고 결국 며칠 앓아눕고 말았다. 그렇게 앓던 중 마쓰다에게서 동생 '노부코(信子)'가 위독하니 급히 와달라는 편지를 받았다. 나는 서둘러 M을 찾아갔다. 그곳에서 노부코가 조선인인 나를 위해 조선어를 공부했다는 말을 듣고 감격의 눈물을 흘리며 노부코를 아내로 받아들이겠노라고 약속했다. 그 뒤 집으로 돌아온 나는 또다시 10여 일을 앓아누웠다. 열흘째 되던 날 겨우 자리에서 일어난 나에게 주인집 할머니가 노부코가 죽었다는 말과 함께 큰 보따리를 건네주었다.

보따리에는 빨간 피로「나의 영원한 지아비여, 앞서 가는 아내 노부코.」라는 글이 적힌 비단 헝겊과「원하옵나니 주여 나의 지아비를 당신의 손으로 인도 하시옵소서, 아버지의 나라로 돌아가는 노부코」라는 글이 적힌 가죽표지의 성경과, 나를 찾아왔을 때 입었던 옷이 마쓰다의 편지와 함께 들어있었다. 나는 힘든 이틀을 보낸 후에야 노부코의 무덤을 찾았다.

「"아아, 나의 아내여! 그토록 나에게서 아내라고 불리고 싶었는가? 아직 그 누구에게도 열린 적 없는 나의 가슴 깊은 곳에서 영원히 살아주오. 그리고 하루에 몇 천 몇 만 번이라도 그대가 원하는 만큼 나를 지아비라 불러주오. 그대가 한 번 그리 부르면, 나는 두 번씩 '아아, 사랑스러운 불행한 아내여'라고 대답해 주리다……."」

無情(무정)

〈기초사항〉

원제(原題)	無情(一~百二十六)	
한국어 제목	무정	
원작가명(原作家名)	본명	이광수(李光洙)
	필명	
게재지(揭載誌)	조선사상통신(朝鮮思想通信)	
게재년도	1928년 8월~1929년 5월	
배경	• 시간적 배경: 일제강점 초기 어느 해 여름 • 공간적 배경: 평양과 경성	
등장인물	① 경성 H학교의 영어교사로 재직 중인 스물네 살 이형식 ② 평양 안주읍의 몰락한 문명운동가의 딸로 기생이 된 열아홉 살 박영채(기명 계월향) ③ 재산가인 김장로의 딸 김선형 ④ 도쿄에서 음악을 전공하고 있는 유학생 김병욱 ⑤ 형식의 친구이자 신문기자인 신우선 등	
기타사항	번역자: 이수창(李壽昌)	

「경성 H학교의 영어교사 이형식(李亨植)은 오후 2시에 4학년 수업을 마치고 타는 듯한 6월의 땡볕에 비지땀을 흘리며 안동 김장로의 집을 향해 서둘러 가고 있었다.

김장로의 영애 선형(善馨)은 내년에 미국으로 유학가기 위해 매일 1시간씩 형식에게 영어 개인교습을 받기로 되어 있었다. 그리고 오늘 오후 3시에 첫 수업이 시작된다.

형식은 아직 독신이다. 그는 이제껏 이성과 교제다운 교제를 해본 경험이 없고, 일반적으로 순결한 청년은 누구나 그렇듯이, 젊은 여자의 얼굴만 봐도 이유 없이 얼굴을 붉히거나 몸 둘 바를 몰라 하곤 한다. 남자다운 패기가 없다고 하면 그만이지만, 아름다운 여자를 보면 무슨 구실을 만들어서라도 접근하려고 하는 야심만만한 남자들과는 차원이 달랐다.」

형식은 가끔 다니는 교회의 김장로의 부탁을 받아 그의 딸 선형과 그녀의 친구 순애(順愛)에게 영어를 가르치기로 되어 있었다. 이제껏 여성과의 교제를 한 번도 해본 경험이 없는 형식은, 우수한 성적과 뛰어난 미모로 소문이 파다한 선형과 처음 마주한 순간 은밀한 호감을 느꼈다. 첫 번째 수업을 마치고 하숙집으로 돌아온 형식은 주인할멈으로부터 자기를 찾아왔다는 한 여성의 이야기를 듣게 된다. 그리고 그날 저녁 6, 7년 전에 헤어졌던 박진사의 딸 영채(英彩)가 예사롭지 않은 분위기의 학생차림으로 형식을 찾아왔다.

박진사는 부모를 여의고 천애고아가 되었던 형식을 거둬 돌봐주고 교육을 시켜준 은인으로, 곧잘 자신의 외동딸인 영채에게, "형식에게 시집가라"는 농담을 하곤 했었다. 형식과 영채는 그러한 박진사의 말 때문인지 은연중에 서로를 배필로 생각하였고, 헤어진 이후 지금까지도 마음깊이 서로를 그리워하며 정조를 지켜왔다. 헤어질 당시 열세 살이었던 그녀가 어엿한 숙녀가 되어 자신 앞에 나타났다는 사실이 믿기지 않은 형식은, 그녀에게서 그간의 우여곡절을 들으며 하염없이 눈물만 흘렸다. 온갖 고난과 죽을 고비를 넘기며 아버지와 두 오빠가 투옥 중인 평양에 도착한 영채는, 하루빨리 아버지를 감옥에서 꺼내기 위해 돈을 벌기로 결심하고 기생이 되었다. 하지만 그 소식을 들은 아버지와 두 오빠는 낙심한 나머지 결국 감옥에서 죽고 말았다.

영채는 자신이 기생이 되었다는 사실을 형식에게 끝내 고백하지 못하고 그날은 그냥 돌아갔는데, 아마도 형식의 냉정한 태도에 두려움을 느꼈던 것이리라. 사실 형식은 영채의 옷차림과 분위기에서 설마 기생이 되어 처녀성을 잃어버린 건 아닐까 걱정했다. 또 그런 점에서 보면 낮에 만난 선형은 참으로 고결하고 아름다운 사람이라며 두 여인 사이에서 갈등한다.

다음 날 아침, 학교로 출근한 형식은 출세를 위해 권력과 돈에 아부 잘 하기로 소문난 배명식(裵明植)학감이 평양에서 온 '계월향(桂月香)'이라는 기생에게 홀려있다는 이유를 들어 학생들이 동맹휴학을 하겠다고 나선 경위를 동료교사들을 통해 알게 되었다. 그때 형식은 문득 '계월향'이 '영채'임이 틀림없다는 막연한 확신을 갖게 된다. 형식은 영채가 기생이라는 사실에 혐오감을 느끼면서도, 은인 박진사의 딸이라는 사실과 그녀의 아름다움과 가련함을 되새기며 그녀를 구제하여 결혼할 결심을 하고 영채가 있다는 기생집을 찾아갔다. 손님과 나갔다는 영채를 허겁지겁 찾아다니는 길에 우연히 신우선(申友善)을 만났다. 사실 신우선 역시 계월향에게 구애하던 남자 중 한 사람으로, 형식과 영채의 관계에 대한 이야기를 듣고 깜짝 놀랐다. 영채의 행선지를 짐작한 신우선이, 영채에게 위험이 닥쳤음을 직감한 형식을 데리고 급히 쫓아갔지만, 영채는 이미 배(裵)학감과 남작의 아들인 김현수(金顯洙)에게 끌려가 능욕을 당한 후였다.

　뒤늦게나마 영채를 구하고 배(裵)학감과 김현수를 경찰에 넘긴 뒤 하숙집으로 돌아온 형식은 밤새 잠을 이루지 못하고 괴로워했다. 엉망으로 흐트러진 영채의 모습을 떠올리며 정말 그녀가 처녀성을 잃었을 것인가를 고민하고, 더렵혀진 영채를 과연 아내로 맞아야 할 것인가로 갈등한다. 그리고 다음 날 신우선에게 이끌려 영채를 찾아가지만 그녀는 이미 평양으로 떠난 뒤였다. 영채는 평양으로 떠나며 형식에게 대동강에 몸을 던져 죽음으로써 정조를 지키지 못한 죄를 용서받겠다는 유서와 유품을 남겼다. 그것들을 바라보던 형식은 다시 한 번 영채와의 결혼을 다짐하며 평양행 기차에 몸을 실었다.

　하지만 끝내 영채를 찾지 못한 형식은 그녀가 이미 죽었을 거라고 확신하고 차라리 가벼워진 마음으로 경성으로 돌아왔다. 그런데 경성에서는 엉뚱한 상황들이 형식을 기다리고 있었다. 배(裵)학감이 형식이 기생을 쫓아 평양으로 갔다는 소문을 퍼트려놓았던 것이다. 학생들은 형식을 비난하고 야유하였고, 그런 학생들에게 배신감을 느낀 형식은 그 자리에서 교사를 그만두고 학교를 뛰쳐나왔다. 그런가 하면 교회 목사가 형식의 하숙집을 찾아와, 김장로의 딸 선형과 결혼하여 미국유학을 다녀오라고 권유하였다. 순식간에 세상을 얻은 듯한 행복감에 젖은 형식은 영채에 대한 생각은 접어두고 선형과 약혼을 하게 된다.

　한편 죽을 결심으로 평양행 기차에 몸을 실은 영채는 우연히 도쿄유학생 병욱(炳郁)을 만나게 되어 그녀의 고향인 황주로 함께 가게 되었다. 영채의 사연을 알게 된 병욱은 자신이 선택하고 사랑한 남자가 아닌, 단지 부모님이 정해준 사람에게 정조를 지키지 못했다는 이유로 자살한다는 건 말이 안 된다며 영채를 설득하고, 함께 도쿄로 유학을 가 음악을 공부하자고 강하게 권한다. 영채 또한 한 달 정도 병욱의 집에 머물면서 그녀의 가족들과 화목한 시간을 보내며 살아갈 용기를 얻고, 병욱과 함께 도쿄유학을 위해 부산행 기차에 몸을 실었다.

　황주를 출발한 기차가 남대문역에 도착했을 때, 성대한 배웅을 받으며 미국유학을 떠나는 형식과 선형이 영채와 병욱이 탄 기차 옆 칸에 올라탔다. 죽은 줄만 알았던 영채를 만나게 된 형식은 새삼 죄의식에 시달리며, 자신이 영채와 선형 중 누구를 사랑하는지를 놓고 갈등한다. 선형 역시 부모님의 권유에 못 이겨 이상형과는 전혀 먼 형식과 약혼을 하긴 했지만, 영채의 등장에 심한 질투와 갈등을 느낀다. 그러다 기차는 홍수로 인한 수재지역인 삼랑진역(三浪津驛)에 이르러 선로파손으로 연착하게 되고, 형식을 비롯한 네 사람은 마을에 내려 숙소를 잡기로 하였다. 그런데 그곳에 펼쳐진 수재민들의 처참한 상황에 직면한 그들은 차마 외면하지 못하고 수재민들을 돕기로 결심한다. 결국 병욱의 아이디어로 역에서 수재민을 돕기 위한 음악회를 열게 되고, 병욱의 바이올린 연주에 맞춰 영채가 작사한 노래를 선형과 셋이서 합창했다. 숙소로 돌아온 형식은 일행을 향해, 조선과 조선인의 가난은 과학과 문명의 부재 때문이라며 우리가 실력을 길러 그들에게 지식과 문명을 가르쳐야 한다고 강하게 주장한다. 그의 말에 감명 받은 세 사람은 각자 유학을 통해 이룰 목표와 사명을 다짐한다.

　그리고 4년 후, 형식과 선형 그리고 병욱은 유학공부를 마치고 귀국을 앞두고 있으며, 영채는 도쿄에서 피아노와 조선무용으로 널리 이름을 날리고 있다.

　「그나저나 형식 일행이 부산을 떠난 뒤로, 조선 전체의 변화가 실로 눈부셨다. 교육을 보더라도, 경제를 보더라도, 문학이나 언론을 보더라도, 모든 문명사상의 보급을 보더라도 무엇하나 장족의 진보를 이루지 않은 것이 없다. 특히 축하할 것은 상공업의 발달인데, 뭉게뭉게 피어오르는 매연과 쟁쟁한 망치소리를 경성은 물론이고 곳곳의 도회지에서 접할 수 있게 되었다. 그리고 해마다 부진한 상태였던 우리의 상업도 지금은 점차 융성한 기운으로 향하고 있다. (중략)

암흑에서 광명으로, 무정에서 유정으로. 우리는 우리의 힘으로 광명과 유정, 쾌락과 부, 강함 모든 것을 갖도록 하자. 그러면 친애하는 독자여러분, 우리는 환희의 웃음소리와 만세의 부르짖음으로 지난 시대에 바치는 조종(弔鐘)과 만가인 우리의『무정』을 마치자.」

萬爺の死(만영감의 죽음)

〈기초사항〉

원제(原題)	萬爺の死	
한국어 제목	만영감의 죽음	
원작가명(原作家名)	본명	이광수(李光洙)
	필명	
게재지(揭載誌)	가이조(改造)	
게재년도	1936년 8월	
배경	• 시간적 배경: 어느 해 6월 • 공간적 배경: 북한산이 내다보이는 경기도 어느 마을	
등장인물	① 채석장에서 잡부로 일하는 쉰 네다섯 살의 만영감 ② 만영감과 함께 사는 젊고 아름다운 '그 여자' ③ 집나간 과부 여동생의 아들로, 만영감의 양아들이 된 삼길 ④ 전기회사에 다니는 '나' 등	
기타사항		

〈줄거리〉

어느 초여름 날 아침, 아내는 만(萬)영감이 미쳐버렸다는 사실을 내게 알려왔다. 웬만한 남자들은 모두 일 나가고 없는 마을로 나가보니, 만영감이 "갔어? 갔어? 가버렸어?"라고 소리치며 맨손으로 땅을 파헤치고 있었다. 아낙들은 그런 그를 멀찍이서 바라보며 '색정광'이라고 수군거렸다.

만영감은 작은 키에 얼굴이 검고 눈이 움푹 들어가서 지적능력은 보통 사람들보다 떨어져 보였지만 체력만은 좋았다. 내가 이웃으로 이사 온 지는 3년 정도 되지만 말수가 적은 그와는 며칠 전에 겨우 인사를 나누었을 뿐이다. 그것은 외부에서 온 나를 경계해서라기보다는 타고난 내성적인 성격 때문인 것 같았다. 그는 자식도 없고 친구도 없으며 이웃과의 왕래도 없고, 책도 보지 않을 뿐 아니라 술과 담배도 하지 않았다. 오로지 여자만이 그의 유일한 낙인 듯 보였다. 마을이장 이(李)씨의 말에 의하면 만영감은 사창가 같은 곳에서 여자를 데려와 살았는데 매번 도망쳐버렸고, 그런 여자가 지금까지 열 명이 넘는다고 했다. 그리고 이전 여자는 무당이었는데 하루는 굿을 하러 나갔다가 그길로 돌아오지 않았다는 것이다. 그 뒤로 들어온 여자가 이번에 도망간, 그 때문에 만영감이 미쳐버린 '그 여자'였다. 스물대여섯 밖에 안 되어 보이는 '그 여자'는 만영감이 경성 어딘가의 직업소개소에서 가정부로 고용해 온 여자였다. 원래 남편과 아이도 있었지만 남편이 딴살림을 차린 통에 집을 뛰쳐나왔다고 했다. 내가 보기에도 너무 아름답고 세련된 '그 여자'는, 만영감과 정식으로 혼인한 부인은 아니었지만 3년을 만영감을 위해 물을 긷고 빨래를 하고 밥을 짓고 살았다. 그런데 나는 한밤중이면 종종 그들 집에서 '그 여자'의 우는 소리를 들었다. 아마도 만영감에게 두들겨 맞는 모양이었지만 그때도 만영감의 목소리는 전혀 들리지 않았다.

그런데 한 2주 전쯤 '그 여자'가 도망을 친 것이다. 지난 3년 동안에도 여러 차례 집을 나가긴 했지만, 지금처럼 보름이 다 되도록 돌아오지 않은 적은 없었다. 그녀가 집을 나갈 때마다 그랬던 것처럼 만영감은 일도 안 나가고 식음을 전폐하고 집 앞의 바위 위에 앉아 그녀가 돌아오길 기다렸다.

그러던 어느 날, 내가 외출하고 없는 사이에 '그 여자'가 짐을 싸러 왔다가 만영감에게 붙들린 사건이 벌어졌다. 가겠다고 우기는 그녀에게 만영감은 무릎까지 꿇어가며 가지 말라고 통사정을 하여 간신히 잡아 앉힌 것이다. 그 뒤로 만영감이 나를 찾는 횟수가 갑자기 늘었는데, 그것은 '그 여자'가 만영감에게 요구한 사안들에 대해 나에게 자문을 구하기 위해서였다. 요컨대 그녀가 만영감의 유일한 재산인 과수원과 집을 자기 명의로 해달라고 하는데 어떻게 하면 좋겠느냐는 것이다. 나는 호적에 여자의 이름을 올리고 재산을 공동명의로 하는 게 어떻겠냐고 조언해 주었다. 호적에 올려주겠다는 만영감의 말에 '그 여자'는 예전처럼 집안일을 열심히 하게 되었다. 그제야 만영감의 얼굴에 웃음이 가득해졌는데, 그로부터 1주일이 만영감 일생에서 가장, 그리고 마지막으로 행복했던 한 때가 되었다.

재산의 공동소유에 대해 만영감이 형인 용(龍)영감에게 상의한 것이 화근이었다. 소문을 들은 양아들 삼길(三吉)과 집안 친척들이 들고 나서서 생판 모르는 여자에게 재산을 줄 수는 없다고 난리를 친 것이다. 그로부터 2, 3일이 지난 어느 날, 아직 새벽닭도 울지 않은 이른 새벽에 '그 여자'는 양복을 입고 집 주위를 배회하던 한 남자를 따라 마을을 떠나버리고 말았다. 그리고 만영감은 급기야 정신이 이상해져버렸고, 심할 때는 마을 아낙들에게 낫을 휘두르며 날뛰기까지 했다. 결국 형인 용영감과 마을 사람들이 합심하여 만영감을 붙잡아 감금시키기에 이르렀다. 용영감은 만영감이 우직하고 마음만은 착했다며 눈물을 흘렸다. 그로부터 며칠이 지난 어느 날 만영감은 숨을 거두었다.

1년이 지났다. 이제는 용영감조차도 만영감에 대해 말하지 않게 되었다.

「오로지 삼길만이 그 음침하고 불길한 집에서, 술집에서 알게 된 여자를 아내로 맞아들여 부부싸움도 하고 그러다 집을 나가니 마니 소란도 피우며, 만영감의 유산과 운명을 고스란히 이어받고 있는 듯 보였다. 만영감이 옮겨 심어줬던 우리 집 마당의 만년청(萬年靑)은 뿌리를 잘 내려 울창하게 새눈이 돋았다.

"한평생 고생 많았지요? 다음 세상에는 좋은 곳으로 가세요."

용영감이 하던 기도를 나도 만영감을 위해 바친다.」

無明(무명)

〈기초사항〉

원제(原題)		無明
한국어 제목		무명
원작가명(原作家名)	본명	이광수(李光洙)
	필명	
게재지(揭載誌)		모던니혼(モダン日本)
게재년도		1939년 11월
배경		• 시간적 배경: 1930년 대 후반 • 공간적 배경: 조선 내 어느 감옥의 병감(病監)
등장인물		① 죄목이 불분명한 '나(金)' ② 사기꾼들에게 위조도장을 파준 전라도 출신의 윤(尹, 15호) ③ 방화범 민(閔, 99호) ④ 설사병이 나 병감으로 온 사기범 정(鄭) ⑤ 공갈협박죄로 수감 중인 청년 강(康) ⑥ 방화범으로 수감 중이면서 간병부로 일하는 신(申, 9호) 등
기타사항		번역자: 김사량(金史良)

〈줄거리〉

감옥에 들어온 지 사흘째 되는 날, '몸을 움직이면 안 되는 환자'로 분류된 나(金)는 병감(病監)으로 보내졌다. 그곳에는 나와 잠시 유치장에서 함께 있었던 윤(尹)이 먼저 와 있었는데, 윤(尹)은 민(閔)이라는 노인에게 악담을 퍼붓기 일쑤였다. 민노인이 열아홉 살 된 젊은 부인과 아들 그리고 면장을 하는 당숙이 있다고 자랑삼아 한 말이 언짢은 모양이었다. 뼈만 앙상한 민노인은 그런 윤(尹)의 악담과 구박을 못 들은 척 무시하거나 시큰둥하게 언짢은 내색만 할 뿐 별다른 반박도 하지 않고, 시도 때도 없이 엄습하는 설사로 변기만 붙들고 있었다.

윤(尹)은 지나친 식탐으로 나의 배식은 말할 것도 없고 내가 먹다 남긴 사식까지 남김없이 긁어먹었다. 그 바람에 윤(尹)의 설사와 복통이 더 심해지는 것 같아 나는 어쩔 수 없이 사식을 들이지 않기로 했다. 그래선지 그 동안 나에게만은 온순했던 윤(尹)의 태도가 확연히 달라졌다. 뿐만 아니라 여지껏 말수가 적고 온순하던 민노인조차도 내 사식을 얻어먹지 못하게 된 것이 화가 났는지 윤(尹)과 악다구니를 써가며 싸워대기 시작했다. 그러던 어느 날 민노인은 옆방으로 옮겨갔다.

그 후 설사병을 앓는 정(鄭)이라는 사기범이 나와 같은 방으로 옮겨왔다. 정(鄭)은 간수며 간병부의 비위를 맞추기 위해 거짓말과 아부를 가리지 않고 해대는 사람이었는데, 때로는 그 거짓말과 아부 때문에 되레 간병부의 미움을 사는 일도 있었다. 예를 들면 간병부 9호와 100호가 싸웠다는 이야기를 듣고, 정(鄭)은 9호의 비위를 맞추려고 '불이나 질러대는 방화범'이라며 100호의 험담을 늘어놓았다. 하지만 9호 역시 방화범이었던 터라 정(鄭)은 9호의 불호령을 맞고 수습하느라 진땀을 빼는 식이었다.

그러던 어느 날 나와 윤(尹)과 정(鄭)은 갑자기 민노인이 있는 감방으로 옮겨가게 되었다. 곡기를 넘기지 못하고 단지 우유 몇 모금만 간신히 마신다는 민노인은, 이미 피골이 상접하여 가망이 없어보였다. 민노인과 함께 있던 강(康)은 전문학교를 나와 신문기자로 일하다 공갈 협박죄로 수감된 남자였다. 자만심과 다혈질로 똘똘 뭉쳐있는 그는 윤(尹)과 정(鄭)의 얄미운 꼴을 잠시도 참지 못하고 윽박지르고 구박하기 일쑤였다. 예를 들면 어느 점심 배식에 자반멸치가 한 그릇 들어왔는데, 이를 거의 독차지하다시피한 정(鄭)을 혼내줄 속셈으로 강(康)은 마실 물을 한 방울도 남기지 않고 다 써버렸다. 짜디짠 멸치를 잔뜩 먹고 그대로 낮잠을 자고 일어난 정(鄭)이 타는 듯한 목을 쥐어뜯며 주전자를 기울여보지만 물은 한 방울도 나오지 않았다. 얄밉기 짝이 없던 정(鄭)에게 간병부조차도 물을 주지 않자, 정(鄭)은 민노인이 내민 우유를 받아 마셨다. 그렇게 또 고통스러운 한때를 보내고도, 정(鄭)은 저녁식사로 나온 사식까지 게걸스럽게 먹어치운 뒤, 극심한 복통으로 고통스러운 밤을 보내야 했다.

우유조차도 넘기지 못하게 된 민노인은 이윽고 보석으로 풀려나게 되고, 윤(尹)은 기침과 가래가 심해지더니 결국 폐병 진단을 받아 독방으로 옮겨지게 되었다.

「"김씨! 나무아미타불을 외면 죽어서 지옥에 안 가고 틀림없이 극락세계로 갈 수 있을까요?"

그 작은 눈을 부릅뜨고 나를 바라보았다. 나는 태어난 이래 이처럼 중대하고 책임이 무거운 질문을 받아본 적이 없었다. 사실 나 자신도 그 문제에 대해서는 확실히 대답할 자신이 없었지만, 지금 같은 경우에는 설령 거짓말이라 해도, 또 지옥에 가는 한이 있어도 주저할 수 없었다. 나는 힘차게 고개를 세 번 끄떡여 보이며,

"진심을 다해 염불을 외세요. 부처님의 말씀이 거짓일 리가 없잖아요?"

내 귀에도 이상하리만큼 큰소리로 터무니없이 결정적으로 대답했다. 윤(尹)은 몇 번이고 몇 번이고 고개를 끄덕이더니 나를 향해 깊이 허리 숙여 인사한 후, 창에서 멀어져갔다.」

그리고 얼마 뒤 윤(尹) 역시 보석으로 풀려났지만, 간병부의 말에 따르면 한 달을 넘기기 어려울 것 같다고 했다.

나는 출옥 후 석 달쯤 지난 어느 날, 가출소했다는 키 작은 간병부를 우연히 만나게 되었다. 그의 소식에 따르면 민노인과 윤(尹)은 죽었고, 2년 선고를 받았던 강(康)은 현재 감옥에서 목공일을 하고 있다고 했다. 또 1년 반을 선고받았던 정(鄭)은 중환자가 되어 항고도 못하고 병감에서 여전히 수감 중이라고 했다.

見知らぬ女人(미지의 여인)

〈기초사항〉

원제(原題)	見知らぬ女人	
한국어 제목	미지의 여인	
원작가명(原作家名)	본명	이광수(李光洙)
	필명	
게재지(揭載誌)	조선소설대표작집(朝鮮小說代表作集)	
게재년도	1940년 2월	
배경	• 시간적 배경: 러일전쟁 직후의 초봄 • 공간적 배경: 고향	
등장인물	① 머잖아 외국으로 유학을 가게 될 '나(인득)' ② 여동생 경애 ③ 경애를 홀로 돌보고 있는 할아버지 김생원 ④ 열다섯 살의 당찬 소녀 보부 ⑤ 집안일을 돌봐준 보부의 어머니 ⑥ 보부의 남동생 귀동 등	
기타사항	번역자: 신건(申建)	

〈줄거리〉

나(仁得)는 여든 살이 가까운 할아버지와 일곱 살밖에 안 된 누이동생 경애(敬愛)를 두고 집을 떠난 지 반 년 만에 고향으로 돌아왔다. 러일전쟁이 발발했던 해 봄에 할아버지에게 배우던 『맹자』가 실생활에 아무 도움이 안 된다는 걸 깨닫고 경성으로 떠났던 것이다. 집에는 나이든 서모(할아버지 소실)가 함께 살았으나, 내가 경성으로 간 뒤 머잖아 그분도 돌아가셨다. 그러자 할아버지는 어린 손녀를 데리고 할아버지의 외가 동네로 이사하셨다.

혼자 힘으로 손녀를 돌보며 살고 있는 할아버지의 집은 말할 수 없이 비참했다.

산에는 아직 눈이 남아 있고 해가 저물어 어둑어둑해질 즈음 겨우 집에 도착하였다. 때마침 물을 길어오는 중이던 어린 여동생의 힘겨워하는 모습을 본 나는 가슴이 미어졌다. 내 나이 열한 살 때, 부모님은 한꺼번에 돌아가시고 젖먹이였던 막내동생은 친척집에 맡겨졌으나 죽고 말았다. 이제 남은 형제라고는 우리 둘뿐. 경애는 나를 보자마자 이젠 떠나지 않을 거냐고 물었다. 나는 그런 동생에게 먼 외국으로 공부하러 가야한다는 말을 차마 하지 못했다.

경애는 나를 위해 특별히 달걀까지 부쳐서 저녁상을 차려왔다. 할아버지는 오늘도 보부(保富)의 어머니는 오지 않았느냐고 물었다. 나는 처음 듣는 이름이 낯설어 그가 누구인지 물었다. 보부의 어머니는 할머니가 돌아가신 뒤 일 년 내내 우리 집에 와서 김치도 담가 주고 빨래도 해주고 바느질도 해준 고마운 분이라고 했다. 그런가 하면 보부는 열다섯 살 난 여자아이인데, 귀동(龜童)이라는 남동생도 있다고 했다. 보부의 어머니나 동생 귀동이 병이 나서 못 오는 건지도 모른다며, 할아버지는 나에게 내일 그 집에 한번 다녀오라고 하셨다. 나는 여태 만나본 적도 없는 그녀가 한없이 고맙기만 했다.

나는 다음날 할아버지의 말씀대로 술집을 하는 그 여인의 집을 찾아갔다. 문밖에서 보부의 이름을 부르자, 예쁜 다홍치마와 노란 저고리를 입은 소녀가 문을 열어주었다. 그리고 나이 서른 정도 돼 보이는 참으로 아름다운 여인이 뒤이어 나오더니 단번에 나를 알아보며 반겼다. 그러면서 귀동이 아파서 잠시도 집을 비울 수가 없었노라고 변명하듯 말했다.

딸인 보부가 얼마나 나를 만나고 싶어 했는지 모른다며 보부를 나에게 소개했다.

나는 오랫동안 집안일을 돌봐주셔서 감사하다고 인사하고, 할아버지가 걱정하셔서 살피러 왔다고 찾아온 용건을 밝혔다. 여인은 나이 드신 분이 안 돼 보여서 가끔 들려본 것뿐이라며 급히 부엌으로 가버렸다. 아버지에 대해 묻는 나에게, 보부는 아버지는 도박하느라 집에 없고 간혹 집에 오면 어머니를 때린다고 원망스러운 듯 말했다.

나는 보부를 처음 보았으나 보부는 나를 잘 알고 있는 듯 거침없이 이야기를 잘했다. 보부는 귀동을 힐끗 쳐다본 후 내 얼굴을 보고는 귓속말로 귀동이 누굴 닮은 것 같으냐고 물었다.

「"내가 보기에는……."

보부는 나를 뭐라 불러야 좋을지 몰라 잠시 입을 다물더니, 자신의 손가락으로 내 볼을 가볍게 간질이면서, 그것으로 내 이름을 부르기라도 한 양 "닮았어."라며 입을 내 볼에 대었다. 그리곤 다시 내 귀에 닿을 듯 말 듯 입술을 가져다대며 들릴 듯 말 듯 한 목소리로 말했다.

"그래서 아버지가 어머니를 때렸어. 무섭게 부을 정도로. 옆집 사람들이 다들 그렇게 말하는 걸. 이 아인 김생원을 닮았다고……. 그래서 어머니가 사흘이나 밖에 안 나가신 거야."

그리곤 갑자기 나에게 입을 맞추고 양손으로 얼굴을 가리며 고개를 돌리고 말았다.

나는 여우에게 홀리기라도 한 것처럼 눈을 동그랗게 뜨고 귀동을 들여다보았다. 그리고 '닮았나? 닮았을까?'라고 생각해 보았다.

×   ×

그 또한 지금으로부터 40년 전의 일이고, 조부가 돌아가신 지도 30년이 지났다. 그 여인과 보부는 무엇을 하고 있을까? 어디로 갔을까? 그 후로는 한 번도 만나지 못했다. 그 여인이 아직 살아 있다면 이미 일흔이 넘었을 것이고, 보부는 쉰, 귀동도 마흔이 되었을 것이다. 하나같이 백발이 보일 때이다.

'귀동이 닮았는가?' 그것은 사실이 아니었을 것이다. 사실이 아닐 것이다. 이것은 나의 할아버지와 그 마음씨 착한 여인의 명예를 위해서 사실이 아니라고 나는 말하고 싶다. 하지만 그것이 사실이든 아니든, 나에게는 그 세 사람의 얼굴이 지울 수 없는, 그리운 얼굴이라는 사실에 변함은 없다.」

- 자선 이광수단편선(自選李光洙短篇選)에서 -

心相触れてこそ(마음이 서로 맞아야)

<기초사항>

원제(原題)	心相触れてこそ	
한국어 제목	마음이 서로 맞아야	
원작가명(原作家名)	본명	이광수(李光洙)
	필명	
게재지(揭載誌)	녹기(綠旗)	
게재년도	1940년 3~7월	
배경	• 시간적 배경: 중일전쟁 초기 • 공간적 배경: 경성의 북한산 일대와 중국 대별산 부근의 전쟁터	
등장인물	① 대학병원 외과의사인 27세의 김충식 ② 충식의 여동생 석란 ③ 경성대 법과를 졸업한 일본인 청년 아즈마 다케오와 그 여동생 후미에 ④ '내선일체'에 찬성하는 충식의 아버지 김영준 등	
기타사항	5회로 끝나는 미완성 <글의 차례: 작자의 말 - 기이한 인연 - 마음의 만남 - 꽃필 무렵 - 하나의 길 - 출발 - 적을 찾아서>	

<줄거리>

「*작자의 말

'신과 천황이 하나이듯 야마토(일본)도 고구려(조선)도 하나가 될지도'

이렇게 기도하는 마음으로 이 소설을 씁니다. 야마토와 고구려는 하나가 되지 않으면 안 됩니다. 하지만 그것은 강제로거나 어쩔 수 없이 되어서는 안 됩니다. 마음과 마음이 만나 서로 융합이 되어 하나가 되어야 합니다. 그렇게 하나 되는 경우를 그려내고자 하는 것이 이 소설의 의도입니다.

같은 신의 자식입니다. 같은 천황의 자식입니다. 야마토와 조선이 하나로 융합하지 않으면 어떡합니까. 하지만 실제로 그것은 결코 웬만한 노력으로 될 수 있는 일은 아닙니다. 자신을 비운다는 것은 범부의 슬픔에는 결코 간단한 일은 아닙니다. 하지만 야마토도 조선도 소아(小我)를 잊고 대아(大我)를 위해 바치겠다는 결심만 있다면, 서로 하나로 융합해야 한다는 인과를 깨닫기만 한다면, 결코 어려운 일도 아니라는 것이 저의 신념입니다. 지환즉리(知幻卽離)라고 할까요. 깨닫는 것이 중요합니다. 이 작고 변변치 않은 이야기가 내선일체의 대업에 티끌만한 공헌이라도 될 수 있다면, 나의 바람은 이루어진 것입니다.」

어느 비오는 늦겨울 오후, 김충식(金忠植)은 혼자 북한산 인수봉에 올랐다가 우연히 산에서 조난당한 일본인 남매를 구하게 된다. 남자는 바위에 부딪쳐 기절해 있었고 여동생은 정신을 잃은 오빠를 애타게 부르고 있었다. 충식은 비가 내려 미끄러운 산길을, 의식이 없는 남자와 부상을 입은 여자를 번갈아 업고 부축해가며 간신히 자신의 집으로 데리고 가 치료해 주었다. 그 남매는 다름 아닌 일본인 청년 아즈마 다케오(東武雄)와 그 여동생 후미에(文江)였다. 뒤늦게 정신을 차린 다케오는 자신을 간병해 주고 있는 조선인 여성 석란(石蘭)에게 호감을 갖게 되고, 일본인과 다름없는 생김새와 친절한 마음씨 그리고 능란한 일본어 실력에 놀라며 조선인에 대한 지금까지의 인식을 조금씩 바꿔가게 된다. 그리고 후미에 역시, 처음에는 조선인이라는 사실에 두려움과 경계심을 가졌던 충식에 대해, 자기 몸을 돌보지 않고 오빠와 자신을 구해준 모습에서 무한한 신뢰와 존경의 마음을 갖게 되었다.

다케오와 후미에는 충식의 집에서 치료와 요양을 위해 4, 5일을 보내게 되는데, 그들과의 관계를 통해 조선인 전체에 대한 그간의 부정적이었던 인식은 우호적으로 바뀌었다.

집으로 돌아간 다케오와 후미에는 그러한 인연을 계기로 충식과 석란의 집을 방문하기도 하고, 어느 날인가는 그들의 아버지 아즈마대위가 감사의 뜻을 전하기 위해 직접 충식의 집을 찾아와 그의 아버지 김영준(金永準)을 만나기도 했다. 김영준은 한때 독립운동을 했고 복역까지 한 바 있는 사람이었다. 하지만 석란의 통역으로 마주앉아 대화를 나누는 아즈마대위와 김영준은 민족적인 입장 차이를 뛰어넘어 서로에 대해 좋은 인상을 가지고 헤어졌다.

그리고 며칠 뒤, 다케오와 후미에는 충식의 집을 찾아와 김영준 앞에 나란히 앉았다. 그날 후미에는 조선의 한복을 입고 왔는데, 다케오는 한복차림의 석란과 후미에가 친자매처럼 앉아있는 모습을 가리키며 김영준에게 '일본인과 조선인은 조금도 다르지 않다'고 강조한다. 그의 말에 감탄한 김영준은 지금까지와는 다르게 다케오와 후미에를 친밀하게 대하기 시작했고, 충식과 석란이 다케오의 집을 방문하도록 허락했다.

한편 다케오의 석란을 향한 사랑은 깊어만 가고, 석란 역시 다케오를 볼 때마다 두근거리는 가슴을 억누를 길이 없었다. 그런 오빠의 마음을 알아차린 후미에는 조선인인 충식과 석란 남매를 탐탁해하지 않는 어머니 기쿠코(菊子)를 설득해 그들을 자신의 집으로 초대하였다. 아즈마대위와 기쿠코는 충식과 석란을 직접 만나본 후에야 조선인 전반에 대한 인식을 긍정적으로 바꾸게 된다.

그리고 며칠 후, 입영을 하루 앞둔 다케오에게서 충식 앞으로 한 장의 편지가 날아왔는데, 거기에는 석란에 대한 자신의 사랑과 충식에 대한 후미에의 존경과 사랑에 대해 적혀있었다. 그는 또 자신은 살아 돌아올 수 없는 곳으로 떠나니 후미에와 석란을 잘 부탁한다고도 했다. 석란은 오빠가 건네준 편지를 붙들고 하염없이 눈물을 흘렸다. 이튿날 충식은 석란과 함께 다케오를 전송하기 위해 역으로 나가고, 돌아오는 길에는 신사에 들려 다케오를 위해 기도했다.

그렇게 며칠이 지난 후, 충식은 굳은 결심을 하고 아버지에게 "우리에게도 조국을 주세요. 조국을 위해서 싸울 수 있게 해 주세요."라고 하소연하며 군의관에 지원할 뜻을 밝혔다. 아들의 말에 긴 침묵을 지키던 김영준은 이윽고 아들의 입영을 허락했다. 석란은 입영하는 충식을 배웅하고 그 길로 후미에를 찾아가 오빠의 입영사실을 알렸다. 충식에게 연정을 느끼고 있었던 후미에는 충식을 배웅하지 못한 것을 몹시 아쉬워했다. 두 오빠를 전쟁터로 보낸 두 여동생은 그 길로 신사에 가 기도를 올리고, 자신들도 간호사가 되어 오빠들의 뒤를 따르자고 결심한다.

한편, 다케오와 다른 전쟁터로 배치를 받은 충식은 부상병들을 돌보느라 여념이 없는 나날을 보내고 있었다. 그 와중에 두 명의 간호사가 배치되어 오는데, 그녀들은 다름 아닌 석란과 후미에였다. 뜻밖에 전쟁터에서 만나게 된 세 사람은 가족의 안부를 묻는 것도 뒤로 미루고 오로지 조국을 위해 일할 일념만을 불태웠다. 그러던 어느 날 멀리서 수류탄 터지는 소리와 대포소리가 요란하게 들려오고, 부상병들이 한 차례 충식이 있는 곳으로 후송되어 왔다. 오빠 옆에서 간호사로 일을 거들고 있던 석란이 순간 자기도 모르게 비명을 질렀다. 수류탄에 심한 부상을 입고 얼굴에 붕대를 감고 있는 병사가 다름 아닌 다케오였던 것이다.

충식과 석란, 그리고 후미에의 지극한 치료 덕분에 다케오는 하루하루 증상이 호전되어 걸을 수 있게 되지만, 심하게 다친 눈 때문에 결국 시력을 잃고 말았다. 그러한 사실을 충식을 통해 전해들은 다케오는, 조국으로의 후송을 거부하고 중국 적진에 들어가 한 사람의 중국장교라도 세뇌시켜, 무모한 전쟁을 포기하도록 설득하겠다는 뜻을 밝혔다.

석란은 그런 다케오의 뜻을 받아들이고 그의 눈이 되고 통역사가 되어 함께 갈 것을 자청한다. 둘은 부대 안에서 형식뿐인 결혼식을 올리고 중국 피난민으로 변장한 후 중국적지로 향했다. 그리고 이틀 후, 다케오와 석란은 첫 목표지로 삼았던 중국군 진영에 이르렀다. 둘은 자신들의 신분을 밝히고 중국군 장군을 만날 뜻을 전했다. 중국군들은 그들이 일본인이라는 사실을 알고 죽이겠다고 위협했지만, 다케오와 석란은 다행히 그 부대의 장군을 만날 수 있었다. 다케오는 그들이 전세(戰勢)에 대해 잘못된 정보를 가지고 있다고 말하고, 현재 일본군이 승승장구하여 머지않아 이곳까지 들이닥칠 거라는 사실을 밝혔다. 그러니 무의미한 싸움은 그만두고 일본과 형제가 되어 평화로운 아시아를 만들어가자고 설득했다. 석란의 통역을 통해 다케오의 이야기를 들은 중국군 장군과 장교들은 순간 혼란과 갈등을 느꼈다. 그들과의 긴 대담을 마친 다케오와 석란은 포박이 풀린 채 감금되었다.

「"저도 기뻐요." 석란은 잠시 침묵한 후 이렇게 말했다.

"뭐가 기뻐?"

"뭔진 모르겠지만."

"행복한 신혼여행이라고 생각하는 거야?" 다케오는 더듬더듬 석란의 손을 잡았다.

"그 이상이에요."

"내일 일은 모르는 거야. 이곳이 이 세상에서의 마지막 잠자리일지도 모르지. 내일은 총살일까?" 다케오는 조용히 말했다.

"그래도 좋아요. 멋지지 않나요?" 둘 다 말이 없었다. 까악까악 까마귀 우는 소리가 들렸다. 갑자기 다케오는 석란의 손을 꼬옥 쥐더니 "석란!"이라고 불렀다.

"네" 석란은 다케오를 올려다보았다. 다케오의 보이지 않는 눈에서는 눈물이 흐르고 있었다. 석란은 다케오의 말을 기다렸지만, 말을 기다릴 필요가 없다는 것을 깨달았다. 둘은 언제까지고 조각처럼 꼼짝도 하지 않았다.」

(미완)

嘉實(가실)

〈기초사항〉

원제(原題)	嘉實(一~四)	
한국어 제목	가실	
원작가명(原作家名)	본명	이광수(李光洙)
	필명	
게재지(揭載誌)	이광수단편집 가실(李光洙短篇集 嘉實)	
게재년도	1940년 4월	
배경	• 시간적 배경: 삼국시대 말엽 • 공간적 배경: 신라의 한 고을	
등장인물	① 아버지와 단 둘이 살고 있는 한 처녀 ② 처녀의 아버지를 대신해 전쟁터로 떠난 마을의 농군 가실 ③ 처녀의 아버지	
기타사항	번역자 미상	

〈줄거리〉

「때는 신라 말엽, 김유신(金庾信)이 이름을 날리던 무렵이다. 가을 햇볕을 받아 밝게 빛나는 뜰에는 볏단, 콩단, 보릿단 등이 윤곽도 또렷하게 서 있다. 뜰 한 쪽에는 겨울을 나기에 충분할 정도의 장작이 쌓여 있다. 그 쌓인 장작더미 아래 17, 8세의 아름다운 처녀가 남쪽 길을 바라보며 울고 있었다. 그때 한 젊은 농부가 큰 도끼를 어깨에 짊어지고 마당으로 들어오더니, 처녀가 울고 있는 것을 보고 물었다.

"왜 울고 있습니까?"

처녀는 깜짝 놀랐는지 눈물을 머금은 눈을 들어 젊은 농부를 올려다보며

"아버지가 나라님의 부름을 받았기에."라며 옷고름으로 눈물을 훔쳤다. 우는 모습을 감추기라도 하려는 듯 얼굴을 돌리자 길게 땋아 내린 검은 머리가 보였다. (중략)

"많은 사람이 불려갔군요. 제기랄, 하루라도 평화로운 날이 없군. 젊은이는 모두 전사해버려서 이젠 나이든 노인들 순서가 온 건가. 언제나 전쟁 없는 시절이 오려나!"라며, 울고 있는 처녀의 어깨를 바라보았다. 처녀는 얼굴을 외면한 채

"가실(嘉實)씨는 아직인가요?"라고 물었다.」

'가실'은 젊은이의 이름이다. 그는 내년에는 아마 자신도 전쟁터에 가게 될 거라고 했다. 처녀의 아버지는 다시 한 번 딸만 두고 갈 수 없다며 원님에게 사정하러 갔다고 했다.

가실이 처녀의 집에서 장작을 패주고 술대접을 받고 있을 때 처녀의 아버지가 힘없는 모습으로 돌아왔다. 처녀의 아버지는 가실에게 자신이 전장으로 떠나고 나면 딸을 잘 보살펴주고,

행여나 자신이 돌아오지 않거든 딸과 혼인하여 이 집에서 농사를 지으며 살아달라고 부탁했다. 가실이 그렇겠다고 약속하자 아버지는 안심이 되어 이것저것 가르쳐주면서 추수가 끝나면 동네 어른들을 모시고 혼인을 올리라고 했다.

이튿날 처녀는 아버지의 옷을 짓느라 잠을 이루지 못하였고 늙은 아버지는 언제 돌아올 지도 모를 집을 여기저기 둘러보았다. 그런데 아버지가 우는 딸을 달래고 있을 때 가실이 봇짐을 지고 찾아와 자신이 대신 전쟁터로 떠나겠다고 말하는 게 아닌가! 처녀는 가실에게 이 은혜는 죽어도 잊지 않겠다며 돌아올 때까지 반드시 기다리겠노라고 다짐했다. 그렇게 가실은 전쟁이 끝나고 돌아와 자신이 좋아하는 처자와 결혼할 생각에 행복해하며 전쟁터로 떠났다.

처음에는 천여 명에 달하던 군사들 수가 십여 일 만에 600명도 채 남지 않게 되었다. 가실은 그 모습에 겁이 났고 점차 풀이 죽어갔다. 가실은 고향의 처녀가 너무나 그리워 병사들과 함께 눈물지었다. 경주(慶州)에 도착하자 새로 군사들이 왔다고 내어준 술과 고기를 먹고 병사들이 취한 사이에 고구려군이 침입하였다. 신라군은 200여 명의 사상자를 냈으며, 병사들은 과연 고향에 돌아갈 수 있을까 하는 불안감에 휩싸였다.

싸움이 언제 끝날지도 모르는 상황에서 3년이 훌쩍 흘렀다. 새로 오는 사람들에게 고향소식을 물으니 장인은 여전히 건강하며 처자는 가실을 기다리고 있다고 하였다. 그런데 나중에 들은 소식으로는 그 처자가 어느 양반과 혼인을 한다는 것이 아닌가. 가실은 그 소식에 한없이 슬프고 실망스러웠지만 무슨 일이 있어도 살아서 돌아가리라 굳게 결심하였다.

3년째 9월 보름 무렵, 가실은 낭비성(娘臂城) 전투에서 포로가 되었다. 자신을 죽이려는 고구려 장수에게 가실은, 사실상 우리는 서로 싸우고 죽일 원수지간이 아니라고 설득하였다. 고구려 장수는 가실이 무식한 농군이고 졸병이라 여기고 한 농부에게 몸종으로 팔았다.

가실을 사간 농부와 주변사람들은 처음에는 '신라놈'이라고 놀렸지만, 성실하게 일하는 그의 모습을 보고 서로 마음을 터놓고 지내게 되었다. 뿐만 아니라 가실에게서 논농사 짓는 방법을 배우는 등, 가실은 어느새 그 마을에서 꼭 필요한 사람이 되었다. 사실 가실의 성실성은 말할 것도 없고 그의 지혜와 재주는 동네사람들에게 신망을 얻기에 충분했다.

다시 3년이 흘렀다. 가실은 가을만 되면 주인부부에게 자신을 놓아달라고 청했지만, 주인은 신라에 가면 오히려 목숨이 위험할 것 같다는 핑계를 대며 그를 잡아두었다. 하지만 사실은 자신들의 열여섯 살 난 딸을 가실과 혼인시키려는 속셈이었다. 가실의 성실함과 지혜로 주인집은 점점 부유해졌고 딸도 가실을 사모하고 있었다. 주인부부에게도 아들이 있었으나 전쟁터에 나갔기에 일할 사람이 필요했던 것이다.

가실은 백년가약을 맺었던 처녀의 소식을 알 길이 없어 애를 태우는 사이 어느새 스물다섯 살이 되었다. 가실이 다시 떠난다고 하자, 주인부부는 자기 딸과 혼인하여 살면 안 되겠느냐고 사정하였다. 가실은 그들의 호의가 한없이 고마웠지만, 고향으로 돌아가야 하는 이유를 대며 설득시켰고, 결국 주인부부는 그를 보내주기로 했다.

다음날 가실은 고향을 향해 길을 떠났다. 동네사람들과 석별의 정을 나누고 떠나려는 가실에게 주인부부는 2년간 딸을 혼인시키지 않고 기다릴 테니 혹시라도 그 처자가 다른 곳으로 시집을 갔으면 다시 돌아오라고 당부했다.

가실은 그들이 보이지 않을 때까지 손을 흔들며 신라를 향해 걸음을 재촉했다.

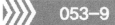

亂啼鳥(난제오)

〈기초사항〉

원제(原題)	亂啼鳥	
한국어 제목	난제오	
원작가명(原作家名)	본명	이광수(李光洙)
	필명	
게재지(揭載誌)	이광수단편집 가실(李光洙短篇集 嘉實)	
게재년도	1940년 4월	
배경	• 시간적 배경: 1940년 정초 • 공간적 배경: 경성의 종로와 안국동 일대	
등장인물	① 1남 2녀와 의사 아내를 둔 쉰살의 작가 '나(C)' ② 잡지 출판일을 하는 K ③ 광산으로 운 좋게 갑부가 된 R ④ 먹고살기 위해 라디오나 극장을 전전하 는 시인 H ⑤ 허무주의자 W ⑥ 금강산의 사찰에서 왔다는 SS선사 등	
기타사항	번역자 미상	

〈줄거리〉

　　의학을 전공한 산부인과 의사인 내 아내는 얼마 전에 병원을 개업했다. 1년도 채 안 되어 매달 순이익이 수백원에 이르는 안정적인 병원으로 성장했다. 이대로 간다면 일 년 안에 빚도 갚게 될 것이고 아이들과 살아가는 데 걱정할 것이 없을 것 같았다. 그런데 뜻밖에도 아내가 심한 관절염으로 입원하게 되었다. 지금까지 벌어놓은 돈은 병원비로 날아가고 이제는 빚으로 생활해야 할 형편이 되고 말았다. 게다가 아이들도 기관지염을 앓고 있어 집안은 엉망진창이었다. 평소 병원이 잘 될 때 아내는 이 모든 게 자신의 능력 덕분이라며 자만했지만, 나는 그럴 때마다 겸손하지 못한 아내와 분에 넘치는 지금의 행복이 내심 불안했었다. 그런데 아니나 다를까 지금 이 지경이 되고 만 것이다.

　　나는 고통을 견디다 못해 마약이라도 놔달라는 아내를 뒤로 한 채 쓸쓸히 병실을 나섰다. 그리고 몇 군데 출판사를 찾았지만 가는 곳마다 내 책을 출판해 줄 수 없다는 대답뿐이었다. 그것은 선금만 받아쓰고 원고 약속을 지키지 않는 나에 대한 신용이 바닥나버렸기 때문이다. 실망한 나는 종로의 한 다방에서 빵과 커피로 배를 채우고 거리로 나왔다. 행인들은 모두 바삐 움직이고 있었다. 그들을 바라보며 나 자신을 되돌아보았다. 나는 거리를 거닐며 출판사를 경영하는 K, 한때 승려생활도 한 적이 있고 시와 소설을 쓰기도 했지만 광산업에 뛰어들어 큰돈을 번 R과 마주쳤다. 나는 R의 뒷모습을 보며 한때는 건달이었지만 토지경영으로 갑부가 된 S를 떠올렸다. 그는 돈이 많음에도 불구하고 인생에 극히 비관적이고 회의적인 남자였다.

　　슬슬 집으로 돌아가기 위해 전차를 기다리던 나는 뜻밖의 두 친구를 만났다. 시인이지만 먹고살기 위해 라디오소설을 쓰거나 극장에서 일하는 H와, 나와는 20년 전 딱 한 번 만난 적이 있을 뿐인 허무주의자 W. 나는 그들에게 뭔가를 대접하고 싶어 비싼 위스키와 커피를 사주고 헤어졌다.

나는 간혹 길가의 거지들에게 돈을 적선하곤 하는데, 그것은 어디까지나 그렇게라도 해서 공덕을 쌓자는 마음에서였다. H와 W에게 술을 산 것 역시 그런 의도에서였는지 모른다.

그들과 헤어진 뒤, 나는 곧장 집으로 가지 않고 아내와 아이들의 병이 빨리 낫기를 기원하기 위해 안국동 절을 찾았다. 하지만 죄 많은 내가 석가여래상 앞에 과연 나설 수 있겠는가 하는 의구심이 들어 별궁 모퉁이에 있는 선학원으로 가서 K선사를 만났다. 나는 속으로 K선사에 대해 '저 스님은 정말 청정한 스님일까?'하는 불경한 생각을 하다 그에 대한 자책감에 서둘러 자리에서 일어섰다. K선사는 그런 나를 붙잡고 SS선사를 만나보라고 권했다. SS선사와 나는 선지식(善知識)과 화두(話頭)에 대해 선문답을 나누었는데, 대화 끝에 SS선사가 나에게 『남화경(南華経)』을 읽었느냐고 물었다. 읽고 있다는 내 대답에 선사는 불쑥 서산대사의 시구(詩句)를 읊조렸다.

「"서산대사의 독남화경시(讀南華經詩)라는 것이 있습니다. 5언 절구지요.
가석남화자(可惜南華子), 상린작얼호(祥麟作孼虎), 요요천지활(寥寥天地闊), 사일난제오(斜日亂啼鳥)라고 말씀하셨지요."
스님은 이렇게 말하고 씨익 웃었다. 나도 웃었다. 장자가 강하게 급소를 맞았다고 생각했다.
"장자가 쓸 데 없는 말이 많았다는 의미입니다."
"고맙습니다."
나는 자리에서 일어나 인사를 하고 나왔다. 돌아오는 길에 몇 번이고 '사일난제오(斜日亂啼鳥)'를 읊조리며 홀로 웃었다. 이것은 SS선사가 나에게 준 말임에 틀림없었다.
"나야말로 석양에 지저귀는 까마귀로구나."
겨울 해는 금화산으로 기울고 있었다.」

053-10

夢(꿈)

〈기초사항〉

원제(原題)		夢
한국어 제목		꿈
원작가명(原作家名)	본명	이광수(李光洙)
	필명	

게재지(揭載誌)	이광수단편집 가실(李光洙短篇集 嘉實)
게재년도	1940년 4월
배경	• 시간적 배경: 어느 해 초여름 • 공간적 배경: 인천 송도의 한 여관
등장인물	① 현재 1남 2녀를 둔 가난한 서생 '나' ② 꿈에까지 찾아와 집요하게 '나'를 유혹하는 '그녀'
기타사항	번역자 미상

〈줄거리〉

경성에 사는 나는 지금 어린 아들과 함께 인천 송도로 여행을 왔다. 그간 번갈아가며 두 딸
아이가 홍역을 앓느라 죽다 살아난 뒤라 심신이 지쳐있긴 했지만, 그나마 딸아이들이 병을 털
고 일어난 것을 보고 온 때문인지 마음만은 상쾌했다. 조금은 불친절하고 살풍경한 호텔 때문
에 언짢기는 했지만, 난간으로 내다보이는 바다 덕분에 그 불쾌함은 씻은 듯 사라졌다. 그런데
그날 밤 아들과 나란히 잠든 나는 악몽에 시달리다 새벽 1시에 눈을 떴다. 너무 무서웠다. 마치
무서운 죽음의 그늘에 서있는 것만 같았다.
보름이 지난 지 이틀밖에 지나지 않아 달은 휘영청 밝았지만, 구름들이 자꾸만 달을 삼키려
고 뒤쫓았다. 철썩철썩 멀리서 바위를 쓰다듬는 파도소리.
꿈은 뒤숭숭하였다. 사랑해서는 안 될, 하지만 애틋하고 그리운 그녀의 집요한 구애, 마음
과는 달리 다가오지 말라며 그녀에게서 끝없이 도망치는 나.

┌"다가오지 말아요. 당신의 그 아름다운 자태와 요염한 목소리로 나를 현혹시키지 말아요.
순간 내 마음이 바뀔지도 모르니까."
나는 이렇게 중얼거리며 그녀에게서 멀리멀리 떨어지려고 달렸다. 그것은 사실 견딜 수 없
는 고통이었다.
"잠깐만…… 아주 잠깐만 기다려 주세요. 네, 아주 잠깐만. 한 마디만, 한 마디만 제 말을 들
어줘요."
"아니, 가까이 오지 말아요. 나도 숨이 끊어질 것 같아. 나는 당신을 사랑해서는 안 될 사람,
당신도 나를 사랑해서는 안 될 몸입니다. 당신 입술에서 흘러나오는 말을 나는 영원히 듣지
않을 겁니다. 듣는다면 내 가느다란 결심의 끈이 끊어질지도 모릅니다.……"┘

멀리서 희미하게 그녀의 울음소리가 들려온다. 그리고 어느 새 나는 깊은 산속 무덤들 사이
에 서있다. 무서울 게 무어냐고 허세를 부려보지만 온몸은 식은땀으로 흠뻑 젖었고 사시나무
떨리듯 떨렸다. 두 눈을 질끈 감고 걸음을 재촉해보지만 무덤들은 눈꺼풀에 각인되어 가시질
않고 자꾸만 나를 뒤쫓았다. "너희는 왜 이렇게 나를 따라오는가? 내가 대체 너희들과 무슨
상관이 있단 말인가?" 절규하듯 무덤들을 향해 외쳐보지만, 무덤들은 말이 없다. 그리고 다시
여인의 흐느끼는 소리가 들려왔다. 나는 소스라치듯 놀라 무덤 사이로 도망쳤다.

┌"아아, 당신도 나에게 받을 빚이라도 있는 게요? 그래서 나를 이토록 따라오는 겁니까? 저

무덤 속에 묻힌 사람들처럼, 뭔가 원망 살 짓을 내가 당신에게 했다는 말이오? 당신은 왜, 빚지고 도망치는 놈 뒤를 쫓아다니는 것처럼 이런 곳까지 와서 나를 괴롭히는 거요? 그 아름답고 요염한 자태로 내 마음을 어지럽히면서, 내 손이 닿지 않는 곳에서 나를 초조하게 만드는 거요?"

"이봐요, 한 마디만, 단 한 마디만 제 말을 들어주세요. 네, 아아."

그녀의 쉰 울음소리가 여전히 먼 곳에서 울려 퍼졌다.

"안 돼, 안 돼!"

이렇게 외치며 나는 무덤들 사이를 내달렸다. 내 힘으로는 도저히 어찌해보지 못할 두려움에 어쩌지 못하고 읊조렸다.

"나무아미타불, 나무관세음보살"」

그렇게 잠에서 깨어났다. 구름에서 벗어나려 안달하는 달을 바라보는 사이 땀은 식었지만 꿈속에서 따라온 음산한 기분은 가시질 않았다. 그래, 존경하는 모든 이들을 떠올려보고 모든 러브신을 떠올려 보지만, 그때 그토록 아름답던 그들도 지금 생각하니 모두 음산하기 이를 데 없다. 그렇다, 난 복숭아 빛 정욕의 안경을 잃어버린 게 분명하다. 그 안경을 쓰지 않는 한, 그 모든 세상이 아름답게 보일 리 없다. 언제 어디서 잃어버렸는지 모르지만, 어쨌든 나는 그 안경을 잃어버리고 말았다. 열이 있나? 피곤해서 그렇겠지…… 홍역을 앓다 죽어버린 큰아들, 큰아들이 떠나고 2개월도 지나지 않아 이번에는 둘째아들이 홍역을 앓기 시작했고, 거의 죽다 살아났다. 긴 고통의 시간을 지나고 지금 내 곁에 잠들어있는 둘째아들을 바라보며 무서운 악몽처럼 그때의 일들을 떠올렸다. 아아, 어쩌면 난 지금 홍역을 앓고 있는가? 그래, 난 지금 홍역을 앓고 있다. 썩은 영혼에서 풍기는 이 악취!

다음날 아침, 나는 아무렇지 않은 얼굴로 아이를 데리고 바닷가를 거닐고 배를 탔다. 그리고 경성으로 돌아오자, 홍역을 앓고 일어난 어린 딸들이 나를 반겼다. 나는 더할 수 없이 좋은 아빠인 양 그들을 끌어안으며 쓴웃음을 지었다.

鬻庄記(육장기)

〈기초사항〉

원제(原題)		鬻庄記
한국어 제목		육장기
원작가명(原作家名)	본명	이광수(李光洙)
	필명	

게재지(揭載誌)	이광수단편집 가실(李光洙短篇集 嘉實)
게재년도	1940년 4월
배경	• 시간적 배경: 중일전쟁 초기인 1937년 • 공간적 배경: 북한산 어귀에 위치한 어느 마을
등장인물	① 작가인 '나' ② 이 편지의 수신자 '자네' ③ 영등포공장에 다니는 열아홉 살 여직공 삼철 등
기타사항	번역자 미상

〈줄거리〉

'나'는 내 인생에서 가장 암흑기였다 할 수 있는 마흔 셋의 나이에 금강산(金剛山)으로 들어가 세상을 등지려 하였다. 그러나 가족과의 인연을 끊지 못하고 속세로 돌아와 남은 평생을 이곳에서 살자는 결심으로 지금 살고 있는 집을 짓고 들어와 살게 되었다. 그러기를 6년, 지금 나는 이 집을 팔게 되었고 며칠 후면 잔금을 받아 이사를 가야할 처지에 놓여있다. 그간의 추억을 새삼 되새기며 '자네(君)'에게 편지를 쓴다.

나는 이 집에 살면서 금강산에서 만난 스님들이 건네준 법화경을 읽고 깨달은 점을 글로 적고 있었다.

「나는 민족주의 운동이라는 것이 얼마나 피상적인가를 알았고, 십 수 년 계속해왔다는 도덕적, 인격적 개조운동이란 것이 얼마나 무력한 것인가를 깨달았습니다. 조선인을 살릴 길이 정치운동에 있지 아니하고 도덕적, 인격적 개조운동에 있다고 인식하게 된 것은 일단의 진보가 물론 아닐 수 없지만, 나는 나 스스로의 경험에 비추어서 결국 신앙을 떠난 도덕적, 인격적 개조라는 것은 유명무실한 것에 지나지 않는다는 사실을 깨달았습니다. 스물여덟 살 되던 겨울 나 자신의 인격을 도덕적으로 개조하자고 결심한 때부터 마흔셋이 되던 봄 어린 아들이 죽을 때까지의 15년이란 세월은, 이 개조운동을 계속한다는 의미에서 거짓을 말하지 않고 약속을 지키며, 책임을 중시하고 전체를 위해서는 나 개인을 희생하고, 남을 사랑하고 존경하며, 몸을 바르게 지키고, 그리고 또 그 같은 수양을 계속해갈 작정이었습니다. 하지만 나 자신을 돌아볼 때 마음속은 역시 여전히 탐욕의 소굴에 있으며, 그것을 15년 전의 내 마음과 비교해 보더라도 조금도 달라지지 않았다는 사실을 발견하였습니다.」

하지만 법화경의 세계를 접하게 되면서 나는 장차 성인(聖人)이 될 수 있다는 믿음을 가지고 그렇게 되고자 노력을 아끼지 않겠노라 다짐한다.

어쨌든 6년간 정붙이며 살아온 이 집을 떠날 날이 코앞으로 다가오니, 그간 이웃의 정을 나누었던 마을사람들은 이별의 아쉬움을 담은 인사를 전해왔다. 어떻게 그렇게 터무니없이 집을 팔고 가느냐는 그들의 인사에 나는 "집보다 더한 몸뚱이도 때가 되면 버리고 가는 걸요."라는 말로 인사를 대신했다.

나는 또 쓴다.

'여기에서 도망치고 싶다'던, 아니 '차라리 죽고 싶다'던 '자네'지만, 사바세계에 태어난 이상 어디인들 다르겠는가? 죽고 싶다지만 사후세계인들 이승과 달라질 게 무엇인가? 아무리 도망쳐도 삶의 고통으로부터 벗어날 수는 없다. 우리 집을 사기로 한 부인이 뱀이나 지네 등이 나오지 않느냐고 물었지만, 세상 어디에도 그런 집이 없는 것처럼 말이다.

편지를 쓰고 있는데 옆집의 딸 삼철(三哲)이 찾아왔다. 그녀는 공장에서의 열악한 환경과 젊은 여공들의 애틋하고 슬픈 이야기를 들려주었다. "회사는 갈수록 돈이 많아진대요. 그래도 월급은 조금도 안 올려줘요. 하다못해 먹는 거라도 좀 낫게 해주면 좋을 텐데." 아버지와 어머니는 늙고 병들고, 오빠는 술에 찌들어 살고……. 그런 그녀조차도 자신의 미래를 꿈꾼다. 그렇다고 거창한 꿈이 아니다. 단지 초가지붕이라도 좋으니 내 집을 가지고 처자식 아껴줄 남자 만나 현모양처가 되는 꿈. 하지만 역시 고통이 없는 세상은 없는 법. "젊을 때는 고생도 좀 해보는 게 좋다고 생각해요."라고 말하는 삼철 역시 이러한 사바세계의 진정한 의미를 앞으로 배우지 않으면 안 될 것이라고 생각했다.

이 편지를 쓰는 동안, 나는 56가구 정도가 살고 있는 이 마을사람들의 저마다 다른 사연들을 떠올리며 윤회사상을 이야기한다. 그런가 하면 지구상에 살고 있는 인류를 포함한 삼라만상은 모두 한 가족이며 형제지만, 그럼에도 그러한 무차별 속에 차별이 있고 그러한 차별 속에서 또 우리는 벌레를 죽이지 않으면 안 되고 내 나라를 침략한 적과 싸우지 않으면 안 된다. 그렇게 나는 전쟁을 떠올리며 전장에서 죽어간 병사들을 위해 기도한다. 적군의 시체에 합장하며 나무아미타불을 되뇌는 우리(일제)의 병사들.

6년간 이 집에 살면서 얻은 것이 있다면 '인간이 만일 진심으로 자신의 미천함을 깨닫는다면 타인에 대해서든 사물에 대해서든 혹은 자신의 운명에 대해서도 결코 불평불만을 갖지 않을 것'이라는 믿음과 '이 중생세계가 사랑의 세계로 바뀔 날이 오리라'는 믿음이다.

나는 성경의 시편 제100편을 옮겨 적으며 '자네'에게 보내는 편지를 마친다.

053-12

山寺の人々(산사의 사람들)

〈기초사항〉

원제(原題)		山寺の人々
한국어 제목		산사의 사람들
원작가명(原作家名)	본명	이광수(李光洙)
	필명	
게재지(掲載誌)		경성일보(京城日報)
게재년도		1940년 5월
배경		• 시간적 배경: 이른 봄 • 공간적 배경: 경성 동소문 밖에 위치한 흥천사

등장인물	① 글쟁이로 보이는 '나' ② 새벽4시만 되면 염불을 외는 노전스님 ③ 돈이고 여자고 삼매경에만 빠지면 그것도 선(禪)이라는 명부전의 경하스님 ④ 익살꾼에 재주가 많은 동자승 은돌 ⑤ 오로지 일만 하는 이(李)서방과 박(朴)서방 ⑥ '관음굴'에서 거지처럼 살아가는 여든세 살의 관음굴 노인 등
기타사항	

〈줄거리〉

「'내'가 병상에서 막 일어난 아이와 원고용지와 함께 동소문(東小門) 밖 흥천사(興天寺)에 요양 차 간 것은 3월 5일, 봄은 아직 이름뿐으로 산그늘에는 녹다 남은 얼음도 있었고, 흥천사에 들어간 후로도 두 번 정도 많은 양의 눈이 내렸을 정도였다. 저 유명한 만금(萬金)의 눈이라는 눈도 그 중의 하나였다. 우리 부자(父子)가 머물렀던 곳은 어느 젊은 스님의 주택으로, 두 평 정도의 작은 방이었다. 스님의 주택이라니 어딘지 익숙하지 않은 말이다. 출가한 스님에게 가정이니 주택이니 하는 게 있을 리가 없다. 옛날 같으면 초막이라 하여 나이를 먹었거나 병에 걸렸거나 한 경우, 사원의 고행생활을 견딜 수 없게 된 스님들에게 허락된 별거를 위한 집이 있었지만 오늘날에는 늙고 젊고의 상관없이 처자식을 거느리고 단란한 가정을 꾸몄던 것이다.」

그래서 이곳 스님들은 여자뿐만 아니라 술과 고기, 심지어는 돈에 대한 욕심도 일반인 못지 않았다. 일반 다른 가정과 다른 점이라곤 방에 불단을 모시고 있고 벽에는 법의와 가사(袈裟)가 걸려있다는 것 정도다.

내가 머물게 된 집의 주인은 이 절에서는 위세가 있는 스님으로, 아침에 일어나면 법의를 입고 사찰 사무실로 출근하여 한 시간 정도 사무를 보는 것이 하는 일의 전부였다. 그러나 그의 부인은 물론이고 그 자신도 특별히 법요라도 부탁받지 않는 한 예불하는 모습을 본 적이 없다.

이 절에는 50명 정도의 승려가 있었지만, 아침저녁으로 불도를 닦는 이는 금당의 아미타님을 모시는 노전(爐殿)스님, 본당의 관음님을 모시는 건암(建庵)스님, 칠십이 넘었지만 원기가 왕성하고 '계집질도 삼매경에 들면 선'이라는 엉뚱한 설법을 하는 명부전(冥府殿)의 경하(景河)스님, 돈을 밝혀 자산가가 되어서 탐욕스님이라는 별명을 얻었지만 알고 보니 열심히 예불을 올리는 나한전(羅漢殿)의 탐욕스님, 이렇게 네 명의 스님뿐으로 나머지는 속세와 다름없는 가정생활을 영위하고 있었다.

흥천사 스님들과 더불어 빼놓을 수 없는 인물들이 있는데, 먼저 은돌(銀乭)이라는 어린 중이다. 금당스님이 부인과의 이부자리에서 나와 목탁을 치며 염불을 외고 나면 절 안은 종소리와 함께 잠시 시끌벅적해지는데, 그때 종을 치는 이가 은돌이었다. 그는 익살꾼이기도 하고 재주가 많아 범패건 승무건 못하는 것이 없는 중이었다.

그리고 아침부터 밤까지 누가 시키지 않아도 열심히 일만 하는 이(李)서방과, 날이면 날마다 산에서 잔가지를 주워서 스님들 집의 땔감으로 대주기도 하고 내다팔아 돈을 벌기도 하지만 정작 쓸 줄은 모르는 박(朴)서방이 있다.

'나'는 그런 박서방을 보면서 언젠가 정릉의 소나무 산에서 본 한 노인을 떠올렸다. 그는 아들과 함께 산책 삼아 나갔다가 생가지를 꺾는가 하면 땅에서 갓 자라나는 어린 소나무까지 꺾어다 땔감으로 팔려고 했다. 그런 노인을 보면서 나는 자기밖에 모르는 파렴치한 이기주의가 가난을 낳는다는 인과응보에 대해, 그리고 오늘날의 조선민중만큼 종교적 관념과 정감이 결핍된 사례도 드물 거라고 생각했었다.

마지막으로 흥천사의 명물인 관음굴(觀音窟) 노인을 빼놓을 수 없다. 그는 여든세 살의 노승으로 흥천사 입구에 위치한 암벽에 거적을 두른 초라한 움막 같은 곳에서 기거하며 그곳을 자칭 '관음굴'이라고 불렀다. 한때는 군인이기도 했다는 관음굴 노인은, 스물다섯에 출가하였지만 사고로 허리가 굽어지고 말았다. 그는 구경 온 젊은이들을 붙들고 불법을 설파하기도 했다. 그러던 어느 날부터 한동안 모습을 감췄다가 나타났는데, 그 동안 어느 양로원에 가 있었다고 했다. 그런데 무위도식하며 신세지기 죄스러워 다시 관음굴로 돌아왔다는 것이다. 나는 그를 측은히 여겨 봉선사(奉先寺)의 한 대사를 통해 봉선사로 옮길 것을 권해보았지만, 자신은 승려가 아니라며 극구 사양했다. 그리고는 비틀거리며 관음굴을 향해 걸어갔다.

 053-13

加川校長(가가와교장)

〈기초사항〉

원제(原題)	加川校長	
한국어 제목	가가와교장	
원작가명(原作家名)	본명	이광수(李光洙)
	필명	가야마 미쓰로(香山光郎)
게재지(揭載誌)	국민문학(國民文學)	
게재년도	1943년 10월	
배경	• 시간적 배경: 태평양전쟁이 한창이던 어느 해 8월 • 공간적 배경: K라는 어느 시골마을	
등장인물	① 5년간 교직에 몸담고 있는 K중학교 교장 가가와 ② 가가와교장의 딸인 열여섯 살 후사코 ③ 몸은 허약하나 성적은 우수한 기무라 다로 ④ 기무라 다로의 담임선생 간바야시 ⑤ 학교 기성회원인 책략가 리노이에 등	
기타사항		

〈줄거리〉

2교시 수업을 마치고 사립학교에서 빌려 쓰고 있는 두 개의 교실 중 교관실로 쓰고 있는 교실로 돌아온 가가와(加川)교장에게 간바야시(神林)선생은 기무라 다로(木村太郎)의 성적증명서를 어떻게 할 것인지 물었다. 다로는 경성에 있는 학교로 편입하기 위해 시험을 치렀는데 그 학교에 제출하기 위한 성적증명서가 필요하다는 것이다. K중학교 입장에서는 60명 재학생 중 몇 안 되는 우수학생인 다로의 전학을 어떻게든 막아야하지만, 가가와는 마냥 그렇게 할 수만은 없었다. 왜냐하면 일부러 가가와에게 아들의 교육을 부탁해 왔던 다로의 아버지 기무라(木村)씨의 발병이 전학의 이유임을 짐작하고 있었기 때문이다.

권력과 명예의 출세가도를 달리고 있는 동창생들과는 달리, 그 누구도 선뜻 나서지 않았던 시골의 신설중학교 교장자리를 가가와는 자청해서 떠맡았다. 아내와 지인들의 반대를 무릅쓰고 K중학교로 온 가가와는, 돈과 명예는 얻을 수 없더라도 자신의 문하에서 스승을 존경할 줄 아는 제자다운 제자를 단 한 사람이라도 키우고 싶었다. 또한 적어도 K중학교 학생들을 모두 제대로 된 일본인으로 키우고 싶다는 일념으로 K중학교 교장직에 열정과 성의를 다하고 있었다.

4시 무렵, 집으로 돌아온 가가와는 아내 나미코(浪子)가 받아둔 목욕물에 몸을 담그며 지난 5월 1일에 거행되었던 K중학교의 개교식 및 입학식을 떠올렸다. K초등학교 강당을 빌려 치러졌던 그 식에 초대받은 잘 차려입은 고위관리들과는 달리, 초라한 복장에 한눈에 봐도 무지해 보이는 농민들을 바라보며, 가가와는 "이런 무지한 민중에게 황국정신과 문화를 이식시키는 것이 내 임무다."라고 다짐하며 K중학교에 뼈를 묻기로 결심했었다.

그렇게 들어와 살게 된 K라는 시골의 생활환경은 도시에서 살다온 가가와 가족, 특히 아내 나미코와 딸 후사코(芙佐子)에게는 견디기 힘든 것들뿐이었다. 수질이 나빠 배탈이나 설사가 나기 일쑤였고, 전쟁 중이라 얼음이나 야채조차 구하기 어려웠다. 설탕이나 비누 배급도 경성보다는 양이 적었고, 저녁 반주로 마실 술도 구하기 힘들었다. 하지만 지금은 전쟁 중이고 여기는 시골이므로 참고 견디지 않으면 안 되었다.

욕실에서 나온 가가와는 후사코가 따라준 맥주잔을 기울이며 잠시나마 오늘의 우울함을 달랬다. 아내와 후사코는 여전히 시골생활의 어려움을 한탄하며 적어도 가정부만이라도 두도록 해달라고 가가와에게 하소연했다. 하지만 가가와는 단호하게 거절했다. 가정부를 둘 바에는 차라리 후사코가 학교를 1년 쉬면서 엄마를 도우라고까지 했다.

「"그래, 나는 세상물정도 모르고 처세술도 서툴러서 부인에겐 형편없는 남편이겠지. 또 후사코에게도 한심한 아버지일지 몰라. 교장으로서도 결코 수완이 좋은 교장은 아니지. 나는 내가 교장의 재목이 못 된다는 걸 잘 알고 있다. 나는 그저 일개 교사일 뿐이야. 교사가 좋아. 아이들이 한없이 사랑스러워. 그런 아이들을 가르치고 싶다. 그뿐이야. 누군가 적당한 교장이 온다면 나는 평교사로 일하게 해달라고 하겠지만, 그렇다고 해서 교장을 그만 둘 생각은 없다. 나는 부족하더라도 내가 할 수 있는 일은 할 생각이다. K중학교가 어엿한 학교가 될 때까지 자진해서 교장직을 그만두는 비겁자는 되지 않겠다. 그래서 내 마음은 K중학교 일로 가득하다. 60명 아이들로 가득해. 그래서 집안일을 생각할 여유가 없구나. 당신이나 후사코에게는 정말 미안한 얘기지만 용서해다오. 오늘은 기무라의 전학문제 때문에 사실 제정신이 아니란다.……"」

그렇게 가가와는 아내와 딸에게 기무라의 전학문제에 대해 이야기하게 되었다. 그러자 기숙사가 없는 현재의 학교사정을 걱정하며 아내와 후사코는 다로를 집에서 돌보겠다고 나섰다. 그러나 가가와는 다른 학생들과의 형평성을 생각해 차마 그 의견에 찬성할 수 없었다.

그로부터 4, 5일 후, 간바야시가 가가와에게는 그다지 반갑지 않은 손님인 리노이에(李家)를 교관실로 안내해왔다. 사실은 내일 후원회(K중학교설립기성회의 후신)가 열리는데, K중학교의 교사(校舍) 및 기숙사 등의 건립을 위한 기금마련을 위한 회합이었다. 리노이에는 그 회합에서 현재의 후원회회장과 부회장인 전(田)과 구레모토(具本)를 해임시키고, 돈의 대가를 늘 바라고 있는 자산가들에게 기금을 받는 대신 그 자리를 내주자고 말했다. 하지만 가가와는 그들이 진정 "학교를 위해, 정말 교육을 위해 돈을 내주겠다고 한다면 기꺼이 받겠소.······ 그런 더러운 돈은 필요 없소. 신성해야할 교육사업입니다. 이것은 국가사업이란 말이오! 전쟁이란 말이오. 학교에 돈을 내는 것은 국방헌금과 다를 바 없는 일이오!"라며 일언지하에 거절했다. 단호한 가가와의 태도에 할 말을 잃은 리노이에는 그대로 돌아갔다. 잠시나마 흔들렸던 간바야시를 비롯한 다른 교사들도 가가와교장의 확고한 의지에 감동하여 진정한 교육에 힘쓸 것을 약속했다.

그리고 얼마 후, 학교를 찾아온 기무라 다로의 어머니는 가가와에게 눈물로 사죄하며 아들의 전학서류를 받아갔다.

053-14

蠅(파리)

〈기초사항〉

원제(原題)	蠅	
한국어 제목	파리	
원작가명(原作家名)	본명	이광수(李光洙)
	필명	가야마 미쓰로(香山光郎)
게재지(揭載誌)	국민총력(國民總力)	
게재년도	1943년 10월	
배경	• 시간적 배경: 태평양전쟁 시기 • 공간적 배경: 조선의 어느 도시	
등장인물	① 50대 허약한 체질의 '나' ② 노래도 잘하고 농담도 잘 하는 마부 용삼 ③ 힘이 센 인성 ④ 귀머거리 서씨 ⑤ 홀아비 정씨 등	
기타사항		

대동아전쟁 시기에 나만큼 무기력하고 쓸모없는 남자는 드물 것이다. 오늘은 근로봉사의 날이다. 애국반장은 증산가도(甑山街道)의 보수공사를 위해 한 집에서 한 사람은 살구나무 앞으로 7시까지 집합하라고 외치고 다녔다. 나는 반바지와 반소매 차림에 밀짚모자를 쓰고 10분 전에 지정된 장소에 도착했다. 추심가(秋心歌)를 잘 부르고 농담을 좋아하는 마부 용삼(龍三)이 비꼰 듯이 "선생님은 무엇 하러 오셨습니까?"라고 묻고는 45세 이상은 안 된다면서 침을 퉤 뱉었다. 나는 그의 그런 행동을 나무랐다.

아녀자와 어린 아이도 나왔다. 애국반장은 나를 보더니 50세 이상은 곤란하다고 하였다. 나는 쉰이 넘기는 했지만 얼마든지 일할 수 있으니 시켜달라고 부탁했다. 하지만 나의 백발과 주름진 얼굴 등을 번갈아보며 곤란해 하는 애국반장과 옆에서 젊은 사람들에게 폐가 된다고 거드는 용삼이 때문에 나는 더 이상 고집을 부리지 못하고 돌아서야만 했다. 돌아서는 나를 보고 젊은이들은 신이 나서 짝짝 박수를 쳤다.

「"단 한 가지 자네들에게 부탁이 있네. 자네들은 땀을 뻘뻘 흘리면서 일하는데 나만 한가롭게 놀아서야 되겠는가. 나도 오늘 하루 반내(班內)의 파리를 잡겠네."라고 제안했다.

"하하하 그것 참 재밌군." 누군가가 괴상한 소리를 질렀다. 모두 웃었다.

"그러면 모두 찬성한 거지?"

"예, 찬성, 찬성!"

"그렇다면 내가 오늘 하루 반내의 파리를 잡기위해서 여러분의 안방이나 부엌에 들어가는 것을 허락해주게."

이 두 번째 제안도 일동의 웃음소리로 승인되었다. 귀머거리 서(徐)씨도 과부남 정(鄭)씨도 왔다. 정씨는 베를 짜는 것이 업인 사람으로 홀아비생활을 하고 있었는데 성품이 여성스럽고 직업 역시 여성적인 것이라 하여 '과부남'이라고 불렀다.

"어이 과부남씨!"

모두가 환영의 조롱을 보내자 정씨는 히죽히죽하면서 지나치게 공손하게 인사했다.

"오늘은 들을 수 있는 귀를 가지고 왔는가?" 용삼이 귀머거리 서씨의 귀에 대고 큰소리로 외쳤다.

"듣고 싶은 말만 들을 귀를 가지고 왔지. 너희들이 입으로 방구를 뀐다고 해도 듣고 싶은 날이 아니면 귀가 10개 있어도 다 못 듣지."

서씨도 참 상당한 독설가다. 나도 즐겁게 웃었다.

"자 출발. 그러면 선생님은 파리를!"

이렇게 말하고 일동은 웃고 웅성거리며 증산가도 쪽으로 사라졌다.」

나는 먼저 우리 집 파리를 잡기 시작했다. 지금까지 수십 마리의 파리를 잡아봤기 때문에 파리 잡는 데는 자신이 있었다. 음식을 먹고 있을 때 파리는 가장 약하다. 죽음의 공포인 파리채가 가까이 접근해도 모른 체 먹기만 한다. 이때는 어린애도 잡을 수 있을 정도다. 파리에게도 개성이란 것이 있다. 경박한 것, 배짱이 있는 것, 저돌적인 것 등등. 파리들도 천하의 대세를 살핀다. 내가 파리채를 들고 부엌에 들어가면 붕하고 올라가지만 수십 수백 마리의 시체가 누위있는 것을 보면 심상치 않은 것을 알아차린다. 천장, 구석진 곳으로 파리채가 닿지 않는 곳에 피난해서 신통하게도 천하의 형세를 내려다보고 있다. 모든 걸 깨닫고 분연히 집착을 버리고 높이 올라가는 놈도 있지만, 파리채를 쫓아다니며 숨지 않는 놈도 있다. 파리채 위에 앉기도 하고 파리채를 잡은 손에 앉기도 하는 등 짓궂은 놈도 있다. 나는 꼭 우롱당한 것만 같다.

나는 반장 집을 비롯해 마부 용삼, 힘이 센 인성의 집, 홀아비인 정씨의 방까지 10간 13세대를 돌며 총 7,895마리의 파리를 잡았다. 이 모든 작업이 완료된 것은 오후 4시가 지나서였다. 나는 땀에 흠뻑 젖었고 기진맥진했다.

근로봉사에 나간 젊은이들이 돌아온 시간은 7시가 지나서였다. 내가 땀에 흠뻑 젖어 파리를 죽이겠다며 안방으로 부엌으로 멋대로 들락거리자, 부인들은 이 노인이 정신이 돌았다고 생각하기도 하고 킥킥 웃기도 하고 심지어는 이웃집으로 도망가는 젊은 부인도 있었다. 쉰이 넘은 남자가 파리와의 전쟁을 치르는 모습이 익살스럽게 보이는 것도 무리는 아니지만 나와 같은 무기력한 남자는 파리 잡는 일이라도 없으면 견적필살(見敵必殺, 적이 발견되면 반드시 죽인다)의 기분을 맛볼 수 없지 않겠는가. 아이들이 학교에서 돌아오자 오늘이야기를 들려주었다. 그랬더니 입에 들어간 밥알을 통겨내며 포복절도했다. 저녁밥을 먹은 후 마른 쑥으로 모깃불을 피웠다. 그 연기에 숨이 막힐 것 같으면서도 나는 오늘 잡은 파리 중에서 특징 있는 것들을 골라 쇠꼬챙이에 꿰었다. 하루의 전투가 끝나고 잠깐 쉴 때 용사의 기분은 이런 것일까? 바로 그때 반장이 다가왔다.

"선생님 수고하셨습니다. 집에 파리 한 마리 안 보입니다. 덕분에 귀찮지 않은 식사가 되었습니다."라고 인사를 했다. 용삼이도 인성이도 홀아비 정씨도 인사하러 왔다. 파리가 없는 여름날의 식사를 그들은 처음 맛보았던 것이다. 나는 매우 만족했다. 나도 뭔가 쓸모가 있었다는 것에 그날 밤은 흥분해서 잠이 오지 않았다. 덕분에 어깨와 허리가 아파서 한 사나흘 드러눕고 말았다.

兵になれる(병사가 될 수 있다)

〈기초사항〉

원제(原題)	兵になれる	
한국어 제목	병사가 될 수 있다	
원작가명(原作家名)	본명	이광수(李光洙)
	필명	가야마 미쓰로(香山光郎)
게재지(揭載誌)	신타이요(新太陽)	
게재년도	1943년 11월	

배경	• 시간적 배경: 조선인징병제가 실시된 1943년 겨울 • 공간적 배경: 경성의 동소문과 경학원 근방
등장인물	① 작가로 추정되는 '나'(김) ② 일본군 대령으로 여단장까지 지냈던 가네코 빈과 그 부인 ③ 일곱 살에 세상을 떠난 장남 봉일 ④ 나의 지인 이(李)군 등
기타사항	

〈줄거리〉

어느 날, 외출에서 돌아온 나(김)는 '가네코 사토시(金子敏)'라는 이름의 명함을 보고 14년 전 어느 여름날 일을 떠올린다.

그날 서재에서 글쓰기를 마치고 문득 뒤돌아본 나는, 당시 여섯 살이던 장남 봉일(鳳一)과 네 살이던 차남 용삼(龍三)이 장난감 군모(軍帽)와 군도(軍刀)를 가지고 놀다 지쳐서 그대로 쓰러져 낮잠을 자고 있는 모습을 보았다. 조선인 아들을 둔 조선인 아버지로서의 안타까운 기분을 어쩌지 못하고 '꿈에서나마 전쟁에 나가 싸워서 이겨라. 현실에서 너희는 병사가 될 수 없으므로'라는 생각을 했었다.

바로 그때 연회석상에서 몇 번인가 만난 적이 있을 뿐, 딱히 친구랄 것도 없는 가네코대령이 나를 찾아왔다. 대령은 조선군의 고위참모로 조선민심의 동향에 깊은 관심을 가지고 있는 듯 했고, 조선과 일본의 관계에 대한 역사에도 조예가 깊은 사람이었다. 그리고 일본인 중에는 고려, 백제, 신라의 귀화인이 1,800만이 넘는다며 성씨에 대한 이야기를 해준 사람도 가네코 대령이었다. 비좁고 어지러운 서재가 민망해진 내가 어린 병사들을 깨우려고 하자, 대령은 "깨우지 마세요. 군인에게는 수면이 제일 큰 상이지요. 우리가 조용히 이야기하면 될 겁니다. 총성이라면 몰라도."라며 나를 말렸다. 그의 재치와 배려가 고맙고 좋았다. 지나는 길에 들렸다는 가네코는 나에게 '당신은 징병론을 주장하고 지금 조선민중이 원하는 것은 징병제 실시라고 말했는데 그 근거가 무엇인가?'라고 물었다. 나는 말을 잇지 못하고 다만 장난감 군모와 군도를 들고 잠들어있는 아들들을 돌아볼 뿐이었다. 나의 의중을 꿰뚫은 듯 가네코대령은 "반드시 이 아이들은 병사가 될 수 있을 겁니다."라는 말을 남기고 떠났다.

그렇게 헤어진 뒤 만주로 갔다는 소식을 들었을 뿐인 가네코가 지금 경성에 와있다는 것이다. 나는 이(李)군이 알려온 시간보다 1시간 쯤 늦게 이군의 집을 방문했다. 그렇게 14년 만에 나와 가네코는 다시 만났다. 그리고 자연히 조선인징병제의 포고에 대한 이야기가 거론되었고, 대령은 14년 전 나를 찾았을 때의 일을 회상하며 말했다.

「"……그래서 나는 이른바 민족주의자라고 하는 당신의 진의가 무엇인지 알아내기 위해 댁을 방문했던 겁니다. 그때 제가 당신에게 무슨 근거로 징병론을 주장하느냐고 물었을 때, 당신은 말없이 잠들어있던 두 아이를 가리켰지요. 한 아이는 군모와 군도를 차고 또 한 아이는 나팔을 쥐고 있었어요. 그때는 말씀드릴 수 없었지만, 덕분에 당신의 징병론 주장에 대한 저의 의심이 풀렸습니다. 그때의 당신 마음이 모든 조선인 아버지들의 마음이라는 것을 알았습니다. 저로서는 뭐라 말씀드릴 수 없습니다만, 한 마디로 당신의 그 마음이 저 높으신 천황의 마음에 가닿은 겁니다. 물론 조선인 징병에 대해서는 시기상조론과 반대론 등이 있었지요. 하지만 결국은 징병론 쪽으로 결론이 났습니다. 올바른 일은 통하는 것이 우리 일본의 고마운 점 아니겠습니까!"」

그에 대해 축배를 들던 가네코부부는 이제 장성했을 내 아들들의 안부를 물었다. 대답을 못하고 있는 나를 대신해 이군이 장남인 봉일의 죽음을 알렸다.

어느 일본인유치원에 다니는 유일한 조선인 아동이었던 봉일이 어느 날 갑자기 유치원에 가지 않겠다고 고집을 부렸다. 그러면서 묻는 말이 "조선인은 병사가 될 수 없나요?"였다. 그리곤 아무리 달래고 혼을 내도 유치원에 가지 않던 봉일이 어느 날 갑자기 패혈증으로 죽고 말았는데, 마지막 순간 봉일은 나에게 "다음 생에도 아버지의 아들로 태어날래요. 그때는 병사가 될 수 있을까요?"라고 물었다. 그날 봉일을 병문안 온 일본인 유치원선생과 나는 이구동성으로 대답했다. 반드시 병사가 될 수 있을 거라고.

가네코부부와 이(李)군, 그리고 나는 봉일의 일을 되새기면서 조선인 남아들도 이제 병사가 될 수 있다는 것에 대한 감동을 술잔을 기울이며 함께 나누었다. 그리고 가네코 부인은 「하늘을 대신하여 불의를 물리쳐라」라는 군가를 소리 높여 노래 불렀다.

이(李)군의 집을 나서 가네코부부와 헤어진 나는 봉일을 추억하며 "병사가 될 수 있다!"라고 어두운 허공을 향해 크게 외쳤다.

大東亞(대동아)

〈기초사항〉

원제(原題)	大東亞	
한국어 제목	대동아	
원작가명(原作家名)	본명	이광수(李光洙)
	필명	가야마 미쓰로(香山光郎)
게재지(揭載誌)	녹기(綠旗)	
게재년도	1943년 12월	
배경	• 시간적 배경: 중일전쟁 발발 전후와 그로부터 5년 후 • 공간적 배경: 상하이와 도쿄	
등장인물	① 중일전쟁 발발로 일본으로 귀국한 열아홉 살 겐 아케미 ② 전쟁 발발 직전 일본으로 도피해 왔던 중국인 청년 한우세 ③ 상하이의 모 대학에서 동양사를 가르쳤던 아케미의 아버지 겐박사 ④ 미국유학파 학자인 우세의 아버지 한박사 등	
기타사항		

겐 아케미(筧朱美)는 2층 아버지의 서재를 청소할 때면 늘 한우세(范于生)의 일을 떠올린다.

「한우세는 귀국할 때, 역까지 배웅 나온 아케미에게 "저는 당신을 믿습니다. 사랑한다고 말하기보다는 믿는다고 말씀드리고 싶습니다. 저는 지금 조국으로 돌아갑니다. 당신 조국의 적이 된 조국으로 돌아갑니다. 괴롭습니다. 당신과 헤어지는 것도 괴롭지만, 그보다 적이 되어서는 안 되는 중국과 일본이 적이 되어 싸우고 있는 현실이 더 괴롭습니다. 하지만 저는 국민으로서의 의무가 있습니다. 그래서 돌아갑니다. 하지만 전 믿습니다. 겐선생님이 말씀하신 것처럼 아시아는 하나입니다. '어떤 우여곡절이 있다 해도 그것은 일시적인 것일 뿐, 결국 아시아는 하나가 될 것이다, 그것이 아시아 여러 민족의 운명이다'라고 하신 그 말씀을 믿습니다. 그래도 당분간 저는 당신과 헤어져있어야 합니다. 저는 조국으로 돌아갑니다. 하지만 아케미씨, 미안합니다만 '아케미씨'라고 부르겠습니다. 아케미씨, 전 당신을 믿습니다. 일본여성을 믿기 때문에 당신을 믿습니다. 아니, 오히려 아케미씨 당신을 믿기에 일본여성을 믿는다는 것이 저의 진심일 것입니다. 저는 이 전쟁에서 살아남아 반드시 도쿄로 돌아올 겁니다. 아케미씨에게 돌아올 겁니다. 괜찮겠지요? 당신은 저를 믿어주시겠지요?"라고 말했던 것을 그녀는 잊을 수가 없다.」

하지만 그렇게 떠난 한우세로부터는 여전히 편지 한 장 없다.
아케미는 중국에서의 일을 추억한다.
한우세의 부친은 샌토젠즈대학에서 중국사와 중국문학을 가르치는 교수였다. 그는 미국에서 교육을 받았고, 손문(孫文)의 숭배자이기도 했다. 그런 연유로 미국에서 교육을 받은 사람치고는 동양적인 정취와 기풍을 지니고 있었다. 한(范)교수는 겐(筧)박사의 저서인『주례와 중국의 국민성』에 심취하여 겐박사를 찾았고, 그것을 계기로 가족들 간의 교류 또한 이뤄지게 되었다. 아케미는 한교수의 집에 머물면서 상하이의 한 대학에 다니게 되었다. 그녀는 유학가기 전에는 중국은 더러운 곳이며 중국인들은 불결한 인종이라고만 생각했으나, 한교수의 가족들과 생활하면서 처음으로 중국의 옛 전통과 뿌리 깊은 문화를 이해하기 시작했다. 그리고 그녀는 중국과 일본 양 민족 간의 상호이해와 애정이야말로 동아시아의 영원한 평화의 초석이 된다고 믿고, 중국인 여성들에게 일본을 이해시키려고 노력해보지만 결코 쉬운 일이 아니었다. 그러던 와중에 중일전쟁이 발발하고, 한교수는 자신의 아들 한우세를 겐박사에게 맡겨 일본으로 보냈다.
일본에 온 한우세는 겐박사의 선처로 도쿄제국대학의 청강생이 되었다. 그러나 그의 표정은 언제나 어두웠고 겐박사의 가족들과도 거리를 두고 대했다. 그러던 어느 날 겐박사는 가족과 차를 마시는 자리에 한우세를 불러 '일본의 예의와 중국의 예의가 다르다'고 생각하는지 묻는다. 한우세가 그렇다고 대답하자, 그는 다시 '예의의 근원이 무엇이냐'고 묻는다. 한우세는 맹자의 사의지심(辭儀之心)을 말했다. 겐박사는 일본의 예와 중국의 예의 근원은 같다고 전제한 후, 그 마음은 진실과 솔직함이라고 했다. 또한 일본은 만세일계의 천황에 의해 지배를 받고 있으며 국가는 국민에게 거짓말을 한 적이 없다고 부연했다. 이런 점에서 일본은 교지(巧智)와 이욕(利欲)을 앞세우는 영미(英美)와 다르며, 일본인은 의리와 인정을 위해서라면 목숨도 아끼지 않는다고 강조했다.

일본에 온 이후 일본과 조국인 중국 사이에서 방황하던 한우세는 겐박사의 가르침에 큰 감명을 받았다. 그리고 '일본이라는 나라는 결코 거짓을 말하지 않으며, 일본인은 의리와 인정을 위해 목숨까지도 버리는 민족이다. 또 일본 없이 중국이 있을 수 없고, 아시아가 영미의 것이 된다면 일본도 없다. 아시아 여러 민족이 일본을 중심으로 하나가 되어야 한다'는 것을 깨달았다.

그러던 어느 날, 한우세는 무슨 생각에선지 중국으로 돌아가기로 결심했던 것이다. 그렇게 떠나간 한우세를 그리워하고 있는 아케미에게 드디어 전보가 날아들었다.

"내일 오후 한 시 도착, 한우세."

四十年(사십년)

〈기초사항〉

원제(原題)	四十年	
한국어 제목	사십년	
원작가명(原作家名)	본명	이광수(李光洙)
	필명	가야마 미쓰로(香山光郎)
게재지(揭載誌)	국민문학(國民文學)	
게재년도	1944년 1월~3월	
배경	• 시간적 배경: 1902년~1905년 무렵 • 공간적 배경: 평양 부근의 바닷가 마을 용암	
등장인물	① 몰락한 양반으로 가난하지만 강직했던 할아버지 ② 당시 열 살 전후였던 40년 전의 '나' ③ 할아버지의 첩이었던 명옥 ④ 명옥의 친척인 미인 부부와 제석 부부 ⑤ 어느 날 일본 배를 타고 용암에 나타난 일본인 이노우에 ⑥ 쑥섬에 숨어사는 M의 아버지와 M 등	
기타사항	1~3편으로 끝난 미완성, 3편의 일부도 누락됨. <글의 차례: 진유전(眞鍮錢)의 액 - 중국인 향사(香師) - 나루터지기 - 섬 생활 - 고아>	

〈줄거리〉

할아버지는 지금으로부터 33년 전 79세의 나이로 돌아가셨다. 그때 내 나이 열아홉 살이었다. 당시 할아버지는 우리와 함께 살지 않고 명옥(明玉)이라는 기생 출신의 첩과 함께 살고 있었기 때문에, 내가 어렸을 때는 할아버지를 뵐 기회가 그리 많지 않았었다. 그럼에도 불구하고 할아버지에 대한 어릴 적 나의 기억은 매우 선명하다. 할아버지는 몰락한 양반으로 재산은 풍족하지 않았지만, 유학에 능하고 서예를 즐겨하며 풍류를 즐길 줄도 알았다. 하지만 풍채가 좋고 화를 내실 때의 목소리가 너무 근엄하여 주위사람들을 압도했다. 내가 일곱 살이 되면서 곧잘 할아버지 댁에 찾아가곤 했는데, 먹을 것이 없어 끼니 걱정을 해야 하고 짓다만 집처럼 초라한 우리 집과는 달리 할아버지 집은 도배도 깔끔하게 되어있고 족자나 벼루 등 값나가는 것들이 많았던 것이 어린 마음에 신기하고 좋았다. 무엇보다 집안의 장손이라는 이유에서였는지 무뚝뚝하고 근엄해 뵈는 할아버지는 나를 유독 아껴주셨고, 나 역시 그런 할아버지를 존경하고 좋아했었다.

언젠가는 할아버지 댁에 왕(王)씨라는 중국인이 오래도록 머문 적이 있었는데, 향나무를 깎아 향을 만드는 그는 그림이나 글씨에도 매우 능해 보였다. 그때 나는 왕씨에게 향에 대해 많은 것을 배울 수 있었는데, 어느 순간 떠나버리고 모습을 볼 수 없게 되었다.

그후 할아버지는 경제적 어려움으로 우리 집에서 30리나 떨어진 '용암(龍岩)'이라는 곳으로 이사를 했다. 할아버지가 새로 이사한 집에는 쑥섬으로 건너가는 나룻배 도선장도 달려 있었고, 할아버지와 명옥할머니는 그곳을 새로 고쳐 나루터와 숙소를 운영하였다. 나루터 손님으로는 주로 보따리 장사를 하는 보부상들이 대부분이었는데, 폭풍우라도 치는 날이면 떠돌이 장사꾼들이 숙소에 모여 세상 돌아가는 이야기를 풀어놓기 바빴다. 어린 나에게 그만큼 재미있고 신나는 일도 없었다.

그 무렵 할아버지 댁에는 일손을 돕기 위한 식구들이 늘어나 있었는데, 명옥할머니의 조카인 미인(彌靭) 부부와 질부의 오빠인 제석(帝釋) 부부가 그들이었다. 그런데 할머니가 나루터를 물려주고 싶어 하는 조카 미인은 물을 싫어하여 나루터 일을 멀리했다. 반면 제석은 궂은일도 불평 하나 하지 않고 성실하게 해냈기 때문에, 할아버지는 당연히 제석을 더 신임하고 있었다. 그것이 결국 불행의 씨앗이 되고 말았다. 게다가 미인은 못 생기고 무식하게 일만 하는 아내 순녀(順女)를 싫어했고, 제석의 어린 아내인 귀녀(貴女)는 나이 많고 못생긴 남편을 죽을 만큼 싫어하여 잠자리를 거부하고 내가 자는 방으로 건너와 자기 일쑤였다.

그때의 불행은 할아버지의 나루터 가까운 곳에 다른 나루터가 생기면서 불거졌다. 할아버지의 나루터가 갈수록 장사가 안 되자 미인 부부는 어디론가 떠나버리고, 제석이 남아 꿋꿋하게 나루터 일을 했다. 그런가 하면 제석의 아내 귀녀는 친정식구와 내통하여 결국 다른 곳으로 시집을 가버렸다.

떠나버린 귀녀 때문에 슬픔과 분노에 빠져 지내던 제석은 어느 한가한 날 나를 나룻배에 태우고 바위섬으로 가서 한나절을 놀아주었다. 그날 돌아오는 뱃길에 우리는 이제껏 한 번도 본 적이 없던 일본 배와 마주치게 된다. 그 배에는 서툰 조선말을 하는 이노우에(井上)라는 사람이 타고 있었는데, 며칠 동안 용암에 머물게 된 그들에게 할아버지는 음식과 물을 대접하였다. 그런데 그들이 떠나고 난 후 용암의 바위 꼭대기가 하얗게 색칠이 되어 있었는데, 마을 사람들은 그것을 불길한 징조라고 했다. 실제로 러일전쟁 후 일본군이 하얗게 색칠해진 섬들로 상륙했던 것을 보면, 용암의 바위는 이노우에가 색칠한 것이 분명하다고 나는 확신하였다.

그 후 할아버지는 나루터의 집을 팔고 쑥섬으로 이사를 갔다. 먹고 살 길이 막막해진 할아버지는 할머니의 성화 때문이었는지 술집을 운영하기 시작했다. 나는 그런 할아버지가 양반으로서의 꼿꼿했던 자존심을 저버린 것 같아 속상하고 싫었다. 하지만 모든 일에 용의주도한 할아버지의 성격 덕분에 할아버지 집의 술맛은 최고였고, 그만큼 장사가 잘 되었다. 나는 그 때 열한 살 쯤 되었는데, 이상하게 전보다 더 할아버지 집에 기거하는 날들이 많아졌다. 덕분에 그곳의 서당에도 다니게 되었다. 서당에는 이미 결혼을 한 M이라는 서생도 있었다. 그의 아버지는 어지러운 속세를 피해 쑥섬으로 들어와 사는 부유한 은사(隱士)였다. 나는 할아버지 역시 세상을 피해 섬에 숨어살고 술로 숨어사는 '은사(隱士)'라고 믿고 있었는데, M의 아버지가 그런 할아버지를 극진히 대하는 모습을 볼 때면 그러한 믿음이 더 확고해졌다.

　　5월 어느 아침, 나와 할아버지는 M의 집으로 초대받아 가게 되었는데, 부족함 없이 부유하고 행복한 M과 그 가족들이 너무 부러웠다. 게다가 나는 M의 여동생에게 한눈에 반해버리고 말았다. 그 일이 있은 후 나는 서당이 끝나면 곧잘 M의 집으로 가서 함께 공부도 하고 놀기도 하였다. 그때 무엇보다 큰 기쁨은 M의 여동생을 보는 것이었다.

　　그러던 어느 날, M의 아버지가 할아버지를 찾아와 나와 M의 여동생을 결혼시키자고 청혼을 해왔다. 그런데 할아버지는 우리 집이 너무 가난하여 귀한 집 딸을 데려다 고생시킬 수 없다며 두 번 다시 그런 이야기는 꺼내지도 말라고 단호하게 거절하였다. 나는 속상하면서도 부자인 M의 아버지 앞에서 당당하게 청혼을 거절한 할아버지가 자랑스럽기도 하였다.

　　한편, 그 무렵 쑥섬에 평양 진위대의 상등병이라는 이상한 남자가 나타났다. 그는 할아버지 집으로 나를 찾아오기 시작했고, 올 때마다 글씨를 몰라 그런다며 편지를 대필해달라고 부탁하곤 했다. 그러더니 어느 날은 평양 진위대 대대장의 이름으로 중국인 어부들에게 금1천량을 내놓으라는 명령서를 써달라고 하였다. 그리고 그날 오후 나를 비롯해 동네의 악동들을 스무 명 남짓 모아 어업을 나온 중국인 천막으로 쳐들어가 금품을 빼앗았다. 간신히 그들 틈에서 도망쳐 나와 할아버지 집에 도착한 나는, 그 상등병이라는 남자와 악동들이 잡혔다는 이야기를 들었다. 그날 나는 할아버지에게 피가 나도록 회초리를 맞아야 했다.

　　「나는 그 해 - 라고 말하면 정확히 모르겠지만, 내가 열한 살 되던 해 8월, 아버지와 어머니가 돌아가셔서 나 그리고 여섯 살과 세 살 난 여동생 둘은 유산도 없는 고아가 되고 말았다. 나는 여동생들을 데리고 섬에 사는 할아버지 댁에 갈 생각으로 뗏목을 타고 섬에 도착했는데, 할아버지는 이미 고마오라는 곳으로 옮겨간 후였다. 나는 M의 집에 들려볼까 생각했지만 그만두고, 우연히 들른 연락선을 얻어 타고 하얗게 칠해진 바위가 있는 곳까지 갔다. 그리고 그곳에서 다시 30리 넘게 떨어진 길을……

　　이하 55페이지~74페이지 누락.」

(미완성)

元述の出征(원술의 출정)

〈기초사항〉

원제(原題)	元述の出征	
한국어 제목	원술의 출정	
원작가명(原作家名)	본명	이광수(李光洙)
	필명	가야마 미쓰로(香山光郎)
게재지(揭載誌)	신시대(新時代)	
게재년도	1944년 6월	
배경	• 시간적 배경: 서기 672~675년 무렵 • 공간적 배경: 태백산 견성암	
등장인물	① 삼국통일의 일등공신 김유신 ② 김유신의 차남 원술 ③ 당과의 싸움에서 전사한 의춘장군의 딸이자 원술의 정혼녀 아좌 ④ 원술의 충복 수타원 등	
기타사항		

〈줄거리〉

신라 문무왕(文武王) 15(672)년, 당 고종(高宗)이 파병한 4만의 병사들과 맞서 석문(石門) 들판에서 크게 전투를 벌이게 된 신라. 그때 전장으로 병사를 이끌고 나간 신라의 효천(曉天) 장군의 비장(裨將)으로 출전한 김유신(金庾信)의 차남인 원술(元述), 그의 나이 열아홉이었다. 하지만 그 전투에서 신라군은 크게 패하여 효천과 의문(義文)장군이 전사하였고, 원술은 패주하기 직전 적진으로 뛰어들어 목숨을 바치고자 하였으나, 좌관(佐官)인 담릉(淡凌)이 죽기보다 훗날을 기약하는 것이 남아의 할 일이라며 한사코 말리는 바람에 전사할 기회를 놓치고 말았다. 이에 아버지 김유신은 원술을 처형할 것을 왕께 청했으나 왕은 허락지 않았다. 원술은 부끄러움에 아버지를 뵙지 못하고 시골에 숨었다가 이듬해 아버지가 사망한 후 어머니를 만나보고자 했다. 하지만 어머니 또한 "이미 선군(先君)께 아들 노릇을 못했으니 낸들 어찌 그 어미가 되겠느냐?"라며 끝내 만나주지 않자, 원술은 땅을 치며 통곡하고 그 길로 태백산(太白山)으로 들어갔다.

태백산의 견성암(見性菴)은 옛날 원효(元曉)대사가 있었던 절로, 지금은 희견(喜見)이라는 노승이 절을 지키고 있었다. 원술은 신분을 감추고 그 견성암에 들어가 노승 희견 밑에서 물을 긷거나 땔감을 구해오는 등의 잡일을 했다.

원술이 견성암에 들어온 지 3년이 되던 해 겨울이었다. 쌓인 눈을 치우고 있는 원술 앞에 한때 심복이었던 수타원(須陀洹)이 걸어오고 있는 게 아닌가! 너무 변해버린 원술의 초라한 몰골에 처음에는 그인 줄 몰라보다가 마침내 자신의 주인임을 알게 된 수타원. 그가 가리키는 곳에 한 여인이 서있었으니 그녀가 바로 원술의 정혼녀 아좌(阿佐)아씨였다. 세상이 다 원술을 버려도 절대 그를 잊을 수 없다는 수타원과 아좌아씨. 아좌는 원술을 위해 손수 지은 옷가지를 들고 방방곡곡 그를 찾아다니다가, 우연히 견성암에 그가 있다는 소문을 듣고 찾아나선 길이었다. 원술은 고민 끝에 아좌를 견성암으로 맞아들였다.

「"당신께선 앞으로 평생 불문에 귀의하여 속세를 버리시려 하십니까? 두 번 다시 속세에는, 두 번 다시 집에는 돌아가지 않으시렵니까?" 아좌의 질문은 애원하듯 절실했다.
　　원술도 아좌의 말이 무엇을 뜻하는지 모를 리가 없었다. 그것은 '이 아좌를 어찌 하시렵니까?'라는 책망이었다. 원술의 가슴이 쑤시듯 아팠다.
　　"불문에 귀의하기 전에 반드시 해야 할 일이 한 가지 있습니다. 그것을 다하기 전에는 불문에 귀의할 수도, 집에 돌아갈 수도 없습니다. 집이라 해도 아버님은 타계하셨고, 어머니도 출가하여 비구니가 되신 지금, 돌아갈 집도 없습니다."
　　"반드시 해야 할 일이란 무엇인지, 이 아좌에게 말씀해주실 수 없는지요?"
　　"아니, 아닙니다. 그런 게 아닙니다. 아좌아씨께도 허락을 받아야 할 일입니다."
　　"그게 무엇입니까?"
　　"그건 다름이 아니라, 원술은 석문의 싸움에서 죽었어야 했는데 죽을 때를 놓쳐버렸으니, 언젠가는 전장에 나가 죽지 않으면 안 될 몸입니다. 무운(武運)이 없는 원술에게는 좀처럼 그런 기회조차 오지 않습니다. 참으로 불운한 몸입니다. 백제, 고구려도 멸망하고 당도 우리 신라에게 수시로 패하여, 지금은 신라를 범할 기력조차 다한 듯 보입니다. 천하태평, 참으로 기뻐할 일입니다. 그러나 이 원술은 오명을 벗지도 못한 채 저 세상으로 가야한다고 생각하면, 석문에서 담릉의 만류로 살아남은 제 자신의 나약함이 안타까울 따름입니다. 그 때문에 지금 이 몸은 나이면서도 내가 아니고, 아좌아씨를 만나고도 지아비라 말 못하고, 어머니가 생존에 계심에도 아들이라 나서지 못하며, 천지간 어디에도 속하지 못한 신께도 버림받은 몸입니다."」

　　아좌의 지아비가 될 수 없다는 원술의 대답에 아좌는 여기 오는 길에 보았다는 '모병(募兵)에 관한 방'에 대해 말해주었다. 3년 전 당나라 군사를 이끌던 이근행(李謹行)이 다시 군대를 이끌고 매소성(買蘇城)으로 쳐들어옴에, 나아가 싸울 병사를 모집하고 있더라는 것이다. 이 말을 들은 원술은 당장 아좌가 마련해 온 의복을 갖춰 입고, 자신이 돌아올 때까지 기다리겠노라는 아좌를 뒤로 한 채 전장으로 떠났다.

　　(注)『삼국사기』에 따르면, 원술은 마침내 이근행의 군대를 무찌르고 대승을 거두지만, 석문의 죄를 부끄러이 여겨 결국 관직에 나가지 않고 평생 전원에 묻혀 살았다. 그의 아내에 대해서는 역사적으로 전해지는 바가 없다.

少女の告白(소녀의 고백)

〈기초사항〉

원제(原題)	少女の告白	
한국어 제목	소녀의 고백	
원작가명(原作家名)	본명	이광수(李光洙)
	필명	가야마 미쓰로(香山光郎)
게재지(揭載誌)	신타이요(新太陽)	
게재년도	1944년 10월	
배경	• 시간적 배경: 조선인징병제가 실시된 1943년 이후 • 공간적 배경: 교토	
등장인물	① 어릴 때 일본 교토로 이주한 열아홉 살 조선인 아라이 노부코 ② 무사집 안의 손녀딸 가와무라 다에코 ③ 다에코의 친척이자 한때 은행가였던 다니 무라노인 ④ 다니무라노인의 막내아들인 스물한 살의 가쓰마로 등	
기타사항		

〈줄거리〉

　　이 작품은 조선인 소녀 아라이 노부코(新井信子)가 작년 가을 교토에서 열린 한 조선인 작가의 강연을 들었는데, 그 조선인 작가에게 보내는 편지형식의 소설이다. 노부코는 작가에게 자신이 왜 조선작가들의 문학작품을 읽고 싶어 하는지에 대한 이유와 자신의 사연을 함께 쓰고 있다.

　　「선생님. 갑작스러운 편지를 받으시고 건방진 여자라고 생각하시겠지요? 하지만 아직 열아홉 살밖에 되지 않은 소녀이니, 부디 저의 무례함을 용서하세요. 선생님의 저서『○○』를 어떻게 하면 읽을 수 있는지요? 그것을 여쭙기 위해 이렇게 편지를 드립니다.
　　저는 태생이 조선입니다만, 아직 갓난아기 때 부모님과 함께 이곳 교토(京都)로 옮겨와 이곳에서 자랐습니다. 소학교(초등학교)만 졸업하고 여학교에는 가본 적도 없는 무지한 여자입니다만, 무슨 연유인지 어려서부터 문학이 좋아 닥치는 대로 여러 작가의 작품을 읽었습니다. 작년부터 어떤 계기로 말미암아 저는 고향을 그리워하게 되었는데, 하다못해 조선작가의 문학작품을 통해서라도 고향의 생활과 전통을 알고 싶어졌습니다. 하지만 조선어를 읽을 수 없는 저는 조선의 책을 읽을 수 없고 또 조선에는 어떤 작가들이 있고 어떤 작품들이 있는지조차 알 길이 없었습니다. 그런데 작년 가을, 선생님께서 교토대학 강당에서 조선인 학생들에게 강연을 하신다는 기사가 신문에 실렸기에, 아버지께 그 말씀을 드렸더니 아버지는 선생님이 조선의 작가라고 이야기해 주셨습니다.」

그 조선인 작가는 강연에서 일본의 국체와 대동아전쟁의 목적, 정당성을 역설하고 제국에서의 조선인들의 위치와 나아갈 길을 제시하였다. 또 조선인 조상들이 만들어 놓은 문화와 격조 높은 충절과 무용담을 들려주기도 하였다. 집으로 돌아온 노부코는 가족들에게 강연의 내용에 대해 이야기했다. 하지만 아버지는 의외의 반응을 보이며 화를 냈다. 아무리 좋은 문화가 있더라도 지금은 돈이 없으면 차별과 멸시를 받는다고 했다. 오빠 역시 쓸데없는 곳에 나다니지 말고 집에서 신부수업이나 하라며 화를 냈다. 노부코도 가난에 허덕여 온 부모가 돈을 벌려고 하는 마음을 이해 못하는 것은 아니지만 가족들의 그런 반응이 실망스러웠다.

소학교밖에 나오지 못한 노부코지만 화족집안의 손녀딸인 가와무라 다에코(川村妙子)와의 만남을 통해 상류사회의 문화와 문학에 깊은 관심을 갖게 되었고, 그러면서 고향 조선에도 이런 고귀한 문화가 있을까 의문을 갖기에 이르렀다. 그러던 와중에 다에코의 친척인 다니무라(谷村)노인을 통해 조선의 역사와 문화에 대해 많은 것을 알게 되었다. 뿐만 아니라 일본과 조선이 한 나라 한 문화라는 사실에 자부심을 갖게 되었다. 그러면서 자연히 조선인 작가와 문학작품을 알고 싶고 읽고 싶었지만 좀처럼 접할 기회를 얻지 못하고 있던 찰나에 예의 조선인 작가의 강연을 듣게 되었던 것이다.

노부코는 다에코와 가깝게 지내면서 상류층의 친구들도 알게 되었는데, 그 중에는 다니무라노인의 막내아들인 가쓰마로(克麿)도 있었다. 노부코와 가쓰마로는 머잖아 서로 사랑하게 되었다. 그리고 1년 전 가을 가와무라 집안의 법요가 나라(奈良)의 호류지(法隆寺)에서 열렸다. 그때 노부코도 다에코의 초대로 그곳에 가게 되었는데, 거기에는 가쓰마로도 와있었다. 법요가 끝나고 가쓰마로를 비롯한 몇몇 참석자들이 그곳에서 하룻밤을 묵게 되고, 노부코도 다에코와 함께 그곳에 남게 되었다. 다음날 다에코와 노부코 일행은 나라의 명소들을 둘러보았다. 그리고 바로 그날 밤 노부코와 가쓰마로는 서로의 애정을 확인하고 폭풍과도 같은 사랑을 나누게 되었다. 하지만 둘의 사랑은 이루어질 수 없는 사랑이었다.

그로부터 얼마 후 노부코는 가쓰마로의 약혼소식을 듣게 된다. 그 상대는 바로 조선인인 자신을 친구로 인정해 주고 일본의 상류사회로 인도해 주었던 다에코였다. 사랑도 잃고 친구도 잃게 된 노부코는, 그러나 그들을 원망하기는커녕 오히려 자신의 배은망덕을 반성했다.

노부코는 어쩌면 이 조선인 작가의 작품을 통해서나마 민족적인 열등의식과 자신의 고독한 현실을 극복하고 싶은 간절한 마음에 이 편지를 쓰고 있는지 모른다.

李光天(이광천)

—

이광천(생몰년 미상) 소설가, 언론인.

054

1929년	2월 일본어소설 「어느 아이의 비망록(或る子供の備忘錄)」을 「조센노교이쿠겐큐(朝鮮の敎育硏究)」에, 9월 「조선의 근대속요에 대한 고찰(朝鮮の近代俗謠に対する考察)」을 「조선 및 만주(朝鮮及滿洲)」에 발표하였다.
1930년	「조선의 정월(朝鮮の正月)」을 「조선 및 만주」에 발표하였다.

　이광천은 1930년 5월~11월 중 5회에 걸쳐 「신민」에 발표된 「내정비화(內庭秘話)」를 시작으로 작품활동을 시작한 것으로 보인다. 「섯달 금음날」, 「북어장사」, 「억울한 창길」, 「동사체」, 「잉태」, 「솜사탕」 등 단편소설을 발표하였다. 《동아일보(東亞日報)》금산 지국장을 역임하였으며, 시 동인지 「경작인(耕人)」을 발행한 당시 대전중학교 교사였던 일본인 우치노 겐지(內野健兒) 등의 재조일본인 문학그룹과 교류하였다.

054-1

或る子供の備忘錄(어느 아이의 비망록)

〈기초사항〉

원제(原題)		或る子供の備忘錄(1~8)
한국어 제목		어느 아이의 비망록
원작가명(原作家名)	본명	이광천(李光天)
	필명	

게재지(揭載誌)	조센노교이쿠겐큐(朝鮮の教育研究)
게재년도	1929년 2월
배경	시대적 배경: 어느 해 겨울 공간적 배경: 낮은 굴뚝들이 즐비한 어느 도시의 뒷골목
등장인물	① 군밤장사를 하며 일탈을 꿈꾸는 소년 복동 ② 복동의 배신을 경계하는 군밤서클의 두목 ③ 복동의 유일한 연고자인 절름발이 할머니 ④ 복동을 구해 돌봐준 서커스 단장 등
기타사항	

〈줄거리〉

복동(福童)은 작년에 어머니를 잃었다. 간질을 앓던 어머니는 복동에 대해 사사건건 신경질적이었다. 그런 어머니가 돌아가시자 복동은 오히려 잘되었다고 생각할 정도였다. 그 후 복동아버지는 복동의 학비까지 술값으로 탕진하고 결국은 술집여자와 바람이 나 집을 나가 버렸다. 그런 후로 복동은 학교도 그만두고 거지와 같은 행세를 하며 근근이 살아가고 있었다. 그러다가도 초겨울이 되면 복동은 어김없이 군밤장사를 시작했다. 복동이 살고 있는 마을에는 오래전부터 군밤 서클이 형성되어 있어 두목의 명령에 따라 영업을 시작했다. 복동은 생활이 힘들면 언제나 휘파람을 불었다. 군밤을 팔다가도 휘파람을 불고, 연날리기를 하다가도 휘파람을 불었다.

솔직히 군밤을 파는 아이들은 특별히 보수를 기대하고 그 일을 하는 것은 아니었다. 영업이 끝나면 아이에게 돌아오는 것은 팔다 남은 군밤 몇 톨이었다. 군밤을 팔다가도 손님이 뜸하면 이들은 이내 연날리기를 했다. 그럴 때면 복동은 두목의 조수가 되어 연날리기를 도왔다. 이들 서클 안에도 복동과 서로 마음이 통하는 친구가 있었다. 그러나 두목은 자기편을 한 명이라도 더 늘리기 위해 세력다툼을 일삼았다. 복동은 이런 두목의 행동이 마음에 들지 않아 조수를 하면서도 늘 표정이 굳어있었다. 이를 본 두목은 "복동이 너 나를 배신 할 셈이지?"하고 윽박질렀다. 사실 복동도 언젠가 기회가 생기면 두목을 해치울 생각에 전율했다.

「복동의 유일한 연고자라고는 절름발이 할머니뿐이었다. 일 년 내내 질퍽질퍽 젖어있는 부락 맨 끝에 위치한 함석지붕 집에 살고 있었다. 인간이 사는 집이라기보다는 돼지우리라고 하는 편이 적당할지 모른다. 어둑한 창호지로 비쳐드는 빛에 의지해 하루 종일 담뱃갑에 풀칠하는 일을 했다.

할머니가 이런 힘든 역경 속에서도 하나밖에 없는 손자를 돌보는 데에는 한 가지 호기심에 불타는 달콤한 욕망이 있었기 때문이다. 자신의 비극적인 과거를 한탄하기보다는 손자가 자라서 맞이하게 될 손주며느리의 수줍어하는 얼굴을 보게 될 미래를 갖는 것이었다. 이런 할머니의 열정을 이해하는 것은 복동에게는 아무래도 불가능한 일이었다.

잠자리에서 일어나면 세수도 않고 뛰쳐나가는 날이 많았다. 도시의 동굴에서 동굴로 떠도는 불량소년이면 누구나 하는 흡연, 음주, 절도, 강간을 일삼는 것을 오히려 혐오하는 복동의 어긋난 성질이었다. 복동의 마음을 가장 편안하게 해주는 것은 인적이 드문 저녁 무렵의 안개였다.

할머니는 복동의 이런 방랑생활을 걱정한다기보다는 복동 그 자체에 공포를 느끼고 있었다. 오로지 아무래도 좋으니 얼른 자라주기만을 바랐다.」

마을에 예로부터 전해온 풍습인 인형축제가 열리기 전날 밤의 일이다.

해마다 5월 15일이 되면 열 살 된 남자아이와 열한 살 된 여자아이는 짚으로 만든 인형에 옷을 입히고 거기에 생년월일을 적은 종이와 돈을 넣어 버리게 되어 있었다. 그러면 나중에 거지나 가난한 아이들이 인형을 줍기 위해 마을 밖을 뒤지고 다녔다. 두목은 인형줍기를 위해 군밤서클 요원들을 불러 회의를 했다. 그런데 이 회의에 복동이 참가하지 않은 것이다. 두목은 복동이 드디어 자신을 배신했다며 길길이 날뛰었다. 그 무렵 복동은 마을 언저리를 휘파람을 불며 돌아다니고 있었다. 그러다 배가 고파진 복동이 어느 식당을 기웃거리는데, 안에서 서커스 단장으로 보이는 남자가 떠들어대는 유랑 이야기가 들려왔다. 복동은 배고픔도 잊고 그 이야기에 푹 빠져 엿듣고 있었다. 그때 어디선가 나타난 군밤 서클 요원들의 무수한 발길질이 복동을 향해 빗발치듯 쏟아졌다.

얼마나 시간이 흘렀을까? 복동은 서커스 단장의 배려로 음식도 실컷 먹고 서커스단의 따뜻한 잠자리도 얻을 수 있게 되었다. 그렇게 복동은 서커스단의 단원이 되었다. 1년 쯤 지났을까, 복동은 이제 서커스단에 꼭 필요한 존재가 되었다.

하지만 복동은 또다시 일탈을 꿈꾼다. 현재의 생활을 계속하면 할수록 정신적으로 살육 당하게 되리라는 압박감. 복동의 이성은 함정에서 벗어나고자 고민했다. 그리고 결국 싸움의 대상은 어둠과 우울이 된다.

복동은 항상 휘파람 뒤에서 뭔가를 도모했다. 복동은 지금 자신의 모습이 마치 아스팔트 위에 버려진 개의 시체처럼 보였고, 또 수술대 위 생체표본의 분쇄된 파편처럼 느껴지기도 했다.

그리고 눈보라 치던 밤, 휘파람소리에 위로받으며 걸어가는 것은 그의 작은 현실의 그림자다.

- 1929. 1. 2 완(完) -

李光天(이광천) 397

李箕永(이기영)

—

이기영(1895~1984) 평론가, 소설가. 호 민촌(民村). 필명 민촌생(民村生), 성거산인(聖居山人), 성거(聖居), 양심곡인(陽心谷人), 양심학인(陽心學人), 기영생(箕永生).

055

약력

1895년	5월 충남 아산에서 아버지 이민창(李敏彰)과 어머니 밀양(密陽) 박씨 사이에서 장남으로 태어났다.
1897년	생계를 위해 가족이 천안으로 이사한 뒤 그곳에서 자랐다.
1910년	천안의 사립 영진학교(寧進學校)를 졸업하였다.
1917년	그리스도교에 입교한 뒤 교단에서 세운 학교에서 교사로 근무하였다.
1919년	천안면 보조공무원으로 일하면서 모은 돈으로 1922년 일본으로 건너갔다.
1922년	4월 세이소쿠(正則)영어학교에 입학해 고학하던 중 1923년 관동대지진으로 학업을 중단하고 귀국하였다.
1924년	「개벽」의 현상모집에 단편 「오빠의 비밀편지」가 3등으로 당선되어 문단에 등단하였다.
1925년	조명희의 주선으로 「조선지광(朝鮮之光)」의 편집기자가 되었고, <카프(KAPF, 조선프롤레타리아예술가동맹)>에 가담해 중앙위원 및 출판부 책임자를 지냈다. 자전적 소설 「가난한 사람들」을 「개벽」에 발표하였다.
1926년	「농부 정도룡」(「개벽」), 「민촌」 등의 농민소설과 「쥐 이야기」(「문예운동」), 「외교원과 전도부인」(「조선지광」) 등의 풍자소설을 발표하였다.
1928년	소설집 『민촌』을 출간하였다.
1930년	계급의식이 뚜렷이 드러나는 「종이 뜨는 사람들」(「대조」)과 「홍수」(《조선일보》)를 발표하였다.
1931년	<카프 제1차 검거사건>으로 구속되었다가 2개월 만에 풀려났다.
1933년	「박승호」(「신가정」), 「쥐불(鼠火)」(《조선일보》)을 발표하였고, 근대소설사의 기념비적 작품으로 평가되는 장편 『고향』을 《조선일보》에 연재(1933. 11. 15 ~ 1934. 9. 21 252회 완)하였다.
1934년	<카프 제2차 검거사건>으로 다시 구속되어 1년 6개월간 옥고를 치렀다. 일제 말기에는 조선총독부의 시국인식간담회에 참석하거나 <조선문인협회> 간사로

	선출되었다.
1935년	투옥 중 구상했던 장편『인간수업』(《조선중앙일보》)을 비롯해「신개지(新開地)」와「봄」을《동아일보》에 발표하였다.
1936년	한성도서에서 장편소설『고향』(상)을, 이듬해 그 (하)를 출간하였다.
1937년	장편소설『고향』이 일본어로 번역, 발표되었다.
1939년	3월 문예잡지「여성」에 단편「묘목(苗木)」을 발표하였고,『이기영 단편집』을 출간하였다.
1940년	「묘목」이 일본어로 번역, 발표되었다.
1944년	강원도 철원에 은거해 해방 때까지 그곳에 머물렀다. 이후 평양에서 <강원도 인민위원회> 교육부장, <북조선예술동맹> 명예위원장, <조소문화협회> 중앙위원장, <북조선임시인민위원회> 위원, <친선사절단> 단장 등을 지냈다.
1948년	8월 <최고인민회의> 제1기 대의원에 오른 뒤 <최고인민회의> 상임위원에 임명되었다.
1953년	9월 <조선작가동맹> 상임위원, <최고인민회의> 부의장 등을 지냈고, 그밖에도 <북조선문학예술총동맹> 중앙위원 등 북한에서 문학예술 분야의 고위직을 두루 거쳤다. 월북 후 북한의 토지개혁을 배경으로 한『땅』과 대한제국 말기부터 50년간의 한국사를 배경으로 한 대하소설『두만강』을 발표하였다.
1966년	12월 이후 <조선문학예술총동맹> 위원장으로 재직하였다.
1984년	<조국통일민주주의전선> 중앙위원회 위원, <조소문화협회> 회장을 역임했다. 8월 평양에서 사망하였다.

故鄕(고향)

〈기초사항〉

원제(原題)		故鄕
한국어 제목		고향
원작가명(原作家名)	본명	이기영(李箕永)
	필명	
게재지(揭載誌)		분가쿠안나이(文學案內)
게재년도		1937년 1~4월

배경	• 시간적 배경: 1920년대 어느 여름 • 공간적 배경: 충청도 원터마을
등장인물	① 3남 1녀를 둔 가난하지만 성실한 쉰 살의 원칠 ② 원칠의 아내 박성녀 ③ 집안형편이 어려워져 보통학교를 자퇴하고 집안일을 돕고 있는 큰아들 인동 ④ 제사공장에 들어가게 된 외동딸 인순 ⑤ 도쿄유학에서 돌아와 야학을 운영하는 조카 희준 ⑥ 경성의 민판서 댁의 마름이자 고리대금업자인 안승학 ⑦ 경성에서 여자고등보통학교 4학년에 다니는 안승학의 딸 갑숙 등
기타사항	번역자: 고수명(高秀明) 한국어 원작은 전체 37장 구성의 소설이지만, 일본어판은 7장까지만 게재됨. <글의 차례: 농촌점경 - 돌아온 아들 - 마을사람들 - 춘궁 - 마름집 - 새로운 우정 - 출세담>

〈줄거리〉

어느 해 한여름의 점심 무렵, 인순(仁順)은 막내동생 인학(仁學)을 업고 집 앞에 나가 밭으로 일 나간 엄마와 오빠 인동(仁童)을 기다렸다. 그때 저쪽에서 구둣발 소리를 내며 순사복을 입은 박(朴)순사가 마을로 들어와 마름인 안승학(安承學)의 집으로 들어갔다. 호구조사를 나왔다는 박순사에게 안승학은 도쿄유학에서 돌아온 김희준(金喜俊)에 대해 간단히 말하고 박순사를 위해 세숫물을 떠오게 하였다.

어머니와 함께 밭일을 나간 인동은 일하는 도중에도 나이가 어리다고 인건비를 어른의 절반밖에 쳐주지 않는 공장현장에서의 부당한 처우를 되새기며 분노한다. 그런가 하면 인동보다 세 살 위인 막동(莫童)이 공장현장에 나가 일하여 번 돈을 동네 여자아이에게 선물공세 하느라 다 써버리는데, 인동은 그러한 막동을 여러 면에서 질투하고 있었다. 막동이 덩치가 크다는 이유로 어른인건비를 받는 것도 그렇고, 그가 자신이 관심을 두고 있는 방개와 사귄다는 사실도 그랬다. 그런 생각을 하며 인동은 두고 보자고 막동을 벼른다.

한편 금의환향하리라는 가족들의 기대를 저버리고 초라하게 귀향한 희준은 5년 만에 눈부시게 발전해있는 고향의 모습에 놀라고, 어머니의 권유였다고는 하나 결국 처가살이를 하고 있는 형 명준(明俊)이나 고향 청년회의 나태한 모습 등에 실망하고 분노했다. 귀향한 후 농사를 짓기 시작한 희준은, 제초할 일손을 구하기 위해 저녁 무렵 마을 집집을 돌아다녔다. 사실 원칠(元七)을 비롯한 동네 남정네들은 농한기인 요즘 제사공장을 짓는 현장에서 막노동을 하며 하루하루 생계를 꾸려나가고 있어, 농사일손이 턱없이 부족한 상황이었다. 희준의 부탁에 원칠은 자기 대신 인동을 보내겠다고 하고, 제사공장이 완성되면 인순이 그곳에 취직할 수 있도록 알선해달라고 부탁했다.

희준은 언덕에서 마을을 가로지르는 기차를 내려다보며, 귀국 후 마을청년회를 쇄신하려던 노력과 근로야학 운영이 1년이 지나도록 별 성과를 거두지 못했다는 회한에 젖는다. 그리고 자신에게 추파를 던지던 여자를 떠올리며 '보기 싫은 아내와 언제까지 살아야 할 의무가 있을까?'라는 생각을 했다가 이내 고개를 저었다.

어느새 원터마을에도 새봄이 찾아오고, 안승학을 비롯한 돈 있는 자들은 마을 용바위 아래 연못에 배를 띄우고 봄놀이를 하고 있었다. 아들 인동과 못자리를 준비 중이던 원칠은 그들의 모습을 보며 1년 전 돈 15원을 빌리지 못해 결국 강물에 몸을 던져 자살해버린 박서방 일을 떠올리며 쓸쓸한 생각에 잠겼다. 그런가 하면 일을 끝내고 집에 돌아온 원칠과 박성녀(朴姓女)는, 작년 가을 완성된 제사공장에 취직해 지금까지 두 번밖에 집에 오지 않은 딸 인순의 생각에 쓸쓸하기만 하다.

오늘 인동은 유득(劉得) 부부와 함께 그 집 밭매기를 돕고 있는 중이었다. 유득이 잠시 자리를 비운 사이, 국실(菊實)은 인동에게 어떤 여자를 좋아하는지 말해주면 중매하겠노라고 말하고 인동은 꼭 국실 같은 여자면 좋겠다고 대답한다. 그런 인동의 대답에 자신의 신세가 서러워진 국실이 끝내 울음을 터트리고 만다. 사실 유득의 처 국실은 사연이 복잡한 여자였다. 딸만 넷을 둔 그녀의 부모는 가세가 기울자 사위들 신세를 지며 살았는데, 그마저 어렵게 되자 막내인 열다섯 살 국실을 자기 땅을 가진 자작농인 유득에게 시집보냈다. 사실 국실은 가출을 시도했을 정도로 유득과의 결혼을 싫어했었다. 그런데 유득의 집안마저 망해 소작인으로 전락하게 되고 소작권까지 빼앗길 위기에 처하고 말았다. 그때 국실이 당시 마름이었던 이근수(李根守)에게 몸을 허락해 소작권을 지킬 수 있었다. 그 뒤에도 이근수는 끈질기게 국실을 탐했고, 국실 역시 열정에 불타는 이근수의 눈길에 반해 부정한 관계를 지속하였다. 마을사람들은 물론이고 유득조차도 국실의 그런 행실을 알지만 묵인할 수밖에 없는 처지였다.

기나긴 장마가 끝나고 먹을 곡식이 동나버린 마을아낙들은 함지박을 들고 물이 불어난 다리를 건너 읍내로 향했다. 박성녀 역시 인학을 업고 임신 중인 업동(業童) 엄마와 함께 읍내로 가는데, 그녀들은 김도원(金道源)의 양조장으로 술지게미를 사러가는 길이었다. 가축먹이로 쓰이거나 그냥 버려지던 술지게미가 춘궁기에 들어 가난한 사람들의 양식이 되고 있었다. 학교를 마치고 양조장 앞을 지나던 둘째아들 인성(仁成)이 박성녀를 보고 뛰어오더니 내일 인순이 집에 올 거라는 소식을 전하고 함께 집으로 향했다. 다시 마을 앞 다리를 건너려던 박성녀 일행은 경성에서 돌아오는 길인 안승학의 자녀인 갑숙(甲淑)과 갑성(甲成)을 만났다. 갑숙은 술지게미를 양식으로 삼는다는 그녀들의 이야기를 듣고 놀라움을 금치 못했다.

마름 안승학에게는 경성에 나가 살고 있는 본부인과 그녀와의 사이에 태어난 갑숙과 갑성이 있고, 현재 원터마을에 함께 살고 있는 첩 숙자(淑子)와의 사이에 갑출(甲出)이라는 아들이 하나 있었다. 숙자는 원래 기생 출신으로 안승학이 재산을 축적하기 위해 저지른 비리의 공범자였고, 그 때문에 박색임에도 불구하고 안승학의 집에 눌러앉아 살 수 있게 되었다는 소문이 나 있었다. 신경쇠약으로 요양 차 원터마을로 돌아온 갑숙의 입장에서, 이러한 집안 분위기가 결코 편할 리 없었다.

안승학의 논에 모를 심기 위해 마을의 일손이 거의 대부분 모인 이튿날 아침, 갑숙은 일꾼들 식사준비로 분주한 집을 벗어나 인순의 집으로 갔다. 보통학교(초등학교)를 함께 다녔던 인순과 갑숙은 절친한 사이였다. 하지만 인순은 자기와 갑숙과의 처지가 너무나 다르다는 생각에 내심 반갑기는 하지만 전처럼 친숙하게 갑숙을 대할 수 없었다. 자신이 2교대로 고생고생 해가며 힘들게 짜는 비단이건만, 그런 비단으로 지은 옷을 곱게 차려입고 있는 갑숙의 모습에서 인순은 비참함을 느꼈다. 그런데 놀랍게도 그런 갑숙이 자신과 같은 여공들을 부러워하고, 언젠가 자기도 여공이 될지 모르니 그때는 잘 부탁한다고까지 말하는 게 아닌가!

인순과 갑숙은 나란히 언덕배기에 앉아 모를 심고 있는 마을사람들의 모습을 바라보며 두런두런 이야기를 나누고 있었다. 그런 인순을 본 마을사람들은 여식을 보통학교까지 공부시키고 공장에 취직까지 시켰다며 원칠을 부러워했다.

「"원칠은 참말로 대단해. 다른 사람은 아들도 못 시키는 공부를 딸한테까지 시켜서 저렇게 좋은 일도 있으니 말이여."

"그러게, 무슨 일이든 앞을 내다볼 줄 알아야 한다니까."

그들은 인순이 마치 진사급제라도 한 것처럼 요란을 떨며 말했다. 하지만 정작 원칠은 조(趙)노인이 자기를 부러워하는 것 이상으로 인순을 상급학교에 보내지 못한 자신이 원망스러웠다. 지금 갑숙과 나란히 앉아있는 인순도 경성에서 학교를 다니면서 친구와 같이 집에 돌아온 거라면 얼마나 좋을까.

"그런 거 아니오. 나도 소 두세 마리 있던 거 언젠지 모르게 다 없애고, 남은 거라곤 저 딸년 보통학교 보낸 게 다요."

"진짜 그려. 원칠도 애당초 그나마 있었으니 공부도 시킬 수 있었제. 조상님 제사도 못 지내는 놈은 어쩔 수 없다니까." (중략)

허벅지까지 바지를 걷어 올린 농부들은 논 한가운데로 들어가 한 줄로 서더니 모를 한 포기씩 다발에서 빼내어 심기 시작했다.」

055-2

苗木(묘목)

〈기초사항〉

원제(原題)		苗木(1~6)
한국어 제목		묘목
원작가명(原作家名)	본명	이기영(李箕永)
	필명	
게재지(揭載誌)		조선소설대표작집(朝鮮小說代表作集)
게재년도		1940년 2월
배경		• 시간적 배경: 어느 해 겨울 • 공간적 배경: 경성
등장인물		① 중학교 3학년인 영수 ② 영수의 동생인 영순과 영배 ③ 인쇄공장에 다니며 2칸 방에 세 들어 살고 있는 영수의 아버지 ④ 영수네 집에 신세지고 있는 시골의 숙부 ⑤ 허풍이 심한 아버지의 고향친구인 광산 브로커 아저씨 등
기타사항		번역자: 신건(申建)

〈줄거리〉

영수(永壽)는 요즘 시골 숙부와 광산 브로커 아저씨에게 방을 빼앗겨 시험공부를 할 공간이 없다며 불만이 이만저만이 아니다. 여동생 영순(永順)도 같은 이유로 오빠 영수와 함께, 방이 두 개뿐인 집안 형편도 돌아보지 않고 숙부와 광산 브로커 아저씨를 받아들인 엄마를 성토하고 나서기 일쑤였다.

사연인즉 술 때문에 재산을 탕진하고 하릴없이 빈둥대는 숙부가 사흘 전 이유도 없이 경성으로 올라와 영수네 집에 눌러앉게 되어, 영수형제들과 한방을 쓰게 된 것이다. 숙부는 틈만 나면 바지를 벗어 이를 잡기도 하고 담배꽁초만 보였다 하면 주워 모으는 등 체면도 모르는 무능한 어른이었다. 그런데 영수 집에 얹혀 신세를 지고 있는 또 한 사람이 있었으니, 아버지의 고향친구인 광산 브로커 아저씨. 그는 곧 큰돈을 벌 것이라고 허풍만 치고 비싼 담배와 술 그리고 겉멋을 고집했는데, 정작 고향에서는 칠순이 넘는 그의 아버지가 잡역부로 일하여 손자들과 며느리를 간신히 부양하고 있다고 했다.

숙부를 통해 광산 브로커 아저씨에 대한 이런 이야기를 들은 엄마는 전과 달리 브로커 아저씨를 몹시 싫어하게 되었지만, 이제 와 새삼 쫓아낼 수도 없었다.

영수와 영순이 숙부와 아저씨가 싫고 미운 것은 다른 가족과 이웃들이 제각기 맡은 일을 성실하게 하며 사는 것과는 달리 빈둥거린다는 점과, 그로 인해 '남에게 피해를 끼친다'는 이유에서였다. 뿐만 아니라 영수와 영순은 두 사람이 불쌍하다는 이유로 집안 형편도 고려하지 않고 방을 내준, 봉건사상에서 벗어나지 못한 부모님을 원망했다.

영수와 영순이 작심이라도 한 듯 엄마에게 이러한 불만을 이야기하던 날 밤, 마침 공장에서 야근을 마치고 늦게 퇴근해 돌아오던 영수아버지가 문 뒤에서 두 아이의 말을 듣고 말았다. 늦은 저녁상을 받은 아버지는 숟가락을 들지 못하고 영수와 영순을 불러 차근차근 타일렀다.

「아버지는 국물을 한 숟갈 떠서 입안에 넣더니 숟가락을 내려놓고 갑자기 영수를 돌아본다.

"영수야!"

"네." 영수는 무슨 일인가 싶어 놀란 눈으로 아버지를 올려다보았다.

"네가 방 때문에 불만이 많다는 건 아버지도 알고 있다. 또 집안의 생활방식이 틀렸다는 네 말도 맞다. 그거야 분명 오래된 관습에 찌든 봉건사상의 잔재라고 할 수 있겠지. ……하지만 말이다, 너희 묘목은 잡초와는 다르다는 걸 알아야 한다."

"네?" 영수는 아버지의 말씀이 이해가 가지 않아 되물었다. 아버지는 여전히 침착한 목소리로 말했다.

"시대가 다르다는 말이다. 다른 사람에게 폐를 끼치지 마라! 그거야 물론 그러면 안 되지. 그거야 맞는 말이다만……."

영순은 힐끔 오빠와 눈을 마주치더니 혀를 날름거렸다. 영순이 뜨끔한 모양이었다.

'아버지께서 우리가 한 말을 들으셨나봐.'

"……하지만 너희 말처럼 세상 사람들이 모두 남에게 폐를 끼치지 않는다면 그거야말로 천국이 아니겠니? 그렇게만 되면 애당초 문제가 없겠지. 하지만 그렇게 안 되는 것이 우리가 살고 있는 세상이 아닐까, 어떻게 생각하느냐?"

"그럼 묘목을 위해서 잡초를 뽑으면 안 되나요?" 영수가 물었다.

"피를 뽑으려다 벼까지 망친다는 말이 있지? 결국 그 말이다. 인간사회란 그렇게 간단한 게 아니란다, 얘야." 아버지는 말을 마치고 숟가락을 들려다 다시 말을 이었다.

　"하지만 너희들은 새로운 시대에 태어났다. 환경도 다르지. 잡초 따위 신경 쓰지 않아도 무럭무럭 크게 자랄 수 있을 게다. 비료도 될 수 있겠지. 농부가 황무지를 두려워해서야 되겠니?"」

　영수는 아버지의 이야기를 듣고 작년 방학 때 시골 고모댁에 갔었던 일을 떠올렸다. 들에 놀러 나갔을 때 덩굴손에 칡덩굴이 매어 있었는데, 그 덩굴손은 전혀 굴하지 않고 힘차게 뻗어 나가고 있었던 것이다. 영수는 그때의 덩굴손을 생각하며 지금의 상황을 이해하고자 했다. 그리고 '잡초와 다른 묘목처럼 훌륭한 인간의 묘목이 되라'는 아버지의 뜻깊은 가르침을 깨달았다. 영수는 조용히 방으로 돌아가 공부를 시작했다.

　그때 밤늦게 술에 취한 숙부와 아저씨가 돌아왔다. 광산 브로커 아저씨가 숙부에게 담뱃값을 빌려달라고 하자, 숙부는 돌아갈 차비라고 투덜거리며 동전 몇 닢을 내놓았다. 브로커 아저씨는 냉큼 그 동전을 집어 들더니 공부하고 있는 영수에게 담배심부름을 시켰다. 영수는 순간 화가 치밀었지만, 조금 전 아버지가 말씀하신 묘목이야기를 떠올리며 잠자코 자리에서 일어섰다.

-『이기영단편집(李箕永短篇集)』에서 -

李無影(이무영)

—

이무영(1908~1960) 소설가. 본명 갑용(甲龍). 필명 이용구(李龍九), 탄금대인(彈琴臺人), 이산(李山).

056

1908년	1월 충북 음성에서 출생하였다.
1925년	휘문고등보통학교를 중퇴하고 일본으로 건너가 세이조(成城) 중학교에 다녔다. 일본작가 가토 다케오(加藤武雄)의 집에 머물면서 문학을 공부하였다.
1926년	「달순의 출가」를 '이용구(李龍九)'라는 필명으로 「조선문단」에 발표하였다.
1928년	청조사(青鳥社)에서 장편 『의지 없는 영혼』을 출간하며 데뷔하였다.
1929년	청조사에서 『폐허』를 간행하였다. 일본에서 귀국해 소학교 교원으로 일하였다.
1932년	<극예술연구회> 동인과 1933년 <구인회> 회원으로 활동하였다. 중편 「지축을 돌리는 사람들」(《동아일보》)과, 「흙을 그리는 마음」(「신동아」)을 발표하였다.
1934년	동아일보사에 입사하였다. 단편 「B녀의 소묘」를 발표하고, 《동아일보》에 장편소설 『먼동이 틀 때』를 발표하였다. 《오사카마이니치신분(大阪每日新聞)》 조선판에 일본어소설 「고개(坂)」를 발표하였다.
1935년	단편 「산가(山家)」와 「만보노인(萬甫老人)」을 발표하였다.
1936년	<일장기말소사건>으로 동아일보사를 그만두고 이흡(李洽)과 함께 「조선문학」을 창간한 후 주간으로 일했다.
1938년	《동아일보》에 「정열의 서(情熱の書)」를 발표하였고, 소설집 『무영단편집』을 출간하였다.
1939년	동아일보사를 그만두고 경기도 군포 근처의 마을로 들어가 살면서 「제1과 제1장」을 발표한 이후 농민문학 작가로 부상하였다.
1940년	단편 「흙의 노예」를 발표하였다.
1942년	3월 단편 「문서방」을 「국민문학」에 발표하였다. 일본어 장편소설 『청기와집(青瓦の家)』을 《부산일보》(1942. 9. 8~1943. 2. 7)에 연재하였으며, 이듬해 신타이요샤(新太陽社)에서 단행본으로 간행하였다. 이 작품으로 신타이요샤에서 주관하는 제4회 '조선예술가문학상'을 수상하였다.
1943년	일본어소설 「토룡(土龍)」을 「국민문학」에 발표하였다. 9월 「조광(朝光)」에 일본어소설 「역전(驛前)」을 발표하였다. 「문서방」이 일본어로 번역, 발표되었다.

1944년	일본어소설 「굉장씨(宏壯氏)」(「문화조선」)와 「화굴 이야기(花屈物語)」(「국민총력」)를 발표하였고, 일본의 도토쇼세키(東都書籍)에서 일본어소설집『정열의 서(情熱の書)』를 출판하였다. 일본어 장편『바다에게 보내는 글(海への書)』을 《경성일보》(2. 29~8. 31)에 연재하였다. 5월에는 일본어소설 「언덕(峠)」을 「흥아문화(興亞文化)」에 발표하였다.
1946년	<전국문화단체총연합회(全國文化團體總聯合會)> 최고위원을 역임하였다. 광복 후 이무영은 해군정훈감(1951년), 숙명여자대학교와 단국대학교 교수로도 일했으며, <전국문화단체총연합회> 최고위원을 역임했다. 단편집『흙의 노예』를 출간하였다.
1947년	기행수필집『고도승지대관(古都勝地大觀)』을 출간하였다.
1949년	소설집『영농민문학선집』을 출간하였다.
1950년	단편 「농민」을 발표하였다.
1953년	단편집『B소녀의 소묘』를 간행하였다.
1954년	소설집『농민』과『역류』를 출간하였다.
1955년	<한국자유문학가협회> 부회장 등을 역임하였다.
1956년	런던에서 열린 <국제펜클럽대회>에 한국대표로 참석하였으며, 서울특별시 문화상을 수여하였다.
1958년	작품집『벽화』를 출간하였다.
1960년	4월 사망하였다.

이무영의 농촌문학은 광복 후 발표한 「농민」, 「농군」, 「노농」 등에서 절정을 이룬다. 이들 장편 농촌소설에서 그는 농민들의 역사적 수난과 항거를 서사적으로 그렸으나 그 뒤 다시 서정문학으로 방향을 바꾸었다. 그런가 하면 뒤이어 발표한 「호텔·이타리꼬」(「신태양」), 「숙의 위치」(「사조」), 「계절의 풍속도」(《동아일보》)에서는 도시를 배경으로 남녀 간의 애정을 그려냈다. 또 「모는 자 쫓기는 자」 외 10여 편의 희곡도 발표했다. 그는 노력형의 작가로, 항상 진실을 중시하고 건실한 문학을 위해 일관된 노력을 기울인 작가라는 평을 받고 있다.

 056-1

坂(고개)

〈기초사항〉

원제(原題)	坂(1~6)
한국어 제목	고개

원작가명(原作家名)	본명	이갑용(李甲龍)
	필명	이무영(李無影)
게재지(揭載誌)		오사카마이니치신문(大阪每日新聞) 조선판
게재년도		1934년 10월
배경		• 시간적 배경: 1930년대 초 어느 해 가을
		• 공간적 배경: 경성 변두리
등장인물		① 신문잡지사 일을 그만두고 생활고에 찌들어 살고 있는 '나' ② 아내 여옥
기타사항		

⟨줄거리⟩

이른 아침 아내와 쌀집 주인이 다투고 있었다. 나는 얼른 잠자리에서 일어나 밖으로 나와 쌀가게 주인에게 "쌀가게 어르신 어서 오시오."라고 평소와 달리 넉살을 부리며 인사를 건넸다. 하지만 그런 나의 태도가 오히려 괘씸했던지 쌀가게 주인은 별다른 대꾸도 없이 밀린 쌀값을 갚으라고 성화였다. 나는 돈이 없다고 버티었다. 그러자 그는 위협조로 "돈을 갚지 않으면 한 발짝도 물러서지 않겠다!"고 으름장을 놓았다. 나는 월말에 들어오기로 한 원고료가 안 들어와서 그런다며 돈을 못 갚게 된 경위를 설명하고 애원한 끝에 겨우 7일간의 말미를 얻었다. 쌀가게 주인이 나가자 이번에는 야채가게 주인이 들이닥쳤다. 그러나 이번에도 갈고 닦은 처세술로 겨우 그를 돌려보낼 수 있었다.

하지만 나에게는 그들보다 더 무서운 '영원한 채권자'가 있었으니, 다름 아닌 아내 여옥(麗玉)이었다. 그들이 돌아가자 이번에는 여지없이 여옥의 질타가 날아들었다. 아내는 "아직도 룸펜생활에 미련이 남아서 그래요?"라며 눈초리를 치켜세웠다. 나는 지긋지긋한 아내의 잔소리에 그렇게 가난한 생활이 싫으면 친정으로든 돈 많은 남자에게든 가버리라고 윽박지르고 말았다.

사실 나는 얼마 전 월급 50원이나마 보장된 X신문사를 그만두고 집에 틀어박혀 마지막 남은 작가로서의 양심을 지키기 위해 글을 쓰며 소일하고 있었다. 하지만 식민지 조선에서의 조선인작가의 입지는 이루 말할 수 없이 열악했고, 당연히 목에 풀칠하기도 버거웠다. '문예부기자'라는 허울 좋은 옷을 입고 외국의 허접한 기사를 번역하거나 베껴 쓰는 일에 작가로서 혐오감을 느낀 나는, X사에 다니는 내내 불면증에 시달릴 정도로 극심한 우울과 자괴감에 빠져 살았다. 더 이상 참지 못하고 회사를 그만두기로 결심한 내 심정을 이해해 주지 못하는 아내가 한없이 원망스러웠다.

내가 X사를 그만두었다는 소식에 문단친구들의 의견은 둘로 나뉘었다. 안정적인 직장을 버린 바보라고 비웃는 이가 있는가 하면, 의외로 결단력이 있다며 칭찬하는 이도 있었다.

그 후로 아내와는 자주 다투게 되었다. 나는 그럴 때마다 돈 많은 놈에게 가버리라고 소릴 지르곤 했고, 그 말에 충격을 받은 아내는 한없이 서럽게 울었다.

답답한 마음에 집을 나선 나는 문단친구들과 포장마차를 돌며 거나하게 술을 마셨다. 프롤레타리아 작가인 조(趙), 시인인 이(李), 소설가인 한(韓) 등 가난하기 이를 데 없는 조선인작가들이 주머니를 죄다 털다 못해 소설가 한(韓)의 손목시계를 저당 잡혀가면서까지 마시고 또 마셨다. 우리는 시국을 논하고 냉혹한 현실을 원망하며 종국에는 꺼이꺼이 소리 내어 울기까지 했다.

다음날 오후가 되어서야 정신을 차린 나는 지난밤의 일을 돌이켜보았다. 술에 만취해 찻집에 둘러앉아 대성통곡을 하던 우리에게 술을 내주던 프랑스인 청년을 떠올렸다. 나는 그 따위 싸구려 동정 따위 필요 없다며 그를 때리기까지 했고, 그는 동정이 아니라 우리의 '우는 모습에 의분을 느꼈을 뿐'이라며 화해의 의미로 또 술을 마셨던 걸 기억해냈다. 그 이후의 일은 정확히 기억나지 않지만 집으로 돌아온 나는 아내 여옥에게 또 한바탕 심한 말을 퍼부은 것 같았다. 그런 이유에선지 눈을 떴을 때 아내의 모습은 보이지 않았다. 차라리 마음이 편했다. 이대로 돌아오지 않았으면 좋겠다는 생각까지 들었다.

그러다 문득, 나는 책상을 정리하고 어젯밤 찻집에서 만났던 프랑스인 청년을 모델로 한 글을 써내려가기 시작했다. 글의 테마를 정하고 주인공인 프랑스인 청년의 성격을 설정하려고 할 무렵, 아내가 방으로 들어왔다. 이미 날이 어둑해져 있었다. 여느 때와 달리 밝은 목소리의 아내는 나를 위해 저녁을 차려주고 사과를 깎아주며 어렵게 말을 꺼냈다. 숙부의 가게에서 일을 하겠다는 것이다.

사실 어젯밤 술에 취해 귀가한 내가 울며불며 늘어놓은 신세한탄을 들은 아내는 그제야 작가로서의 나의 고뇌와 기분을 이해하게 되었다고 했다. 당신을 위해서라면 무슨 일이든 하겠노라는 아내의 마음에 감동한 나는 눈시울이 뜨거워졌다.

「나는 조용히 아내의 손을 잡았다.

"고마워. 그렇다면 이제와 새삼 일하지 않아도 돼. 머잖아 일해야 할 때가 올 테니까. 나는 언제까지나 자유로운 몸이 아니야. 머잖아 우리는 신체의 자유를 빼앗기게 되겠지. 우리는 행복한 인간이 아니니까 말이야."

"알겠어요. 행복한 민족은 불행은 피할 수 있을지 몰라도 위대해질 수는 없다는 글을 어딘가에서 읽은 것 같아요."

여옥은 파란 열정이 담긴 눈으로 지긋이 나를 바라보았다. 그러더니 문득 상기된 얼굴을 내 가슴에 묻었다.

- 1934년 9월 -

*작가의 말: 이것을 창작으로 발표할 생각은 애당초 없었다. 왜냐하면 '조선작가의 생활을' 이라는 의뢰에 맞추어 쓴 수필이기 때문이다.」

文書房(문서방)

〈기초사항〉

원제(原題)	文書房(一~三)
한국어 제목	문서방

원작가명(原作家名)	본명	이갑용(李甲龍)
	필명	이무영(李無影)
게재지(揭載誌)		조선국민문학집(朝鮮國民文學集)
게재년도		1943년 4월
배경		• 시간적 배경: 어느 해 늦은 가을 • 공간적 배경: 오봉산 근방의 어느 마을
등장인물		① 둘째 부인마저 병으로 잃고 4남매를 홀로 키우게 된 문서방 ② 아름다운 문서방의 큰딸 이쁜이 등
기타사항		번역자 미상

〈줄거리〉

「"어서 휑하니 올라가거라. 내 담배 한 대 피우고 이내 뒤쫓아 갈 테니……."

마지막으로 나물 보시기를 지게 위 목판 위에다 얹어주며 문서방(文書房)은 말했다. 큰아들 중식(重植)은 그래도 철이 들어서 아버지의 눈치를 슬슬 살피며 한쪽 다리를 굽혀 양어깨를 지게 밑으로 쑤욱 내밀었다.

"엎지를라, 조심해야 혀. 비탈을 내려갈 때는 상반신을 앞으로 푹 숙여라."

"예."

"그리고 창식(昌植)아, 너는 집에 있어라. 분이(紛伊)랑 놀고 있어."

막걸리 담긴 맥주병을 들고 앞서는 둘째놈을 타이르듯 문서방이 말하자, 굽힌 다리를 Y자 모양의 막대기에 힘껏 힘을 실어 일어서던 장남이 말을 받았다.

"그렇게 해. 그 막걸리병은 이리 주고 간난(干蘭)이나 돌보고 있어."

"그런 거 싫어. 나도 갈 거야!" (중략)

문서방은 마당 한가운데에 갱목처럼 우두커니 서있었다. 이런 다툼도 자기와는 아무 관계도 없기나 한 것처럼 무표정했지만, 이윽고 꺼져가는 목소리로 "놔둬라. 그리 멀지도 않고 하니……."

이렇게 큰놈을 타이르고 "철이나 들어서 저러면 좋겠다만……." 누구에게랄 것도 없이 혼잣말로 중얼거렸다. 문서방의 죽은 아내의 삼우제(사후 사흘째에 가는 성묘)를 위해 뒷산의 묘지로 가는 구슬픈 광경이었다.」

열여섯 큰놈을 비롯해 열한 살, 아홉 살 된 삼남매가 앞서거니 뒤서거니 울섶을 돌아서 동산을 오르고 이내 사라진 뒤에도 문서방은 무뎌진 눈빛으로 멍하니 바라보고 서있었다. 그런 아버지의 모습을 보고 있던 열여덟 살 이쁜이(立紛)는 눈물을 훔쳤다.

문서방은 아내가 죽은 것이 아내의 자유의사이기나 한 것처럼 원망했다. 죽으려고 마음이 변한 탓이었겠지만 자리에 눕기 전부터 이상할 정도로 죽을 싫어하고 걸핏하면 불평을 늘어놓던 것이 문서방은 지금도 야속하기 그지없었다.

아파서 툴툴거리는 아내에게 문서방은 죽을 먹고 밥을 먹는 것만은 사람 힘으로 안 되고 다 하나님 뜻이라고 타일렀었다. 그러면 아내는 억울하고 분하다며 매양 울었다. 얼마나 박복하면 한 남편을 섬기지 못하고 이런 천대를 받느냐며 푸념을 해댔다. 아내의 그런 모습을 보는 문서방은 더없이 기뻤다. 전실 자식을 둘이나 거느리고 죽조차 배불리 먹지 못하면서도 일평생 이 집 문지방을 넘지 않겠다는 아내의 갸륵한 심정이 엿보여 그지없이 고마웠다.

그런데 아내가 시름시름 앓다가 몸져누웠을 때는 정말 가슴이 철렁 내려앉았다. 바로 10여 년 전 역시 늦은 가을 조강지처를 공동묘지에 묻고 돌아온 쓴 경험이 있기 때문이다. 그러나 그때까지만 해도 문서방은 젊었다. 사람이 앓는다고 다 죽으랴 하는 생각도 있었다. 아내가 마침내 숨을 거두고 손발이 싸늘해 질 때까지도 설마 죽으랴 했었다. 염을 하면서도 염을 한 지 이틀 만에 부스스 깨어났다는 말도 있지 않는가하고 죽음을 의심했다. 그러나 그의 조강지처는 기어코 살아오지 않았다. 그는 아내를 위해 소도 팔았고 돼지도 아낌없이 팔았기에 여한은 없었다.

그러나 두 번째 아내가 몸져누웠을 때 그는 정말 눈이 홱 돌았다. 아기자기한 정도 사실은 조강지처보다는 두 번째 아내에게 더 들었다. 아내 귀여운 줄을 안 것도 이번이었고 아내의 고마움을 안 것도 전처가 죽은 뒤 이태 동안의 홀아비살림에서 뼈에 사무치게 경험했던 것이다. 두 번째 아내가 죽었을 때 문서방은 애통해했다. 오봉산(五峯山)이 쩌렁쩌렁하게 울리도록 아내를 부르며 울었다. 아내를 묻고 와서도 이틀이나 자리에 누웠었다.

삼우제를 마치고 돌아온 밤도 문서방은 여느 때처럼 가마니틀에 매달려 있었다. 오른쪽에는 이쁜이, 왼쪽에는 창식이 제각각 짚을 먹이고 문서방은 오늘이 그처럼 아끼던 아내의 삼우제날이라는 사실조차 잊어버린 사람처럼 틀을 놀리기에 경황이 없었다. 일하는 것만이 죽은 아내를 안심시키고 자식들에 대한 유일한 도리라고 믿었기 때문이다.

그에게 있어 하나님은 반드시 하늘에만 있는 것은 아니었다. 면서기도, 주재소 순사도, 그에게는 하늘이었다. 금융조합 서기도 그에게는 극진히도 고마운 하늘이었다. 아니, 동리 구장(區長)도 그에게는 범할 수 없는 하늘이었고 진흥회 회장도 그에게는 하늘이었다. 진흥회 사환 아이의 말도 그에게는 바로 하나님의 명령이었다. 그가 지금 짜는 가마니도 사실은 구장의 명령을 전해온 공문계(公文係) 아이의 전언에 따른 것이었다. 여편네도 없는 홀아비살림에 가마니 100장은 좀 과한 짐이었다. 그러나 그는 불평 한 마디 없이 나라가 내려준 배당량을 채우려고 저녁술을 놓기가 무섭게 자식들과 함께 가마니 앞으로 모여들었다.

가마니를 짜다 말고 문서방은 문득 생각났다며, 내일부터 시작될 김구장네 뒷산 벌목 일에 대해, 잘만 하면 하루 품삯으로 1원 3, 40전은 벌 수 있을 거라고 말해준다. 그렇게 벌목 한 나무도 모두 도시로 올려보내고 여기선 팔지도 사지도 못한다며, 불공평한 세상에 대해 불만을 토로하는 아들에게 문서방은 또 세상사는 게 다 그렇다고 타이른다. 그리고 뒤이어 공부해서 면서기가 됩네, 조합에 다닙네 하여 농사지을 사람이 없어지면, 군수 같은 양반들이 농사꾼을 귀히 여겨 벼 한 섬에 5원씩 장려금을 준다지 않더냐며 일장 연설을 했다. 문서방과 아이들은 내일 벌어들일 2원을 생각하며 참기름에 무나물을 넣고 밥을 볶으며 행복해 한다.

- 1942. 2. 10 -

土龍 - 間島旅裏 第2話(토룡 - 간도여행 뒷이야기 제2화)

〈기초사항〉

원제(原題)		土龍 - 間島旅裏 第2話(一~四)
한국어 제목		토룡 - 간도여행 뒷이야기 제2화
원작가명(原作家名)	본명	이갑용(李甲龍)
	필명	이무영(李無影)
게재지(揭載誌)		국민문학(國民文學)
게재년도		1943년 4월
배경		• 시간적 배경: 대동아전쟁 발발 이후 • 공간적 배경: 만주 산간마을
등장인물		① 아내와 1남 2녀를 데리고 만주로 이주해 온 지 10년째를 맞는 인춘보 ② 성실하게 농사일을 거드는 아들 삼룡 ③ 인춘보의 딸 후분 등
기타사항		

〈줄거리〉

인춘보(印春甫)는 공소(公所)에 공판을 보러 간 아들 삼룡(三龍)이 돌아오질 않자 안절부절못한다. 혹시나 아들이 공출대금을 들고 술을 마시러 가거나 기생집에 가지는 않았는지 걱정이 되어서였다. 하지만 같이 공판을 보러 갔다 이미 돌아온 삼룡의 친구인 옆집의 창식(昌植)의 말에 따르면, 삼룡은 술 한 사발만 들이켜고 기차를 타고 읍내로 나갔다는 것이다. 사실 춘보가 노심초사 삼룡을 기다리는 것은, 삼룡이 일 년 내 피땀 흘려 재배한 콩을 팔아 번 돈을 만선척식주식회사(滿鮮拓植株式會社, 이하 '만척')의 대부금 변제에 다 써버리는 게 아닐까 하는 두려움 때문이었다.

10년 전 춘보는 아내와 아들 삼룡과 딸 선분(先紛)과 후분(後紛)을 데리고 이곳 만주로 이주해 왔다. 그는 무더운 여름과 영하의 추운 겨울을 그야말로 이를 악물고 견디며 황무지를 개척하고 농사를 지어왔다. 춘보처럼 조선에서 만주와 간도 등으로 이주해 온 무일푼의 150만 이주민들은, 처음에는 만척에서 돈을 빌려 삶의 터전을 닦을 수밖에 없었다. 여기저기 마을을 이뤄 살고 있는 이주민들은 마을단위로 만척의 대부금에 대해 연대책임을 져야 했고, 춘보 역시 예외는 아니었다.

춘보는 처음에는 소득의 절반을 털어 빚을 갚으려고 안간힘을 썼다. 사실 그때의 삼룡은 아버지 춘보와는 달리 조금씩 갚아 가면 된다는 입장이었다. 그랬던 삼룡이 읍내의 만척 출장소에 다니는 박태현(朴台鉉)과 알게 되면서부터 최대한 빨리 빚을 갚고 읍내로 떠날 계획을 세우게 된 것이다. 설상가상으로 둘째딸 후분마저 읍내로 나가 읍내 남자와 결혼할 꿈에 부풀어 오빠인 삼룡 편을 들고 나섰다. 춘보는 여식을 학교에 보내 가르친 것이 그렇게 후회될 수 없었다.

　삼룡은 밤 10시가 넘어서야 돌아왔다. 예감대로 삼룡은 콩 대금 전액을 대부금 변제로 내놓고 오는 길이었다. 춘보는 화가 나긴 했지만 한편으론 이해 못할 것도 없는 아들의 심정을 헤아려 꾹 화를 삼켰다. 오히려 읍내 음식값이 너무 비싸 아직 저녁을 먹지 못했다는 삼룡에게 "그래도 먹고 오지 그랬냐."며 안쓰러워하고, 내일 일이 고될 테니 어서 자라고 재촉했다.

　춘보는 조선에 있을 때도 비록 소작일지라도 농사짓는 땅에 대한 애착이 남달랐던 사람이다. 그런 그에게 만주에 와 죽을 고생을 하며 일궈놓은 땅인들 오죽하겠는가? 조선에서의 소작토지가 '데려온 자식'이라면, 만주의 지금 땅은 비록 자기소유의 땅은 아닐지라도 '배 아파 낳은 자식'이나 진배없었다. 춘보와 그의 아내는 그런 땅을 버리고 읍내로 떠나려는 아들딸이 야속하기만 했다.

　그런 와중에도 춘보는, 장성한 아들을 둔 아비라면 누구나 그렇듯, 삼룡의 색시감 물색에 열심이었다. 하지만 번번이 실패하고 마는데, 이유는 간단했다. 부모 맘과는 달리 처자들은 읍내로 시집가고 싶어 하기 때문이었다. 사실 춘보 역시 후분을 삼룡의 친구이자 만주개척을 위해 생사고락을 함께 해온 창식에게 시집보내고 싶은 마음이 굴뚝같았지만, 정작 후분과 삼룡은 만척 출장소의 박태현을 마음에 두고 아버지와 보이지 않는 기싸움을 벌이고 있는 중이었다.

　그러던 어느 날, 대부금 청산이 가능하게 되었다는 박태현의 기별을 받은 삼룡은 그간 벌목장에서 목재를 운반해준 삯으로 받아 모아둔 돈을 들고 읍내로 떠났다. 삼룡은 들뜬 마음을 감추지 못하고, 빚을 갚고도 얼마간 돈이 남을 거라며 부모님과 동생에게 선물로 뭘 사다줄까를 묻고 또 물었다. 춘보는 그런 아들과는 달리 침울한 마음으로 아무것도 필요없다며 서둘러 다녀오기나 하라고 삼룡의 등을 떠밀었다.

「삼룡이 집을 나서자 춘보는 잠시 멍하니 서서 멀어져가는 아들의 뒷모습을 바라보았다.

　"갈 놈은 가야제."

　춘보는 이렇게 혼잣말을 하더니 마침 앞에 쭈그려 앉아있던 소에게 다가가, 다섯 손가락을 갈퀴처럼 접어 이마를 쓰다듬으며 중얼거렸다.

　"그동안 일 잘해주어 고맙다. 네 주인은 이제 읍내로 떠난단다. 이제부턴 내가 널 돌봐주마."

　그렇게 소의 이마를 두세 번 가볍게 두드리더니, 무슨 생각이 났는지 춘보는 헐레벌떡 집을 뛰쳐나가 벌써 저만치 멀어져간 삼룡에게 큰소리로 외쳤다.

　"삼룡아! 올 때 소 워낭이나 사오니라! 알겠냐? 소리 잘 나는 놈으로다, 야!"

　"알았어요!"

　하지만 삼룡은 아마도 무슨 말인지 몰랐을 것이다. 삼룡은 폴짝폴짝 뛰어가고 있었다. 길은 질퍽질퍽한 진창인데, 삼룡은 화살처럼 버드나무가 있는 모퉁이를 돌아 언덕을 넘어 능선 위로 불쑥 모습을 드러냈는가 싶더니, 이내 그의 모습은 보이지 않게 되었다.」

靑瓦の家(청기와집)

〈기초사항〉

원제(原題)	靑瓦の家	
한국어 제목	청기와집	
원작가명(原作家名)	본명	이갑용(李甲龍)
	필명	이무영(李無影)
게재지(揭載誌)	부산일보(釜山日報)	
게재년도	1942년 9월~1943년 2월	
배경	• 시간적 배경: 중일전쟁 이후~1943년 봄 • 공간적 배경: 경성과 경북 일대	
등장인물	① 아버지의 유언에 따라 경성의 권대감집으로 간 안미연 ② 미연의 아버지 안대영에게 가르침을 받았던 소학교 교사 류해성 ③ 안대영과 막역한 사이 였으나 어떤 계기로 인연을 끊고 지내게 된 권태식 ④ 도쿄유학을 마치고 돌아온 권대감의 손자 권인철 ⑤ 해성을 짝사랑한 하숙집 처자 박여옥 ⑥ 후처 소향과의 사이에 태어난 권대감의 아들 권수진 등	
기타사항	<글의 차례: 주는 사람 - 청기와집 - 향수 - 암투 - 죄와 벌 - 해변 - 삽화1 - 격류 - 태고의 여성 - 계주자 - 삽화2 - 분규 - 개척되는 대지 - 그 아침 - 격전일기>	

〈줄거리〉

　　미연(美燕)은 여옥(如玉)의 애원을 도저히 무시할 수 없어, 해성(海星)이 잠시 마을을 비운 사이 경성으로 떠나려고 짐을 싸들고 정든 고향을 나섰다. 그런데 버스대합실에서 그만 해성과 마주치고 말았다. 말은 하지 않았더라도 서로의 사랑을 의심하지 않았기에 어머니께 결혼 허락까지 받아온 해성이지만, 떠나가는 미연을 강하게 붙잡지는 못했다.

　　경성 북악산 산자락에 위치한, 지금까지도 과거의 위세가 엿보이는 지은 지 300년이 넘은 청기와집. 아흔이 다 되어가는 권태식(權泰植) 대감은 4월의 어느 이른 아침, 한 달에 한두 번 모시는 조상에의 제(祭)를 잊어버린 식솔들을 불러모아 호통을 치고 있었다. 그때 마침 오랜 세월동안 소식을 듣지 못하던 안대영(安大榮)의 여식인 미연이 하얀 소복차림으로 청기와집을 찾아와 아버지의 유언장을 내밀었다. 권대감은 눈물을 흘리며 친구의 죽음과 그 아들의 행방불명을 안타까워하였다. 사실 미연의 오빠인 창식(昌植)이 어린 나이에 집을 나가 소식이 끊긴 지 오래였다. 권대감은 친구에 대한 죄를 씻으려는 마음으로 어려운 형편에도 미연을 집에 기거하도록 하였다. 그렇게 미연의 경성생활은 시작되었다.

　　청기와집은 참 복잡한 관계의 사람들이 대가족을 이루고 살고 있었다. 권대감과 기생 출신인 그의 후처 소향(素香). 본처 소생의 장남으로 미국유학파인 수봉(秀峰)교수와 그의 둘째부인인 성희(星姬). 소향에게서 태어난 권대감의 차남인 수진(秀鎭)과 딸 수영(秀英). 청기와집에서 쫓겨난 수봉의 본처 윤(尹)씨의 소생으로 도쿄유학에서 막 돌아온 인철(仁徹)이 있고, 딸 인임(仁姙)과 인숙(仁淑)이 있었다. 그리고 성희가 낳은 아직 어린 아들 인택(仁澤)이 있으며 그 밖에 집안일을 분담해 거드는 하인들이 서넛은 되었다. 이런 복잡 미묘한 청기와집 가족들은 인철을 제외하고 모두 권태로움과 무기력감에 빠져 하루하루를 무위도식하며 지내고 있었다. 그런 그들을 지켜보던 미연은 비슷한 또래의 인임과 인철을 설득해 집안 분위기를 바꿔보기로 한다. 예컨대 집안의 잡다한 일들을 하인에게만 맡기지 말고 가족들이 분담하여 하고, 제각각이던 식사시간을 통일시키자는 등 가족들의 생활습관을 바꾸자는 것이었다.

그런데 이른 나이부터 술과 여자를 가까이 하며 방탕한 생활을 해왔던 인철의 삼촌인 수진은, 미연이 이 집에 들어와 살기 시작한 때부터 어머니 소향과 함께 끊임없이 그녀를 차지할 궁리에 여념이 없었다. 그런가 하면 수진은 이미 상당한 빚에 저당 잡혀있는 청기와집을 담보로, 가족들 몰래 돈을 끌어다 쓰려는 획책을 꾸미기도 하였다. 하지만 이들 모자의 계략을 눈치 챈 인철은 안팎으로 수진의 행실을 감시함으로써 미연과 청기와집을 지키려고 노력하였다.

한편 미연을 잊지 못하고 여전히 괴로워하고 있던 류해성(柳海星)은 어느 날 저녁, 여옥의 부탁을 받고 미연이 자신을 떠났다는 사실을 뒤늦게야 알게 된다. 화가 치민 해성은 이성을 잃고 구둣발로 여옥의 옆구리를 차 떨쳐내고 어둠속으로 도망치듯 달려갔다. 그런데 이튿날, 경찰서로 불려간 해성은 지난밤 여옥이 해성에게 버림받은 것을 한탄하여 자살하였다는 사실을 알게 되었다. 해성은 그 죄책감에 빚까지 내서 그녀의 장례를 치러줬을 뿐 아니라 그녀의 가족들에게 생계비까지 대주었다. 그 후 학교를 그만 둔 해성은 슬픔의 로맨스와 한이 서린 그곳을 떠나 아버지의 어장이 있는 바닷가 마을로 들어갔다. 사실 아버지는 거친 풍랑으로 인해 연이어 실패한 어장 때문에 삶의 의욕을 상실한 사람처럼 보였고, 어머니는 그런 아버지에 대한 원망이 하늘을 찌를 듯하였다. 어느 산업조합에 다니는 동생 해수(海秀)와 어머니는 조합장 딸인 혜영(惠英)과 해성을 결혼시킴으로써 돌파구를 찾고자 하지만, 해성은 '그런 여자와 절대 결혼할 수 없다!'며 그녀를 만나려고도 하지 않았다. 그러던 어느 초가을 이른 새벽, 해성은 곁에서 잠들던 아버지가 사라진 것을 알고 허둥지둥 바닷가로 나가 찾았지만 아버지는 어디에도 없었다. 그렇게 사라진 아버지는 이튿날 정오가 다 되어서야 인사불성의 부상을 입고 들것에 실려 돌아왔다. 고기떼를 확인하기 위해 험준한 산에 올랐다가 발을 헛디딘 모양이었고, 그 후 아버지는 정신이 온전치 않은 사람처럼 시시때때로 헛소리를 하는가 하면 버럭버럭 화를 내고는 하였다. 그 모든 것이 바다 때문이라고 생각한 해성은, 아버지를 대신하여 이제는 자신이 바다와 싸워볼 결심을 하고 어업에 뛰어들었다. 문학가인 친구 이완규에게 자금을 융통하여 어장의 재기를 시도해보지만 거친 바다와의 싸움은 생각보다 녹록치 않았고, 오히려 빚만 늘어갈 뿐이었다.

그러던 어느 날, 미연이 수봉과 인임을 동반하여 고향을 찾아왔다. 권대감이 수봉의 후처인 성희가 집을 나가버린 뒤 인철의 생모인 윤(尹)씨 부인을 다시 불러들이기 위해 수봉 일행을 미연의 고향으로 여행을 보낸 것이었다. 이때 또 한 번의 운명적인 만남이 이루어지는데, 미연 일행이 안대영과 여옥의 묘를 찾아갔을 때 그곳에서 우연히 해성과 마주치게 된 것이다. 간밤에 미연으로부터 해성과 여옥의 기구한 사연을 들은 인임이 해성에게 야릇한 감정을 느끼게 되었고, 경성으로 돌아와서도 해성의 생각을 떨쳐버리지 못하였다. 반면 친척 아주머니로부터 해성의 이야기를 전해들은 미연은 여옥의 묘 앞에서 맞닥트린 해성과의 관계가 수봉과 인임에게 들킬까봐 노심초사하면서도, 해성에게 슬그머니 내일 이곳에서 만나자고 말하고 숙소로 돌아왔다. 하지만 이튿날 해성은 끝내 나타나지 않았다.

이듬해 초봄, 병약해진 권노인은 청기와집의 부흥을 끝내 보지 못하고 인철에게 뒷일을 맡긴 채 아흔살에 세상을 떠났다. 그는 유서에 소향 모자와 수영을 분가시킬 것을 당부하고, 미연에게는 학비와 결혼자금을 유산으로 남긴다는 글을 남겼다. 덕분에 미연은 2년제의 보육학교에 입학하여 뒤늦은 공부를 시작하였다. 그리고 인철은 국가의 번영을 위해서 청기와집이 부흥과 번영을 이루어야 한다는 원대한 포부와 사명감을 가지고, 강원도 동해안의 미개간지를 개척하는 대규모 사업을 몇몇 친구들의 투자를 받아 시작하였다. 그는 중국과 미국에 대한 사대주의에 젖은 권대감과 아버지 수봉을 일본제국의 한 국민으로 일깨웠던 것처럼, 개간공사장의 노동자와 농민들의 정신 또한 일깨우기 위해 밤이면 그들에게 일본어와 한글을 가르치며 의식교육을 시키기도 하였다.

한편 친구 이완규의 도움에도 불구하고 번번이 어획에 실패한 해성은 결국 파산선언을 하고 술에 절어 하루하루를 살아가고 있었다. 그런 해성을 제자리로 돌려놓은 것 또한 이완규였다. 그에게 흠씬 두들겨 맞고 서로 엉키어 울고 난 이튿날부터 해성은 언제 그랬냐 싶게 술을 끊고 다시 어장운영에 매진하였다. 그런데 공교롭게도 강원도의 한 개간공사장에서 높은 임금과 선수금을 미끼로 해성의 어부들을 빼내가 버렸는데, 그 공사장이 바로 인철이 운영하는 개간공사장이었다. 해성은 자신들의 어부를 돌려줄 것을 제안하기 위해 공사장의 인철을 찾아갔다. 그때는 마침 수봉과 수진, 미연과 인임 자매가 공사장 시찰을 와있을 때였는데, 미연과 인임은 그곳에서 가까운 산읍에 다녀오느라 직접 해성을 만나지는 못했다. 하지만 인철에게서 대강의 이야기를 들은 두 여인은 이내 그가 해성임을 알아차렸다. 미연은 인철이 해성과 자신의 관계를 알게 될까봐 노심초사한 마음으로 경성으로 돌아갔고, 인임은 다시 그를 만날 수 있으리란 기대로 며칠 더 공사장에 머물렀지만 끝내 만나지 못하고 경성으로 돌아와야 했다.

한편 동생 해수의 지원병훈련소 입소를 위해 상경한 해성은, 기차 안에서 우연히 만난 인철에게 건네받은 주소를 더듬어 청기와집을 찾아왔다. 하지만 인철은 이미 공사장으로 가버린 뒤였고 미연 역시 집에 없었다. 대신 그는 돌아오는 길목에서 마주친 만취한 한 청년을 통해 미연과 인철의 관계를 어렴풋이 짐작하게 되는데, 그 청년은 바로 수진이었다.

미연과 삼촌 수진의 관계를 오해하고 공사장으로 돌아온 인철은 정사(情事)에 대한 집착을 떨쳐버리고자 해성을 찾아갔다. 그곳에서 온 열정을 바쳐 일에 전념하는 해성과 열흘 넘게 같이 지내면서 두 사람은 죽마고우와도 같은 우정을 나누게 되었다. 또 인철은 이완규를 통해 해성이 꿈꾸었던 증기선을 살 수 있도록 돈을 지원해 주었다. 덕분에 해성의 어장은 활기를 띠게 되었고, 마을사람들은 해성의 성공을 마치 자기 일처럼 기뻐하였다. 증기선의 진수식이 있던 날 밤, 인철은 해성에게 동생 인임과의 결혼을 제안하기 전 미연과 결혼할 생각은 없느냐고 불안한 기색이 역력한 얼굴로 물었다. 그런 인철의 마음을 눈치 챈 해성은 그녀를 잊어버린 것은 아니지만 결혼할 생각은 없노라고 단호하게 말했다.

해성은 증기선의 첫 어획물을 동생 해선이 입대한 ××부대에 양식으로 제공하였다. 그리고 1941년 12월 7일, <대동아전쟁>이 발발하자 일본의 승리를 기원하며 라디오까지 마련하여 항해 중에도 늘 전황뉴스에 주의를 기울이고 어부들에게 승리소식을 전하며 함께 기뻐하곤 하였다. 인철 역시 일본군의 승승장구 소식에 감격하며 개간공사 현장의 인부들의 사상개혁에 한층 더 열심이었다. 그런가 하면 한때 영미추종자였던 인철의 아버지도 조선신궁을 참배하는가 하면 하루 빨리 조선에 징병제도가 도입되어 조선청년들에게도 국토를 수호할 명예가 주어지기를 기대할 정도가 되었다.

이듬해인 1942년 3월, 개간지역에서는 농사준비가 한창이었다. 미연은 그곳 유치원에서 노동자와 농민의 자녀들을 돌보고 있었다. 그곳에서는 이미 아버지의 3주기가 끝나고 소복을 벗게 되면 미연과 인철이 결혼하게 되리라는 것이 기정사실처럼 알려져 있었다. 그리고 씨앗 뿌리기가 시작될 무렵인 4월 중순, 이윽고 아버지의 3주기를 하루 앞두고 미연은 인철과 인임과 해성을 동행하여 아버지의 산소를 찾기 위해 산읍으로 향했다.

「첫차가 9시였기에 아침을 간단히 먹고 미연은 모두가 재촉하는 대로 상복을 갈아입었다. 그녀도 그럴 생각이었는지 붉은 칼라의 하얀색 상의와 코발트색 치마를 가방에 단정하게 챙겨왔었다.

"어머나! 이게 누구야? 진짜 미연씨 맞아요?"

"아이 참, 놀리지 말아요." (중략)

도중에 해성과 헤어진 후 개간지로 돌아가자 장(張, 인철의 친구)이 말했다.

"미연씨, 손님이 와계세요. 오빠가 있었어요? 정말 몰랐네."

"오빠?" 비명처럼 이렇게 말하고 사무실로 뛰어갔다. 마흔은 되어 보이는 낯선 국민복 차림의 남자가 "저, 이런 사람입니다만……"이라며 명함을 내밀었다. 그는 경찰이었다. "당신이 안미연씹니까?" 그 남자가 물었다. (중략)

"그럼 당신의 오빠가 분명 맞습니다. 사실은……" 역시 말을 잇지 못했다.

"오빠가 어떻게 됐나요? 현재 어딘가에 살아있긴 한 거죠? 그것만이라도 가르쳐주세요."

"안심하세요." 남자는 단호하게 이렇게 말하더니, "영원히 살아있을 겁니다. ……사실, 명예로운 전사를 하셨습니다. 위대한 수훈(殊勳)을 세우셨습니다."

"네!" 미연은 자기도 모르게 이렇게 외쳤다.

"황군의 홍콩공략 때였습니다. 오빠께서는 군속으로 전선에 배치되어 나라를 위해 실로 장렬히 싸우셨는데, 불행히도 적탄에 맞아 명예로운 전사를 하셨습니다. 영령도 조선에 돌아와 계십니다." 눈물도 나지 않았다. (중략)

얼마 후 인철과 인임이 사정을 전해 듣고 뛰어왔다.

"오라버니의 영령에 경의를 표합니다." 인철은 정중하게 말했다.

"죄송해요." 미연은 일어서 가방에서 상복을 꺼내더니 인철에게 말했다.

"미안한데, 저 잠깐 옷 좀 갈아입을게요."

"어쩌려고요?"

"저, 1년만 오라버니를 위해 상복을 입고 싶어요. 오라버니에겐 이렇다 할 가족도 없잖아요……" 인철 등은 아무 말도 하지 못하고 방을 나왔다. 봄철 농사일로 바삐 일하는 농부들의 '저 너머 갈미봉에……'라는 노랫소리가 천천히 들려왔다.

인철은 담배에 불을 붙이더니 허공으로 사라져가는 연기를 가만히 바라보았다.」

宏壯氏(꿩장씨)
<small>クエンチャン</small>

〈기초사항〉

원제(原題)		宏壯氏(一～四)
한국어 제목		꿩장씨
원작가명(原作家名)	본명	이갑용(李甲龍)
	필명	이무영(李無影)
게재지(揭載誌)		문화조선(文化朝鮮)
게재년도		1944년 2월
배경		• 시간적 배경: 태평양전쟁 시기의 어느 해 겨울 • 공간적 배경: 경성에 인접한 경기도 어느 마을
등장인물		① 10년 넘게 학교선생을 하고 있는 마음씨 착한 남(南)선생 ② 허풍과 허영은 심하지만 인정이 많은 '꿩장씨' 등
기타사항		

〈줄거리〉

남(南)은 10년간의 훈도생활 끝에 지은 지 7년 반이나 된 초가집을 사서 이사했다. 농업학교 출신이라 당분간 전근갈 일은 없으리라는 생각에서 집을 장만한 것이다. 그러나 집을 사게 된 동기는 따로 있었다. 남(南)에게는 제법 잘 사는 친구가 한 명 있었는데, 그 친구의 형편을 보아주느라 어쩌지 못하고 그의 소유였던 초가집을 샀던 것이다.

그런데 이사한 지 채 1년도 안 되어 친구로부터 1년 전 원금으로 그 집을 다시 돌려달라는 연락이 왔다. 사실 그 집은 장인이 자기에게 지어준 집인데, 장인은 자기 것을 남에게 파는 것을 정말 싫어하여 지금 엄청 화를 내고 있다는 내용이었다. 하지만 그 친구의 진짜 속내는 값이 오른 그 집의 소유권을 갖고 싶었던 것이다.

이런 상황을 지켜봐온 아내는 "당신은 너무 사람이 좋아서 탈이에요. 그 친구도 그런 당신을 깔보고 그러는 거라구요!"라기도 하고, 진정한 친구라면 그런 무리한 요구도 하지 않을뿐더러 대금에서 전에 남(南)이 빌려 썼던 얼마 안 되는 돈까지 빼고 계산하는 파렴치한 짓도 하지 않을 거라며 사람 좋기만 한 남편을 원망했다. 게다가 그 사이 시골의 집값들이 배로 뛰어 버린 탓에 달리 집을 사지도 못하고, 전에 세들어 살던 꿩장(宏壯)씨의 둘째부인 집으로 들어가 살아야할 판이었다.

꿩장씨의 본명은 박건양(朴建陽)으로 예순 정도의 노인이다. 지금은 가세가 기울대로 기울긴 했지만 한때는 천석꾼이었을 정도로 부유했던 양반인 꿩장씨는 말끝마다 '꿩장히'라는 표현을 즐겨 쓴다는 이유로 '꿩장씨'라는 별명으로 불렸다.

「굉장씨는 무엇이든 과장해서 말하는 버릇이 있어 '굉장'이라는 말을 곧잘 사용하였다. '굉~장히'라는 식으로 '굉'을 길게 빼서 말하는데 그 어조를 본떠서 '굉장'이라고 했다.

"오늘은 말이야 굉~장한 사람을 만났는데, 굉장히 맛있는 요리를 대접받았다니까. 요리가 아주 굉장했는데, 굉~장히 많이 먹었다니까."라는 식이었다.

"어떤 사람이었는데요?"

사람들은 그를 놀릴 생각으로 이렇게 묻고는 했다.

"그게 말이죠, 정말 대단한 사람이었어요. 권세가 굉~장한 사람이에요. 일이 있어서 조선은행에 갔다가 그 사람을 만났는데, 마침 식사시간이어서 같이 가자기에 마을의 굉장한 요릿집에 갔어요. 점심시간이 지났는데 사케(酒)며 맥주를 닥치는 대로 가져오는데 굉~장했다니까요!"」

그의 허풍과 허영은 대단했다. 그는 한 달에 열흘 정도는 집안이 발칵 뒤집히는 호들갑을 떨며 경성으로 출타를 했는데, 달리 볼일이 있어서가 아니라 그저 사람들에게 보여주기 위한 쇼였다. 그런가 하면 살림이 어려워진 것을 안 면장이 세금을 줄여주자, "무슨 소리요? 당신이 나를 모욕할 참이오? 내 자산은 작년과 그다지 달라지지 않았는데, 이것은 대체 뭘 기준으로 했단 말이오? 다른 사람은 다 (세금이) 늘었는데, 왜 나만 줄어들었어!?"라고 우격다짐할 정도로 허세가 심했다.

굉장씨는 본래 양반 출신으로 상당한 재산을 물려받은 부자였고, 그 덕분에 부인을 셋씩이나 두었다. 그는 또한 마을사람들에게 베풀기를 좋아하여 흉년이 들었을 때는 소작료를 면해줄 정도로 남을 돕는 일에 솔선수범하였다. 그런 그의 성격을 알고 있는 사람들 중에는 간혹 그를 추켜세워 주고 공짜 술을 얻어먹거나 보증을 서게 하여 돈을 떼어먹고는 하였다. 그 바람에 굉장씨네 살림이 조금씩 기울게 되었던 것이다.

또 굉장씨는 애국반 반장을 역임할 정도로 일제에 충직한 사람이었다. 각종 기관에서 날아온 공문을 가지고도 "오늘도 국민총력조선연맹 사무총장님이 편지를 두 통이나 보내셨는데……."라고 허풍을 떨었고, 전쟁이 발발하자 빚을 내어 국방헌금을 내기도 하였다.

이런 굉장씨의 집에 남(南)이 세를 들어 살게 된 데에는 사연이 있었다. 노모에다 여섯 명의 아이들을 데리고 부임한 남(南)이 방을 얻지 못해 숙직실 신세를 지고 있을 때, 이 이야기를 전해들은 굉장씨가 자신의 둘째부인의 집을 세로 내준 것이다. 그 후에도 남(南)의 궁핍한 생활상을 옆에서 지켜보며 여러모로 도움을 주었다. 마을사람들은 그런 남(南)과 굉장씨의 사이를 색안경을 끼고 보았지만, 사실 남(南)은 굉장씨에게 그렇게 살면 안 된다고 아픈 소리를 서슴없이 했다. 그럼에도 불구하고 남(南)의 아들이 돈이 없어 소학교(초등학교)를 졸업하고 경성에 있는 회사의 급사로 취직하게 되자, 굉장씨는 이를 가엾게 여겨 10원이었던 방값을 무료로 해주는가 하면 생필품의 대부분을 그냥 쓰게 해주기도 했다.

이번에도 남(南)이 처한 사정이야기를 들은 굉장씨는, 아직 비어있으니 그냥 자신의 집으로 들어와 살라고 했다. 그러나 남(南)의 아내는 형편이 더 어려워진 굉장씨에게 다시 신세를 져야한다는 것이 싫었다. 그런데 어떻게든 해결해 보겠다는 남(南)의 친구에게선 약속한 날이 훨씬 지났는데도 연락이 없었다. 어떻게 되가느냐고 묻는 남(南)의 편지에는 답장 대신, 또 한 번 독촉하면 오히려 부당이득을 취한 남(南)을 고소하겠다는 풍문만 들려왔다.

이사를 차일피일 미루고 있는 남(南)에게 꾕장씨는 상담할 일이 있으니 와달라는 전갈을 보내오고, 친구의 배신을 반신반의하며 고민하던 남(南)은 저녁상을 물리고 12월의 비오는 밤거리로 나섰다.

056-6

花屈物語(화굴 이야기)

〈기초사항〉

원제(原題)	花屈物語	
한국어 제목	화굴 이야기	
원작가명(原作家名)	본명	이갑용(李甲龍)
	필명	이무영(李無影)
게재지(揭載誌)	국민총력(國民總力)	
게재년도	1944년 10월	
배경	• 시간적 배경: 1942년 겨울 • 공간적 배경: 황해도 장연	
등장인물	① 강연을 하면서 전국을 돌아다니는 '나' ② 장연군 군수 도쿠하라 ③ 별명이 '동굴과장'인 장연군청 직원 후지야마 ④ 미곡 소매조합 이사 나가모토 등	
기타사항		

〈줄거리〉

황해도 장연읍(長淵邑)에 화굴(花屈)이라는 명소가 있는데 그곳은 도살장이나 공동묘지가 있을 것 같은 으슥한 곳이다. 동굴내부는 눅눅하고 어둡고 이름도 알 수 없는 괴상한 새와 작은 동물들의 울음소리가 들리고 산화한 썩은 나무가 괴상한 빛을 내고 있었다. 호기심 많은 사람이 손에 촛불을 들고 안쪽으로 깊이 들어가 보면, 갑자기 불이 꺼지고 괴상한 새의 울음소리가 들리기도 하고 누군가 첨벙첨벙 미역을 감는 듯한 물소리가 들리기도 하였다. 무서워서 급하게 불을 켜보면 인간의 두개골이 여기저기 나뒹굴고 있었다. 어쨌든 화굴에 관한 이야기는 하나같이 소름끼치는 이야기들뿐이었다. 그래서 한낮에도 동행하는 이가 없으면 누구도 그곳에 가까이 가려하지 않았다.

그런데 늦가을부터 겨울에 걸쳐 이 무서운 동굴을 떠나지 않는 한 남자가 있었다. 복장은 국민복에 오버코트를 걸치고 있고 일본어를 할 줄 아는 남자였다. 이 남자는 대개 일몰 직전이나 심야에 난데없이 동굴에 들어가곤 했다. 이 남자는 이름은 고사하고 얼굴도 본 적이 없는데 나이는 50세 정도라고 추측만 할 뿐이었다. 남자는 동굴에서 나올 때 "괜찮아. 쓸모 있는 것으로 만들어 놓겠어."라고 혼자 중얼거리곤 했다. 그런데 이 남자 말고도 또 한 남자가 대여섯 번 정도 이 동굴 안에 숨어들었었다.

1942년 12월 말 밤 11시 경, 이 괴상한 남자는 늘 그렇듯이 회중전등을 비치면서 화굴 앞에 나타났다. 자기 집이나 되는 양 느긋하게 담배 한 대를 피우고 났을 때, 동굴에서 사람의 발자국 소리가 들려왔다.

'이곳에 나 말고 다른 사람이 있단 말인가? 혹시 유령?'

바로 그때 발자국소리는 동굴입구 가까이까지 다다랐고, 손전등 같은 빛과 함께 검은색 외투를 걸친 남자가 나타났다. 그 남자 역시 본인이 평소 동굴에 들어갔다 나오면 하는 말과 동일한 '이만하면 괜찮겠어!'라는 소리를 하는 게 아닌가! 그 말을 듣고 하마터면 기절 할 뻔했다. 그런데 유령인 줄 알았던 남자는 장연읍 군수인 도쿠하라(德原)였다. 도쿠하라군수도 상대방이 군청직원인 '동굴과장' 후지야마(藤山)임을 알고 비로소 안도의 웃음을 지었다.

「"아이쿠, 죄송합니다. 저는 진짜 유령인 줄 알았습니다요. 많이 놀라셨지요?"

후지야마가 연신 사과를 하자 군수가 말했다.

"아니, 아닐세. 나도 마찬가진 걸. 자네야말로 얼마나 놀랐겠나. 침입자는 날세. 화굴은 자네 것이 아닌가. 내가 미안하게 됐네."

"아니, 저야말로……. 그나저나 이런 추운 밤에 어떻게 나오셨습니까? 종종 오셨더랬습니까? 감사합니다."

"무슨 소린가. 감사는 내가 해야. 정말 고맙네, 고마워!"

군수는 후지야마의 손을 꼭 잡으며 "이 정도 양이면 이젠 괜찮겠어. 올 들어 어제와 오늘이 제일 추웠지, 아마?"

"그렇습니다. 이제 정말 괜찮습니다!"

"자네의 노력이 결실을 맺은 거지. 지성이면 감천이라더니! 자, 가세. 우리 집에 술이 있네. 다행히 내일은 일요일이니, 둘이서 축하의 술 한 잔 하세 그려!"」

두 사람은 군수의 집에 도착하자마자 미곡 소매조합 이사를 맡고 있으면서 화굴의 선전역할을 맡고 있는 하리모토(張本)에게 급히 사람을 보냈다. 세 사람은 축배를 들었다. 후지야마는 이렇게 기쁜 일은 난생 처음이라며 눈물을 글썽거렸다.

이야기는 도쿠하라군수의 취임 당시로 돌아간다. 중일전쟁 5주년 겸 태평양전쟁 2년째를 맞는 1942년, 후방은 식량증산에 여념이 없었다. 도쿠하라는 부임하자마자 군내의 식량사정을 조사하는 데 매달렸다. 쌀이 주식인 것은 다른 지방도 마찬가지지만 잡곡의 비중이 높다는 것을 알고부터는 식량을 보충할 감자에 관심을 갖게 되었다. 하지만 많은 양의 감자가 저장법이 서툴러서 결국 부패하여 길바닥에 쌓여있는 실정이었다. 도쿠하라군수는 뭔가 좋은 방법이 없을까 고민하다 직원들을 모아놓고 대책을 강구했다. 감자는 추위에 약한데다 기온변화를 몹시 타서 저장하기가 힘든 작물이다. 올바르게 저장하려면 엄동에도 최저 12, 3도 내외의 보온을 해주지 않으면 안 되기 때문에 사실상 부패를 방지할 방법이 없다고 결론지었다. 농민들의 고충을 알고 있기에 그는 결코 포기하지 않았다. 그는 밤낮으로 '한 개의 감자가 포탄 한 개의 가치가 있다'는 신념으로 감자 저장법 연구에 열중하였다.

그러던 어느 추운 날, 잠에서 깬 뒤 뒤척이다 문득 부임 초에 안내받아 갔던 화굴이 생각났다. 그렇게 하여 그는 미곡소매조합 이사 나가모토와 부하 후지야마의 도움을 받아 동굴을 이용한 감자저장법을 모색하게 되었던 것이다. 후지야마의 두려움을 극복한 인내와 노력으로 동굴 속과 외부의 온도 차이를 측정하고 이날 밤 드디어 화굴이 감자저장창고로 적합함을 확인하게 되었던 것이다.

화굴에서의 감자저장법은 대성공이었다. 기존에 30%에 달했던 저장량의 부패율 또한 3%에 그쳤다. 동굴 안의 환기를 위해 천장에 환기구멍을 파서 습기제거 선반을 설치하고 지하수를 외부에서 끌어들여 이것을 무논의 용수로 충당하였다. 이렇게 하여 공포의 대상이었던 화굴은 전시하 군민에게 크게 부각되었다. 1942년에는 저장공사가 완성되지 않아서 5천관의 종자용 감자만을 저장하였지만 1944년도에는 3백만 관의 감자를 저장할 수 있게 되었다.

내가 어느 강연을 마치고 돌아가는 차속에서 어떤 사람한테 이 같은 이야기를 전해 듣고 화굴을 방문한 것은 1월 3일이었다. 저장고는 아직 공사 중이었다. 3월을 기해 본격적인 확장공사가 시작되면 2년 후에나 완성될 거라고 했다. 내가 동굴 속을 한 바퀴 돌고 출입구로 나왔을 때, 국민복에 각반을 찬 쉰 정도 되어 보이는 남자가 이쪽을 향해서 걸어오고 있었다. 문득 소문으로 듣던 도쿠하라나 후지야마 둘 중의 한 사람일거라 생각했지만 기차시간에 쫓겨서 확인을 포기하고 서둘러 발걸음을 옮겼다.

*작자로부터 - 밝혔던 것처럼 이것은 사실을 소설화한 것이다. 그래서 숫자는 물론 인물도 실재 인물이다.

056-7

情熱の書(정열의 서)

〈기초사항〉

원제(原題)	情熱の書	
한국어 제목	정열의 서	
원작가명(原作家名)	본명	이갑용(李甲龍)
	필명	이무영(李無影)
게재지(揭載誌)	정열의 서(情熱の書)	
게재년도	1944년 4월	
배경	• 시간적 배경: 1941년 가을 • 공간적 배경: 경북 죽령 인근의 산골마을	

등장인물	① 10년 전 유명기자였고 명(明)문장가로 알려졌던 이우소 ② 이우소의 첫 사랑 홍용자 ③ 지원병이 되기 위해 독학 중인 열일곱 여덟의 창돌 ④ 이우소를 연모하는 창돌의 누나 창순
기타사항	번역자: 이무영(李無影) 자작 역

〈줄거리〉

　　어느 잡지사의 의뢰를 받아 '싸우는 농촌, 경북'을 취재하기 위해 길을 떠난 '나'는 죽령 인근의 어느 산골에서 한 나무꾼과 우연히 마주쳤다. 그런데 나는 그가 10년 전 행방을 감춰버린 '이우소(李牛笑)'임을 알아보았다. 사실 일면식도 없었던 그를 한눈에 알아볼 수 있었던 것은 학창시절 신문지상을 통해 자주 보았던 그의 사진 덕분이었다. 나는 그 날, 이우소로부터 10년 전 그가 갑작스럽게 행방을 감춰버린 사연을 듣게 되었다.

　　10년 전, 서른세 살의 이우소는 생전 처음 여성과 교제를 하게 되었다. 상대는 전문학교 교수의 딸로 개성 강하고 기개가 넘치는, 하지만 목석 같은 여성이었다. 게다가 그녀는 한 번 울었다 하면 소나기처럼 울곤 하였는데, 그는 울고 난 그녀의 얼굴이 마치 '소나기 내린 뒤의 상쾌함'을 느끼게 하는 목단을 연상케 한다고 생각했다. 그런데 교제한 지 3년쯤 지난 어느 날, 그녀는 결혼하자는 이우소에게 절교를 선언했다. 그녀가 절교를 선언한 이유는 단 한 가지, 경제적 빈곤 때문이었다. 그녀는 적어도 2, 3만원의 자산을 가지고 있지 않으면 생활을 위한 인생이 되고 말 것이므로, 사랑을 맹세할 수는 있어도 결혼은 할 수 없다고 했다. 이우소는 배운 여성일수록 남자를 배신할 때 온갖 그럴 듯한 변명을 늘어놓지만 사실 그녀들의 본심은 황금임이 분명하다고 단언했다. 그런 만큼 결혼을 거부한 이유를 솔직하게 말한 용자(龍子, 그녀의 이름)를 그는 여전히 사랑할 수밖에 없었노라고 고백했다.

　　그렇게 용자와 헤어진 이우소는 어느 날 신문에 실린 한 금광왕에 관한 기사를 본 이후, 지난 10년간 민중의 목탁으로서의 자부심을 가지고 일해 왔던 신문기자라는 천직을 버리고, 눈도 손발도 몸뚱이도 감정도 없는 일개 금광의 노예 혹은 신봉자가 되어 경성에서 홀연히 모습을 감추고 말았다. 그때 이우소는 경성을 떠나 한때 사회운동을 했지만 현재는 작은 탄광을 경영하는 어느 지인을 찾아 강원도 강릉으로 떠났다. 하지만 공교롭게도 그가 탄광에 도착했을 때 그 지인은 이미 이 세상 사람이 아니었다. 그 후 3년 간 이우소는 산속을 헤매며 그야말로 죽을 각오로 금광을 찾아다녔다고 했다.

　　「만물의 영장이며 문명문화의 창조자인 인간도 광산에 한 발짝 들여놓으면 그것으로 끝입니다. 지금이야 광산전사로서 국가적 의의를 수행하는 일이지만 당시는 일개 몸뚱이에 불과했지요. 아니, 그보다 심했던 것은 한 개의 광석이 1백 명 인간의 몸값에 상응했던 적도 있었어요. 이것은 꼭 광업주들만의 이야기가 아닙니다. 광부들 자신들도 그런 관념에 사로잡혀있다는 사실에는 나도 정말 놀랐으니까요. 당신은 광부의 눈을 정면으로 본 적이 있습니까? 없다고요. 그렇다면 다음엔 주의해서 한 번 보세요. 혈안이라고 하지요, 그들의 눈이 바로 그 혈안입니다. 피가 뚝뚝 떨어질 것 같은 눈. 광부의 의리라고들 사람들은 말하는데, 광부들 간의 의리가 두터운 데에는 누구라도 경탄합니다. 그 의리도 사실은 광업주 대 광업주의 경우에나 존재하는 의리지, 막상 자기들 개개인의 이해관계가 되면 상대방의 목숨 따위는 한 덩어리 광석에 비할 바가 아닙니다. 자기 자신의 목숨조차도 그렇습니다. 자기 목숨에 대한 비하감을 상대방의 목숨에 적응시키는 겁니다. 그 살기등등한 가운데서 난 3년을 지냈습니다.……」

사실상 광부가 되기 전날 밤, 이우소는 탄광 아랫마을의 한 주막에서 탁주 두 말과 돼지 한 마리를 잡아 광부들과의 형제결연의 잔치를 열었다. 그런데 그 주막의 여자를 사이에 놓고 싸움을 벌인 광부 최(崔)씨와 권(權)씨가 유혈의 활극을 벌인 끝에, 결국 최(崔)의 손에 권(權)이 '완전히 처리되는' 사건이 벌어지고 말았다. 그렇듯 광부의 세계는 '공포의 세계'였노라고 이우소는 회상했다.

이우소는 탄광에서의 일을 마치고 녹초가 된 몸을 이끌고 산에서 내려오면, 경성을 떠나올 때 헌책방에서 사온 광산에 관한 책들과 탄광에서 죽은 지인이 남긴 책들을 탐독하며 노다지를 찾기 위한 전문적 지식을 넓혀가는 데 열중했다.

사실 지인의 책들은 그의 여동생인 귀임(貴任)에게서 넘겨받은 것들이었다. 사실 사범학교 출신의 여교사인 귀임은 창돌(昌乭)이라는 소년의 안내를 받아 오빠의 시체가 안치된 사무소에 먼저 도착해 있었다. 오빠의 죽음을 본 그녀로서는 광부가 되려는 이우소를 산에서 끌어내리려고 했다. 하지만 그는 끝내 산에 남았다. 그 후 두 사람은 간혹 편지를 주고받기도 하고 그녀는 비누나 손수 만든 손수건 등을 그에게 보내오기도 하였다. 그런 그녀의 호의에 이우소는 한때 방황하기도 했지만 지식인 여성에게는 이미 질릴 대로 질린 그였다. 게다가 이제 일개 광부에 지나지 않는 자신에게 여교사란 '맹인에게 안경'과도 같은 존재였고, 노다지를 향한 열정, 언젠가는 광업주가 되겠다는 간절함으로 그 밖의 어떤 것에도 한눈 팔 시간조차 그에게는 없었다.

그렇게 강원도로 온 지 4년 째 되던 봄, 이우소는 강원도에서 충북으로 옮겨왔다. 가진 돈도 바닥이 나 여인숙비조차 넉넉지 않았지만 이제 어엿한 광부가 된 이우소는 비관하지 않았다. 탄광을 찾지 못할 때는 도로공사 현장에서 발파공으로 일하기도 하면서 노다지가 나올 만한 탄광을 찾아 헤매 다녔다. 그러던 어느 한 여름날, 깊은 산을 헤매 다니다가 계곡에서 한 소년과 우연히 마주쳤다. 그를 보고 깜짝 놀라며 반기는 그 소년은 다름 아닌 귀임의 길안내를 맡았던 창돌이라는 소년이 아닌가!

창돌은 사실 귀임의 소개로 그녀가 근무하던 학교의 급사로 1년 반 동안 일했노라고 했다. 그 후 지원병에 지원했지만 학과(學科)에서 떨어졌는데, 설상가상으로 하나 뿐인 형이 탄광의 발파공사 사고로 왼쪽 다리를 못 쓰게 되어 창돌은 가족을 부양하기 위해 지원병의 꿈을 접고 고향으로 돌아올 수밖에 없었다. 그해 가을 무렵부터 창돌과 그 가족들의 권유로 이우소는 창돌의 집에서 기거하며 탄광 일을 계속하였다. 그렇게 3년의 세월이 또 흘렀다. 그러던 어느 겨울이었다. 그 무렵 이우소는 자신의 혈관 속에 전쟁을 긍정하는 피와 부정하는 피가 동시에 흐르고 있다는 사실을 깨달았다. 이우소는 자신이 전쟁에 냉담하고 무관심할 수 있는 문화인이라고 믿었다. 또 일개 국민이 아니라 보다 나은 문화인으로 살고 싶다는 희망을 버리고 싶지 않았기에 그는 자신의 깨달음에 놀라지 않을 수 없었다. 한편 창돌이 이우소에게 지원병 시험에 합격할 수 있도록 공부를 가르쳐달라는 부탁을 해왔다. 이우소는 끝내 창돌의 부탁을 받아들이고, 나라를 생각하는 창돌의 지성과 최근 정세에 대한 구체적인 지식에 감탄하며 그는 진심으로 창돌이 지원병이 되기를 희망하며 공부를 가르쳤다.

그러던 12월 어느 날, 이우소는 광업주 임(林)씨에게서 뜻밖의 기쁜 소식을 들었다. 다름이 아니라 그의 광산이 높은 가격에 팔리게 되어 이우소의 분광이 10만 원의 가치로 치솟았다는 것이다. 비록 노다지를 찾지는 못했지만 그에게 그 돈은 어마어마한 거액이었다. 그날 밤, 잠을 이루지 못하던 이우소는 창돌의 집을 나와 마을의 성황당이 있는 곳을 지나치려 했다. 그런 데 뜻밖에도 그곳에서 창돌의 누이 창순이 '금광이 팔리지 않게 해달라, 그 광업주의 이야기가 거짓말이게 해달라'며 이우소의 불행을 빌고 있는 것이 아닌가! 너무나 화가 난 그는 자기도 모르게 그녀의 머리를 세차게 후려갈기고 그 자리를 성급히 떠나왔다고 했다. 사실 혼기가 꽉 찬 스물셋의 창순은 괜찮은 집안에서 혼담을 제안해 와도 일언지하에 거절한 것이 두세 번이나 있었는데, 그 이유가 바로 이우소에 대한 그녀의 연정 때문이었던 것이다.

어쨌든 이우소는 6년 만에 경성으로 돌아와 조선광산회사의 지배인으로부터 일금 6만 원의 수표를 받아들고 현금으로 바꾸기 위해 은행 창구에 섰다. 6만 원이라는 거금을 아무렇지 않게 건네는 은행원의 행동에 놀란 이우소는 금액을 확인조차 하지 않고 인파로 술렁이는 세모(歲暮)의 거리로 나섰다. 하지만 그곳에 그가 아는 이는 아무도 없고, 갈 만한 곳 역시 한 곳도 없었다. 뿐만 아니라 그가 기자로 일했던 신문을 비롯해 모든 민간신문들이 이미 폐간되었노라 했다. 다음 날 아침, 실로 만 6년 만에 처음 보는 신문을 통해, 자신이 그동안 세상의 문화로부터 얼마나 동떨어져 살았던가를 깨달았다.

「문화란 그 어떤 경우라도 현실에서 유리되는 것을 허락하지 않는다. 민중의 목탁이라고까지 칭송받던 신문이 폐간되는 상황에 이른 시대, 국가가 총력을 기울여 대동아재건을 위한 성전을 벌이고 있는 역사적 대사건에조차 무관심할 수 있는 문화인이 과연 있을까? 무엇보다 문화인이라 자임하면서, 나는 국민의 총력귀일에 상반되는 개인적인 영예에만 급급했던 것은 아닐까. 그 무렵 이미 중일전쟁 배후에 영미의 개인주의적 문화와 그 세계관 경제관이 만연해 있었음이 명백해져 있었습니다. 그 날의 신문만으로도 그들의 음모에 대응할 정부의 결의를 생생하게 읽을 수 있었어요. 영미가 만일 동아시아에서 마수를 거두지 않으면 한 치도 물러설 수 없다고, 정부의 대변자들이 입을 모아 이렇게 외치던 시절이었습니다. 그 성명과 결의에 비해 '나'라는 문화인의 의욕과 결의는 무엇이었는가? 그런 생각을 하니 쥐구멍이라도 있으면 숨고 싶은 기분이 들더군요.」

이우소는 땅굴을 파고 다녔던 과거 6년이라는 시간의 공허와 6만 원이라는 거금 앞에서 한순간 가졌던 승리감의 허무함을 보상받기 위해, 경성에 머문 동안 매일같이 요릿집에 다니며 물 쓰듯 돈을 썼지만 결국 돌아오는 것은 절망감뿐이었다. 그가 '피아노 한 대도 살 수 없는 무능한 남자'라며 자신과의 결혼을 거부했던 용자의, '조선의 어머니에게 고한다'는 라디오 강연을 들은 것도 그런 절망감에 빠져있던 어느 날이었다. 그녀는 '어머니들이여, 자식을 사랑하는 길을 알아야 할 절호의 기회다. 아들을 서둘러 지원병으로 보내라!'고 외치고 있었다.

그로부터 며칠 뒤, 이우소는 '황민, 황병으로서 신세대를 짊어지고 갈 새로운 젊은 문화인들에게 모든 것을 양보하고' 태봉동으로 돌아왔다고 했다.

「우리의 이야기는 한 젊은 여자의 출현으로 중단되고 말았다. 피부빛이 가무잡잡한, 그만 큰 건강미가 넘치는 여성이었다. 필자를 보더니 그녀는 조금 떨어진 곳에서 군(郡)과 면(面)에서 사람이 찾아왔노라고 말하고 도망치듯 돌아갔다.

"저 여잡니다. 창돌의 누이란 여자가. 참 모를 여자에요. 애까지 낳고 살면서 여태 선생님이라고 부른다니까요, 후후후."

그러고 보니 그녀는 이우소를 '선생님'이라고 불렀다.

"좋잖아요."

나는 진심으로 이렇게 말했다.

"자, 나도 슬슬 내려가 봐야겠습니다. 지난 달 송탄유 채취에 대한 강습을 했거든요. 그 검사를 위해 왔을 겁니다."

우리는 산을 내려갔다.

"그럼 댁도 이 산중에 있나봅니다."

"그렇습니다. 분에 넘치게 도(道)에서 내려준 양 100마리를 돌보고 있습니다. 군에서 사람이 온 것도 아마 그 용건일 겝니다."

창돌이 그 후에 어떻게 됐는지? 6만 원의 용도는? 필자는 좀 더 자세한 이야기를 듣고 싶었지만, 그때 마침 군과 면의 직원들이 다가왔기 때문에 나는 그 기회를 놓치고 말았다. 하지만 듣지 않아도 알 것 같다는 생각이 지금도 든다.」

056-8

婿(사위)

〈기초사항〉

원제(原題)		婿(一~三)
한국어 제목		사위
원작가명(原作家名)	본명	이갑용(李甲龍)
	필명	이무영(李無影)
게재지(揭載誌)		정열의 서(情熱の書)
게재년도		1944년 4월
배경		• 시간적 배경: 어느 해 초가을 • 공간적 배경: 경성 인근의 한 농촌마을
등장인물		① 3년 전부터 경성 인근의 시골로 내려와 살고 있는 소설가 '그(李)'와 그의 아내 ② 2개월 전부터 요양 차 그의 집에 와 있는 서른 살의 독신 남(南)선생 ③ 웬만한 남자보다도 궂은 농사일을 잘하는 금례 ④ 금례의 아버지 춘갑 등
기타사항		1942년 9월 「녹기(綠旗)」에 발표한 것을 재수록함.

벌집에서 여왕벌을 찾고 있던 그의 아내가 불현듯 최근 1주일간 남(南)선생이 유난히 쾌활해진 것 같은데 그런 느낌이 안 드느냐고 그에게 묻는다. 중학교 때부터 대학까지 우등생으로 통했던 공부벌레인 남선생은 법문학부를 졸업한 직후 중학교 선생이 되었지만 1년 쯤 전부터 어느 여자전문학교로 직장을 옮겼다. 그런 남(南)은 지병인 위병이 위궤양으로 발전했는지 종종 출혈까지 하는 등 건강이 악화되자 요양을 위해 친구인 '그'의 집에 내려와 지내게 된 것이다. 남선생이 궁촌(宮村)으로 내려온 지 열흘 쯤 지나자 남(南)의 건강은 눈에 띄게 호전되었다. 뿐만 아니라 남(南)은 궁촌의 자연과 농부가 마음에 쏙 든다며 이 정도면 여기에 집이라도 짓고 살고 싶다고까지 했다. 그러더니 이내 경성의 어머니와도 이야기를 마쳤다며 논밭을 사서 농부가 되겠다고 나선 것이 아닌가. 그의 아내의 예감은 적중했다. 남선생이 결혼을 하여 이곳 궁촌에 살림을 차릴 결심을 굳힌 것이었다. 하지만 상대는 열흘 전 남(南)을 병문안 왔던 A양도 아니고 한때 남(南)과 같은 여자전문학교의 가사선생이었다가 의사가 될 결심으로 의전에 들어갔다는 류(柳)양도 아닌 전혀 뜻밖의 여자였다. 남(南)이 결혼하고 싶다며 그에게 힘을 써달라고 부탁한 상대여자는 다름 아닌 궁촌에 사는 열 두락의 자작과 열다섯 두락의 소작을 겸하고 있는 윤춘갑(尹春甲)의 딸 금례(金禮)였다.

금례 아버지 춘갑은 '닭의 사촌'이라는 별명을 가졌을 정도로 부지런한, 마을에서 아침을 가장 일찍 시작하는 농부였다. 성실하고 솔직하기로 소문난 춘갑은 밤늦도록 글을 쓰느라 곤잘 늦잠을 자곤 하는 그의 부부를 꾸짖고 그런 날 아침이면 문 앞에서 소리쳐 깨울 정도로 부지런함을 중시하였다. 그런 춘갑에게 단련된 금례는 인근에서 둘도 찾아보기 힘들 정도로 일을 잘하는 처자였다. 금례는 올해 열여덟 살이 되었는데 물일은 물론이고 들일도 거뜬히 해냈다. 파종에서 제초작업, 논밭 작물의 병치레 손질까지 못하는 일이 없었다. 뿐만 아니라 논밭에 뿌릴 비료의 배합률까지 꿰뚫고 있었으며 흙을 손바닥에 올려놓고 보기만 해도 그 땅에 어떤 작물이 적합한지 알 수 있었다.

그런 금례에게는 그녀가 열네 살 되던 해 봄부터 심심찮게 혼인을 청해오는 집안들이 있었다. 하지만 춘갑은 일언지하에 그런 혼담들을 거절하였다. 그 중에는 자기 땅을 제법 가진 집안의 아들들도 두셋은 있었고, 재산도 넉넉하고 소학교(초등학교)까지 나와 면사무소에서 근무하며 월급을 50원이나 받는다는 총각도 있었지만 춘갑은 두말 않고 고개를 저었다. 상황이 그러한지라 마을사람들은 아버지 밑에서 죽어라 일만 하는 금례가 불쌍하다고 입을 모았다.

그는 금례와의 결혼이 성사되도록 다리를 놔달라는 남선생의 간곡한 부탁을 받고 이윽고 춘갑을 찾아가 이야기를 꺼냈다. 그의 이야기를 들은 춘갑은 남선생의 제안이 '정말 고맙고 과분하지만 잠깐 생각할 시간을 달라'고 전해달라며, 금례 어미와 당사자인 금례와도 이야기를 해봐야 한다고 했다. 그런데 사흘이 지나도록 춘갑으로부터는 아무 소식도 오지 않았다. 사실 그의 아내가 알아본 바에 따르면 금례 역시 남선생에 대해 좋은 감정을 가지고 있는 것이 분명한데, 춘갑이 여전히 입을 열지 않는다고 했다. 그로부터 일주일이 지난 어느 날 아침, 그는 춘갑에게 결심이 섰느냐고 물었지만 춘갑은 여전히 '아깝다'는 말만 반복할 따름이었다.

그렇게 초조한 며칠이 계속되던 어느 날, 춘갑은 짧은 두루마기에 갈색 중절모를 쓰고 아무도 모르게 어딘가로 출타하였다. 춘갑은 우편배달부에게 미리 부탁해 적어놓은 남선생의 주소를 들고, 그의 경성 집을 밖에서라도 보고 올 요량으로 길을 나섰던 것이다. 남선생의 집은 과연 서른 칸이 넘는 저택이었다.

「높은 벽을 얼핏 보기만 하고도 "천 석은 되겠군. 거짓말은 아니었어."

춘갑은 혼자 이렇게 중얼거리며 돌아왔다. 오랜 시간 고민해 왔던 춘갑의 결심도 돌아오는 기차 안에서는 이미 정해져있었다. 그들은 상상도 하지 못한 그날 밤, 꽤 늦은 밤이 되어서의 일이다. 춘갑은,

"선생님 있소?"하며, 둘 다 누워서 책을 보고 있을 때 찾아왔다. 대답이 너무 늦어져서 미안하다고 사과하고, 사실은 오늘 외관만이지만 경성의 집을 보고 왔는데 참 대단한 집이더라며 호들갑을 떨었다.

"왜 그랬어요? 들어갔으면 좋았을 것을. 어머니도 분명 기뻐하셨을 겁니다."

"아이고 그런 저택에 이런 발로 어떻게 들어갑니까. 안 될 말이지요."

"그나저나 결심은 서셨습니까?" 때를 놓치지 않고 그가 끼어들었다.

"예, 이제야 결심이 섰습니다요. 너무 과분하지요."

"자 그렇게 결정하신 걸로 알고…… 여러 가지로 고맙습니다."

두 사람이 머리를 숙여 고마움을 표하자,

"정말이지 과분한 말씀이죠. 금례는 댁으로 보내기로 결심했습니다만, 아무래도 과분해서…… 하녀로 괜찮으시다면 드리겠습니다."

"예?" 농담인 줄 알았다.

"하녀라면 얼마든지 드리겠지만, 이번 이야기라면 저는 분명히 거절하겠습니다. 너무나 과분한 이야기인지라……."

그렇게 말하기 무섭게 춘갑은 자리에서 일어섰다.

금례가 장돌(長乭)과의 혼담이 정해지고 음력 9월 10일에 식을 올린다는 이야기가 마을에 퍼진 것은 그로부터 2, 3일 후였다. 9월 10일이라면 반달도 안 남았다. 장돌은 모자 셋이서 살고 있는, 하찮은 땅뙈기 하나 못 가진 소작농으로 스물다섯의 한창인 총각이었다. 윤춘갑은 이 사위를 이렇게 자랑하고 다닌다고 했다.

"뭐, 장돌이 하찮은 땅뙈기 하나 없다고? 무슨 소릴 하는겨! 그놈은 스무 두락을 가진 지주라고! 50원 월급하고 지금 짓는 땅을 바꿨을 정도로 대단하다 이 말이여……."

춘갑의 말에 따르면 지금 그 소작권은 영구불변하다. 세금도 부과되지 않는다. 그러니 소작권은 별일이 없는 이상 영원히 변하지 않는다. 이렇게 좋은 지주가 또 있겠는가? 라는 것이다. 이 소작지는 원래 김인덕(金仁德)이라는 젊은이가 짓고 있었는데, 장돌이 구해두었던 철도의 보선공사 일자리와 그것을 둘이 합의한 끝에 교환한 것이었다. 50원 월급이란 말은 춘갑의 허풍일지 모르지만.」

肖像(초상)

〈기초사항〉

원제(原題)	肖像	
한국어 제목	초상	
원작가명(原作家名)	본명	이갑용(李甲龍)
	필명	이무영(李無影)
게재지(揭載誌)	정열의 서(情熱の書)	
게재년도	1944년 4월	
배경	• 시간적 배경: 어느 해 여름 • 공간적 배경: 어느 시골 산골마을	
등장인물	① 작가인 '나' ② 중학동창이자 서양화가 유탁 ③ 유탁의 집안이 몰락하기 전 그 집의 하인이었던 박첨지 등	
기타사항		

〈줄거리〉

'나'는 고향으로 가는 기차 안에서 우연히 만난 중학교 동창인 유탁(柳卓)에게서 다음과 같은 이야기를 듣게 된다.

유탁의 고향은 기차에서 내려 30리 산길을 걸어가야 다다르는 깊은 시골마을이지만, 그의 집안은 천석의 연공을 자랑하는 대부호였다. 그런데 가세가 서서히 기울기 시작하더니 이내 집터까지도 경매에 붙여지는 신세가 되고 말았다.

유탁이 중학 4학년에 올라갔을 때의 일이고, 어느 날부턴가 그의 모습은 학교에서 찾아볼 수 없게 되었다. 당시 그의 집에는 10여 명의 고용인들이 있었는데, 그들 또한 그의 집안의 파산과 함께 하나둘 새 주인을 찾아 떠나고 말았고, 그의 가족들은 하루아침에 거지와 다를 바 없는 신세로 전락하고 말았다. 그런 현실을 비관한 그의 아버지는 결국 목을 매고 말았다.

그렇게 궁핍한 생활을 연명하던 어느 여름날 저녁, 유탁은 사소한 말다툼을 계기로 네댓 명의 아이들에게 두들겨 맞는 사건이 발생했다. 하대에 익숙해져 있던 유탁이 자기도 모르게 이전 버릇대로 말하고 말았던 것인데, 후회하기엔 이미 늦어버렸다. 그렇다고 친구들의 요구대로 사과할 유탁이 아니었다. 그는 아랫입술을 앙다물고 사방에서 날아드는 친구들의 주먹과 욕설을 고스란히 받아내고 있었다. 마침 그때 유탁 집안의 하인이었던 박(朴)첨지가 길을 가다가 그 모습을 목격했다. 나이 마흔이 넘은 박첨지는 형의 장남을 양자로 들이기로 정해두고 있었지만 아직 가정을 이루지 못하고 있었다.

「양자로 들이기로 한 형의 장남도 그 속에 있었다.

"자기 분수를 모르면 호되게 당하는 법이제. 꼴좋다, 참."

박첨지도 이렇게 중얼거렸다. 대체 무슨 일이냐며 박첨지가 미소를 띤 채 다가오자 아이들은 한층 더 흥분하며 명명조(머리가 둘 달린 새)처럼 소란스럽게 떠들어댔다.

박첨지는 씨익 비열한 웃음을 흘리면서 아이들을 그 앞에 줄 세우더니 호령하면 멋지게 한 대씩 갈기라고 이르고, 소 등에 얹어둔 긴 밧줄로 그를 옭아매는 듯 했다. 그래도 유탁은 꼼짝도 하지 않았다. 그렇지만 20년 가까이 자기 집에서 일해 온 박첨지의 그런 태도에는 유탁도 더는 참지 못하고 눈물이 나더라고 했다.

8월의 하늘은 푸르렀다. 인정의 무상함을 말하기라도 하듯 눈부실 정도로 새하얀 여름날의 구름이 천천히 흘러가고 있었다. 유탁은 조용히 눈을 감았다. 눈에 맺혀있던 눈물이 뚝뚝 옷 위로 떨어졌다.

그 순간이었다. 귀에 익은 박첨지의 둔탁한 목소리가 뭐라고 버럭 소리쳤다. 그는 여전히 눈을 감고 있었다. 그런데 잘 알아들을 수 없는 둔탁한 목소리와 손바닥으로 내려치는 이상한 소리가 들리자 그는 저도 모르게 눈을 번쩍 떴다. 눈앞에선 의외의 장면이 펼쳐지고 있었다. 아이들이 한 데 꽁꽁 묶인 채 박첨지에게 험한 꼴을 당하고 있었던 것이다. 박첨지는 맹수처럼 소리치며 아이들을 마구잡이로 후려치고 있었다. 은혜도 모르는 놈들이라느니 개만도 못한다느니 사과하지 않으면 죽이겠다고 윽박지르고 있었다고 했다.」

유탁에게서 그 이야기를 들은 그의 어머니는 박첨지를 불러 고맙다는 인사와 함께 물레방앗간을 그에게 물려주었다고 했다. 박첨지는 원래 유탁 집안의 물레방앗간지기였던 것이다. 그 후 얼마 지나지 않아 유탁의 남은 가족들은 고향을 떠나 경성으로 갔다. 그 뒤 박첨지는 물레방앗간을 손질하여 그곳에 기거하였다. 아내를 맞아들였고 자식도 보았다. 유탁은 경성으로 떠난 뒤에도, 그리고 도쿄미술대학을 졸업하고 조선으로 돌아온 후에도 물레방앗간으로 박첨지를 찾아 갔다고 했다. 물레방앗간을 말끔히 손질해 사용하고 있던 박첨지는 유탁을 끌어안고 꺼이꺼이 울었다. 박첨지는 방앗간 옆에 초가삼간이긴 하지만 집도 지었으며, 밭도 500평이나 사들여 농사를 짓고 있었다. 그로부터 다시 3년이 지난 어느 날, 유탁은 다시 고향을 찾았다. 그때 박첨지는 무논400평을 샀다고 일부러 그를 데리고 가서 논을 보여주며 3년 전처럼 또 오열을 토했다.

그런데 박첨지가 차려준 점심을 얻어먹고 집으로 돌아오는 길에 유탁은 우연히 동행하게 된 한 노인으로부터 뜻밖의 이야기를 듣게 되었다. 박첨지가 샀다는 무논은 그 노인의 사촌이 한 달 전 산 것이며, 석유발동기의 정미소가 생겨서 작년부터는 물레방앗간을 이용하는 사람도 거의 없어 박첨지는 먹고 살기도 벅찰 것이라는 이야기였다. 하지만 박첨지는 정미소를 이용하는 이웃들을 적으로 돌리고 발동기가 없어지면 쌀 한 톨도 찧어주지 않으리라 으름장을 놓는가 하면, 정미소 쌀에 대해 온갖 험담을 늘어놓는다고 했다. 그래도 방앗간을 찾는 이가 없자 박첨지는 급기야 공짜로 방아를 찧어주며 아침저녁을 죽으로 연명하는 생활을 4년이나 이어갔다. 그런데 박첨지에게 무슨 선견지명이라도 있었던 것일까? 중일전쟁이 발발함과 동시에 발동기 정미소가 망하고 만 것이다. 산중인 만큼 전기가 없었기 때문이리라. 그래서 박첨지의 물레방앗간은 다시 빛을 보게 되었다는 이야기였다.

「"그래 지금 그 노인을 만나러 가는 길인가?" 나는 물었다. 유탁은 그렇다고 대답했다. 작년 여름방학 때 갔더니 자신의 물레방앗간을 꼭 그림으로 그려달라고, 죽기 전에 꼭 한 번 자기 눈으로 보고 싶다고, 박첨지는 이 또한 울면서 부탁했다. 유탁은 흔쾌히 승낙했다. 노인도 그려 주겠노라고. 그 말에 첨지는 또 울었다. 첨지는 빗자루를 들고 방앗간에서 나오는 장면을 그려달라고 했다.

"작년 가을에 그려주겠다고 약속했는데, 좀처럼 시간이 나질 않더군. 그렇게 뭉그적거리는 사이 깜빡 잊고 있었더니, 바로 어제 전보가 왔지 뭔가."

"죽었나?"

"아니, 그 전보문이 웃겨. 어차피 누군가에게 부탁해 친 거겠지만, '죽기 전에 물레방앗간을 그려 달라'라는 거야."

"가엾군. 이거 분명 걸작이 될 걸세."

나는 그림 속의 노인과 물레방앗간의 행복을 곰곰 생각했다.」

母(어머니)

〈기초사항〉

원제(原題)	母(一~二)	
한국어 제목	어머니	
원작가명(原作家名)	본명	이갑용(李甲龍)
	필명	이무영(李無影)
게재지(揭載誌)	정열의 서(情熱の書)	
게재년도	1944년 4월	
배경	• 시간적 배경: 어느 해 늦가을 • 공간적 배경: 경기도 궁촌	
등장인물	① 집을 사기 위해 길을 나선 '나' ② 나를 궁촌으로 안내해 주는 문서방 ③ 국민학교를 졸업하고 열심히 일만 하는 오태근 ④ 일찍 남편을 여의고 아들을 위해 열심히 일만 한 복숭아밭 여주인 오(吳)과부 등	
기타사항		

〈줄거리〉

현촌(玄村)까지 가는 길에 함께 하게 된 궁촌의 문(文)서방은 복숭아밭의 여주인 이야기를 들려주었다.

7년 전 그녀의 남편 오인한(吳仁漢)은 서른다섯 젊은 나이에 세상을 떠나고 말았다. 고운 얼굴의 그녀는 제대로 된 교육을 받지는 않았지만 바느질부터 온갖 집안일까지 못하는 것 없이 솜씨 좋은 여자였다. 반면 그녀의 남편은 게으른 데다 술은 말술에 도박과 여색 밝히기도 누구 못지않았다. 오인한이 그렇다보니 그의 아버지가 어렵게 모은 재산을, 아버지 사후 3년 만에 끼니도 제대로 해결 못할 정도로 탕진하고 말았다. 그러던 어느 겨울날, 술에 만취한 오인한은 도박할 돈을 내놓으라며 그녀의 머리카락을 움켜쥐고 얼음바닥 위에 패대기쳐 의식을 잃게 하고 말았다. 그렇게 얼어 죽어가는 그녀를 발견한 것은 친구 집에서 가마니 짜는 일을 하고 돌아오던 아들 태근(台根)이었다. 그렇게 간신히 목숨을 건진 그녀는 그날부터 아들 태근을 위해 이를 악물고 일에 매달리며 살게 되었다. 그녀는 남편이 차라리 죽어버리면 좋겠다는 생각을 시시때때로 하였고, 그것이 아들 태근을 위해서도 좋을 거라 믿었다. 그렇게 불행한 그녀에게도 그나마 희망은 있었다. 아버지와는 달리 아들 태근이 할아버지의 피를 이어받았는지 성실한 일벌레이고 극진한 효자였다.

그러다 3천 평의 돌산과 300원의 빚을 남기고 남편이 세상을 떠나자 그녀는 눈앞이 캄캄했다. 그러나 하나 뿐인 아들을 위해 언제까지나 울고만 있을 수 없었던 그녀는 전보다 몇 배 더 부지런하고 강한 여자가 되어, '신(神)에게 받은 아들'의 장래를 위해 밤낮없이 일에 매달려 살았다. 그런 그녀를 보고 마을사람들은 '그렇게 일만 하다 갑자기 죽기라도 하면 태근이만 불쌍해진다.'며 쉬어가며 일하라고 타일렀다. 하지만 그럴 때마다 그녀는 신(神)이 태근을 남겨두고 자기를 죽게 할 리 없다는 믿음을 가지고 일을 멈추지 않았다. 하지만 농사지을 땅이 없던 그녀는 집안 소유인 3천 평의 돌산을 개척하기로 결심했다. 그녀는 태근과 함께 사람들의 비웃음을 사면서도 돌산을 밭으로 만들기 위해 겨우내 돌을 퍼낸 자리에 옆 땅의 점토를 퍼다 메웠다. 그러한 작업은 이듬해 겨울까지 지속되었고, 남편이 죽은 지 3년째 되는 봄날 이윽고 마을사람들의 조소를 비웃기라도 하듯 실로 훌륭한 밭으로 만드는 데 성공하였다. 그리고 그 해 봄, 복숭아나무를 심었다.

그리고 다시 3년, 그녀와 태근의 고생은 이루 말로 다할 수 없을 정도였다. 과수원이 된 돌산에는 이윽고 복숭아꽃이 만개하고 이내 복숭아가 열매를 맺기 시작했다. 태근은 내년이면 과수원에서 2천 원은 벌 수 있을 거라고 장담했다. 그녀는 새삼 죽은 남편 생각이 간절했다. 술을 마셔도 좋고 여자든 도박이든 얼마든지 해도 좋으니 살아만 있어주면 얼마나 좋을까 회한에 젖기도 했다.

그런데 그 해 어느 겨울 밤, 밤늦게 돌아온 태근이 아주 진지하게 '이제는 나라를 위해 지원병이 되고 싶다'는 말을 꺼냈다. 그녀는 '농사를 짓는 것도 나라를 위하는 일이다, 정 지원병이 되고 싶거든 1년만 연기해 달라, 1년 후면 혼자서도 어떻게든 해나갈 수 있을 것 같다'라며 태근을 만류하였다. 어머니의 간곡한 부탁에 태근은 결국 복숭아 농사가 안정될 때까지 지원병이 되는 것을 연기하기로 했다.

「인간의 일이란 참 모를 일이다. 열흘 전까지만 해도 그렇게 건강했던 태근이 고작 감기 정도로 죽을 줄이야. 거짓말이다! 거짓말이다! 어머니는 도무지 믿을 수가 없었다. 하지만 태근은 더 이상 집에도 과수원에도, 그리고 마을 어디에도 없지 않은가.

역시, 태근은 죽은 것일까?

그도 그랬다. 그녀가 태근의 죽음을 믿을 수 없는 것도 무리는 아니었다. 태근이 숨을 거두자마자 그녀 역시 의식을 잃고 말았기 때문이다. 그리고 정신이 들었을 때는 이미 그녀의 아들은 집안 어디에도 없었다. 어머니는 미친 사람처럼 태근을 부르며 집안 여기저기를 찾아 헤맸다. 텅 빈 방에는 분명 아무도 없었다. 하지만 그녀는 아들 이름을 부르는 것을 멈추지 않았다.

"태근아! 태근아! 왜 대답이 없는 게냐, 응? 태근아!"

방에 아들이 없는 것을 안 그녀는 과수원으로 달려 나갔다. 낮도 밤도 가리지 않았다. 그녀는 복숭아나무를 한 그루 한 그루 만져보고 밑동을 부둥켜안고 태근을 부르며 통곡하였다. 울다 지치면 그대로 정신을 잃거나 잠들어 버리거나 했다. 잠들었는가 싶으면 머잖아 불쌍한 어머니는 또 신(神)에게 무서운 형벌을 받았다. 신이 맡기신 아들을 그렇게 죽게 만들었다는 자책감이 신(神)의 형벌이 되어 꿈속에 나타나는 것이었다. 그것은 또 모질게 그녀를 괴롭혔다. 하지만 이윽고 그녀도 그 형벌에서 벗어났다. 태근은 역시 효자아들이었다. 죽어서까지도 그는 어머니에게 효를 다하였다.

"어머니, 울지 말아요. 울지 마요. 어머니가 울면 저는 염라대왕에게 엄청 혼이 난다구요. 어머니를 울린 불효자라고. 얼마 전에는 불에 데워져서 이렇게 됐잖아요. 자, 보세요. 그러니 절 가엾게 여겨서라도 웃으며 사세요."

문득 꿈에서 깨어보니 복숭아밭이었다.」

그해 무더운 어느 여름날, 그녀가 수확한 복숭아를 1,200원에 넘긴 지 얼마 안 된 날이었다. 면사무소에서 식량증산을 위해 과수원 주인들에게 경작물을 변경하라며 복숭아밭을 갈아엎을 것을 강요하는 명령이 떨어졌다. 청천벽력 같은 그 명령에, 그녀는 말없이 모든 것을 승낙하고 말았다. 집으로 돌아오는 길, 그녀는 공동묘지에 들러 남편과 태근에게 이러한 사실을 보고하고 복숭아나무를 뽑아낼 작업을 준비하였다. 그녀의 사정을 뒤늦게 알게 된 면주사가 경작물변경의 의무를 면해주겠노라고 해도, 그녀는 '나라를 위해 이 밭을 사용하는 것이 태근의 진정한 바람'일 거라며 막무가내였다. 그녀는 아들과 함께 애써 심고 가꿨던 나무들이 한 그루 한 그루 쓰러지는 틈바구니 속을 닷새 동안 정신없이 다니며 일했다고 했다.

문서방의 이야기는 마침 그녀가 사는 마을 앞에 다다랐을 때 끝났다. 문서방이 가리키는 곳을 보니 오(吳)과부는 보리밭의 흙을 열심히 갈아엎고 있는 중이었다. 문서방은 그녀가 자신의 집을 판 돈으로 논이라도 살 요량인 모양이라고 했지만, 나는 그녀의 집을 사는 것을 포기했다. 나같이 게으르고 무식한 사람이 아닌 다른 누군가가 그녀의 밭에 깃든 정신을 부디 잘 살려주기를 바랄 뿐이었다.

果園物語(과수원 이야기)

〈기초사항〉

원제(原題)	果園物語(一~三)	
한국어 제목	과수원 이야기	
원작가명(原作家名)	본명	이갑용(李甲龍)
	필명	이무영(李無影)
게재지(揭載誌)	정열의 서(情熱の書)	
게재년도	1944년 4월	
배경	• 시간적 배경: 1942년 2월 무렵 • 공간적 배경: 경성 인근의 산골마을	
등장인물	① 신문사 기자 '그'와 목석부인이라는 별명의 아내 ② 세 아이의 아버지로 현재 독신인 그의 친구 임군 ③ 열다섯 살에 시집갔다가 바로 과부가 되어 쫓겨 온 그의 여동생 현순 등	
기타사항	1943년 1월 「신여성(新女性)」에 발표한 것을 재수록함.	

〈줄거리〉

그는 임(林)군에게서 온 편지를 보고 빨래비누가 배급되지 않는다고 투덜대는 아내에게 임군이 결혼을 하려나보다고 알렸다. 하지만 아내의 반응은 시큰둥했다. 그도 그럴 것이 임군의 결혼소식이 이번이 처음은 아니기 때문인데, 편지를 직접 본 후에야 사실임을 알게 된 아내의 표정은 갑자기 쓸쓸해졌다. 목석부인이라는 별명을 얻을 정도로 무뚝뚝하고 애교도 눈물도 없는 아내가, 임(林)의 결혼소식에 저렇게 슬픈 표정을 짓는 것은 그녀 역시 그의 여동생인 현순(賢順)을 사랑하고 있기 때문이 아닐까.

현순은 완고한 아버지의 희생양이 되어 열다섯 나이에 열세 살의 어린 신랑에게 시집을 갔다. 그런데 그 해 봄 줄이 끊어진 연(鳶)을 뒤쫓다가 그만 벼랑에서 떨어져 죽고 말았고, 현순은 그 후 처녀과부로 10여 년을 홀로 외롭게 살고 있었다. 그와 그의 아내는 임군이 그런 현순의 배필이 되어주면 얼마나 좋을까 은근히 바라고 있었지만, 임군에게는 차마 말을 꺼내지 못하고 있었던 것이다. 두 부부가 말 못하고 망설이는 사이 임군은 두세 차례 결혼할 기회를 갖게 되었다. 물론 모두 허사로 돌아가고 말았지만. 그런데 이번만큼은 진짜인 듯 보였다. 아내는 그의 우유부단함을 꼬집으며 '작은아씨=현순'만 불쌍하다고 투덜거리곤 했다. 임군의 결혼소식에 속이 상하기는 그 역시 마찬가지였다. 불쌍한 여동생을 생각하면 자신의 무능에 화가 나기도 했지만, 한편으로는 불행한 운명의 친구가 마침내 행복해질 수 있으리라 생각하면 기쁜 마음이 더 컸다.

사실 현재 서른여섯 살의 임군은 열아홉 살 된 장남을 비롯해 세 아이를 둔 아버지로, 부인과는 이혼한 독신남이다. 다만 부인이 같은 집에 기거하며 마치 가정부처럼 집안일을 돌봐주고 있었다.

임군은 시종 불행한 운명을 짊어지고 사는 사람 같았다. 열두 살에 다섯 살 연상의 여자와 사랑 없는 결혼을 한 그는, 대학을 졸업한 후 가정에 정착하지 못하고 경성을 비롯해 남중국의 대륙을 떠돌며 온갖 고생을 하고 다녔다. 그렇게 임군은 경력이 될 만한 어떤 이력도 갖지 못한 채 방랑을 하며 자신의 반생을 보낸 셈이었다. 그러면서도 선량한 그는 단 한 번의 축첩도 외유도 하지 않았다. 그가 다시 고향으로 돌아온 것은 스물아홉 살 되던 해였다. 그런데 아주 뜻밖의 사건이 그를 기다리고 있었다.

「"당신의 마음을 이제 알았습니다. 그래서 제 스스로 호적에서 빠진 겁니다. 당신은 이제 더 이상 누구의 손가락질도 받지 않고 괴로워하지 않아도 됩니다. 누구든 당신이 좋아하는 사람과 결혼할 수 있어요. 전 더 이상 누구의 아내가 아닙니다. 그저 누군가의 어머니일 뿐입니다. 그것으로 전 만족합니다. 다만 한 가지 소원이 있습니다. 부디 당신은 다른 여인과 가정을 이루세요. 전 부엌데기 대신 부디 이 집에만 머물게 해주십시오."

얼마나 고마운 일인가! 그야말로 멋진 인생이 아닌가!

하지만 그는 정말로 불행을 짊어지고 태어난 남자였다. 그는 본처를 미워하기는커녕 그녀에게 애틋한 연민마저 느끼고 있었던 것이다. 분명 사랑은 아니었다. 하지만 그것은 또 사랑을 능가하는 마음임에 분명했다. 더 이상 여자가 아닌 그녀로서도 그것은 사랑에 버금가는 것이기도 했다. 그녀는 더할 수 없이 만족하고 있었다. 임군은 가산의 대부분을 그녀에게 주고, 그를 위로해 줄 여성의 출현을 기다리기로 했다.」

임군이 고향에서 제법 떨어진 산읍에서 과수원을 시작한 이후, 그는 은근히 동생 현순과 임군을 맺어주고 싶다는 바람을 갖게 되었다. 과부라고는 하나 아직 처녀인 여동생의 무학(無學)과 열 살이나 많은 나이에 자식까지 둔 이혼남이라는 임군의 처지가 서로에게 흠 잡힐 것은 아니라고 생각했기 때문이다.

임군이 산촌으로 그를 찾아온 것은 마침 미국과 영국의 아성이라 일컬어졌던 싱가포르가 이윽고 함락된 일 그에 대한 축하행렬이 있던 날의 저녁 무렵이었다. 임군은 혼담이 오가는 처자 집안의 소유인 듯한 5천 평의 사과밭을 보러 함흥에 가는데 그에게 함께 가달라고 부탁했다. 다음날 밤기차를 타고 임군과 그는 함흥으로 향했다. 약제사라는 약혼녀는 스물두 살이라고 했다. 그는 신부될 여자가 너무 젊은 것 아니냐는 이야기를 꺼내며 은연중에 스물대여섯의 여동생을 떠올렸지만, 이내 고개를 저었다.

함흥에 도착한 두 사람은 식당에서 식사를 하고 따뜻한 커피를 마시며 하루 일과에 대해 이야기를 나누고 있었다. 그런데 갑자기 임군이 발광이라도 한 것처럼 웃어대기 시작했다. 깜짝 놀란 그는 무슨 일이냐며 좀처럼 웃음을 그치지 않는 임군의 다리를 구두 끝으로 거세게 걸어 찼다. 간신히 진정한 임군은 식당에서 나온 후 그에게 정말 어이없는 사실을 고백했다. 스물두 살의 약제사와의 결혼이야기는 모두 거짓이라는 것, 하지만 3층짜리 집이 달린 과수원을 사서 새 가정을 꾸리겠다는 계획은 사실이라고 했다. 상대여자는 그도 잘 아는 여자라고 했다.

「"그런데 한 가지 부탁이 있네. 자네 여동생 말이야, 날 믿고 맡겨주지 않겠나? 나쁘게는 안 할 테니."

"좋고말고." 그는 말했다. "사실 그 아이 때문에 걱정이 이만저만이 아니야. 자네가 맡아만 준다면야 나도 안심이지."

"그래, 그럼 내가 접수하겠네." (중략)

그 달 말 무렵 임(林)은 정말 그녀와 함께 내일 아침 도착한다고 전보로 알려왔다. 그들 부부는 당연히 현순일 거라고 믿고 있었다. 이 남자는 언제까지나 인생을 희극화할 모양이라고 생각했다. 그런데 역으로 마중을 나갔더니 임군은 정말 여자와 함께였다. 그것도 그가 너무 잘 아는 여자.

"어떤가, 거짓말 아니지? 자네도 잘 아는 여자라고 했잖은가."

그가 모를 리 없었다. 그녀는 전에 여러 차례 만난 적이 있는 임군의 아내였으므로.

"놀랐지? 하지만 내 심정은 충분히 알아주리라 믿네. 자, 들어가서 천천히 이야기함세."

"알지, 암 알고말고!" 그는 임(林)의 손을 꼭 움켜잡았다.

"그리고 현순씨 일도 잘 정리하고 왔네. 장담은 할 수 없네만, 적어도 자네 집안에 누가 되지는 않을 남잘세. 내일, 자네 집에서 만나기로 했네."

"그랬군, 그래. 고맙네."

그는 실로 오랜만에 가슴이 확 트이는 것 같았다.」

初雪(첫눈)

〈기초사항〉

원제(原題)		初雪(一~四)
한국어 제목		첫눈
원작가명(原作家名)	본명	이갑용(李甲龍)
	필명	이무영(李無影)
게재지(揭載誌)		정열의 서(情熱の書)
게재년도		1944년 4월
배경		• 시간적 배경: 태평양전쟁 중인 어느 해 초겨울 • 공간적 배경: 경성 인근의 면 소재지
등장인물		① 면사무소에 근무하는 겸손한 인격의 이산 ② 아들에게 일을 그만두라 종용하는 사심이 강한 이산의 아버지 등
기타사항		번역자: 이무영(李無影) 자작 역

　　면민(面民)들에게 신망을 얻고 있는 이산(李山)을 비난하는 사람은 단 한 사람, 그의 아버지뿐이었다. 그의 아버지 이(李)노인은 손에 꼽히는 지주이자 한학에도 조예가 깊은 명문이기도 하였다. 하지만 평생 쓰고도 남을 만큼의 재산을 가지고도 이(李)노인의 욕심은 끝이 없었다. 그런 욕심에서 이(李)노인은 경성에서 회사에 다니던 아들 이산을 고향의 면서기 자리에 앉혔던 것이다. 예컨대 면서기라는 아들의 직책을 이용해 공출이나 부역, 그리고 세금 등을 줄이고 싶었던 것인데, 이산은 아버지의 그런 기대에 결코 부응하지 않았다. 그러니 자연스럽게 그것을 둘러싼 부자간의 싸움은 끊이지 않았다.

　　오늘 아침에도 그런 문제로 이(李)노인은 아들에게 면사무소를 그만두라고 호통쳤다. 고향으로 내려온 이래 3년 동안 아버지의 그런 성화를 견뎌야 했던 이산도 이제는 면사무소를 그만두어야겠다고 결심하지만, 막상 사무실에서 자신을 기다리는 업무들을 마주하면 기쁜 마음으로 면민들을 위해 일에 열중할 수 있었다.

　　그러나 오늘만큼은 왠지 일이 손에 잡히지 않았다. 이산이 '그만두는 수밖에 없다'고 생각하면서도 선뜻 사표를 내지 못하고 있는 것은, 무엇보다 순수한 농민들을 상대로 일하는 것이 그의 적성에 맞았고 욕심 많은 아버지로부터 용돈을 받아쓰며 살기 싫은 탓도 있었다. 머잖아 다시 납세기간이 다가올 것이다. 그의 아버지는 아들에게 세금계 담당자에게 자신의 세액을 감소시키도록 공작을 넣으라고 위협했다. 그는 물론 거절했고 그의 아버지는 또 화가 이만저만 나있는 것이 아니었다. 그는 아버지와 싸워봤자 승산이 없다는 것을 깨닫고 그날 저녁 면장의 집을 방문해 사표를 제출했다.

「"동기는?"

"특별히 없습니다. 다만 건강이 좋지 않은 것과 집에도 이런저런 사정이 있어서……."라고 얼버무렸다.

"자넨 생각보다 어리석군. 동기도 분명치 않은 사표는 내는 게 아니야. 넣어두게, 주머니에 넣어둬. 아니, 아닐세. 내가 받아두지. 휴지로 써야겠어."

사표 이야기는 그것으로 끝이었다. 대신 공출이며 금속의 회수, 노무, 일본어보급운동 등에 대한 이야기를 나누느라 10시가 훌쩍 넘고 말았다. 컴컴한 샛길을 따라 집으로 돌아오면서 그는 그제야 자신의 바보스러움을 알 것 같았다.

"정말 그래, 이렇게 물러설 수 없지. 두고 봐, 아버지에게 이기고 말겠어!"」

　　이튿날 아침 이산이 출근했을 때 사무실 분위기는 평소와 달리 불안감이 감돌고 있었다. 면장은 산더미처럼 쌓인 서류더미 속에서 혈안이 되어 뭔가를 찾고 있었고, 국민복 차림의 남자 두 명이 응접실을 지키고 있었다. 한 남자는 도(道)의 산업과 직원이고 또 한 사람은 경제경찰이라고 했다. 공출성적을 조사하고 면 농가의 보유고를 조사하기 위해 나왔다고 했다. 그들은 가구 수가 가장 많은 만석리(萬石里)로 조사를 나가자고 했다. 공출의 미납뿐만 아니라 국채소화 성적이며 헌금성적이 미진한 아버지 때문에 이산의 걱정은 이만저만이 아니었다. 그런데 천만다행으로 저녁 무렵이 되어서야 도착한 이산의 집 앞을 조사단은 그냥 지나쳤다. 이산의 집이라는 면장의 말에 이산의 집이라면 어렵하겠냐며 그냥 지나쳤던 것이다. 겨우 안도의 한숨을 내쉰 이산은, 내심 견딜 수 없는 부끄러움에 '부자간의 인연을 끊는 한이 있더라도 아버지를 굴복시키리라' 결심했다.

이산을 비롯한 조사단이 역에 도착해 잠시 머뭇거리고 있을 때, 밀반출로 보이는 보따리를 안고 있는 남녀들이 여기저기서 모습을 드러냈다. 그 모습을 목격한 도(道)의 직원과 다른 조사단의 분위기는 순식간에 험악해졌고, 해당 주재소와 연락을 취해 승객들의 수하물을 일제히 조사하기에 이르렀다. 승객들 중 밀반출 양이 다섯 되 이상 되는 세 사람을 주재소로 연행하였다. 도(道)에서 나온 직원은 그들에게 쌀의 출처를 물었고, 그들 중 한 사람이 그 쌀을 판 사람의 이름은 모르지만 집은 알고 있다며 '만석리라는 마을의 가장 큰 기와지붕 집'이라고 대답했다. 그 순간 이산의 얼굴은 창백해졌고 온몸이 바들바들 떨렸다.

「"저희가 부탁해서 사온 것이니 벌은 제가 받겠습니다."라고 다짐을 받은 후 인상착의를 말했다. 틀림없는 이산의 아버지였다.

"그래, 얼마에 샀지?" "……"

"그 분에게 화가 미치지 않게 해주십시오."

"좋아, 나도 남자다, 약속은 지키겠다."

얼마라고 했는지, 이산은 듣지 못했다. 그도 그럴 것이 금액을 말하려는 순간 이산은 이미 유리문을 열고 밖으로 뛰쳐나갔기 때문이다. 다리가 후들후들 떨렸다. 현기증도 났다. 정신없이 걸었지만 두세 블록 못가서 전신주에 머리를 찍고 격렬한 오열을 토해냈다.

겨울밤 하늘에는 별도 없었다. 희미하게 밝아지는가 싶더니 이내 굵은 눈이 소리없이 내렸다. 첫눈 치고는 제법 많은 눈이었다. 」

- 1942년 12월 원고 -

 056-13

第一課第一章(제1과 제1장)

〈기초사항〉

원제(原題)		第一課第一章(一~四)
한국어 제목		제1과 제1장
원작가명(原作家名)	본명	이갑용(李甲龍)
	필명	이무영(李無影)
게재지(揭載誌)		정열의 서(情熱の書)
게재년도		1944년 4월

배경	• 시간적 배경: 가뭄이 극심했던 어느 해 가을 • 공간적 배경: 어느 한 농촌마을
등장인물	① 어느 전문학교의 조선(朝鮮)학과 강사였던 마흔 살의 김수택 ② 수택의 아버지 김인보 ③ 수택의 큰조카 상태 등
기타사항	번역자: 이무영(李無影) 자작 역

〈줄거리〉

근무처인 전문학교에서 조선학과가 폐지되어 직장을 잃고만 김수택(金秀澤)은 처가로 들어가 살자는 아내 향(香)의 제안을 물리치고 결국 자신의 고향으로 들어가 농사꾼이 되기로 결심했다. 그리고 무더운 8월 어느 날, 짐수레에 짐을 실어 수레꾼에게 끌게 한 수택부부는 아직 멀었냐고 투정을 부리는 6살 된 딸 용희(龍姬)와 엄마 등에서 잠든 어린 아들 민방(民坊)을 데리고 고향을 향해 신작로를 걷고 있었다. 극심한 가뭄으로 피폐해진 고향마을을 둘러본 수택은 걱정이 앞섰다. 그런 수택에게 아내는 먹고 살기 위해서라면 '어떤 고생이라도 감내할 수 있다, 정작 걱정은 뼛속까지 문화인인 당신이 과연 문화인이라는 허울을 벗어던질 수 있겠느냐'고 강하게 반문했다. 아내의 그런 물음에 수택은 "괜찮아! 걱정하지 마. 난 앞으로 소처럼 일하는 것에 만족하고 살 테니까."라고 대답했다.

사실 수택의 아버지는 학문의 포로가 된 아들 수택에게 기회 있을 때마다 농사꾼이 되라고 권유하였고, 수택은 수택대로 평생 진흙투성이로 살아오신 부모님을 언젠가는 경성으로 모시고 올 계획이었다. 그러다 20년에 걸친 연구가 결실을 맺고 전문학교에 직장을 얻게 된 수택은 오랜만에 고향으로 내려가 '아무리 해봤자 뻔한 농사 따위 그만두고' 경성으로 올라가자고 설득했다.

「"바보 같은 소리!" 아버지는 완강히 소리쳤다.

"나는 도시 같은 데는 안 간다! 도시가 그렇게 좋은 덴지 나는 도무지 모르겠다. 어디가 좋다는 건지, 원. 도시에 나가 살았다가는 빨리 죽을 게 뻔하지. 어디를 둘러봐도 돌이고 쇳덩이뿐이지 풀 한 포기 없어. 흙이라곤 약에 쓰려고 해도 없어. 그런 데서 용케도 숨들을 쉬고 산단 말이야. 그러니까 인간들이 이론만 내세우게 되는 거여. 이론만 갖고 세상살이가 될 줄 아나? 그렇게 법이 잘 돼있는데 왜 속 검은 인간들이 그렇게 많누? 죄인이 없어야 하는 거 아닌가?"

그의 아버지는 평생을 살면서 경성에는 몇 번 나오지 않았다. 특히 새로운 문화를 받아들인 후로는 단 한 번 나왔을 뿐이다. 1930, 31년 무렵의 일로 기억되는데, 장남인 형이 도박인가 뭔가로 상당히 큰 손해를 보았을 때였다. 당시 수택은 싸구려 하숙집을 전전하던 때라 아버지는 학문을 포기하고 함께 농촌으로 돌아가자고 몇 번이고 강요했다. '나도 학문이 좋다는 건 안다, 하지만 학문만으로 세상을 사는 건 아니다, 아직은 젊으니까 학문학문 하지만 그 학문이 언젠가 짐이 될 때가 올지도 모른다' 등등의 이야기를 2, 3일 동안 반복하며 수택을 설득했다. 그러더니 어느 날 밤 아버지는 꽤 늦게 귀가한 아들에게 갑자기 마지막열차로 돌아가겠다고 했다.」

그 뒤로 아버지는 경성에 나가는 것을 극구 피했다. 대신 수택이 고향에 내려갈 때마다 흙의 고마움을 알아야한다고 강조하였다. 그때의 일들을 떠올리며 수택은 새삼 아버지의 위대함을 절감했다.

한편 김영감은 아들네의 귀향을 만나는 사람들에게 자랑하고 다녔고, 심지어는 이웃마을 원로들에게 수택을 데리고 가 인사를 시키기도 하였다. 그런가 하면 도회지의 잔재를 다 털어버리라는 듯 김영감은 수택은 물론이고 향(香)과 아이들에게까지도 농사꾼에 어울리는 차림과 생활습관 - 예컨대 보리밥에 된장이나 고추장을 먹고 과자를 못 먹게 하거나 이른 아침 일찍 일어나야 한다는 등 - 을 강요했다. 그런 김영감의 성화에 누구보다 힘든 것은 역시 아이들이었다. 그렇다보니 어느 날엔가는 용희가 경성에서 올 때 걸었던 신작로까지 말도 없이 혼자 나가버린 일도 있었다.

그런데 어찌된 일인지 김영감은 집안의 경제상태 만큼은 수택에게 자세히 알려주지 않았다. 그래서 수택은 큰조카인 상태(相泰)를 불러내어 슬쩍 물어보았다. 할아버지의 신임을 얻고 있는 스물두 살의 상태는 할아버지에겐 비밀로 해달라며 현재의 집안형편을 수택에게 알려주었다. 상태의 말에 따르면 집안의 자랑이었던 논밭은 모두 남의 손에 넘어가버렸고, 그나마 남아있는 논 200평과 300평의 황폐한 밭도 금융조합에 저당 잡힌 상태라고 했다. 수택의 충격은 이만저만이 아니었다. 하지만 수택은 아들이 다시 도시로 떠날까봐 이러한 사정을 숨기고 있는 아버지가 오히려 가엾게 여겨졌고, 그 동안 농사꾼다운 삶을 강요하던 아버지의 성화들이 일순간 이해되었다. 그리고 수택은 그제야 비로소 문화인의 허울을 벗고 진정한 농사꾼이 될 결심을 하고, 어떻게든 이러한 상황을 타개하고자 고심했지만 혼자 힘으로는 도무지 뾰족한 수를 찾을 수 없었다. 게다가 설상가상으로 농촌탈출을 계획하던 상태마저 자신의 아버지처럼 일확천금을 꿈꾸며 광산, 여자, 술 등에 빠져 간혹 며칠씩 집을 비우고는 했다.

그러던 어느 가을날 수택은 큰 결심을 하고 아버지에게 집안형편에 대해 알고 있음을 알리고, 아버지가 농사꾼을 그만둘 생각이 없는 거라면 어떻게든 아버지와 함께 잃어버린 논밭을 찾아보겠노라고 약속했다.

드디어 추수철이 시작되었다. 벼는 무르익어 한 톨 한 톨이 총알처럼 잘 여물었다. 김영감은 그 벼들이 낼모레면 남의 것이 된다는 사실도 잊고 마냥 기뻤다. 그야말로 농부의 기쁨이다. 벼를 베는 농부들 틈에 수택도 끼어있었다. 열심히 일하는 수택의 모습에 아버지는 흐뭇하였다. 그러면서 벼이삭을 함부로 밟는다고 버럭 화를 내기도 했다. 하루하루 추수 일에 쫓기느라 지칠 대로 지친 가족들은 자리에 눕기 무섭게 잠이 들었고, 이튿날이면 김영감의 호통소리에 눈을 떴다. 상태의 모습은 2, 3일 전부터 어디로 갔는지 보이지 않더니 탈곡하기 전날 밤 돌아온 모양이었다.

이른 아침부터 탈곡기 돌아가는 소리가 시끄러웠다. 나락은 모두 12가마니, 극심했던 가뭄에 비하면 괜찮은 수확이었다. 이제는 나락이 든 가마니를 집안으로 들일 차례였다. 수택이 지게를 짊어지려 했지만 나락가마니가 잔뜩 실린 지게는 꿈쩍도 하지 않았다. 안 되겠다며 포기하려는 순간, 아버지의 불호령이 떨어졌다. 그 덕분에 수택은 주위사람들의 만류에도 불구하고 간신히 지게를 지고 일어서서 어렵게 걸음을 내딛었다. 다리가 후들거렸지만 이를 꾹 악물고 한 걸음 한 걸음 앞으로 걸어 나갔다.

「수택이 걸음을 옮겼다. 후들거렸다. 바라보는 모두가 조마조마했다. 200근이나 되는 무게가 덮친다면 목이 부러질지도 모를 일이었다. 수택은 죽을힘을 다해 걸었다. 가마니가 흔들거릴 때마다 아녀자들이 꺄악 비명을 질렀다.

"무리에요, 네! 아저씨." 누군가 이렇게 소리쳤지만 김영감은 꼼짝 하지 않았다.

"무슨 소리! 내 아들로 태어났는데 이 정도쯤이야! 못할 리 없다고! 그럼! 여러분, 똑똑히 봐, 수택이는 내 아들이다 이 말씀이야!"

김영감의 눈은 역시 정확했다. 수택은 아기 걸음마 같긴 했지만 200근이나 되는 나락을 자기 집 마당에 부리는 데 성공했다. 그는 쥐가 되어 있었다. 이마에는 땀이 뚝뚝 흐르고 있었다. 그래도 수택은 쌀가마니를 내려다보며 씨익 웃고 있었다.

"자, 다들 봤지! 내 아들은 어디가 달라도 다르다고!"

소리 높여 이렇게 말하는 영감 옆에서 숙부를 지그시 바라보고 있던 상태가 외쳤다.

"숙부! 입에서 피가!"

"아 이거, 괜찮아."

수택은 아무렇지 않게 입술로 손을 가져갔다.

상태는 슬쩍 고개를 돌렸다. 눈물이 나는 모양이었다.」

李北鳴(이북명)

이북명(1910~1988) 소설가. 본명 순익(淳翼).

057

약력

1910년	9월 함경남도 함흥에서 출생하였다.
1927년	함흥고등보통학교를 졸업하고 생계를 위해 1927년부터 3년간 흥남비료공장에서 일하였다.
1932년	소설 「질소비료공장」으로 문단에 데뷔하였으나, 이 작품은 《조선일보(朝鮮日報)》에 연재되다가 일제의 검열로 중단되었고, 후에 한국프로문학의 대표작으로 인정받아 일본과 중국에서 번역되었다. 잡지 「문학건설」에 「출근정지」를 발표하였다.
1934년	「우리들」에 「정반(正反)」을 발표하였다.
1935년	「신동아」에 「민보의 생활표」를 발표하였고, 「질소비료공장」이 「첫 출진(初陣)」이라는 제목으로 번역, 발표되었다.
1937년	일본어소설 「벌거숭이 부락(裸の部落)」을 잡지 「분가쿠안나이(文學案内)」에 발표하였다.
1939년	「칠성암(七星岩)」, 「야회(野會)」를 발표하였다.
1942년	「국민문학」에 일본어소설 「철을 캐는 이야기(鐵を掘る話)」를 발표하였다.
1944년	7월 「국민총력(國民總力)」에 일본어소설 「봉씨(鳳さん)」를 발표하였다.
1945년	<카프(KAPF, 조선프롤레타리아예술연맹)>에 가담하였다. 장진강발전소 공사장에서 노동자로 생활하다 광복을 맞이하였고, 그 후 북한에서 활동하였다.
1947년	북한에서 이른바 '평화적 건설 시기의 노동소설'로 꼽히는 『노동일가』를 발표해 문학예술축전 소설 부문상을 수상하였다.
1948년	<북조선문학예술총동맹> 중앙상임위원을 지냈다.
1956년	<조선노동당중앙위원회> 후보위원, <조선작가동맹> 부위원장 겸 상무위원으로 일했다.
1961년	<조국평화통일위원회> 위원을 거쳤으며, 중편 「당의 아들」을 발표하였다.
1967년	재차 <조선작가동맹중앙위원회> 부위원장을 역임하였다.

1975년	장편 『등대』를 발표하였다.
1988년	사망한 것으로 추정된다.

이북명은 자신의 체험을 바탕으로 노동자들의 의식이 성장하는 모습과 노동자와 자본가 사이의 모순을 민족문제와 관련시켜 형상화하고 있다. 카프(KAPF) 해체 이후 계급문학운동이 퇴조하는 동안 인정과 세태의 인간적인 측면을 그리면서도 여전히 자신이 관심을 두어온 노동자들의 삶을 중시하였다. 지식인 중심의 문단에서 프롤레타리아 출신이라는 특징을 가지고 활약한 그는 북한 문단의 정통성을 계승했다는 평가를 받고 있다.

057-1

初陣(첫 출진)

〈기초사항〉

원제(原題)		初陣
한국어 제목		첫 출진
원작가명(原作家名)	본명	이순익(李淳翼)
	필명	이북명(李北鳴)
게재지(揭載誌)		분가쿠효론(文學評論)
게재년도		1935년 5월
배경		• 시간적 배경: 1933년 3~4월 • 공간적 배경: 어느 질소비료공장
등장인물		① 황산암모늄 비료공장에서 4년째 일하는 한문길 ② 공장노동자들의 권익을 위해 싸우다 해고당한 철식 ③ 친목회 결성을 위해 활동하는 상호와 용수 ④ 동료들로부터 첩자로 의심받는 인철 등
기타사항		번역자 미상. 《조선일보(朝鮮日報)》에 게재(1932. 5)되었던 「질소비료공장」의 번역임.

〈줄거리〉

문길(文吉)은 황산암모늄 비료공장에서 4년째 일하고 있다. 그가 일하는 황산암모늄 공장은 황산의 증기와 쇠가 산화하는 냄새에다 기계기름 냄새가 암모니아가스와 화합하면서 발생하는 일종의 독특한 악취를 풍기고 있었다. 대부분의 노동자는 이 악취에 노출되어 있었으며, 이로 인해 많은 노동자들이 폐질환을 앓고 있었다.

원래 문길은 황소처럼 건강했고 희망에 차 있었다. 현재 그는 노모와 임신 중인 아내, 그리고 4명의 자식을 부양해야 하는데, 하루 90전의 일당으로는 입에 풀칠하기도 버거웠다. 게다가 그토록 건강하던 문길이 폐결핵을 앓게 되면서부터는 생활비에 약값까지 빚을 내지 않고는 한 달 한 달 버틸 수 없는 지경이었다.

그런데 얼마 전 철식(鐵植)을 비롯한 노동자 몇몇이 상호부조와 노동자 권익보장을 위해 결성하려던 친목회의 존재가 누군가의 밀고로 회사 측에 들켜버린 이른바 '친목회사건'이 터지고 말았다. 거기에 기대를 걸고 동참하려던 문길의 의욕은 바닥에 내동댕이쳐지고 말았다. 대신 문길은 『희망』이라는 잡지를 열심히 읽으며 '노동은 신성하다. 하늘은 스스로 돕는 자를 돕는다'는 글귀를 되새기며 하루하루 힘든 일을 견뎌내고 있었다.

그러던 3월 어느 날 점심시간, 상호(相浩)와 용수(用洙)의 주도로 노동자들끼리 배구시합을 하게 되고, 동료들의 재촉으로 문길도 마지못해 시합에 가담했다. 철식과 동료들은 그런 시합을 통해 동지를 물색하려고 했던 것이다. 그런데 시합이 한창 클라이맥스에 달할 즈음 급사가 철식을 부르러오고, 사무실로 불려간 철식은 사복경찰에게 잡혀가 결국 해고되고 만다.

문길의 불안은 극도에 달했다. 나날이 악화되어 가는 건강과 산달을 코앞에 둔 아내와 자식들을 생각하면 무슨 일이 있어도 해고되면 안 된다는 압박감이 그를 괴롭혔다. 그래서 친목회 결성 등 동료들과의 모임을 가능한 피하려고 했다. 하지만 철식과 다른 동료들의 송별회를 갖자는 상호의 권유에 못 이겨 참석한 자리에서 문길은 놀라운 소식을 듣게 된다. 급속한 기계화로 인력이 많이 필요치 않게 된 회사가, 건강검진을 실시한 후 그 결과를 빌미삼아 직원들을 대거 해고할 계획이라는 것이다. 그 소식을 들은 문길은 그 동안 직장을 지키기 위해 멀리했던 친목회재조직 준비위원회 결성을 위해 적극 가담하기로 결심했다.

그런데 이튿날 아침, 지난밤 철식 등과의 모임에 참석했던, 문길을 뺀 나머지 동료들이 계장에게 불려가고 철식과 같은 불온분자와 어울리지 말라는 설교를 듣게 된다. 문길은 자신이 불려가지 않은 것에 안심하면서도, 한편으로는 어제 모임에 가는 도중 만났던 인철(仁哲)과의 대화를 떠올리고 인철에 대한 의심을 굳히며 분노했다.

드디어 건강검진의 날. 문길을 진찰한 의사는 의미심장한 표정으로 괜찮냐는 문길의 질문에 침묵했다. 그로부터 며칠 뒤, 계장이 사무실로 문길을 불렀다.

「아침 8시 무렵이었다. 문길이 첫 번째 운송차를 밀고 갔다가 빈 운송차를 밀고 원심분리기 아래로 왔을 때, 급사가 그를 부르러왔다. 순간 문길의 머릿속을 불길한 예감이 가로질렀다. 몸속의 피가 일시에 빠져나가는 것 같았다. 사무실로 들어서자 계장은 자기 쪽 의자에 문길을 앉게 한 후 천천히 입을 열었다.

"문길군, 자네는 3년 동안 아주 열심히 일해 주었네."

계장은 그렇게 말하고는 급사를 불렀다.

"급사, 차 좀 내와."

뭔가를 적고 있던 급사는 "넵!"이라고 군대식으로 대답하더니 김이 모락모락 나는 차를 따랐다. 문길은 내심 손님대접을 받고 있다고 생각했다. 그것이 오히려 문길을 더 불안하게 만들었다. 계장은 찻잔을 들어 한 입 마신 후 다시 말을 이었다.

"그런 성실한 자네에게 이런 말을 하게 돼서 정말 안 됐네만, 사실은 신체검사 결과 자네 몸이 아주 안 좋다는군. 의사선생님 말에 따르면 자네 몸으로는 도저히 공장노동은 어렵다는 거야."

"아닙니다, 계장님. 저, 그러니까, 주, 죽어도 상관없습니다. 저, 정말입니다."

문길은 또 "늙으신 어머니와 임신 중인 아내 그리고 네 명의 자식을, 제 한몸으로 먹여 살리고 있습니다. 지금 제가 회사에서 쫓겨나면 우리 가족은 어찌 하란 말씀이오? ……황소처럼 건강하던 내 몸이 왜 이렇게 되었는데요 다 이 공장에서……"라며 애원을 하고 통곡을 해도 계장은, 아니 회사는 눈 하나 깜짝하지 않고 월급봉투와 함께 해고통지서를 내밀었다. 문길은 봉투 두 개를 들고 몽유병환자처럼 비틀비틀 사무실을 나왔다.」

해고당하고 외톨이가 된 문길은 동료들의 손길을 기다리면서 일개 노동자의 힘이 얼마나 보잘것없는 것인가를 절감하고 있었다. 문길과 해고 노동자들은 철식을 리더로 친목회 대표 자회의를 결성한 후 앞으로의 투쟁 방식에 대해 논의했다. 논의 결과 공장 내에 삐라를 뿌리기로 결정하고, 아직 공장에 남아 있는 상호가 그 역할을 맡기로 했다. 새벽 3시, 노동자들이 잠든 틈을 타서 식당을 시작으로 유인물을 뿌렸다. 하지만 이른 새벽 식당으로 들어선 인철로 인해 회사 측에 들통이 나고, 회사는 결국 경비와 경찰을 동원해 필사적으로 범인 색출에 나섰다.

이 사건으로 어디론가 모습을 감춘 철식을 제외하고, 문길과 몇몇 동료들은 경찰서로 잡혀갔다. 문길은 잡혀간 지 열흘 만에 풀려났지만 이내 자리에 눕고 말았다. 동료들의 문병과 구원금으로 이루 말할 수 없는 고독 속에서도 위안을 찾은 문길은, 4월 28일 동료들에게 가족을 부탁한다는 말을 남기고 조용히 눈을 감았다. 장례는 친목회장으로 치르기로 하고, 문길의 장례를 계기로 대규모의 '메이데이' 시위를 벌이기로 했다. 4월 30일, 공장 정문 앞에 문길의 상여가 도착하자 여기저기서 구경꾼들이 몰려들었다. 그때 문길의 죽음으로 인해 노동자의 비애와 회사에 대한 분노를 새삼 일깨운 공장의 노동자들이 「메이데이」 노래를 부르며 함성과 함께 경비 바리케이드를 뚫고 밖으로 뛰쳐나왔다. 문길의 상여는 동료 노동자들의 시위와 노랫소리에 맞춰 묘지를 향해 나아갔다.

- 1933년 구고(舊稿) -

057-2

裸の部落(벌거숭이 부락)

〈기초사항〉

원제(原題)		裸の部落(一～四)
한국어 제목		벌거숭이 부락
원작가명(原作家名)	본명	이순익(李淳翼)
	필명	이북명(李北鳴)

게재지(揭載誌)	분가쿠안나이(文學案內)
게재년도	1937년 2월
배경	• 시간적 배경: 어느 해 여름 • 공간적 배경: 함경도 K시 매립지 부락
등장인물	① 가난한 집안 살림을 거드는 열여섯 살 순남 ② 순남의 동생 복돌과 두 여동생 ③ 억척스럽게 살아가는 순남엄마 ④ 무능한 순남아빠 ⑤ 늙은 아버지를 모시고 열심히 사는 최삼덕 ⑥ 매립지 주인 한(韓)영감의 마름 고(高)주사 등
기타사항	

〈줄거리〉

순남(順男)엄마는 비참한 밑바닥 생활에서 하루빨리 벗어나고 싶은 마음에 1년에 한 번 무당을 불러 조상대감제를 지낸다. 올해도 어김없이 조상대감제를 위해 빚을 내서까지 음식을 장만해 놓았는데, 복돌(福突)과 두 딸이 몰래 훔쳐먹고 달아나자 입에 담기 어려운 욕설을 퍼부어댔다.

「"엄마, 온다!" 엄마의 모습을 본 금남(金男)이 이렇게 외치고 먼저 바닷가 쪽으로 도망쳤다. 복돌과 복남(福男)이 그 뒤를 따라 달렸다.

"복돌아 돈 2전을 줄 테니 심부름 좀 다녀와라."

엄마는 상냥한 목소리로 이렇게 말하며 복돌을 향해 손을 까딱거렸다.

"거짓말이야, 거짓말. 가지 마!" 복돌은 금남과 복남의 손을 잡아끌며 잽싸게 내뺐다.

"이놈의 새끼들, 벼락이나 맞고 타 뒈져 버려라!"

엄마는 철도선로 위에 서서 버드나무가지를 마구 흔들어대며 날카롭게 쏘아붙였다.

"엄마가 미쳤다아~!"

복돌이 엄마 쪽을 향해 두 손을 흔들며 이렇게 외치자, 복남과 금남이 신이 나서 손뼉을 쳐댔다.

"이놈의 새끼들, 잡히기만 해봐라. 네놈들 살을 갈기갈기 찢어서 제물로 바칠 테니!"

순남엄마는 부족한 대로 무당을 불러다 굿을 하고, 내친 김에 큰딸 순남의 점괘를 봐달라고 부탁했다. 무당은 순남이 오래 살려거든 세상에 나가 몸을 팔아야 하고, 그렇게 돈도 번 후에 시집을 가야 잘 살고 오래 산다는 말을 뱉어놓고 순남의 집을 나섰다. 순남엄마는 여느 때처럼 제사지내고 남은 음식을 모두 함지에 담아 순남 편에 무당에게 보냈다. 순남은 함지에 담은 음식을 머리에 이고 무당 집으로 가는 도중, 닭다리와 명태 등의 음식을 신문지에 싸서 감추어 두었다가 돌아오는 길에 최(崔)영감에게 던져주었다.

최영감의 아들 삼덕(三德)은 두 달 전 안경 쓴 어떤 신사에게 끌려간 후 여태껏 소식조차 없이 돌아오지 않고 있었다. 삼덕이 신문배달을 하러 다니면서 곧잘 마을에서 마주친 순남과 서로 애틋한 정을 나누었던 인연으로, 순남은 홀로 남겨진 최영감을 나 몰라라 할 수 없었던 것이다.

순남엄마의 정성어린 기도에도 불구하고 그들의 살림은 조금도 나아질 기미가 보이지 않았다. 그날 밤에도 순남엄마는 땔감을 해결하기 위해 복돌을 앞세워 기관차 차고로 석탄가루를 훔치러 갔다. 함께 가는 칠성녀(七星女) 엄마는 '5전 갈보'에게 빠져있는 남편과 그녀로 인해 매독에 걸렸다는 동네 남정네들 이야기에 분을 참지 못하고 핏대를 올렸다. '5전 갈보'라는 여인은 한꺼번에 남편과 두 아이를 잃고 먹고 살길이 막막해져 마을 남정네들에게 몸을 팔게 된 여자로, 마을 아낙들의 원성을 사고 있었다.

삼덕의 아버지 최영감은 먹을 것이 떨어지자 더는 참지 못하고 구걸을 하러 시가지로 나갔다. 그로부터 얼마 지나지 않은 8월 어느 날부터 4, 5일간 계속해서 폭우가 쏟아지기 시작했고, 매립지인 부락은 신시가지에서 흘러온 오수까지 합류한 탁류에 잠기고 말았다. 매립지 주민들은 모두 거지꼴이 되어 신시가지로 쏟아져 나왔다. 폭우가 그친 후 살던 곳으로 돌아온 매립지 주민들은 파리와 구더기가 들끓는 자신들의 거주지를 보고 경악을 금치 못했고, 시가지로 구걸을 하러 다니는 이들도 여럿 있었다.

생활이 어려워지기는 순남의 집도 마찬가지였지만 순남엄마는 구걸만은 할 수 없다며 다른 방도를 찾고 있었다. 그러다 무당의 말을 생각해 내고 순남을 기생으로 보내기로 마음먹고 남편과 상의했다. 아둔한 남편은 간단히 그에 찬성하고 고(高)주사를 만나 단번에 계약서까지 주고받았다. 결국 순남은 멀고먼 중국 펑텐(奉天)으로 팔려가고 말았다. 순남을 팔아 받은 돈으로 순남엄마는 금반지를 사 끼고, 순남아버지는 5전 갈보를 찾아가 밤을 샜다.

순남이 팔려가고 2주 후, 경찰서에 잡혀갔던 삼덕이 돌아왔다. 최영감은 삼덕에게 순남이 팔려간 이야기를 들려주었다. 순남의 소식에 얼굴이 굳어진 삼덕은 아무 대꾸도 할 수 없었다. 때마침 대지임대료를 낼 기한이 지나자 고주사는 부락민들을 공터로 불러 모아, 돈을 내지 않을 거면 부락을 떠나라고 핏대를 올리고 사라졌다. 그때 삼덕이 마을주민들 속으로 뛰어들며 매립지의 땅주인인 한(韓)영감을 찾아가 임대료가 평당 13전이라는 사실을 듣고 왔는데, 그동안 고주사가 부락민들에게 20전을 받아 7전을 횡령해 왔다는 사실을 폭로했다. 이 말을 들은 부락민들은 단결하여 대책위를 만들고 위원을 뽑아 한영감과 직접 이 문제를 해결했다.

한편 순남아버지는 삼덕의 이야기를 듣고 고주사를 쫓아갔지만, 고주사와 무당 부부는 부락민들의 보복을 피해 이미 도망치고 없었다. 순남의 일마저 고주사 내외에게 속았다는 것을 뒤늦게 깨달은 순남아버지는 빈 집 마루에 앉아 하염없이 울 뿐이었다.

- 1936. 10 -

鐵を掘る話(철을 캐는 이야기)

〈기초사항〉

원제(原題)	鐵を掘る話
한국어 제목	철을 캐는 이야기

원작가명(原作家名)	본명	이순익(李淳翼)
	필명	이북명(李北鳴)
게재지(揭載誌)	국민문학(國民文學)	
게재년도	1942년 10월	
배경	• 시간적 배경: 1938년 4~9월 • 공간적 배경: 함경남도 K역 부근 쓰레기하치장	
등장인물	① 사고로 팔이 부러져 C수력전기회사의 운반 일을 그만둔 토룡 ② 토룡의 억척스러운 아내 ③ 토룡의 딸 열일곱 살 복남 ④ 토룡의 집 근처 두부가게에서 하숙하는 춘길 등	
기타사항		

〈줄거리〉

　　토룡(土龍)은 어느 날 기차역에서 사냥모와 중절모를 쓴 두 남자의 엄청난 이야기를 우연히 듣게 된다. 그들은 역 너머로 내다보이는 C수력전기회사의 쓰레기하치장을 가리키며 '저렇게 굴러다니는데 캐면 상당히 나올 거야' '돌아오는 길에 한번 캐보자'는 등의 의미심장한 이야기를 나누는 게 아닌가!

　　토룡은 다음 날 그들이 말한 C수력전기회사의 쓰레기하치장 앞에 와있었다. 과연 두 남자의 말이 사실일까? 토룡은 남들이 눈치채지 않도록 살짝 쓰레기 더미를 뒤적여 보았다. 그러자 쓰레기더미에서 빈 깡통과 못, 철 부스러기들이 나왔다. 그날부터 토룡의 철 캐는 이야기가 시작된다.

　　용의주도한 토룡은 마을의 고물상인 이평(二平)에게서 철 부스러기를 사주겠다는 대답을 듣고서야 철을 캐기 시작했다. 또한 누구에게도 속내를 들키지 않으려고 누가 뭐하느냐고 물어오면 밭을 일구고 있다고 대답했다. 그런가 하면 기차 건널목지기인 권(權)영감에게 철 1근에 1전 한다는 터무니없는 거짓말을 하기도 했다. 그렇게 하루 온종일 캐낸 철 부스러기는 서너 가마니는 족히 되었다. 오후 늦게까지 철을 캔 토룡은 무거운 그것들을 힘들게 집으로 날라다 놓았다. 다음날도 그 다음날도 토룡은 밥 먹는 것도 잊고 아침 일찍부터 늦은 저녁까지 쓰레기하치장에서 철을 캤다.

　　그러던 어느 날 저녁 무렵, 토룡이 철이 든 가마니를 짊어지고 일어서려는데, 기차역에서 보았던 중절모와 사냥모의 두 남자가 토룡 앞에 나타나 철을 팔지 않겠느냐며 흥정을 걸어왔다. 토룡은 심사숙고한 끝에 빈 깡통은 1관에 8전, 철 부스러기는 1근에 6전을 받고 그 동안 모아두었던 철 등을 팔아넘겼다.

　　재미를 톡톡히 본 토룡은 다음날부터 아내와 딸 복남(福男)까지 동원해 철 캐는 작업에 착수했다. 그들은 쓰레기하치장을 3등분하여 각자의 구역에서 철을 캤는데, 자기가 캔 분량은 자기가 갖기로 약속한지라 부모자식도 없이 서로 더 많이 캐려고 경쟁이 치열했다. 각자가 캔 철을 팔아 모은 돈을 각자 비밀리에 관리하며, 아내는 아내대로 딸은 딸대로 저마다의 꿈에 부풀어 힘든 줄도 모르고 철을 캐 모았다.

　　그런 토룡 가족의 행동을 수상히 여긴 마을 사람들도 속사정을 알고 하나둘 철 캐는 일에 가담하기 시작했다.

5월말이 되자 C수력전기회사의 쓰레기하치장의 깡통이나 철들이 바닥났다. 그 동안 토롱의 아내는 13원을, 딸 복남은 17원을 모았다. 아내는 그 돈으로 쌍가락지를 사서 끼고 동네 아낙들에게 자랑하느라 바빴다.

그러다 8월 중순 장마가 지고 홍수가 나자 철 캐는 일도 중단되고 말았다. 물난리로 집들과 먹을 것이 다 떠내려가자 이내 기근이 몰려들었다. 쌀값은 폭등하고 현금이 아니면 살 수 없게 되었지만, 그나마 집과 현금이 말짱히 남은 토롱네도 굶기는 마찬가지였다. 왜냐하면 각자 돈을 숨겨두고 그 누구도 선뜻 현금을 내놓으려 하지 않았기 때문이다. 너무 이기적이 되어버린 아내와 딸을 보면서, 토롱은 그들을 철 캐는 일에 끌어들인 것을 후회했다.

9월이 되자 C수력전기회사를 비롯한 지역의 회사들이 직원을 동원하고, 소학교(초등학교)가 학생들을 동원하여 철 등의 폐품회수운동을 벌이기 시작했고, 그것들을 팔아 모은 돈을 국방헌금으로 냈다. 그 바람에 토롱네와 같이 사리사욕을 채우기 위해 철을 캐던 이들의 설 자리가 없어지고 말았다. 그렇다고 포기할 토롱네가 아니었다. 토롱과 그의 아내는 회사의 눈을 피해 밤늦게 철을 캐 모으기 시작했고, 복남은 혼자 여기저기 돌아다니며 철을 모으기 시작했다. 하지만 그들의 모습에서 더는 가족 간의 정과 연대감을 찾아볼 수 없었다.

그러던 어느 날, 복남은 여느 때와 다름없이 혼자서 대장간 근처의 철을 주우러 다니다 한 폐가 앞의 풀숲에 덩그마니 놓인 철 무더기를 발견하였다. 주저하던 복남은 주위에 사람이 없는 걸 확인하고 그것을 자기 바구니에 담아 집으로 돌아왔다. 그 이후에도 몇 차례 같은 일이 반복되었는데, 어느 날은 그 철 무더기가 폐가의 문 안에 놓여있는 것을 발견하게 되고 욕심이 생긴 복남이 폐가 안으로 들어섰다. 복남이 폐가 안으로 들어서기 무섭게 굳게 닫혀버린 문, 복남을 거칠게 잡아끄는 우악스러운 남자의 손길…… 그는 다름 아닌 한 동네 사는 춘길(春吉)이었다.

그날 이후 복남은 두 번 다시 철을 캐러 집밖으로 나가지 못했다. 하지만 복남의 부모는 늦은 밤까지 남몰래 철을 캐다 집 뒷마당에 묻느라 복남의 일은 안중에도 없었다. 복남은 하루하루 그동안 모아두었던 돈을 세는 것만이 유일한 낙이었는데, 어느 날 결심이 선 듯 집을 뛰쳐나가 비단 옷과 가죽신발, 화장품 등을 사들고 들어와 멋을 부리기 시작했다.

「그로부터 2, 3일 지난 어느 날 밤 9시 반 무렵이었다. 부모는 여느 때와 마찬가지로 부재중이었고 복남 혼자서 거울 앞에 앉아 여드름을 짜고 있었다. 그때 누군가가 밖에서 가볍게 장지문을 두드렸다. 복남은 깜짝 놀라 후다닥 방 한쪽 구석으로 숨어들더니 웅크리고 앉아 벌벌 떨었다.

"누구세요?" 복남은 두려움에 떨리는 가슴을 애써 억누르며 간신히 이렇게 물었다.

"접니다, 춘길이에요."

"돌아가요. 빨리 가세요!"

복남은 원망스러운 듯 춘길의 진지한 얼굴을 곁눈질로 노려보았다.

"복남이, 내 마음을 알아주세요." 춘길은 애원했다.

"몰라요. 빨리 가라고요!"

"복남이, 나 진짜로 복남이를 사랑하고 있어요. 정말이에요."

춘길의 목소리가 희미하게 떨렸다.」

춘길은 그날 밤 복남에게 사랑의 선물로 값비싼 숄을 주고 갔다. 그런 춘길의 구애를 복남은 이내 받아들이게 되었고, 토룡과 아내는 그런 복남의 행실을 눈치 채고도 나 몰라라 철 캐는 일에만 전념했다.

한편 토룡과 아내는 이평과 함께 회사의 철들을 몰래 캐서 판 돈으로 흥청망청 쓰기 시작했고, 마을사람들은 그런 부부를 의심스러운 눈길로 바라보았다.

또한 토룡과 아내는 복남에게 다른 남자와의 결혼을 강요하게 되고, 싫다고 거부하던 복남은 끝내 K시에 다녀오겠다며 나간 이후 영영 돌아오지 않게 되었다. 토룡과 아내는 사방으로 수소문해 봤지만 춘길과 함께 떠난 것으로 보이는 복남을 찾을 길이 없었다. 토룡은 돈에 눈이 멀어 하나밖에 없는 사랑하는 딸을 잃어버리게 되었다며 자신의 어리석음을 깨닫지만, 모든 것이 때늦은 후회였다.

李箱(이상)

—

이상(1910~1937) 시인, 소설가, 건축가, 화가. 본명 김해경(金海卿).

058

약력

1910년	8월 서울에서 출생하였다.
1926년	보성고등보통학교를 졸업하였다.
1929년	경성고등공업학교 건축과를 수석으로 졸업하였다. 조선총독부 내무국 건축과 기수가 되었으며, 조선총독부의 기관지인 「조선과 건축」 표지도안 현상공모에 당선되었다. 조선미술전람회에 서양화(洋畵) 「자화상」을 출품, 입선하였다.
1930년	첫 장편소설 「12월 12일」을 「조선」에 연재하였다.
1931년	일본어 시(詩) 「이상한 가역반응(異常ノ可逆反應)」, 「파편의 경치(破片ノ景色)」, 「공복(空腹)」, 「삼차각설계도(三次角設計圖)」 등을 「조선과 건축(朝鮮と建築)」에 발표하였다.
1932년	「조선과 건축」에 시 「건축무한육면각체(建築無限六面角體)」를 발표하면서 '이상(李箱)'이라는 필명을 사용하였다.
1933년	각혈로 퇴직한 후 황해도 백천온천에서 요양하다 그의 소설에 자주 등장하는 금홍을 만났다. 그 뒤 다방 '제비'를 경영하였다. 「가톨릭청년」에 시 「1933년 6월 1일」, 「꽃나무」, 「이런 시(詩)」, 「거울」 등을 발표하였다.
1934년	김기림, 이태준, 박태원 등과 모더니즘 문학운동 단체인 <구인회(九人會)>에 가입하였는데, 박태원의 소설 「소설가 구보씨의 일일」에 삽화를 그려주기도 하였다. 「월간매신(月刊每申)」에 「보통기념」, 「지팽이 역사(轢死)」를, ≪조선중앙일보(朝鮮中央日報)≫에 「오감도(烏瞰圖)」 등 다수의 시를 발표하였다.
1936년	<구인회>의 동인지 「시와 소설」을 편집하였다. 소설 「지주회시(蜘蛛會豕)」, 「날개」, 「봉별기(逢別記)」를 발표하였다. 창문사(彰文社)에 취직하였으나 얼마 안 가서 퇴사하였다. 6월 변동림과 결혼하였고, 10월 도쿄로 건너갔다.
1937년	소설 「동해(童骸)」를 발표하였다. 2월 사상불온 혐의로 구속된 뒤 폐결핵이 악화되어, 4월 도쿄제국대학부속병원에서 사망하였다. 사망 직후 「종생기(終生記)」가 발표되었다.
1940년	「날개」가 신건에 의해 일본어로 번역되어 『조선소설대표작집(朝鮮小說代表作

集)』에 실렸다.

이상의 기타 시작품으로 「소영위제(素榮爲題)」(1934), 「정식(正式)」(1935), 「명경(明鏡)」(1936) 등과, 수필 「권태(倦怠)」(1937), 「산촌여정(山村餘情)」(1935) 등이 있으며, 「환시기」, 「단발」, 「김유정」 등은 이상이 사망한 후 유고로 발표되었다. 이상의 시, 산문, 소설을 총정리한 『이상전집』 3권이 1966년에 간행되었다. 그의 문학사적 뜻을 기리기 위해 '문학사상사'에서 1977년 <이상문학상>을 제정하여 시상하고 있다.

 058-1

翼(날개)

〈기초사항〉

원제(原題)	翼	
한국어 제목	날개	
원작가명(原作家名)	본명	김해경(金海卿)
	필명	이상(李箱)
게재지(揭載誌)	조선소설대표작집(朝鮮小説代表作集)	
게재년도	1940년 2월	
배경	• 시간적 배경: 1930년대 어느 정오 • 공간적 배경: 어느 마을의 33번지	
등장인물	① 삶이 무기력한 지식인 '나' ② 접객업소에 나가는 아내	
기타사항	번역자: 신건(申建)	

〈줄거리〉

나는 게으르기 짝이 없고 매사에 의욕이 없는 스물여섯 살 지식인 청년이다. 아내와 나는 33번지의 어떤 셋방에 세들어 살고 있다. 그 33번지의 구조는 흡사 유곽이라고도 할 만하다. 한 번지에 18세대가 어깨를 나란히 즐비하였고, 각 세대에 사는 사람들은 하나같이 꽃처럼 젊었다. 이곳에는 해가 들지 않는다. 사람들은 그런 침침한 방안에서 낮잠들을 잔다. 나는 밤이나 낮이나 잠만 자느라 그들이 밤잠을 자는지 어떤지는 알지 못한다.

어쨌든 33번지 18세대의 낮은 참 고요하다. 하지만 어둑어둑해지면 그들은 이부자리를 거둬들이고, 이내 낮보다 훨씬 화려해진다.

나는 내 아내 이외에는 누구와도 말을 나누지 않았다. 아내가 자기 아닌 다른 사람과 노닥거리는 것을 싫어할 거라 생각했기 때문이다. 내가 이토록 아내를 소중히 생각하는 까닭은 이곳의 18세대 중에서 내 아내가 제일 아름답다는 사실을 알고 있기 때문이다. 나는 이처럼 뛰어난 외모의 아내에게 사육(飼育)되고 있지만 아내를 매우 자랑스럽게 생각한다. 아내가 돈을 얼마나 버는지는 모르나, 아내의 직업 때문에 집에는 항상 사람들이 드나들었다. 우리 집은 아내의 방과 내 방이 장지문으로 나뉘어 있었다. 아내의 방에는 가끔 낯선 이들이 찾아오는데, 그럴 때 나는 방 밖으로 나가는 법이 없다. 손님들에게 내 모습을 보이지 않기 위해서다. 그리고 아내는 손님과 식사를 시켜먹고 좀 해괴한 수작도 벌이지만 거기에 대해 격한 반응을 보이는 법도 없다. 아내에게 직업이 있었던가? 나는 아내의 직업이 무엇인지 모른다. 만일 아내에게 직업이 없다면 직업이 없는 나처럼 외출할 필요가 없을 텐데.

　　하지만 아내는 외출한다. 나는 아내가 외출하고 난 뒤에 아내의 방에 가서 화장품 냄새를 맡거나 돋보기로 화장지를 태우면서 아내의 체취를 더듬는 일에 탐닉한다. 또 여성용 팬티를 아무렇지 않게 입기도 한다. 아내를 찾아오는 사람이 많은 날에는, 나는 온종일 내 방에서 이불을 뒤집어쓰고 누워있어야 한다.

　　우리 부부는 이야기하는 법이 없다. 식사 후 내가 말없이 일어나 내 방으로 건너가도 아내는 나를 붙잡지 않는다.

　　손님들이 돌아간 뒤에나 외출할 때, 아내는 웃음을 띠면서 은화를 준다. 왜 돈을 주는지 의문이 들지만 그에 대한 기쁨도 없다. 아내는 많지는 않지만 항상 일정 금액을 주기 때문에 돈은 점점 많아졌다. 돈을 모아둔 이유는 내가 돈을 쓸 줄 모르기 때문이다.

　　어느 날 아내는 나에게 저금통을 사다 주었고, 나는 그 저금통에 은화를 모으는 재미로 살았다. 그러던 어느 날 저금통이 꽉 차게 되었고, 나는 저금통이 꽉 찬 걸 아내가 보면 다시는 은화를 주지 않을까봐 변소에 그 저금통을 버렸다.

　　나는 아내가 외출한 틈에 나갔다가 다시 집으로 돌아왔다. 그때 아내가 낯선 남자와 함께 있는 것을 목격했다. 그 이후부터 아내는 거추장스러운 나를 볕 안 드는 방에서 나오지 못하도록 아스피린을 주었다. 나는 그것을 먹고 잠만 잤다. 나는 그저 아내가 주는 밥을 먹고, 아내가 주는 약을 먹고 난 뒤 낮잠을 자거나 혼자서 공상에 잠기며 시간을 보냈다. 나는 이후에도 가끔씩 외출을 했고, 어쩌다 비를 맞고 들어와 감기에 걸리기도 했다.

　　나는 아내가 밤에 외출한 틈을 타서 밖으로 나왔다. 그리고는 가지고 나온 은화를 지폐로 바꿨다. 5원이나 되었다. 그것을 주머니에 넣고 목적지를 잃어버리기 위해 거리를 쏘다녔다. 그리고 밤이 이슥하도록 이 거리 저 거리를 하릴없이 헤매었다. 돈은 한 푼도 쓰지 않았다. 돈을 쓸 엄두도 나지 않았다. 돈을 쓰는 기능마저 완전히 상실한 것 같았다.

　　그러던 어느 날 집으로 돌아온 나는, 절대로 보아서는 안 될 아내의 매음행위를 보고 말았다. 나는 바지 포켓 속에 남은 돈을 문지방에 놓고 줄달음질을 쳐서 경성역으로 나갔다.

　　아내를 오직 한 번 가져본 나는, 우리가 발이 맞지 않는 숙명적인 절름발이 부부라고 단언한다. 나와 아내는 서로에게 제동을 걸지 않았고, 사실은 사실대로 오해는 오해대로, 그저 끝없이 발을 절뚝거리며 걸어가면 되었다.

　　그런데 나는 아내가 준 약이 수면제 아달린이라는 것을 알고 충격을 받고 거리로 도망쳐 나와 미쓰코시(三越)백화점 옥상에 주저앉았다. 내가 살아온 스물여섯 해를 회고하여 보았다.

몽롱한 기억 속에서는 이렇다 할 어떤 생각도 떠오르지 않았다. 나를 죽음으로 몰고 갔을지도 모르는 수면제. 나는 내 발길이 아내에게로 돌아가야 옳은가를 자문하였다. 이것만은 분간하기 어려웠다. 가야하나? 그럼 어디로 가나? 그때 내 눈앞에는 아내의 모가지가 벼락처럼 내려 떨어졌다. 아스피린과 아달린. 사람들은 모두 네 활개를 펴고 닭처럼 푸드덕거리는 것 같고 온갖 유리와 강철과 대리석과 지폐와 잉크가 부글부글 끓고 수선을 떠는 찰나! 이때 뚜우 하고 정오 사이렌이 울렸다.

「나는 불현듯 겨드랑이가 가려웠다. 아하, 그것은 내 인공의 날개가 돋았던 자국이다. 지금은 없는 이 날개. 머릿속에서는 희망과 야심이 말소된 페이지처럼, 사전이 넘어가듯 번뜩였다. 나는 문득 걸음을 멈추고 일어나 한 번 이렇게 외쳐보고 싶었다.

날개야 다시 돋아라. 날자. 날자. 한 번만 더 날자꾸나.

한 번만 더 날아 보자꾸나. 」

- 현대조선문학전집 3(現代朝鮮文學全集 三)에서

李碩崑(이석곤)

—

이석곤(생몰년 미상) 언론인, 소설가.

059

약력

1933년	경성제국대학 문과에 입학하였다.
1936년	경성제국대학 문예지 「성대문학(城大文學)」에 일본어소설 「관음보살(觀音菩薩)」과 「수축(收縮)」을 발표하였다.
1938년	경성제국대학 문과를 졸업하였다.
1950년	11월 한국일보사에서 발간한 영자신문《코리아타임즈》의 편집국장을 역임하였다.
1958년	3월 「在쏘련 韓國人들의 生態」를 코라르즈, W와 공저로 「사상계」(pp.25∼35)에 발표하였다. 존 스타인벡의 『생쥐와 人間』(新楊社)을 번역, 출판하였다.

 059-1

觀音菩薩(관음보살)

〈기초사항〉

원제(原題)		觀音菩薩
한국어 제목		관음보살
원작가명(原作家名)	본명	이석곤(李碩崑)
	필명	
게재지(揭載誌)		성대문학(城大文學)
게재년도		1936년 7월

배경	• 시간적 배경: 어느 해 여름 • 공간적 배경: S읍 산골에 위치한 ○약수
등장인물	① ○약수로 요양을 떠나는 도청 산림과 직원 '나' ② '미친 영감'이라 불리는 ○약수터의 일꾼 김첨지 ③ 이중인격의 ○약수터 주인 백인호(백영감) 등
기타사항	

〈줄거리〉

　건강상의 문제로 휴가를 얻어 S읍의 ○약수로 요양을 떠나온 '나'는 가장 높은 곳에 있는 방을 배정받았다. 약수 뒤쪽으로 오래된 관음당이 있고, 그 뒤에는 커다란 느티나무가 서있었다. 도착한 첫날은 전기가 들어오지 않아 희미한 램프를 하나 켜놓았을 뿐인데다 방안 분위기에 기분이 우울해져 일찍 잠자리에 들었다. 사건은 이튿날 저녁에 일어났다.

　램프에 불을 켜려고 안간힘을 쓰고 있던 내가, 그 앞을 지나가는 일꾼처럼 보이는 남자에게 "여보게, 석유 좀 가져다주지 않겠나?"라고 말을 건 것이 화근이었다. 그 일꾼은 나를 돌아보더니 대뜸 "어미 아비도 없냐."느니 "어디서 배운 말버릇이냐"며 고래고래 화를 내는 게 아닌가! 아닌 게 아니라 상투를 튼 그 일꾼은 이마에 주름이 깊게 패고 수염을 길게 기른 제법 나이든 노인이었다. 나는 그의 나이를 몰라보고 실수한 것이 무안하기도 하고, 솔직히 일꾼 주제에 손님에게 지나치게 무례한 것 같아 화가 나기도 했지만 체면이 서지 않을 것 같아 참기로 했다.

　밤이 되어 산책을 나간 나는, 약수터 근처에 세워진 교회를 발견하고 반가운 마음에 안으로 들어가 예배를 드렸다. 예배를 마치고 나오려는데 뒤에서 약수터 주인이라는 백(白)영감이 나를 불러 세웠다. 그는 예의가 바르고 사교적이었다.

　어느 날 나는 약수라도 마실 생각에 약수터로 나갔다가 장기를 두고 있는 한무리의 남정네들을 발견하고 가까이 다가가 보았다. 놀랍게도 장기를 두고 있는 사람 중 한 사람은 이곳에 온 다음날 나에게 호통을 쳤던 그 기분 나쁜 일꾼이었다. 사람들은 그를 '김(金)첨지'라고 부르고 있었다. 훈수를 두는 구경꾼들은 이상하게 김첨지에게는 한수도 가르쳐주지 않고 상대편 편만 들었다. 결국 한 젊은이의 훈수로 인해 장기에 지고만 김첨지가 그 젊은이에게 화를 냈고, 그 때문에 웃음거리가 된 젊은이는 김첨지의 멱살을 잡고 주먹을 휘두르기 시작했다. 처음엔 고소하다 싶어 지켜보기만 하다가, 계속 얻어맞고 있는 김첨지가 문득 불쌍해져서 젊은이의 주먹질을 뜯어말렸다.

　숙소로 돌아온 나는 냉수마찰을 위해 폭포 있는 곳으로 갔다가 백영감과 마주쳤다. 그때 내가 도청 산림과에 근무한다는 사실을 알게 된 백영감은 갑자기 저녁을 대접하겠다며 나를 자기 집으로 끌고 갔다. 닭고기를 푸짐하게 대접한 뒤 백영감은 건축물 증축을 위해 산림과에 벌채허가신청서를 내놨는데 아직 대답이 없다며, 부디 손 좀 써달라고 간곡히 부탁해 왔다. 그가 저녁을 대접한 목적이 그것이었다는 사실을 깨닫고 기분이 나빴지만, 나는 사람 좋은 백영감의 웃는 얼굴에 애써보겠다는 대답을 남기고 숙소로 돌아왔다.

　그러던 어느 날 저녁 무렵 김첨지가 장기판을 들고 내 숙소로 찾아왔다. 그는 장기를 두며 이곳 약수의 내력을 들려주었다. 이곳 약수는 관음보살이 내려주신 것으로 이곳에서는 살생을 하거나 고기를 먹어서는 안 되는데, '늙은 너구리 백영감'이 관음보살을 쫓아낼 요량으로 교회를 세운 뒤 손님을 상대로 고기와 술을 팔아 부자가 된 것이라며, 머지않아 관음보살이 백영감에게 천벌을 내릴 거라고 악담을 늘어놓았다.

다음 날, 백영감은 건물을 증축하기 위해 인부들을 불러 오래된 관음당을 부수기 시작했다. 그리고 백영감은 자기들의 공사를 방해하며 난동을 부렸다는 이유로 김첨지를 느티나무에 매달아놓고 있었다.

휴가도 거의 끝나가고 몸도 많이 좋아졌다. 나는 내일 돌아가기로 결심하고 관음당이 있던 곳으로 마지막 산책을 나갔다. 그곳에서 그 동안 일한 품삯은 주지도 않고 오히려 백영감이 자기에게 도둑누명을 씌웠다며 울고 있는 김첨지를 만났다. 어딘가로 떠나려 했다는 그에게 나는 1원짜리 지폐 두 장을 내밀었지만, 김첨지는 단호하게 거절했다.

○약수터를 떠나는 날 아침, 악몽에 시달리다 늦잠을 자버린 나를 깨우러온 식모가 놀라운 소식을 전해주었다. 어젯밤 김첨지가 느티나무에 목을 매 죽었다는 것이다.

「"예에, 참말로 안 됐지 뭐여요. 하지만 그런 늙은이는 차라리 죽는 게 나았어요. 이런 고생 더 안 해도 되니까. 나도 빨리 죽어야 할 텐데……."

나는 서둘러 아침을 먹은 뒤 자동차가 기다리는 곳으로 내려갔다. 백영감에게 인사라도 할 생각에 그의 방 앞으로 갔다.

"곤란하게 됐군. 그 놈의 늙은이, 여기서 뒈지다니! 죽어서까지 사람을 귀찮게 하는군. 정말 재난이 따로 없군. 큰일났어, 참!"

이렇게 화를 내는 소리가 들렸는데, 틀림없는 백영감의 목소리였다. 온순하고 심신이 깊던 백영감의 입에서 저렇게 험악한 말이 나올 줄은 꿈에도 생각하지 못했다.

"백영감님, 계십니까?" 나는 방문을 두드리며 물었다.

"벌써 돌아가시려고요? 정말 아쉽습니다." 싱글벙글 웃는 얼굴에 온화한 목소리였다.

"큰 재난을 만나셨습니다, 그려."

"아, 아닙니다. 그저 불쌍한 늙은이죠." 백영감은 이렇게 말하며 나를 자동차가 있는 곳까지 배웅해주었다. 그리고 그는 삼림벌목을 빨리 허가해 주도록 애써달라는 말을 잊지 않았다. 나는 흔들리는 자동차 안에서 어젯밤 보았던 김첨지의 얼굴을 떠올렸다. 그리고 그의 죽음과 관음보살과의 사이에는 뭔가 관계가 있는 게 아닐까 생각해 보았지만, 그런 생각은 이내 머릿속에서 사라져버렸다.」

- 6월 3일 -

059-2

收縮(수축)

〈기초사항〉

원제(原題)	收縮(一〜二)
한국어 제목	수축

원작가명(原作家名)	본명	이석곤(李碩崑)
	필명	
게재지(揭載誌)	성대문학(城大文學)	
게재년도	1936년 11월	
배경	• 시간적 배경: 1930년대 중반의 어느 해 겨울 • 공간적 배경: 만주의 안둥(安東)	
등장인물	① 경성전문학교 재학 중 계급운동에 연루되어 2년간 복역한 후 밀수입에 가담한 용일 ② 간도로 떠난 용일의 여동생 용옥 ③ 고등보통학교를 퇴학당 하고 밀수입을 하고 있는 용일의 동료 관범 등	
기타사항		

〈줄거리〉

출소한 용일(龍日)은 자신이 복역 중일 때 돌아가신 어머니의 묘를 찾기 위해 고향으로 가려던 걸음을 돌려 부산으로 향했다. 자신의 학업을 위해 가산을 탕진하고 어머니까지 끝내 돌아가시게 한 것에 대한 죄책감 때문이기도 했지만, 그보다는 계급투쟁에 대한 미련이 남아서였을지도 모른다. 용일은 그곳에서 한 공장의 직공으로 취직해 임금삭감에 대한 파업을 단행하였다. 그러나 노동자들의 비협조로 쟁의도 결국 실패하고 말았다. 패배를 맛본 그는 계급투쟁에 대한 미련을 버리고 일확천금을 꿈꾸며 안둥(安東)으로 와서 밀수입에 가담했다.

오늘도 용일과 그의 동료들은 주인 김씨의 지시를 기다리며 사무실에 모여 있었다. 용일은 자신이 사무실에 도착하기 전 집배원이 전해주고 간 동생 용옥(龍玉)의 편지를 굳은 표정으로 읽어내렸다. 열흘 전에 간도로 떠난 가족들은 겨우 자리를 잡았고, 비적들의 습격으로 동포들이 고통 받고 있지만 그래도 우리 가족은 아직 건강하게 지내고 있다는 내용이었다. 그리고 가족 중 그 누구도 오빠를 원망하지 않는다고 씌어있었다. 하지만 용일은 이 모든 것이 자기 탓인 것만 같아 괴로울 따름이었다.

이윽고 주인 김씨는 내일 밤 있을 은(銀) 밀매를 위한 회의를 하자며 자기 방으로 용일 등을 불러들이고, 염탐하는 자가 없는지 밖을 재차 확인한 후 문을 걸어 잠갔다. 은값이 떨어지고 세관의 검열이 극심해진 요즘인지라 김씨는 보증금 없이 용일과 동료들에게 1만 원어치의 은을 제공해 주는 대신 수고료를 싸게 하겠다는 말을 하며, 오늘 밤 8시에 남모르게 다시 이곳에서 모이자고 말했다. 그리고 이 사실은 극비에 붙여야 한다는 말을 덧붙였다.

하숙집으로 돌아온 용일은 밤일을 대비해 한숨 자두려고 자리에 누웠지만, 좀처럼 잠이 오지 않았다. 대신 용옥의 편지와 함께 열흘 전 간도로 떠나던 가족과의 상봉장면을 떠올렸다. 아버지와 용옥, 그리고 남동생 둘이 탄 기차가 이곳 안둥역을 거친다는 걸 안 용일은, 어렵게 시간에 맞춰 안둥역으로 나갔었다. 기차가 잠시 머무는 동안의 짧은 만남. 용일을 본 아버지의 유일한 한 마디는 "바보자식"이었다. 돌아가신 어머니를 떠올리며 눈물짓던 여동생의 "오빠도 와!"라던 간절한 외침. 용일은 그 동안 차마 받아들일 수 없었던 어머니의 죽음을 뼈저리게 느끼며 멀어져가는 기차만 멍하니 바라보았었다. 온갖 잡념으로 잠을 설치던 용일이 무슨 생각에선지 벌떡 일어나 어디론가 서둘러 나갔다.

다음날 아침 용일이 주인 김씨의 사무실에 도착했을 때, 다른 동료들은 이미 그곳에 모여 있었다. 그 중 관범(寬範)이 어제 다친 데는 없느냐고 용일에게 물었다. 용일은 여느 때와 달리 사람 좋은 웃음까지 지어보이며 괜찮다고 대답했다. 그런 용일을 밀매업에 능하기로 유명한 봉일(鳳一)이 노려보고 있었다. 사실, 누군가의 밀고로 어젯밤 예정되었던 은 밀매가 세관에 들키고 만 것이다. 다들 내부에 밀고자가 있다고 짐작은 했지만 그것이 자기라는 건 모른다고 생각한 용일은 안도의 한숨을 쉬었다.

용일은 동료들이 다 돌아가기를 기다렸다가 뒤늦게 사무실을 나와 남몰래 세관직원을 만나러 갔다. 그 세관직원은 어젯밤 밀고에 대한 대가로 3천 원을 주겠지만, 그 전에 3건의 밀고를 더 해줘야 한다는 조건을 내걸었다. 세관의 스파이가 되지 않으면 김씨와 동료들에게 말하겠다는 직원의 협박에 못 이겨, 용일은 세관 직원의 스파이가 되기로 했다.

며칠 후, 용일은 길에서 우연히 만취한 관범을 만나게 되었다. 관범은 1만 원의 은을 압수당한 김씨가 보증금으로 1천 원을 뜯어갔다며, 식구들이 굶어죽게 생겼다고 신세한탄을 늘어놓았다. 용일은 자신의 밀고로 자기에게 한없이 호의를 베풀어주던 관범을 곤란하게 만들었다는 사실에 죄책감을 느끼지만, 이미 때늦은 후회였다.

다음날, 용일이 사무실에 나가자 관범과 봉일 두 사람만 자리를 지키고 있었다. 그들은 내부에 밀고자가 있으니 조심하자고 말하며, '오늘 밤 김씨가 상당량의 은을 내놓을 것'이라는 정보를 용일에게도 알려주었다. 그 길로 용일은 공중전화부스로 들어가 세관으로 전화를 걸었다. 그 순간 전화 부스의 문이 벌컥 열렸다.

「"역시 네놈이었구나!"
봉일은 그의 멱살을 잡고 전화 부스 밖으로 잡아끌었다. '이 새끼!' 하는 목소리와 함께 그의 눈에는 불꽃이 튀었다. 용일은 그 자리에 쓰러졌다.
"받은 돈은 어쨌어?"라는 소리가 멀리서 들려오는 것 같았다.
"오빠도 나중에 와야 해."라는 목소리가 어디선가 들려왔다. 아, 용옥의 목소리다.
"어~이, 같이 가!" 용일은 이렇게 외치고 싶었지만 목소리가 나오지 않았다.
"이런 개새끼!" 그의 몸 위로 끊임없이 뭔가가 부딪쳐오는 것 같았다.」

- 1936. 9. 24 -

李石薰(이석훈)

—

이석훈(1907~?) 소설가, 극작가, 언론인. 본명 석훈(錫薰). 필명 석훈생(石薰生), 이시이 가오루(石井薰). 창씨명 마키 히로시(牧洋).

060

약력

1907년	1월 평안북도 정주군 정주읍 성외리에서 출생하였다.
1920년	정주공립보통학교 졸업 후 평양고등보통학교에 입학하였다.
1925년	평양고등보통학교를 졸업하고 일본 도쿄로 건너가 다이이치와세다(第一早稲田)고등학원 문과에 입학해 러시아문학을 전공했다.
1926년	병으로 중퇴하고 귀국했다. 나고야의 모 동인지에 「섬처녀(島の娘)」라는, 최초의 일본어 시(詩)를 발표하였다.
1928년	귀국 후 동향인이며 평북 용암포보통학교 교원인 김득신과 결혼하였다. 결혼 후 강원도 김화에서 잠시 신문지국을 경영하였다.
1929년	춘천으로 이주하여 이후 3년간 《경성일보(京城日報)》와 《오사카마이니치신분(大阪毎日新聞)》 춘천특파원을 지냈다. 소설 「아버지를 찾아서」(10. 31~11. 7)를 발표하며 문단에 데뷔하였다. 《부산일보(釜山日報)》에 일본어소설 「5전의 비애(五錢の悲しみ)」, 「조개치레의 패주(平家蟹の敗走)」, 「향수병(ホームシック)」, 「어느 오후의 유머(ある午後のユーモア)」, 「고인 연못에 던진 돌멩이(澱んだ池に投げつけた石)」, 「분칠한 얼굴(おしろい顔)」을 발표하였다.
1930년	희곡 「퀄녀는 왜 자살했는가」로 《동아일보(東亞日報)》 신춘문예에 당선되었다. 일본어소설 「바리캉을 든 신사(バリカンを持った紳士)」, 「오모리의 추억(大森の追憶)」, 「역시 남자들 세상이구나(やっぱり男の世界だわ)」 등을 《부산일보》에 발표하였다.
1932년	《경성일보》에 「집을 갖고 싶다(家が欲しい)」, 「추락한 남자(墜落した男)」, 「즐거운 장례식(樂しい葬式)」, 「이주민열차(移住民列車)」, 「유에빈 중국인 선원(ユエビン支那人船夫)」을 발표했다.
1933년	어촌계몽소설 「黃昏의 노래」를 「신동아」에 발표함으로써 작가로서의 입지를 굳혔다.
1936년	한성도서주식회사에서 작품집 『黃昏의 노래』를 간행하였다.
1939년	3월 「질투(嫉妬)」가 일본어로 번역, 발표되었다.

1941년	「녹기(綠旗)」에 「고향(ふるさと)」, 「국민총력」에 「여명(黎明)」, 「국민문학」에 「고요한 폭풍(靜かな嵐)」, 「문화조선」에 「인텔리 금산에 가다(インテリ, 金山行く)」 등의 일본어소설을 발표하였다.

1941년　「녹기(綠旗)」에 「고향(ふるさと)」, 「국민총력」에 「여명(黎明)」, 「국민문학」에 「고요한 폭풍(靜かな嵐)」, 「문화조선」에 「인텔리 금산에 가다(インテリ, 金山行く)」 등의 일본어소설을 발표하였다.

1942년　<조선문인협회>의 총무부 상무를 역임하였다. 「문화조선」에 일본어소설 「미꾸라지와 시인(どじょうと詩人)」, 「녹기」에 「동쪽으로의 여행(東への旅)」, 「동양지광」에 「선생님들(先生達)」, 《경성일보(京城日報)》에 「영원한 여자(永遠の女)」 등을 발표하였다.

1943년　<조선문인보국회>의 소설 및 희곡부 간사장에 선출되었다. 같은 해 8월 만주로 떠났다. 「동양지광」에 「혈연(血緣)」, 「국민문학」에 「행군(行軍)」과 「쑥섬 이야기(蓬島物語)」, 「녹기」에 「여행의 끝(旅のをはり)」, 대중종합지 「신시대(新時代)」에 「최후의 가보(最後の家寶)」, 「신타이요(新太陽)」에 「어머니의 기쁨(母のよろこび)」 등의 일본어소설을 발표하였다. 작품집 『고요한 폭풍(靜かな嵐)』을 출간하였다.

1944년　3부작 「고요한 폭풍(靜かな嵐)」의 후일담인 단편 「선령(善靈)」을 「국민문학」에 발표하였다.

1945년　1월 일본어장편소설 『처녀지(処女地)』 1회가 「국민문학」에 발표되었다. 일본어 작품집 『쑥섬 이야기(蓬島物語)』(普文社)를 간행하였다. 중국 장춘(長春)에서 광복을 맞았다. 9월 서울 종로구 필운동 집으로 돌아와 칩거하며 번역으로 생활하였다.

1946년　해군정훈장교 중위로 입대하였다.

1949년　국방부 정훈국을 거쳐 해군본부 초대 정훈감 소령으로 근무하였다.

1950년　연초에 해군에서 전역하였다. <한국전쟁>이 발발한 후 정치보위부에 수감되어 7월 하순 무렵 서대문형무소로 이감되었다가 8월 중순 북으로 이송되었다. 이후의 행적은 알 수 없다.

五錢の悲しみ(5전의 비애)

〈기초사항〉

원제(原題)		五錢の悲しみ(上·下)
한국어 제목		5전의 비애
원작가명(原作家名)	본명	이석훈(李錫薰)
	필명	이석훈(李石薰)
게재지(揭載誌)		부산일보(釜山日報)

게재년도	1929년 8월
배경	• 시간적 배경: 어느 해 초여름의 해질녘 • 공간적 배경: 어느 시골의 나루터
등장인물	① 어머니가 위중하다는 소식에 고향으로 돌아가는 중인 20대 초반의 '나' ② 말라리아에 걸린 마누라를 데리고 귀향 중이라는 거지 영감
기타사항	원문전체번역

〈전체번역〉

上

　　해질녘이 가까워서야 나는 겨우 나루터에 당도했다. 나는 이 강을 건너야만 한다. 막 나루터에 도착했을 때 나룻배가 저편 물가를 향하여 이미 출발해 버렸기 때문에 나는 어부가 돌아오기를 기다리다 맥이 빠졌다. 날은 저물어가고, 더욱이 어머님의 병세가 위중했기에 행선지로 서두를 수밖에 없는 나는 더디게 움직이는 나룻배를 바라보면서 원망스럽기도 하고 화가 나기도 해서 가슴 가득 열이 나 괴로웠다. 나는 씩씩대며 그 둔한 나룻배로부터 초조한 시선을 돌려 억지로 느긋해 보이려고 애썼다. 그리고 나룻배와는 반대 방향에서 집으로 돌아가는 농부들과 소들에게 시선을 돌렸다. 서쪽 산이 길고 넓게 가로놓인 그 그림자가 시시각각 더 길고 넓게 늘어져 갔다. 나는 시시각각 변해가는 그 산 그림자를 끝까지 지켜볼 수 있을 거라 생각될 정도로, 평소보다 특히 빠르게 번져가는 그림자의 모습에 내 가슴은 한층 더 타들어갈 듯 두근거렸다. 물가 저편의 풀밭에서는 쓰르라미인지 무엇인지가 우는 안타까운 벌레소리까지 들려왔다…….

　　어머니의 중병, 나룻배의 더딤, 해질 무렵, 농부들의 돌아가는 길, 벌레 우는 소리…….

　　그것들이 더욱더 나를 초조하고 어지럽게 만들었다. 그런데 그 때 뒤쪽에서 누군가가 부르는 것 같기도 하고 신음하는 것 같기도 한 소리가 들려 문득 뒤를 돌아보았다. 한 명의 구질구질하고 볼품없는 영감이 웃는 얼굴인지 울상인지 모를 표정으로 신음소리와 함께 입술에 경련을 일으키고 있었다. (무엇인가를 얘기하는 것인데 나에게는 그렇게 보였던 것이다) 나는 그 순간에 '흠, 거지로군'하고 생각했다. 나는 이 세상에서 20여년을 살아오는 동안 누더기를 걸친 초라한 사람들은 거지라는 인상을 뿌리 깊게 갖게 되었다. 다음 순간 나는 주머니 속에 소중히 넣어둔 하나밖에 없는 5전짜리 백금화를 떠올렸다. 그러고는 '5전밖에 없어'라고 속으로 중얼거렸다.

　　"도련님 죄송하지만, 저기……편지에 사용해서 낡아진 딱지(우표)를 가지고 계시면 한 장 주실 수 있을는지요?" 그 볼품없는 영감의 말이다.

　　나는 '편지의 딱지'라는 말에 처음에는 갈팡질팡했으나 과연 그것은 우표가 틀림없다고 판단했다. 그 판단이 끝나자 이번에는 도련님이라 한 것에 대해 곤란한 생각이 들었다. 나는 가능한 정중하게 "아, 우표 말씀입니까? 그렇지만 오래 사용해 낡아진 우표는 사용할 수 없지 않겠습니까?"

　　"앗, 아닙니다. 그것이 말라리아에는 신묘한 효과를 보인다고 합니다. 제발 한 장만 주십시오." 영감은 울상이던 표정을 바꾸어 이번에는 히죽히죽 웃음을 지어 보이며 말했다.

　　"어? 말라리아에 약이 된다고? 우표가……?"

이렇게 말하면서 나는 역시 영감의 얼굴을 응시하지 않을 수 없었다. 미친것이 아닌지 미심쩍어지면서 오히려 무섭기도 하고 기분 나쁜 느낌마저 들었다. 그러나 그의 진지한 표정을 못 본체 할 수는 없었다.

"도대체 누구한테 그런 소리를 들었소. 하하하!"

나는 결국 우스꽝스럽게 여겨져 그렇게 웃었다. 그러나 영감은 더 진지한 표정을 지어 보였다. 나의 웃음에 반감마저 느끼는 듯 보였다.

"아니, 정말로 낡은 우표를 달여 마시면 신기하게도 낫는다는데……마누라가 심한 말라리아에 걸려 오랫동안 고생하고 있습니다. 돈이라고는 한푼도 없고 고향까지는 아직도 200리나 남아서 손도 쓰지 못하고 도중에 마누라마저 죽어버리면 어쩝니까……흑!"

영감은 이내 진지한 표정으로 돌아가 호소하듯 깊은 한숨을 지으며 이야기를 꺼냈다.

下

"5년 전 자식 셋을 데리고 북간도로 유랑을 떠났습니다. 거기서 그나마 있던 재산을 날려버리고 세 자식마저 죽어버렸습니다. 그런데 죽은 아이들에 대한 미련으로 도저히 그곳에서 살아갈 마음이 들지 않아, 입고 있던 옷 하나 달랑 걸친 채 고향으로 돌아가는 중입니다. 그런데 마누라마저 말라리아로……."

영감은 과거의 참혹했던 기억이 생생히 되살아나는지 두 눈에 눈물까지 글썽이더니 종국엔 목이 메인지 말을 잇지 못했다.

"아, 그것 참 딱한 일이네요. 안타깝게도 우표가 없는데, 아니 우표 따위를 달여 마시면 낫는다는 것은 완전히 거짓말이에요. 그런 말을 진실로 믿으면 큰일 난다구요!"

나는 이렇게 입에 발린 말을 하면서도 내심 주머니에 있는 하나 밖에 없는 5전짜리 동전에 얽매여 비참할 정도로 쩔쩔매고 있었다. 나룻배삯은 내가 타고 온 자전거까지 적어도 5전은 할 것이다. 그러니 그것을 줘버리면 강을 건널 수 없다. 겉보기에는 적어도 돈 3, 4원은 가지고 있을 것처럼 보이는 나의 행색, 자전거 - 이런 타당한 관찰을 근거로 영감은 자신보다 한참이나 젊은데도 불구하고 나에게 '도련님'이라는 경어와 굽실거리는 행동을 아끼지 않았을 것이다. 나는 드디어 입장이 난처해진 것을 직감하지 않을 수 없었다. 그리고 어머니의 중병도 해질녘이라는 늦은 시간이라는 것도 모두 잊어버린 채 답답하고 괴로운 구렁텅이에 빠져버리고 말았다.

"그럼 정말로 죄송합니다만 약을 살 수 있도록 5~6전의 자비를 베풀어 주십시오. 대단히 죄송합니다. 이렇게 궁지에 몰려서……."

드디어 영감은 사람 좋은 얼굴로 두 번 세 번 땅바닥에 닿을 만큼 정중하게 절을 하며 애원하는 것이었다. 5전이라는 돈이 이 같은 세력을 갖는단 말인가. 나이 많은 이가 아직 어린애와도 같은 젊은이에게 머리를 조아리면서 애원할 만한 가치가 있는 것인가? 아니다. 그것도 줄 수 있는 것인지 아닌지는 미지수다. 나는 5전밖에 가지지 못한 비애와 그런 처지에 처한 영감에 대한 동정심이 번갈아 복받치는 것을 억제할 수 없었다.

이런 경우 무어라 답하는 것이 좋을까? 나는 자전거를 가진 양복을 입은 남자가 5전밖에 가지고 있지 않은 비참한 모습을 언뜻 머릿속에 그려 보았다. 나는 영감의 시선을 피해 다만 힘없이 고개를 떨구고 잠자코 있을 뿐이었다.

"대단히 죄송합니다. 한 목숨 살린다 생각하시고 부디 5전만 자비를 베풀어 주십시오."

영감은 내가 5전이라는 돈을 아까워하는 것이라 생각한 모양이었다. 자비를 청하는 목소리가 희미하게 떨리면서 애조마저 띤 것처럼 들렸다. '빨리 무엇이든 대답해야 한다'고 마음은 조급해졌지만 내 전 재산인 5전을 줄 수도 없고 그렇다고 돈지갑을 벌려서 보여줄 수도 없었다. 5전 밖에 가진 것이 없는 양복 입은 신사와 그것을 모르고 자비를 구하는 볼품없이 너덜너덜한 차림의 영감의 광경은 충분히 비극적인 한 장면이었다.

그리고 또 희극적인 요소도 갖추고 있었다.

나는 간신히 용기를 내어, 말만이라도 침울한 척 말했다.

"영감, 정말 창피한 일이지만 나한테는 지금 5전밖에 남은 것이 없어요. 나룻배삯이나 될까 말까할 정도네요. 영감!"

이런 경우에는 진실하고 차분하게 말하지 않으면 나 한 사람의 양복 입은 남자 때문에 모든 양복 입은 사람이 원망을 들을지 모른다는 생각도 들었다. 아니, 그런 타산적인 생각뿐만 아니라 그에게 자비를 베풀 수 없다는 사실이 정말로 안타깝고 비참했다.

영감은 말없이 가만히 나를 바라보았다.

'아무리 봐도 돈 5전 정도는 자비를 베풀 여유가 있는 사람인데……' 하는 눈빛이었다. 나는 창피하기도 했다. 그래서 그의 시선을 피할 양으로 짐짓 돌아앉고 말았다.

이윽고 그는 한마디 말도 하지 않고 저편으로 척척 걸어갔다. 처음의 그와는 너무나도 다르게 산뜻한 사람이었다. 쓸모없는 젊은 사람과 길게 마주보고 품위 없이 높임말로 동정과 자비를 구했는데 그것이 아무짝에도 쓸모없었던 것이다.

그렇지 않으면 보잘것없는 5전에 불과한 돈이다! 나는 잠시 애처로운 그의 뒷모습을 지켜보고 있었다. 깊은 슬픔을 강하게 느꼈다. 어둠은 이미 나와 내 주변을 둘러싸고 있었다. 한 사람의 슬픔이 가슴속에 몰아쳤다. 배에서 나는 날카로운 소리가 나의 의식을 흔들었다.

나는 나룻배가 건너와 멈출 때까지 언제까지나 5전의 비애에 잠겨 있었다. 아니, 지금까지도 그 비애가 나의 마음 한구석에 달라붙어 좀처럼 떨어지지 않았다.

- 1929. 8 -

平家蟹の敗走(조개치레의 패주)

〈기초사항〉

원제(原題)		平家蟹の敗走(一~四)
한국어 제목		조개치레의 패주
원작가명(原作家名)	본명	이석훈(李錫薰)
	필명	이석훈(李石薰)
게재지(揭載誌)		부산일보(釜山日報)
게재년도		1929년 10월

배경	• 시간적 배경: 1929년 봄부터 여름 • 공간적 배경: 경성의 어느 중학교
등장인물	① 어느 중학교의 영어와 역사 담당교사 모리오카 ② 모리오카가 좋아하는 게이샤 오키미 등
기타사항	

〈줄거리〉

'조개치레'는 어느 중학교 교사의 닉네임이다. 그가 중학교에 부임하자마자 4학년 학생 서너 명이 칠판에 "이번에 새로 임명된 모리오카(森岡)선생의 별명을 '조개치레'라고 결정하여 공포함. 공포일로부터 이를 시행함. 1929년 4월 5일."이라고 적은 것이 그 닉네임의 시작이었다.

역시 중학생들이 닉네임을 지어내는 것을 보면 그들의 학업성적에 비해 재능이 있다고 하겠다. 닉네임을 붙인 것은 모리오카선생만이 아니었다. 물론 닉네임을 붙이는 것은 학생들의 악감정에서만도 아니었다. 다분히 천진스런 호감을 반영한 것이었다.

'조개치레'는 제국대학의 독법과(獨法科)를 졸업한 봄, 전공과 무관한 과목의 교사로 이 학교에 부임해 왔다. 그도 어느 날 불평인 듯 자랑인 듯 푸념처럼 "대학만 나오면 독법과를 졸업했든 프랑스어를 전공했든 상관없이 아무렇지 않게 중학교 영어나 역사교사, 그것도 고학년 교사로 발령받는 세상이다."라고 중얼거린 적이 있었다. 어찌됐든 그는 제국대학을 졸업했다는 간판 덕분에 독법과를 전공하고도 보란 듯이 영어와 역사수업을 맡았다. 처음에는 이처럼 '대학 나온 것'이 도움이 되기도 했고 또 젊고 정통한 면에서 학생들 사이에서 꽤 좋은 평가를 얻었다.

"우리들의 친애하는 독법과 출신 영어교사 '조개치레'여!"라는 빈정거리는 듯한 낙서가 4학년 칠판에 등장한 것이 눈에 띄었다. 그러나 한 달이 지나고 두세 달이 지나면서 그의 역사와 영어 실력은 바닥을 드러냈고 학생들도 이를 눈치채기 시작했다. 이들 담당과목만 조금 잘했다면 더 인기 있는 '조개치레'가 되었을 텐데……

'조개치레'도 자신의 영어실력을 자각했는지, 아니면 학생들의 이런 마음을 눈치 챘는지 "나는 독법과 출신으로 고등학교 때부터 제2외국어로 배웠을 뿐인 영어실력이 서투른 것은 내 재능과 상관없이 당연한 것이다."라며 자신이 '대학을 나왔다'는 사실을 자랑하듯 교묘하게 암시했다. 학생들은 이에 더더욱 반감을 가졌다. 매번 이런 반복되는 변명을 영어에 흥미 없는 학생들은 적당히 시간이나 때우겠다는 식으로 대충 넘어갔지만, 소위 영어를 잘하는 우등생들은 불평을 늘어놓았다. 어느 날 영어시간에 '조개치레'의 변명이 답답하게 느껴졌는지, "독법과 출신이 영어교사라니 취업지옥사회에서 너무 안이한 것 아니야?"라느니 "변명도 이제 지긋지긋해, '조개치레'도 물론 비겁하지만 학교당국의 무책임도 이만저만이 아니야!"라는 불평이 학생들 사이에서 흘러나왔다. 그들의 이야기를 들은 '조개치레'는, 불평을 토로한 학생들이 모두 영어의 달인이었기에 날카롭게 추궁할 수 없었다. 그는 교육자로서 자기반성을 하였다. 그 정도의 양심은 있었다. "나는 독법과 출신이다. 그런 내가 중학교 영어, 역사교사다. 학생들의 기대에 부응할 실력을 지니는 것은 당연한 것이다. 그 실력을 겸비해야하는데도 불구하고 나를 이 과목의 교사로 만든 것은 무엇이냐? 그것은 나의 간판이다. 독법을 전공한 자에게 중학교의 영어와 역사교사를 시킨 것은 무엇이냐? 그것은 취업지옥 사회이다! 여러분의 불평은 당연한 것이다, 그렇지만……"

그는 하숙집에 돌아와서도 학생들의 불평이 불쾌하다가도 독법과 출신이 중학교 역사와 영어교사가 되었다는 사실에 분개하기도 했다. 그리고 그런 감정들이 더해지자 같은 니가타 (新潟)출신의 게이샤인 오키미(おきみ)가 더욱더 그리웠다. 그는 대충 저녁식사를 마치고 오키미를 찾아갔다. 그는 그때마다 '영어, 역사 따위 될 대로 되라지. 어차피 방향을 바꾸지 않으면 안 돼.'라고 마음속으로 외쳤다. 그가 교육자가 된 것이 취업난의 일시적 피난에 지나지 않았다는 것은 그것만으로도 충분히 증명되었다.

어느 날 오후 영문법 시간이었다. 그는 불쾌감 충만한 교실이라는 상자에 들어갔다. 그의 기분은 얼굴에 그대로 드러났고 교실은 폭풍전야였다.

「"학기말도 다가왔으니 오늘은 내가 문제 하나를 내보겠다. 센텐스란 무엇인지 그 정의를 K군이 말해보게."

그는 짐짓 온화한 목소리로 한 학생을 지목했다. 지목을 받은 K군은 영어를 가장 못하는 열등생이었다. 선고를 받은 죄수처럼 K군은 쭈뼛쭈뼛 일어섰다. 하지만 오늘만큼은 알 턱이 없었다. (중략)

"너희들은 대체 공부를 하는 거야? 학기말 시험을 눈앞에 둔 오늘이 아닌가! 게다가 고등학교 지원자도 많잖아. 이러니까 어쩔 수 없다는 소릴 듣지. 돼지나 개도 자신을 위한 생각쯤은 있어. 니들은 부모가 말하는 대로 움직이기만 하면 된다고 생각하나? 이 바보들아!" 그는 감정이 치우치는 대로 학생들에게 심한 욕설을 퍼부었다. '바보들'이라고 말할 때는 더 힘을 주어 소리쳤다.」

학생들은 폭풍우가 지나간 숲처럼 썰렁하게 가여울 정도로 풀이 죽어있었다.

다음날 4학년 영어시간에 그는 칠판에서 그를 조롱하고 비웃는 학생들의 낙서를 발견했다. 여름방학이 끝나고 2학기가 시작되었다. 그러나 '조개치레'의 모습은 보이지 않았다. 그가 오키미와 사랑의 도피를 했다는 기사가 신문에 실려 적지 않은 충격을 주었다.

- 1929년 김화(金化)에서 -

ホームシック(향수병)

〈기초사항〉

원제(原題)	ホームシック	
한국어 제목	향수병	
원작가명(原作家名)	본명	이석훈(李錫薰)
	필명	이시이 가오루(石井薰)

게재지(揭載誌)	부산일보(釜山日報)
게재년도	1929년 11월
배경	• 시간적 배경: 어느 해 여름날 저녁 • 공간적 배경: 내금강산 장안사 부근
등장인물	① 집을 떠나온 다이키치
기타사항	원문전체번역

〈전체번역〉

내금강산 장안사(長安寺) 부근이었다.

비 개인 여름 저녁 하늘에는 여전히 솜을 흩뿌려놓은 듯 수없이 많은 구름이 여기저기 뭉치거나 나풀나풀 흩어져 있었다. 계곡이 숨어 있는 숲에는 어느덧 땅거미와 호텔에서 내뿜는 저녁 짓는 연기가 자욱이 끼었다. 다이키치(大吉)는 장안사 앞 다리를 건너 자동차가 지나는 넓은 숲 사이 길을 철도호텔 방향으로 걷고 있었다. 그는 이 산에 온 지 20일이 지났을 때쯤 슬슬 아내 후지코(不二子)와 아들 이치로(一郎)가 그리워졌다. 아니, 그가 홀연 집을 나온 후 혼자서 이치로를 데리고 망연자실 울고 있을 거라 생각하니 후지코가 견딜 수 없이 애처롭게 여겨졌다.

"나는 왜 그런 말도 안 되는 짓을 저질렀단 말인가?"

다이키치는 사소한 일로 화를 내며 후지코를 때린 것을 슬슬 후회하기 시작했다. 그 때 후지코는 조금의 저항도 하지 않고 다이키치가 때리는 대로 맞으며 울기만 할 뿐이었다. 그것은 마치 폭군 아래 궁녀처럼 절대적인 무저항의 태도였다. 반면 이치로는 아버지를 도깨비 보듯 몹시 원망하는 눈초리로 눈물을 글썽이며 응시하고 있었다. 그리고 그날 밤 그는 어디 간다는 말도 하지 않고 집을 나와 이 산으로 온 것이 벌써 20일 전의 일이다.

다이키치는 숲을 뒤덮은 땅거미가 점점 어두워지고 실개천의 속삭임이 커짐에 따라 집을 그리워하는 마음이 바싹바싹 다가오는 것을 어찌할 방도가 없었다.

"혼자서 용케도 스무날을 견뎠구나!" 다이키치는 마음속으로 중얼거렸다. 그 순간 후지코가 어쩌면 이치로를 데리고 자살이라도 하지 않았을까 하는 걱정이 순간적으로 후려치는 것을 의식했다. 그러자 그는 초조한 마음에 날아갈 듯 빠른 걸음으로 언덕을 내려갔다.

서양인부부로 보이는 남녀 한 쌍이 어깨를 나란히 하고 호텔에 들어서는 것이 보였다. 피크닉이라도 다녀오는 모양이었다. 그리고 숲 아래에서 작은 서양인 아이 하나가 그 부부에게 부랴부랴 달려가 남자의 팔에 매달리며 귀여운 목소리로 소리쳤다. 아버지가 아이에게 행선지를 알려주지 않은 모양이었다.

그 남자 - 아버지는 사랑이 가득 담긴 말을 건네면서 큐피드를 안아 올리는 천진난만한 아이처럼 조금도 어색하지 않게 아이를 안아 올려 쪽쪽 이마에 입을 맞추었다.

다이키치는 그 광경에 자신의 영혼과 마음이 못 박히기라도 한 듯 견딜 수 없는 감격으로 꼼짝 않고 빤히 쳐다보았다. 사방은 벌써 어두워졌고, 호텔에서는 디너콘서트의 흥겨운 음악이 희미한 전등 빛에 녹아들어 느긋하게 흐르고 있었다.

어둠에 휩싸인 집과 후지코 그리고 이치로의 환영이 다이키치의 눈앞에서 사라지지 않고 오히려 향수를 더 불러일으키는 저녁이었다.

그가 몽유병자 같은 얼굴로 호텔에 들어서자 여종업원이 힐끔힐끔 그를 쳐다보았다. 그는 자신의 방으로 들어가 다다미 위에 털썩 주저앉았다.

"아빠! 내가 얼마나 아빠를 찾아다녔다고!"

그는 또 이렇게 소리치며 자신에게 매달리는 이치로의 환영을 보았다.

다이키치는 저녁식사도 모래알을 씹는 것만 같았다. 이대로 집으로 날아가고 싶었지만 어떻게든 내일 아침 자동차가 다닐 시간까지 긴 시간 고통스러운 순간을 보내야만 했다.

열 이틀날 달이 구름 사이로 빠끔히 고개를 내밀고 있었다.

ある午後のユーモア(어느 오후의 유머)

〈기초사항〉

원제(原題)	ある午後のユーモア	
한국어 제목	어느 오후의 유머	
원작가명(原作家名)	본명	이석훈(李錫薰)
	필명	이석훈(李石薰)
게재지(掲載誌)	부산일보(釜山日報)	
게재년도	1929년 12월	
배경	• 시간적 배경: 어느 해 초가을 오후 • 공간적 배경: 문화촌의 테니스코트	
등장인물	① 부르주아의 딸 M코 ② 그녀를 추종하는 D군 등	
기타사항	원문전체번역	

〈전체번역〉

초가을 어느 오후의 일입니다. 문화촌의 테니스코트에는 젊은이들이 공을 쫓아다니면서 마치 공처럼 통통 뛰어오르거나 날아다니고 있었습니다.

"올 라이트! 스매싱이다!"

"쳇, 빗나가버렸어."

"우와, 대단해, 잘한다!"

"핫하하핫!"

"네가 스매싱을 터무니없는 곳으로 쳐서 아웃돼버렸어."

그러자 "잘 한다, 잘 해."라며 관람석에서 모두가 놀려댔습니다. "핫하하핫."하며 폭소가 일었습니다. 부스스 굴러가는 나뭇잎을 보고도 웃음을 터트리는 청춘입니다. 폴짝폴짝 뛰기도 하고 웃기도 하고 놀리기도 하고 환호하고…… 테니스코트는 혼잡하기 이를 데 없습니다.

M코(M子)가 예쁜 옷차림으로 나타났습니다. 부르주아의 영애(令嬢)로 테니스를 매우 좋아합니다. 그러나 아직 라켓을 손에 쥐어 본 적은 없습니다. 그녀의 손에는 튤립, 달리아, 릴리 등 여러 외래종 꽃의 향기가 배어 있습니다.

M코가 나타나자 모두들 이상하게 조용해졌습니다. 그리고 테니스플레이어는 스타일을 이상하게 비틀어 오히려 형편없을 정도입니다. M코에게 깔끔한 스타일을 칭찬받고 싶은 마음 때문이었습니다. 다시 그 여왕 앞에서 새로운 게임이 시작되었습니다. 테니스코트의 여왕님은 북쪽 서브라인 뒤쪽에 자리를 잡고 옷차림이 흐트러지지 않도록 조신하게 앉아있었습니다. 그곳에 있는 젊은 남자들이 자기에게 반하기를 은밀히 바라고 있었습니다. 하지만 주변에 시선을 보내지도 않고 또 한곳에 고정시키지도 않았습니다. 부르주아 영애의 자존심 때문인 게지요.

공이 하얗고 선명한 선을 그리며 통통 사이드에서 사이드로 날아갔습니다. 때마침 진지한 시합이 한창일 때였습니다. 아기돼지 한 마리가 꿀꿀 콧소리를 내며 테니스코트 가운데로 난입하였습니다. 큰 소동이 일어났습니다. 테니스플레이어들은 1점이라도 뺏길까봐 게임을 멈추지 않습니다. 돼지가 가는 곳마다 공이 날아다닙니다.

"아기돼지가 테니스를 치러왔네." 누군가가 갑자기 외쳤습니다. 그러자 뒤이어 다른 누군가가 소리쳤습니다.

"돼지한테도 한 게임 시키지 그래, 핫하하!"

그러자 이제껏 웃지 않고 있던 여왕님이 이내 웃음을 터트리고 말았습니다. 그때까지는 좋았습니다.

테니스플레이어가 마침내 난폭한 침입자를 잡기 위해 테니스 게임을 중단하고 아기돼지 잡기 게임으로 바꾸었습니다.

"이 노옴!!"

다들 코트를 이리저리 뛰어다니며 유쾌한 게임에 참가하였습니다. 여기저기서 몰려든 수많은 사람들에게 쫓기게 된 아기돼지는 너무 지쳐서 머리가 어질어질해지고 말았습니다.

"이 자식, 성가시네."

무엇보다도 여왕님의 테니스 감상을 방해한 것이 언짢아진 D군이 맹렬하게 라켓을 휘두르며 아기돼지 뒤를 쫓았습니다. 그러자 아기돼지는 꿀꿀대면서 숨을 곳을 찾아 뛰어들었습니다.

"앗!"

모두가 숨죽여 놀란 것도 무리가 아니었습니다. 아기돼지는 불경스럽게도 여왕님의 스커트 밑으로 정신없이 기어들어 갔습니다. "꺄아악!" 비명을 지르며 여왕님은 허둥지둥 부산을 떨며 빨갛게 달아올랐습니다. 정말 말할 수 없을 만큼 참담한 꼴이었습니다. 모두가 "우하하 핫!" 폭소를 터트렸을 땐 이미, 그 불경죄를 저지른 아기돼지 범인은 꿀꿀 콧소리를 내며 태연하게 밭으로 달려갔습니다.

그러나 D군이 웃지도 못하고 어찌해야 할지 몰라 벌벌 떨고 있던 꼴도 훗날 우스운 이야깃거리가 되었습니다. 여왕님에게 충성을 다하려 했던 것뿐인데 정말 난처한 꼴이 되고 말았습니다.

"핫 하하하……!"

- 1929년 8월 말 -

おしろい顔(분칠한 얼굴)

〈기초사항〉

원제(原題)	おしろい顔	
한국어 제목	분칠한 얼굴	
원작가명(原作家名)	본명	이석훈(李錫薰)
	필명	이석훈(李石薰)
게재지(揭載誌)	부산일보(釜山日報)	
게재년도	1929년 12월	
배경	• 시간적 배경: 1920년대 • 공간적 배경: 도쿄의 이케부쿠로	
등장인물	① 학생 세이이치 ② 세이이치와 매일 아침 마주치는 여학생 '그녀'	
기타사항	원문전체번역	

〈전체번역〉

세이이치(清一)는 매일 아침 학교에 가는 도중에 언제나 한 여학생을 만났다.

만나는 사람은 그녀 외에도 많았지만 그녀는 역시 혼자였다. 메지로여자문화학원(目白女子文化学院)의 학생인 듯 세이이치가 하숙집을 나오면 거의 같은 길을 함께 가게 되었다.

그곳은 이케부쿠로(池袋)의 주택지로 양장을 한 모던걸들이 아침, 저녁 두 번 그 좁지 않은 도로를 가득 메울 정도로 자극적인 화장품 향기를 풀풀 사방에 흩뿌리면서 쾌활한 걸음걸이로 춤추듯 걸었다.

세이이치는 검소한 학생복을 입고 있어 그들과 같은 하이칼라인 젊은이들 - 중성적인 여성들이기 때문에 일부러 이렇게 말해둔다 - 속을 직선으로 통과하거나 번개처럼 전진해 버리지만 언제나 그녀에게서만은 보다 강한 미의식을 느꼈다.

인간은 정치적인 동물로, 전혀 모르는 사람들이 여러 번 만나는 사이에 서로가 서로에게 친근감을 느끼게 된다. 즉 세이이치와 그녀는 언제부터인가 입을 열어 말하지는 않았지만 아무튼 매일 아침 만나면 "좋은 아침!"이라고 눈빛으로 인사할 정도가 되었다. 그런 경우 그녀가 여성미를 많이 가지고 있지 않다고 해도 서로가 친근함과 호감을 갖는 것은 인간적 혹은 본능적으로 당연한 일이지만 그녀가 대단한 미인이라는 사실이 행복해 미칠 지경이었다.

거짓말이 아니다. 세이이치의 늦잠 자는 고질병이 그녀를 매일 아침 만나는 것으로 인해 전부 치료될 정도였다. 여성미의 위대한 작용에 세이이치가 아닌 나까지도 새삼스런 말 같지만 탄복했다!

한데 세이이치가 어쩌다 감기로 사나흘 학교를 쉬게 되었다. 학업에 나가지 못한 것도 분명 걱정되긴 했지만 그녀를 만날 수 없다는 것과 그녀의 마음이 그 사이 완전히 달라지진 않았을까 하는 생각들로 이만저만 신경 쓰이는 게 아니었다.

해질 무렵 세이이치는 조금 가벼워진 몸으로 2층 난간에 매달려 맞은편 문화주택의 빨간 지붕 근처를 지그시 바라보고 있었다. 병으로 얼마간 몸도 마음도 허약해진 데다 해질 무렵이기도 했기에 그는 다소 감상적인 기분에 젖어 낯익은 그녀를 사랑하게 된 것을 깨달았다.

'나는 그녀를 사랑하고 있나보구나.'

그는 자신의 마음을 헤아려 보았다.

'그녀는 나의 이런 마음을 꿈에도 생각 못하겠지.'

다음 순간 그는 이런 생각을 하면서 가슴이 아련히 설레었다. 그때 앞집 하나를 사이에 두고 반대편 도로에 그녀로 보이는 여자가 아이를 데리고 지나는 것이 보였다. 세이이치는 상반신을 쑥 내밀어 그녀임을 확인했다. 그 여자의 하얀 얼굴이 어렴풋이 어둠속에서 하얀 달리아처럼 생긋 웃는 것이 부조처럼 드러났다.

"아, 역시 그녀였어!"

그는 중얼거리면서 본능적으로 미소를 보냈다. 그러나 그 여자의 모습은 이내 집 뒤쪽으로 사라지고 더 이상 보이지 않았다. 그는 자신의 착각은 아니었을까 걱정되기도 했다.

다음날 세이이치는 학교에 가는 도중 역시 그녀가 "안녕, 그동안 왜 볼 수 없었나요?"라며 보통 때보다 한층 명랑한 인사를 웃는 얼굴로 대신해 주는 것이 만족스러웠다.

세이이치는 학교에서 영어시간에 그녀에게 줄 러브레터를 적어서 주머니 속에 조심스럽게 숨겨두었다.

'나는 마음속 깊이 당신을 사랑하고 있소! 당신도 나를 정말로 사랑해 준다면 그보다 더한 행복은 없을 것이요. 세이이치'

그날 저녁 그는 그 편지를 그녀에게 전하려고 그녀의 집 근처를 방황하고 있었다. 그러나 그는 너무나 애처로울 정도로 실망하고 말았다.

"뭐야, 저런 새까만 얼굴에 하얀 분을 칠해서 사람을 속이다니……."

澱んだ池に投げつけた石(고인 연못에 던진 돌멩이)

〈기초사항〉

원제(原題)	澱んだ池に投げつけた石	
한국어 제목	고인 연못에 던진 돌멩이	
원작가명(原作家名)	본명	이석훈(李錫薰)
	필명	이시이 가오루(石井薰)

게재지(揭載誌)	부산일보(釜山日報)
게재년도	1929년 12월
배경	• 시간적 배경: 어느 해 초여름 오후 • 공간적 배경: 수련이 피어있는 연못가
등장인물	① 취업을 하지 못해 고민하는 '나' ② 나에게 북만주행을 제안한 C
기타사항	원문전체번역

〈전체번역〉

　　조용한 초여름 오후였다. 수련이 졸고 있는 고인 연못가에 나는 더위에 지친 몸을 뉘였다. 따뜻한 오후의 햇살이 쨍쨍 나를 비추고 있었다.

　　나는 지금 펜에 굶주려 있다. 일에 굶주려 있다. 독서에 굶주려 있다. 세상을 살아갈 즐거움에 굶주려 있다. 이렇게 세다 보면 어느 것 하나 나에게 굶주림을 느끼지 않게 하는 것이 없었지만, 유일하게 머릿속에 가득 차있는 것은 이러한 굶주림에 대한 근심과 두서없는 망상이었다.

　　나는 담배를 피울 줄 모른다. 술이라면 정종 한 방울에도 취하고 만다. 여자에게는 계집애 같다 할 정도로 숫기가 없다. 나는 그 덕분에 우수에 젖고 타락하지 않은 것이다. 나는 무료하여 손이 닿는 한 어린 풀과 자그마한 풀꽃을 쥐어뜯고 있었다,

　　"먹고 싶다, 게걸스럽게."

　　나는 파릇파릇한 어린 풀을 보고 소와 같은 식욕의 충동을 느꼈다. 그 발랄한 생명력이 약동하는 넓게 펼쳐진 어린 풀, 미풍에도 춤을 추는 그 청량한 생(生)의 환희에 넘치는 풀들. 나는 그 풀들을 볼이 터지도록 입에 넣으면, 굶주림과 근심으로 지칠 대로 지친 심신이 팔팔하게 건강을 회복하여 어린 풀처럼 미풍에도 춤출 듯 가벼워질 것 같았다. 그리고 창백하게 말라있는 내 몸이 그들처럼 파릇파릇 생기가 돌 것 같았다.

　　나는 연못 사이로 시선을 돌렸다. 연못은 탁하게 침체되어 있었다. 물 위를 미끄러지듯 불어오는 미풍에 수면만이 희미하게 움직이더니 이내 원래 상태로 돌아갔다. 나는 완전히 침체된 그 연못을 보며 점점 우수에 젖어들었다.

　　"쳇! 못 참겠어."

　　마음 한구석에서 순간적으로 이렇게 외치기 무섭게, 언제 집어 들었는지 돌멩이 하나가 내 손에서 빠져나가 풍당 하고 연못 속으로 떨어졌다. 그러자 그것을 중심으로 넓은 파문이 여러 개 일었다가 연못가로 가서 부딪쳐 사라졌다. 조용히 침체되어있던 연못물인 만큼, 상당히 큰 파문이 끊이지 않았다. 그리고 그 파문이 일으킨 생생함을 바라보며 나는 내심 유쾌함을 느꼈다.

　　어느 날 친구 C군이 나에게 상담을 해왔다.

　　"너 북만주에 가지 않을래?"

　　"갈게!" 나는 그의 질문에 이미 답을 준비하고 있기라도 한 듯, 이야기가 나오자마자 냉큼 찬성했다. C군도 무직청년으로 가끔 닥치는 대로 ○○ 임시직을 찾아 살아가고 있었기에, C군이 북만주에 가지 않겠냐고 한 것은 '그곳으로 빵을 구하러 가자'는 의미였다.

　　"진짜야?"

"진짜지 그럼!"

C는 망설임 없는 내 대답에 다소 의심이 드는 모양이었다. 그 역시 의심스러운 듯이 내 얼굴을 지긋이 바라보았다.

"정말이라니! 내 대답을 의심하는 거야? 사실, 난 죽을 것인가 어딘가로 떠날 것인가 고민이야. 반 년 전에 일곱 군데나 이력서를 냈는데도 아직 한 곳에서도 연락이 없어. 그리고 ○○의 직원이 되려고 해도 27 대 1이잖아? 이런 시골에서……. 갈 거야! 어디든지, 넌 안가면 어떻게 할 건데? 빵에 굶주린 고통스러운 현실에서 벗어나기 위해서는 죽을 각오로 하지 않으면 안 돼!"

C의 의심에 나는 이렇게 강력하게, 오히려 침통하게 말했다.

날마다 하는 일 없이 하루하루를 낭비하는 것은 얼마나 괴롭고 고통스러운 일인가! 나는 가끔 자살이라도 할까 생각하기도 한다. 즉 일하기 위해 태어난 인간 - 청년의 이 솟구치는, 힘이 넘치는 근육을 놀리면서 빵에 굶주리는 것은 죽음보다 더 괴로운 일이다. 그런 의미에서 일하는 사람은 비교적 행복한 것이다.

이러한 고통스럽고 괴로운 현실에 허덕이고 있을 때 C가 제안한 북만주행 계획은 고인 연못에 던진 돌멩이가 커다란 파문을 일으킨 것처럼, 침체되어 있던 나의 생활에 엄청난 쇼크를 안겨준 충격이었다.

그 이후 나의 가슴에는 북만주행의 계획과 상상으로 잠시도 파문이 끊이지 않았다. 나는 이 괴로운 생활환경에서 벗어나지 않으면 안 된다. 차라리 자살을 해서라도. 그러므로 나는 북만주행을 실현시키지 않으면 안 된다. 그리고 내 생활에 일대 변혁을 시도하자.

어느 날 또 그 연못을 찾았다. 연못의 물, 여전히 침체되어 있었다. 그러나 나는 내 생활을 변혁시킬 계획만으로도 어떤 신선한 흥분과 유쾌함을 느끼고 있었다. 그런 유쾌한 기분으로 연못을 보니 연못에도 어떤 생동감이 수면까지 차오르는 것 같았다. 파문은 가볍게 춤추고 있었다.

バリカンを持った紳士(바리캉을 든 신사)

〈기초사항〉

원제(原題)	バリカンを持った紳士	
한국어 제목	바리캉을 든 신사	
원작가명(原作家名)	본명	이석훈(李錫薰)
	필명	이시이 가오루(石井薰)
게재지(揭載誌)	부산일보(釜山日報)	

게재년도	1930년 1월
배경	• 시간적 배경: • 공간적 배경: 경의선 급행열차 안
등장인물	① 경의선 급행열차 안에서 검문하는 형사 ② 형사의 불심검문을 거부하는 신사 등
기타사항	

〈줄거리〉

경의선을 달리는 급행열차 안에서 불시검문이 있었다. 열차 안에 빼곡하게 들어찬 승객들은 이상한 긴장감으로 형사들을 바라보고 있었다.

「형사는 날카로운 시선으로 어느 한 수상한 신사를 바라보았다. 그러더니 형사는 뚜벅뚜벅 그 신사 옆으로 걸어와 섰다.

"실례지만 당신은 어디까지 가시죠?"

태연하게 앉아 있는 그 신사에게 형사가 물었다.

"당신은 누구요?"

신사는 물론 상대가 형사임을 알면서도 일부러 이렇게 되물으며 형사를 바라보았다.

"음, 나는 신의서(新義署)에 근무하고 있는 이런 사람입니다."

형사는 명함을 꺼내 신사에게 건네며 말했다. 하지만 형사는 명함을 건네는 걸 좋게 생각하지 않았다. 지금까지 대부분의 사람들은 행선지를 물으면 바로 '어디어디 갑니다'라고 정중하게 대답했다. 그런데 알면서도 일부러 직장(형사는 누가 자기 직장을 물으면 불쾌해하는 경향이 있었다)을 묻다니 화가 치밀었다.」

마침내 형사는 트렁크 안을 보여 달라고 했는데 신사는 딱히 보여줄 만한 물건은 없다며 이를 거절했다. 화가 난 형사는 끝내 그의 트렁크를 열게 했지만 그 안에는 잡동사니뿐이었다. 겨우 바리캉 하나를 발견한 형사는 이는 하나의 상품이기 때문에 외국에 가지고 나가서는 안된다며 모멸에 대한 복수로 바리캉을 이용했다. 하지만 신사는 최근 신의주에서 중국인 이발사가 손님의 코를 자른 사건을 거론하며, 이는 생명의 안전을 위한 것이기 때문에 이를 저지하는 것은 국민의 생명을 존중하지 않는 무모한 공무원이라고 반박했다. 결국 형사는 그 자리를 떠날 수밖에 없었고 주위의 많은 승객들은 통쾌함을 느꼈다.

그런데 여기에서 잠깐 '코 사건'에 대해 설명하자면, 다나카(田中)내각시대의 일로 바로 최근에 있었던 사건이다. 신의주의 어느 중국인 이발소에서 코가 잘린 손님이 서너 명이나 발생했다는 사건을 신문에서 다루고 있었다. 그들은 왜 코를 잘렸을까? 그 중 한 사람이 코 잘린 이야기를 만들어냈다는 설도 있고 세 사람 모두 그랬다는 설도 있으나 전자의 경우가 유력하다고 했다.

내용은 이러했다. 그 이발사에게는 매우 아름다운 딸이 있었다. 코를 잘린 한 청년(M이라하자)이 참을 수 없을 만큼 그녀에게 반해 어떻게 해서든 한번 만나보고 싶어 안달이 나 있었다. 그래서 M은 거의 매일 그 이발소에서 자를 것도 없는 머리를 자르며 그녀를 만날 기회만

엿보고 있었다. 3개월이나 이발소를 드나들었다. 그리고 드디어 M은 그녀를 어느 요릿집으로 데리고 가 유혹했다. 그러나 그는 유혹에 성공하자마자 그녀를 버렸고 이를 안 이발사가 머리를 자르러 온 M의 코를 잘라버렸다. 그리고 이러한 상황을 전혀 모르는 M의 친구가 두 번째 희생양이 되었다. 그리고 유치장에 들어간 이발사를 대신해 그 친척이 또 코를 잘라 결과적으로 세 명이 코를 잘린 것이었다.

大森の追憶(오모리의 추억)

〈기초사항〉

원제(原題)	大森の追憶(一~七)	
한국어 제목	오모리의 추억	
원작가명(原作家名)	본명	이석훈(李錫薰)
	필명	이시이 가오루(石井薰)
게재지(揭載誌)	부산일보(釜山日報)	
게재년도	1930년 2~3월	
배경	• 시간적 배경: 어느 비오는 일요일 • 공간적 배경: 도쿄의 오모리	
등장인물	① 와세다대학에 다니는 열아홉 살의 고학생 '나(R군)' ② 자취집 주인의 딸인 절름발이 소녀 하루코(하루짱) ③ '나'에게 추파를 던지는 우체국 여직원 고마이 데루코 ④ 동향 출신의 취업준비생 B군 등	
기타사항		

〈줄거리〉

뒤로는 고요한 별장을 둘러싼 '산노(山王)'의 숲에 있고, 앞으로는 도쿄만의 파도가 콘크리트 방파제에 철썩대는 오모리(大森)해안이었다.

경성에서 유학 온 나는 오모리역에서 그리 멀지 않은 길모퉁이에 있는 미망인의 집에 세 들어 살고 있었다. 창문을 열면 그 아름다운 산노숲 사이사이로 빨간 지붕 아래 발코니를 서성거리고 있는 남녀들과 약간 높은 절벽 위를 달리는 철도를 바라볼 수 있었다. 바로 인근에 있는 카페에서는 커틀릿, 비프스테이크, 고기볶음 냄새가 하굣길의 배고픈 나의 식욕을 참을 수 없게 했다. 냄새에 현혹되어 이제 막 요리해 김이 모락모락 나는 하얀 쌀밥에 커틀릿을 상상하면서 침을 삼켰다. 사실 나는 배가 고플 때 자유롭게 먹을 수 있는 부르주아 학생이 아니었다. 고학이라도 하지 않으면 안 되는 가난한 서생이었다. 나는 세 명의 동료와 자취하고 있었다.

주인집에는 나와 동갑인 절름발이 소녀 하루짱 - 그녀의 이름은 하루코(晴子)를 줄여 '하루짱'이라 불렸고, 그녀도 나의 아명인 슌테이(春汀)의 '春'의 뜻을 빌려와 나를 '하루짱'이라고 불렀다 - 이 있었다. 처음에는 인사만 주고받던 사이가 점점 가까워져 저녁식사 후에는 함께 산책을 하기도 했다. 우리 같은 자취생에게 식사는 배를 채우기 위해 음식을 밀어 넣는 것이었다. 그것은 남들이 보면 흡사 '밥 먹기 경쟁'과도 같은 현상이었다. 그야말로 생존경쟁의 단적인 하나의 수단이었다. 저녁식사 후 하루짱을 만나는 것은 내게 하나의 의식이자 쾌락이었다.

'위장병 걸린 사람의 유일한 약은 연인과 산책하는 것이다'라는 말이 있다는데, 그녀와의 시간을 통해 나는 그 말이 진리임을 깨달았다.

"와세다(早稲田)는 어때?"

그녀는 우리의 대화를 이렇게 시작했다. 나는 사실 중학교 때부터 와세다대학을 동경해왔는데 도쿄에 와서는 와세다와 게이오(慶応)를 두고 고민했었다. 그런데 "와세다가 너무 좋아!"라는 하루짱의 말 때문에 와세다로 진학하게 된 것이다.

3개월 정도 지나자 도쿄생활에 익숙해지면서 나는 불량청년이 되었다. 내가 처음 도쿄에 도착했을 때 마중 나온 선배 한 명은 나에게 "R군, 제일 먼저 여자를 조심해야 돼. 특히 너처럼 여자가 따를 것 같은 녀석은 위험천만이라구. 이건 농담이 아니야."라고 충고까지 해주었다.

선배의 '여자들이 따를 것 같은'이라는 말은 나에게 호기심과 자신감을 심어주었다. 나는 긴자(銀座)에 나가 여자들이 보내는 추파의 홍수 속을 걸으며 마치 『부활』의 젊은 귀족 레흘류도프가 된 것 같은 착각에 빠졌다. 그러나 오모리의 가난한 생활에 익숙해지면서 나는 귀족도 레흘류도프도 아니고, 부르주아도 아님을 깨달았다. 내 안에서는 이 두 가지 모순된 마음이 싸우고 있었다. 어느 날 우체국에 저금을 찾으러 갔는데 그곳에서 일하는 여직원이 자꾸 나에게 추파를 던져왔다. 나는 집으로 돌아오는 내내 그녀에 대한 이런 저런 망상에 빠져들었다.

그렇게 집에 돌아오니 B군이 억울하다며 눈물을 흘리고 있었다. B군의 아버지는 B군이 의사가 되기를 원했는데, B군이 사립학교의 문과에 진학한 사실을 알고 더 이상 학비를 지원해줄 수 없다고 했다는 사연이었다. 나의 아버지 또한 내가 법과에 진학해 법조인이 되기를 희망하고 있었다. 나는 아버지에게 변호사가 되겠노라는 거짓 편지를 쓰면서도 러시아어를 공부하고 있었다. 장남으로서의 책임감을 등에 짊어진 나는 '문학자가 됐든 법률가가 됐든 자기 분야에서 성공만 하면 된다'고 자기변명을 하고 있었다. B군을 보며 나는 아버지에게 사실을 말하지 않으리라 결심했다.

답답한 마음에 오모리 해안을 걷던 나는 우체국에서 추파를 던졌던 여직원 고마이 데루코(駒井照子)를 우연히 만나게 되었다.

「"나 지금 R씨의 집에 가는 중이에요." 그녀가 먼저 말을 걸어왔다. 그녀는 대담하게 사랑에 도전해 온 것이다. 하지만 이 무슨 뻔뻔스러움이며 만용이란 말인가. 남자라면 또 모르지만 여자가, 그것도 스물도 안 된 여자가…… 아니! 아니다! 여자라도 남자에게 사랑을 시도할 권리가 있다, 힘이 있다. 그리고 그렇게 해도 된다. 이것이 근대적인 연애도덕인 것이다. 이렇게 되고 나니 내가 오히려 남자답지 못한 것 같아 참을 수가 없었다.

"어떻게 제 주소를 알고 있죠?"

"어머나, R씨, 통장을 보면 다 알 수 있어요!"

"아 그렇군요! 그것 참 여기까지 오느라 고생했네요. 게다가 이런 빗속에……."

나는 내심 두근두근 떨리는 가슴으로 웃음을 터트리고 싶은 충동에 사로잡혔다. 그것은 마치 우리 두 사람이 1년쯤 된 연인사이처럼 느껴졌기 때문이다. 아니, 고속템포의 시대다. 무슨 일이든 우물쭈물하기에는 우리의 신경이 너무 날카롭고 과민해져있다.」

나는 그렇게 그녀와 한 우산을 쓰고 데이트를 했다. 우산 속에서 여자의 온기를 느끼면서도 나는 서로가 말이 통하지 않음을 깨닫고, 연애에 능숙해 보이던 도쿄여자도 의외로 무능하다는 생각에 실망했다.

취직시험을 보러갔던 B군이 저녁이 되자 어두운 얼굴로 돌아왔다. 시험에 떨어졌다는 것이다. B군의 믿을 수 없는 낙방에 같이 흥분하고 화를 내던 나는 포기하지 말고 최선을 다하자고 격려했다. 저녁식사를 마치고 B군을 위로할 겸 자취생들과 주인집 모녀와 함께 만세이바시(万世橋)로 영화구경을 갔다. 나는 하루짱과 나란히 앉아 영화를 보았다. 그리고 그다지 슬픈 영화도 아닌데 눈물을 흘리는 하루짱 모녀에 대해 이런저런 공상을 하며 심하게 흔들리는 전차를 타고 집으로 향했다.

060-9

やっぱり男の世界だわ!(역시 남자들 세상이네!)

〈기초사항〉

원제(原題)		やっぱり男の世界だわ!(一~三)
한국어 제목		역시 남자들 세상이네!
원작가명(原作家名)	본명	이석훈(李錫薰)
	필명	이석훈(李石薰)
게재지(揭載誌)		부산일보(釜山日報)
게재년도		1930년 3월
배경		• 시간적 배경: 어느 해 늦가을 • 공간적 배경: 재판이 진행 중인 법정
등장인물		① 폭행과 강간으로 한 남자를 고소한 유부녀 ② 교도관인 유부녀의 남편 ③ 피고로 기소된 유부녀의 정부 등
기타사항		

「남편이 있는 여자가 지금 법정에 서 있다.

'폭행, 협박, 강간'

이것이 그녀가 원고인 사건의 죄명이었다. 한 남자, 피고가 두세 명의 증인과 함께 앉아 그녀의 말을 한마디라도 놓칠세라 귀담아 듣고 있었다. 호기심 많은 방청인들은 흥미롭다는 듯 목을 길게 빼고 있었다.

"남편은 교도관으로 그날 밤도 당직이라서 △△감옥으로 출근하셨습니다. 남편은 나를 너무 사랑하셔서, 신혼이라서 더더욱, 그날 밤도 출근하실 때 제 등을 어루만지며 '무섭겠지만 참아줘. 문단속 잘 하고, 알았지? 그 대신 이번 달 보너스는 전부 당신에게 줄게.' 이렇게 말씀하시며 위로해 주었어요. 이렇다 보니 저도 남편의 애무를 거역하지 않고 진심으로 그를 존경하고 제 신변에 대해서도 걱정 끼치지 않으려고 정말이지 만사에 세심한 주의를 기울였지요!"

"그런 말은 이 사건과 아무런 관계가 없소. 빨리 그날 밤 일을 얘기하시오!"

재판장은 무섭게 이렇게 말했다.」

여자는 남편이 출근한 그날 밤, 마당의 포플러나무 낙엽이 바스락거리는 소리를 들으며 여성잡지를 읽고 있었다. 그러다 문단속을 잘 하라는 남편의 말이 떠올라 마당으로 나가 밭으로 향해 난 문을 잠그고 부엌을 통해 들어와 바깥문을 잠그고 방으로 들어왔다. 그런데 잠자리에 들려고 안쪽 문을 잠그려는 순간, 밖에서 술에 취한 사람의 인기척이 들렸다. 너무 놀란 여자는 뒷문을 열고 바깥을 살폈다. 여자가 여기까지 말하다 말고 두려움에 바르르 몸을 떨며 억울하다고 호소하자 재판장은 피고를 바라보았고 방청객들은 술렁거렸다. 재판장은 장내에 조용히 할 것을 명했다. 여자는 증언을 계속했다. 열린 문으로 들어온 남자는 죽을 것인지 몸을 허락할 것인지 선택하라고 말했다. 여자는 죽으면 죽었지 허락할 수 없다면서 격렬한 몸싸움을 벌이다가 결국 기절해버렸다고 말했다. 그런데 그 순간 하늘이 도왔는지 남편이 뒷문을 부수고 들어왔다는 것이다. 그 이야기를 듣고 있던 재판장은 여자에게 기절한 상태에서 어떻게 남편이 온 것을 알았느냐고 물었다. 당황한 여자는 남편이 뒷문 부수는 소리에 정신이 들었노라고 얼버무렸다. 그리고 그 순간 남자가 뒷마당을 통해 도망쳐버렸고 남편이 그 뒤를 쫓았지만 놓쳐버렸다고 했다. 재판장은 다시 의심스럽다는 듯 "알지도 못하는 사람이라면서 어떻게 이 남자인 줄 알았지?"라고 캐물었다. 여자는 처음에는 범인을 알 수 없었지만 뒤를 쫓아갔던 남편이 돌아오더니 길에서 몇 번 본 남자라면서 정부가 아니냐? 밀회한 것이냐? 고 다그쳐서 알게 되었다고 말했다. 그리고 남편에게 자신의 결백을 증명해 주시고 악한을 벌주라고 재판장에게 애원했다. 재판장은 원고의 말이 끝나자 피고에게 반론을 하라고 명했다.

이에 피고가 자리에서 일어났고 방청객들은 일제히 그를 바라보았다. 그는 원고의 말은 순전히 거짓이며 그녀는 자신의 정부(情婦)라고 말했다. 그녀와 자신은 원래 이웃에 살면서 여자가 결혼하기 전인 2년 전 봄부터 서로 정을 통한 사이였다고 고백했다. 그런데 올 봄 자신을 버리고 돈과 명예를 가진 지금의 남편과 결혼했다는 것이다. 하지만 그녀는 첫사랑인 자신을 지금도 사랑하고 있다고 했으며, 영원한 사랑의 증표로 금반지까지 선물해 주었다고 폭로했다. 물론 여자는 피고의 말이 거짓말이라고 주장했다. 피고는 여자가 결혼한 후 1년 가까이 계속해서 정을 통했으며 야반도주할 계획까지 세웠다고 말했다. 그러면서 금반지를 샀던 가게주인을 증인으로 내세웠다. 그리고는 자신이 여자에게 사준 물건들을 열거하기 시작했다. 그러자 여자는 열을 내며 언제 그런 물건을 사줬냐고 따져묻다가 그만 남자가 준 물건은 전부 싸구려였다고 말해버렸다.

재판장은 원고패소를 선고했다. 여자는 "이런 어쩌지? 이런 나쁜 짓을 한 남자가 재판에서 이기다니……! 역시 남자들의 세상이네!"라고 투덜거렸다.

결국 이 사건은 거짓말을 잘 하는 한 여자의 사건으로 화제가 되었다.

- 1929년 말 -

 060-10

家が欲しい(집을 갖고 싶다)

〈기초사항〉

원제(原題)	家が欲しい	
한국어 제목	집을 갖고 싶다	
원작가명(原作家名)	본명	이석훈(李錫薰)
	필명	이석훈(李石薰)
게재지(揭載誌)	경성일보(京城日報)	
게재년도	1932년 6월	
배경	• 시간적 배경: 어느 해 봄 • 공간적 배경: 어느 사글셋집	
등장인물	① 막노동 일을 하는 '그' ② 그의 아들 다케시 ③ 집주인의 아들	
기타사항	원문전체번역	

〈전체번역〉

"우리꺼거든!"

"우리 집 거야!"

뒤뜰에서 두 아이가 다투고 있다. 화단 구석에 새빨갛게 핀 예쁜 튤립을 사이에 두고 밀고 막으며 서로 자기 집 소유물이라고 진지하게 주장했다.

그는 방안에서 하루 종일 노동으로 녹초가 된 몸을 눕히고 우두커니 공상의 화원을 끝없이 방황하고 있었다. 그러다 별안간 아이들의 다투는 소리에 현실로 돌아와 귀를 기울였다.

"엄마, 이 꽃 우리 집 거지, 엄마!"

아들 다케시(タケシ)가 울먹이며 애원하는 목소리가 귀를 울렸다. 그는 무겁게 일어나 창밖으로 아이들 쪽을 보니 다케시 녀석은 울상이 된 얼굴로, 집주인 아들은 의기양양하게 다케시를 경멸하는 눈빛으로 계속 쏘아보고 있었다.

"꺼져! 우리꺼거든. 너 같은 녀석 집에 이런 예쁜 꽃이 있을 턱이 있겠어? 쳇!"

집주인 아들이 또 다케시를 밀며 너무나도 의기양양하게 소리쳤다. 다케시도 지지 않고 덤볐지만 터질 듯한 울음을 참느라 슬픈 얼굴이었다. 그는 잔혹한 비애에 시달렸다. 한 달에 5원짜리 사글세에 사는 자신의 처지보다도 순수한 아이의 마음을 주눅 들게 한 것이 더욱 큰 괴로움이며 비애였다. 아이들은 여전히 다투고 있었다. 자신의 소유욕을 유지하기 위해서 인간이란 역시 집요해지는 것일까? 그는 화가 나서 소리쳤다.

"다케시 이리 오지 못해!"

다케시는 아버지의 고함에 깜짝 놀라 화단에서 두세 발자국 걸어오더니 이내 울음이 폭발하고 말았다. 이때 아내가 부엌에서 나오며 "예쁜 꽃 많이 사줄 테니까……"(그것은 순전히 거짓이었다)라고 다케시를 달래며 진정시켰다. 그는 이내 다다미에 드러누웠다,

"아…… 내 집을 갖고 싶다."

그의 마음속은 알 수 없는 분노와 이런 생각으로 이글거리고 있었다.

060-11

墜落した男(추락한 남자)

〈기초사항〉

원제(原題)		墜落した男
한국어 제목		추락한 남자
원작가명(原作家名)	본명	이석훈(李錫薰)
	필명	이석훈(李石薰)
게재지(揭載誌)		경성일보(京城日報)
게재년도		1932년 6월
배경		• 시간적 배경: 어느 해 5월 • 공간적 배경: 매립공사 현장
등장인물		① 뽕을 따는 빨간 셔츠의 여자 ② 매립공사에 동원된 죄수 250번과 106번 ③ 그들을 감시하는 A간수 등
기타사항		원문전체번역

눈이 번쩍 뜨일 신록……한낮이다……. 쾌청한 5월의 햇빛이 산들바람에 춤추는 나뭇잎사귀에 뺨을 비비고 있었다. 산은 완만한 경사의 꼬리를 푸른 바다를 향해 뻗고 있었다. 바다 쪽으로 산의 습곡이 조금씩 변형되어가고 있었다. 매립공사가 한창이다. 빨강과 파랑 옷의 죄수들 5, 60명이 이 매립공사에 종사하고 있었다. 두 사람씩 쇠사슬로 허리를 묶고 곡괭이로 산을 파는 조와 지게로 나르는 조, 두 팀으로 나뉘어 소처럼 묵묵하게 일하고 있었다.

삼엄한 간수들 대여섯 명이 사방에서 끊임없이 날카로운 감시의 시선으로 죄수들을 지켜보고 있었다. 이 날카로운 시선은 죄수의 일거수일투족을 집요하게 옭아매며 죄수들에게 답답한 위화감을 느끼게 했다. 사방 어디를 보나 간수의 매서운 눈이 "이 놈!" 하고 내려칠 것처럼 날카롭게 노려보고 있었다.

산 높은 곳에 앉아 감시하는 A간수는 아까부터 250번을 주의의 눈빛으로 주목하고 있었다. "저 녀석 수상하군! 이상하게 안절부절 눈을 힐끔거리고 있어." A간수는 일주일 전의 탈옥사건을 떠올리며 250번의 거동에 꺼림칙한 상상을 펼치고 있었다.

"250번! 흙이 적잖아! 꾀부리는 거야? 상놈의 자식!"

야단맞은 빨간 옷의 250번은 히죽히죽 웃으며 내딛으려던 오른발을 황급히 되돌려 서너 삽 흙을 더 얹을 때까지 눈을 내리깔고 있었다. 그러나 조금 전부터 그의 눈에 사무치는 빨간 셔츠의 뽕따는 여인의 영상이 아른거려 견딜 수 없었다. 그것은 오랫동안 무리하게 억눌려있던 성욕을 불끈불끈 타오르게 하여 그의 행실을 부정하게 보이게 했다.

"어이, 건너편 뽕밭의 젊은 여자 안 보여? 붉은 꽃을 봐."

250번은 106번과 닿을락 말락 가까이에서 걸으며 중얼거렸다. A간수의 날카로운 시선을 따갑게 느끼면서 이 말을 듣고서야 106번은 겨우 알아차렸다. 산 건너편 뽕밭에서 빨간 셔츠 차림의 여자가 뽕을 따고 있었다.

"빌어먹을 못 참겠네! 저 계집년 너무하네. 우리한테 빨간 셔츠를 드러내 보이고 있다니……. 어이, 관절이 나른해지지 않은가?"

106번은 빨간 셔츠의 여자를 가만히 응시하며 수줍게 말했다.

"나는 아까부터 혼자 보고 있었지. 저 빨간 꽃을 훔쳐보면 일이 제대로 되지 않아."

"그느라 저 늙다리 악마자식에게 야단맞은 거로구먼, 제길, 못 참겠네."

"방법이 없잖아요, 보고 즐기는 수밖에."

"즐겁기는……괴롭다니깐. 마치 날개옷을 입은 선녀 같잖아."

"바깥세상에 있을 때는 저런 계집년은 거들떠도 안 봤는데, 후후."

그러자 그때 또 A간수가 "250번 106번! 뭘 시시덕거려?"라며 벼락 같은 고함을 두 사람 머리 위로 퍼부었다.

두 사람이 화들짝 놀라는 바람에 지게에 지고 있던 흙이 쏟아져 내렸다. 흙은 쏴악~하는 소리를 내며 줄줄 빠져나갔다. 그런데 어떻게 된 일일까? 250번이 덜컥 낭떠러지에서 추락했다. 106번은 아차 하는 순간 맹렬하게 끌려가며 굴러 떨어졌다.

"꽃! 꽃! 붉은 꽃! 부서진다, 부서져."

250번이 떨어지면서 미친 듯이 소리쳤다. 빨간 셔츠 여인과의 망상에 사로잡힌 것이다. 공사장에는 때 아닌 대소동이 벌어졌다. 빨간 셔츠 여자는 의연하게 뽕을 따고 있었다.

樂しい葬式(즐거운 장례식)

〈기초사항〉

원제(原題)	樂しい葬式(上·中·下)	
한국어 제목	즐거운 장례식	
원작가명(原作家名)	본명	이석훈(李錫薰)
	필명	이석훈(李石薰)
게재지(揭載誌)	경성일보(京城日報)	
게재년도	1932년 9월	
배경	• 시간적 배경: 어느 해 늦가을 • 공간적 배경: 평안북도 정주 어느 마을	
등장인물	① 신문기자인 '나' ② 한때 면장까지 했지만 파산과 함께 미쳐버린 '나'의 아버지 ③ 아버지의 광기를 참아가며 간병해 온 어머니 등	
기타사항		

〈줄거리〉

「급행열차는 북으로 북으로 돌진한다. 해질녘 노오란 들판이다. 덜컹덜컹…… 빠르게 달천강(達川江)의 작은 철교로 접어들었다. 늦가을의 빈약한 강물이 얼어가고 있었다. 황혼의 차가운 어둠이 기름처럼 무겁게 흐르고 있었다.

덜컹덜컹…… 순식간에 철교를 다 건넜다.

이제 코앞이 T역이다. 내 가슴은 드디어 두근거렸다. 참을 수 없는 흥분이 사납게 타올랐다. 아아! 아버지의 광사(狂死)는 5년 만에 성공하지 못하면 돌아오지 않겠다던 나를 고향으로 이끌었다. 오른편에 T역이 보였다. 그립고 즐거웠던 과거의 수많은 꿈들이 나에게 미소지었다. 그러나 모든 것이 괴롭기만 한 고향이다. 역을 나섰다. 반기는 이 하나 없다.」

고향집에 가까워지자 곡하는 소리가 들렸다. 집에 들어가 보니 곡소리의 주인공은 누나였다. 큰어머니를 비롯한 마을사람들은 나를 보고 드디어 상주가 도착했다며 반가워했다. 큰어머니는 나에게 곡을 하며 들어오라고 일렀다. 울음이 나오지 않은 나는 적이 당황했으나 이내 "아이고 아이고."하며 마당으로 들어갔다. 사촌형제 세 명이 아버지의 영정 앞에 엎드려 곡을 하고 있었다. 병풍 뒤로 아버지의 시체가 들어 있는 관이 보였다. 아버지가 광인이 되어 떠돌던 3년을 인고의 세월로 보낸 어머니가 지금은 가죽만 남은 산송장 같은 몰골로 아버지의 곁을 지키고 있었다. 아마도 관 속의 아버지는 이 세상을 냉소하며 누워 있을 것이다. 병풍을 향해 앉은 나는 왈칵 눈물이 솟구쳐 한없이 울었다.

큰아버지는 나를 보자 장례비를 얼마나 가져왔냐고 물었다. 나는 빌려온 돈 20원을 내놓았다. 그러자 큰아버지는 20원으로는 부족하다며 난처해했으나 이내 나머지는 부조금으로 어떻게 해보겠다고 하였다.

생전에 아버지의 지인이었던 K라는 사람이 조문객을 통해 1원의 부조금을 보내왔다. 나는 아버지가 면장 시절 온갖 청탁을 했던 그들이 얼굴도 내밀지 않고 돈만 겨우 보내왔다는 사실에 큰 모멸감을 느꼈다.

나는 5년 전 가세가 기울자 고등학교를 중퇴하고 작은 출판사에 기자로 취직했다. 그 후 결혼하여 부양가족도 생겼다. 그러나 아버지가 광인이 되어 수입이 없으므로 나는 월급 35원 중 10원을 시골 어머니에게 꼬박꼬박 송금해야 했고, 그로 인해 우리 가족은 한없이 궁핍한 생활을 해야 했다. 돈을 받은 어머니는 언제나 고맙다는 말과 함께 돈의 사용내역을 꼼꼼히 적어 보내왔다. 나는 그런 어머니의 편지를 보고 한없이 눈물을 흘렸었다. 그런데 아버지가 돌아가신 지금, 나는 그 무거운 짐을 내려놓은 듯 마음이 가벼워졌다.

드디어 출상일이다. 어머니도 큰 어머니도 부지런히 일하고 사촌들도 재미있는 농담을 주고받으며 분주하게 오가고 있었다. 그러다 문득 모두의 얼굴에 즐거운 표정이 떠오르는 것을 나는 보았다.

아침에 박서방이라는 한 늙은이가 찾아왔다. 어린 시절 나를 업어주고 아버지에게는 충직했던 사람이다. 그는 떨리는 손으로 내 손을 정겹게 잡으며 면장시절 도움 받은 이야기를 하며 먼저 간 아버지를 진심으로 안타까워했다. 단 한 사람이라도 아버지의 죽음을 진정으로 슬퍼하는 이가 있다니!

나와 가족들은 아버지를 마지막으로 보내는 길에 '아이고, 아이고'를 연창했다. 그리고 마을과 바다가 내려다보이는 산 정상에 아버지를 묻었다. 이 얼마나 유쾌한 묘지의 풍경인가!

폭풍은 지나갔다.

아버지! 편히 쉬세요! 나의 새 생활이 시작되는 것이다. 이윽고 맞이하는 봄과 함께.

- 춘천 객사에서 -

 060-13

移住民列車(이주민열차)

〈기초사항〉

원제(原題)	移住民列車(一~五)	
한국어 제목	이주민열차	
원작가명(原作家名)	본명	이석훈(李錫薰)
	필명	이석훈(李石薰)
게재지(揭載誌)	경성일보(京城日報)	

게재년도	1932년 10월
배경	• 시간적 배경: 1931년 봄 • 공간적 배경: 이주민열차 안
등장인물	① 한때 자작농이었다가 화전민으로 떠돌다 이주민 열차를 타게 된 김서방 ② 함께 이주민열차를 탄 박돌 ③ 김서방의 젖먹이 아들 간노미 등
기타사항	

〈줄거리〉

「궤짝 같은 화물차가 기다랗게 연결된 맨 꽁무니에 '보기차(자축이 자유로이 회전하는 차량)'의 다 낡은 객차가 두 량이 달려있었다. 거기에 약 300명 정도 되는 이주민 가족들이 화물처럼 쟁여져 있었다. 특별히 마련한 이주민열차다.

그것이 빠앙 하고 길게 경적을 울리고 덜컹덜컹 최초의 소리를 내며 거만하게 K역을 떠난 것은 저물기 쉬운 이른 봄볕이 완전히 어두워진 오후 일곱 시가 조금 지나서였다. 플랫폼의 황황한 전등조명은 기차가 점점 빨라질수록 물결치고 흔들려서, 창 쪽에 자리한 이주민의 희미한 눈을 아플 정도로 쏘았다. 그 때문에 머리가 띵하게 아파오는 것 같았다. 산속에 살던 화전민인 그에게는 당연하였다.

"에구, 눈부시다!"

김서방은 눈을 비비며 찻간 쪽으로 돌아앉았다. 하지만 그때 램프등의 어슴푸레한 불빛 아래 전개된 형용키 어려운 혼란하고 착잡한 광경에 비로소 이주민의 자의식으로 돌아왔다.」

한참동안 멍하니 앉아있던 김서방은 자신이 점점 먼 나라로 운반되어간다는 의식이 명료해짐을 느꼈다. 어디로 가는가? 자신도 알 수 없었다. 감독이 끌고 가는대로 따라갈 따름이었다. "김서방, 뭘 그리 멍하니 생각하고 있어?" 맞은편에 아내와 같이 자리잡은 박돌(朴スケ)이 돌연 그의 무릎을 툭 치며 싱긋 웃었다. 삼십 평생에 처음으로 기차를 타본다며 호들갑을 떠는 박돌에게 김서방은 '알짜 촌바위'라고 놀렸다.

김서방이 박돌을 '알짜 촌바위'라고 빈정거린 것은 그 만큼 자기는 진짜 화전민이 아니라고 자부하고 싶어서였다.

김서방은 원래 철도 연변의 어떤 지방에서 상당한 자작농으로 과히 남부럽지 않은 생활을 하고 있었다. 그러나 세상이 놀랄 만큼 변화되는 사이에 자기네들이 힘들여 농사지은 곡식과 누에고치 값은 폭락하는 데 비해 각종 공과금과 세금은 늘어갔다. 그러는 동안 김서방은 금융조합에 진 빚 때문에 가난한 소작농으로 전락하고 말았다. 그 후 소작농으로도 먹고 살 수 없게 된 그는 결국 처자식을 데리고 산골로 흘러들었던 것이다.

산에서 게으른 농사만을 반복하다 처녀지를 따라 흘러 다니며 여러 해가 지났을 때에는 가난하고 게으른 화전민이 되어 있었다. 그러나 옛 자작농시절의 꿈이 아직도 그를 오만하게 했다. 이러한 과거는 김서방만의 이야기가 아니었다. 지금 이주민열차에 몸을 싣고 어딘지도 모를 땅으로 운반되어 가는 사람들 가운데는 한때는 양반이요 지주였던 자들이 상당히 많았다.

문득 김서방의 등 뒤에서 어린애 우는 소리가 들렸다. 김서방은 멀거니 앉았다가 비로소 자기 등에 업힌 아들 간노미(カンノミ)의 젖동냥 걱정이 태산같이 치밀어 오름을 깨달았다. 간노

미는 이제 두 살 먹은 젖먹이로 간노미 어미가 죽은 지도 여러 달이 되었다. 김서방은 아이가 젖 달라고 울 때마다 죽은 아내 생각이 치밀고 아내를 앗아간 재앙이 원망스러웠다.

그것은 1930년 7월에 생긴 일이었다.

K도(道) N군(郡)에는 전에 없던 큰 폭풍우가 덮쳐왔다. 비는 날마다 끊임없이 한 달 동안이나 내리퍼부었다. 그러던 어느 날 빗방울은 점점 거세지고 때 아닌 추위로 인해 가족의 얼굴은 언 무뿌리처럼 되었고 입술은 파리한 것이 마치 죽은 사람 같았다. 맹렬한 빗발이 퍼붓더니 김서방네 천장에 비가 새어들기 시작했다. 밤이 되자 천둥과 번개까지 연거푸 내리쳤다. 그날 밤 11시 무렵의 일이었다.

요란스러운 비바람소리에 뒤척이다 이내 잠이 들 무렵 우르르 쿵하는 우렁찬 소리에 자신도 모르게 문을 박차고 뛰쳐나갔다. 밖은 지척을 분간할 수 없는 암흑세계.

그 때 창백한 번갯불이 우레와 함께 번쩍였다. 김서방은 그제야 비로소 자기 집이 앞으로 기울어진 것을 보았다. 그는 날쌔게 방안으로 뛰어 들어가 어린 간노미를 부둥켜안고 아내와 장손(チャンソン)을 흔들어 깨워 겨우 밖으로 피했다. 그때 아내는 농한기 때 본가에 갈 때 입으려고 만들어둔 치마를 가져온다며 기어이 방으로 뛰어들었다.

김서방의 만류에도 불구하고 아내가 방안으로 뛰어든 순간 우르릉 하는 소리와 함께 집이 무너지고 아내의 비명이 김서방의 고막을 때렸다. 아내의 휩쓸림과 함께 목놓아 아내를 부르던 그는 그제야 장손을 떠올렸다. 그러나 장손 역시 집이 무너지면서 휩쓸렸는지 보이지 않았다. 김서방은 두려운 마음에 다시 목놓아 아내와 장손을 불렀으나 그 소리는 맹렬한 비바람소리에 지워지고 암흑 속에 묻히고 말았다.

김서방은 수천 길 낭떠러지 같은 절망에 빠져 간노미를 꼭 부둥켜안고 빗속에 길을 더듬어 안전지대로 피난했다. 폭풍우는 절정에 달하였다.

김서방의 이런 봉변은 악몽과도 같이 극히 짧은 순간에 생긴 일이었다. 폭풍우는 산 아래 인가들을 집어삼켰고 동이 트자 사방에서 처참한 통곡소리가 들렸다. 어버이를 잃고 고아가 된 어린애, 아내를 잃고 홀아비가 된 자, 과부, 일가족이 전멸한 집. 이 모든 비극의 주인공들이 하룻밤에 제조되었다. 그는 그 날 이후부터 눈물과 비애로 가득 찬 산골짜기를 이리저리 젖동냥하러 헤매 다녔다.

화전지대의 이 참담한 사건으로 N군의 유지들과 군수가 일장연설을 하고 신문기자들도 파견되어 왔지만 그들의 관심은 잠시뿐, 다른 센세이셔널한 사건으로 옮겨가 버렸다.

이듬해 봄, 이재민들 중에서 가장 비참한 100가구를 모아 북방의 미개척지로 이주시켜 준다는 소문이 돌았다. 김서방은 간노미가 울 때마다 이러한 과거의 아픈 추억이 떠올라 괴로웠다. 지금도 그는 간노미를 안고 열차 안 이곳저곳을 살펴보았으나 모두 영양불량으로 북어같이 말라빠지고 여윈 인간 시래기들뿐이었다. 김서방은 용기를 내어 박돌의 아내에게 보채는 간노미의 젖동냥을 부탁했다.

기적소리가 빠~앙하고 길게 울렸다. 김서방에게는 그것이 절망한 자의 비통한 부르짖음으로밖에는 안 들렸다. 기차는 의연하게 어둠의 바닷속을 빠른 속도로 달아나고 있었다. 밤은 바야흐로 깊어졌다.

ユエビンと支那人船夫(유에빈과 중국인선원)

〈기초사항〉

원제(原題)	ユエビンと支那人船夫(1~7)	
한국어 제목	유에빈과 중국인선원	
원작가명(原作家名)	본명	이석훈(李錫薰)
	필명	이석훈(李石薰)
게재지(揭載誌)	경성일보(京城日報)	
게재년도	1932년 11월	
배경	• 시간적 배경: 어느 해 가을 • 공간적 배경: 서해안에 위치한 가쓰리섬	
등장인물	① 가쓰리섬에 들어온 중국인 선원 로짠 ② 늙은 중국인 선원 로바토와 관장 로표 ③ 로짠의 여동생 메이호 ④ 가쓰리섬 왕포선의 선주 아들인 '나' 등	
기타사항	「로짠의 死」로 번역, 축소되어 『黃昏의 노래』(1936, 漢城圖書株式會社)에 수록됨.	

〈줄거리〉

　　서해안은 조수간만의 차가 심하다. 이러한 서해안에 가쓰리섬(이 섬의 속칭)이 있다. 가쓰리섬은 만주 쪽으로 기울어있는 매우 작은 섬이다. 이러한 섬에도 최근에는 생활고가 점점 심각해지면서 이 가쓰리섬에도 바가지를 매단 보따리를 진 유랑민들이 식솔들을 데리고 이주해 왔다. 그들은 볕이 잘 들고 바람이 잘 통하는 곳에 오두막을 짓고 어부생활을 시작했다. 이렇게 들어와 사는 집이 4가구였는데, 더 이상은 들어와 살 수 없을 만큼 작은 섬이었다. 이런 적막한 섬이 가을이 되면 깐사(乾燥)어업의 본거지가 되어 포댓배들이 들어와 번화해진다. 섬 부근은 대하(大蝦)의 산지이다. 그래서 다른 지역의 자본가들이 가쓰리섬에 가을 한철 사업장을 벌였다.

　　초가을 검은 돛을 단 정크선 대여섯 척이 많은 짐을 싣고 섬으로 들어왔다. 그들 가운데에는 중국인 선원들도 많았다. 그리고 그들은 남향에 건하(乾蝦, 말린 새우)공장인 왕포를 만들었다. 이 왕포의 오두막은 바다 쪽에서 보면 딱 서부활극에 나올 법한 모습이었다. 드문드문한 구멍으로는 밤하늘의 별이 보이고 만주대륙 저편에서 들어오는 차가운 서북풍이 사정없이 왕포 안으로 휘몰아쳤다. 왕포 안에는 맨땅에다 갈짚단을 깔고 그 위에 요나 포단을 펴서 선원들은 새우잠을 잤다. 차가운 가을비가 쏟아지는 밤 갈짚 사이로 스며드는 빗방울이 새우잠 자는 선원들에게 쏟아져 하루 종일 고된 노동에 지친 그들의 새우잠을 깨웠다. 멀리 파도소리가 고단한 삶을 사는 귀를 울리고 가슴을 울려 견디지 못하고 중국인선원 로짠(老張)은 일어나 왕포 밖으로 나왔다. 그는 고향이 있는 북쪽을 바라보다 깊은 한숨을 쉬고 소변을 본 뒤 다시 왕포 안으로 들어갔다.

　가을이 깊어져 차가운 북서풍이 불어와 날이 몹시 추워졌다. 세찬 파도는 가쓰리섬을 삼켜버릴 듯 했다. 그런 어느 늦가을 날 중국인선원들에게 짐이 도착했다. 낡은 석유통에 무엇인가가 들어있었다. 만주 다둥거우(大東溝) 중국인 경찰서에서 온 물건이었다. 그들은 한눈에 그것이 유에빈(月餠)임을 알았다. "또 유에빈이야!"

　로짠은 고맙지도 않은 선물이라고 푸념했다.

　이런 5전짜리 유에빈 하나 보내주고 10배 이상의 사례금을 긁어가기 때문이었다. 늙은 선원인 로바토(老把土)는 유에빈을 나누자고 말하고, 한 중년선원과 로짠은 돌려보내자고 주장해 잠시 옥신각신하였다. 그러다 후환이 두렵다는 늙은이들의 말에 따라 결국 뚜껑을 열고 유에빈을 세어보니 모두 30개가 들어있었다. 선원이 10명이므로 각 3개씩 분담해야만 했다. 로바토가 이것이 공평하다고 하자 로짠은 "뭐, 3개씩이 공평해? 로바토와 관장 로표(老朴)는 우리보다 두 배나 수입이 많잖아, 수입에 따라서……"라고 대들었다. 유에빈을 보고 먹는 데만 정신 팔린 로바토가 노인네들 편을 들자 결국 화가 난 로짠은 멋대로들 하라고 소리친 후 왕포 밖으로 나가버렸다. 로짠은 뒷동산에 올라 고향이 있는 쪽을 바라보았다. 화가 나 어쩔 줄 몰라 하는 로짠을 관장이 타이르기 시작했다. 그러나 로짠은 자신의 몫은 돌려보내고 말겠다고 고집을 피웠다.

　그때 일하고 돌아온 젊은 선원 네댓 명이 로짠의 편을 들어 결국 유에빈을 돌려보내기로 하고 그 역할을 로짠과 로진이 맡기로 하였다. 2, 3일 후 로짠과 로진은 새벽 4시에 유에빈 상자를 가지고 다둥거우로 향했다. 다둥거우에 당도한 로짠 일행은 유에빈 상자를 들고 경찰서로 향했다.

　그리고는 유에빈 상자를 돌려주고 도망치듯 경찰서를 빠져나왔다. 로짠은 집으로 돌아가 결혼식을 앞둔 여동생 메이호와 돼지를 잡고 있었다. 그때 경찰서에서 순경이 로짠을 잡으러 왔다. 로짠은 불길한 예감이 들었지만 두려워하는 동생을 애써 안심시키고 순경을 따라갔다.

　그 후 나는 우연히 마차꾼이 된 로표를 만나 로짠의 행방을 물었다.

　「"흠, 로짠은 지금 거기 살고 있나요? 이번 기회에 위문하고 싶은데."

　"아, 아니. 그 후 그러니까, 재작년 이 근방에서 난민들의 폭동이 있었는데, 로짠은 그 주모자들 중 한 사람이었어. 그때 지주를 ××하는 순경과 충돌하여 저 나쁜 소장놈을 ××했지. 그래서 결국 안동현(安東縣)인가 어딘가로 끌려가 총살당했다고 하더군."

　"헉, 로짠이 총살을 당했다고? 불쌍하게."

　나는 총명한 로짠의 얼굴을 떠올리며 그가 지주에게 반항하고 지주를 ××하여 농민과 노동자를 학대하는 저 나쁜 소장을 ××한 것은 그야말로 로짠다운 성격의 표현이라고 생각했다. 하지만 어차피 죽을 것 화려하게 죽었다고 생각했다.」

　당시 깐사(乾燥)사업을 하던 아버지 덕에 나는 중국인 선원들을 많이 알고 있었는데, 그 중에서도 로짠은 가장 인상 깊게 남아있는 사람이었다. 로표의 말에 따르면 로짠의 여동생은 창기로 팔려갔고 그 충격으로 아버지도 돌아가셨다고 했다.

　나는 이별을 아쉬워하는 로표와 헤어지며 꼭 메이호를 만나러 가달라고 부탁했다.

嫉妬(질투)

〈기초사항〉

원제(原題)	嫉妬	
한국어 제목	질투	
원작가명(原作家名)	본명	이석훈(李錫薰)
	필명	이석훈(李石薰)
게재지(揭載誌)	동양지광(東洋之光)	
게재년도	1939년 3월	
배경	• 시간적 배경: 폭풍우 치는 어느 날 밤 • 공간적 배경: 평안북도 해안의 S섬	
등장인물	① 성질이 사납고 질투심 많은 서른넷의 뱃사람 칠성 ② 한때 선술집에서 일했던 칠성의 아내 산월 ③ 어업조합의 최서기 등	
기타사항	번역자: 이소협(李素峽), 미완성	

〈줄거리〉

칠성(七星)이 질투심이 많다는 것은 S섬의 뱃사람들 사이에 소문이 나 있었다. 서른네 살이 되어서야 처음으로 아내를 맞이했는데, 그녀는 선술집의 퇴물갈보였다. 육지 사람들은 뱃사람에게 딸을 시집보내지 않았다. 그러니 퇴물갈보를 아내로 삼은 것이 좋은 방법일지 모른다. 산월(山月)도 싫은 일을 그만둔다는 것이 즐거웠다. 산월은 선술집의 다른 여자들과는 달리 드물게 선량한 마음의 소유자였다. 따라서 마을 사람들은 맹수 같은 칠성에게 산월이 잘못 걸려들었다고 수군거렸다.

"저 얌전한 애가 얼마나 학대를 받을까?" "갈보라도 저 녀석에게는 과분한 여자다." "도망가면 죽일 것이다."라고 섬 여자들도 수군거렸다.

봄의 성어기에 선술집에서 온 산월이 어느 사이에 섬의 여자들로부터 호감을 샀다. 칠성은 섬에서 태어나 골목대장으로 자랐고 주색에 빠져 살았다. 하도 난폭해서 섬 동료들은 칠성에 관해 물으면 좋든 나쁘든 침묵하는 것이 득이라고 생각했다. 그래도 칠성은 뱃일에 한해서만은 솜씨가 좋았다. 그는 여자문제로 걸핏하면 칼부림소동을 벌이곤 했다.

어느 해 성어기에 이런 일이 있었다. 약간 떨어진 용천(龍川)지방의 새우잡이 선원들이 산월의 주막집에서 술을 마시고 있었다. 산월에게 손님이 술을 따르려하자 갑자기 칠성이 나타나 술을 따르려는 팔을 주먹으로 내리쳤다. 서로 뒤엉켜 싸우다가 칠성이 부엌칼로 그 남자의 허리를 찔렀다. 양쪽 동료들 간에 큰 싸움이 벌어졌다. 결국 용천의 남자들은 분을 참으며 물러났다. 싸움이 끝나고 칠성은 갑자기 산월을 붙잡고 뺨을 주먹으로 치면서 두 번 다시 이런 일이 있으면 그때는 용서하지 않겠다고 엄포를 놓았다. 산월은 아파 눈물을 흘리면서도 한편으로는 남자가 자신을 생각해주는 것이 기뻤다.

성어기가 끝난 초여름 무렵 칠성은 산월과 방을 얻어 함께 살기 시작했다. 산월은 기뻐서 밤낮으로 열심히 일했다. 집안청소를 하고, 나무를 하러가고, 섬 아낙네들과 함께 조개잡이도 했다. 밀물이 들어오기 전에 서둘러 삼삼오오 열을 맞추어 궁둥이를 흔들며 바다로 나갔다. 반나체의 여인들이 해변을 행진하는 모습은 어디에서도 볼 수 없는 진풍경이었다. 문 앞에서 칠성은 하얀 허벅지를 내놓고 있는 산월의 모습을 보고 호통을 쳤다. 칠성은 언젠가 동료들에게 들었던, 산월을 맘에 두고 있다는 어업조합 최(崔)서기가 산월의 반나체의 다리를 보지는 않았을까? 두 사람이 이야기를 나누진 않았을까? 라는 의심을 하기 시작했다. 칠성이 내일부터 바다에 나가지 말라고 말하자 산월이 고개를 끄덕였다. 그러면서 칠성은 산월에게 최서기와 좋아하는 사이가 아니냐고 물었다. 산월은 어이가 없어 말이 나오지 않았다. 전과 달리 요즘 들어 칠성이 점점 과거 이야기를 꺼내 최서기와의 관계를 의심하며 산월을 못살게 굴었다. 산월은 자신의 과거가 한없이 원망스럽고 슬펐다. 칠성은 바다에 나가면 열흘이나 한 달간 안 들어오는데, 그동안 무슨 일이 있었는지 어찌 알겠냐며 결국엔 산월에게 손찌검까지 하였다.

초가을 무렵 최서기의 부인이 장티푸스로 죽었다는 소문이 돌았다. 칠성도 어디선가 그 소문을 들었지만 자기가 싫어하는 녀석에게 그러한 불행이 닥쳤다는 사실에 은근히 기뻐했다. 그러다 문득 최서기가 산월을 노릴지 모른다는 의심이 들기 시작했다.

어느 해질 무렵이었다. 칠성이 변소에 다녀오다가 뒷담에서 최서기와 산월이 이야기를 나누는 모습을 발견했다. 흥분한 칠성이 무턱대고 물 항아리를 세차게 내던졌다. 칠성은 외간남자와 길거리에서 무슨 말을 지껄이느냐며 쓰러진 산월의 허리를 발로 찼다. 최서기는 어이없다는 표정으로 오래간만에 만나서 인사를 나눴을 뿐이라고 말했지만, 칠성이 곧이들을 리 없었다. 결국 칠성과 최서기가 얽혀 뒹굴며 싸움이 벌어졌고, 제정신이 아닌 칠성이 부엌으로 가서 식칼을 들고 나와 최서기와 산월을 죽이겠다고 날뛰었다. 그러는 사이에 최서기는 어업조합으로, 산월은 선주 집으로 간신히 도망쳤다. 조합 사람들과 인부들은 이번 기회에 칠성을 고소해서 벌을 주든지 아니면 섬에서 영구히 추방해야 한다고 부추겼다.

한편 "평안북도 연안 일대에 오늘 밤 서쪽에서 폭풍우가 엄습해오니 크고 작은 선박은 경계하라"는 방송이 사무실 안 라디오에서 흘러나왔다. 뭔가 불길한 일이 일어날 것 같은 불안이 감돌았다. 칠성은 어디에서 술을 마셨는지 술에 취해서 식칼을 휘두르며 어슬렁어슬렁 해변을 걸어가고 있었다. 그러다 칠성이 어업조합 쪽으로 발걸음을 돌렸을 때, 섬에 하나밖에 없는 이발소 앞에서 산월과 마주쳤다. 살기가 돋아있는 칠성은 무서워 도망가려는 산월의 옷자락을 붙잡고 식칼로 찔렀다.

「어디를 찔렸는지 여자는 '악'하고 비명을 지르며 길가 하수구 안으로 쓰러졌다. 이발관에 있던 젊은이들이 황급히 뛰쳐나왔다. 바람은 시시각각 강해지고 비는 세차게 내리기 시작했다. 파도소리는 포효하고 있는 것 같았다. 칠성은 악을 쓰며 최(崔)를 저주하면서 눈도 뜨기 어려운 빗속을 비에 젖은 쥐처럼 어업조합으로 뛰어갔다. 그곳에는 불도 꺼지고 아무도 없었다. 모두 어딘가로 숨어버린 후였다. 섬은 폭풍우 속에서 숨이 막혀버린 것처럼 침묵을 지키고 있었다. 이 세상의 종말을 고하기라도 하는 듯 비와 바람과 파도소리가 무섭게 포효하고 있는 사이를 칠성은 미친 사람처럼 악을 쓰며 이리저리 최(崔)를 찾아다니고 있었다.」

- 계속 -

ふるさと(고향)

〈기초사항〉

원제(原題)	ふるさと	
한국어 제목	고향	
원작가명(原作家名)	본명	이석훈(李錫薰)
	필명	이석훈(李石薰)
게재지(揭載誌)	녹기(綠旗)	
게재년도	1941년 3월	
배경	• 시간적 배경: 어느 해 늦여름 • 공간적 배경: 황해도	
등장인물	① 신문기자 겸 소설가 박철 ② 중학교 동창이자 광산채굴업자 최연호 등	
기타사항		

〈줄거리〉

　　박철(朴哲)은 다니던 신문사가 폐간되어 실직하자 아버지가 돌아가신 뒤 한 번도 가본 적이 없는 아버지 산소에도 가보고 S섬에도 가보기 위해 고향을 찾았다. S섬은 그의 고향 군내에 있는 황해의 작은 섬이다. 박철이 병을 얻어 도쿄의 대학을 그만두고 돌아온 지 얼마 안 돼서 그곳의 청소년들을 상대로 생활개선운동을 했던 곳이기도 했다. 그런 인연으로 S섬은 박철에게 있어 마음의 고향과도 같은 곳이었다.

　　기차에서 박철은 우연히 중학교 동창 최연호(崔延浩)를 만났다. 최(崔)는 중학교 3학년 무렵 '선원양성소'로 학교를 옮겼는데, 그곳을 졸업한 후 남태평양을 다니는 큰 화물선에서 기술자로 일하다가 지금은 광산채굴업자가 되어 있었다. 풍채 좋은 다소 살찐 느낌의 최연호는 호리호리하고 여윈 몸에 키가 크고 턱이 뾰족해 신경질적으로 보이는 박철에 비해 경제적으로 여유가 있었다. 돈이 행세하는 세상에서 무슨 문학이냐며 핀잔을 주는 동창 앞에서 항상 가난에 쪼들려 허덕이는 박철은 자신의 모습이 한없이 초라하게 느껴졌다.

　　「"문학이 생명이라느니 하는 것은 대체로 우리와 같은 인간에게는 거리가 먼 이야길세. 그러니까 한글신문이 없어지든 어쩌든, 나는 그런 것보다도 경기가 더욱 더 좋아져서 대중의 생활이 편해지는 것이 바람직하다고 생각해. 당연히 소설을 쓰는 자네에게는 한글신문이 없어지는 만큼 발표기관이 줄어들 테니까 안타까운 일이겠지만……."

　　"아니, 세상이 요구하는 큰 통제에 비하면 그런 것은 작은 희생인 셈이지. 그것보다 우리에게는 한 가지 고민이 있어. 문학상의 신체제를 어떻게 소화해서 새로운 문학을 만들어내는가

하는 기술적인 문제지."

"그런 어려운 것은 모르지만, 어쨌든 나는 중일전쟁 무렵까지 배로 남태평양과 중국 부근을 왕래했는데, 그것만으로 국제정세의 동향과 백인의 압박을 몸소 느끼고 있었어. 중국과 남태평양 최전선에 가보게. 백인, 특히 앵글로색슨족의 포악무도함에는 정말로 화가 난다니까. 우리들 동양인은 결속해서 동아(東亞)를 지키지 않으면 안 되네. 국내에 칩거해 있는 사람들이 그런 걸 모르는 건 당연할지 모르지만, 자네는 문사(文士)라는 중대한 책임을 지닌 입장에서 그런 사람들의 무지(無知)를 깨우쳐줘야 하지 않겠나. 하하하!" (중략)

"어쨌든 문학이 생명이라고 한다면 열심히 해보게. 다만 나로서는 말일세, 이 시대를 너무 어렵게 생각하지 않고 각도 세우지 않고 살겠네. 어차피 될 대로 되는 거니까. 그리고 돈을 엄청 벌어서 편하게 살고 싶다고."

"그건 소위 편승주의란 걸세!"

박철은 최(崔)의 말에 더 이상 참지 못하고 다소 발끈해서 말했다.」

갑자기 어색한 침묵이 흘렀고, 잠시 후 두 사람은 잠에 빠져들었다. 그리고 박철이 눈을 떴을 때 기차는 이미 평양역으로 들어서고 있었다. 내릴 차비를 마친 최연호는 박철에게 하루 놀다가라고 권하지만 박철은 그의 권유를 거절하였다. 그리고 3시간 후, 기차는 박철의 고향 ××역에 도착했다.

10년 만에 방문한 고향은 많이 변해 있었다. 아버지 박린(朴麟)은 고향이 읍으로 지정된 후 8, 9년 계속해 오던 읍장을 그만두고 동양척식회사에 토지를 담보로 맡기고 S섬에서 어업을 시작했는데, 그 어업이 실패하고 말았다. 게다가 여러 명의 첩을 둔 것도 집안을 몰락하게 만든 원인 중 하나였다. 어쨌든 집안이 몰락하고 박철의 아버지는 비참한 몰골로 광사(狂死)하고 말았다.

박철은 먼 친척뻘 되는 소년을 앞장세워 아버지의 무덤을 간신히 찾을 수 있었다. 아버지의 무덤은 산기슭에서 산꼭대기에 이르기까지 빽빽하게 밀집된 수많은 무덤들 중 하나였다. 박철은 어떤 표식도 없어 확실하진 않지만 아버지의 무덤이라고 추측되는 곳을 향해 10년 만에 절을 올리며 용서를 구했다. 가슴을 옥죄어오는 슬픔에 울음이 복받치는 것을 간신히 참으며 박철은 아버지의 묘소를 뒤로했다. 이 얼마나 볼품없고 빈약한 무덤인가? 무덤이라는 것이 비록 무의미한 형식에 불과할지 모르지만, 그래도 묘는 죽은 자에게는 집과도 같은 것이다. 그런 만큼 박철은 아버지의 묘소 또한 당당한 외관을 갖출 수 있게 해드려야겠다고 다짐했다.

그때 마침 카키색 복장에 전투모를 쓰고 토마토처럼 발갛게 상기된 얼굴의 소년들이 군가를 부르며 박철 앞을 지나 산을 내려가던 참이었다. 그 소박하고 유쾌한 행진이 박철의 어지러워진 감정을 한없이 편안하게 가라앉혀주었다. 박철은 소년들의 뒤에 바짝 붙어 걸었다. 그리고 어느새 그들과 보조를 맞추며 큰소리로 군가를 합창하는 자신을 발견했다.

- 1월 15일 -

*후기: 박철은 S섬에도 갔지만 이 작품은 일단 이쯤에서 마치겠습니다. (작자)

黎明 – ある序章(여명 – 어느 서장)

〈기초사항〉

원제(原題)	黎明 – ある序章(一~五)	
한국어 제목	여명 – 어느 서장	
원작가명(原作家名)	본명	이석훈(李錫薰)
	필명	이석훈(李石薰)
게재지(揭載誌)	국민총력(國民總力)	
게재년도	1941년 4월	
배경	• 시간적 배경: 어느 해 이른 봄 • 공간적 배경: 평안북도의 한 시골마을	
등장인물	① 골목대장 김대성 ② 대성의 아버지 김준 ③ 여선생이 되고 싶은 대성의 누이 봉녀 등	
기타사항		

〈줄거리〉

　　권총케이스를 등에 축 늘어뜨리고 칼을 허리에 찬 헌병이 커다란 갈색 말을 타고 천천히 거리를 지나고 있었다. 헌병은 시골의 좁은 길가에 낮게 늘어선 집들보다 훨씬 커보였다. "헌병이 왔다!" 누군가가 외치자 길가에서 놀고 있던 아이들은 새끼거미들이 흩어지듯이 허둥지둥 집안으로 숨어들었다. 그리고 두려움에 숨을 죽이며 호기심 어린 눈길로 헌병을 훔쳐보았다. 헌병은 너희들이 나를 무서워할 일이 없지 않느냐는 듯 희미하게 웃었다. 이윽고 헌병의 모습이 사라지자 아이들은 와자지껄 길가로 뛰어나와 골목대장 김대성(金大成)이 헌병 역을 맡아 헌병놀이를 시작했다.

　　그런데 한참 헌병놀이를 하던 김대성은 헌병에게 잡혀오는 아버지와 맞닥뜨렸다. 아버지는 별일 아니라는 듯 웃었지만 대성은 어머니의 무릎에 얼굴을 파묻고 엉엉 울었다.

　　때는 메이지 말엽에서 다이쇼 초기에 걸친 반도조선의 격동기였다. 대성은 아직 일고여덟 살 무렵이었다. 그는 어머니 뱃속에서 러일전쟁을 겪었고 그가 태어난 해 한일병탄이 되었다. 평안북도 깊은 산골까지 언제부터인가 헌병대가 설치되었고 공립보통학교가 문을 열자 조선식 군대의 나팔소리에 맞춰 행진하던 학생들의 행렬도 자취를 감추고 일본인의 수가 눈에 띄게 많아졌다. 한일병탄 직후 갑자기 자취를 감췄던 대성의 아버지 김준(金駿)은 최근 몇 년 동안 집에도 오지 않더니 올 겨울 불쑥 돌아왔다. 그리고 비슷한 시기에 경성의 공업 견습소에 다니고 있던 대성의 숙부도 겨울방학을 맞아 돌아와 있었다. 아버지와 숙부는 시대의 변동에 발맞춰 지금이라도 늦지 않으니 일본어공부를 해야 한다고 했다. 일본정부가 자신들을 등용해 줄 것이라고 기대하고 있었다. 그러나 숙부의 만류에도 불구하고 아버지는 동료들을 배신할 수 없다며 끝내 다시 집을 떠났다. 겨울방학이 끝나 숙부는 경성으로 돌아갔다. 집안에 남자라고는 대성뿐이었고 할머니와 어머니는 매일 계속되는 헌병들의 수색에 편할 날이 없었다. 늘 조용하기만 하던 누나는 학교에 가고 싶다고 했지만 여자라는 이유로 허락되지 않았다. 그렇게 침울하게 겨우겨우 살아가던 어느 날 아버지가 헌병대에 체포되어 온 것이다.

「이 마을에는 공립보통학교가 개교하기까지 신명학교(新明學校)라는 기독교 계통의 사립학교 외에 달리 교육기관이 없었다. 그것도 교실 하나에 선생님이 한 명 뿐인 빈약한 것이었다. 대성도 그 학교에 가서 한글을 떼기 전에 『천자문』을 익혔다. (중략)
그해 이른 봄 어느 날 오후였다. 낮은 조선식 건물인 신명학교의 좁디좁은 교실에서 아이들이 가부좌를 틀고 앉아 상체를 앞뒤로 흔들며 웅성웅성 책을 읽고 있는데, 느닷없이 헌병 두 명이 교실의 창을 드르륵 열었다. 한 명은 헌병보조원이라는 조선인이었는데, 다만 별의 위치가 달랐다. 선생님은 깜짝 놀랐고 아이들도 물을 끼얹은 듯 숨죽였다. (중략) 헌병은 선생에게 양해를 구하고 생도들에게 올 4월부터 되도록 모두 공립학교로 전학했으면 좋겠다는 것, 이제부터는 조선의 한글을 익히고 국어(일본어)를 배우는 일이 중요하다는 것, 그리고 공립학교로 가면 수업료도 필요 없고 책도 공짜로 준다는 것 등을 연설조로 말했으며 그것을 보조원이 통역했다. 아이들은 그제야 안심했다는 듯 옆 친구와 소곤소곤 이야기를 나누고 웃기도 하였다.」

그로부터 며칠 뒤 숙부 김봉(金鳳)은 경성의 학교를 졸업하고 돌아왔으며, 아버지 김준도 헌병대에서 석방되었다. 곧잘 놀러오던 사람들도 무언가를 소곤거리고 다니더니 이내 발길을 끊었다. 아버지는 헌병대장의 소개로 내지인 측의 유력자인 야마모토(山本)라는 농장 경영인과 가까이 지내면서 무슨 사업인가를 구상하느라 매일 바빴다. 3월말의 어느 날 밤 한 남자가 아버지를 찾아와 배신자라고 비난하며 뺨을 때렸다.

「대성도 아버지 가슴에 얼굴을 묻고 이유도 모른 채 아버지와 함께 울었다. 마침내 대성의 아버지는 다정하게 말했다.
"대성아, 아버지가 지금 그 남자에게 맞으면서도 꾹 참은 것은 모두 너를 위해서란다. 우리는 싫든 좋든 이제부터는 일본국민이다. 그것이 우리의 운명이다. 애써 설명해도 너는 모르겠지만 훌륭한 일본국민이 되어다오. 그저 너를 훌륭하게 키우기 위해 아버지는 사람들에게 나쁜 말을 듣고 매를 맞아도 꾹 참는 것이다. 알겠니?"
"네." 대성은 분명하게 대답하였다.」

대성은 4월부터 공립학교에 들어갔다. 대성의 가장 친한 친구 규철(圭哲)도 대성의 뒤를 이어 공립학교로 옮겨왔다. 천주교도들이 다니는 신명학교와 공립학교 아이들은 서로를 일본인, 예수쟁이라고 놀려댔다. 그러나 시간이 지남에 따라 공립학교 쪽이 우세해졌다,
어느 날 마을에 큰 소동이 벌어졌다. 공립보통학교에 여자 반이 확대되면서 처음으로 여선생 두 명이 부임해 온 것이다. 그 중 한 사람은 조선인이었는데 굽 높은 구두를 신고 앞머리를 높게 세워 멋을 부리고 있었다. 거리에는 여선생을 보기 위해 몰려든 사람들로 차와 말의 통행이 마비될 지경이었다. 대성의 누이 봉녀(鳳女)는 바로 그날 여선생이 되겠다는 꿈을 갖게 되었다. 그리고 그날 저녁부터 더 필사적으로 학교에 보내달라고 어머니를 졸랐다. 그러나 할머

니와 어머니의 반대에 부딪힌 봉녀는, 마침내 숙부가 있는 평양으로 도망가기로 결심했다.

어느 새벽녘 봉녀는 몰래 집을 빠져나와 대성의 배웅을 받으며 기차에 몸을 실었다. 봉녀는 눈물 젖은 얼굴을 창문 밖으로 내밀며 플랫폼에 서있는 대성을 마주보았다. 점점 멀어져가는 봉녀의 얼굴이 생긋 웃고 있었다.

대지는 점점 밝아오고 동녘하늘은 바야흐로 태양이 떠오르려 붉게 물들어 있었다.

インテリ、金山行く!(인텔리, 금산에 가다!)

〈기초사항〉

원제(原題)	インテリ、金山行く!	
한국어 제목	인텔리, 금산에 가다!	
원작가명(原作家名)	본명	이석훈(李錫薰)
	필명	이석훈(李石薰)
게재지(揭載誌)	문화조선(文化朝鮮)	
게재년도	1941년 11월	
배경	• 시간적 배경: 어느 해 늦가을 • 공간적 배경: 어느 광산지대	
등장인물	① 광맥을 찾아 산으로 들어온 인텔리 최(崔) ② 최를 따라 산으로 온 지식청년 이(李) ③ 가난한 산 생활에 지쳐 최(崔)를 원망하는 이(李)의 아내 등	
기타사항		

〈줄거리〉

늦가을 산속의 밤은 눈에 스며들 듯이 어둡다. 하늘에는 별들이 몹시도 싸늘하게 반짝이고 차가운 바람이 격류처럼 휘몰아쳤다. 고목들은 어둠 속에서 견디지 못하고 술렁이며 밤은 깊어만 갔다.

의지 약한 인텔리 최(崔)는 경성에서의 월급쟁이 생활과 문인생활을 청산하고 아내와 함께 광산지대로 들어와 광맥을 찾느라 분투하였다. 최(崔)는 10년 정도만 고생하면 사업을 일으킬 정도의 돈을 벌 수 있으리라 여겼지만 5년이 지나도록 광맥을 발견하지 못했다. 가난으로 초췌해진 아내에 대한 미안함과 밑바닥 생활로 인한 스스로의 절망, 변화 없는 산속에서의 지겨운 삶은 때로는 경성에서의 삶을 그립게 만들었다. 하지만 자신에게 용기를 주는 아내의 위로에 최(崔)는 다시 한 번 각오를 다졌다. 한편 최(崔)의 곁에는 그를 따라 산속으로 들어온 지식청년 이(李)가 있었다.

「문득 밖에서 여자의 울음소리가 들리더니 이윽고 함께 경성에서 금산(金山)으로 온 친구 이(李)가 어두운 얼굴로 들어왔다. 최(崔)는 벌떡 일어나 이(李)의 얼굴을 바라보며 물었다.

"왜 그래? 또 부부싸움 한 건가?"

"응. 집사람이 나를 또 몰아세우지 뭔가. 난 더 이상 참을 수가 없네."

이(李)는 힘없이 이렇게 중얼거리더니 이마로 흘러내린 머리카락을 쓸어올리며 최(崔) 앞에 털썩 주저앉았다. 깡마른 얼굴에도 눈빛만은 유난히 빛나는 이(李)는 언뜻 보기에 영락없이 근심걱정에 찌든 지식청년의 모습이었다.

"자네 부부도 참 큰일이로군."

최(崔)는 어이가 없다는 듯 이렇게 말했다.

"난 집사람을 평양의 처가로 돌려보낼 생각이네. 자기 입으로 나 같은 가난뱅이는 지긋지긋하다고 했으니까."

"애처가인 자네가 혼자 지낼 수 있겠나? 이런 황량한 광산지대에서."

이(李)는 아무 대답도 하지 못하고 고개를 푹 숙였다.

그때 터덜터덜 힘없는 발소리가 들리더니 흐트러진 모습을 한 이(李)의 아내가 거칠게 방문을 열고 들어왔다.

"난 최(崔)씨한테 항의할 권리가 있어요. 대체 이런 산속에서 가난한 생활은 혼자 할 것이지, 왜 다른 사람까지 끌어들여서는…… 어쩔 셈인가요, 네?"

"진정하세요. 제가 나서서 여기 오자고 이(李)에게 권한 적은 한 번도 없습니다. 제 말을 못 믿겠다면, 혹시 몰라 보관해 둔 이(李)의 편지를 보여드리지요."」

최(崔)가 보여준 이(李)의 편지에는 자신이 샐러리맨 생활을 접고 최(崔)와 함께 광맥을 찾고자 한 이유가 쓰여 있었다. 이(李) 역시 샐러리맨 생활이 싫어졌을 뿐 아니라 자신의 가난한 가정을 풍족하게 만들고 싶다는 가장으로서의 염원, 일확천금을 꿈꾸는 청년으로서의 야망, 직무의 불충실함에 대한 두려움 때문에 산으로 올 결심을 한 것이었다.

이런 내용의 편지를 보고도 이(李)의 아내는 이런 가난한 생활은 더 이상 참을 수 없다며 문을 박차고 나가버렸다. 하지만 방에 우두커니 남겨진 최(崔)와 이(李)는 다시 힘을 모아 광맥을 찾기 위해 최선을 다하리라 다짐하였다.

 060-19

静かな嵐(고요한 폭풍)

〈기초사항〉

원제(原題)	静かな嵐
한국어 제목	고요한 폭풍

원작가명(原作家名)	본명	이석훈(李錫薰)
	필명	이석훈(李石薰)
게재지(揭載誌)		국민문학(國民文學)
게재년도		1941년 11월
배경		• 시간적 배경: 어느 해 11월 • 공간적 배경: 경성
등장인물		① 자신의 처지가 불안하기만 한 소설가 박태민 ② 문인의 대가인 K ③ 경찰에 연행된 박태민의 회사동료이자 신진작가인 고영목 등
기타사항		3부작 중 1부

〈줄거리〉

강연회의 멤버가 대충 정해지자 부민관(府民館)의 소강당에서 첫 모임을 가졌다. 벌써 11월이 코앞으로 다가온 때라 여느 때라면 북악의 바람이 첫 추위를 몰고 거리의 지붕을 휩쓸어 외투의 필요성을 슬슬 느낄 계절이었지만 올해는 유난히 따뜻해 양복만으로도 충분했다.

그러나 소설가 박태민(朴泰民)은 지난해에 새로 맞춘 검은 스코치 동복을 깔끔하게 다림질까지 해서 차려입고 정각 4시에 부민관에 나타났다. 새로 지은 강당 문을 열자 어두컴컴하고 텅 빈 강당에서 소름끼칠 정도의 찬 기운이 몰려왔다.

잠시 후 한복 차림의 기타하라(北原)여사가 나타나 그에게 가볍게 목례를 하고 다른 소파에 앉았다. 그녀의 단정하고 기품 있는 태도에 박태민은 자기도 모르게 앉은 자세를 바로 했다. 잠시 어색한 대화가 오가는 사이 우르르 대여섯 명의 회원들이 나타났다. 모두 문단의 중견 평론가들이었다. 그 중에는 박태민과 친분 있는 이도 있고 껄끄러워 경원하는 이도 있었다. 그들은 무언가 열심히 이야기하며 박태민의 존재는 신경 쓰지도 않았다.

모임이 시작된 것은 4시 반경이었다. 텅 빈 강당 한쪽에 열대여섯 명의 사람들이 동그랗게 모여 앉았다. 대가인 K씨도 늦게 나와 겸손한 태도로 구석자리에 앉았다. 이번 강연회는 언어가 일본어인 관계로 신중을 기해 엄선했다고는 하지만 예정되어 있던 사람들이 전부 모이지 않아 서먹서먹하고 침울한 분위기였다.

먼저 간사의 권유로 K씨가 일어나 이번 기획은 결코 흔한 문예강연회가 아니라는 것, 상부의 압력에 의한 것이 아니라 문인협회 자체의 발의로 이루어졌다는 점을 열띤 어조로 설명했다. 강연회의 조직에 대해 의견이 분분했지만 결국 노선에 따라 경부선, 경의선, 호남선, 함경선 4개 반으로 나누기로 하고 각 반의 인원구성은 각자의 희망에 따르기로 했다. 먼저 경의선반이 무슨 이유에서인지 가장 희망자가 많았다. 다음으로 호남선반도 춘향전의 고향인 남원 광한루(廣寒樓)가 매력적이라는 점에서 무난하게 결정되었고, 경부선반도 한두 사람을 남기고 선택되었다. 가장 지망자가 없는 함경선반은 깐깐하기 때문이냐는 농담 같은 대화가 오가고 있을 때 박태민이 수줍은 소학교(초등학교)학생처럼 손을 들며 "제가 함경선반으로 가겠습니다."라고 말했다.

야마모토(山本) 간사의 재촉에 가가와(賀川)와 오늘 불참석한 두 사람이 벌칙으로 박태민과 함께 함경선반으로 정해졌다. 이렇게 네댓 명으로 구성된 각 반이 강연에 만전을 기하기 위해, 날짜를 정해 2시간씩 총독부나 군부의 간부를 초청해서 이야기를 듣기로 하고 6시쯤 해산했다.

박태민이 함경선을 희망한 것은 나름대로 이유가 있었다. 그의 고향이 경의선에 위치한 만큼 경의선반에 참여하고 싶은 마음은 굴뚝같았지만, 그보다는 현실적인 문제가 컸다.

「살얼음판을 걷는 것 같다는 말은 그야말로 지금의 박태민의 심리상태였다. 어디를 가도, 심지어 자신의 집에서조차 발이 땅에 닿지 못하고 허공에 뜬 것 같은 불안정한 기분이었다. 바로 이럴 때에 시국강연대의 한 사람으로 지명된 것이다. 그것은 전혀 의외의 사건이었다. 뭐랄까 홀연히 새로운 운명의 막이 오른 것 같았다. 그 운명의 길이 어떤 것인지는 상상이 가지 않았지만, 일단 새로운 것인 만큼 매력이 있다고 생각하고 그것에 자신을 맡겨볼 요량이었다. 그는 불평 없이 강연에 나가보기로 결심했다.

'이 기회에 나를 단련해야지. 나는 지금 방황하고 있다. 어떻게 해야 좋을지 모르겠어. 이 시련은 반드시 내가 가야할 방향을 가르쳐 줄지도 몰라. 나를 보다 잘 단련하기 위해서는 시련이 그만큼 힘들어야 해. 함경선 방면은 사상적으로 심각한 경험을 가진 지방이다. 그런 지방으로 가서 부딪혀 보는 거야. 내가 그들을 가르친다기보다 오히려 나를 단련하기 위해 여행을 떠나자. 이것으로 나를 방황에서 구원하는 거야.'라고 그는 생각했다.

박태민은 사실 자신을 먼저 시련에 맞서게 하겠다는 엄숙한 기분으로 인기 없는 함경선반을 희망했던 것이다.」

그는 부민관에서 돌아오는 길에 잡지사에 들렀다가 신진작가인 고영목(高永睦)이 며칠 전 경찰에 검거되었다는 뜻밖의 소식을 들었다. 고영목은 박태민과 같은 회사에서 근무하던 친한 친구였다. 박태민은 시대의 공포와 비슷한 심각한 엄숙이 눈앞에 닥치고 있다는 생각에 불안해졌다. 그는 고영목의 검거사실을 말하며 부인에게 자신은 괜찮을 거라고 안심시켰지만 자신에게도 언제 불똥이 튈지 몰라 불안했다. 그가 보던 러시아 잡지인『루베쥬(경계)』,『사브라멘나야 지엔시치나(현대여성)』, 레루몬토프의『베라』는 러시아인 킬사노프에게 취미로 러시아어를 배우며 보던 책들이었다. 아내는 이런 시대에 외국어잡지가 엄청난 화를 초래한다고 우려했다. 잡지들은 하얼빈의 H양이 보내 준 것들이었다. H양은 음악가 지망생 올마우즈(러시아 태생의 조선 아가씨)로 전조선(全朝鮮) 음악콩쿠르에 참가하기 위해 경성에 왔다. 그는 당시 여성잡지의 편집을 맡아 H양을 인터뷰한 것을 계기로 그녀와 친해졌었다. 박태민은 잠시 H양과의 추억을 뒤로 하고 무엇인가 결심한 듯 러시아잡지를 아궁이의 불쏘시개로 써버렸다. 몇 분 후 한움큼의 재로 변한 러시아 잡지를 망연하게 바라보았다.

2, 3일 동안 박태민은 집에 틀어박혀 강연내용을 구상했다. 펜을 잡았지만 자신만의 말이 떠오르지 않아 하루 종일 원고와 씨름해도 두세 장 밖에 쓰지 못했다.

며칠 후 박태민은 시내로 나가 여러 사람들을 만났다. 협회에서 순회강연을 하는 것이 신문에 보도되어 사람들의 화제에 오르내리고 있었다. 문단 사람들은 마치 얼음처럼 차갑고 오만한 태도를 보였다. 근본적으로 부정하고 싶은 마음은 박태민도 이해할 수 있었다. 만약 그들을 연단에 세웠다면 어땠을까? 거절할 수 있었을까? 이런 생각들로 집으로 돌아가는 박태민의 심정은 왠지 쓸쓸했다.

강연회 준비를 위한 마지막 모임을 마치고 집에 돌아오자, 아내는 불안이 가득한 얼굴로 주재소에서 원고를 가져갔다는 소식을 전했다. 필적조사를 받은 사람은 박태민 한 사람만이 아니었다. 문단의 많은 사람들이 호출을 받고 가택조사를 받았다. 심지어 문단의 누구누구가 투서를 했다는 유언비어까지 돌아 서로 인사도 하지 않고 우연히 만나도 서둘러 헤어졌다. 박태민은 자신을 비롯해 그런 문단 사람들을 경멸하고 괴로워했다.

11월에 들어서도 계절은 미적지근했다. 그런 어느 날 밤 경성을 출발하는 청진행 3등 침대칸에는 가가와, 마키노(牧野), 정(鄭), 박태민 네 명의 함경선반 인사들이 타고 있었다. 모두들 의기충천한 얼굴이었지만 배웅하는 이는 아무도 없었다.

기차가 위세 좋게 기적을 울리며 칙칙폭폭 움직이기 시작하자 박태민은 안절부절 못하던 기분을 가라앉히고 자신을 납득시키기라도 하듯 중얼거렸다.

"화살은 이미 활시위를 떠났다."

- 1부 완 -

どじようと詩人(미꾸라지와 시인)

〈기초사항〉

원제(原題)		どじようと詩人
한국어 제목		미꾸라지와 시인
원작가명(原作家名)	본명	이석훈(李錫薰)
	필명	마키 히로시(牧洋)
게재지(揭載誌)		문화조선(文化朝鮮)
게재년도		1942년 5월
배경		• 시간적 배경: 1940년대 초 • 공간적 배경: 경성의 어느 파출소 앞
등장인물		① 신(新)지방주의 문학을 건설하고자 하는 시인 황만수 ② 황만수를 후원하고 문학운동을 함께 하는 작가 계용준 등
기타사항		

〈줄거리〉

「어느 고갯길에 파출소가 있었는데 그 주위에 깨끗한 물이 넘실거리는 시멘트로 만든 물통이 있었다. 이 물통은 고개를 왕래하는 마차의 말을 위해 만들어진 사막의 오아시스와 같은 역할을 했다. 바싹바싹 목이 마른 말들은 맛있게 물통에 코를 박고 물을 마신 뒤 다시 힘을 내어 따각따각 길을 가곤 하였다. 그런데 어찌된 일인지 말들이 이 물통의 물을 마시지 않게 되었다. 물을 마시려고 코를 물에 가져갔다가도 마치 더럽다는 듯이 코를 벌름거리며 고개를 홱 돌려 냉큼 걸음을 재촉하는 것이었다.

이런 자초지종을 처음부터 지켜본 사람이 파출소의 순사였다. 그는 이를 이상히 여겼다. 그리고 며칠에 걸쳐 그 이유를 밝혀냈다. 그것은 미꾸라지 장수가 밤새 미꾸라지를 그 물통에 풀어놓았기 때문이었다. 이러한 사건이 A신문의 '망중한(忙中閑)' 란에 실린 것을 보고 발끈한 것이 젊은 시인 황만수(黃萬洙)였다.」

황만수(이하, 황)는 「신인문학(新人文學)」의 편집을 맡고 있었다. 「신인문학」은 반도문단에서는 방향전환인 국민문학운동의 기수 역할을 하는 혁신적인 잡지였다. 그가 도쿄문단에서의 출세를 단념하고 신(新)지방주의 문학을 건설하겠다는 열의를 가지고 경성에 돌아온 것은 정확히 반년 전의 일이었다. 그리고 그의 그런 뜻을 가장 잘 알아주는 것이 바로 작가 계용준(桂容俊)이었다. 도쿄신문사 출신인 그의 추천으로 황(黃)은 신인문학사에 취직할 수 있었다.

그들은 만나기만 하면 꼭 새로운 문학운동에 대해 심각하게 이야기를 나누었다. 황(黃)은 계(桂)보다 대여섯 살 연하였지만 최근까지 도쿄에서 연마한 덕분에 이론적이면서도 성격적으로는 극단적인 면이 있었다. 이러한 황(黃)에게 계(桂)는 경성문단은 좋게 말하면 도덕적이고 나쁘게 말하자면 편협한 면이 있으니 태도를 조심해야 한다고 충고했다. 그러나 황(黃)은 새로운 문화건설을 위해서는 강한 열정을 가져야한다는 주의인 반면, 계(桂)는 정도가 지나치면 안 된다는 주의였다.

계(桂)의 주최로 젊은 문인들의 회합이 열렸다. 일본인 두세 명과 조선인 대여섯 명이 모였다. 연령은 35~6세가 고참이었고 27세인 황(黃)이 가장 어렸다. 그 자리에서 황(黃)은 신지방주의 국민문학 건설을 진지하게 주장했고 모두들 그의 말에 동의했다.

세 번째 만남에서 식사가 끝나자 황(黃)은 흥분하며 '말이 물을 마시지 않는 이야기'를 꺼냈다. 그는 이 기사를 쓴 이(李)가 모 전문대학의 교수로 기성작가인 그가 자신들을 미꾸라지에 빗대어 비난했다고 주장했다. 그리고 기사에 나온 파출소 옆에 '신인문학사'가 있으므로 우리를 겨냥한 것이 확실하다고 성토했다. 그의 말을 듣고 처음에는 모두 킥킥 웃었으나 강하게 확신하는 황(黃)의 의견에 모두들 수긍하는 분위기였다.

다음날 오후, 출근하여 일을 하려던 계(桂)는 A신문사의 학예부장인 이(李)에게서 걸려온 항의전화를 받았다. 황(黃)이 문인들의 회합에서 별 것도 아닌 일로 A신문사를 비난해서 궁지에 몰아넣었다는 것이다. 계(桂)는 자신이 황(黃)에게 주의를 주겠다고 짧게 말하고 전화를 끊었다.

그리고 다음날 아침, 계(桂)는 곧잘 놀러가곤 하던 A신문사를 찾아갔다. 그런데 그곳에 황만수를 비롯해 그들 그룹이 모여 '미꾸라지' 문제를 놓고 시끌벅적 이야기를 나누고 있었다. 결국 그들은 이 문제에 대해서는 내부에서 해결하기로 하고, 계(桂)와 황(黃) 그리고 학예부장 세 명이 신문사 응접실에 마주앉아 솔직한 이야기를 나누게 되었다. 이때 이(李)는 그런 회합은 정치성을 띨 경향이 있고, 문단에 대립할 수 있으므로 없애야 한다고 주장했다. 그에 대해 황만수는 "대립을 위한 대립은 물론 없애야 하겠지만, 우리가 시대와 더불어 순수한 의도로 전진하려는 것에 비해, 가능한 한 구태의연하게 있고자 하는 사람이 있다면 사실상 대립은 피할 수 없다. 그리고 대립에서 교류로 이어지고, 하나의 새로운 조선문단이 거기에서 형성된다고 생각한다. 그 새로운 조선문단의 중심이 바로 우리다."라고 외쳤다.

498 한국인 일본어 문학사전

東への旅(동쪽으로의 여행)

〈기초사항〉

원제(原題)		東への旅
한국어 제목		동쪽으로의 여행
원작가명(原作家名)	본명	이석훈(李錫薰)
	필명	마키 히로시(牧洋)
게재지(揭載誌)		녹기(綠旗)
게재년도		1942년 5월
배경		• 시간적 배경: 어느 해 11월 • 공간적 배경: 일본
등장인물		① 일본 간사이(関西)지방으로 성지순례를 온 스물여덟 정도의 철(哲) ② 10년 전 철과 헤어졌다 다시 만나게 된 고미야마 루미 등
기타사항		

〈줄거리〉

이즈모타이샤(出雲大社)에서 참배를 마치면 성지순례의 모든 프로그램이 무사히 끝나기 때문에 철(哲)은 무거운 짐을 내려놓은 것처럼 마음이 편안해졌다. 이제는 경성에 돌아가는 일만 남았기에, 도중에 가와타나(川棚)온천에서 지내는 오늘 밤이 큰 즐거움이었다. 너무 많은 프로그램과 빠듯한 일정으로 철은 지칠 대로 지쳐 있었다. 어젯밤 교토(京都)를 출발해서 오늘 아침 막 이곳에 도착했는데 점심 때 다시 기차를 타고 이곳을 출발해야 했다.

기차시간이 될 때까지 이나사노하마(稲佐濱)에 가보는 것이 어떻겠냐는 안내인의 제안을 받은 터라, 일행 중 대여섯 명을 데리고 안내인과 함께 해변으로 향했다. 그곳은 옛날 조선과 밀접한 교통이 이루어졌던 곳으로, 그 이유만으로도 그곳의 나무 한 그루 풀 한 포기가 철에게는 정겹게 느껴졌다.

이러한 감동은 이번 여행에서 여러 차례 느꼈었다. 기차 안에서 다케우치 데루요(竹内てるよ)의 시집을 읽고 있던 철은, 차창에 아련히 비치는 몹시 거친 바다의 풍경과 책의 내용이 오버랩되는 것을 느끼며 그만 눈물을 흘리고 말았다. 그는 그런 내용의 글을 쓰게 해준 일본의 아름다움에 감동했던 것이다. 이 눈물 속에는 그 동안 경성에서 새로운 사상운동에 관여하면서도 확신이 서지 않아 방황하던 자신과의 결별도 포함되어 있었다. 일본성지순례로 그는 고대로부터 이어져 내려온 일본과 조선의 교류를 새삼 깨닫고 이에 내선일체 논리에 확신을 가질 수 있었다.

「나고야(名古屋)를 거쳐 이틀 뒤 도쿄에 도착했다. 가을비가 내리는 만세이바시(萬世橋)

주변을 휘파람을 불면서 어슬렁어슬렁 걷다보니 10년 전 이곳에서 보낸 학창시절의 일들이 그리운 추억으로 떠올라 고향에 돌아온 듯 안도감을 느꼈다. 이렇게 거리를 걸어도, 점심을 먹기 위해 음식점에 들어가도 더 이상 이상한 시선과 마주치지 않고 지극히 자연스럽게 스며드는 자신을 철은 어디서든 발견하였다. 새삼스레 '나는 일본인이다!'라고 무리하지 않아도 당연히 일본인으로 통했고, 이제와 '나는 조선인이니까'라며 작아져야 할 이유도 없었다.

도쿄에서의 첫날은 하루 종일 비가 내려 우산을 쓰고 메이지(明治)신궁과 야스쿠니(靖國)신사를 참배했다. 어디서나 그랬지만 대동아전쟁의 파란을 맞아 조국의 운명을 걱정하는 사람들은 끊임없이 신전에 와 머리를 조아렸다. 누구나 진지하고 엄숙하게 기도하였다. 철은 다시 한 번 몸가짐을 단정히 하였다.」

다음날은 자유시간이 주어져서 철은 학생시절 신세를 진 고미야마(小宮山)의 미망인을 만나러 오모리(大森)로 향했다. 그 집이 아직 남아있는지 알 수 없었지만, 철은 도쿄로 오면서 고미야마의 딸 루미를 만날 수 있을지도 모른다는 기대감에 설레었다. 고미야마 루미(小宮山るみ), 철에게는 평생 잊을 수 없는 여성이었다.

열여덟 살의 철이 도쿄에서 공부하게 된 첫 해 봄이었다. 루미는 열대여섯 살이었을 것이다. 그 집에서 하숙한 지 반년도 되지 않아 미망인은 조선의 유서 깊은 가문 출신답게 과묵하고 얌전한 성품의 철과 루미의 교제를 허락했다. 여름방학이 되어 조선의 고향으로 돌아가 있을 때는 하루가 멀다 하고 편지를 주고받았다. 방학이 끝나고 도쿄에 돌아와 루미가 여학교를 졸업하고 훌륭한 여자로 성장하는 동안 그들의 우정은 어느새 사랑으로 발전했다. 그러나 두 사람은 각자 다른 의미에서 서로에게 열등감을 느끼고 있었다. 다리를 절었던 루미는 자신을 불완전한 여자라 생각했고, 철은 자신이 조선인이라는 열등감을 가지고 있었던 것이다. 철은 마침내 루미와 자신과의 사이에는 너무 높은 장벽이 있고 그것을 넘을 수 없다고 생각해 도쿄를 떠났었다.

10년 만에 찾은 오모리에 루미는 결혼도 하지 않은 채 예전처럼 살고 있었다. 철은 사랑 없는 결혼으로 반년도 채 안 되어 이혼한 자신의 상황을 이야기했다.

그렇게 보낸 도쿄에서의 5일은 꿈만 같았다. 평생 잊을 수 없는 그녀를 또 다시 만나다니 이런 행복은 다시없을 것 같았다. 그는 경성으로 돌아가기 위해 교토로 다시 내려갔고 이곳저곳을 순례하면서 아름다운 일본에 감동했다. 더구나 아름다운 루미가 이 땅에 살고 있다고 생각하면 눈물이 날만큼 행복했다.

'아! 나는 일본이 좋다. 일본인이 되자. 이 아름다운 국토, 아름다운 사람, 풍요로운 생활, 누가 뭐라고 해도 나는 일본인이 될 것이다!' 철은 속으로 이렇게 다짐하며 눈물을 흘렸다.

모든 순례를 마치고 일본에서의 마지막 밤에 철은 루미에게 편지를 썼다.

'당신이 만약 예전의 애정 그대로라면 저와 결혼해 주시지 않겠습니까? 그 당시 저는 조선인이라는 숙명을 뛰어넘는 것이 불가능하다고 생각했습니다만, 이번 여행에서 완전한 일본인이 되는 것이 행복이라는 신념을 굳혔습니다. 우리는 강요가 아닌 너무나 자연스럽게 사랑하는 사이가 되지 않았습니까? 그런데도 솔직하지 못해 최후의 완성까지 도달하지 못한 우리는 결코 행복할 수 없었습니다. 경성으로 답을 주시지 않겠습니까?'

밖에는 비바람이 한층 강해져 때때로 유리창을 덜컹덜컹 뒤흔들었다. 철은 가슴 설레는 행복감에 빠져들며 다다미 위로 드러누웠다.

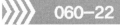

夜 - 靜かな嵐 第二部(밤 - 고요한 폭풍 제2부)

〈기초사항〉

원제(原題)	夜 - 靜かな嵐 第二部	
한국어 제목	밤 - 고요한 폭풍 제2부	
원작가명(原作家名)	본명	이석훈(李錫薰)
	필명	마키 히로시(牧洋)
게재지(揭載誌)	국민문학(國民文學)	
게재년도	1942년 5·6월 합병호	
배경	• 시간적 배경: 1940년 12월 • 공간적 배경: 함흥과 성진	
등장인물	① 함흥으로 문인강연회를 온 작가 박태민과 정(鄭) ② 일본인 문인 가가와와 마키노 ③ 성진에서 만난 한 젊은 신문기자 등	
기타사항	3부작 중 2부	

〈줄거리〉

　　박태민(朴泰民) 일행이 함흥역에 내린 것은 동쪽하늘에서 낮게 드리운 아침 안개가 걷히고 늦은 겨울 해가 약하게 비추기 시작한 때였다. 기차는 예정보다 30분 이상 연착했다. 우르르 밖으로 나가는 사람들 틈에 섞여, 일행은 마중 나온 사람이 있는지 두리번거리며 천천히 걸어 나갔다. 그때 국민복을 입은 국민총력과의 중년남자가 모자를 벗으며 다가와 그들을 반겼다.

　　그 해 겨울은 12월인데도 따뜻했다. 북쪽은 추울 거라고 생각하고 옷을 많이 껴입었는데 그게 오히려 둔하게 느껴질 정도로 따뜻한 날씨였다. 여관에 들어가 각각 들고 온 보스턴백을 내려놓고 다다미에 누웠다. 박태민과 정(鄭)은 오래 전부터 알고 있었지만 가가와(賀川)와 마키노(牧野)는 며칠 전에야 처음 만난 사이였다. 그렇지만 같은 문학인이라는 이유만으로도 금세 가까워졌다.

　　아침식사를 마친 후 그들은 먼저 부청(府廳), 경찰서, 도청 순으로 인사를 다녔다. 부청의 젊은 공무원의 안내로 거리 뒤쪽에 있는 함흥신사에 참배했다. 길을 걷던 박태민이 거리가 많이 쇠락했다고 하자, 10년 전쯤 장사를 하시던 아버지가 이곳에서 돌아가신 탓에 이곳이 마치 고향 같다는 마키노는 오히려 번화해진 것 같다고 말을 열었다.

　　「"아 그러세요? 그럼 마키노씨는 고향에 돌아온 거나 마찬가지네요?"
　　박태민이 말하자 마키노는 눈물을 글썽이며 말했다.
　　"정말 그렇습니다. 전 성진(城津)에서 태어나 이곳에서 자랐으니까요. 전 일본인이지만 육체적으로는 진짜 조선인이지요. 그 때문인지 전 조선에 굉장히 애착을 느끼고 있습니다. 고향은 교토로 되어 있어서 2년에 한 번씩 가기는 합니다만, 물론 일본인으로서 교토의 산하를 보고 감격하여 돌아오기는 하지만 역시 고향이라는 생각은 들지 않아요. 꼭 뭔가 빠진 것 같은 느낌이 들어서. 오히려 내일 강연하게 될 성진이나 함흥에 특별한 애착을 느껴요. 이렇게 말하면 박(朴)선생이나 정(鄭)선생은 조선에서 태어났으니까 조선밖에 없다는 식의, 결국 민족으로 돌아가지만, 인간인 이상 태어난 고향에 애착을 갖는 것은 자연스러운 일입니다. 다만 우리는 그 태어난 고향을 일본이라는 커다란 전체로 연결 짓는 것이 중요하다고 생각합니다. 그때 비로소 내선민족, 마치 조선에 태어난 여러분과 저처럼, 그것을 초월하여 하나로 결합할 수 있다고 생각합니다. 그리고 반드시 그렇게 되어야 한다고 생각해요."

마키노는 몸집도 작고 말수도 적었지만 어딘가 열정적인 면이 있었고, 그 열정에 끌려 일단 말문이 열리면 대단한 웅변가였다.」

강연회를 할 공회당(公會堂)에 도착한 그들은 문인강연회의 빈약한 간판과 맞닥뜨렸다. 박태민은 그 모습에서 문단이라는 구석에 가난하게 웅크린 조선문인의 모습을 보았다.

청중은 다행이 80% 정도의 좌석을 메우고 있었다. 박태민은 의외로 청중이 많은 것에 기분이 좋아졌다. 장내의 조명은 조금 어두웠다. 연단의 정면에는 커다란 일장기가 걸려 있었고 부청의 내무과장이 단상에 올라가 국기에 대한 경례를 하고 개회사를 했다.

아침에 정한 순서대로 먼저 가가와 '마음가짐이 전쟁승리의 중대 요소'라는 내용의 강연을 했다. 이어서 거구의 정(鄭)이 전체주의의 필연성에 대해 열변을 토했다. 그런데 정(鄭)이 발표하기 시작한 지 채 10분도 되지 않아 중학생과 젊은이들이 나가기 시작했다. 그 모습을 본 박태민은 뭔지 모를 분노를 느끼며 단상에 올라섰다.

박태민은 작가란 작품을 쓰는 것이 본분이지만 무엇을 어떻게 써야한다는 것에 앞서 어떤 생활을 하는지 반성하지 않으면 안 되는 상황에 직면해 있다고 말했다. 그리고 그 점에 있어서는 직업을 불문하고 조선의 동포라면 누구나 반성해야 한다고 강조했다. 뿐만 아니라 조선에는 신라의 조각과 고려의 청자, 이조의 서화와 같은 훌륭한 예술이 있기는 하지만 중심과 통일이 없는 국가와 민족사회에 어쩌다 존재하는 문화가 과연 의미가 있겠느냐고 역설했다. 그런 의미에서 조선인은 일본이라는 광명을 찾아 민족의 새로운 신화를 만들어 영원한 구원을 얻어야 한다고 했다.

마지막으로 마키노가 박태민과는 다른 각도로 내선일체를 논하였다.

다음날 아침 그들은 5시 반 기차로 함흥을 출발하여 성진으로 향했다. 아직 캄캄한 새벽이었다. 성진에는 예상보다 4시간이나 연착했고 읍장과 신문기자들이 마중 나와 있었다.

7시가 넘어 읍사무소 2층에서 강연이 시작되었고, 10시쯤 끝났다. 기분이 좋아진 읍장은 그들을 음식점으로 초대했다. 식당에서 얼굴이 벌게진 조선인 신문기자가 박태민에게 다가와 강연 때 한 말이 진심에서 나온 말이냐고 물었다. 두 사람은 묘한 적대감으로 대화를 주고받았다. 두 사람은 밖으로 나와 뒷골목의 조그만 술집으로 향했다.

「"그나저나 아까 하다만 이야기의 연속입니다만, 사실 전 지금까지 박선생님을 전도유망한 양심적 작가라고 존경하고 있었습니다. (중략) 시국강연이라지만 그나마 들을 가치가 있는 이야기를 할 거라 기대하고 회장까지 달려왔던 겁니다. 그런데 당신은 마치 일본주의를 주장했습니다. 양심적인 작가의 추락입니다." 젊은 신문기자는 주먹을 휘두르며 박태민에게 덤벼들었다. 박태민은 뭐가 뭔지 몰라 어리둥절해하며 엉망진창인 기분으로 외쳤다.

"자네가 애독하지 않아도 돼. 자네가 애독하는 박태민은 1940년 11월에 죽어버리고 새로운 박태민이 태어난 걸세. 자네 정도의 양심은 나도 있어! 작가가 아니라도 좋아. 나는 진실로 살아가는 평범한 한 인간이면 돼. 자네야말로 위선자 아닌가? 동포의 운명에 눈을 가리는 에고이스트 아니냐고! 그런 주제에 더 많은 명예, 지위, 돈을 원하지. 부자나 관헌들에게 아부하고 전전긍긍하는 건 바로 자네가 아니냐 말이야! 난 양심이 명하는 대로 행동할 뿐이네. 난 더 이상 자네 같은 사람과는 말하지 않겠네. 가겠네."

박태민은 단숨에 이렇게 퍼부어대고 자리에서 일어났다. 그 순간 맹렬하게 덮쳐오는 젊은 신문기자에게 옆구리를 강하게 걸어차인 박태민은 힘없이 그 자리에 쓰러지고 말았다.」

- 2부 끝 -

先生たち(선생님들)

〈기초사항〉

원제(原題)	先生たち	
한국어 제목	선생님들	
원작가명(原作家名)	본명	이석훈(李錫薰)
	필명	마키 히로시(牧洋)
게재지(揭載誌)	동양지광(東洋之光)	
게재년도	1942년 8월	
배경	• 시간적 배경: 1910년대 초 • 공간적 배경: 어느 소학교	
등장인물	① 30년 전 소학교 때의 선생님을 회고하는 이영식('나') ② 영식에게 일본어뿐 아니라 참다운 지식과 인생을 가르쳐준 일본인 히라오카선생님 ③ 영식에게 심한 체벌을 가했던 조선어교사 박(朴) 등	
기타사항		

〈줄거리〉

나는 잊을 수 없는 소학교(초등학교) 선생님이 세 분 계시는데, 그 중 특히 히라오카(平岡) 선생님에 대해 나이가 들수록 존경과 사모의 마음이 특별해졌다. 내가 3학년 때 당시 젊은 교사로 부임해 온 히라오카선생님은 외모에서 풍기는 인상 때문에 학생들로부터 무서운 선생님으로 오해 받았지만, 그것은 그의 교육에 대한 진지함에서 오는 인상일 뿐, 사실은 자애롭고 다정한 선생님이었다. 히라오카선생님은 특히 나를 귀여워해 주셨다.

히라오카선생님은 다른 어떤 과목보다 '국어(일본어)'를 열심히 가르쳤지만 조선인 학생들은 선생님의 성의에 보답하지 못했다. 그러자 선생님은 두 눈 가득 눈물을 머금고 탁자를 치며 "너희들은 정말로 국어를 열심히 하지 않으면 훌륭한 사람이 될 수 없어. 선생님은 너희들이 훌륭한 사람이 되라고 열심히 가르치고 있는데 너희들은 조금도 진지하게 배우지 않는구나."라며 안타까워했다. 젊은 교사의 진심어린 절규에 반 아이들은 숙연해졌고 뒤이어 '자애로운 목소리'로 책 읽기를 호명 받은 나는 선생님의 기분을 풀어드리기 위해 최선을 다해 읽어내려 갔다. 히라오카선생님의 칭찬으로 나는 동급생들로부터 따돌림을 당했다. 따돌림이 두려웠던 나는 히라오카선생님께 가까이 가지 못했지만 권위적인 선생님의 모습을 버리고 언제나 먼저 다가와 말을 걸어주는 다정한 히라오카선생님에게 점차 마음을 열게 되었다.

당시 히라오카선생님은 어느 조선인의 집에서 하숙하고 있었다. 친구와 함께 선생님 댁을 방문한 나에게 선생님은 과자와 차를 주셨는데, 그 와중에도 일본식 예절과 자연스러운 일본어를 친절하게 가르쳐주었다.

나는 히라오카선생님으로부터 단순히 언어만이 아니라 인간적인 것, 어떤 의미에서는 문자나 지식보다 더 중요한 것들을 배웠다. 그렇게 히라오카선생님은 나에게 있어 더할 수 없이 좋은 선생님으로 기억되는 존재가 되었다.

한편 히라오카선생님과는 대조적으로 조선어 담당인 박(朴)선생님은 내게 악몽 같은 기억을 심어주었다. 박선생님은 내가 전날 밤 늦게 잔 탓에 수업 중에 나도 모르게 하품을 했는데, 그것을 이유로 내게 뼛속까지 스며드는 고통의 체벌을 가했었다. 박선생님의 체벌은 내가 의식을 잃고 쓰러진 후에도 계속되었다. 집으로 돌아온 나의 몰골을 본 할머니는 알몸의 나를 업고 학교로 쳐들어갔다.

「큰길 사거리에 오자 나를 길가에 내려놓고 거친 손길로 내 옷을 벗기더니 길 다니는 사람들에게 큰소리로 외쳤다.

"여러분, 여기 내 손자 좀 보시오! 학교 박선생이 채찍으로 이렇게 팼답니다. 세상에 하품 좀 했다는 이유로 이렇게 처참하게 만들어놓다니! 그 빌어먹을 놈! 만약에 내 새끼가 병에라도 걸려봐. 박선생 이놈의 창자를 끄집어내 잘근잘근 씹어줄 테니!"

할머니는 마치 험악한 남정네 같은 말투로 박선생을 저주하고, 그도 모자라 학교까지 욕했다. 마을사람들은 내 알몸을 중심으로 2중 3중으로 빙 둘러서서 입을 모아 말했다.

"세상에 너무하네. 온몸이 퉁퉁 부었구만!"

"어린 애를 채찍으로 저리 치다니 몹쓸 교사네!" (중략)

"박선생 이놈! 이 빌어먹을 놈, 세상 무서운 줄 모르는 놈 같으니! 대체 무슨 원한이 있어 우리 손자를 이 지경으로 만들었냐? 엉? 이 창자를 끄집어내도 시원찮을 악당놈아!"

할머니가 이렇게 악을 쓰며 교무실 입구까지 왔을 때, 키가 큰 계(桂)선생님이 허겁지겁 뛰쳐나왔다.

"할머니, 왜 그러세요?"

"왜 그러고 말고가 어딨어? 네 놈도 박선생이란 놈하고 한통속인 늑대겠지? 저리 비켜라, 이놈!"」

할머니는 선생님들 앞에서 손자를 이 지경으로 만들어놓은 박선생을 불러 호통을 쳤다. 박선생은 할머니에게 그저 나를 위해서였다고 말하지만 히라오카선생님과 계(桂)선생님은 나의 심한 상처를 보고 마치 자신이 한 일처럼 정중히 사과했다. 하지만 그 사건 이후 나는 학교와 교사에 대한 부정적인 마음을 좀처럼 지우지 못했다.

그렇게 세월은 흘러 소년시절을 지나 훌쩍 커버린 나는, 히라오카선생님에 대해서는 잊고 살면서도 그때까지 박선생에 대한 복수심만은 사라지지 않고 있었다.

그러다 아버지가 돌아가신 해, 나는 6년 만에 고향으로 돌아와 우연히 초라하게 늙어버린 박선생을 만났다. 그리고 그 순간 오랜 세월 맘속에 담아왔던 박선생에 대한 복수심이 사라지는 것을 느끼고 진심으로 그를 용서하게 되었다.

060-24

北の旅(북쪽 여행)

〈기초사항〉

원제(原題)	北の旅	
한국어 제목	북쪽 여행	
원작가명(原作家名)	본명	이석훈(李錫薰)
	필명	마키 히로시(牧洋)
게재지(揭載誌)	국민문학(國民文學)	
게재년도	1943년 6월	
배경	• 시간적 배경: 어느 해 정월 • 공간적 배경: 북만주의 S촌	
등장인물	① 20년 만에 숙부를 만나기 위해 기차를 탄 철(哲) ② 20년 전 집안의 몰락으로 만주로 떠나온 숙부와 그의 가족 등	
기타사항		

〈줄거리〉

「아침 일찍 목단강(牧丹江)에서 빈쑤이선(濱綏線)으로 갈아타고 러시아 거리를 떠올리게 하는 이국색이 농후한 H역을 지나서 하얀 눈으로 덮인 상록수와 자작나무숲이 이루어내는 아름다운 산악지대의 풍경에 감탄했다. 열차가 드디어 L역에 미끄러져 들어가자 철(哲)은 가슴이 두근거려 안절부절 어쩔 줄 몰랐다. 때는 바야흐로 1월 상순 무렵의 한낮, 겨울의 햇볕이 따뜻하게 내리쬐고 바람이 약한 화창한 날씨였다. 철은 지금 20년 전 고향에서 헤어진 이래

한 번도 만나지 못했던 숙부를 찾아가는 길인데, 다행히 날씨가 좋아서 신에게 감사하고 싶을 정도로 행복했다. 역내에서는 지금쯤 숙부와 숙모, 그리고 사촌들이 나의 도착을 이제나저제나 하고 기다리고 있겠지. 20년 만에 만나 뵙는 숙부에게 뭐라고 인사를 할까? "안녕하셨어요?"라는 인사말 외에는 아무 생각도 나지 않았다. 하지만 그 말은 왠지 바보스럽고, 지금 자신이 느끼는 설렘을 적절하게 표현해 줄 말이 아닌 것 같았다.」

그러는 사이 기차는 조용히 역 안으로 들어서 멈추었다. 2등실에서 내리는 사람은 철 혼자뿐이었다. 일제히 쏟아지는 차안의 시선에 멋쩍어 하며 철은 짐을 들고 홈으로 내려섰다. 거기에는 아무도 없었다. 그때 방한모를 깊게 눌러쓰고 모피칼라의 긴 외투를 입은 중간키의 젊은 남자가 다리를 절며 다가오는 것이 보였다. 사촌인 태봉(泰鳳)이었다.

철과 태봉은 철도선로가 있는 제방을 넘어 목책과 흙담, 이중으로 둘러싸인 살풍경한 S촌에 도착하자 먼저 주재소로 갔다. 부락 중앙의 '이민(移民)의 집'을 사무소 분소로 사용하고 있었다. 안으로 들어가자 스토브가 활활 타는 작은 방에 테이블이 꽉 들어차 있고 열 명 정도의 직원이 사무를 보느라 바쁘게 움직이고 있었다. 그러나 철이 들어서자 일제히 철 쪽을 바라보았다. 숙부는 촌장이라 상석에 앉아 있었다. 철과 눈이 마주치자 촌장은 순간 위엄을 잃고 눈시울을 적셨다. 철도 목이 메는 것을 느끼며 숙부의 책상 앞으로 성큼성큼 걸어갔다.

숙부의 붉게 충혈된 커다란 눈은 10년 전에 돌아가신 아버지와 꼭 닮아 있었다. 어렸을 때 곧잘 자신을 업어주고 안아주던 숙부가 철은 마치 아버지만 같아 반가웠다. 사무실에서 나와 집으로 가자 발소리를 들었는지 숙모가 밖으로 뛰어나왔다.

숙모는 철의 어린 시절 이름인 '태호(泰浩)'를 외치며 두 손으로 그의 손을 꼭 감싸쥐고 그저 눈물만 뚝뚝 흘릴 뿐이었다. 철은 무어라 말할 수 없는 감동으로 눈물을 글썽였다. 숙모는 몰락한 집안을 안타까워하며 과거를 그리워했다. 그들의 선조는 소위 말하는 선비의 혈통으로 장사치와는 연이 먼 전통이 있었다. 철도 그 전통을 이어받아 작가가 되었고 태봉도 원래는 '하얀 손'이어야 할 사람이었다. 위세 좋던 일족이 고향에서 몰락하자 숙부는 만주로 떠나왔고, 어린 태봉도 힘든 생활을 해왔던 것이다.

그 사이 숙부가 돌아왔다. 다른 사촌들도 학교에서 돌아왔다. 소련 만주 국경에서 태어난 열두어 살 되는, 러시아인을 닮은 소년 로스케와 하얼빈에서 태어난 여덟 살 태훈(泰勳)을 소개했다. 그리고 이곳에 정착하기까지 험난했던 생활을 이야기해 주었다.

북만주의 겨울해는 짧았다. 가족들은 램프 주위에 둘러앉아 저녁을 먹었다. 철을 위해 북만의 산골이라고는 생각하지 못할 정도의 산해진미를 차려냈다. 그리고 하얼빈에 시집가 4, 5년 전 전염병으로 목숨을 잃은 정희(貞姬)와 닮은 사촌 여동생 정숙(貞淑)이 있었다. 태봉의 바로 아래 동생인 태식(泰植)은 신징(新京)에서 목재상을 하고 있는 집의 양자로 들어갔다고 하였다. 그런데 다음 날 태식이 일이 생겨서 철을 만나러 올 수 없다는 전보가 왔고, 그 바람에 철이 와서 모처럼 밝아진 집안에 일말의 서글픔이 감돌았다. 철도 서둘러 떠나야 했기에 눈이 내리는 사흘째 아침 가족들의 만류를 뿌리치고 출발했다. 숙모는 아이들이 쓰는 커다란 모자를 쓰고 부락 끝까지 철을 배웅했다.

철이 제방을 넘을 때 뒤를 돌아보자, 숙모는 눈 속에 조그맣게 서서 언제까지고 이쪽을 바라보고 있었다.

"안녕히 계세요." 철은 이렇게 크게 외치고 손을 흔들었다.

- 1943. 5. 12 -

永遠の女(영원한 여자)

〈기초사항〉

원제(原題)	永遠の女	
한국어 제목	영원한 여자	
원작가명(原作家名)	본명	이석훈(李錫薰)
	필명	마키 히로시(牧洋)
게재지(揭載誌)	고요한 폭풍(静かな嵐)	
게재년도	1943년 6월	
배경	• 시간적 배경: 1937년 이른 봄~1942년 봄 • 공간적 배경: 경성	
등장인물	① 처음으로 조선을 찾아온 마키야마 사유리 ② 한때 사유리의 집에서 하숙하며 그녀를 짝사랑했던 이시이 군조 ③ 평양에서 오르간 제조공장을 운영하는 이준걸 ④ 한때 사유리의 집에서 하숙했고 사유리가 사랑하는 에가와 라이타 ⑤이준걸을 좋아하는 쾌활한 성격의 송애라 ⑥광산을 처분한 돈으로 학원을 설립한 김준 등	
기타사항	1942년 10~12월《경성일보(京城日報)》에 연재된 것을 수록함. <글의 차례: 기차 안 - 해후 - 여자들 사이 - 토요일 - 만춘의 한 구절 - 오해 - 전쟁과 더불어 - 지원병 - 영원한 여자>	

〈줄거리〉

마키야마 사유리(牧山小百合)는 부산에서 경성으로 가는 기차 안에서 기찻길 옆으로 펼쳐지는 조선의 초라한 집들을 보고 놀라움에 저도 모르게 '어머나!'라고 신음을 토하고 말았다. 바로 그때 그녀 바로 옆에서 한 조선인 청년이 "정말 볼품없는 농가들이죠?"라고 유창한 일본어로 말을 걸어왔다. 사유리는 조선인인 그에게 변명처럼 일본과 다를 바 없이 훌륭한 열차에 비해 집들이 너무 초라해서 놀랐을 뿐이라고 사과했다. 그는 평양에서 오르간을 제조하는 이준걸(李俊傑)로 경성에서 내리는 사유리에게 자신의 명함을 건네주며 평양으로 관광 올 것을 권했다.

이윽고 경성역에 내린 사유리는 마중 나오기로 한 사촌오빠 야마다 노부오(山田農夫雄)

대신 우연히 만나게 된 이시이 군조(石井軍三)의 도움으로 역 부근의 여관을 잡아 하룻밤 묵게 되었다. 이시이 군조는 그토록 좋아하던 바이올린을 포기하고 아버지의 사업인 광산업을 돕고 있다고 했다. 이튿날 어렵게 여관을 찾아온 사촌오빠 야마다 노부오와 함께 그의 농장이 있는 의정부로 들어가 지내게 되었다. 그곳에는 큰어머니와 노부오의 부인 리에가 함께 살고 있었는데, 리에는 히스테리가 심하여 사유리에게 유난히 친근하게 대하는 노부오를 의심하기도 했다.

사유리가 의정부로 들어와 지낸 지 며칠 뒤 이시이 군조가 사유리를 찾아와 조선에 사는 괜찮은 사람이 있는데 혹시라도 결혼할 생각이 있느냐고 물었다. 사유리는 어느 날 홀연히 떠나버린 에가와 라이타(江川雷太)를 떠올리며 우울한 기분에 사로잡히지만 애써 생각해 보겠노라고 대답했다. 사실 사유리의 집에서 하숙하던 때부터 군조는 사유리를 짝사랑하고 있었다. 하지만 라이타로 인해 그녀에게 감히 그 마음을 내비치지 못했었는데, 차마 자신과 결혼해 달라는 말은 못하고 다른 남자와 결혼할 수 있는지 그녀의 의중을 물어본 것이다.

그러던 어느 토요일, 이시이 군조의 아버지 겐타로(健太郎)는 아들을 불러 친구의 조카와 결혼할 것을 강요했다. 하지만 군조는 아버지를 위해 좋아하는 바이올린을 포기하고 아버지 일을 돕고 있지만 결혼까지 아버지 뜻대로 할 수 없노라고 강하게 반발했다. 그리고는 도망치듯 오랜 지인인 김준(金駿)과 함께 강원도 봉천의 금산으로 갔다가 평양의 이준걸을 찾아갔다. 김준은 이준걸의 중학교 선배로 이번에 봉천의 금산을 이시이 군조의 도움을 받아 비싼값에 처분했다며, 그 기념으로 셋이서 대동강 뱃놀이를 가자고 했다. 이준걸은 성악 전공자인 송애라(宋愛羅)를 불러 자신이 만든 손풍금을 가지고 함께 뱃놀이를 갔다.

한편 의정부의 한 야학에서 일본어를 가르치기로 한 사유리는 봉천으로 떠나는 기차 안에서 보내온 이시이 군조의 청혼편지를 받고 혼란스러워했다. 게다가 노부오와 리에 사이에서 관계가 불편해진 사유리는 노부오에게 말도 없이 평양의 이준걸을 찾아 여행을 떠나버렸다. 노부오는 말없이 사라진 사유리를 찾아 경성의 이시이를 찾아가지만, 이시이 또한 그녀의 행방을 알지 못하고, 착잡한 심정의 두 사람은 어느 술집으로 들어갔다. 그리고 그곳에서 뜻밖에도 러시아인 비서를 동반하고 와있는 에가와 라이타와 마주쳤다. 북만주에 있다가 경성에 잠깐 들렀다는 그는, 사유리에 대해 묻는 이시이에게 그녀가 자기와 무슨 상관이 있느냐고 되묻고 러시아인 비서와 술집을 나가버렸다.

한편 평양의 이준걸을 찾아갔던 사유리는 이준걸과 송애라의 안내를 받으며 축제가 한창인 평양을 구경하고 다시 의정부로 돌아왔다. 그리고 며칠 뒤, 의정부로 자신을 찾아온 군조로부터 에가와의 이야기를 전해 듣고 에가와의 관계와 군조의 청혼에 대한 솔직한 심정을 고백했다. 즉, 에가와를 사랑했고 배신당했으며, 연애를 한다는 건 결혼을 한 것과 같은 의미이므로 자신에겐 이미 결혼할 자격이 없다는 것이다. 실망한 군조는 강원도 회성의 광산으로 떠나, 생산을 더 많이 해서 국가에 봉공하고자 하는 맘으로 직접 갱도에 들어갔다. 금맥의 성질이며 발전 등을 관찰하고 기록하기 위해서였는데, 그러던 어느 날 갱도로 들고 들어간 등불이 꺼지는 바람에 수백 척 깊이의 갱도에 갇히고 마는 사건이 터지고 말았다.

중일전쟁이 한창이던 1938년 3월 어느 날, 조선에서의 지원병제도 실시를 축하하며 김준이 이준걸에게 편지를 보내왔다. 준걸의 동생이자 유능한 권투선수인 준식을 국가를 위해 지원병으로 보낼 것을 권하고, 지원할 수 없는 자신의 경우에는 광산을 판 돈으로 학원을 설립하여 국가를 위해 조선아이들을 가르치겠다는 것이다. 이시이 군조의 소개로 사유리가 교원으로 일해주기로 하였지만, 혼자서는 어려우니 음악전공자인 송애라에게 함께 해줄 것을 부탁해 달라는 내용의 편지였다. 그렇게 하여 동생 준식의 훈련소 입소를 배웅하려는 준걸과 함께 송애라는 경성으로 올라와, 김준이 세운 명성학원(明星學園)에서 음악을 가르치고 사무를 보았다. 반면 학원업무의 대부분을 도맡아하고 있는 사유리는 바쁜 일상에 쫓기면서도 에가와에 대한 생각으로 우울한 나날들을 보내고 있었다. 그녀는 어떻게든 에가와를 만나 그의 진심을 알고 싶었고, 경성에 오간다는 그를 언젠가는 만날 수 있으리라는 기대도 저버리지 못하고 있었다.

그러던 어느 날 동생 준식의 출정을 배웅하기 위해 상경한 준걸은 김준에게 송애라가 보내온 한 장의 편지를 보여주며 송애라와 결혼할 것을 권했다. 그렇지 않아도 송애라에게 호감을 가지고 있던 김준은 자신의 남자다움에 반했다는 그녀와 결혼하게 되었다.

「이시이 군조는 경성을 자신이 태어난 고향인 만큼 떠나지 않겠다고 주장했음에도 불구하고 아버지 겐타로가 일본으로 돌아가 버렸기 때문에 적잖이 고독했다. 고독한 만큼 사유리를 향한 연정이 한층 더했다. 때로는 미칠 것만 같았지만 어떤 경우에도 그는 자제력을 잃지 않는 청년이었다. 텅 빈 남산의 집에 홀로 남아 현이 끊어질 듯 바이올린을 켜기도 하고 남산을 정처 없이 방황하기도 하였다.

그렇게 세월은 흘렀다. 시국은 점점 심각해졌다. 후방의 생활은 여러 가지가 변화되었다. 모든 방면이 필연적인 시대의 요구에 따라 혁신되어야만 했다.

이준걸은 김준과 이시이 군조의 후원을 받아 오르간 제조에서 소규모의 군수공장으로 탈바꿈하였다. 전선에서는 준식의 용감한 전투소식이 종종 전해졌다. 지원병에 대한 평가가 올라갔다. 그리고 1940년 봄, 김준과 이준걸은 다시 태어났다. 김준은 가네다 하야오(金田駿)로, 이준걸은 마키야마 도시오(牧山俊雄)로 창씨개명한 것이다. 그 해 가을 초, 준식은 경사스럽게도 북중국 전선에서 개선하였다. 그는 용맹스럽고 침착한, 그리고 겸손한 청년이 되어 멋지게 다시 태어나 있었다.

다시 1년이 훌쩍 흘렀다. 1941년 12월 8일이었다. 그날 에가와 라이타는 하얼빈의 키타이스카야 거리를 빠른 걸음으로 걷고 있었다. 그는 미국과 일본의 충돌소식에 흥분해 있었던 것이다. 어느 일본상가 앞을 지나던 그는 선전포고의 방송을 듣고 가던 걸음을 멈추고 우뚝 섰다. 바로 그 순간 문득 사유리 생각이 떠올랐다.

- 영원한 여자 -
사유리의 고독한, 그리고 고통과 싸우는 생활은 또 새로운 한 해를 맞이했다. (중략)
2월 16일. 월요일. 맑음. 드디어 어제 싱가포르가 함락되었다. (중략)
3월 30일. 오늘은 아주 추운 날이었다. 3월도 내일이면 마지막인데 한겨울 옷차림으로 외출했다. (중략) 다음은 그림시간이다. 무엇이든 자기가 좋아하는 것을 그리라고 했다. 한 시간이 지났다. 보니 이것도 저것도 다 일장기다. 그 밖에 비행기를 그린 것도 있었지만. 조선의 소학교(초등학교) 1학년부터 4학년까지의 어린 남자아이들이 처음 그림을 그리게 되면 먼저 무엇을 그릴까? 그것은 일장기였다. 나는 말로 표현할 수 없는 감동에 눈물을 흘렸다. 부디 진정한 황국신민이 되어주세요. 아무리 나이를 먹고 청년이 되어도 지금과 같은 순수한 마음을 잃지 않기를 마음으로 바랐다. 오늘 또 열이 났다. 기침도 났다. 나는 훨씬 이전부터 기침 때문에 목이 상해서 노래를 부를 수 없게 되었다.
　이렇게 하여 사유리는 다음날부터 의식을 잃고 병상에 눕고 말았다.」

　사유리는 혼수상태에서도 라이타를 찾았다. 그녀가 세상을 떠난 바로 그날, 이시이 군조는 에가와 라이타를 그녀의 병실로 데리고 왔다. 마지막으로 희미하게 의식을 찾은 사유리는 자신에게 사과하는 에가와에게 "아이들을 부탁해요."라는 유언을 남기고 숨을 거뒀다.
　죽음의 순간까지도 아이들에 대한 사랑을 지켰던 사유리의 유지를 이어 명성학원의 교단에 서게 된 에가와는 군조와 나란히 학원의 언덕길을 말없이 걸어 내려오고 있었다. 벚꽃잎이 소리 없이 지고 있었다.

靜かな嵐 第三部 完結編(고요한 폭풍 제3부 완결편)

〈기초사항〉

원제(原題)	靜かな嵐 第三部 完結編	
한국어 제목	고요한 폭풍 제3부 완결편	
원작가명(原作家名)	본명	이석훈(李錫薰)
	필명	마키 히로시(牧洋)
게재지(揭載誌)	고요한 폭풍(靜かな嵐)	
게재년도	1943년 6월	
배경	• 시간적 배경: 1940년 12월 이후 • 공간적 배경: 원산 및 경성 등	
등장인물	① 문인강연회를 마치고 공업신문 기자로 일하게 된 박태민 ② 기타하라 부인 등	
기타사항	3부작 중 3부, 1942년 11월, 「녹기(綠旗)」에 발표한 것을 수록함.	

〈줄거리〉

　신문기자에게 맞고 쓰러졌던 박태민(朴泰民)은 뒤따라온 청진(淸津)의 경부보의 도움으로 간신히 청진행 기차를 탈 수 있었다. 그리고 이튿날 극심한 추위에도 불구하고 강연장을 찾아와 열성적으로 강연을 듣는 100명 내외의 청중들 앞에서 감동에 겨운 강연을 마쳤다. 청진에서의 강연을 무사히 마친 박태민 일행은 다시 나남(羅南)을 거쳐 원산(元山)에 도착했다.

그들은 강연시간 전에 송도원(松濤園) 바닷가로 산책을 나갔는데, 박태민은 10년 전 아버지와 함께 이곳을 찾았을 당시의 추억에 잠긴다. 당시 어업에 실패하고 원산에서 재기를 도모하려던 아버지를 위로하고자, 당시 춘천에서 신문기자로 일하던 스물네 살의 박태민은 아버지와 함께 곧잘 송도원의 바닷가로 산책을 나오곤 했었다. 한 번은 해수욕장으로 아버지를 모시고 들어가 등을 밀어드린 적이 있었는데, 야윈 아버지의 뒷모습에 그만 울음을 터트린 기억이 생생하게 떠올랐다. 그리고 박태민의 기억은 바로 2년 전 여름 아내와 아이 셋을 데리고 이곳에 왔을 때의 일로 이어졌다. 사실 춘천에서 함흥지점으로 전근 가는 도중에 다시없는 기회라 생각하고 송도원 해수욕장에 들렀던 것인데, 박태민과 생전 처음 바다를 보는 아이들은 홀러덩 옷을 벗어던지고 바닷물로 뛰어들었었다. 한창 추억에 잠겨있던 박태민은 무슨 생각을 그리 골똘히 하느냐는 마키노(牧野)의 말에 현실로 돌아왔다. 산책을 마친 박태민 일행은 300명이 넘는, 하지만 의욕을 느낄 수 없는 청중들을 앞에 놓고 힘겨운 강연을 마쳤다. 청중들 중에는 정(鄭)의 지인들 외 젊은 조선청년들이 다수 참석했는데, 강연이 끝난 후 마키노를 제외한 박태민 일행은 그들이 주최하는 연회에 참석하게 되었다. 기독교인들로 보이는 조선청년들은 서양의 노래를 불러가며 추태를 부렸고, 그들의 모습에 실망한 박태민과 가가와는 일찍 자리에서 일어나려다 청년들에게 붙들려 기차시간이 다 되어서야 간신히 그들에게서 벗어날 수 있었다. 박태민 일행은 춘천강연을 마지막으로 행사의 모든 일정을 마쳤다. 그리고 문인강연회를 마감하는 보고강담회가 조선호텔에서 열렸다. 박태민은 많은 어려움은 있었지만 이번 행사가 조선지식인의 방향전환을 천명하고 자기 자신을 탈피할 수 있었던 중대한 기회가 되었다고 회상했다. 강담회를 마치고 헤어질 무렵 경의선반의 한 명이었던 기타하라(北原)여사가 박태민에게 다가와 자신들의 잡지인「생활의 깃발(生活の旗)」에 소설을 기고해 달라고 의뢰하였다. 그 얼마 후 박태민은 창동(倉洞) 시골집에서 새해를 맞이하고, 소설「망향(望鄕)」을「생활의 깃발」에 기고하였다.

「지난 해 지원병제도가 실시되고 시대의 큰 물결이 일었는데, 뒤이어 이번에는 창씨제도가 공표되어 또 다시 시대는 돌진하였다. 이 변변치 않은 시골에서도 작년부터 창씨문제를 둘러싸고 유언비어가 나돌았다. 박(朴)의 옆집에 사는 농부 최(崔)서방이 어느 날 찾아와 판결을 내려달라는 듯 물었다.

"성(姓)을 일본식으로 바꾼다는데 어떻게 해야 합니까?"

"일본국민이니까 성도 일본인답게 바꾸는 겁니다." (중략)

"앞으로 의무교육이 실시되고 일본국민은 한 사람도 빠짐없이 국민으로서 필요한 교육을 받습니다. 그리고 그 다음으로는 징병제도가 실시되어 국민된 사람은 한 사람도 남김없이 병사가 될 수 있습니다. 그 다음에는 또 다른 것이 시작되고…… 이렇게 단계별로 일본인이 되는 겁니다."

"허! 그럼 우리도 이제부터 학교에 가고 병사가 되는 겁니까?"

"안타깝게도 최서방은 너무 늦었어요. 쉰에 가까운 초로의 노인이 소학교(초등학교)에 가고 병사가 될 수는 없지요. 하, 하, 하……."

"그럼 우리 자식들 말이군요."

"그래요, 지금의 젊은이들부터 시작하는 겁니다. 최서방도 병사의 아버지가 될 수 있는 날이 머잖아 올 겁니다.”

　“병사의 아버지라. 이름도 없는 농사꾼보다는 병사의 아버지가 훨씬 낫네요. 그리고 성을 어떻게 바꿔야 할지, 박선생님이 하나 지어주시오.”

　“아, 좋지요. 최(崔)씨니까 야마모토(山本)가 좋겠군요.”」

　모리 도루(森徹)로 창씨개명한 박태민은 그해 여름, 오사카에 본사를 둔 한 공업관련 신문의 경성지국에 취직되어 경성으로 이사를 하였다. 하지만 총독부출입기자로 일하는 동안 박태민은 그곳에서 만난 안하무인의 기자들 때문에 머잖아 공업기자로서의 생활에 회의를 느끼게 되었다. 특히 미일관계의 악화로 일본에 대한 재외국의 자산동결 조치로 조선 내 기업들의 경제적 위기는 나날이 커져갔고, 그러한 시국을 직시할 수 있는 위치의 공업기자인 박태민은 안일한 태도의 기자들과 순문학을 운운하는 이들의 심리를 이해할 수 없어 답답하기만 했다. 가을도 끝나갈 무렵, 박태민은 결국 다니던 공업관련 신문사를 그만두고 일본 내지로 성지참배를 위한 여행을 떠났다. 오사카를 시작으로 나라와 나고야, 도쿄 그리고 교토 등의 성지를 돌고 난 후, 박태민이 새로운 자신감과 열의를 가지고 경성으로 돌아온 것은 11월 하순이었다.

　그리고 12월 8일, 경성의 광화문 거리를 지나던 박태민은 정숙한 분위기의 군중들 속에서 ‘7일 이른 아침, 서태평양에서 미일 양군 전투상태 돌입!’ ‘하와이 진주만을 공격!’ ‘적에게 막대한 손해를 입히다!’라는 보도를 접하게 되었다.

　「드디어 본격적인 대전쟁이다. 영미(英米)를 쳐부수자는 소리가 항간에 가득 울려퍼졌다. 여성협회에서도 13일 정오, 부민관에서 강연회를 열고 기세를 올렸다. 박(朴)도 뽑혀 “영미를 물리치자!”라고 외쳤다. 이 날의 청중은 부민관이 생긴 이래 최고를 기록했다고 했다. 박(朴)은 문득 자신이 중학교 1학년 때의 일을 떠올렸다. 평양 서쪽의 일각에 ‘서양촌(洋村)’이라는 선교사의 이국색이 농후한 부락이 있었다. 그 남쪽 언덕에 미션스쿨과 대학의 붉은 벽돌로 된 3층 건물이 마치 그들의 번영을 과시하기라도 하듯 우뚝 솟아있었다. 널따란 언덕 아래 운동장에서는 학생들이 축구경기를 하느라 여념이 없다. 운동장 북쪽은 한 면이 잔디밭이었는데, 그 위에서 로버튼가 뭔가 하는 교장의 젖소가 유유히 풀을 뜯어먹고 있었다. 박(朴)은 운동장 주변에 둘러쳐진 철책 밖에 웅크리고 앉아 축구경기를 멍하니 바라보고 있었다. 학교에서 돌아온 저녁 무렵이 가까운 고요한 한 때였다. 그때 한 초라한 조선인 아이가 잔디밭의 소를 묶어둔 끈을 풀어 장난을 치고 있었다. 그러자 어디서 나타났는지 교장인 로버트가 한 손에 채찍을 들고 그 장신의 붉은 머리카락을 드러냈다. (중략)

　박(朴)은 그 이후 그들 선교사에게는 묘한 적개심을 갖게 되었다. 저것이 인간의 도리를 외치고 신의 복음을 전하는, 게다가 교장이나 되는 자의 행위란 말인가. 그들의 비인간적이고 잔학한 짓은 반드시 알려야 한다고 박(朴)은 생각했다. 그 혐오스런 인상이 오랜 세월 그의 뇌리에서 떠나지 않았다.」

　일본의 황군은 승승장구하여 홍콩, 말레이시아, 싱가포르, 자바, 보르네오 등을 그 발굽 아래 굴복시켰다. 그리고 2년 후에 조선에 징병제도가 실시된다는 취지의 공표가 이뤄졌다. 바로 그해 5월이었다.

隣りの女(이웃집 여자)

〈기초사항〉

원제(原題)	隣りの女	
한국어 제목	이웃집 여자	
원작가명(原作家名)	본명	이석훈(李錫薰)
	필명	마키 히로시(牧洋)
게재지(揭載誌)	고요한 폭풍(静かな嵐)	
게재년도	1943년 6월	
배경	• 시간적 배경: 어느 해 여름 • 공간적 배경: 경성	
등장인물	① 오사카 본사의 실업신문 경성지사로 취직하게 된 작가 유진태 ② 지난 해 남편을 여읜 이웃집 여자 구리바야시 하쓰 ③ 미용실 조수 하루에 등	
기타사항		

〈줄거리〉

조용한 곳에서 창작에 정진하고 싶은 마음에 시골로 이사 들어온 지 1년도 안 되어 유진태(兪鎭泰)는 경성이 그리워졌다. 아무리 그래도 팔리지 않은 시골의 집을 두고 마냥 경성으로 갈 수는 없는 노릇이라 어쩌지 못하고 애를 태우는 동안 2, 3개월이 훌쩍 지나고 말았다. 그런데 계절이 봄에서 여름으로 바뀐 어느 날 생각지도 않은 행운이 그를 찾아왔다. 친구의 알선으로 사택이 달린 경성의 신문사에 취직이 된 것이다. 그렇게 그의 가족은 초가지붕의 시골집을 비워둔 채 세간살이를 꾸려 경성으로 이사를 하게 되었다.

신문사의 사택은 전차가 지나는 K거리에 위치한 2층짜리 연립주택의 가운데라인 집으로, 윗층은 주거로 사용하고 아래층이 사무실이었다. 그가 살게 된 사택 양 옆으로는 미용실과 명함집이 있었다. 그리고 그 인근은 일본인마을이었는데 그 명함집과 야채가게만이 조선인이었다. 이사 온 바로 그날, 유진태는 과자상자를 들고 집주인을 찾아갔다. 주인은 집에 없는지 젊은 부인이 그를 맞았는데, 그녀는 딱히 주저하지도 않고 집 안팎을 깨끗하게 사용해달라고 말하는 것이 아닌가. 유진태는 내심 불쾌했지만 별다른 내색 없이 그러겠노라 대답했다. 그러자 부인은 전에 살던 조선인이 너무 더럽게 사용해서 주위에서 소문이 나빴다는 이야기를 변명처럼 늘어놓았다. 생각해 보면 원망하고 화를 내야할 상대는 주인집 부인이 아니라 전에 살던 조선인임을 알면서도, 유진태는 부인에 대한 화가 쉽게 가시지 않았다. 대신 그는 아내와 아이들에게 화풀이 하듯 청결하게 쓰라고 주의를 주고, 자신은 이튿날부터 아침저녁으로 집 앞과 그 부근을 마치 신사의 경내를 쓸 듯 깨끗하게 청소하는 걸 빠트리지 않았다. 덕분에 이사 온 지 한 달쯤 되어 이웃들과도 잘 알게 되었고, 하고 싶은 말은 주저없이 말해버리는 성격의 주인여자에 대한 오해도 풀 수 있게 되었다. 또한 애국반상회에도 참석하면서 그는 이윽고 일본인마을에서의 생활에 익숙해져 갔다.

한편 미용실 윗층에는 혼기가 꽉 차 보이는 상당한 미인의 딸과 어머니 그리고 할머니 세 사람이 거주하고 있었는데, 미용실에는 20대 전후의 견습생으로 보이는 한 젊은 아가씨가 더 있었다. 그런데 하루에(春江)라는 이름의 그 아가씨는 저녁 무렵이 되면 화분에 물을 주면서 곧잘「황성의 달(荒城の月)」이라는 노래를 부르곤 하였다. 그녀는 애국반상회에 미용실 주인을 대신해 출석하곤 했는데, 그는 그곳에서 두세 번 얼굴을 본 적이 있던 그녀에게 인사를 건네고 이런저런 이야기를 주고받다가 그녀가 미용실 조수라는 것을 알게 되었다.

그런가 하면 명함집 윗층에는 일본인 부인이 혼자 세들어 살고 있었는데, 그녀는 매일 밤 심한 기침을 했다. 그는 벽 하나를 사이에 두고 들려오는 그녀의 기침소리 때문에 연민 섞인 관심을 갖게 되었다.

반상회가 열리던 어느 날, 며칠 뒤로 다가온 방공훈련에 관한 회의가 열리고 각자 분담할 역할을 정했다. 기무라 반장은 유진태에게 정오부터 3시까지 전령(傳令)의 역할을 맡아달라고 했다. 바로 그때, 뜻밖에도 명함집 윗층 여자인 구리바야시 하쓰(栗林初)가 자신에게도 전령 역할을 맡겨달라고 부탁했다. 전령역할이 병약한 그녀에겐 무리라며 상가사람들이 만류함에도 불구하고, 그녀는 자신의 의무를 그마저도 하지 않으면 미안해서 안 된다며 반드시 하게 해달라고 간곡히 부탁했다. 반장과 반상회사람들은 결국 그녀의 뜻을 받아들이기로 한다.

그리고 방공훈련 당일. 유진태는 무더위에도 불구하고 정오부터 3시까지 국민복 차림에 팔에는 '전령'이라는 완장을 두르고 '훈련공습경보!'라고 외치며 마을을 돌았다. 그리고 구리바야시 하쓰도 쉰 목소리로 날카롭게 '훈련공습경보!'라고 외치며 상점가를 따라 달렸다. 기무라 반장과 유진태는 그런 그녀의 모습을 걱정스러운 눈길로 쫓으며 지켜보고 있었다.

「바로 그때 옆 마을로 꺾어지는 모퉁이에서 갑자기 구리바야시 하쓰는 비틀비틀 하더니 앞으로 꼬꾸라지듯 몇 걸음 옮기다 풀썩 하고 길바닥에 쓰러지고 말았다. 앗! 하고 외치기 무섭게 유진태는 그녀 쪽으로 달려갔다. 기무라반장도 창백해진 얼굴로 달려들었다. 어디서 보고 있었는지 미용실 조수인 하루에도 몸뻬 차림으로 허겁지겁 달려왔다.

"정신 차려요, 구리바야시씨!"

기무라반장은 이렇게 외치면서 유진태와 힘을 합쳐 양쪽에서 그녀를 안아 올렸다. 하루에가 떨리는 목소리로 "하쓰씨를 병원으로 데려가주세요. 전령은 제가 대신 할게요."라고 말했다. 그러면서 의식을 잃고 힘없이 고개를 떨어트린 구리바야시의 팔에서 날렵하게 완장을 뺐다. (중략)

그녀는 핏기가 전혀 없는 창백한 얼굴로 곁에 앉아있던 유진태를 올려다보며 속삭였다.

"유선생님, 정말 고맙습니다. 고맙습니다."

"아니, 아닙니다. 이제 괜찮으니까 조용히 쉬십시오."

구리바야시 하쓰는 조용히 눈을 감았지만, 눈물은 하염없이 흘러내렸다. 유진태는 참지 못하고 시선을 돌리고 뜨거워진 눈꺼풀을 끔벅거렸다.

그때 병실 창가에 "훈련공습경보! 훈련공습경보!"라고 외치는 젊은 여성의 목소리가 들려왔다. 구리바야시 하쓰는 갑자기 두 눈을 홉뜨더니 물었다. "유선생님, 저건 누구지요?"

"미용실의 하루에씨입니다. 당신을 대신해 주고 있습니다."

"아아, 히라노 하루에씨! 하루에씨, 고마워요."

그 때 모든 사이렌소리가 일제히 울려 퍼지며 음향을 하늘 높이 흩뿌렸고, 비행기의 폭음이 점점 그 음향을 뚫고 왔다. 유진태는 창가에 바짝 다가서서 파란 하늘 멀리 사라져가는 비행기의 뒷모습을 지그시 바라보았다.」

漢江の船唄(한강의 뱃노래)

〈기초사항〉

원제(原題)	漢江の船唄	
한국어 제목	한강의 뱃노래	
원작가명(原作家名)	본명	이석훈(李錫薰)
	필명	마키 히로시(牧洋)
게재지(揭載誌)	고요한 폭풍(静かな嵐)	
게재년도	1943년 6월	
배경	• 시간적 배경: 어느 해 가을 • 공간적 배경: 경기도 파주 대화리	
등장인물	① 어머니를 그리워하며 경성으로 갈 것을 꿈꾸는 이성준 ② 고깃배 선장인 성준의 아버지 이일선 ③ 성준의 절친한 친구 분이 등	
기타사항		

〈줄거리〉

경성에서 7, 80리 떨어진 한강 하류에 위치한 대화리(大化里)는 강을 오르내리는 어선과 김포로 이어지는 도선이 하루에도 몇 차례씩 왕래하는 제법 번화한 마을이었다. 이곳에서 어선의 선장으로 일하는 이일선(李日善)의 아들 성준(成俊)은 흐르는 물과 오가는 배들을 바라보며 하루의 대부분을 강가에서 보냈는데, 열서너 살이 되면서부터 돌아가셨다는 어머니의 생존을 확신하며 슬픔에 젖곤 하였다. 그러다 추석이 가까운 어느 날, 성준은 아버지에게 어머니가 진짜 죽은 게 맞느냐고 물으며, 올 추석에는 성묘하고 싶다고 말했다. 성준의 물음에 당황해 하던 아버지는 어머니의 묘가 너무 멀어서 어린 네 걸음으로는 갈 수 없으니 나중에 커서 가도 된다고 얼버무렸다. 그나마 성준에게 낙이라면 강가의 풀밭에 앉아 동네 절친한 친구인 분이(粉伊)와 이야기를 나누는 것이었다. 그날도 둘이는 강가에 앉아 선착장에 모여 놀던 아이들이 부르는 노랫소리를 들었다.

"달아, 달아 밝은 달아 이태백이 놀던 달아!……"

어머니를 그리워하는 성준에게 계모와 함께 사는 분이는 어머니란 없는 편이 더 낫다고 가시 돋친 듯 말하지만, 그래도 성준은 어머니를 찾으러 경성에 가고 싶다고 말한다. '달아 달아'를 부르던 아이들이 저녁 먹으라고 부르는 어머나 형제들의 부름에 하나둘 집으로 돌아가는 동안에도 둘의 이야기는 끝날 줄 몰랐다.

추수철과 추석이 지나자 마을에는 농한기가 찾아들었다. 하지만 성준의 아버지는 일용품을 배에 싣고 강원도 산골로 가 물물교환을 해 와야 했기에 오랫동안 집을 비워야 했다. 성준의 아버지가 집을 비운 동안 열다섯 살 된 성준의 누나 순이(順伊)는 아버지가 마련해 주고 간 쌀로 세 동생들을 돌봤다. 그런데 어찌된 일인지 가을이 끝나고 겨울이 되어도 아버지는 돌아오지 않았다. 쌀이 떨어져 동생들이 굶게 되자 순이는 지주 최(崔)씨 댁으로 밥을 얻으러 가겠다고 하자, 성준은 그런 누이를 대신해 자신이 최지주 집에 가서 밥과 김치 등을 얻어와 끼니를 때웠다. 뿐만 아니라 이들 형제들의 사정을 딱하게 여긴 마을사람들의 도움으로 간신히 연명하고 있던 어느 날, 드디어 아버지가 돌아왔다.

그해 겨울 성준의 두 동생이 극심한 감기로 죽게 되자 아버지는 '너 같은 악마는 반드시 천벌을 받아 객사할 것'이라고 어머니를 저주했다. 그 말을 들은 성준은 어머니의 생존을 확신하게 되고, 이른 봄 분이에게만 경성으로 가겠노라 선포한다. 그리고 함께 가고 싶다는 분이에게 성준은 자리가 잡히는 대로 불러들이겠다고 약속한다. 그렇게 성준은 아버지와 누이 모르게 집을 나섰다. 그리고 의주(義州)가도를 터벅터벅 걸어 경성으로 향했다.

물어물어 겨우 경성에 다다랐을 때, 한 창백한 얼굴의 중년남자가 성준의 어깨를 두드리며 어디서 왔느냐고 물었다. 그리고 그는 어머니를 찾으러 시골에서 왔다는 성준을 자신의 거처로 데리고 가 하룻밤 숙식을 챙겨주며 경성 사정이 파악될 때까지 함께 머물러도 좋다고 했다. '인왕선인(仁旺仙人)'이라는 별명의 그 남자는 사실 거지들의 왕초로, 몸이 많이 불편하여 거지로 살고 있지만 인격과 학식을 갖추고 있는 사람이었다. 그래도 거지에게 신세를 질 수 없다고 생각한 성준은 이튿날 경성 시가지로 나가 닥치는 대로 일자리를 구하러 다녔다. 가는 곳마다 거절당한 성준이 마지막으로 들린 곳은 '다나카(田中)'라는 과자점이었다. 그 과자점의 일본인 주인은 '무슨 일이든 시키는 대로 열심히 하겠다, 일본어도 열심히 배우겠으니 일만 시켜달라'고 애원하는 성준을 기특하게 여기고 점원이 있음에도 불구하고 그를 고용해 주었다. 성준은 자신의 말처럼 무슨 일이든 열심히 하였다. 과자배달이면 배달, 청소면 청소, 심지어는 주인집 아이돌보기까지 무슨 일이든 마다않고 열심히 했으며, 밤에는 약속대로 『속수(速修)국어독본』으로 일본어공부도 빠트리지 않고 했다. 그런 성준을 어여삐 여긴 주인은 10년만 열심히 일하면 과자점을 내주마고 약속까지 하였다. 그 와중에도 성준은 늘 어머니를 찾는 일을 잊지 않았다. 따로 시간을 내어 어머니를 찾으러 다닐 수는 없었지만 배달하러 가는 길이면 그의 시선은 늘 어머니의 모습을 찾곤 했다. 그리고 어머니를 생각할 때마다 으레 분이를 떠올리던 성준은 분이를 주인집 아이보기로 데려올까 생각했다가도 이내 고개를 젓고는 하였다.

그러던 어느 가을 날, 자전거를 타고 배달을 가던 성준은 어느 역 앞에 쭈그리고 앉아있는 분이를 만나게 된다. 분이는 어느 조선여인네에서 일하게 되어 경성으로 오게 되었다고 했다. 그렇게 상봉한 성준과 분이가 같은 경성 하늘 아래서 서로 의지하며 일한 지 어느 덧 4년의 시간이 흘렀다. 그리고 그 해 봄, 성준은 우연히 만난 고향의 어느 뱃사람에게 작년 봄 평안북도 애도(艾島)에서 어머니를 보았노라는 이야기를 듣게 되었다. 성준은 곧장 휴가를 얻어 어머니를 찾아 길을 떠났다. 그런데 어렵게 찾아간 애도의 '경성댁'이라는 집에서 성준을 맞이한 중년의 한 여인이, 그가 찾는 어머니는 작년 가을 가족들과 함께 만주로 떠났다고 말하는 것이 아닌가. 하마터면 '어머니!'라고 부를 뻔 했던 그 중년여인의 말에 실망한 성준은 바닷가 바위에 멍하니 앉아있었다. 그러다 문득 슬픔에 겨워 저도 모르게 바다로 몸을 던지려 했다. 그 순간 다급하게 그의 목덜미를 잡아챈 중년남자. 성준은 그제야 목 놓아 울음을 터트리고 말았다. 그리고 낯선 남자에게 어머니를 찾으러 온 사연을 말했다.

「"그렇군요. 그 부인이라면 나도 알고 있는데, 지금의 남편분과는 사이가 돈독하신 것 같고 또 자녀분을 둘이나 두셨습니다. 자식으로서 물론 낳아주신 어머니를 그리워하는 것은 당연한 일입니다만, 지금 행복하게 살고 있으니 어머니를 위해 그것으로 된 거 아닐까요? 만일 젊은이가 어머니를 찾아가 혹시라도 그 때문에 어머니의 행복이 깨지기라도 한다면, 차라리 만나지 말걸 그랬다고 후회할지도 모릅니다. 젊은이가 어머니를 찾으려고 하는 것은 자기 자신이나 아버지만을 위해서가 아니라 어머니를 위해서이기도 하다고 생각했기 때문일 겁니다. 과연 젊은이 생각대로 어머니를 되찾는다고 해도 세 명 모두 행복할지 어떨지는 의문입니다. 젊은이는 지금 만주 어디쯤에 있을지 모르지만 어쨌든 어머니가 같은 하늘 아래 행복하게 살고 있다는 아름다운 꿈을 안고, 씩씩하게 살아가는 것이 오히려 아름다운 인생이 될 거라고 생각합니다."

이 섬에 요양 차 와 있다는 이 낯선 중년남자는 어딘지 시인 혹은 철학자 같은 말투로 성준을 설득했다.

"네, 알겠습니다. 저는 이제 고향으로 돌아가겠습니다. 늙으신 아버지가 홀로 외롭게 살고 계십니다."」

경성으로 돌아온 성준은 과자점 주인에게 양해를 구하고 분이와 함께 고향의 아버지에게로 돌아갔다. 그곳에서 분이와 결혼하고 아버지의 뒤를 이어서 배를 탔다. 젊은 두 사람의 진정한 인생이 이제부터 시작되는 것이다.

060-29

豚追遊戲(돼지쫓기 놀이)

〈기초사항〉

원제(原題)		豚追遊戲
한국어 제목		돼지쫓기 놀이
원작가명(原作家名)	본명	이석훈(李錫薫)
	필명	마키 히로시(牧洋)

게재지(掲載誌)	국민문학(國民文學)
게재년도	1943년 7월
배경	• 시간적 배경: 어느 해 단오절 • 공간적 배경: 운산 탄광촌
등장인물	① 미국인과 영국인 탄광간부 ② 조선인 탄광노동자
기타사항	원문전체번역

〈전체번역〉

이 이야기는 운산(雲山)에서 있었던 실화이다.

미국과 영국인 탄광간부들이 단오절기에 소위 조선인노동자 위로회를 열었다. 이 위로회라는 것이 매우 색다른 것으로 매끈매끈해서 잡기 힘든 콜타르(타마유)를 새까맣게 칠한 여러 마리의 서양돼지를 풀어놓고 노동자들에게 잡게 하는 것이었다. 돼지를 잡는 이들에게만 음식을 대접한다고 했다. 아둔한 동포들은 조금이라도 먹기 위해 최선을 다해 돼지몰이를 했다. 양키들은 높은 곳에서 한가하게 앉아 이 수치스러운 경기에 우레와 같이 갈채를 보내며 즐거워하였다. 아둔하고 가엾은 동포들은 땀범벅에 얼굴이며 옷 할 것 없이 검은색 범벅으로 더러워져도 여전히 정신없이 돼지를 쫓아다녔다. 누구 하나 인간대접을 받지 못하는 것을 분개하는 이가 없었다.

行軍(행군)

〈기초사항〉

원제(原題)		行軍
한국어 제목		행군
원작가명(原作家名)	본명	이석훈(李錫薰)
	필명	마키 히로시(牧洋)
게재지(掲載誌)		국민문학(國民文學)
게재년도		1943년 7월
배경		시간적 배경: 1943년 초여름 공간적 배경: 만주
등장인물		① 보도반원 '나' ② 일본어를 잘 하는 마을 소년 등
기타사항		원문전체번역

우리를 태운 목탄자동화차는 아주 조금 가파른 언덕조차도 숨가빠하며 오르더니, 어느 마을로 들어서는 입구 앞길에서 이윽고 멈춰서고 말았다. 마을의 한 아이에게 오늘 밤 묵기로 한 목적지를 물어보았다. 사실은 운전사도 모르는 지점이었다. 조선말로 묻자, 소년은 국어(일본어)로 "10킬로 이상은 더 가야 합니다."라고 대답했다. 모두들 큰일 났다고 투덜거렸다.

"어디쯤이니?"

"저기 보이는 산 뒤 쪽입니다."

소년은 동남쪽을 가리켰다. 그리고 그는 이어서 "청룡소학교 옆입니다."라고 알려주었다. 시골 아이치고는 눈빛이 밝고 단정한 얼굴생김에 영리해 보였다. 일본어발음도 상당히 좋아서 소학교(초등학교)는 나왔으려니 싶어 물었더니, "아니요. 소학교는 안 다닙니다. 집에서 야학을 조금 했습니다."라고 대답했다. 그 말에 우리의 놀라움은 한층 더했다. 이런 점에서도 일본어보급의 한 단면을 엿볼 수 있었다.

자동화차는 수리하는 데 시간이 좀 걸린다고 하여 고쳐지는 대로 뒤따라오기로 하고, 우리는 2열종대로 행군을 시작했다. 이것은 예정 외의 과정으로, 우리는 자동화차가 고장난 것을 오히려 감사히 여겼다. 그 이유는, 나중에 느낀 거지만, 비록 10킬로 안팎의 행군에 지나지 않았지만, 우리는 전선(戰線)의 병사들의 노고를 행군이라는 각도에서도 조금이나마 체험할 수 있었기 때문이다.

소총의 무게를 어깨에 느끼며 약 10분 정도 걸어가고 있을 때, 자동화차가 덜컹덜컹 우리를 뒤쫓아 왔다. 우리는 다시 총을 들고 화차에 올라탔지만, 화차는 2킬로도 채 못가서 다시 서고 말았다.

"안 되겠다. 목적지까지 행군이다!"

우리는 자동화차를 버리고 고원을 동남쪽으로 가로지르는 넓은 길을, 총을 어깨에 메고 행군했다. 문자 그대로 황토밭 고원이 이어지는 대로 끝도 없이 펼쳐지고 있었다. 곳곳에 숲이 있고 마을이 있었다.

그 너른 황토밭에 파란 섬을 이루고 있는 것은 보리밭이었다. 해는 서쪽으로 기울고 붉은 석양이 들판과 보리밭을 모두 한 가지 색으로 물들이고 있었다. 초여름의 바람이 들판을 가로질렀다. 종달새가 머리 위에서 열심히 노래하고 있었다. 우리의 그림자가 대지 위로 길게 늘어져 마치 유령처럼 우리를 따라 전진했다. 처음에는 수다를 떨던 전우(!)들이 전진하면 할수록 하나둘 입을 다물기 시작했다. 모두 지쳐가고 있었다. 소총의 무게가 체력을 짓누르는 것 같았다. 배고픔이 견디기 힘든 고통으로 다가왔다. 하지만 나는 즐겁고 행복했다. 그 순간 나는 배고픔과 피로와 세속적인 모든 잡념을 초월한 높은 정신상태 속에 있었다. 그리고 그 어떤 감상(感傷)도 없이,

이곳은 조국에서 몇 천 리
떨어진 멀고 먼 만주의
붉은 석양을 받으며
벗은 들판 끝 바위 아래.

血緣(혈연)

〈기초사항〉

원제(原題)	血緣	
한국어 제목	혈연	
원작가명(原作家名)	본명	이석훈(李錫薰)
	필명	마키 히로시(牧洋)
게재지(揭載誌)	동양지광(東洋之光)	
게재년도	1943년 8월	
배경	• 시간적 배경: 어느 해 1월 중순 무렵 • 공간적 배경: 북만주의 S이민촌	
등장인물	① 20년 만에 숙부를 만나기 위해 북만주에 온 용길 ② 일본인 집의 양자로 들어간 용길의 사촌 용식 ③ 용식을 여동생의 데릴사위로 삼은 핫토리 형제 등	
기타사항		

〈줄거리〉

　용길(龍吉)은 20년 만에 숙부와 그 가족을 만나기 위해 북만주로 갔다. 그런데 둘째인 용식(龍植)이 신징(新京)에 양자로 갔다는 이야기를 듣게 된다.

　궁주링(公主嶺)의 농업학교를 나와 신징의 공원에 취직했던 용식은, 핫토리(服部)라는 신징에 사는 일본인 형제로부터 자기 집안의 양자가 되어 여동생과 결혼해 달라는 부탁을 받았다. 가고시마(鹿児島)현 출신인 핫토리 형제는 오래 전부터 신징에 살고 있지만, 일본 고향에는 18세의 여동생이 홀로 늙은 어머니를 모시고 살고 있다고 했다. 그들은 가족 모두가 고향땅을 떠나올 수는 없으므로, 용식에게 데릴사위가 되어 자신들의 고향에서 살아달라고 부탁한 것이다.

　핫토리 형제는 용식이 근무하는 공원으로 가족을 데리고 산책을 나왔다가, 우연히 용식과 친분을 쌓게 되었다. 용식은 핫토리 형제의 부탁에 당황했지만 한 달간의 고민 끝에 데릴사위가 되기로 결심했고, 숙부는 반대할 것이 뻔한 부인에게는 상의도 하지 않고 용식의 뜻을 받아들였다. 용식은 가고시마에 가서 장모와 부인이 될 여자를 만나고 데릴사위가 되었다.

　이러한 용식의 이야기를 들으며 용길은 훈훈한 기분과 함께 부러움을 느꼈다. 장남 용수(龍洙)의 전보로 용식은 고향에 도착하고, 용길은 사촌 용식과 극적으로 만나게 되었다. 다음날 용길과 용식은 가족들의 아쉬운 배웅을 받으며 함께 하얼빈행 열차를 타게 되는데, 잠시 뒤 야브로니야역에서 열차를 탄 일본병사가 대수롭지 않게 용식에게 말을 건네며 잡담을 주고받았다.

「"고향은 어디십니까?" 병사가 물었다.

용식은 "가고시마입니다."라고 대답했다.

"어쩐지 가고시마 사투리라고 생각했어요. 제가 미야자키(宮崎)니까 이웃이네요."

두 사람은 완전히 의기투합한 듯 보였다. 병사는 캐러멜과 담배 등을 꺼내어 둘에게 권했다. 용길은 담배를 피우지 못하기 때문에 캐러멜을 집었다.

병사와 용식은 가고시마에 대한 이야기며 만주에 대한 이야기를 한참 나누었다. 용식의 능숙한 언어실력에 용길은 완전히 감탄하고 말았다. 그래선지 용길은 필요 이상 경직되어 거의 말을 하지 않았다.」

일본어와 중국어를 완벽히 구사하는 용식을 보고 병사는 그가 조선인임을 전혀 눈치 채지 못 하고 주허(珠河)라는 역에서 내렸다. 병사가 내린 후 용식은 조선인임을 밝히지 않은 것을 용길에게 사과했다.

그러자 용길은 "어려워 할 것 없어, 너는 당당한 일본인이잖아. 더구나 너는 본적이 가고시마니까 틀림없는 규슈(九州)사람이야. 너와 나는 사촌이니까, 나도 반은 가고시마(鹿兒島)사람인가? 핫하하하......"하고 밝게 웃었다. 용길은 겸연쩍게 웃었지만 농담이 아니라, 내심 그런 기분이 들었다. 그것은 강자에 대한 추종이 아니라 혈연적인 본능 같은 것이었다.

차내에는 일본인을 비롯해 조선인과 러시아인 등 여러 민족의 외국인들이 조금씩 섞여있었는데, 청색 옷의 만주계 사람들이 다수를 차지하고 있었고 당장이라도 싸움이 일 것 같은 분위기가 감돌고 있었다. 그때까지 잠자코 있던 용식이 군중을 향해 유창한 중국어로 "약하게 보인다고 여럿이서 한 사람을 괴롭히다니 한심한 녀석들이로군!"이라며 호되게 꾸짖더니, 자리에 돌아와 용길에게 말했다.

"민족협화란 참 미묘한 겁니다. 정의와 공정이 어쩌면 혈연에 의해 유린되기 쉬우니까요." 이윽고 기차는 하얼빈에 도착했다.

- 6. 29 -

蓬島物語(쑥섬 이야기)
<small>よもぎしまものがたり</small>

〈기초사항〉

원제(原題)		蓬島物語
한국어 제목		쑥섬 이야기
원작가명(原作家名)	본명	이석훈(李錫薰)
	필명	마키 히로시(牧洋)
게재지(揭載誌)		국민문학(國民文學)

게재년도	1943년 9월
배경	• 시간적 배경: 어느 해 봄 • 공간적 배경: 조선 서해안에 위치한 쑥섬
등장인물	① 요양차 쑥섬으로 여행을 온 린(麟) ② 쑥섬에서 임시로 거주하며 새우공장을 운영하는 린의 아버지 ③ 쑥섬에 사는 처녀 보패 등
기타사항	1회분의 미완성인 이 작품은 「황혼의 노래」(1933)의 배경을 바꿔 9년 후에 일본어로 고쳐 쓴 소설임.

〈줄거리〉

린(麟)은 학업에 너무 열중한 나머지 몸을 상하고 말았다. 봄이 시작될 무렵, 도쿄의 대학에서 돌아오자마자 바로 쑥섬으로 향했다. 린은 아버지로부터 새벽 5시 반에 기상하여 30분간 해변을 산책할 것, 간조를 타고 석화를 캐서 먹을 것(석화는 칼슘이 많이 함유되어 특히 폐에 좋다)과 만조 때에는 내해에서 전마선을 저을 것, 그리고 틈틈이 왕포(새우공장)의 일을 견학할 것 등을 일과로 명령받았다. 섬의 여자들은 일 잘하고 예쁜 섬 처녀가 육지의 서방님과 결혼한다는 섬민요를 부르며 열심히 석화를 캤다.

그곳에서 알게 된 보패(寶佩)는 강인하고 탄력 넘치는 몸집, 흑요석 같은 새까만 두 눈, 시골처녀로는 드문 오뚝한 코, 튤립같이 두툼하고 붉은 작은 입술, 갸름한 얼굴형의 전체적인 인상은 비교적 희고 사람의 호기심을 자아내게 하는 이해할 수 없는 미소가 얼굴에서 사라지지 않는 외모의 소유자였다. 또 굵고 짧은 다리는 언제나 맨살을 드러낸 채 잽싸게 달리는 것이 마치 다람쥐를 연상케 할 정도로 건강해 보였다.

린은 어느 날 보패의 제안으로 섬의 아이들과 운무도(雲舞島)로 새알 사냥에 나섰다. 쑥섬에서 두 시간 정도 떨어진 운무도는 한 그루의 나무도 없고 쑥과 관목이 드문드문 더부룩하게 자라있는 작은 섬이었는데, 부락에서 떨어져 있어 갈매기들의 보금자리로 그만이었다. 섬 아이들은 양식을 얻기 위해 갈매기의 알을 줍고는 하였다. 손이 닿지 않는 바위와 바위 사이의 깊은 곳에 위치한 갈매기알을 낙지를 이용해 잡았는데, 낙지머리를 대나무 장대 끝에 묶어 바위 사이에 넣으면 낙지가 알을 잡아 올리는 것이었다. 한번 넣었다가 꺼내면 한 번에 검푸른 갈매기 알이 대여섯 개나 따라 나왔다. 보패에게 사냥을 배운 린은 직접 도전해 보기로 하지만, 알을 잃고 슬퍼할 어미 갈매기들의 모습이 떠올라 갑자기 측은해져서 사냥을 그만두려고 했다. 하지만 보패는 "상관없어, 갈매기들은 또 알을 낳으니까."라고 태연하게 말하며, 알 사냥을 눈치 채고 주변에서 난폭하게 소란을 피우는 어미 갈매기 사이에서도 침착하게 계속 알을 휘감아 올렸다. 그리고는 미리 준비해 온 냄비에 낙지와 갈매기알을 넣고 점심을 준비하기 시작했다.

「"안 씻어도 괜찮아?"
린은 당황스러워하며 이렇게 물었다. 보패는 씽긋 웃으며
"그러네. 난 상관없지만, 씻을까, 그럼?"하고는 냄비를 들고 물가로 내려가 씻어왔다.
그러는 동안 린은 여기저기서 마른 나뭇가지들을 주워왔다.
30분쯤 지났을까. 보패와 린은 냄비를 가운데 놓고 마주앉아 점심을 맛있게 먹었다. 그때

너무 멀어 모습은 보이지 않았지만,

"보패야! 보패야~!"라고 부르는 소리가 들렸다.

"대답 안 해? 이제 돌아갈 시간이잖아."

린이 이렇게 말하자 보패는 장난스럽게 히죽 웃으며 말했다.

"내버려둬. 천천히 가도 돼."

아이들의 부르는 소리가 점점 가까워졌다.

"그만 가자!"라는 소리도 들렸다. 이윽고 대여섯 명의 소년소녀들이 수풀에서 불쑥 머리를 내밀었다.

"야아, 꼭 부부 같다! 하하하!" 이렇게 놀리며 달려왔다. (계속)」

- 1회로 미완성 -

060-33

善靈(선령)

〈기초사항〉

원제(原題)	善靈(一~五)	
한국어 제목	선령	
원작가명(原作家名)	본명	이석훈(李錫薰)
	필명	마키 히로시(牧洋)
게재지(揭載誌)	국민문학(國民文學)	
게재년도	1944년 5월	
배경	• 시간적 배경: 어느 해 봄~여름 • 공간적 배경: 경성과 북만주	
등장인물	① 박태민이기도 하고 그와 별개이기도 한 '나' ② 시국협력단체에 몸담게 된 박태민 ③ 박태민이 존경하는 50대의 윤선생 등	
기타사항		

〈줄거리〉

내가 『고요한 폭풍』에서 박태민(朴泰民)의 작은 혼의 발전사를 시도한 것은 이미 독자 여러분들도 아는 부분이다. 내가 『고요한 폭풍』을 발표한 이후 세간에서는 박태민을 나로, 나를 박태민으로 동일시하는데 이는 하나의 세속적인 견해일 뿐이다. 문제는 박태민이 나인가 아닌가에 있는 것이 아니라 '그와 나'는 엄연히 둘 다 존재한다는 사실에 있다. 즉 그와 나는 동일

인이면서 경우에 따라서는 두 사람의 인간으로 분열하는 것에 비극도 있고 고뇌의 심연도 있다. 이것은 양심 있는 인간으로서 견딜 수 없는 자기혐오와 굴욕이다. 성격의 분열은 마침내 그를 추락시켜 파멸로 이끌 것이다.

박태민은 '문인시국전선 강연' 이후 형성된 시국협력 자세를 꾸준히 관철시켜 나갈 수 없는 상황에 자주 부딪쳤으며 그때마다 깊은 고뇌에 빠졌다. 그는 솔직하고 감격을 잘하는 경향의 남자로 새로운 시대의 놀라움을 놀라움으로 표현하고 장황한 이론에 의한 것이 아니라 하나의 직감에서 오는 신념의 불길이 점화되었다. 나아가 그는 그것이 진리임을 알기 위해 어느 단체에 몸을 던졌다. 그 단체는 일종의 어용단체로 지금 시대에는 무척 형편이 좋은 입장에 있다고 세간에서 해석되고 있었기에 그는 예기치 않게 시기, 질투, 비난, 중상모략을 받았다. 나는 이에 대해, 타인의 일은 무엇이든 트집 잡거나 헐뜯고 보는 것이 일반적이라고 해석한다. 그런데 박태민이 존경하던 윤(尹)선생마저 그의 단체참여를 반대하고 나섰다.

「"냉큼 그만두게. 자네가 손해를 볼 뿐이야. 그 단체는 지금은 형편이 좋아도 전쟁이 끝나고 평화로운 시대가 와보게. 그런 단체가 언제 있었냐는 듯이 몰락하고 말테니."

박태민은 잠자코 있다가 빠르게 말했다.

"윤선생님, 저를 진심으로 아껴주시는 맘은 감사합니다만, 바로 엊그제 들어갔거든요. 게다가 제 나름대로 생각이 있으니까……. 윤선생님은 제 고충을 모르십니다."

박태민은 자신의 감정과는 전혀 반대되는 말을 뻔뻔하게 하고 있었다. 사실 내심으로는 더 예리하게 반발하고 있었다. 윤선생을 좀 더 몰아세우고 싶었던 것이다.

'정말 내가 존경할만한 선배라면 그런 말은 못할 겁니다. 당신은 나를 걱정하는 것처럼 위선을 떨고 있을 뿐입니다. 6명의 대가족을 등에 지고 겨우 직장을 얻은 제가 아닙니까? 진리탐구 따위 공상으로 두고 가족의 생활이 보장되는 것만으로도 대단한 일입니다. 당신은 그만두라는 무책임한 말을 아무렇지 않게 하지만 나에게는 책임이 있습니다. 가족을 먹여 살려야 합니다!' 이렇게 말하고 싶었던 것이다. 그런데도 '윤선생님, 감사합니다만'이라니 무슨 소리냐? 거짓말쟁이 박태민 자식! 왜 진실을 당당하게 말하지 못하는 거냐? 왜 자신의 양심대로 단언하지 못하고 가면을 쓰는 것이냐? 이 멍청이 박태민 자식! 네 놈이야말로 위선자다! 마치 벌레만도 못한 한 푼의 가치도 없는 인간쓰레기라도 된 것처럼 욕을 퍼부었다.」

그때부터 박태민은 윤선생을 만나는 것이 고통스럽기만 했다. 뿐만 아니라 윤선생을 적대시할 정도였다. 그런데 윤선생은 길에서 우연히 만나면 '지금 하는 일은 어떤가? 착실히 하게!'라며 박태민을 혼란스럽게 했다. 박태민은 왠지 조롱당하는 기분이었다.

믿을 수 있는 사람은 없다, 믿을 것은 신뿐이다. 왜 인간은 거짓말, 위선, 배타주의 같은 하찮은 것들 속에서 안주해 버리는가. 인간의 마음이 슬프고 자신이 한없이 가여웠다.

박태민이 몸담은 단체의 '큰 어른'이 경성을 떠나게 되어 내부 사람들끼리 송별회를 개최하였다. 그것은 날(어느 봄) 해질 무렵이었다. 그 자리에 모인 사람들은 자신의 감상을 한 마디씩 하는데 박태민은 울먹이며 이제 '큰 어른'을 아버지처럼 섬기고 그의 가르침에 따라 정진하려고 했는데 이렇게 떠나시게 되니 큰 슬픔이라고 말했다. 그러나 그는 자기 내면에서 또 자신을 비하하며 다른 사람들이 자신을 경멸한다는 피해의식에 도망치듯 그 자리를 빠져나왔다. 그는 심한 고독에 시달렸다.

그로부터 1년이 지났다. 참배시간에 지각한 박태민은 신전 앞에 줄 서있는 단체의 맨 뒷자리에 조용히 서 있었다. 마지막 배례가 끝나고 키 큰 사람을 선두로 하여 물러나기 시작하자, 평소 하던 대로 키가 큰 박태민이 서둘러 선두자리로 뛰어갔다. 그때 이 모습을 본 평의원 나카무라(中村)가 무슨 염치로 선두에 서냐며 큰소리로 호통을 쳤다. 박태민은 이를 악의에 찬 모욕으로 받아들이고 그 단체를 뛰쳐나와 버렸다.

그러던 어느 초여름 밤, 두세 명의 동료들과 귀빈을 만나기 위해 호텔을 찾은 박태민은, 자신의 작품인 『영원한 여자』를 두고 일제에 아첨하는 꼴사나운 작품이라고 공개적으로 비판했던 현(玄)을 보자마자 그의 얼굴을 소처럼 들이받아 버렸다.

그 사건 이후 박태민은 문학대회의 출석도 거부하고 8월 중순 무렵 만주로 떠나버렸다. 그가 문학대회를 뒤로 하고 만주로 떠난 것은 숙부의 전보 때문이기도 했지만 곧 다가올 추운 겨울을 맞이할 가족들의 생활고 때문이기도 했다. 만주에 도착한 박태민은 죽음을 코앞에 둔 어린 동생을 시립병원의 입원실에서 마주했다. 그리고 북만주의 극심한 가을과 함께 한 젊은 이가 세상을 떠났다.

박태민은 다시 한 번 분발하여 생활과의 싸움을 시작했다.

- 1944년 4월 -

処女地(처녀지)

〈기초사항〉

원제(原題)		処女地(一~四)
한국어 제목		처녀지
원작가명(原作家名)	본명	이석훈(李錫薰)
	필명	마키 히로시(牧洋)
게재지(揭載誌)		국민문학(國民文學)
게재년도		1945년 1월
배경		• 시간적 배경: 1920년대 말 어느 해 2, 3월 무렵 • 공간적 배경: 북만주의 K촌
등장인물		① 북만주로 이주한 천주교 신자 이춘추 ② 이춘추의 가족을 돕는 중국인 신부 조방중 ③ 조선인 이주에 적극적인 조신부에 반대하는 대학출신의 중국인 장(蔣) 등
기타사항		'장편소설'로 명기되어 있지만 1~4장까지로 미완성임.

만주사변이 일어나기 3, 4년 전 어느 추운 2월 오후였다. 한 대의 마차가 북만주 K촌을 향해 달리고 있었다. 그 마차에는 이춘추(李春秋)가 가족들과 함께 타고 있었는데, 그들은 하얼빈에서 북만주의 K촌으로 이주하는 길이었다. 그는 조선에서 상당히 오랜 기간 전도하는 선교사로 활동하였지만, 생활이 궁핍하면 신앙심만으로 종교의 길에 매진할 수 없다고 생각하여 재산을 모으기 위해 간도로 건너왔다. 간도에서는 여러 가지 일을 하였지만 끝내 모든 것이 실패로 돌아가고 말았다. 하지만 하얼빈에서 K촌의 마틴신부를 만나게 된 그는 마틴신부에게 감화되고, K촌이 천주교 마을이라는 점, 무논과 경작지가 많다는 점에 이끌려 K촌으로 이주할 결심을 하게 된 것이다. 그리고 교회의 토지를 빌려 개척하고 싶다는 자신의 포부를 K촌 천주교회의 조방중(趙芳中)에게 피력했다.

「"……저는 드디어 왕성한 야망을 품고 이번에 결심을 하고 이곳으로 왔습니다. 저는 장래, 가능하다면 이 땅에 가난한 동포들을 모아 이곳에 훌륭한 농촌, 감히 이상향이니 낙원이니 하는 말은 하지 않겠습니다만, 그렇게까지 이끌어가고 싶습니다. 물론 교회의 절대적인 지원이 없으면 앞으로의 생활조차 어쩔 수 없겠지만, 그 대신 무슨 일이 있어도 기대에 어긋나는 일은 하지 않겠습니다. 신에게 맹세합니다. 저는 이 땅에 뼈를 묻을 각오로 왔습니다. 순간의 가난을 피하기 위해 교회에 매달리는 것이 결코 아닙니다. 긴 안목으로 지켜봐 주십시오. 그리고 부디 아무 힘도 없고 의지할 곳 없는 저희를 강하게 일깨워주시고 인도해 주십시오."
"우리 같이 서로 격려해 주며 좋은 일을 해봅시다."
이춘추는 자기도 모르게 어느새 흥분했는지 주먹을 불끈 쥐고 있었다. 신부도 이(李)의 열성과 진지한 태도에 적잖이 감동을 받은 것 같았다.」

조(趙)신부는 밥그릇밖에 없는 이국에서 온 이춘추와 그의 아이들을 향해 황야를 개척해서 훌륭한 토지를 만들어 이곳에서 좋은 농부가 되라고 격려하고, 하나님께 기도하는 경건한 생활과 감사드리면 물질적으로나 정신적으로 풍요로운 생활을 할 수 있을 거라고 말했다. 그리고 마을의 유력자인 양류청(楊柳靑)과 고덕(高德)을 이춘추에게 소개하였다. 이춘추의 사정을 알게 된 중국인 유지들은 그들에게 개간을 당부하며 살 집까지 마련해 주었다. 마을 주민들은 타국인에 대한 호기심과 같은 천주교도에 대한 호감에 이끌려 각자 밀가루, 연료용 수수껍질, 깨진 창을 막을 신문지, 성냥 등을 가져와 이춘추 내외를 도와주었다. 낯선 이국인인 만큼 이웃의 냉대를 각오했던 이춘추는 그들의 호의에 감사하며 '셰셰(고맙습니다)'를 연발했다.

그렇게 하여 북만주에 정착하게 된 이춘추 가족은 K촌 근처에서 조금 떨어진 퉁컨허(通肯河) 근처에서 논농사가 가능한 경지를 발견하고 측량 및 수로 만들기에 전념했다.

한편 3월이 되자 수십 명의 조선인들이 이춘추를 찾아 K촌으로 왔다. 그들은 모두 도회지의 패배자였다. 이춘추는 무능력한 자신을 의지해 찾아온 동포들에게 고마움을 느끼면서도 교회의 힘을 빌려야 했기에 난처하기만 했다. 그러나 자신을 찾아온 동포들을 내몰 수 없어 그들에게 북만주의 퉁컨하에 뼈를 묻겠다는 약속을 받아낸 후 신부에게 도움을 청했다. 하지만 3월이 끝나갈 무렵에는 거의 매일같이 K촌으로 몰려드는 조선인 농사꾼들로 인해 긴급회의를 열 지경이 되었다.

　조신부는 '벼농사의 천재인데다 순박하고 근면하기 이를 데 없는 조선농민이 K촌으로 들어오는 것은 교회를 비롯해 마을을 위해서도 기쁜 일'이라고 마을의 유력자들을 설득했다. 그리고 자신은 '신을 모시는 몸으로 한족이든 조선인이든 차별을 둘 수 없으며, 사해(四海)가 곧 동포이고 천지가 곧 모두의 길이므로, 조선이든 어디든 그들에게 그 길을 밟게 해줘야 한다'고 주장했다.

　이에 대학 출신의 중국인 장(蔣)은 모든 조선인이 그러한 것은 아니나 이러한 조선인의 이주가 정치적인 문제가 될 수 있기에 조선인 유입에 신중을 기해야 한다고 주장하고, 잠시 조신부와의 사이에 논쟁이 벌어졌다. 조신부와 장의논쟁은 팽팽하게 맞섰다. 그러는 동안에도 이춘추는 환자도 있고 출산을 코앞에 둔 임산부도 있는 스무 가족이나 되는 조선인 이주민들을 교회로 안내하여 쉬도록 하였다. (계속)

- 미완성 -

李星斗(이성두)

—

이성두(생몰년 미상) 소설가.

061

약력

1937년 「조선 및 만주(朝鮮及滿洲)」에 일본어소설(사실소설) 「조선의 여배우를 둘러싼 두 남자(朝鮮の女優を繞る二人の男)」(6월)와 (실화) 「연인을 아버지로부터 빼앗은 한 조선인의 수기(戀人を父より奪った一鮮人の手記)」(8월)를 발표하였다.

  061-1

朝鮮の女優を繞る二人の男
(조선의 여배우를 둘러싼 두 남자)

〈기초사항〉

원제(原題)		朝鮮の女優を繞る二人の男
한국어 제목		조선의 여배우를 둘러싼 두 남자
원작가명(原作家名)	본명	이성두(李星斗)
	필명	
게재지(揭載誌)		조선 및 만주(朝鮮及滿洲)
게재년도		1937년 6월
배경		• 시간적 배경: 만주사변 이후 • 공간적 배경: 경성과 지방극단

등장인물	① 동아극장 전속극단 명랑좌의 여배우 오정자 ② 극단의 간부배우 박(朴) ③ 명랑좌의 지배인 R 등
기타사항	제목 앞에 '사실소설(事實小說)'이라고 명기됨.

〈줄거리〉

「여배우에게 정조가 있는가? 라고 묻는 것은 야만적이다. '여배우 중 처녀는 없다'는 말은 고금을 막론하고 확고한 원칙(?)인데, 반도의 여배우들 역시 이 원칙의 적용범위 안에 속한다. 이것은 사실인 만큼 분개해봤자 의미 없는 일이다. 그리고 여배우란 그 배경이 은막이 됐든 무대가 됐든 상관없다. 하지만 여기에 기록하는 소설은 애욕과 비련에 사는 반도(半島) 여배우들의 전형적인 생활인만큼, 이를 통해 조선 여배우들의 한 단면을 엿볼 수 있으리라 믿는다.」

5년 전만 해도 어느 지방의 무희(舞姫)였던 오정자(吳貞子)는 현재 경성의 동아극장(東亞劇場) 전속극단인 명랑좌(明朗座)의 간판급 여배우로, 그녀를 모르는 사람이 없을 정도로 유명했다. 아름다운 자태와 요염함, 그리고 뛰어난 연기력 덕분에 그녀는 연극계의 여왕으로 군림했고, 그녀의 인기는 경성뿐만 아니라 지방에서도 대단했다. 그런 그녀도 공연을 마치고 홀로 빗속이라도 걷는 날이면 베갯잇이 흠뻑 젖을 정도로 울만큼 고독하고 쓸쓸했다. 그러던 중 우연히 극단의 간부배우인 박(朴)과 서로의 외로움을 달래고 위로해 주는 사이로 발전하게 되었다.

어느 지방공연이 있던 날 밤의 일이다. 여느 때와는 비교도 되지 않을 정도로 성황리에 막을 내린 그날, 극단의 배우들은 요릿집에 모여 밤이 깊은 줄도 모르고 실컷 먹고 마셨다. 만취한 배우들이 하나둘 쓰러져 잠이 든 후, 오정자는 슬며시 방을 빠져나와 옆방의 박(朴)을 깨워 밖으로 나왔다. 그렇게 두 사람은 서로의 열정에 몸과 마음을 맡겼다. 하지만 그 후 박(朴)은 집요한 정자의 교태와 요염함에 혐오감을 느끼며 괴로워했고, 극단 사람들은 둘의 관계를 질투와 혐오의 눈초리로 바라보았다.

한편, 한때 가난한 대중소설가였다가 명랑좌의 지배인을 맡게 되면서 돈과 명성을 얻게 된 R은, 최근 들어 발생한 명랑좌와의 알력 때문에 골머리를 썩이고 있었다. 사실 명랑좌의 성황으로 지배인의 돈주머니는 나날이 불러오는데 반해, 배우들에 대한 대우는 최소한의 생활조차 보장되지 못할 정도로 보잘 것 없고 참혹했던 것이다. 그에 분노한 배우들이 지배인에게 반기를 들고 나와 새로운 극단을 만들었고, 그것이 성공을 거두게 되면서 명랑좌는 자연히 타격을 입게 되었다. 사실 R은 명랑좌의 지배인이라는 지위를 이용해 소설가로서의 몰락에서 비롯된 분개를 풀려고 했던 것이다. 배우와 종업원들에게 느닷없이 분풀이를 하는가 하면 타고난 색광의 마수를 여배우들에게 뻗치기 시작했다. 그리고 그 마수는 이내 극단의 간판여배우인 오정자에게 미쳤다.

「명랑좌가 동아극장에서 분리된 이래, 정자의 행동거지는 결코 온순하지 않았다. 박(朴)의 애무만으로는 더 이상 만족하지 못했다. 정자는 점점 박(朴)에게서 멀어져가는 한편, 지배인 R이 정자의 집을 찾는 횟수가 많아졌다.

때로는 두 남자로부터 같은 유혹을 받고, 그러한 추문(醜聞)을 떨쳐버리지 못하는 자신의 처지가 마음 아팠다.

어느 누구에게도 가고 싶지 않았다. 자신이 마치 정욕과 정욕 사이에 내던져진 공처럼 느껴졌다. 남자들의 욕망의 희생양이 되어있는 자신이 한없이 가엾게 여겨졌다.

추한 남자들의 정욕이 자신의 몸을 옥죄고 있었다. 그 안에서 쓰러질 때까지 맴돌지 않으면 안 되는 자신의 유약함을 떠올리며,

어머니…….

눈시울이 젖어오더니 한없이 눈물이 흘러내렸다.

어머니는 이런 타락한 딸의 생활은 꿈에도 생각 못하고 계시겠지.

하지만, 하지만 이 또한 살기 위해서라고 생각했다. 그리고 꿀꺽 눈물을 삼키고 차갑게 웃었다.」

戀人を父より奪った一鮮人の手記
(연인을 아버지로부터 빼앗은 한 조선인의 수기)

〈기초사항〉

원제(原題)	戀人を父より奪った一鮮人の手記	
한국어 제목	연인을 아버지로부터 빼앗은 한 조선인의 수기	
원작가명(原作家名)	본명	이성두(李星斗)
	필명	
게재지(揭載誌)	조선 및 만주(朝鮮及滿洲)	
게재년도	1937년 8월	
배경	• 시간적 배경: 만주사변 직전의 어느 해 • 공간적 배경: 북만주 하얼빈	
등장인물	① 전라북도의 한 지주의 아들 K(수기의 '나') ② K가 사랑한 소작농의 딸 순희 ③ K로부터 수기를 전해받은 '나'	
기타사항	제목 앞에 '실화(實話)'라고 명기됨.	

〈줄거리〉

「하얼빈에는 윤락(淪落)에 빠진 사람들이 구름처럼 모여든다. 비애와 불평으로 가득한 문명에 지친 사람들을 곧잘 만나는 곳이다. K도 그들 중 한 사람이었다. 나는 K와는 14번가에 있는 '동양(東洋)'이라는 바에서 친해졌는데, 그는 그곳의 여급 엘레나와 긴밀한 사이였다.

깊은 밤이면 항상 그녀와 함께 사라졌는데, 그는 자신의 숙소를 알려주지 않았다. '동양'에서 갑자기 모습을 감춰버린 K는 가끔 러시아인 사창가에 나타났다. 이상한 차림에, 분명 정상적인 모습은 아니었다.

그런데 어느 날 갑자기 그로부터 자신의 시체를 화장시켜 달라는 엽서를 받았다. 그를 화장시킨 것은 지금으로부터 5년 전 가을의 어느 날이었다. 그는 죽기 전에 쓴 수기를 내 앞으로 남겼다. 특이한 일생을 보낸 이 청년의 생애는 다음의 수기에 잘 드러나 있다.」

- K의 수기 -

나는 전라북도 S읍의 한 지주의 아들로 태어나, 경성의 C고등보통학교를 졸업한 후 도쿄의 W대학 문과에 입학하였다. 내가 화려한 도쿄거리의 여자들에게 한눈 한번 팔지 않고 공부에만 전념할 수 있었던 것은 떠나온 고향에 이미 마음을 빼앗긴 여인이 있었기 때문이다. 그녀는 우리 집 소작농의 딸로, 어릴 때부터 같은 보통학교를 다니며 여동생 옥순(玉順)과 함께 친하게 지냈던 세 살 연하의 순희(順姬)다. 내가 보통학교 6학년 때, 지주의 아들이라는 이유로 친구들에게 괴롭힘을 당하고 있을 때 나를 위해 교무실로 달려가 도움을 청해주었던 순희. 그 후 C고등보통학교에 다닐 때도 방학을 맞아 고향에 돌아오면 늘 얼굴을 붉히며 수줍게 나를 반겨주었던 순희.

나는 고등보통학교 졸업증서를 가지고 고향에 돌아오던 그 해, 보통학교를 갓 졸업한 열일곱 살 순희를 사랑하고 있다는 사실을 깨달았다. 도쿄로 떠나기 전의 2주일, 나는 더할 수 없이 행복한 날들을 보냈다. 시골풍습으로는 그녀를 만나서는 안 됐지만, 우리는 뒷산에서 남몰래 만나 '영원히 변치말자'며 눈물로 맹세했다.

그러나 여름방학을 맞아 도쿄에서 돌아온 나는 놀랍게도 쪽진 머리의 순희를 보아야 했다. 그녀는 이미 남의 여자가 되어있었던 것이다. 2, 3일 식음을 전폐한 나는, 그녀를 빼앗아간 남자에 대한 복수심을 불태우며 하인을 시켜 순희에게 만나자는 편지를 보냈다. 약속장소에서 마주한 순희와 나는 하염없이 울기만 했다.

「"아버지는 작년부터 저를 결혼시키려고 했지만, 제가 반대했어요. 아버지에게 얼마나 맞았는지 몰라요. 그러다 지난 달 당신 아버지께서 우리 아버지에게 나를 첩으로 달라고 한 거예요. 알다시피 우리 아버진 약한 사람이잖아요. 게다가 거절하면 먹고 살 길이 없어지잖아요. 그래서 아버지가 허락한 거예요. 그리고 나도 다른 곳으로 시집가는 것보다는 당신과 만날 수 있는 곳에 있고 싶었어요. 작은방에서 내가 자고 있으면, 당신 아버지가……! 죽여주세요."

순희는 울면서 이렇게 말했다.

아아, 운명은 이 얼마나 잔인한가! 아직 그 어떤 것도 서로 허락지 못한 이 연약한 연인이 아버지의 첩이 되다니! 이렇게 하여 나는 순희를 데리고 북만주를 떠돌게 되었다.」

북만주에서의 우리의 생활은 비참하기 이를 데 없었다. 나는 아버지로 인해 더럽혀진 순희와 나의 운명을 저주하며 아편중독으로까지 타락하고 말았다. 아편으로 온몸이 마비되는 순간이면 순희는 함께 죽자고 애원했고, 그럼에도 나는 살고 싶어 안달하며 순희를 '동양'의 여급으로 취직시켰다. 단발머리에 양장을 입고 '엘레나'라는 이름까지 갖게 된 순희에게선 시골의 처녀다움이라곤 더 이상 찾아볼 수 없었다. 그러는 동안 순희의 폐는 망가질 대로 망가져 각혈까지 하더니 끝내 죽고 말았다. 순희를 화장시킨 후, 나는 그녀의 유골을 머리 위에 두고 누워서 하염없이 그녀의 이름을 부르며 눈물만 흘렸다. 어디선가 어서 오라고 날 부르는 순희의 목소리가 들리는 듯하다. 죽음은 더 이상 나에게 고통이 아니다. 나는 죽음을 결심했다.

「수기는 여기서 끝나 있었다. 요컨대 K는 평범한 약한 남자였던 것이다. 다만 아버지와 타협하지 않았다는 점에 있어서는 조선의 가족제도에 반기를 든 남자라 할 수 있지 않을까. 딱히 정해진 직업 없이 생활한 것도 그의 생애를 비운으로 끝나게 한 원인이었을지 모른다. 이것은 만주사변 직전의 이야기다.」

李壽昌(이수창)

—

이수창(생몰년 미상) 극작가, 번역가, 수필가, 소설가.

약력

1922년	경성에서 조직된 고학생 극단 <갈돕회> 순회연극단에서 무대감독으로 활동하였다. 당시 도쿄 고학생 <갈돕회> 회원이었던 이수창은 사회극 「신생(新生)의 서광(曙光)」을 써서 무대에 올렸고, 「철권제재」를 번역하여 상연하였다.
1923년	박승희(朴勝喜)가 중심이 되어 조직한 극단 <토월회(土月會)>에 창립회원으로 참가하였다.
1924년	11월 「조선공론(朝鮮公論)」에 일본어소설 「어리석은 고백(愚かなる告白)」, 「조선 및 만주(朝鮮及滿洲)」에 「괴로운 회상(惱ましき回想)」을 발표하였다.
1925년	「조선공론」에 일본어소설 「어느 조선인 구직자의 이야기(惑る鮮人求職者の話)」를 발표하였다.
1927년	「문단제가 측면관 - 춘원 이광수, 염상섭」을 《중외일보》에 발표하였다. 「조선공론」에 「어느 면장과 그 아들(或る面長とその子)」, 「거리로 돌아와서(街に歸りて)」를 발표하였다.
1928년	3월 《경성일보(京城日報)》 조간에 일본어소설 「도서관에서(圖書館にて)」를 6회에 걸쳐 연재하였다. 「朝鮮文壇漫評」(一)(二)를 《동아일보(東亞日報)》에 게재하였다. 4월 이광수의 『혈서』를 일본어로 번역하여 「조선공론(朝鮮公論)」에, 8월 2일부터 1929년 5월 9일까지 「조선사상통신(朝鮮思想通信)」(721-945号)에 이광수의 『무정』을 일본어로 번역하여 224회에 걸쳐 연재하였다. 10월 김동인의 「감자」를 일본어로 번역하여 「분쇼쿠라부(文章俱樂部)」에 게재하였다.
1929년	「無情의 번역 후에」를 「조선사상통신」(통권 956-958호)에 발표하였다. 10월 나도향의 「벙어리 삼룡이」를 일본어로 번역하여 「슈칸아사히(週刊朝日)」에 게재하였다.

愚かなる告白(어리석은 고백)

〈기초사항〉

원제(原題)	愚かなる告白	
한국어 제목	어리석은 고백	
원작가명(原作家名)	본명	이수창(李壽昌)
	필명	
게재지(揭載誌)	조선공론(朝鮮公論)	
게재년도	1924년 11월	
배경	• 시간적 배경: 어느 해 여름 • 공간적 배경: 조선의 K시	
등장인물	① 청년단체 T극단 단원 '나' ② 단원 중에서도 특히 나와 마음이 잘 맞는 S 와 M ③ S가 나에게 소개해 준 '그녀' 등	
기타사항		

〈줄거리〉

　　나는 1년 전에 친구 S의 소개로 청년단체 <T극단>에 가입하게 되었다. 회원은 전부 N유학생으로 연극에 상당한 이해와 지식이 있었다. 민중교화와 생활개선에 연극이 필요하다고 판단했지만 학생이기에 돈 문제가 가장 절실했다. 부모님들은 연극하는 것을 반대했기 때문에 손을 벌릴 수도 없었다. 그래도 우리에게는 젊음과 건강이 있기에 돌진할 수 있었다.

　　여름에 K시에서 제1회 공연을 하였는데, 성과는 기대에 못 미쳤다. 그래서 제2회 공연 때는 일반인의 교양이나 취미 정도에 맞는 통속적인 각본으로 하기로 하였다.

　　회원 가운데 S와 M은 특히 친하게 지냈다. 둘의 마음은 대부분 일치했지만 여자나 연애담을 이야기할 때만큼은 예외였다. S는 여자나 사랑을 찬미하는 나와 M을 아니꼽게 보거나 깔보았다. 그러면서도 길에서 미인을 보면 우리보다 더 환성을 지르곤 했다. 그는 아직도 동정을 빼앗겨본 적 없는 순진한 남자였다.

　　어느 날 S가 내게 멋진 여자를 소개시켜 주겠다고 했다. 평소와 달리 진심어린 말에 반신반의한 마음으로 약속을 잡았다. 그녀와 첫 만남을 가졌는데 그녀는 뛰어난 미인은 아니었지만 모든 남성을 매료시킬만한 매력을 지니고 있었다. 탄력적인 육체와 건강한 몸가짐은 묘한 분위기를 자아냈다. 한번 보면 쉽게 넘어간다는 말이 어울리는 여자였다.

　　S는 나에게 더 좋은 기회를 만들어주려고 하였다. 단시간에 마음을 털어놓으라는 것이었다. M도 옆에서 부추기는 바람에 결국 설득당하고 말았다. 세 사람 사이에는 은밀한 약속이 이루어졌다. S는 구실을 만들어서 극장 3층 방으로 그녀를 오게 했다. M도 지금이 좋은 기회라고 재촉하였기에 각오를 하고 방으로 들어갔다. 그녀가 미소로 맞아주는 순간 긴박함과 초

조함에 휩싸여 3년 전부터 사랑하게 되었으니 마음을 받아달라고 했다. 그러자 그녀는 냉소를 띠며 고맙다는 말만 하고는 그림책을 보기 시작했다.

나는 치욕감을 느꼈으며 가장 지독한 희극이었다고 생각했다. S와 M은 그녀의 '고맙다'는 말은 곧 '당신을 사랑한다'는 반어적인 표현이라며 오히려 술을 사라고 하였다. 그리고는 편지를 보내라고 부추겼다. 나는 미사여구를 구구절절 늘어놓은 편지를 보냈는데 그녀에게선 짧은 거절의 답장이 왔다. 이후 담판을 지으려고 그녀를 찾아갔지만 쫓겨나고 말았다.

「2개월 후, M으로부터 S와 그녀가 사랑에 빠졌다는 이야기를 들었다. 그러나 그 이야기에도 놀랍거나 실망스럽지 않고 오히려 당연한 일로 생각되었다. 그들이 연극을 하였다는 것을 알았지만 그 일로 우정을 버려서는 안 된다고 생각했다. 그런 일에 휩쓸린 내 자신이 나빴으며 젊으니까 용서하고 서로 어울려야 한다고 생각했다. 종종 S와 그녀가 산책하는 것을 보고 잘 어울리는 커플이라 생각하였지만, 쓴웃음을 짓지 않을 수 없었다.」

062-2

惱ましき回想(괴로운 회상)

〈기초사항〉

원제(原題)	惱ましき回想(一~二)	
한국어 제목	괴로운 회상	
원작가명(原作家名)	본명	이수창(李壽昌)
	필명	
게재지(揭載誌)	조선 및 만주(朝鮮及滿洲)	
게재년도	1924년 11월	
배경	• 시간적 배경: 어느 날 저녁 • 공간적 배경: 번화한 도시의 A공원과 바닷가에 인접한 A온천	
등장인물	① 방황하는 작가지망생 '그' ② '그'를 진심으로 걱정하는 T박사 등	
기타사항	<글의 차례: 1.괴로운 회상 - 2.T박사와의 대화>	

〈줄거리〉

1. 괴로운 회상

어둑어둑한 거리로 나온 그는 이윽고 안도의 숨을 쉴 수 있었다. 하지만 '몇 분 전의 추악한 환영'이 이내 그를 더한 고통과 공포 그리고 자책 속으로 밀어넣고 말았다. 싸구려 쾌락이 만연한 A

공원, 그 쾌락에 취하려는 다양하고 잡다한 사람들. 그는 자신이 왜 이런 곳, 이런 사람들 틈에 있게 되었는가를 자문했다. 그리고 자신의 불순함에 양심의 가책을 느끼며 방황하다 만원전차에 몸을 실었다. 빼곡한 사람들 틈에서 서로의 숨결을 뺨에 느낄 정도의 거리에 그와 한 젊은 여자가 마주 보고 서게 되었다. 그는 결코 아름답지 않은, 하지만 매력이 넘치는 그녀를 대상으로 사랑에 대한 공상에 빠져들었다. 사랑한다고 고백하고 두 손을 마주잡으며 뜨거운 포옹을 한 순간, 신께서 내려준 행복에 겨운 우리를 사람들은 선망의 눈으로 바라보리라. 그렇다, 인간은 사랑하고 사랑받음으로써 비로소 행복해지는 것이며, 사랑 없는 삶처럼 메마르고 비참한 삶은 아마 없으리라- 이런 생각에 그는 전율했다. 그런데 공상에서 깨어났을 때, 눈앞에 서있던 그녀는 이미 내리고 없었다. 그리고 만원이던 전차 안은 어느새 군데군데 빈자리가 있을 정도로 한산해져 있었다.

빈자리에 앉은 그는 바로 맞은편에 앉은 한 쌍의 남녀를 발견했다. 그는 남자에게 바짝 기대앉아 교태를 부리는 그 여자가 평범한 여자가 아님을 직감했다. 순간 그는 '조금 전 자신의 영혼에 상처 입히고 육체를 더럽힌 증오스러운 그 여자의 환영'을 떠올리며 괴로워했다. 그리고 그 환영을 떠올리게 만든 맞은편 그녀에게 적개심마저 느끼고, 더 이상 그녀를 보지 않기 위해 그는 애써 눈을 돌렸다. 그리고 욕망에 지배당한 남자들이 봄날 들판의 향기로운 꽃들 사이를 날아다니는 호랑나비 같다고 생각하며, 꽃과 호랑나비를 인간의 연애에 빗대어 노래한 한 시인을 떠올렸다.

「하지만 호랑나비가 꽃과 노닌다고 보는 것은 지나치게 현실적이다. 그는 생존을 위해 꽃가루를 채취하는 노동을 강요당하고 있는 것이다. 만일 그가 생명을 위한 양식을 다른 것에서 발견했다면 뭣 하러 꽃에서 꽃으로 날아다닐 것인가. 하지만 인간의 경우는 호랑나비의 그것보다 훨씬 추하다. 그들은 자신도 그렇게 느끼고 타인에게도 그렇게 느끼게 하려고 노골적인 수단을 쓰고 조금도 부끄러워하지 않는다. 그곳에서는 그것이 오히려 자연스러운 일처럼 행해지고 있다. 이런 야만적인 남성의 욕망에 직접공급의 의무를 짊어지고 있는 가엾은 여자들은 인간으로서의 권리를 빼앗기고 있는 것이다. 일종의 물품, 금전으로 매매할 수 있는 모든 물품과 마찬가지로- 이렇게 말하는 것이 가장 적절한 형용이리라. 그러므로 자신을 저주하고 타인을 저주하는 그녀들은 금전 이외의 어떤 것도 인정하려 하지 않는다. 사랑? 쓸 데 없는 것이다. 진정한 사랑으로 행복한 생애를 산다는 것은 일종의 몽상이며 환영일 뿐이다.」

생각에 생각을 거듭하던 그는 차츰 고통스러운 환영에서 비롯되었던 여자에 대한 증오를 떨쳐내고, 남자들에게는 그녀들을 비하하고 증오할 권리가 없다는 결론을 내렸다. 그리고 그녀들이 언젠가는 진정한 인간으로 다시 설 수 있기를 원했다.

그가 간신히 하숙으로 돌아왔을 때 친구들은 모두 잠들어 있었다. 하지만 그는 좀처럼 잠을 이루지 못하고 자신의 나약함을 반성했다. 또 멀리 떠나온 고향의 부모님과 처음 이곳에 왔을 때 자신을 돌봐준 은사님에 대한 죄책감을 떠올리며, 이제부터 모든 유혹을 떨치고 자기완성을 위해 나아갈 것을 다짐하였다.

2. T박사와의 대화

그는 늦은 밤 T박사부부가 머물고 있는 A온천의 한 여관에 도착했다. 그의 뜻밖의 방문에 T박사 노부부는 여간 놀란 것이 아니었다. 하지만 그는 그들의 놀라움도 개의치 않고 자신의 앞으로의 생애를 결정할만한 선후책에 대해 박사의 의견을 묻기에 바빴다. 그는 T박사에게 "동경해 왔던 자신의 꿈을 위해 지금까지 얼마나 노력해 왔는가? 그것을 이제 와 정리한다는 것은 죽음과 같은 고통이다. 만일 희망을 버려야한다면 언제 고향으로 돌아가면 좋을지, 그러다 이대로 세상에서 영원히 매장되어버리는 것은 아닌지……" 등등의 고민들을 절박한 심정으로 털어놓았다. 그러자 T박사는 생활의 법칙에 무관심한, 세상물정 모르는 젊은 제자에게 미소 띤 얼굴로 대답했다.

「"자네의 희망과 이상은 잘 알고 있네. 하지만 먼저 자네는 실생활이라는 것을 생각할 필요가 있다고 보네. 이념을 위해서라면 죽음까지도 불사하겠다는 그 마음은 참으로 아름답네. 생명을 존중하고 그것을 키워가기 위해서는 그러한 희생적 정신이 물론 중요하지. 하지만 생각해보게. 자네의 이상이나 사업을 완성시키는 일은 무엇보다 먼저 육체적으로 생활할 수 있을 때 가능하다는 것을 잘 알고 있지 않은가? 자네 같은 젊은이들은 물질방면을 무조건 경시하는 경향이 있는데, 실사회에 나가면 차츰 그것이 아니라는 걸 알게 되네. 자네는 아직 생활의 실체를 직면해 보지 않았으니 그러는 것도 무리는 아니야. 지금 자네는 어떤 환영에 속고 있어. 그것이 마침내는 자네의 생활을 위협하고 자네의 인격에 나쁜 영향을 미치게 될 걸세. 실현하기 어려운 이상은 과감히 버리고 장래의 생활을 보장할 수 있는 그럴 듯한 과목을 선택하는 것이 가장 타당하다고 생각하네. 그렇다고 자네가 처음 가졌던 일념을 영원히 버리라는 것은 결코 아닐세. 다만 그러한 수단을 통해 자네의 장래를 더더욱 빛나게 하고 싶기 때문이야. 절대 섣부른 판단을 내려서는 안 되네. '대기만성(大器晩成)'이라는 격언을 잘 음미해서 착실하게 앞으로 나아가게. 자네는 아직 젊어. 2, 3년을 희생한다고 해서 크게 영향을 받지는 않을 게야. 무엇보다 자넨 생각이 너무 많아. 좀 더 냉정한 마음을 가질 필요가 있다고 보네."

그는 자애로움이 넘치는 박사의 말에 진심으로 감격했다. 그렇다고 그 자리에서 당장 수긍할 수는 없었다.

"선생님은 생활, 생활 하시는데, 전 그런 건 생각하고 싶지 않습니다. 다만 제가 꿈꿔왔던 길을 향해 맹목적으로 나가고 싶을 뿐입니다. 전 생활과 싸울 각오가 되어 있습니다. 순종하고 싶진 않습니다. 목적을 바꾸는 것은 곧 생활에의 패배를 의미하는 겁니다. 그것은 상황이 안 좋다고 아무렇지 않게 사랑의 대상을 바꾸는 것보다 더 생명에 대한 배신이며 자기몰락입니다. 전 오늘까지 그 한길만을 진실로 사랑해 왔습니다. 그리고 앞으로도 변함없이 사랑할 겁니다. 전 아무래도 그것을 버릴 수 없습니다."」

강하게 반발하는 그에게 T박사는, 그의 재능을 인정하고 후원해 주었던 지난 2년여의 기간 때와 다름없이 온화한 눈빛과 말투로 그를 타일렀다. 자신의 꿈을 실행하기 위해서는 무엇보다 생활의 안정이 우선이며, 물질을 쫓느라 예술적 가치를 점점 잃어가는 지금의 문단을 보더라도, 3년 정도 공부에 정진하여 직업을 얻는 것이 앞으로 안심하고 진정한 창작에 전념할 수 있는 지름길이 될 거라고 충고한 것이다.

그는 그제야 비로소 T박사의 애정어린 충고를 순순히 받아들이고, 노부부가 손에 꼭 쥐어 준 5엔짜리 지폐 두 장을 들고 숙소를 찾아 T박사의 방을 나왔다.

숙소를 정하고 저녁을 마친 그는, 들뜬 마음으로 산책을 나섰다. 번화한 도시와 달리 고요하기 그지없는 그곳에서, 사랑하는 어머니의 자장가를 들으며 잠든 아기의 숨소리와 같은 신성함을 느꼈다. 그리고 사랑하는 연인과의 축복받은 별밤이 그려지는 소설 속 주인공이 된 자신을 상상하며 슬픈 과거의 일들을 추억하였다.

惑る鮮人求職者の話(어느 조선인 구직자의 이야기)

〈기초사항〉

원제(原題)	惑る鮮人求職者の話	
한국어 제목	어느 조선인 구직자의 이야기	
원작가명(原作家名)	본명	이수창(李壽昌)
	필명	
게재자(揭載誌)	조선공론(朝鮮公論)	
게재년도	1925년 1월	
배경	• 시간적 배경: 1923년 관동대지진 직후 • 공간적 배경: 조선의 북쪽 지역인 C군과 경성	
등장인물	① 다니던 K신문사의 파산으로 실직자가 된 김춘식 ② 아들이 관리가 되기를 바라는 춘식의 부모님 등	
기타사항		

〈줄거리〉

김춘식(金春植)은 그가 근무했던 K신문사가 파산했기에 올해 6월부터 실직한 상태였다. 창간호를 낸 지 반년도 안 되었건만 이 신문의 몰락은 어쩌면 당연한 것인지 모른다는 생각이 들었다. 극심한 불경기 탓도 있지만 민중본위, 독자본위여야 하는데 K신문은 민중에 반역하는 신문이었기 때문이다.

춘식은 2년 전에 고향에 간 적이 있었다. 그의 고향은 '조선의 북단' 국경지방 C군(郡)이었다. 10년 전까지만 해도 교통도 복잡했고 배편도 찾기 힘들어 일주일쯤 기다리는 게 예사였다. 그의 고향은 남쪽 지역 사람들에게는 거의 이역과 같은 곳이었다. 하지만 춘식에게는 태어나서 유년기까지 10년을 살았던 곳이기에 소중한 곳이었다. 그의 부모님들을 지탱해 주는 힘은 아들의 입신출세였다. 부모의 그런 마음을 알기에 그도 귀성을 잠시 미루곤 하였다. 그런데 재작년에는 부모님이 꼭 오라고 당부하였기에, 두 달 동안 꿈같은 방학을 고향에서 보냈다.

1923년 9월 1일 S항을 출범하는 H마루호를 타기 위해 선착장으로 향하는 도중 호외를 보게 되었다. 「도쿄 - 요코하마 대지진 발생」이라는 표제의 호외였다. 잘못된 정보이기를 바라며 혹시나 하는 마음에 일단 배에 올랐다. 배 안에서 사람들은 지진에 대한 이야기를 흥미롭게 떠들어댔다. H마루가 G항에 도착하였을 때 구체적인 이야기가 떠돌았다. 사실로 믿을 수밖에 없었다.

그 후 춘식은 경성에 체류하면서 사태를 관망했다. 시간이 지나도 회복전망은 보이지 않았다. 근거 없는 유언비어가 퍼지고 인심은 얼어붙었다. 그의 부친은 여름방학 때 귀성한 것이 천만다행한 일이라며 일본에 가지 말라고 하였다. 춘식은 재난 후의 물가상승이 걱정되었다.

월 30원으로는 절약해도 힘들 것 같았다. 부모가 자신으로 인하여 곤궁한 생활을 해야 하기 때문에 더 이상 도움을 청하기는 어려웠다.

부모에게 더 이상 부담을 줄 수 없다고 생각한 그는 직장을 찾기 시작하였다. 직장을 잡기가 어려워 방황의 날들을 보내고 있을 때 K신문사에서 채용통지가 왔다. 이제는 하고 싶은 것을 맘대로 할 수 있다는 생각에 부모님에게 전보를 쳤다. 하지만 그의 부모님은 관리신봉자였다. 입신출세란 관리가 되는 거라 여겼기에 춘식이 주간신문기자가 되었다고 했을 때 부모님은 경악과 분노를 금치 못했다. 10년 동안 춘식에게 공을 들인 것은 훌륭한 인물이 되기를 바라서였지 신문기자 따위가 되라는 것은 아니었다는 것이다. 춘식은 자신의 현실을 이해 못해주는 부모님이 안타까웠고, 설득하기 위해 편지를 계속 보냈지만 헛수고였다. 결국에는 학비 걱정 말고 도쿄로 돌아가서 계속 공부나 하라고 하셨다. 춘식도 물론 도쿄로 돌아가고 싶었다. 특히 지진 후의 모습도 궁금하였다. 하지만 가지 않기로 결심했다. 그리고 2, 3개월 고향과 소식을 끊었다. 관리가 허세를 부리는 것은 다 옛날 일이다. 어떤 직업에 종사하더라도 양심에 부끄럽지만 않으면 그것으로도 사는 보람은 있을 것이라 생각했다.

「겨울이 오자 춘식은 말할 수 없는 불안과 초조를 느끼며 부모님을 생각했다. 특히 어머니가 더 생각났다. 고향에 가면 소학교(초등학교) 교사나 군서기가 되고 마음에도 없는 결혼도 해야 할 것이다. 아이도 생길 것이다. 하지만 그것은 상상조차 하기 싫었다. 남들처럼 효도하고 싶지만 장래의 일을 생각하면 불효자가 될 수밖에 없었다. 시골생활은 너무나 단조롭고 평범할 것 같아서 그곳에 있고 싶지 않았다. 아직 젊기에 도시에 있어야 한다는 신념으로 춘식은 도시를 벗어나려 하지 않았다. 어쩌면 춘식은 K신문사에 들어가기 전과 똑같은 일을 반복할 것이다.」

街に歸りて(거리로 돌아와서)

〈기초사항〉

원제(原題)		街に歸りて
한국어 제목		거리로 돌아와서
원작가명(原作家名)	본명	이수창(李壽昌)
	필명	
게재지(揭載誌)		조선공론(朝鮮公論)
게재년도		1927년 3월

배경	• 시간적 배경: 어느 해 겨울 • 공간적 배경: 경성
등장인물	① 연극에 뜻을 두었다가 실패한 '나'
기타사항	

〈줄거리〉

　　나는 문득 슈미트 본의 「거리의 아이」를 떠올렸다. 그것은 고(故) 도기 뎃테키(東儀鐵笛)의 제1회 공연을 했을 때 올린 3막짜리 연극이었다. 나는 연극에 뜻을 두고 그 분야의 대가를 찾아다녔고, 평판 있는 연극이라면 거의 다 보러 다니곤 했다. 그러나 1원 이상 하는 연극은 수업료가 밀린 상태였기에 쉽게 볼 수는 없었다. 그래서 공짜로 볼 기회를 만들었다. 가끔은 특등석에 앉는 영광을 누리기도 하였다. 하지만 「거리의 아이」 외에 어떤 작품이 상연되었는 지는 이미 잊어버렸다.

　　나는 1년 만에 상경했다. 나에게는 부모가 있고 집도 있으며 이웃도 있었다. 그들과 나는 상당한 거리감이 있었지만 그래도 행복했다. 부모가 늙으면 자식은 효도를 해야 한다. 그러다 결혼을 하게 되면 자식이 생겨 이중 삼중의 의무를 짊어지게 된다. 대부분의 사람들은 정도의 차이는 있지만 부모를 섬기고 있다. 부모를 편하게 모시고 싶다는 생각은 하지만 그것을 지금은 실현하지 못하고 있다. 성의가 부족한 면도 있겠지만 나는 최선을 다했을 때조차도 그럴 기회를 좀처럼 얻지 못했다.

　　사실 한적한 전원에서 부모와 함께 살고 싶었다. 그러나 전원생활은 사진이나 그림에 나온 것처럼 로맨틱한 것이 아니다. 메마르고 거칠다. 그런 살풍경한 전원에 살고 싶지는 않았다. 내가 하고 싶은 일을 하려면 도시로 가야했다. 비장한 결심을 하고 도시로 나왔지만 언제든 집으로 돌아갈 수는 있을 것이다. 하지만 내 자존심을 다치면서까지 고향으로 돌아가고 싶지는 않았다. 나는 이제 부모도 집도 없다. 다만 삶에 직면한 자신이 존재할 뿐이다.

　　나는 도시에 도착한 날 같은 고향의 학생과 산책을 나갔다. 운치 있는 S길을 걸었다. 평범한 길이지만 주위를 살피면서 천천히 걸었다. 도시 그 자체로 좋았다. 질주하며 달리는 전차의 굉음도, 자동차의 경적소리도 유쾌할 뿐이었다. 초저녁이 되자 카페에 들어가 맥주를 들이켰다. 이 카페는 전에 자주 왔던 곳으로 팁은 50전을 넘지 않았다. 커피 한 잔과 물 한 잔으로 보헤미안 기분을 낼 수도 있었다. 그러나 그런 흉내는 더 이상 낼 수 없었다. 여급이 냉담하게 굴며 응대해 주지 않았기에 그대로 숙소로 돌아갔다.

　　얼마 후 친구들에게 상경인사를 하러다녔다. 1년 만에 다시 나타났는데도 그들은 값싼 호기심만 내비칠 뿐이었다. 그 때문에 썩 내키지 않았지만 마지못해 그들을 찾아다녔다.

　　내 친구들은 대부분 저널리스트들이다. 어떤 이는 그로써 생활을 보장받고 있었고, 어떤 이는 여전히 힘들게 살고 있었다. 하지만 그들은 적어도 자신의 능력을 발휘하며 빚이나 밀린 집세에도 태연자약했다. 우리 문단은 그들에 의해 지탱되고 있었다.

　　문예에 관한 독무대는 대부분 그들이 차지하고 있었다. 그들은 나의 방문을 무척 반가워했다. 그들은 나를 내버려두고 아무렇지 않게 원고를 써나갔다. 시간이 지나자 나는 가시방석에 앉아 있는 것만 같아 이내 그들에게 작별을 고하고 하숙집으로 돌아왔다.

　　나는 매일 할 일도 없고 낮에 하숙집에 있으면 주인에게 구박받을 것 같아 한낮엔 도서관에 드나들었다. 예전에는 2전의 열람료조차 없어 들개처럼 시내를 배회했지만 이번에는 남은 여비가 있어서 올 수 있었다. 도서관에 있으면 충실한 내 모습으로 돌아와 평화롭고 행복했다. 하지만 밖으로 나오면 그러한 꿈은 한순간 부서지고 말았다. 그럼에도 은밀한 희열이 있었다. 때때로 지나가는 모던걸을 볼 때 내 마음은 화창해지곤 하였다.

그녀들의 색채와 기교가 넘치는 옷차림과 경쾌한 발걸음, 그리고 균형 잡힌 곡선미와 이지적으로 빛나는 모습은 나에게 달콤한 정서를 선사해 주었다. 그저 보는 것만으로도 유쾌하고 행복했지만, 냉정을 되찾고 그녀들의 미래를 상상해 보았다. 그녀들은 붉은 기와의 문화주택과 취미생활 그리고 서양식의 가정을 동경하고 있었다. 그런데 우리의 현실은 어떠한가? 문화주택 대신 빗물이 뚝뚝 떨어지는 초라한 초가집이 있고 취미생활 대신 아기 키우랴 살림하랴 바쁘고, 서양식의 가정 대신 방탕한 남편과 몰이해한 시어머니와 시누이가 있었다. 그런 그녀들의 불행과 타락 내지 파탄도 지나친 욕심에 원인이 있었다. 나는 마냥 그녀들이 애처로울 따름이었다.

「거리를 걷다보면 우리의 병적현상을 무수히 목격하지만, 나에게는 감히 그것을 탓할 권리가 없다. 왜냐하면 그 병적현상이 '우리'라는 복수에게 종속되어 있는 것이 아니라, 현실의 거울에 비친 일그러져 보기 흉해진 나 자신의 불건전한 모습이기 때문이다. 나는 먼저 나의 모습을 시정(是正)하고 심안(心眼)을 예리하게 한 다음 있는 그대로의 현실을 응시하고 싶다.」

或る面長とその子(어느 면장과 그 아들)

〈기초사항〉

원제(原題)		或る面長とその子
한국어 제목		어느 면장과 그 아들
원작가명(原作家名)	본명	이수창(李壽昌)
	필명	
게재지(揭載誌)		조선공론(朝鮮公論)
게재년도		1927년 4~5월
배경		• 시간적 배경: 면사무소 신축 낙성식 즈음 • 공간적 배경: S면
등장인물		① 아들의 출세를 바라며 자식교육에 모든 것을 바친 K면장 ② 유학을 마치고 돌아온 K면장의 아들 명수 ③ 성실한 K면장을 견제하는 군수 등
기타사항		

〈줄거리〉

　　K면장은 무학력자이지만 특유의 성실함으로 S면사무소의 면장까지 올랐다. K면장은 일본말도 못하고 공문 한 장 쓸 줄 몰랐지만 좌담회에서 운치 있는 한자를 인용하는 것은 일류 한학자 못지않았다.

　　K면장이 외아들 명수(明洙)를 유학 보낸 것은, 아들이 출세하여 관직에 오르기를 기대하였기 때문이다. K면장 부부는 재산을 물려주는 것보다 교육을 시키는 것이야말로 '무형의 재산'이라고 철썩 같이 믿었다. 마을에서는 전례가 없었기에 명수가 고향을 떠나 유학길에 오를 때에는 모두들 나와 축복의 말과 격려를 해주었다. K면장에게는 전답도, 모아둔 돈도 없었다. 매월 받는 수당도 거의 모두 교육비로 보내야 했기에 생계유지도 힘들었다. 연회 자리도 돈이 없어 자주 피했으며 담배도 가장 싸구려만 사서 피웠다.

　　하지만 명수는 부모의 기대를 저버리고 10년 만에 직장도 없이 고향으로 돌아왔다. 어려서부터 타지에서 홀로 살아야했던 명수는 외로움을 느낄 때마다 유흥의 유혹을 뿌리치지 못하고 부모님이 보내준 학비를 헛되이 낭비하며 방탕하게 살아왔던 것이다. 또한 겉으로 사랑을 표현해 주지 않는 부모에게도 불만이었다. 면장 부부의 실망은 아들의 의지박약에 대한 원망에서 자신들에 대한 질책으로 바뀌었다. 아들이 기대를 저버린 것에 대한 슬픔보다 주변 사람을 대할 면목이 없었다. 일단 체념은 했지만 다른 집 자식들이 출세하는 것을 보면 미련을 버리지 못했다.

　　K면장은 자신에게 반감을 갖고 있는 군수에게 여학교 출신 아가씨와 중매를 서달라고 부탁했지만 거절당하고 말았다. 그러면서도 아들과 어울릴 만한 며느리를 맞고 싶은 마음만은 접지 못했다.

　　평소 K면장이 노력한 덕분에 모아진 기부금으로 면사무소를 신축하게 되자 군수는 심기가 불편했다. 군(郡)의 최고 관청인 군청보다 면사무소가 먼저 최초의 벽돌건물을 짓게 되었다는 사실에 군수는 자존심이 상할 대로 상해 있었다. 뿐만 아니라 면장이 전(前) 군수와 도당국의 신임을 얻어 면장까지 되었다는 사실에 상당히 불만을 품고 있었다.

　　그러던 어느 날, 예기치 않은 사건으로 면장은 경위서를 쓰게 되었다. 그래서 자신이 애써 성사시켜 신축한 면사무소의 낙성식이 가까워오는데도 K면장은 사표를 제출해야만 했다.

　　그런가 하면 K면장은 사기꾼에게 속아 언문도 제대로 읽지 못하는 볼품없는 여자를 며느리로 맞이하고 말았다. 명수는 여자가 너무 마음에 들지 않았지만 오로지 굶주렸던 성욕을 채우기 위해 그녀의 육체를 탐했다. 게다가 명수 어머니 또한 며느리를 미워하였고 결국 고부간은 견원지간이 되고 말았다. K면장은 자기가 서둘러 시킨 결혼이어서 명수와 아내에게 더욱 미안했다.

　　이러한 명수의 결혼생활은 결국 2개월 만에 끝나고 말았다. 명수는 자신의 출세와 아버지의 체면에 지장이 있는 줄 알면서도 아내에게 이혼을 종용했던 것이다. 아내가 친정으로 돌아간 뒤, 3개월 후에 명수는 도(道)의 임시직원으로 채용되었다. 군(郡)이 아닌 도(道)의 임시직이기에 출세도 빠를 것이라 생각하며 그의 부모는 아주 좋아했다.

　　「그런데 채용된 지 두 달도 지나지 않았을 때였다. 실로 생각지도 못한 일이 벌어졌다. 그것은 다름이 아니라 헤어진 여자가 갑자기 찾아온 것이다. 이미 남남이 된 이상 여자가 찾아오든

말든 알 바 아니지만, 여자의 태도가 뜻밖이고 뻔뻔스러웠기 때문에 명수는 너무나 당황스러워 어쩔 줄 몰랐다. 게다가 더욱 놀라운 것은 여자가 명수에게 재결합을 요구한 것이다. 근거도 없는 소문을 믿고 그를 설득하러 온 것이었다. 명수는 일언지하에 거절하면서, 여자에게 만만히 보인 것이 억울했다. 여자는 빚쟁이처럼 그의 주변을 맴돌며 잠시도 떨어지지 않았다. 관청에 알려지면 곤란하므로 일단 달콤한 말로 달래어 당장 돌아갈 것을 부탁해보았다. 여자도 납득이 갔는지 그러마고 했다. 돌아갈 기찻삯을 명수가 내주었다. 이것으로 일단락되었다고 생각하고 있을 때, 이미 돌아간 줄 알았던 여자가 다시 나타났다. 어떻게 된 것이냐고 묻자, "당신이 적당히 얼버무리며 사람을 속이니까 돌아갈 수가 없어요, 당신이 나를 불쌍하게 여긴다면 그 증거를 보여 주세요."라고 대답했다.」

그렇게 하여 명수의 이혼사실이 결국 관청에도 알려지게 되었다. 보수적인 관청에서는 명수에게 사표를 내라고 종용하였고, 이에 명수는 어쩔 수 없이 사표를 제출하고 말았다.

K면장은 명수의 이혼으로 마을 사람들의 동정심마저 잃고 말았다. 하지만 면사무소 준공 중에 면장이 사직한 것은 누구나 유감스럽게 생각했다. 집 건너편으로 신축한 면사무소가 보였지만, 면장에게는 5년간의 공직생활의 대가로 받은 100원이 안 되는 퇴직금만이 남아 있었다.

李蓍珩(이시형)

—

이시형(1918~1950) 교원, 소설가. 창씨명 미야하라 미쓰하루(宮原三治).

1918년	제주도 애월읍에서 출생하였다. 이후 애월보통학교를 졸업하였으며, 일본의 아이치현(愛知県)에 있는 니시오산시(西尾蠶絲)학교를 거쳐 경성사범학교 강습과와 혜화전문학교 흥아과(興亞科)를 졸업하였다. 전라남도 곡성의 삼기공립보통학교, 전라남도 함평의 함평공립소학교, 함경북도 경성공립농업학교, 제주공립농업학교 등에서 교편을 잡았다.
1944년	8월 신인추천작으로 「국민문학(國民文學)」에 일본어소설 「이어도(イヲ島)」를 발표하였다.
1945년	2월 신인추천작으로 「국민문학」에 일본어소설 「신임교사(新任教師)」를 발표하였다. 광복 후 제주공립농업학교 등에서 교편을 잡았다.
1947년	<3·1절> 기념 시위사건이 발발하자 대책위원회 부위원장으로 활동하며 투쟁방침 초안을 작성하였다.
1950년	<한국전쟁> 때 예비검속되어 수장(水葬)된 것으로 알려져 있다.

063-1

イヲ島(이어도)

〈기초사항〉

원제(原題)	イヲ島(一~九)
한국어 제목	이어도

원작가명(原作家名)	본명	이시형(李蓍珩)
	필명	미야하라 미쓰하루(宮原三治)
게재지(揭載誌)		국민문학(國民文學)
게재년도		1944년 8월
배경		• 시간적 배경: 1936년과 1941년 • 공간적 배경: 남쪽의 외딴 섬 S읍
등장인물		① 어머니 사망 후 모습을 감춘 임죽미 ② 죽미의 행방을 뒤쫓는 남무송선생 ③ 죽미의 아버지인 은행원 임도율 등
기타사항		'신인추천'

〈줄거리〉

재능과 미모를 가지고 있는 여자가 환경이 나쁜 집에 태어나면 나쁜 길로 빠지기 쉬운 게 보통이다. 죽미(竹美)도 그런 사람 중의 하나였다. 죽미가 갑자기 사라졌다는 사실이 남선생 은 믿기지 않았다. 광주에 갔다느니, 서울로 갔다느니 엄마처럼 화류계에 빠졌다느니 미쳐 자 살했다느니 하는 온갖 소문들이 떠돌았다.

3년 가까이 죽미를 보아온 남무송(南茂松)선생은 그녀를 찾아보기로 하였다. 그녀의 아버 지 임도율(林道律)은 은행원으로 광주에 있었는데 딸의 행방에는 관심이 없었다. 가여워 호 적에 올렸을 뿐 연락을 하지 않는다는 것이었다. 아버지로서 책임을 다했느냐는 말에 임도율 은 남선생을 쫓아내고 말았다. 죽미어머니가 죽은 줄도 모르는 것 같았지만 남선생은 그에 대 해선 말하지 않았다.

중학교를 막 졸업한 남선생은 1936년 남해 바다의 외딴섬 S읍에 있는 보통학교(초등학교) 에 부임하였다. 이 학교는 18학급이나 되는 꽤 큰 학교였다. 그는 5학년 여학생반의 담임이 되었다. 막내로 자란 남선생은 여자들의 세계를 잘 모르지만 그들과 쉬는 시간 이외에도 운동 을 함께 하거나 휴일에는 소풍을 가기도 하며 나름대로 학생들과 친해지려고 노력하였다. 그 때마다 혼자 외톨이로 있는 여학생이 죽미였다.

죽미어머니는 광주 교외의 가난한 농가로 시집 가 아들을 낳고 살았는데, 그만 남편과 사별 하고 말았다. 어쩔 수 없이 어린 아들을 친가에 맡기고 어느 은행가의 집안일을 거들며 생계를 잇게 되었다. 그러다 주인인 임도율과 관계를 맺게 되고 임신까지 하였는데, 임도율은 임신한 그녀에게 얼마간의 돈을 주며 멀리 떠날 것을 요구했다. 죽미어머니는 어쩔 수 없이 오빠가 있는 S읍으로 나왔고 이곳에서 죽미를 낳았다. 그녀는 갖은 고생으로 결국 병을 얻어 앓아눕 고 말았다. 죽미는 몇 번인가 아버지를 찾아가 도움을 요청했으나 번번이 거절당했다.

죽미는 친구들이 자신을 동정한다는 이유로 언제나 그들을 멀리했고 차츰 성격이 사나워 졌다. 그런 그녀를 설득하여 독학을 권하고 보살펴준 사람이 남선생이었다.

어느 더운 여름날 밤, 강으로 바람을 쐬러 나간 남선생은 「이어도(イ카島)」라는 민요를 구성 지게 부르는 죽미를 보았다.

「그는 사방을 둘러보았다. 아무도 없었다. 용궁의 궁녀가 아닐까 착각할 정도였다. 발소리 를 죽이며 노랫소리가 나는 쪽으로 다가갔다.

갈매기 나는 머나먼 저곳의
낭군이 계시는 행복한 나라로
해녀를 태운 새하얀 범선
남풍(南風) 따라 바람 따라
오늘도 가네 낭군님 사는 이어도로
아 가고 싶어라 나도 가고 싶어
이어도여! 이어도여!

그것은 이 섬의 민요였다. 해녀들은 해변에서 피로를 잊기 위해 노래하고, 배타는 사람은 노를 저으며 박자에 맞춰 부르는 남해 특유의 서정미 넘치는 민요였다.」

남선생은 언제나 쌀쌀하고 도도한 죽미가 그런 민요를 부른다는 사실이 놀라울 따름이었다. 남선생은 속 깊은 대화를 나눈 뒤에 죽미가 어머니의 병환으로 힘들어했다는 것을 알았다. 남선생은 임도율에게 딱한 사정을 편지로 알렸지만, 10년 전 이미 인연을 끊은 사람이고 그때 충분한 돈을 지불하였다는 답신이 왔을 뿐이다.

16살에 초등학교를 졸업한 죽미는 어머니가 돌아가시자 그만 집을 나가 행방을 감추고 말았다. 그런 죽미를 언제나 도우며 격려했던 남선생은 허탈하기 그지없었다.

남선생은 그 후 열심히 공부하여 정교사자격증을 받았다. 고향으로 가지 않고 경성의 여학교에서 교편을 잡았다. 그러던 어느 날, 갑자기 죽미에게서 신문에 실린 남선생의 글을 보았다며, 자신은 고향 학교에서 교사를 하며 잘 지내고 있다는 편지가 왔다. 남선생은 너무나 반가운 나머지 휴가를 얻어 곧바로 죽미를 찾아갔다. 5년여 만에 찾아온 섬은 많은 변화가 있었다. 숙소를 정한 뒤 학교를 방문했는데 뜻밖에 죽미와 그녀의 친구 주자(周子)가 그곳에서 함께 근무하고 있었다. 저녁이 되어 죽미가 남선생의 숙소를 찾아왔고, 그간의 사연들을 들려주었다.

죽미는 어머니가 세상을 떠나자 살길이 막막해 아버지를 찾아가 도와달라고 부탁했으나 거절당했고, 이복형제들의 냉대까지 받았다. 그 길로 경성으로 가서 공장에 취직을 하였고 쉬는 날이면 열심히 공부해 제2종 교원시험에 합격했다고 했다. 죽미는 또 한 가지 뜻밖의 이야기를 들려주었는데, 그것은 다름이 아니라 그녀의 아버지가 그간의 자신의 행동을 후회하고 죽미를 자식으로 받아들였으며, 태어나 한 번도 본 적 없는 죽미의 오빠가 만주로 떠난 뒤 생사를 알 수 없어 근심이라는 이야기였다. 그렇게 헤어진 죽미는 이튿날 남선생이 배를 타고 떠날 때까지 나타나지 않았다. 남선생은 갑자기 그런 죽미가 한없이 가엾고 또 보고 싶어졌다. 할 수만 있다면 뱃머리를 돌리고 싶었다.

경성에 도착한 남선생은 죽미로부터 배웅을 못해 미안했다는 편지를 받았다. 남선생은 이젠 그녀를 보호해 줄 사람은 자신 밖에 없다고 생각하고 답장에 자신과 결혼해 달라고 썼다. 그러나 죽미는 자신은 자격이 없으므로 주자 같은 조신한 사람을 아내로 맞이하라고 답장을 보내왔다. 이에 화가 난 남선생은 모든 걸 잊고 일에 몰두하기로 했다.

그러던 어느 날 죽미가 갑자기 남선생의 하숙집으로 찾아왔다. 교사1급 자격증을 따고 싶으니 도와달라는 것이다. 남선생은 조금 망설여졌으나 보살피기로 했다. 그렇게 며칠이 흐른 어느 날, 남선생은 자신에게 아직도 혼자냐고 묻는 죽미의 뺨을 때리고 말았다. 죽미는 다음 날 교원시험을 보지 않고 고향으로 돌아간다는 편지 한 장을 남기고 나가버렸다. 남선생은 황급히 기차역으로 달려가 겨우 죽미를 찾아 집으로 데려왔다. 죽미는 여느 때와는 달리 순순히 남선생의 뒤를 따라왔다. 그 순간 민요 「이어도」가 남선생의 귓가에 들려왔다.

063-2

新任教師(신임교사)

〈기초사항〉

원제(原題)		新任教師(一~三)
한국어 제목		신임교사
원작가명(原作家名)	본명	이시형(李蓍珩)
	필명	미야하라 미쓰하루(宮原三治)
게재지(揭載誌)		국민문학(國民文學)
게재년도		1945년 2월
배경		• 시간적 배경: 1944년 • 공간적 배경: 경성의 K중학교
등장인물		① 작년에 부임해 온 물상교사 난바라 ② 난바라와 사이가 좋지 않은 교무주임 ③ 퇴학당할 위기에 처한 야스다 등
기타사항		'신인추천'

〈줄거리〉

난바라(楠原) 선생은 공고를 갓 졸업한 K중학교 물상(物象) 선생으로 작년 10월에 선배 대신 부임했다. 그가 수업을 마치고 교무실로 돌아오자 교무주임이 험악한 표정으로 방과 후 회의가 있다고 퉁명스럽게 말했다. 순간 난바라는 책상 위에 놓여 있는 봉투를 보았는데 그것은 자신이 맡고 있는 4학년 야스다(安田)가 보낸 것이었다. 그제야 왜 회의가 열리는지 알게 된 난바라는 교무주임에게 본인이 직접 왔냐고 물었다.

며칠 전 야스다가 사복차림으로 영화를 봤는데, 그 때문에 오늘 교직원회의가 열리게 된 것이다. 학생의 신분을 망각한 행위이므로 처벌을 해야 한다는 것이었다. 회의 결과에 따라서는 퇴학을 당할 수도 있었다. 난바라는 자신이 교사가 되어 처음 맡은 반의 학생인지라 되도록이면 가벼운 처벌을 원했다. 그러나 유난히도 교무주임이 완강히 처벌을 주장하였다. 교무주임이 그런 주장을 하는 데에는 나름대로 이유가 있었는데, 그것은 교무주임과 난바라의 사이가 좋지 않았기 때문이었다.

작년 부임 초기만 해도 두 사람은 사이가 좋았다. 모든 게 낯설던 난바라를 위해 하숙을 정하기 전까지 방을 빌려주고 마을 어른들께 직접 데려가 인사도 시키고, 수업 방법에 대한 조언을 해주는 등 물심양면으로 도와준 이가 교무주임이었다. 따라서 난바라는 고마운 마음에 교무주임을 잘 따랐다. 그런데 그런 교무주임이 동료들의 흉을 난바라에게 자주 하였다. 또 난바라에게 자기 대신 숙직을 서달라는 부탁을 자주 했다. 결정적인 것은 교장선생에게 자신을 모함까지 한 것이다. 난바라는 교무주임을 교장선생 앞으로 데리고 가 자신의 결백을 증명해 보였다. 그 후로 두 사람 사이는 나빠졌고, 교무주임은 사사건건 난바라선생을 걸고 넘어졌다. 결국 난바라는 자기 때문에 제자가 극한 처벌을 받게 될까봐 노심초사했다.

방과 후 드디어 회의가 시작되었다. 선생님들은 이구동성으로 야스다의 퇴학을 주장했다. 이에 난바라는 야스다가 영화관에 들어가는 것을 목격한 교무주임이 주의를 주지 않은 태도를 문제 삼았다. 처벌을 위해 일부러 영화를 보고 나올 때까지 기다렸던 게 아니냐고 주장한 것이다. 난바라는 학칙이 학생을 처벌하기 위해 존재하는 게 아니라는 논리를 내세우며 교사의 자질이 부족하다고 강조하였다. 다행히 체육교사도 야스다는 운동을 잘하는 학생이므로 선처해야 한다고 주장했다.

교무주임은 야스다가 강제징집을 피하기 위해 결혼한 것은 용서할 수 없는 일이라고 뜬금없는 주장을 했다. 이에 난바라는 야스다가 독자이기 때문에 징집되어 출정하면 죽을 수도 있기에 그랬던 것이라고 변호했다. 게다가 야스다의 결혼을 가지고 퇴학시키면 교육 분위기도 경직될 뿐 아니라 황군(皇軍)으로서의 역할을 제대로 하지 못할 것이라고 으름장을 놓았다. 그리고 모든 책임은 자신이 질 것이며, 야스다를 훈방조치 한다면 자신이 정신교육을 철저히 시키겠다고 했다.

다행히 야스다는 처벌을 받지 않고 난바라의 하숙으로 방을 옮기게 되었다. 난바라는 매일 새벽에 야스다와 함께 신궁에 가서 천황에 대한 감사와 전쟁에서의 승리를 기원하였다. 그곳에서 우연히 교무주임을 만났는데 그도 매일 거르지 않고 신궁에 와 기도한다고 했다. 난바라는 교무주임의 새로운 모습에 감탄하면서 지금까지의 앙금을 털어버리고 화해하기로 마음먹었다.

징병제가 발포되고 첫 검사일이 다가와 K중학교에서도 총 12명의 징병적령의 학생이 검사를 받게 되었다.

「다음날 정오가 지났을 무렵 징병조가 돌아왔다. 열두 명 중 갑종에 합격한 학생은 ○명이었다.

"덕분에 갑종에 합격했습니다." 야스다는 눈물을 글썽였다. 감정이 한꺼번에 북받친 기쁨의 눈물이라고 난바라는 생각했다.

"축하한다. 넌 이제 천황께 바쳐진 몸이다. 너의 몸을 소중히 하도록!"

"네."

그가 나가자 교무주임이 다가와 부드러운 미소를 띠며 말했다.

"축하해요. 정말 선생님 덕분이에요. 오늘 밤 저희 집에 안 오실래요? 야스다군도 데리고. 축하해야죠."

"기꺼이 가겠습니다." 난바라는 깊이 고개를 숙였다.」

李永福(이영복)

—

이영복(1921~2004) 언론인, 소설가, 시인. 필명 이영구(李永九), 모리야마 잇페이(森山一兵).

064

약력

1921년	제주에서 출생하였다.
1940년	3월 일본으로 건너가 도쿄외국어전문학교 산하의 제1 외국어학교에 입학하였으나 1년 3개월 만에 중퇴하고 노동자가 되었다. 주로 일본 문인들과 교류하며 문학활동을 하였다.
1942년	<일본청년문학자협회> 회원이 되면서 「세이넨삿카(靑年作家)」 7월호에 모리야마 잇페이(森山一兵)라는 이름으로 일본어소설 「밭당님(畑堂任)」을 발표하였다. <학업중단협화회>에 가입하기를 거부했다는 이유로 일본경찰의 감시를 받았다.
1943년	8월 오사카에서 체포되어 강제 귀국 당했다.
1945년	11월 최길두 등과 함께 제주 최초의 잡지 「신생(新生)」의 발간을 주도하면서 소설 「야로(夜路)」와 세 편의 시를 발표하였다.
1947년	5월 제주경찰의 첫 기관지인 「경성(警聲)」의 촉탁으로 채용되어 발행업무를 맡았다.

이영복은 1945년부터 1947년까지 《제주민보》 기자로 활동하였으며 제주 <4·3사건> 이후 문학활동을 중단하였다. 일제강점기와 광복 직후 제주의 사회상을 반영하는 작품을 썼으며, 제주 방언을 소설에 처음으로 구사하였다. 시(詩)로는 「추억」, 「회루(悔淚)」, 「우울」 등이 있다. 사망 직전까지 번역가로 활약하였다.

畑堂任(밭당님)

〈기초사항〉

원제(原題)	畑堂任	
한국어 제목	밭당님	
원작가명(原作家名)	본명	이영복(李永福)
	필명	모리야마 잇페이(森山一兵)
게재지(揭載誌)	세이넨삿카(靑年作家)	
게재년도	1942년 7월	
배경	• 시간적 배경: 어느 해 4월의 밤 • 공간적 배경: 제주도 어느 보리밭 사이	
등장인물	① 일찍이 남편을 여의고 아들 내외와 살고 있는 노파 ② 다섯 식구를 부양하고 있는 마복삼 등	
기타사항		

〈줄거리〉

　　제주도 어느 마을, 일주도로에 인접해 있는 마을에는 상점가가 형성되어 있었다. 그 상점가를 가로질러 늦은 봄 밤길을 예순다섯의 노파가 흰 수건을 머리에 두르고 광주리를 옆구리에 끼고 돌부리에 걸려 넘어지지 않도록 조심조심 어디론가 걸어가고 있었다. 돌이 많은 제주도인지라 마을 집들의 담은 대부분이 뾰족한 돌들로 만들어져 있고, 마을 안에 난 길 역시 돌 천지였다. 그러니 자칫 잘못하면 담벼락 모서리에 이마를 찧기도 하고 돌부리에 걸려 넘어지면 무릎 깨지는 건 두말할 것 없고 재수 없으면 입술 깨지는 것도 예삿일이었다. 그러나 노파는 어두운 밤길임에도 불구하고 광주리를 옆에 끼고 마을길을 무사히 빠져나와 큰길로 나오는 데 성공했다.

　　큰길에서는 마을 장난꾸러기들이 술래잡기에 정신이 팔려 노파가 지나가는 것을 알아채지 못했다. 마을 장난꾸러기들은 언제나 노파를 보면 광주리를 빼앗거나 놀려대며 짓궂게 굴었다. 그러므로 노파는 아이들에게 들키지 않으려고 걸음을 재촉했다. 큰길 상점가를 빠져나와 보리밭이 즐비한 곳에 다다른 노파는, 큰길과 보리밭 사이를 가로지르는 도랑을 건너야했다. 도랑은 치마를 입은 노파가 훌쩍 뛰어넘기에는 폭이 넓었다. 노파는 큰길에서 도랑으로 내려서 다행히 거기 굴러다니던 널찍하고 각진 돌을 밟고서야 보리밭둑으로 간신히 올라설 수 있었다. 그렇게 도랑을 건넌 노파는 보리밭 길을 한참 올라가서야 '밭당(畑堂)'에 도착했다. 밭당에는 조그마한 불상과 음식을 놓을 수 있는 곳이 마련되어 있었으며, 주변에는 종이나 헝겊을 매단 새끼줄이 둘러쳐진 당산나무 한 그루가 서있었다. 마을 아낙들은 이곳을 '밭당님'이라 부르며 근심걱정이 있거나 간절한 바람이 있을 때면, 신지식인이라는 사람들의 눈을 피해 밤이 되길 기다렸다 남몰래 나와 기도를 드리곤 하였다. 이 노파 역시 기도를 드리러 온 것이었다.

노파가 촛불을 켜고 준비해 온 술과 흰쌀밥을 차려놓고 정성껏 기도문을 외우고 나서 일어섰다. 아픈 허리를 통통 치며 일어선 노파는, 순간 나뭇잎이 부스럭거리는 소리에 등골이 오싹해짐을 느꼈다. 그런데 막상 뛰쳐나온 것은 족제비였고 그 바람에 술잔이고 촛대고 제물들이 사방으로 튀어나가 순식간에 난장판이 되고 말았다. 노파는 화가 머리끝까지 치밀었지만, 이미 벌어진 일이니 어쩔 수 없다고 단념하고 광주리를 챙겨 밭당님을 뒤로 했다. 밤길을 되짚어 도랑이 있는 큰길까지 왔지만, 노파는 그만 그곳에 도랑이 있다는 사실을 깜빡 잊고 허공에 걸음을 내딛는 바람에 도랑으로 굴러 떨어지고 말았다. 설상가상으로 아까 밟고 올랐던 돌 모서리에 허리까지 찍고 만 노파는, 꼼짝달싹 하지 못하고 '아이고 아이고' 고통에 찬 신음만 낼 뿐이었다. 사람의 운이란 참 알다가도 모를 일이다. 갈 때는 그 돌 덕에 쉽게 도랑을 건널 수 있어 좋았는데, 그 돌이 이렇게 노파를 다치게 하는 불행의 원인이 될 줄 어찌 알았겠는가.

그때 마침, 큰길 저편 어둠 속에서 말이 끄는 빈 짐수레가 마을을 향해 굴러오고 있었다. 그 짐수레는 마복삼(馬福三)의 것이었다. 술에 취해 잠이 들었다가 간신히 정신을 차리고 하늘의 별들을 바라보던 마씨는 문득 큰길 한 가운데 떨어져있는 광주리를 발견하고 급히 말을 세웠다. 이 야심한 밤에 아녀자의 외출용 광주리가 큰길에 떨어져있는 것을 본 마씨는 웬 나쁜 놈이 아녀자를 겁탈하려는 것이 분명하다고 생각하고, 두 주먹을 불끈 쥐고 수레에서 내려 보리밭 쪽으로 갔다. 그런데 거기서 그가 발견한 것은 꼼짝도 하지 못하고 넘어져 훌쩍이고 있는 노파였다. 노파의 허리 밑에 깔린 돌부리를 보고 전후 상황을 파악한 마씨는 조심스럽게 노파를 수레로 옮겨 눕혔다. 그때까지도 '아이고 아이고' 외에는 고맙다는 말 한마디 하지 못하던 노파가 우는지, 그 울음소리가 비애와 우수에 찬 깊은 동정심과 애상을 불러일으켰다.

「일단 힘든 일을 마치자 목에 감았던 하얀 수건을 풀어 이마에 흐른 땀을 닦고, 허리춤에 끼워둔 곰방대를 꺼냈다. 여느 때처럼 민첩한 손놀림으로 곰방대에 담배를 채워 물었다.

"이제 가볼까?"

그는 무표정한 얼굴로 밤하늘을 한 차례 우러러보더니, 말고삐를 잡고 수레를 출발시켰다. 말은 지금 벌어진 사건이 대체 뭐냐는 듯이 부루퉁한 얼굴로 느릿느릿 수레를 끌었다.

희미하게 발빠른 바람이 어디 끝자락에서 불어오는지, 그들의 머리 위와 짐수레 위를 스쳐 지나갔다. 밭의 보리가 부스스 울었다. 노파의 낮고 가는 신음소리가 길게 꼬리를 그리며 길가 건너 밭당 쪽으로 사라져갔다. 수레는 한 사람의 새로운 손님을 태우고 느릿느릿 마을로 향해 난 내리막길을 덜커덕덜커덕 내려갔다.」

李允基(이윤기)

이윤기(생몰년 미상) 르포작가. 창씨명 오무라 겐조(大村謙三).

065

065

약력

	경상남도 거창에서 출생하였다.
1938년	4월 육군지원병제도가 실시된 직후 지원병 1기생으로 응모하여 합격하였다. 조선인 지원병 최초의 전사자로 알려진 이인석(李仁錫)과 동기생이다.
1940년	1월 거창 등을 돌며 지원병 응모에 관한 강습회 및 설명회에 참가하였다.
1942년	「동양지광(東洋之光)」에 일본어 참전기 「북중국전선 추억기(北支戰線追憶記)」, 「싸우는 지원병(戰う志願兵)」을 발표하였다. 6월호『동양지광』에 「징병제 실시를 맞아(徵兵制實施に当りて)」를 발표하였다.
1943년	4월『전투하는 반도지원병(戰ふ半島志願兵)』을 도토쇼세키(東都書籍)에서 간행하였다. 5월부터 7차례에 걸쳐 「평원을 정벌하다 - 허베이전선종군기(平原を征く - 河北戰線從軍記)」(「동양지광」)와 11월 「추격전기(追擊戰記)」(「국민문학」)와 「병영생활(兵營生活)」(「반도지광」)을 일본어로 발표하였다.
1944년	2월 「춘추」에 「징병제와 지원병(徵兵制と志願兵)」을 발표하였다.

北支戰線追憶記(북중국전선 추억기)

〈기초사항〉

원제(原題)	北支戰線追憶記
한국어 제목	북중국전선 추억기

원작가명(原作家名)	본명	이윤기(李允基)
	필명	오무라 겐조(大村謙三)
게재지(揭載誌)		동양지광(東洋之光)
게재년도		1942년 4월
배경		• 시간적 배경: 1938년 초여름 • 공간적 배경: 중국의 산시(山西)지방
등장인물		① 중국의 전쟁터로 떠나온 반도지원병 '나(이윤기)' ② 같은 지원병훈련소의 동기 이인석 등
기타사항		<글의 차례: 출발 - 전장터에 한 발 내딛다 - 군기(軍旗) 아래로 모이다 - 이인석의 전사 - 진흙탕에 젖은 일주일 - 베이징이여 안녕>

〈줄거리〉

「노영의 노래(露営の歌, 중일전쟁이 발발한 1937년 9월 콜롬비아레코드에서 발매된 군가)」를 들으며 병사들은 늠름하게 ○○거리를 행진하였다. 일사보국(一死報國)의 결심과 후방의 기대에 부응하고자 하는 북중국전선 출동대열에 나도 끼어있었다. 초여름의 무더운 바람을 맞으며 ○○역에 도착한 병사들 중에는, 역으로 배웅을 나온 가족들과 마지막이 될지 모를 아쉬운 이별을 나누는 사람들도 있었다.

「기차는 ○○선을 달린다. 밤인데도 각 역마다 어린 소학교(초등학교) 학생들이 「애국행진곡」을 부르며 만세소리로 배웅해 주었다. "아아, 고생이 많구나. 고맙다. 더 이상 아쉬울 것은 없다. 싸우리라, 너희들을 위해서……."
'믿어다오. 오늘부터는 내 목숨이 아니므로.' 일사순국의 결의를 다졌다. 기차는 단숨에 ○○을 지나 ○○○의 철교를 지났다. 아아, 조선이여, 나의 요람의 땅이여, 안녕. 살아서는 두 번 다시 ○○○을 건너지 않으리. 나는 강 위를 아쉬운 마음으로 다시 한 번 바라보았다.」

○○을 출발한 지 사흘째가 되자. 조선에 있을 때는 모르겠더니 고향이 그리웠다. 우리는 머잖아 황군의 폭격과 탄환으로 폐허도시가 되어버린 산하이관(山海関)에 도착했다. 창신뎬(長辛店)부터는 적군이 기차를 습격할지 모른다는 정보가 들어와 기차문을 잠근 채 달렸다. 금방이라도 전투가 시작될 것 같았다. 하지만 우리는 이튿날 무사히 스자좡(石家莊)에 도착했고 그곳에서 1박한 후 타이위안(太原)행 무개차로 갈아탔다. 기차는 우리 부대가 2년 전 악전고투를 벌였던 냥쯔관(娘子關)이 내다보이는 곳을 지나쳤다. 그 곳곳에 전사자의 무덤이 있고 그 앞에 꽃이 놓여있는 모습이 보였다. 기차는 이윽고 산시성으로 들어섰다.
어두컴컴한 역에 하차한 우리는 대오를 가다듬고 원시(聞喜)성 안으로 전진했다. 땀과 먼지로 범벅이 된 전우들끼리 서로의 얼굴을 바라보며 웃었다. 운송책임자가 무사히 목적지에 도착한 것을 축하하고 석별의 인사를 건넸다. 우리는 너나할 것 없이 눈물을 흘리며 군기 아래 모여 황국을 위해 죽겠노라는 각오로 군기를 우러러보았다.
잠시 휴식을 취하라는 명령이 내려졌다. 나는 연못 속에 무엇이 있는지 궁금해 다가갔다가 그곳에 떠있는 중국군의 시체를 발견하고 '이것이 전쟁터구나!'라며 비로소 실감했다.

잠시 후 조장부대를 할당받기 위해 소집되었다. 이인석(李仁錫)이 바로 내 앞에 서 있었다. 지원병은 1개 중대에 세 명씩 배치되도록 되어 있었는데, 나와 이인석은 다케하나(竹鼻)부대에 편입되었다. 이인석과 나는 훈련소시절부터 지금까지 줄곧 함께해 온 각별한 전우였기에, 같은 부대에 편입된 기쁨이 남달랐다.

다음 날, 우리는 조장의 인솔을 받아 다케하나부대의 경비지역으로 트럭을 타고 이동했다. 우리가 도착하자 부대는 바로 행동을 개시했다. 토벌전 참가라는 나의 오랜 바람이 실현되는 순간이었다. 첫 전투 때는 안절부절 못했는데 이내 익숙해지면서 행군보다 오히려 재미있었다. 사흘째, 원시에 도착한 우리 부대는 핑루(平陸)작전에 참가하여 완강하게 저항하는 적군과 격전을 펼치며 전진하고 또 전진했다.

우리 군의 백병전으로 적군은 줄행랑을 쳤다. 핑루 부근에서 나와 이인석이 각자 준비한 밥을 먹으려는 순간, "동작 그만!"이라는 명령이 떨어졌다. 오늘밤 8시까지 야간행동을 하여 전날 우리의 전진을 방해했던 적군을 물리치라는 것이었다. 우리는 7시 30분에 출발해 산의 정상과 사찰을 탐색하고 적군이 없음을 확인한 후에야 11시 반이 넘어 잠을 청했다. 그런데 갑자기 경계병의 "기습이다!"라는 외침소리가 들렸다. 절을 포위한 적들이 수류탄을 던져온 것이다. 사상자가 속출하는 가운데 이인석도 수류탄의 파편을 맞았다.

「중대장이 고통에 신음하는 이인석을 가슴에 꼭 끌어안고 격려했다.

"이인석, 자넨 반도 최초의 지원병이 아닌가. 죽으면 안 된다! 부상이 깊지 않으니 정신 바짝 차려야 한다, 알았나?"

"네…… 괜찮습니다……." 이인석이 희미하게 이렇게 대답한 후 신음소리가 뚝 끊겼다. 이인석은 고통스럽지만 꾹 참고 있었던 것이다. 죽기 직전까지 상관의 교훈을 굳게 지킨 용맹한 그의 정신에 울지 않는 전우가 없었다. 마지막으로 남기고 싶은 말이 없느냐는 중대장의 말에, "아무것도 없습니다. 다만 마음껏 봉공도 하지 못하고 죽는 것이…… 훈련소의 은사님과 고향의 은인이 눈앞에 떠오릅니다……."

고통스럽게 숨을 헐떡이며 이인석은 "천황폐하만세!"라고 외치고 성전(聖戰)의 꽃으로 산화하였다. 중대장 이하 모든 병사가 울었다.」

나는 산화한 이(李)군에 대한 한없는 미안함에 괴로워하며 반드시 복수를 하겠노라고 약속하였다. 우리는 악전을 벌인 끝에 마침내 적을 격퇴시켰다.

호우마진(候馬鎭)에 머문 사흘 동안 내내 비가 내렸다. 우리는 명령을 받고 비로 인해 진흙투성이가 된 길을 따라 출발했다. 비는 여전히 계속되었다. 포병과 기병이 선두에 서고 보병부대가 그 뒤를 따랐다. 밤이 되자 모두들 물에 빠진 생쥐처럼 흠뻑 젖은 상태로 어느 부락으로 들어가 야영을 했다. 밥을 해먹었지만 모래가 씹혔다. 그래도 맛있었다. 그리고 새벽 2시. 다시 출발명령이 떨어졌다. 옷도, 배낭도, 투구도 모두 진흙투성이였다. 부대는 하루 120, 30리를 걸어서 출발한 지 12일째 되는 날 남안 부근에 진출했다. 그런데 남안성에는 이미 일장기가 휘날리고 있었다.

작전이 끝나고 부대는 명령에 따라 다구(大谷)로 후퇴하여 다시 베이징으로 왔다. 그 다음 시위안(西苑)의 병영에 도착했다. 시위안은 실로 우아하고 깨끗했다. 우리는 이곳에서 목욕도 하고 수염도 깎아 산시에서의 더러움을 깨끗하게 씻어냈다. 완서우산(萬壽山)의 쿤밍후(混明湖)에서 보트를 타며 산시에서의 고생을 말끔히 잊을 수 있었다.

우리는 쇼와○년 ○월 ○일, 이제 익숙해지고 정이 든 베이징을 뒤로 하고 열차를 탔다. 대륙에서 전사한 이인석 군의 영령에게 미안하다, 편히 잠들라는 인사를 마지막으로 건네며 나는 눈물을 흘렸다.

열차는 이윽고 압록강 철교를 건넜다. 그리고 머잖아 기적을 울리며 ○○역에 도착했다.

戰う志願兵(전투하는 지원병)

〈기초사항〉

원제(原題)	戰う志願兵(一~五)	
한국어 제목	전투하는 지원병	
원작가명(原作家名)	본명	이윤기(李允基)
	필명	오무라 겐조(大村謙三)
게재지(揭載誌)	동양지광(東洋之光)	
게재년도	1942년 10~12월	
배경	• 시간적 배경: 중일전쟁이 한창인 1938년 6월 • 공간적 배경: 중국 허베이성과 산시성 일대	
등장인물	① 중국의 전쟁터로 떠나온 반도지원병인 '나(이윤기)' ② 훈련소 동지로 같은 부대에 배치 받은 이인석 ③ 전우 후쿠나가상등병 등	
기타사항	<전기(戰記)> <조선헌병대사령부 점검 완료> <글의 차례: 1.군용열차 - 2.스좌장의 밤 - 3.낭자관의 준험 - 4.군기에 경례하다 - 5.주둔 5일간>	

〈줄거리〉

지원병을 태운 군용열차가 발해만이 보이는 해안을 따라 난 철길 위를 달리고 있었다. 그 열차는 이내 허베이(河北)평원을 가로질러 어느 작은 역에 도착했는데, 그때 막 토벌에서 돌아온 듯 보이는 수많은 병사들이 역 여기저기에 드러누워 있었다. 개중에는 부상을 입은 병사들이 들것에 실려 운반되는 모습도 보였다. 나는 눈시울이 뜨거워져 조용히 고개를 숙였다. 역에는 우리가 타고 온 군용열차를 포함해 여러 대의 군용열차가 정차해 있었고, 열차에서 내린 수많은 병사들을 돌봐주는 국방부인회의 부녀자들도 있었다. 그들 중에는 반도인 여성들도 다수 포함되어 있었는데, 그녀들은 지원병들 중 특히 반도인 지원병과 웃으며 담화를 나누기도 하였다.

　밤이 되자 열차는 다시 랑팡(郎坊), 펑타이(豊台), 창신덴(長辛店)을 지나 스좌장(石家莊)을 향해 내달렸다. 그리고 이튿날 아침 6시, 열차는 스좌장에 도착했다. 하지만 좀처럼 열차에서 내리라는 명령은 떨어지지 않았다. 병사들은 더위와 무료함에 지쳐 열차 안에서 널브러져 있었다. 한참 후에야 겨우 하차명령이 떨어졌는데, 바로 내 앞에 섰던 병사가 열사병으로 쓰러지고 말았다. 우리는 말라리아나 설사병 등에 걸리지 않게 물이나 음식을 조심하라는 주의를 받은 뒤 원래 학교였던 곳으로 보이는 숙사로 들어갔다. 나는 병사들의 이야기를 들으면서 작년 초여름에 지원병이 되어 고국을 떠나온 일을 떠올리며 감상에 젖었다.

　「반도의 동포, 아니 모든 일본인이 지원병제도에 얼마나 큰 기대를 걸고 있는가. 특히 이번 출정은 전 세계인의 주목을 받고 있고, 그 임무는 아주 막중하다. 그래, 잘 해야 한다. 그리고 나라를 위해, 반도동포를 대신하여 대륙건설의 기둥이 되자. 고향의 아버지, 어머니, 그리고 죽마고우여, 부디 무사히 지내길. 나는 살아서 돌아가지 않으리라 가슴 깊이 새기고 홀로 고개를 끄덕였다. 나뿐만이 아니다. 이번 출정에 가담한 전 지원병의 각오와 결심이 모두 나와 같을 것이 틀림없다. 이 중에 살아서 돌아갈 수 있는 이는 몇 명이나 될까? 오늘의 벗도 내일이면 호국의 영령으로 모셔지리라 생각하니 왠지 눈시울이 젖어오며 친근함이 깊어졌다. 나는 전우인 미카와(美川)와 함께 마을로 산책을 나갔다. 병사를 태운 인력거가 길에 가득했고, 맨발의 차부는 콩알만한 땀을 뚝뚝 흘리며 달리고 있었다.」

　길가의 중국아이들은 지나가는 지원병들이 피우다 버린 꽁초를 주워 피우기도 하고 「애국행진곡」을 부른 대가로 돈을 구걸하기도 하였다. 나는 구강청량제를 사러 약국에 들렀다가 지원병훈련소에서 함께 훈련을 받았던 이인석과 백승길 등 4명의 반도인 지원병을 우연히 만났다. 우리는 지난 해 12월 함께 훈련소를 수료하고 각각 부대에 배치되었는데, 생사를 알 수 없는 전투가 예상되는 전장에서 이렇게 재회하게 되니 감회가 남달랐다. 우리는 '각자 건강하게 잘 지내자'며 서로를 격려하고 헤어졌다.

　우리 부대는 밤을 틈타 무개차(無蓋車)를 타고 다시 출발하여 고이토(鯉登)부대의 격전이 있었던, 천하의 난관으로 산세가 높고 험악한 냥쯔관(娘子關)을 통과하여 양취안(陽泉)에 도착했다. 병사들은 그곳에서 물을 마시고 각자 수통에 물을 채웠다. 이곳에서도 군대를 맞이해 주는 수많은 부녀자들이 있었는데, 이인석이 그 중 한 조선인 여성에게 무슨 말인가를 건네는 모습이 보였다. 평안북도가 고향이라는 그 부인은 자신이 가지고 있던 하얀 천을 이(李)군에게 건네며 "무운장구를 빌어요 이 천을 센닌바리(千人針) 부적이라고 생각해줘요."라며 미소지었다. 다른 병사들은 일제히 지원병이라서 여자들에게 인기가 있는 거라며 이군을 놀려댔다.

　열차는 다시 다구(大谷) 등을 지나 열흘 만에 목적지인 황하 부근의 원시(聞喜)에 도착했다. 우리 지원병을 목적지까지 인솔해 온 교관은 '연성(鍊成)의 힘을 발휘하라' '목숨을 바친다는 각오로 일사보국(一死報國)하는 마음으로 충성을 다하라'라는 격려의 말과, 조선으로 돌아가 후배들을 양성해 돌아오겠다는 작별의 말을 남겼다. 전장에 남겨진 우리 병사들은 물론이고 떠나는 교관과 열차반장 등도 군기(軍旗)를 향해 경건한 마음으로 경례를 하고 '받들어 총'을 하며 엄숙함에 사로잡혔다.

잠시 휴식을 취한 후 지원병들은 1개 중대에 각각 세 명씩 배치되었는데, 나와 이인석은 다케하나(竹鼻)부대로 배치되었다.

　　특별한 명령 없이 병사들끼리 웃고 즐기는 동안 하루하루가 지나갔다. 편지를 쓰는 병사도 있고, 장기를 두는 병사도 있었으며, 나에게 「아리랑」이나 한글을 가르쳐달라는 병사도 있었다. 어느 날은 지루해진 후쿠나가(福永)상등병이 1년 전 산시성 원시에서의 치열했던 전투에 대한 이야기를 들려주었다. 적군에 의해 성내에 포위된 채 40일 동안 죽을 각오로 싸운 끝에 구원부대의 지원공격으로 끝내 적을 격멸할 수 있었다는 이야기였다. 그는 뒤이어 중탸오(中條)산맥에서 벌어진 적의 맹공격과 야마네(山根)부대장의 결사분투에 대해 말하고 이야기를 끝맺었다. 오늘도 명령 없는 하루가 지나갔다.

065-3
平原を征く - 河北戰線從軍記
(평원을 정벌하다 - 허베이전선 종군기)

〈기초사항〉

원제(原題)	平原を征く - 河北戰線從軍記	
한국어 제목	평원을 정벌하다 - 허베이전선 종군기	
원작가명(原作家名)	본명	이윤기(李允基)
	필명	오무라 겐조(大村謙三)
게재지(揭載誌)	동양지광(東洋之光)	
게재년도	1943년 5~9월, 11~12월	
배경	• 시간적 배경: 1938년 10월 • 공간적 배경: 중국 허베이(河北)지대	
등장인물	① 중국의 전쟁터로 떠나온 반도지원병 '나(이윤기)' ② 지원병훈련소의 동기 박종화 ③ 온화한 성품의 이케다중위 ④ 대구 출신의 종군 사진기자 김소일 등	
기타사항		

〈줄거리〉

　　-10월 15일

　　청조(淸朝) 300년의 우아한 도시 베이징(北京)에 도착한 우리는 대오를 가다듬고 목적지인 시위안(西苑)의 병영으로 향했다. 시위안은 일본군의 용맹무쌍한 공격에 폐허가 되어 현재 일본군의 몇몇 초소가 남아있을 뿐이라고 했다. 우리는 베이징의 서쪽입구를 빠져나와 바로 옆으로 펼쳐진 제방에 삼삼오오 흩어져 배낭을 맨 채 드러누워 잠깐의 휴식을 취했다. 그때 우리에게 쯔진(紫金)성과 완서우산(萬壽山)의 그림엽서를 팔러오는 중국인도 있고, 우리가 피우고 버린 담배꽁초를 주워 담배를 피우는 일고여덟 살의 중국인 아이들도 있었다.

병사들이 자리에서 일어나 '천황폐하의 무기'인 총기를 닦으며 담배를 피우고 있을 때, 누군가 나를 부르며 반갑게 다가왔다. 그는 다름 아닌 지원병훈련소의 동기로 6개월 전인 5월 스좌장(石家莊)에서 우연히 만났다 헤어졌던 박종화(朴宗華)였다. 우리는 산시(山西)전선에서 장렬하게 전사한 이인석(李仁錫)과 이형수(李亨洙)를 애석해 하고, 반대로 백승길(白承吉)과 장송조(張松曹) 등의 위업에 대해 이야기하기도 하였다. 나와 박종화는 시위안의 병영에서 얼마간 함께할 수 있다는 사실에 다음을 기약하며 헤어졌다. 잠시 후 우리는 군장을 갖추고 시위안의 병영을 향해 다시 출발했다. 그때 누군가의 선창으로 우리는 「군국의 자장가(軍國の子守唄)」와 「히노마루행진곡(日の丸行進曲)」 등을 부르며 길을 재촉했다. 얼마나 걸었을까, 나구모(南雲)부대의 트럭이 우리를 마중 나와준 덕분에 생각보다 일찍 목적지에 도착했다. 그곳 병영은 여러 부대의 병사들이 함께 사용하고 있었는데, 우리는 배당받은 방을 깨끗하게 청소한 후 오랜만에 상쾌한 기분으로 깨끗한 물로 목욕까지 마치고 잠을 청했다.

-10월 16일

분대장과 고메노(米野)상등병이 바둑을 두었다. 그 옆에서 시마다(島田)상등병은 사진을 현상하고 있었고, 나는 군견(軍犬) 훈련을 담당하는 오이시(大石)군의 군견에 대한 이야기를 듣고 있었다.

「나는 오이시군과 둘이서 볕이 잘 드는 곳에 앉아 잡담을 나누었다. 내가 조선의 옛날이야기를 하면 오이시군은 자기가 좋아하는 군견에 대해 자랑스럽게 말했다. 물론 그가 군견을 교육시키거나 다루고 있기 때문이다. 정말 군견은 대단하다. 병사는 위험해서 못 가는 곳도 군견은 아주 짧은 시간에 가서 적의 상황을 살피고 온다. 핑루(平陸)작전 때였다. 우리가 적의 역습을 받아 위기일발의 순간을 맞았을 때, 갑자기 옆에 있던 군견이 맹수처럼 달려들어 중국군 여러 명을 물어 죽였다. 우리는 그 위세에 힘입어 적의 뒤를 쫓아 다시는 재기하지 못하도록 물리친 적이 있다. (중략) 군견만이 아니다. 군마, 비둘기 등도 포연이 울리는 전장에서 말도 없이 훌륭한 위업을 세우고 있다. 이 무언(無言)의 전사들에게도 한없는 감사의 마음을 바치지 않으면 안 된다. 오이시군은 '어쨌든 개는 사랑스러워'라며 긴 이야기를 마쳤다.

일본이 정의를 위해 전쟁을 하고 있으므로 저런 말 못하는 금수(禽獸)조차도 협력을 아끼지 않는 것이다.」

-10월 17일

나는 스에나가(末永)중사와 ○○에 있는 사령부로 트럭을 타고 편지와 소포 등을 가지러 다녀왔다. 우리가 우편물을 가지고 도착하자 병사들은 기쁜 얼굴로 자신들 앞으로 온 우편물을 찾아갔다. 내 앞으로는 아버지의 편지가 도착해 있었다.

키가 크고 얼굴도 넓어 쾌활해 보이는 고메노(米野)상등병과 나는 여러 가지 이야기를 나눴는데, 그는 오늘 난위안(南苑)의 전투에 대한 이야기를 시작했다. 그 전투에서 고메노와 동향출신이자 중학동창인 오타니(小谷)일등병이 전사했다고 했다. 그리고 귀신도 울고 갈 정도로 장렬하게 전사한 요코야마(橫山)부대장은 숨을 거두면서 "나는 난위안(南苑)함락을 보지 않고는 죽지 않을 것이다. 나는 괜찮으니 어서 전진하라. 그리고 쓰러진 병사를 돌봐줘라. 다만 나의 시체를 반드시 난위안(南苑)으로 함께 입성시켜다오. 부탁한다."라는 유언을 남겼다고 했다. 그렇게 하여 신출귀몰한 작전으로 결국 적을 물리친 일본군은 요코야마부대장의 시신과 함께 입성하였다는 이야기였다.

나는 그의 이야기를 들으며 학식이나 명예, 혹은 재산 등의 사회적인 생활에 대해서는 다른 사람에게 져도 상관없지만, 천황폐하에 대한 충절에서만큼은 결코 지지 않겠다는 신념을 굳게 다졌다.

-10월 18일

오늘로 예정되었던 하세가와(長谷川)부대장의 순시가 큰 비로 인해 취소되었다. 그런데 오전 중에 날이 갑자기 개이자, 우리 병사들은 군용매점으로 몰려갔다. 나는 일본술이 다 떨어졌다고 해서 대신 맥주와 쇠고기통조림을 사왔다. 덕분에 우리는 그날 밤 노래를 부르며 만찬을 벌였는데, 나는 「아리랑」과 「도라지」를 불렀다.

-10월 19일

오늘은 오랜만에 외출허가를 받았다. 나갈 채비를 하며 거울을 보던 나는, 보기 흉하게 야위어버린 내 모습에 깜짝 놀랐다. 우리는 오후 1시에 외출했다. 중국요리점에서 점심을 먹은 후 완서우산과 쯔진성, 베이하이(北海)공원 등을 견학한 후 병영으로 돌아왔다. 밤에는 부대장이 지금도 산시전선에서 고생하는 전우들을 생각해서 마음이 해이해져서는 안 된다고 충고했다.

-10월 20일

아침 9시, 나는 스에나가(末永)중사와 함께 연병장에 깔 모래를 퍼오기 위해 베이징 성내로 출발했다. 그런데 가는 도중 트럭이 고장 난 바람에 시간이 많이 지체되었다. 트럭을 고쳐 간신히 모래를 싣고 병영으로 돌아오는 길, 이번에는 트럭이 물웅덩이에 빠져버렸다. 그때 그 길을 지나던 수송병 30여명이 밀어주어 간신히 웅덩이에서 빠져나올 수 있었다. 그 보답으로 나는 담배 세 개비를 병사들에게 주었고, 그들은 그것을 한 모금씩 돌아가며 피웠다. 그렇게 다시 병영으로 돌아오는 길, 도중에 일본군 전사자들이 묻힌 곳을 알리는 수 십 개의 표식들이 꽂혀있는 곳을 지나쳤다. 그런데 한참을 달리던 트럭이 언덕 앞에서 또다시 고장나고 말았다. 그때 나는 근처에서 일하고 있던 중국인 노동자들에게 언덕 위까지 트럭을 밀어줄 것을 부탁했고, 그 보답으로 담배를 나누어주었다. 그렇게 간신히 병영에 도착했을 때는 이미 해가 저물어 가고 있었다.

-10월 21일

아침부터 병사들은 입고 있는 옷과 모포 등의 빈대를 잡느라 여념이 없었다.

오늘 나와 스에나가는 선무반(宣撫班)과 함께 퉁저우(通州)에 가야했다. 아침식사를 마쳤을 무렵, 이케다(池田)중령이 트럭에 8명의 선무반원을 태우고 도착했다. 오늘 우리의 임무는 중국 곳곳에서 모이는 부락대표들을 군대식으로 질서정연하게 정리하는 것이라고 했다. 함께 가는 선무반원 중에는 중국인도 있었는데, 나는 그들의 유창한 일본어에 놀라지 않을 수 없었다. 이윽고 트럭은 버드나무가 우거진 길을 달려 흙담으로 둘러싸인 작은 부락으로 들어 갔다. 그곳에는 경비대가 주둔하고 있는지 여러 개의 토치카가 있었다. 우리는 이케다중령이 용무가 있다고 하여 일단 트럭에서 내렸다. 마을 오른 편에 커다란 집이 있었는데 그곳은 일본 인 위병소(衛兵所)로 쓰이고 있었다. 우리는 그곳에서 잠시 휴식을 취하기로 했다. 출발까지 시간이 남아있어 잠시 눈을 붙이기로 했다. 나는 잠이 오지 않아 뒤척이고 있는데, 바로 그때 "비상!"이라고 외치는 병사의 목소리가 들렸다. 우리는 곧바로 출발할 준비를 하였다. 중대 장이 검을 빼들고 전투 시의 주의사항을 알렸다. 우리는 오후 10시 10분에 몇 십 대의 트럭에 나눠 타고 출발했다. 그런 다음 쩽양멘(正陽門)에서 기차로 바꿔 타게 되어있었다. 나는 지금 까지 무사히 잘 버텨왔다는 생각을 하면 할수록 자꾸 불안해졌다. 그럼에도 이번만큼은 반드 시 훌륭한 업적을 달성하고 말겠다는 결심을 했다. 우리는 기차에 오르기 전 수류탄과 탄약 등을 배분받은 후 밤 11시 30분에 기차에 올랐다. 그때 마침 용무를 마친 이케다중령이 돌아 왔다. 그 뒤 곧장 출발한 우리는 이윽고 '통저우특무기관'이라고 쓰인 훌륭한 집에 도착했다. 그곳에서 약2시간 정도의 선무공작을 마치고 오후 8시가 지나서야 병영으로 돌아왔다.

-10월 22일

병영 앞의 ○○부대에서 일하고 있는 중국인노동자들을 바라보고 있는데, 누군가 "늠름한 모습을 사진으로 남기지 않겠느냐"며 다가왔다. 그는 바로 오랜 종군생활로 잘 단련된 강건 한 모습의 조선출신 사진반 김소일(金素一)군이었다. 여러 병사들이 그를 반갑게 맞으며 옷 매무새를 가다듬고 사진기 앞에 섰다. 나도 나의 건재함을 아버지께 알려드리기 위해 사진을 한 장 찍었다. 그리고 그와 고향이야기를 잠시 나누고 헤어졌다.

-10월 23일

아침 9시부터 다음 작전을 위한 훈련이 시작되었다. 벽을 타넘기도 하고 적의 제3전선을 탈환하는 훈련을 했다. 그런데 훈련 도중 갑자기 ○○비행장의 아군 정찰기가 베이징대학 부 근의 상공을 비행하기 시작했다. 우리는 숨을 죽이고 일본군의 탁월한 항공기술을 올려다보 며 30분의 휴식을 취한 뒤 12시 무렵 병영으로 돌아왔다. 점심을 마친 후 우리는 30리 거리의 경비(警備)행군을 위해 출발했다. 우리는 두세 번의 휴식을 취한 뒤 목적지에 도착했다. 그곳 에서 1시간가량 휴식을 취한 우리는 저녁 무렵이 다 되어 병영에 도착했다.

우리는 오전 8시 베이징대학을 견학하러 갔다. 넓은 정원에는 가지각색의 나무들이 심어 져있고 꽃들이 피어있었다. 모든 것이 미국식인 데다 교수도 외국인이 많다고 했다. 우리는 견학을 마치고 군가를 부르며 병영으로 향했다. 그런데 돌아오는 도중 오카시마(岡島)상등 병이 긴장된 얼굴로 우리 쪽으로 걸어오고 있었다. 그의 말에 따르면 긴급명령이 내려졌다며 서둘러 귀환해야 한다는 것이었다. 병영에 도착하자 본부에서 나온 다케하나(竹鼻)대위가 우리를 모아놓고 명령했다.

「주목! 진작 동절기 공세를 호언하였던 적군은 이윽고 올해 말 들어 집요하게 행동을 개시할 모양이다. 이런 상황에서 우리 군은 잠시도 방심할 수 없는 상태다. 적군이 항시 퇴각 만회를 염두에 두고 온갖 수단을 다해왔다는 것은 두말 할 나위 없는 사실이다. 그러므로 우리는 적의 기선을 제압하고 행동해야 한다. (중략) 이것은 아주 중대한 대작전인데 북쪽에서는 아군이 이미 열흘 전부터 진군해오면서 허베이평원을 가로질러 적을 만리장성 부근으로 몰아넣어 독 안에 든 쥐처럼 일거에 격멸시킬 것이다. 작전상의 문제라 자세한 이야기는 할 수 없지만, 스좌장에서 행동을 개시한 ○○부대의 정예는 경한선(京漢線)을 따라 북진하고 완핑(宛平)서남방 50리 지점에서 천천히 진군하는 ○○부대는 팡산(房山)을 왼쪽으로 우회하여 ○○부대와 손을 잡고 적을 북방으로 패주하게 한 후 그 중앙을 우리 부대가 각각 남진할 예정이다. …….」

대위는 오늘 밤 10시에는 출발할 수 있도록 준비를 마치라고 명령하고 연설을 마쳤다. 나는 서둘러 병영으로 돌아와 짐을 챙기고 방을 정리하였다. 5시 무렵 준비를 마친 나는 한 달 만에 아버지에게 편지를 썼다. 새로운 작전에 참가하게 되었음을 알리고, 지금처럼 중국인의 탄환은 나를 맞힐 수 없을 거라고 장담하면서도, 만일의 경우에는 대일본제국만세를 외치며 전선의 꽃으로 산화하겠노라는 각오를 다지는 내용이었다. 잠시 후 우리를 태운 기차는 달밤의 평원을 향해 출발했다.

追擊戰記(추격전기)

〈기초사항〉

원제(原題)	追擊戰記	
한국어 제목	추격전기	
원작가명(原作家名)	본명	이윤기(李允基)
	필명	오무라 겐조(大村謙三)
게재지(揭載誌)	국민문학(國民文學)	
게재년도	1943년 11월	
배경	• 시간적 배경: 중일전쟁시기인 1938년 늦가을 • 공간적 배경: 중국의 산시와 허베이 일대	
등장인물	① 반도지원병으로 일본제국을 위해 싸우는 '나' ② 나와 마음이 가장 잘 통했던 ○○부대의 아시다 일등병 등	
기타사항		

<줄거리>

○월 ○일

'나'는 후지무라(藤村)부대 대원으로 중일전쟁에 참전 중이다. 우리 부대는 밤낮없이 '추격진군'을 계속했다. 그렇게 행군을 하다 적군을 만나면 싸우고, 다시 진군하기를 반복하고 있었다.

오늘도 어둠을 틈타 진군을 하다 강을 만났고, 깊이도 모른 채 우리는 총을 머리 위로 높이 치켜들고 강을 건넜다. 간신히 강을 건넌 후 대열을 가다듬고 다시 출발한 우리는 산중턱에서 어느 대부대와 합류하게 되었다. 적군인지 아군인지 분간할 수 없는 칠흑 같은 어둠속에서 암호를 대도 대답이 없었다. 그때야 상대가 적군임을 안 우리 부대는 격렬한 전투를 벌이지 않을 수 없었다. 우리의 맹공격에 적군은 수많은 사상자를 내고 도망치기 바빴다. 그러나 용맹스런 아군은 6명의 사망자만 내고 일방적인 승리를 거두었다. 전투가 끝난 후 다시 진군하여 어느 중국인 마을에 다다랐다.

마을 사람들은 이미 피난을 가고 집들은 텅 비어있었다. 우리 부대원들은 각기 잠자리를 찾아 이 집 저 집 시찰을 했다. 그러나 먼저 도착한 다른 부대 병사들이 이미 좋은 곳을 다 차지하고 있어서 우리들은 외양간을 대충 청소하여 잠을 청했다. 그러나 벌레들이 극성을 부리는 바람에 잠을 이룰 수가 없었다. 손전등을 비춰보니 수많은 벼룩이 이리저리 날뛰고 있었다. 나는 비상약을 꺼내 뿌렸으나 소용이 없었다. 그래도 우리는 빈대보다는 사정이 낫다며 잡는 것을 포기하고 잠을 청했다. 달빛에 시계를 비춰보니 작은 바늘이 3시를 가리키고 있었다.

○월 ○일

참새들의 지저귀는 소리에 잠에서 깼다. 우리는 아침대용으로 먹기 위해 감자를 캐러 밭으로 갔다. 그러나 그곳에는 이미 많은 병사들이 감자를 캐고 있었다. 감자 몇 개를 간신히 차지한 나는 연못물에 감자를 씻다가 물에 비친 내 얼굴을 보았다. 거뭇거뭇 난 수염과 퀭해진 두 눈, 그리고 비쩍 마른 얼굴을 보고 난 놀라지 않을 수 없었다. 궂은 날씨에 험난한 진군과 사활을 건 전투를 겪으며 이미 내 몸은 야윌 대로 야위어있었지만, 전과 달리 전장에서 검붉게 탄 늠름한 기력이 내 미간에 깃들어있음을 알 수 있었다. 땅을 파고 가마솥을 걸어 불을 지피고 씻어온 감자를 삶아 먹었다. 그때 갑자기 화장실이 급해진 나는, 그동안 행군이 힘들어서였는지 다시 피가 섞인 대소변을 보았다. 의사가 아니라서 원인이 무엇인지는 모르겠지만 몸 상태가 나쁘다는 것만은 분명히 알 수 있었다.

군대를 정비하는 데 시간이 걸린다는 이유로 출발이 지연되자 우리 병사들은 근방으로 산책을 나갔다. 중국상점과 일본상점들이 즐비한 곳을 지나, 나는 마을의 정원이 있는 어느 집으로 들어가 보았다. 부유해 보이는 그 집의 살림들을 돌아보던 나는 그 집 전체에서 풍기는 개인의 행복과 자손의 번영만을 바라는 이기적인 모습들에 분노했다.

정오가 조금 지난 시간, 비가 쏟아질 것 같은 날씨에 우리는 서둘러 부대로 돌아왔고 오후 5시에 출발했다. 마을 여기저기에 주저앉아 쉬고 있는 다른 부대병사들을 볼 수 있었다. 잠시의 휴식 덕분인지 그들에게서는 생기발랄함이 느껴졌다. 싸우고 행군하고 그러다 나라를 위해 목숨을 바치는 것이 병사들의 운명이고, 나 역시 충절을 위해서라면 전장에서의 죽음을 결코 두려워하지 않을 것이다.

○월 ○일

오전 8시 출발. 우리 부대는 묵묵히 진군을 계속했다. 병사들과 말과 수레와 야포 등이 대지를 흔들며 앞으로 앞으로 진군하였다. 어디선가는 포성이 울리고 수류탄 터지는 소리와 수냉식 기관총 소리도 들려왔다. 그런데 이상하게도 그 어느 것 하나 우리를 향해 날아오지 않았다. 척후병의 말에 따르면 적군의 국민당군대와 공산당군대가 서로 싸우고 있다고 했다. 우리 부대는 그런 중국군을 향해 일시에 공격을 가해 수십 명의 포로를 잡아들였다.

휴식을 취한 후 마을을 지나 진군하는 동안 우리는 처참한 상황에 처한 중국인 난민들을 만났고 그들을 위해 음식과 물을 나눠주었다. 감자밭이 펼쳐진 평원을 지나 산들이 하나둘 보이기 시작하더니 여기저기서 적들이 발사하는 탄환들이 날아들기 시작했다. 이윽고 우리 부대는 최전선에 다다라 있었다.

드디어 적과의 본격적인 일전이 벌어졌다. 우리 부대의 병사가 여러 명 사망한 가운데 적군의 제1선과 제2선을 어렵게 돌파하자, 적들은 저항할 기세를 잃고 서쪽으로 도망쳤다. 퇴각하는 적들이 파놓은 함정과 폭파해버린 다리를 피해 '환영 대일본군'이라고 적힌 종이들이 휘날리는 일장기와 함께 우리를 맞이했다.

○월 ○일

어젯밤엔 들끓는 이(虱)때문에 잠을 이루지 못했다. 병사들은 입고 있던 더러운 속옷들을 벗어 한꺼번에 불을 지펴 태움으로써 이(虱)를 박멸하는 데 성공했다.

그리고 잠시 후 중국 공산당 팔로군이 완전 괴멸되었다는 소문을 듣고 들떠 있는 병사들에게 집합명령이 내려지고, 어제의 전투에서 거둔 성과발표와 함께 시위안(西苑)진영으로 귀환하라는 명령이 내려졌다는 소식을 전해 들었다.

「"즉시 귀환준비를 하라!"라고 덧붙였다.

우리는 서둘러 신변을 정리했다. 지금까지의 초소 근무도 이곳에 오래도록 주둔한다는 ○○부대의 병사들에게 인계하였다.

"고생이 많겠군. 항상 조심하도록 해." 초소로 보내면서 우리는 이렇게 말했다.

"고맙네. 조심하게."

지금까지 이 황막한 감자밭 평원에서 함께 행동했던 ○○부대의 병사들이 말했다. 문득 보니 짧은 기간이었지만 나와 마음이 잘 통했던 ○○부대의 아시다(芦田)일등병이 있었다.

"여기서 헤어지다니 아쉽군. 자네도 잘 지내야 해. 시위안에 가면 편지 보낼 테니 답장 꼭 써주게." 내가 말했다.

"당연히 써야지." 아시다군이 대답했다.

"자네 고향은?"

"우지야마다(宇治山田)라네."

"좋은 곳이군."

우리는 이별의 안타까움에 어쩔 줄 몰라 하며 이런저런 이야기를 나누었다.」

우린 그렇게 ○○부대 병사들과 아쉬운 작별인사를 나누고 귀환을 위해 트럭에 몸을 실었다.

李益相(이익상)

—

이익상(1895~1935) 소설가, 언론인. 호 성해(星海).

066

약력

1895년	5월 전북 전주에서 출생하였다.
19??년	보성고등보통학교와 니혼대학(日本大學) 신문과를 졸업하였다.
1920년	호남신문 사회부장을 지내며 언론인으로 활동하였다.
1921년	니혼대학을 다닐 때 사회주의 단체인 <흑도회(黑濤會)>에 가담하였다. 평론 「빙허(憑虛)군의 '빈처'와 목성(牧星)군의 '그날 밤'을 읽은 인상」, 「예술적 양심이 결여한 우리 문단」 등으로 등단하였다. 단편 「번뇌의 밤」을 발표하였다.
1922년	대학을 졸업한 후 귀국하여 계급투쟁을 선언한 「전국 노동자 제군에게 격함」, 평론 「생을 구하는 마음」을 「신생활」에 발표하였다.
1923년	「백조」의 동인이었던 김기진(金基鎭), 박영희(朴英熙) 등과 현실극복을 위한 '힘의 문학'을 주장하면서 <파스큘라(PASKYULA)>라는 문학단체를 만들었다. 이를 바탕으로 현실에 대한 적극적인 관심과 저항의식을 내세우는 신경향파 문학의 중심인물이 되었다.
1924년	《조선일보(朝鮮日報)》 학예부장을 지냈다.
1925년	<파스큘라> 동인들과 함께 <카프(KAPF, 조선프롤레타리아예술가동맹)>의 발기인이 되어 계급문학 운동에 참여하였다. 「광란」, 「흙의 세례」를 발표하였다.
1926년	단편집 『흙의 세례』(문예운동사)를 간행하였으며 단편 「위협의 채찍」, 「망령들의 난무」(1925년에 발표한 「광란」의 일본어번역), 「쫓기어 가는 사람들」 등을 발표하였다.
1927년	계급문학 운동으로의 방향 전환 이후에는 조직운동에서 이탈하였다.
1928년	《동아일보(東亞日報)》 학예부장을 지냈다.
1929년	5월 동양영화주식회사 발기에 참여하였다. 《동아일보》에 장편소설 『황원행(荒原行)』(6. 8~10. 21)을 발표하였다.
1930년	2월 동아일보사를 사직하고 《매일신보(每日申報)》의 편집국장 대리를 맡고, 이후 사망할 때까지 매일신보사 편집국장 및 학예부문 사무를 맡았다.

1931년	매일신보사가 주최하고 경성상공협회가 후원한 <상공행진대회> 심사위원을 맡았다.
1933년	8~9월에 걸쳐 일본의 침략정책과 만주국 건설을 정당화하는 「만주기행」이라는 제목의 글을 《매일신보》에 연재하였다.
1935년	지병인 동맥경화와 고혈압으로 사망하였다.

　이익상은 1925년을 전후하여 4~5년의 짧은 기간 동안 작품활동을 하였는데, 그의 작품들은 사회주의를 지향하며 가난한 농촌생활과 도시노동자들의 고통스러운 삶을 그려낸 작품들이 많다. 특히 「쫓기어 가는 사람들」이나 「광란」 같은 작품에 반영된 강렬한 작가의식은 극적인 상황을 예리하게 포착하고 있는 기법으로 당시 문단에서 주목을 받기도 하였다.

066-1

亡靈の亂舞(망령들의 난무)

〈기초사항〉

원제(原題)	亡靈の亂舞	
한국어 제목	망령들의 난무	
원작가명(原作家名)	본명	이익상(李益相)
	필명	
게재지(揭載誌)	조선시론(朝鮮時論)	
게재년도	1926년 6월	
배경	• 시간적 배경: 어느 해 봄 • 공간적 배경: T마을의 어느 묘지	
등장인물	① 투기로 전 재산을 탕진한 창수 ② 창수 집안의 묘를 돌보는 묘지기 등	
기타사항	번역자 미상(1925년에 발표한 「광란」의 번역작).	

〈줄거리〉

　봄날이 시작되려던 어느 날, 창수(昌洙)는 고향 T마을에 들어섰다. 언덕 위에 그의 그림자가 길게 늘어졌다. 그는 "내가 지금 무엇을 할지, 저 그림자는 잘 알고 있을 테지……."라고 발작적으로 중얼거렸다. 마을이 보이자 다리에 힘이 풀렸다. 6, 7년 전까지는 해마다 성묘를 할 때면 친척들과 하인 서너 명이, 많을 때는 10여 명도 넘게 뒤를 따랐었다. 그러나 오늘은 그림자만이 홀로 그를 따라왔다. 그는 자신의 몰골을 돌아보았다. 행색이 남들의 조소를 사기에 충분해 보였다. 예전에는 값비싼 양복에 자동차, 인력거, 보석 등으로 교만함을 잔뜩 부렸었다. '묘지기가 지금의 자신을 보면 비웃겠지'라는 생각을 하다가, 창수는 문득 금은보화를 땅속에 두고 죽을 자신이 아니라고 부르짖었다.

6년 전만 해도 창수의 집안은 번창일로였는데, 창수가 투기와 방탕한 생활로 재산을 몽땅 날려버린 뒤 묘지의 관리가 5촌 되는 이에게 넘어갔다. 그러나 아내의 묘를 이장할 수 있는 권한은 아직 그에게 있었다.

창수는 묘지기에게 부탁하여 묘를 파낼 준비를 하였다. 묘지기는 어디로 이장하는지 꼬치꼬치 캐물었으나, 창수는 아내의 묏자리가 안 좋아서 자신이 지금 이렇게 망했다며 이장하는 것만이 유일한 돌파구라고 말했다. 가령 조상의 묘를 파겠다고 하면 묘지기는 그를 거부할 수 있다. 하지만 아내의 묘를 파겠다는 데에야 거부할 이유도 용기도 없었다. 묘로 망했다면 직계존속의 묘를 파야지 왜 부인의 묘를 파는지 이해가 되지 않았다. 창수는 아내의 묘도 남편에게 영향을 미치는 모양이라며 우물쭈물하였지만 마음은 아팠다. 그 이면에는 풍수의 화복설(禍福設)을 진실인 것처럼 말하며 아내의 시신과 함께 묻었던 무덤 속의 귀금속을 꺼내려는 속셈도 있었다. 만약 아내가 살아있다면, 아내도 자신의 몰골을 보면 귀금속을 내 줄 게 틀림없다고 스스로를 합리화했다. 사람들은 이러한 의도를 눈치 채지 못하고 말없이 그가 시키는 대로 따랐다.

이윽고 묘가 파헤쳐졌다. 이를 지켜보던 창수는 관이 보이자 작업을 멈추게 하고 자신이 직접 파헤쳐진 무덤 안으로 들어갔다. 그리고는 관 뚜껑을 열었다. 그런 그가 제정신일 리가 없었다. 파헤쳐진 흙더미 위에서는 수없이 많은 망령들이 두 손을 높이 치켜들고 난무(亂舞)하는 것 같았다. 그리고 망령들 모두 화가 잔뜩 난 표정으로 호통을 치며 창수의 이름을 부르는 것 같았다. 창수가 정신을 잃었다면 그 망령들에게 따졌을 것이다. 그리고 아내에게 땅 속에 있는 보물을 모두 내놓으라고, 자신을 원망하지 말라고 부르짖었을 것이다. 그러나 그는 정신을 잃지 않았고, 이내 망령들을 쫓아버렸다.

아내의 몸은 뼈만 남아 있었다. 창수는 아내의 머리맡에 놓인 장신구를 꺼내어 품에 넣었다. 창수의 손에는 몇 개의 금은보화와 노리개, 삭아빠진 머릿결이 감기어 있었다. 그것을 본 묘지기와 인부들은 인간도 아니라며 차라리 그를 같이 파묻었더라면 좋았을 것이라고 창수를 비난했다. 또 인부들은 창수 아내의 묘를 파헤치고 보니 그런 명당은 없노라고 입을 모았다. 조금만 참으면 더 좋은 일이 있었을 텐데 아깝다고 탄식까지 하였다.

「"그런 녀석은 인간도 아니여. 짐승 같은 놈! 아내의 묘를 파헤쳐 물건을 훔치다니!"

"그런 놈은 살려둬선 안 되는데! 아예 그 묘에다 묻어버릴 걸 그랬어."

"세상에! 그래도 얼마나 다급하고 곤란했으면 그런 짓을 생각해 냈겠어. 그렇게 생각하면 불쌍하기도 혀."

"그나저나 터무니없는 짓을 하고 말았지 뭐여. 묏자리가 안 좋다느니 어쩌느니 헛소릴 지껄이더니……. 그 좋은 묘를."

"물이 어쩌고 불이 어쩌고 할 게 아니여. 그대로 뒀더라면 금방 운이 텄을 텐데. 이젠 늦었지. 그 녀석도 참 지지리 운도 없는 놈이구만. 진짜 조금만 더 참았으면 됐을 것을."

그 T촌에서 산일에 대해 가장 잘 알고 있다고 알려진 영감이 탄식처럼 말했다.

"진짜 아까운 짓을 했지 뭐여. 그 놈이 관 속으로 손을 집어넣은 순간, 뭔가 튀어나온 것처럼 보이더라고. 어차피 불이 꺼져서 잘 안 보였지만."

묘지기도 안타깝다는 어조로 맞장구를 쳤다.

"나도 봤어!"

"그 놈은 뭔 잘못을 저질렀는지, 지난번에도 경찰서로 끌려가던걸……."

이것은 창수가 졸도하여 묘지기집에서 며칠간 간호를 받고 돌아간 뒤 한참이 지났을 때, 그 날 밤 이장하는 일에 고용되었던 T마을 사람들이 모여서 나눈 이야기였다.

창수 아내의 묘를 보러 오는 이는 더 이상 없었다. 떼가 벗겨진 봉분은 해가 거듭될수록 납작해질 따름이었다.」

李人稙(이인직)

—

이인직(1862~1916) 소설가, 언론인, 신극운동가. 호 국초(菊初).

약력

1862년	7월 경기도 음죽(현재의 이천)에서 출생하였다.
1901년	대한제국 정부의 관비유학생으로 선발되어 도쿄정치학교에 입학하였다. 일본 여성과 결혼하여 도쿄의 긴자(銀座)에서 요정을 경영하였다. 일본 미야코(都)신문사 수습사원으로 1903년 5월까지 근무하였다.
1902년	《미야코신분(都新聞)》에 일본어소설「과부의 꿈(寡婦の夢)」과, 한국의 풍토와 문물을 소개하는「한국잡관(韓國雜観)」, 한국의 물산과 실업계 현황을 소개하는「한국실업론(韓國實業論)」을 연재하였다.
1903년	7월 도쿄정치학교를 졸업한 후 귀국하였다.
1904년	<러일전쟁>이 발발하자 일본 육군성 조선어통역관으로 종군하였다. 9월부터 친일단체인 <일진회>에 관여하며 기관지 《국민신보(國民新報)》의 발간을 주도하였다.
1906년	1월 《국민신보》를 창간한 직후 주필이 되었다. 6월 《만세보》가 창간되자 《국민신보》 주필을 사임하고 《만세보》의 주필이 되었다. 《만세보》에「혈의 누」와「귀의 성」을 연재하였다.
1907년	단행본 『혈의 누』(광학서포)와 『귀의 성』(중앙서관)을 간행하였다. 재정난에 빠진 《만세보》를 이완용의 후원을 받아 인수하고, 《대한신문》을 창간해 사장으로 취임하였다. 이 신문을 이완용 내각의 선전지로 활용하는 등 친일행각에 앞장섰다.
1908년	연극공연 전문극장인 원각사에서 한국 최초의 신극이라 할 수 있는「은세계」(일명「최병도타령」)를 공연하고,「치악산」을 발표하였다.
1909년	<한일병탄>에 이르기까지 이완용의 밀사자격으로 일본을 내왕하였다. 친일 유교단체인 <공자교회(孔子敎會)>의 발기인으로 참여하였다.
1910년	이완용의 심복으로 통감부 외사국장 고마쓰 미도리(小松綠)와 비밀리에 만나 <한일병탄> 체결의 매개역할을 했다.

1912년   친일성향의 단편소설 「빈선랑(貧鮮郎)의 일미인(日美人)」을 《매일신보(每日申報)》에 발표하였다.

1913년   「혈의 누」의 하편에 해당하는 「모란봉」을 《매일신보》에 연재하다가 중단하였다. 전라도 등을 시찰하며 의병활동을 규탄하는 강연을 하였다.

1916년   「문장」에 「장삼이사」, 「춘추」에 수필 「여름의 대동강」을 발표하였다. 11월 25일 사망하였다.

寡婦の夢(과부의 꿈)

〈기초사항〉

원제(原題)	寡婦の夢(其上, 其下)	
한국어 제목	과부의 꿈	
원작가명(原作家名)	본명	이인직(李人稙)
	필명	
게재지(揭載誌)	미야코신분(都新聞)	
게재년도	1902년 1월	
배경	• 시간적 배경: 어느 봄날 석양 무렵 • 공간적 배경: 과부의 집	
등장인물	① 남편과 사별한 지 13년이 된 서른두 셋의 과부 ② 하녀 오우메(お梅) ③ 매일 밤 놀러오는 이웃집 노파 등	
기타사항	원문전체번역. 작품명 아래 '韓人 李人稙 稿／麗水補' 라고 기재됨.	

〈전체번역〉

上

　　서산에 걸린 석양은 이제 막 조각구름 주위로 금색 테두리를 만들면서 하나의 광선을 내비치고 있었다. 그 빛이 어느 울타리 높은 집의 서쪽 창문 난간을 비추었다. 그 중에 유난히 눈부시고 하얀 빛을 발하는 것은 춘풍의 백목단도 아니고, 눈이 약간 남은 한매화(寒梅花)도 아니다. 그저 소복을 입은 한 여인이 멍하니 난간에 기대어 서쪽하늘의 구름만 바라보고 있었다 (조선인은 남녀 구분 없이 그 부모상을 당하면 흰 옷을 입고 3년, 다만 출가한 여자는 그 부모상을 당하면 흰 옷을 입고 1년, 1년 뒤에는 담청색 옷을 입는다. 3년 뒤에는 평소대로 화려한 의상을 입는다. 단 과부는 평생 흰 옷을 입는다). 나이는 서른두셋, 새하얀 얼굴에 가늘고 기름기 없는 머리카락, 꾸밈없는 눈썹(조선의 부인은 두꺼운 눈썹을 싫어하여 모두 그 눈썹을 가늘게 한다. 이를테면 초승달 같은 눈썹을 말한다. 다만 과부만은 머리카락에 기름을 바르지 않고 얼굴에 화장을 하지 않고, 또 그 눈썹을 가늘게 하지 않는다). 너무 깡말라서 미인처럼 보이나 미인이 아니고 병자처럼 보이지만 병자도 아니다.

과부는 구름을 바라보고 바람만 불어도 한숨을 내쉬었다. 저물어가는 하늘을 떠가는 구름에게 무언(無言)의 한을 실어보낼 뿐, 말할 수 없이 애처로워 보였다. 여인은 왜 저 하늘의 구름을 바라보고 무엇을 생각하고 있는가. 이윽고 석양은 서산으로 기울고, 저녁놀에 지다만 조각구름, 높은 것은 타오를 듯 벌겋고 낮은 것은 산 그림자와 더불어 검게 보였다.

이 여인은 흘러가는 구름을 올려다보며 나의 망부(亡父)는 생전에 자비로운 분이었으니 죽어도 지옥이나 칼만 있는 곳에는 가지 않았겠구나, 신선이 되어 저 구름 위에 있겠구나 생각하였다.

길게 뻗은 구름 위에는 또한 부처님 모습을 닮은 한무리의 구름이 마치 보화전(寶華殿) 뒤에서 머리를 맞대고 하계를 내려다보는 것 같았다. 소복 입은 부인의 한없는 수심(愁心). 구름이 제아무리 깊다하지만 그녀의 가슴속 수심에는 미치지 못하리라.

"아아, 나의 망부는 자비롭고 자상한 분이었으니 돌아가셨어도 지옥이니 검의 산이니 하는 곳에는 가실 리 없다. 분명 선관이 되어 저 아름다운 구름 위에 계실 것이다."(조선의 부인은 대부분 불가의 삼생설과 염라설을 믿고 있다)

이 때 앞마당으로 들어오는 이는 옆집 노파였다. 나이는 예순 정도, 허리는 조금 굽고 왼손 주먹을 허리에 대고 오른손에는 긴 지팡이(조선인의 지팡이는 상당히 길어서 일본 지팡이의 두 배는 될 것이다)를 짚고 천천히 걸어 들어오더니 사방을 둘러보았다.

"이 집에는 남자들이 없고 단지 주인아주머니와 오우메(お梅)뿐이라. 밤이면 각별히 쓸쓸하다고 하여 매일 밤 들러달라고 부탁을 받았지. 우리 집은 밤만 되면 동네 젊은이들이 아들과 어울려 짚신을 삼고 있어, 좁디좁은 집안이 지푸라기야 담뱃재로 늘 어질러져 있는데, 이 집에 오면 깨끗하게 청소가 되어 있어 마당에 떨어진 떡을 주워 먹어도 아무렇지 않을 정도로 깨끗하다니까. 어이, 오우메!"

어둑한 방에서 오우메의 목소리.

"네, 금방 촛불을 켤게요."

"어서 불을 켜시게. 근데 아주머니는?"

"아직 마루에 계세요."

"아이고, 아주머니는 언제까지 저렇게 슬퍼만 하고 계실라나. 큰일이구만, 저리 시름시름 하다가 병이라도 나면 어쩌려고."

下

"정말 아주머니는 언제까지 저리 슬퍼만 하고 계실라나, 큰일이구만."

"맞아요. 하지만 지금은 그 정도는 아니지만 서방님 돌아가셨을 때는 정말이지 얼마나 슬퍼하셨던지, 정말이지 말도 못했어요. 그때는 댁이 용산(용산은 경성에서 서쪽으로 10여 리 떨어진 곳에 있어 강상촌(江上村)이라 한다)에 있었는데, 인천의 선산(선산이란 조상의 분묘가 있는 땅을 말한다. 조선인은 산에 묻지 절에 모시지 않는다)으로 그날 새벽 배로 운구를 운반하였는데, 마님은 댁의 마루에서 강 위를 내다보시며 노래를 읊조리셨는데, 얼마나 슬픈 노래였는지 몰라요. 듣는 사람은 누구 하나 눈물짓지 않은 이가 없었답니다(조선부인은 문 밖으로 나가지 않고 친척집에 경조상문의 일이 있으면 지붕 있는 탈 것을 타고 가서 다른 사람으로 하여금 자신의 모습을 보지 못하게 하고, 자기 남편의 장례식에도 직접 따라나설 수 없다. 다만 집에서 배웅할 따름이다). 마님이 슬픈 목소리로 부르신 그 노래는 이렇습니다. 들어보세요.

강 위의 배야, 멀리 가지 마라. 낭군님의 영혼은 아직 강가에 있단다.
강 위의 배야, 멀리 가지 마라. 한 번 가면 다시는 돌아오지 못하니
어제는 병상에 계셔서 담소를 나눴는데 지금은 강 위의 상여뿐이구나
지척의 북망산은 만 리 끝이 없는 길
원하건대 다음 생에는 부부지위를 바꿔,
내가 지아비가 되고 낭군님이 지어미가 되어
나의 지금 이 슬픔을 헤아려보시오
아니, 아니, 부처님 원컨대 저의 이 무정한 말을 벌하지 마소서."

옆집 노파는 노래를 다 듣고 눈물을 훔치고, 하녀인 오우메(*원서에는 'お松'로 오기됨)도 새삼스럽게 슬픔을 느꼈다.

"서방님이 가신 지 어언 13년, 그 뒤로는 웃은 적이 단 한 번도 없고 오늘은 점심도 드시지 않고 저렇게……."

"그럼 내가 잠깐 가서 마음 좀 달래드려야겠네."

할머니가 뒷마루로 가보니, 소복 차림의 부인은 난간에 몸을 의지한 채 혼미하게 잠이 들어 있었다. 잠깐 근심 어린 잠에 빠져, 낭군님 병상에 누워서 사랑하는 아내의 손을 잡아 자신의 이마에 올리면서 "뜨겁지요?"라고 말한다(조선사람은 부부간에 서로 경어를 사용한다). 아내는 마치 새색시처럼 부끄러워 대답도 못하고 있는 사이, 병든 남편의 모습은 어느새 변하여 화려한 의관(衣冠)을 입고 엄연히 앉은 모습이 마치 지장보살을 보는 것만 같았다. 아내는 당황하여 말을 걸려고 하였는데, 바로 그때 옆집 할머니의 부르는 소리에 깜짝 놀라 깨어보니, 엄연한 남편의 모습은 사라지고 자기 역시 소복차림으로 돌아와 있었다.

오로지 보이는 것은 서쪽 하늘의 비늘처럼 흩어진 구름. 용마루 끝에 걸린 달은 차츰 밝아오고, 마치 사람형상의 한 조각구름은 미풍에 실려 서산의 그림자 속으로 사라지고, 땅거미 진 추녀에는 꿈에서 깬 소복부인.

李在鶴(이재학)

—

이재학(1904~1973) 소설가, 교육자, 정치인. 호 동은(東恩). 창씨명 오하라 이쿠오(大原郁生).

068

약력

1904년	5월 강원도 홍천에서 출생하였다.
1924년	3월 경성제일고등보통학교(현 경기고등학교)를 졸업하였다. 4월 경성제국대학 예과에 입학하였다.
1925년	5월 경성제국대학 일본어잡지 「청량(淸凉)」에 일본어소설 「눈물(涙)」을 발표하였다.
1926년	3월 「청량(淸凉)」에 일본어소설 「거리의 시인(街路の詩人)」을 발표하였다. 경성제국대학 예과를 수료한 후 4월 경성제국대학 법문학부 문학과에 입학해 영문학을 전공하였다.
1929년	3월 경성제국대학 법문학부를 졸업하였다. 조선총독부의 고등관 공채시험에 합격하였다.
1938년	충청북도 내무부 학무과 촉탁, 시학, 속으로 근무하였다.
1944년	6월 재단법인 <영전후생원(永田厚生院)> 이사에 선임되었다. 11월 충청북도 단양군수로 부임하여 해방될 때까지 재직하였다.
1945년	충청남도 사회과장, 강원도청 학무국장, 내무국장을 역임하였다.
1947년	미군정청 학무국장이 되었다.
1948년	강원도 홍천에서 무소속으로 출마하여 제헌국회의원에 당선되었다. 강원도지사 서리와 강원도 춘천농업대학 학장 등을 역임하였다
1950년	피난지에서 국회 문화예술분과위원이 되었다. 제2대 민의원 선거에 <독립촉성회(獨立促成會)> 소속으로 당선되었다.
1951년	<대한국민당>을 탈당하고 <자유당> 창당에 참여하였다.
1952년	<자유당> 원내총무를 지냈다.
1954년	제3대 민의원 선거에 <자유당> 소속으로 출마하여 당선되었다.
1958년	제4대 민의원 선거에서는 무투표로 당선된 후 국회 민의원 부의장을 지냈다.
1960년	<3·15부정선거>에 관련되어 체포, 구속되면서 민의원 의원직을 사퇴하였다. 7월 제5대 민의원 선거에 강원도 홍천에서 무소속으로 옥중 출마하여 당선되

었다.

<table>
<tr><td>1961년</td><td>2월 반민주행위자 공민권제한법에 의거하여 의원자격을 상실하였다.</td></tr>
<tr><td>1963년</td><td>장택상 등과 함께 <자유당> 재창당에 참여하여 <자유당 중앙위원회> 부의장
이 되었다.</td></tr>
<tr><td>1969년</td><td><삼선개헌반대 범국민투쟁위원회> 고문으로 참여하였다.</td></tr>
<tr><td>1973년</td><td>11월 사망하였다.</td></tr>
</table>

淚(눈물)

〈기초사항〉

<table>
<tr><td>원제(原題)</td><td colspan="2">淚</td></tr>
<tr><td>한국어 제목</td><td colspan="2">눈물</td></tr>
<tr><td rowspan="2">원작가명(原作家名)</td><td>본명</td><td>이재학(李在鶴)</td></tr>
<tr><td>필명</td><td></td></tr>
<tr><td>게재지(揭載誌)</td><td colspan="2">청량(淸凉)</td></tr>
<tr><td>게재년도</td><td colspan="2">1925년 5월</td></tr>
<tr><td>배경</td><td colspan="2">• 시간적 배경: 어느 이른 새벽
• 공간적 배경: H강</td></tr>
<tr><td>등장인물</td><td colspan="2">① 실업계의 촉망 받는 미남자 K ② K의 고백에 신분상승을 꿈꾸는 화류계
여인 그녀(S코) ③ K의 친구 H 등</td></tr>
<tr><td>기타사항</td><td colspan="2"></td></tr>
</table>

〈줄거리〉

S코(S子)는 화류계의 여자인데 미모가 출중하여 남자들에게 인기가 많았다. 그녀는 어젯밤 K라는 남자와 있었던 일을 회상하고 있었다. 가정이 있는 K는 대학 출신의 수재로, 지금은 실업계의 총애를 받고 있다. 넓은 포용력의 소유자이며 과묵하지만 다정하기도 했다. 근대적인 사고방식을 갖고 있는데다가 뭇 여성의 마음을 설레게 하는 외모까지 갖추고 있었다. 그녀는 그런 그와 밤을 같이하고 프러포즈까지 받은 것이 못내 자랑스러웠다. 그 때문인지 자신이 오늘따라 더욱더 아름답게 느껴졌다. 하지만 한편으로는 정상적인 부부, 더욱이 그의 본처는 도저히 될 수 없다는 불안감이 솟구쳤다. 그렇지만 어젯밤에 자신과 장래를 약속할 때의 그의 모습을 생각하면 신뢰할 수도 있을 것 같았다.

그녀가 거울을 보며 K를 생각하고 있을 때였다. 언제 왔는지 거울에 비친 K의 표정은 여느 때와 달리 어두워보였다. 그녀는 걱정이 되어 무슨 일이 있느냐고 물었다. 그러나 K는 대답은 커녕 입을 더 꼭 다물고만 있었다. S코는 잔뜩 상기된 목소리로 왜 그러는지 이유를 말해달라며 애교를 떨었지만 소용이 없었다. K의 굳은 표정과 침묵에 무거운 공기만 흘렀다.

그녀는 불안한 마음에 머리가 터질 것 같았다. 속으로는 자기가 싫어진 거냐고 묻고 싶었지만 혹 그렇다는 대답이 돌아올까봐 묻지도 못하였다. 침묵을 깬 것은 그였다. 술 한 잔 하고 싶다는 말에 그녀는 술상을 보면서 이게 최후의 만찬이 아닐까? 하는 불안감이 생겼다.

말없이 연거푸 술만 들이키던 그가 마침내 오늘 밤 자살할 거라고 진지하게 입을 열었다. 그녀는 그의 행동이 너무 우스꽝스러웠기에 적당히 받아 넘기며 웃어버렸다. 하지만 K는 여전히 진지한 표정을 지으며 자신이 없어진 줄도 모르고 계속해서 기다릴까봐 미리 말해주는 거라고 했다. 연극이냐고 묻는 그녀에게 그는 연극이면 이렇게 진지하지도 않다며 날이 새면 알 것이고 H에게라도 물어 보라고 했다.

K는 그녀에게 자신을 얼마나 사랑하느냐고 물어본 후에 12시이니 마지막 잔을 채워 달라며 술잔을 내밀었다. 그의 목소리는 침통했다. K는 나쁜 의미는 아니니 받아주라며, 주머니에서 천 원 정도의 돈다발을 꺼내 던지고 밖으로 나갔다.

「과연 K는 죽을 것인가? 그녀는 다시 의심이 들었다.
"K씨!"
"……." 그가 돌아보았다.
"정말……!" "……."
"그럼 나를 데려가 줘요……."
"어디로?"
"어디든."
"난 강으로 가는 거요."
"어디든 좋아요! 당신이 계시는 곳이라면……."
그녀의 목소리가 힘차게 울려퍼졌다.
"……." 그는 주저했다.
"네?"
"안 돼!"
"부탁이에요. 당신을 사랑하는 걸요. 저도 갈 거예요."
"그럼 당신도 죽겠다는 말인가?"
"네……."
"고맙소. 아아 안타깝구나. 나는 어떻게 감사해야 할지 모르겠소. 하지만 당신은 살아남아 주시오. 죽어도 당신의 그 마음은 잊지 않으리다. 당신은 아직 젊고 아름답지 않소. 나는 정말 절망이오. 이 세상의 패배자로 살아남아 추태를 부리고 싶지 않소. 자, 안녕히. 당신은 부디 살아남으시오. 나는 저 세상에서 그대의 성공을 빌리다……."
"아니오, 저도 죽겠어요!"
"……." 그는 잠시 생각에 잠겼다. 그녀의 얼굴에는 결심의 빛이 역력히 보였다.」

K는 이 세상을 떠나면 영혼과 영혼이 서로 만나 영원한 나라로 떠나는 것이며, 이런 행복을 태어나 처음으로 느꼈다고 말했다. 당신의 진심을 알았으니 더 이상 세상에 미련은 없다, 유서는 남기지 않겠다고 했다.

　　그렇게 두 사람은 H강에 도착했다. 하지만 막상 시커먼 강물을 보니 그녀는 죽을 용기가 나지 않아 몰래 도망쳐 와버렸다. 그 남자는 진짜 자살을 한 것일까? 그런 생각에 잠겨있을 때 그의 친구 H가 찾아왔다. 그의 행방을 알 수 없는데 죽은 게 분명하니 이제 그를 포기하자고 했다. 그리곤 도저히 그를 포기할 수 없다며 울부짖는 그녀를 의미심장한 눈으로 쳐다보았다. 그때 K가 불쑥 문을 열고 나타났다. 그는 아무 일 없었다는 듯 이 모든 게 그녀의 사랑을 확인하기 위해서였다고 고백하는 게 아닌가.

　　그는 "당신이 만약 나랑 같이 빠졌더라면 우리는 지금 1등 기차를 타고 신혼여행을 가고 있을 것이오. S코 당신을 구하기 위해 작은 배도 따로 준비해 두었거든."이라며, S코는 부귀영화를 누릴 행운을 놓쳐버린 것이라고 냉정하게 말했다. H는 자신의 예측이 맞았고, 둘의 관계는 이것으로 끝났으니 어서 가자고 K를 재촉했다. 그러나 그 순간 K는 S코의 참회의 눈물을 보고 결심을 바꿨다. 눈물이야말로 진실할 때에 흘리는 것이라며 다시 그녀의 곁에 남겠다고 약속한 것이다.

- 1월 10일 탈고 -

街路の詩人(거리의 시인)

〈기초사항〉

원제(原題)	街路の詩人	
한국어 제목	거리의 시인	
원작가명(原作家名)	본명	이재학(李在鶴)
	필명	
게재지(揭載誌)	청량(清凉)	
게재년도	1926년 3월	
배경	• 시간적 배경: 어느 해 정월 • 공간적 배경: 도시의 거리	
등장인물	① 문예잡지 시(詩) 부문에서 1등을 수상한 '나(R)' ② 그의 애인 S 등	
기타사항		

「"R 씨!" 사무원이 가볍게 내 이름을 부른 뒤 5원짜리 새 지폐 한 장을 건네주었다. 나는 아무렇게나 그것을 받아 양복 주머니에 찔러 넣고, 몸을 휙 돌려 몹쓸 곳에서 도망이라도 치듯 서둘러 답답한 우체국을 뛰쳐나왔다.

나는 신선하고 자유로운 공기를 가슴 한가득 크게 들이마셨다. 밝고 따사로운 오후의 햇살은 길거리 구석구석까지 스며들어 어둑한 그늘에 쌓인 먼지투성이의 눈까지 질척질척하게 녹여, 흙냄새가 훈훈하게 사방으로 흘러넘쳤다.」

나는 주머니 안의 5원짜리 지폐를 자꾸만 만지작거렸다. 이것은 내가 문예잡지에 응모한 시(詩)가 시부문에서 1등을 차지하여 받은 상금이다. 나는 기쁘고 들뜬 마음으로 애인 S에게 수상 사실을 알렸다. 내가 내민 문예잡지를 펼쳐서 본 순간 그녀의 기쁨에 찬 눈동자를 아직도 잊을 수 없다.

새해 설날을 맞이한 거리에는 갖가지 색상의 한복을 입고 나온 젊은 여인들의 모습으로 활력이 넘쳐 보였다. 나의 앞날을 축복하기에 적당한 것이 뭐가 있을까? 5원으로 무엇을 살까? 하는 생각에 마음이 들떴다.

다른 날과 달리 오늘따라 더 새롭고 활기가 넘치는 거리를 한없이 걸으며 흔들리는 풍경들을 감상했다. S에게 기념될 만한 선물은 뭐가 있을까? 상상만 해도 즐거웠다. 동시에 그녀의 부드러운 눈매와 달콤한 입술을 떠올렸다. 그녀와의 뜨거운 포옹은 상상만 해도 흥분되었다. 여러 상점을 돌아보고 밖으로 나오자 쏟아지는 햇살마저 눈이 부시게 황홀했다. 근처에서 들려오는 「바다의 시」를 연주하는 오르간소리에 맞추어 몸을 흔들어댔다.

그때 갑자기 휙 하고 옆을 지나가는 자전거 때문에 정신이 번쩍 들었다. 요릿집 배달원으로 보이는 소년이 한 손으로는 그릇이 열 개 정도 올려진 쟁반을 들고, 다른 한 손으론 핸들을 잡고 달렸다. 길을 가던 행인들이 묘기를 보듯이 탄성을 질렀다. 바로 그때, 옆 골목에서 술 취한 남자가 갑자기 튀어나왔다. 그 바람에 자전거는 그 술 취한 자의 옆구리를 들이받고 시궁창으로 나가 떨어졌다. 이어서 와장창하고 사기그릇 깨지는 소리가 요란하게 들렸다. 소년은 다리를 다친 것은 둘째라는 듯 벌떡 일어나 깨진 그릇들을 주워 모았다. 순식간에 구경꾼들이 몰려들었다. 그 때 취객이 소년의 멱살을 움켜잡고 "정초부터 사람을 자전거로 박는 놈이 어디 있냐?"라며 소년의 얼굴을 연신 때렸다.

그 모습에 나는 화가 치밀어 앞뒤 가리지 않고 뛰어들어 취객을 정신없이 두들겨 팼다. 그러다가 그가 날린 강펀치에 쓰러지고 말았다. 아무것도 보이지 않고 아무 생각도 나지 않았다. 파도와 같은 엄숙한 에너지만 느낄 뿐이다. 몽롱한 상태였지만 희미하게 「바다의 시」의 선율이 들려왔다. 「바다의 시」의 리듬은 하나의 호흡으로 퍼졌고, 순백의 빛나는 거위털들이 주변의 희미한 빛을 생명처럼 빨아들였다. 그 깃털들이 하늘에 닿을 정도로 아름답게 춤추며 올라왔다.

그리고도 한참이나 정신없이 얻어맞았다. 순간 넓은 바다에 떠있는 성자와도 같은 평온한 마음으로 모든 것에 감사하는 마음이 생겼다. 끝없는 환희가 온 몸에 퍼졌다. 오히려 거지꼴을 한 그 취객에게도 감사했다. 호주머니에 들어 있는 5원의 상금을 꺼내 그의 호주머니에 찔러넣어 주었다. 나는 어리벙벙해하는 군중을 헤치고 정신없이 내달렸다. 사람들의 커다란 웃음소리를 들으며 S가 있는 곳을 향해 정신없이 도망치듯 달려갔다.

- 1926년 2월 9일 -

李甸洙(이전수)

—

이전수(생몰년 미상)

069

약력

1937년　　　　2월 「조선행정」에 일본어소설 「도깨비(とつかび)」를 발표하였다.

069-1

とつかび(도깨비)

〈기초사항〉

원제(原題)	とつかび	
한국어 제목	도깨비	
원작가명(原作家名)	본명	이전수(李甸洙)
	필명	
게재지(揭載誌)	조선행정(朝鮮行政)	
게재년도	1937년 2월	
배경	·시간적 배경: 어느 해 정월 ·공간적 배경: 평안북도 청천강 부근	
등장인물	① 조강지처를 버린 술고래에 망나니 같은 창걸 ② 기생이었다가 창걸에게 팔려온 첩 서산월	
기타사항	'입선창작(入選創作)'	

<줄거리>

　　새해 초하루부터 김창걸(金昌傑)은 기생 서산월(徐山月)과 청천강(淸川江) 환락가에 소재한 금풍루 별실에서 술잔을 기울이고 있었다. 금풍루 기생들은 술이 어디까지 찼느냐며 술고래 김창걸의 배를 쿡쿡 눌러보고는 깔깔대며 놀려댔다. 김창걸은 술을 마셨다 하면 말술을 마시고 포악한 성격을 보이는 까닭에 기생들은 그를 망나니라 불렀다. 김창걸이 술에 취해 정신을 못 차리고 있을 무렵 비보가 전해졌다. 그것은 기생 산월에게 빠져 반년이나 부인을 돌보지 않은 탓에 부인이 행방불명되었다는 소식이었다. 이 소식을 전해들은 창걸은 부인에게 돌아가라는 말도 듣지 않고 그저 안 되었다는 듯 혀를 찰 뿐이었다. 산월은 부인에 대한 미안함에 그만 집으로 돌아가자며 창걸을 데리고 나왔다.

　　산월의 집 대문에는 '입춘대길(立春大吉)'이라는 글귀가 크게 붙어 있었다. 산월은 방에 들어가자마자 요를 깔고 벽에 등을 대고 앉았다. 술에 취한 창걸은 두루마기도 벗지 않고 그대로 이불 위로 쓰러졌다. 산월은 창걸이 잠든 것을 확인하려고 지긋이 그의 얼굴을 내려다보았다. 벗어나려 해도 벗어날 수 없을 정도로 창걸은 집요했다. '도망'이라는 두 글자만 산월의 머릿속에서 맴돌았다. 문득 그에 대한 감출 수 없는 저주와 원망으로 두 손을 그의 목 가까이로 가져갔다. 창걸은 갑자기 방안이 조용해서였는지 그만 눈을 뜨고 말았다. 산월은 재빨리 표정을 바꾸어 "설날인데 벌써 주무시면 어떡해요."라며 애교스럽게 말하고 밖에 나가서 바람이라도 쐬고 오자고 그를 졸라댔다. 그러나 술에 취한 창걸은 선뜻 일어나려 하지 않았다. 산월이 하는 수 없이 "그럼 혼자라도 나갔다 오겠어요."라며 일어서자 창걸은 마지못해 그녀를 따라나섰다.

　　창걸은 기생업주에게 몸값을 지불하고 산월을 데려와 첩으로 삼았다. 그러나 산월은 늙은 창걸에게 곧 싫증을 느끼고 젊은 애인을 만들어 줄행랑을 쳤다. 이에 창걸은 행방을 수소문해 산월의 애인 이창용(李彰龍)을 잡아다가 유치장에 처넣었다. 그 후 이창용은 유치장에서 이유 없이 죽고 말았다. 산월의 하나 뿐인 오빠도 창걸의 흉계로 지금은 행방조차 알 길이 없었다. 산월은 그런 창걸로부터 틈만 나면 도망칠 궁리를 했다.

　　산월의 등살에 못 이겨 산책을 나온 창걸은 어두운 밤길을 어기적어기적 잘도 걸어갔다. 설날에만 나온다는 도깨비가 출몰할 밤 깊은 시간이었다. 앞서 가던 창걸은 돌연 머리를 풀어헤친 여자를 발견하고는 자신의 마누라라며 뒤쫓아 갔다. 산월은 말없이 그 뒤를 따라갔다. 정신없이 여자를 쫓아가던 창걸은 자신도 모르게 그만 낭떠러지까지 오고 말았다. 그때 이창용의 망령이 회색 그림자로 모습을 바꿔가며 그녀의 눈앞에 나타났다. 그 망령이 "빨리 밀어버려." "지금이야! 기회를 놓치지 마!"라고 재촉하는 소리가 산월의 귓가에 울려 퍼졌다. 그렇게 산월이 창걸을 밀어버리려는 순간, 창걸은 캄캄한 밤이라 발을 헛디뎠는지 스스로 벼랑으로 떨어지고 말았다.

　　「산월은 두려움에 망설이며 목을 길게 빼어 아래를 들여다보았다. 그러자 비교적 낮은 절벽 아래 얕은 냇물에 얼굴을 처박고 쓰러져 있는 창걸과, 그 옆에서 조금 전 보았던 도깨비가 꼼짝 않고 앉아있는 모습이 그 주변의 물체가 스스로 발하는 신비로운 빛을 받아 기분 나쁘게 비춰지고 있었다.

　　반사적으로 벌떡 일어선 산월은 정신없이 내달리기 시작했다. 그러자 도깨비의 몸이 길게 늘어지면서 발목에 차가운 입김을 토하며 쫓아왔다. 그녀가 아무리 빨리 달리려고 해도 그 해골처럼 깡마른 손은 그녀의 어깨 위에서 떨어지지 않았다.」

－ 평안북도 희천(熙川)군 동면(東面) －

李貞來(이정래)

이정래(생몰년 미상) 소설가. 창씨명 기타카와 정래(北川貞來).

070

약력

1939년	전라남도 고흥군 고흥국민학교를 졸업하였다. 이후 농업에 종사하는 집안에서 가사를 도왔다.
1941년	10월 15일, 21~22일, 그리고 24일 4회에 걸쳐 《조선신문(朝鮮新聞)》 석간에 「어린이애국대(愛國子供隊)」를 기타카와 정래(北川貞來)라는 창씨명으로 발표하였다.
1942년	<국민총력조선연맹(國民總力朝鮮聯盟)>이 내건 현상공모에 소설 「어린이애국대(愛國子供隊)」를 응모하여, <연맹총재상(聯盟總裁賞)>을 받았다. 11월 「신여성(新女性)」에 일본어소설 「동무실의 영감(洞務室のお爺さん)」을 발표하였다.
1943년	흥아문화출판에서 출판한 잡지 「신여성(新女性)」에 일본어소설 「오늘 하루(今日一日)」(2월)와 「어머니의 공부(母の勉強)」(3월)를 창씨명으로 발표하였다.
1944년	1월 「신여성」에 일본어소설 「초겨울(初冬)」을 창씨명으로 발표하였다.

 070-1

愛國子供隊(어린이애국대)

〈기초사항〉

원제(原題)	愛國子供隊
한국어 제목	어린이애국대

원작가명(原作家名)	본명	이정래(李貞來)
	필명	기타카와 정래(北川貞來)
게재지(揭載誌)	분게이(文藝)	
게재년도	1942년 1월	
배경	• 시간적 배경: 중일전쟁 중 • 공간적 배경: 어느 시골마을의 소학교	
등장인물	① 소학교 6학년인 명자 ② 명자와 같은 어린이애국대인 광자, 미자, 묘자, 문자 ③ 학생들에게 위문편지 쓸 것을 권장하는 나카무라선생님 ④ 소작을 빼앗긴 후 방탕한 생활을 하는 명자의 아버지	
기타사항	<국민총력조선연맹> 현상공모작. 1941년 10월《조선신문(朝鮮新聞)》석간에 연재된 것을 수록함.	

〈줄거리〉

　　명자(明子)는 2, 3일 전부터 감기로 앓고 계시는 어머니를 간호하면서 장병에게 위문편지를 썼다. 그만 자라는 엄마의 말씀에도 나카무라(中村)선생님의 '병사들 덕분에 우리가 편하게 살고 있다'는 말씀을 떠올렸다. 선생님께서는 우리가 보내는 위문편지는 그 장병들에게 용기를 줄 뿐만 아니라 위로가 되기도 한다고 하셨다. 어느 부대의 병사들이 휴식 중에 편지를 읽고 있는데 한 병사만이 편지를 받지 못했다면서 시무룩해 하고 있었다. 그 이유를 물으니 부모님이 글을 모르신다는 것이었다. 그러니 여러분이 쓴 글이 그들에게는 큰 기쁨일 거라고 하셨다. 명자는 선생님의 말씀을 생각하며 정성스럽게 위문편지를 썼다.

　　「"병사 아저씨. 이 그림책은 중국의 아이들에게 나눠주세요. 저는 하루라도 빨리 그 귀여운 중국의 아이들과 함께 놀 수 있는 날이 오기를 조용히 기다리며 후방(銃後)을 지키겠습니다."
　　명자가 조용한 방에서 한 자 한 자 마음을 담아 편지를 쓰고 있을 때, 같은 학급의 <어린이애국대> 구성원인 광자(光子), 미자(美子), 묘자(妙子), 문자(文子)도 모두 집에서 선생님의 말씀을 떠올리며 감사의 말과 후방의 생활을 편지지에 쓰고 있었습니다.
　　그 다음날 셋째 시간은 창가(唱歌)시간이었습니다. 창가시간을 이용해 어제 쓴 편지와 함께 위문품을 보내기 위해 보자기를 만들었습니다. (중략)
　　"여러분, 한 땀 한 땀 정성을 다해 바느질 하세요. 그리고 뜯어지지 않도록 이중으로 깁도록 하세요. 이 위문보자기는 먼 전쟁터로 가기 때문에 도중에 뜯어지지 않도록…… 알았죠? 이것은 병사들의 손수건으로도 사용될 겁니다. 여러분, 다 기웠죠?"
　　나카무라선생님은 모두를 휘 둘러보면서 말씀하셨습니다.」

　　명자의 학교에서는 토끼와 닭을 키우고 있었다. 이번 주는 명자 친구들 5명이 담당이었다. 시간이 끝날 때까지 열심히 청소를 하였다.
　　그 후에는 양계일기를 썼으며, 달걀은 팔아서 우표를 사기도 하였다. 이처럼 후방의 어린이들은 두 가지 일을 하고 있었는데, 위문편지쓰기와 위문품 보내기였다. 위문품은 자신들의 집에서 직접 마련해 온 것들인데 다양한 것들이 들어 있었다.

한편, 명자의 아버지는 소작을 빼앗겨 농사를 못 짓게 되자 방탕한 생활을 되풀이하고 가족을 힘들게 했다. 술값을 내놓으라며 어머니를 때리는 아버지가 명자는 정말 싫었다.

명자가 위문금을 모으면서 전사자와 출정가족의 집을 방문해 집안일을 돕자고 제안하자 모두 찬성했다. 명자는 토마토 묘목을 출정군인의 집에 나눠주리라 생각했다. 그들은 청소와 빨래를 거들고 어린아이를 돌보는 등 기쁜 마음으로 다섯 가구의 집안일을 도왔다. 이처럼 <어린이애국대>는 병사들의 가족을 돌보는 일까지 하고 있었다.

6학년 학생들은 전에 선생님이 말씀하신 새로운 운동장 꾸미기를 하기로 하였다. 명자를 포함한 다섯 명은 풀을 베거나 비료 만드는 일을 하게 되었다. 선생님께서 이후에는 야전병원으로 위문을 간다고 하셨다. 위문의 학예회를 하게 된다는 것이다. 명자는 푼푼히 모아놓은 돈을 세어 보았지만 3전도 되지 않아 창피했다. 각각 모은 돈 18원 60전을 경찰서에 헌금하였다. 이러한 <어린이애국대>가 모든 사람의 마음을 움직이게 했는지, 마을사람들은 이내 한 마음 한 뜻이 되었으며 지원병도 점점 늘어났다.

이런 어린이 활동은 교장선생님과 마을사람들을 감동시켰다. 단원 5명은 그 동안의 선행이 알려져 표창을 받게 되었다. 상장과 부상으로 상금을 받았으나 명자는 상금을 위문헌금으로 내놓아 또 한 번 주위로부터 칭찬을 받았다. 딸의 선행에 감명을 받은 아버지는 자신의 생활을 깊이 반성하고 새 사람이 되었다. 명자의 선행은 가족이 다시 모이는 계기가 되었다.

*<어린이애국대(愛國子供隊)>에 대하여

이 작품은 일본의 대정익찬회(大正翼贊會)에 걸맞은 <국민총력조선연맹(國民總力朝鮮聯盟)>이 현상소설을 모집했을 때의 응모작품으로, 작가 이정래씨는 쇼와(昭和)14년(1939)에 전라남도 고흥군 고흥국민학교를 졸업하고 농사를 짓는 생가에 머물면서 집안일을 거들던 열여섯 살의 소녀이다. 응모원고는 400자 원고용지에 삐뚤삐뚤 적은 연필글씨로 구독점도 개행도 없이 50매 빼곡하게 적혀 있었다. <국민총력조선연맹>은 이 작품을 소설로 취급할 수는 없지만 읽고 나서 상당히 깊은 감명을 받았다는 점과 작가가 고작 16세의 소녀라는 점을 감안하여 규정에 없던 특별장려상을 만들어 연맹총재상(聯盟總裁賞)을 수여하였다.

또한 본지의 발표에 있어 원문에는 없는 구독점(句讀點)과 개행(改行)을 추가하였다. 특히 탁음(濁音)의 오류가 많았는데, 이 또한 읽기 쉽게 수정하였다.

- 『文藝』편집부 -

李周洪(이주홍)

—

이주홍(1906~1987) 소설가, 아동문학가. 호 향파(向破). 창씨명 가와하라 주홍(川原周洪).

071

071

약력

1906년	5월 경남 합천에서 태어났다.
1918년	합천보통학교를 졸업하였다.
1924년	경성 한성중학교 졸업 후 일본으로 건너가 공장에서 일하면서 고학하였다.
1928년	도쿄 세이소쿠(正則)영어학교를 졸업하고 히로시마에서 교포의 자녀들을 위한 근영학원에서 교무주임을 맡았다. 시 「고향의 동무들이어」, 「살구꽃」을 《중외일보》에 발표하였다. 「신소년(新少年)」에 첫 동화 「배암색기의 무도(舞蹈)」를 발표하였다.
1929년	단편 「가난과 사랑」이 《조선일보(朝鮮日報)》 신춘문예 선외가작으로 입선하였고, 단편 「결혼 전날」이 「여성지우(女性之友)」에 당선되었다.
1930년	단편 「치질과 이혼」을 「여성지우」에 발표하였다. 소년소설 「아버지와 어머니」, 「북행열차」, 「청어빼다귀」, 「돼지코구멍」을 「신소년」에 발표하였다.
1931년	김병호, 양창준, 이석봉, 박세영, 손재봉, 신말찬, 엄흥섭 등과 함께 『불별 - 푸로레타리아의 동요집』을 발간하였다. 아동문학평론 「아동문학의 일년간 - 금후 운동의 구체적 방안」을 《조선일보》에 발표하였다.
1932년	동시 「별소제」, 「벽」, 「염불긔도」를 「신소년」에 발표하였다.
1933년	소년소설 「회치」를 「신소년」에, 시 「너의들의 얼골」, 「우리들」, 동시 「개똥」, 「화작질」 등을 「별나라」에 발표하였다. 동시 「새벽」(「신소년」)은 검열로 삭제되었다.
1934년	단편 「남의」와 시 「적막한 아츰」을 「우리들」에 발표하였다. 아동극 「낙동강 봄빛」(「신소년」)은 검열로 삭제되었다.
1935년	동화 「곰방대」를 「별나라」에 발표하였다.
1936년	장편 『야화』를 「사해공론」에 연재하였으나 7회 미완으로 끝났다.
1937년	장편 『화원』을 「중외시보」에 연재하였으나 미완으로 끝났다. 단편 「완구상」과 「제과공장」을 「조선문학」에, 「하숙 매담」을 「비판」에, 「제수」를 「풍림」에 발표하였다.

1938년	중편 「동연」을 「비판」에, 단편 「화방도」를 「광업조선」에 발표하였다.
1939년	잡지 「영화·연극」을 편집하였으며, 단편 「한 사람의 관객」을 「조선문학」에 발표하였다.
1940년	잡지 「신세기」의 편집장으로 취임하였다. 희곡 「전원회상곡」을 「영화·연극」에 발표하였다.
1943년	단편 「내산아」를 「야담」에, 일본어콩트 「지옥안내(地獄案內)」를 「동양지광(東洋之光)」(12월~1944년 1월)에 발표하였다. 또한 가와하라 주홍(川原周洪)이라는 필명으로 「학제개혁과 학도의 각오(學制改革と學徒の覺悟)」를 「동양지광」 (3월)에 발표하였다.
1944년	시나리오 「춘향」이 조선영화주식회사 공모에 당선되었고, 일본어 시 「전원에서 (田園にて)」를 「동양지광」에 발표하였다.
1945년	경찰에 피검되어 수감되었다가 해방 다음날인 8월 16일에 출감하였다.
1946년	<조선문학가동맹> 서울지부 집행위원을 역임하였다.
1947년	부산으로 내려와 동래중학교 교사로 부임하면서 프로문학단체와 결별하였다.
1948년	단편소설 「김노인」을 《대중신보》에 발표하였다.
1949년	국립부산수산대학의 전임강사로 부임하였다.
1950년	희곡 「나비의 풍속」을 《한일신문》에 연재하였다.
1951년	희곡 「구원의 곡」을 《부산일보》에 연재하였다.
1952년	중편 「희문」을 《국제신보》에 연재하였다.
1953년	단편 「철조망」을 「수도평론」에, 「늙은 체조교사」를 「문학세계」에 발표하였다.
1954년	단편 「심설」을 「사해공론」에, 「동복」을 「주간국제」에 발표하였다.
1955년	단편 「약야」를 《민주신보》에 발표하였다.
1956년	콩트 「닭국집」을 「한글문예」에, 단편 「조춘」을 「세기문화사」에 발표하였다.
1957년	희곡 「뒷골목」을 「문필」에 발표하였다.
1958년	단편 「연」을 「신조문학」에 발표하였다.
1959년	동화 「메아리」, 「외로운 짬보」를 《부산일보》에 발표하였다.
1960년	콩트 「회유기」를 「신생활」에 발표하였고, 희곡 「피리 부는 소년」을 「현대문학」에 연재하였다.
1961년	동화 「꾸중듣는 선생님」을 「새벗」에 발표하였다.
1963년	동화 「주막집」을 「학생」에 발표하였다.
1964년	장편 소년소설 『섬에서 온 아이』를 「소년부산」에 연재하였다.
1965년	동인지 「윤좌」를 창간하였다. 단편 「바다의 시」를 「현대문학」에 발표하였다.
1966년	단편 「승자의 미소」를 「문학」에, 「지저깨비들」을 「현대문학」에 발표하였다.
1967년	사회의 부조리 축소판을 보여주는 고발소설 「유기품(遺棄品)」을 「현대문학」에 발표하였다.
1968년	단편 「불시착」을 「창작과 비평」에 발표하였다.
1969년	단편 「동래 금강원」을 「신동아」에, 「편리한 사람들」을 「월간문학」에 발표하였다.

1970년	단편「산장의 시인」을「신동아」에,「상장」을「창작과 비평」에 발표하였다.
1971년	단편집『해변』을 을유문화사에서 출판하였다.
1972년	부산수산대학을 정년퇴임한 후 단편「송하문답기」를《한국일보》에 발표하였다.
1974년	단편「서울나들이」를「여성동아」에 발표하였다.
1975년	단편「낙서 최후의 날」을「현대문학」에 발표하였다.
1976년	중편「어머니」를「창작과 비평」에, 단편「선사촌」을「한국문학」에 발표하였다.
1977년	단편「달순이」를「신동아」에 발표하였다.
1978년	동인지「갈숲」을 창간하였다. 단편「성난계절」을「한국문학」에 발표하였다.
1979년	<대한민국예술원상>을 수상하였다. 단편「춘뢰」를「월간중앙」에 발표하였다.
1980년	단편「달밤」을「현대문학」에, 단편「마중」을「월간조선」에 발표하였다.
1981년	중편「아버지」를「문예중앙」에 발표하였다.
1983년	단편「초가」를「현대문학」에 발표하였다.
1984년	<대한민국문화훈장>을 받았다. 단편「미로의 끝」을「현대문학」에 발표하였다.
1985년	<대한민국문학상> 본상을 수상하였다. 단편「감」을「부산문예」에 발표하였다.
1986년	동화「빛없는 동화」를「아동문예」에 발표하였다.
1987년	1월 사망하였다.

地獄案內(지옥안내)

〈기초사항〉

원제(原題)		地獄案內
한국어 제목		지옥안내
원작가명(原作家名)	본명	이주홍(李周洪)
	필명	
게재지(揭載誌)		동양지광(東洋之光)
게재년도		1943년 12월~1944년 1월
배경		• 시간적 배경: 진주만 폭격 2주년 무렵 • 공간적 배경: 루즈벨트 미국 대통령의 꿈속
등장인물		① 전쟁으로 고민에 빠진 미국 루즈벨트 대통령 ② 꿈속의 가짜 루즈벨트
기타사항		

　　금년 62세의 루즈벨트 미국 대통령은 바쁜 격무에 시달리면서 아련한 대학시절의 추억을 떠올렸다. 그러나 지금은 한가하게 달콤한 추억에 빠질 때가 아니다. 우선 〈모스크바 3국회담〉에서 중국문제, 발칸문제 등을 어떻게 매듭지을 것인지 걱정이 태산이다. 그가 가장 수치스럽게 여긴 12월 8일, 즉 진주만폭격의 날이 점점 다가오고 있기 때문이다. 루즈벨트는 개전 2주년이 되는데 국민 앞에 뭔가를 보여줘야 하는 압박감에 현기증이 나서 잔디밭에 쓰러졌다. 그러자 어떤 사람이 다가와 루즈벨트의 눈을 가리고 입을 막은 뒤 양손을 뒤로 묶었다.

　　「"어이, 사람을 잘못 봤어. 나는 루즈벨트다."라고 아무리 발버둥 쳐도 소용없었다. 그는 짐짝처럼 어딘가로 내던져졌다. 자동차 속 같은 쿠션감을 느끼자 그는 안심했다. 하지만 차체의 흔들림으로 보아 앞으로 나아가는 것이 아니라 엘리베이터처럼 아래로 아래로 계속 내려가는 것이었다. 갱의 지하실이라고 생각하자 그는 이제 죽었다고 체념했다. 차체는 수천만길 아래로 내려갔다. 빈속에 그네를 탈 때처럼 가슴이 울렁거렸다. 이윽고 진동이 멈춘 것 같았다. 그는 엘리베이터 같은 것에서 완전히 빛이 없는 세계로 내던져졌다.

　　"지옥이다!"

　　문득 그런 느낌이 들자 그는 끝없는 공포에 휩싸였다. 어디 탈출구가 없을까 주위를 살피는 순간 자신의 등 뒤에 예의 움직이는 그림자가 서있었다.

　　"나를 이곳으로 빠뜨린 너는 도대체 누구냐?" 호통을 쳐보았지만 상대는 아무 말도 하지 않았다. 그는 용기를 되찾은 듯 옛날 교양방송을 흉내 낸 시원시원한 말솜씨로 말했다.

　　"나는 루즈벨트다. 이런 곳에 오리라고는 생각도 못했다. 나에게는 나의 갈 길이 있다. 천국이다. 그렇다. 어차피 현세에 소생할 수 없다면 말이다. 나는 일생을 미국국민의 자유와 행복을 위해 바친 사람이다. 그 보답으로 천국에는 최고의 자리가 나를 위해 준비되어 있을 것이다. 지금 죽어도 아무런 미련이 없다. 하지만 이왕 불을 붙인 전쟁의 결말을 보지 못하고 죽게 될 줄이야! 조금은 억울하다. 하지만 이렇게 된 이상 어쩔 수 없겠지. 자, 빨리 나를 천국으로 안내해라!"」

　　그는 어느 성벽 앞에 도착했다. 대문 위에 '천국'이라는 문자가 붙어있었다. 그는 문을 계속 두드렸지만 열리지 않았다. 두 번째 문을 찾았으나 찾지 못했다. 그래서 루즈벨트는 그림자에게 애걸했다. 그러자 갑자기 광풍이 일면서 어둠 쪽으로 떠밀려 염라대왕 앞에 도착했다. 귀신에게 끌려가는 두 사람의 야윈 남자가 보였다. 지옥의 참상을 목격한 루즈벨트는 기절해 버렸다. "에루제부인!" "국무장관 하루!" "나의 주치의 마킹씨!" 그는 소리쳤다. 도움을 요청하는 외침이었다. "나는 미국 대통령 루즈벨트다. 나의 갈 길은 천국이다."라고 신에게 도움을 요청했다. 그러나 아무 대답이 없었다.

　　수많은 배들이 겹겹이 쌓여 있었다. 그 중에서 많이 본 것 같은 배가 보였다. 그것은 1942년 1월 14일 하와이 서쪽 바다에서 일본의 잠수함에 의해 침몰된, 미국이 자랑하는 세계 최고의 항공모함 레기신토였다. 그 곁에는 상처 입은 사라토 항공모함도 있었다. 그 밖에 많은 배가 고물처럼 줄지어 서 있었다. 이렇게 많은 배들을 침몰시킨 자는 누구냐? 반드시 복수하고야 말 것이라고 다짐하면서 머리를 곤두세웠다. 하지만 지금의 처지는 매우 어둡다. 계곡 안의 어두운 숲속에서 빠져나오려고 하자 개, 사자, 이리가 나타나서 루즈벨트를 가로 막았다. 숲은 방종한 생활을 상징하고 3마리의 맹수는 육욕, 오만, 탐욕의 '3악(惡)'을 상징한다. 그러나 루즈벨트는 계속 밑으로 떨어져 마침내 지옥의 경계선에 도착했다.

제1계에서는 덕은 있으나 신을 믿고 따르지 않았던 고대의 시성이나 철인들의 모습이 보였다. 아리스토텔레스, 소크라테스, 플라톤은 어디에 있는 것이냐? 제3계에는 할리우드의 영화배우들의 모습이 보였다. 제5계에는 망령이 죄인들을 때리고 이빨로 물어뜯고 있었다. 제7계에는 남에게 포악한 짓을 한 죄인들이 핏물에 삶아지면서 맹렬히 울고 있었다. 그 중에는 인도에서 해운업을 한 안면 있는 사람과 어느 식민지에서 어린이를 린치하여 쫓겨난 어느 선교사의 모습도 보였다. 자살한 이탈리아 총참모총장 카비아렐로도 있었다.

그들 중 가장 잔인한 자는 흑인으로, 순박한 인민을 괴롭힌 포악한 관리자였다. 위선자인 영국신사의 모습도 많이 보였다. 제9계에는 이탈리아 국민의 배신자 파트리오 같은 사람이 얼음 밑에 갇혀서 오징어처럼 납작해져 있었다. 작년 4월 필리핀 바탄반도에서 일본군에 항복한 킹소장의 모습도 보였다. 이들은 염라대왕한테 학대를 당하고 있었는데 가슴은 갈기갈기 찢어지고, 손톱이 벗겨지고, 등이 피투성이가 되어 한 점의 피부조차 남지 않은 모습이었다. 루즈벨트는 이 처참한 광경을 보고 눈을 감았다. 몸이 오싹해지면서 말라리아 환자처럼 부들부들 떨렸다.

귀신들이 루즈벨트를 어느 방 앞으로 데리고 갔다. 그곳은 다름아닌 백악관의 집무실이었다. 이것이 현세라면 저 아비규환의 지옥은 도대체 무엇인가? 혼란스럽기만 했다. 루즈벨트를 방안에 넣고, 귀신은 사라졌다. 자신의 집무실 의자에 앉으려고 하자 한 사람의 인간이 움직이고 있었는데 자신과 꼭 닮은 루즈벨트였다. "얼마나 고생이 많으십니까? 루즈벨트 각하!"하고 가짜 루즈벨트가 말했다. 루즈벨트는 가짜에게 지금의 전투상황이 어떠냐고 물었다. 독립 미얀마는 모두 일본에 복속되었고 현재 일본군이 중국의 충칭(重慶)을 향해 나아가고 있으니 빨리 철수해야 한다고 중국인 평론가 임어당(林語堂)이 말했다고 했다. 『대지』의 작가 펄벅도 동양인이 백인에게 지배당하는 것은 바람직하지 않다. 백인의 압제를 막을 수 있는 나라는 일본밖에 없다고 말했다고 했다. 루즈벨트는 장개석에게 12억 달러를 차관해 주었고, 영국도 6억 달러를 중국에 투자했다. 이는 중국을 군사적으로 기지화하고 경제적으로 개발사업을 장악하려는 목적으로 투자한 것이다. 루즈벨트가 미, 영, 소 모스크바 3국회담의 추이를 묻자 가짜 루즈벨트는 소련이 정치공세로 미국과 영국의 선봉을 치고 있다고 대답했다. 지금으로서는 태평양전쟁의 불을 끄는 것이 시급하기 때문에 유럽의 동부전선에 신경 쓸 여유가 없다. 지금 소련이 독일을 장악하고 있으나 결국은 우리들이 바라는 대로 양국 다 함께 무너질 것이다. 지금 소련은 이탈리아를 포함한 지중해 일대의 점령지 행정에 관한 발언권을 요구하고 있다. 중요 인물을 대사로 임명하는 소련의 태도를 보면 짐작이 간다.

루즈벨트는 짜증을 내며 국내의 사정도 앨라바마주의 탄광파업이 군수공장에까지 영향을 미치고 철강회사의 용광로가 폐쇄되었다고 하는데 사실이냐고 물었다. 그렇다. 15일에 전시노동국은 탄광조합장 앞으로 최후의 통첩을 보냈다. 루즈벨트는 화가 나서 탁자를 두들기며 "나의 진짜 고민은 내년 봄의 미국선거이다!"라고 말했다. 그러자 가짜 루즈벨트는 "전쟁을 도발한 주제에 지금 선거가 어떻다는 거냐?"라고 되물었다. 루즈벨트는 "미국 국민의 행복과 자유를 위해서"라며 테이블을 내리치는 등 과격한 행동을 했다. 공화당이 맥아더를 후보로 내세우면 이에 대한 대책을 강구할 것이라고 말했다. 루즈벨트는 가짜 루즈벨트에게 "너는 내가 아니다. 나를 이렇게 화나게 만드는 것을 보면 말이야." 그러자 가짜는 "타인도 아닌 나이기에 말한 것이 아니냐. 이 위선자!"라고 말하고 의자를 내던지고 방안으로 들어갔다. 루즈벨트가 잠시 기절했다가 정신을 차려 살펴보니, 어느새 방도 의자도 사라졌다. 자동차의 경적소리가 들려왔다. 루즈벨트는 꿈에서 깬 병자처럼 주위를 둘러보면서 이게 꿈인가 생시인가 양손의 손바닥을 뒤집어 보았다.

李泰俊(이태준)

—

이태준(1904 ~ ?) 언론인, 소설가. 호 상허(尙虛), 상허당주인(尙虛堂主人). 별명 한국의 모파상.

072

약력	
1904년	11월 강원도 철원에서 출생하였다.
1909년	망명하는 아버지를 따라 러시아의 블라디보스토크로 이주하였다. 8월에 귀국하여 함경북도 배기미에 정착하였다.
1912년	고향 철원으로 돌아왔다.
1915년	철원 봉명소학교에 입학하였다.
1918년	철원 봉명소학교를 졸업한 후, 원산 등지에서 2년간 객줏집 사환 등으로 일하였다.
1921년	휘문고등보통학교에 입학하였다.
1924년	동화「물고기이야기」 등 6편의 글을「휘문」 제2호에 발표하였다. 동맹휴교 주모자로 퇴학당하고 일본으로 유학하였다.
1925년	일본에서「오몽녀」를「조선문단」에 발표함으로써 문단에 등단하였다.
1926년	일본 조치대학(上智大學) 예과에 입학하였다. 나도향 등과 교유하였다.
1927년	대학을 중퇴하고 귀국하였다.
1929년	개벽사에 기자로 입사하였고,「어린 수문장」,「불쌍한 소년미술가」,「슬픈 명일 추석」,「쓸쓸한 밤길」,「불쌍한 삼형제」를 발표하였다.
1930년	문단에서 김기림(金起林), 정지용(鄭芝溶) 등과 <구인회> 회원으로 활동하며「까마귀(鴉)」,「복덕방(福德房)」,「밤길」 등을 발표하였다.
1931년	《중외일보》 기자로 근무하였다. 《조선중앙일보》 학예부 기자로 일하였다.
1932년	이화여자전문학교 강사를 역임하였다.「삼천리」에「불우선생(不遇先生)」을 발표하였다.
1933년	「신동아」에「꽃나무는 심어놓고」를,「중앙」에「달밤」을 발표하였다. 이해 4월부터 1년여 간「신여성」에「법은 그렇지만」을 연재하였다.
1936년	「꽃나무는 심어놓고」가 일본어로 번역되어「가이조(改造)」에 게재되었다.
1937년	단편집『까마귀(鴉)』,『구원의 여상』,『제2의 운명』을 출간하였다.「오몽녀」가 나운규에 의해 영화로 만들어졌다.
1939년	「문장」에「영월영감(寧越令監)」을 발표하였다.「불우선생」,「복덕방」,「까마귀」

1940년	「농군(農軍)」과 「철로(鐵路)」가 일본어로 번역, 발표되었다.
1941년	8월 정인택 편집의 일본어단편집 『복덕방(福德房)』(9편 수록)이 간행되었다.
1943년	「돌다리(石橋)」가 일본어로 번역, 발표되었다.
1944년	9월 「국민총력」에 일본어소설 「제1호 선박의 에피소드(第一号船の挿話)」를 발표하였다.
1945년	문학가동맹 부위원장, 민전 문화부장, 현대일보 주간, <국가학위수여위원회> 문학분과 심사위원 등을 역임하였다.
1946년	장편 『불사조』를 《현대일보》에 연재하였다. 월북 <방소문화사절단>의 일원으로 소련기행에 나섰다. 이 시기에 발표한 「해방전후」는 조선문학가동맹이 제정한 제1회 <해방기념조선문학상> 수상작으로 선정되었다. 8월 중순부터 소련을 방문한 뒤 「소련기행」을 출간하였다. 월북하였다.
1948년	8.15 북조선최고인민회의 표창장을 받았다. <북조선문학예술총동맹> 부위원장이 되었다. 북한의 토지개혁 문제를 다룬 소설 『농토』를 출간하였다.
1950년	<한국전쟁> 때 북한 종군작가로 참전하였고, 중편 「고향길」을 탈고하였다.
1952년	남로당 인물들과 함께 숙청될 뻔했으나 소련파 기석복의 도움으로 명단에서 제외되었다.
1955년	노동당 평양시위원회 산하 <문학예술출판부 열성자회의>에서, <구인회> 활동의 반동성과 사상성의 불철저를 이유로 숙청되었다.
1957년	함흥 노동신문사 교정원으로 일하였다.
1958년	함흥 콘크리트 블록공장의 고철 수집노동자로 배치되었다.
1969년	강원도 장동탄광 노동자 지구로 거주를 옮겼다. 이후의 소식은 전혀 알려지지 않고 있다.

072-1

櫻は植ゑたが(벚나무는 심어놓고)

〈기초사항〉

원제(原題)	櫻は植ゑたが	
한국어 제목	벚나무는 심어놓고	
원작가명(原作家名)	본명	이태준(李泰俊)
	필명	
게재지(揭載誌)	가이조(改造)	

게재년도	1936년 10월
배경	• 시간적 배경: 어느 해 겨울 • 공간적 배경: 경성
등장인물	① 소작을 뺏기고 아내와 딸을 데리고 고향을 떠나온 서른두 살의 방서방 ② 방서방의 아내 김씨
기타사항	번역자: 최재서(崔載瑞)

〈줄거리〉

방서방(方書房)은 자꾸만 고향땅을 돌아다보는 아내 김씨에게 그만 보라고 핀잔을 주지만, 그런 남편의 말에도 아내는 '저 집을 보는 것도 이제 마지막이구나.'싶어 자꾸만 눈물이 나왔다. 얼마 전까지만 해도 살기 좋았던 고향마을이었건만, 이젠 소작을 짓고 살기에도 힘겨워져 마을사람들도 하나둘 떠나버렸다. 방서방과 아내 김씨, 딸 정순(貞順)의 세 식구는 이렇게 고향을 떠났다.

며칠 전까지만 해도 방서방은 서른두 해 동안 이 마을에서 부족함 없이 살아왔다. 비록 남의 땅이었지만 몇 대째 소작을 부쳐온 김진사 댁의 땅을 내 땅처럼 생각하며 경작해왔다. 김진사가 살아있을 때는 온 동리가 지대(地代) 한 푼 내지 않고 농사를 지을 수 있었으며, 그의 아들 김의관(金議官)도 소작인들에게 큰 일이 있을 경우에는 정해진 소작료에서 2석 내지는 3석을 깎아주기도 했었다. 그런 김의관이 자신의 땅을 일본인에게 저당 잡혔다는 소문이 돌았다. 그 소문에 의하면 김의관이 일본인과 함께 금광을 시작했다고도 하고 회사를 세웠다고도 했지만 정확한 사연은 알 수 없었다.

어쨌든 김의관이 안성인가로 떠나고 토지가 일본인 회사로 넘어간 다음부터는 마을의 소작농들은 하루하루 살아가기가 힘들어졌다. 지대를 턱없이 올리는가 하면 값비싼 비료사용을 강요했으며 높은 이자를 요구하면서도 벼는 헐값에 가져갔다. 그 밖에도 듣도 보도 못한 부과금을 지불하라고 해 오히려 빚만 지게 되었다. 마을사람들은 빚을 갚기 위해 소가 있으면 소를 팔고 집이 있으면 집을 팔았다. 이렇게 해서 3년 사이에 대여섯 집이 마을을 떠났다.

군(郡)에서도 무언가 대책을 세우지 않으면 안 되겠다고 생각했는지 작년 봄에 부락 앞에 200그루 정도의 벚나무를 심었다. 나무가 자라 꽃이 피면 그들이 마을을 사랑하는 마음이 생겨 함부로 마을을 떠나지 않을 거라고 생각한 모양이었다.

방서방도 고향을 버리는 게 정말 싫었지만 살길이 막막해 하는 수 없이 아내와 어린 딸을 데리고 경성으로 무작정 떠나왔던 것이다. 그렇게 사흘 만에 경성에 도착하였다. 방서방은 수중에 몇 푼의 돈을 가지고 있긴 했지만 여관생활을 할 정도는 아니어서 겨우 다리 밑에 짐을 풀었다.

아이는 젖이 안 나오자 심하게 울어서 지나가던 사람들이 걸음을 멈추고 다리 밑을 들여다볼 정도였다. 방서방은 하는 수없이 거적을 사왔고, 이렇게 세 식구의 타향살이는 시작되었다. 싸리비를 사서 눈 치우는 일이라도 해보려 했지만 그것도 무산되고 말았다.

다음 날부터 방서방은 직업소개소에도 가보고 지게일도 했으나 벌이가 시원찮아 괴로움에 매일 술을 마셨다. 아내 김씨는 이런 남편이 한없이 불쌍해 보였다. 남편이 어쩌다 이 지경이 되었는가를 생각하면 세상이 원망스러울 뿐이었다. 생각다 못한 김씨는 바가지를 들고 구걸에 나섰다. 그리고 바가지 한 가득 밥을 얻었을 때 그만 다리 밑으로 돌아가는 길을 잃어버렸다. 그때 한 노파가 나타나 길을 가르쳐준다며 김씨를 데리고 함께 길을 나서주었다. 그런데 노파는 이틀에 걸쳐 다리 밑이 아닌 여기저기 김씨를 데리고 돌아다녔다.

「노파는 처음부터 계획적이었다. 김씨의 촌스럽지 않은 기량과 젊은 피부를 마치 암탉을 보는 살쾡이 같은 눈초리로 보았던 것이다.
'어떻게 돈이 안 될까?' 노파가 처음 김씨를 봤을 때 떠올린 생각은 이것이었다. 김씨는 두 번 다시 다리 밑으로 돌아오지 못했다. 방서방은 분노와 서러움에 눈앞이 캄캄해졌다.
"빌어먹을! 이런 어린 것을 버리고 도망치다니! 에라, 갈기갈기 찢어죽일 여편네 같으니!" 그는 이를 갈았다.
방서방은 이틀이나 굶은 아이를 차마 보고 있을 수 없어 들쳐안고 거리로 나섰다. 그리고 신 것 매운 것 안 가리고 얻은 대로 아이에게 먹였다. 날은 갑자기 추워져, 아이는 급기야 감기에 걸렸고 설상가상으로 설사까지 했다.
밤새도록 어둠 속에서 설사와 오줌을 쌌기 때문에, 이불이며 방서방의 옷가지들이 얼어서 사각사각 거렸다. 그 추위 속에서도 그저 아이의 몸뚱이만은 바라보는 이의 눈이 벌게질 정도로 뜨거웠다.」

방서방은 죽어가는 아이를 데리고 이 병원 저 병원의 문을 두드려대며 헤맸지만, 돈이 없다는 이유로 치료도 받지 못하고 결국 다리 밑으로 돌아올 수밖에 없었다. 아이는 그렇게 배고픔과 추위로 고통스럽게 죽고 말았다.
다시 봄은 찾아오고, 경성의 거리에 벚꽃이 피기 시작했다. 방서방은 일본사람의 짐을 들어주고 받은 50전으로 술을 먹기 위해 선술집에 들렀다. 흐드러지게 피어있는 벚꽃을 바라보며 방서방은 '그때 심었던 벚꽃도 저렇게 피어 있겠지……. 그리고 온 마을이 그 꽃에 묻혀있겠지…….'라며 울고 싶은 심정으로 고향을 떠올렸다.

不遇先生(불우선생)

〈기초사항〉

원제(原題)		不遇先生
한국어 제목		불우선생
원작가명(原作家名)	본명	이태준(李泰俊)
	필명	
게재지(揭載誌)		가이치효론(外地評論)
게재년도		1939년 2월

배경	• 시간적 배경: 어느 해 여름 • 공간적 배경: 경성 돈의동
등장인물	① 허름한 여관에 투숙 중인 '나'와 H ② H와 내가 '불우선생'이라 별명을 붙인 송선생 등
기타사항	번역자: 정인택(鄭人澤)

〈줄거리〉

　　H와 나는 그를 '불우선생(不遇先生)'이라 불렀다. 우리는 작년 여름, 돈의동 여관에 묵고 있을 때 그를 처음 만났다. 점잖게 방을 청한 그를 여주인은 갖은 능청으로 맞이했으나 이내 그의 허름한 행색을 보고 여관비를 받을 수 없을 것 같았는지 갑자기 냉랭하게 대했다.

　　이곳 여관은 산전수전 다 겪은 사람들이 모인 곳이라 방값을 떼이기가 일쑤였기에 항상 손님의 행색이나 말투를 참고해 선별하여 투숙시켰다. 후줄근한 모시 두루마기에 맥고모자를 쓴 그는, 마치 삼년상(三年喪)을 치른 듯한 허름한 행색이었지만 목소리만큼은 점잖았다.

　　우리는 그날 새로 들어온 손님과 함께 같은 방에서 저녁을 먹으며 통성명을 하였다. 중노인인 그는 송(宋)아무개라 하였다. 그의 방은 낮에도 어둡고 통풍도 나빠서 잠자기에는 결코 좋은 방이 아니었다.

　　그날 밤이었다. 우리가 저녁을 마친 후 근처 파고다공원(塔洞公園)을 2시간 정도 산책하고 돌아왔을 때 옆 동굴 같은 방에서 글 읽는 소리가 들려왔다. 새로 온 손님이라는 것은 금방 알았지만, 그만큼 글을 청승스럽게 잘 읽는 사람은 처음이었다. 그때는 어떤 글을 읽고 있는지 몰랐으나 나중에야 굴원(屈原)의 「어부사(漁父辭)」인 것을 알았다. 우리는 그의 글 읽는 소리만으로도 무조건적으로 그에게 경의를 표하며 '송선생'이라 부르기로 했다. 마침내 우리는 그 송선생에게 '그 방은 더우니 우리 방에서 주무시는 게 어떻겠느냐'고 물었고, 그는 잠시도 망설이지 않고 우리가 묵고 있는 방으로 옮겨왔다. 그는 우리가 무언가 질문을 하면 길고 자세하게 답해 주었다. 그리고 자신의 신상과 최근 정세에 대한 이야기를 밤이 깊도록 해주었다. 십여 년 전만 해도 천석이 넘는 수입을 자랑할 정도였으나 현재는 여관을 전전하며 살고 있고 가족은 모두 경성에 있다고 했다. 자신이 여관을 돌아다니는 것은 자신 같은 사람을 알아주는 이를 만날까 해서라고 했다.

　　「"송선생님을 정말로 이해해 주는 분을 만나면 선생님은 무얼 하실 작정이십니까?"
　　내가 묻자 그는 주저하지 않고 대답했다.
　　"이해해 주기만 해서는 안 돼, 돈이 돼야지."
　　"얼마든지 돈을 대주는 사람이라면요?"
　　"신문을 만들 거요. 현재 세 곳이 있긴 하지만, 그건 신문사가 아니야. 그런 신문사라면 100개가 있다한들 아무짝에도 쓸모가 없거든."
　　"댁이 경성인데 이렇게 떠돌아다니시면 집안은 누가 보살피십니까? 자녀분이라도?"
　　"나에겐 장성한 자식이 없다오. 어머니도 살아계시고 집사람에 제수씨에 딸이 둘, 아들은 올해 겨우 열두 살이라. 도합 여섯 식구가 집에 있지만, 나는 집안일 따위 상관하지 않아. 상관하고 싶어도 그럴 수가 없지."
　　"그럼 댁의 가족들은 따로 수입이라도 있습니까?"
　　"수입이 있을 리 없지. 굶주림에도 익숙해져서 다들 잘 버티고 있다오. 어쩌다 집 앞을 지나게 되어 큰 맘 먹고 가끔 들려보면, 그렇게 굶으면서 신기하게도 입 하나 줄지 않았습다. 더 이상 먹을 것이 없어지면 도둑질이든 뭐든 하겠지요."」

다음날 주인여자는 송선생에게 아침만 먹고 여관에서 나가라고 했다. 계속 있으려면 선금을 달라고 하자 그는 여관에서 손님을 내치는 법은 없다고 억지를 부렸다. 결국 주인여자는 그의 밥을 내오지 않았고, 할 수 없이 우리의 밥을 같이 나눠먹게 되었다. 그런데 그는 젓가락, 나이프, 오프너가 달린 만능기구를 꺼내어 편리하게 밥을 먹었다.

그 이튿날 아침도 그는 우리의 밥을 나눠먹었는데, 우리가 외출했다가 돌아와 보니 여관 어디에도 그의 모습은 없었다. 결국 여관에서 쫓겨났다는 것이다. 그가 사라지자 나와 H는 섭섭한 마음에 이런저런 이야기를 나누다 그에게 문득 '불우선생'이라는 별명을 붙여주었다.

우리가 그를 다시 본 것은 그로부터 한 달 정도 지난 어느 날이었다. 그는 두루마기는 빨아서 풀밭에 널어놓고, 적삼과 중의를 말리다 말고 구김살을 펴느라고 밟고 서 있었다. 땅바닥에 펼쳐져 있는 그의 소유물에는 예전의 그 기이한 칼도 있었다. 이야기를 들어보니 그의 집이 저당 잡힌 탓에 남의 손에 넘어가버렸더라는 것이다.

그런데 바로 어제, 나는 기억에서 거의 잊혀져가고 있던 불우선생을 우연히 거리에서 만나게 되었다. 나는 그를 어느 중국 요릿집으로 데리고 갔다. 그는 한 달쯤 전 전차에 머리를 치이고 말았는데, 그들이 병원에 가자는 것을 고집 부리고 안 갔더니 지금까지 머리가 아프다고 했다. 이제는 가족이라고는 앞 못 보는 어머니만 남아있을 뿐이라며 불초한 자신을 원망했다. 그런데 어느 옛 친구가 소식을 듣고는 병원에 가 보라며 차를 보내주었고, 덕분에 병원에 가서 수술을 받고 살아났다는 것이다. 그는 차라리 그때 죽었으면 좋았을 걸 그랬다며, 공연히 살아나서 부끄러움도 모르고 이렇게 돌아다니고 있다고 한탄하였다. 그러더니 언제 그랬느냐 싶게 이번에는 예전에 여관에서 보았던 눈빛으로 돌아가 사회문제에 대해 논하는 것이었다. 요릿집을 나온 우리는 서로의 갈 길을 향해 헤어졌다.

'발길 닿는 대로' 가겠다는 불우선생은 언제까지고 내 뒷모습을 바라보았다.

福德房(복덕방)

〈기초사항〉

원제(原題)	福德房	
한국어 제목	복덕방	
원작가명(原作家名)	본명	이태준(李泰俊)
	필명	
게재지(揭載誌)	동양지광(東洋之光)	

게재년도	1939년 4월
배경	• 시간적 배경: 1930년대 • 공간적 배경: 경성 외곽의 한 복덕방
등장인물	① 경제적 재기를 꿈꾸는 안노인 ② 복덕방 주인 서참위 ③ 사업에 대한 야심가인 박희완 영감 ④ 무용가인 안노인의 딸 경화 등
기타사항	번역자: 이소협(李素峽)

〈줄거리〉

　　복덕방에 세 늙은이가 곧잘 모이는데 주인은 서참위(徐參尉 - 현재의 소위계급)였다. 1920년 이후 시골 부자들이 과중한 세금에 쫓기거나, 혹은 자녀교육을 위해 경성으로 몰려들었다. 그 덕분에 봄가을로 어떤 날은 3, 4백 원의 수입이 있을 정도여서, 서참위는 돈을 벌기는 하였지만 복덕방 영감으로 전락한 데 대한 회한이 남아 있었다.

　　언제 누가 집 보러 가자고 할지 몰라서 늘 복덕방에 모여 있었다. 서참위는 소심한 안(安)노인과 성격이 맞지 않아 곧잘 다투곤 했는데, 한 번 다투면 안노인은 한동안 복덕방 출입을 하지 않았다. 이러할 때 안노인을 데리고 나오는 사람이 박희완(朴喜完) 영감이었다. 그 역시 복덕방에 앉아 화투 패를 보면서 공부도 하고 사업에 대한 야심을 키우고 있는 영감인데, 그는 안노인처럼 복덕방에서 자는 일은 없으나 꽤 오래도록 복덕방에 눌러 앉아있는 늙은이 중 한 사람이었다.

　　안노인은 늙어가는 것이 원통했다. 어떻게든 더 늙기 전에 만 원이라도 만들어서 세상 사람들에게 체면을 세우고 싶었다. 안노인은 자기 수중의 돈이 떨어지자 세상의 모든 인연이 끊어진 것이라 생각했다. 안노인에게는 경화(景華)라는 딸이 있는데, 그녀는 한때 <토월회(土月會)>라는 연극단에 몸담았었다. 그 딸이 일본에서 무용을 배워 지방 순회공연을 다니며 꽤 이름이 알려져 있지만, 연구소를 차린다, 집을 고친다, 유성기를 산다는 등의 핑계를 대며 아버지를 위해 쓸 돈은 없다고 했다. 이러저러한 이유로 안노인은 어떻게든 자기 손으로 돈을 벌고야 말겠다고 벼르고 있었다.

　　이따금 서참위에게 술잔이나 얻어먹고 때로는 그의 복덕방에서 잠까지 얻어 자는 처지의 안노인이지만 서참위의 생활을 부러워하는 건 아니었다. 언제든 수가 생기면 다시 한 번 내 집을 갖고, 내 밥을 먹고, 내 낯으로 세상을 살게 되려니 믿어 의심치 않았다.

　　그러던 어느 날 박희완 영감이 유력자를 통해 들은 말이라며, 황해연안(黃海沿岸)에 제2의 나진(羅津)이 생길 예정이라는 뉴스를 가져왔다. 지금은 관청에서만 알 뿐인데 곧 공표가 될 것이라 했다. 안노인은 생각할수록 이것이 마지막 기회인 것만 같았다.

　　나진의 선례도 있었고 박(朴)노인의 말이 거짓일 리 없었다. 만주국과 중국과의 관계가 미묘해져서 황해도 연안에도 나진처럼 커다란 항구가 필요할 것이 분명했다. 상식적으로 생각해봐도 그랬다.

　　안노인은 딸에게 박희완이 말한 땅 이야기를 하였다. 최소한 1년 이내에 50배의 이익이 있을 거라고 자신만만하게 이야기했다. 딸도 솔깃하여 사흘 안으로 3천 원을 가져오겠다고 약속했다. 안노인이 기뻐하며 흥분해 있는데, 바로 그때 딸이 사귄다는 청년이 나타나 돈은 자신이 관리하며 일을 처리하겠다고 하는 게 아닌가. 그래도 안노인은 개의치 않기로 했다. 순이익이 5, 6만 원은 될 텐데 그러면 1만 원 정도는 자기 손에 들어올 터였다. 까짓것 좀 나누면 어떠랴 싶었던 것이다. 그러나 1년이 지난 어느 날, 모든 것은 허망한 꿈이 되고 말았다. 유력자라던 관청의 모씨에게 박희완 영감이 속았던 것이다.

벼락은 안노인에게 떨어졌다. 작년보다 더 비참한 추석을 맞아야 했다. 서참위는 안노인을 위로해 주려고 복덕방의 미닫이문을 열었다.

「"어이, 지금이 몇 신 줄이나 알어?"

이렇게 소리치며 방안으로 한 발 내딛으려던 그는 머리에서부터 피가 쑤욱 빠져나가는 것 같았다. 안(安)의 입에는 피, 안색은 잿빛이었다. 방안은 섬뜩한 피비린내로 가득 차 있는 것 같았다. 그는 방으로 들어가 마음을 가라앉히고 눈을 비비며 다시 한 번 방 안을 둘러보았다. 하지만 그것은 안(安)이 아니라 이미 안(安)의 시체였다. 그 옆에 약병이 하나 뒹굴고 있었다. 긴 시간이 지나서야 비로소 서(徐)는 이것이 슬픈 사건임을 깨달았다. 가까운 파출소로 뛰어 가려다가, 그래도 딸에게 먼저 알려야할 것 같아 이야기로만 듣던 그 <안경화 무용연구소>로 가서 그녀를 데리고 왔다. 딸이 잠시 울고 난 후였다.

"빨리 경찰에 알려야지."

"아니오. 안 돼요!" 그녀는 펄쩍 뛰어오를 듯이 놀랐다.

"왜 그런가?" "저기……." "……"

"제 체면도 좀……."

"체면? 체면을 생각하는 사람이 아비를 이런 식으로 죽게 만들어?"

"……"

그녀는 다시 울음을 터뜨렸다. 나가려는 서(徐)의 옷자락을 붙들고 놓지 않았다. 그리고 "제발, 제발 부탁입니다."라고 몇 번이나 반복했다.」

서참위는 그런 안노인의 딸에게 비밀을 지켜주는 대신 안노인의 죽음으로 나오게 될 보험금을 안노인을 위해 쓸 것을 약속받았다. 예컨대 안노인이 생전에 갖고 싶어 하던 셔츠를 사 입히게 하고 성대한 장례식을 치르라고 한 것이다. 덕분에 안노인은 죽어서야 호사를 누릴 수 있게 되었다.

장례식장에는 딸 때문에 찾아온 사람들로 붐볐다. 묘지까지 따라갈 작정이었으나 모인 사람들이 마음에 들지 않아 서참위와 박희완 영감은 쓸쓸한 마음에 술집으로 향했다.

072-4

鴉(까마귀)
ᶜᵃˡⁱⁿᵈ

〈기초사항〉

원제(原題)	鴉
한국어 제목	까마귀

원작가명(原作家名)	본명	이태준(李泰俊)
	필명	
게재지(揭載誌)		모던니혼(モダン日本)
게재년도		1939년 11월
배경		• 시간적 배경: 어느 해 겨울 • 공간적 배경: 친구의 별장
등장인물		① 작가인 '그' ② 폐병에 걸려 요양 하러 온 그녀
기타사항		번역자: 박원준(朴元俊)

〈줄거리〉

　　그는 이른바 잘 팔리지 않는 작가 중 한 사람이었다. 학생들이나 이용하는 하숙생활조차 뜻대로 되지 않던 차에, 한 친구로부터 겨우내 비워두게 될 별장이 있으니 어느 방이든 골라 사용해도 좋다는 이야기를 들었다. 여름에는 동향이라 늦잠을 못 잔다는 단점이 있었지만 겨울에는 아늑한 작은 사랑방을 이용하기로 했다. 그 별장에는 넓은 정원이 그럴듯하게 자리하고 있었는데, 늦가을이라 잎들이 떨어진 나무들은 흡사 '무장해제를 당한 포로' 같은 느낌을 불러일으켰다.

　　램프에 불을 켜자 방안이 환해지면서 그는 자연스레 옛 추억에 잠겨들었다. 주위는 아주 고요한데 어디선가 까마귀 울음소리가 들렸다. 내다보니 전나무 가지에 시커먼 자태로 까마귀 세 마리가 앉아있었다. 마침 별장지기가 올라왔기에 물어보니, 동네에 돼지 기르는 데가 있어 밥찌꺼기 같은 걸 주워 먹으려고 모여든다는 것이었다. 하여튼 아침저녁으로 식사 때우기가 번거롭긴 했지만 램프와 까마귀 소리를 벗해서 늦잠을 즐기기에는 그만이었다. 예술가는 빵보다는 꽃을 취해야 하고, 배고파도 글쓰기는 버리지 않을 거라 했다. 하숙집 주인마누라의 푸념에서 해방된 것만으로도 이만저만 다행스러운 것이 아니었다.

　　그러던 어느 날, 그는 노란 저고리에 옥색 치마를 차려입고 그 위에 스웨터를 걸친 날씬한 처녀가 정원 한 켠을 산책하는 모습을 보게 되었다. 이튿날에는 낙엽을 긁어 태우고 있는데 그녀가 다가와 문간에 붙여놓은 명함을 봤다며 인사를 했다. 그녀는 자신을 그의 애독자라고 소개했다. 그는 나중에 별장지기로부터 그녀는 폐병(肺病)환자이며, 숨이 차서 산행은 못하고 대신 이 정원으로 산책하러 자주 나온다는 이야기를 들었다. 그는 그녀가 나쁜 병에 걸렸다는 사실이 안타까웠다.

　　며칠 새 그와 그녀는 스스럼없이 대화를 나누게 되었다. 그는 차츰 그녀가 좋아졌다. 장기환자이니만큼 애인이 없을 성 싶었다. 그녀와의 로맨틱한 앞날을 꿈꾸기도 했다.

　　그녀는 자기의 병세를 말해준 의사를 믿지 않았다. 그녀는 자기를 열렬히 사랑해주는 청년이 있다고 했다. 대학 도서관에서 학위준비를 하는 사람인데, 자기의 병을 싫어하지 않는다는 징표로 각혈한 피를 반 컵이나 받아 마신 적이 있노라고 고백했다. 죽음을 처음에는 아름다운 것으로 여겼는데 이제는 자꾸만 겁이 난다고도 했다. 그는 정말로 그녀에게 애인이 있는 것일까 하는 의문이 들었다.

　　그런가 하면 그녀는 자기가 죽으면 조선식 상여나 금칠을 한 자동차 따윈 싫고 하얀 말 여러 필이 끄는 하얀 마차와 서양식 묘지공원이 좋겠다고 말했다. 바로 그때 까마귀가 나무 삭정이를 쪼는 소리가 들려왔다. 그녀는 까마귀가 마치 죽음을 잊어버리면 안 된다고 깨우쳐주는 것 같아 질색이라고 했다. 자기를 뒤쫓는 음흉한 복면을 한 사내 같다는 것이다.

그는 까마귀 한 마리를 잡아 해부해 보여 여느 새의 내장과 다름없음을 증명해 보임으로써 그녀의 공포심을 덜어주겠다는 충동을 느꼈다. 그는 그녀를 사랑하는 자신을 그녀 또한 사랑해 주기를 바랐다. 곧 활과 화살을 만들었다. 눈이 내린 뒤여서 그 위에 콩을 흩뿌려놓고 까마귀를 유인했다. 까마귀는 곧 모여들었고 어떤 놈은 방문 가까이까지 종종걸음으로 다가왔다.

화살을 쏘아 요행히 한 마리를 맞힐 수가 있었다. 새는 눈 위에 진홍빛 피를 흘리며 퍼덕이더니 이내 나뒹굴었다. 그는 별장지기에게 부탁해 죽은 까마귀를 나뭇가지에 매달아놓게 했다. 이제는 그녀 앞에서 해부하여 보일 일만 남았다.

「다시 추워져 싸라기눈이 길가에 떨어져 구르고 있는 오후였다. 그는 어느 잡지사에 창작 1편을 넘기고 약간의 식료품을 사들고 돌아오는 도중, 개울 건너의 광장에 두 대의 검은 자동차와 금색의 영구차 한 대가 나란히 서있는 것을 보았다. 그는 가슴이 철렁 내려앉는 것 같았다. 별장 쪽을 올려다보니 전나무 꼭대기에는 아까부터 까마귀 두세 마리가 이 광경을 내려다보며 앉아 있었다.

"그녀가 죽은 게 아닐까?"

영구차 속에는 벌써 관이 실려 있었다. 둘러서 있던 마을사람들 속에서 별장지기가 나타나 그에게 다가왔다.

"우리 정원으로 곧잘 산책오던 아가씨가 죽었답니다."

"……"

그는 조용히 영구차를 향해 모자를 벗었다.

"저기 뒤쪽 차에 타려고 하는 남자가 그 아가씨의 약혼자라네요."」

까마귀는 그날 밤에도 다른 날과 다름없이 까악 까악 끊임없이 울어댔다.

農軍(농군)

〈기초사항〉

원제(原題)	農軍(1~5)	
한국어 제목	농군	
원작가명(原作家名)	본명	이태준(李泰俊)
	필명	

게재지(揭載誌)	조선소설대표작집(朝鮮小說代表作集)
게재년도	1940년 2월
배경	• 시간적 배경: 1920년대 어느 해 겨울 • 공간적 배경: 만주의 장쟈워푸(姜家窩柵)
등장인물	① 만주로 떠나온 유창권과 그의 가족 ② 창권의 스승이었던 황채심 등
기타사항	제목 아래 '이 소설의 배경 만주는 장쩌린(張作霖)정권 시대임을 밝혀둔다.' 라고 적혀 있음. 번역자: 신건(申建)

⟨줄거리⟩

　　펑톈(奉川)행 보통급행 삼등실에는 내리는 사람보다 타는 사람이 더 많았다. 차안이 수선 스러워지더니 차장은 한 청년의 표를 검사하며 이런저런 질문을 하였다. 그 청년은 유창권(柳昌權)으로 자신의 선생님이었던 황채심(黃采心)을 찾아 만주의 장쟈워푸(姜家窩柵)로 가는 길이었다. 조부와 어머니 그리고 아내를 데리고 재산을 처분하여 새 세상을 찾아 떠나온 것이다.

　　산은커녕 언덕 하나 없는 황량한 이곳에서 조선인들은 황무지를 개척하기 시작했으며, 차차 자신들 소유지가 생기자 집을 짓기 시작하여 어느덧 30호가 되었다. 이제 장쟈워푸는 조선 사람들 동네가 중심이 되었다. 창권은 황무지 3만 평을 300원에 사들여 날이면 날마다 도랑 내는 일에 몰두했다. 그곳에 노동자 5명을 동원해 넓이 12자와 깊이 5자가 되는 구덩이를 땅이 얼기 전에 파놔야 하는 대규모 수리공사를 했다. 너무나 추운 곳인지라 얼기 전에 30리 대간선(大幹線)작업을 해 놓아야 내년 봄에 물을 끌어올 수 있기 때문이다.

　　이날도 역시 창권은 노동자들을 데리고 일을 하고 있었다. 그곳으로 원주민들 수십 명이 쫓아왔는데, 조선인들이 물길을 내면 자신들의 밭이 침수된다며 수리공사를 저지하기 위해서였다. 그들은 한바탕 소란을 피우고 물러간 후 만주의 현 정부에 탄원서를 내 조선인들의 수리공사를 막았다. 그들은 봇도랑 내는 일을 반대하였던 것이다. 봇도랑을 내면 침수로 인하여 자기들의 농사를 망치기 때문이었다. 그 일로 인해 이주민 대표인 황채심은 경찰서에 불려가 고문을 당하고 나왔다. 그러나 그는 그 후에도 물길을 내지 않으면 조선인들은 죽은 목숨이나 다름없다며 만주의 현(縣)정부에 완강히 맞섰다.

　　그러던 어느 추운 겨울날, 창권의 할아버지는 제대로 치료 한번 받지 못한 채 먼 타국에서 숨을 거두고 말았다.

　　「봄이 올 때까지 조선인들은 밤이고 낮이고, 남자도 여자도, 늙은이도 어린이도 수로를 팠다. 원주민 사이에서는 자신들의 관헌이 무력하다는 것을 알고 돈을 모아 군부의 유력한 자들을 사들였다는 소문이 나돌기 시작했다. 그러던 중 아니나 다를까 순경 대신 총을 멘 군인들이 나타나기 시작했다. 처음에는 다섯 명 정도만 와서 말없이 약 4킬로미터 정도 되는 수로를 둘러보기만 하고 돌아갔다. 이튿날에는 약 20명 남짓이 역시 총검을 들고 말을 타고 쳐들어왔다. 황채심을 비롯해 서너 명이 그들 두목 앞으로 나아가 사정을 낱낱이 설명하고 현 정부가 내준 개간허가증을 보여주기도 하였다. 게다가 이곳에 모여 사는 30호 이상의 조선농민은 자신들의 재산을 남김없이 쏟아 부은 탓에 이 황무지에 물을 끌어들이고 그 무논에 모를 심지 못하는 날에는 다만 죽는 수밖에 달리 길이 없다고 사정해 보았다. 하지만 병사들이 고작 한다는 소리는 이랬다.

　"타우치엔페(돈을 내라)."
　"니문 쿠냥 파칸(네 딸, 예쁘지?)」"

　이에 황채심은 진정서를 만들어 현 정부를 찾아갔다. 그러나 사흘이 되도록 황채심은 돌아오지 않았다. 다른 사람을 보내도 역시 돌아오지 않았다. 이번에는 두 사람이 갔으나 둘 다 돌아오지 않았다. 9일 째 되는 날 황채심만이 순경에게 이끌려 돌아왔는데, 현 정부는 황채심으로 하여금 논 대신 밭으로 경작하라고 조선인을 설득시키라고 한 것이다. 하지만 황채심은 조선이주민들에게 순경을 앞에 두고 조선말로 그동안 해오던 일을 계속하자고 격려하였다. 그런 분위기를 눈치 챈 순경은 황채심에게 심한 폭력을 휘두르더니 다시 끌고 가버렸다. 하지만 이주민들은 황채심의 뜻을 이어 의지를 굽히지 않고 그들과 대치하며 땅을 파기로 결심했다. 한밤중에 각자 맡은 구역으로 달려가 남녀노소 할 것 없이 이슬에 젖어가며 수로를 파냈다. 창권도 열심히 하였다. 창권이 맡은 구역은 맨 끝 구역으로, 그곳만 물이 지나가면 황무지가 문전옥답이 될 것은 불을 보듯 분명했다.

　그렇게 새벽이 밝아왔고, 어디선가 함성이 들려왔다. 그러더니 급기야 총성이 울리더니 창권이 다리에 총알을 맞고 쓰러졌다. 창권의 아내가 치마를 찢어 지혈을 하고 있을 때 도랑 바닥을 기어오르는 무언가가 보였다. 처음에는 뱀이라고 생각했다. 그러나 그것은 물줄기였다. 두 손으로 살아 있는 물을 퍼 올렸다. 만주에 와서 처음 들어보는 물소리, 창권은 흙탕물을 한 움큼 벌컥벌컥 들이켰다.

　물은 작업할 때 쓰던 괭이와 삽자루를 싣고 흘러내렸다. 그때 함께 작업 중이었던 경상도 노인의 시체도 그 물줄기를 따라 떠내려 왔다. 창권은 노인의 시체를 끌어안고 둑 위로 올라왔다. 아침 햇살과 함께 물은 큰 폭을 이루며 끝없이 벌판으로 번져나갔다.

鐵路(철로)

〈기초사항〉

원제(原題)	鐵路	
한국어 제목	철로	
원작가명(原作家名)	본명	이태준(李泰俊)
	필명	
게재지(揭載誌)	경성일보(京城日報)	

게재년도	1940년 4월 10일
배경	• 시간적 배경: 어느 해 여름 • 공간적 배경: 강원도 해변마을 송전
등장인물	① 언젠가는 기차를 타보겠다고 꿈꾸는 어부 철수 ② 여름이면 해변가 별장에 놀러오는 처녀 ③ 처녀의 정혼자인 하이칼라의 청년 등
기타사항	번역자: 정인택(鄭人澤)

〈줄거리〉

　　송전(松田)역은 간이역으로 누구라도 입장권 없이 무상으로 출입할 수 있었다. 철수(哲洙)는 바다에서 고기를 잡아 오매리(梧梅里) 해변에 내다 파는 것이 일상인 어촌 청년이다. 바다로 고기잡이를 나가지 않을 때면, 수시로 송전역을 드나들며 시간을 보내기도 하고 무작정 기차를 기다리기도 했다. 그러면서 언젠가는 기차를 꼭 타고야 말겠다는 꿈에 부풀어 있었다. 그렇게 몇 개월을 벼르다 벼른 끝에 10전을 내고 고저(庫底)까지 기차를 타보게 된 철수는, 그 빠른 속도와 대낮에 통과한 터널 속 어둠에 감탄하였다. 육지에 나가 돈벌이를 하며 늘 기차를 타고 싶다는 욕망에 더욱더 휩싸이게 되었다.

　　해변의 별장은 여름철 해수욕장으로 피서를 오는 사람들의 필요에 따라 지어진 것인데, 철수에게도 큰 도움이 되었다. 별장사람들은 인근 사람들과 달리 농산물로 고기를 교환해가는 것이 아니라 현금을 주고 고기를 사가는 반가운 손님이기 때문이다.

　　그러던 어느 날, 철수는 그런 손님 중 자신과 같은 또래로 보이는 짧은 치마의 단발머리 처녀를 만나게 된다. 처녀는 생선을 사기 위해 오매리 해변으로 찾아오고, 철수가 무거운 생선을 들어다 줌으로써 둘은 자주 만나게 되었다.

　　철수의 하루는 온통 처녀를 만나는 순간으로 응축되었다. 처녀가 고기와 낚시 그리고 풍랑과 바다에 대해 물으면 자신 있게 대답하고, 처녀가 그 대답에 감탄하면 철수는 신이 나서 뿌듯해했다. 그러다가 처녀가 해변에서 사라지면 일찍이 느껴본 적 없는 서운한 감정에 사로잡히고, 이듬해 여름까지 내내 처녀를 생각하며 해수욕 철을 기다렸다.

　　휴가철 별장에 잠시 머물다 떠나는 처녀는, 시골에서 고기잡이를 하며 단조롭고 지루한 일상을 사는 철수에게는 대단한 자극이고 유혹이었다. 처녀의 단순한 호기심이 그에게는 자신에 대한 관심으로 다가올 수 있었기에, 철수에게는 특별한 감정이 실린 관계로 받아들여진 것이다.

　　이번에는 처녀가 머리에 쪽을 틀고 나타났다. 혼인을 했다 생각하니 왜 그런지 슬픈 생각이 들었다. 처녀의 질문에 대답을 잘 못하는 것도 화가 났다. 그리고 자기가 모르는 게 너무 많다는 생각에 적지 않은 불안을 느꼈다. 그 처녀가 물으면 대답할 수 있도록 동해북부선의 25개 정거장의 이름을 다 외웠다.

　　그러나 이런 꿈은 처녀가 하이칼라 청년과 함께 나타남으로써 깨지고 말았다. 그가 들어주던 생선꾸러미는 이제 청년의 손에 들려 있었다. 아낙네들의 떠드는 말에 따르면 둘이 작년 가을에 정혼한 사이며, 곧 결혼을 하러 경성으로 올라갈 거라는 소문이었다. 이 소문을 증명이라도 하듯, 처녀는 철수에게 집에 큰 행사가 있어 내일 밤차로 경성으로 가져가야 하니 생홍합한 초롱을 산 채로 따다 달라고 부탁했다.

　　이튿날 부탁받은 홍합 한 초롱을 둘러메고 정거장 찻간에 올려놓은 철수는, 이등칸으로 가져오라는 청년의 재촉을 받았다. 철수가 이등칸으로 짐을 옮겨놓자, 청년은 차가 곧 떠나니 빨리 내려가라고 연이어 철수를 재촉한다. 철수는 쫓기듯 기차에서 뛰어내리고, 그때 철수의 그런 모습을 본 처녀의 깔깔대는 웃음소리가 들려왔다.

「철수는 쫓아갈 기세로 허둥지둥 철로 위로 내려섰다. 후미등은 깊은 바닷속으로 닻이 가라앉듯이 어둠 속에서 빙글빙글 춤을 추면서 작아져갔다. 그 뒤를 몽롱하게 떠오르는 두 개의 철로가 덜컹덜컹 마치 철수의 가슴속처럼 울렸다.

하지만 철로의 울림은 철수의 가슴속 울림처럼 언제까지고 계속되진 않았다. 후미등이 산기슭 너머로 사라진 후에는 숨이 끊긴 뱀처럼 고요하게 맨발에 차가운 감촉이 전해올 뿐이었다. 철수는 잠시 멍하게 우두커니 서있었다. 그리고 자기도 모르게 정신 나간 사람처럼 발걸음을 옮겨놓기 시작했다.

뿌우~. 몇 걸음 내딛었을 때, 기차가 패천역을 출발하는지 기적소리가 별 밝은 밤하늘에 울려 퍼졌다.

"벌써 패천(沛川)을 출발하나보구나. 패천 다음은 흡곡(歙谷), 자동(慈東), 상음(桑陰), 오계(悟溪), 안변(安邊)."

작년 여름 한 달 남짓 걸려서 외웠던 역 이름이었다. 철수는 울고 싶은 심정으로 그것을 중얼거리며 계속 걸어갔다.」

ねえやさん(누이)

〈기초사항〉

원제(原題)	ねえやさん	
한국어 제목	누이	
원작가명(原作家名)	본명	이태준(李泰俊)
	필명	
게재지(揭載誌)	복덕방(福德房)	
게재년도	1941년 8월	
배경	• 시간적 배경: 어느 해 한여름 • 공간적 배경: 경성 외곽의 어느 마을	
등장인물	① 어린 나이에 남편과 사별하고 현재 재혼을 꿈꾸는 가정부 '누이' ② '누이'를 회상하는 '나'	
기타사항	번역자 미확인	

　　생각해 보니 나는 일 년 동안 내 집에 살고 있는 하녀의 이름도 성도 몰랐다. 나이가 어렸기에 그저 '누이(ねえやさん)'라고 불렀다. 아내가 그렇게 불렀기에 아이들도 따라서 그렇게 불렀다. 나는 물을 가져오라는 등의 심부름을 시킬 때에는 그다지 호칭을 사용하지 않았다. 하지만 다른 사람에게 그녀에 대해 말할 때는 역시 "누이(ねえやさん)가 이러쿵저러쿵……"하는 식으로 말하곤 했다. 그녀 역시 그 호칭을 불편해 하지 않는 것 같아 나는 계속 그 호칭을 사용했다.

　　우리 집에 오기 전에 그녀가 어디에서 무얼 했는지 나는 모른다.

　　그녀가 우리 집에 온 것은 작년 봄 끝 무렵이었다. 저녁에 집에 와보니 모르는 여자가 화덕에 불을 지피고 있었다. 그 연기가 금련화가 피어있는 화단까지 번져가기에 주의를 주니 그까짓 꽃이 뭐가 그리 중요하냐며 오히려 의아해 하였다. 젓가락을 다시 씻어오라고만 해도 신경질적인 반응을 보이던 옛날의 하녀를 떠올리며 우리는 어지간해서는 그녀의 비위를 거스르지 않으려고 애썼다.

　　그녀는 돈암동(敦岩洞)에 친정이 있고, 그곳의 고모가 소개하여 우리 집으로 오게 되었다고 했다. 그녀는 걸핏하면 큰소리로 웃어젖혔다. 여러 사람의 말투도 흉내를 잘 내서 주변사람을 웃기기도 하였다. 아내는 간혹 배를 움켜잡고 웃으며 나에게 누이가 누구누구 흉내를 내더라고 말해주곤 했다. 그녀는 무슨 물건이든 조용히 내려놓는 법이 없었고 살림살이도 자주 깨트렸다.

　　그녀가 가장 자주 사용하는 말은 "하지만 화가 나는걸요."이고 그 다음이 "그 정도는 별 거 아니에요."라는 말이었다. 뿐만 아니라 예전 하녀들보다 살림의 낭비가 훨씬 심했다. 그래서 아내가 예전 결혼생활에서도 그렇게 했냐고 나무라면, 그래도 일은 잘해서 시어머니한테 칭찬을 받았다며 웃어넘길 뿐이었다. 그녀는 늘 그렇게 잘 웃었다. 그녀는 죽은 남편의 이야기는 거의 하지 않았지만 재혼할 생각은 있다고 했다. 월급을 받으면 어김없이 여러 가지 화장품이며 전기다리미 등을 사들였다.

　　우리 집에 온 지 한두 달 쯤 지났을 때였을까, 후처자리가 나왔다며 선을 보러 간다고 하였다. 우리는 그녀가 없으면 불편하겠지만 그래도 잘 되기를 바랐다. 그러나 그녀는 바로 다음날 아침 여느 때처럼 웃음을 흘리며 돌아왔다. 나중에 들어보니 선을 보았다는 남자에게 전부인과의 사이에 태어난 아이가 셋이나 있고 부엌을 보니 가난한 티가 역력하여 그 길로 나와 친정에 가서 하룻밤 자고 돌아오는 길이라 했다. 그 뒤에도 두어 차례 선을 보았지만 어김없이 그녀는 다음날 아침이면 돌아왔다.

　　그러던 어느 날 그녀는 아내의 양산을 빌리고, 월급의 절반을 선불로 받아가지고 외출을 했다. 게다가 우리도 모르는 사이에 아이 보는 하녀를 데리고 집을 나선 모양이었다. 우리는 갑자기 아이가 보이지 않자 놀라서 여기저기 찾아 헤매었는데, 나중에 누이가 아이와 아이 보는 하녀를 데리고 나갔다는 사실을 알게 되었다. 기가 막힐 노릇이었다. 나와 아내는 너무 화가 나서 그녀를 쫓아낼 결심까지 하였다. 그런데 누이와 함께 돌아온 아이에게 말끔한 새옷이 입혀져 있는 게 아닌가. 어찌된 영문인지 물어보아도 대답을 않더니, 다음날 누이는 자신의 사연을 솔직하게 털어놓았다.

　　「"저를 정말 사별한 여자라고 생각하신 거예요?"
　　이렇게 말한 그녀는 자신의 남편은 지금도 팔팔하게 살아서 어느 은행에서 하급직원으로 일하고 있다는 것, 둘 사이는 그렇게 나쁜 것도 아니었지만 시어머니의 구박에 못 이겨 결국 헤어지고 말았다는 것이다. 그리고 그 동안 그 남자가 다른 여자를 맞이했는지 어땠는지 궁금했고 또 맞았다면 어떤 여자이고 자기보다 더 나은 여자인지 어쩐지 그것도 알고 싶었다고 했다. 그리고 어차피 그 집에 다녀올 거면 거짓으로라도 자기는 그 동안 당신들보다 몇 배나 훌륭한 집안으로 재가하였고 이렇게 아이도 낳아서 아이 돌보는 사람까지 두고 잘 살고 있노라고 보여주고 싶었다고 했다. 그래서 우리 집 아이를 자기 아이인양 하녀의 등에 업혀 데리고 다녀왔다는 것이다.

아내는 그런 이야기를 듣고 그녀 앞에서는 웃고 말았지만, 그런 사연도 모르고 심하게 꾸짖었던 것을 크게 후회하고 있었다.」

그러던 어느 날, 우리 앞집에 전문학교에 다니는 남학생 두 명이 이사를 왔다. 그녀는 그 남학생들이 마음에 들었는지 곧잘 그들을 내다보고는 하였다. 그러나 그들을 향한 그녀의 관심은 결국 짝사랑으로 끝나고 말았다. 어느 일요일, 두 명의 여학생이 그들 집으로 찾아와 즐겁게 놀고 있는 모습이 우리 집에서도 훤히 내다보였던 것이다. 누이는 괜히 안절부절 못하며 여학생들의 웃음소리가 들릴 때면 화를 내기도 했다. 그 다음 일요일에도 여학생들은 남학생들을 찾아왔다. 그것을 본 누이는 결국 다음 일요일이 오기 전에 전기다리미 등을 싼 보자기를 안고 자신의 친정으로 돌아가 버렸다.

그 뒤 우리는 그녀의 소식을 전혀 듣지 못했다.

072-8

孫巨富(손거부)

〈기초사항〉

원제(原題)		孫巨富
한국어 제목		손거부
원작가명(原作家名)	본명	이태준(李泰俊)
	필명	
게재지(揭載誌)		복덕방(福德房)
게재년도		1941년 8월
배경		• 시간적 배경: 어느 해 초여름 • 공간적 배경: 경성 성북동
등장인물		① 마을에서 글 꽤나 아는 이로 알려진 '나' ② 이렇다 할 직업은 없지만 오지랖이 넓어 마을에선 없어선 안 될 손서방 ③ 손서방의 두 아들 대성과 복성 등
기타사항		번역자 미확인

　　손(孫)서방은 일정한 직업은 없지만 순박하고 성실해서 성북동(城北洞) 주민들에게 신뢰를 받는 사람이었다. 무슨 일이 있을 때마다 손서방이 나서지 않을 때가 없었다. 손서방은 남의 일에 참견하기를 좋아해서 많은 사람들에게 필요한 존재였다. 그는 한 번도 술에 취해 다닌 적이 없었고, 여러 사람과 떠들다가도 안면이 있는 사람이 지나가면 깍듯이 인사를 하였다.

　　작년 초여름 무렵, 그 손서방이 나에게 찾아와 문패를 써달라고 했다. 그의 두 아들도 따라왔는데 모두 아버지를 닮았으며 하나는 열 살쯤, 다른 하나는 대여섯 살쯤으로 보였다.

　　문패에다 처음에는 성북동을, 다음으로는 남자가 몇, 여자가 몇, 장남은 누구, 차남은 누구라고 써달라는 것이었다. 나는 이런 문패는 처음이지만 호구조사를 나오는 순사(巡査)에게 방패막이가 된다는 말에 웃지 않을 수 없었다. 그는 자신의 집이 국유지이기 때문에 번지는 모르지만 호주에는 '손거부(孫巨富)'라고 써달라고 했다. 나는 그 이름을 배부른 이름이라 했는데, 그는 배가 고플 때가 많다고 했다. 부인 이름은 모르기에 쓰지 않겠노라 했다. 큰 아이 이름은 대성(大成), 둘째 아들은 복성(福成)이며 고명딸은 일찍 죽어 남자 3명에 여자 1명, 도합 4명이기에 「高陽郡 崇仁面 城北里. 戶主孫巨富, 長男大成, 次男福成, 男三, 女一」로 써주었다.

　　그날 이후로 손서방은 전에 없이 우리 집에 종종 들르기 시작했는데, 그때마다 마을에서 벌어지는 소식들을 전해주곤 하였다.

　　어느 날은 소식 대신 상담거리를 가지고 나를 찾아왔다. 그것은 다름 아니라 아들의 학교문제였다. 자기보다는 나은 사람으로 키우려면 공부를 시켜야 할 텐데, 과연 그러는 게 좋겠느냐고 물어온 것이다. 나는 당연히 그래야 한다고 대답했다. 그러면서 이튿날 아들이 학교 갈 때 쓰고 갈 모자까지 빌려갔다.

　　그 뒤부터 대성은 매일 학교에 간다고 책보를 끼고 다녔는데, 대신 손서방의 모습을 전처럼 자주 볼 수 없게 되었다. 우연히 만나 무슨 일인가 물었더니, 아들을 공부시키는 데 돈이 많이 들어서 열심히 돈 벌러 다닌다고 했다. 어떤 때는 채석장에서 일하다 돌에 다쳤다며 엄지손가락에서 피를 흘리면서 돌아오기도 했다.

　　「그로부터 얼마 지나지 않았을 때였다. 아침산책으로 뒷산에 오르는데, 미륵당 쪽 계곡에서 울음소리가 들려왔다. 아이가 벌을 받고 있는 듯 했다. 조심조심 그쪽으로 다가가 보니, 손서방이 아들을 잡아 휘저으며 매질을 하고 있었다.

　　"이이……이 놈의 자식……애비는 먹을 것도 못 먹고 ……가르치려고 하는데, 이놈의 새끼가 학교는 안 가고 읍내나 어슬렁거려……."

　　핏발이 선 손서방은 도망치지 못하게 아들의 두 손을 움켜잡고 채찍이라기보다는 몽둥이에 가까운 나뭇가지로 등짝을 후려치고 있었다. 바로 그때 어디선가 산달이 다 된 큼지막한 배를 안고 그의 아내가 무거운 발걸음으로 달려와 둘 사이에 끼어들었다.

　　"어, 어찌 이러요……이 아일 죽일 생각이오? 이놈 잘못이 아니란 말이오. 학교에서 오지 말라고 했다 안 하요……."

　　아들이 어미 뒤로 숨자 손서방은 더 이상 때리지 못하고 침을 퉤 뱉으며 채찍을 버렸다.

　　"왜 학교에서 오지 말라는 건데? 월사금을 안 냈나? 후원회비를 안 냈나? 이놈의 새끼, 거짓부렁을 해……."

"거짓말이 아니요. 세탁소 아들한테 물어보니 아무리 해도 선생님 말을 못 알아먹으니 더 이상 오지 말라고 했다고 합디다. 진짜 못돼 먹은 학교요, 못 알아먹으면 알아먹도록 가르쳐야 할 것을……."

나는 그날 그 학교 관계자를 만나 대성에 대해 물어보았다.

"저능아예요. 그것도 보통이 아니라서 가르칠 수가 없어요. 그야말로 소대가리입니다 ……."

그로부터 며칠 뒤, 손서방의 아내가 아들을 낳았다며 이름을 지어달라고 찾아왔다. 그의 손에는 그때의 문패가 들려 있었고, 그의 뒤를 대성과 복성이 따라 들어왔다. 나는 손서방의 셋째아들 이름을 국가의 녹을 먹고 살기를 바란다는 손서방의 원대로 '녹성(祿成)'이라 지어주었다. 손서방은 아들 이름이 하나 더 들어간 문패를 들고 가면서 두 아들을 앞세우고 의기양양하게 걸어갔다.

アダムの後裔(아담의 후예)

〈기초사항〉

원제(原題)	アダムの後裔	
한국어 제목	아담의 후예	
원작가명(原作家名)	본명	이태준(李泰俊)
	필명	
게재지(揭載誌)	복덕방(福德房)	
게재년도	1941년 8월	
배경	• 시간적 배경: 어느 해 가을 • 공간적 배경: 강원도 원산	
등장인물	① 안변에서 왔다는 이유로 '안영감'이라 불리는 노인 ② 노인들을 양로원으로 보내준다는 B부인 등	
기타사항	번역자 미확인	

〈줄거리〉

안(安)영감은 원산에 사는 늙은이다. 원산에는 성진, 청진으로 찻길이 이어져 있어 배편으로 왕래하는 사람은 차가 영흥까지밖에 가지 않기 때문에 모두 뱃길로 다니곤 했다. 배는 수시로 들어왔고 그때마다 사람들은 기다렸다는 듯이 달려 나갔다. 안영감도 그때마다 부두로 달음질치곤 했다. 하지만 앞으로 나서려는 호객꾼 등살에 늘 뒤로 밀렸다. 손님들을 쫓아다니며 먹을 것을 달라고 하였는데, 그때 사람들은 먹고 남긴 과일이나 과자가 거추장스러워 잘 주고 갔다. 안영감은 배가 올 때마다 뛰쳐나갔는데, 그런 그에게 사람들은 딸이 아직 안 왔냐고 묻곤 했다.

안영감이라고는 하지만 성이 안(安)씨인 것은 아니다. 어느 장사꾼 마누라가 그가 안변(安邊)에서 왔다고 해서 '안변영감'이라고 부른 것이 단번에 '안영감'으로 불리게 된 것이다.

안영감은 돈이 생기면 장사꾼 할멈들에게 와서 자기는 글도 읽을 줄 알며 그리 궁색하게 살지도 않았는데 딸이 자기를 버리고 떠나 청진에서 술장사를 하고 있다고 했다. 돈 많이 벌어서 아버지를 데리러 오겠다는 편지를 보내오긴 했지만, 그 뒤 3년이 지나는 동안 이제나 저제나 하고 원산 앞바다에서 딸이 오기를 기다린다는 것이다. 장사꾼 할멈들은 불쌍한 마음에 그에게 먹을 것을 주기도 하였다. 불쌍한 것은 늙은이뿐이라며, 늙어서 고생하느니 차라리 젊어서 죽는 것이 낫다는 할멈들 말에 안영감은 화를 내며 그릇을 내던지기도 하였다.

비가 오는 날이면 이 할멈들까지 나오지 않았기에 안영감은 더욱 쓸쓸했다. 배가 언제 들어올까 걱정하면서 철로에서 이것저것 주우러 다니기도 했다. 자기가 주운 것을 모조리 내놓지는 않고 딸이 오면 준다고 남겨두기도 했다. 안영감은 서커스 구경과 낚시질 구경을 제일 즐겼다. 서커스는 어쩌다 있는 것이지만 낚시질은 아무 때나 구경할 수 있어 곧잘 해변으로 나가곤 했다. 남들이 하는 것을 보고 있자니 자기도 해보고 싶은 욕심을 부리다 그만 낚싯대 도둑으로 몰린 적도 있었다.

그때 우연히 B부인의 눈에 띄어 안영감은 머지않아 양로원에 수용될 사람으로 따라가게 되었다. B부인의 집에는 안영감 보다 먼저 들어와 있는 두 늙은이가 있었다. 한 사람은 안영감보다 일곱 살이나 많은 천식환자였고, 다른 한 사람은 50대 정도의 맹인(盲人)이었다. 안영감은 처음에는 자신의 팔자가 고쳐질 거라 생각했다. 하지만 기상시간 준수, 예배당 갈 것, 외출금지, 담배와 술 금지 등, 안영감의 정신이 얼떨떨해질 만큼 기억해야 할 규칙들이 많았다. 안영감은 그 규칙들을 지키지 않았다. 그리고는 같이 있는 노인들과 싸움만 해댔다. 안영감은 B부인을 따라온 것을 후회하였고 그 사이 딸이 배를 타고 꼭 자신을 데리러 왔을 것만 같았다. 밖에 나가 예전과 같은 생활을 하고 싶어 견딜 수가 없었다.

「어느 날 밤, B부인 집에 온 지 이래저래 한 달 가까이 지난 가을날의 쓸쓸한 달밤에 있었던 일이었다. 안영감은 바람 사이로 흘러오는 음악소리에 베개에서 머리를 들고 귀를 쫑긋 세웠다. 몸을 일으키자 옆에서 자고 있던 노인들의 코고는 소리가 귀에 거슬려 베개를 내던지고 밖으로 나왔다. 밖으로 나와 보니 불빛이 밝은 거리의 멀리에서 들려오는 애절한 음악소리는 귀에 익은 서커스의 그것이 틀림없었다. 안영감은 자기도 모르게 몸을 부르르 떨었다.

"저기에 갈 수 없다고? 쳇, 안 돌아오면 되지, 어디 맘대로 해보라지."

안영감은 잠시 우두커니 서서 망설였지만 살랑살랑 불어오는 바람소리에 사과밭으로 돌아섰다. 사과를 따지는 않고 떨어진 것만 주울 생각이었다.

"사과를 따지 마, 떨어진 것도 손대지 마라고, 쳇……."

안영감은 싸움이라도 할 기세로 사과나무 아래로 달려가 손에 잡히는 대로 주웠다.(중략)

잠시 후 방으로 돌아오자 그들은 나갈 때처럼 여전히 자고 있었다.

방을 나오면서 다시 한 번 잠든 두 노인을 내려다보았을 때, 평소에는 밉기만 하던 그들에게 새삼스럽게 두터운 우정이 느껴져 냉큼 문밖으로 나설 수 없었다.

"저들이 송장이 아니고 무엇인가?"

이렇게 마음속으로 가여워하며 그들을 위해 큰 행사라도 하듯 밖으로 나가자마자 다시 한 번 사과밭으로 달려가 큼지막한 것으로 10여개 남짓 따서 방문 앞에 놓아두었다. 그리곤 문틈으로 다시 한 번 그들을 들여다본 후 표연히 걸음을 옮겼다.

초가을이라지만 옷깃을 희롱하는 밤바람이 늙은이의 몸에는 얼음처럼 차가웠다. 하지만 안영감은 바람을 타고 오는 서커스의 음악소리에 들떠서 그다지 높지도 않은 B부인의 집 담을 아주 간단히 타고 넘었다.」

夜道(밤길)

〈기초사항〉

원제(原題)	夜道	
한국어 제목	밤길	
원작가명(原作家名)	본명	이태준(李泰俊)
	필명	
게재지(揭載誌)	복덕방(福德房)	
게재년도	1941년 8월	
배경	• 시간적 배경: 어느 해 여름 • 공간적 배경: 인천 월미도	
등장인물	① 돈을 벌기 위해 가족과 헤어져 공사현장에서 날품을 파는 황서방 ② 황서방과는 나이차가 많이 나는 젊은 아내 ③ 황서방과 함께 공사현장에서 일하는 권서방 등	
기타사항	번역자 미확인	

〈줄거리〉

황(黃)서방은 나이가 열네 살이나 차이나는 젊은 아내와 딸아이 둘, 갓난애인 아들 하나를 두고 있다. 그는 경성에서 행랑살이를 하고 있었는데, 올해 첫아들이 태어나자 돈을 벌어야겠다는 생각이 부쩍 들었다. 그래서 주인집에 사정해서 아내와 아이들 셋만 맡겨놓고 인천 월미도로 내려와 있게 된 것이다. 그곳에서 황서방은 집을 짓는 공사현장에 일자리를 얻어서 떠돌이 신세인 홀아비 권(權)서방과 함께 지내고 있었다.

계속 내리는 비로 공사는 중단된 채였다. 집주인은 하루 한 번씩 현장을 둘러보고는 서른 칸이 넘는 현장에서 기식하는 황서방과 권서방을 향해 집을 더럽힌다고 짜증을 부렸다.

권서방은 식솔도 없이 떠돌아다니는 홀아비지만 집이 팔려있었고, 황서방은 그와는 사뭇 처지가 달랐다. 노동을 해서 돈 십 원만 마련되면 가을부터는 군밤장사라도 해볼 요량이었다.

그러나 장맛비에 모아둔 돈마저 다 까먹고 지금은 집주인한테 구걸하듯 선수금을 받아쓰고 있는 형편이었다. 무료해 하던 권서방이 문득 황서방에게 화투짝도 못 만지느냐며 핀잔을 주었다. 황서방은 며칠 전 집에 편지를 보내면서 다만 얼마라도 돈을 함께 보내지 못한 것이 두고두고 마음에 걸렸다.

그때 파나마모자에 금테안경을 쓴 양복쟁이가 들어왔는데 고향집 주인나리였다. 주인나리는 황서방을 보자마자 다짜고짜 따귀를 올려붙이고 멱살을 잡는 것이 아닌가. 사연인 즉 며칠 전 황서방의 부인이 아이를 두고 주인집 은수저 4벌과 풀 먹이라고 맡긴 빨래감 한 보퉁이를 들고 도망쳤다는 것이다. 아이들 뒤치다꺼리까지 맡게 된 주인내외는 황서방의 편지를 받자마자 공사현장으로 달려왔다고 했다. 데리고 온 큰 딸에게 젖먹이를 업히고, 작은애에게 보퉁이를 들려 지금 정거장에 앉혀놓고 온 길이라 했다.

황서방은 주인나리의 뒤를 따라가 아이들을 데리고 공사현장으로 왔다. 젖먹이 아기가 곧 죽을 것만 같아 극심해진 비바람 속에 병원 몇 군데를 돌았지만 모두 허탕이었다. 밤중이 되어서야 돌아오니 권서방은 아직 완성도 되지 않은 남의 집에서 송장을 치우게 해서는 안 된다며 아이를 데리고 나가 어디 좋은 곳에 묻어주자고 했다. 황서방은 같은 가난뱅이 처지의 권서방까지 그런 매몰찬 소리를 하자 한없이 원망스럽고 서글펐지만, 결국 어쩌지 못하고 아이를 안고 앞장서 집을 나섰다. 권서방은 가마니를 뒤집어쓰고 삽을 챙겨들고 황서방의 뒤를 따라나섰다.

황서방은 품에 안은 아이의 얼굴 위로 떨어지는 비라도 막아줄 요량으로 너덜너덜한 우산을 받쳐 쓰고 주안(朱安) 쪽으로 방향을 잡았다. 행여나 그 사이에 아기의 숨이 끊어진 건 아닌가 불안하여 권서방에게 성냥을 그어 살펴보라고 부탁했다. 아기의 얼굴은 그야말로 죽은 듯 보였지만 그래도 빗물이 흘러내리는 어린 목의 힘줄이 희미하게 맥박 치는 것이 보였다. 어두컴컴한 비바람 속을 헤치고 눈짐작으로 겨우 찾아 밭고랑에 이르렀다. 그러다 황서방이 나무덩굴에 걸려 비틀대다가 그만 고무신 한 짝이 벗겨지고 말았지만 찾을 길이 없었다. 더 이상 걸을 수 없게 된 황서방은 돌무더기인 밭 한 귀퉁이에 아기를 묻기로 하고, 권서방이 삽으로 구덩이를 파기 시작했다.

「황서방은 권서방이 벗어놓은 가마니 위에 아기의 시체를 눕혀두고 구덩이 파는 일을 거들었다. 이윽고 3척 정도의 깊이까지 파냈다. 깊이 팔수록 빗물은 고였다. 경사가 겨서인지 빗물은 돌돌돌 소리를 내며 낮은 곳으로 순식간에 흘러들었다. 황서방은 "우흐흐흐." 울고 또 울었다. 자기 손으로 자기 자식의 시신을 이런 물구덩이 속에 묻어야 하는 비참함이 뼈저리게 느껴졌다. 권서방은 아기의 시체로 다가갔다.

"허억!"

죽은 줄로만 알고 아기를 안아든 권서방은 등골이 오싹해지고 말았다. 아기의 입 언저리에서 분명 무슨 소린가가 들렸기 때문이다. 아기의 입에서 꾸르륵꾸르륵 뭔가가 흘러나오고 있었다. 쉰 냄새가 났다.

"어이, 이리 내놔봐……."

황서방도 틀림없이 꾸르륵 하는 소리를 들었다. 아기는 아직 죽지 않았던 것이다. 빗물이 입으로 흘러든 것을 토해내고 있었다.

"아이고, 이 끈질긴 놈……."

황서방은 안고 있던 아기를 구덩이 옆에 거칠게 내려놓고 말았다.

세 번째 들여다보았을 때 아기는 틀림없이 죽은 것 같았다. 다시 한 번 구덩이 속의 물을 퍼냈다. 가마니 한쪽 끝을 바닥에 깔고 아기를 눕힌 후 다른 한쪽 가마니로 덮어주었다. 그리고 그 위를 흙으로 덮었다.

황서방은 아기를 묻고 고무신 한 짝을 잃어버린 채 다리를 질질 끌며 권서방의 뒤를 따라 큰길로 나왔다. 여식은 어떻게 할 거냐는 권서방의 말도 듣는 둥 마는 둥 하고 길 한가운데서 엉덩방아를 찧고 말았다. 동쪽하늘은 아직 어두웠다.」

 072-11

寧越令監(영월영감)

〈기초사항〉

원제(原題)	寧越令監	
한국어 제목	영월영감	
원작가명(原作家名)	본명	이태준(李泰俊)
	필명	
게재지(揭載誌)	복덕방(福德房)	
게재년도	1941년 8월	
배경	• 시간적 배경: 어느 해 가을 • 공간적 배경: 경성	
등장인물	① 고석(古石)을 모으는 것이 취미인 서른두 살의 성익 ② 성익의 숙부 영월영감 박대하 등	
기타사항	번역자 미확인	

〈줄거리〉

어느 날 성익(成翼)의 집에 영월(寧越)군수를 지냈다 해서 영월영감(寧越令監)이라 불리는 숙부가 찾아왔다. 키가 훤칠하고 목소리가 쩌렁쩌렁한 위엄이 있는 분이었기에 누구도 함부로 접근하지 못하였다. 시절이 뒤숭숭할 때 득세하면 안 된다며 읍내 출입을 뚝 끊더니 심경에 큰 변화를 일으킨 듯, 논과 밭을 저당잡고는 한동안 경향 각지로 출입이 잦았다. 소식이 끊긴 지 15, 6년 쯤 지난 뒤에, 모두들 궁금해 하다가 그만 잊어가고 있을 무렵 불쑥 찾아온 것이다. 그동안 어디에 계셨냐고 물으니 전국 곳곳을 돌아다니셨다고 했다. 식사하는 모습이나 정정함은 그대로였으나 머리칼은 반백의 모습으로 변해 있었다.

그런데 영월영감은 무슨 영문인지 성익에게 아무것도 묻지 말고 돈 1천 원 정도만 융통해 달라고 부탁했다. 성익은 숙부의 신발을 보고는 금광업에 손을 댄 것이라 짐작했다. 성익은 하는 수 없이 어렵게 모은 고려청자 찻종과 벼루를 7백 원에 팔아 돈을 마련해 드렸다. 숙부는 7백 원이란 말만 듣고 미안하다며 자신의 가족에게는 아무 말도 하지 말아달라고 부탁하고 다시 떠나버렸다.

숙부는 돈을 언제 갚는다는 말도 없이 또 행선지도 밝히지 않은 채 그렇게 떠난 후 전혀 소식이 없더니 꼭 1년 만에 다시 연락이 왔다. 그것도 본인에게서가 아니라 세브란스병원에서 '박대하(朴大夏)'란 환자가 찾는다며 즉시 외과진찰실로 와달라는 것이었다. '박대하'는 영월영감의 본명이었다. 성익은 곧바로 병원으로 달려갔다. 영월영감은 알아볼 수 없을 정도로 얼굴이 온통 붕대로 감겨 진찰대에 누워 있었다. 거즈에 감겨 산송장이 되어 있는 것 같았다. 광산에서 다친 숙부에게 병원 보증인이 필요하다고 했다.

의사는 숙부가 돌에 머리를 맞아 뇌진탕을 일으켰으나 빨리 정신을 차려 꿰맨 자리만 아물면 뇌엔 별 지장이 없다고 하였다. 며칠만 치료하면 괜찮다고 하였기에 성익은 우선 안심하고 숙부를 병실로 옮긴 후 곧장 입원수속을 끝냈다. 병실로 돌아와 보니 숙부는 함께 온 광부에게 열심히 뭔가를 지시하고 있었다. 생각했던 대로 숙부는 10여 년간 금광업에 투자하고 있었다. 성익이 숙부가 금광업을 하신다니 의외라 하자, 그는 금의 힘을 믿는다고 말했다. 금 캐기야 조선같이 좋은 데가 없으며 누구에게나 그 권리가 있다고도 했다. 성익은 자신에게 빌려간 돈도 금광에 투자한 것이라 생각하니 쓸쓸했다.

숙부는 광산에서 금맥소식이 오기를 기다렸으나 아무 연락이 오질 않자 성익에게 광산 장소를 알려주며 다녀오라고 했다. 성익은 숙부가 일러준 대로 양평을 지나 풍수원을 찾아갔다. 그러나 그곳 채광책임자는 아직 금맥이 발견되지 않았다고 했다. 성익은 회색 차돌 몇 덩이를 싸들고 읍내로 넘어와 하루를 머문 후 이튿날 병원으로 돌아왔다.

병원에서는 영월영감보다 의사가 더 성익을 기다리고 있었다. 의사는 숙부의 병이 피가 썩는 폐혈증이라며 생명이 얼마 남지 않았다고 했다.

돌을 받아 든 숙부는 이리저리 살피며 금맥의 가능성을 타진했다. 그러나 돌을 든 숙부의 손바닥은 시퍼런 멍 자국으로 가득했다. 성익은 즉시 우체국으로 가 숙부의 두 아들에게 전보를 쳤다. 그리고 광산사무소에 들러 성냥갑만한 유리상자에 들어있는 노다지 한 덩어리를 샀다.

「성익은 간호원에게 불을 켜달라고 부탁했다. 그리고 약솜으로 숙부의 두 눈을 깨끗하게 소독하고 가능한 한 크게 뜨게 했다. 하지만 물고기 눈처럼 탁해진 동공은 금세 눈물로 흐려지고 말았다.

"숙부, 이걸 잘 보세요."

"이것은, 아아 노다지가 아니냐?"

"엄청 많이 나왔답니다."

"아아, 아아!"

영월영감은 놀란 말처럼 펄쩍 튀어 올랐다. 달려 나가려는 말발굽처럼 두 주먹을 꼭 움켜쥐었다. 이윽고 바들바들 떨리는 손가락이 하나 둘 풀리기 시작했다. 하지만 눈만은 자신의 힘으로 열리지 않았다. 팔을 힘없이 떨더니 두 손으로 와락 얼굴을 감싸고, 아아 신음하면서 성익의 품 안으로 쓰러지고 말았다.

성익은 너무 애달파서 결국 유언을 들을 수 없었다.

두 아들이 병원으로 달려왔을 때는 영월영감은 이미 시체실로 옮겨진 뒤였다.」

성익은 숙부의 화장장에서 돌아오는 길에 만상주인 봉익(鳳翼)에게 나이를 물었다. 그는 2년 전 숙부가 내 나이를 물었을 때와 같은 호랑이 같은 나이, 서른둘이라 하였다.

月夜(달밤)

〈기초사항〉

원제(原題)	月夜	
한국어 제목	달밤	
원작가명(原作家名)	본명	이태준(李泰俊)
	필명	
게재지(揭載誌)	복덕방(福德房)	
게재년도	1941년 8월	
배경	• 시간적 배경: 어느 해 여름 • 공간적 배경: 경성 외곽의 성북동	
등장인물	① 성문 밖으로 이사 온 '나(李)' ② 신문 보조배달원인 황수건 등	
기타사항	번역자 미확인	

〈줄거리〉

4대문 밖 성북동으로 이사를 하고보니 시골정취가 한껏 느껴졌다. 그곳에서 황수건(黃壽建)이란 사람을 알고부터는 그런 느낌이 더 들었다. 경성에서는 그런 사람이 행세를 하지 못하지만, 이런 데선 그런 자도 활개를 치고 다닐 수 있었던 것이다. 황수건은 빡빡 깎은 머리에 심한 짱구였다. 우둔하나마 천진스런 그의 눈은 보는 이에게 순박한 시골을 깨우쳐주기에 안성맞춤이었다.

황수건이 오전 10시쯤 신문뭉치를 끼고 우리 집을 찾아왔다. 대뜸 성 안에서 이사 온 집이 냐고 묻더니, 서대문 거리에서 나왔다면서 어째 이런 조그만 집을 사서 왔느냐며 자기가 미리 알았더라면 큰 기와집을 소개해 주었을 것이라고 허세를 부렸다.

그는 우리 집에 개가 없다는 걸 다행스러워 하며, 뒷동네 은행원 집에는 망아지만한 개가 있어 신문배달이 어렵다고 투덜거렸다. 또한 원래 자신은 아랫마을의 삼산학교(三山學校)에 직장을 가졌다는 것, 지금의 신문배달은 정식배달이 아니고 보조배달이라는 것, 집엔 양친과 형님네 식구까지 일곱이라는 것, 자기 이름이 목숨 '수(壽)'자에 세울 '건(建)'자인데, 사람들은 마냥 '누런 수건'으로 놀려댄다는 것까지 자랑스레 늘어놓았다.

나는 그의 이야기를 듣는 것이 재미있었다. 그의 물음은 참 다양하면서도 기상천외했다. 무료하던 참에 소원이 무어냐고 묻자 정식 신문배달원이 되는 거라고 했다.

과연 며칠 안 되어 배달구역이 세분화되면서 황수건이 정식배달원이 되었노라고 거들먹거렸다. 나는 마치 친한 친구가 출세라도 한 것처럼 진심으로 기뻐했다. 그런데 그 이튿날 그는 나타나지 않았다. 그 다음날에도 밤늦도록 신문은 말할 것도 없고 그 역시 나타나지 않았다. 그리고 사흘째 되는 날, 그토록 기다리던 신문배달원의 방울소리가 들려 냉큼 달려나가 보았다. 하지만 정작 신문을 가지고 온 이는 황수건이 아닌 전혀 낯선 남자였다. 그에게 황수건은 어찌 되었느냐고 묻자, 누가 그런 모자란 사람을 두고 쓰겠냐는 거였다. 그렇게 하여 황수건은 더 이상 우리 집에 드나들지 않게 되었고, 거리에서 마주치는 일도 좀처럼 없었다. 나는 마치 친한 친구가 사업에 실패한 것을 목격이라도 한 것처럼 쓸쓸한 마음마저 들었다.

어쨌든 황수건은 그의 말처럼 주변사람들에게는 이미 '누런 수건'으로 이름을 날리고 있었다. 성북동에서 전부터 살았던 사람이라면 누구나 그를 알았고 그에 대해 말할 때면 웃음부터 터뜨렸다. 그렇게 나는 황수건에 대해 이런저런 이야기를 들었는데, 삼산학교에서 소사노릇을 할 때도 워낙 얘기하기를 좋아해서 손님이 나타나기만 하면 자기가 먼저 나서서 나불거렸다고 했다. 그 버릇 때문에 결국 쫓겨나는 신세가 되었다고.

또 그가 제일 무서워하는 말은 "네 색시 달아난다!"는 말이었는데, 선생들이 장난하느라 "요즘 같은 따뜻한 봄날엔 색시들이 달아나기 알맞지……."라고 농담을 하면, 그 말에 속아 한시라도 빨리 아이들을 하교시키려고 오십 분 만에 쳐야할 종을 삼십 분, 심할 때는 이십 분 만에 쳤다고도 했다.

그러던 어느 날, 오래도록 보이지 않던 황수건이 갑자기 나타나더니 자기 대신 들어왔던 소사를 밀어내고 자기가 그 자리를 차지하기 위해 요즘 운동을 펼치고 있다고 떠벌렸다.

「"삼산학교 말인데요, 나 대신 온 소사놈, 나보다 세 보이잖아요?"

"본 적이 없으니 알 리가 있나."

"그 학교에 다시 들어가려고 운동을 하고 있거든요……."

"무슨 운동을 하고 있는데?"

"매일 학교로 쳐들어갑니다요. 가서 다시 써달라고 조르는 거죠. 그런데 새로 온 그 놈이 나보다 덩치도 엄청 크다 이겁니다. 이래가지고는 아무래도 한 판 싸움이라도 해야 결판이 날 것 같은데, 그 놈이 얼마나 센지를 모르니 막무가내로 덤빌 수도 없고……."

"그야 그렇지. 함부로 싸움을 걸었다간 냅다 내동댕이쳐지고 말지."

내가 이렇게 말하자 그는 한 걸음 바짝 다가서더니 목소리를 낮춰 속삭였다.

"그래서 말입니다 선생님, 사실은 어제 내가 이따만한 바위를 굴려서 삼산학교 현관 앞에 두고 왔습지요. 그리곤 오늘 아침에 가보니 글쎄 그것이 없어졌더란 말입니다. 그 놈도 나처럼 굴려서 옮겼는지, 아니면 번쩍 들어서 버렸는지…… 글쎄 그것을 못 봤지 뭡니까, 아이고 …….'」

그러더니 뜬금없이 밑천만 있으면 삼산학교 앞에서 장사라도 하고 싶다고 하는 게 아닌가. 그 말에 나는 참외장사라도 해보라며 그 자리에서 3원을 내주었다. 그랬더니 다음날로 당장 참외 3개를 집에 놓고 가더니, 결국 장마 통에 그나마 밑천을 다 까먹고 만 데다 아내까지 달아 났다고 했다.

한 번은 황수건이 나를 위해 사왔다며 큼직한 포도 대여섯 송이를 맨손에 들고 찾아왔다. 그런데 곧장 포도원 주인이 쫓아와 그를 끌고 가려는 바람에 내가 그 변상을 해주어야 했다. 황수건은 어느 틈에 사라지고 없었으나, 나는 그것을 은근한 순정의 열매라도 되는 양 입안에 넣고 살살 굴리며 맛을 음미했다.

그리고 바로 어젯밤 일이다. 어두컴컴한 성북동 밤길을 파란 달빛이 비추는 늦은 밤, 외출 했다가 집으로 돌아오는 길에, 나는 우연히 전에 없이 담배를 피워 물고 홀로 노래를 부르며 언덕에서 내려오는 황수건을 발견하였다. 나는 아는 체를 하려다 그가 틀림없이 쑥스러워할 것이라 여겼기에 슬쩍 나무그늘 뒤로 몸을 숨기고 말았다.

兎物語(토끼 이야기)

〈기초사항〉

원제(原題)		兎物語
한국어 제목		토끼 이야기
원작가명(原作家名)	본명	이태준(李泰俊)
	필명	
게재지(揭載誌)		복덕방(福德房)
게재년도		1941년 8월
배경		• 시간적 배경: 1940년 • 공간적 배경: 경성 인근
등장인물		① 신문에 소설을 연재하여 생활을 꾸려가는 작가 '현(玄)' ② 넷째를 임신 중인 아내 등
기타사항		번역자 미확인

〈줄거리〉

　　중외일보 기자였던 현(玄)은 월급만으로는 생활이 어려워 매일신보에 원고를 써주는 대가로 용돈을 벌었다. 그 후 중외일보가 폐간되고 일자리를 잃었을 때 M여전 문과 출신인 지금의 아내와 결혼하였다. 그 후 다행히 동아일보에 신문소설을 쓰면서 생활비를 벌었다.

　　중외일보에 다닐 때, 현과 친구 서해(曙海, 최학송)는 월급날만 되면 밖에서 기다리는 빚쟁이들에게 월급을 털렸다. 그때 현은 독신이라 그런대로 견디어 낼 수 있었지만 가족이 있는 서해는 지탱하기 힘들었을 것이다. 술을 마실 때마다 죽은 지 10년이 지난 서해가 생각나는 현이었다.

　　현은 집 걱정을 면할 생각으로 저축한 돈으로 2백 평 정도의 땅을 샀다. 그런데 운 좋게 이 땅이 경성부로 편입되어 땅값이 올랐다. 현은 땅의 절반을 팔아 그 돈으로 기와집을 짓기로 하였다.

　　결혼 당시 아내는 살림에 재미를 붙였는지 오두막집이나마 창마다 유리를 끼우고, 꽃무늬 커튼을 달고, 아침저녁으로 화분을 가꾸었다. 때로는 잠든 아이 옆에서 조슬란의 자장가도 불러주고 브라우닝 시도 읊었다. 그런데 지금은 살림하는 재미에 빠져, 아이들과 피크닉 갈 돈까지 털어 세간도구나 재봉틀을 사들이고 보험을 들기도 하였다. 그녀는 모교가 가까워 친구들이 찾아오는 것도 싫어하였고, 하루 빨리 오두막집을 헐고 번듯한 기와집을 지어보겠다는 꿈에 부풀어 정신이 없었다. 아이가 둘이 되면서 그녀는 기와집을 지으려는 설계에만 정신이 팔려 있었다.

　　그 무렵 현은 신문에 소설을 연재하고 있었는데, 자신의 예술에 대한 욕심을 채워줄 단편작품 하나라도 써서 자신의 역량을 시험하고 싶었다. 이 나라의 문학의 교량이 될 만한 대작을 계획하고도 있었다. 그러나 그러한 계획은 꿈에 불과할 뿐 결국 써내려가는 것은 신문소설뿐이었다. 현의 신문소설이 시작되면 기뻐하는 것은 누구보다도 현의 아내였다. 외상값을 갚을 수 있고, 또 단행본으로 나온다면 목돈이 들어오기 때문이었다. 현은 불혹이 곧 다가오는데 신문소설이나 쓰고 있는 자신을 돌아보면 왠지 허전한 마음을 감출 수 없었다.

　　동아일보와 중외일보가 모두 폐간이 되자 현은 다시 일자리를 잃게 되었다. 현은 며칠 째 술만 마시고 다녔다. 아내는 이제는 직업도 없고 신문소설도 쓸 수 없으니 살 방도를 찾자고 했다. 토끼를 길러보자고 제안했을 때 아내는 네 번째 아이를 임신했다. 토끼 사육에 2백 원을 투자하여 지금은 매달 7~80원의 수입을 올린다는 아내 동창의 집에도 다녀왔다.

　　토끼 기르기는 마음의 구속이 적을 것 같아 그렇게 하기로 하고, 퇴직금 2백 원을 투자해 20마리의 토끼를 사왔다. 현은 아침저녁으로 토끼 기르기에 여념이 없었다. 토끼는 듣던 대로 번식이 빨라 금방 40마리로 늘었다. 이렇게 한동안은 아무 탈 없이 토끼사업이 계획대로 진행되었다.

　　토끼가 집에 온 뒤로는 잠시도 쉴 시간이 없었지만, 저녁에는 자기만의 세계에 빠져 글을 쓰는 것도 좋았다.

　　그러던 중 불황의 여파로 건조 사료인 비지의 구입이 막혀버렸다. 부엌에서 나오는 것은 무청이고, 밖에서 얻을 수 있는 것은 클로버뿐이어서, 현은 클로버에 의지할 수밖에 없게 되었다. 아내가 먼저 가서 풀을 뜯어 왔다. 현은 아내가 홀몸도 아니고, 모교까지 가서 풀을 뜯고 있는 것보다 자신이 가는 게 나을 것 같았다. 아내의 모교에 가서 클로버를 뜯었다. 교정에서

운동을 하고 있던 여학생들은 네잎클로버를 찾거나 시집을 읽었다. 그녀들의 모습을 보자, 문득 아내 생각이 나서 마음이 무거워졌다.

더 이상 사료값을 감당할 수 없게 되자 토끼털을 팔기로 결심하고 토끼 죽이는 법을 배웠다. 그러나 현은 차마 자신의 손으로 집에서 기르던 토끼를 죽일 수가 없었다.

그러던 어느 날, 보다 못한 아내는 두 마리의 토끼를 잡아 양 손에 빨갛게 피를 묻힌 채로 나타났다.

「"누구도 당신한테 그런 일을 부탁하지 않았잖아?"

"나라도 하지 않으면 어떻게 할 건데요? 배가 불렀다고 살생하면 안 된다는 법은 없어요. 손을 씻어야 하니 얼른 물이나 떠오세요."

그렇게 말하며 아내는 토끼털과 피로 범벅이 된 두 손을 펼쳐 앞으로 내밀었다. 현의 머릿속에는 죽은 닭의 눈을 가려놓고 칼을 들던 아내의 모습이 떠올랐다 사라졌다. 코끝이 찡하며 눈가에 눈물이 맺혔다.

앞으로 내민 피범벅의 열 손가락. 생각해 보면 그것은 자신에게 물을 요구한 것이 아니었다. 현은 뒤통수를 얻어맞은 듯 맞은편 산꼭대기로 눈을 돌렸다. 구름이 하얗게 떠있었다.」

侘しい話(서글픈 이야기)

〈기초사항〉

원제(原題)	侘しい話	
한국어 제목	서글픈 이야기	
원작가명(原作家名)	본명	이태준(李泰俊)
	필명	
게재지(揭載誌)	복덕방(福德房)	
게재년도	1941년 8월 5일	
배경	• 시간적 배경: 어느 해 가을 • 공간적 배경: 도쿄 외곽의 한적한 시골	
등장인물	① 도쿄에서 알고 지내던 벗을 추억하는 '나' ② 허무주의자이자 괴짜였던 강(姜) ③ 마르크스주의자인 김(金) 등	
기타사항	번역자 미확인	

　　도쿄(東京)라지만 그래도 한적한 시골길에서 우리 집 부엌으로 이어지는 조그만 지름길이 있었다. 두부장수만 겨우 다닐 뿐인 쓸쓸한 길인데 가끔 한 번씩 지나가는 사람이 있었다. 휘파람 소리가 하도 구슬퍼서 알아보니 그는 강(姜)군이었다. 강(姜)은 마치 늘 다니던 집처럼 우리 방으로 들어왔다. 그는 머리털, 수염, 손톱을 그대로 두어 행색이 몹시 초췌해 보였다.

　　강(姜)은 자기의 허무설(虛無說)을 들려주고 노자(老子)를 말하고 그들의 어려운 학설까지 설명해 주었다. 마르크스주의자인 김(金)군과 설전까지 벌였다. 강(姜)은 그렇게 우리 집에 가끔 놀러오기도 하고, 자신을 싫어하는 김(金)까지 좋아하는 너그러움이 있었다. 나는 그를 친구 이상으로 존경하였다.

　　그는 우리들에게 딱한 친구로 인식되어 있었다. 며칠씩 굶고 다녔고 혹시라도 우리 집에서 자고 가는 날이면 어김없이 이(虱)소동이 벌어졌다. 값나가는 책이 없어지는 경우도 있었다. 그러고 난 다음에 와서는 책을 저당 잡혔다고 아무렇지 않게 말하는 뻔뻔함도 가지고 있었다.

　　강(姜)의 집은 부자라고 하였다. 그는 외아들인데 아버지에게 가끔 이 괴로운 세상에 왜 낳았냐고 따지기도 했고, 그럴 때마다 아버지는 어이없어 웃기도 하고 어느 날은 화를 내기도 했다고 했다. 강(姜)은 아버지와 인연을 끊고 살고 있었고 풍속을 무시하였기에 세상살이에는 불편한 점도 많았다. 한번은 영어를 할 줄 아는 강(姜)을 서양인 집에 소개한 적이 있었다. 거기서 일을 하다 손을 베인 적이 있는데, 그것을 본 서양인이 병원에 가라고 했다는 이유로 욕을 하고 나왔다고 했다. 서양인은 그를 정신병자라 하였다. 나는 그에게 현실에 관심을 가지라고 충고했지만 그는 듣지 않았다. 모두 손가락질 하는 그런 성격이었지만 청량함과 향기를 가지고 있었고 사상의 최고봉을 탐색하는 그를 나는 오히려 존경할 정도였다. 그러다 어느 순간부터 그는 우리 주변에서 모습을 감추고 말았다. 그런데 그로부터 4, 5년이 지난 오늘 우연히 그를 기차 안에서 만나게 된 것이다.

　　「정말 의외였다. 그를 만난 것도 의외였지만, 그가 그렇게 변해버렸다는 것도 의외였다. 우리는 만나자마자 금방 헤어졌다. 그가 먼저 내려야했기 때문이다. 그 때문에 많은 이야기는 할 수 없었지만 한눈에 보아도 그는 상당히 달라져 있었다.

　　강(姜)이 안경을 쓰리라고는 …… 그것만으로도 내가 놀라기에 충분했지만, 게다가 금이빨까지 한 것이다. 그는 아버지가 돌아가신 후 고향에서 과수원을 한다고 했다.

　　"지금 상태로 봐서는 풍작이지만 가을이 되어 값이 나올지 어떨지." 등 그의 말이나, 나침반을 늘어뜨린 줄, 아이에게 줄 선물이라며 세발자전거를 끌어안고 있는 모습 등 정말 그는 몰라보게 변해 있었다.

　　강(姜)은 기차에서 내릴 때 자기 집에 꼭 방문해 달라고 하였다. 도쿄에서 우리들에게 받은 여러 가지 은혜를 갚고 싶다 했다.

　　그와 헤어져 조용히 돌이켜보니 이상하게 서글퍼졌다. 물론 강(姜)이 옛날처럼 숙박료도 내지 않고 지저분한 옛날 그 모습으로 우리를 기다려준다면 기뻐서 그에게 달려갔을 것이다. 그런데 강(姜)은 금시계를 차고, 금이빨을 하고, 근사한 방에서 식사를 준비해놓고 우리를 기다린다는 것이다. 저렇게 되어버린 강(姜)이라면 누가 만나고 싶어 하겠는가. 차라리 만나기보다 그가 죽었다는 소식을 듣는 편이 더 나았겠다고 생각했다.

인생무상(人生無常)이란 생사에 따른 슬픔만이 아님을 새롭게 깨달았다고나 할까. 나는 강(姜)으로 인해 인생의 새로운 증오를 알게 된 셈이었다. 그 작은 손의 상처도 치료하려 하지 않던 그가 고삐를 채운 말처럼 입을 멍청히 벌리고 누워 금이빨을 끼워 넣는 광경을 상상했을 때, 나는 갑자기 강(姜)의 얼굴생김에 증오심을 느꼈던 것이다.」

土百姓(촌뜨기)

〈기초사항〉

원제(原題)	土百姓	
한국어 제목	촌뜨기	
원작가명(原作家名)	본명	이태준(李泰俊)
	필명	
게재지(揭載誌)	복덕방(福德房)	
게재년도	1941년 8월	
배경	• 시간적 배경: 어느 가을 • 공간적 배경: 안악골 인근	
등장인물	① 화전을 일구며 덫으로 산짐승을 잡아 생계를 잇는 장군 ② 친정으로 쫓겨나는 장군의 아내 ③ 화전민 이웃 광성 등	
기타사항	번역자 미확인	

〈줄거리〉

장군(長君)은 스무 날 동안이나 유치장에서 보냈다. 잠들기 전에 먹은 마음이 경찰서 문 밖으로 나오자 아스라이 꿈을 꾼 것만 같았다. 투전이나 낮잠을 잔 것처럼 운동부족의 현기증을 느꼈다. 장군이 면사무소 앞을 지나는데 서너 명의 시골사람들이 모여 있었다. 장군은 면사무소에서 나온 경매물건인 것을 알고 주변사람들에게 은근히 사지 말라고 수군거렸다. 그러자 촌사람들이 하나둘 흩어지기 시작했는데, 장군은 자기 말의 위력에 우쭐거리면서 유치장에서 먹은 결심을 다시 생각해 보았다.

그의 결심이란 살림을 엎어버리자는 것이다. 그의 살림이라야 안악골 꼭대기에서 제일 외따로 있는 오막살이였다. 화전이나 일구면서 덫을 놓고 함정을 파서 산짐승을 잡아 먹고사는 구차한 살림이지만 아버지 대까지는 그나마 굶지는 않았었다. 그러던 것이 미쓰이(三井)회사에서 산을 사들이는 바람에 마음대로 산에서 숯도 못 굽고 짐승도 못 잡게 된 것이다. 그러다 보니 안악골 사람들은 자연히 범죄자가 되었는데, 장군 역시 멧돼지와 노루의 함정을 파놓은 것이 발각되어 경찰서로 끌려갔던 것이다. 경찰서에서는 전기가 환하게 들어왔고, 도시락, 밥까지 맘껏 먹게 되었으니 오히려 호강을 한 셈이다.

오다가 광성(光成)을 만났다. 광성은 장군의 아내가 혹시 장군이 감옥에 잡혀간 것이 아니냐며 걱정하니 빨리 집으로 가라고 했다. 장군은 자기가 없는 사이에 아내가 차라리 호랑이에게 물려갔으면 좋겠다고 생각했다. 그만큼 부인이 맘에 안 들었던 것이다. 집이 가까워질수록 마음이 무거워졌다. 광성의 처와 자기의 처가 비교되었다. 자기보다 늦게 장가간 광성은 훨씬 어리고 예쁜 색시를 만났다. 장군은 광성의 처가 가령 주인마님이라면 자기 처는 꼭 하인 같다고 생각했다. 광성 내외 때문에 아내가 더욱 밉게 보였다. 살림도 갈수록 꼬여만 갔다. 빚을 내어 방앗간을 차리려고 했는데 발동기가 달린 자동방아가 들어오는 바람에 중도에 손을 뗄 수밖에 없게 되었다.

「이틀 정도 지난 뒤였다.

새빨갛게 퉁퉁 부은 눈으로 장군의 처가 눈물을 참으며 장군이 가장 싫어하는 매부리코를 훌쩍이면서 철도의 선로를 걸어올라 왔다.

그 뒤로 장군, 그리고 배웅을 나온 두세 명의 마을사람들이 따라왔다.

하지만 선로를 넘어 밤밭 쪽을 지나 큰길로 나온 것은 장군부부뿐이었다. 다른 사람들은 모두 높은 곳의 선로 위에 남아 멀어져가는 두 사람의 모습이 사라져 보이지 않게 될 때까지 바라보고 있었다.

장군은 선로의 제방 위에 서 있는 만수어멈과 광성의 모습이 산 너머로 사라지려고 할 때 다시 한 번 뒤돌아보면서 마음속으로 '나나 되니까 이 마을을 버릴 수 있는 거다.'라고 생각했다.

'너희들도 마찬가지다. 멋대로 몸부림 쳐봐라, 앞으로 몇 년이나 버티나……'

이런 생각도 들었다.

장군은 안악골을 단호하게 버린 것이 며칠 전 유치장을 나왔을 때처럼 후련했다.

하지만 앞서가는 아내의 훌쩍이는 모습을 보고 있노라니 썩은 손발을 잘라낼 때처럼 후련하면서도 뼛골까지 스며드는 뭔가가 있었다.

'참아야 해! 끈질기게 버티지 않으면 살아갈 수 없어!'

이렇게 속으로 다짐하면서 아내를 보지 않으려고 앞장서서 걸어보기도 하였다.」

장군은 함께 마을을 떠나오면서 아내에게 한 2년만 친정에 가있으라고 했다. 혼자 가뿐하게 훨훨 달아나고 싶었던 것이다. 가기 싫어하는 아내에게 굶어죽는 것보다는 낫지 않겠느냐고 달랬다.

아내는 차마 발길이 떨어지지 않는지 자꾸만 돌아다보았다. 가라고 손짓을 하는 장군도 마음이 편치 않았다. 친정으로 가라고 한 탓에 이틀이나 곡기를 끊은 아내에게, 장군은 문득 떡이라도 먹여서 보내야겠다고 생각했다. 큰 언덕을 넘어려 할 때 장군은 아내를 불러 세웠다. 아내는 행여라도 남편 마음이 바뀌어서 돌아오라고 하는 줄 알고 뛰어오다가 점심이나 먹고 가라는 말에 실망하였다.

장군은 떡을 사고 10전짜리 다섯 닢을 꺼냈다. 아내는 처음에는 팥고물만 주물럭거리더니

나중에는 허겁지겁 먹었다. 아내는 눈물을 흘리며 시장거리로 내려갔고 그런 아내가 안보일
즈음 장군은 자전거와 부딪쳤다. 관청의 급사인 듯 양복을 차려입은 사내는 장군에게 '큰길에
촌뜨기처럼 막아서 있느냐?'고 큰 소리로 호통을 쳤다. 내리막길이라 자전거도 달아났고 아
내의 그림자도 벌써 사라진 지 오래였다.

石橋(돌다리)

〈기초사항〉

원제(原題)		石橋
한국어 제목		돌다리
원작가명(原作家名)	본명	이태준(李泰俊)
	필명	
게재지(揭載誌)		국민문학(國民文學)
게재년도		1943년 1월
배경		• 시간적 배경: 어느 해 늦가을 • 공간적 배경: 샘말 동네
등장인물		① 병원확장을 위해 돈을 청하러 온 개인병원 의사 창섭 ② 고향에 길을 닦고 있는 환갑에 가까운 창섭의 아버지 ③ 창섭과 살고 싶어 하는 어머니 등
기타사항		번역자: 히라모토 잇페이(平本一平)

〈줄거리〉

창섭(昌燮)은 여동생 창옥(昌玉)이 의사의 부주의와 오진 때문에 맹장염으로 허무하게 죽
고 난 후 의사가 되기로 결심하였다. 아버지가 권하는 농업학교 대신 의전(醫專)에 들어간 후,
이제는 맹장수술로는 경성에서도 정평이 나있는 의사가 되었다. 개인병원을 운영하는 창섭
은 근래에 병원을 확장할 계획을 세우고 있었다. 그러자니 상당한 돈이 필요한데, 혼자 힘으로
는 마련할 수 없어 고향에 계신 아버지를 뵈러 온 참이었다.

버스에서 내려 마을로 향하던 중 창섭은 죽은 동생을 떠올리며 개인병원으로는 가장 시설
이 좋고 수술실도 있고 입원실도 충분히 갖춘 병원을 세울 것을 다짐했다. 그런 다음 여동생의
사진을 확대해서 새 진찰실에 걸어 둘 것을 결심했다.

창섭의 아버지는 검소한 사람이었지만 선조들이 물려주신 땅만 잘 지켜왔을 뿐 재산을 더
늘리지는 못하였다. 물가도 오른 데다 그동안 창섭의 유학비를 대느라 많은 돈을 썼기 때문이

다. 이제는 아들이 어엿한 의사가 되어 더 이상의 교육비 지출이 없자 그 돈으로 여러 갈래의 길을 닦았다. 남들은 논을 사라고 했지만 부모님께서 물려주신 척박한 땅을 기름지게 만드는 것이 급선무라고 여겼기 때문이다. 또 가진 논도 남에게 소작을 주면 지질이 나빠진다며 적지 않은 땅을 스스로 경작하였다. 땅을 위해서는 자신의 사사로운 이익을 바라지도 않았다. 그런 땅을 팔아 돈을 마련해달라고 하는 것은, 아무리 병원을 확장시키기 위해서라지만 아버지에게는 면목 없는 일이었다. 하지만 병원 확장에 들어갈 3만 원이라는 큰돈을 다른 곳에서 빌리기도 힘들었다. 또한 아버지는 내년이면 환갑이시고 어머니의 건강이 예전만큼 못하신 것도 계속 마음에 걸렸다. 진작부터 부모님을 모시려고 했지만 고향에 땅이 있는 한 아버지는 경성에서 결코 편하게 지내지 못할 것이다. 그래서 땅을 전부 없앨 필요가 있다고 생각했다.

아버지는 인부들과 돌다리를 동아줄에 묶어 끌어올리고 있었다. 그 돌다리를 조부님이 넓게 만들었다는 내력도 들었다. 5~60년 동안 한 번도 무너진 적이 없었는데 몇 해 전 장마에 무너져버린 것이다. 어머니는 일하는 분들의 식사준비로 바쁘셨다.

창섭은 용기를 내어 아버지에게 자신의 포부를 말하고 답을 청했다. 병원 확장과 부모님을 서울로 모셔가기 위해 왔다는 말씀을 드렸다.

어머니는 손주들을 매일 볼 수 있다는 생각에 좋아하셨지만, 아버지는 땅이란 천지만물의 근본이니 절대로 못 판다고 하셨다. 하늘은 못 믿어도 땅만큼은 후한 보답이 있다고 하셨다. 그리고 땅이 없다면 집이 어디 있고 나라가 어디 있겠느냐며 언성을 높이셨다. 조상으로부터 물려받은 땅은 일시적인 이해관계를 위해 이러니저러니 할 수 있는 게 아니라는 것이 아버지의 생각이었다. 땅과 조상들과의 인연은 염두에도 없고 헌신짝처럼 팔아넘기는 것이 이상한 짓들로만 보인다며 단호히 거절하셨다.

「"나무다리가 있는데 왜 고치시나요?"

"너도 그런 소리를 하니? 나무가 돌만 하더냐. 넌 그 다리를 건너서 고기 잡으러 갔고, 서울로 유학 갈 때도 그 다리 건너서 간 생각 안 나니? 네 할아버지 산소에 상돌도 그 다리로 건너다 모셨고, 네 어미도 그 다리로 가마 타고 시집을 왔다. 나 죽거든 그 다리를 건너서 묻어라. 난 서울 갈 생각 없다."

창섭은 자신의 생각이 얼마나 자기중심적이고 이기적이었는가를 깨달았다. 땅에 한해서는 이해를 초월한 종교적 신념을 가진 아버지에게 아들의 이기적인 계획이 용납될 리 없었던 것이다. (중략)

"정말 이번 이야기는 없던 걸로 하겠습니다."

"하지만 내가 죽은 후에는 누가 이 땅을 거두겠니? 그땐 어떻게 할 테냐? 너도 지금 내가 말한 한낱 종잇조각에 불과한 지주가 될 테냐? 아니, 결코 안 된다. 내가 죽을 때는 반드시 정리를 할 것이다. 돈에 파는 게 아니라 사람에게 팔 것이다. 저기 용문(龍文)을 너도 알겠지만, 그는 우리집 강 건너의 무논을 1년 경작해 보고는 농부에게도 과분한 땅이라고 말했고, 마을 어귀의 밭을 처분한다고 하면, 문포(文浦)나 덕길(德吉)이 같은 농사꾼은 이슬을 맞고 자는 한이 있더라도 집을 팔아 사고 싶어 할 정도다. 그런 농사꾼이 땅주인이 되지 않고 누가 된다는 말이냐? 말이 나온 김에 유언이다 생각하고 들어라. 그런 사람들은 땅값을 한꺼번에 지불할 수 없을 테니, 매년 수확 때마다 갚아나가도록 할 테니 너도 그리 알고 있거라. 그리고 너의 어미가 먼저 죽거든 내 손으로 묻겠지만, 내가 먼저 가거든 너의 어머니만은 경성으로 모시고 가거라. 나는 이 마을에서 이렇게 살다가 생을 마감하고 싶구나. 부모가 돼서 자식의 젊은 야망을 받아들여주지 못해 슬프지만, 그래도 이 늙은이의 마음을 무시하지 말아다오……."」

창섭은 아버지의 훌륭함을 다시 한 번 깨달았다.

창섭은 아버지가 고쳐놓은 돌다리를 건너 저녁차를 타고 경성으로 떠났다. 창섭의 아버지는 날이 밝자 누구보다도 먼저 일어나 전날 고쳐놓은 돌다리를 보러 나갔다. 개울에는 한 군데도 흙탕물이 없었다. 비가 아무리 쏟아져도 한계를 넘는 법이 없으며 사람이란 마지막 가는 순간까지 하루라도 하늘의 이치를 잊어서는 안 된다고 생각했다.

072-17

第一號船の揷話(제1호 선박의 에피소드)

〈기초사항〉

원제(原題)		第一號船の揷話
한국어 제목		제1호 선박의 에피소드
원작가명(原作家名)	본명	이태준(李泰俊)
	필명	
게재지(揭載誌)		국민총력(國民總力)
게재년도		1944년 9월
배경		• 시간적 배경: 조선소 개소의 날 • 공간적 배경: 목포항 인근에 위치한 K섬
등장인물		① 조선인 선박기술자 구니모토 ② K섬의 선박회사 감독으로 구니모토의 경쟁자 가와사키 등
기타사항		

〈줄거리〉

K섬은 목포항에 비하면 한적한 곳이었는데 언제부터인지 그 섬을 오가는 배가 하루에 10회 이상 인부들과 목재를 실어 날랐다. 뒤이어 섬에는 사무실과 창고, 사택과 합숙소 등이 지어졌다. 목포에 있었던 선박회사들이 합병하여 큰 조선소로 거듭났는데, 조선소의 작업장을 K섬으로 지정한 뒤 그에 필요한 준비를 하고 있었던 것이다. 한적하기만 하던 섬이 이제는 수많은 인부들로 북적거렸다.

구니모토(國本)는 조선인 선박기술자였다. 그는 어려서부터 뭔가를 만드는 데 남다른 소질이 있었다. 처음에는 연을 만들어 하늘에 날렸고, 그 후로는 줄곧 배를 만들며 놀았다. 구니모토는 이른 나이에 일본으로 건너가 10년 동안 규슈의 모지(門司)에서 선박기술자로 일했다. 그 뒤 조선으로 돌아와 목포의 조선소에서 7년을 근무했으며, 3년간은 감독으로 있었다. 그가 만든 배는 설계도보다 우수하다는 평을 받았다. 경성의 한 백화점에서 본 장식용 범선을 그대로 재현해 만든 모형은 지금도 사장실에 장식되어 있었다. 이처럼 배에 대한 그의 사랑과 열정은 대단하였다.

이번 조선소 개소에 즈음하여 표준형 화물선제작 프로젝트가 시행되었다. 3개의 팀으로 나누어 처음으로 완성된 배에 '제1호선(第一號船)'이라는 명칭을 붙여주기로 되어 있었다. 이번 제작경쟁이 자신의 기술을 자랑할 수 있는 절호의 기회라고 생각한 구니모토는 50여 명의 인부를 배정받아 제작에 착수했다. 구니모토는 기필코 제1호선의 명칭을 차지하고 상장도 받고 싶었다.

그는 이전 회사에서는 감독까지 맡았는데 이번 회사로 옮겨온 후 가와사키(川崎)에게 감독직을 빼앗겨 내심 분해하고 있던 터였다. 설계도를 받은 구니모토는 뱃머리 부분이 너무 넓게 설계되어 있다는 점을 발견하고, 물의 저항을 적게 받도록 설계를 약간 변경하기로 했다. 또한 우수한 배를 제작하겠다는 욕심으로 모든 제작공정에 직접 참여하였다. 밤낮을 가리지 않고 일에 몰두한 결과 하야시(林)팀 보다는 4일 먼저, 감독인 가와사키 팀보다는 한 달 먼저 완성하였다. 물론 조선소의 제1호선은 '구니모토의 배'로 정해졌고, 배의 외부에는 <NO 1>이라고 페인트로 선명하게 그려져 있었다. 상장에 부상까지 받게 되어 팀원들과 자축의 자리를 마련하였다. 이 1호선만이라도 진수식(進水式)을 하려 했지만 제2호선의 하야시의 배도 완성되었기에 다음 날 두 척의 진수식이 거행되었다. 많은 사람들이 지켜보는 가운데 두 척은 예상대로 이상 없이 물에 떠 운항에 지장이 없음을 확인하였다.

그러나 다음 날 아침 예기치 않은 일이 발생했다. 배에 그림을 그려 넣으러 갔던 인부들이 배가 절반 쯤 물에 가라앉아 있는 것을 발견한 것이다. 다른 한 척은 아무 문제도 없었다. 가라앉은 배는 기술적으로 더욱더 우수하다고 여겨진 구니모토의 배였다. 구니모토는 믿기지 않아 확인해 보니, 갑판의 판자 한 장이 휘어진 탓에 배가 물에 가라앉아 있었던 것이다. 조선공에게 이보다 더한 수치는 없다. 자존심이 상한 구니모토는 회사에 사표를 낼 생각으로 가와사키감독을 찾아갔다. 감독은 구니모토의 잘못만은 아니라고 위로하면서, 이번 일의 원인과 세 가지 주의사항을 말해주었다

「구니모토는 역시 대답하지 못했다. 그러나 그 자세와 얼굴표정에서 아까와는 전혀 다른 경건한, 어떤 의지의 무게가 느껴졌다.

"첫째, 동료는 명예를 다투는 일개 개인이 아니라 같은 전쟁터의 전우(戰友)라고 생각할 것. 둘째, 설계도대로 일하는 것이 가장 안전한 길이라고 생각할 것. 셋째, 가능하면 분업으로 직공들에게 책임을 갖게 하고 그 성공과 실패의 책임을 한 사람이 지지 말고 전원이 공동으로 진다는 마음가짐을 가질 것. 이것이 이번 제1호선의 실패가 가르쳐준 정신훈련이다."

"……"

"많은 말은 필요 없다. 모두 같은 전우라 생각하면 하루라도 빨리, 한 척이라도 더 많이 만들

어야 하는 이 긴박한 상황에서 개인의 체면 정도로 직장을 그만두는 것이 과연 옳은 일일까?"

"더 이상 말하지 마시오. 이제 알았으니까."

두 사람 사이에 잠시 침묵이 흘렀다.」

어느 날 아침 조선소에 모인 사람들의 눈이 놀라움으로 휘둥그레졌다. 오늘 수리할 예정으로 육지에 끌어올려진 제1호선이 언제 그랬냐는 듯이 물 위에 떠 있는 것이 아닌가. 가와사키의 충고를 들은 구니모토는 실패의 원인을 분석한 후 다시 수선에 몰두하여 모든 사람을 또 한 번 놀라게 했다.

李皓根(이호근)

—

이호근(생몰년 미상) 평론가.

073

약력

1930년	7월「청량(淸凉)」에 일본어소설「불안이 사라지다(不安なくなる)」를 발표하였다.
1939년	문학잡지「분쇼(文章)」에 작품을 발표하였다.
1948년	『19세기 초기 영시집(十九世紀初期英詩集)』에 대한 서평을 을유문화사에서 간행한 학술지「학풍(學風)」(창간호)에 게재하였다.

 073-1

不安なくなる(불안이 사라지다)

〈기초사항〉

원제(原題)	不安なくなる(一~三)	
한국어 제목	불안이 사라지다	
원작가명(原作家名)	본명	이호근(李皓根)
	필명	
게재지(揭載誌)	청량(淸凉)	
게재년도	1930년 7월	
배경	• 시간적 배경: 1930년 한여름 • 공간적 배경: 경성	
등장인물	① 아름다운 카페여급을 애인으로 두고 있는 멋쟁이 샐러리맨 '나' ② 학창시절부터 절친한 친구였던 회사동료 K ③ 엄격하고 권위적인 회사의 지배인 등	
기타사항		

「오전 11시 무렵, 태양광선 때문에 거리를 향해 나 있는 사무실의 커다란 유리창에는 가득 낀 먼지가 선명하게 도드라져 보였다. 그 유리창 밖에서는 버스며 전차며 자동차 등이 소음을 내면서 오가고 있었다. 밖은 환한데 사무실 안은 왠지 그림자가 있는 것처럼 희미했다. 나는 토요일인데도 오후까지 남아 있어야 한다는 사실에 끝 모를 짜증을 느끼면서 책상 앞에 앉아 있었다. 스포츠경기를 함께 보러가자고 자꾸 졸라대는, 조금 전 걸려온 전화 속의 낭랑하던 그녀의 목소리가 아직도 귓가를 맴돌고 있었다.

일이 손에 잡히지 않았다. 내가 못 가더라도 그녀는 혼자라도 갈 것이다. 화가 났다. 하지만, 내가 그녀와 함께 간다고 해서 뭐가 달라지지? 행복은 아니다. 아무리 온 힘을 다해 멋을 부려 보아도 결코 그녀가 만족할 정도의 부자청년으로는 보이지 않을 것 아닌가. 포기하자! 나는 짐짓 평온을 가장하며 일을 계속하려고 펜을 들었다. 하지만 내 머릿속에 달걀 같은 몸에 양장을 차려입은 그녀의 가볍고 산뜻한 풍모와 표정이 떠올라 그만 멍해지고 말았다. 바로 그 순간, 내 머리 위에서 "흠, 자네 그림솜씨가 좋군!?"이라는 목소리가 들렸다. 깜짝 놀라 올려다 보니, 검은 수염을 기른 지배인의 네모 난 얼굴이 나를 내려다보고 있었다. 고양이에게 잡힌 쥐새끼처럼 나는 어쩔 줄 몰라 하며 얼른 서류를 집어 들었다. 그러자 지배인은 거들먹거리며 멀어졌다.」

나는 매달 월급으로 받는 65원을 양복과 구두를 사는 등 멋부리는 데 주로 썼다. 그 중 일부는 카페 여급인 애인에게 갖다 주기도 하였는데, 이런 생활은 나뿐만 아니라 대부분의 동료들도 비슷했다.

나와 그녀의 데이트는 주로 일요일에 이뤄졌는데, 그녀와 운동장에 들어섰을 때에도 사람들은 우리를 쳐다보고 있었다. 관중들이 절반 정도 있는 그라운드 앞을 지나가고 있을 때에도 아름다운 그녀 때문에 길 가던 사람들은 곧잘 우리 두 사람을 돌아보곤 했다. 그럴 때마다 나는 이렇게 멋진 여성과 사귀는 것이 자랑스럽기도 했지만, 한편으로는 이토록 아름다운 그녀가 나를 버리고 다른 남자에게 가버릴까봐 불안하기도 했다. 그녀가 입맞춤을 해줄 때에도 그녀는 내 여자가 아닌 것 같은 마음도 들었다.

어느 월요일 아침, 그 날은 주문해 두었던 흰 구두가 아직 완성되지 않은 탓에, 속상하지만 어쩔 수 없이 새로 산 흰색 바지를 어울리지도 않는 구두에 받쳐 입고 출근해야 했다. 나는 그 구두가 자꾸만 눈에 거슬렸다. 나처럼 대부분의 샐러리맨들은 언제 해고될지 모른다는 불안 속에서도 외모를 가꾸는 데는 돈을 아끼지 않았기 때문에, 월급날만 되면 양복점이나 양화점 주인들은 외상값을 받기 위해 회사 앞에서 기다리고 있을 정도였다. 어떤 때는 외상값을 갚고 나면 월급이 1/3도 안 남았다.

그러던 어느 날, 회사에 출근하자마자 친한 동료인 K가 지배인에게 불려갔다. 심상치 않은 분위기에 모두들 불안감과 긴장감을 느끼고 있었다. 원래 회사에서의 일은 분업으로 진행되었는데, 예컨대 판매를 담당하는 사람이 있고 그 판매사항을 기록하거나 재고를 관리하는 사람이 따로 있는 형태로 직원들 각자가 맡은 업무가 나뉘어져 있었던 것이다. 그 중에서 나는 판매사항을 기록하는 담당자고 K는 재고관리자였다. 지배인은 K에게 재고와 보고서상의 수치가 일치하지 않는다고 화를 냈다. 그래서 K는 창고에 들어가 재고물품을 다시 확인해 보앉는데, 이상하게 물건 하나가 비는 것이었다. 그 때문에 K는 18원이라는 거금을 변상해야 했을 뿐만 아니라 인사고가에서도 낮은 점수를 받았다. 회사의 경영이 안 좋아지면 가장 먼저 이런 사원부터 퇴출당하게 되어 있었다. 어쨌든 그 일은 그렇게 일단락이 되었다.

그러던 어느 날이었다. 나는 회사에서 지난달에 작성한 장부를 확인하던 중 모 제약회사에 판매한 물품에 대한 기재가 누락되어 있는 것을 발견했다. 그것은 일전에 K가 누명을 쓰고 18원이나 변상했던 그 품목이었다. 나는 모든 일이 나의 실수로 인해 벌어진 일임을 알고 당황했다. 이 사실을 밝혀야 하나 말아야 하나 갈등에 휩싸였다. 사실을 말하고 나면 내가 용서받지 못할 것이고, 밝히지 않으려니 친구와 양심에 부끄러웠다. 밝힌다면 언제 해고될지 모르는 불안한 나날을 보내야 할 것이다. 나는 며칠 동안 고민에 고민을 거듭한 끝에 사건의 자초지종을 지배인에게 털어놓았다. 나는 이 일로 해고당했지만 한편으로는 언제 해고될까 하는 불안만큼은 말끔히 사라졌다.

나는 왠지 몸이 가벼워짐을 느끼면서 - 배고픔과 곤혹(困惑)이 나를 기다리고 있지만 - 힘차게 걸음을 내딛었다.

- 1930년 5월 28일 -

李孝石(이효석)

—

이효석(1907~1942) 교육자, 소설가. 호 가산(可山).

074

약력

1907년	2월 강원도 평창(平昌)에서 태어났다.
1910년	교편을 잡고 있던 부친을 따라 서울로 이주하였다.
1912년	평창으로 내려와 한학을 공부하였다.
1914년	평창공립보통학교에 입학하였다.
1920년	평창공립보통학교를 졸업한 후 경성제일고등보통학교에 입학하여 톨스토이, 투르게네프, 체홉 등의 러시아소설을 탐독하면서 1년 선배인 유진오와 교우관계를 가졌다.
1925년	경성제국대학 법문학부 영문학과에 입학했다. 재학시절 조선인학생회인 <문우회>에 참가하여 기관지 「문우」에 시를 발표했다. 《매일신보(每日申報)》에 시 「봄(春)」이 선외가작(選外佳作)으로 뽑혔다.
1928년	경성제국대학 재학 중 「조선지광」에 「도시와 유령」을 발표하면서 문단에 등단하였다.
1930년	경성제국대학 법문학부 영문과를 졸업했다. 단편 「마작철학(麻雀哲學)」, 「깨뜨려지는 홍등(紅燈)」, 「서점에 비친 도시의 일면상」, 「약령기(弱齡記)」, 「하얼빈」과 경향문학(傾向文學)의 성격이 짙은 「상륙(上陸)」, 「북국사신(北國私信)」을 발표하였다.
1931년	시나리오 「출범시대」와 「노령근해」, 「오후의 해조」, 「프레류드」를 발표하였다. 창작집 『노령근해』를 출간하였다. 조선총독부 경무국 검열계에 취직하였으나 곧 그만두고 부인 이경원의 고향 함경북도 경성(鏡城)으로 이주하였다.
1932년	함경북도 경성농업학교 영어교사로 취임하였다. 「북국점경(北國點景)」, 「오리온과 능금」을 발표하였다.
1933년	이무영, 유치진, 정지용, 이상, 김기림, 이태준 등과 순수문학을 표방한 <구인회(九人會)>를 결성한 것을 계기로, 새로운 작품세계를 추구하며 「도야지(豚)」, 「수탉」 등 향토색이 짙은 작품들과, 장편 『주리야』를 발표하였다.
1934년	「마음의 의장」, 「일기」, 「수난」을 발표하였다.

1935년	단편 「계절」, 중편 「성화(聖畵)」를 발표하였다.
1936년	「분녀(粉女)」, 「산」, 「인간산문(人間散文)」, 「들」, 「메밀꽃 필 무렵」, 「석류」 등 조선의 시골사회를 아름답게 묘사한 단편들을 발표하였다. 평양 숭실전문학교 교수로 취임하였다. 「도야지」가 일본어로 번역, 발표되었다.
1937년	「성찬(聖餐)」, 「개살구」, 「거리의 목가(牧歌)」, 「낙엽기(落葉記)」, 「마음에 드는 풍경」 등을 발표하였다. 「메밀꽃 필 무렵」을 일본어로 번역, 발표하였다.
1938년	숭실전문학교 폐교로 인해 교수직을 퇴임하였다. 「장미(薔薇) 병들다」, 「해바라기」, 「가을과 산양(山羊)」, 「겨울이야기」, 「공상구락부(空想俱樂部)」, 「부록(附錄)」 등을 발표하였다.
1939년	대동공업전문학교 교수로 취임하였다. 단편 「황제(皇帝)」, 「여수」, 「향수(鄕愁)」, 「막(幕)」, 「산정(山精)」과 장편 『화분(花粉)』을 발표하였다. 단편집 『해바라기』를 출간하였다. 일본어소설 「은빛송어(銀の鱒)」를 「가이치효론(外地評論)」에 발표하였다.
1940년	《국민신보(國民新報)》에 일본어장편 『녹색탑(綠の塔)』을, 일본어소설 「은은한 빛(ほのかな光)」과 「가을(秋)」, 「소복과 청자(素服と靑磁)」를 발표하였다. 「한 표의 효능」이 일본어로 번역, 발표되었다.
1941년	단편 「라오콘의 후예」, 「산협」을 발표하였고, 장편 『벽공무한(碧空無限)』과 『이효석단편선(李孝石短篇選)』을 출간하였다. 일본어소설 「봄 의상(春衣裝)」을 「슈칸아사히(週刊朝日)」에, 「엉경퀴의 장(薊の章)」을 「국민문학(國民文學)」에 발표하였다.
1942년	「일요일」, 「풀잎」을 발표하였고, 「황제」가 일본어로 번역 발표되었다. 결핵성 뇌막염으로 사망하였다.

豚(도야지)

〈기초사항〉

원제(原題)		豚
한국어 제목		도야지
원작가명(原作家名)	본명	이효석(李孝石)
	필명	
게재지(揭載誌)		분게이쓰신(文藝通信)

게재년도	1936년 8월
배경	• 시간적 배경: 어느 해 초봄 • 공간적 배경: 어느 농촌 마을
등장인물	① 암퇘지에게 모든 희망을 걸고 있는 농촌청년 식(植) ② 식이의 연인 분(粉) 등
기타사항	번역자: 진명섭(秦明燮), 노리다케 가즈오(則武三雄) 공역

〈줄거리〉

식(植)은 고지식한 농촌 청년이다. 그는 돼지 새끼를 분양 받아 세금을 내고 분(粉)과 결혼하여 행복하게 살아갈 꿈을 가지고 있다. 세금마저 벅찬 농가의 형편에 돼지보다 나은 부업이 없었다. 한 마리를 1년 동안 충실히 기르면 세금도 세금이려니와 잔돈푼의 가용돈은 충분히 나오기 때문이다. 푼푼이 모은 돈으로 돼지 한 쌍을 사서 키웠는데, 수놈은 죽고 암놈만 겨우 살아남았다. 방에다 지푸라기를 깔고 자기 밥그릇에 먹이를 줄 정도로 온갖 정성을 다 바쳐 키웠다. 식(植)의 희망이 걸려 있는 돼지였다.

여섯 달을 길렀을 때 10리가 넘는 종묘장까지 끌고 가서 접을 붙였으나 돈 50전만 아깝게 허비한 채 실패하고 말았다. 암놈이 너무 어렸기 때문이었다. 달포가 지나서 또 끌고 갔는데 육중한 수놈에게 치인 암놈은 애석하게도 또 실패였다. 한참 뒤에 가까스로 성사가 되었다.

식(植)은 암놈이 고통을 당하는 동안 구경꾼들의 낄낄거리는 음담(淫談) 속에서 달아나 버린 분(粉)을 생각했다. 잠자코 서 있는 까칠한 암퇘지와 분(粉)의 자태가 서로 얽혀서 그의 머릿속을 어지럽혔다.

분(粉)은 온갖 공을 들여서라도 꼭 결혼하고 싶은 여자였다. 그런데 늘 쌀쌀맞게 굴던 분(粉)이 며칠 전에 가출을 하고 만 것이다. 그 고운 살결을 한 번도 허락하지 않고 늙은 아비를 홀로 남겨둔 채 기어이 도망을 가버린 분(粉)이 식(植)은 너무 괘씸하였다. 그러나 속이 엉큼한 박(朴)노인의 일인지라 자신의 딸을 어떻게 했을지 그 꿍꿍이는 도무지 모를 노릇이었다. 청진(淸津)으로 갔다느니 경성(京城)으로 갔다느니, 그런가 하면 며칠 전에는 박(朴)노인에게 돈을 보내왔다느니 하는 소문은 있었으나 확실치는 않았다.

기차를 타고 어디로든 가면 분(粉)을 만날 수 있을 것만 같았다. 어쩌면 버스 차장이 되었을지도 모를 일이었다. 그런 생각이 들자 이 아까운 돼지라도 팔아버리고 싶었다.

건널목 근처에 이르렀을 때였다. 어디서 들었는지 분(粉)이 공장에 들어가고 싶어 했는데, 식(植)은 자신도 공장에 가서 노동자가 되어 분(粉)과 함께 살면 얼마나 좋을까 하는 망상에 빠져 있었다. 그렇게 공장에서 돈을 벌어 고향에 부치면 아버지의 고생도 덜 수 있을 것 같았다. 이런 공상에 사로잡혀 정신없이 기찻길을 건너던 식(植)이 갑자기 '앗!' 하고 비명을 질렀다.

「미지근한 바람이 휘이익! 앞을 스치는가 싶더니 순간 몸뚱이가 허공으로 붕 뜬 것 같았다. 눈은 보이지 않고 귀도 들리지 않았다. 그 사이 온몸에는 감각이 전혀 없었다. 캄캄한 눈앞이 서서히 밝아지고 어렴풋이 움직이는 것들이 보이기 시작했다. 처음에는 무시무시한 음향이 온몸을 후려치는 것처럼 귀를 때렸다. 번개가, 파도소리가, 차바퀴 굴러가는 소음이……. 눈을 깜박이자 눈앞이 환해지면서 열차의 마지막 바퀴가 화살처럼 빠르게 눈앞을 스쳐지나갔다.

"앗!" 기차가 모두 지나간 지금, 식(植)은 온몸에 경련이 이는 것을 느끼며 후들후들 떨었다. 식은땀이 나는 대신 소름이 돋았다. 머잖아 온몸이 잘려나간 듯 가벼워졌다. 그야말로 온몸이 텅 빈 것 같았다. 한 쪽 손에 들고 있던 석유병도 명태도 어디로 갔는지 보이지 않았다. 그리고 오른손으로 끌고 왔던 돼지도 종적이 없었다.

"아, 돼지!"

"돼지고 뭐고, 미친 게야? 이놈의 새끼, 여기가 어디라고 함부로 막 건너?"

찰싹, 따귀를 한 대 맞고 보니, 철도 감시인이 성난 얼굴로 그를 노려보고 서 있었다.

"돼지는 어떻게 됐어요?"

"어젯밤에 꿈을 잘 꾼 게지. 네놈 몸이 안 깔린 걸 그나마 다행으로 생각해라."」

아득한 철로 위를 바라보니 기차는 벌써 사라지고 없었다. 정신이 아찔하고 허전하여서 식(植)은 그 자리에 풀썩 쓰러질 것만 같았다.

蕎麥の花の頃(메밀꽃 필 무렵)

〈기초사항〉

원제(原題)	蕎麥の花の頃	
한국어 제목	메밀꽃 필 무렵	
원작가명(原作家名)	본명	이효석(李孝石)
	필명	
게재지(揭載誌)	분가쿠안나이(文學案內)	
게재년도	1937년 2월	
배경	• 시간적 배경: 어느 해 한여름 • 공간적 배경: 강원도 봉평 장터	
등장인물	① 사랑했던 성서방 딸과의 추억을 간직한 채 장돌뱅이로 떠도는 허생원 ② 허생원과 함께 장터를 떠돌고 있는 조선달 ③ 18세 때 집을 뛰쳐나와 장돌뱅이가 된 동이 등	
기타사항	번역자: 이효석(李孝石) 자작 역	

　　허생원(許生員)은 재산을 탕진한 후 장터를 떠도는 장돌뱅이가 되었다. 여름날 장판은 벌써 쓸쓸해져 마을사람들은 대부분 돌아간 뒤였기에 허생원은 장돌뱅이인 조선달(趙先達)을 따라 '충주집'이라는 주막으로 향했다. 그곳에서는 먼저 와있던 젊은 동이(童伊)가 계집과 농탕을 치고 있었는데, 그 모습을 본 허생원이 장돌뱅이의 망신을 시킨다고 야단을 치자 동이는 별 반항도 없이 그 자리를 떠났다.

　　술을 마시던 허생원은 동이를 꾸중한 것이 자꾸 마음에 걸렸다. 그런데 잠시 후 동이가 허겁지겁 뛰어와 허생원의 나귀가 밧줄을 끊으려 발광을 하고 있다고 일러주는 것이 아닌가. 달려가 보니 나귀는 무엇 때문에 화가 났는지 콧물을 줄줄 흘리고 있었다. 그런 나귀를 구경하던 아이들은 나귀가 흥분한 것은 뉘 집의 암컷이 떠났기 때문이라며 나귀의 배를 가리키며 웃어댔다. 그 말을 들은 허생원은 괜스레 부끄러워져 나귀의 배를 몸으로 가렸다. 어쨌든 허생원은 이유 없이 호통을 친 자기를 외면하지 않고, 나귀의 위기를 알려준 동이가 한없이 미안하면서도 기특하고 고마웠다.

　　허생원은 계집과는 인연이 멀었기에 장터를 떠돈 지 20년이 넘었건만 아직 홀몸이었다. 밤은 깊어가고 허생원과 조선달 그리고 동이는 나귀를 몰고 대화장으로 가기 위해 걸음을 재촉하였다. 달이 환히 밝았다. 허생원은 길을 가면서 달빛 아래 펼쳐지는 메밀꽃 정경에 맘이 흔들렸는지 몇 번이나 들려준 이야기를 또다시 꺼냈다. 달밤이면 허생원은 으레 젊었을 때 봉평(逢坪)에서 있었던 옛일을 추억담으로 들려주곤 하였다.

　　「"시장이 열린, 딱 오늘 같은 날 밤이었지. 주막 잠자리가 하도 험해서 좀처럼 잠들지도 못하고, 한밤중에 혼자 빠져나와 강으로 목욕을 하러 갔지 뭔가. 봉평은 지금도 그 때랑 별반 달라진 게 없어. 여기저기 사방이 메밀밭이라 강가에 온통 하얀 꽃들로 가득했었지. 강가에서 벗어도 좋았겠지만 달이 하도 밝아서 옷을 벗으려고 물레방앗간으로 들어갔지. 참 신기한 일도 다 있지, 거기서 뜻하지 않게 성(成)서방의 딸과 딱 마주친 게야. 마을에서 제일 예쁘기로 소문나고 평판도 좋은 아가씨였거든."

　　"그런 게 바로 운이란 걸세."

　　틀림없이 그럴 거라고 대꾸를 하면서 선뜻 다음 이야기를 하기가 아깝다는 듯 잠시 곰방대를 빨아댔다. 구수한 보랏빛 연기가 밤공기로 녹아들었다.

　　"날 기다리고 있었던 건 아니지만 그렇다고 다른 사람을 기다리고 있었던 것도 아니야. 그 처자는 울고 있었다네. 어렴풋이 짐작은 하고 있었지만, 성서방은 그때 생활이 너무 어려워서 곤혹을 치르고 있었지. 집안일이라 딸인들 맘이 편했겠나. 좋은 혼처라도 있으면 시집이라도 보내련만, 시집은 죽어도 싫다 허고……. 게다가 울고 있던 처자는 각별히 아름다웠거든. 처음에는 놀란 것 같기도 하더니 걱정 있을 때는 맘도 잘 풀리는 법이라 금세 아는 사람처럼 이야기를 나누게 되었다네. ……즐거우면서도 무서운 밤이었지."

　　"제천(堤川)인가로 날라버린 게 그 다음날이었던가?"

　　"다음 장날에 갔을 때는 이미 그 일가 모두가 사라지고 없었어. 마을엔 소문이 자자했어. 틀림없이 술집에 팔려갔을 거라고, 다들 처자를 아까워했지. 몇 번인가 제천장을 돌아봤지만 두 번 다시 그 처자를 보지 못했네. 인연을 맺었던 그 밤이 결국 마지막이었던 게야. 그때부터인가 봉평이 좋아져서 반평생을 이렇게 다니고 있다네. 평생 잊을 수 없지."」

허생원의 이야기가 끝나자 동이도 자신의 기구한 사연을 들려주었다. 달이 차지 않은 아이를 낳았다는 이유로 제천의 시댁에서 핏덩이 아이와 함께 쫓겨나 술장사를 시작한 어머니와, 망나니 같았던 의붓아버지에게 매일같이 매를 맞고 살다가 열여덟에 집을 뛰쳐나와 장돌뱅이가 되었다는 동이의 기구한 사연이었다. 허생원은 뭔가 짚이는 것이 있는지 동이 어머니의 고향을 물었다. 아비의 성도 들어본 적이 없다는 동이의 어머니는 처녀 적에 봉평에서 살았다고 했다.

늙은 허생원은 냇물을 건너다 발을 헛디뎌 빠지게 되었고 동이는 물에 젖은 허생원을 거뜬히 들어올렸다. 업힌 동이의 등은 따뜻하고 포근했다. 허생원은 동이 보고 오늘 내가 실수를 많이 한다며 미안하다고 했지만, 개울을 다 건너자 허생원은 동이의 등에 더 오래 업혀있고 싶었다.

동이의 어머니가 지금은 의붓아버지와도 헤어져 홀로 제천에서 살고 있다고 했다. 나귀를 몰고 가는 동이의 채찍이 왼손에 잡혀있음을 똑똑히 본 허생원의 마음은 한층 더 착잡해졌다. 허생원 역시 외손잡이였기 때문이다.

그들은 동이의 어머니가 현재 살고 있다는 제천으로 가기로 작정하고 발길을 옮겼다. 방울 소리가 밤 벌판에 한층 낭랑하게 울렸다. 달이 어지간히 기울었다.

銀の鱒(은빛송어)

〈기초사항〉

원제(原題)	銀の鱒	
한국어 제목	은빛송어	
원작가명(原作家名)	본명	이효석(李孝石)
	필명	
게재지(揭載誌)	가이치효론(外地評論)	
게재년도	1939년 2월	
배경	• 시간적 배경: 중일전쟁 시기 • 공간적 배경: 경성	
등장인물	① 갑자기 행방을 감춘 다방 '난'의 마담 사다코 ② 신문사에 다니는 한(韓) ③ 사다코에게 가장 먼저 접근한 문학강사 문(文) ④ 서양화가 최(崔) ⑤ 방송국에 근무하는 김(金) 등	
기타사항		

「한(韓)이 도쿄에 가겠다고 진지하게 이야기를 꺼냈을 때, 다들 정말이야? 진짜? 라고 다그치면서 그들의 마음속에는 비슷한 정도의 꿈을 아주 간절히 품고 있었던 만큼, 선수를 빼앗겼다는 느낌으로 그야말로 입 밖에 내지는 않았지만 부러움을 금치 못했다. "사다코(禎子)의 일과 관련이 있겠지?"라고 정곡을 찌르자 한(韓)은 그렇다고도, 그렇지 않다고도 대답하지 않고 입술을 일그러트리는 예의 애매한 웃음을 지었다. "자네 혼자 독점할 순 없어, 찾으면 꼭 데려와야 하네, 우리 모두 기다리고 있겠네……." 이윽고 본심을 담아 다들 한 마디씩 외치자, "늑대들 소굴로 데려올까 보냐! 늑대 앞에 먹이를 던져주는 꼴이다."라고, 한(韓)은 위압적이면서 얼마간 치기까지 부리며 말했다. "그렇긴 하지만 자네야말로 늑대 같은 욕심쟁이 아닌가, 그래도 열심히 찾아보게, 도쿄 한복판에서 어디 있는지도 모르는 한 여자를 찾는다는 건 그야말로 넓디넓은 바닷속에 떨어트린 한 알의 진주를 찾는 거나 진배없으니 말이야'라며 지지 않고 응수하였다.」

박(朴)과 한(韓)은 신문사에, 김(金)은 문학청년으로 방송국에 근무하고 있었다. 서양화가인 최(崔)와 문학강사인 문(文)은 '난(蘭)'이라는 다방의 마담인 사다코의 행방에 대해 서로의 의견을 나누고 있었다.

사다코는 '불새'라는 다방에 여급으로 있는 나나코(奈々子)의 친구로 우연히 다섯 명의 인텔리 조선남자들을 만나게 되었는데, 사다코가 처음 이곳에 나타난 것이 벌써 일 년 반이나 되었다. 그동안 다섯 남자가 하나같이 그녀와 친해지려고 무던히도 애를 썼다. 전부터 박(朴)과 문(文)은 한(韓)에게 끌려가다시피 하여 불새를 아지트로 삼아왔다.

맨 처음 관심을 표한 사람은 문(文)이었다. 문(文)과 한(韓) 그리고 박(朴), 이렇게 셋이서 거의 매일 밤 어울려 다니던 때였다.

그러던 어느 날 밤 우연히, 세 사람은 구석자리에 홀로 앉아 열심히 포크질을 해대던 검은 외투와 모자를 쓴 사다코를 보았다. 요란한 분위기 속에서 어딘지 모르게 이국적인 인상을 풍기는 그 강렬한 모습에 문(文)은 강한 호기심을 느꼈다. 검고 선명한 눈동자에 영리해 보이는 얼굴이 주위의 잡다한 것들 사이로 확실하게 클로즈업 되어왔다. 뚫어져라 쳐다보는 시선을 느껴서인지 사다코도 문(文)을 힐끔힐끔 쳐다보았다. 그녀의 예리하게 반짝이는 눈망울은 밤하늘의 별처럼 문(文)의 가슴에 새겨졌다. 문(文)은 박(朴)과 한(韓)에게 자기의 느낌을 이야기하며 대단한 여자라고 감탄하였다.

그날 이후 그들은 문학을 서로 이야기할 수 있는, 신비로우며 품위가 있어 보이는 그녀에게 접근했다. 남자들은 사다코를 그들 곁에 있게 하기 위해 고심하였다. 결국 한(韓)이 출자를 하여 새로운 찻집을 오픈시키기로 한 것이다. 사다코는 당분간 그곳에서 마담으로 일하며 다섯 남자들과의 만남을 지속하였다. 서양화가인 최(崔)는 사다코를 모델로 하여 수십 개의 유화를 그렸고, 방송국의 김(金)은 라디오 드라마의 주인공으로 그녀를 섭외했다. 드라마는 예츠의 시에서 착상한 「은빛송어」라는 제목을 붙인 작품이었다. 예츠의 시 "흐르는 강물에 열매 달린 나뭇가지를 낚싯대처럼 드리워 작은 은빛송어를 잡았다…… 사과 꽃을 머리에 꽂고 그녀는 내 이름을 부르며 달려가 반짝이는 하늘로 사라져버렸다"는 시구마저 그대로 삽입하였다. 은빛송어란 사다코를 상징하는 것으로, 그녀를 드라마 주인공으로 설정하여 역할을 맡게 하였다. 방송은 성공적이었고, 사다코는 찬사를 받았다.

그러던 어느 날 그녀가 홀연히 사라져버린 것이다. 그 원인은 아주 사소한 것에서 시작되었다. 다방에 일손이 딸려 한(韓)이 전부터 알고 지내던 한 여자를 여급으로 데려온 것이 사다코의 심기를 불편하게 한 모양이었다. 아주 하찮은 일이었지만 여왕은 한 사람으로 족하다는 속셈이었을까? 아니면 둘이 되면 자신의 존재감과 관록이 시들해진다고 생각한 것일까? 정말로 한(韓)과 보통 이상의 사이였을까? 알 수는 없지만 다른 여자가 온 이후 사다코는 어디론가 사라져버렸다. 사다코가 없어진 후에는 매상도 줄었고, 한(韓)은 자꾸 사다코를 들먹이는 나나코의 잔소리에도 시달렸다. 사다코의 일로 심기가 불편하던 한(韓)은 경성부(府)의 의원선거에서도 낙선하는 등 일이 자꾸 꼬이자 차라리 모든 것을 놓아버리고 싶었다.

이야기 중에 다섯 남자들 앞으로 사다코의 그림엽서가 각각 날아왔다는 사실과, 그녀가 경성을 떠나 일본의 이곳저곳을 여행한 후 도쿄로 돌아갔다는 것도 알게 되었다. 한(韓)은 새로운 곳에서 새로운 마음으로 시작할 각오로, 사다코가 있는 도쿄로 떠날 계획을 세웠다. 친구들의 빈정거리는 말에는 한(韓)이 혼자서 사다코를 독차지하려는 것에 대한 우려도 깃들어 있었다. 그러나 한(韓)은 신문사에 사표를 내고 다방도 넘기고, 빈틈없이 도쿄행을 준비해왔다. 한(韓)은 사다코를 다시 데려올 수 있을까 하는 의구심이 들었지만 친구들은 더 이상 반대만 할 수 없다는 것을 알게 되었다.

綠の塔(녹색탑)

〈기초사항〉

원제(原題)	綠の塔(全15回)	
한국어 제목	녹색탑	
원작가명(原作家名)	본명	이효석(李孝石)
	필명	
게재지(揭載誌)	국민신보(國民新報)	
게재년도	1940년 1~4월	
배경	• 시간적 배경: 어느 해 여름 • 공간적 배경: 경성과 도쿄	
등장인물	① 문학부 강사지망생 안영민 ② 국문학도인 안영민의 친구 하나이 ③ 안영민과 여동생이 맺어지길 바라는 마키 나오야 ④ 영민을 사랑하는 나오야의 여동생 요코 ⑤ 꿈을 찾아 유럽으로 떠나고 싶은 자작부인의 딸 소희 등	
기타사항	<글의 차례: 물 위 - 방문객 - 다가오는 계절 - 정열 - 백과 흑 - 좁은 길 - 고향의 가을 - 백장미의 한탄 - 쓸쓸함 - 빛과 그림자 - 젖은 포장도로 - 용감한 분노 - 산다화(山茶花) - 피와 피 - 봄은 초록으로>	

어느 여름날 안영민(安英民)과 국문학도 하나이(花井), 심리학과 조수 마키 나오야(牧直也)와 마키의 여동생인 요코(洋子)가 보트놀이를 하고 있었다. 영민은 곧 학부의 강사가 될 것이고, 하나이도 학자로서 장래가 촉망받는 학생이었다. 그런데 배 위에서 장난을 치던 영민과 하나이가 물에 빠지는 사건이 일어났다. 이때 마키는 동생 요코에게 둘 중 한 명에게 자신의 마음과 태도를 확실히 밝히라고 말했다.

소풍이 끝난 후 영민은 마키의 집으로 가고 마키의 어머니 히사코(久子)는 그를 반갑게 맞았다. 요코는 갑작스레 아버지가 돌아가신 후 도쿄에 가는 대신 2년의 전공을 마치고 집에서 어머니의 말벗이 되어주고 있었다. 다행히 오빠인 마키가 심리학과 교실에 남게 되어 원하는 책은 얼마든지 빌려볼 수 있었다. 그러다가 자연스럽게 영민과의 만남이 이루어진 것이다.

영민은 가을까지 소논문을 제출하게 되어 있었고 그 전형이 끝나면 문학부로 취임이 약속되어 있었다. 한창 논문 준비를 하고 있을 때, 중국철학을 하는 최철(崔哲)의 소개를 받았다며 자작부인(子爵夫人)과 집사인 김성준(金成準)이 영민을 찾아왔다. 자작부인은 이미 영민에 대해서 알고 왔으며 언제든지 자기 집을 방문해 달라고 하였다. 최철의 말에 의하면 자작부인에게는 적령기의 딸이 있는데 사윗감으로 영민을 염두에 두고 있다고 했다.

저녁에 그 자작부인이 백장미처럼 향기로워 보이는 소희(素姬)라는 딸을 데리고 와 잠시나마 이야기를 나눠보라고 하였다. 소희는 도쿄에서 학교를 마치고 집으로 돌아온 지 2년이 지났는데, 자꾸만 유럽으로 떠나겠다고 해서 누군가 딸을 붙잡아주기를 바라는 마음에 영민을 소개하게 되었다고 했다.

영민의 지도교수는 영민에게 곧 자리가 날 것 같으니 어서 실력을 키우라고 당부하였다. 영민은 그 기쁨을 마키와 함께 나누고 싶어 그의 연구소에 들렀는데 그곳에는 요코가 먼저 와있었다. 영민은 남매에게 축하인사를 받은 뒤, 요코에게 자작부인이 자신의 딸을 데리고 온 이야기를 했다.

영민의 승진을 축하하는 축하연도 끝나고 영민은 요코와 함께 공원을 거닐다가 어딘지 모르게 자포자기한 듯한 표정의 하나이를 발견하였다. 영민은 그런 하나이가 줄곧 마음에 걸렸지만 바쁜 일상에 쫓기느라 그에게 전혀 신경을 쓰지 못하였다. 그러다 우연히 동료로부터 하나이가 많이 괴로워하고 있다는 이야기를 들었다. 영민은 하나이가 걱정되어 그를 찾아가고, 그때 하나이는 영민에게 요코와 환경이 너무 다르니 잘 생각하라고 충고했다. 영민은 그의 충고에 요코의 일을 다시 생각해 보기로 하였다.

친구와 사랑 사이에서 고민하고 있던 어느 날, 요코가 약을 먹었다는 소식이 들려왔다. 급히 병원으로 달려온 영민에게 마키는 요코와 결혼해 줄 것을 부탁하였다. 그런데 요코의 자살미수사건이 신문에 실리게 되고, 마키는 하나이를 불러 신문에 제보한 사람이 본인이 아니냐고 캐물었다. 신문에 난 기사가 빌미가 되어 결국 영민은 내정되었던 강사 자리를 빼앗기고 말았다.

한편 영민과 요코의 일을 알게 된 소희는 외국으로 갈 결심을 하고 마지막으로 영민을 만나기 위해 그의 집을 방문하였지만 영민은 집에 없었다. 그래서 소희는 요코가 입원해 있다는 병원으로 찾아가지만 요코의 오빠인 마키에게 보기좋게 쫓겨났다.

그때 영민은 고향에 내려가 있었다. 식구들은 신문을 통해 이미 영민과 요코의 일을 알고 있었다. 그런데 실망하고 있는 가족들 앞에 자작부인과 소희가 찾아오고, 소희의 적극적인 공세에 영민의 마음은 점점 흔들리기 시작하였다. 가족들 역시 소희와의 결혼을 적극 찬성하며 소희에게 호감을 보였다. 영민은 복잡한 생각을 정리하기 위해 온천으로 훌쩍 떠났다. 그런데 그곳에도 역시 소희가 와 있었다. 차분히 정리를 하려했던 영민의 기분은 다시 무너지고 고통은 커져만 갔으며 소희를 향하는 마음은 싸늘히 식어갔다. 반면 마지막까지도 자신을 냉랭하게만 대하는 영민에 대한 소희의 마음은 분노에서 증오로 바뀌고 있었다.

한편, 퇴원한 지 얼마 안 된 요코는 자기를 믿어달라는 영민의 편지를 읽었다. 그런데 갑자기 도쿄의 외삼촌이 요코를 데려가기 위해 경성에 왔다. 요코는 영민을 만나고 싶은 마음은 간절하면서도 어쩌지 못하고 외삼촌을 따라 도쿄로 떠나고 말았다.

영민은 상경하자마자 자기 대신 강의를 한 야베(矢倍)강사의 송별회에 가게 되는데, 그곳에서 마키를 만났다. 요코의 일로 괴로워하던 하나이도 여행을 떠나기로 결심했다. 최철은 소희에게 사랑을 고백하고 소희는 그를 냉정하게 뿌리친다.

얼마나 시간이 흘렀을까.

도쿄에 온 요코가 점점 쇠약해지자 외삼촌 내외는 걱정이 이만저만이 아니었다.

한편 영민과 하나이는 일본의 전차 안에서 우연히 만나게 되고, 마키를 통해 두 남자가 도쿄에 왔다는 사실을 알게 된 요코의 외삼촌은 그들의 집요함에 화를 냈다.

요코는 패혈증에 걸려 병원에 입원하게 되는데 수혈을 받아야할 지경에 이르고 말았다. 모든 사람의 혈액형을 확인한 결과 영민이 요코와 같은 B형이라는 사실을 알게 되었다. 영민의 피가 요코에게 옮겨지는 사이 외삼촌은 영민을 이해하기 시작했다. 둘은 이제 피로써 맺어진 사이가 된 것이다. 마키와 하나이는 도쿄를 떠나고 영민과 요코만이 남게 되었다. 요코는 점점 건강을 회복해가고 있었다. 또 영민은 지도교수로부터 취직자리를 제안 받았다. 둘은 경성으로 돌아오는 배에 몸을 싣고 부두로 들어왔다. 공교롭게도 그 부두의 반대쪽에서는 소희가 외국으로 떠나기 위해 배에 오르고 있었지만, 길이 엇갈려 서로를 보지 못했다.

영민과 요코는 결혼식을 올린 후 즐거운 일요일을 보내고 있었다.

*작가의 말: 붉은색이나 파란색 등과는 달리 녹색(푸른색)은 너무 연할지 모르지만, 좋아하는 색 중 하나입니다. 그 옅으면서 신선한 색을 띤 녹색의 탑을 세워볼 생각입니다. 학창시절의 일들은 이미 먼 기억으로 희미해졌지만, 지나간 꿈을 일깨워서 초라한 탑의 초석이 될 수 있도록 하겠습니다. 뜻깊은 신춘을 맞이하자마자 저의 하찮은 작업을 시작하게 되어 한층 더 영광으로 생각합니다. 이야기가 무르익어갈 무렵에는 봄의 신록도 시작되겠지만, 그때까지 저의 신록을 확실히 세울 생각입니다. 열심히 노력하겠습니다. 다행히 여러분의 편달을 받을 수 있다면 그보다 더한 기쁨은 없을 것입니다.

一票の効能(한 표의 효능)

〈기초사항〉

원제(原題)	一票の効能	
한국어 제목	한 표의 효능	
원작가명(原作家名)	본명	이효석(李孝石)
	필명	
게재지(揭載誌)	경성일보(京城日報)	
게재년도	1940년 4월	
배경	• 시간적 배경: 경성부의회 의원 투표일 • 공간적 배경: 경성	
등장인물	① 교직에 몸담고 있는 '나' ② 변호사 시험에 실패한 후 의원선거에 출마한 친구 건도 ③ 건도의 애인이자 요정에서 일하는 설매 등	
기타사항	번역자: 정인택(鄭人澤)	

〈줄거리〉

건도(建道)는 낮에 전화를 걸어오더니 집으로 오기가 무섭게 자동차에 나를 태웠다. 건도가 나를 데리고 간 곳은 고급 식당이었다. 그곳에는 낯익은 설매(雪梅)도 와 있었다.

건도는 경성부의회 의원 출마를 앞두고 있었으며 나에게 한 표를 부탁하기 위해 거창한 대접을 하려는 거였다. 나는 나의 한 표가 필요하다면 당연히 그리 하겠노라고 했지만 속으로는 '너도 별 수 없는 부류의 사람이구나'라는 마음에 씁쓸하였다. 건도는 나의 속마음을 아는 듯 '나를 경멸할지는 모르겠으나 이것도 생애의 한 체험으로 생각한다'고 변명하듯 말하였다.

건도는 사회운동, 교원, 기자생활을 거쳐 몇 년간 변호사 시험을 보았지만 매번 실패하였다. 시험에 떨어진 뒤 무슨 심경의 변화가 있었는지 이번에는 의원선거에 출마하겠다고 나선 것이다. 그런 과정을 보아온 나는 그의 이번 선거출마와 그의 심경변화를 이해 못할 것도 없었다. 건도는 교원과 기자생활을 하는 동안 알게 된 지인들에게 200표는 얻을 수 있을 것 같지만 그들 말을 다 믿을 수는 없다고 했다. 나는 건도에게 내 표는 염려 말고 뜻을 세워 행하라고 말했다. 그날 밤 건도와 설매는 나를 참으로 지극히 대접했다.

다음날 개운치 못한 정신으로 교단을 오르내리면서도 한 표를 얻기 위한 그 극진한 대접과 설매의 아첨이 뇌리에서 떠나질 않았다. 의원이 되어야 행세를 할 수 있다고 거듭 되풀이 하는 그의 조바심이 남의 일 같지 않았다.

그날부터 집으로 오는 무수한 우편물 속에는 건도의 것도 들어 있었다. 건도의 추천장과 학력과 경력, 장황한 공약 등은 다른 사람의 것이나 별반 다르지 않았다.

드디어 투표날이 되었다. 나는 투표 시간을 염두에 두고 화단에 물을 주고 있었는데 건도가 나타났다. 건도는 300표를 약속 받았으나 반만 믿어도 150표는 나올 것 같다며 그 정도면 될 것 같다고 했다. 내가 "그 정도면 내 한 표는 상관없겠다"고 하자, 건도는 "그 누구의 표에 비하겠냐"고 하였다. 나는 건도의 선거공약에 대해 의견을 이야기하면서 맘이 자꾸 빗나간다는 솔직한 심경을 이야기하였다. 나는 친구의 비위를 건드리지나 않았는지 걱정이 되었는데 의외로 그는 담담하게 자기가 꼭 연극을 하고 있는 것 같다고 말했다. 변호사 시험에 떨어지고 만주나 도쿄로 도망칠까 하던 차에 이 궁리까지 하게 됐다고 솔직히 털어놓았다. 나는 그와 함께 학문을 공부하고 학술을 연구한 동기동창으로서 지금 그의 말이 솔직한 심정임을 알 수 있었다. 나는 건도를 의원자리에 앉히기에는 아무래도 그가 희극배우감이라는 생각이 들었다.

나는 투표소로 향했다. 투표용지를 받아들고는 두근거리는 마음을 억누르며 건도의 이름을 쓰려다 말고 흘려 쓴 '소신의 한 표'를 투표함에 집어넣었다. 반생 동안 그렇게 통쾌한 유머와 풍자의 순간을 맛본 적은 없었다.

건도는 초반에는 선전했으나 후반에 가서는 부진을 면치 못해 한 표가 부족한 130표로 낙선의 고배를 마시고 말았다. 한 표를 거절한 나의 정성이었다. 신문을 보고 그 사실을 안 나는 차라리 "건도 만세. 낙선 만세!"라며 다행스러워하였다. 낙선이야말로 그에게 새로운 결심을 하게하고 다른 길을 제시해 줄 것이다.

선거가 끝난 후 얼마 동안 그를 만나지 못했다. 그러던 어느 날, 학교 동료들과의 모임이 있어 한 요정에 갔다가 설매를 만났다. 그녀는 건도가 도쿄로 떠났다는 말을 전해주었다. 건도의 심정을 생각하면 내 마음도 복잡하였다. 나는 설매에게 나의 한 표 때문에 건도가 낙선한 것이라는 사실을 밝혔다.

「설매는 의외라는 듯, 기쁜 건지 슬픈 건지 모를 눈빛으로 지그시 나를 바라보았다.
"왜 그러지, 설매? 내가 틀렸다는 말인가?"
"아니오. 틀리지 않았어요. 잘 하셨다고 생각해요. 사람 하나 구한 셈이죠, 정말."
"건도가 있었다면 껄껄껄 웃어주려고 했는데."
"편지로 전해 줄게요. 어떻게 된 사연인지, 처음부터 끝까지."
"나도 편지는 쓸 걸세. 내가 세운 공을 구구절절이 써 내린 다음, 다음에 만나면 크게 한턱 쏘라고 할 참이네."
"선생님도 참 못 말린다니까!"
설매는 그제야 내 의중을 알았는지 비로소 밝게 웃었다.
"자, 우리 둘이 건도를 위해 만세를 외칠까?"
술병을 들어 설매의 잔에 술을 넘치게 따르고, 우리는 술잔을 부딪쳤다.
"건도 만세!" "건도 만세!"
작은 소리로 이렇게 외치고 술을 입에 머금었을 때, 동료들은 무슨 일이냐는 듯 미소를 지으며 우리를 돌아보았다.」

ほのかな光(은은한 빛)

⟨기초사항⟩

원제(原題)	ほのかな光	
한국어 제목	은은한 빛	
원작가명(原作家名)	본명	이효석(李孝石)
	필명	
게재지(揭載誌)	분게이(文藝)	
게재년도	1940년 7월	
배경	• 시간적 배경: 어느 해 가을 • 공간적 배경: 평양	
등장인물	① 골동품 애호가 욱(郁) ② 박물관 관장 호리 ③ 호리관장과 욱 사이에서 묘한 관계를 맺고 있는 기생 월매 등	
기타사항		

⟨줄거리⟩

　욱(郁)은 '고려당(高麗堂)'이라는 골동품가게를 경영하고 있는데, 500점이 넘는 도자기 외에도 수백 장의 기와 등을 소유하고 있었다. 이번에는 평양 변두리에서 고구려시대의 궁전과 사찰 자리에서 고구려시대의 것으로 보이는 귀중한 고검(古劍)을 찾아냈다. 천 년 쯤 지난 것이라는 말에도 아버지는 묵묵부답이었다. 외아들 욱이 젊은 나이에 골동품 취미에 몰두한 것이 못마땅했기 때문이다. 어엿한 직업을 잡아서 집안을 돌보라고 타일러보았지만 욱의 광적인 취미에는 아버지도 어찌해 볼 도리가 없었다. 욱은 집안 사정은 염두에 두지도 않았다. 박물관에 자리를 마련하겠다는 관장의 말까지 거절한 욱에게 아버지는 단단히 화가 나 있었다.

　욱은 이 고검에 민족혼과도 같은 그 무엇이 서려있다고 직감하고, 이것이 진짜 고구려의 유물인지를 알아보기 위해 박물관 관장을 찾아가 감정을 의뢰하였다.

　박물관 관장인 일본인 호리(堀)는 욱이 가져온 고검이 고구려 유물이라는 사실을 그 자리에서 검증하고는 그것을 박물관에 기증해 줄 것을 부탁했다. 하지만 욱은 자신이 고검을 직접 보관하겠다며 거절하고 집으로 가져와 잘 닦아서 집안 깊숙한 곳에 소장하였다.

　그러나 호리는 미련을 떨쳐버리지 못하고 욱을 의도적으로 요정에 불러내어 고검을 보여달라고 졸랐다. 그곳에는 미술애호가 후쿠다(福田)영감과 월매(月梅)도 나와 있었다. 월매는 호리박물관장과도, 욱과도 묘한 관계를 맺고 있는 기생이었다. 월매가 욱과 긴밀한 관계가 된 데에는 수년 전에 있었던 <왕관(王冠)사건>이 계기가 되었다. 월매에게 관심이 있는 당시의 지사가 박물관에 소장되어 있는 신라왕관을 월매에게 씌우고 사진을 찍은 적이 있었는데, 그 일을 주선한 사람은 호리관장이었다. '국보의 존엄'을 모독한 지사의 경거망동에 대한 비난의 소리가 높아져, 지사는 실각하였지만 호리관장은 다행히 유임되었다. 그런데 그 사진을 훔쳐내어 폭로한 무리 속에 욱도 끼어 있었던 것이다. 그 사건 이후 이상하게 욱은 호리관장과 더 가까워졌고 월매와도 맺어지게 된 것이다. 월매는 '왕관기생'으로 알려졌지만, 그 사건을 계기로 욱과는 자신의 속마음을 털어놓는 사이가 되었다.

관장의 부탁으로 욱은 하는 수 없이 고검을 가져오게 하여 보여주었다. 관장은 다시 한 번 박물관에 기증할 것을 부탁하는가 하면, 돈을 지불하고 고검을 사겠다는 뜻을 내비쳤다. 그리고 곧 관장은 검의 가격을 흥정하기 시작했다. 지난번에 1천 원에 넘기라고 했다가 거절당했기에, 이번에는 2천 원으로 가격을 올려 제시했다. 그러나 욱은 그런 관장의 태도에 발끈하며 "이 칼에 관해서는 장사를 하지 않겠다."며 단호하게 거절하고 검을 가지고 집으로 돌아와 버렸다.

그리고 며칠 후, 친구인 백빙서(白憑西)가 욱을 찾아와 옛날 것에 매달려 있지 말고 현재의 가난을 자각하라고 충고하였다. 그리고 월매에게 선물하라며 여자용 꽃신 한 켤레를 주었다. 사나흘 후, 욱은 백빙서와 함께 판소리 춘향전을 보러갔다가 우연히 월매를 만났다. 월매는 욱에게 급하게 1천 원이 필요하다며 절박한 사정을 이야기하고, 욱은 그녀의 다급한 사정을 듣고 자신의 무능을 원망하였다.

욱은 답답하고 골치 아픈 현실에서 잠시나마 벗어나고 싶은 마음에 한증막으로 향했다. 그는 평소에 "살인적 고행 속에서는 속세의 일도 이미 망각의 피안으로 사라져 버린다"며 한증막을 즐기곤 하였는데, 한번 들어가면 2, 30분은 족히 있었다. 그런데 이번만큼은 10분도 못 견디고 뛰쳐나오고 말았다. 월매와 아버지어머니의 일 때문에 골치가 아프고 가슴이 답답해서였다.

집으로 돌아온 욱은 어머니로부터 아버지가 고검을 관장에게 넘기고 대금을 받기로 약속했다는 것과, 아버지는 돈을 받을 요량으로 미리 선친의 땅을 사기 위해 고향으로 향했다는 이야기를 들었다. 욱은 격노하여 평소에 아끼던 이조백자를 내동댕이치고 집을 뛰쳐나가 박물관으로 향했다. 관장한테 덤벼서 고검을 찾아온 욱은 검을 뽑아 치켜들었다.

「"월매도 아버지도 관장도 한통속이 되어서 나를 놀림감으로 만들려고 했다 이거지. 내 당할 성 싶으냐. 누가 와도 양보할 성 싶으냐!"

중얼거리는 그의 모습을 그때 누군가 지나치며 보았다면, 그를 미친 사람이라고 생각하지 않았을까.

"이것을 넘겨줄 바에는 내 목숨을 넘겨주는 게 낫지. 땅이나 계집은 이에 견줄 바가 못 되지!"

녹슨 청록의 오래된 색은 은은하게 어둠에 스며들고, 금빛 칼자루가 달빛을 받아 희미하게 빛났다. 욱이 정말로 미쳐버렸는지도 몰랐다. 여전히 칼을 휘두르는 팔에는 점점 힘이 들어갔고 얼굴은 뜨거워지고 눈은 형형하게 빛나고 있었다.」

秋(가을)

〈기초사항〉

원제(原題)	秋	
한국어 제목	가을	
원작가명(原作家名)	본명	이효석(李孝石)
	필명	
게재지(揭載誌)	조센가호(朝鮮畵報)	
게재년도	1940년 11월	
배경	• 시간적 배경: 어느 해 가을 • 공간적 배경: 만주	
등장인물	① 10여 년 전 만주로 이주하여 고향을 그리워하는 '나'	
기타사항		

〈줄거리〉

　　신기한 일이다. '나'는 어느 날 쇼팽도 아니고 모차르트도 아닌 고향의 음악인 아악(雅樂)을 듣는 신비한 꿈을 꾸었다. 춘향전의 한 부분으로 춘향과 몽룡이 나타나 아름다운 음악의 세계로 빠져드는 꿈이었다. 꿈에서 깨어보니 그리운 음악도 사라지고 없었으며 고향도 아닌 대륙의 이국땅 하늘 아래였다. 침대에 누워 창문으로 흘러 들어오는 햇살과 공기만으로 가을의 적막함을 느낄 뿐이었다.

　　동향 친구로부터 받은 이조백자를 보고 있자니 고향이 너무 그리워졌다. 가을이어서 그럴까? 오늘따라 하늘은 푸르고 높다. 창 너머로 공원의 나뭇잎 끝이 보였다. 나의 고향은 그 나뭇잎 끝이 가리키는 남쪽 저 너머 너무나도 멀고 먼 곳이었다. 입원 중에는 병원에 있는 사람들이 여러 가지로 돌봐주지만, 아파트에 돌아오면 동향의 친구 정도만 말상대가 되어주었다.

　　그토록 싫고 견디기 힘들었던 고향이 왜 이다지도 그리운 것일까. 도망치다시피 떠나온 가난한 고향이 왜 이리 생각나는지 모를 일이다. 폐허로 변해버린 그곳에서 나는 학대받고 인권을 유린당했다. 다시는 결코 돌아가지 않겠다고 결심한 고향이었다. 그때 힘들게 결정한 그 생각이 지금에 와서 왜 이리 약해져만 가는 것일까. 어째서 남쪽 하늘은 이 외로운 영혼을, 이 반역자를 자꾸만 다시 부르고 있는 것일까. 지금 고향의 가을은 여전히 아름답겠지. 지금 고향의 가을은 얼마나 아름다울까.

　　이 추운 북방의 가을은 너무나도 짧아서 금방 지나가버리고 낙엽이 쌀쌀한 바람에 실려 날아다녔다. 하지만 고향의 가을하늘은 세계에서 가장 아름다울 것이다.

「사무실 친구가 바로 얼마 전 고향에서 온 편지라며 신이 나서 읽고 있는 것을 저는 가로채 듯 빼앗아 마치 제가 받은 편지인 양 하나하나 읽었답니다. 고향의 가을에 대한 이야기가 상세하게 적혀 있었습니다. 음력 8월 15일 추석이 막 지났을 때라 마을 가게에는 새로운 과일들이 넘치고 논밭에는 오곡의 내음이 가득하다는 얘기였습니다. 근교의 역 플랫폼은 소풍을 즐기는 사람들로 만원을 이루고, 산에서 꺾은 가을풀과 마을에서 주운 밤송이 가지를 손에 들고 자랑스레 마을로 돌아온다고 합니다. '밤송이' 하니까 생각납니다. 저는 경성에 있을 때, 일요일이면 친구들과 함께 교외로 놀러 나가면 항상 밤송이가 달린 나뭇가지와 단풍나무 가지를 가지고 돌아오곤 했는데, 혼잡한 기차 안의 좌석에 앉은 사람에게 그것을 맡기고는 했습니다. 밤송이 가지는 도시에서는 결코 흔한 것이 아니어서 뒷골목 아이들은 갖고 싶은지 뚫어져라 쳐다보곤 하였습니다.」

그 편지에는 또한 추석에 관한 내용도 있었다. 고향에서는 추석날이면 토란국을 끓이고 차례상에 올릴 술과 과일, 약밥, 수정과, 식혜, 약과, 전과, 조청 등을 준비한다. 10년이나 타향살이를 하고 있지만 고향의 맛은 결코 잊을 수 없었다.

언젠가 아파트에서 몰래 김치를 담갔다가 심한 냄새 때문에 버려야만 했다. 여러 나라에서 온 사람들이 모여살기에 어쩔 수가 없었다. 김치에 관한 것 이외에도 의상에 대한 추억도 있다. 조선의 한복은 세계 어디에서도 볼 수 없는 아름다운 의상이지만 여기에서는 입을 엄두가 나지 않았다. 한복을 입고 있으면 마차도 세워주지 않을 정도로 차별을 받았다.

그러던 어느 날 짙은 물색 저고리에 푸른 치마를 차려입은 조선여인을 보게 되었다. 한복을 곱게 차려입은 그녀의 모습은 눈이 번쩍 뜨일 정도로 아름다웠다. 이렇듯 향수에 젖어 있자니 하루라도 빨리 고향으로 돌아가고 싶어졌다. 타국의 하늘은 이제 지긋지긋하다. 누구의 눈치도 보지 않고 좋아하는 한복을 입고, 그리운 음식도 실컷 먹고 싶었다. 온돌방에서 자고, 조선말로 사랑을 나누는 그런 날이 빨리 오기를 바랄 뿐이다. 밤낮없이 원하는 것은 단지 그것뿐이다. 빨리 병상에서 일어나 드넓은 하늘을 보고 싶다.

아아, 머리가 아파온다. 아무래도 오늘은 지나치게 이야기를 많이 한 것 같다.

素服と靑磁(소복과 청자)

〈기초사항〉

원제(原題)	素服と靑磁	
한국어 제목	소복과 청자	
원작가명(原作家名)	본명	이효석(李孝石)
	필명	

게재지(揭載誌)	후진가호(婦人畵報)
게재년도	1940년 12월
배경	•시간적 배경: 일제 말 •공간적 배경: 어느 지방의 소도시
등장인물	① 다방에서 일하는 경성출신의 은실 ② 백씨 부부 ③ 시인 황(黃) ④ 화가 윤(尹) ⑤ 유한마담 임부용 ⑥ 5년 간 도쿄에서 유학하고 온 건달 천만조 등
기타사항	

〈줄거리〉

　　어느 지방의 다방에서 근무하는 은실(銀實)은 그녀의 이름처럼 은실꾸러미를 무한정 풀어내듯 감미로운 어감처럼 이목구비가 뚜렷하여 당시 미모를 자랑하던 미국 여배우 실비아 시드니(Sylvia Sidney)보다 아름다운 여자였다. 더구나 은실의 소복차림을 한번이라도 본 사람은 그녀의 아름다운 자태에 감탄하여, 은실은 '소복차림을 위해 태어난 여자'라고 할 정도였다. 그러나 그런 은실의 소복차림도 그녀의 목소리와 말소리의 아름다움에 비하면 아무것도 아니었다. 은실의 부드러운 말소리를 듣고 있으면 마치 하늘나라에서 내려온 속삭임 같았다. 은실의 목소리는 그야말로 노래요, 그녀의 말은 곧 노래가사였다. '예'라는 간단한 대답조차도 그때그때의 악센트와 억양에 따라서 아름다운 뉘앙스와 의미를 가졌다. 더구나 경성에서 나고 자란 그녀의 또렷한 경성말씨는, 지방 사람들에겐 이국적인 감성을 느끼게 했다. 훌륭한 어학교사를 따르는 생도들처럼 거리의 젊은이들은 차를 마시기 위해서가 아니라 은실의 부드러운 말소리를 듣기 위해 모여들 정도였다.

　　"이런 좁은 다방에 두기는 너무 아까운데. 아예 어학학교라도 설립해서 전임선생으로 모셔야겠어."라고 진지하게 말하는 자까지 있었다. 또 시인 황(黃)씨는 은실에게 시를 써서 바쳤고, 화가 윤(尹)씨는 은실의 소복차림을 그리기 시작했으며, 유한마담 임부용(林芙蓉)은 은실에게 여행이나 가자고 졸랐다. 그런가 하면 도쿄에서 서양춤을 배워온 건달 천만조(千萬朝)는 춤을 가르쳐주겠다는 구실로 은실을 꾀려고 했다. 하지만 호락호락 꾐에 넘어갈 은실이 아니었다.

　　사실 은실은 서양춤보다는 한국춤을 좋아했고 한국의 전통을 사랑했다. 은실의 훌륭한 몸매에 양장이 잘 어울릴 거라고 누군가 말하면, 은실은 거들떠보지도 않고 세상에 한복만큼 아름다운 옷은 없다면서 치맛자락을 살짝 들어 보이곤 했다.

　　「"여러분들은 좋은 것은 모두 외국에만 있다고 생각하는데, 어림도 없는 원시안적인 생각이에요. 파랑새가 뜻밖에 바로 가까이에 있었던 것처럼 오히려 우리 발밑에 아름다운 보석들이 마구 굴러다닐지 모르죠. 우선 자신을 좀 더 알고 아끼지 않으면 안 돼요."

　　"하지만 이 한 잔의 커피는……. 이것은 틀림없는 외국 것인데."

　　"말도 안 돼, 억지 같은 소리 작작해요. 예를 들면 이 청자를 봐요."

　　이렇게 은실은 작은 탁자에 놓여있는 고대의 청자를 가리켰다. 그것은 은실이 가진 것 중에서 가장 값비싼 것으로, 조부 때부터 집안의 가보로 내려온 고려시대의 청자였다. 그녀는 어디를 가나 그것을 항상 소중히 가지고 다녔다. 상감(象嵌)을 박고 진사(眞絲)의 꽃무늬를 넣고 양쪽에 손잡이가 달려있는 길쭉한 청자였다. 일찍이 부모 곁을 떠난 은실에게, 그 청자는 고향 집을 떠올리고 옛날을 그리게 하는 길잡이 역할을 하였다.

"이 병보다 아름다운 자태, 우아한 기품을 지닌 것이 대체 외국 어느 나라에 있나요? 견문이 좁아서 못 들었는지 모르겠지만 말이에요."

그리고 이런 풋내기 커피 애호가를 인도하기 위해서는 말보다 차라리 실물교육을 택했다. 다른 다방에서는 엄두도 못 낼 일이지만 마담에게 부탁하여 그 지방의 향토음료를 내놓게 하였다. 소다수 대신 화채(花菜)를, 커피 대신 수정과를, 홍차에 필적한 음료로 식혜, 그리고 보리수단차 등, 이것은 훌륭한 아이디어로 다방은 전보다 더 번창하였고 커피 애호가를 자처하던 풋내기들도 점점 수정과로 바꾸게 되었다.」

이런 특색 때문에 이 다방은 '화채집'이라고 불렸고, 이에 어깨가 으쓱해진 마담도 이 모두가 은실의 덕이라며 그녀를 소중히 대했다. 가야금 타는 것이 특기인 은실은 단아한 한국전통 춤을 배우고 싶어 했다. 유명한 여류 피아니스트인 백씨의 아내 성남(聖南)의 말에 의하면, 은실은 피아노에도 소질이 있어서 본인만 원하면 후원회를 조직해 유럽으로 유학을 보내도 좋겠다고 했다. 하지만 은실은 피아노를 거들떠보지도 않고 오로지 가야금에만 전념하였다.

한편, 은실의 아름다움을 오래도록 남기고 싶은 화가 윤씨는 가을 전람회에 청자를 배경으로 한 은실의 소복차림 그림을 출품하고 싶었다. 윤씨는 은실에게 애걸복걸하여 허락을 받고 은실의 아파트에서 그녀를 모델로 그림을 그리기 시작했다. 그러던 어느 날 굉장한 일이 벌어졌다.

윤씨가 계단을 올라 은실의 방 앞에 섰을 때, 은실과 한 사내의 목소리가 들려왔다. '은실의 방에 드나들 수 있는 사람은 백씨내외와 임부용, 그리고 나밖에 없는데 누구지?' 하는 의구심에 윤씨는 숨을 죽였다. 바로 그때 "나가주세요. 어서 나가주세요. 저 좀 살려주세요!"라고 격하게 외치는 은실의 목소리가 들려왔다. 윤씨는 더 참지 못하고 방안으로 뛰어 들어갔다. 그런데 안에 있던 사내는 뜻밖에도 천만조였다. 그렇게 윤씨와 천만조의 격렬한 몸싸움이 벌어졌다. 서로 엉켜서 나뒹굴던 두 사람은 이내 계단을 굴러 떨어졌고, 그 결과 천만조는 머리가 깨지고 윤씨는 왼팔이 부러지고 말았다. 이 사건으로 인해 은실은 화제의 주인공이 되어 동경과 선망의 대상이 되었다. 윤씨는 왼팔이 부러진 덕분에 다행히 그리던 그림을 완성할 수 있었다. 50호쯤 되는 화폭에 은실의 소복차림과 청자의 모습을 그린 윤씨의 힘 있는 그림은 독창적이었다. 그의 그림을 구경하려고 화실에 젊은이들이 북적거렸다. 그러자 윤씨는 출품 전에 그의 다른 작품들과 함께 은실의 그림을 다방 벽에 걸어놓기로 했다. 다방은 현실의 은실과 그림속의 은실을 비교해보고 싶어 하는 사람들로 북적거렸다. 그런데 사흘도 못가서 뜻밖의 사건이 벌어졌다.

사흘째 되는 날 아침, 은실의 소복차림 그림이 갑자기 사라진 것이다. 모나리자의 실종처럼 행적이 묘연했다. 아마도 전날 밤 누군가 훔쳐간 모양이었다. 윤씨는 그림을 찾으려고 천만조, 임부용, 시인 황군 등의 집들을 몰래 뒤지고 다녔다. 그런데 4, 5일이 지난 어느 날, 뜻밖에도 백씨의 방에서 그림을 찾아냈다. 윤씨는 그림이 갖고 싶다고 말하면 전람회 후에 선물할 수도 있었는데, 왜 훔쳤냐고 물었다. 백씨는 전람회가 끝나면 이(李)씨 왕가에서 갖게 될 것이 틀림없기에 그림을 훔쳤다고 말했다. 백씨의 솔직한 고백에 윤씨는 도리어 흐뭇했다.

그런데 이번에는 윤씨 한 사람뿐만 아니라 백씨내외와 임부용, 그리고 거리의 모든 사람들에게 불행한 일이 일어났다. 은실이 마침내 다방을 그만두고 경성으로 떠난 것이다. 은실이 떠난 뒤의 적막함을 달래기란 쉬운 일이 아니었다. 천만조는 이내 은실을 따라 경성으로 올라갔다. 임부용과 황씨도 경성으로 가기 위해 만반의 준비를 하고 있었다. 그런가 하면 누구보다 슬픔에 잠긴 백씨내외는 집안일 때문에 이러지도 저러지도 못하고 있었다. 윤씨는 은실의 부재로 인한 큰 슬픔 때문에 백씨에게 주기로 했던 은실의 그림을 자신이 간직하기로 마음을 바꾸고 말았다. 다방은 한동안 불이 꺼진 듯 쓸쓸했다. 손님이 줄긴 했지만 은실이 남기고 간 향토애 넘치는 화채나 수정과를 찾는 손님은 매일 끊이지 않았다. 그처럼 은실의 여운은 마치 꽃향기나 음악의 선율처럼 여기저기 아련히 떠다니고 있었다.

"은실이 같은 사람을 이런 곳에 처박아두려는 건 무리에요. 내 욕심이죠. 이제까지 있어준 것만으로도 고맙게 생각해요."

마담은 은실과의 술회를 끝없이 회상하며 누구 못지않게 그녀를 그리워했다.

春衣裳(봄 의상)

〈기초사항〉

원제(原題)	春衣裳	
한국어 제목	봄 의상	
원작가명(原作家名)	본명	이효석(李孝石)
	필명	
게재지(揭載誌)	슈칸아사히(週刊朝日)	
게재년도	1941년 5월	
배경	• 시간적 배경: 전람회가 열린 날 오후 • 공간적 배경: 경성	
등장인물	① 전시회를 열게 된 화가 도재욱 ② 일본인 아버지와 조선인 어머니 사이에서 태어난 미호코 ③ 한복을 좋아하는 주연 등	
기타사항	'반도작가신인집'	

〈줄거리〉

도재욱(都在郁)은 자신의 작품이 전시되어 있는 전람회장으로 가기 위해 두 여인이 있는 집으로 갔다. 장지문을 열자 분홍치마가 한들거리고 연한 살빛의 날씬하게 뻗은 두 다리가 보였다. 도재욱은 주연(朱燕)이 남의 혼을 빼놓으려고 작정한 모양이라고 여겼다. 정말이지 혼을 빼놓을 듯이, 가슴이 내려앉을 만큼이나 자극을 주는 색채였다. 그러나 평소와 달리 의외로

이 날 화려한 한복으로 차려입은 쪽이 미호코(美保子)이며 주연은 미호코의 난황색 드레스를 대신 입고 있었다. 어찌된 거냐고 묻자 풍속화에 나오는 색깔의 옷을 미호코가 전부터 입어보고 싶어 하기에 빌려주었다는 것이다.

도재욱은 감동이 사라지지 않은 흥분된 얼굴로 미호코를 스케치하기 시작했다. 미호코가 이토록 아름다웠던가를 새삼 깨달았고 한복치마가 이토록 아름답게 보인 적 역시 없었다. 미호코의 신성한 인상은 그림 속에 생기 있게 스케치되었다. 주연이 조선옷을 사랑하고 애용하는 것과 달리 미호코는 서양옷을 자주 애용했다. 도재욱은 반드시 좋은 그림을 만들어 보이겠다는 각오로 수첩에 스케치를 열심히 해댔다. 훌륭한 풍속화 작품이 하나 더 늘게 되리라 확신했다. 세 사람은 감동이 사라지기 전에 전람회장으로 출발하기로 하였다.

그는 거리를 거닐면서 이상한 생각이 들었다. 이 도시에서는 조선옷차림은 말할 것도 없고 양복이며 기모노 등 잡다한 복장들이 뒤섞여 색다른 광경을 자아내고 있었던 것이다. 그 속에서도 유독 미호코의 복장이 눈부셨다. 오늘은 주인공이 미호코이고, 미호코가 주인공인 것만 같았다.

백화점의 갤러리 전람회장에서 미호코는 한 폭의 동자상 앞에 오래도록 우두커니 서 있었다. 100여 점의 그림 중에서 그건 가장 다채롭고 단아한 한복이었다. 소복차림의 어머니의 손을 잡은 동자는 화려한 색동저고리를 입고 있었다. 오색영롱한 무지갯빛 소매에 연분홍 두루마기며 그 위에 소매가 없는 푸른 쾌자를 걸치고 금박을 놓은 회색 복건을 등 뒤까지 늘어뜨리고 있었다. 게다가 녹색 갓신을 신은 의젓한 동자의 모습은 눈부신 색채의 조화를 잘 보여주고 있었다. 미호코는 "명작이네요. 어쩌면 이렇게 근사할까요. 이 한 폭의 그림 안에 감동이 다 담겨 있네요."라며 기쁨을 감추지 못하였다. 도재욱은 "원하신다면 가져가세요. 전람회가 끝나면 아틀리에서 먼지나 뒤집어쓰고 있을 테니까요."라며 흔쾌히 동자상 그림을 미호코에게 선물했다. 미호코는 너무나 좋아했다.

셋은 전람회장을 빠져나와 명월관 식당으로 향했다. 미호코는 여느 때보다 활기차 보였다. 그녀는 또 그림을 선물 받은 대가로 자신의 비밀을 털어놓겠다며 말문을 열었다.

미호코는 자신이 도쿄에서 출생한 것이 아니라 사실은 경성에서 출생했으며, 아버지는 일본인이고 어머니는 조선인임을 밝혔다. 어렸을 때는 한복을 곧잘 입었다고 했다. 그리고 핸드백에서 빛바랜 사진 한 장을 꺼냈다. 사진은 전람회 그림을 옮겨놓은 것 같은 모자상이었다. 어머니도 어린아이도 정말 미호코의 모습과 꼭 닮아있었다.

「"아버지와 어머니가 돌아가신 지 벌써 20년이 되었지만, 옛날 일을 떠올리면 항상 눈물이 나요."

"수수께끼 같은 이야기인걸. 자, 자, 쓸쓸한 옛날이야기는 그만두고 빨리 이 뜨거운 것 좀 들자구!"

역시 여우에게 홀리기라도 한 듯 멍하니 앉아있는 주연을 재촉하며 도재욱은 침울해진 분위기를 바꿀 요량으로 젓가락을 들더니 신선로(神仙爐)를 휘휘 저었다.」

薊の章(엉겅퀴의 장)

〈기초사항〉

원제(原題)	薊の章	
한국어 제목	엉겅퀴의 장	
원작가명(原作家名)	본명	이효석(李孝石)
	필명	
게재지(揭載誌)	국민문학(國民文學)	
게재년도	1941년 창간호	
배경	• 시간적 배경: 1940년 후반 • 공간적 배경: 경성	
등장인물	① 다니던 직장을 그만두고 출판사에 일자리를 구하고 있는 현(顯) ② 현과의 결혼을 바라는 동거녀 아사미 ③ 집안에서 맺어준 현의 정혼녀 여희 ④ 아사미의 이웃인 미도리 등	
기타사항		

〈줄거리〉

「백화점 지하에서 꽃다발을 바라보며 현(顯)은 문득 당혹스러워하곤 했다. 새빨간 서양 엉겅퀴의 분노를 머금은 듯한 날카로운 모습은 장식용 단추처럼 작게 타오르지만 침착한, 그러면서도 어딘지 모르게 화려하고 분방한 꽃에서 그대로 아사미(阿佐美)의 인상이 느껴지는 것 같았다. 서둘러 집으로 돌아와 방바닥에 누워있는 그녀의 모습을 보았을 때, 현은 비로소 안도 비슷한 감정을 느꼈다.

"있었어? 나갔을 줄 알고 서둘러 왔는데."

"내가 사라질까봐 당신은 항상 걱정이군요. 주머니가 이렇게 텅 비어서야, 나갈 수도 없다구요."

"피곤한 얼굴로 때를 노리고 있는 그런 눈빛이거든, 항상. 하지만 괜찮아, 그때는 그때. ……꽃을 사왔어. 당신이 좋아하는 엉겅퀴."

"당신답지 않군요. 앙증맞고 예쁘네요."

아사미는 일어서서 꽃다발을 통째로 항아리에 꽂더니 방바닥에 엎어둔 책 쪽으로 돌아왔다.」

원래 아사미는 바의 여급이었고, 현은 아사미가 여급으로 있는 가게의 단골손님이었다. 어느 날 현은 회사 동료들과 함께 아사미의 바에서 모임을 가졌다. 그곳에서 술 취한 사람이 장난삼아 제안한 고백 게임에서 아사미는 오래전부터 현을 마음에 두고 있었다고 고백하였다.

다음날 아사미는 술집을 그만두고 현과의 동거생활을 시작하였다.

그들에게는 반 년 동안 격정도 있었지만 대체로 온화한 생활을 이어가고 있었다. 현은 퇴근하고 올 때마다 아사미의 마음이 변한 건 아닐까 노심초사해하는 자신이 당황스러울 때가 있었다. 현이 직장을 그만두자 아사미는 다시 일을 하러 나갔다. 아사미가 사는 아파트 옆방에는 술집에 나가는 두 살 연하의 미도리(みどり)라는 여성이 살고 있었다. 그녀에게는 조선인 애인이 있지만 정식으로 결혼할 때까지는 몸을 허락하지 않겠노라 선언했다고 했다. 그 말을 들은 아사미는 자신보다 아직 어리지만 그녀의 '순수한 열정'을 대견하게 생각했다. 아직 현의 부모가 결혼을 허락하지 않은 가운데 둘의 관계를 질질 끌고 있는 것이 후회스럽기도 하였다. 어엿한 결혼식도 올리고 호적에도 올라가는 것이 그녀의 가장 큰 소망이었다.

아사미는 그 날 외출에서 돌아온 현에게 부모님에게 결혼허락을 받아올 것을 강하게 요구했다. 아사미의 강한 말투 때문에 현은 내키지 않은 마음으로 발걸음을 끊은 지 오래된 고향으로 향했다. 사실은 아사미와의 결혼을 완강하게 반대하는 부모님 때문에 집안을 등지고 위태로운 독립생활을 시작한 것이었다. 지금에 와서 새삼스레 그 반대를 뒤집기란 불가능해 보였다. 20년 가까이 관직에 몸담아 온 고루한 사고의 소유자인 아버지에게 현의 자유분방한 행동은 제멋대로인 철부지의 행동이었던 것이다. 혈연의 격차가 심한 혼인은 정상이 아니라던 아버지는, 현이 올바른 결혼을 할 때까지는 장유유서(長幼有序)를 따져 적령기에 접어든 아우나 누이들도 결혼할 수 없다고 엄포를 놓았다. 뿐만 아니라 아버지는 현의 배필로 명문집안의 한 여성을 점찍어놓고 있었다. 현은 그러한 사실을 누이동생으로부터 들어 이미 알고 있었다.

고향에 다녀온 현은 잔뜩 술에 취해 밤늦게야 집에 돌아왔다. 아사미는 현의 마늘냄새와 늦은 귀가를 트집 잡았다. 그러다가 현의 태도에 격분한 아사미는 그 길로 집을 나가버렸다. 아사미의 근무지로 찾아간 현은 아사미가 전날 밤 호텔에서 홀로 하룻밤을 보냈다는 사실을 알고 다시 화해했다.

다음날 두 사람은 서로에 대한 오해를 풀고 덕수궁으로 산책을 나섰다. 아사미는 한복을 곱게 차려입고 있었다. 한복 입는 것을 현이 좋아했기 때문이다. 그런데 산책하던 도중 누군가 등 뒤에서 "미호코(美保子)!"라고 아사미를 불렀다. '미호코'는 가게에서 일할 때의 아사미의 예명이었다. 그렇게 아사미가 일하고 있는 바의 단골손님과 마주치고, 그 손님은 계속해서 "미호코, 미호코"라고 부르며 짓궂게 놀려댔다. 이를 보다 못한 현이 자신이 아사미의 남편임을 밝히며 아사미를 희롱하는 남자를 꾸짖었다. 그 일이 있은 후, 그 단골손님은 바와 아사미의 귀가 길에 불쑥불쑥 나타나 아사미를 괴롭히기 시작했고, 이를 견디다 못한 아사미는 결국 가게를 그만두고 말았다.

그러던 어느 날, 아사미는 옆집의 미도리가 남자 집안의 결혼승낙을 받아냈다는 소식을 들었다. 미도리를 부러워하던 아사미는 때마침 현에게 온 한 통의 편지를 발견하는데, 현의 고향에서 온 그 편지에는 하루빨리 지금의 생활을 청산하고 집에 돌아와 정혼을 하라는 내용이 적혀 있었다. 격분한 아사미는 귀가한 현과 크게 싸웠다.

다음 날 어느 출판사 편집부에서 현에게 드디어 출근하라는 소식이 날아왔다. 현은 그 기쁨을 전하기 위해 집으로 한달음에 달려갔지만 아사미는 집에 없었다. 한시라도 빨리 그 소식을 전하고 싶은 현은, 여기저기 아사미를 찾아 헤매다가 어느 단골 다방에서 아사미를 찾아냈다. 그런데 뜻밖에도 그녀의 옆에 친구인 아오키(靑木)가 앉아있는 게 아닌가. 현은 갑자기 따귀를 얻어맞은 기분이었지만 아무렇지 않은 척 두 사람에게 다가가 앞자리에 앉았다. 하지만 아사미는 보란 듯이 아오키를 재촉하여 함께 밖으로 나가버렸다.

　뒤늦게 귀가한 아사미에게 현은 매춘부라고 윽박지르며 손찌검을 했다. 급기야 아사미는 울며 현에게 헤어지자고 말했다. 그러던 참에 여동생과 현의 정혼자 여희(麗姬)가 찾아왔다. 현은 긴 설득 끝에 두 사람을 돌려보냈다. 그러한 현의 우유부단함에 실망한 아사미는 현에 대한 오해가 풀리지 않은 상태로 헤어지고 말았다. 현은 이러지도 저러지도 못하고 일주일을 괴롭게 보냈다.

　이 사실을 전해들은 현의 친구들은 아사미를 처음 얻었을 때의 일을 생각해 그만한 일쯤은 참으라고 말했다. 하지만 현은 아사미와의 앞날이 어떻게 될지, 앞으로 몇 번의 파란을 뛰어넘어야 할지, 아득한 미래를 헤아리며 다시 한 번 그녀의 얼굴을 떠올렸다.

- 1941년 9월 11일 -

皇帝(황제)

〈기초사항〉

원제(原題)		皇帝
한국어 제목		황제
원작가명(原作家名)	본명	이효석(李孝石)
	필명	
게재지(揭載誌)		국민문학(國民文學)
게재년도		1942년 8월
배경		• 시간적 배경: 1821년 5월 • 공간적 배경: 세인트헬레나 섬
등장인물		① 임종을 맞이하게 된 '나(나폴레옹)'
기타사항		번역자: 김종한(金鐘漢)

〈줄거리〉

　내(나폴레옹)가 유배된 대서양 외딴 섬 세인트헬레나는 예전에 비하면 초라하기 짝이 없었다. 한때는 100만 대군을 거느리고 유럽 천지를 뒤흔들었던 나였건만, 이제는 불측하고 무례한 허드슨 로(Hudson Lowe) 한 사람도 마음대로 하지 못하는 신세가 되었다. 모든 유럽 국가들이 무릎을 꿇고 나를 무서워했건만, 영국만이 발칙하게도 나를 거역하였다. 나를 이곳으로 보낸 것은 월

리엄 피트(William Pitt)이고, 나를 학살하려는 것은 영국의 귀족정치라고 생각했다.

목사와 세 명의 의사, 시녀와 시종 등이 지켜보는 가운데 임종을 맞은 나는 과거를 회상하였다. 로마교황이 직접 파리로 와서 황제의 관을 씌워주던 일로 거슬러 올라간다.

1769년 8월 15일은 세상의 뭇 백성이 영원히 기억해야 할 내가 태어난 날이다. 코르시카의 집안에 태어난 가난뱅이 귀족의 후예가 아닌 것이다. 원로원은 공화제를 폐지하고 온 국민의 뜻으로 나를 황제로 추대하였다. 이로서 구라파의 새로운 황제가 탄생하였으며 아내 조세핀에게도 국모의 관을 씌워주었다. 아쉬운 것은 최고의 자리에 올랐다고는 하나 시대가 시대인지라 '내가 바로 하늘의 아들'이라고는 지칭하지 못했다는 것이다. 나 스스로를 제우스의 아들이라고 일컬을 수는 없었다.

생각나는 건 지나간 영광의 나날들과 조세핀의 화려한 생활들이다. 내가 사귄 7명의 여자 가운데 그래도 가장 사랑했던 이는 조세핀이었다. 조세핀을 처음 만났을 때 내 나이는 27살이었고, 그녀의 초조해하면서도 소박한 옷에 감싸인 자태가 내 가슴을 흔들어놓았다.

1796년 3월에 드디어 조세핀과 결혼식을 올렸다. 그녀는 내게 조강지처였고 여러 가지 추억을 만들어주었다. 1809년 12월에 이혼한 것은 그녀에 대한 사랑이 식어서가 아니라 마음속에 차오르는 야망을 달성하려면 황위를 이을 황자가 필요했기 때문이다. 어머니 다음으로 그리운 것은 조세핀, 내게는 잊을 수 없는 여자다.

이후 세 번째 여인인 이탈리아 공주 마리 루이스와 정략결혼하여 황후로 맞아들여 황자 조셉을 낳았다. 적국의 공주이기는 하나 원만한 결혼생활은 계속되었다. 그녀는 조세핀만큼 다정하지는 못하였으나 남편을 섬기는 도리만큼은 극진했다. 조세핀만큼 사랑할 수 있었고 유일한 황자 프랑수와 조셉을 데리고 지금은 어떻게 생활하고 있는지 궁금하였다. 내 생애에서 가장 중요했던 것은 일가의 단란함이었다. 반생동안 단란함을 무시하고 버려온 내게 가장 간절했던 것. 조세핀을 만나기 훨씬 이전이었던 내 나이 열아홉 살 때, 쥬코롱베의 딸을 만나 사랑을 나눴다. 그녀는 나의 첫사랑이었다. 나는 그녀와의 옛정을 버릴 수 없어 조세핀이 황후가 되었을 때 시관으로 삼았다. 그 후 여러 여자들을 거쳐 섬 세인트헬레나에 와서 알게 된 시녀까지 포함한 7명의 여자의 자태가 선명하게 떠올랐다. 그럴 때의 나는 영웅이 아닌 평범한 지아비에 불과하였다.

이런 비참한 최후를 맞게 될 줄 알았더라면 차라리 평범한 남자의 일생을 보낼 것을……. 차라리 워털루전투에서 전사했더라면 이런 치욕은 겪지 않아도 되었을 것을……. 모스크바에서 돌아와 목숨을 끊으려고 했을 때 측근들이 말리지만 않았더라도 이런 비참한 최후는 맞지 않았을 것을……. 모든 것이 원망스럽기만 했다.

조물주의 계책은 1789년 7월 14일 프랑스가 폭발하고 들끓던 날부터 시작되었다. 총독으로 임명받고 2년 동안의 원정에 승리하자 백성들은 나를 수호신이라고 떠받들었다. 숭배의 중심이 되었으나 만족은커녕 5척 단신인 내 몸 안에 욕망이 들끓었다. 승승장구의 승리가 이어졌고 원로들은 나를 황제의 자리에 앉혔다. 그러나 영원한 행복과 정복이란 없었다. 우주의 법칙과 조물주의 뜻으로 찾아온 불행을 막을 수는 없었다. '불가능'이라는 글자가 어느덧 내 마음속에도 살아나기 시작했다.

조물주는 왜 이런 무대를 꾸며 놓았을까. 나는 조물주의 뜻을 헤아리지 못하겠다. 기구한 인생의 창조는 한 번으로 족하다. 애매한 후세의 영웅에게 더 이상 이런 장난을 하지 않기를 바랄 뿐이다. 지금 가장 생각나는 것은 아들 프랑수와 조셉이다. 황제의 사적을 잊지 말고 혈통을 잇기를 바랄 뿐이다. 아아. 피곤한 눈에 그대의 화상조차 흐려지는구나. 오늘이 내 마지막인가, 영웅의 말로인가, 황제의 최후가 이렇단 말인가! 아아. 피곤하다. 너무 지껄였다.

　이제 마지막으로 내 머리맡에 있는 자. 단 여섯 명밖에 안 되는구나. 하긴 튜일러리 궁중에서도 내 침실을 돌보는 사람은 여섯이었다. 그때와 지금의 여섯 - 오늘은 왜 이리 쓸쓸하고 경황이 없단 말인가.

「몬트롤이여, 아놀드여, 왜 그리 침울해 있는가? 가까이 와서 내 맥을 짚어주지 않겠는가? 몇 분의 시간이 남아 있는지 알려주지 않겠는가? 목사 비키야리여, 그대도 다가와 나를 위해 기도를 올려주지 않는가? 마지막 기도를 올리지 않는가? 생명이 다하면 주께서 내 손을 잡고 그 왼쪽에 앉히시도록 가장 신성한 복음의 한 소절로 기도를 올려주지 않는가? 그리고 내가 죽으면 이 모든 것을 유럽의 내 유족에게 전해주지 않겠는가? 어둡다. 소란스럽구나. 바람소리. 바다가 운다. 땅 위의 태양이 지는구나. 용기를 내자. 탄환이 나를 관통할 수도 없으리라. 에헴, 에헴, 에에…….」

任淳得(임순득)

—

임순득(任淳得)(1916~ ?) 평론가, 소설가.

075

약력

1916년	2월 전북 순창에서 출생하였다.
1929년	고향에서 보통학교를 마친 뒤 상경하여 4월 이화여고보에 입학하였다.
1931년	이화여고보의 <동맹휴학사건> 주동자의 한사람으로 체포(6월 25일)되어, 서대문경찰서에 수감되었다. 이로 인해 이화여고보에서 퇴학당하고, 9월에 동덕여고보에 편입하였다.
1933년	이관술의 독서회에 가입하여 활동하던 중, <학생동맹휴학운동>을 주도한 혐의로 체포되었고, 이 사건으로 동덕여고보에서도 퇴학당하여, 동년 9월 사립 경성여자상업학교에 편입하였다.
1934년	더 이상 조선에서 학교생활을 할 수 없게 되자, 전주로 귀향하였다가 일본으로 건너갔다.
1936년	일본의 여자고등사범학교에서 문학을 공부하다가, 귀국하여 잠깐 동안 서울 견지동 소재의 조선미술공예사에서 기자생활을 하였다.
1937년	「조선문학」에 단편소설 「일요일」을 발표하여 등단하였다. 등단 후 여성해방문학을 주장하는 평론 「女流作家의 地位 - 特히 作家 以前에 對하야」, 「창작과 태도 - 세계관의 재건을 위하여」 등을 ≪조선일보(朝鮮日報)≫에 발표하였다.
1938년	평론 「여류작가 재인식론 - 여류문학 선집 중에서」를 ≪조선일보≫에, 일본어 수필 「골짜기의 쐐기풀에 부쳐(澤のいら草に寄せて)」를 ≪국민일보≫에 발표하였다.
1939년	수필 「타부의 변」을 ≪조선일보≫에, 수필 「작은 페스탈로치」를 ≪매일신보(每日申報)≫에 발표하였다.
1940년	수필 「오하(吳下)의 아몽(阿蒙)」을 ≪매일신보≫에 발표하였다. 9월에는 「여성」에 평론 「불효기(佛曉期)에 처한 조선 여류작가론」을 발표하였다.
1941년	도쿄에서 잠시 공부한 것 같지만 확실하지 않다. 시를 공부한 장하인과 결혼하였는데, 임순득의 집에서 반대가 심해 강원도로 도망가 해방될 때까지 강원도 고성군에서 살았다.

1942년	10월 「문화조선(文化朝鮮)」에 일본어소설 「대모(名付親)」를, 12월에 ≪매신사진순보(每新寫眞旬報)≫에 일본어소설 「가을의 선물(秋の贈物)」을 발표하였다.
1943년	2월 「춘추(春秋)」에 일본어소설 「달밤의 이야기(月夜の語り)」를 발표하였다.
1945년	해방 후 강원도 고성(38선 이북) 부근에 살면서 여학교 교사를 하였고, 문학단체에서도 활동하였다.
1948년	<조선부녀총동맹> 기관지 「조선여성」에 단편소설 「4월의 축가」를 발표한 후 평양으로 이사하여 조선여성사에서 근무한 것으로 추정된다.
1949년	「문학예술」에 단편소설 「우정」, 「딸과 어머니와」 등을 발표하였다.
1951년	「문학예술」에 단편소설 「조옥희」를 발표하였다.
1955년	작품집 『잊을 수 없는 사람들』을 조선여성사에서 출간하였다.
1957년	「조선문학」에 단편소설 「어느 한 유가족의 이야기」를 발표하였다.
1959년	이후의 행적은 알 수 없다. (소련파 작가 숙청과 관련되었을 것으로 추측됨.)

임순득의 지적성장이나 사상, 문학성향은 사회주의운동에 관여한 오빠 임택재(1912~1939)의 영향이 매우 크다. 임택재는 고창고보를 졸업하고 일본으로 건너가(1929. 4) 야마구치(山口)고등학교 재학 중 반일격문을 배포하다가 치안유지법 위반으로 검거되어 기소유예 처분을 받고 퇴학당한 후 귀국하여 이관술 중심의 반제동맹에 참가하였다. 이후 이재유 그룹의 조선공산당 재건운동에 참여하는 등 일본경찰의 요주의 인물이었다. 임택재는 거듭된 검거, 취조, 심문, 투옥으로 병을 얻어 마침내 사망하였다(1939. 3). 때문에 임순득의 학창생활이나, 평론, 자전적 소설, 해방 이후의 행적 등을 보면 이런 오빠의 영향이 크게 자리하고 있다. 본서에 소개된 3편의 일본어소설에서도 일본의 식민주의에 저항하며, 민족적인 것을 추구한 면이 역력하다.

075-1

名付親(대모)

〈기초사항〉

원제(原題)		名付親
한국어 제목		대모
원작가명(原作家名)	본명	임순득(任淳得)
	필명	
게재지(掲載誌)		문화조선(文化朝鮮)

게재년도	1942년 10월
배경	• 시간적 배경: 어느 해 가을 • 공간적 배경: 도쿄와 경성
등장인물	① 작가인 '나(任)' ② 진주(晉州)의 한 중학교에서 음악선생으로 근무하는 사촌동생 ③ 소설가 친구 고려아 등
기타사항	

〈줄거리〉

정확히 1년 만에 사촌동생으로부터 간단한 내용의 편지가 날아왔다. 머잖아 아이가 태어나게 되니 약속대로 이름을 지어달라는 내용이었다. 나는 그 편지를 보면서 작년 이맘때쯤의 일을 떠올렸다.

작년 가을, 나는 도쿄에 있었다. 그 때문에 경성에서 있었던 사촌동생의 결혼식에 참석하지 못했고, 그 미안함을 대신하기 위해 가마쿠라(鎌倉)에 있는 K선생님을 찾아가 동생부부에게 어떤 축하선물을 보내면 좋을지 상담하였다. K선생님은 신부 될 사람이 어떤 여성인가를 묻더니 탁본한 관음상 족자를 보여주며, 이것을 신방에 걸어두고 아침저녁으로 바라보면 '선(善)'과 '미(美)'를 고루 갖춘 2세가 태어날 것이라고 했다. 나는 K선생님의 권유대로 사촌동생 부부에게 이 족자를 선물로 보내면서, 앞으로 태어날 2세의 이름을 지어주겠다고 약속했던 것이다.

그런데 그 선물을 받은 사촌동생이 보내온 편지에는 「……아내는 기껏 커피잔 세트 따위를 훨씬 반가워하는 여자여서 귀중한 관음상은 돼지에게 진주 격입니다. 그러나 관음상은 제 서재에 소중히 걸어놓았습니다. 누님을 가까이 느낄 수 있는 것만 같아 너무 좋습니다. …… 플로베르는 어렸을 때 좋아하는 여자아이에게 자신의 가슴속에서 두근거리며 고동치는 심장을 주고 싶다고 했습니다. 제가 플로베르의 흉내를 내는 것은 아니지만 지금 어른이 되어서도 누님께만큼은 제게 가장 소중한 두 귀를 드리고 싶습니다. 관음상에 대한 답례는 되지 않겠지만 제 기억 속에는 어렸을 때 제 귀를 쓰다듬으며 귀여워해 주시던 누님이 아직 그대로 살아 있습니다. ……저는 지금도 누님의 그 손을, 그 소리를 느낍니다.」라는 뜻밖의 내용이 적혀 있었다. 나는 편지를 읽고 누나로서 어떻게 해야 좋을지 당황스러웠다. 결코 받아들일 수도 이루어질 수도 없는 사랑을 호소하는 사촌동생의 편지에 당황한 나는, 선물로 보낸 관음상이 그들 부부간의 불화의 원인이 되지나 않을까 걱정되었다. 나는 동생의 편지를 무시하고 침묵하기로 했다. 그 후 사촌동생이 진주의 어느 중학교로 부임해 내려갔고, 나는 올봄 건강이 나빠져 귀국했다. 친척을 통해 동생 소식을 듣기는 했지만 직접 만나지 못했는데, 그로부터 1년 후 사촌동생으로부터 아이의 이름을 지어달라는 편지가 온 것이다. 아직은 아들인지 딸인지 모르니 두 가지 이름을 다 지어달라고 했다. 그 편지를 받은 후부터 나는 아기의 이름을 짓기 위해 골몰했다. 온종일 사전을 꺼내 여러 한자를 음미해 보고, 이를 조합하여 발음해 보기도 하고, 또 인명이 많이 나오는 중국서적을 이것저것 찾아보기도 하였다. 그렇게 2, 3일이 지났으나 마땅한 이름이 좀처럼 떠오르지 않았다.

고민 끝에, 고전에 조예가 깊은 홍명희(洪命熹) 선생님을 찾아가 작명을 부탁해 볼 생각까지 했지만, 한 번도 찾아뵌 적이 없었기에 차마 그러지도 못하고 있던 어느 날, 고려아(高呂娥)

라는 소설 쓰는 친구가 놀러왔다. 나는 그녀에게 자초지종을 이야기하고 아기 이름을 어떻게 지어야 할지 도움을 청했다. 그녀는 한참을 궁리하더니 자기소설에 등장하는 히로인의 이름을 제시하며, 여자아이의 이름을 '혜원(蕙媛)'으로 하면 어떻겠느냐고 하였다.

「려아는 계속 웃으면서 종이에 '신혜원(慎蕙媛)'이라고 써서 내게 보여주었다. 나는 그 옆에 '임혜원(任蕙媛)'이라고 나란히 써 보았다.

"혜원(蕙媛), 임혜원(任蕙媛)." 나는 속으로 읽어본 후 려아에게 말했다. "혜(蕙)라는 글자는 획수가 많으니 초두(艹冠)를 떼면 어떨까?" 그러자 려아는 초두를 뗀 '혜(惠)'는 통속적이라면서 '혜(蕙)'는 『초사(楚辞)』에 나오는 향기로운 풀이며, 굴원(屈原)이 이 풀로 자신의 절개를 상징화했다고 설명해 주었다.

"혜원, 혜원, 임혜원." 나는 속으로 두세 번 읽어 보았다. 상당히 좋은 이름이라는 생각이 들었다. 그윽하고 향기 나는 이름이라고도 생각되었다.」

나는 내친김에 남자아이의 이름도 부탁했다. 그러나 려아는 남자아이의 이름은 '혜원'이 사랑할 수 있는 성숙한 인격을 가진 사람이라야 했기에 난색을 표했다. 신격화되지 않은 '모세(毛世)'와 거만하지 않은 '굴원(屈原)'을 반씩 합한 사람만이 혜원이 사랑할 수 있는 사람이라는 것이다. 우리는 남자아이의 이름을 이스라엘 민족해방에 헌신한 '모세(毛世)'와 끝까지 지조를 지키다 자살한 '굴원(屈原)'의 뒷글자를 한 자씩 따서 '세원(世原)'이라는 이름으로 정했다. 나는 흡족한 마음으로 먹을 갈아 붓에 듬뿍 묻힌 후, 하얀 종이에 '여아 임혜원(任蕙媛), 남아 임세원(任世原)'이라고 써 보았다.

그리고 집으로 돌아가려는 려아와 함께 모처럼 거리로 나섰다. 호텔 식당에서 저녁을 먹고 인류사에 대한 많은 이야기를 나눈 후 집에 돌아와 보니 사촌동생으로부터 전보가 와있었다. 딸을 낳았다는 전보였다. 그것을 손에 든 나는 너무 기뻐 눈물이 핑 돌았다.

'임혜원'이라는 이름을 보내려고 생각한 나는 고려아의 소설에 등장하는 히로인처럼 조카 혜원이가 아버지의 피아노 연주에 귀 기울이며 총명한 여자아이로 자라주기를 간절히 바랐다.

빗소리가 점점 거세졌다. 그 빗소리를 들으면서 나는 사촌동생부부가 아이와 함께 행복하기를 소원하며 긴 편지를 써내려갔다. 그리고 새 생명 '혜원'의 백일에는 순면으로 솜이불을 만들어 이불 네 귀퉁이에 진홍과 녹색으로 수를 놓아 선물하리라 다짐했다. '혜원'이 그 이불을 덮으며 참되고 지혜로운 아이로 자랄 것을 기대하면서……

- 임오(1942)년 10월 -

秋の贈物(가을의 선물)

〈기초사항〉

원제(原題)	秋の贈物	
한국어 제목	가을의 선물	
원작가명(原作家名)	본명	임순득(任淳得)
	필명	
게재지(揭載誌)	매신사진순보(每新寫眞旬報)	
게재년도	1942년 12월	
배경	• 시간적 배경: 어느 해 가을 • 공간적 배경: 경주 근교의 어느 시골마을	
등장인물	① 문학비평가인 '나' ② 작가지망생 친구 임(琳) ③ 마을 소년 우생과 그 친구들 등	
기타사항		

〈줄거리〉

나는 조롱박을 말리면서 함경도로 시집간 친구에게 새로 딴 조롱박을 소포로 보내야겠다고 생각했다. 작은 눈, 작은 입에 주근깨가 있는 앙증맞은 얼굴의 내 유일한 친구 '임(琳)'은 누구라도 금방 친해질 수 있는 성격 좋은 친구였다. 연달아 딸을 낳은 그녀를 마땅찮아 하던 은행원 남편이 못마땅하여 앞으로 딸을 대여섯은 더 낳을 작정이라는 이야기를 편지에 써 보내는 당찬 구석이 있는 친구이기도 했다.

조롱박 덕분에 오랜만에 친구 임(琳)을 떠올리고 보니 오늘은 어쩐지 좋은 일이 있을 것 같은 예감이 들었다. 마침 우편배달부가 이곳에 오는 짝수일이라 임(琳)이 작년 겨울부터 쓰기 시작했다는 장편소설이 도착할지도 모른다는 생각에 마음이 설레었다.

관공서에 근무하면서 가정교사 일까지 하는 임(琳)은 대개 밤 10시 이후에 소설을 쓴다고 하였다. 그렇게 그녀가 피곤한 몸으로 밤늦게까지 써내려갔을 몇 편의 작품을, 나는 어리석게도 비평이라는 명목으로 혹평을 해 보내곤 했었다. 그런데도 그녀는 나의 그런 독설 덕분에 300매가 넘는 장편소설에 도전할 수 있었노라고 호쾌하게 말했었다.

나는 원고료가 들어오면, 밤늦게까지 글을 쓰느라 눈이 나빠졌을 그녀를 위해 경주 시내에 나가서 안경도 맞추어 주고 옷도 맞추리라 생각하며 조롱박을 세 개정도 잘랐다.

그저께부터 부녀자들이 총동원되어 벼 베기 작업에 나갔기 때문에 마을은 쥐 죽은 듯이 고요했다. 아마도 마을에 남아있는 가족이라고는 우리가족뿐인 듯했다.

나는 우편배달부가 오기를 기다리며 문 앞을 서성거리고 있었다. 그때 근처의 보통학교(초등학교) 학생 서너 명이 대문 안으로 들어왔다. 무슨 일인가 했더니 그 중 한 아이가 상처 난

곳에 바를 약을 조금 빌려달라고 했다. '우생(偶生)'이라는 아이가 뺨에 난 상처를 양손으로 누르고 서있었는데, 손가락 사이로 피가 흘러나와 웃웃까지 붉게 젖어 있었다. 나는 우생을 안으로 데리고 들어와서 머큐로크롬을 발라주었다.

「줄줄이 내 뒤를 따라 온 아이들 중 한 아이가 "학교에도 이런 약이 있을까?"라고 말하자, "있을 리 없지. 요오드징크란 거밖에 없어. 그래서 전에 문삼(文三)이가 양 먹일 풀을 베다가 팔을 다쳐 뼈까지 보였을 때 읍내 병원에 갔더니 이 빨간 약만 발라주고 돌돌 하얀 천으로 감아주고 90전이나 받았다잖아!"라고 말했다. 그러자 "여기 오면 공짠데 말이야."라고, 다른 아이가 참 어이없다는 투로 이렇게 말했다. 내가 웃으면서 "여기선 90원 정도 받는걸!"이라고 말하자 "우왓, 대단한 걸요!"라며 일제히 웃음을 터트렸다.

지금까지 잠자코 있던 우생이 "정말이에요?"라며 내 얼굴을 걱정스럽게 바라보았다. 나는 그 걱정스러워하는 눈과 마주치자 순간 아찔했다. 이 어린아이는 상처의 아픔보다 상처에 바른 약의 대가로 돈이 든다는 현실에 위협당한 표정으로 나를 바라보는 게 아닌가.」

작년 가을, 부모님이 이곳 시골로 이사 왔을 때, 병원에 근무하던 친척 청년이 가정상비약 일체를 마련해 주었었다. 뿐만 아니라 아버지가 한의학에 약간의 취미를 가지고 있었던 관계로, 마을에 가벼운 병자가 생기면 한방약으로 처치해 주기도 하고 간단한 상처 정도는 머큐로크롬을 발라 주기도 하였다. 덕분에 마을에서는 우리 집을 병원 대신으로 여기기도 하였는데, 위경련이나 이질이나 장티푸스 같은 큰 병은 어찌할 도리가 없었다. 올여름 이질로 어린이 두 명이 죽고 위경련으로 한 젊은이가 쓰러진데다, 장티푸스에 걸려 모자 세 명이 연이어 사망했던 것은 이 마을에 병원이 없었기 때문이다. 이 같은 참담한 일을 방지하기 위해서라도 마을에 병원 하나쯤은 있었으면 하는 생각이 간절했다.

그날 저녁, 앞마당 쪽에서 인기척이 들렸다. 한 소년이 뭔가를 놓고 문밖으로 뛰쳐나가고 있었다. 나가보니 문 앞에 석류 3개가 놓여 있었다. 우생이 낮에 치료해 준 고마움에 대한 답례로 가져다놓은 것이 틀림없었다. 어린아이의 따뜻한 마음에 감동했다.

나는 이 아름다운 이야기를 친구 임(琳)에게 들려주고 싶어서 붓을 들었지만, 좀처럼 글이 써지지 않았다.

「혹시 이 글을 읽는 독자들 중에 이런 분이 있습니까?

시골에서 태어나 시골 고향에서 유년기를 보내고, 그 소년시대에 싹트는 정신을 고(故)방정환씨의 수많은 아름다운 이야기들로 보낸 그대. 반드시 그런 그대들은, 처음으로 피가 끓어 오름을 느끼고, 인생에는 감격할 만한 아름다운 것이 있다는 것을 깨달아 행복감에 전율했던 기억이 있겠지요.

그대들은 자신의 인생이 오염되지 않고 살아가기 위해 언제나 마음의 창인 눈동자의 초점을 모으고 계시겠지요.

그대들은, 지금 어디서 어떤 생업에 종사하고 있으며 어떤 생활을 하고 계십니까? 끝없는 그리움으로 미지의 그대들을 부르고 싶은 그런 행복한 환희를 가슴 가득 느끼는 저입니다. 붓을 놓는 접시 위에 아름다운 석류의 알알을 바라보면 그대들 한 분 한 분의 열의가 담긴 나날의 생활감정이 친근하게 느껴집니다. 저는 가만히 있을 수 없습니다. 가을 달밤에 고비사막보다도 더 넓디넓은 초원으로 우리들은 모여들어 노래라도 합창하며 미치도록 춤추고 싶을 것입니다. 그러면 우리 소년들이 석류열매의 낱알처럼 우리의 순결한 청춘을 향해 던져져오지 않겠습니까.」

月夜の語り(달밤의 이야기)

〈기초사항〉

원제(原題)	月夜の語り	
한국어 제목	달밤의 이야기	
원작가명(原作家名)	본명	임순득(任淳得)
	필명	
게재지(揭載誌)	춘추(春秋)	
게재년도	1943년 2월	
배경	• 시간적 배경: 어느 해 늦가을 • 공간적 배경: 목포 인근의 시골과 목포역	
등장인물	① 엘리트 여성 순희 ② 가난 때문에 학교를 중퇴한 어린 짐꾼 순동	
기타사항		

〈줄거리〉

대단하지도 않은 일을 핑계 삼아 순희(洵姬)는 가을이라는 그리운 계절을 찾아 여로에 나섰다. 경성 사는 친구 K를 만나 내년 봄에 개업하는 약국에 순동(順童)을 써달라고 부탁할 요량이었다. 기차역까지는 순동이 짐꾼으로 같이 가기로 하였다.

스스로 엘리트를 자처한 순희는 소학교(초등학교) 4학년을 중퇴한 순동이 자기와는 대화상대가 되지 않을 거라 생각하고, 옷섶에 꽂은 들국화와 이야기를 나누며 기차역까지의 여정을 시작했다. 이런저런 감상에 젖은 순희의 눈에 달밤은 너무도 아름다웠다. 그 아름다운 달밤에 흠뻑 취해버린 터라 지게를 짊어진 채 잠자코 따라오는 순동의 모습까지도 신비하게 보일 지경이었다.

두 사람이 이슬을 머금은 풀 위에 잠시 쉬어갈 즈음, 순동이 안주머니에서 조그만 피리를 꺼내 달빛에 비추어 보고 있었다. 순희가 한번 불어보라고 하자 순동은 저녁때쯤 뒤뜰의 대나무를 잘라 만든 거라 아직 소리가 안 난다며 피리불기를 사양했다.

고개를 끄덕인 순희는 이 같은 아름다운 밤에 감동한 탓인지 가슴이 뭉클해지는 뭔가를 느꼈다. 달밤에 열을 지어 날아가는 기러기, 저 아래 계곡에 하얗게 무리지어 피어있는 들국화, 위험을 무릅쓰고 그 들국화를 한아름 꺾어다 준 순동에 대한 고마움이 국화향기와 어우러졌다. 너무도 아름다운 달밤이었다.

순희는 '순동아! 너와 내가 함께 깊은 달빛 계곡의 꽃다발 속에 잠들 수는 없을까?'라고 속으로 되뇌었다. 순희는 짐꾼으로만 여겼던 순동과의 이런 감정이 그리 싫지만은 않았다.

이런저런 감정의 요동을 느끼면서 어느덧 목포역에 도착했다. 대낮처럼 환하게 느껴지는 역사였다. 그러나 순희의 눈에 들어온 것은 역사 한 귀퉁이에 서성이고 있는 하층민들의 초라하고 서글픈 모습이었다. 순동 역시 생활고를 짊어진 순박한 시골 소년에 다름없음을 새삼 깨달았다.

이제 순동과 헤어져야 한다는 생각에 왠지 모를 허전함을 느낀 순희는 기차역까지 좋은 길동무가 되어 준 순동에게 고마움의 대가로 짐삯 이상의 돈을 지불하려고 했다. 물질적인 대가를 지불함으로써 잠시나마 어린 순동에게 가졌던 애틋한 감정을 떨쳐버리고 싶었는지 모른다. 그러나 순동은 단호하게 사양했다. 그 바람에 순희는 계산된 물질적인 대가가 얼마나 값싼 동정인가를 새삼 깨달았다.

순희가 살고 있는 마을은 병이 들어도 치료는커녕 약 한 봉지 제대로 쓸 수 없는 너무도 궁핍한 시골이었다. 그 궁핍한 환경 속에서도 마을사람들은 어떠한 분노도 드러내지 않고 오직 근면과 끈기로 성실하게 생활하는 사람들이었다. 가난하지만 풍요로운 인심으로 더불어 살아가고자 하는 모습을 어린 짐꾼 순동에게서 발견한 순희는, 이상과 현실 속에서 방황하던 어리석은 감상에서 깨어나 사치스러운 감상에 빠져 있는 자신을 반성했다. 결국 순희는 경성행을 포기하고 다시 고향으로 돌아가기로 결심했다.

「"자, 집으로 돌아가자."
순희의 말에 순동은 다시 지게를 지고, 순희에게 트렁크를 지게 위로 올리라는 눈짓을 했다.
"괜찮아. 둘이 번갈아가며 들고 가자."
둘은 이번에는 조금 돌아가는 길이었지만 넓은 길로 걸어갔다.
순희는 집에 돌아가면 날이 밝는 대로, K에게 순동의 야학 건에 대해 상세히 편지를 쓰겠노라 결심하며 걸었다. 그리고 왕복여비의 대가인 고작 20원 정도의 돈이긴 하지만, 그 의미 있는 용도에 대해서도 생각했다. 순동의 경성행이 실현될 경우, 그것을 여비로 써도 좋고 일손을 잃게 된 순동의 가족에게 남몰래 전해줘도 좋을 것 같았다. 그렇지만 오늘밤, 순동에게 왕복 50리 가까운 밤길을 헛걸음하게 한 것이 순희는 한없이 부끄럽기만 했다.」

다시 돌아가는 마을은 가을밤 달빛 속의 환상은 아니지만, 따뜻한 정을 나눌 수 있는 이웃들이 기다리고 있는 곳이자 순동과 함께 생활할 수 있는 곳이었다. 돌아오는 내내 순희는 여태껏 헛되이 꿈꿔왔던 감상을 버리고 실천하는 생활인이 되어야겠다고 생각했다. 순동과 함께 할 희망에 부푼 새로운 미래를 설계하면서 고향의 평범한 이웃들과 소박한 삶을 함께 하겠다고 다짐했다.

반듯한 길이 끝없이 이어지고 있었다. 순간 순희는 먼 이국의 땅을 걷고 있는 것 같은 착각에 빠졌다. 추수가 끝난 논이 자작나무숲처럼 보이기도 하고, 별빛이 꿈속에서 손짓하는 것 같은 환상에 빠져들기도 했다. 백야처럼 밝고 하얀 가을 밤길은 순희의 아름다운 심금과 공명하는 것만 같았다. 그 길에서 순희는 어린 순동에게 자신의 외투를 벗어 걸쳐 주려 하였다. 그러나 순동이 등에 지고 있는 지게 때문에 그것마저 여의치 않았다. 순희의 순수한 마음을 순동의 지게가 방해하고 있었다.

張德祚(장덕조)

—

장덕조(1914～2003) 소설가, 수필가.

076

약력

1914년	10월 경상북도 경산에서 장재수(張在洙)의 딸로 태어났다.
1919년	동네 서당에서 초보적인 한문을 깨쳤다.
1926년	대구여자공립보통학교를 졸업하였다.
1927년	대구공립여자고등보통학교(현, 경북여고 전신)에 입학하였다.
1929년	서울 배화여자고등보통학교로 전학하였다.
1931년	배화여고보를 졸업한 후 이화여전 영문과에 입학하였다.
1932년	이화여전 영문과를 중퇴하였다. 개벽사의 여기자로 입사하여 단편 「低徊(저회)」로 문단에 데뷔하였다. 단편 「인형 빼앗긴 조카」를 「신동아」에 발표하였다.
1933년	대구 공회당에서 <신간회> 간부 박명환과 결혼하였고, 경성 황금정(黃金町)에서 새살림을 차렸다. 수필 「애인」과 「속세를 권하던 젊은 여승」을 「삼천리」와 「신동아」에 각각 발표하였다. 또 단편 「애달픈 죽음」과 「남편」을 「신가정」에, 희곡 「형제」를 「조선문학」에 발표하였다.
1934년	단편 「기적」(「신여성」), 「안해」와 「부부도」(「신가정」), 「어미와 딸」과 「방랑」 그리고 「찾아온 우물」(「삼천리」), 「어떤 여자」(「중앙」) 등을 발표하였다.
1935년	단편 「여자의 마음」을 《조선일보(朝鮮日報)》에, 수필 「마지막 만난 여인」을 「중앙」에, 「애처로운 혼 승천하던 밤」을 「신동아」에 발표하였다.
1936년	단편 「한 교훈」과 「자장가」를 「삼천리」에, 「양말」을 「여성」에 발표하였고, 수필 「부부싸움의 비명」과 「비오는 날입니다」, 「그믐의 황혼」을 「조광」에 발표하였다. 「자장가」가 일본어로 번역, 발표되었다.
1937년	단편 「해바라기」를 「삼천리」에, 「창백한 안개」를 「조광」에, 장편 『은하수』와 수필 「귀여운 여자」를 《매일신보(每日申報)》에, 「우산」을 「여성」에, 「노변기」와 「소꿉질」을 「조광」에 발표하였다.
1938년	단편 「아들」, 「한매」, 「악마」를 「여성」에, 「입원」과 「여름밤」을 「삼천리」에, 「한야월」을 《조선일보》에 발표하였고, 수필 「바람 부는 날」과 「눈 오던 날」을 「삼

천리」와 「조광」에, 그리고 「여름」을 「청색지」에 발표하였다.

1939년	단편 「여인극」을《매일신보》에, 「파마넨트」를 「조광」에, 수필 「졸업기담」을 「학우구락부」에 발표하였다.
1940년	단편 「횡액」을 「여성」에, 「인간낙서」를 「조광」에, 수필 「젊은 아내와 식모」를 《매일신보》에 발표하였다.
1943년	수필 「출발하는 날」과 단편소설 「새로운 군상」을《매일신보》에 발표하였고, 일본어소설 「행로(行路)」를 「국민총력」에 발표하였다.
1944년	조선도서출판『반도작가단편집』에 일본어소설 「행로(行路)」가 실렸다.
1946년	「십자로」를 「주간서울」에, 「훈풍」을《평화신문》에, 「여자 삼십대」를《대구매일신문》에 발표하였다. 역사소설집『월하적성』을 출간하였다.
1947년	단편 「창공」(「문화」), 「함성」(「백민」), 「상해에서 온 여자」(《서울신문》)를 발표하였다.
1948년	수필 「장마 개이는 날」을 「대조」에 발표하였다.
1949년	단편 「배회」(《연합신문》)와 「저돌」(「신천지」)을 발표하였다.
1950년	대구로 피난하여 영남일보사 문화부장에 임명되었다. 단편 「30년」을 「백민」에 발표하였다.
1951년	종군작가단에 가담하였다.《평화신문》 문화부장,《대구매일신문》 문화부장 겸 논설위원을 맡았다. 장편 「여인상」을《대구매일신문》에, 단편 「논개」와 「비련」을《대구일보》에, 「여자 40대」를《중앙일보》에 발표하였고, 소설집『훈풍』을 영웅출판사에서 출간하였다.
1953년	소설『광풍』을《동아일보(東亞日報)》(8. 20~54. 3. 9)에 연재하였다.
1954년	「다정도 병이련가」를 「신태양(2~9월)」에, 「여인상」을《대구매일신문》(7. 1~11. 30)에 연재하였다. 장편『광풍』과『여자 30대』를 인화출판사에서, 『여인애가』를 영웅출판사에서 출간하였다.
1955년	「허영의 풍속」을《경향신문》에 연재하였다.
1956년	「情炎의 江물은」 외 다수의 단편을 발표하였다. 장편『낙화암』을《동아일보》(7. 1~57. 3. 19)에 연재하였고, 『다정도 병이련가』를 세문사에서 출간하였다.
1957년	「누가 죄인이냐」를《연합신문》(4~10월)에 연재하였고, 「격랑」을《경향신문》(12. 1~58. 5. 31)에 연재하였다. 단편 「사랑의 풍속」을 「주간희망」에 발표하였고, 소설『다정도 병이련가』가 영화화 되었다.
1958년	「백조흑조」 외에 다수의 소설을 연재하였다.
1959년	「대 신라기」 외에 다수의 소설을 연재하였다.
1960년	「역류 속에서」를《매일신문》(5. 10~12. 31)에 연재하였다.
1963년	장편『벽오동 심은 뜻은』을《한국일보》(8. 20~12. 31)에 연재하였다.
1964년	「춘풍추우」와 「한양성의 달」을《매일신문》(1. 10~12. 31)과《국제신문》(5. 1~65. 6. 30)에 각각 연재하였다. 장편『벽오동 심은 뜻은』이 영화화 되었다.
1965년	장편『민비』를《경향신문》(6. 1~66. 8. 22)에 연재하였다.

1967년	장편『대원군』과『요승 신돈』을 발표하였다.	
1968년	단편「악질」을「소설계」에 발표하였고,『지하여자대학』을 《중앙일보》(1. 1~12. 30)에 연재하였다.『이조의 여인』을 《한국일보》(5. 8~72. 1. 30)에 연재하였다.	
1969년	장편『지하여자대학』을 국민문고사에서 출간하였다.	
1970년	『여승암』을 《국제신문》(6. 1~71. 6. 1)에 연재하였다.	
1972년	장편『이조의 여인들』을 삼성출판사에서 전 8권으로 출간하였다.	
1975년	장편『천추궁 깊은 밤에』를 《서울신문》(1. 1~79. 5. 31)에 연재하였다.	
1976년	「여인의 궁전」을 연재하였으며, <통일주체국민회의> 대의원에 선출되었다.	
1980년	『여인열전』을 동양문고에서 전 12권으로 출간하였다.	
1985년	『여인잔혹사』를 동양문고에서 전 10권으로 출간하였다.	
1989년	『고려왕조 오백년』을 고려서적에서 전 14권으로 출간하였다.	
2003년	2월 사망하였다.	

076-1

子守唄(자장가)

〈기초사항〉

원제(原題)	子守唄(第一回~第九回)	
한국어 제목	자장가	
원작가명(原作家名)	본명	장덕조(張德祚)
	필명	
게재지(揭載誌)	오사카마이니치신문(大阪每日新聞) 조선판	
게재년도	1936년 5월	
배경	• 시간적 배경: 1930년대 중반 • 공간적 배경: 경성	
등장인물	① 보통학교 여교사 경력의 인화 ② 인화가 근무하던 보통학교 야학 남자교사 ③ 인화와 같은 집에 세들어 사는 옥순엄마 등	
기타사항	번역자 미상	

　　인화(仁華)는 셋방 한구석에서 흐트러진 머리칼을 움켜잡고 진정할 수 없는 가슴을 쥐어
뜯으며 몸부림치고 울었다. 그러다가 몸을 에는 듯한 괴로움이 닥쳐올 때마다, 처음 임신임을
고백했을 때 의아해하던 사내의 표정 등 여러 가지 환영을 보았다. 옆방의 옥순(玉順)엄마가
외로운 인화의 사정을 동정하고 아끼는 것은, 열다섯에 시집가서 열일곱에 어린 것을 뱃속에
가진 채 남편에게 버림받은 딸에 대한 원통함이 가시지 않은 까닭이었다.

　　보통학교(초등학교) 여교사와 야학교 남선생! 처음부터 잘못된 만남이었다. 충청도 어느
마을의 부잣집 장남이라는 그는 전문학교에 다니면서 작품을 쓰는 문학청년이었다. 그는 간
간이 신문사나 잡지사에 작품을 투고해 보았지만 감감 무소식이어서 부족한 학비를 보충하
기 위해 야학에서 아이들을 가르치고 있었다. 그렇게 해서 인화가 근무하는 학교에 드나든 지
석 달이 채 못 되던 어느 날, 인화는 그 청년으로부터 두툼한 연애편지를 받았다.

　　만주로 떠난 지 3년 째 소식이 없는 부모님과 시골 관립학교에서 관비로 공부하고 있는 동
생뿐인 외로운 처녀 인화는, 청년의 이런 달콤한 편지에 마음이 송두리째 흔들렸다. 그 후 얼
마 되지 않아 그들의 꿈같은 동거생활이 시작되었다. 두 사람은 낮은 낮대로 서로를 그리워했
고, 밤은 눈 붙일 겨를도 없이 동이 틀 때까지 열렬히 사랑을 나눴다. 그러면서도 내심 걱정이
되던 인화는 남자에게 시골에 계신다는 부모님의 승낙을 받아오라고 재촉했다. 하지만 그럴
때마다 남자는 졸업이 얼마 안 남았다는 핑계를 대며 말끝을 흐렸다.

　　가을로 접어들면서 인화는 수업 중에 구토를 하며 쓰러져 결국 인력거에 실려 집으로 돌아
왔다. 임신 사실을 알리자 남자는 이를 부정하려고만 했다. 그러나 임신증상이 하나 둘 나타나
고 교단에 서는 것조차 고통스러운 나날이 계속되었다. 점점 싸늘해지는 사내의 눈치를 보며
인화는 남몰래 소리죽여 울곤 했다.

　　참다못한 인화가 남자에게 부모님의 허락을 받고 정당하게 아이를 낳아 기르자고 재촉하
자, 남자는 그때야 비로소 자신에게는 정혼한 여자가 있노라고 고백했다. 뿐만 아니라 어려워
진 집안형편을 들먹이며 여자 쪽의 재산을 욕심내는 내색까지 비쳤다. 고아나 다름없는 가난
한 인화는 구차한 변명만 늘어놓는 남자의 물욕에 할 말을 잃어버렸다.

　　사내는 그날 밤 정체모를 환약을 사들고 와서 아직 이목구비도 생기지 않았을 거라며 약 먹
기를 재촉했다. 순간 미약한 태동을 느낀 인화는 배를 어루만지며 이를 악물고 환약을 여러
겹 종이에 싸서 책상서랍 깊숙이 넣어두었다.

　　학교에 나쁜 소문이 돌고 배는 점점 불러와, 결국 인화는 학교에서 쫓겨나게 되었다. 어느
덧 해산날이 되었다. 인화는 환약을 넣어두었던 바로 그 책상다리를 부여잡고 버티면서, 만감
이 교차하는 가운데 길고 지독한 산고 끝에 겨우 딸아이를 낳았다. 산파는 가까스로 정신을
차린 인화가 수고했노라며 고개를 푹 숙이자, 친정붙이 하나 없이 혼자서 아이 낳은 것을 탓하
며 푹 자라는 말을 남기고 돌아갔다.

　　방안은 더욱 스산해졌다. 인화는 손을 내밀어서 책상서랍에 넣어둔 환약봉지를 꺼내 아기
에게 보이며 거친 손으로 아기의 뺨을 어루만졌다. 사랑싸움 끝에 남자와 헤어진 줄로만 아는
옥순엄마는 국밥을 끓여 와서 아이의 아비에게 알릴 것을 권했다.

　　졸업시험을 마치자마자 태어날 아이의 입적문제와 해산비용을 마련하고, 또 정혼했던 처
녀와의 약혼을 깰 요량으로 고향에 다녀온다던 사내는 여태 아무 소식이 없다. 그동안 보낸

편지며 전보만 해도 50통은 되었을 것이다. 이제는 기다리다 제풀에 지쳐 이쪽에서 소식을 끊은 지도 보름쯤 되었다. 아기의 첫 이레가 지나고 이제는 배꼽도 떨어졌다. 아무도 축복해 주는 이 없고 저고릿감 하나 들어온 것이 없지만 아이는 건강했다. 자질구레한 물건들을 이것저것 챙겨서 여러 차례 전당포를 다녀온 후에야 산파비용을 겨우 해결한 인화는 앞으로의 일이 막막하여 산후의 힘든 몸으로 직장을 알아보러 다녔지만 아이를 데리고 다닐만한 직장은 어디에도 없었다.

어린 것은 숨을 할딱거리며 나오지도 않는 어미의 여윈 젖을 빨아댔다. 그럴 때마다 인화는 '불쌍한 것. 어찌 나 같은 것에게 태어났누!'라며 한탄했다. 이런 모녀를 보다 못한 옥순엄마는 아이의 아버지한테 한 번 다녀올 것을 재촉했다. 만나봐야 속만 상할 거라는 생각에 그만둘까도 했지만, 이대로 가다가는 둘 다 굶어죽을지도 모르고 또 아이의 장래를 위해서라도 이대로 손 놓고 기다릴 수만은 없다고 판단했다. 아이를 남자 집에 데려다주자고 굳게 결심한 인화는 살림살이를 팔아서 아이에게 인조견 옷 하나를 해 입힌 후 집을 나섰다.

제법 큰 옛날식 집이었다. 인화가 대문 안으로 들어서려다 말고 개울 쪽으로 가는데, 마침 저쪽에서 물지게를 지고 비실거리며 걸어오는 한 사람이 보였다. 바로 그 사내, 아이의 아버지였다. 아이를 업고 찾아온 인화를 본 그는 무척 당황해하며 느티나무 아래에서 기다리라고 했다. 하지만 인화는 부득부득 집으로 들어갔다.

아들과 한통속인 사내의 어머니는 짐작이라도 했다는 듯이 태연하게 인화를 맞아들였다. 그리고 아들이 이달에 혼례를 올리게 되었는데 이렇게 찾아오면 어떻게 하느냐며, 얼굴에 핏대까지 세워가며 인화를 나무랐다. 방을 둘러보니 함께 동거할 때 쓰던 담요가 개켜져 있었고 낯익은 시계며 만년필, 심지어는 편지봉투까지 놓여있었다. 결혼허락을 받으러 가겠다던 사람이 둘이 쓰던 궁한 살림까지 챙겨갔는가 싶어 인화는 더욱 기가 막혔다. 인화는 도저히 이런 곳에 아이를 두고 갈 수가 없었다. 더구나 조금 전까지만 해도 아이가 사랑스럽다고 했던 사람이, 인화가 아이를 데려가겠다고 하자 그렇게만 해주면 마음 놓고 살 수 있을 거라 하지 않는가.

인화는 그들 모자의 비열함에 치를 떨면서 아이를 안고 집으로 돌아왔다. 이제는 체면도 교양도 다 필요 없었다. 아이를 데리고 할 수 있는 일을 찾아야 했다. 이런저런 고민 끝에 인화는 옥순엄마에게 부탁해 그녀의 딸이 일하고 있다는 부잣집의 식모로 들어갈 수 있게 되었다.

「"드디어 너를 떼어놓지 않고도 먹고 살 수 있는 일자리를 찾았구나."

인화는 이렇게 말하며 살포시 아기의 볼에 자신의 얼굴을 부비면서, 어둑한 식모의 방에서 까르르 웃고 뛰놀 아이와 그 주변을 아름답고 즐겁게 채색할 자신의 사랑의 후광을 그려보았다. 그리고 밤이면 밤마다 그 안에서 들려올 아름다운 노랫소리.

자장, 자장, 우리 아기
새근새근
우리 아기 잠자는 방은 어두워도
환한 가슴의 불, 하늘의 달님이여.」

行路(행로)

<기초사항>

원제(原題)	行路(一~三)	
한국어 제목	행로	
원작가명(原作家名)	본명	장덕조(張德祚)
	필명	
게재지(揭載誌)	국민총력(國民總力)	
게재년도	1943년 12월	
배경	• 시간적 배경: 태평양전쟁 초기 • 공간적 배경: 경부선 기차 안	
등장인물	① 교사 남편과 일곱 자녀를 둔 평범한 주부 '나(김순덕)' ② 여류문인에서 여승이 된 절세미인 여고동창생 윤애라 등	
기타사항		

<줄거리>

나는 오랜만에 탄 기차의 창밖 경치에 취하여 문득 소녀 같은 애수를 느꼈다. 오랜만에 여학교 시절 수학여행을 떠올리며 그동안 잊고 지냈던 친구들 이름을 조용히 읊조리며 추억에 잠겼다.

그러다 문득 이상한 느낌이 들어 얼굴을 들고 보니 마흔이 될까 말까 한 여승이 아까부터 이쪽을 응시하고 있었다. 안경 너머로 보이는 얼굴이 상당히 아름답다고 생각하면서 다시 창밖 경치로 눈을 돌리려는데, 그 여승이 "실례지만 저…… 순덕씨, 김순덕(金順德)씨가 아닌지요?"라고 묻는 게 아닌가! 여학교를 나오던 해 바로 결혼해서 일곱 명의 자녀를 둔 나를 이제 어느 누구도 '순덕'이라는 이름으로 부르는 사람은 없었는데, 거의 10여년 만에 불리는 내 이름에 나는 깜짝 놀라지 않을 수 없었다.

"나 애라야, 윤애라(尹愛羅)를 모르겠어?" 그 순간 나는 깜짝 놀라 그 얼굴을 뚫어져라 바라보았다. 애라는 우리 여학교 동창생 중에서도 유명한 아이였다. 재학시절부터 미인으로 소문났고 음악을 좋아했으며 화술에도 능했던 그녀는, 일본의 전문학교를 나와 여류문인으로 이름을 날리고 있었다. 신문이나 잡지 등을 통해 여성관과 결혼문제 등에 관한 그녀의 대단히 자유로운 견해를 읽고 한때는 애라를 우러러본 적도 있었다. 하지만 아이들이 하나 둘 늘어나면서 집안일에 파묻혀 버렸고, 또 교사인 남편이 시골로 전근을 가는 바람에 그 후 애라의 소식은 거의 들을 수가 없었다.

10년 전, 딱 한 번 지금처럼 경부선 기차 안에서 그녀를 만난 적이 있었다. 친정아버지가 병중이라는 전보를 받고 대구로 내려가는 도중이었다. 그때 그녀는 귀여운 남자아이를 안고 있었다. 결혼하지 않고 낳은 아이인데 활동에 지장이 있어서 부산에 있는 아이의 아버지에게 데려다주러 가는 길이라고 했다. 여자가 일을 할 때 아이로 인해 속박 받는 것에 대해, 그녀는 어떤 희생을 치르더라도 여성은 자기로부터 탈출해야 한다고 주장했다. 그런 주장을 이해할 수 없어하는 나에게, 그녀는 유치하다고 무안을 주었었다. 그 후로 지금까지 애라를 만난 적도, 그녀의 소식을 들은 적도 없었다. 그런데 오늘 기차 안에서 이런 모습으로 재회하게 된 것이다.

과연 누가 지금과 같은 그녀의 모습을 상상이나 할 수 있을까? 내 속을 짐작이나 한 듯 애라는 깎은 머리로 손을 가져갔다.

「"나도 이 정도로 모습을 바꾸기까지는 상당히 괴로웠단다. 죽으려고 철도선로에 서있어 보기도 하고, 자포자기 심정으로 술도 마셔보고……."

"왜?" 나는 깜짝 놀라 되물었다. "정말 어떻게 된 거니?"

"힘들었거든, 여러 가지로." 그녀는 순간 입을 다물었지만, 곧바로 "결국 죽지도 못하고 살아갈 힘도 없어 이런 모습이 되고 말았어."

나는 놀랄 수밖에 없었다.

"나 참 바보지. 순덕아, 인간이란 어느 세상에서나 올바르게 살아갈 길은 오직 하나밖에 없는 거 같아. 난 길을 잘못 들었어. 넌 행복한 사람이야. 평범한 행복, 그것이 얼마나 존귀한 것인지 난 몰랐어."

말은 간단했지만, 나는 그 간단한 말 속에 얼마나 힘든 경험과 깊은 고뇌가 숨겨져 있는지 알 것 같아 애라가 너무 불쌍했다. 우리 둘은 어느새 10여년 만에 만났다는 사실을 잊은 듯 서로 마음의 문을 열었다.」

애라는 10년 전에 아버지에게 데려다 주었던 아들로부터 편지가 왔다며 나에게 보여주었다. 소년항공병이 되겠다는 당찬 포부와 함께, 화려한 인생을 쫓아간 어머니를 슬퍼하며, 이름도 명예도 없이 국가를 위해 일사보국(一死報國)하여 국민된 본분을 다하겠다는 내용의 편지였다. 중학 2학년의 열네 살 소년치고는 꽤 잘 쓴 히라가나였다.

'어머니'라는 글자가 아플 만큼 강하게 내 망막 안으로 파고들었다.

지금까지 온통 자기 자신만 생각하고 살아왔던 애라였지만, 아들의 편지를 받고나서 새롭게 다시 살 결심을 한 것 같았다. 애라에게 이제 남의 위로나 받는 약한 모습은 찾아볼 수 없었다. 그녀의 태도로 보아 이제는 어떠한 고통이나 슬픔도 참고 이겨낼 각오와 신념을 가지고 있는 듯 했다. 한 소년의 자각이 오랫동안 방황하던 한 여성의 정신을 이처럼 엄숙하고 장엄하게 되살려 놓았다는 사실이 실로 놀라웠다.

아들이 떠날 때 멀리서나마 배웅을 하고자 이렇게 부산까지 가는 애라를 보며, 인간의 피가 흐르는 한 모자관계도 끝없이 이어질 거라 생각했다.

기차가 대구에 도착한 것은 거의 어두워졌을 무렵이었다. 구름처럼 모여든 어린 학생 대열의 맨 앞에서 15~6세 정도 되었을까? 깃발 든 소년 두 명이 씩씩하게 거수경례로 그 환호에 답하고 있었다.

나는 문득 '애라의 아들도 저기에 있겠지.'라는 생각과 함께, 멀찌감치 군중들 속에 숨어 아들을 바라보며 부디 본분을 다하고 돌아오기만을 빌고 있을 애라의 모습을 상상해 보았다.

張赫宙(장혁주)

—

장혁주(1905~1998) 소설가, 수필가, 미술평론가. 본명 은중(恩重). 필명 및 창씨명 노구치 가쿠추(野口赫宙). 귀화명 노구치 미노루(野口稔).

077

약력

1905년	10월 경상북도 대구에서 구(舊) 한국군장교였던 장두화의 사생아로 태어났다.
1913년	경주 계림(鷄林)보통학교에 입학하였다. 간이농업학교(簡易農業学校)를 다니며 역사와 일본어에 관심을 가졌다.
1919년	대구보통학교를 졸업한 후 상급학교 진학을 위해 대구의 친부(親父)의 집으로 들어가 생활하였다.
1920년	기독교 신자인 친부의 영향으로 대구 계성학교에 입학하였다.
1921년	5년제 대구고등보통학교에 합격하여 학교를 옮기게 되었고, 생모의 강요로 어린 나이에 4살 연상인 김귀행과 결혼하였다. 관립 대구고등보통학교(大邱高等普通學校)에 입학하면서 사회주의사상을 수용하였다.
1924년	4학년 때 학생파업에 가담해 무기정학을 당하였다.
1926년	대구고보를 졸업하였다. 무정부주의 단체인 <진우연맹(眞友聯盟)>에서 활동하였다.
1929년	대구 희도(喜道)보통학교의 훈도(訓導)가 되었다.
1930년	아나키즘의 농본주의 색채를 띤 잡지 「다이치니타쓰(大地に立つ)」에 일본어소설 「포플러(白楊木)」를 게재하였다.
1932년	「가이조(改造)」의 현상소설에 단편 「아귀도(餓鬼道)」가 2등으로 입선한 후 「분게이슈토(文藝首都)」의 동인이 되었다. 일본어소설 「쫓겨 가는 사람들(追はれる人々)」을 「가이조(改造)」에 게재하였다.
1933년	일본의 동인지 「분게이슈토」에 일본어소설 「형의 다리를 부러트린 남자(兄の脚を截る男)」(5월), 「떨치고 일어난 자(奮ひ起つ者)」(9월)를 발표하고, 12월에는 일본어소설 「권이라는 남자(權といふ男)」를 「가이조」에 발표하였다.
1934년	가이조사(改造社)에서 소설집 『권이라는 남자(權という男)』를 출판하였고, 이즈음 ≪동아일보(東亞日報)≫에 「무지개」, 「삼곡선(三曲線)」 등을 한국어로 연재하였다. 노구치 하나코(野口はな子)와 결혼하였다. 「분게이슈토」에 일본어소설 「아내(女房)」(1월)와 「산개(山犬)」(5월)를 발표하고, 「분게이(文藝)」에

「갈보(ガルボウ)」(3월), 「장례식 밤에 생긴 일(葬式の夜の出来事)」(8월), 「16일 밤에(十六夜に)」(11월)를 발표하였다.

1935년 「가이조」에 일본어소설 「하루(一日)」(1월), 「성묘 가는 남자(墓参に行く男)」(8월)를, 「분게이」에 「우열한(愚劣漢)」(4월)을 발표하였다. 그리고 일본의 문예지 「와카쿠사(若草)」에 「미사코(美佐子)」(9월)와 「유감스러움(口惜しがる)」(10월)을 발표하였다.

1936년 도쿄로 이사하였다. 「분게이슈토」에 「광녀점묘(狂女點描)」(3월)와 「어느 시기의 여성(或る時期の女性)」(11월)을 발표하고, 같은 11월 「가이조」에 일본어소설 「달공주와 나(月姫と僕)」를 발표하였다.

1937년 1월 일본의 문예잡지 「분가쿠카이(文學界)」에 일본어소설 「취중에 없던 이야기(酔へなかつた話)」를 발표하였다. 또한 《후쿠오카니치니치신분(福岡日日新聞)》에 일본어소설 「치인정토(痴人淨土)」(全68回)를 연재하였다.

1938년 무라야마 도모요시(村山知義)의 연출로 <신쿄게키단(新協劇団)>에서 희곡 『춘향전(春香傳)』이 한국과 일본에서 상연되었다. 10월에는 서울에서 열린 <내선반도문화좌담회(內鮮半島文化座談會)>에 참석하였고, 「가이조」에 일본어소설 「노지(路地)」를 발표하였다.

1939년 「분게이」에 「조선 지식인에게 고한다(朝鮮の知識人に訴ふ)」를 게재하였으며, <대륙개척문예간담회(大陸開拓文藝懇話會)> 발족에 참가하고 만몽개척청소년의용군훈련소(滿蒙開拓青少年義勇軍訓練所)를 방문하는 등 일본 전시체제하에서 활동하였다. 3월 <조선금융조합연합회>의 회보인 「금융조합(金融組合)」에 일본어소설 「마음(こころ)」을 발표하였고, 「국민신보(國民新報)」에 일본어소설 「처녀의 윤리(處女の倫理)」(4. 3~8. 13)를 연재하였다. 또 「가토 기요마사(加藤清正)」를 썼고, 펜부대 일원으로 만주를 시찰하였다.

1940년 「여인초상(女人肖像)」을 《매일신보(每日申報)》에 연재하였다. 5월에는 「가이조」에 일본어소설 「밀수업자(密輸業者)」를, 「분게이」에 「욕심의심(慾心疑心)」(7월)을 발표하였다.

1941년 11월 일본의 문예지 「겐다이분가쿠(現代文學)」에 일본어소설 「토라짐(仲違ひ)」을 발표하였다.

1942년 <황도조선연구회(皇道朝鮮研究會)> 위원이 되었고, 5~6월 조선총독부 척무과(拓務課)의 위촉으로 만주 개척촌(開拓村)을 시찰하였으며, 8월 도쿄에서 개최된 <대동아문학자대회(大東亞文學者大會)>에 참석하였다. 5월부터 4회에 걸쳐 「가이타쿠(開拓)」에 일본어소설 「행복한 백성(幸福の民)」을 발표하였다. 11월부터 1943년 2월까지 「겟칸분쇼(月刊文章)」에 일본어소설 「화랑(花郎)」(全4回)을 발표하였다.

1943년 육군특별지원병훈련소에 3일간 체험입대를 하였고, <황도조선연구회(皇道朝鮮研究會)> 회원으로 탄광노동자를 위문하거나, <대륙개척문학위원회>의 위원을 겸임하였다. 2월에는 《홋카이도데이코쿠다이가쿠신분(北海道帝國大學新聞)》에 일본어소설 「꿈(夢)」을, 5월에는 「신분카(新文化)」에 「새로운 윤리(新しい倫理)」를 발표하였고, 《마이니치신분(每日新聞)》 석간에 「이와모토지원병(岩本志願兵)」(8. 24～9. 9)을 연재하였다.

1945년	도쿄 자택이 공습으로 불에 타 처가인 나가노현(長野県)으로 피난하였다. 1~2월에는 일본어소설「신년참배(初詣)」(全10回)」를 《마이니치신분(毎日新聞)》에 게재하였다.
1951년	마이니치신문사 후원으로 한국에 와서 취재하였다.
1952년	『아! 조선(嗚呼朝鮮)』을 장혁주(張赫宙)라는 이름으로 출판한 후, 일본에 귀화하였다.
1954년	한국전쟁을 그린『무궁화(無窮花)』와 자전적 장편소설『편력의 조서(遍歷の調書)』를 노구치 가쿠추(野口赫宙)라는 필명으로 출판하였다.
1975년	자전적 소설『폭풍의 시(嵐の詩)』를 출판하였다.
1977년	10월 한반도와 일본의 고대 교류를 밝히는 산문『한국과 일본(韓と倭)』을 출간하였다.
1980년	11월 임진왜란과 도자기의 교류를 다룬『도자기와 검(陶と劍)』을 출간하였다.
1989년	6월『마야 잉카에 조몬인을 쫓다(マヤ・インカに縄文人を追う)』를 출판하였다.
1991년	걸프전 취재를 위해 중동에 다녀온 경험을 토대로 한 영문소설『고독한 여행 or 비참한 여행(FORLORN JOURNEY)』을 뉴델리에서 출간하였다.
1998년	일본에서 2월에 사망하였다.

　　1930년대「아귀도(餓鬼道)」와 같은 일본어 작품은 식민지하에서 살아가는 조선 소작인의 고달픈 모습과 투쟁을 형상화하고 있다. 도시 이면의 각계각층의 생활상을 사실적으로 파헤친 희곡과 논문 등을 발표하였다. 1930년대 후반에는 신체제론에 의거한 친일적인 문필활동을 계속하였고, <한국전쟁> 이후 일본으로 귀화하여 조총련계에서 활동하였다. 자전적 소설을 비롯해, 역사소설, 미스터리, 암(癌), 전쟁 문제 등을 다룬 다양한 작품을 남겼다.

白楊木(포플러)

〈기초사항〉

원제(原題)		白楊木
한국어 제목		포플러
원작가명(原作家名)	본명	장은중(張恩重)
	필명	장혁주(張赫宙)
게재지(揭載誌)		다이치니타쓰(大地に立つ)

게재년도	1930년 10월
배경	• 시간적 배경: 어느 해 봄 • 공간적 배경: 경상북도의 어느 시골마을
등장인물	① 어릴 적 서방님을 그리워하는 소작농 금출애비 ② 어릴 때와는 달리 냉정하고 탐욕스러워진 지주 서방님 등
기타사항	

〈줄거리〉

　　금출(今出)애비는 밭을 갈면서 '돼지처럼 탐욕스럽긴 했지만 영감이 살아계셨을 때가 서방님이 지배하는 지금보다 훨씬 더 나았다'고 생각했다.

　　서방님은 가을 소작미를 수납할 때, 되를 조작해서 정해진 양보다 한 배 반을 더 뺏거나, 가뭄으로 수확이 거의 없을 때도 정해진 쌀을 납부하게 했다. 영감님 밑에서 30년 이상 소작일을 했지만, 최근 2, 3년은 영감님 때와는 비교할 수 없을 정도로 수탈이 심했다.

　　영감님이 정해진 소작료보다 쌀을 적게 가져왔으니 소작권을 뺏겠다고 협박했을 때, 어린 서방님은 병아리 같은 귀여운 동정의 눈빛으로 아버지에게 말을 잘할 테니 걱정하지 말라며 늙은 금출애비 곁에 다가와 위로하였었다.

　　그러던 서방님이 읍내의 보통학교(초등학교)를 마치고 대구로 나간 뒤로는 여름방학 때마다 돌아와서도 늙은이에게는 더 이상 따뜻한 말 한 마디 건네지 않게 되었다. 늙은 금출애비가 알지 못하는 도회문화에 젖은 서방님은 흙냄새 나는 금출애비가 말을 거는 것조차 창피한지 몹시 냉담하였다. 서방님이 고등보통학교를 마치고 경성(京城)의 어느 전문학교 입학시험에 떨어진 후에는 반년도 넘게 도회지에서 돌아오지 않았다.

　　가을이 되어 서방님이 첩을 데리고 왔을 때 금출애비의 실망은 이만저만이 아니었다. 서방님이 토지주인이 되면 소작인들의 편의를 많이 봐주리라 기대했던 금출애비는 서방님의 돌변한 모습에 놀라지 않을 수 없었다. 금출애비는 20두락의 논을 소작하고 있었는데, 서방님은 "할아범은 벌써 나이가 많이 들었으니까, 절반 정도가 좋겠어."라며 소작지를 반으로 줄여버린 것이다. 그리고 비통한 마음에 젖어 한마디도 못하는 금출애비를 돌아보지도 않고 가버리고 말았다.

　　금출애비는 "금출이가 있었더라면……."이라며 노파에게 장탄식을 했다. 서방님 또래의 아들 금출이는 도회를 동경하여 오사카(大阪)로 가더니, 기계에 빨려 들어가 죽고 말았던 것이다.

　　이듬해, 금출애비는 절반으로 줄어든 논에 뼈를 깎는 고통을 참아내며 간신히 모내기를 끝냈다. 그렇지만 금출애비는 이제 농사를 짓기에 너무 늙고 병들어 있었다.

　　「그 해는 운 나쁘게 심한 가뭄까지 들었다. 서방님은 10두락에 쌀 8석을 납부하라고 했다. 금출애비는 수확한 5석 전부를 가지고 가서 울며 애원했다. 그러나 서방님은 화를 냈다.

　　"할아범은 내년부터 소작을 그만두세요. 다른 사람 절반도 일을 안 하잖아!"

　　"하지만 워낙 가뭄이 심해서."

　　"그럼 다른 사람은 어떻게 정해진 소작료를 가져왔단 말이오? 잠자코 있어요. 5두락이라도 1년 더 지어보던가.”

금출애비는 애원할 힘도 없었다. 금출애비에게 뺏은 논은 최근 세 번째 첩이 된 여자의 친정집에 주었다.

봄이 되자 금출애비는 언덕에 올라가 풀을 베어 모았다. 논에 뿌릴 비료를 만들기 위해서였다. 금출애비는 젊은이처럼 일할 수 없었다. 그는 비료로 쓰기 위해 5, 6년 전부터 그의 유일한 재산인 산기슭 밭두렁에 포플러 20그루 정도를 심어 놓았는데, 그것이 부쩍 자라서 큰 나무가 되어 있었다.

어느 날 저녁 비료로 만들기 위해 긴 봉에 낫을 연결해서 포플러나무 가지를 자르고 있을 때, 서방님 댁 머슴이 와서 도끼로 포플러의 밑동을 잘라 쓰러뜨리기 시작했다. 금출애비는 깜짝 놀라 머슴에게 달려들었다.

“왜 그러는가? 이것들은 내 나문데 말이여!”

“서방님이 다 잘라오라고 하셨소. 나무 심어둔 이곳이 다 서방님 산 아닙니까요?”

“뭐라고? 여기가 서방님 땅이라고? ……아이고. 여기는 내, 내 밭이고 내 밭두렁이여.”

“밭두렁인 건 맞지만, 산하고 이어져 있잖아요. 서방님은 이 나무가 맘에 드시는 모양이요. 돼지우리가 망가졌다고 당장 베어오라 하셨소.”

“우우. 어째 또 나한티……. 서방님 땅에는 다른 나무도 많을 것인디…….”

금출애비는 무참하게 잘려나간 그루터기의 얼음조각처럼 빛나는 하얀 부분을 발로 문질러보았다. 금출애비는 자신의 발이 잘린 것 같은 통증을 느끼며 잘려나간 부분을 바라보았다. 해가 저물어 어두워진 것도 모른 채 언제까지나, 할멈이 걱정되어 찾아올 때까지 멍하니 서있었다.」

077-2

餓鬼道(아귀도)

〈기초사항〉

원제(原題)		餓鬼道(1~8)
한국어 제목		아귀도
원작가명(原作家名)	본명	장은중(張恩重)
	필명	장혁주(張赫宙)
게재지(揭載誌)		가이조(改造)
게재년도		1932년 4월
배경		• 시간적 배경: 어느 해 겨울~봄 • 공간적 배경: 경상북도 지보면

등장인물	① 저수지 공사장에서 일하며 어렵게 가족을 부양하고 있는 마산 ② 열일곱에 시집와 생계로 고생하는 마산의 아내 갑련 ③ 농민들의 일치단결을 위해 마산을 포섭하려는 윤(尹) ④ 마산과 공사장에서 함께 일하는 한골 등
기타사항	

〈줄거리〉

경상북도에서 한해(旱害)이재민을 구제할 목적으로 3년간 가뭄으로 인해 굶어죽은 사람이 제일 많은 지보면(知保面)에 저수지공사를 하게 되었다. 면내의 7백 명이 넘는 농민을 고용해 1원씩 주기로 했던 노임을 점심값도 안 되는 25전을 주고, 배가 고파서 일을 조금이라도 더디게 하면 가차없이 채찍을 내리쳐도 3년이나 굶주린 조선농민들은 까마귀 떼처럼 공사장으로 모여들었다.

감독은 7백 명의 인건비를 한꺼번에 지불하면 많은 돈을 벌 수 없었으므로 농민들을 두 그룹으로 나누어 격일제로 출근하게 하였다. 그리고 일이 끝나면 계곡 아래 주막에서 25전의 전표를 주었다. 전표를 받은 농민들은 제각기 집을 향해 서둘러 돌아갔다.

공사장에서 일하는 마산(馬山)은 밤 10시가 되어 집에 도착해, 아내가 차려놓은 풀뿌리 죽으로 허기를 달랬다. 아내 갑련(甲蓮)은 비봉산(飛鳳山)으로 칡을 캐러갔다고 했다. 3년간 계속된 가뭄 때문에 논과 밭에 좁쌀을 심어야 했고 가을이 되어 수확을 했지만, 좁쌀과 콩은 지주에게 모두 뺏기고 말았다. 그래서 돈이 될 만한 가재도구를 모두 팔아 생활에 보탰고, 풀죽으로 연명해 오던 것을 칡가루로 대신하기 위해 산에 올라갔던 것이다. 마산은 열일곱 소녀였던 사랑스런 갑련이 시집온 후 7년 동안 갖은 고생을 다하고, 더욱이 3년 가뭄으로 굶주림에 찌들려 겨울잡초처럼 누렇게 뜬 그녀의 얼굴빛을 바라보며 너무 높은 산이니 가지 않는 게 좋겠다고 충고하였다.

다음날 아침. 갑련은 10년 넘게 정들었던 이웃 분선(粉仙)네가 가난한 생활과 갚을 수 없는 빚 때문에 야반도주를 했다는 소식을 전해주었다. 면사무소에서 배급해주는 좁쌀을 받기 위해 이웃아낙들과 함께 집을 나섰다. 면사무소에는 좁쌀 10가마니의 배급을 기다리는 500여 명의 남녀노소가 처참한 얼굴빛으로 모여 있었다. 좁쌀은 관리들 봉급의 100분의 1씩 모아 한해(旱害)를 입은 피해지의 농민들에게 배급하는 것이었다. 그러나 장정이 있는 집은 좁쌀을 주지 않기 때문에 갑련을 비롯한 아낙네들은 빈손으로 돌아올 수밖에 없었다.

한편 3년간 곡식을 먹어본 적이 없었던 마흔 넘은 과부 돌이(乭伊)엄마는 애타게 기다리던 좁쌀을 받아와 배고파 보채는 아들을 달래며 밥을 지어 먹였다. 그런데 그 밥을 먹은 다섯 살의 돌이가 급체해서 그만 죽고 말았다. 새벽녘에 마을 남자들이 와서 돌이의 사체를 굶어죽은 마을 사람을 매장하는 공동묘지에 묻어주었다.

3월 하순이 되어서도 저수지 공사는 제방의 절반 정도 밖에 못 쌓았고, 수문공사 암석 폭파도 순조롭지 않았다. 그러나 다른 군의 저수지 공사 때문에 공사를 일단락 할 상황에 처한 감독은 화가 나서 십장을 독촉했고, 십장은 감독의 비위를 맞추려고 농민들에게 가죽채찍을 휘둘렀다. 농민들은 쥐꼬리만 한 품삯이라도 받기 위해 얼어붙은 관절을 움직여 일해야 했다.

한번은 이런 일도 있었다. 공사장에서 일하던 매동(梅洞)이 저지대와 산기슭 경계를 파다가 동면중인 개구리를 발견해 다른 곳에 묻어 주었는데, 그걸 본 십장은 매동에게 다가와 가죽채찍으로 때렸다. 그러자 화가 난 매동이 십장을 내동댕이쳐버렸고, 십장들이 있는 곳으로 끌려간 매동은 무자비하게 얻어맞았다. 이를 본 마산은 화가 났지만 말없이 매동을 업고 내려가 대장간 풀무에 뉘였다.

작년에 배곡리(梨谷里) 사람들이 소작미를 못 냈을 때, 강제 징수하던 지주의 심부름꾼과 시비가 붙어 때린 적이 있었는데, 그때 주모자격인 마산을 비롯해 5명이 읍내 ××에 끌려가 닷새 동안 고문을 당한 적도 있었다.

농민들은 십장들이 무서워 죽을힘을 다해 일했다. 그 덕분에 공사는 급속도로 진행되었고 기초 수문공사는 무사히 통과되었다.

그러던 어느 날, 군수와 면장이 시찰을 나온다는 소식이 돌았다. 그때 농민들은 자신들의 열악한 사정을 군수에게 이야기하려고 했다. 하지만 오히려 감독과 십장에게 협박만 당하고 풀이 죽어 돌아가야만 했다. 반면 군수는 자신이 애써 지방비를 받아 수문공사를 추진한 덕분에 굶주린 백성을 구제했다는 만족감을 맛보고 돌아갔다.

한편 십장에게 심하게 폭행을 당해 낭떠러지에서 떨어진 적이 있던 동부마을의 윤(尹)은 감독의 부정을 없애고 농민들의 권익을 보호하기 위해서는 농민조합이 필요하다고 생각하였다. 다시 공사장에 나온 윤(尹)은 농민들을 단결시킬 만한 청년을 물색하고 있었다. 윤(尹)은 십장들의 괴롭힘에도 굴하지 않고 저항하는 마산이 적임자라 판단하고 그에게 접근할 기회를 기다리고 있었다. 그런데 저녁때가 되어 마산과 한골(大谷)이 제방 둑에 흙을 쏟고 있을 때였다. 한골의 숙모가 제방 아래 절벽을 허겁지겁 기어 올라오고 있는 것이 아닌가.

「"……크, 큰일 났다카이!"

"와? 와 그래요, 대체?"

한골은 이상한 불안에 휩싸였다.

어느새 이(李)십장이 그들 뒤에 와 서있었다.

"와 그라는데요, 퍼뜩 말해 보이소!"

한골이 다그쳤다.

"큰일 났다카이. 산에서 떨어져서, 주, 죽었다."

"에?? 누가요, 누가?"

"각시가. 니 각시가……."

"뭐욧!"

한골은 잠시 멍하니 서 있다가 숙모를 데리고 내달리기 시작했다. 지게고 뭐고 다 내팽개쳤다. 숙모는 숨을 헐떡이며 끌려가다시피 뛰어갔다.

한골의 뒷모습을 바라보던 마산은 오늘 아침 집을 나올 때, "오늘 비봉산에 다녀오꾸마." 라던 갑련의 말이 떠올랐다.

"가지 말라카이! 그런 위험한 데를."이라 말리긴 했지만, 혹시 한골아내와 함께 떨어져 죽어버렸을지 모른다는 생각에 덜컥 겁이 났다.

"매동이, 내도 쪼매 가봐야겠다. 한골이 지게 좀 챙겨도. 그라고 전표도 받아오고."

마산은 이렇게 말하고 빈 지게를 지고 달리기 시작했다.」

한골의 아내는 무참히 죽어있었다.

다음날, 일이 끝나고 주막에 전표를 받으러 간 한골과 마산은 한골아내가 죽은 날의 전표를 달라고 요구했다. 그러나 십장은 전표는 주지 않고 오히려 마산의 뺨을 후려갈겼다. 마산은 이에 굴복하지 않고 오히려 십장에게 맞섰고, 농민들도 둘을 에워싼 채 마산을 응원하였다. 두려움을 느낀 십장은 전표를 주고서 도망치듯 안으로 들어가 버렸다. 그때 윤(尹)은 돌아가려는 마산을 붙잡고 일치단결하여 감독과 십장들에게 맞서 싸우자고 제안하였다. 마산은 모두가 일치단결할 수만 있다면 자신이 앞장서겠다고 흔쾌히 대답하였다.

다음날 점심 무렵, 언덕에 모인 농민들 앞에 선 마산과 윤(尹)은 자신들의 요구사항을 발표하고 그것을 적은 종이를 들고 주막으로 향했다. 주막의 온돌방에서 술을 마시던 십장과 감독은 몰려온 농민들에게 호통을 치며 몽둥이로 내쫓으려 했다. 하지만 농민들은 이에 굴하지 않고 툇마루까지 밀고 올라갔다. 그제야 십장들은 무슨 봉변을 당할지 모르겠다는 생각에 내일 답을 해주겠노라며 농민들을 돌려보냈다.

하지만 이튿날이 되자 감독은 동부마을 농민들과 이야기 중이던 윤(尹)을 강제로 끌고 갔고, 그 소식을 들은 서부마을 농민 4, 50명은 주막으로 달려갔다. 감독과 십장들은 농민들의 난동을 피해 주막문도 걸어 잠근 채 온돌방 안에 숨어있었다. 그러나 마산과 한골이 벽을 타고 넘어가 문을 열었고, 방안에 숨어있는 감독을 끌어냈다. 그리고 감독을 앞세우고 윤(尹)을 구하러 나섰다.

- 1931. 10 -

077-3

追はれる人々(쫓겨 가는 사람들)

〈기초사항〉

원제(原題)	追はれる人々(1~7)	
한국어 제목	쫓겨 가는 사람들	
원작가명(原作家名)	본명	장은중(張恩重)
	필명	장혁주(張赫宙)
게재지(揭載誌)	가이조(改造)	
게재년도	1932년 10월	
배경	• 시간적 배경: 어느 해 초겨울 • 공간적 배경: 경상북도 어느 마을	
등장인물	① 가정형편이 어려워 학교를 그만두고 농사일을 거들고 있는 재동 ② 재동과 같은 마을의 말괄량이 친구 옥련 ③ 지주의 아들이자 재동의 보통학교 동급생 박대선 등	
기타사항		

　　재동(才童)의 아버지는 인암동(仁岩洞)에서 논 12두락에 밭을 20두락이나 소유했던 대농이었다. 세상이 바뀌고 새로운 제도가 발포되면서 가세가 점점 기울어 매년 늘어가는 세금을 납부하기조차 힘들어졌다. 어쩔 수 없이 금융조합에 전답을 저당 잡히고 빚을 냈는데 매년 늘어나는 이자를 감당하지 못해, 결국 전답을 재동의 보통학교(초등학교) 동급생이었던 박대선(朴臺善)의 아버지에게 전부 팔아 빚을 갚고 소작농으로 전락하게 되었다. 어려운 살림으로 인해 읍내 보통학교에 다니던 재동은 학교를 그만두고 농사일을 도왔다.

　　그날 재동은 퇴비를 부숴 밭에 뿌리고 백양목의 가지를 잘라낼 예정이었으나 일이 더디기만 하여 조바심을 내고 있던 참에, 옥련(玉蓮)이 밭두렁에서 재동을 향해 흙더미를 던지며 장난을 걸어왔다. 재동은 옥련이 장난을 걸어오면 욕설을 퍼부어댔지만 결코 싫지는 않았다.

　　밭으로 돌아온 재동은 동생 언년(彦年)으로부터 지주의 머슴이 지세를 받으러 왔다는 이야기를 들었다. 몇 번이나 지세(地稅)를 재촉 받았지만 더 이상 돈을 빌릴 데가 없었다. 보리가 수확될 때까지 기다리는 수밖에 달리 도리가 없었지만, 그나마 소작료를 내고 나면 가을 수확 때까지 먹을 식량이 부족한 형편이었다.

　　아버지는 "윤작하는 보리마저 소작료로 걷어가는 것은 너무하다"며 탄식하였다. 결국 아버지의 성화에 못 이겨 재동은 소작료를 봐줄 것을 사정해 볼 요량으로 지주의 아들인 박대선을 찾아갔다. 지주가 사는 집은 넓은 땅과 초록색 밭이 눈앞에 펼쳐져 있는 유화동(柳花洞) 한가운데 꼭 왕궁처럼 서있었다. 박대선은 경성의 사립고등학교에 들어가기는 했지만 겨우 낙제를 면할 정도였을 뿐 술과 여자밖에 몰랐다. 사랑방에서 만난 박대선은 읍내의 기생이야기를 비롯한 갖가지 호색적인 이야기만 늘어놓았다. 그러다 재동이 힘겹게 집안형편을 털어놓고 지세를 좀 깎아달라고 부탁하였다. 하지만 박대선은 자기는 집안일에 관여할 수 없을 뿐 아니라 자기 집안형편도 예전 같지 않아서 인암동 쪽의 논은 저당 잡혀 이자를 지불하고 있다며 재동의 부탁을 일언지하에 거절하였다.

　　허탈한 마음으로 돌아온 재동은 결국 황소를 팔아 지세를 납부하고 남은 돈으로 좁쌀과 송아지를 샀다. 사온 송아지에게 꼴을 먹이고 목화밭으로 가니 어머니와 언년이 그리고 옥련이 김을 매고 있었다. 그러다 옥련과 언년은 대구의 공장으로 돈 벌러 떠나게 된 갑선을 배웅하기 위해 허겁지겁 마을로 뛰어갔다. 갑선은 늙은 아버지와 어머니 그리고 남동생과 함께 살았는데, 소작이 제대로 되지 않아 일 년 내내 굶다시피 하다가 결국 공장으로 일하러 가게 된 것이었다. 이런 식으로 마을 처녀들은 도회지 공장으로, 청년들은 일본으로 돈을 벌기 위해 떠나버린 통에 마을에선 젊은이들을 찾아보기 힘들었다. 재동은 우울함과 쓸쓸함에 일할 의욕마저 잃고 말았다.

　　소작료를 납부한 지 얼마 안 된 초겨울 어느 날, 재동은 대선에게서 대구로 가기 위해 마을의 논 200두락을 △△회사에 팔았다는 이야기를 듣게 되었다. 그로부터 며칠 후 마을 사람들은 읍내의 △△△△회사 ××출장소로부터 인감을 가지고 출두하라는 명령을 받았다. 불안한 마음을 감추지 못하고 ××출장소로 간 마을사람들은 무슨 내용인지도 모르는 서류에 인감을 찍어야 했다. 그런데 그것은 "지주가 바뀌어 회사에서 소작을 관리하며 기간은 1년이고, 사무원의 지시대로 경작하지 않거나 소작미의 품질이 나쁘면 기한 내에도 계약을 해지할 수 있다."는 내용이었다. 그나마 지세를 회사가 부담해 준다는 이야기에 마을 사람들은 안도하며 마을로 돌아왔다.

그러나 이후 ××출장소는 쌀의 품질이 안 좋다느니 건조 상태가 나쁘다느니 알맹이가 적다느니 하는 이유들을 대며 소작미를 좀처럼 인정해 주지 않았다. 결국 창동(昌洞)네를 비롯한 두세 집이 소작지를 빼앗겼다.

「창동은 재동의 아버지에게 와서 애원하듯이 말했다.

"사무소에 가서 이야기 좀 해주이소? 일곱 식구를 이제부터 어찌하라고……."

재동아버지는 우울하게 대답했다.

"나 같은 놈이 가서 말해봤자 듣지도 않을끼다. 내도 화학비료값도 연체허고 있다카이. 어떻게 해야 헐지 걱정하고 있던 참이라 아이가."

"으, 우짜믄 좋노……."

창동은 어찌할 바를 몰랐다.

이듬해 봄, 창동네는 가재도구를 팔아 돈을 치르고 북간도에 간다고 마을을 떠나갔다. 창동네 외에도 두 세집이 그랬다. 그들은 도망자처럼 쇠약해진 몸을 끌고 마을에서 모습을 감췄다. 사라진 뒤에는 살던 집을 부숴 그 터에 밭을 갈았다. 그 대신에 인암동 마을의 전방 언덕 기슭에 눈에 익지 않은 농가가 2, 3채 세워지기 시작했다. 그들은 이곳 농가의 초가지붕과 달리 보릿짚으로 된 네모난 지붕의 집이었다.

"왜인이 왔다 안하나."

"창동네 논을 경작하고 있다고 하드만."

마을사람들이 이야기했다.

마을을 떠난 사람들의 소작지는, 검은 기모노를 입은 낯선 농민들에 의해 경작되었다. 얼굴을 푹 감싸고, 파란 남성용 작업복 잠방이(모모히키)를 입고 기모노를 뒤로 젖혀 넘기고 서서 일을 했다.」

출장소에서 소작지를 관리한 지 2년째 되는 겨울. 스물두 채로 줄어든 마을사람들의 소작지를 또 반으로 줄이자 옥련아버지를 비롯한 마을농민들은 불만을 토로하고 소장과 담판을 짓기 위해 출장소로 향하였다. 그러나 소장은 만나주지 않았고 오히려 옥련아버지와 사무원 간에 싸움이 벌어졌다. 이로 인해 결국 옥련아버지는 끌려가고 말았다.

며칠 후 옥련 일가를 비롯한 세 집이 누더기 같은 짐을 짊어진 채 북으로 가기 위해 정든 집을 나섰다.

「옥련아버지는 재동아버지 그리고 마을 사람들과 서로 손을 잡고 작별을 고했다.

"영감. 팔자가 좋으믄, 우리들 생전에 또 만날끼고마."

젊은이들은 젊은이들끼리, 아주머니는 아주머니들끼리, 계집애들은 계집애들끼리 언제까지나 떠나기 싫은 사람처럼 같은 말을 몇 번이고 반복하였다.

"자, 언제까지 여기 있어봤자 방도가 없다 아이가. 갈 사람은 빨리 가는기다."

옥련아버지의 눈동자는 회색빛으로 축축해져 있었다.

옥련은 언년이랑 서로 안은 채 앉아서 울고 있었다.

"언년아, 언년아 또 언제 만날끄나."

옥련은 언년이의 머리를 감싸안고 눈물 섞인 목소리로 말했다.

"옥련아, 우리도 어쩌면 뒤에 따라갈지 모른다카이. 그때 또 만나재이."

그렇게 말하고 또 울었다.

아버지가 소리치는 것을 듣고 계집애들은 목소리를 높여서 울었다.

재동어머니도 눈물을 흘리며 헤어지는 것을 안타까워했다.」

그들은 뒷산 고갯마루에서 마을사람들과 눈물로 이별해야 했다. 제일 뒤에 따라가던 옥련은 몇 번이고 몇 번이고 재동 쪽을 돌아보며 몹시 슬프게 울었다. 재동은 고갯마루에 걸터앉아 떠나는 사람들을 한없이 바라보며 눈물만 흘릴 따름이었다.

丁匋希(정도희)

—

정도희(생몰년 미상)

078

약력

1928년　　　11월 잡지「조선 및 만주(朝鮮及滿州)」에 일본어소설「연주회(演奏會)」를 발표
　　　　　　하였다.

078-1

演奏會(연주회)

〈기초사항〉

원제(原題)		演奏會
한국어 제목		연주회
원작가명(原作家名)	본명	정도희(丁陶希)
	필명	
게재지(揭載誌)		조선 및 만주(朝鮮及滿洲)
게재년도		1928년 11월
배경		• 시간적 배경: 어느 해 7월 말 • 공간적 배경: 아사쿠사의 XX호텔 연회장
등장인물		① 괴상하고 볼품없는 차림의 청년 바이올리니스트 ② 연주회의 청중들 ③ 경찰관 등
기타사항		

　　7월말 어느 비 내리는 저녁. 외국의 유명한 바이올리니스트의 연주회가 있는 호텔 연회장에서의 일이다.

　　우중임에도 불구하고 세계적인 음악가라는 명성 때문인지 청중들은 계속 모여들었다. 많은 신사와 숙녀들 사이에 사람들의 시선을 끌고 있는 이상한 청년 하나가 있었다. 더러운 갈색 양복 상의에 무릎이 툭 튀어나온 비틀어진 바지에, 기름때로 찌든 사냥모를 삐딱하게 쓴 차림새로 성큼성큼 1등석 입구로 걸어가는 그에게 사람들의 시선은 집중되었다. 특히 숙녀들은 경멸과 기분 나쁘다는 표정으로 그의 모습을 지켜봤다. 2등석에 앉은 관중들은 그 이상의 눈초리로 그를 노려보았다.

　　무척 더운 밤이었다. 청년은 구겨진 손수건을 꺼내서 자주 땀을 닦고 있었다. 앞에 앉은 외국인은 둥근 부채로 연신 부채질을 해댔다. 정각을 조금 넘긴 시간. 바이올린을 안은 연주자가 반주인 피아니스트와 함께 무대에 나타났다. 연회장은 만당추수(滿塘秋水, 못에 가득 찬 가을의 맑은 물)를 끼얹은 듯 조용하였고, 드디어 첫 번째 연주가 시작되었다. 연주자는 혼신을 다하여 어려운 곡을 연주했다. 청년은 연주자의 무대매너에 빠져든 듯 눈을 반짝이며 숨을 죽이고 미묘한 손가락의 놀림과 활의 움직임을 하나도 놓치지 않았다.

　　부인들의 소곤대는 소리와 선풍기의 소음만 없었다면 청년은 이 세상에서 가장 행복한 사람이었을 것이다. 그런데 현과 활에서 흘러나오는 미묘한 멜로디가 점점 가늘어짐에 따라 머리 위의 선풍기 소음과 뒤에서 들리는 사람들의 말소리가 그의 청각을 방해했다. 그는 몸을 앞으로 내밀고 손을 귀에 대고 멜로디를 좇았지만 음악의 세밀한 기교와 미의 극점이 주변의 잡음 속에 묻혀 버리자, 안타까움과 불만으로 가슴을 움켜쥐었다.

　　이윽고 첫 곡이 끝났다. 그는 귓전에 남아있는 멜로디와 정취, 그리고 대담한 연주기법을 정확히 뇌리에 새기려는 사람처럼 아래를 향한 채 지그시 눈을 감았다. 뒷좌석 부인들의 옷에 관한 쓸데없는 이야기는 여전히 그의 감상을 방해했다.

　　연주자는 다시 무대에 올라섰고 활은 다시 현에 닿았다. 남유럽풍의 정열적인 명곡은 샹들리에의 휘황찬란한 빛 속으로 낭랑하게 흘렀다. 밤은 홍조를 띠고 음악은 높은 파도가 되어 가슴을 때렸다. 그의 영혼은 슬픔 같은 그리고 또 기쁨 같은 이상한 감정이 교차하고 있었다. 이어서 리듬은 온화해지고 박자는 섬세해져갔다. 말로 표현할 수 없는 애조 띤 선율은 그의 귀에 차츰 엷고 가늘게 이어지다가 끊어졌다.

　　그의 청각은 머리 위에 매달려 있는 선풍기 소음과 뒤에 앉은 부인들의 수다로 또 다시 멜로디의 행방을 잃어버렸다. 초조해진 그는 띄엄띄엄 들려오는 멜로디를 다시 한 번 되살려보려 했으나 소용없었다. 조바심이 난 그는 머리 위 선풍기를 잠시 바라보더니 참을 수 없다는 듯이 벌떡 일어서서 스위치를 꺼버렸다. 갑자기 주변은 숨이 멎을 듯이 고요해졌다. 하지만 그가 듣고자 했던 마지막 멜로디는 제대로 듣지도 못한 채 연주는 끝나고 말았다.

　　우레와도 같은 박수소리가 지나가고 부채 움직이는 소리와 이야기소리만 웅성웅성 반복되었다. 앞자리의 외국인이 선풍기 스위치를 다시 켰다.

　　청년은 다음곡이 시작될 때까지 마음의 흥분을 진정시키려는 듯 눈을 감고, 방금 들었던 남유럽의 명곡을 조용히 떠올렸다. 격한 흥분의 여운이 애수 띤 그 곡의 리듬에 매혹되어 그의 마음을 심약한 슬픔 속으로 빠뜨렸다. 하지만 듣지 않으려 해도 들려오는 소곤거림, 보지 않으려 해도 느껴지는 시선, 그것들이 모조리 그에게로 향해져 있다는 것을 알았을 때, 그리고 바로 뒤에 앉은 숙녀들의 입에서 선풍기를 끈 것에 대한 조소와 욕지거리를 들었을 때 그의 슬픈 얼굴은 차츰 분노로 바뀌었다.

15분의 휴식이 끝나고 다시 연주가 시작되었다. 반주자의 손가락은 이미 건반 위에 있었다. 청년은 주위의 시선이 일제히 자신을 향하고 있음을 느끼면서 자리에서 일어섰다. 조용히 오른손을 들어 선풍기의 스위치를 만진 순간, 갑자기 강렬한 전기쇼크를 손끝에 느낀 그는 너무 놀란 나머지 오른쪽에 앉아있던 부인의 이마를 때리고 말았다. 여자의 갑작스럽고 날카로운 비명소리에 주위사람들이 일제히 일어섰고, "뭐야? 무례한 자식!"이라는 소리와 동시에 무서운 속도로 다가오는 뭔가를 느꼈다. 그 여자의 남편이었다.

청년은 눈을 크게 뜨고 있었지만 아무것도 보이지 않았다. 귀는 윙윙 울리고 말을 하려고 해도 소리가 나지 않았다. 순식간에 머릿속에 있던 그 무엇이 가슴을 통과하여 땅속까지 파고드는 것 같았다. 얼음 같은 차가움과 광기와도 같은 냉정함이 그의 마음을 사로잡았고 의식은 일시에 명료해졌다.

청년은 갑자기 강철 같은 단단한 주먹을 들어 올려서 사람들의 동정과 남편의 팔뚝만 믿고 승리감에 찬 얼굴을 하고 있는 양장차림의 부인의 얼굴을 피가 날 정도로 후려갈겼다. 그리고 앞자리에서 연주회 시작부터 그의 마음을 억누르고 있던 키 큰 외국인을 의자 저쪽으로 냅다 밀치고 무대 쪽으로 돌진했다. 청중들은 그를 막아섰다.

결국 남자들과 호텔종업원들에게 무수히 얻어맞고 발로 채여 쓰러진 채 연주회장에서 쫓겨나고 말았다.

「비는 완전히 그쳤고 7월의 밤하늘에는 별이 아름답게 빛나고 있었다.

경관 한 사람이 힘없이 고개를 숙인 청년을 끌고 비로 상쾌하게 씻긴 도로를 걸어갔다. 시원한 미풍이 모자를 뺏겨버린 그의 머리카락을 부드럽게 만지작거렸고 촉촉이 젖은 가로수가 사그락사그락 소리를 내며 차가운 물방울을 옷깃에 뚝뚝 떨어뜨렸다. 지나가는 사람들은 중얼거리면서 경관의 뒤를 따라가는 이상한 남자를 한없이 바라보았다. 그리고 "싸움이라도 한 건가?"라며 가끔 돌아보곤 하였다.

청년은 여전히 혼잣말을 멈추지 않았다.

"저거다."…… "저기 저곳이다." ……그의 머릿속에 어떤 선율이 반복되고 있는 것인가! …… 경관은 문득 멈춰서더니 "뭐야?"라며 돌아섰다. 하지만 그는 대답하지 않았다. 두 사람은 다시 말없이 걷기 시작했다. 그리고 잠시 후, 경관이 다시 멈춰서더니 이번에는 엄격하게 "당신 직업이 뭐요?"라고 물었다.

그는 눈을 들어 경관을 보았다. 그리고 삐뚤어진 넥타이를 고쳐 매면서 "바이올리니스트입니다."라고 대답했다.」

鄭飛石(정비석)

정비석(1911~1991) 소설가, 언론인. 본명 서죽(瑞竹). 필명 비석생(飛石生), 남촌(南村).

079

약력

1911년	5월 21일 평북 의주에서 출생하였다.
1929년	6월 신의주중학교 재학 중에 <신의주고등보통학교생도사건>으로 검거되어 치안유지법 위반과 불경죄로 징역10월, 집행유예5년을 선고받았다. 이후 일본 히로시마(廣島)로 건너가 중학교를 졸업하고 도쿄 니혼대학(日本大學)에 입학하였다.
1932년	니혼대학(日本大學) 문과를 중퇴하고 귀국하였다.
1935년	시(詩) 「도회인에게」, 「어린 것을 잃고」와, 소설 「여자」, 「소나무와 단풍나무」를 발표하였다.
1936년	1월 단편 「졸곡제(卒哭祭)」가 ≪동아일보(東亞日報)≫ 신춘문예에 당선되었다.
1937년	1월 단편 「성황당(城隍堂)」이 ≪조선일보(朝鮮日報)≫ 신춘문예에 당선되어 본격적인 작가활동에 접어들었고, 연이어 「해춘부」, 「운무」, 「거문고」 등을 발표하였다.
1938년	단편 「애증도」, 「저기압」, 「눈 오는 날 밤」 등을 발표하였다.
1939년	4월에는 ≪국민신보(國民新報)≫에 일본어소설 「조국으로 돌아가다(祖國に帰る)」를 발표하였다.
1940년	「제신제(諸神祭)」를 시작으로 세태의 변화를 그린 「고고」를 발표하였다. 매일신보사 기자로 입사하였다.
1941년	7월 <조선문인협회>가 주최하는 용산 호국신사 어조영지 공역봉사에 참가했다.
1942년	섣달그믐의 세모 풍경을 특이한 구성으로 묘사한 「한월」 등을 발표하였고, 일본어소설 「마을은 봄과 함께(村は春と共に)」를 「녹기(綠旗)」에 발표하였다.
1943년	2월 <국민총력조선연맹>이 조선신궁에서 개최한 연성회에, 4월에는 일본 남방종군작가 이노우에 고분(井上康文)과 우에다 히로시(上田廣) 환영회, 5월에는 조선방문 일본작가 교환회에 참석하였다. 6월에는 <제1회 조선군보도연습>에 참가한 경험을 토대로 「사격(射擊)」을 일본어로 발표했고, 친일문인단체 <조선문인보국회> 서설희곡부회 간사로 선임되었다. 일본어소설 「사랑의 윤리(愛の倫理)」와 「산의 휴식(山の憩ひ)」, 「철면피(化の皮)」를 발표하였다. 9월에는 「조

	광」에「어머니의 이야기(母の語らひ)」를 발표하였다.
1944년	조선인 일본어 작품을 수록한『반도작가단편집(半島作家短篇集)』에 단편「행복(幸福)」을 실었다.
1945년	1월「낙화에 부쳐(落花の賦)」를「국민문학(國民文學)」에 발표하였고, 해방 직후 ≪중앙신문≫ 문화부장을 지낸 이후 소설 창작에만 전념하였다.「만월」을 발표하였다.
1946년	단편「모색」,「장미의 계절」을 발표하였으며, 창작 지침서인『소설작법(小說作法)』을 발간하였다.
1947년	단편「운명」과「고원」을 발표하였다.
1948년	단편「수난자」를 발표하였다.
1949년	「도회의 정열」을 연재하였다.
1950년	장편『청춘산맥』을 발표하였다.
1951년	<국제 펜클럽 한국본부> 위원장을 지냈으며,「여성전선」을 발표하였다.
1954년	장편『자유부인』,『민주어족』을 발표하였다.
1955년	장편『산유화』를 발표하였다.
1956년	장편『홍길동전』,『낭만열차』를 발표하였다.
1957년	장편『슬픈 목가』를 발표하였다.
1958년	장편『유혹의 강』,『비정의 곡』등 대중성 있는 작품을 발표하여 인기작가로 군림하였다.
1960년	장편『여성의 적』을 발표하였다.
1961년	<국제펜클럽한국본부> 부위원장 등을 지냈다.
1962년	장편『인간실격』,『산호의 문』,『여인백경』등을 발표하였다.
1963년	장편『욕망해협』을 발표하였다. 이 시기에 간행된 수필집『비석(飛石)과 금강산의 대화』는 시적 정취가 넘치는 명문으로 평가받았다.
1964년	장편『에덴은 아직도 멀다』를 발표하였다.
1965년	관광정책심의위원을 지냈다.『노변정담』(1965~1969) 등을 연재하였다.
1970년	국제라이온스협회한국지구 총재 등을 역임(1970~71)했다.
1977년	역사소설『명기열전(名妓列傳)』을 발표하였다.
1983년	중국 역사를 다룬『소설 손자병법』을 발표하였다.
1984년	역사소설『소설 초한지』,『산유화(山有花)』,『소설 연산군』등을 발표하여 대중적 호응을 받았다.
1985년	중국 역사를 다룬『소설 삼국지』를 발표하였다.
1991년	10월 사망하였다.

정비석은 등단 이후 50여 년 동안 하루도 빠짐없이 원고지와 함께 한 철저한 문인이었다. 초년에는 주로 여성의 애정윤리를 다룬 대중소설을, 만년에는 현대물보다는 주로 역사물이나 중국 고전을 새롭게 고쳐 쓰는 일에 몰두했다. 그는 평소에 "소설은 독자에게 읽혀야 하며, 그러기 위해서는 재미있어야 한다."는 신념으로 창작활동을 하여 많은 독자를 확보하였으며, 고희를 넘긴 이후에도 왕성하게 창작생활을 하였다.

村は春と共に(마을은 봄과 함께)

〈기초사항〉

원제(原題)	村は春と共に	
한국어 제목	마을은 봄과 함께	
원작가명(原作家名)	본명	정서죽(鄭瑞竹)
	필명	정비석(鄭飛石)
게재지(揭載誌)	녹기(綠旗)	
게재년도	1942년 4월	
배경	• 시간적 배경: 태평양전쟁 시기 어느 해 늦겨울 • 공간적 배경: 충청남도에 위치한 '마당골' 마을	
등장인물	① 마당골 사람들의 존경을 한 몸에 받고 있는 홀아비 오제장 ② 농업학교를 졸업하고 귀향하여 마을 신흥세력의 수장이 된 윤길호 ③ 윤길호를 사랑하게 된 오제장의 딸 옥분 등	
기타사항		

〈줄거리〉

용와산(龍臥山) 남쪽 기슭에 있는 평화스런 마을 마당골(梅堂谷)은 50여 가구의 농가가 띄엄띄엄 흩어져 있는 이름 그대로 매화의 명소이다. 마당골은 옛날부터 매화나무가 많기도 했는데, 그 대부분은 30대에 관직을 그만두고 마당골 근처로 낙향하여 여생을 보낸 오제장(吳齊長)의 부친이 심은 것들이었다.

오제장은 온후하지만 완고한 성품에 결벽성이 강했다. 태어난 지 3년도 채 안되어 어머니를 잃은 딸 옥분(玉粉)을 위해 재혼(再婚)도 하지 않고 혼자서 정성으로 키웠다. 그런 아버지의 지극한 정성에 힘입어 옥분은 천자문, 사략, 소학, 맹자 등의 한학을 두루 섭렵할 정도로 지덕을 고루 갖춘 처녀로 성장했다. 또한 오제장은 마을을 위해서라면 물불을 가리지 않았고, 목숨을 던져도 아깝지 않을 정도로 마당골을 사랑했다.

이 평화롭고 아름다운 마을에 사는 사람들은 모두들 피를 나눈 형제처럼 사이가 좋았다. 혹여 이웃에 재난이라도 닥치면 마을사람 모두가 마치 자기 일처럼 서로 위로하며 격려했다. 젊은이는 어른을 공경하고 어른은 나이어린 사람을 아끼고 사랑했다. 이처럼 예절바르고 질서 있는 마을이 되기까지는 오제장의 역할이 컸다. 어쩌다가 분쟁이라도 일어날라치면 마을 사람들은 학식이 풍부한 오제장을 찾아가 시비를 가려주도록 청했고, 모든 시시비비는 그의 판단에 따를 정도로 오제장은 이 마을에서 존경받았다.

그런데 3, 4년 전부터 윤길호(尹吉浩)라는 청년이 귀향하고부터는 마을 분위기가 사뭇 달라졌다. 마을에서 유일한 유학생이었던 윤길호는 농업학교를 졸업하자마자 마당골로 돌아와서 학교에 못가는 마을 아이들을 위해 오래전에 폐가가 되다시피 한 서당을 개보수하여 공부방을 열었다. 당초에 30명 정도였던 학생이 3년째에 접어들자 300명을 웃돌았고 지난봄에는 증축을 할 정도로 눈부시게 발전했다. 그것을 지켜본 마을사람들은 처음엔 윤길호를 미덥지 않은 눈으로 보다가 이제는 칭찬하기에 이르렀고, 특히 마을청년들은 윤길호의 말이라면 불속에라도 뛰어들 기세로 그를 따랐다. 오제장 역시 윤길호의 뛰어난 사고력과 결단력에 깊이 감탄하고 있었지만, 마을 어른들과는 이렇다 할 의논도 없이 큰일을 도모하고 자신과 대립하는 윤길호에게 호의적일 수는 없었다. 그런 두 사람의 대립은 이내 마을의 신흥세력과 보수세력의 대립으로 발전하여, 두 세력 간에 끊이지 않는 충돌이 발생하였다.

그러던 어느 날 최근 들어 용꼬리벌(龍尾平野)에 K방직회사의 공장이 들어선다는 이야기가 나돌았다. 마당골 농민의 농지 대부분이 그 용꼬리벌에 소재하고 있었기 때문에 공장이 들어서는 문제는 상당히 심각했다. 그런데 진정서를 내는 문제를 놓고 신흥세력과 보수세력 사이에 대립이 발생하였고, 윤길호는 급기야 오제장의 집을 찾아갔다.

대문에 들어선 윤길호는 머리에 수건을 둘러쓰고 익숙한 솜씨로 마당을 쓸고 있는 오제장의 딸 옥분과 마주쳤다. 몰라보게 곱게 성장한 옥분을 본 윤길호는, 눈 코 뜰 새 없던 8년이라는 세월을 성숙한 옥분에게서 찾은 듯 자신을 뒤돌아보게 되었다. 옥분도 윤길호와 마주치자 약간 당황한 듯 얼굴을 붉혔다. 마침 오제장이 부재중이어서 더 이상 용건이 없었지만 윤길호는 그대로 발길을 돌리지 못했다.

한편 진정서를 들고 온 마을을 돌던 오제장은, 어제와 달리 마을사람들이 서명을 하려 들지 않자 이 모든 것이 윤길호 때문이라며 노발대발하였다. 그러나 시간이 갈수록 오제장의 입장은 나빠질 뿐이었다. 옥분은 하필이면 윤길호와 아버지가 사사건건 대립하는 것이 슬펐다.

다음 날 다시 오제장 집을 찾은 윤길호는 진정서가 아무 도움도 되지 않는 이유를 찬찬히 설명했지만, 오제장과 어떠한 타협점도 찾지 못하고 그의 집을 나와야 했다. 스물넷 청춘인 윤길호는 허탈하게 길을 걸으면서도 옥분과의 결혼을 꿈꾸었다. 사나흘 후 야학수업을 마친 윤길호는 옥분을 떠올리며 언덕길을 걷다가 마침 매화나무 그늘 아래에 서있는 옥분을 발견하고 그녀에게 다가갔다. 그녀는 윤길호에게 아버지의 진정서에 찬성해달라고 부탁하기 위해 윤길호를 기다리고 있었던 것이다. 결국 부탁을 거절당한 옥분이 윤길호에게 인사를 하고 돌아섰다.

「"옥분이!" 그는 잽싸게 옥분의 앞을 가로막았다. 그는 숨을 헐떡였다. 기분 탓인지 그녀도 희미하게 떨고 있는 것 같았다.

"옥분이! 나는…… 나는 당신을 좋아합니다. 나의 아내가 되어주시지 않겠습니까?" 그는 간신히 이렇게 말했다. 가슴이 텅 빈 것 같았다. 그러자 그녀는 짐짓 그에게서 멀찍이 물러서며 수줍은 듯이 말했다.

"그런 건 아직 생각해 본 적이 없습니다." 그녀도 윤길호가 싫은 것은 아니었다.

"제발 부탁입니다. 제 평생의 소원입니다. 반드시 행복하게 해드리겠습니다!" 그는 염불이라도 외는 사람처럼 같은 말을 반복했다.

"하지만……."

"제가 싫은 겁니까? 말해 보세요. 제가 싫습니까?" 윤길호는 필사적으로 덤벼들듯이 다그쳤다.

"아니……. 제겐 아버님이 계신 걸요."

"그럼 아버님이 허락해 주시면 내게로 와주실 겁니까?"

"……."

"대답해 주세요. 싫으신 겁니까?"

그러자 그녀는 말하기 어려웠던지 고개를 슬며시 좌우로 흔들었다.

"좋다는 말씀이죠? 고맙습니다! 고맙습니다!" (중략)

"아버님의 허락을 받으러 언젠가 방문하겠으니, 제게 와주실 의사가 있으면 마당의 매화나무 가지에 당신의 빨간 댕기를 묶어주세요. 꼭입니다!"」

그날 이후 윤길호는 하루에도 몇 번씩 매화나무를 확인하러 갔지만 그 때마다 번번이 실망하고 돌아왔다. 더 이상 기다릴 수 없었던 윤길호는 오제장을 찾아가 옥분과 결혼하게 해 달라고 부탁했다. 그러나 오제장은 의관도 제대로 갖추지 않고 혼사를 논하려 한다며 윤길호를 그냥 돌려보냈다. 그날 밤 깊은 생각에 잠긴 오제장은 설령 적대감을 갖고 있을지라도 요즘 젊은이치고는 기특한 구석이 있어 옥분의 신랑감으로는 윤길호가 제격이라고 결론지었다. 날이 밝자마자 오제장은 옥분에게 윤길호와의 혼인 이야기를 꺼냈다. 수줍어 고개를 숙인 옥분은 머리끝의 빨간 댕기를 만지작거렸다.

의관을 갖추고 다시 오제장의 집으로 향하던 윤길호는 언덕 위에 빨간 측량 깃발이 서 있는 것을 보고 이미 공장부설을 위한 측량이 시작된 것을 알았다. 그는 드디어 다시 태어나게 될 마당골을 머릿속에 그리며 한껏 상기된 기분으로 옥분의 집 근처까지 왔다. 그리고 두근거리는 가슴을 가라앉히고 매화나무를 올려다보았다. 한껏 흐드러진 매화꽃 아래 빨간 댕기가 산들바람에 한들거리고 있었다.

 079-2

愛の倫理(사랑의 윤리)

〈기초사항〉

원제(原題)		愛の倫理
한국어 제목		사랑의 윤리
원작가명(原作家名)	본명	정서죽(鄭瑞竹)
	필명	정비석(鄭飛石)
게재지(揭載誌)		문화조선(文化朝鮮)
게재년도		1943년 4월

배경	• 시간적 배경: 어느 해 가을 • 공간적 배경: 경성
등장인물	① 약혼자의 올케를 남몰래 사랑하고 있는 외과의사 현경명 ② 경명의 청혼을 기다리는 옥채 ③ 남편과 사별하고 딸을 키우는 옥채의 올케 정온 등
기타사항	

〈줄거리〉

현경명(玄慶明)과 옥채(玉彩)는 약혼자라 불릴 정도로 서로 가까이 지내는 사이다. 그런데 두 사람의 약혼이 지연되고 있는 것은 경명이 옥채의 올케인 정온(貞溫)을 마음에 두고 있기 때문이었다.

정온이 딸 미야(美ちやん)의 건강 때문에 옥채와 함께 석왕사로 간 것은 7월 중순쯤이었다. 때문에 경명은 두 달 동안이나 그들을 볼 수 없었다. 그래도 산사에서의 생활을 세세하게 써 보내준 옥채와, 두어 번 정도 조심스런 편지를 보내준 정온 덕분에 그들의 일상생활이 손에 잡힐 듯 훤했다. 미야의 건강이 회복되어 경성으로 돌아왔다는 옥채의 전화를 받은 경명은 정온과 만날 수 있다는 기대감에 몹시 설레었다. 기다리는 동안 그는 진찰실 유리창에 기대어 정원을 바라보았다. 9월이라 해도 오후의 햇볕은 뜨겁게 정원을 내리비추고 있었다. 무성하게 자란 잡초 사이로 드문드문 피어있는 패랭이꽃을 보면서 경명은 문득 옥채를 떠올렸다. 청초한 얼굴에 가을하늘처럼 아주 맑은 눈을 가진 옥채가 마치 패랭이꽃 같다고 생각했다. 그리고 다시 정온을 떠올리면서 도라지꽃을 연상했다. 맑은 보랏빛이 언뜻 보면 차가운 것 같으면서도 은근하게 따스함을 풍기는, 총명함과 고상함을 지닌 모습이 정온을 꼭 닮은 듯했다.

북악산 일부를 개인적으로 사용하고 있는 병원 뒤뜰은 단풍나무, 떡갈나무, 은행나무 등으로 울창했다. 어디에선가 가위질 하는 소리가 들렸다. 소리 나는 쪽으로 다가가던 경명은 부드러운 손길로 사과나무 곁가지를 쳐내고 있는 정온을 발견했다. 한참을 바라보던 경명은 정온의 전정솜씨에 감탄하며, 역시 과감한 결단이 있어야 풍성한 과실을 얻을 수 있겠다고 생각했다. 그리고 외과의사의 수술도 저런 결단성이 필요하리라 생각했다.

경명은 오랫동안 그 자리에 서서 미망인과의 결혼이 도덕적으로 정말 허락되지 않는 일인가를 생각해 보았다. 남편을 잃은 정온이 초연하게 자기를 지키려고 발버둥치고 있는 모습이 때때로 가엾게 여겨지기도 했지만, 갑자기 옥채와의 약혼을 서둘러 결정하려는 정온의 속마음이 진정 무엇인지 의심스러웠다. 그런데 곁가지를 쳐내고 있는 정온을 본 순간 뭔가 확신을 갖게 되었다. 경명은 정온이 역시 도라지꽃 같은 여인이라고 생각했다. 도라지꽃은 잡초 속에서 꽃을 피워도 잡초가 아니며, 대범한 자세로 자신을 굳게 지켜가는 강인함이자 전통적인 미(美)이기도 했다. 그러나 경명에겐 그것이 또 견딜 수 없는 괴로움이기도 했다. 결국 경명은 정면으로 부딪쳐보는 수밖에 없다고 생각하고 정온에게 다가갔다.

「남자의 진지함에 놀라, 그녀의 얼굴빛이 순간 창백해졌다. 그 역시 숨이 멎을 것 같았다.
"정온씨! 저에게는 옥채양의 결심보다도 당신의 마음이 중요합니다. 당신의 대답에 따라 모든 운명이 정해질 겁니다."
그렇게 말한 순간, 갑자기 2층 쪽에서 "아저씨!"하고 부르는 미야의 목소리가 들렸다. 깜짝 놀라 올려다보니 2층 창가에 나란히 선 옥채와 미야가 이쪽을 내려다보고 있었다. 옥채는 미소를 띤 밝은 표정이었다.

"어머! 언제 돌아온 거야?"

정온도 역시 깜짝 놀란 모양이었다. 그는 나쁜 짓을 하다 들킨 것처럼 꺼림칙했지만, 옥채가 이상하게 생각하면 한대로 모든 것이 빠르게 해결될 것 같아 기분은 오히려 상쾌했다.」

다음 날 경명은 정온의 만나자는 전화를 받았다. 두근거리는 마음으로 S다방으로 나간 경명은 정온으로부터 "호의는 고맙지만 나는 지금이 가장 행복하다. 더 이상 나를 괴롭히지 말고 싫지 않다면 옥채와 결혼하라."는 단호한 대답을 들었다.

경명은 틈을 주지 않고 자기 할 말을 단숨에 해버린 정온을 보고, 마치 전정가위로 곁가지를 싹둑 잘라버리는 단호함과 과감함에 아연해졌다. 그리고 자신 역시 정온에게는 곁가지에 지나지 않는 존재일지 모른다고 생각하고, 옥채만 좋다면 그녀와 결혼하겠다고 대답하고 말았다.

경명은 담담한 애수(哀愁)가 물밀듯이 몸속으로 스며드는 것 같아 황망히 눈을 창밖으로 돌렸다. 초점 없는 시선으로 정원을 바라보던 경명의 눈에 눈물이 고였다. 젖은 그의 눈동자에 패랭이꽃이 희미하게 보였다. 경명은 지그시 눈을 감았다. 그리고 망막에 비친 등불과 같은 패랭이꽃을 시야에서 놓치지 않으려고 숨을 죽였다. 순진한 옥채의 모습이 패랭이꽃 사이에서 떠오르더니 옥채와 패랭이꽃이 이중으로 겹쳐 보였다.

山の憩ひ(산의 휴식)

〈기초사항〉

원제(原題)	山の憩ひ	
한국어 제목	산의 휴식	
원작가명(原作家名)	본명	정서죽(鄭瑞竹)
	필명	정비석(鄭飛石)
게재지(揭載誌)	신시대(新時代)	
게재년도	1943년 4~5월	
배경	• 시간적 배경: 어느 여름날 • 공간적 배경: Y역 부근의 어느 산장	
등장인물	① 죽은 연인 애라와의 추억의 장소를 찾은 '나' ② 애라의 친구이자 나를 현실세계로 이끌어낸 옥채 ③ 애라를 마지막까지 간병해 준 산장지기의 아내 순실 등	
기타사항	미완성	

〈줄거리〉

　내가 근무하고 있는 미션스쿨은 여름방학이 되면 직원들이 조를 편성하여 지방으로 전도유세를 나가는 것이 연중행사처럼 되어 있었다. 때문에 여름을 애라(愛羅)와 함께 산장에서 보낸 나는 한걸음 먼저 산을 내려와 전도활동하러 제주도로 향했다.

　제주도에 온 나는 밤마다 애라의 꿈을 꾸었는데, 꿈속에서도 우리 두 사람은 충실한 신의 사도가 되자고 맹세했다. 나는 이 여정을 마치는 대로 애라를 만날 기대감에 부풀어 온갖 어려움 속에서도 2개월 동안의 전도활동을 무사히 마쳤다. 그리고 설레는 마음으로 제주도를 나와 이윽고 경성역에 내렸다. 그런데 역에 마중 나온 사람은 애라가 아닌 애라 친구 옥채(玉彩)였다. 의아해하는 나에게 옥채는 애라의 사망소식을 전해주었다. 나는 순간 바보처럼 멍하니 한참을 서있을 수밖에 없었다.

　관념적인 신의 세계에 대한 흥분도 어느 정도 진정되어, 현실세계로 돌아온 나에게 애라의 죽음은 크나큰 슬픔으로 다가왔다. 제주도에서 전도하던 2개월 동안 나는 거의 매일처럼 죽음은 결코 두려운 것도 슬픈 것도 아니라는 내용의 설교를 하며 돌아다녔었다. 그런데 도대체 어찌된 일인지 성스러운 신의 말씀조차 지금의 내 슬픔을 위로해 주지는 못했다.

　원래 허약체질인데다 급성간염이었던 그녀에게 해발 800미터 고원의 냉기는 무리였다. 그렇다 해도 내가 산장에서 내려온 지 채 2주도 안 되어 저세상으로 가버리다니, 그녀의 죽음이 도저히 믿어지지 않았다. 이 세상에서 애라를 다시는 만날 수 없다는 절망감에 휩싸인 나는 지난여름 애라와 즐겁게 지냈던 추억의 산장을 다시 찾기로 했다.

　열차는 경사가 급한 비탈길을 헐떡거리며 기어 올라갔다. 호흡하는 공기마저 무겁게 느껴지고 산악지대 특유의 운무가 줄곧 차창을 흐려놓았지만, 차창 밖을 내다보며 추억에 잠겼다. 어느덧 Y역에 도착했다. 나는 애라와의 추억을 떠올리며 20여리를 걸어 산장에 도착했다.

　산장지기 김서방의 처 순실(順實)은 나를 발견하고 반가운 웃음을 지었다. 순실은 애라와 내가 '모나리자'라 부르던 이지적이고 영리한 여자였다. 순실을 만나자 애라의 모습이 눈앞에 더욱 선명하게 떠올랐다. 나는 애라와의 즐거웠던 추억을 하나하나 떠올리며 산장 주변 이곳저곳을 돌아다니다가 순실의 안내로 애라의 무덤을 찾아갔다. 바다를 좋아하던 애라였던지라 무덤은 바다가 내려다보이는 양지바른 곳이었다. 인간이 죽으면 육체는 썩어서 흙이 되고 영혼만이 승천한다는 성경의 가르침을 굳게 믿었기에, 한때는 죽음을 또 다른 기쁨으로 생각하기도 했었다. 그런데 지금은 애라의 영혼이 하늘나라에 갔으리라는 사실을 기뻐하기보다는 무덤 앞에서 느끼는 비애가 훨씬 컸다.

「날이 어두워졌을 즈음 산장으로 돌아오자 순실은 일부러 애라가 썼던 방을 내 침실로 내주었다. 애라가 죽었을 당시의 모습을 그대로 남겨둔 방이었다. 그 방에 들어선 나는 그녀의 죽음을 의심했다. 애라가 마지막 숨을 거두었다는 그 침대에 누워, 나는 애라가 돌아오기를 이제나 저제나 하고 기다렸다. 서쪽으로 난 창가에 놓여 있는 피아노 위의 꽃병에는 이미 시들어버린 백장미가 그대로 꽂혀 있었다. 그녀는 시야에서 서서히 멀어져가는 그 꽃을 조용히 바라보며 평온한 마음으로 마지막 숨을 거두었을 것이 틀림없다. 나는 황혼 속에 우뚝 솟은 건너편 산을 지긋이 바라보며 애라를 향한 무한한 애수에 젖었다. 그 사이에 스무날 달빛이 차갑게 동창으로 비쳐들었다. 쉽사리 잠들지 못한 나는 밖으로 뛰쳐나가 과수원 여기저기를 헤매고 다녔다.」

이튿날 아침 나는 옥채에게 '애라를 위해서 이번 겨울은 산장에서 보낼 것'이라는 내용의 편지를 보냈다. 그리고 사흘쯤 후 옥채에게서 이곳 산장으로 오겠다는 전보가 날아들었다. 도착시간에 맞춰 Y역으로 마중나간 나는 옥채의 '신혼여행 오는 셈 치고 2등차를 탔다'는 말에 이상한 매혹을 느꼈다. 그 순간 살로메같이 요염한 옥채의 자태가 한눈에 들어왔다.

　　옥채는 미션스쿨을 그만둘 생각을 내비친 나에게 "예수교는 오랑캐들의 위선 껍데기" "눈앞의 현세(現世)를 망쳐가면서까지 있지도 않은 내세(來世)를 믿으라는 건 새빨간 거짓말"이라고 비난하면서 함께 경성으로 돌아가자고 하였다. 옥채의 말에 나는 긴 잠에서 깨어난 사람처럼 눈이 번쩍 뜨인 느낌이었다. 그 일로 인해 내가 얼마나 많은 생활을 희생하고 국민의 의무를 게을리해 왔던가를 반성했다.

　　산이라 그런지 추위가 유독 빨리 찾아온 것 같았다. 밤새 서리가 하얗게 내린 마당을 산책하는 나에게 순실이 다가왔다. 순실과 애라를 추억하는 이런저런 이야기를 나누고 있는데, 순실의 남편인 김서방이 날카로운 눈초리로 쏘아보고 있었다. 김서방은 전부터 순실과 나의 관계를 의심하고 순실을 때린 적이 있었기에 나는 더 이상 산장에 머무를 수 없었다. 그래서 옥채의 말대로 그녀와 함께 산장을 떠나기로 하였다. 이튿날 나는 순실에게 떠나겠노라 말했다. 그 순간 실망의 빛을 감추지 못하던 순실의 눈빛에서 나는 너무나 순수하고 향기로운 아름다움을 보았다.

- 미완 -

化の皮(철면피)

〈기초사항〉

원제(原題)	化の皮	
한국어 제목	철면피	
원작가명(原作家名)	본명	정서죽(鄭瑞竹)
	필명	정비석(鄭飛石)
게재지(揭載誌)	국민문학(國民文學)	
게재년도	1943년 7월	
배경	• 시간적 배경: 1935년 • 공간적 배경: 미국의 샌프란시스코	
등장인물	① 미국인 선교사 페치프렌 ② 페치프렌의 충실한 하수인 최성준 목사 등	
기타사항	원문전체번역	

1935년(쇼와 10년)의 일이다. '살아있는 신(神)'으로 신도들에게 추앙받았던 미국인 선교사 페치프렌은 안식년을 맞아 고국으로 돌아가게 되었다. 평소 그와 둘도 없는 친구요, 또 가장 충직한 그의 정신적 부하인 목사 최성준은 신의 나라 미국을 구경하고 싶은 마음에 그를 따라가고 싶다고 청했다.

"아 좋구 말구요. 나의 신애(信愛)하는 형제여!"

선교사 페치프렌은 쾌히 승낙하고 최목사와 함께 샌프란시스코행 기선에 올랐다. 배 안에서의 그는 여전히 신처럼 친절하였다.

그러나 배가 하와이의 호놀룰루에 기항하자 그는 최목사에게 짐을 지키라고 시키고 자기 혼자만 상륙하였다. 최목사는 불쾌했지만 평소의 그를 믿었기 때문에 꾹 참았다.

그리고 며칠 후 배가 드디어 샌프란시스코에 입항했다. 그러자 그는 무거운 트렁크를 최목사에게 들게 하고, 자기는 유유히 빈손을 휘저으며 상륙했다.

그리고 마중 나온 지인들을 만나자 그는 곧 최목사를 그들에게 다음과 같이 소개하였다.

"이 사람은 조선의 원주민으로 내가 그곳에 있을 때 어여삐 여겼던 충실한 노예입니다. 부디 여러분께서도 잘 돌봐주시기를 바랍니다."

079-5

射擊(사격)

〈기초사항〉

원제(原題)		射擊
한국어 제목		사격
원작가명(原作家名)	본명	정서죽(鄭瑞竹)
	필명	정비석(鄭飛石)
게재지(揭載誌)		국민문학(國民文學)
게재년도		1943년 7월
배경		• 시간적 배경: 1943년 6월 • 공간적 배경: 사격훈련장
등장인물		① 사격훈련에 참여한 보도반원 '나(정비석)'
기타사항		원문전체번역

　　6월 1일. 우리는 대동창사(大同廠舍)에서 이틀째 아침을 맞았다. 창사 앞 초원을 비추는 아침햇살이 한여름의 더위를 머금고 있었다. 멀리 산에서 뻐꾸기의 울음소리가 간간이 들려왔다. 참으로 한가로운 고원의 아침이다.

　　하지만 우리 보도반원은 한가로운 자연에 기대어 한가한 기분에 젖어있을 수는 없다. 오늘 오전 중 훈련과목은 '실탄사격'이다. 서둘러 아침을 먹고 전원 장비를 갖춰 입고 각자 소총을 메고 창사 앞 광장에 집합했다.

　　"지금부터 실탄사격이다! 5발씩 나눠준대."

　　"실탄사격이라, 좀 떨리는데!"

　　누군가 이렇게 말하자,

　　"좋아, 내가 5발 다 적중시켜 보이겠어."

　　"자네가? 자네라면 1발만 맞춰도 잘 한 거야."

　　반원들은 서로 농담을 주고받았다. 하지만 '실탄사격'은 대부분의 반원들에게는 처음 경험해 보는 것이라, 모두의 얼굴에는 농담의 이면에 일종의 희망과 호기심 그리고 불안한 기색이 역력했다. 또 그만큼 다부지고 진지한 표정이었다.

　　오전 9시, 우리는 창사에서 2킬로 정도 떨어진 ○○부대의 사격연습장에 도착했다. 그곳에는 이미 보도반원의 사격을 지도하기 위해 ○○부대의 하사관들 6, 7명이 와있었다.

　　"실탄사격 때는 긴장하기 마련인데, 긴장해서는 절대 맞추지 못한다."라고 요시나가(吉永)소위는 말했다. '사격!'이라는 호령이 떨어지면 하나, 둘, 셋, 넷을 셀 정도의 시간에 방아쇠를 당기지 않으면 안 된다. 이것이 사격의 기본속도라고 했다.

　　이윽고 4명씩 사격이 시작되었다. 과녁은 300미터 떨어진 곳에 세워져 있었는데, 근시인 사람에게는 잘 보이지 않을 정도로 작았다. 과녁의 크기는 군인이 엎드려서 쏠 때의 자세일 때, 어깨보다 위, 즉 땅 위로 드러난 신체부분과 같은 크기라고 하는데, 300미터나 떨어져있어서 그런지 작은 공만하게 보였다.

　　이미 여기저기서 탕탕 사격소리가 고요한 산야를 힘차게 뒤흔들고 있었다. 300미터 표적 주변으로 풀풀 흙먼지가 일었다.

　　4명의 사수가 5발씩 쏘고 나면 조수인 하사관이 붉고 하얀 천을 기워 만든 깃발을 높이 흔들었다. "사격종료"를 알리는 신호였다. 그러면 표적 부근의 방공호에서 대기하고 있던 병사가 표적으로 가서 탄환의 적중여부를 조사해 긴 깃발로 이쪽에 신호를 보내온다. 신호는 다음과 같다.

　　빗나감 : 깃발로 원을 그린다.

　　1발 적중 : 깃발을 수직으로 세운 후 오른쪽으로 눕힌다.

　　2발 적중 : 깃발을 직립시킨 후 왼쪽으로 눕힌다.

　　3발 적중 : 깃발을 직립시킨 후 앞으로 눕힌다.

　　대부분 빗나갔지만 그렇다고 표적에서 멀지도 않았다. 드디어 내 차례가 되었다. 나는 주어진 총을 들고 잠시 조용히 바라보았다. 그러자 순간 엄숙함이 밀려오며 숨이 막히는 것 같았다. 물러설 수 없다는 절박함. 붓을 총으로 바꿔든 것이다.

이제부터 나는, 아니 우리는 검을 들었다는 각오로 붓을 잡지 않으면 안 된다. 나는 엎드려 총을 쏠 자세를 취하고 표적을 향해 시선을 집중했다. 옆에서 철컹 하는 탄환소리가 들렸다. 하지만 나는 더 이상 그런 일에 연연하고 있을 수 없었다. 그 순간 표적은 나의 적이었다. 내 안중에는 적의 존재밖에 없었다. 시선을 고정시키고 스윽 적이 시야에 나타난 순간, 나는 조용히 방아쇠를 당겼다. '조용히'라고 했지만, 사실 내 가슴은 한없이 떨렸다. 찰칵 소리가 남과 동시에 그 반동이 어깨를 강하게 때렸다. 적을 쏜 반동이라고 생각하자 도저히 진정이 되지 않았다.

표적 부근에서 흙먼지가 몽롱하게 일었으므로 적중했는지 어땠는지 알 수 없었다. 나는 다만 진검승부로 적을 노려야만 했다.

5발을 다 쏘고 나자 "사격중지!"라고 옆에 있던 하사관이 명했다. 나는 벌떡 일어섰다.

마침내 첫 번째 표적부터 적중여부를 점검하기 시작했다. 나는 세 번째 표적을 쏘았는데, 첫 번째 표적에서 세 번째까지 오는 짧은 시간이 나에게는 영원처럼 느껴졌다.

드디어 내 표적 차례다. 깃발이 어떻게 움직일까. 나는 떨리는 가슴으로 지켜보았다. 반드시 맞아야 한다. 절체절명의 순간이었다. 내 표적을 자세히 조사한 병사는 뒤로 돌아섰다. 그리고 깃발을 수직으로 세우는가 싶더니 이내 오른쪽으로 푹 꺾었다. 나는 휴, 안도의 한숨을 쉬었다. 1발 적중인 것이다.

나는 직립부동의 자세를 취하고 곧장 지휘관에게 보고했다.

<보고>

"제3 표적 사수 정비석 반원

발사탄 5발

명중 1발

그 외 이상 없음."

그런 다음 총을 들고 방향을 바꿔 뒤로 물러났다.

모두들 진지했다. 총을 잡은 순간, 아무리 우유부단한 사람도 긴장하지 않을 수 없다. 총에는 군인정신이 깃들어 있기 때문이다. 우리는 붓을 들 때에도 총을 들었을 때의 이 정신을 잊어서는 안 된다. 그래야만이 오늘날 우리의 존재의의를 주장할 수 있다고 생각한다.

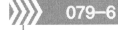

幸福(행복)

〈기초사항〉

원제(原題)	幸福
한국어 제목	행복

원작가명(原作家名)	본명	정서죽(鄭瑞竹)
	필명	정비석(鄭飛石)
게재지(揭載誌)		반도작가단편집(半島作家短篇集)
게재년도		1944년
배경		• 시간적 배경: 1943년 겨울 • 공간적 배경: 어느 농촌마을
등장인물		① 남자 못지않은 체력의 소유자로 만삭에도 씩씩하게 일하는 서분녀 ② 지원병훈련소에 입소한 서분녀의 남편 현준 ③ 현준의 아버지 윤선달 ④ 현준의 남동생 13세 현이 등
기타사항		

〈줄거리〉

한 집안의 기둥인 현준(賢俊)이 지원병에 합격했을 때, 아버지 윤선달은 기쁨보다는 걱정이 앞섰다. 믿음직스런 현준이 없으면 남은 세 가족이 어떻게 살아갈지 막막했기 때문이다. 자신은 나이가 들고 작은아들 현이(賢二)는 너무 어리다. 게다가 며느리는 임신한 몸이라 힘든 일을 하기엔 역부족이기 때문이다. 상황이 이러하니 윤선달은 아들의 입소를 반대하지 않을 수 없었다. 그런데도 현준의 뜻이 너무 완고하였고 며느리마저 나서서 "집안일은 제가 도맡아 하겠으니 남편 뜻대로 하게 해주세요."라고 간곡히 부탁하는 바람에 어쩔 수 없이 허락하고 말았던 것이다.

면사무소에 내야할 가마니 수가 정해져 있기 때문에 서분녀는 빨래를 끝내자마자 시동생의 가마니 짜는 일을 도왔다.

사실, 남편 현준이 입소한 지 사흘째 되는 날 면사무소의 기술관리와 구장이 찾아와서 현준이 입소를 하였기에 올해의 가마니 책임량을 반으로 줄여주겠다고 제안했다. 그런데 서분녀는 남편 몫까지 일해보이고 싶다며 예년대로 300장을 짜겠다고 하였다. 돌이켜보면 현준이 있을 때에도 300장은 결코 쉬운 일이 아니었다. 더군다나 산달을 앞둔 서분녀의 처지에 가마니 300장은 무모하기까지 했다. 하지만 시아버지와 시동생이 한마디 불평 없이 그녀의 의견에 동의하자 서분녀는 기뻐서 눈물이 날 지경이었다.

그날부터 윤선달과 서분녀, 그리고 현이의 가마니짜기 작업이 시작되었다. 거의 70일간을 밤낮없이 작업한 결과 현재 270장을 완성했다. 그러나 기일까지는 2주 정도 밖에 남아있지 않았기에 서분녀는 산통을 참아가면서 일했다. 현이는 햇빛을 보지 못해 얼굴이 중환자처럼 창백해졌고, 시아버지는 손바닥이 부르틀 정도였으며, 서분녀는 코피까지 흘려가면서 열심히 일했다. 서분녀는 앞으로 1주일만 참으면 목표를 달성할 수 있을 거라며 산통을 참아가면서 가마니 짜기에 매진했다. 그런데 이틀이 지난 한밤중에 산통이 심해지기 시작했다. 놀란 시아버지는 서둘러서 장손(長孫)의 어머니를 불러왔다. 그런데 그녀가 서분녀의 방으로 막 들어서려는 순간 아기의 울음소리가 들렸다.

장손의 어머니는 현준을 꼭 빼닮은 아들이라고 알려주었다. 기쁨에 들뜬 윤선달은 장손어머니와 현준에게 득남한 소식을 전할 편지를 부탁하러 김(金)서기에게 가는 김에 손자 이름도 함께 지어달라고 부탁해야겠다는 등의 이야기를 나누고 있었다. 그 와중에도 서분녀의 머릿속에는 나머지 18장의 가마니를 어떻게 완성할까 하는 걱정뿐이었다. 다음날 윤선달이 김서기에게 편지를 부탁하러 막 나가려는데, 서분녀는 남편에게 아들의 이름을 짓게 하자고 제안했다.

출산 후 1주일이 지나자 서분녀는 시동생과 둘이서 나머지 목표량을 채우기 위해 한시도 쉬지 않고 가마니를 짰다. 그리고 마침내 목표량을 채우는 데 성공했다. 그 순간 서분녀의 마음에는 중대한 책임을 완수했을 때의 개운함과 유쾌함이 가득 찼고, 남편에 대한 체면이 서는 것 같았다. 다음날 아침 남편으로부터 편지가 도착했다. 간이학교 4학년을 졸업한 현이가 서툴게나마 편지를 읽어 내렸다.

「……사내아이가 태어났다니 참으로 기쁩니다. 한 사내아이가 태어났다는 것은 바꿔 말하면 그만큼 나라가 강해졌다고 할 수 있습니다. 부디 잘 키워서 내가 돌아갔을 때는 건강한 아이로 자라있도록 해주십시오. 그리고 아이의 이름은, 아무리 생각해도 좋은 이름이 떠오르지 않아 담임선생님께 여쭤보았습니다. 그랬더니 담임선생님이 이것을 다시 소장님께 말씀을 드렸지 뭡니까. 소장님은 크게 기뻐하시며 '다케시(健志)', 건전한 뜻 즉 건전한 정신을 가졌을 때 비로소 이룰 수 있다고 말씀하셨습니다. '오야마 다케시(大山健志)'. 참으로 용맹한 이름이라 여겨지니 이름에 부끄럽지 않을 아이로 키워주십시오. 저희는 매일 열심히 연성(鍊成)하고 있으니 안심하십시오. 연말이 코앞으로 다가오고 있어서 내일부터는 우리 손으로 우리가 먹을 떡을 찧을 것입니다. 이곳에서는 양력을 사용하고 있으니 성전(聖戰) 이래 세 번째 봄을 저와 같이 축하해주시기 바랍니다. 무엇보다 생활을 간소화해야 할 전시 하에서 두 번 설을 쇠는 것은 절대 용서받을 수 없는 일이라고 생각합니다.……」

그렇게 지원병훈련소의 소장이 지어주었다는 '오야마 다케시(大山健志)'라는 손자의 이름에 윤선달은 우리 집안의 영광이라며 만족하였다. 또한 서분녀는 남편의 부탁대로 새해부터는 양력설을 쇠자고 고집을 부리고, 그런 서분녀의 이야기를 듣던 윤선달도 요즘만 같으면 매일이 설날 같고 매사가 형통하니 천하태평이 따로 없다며 흥에 겨워 양력설을 허락하였다. 그 순간 서분녀는 가슴속에서 뜨거운 뭔가가 온몸에 퍼지는 것 같은 뿌듯함을 느꼈다.

 079-7

落花の賦(낙화에 부쳐)

〈기초사항〉

원제(原題)		落花の賦
한국어 제목		낙화에 부쳐
원작가명(原作家名)	본명	정서죽(鄭瑞竹)
	필명	정비석(鄭飛石)

게재지(揭載誌)	국민문학(國民文學)
게재년도	1945년 1월
배경	• 시간적 배경: 태평양전쟁 말기 어느 가을날 • 공간적 배경: 경성의 어느 잡지사와 병원
등장인물	① 한때 잡지사에 다니다 공무원으로 일하고 있는 '나' ② 나의 직장동료이자 시인인 현(玄) ③ 레스토랑 '제비'의 여급 하루코 등
기타사항	

〈줄거리〉

현(玄)과 나는 같은 직장에서 일하는 동료이지만 그리 친한 사이는 아니었다. 우리는 서로 악연이라며 자주 대립했고, 그럴 때마다 그 대립은 번번이 나의 패배로 끝나게 되어, 이래저래 주는 것 없이 미웠던 현(玄)이었다. 그런데 내가 화전민생활 조사차 출장으로 2주 정도 회사를 비운 사이, 현(玄)이 폐렴으로 입원했다는 소식을 듣게 되었다. 순간 나는 가슴이 두근거리고 머리가 멍해졌다.

현(玄)과 나의 만남은 이번이 처음은 아니었다. 3년 전 내가 일하는 잡지사에 처음 입사했던 그의 인상은 한마디로 고약했다. 날카로운 눈, 부어있는 듯 팽팽한 양 볼, 말할 때 습관적으로 입술을 바르르 떠는 등 그리 좋지 않은 인상이었다. 나와 현(玄)의 고약한 인연은 그때부터였다. 그 시절 현(玄)은 신출내기 시인이었기에, 우리와는 레벨이 달랐음에도 오만하리만치 동인들과 대화를 나누려고 하지 않았다. 단지 나에게만 호감이 있었는지 스스럼없이 말을 걸어오곤 했다. 그럴 때 그는 반드시 정중한 말을 사용하며 깍듯이 예의를 갖추었다.

그러던 현(玄)이 어느 날 귀갓길에 저녁을 사겠다며 나더러 좋은 곳을 안내해달라고 했다. 나는 당시 왕십리에 있는 레스토랑 '제비'의 여급 하야다 하루코(早田春子)에게 은밀하게 호감을 가지고 있었기에 서슴없이 그곳으로 그를 안내했다. 그러나 그것이 나의 실수였다. 하루코를 보자마자 호감을 드러낸 현(玄) 때문에 그날 밤 나는 속이 뒤집혀 제대로 잠을 잘 수 없었다. 그는 어느새 하루코와 친해졌는지 이제는 혼자서 '제비'로 찾아가 그녀와 차를 마시곤 하였다.

현(玄)에게 하루코를 뺏길 것만 같은 불안감은 점점 더해갔다. 그러던 어느 날 갑작스럽게 '제비'가 문을 닫더니 하루코는 만주인가 어딘가로 떠나버리고 말았다. 덕분에 나는 더 이상의 비참한 꼴은 당하지 않아도 되었다.

그리고 얼마 후 우리 잡지사도 폐간되어 현(玄)과도 잠시 헤어지게 되었다. 그때부터 2년 동안 그를 직접 만날 기회가 없었다. 그러나 잡지사를 그만둔 후, 시(詩)에만 전념한다던 현(玄)의 타고난 끼는 신문이나 잡지를 통해서 수시로 접할 수 있었다.

그는 시인으로뿐만 아니라 다른 모든 일에 전문가를 능가하는 능력자였다. 사령장을 받고 다시 나와 같은 사무실에서 일하게 된 현(玄)은 첫날부터 전문적 지식을 요하는 경제연구사 일을 멋지게 해냈다. 이런 그의 능력이 예나 지금이나 동료들의 따돌림을 받는 요인이기도 하였다. 그는 예전과 마찬가지로 나 이외의 다른 사람에게는 말을 걸지도 않았다. 보다 못한 나는 동료들과 그의 사이를 개선해보려고 나름 애를 썼다. 그때마다 현(玄)은 관심 없다는 듯 싱글벙글 웃기만 했고, 동료들은 쓸데없는 짓 한다며 오히려 나를 비난했다. 이따금 멍하니 창밖을 바라보며 담배를 피우는 현(玄)의 뒷모습에서 알 수 없는 슬픔을 발견한 나는 의외로 그에게 친밀감을 느꼈다.

나는 그런 현(玄)이 폐렴으로 입원까지 하게 되자 마음이 아팠다. 동료들에게 따돌림 당하던 그가 늘 외로웠을 것이라는 생각이 들었다. 나는 그의 병실을 찾아갔다. 현(玄)의 얼굴엔 병색이 완연했고, 정신적으로 몹시 힘들어 보였다. 그로부터 4일 후 두 번째로 그를 찾아갔을 때, 오히려 현(玄)의 모습은 차분했다. 전에 비해 훨씬 편안해진 그의 얼굴은 모든 욕망을 해탈한 도사 같았다. 그렇지만 나는 편안해 보이는 그의 얼굴에서 죽음이 멀지않았음을 감지하였다.

「그는 문득 고개를 들어 나를 보면서 "싱싱한 상태에서 떨어지는 꽃만큼 아름다운 것은 없다네. 혼신을 다한 정신이 그런 것이라네."라며 싱긋 미소를 지어보였다. 나는 어렴풋이 그의 고고한 정신을 느끼고 그것을 순순히 인정하자, 그는 이어서 "이번에 퇴원하면「낙화에 부쳐(落花の賦)」라는 시를 쓰겠어. 아무래도 그것은 작품이 될 것 같아. 아마 잘되면 내 일생의 대표작이 될지도 모르지."라며 또 웃었다. 그리고는 "시국을 다룬 하찮은 시를 쓰는 것보다는 낙화의 아름다움을 읊는 편이 훨씬 더 일본적이지. 혼신을 다하고 사라져가는 젊은 독수리의 참다운 아름다움을 이해하려면 무엇보다도 떨어지는 꽃의 아름다움을 알아야 한다네. 일본정신을 벚꽃에 비유하는 것은, 죽어야할 때 흔쾌히 지는 아름다움에 있지……."라는 것이었다. 현(玄)군은 병자라고 하기에는 놀라울 정도로 열의에 찬 목소리로 말했다.」

나는 2시간 가까이 그와 이런저런 이야기를 나눈 후 병실을 나왔다. "그럼 안녕!"하면서 싱긋 웃는 그에게 나도 손을 들어 답했다. 그것이 내가 본 현(玄)의 마지막 모습이었다. 그의 짧은 생애는 불우함의 연속이었다. 어려서 부모를 잃고 남의 집 양자로 들어가 겪었을 외로움과 주위의 냉대가 자기만의 세계로 고립시켜버린 것 같았다. 어머니의 사랑을 모르고 자란만큼 여성편력도 남다른 그였다.

그의 대표작이 될지도 모르는 시「낙화에 부쳐」는 찾을 수 없었지만, 나는 그가 낙화의 아름다움을 글로 표현하기보다 자신의 죽음으로 직접 표현하지 않았나 싶었다. 이런 심오한 가르침을 남기고 화장터에서 한줌의 재로 산화해버린 현(玄)을, 나는 그의 아내 사다코(貞子)와, 또 그가 마지막까지 사랑했던 여인 세쓰코(雪子)와 나란히 서서 지켜보았다.

鄭然圭(정연규)

—

정연규(1899~1979) 소설가, 언론인. 필명 마부(馬夫).

약력

1899년	경상남도 거창에서 태어났다.
1920년	한성법률학교(현 서울법대 전신) 재학 중 <3·1운동> 1주년 기념 <십자가당사건>의 공범으로 조사받았다. 동년 정마부(鄭馬夫)라는 필명으로 국한문 혼용체로 쓴 장편소설『혼(魂)』을 한성도서(주)에서 출간하였다.
1921년	반일 및 사회주의 성향의 작품인「이상촌(理想村)」을 한글판 단행본으로 한성도서(주)에서 발행하였다. 언론저작출판의 극심한 통제로 국외(조선外)로 추방된 후 도일하였다.
1923년	도쿄 시바쿠(芝區)의 조조지(增上寺)에서 열린 간토대지진으로 사망한 조선인의 추도회를 개최하여 추도문을 낭독할 예정이었으나 과격한 내용이라는 이유로 낭독하지 못하여 분개하였다. 또 지진으로 사망해 버려진 조선인 시체를 수습하여 매장하려고 노력하기도 하였다. 일본어소설「흐느껴 울다(咽ぶ淚)」,「버려진 시신(棄てられた屍)」이 실린 단편집『생의 번민(生の悶へ)』으로 일본문단에 데뷔하였고, 자전적 장편『떠돌이의 하늘(さすらひの空)』을 발표하였다. 일본어소설「혈전의 전야(血戰の前夜)」를 일본 내 프로문인들의 단편선『게이주쓰센센 신코분가쿠 니주쿠닌슈(藝術戰線 新興文學二十九人集)』에 당시 유일한 조선인 작가로 발표하였다. 이론서『과격파 운동과 반(反)과격파운동』을 한성도서(주)에서 발행하였다.
1925년	문학 대신 사회개혁에 뜻을 두고 평론「조선수해구제책(朝鮮水害救濟策)」을《아사히신분(朝日新聞)》에 발표하였고, 논문「유색인종 자각의 가을(有色人種自覺の秋)」을「니혼 오요비 니혼진(日本及日本人)」에 발표하였다. 일본어소설「미쓰코의 삶(光子の生)」과「오사와자작의 유서(小澤子爵の遺書)」그리고「그(彼)」등을 발표하였다.
1926년	「중국인 조선인의 배일사상감정(支那人朝鮮人の排日思想感情)」,「조선의 홍수와 구제책(朝鮮の洪水と救濟策)」을「니혼 오요비 니혼진」에 발표하였다. 잡

지『다마시(魂)』를 창간하여 언론가로 활동하기 시작하였다.

1928년	논문「조선의 연말연시 회찰(朝鮮の年末年始廻札)」,「조선인 환선론(朝鮮人還鮮論)」,「조선인노동자의 질적 고찰(朝鮮人勞動者の質的考察)」,「조선노동자 이입에 대한 한 가지 제안(朝鮮勞動者移入に對する一つの提案)」을「동양(東洋)」에,「조선의 이적(朝鮮の泥的)」,「조선의 뱀과 미신(朝鮮の蛇と迷信)」,「조선인삼 이야기(朝鮮人蔘の話)」를《아사히신분(朝日新聞)》에 발표하였다.
1929년	극단적인 천황주의자로 전환하였다.
1930년	잡지「만모지다이(滿蒙時代)」를 창간하였으며, 논문「조선동포귀선론(朝鮮同胞歸鮮論)」을「조선정보통신(朝鮮情報通信)」에 발표하였다.
1934년	3월 잡지「만모지다이」에「아이러니한 인생(皮肉な人生)」을 발표하였다.
1935년	이론서『국체이론집(國體理論集)』을 <황학회(皇學會)>에서 발행하였다.
1936년	기관지「다마시(魂)」에「황해의 한탄(黃海の嘆き)」을 6회에 걸쳐 게재하였다. 36년부터 37년에 걸쳐 이론서『조선미 자본주의생산대책(朝鮮米資本主義生産對策)』,『야마토민족황도생활운동(大和民族皇道生活運動)』을 만모지다이샤(滿蒙時代社)에서 발행하였다.
1939년	고향의 거창농림학교(居昌農林學校) 설립에 5원의 기부금을 납부하였다. 오사카에서 이론서『대몽고(大蒙古)』를 만모지다이샤사에서,『일본정신론(日本精神論)』을 <황학회>에서 발행하였다.
1941년	이론서『유신정치론(維新政治論)』,『황도정치론(皇道政治論)』,『국체신앙해의(國體信仰解義)』,『황도이론집(皇道理論集)』을 <황학회>에서 발행하였다.
1945년	단신 귀국하였다.
1947년	이론서『일본군벌제국주의음모(日本軍閥帝國主義陰謀)』를 <황학회>에서 발행하였다.
1961년	단행본『일본이 또 우리나라 침략을 시작했다』를 민족사상사에서 발행하였다.
1965년	단행본『간접침략』을 금영출판사에서 발행하였다.
1979년	사망하였다.

경남 거창의 양반가에서 태어나 법학을 공부한 정연규는 반일 및 사회주의 성향의 작품활동을 하다가 추방되어 일본으로 건너가 나카니시 이노스케(中西伊之助) 등 일본의 사회운동가와 문학자들과 교류하였고, 관동대지진 때는 조선인지도자로 활약하였다. 초기에는 방황하는 젊은이의 심정이나 사회의 부정에 대한 분노를 묘사하는 자전적인 작품을 썼지만, 1929년경부터는 극단적인 천황주의자가 되어 황도정치 관련 서적 집필에 몰두하였다. 해방이 되자 가족을 일본에 두고 단신 귀국하여 생을 회고하는 다수의 자전적 작품 및 시국에 조응하는 반공소설을 발표하였다.

血戰の前夜(혈전의 전야)

〈기초사항〉

원제(原題)	血戰の前夜
한국어 제목	혈전의 전야
원작가명(原作家名) 본명 필명	정연규(鄭然圭)
게재지(揭載誌)	게이주쓰센센 신쿄분가쿠 니주쿠닌슈(藝術戰線 新興文學二十九人集)
게재년도	1923년 6월
배경	• 시간적 배경: 1920년대 초 • 공간적 배경: 경성 시가지가 보이는 야산
등장인물	① 부하들 때문에 차마 돌격명령을 내리지 못하는 단장 장대진 ② 돌격명령을 내린 부단장 ③ 단장에게 돌격명령을 재촉하는 전령사와 척후병 등
기타사항	

〈줄거리〉

　　장대진(張大振)은 깊은 탄식을 하며 머리를 흔들었다. 6척 장신인 그는 비통한 나머지 서쪽하늘로 기운 차디찬 달을 쳐다보며 절망감에 차라리 눈을 감아버렸다. 이제 자신의 명령에도 복종하지 않는 부하들을 더 이상 어찌해 볼 도리가 없었다.

　　모두 잠든 고요한 경성 시가지를 바라보며 장대진은 더 이상 자신의 힘으로는 어찌할 수 없다는 침통함에 잠겨 있었다. 바로 그때 갑자기 산 아래 쪽에서 전령사가 숨이 끊어질 듯이 뛰어올라오며 돌격명령을 내려달라고 거친 목소리로 외쳤다.

　　부단장으로부터 돌격명령을 받은 전령사는, 이제 단장의 명령만 떨어지면 모든 대원들은 전투에 돌입할 태세를 갖추고 있다며 돌격명령을 내려달라고 재촉했다.

　　부단장의 명을 받은 전령사는 장대진에게 소총까지 들이대며 돌격명령을 내려달라고 악을 써보지만, 결국 장대진의 뜨거운 눈물에 쫓기듯 물러서고 말았다.

　　이유 없이 죽임당하고 학대에 시달리다 못해 목숨을 걸고 싸우려고 이곳까지 찾아든 대원들이지만 장대진에게는 이들의 목숨 또한 너무 소중했다.

　　불쌍하기만 한 대원들은 이제 부모형제도 아이들도 잊고 눈앞의 폭거에 대항하여 자신의 생명을 내던지려 하고 있었다. 쌓이고 쌓인 원한 때문에 죽음을 무릅쓰고 항거하려는 것이다. 온순했던 그들이 학대에 더는 견딜 수 없어 죽음도 불사하려는 것을 보고 장대진은 너무 가슴이 아파 쓰러져 울었다. 그는 결코 부하들을 다치거나 죽게 하고 싶지 않았다.

　　전령사가 다시 뛰어올라와, 지금 바로 내려오지 않으면 자유행동을 취하겠다는 부단장의 말을 단장에게 전하며, 격앙된 나머지 온몸을 부르르 떨며 연이어 "단장!"을 외쳤다.

장대진은 의연하게 일어섰다. 그러나 이내 머리를 흔들었다. 자신의 돌격명령 하나면 대원들이 모두 사지로 뛰어들게 될 것이 분명한데, 그들의 가족에게 씻을 수 없는 멍에를 안겨줄 수는 없었다. 장대진은 그 때문에 안절부절 못하며 머뭇거릴 뿐이었다.

　　「"단장!" 또 한 명의 전령사가 뛰어왔다.
　　"부단장의 명령입니다!"라며 갑자기 한 자루의 권총을 단장 앞에 내밀었다.
　　"이 총으로 나를 쏘십시오! 그 총소리를 신호로 전 부대는 진군할 것입니다!"라고 전령사는 힘껏 외쳤다. 이를 악물었다.
　　"좋다!"라며 단장은 전령사의 손에서 총을 빼앗았다. 주머니에 그것을 넣고 지하실로 서둘러 내려갔다. 희미해져 가던 산등성이의 차가운 초승달은 어둠 속에 산을 내려가는 이 네 사람의 그림자를 쫓아 울부짖었다.
　　단장의 발소리를 듣고 격앙한 부단장이 "발도(拔刀)!"라고 외치자, 성난 대원들은 일제히 칼을 빼들고 입구 쪽을 노려보았다. 단장은 무서운 눈초리로 모두를 둘러보더니 평소와 다름없는 장중한 발걸음으로 탁자 앞 자기 자리에 앉았다. 탁자 위에는 한 자루의 초가 모두의 얼굴을 붉게 비추고 있었다.」

　　바로 그 순간 피범벅이 된 척후병이 "단장!"이라 외치며 뛰어 들어오더니 진군명령을 내릴 것을 종용하며 쓰러졌다. 당황한 장대진은 척후병을 일으켜 몸을 흔들어대며 어디냐고 물었다. 척후병은 "종로"라 대답하고는 이내 숨을 거두고 말았다. 멀리서 기마병의 발자국소리가 들리고, 또 다른 척후병이 적의 진군을 알리며 급히 뛰어 들어왔다. 모두는 "만세!"를 외치면서 단장 앞의 탁자에 단도를 깊이 찔렀다. 급기야 장대진은 침통한 얼굴로 분연히 일어서서 "마지막으로 부모와 처자식에게 이별을 고하라!"며 비장한 목소리로 명령을 내렸다.
　　"와!!"하는 함성과 함께 만세소리와 진군나팔소리가 우렁차게 울려 퍼졌다. 전 부대원이 "만세!"를 외치며 일시에 일어선 순간 "탕!"하고 총소리가 울려 퍼졌다.
　　장대진의 가슴에서 시뻘건 피가 솟구쳤다. '사령기'는 순식간에 선혈로 물들었다. 장대진은 "이 피로써 삶의 길로……!"라는 한 마디를 남기고 마지막 지휘봉을 휘두르더니 그 자리에 쓰러졌다. 아군의 진군나팔소리가 힘차게 울려퍼지고, '장렬결사대'의 깃발은 적진 깊숙이 돌진해 갔다.

咽ぶ涙(흐느껴 울다)

〈기초사항〉

원제(原題)	咽ぶ涙
한국어 제목	흐느껴 울다

원작가명(原作家名)	본명	정연규(鄭然圭)
	필명	
게재지(揭載誌)	생의 번민(生の悶え)	
게재년도	1923년 6월	
배경	• 시간적 배경: 가을비 내리는 날의 해질녘 • 공간적 배경: 어느 산촌의 허름한 여관	
등장인물	① 고향을 떠나와 외국 어느 산촌의 한 여관에서 병마와 싸우고 있는 '그'	
기타사항	원문전체번역	

〈전체번역〉

가을비가 추적추적 내리고 있다. 그는 이름도 모르는 마을의 이국 여관에서 오랫동안 병석에 누워있었다. 그가 고국을 떠나오던 날, 평소보다 조금 빠르게 저녁식사를 끝내고, 노모 앞에 꿇어앉아 예를 올린 다음 대수롭지 않게 말했었다.

"잠시 일이 있어서 ○○까지 다녀오겠습니다."

몸이 약한 어린 여동생이 울음을 터뜨렸다.

"아니야. 곧 돌아올 거야……."

웃으면서 여동생을 안고는,

"……머지않아 틀림없이 선물을 사가지고 올게. 왜 울어!"라며 달래주었다.

걱정하는 형과 다른 사람들에게도

"약간 볼일이 있어서……. 그럼요. 며칠 안 있을 겁니다. 정말 금방 돌아올게요."

아무렇지 않은 듯 말하고, 황혼녘에 집을 나선 것이 벌써 몇 년째던가.

그가 머무는 여관의 작은 방에는 찾아오는 사람이 아무도 없고, 머리맡에는 약도 없다. 아무것도 없이 오로지 한 장의 더러워진 셔츠만이 거무스레한 벽에 쓸쓸하게 걸려있을 뿐이다. 빌린 이불 속에 그는 열에 시달리며 누워있었다.

해는 연기처럼 자욱이 저물어 갔다. 두부장수의 피리소리가 울리며 지나갔다.

앞집에서는 소학교(초등학교)에 다니는 아이의 목소리가

"오빠는 아직 안 오나……?"

라며, 두세 구역도 안 떨어져 있는 마을관공서에 다니는 오빠의 귀가를 기다리고 있다.

"오빠가 오늘은 늦네. 무슨 일일까요?" 여동생이 어머니께 물었다.

"정말 무슨 일인지 모르겠구나. 이렇게 늦게까지 안 돌아오다니……."

어머니는 걱정스러운 듯이 말했다.

그는 병 때문에 야윈 눈으로 거무스름한 천정을 보며 앞집에서 들려오는 대화소리를 듣고 있었다.

한숨을 쉬었다. 눈을 감았다.

방이 어두워졌다. 램프도 아직 켜지 않았다.

급하게 앞의 현관문이 세차게 열리는 소리가 들렸다.

"형, 어서 와!"

남동생과 여동생 그리고 어머니가 현관으로 달려가는 시끄러운 발소리가 동시에 들렸다.

"왜 이렇게 늦었어?"너도나도 물었다.

갑자기 그 집에는 환희의 소리가 넘쳐났다.

그는 혼자 쓸쓸하게 이불깃을 적셨다. 생각은 또 고국의 집으로 달려갔다.

부모형제의 얼굴이 눈앞에 어른거렸다.

눈물이 자꾸자꾸 흘렀다.

밖에는 가을비가 하염없이 내리고 있다.

棄てられた屍(버려진 시신)

〈기초사항〉

원제(原題)		棄てられた屍
한국어 제목		버려진 시신
원작가명(原作家名)	본명	정연규(鄭然圭)
	필명	
게재지(揭載誌)		생의 번민(生の悶え)
게재년도		1923년 6월
배경		• 시간적 배경: 어느 여름과 1910년대 후반 • 공간적 배경: 부산행 급행열차 안, 그리고 대구
등장인물		① 죽고 싶어 안달하는 '남자' ② '남자'를 연행하는 경관 등
기타사항		

〈줄거리〉

여름날 저녁, 남대문역을 지나 부산행(釜山行) 급행열차가 추풍령고개를 지나갈 때였다. 마지막 객실에서 어디서 탔는지도 모르는 남루한 옷차림의 남자가 잠에서 깼는지 몸을 일으켰다. 그리고는 급하게 무언가 생각난 사람처럼, 또는 어둠이 자기의 목숨을 빼앗아갈 것처럼 밖을 노려보며 창 쪽으로 몸을 돌렸다. 모자가 바닥에 떨어졌지만 주우려고도 하지 않았다.

그러다 돌연 남자는 의자에서 괴로운 듯 튕겨 일어나더니 후방의 난간 쪽을 향해 돌진했다. 깜짝 놀란 역무원이 뛰어나와 그 남자를 저지하려고 했지만, 야윈 남자는 무서운 힘으로 밀쳐내고 앞으로 나아갔다. "아, 자살이다!" 차 안의 사람들이 뛰어나가는 소동이 벌어졌다. 어렵사리 그 남자를 객실로 끌고 온 역무원은 거칠게 자물쇠를 내렸다. 그 남자는 도무지 이해할 수 없는 표정으로 자기 자리로 돌아가 다시 잠들어버렸다.

역무원은 무언가를 조사하려고 했지만 그 남자는 한마디도 하지 않았다. 한 차례 소동이 끝난 뒤 객실은 한층 침울해진 분위기였다. 죽으려고 했던 남자는 타고 내리는 사람들을 의심스러운 눈초리로 쥐 죽은 듯이 쳐다보고 있었다. 사람들이 모두 자기 자리로 돌아가고 겨우 안정되었을 때, 남자는 또 갑자기 의자에서 벌떡 일어나 객차로 뛰어나갔다. 이번에도 많은 사람들이 깜짝 놀라 뛰쳐나가는 소동이 벌어졌다. 하지만 잠시 후 남자는 아무렇지 않게 자리로 돌아왔고, 전등을 바라보며 탄식만 내뱉을 뿐이었다. 그런 그를 처음으로 발견한 역무원이 화를 내며 소리쳤다. 그래도 남자는 아랑곳 않고 천연덕스럽게 여기가 어디냐고 물었다. 화가 난 역무원은 대구라고 대답했다. 그러자 남자는 의미를 알 수 없는 말을 중얼거리면서 돌연 출구 쪽으로 걸어갔다. 그때 한 경찰관이 다가와 그를 막아서며 어디서 왔느냐고 물었다. 이번에도 남자는 한마디 대답도 하지 않았다.

　　남자는 밤이 깊어가는 어두운 대구의 거리를 경찰관을 따라 걷고 있었다. 그러다 자신이 신은 구두를 벗어 동행하는 경찰관에게 건네더니 뒤도 돌아보지 않고 어둠 속으로 걸어갔다. 어쩔 수 없이 경찰관은 구두를 집어 들고 남자를 뒤쫓아 갔다.

　　남자는 이틀 동안 경찰관의 엄격한 취조를 받았는데, 그는 오직 "인간인 나를 억누를 수는 없다."는 말만 반복했다.

　　삼일 째 되는 날 저녁, 그 남자는 유치장에서 풀려났다. 어제와 다른 경찰관이 남자에게 구두를 주었다. 남자는 우두커니 자신의 구두를 쳐다보았다. 남자는 또 미쳤다는 형사의 욕설에 "그렇다. 나는 미쳤다. 그것은 당연하다. 나는 미치지 않을 수 없다."라고 울부짖었다. 남자는 비틀거리며 흠뻑 젖은 큰 길로 나왔다. 그는 헌병대 옆 광장까지 오자, 온몸이 피로해졌는지 구두를 풀숲 속에 던져놓고 통나무 위에 걸터앉았다.

　　「우리의 주인공은 가슴이 막혀 숨이 끊어질 것처럼 괴로운 한숨을 토해내며,

　　"어찌하여 내 목숨은 이리도 끈질긴 것인가!"

　　한층 몸을 잔혹하게 웅크렸다. 양손으로 머리를 감싸 안으며

　　"……아, 나는!……"이라고 절망적으로 외쳤다. 그 비통한 외침은 암흑과 빗속을 뚫고 대구의 거리로 울려 퍼졌지만, 금세 다시 밤은 암흑의 침묵으로 바뀌었다.

　　"……어둠 속에 나는 묻히리라……" 검은 어둠에 감싸인 우리의 주인공은 한숨과 더불어 또 외쳤다.

　　"……모든 인간의 몸부림은 최후에 어둠과 포옹하는 것인가……. 암흑 속으로 인간의 삶의 밝은 새싹을 사라지게 하는 것인가……. ……나는 죽음을 기다리고 있다. 그렇다, 나는 죽음을 기다리고 있다."라고 남자는 다시 한숨을 쉬고 멍하니 일어섰다.

　　"……숨이 끊어질 때까지 걷자. 그러면서 구하는 것이다. 적어도 이 가슴속의 고통을 조금이나마 줄일 수 있기를……."

　　고개를 떨어트리고 눈을 감았다.

　　"아! 신이시여."

　　절망에 찬 우리의 주인공은 얼굴을 들어 하늘을 우러러보았다. 조용하게, 편안하게 죽게 해달라고 기도하면서 양손을 가슴에 모았다.」

　　12시가 지난 거리의 적막을 깨고 사람들의 웅성거림이 들려왔다. 어느새 옆 도로에서 두 명

의 경찰관이 한 남자를 혼내며 끌고 갔다. 손이 묶인 채 끌려가는 그 남자는 미친 듯이 울부짖으며 두 명의 경찰관에게 얻어맞고 있었다. 비에 젖은 우리의 주인공은 얻어맞고 쓰러진 그 남자에게로 다가갔고, 경찰관은 그에게 누구냐고 물었다. 그러자 남자는 "나는 인간이다!"라고 절규한 뒤 "신이여! 부디 불쌍한 자들을 구원하소서!"라고 뜨거운 눈물을 흘리며 기도하였다.

경찰들이 쓰러졌던 남자를 데리고 떠난 뒤, 주인공은 갑자기 정거장으로 뛰어갔다. 그가 개찰구로 뛰어들었을 때 기차는 움직이기 시작했고, 따라오던 역무원을 따돌리고 남자는 경전철도선 쪽으로 달리는 객차로 뛰어올랐다. 객실의 자리에 앉은 그는 어둠 속으로 돌진하는 붉은 등 아래에서, 시끄러운 차바퀴 소리를 들으며 미래의 광명을 찾고자 했다.

그리고 몇 년이 지난 삼월 만세날의 소용돌이 속에서 버려진 한 시신이 경성의 남대문 거리에서 발견됐다. 그것은 남루한 옷차림의 우리의 주인공이었다. 그의 가슴에는 붉은 피가 물들어 있었다.

大澤子爵の遺書(오사와자작의 유서)

〈기초사항〉

원제(原題)	大澤子爵の遺書	
한국어 제목	오사와자작의 유서	
원작가명(原作家名)	본명	정연규(鄭然圭)
	필명	
게재지(揭載誌)	신진(新人)	
게재년도	1925년 9월	
배경	• 시간적 배경: 노동쟁의가 한창인 1920년대 초반 • 공간적 배경: 도쿄	
등장인물	① 일본과 일본국민을 지탱할 정도의 재력가 오사와 기이치로 자작 ② 노동쟁의 주동자 중 한 명인 '나' 등	
기타사항		

〈줄거리〉

자작(子爵) 오사와 기이치로(大澤禧一郎). 그를 모르는 사람은 일본에서는 한 사람도 없을 것이다. 모든 국민이 그의 재력으로 살아가고 또 일본은 그의 자본의 힘으로 유지되고 있었다. 그런 만큼 그의 갑작스런 죽음은 일본 전체를 떠들썩하게 하기에 충분했다.

키가 크고 다부진 체격인 그는 언제나 침착했으며 사려 깊은 사람이었다. 경솔한 행동을 할

리가 없었으며 아주 건강하여 정신적으로도 이상이 있을 리 없었다. 가족 모두 건강했고 재산도 시시각각 기하급수적으로 불어나, 재력에 의한 그의 권위는 6천 5백만 일본국민의 심장 박동 하나하나까지도 지배할 정도였다. 그가 자살할 이유는 어디에서도 찾아볼 수 없었다. 그가 왜 죽어야 했는지, 과연 자살인지 타살인지 그 사인(死因)을 찾아내는 일은 무엇보다도 중요한 일이었다.

그가 사망하기 전, 그러니까 그저께 밤 8시 30분 경 심하게 두들겨 맞은 상태로 시내에 있는 단골요릿집에 나타났다. 갑자기 요릿집으로 뛰어들어 의자에 몸을 기댄 그는 신음 같은 탄식을 토해내고 있었는데, 그 몰골은 마치 내팽개쳐진 개 같았다. 그런 상태로 고개를 떨어뜨린 채 1시간 이상 미동도 하지 않다가 갑자기 게이샤(芸者)를 불러달라고 소리쳤다. 그리고는 2층 객실에서 술을 시켜놓고 웃고 울기를 반복하더니 안주머니에서 돈을 꺼내 게이샤에게 내던지고 황급히 밖으로 내달았다. 마치 사형수가 탈옥하여 도망치듯 광기에 찬 눈으로 웃옷도 벗어둔 채 뛰쳐나간 것이다. 이튿날 스미다가와(隅田川)에 사체 1구가 떠올랐다.

나는 이 시점에서 내 앞으로 배달증명으로 온 유서를 공개하지 않을 수 없다. 자살한 날 밤 자작의 손으로 직접 쓴 "오사와 기이치로. 평생의 적 ××군에게"라는 타이틀의 유서였다.

「<자작 오사와 기이치로씨의 유서>
나의 생존 마지막 순간까지 적이었던 자네에게 드디어 이 편지를 써야할 때가 왔군. 이 편지는 내 최후를 의미하는 것임을 자네에게 고백하네. 나는 마지막에 취해야 할 수단이 뭔가를 알았네. 내일 스미다가와 강물 위에 내 사체가 떠오르면, 일본은 나의 사인(死因)을 놓고 커다란 의혹에 휘말릴 테지. 나는 그것을 알고 있네.

일본에서 나란 존재는 지구를 받치는 대반석이며, 너희들은 그 어떤 연대도 통일도 없는 모래알에 지나지 않는다고 항상 비웃었다. 다만 종종 들리는 모기소리 - 노동쟁의에 나는 이윽고 너희에 대한 증오심을 키웠다. 노동쟁의는 모두 너희편의 선동 결과라고만 믿었다. 농민이나 노동자들은 너희들 - 특히 너의 음모 없이는 결코 자율적으로 어떠한 소동도 일으킬 수 없다고 믿었다. 그래서 나는 너희들에게 한 가지 일을 결행하자고 결심했다. 너희 사회주의자들을 모두 감옥에 가두고 사형에 처하여 일체의 화근을 잘라버리려고 했다. 그러기 위해서 우선 너희들의 선동방법과 선량한 일본국민, 특히 노동자들이 너희 때문에 얼마나 큰 고통을 당하고 있는지 보여주려고 했다. 그것이 내가 전국의 공장을 시찰한 이유였다.

그런데 어찌된 일인가……? 나는 어쨌든 일본 전역의 공장들을 하나도 남김없이 돌아보았다. 어째서 이런 시대가 되었는가? 나의 모든 기대는 무너졌다. 예상은 완전히 뒤집히고 세상은 엉망진창이다. 나는 공장에서 철퇴로 숨을 쉴 수 없을 정도로 지독하게 얻어맞았다. 나는 나를 의식할 수 없을 정도로 힘을 잃었다. 나는 몇 번이고 내 눈과 귀를 믿지 않으려고 했다. 하지만 사실은 어찌해 볼 수도 없었다. 난 이미 죽은 몸임을 어찌 부정할 수 있었겠는가. 나는 최악의 순간을 상상해 보았다. 몸이 죽창에 찔려……. (이하 5줄 삭제)」

광야의 불길처럼 일본 전역에 타오르고 있던 노동운동 때문에 자작은 최근 4, 5개월 동안 전국에 산재해 있는 자신의 공장을 하나도 빠짐없이 시찰하고 있었고, 그저께(그가 없어진 날) 저녁까지 그 시찰을 모두 마쳤다. 자작은 그때까지도 노동자들을 인간이기보다는 그가 마음대로 부릴 수 있는 가축이나 도구 정도로 여기고 있었다. 그래서 '노동쟁의'라는 것도 개 짖는 소리로 밖에는 생각지 않았던 자작이었다. 그런데 이 변전소의 모든 기계가 자기의 임의대로 움직이지 않으리라는 것과, 또 무섭게 변한 노동자들이 도시를 순식간에 암흑으로 만들 수도 있겠다는 것을 깨닫고 결국 일을 벌인 것 같았다.

　실상 자작이 마지막으로 시찰한 이 공장 노동자들은 자작이 소유한 수많은 공장 중에서도 가장 온건하고 착실하다고 믿었던 사람들이었다. 그런데 마지막까지 신뢰했던 이 공장 노동자들까지 이런 엄청난 일을 꾸미고 있을 줄을 예상치 못했기에, 자작의 절망감은 더더욱 컸다. 특히 사회주의자들의 조직력과 단결력 그리고 시대가 바뀌어, 이들의 선동에 부화뇌동하는 노동자들의 행위에도 상당한 배신감을 느꼈던 것이다. 자작은 최선의 길을 고민했다. 그리고 이들 노동자들의 손에 비참하게 살해되기 전에 가장 고통이 적은 자결의 길을 택하기로 한 것이다. 그의 유서 마지막 부분에는 "그러니까 과거의 세계는 우리들 세계였다. 내일의 세계는 여러분의 것이다. 이 '유서'도 자네들 것이다. 시대! 시대! 인간성! 나는 마지막까지 이 시대와 인간성을 저주한다!"라고 쓰여 있었다.

光子の生(미쓰코의 삶)

〈기초사항〉

원제(原題)	光子の生(一~二)	
한국어 제목	미쓰코의 삶	
원작가명(原作家名)	본명	정연규(鄭然圭)
	필명	
게재지(揭載誌)	가이호(解放)	
게재년도	1925년 9월	
배경	• 시간적 배경: 어느 봄날 • 공간적 배경: 도쿄	
등장인물	① 어느 날 갑자기 행방불명이 된 미쓰코 ② 그녀를 애타게 찾아 헤매는 '나'	
기타사항		

〈줄거리〉

　내가 미쓰코(光子)를 처음 만난 것은 4년 전 봄이었다.

　푸르름 속에 자태를 뽐내는 색색의 꽃들로 자연의 매력은 절정이었다. 그 꿈같이 아름다운 들판에 그녀는 '미(美)의 여왕'처럼 아니 '미(美)의 여신'처럼 서 있었다.

그런 그녀와 나는 말로 형용할 수 없을 만큼 절실하게 사랑하는 사이였다. 두 사람의 생명이 다할 때까지 결코 헤어질 수 없는 사이였다. 설사 한 쪽이 병으로 죽는다 하더라도 둘이 함께 죽겠노라 굳게 믿었던 사이였다.

그런데 어느 날 갑자기 그녀를 만날 수 없게 되었다. 밤새도록 기다리고 또 기다려도 그녀는 나타나지 않았다. 나는 그녀가 영원히 나만을 사랑하리라고 믿어 의심치 않았다.

그 후 나는 자그마치 4년 동안이나 그녀를 찾아 헤맸다. 그녀의 꿈을 꾸지 않은 밤은 단 하루도 없었다. 꿈에라도 그녀를 보기 위해 낮에도 이불을 뒤집어쓰고 자는 날이 많았다. 꿈에서 깨어나면 항상 울었다. 미쓰코에 대한 지독한 상사병으로 나의 몸은 날로 야위어갔다.

겨울이 가고 또 봄이 왔다. 나는 거의 미친사람 같았다. 어디선가 그녀가 부르고 있는 것만 같아 지붕 위로 뛰어오르기도 하고 우물 속으로 뛰어들어 그녀를 찾은 적도 있었다.

그러던 어느 날, 나는 나도 모르는 사이에 기차를 타고 있었다. 어느 역에서 내리는지 어디로 가는지도 몰랐다. 그리고 이튿날 이상한 골짜기에 서 있는 나를 발견했다. 그곳은 새빨간 매화꽃으로 가득 찬 옛날이야기에 나오는 처녀계곡처럼 눈부시리만치 아름다운 골짜기였다. 나는 피곤해서 깊은 골짜기 맑은 물가에서 잠이 들었다. 그곳은 아름다운 자연의 세계였다. 바닥에 깔려있는 연한 풀이 솜털보다 부드럽게 내 얼굴을 어루만지고 있었다. 내가 눈을 뜬 것은 예쁜 새소리가 맑은 메아리로 나를 부르고 있었기 때문이었다.

눈을 떴을 때 가슴이 두근거려 미칠 것 같았다. 꾀꼬리소리, 그것은 끊임없이 그녀가 나를 부르는 소리 같아 견딜 수 없었다. 나는 벌떡 일어나 매화숲을 헤치고 꾀꼬리 소리가 나는 쪽으로 미친 듯이 달려 올라갔다. 그녀가 그곳에 있을 것이라는 확신이 들었다.

그로부터 사흘째 되는 날이었다.

여전히 꾀꼬리소리가 들렸다. 그녀가 나를 부르는 소리는 한층 맑고 예뻤다. 바로 그때 나는 매화나무 아래를 헤매고 다닌 여자의 발자국이 골짜기 위쪽으로 나있는 것을 발견했다. 행여나 하는 마음에 그 발자국을 따라 올라갔지만 모든 노력은 허사였다. 절망감이 나를 지배하고 온몸에 피로가 몰려와 매화나무에 기대어 쓰러졌다. 꾀꼬리 소리도 더 이상 들리지 않았다.

그러다 문득 성난 남자의 목소리에 나는 정신이 들었다. 미쓰코의 남편으로 보이는 이 사내는 내가 미쓰코를 찾아다닌 것을 알고 분노의 눈길로 나를 쏘아보았다.

사내는 나에게 '꽃이 아름답고 사랑이 달콤하다'는 것만 알았지 자신이 가난하다는 사실은 모르고 있다고 비난하며, 미쓰코의 아버지가 자신의 금고에 큰 손실을 입혔기 때문에 그 대가로 미쓰코를 빼앗아왔노라고 말했다. 그리고 "어쨌든 당신은 그 계집을 만나야 하오. 그래서 여기까지 당신을 데리러 왔소."라며, 나를 그녀가 있는 곳으로 안내했다.

멋진 별장이었다. 그런데 멋진 별장과는 전혀 어울리지 않게 창도 하나밖에 없고 지저분한, 마치 외양간과도 같은 음산한 방이었다. 마치 감방처럼 단단히 자물쇠가 채워진 그 방에 한 여인이 서 있었다. 심한 우울증에 빠졌는지 사람이 들어왔는데도 그녀는 돌아보지 않았고 창 쪽에 우두커니 서서 미동도 하지 않았다.

「아아, 그녀였다, 그녀였다, 미쓰코였다! 두 사람의 퀭해진 눈과 눈이 서로를 바라보았다. 그녀가 내 쪽으로 한 걸음 다가오자, 그녀의 남편은 번개처럼 큰 칼을 휘두르며 내게 달려들었다. 놀란 나는 방에서 뛰쳐나왔다. 그러자 그는 다시 그녀에게로 달려들었다. 그녀는 나를 뒤쫓아 골짜기로 뛰어내렸다. 달빛이 반짝이고 있었다. 그녀는 나를 힘껏 껴안았다. 그녀의 남편은 각오하라고 소리쳤다. 총소리가 사방에 높게 울려 퍼졌다. 나는 깜짝 놀라 외쳤다.

"잘 들어요, 당신은 싸우기 위해 강해져야 해요. 우리는 이겨야 해요. 나를 꽉, 꽉 끌어안아 주세요."라고, 그녀는 침착하게 얼굴 가득 미소를 띠며 이렇게 말했다. 나는 그녀가 시킨 대로 했다.

"자, 이쪽으로 나와요. 이 사람은 피범벅이 됐어요. 매화꽃이 자기 위에 떨어진 것도 모를 테지요." 우리 둘은 쓰러져 있는 그녀의 남편의 시체 위에 앉았다. 밤은 깊어가고 달빛은 아름다웠다.

"어쩔 셈입니까!" 나는 공포에 떨며 그녀에게 외쳤다. "법률이 있고, 도덕이 있고, 인습이 있는데!" 그녀는 내 외침에 다시 미소 지었다.

"나는 지금까지도 살아왔습니다. 또 살아갈 겁니다. 이 탄환이 있는 한……." 그녀는 웃는 얼굴로 내게 손 안에 쥔 권총을 보여주었다. 그리고 기쁨에 찬 목소리로 소리쳤다.

"아아! 우리는 행복해요!"

우리 두 사람의 눈동자와 눈동자는 천사처럼 행복하게 빛났다. 우리의 사랑은 다시 날개를 펼치고 되살아났다. 권총은 빛나고 있었다.」

- 1925년 5월 13일, 이케부쿠로(池袋)에서 -

鄭遇尙(정우상)

—

정우상(생몰년 미상)

081

약력

1935년	11월 「분가쿠효론(文學評論)」에 일본어소설 「목소리(聲)」를 발표하였다.

聲(목소리)

〈기초사항〉

원제(原題)		聲(一~四)
한국어 제목		목소리
원작가명(原作家名)	본명	정우상(鄭遇尙)
	필명	
게재지(揭載誌)		분가쿠효론(文學評論)
게재년도		1935년 11월
배경		• 시간적 배경: 만주사변 직후 • 공간적 배경: 간도와 경성
등장인물		① 앞을 못 보는 어린 아들 건식과 꿋꿋하게 살아가는 김순희 ② 악덕지주와 싸우다 감옥살이를 하게 된 건식의 아버지 권용팔 ③ 간도 조선인 마을에서 유일한 대농이었던 순희아버지 ④ 권용팔과 같은 병감에서 지냈던 어떤 남자 등
기타사항		

「육중하게 닫히는 철문 소리를 뒤로하고, 순희(順姬)는 지금까지 참았던 눈물이 일시에 솟구쳐 오르는 것을 느꼈다.

그녀는 하다못해 집에 돌아갈 때까지 만이라도 울지 않으리라 다짐하고, 숨을 삼키면서 떨려오는 두 어깨에 힘을 주었다. 그런데도 윗니로 강하게 깨문 아랫입술 사이로 눈물이 흘러들어 짭짜름하게 녹아들었다.

순희는 아이에게 내맡긴 왼손을 잡아끌면서 큰길을 향해 걸음을 재촉했다.

주변에는 사람들의 발소리가 바쁘게 지나갔고 때때로 쇠사슬소리며 칼 부딪히는 소리가 둔탁하게 들려왔다. 그녀는 그런 잡음을 뒤로 하며 얼굴을 소매에 묻었다.

'지금 보고 온 이가 정말 남편이란 말인가.'

아무리 생각해도 믿을 수가 없어, 그녀는 당장에라도 면회실로 돌아가 다시 한 번 그것을 확인해 보고 싶은 마음마저 들었다.」

순희는 서대문형무소의 면회대기실에서 기다릴 때까지만 해도 까만 글씨로 가득 메워 보낸 그의 봉함엽서를 떠올리며, 오늘 그를 만나면, 집을 뛰쳐나와 경성으로 온 이후 아이를 키우며 살아온 지난 3년 동안의 이야기를 죄다 하려고 했다. 뜻밖의 면회에 놀랐는지 권(權)의 입술이 희미하게 떨렸고, 여러 모양의 손동작만 있었을 뿐 순희의 귀에는 아무 소리도 들리지 않았다. 어렴풋이나마 이상한 동작의 의미가 이해되자 순희는 온몸에서 피가 끓어오르는 것 같았다. 그의 몸짓과 흥분한 얼굴이 무섭기까지 하여 두 손으로 얼굴을 감싸고 뛰쳐나와 아들 건식(建植)의 손을 잡고 동대문으로 가는 버스에 몸을 실었다. 열려진 창문으로 불어온 먼지 바람이 뺨을 때렸다.

작은 희망을 꿈꾸며 숱한 고통의 세월을 견뎌왔는데, 그 희망과는 정반대의 현실에 맞닥뜨리자 순희는 순식간에 피곤이 몰려들었다. 두려움에 휩싸인 순희는 그간 걸어온 길을 되돌아보았다.

어릴 때부터 그녀를 학대해 왔던 계모와 아버지는 순희가 권(權)의 패거리에 가담한 것을 알고부터 그녀를 노골적으로 괴롭히기 시작했다. 일 때문에 지쳐 늦게 돌아온 순희에게 대문을 열어 주지도 않았다. 밖에서 문열어달라며 목이 터져라 소리쳐도 안에서는 여봐란 듯이 계모의 기침소리가 들릴 뿐이었다. 담벼락에 웅크리고 앉아 온몸으로 스며드는 한기에 철철 울었던 그 밤을 그녀는 잊을 수 없었다. 어쩔 수 없이 권(權)과 둘이서 밤을 지내고, 아침 일찍 담 밑으로 돌아오는 그런 날이 계속되었다.

추수를 앞두고 권(權)의 패거리들은 그 동안 세운 계획을 실행하려고 몹시 분주했다. 그들이 지금 어떤 일을 꾸미고 있는지도 모른 채 순희는 권(權)의 심부름을 하는 동안 나름대로 몹시 기뻤다. 드디어 그들의 계획을 실행하는 날이 되었고, 위험하니까 집에 있으라는 권(權)의 말에 순희는 마음 졸이면서 밤을 밝히고 있었다. 한밤중 문이 흔들리는가 싶더니 담을 넘어오는 여러 명의 발소리가 들렸고, 잠시 후 발소리가 아버지 방으로 흩어지더니 아버지와 계모의 비명소리가 처음엔 크게, 다음에는 손으로 입을 막았는지 아주 작게 들렸다. 그리고 "이 차용증서는 오늘밤 당신이 태워버려!"라는 소리가 들렸다. 틀림없는 권(權)의 목소리였다. 순희는 섬뜩했다. 이어 성냥 긋는 소리와 함께 종이 타는 냄새가 났다. 그리고 집이 타들어 가는 '빠지직' 소리와 함께 "불이야, 불이야!"라고 외치는 소리가 들렸다.

다음날부터 마을 남자들의 모습이 하나 둘씩 보이지 않았고 이후 권(權)의 행방도 알 수 없게 되었다. 순희는 그저 권(權)도 그들과 함께 잡혀갔으리라는 짐작만 할 뿐이었다. 한 달 정도 지난 후 순희는 자기 몸에 큰 변화가 일어났음을 알았다.

그런 가운데 순희는 경찰서에 불려가 취조를 받았다. 취조관은 순희가 임신한 것을 알고 뱃속 아이의 아버지가 누구냐며 추궁했다. 마치 어둠속으로 떠밀려가는 기분이었다. 그들이 창녀 취급하며 몸을 만지는 등 지나치게 함부로 대하는 바람에 순희는 아이의 아버지가 '권용팔(權龍八)'이라고 말해 버렸다. 그러고 나서야 자신의 아둔함을 심하게 자책했다.

그 해 여름 순희는 출산을 했다. 그런데 태어난 지 얼마 안 된 아이는 눈을 뜨지 못했다. 또 두 팔도 울퉁불퉁 이상하게 굽어 있는 것이 아닌가! 이를 본 순희는 취조당할 때의 일이 떠올라 불길한 예감이 들었다. 이 꼴을 본 아버지는 갖은 욕설을 퍼붓고 그녀의 머리칼을 잡아챘다. 심지어는 다른 데로 시집가버리라고까지 했다. 결국 순희는 아이를 데리고 집을 뛰쳐나오게 되었던 것이다.

권(權)을 면회한 후 순희는 절망에 사로잡혔다. 집을 뛰쳐나와 지금까지 경성에서 식모살이로 온갖 고생을 다하면서도 언젠가는 권(權)과 아이와 함께 행복하게 살아갈 수 있으리라는 희망이 얼마나 강하게 자신을 지탱해 왔는지 새삼 깨달았다.

권(權)을 면회하고 돌아온 지 보름 정도 지난 어느 날, 권(權)과 함께 병감(病監)에서 함께 지냈다는 어떤 남자가 찾아왔다. 그는 권(權)이 감옥에서 받은 고문 때문에 벙어리가 되었다는 사실을 확인시켜 주었다. 처음에는 분함과 원망 때문에 몸을 떨었던 권(權)이지만, 점점 그런 불행에 익숙해지면서 『국어독본』을 펴놓고 일본어공부를 하고 있다는 소식도 들려주었다. 그리고 순희를 웬만한 남자 못지않은 훌륭한 사람으로 여기고 있다고 했다. 또 무릎에 앉아 있는 건식에게도 아버지의 기대가 크다며 "도련님. 건강하게 빨리 커서 훌륭한 사람이 되세요."라 당부하고 돌아갔다.

순희는 다시금 권(權)을 찾아갔다. 권(權)을 면회한 순희는 앞으로 더욱 강해질 것이며, 아들 건식을 훌륭하게 기르겠다고 다짐했다. 권(權)은 그녀를 응시하며 입술을 부르르 떨었다. 순희는 그런 권(權)의 눈에서 하얗게 빛나는 뭔가를 발견하고 그의 가슴에 온몸을 파묻고 싶은 충동을 느꼈다. 언젠가는 자기에게 소리 없는 말을 들려줄 것을 상상하며 그의 단단한 몸에서 눈을 떼지 못했다.

鄭人澤(정인택)

—

정인택(1909~1953) 소설가, 언론인.

082

약력

1909년	9월 12일 경성 안국정에서 출생하였다.
1919년	수하동공립보통학교 입학하였고, 3학년 때 일본어로 쓴 연하엽서가 《경성일보》에 실렸다.
1922년	4월 경성제일고등보통학교(現 경기중고등학교)에 입학하였다.
1927년	4월 경성제국대학 예과에 입학하였다.
1930년	1월 《중외일보》 현상공모에 단편 「준비(準備)」가 2등으로 당선되어 문단에 등단하였다. 동화 「나그네 두 사람」, 「시계」, 「불효자식」과, 소년소설 「눈보라」를 《매일신보(每日申報)》에 연재하였다.
1931년	평론가를 꿈꾸며 도쿄(東京)로 건너간 후, 수필 「도쿄의 삽화(揷畫)」를 4회에 걸쳐 《매일신보》에 연재하였다.
1932년	10월 「동양」에 평론 「조선 화전민의 생활」을 발표하였다.
1933년	2월 「동양」에 평론 「통계로 본 조선농민의 생활」을 발표하였다.
1934년	평론 「朝鮮文壇에 주는 글월 - 東京에서 본 朝鮮文壇」을, 이후 수필 「봄·東京의 感情」, 「범죄실험관(犯罪實驗管)」을 발표한 후, 귀국하여 매일신보사에 입사하였다. 《조선일보(朝鮮日報)》에 평론 「문예시평(文藝時評)」(7. 28~8. 3)을, 10월에 단편 「조락(凋落)」을, 12월에 수필 「東京의 겨울밤 風景」을 「신동아」에 발표하였다.
1935년	단편 「단교이문(斷橋異聞)」을 《매일신보》(2. 19~2. 28)에, 수필 「감정의 빈곤」(5. 30~6. 1)과 「지성의 문제」(8. 6~8. 8)를 같은 신문에 연재하였다. 작가 이상(李箱)의 애인 권영희와 결혼하였다.
1936년	5월 서평 「이석훈소설집 『황혼의 노래』를 읽고」를 《매일신보》에, 6월 「중앙」에 단편 「촉루」를, 7월 「중앙」에 평론 「문단일제(文壇一題) - 기형아적(畸形兒的) 思考에 關하야」를 발표하였다.
1937년	《매일신보》에 일본어수필 「서재(書齋)」와 수필 「아, 김유정군(嗚 裕貞金君)」

을 발표하였다. 이어서 일본어수필 「청량리계외(淸凉里界隈)」를 《매일신보》(6. 26∼7. 2)에 연재하였다.

1939년   4월 단편 「준동(蠢動)」을 비롯하여 다수의 단편소설과 수필 및 평론을 발표하였다. 12월 매일신보사를 퇴사하고 문장(文章)사에 입사하였다.

1940년   「조광」에 단편 「범가족(凡家族)」과 「작중인물지(作中人物誌) - 나와 그들」을, 「인문평론」에 수필 「고독(孤獨)」을 발표하는 등 왕성한 문학활동을 하였다. 11월에 문장사를 퇴사하고 매일신보사에 재입사하였다.

1941년   1월 「조센가호(朝鮮畫報)」에 일본어소설 「못다 이룬 꿈(見果てぬ夢)」을 개작 발표하였다. 11월 「국민문학(國民文學)」 창간호에 일본어소설 「청량리계외(淸凉里界隈)」를 발표한 것을 시작으로 본격적인 일본어글쓰기를 시작했다.

1942년   「녹기(綠旗)」에 「껍질(殼)」, 「국민문학(國民文學)」에 「색상자(色箱子)」와 「농무(濃霧)」, 「신시대」에 「우산(傘)」 등 다수의 일본어소설을 발표하였으며, 친일의 선봉에 서서 각종 저널활동과 문학활동을 하였다.

1943년   「문화조선」에 일본어소설 「참새를 굽다(雀を燒く)」, 「조광」에 콩트 「불초의 자식들(不肖の子ら)」을 발표하였으며, 「후회하지 않으리(かへりみはせじ)」를 비롯하여 국책에 부응하는 다수의 친일작품을 발표하였다. 저널리스트로서 <국민총력조선연맹>에서 개최한 '국어문학총독상' 수여에 관한 간담회 및 <조선문인보국회>가 마련한 '內鮮작가교환회' 등에 참석하였다. 6월에는 <조선문인보국회> 소설 희곡부 간사직에 임명되었다.

1944년   「애정(愛情)」을 비롯한 국책선전용 문학과 저널활동을 이어갔다. 조선군 보도대(報道隊)의 보도연습에도 참가하였으며, <조선문인보국회>가 주최한 일본어로 쓴 결전소설과 희곡공모전의 심사를 맡았다. 「국민총력(國民總力)」에 일본어소설 「다케다대위(武田大尉)」를, 「문화조선」에 일본어소설 「개나리(連翹)」와 일본어수필 「갑종합격(甲種合格)」을, 「국민문학」에 일본어소설 「각서(覺書)」 등을 발표하였다. 12월 일본어소설 「각서(覺書)」, 「아름다운 이야기(美しい話)」를 비롯하여 11편의 일본어단편을 수록한 작품집 『청량리계외』가 조선도서출판에서 발간되었다.

1945년   3월 '제3회 국어문학총독상'을 수상하였다. 수상 직후 바로 김용제와 함께 약 20일 동안 일본을 시찰하였다. 5월에는 <조선문인보국회>에서 간행한 『결전문학총서』 제1집 집필작가로 선정되었고, 8월에는 <조선문인보국회> 소설부 간사장으로 임명되었다.

1946년   해방 직후 잠시 침묵하다가, 콩트 「박군과 그안해」로 재기하였다.

1947년   《대한독립신문》 편집국장에 취임하였다. 「백제」에 수필 「잡기(雜記)」, 「백민」에 단편 「황조가(黃鳥歌)」를 발표하였고, 《제삼특보》에 단편 「향수」를 연재하였다. 《문화일보》 편집부장에 취임하였다.

1948년   1월부터 1949년 7월에 걸쳐 「소학생」에 소년소설 「하얀쪽배」를, 5월부터 11월에 걸쳐 소년소설 「봄의 노래」를 연재하였다. 8월 <보도연맹>에 가입하였다.

1949년   9월 「소학생」에 소년소설 「이름없는 별들」을 연재하였다. 그림동화집 『난쟁이 세 사람』을 출판하였다.

1950년　　　《자유신문》에 장편『청포도(青葡萄)』를 연재하던 중 <한국전쟁> 발발로 중단
　　　　　　하였다.

1953년　　　박영희, 정지용, 김기림과 함께 서대문형무소에 수감되었다. 이후 인민군이 후
　　　　　　퇴할 때 가족과 함께 월북하였고, 그 후 얼마 되지 않아 병으로 사망하였다.

 082-1

見果てぬ夢(못다 이룬 꿈)

〈기초사항〉

원제(原題)	見果てぬ夢(1 ~ 4)	
한국어 제목	못다 이룬 꿈	
원작가명(原作家名)	본명	정인택(鄭人澤)
	필명	
게재지(掲載誌)	조센가호(朝鮮畫報)	
게재년도	1941년 1월	
배경	• 시간적 배경: 1934년 • 공간적 배경: 강원도 장전항 일대	
등장인물	① 술집을 떠돌다 장전으로 흘러들어온 여급 유리에 ② 유리에의 사랑을 구애하는 성호 등	
기타사항	1935년 5월 「여성」에 「못다 핀 꽃」으로 발표된바 있으며, 1944년 12월 작품집『청량리계외』에도 「해변(濱)」이라는 제목으로 수록됨.	

〈줄거리〉

　　유리에(百合江)는 성호(聖浩)와의 추억을 장전(長箭)항 바다에 묻어두고 경성으로 떠나려고 하였다. 성호와의 이루어질 수 없는 사랑에 갈등하던 유리에는 모든 걸 떨쳐버리려고 아침부터 해변을 마구 달렸다. 그러나 자신을 부르며 뒤따라오는 성호의 목소리와 발소리가 바람결에 계속 들려오는 것 같아 속절없이 울고만 싶었다.

　　성호는 그 지방에서는 다섯 손가락 안에 드는 집안의 외아들이었다. 세상의 추함을 모르는 성호는 그야말로 어린 아이가 어머니 품을 찾듯 외골수로 유리에를 사랑했다. 유리에의 말 한마디면 도둑질은 물론이고 살인까지도 감내할 정도로 헌신적인 성호였다. 성호의 그 어리광과도 같은 사랑을 때로는 성가시게까지 느꼈던 유리에는 정어리 철이 지나면 장전을 떠날 것

이라는 말로 일단 그를 단념시킨 후 냉담하게 물리치려고 했다.

남자를 겪을 만큼 겪어왔기에 시커먼 뱃사람들에게 시달리는 것쯤이야 그간에 닦아온 솜씨로 얼마든지 따돌릴 수 있는 유리에였지만, 성호의 경우는 달랐다. 순수한 애정을 방패삼아 다가오는 성호의 막무가내적인 열정에는 남자 다루는데 능숙한 유리에도 어떻게 해볼 도리가 없었다. 오히려 이미 한물간 자신을 그토록 사랑해 주는 성호의 순수한 마음이 때로는 불쌍한 생각마저 들었다.

어느새 정어리 철이 끝났다. 불과 3개월이었지만 이 곳 장전에 정이 든 탓인지 훌쩍 떠나지 못하고 어물거리다 그만 청어시기를 맞게 되었다.

유리에가 머뭇거리다가 떠나지 못하고 있는 것이 기쁜 대답이라도 되는 양, 성호는 하룻밤이 멀다하고 유리에의 숙소에 드나들었다. 성호는 유리에의 마음을 잡고 싶었는지 숙소에 들를 때마다 비싼 반지와 옷을 사주곤 했다. 그러나 거듭되는 물질공세에 오히려 거부감을 느낀 유리에는 청어기가 시작되어 다시 활기를 띤 장전을 떠나기로 결심하였다. 바람 부는 해변을 거닐면서 유리에는 성호의 순수한 애정에 항복했던 일을 떠올렸다. 자신의 패배라며 혀까지 차면서 깨끗이 항복했던 그 일이 바람을 맞으면서 홀로 해변을 거닐고 있는 유리에에게는 오히려 빛나는 승리처럼 생각되어 마음이 맑아졌다. 성호의 구애를 거절한 것이나 이렇게 황급히 장전을 떠날 수밖에 없는 것도 모두 성호를 위한 것이었기에 사심 따위는 조금도 없었다. 그걸 생각하면 그 빛나는 승리라는 것은 쓸쓸한 승리이기도 했다. 그리 싫지만은 않았던 성호에 대한 감정을 떨쳐버리려고 했지만 그것이 마음처럼 쉽진 않았다.

처음 장전항에 내렸을 때부터 유리에는 이 해변의 이상한 바위형태와 치솟은 절벽, 그리고 해초가 번성하여 시커멓게 보이는 바닷물에 매혹되어 장전까지 흘러든 것을 후회해 본 적이 없었다. 장전을 떠나려고 결심한 지금 그때의 기억이 선하게 되살아나서 유리에는 잠자리에서 일어나자마자 세수도 하지 않고 해변으로 뛰쳐나와 마구 달렸다. 그리고는 그 바위와 바다에게 말없는 이별을 고했다.

애정의 늪에 한번 빠져들면 가라앉을 때까지 아무것도 눈에 보이지 않는다지만, 그런 사랑의 종말이 어떨지 훤히 내다보고 있는 유리에는 어떻게든 순수하기만 한 성호를 단념시켜야 했기에 그럴듯한 거짓말을 꾸며냈다.

「"미안해요, 지금까지 숨겼었는데…… 나에겐 아이가 있어요."

그렇게 말을 꺼내놓고 보니 유리에의 입에서는 스스로도 예상치 못할 만큼 그럴싸한 거짓말이 줄줄이 나오기 시작하여, 종국에는 그녀 자신마저 그 진의에 속을 정도였다.

유리에는 제 입으로 말한 가엾은 한 여자의 이야기에 자기 스스로가 도취되어 뭔가 생각난 듯 말을 멈추고 술잔을 입에 대었다. 그리고는 고독하게 살아가는 이야기, 옥중에 있는 남편 이야기, 양자로 보낸 아이 이야기, 지금 자신에게는 남편의 출소와 아이의 성장만이 기쁨이라는 등의 이야기와, 당신 마음이 눈물이 날 만큼 기쁘고 고맙다는 등등의 허튼소리를 계속 지껄여댔다.

그러는 동안 유리에는 정말 스스로가 그런 비극의 주인공이란 착각까지 들어 몸까지 부르르 떨더니 한동안 어깨를 쑤석거리면서 울기까지 했다.」

묵묵히 듣고 있던 성호는 눈물어린 눈으로 유리에의 이름만 몇 번이고 불러댔다. 그리고 유리에의 손에 작은 종이쪽지를 쥐어주고 한번 뒤돌아보더니 어둠속으로 사라졌다.

유리에는 '언제까지라도 기다리겠습니다. 힘든 일이 있으면 생각하세요.'라고 써진 쪽지를 양말 속에 소중이 간직했다. 그리고 밤새도록 잠을 이루지 못하고 뜻 모를 적막감과 싸우면서 그녀답지 않게 엎어져서 엉엉 울었다.

동쪽하늘이 밝아올 무렵, 유리에는 오늘 중으로 장전을 떠나야한다는 결심으로 짐을 꾸려 밖으로 나왔다. 혼자 몸이라 홀가분하게 떠날 수 있으니 오히려 행복하다고 생각한 유리에는 눈앞에 우뚝 솟은 벼랑을 오르기 시작했다. 그러다 순간 현기증을 느낀 그녀는 하마터면 바다에 빠질 뻔했다가 간신히 바위에 넙죽 엎드렸다. 안도한 것도 잠시, 그녀는 자신의 우스꽝스러운 모습에 눈물이 날 정도로 크게 웃어댔다.

清涼里界隈(청량리계외)

〈기초사항〉

원제(原題)	清涼里界隈	
한국어 제목	청량리계외	
원작가명(原作家名)	본명	정인택(鄭人澤)
	필명	
게재지(揭載誌)	국민문학(國民文學)	
게재년도	1941년 창간호	
배경	• 시간적 배경: 태평양전쟁 발발 직전 • 공간적 배경: 청량리 인근의 작은 마을	
등장인물	① 경성 인근 청량리로 이사와 계몽에 힘쓰는 '나'와 아내 ② 인정 많고 효성이 지극한 소년 갑돌 ③ 가난하지만 교육열이 강한 갑돌어머니 등	
기타사항		

〈줄거리〉

나는 청량리 주변의 한적한 마을로 이사하여 새로운 삶의 터전을 잡았지만, 귀양살이 같은 생활이 후회스럽기도 하였다. 더구나 넓은 문화주택의 정원, 등나무 의자, 전깃불 아래서 책과 신문을 볼 정도의 여유로운 문화생활을 즐겼던 나는, 우물도 수도도 없는 하층민들의 찌든 생활과는 너무나 큰 괴리감을 느꼈다. 그러나 이들과 부딪히며 살아가는 동안 어느덧 이곳 생활도 익숙해져 불편하게만 여겼던 청량리의 삶이 편안하고 따뜻한 풍경으로 다가왔다. 그렇게 이곳 생활에 적응하게 되었고 근처 담장 너머의 '인문학원' 아이들과도 친해졌다.

울퉁불퉁 자갈투성이 마당에 비가 샐 것 같은 교사(校舍), 군데군데 무너진 벽에 깨진 유리창, 그리고 녹이 슨 양철지붕에는 당장이라도 잡초가 올라올 것만 같았다. 이 부근의 유일한 초등교육기관이 이런 환경이라는 것에 나는 씁쓸한 기분을 감출 수 없었다.

허물어져가는 인문학원은 보고 있는 사람의 마음을 우수에 젖게 했다. 책상도 의자도 하나 없는 낡아빠진 판자교실에서 쭈그리고 앉아 연필에 침을 묻혀가며, 소리 높여 책 읽는 광경을 나는 따뜻한 시선으로 바라보았다. 나와 친해지게 되자 아이들은 시도 때도 없이 집안으로 들어와 내가 돌아가라고 할 때까지 떠들어댔고, 연필을 빌려가기도 하고, 심지어는 월사금까지 빌려달라는 녀석도 있었다. 아이들의 천진함을 좋아했던 나는 웬만한 것들은 문제 삼지 않았는데, 나의 이런 방임주의가 아이들의 버릇만 나빠지게 하였는지 날이 갈수록 아이들의 장난은 심해졌다. 집안의 화초를 뽑아 놓는가 하면, 여기저기 낙서를 해놓고, 우물가에 오줌을 싸고, 병아리를 때려죽인 것도 모자라 급기야는 펌프를 박살내고 우물 속에 흙을 쳐 넣기까지 하였다. 이쯤 되고 보니 그렇잖아도 골머리를 앓던 아내의 불평은 극에 달했다. 나는 당장 저녁 지을 물 때문에라도 어떻게든 펌프만이라도 고쳐보려고 했으나 부속조차 망가져버린 상태라 도리가 없었다. 아내는 더욱더 화가 났는지 나를 몰아붙이다가, 갑돌(甲乭)이 지나가자 갑돌에게 화풀이를 하였다. 내가 갑돌에게 슬쩍 양동이를 건네주며 등을 떠밀자, 갑돌이 재빨리 저녁 지을 물을 길어다 주어서 가까스로 오늘의 위기는 모면할 수 있었다.

이를 계기로 내왕이 없었던 갑돌네와 친해지게 되었고, 문화주택 주변의 초가집에 사는 사람들과의 소원했던 관계도 좋아졌다. 이제는 서로 왕래하게 되었고, 이곳 주민들도 우리 집에 찾아오는 발걸음이 잦아졌다. 그 중에서도 갑돌네와는 집안의 사소한 일도 의논하게 되었다.

이 동네 사람들은 궁핍한 생활에도 불구하고 하나같이 선량하고 성품이 밝았으며 부지런했다. 갑돌어머니는 유별나게 교육열도 강했다. 아무리 가난해도 아들만은 반드시 성공할 수 있도록 끝까지 공부시키겠다는 각오가 대단했다. 이에 감동했는지 아내는 어느 날 나에게 학원의 발전책을 의논해 왔다. 갑돌이 이곳의 4년 과정 '인문학원'을 졸업해봤자 성공하기는 요원하다는 것이다. 그러나 나는 방법만 제시한 채 모든 일을 아내에게 맡겼다. 그리고 아내가 풀어갈 미래의 일들을 예측하고 기다리면서 아내의 성장을 지켜보고 있었다.

이 무렵 아내는 '청량리애국반'의 반장직을 맡게 되었다. 아내는 「국민총력」이나 「애국반」과 같은 잡지를 열심히 읽고 국가시책을 파악한 후, 청량리 주민을 상대로 시국을 설명하기도 하고 국민방공의 필요성을 가르치기도 하였다. 회람판조차 못 읽는 이웃을 상대로 하는 일이 쉽지 않아 저녁이면 거의 녹초가 될 정도였지만 아내는 결코 물러서지 않았다. 이렇게 눈코 뜰 새 없이 바쁘게 지내는 동안 아내는 '인문학원'과 갑돌에 대한 일은 까맣게 잊어버린 것 같았다.

방공훈련이 원만하게 끝난 날 밤이었다. 갑돌어머니의 각혈 소식을 전해들은 아내는 황급히 갑돌네로 뛰어갔다. 나는 그 뒤를 쫓다가 뒤꼍에서 울고 있는 갑돌과 마주쳤다. 갑돌은 필사적으로 왼손을 감추려고 하였다. 어디서 들었는지 어머니를 살리겠다는 일념 하나로 갑돌은 자신의 왼손 약지를 자른 것이었다. 순간 나는 현기증을 느꼈다.

비록 그 피를 어머니에게 먹이지는 못했지만, 갑돌의 효성이 하늘에 닿았는지 그 다음 날부터 어머니의 병은 기적적으로 좋아졌다. 이러한 일이 신문에 나게 되고, 마을사람들은 갑돌의 효성을 칭찬하며 영웅시하였다. 그러나 이를 시샘한 친구들로부터 따돌림을 받게 되자 갑돌은 예전의 밝은 성격을 잃고 점점 우울한 아이로 변해갔다.

한편 아내는 인문학원 운동장에 방공호를 만들겠다며 구체적인 계획을 세웠고, 가구당 분담할 비용문제로 고민하기 시작했다. 나는 그렇잖아도 초라한 학교운동장까지 좁힐 작정이냐며 아내의 계획에 반대했다. 그리고는 아내 모르게 준비한 명함과 동네 의회에서 써준 인문학원 경영자에게 보낼 소개장을 꺼내 보여주며 '인문학원'의 발전책을 내놓았다.

「"정말 놀랍군요. 벌써 손을 다 써 놓고. 호호호 얄미운 사람 같으니. 그래 놓구선 잠자코 있기만 하고…… 너무해요."

아내는 원망하는 눈빛으로, 그러나 기쁨을 감추지 못하고 나를 쏘아보았다. 나는 적잖이 우쭐해졌다.

"서로 돕지 않으면 안 되는 시국이니까, 반드시 잘될 거라 생각해요. 우리 마을 사람들이 방공호를 위해 150원을 기부하는 건 어려워도, 그 사람이라면 15,000원 정도는 거뜬하게 낼 수 있을 거요. 그러면 모두에게 잘 된 일이지요. 무엇보다 갑돌에게 좋을 거야. 갑돌을 처음처럼 명랑한 아이로 돌아가게 하기 위해서는, 좋은 학교 좋은 선생님 좋은 친구들이 필요해요. 그 아이를 위해서라도 당신은 이 일을 성공시키지 않으면 안 돼요. 그 아이가 손가락을 잘랐을 때……."

"말하지 말아요. 그건……."

아내는 당황하여 내 입을 막고 얼굴을 돌렸다. 아내의 눈에 눈물이 맺혀 있었다.

- 추기 : 이제 우물펌프가 망가진 것 정도로 아내는 끄덕도 하지 않을 것이다. 담 밑 구석에서 귀뚜라미가 울고 있다.」

殼(껍질)

〈기초사항〉

원제(原題)		殼(一~六)
한국어 제목		껍질
원작가명(原作家名)	본명	정인택(鄭人澤)
	필명	
게재지(揭載誌)		녹기(綠旗)
게재년도		1942년 3월

배경	• 시간적 배경: 어느 해 초겨울 • 공간적 배경: 경성, 학주의 고향
등장인물	① 완강한 아버지와 일본인 아내 사이에서 갈등하는 학주 ② 완강하기만 한 아버지 ③ 한국인 가정에 정식으로 입적되고 싶은 학주의 동거녀 시즈에 ④ 지원병이 되고자 경성행을 감행하려는 동생 용주 등
기타사항	

〈줄거리〉

'태생도 모르는 여자'라는 이유로 남편이라 부르는 사람의 집에 받아들여지지 못한 것은 여자에게 너무 가혹하고 슬픈 일이었다. 서로 사랑하는 두 사람에게 민족과 관습은 더 이상 그 어떤 장애도 되지 않을 거라 여겼는데, 완고하기만 한 아버지는 여전히 시즈에(靜江)를 며느리로 받아들이기를 완강하게 거부했다.

십여 년 전까지만 해도 마을에서 굴지의 부호였던 집안이 몰락하게 되자, 형은 고향에서 소작인이 되고 차남인 학주(鶴住)는 고향을 떠나 경성에서 고학으로 중학을 마치고 취직한 후 일본인인 시즈에와 동거하여 아이까지 낳았다. 처음 결혼을 허락받으러 갔을 때 아버지는 '양반의 가문을 더럽혔다'는 이유로 문지방도 넘지 못하게 하였다. 그래도 시즈에는 홀로 슬픔을 달랠 뿐 학주를 원망하지는 않았다. 원망은커녕 오히려 신분이 낮은 자신에게 과분한 사람이라며 학주를 온갖 애정으로 보필하였다.

시즈에와 부부가 되기 전까지는 학주도 효자였다. 쥐꼬리만한 월급에서 다달이 5~10원을 떼어 한 번도 빠짐없이 고향으로 보냈다. 그것이 마을에서는 대단한 평판을 얻어 효자로 소문났다. 그런데 시즈에를 알게 되면서부터 아버지를 거역하게 되고 집안과도 점점 멀어지게 되었다. 뿐만 아니라 생활에 쫓기다보니 집에 돈을 못 보내는 경우가 많아졌고, 게다가 아버지의 완강한 고집 때문에 언제부턴가는 의절상태가 되어버리고 말았다.

그래도 계속 이런 상태로 지낼 수 없다고 생각한 학주는 아내 시즈에와 아들을 데리고 고향으로 향했다. 아무 죄도 없는 손자의 얼굴을 보면 아버지의 마음이 풀리지 않을까 내심 기대하며 고향집에 들어섰다. 하지만 아버지는 풍속도 다르고 집안도 천한 일본인을 며느리로 받아들일 수 없다며 학주 내외와 아이를 매정하게 내쳤다. 시골에 다녀온 이후 아이는 폐렴으로 시름시름 앓더니 허망하게 죽고 말았다. 그렇게 연이어 불행이 겹치자 학주는 아버지와의 모든 인연을 끊고 지내왔다. 그러는 가운데서도 학주는 내심 아버지로부터 결혼을 허락한다는 편지가 날아오기를 매일같이 기다렸고 또 언젠가는 그렇게 되리라 믿었다.

그 즈음 아버지가 위독하다는 전보가 연거푸 날아왔다. 아버지가 위독하다는 소식은 학주를 어쩔 수 없이 기차를 타게 하였다. 갖가지 생각이 꼬리를 물었지만 위독하다는 아버지를 찾아뵙지 않을 수는 없었다. 오랜만에 보는 아버지가 많이 쇠약해 보여 가슴이 아팠다.

그러나 아버지가 위독하다는 것은 명목뿐이었다. 아버지는 2년 만에 귀향한 학주에게 마치 판결이라도 내리듯 "×마을의 황씨네 딸을 며느리 삼기로 했다."고 말했다. 그리고 학주가 항의할 틈도 주지 않고, "너희들을 억지로 헤어지게 하고 싶지는 않다. 그래서 나도 포기했다. 그 대신 내 말대로 명목상 만으로라도 황씨 딸과 결혼해라. 황씨 딸은 아버지와 형이 맡을 테니 시즈에와 경성에서 살고 싶으면 그렇게 하라."는 것이다.

버젓이 부부로 살고 있는 시즈에를 첩으로 만들려는 아버지에 대한 분노와 슬픔으로 학주의 두 눈은 빨갛게 물들었다. 끝없는 들판 한 가운데에 홀로 서 있는데 해가 저물어버린 것 같은 암담한 기분이 들었다. 이것은 단지 '아버지를 죽일 것인가, 시즈에를 살릴 것인가'의 문제도 아니었다. 그렇다고 생각으로나 이치만으로 해결될 수 있는 문제도 아니었다. 그 심연에 깊이를 알 수 없는 온갖 잡다한 의문이 존재하고 있었지만, 어떤 타협도 해결방안도 없었기에 결국 아버지는 아버지대로 학주는 학주대로 자신이 믿고 있는 길을 갈 뿐이었다.

「"형님! 전 불효자입니다. 용서해 주세요. 아버지께는……."

'아버진 언제까지라도 제 마음을 모를 겁니다. 옛날사람에 고집불통인 아버지에게서 벗어난다는 것은 무리일 겁니다. 아버지가 나쁜 게 아닙니다. 그러나 저도 옳다고 생각합니다. 형님도 이해 못하실지 모르겠지만 그렇게 믿고 계셔요. 아버지와 제 사이에는 영원한 거리가 가로막혀 있어요.' 그러나 학주는 그 말을 차마 입밖으로 꺼내지 못하고, "아버지를 부탁드려요."라 말했다.

형님의 침통한 얼굴을 보고 싶지도 않았고, 자신의 약한 모습을 보이고 싶지도 않았기에 학주는 간단히 그렇게만 말하고 뒤도 돌아보지 않고 언덕길을 달려 내려갔다.」

학주는 달려가면서도 자신이 집에서 멀어지는 만큼 아버지의 생명이 줄어들 것만 같아, 눈물을 뚝뚝 흘리면서 '나는 아버지를 죽인 대죄인'이라고 마음속으로 외쳤다.

그때 동생 용주가 학주를 뒤 따라왔다. 그는 경성으로 가서 공부하고 싶으니 함께 데려가 달라고 하였다. 그리고 장차 지원병이 되어 일본을 위해서 싸우고 싶다는 말도 덧붙였다. 학주는 자신이 아버지께 못다 한 효도를 동생이 해주기를 바라는 마음에서 애써 타일렀으나 의외로 용주의 결심은 단호하기만 했다.

학주는 목이 메어 뭐라 대답할 수 없었다. 아버지는 아마도 나 때문에 병세가 급격히 악화될 것이고, 어쩌면 겨울이 오기 전에 돌아가실지도 모른다는 생각이 들어 괴로운 참이었는데, 아버지의 견고한 껍질에 부딪혀 튕겨 나갈 또 한 사람의 대죄인이 눈앞에 서 있는 것이 아닌가. 그러나 학주는 아버지 생각은 접어두기로 애써 생각을 돌렸다.

용주도 아버지와 싸우지 않으면 안 될 것이다. 그러나 아버지의 구습에 찌든 단단한 껍질을 깨부수기는 어려울 것이다. 학주는 이런저런 것들을 염려하면서도, 나라를 위해 싸우는 훌륭한 군인이 되기를 바라는 마음으로 용주의 경성행을 허락했다.

082-4

傘 - 大人のお伽噺(우산 - 어른을 위한 동화)

〈기초사항〉

원제(原題)	傘(一〜三) - 大人のお伽噺
한국어 제목	우산 - 어른을 위한 동화

원작가명(原作家名)	본명	정인택(鄭人澤)
	필명	
게재지(揭載誌)	신시대(新時代)	
게재년도	1942년 4월	
배경	• 시간적 배경: 어느 해 여름 장마철 • 공간적 배경: 영숙의 집과 그 주변	
등장인물	① 어머니와 단 둘이 가난하게 살고 있는 영숙 ② 남편을 잃고 바느질로 생계를 꾸려가는 영숙어머니	
기타사항		

〈줄거리〉

영숙(英淑)은 내렸다 그쳤다 오락가락하는 장맛비에 질척질척해진 길을 조심스럽게 한발 한발 내딛었다. 어머니 심부름으로 바느질감을 돌려주고 오는 길이었다. 아까 어머니가 심부름 보낼 때 우산이 없어서 싫다고 했다가 꾸지람만 듣고 샐쭉해진 영숙은 보자기를 뺏어들고 그대로 집을 나왔었다. 무겁게 드리워진 구름이 금방이라도 비가 되어 후드득 떨어질 것만 같았다.

영숙이 잰걸음으로 큰 집 토담 모퉁이를 돌아가는데, 누군가 토담 모퉁이에 세워둔 우산이 영숙의 발에 걸려 흙탕물이 고여 있는 웅덩이 속으로 빠져버렸다. 누가 볼까 두려워 가랑이가 찢어지도록 도망치던 영숙은, 갑자기 무슨 생각이 들었는지 뒤돌아서서 주변을 둘러본 다음 아무도 보는 사람이 없는 것을 확인하고 나서 성큼성큼 우산 있는 곳으로 되돌아갔다. 이렇게 큰 집에 사는 사람이 이런 더러운 우산 따위를 쓰고 다닐 리 없을 거라고 생각한 영숙은, 누군가가 쓰다 버린 우산이라면 주어다 깨끗이 씻어서 어머니께 드려야겠다고 생각했다.

영숙은 문득 언젠가 개간한 밭 한구석에서 무심코 주워서 어머니께 드렸던 작은 병에 담겨 있던 동백기름 생각이 났다. 그것이 어머니를 그렇게 기쁘게 할 줄은 정말 몰랐었다. 늘 꾸지람에 잔소리만 하던 어머니가 얼굴 가득 웃음을 띠고 경대 앞에 앉아서 머리를 매만지던 일이 떠올랐다. 작년에 갑자기 아버지가 돌아가신 후, 가난에 시달리느라 매무새 한번 돌볼 틈도 없이 살아온 어머니였다. 그런 어머니가 작은 동백기름 하나에 그토록 기뻐했던 일을 영숙은 행복한 마음으로 바라보았고, 대단한 효녀라도 된 것처럼 기쁨에 겨웠었다.

비가 와도 우산 하나 살 형편이 못되어 비만 오면 머리에 수건을 감고 항상 젖은 채 종종거리며 다니는 어머니에게, 이런 낡은 우산이라도 갖다 드리면 무척 좋아하실 것 같았다. 이렇게 생각한 영숙은 뭔가에 쫓기듯이 웅덩이 속에서 흙탕물 범벅이 된 우산을 꺼냈다. 그리고 우산을 한 손에 꽉 쥐고 첨벙첨벙 진흙탕 물을 튀기면서 눈을 크게 뜨고 의기양양하게 앞을 향해 걸었다.

「"엄마, 이렇게 괜찮은 우산을 주워온 사람도 있을까요? 정말이지 기가 막히죠?"

어머니는 소리를 버럭 지르시더니 자초지종도 듣지 않고 영숙의 손에서 우산을 뺏었다.

"정말로 크게 도움 되겠네. 학교 갈 때 영숙이가 가지고 다니면 좋겠다. 씻어서 말려 둘 테니까." 기쁨으로 눈을 반짝이면서 어머니는 우물가로 달려갔다.

영숙은 한시름 놓은 것 같으면서도 한편으로는 실망스러운 묘한 기분으로 방으로 들어갔다. 그리고 책상 앞에 똑바로 앉아보았지만 웬일인지 지난번 동백기름 때처럼 신이 나지 않았다. 어머니의 기뻐하는 목소리와 얼굴이 그대로 마음에 들어오기는커녕 그때처럼 가슴이 벅차지도 않았고 효도한 것 같지도 않았다.

'저 우산이 정말 버려졌던 것일까?' 갑자기 이런 생각이 들기 시작하자 영숙은 견딜 수 없이 불안해졌다. '누군가가 잊어버리고 간 것이라면 어떡하지? 아니면 다른 누군가가 쓰던 것을 잠깐 그곳에 세워 둔 것이라면……?'

바로 그때 마당에서 우산을 씻던 어머니가 주위를 의식하는 목소리로 영숙을 부르더니, "이 우산은 아직 새것이구나. 아까는 더러워서 몰랐는데."라고 말했다. 영숙은 벌떡 일어서서 마당 끝에 펼쳐 말리고 있는 우산을 오랫동안 뚫어져라 바라보았다. 낡아빠진 우산인줄만 알았는데 깨끗이 씻고 보니 정말로 흠 하나 없는 멀쩡한 우산이었다. 순간 영숙은 어머니의 눈빛이 자신을 심하게 꾸짖고 있다는 것을 깨달았다. 어머니 얼굴은 조금 전의 기쁜 빛은 오간 데 없고 영숙을 의심하는 듯 미간을 잔뜩 찌푸리고 있었다.

동백기름 때처럼 그냥 넘어가지 않는 어머니의 눈초리가 야속하기만 한 영숙은, 금방이라도 울음이 터질 것만 같아서 황급히 어머니 곁을 빠져나갔다. 그리고 말리려고 펼쳐놓은 우산을 거칠게 접어서 쥐어들고, 흙탕물이 발밑에서 어깨 끝까지 튀도록 텀벙거리며 웅덩이가 있던 곳으로 달렸다. 깨끗이 씻어 말린 우산을 다시 제자리에 갖다 두고 나서야 영숙은 비로소 불안했던 마음이 싹 가시고 편안해졌다.

082-5

色箱子(색상자)

〈기초사항〉

원제(原題)	色箱子	
한국어 제목	색상자	
원작가명(原作家名)	본명	정인택(鄭人澤)
	필명	
게재지(揭載誌)	국민문학(國民文學)	
게재년도	1942년 4월	
배경	• 시간적 배경: 어느 해 봄 • 공간적 배경: 경성	
등장인물	① 가난을 이겨내기 위해 억척같이 살아온 정숙 ② 정숙의 집에서 오랫동안 일을 도와왔던 할멈 ③ 모시던 이판서댁을 그리워하는 정숙의 시어머니와 남편 ④ 이판서댁 큰아들 등	
기타사항		

　　할멈과 함께 이삿짐을 정리하던 정숙(貞淑)은 색지를 볼품없이 덕지덕지 붙여 만든 색상
자를 발견하고, 애정어린 손길로 먼지를 털어 양손으로 보듬어 안고 옛 기억을 떠올렸다.

　　쉰을 바라보는 나이가 되고 보니 괴로웠던 일, 즐거웠던 일, 기쁨과 슬픔이 뒤섞인 무수한
추억들이 끊임없이 뇌리를 스치고 지나갔다. 정숙은 봄볕이 내리쬐는 문기둥 옆에서 오랫동
안 달콤한 추억 속에 흠뻑 젖어 있다가 불현듯 그 때 일이 생각나서 무언가 큰 실수라도 한 것
처럼 마음이 울적해졌다.

　　열일곱 살에 황해도 산중에서 경성으로 시집 온 다음날부터, 정숙은 주인댁인 이판서댁의
시중은 물론이거니와 쉴 새 없는 집안일로 불어터진 손을 아낄 겨를도 없었다. 온갖 잡일에
지쳐버린 정숙은 언제부터인가 어차피 힘이 들 바에야 남을 위해서가 아니라 자기 자신을 위
해 일하고 싶다는 생각이 들었다. 그리고 날이 갈수록 인간다운 생활을 해보고 싶다는 소망은
커져갔다. 언제나 사물을 판단하는데 합리적이었고 배짱도 두둑했던 정숙은 증조부 때부터
모셔온 이판서댁이 몰락할 위기에 처했을 즈음, 거의 독단으로 가족들에게 자신의 의견을 말
하고 앞으로의 포부와 결의를 강요했다.

　　그러던 어느 날, 별것도 아닌 일로 주인마님과 입씨름을 하게 된 정숙은 일부러 부아를 돋
우었고 꼬박꼬박 말대구하며 먼저 달려들기까지 하였다. 그리고 주인마님 입에서 급기야 “너
희 같은 못된 것들은 빨리 이 집에서 나가버려!”라는 말이 나오게 하는 데 성공했다. 이렇게라
도 하지 않으면 의리나 인정에 휘말려 일을 그르치게 될지도 몰랐기 때문이다. 이렇게까지 하
여 이판서댁을 나오게 된 것이 두고두고 마음 아팠던 정숙은, 비록 내쫓기기는 했지만 집을
나온 이후에도 얼마 동안은 주인집이 있는 쪽을 향해 큰절을 올렸을 정도였다.

　　그렇게 해서 이판서댁을 나온 지 어언 20년이 되었고, 경성여관 간판을 올린 지도 7년이라
는 세월이 흘렀다. 그 동안의 온갖 고생과 노력, 그리고 그 토대를 만들기까지 여공생활, 사채
놀이, 하숙집 등등, 안 해본 일이 없을 정도였다. 뒤돌아보면 남자 못지않은 억척과 배짱으로
버텨왔고, 이제는 주변의 어떤 여관에 뒤지지 않는 일류여관으로 성장시켰다. 숨가쁘게 달려
온 지난날들을 뒤돌아보던 정숙은 살아온 보람이 어디에도 없었음을 깨달았다. 되돌릴 수 없
는 과거가 후회스러워 정숙은 고독보다도 더한 서러움에 몸을 저미었다. 그나마 노후를 위해
남부끄럽지 않을 만큼의 재산이 있고 보니, 조금은 편안히 지내도 되겠다는 생각이 들었다.
무엇보다도 몸이 예전처럼 움직여주질 않았기 때문이다.

　　색상자 속에는 시집 올 때 친정어머니가 어렵게 마련해 준 예복과 여러 가지 옷감이 빼곡
히 들어있었다. 그 중 예복은 처음에는 아까워서 못 입었고 나중에는 입어볼 여유가 없어서
이렇게 색상자 안에 넣어둔 채 세월이 흘러버렸다. 딱 한 번 이판서댁을 나오기로 결심했을
때, 눈부신 앞날을 상상하며 입었을 뿐이었다. 정숙은 그 예복을 소중히 간직해 두길 잘했다는
생각이 들었다. 이나마 살 수 있게 된 것이 꼭 이 예복 덕분인 것만 같아서였다.

　　색상자를 놓고 남편과 이런저런 이야기를 나누던 정숙은 돌연 이판서댁의 행방을 찾아보
기로 결심했다. 그리고 사흘 정도 힘겹게 수소문한 끝에, 인력거 끄는 박서방을 통해 겨우 이
판서댁 식구들이 살고 있는 주소를 알아낼 수 있었다.

　　「신당동이라고 들어서 짐작은 하였지만 예상보다 훨씬 비좁고 허름한 동네였다.

진흙투성이 좁은 골목을 몇 번이나 돌고 돌아서 겨우 찾아낸 집은 처마가 갈 '지(之)'자로 기울어지고 형편없이 찌그러진 초가집이었다. 시어머니는 지팡이에 매달리다시피 한 채 눈만 껌뻑이고 서 있었다. 정숙은 시어머니를 부축하면서 대문 안으로 한 발짝 들여 놓았다. 그러자 그것이 신호탄이라도 된 것처럼 대문 옆 허름한 방에서 "아이고 아이고" 하는 통곡소리가 터져 나왔다.

정숙은 머리를 얻어맞기라도 한 것처럼 그 자리에 멈춰 섰다. 바로 그곳이 이판서댁 유족들이 살고 있는 방이라는 것을 직감으로 알아차렸다. 불길한 예감이 전광처럼 뇌리를 스쳤다. 정숙은 잡고 있던 시어머니의 손을 놓고 쓰러질듯 방 안으로 달려 들어갔다.」

때마침 찾아가 임종이나마 지킬 수 있었던 정숙은 상주의 거절에도 불구하고 거금을 들여 진심으로 주인마님의 최후를 화려하게 장식해 드렸다.

장례가 끝나고 열흘 정도 지난 후, 정숙은 옛날 그대로 '도련님'이라 부르며, 거둬주신 은혜를 갚고 싶다는 뜻을 밝혔다. 정숙은 지금까지 재산을 모을 줄만 알았지, 모아서 무엇을 어떻게 쓰겠다는 생각도 없었다. 그저 한없이 욕심내어 돈을 모으고 또 모았을 뿐이었다. 상속자도 없는 마당에 이판서 유족을 위해 그 돈을 쓸 수 있게 되었다는 사실이 더할 나위 없이 기뻤다.

그 뒷이야기를 전하자면 이렇다.

먼저, 도련님은 함께 살자는 정숙의 제안을 거절하고, 대신 정숙이 이사한 집의 뒤뜰이 넓으니 방공호를 파서 마을에 기부하거나 밭을 만들어 마을공동소유로 하는 게 어떠냐고 제안했다. 정숙은 그의 의견에 양계장까지 추가하여 애국반에 기부하였다. 양계장에서 나온 달걀은 애국반 전원이 공평하게 나눠가졌다.

그리고 한동안 도락에 빠져 지냈던 둘째도련님은 2년 전 만주의 '산서토벌전'에서 장렬히 전사했다고 했다.

마지막으로 정숙은 추억의 색상자 안에 들었던 자신의 예복을 꺼내 새로 옷을 지어 할멈의 딸이 시집갈 때 선물로 주었고, 빈 색상자는 색지를 새로 붙여 갓 태어난 도련님의 아이에게 장난감상자로 내주었다.

082-6

晩年記(만년기)

〈기초사항〉

원제(原題)	晩年記
한국어 제목	만년기

원작가명(原作家名)	본명	정인택(鄭人澤)
	필명	
게재지(揭載誌)	동양지광(東洋之光)	
게재년도	1942년 5월	
배경	• 시간적 배경: 어느 해 봄 • 공간적 배경: 경성	
등장인물	① 여학교를 졸업한 박노인의 딸 옥순 ② 금광사업의 실패로 퇴락하기 시작한 옥순아버지 박노인과 그 아내 ③ 5년 전 집을 나간 후 생사를 알 수 없는 외아들 영순	
기타사항		

〈줄거리〉

　　내일 아침까지 꼭 끝내야 하는 급한 일감을 맡은지라 옥순(玉順)어머니는 안경을 코끝에 걸치고 몇 번이나 실패한 끝에 겨우 바늘귀를 찾아 실을 꿰었다. 다급한 마음에 손놀림이 바빠지는데, 우산을 때리는 빗소리가 점점 가까이 들리자 어머니는 신경이 곤두섰다. 오늘도 밤늦도록 귀가하지 않는 옥순(玉順)이 돌아오는가 했는데, 반장이 찾아와서 신사참배 할 순서라며 애국반기(旗)와 참배일지를 건넸다. 어머니는 애국반기와 보자기에 싼 참배일지를 품은 채, 마루 끝에 서서 눈가루처럼 희고 빛이 나는 빗줄기를 넋을 잃고 뚫어지게 바라보았다. 인기척에 눈을 뜬 것인지 남편 박(朴)노인의 잔기침소리에 방으로 들어가 보니 아니나 다를까 딸 걱정에 박노인의 말투가 점점 거칠어졌다.

　　봄이 되어 오늘처럼 부슬부슬 비가 내리면 이 노부부는 서글픈 생각에 휩싸여 사소한 일에도 말이 거칠어지고 초조해지기까지 했다. 자리에 누운 지 불과 5일 밖에 되지 않았는데도 박노인의 몰골은 말이 아니었다. 이래저래 어머니는 눈물이 쏟아지려는 것을 간신히 참으면서 다시 바느질 상자를 옆으로 잡아끌었다. 잊어버렸다고 생각하고 있는, 아니 잊으려고 애쓰고 있는 외아들 영순(永順)이 자꾸만 떠올라 새삼스레 탄식이 나왔고, 또다시 무서운 적막감에 휩싸였다.

　　5년 전, 아들 영순이 느닷없이 좋아하는 여자를 데리고 와서 함께 살게 해달라고 했을 때, 노인은 마치 혐오스런 벌레라도 보듯 두 말도 하지 않고 당장 나가라고 불호령을 내렸다. 그날 이후 부모자식 사이에 언쟁이 끊이지 않았다. 그날도 여느 때와 다름없이 불손한 태도로 아버지께 대들던 영순은 결국 입은 옷 그대로 우산도 없이 빗속으로 뛰쳐나갔다. 그로부터 5년이 지난 지금까지 소식 한 장 없고 생사조차 알 수 없었다. 그날 이후부터 집안사람들은 박노인 앞에서는 영순의 영(永)자도 입에 올리지 못했다.

　　영순의 가출이 계기라도 된 것인지 채굴까지 시작했던 금광사업의 실패로 사업은 점차 쇠퇴해 갔다. 선대로부터 물려받은 그 많던 재산이 옥순이 여학교를 졸업할 즈음엔 세 식구 입에 겨우 풀칠이나 할 정도로 줄어버렸다. 사방을 둘러보고 또 봐도 절망과 고독 뿐, 희망은 보이지 않았다. 그때부터 노인은 눈에 띄게 늙어버렸다. 타고난 완고함만은 변함이 없었지만, 전에 비해서 현저히 마음이 약해진 노인은 그저 '사람 내리막길이 되면 흉한 것'이라는 말만 입버릇처럼 중얼거릴 뿐이었다. 노인은 말할 기력조차 잃었는지 갈수록 말수도 적어졌다.

흐린 날이 며칠이나 계속되더니 다시 겨울로 돌아가는 듯한 추위가 엄습했다. 그 탓에 감기에 걸린 박노인은 나흘 동안이나 자리보전한 채 지냈다. 박노인이 이렇게 맥을 못 추고 누워만 있는 것은, 어쩌면 요즘 갑자기 달라진 옥순의 태도 때문인지 모른다. 온순하고 착하기만 하던 옥순까지 자기에게 대항하리라고는 꿈에도 생각지 못했다. 처녀가 밤늦게 나다니는 것이 걱정되어 나무라는 아버지에게, 옥순은 얼굴을 쳐들고 말대답까지 했다. 그런 옥순의 눈빛은 마치 5년 전 자신에게 대들던 영순의 눈빛과 같았다. 박노인은 옥순을 이대로 두면 언젠가는 영순처럼 될지도 모른다는 생각에 초조함과 고독감에 휩싸였다.

박노인은 옥순에게 사내라도 생기면 큰일이다 싶었다. 이 세상 그 무엇도 자식의 인생과 바꿀 수는 없었다. 불미스런 일이라도 날세라 빨리 혼인이라도 시키고 싶었지만 갑자기 마땅한 자리가 있을 리 없었다. 몇날 며칠을 궁리한 끝에 박노인은 경성의 집을 정리하고 시골로 돌아가자고 결심하였다. 젊었을 때 청운의 뜻을 품고 경성으로 올라왔는데, 이렇게 되고 보니 더 이상 경성에 머물 이유가 없었다. 이제는 선조들의 묘지기라도 하면서 조용히 여생을 보내고 싶었다. 워낙 헐값에 내놓은 집이라 그럭저럭 팔렸다. 그래도 시골로 가면 남부끄럽지 않은 집 정도는 살 수 있을 것이기에 더 이상 미련은 없었다. 옥순도 시골생활에 다소 호기심과 동경을 품고 있었는지 의외로 순순히 낙향에 동의했다. 시골집은 쉽게 구해졌고, 이제는 이삿짐 꾸리는 일만 남았다.

시일이 촉박하여 셋이서 분주하게 이삿짐을 싸고 있는데, 뭔가를 발견한 박노인이 갑자기 벌떡 일어나더니 흔들거리는 3층장을 힘껏 떠받쳤다. 순간 아버지가 위험하다는 생각에 옥순은 아버지 앞을 가로막고 섰는데, 박노인은 오히려 옥순과 어머니를 밀쳐냈다. 그 바람에 3층장은 더 균형을 잃고 서로 엉켜있는 세 사람 머리 위로 떨어지려고 했다. 그 순간 옥순은 이제 죽었구나 싶어 눈을 감아버렸다. 그런데 아무 일도 일어나지 않아 눈을 떠 보니, 박노인이 행여 모녀가 다칠세라 얼굴이 새빨개지고 눈에 핏발이 서도록 앙상한 팔로 3층장을 받치고 서있는 게 아닌가! 박노인은 3층장을 가까스로 벽 쪽으로 밀어내더니 맥없이 털썩 주저앉았다. 그 모습을 본 모녀의 눈에는 눈물이 흥건히 고였다. 옥순은 벅찬 감동으로 눈물을 흘리며 아버지의 가족사랑에 새삼 신비감마저 느꼈다.

「노인은 전혀 다른 사람처럼 원기를 회복하여 계속 웃다가 돌연 위엄 있는 얼굴로 "옥순아!"라고 다시 한 번 불렀다.

"어떠냐? 시골과 경성 어디가 더 좋으냐? 솔직히 말해다오!"

옥순은 싱글벙글 웃고 있는 아버지가 갑자기 얄미운 생각이 들어서,

"그거야 당연히 경성이 좋지요." 토라진 듯 뿌리치며 말했다. 노인은 지체 없이 곧바로,

"으음 알았다. 그럼 시골로 이사 가는 것 그만두자."」

어머니와 옥순은 갑작스런 박노인의 변덕에 한참동안 의아한 표정이었다. 그러나 '경성을 떠나버리면 아들 영순이 돌아올 곳이 없어진다'는 아버지의 마음을 이제는 잘 알고 있기에 이내 찬성하였다. 박노인은 천연덕스런 표정을 짓고 있었다.

濃霧(농무)

〈기초사항〉

원제(原題)		濃霧
한국어 제목		농무
원작가명(原作家名)	본명	정인택(鄭人澤)
	필명	
게재지(揭載誌)		국민문학(國民文學)
게재년도		1942년 11월
배경		• 시간적 배경: 어느 해 9월 • 공간적 배경: 만주 일대
등장인물		① 농사일이 싫어 5년 전 집을 뛰쳐나와 트럭운전수가 된 지타 ② 아들을 만나겠다는 일념으로 고향을 버리고 만주로 이주해 온 아버지 천용희 등
기타사항		

〈줄거리〉

　　35세 늦은 나이에 겨우 얻은 독자라 유별나게 사랑을 쏟으며 키운 '지타(千田)'였다. 그런 그가 소학교(초등학교)를 졸업한 후 농사꾼이 되라는 아버지의 말이 못마땅해 아버지와 다투고 집을 뛰쳐나갔다. 담임선생님으로부터 줄곧 농사일을 시키기에는 아깝다는 말을 들었던 터라, 학교를 졸업하고도 계속 공부를 할 생각으로 농사일은 물론 매사가 즐겁지 않았기 때문이다. 집을 뛰쳐나오긴 했지만, 고학할 처지도 못된 지타는 중학교 교복 대신 기름투성이 작업복을 입었다. 그렇게 트럭차고에서 3년간 일한 뒤 운전면허증을 따고 운전수가 되었다. 중일전쟁이 일어나자마자 그는 바로 북쪽 전쟁터로 파견되어 트럭을 몰고 전쟁터를 돌아다녔다. 승전을 계속하는 황군의 손이 되고 발이 되어 비 오듯 쏟아지는 탄환도 겁내지 않았다. 그는 트럭 행렬에서도 단연 앞장서서 진군하여 부대 안에서도 '용맹운전수'로 이름을 날렸다.

　　지타는 어느 날 비적을 토벌하러 갔다가 산시성(山西省)의 대초원에서 부상을 입고 후송되었다. 그리고 두 달 정도 요양을 한 후 회복되자 군의 도움으로 만척(滿拓, 만주척식회사)에서 운전수로 일하게 되었다.

　　그러던 어느 날, 지타는 우연히 개척반장의 서류에서 '천용희(千用熙)'라는 이름을 발견하고 착잡한 심정에 안절부절 못했다. 호주란에 명확히 기재되어 있는 아버지의 이름과 가족란에 적힌 어머니와 여동생의 이름까지 확인한 지타는, 5년씩이나 잊고 지냈던 고향집과 가족들 생각에 자책과 회한이 교차했다. 비록 싸우고 집을 나오긴 했지만 아버지를 농사꾼 신세에서 벗어나게 하겠다는 마음은 고향을 떠날 때부터의 결심이었고, 그 마음은 지금도 변함이 없었다. 그러나 빈손으로 고향에 돌아갈 수는 없었다. 고지식한 트럭운전수 지타에게 일확천금의 기회가 찾아올 리도 없어 차라리 염치불구하고 귀향하여 사죄라도 해볼까 생각했지만 그마저도 여의치 않았다. 그렇게 편지 한 통 못 보낸 채 흐른 세월이 벌써 5년이었다.

그런데 어쩌다 아버지까지 대대로 농사짓던 땅을 버리고 고향을 떠나 이곳까지 오게 된 것일까? 그러다 문득 '아버지 인생의 전부였던 내가 이곳 만주에 있다는 소식을 바람결에라도 들었을 것이다. 그래서 아버지는 죽기 전에 나를 만나겠다는 일념으로 개척민 모집에 응했으리라'는 데 생각이 미친 지타는, 그런 아버지의 마음을 헤아리고 보니 도저히 가만히 있을 수가 없었다. 직무상 마음대로 안투현(安圖縣)을 떠날 수도 없었던 지타는 퉁퉁 부은 눈을 동료들에게 들킬까봐 혼자 몰래 숙사를 빠져나와 공허한 마음으로 술집 근처를 배회하였다. 낯선 기후 풍토와 싸우면서, 비적들의 포위망 안에서 노구에 채찍을 참고 견디며 아들을 찾아 이 험한 곳까지 왔을 아버지를 생각하니, 지타는 아버지가 사무치게 그리워 거친 주먹으로 하염없이 눈물을 훔쳐냈다.

그즈음 비적단이 다사허(大沙河)를 습격했다는 소식이 전해졌다. 다른 곳에 신경을 쓰는 동안 보기 좋게 비적단에게 덜미를 잡혔다고 생각한 경무과장은 억울해서 발을 동동 구르며 전 토벌대에게 다사강 쪽으로 출동명령을 내렸다. 다사강을 비적의 손에서 구하는 것은 전적으로 토벌대의 책임이었다. 그 사이에 다사허를 비적단에게 빼앗길 것을 생각하니 지타의 마음도 화살 같았다. 위험 따위를 돌아볼 틈도 없이 전속력으로 달려야만 했다. 3대의 트럭은 한 덩어리가 되어 앞만 보고 안개 속을 돌파했다.

앞장서서 달리던 지타는 문득 고개를 들어 언덕 위를 올려다보다 소스라치게 놀랐다. 이제 저 언덕만 넘으면 다사강인데, 언덕 저편에서 하얀 연기가 피어오르더니 이내 새빨간 화염이 용처럼 솟구쳐 오르는 것이 아닌가. 비적들이 다사강 부락에 불을 지른 것이 분명했다. 아비규환의 불길에 휩싸이면서 비적단과 백병전을 벌이고 있을 부락민의 모습이 지타의 뇌리에 명료하게 떠올랐다. 다사강 근처는 불쌍한 아버지가 있는 곳이다. 그곳도 어쩌면 이미 비적단의 손아귀에 들어가 다사강과 같은 위기에 처해있을지도 모른다는 생각에 지타는 숨이 멎을 것 같아 몸서리쳤다. 그 소동에 말려들어 손발이 묶여 끌려가고 있는 노쇠한 아버지를 떠올리며 지타는 그만 얼굴을 묻고 목 놓아 울어버렸다.

「"아버지! 살아만 계십시오. 살아만 계신다면 이제 평생 아버지 곁에 있을게요. 저도 농사꾼이 되어 아버지를 도와드릴게요. 기쁘게 해드릴게요……."

끊어질 듯 끊어질 듯 이렇게 간신히 외쳤다. 그러고 나니 이상하게도 마음이 차분해져 왔다. 지금의 외침은 결코 거짓이 아니었다.

'이제 허세나 의지 따위는 개(犬)에게나 주어버리고, 이 몸 이대로 아버지께로 돌아가자. 언제까지나 가난한 농민일 수는 없을 테니까. 만주에는 얼마든지 넓고 비옥한 토지가 있다. 그걸 개척하고 경작하면…….'

지타는 자신의 이런 결심을 조금도 의심하지 않았다. 핸들을 곡괭이로 바꿔들면 자기도 개척민의 한 사람이 될 터이고, 아버지도 한번쯤은 지주가 될 수 있을 것이다. 지타는 오직 아버지의 생존만을 바라며 이런 생각에 잠겼다. 그 사이 맹렬한 기세로 타오르는 화염 속에 갇혀있던 다사강 마을과, 집요하게 탄환을 퍼붓는 비적들, 언덕 경사진 곳에서 악전고투하고 있는 토벌대의 모습이 빙글빙글 감기면서 스쳐 지나갔다.

　바로 그 때, 새도 날기 어렵다는 험준한 산시성(山西省) 정상에 위치한 적진을, 초인적인 정신력으로 물리치고 있는 황군 용사들의 모습이 전광석화처럼 스쳤다. 바로 그 순간 지타는 맹렬하게 날아오는 적의 총탄에도 아랑곳없이 상체를 벌떡 일으키더니 순식간에 운전석에 앉아 핸들을 잡았다. 그리고 다사강을 향해 전속력으로 질주했다. 지타가 달려가는 그 길은 그렇게 지독했던 농무도 아침바람에 하늘 멀리 날아가고 그 사이로 부드러운 햇살이 비쳤다.

雀を燒く(참새를 굽다)

〈기초사항〉

원제(原題)	雀を燒く(一〜五)	
한국어 제목	참새를 굽다	
원작가명(原作家名)	본명	정인택(鄭人澤)
	필명	
게재지(揭載誌)	문화조선(文化朝鮮)	
게재년도	1943년 1월	
배경	• 시간적 배경: 1940년대 초 중일전쟁 시기 • 공간적 배경: 경성과 고향마을	
등장인물	① 경성에서 하던 사업을 접고 고향으로 돌아온 근배 ② 근배의 아들 규섭 ③ 지원병 시험을 치른 동생 성배 등	
기타사항		

〈줄거리〉

　어린 나이에 멋모르고 장가들었던 것이 몹시 싫었던 근배(根培)는 홀로 고향을 뛰쳐나와 술집 종업원을 전전하였다. 그러는 동안 물장사 요령을 터득한 덕분에 간판은 비록 '어묵가게'지만 버젓한 점포를 낼 수 있게 되었다. 허술한 가게치고는 의외로 번창하여 이대로만 가면 3년 안에 큰 술집도 낼 수 있을 것 같았다. 장사를 시작한 지 1년 동안은 그런대로 장사가 잘되었다. 그런데 중일전쟁이 터지고 나서부터 시국 탓인지 손님이 현저히 줄어들기 시작했다. 게다가 술 배당도 여의치 않아 한 달에 반은 가게 문을 닫아야했다. 근배는 슬슬 싫증이 나기 시작했다. 여자들 출입이 잦은 사업임에도 불구하고 남자 혼자 살면서 흔히 있음직한 실수 한 번 하지 않고 성실하게만 살아왔던 근배였던지라, 권태감에 빠지게 되자 걷잡을 수 없었다.

근배는 이제 경성의 모든 것이 싫어졌다. 부진한 매상 탓도 있지만 그보다 사회정세가 급격하게 변해갔기 때문이었다. 최근만 해도 근배의 동년배 친구 세 명이 나라의 부름을 받아 북중국 전쟁터로 갔는데 두 명이 산시성 전투에서 전사했다. 유가족을 위로하고 돌아오면서 근배는 이런 시국에 물장사나 하고 있는 자신을 자책하였다. 그러나 4년제 보통학교(초등학교)만 겨우 나온 근배로서는 달리 길이 없었다.

지원병 시험을 치르고 온 동생 성배(成培)를 보고 비로소 근배는 지원병이 될 수 없을 바에야 아예 시골로 내려가서 농사를 짓는 것만이 '격동의 시대를 살아가는 가장 바른길'이라는 결심이 섰다. 새로운 결의에 찬 근배는 이제 더 이상 지체할 필요가 없었다. 근배는 일손 부족으로 허덕이는 가족들과 함께 농사지으며 땅에 굳건히 뿌리내리기 위해, 서둘러 가게를 정리했다.

7년 동안이나 편지 연락조차 없었던 근배가 기별도 없이 돌아오자 연로한 어머니는 죽은 자식이 살아 돌아온 것처럼 그저 눈물만 흘렸다. 형은 형대로 말라빠진 동생이 애처로워서 아무 말도 하지 못했고 아내와 아들 규섭(圭燮)은 마치 넋 나간 사람처럼 멀찌감치 서서 근배를 바라볼 뿐이었다. 근배는 몹시 미안한 생각이 들어 이제 착실한 농민이 되어 가족들과 오순도순 살리라고 몇 번이나 다짐했다.

그러나 물장사 때의 습관이 몸에 베어버린 근배로서는 새벽에 일찍 일어나는 것조차 마음처럼 쉽지 않았다. 눈을 뜨면 식구들은 모두 일하러 나가버린 터라 근배가 할 수 있는 일은 마당 쓸기와 낮잠 자는 것, 그리고 아들 규섭의 숙제를 봐주는 정도였다. 가족들도 몸이 허약하니 당분간 쉬라는 말만 되풀이했는데, 그런 가족들의 배려가 오히려 근배를 힘들게 했다. 그래도 근배는 이 고비만 잘 넘기면 된다고 스스로를 격려하고 '길은 한길이다. 착실한 농민이 되는 것이다. 훌륭한 집안과 훌륭한 마을을 만들어야 한다.'고 다짐했다.

그러던 어느 날, 근배는 문득 어린 시절 그렇게도 갖고 싶었던 공기총을 떠올리고 아들에게 그것을 사주기로 했다, 주문한 지 한 달 만에 공기총이 도착했다. 근배는 아들 규섭과 함께 공기총을 닦고 조립하는 동안 많은 대화를 나누면서 새삼 부자지간의 무한한 정을 느꼈다.

그러나 얼마 지나지 않아 근배는 다시 무료함에 휘말렸다. 가끔 경성에 대한 향수를 느꼈다. 어린아이 장난감 같은 공기총 가지고는 무료함에서 벗어나는 것이 쉽지 않았다.

짹짹짹 울어대는 참새 떼가 이 가지에서 저 가지로 날아다니자, 근배는 툇마루 끝에 세워 놓은 공기총을 집어 들고 참새 떼를 향해 쏘아댔다. 그리고 또 다시 무료함에 빠졌다.

혼자서 아버지의 묘소를 찾은 근배는 가벼운 두통을 느끼고 묘소 앞에 쓰러지듯 드러누웠다. 현기증이 나고 아무소리도 들리지 않았다. 저물기 시작한 하늘에는 새빨간 저녁놀이 몇 겹으로 펼쳐져 있었고, 보름달처럼 둥글고 커다란 석양이 철교 난간에 걸쳐 있었다. 예나 다름없이 숨이 막힐 정도로 맑은 공기였다. 멀리 고요함 속에서 규섭의 목소리가 점점 가까워졌다. 규섭의 천진난만한 목소리에 근배는 예전에 없던 기쁨이 몸속에 가득 차오르는 것을 느꼈다. 아버지에게 아들 그 이상은 없었다. 근배는 내팽개쳐둔 공기총을 집어 들고 벌떡 일어서서 절벽 끝으로 다가갔다. 근배를 보자마자 힘껏 달려든 규섭은 허리에 찰싹 달라붙더니 숨을 몰아쉬며 아버지 걱정을 하였다.

둘은 다정히 손잡고 집으로 돌아와 아까 잡은 참새를 구워먹을 요량으로 마당에 불을 피웠다. 달은 대낮처럼 밝게 비치고 있었고, 맑고 높은 밤하늘엔 별이 가득 빛나고 있었다. 참새들은 오동포동 살이 찌고 기름기가 적당히 붙어 있어서 노릇노릇하게 구워먹으니 아주 맛있었다. 규섭은 아버지가 준 참새구이를 손에 쥐고 소금을 듬뿍 뿌려 오드득 씹어 먹으면서 오늘 학교에서 있었던 일을 이야기했다.

「"오늘 학교에서 말예요, 선생님께서 졸업하면 뭐가 되고 싶냐고 물으셨어요. 그래서 제가 '경성에 가서 중학교에 들어갈 거예요.'라고 대답했어요. 아버지, 나 경성의 중학교에 가도 되지요?"
"그럼 되고말고. 열심히 공부만 하면 어디든 보내줄게."
"그리고 지원병이 되고 싶은 사람은 없냐고도 물었어요. 그래서 제가 말했어요. '우리는 더 이상 지원병은 되지 않을 거예요. 대신 스물한 살이 되면 징병검사를 받으러 가겠습니다.'라고 말해줬어요. 그랬더니 '아하 그렇게 할 거냐?'라면서 선생님이 머리를 쓰다듬어 주었어요. 재미있지요?"」

근배는 빙그레 웃으면서 규섭의 모습을 슬쩍슬쩍 훔쳐보았다. 중학교 교복을 입은 모습과 멋진 군복을 입은 규섭의 모습이 오버랩 되어 다가왔다. 문득 마음속에 스치는 것이 있어서 근배는 규섭이 경성의 중학교에 가는 것을 흔쾌히 승낙하고, 경성에서 하던 사업을 규섭에게 물려줄 것을 결심했다.
눈을 들어보니 붉은 구름 한 덩어리가 밤하늘에 아름답게 떠 있었다. 아까까지만 해도 그 구름은 근배에게 근심을 주었는데, 지금은 그 앞에 어른이 된 규섭의 모습이 커다랗게 서 있었다. 느티나무 그림자가 한줄기 길을 가로질러 논밭 안까지 뻗쳤고, 참새를 굽는 구수한 냄새는 아지랑이처럼 한들한들 밤하늘로 올라가고 있었다.

 082-9

不肖の子ら(불초의 자식들)

〈기초사항〉

원제(原題)		不肖の子ら
한국어 제목		불초의 자식들
원작가명(原作家名)	본명	정인택(鄭人澤)
	필명	
게재지(揭載誌)		조광(朝光)
게재년도		1943년 9월

배경	• 시간적 배경: 조선인징병제가 실시된 1943년 • 공간적 배경: 일반 가정
등장인물	① 천하에 없는 난봉꾼 아들 셋을 둔 어머니
기타사항	원문전체번역

〈전체번역〉

어떻게도 해 볼 수 없는 천하의 난봉꾼이었던 큰아들이 불과 6개월의 훈련을 받고 몰라볼 만큼 늠름하고 반듯한 젊은이가 되어 돌아왔을 때, 늙은 어머니는 마음속으로 생각했다.

'지원병훈련소라는 것이 어쩜 그렇게도 훌륭한 곳인지, 둘째도 셋째도 기필코 입소시켜야 겠구나!'

남은 두 아들도 형 못지않은 난봉꾼들이어서, 이런 불초의 자식들 때문에 늙은 어머니의 고생은 그칠 날이 없었다.

그런데 남은 두 아들은 지원병이 되지 않아도 되었다. 영광스럽게도 반도인(조선인)에게도 징병제가 실시되었기 때문이다.

이제 불구자가 아닌 이상, 반도의 젊은이들도 나라를 지키는 간성(干城)이 될 때가 온 것이다. 그 즈음 늙은 어머니의 마음속에는 커다란 변화가 생겼다.

군대에 가는 것을 감화원(感化院)에라도 들어가는 것 정도로밖에 생각지 않았던 어머니가, 나쁜 짓만 일삼는 아들을, 감히 나라에 바쳐질 수 없는 몸이라는 불운을 뼈저리게 탄식하고 슬퍼하기 시작했다.

낫 놓고 기역자도 모르는 일자무식(一字無識)인 어머니에게 이러한 변화를 부여한 것이 과연 무엇이었을까?

082-10

かへりみはせじ(후회하지 않으리)

〈기초사항〉

원제(原題)		かへりみはせじ(1~10)
한국어 제목		후회하지 않으리
원작가명(原作家名)	본명	정인택(鄭人澤)
	필명	
게재지(揭載誌)		국민문학(國民文學)
게재년도		1943년 10월

배경	• 시간적 배경: 조선인징병제가 실시된 1943년 • 공간적 배경: 고향, 전쟁터
등장인물	① 지원병 '나' ② 여자 몸으로 두 아들과 집안을 이끌어온 당찬 어머니 ③ 동생 현(賢) 등
기타사항	서간체소설로 전문이 어머니와 동생 '현'에게 보내는 편지글임.

〈줄거리〉

마을을 위해 힘써 일하다 죽은 아버지의 유업을 잇기 위해 고등농림학교에 입학한 나는, 시국의 막중함을 깨닫고 학교를 중퇴하고 지원병이 되어 전쟁터로 파견되었다. 그렇게 전쟁터에 와서 두 번째 가을을 맞이하면서 나는 그 동안 수차례 편지와 함께 보내준 어머니의 위문품을 받았다. 그 중에서도 부적인 센닌바리(千人針)를 볼 때면 어머니에 대한 그리움과 과분한 사랑에 감동한 나머지 눈물이 맺히곤 하였다.

아버지가 돌아가셨을 때 겨우 아홉 살밖에 안 된 어린 나와, 태어난 지 얼마 되지 않은 동생 현(賢)을 부둥켜안고 어쩔 줄 몰라 하던 어머니를 떠올리며, 가엾은 어머니를 위해서라도 자라서 훌륭한 사람이 되겠다고 결심했던 일을 상기하였다.

그 때 어머니가 곧 마음을 가다듬고 다시 일어난 것은 어린 나와 동생 현(賢) 때문이었을 것이다. 어머니는 그 큰살림을 여자 혼자 몸으로 머슴들을 이끌고 남자 못지않게 거뜬히 꾸려나갔기에 동네에서 '당찬 여지주'라는 평판이 자자했다. 그러나 항상 일에 찌들어 있던 탓에 늘 무서운 얼굴로 지냈다. 특히 거짓말을 싫어하였기에 행여나 거짓말을 했다가 발각이라도 되는 날에는 다 큰 나를 마을입구에 있는 나무에 거꾸로 매다는 등 엄한 벌을 내리기도 했다. 그런 어머니 덕분에 올바르게 성장하여 나라를 지키고자 전쟁터에 나올 수 있었기에 어머니께 감사드리는 마음으로 어머니의 자랑스러운 아들이 되자고 새삼 다짐한 나였다.

그 동안 어머니께 답장을 못한 것은 전쟁터에 왔으면서도 공을 세우는 것은 고사하고 무엇 하나 해놓은 것이 없는 부끄러움 때문이었다. 그러나 아무리 그렇다 해도 1년이 넘도록 어머니께 위로의 편지 한번 보내지 못한 것에 대해 용서를 빌고 싶었다. 그리고 앞으로 어떻게 살아갈 것인가에 대한 것과, 군인으로서 가져야 할 마음가짐 등을 이야기하고 싶었기에 어머니와 긴 편지글 대화를 자청했다.

생사를 가늠할 수 없는 전쟁터에서도 나는 어머니의 영향이 매우 크다는 것을 느끼고 있었다. 잔적토벌(殘敵討伐)을 나갔을 때 옅은 잠에도 쉴 새 없이 꿈을 꾸었는데, 꿈속에서 격렬한 싸움 사이사이 언뜻 어머니의 환상을 대하기 일쑤였다. 그럴 때 어머니가 웃고 계시는 모습이 보이면 순간의 피로도 괴로움도 모두 잊을 수 있었지만, 반대로 어머니가 슬픈 기색이거나 야윈 모습일 때는 온통 힘이 빠져버리곤 했었다.

어머니는 항상 편지에 "남에게 뒤지지 말아라. 뒷전에 서지 말아라. 용감하게 싸우라."는 내용의 글을 써 보냈다. 나는 그 말의 의미를 군인의 입장에서 천황을 위해 싸우다 죽으라는 뜻으로 받아들였다. 그런데 어느 날 문득 '어머니는 정녕 당신의 버팀목인 내가 전사하는 것을 원할 수 있을까' 하는 의구심이 들었다. 나는 곧 평화로운 시절의 효도와 전시체제에서의 효도에 대해 생각하게 되었고, 천황이 다스리는 나라에 남자로 태어난 이상 이 한몸 나라를 위하여 가장 자랑스럽게, 가장 화려하게 전사하는 것만이 진정한 효도라는 생각에 다다랐다.

나는 어머니에게 '이 나라 군인들이 세상에서 제일 강한 것은 굳센 어머니를 둔 덕분이다.

……누구에게도 지지 않는 씩씩한 군국의 어머니가 되어야 한다.' '전사는 더할 나위 없는 명예이자 기쁨이다.' '일본에서는 남편이나 아들이 전사했을 경우 문상 대신 축하의 말을 한다.'는 내용의 편지를 연이어 보냈다.

동생 현(賢)도 내 뜻을 이해하는 것 같아 기뻤다. 위문대 속에 징병제에 관한 신문쪽지를 넣어 보냈기 때문이다. 군인이 되고 싶어 하는 동생이 자랑스러웠던 나는 부대원들에게 마음껏 자랑했다. 부대원들의 축하를 받고 나서 나는 부대장과 부대원들과 함께 본부 앞에 정렬하여 동방요배를 한 후, 일본의 국가(國歌)인 기미가요(君が代)를 합창하였고 '천황폐하 만세'와 '조선징병제 만세'를 외쳤다. 그리고 징병제가 실시되면 동생 현(賢)에게도 '영광스러운 초대'가 올 것을 대비하여 더 씩씩한 군국의 어머니가 되어주실 것을 바라는 마음으로 어머니께 다시 편지를 썼다.

「…… 충과 효는 결코 별개의 것이 아닙니다. 불효같이 보이지만 사실 이것이야말로 가장 큰 효행인 것입니다. 한 번도 어머니를 기쁘게 해드리지 못한 저는 천황의 방패가 되어 죽어서 단 한 번의 효행을 하고자 합니다. 제가 용감하게 싸우다 죽었다는 기별을 들으셨을 때 기뻐하고 칭찬해 주십시오.」

그리고는 야스쿠니 신사에 신(神)으로 모셔질 것을 꿈꾸며 편안한 마음으로 '바다에 가니(海ゆかば)'를 불렀다.

「바다에 가니 / 물에 잠긴 시체
산에 가니 / 잡초 우거진 시체
천황 곁에서 / 죽을 수만 있다면 / 후회하지 않으리.」

<추신> ……가타카나(片仮名)로 된 편지는 몇 해 전 도쿄만에서 조난당한 이고(伊號) 제67잠수함장 오바타케 다타시(大畑正)대령의 편지를 모방하여 쓴 것임을 밝히고, 추신하여 양해를 구해 올립니다. 작자 씀.

連翹(개나리)

〈기초사항〉

원제(原題)	連翹(一~三)	
한국어 제목	개나리	
원작가명(原作家名)	본명	정인택(鄭人澤)
	필명	

게재지(掲載誌)	문화조선(文化朝鮮)
게재년도	1944년 5월
배경	• 시간적 배경: 태평양전쟁이 한창이던 1943년 • 공간적 배경: 어느 산골마을
등장인물	① 병약하지만 나라를 위해 무엇이든 해보겠다는 결의로 가득찬 '나'
기타사항	

〈줄거리〉

원래 허약한 체질이긴 했지만 생각지도 못했던 병을 선고받은 직후에는 도저히 그 병을 이겨낼 수 없을 것 같아 무섭기만 했다. 그러나 그런대로 경과도 좋아지고 나름대로 자신감도 생겨, 입원 40일 만에 퇴원하여 새로 이사한 교외의 집으로 돌아왔다. 물론 그렇다고 해서 병이 크게 호전될 까닭은 없었지만, 의사의 지시대로 약을 먹고 주사도 맞고 식이요법도 하면서 당분간 일을 떠나 조용한 곳에서 요양할 계획이었다. 그러는 사이 1년 가까운 시간이 흐르자 나는 다시 초조해지기 시작했다. 혹시 더 나빠지지나 않았는지 의심스러워지자 나는 바닥이 없는 늪 속으로 빨려 들어가는 것 같은 암담한 기분이 들었다. 괴로운 마음에 아무렇게나 드러누워 라디오를 듣고 있던 참에 긴급뉴스를 접하게 되었다.

「"에투섬 수비부대는 5월 29일 전원 옥쇄했다. 부대장은 육군대령 야마자키 야스오(山崎保代)이고……." 아무렇게 드러누워 라디오를 듣고 있던 나는 물벼락이라도 맞은 것처럼 깜짝 놀라서 용수철처럼 벌떡 일어났다. 나는 아무런 생각도 할 수 없어 오랫동안 멍하니 앉아 있었다. 감동이 너무 커서 뭔가를 느낄 여유가 없었기 때문이었다. 그 가운데 불덩어리 같은 분개가 몸속을 뒤죽박죽 헤집기 시작했다. 엉겁결에 나는 발끈하여 라디오 스위치를 꺼버렸다. 그리고는 짐승처럼 방안을 이리저리 돌아다녔다.
'아무짝에도 쓸모없는 병신 같으니……'
그러나 그것만으로 해소되지 않는 격심한 자괴감이 몰려왔다. 할 수만 있다면 그 자리에서 전투복으로 갈아입고 암운이 감도는 전선으로 달려가서…… 거기서 쓰러져 죽는다 해도 좋을 것 같았다.」

'전원 옥쇄' '전원 옥쇄'를 되뇌다가 나는 또다시 쓰러지고 말았다. 그리고 심한 열이 났고, 다시 음울한 병실로 돌아갔다. 두 번째의 병원생활!! 몸은 말할 수 없이 허약해졌지만 나는 처음으로 바른 마음가짐을 가질 수 있었다. 이제는 언제 죽어도 좋다는 생각이 들었고, 살아있는 동안만이라도 나라를 위해 온 힘을 다해 뭔가 하고 싶었다. 1억 인구가 분연히 나서서 싸울 이때에, 비록 병상에 누워있는 처지였지만 내가 할 수 있는 일이 무엇인가를 생각하지 않을 수 없었다. 그러나 조선태생인데다 병적도 없고, 게다가 마흔 고개를 넘은 나이에 할 수 있는 일은 없었다. 이런 시국에 손 놓고 투병생활이나 하고 있다는 자책감은 끊임없이 나를 괴롭혔다. 할 수만 있다면 전력증강에 도움이 될 만한 뭔가를 하고 싶은 욕구가 솟구쳤다.
동생이 학도병으로 떠나던 날, 나는 내가 병자라는 것도 잊고 나를 항상 감싸고 북돋아 주던 선배를 찾아갔다. 지금이라도 늦지 않았다는 생각에, 나는 선배에게 무엇이든 내가 할 수 있는 일을 맡겨달라고 부탁했고, 덕분에 이번에 새로 직장을 얻어 시골로 부임해오게 된 것이다.

　새 사택에서의 첫날, 나는 드물게 아침 일찍 일어났다. 곤히 잠들어 있는 아내와 아이를 남겨두고 조용히 방을 빠져나왔다. 아침안개 자욱한 뒷산 솔숲을 가로질러 올라갔다. 그곳에서는 마을 전체가 한눈에 내려다보였다. 어디선가 새 지저귀는 소리가 끊임없이 들려왔다. 무슨 새인지는 모르겠으나 어렸을 때 평화스런 고향마을에서 자주 들었던 새소리가 틀림없었다. 그 때문인지 30여 년 전 떠나온 고향생각이 문득 솟구쳤다. 아는 이도 친척도 없는 이름뿐인 고향이었지만, 나는 그 동안 한 번도 고향을 찾지 않았던 것을 후회하며 언젠가 아내와 아이를 데리고 고향에 다녀오리라 결심했다.

　잠시 후 산을 내려오던 나는 눈앞에 펼쳐진 모습에 우뚝 걸음을 멈춰 섰다. 그때까지도 명료하게 떠오르지 않던 고향의 영상이 갑자기 현실이 되어 눈앞에 펼쳐진 것이다. 사택 뒤쪽으로 개나리가 흐드러지게 피어있었다. 나는 단숨에 그 속으로 뛰어들어 꽃잎 하나를 만지작거리며 서있었다. 개나리에 파묻혀진 이 일대는 내 고향 뒷산과 꼭 같았다. 열다섯 살까지 나를 키워준 고향의 그 뒷산이었다. 나는 그때의 마음과 몸으로 돌아가 고향을 닮은 이 땅에 새로운 생활의 뿌리를 탄탄히 내리고 싶었다. 그 무한한 기쁨과 희망으로 몸속에 있는 모든 독소가 단번에 빠져나갈 것만 같았다.

　깊은 산속 마을은 언제나 차분했고, 담 너머로 비춰온 아침 해를 받으며 개나리는 한층 진하고 아름답게 빛났다. 마치 강렬한 힘을 감추고 싸우고 있는 일본의 모습과도 흡사했다. 흐드러지게 피어있는 개나리는 타오르는 열렬한 의지를 감추고 명경지수와도 같은 고요함을 띠고 있지만, 그 속으로 뛰어들면 어떤 것도 다 태울만한 정열이 열화처럼 타오르고 있어, 나 또한 불타는 의지를 감출 수 없었다.

082-12

愛情(애정)

〈기초사항〉

원제(原題)	愛情	
한국어 제목	애정	
원작가명(原作家名)	본명	정인택(鄭人澤)
	필명	
게재지(揭載誌)	반도작가단편집(半島作家短篇集)	
게재년도	1944년 5월	
배경	• 시간적 배경: 태평양전쟁 시기 어느 해 겨울 • 공간적 배경: 현숙의 직장과 가정	

등장인물	① 자신의 의무와 정혼자 태기 사이에 갈등하는 현숙 ② 현숙이 다니는 회사의 사장 태기 ③ 나라를 위해 입대를 갈망하는 동생 현근 등
기타사항	

〈줄거리〉

　　최근 들어 이상해진 태기(泰基)의 행동 탓에 현숙(賢淑)의 태기에 대한 신뢰가 여지없이 무너져 그녀의 내적갈등은 극에 달했다. 현숙은 그에 대한 분노를 어떤 말로 표출해야할지 갈피를 잡지 못하고 방황하고 있었다. 그러다 문득 현숙은 지난 해 겨울 태기와의 추억을 떠올렸다.

　　작년 겨울, 그때도 지금처럼 근심에 잠겨 있었다. 오는 봄에 있을 징병검사를 앞두고 늑막염에 걸려 치료 중이던 남동생 때문이었다. 날씨가 점점 추워지면서 눈에 띄게 악화되어가는 남동생 때문에 근무 중에도 걱정이 끊이지 않았다. 그런데 그때 갑자기 뺨이 닿을락 말락 할 정도로 얼굴을 바짝 갖다 대는 이가 있었다. 사주(社主)인 태기였다. 태기는 잘못 기장된 장부를 내밀며 가볍게 문책하였다. 현숙은 당황한 나머지 경계심을 놓고 태기와 바짝 붙어서 장부를 살폈다. 지출난의 콤마(,)를 한 자리 올려 찍어 터무니없는 적자로 기록해 놓은 것이다. 자신의 실수를 인정하고 사과한 순간, 자신이 태기와 너무 가까이 밀착되어 있다는 사실을 깨달았다. 그러나 온몸이 마비된 듯 빠져나올 수 없었다. 간신히 "나…… 몰라요."라는 말만 내뱉고는 그대로 장부 위에 얼굴을 묻었다. 헝클어진 머리카락을 부드럽게 쓰다듬는 태기의 손길조차도 의식하지 못했다.

　　이튿날 현숙은 태기로부터 정식으로 청혼을 받았다. 현숙은 그리 싫지는 않았지만 섣불리 승낙할 수도 없었고, 더욱이 남동생의 몸이 좋아질 때까지는 결혼할 수 없는 입장인지라 대답도 없이 애써 달갑지 않은 표정을 지었다.

　　태기는 "겨울 동안 잘 생각해 보세요. 봄까지 기다릴게요."라며 자기 자리로 돌아갔다. 그 후 두 번 다시 결혼에 대한 말은 입에 올리지 않았고, 사무적인 일을 제외하고는 제대로 말도 섞지 않았다. 그런 서먹서먹한 가운데서도 현숙의 태기에 대한 애정은 나날이 커져갔다.

　　개방적이면서 서글서글한 성격, 야구로 단련된 늠름한 체격, 수준 이상의 취미나 교양 등이 현숙의 마음을 사로잡았다. 다만 지나치게 기회주의적인 일면이 마음에 걸리긴 했지만, 젊은 남자의 사업에 대한 의욕이라 생각하니 그것 또한 좋아보였다.

　　아침에 거울 앞에 앉아 정성들여 얼굴을 매만지다가도 현숙은 문득 얼굴을 붉힐 때가 있었다. 태기의 모습이 거울 속에 어른거렸기 때문이다. 그럴 때면 현숙은 당황하여 아침식사도 하는 둥 마는 둥 하고 얼어붙은 전찻길로 달려나가곤 했다.

　　나이 든 어머니와 병중에 있는 남동생에겐 미안했지만 어쩔 수 없었다. 다행히 동생의 몸이 눈에 띄게 회복되어 현숙은 하루하루가 행복했다. 내년 봄까지 기다리겠다던 태기의 말이 귓전에 새로운 감동으로 되살아나, 봄이 되면 더 행복해질 것 같은 예감에 회사생활도 한층 즐거웠다.

　　그러던 어느 날 현숙은 태기가 나라에서 금하고 있는 암거래에 가담하고 있는 현장을 목격하고 말았다. 현숙은 너무 당황한 나머지 한참동안 석상처럼 꼼짝도 않고 서있었다. 한번만 눈감아달라고 거듭 사정하는 태기의 목소리가 처량하기까지 했다. 근래의 영업부진을 만회하기 위해 어쩔 수 없었을 것이라 이해는 하면서도, 미로 속에 발을 들여 놓은 것처럼 혼란스럽기만 하였다. 그러나 현숙은 전 국민이 총동원되어 전쟁을 수행해야 하는 시국에 국가경제를 좀먹는 이런 밀거래를 그대로 두고 볼 수는 없었다.

「그 사람을 사랑하기 때문만은 아니다. 그 사람이 지나가는 타인이었더라도 나는 후방국민으로서 그것을 말리지 않으면 안 되었다.

그 사람과 나 사이에 아무 일도 없었다고 가정하고 내가 그 사람을 구해내자. 지금부터라도 늦지 않으리라. 그것이 범죄를 미연에 방지하는 일도 되고…… 또 그렇게 하는 것이 그 사람의 양심의 가책도 가볍게 하는 일임에 틀림없다.

그 사람은 나를 원망할지도 모른다. 하지만 이런 경우 원망을 받는 것이, 그 사람에 대한 나의 최대한의 애정이다. 무슨 일이 있어도 나는…….

이만큼 생각을 정리하기까지 현숙은 진력을 다 소진해 버렸다.」

현숙은 용기를 내어 씩씩하게 파출소를 향해 당찬 걸음을 내딛었다. 그러나 걸음걸이는 몹시 불안했다. 가는 도중 현숙의 눈앞에 갑자기 남동생 현근(賢根)과 태기의 환영이 크게 떠올랐다. 그리고는 온 몸의 힘이 빠져나간 듯 그 자리에 주저앉은 채 정신을 잃고 말았다.

얼마의 시간이 흐르고 혼수상태에서 깨어난 현숙이 머리맡을 올려다보니, 남동생과 태기의 웃는 얼굴이 눈앞에 다가왔다. 현숙은 당혹스런 나머지 이들을 외면한 채 눈을 감아버렸다. 태기는 그런 현숙에게 자신의 행위에 대해 깊이 사과하고 용서를 빌었다.

현숙은 민망하여 등을 돌린 채 동생의 건강상태를 물었다. 그러자 동생은 내년 신체검사에서는 기필코 갑종(甲種)으로 합격해 보이겠다며 현숙을 안심시켰다. 하지만 현숙은 눈물이 쏟아질 것만 같아 남동생과 태기에게 나가달라고 부탁하고 이불을 머리까지 푹 뒤집어썼다. 태기는 병실을 나가기 전 "몸조리 잘 해요. 나는 당신의 애정에 진 것이 아니라, 당신의 정직함에 진 것이오."라고 속삭였다. 현숙은 이제야 편안히 쉴 수 있을 것 같았다.

覺書(각서)

〈기초사항〉

원제(原題)		覺書
한국어 제목		각서
원작가명(原作家名)	본명	정인택(鄭人澤)
	필명	
게재지(揭載誌)		국민문학(國民文學)
게재년도		1944년 7월

배경	• 시간적 배경: 1943년 육군지원병제도 실시 전후 • 공간적 배경: 경성
등장인물	① 어머니의 일생을 글로 남기려는 '나(순일)' ② 남편에게 버림받고 혼자서 온갖 고생을 한 어머니 ③ 친구 오키(沖) 등
기타사항	

〈줄거리〉

내가 어렸을 때 아버지는 다른 여자와 눈이 맞아 딴살림을 차렸다. 아버지가 어머니를 싫어하기 때문이라고 생각했던 어린 나는, 어머니에게 그 이유를 묻다가 어머니로부터 꾸중을 듣곤 하였다. 그즈음 내가 가장 싫어했던 일은 '그 여자'의 집에 심부름 가는 것이었다. 가정을 돌보지 않은 아버지를 원망하기보다는 집으로 돌아오기를 바라는 어머니의 간절한 심정을 담은 심부름이었다. 나는 어린 마음에도 그런 어머니가 너무 안타까워 그토록 가기 싫었던 '그 여자'의 집으로 생활비를 얻으러 다녔다. 하지만 생활비는커녕 상처만 받고 돌아오기 일쑤였다. 어머니는 그토록 매정하기만 했던 아버지를 결코 미워하지 않았고, 나도 아버지가 밉다고 생각한 적은 없었다. 언제보아도 아버지는 엄했고, 같이 살지 않았던 탓에 애정을 느끼지 못했을 뿐이라고 생각했다.

내가 보통학교(초등학교)를 졸업할 무렵 아버지는 급기야 광산에 미쳐 집과 대지, 논밭을 모두 날려버리고 만주로 도망가 행방불명이 되어버렸다. 어머니는 나이 서른에 과부 아닌 과부가 되었고, 그때부터 어머니의 쓰라린 고생은 시작되었다.

학교를 졸업한 나는 첫사랑 정희(貞姬)와도 이별하고 경성으로 이사하였다. 이제 어머니의 전부가 되어버린 나는 아들 교육을 위해서 경성으로 이사하자는 어머니의 뜻을 거역할 수 없었다.

경성에서의 생활은 구차하기 이를 데 없었다. 어머니는 낮에는 재봉틀 외판으로, 밤에는 바느질로 생활을 꾸려가면서도 나에게 무섭게 공부하기를 종용했다. 고생에 찌들어 마침내 고양이 등처럼 굽어버린 어머니의 등을 볼 때마다 어린 내 가슴이 미어졌지만, 그런 어머니에게 나는 아무 도움도 되지 못했다. 한때는 눈이 부시도록 아름다웠던 어머니였기에 재혼의 기회도 있었지만 나 하나만을 위해 그마저도 단호히 뿌리쳤던 어머니였다. 그러나 생활은 조금도 나아지지 않았다. 어머니는 이 상태로는 행여 공부를 못시킬까봐 10년 이상이나 해 오던 재봉틀 외판을 그만두고 '옷 수선가게'를 개업했다. 재봉틀 2대로 개업한 초라한 가게였다.

어머니의 유일한 희망은 내가 법대에 가서 출세하는 것뿐이었다. 그런 어머니의 헌신적인 보살핌으로 나는 학교에서 1등을 놓치지 않았고, 무사히 중학교를 마친 후 어머니의 유일한 소원인 경성제대 법과에 진학했다.

처음 대학에 입학하여 예과 제복을 입고 집을 나설 때, 눈물고인 눈으로 나를 찬찬히 바라보시며 "아버지에게 한번만이라도 보여드리고 싶다."던 어머니의 모습을 나는 지금도 잊을 수가 없다. 나는 어머니의 소원대로 훌륭한 법관이 되기 위해, 또 하루빨리 어머니를 가난에서 벗어나게 하기 위해 재학 중에 고시에 패스하려고 죽기 살기로 공부했다.

「성공한다? - 고위관직에 오르면 되는 것인가?

내가 처음으로 이렇게 자문해 본 것은 1941년 12월 8일 천황의 조칙이 하달되던 그 순간이었다. 나는 그때만큼 내 자신에게 열등감을 느끼고 초조해했던 적은 없었다.

그러나 부끄러운 일이지만 그런 마음은 길게 지속되지 않았다. 첫 전투에서의 빛나는 전과에 나는 우매하게도 마음의 밧줄을 놓아버렸던 것이다.

그것도 어머니에 대한 하나의 애정이라고 생각했다. (중략) 이 작은 효심 때문에 나는 국민적 감정을 잊고 있었다. 아니 고시에 패스하기 위해 꾸며낸 간교한 생각이었을지도 모른다. 이때의 나는 구제하지 않으면 안 될 큰 죄인이었던 것이다.」

그즈음 <재학생 징집연기금지령>이 내려졌다. 오키(沖)군을 비롯한 친한 친구들이 출전(出戰)하게 되었고, 입대 날짜가 임박해지면서 친구들은 이런저런 일로 활기차게 움직였다. 이런 친구들을 본 나는 성공이라는 말의 의미를 다시 한 번 생각하게 되었다. 출전하는 오키군의 당당함과 자랑스러움에 비해, 쥐구멍이라도 찾고 싶을 만큼 내 처지가 비참하기 그지없었다.

「내 짧은 생애 동안 이때만큼 큰 충격을 받은 적은 없었다. 나는 망연자실 오랫동안 눈앞에서 단좌(端坐)하고 있는 백석 같은 오키군의 얼굴을 응시하였다. 나는 아무 말도 못하고 고개를 떨어뜨렸다. 그대로 얼굴을 들 수가 없었다. 오키군의 영광스러움에 비해 이 몸의 초라함은 무엇이란 말인가? 남자로 태어나서 조국이 흥망의 기로에 있는데도 창(戈)을 들고 나서는 것을 허락받지 못한 참혹함을 처절하리만치 온몸으로 느꼈다.

"나중 일을 부탁한다." 오키군이 웃으며 그렇게 말할 때, 나는 머리를 세차게 흔들며, '나도 데리고 가 줘, 나중 따위 내게 부탁하지 마.'라고 마음속으로 계속 외쳤다.

그 순간 나는 어머니조차 염두에 두지 않았다.」

그렇게 보름 정도 지나자, 조선인 학도에게도 출정할 수 있는 길이 열리게 되었다. 이제 지원만 하면 염원하던 천황의 충성스런 병사가 되어 오키군과 어깨를 나란히 할 수 있게 될 터였다. 그런데 웬일인지 기쁨보다는 무의식중에 망설이고 있는 나를 발견했다. 그보다 나를 더 비참하게 한 것은, 조선학도에게도 영광스러운 병사가 될 길이 열렸음에도 불구하고 어머니와 국가 사이에서 갈등하고 있는 것이었다. 스스로에게 심한 질책을 퍼붓기도 했지만, 어머니의 울부짖는 얼굴이 역력히 떠올라 견딜 수가 없었다. 차마 어머니 얼굴을 볼 수 없었던 나는 잠시 여행을 다녀오겠다며 길을 나섰다. 수많은 갈등으로 여러 날을 보낸 나는 지원 마감 전날 경성으로 돌아왔다. 먼저 오키군의 집을 찾아간 나는 오키군의 아버지로부터 어머니가 찾아와 나를 지원병으로 보내겠노라 말씀하셨다는 이야기를 전해 들었다.

결국 스스로 지원병 원서를 접수한 나는 어머니께 한없이 죄송하여 울먹였다. 그러자 어머니는 "무슨 말이냐! 너는 나라를 지키는 방패다. 머잖아 너는 야스쿠니(靖國)신사에 모셔져 신이 될 사람. 이런 훌륭한 사람이 또 어디에 있을까. 너는 진정 위대한 사람이 되어서 올 것이다."라면서 내 뺨을 세차게 비볐다.

지원병에 갑종(甲種)으로 합격한 나는 반드시 전과(戰果)를 올리고 전사하리라는 결심으로 주변정리를 시작했다. 그리고 훌륭한 내 어머니의 존귀한 일생을 글로 남기는 일을 천명이라 여기고, 입영 직전의 2, 3일 동안 존귀한 어머니의 일생과 찬연한 어머니의 모습을 글로 남기기 위해 각서를 썼다. 그리고 제1항에 어머니의 사진을 붙이고 조용히 책상 위에 올려놓았다. 심한 피로를 느꼈지만 그것은 나에게 기분 좋은 피곤이었다. 각서를 마무리 한 나는, 이제 누구에게도 지지 않는 '황군의 일원'이 되어 황은(皇恩)에 보답할 때임을 실감하였다.

美しい話(아름다운 이야기)

〈기초사항〉

원제(原題)	美しい話	
한국어 제목	아름다운 이야기	
원작가명(原作家名)	본명	정인택(鄭人澤)
	필명	
게재지(揭載誌)	청량리계외(淸凉里界隈)	
게재년도	1944년 12월	
배경	• 시간적 배경: 러일전쟁 이후 • 공간적 배경: 도쿄	
등장인물	① 작가인 '나' ② 남편과 두 아들을 전쟁터에 바친 오시노 ③ 오시노의 큰며느리 기미 ④ 둘째며느리 지요 등	
기타사항		

〈줄거리〉

나는 일 때문에 도쿄(東京)에 갔다가 최근 이사했다는 선배의 집을 방문하게 되었는데, 공교롭게도 선배의 집은 10년 전 내가 하숙했던 집 바로 옆집이었다. 그 시절 나의 하숙은 '시모무라구(下村寓)'라는 간판이 걸려있던 가정식 하숙집이었다. 한 곳에 길게 머물지 못했던 내가 드물게도 반년이나 기거했던 곳이었음에도 그 집안사람들과 거의 대화 없이 지냈던 탓에 여자들만 사는 집이라는 것 외에 무엇 하나 아는 것이 없었다.

그로부터 10년이 지난 오늘, 선배로부터 들은 그 집안의 이야기는 남편과 두 아들을 나라에 바친 오시노(お篠)라는 여인과 두 며느리에 대한 이야기였다.

막부(幕府)의 하급무사로 우에노(上野)전쟁에 참전한 남편이 전사하자, 슬퍼할 겨를도 없이 남겨진 두 아이를 의지하며 살아온 오시노에게 올곧게 성장해 가는 장남 가쓰히코(克彦)와 차남 노부히코(信彦)는 최고의 기쁨이자 희망이었다. 러일전쟁 개전이 임박할 무렵 오시노는 가쓰히코의 배필로 기미(キミ)라는 며느리를 맞아들였다.

마침내 러일전쟁이 발발하자 두 아들이 함께 나라의 부름을 받아 앞서거니 뒤서거니 출전하게 되었다. 그런데 얼마 되지 않아 장남 가쓰히코의 전사통지서가 날아들었다. 맏며느리 기미는 눈물 한 방울 보이지 않더니 그날 밤 살며시 자기 방으로 들어가 비장한 마음으로 머리를 싹둑 잘라버렸다. 다음날 아침 맏며느리의 비장한 얼굴을 마주한 오시노는, 스물셋 젊디젊은 큰며느리가 자신과 같은 고통과 쓰라림을 겪게 될 운명이 안타까워 어찌할 바를 몰랐다.

그런데 그 마음을 미처 추스르기도 전에 또다시 차남 노부히코의 전사소식이 날아들었다. 남편을 잃고 여자 혼자 몸으로 두 아들을 훌륭하게 키워 나라에 바쳤다는 자긍심도 컸지만, 마음 둘 곳 하나 없는 적막함과 허전함만큼은 어찌해볼 도리가 없어 내내 우울한 나날을 보내고 있었다.

그러던 어느 날 오시노의 집에 지요(千代)라는 이름의 젊은 여자가 찾아와 느닷없이 며느리로 입적시켜 달라고 간청하였다. 그 여자는 차남 노부히코가 가끔 이야기하던 가난한 무사의 손녀딸이었다. 무뚝뚝한 노부히코가 출정하기 전날 밤, 수줍은 얼굴로 "살아 돌아올 생각은 없지만, 혹시라도 개선하여 돌아오게 된다면 지요와 결혼하게 해주세요. 내세울 것 없는 여자지만 어머님을 귀히 모실 겁니다."라고 했던 그 지요가 찾아온 것이다.

오시노는 정식으로 혼인을 한 것도 아닌데다가 아들 노부히코가 전쟁터에서 전사한 처지인지라 도저히 며느리로 받아들일 수 없었다. 그러나 지요는 조금도 물러서지 않았다.

「"천황의 방패가 되어 전사한 용사의 아내로 사는 것이 저로서는 가장 행복한 일입니다. 부디 제 소원을 들어주세요. 승낙해 주실 때까지는 누가 뭐라 해도 여기서 한 발짝도 움직이지 않을 겁니다. 저는 노부히코님이 출정하는 그 날부터 오늘의 일을 각오하고 있었습니다. 전쟁터에 나가고 나서 두 번밖에 소식이 없었습니다만, 편지엔 언제나 '나는 천황을 위해 죽을 것이다. 당신은 이제부터 미망인으로 살아가는 방법을 배워두는 게 좋을 것이다.'라고 하셨습니다. 부족한 사람입니다만 부디 노부히코님의 아내로 호적에 입적시켜 주시면⋯⋯."」

한 번 말을 꺼낸 이상 절대로 물러설 것 같지 않은 지요의 안색을 보고 오시노도 기미도 몹시 당혹스러웠다. 정식으로 혼인했다 하더라도 이런 상황에서 지요를 받아들인다는 것은 무리였기에, 오시노는 "그 마음만으로 노부히코와의 의리는 지켰다."며 지요를 말렸다. 그러나 지요는 끈질기게 오시노를 설득했다. 이미 천황을 위해 죽을 것을 각오하고 있었던 노부히코와 출전하기 전날 밤 부부의 연을 맺었음을 내세워 재차 설득했다. 오시노는 지요의 의지를 결코 꺾을 수 없다는 것을 알고 결국 그녀를 시모무라(下村) 집안의 며느리로 받아들였다.

적극적인 성격의 지요는 나라를 위해 싸우다 전사한 영웅을 셋이나 배출한 시모무라 가문의 당당한 며느리가 되자, 기울어있는 가세를 일으켜 세우려고 온갖 궂은일을 마다하지 않았다. 요코하마의 외국인 점포에서 일하는 틈틈이 당시 유행하던 양재기술을 배워서 어느덧 자립하게 되었다. 그러는 가운데서도 남편과 두 아들을 나라에 바친 어머니를 존경하는 마음을 잃지 않았다.

나는 나라에 충성하고 부모에 대한 효심으로 모든 어려움을 극복하고 마침내 집안을 다시 일으켜 세운 적극적인 며느리 지요의 일화에 크게 감동했다. 그러자 선배는 이 아름다운 이야기를 글로 써볼 것을 제안하였다. 때마침 조선에 징병제가 실시되었기에 나는 선배의 권유에 따라 이 일을 징병제와 연결지어 소설화하리라 결심하였다.

趙容萬(조용만)

—

조용만(1909~1995) 소설가, 영문학자. 호 아능(雅能).

083

약력

1909년	3월 10일 서울에서 출생하였다.
1926년	단편 「배추이삭」을 《매일신보(每日申報)》에 발표하였다.
1927년	경성제일고보를 졸업한 후 경성제대 영문과에 입학하였다.
1928년	일본어소설 「신경질시대(神經質時代)」, 「그 여자의 일생(UNE VIE)」을 「청량(淸凉)」에 발표하였다.
1931년	경향파적 성격을 띤 단편 「사랑과 행랑」을 「비판」에, 「방황」을 《동아일보(東亞日報)》에, 희곡 「가보세(甲午歲)」를 「동광」에 발표하였다.
1932년	경성제대 영문과를 졸업하였다. 단편 「연말의 구직자」를 「동방평론」에, 「희희」를 잡지 「비판」에 발표하였다.
1933년	<구인회>에 가담하였다. 단편 「배신자의 편지」를 「제일선」 5월호에, 「나마의 제일야」를 「비판」에, 희곡 「신숙주와 그 부인」을 《조선중앙일보》에 발표하였다. 평론 「문예시평」을 《조선일보(朝鮮日報)》(1. 24~30)에 연재하였다.
1934년	평론 「청엽의 우울」을 《조선중앙일보》(6. 26~27)에 연재하였다.
1935년	평론 「번역문학시비」, 「문사와 교양」, 「자연과 작위」, 「기술의 문제」, 「상금과 수상자」, 「문장부터」, 「피란델로의 언」, 「조선의 문단논객」, 「작가 장혁우」, 「한 개의 고언」, 「고급문예잡지대망」, 「비평의 재건」 등을 《매일신보》(8. 6~10. 31)에 발표하였다.
1938년	평론 「문학과 지성 독후감」을 《매일신보》에 발표하였다.
1939년	평론 「이효석씨 작품집 『벽서』」를 《매일신보》에 발표하였다.
1940년	단편 「조종기」와 희곡 「별장」을 「문장」에 발표하였다.
1941년	단편 「북경의 기억」과 「여정」을 「문장」에, 「만찬」을 「춘추」에, 「매부」를 「조광」에 발표하였다.
1942년	7월에 일본어소설 「배 안(船の中)」을 「국민문학」에, 12월 같은 잡지에 「모리부부와 나(森君夫妻と僕と)」를, 「녹기(綠旗)」에 「고향(ふるさと)」을 발표하였다.
1943년	일본어소설 「불국사 여관(佛國寺の宿)」을 「국민총력(國民總力)」 10월호에 발

표하였다.

1944년	4월에 일본어소설「단계벼루(端溪の硯)」를「흥아문화(興亞文化)」에, 단편「동전」을「춘추」에 발표하였다.
1945년	해방 직후《국도신문》주필이 되었다.
1948년	평론「역사창조의 와중에서」를《자유신문》에 발표하였고, 평론집『문학개론』을 탐구당에서 발간하였다.
1949년	평론「고우사 - 작가 효석의 풍모」를《국도신문》에 발표하였다.
1952년	단편「비오는 밤」을《연합신문》에 발표하였다.
1953년	평론「문화의 재건」을「문예」에 발표하였다. 고려대 영문과 교수로 부임하여 1973년까지 재직하였다.
1956년	평론「한국문학의 세계성」을「현대문학」에 발표하였다.
1957년	단편「지옥의 한 계절」을「새벽」에, 「삼막사」를「사상계」에, 희곡「카나리아」를「문학예술」에 발표하였다.
1958년	단편「서정가」를「사상계」에, 「바보」를「자유문학」에, 「단층」을「지성」에, 평론「문예사조의 의의와 분류」와「사회의식과 종교의 문학」을 잡지「사조」에 발표하였다.
1961년	단편「표정」을「현대문학」에, 「속초행」을「사상계」에 발표하였다.
1962년	수필집『밤의 숙명』을 삼중당에서 발간하였고, 평론「의식의 흐름과 문학」을「자유문학」에 발표하였다.
1964년	단편「복녀」를「문학춘추」에 발표하였고, 평론집『육당 최남선』을 삼중당에서 발간하였다.
1969년	단편「서귀포괴담」을「월간문학」에 발표하였고, 수필집『청빈의 서』를 교문사에서 발간하였다.
1970년	단편「삼청공원에 나타난 두보」를「신동아」에, 「초복날」을「월간문학」에 발표하였다.
1972년	단편「노담」을「월간중앙」에, 「이 두 사람」을「현대문학」에, 「고향에 돌아와도」를「창조」에 발표하였다.
1973년	단편「전기(轉機)」를「현대문학」에, 「약수터」를「문학사상」에, 「묘비」를「월간중앙」에 발표하였다.
1974년	소설집『고향에 돌아와도』를 동명사에서, 평론집『일제하 한국 신문화 운동사』를 정음사에서 발간하였다.
1975년	단편「암야」를「문학사상」에 발표하였다.
1977년	단편「아버지의 재혼」을「현대문학」에, 「빈대떡」을「월간문학」에 발표하였다.
1978년	단편「언덕길에서」를「월간문학」에, 「최악의 무리」를「문예중앙」에 발표하였다.
1982년	단편「영결식」을「소설문학」에, 「어느 죽음」을「현대문학」에, 「스피노자의 제자」를「문예중앙」에 발표하였다. 수필집『세월의 너울을 벗고』를 교문사에서 발간하였다.
1983년	단편「88올림픽」을「월간조선」에 발표하였다.
1984년	소설집『구인회 만들 무렵』을 정음사에서 발간하였다.

1986년	소설집 『영결식』을 소설문학사에서 발간하였다.
1987년	수필 「이상과 김유정의 문학과 우정」을 「신동아」에, 「이상시대, 젊은 예술가들의 초상」을 「문학사상」에 발표하였다.
1995년	2월 사망하였다.

神經質時代(신경질시대)

〈기초사항〉

원제(原題)		神經質時代
한국어 제목		신경질시대
원작가명(原作家名)	본명	조용만(趙容萬)
	필명	
게재지(揭載誌)		청량(淸凉)
게재년도		1928년 5월
배경		• 시간적 배경: 어느 가을날 • 공간적 배경: 선실 안, 교외의 산책로
등장인물		① 시를 버리고 사랑을 버리고 급기야 목숨까지 버린 '그' ② 그와 결혼을 약속한 '그녀' 등
기타사항		<글의 차례: 1.시(詩) - 2.사랑(戀) - 3.생명(命)>

〈줄거리〉

그는 시단(詩壇)에서 젊은 이지파의 선봉이었다. 그러면서 또 대단히 신경질적이었다. 하지만 그는 그것을 조금도 모순이라고 생각하지 않았다. 아니, 모순은커녕 자랑으로 여겼다. 그것에 대해서는 그만의 독특한 좌우명이 있었는데, 그 좌우명이란 "위대한 예술가일수록 신경질적이다. 즉 위대한 예술가는 동시에 대단한 신경질이 있어야 한다. 그리고 그들의 작품은 물론 행위 그 밖의 모든 것은 그들을 엄습하는 어떤 뜻밖의 발작에 의한 것이다."는 것이었다. 그는 이러한 좌우명을 자신의 모든 행동을 변명하는 유일한 무기로 삼고 살아왔다.

달 밝은 어느 가을 밤, 그는 친구들을 선동하여 함께 뱃놀이를 갔다. 술과 흥에 흠뻑 빠진 친구들과 달리 그는 아름다운 풍경에 도취되어 시적 황홀경에 빠져있었다.

그때 뱃머리에 앉아 감상에 젖어있는 그에게 술잔을 권하러 온 친구가 있었다. 하지만 그는 여지없이 술잔을 뿌리쳤고, 그 바람에 술잔은 나뒹굴어 조각나버렸다. 친구들은 언짢은 마음을 추스르고 다시 노래를 부르고, 춤추고, 마시고 떠들어댔다. 그런 가운데서도 여전히 시에 몰두하고 있던 그는 문득 소동파(蘇東坡)의「적벽부(赤壁賦)」를 떠올리고 급히 종이와 연필을 찾았지만 그곳에 지필이 있을 리 없었다. 다급해진 그는 무르익은 시상을 빨리 기록해 두고 싶은 마음에 흥겹게 놀고 있는 친구들에게 돌아가자고 재촉했다. 별 반응이 없는 친구들을 종용하다 못한 그는 배를 돌리라고 성화를 내면서 막무가내로 직접 노를 저었다. 친구들이 그 뱃놀이의 주창자였음에도 그런 무법적인 행동을 하는 그를 매도하며 질책했지만, 시가 더 중요했던 그는 친구들의 분노 따위는 안중에 없었다.

「"사람아, 반목과 질투와 다툼을 버리고 / 달의 마음으로 돌아가라 / 저 평화스런 달의 마음으로 돌아가라." 아아, 그 다음은? 아, 떠올랐어! 그는 열심히 입속에서 음미했다. 친구들이 어찌하든 일체 상관하지 않고,
"달이야말로 그대들이 동경하는 이상향이 아닌가 / 그대들이 안기려 하는 어머니 품이 아닌가."
그래, 이것을 써서 잡지에 싣는다. 호평을 받아 이윽고 시단을 활보한다. ……
그는 기뻐서 어쩔 줄을 몰랐다. 자신의 멋진 미래가 파노라마처럼 머릿속에 떠올랐다.」

이윽고 배는 물가에 닿았다. 서둘러 배에서 내리려던 그는 모자와 웃옷과 구두가 없어진 것을 알았다. 친구들은 모르는 척 하기도 했고, 하물며 히죽히죽 웃는 녀석도 있었다. 순간 불쾌해진 그는 온몸으로 친구들을 향해 돌진했다. 배 위는 순식간에 난장판이 되었다. 그런데 바로 그 순간 '반목, 질투, 다툼을 버리라'라는 싯귀가 그의 머릿속에 전광처럼 번뜩였다. 평화를 구가하면서 친구들에게 주먹이나 휘두르는 자신의 모순을 탓하며 '반목, 질투, 다툼'이야 말로 인간의 본성이자 본능임을 깨달았다. 그는 친구들에게 용서를 빌고 서둘러 집으로 돌아와 생명과도 같은 원고와 시집을 모두 태워버렸다.

다음날 그녀에게나마 동정을 얻고 싶어 전날 밤에 있었던 일을 그녀에게 말했는데, 그녀는 대수롭지 않게 웃어넘겼다. 그녀는 화가 나 있는 그를 달래고자 산책을 권했고, 둘은 어깨를 나란히 하고 교외로 나갔다. 신선한 공기, 지저귀는 새소리는 울적했던 그의 기분을 말끔히 해소시켜 주었다. 그녀는 자연과 너무 잘 어울렸다. 그가 늘 찬미하던 열정에 타는 듯한 두 눈은 오늘따라 특히 아름다웠다. 시를 버린 그는 사랑에 새로운 자극을 받아 그녀에게 키스하고 싶은 충동을 느꼈다. 두 사람은 손을 굳게 잡고 행복한 미래를 꿈꾸었다.

그런데 느닷없이 그는 과거에 있었던 모든 정사를 털어놓자고 제안했다. 그리고는 초등학교시절 첫사랑 S와의 일, 중학교 3학년 때 R에게 연애편지를 보냈던 일, 그 이후 일어난 모든 여자관계를 솔직하게 털어놓고, 그녀에게도 말할 것을 재촉했다. 그런 일이 전혀 없었다는 그녀의 말을 그는 조금도 의심하지 않았다. 그는 모든 것에 만족해 하며 행복한 결혼생활을 꿈꾸었다. 그러나 결혼식이 가까워진 어느 날 그녀가 무심코 흘린 "같은 하숙집의 K라는 학생에게 키스 받은 적이 있었다."는 말에, 그는 뒤도 돌아보지 않고 집으로 돌아가 버렸다. 그는 결국 그녀에게 파혼장을 보내고 나서 사흘이나 굶었다.

시를 버리고 사랑을 버린 그는 거의 반미치광이가 되었다. 먹고, 싸우고, 자는 것이 그의 일과였다. 보다 못한 친구들이 신문사에 취직시켜 주었으나, 그는 출근하는 날 보다 출근하지 않는 날이 많았고, 출근해서도 담배를 피우는 것이 하는 일의 전부였다.

그런 그에게 충격적인 일이 생겼다. 유별나게 남에게 지기 싫어하는 그 앞에 출근길마다 오

만한 태도로 다가오는 교사 타입의 사람이 있었다. 그런데 이상한 것은 그 사람을 만날 때마다 저절로 머리가 숙여진다는 것이다. 부아가 난 그는 일이 조금도 손에 잡히지 않았다. 어떻게든 한번쯤 그 오만한 콧대를 꺾어줄 생각으로 머리가 복잡했다.

그러다 결전의 날이 다가왔다고 생각한 그는 단단히 벼르고 그 장소로 나갔다. 그 사람은 여전히 치켜든 코를 좌우로 흔들면서 입에는 담배를 물고 유유히 활보하며 다가오고 있었다. 발을 멈추고 온몸을 긴장시킨 그는 '이때다!' 싶은 순간 눈에 핏발이 서도록 그 사람을 쏘아보았다. 그러나 그 사람은 그의 도발에는 아랑곳 하지 않고 유유한 걸음걸이로 그의 앞을 지나쳤다. 그는 그 엄청난 모욕을 참을 수 없어 마침내 신문사를 그만뒀다. 그날 밤은 열이 펄펄 끓어 단 1분도 잠들 수가 없었다. 그래도 복수만 할 수 있다면 열 따위는 상관없었다. 그 사람이 담배를 물고 있던 태도가 너무 아니꼬웠던지라 오늘은 자기가 먼저 그 사람을 경멸해 주겠다는 의미로 담배를 물었다. 이윽고 그 사람이 다가오자 그는 마음을 가다듬고 상대를 경멸하는 태도로 천천히 걸어갔다. 그러나 그 사람은 눈 하나 깜짝하지 않고 더욱 거만한 눈으로 그와 맞닥뜨릴 것처럼 다가왔다. 그런데 그는 무심코 또 머리를 숙이고 말았다. 맙소사! 그가 숙였던 머리를 다시 들었을 때, 그 사람은 이미 그의 앞을 지나친 후였다. 그는 거의 미쳐 팔짝 뛸 지경이었다.

그 날 저녁, ××강 하류에 이름 모를 시체 한 구가 떠올랐다. 주머니 속 그의 명함에 "나는 어느 어리석은 자에게 부끄럼을 당해서 죽는다. 웃고 싶은 사람은 실컷 웃어라."고 쓰여 있었다.

- 1928. 1. 18 -

083-2

UNE VIE(그 여자의 일생)

〈기초사항〉

원제(原題)	UNE VIE(1~4)	
한국어 제목	그 여자의 일생	
원작가명(原作家名)	본명	조용만(趙容萬)
	필명	
게재지(揭載誌)	청량(淸凉)	
게재년도	1928년 12월	
배경	• 시간적 배경: 1928년 여름 • 공간적 배경: 경성의 어느 카페와 병원	
등장인물	① 카페의 여급을 전전하다 심장병에 걸린 조선여인 아키코 ② 아키코의 친구였던 '나(C)' 등	
기타사항		

<줄거리>

　　금년 6월 '나'는 위장병으로 S병원에 입원했다. 그곳에서 우연히 지하병실에 방치된 시료환자(무료로 치료받는 환자)들을 목격하게 되는데, 그곳에는 마치 지옥을 방불케 하는 광경이 펼쳐지고 있었다. 나를 더 경악게 한 것은 그 지옥 같은 지하병실에서 한때 마음을 주고받았던 친구 아키코(秋子)와 재회한 것이다. 그녀는 너무나 야위고 추하게 변했지만 미소만큼은 틀림없는 아키코였다. 나는 허겁지겁 아키코를 데리고 도망치듯 내 병실로 돌아왔다.

　　내가 아키코를 처음 만난 것은 작년 5월 어느 날 밤이었다. 그날 밤 우리 친구들은 그녀가 일하는 카페 '킹'에서 작은 연회를 가졌다. 시끌벅적하게 마시고 떠드는 동안 2시간이 훌쩍 지났고, 지칠 대로 지친 친구들은 의자에 풀썩풀썩 걸터앉았다. 나 역시 지친 몸을 이기지 못하고 구석진 의자에 털썩 걸터앉았는데, 다행인지 불행인지 그 바로 옆자리에 아키코가 앉아 있었던 것이다. 나는 카페 '킹'의 간판 미인이었던 아키코에게 노래를 청했고, 그녀는 내 간청에 못 이겨 노래를 불렀다. 원망스러운 듯, 호소하는 듯, 우는 듯한 그녀의 슬픈 멜로디에 내 눈에도 어느새 뜨거운 눈물이 고였다.

　　그날 밤 그녀는 빛나는 밤하늘의 별을 바라보며 자신의 슬픈 사연을 들려주었다.

　　산자수명한 땅 강릉에서 태어난 그녀는 가난한 생활 속에서도 부모님의 따뜻한 사랑을 받으며 행복하게 자랐다. 열네 살 되던 해 어머니가 셋째를 낳다가 산욕으로 돌아가신 이후 계속되는 흉작으로 끼니를 잇기 어려울 정도의 생활고에 시달렸다. 열여섯 살 되던 해 아버지의 허락을 얻어 경성의 어느 관사에서 사환으로 일하게 되었고, 그 월급을 고향에 보내 아버지와 동생들을 부양했다. 사환으로 일하던 그녀의 도시생활은 매우 즐거웠다. 놀 시간도 있고 잠잘 시간도 충분했으며, 가끔은 시내구경도 나갈 수 있었다. 그러나 화려한 도시는 수입이 많은 일과 화려한 생활을 미끼로 순수한 그녀를 유혹했다.

　　그녀는 이듬해 가을부터 카페에서 여급으로 일했다. 남자들은 하얀 앞치마를 두르고 세레나데를 부르는 그녀를 돈과 권력으로 유혹했고, 결국 그녀는 그런 남자들의 열정에 연거푸 우롱당해야만 했다. 그런데도 그녀의 불행은 그치지 않았다. 아버지의 중병 때문에 더 많은 돈이 필요했고, 결국 몸을 팔지 않으면 안 되었다. 그렇게 3년 동안 힘겨운 생활을 하는 동안 그녀는 심장병이라는 치명적인 병을 앓게 되었다. 그녀는 자신의 불행한 운명을 비관하여 몇 번이나 자살을 시도했지만, 그마저도 실패로 끝났기에 자포자기하는 심정으로 카페 '킹'에 나와 여급으로 일하게 되었던 것이다.

　　그날 이후 나와 아키코는 서로 마음을 나누는 친구가 되었다. 적어도 6개월 동안은 그랬다. 그런데 어느 날, 느닷없이 카페 '킹'의 주인으로부터 아키코가 실종되었는데 '아키코 실종사건'의 유력한 피의자로 내가 주목되었다는 연락이 왔다. 나는 피의자로 주목받은 불쾌함보다도 진실한 친구라 믿었던 그녀가 나에게 한마디 말도 없이 사라져버렸다는 사실에 대한 배신감이 더 컸다.

　　그렇게 종적을 감춰버렸던 아키코를 병원에서 이런 모습으로 재회하게 된 것이다. 그녀는 어떤 남자의 유혹에 빠져 시골로 도피했지만, 그 남자의 무지한 학대를 감당하지 못하고 결국 도망쳐 나왔고, 지금은 지병인 심장병 때문에 이 병원에서 시료환자로 3주째 치료를 받으며 죽을 날만 기다리고 있다고 했다.

　　나는 흐느껴 우는 그녀를 일으켜 세우고, 다시 친구가 되어줄 것을 부탁했다. 그리고 기분전환

삼아 내기 카드놀이라도 하자고 권했다. 그러나 그것은 내기에 걸만한 것이 아무것도 없는 그녀를 더 우울하게 만들고 말았다. 나는 미안하고 안쓰러운 마음에 10원짜리 지폐 한 장을 그녀에게 건넸다. 처음에는 당황하던 그녀도 지폐를 접어 가슴속에 쑤셔 넣은 후 병실을 나갔다.

다음 날 아침, 아키코가 자살했다는 소식을 들은 나는 놀라움과 의문에 미칠 것만 같았다. 황급히 지하병실로 뛰어갔지만 그녀의 시신은 벌써 사체실로 옮겨진 후였다.

「10원! 화장품이나 과일을 사고, 식비를 지불해야 했던 10원은 겨우 일부만 식비로 썼을 뿐, 나머지는 아편을 사는데 써버렸다. 그녀를 살리려 했던 10원은 그녀를 죽이는 일에 사용되고 만 것이다. 이 무슨 운명의 장난이란 말인가! 그래서 나는 당연히 마약을 구입하는 돈의 공급자로 경찰에 소환되어 조사를 받아야만 했다.

그렇게 그녀의 고통스런 생애는 최후의 막을 내렸다. 하지만 그녀의 생애가 아무리 불우하고 암담했다 하여도, 그 자신으로서는 틀림없이 하나의 새로운 존재였고 동시에 이 세상의 무한한 시공간을 통틀어도 오직 한 번밖에 경험할 수 없는 소중한 것이었음은 누구도 부정하지 않을 것이다.

안녕 아키코! 평안히 잠들라! 지금은 모든 고통을 해탈한 자유의 몸이므로. 그리고 나의 보잘 것 없는 글을 용서해다오. 마음 가는 대로 써내려간 두서없는 글이니.

(표제는 모파상의 「Une Vie」에서 취했다. 하지만 내용은 하등의 관계없는 것임을 말해두는 바이다.)」

083-3

船の中(배 안)

〈기초사항〉

원제(原題)	船の中	
한국어 제목	배 안	
원작가명(原作家名)	본명	조용만(趙容萬)
	필명	
게재지(揭載誌)	국민문학(國民文學)	
게재년도	1942년 7월	
배경	• 시간적 배경: 1884년 겨울 • 공간적 배경: 인천에 정박 중인 배 안	
등장인물	① 갑신정변에 실패하여 일본으로 도항하려는 김옥균 ② 김옥균의 도항을 돕는 다케조에 공사와 쓰지선장 등	
기타사항		

몸은 녹초가 되어서 온몸의 뼈마디가 바늘로 찌르는 것처럼 아팠지만 김옥균(金玉均)은 좀처럼 잠들 수가 없었다. 잠이 들기는커녕 점점 더 맑아지기만 한 김옥균의 머릿속은 온통 근심으로 가득했다. 간신히 인천에 정박 중인 지토세마루(千歲丸)를 타긴 탔으나 뒤쫓아 올 사대당과의 교섭을 마음약한 다케조에(竹添)공사가 제대로 감당해 낼 수 있을지 걱정되었다.

2년 전 7월, 임오군란을 일으킨 데 대한 사과를 하기 위해 조선정부에서 수신사로 금릉위 박영효(朴泳孝)를 파견했을 때, 김옥균은 그 수행원으로 서광범과 함께 일본에 갔었다. 그 때 5개월 동안 체류하는 동안 후쿠자와 유키치(福澤諭吉)와 이노우에(井上) 등 일본관리를 만났는데, 그들은 동양의 평화와 행복을 위한 조선과 일본의 제휴를 역설했다. 김옥균은 일행 중 최고 연장자이기도 했고, 두뇌가 명석하여 재기가 넘쳤으므로 이야기는 언제나 김옥균과 후쿠자와를 중심으로 이루어졌다. 후쿠자와는 국정개혁을 원조하겠다면서 많은 편의를 제공했다. 그렇게 하여 일행은 국정개혁이라는 의기에 불탔고 귀국 후 김옥균을 중심으로 개혁당을 조직했다. 그로부터 2년이 지나서야 우정국 연회를 계기로 행동을 개시했는데, 개혁당 거사의 실패로 현재 쫓기는 몸이 된 것이다.

1884년 12월 4일 밤, 우정국 낙성식 축하 연회장에서 시작된 갑신정변으로 김옥균은 정권을 장악하였다. 그러나 그것도 잠시, 김옥균과 개화당 일파는 뒤이은 사대당의 역습을 받고 일본 공사관으로 피신한 다케조에공사와 시마무라(島村)서기 등과 함께 경성을 탈출했다. 일본군대의 보호 아래 가까스로 인천까지 와서 배에 승선하기까지, 돌아보면 정말 숨 가쁜 시간들이었다. 만일을 우려한 다케조에공사의 지시대로 12명의 망명자가 석탄창고와 식당저장고 두 곳으로 나누어 숨었다. 김옥균은 어둠속에서 깊은 생각에 빠져들어 좀처럼 잠을 이룰 수 없었다. 계속 뒤척이던 김옥균은 선잠이 들기 무섭게 꿈을 꾸었다.

후쿠자와의 도쿄 자택 응접실에서 테이블을 가운데 두고 후쿠자와와 서양식 신사차림의 김옥균, 박영효, 서광범이 앉아있다. 도쿄까지 무사히 오게 되어 다행이라는 후쿠자와의 위로에 부끄러워하면서, 일행은 식사준비가 다 되었다는 말에 식당으로 향한다. 일행을 대표하여 김옥균이 인사를 마치고 자리에 앉으려는데, 보이가 스프접시를 떨어뜨렸다. 접시가 깨지고 김옥균은 스프를 뒤집어쓰는 꿈이었다. 순간 깜짝 놀라 잠이 깬 김옥균은 방금 꾼 꿈을 떠올리며 무사히 인천을 빠져나갈 수 있을 것이라는 예감이 들었다. 그때 누군가 창고 문을 두드리며 다급하게 김옥균을 부르고 있었다. 문을 열고 나가보니 다케조에, 시마무라, 그리고 가와카미 통역과 박영효가 긴장한 표정으로 서있었다. 임금의 역적체포령을 받고 묄렌도르프(穆麟德)가 군대를 이끌고 이곳으로 온다는 것이었다.

다케조에 일행은 김옥균에게 일단 배에서 내릴 것을 요구했다. 다케조에는 달라진 정세를 탓하며 오전 10시까지는 내릴지 말지 태도를 확실하게 정하라고 했다. 김옥균과 그 일행을 책임지고 도쿄까지 보내주겠다던 다케조에의 돌변한 태도에 너무 흥분한 나머지 김옥균은 얼굴을 바르르 떨었다. 여기에서 하선한다는 것은 곧 죽음을 의미하는 것이기에 모두들 난처한 얼굴로 어찌할 바를 몰라 했다.

이 때 서재필이 선장과 상의하여 인도를 거부하자는 의견을 제시하였다. 쓰지(辻)선장은 자신의 명예를 걸고 쾌히 승낙해 주었다. 이에 다소 안심이 된 김옥균 일행은 부랴부랴 식당저장고를 정돈하고 어둠속에서 눈물 젖은 주먹밥으로 배를 채웠다.

그 사이에 선장은 묄렌도르프와 담판을 짓고 있었다. 김옥균 일행이 무사히 인천을 벗어날 수 있도록 예정을 앞당겨서 오후 3시에 출항한다는 것이었다. 밖에서 일행이 숨어있는 저장고의 자물쇠를 채우던 선원은 모든 것을 알고 있다는 듯이 히죽히죽 웃었다.

일각이 천추란 말은 바로 이런 것인지, 기다리고 기다리던 3시가 지났건만 어둠속에서 일행은 애만 태울 뿐 교섭한 내용이나 결과에 대해서는 아무것도 알 수 없었다. 아무리 애가 타들어가도 김옥균은 묄렌도르프와 쓰지선장이 교섭하고 있는 모습을 상상해 볼 뿐, 밖에서 자물쇠를 채워둔 탓에 어찌해 볼 도리가 없었다. 쓰지선장은 분명 굵고 탁한 음성으로 호통을 쳤을 것이고, 묄렌도르프는 간살스런 목소리였을 것이다. 쓰지선장의 기세라면 아무리 묄렌도르프라 해도 자기 의지를 관철시키리라는 생각이 들었다. 그러다가도 체포령을 들고 온 묄렌도르프의 기세도 만만치 않으리라는 생각도 들었다. 이런저런 상상이 꼬리를 물고 불안감과 안도감이 수없이 교차하는 순간 출항을 알리는 징소리가 울렸다.

「저장고에 갇혀있던 사람들은 일제히 "이제 살았다!"라고 함성을 질렀다. 이제 묄렌도르프의 손에 붙잡혀 무참히 죽지 않아도 되었다.

"김상, 고생했습니다." 밖에서 달그락달그락 자물쇠 여는 소리가 들렸다. 틀림없는 선장의 목소리였다. 김옥균은 자기도 모르게 문 쪽으로 뛰어올라갔다.

"아아!" "아아!"

문이 열리고, 선장과 다케조에공사가 만면에 웃음을 띠고 서 있었다. 김옥균은 구르듯이 문 밖으로 나가 두 사람의 손을 덥석 잡았다. 뜨거운 눈물이 김옥균의 야윈 두 뺨으로 흘러내렸다.」

森君夫婦と僕と(모리부부와 나)

〈기초사항〉

원제(原題)	森君夫婦と僕と	
한국어 제목	모리부부와 나	
원작가명(原作家名)	본명	조용만(趙容萬)
	필명	
게재지(揭載誌)	국민문학(國民文學)	
게재년도	1942년 12월	
배경	• 시간적 배경: 태평양전쟁 발발 직후 • 공간적 배경: 경성	
등장인물	① 경성제국대학을 졸업하고 교사로 일하는 시골 출신의 '나' ② 같은 학교를 졸업한 일본 사가현 출신의 모리(森) ③ 모리의 아내 히사코와 아들 이치로 등	
기타사항		

내가 모리(森)군을 알게 된 것은 시골에서 중학교를 졸업하고 경성제국대학 예과에 입학하면서부터다. 함경북도 시골에서 상경한 나와 일본의 사가(佐賀)에서 중학교를 졸업하고 이곳 제국대학으로 온 모리군은 경성에 누구하나 아는 사람도 없이 입학 당시부터 쓸쓸히 한 쪽 구석에 앉아있었다. 학급회의 등으로 모두가 떠들썩하게 뛰어다닐 때에도 둘은 이방인처럼 위축되어 있기 일쑤였다. 그 때문인지 우리 둘은 한 학기가 끝날 무렵 함께 찻집을 드나드는 사이가 되었다. 조선의 풍물에 친근감을 가지고 있던 모리는 특히 조선음식인 냉면과 설렁탕을 좋아했다. 우리는 가끔 종로의 냉면집에도 함께 갔다. 모리는 매운 김치도 대단히 좋아하여 가끔 내 하숙집에서 아침밥을 함께 먹기도 하였다.

어느덧 예과를 마치고 모리군은 국문과로, 나는 독문과로 진학했다. 시골에서 나고 자란 탓인지 책을 많이 접하지 못했던 나는 당시 유행하던 문학서적도 잘 몰랐다. 그런 나에게 모리군은 참 많은 것을 가르쳐주었다. 내가 나쓰메 소세키(夏目礎石)나 모리 오가이(森鴎外), 시가 나오야(志賀直哉), 아쿠타가와 류노스케(芥川龍之介) 등을 알게 된 것도 모리군 덕분이었다. 우리는 수업이 끝나면 학교 뒷산에 있는 키 큰 노송나무 아래에 누워 책을 읽기도 하고 잡담을 나누기도 했다.

그렇게 학창생활을 보낸 모리와 나는 함께 대학을 졸업했다. 나는 간신히 사립중학교 교사로 취직하였고 결혼도 하여 경성에 살게 되었다. 모리군 역시 일본으로 돌아오라는 아버지의 권유를 뿌리치고 경성에서 고등여학교 교사로 취직했다. 모리는 우리 집에 놀러 와서 아내에게 조선여자를 소개해 달라고 부탁하더니 얼마 되지 않아 같은 학교 여선생과 연애사건을 일으키고는 시골로 전근가게 되었다. 그 후로 친구들은 물론 나에게까지 연락을 끊고 지냈는데, 들리는 소문에 의하면 일본의 고향으로 돌아갔다고 했다. 그곳에서 부모님이 정해준 친척의 딸과 결혼했다는 소식을 풍문으로 들었을 뿐이다.

그로부터 6~7년이 지난 작년 가을, 아닌 밤중에 홍두깨처럼 모리군에게서 경성에 적당한 집을 구해달라는 느닷없는 편지가 날아든 것이다.

교장과의 불화로 학교를 그만두고 아내 히사코(比左子)와 두 아이를 데리고 경성으로 왔는데, 여관생활을 하고 있어 살 집이 시급하다는 것이었다. 저녁 때 모리군이 묵고 있는 여관으로 찾아간 나는 적잖이 놀랐다. 안경을 코에 걸치고 수염을 기른 데다 이마에 주름까지 생긴 모리의 모습은, 30세 남자가 아닌 마치 나이든 시골학교 교장 같았다. 부인 히사코와도 인사를 나누었는데, 전형적인 현모양처 타입이었다.

내가 살고 있는 동네는 일본인이 많이 살고 있는 곳이라 세 얻기가 쉽지 않았지만, 다행히 셋집을 구하게 되어 드디어 모리와 같은 동네에서 지낼 수 있게 되었다. 마침 히사코의 친척이 경성의 어느 신문사 간부로 있어서 모리는 곧 신문사에 입사하게 되었다. 모리는 학술방면의 일을 지망했는데, 무리한 인사라는 사원들의 불평도 아랑곳없이 그는 사회부 차장으로 일했다.

모리가 경성에 온 것이 1941년 9월, 신문사에 입사한 것이 10월이었는데, 그로부터 2개월여 후인 12월 8일! 마침내 <태평양전쟁>이 발발했다. 언제라도 용감하게 출정할 것을 다짐하던 모리는 아나나 다를까 정월이 되자마자 소집되어 남방의 전쟁터로 출정했다. 모리가 경성으로 오고 5개월이 채 안되었지만 그 사이에 모리와 나의 우정은 학창시절 이상으로 회복되었고, 아내와 히사코도 남편들의 우정에 뒤질세라 매우 친하게 지냈다. 나는 모리의 출정을 정식으로 축하하고, 그날 밤 우리 두 부부는 조촐한 출정식을 했다.

이튿날 히사코와 나는 집합장소까지 모리를 전송하기 위해 기차를 탔다. 모리부부는 묵묵히 차창을 바라보고 앉아 있었다. 기차가 목적지에 도착하자 히사코는 조용히 일어나 흐트러진 기모노를 단정하게 고쳐 입고 간단한 인사를 나눈 후 총총걸음으로 기차에서 내렸다. 모리는 손수건을 눈에 대고 잠시 동안 머리를 들지 못하는 아내를 물끄러미 바라보았다. 모리군 부부는 그렇게 이별을 고했다.

이후 히사코의 새로운 생활이 시작되었다. 모리가 다니던 신문사가 다른 신문사로 합병되는 바람에 약간의 퇴직금만 나왔을 뿐 더 이상의 수입은 없었기에 그녀는 극도의 검약생활을 했다. 히사코의 어려운 생활을 본 나는 마을대표를 찾아가 얼마간의 생활보조금을 받을 수 있도록 허락받았다. 그러나 히사코는 그것을 단호하게 거절하였고, 대신 양재학원에 다니며 기술을 배워 직장을 얻거나 가게를 차려서 혼자 힘으로 살아가겠다고 했다.

히사코는 여섯 살 난 아들 이치로(一郞)를 우리 집에 맡기고, 세 살배기 딸은 포대기에 업고 열심히 학원에 다녔다. 나는 그런 히사코와, 출정한 아버지가 보고 싶지 않느냐는 물음에 "나라를 위해서 전쟁에 나갔는데요. 공을 세우고 돌아올 때까지 나는 보고 싶어 하지 않을 거예요!"라고 대답하는 야무진 이치로를 보면서 감탄했다. 황군이 연전연승하는 것은 후방에 이와 같은 훌륭한 아내와 아들이 있기 때문이라는 생각이 들었다.

히사코는 하루도 결석하지 않고 양재학원을 다녔고, 마침내 양재학원을 수료하고 취업이 확정되었다. 모리는 출정한 이후 내게는 간단한 엽서 한 장을 보냈을 뿐 아무 소식이 없었는데, 아내 히사코에게는 가끔 편지를 보내는 모양이었다. 히사코는 모리로부터 편지가 오는 날은 기분이 좋은지 아내에게 자랑하며 오랫동안 이야기를 나누다 돌아갔다. 그녀는 열심히 일해서 월급을 받으면 꼬박꼬박 저금하여 남편이 돌아오면 줄 거라며 몹시 들떠 있었다. 모리군의 근황이 궁금했지만, 이렇게 열심히 살고 있는 히사코 덕분에 나라를 위해 싸우는 일에 진력할 수 있을 것 같았다.

미소기(禊, 몸에 죄와 더러움, 즉 부정함이 있거나, 제사를 행하는 자가 강이나 바다에 몸을 씻어 깨끗하게 정화하는 일)를 마치고 금강산에서 돌아온 8월 초순의 가장 무더운 날이었다. 오래간만에 강행한 연성(練成)이어서 마음은 산뜻해졌지만 상당히 피곤했다. 목욕을 마치고 저녁밥을 먹고 나니 바로 졸음이 쏟아졌다. 그래도 석간이라도 읽고 자려고 했는데, 그만 신문을 든 채 꾸벅꾸벅 졸고 있다가 이치로의 큰소리에 벌떡 잠에서 깼다.

「"아저씨 중요한 전보가 왔어요. 빨리 집으로 오시라고 어머니가 말했어요."(중략)
아내를 대신하여 내가 일어났다.
"아저씨 언제 돌아오셨어요?"
"방금 전에 돌아왔단다. 중요한 전보라니 무슨 전보냐?"
"몰라요. 어머니가 전보를 받고 새파란 얼굴을 하고 있었어요."
순간 불길한 예감이 내 머리를 스쳤다. (중략)
나는 먼저 일어서서 빠른 걸음으로 걸었다. 이치로는 뛰어 쫓아왔다.
"아버지한테 또 편지 왔니?"
"오래전에 오고 안 왔어요."
"아버지는 건강하게 싸우고 있을 거야."

"지난 밤 아버지가 공을 세워서 훌륭한 훈장을 받은 꿈을 꿨다고 어머니가 오늘 아침 말했어요."

"그랬냐? 아버지는 훌륭한 사람이란다. 이치로도 어른이 되면 병사가 될 거지?"

"저는 말을 타고 돌격하는 것을 무척 좋아해요. 아버지처럼 하사가 아니면 대장이 되라고 어머니가 말했어요."

이윽고 이치로의 집에 도착하였고, 이치로는 재빨리 현관으로 뛰어 들어갔다.

"어머니, 아저씨 오셨어요." (중략)

"어서 오세요. 언제 돌아오셨습니까?"

"지금 막 돌아왔습니다. 전보가 왔다는데 무슨 일입니까?"

히사코는 잠시 눈을 감고 있더니 힘없는 목소리로 조용히 말했다.

"모리가 전사했습니다."

"엣?" 나는 갑자기 곤봉으로 머리를 얻어맞은 것 같은 충격에 비틀비틀 뒤로 물러났다.」

고개를 숙인 채 떨고 있는 히사코를 본 나는 눈앞이 아찔해지면서 모리가 장렬하게 전사하는 장면이 파노라마처럼 뇌리를 스쳤다. 밖에서는 아무 영문도 모르는 이치로가 친구들과 함께 "어깨를 나란히 형과 / 오늘도 학교에 갈 수 있는 것은 / 병사들 덕분입니다. / 나라를 위해 / 국가를 위해 / 전사한 병사들 덕분입니다."라는 노래를 소리 높여 합창하고 있었다.

 083-5

ふるさと(고향)

〈기초사항〉

원제(原題)	ふるさと	
한국어 제목	고향	
원작가명(原作家名)	본명	조용만(趙容萬)
	필명	
게재지(揭載誌)	녹기(綠旗)	
게재년도	1942년 12월	
배경	• 시간적 배경: 어느 해 가을 • 공간적 배경: 고향 K읍	
등장인물	① 8년 만에 고향을 찾은 '나' ② 뜻한 바가 있어 도쿄유학을 중단하고 귀향한 처남 ③ 처남의 일본인 약혼녀 등	
기타사항		

갑자기 아이가 아파 입원하는 바람에, 아내의 하나뿐인 남동생의 결혼식에 아내 대신 내가 가게 되었다. 8년 만에 고향을 찾아 옛 친구를 만난다는 것은 역시 매력적인 일이었다. 아픈 아이가 마음에 걸리긴 했지만 크게 염려할 것 없다는 의사의 말에 나는 중학시절 수학여행 때처럼 가벼운 흥분을 느꼈다.

K읍이 고향이라고는 하지만 아버지의 개간사업이 파산한 후 우리집은 고향에서 쫓겨나다시피 경성으로 이사했다. 그래서 나는 중학교 때부터 경성에서 공부했고, 그 이후에는 도쿄에서 학교를 다녔기 때문에 좀처럼 고향에 갈 기회가 없었다. 이후 어떻게든 재산을 모아 금의환향하려던 아버지의 노력은 모두 실패로 돌아갔고, 고향에 있는 친척들도 모두 아버지의 전철을 밟아 파산했다. 내가 그 후로 고향에 돌아가지 않은 것도 그런 이유에서였을 것이다. 단지 7, 8년 전 학창시절에 한 번 와서 잠시 지낸 적이 있을 뿐이었다.

오랜만에 보는 농촌풍경은 내 기분을 한껏 상기시켰다. 수확을 앞둔 벼는 황금물결을 치고 산과 들은 가을색이 완연하여 한층 수려했다. 마중 나온 처남과 처남댁 될 처녀와 함께 처가에 도착하여 장인어른께 먼저 인사를 여쭙고 간단한 점심식사를 마친 후 시가지로 나왔다.

길은 예전과 달리 대부분 넓어지고 새로운 상점도 많이 생긴 것 같았다. 학교도 그 옛날의 지저분한 목조건물이 아니라 훌륭한 벽돌 건물로 바뀌어있었다. 딱히 갈 곳도 없었던 나는 타향에 불쑥 나타난 이방인처럼 이곳저곳을 방황하다가 문득 어릴 적 살았던 집에 가보고 싶었다. 그 옛날 다니던 보통학교(초등학교)도 어떻게 변했는지 궁금했다. 헤매던 끝에 겨우 옛날 살던 집, 아니 집터를 찾았다. 꽤 넓은 앞마당에 커다랗게 팔각 화강암 테두리로 된 우물이 있어서 사람들은 우리 집을 '우물집'이라고 불렀다. 그 집터에 지금은 목조로 된 청년훈련소가 세워져 있었고, 그 안에서 총검연습을 하는 소리가 들렸다. 우물만큼은 훈련소 청년들의 세숫물로 요긴하게 사용될 수 있으리라 생각되었다.

옛 집터를 빠져나온 뒤, 나는 용기를 내어 큰아버지 댁을 찾았다. 큰댁 식구들은 깜짝 놀라며 나를 반겼고, 큰아버지는 지원병 시험에 두 번이나 떨어진 손자를 나에게 인사시키며 지원병으로 갈 수 있게 힘을 써달라고 부탁했다. 성실하고 씩씩한 조카의 모습에 감탄한 나는 그러겠다고 대답하고 큰아버지 댁을 나왔다.

그렇게 여기저기를 배회하다 해가 저물어서야 처갓집으로 돌아왔다. 사랑채에서는 노인들이 술을 마시며 떠들고 있었고, 안채에서는 내일 있을 연회준비로 분주했다. 피곤함을 느낀 나는 빈방 하나를 찾아서 누워버렸다.

다음날 아침 보통학교 교실을 빌려 결혼식이 거행되었다. 장인어른이 이 지방의 유력자이자 농장소유주였기 때문에 결혼식에 참여한 사람이 상당했다. 그 하객들 중에 기품 있는 일본인 부인이 한 사람 있었는데, 장인어른이 특별히 대접하는 그 부인은 전에 이 학교 교장이었던 노리다(紀田)선생님의 사모님이었다. 노리다선생님은 생전에 이 지방 사람들로부터 존경받던 인격자로, 이곳 마을과 학교에 머물면서 자녀교육에 진력을 다한 사람이었다.

나는 7, 8년 전 당시 유행했던 동맹휴교 때문에 고향에 와있을 때 나를 불러놓고 설교를 하시던 선생님을 떠올렸다.

「"일본과 조선이 정말로 하나가 되는 것이 서로에게 행복한 일이라고 나는 확신하고 있다.

내가 이런 시골에서 일생을 보내려는 것도 미력하나마 그것을 위해 희생하고자 하기 때문이다." 선생님은 건방지기 짝이 없는 고등학생인 나를 앞에 두고 열심히 설교하셨다. 나를 무척 아끼셨고 아버지와도 가깝게 지내던 분이었기에 이러지도 저러지도 못했지만, 그렇다고 쉽게 설복 당하진 않았었다.

"지금은 모르겠지만 내 이야기가 마음에 새겨질 때가 반드시 올 것이다. 그때가 되면 '노리다'라는 어리석은 사람을 꼭 기억해주길 바란다."

선생님은 헤어질 때 이렇게 말씀하셨다. 그때는 또 같은 소리를 하신다고 생각했는데, 그 말씀이 이상하게 언제까지나 내 머릿속에 박혀있었다.」

이 후 만주사변, 중일전쟁으로 시국이 긴박해짐에 따라 우리의 생각도 변해갔고, 비로소 선생님의 말씀을 이해할 수 있었다. 3년 전 어느 가을 아침, 선생님의 갑작스런 부음을 접했다. 그때도 회사일 때문에 장례식에 참석하지 못했는데, 여기서 사모님을 뵙게 된 것이다. 늦게나마 선생님 묘소라도 찾아뵙고 사죄해야겠다는 생각이 들었다.

결혼식이 끝난 후 선생님의 묘소를 찾았다. 공동묘지까지는 상당히 먼 거리였다. 나는 선생님 묘소에 절하고 예를 올린 후 돌아서서 마을을 내려다보았다. 한평생을 바쳐 사랑했던 이 작은 마을이 선생님의 염원대로 나날이 성장해가고 있는 것을 생전과 다름없는 애정으로 지켜보고 있을 것 같았다.

저 편 신사(神社)에서 사람들의 말소리가 들려왔다. 갓 결혼한 처남부부와 일본에서 온 신부 측 부모가 모두 모여 참배하는 광경을 바라보던 나는 왠지 성스러운 기분이 들었다. 지하에서 선생님도 필시 만족스런 미소로 바라보고 계실 것 같았다. 유쾌한 기분으로 산을 내려오면서 나는 고향에 오길 참 잘 했다고 생각했다.

佛國寺の宿(불국사 여관)

〈기초사항〉

원제(原題)	佛國寺の宿	
한국어 제목	불국사 여관	
원작가명(原作家名)	본명	조용만(趙容萬)
	필명	
게재지(揭載誌)	국민총력(國民總力)	
게재년도	1943년 10월	

배경	• 시간적 배경: 1942년 10월 • 공간적 배경: 경주 인근 불국사
등장인물	① 경주를 여행하게 된 '나' ② '나'와 함께 경주를 방문한 김화백과 마쓰야마 ③ 불국사역에서 우연히 만난 조선인 청년 가네무라 ④ 불국사여관의 여급인 가네무라의 약혼녀 복순 등
기타사항	

〈줄거리〉

일본을 출발하여 조선으로 돌아오는 배 안에서 김(金)화백과 나는 조선을 처음으로 방문하는 마쓰야마(松山)군에게 경주를 구경시켜주기로 했다. 저녁때 쯤 배가 부산에 도착하여 간단한 저녁식사를 한 후, 동해남부선 열차에 올라 불국사역에 도착하니 캄캄한 밤이었다. 역사무실에서 새어나오는 가느다란 불빛과, 개찰구 역무원이 든 전지램프의 푸르스름한 광선 외에는 어디에도 불빛이 없었다. 사방은 그야말로 칠흑같이 캄캄했다.

하늘마저 잔뜩 흐려있어 뺨을 스치고 지나가는 10월 하순의 바람은 어쩐지 으스스하기까지 했다. 사실 마쓰야마군과 나는 바로 경주까지 가서 자고 다음날 경주구경을 마친 후, 저녁에 불국사로 와서 석굴암을 본 후 밤 열차로 경성으로 돌아오자고 주장했다. 그런데 김화백은 불국사역에 내려서 여관에 묵고 다음날 아침 석굴암 구경을 마치고 낮 열차로 경주에 가서 시내를 둘러본 다음 밤기차를 타고 경성으로 돌아오는 것이 순서라고 주장했다. 김화백은 두세 차례 경주에 온 경험이 있던 터라, 우리는 결국 김화백의 뜻에 따르기로 했다. 그러나 사방이 워낙 캄캄하고 인적도 없고 보니 불국사역에서 내릴 것을 주장했던 김화백도 적잖이 당황하는 기색이었다.

빨리 숙소를 찾아야 했으므로, 어쩔 수 없이 나는 역에서부터 뒤따라 나온 국민복 차림의 청년에게 불국사여관까지 안내해 줄 것을 부탁했다. 청년은 기꺼이 승낙해 주었다. 여관까지는 여기서 4킬로 정도 떨어져 있었고, 버스를 타려 했으나 운전수가 자리에 없어서 우리 일행은 여관까지 걸어가기로 했다.

작년에 지원병훈련을 마치고 나왔다는 그 청년의 이름은 가네무라(金村)였다. 그는 이틀 후면 입영하게 되는데, 그 전에 어머니를 뵈러 이곳에 왔다고 했다. 우리는 지원병 출신의 청년에게 안내받게 된 것을 대단한 영광으로 여겼다.

이런저런 이야기를 나누는 동안 어느덧 불국사여관에 도착했다. 주인 노파는 청년을 보자마자 "복순(福順)이는 자네가 올 거라면서 저녁도 안 먹고 돌아갔는데."라며 그를 몹시 반겼다. 노파와 가네무라의 대화를 듣고 의아해진 나는 여급에게 복순이란 사람이 대체 누구냐고 물었다. 여급은 복순이 이 여관의 여급인데 오늘은 집에 다니러가고 없다고 했다.

긴 여행으로 피곤했던 우리는 12시가 넘어서야 잠자리에 들었다. 그런데 부산에서 먹은 저녁이 안 좋았던지 나는 새벽 4시경 심한 복통으로 잠에서 깨어 1시간 간격으로 계속 변소에 드나들어야 했다. 그 때문에 유감스럽게도 나를 제외한 마쓰야마와 김화백만이 불국사와 석굴암을 보러갔다. 방에서 쉬고 있다 잠이 든 나는 정오가 지나서야 잠에서 깼다. 그때 창문 아래 작은방에서 여자들의 말소리가 들렸다. 아마도 어젯밤 고향집에 갔다던 복순이 돌아온 모양이었다. 언뜻 들으니 복순은 여관을 그만두고 부산의 공장에서 일할 거라고 했다.

뱃속이 어느 정도 편해진 나는 차라도 마실 생각에 여급을 부르는 벨을 눌렀고, 잠시 후 보라색 저고리에 검정치마를 입은 처녀가 들어왔다. 열여덟? 많아야 스무 살 정도 되어 보이는 얌전해 보이는 처녀였다.

순간 나는 퉁명스럽게 "당신이 복순인가요?"라고 물었다. 복순은 자기 이름을 알고 있는 나를 의아한 얼굴로 바라보다 나가더니 이내 차를 내왔다. 그때 마침 불국사 구경을 나갔던 마쓰야마군과 김화백이 돌아왔고, 이내 복순이 내온 점심상을 받았다.

「"아가씬 여기를 그만두고 공장으로 일하러 간다지?"
나는 공복이었던 탓에 두 사람보다 먼저 식사를 마치고 숭늉을 마시면서 복순에게 물었다.
"어머나! 어떻게 그걸 아세요?" 복순은 얼굴을 붉히며 고개를 숙였다.
"그리고 복순씨의 애인은 전쟁터에 간다고 하던데?"
"어멋, 어떡해……."
더 이상 참을 수 없었던지 복순은 소매로 얼굴을 가리고 방에서 뛰쳐나갔다.」

마침 버스 오는 소리가 나서 우리는 부랴부랴 여장을 챙겨 여관을 나왔다. 어느새 나와서 운전수와 이야기를 나누고 있던 복순은 우리가 버스에 올라타는 것을 보고 정중하게 인사하고 돌아섰다. 빈자리가 없어서 우리 셋은 운전수 뒤에 서 있을 수밖에 없었다. 운전수는 우리를 보더니 재미있다는 듯이 웃으며 말했다. 버스운전수와 가네무라는 사실 어릴 적 친구이고, 입영 전에 가네무라를 만나러 고향에 가느라 어젯밤 버스운행을 못했다는 것이었다. 그런데 가네무라가 우리를 여관까지 안내해 주느라 밤 12시가 넘어서 고향에 도착하는 바람에 서로 길이 엇갈렸다고 했다. 그의 말에 따르면 가네무라는 부모님께 복순과의 결혼허락을 받고, 복순에게 자신이 입영하는 대로 공장에 가서 나라를 위해 일할 것을 부탁했고, 복순 역시 그의 제안을 흔쾌히 받아들였다고 했다.

그의 설명으로 모든 궁금증이 풀린 나는 새삼 가네무라가 자랑스러웠다. 성실하며 책임감도 강해 장차 훌륭한 제국군인이 될 것을 믿어 의심치 않았다. 어젯밤 그들의 눈물어린 감격의 장면을 떠올리며, 유쾌한 기분에 휘파람이라도 불고 싶어졌다. 하늘은 맑고 바람은 시원했다. 어젯밤 겪은 일들이 전혀 힘들었다는 생각이 들지 않았다.

端溪の硯(단계벼루)

〈기초사항〉

원제(原題)	端溪の硯
한국어 제목	단계벼루

원작가명(原作家名)	본명	조용만(趙容萬)
	필명	
게재지(揭載誌)		홍아문화(興亞文化)
게재년도		1944년 4월
배경		• 시간적 배경: 1901년 초겨울 • 공간적 배경: 도쿄
등장인물		① 1876년 강화도조약 체결을 담당했던 전직 일본관료 미야모토 고이치 ② 미야모토의 벼루를 탐내는 채권자의 하수인 미즈카미 ③ 강화도조약 체결 을 성사시킨 조선관료 오×석의 아들 '오(吳)' 등
기타사항		

〈줄거리〉

　　1901년 11월 하순, 집 근처 대중목욕탕에서 목욕을 마치고 돌아온 미야모토 고이치(宮本小一)는 차분한 마음으로 이제 거의 완성되어가는 『조일강화통상조약체결사』를 마무리 지으려고 서재로 향했다. 조금 전에 본 댓돌 위의 낯익은 신발이 마음에 걸렸던 미야모토는 아니나 다를까 미즈카미(水上)가 기다리고 있다는 가정부의 말에 불쾌한 마음을 감출 수 없었다. 오늘도 끈질기게 빚 독촉을 받을 것을 생각하자 미야모토는 가슴이 옥죄었다.

　　조선과의 통상조약을 마지막으로 외무대신 자리를 내놓고 궁을 떠나온 미야모토는, 천성이 곧았던 터라 관직에서 물러났을 때 거의 무일푼이었다. 사직한 이후 25년여 동안 부인과 아들의 병원비와 약값을 감당하느라 갈수록 빚까지 늘었고, 미즈카미의 주인에게도 적잖은 빚을 지고 있었다. 이제는 딸과 손자들을 돌보면서 자신의 일생에서 가장 화려했던 시절을 회상하며 당시 긴박했던 한일관계사(韓日史)의 집필로 여생을 보내려는 미야모토에게 미즈카미는 잊을만하면 찾아와서 빚독촉을 했다. 미야모토는 특히 자신이 가장 아끼는 벼루에 미즈카미의 눈길이 가 닿을 때, 그 고통은 이루 말로 표현할 수 없었다.

　　미즈카미가 전부터 눈독을 들여왔던 그 벼루는 중국 광동성 부근의 부가산(斧柯山)에서 나오는 석재로 만든 '단계벼루'였다. 이 단계벼루는 강화도조약(江華條約) 후 조선 관아에서 미야모토에게 증정한 것으로 세상 무엇과도 견줄 수 없는 귀한 것이었다. 훌륭하고 멋진 청조(淸朝)의 벼루를 소장하였다 하여 호사가들 사이에 평판이 되기도 한 벼루였다. 한때 긴자(銀座)에 있는 골동품상이 일부러 사람을 보내서 벼루를 팔라고 교섭해온 적도 있었지만 웃으면서 거절했던 벼루였다. 미야모토는 그토록 귀하디귀한 벼루가 이렇게 비좁고 누추한 곳에 있는 것이 마음에 걸려, 경제적으로 곤란이 닥칠 때마다 그 벼루를 처분하려고 생각했던 적도 없진 않았다.

　　교활한 미즈카미가 돌아간 후, 미야모토는 식어버린 차를 한 모금 마시면서 눈을 감고 마음을 진정시키려는데, 가정부가 명함 2개를 가지고 서재로 들어와 건네주었다. '오 모(某)'와 '유 모(某)'라는 조선인의 명함이었다. 김옥균 이후 조선인과의 교제가 거의 없었던 미야모토는 이 두 사람이 누구인지 전혀 짐작이 가지 않았다. 잠시 후 가정부의 안내를 받으며 들어오는 손님을 보고 미야모토는 깜짝 놀랐다. 머리를 짧게 깎고 양복을 입고 있었지만, 25년 전 조약체결 당시 조선의 강화도에서 하룻밤을 함께했던 오×석을 꼭 빼닮은 남자였던 것이다. 통역관과 함께 온 그 젊은이는 아니나 다를까 오×석의 아들이었다.

미야모토의 불면불휴의 노력에도 불구하고 당시 완고한 조선의 중신들의 몰이해로 결렬될 뻔했던 회담이 오×석의 숨은 공로에 힘입어 결국 성사되었기에, 미야모토는 그의 선견과 탁월한 정치적 수완에 얼마나 감사했는지 모른다. 그리고 그런 식견과 정치적 수완을 지닌 그가 우매한 중신들에게 눌려 의지대로 활약할 수 없었던 것을 유감으로 생각하기도 했었다. 당시 미야모토가 그에게 도쿄유람을 권했고, 오×석도 그러마고 수락했었는데, 그가 갑자기 병사하는 바람에 약속은 무산되었고 그렇게 25년의 세월이 흘렀던 것이다.

그런데 지금 난데없이 오×석의 아들이 찾아온 것이다. 미야모토는 한때 의기투합했던 벗의 아들 오(吳)로부터 아버지 오×석이 조약체결 후 중신들에게 영합되지 않고 깨끗하게 죽음을 택했다는 사실과, 아들 오(吳) 역시 사대당에 휩쓸리지 않고 도쿄로 망명해온 사실을 전해 들었다. 미야모토는 그 아들 역시 아버지를 닮아 소신 있는 정치가라는 생각이 들어, 교활한 미즈카미로 인한 조금 전까지의 불쾌감이 일시에 사라졌다.

오랜만에 청량한 기분이 든 미야모토는 오(吳)에게 집에 머물 것을 청했으나, 그는 끝내 그것을 거절하고 간다(神田)의 후루카와(古河)여관으로 향했다. 두 사람을 배웅하고 돌아온 미야모토는 만감이 교차했다.

「그보다도 무일푼일 게 분명한 망명객을 그대로 두고 볼 수는 없었다. 온통 오(吳)에 대한 생각뿐이었다.

"어떻게든 도와야할 텐데⋯⋯."

오(吳)는 조금도 내색하지 않았지만 행색으로 봐서는 곤궁함에 틀림없었다. 여관이라야 싸구려일 게 분명했다.

다음날 아침, 잠에서 깨자마자 문득 벼루가 떠올랐다. 미즈카미가 그토록 탐내던 벼루, 긴자의 골동품상이 500냥에 팔라고 권했던 그 단계벼루.

미야모토 노인은 아침식사를 마치자마자 집안사람 누구도 눈치 채지 못하게 보자기에 벼루를 싸서 간다의 후루카와여관으로 갔다.」

朱瓊淑(주경숙)

—

주경숙(생몰년 미상) 소설가.

084

약력

1937년   1월「조선 및 만주(朝鮮及滿洲)」에 일본어소설(비련실화)「정열의 말로(情熱の 末路)」를 발표하였다.

084-1

情熱の末路(정열의 말로)

〈기초사항〉

원제(原題)		情熱の末路
한국어 제목		정열의 말로
원작가명(原作家名)	본명	주경숙(朱瓊淑)
	필명	
게재지(揭載誌)		조선 및 만주(朝鮮及滿洲)
게재년도		1937년 1월
배경		• 시간적 배경: 1930년대 중후반 • 공간적 배경: 경성
등장인물		① 6개월 된 아들을 둔 '나(경숙)' ② 친구 탄실의 친척오빠 H 등
기타사항		작품 첫머리에 "조선의 잡지에 실린 수기인데, 이 이야기는 흔히 있는 사실로, 조선인 청년남녀의 생활을 알고 싶은 사람들에게 다소 참고가 되리라 생각한다. G생"이라고 기술되어 있으며, 제목 앞에 '비련실화(悲戀実話)'라고 명기됨.

〈줄거리〉

내 아들 철(哲)이 태어난 지 반년, 그리고 철의 아버지이자 내 처음이자 마지막 연인인 H가 죽은 지 5개월이 지났다. 생각만 해도 끔찍한 기억이다. D여자고등보통학교를 다니던 시절, 하숙을 함께 하던 단짝 친구 탄실(彈實)의 소개로 H를 알게 되었다. 우리는 양쪽 하숙집을 오가며 학교이야기, 선생님들 이야기 그리고 남녀교제 문제 등에 대한 이야기를 나누며 시간을 보내곤 하였다. 그러던 어느 토요일, 함께 H의 하숙집에 갔던 탄실이 다른 약속이 있다며 먼저 돌아가고 나와 H만 집에 남게 되었다. 처음으로 둘만의 시간을 갖게 된 탓인지 어색한 침묵이 흘렀다.

「"경숙씨, 난 아내가 있는 몸입니다. 그래도 경숙씨를 잊을 수가 없습니다."

이렇게 애원하듯 H가 침묵을 깼습니다. 나는 괴롭기도 하고 부끄럽기도 하여 돌아가려고 했습니다. 게다가 H의 태도도 평소와 달리 흥분해 있었기 때문에 자리에서 일어나 돌아가려고 하자, H는 문을 열려는 내 손을 꼭 움켜쥐고 놓아주지 않았습니다. 나는 나약했습니다. H의 열정을 막을만한 힘이 없었기에 나도 내 마음을 고백하고 말았습니다.

H의 하숙에서 돌아왔을 때, 내 경솔함이 원망스러웠습니다. 내 어머니는 첩이었기 때문에 나 하나만 의지하고 있고, 학교성적도 좋고 선생님께 인정도 받고 있어서 나름대로 자부심도 가지고 있었습니다. 그런데 나도 다른 사람의 첩과 다를 바 없이 되다니, 이 무슨 운명이란 말입니까. 어머니와 같은 길을 두 번 다시 걷고 싶지 않았는데, H를 향한 연정과 더렵혀진 몸을 생각하면, 내 몸뚱어리를 갈기갈기 찢어버리고 싶을 정도로 추하고 싫었습니다. H가 아무리 짐승처럼 덤벼들었어도 내가 단호했더라면 문제는 없었을 것을, 경솔해서 스무 살의 야성적인 정욕에 지고 말았던 겁니다.」

졸업시험을 간신히 마친 나는, H의 하숙으로 들어가 그와의 동거생활을 시작했다. 그리고 이 사실을 알게 된 그의 집에서 학비며 생활비를 더 이상 보내오지 않게 되자, 그는 학교마저 그만두고 일자리를 찾아다녔다. 하지만 직장이 그렇게 간단히 찾아질 리 없었다. 결국 내가 카페의 여급으로 취직을 하게 되었지만, 그의 아내의 친척이 카페로 찾아와 나를 심하게 모욕한 사건 때문에 그 역시 오래가지 못했다.

임신 중이던 나는 그날 밤 아이를 지울 각오로 약을 먹었지만 끝내 실패하고 말았다. 또 어느 눈 오는 날, 살길이 막막해진 나와 H는 경부선을 타고 추풍령역에 내려 철도자살을 시도하기도 했다. 그런데 막상 열차가 달려오는 것을 보자 갑자기 뱃속의 태아가 불쌍해져서 철로에서 뛰쳐나오고 말았다. 그렇게 자살에 실패한 후 경성행 기차를 기다리던 우리는 우연히 H의 외가 쪽 친척을 만나 그의 외갓집에 의탁하게 되었다.

그렇게 광명이라곤 비칠 것 같지 않은 힘겨운 날들을 보내다 어렵게 아들 철을 낳았다. 본처에게서 아직 아이가 없었던 탓에 H의 부모님은 나를 받아주기로 했지만, 나와 H는 본처에 대한 양심의 가책으로 불행한 날들을 보내고 있었다.

그리고 그렇게 심약해져가던 H는 끝내 음독자살을 하고 말았다. 이 모든 불행이 결단력이 없어 유혹에 넘어가버린 나로 인해 비롯되었다는 생각이 들었다. 죽지 못해 살아있는 내 자신이 추하게 보였다. 하지만 어떻게든 아들을 잘 키워야겠다는 결심으로, 철을 데려가겠다는 H

의 부모님의 제안을 뿌리치고 철을 데리고 어머니의 집으로 갔다.

　그 후 나는 어머니와 철을 데리고 경성으로 와서 바느질로 생활을 꾸려가고 있지만, 앞날이 암담할 뿐이다. 그래도 위대한 모성애 덕분에 죽고 싶은 마음도 꾹 참고 철을 훌륭하게 키워낼 결심으로 살아가고 있다.

　「여러분, 젊은 여성들에게 충고하고 싶습니다. 특히 여학생 여러분에게 하고 싶은 말은, 연애니 순정이니 하는 것은 사랑할 당시에는 더할 수 없이 좋게 보이지만, 한 순간의 애욕의 포로가 되지 않도록 이성적으로 잘 판단해서 나와 같은 길을 밟지 마세요. '소 잃고 외양간 고친다'는 속담처럼, 지금부터 옳은 길을 가겠다는 것이 좀 바보스럽긴 하지만, 두 번 다시 실패하고 싶지 않습니다. 앞으로는 내 몸을 깨끗이 정화할 생각입니다. 그리고 일정한 목표를 정해 그것을 향해 나아갈 겁니다. 부족한 문장으로 생각한 것을 제대로 다 표현할 수는 없지만, 나와 같은 사정으로 눈물짓는 모두에게 조금이나마 위안이 되었다면 그것으로 만족합니다.」

池奉文(지봉문)

—

지봉문(생몰년 미상) 소설가, 문예지 발행인. 창씨명 이케우치 도모유키(池内奉文).

약력

충청북도 충주에서 출생하였다.

1933년	5월 창간된 문예잡지 「조선문학(朝鮮文學)」의 편집을 맡아 발행하였다.
1936년	9월 「조선문학」에 소설 「난륜(亂倫)」을 발표하였다.
1937년	1월부터 6월에 걸쳐 「조선문학」에 소설 『북국의 여인』을 발표하였다.
1939년	3월 「조선문학」에 소설 「목숨」을 발표하였다.
1939년	9월 「조선문학」에 소설 「한탁(澣濯)」을 발표하였다.
1943년	3월 이케우치 도모유키(池内奉文)라는 창씨명으로 「녹기(綠旗)」에 일본어소설 「권할아버지(權爺さん)」를, 11월에는 「국민총력(國民總力)」에 「어머니(母)」를 발표하였다.
1946년	11월 「문학(文學)」에 소설 「때의 패배자(敗北者)」를 발표하였다.
1947년	1월 「백제(百濟)」에 소설 「의형제(義兄弟)」를 발표하였다. 3월에는 「부인(婦人)」에 소설 「개와 도야지도」를 발표하였다. 이후 월북하였다.
1949년	5월 「신천지(新天地)」에 소설 「딸」을 발표하였다.

　지봉문은 1933년 5월 창간된 순문예잡지 「조선문학(朝鮮文學)」의 편집인으로서, 수차례의 결호(缺號) 및 합병호(合倂號)를 내면서도 「조선문학」의 발행을 지속적으로 이어갔다. 초창기 대부분의 작품은 「조선문학」에 발표하였고, <태평양전쟁>이 한창이던 1943년 3월에는 창씨개명한 이름으로 시국에 동참하는 내용의 일본어소설 「권할아버지(權爺さん)」를 발표하였다. 해방 이후 <조선문학가동맹>에 참여하여 활동하다가 1947년경 월북한 것으로 알려지고 있다.

權爺さん(권할아버지)

〈기초사항〉

원제(原題)		權爺さん
한국어 제목		권할아버지
원작가명(原作家名)	본명	지봉문(池奉文)
	필명	이케우치 도모유키(池内奉文)
게재지(揭載誌)		녹기(綠旗)
게재년도		1943년 3월
배경		• 시간적 배경: 태평양전쟁 시기 어느 해 여름 • 공간적 배경: 어느 시골마을
등장인물		① 마을의 소문난 고집쟁이 권노인 ② 권노인 아들의 선배인 '나(만복)' 등
기타사항		

〈줄거리〉

완고하기로 소문난 고집불통 권(權)노인이 돌변한 것은 정말 기적과도 같은 일이었다. 한때 권노인의 옆집에 살았던 내 기억으로는 늘 일종의 원망 같은 것을 품고 있는 험상궂은 얼굴만 떠올랐기 때문이다.

금방이라도 쓰러질 것 같은 초가집이 대부분인 이 마을은 우중충하고 불결하여 각종 질환이 유행하고 있었고, 생산되는 작물 또한 형편없었다. 그래서 관청에서는 마을 전체를 개량하려하였는데 권노인은 그 일을 추진하는 공무원에게 "에잇 정상이 아니야. 우리 조부, 증조부는 그런 일 안했어도 유복하게 살아왔잖아?"라고 하지를 않나, "우리가 뼈 빠지게 일한 것으로 단물을 먹고 사는 주제에…… 할일 없으면 나무 그늘에서 낮잠이나 잘 것이지"라고 말하는 등 험상궂은 얼굴로 호통 치지 않는 날이 거의 없었다. 이렇듯 공무원이 하는 어떤 말도 들으려 하지 않았고, 종자개량조차도 속임수라 여기고 2년씩이나 삽을 내팽개쳤을 정도였다.

이런 고집불통 권노인이 하나밖에 없는 귀한 아들을 지원병으로 보내면서 거짓말같이 싹바뀌게 된 것이다. 이 일로 나는 권노인의 집을 방문하게 되었고, 오는 길 내내 권노인의 변화된 모습을 떠올리며 감탄하던 중이었다.

처음에는 나를 몰라보던 권노인이, 이내 옆집 살던 아들의 선배 만복(萬福)임을 알아보고 손을 잡아끌며 방안으로 데리고 들어갔다. 그리고는 할멈까지 방안으로 불러들이고, 나를 보며 연신 고개를 끄덕이며 흐뭇해하였다.

「"참 잘 와줬네. 자네 생각을 자주 했다네. 내 마음이 옳은 목표를 세우고자 결심했을 때부터 말이야. 자네가 날 어떻게 생각할지……. 역시 2년씩이나 삽을 내팽개친 노인네라고 생각하겠지……?"라며 사람 좋은 목소리로 호탕하게 웃었다. 나도 유쾌하게 웃었다.

"안심하게. 나는 이제 두 번 다시 옛날 모습으로 돌아가지 않는다네. 이젠 흔들리지 않는 새로운 신념을 생활 속에 세우고 있다네."

이렇게 말하며 마치 멀리 안개 속에서 미소 짓고 있는 아들의 그림자를 바라보고 있는 듯하였다.」

마당으로 나오니 뚱뚱하고 작은 키에 얼굴이 새까맣게 그을린 권노인의 손자가 '군가'를 부르고 있었다. 권노인은 손자 녀석이 지원병 아버지를 둔 덕에 하루 종일 군가만 부른다고 자랑했다. 그리고는 할멈의 만류에도 불구하고 아들이 훈련 마치고 돌아오면 잡아주려던 닭을 잡아 나에게 맛있는 점심상을 차려주었다.

그럭저럭 4시가 지났다. 내가 돌아가려고 집을 나서자 권노인은 하룻밤만 자고 가라며 예전 못지않은 고집을 부렸다. 나는 어쩔 수 없이 권노인에게 이끌려 다시 집으로 들어왔다.

그날 밤 권노인의 이야기는 끝이 없었다. 지금의 내 생활에 대해서 몇 번이나 묻고 또 물었다. 12시가 지나서야 권노인은 방으로 돌아갔다. 내가 자리에 드러눕자 권노인의 방에서 "고맙습니다. 고맙습니다."라는 소리가 새어나왔다. 나는 영광스런 군인의 길을 가는 아들의 소식을 전해들은 권노인의 마음이 기쁨으로 가득 차 있음을 쉽게 짐작할 수 있었다.

그렇게 밤을 새우고 새벽이 되어 창문을 열어보니, 차분하게 이동하는 여름안개가 마치 전쟁터에 떠도는 연기구름처럼 공중을 떠다니며 주변을 온통 검은 장밋빛으로 물들이고 있었다.

안개가 말끔히 물러간 아침, 나는 권노인의 일과 중 하나인 궁성요배에 동참하기 위해 언덕 위로 올라갔다. 가장 높은 곳에서 먼저 궁성요배를 한 후, 전몰용사의 영령에 묵례를 올렸다. 그리고는 잠시 침묵이 흘렀는데, 갑자기 권노인이 "이봐, 큰일을 부탁하네!"라며 큰소리로 외쳤다. 나는 갑작스런 외침에 잠시 멍해졌지만 그 의미를 이해하는데 그다지 어려움이 없었다. 나는 즉시 "예, 해보겠습니다!"라고 자신 있게 대답하고는 한참동안 권노인의 얼굴을 바라보았다. 그러자 괜스레 울고 싶어졌고 오래도록 응석부리고 싶어졌다.

- 고향 충주에서 -

秦學文(진학문)

—

진학문(1894~1974) 작가, 언론인, 실업가. 호 순성(瞬星).

086

1894년	12월 서울에서 출생하였다.
1908년	도쿄 게이오기주쿠(慶応義塾)에 입학하였다.
1909년	보성중학으로 전학하였다.
1910년	<한일병탄> 직후 일본으로 유학하였다.
1912년	10월 27일에 조직된 <조선유학생학우회(朝鮮留學生學友會)>의 핵심회원으로 활동하였으며, 김병로, 신익희, 이광수, 최두선, 장덕수, 현상윤, 최승만, 이상옥 등과 함께 「학지광(學之光)」이라는 기관지를 만들어 총무로 일하였다. 이 잡지의 반일성향 때문에 일본경찰의 주목을 받기도 하였다.
1913년	와세다(早稲田)대학 영문과에 입학하였으나 중퇴하였다.
1916년	도쿄외국어학교 러시아과에 입학하였다.
1917년	8월 일본어소설 「외침(따び)」을 '순성(瞬星)'이라는 필명으로 《경성일보》에 발표하였다.
1918년	오사카아사히(大阪朝日)신문사에 입사하였다.
1920년	《동아일보(東亞日報)》 창간 때 논설위원 겸 정경부장으로 취임하였다. 부하로 있던 염상섭과 재회하여 경제인으로도 활동했다.
1922년	주간지 「동명(東明)」의 편집인 겸 발행인을 역임하였다.
1924년	《시대일보》의 편집 및 발행인이 되었다.
1930년	<경성상공협회> 상무이사로 재직하던 중 만주로 건너갔다.
1934년	일본 관동군 촉탁과 <만주국협화회(滿洲國協和會)> 촉탁으로 일했다.
1936년	만주지역 한국어 신문인 《만몽일보(滿蒙日報)》 고문으로 활동했다.
1937년	7월 만주국 내무국 참사관에 임명되었으며, 이후 만주국 총무청 참사관을 지내며 오족협화(五族協和)를 내건 최대 친일조직인 <만주국협화회> 간부로 활동했다.
1940년	5월 만주국 국책회사인 만주생활필수품주식회사 상무이사, 8월 만주국협화회

가 설립한 <재만조선인 교육후원회>의 신징(新京)지역 위원을 맡았다.

1944년	6월 <국민총력조선연맹> 평의원 등을 맡았다.
1945년	2월 3일 발기된 <야마토동맹(大和同盟)>의 회원으로 가입하여 이광수, 윤치호 등과 함께 전쟁에서 필승체제의 확립과 내선일체 촉진을 목표로 황민의 자질향상과 연성, 징병근로를 독려하는 활동을 하였다.
1952년	한국무역진흥공사 부사장을 역임하였다.
1955년	한국무역협회 일본지사장을 맡았다.
1963년	전국경제인연합회 상임부회장 등을 지냈다.
1974년	2월 사망하였다.

 086-1

叫び(외침)

〈기초사항〉

원제(原題)	叫び	
한국어 제목	외침	
원작가명(原作家名)	**본명**	진학문(秦學文)
	필명	진순성(秦瞬星)
게재지(揭載誌)	경성일보(京城日報)	
게재년도	1917년 8월	
배경	• 시간적 배경: 어느 해 겨울 • 공간적 배경: 도쿄(東京)	
등장인물	① 지인들의 죽음에 눈물짓는 건삼 ② 건삼의 하숙집 주인여자 ③ 믿었던 친구에게 애인을 빼앗긴 모리(森) 등	
기타사항		

〈줄거리〉

건삼(健三)은 우중충한 하숙방에서 어슴푸레한 빨간 전선을 뚫어져라 바라보고 있었다. 장지문의 가운데 창을 통해 자욱한 안개가 집 밖을 단단히 에워싸고 있음을 느낀 건삼은 그렇잖아도 음울하기만 한 안개가 무서운 팽창력으로 작은 하숙방을 더욱 옥죄어오는 것 같아 꼼짝 할 수 없었다. 그런 안개를 뚫고 이따금 아래층 여자의 신음소리가 들렸다. 6개월 넘게 복막염을 앓고 있는 하숙집 주인의 신음소리였다. 하숙집 주인은 하루가 다르게 악화되고 있는 것 같았다. 어제는 몇 번이나 혼수상태에 빠졌다.

　건삼은 병문안 차 아래로 내려가 보았다. 이가 빠져 움푹 팬 볼 위로 광대뼈가 불룩 튀어나온 하숙집 주인은 해골 같은 모습으로 어린 딸의 손을 잡으려다가, 알아들을 수 없는 몇 마디 말을 하고는 또 정신을 잃어버렸다. 오늘밤을 넘기기 어렵겠다는 의사의 말과, 죽어가는 사람의 처절한 외로움에 대한 생각이 자꾸만 건삼의 뇌리를 맴돌았다.

　무겁고 적막한 밤, 계단 밟는 소리가 들리는가 싶더니 이내 큰 키에 창백한 얼굴을 한 모리(森)군이 건삼의 방으로 들어왔다. 건삼이 방석을 내놓자 모리군은 힘없이 앉더니 긴 침묵을 이어갔다. 그러다가 끝에 슬픈 눈으로 건삼을 바라보며 그토록 믿었던 요시다(吉田)군에게 사랑하는 사람을 빼앗겼다는 이야기를 털어놓았다. 건삼과 모리군은 한동안 고개를 떨어뜨린 채 아무 말이 없었다. 침묵은 밤안개처럼 두 사람을 덮었다. 잠시 후 모리는 돌아갔다.

　"전보요!"라고 외치는 소리가 날카롭게 들렸다. 아래층에서 식모가 잰걸음으로 뛰어올라와 커다란 눈을 굴리면서 건삼에게 전보를 건넸다. 건삼은 폭풍처럼 밀려오는 공포감에 손을 부르르 떨면서 황급히 봉투를 뜯었다.

　죽마고우였던 야마무라 구로(山村九郎)가 어젯밤 10시에 죽었다는 내용의 전보였다. 길지 않은 전보를 몇 번이나 반복해서 읽던 건삼은 전보를 손에 쥔 채 하늘을 쳐다보다가 책상 위로 던져버리고는 양손을 깍지 끼고 누웠다. 야마무라가 죽었다! 달리 즐거움도 없이 단조롭고 외로운 그의 22년 짧은 생은 아무런 흔적도 남기지 않고 사라지고 말았다.

　건삼은 기나긴 침묵에서 벗어나기 위해 외마디 비명을 질렀다. 그러나 긴 침묵은 그 소리마저 삼켜버렸다. 그가 어둠속에서 잠깐 나타났으나 캄캄한 어둠은 그것마저 삼켜버렸다. 그리고 그 침묵은 아무리 두드려도 전혀 반응이 없었다. 여전히 침묵은 계속되었다. 한번 나타났다 사라진 그는 다시 나타나지 않았다. 침묵과 함께 암흑 속으로 사라져버린 것이다. 나도 머잖아 그 공포의 암흑 속으로 사라지겠지!

「이것이 인간의 피할 수 없는 운명인 것이다.
　순간의 번뜩임과 희미한 외침! 이는 무엇을 위한 것일까?
　서로 반목하고 서로 속이기 위한 번뜩임이고 외침일까? 돈과 사랑, 거짓사랑을 빼앗기 위한 번뜩임이고 외침인가!! 아, 짧은 인생! 소중한 번뜩임과 외침을……
　건삼의 얼굴은 죽은 사람처럼 창백해졌다. 갑자기 어둠을 찢는 듯한 날카로운 여자의 목소리가 들렸다.
　"아앗, 도둑이 물건을 훔쳐 스이도바시(水道橋) 쪽으로 도망가요!"
　그 애처로운 목소리 이후 밤은 원래의 고요함과 스스로의 침묵을 단단히 지켰다. 그것은 아래층 주인여자의 헛소리였다. 건삼은 몸을 부르르 떨었다.
　"아, 이것이 그녀의 외침인가! 이 외침이 그녀의 삶을 상징하는 것인가!! 인간의……."
　밤공기는 차가웠다. 처마의 물방울은 뚝뚝 떨어지고 건삼의 눈에서는 뜨거운 눈물이 샘처럼 솟았다.
　안개의 밤은 무겁고 차분하게 점점 깊어만 갔다. 어느 절의 종소리가 뭔가를 의미하는 듯 멀리서 울려 퍼졌다……」

蔡萬植(채만식)

—

채만식(1902~1950) 소설가, 극작가. 필명 서동산(徐東山). 호 백릉(白菱), 채옹(采翁).

087

1902년	7월 전라북도 옥구군 임피면에서 출생하였다.
1910년	임피보통학교에 입학하였다.
1914년	임피보통학교를 졸업하였고, 서당에서 한문을 수학하였다.
1918년	중앙고등보통학교에 입학하였다.
1922년	중앙고등보통학교를 졸업하고, 와세다대학(早稻田大學) 부속 제일와세다고등학원 문과에 입학하였다.
1923년	관동대지진으로 와세다고등학원을 중퇴하였다. 귀국하여 단편 「과도기」를 집필하였지만 검열로 인해 발표되지 못하였다.
1924년	경기 강화도의 사립학교에 교원으로 취직하였다. 이광수의 추천으로 「조선문단」에 단편 「세 길로」를 발표하면서 등단하였다.
1925년	동아일보사 정치부 기자로 입사하였다. 단편 「불효자식」이 「조선문단」에 추천되었다.
1930년	개벽사(開闢社)에 입사하였다.
1933년	개벽사를 그만두고 조선일보사에 입사하였다. 《조선일보(朝鮮日報)》에 장편 『인형(人形)의 집을 나와서』를 연재하였다.
1934년	「신동아」에 단편 「레디메이드 인생」을 발표하였으며, 《조선일보》에 '서동산(徐東山)'이라는 필명으로 근대적 탐정소설 『염마(艶魔)』를 연재하였다.
1936년	조선일보사를 그만두고 개성으로 옮겨가 본격적인 전업작가 생활을 시작하였다.
1937년	《조선일보》에 장편 『탁류』를 연재하였다.
1938년	장편 『천하태평춘(天下太平春)』을 「조광(朝光)」에 연재하였다. 단편 「치숙」을 발표하였다.
1939년	『채만식 단편집』과 『탁류』를 간행하였다. 《매일신보》에 장편 『금(金)의 정열』을 연재하였다.
1941년	『탁류』가 조선총독부의 3판 금지처분을 받았다. 『금(金)의 정열』을 출간하였다.

1942년	《매일신보》에 장편『아름다운 새벽』을 연재하였다.
1943년	중편집『배비장』과 단편집『집』을 출간하였다.
1946년	「맹순사」, 「역로」, 「미스터 방」, 「논 이야기」를 발표하였다. 고향으로 낙향하였으며, 중편집『허생전』과『제향날』을 간행하였다.
1947년	이리(현재의 익산)로 거처를 옮겼다. 『아름다운 새벽』을 출간하였다.
1948년	자신의 친일을 시인한 소설 「민족의 죄인」을 발표하였다. 단편집『잘난 사람들』, 『당랑의 전설』을 출간하였다.
1950년	6월 폐질환으로 사망하였다.

채만식의 소설은 계급적 관념의 현실인식 감각과 전래의 구전문학 형식을 되살리는 특유한 진술형식을 창조하였다. 또한 다작 작가로 유명하며 소설, 희곡, 동화, 수필, 평론 등 200여 편의 작품을 남겼다. 풍자적인 성향의 작품이 많다.

童話(동화)

〈기초사항〉

원제(原題)	童話(1~3)	
한국어 제목	동화	
원작가명(原作家名)	본명	채만식(蔡萬植)
	필명	
게재지(揭載誌)	조선소설대표작집(朝鮮小說代表作集)	
게재년도	1940년 2월	
배경	• 시간적 배경: 어느 해 한여름 • 공간적 배경: 전라북도 어느 시골마을	
등장인물	① 머잖아 고향을 떠나 공장에 가게 될 업순 ② 외동딸 업순을 낯선 도시로 보낼 생각에 걱정이 태산인 업순의 부모 ③ 이웃에 사는 명칠의 아내 등	
기타사항	번역자: 신건(申建) <글의 차례: 1.그 전날 낮의 일 - 2.그 전날 밤의 일 - 3.그날 아침의 일>	

〈줄거리〉

그때까지 그것은 '동화(童話)'였다. 업순(業順)은 그곳을 향해 출발했다.

음력 7월의 한낮에 업순은 바느질을 하느라 여념이 없었다. 이웃들도 낮잠을 자는지 조용했고, 내리쬐는 햇볕으로 야채들도 생기가 없었다. 소리도 없이 불어온 바람만이 얌전하게 고개 숙인 업순의 뺨 주변의 몇 가닥 머리카락을 스쳐지나갔다. 가운데로 난 가리마가 그린 것처럼 하얗고, 우뚝 솟아 있는 코에는 땀이 구슬처럼 맺혀 있었다. 아버지의 커다란 마고자가 업순의 가련한 손과 바늘에서 비단처럼 자유로이 움직였다.

푸르스름한 하얀 비단, 눈부신 보랏빛비단, 마음도 산뜻한 남색비단, 야들야들한 분홍색비단, 봄의 연두꽃같이 마음을 즐겁게 해주는 황금색비단, 이런 여러 가지 비단들만이 업순의 마음속으로 들어왔다.

외동딸이었던 업순은 태어날 때부터 통통하여 신이 점지해 주었다 하여 붙여진 이름이었다. 업순은 지금 열일곱 살인데 옛날 같으면 이미 시집가서 어쩌면 지금쯤 아이를 한 명 낳았을지 모른다. 어릴 때 민며느리로 시집을 보낼 수 있었으나 외동딸이기에 힘든 상황일지언정 그렇게 하지 않았다. 업순의 부모는 자신들은 배운 것 없는 농민이지만, 문명개화를 맛보라며 주변의 비웃음도 아랑곳 않고 업순을 보통학교(초등학교)까지 졸업시켰다. 그러다보니 마을의 젊은이들 중에는 사윗감으로 적당한 사람이 없었다.

그러다가 업순이 전주에 있는 견직물공장을 다니기로 결정이 나버린 것이다. 다달이 25원인가, 30원을 준다하니 1년 정도 저축하면 시집갈 밑천은 마련할 것이다. 무엇보다도 흉년 중에 먹을 것이 해결된다는 말에 솔깃하였다. 또한 본인은 꿈에도 입어보지 못할 비단옷을 제 손으로 짜고 만든다는 사실만으로도 즐거운 일이었다.

부모님이 딸을 먼 곳으로 보내는 것을 너무 가슴 아파했기에, 업순은 자신의 그런 마음을 전혀 내색하지 않았다. 어머니의 신경질적인 소리에 놀라 업순은 바느질을 집어던지고 밖으로 뛰쳐나갔다. 가득 펼쳐놓은 보리다발을 돼지들이 와서 먹어버린 모양이었다. 어머니는 흉년을 걱정하였지만 언제부터인지 업순은 그것도 그다지 걱정이 안 되었다. 자신이 공장에 나가 돈만 벌면 얼마간 집으로 보낼 수 있을 것이기 때문이다. 업순의 계산으로는 필요한 것 쓰고 저축하면 3년에 4백 원 정도는 거뜬히 모을 수 있을 것 같았다. 그 돈으로 부모님께 소와 개량종 돼지를 사드리고 집안 빚을 전부 갚고 남은 100원으로 시집을 갈 예정이었다. 행여 흉작이라도 들면 1년 더 연장할 생각이었다.

어머니는 어린 줄만 알았는데 어느새 아가씨로 변한 딸을 아무도 없는 곳으로 보내는 것이 새삼스레 가슴 아팠다. 아버지는 내일 딸에게 줄 짚신을 짰고, 어머니는 혼자 살아갈 딸에게 여러 가지 살림을 가르치고 있었다. 업순은 자신이 받을 월급에서 20원을 가불받아, 어제 10말의 보리와 부모님의 옷감, 거기에 자신이 입고 갈 옷을 마련하였다. 업순은 자신이 벌게 될 돈이 당장 이렇게 도움이 된 것이 마냥 기뻤다.

저녁에 업순이 빨래를 개고 있는데, 옆집 새댁인 명칠(明七)의 아내가 참외를 가지고 찾아왔다. 업순과 명칠의 아내는 마음이 잘 맞는 친구였기에, 내일 아침이면 떠날 업순을 보러 온 것이다. 공장으로 떠나는 업순이 한없이 부럽기만 한 명칠의 아내는 자기처럼 힘든 결혼은 하지 말라고 충고했다.

드디어 날이 밝았다. 업순은 아버지의 자는 모습을 가만히 쳐다보았다. 거의 하얗게 된 흰머리와 그 밑의 하얀 수염이 오늘따라 유난히 선명하게 업순의 머릿속에 남았다. 업순이 아버지의 수염을 잡아당기면 아버지는 아프다면서 웃으셨다. 그때처럼 아버지 수염을 만지면서 아버지 품에 안겨 보고 싶었다. 아버지가 하룻밤 새에 늙어버린 것 같아 새삼스럽게 아버지를 바라보았다.

「아버지 머리맡에는 곱게 짠 짚신 두 켤레가 놓여 있었다. 그것을 보고서야 업순은, 잠에서 깬 후 지금까지 깜빡 잊고 있었는데, 오늘이 드디어 그곳으로 떠나는 날이라는 사실을 깨달았다. 그러자 어제도 그러지 않았고 그제도 그 전날에도 그러지 않았는데, 오늘 아침은 (그렇게 많이 슬픈 것은 아니지만) 왠지 희미하게 가슴이 쑤시는 것 같았다. 그러면서도 어제나 그제처럼 몸이 둥둥 뜬 것 같은 기분이 들지 않은 것도 느꼈다.……
마당에서 강아지가 꼬리를 흔들며 까불고 있다가, 업순이 마당에 내려서자 한층 더 신이 나서 앞뒤로 뛰어다녔다.」

바로 그때 구장(區長)이 나타나 만반의 준비를 하고 기다리고 있으라는 말을 남기고 횅하니 가버렸다. 해는 점점 높이 떠올랐다.
이렇게 동화는 끝이 나고 업순이 그곳으로 떠날 시각이 다가오고 있었다.

- 조선문고판 채만식 단편집에서 -

崔東一(최동일)

—

최동일(생몰년 미상) 소설가.

088

약력

1936년	2월 잡지 「빵(麵麭)」에 일본어소설 「소용돌이 속에서(渦卷の中)」, 9월 「미친 남자(狂つた男)」, 12월 「악몽(惡夢)」을 발표하였다.
1937년	4월 잡지 「빵(麵麭)」에 일본어소설 「어느 머슴 이야기(或下男の話)」, 9월 「진흙탕길(泥海)」을 발표하였다.

088-1

渦卷の中(소용돌이 속에서)

〈기초사항〉

원제(原題)		渦卷の中
한국어 제목		소용돌이 속에서
원작가명(原作家名)	본명	최동일(崔東一)
	필명	
게재지(揭載誌)		빵(麵麭)
게재년도		1936년 2월
배경		• 시간적 배경: 어느 해 가을 • 공간적 배경: 충청도 어느 마을

등장인물	① 은행원 '나(張)' ② 은행 소사 왕서방 ③ 임시직 소사로 고용된 전과자 박 암회 등
기타사항	

〈줄거리〉

요즈음 왕(王)서방이 지금까지의 불손한 태도와는 달리 몹시 공손해졌다. 항상 무뚝뚝한 표정으로 사람을 봐도 모르는 체 인사 한 번 하지 않던 그가 뛰어나와서까지 꼬박꼬박 인사를 하고, 그동안 한 번도 가져다주지 않던 내 도시락까지 갖다 주는 등 온갖 잡일까지 도와주는 것이 아닌가.

추석을 하루 앞둔 어느 날, 왕서방은 시장 뒷길로 나를 데리고 갔다. 거기는 언젠가 틈나면 꼭 가보고 싶었던 갈보집이 있는 곳이라 나는 첫사랑 연인이라도 만나러가는 것처럼 설레었 다. 그러나 한편으로는 왕서방 봉급으로는 턱도 없는 곳이라 혹시 무슨 꿍꿍이가 있지 않나 신경이 쓰이기도 했다.

들어서자마자 왕서방은 능숙한 솜씨로 할멈에게 술을 시키고 연홍(蓮紅)을 찾았다. 연 홍이 방에 들어오자 왕서방은 미친 듯이 키스를 퍼부었다. 그리고 얼큰하게 취기가 오르 자 연홍과 한참 난잡한 장난을 하더니 갑자기 연홍을 억지로 내 옆에 앉혔다. 내키지는 않 았지만 분위기가 험악해질 것 같아 나는 계속 술만 마셔댔다. 얼굴이 화끈 달아오를 때쯤, 왕서방은 본심을 드러내며 함께 일하고 있는 소사 박암회(朴岩回)의 험담을 늘어놓았다. 그러더니 날더러 박(朴)이 전과자라는 사실을 지점장에게 말해서 그를 해고시키게 해달 라고 했다.

박암회는 소사 황(黃)이 병들어 누워있는 동안 임시직으로 고용된 사람이었다. 그런데 왕 서방은 모든 면에서 그가 자기보다 월등하고 성실히 일한 것을 몹시 질투했다. 그래서 쓸데없 이 싸웠고, 하루라도 빨리 박(朴)을 쫓아내지 못해 안달했다. 박(朴)은 속이 뒤집히기도 했지 만 정식직원이 되기 위해서 치미는 혈기를 억눌렀다. 비록 임시고용이긴 하지만 모든 면에서 자신이 왕서방보다 낫다고 생각한 것 같았다.

추석이 지난 화요일 오후, 마감시간이 다 되었을 때 청소문제로 박(朴)과 왕(王)이 큰소리 를 내며 싸웠다. 결국 둘은 지점장에게 불려가게 되었는데, 왕(王)은 박(朴)이 숙직도 제대로 하지 않는다고 지점장에게 고자질했다. 박(朴)은 숙직실 이불을 가져오고, 심지어는 아들까 지 불러다 자신의 결백을 주장했다. 그러나 왕(王)은 거짓이라고 바득바득 우기며 박(朴)을 난처하게 만들었다. 숙직실 이불이 따뜻한데도 차다 하였고, 6살 천진한 아이의 말을 거짓말 이라고 우겨대는 데는 더 이상 당해낼 재간이 없었다. 박(朴)은 자신이 전과자라는 것 때문에 진 것이라며 운명으로 여기고 체념했다.

그날 밤 왕(王)은 내 하숙에 찾아와서 의기양양하게 박(朴)이 곧 해고될 거라고 큰소리쳤 다. 왕은 내가 지점장에게 박(朴)의 험담을 말해준 덕분에 승리했다며 연신 고맙다고 했지만, 나는 결코 그런 적이 없었기 때문에 몹시 불쾌했다.

얼마 후 이번에는 박(朴)이 나를 찾아와 갈보집에 가자고 했다. 그날 밤 천변의 평양냉면 집에 도착할 때까지 박(朴)은 왕(王)의 험담을 늘어놓으며 나를 자기 세력권으로 끌어들이 려 했다. 박(朴)으로부터 왕(王)의 어음사기사건과 영수증위조사건에 대한 이야기를 들은 나는 어느새 왕(王)이 무서운 범죄자 같았고, 전과자였다던 박(朴)이 더없이 선한 사람처럼 느껴졌다. 아니나 다를까 박(朴)도 역시 지점장에게 왕(王)의 악행을 말해 달라고 부탁했다.

다음날은 여느 때보다 은행일이 빨리 끝나 숙직실에서 새로 온 잡지를 읽고 있었다. 그때 왕(王)이 성큼성큼 들어오더니 어제 박(朴)과 함께 자기 험담을 했느냐고 다그쳤다. 나는 어처구니가 없어서 지금까지 소사들과 상대했던 것을 후회했다.

그로부터 한 달 후, 휴직 중이었던 황(黃)이 건강을 회복하여 다시 근무하게 되었다. 당연히 임시로 고용되었던 박(朴)이 해고명령을 받았다. 그런데 박(朴)은 해고명령을 받자마자 그 자리에서 정신없이 울어댔다. 근래 지점장이 자기에게 상당히 호의적으로 대하기에 당연히 왕(王)이 해고될 것이라 믿었던 모양이었다. 박(朴)은 지점장과 나에게 속았다며 면전에 대고 마구 욕을 해댔다.

그날 밤, 나는 여느 때와 다름없이 소설을 읽고 있는데 왕(王)이 찾아와 거친 숨을 몰아쉬며 "박(朴)이란 놈에게 지점장이 당했소."라 말하고 돌아갔다. 나는 너무 놀라 하늘을 쳐다보며 박(朴)의 행동에 강한 분노를 느꼈다. 서둘러 나가보려고 옷을 입는데 허리띠를 잡은 손과 두 다리가 후들후들 떨렸다. 박(朴)의 무시무시한 얼굴이 떠오르고 뒤이어 눈앞에 처참한 광경이 떠올랐다.

「"장(張)가 이놈 있느냐?"

갑자기 뒷마당에서 나를 부르는 소리가 들렸다. 순간 놈이 왔구나 하는 생각에 지금까지의 두려운 생각은 오간 데 없고 반대로 강한 투지에 두 주먹을 불끈 쥐고 대기자세로 그를 기다렸다. 아니나 다를까 피투성이가 된 박(朴)이 날뛰며 나타나더니 "에잇!"하고 외치며 식칼을 마구 휘둘렀다. 나는 섬뜩하여 몸을 피하고 놈의 손목을 꽉 잡아 등 뒤로 꺾었다. 커다란 몸이 벽이며 천정에 쿵쿵 부딪혀 퍽하고 내동댕이쳐졌다. 나는 꼼짝 말고 엎드려있으라는 듯 그의 복부를 힘껏 밟았는데 아무 반응도 없었다. 그는 멍하니 천정을 바라보고 있더니 갑자기 또 식칼을 휘둘렀다. 나는 '앗!' 하는 순간 오른쪽 옆구리와 대퇴부를 거의 동시에 찔렸다. 새빨간 피가 옷 위로 번졌다. 나는 쓰러지고 말았다. 그 후의 일은 아무것도 기억나지 않는다. 그저 순사의 칼 부딪는 요란한 소리뿐이었다는 것이 희미하게 지금도 기억난다.」

狂つた男(미친 남자)

〈기초사항〉

원제(原題)	狂つた男
한국어 제목	미친 남자

원작가명(原作家名)	본명	최동일(崔東一)
	필명	
게재지(揭載誌)	빵(麵麭)	
게재년도	1936년 9월	
배경	• 시간적 배경: 1930년대 중반 • 공간적 배경: 어느 시골	
등장인물	① 돈 욕심이 많은 면서기 윤(尹) ② 고리대금업으로 돈을 번 면장 ③ 뇌수막염을 앓는 아들을 둔 면서기 박(朴) ④ 미곡상 김상남 등	
기타사항		

〈줄거리〉

50리 길은 멀었다. 윤(尹)은 어머니가 며칠 전부터 정성껏 만들어준 옷가지들을 행장에 가득 꾸려넣고 지게꾼을 불러서 짐을 맡겼다.

학교생활 5년 내내 생활고에 허덕이느라 로맨틱한 꿈은 엄두도 낼 수 없었다. 하지만 윤(尹)은 모교를 바라보며 앞으로 펼쳐질 새로운 생활에 대한 기대감으로 가슴이 뛰었다. 졸업을 앞두고 다른 친구들이 상급학교를 운운하고 있을 때 취직자리 구하려고 무던히 버둥거린 덕분에 얻은 면사무소의 서기자리였다.

평범한 매일이 계속되었다. 하숙에서 면사무소까지의 길 외에 다른 곳은 거의 가본 적이 없었다. 그때 윤(尹)은 무엇을 위해 사는지 생각할 겨를도 없이 주어진 일에만 몰두했다.

그러던 어느 날, 박(朴)서기가 지각을 했다는 이유로 면장이 무참할 정도로 그를 꾸짖었다. 화가 난 박서기는 아들이 병으로 다 죽게 되었는데 지각이 대수냐며 면장의 낯짝에 사표를 들이대며 대들었다. 이 사건은 모두에게 큰 충격이었다. 특히 사회초년생인 윤(尹)에게 박서기의 행동은 가히 영웅적이었다.

고리대금업으로 부정하게 재산을 모은 면장이나, 최소한 먹고 살 정도의 재산이라도 가지고 있는 박서기는 당당할 수 있었다. 윤(尹)은 그런 두 사람을 보면서 모든 인간의 행동이 돈을 토대로 성립되고 있음을 깨달았다. 삶의 의미와 행복이 모두 돈에 있는 것 같았다.

돈! 돈! 돈 때문에 얼마나 많은 인생이 울고 웃는지 모른다. 어떻게든 돈을 많이 벌어야했다. 그의 머리에는 시종 2천 원짜리 문화주택이 맴돌았다. '마당에 예쁜 꽃을 심고 카나리아를 기른다. 그 다음에는 논을 1만평 쯤 사들여야지. 그렇게 되면 얼마나 행복할까?' 예전과 다를 바 없는 출근길이지만 윤(尹)의 얼굴은 의욕으로 가득 찼다. 한 푼 한 푼 우편저금통장의 예금 잔고가 늘어가는 것이 더 없이 행복했다. 항상 주판을 들고 다니면서 윤은 단기간에 큰돈을 모을 궁리를 했다. 토지매매, 곡식무역, 고리대금 등 여러 가지를 생각해 냈으나 역시 고리대금이 최고였다. 토지를 담보로 하니 떼일 염려도 없었다. 우선 자본금 500원을 만들어야했다.

오늘도 28원의 월급으로 그 계산에 여념이 없던 참에 어머니로부터 편지가 왔다. 늘 그랬듯 어머니 편지에는 돈 이야기뿐이다. 윤(尹)은 애써 이를 외면하고 계속 주판알을 튕겼다.

어느 일요일, 집에서 이런저런 공상에 빠져 있는데 어머니가 불쑥 찾아와서 정겨운 음식들을 내놓았다. 애써 외면하고 잊어버리려했던 어머니를 보니 역시 그리운 감정을 억누를 수 없었다. 결국 그간 모은 50원의 우편저금에서 20원을 인출하여 어머니께 드렸지만, 나중에 얼마나 후회했는지 모른다. 윤(尹)은 자신의 계획이 어긋났다고 생각하니 미칠 것 같았다. 그리고 그것이 꼭 아버지 때문인 것만 같아서 아버지께 편지를 보냈다. 부모님께 원망을 들어가며 하루 한 끼로 10년을 버티면서 재산을 모았다는 '어느 구두쇠의 일화'에 대한 내용이었다.

기생의 몸으로 300만 원의 재산을 일군 옥선(玉仙)의 이야기는 윤(尹)을 황홀하게 만들었다.

그러던 어느 날, 군청으로 전근명령이 떨어지자 윤(尹)은 큰 충격에 빠졌다. 미곡상 김상남(金上男)에게 100원을 이자로 놓았기 때문이다. 이곳을 떠나기 전에 어떻게든 돈을 회수해야 했기에 윤(尹)은 급한 마음에 김상남에게 돈을 받으러 갔다. 그러나 한 시간 넘게 싸움만 하고 돌아왔다. 이제 전근일자가 사흘밖에 남지 않았기에 윤(尹)은 더욱 초조해졌다. 오늘 안으로 받아내지 못하면 꿈꾸어 왔던 문화주택도, 1만평의 논도 모두 물거품이 될 거라는 생각에 윤(尹)은 미칠 것만 같았다.

면장의 성난 얼굴과 '생활고'라는 글자가 온몸을 압박해 왔다. 천정 모양이 10원짜리 지폐처럼 보였다. 예민해진 신경 탓인지 어떤 물건도 돈으로 밖에 보이지 않았고, 그런가 하면 천정에서 100원짜리 지폐와 1전짜리 동전이 쏟아져 내리는데, 그때마다 김상남이 나타나서 그 돈을 가로채가는 것이 아닌가. 그런 김상남이 너무 얄미워 윤(尹)은 후려갈겨버리려고 오른손을 들어보지만 손은 꼼짝도 하지 않았다. 너무 괴로운 나머지 윤(尹)은 꿈인지 생시인지 분간도 못하고 부엌으로 달려가 식칼을 들고 나왔다.

「발작적으로 윤(尹)은 문을 부수고 단숨에 김상남의 가게로 뛰어갔다.

"이놈, 내 돈 내놔라!"

김상남에게 식칼을 들이댔다. 이변을 눈치 챈 김상남이 돈 100원을 내던졌다.

"아하하하!" 10원짜리 지폐다발이 난무하듯 보였다. 윤은 그 지폐다발을 집어 들자마자 가슴에 품고 행복한 꿈이라도 꾸는 것처럼 눈을 감았다.

이윽고 10원짜리 지폐 한 장을 다발에서 빼내더니 "양반이 있어. 아주아주 대단한 양반이 있어. 소작미를 100석이나 받는 양반이다."라고 중얼거렸다.

"히히히히, 1전짜리 동전이 보인다. 1전 동전에 뭐라고 적혀있지? 흥, 몰라. 거기에 이렇게 적혀있군. 면사무소 소사가 울었다고."

1전짜리 동전을 보면 반드시 이렇게 중얼거리고 마는 것이었다.

찰랑, 어디선가 돈 소리가 났다. 그는 그 소리가 어디서 나는지 금방 알아차리고 달려갔다. 금고가 보이자 막무가내로 뒤엎었고 10전짜리 백동전이라도 보일라치면 "아이고 좋아라! 좋아!"라고 외쳤다. 100원짜리 지폐를 보고는 미쳐서 날뛰었다. 식칼을 움켜쥐고 100원짜리를 들고 있는 남자를 찔렀다.

"돈. 돈. 돈. 돈!" 누구도 알아들을 수 없이 마구 더듬거리며 큰소리로 외쳤다.」

- 1936. 6. 12 -

惡夢(악몽)

〈기초사항〉

원제(原題)	惡夢	
한국어 제목	악몽	
원작가명(原作家名)	본명	최동일(崔東一)
	필명	
게재지(揭載誌)	빵(麵麭)	
게재년도	1936년 12월	
배경	• 시간적 배경: 1930년대 중반 • 공간적 배경: 조선 어느 동네	
등장인물	① 16년 전 조선으로 건너온 곤스케노인 ② 한때 곤스케노인과 함께 장사를 했던 문서방 등	
기타사항		

〈줄거리〉

화재를 당한 곤스케(權助)노인(나는 이 할아버지가 어디서 온 사람인지 확실히 모르지만, 러일전쟁이 끝나고 제7회 조선이민자로 구마모토(熊本)에서 왔다는 이야기를 들었다)은 쫓기다시피 잡동사니 가재도구를 리어카에 싣고 벼랑 아래 허름한 집으로 이사했다. 하오리(羽織)인지 잠옷인지 알 수 없는 옷차림으로 할멈과 구차한 이삿짐을 정리하고 있는 노인은 16년이 지나도록 조선 땅에서 거지와 다름없는 생활을 하면서 빈둥거리고 있는 자신이 부끄러워 하루라도 빨리 일본으로 돌아가고 싶은 마음뿐이었다.

처음 화물선을 타고 조선으로 건너왔을 때는 '한번 해보자!'는 비장한 각오로 희망에 불탔었다. 그런데 조선에 와서도 여전히 최하층 생활에 빠져있는 자신을 돌아보니 한심하기 짝이 없었다.

노인은 언젠가는 고향으로 돌아갈 일말의 희망을 가지고 열심히 일했다. 추운 겨울에도 새벽 4시부터 밤늦게까지 머리에 하얀 띠를 동여매고 두부를 만들었고, 그 두부를 팔기 위해 새벽 일찍부터 방울을 울리며 돌아다녔다. 여름에는 아이스케키 수레를 끌고 다니며 억척을 떨었으나 아무리 버둥거려도 가난한 생활에서 벗어날 수 없었다.

곤스케노인은 지금의 할멈과 함께 살기 1년 전에 아내와 사별했다. 산기슭 화장터에서 아내의 시신을 태울 때, 노인은 여기까지 데리고 와서 호되게 고생만 시켰던 것을 생각하며 당장에라도 따라 죽고 싶은 심정이었다. 그러나 어느 정도 시간이 흐르자 반려자가 한 사람 있으면 좋겠다는 생각이 들었다. 허무함과 외로움을 달래줄 사람도 필요했지만, 그보다는 한푼이라도 더 벌어서 하루라도 빨리 일본으로 돌아가려니 아내가 필요했던 것이다. 이사람 저사람 물색한 끝에 노인에게 품을 팔던 할멈을 받아들여 함께 살게 되었다.

저녁을 마치고 나서 곤스케노인은 오늘 이사를 도와준 문서방과 근처의 선술집으로 갔다. 노인은 울적한 마음에 단숨에 대여섯 잔을 마시더니 문득 천정을 바라보았다. 고향생각이 났는지 언젠가는 부모님과 형님이 기다리는 고향으로 금의환향 할 거라 중얼거리면서 연거푸 술을 들이마셨다. 만취하여 집에 돌아온 노인은 그대로 쓰러져 잠이 들었다.

곤스케노인이 잠에서 깬 것은 한밤중이었다. 그는 두세 차례 "불이야! 불이야!"하는 소리를 듣고서도 잠의 마력을 끝내 떨치지 못하고 어느새 무의식의 세계로 다시 빨려들고 말았다. 얼마 후 그는 몸이 심상치 않음을 느끼고 밖으로 뛰쳐나오긴 하였지만, 허름한 집은 반시간도 채 못 되어 몽땅 타버리고 말았다. 동네 사람들은 왜 또 불을 냈냐면서 노인을 탓했고, 그 와중에도 곤스케노인은 한쪽에서 울고 있는 할멈을 보니 몹시 반가웠다.

다음날 노인은 경찰서로 불려가 서장에게 호되게 당했다. 귀향 여비로 주민 모두가 모아 준 돈이라며 경찰서장이 200원이나 되는 지폐다발을 노인에게 내밀었다. 그 돈을 챙겨든 노인은 이웃에게 인사도 제대로 하지 못하고 일본으로 향했다.

자동차에 기차, 그리고 연락선을 갈아타고 고향에 도착한 것은 그로부터 이틀 후였다. 마을은 상당히 변해 있었다. 이것이 정녕 꿈에 그리던 내 고향이란 말인가! 노인은 물어물어 옛날에 살던 집을 찾아갔다.

「"뭐⋯⋯?"
안에서 남자의 목소리가 들리더니 곤스케노인의 형이 달려 나왔다.

"에! 곤스케 아니냐? 바보 같은 자식, 무슨 낯으로 이제야 나타났단 말이냐? 아버지도 어머니도 너 때문에 얼마나 걱정했는지 아느냐? 너는 우리 스즈키(鈴木) 가문에 먹칠을 한 놈이다. 나가버려! 나는 너를 집에 한 발짝도 들여놓지 않을 작정이다. 내가 얼마나 너 때문에 괴로웠는지 아느냐? 나가! 그 발로 당장 나가!"

곤스케노인은 형의 험악한 기운에 그만 정신을 잃고 말았다. 갑자기 풀썩 쓰러지고 만 것이다. 단지 그뿐, 뭐가 어떻게 된 건지 알 수 없었다.

오랜 시간이 흐르고, 아침 해가 곤스케노인이 자고 있던 온돌 뒤를 비추고 있었다. 그가 간신히 눈을 떴을 때, 할멈은 벌써 아침밥상을 가지고 들어왔다.」

노인은 밥상을 들고 들어온 할멈을 보고 뭐가 뭔지 어리둥절해 했다. 한참 후에야 악몽을 꾸었다는 것을 깨닫고 곤스케노인은 고개를 끄덕였다. 그제야 2, 3일 전의 화재로 집이 몽땅 타버렸고, 어제 또다시 이 집으로 이사 왔다는 사실이 떠올랐다. 그런데도 그는 어제 경찰서장에게 받은 200원을 어찌해야 좋을지 고민하며 음울한 얼굴로 천정을 바라보았다.

- 1936. 10. 21 -

或下男の話 – 秋の夜長物語
(어느 머슴 이야기 – 가을밤의 긴 이야기)

〈기초사항〉

원제(原題)	或下男の話 – 秋の夜長物語(一~六)	
한국어 제목	어느 머슴 이야기 - 가을밤의 긴 이야기	
원작가명(原作家名)	본명	최동일(崔東一)
	필명	
게재지(揭載誌)	빵(麵麭)	
게재년도	1937년 4월	
배경	• 시간적 배경: 1930년대 중반 • 공간적 배경: 산골마을 신림(神林) 부근	
등장인물	① 양반집 머슴 '나(김서방)' ② 뛰어난 미모의 아내 ③ 후사를 얻기 위해 머슴의 아내를 탐하는 양반 등	
기타사항		

〈줄거리〉

쉰이 넘도록 머슴살이를 하고 있는 나는, 상머슴을 거드는 일부터 시작하여 마당 쓸기, 방아 찧기, 밭에 거름주기, 군불 때기에서 요강 씻는 것 등 식모가 하는 일까지 닥치는 대로 다하는 깔담사리(꼴머슴)이다. 나는 부모도 아내도 아이도 없다. 그래서 부모가 있는 사람만 보면 이유 없이 속이 뒤틀렸고 유독 나에게만 잔혹했던 세상을 저주하고 싶어졌다. 적어도 나에게 그때 그런 일만 안 생겼어도 이런 비참한 신세는 되지 않았을 것을······.

그때 나는 이곳에서 10리쯤 떨어진 신림(神林)이라는 산골마을에서 '양반'(상전 이름이 생각나지 않아 편의상 '양반'으로 하겠다)의 상머슴을 하고 있었다. 원래 내 고향은 경상도 K 마을로, 내 조부 때까지만 해도 우리 일가가 그 마을을 지배할 정도였다. 그런데 나의 대(代)에 와서 그 많던 재산이 기둥뿌리도 찾을 수 없을 정도로 망해버렸고, 게다가 일가친척마저 모두 잃고 거의 쫓겨나다시피 아내를 데리고 도망쳐 나왔던 것이다.

추위가 채 가시지 않은 3월, 고향을 떠난 우리 부부는 굽이굽이 산허리를 감고 한없이 펼쳐 있는 험한 산길을 걸어, '신림'이라는 마을에서 조금 떨어진 곳에 불을 놓아 화전을 일구고 화전민생활을 시작했다. 맨몸으로 도망쳐 나온 처지라 굶기를 밥 먹듯이 하며 새로운 생활에 적응하느라 얼마나 고생했는지 모른다.

그렇게 6개월 정도 지났을 즈음에 아내와 나는 산에서 10리쯤 떨어진 양반집에서 머슴살이를 하게 되었다. 그때까지만 해도 나는 우리가 지옥 같은 세계에 발을 디뎌놓았다는 사실을 몰랐다. 무엇보다 먹을 것을 걱정 안 해도 된다는 이유만으로도 양반님께 절하고 싶었고, 양반의 충복으로 일하게 된 것이 한없이 기쁘고 고맙기까지 했다.

그런데 그 양반이 내 아내를 탐내어 우리 부부를 자기 집에 들였다는 사실을 뒤늦게야 알게 된 나는 마른하늘에 날벼락을 맞은 기분이었다. 비록 나는 보잘것 없었지만 내 아내만큼은 어디에 내놓아도 부끄럽지 않은 미모였고, 시골 머슴의 아내로 살기에는 정말 아까울 정도의 여자였다. 게다가 우리는 부부사이도 좋았다.

어느 날 밤, 막걸리를 마시고 얼근하게 취해서 밤늦게 들어온 나는 아내와 양반이 곳간 뒤에서 뭔가 정답게 속삭이고 있는 것을 보고 말았다. 너무 놀란 나는 차마 양반을 어떻게 하지는 못하고 아내를 힘껏 걷어차고 머리채를 잡아챘다. 이 꼴을 보고 있던 양반은 당황한 나머지 내 팔을 잡더니 "김(金)서방 자네가 술을 마셔서 그런 것 같은데, 취했으면 빨리 들어가 자야지, 이게 도대체 무슨 짓이야?"라고 호통을 쳤다. 나는 목구멍이 포도청인지라 치미는 화를 꾹 참으며 양반 말에 따르지 않을 수 없었다. 구석에서 어깨를 들먹이며 울고 있는 아내를 보니 슬픔과 고독이 한꺼번에 밀려왔다. 아내를 두들겨 팬 것이 내 심장을 도려내는 것만큼 아팠다.

그 일이 있고난 후부터 나를 대하는 양반의 태도가 싹 달라졌다. 일부러 내가 일하는 곳으로 찾아와 잘한다고 칭찬을 하는가 하면, 세경도 30원으로 올려주었다. 가끔은 나를 술집에 데려가서 비싼 안주에 술을 사주고 계집까지 붙여주기도 했다. 뭔가 꿍꿍이속이 있으리라는 생각이 자꾸 들어 양반과 마주하고 이야기할 수도 없었다. 양반의 비열한 행동은 후사를 얻으려 했던 것으로, 전에도 이런 비슷한 일이 있었다고 했다.

그 후 나는 닷새 예정으로 타지로 일을 나갔다가 예정보다 하루 일찍 돌아오게 되었다. 나는 아내가 그토록 원하던 큰 거울을 사가지고 한달음에 집으로 달려왔다. 그런데 방에 들어선 순간 지난번과 같은 심상치 않은 광경이 펼쳐지고 있었다. 양반의 눈은 핏발이 선 채 거친 숨으로 요동치고 있었다. 순간적으로 발뺌하려는 듯이 서로 얼굴을 마주보고 있는 양반과 아내를 보고 나는 망연자실하고 말았다. 당황한 양반은 없는 쥐라도 찾을 듯이 방구석을 돌아다녔다. 또 이런 일이 있고 보니 양반은 더 이상 내 주인이 아니었고, 나 또한 양반의 노예가 아니었다.

나는 양반의 멱살을 잡고 소리 지르며 팔을 비틀어 넘어뜨렸다. 양반은 미친 듯이 저항했지만 농사일로 단련된 나한테 힘으로는 감히 상대가 되지 않았다. 나는 양반의 배 위에 올라타 숨이 끊어져라 목을 조였다. 양반은 애절하게 목을 잡고 살려달라고 했으나 나는 한 손으로 목을 조른 채, 다른 한 손으로는 얼굴과 가슴을 마구 때렸다. 그래도 분이 풀리지 않은 나는 옆에 있는 목침을 들어 힘껏 내리쳤다. 이 광경을 보고 있던 아내는 "사람 살려! 사람 살려!"라며 공포에 질려 외쳤다. 나는 다시 한 번 힘껏 목침을 내리쳤다. 목침이 뼈에 닿는 소리와 찢어지는 살갗소리가 들렸고, 튀어오른 선혈은 두 사람의 옷을 빨갛게 물들였다. 그제야 나는 아내 옆으로 다가가 함께 도망가자고 재촉했다. 하지만 아내는 밖으로 도망치듯 뛰쳐나갔고, 나는 정신없이 그런 아내의 뒤를 쫓았다. 그러다 어느 순간 널빤지 같은 커다란 손바닥이 내 양 볼을 세게 내리쳤고, 동시에 엄청난 힘이 내 팔을 뒤로 젖히더니 나를 어딘가로 끌고 갔다.

1년 남짓의 감옥생활을 마치고 출옥한 후, 나는 어느 누구와도 가까이 지낼 수 없었다. 세상 또한 나를 멀리하고 냉정하게 대했다. 그래서 멀리 북중국까지 헤매고 다녔지만, 어디를 가도 마음은 안정되지 않았다.

「아내의 죽음에 대한 나의 자책은 점점 커져서 양반에 대한 복수의 칼날로 향했다. 아내를 죽게 한 것은 나의 그런 외면적인 것 때문이 아니다. 좀 더 깊은 곳을 흐르는 슬픔 때문이다. 아내의 슬픔은 지켜야 할 최후의 것을 빼앗겼다는 사실이 아니라, 최후의 것을 빼앗길 때까지 무력해야만 했던, 허락해서는 안 될 것을 허락해야만 했던 그 사실이 슬펐던 것이다. 아내는 내가 감옥에 가고 열흘도 채 안 되어 양잿물을 마시고 자살했다고 하였다. 아아, 그때의 나의 비애는 어떠했는가! 하지만 죽었어야 할 양반은 지금도 팔팔하게 살아있으니 세상은 참으로 잔혹하다.」

 088-5

泥海(진흙탕길)

〈기초사항〉

원제(原題)	泥海	
한국어 제목	진흙탕길	
원작가명(原作家名)	본명	최동일(崔東一)
	필명	
게재지(揭載誌)	빵(麵麭)	
게재년도	1937년 9월	
배경	• 시간적 배경: 1930년대 중반의 여름 • 공간적 배경: 주인공의 하숙집과 그 주변	
등장인물	① 글을 쓰는 '나' ② 공사판에서 일하는 난폭한 남자 ③ 허구한 날 두들겨 맞고 사는 난폭한 남자의 아내 등	
기타사항		

〈줄거리〉

내가 사는 하숙집 마당 건너에 오래된 초가집 한 채가 있었다. 어디서부터 손을 써야할지 몰라 방치해 둔 낡을 대로 낡은 이 집에 얼마 전 노동자 일가가 새로 입주했다. 지반이 낮아 집 안이 훤히 들여다보인 탓에 자연스레 눈길이 가는 이 집은, 내가 하숙을 시작한 지 채 1년도 지나지 않은 사이에 벌써 네다섯 번이나 입주자가 바뀌었다. 누군가가 이사 왔구나 하면 어느새 나가버리고, 아무도 살지 않는가 하면 또 아이 울음소리가 나고 가끔 부부싸움 하는 소리도 들렸다.

겨울 내내 방치되었던 이 집에 어느 날 어떤 부부가 들어와 방에 신문지를 펴고 흙을 바르고, 솔잎과 지푸라기를 지고 와서 온돌에 불을 지피더니, 다음날 가재도구와 아이들을 데리고 이사 왔다. 남자는 가끔 삽이나 괭이를 들고 다니는 것으로 보아 지금 공사 중인 터널에서 일하는 노동자인 모양이었다. 그는 고생에 찌든 사람처럼 보였지만 눈빛만큼은 몹시 날카로웠다. 반면 그의 아내는 남편과는 어울리지 않게 살집이 있었고 육감적이었다.

남자는 평소에는 말이 없다가도 술에 취해 들어오면 꼭 부부싸움을 했는데, 단순한 말싸움 정도가 아니라 번번이 폭력이 되어 아내의 머리채를 잡아 돌리며 내팽개치곤 하는 무법자였다.

지루한 장마가 계속되던 7월의 어느 날 밤, 책을 읽다 피곤해져서 잠깐 누워있는데 갑자기 날카로운 여자의 비명소리가 귀를 찢었다. 너무 갑작스런 외마디 비명에 깜짝 놀라 귀를 기울여보니, 아니나 다를까 건너편 집에서 쥐어짜는 듯한 통곡소리와 함께 아이들의 우는 소리가 들려왔다. 그들의 부부싸움을 한두 번 보아온 것은 아니지만 그날 밤 싸움은 유난히 잔혹했다. 빳빳한 혁대를 휘두르는 것 같은 기분 나쁜 소리와 "엄마가 죽겠어요."라고 외치는 아이들 소리가 새어나왔다. 한참 후 또 남자가 여자를 때리는지 아이들의 울부짖는 소리가 났다. 남자는 그래도 분이 안 풀렸는지 "너를 죽여도 시원찮다. 뒷산에 올라가 목 졸라 죽여버리겠다!"며 아내를 끌고 밖으로 나갔다. 하숙집 부근은 일대사건이라도 벌어진 것처럼 소란스러웠다. 나는 그 남자가 아내를 뒷산으로 끌고 가서 목을 조르고 있을지도 모른다는 생각이 들어 초조함을 감출 수 없었다.

그런데 다음 날 아침, 여자는 아무 일도 없었다는 듯 태연하게 아궁이에 불을 지피고 있었다. 처참하게 찢어진 저고리와 검붉은 핏자국만이 어젯밤의 일을 짐작케 해줄 뿐, 여느 때와 전혀 다름없는 모습이었다.

그 후로도 남자는 자주 술을 마시고 난폭한 행동을 일삼으며 돌아다녔다. 어떤 날은 술집 작부와 서로 희롱거리기도 했다. 돈 몇 푼 벌기가 무섭게 술과 도박으로 탕진하는 바람에 그의 아내와 아이들은 언제나 배를 곯았다. 밥 달라고 우는 아이들을 볼 때마다 나는 그 남자가 미워 견딜 수 없었고, 이 불쌍한 아이들을 도와주고 싶은 연민에 사로잡혔다. 나는 어떻게 해서라도 그 남자를 만나서 조용히 타이르고 싶었다. 그리고 아내를 죽이려 했던 이유도, 또 무턱대고 술을 마시는 이유도 자세히 묻고 싶었다.

그 기회는 아주 우연히 찾아왔다. 그들 부부의 소란에 항상 초조했던 나는 그 날도 자정이 넘도록 혼자 길을 헤매고 있었다. 그때 마침 그가 돈 없이 술을 먹고 줄행랑치려다 술집애비에게 붙잡혀 사정없이 얻어맞고 있는 것을 목격했다. 나는 잔인한 술집애비의 행동을 보다 못해 대신 술값을 계산해 주었다. 그런데 어이없게도 남자는 술대접을 한다며 나를 다른 술집으로 데려가려 했다. 썩 내키지는 않았지만 나는 그와 술상을 마주하고 그 동안 궁금했던 것들을 하나하나 캐물었다.

그는 터널공사 현장에서 죽어나가는 사람들을 보면서 살아있다는 마음이 조금도 들지 않았다며 시시각각 다가오는 죽음의 공포에서 도망치고 싶은 마음에 술을 마시게 되었다고 했다. 그리고 살아도 사는 게 아닌 인생이라는 생각에 어쩔 수 없이 도박과 술에 빠져들었는데, 아내가 번번이 잔소리에 방해까지 하는 것이 괘씸하여 술만 취하면 자신도 모르게 그런 무자비한 폭력을 휘두르게 된다고 했다. 그런데 아내의 목을 뒷산 나무에 매려는 순간, 세상에서 자신을 가장 사랑하는 사람은 역시 아내밖에 없음을 깨달았다는 이야기도 덧붙였다.

「우리 둘은 술집을 나와 비틀거리며 길을 걸었다. 마을은 완전히 고요했다. 불빛도 없는 뒷길 양쪽에 검은 건물이 빽빽했고 그 한가운데로 희끄무레한 길이 펼쳐져 있었다. 쥐 죽은 듯 고요한 거리, 저 멀리 작은 사찰이 있는 맞은 편 숲에서 기분 나쁜 바람소리가 침묵을 깨고 몸으로 파고들었다. 또 희미한 전등불빛이 문틈 사이로 새어나와 눈을 찔렀다. 길 왼쪽에 위치한 공터까지 오자 불빛이 약해지더니 사방은 완전히 깜깜해졌다.

평지인줄 알고 발을 옮기면 진흙투성이 구덩이였고, 수렁인가 하면 불룩 튀어나온 흙무더기이기도 했다. 그와 나는 갈 지(之)자 걸음으로 걷다가 몇 번이나 흙탕물 속으로 발이 빠졌다. 튀는 진흙탕 물을 피하려 잽싸게 비켜선다는 것이 이번에는 돌맹이에 발이 미끄러져 엉덩방아를 찧었다. 두 사람은 마치 서로 싸우는 것처럼 흙탕물에서 뒹굴었고, 땅바닥에 엎드려 무릎걸음으로 계속 걸었다.」

- 1937. 7. 16 -

崔明翊(최명익)

―

최명익(1902 ~ ?) 소설가. 호 송방(松坊). 필명 유방(柳坊).

089

약력

1902년	7월 평안남도 평양 인근 강서군(江西郡)에서 출생하였다.
1916년	평양고등보통학교에 입학하였다.
1920년	<3·1운동>에 참여한 것과 이후 항일시위에 가담한 것으로 퇴학당했다.
1928년	홍종인, 김재광, 한수철 등과 함께 문학동인지 「백치(白痴)」에 참여하여 소설 「희련시대」, 「妻의 화장」과 수필 「처녀작 일체」를 발표하였다.
1930년	≪중외일보(中外日報)≫에 「붉은 코」를 발표하였다.
1931년	평론 「이광수씨의 작가적 태도를 논함」을 「비판」에 발표하였다.
1936년	단편 「비 오는 길」을 「조광(朝光)」에 발표하였다.
1937년	유항림, 김이석, 최정익 등이 주관한 동인지 「단층」에 관여하였다. 9월 「조광」에 단편 「무성격자」를 발표하여 이때부터 문단의 주목을 받기 시작하였다.
1938년	단편 「역설」을 잡지 「여성」에 발표하였다.
1939년	「조광」에 「봄과 신작로」를, ≪조선일보(朝鮮日報)≫에 「폐허인」을, 「문장」에 「심문(心紋)」을 발표하였다.
1940년	「역설」과 「심문」이 일본어로 번역, 발표되었다.
1941년	「문장」에 「장삼이사」를, 「춘추」에 수필 「여름의 대동강」을 발표하였다.
1945년	「단층」의 동인들과 평양의 문화단체 <평양예술문화협회>를 결성하여, 공산당 중심의 <평남프로예술가동맹>과 대립하였다.
1946년	<북조선문학예술총동맹>에 가담하여 중앙상임위원 평남도위원장을 맡았다.
1947년	4월 「문학예술」에 「기계(機械)」를 발표하였다. 광복 이전에 발표된 작품을 모아 작품집 『장삼이사』를 간행하였다. 그 후 <평양예술문화협회> 회장, <북조선문학예술총동맹> 중앙상임위원 등을 역임하면서 사회주의문학 건설에 적극 참여하였다.
1948년	「조광」에 「담배 한 대」를 발표하였다.
1956년	임진왜란을 그린 『서산대사』를 발표하여, 북한 최고의 소설가로 인정받았다.
1957년	항일무장투쟁 참가자들의 회상기 집필에 참여하였다.

1961년　　　　「조선문학」에「임오년의 서울」을 발표하였다.
1972년　　　　자살로 생을 마감하였다는 설도 있으나 확인된 바는 없다.

　최명익은「단층」의 동인이었던 최정익의 형으로, 평양고보에서 수학하였으며 1928년 평양의 문학동인지「백치」에 참가하여 '유방(柳坊)'이라는 필명으로 꾸준히 작품활동을 하였다. 중앙문단과는 별다른 교섭 없이 여러 가지 모색의 과정을 거친 것으로 알려져 있다. 한때 평론을 발표하기도 했으나 그의 관심영역은 소설이었다. 특히 심리주의적인 수법과 인간의 내면세계에 대한 천착은 그의 특기라 할 수 있다.

逆說(역설)

〈기초사항〉

원제(原題)	逆說(上·下)	
한국어 제목	역설	
원작가명(原作家名)	본명	최명익(崔明翊)
	필명	
게재지(揭載誌)	조선소설대표작집(朝鮮小說代表作集)	
게재년도	1940년 2월	
배경	• 시간적 배경: 어느 해 가을 • 공간적 배경: 김문일의 집	
등장인물	① 근속 10년 만에 교장 후보가 된 작가이자 교사인 김문일 ② 문일을 신임 교장으로 적극 추천하는 S ③ 친구 서영의 여동생 옥주의 친구 계향 등	
기타사항	번역자: 신건(申建)	

〈줄거리〉

　맑은 가을날 김문일(金文一)은 신문을 읽고 있었다. 신문에는 ××학교 창립 35주년 기념식의 사진이 실려 있고, 그 아래 "근속 10년을 맞게 되는 김문일씨는 문단의 대가이며 영문학자로, 아직 후임이 없는 동교(同校)의 후임 교장 후보자 중 유력한 후보자"라는 기사가 실려 있었다. 그는 단순한 보도기사라기보다 가십파의 익살로 비꼬아놓았다고 생각했다. 특히 '일찍이 문단의 대가'라는 말이 불쾌하였다. 오래전에 "곧 교장이 될 사람이 이런 잡지 나부랭이에 이름을 팔아 쓰겠나? 이런 문사 그만두게."라고 했던 친구 서영(徐英)의 말이 떠올랐기 때문이다.

지난 봄 교장이 죽고 후임이 될 교무주임이 사건에 연루되어 사직하자, 교장 후보자가 의외로 많이 나서게 되었다. 그 무렵 문일도 낭자하게 떠도는 풍설 중의 한 사람이었다. 아직도 외부에서 돈을 가지고 오려는 후원자 두 사람과 현재 교원인 S와 K씨. 이렇게 4명이 후보로 나섰다. 외부인을 교장으로 모시기는 어렵다며, 학교의 설립자이고 임시 교장인 L씨가 독단으로 쉰이 넘고 근속 20년이 지난 <채플> 주재자인 S를 추천하였다. 그래서 외부 인사를 영입하려는 이사회와 대립할 수밖에 없었다. 이사 중의 몇몇 사람은 학교경영 이래 35년이 흐른 지금까지 재단법인도 만들어놓지 못했는데, 재단의 기초가 될 돈을 가지고 오겠다는 후원자를 물리칠 생각이냐며 격론까지 펼쳤다. 그러나 '교장은 돈으로 사고파는 것이 아니다'라는 주장을 강하게 밀고 나간 늙은 선교사의 노력과 심정을 모른다고 할 수도 없었다.

그런데 갑자기 교무주임으로 내정되어 있던 K가 몸소 활동을 개시한 것이다. 교원 중에서 몇몇 지지자를 물색하고 후원자인 두 분이 K가 교장이 된다는 조건 하에 물러나겠다는 제안을 해왔다. K는 몇 해 동안 교무실을 투기와 일확천금 열기에 휩싸이게 하였고 주식 열풍까지 일으킨 장본인이다. 투자로 한몫 잡아서 궁상스런 교원노릇을 그만두겠다더니 교장운동을 시작했다고 불만을 토로하는 교원도 있었다. 혼자 난(蘭)을 즐겨 그리고 있는 S와 너무나 대조적이었다. 그러던 중 문일의 이름이 교장 후보로 오르내리기 시작하였다. 추천한 사람도 없고 좋은 조건도 아닌 그가 이런 소문에 휩싸이는 것은 그의 인망이 좋기 때문이라고들 하였다. 그때 마침 흥미로운 일이 벌어졌다. 그것은 K를 교장으로 앉히는 조건으로 후보 자리에서 물러나겠다던 후원자들이 K에게 그런 약조를 한 적이 없다고 성명을 발표한 것이다. 덕분에 S가 신임교장이 되는 것이 거의 확실해 보였다.

문일은 자기가 교장후보로 거론된 것은 '근속 10년. 그 정도 나이가 있는 문일은 어떨까?'라고 내뱉은 일부 인사들의 말이 풍설이 되어버린 탓이라 여겼다.

전날 밤에 본 상동증(常同症)에 걸린 계향(桂香)의 오빠가 생각났다. 계향의 오빠는 서른 살도 안 되어 발작을 일으킨 바람에 병원에 갇혀 있었다. 그는 시계추처럼 몸을 흔드는 동작을 계속하였는데, 그의 아버지 역시 그랬다. 계향은 본시 기생으로 도쿄에서 댄서가 되었다. 동거하기로 된 남자가 소매치기 현행범으로 잡히는 바람에 미친 아들과 살아가는 부모의 집으로 다시 돌아왔는데, 거의 매일같이 기생 동무인 옥주를 만나기 위해 서영의 집에 드나들었다. 문일은 서영의 집에서 계향을 볼 때마다 타락한 생활로 빠지지 않고 고국으로 돌아온 것에 안심하였다.

이런저런 상념에 빠져있을 때, 아범이 S의 명함을 가지고 왔다. S는 아무리 생각해도 자신보다는 문일이 더 적임자라고 생각한다며 교장직을 맡아달라고 부탁했다. 자신은 학교를 사랑하고 지켜려는 성심만은 누구에게도 뒤지지 않지만, 시대에 뒤떨어졌고 인재가 나서면 회계실로 내려갈 거라고 했다. 그리고 학교의 재정을 생각해서 두 후원자의 후원을 바라는 것도 옳은 일이라 하였다.

문일은 난을 치고 있는 그의 모습을 떠올렸다. S는 "김군에겐 모교이기도 하니 학교를 위해 일생을 바치겠다고 나서면 뒤에서 적극적으로 밀어주겠네. 인심은 천심이라네."라며 문일을 적극적으로 설득하였다. 문일이 교장 물망에 오른 것은 우연한 게 아니라 했다. 지금은 K가 사직하였으므로 자신이 문일을 추천하면 자신을 추천했던 L도 기꺼이 찬성할 것이라고 덧붙였다. 문일은 한참 생각한 끝에 자기는 마음의 준비도 안 되었고 자격도 안 되니 거절하겠다고 했다. 신중하게 생각해 보라는 말을 남기고 간 S를 문일은 대문 앞까지 배웅하였다.

「집으로 들어서려던 문일은 현관 바로 옆에서 커다란 두꺼비 한 마리가 명상에 젖은 듯 앉아있는 것을 보았다. 금테안경을 안에 쓰고 있는 것 같은 두꺼비의 눈을 지그시 바라보며 지팡이를 들어 그 머리를 살짝 건드려 보았다. 놀란 두꺼비는 느릿느릿 기어올라 문일이 걸어가려는 좁은 길로 나왔다. 몇 번 뛰더니 중환자처럼 가슴을 벌렁거리며 다리를 바르르 떨더니 이내 멈춰서고 말았다. 이 길을 가는 자는 자기 혼자가 아니었다고, 속으로 웃으면서 문일은 쉬고 있는 두꺼비를 재촉이라도 하듯 다시 건드려보았다. 바들바들 떨고 있는 두꺼비의 엉덩이도 가을바람에 살이 빠지고 보기 흉하게 야윈 두 다리로 간신히 버티고 뛰어올랐지만, 그것조차도 힘이 빠진 앞다리가 몸을 받치지 못하여 앞으로 꼬꾸라질 것 같았다.」

문일은 그렇게 기다시피 하여 길을 가는 두꺼비의 뒤를 쫓아가다, 결국 풀숲 속에 있는 구멍 속으로 사라져가는 것을 지켜보았다. 그곳은 다름 아닌 오래된 무덤이었는데, 두꺼비는 그곳에서 겨울잠을 자려는 모양이었다. 겨울잠이란 꿈을 양식으로 살아가는 것이 아닐까, 동면의 양식이 되는 꿈은 봄, 여름, 가을 동안 축적한 생활 경험의 재음미가 아닐까. 낡은 껍질을 벗고 새봄을 맞으려는 꿈은 결코 악몽이 아닐 거라고 문일은 생각하였다.

- 『현대조선문학전집(4)』에서 -

089-2

心紋(심문)

〈기초사항〉

원제(原題)	心紋	
한국어 제목	심문	
원작가명(原作家名)	본명	최명익(崔明翊)
	필명	
게재지(揭載誌)	모던니혼(モダン日本)	
게재년도	1940년 8월	
배경	• 시간적 배경: 1930년대 후반 • 공간적 배경: 하얼빈행 특급열차 안	
등장인물	① 아내와 사별 후 방랑하며 그림을 그리는 '나(김명일)' ② 하얼빈에서 사업하는 친구 이(李) ③ '나'의 모델 겸 연인이었던 여옥 ④ 여옥이 하얼빈에서 만난 아편중독자 현일영 등	
기타사항	번역자: 가네야마 이즈미(金山泉)	

나는 시속 50킬로로 달리는 하얼빈행 특급열차에 몸을 싣고, 산과 들과 강과 작은 동리들과 전신주, 그리고 길게 뻗은 신작로의 행인들과 소와 말 등등이 자꾸자꾸 뒤로 흘러가는 것을 차창 밖으로 바라보고 있었다. 저편 뒤에 장벽이 있다면, 그것들은 캔버스 위의 한 터치 한 터치의 물감처럼 거기 부딪혀서 농후한 한폭의 그림이 되지 않을까? 또 내가 지나쳐온 공간과 시간이 모두 저편 뒤에 가로막힌 장벽에 부딪혀 한폭의 그림이 될 것 같은 망상에 사로잡혔다.

3년 전 아내 혜숙(惠淑)이 사망한 후, 나는 바로 중학교에서 미술을 가르치던 일을 그만두었다. 그리고 지난 봄, 딸 경옥(京玉)을 기숙사에 들여보내고 혜숙과 10여 년을 함께 살던 집을 팔아버리고 홀로 여기저기 떠돌며 여관생활을 하다가, 방랑이나 다름없이 떠나온 여행이었다. 10여 년 전에 만주로 건너가 실업가로 성공했다는 이(李)군을 만나면, 혹시라도 생활의 새로운 자극과 충동을 얻게 되지 않을까 기대하면서 말이다.

그리고 여옥(如玉)에 대한 생각에 잠겼다. 지난 봄 나는 여옥을 데리고 이 열차를 탔다. 문학소녀 타입의 여옥은 이따금 출입하던 다방의 마담으로 어느 청년투사의 연인이었다는 염문을 지닌 여자였는데, 방랑하던 시절 나와의 인연으로 하얼빈까지 동행했었다. 그곳에서 여옥을 모델로 하여 그림을 그렸는데, 그때처럼 모델의 성격을 파악하지 못해 고생한 적은 없었다. 그때 여옥을 보는 내 눈이 가끔 지나치게 주관적으로 도취되었기 때문이었다. 침실의 여옥은 전신이 불덩어리 같은 정열과 난숙한 기교를 갖춘 창부였고, 낮에는 교양 넘치는 현숙한 주부 타입이어서, 두 사람만 거닐던 호젓한 봄 동산에서조차 애무를 주저하게 했다.

나는 간혹 여옥의 얼굴에서 죽은 아내 혜숙의 모습을 발견했다. 평생 찌푸려 본 적이 없는 것 같은 여옥의 얼굴을 보면, 죽은 아내 혜숙의 티 한 점 없이 맑고 너그럽던 얼굴이 떠올랐다. 어머니의 젖가슴같이 너그러우면서도 이지적으로 맑은 아내 혜숙에게 때론 응석부리듯 때론 거칠게 다가간 적이 한두 번이 아니었건만, 혜숙은 한 번도 얼굴을 찌푸린 적이 없었다. 그런 혜숙의 온후한 심성을 나는 그녀의 귀 탓이거니 생각하기도 하였다. 영롱한 구슬같이 맑고 도타운 그 귓불은 마음속 어떤 갈등도 안정시킬 것 같았다. 거칠어질 대로 거칠어진 나의 마음은 온후한 보살상의 귀를 바라볼 때처럼 안정되었다. 혜숙의 귀보다 좀 작기는 하나, 침실에서의 여옥의 열정이 의아하게 생각될 정도로 낮에 보는 여옥의 귀는 귀엽고 단아하였다.

이런 이중성에 사로잡혀 갈피를 못 잡은 채 캔버스를 대하면, 눈앞의 여옥은 간 데 없고 온통 혜숙의 모습만이 가득했다. 영리한 여옥은 자신의 초상을 그리면서 죽은 아내를 떠올리는 나를 눈치 채고 있었다. 여옥을 향락의 자극제로만 여겨온 것이 미안하긴 했지만, 여옥도 내 처지와 심정을 이해해 주었고, 그런 만큼 나는 더 인격적으로 여옥의 열정을 받아들이려고 했다.

그러나 여옥에 대한 내 흥미가 채 가시기도 전에 우리는 헤어지고 말았다. 다시 새로운 눈으로 여옥을 그리려 다짐한 나는 부족한 화구를 사기위해 이튿날 안동으로 나갔는데, 그 사이에 여옥은 북행열차를 타고 떠나버린 것이다. 호텔 지배인이 지갑과 함께 건네준 편지에는 찾지 말라는 내용이 적혀있었다. 나는 한편으론 오히려 무거운 짐을 내려놓은 듯 마음이 가벼웠다. 그렇게 헤어진 여옥이라 그 후에 어떤 소식이 있을 리 없었다. 여옥이 떠난 지 한 달 쯤 지난 후에 하얼빈에서 온 이(李)군의 편지로 보아, 여옥이 어느 카바레에서 댄서로 일하고 있다는 것을 짐작만 할 뿐이었다.

이번 내 여행은 결코 여옥을 만나기 위한 것이 아니다. 그러나 나를 맞아줄 이(李)군이 있는 그곳이 나와 심리적 암투를 벌이다 달아나버린 여옥이 있는 곳이라 생각하면, 그곳으로 가는 이 열차가 마치 암울한 음모를 꾸미고 있는 괴물일지 모른다는 생각에 나는 묘한 스릴을 느끼고 있었다.

하얼빈에 도착한 나는 이(李)군의 안내로 유명한 카바레, 레스토랑, 댄스홀 등을 돌아보았다. 그러던 중 자연스럽게 여옥의 이야기가 나왔다. 아니나 다를까 여옥은 카바레의 댄서로 일하고 있었고, 자기도 아편에 중독되어가면서 지독한 아편중독자인 현일영(玄一英)을 돌보고 있었다.

너무도 가슴이 아팠던 나는 함께 조선으로 돌아가자고 그녀를 설득했다. 하지만 여옥은 현(玄)과의 생활도 그렇지만, 이미 마약의 매력에 빠져버린 터라 현재의 생활에서 벗어날 수 없음을 토로하였다. 묵고 있는 여관으로 돌아와 몸을 씻고 저녁식사를 마친 후, 여옥의 생각에 잠겼다. 여옥은 앞으로 어떻게 하려는 걸까? 정말로 나를 따라 조선으로 갈 것인가? 만약 여옥이 따라간다면 어떻게 할까? 우선은 입원시키는 수밖에 없으리라는 등등의 생각이 꼬리를 물었다. 그러다가 가까스로 잠이 들려던 찰나 문을 노크하는 소리가 들렸다. 보이의 안내를 받고 온 백인 심부름꾼이 사각봉투의 편지를 건네주었다. 겉면에 '김명일 선생님'이라 쓰여 있는, 구겨진 편지였다.

「……선생님께 이런 신세까지는 지고 싶지 않았습니다. 송화강이나 철도를 생각해 보았지만 사람의 왕래가 많아 그르칠 우려가 있어서 결국 이런 추한 모습을 보이게 되었습니다. 선생님이 떠난 후 먼 곳으로 가서 죽을 장소를 찾을까도 생각했습니다만, 어디를 간다거나 때를 기다릴만한 용기도 힘도 없었습니다. 너무도 외롭고 무서웠습니다. 선생님께 폐를 끼치게 될 것을 수없이 생각해 보았습니다만, 결국 이렇게 되었습니다. 갱생의 희망도 가져보았습니다. 선생님을 따라 조국으로 돌아가려 했던 것도 진심이었습니다. ……그러나 현(玄)은 제가 예상했던 그런 모습을 드러냈습니다. 그것이 현(玄)의 본심이기보다는 치유할 수 없는 병 때문이라는 것을 저도 잘 알고 있었기에, 현(玄)에게 버림받은 것을 원망해서 죽으려는 것은 아닙니다. 단지 외로웠습니다. 제가 현(玄)을 따라간다 하더라도 나에 대한 사랑을 깡그리 잊어버린 현(玄)은 틈만 있으면 날 팔아넘기려 했을 겁니다.

지금에 와서 무엇을 숨기겠습니까.

쓸데없는 말 같지만, 저는 선생님의 마음을 온전히 얻을 수 없는 나 자신이 슬펐기에 선생님을 잊으려고 노력하는 것 외에는 방법이 없었습니다. 그런 제가 이참에 또 선생님을 따라가면 온전한 몸이 되었다 한들 제게 무슨 희망이 있겠습니까? 부디…….

선생님 그럼 안녕히…….」

여옥은 이 편지를 남기고 죽음의 길로 떠나버렸다. 나는 그런 여옥의 마음을 받아들이지 못했다는 생각에 슬픔을 금할 길이 없었다. 여옥의 여옥다운 운명이려니 생각하면서 식어버린 그녀의 손을 가만히 이불 속에 넣어주었다.

崔秉一(최병일)

—

최병일(생몰년 미상) 소설가.

(090)

약력

1943년	1월 「동양지광(東洋之光)」에 일본어소설 「어느 날 밤(或る晩)」, 11월 「국민문학(國民文學)」에 일본어소설 「진심(本音)」을 발표하였다.
1944년	3월 창작집 『배나무(梨の木)』를 성문당서점(盛文堂書店)에서 발간하였다. 『배나무』에는 일본어소설 「배나무(梨の木)」, 「안서방(安書房)」, 「마을사람(村の人)」, 「벙어리저금통(啞)」, 「나그네(旅人)」, 「풍경화(風景畵)」, 「동화(童話)」 등 7편이 실려 있다. 6월 일본어소설 「소식(便り)」을 「동양지광(東洋之光)」에 발표하였다.
1949년	『대과학자전(大科學者傳)』을 간행하였다.

 090-1

或る晩(어느 날 밤)

〈기초사항〉

원제(原題)		或る晩
한국어 제목		어느 날 밤
원작가명(原作家名)	본명	최병일(崔秉一)
	필명	
게재지(揭載誌)		동양지광(東洋之光)

게재년도	1943년 1월
배경	• 시간적 배경: 1942년 이른 봄 • 공간적 배경: 일반 가정
등장인물	① 일제의 남태평양 진격소식에 기뻐하는 준(俊) ② 준에게 남태평양에 대한 꿈을 심어주었던 일본인 T 등
기타사항	

〈줄거리〉

어느 날 늦게 돌아온 준(俊)은 여느 때처럼 양복을 벗는 둥 마는 둥하고 방석 위에 앉자마자 신문을 펼쳤다. 석유냄새가 코를 찔렀지만 그 냄새야말로 신문의 신선미라 생각하며 준은 일종의 쾌감을 느꼈다.

제1면을 펼치더니 준은 갑자기 흥분한 목소리로 탄성을 흘렸다. 평소 아내에게 자랑거리가 없었는데 그날 밤의 신문기사로 힘을 얻은 듯 의기양양하였다. 자신이 십 수 년 전부터 말해왔던 '남진론(南進論)'이 드디어 실현된 것이다. 물론 남진론이니 남진이니 하는 것이 그의 신념은 아니었다. 남태평양을 동경했던 소년시절의 희미한 꿈일 뿐이었다.

준이 중학교 시험에 보기 좋게 떨어져 1년을 빈둥거릴 때의 일이다. 아버지와 친분이 있던 T라는 일본인이 경영하던 백화점에 놀러간 적이 있었는데, 그 T라는 사람은 남태평양군도에서 있었던 일들을 이야기하며 어린 준에게 남태평양행을 부추겼다. 자바섬에서 고무를 재배하면서 백화점을 경영하고 있다는 것, 처음으로 요코하마에서 배를 탔을 때 창고에 숨어들었던 일, 싱가포르에 내렸을 때는 가진 것이 아무것도 없어 어찌할 바를 몰랐던 일, 입은 옷 그대로 약장사를 시작했던 일, 그리고 남태평양군도의 토인추장으로부터 '왕'이라는 작호까지 받았던 일들을 우스꽝스러운 몸짓과 손짓을 섞어가며 유쾌하게 떠들어댔다. 그 이야기를 들은 준은 어린 마음에 쉽게 낭만에 젖어들었다. 세계지도, 특히 미개한 중앙아시아, 아프리카, 남태평양군도 등의 지도를 펼쳐놓고 이국의 모습을 상상했다. 당시 준은『로빈슨』의 모험심과『걸리버 여행기』의 호기심에 감동하고 있던 때라 그의 머릿속은 온통 남태평양으로 채색되어 있었다.

그 날부터 준은 남태평양에 관한 기사나 광고를 보면 모두 오려서 스크랩했다. 그리고 남태평양행 이민협회의 수건을 주문하였고 남태평양 풍경이 그려진 수건을 머리에 두르고 언덕에 올라 종일 파란 하늘을 바라보며 작은 가슴에 차오르는 열정을 하나하나 펼쳐갔다. 생각해 보면 소년시절의 일시적인 공상에 지나지 않았지만, 그 시절 강하게 새겨진 흔적은 쉽게 지워지지 않았다.

문득 그때 스크랩해 둔 수첩이 생각난 준은 식사를 마치고 벽장에 넣어둔 그 수첩을 찾아냈다. 수첩을 손에 쥐고 있는 동안 그는 그 수첩에 이상한 정겨움을 느꼈다. 수첩 표지에『나의 생활』이라는 표제가 붙어 있었다. 그때는 남태평양을 향한 생활이 전부였다는 의미였을 것이다. '1928년 6월 19일'이라는 날짜가 쓰여 있었다.

그 수첩이 온갖 비밀을 간직하고 있는 것 같았다. 시간을 뛰어넘어 순수한 즐거움이 선명하게 떠올랐다. 거기에 붙어 있는 신문기사 하나하나가 친근함으로 다가왔다. 기록되어 있는 여러 가지 내용도 마치 어제 써넣은 것처럼 뚜렷한 기억으로 되살아났다.

아울러 그 시절의 남태평양과 눈부신 각광을 받으며 떠오르고 있는 지금의 남태평양을 비교해 볼 때 새삼스럽게 옛날의 그 느낌을 억제할 수 없었다. 그리고 국위의 발전이 온몸에 뼈저리게 느껴지는 것 같았다.

준은 문득 향수 같은 것을 느꼈다. 사소한 일상에 온몸을 빼앗겨 마음의 윤택함도 잃어가고 있는 요즘, 자신의 과거 어디에 그런 꿈이 있었는지 의아했다. 신념은 어디로 가고 눈앞의 일에 얽매여 어느 새 인간이 지녀야 할 풍요로움마저 잃고 말았는가. 그는 수첩을 읽는 동안 희미하게나마 마음이 밝아져오는 것을 느꼈다. 남태평양이 바로 코앞에 있었다.

페이지를 넘기는 동안 설거지를 마쳤는지 아내가 손을 닦으며 들어왔다. 준이 수첩을 내보이며 "이봐요. 이것 봐요. 이런 내 정열적인 글이 있어."라고 말하자, 아내는 시큰둥한 얼굴로 옆에 앉아서 보기 시작했다. 그는 십 수 년 전의 낡아서 거뭇거뭇해진 수첩에 기록된 것들을 자랑스럽게 읽기 시작했다.

「그때 그는 왠지 마음이 따뜻해지고 환하게 열리는 것만 같았다. 남태평양이라는 것이 아주 가깝게 느껴질 뿐 아니라, 그것이 지금이라도 자신에게 가능한 일이라 생각되었다. 드디어 아내는 그 수첩을 낚아채듯 뺏더니 기사를 읽기 시작했다. 과일에 흥미가 생겼는지, 과일사진을 신기한 듯 쳐다보며 본문을 읽었다.

쿵! 머리를 한 대 얻어맞은 듯한 충격을 느끼며 그는 벌러덩 바닥에 드러누워 담배연기를 뿜어올렸다. 2, 3일 바람이 불더니 추워졌다. 뒤 대나무 숲을 흔드는 봄바람이 '쏴~'하고 지나갔다. 그 때마다 부엌문이 덜컹덜컹 소리를 냈다. 그 바람소리 이외에는 아무 소리도 없이 고요했다.

잠시 그는 그렇게 누워있었는데, 좀처럼 흥분이 가시지 않는지 이번에는 벌떡 일어나 신문을 집어 들었다. 그리고 또 천정을 보고 드러누워 큼지막한 '황군네덜란드령인도네시아상륙(皇軍蘭印敵前上陸)'이라는 표제어에서부터 다시 읽기 시작했다.」

本音(진심)

〈기초사항〉

원제(原題)		本音
한국어 제목		진심
원작가명(原作家名)	본명	최병일(崔秉一)
	필명	
게재지(揭載誌)		국민문학(國民文學)
게재년도		1943년 11월
배경		• 시간적 배경: 어느 해 여름에서 초가을 • 공간적 배경: 예비지원병 훈련소
등장인물		① 지도원으로 훈련에 참여하게 된 '나(崔)' ② 도쿄에서 신문기자로 일했던 30세의 구니모토 동섭(國本東燮) 등
기타사항		

〈줄거리〉

　　내가 처음 구니모토 동섭(國本東燮)을 알게 된 것은 7월 말 한창 더울 때였다. 하루 동안 청년대(靑年隊)지도원 훈련을 받은 후, 나는 다음날 아침 배정된 여학교의 교정으로 나갔다. 나팔꽃 봉오리가 정연하게 줄지어 있고 맞은편에는 노목이 무성한 정말 청량한 아침 풍경이었다. 호기심인지 전날 애국반의 독려가 힘이 되었는지 훈련생들은 예정된 5시 반이 되자 모두 모였다. 훈련과는 어울릴 것 같지 않은 12, 3세에서 30세에 이르는 젊은 남녀가 가지각색의 복장을 하고 있었는데, 그 중 근시안경에 와이샤쓰 차림으로 담배를 피우고 있는 하얀 얼굴의 한 남자가 이상하게 내 눈을 끌었다. 교련이 시작되기 전 분대장의 호령으로 지도원이 편성되었다. 명부를 건네받고 출석을 부르면서 나는 비로소 그 사람이 구니모토라는 것을 알았다. 내가 맡은 반은 구니모토를 제외하고는 어떤 힘든 일도 거뜬히 해낼 수 있을 것 같은 튼튼하고 젊은 청년들이었다.

　　제1과목인 부동자세 '차렷!'을 시켜야 할 때였다. 사람 앞에 서는 것이 익숙하지 않은 나였지만 차츰 마음이 차분해지면서 호령하는 목소리에도 힘이 실리기 시작했다. 그러다 마침내 구니모토 앞에 섰다. 그의 자세는 흠 잡을 데 없이 완벽한 자세였지만, 어딘지 모르게 마음에 걸리는 점이 있었다. 처음에는 그것이 무엇인지 모르다가 다음 청년의 앞에 섰을 때 비로소, 구니모토의 자세에 결연한 정신이 빠져있다는 사실을 깨달았다. 다음 순서인 '거수경례'에서도 마찬가지였다. 자세에는 빈틈이 없었지만 역시 결연함이 보이지 않았다. 나는 그에게 여러 차례 주의를 주고 연습을 시켰다. 그러는 동안 나는 그에게 남다른 호기심을 느끼기 시작했다. 표정하나 복장하나까지 마음이 쓰였다. 나는 내가 담당한 대원 하나하나의 자세를 바로 고쳐가지 않으면 만족할 수 없었다.

　　그렇게 1개월 남짓 지나 '열병식'을 할 때였다. 마침 여자대원들이 와서 남자대원은 이전 위치에서 대기하기로 했다. 그런데 구니모토가 한 쪽 구석에 웅크리고 앉아 담배를 피우고 있는 게 아닌가. 순간 흥분한 나는 그에게 덤비듯 달려가 그의 따귀를 갈겼다. 그는 거품을 물고 웅크린 채 양팔로 온힘을 다해 머리를 감쌌고, 나는 머리가 멍해지면서 그 자리에 그만 쓰러지고 말았다. 심한 격정으로 정신을 잃은 다음날, 아침햇살을 받고나서야 그를 때린 후 쿵쾅거리던 가슴과 손바닥의 아픔과 머리를 감싸고 있던 그를 기억할 수 있었다.

　　그날 이후 나는 알 수 없는 격정과 그에 대한 가책으로 마음이 복잡했다. 그리고 그와 나 사이에 이상한 심리전이 벌어지기 시작했다. 서로 어색해 하면서도 각자의 입장에서 맡은 일에 충실했다. 예를 들면 그를 향한 호령이 전보다 훨씬 잘 되었고 그 역시 내 호령에 잘 따라주었다.

　　구니모토와 어릴 적 친구였다는 분대장의 말에 따르면, 그는 어느 신문사의 기자였다고 했다. 그러다 신문이 폐간되자 놀고먹으면서 이혼과 연애문제 같은 골치 아픈 일들로 고심하던 중 청년대 훈련에 참가하게 되었다는 것이다.

　　9월로 접어들자 직장일도 바빠지기 시작하였고 청년대의 훈련도 이제 1주일에 한번만 하게 되었다. 따라서 서서히 그의 존재도 마음에서 멀어져갔다. 그러던 어느 날 밤, 퇴근하려는데 분대장이 찾아와서 우리 청년대에서 4명이 징용을 가는데 구니모토도 신청했다며, 내일 밤에 있을 환송모임에 참석해 달라고 했다. 나는 구니모토가 그런 결의를 한 것에 놀랐지만, 한편으론 그가 그런 결정을 한 데에는 청년대 훈련의 영향이 컸으리라는 생각에 몹시 기뻤다.

　　다음날 밤, 분대장의 집에 가보니 모두 모여 있었다. 여러 부류의 청년대원이 제각기 음식을 가져온 덕분에 식탁은 각종 음식으로 가득했다. 내가 먼저 구니모토에게 축하의 말을 건네며 그의 옆에 앉았다. 그때 청년대원들은 돌아가면서 각자 한 마디씩 피력했고, 드디어 구니모토의 차례가 되었다.

「"저는 구니모토 동섭입니다. 이번에 T로 가게 되었습니다만, 여러분께 한 마디 소감을 말씀드릴까 합니다. 사실은 너무 갑작스런 일이라 아직 마음의 정리도 되지 않은 상태입니다. 그렇지만 저는 정말로 기분이 상쾌합니다. 그러니까 지금의 기분으로 봐서는 마음의 정리가 이미 되었다고 할 수 있을 겁니다. 왜냐면 지금까지 저는 사생활은 물론 청년대 생활에서도 여러 가지 고민을 안고 있었습니다. 그런데 이 한 장의 영장으로 모든 것이 청산된 기분입니다. 해결할 수 없는 생활에 쫓겨 저는 해결책을 찾고자 암중모색하고 있었습니다. 그런데 지금은 가슴이 뻥 뚫린 느낌입니다. 과거는 모두 떨쳐버리고자 합니다. 그다지 내실없는 과거였기에. 새롭게 다시 태어날 각오로 열심히 할 생각입니다. 제 마음 한 구석에 지금까지 지금 같은 마음이 없었던 것은 아닙니다. 아니, 이런 마음이 있었기에 저는 지금까지 고민해왔는지 모릅니다. ……지금 생각해보면 정말 청년대는 저에게 있어 좋은 반성의 도장이었습니다. 부디 여러분은 저 같은 사람을 바로 잡을 결심으로 열심히 해주시기 바랍니다."

목소리가 약간 떨리고 있었다. 굳어져서 가끔 말이 막히기도 했다. 그의 달변을 알고 있는 나로서는 이상한 느낌마저 들었다. (중략)

"어이, 구니모토 동섭!" 나도 취해 그를 노려보듯 바라보며 말했다.

"자네는 드디어 진심을 토해냈군."」

밖으로 나오니 달빛이 우리를 향해 쏟아졌다. 내 궁금증은 시종 그의 연애문제에 있었지만 굳은 결의를 한 그에게 새삼스럽게 그런 이야기를 꺼낼 수 없었다. 그와 어깨동무를 하고 비틀거리며 걸었다.

安書房(안서방)

〈기초사항〉

원제(原題)	安書房	
한국어 제목	안서방	
원작가명(原作家名)	본명	최병일(崔秉一)
	필명	
게재지(揭載誌)	배나무(梨の木)	
게재년도	1944년 3월	
배경	• 시간적 배경: 어느 해 여름~가을 • 공간적 배경: 은행 숙직실과 소사의 방	

등장인물	① 은행원 '나(崔)' ② 아내를 갖는 것이 평생소원인 서른다섯 살의 은행 소사 안서방 ③ 은행 소사 왕(王)
기타사항	

〈줄거리〉

혼자서 멍하니 위를 쳐다보고 있을 때의 안서방(安書房)을 보면, 그는 역시 어디 한구석이 부족한 남자였다. 네모진 얼굴, 소처럼 커다란 눈알, 삐져나온 누런 이, 게다가 가늘고 긴 목과 메기처럼 생긴 입을 보면 누구라도 웃음이 터질 만큼 우스꽝스런 외모의 안서방을, 사람들은 모자란 놈이라고 했다. 그러나 그런 말을 들을 때 나는 슬며시 반발심이 생겼다.

안서방은 오랫동안 결원이었던 은행의 소사를 보충하려고 여기저기 물색한 끝에 거래처인 신림(神林)면장 추천으로 채용된 사람이었다. 그는 여기서 50리 정도 떨어진 신림사람으로, 본명이 있어도 이름을 쓸 줄 몰랐다. 그나마 잊어버린 탓에 그냥 '안서방'이 이름처럼 되어 버렸던 것이다.

숙직실 맞은편 소사 방에서 기거하는 안서방은 내가 숙직할 때 가끔 숙직실로 놀러오곤 했다. 어느 날엔가는 나랑 같이 숙직실에서 '어젯밤 라디오를 듣다가 잠이 들었는데, 그 앞에 너무 예쁜 여자가 나타나 꾀꼬리 같은 목소리로 이야기하는데 홀딱 반했다'는 꿈 이야기를 들려주기도 하였다. 어쨌든 안서방의 이야기를 듣고 있노라면 묘한 매력이 느껴지면서 서른다섯이라는 나이에 걸맞지 않는 철없는 어린아이 같다는 느낌이 들곤 했다.

나는 문득 이 남자의 평생소원이 무엇일까 궁금하여 소원을 물었다. 처음에는 은행에 들어온 이상 더 바랄 게 없다던 안서방은, 이내 마누라가 갖고 싶다고 고백했다. 게다가 그는 이제껏 여자를 접해본 적도 없다고 말하고, 자기를 남편이라 부르며 아이도 낳고 집안일도 해줄 여자를 갖는 것이 평생소원이라는 말을 장황하게 늘어놓으며 나에게 도와줄 수 있겠느냐고 묻기까지 했다. 나는 하루빨리 안서방의 평생소원을 이뤄주기 위해 다방면으로 수소문해 봤지만 모두 허사로 끝나고 말았다.

그러던 어느 날, 나이든 노파가 젊은 여자를 데리고 안서방을 찾아왔다. 그리고 방안에서 한참을 이야기하더니 안서방에게 잘 부탁한다는 말을 남기고 갔다. 사연인 즉 여자의 아버지가 병중이라며 100원을 주면 안서방과 결혼하겠다고 했다는 것이다. 그 후 안서방은 소사가 기거하는 방에서 그 여자와 함께 지내게 되었다. 안서방은 자기 힘으로 결혼까지 하게 된 것을 몹시 자랑스러워했다. 안서방은 집안일까지 도맡아 해가며 여자를 애지중지 아끼고 사랑했다. 방도 새롭게 꾸미고 벽에 부부사진을 걸어놓겠다며 전에 없이 행복해했다.

그러던 어느 가을날, 저녁에 일을 마치고 귀가한 나는 다음날 있을 출장 준비 차 다시 은행으로 갔다. 그때 분주하게 보자기에 뭔가를 싸고 있는 안서방과 나들이 준비라도 하는 듯 머리를 매만지고 있는 그 여자와 마주쳤다. 여자는 아버지가 위독하다며 친정에 다니러 간다고 했다.

다음날 나는 예정대로 출장을 떠났고, 신혼살림에 더없이 행복해 할 안서방을 떠올리며 5일 만에 출장에서 돌아왔다. 그런데 그때까지도 안서방의 아내는 돌아오지 않았다. 처음엔 내일이나 늦어도 모레쯤은 돌아올 것이라며 태연해하던 안서방도, 1주일이 지나고 나니 서서히 조바심을 냈다. 안서방은 발소리만 들려도 반가운 듯 밖으로 뛰어나갔고, 그 여자의 친정인 신림으로 통하는 길을 멍하니 서서 바라보곤 했다.

그러던 어느 장날, 나는 은행 밖에 의자를 내놓고 지나가는 사람들을 구경하다가 장보러 나온 듯 보이는 그 여자를 발견하고 눈이 휘둥그레졌다. 그녀는 조심스레 은행 앞을 지나가다가 내 시선을 눈치 챘는지 그만 인파 속으로 숨어버렸다. 나는 조급한 마음에 안서방을 불렀지만 아무 대답이 없었다. 그날도 그녀를 찾으러 나갔다는 안서방이 쉽사리 돌아오지 않아 나는 몹시 초조해졌다. 그런데 밤 10시가 지났을 때 문소리가 들렸다.

> 「문을 열었다. 그런데 뜻밖에도 거기 서있는 사람은 안서방이 아닌 또 한 명의 소사인 왕(王)씨였다. 그는 들어서자마자 갑자기 소리쳤다.
> "안서방 이 자식 없습니까?" 곰보자국의 얼굴이 상기되어 있었다. 여기저기 찾으러 다닌 모양이었다.
> "안서방은 그 여자를 찾으러 갔네만, 무슨 일 있는가?"
> 심상치 않게 흥분해있는 그의 모습을 보고 나도 흥분해서 물었다.
> "그 여자라니, 누구 말이오?" 당장이라도 덤빌 기세였다.
> "누군 누구야, 안서방 부인이지."
> "안서방한테 부인 같은 게 있을 리 없잖소?"라며 오히려 화를 냈다.
> "벌써 잊었나? 저기 방에서 살던 여자 말일세." (중략)
> "그 여자는 열흘 전부터 나랑 부부가 됐소. 안서방같이 덜 떨어진 바보는 여자들도 다 압니다요!"」

그날 12시가 넘도록 안서방은 돌아오지 않았다. 괜스레 내 가슴이 타들어갔다. 초조한 가운데 갑자기 정적을 깨뜨리는 소리가 났다. 우렁찬 문소리와 함께 안서방의 "최(崔)선생! 최선생!"하고 나를 부르는 소리가 들렸다. 술을 얼마나 많이 마셨는지 몸을 제대로 가누지도 못한 안서방이 양다리를 부르르 떨었다. 그리고는 엉덩방아를 찧으며 쓰러지더니 갑자기 벌떡 일어나 허공에 주먹을 휘두르며 "최선생! 세상은 무엇이랍니까?"라고 외쳤다. 그러더니 어둠속에서 무표정한 얼굴로 우두커니 서 있었다.

唖(벙어리저금통)

〈기초사항〉

원제(原題)		唖
한국어 제목		벙어리저금통
원작가명(原作家名)	본명	최병일(崔秉一)
	필명	

게재지(揭載誌)	배나무(梨の木)
게재년도	1944년 3월
배경	• 시간적 배경: 일제강점 말기 • 공간적 배경: 강원도 원주
등장인물	① 회사에 다니며 문학에 심취해 있는 '나' ② 딴 사람이 되어 나타난 옛 친구 장철 등
기타사항	

〈줄거리〉

　　퇴근 후 저녁 비구름을 감상적인 기분으로 바라보며 걷고 있는 나를 부르는 낯익은 목소리가 들렸다. 생각지도 못한 장철(長鐵)이었다. 한때 나를 퍽 곤란하게 했던 친구였던지라 경성으로 올라간 뒤론 만난 적이 없었는데, 그는 출장차 원주에 내려온 것이라 했다.

　　경성으로 올라가기 직전까지도 장철은 거의 매일 내가 하숙하고 있는 동양여관을 불시에 습격해오곤 했다. 그럴 때마다 이(虱)를 옮기기도 하고 못 마시는 소주를 연일 먹이기도 하고 내가 아끼는 책들을 훔쳐가기도 한, 그야말로 빈대 같은 친구였다. 그를 마지막으로 보았던 날 밤, 그는 12시가 다 되어 막무가내로 내 하숙집 문을 두드렸다. 이웃들에게 민폐를 끼칠까 걱정된 나는 모른 척 하고 있을 수 없어 마지못해 문을 열어 주었다.

　　그의 술버릇은 항상 나를 조마조마하게 만들었는데, 그 날도 맞은편 방의 장지문을 두세 차례 거칠게 열어젖히고는 그 방에 오줌을 싸고 말았다.

　　「"아이고웃!" 그 방에서 여자의 날카로운 비명소리가 들려왔다. 하숙집 보이가 허둥지둥 달려가 보니, 건들건들 몸을 흔들며 여전히 오줌을 싸고 있는 게 아닌가. 아무래도 변소인 줄로 착각한 모양이었다. 머리끝까지 화가 난 보이가 그를 끌어내 냅다 대문 밖으로 내동댕이치고 문을 닫아버렸다. 그는 혀 꼬부라진 소리로 "동지! 동지!"라고 계속 나를 불러댔다. 그렇다고 문을 열어줄 수도 없어 그대로 꾸벅꾸벅 졸다가 이내 잠이 들고 말았는데, 다음날 아침 벌거벗은 채 부들부들 떨면서 그가 나타난 것이다.

　　"자네, 너무하는군. 난 자넬 흠씬 두들겨 패고 기분 좋게 잤다고 생각했는데, 글쎄 일어나보니 한길가지 뭔가! 게다가 우체통이 자네였단 말일세. 웃으려도 웃을 수가 있어야지!"

　　자기가 한 짓은 생각지도 않고 대문을 안 열어준 나의 소심함을 그만의 독설로 경멸했던 것이다.」

　　출근을 앞둔 나에게 아침부터 술을 마시자고 조르고, 거부하는 나에게 문학의 맛도 모른다며 1시간이 넘도록 지껄여댔다. 그리고 밖이 춥다며 벽에 걸려있는 하나밖에 없는 나의 외투를 허락도 받지 않고 제멋대로 입고 종잡을 수 없는 말만 늘어놓다 돌아갔다. 그로부터 2, 3일 후 그의 형을 통하여 그가 경성으로 돌아갔다는 이야기를 듣고 나는 마치 앓던 이가 빠진 것처럼 속이 다 후련했다.

　　그렇게 헤어진 뒤 오랜만에 만난 장철은 몰라보게 변해 있었다. 깨끗이 차려입은 양복에 늘 유령 같았던 머리가 지금은 짧고 단정했다. 그의 명함에 박혀있는 불필요한 활자도 나를 당혹하게 했다. 근무처인 회사명은 그렇다지만 전화번호부터 교환번호, 회사주소까지 빽빽하게 나열되어 있었다. 그토록 취직할 것을 권유해도 인생이냐 문학이냐를 외치며 대단한 기개로 취직을 거부했던 그가, 갑자기 '야마오(山男)'라는 이름으로 나타나다니 좀처럼 이해할 수 없었다.

우리는 서로 그간의 이야기를 나누며 잔을 들었다. "결혼하고 나니 과거가 바보스럽단 생각이 들더라."며 그는 수줍게 웃으며 잔을 입에 갖다 대었다.

그는 정말로 지금 생활에 만족한 듯 싱글거렸다. 그것 역시 나로서는 이해할 수 없었다. 하지만 불쑥 장철이 원래 그런 남자였는지 모른다는 생각도 들었다. 그의 도리에 벗어난 도발적인 만용이 지금의 모습으로 표출되고 있는지도 모르고, 또 다른 형태로 그만의 만용이 더욱 꿈틀거리고 있을지도 모른다는 생각이 들었다. 어쨌든 문학과 창조를 외치던 예전 모습과 지금의 그를 견주어보면 뭔가 잘못되었다는 생각이 들기도 했다.

식당을 나온 우리는 하숙집으로 향했다. 그의 형 집까지는 상당히 멀었고 다음날 아침 첫차로 정선으로 가야한다기에 가까운 내 하숙에서 묵자고 권한 것이다. 양말을 벗고 방에 들어선 그는 늘어져있는 책과 쌓인 먼지 그리고 변함없는 잠자리에 압도된 듯 했다.

이런저런 이야기를 나누다가 피곤해진 우리는 잠자리에 들기로 했다. 그런데 옷을 갈아입으려던 그가 싱글거리며 주머니에서 사과 1개를 꺼냈다. 처음에는 진짜 사과인 줄 알았는데, 찰랑찰랑 동전소리가 나는 저금통이었다. 그는 "출장을 갔을 때 담배를 사고 잔돈이 남으면 여기에 넣지. 그리고 집에 돌아가서 쪼개면 용돈이 된다네."라고 말했다. 뜻밖에 그 벙어리저금통이 나를 감동시켰다. 저금통을 책상 위에 놓고 우리는 한 이불속으로 들어가 야담잡지를 꺼내 읽었다.

나는 좀처럼 잠이 오지 않았다. 책상 위에 있는 사과저금통을 보니 전등불빛에 빛나고 있었다. 저금통을 주머니에 넣고 출장을 떠나는 장철의 모습을 떠올려보았다. 그다운 유머처럼 생각되기도 했지만, 그보다 앞뒤가 맞지 않는 이야기 같기도 했다.

旅人(나그네)

〈기초사항〉

원제(原題)		旅人
한국어 제목		나그네
원작가명(原作家名)	본명	최병일(崔秉一)
	필명	
게재지(揭載誌)		배나무(梨の木)
게재년도		1944년 3월

배경	• 시간적 배경: 어느 해 초여름 • 공간적 배경: 어느 마을 잔칫집, 행길
등장인물	① 20년이 넘게 방방곡곡을 떠돌아다니는 나그네 ② 환갑을 맞아 잔치를 벌이고 있는 김영감 ③ 환갑잔치에 참여한 최노인 등
기타사항	

〈줄거리〉

어느 봄날, 삿갓을 푹 눌러쓰고 기다란 봇짐을 양 어깨에 늘어뜨린 나그네가 마을에 나타났다. 삿갓에 감추어진 얼굴이 잘 보이지는 않았지만 눈빛만은 예리하여 인상적이었다. 그는 두 아들을 고향집에 두고 조선 구석구석을 떠돌고 있었다.

밤꽃 향기가 코를 찔렀다. 어딘가에서 닭 울음소리라도 들릴 것 같은 한적한 마을로 들어온 나그네는 잠시 멈춰 서서 두리번거렸지만, 딱히 갈만한 목적지는 없었다. 초여름이 시작되는 하늘의 구름은 천 갈래로 목화솜처럼 아름답게 날고 있었다. 그는 이런 감흥에 젖을 때마다 그 풍경을 기록해 두는 습관이 있었는데, 심한 허기 때문인지 기록은커녕 눈조차 흐려있었다. 한 집 한 집 기웃거리다 '입춘대길(立春大吉)', '건양다경(建陽多慶)'이 붙어있는 크고 육중한 대문 앞에 섰다. 시끌벅적한 낌새가 느껴졌고 기름기가 코를 찔렀다. 대문 틈으로 안을 들여다보니 아니나 다를까 집주인의 환갑잔치였다.

소나무와 학을 수놓은 화려한 병풍을 두르고 오늘의 주인공으로 보이는 혈색 좋은 노인이 새하얀 수염을 쓸며 위엄 있게 앉아있었다. 양 옆으로는 친구로 보이는 노인들과 젊은 자녀들이 나란히 앉아있었다. 이윽고 나그네 앞에도 음식과 술이 조금 들어왔다. 잔뜩 허기가 졌던 나그네는 보기 드문 진수성찬을 보고 평정을 잃고 말았다.

그때 주인공이 한시(漢詩) 한 수를 읊었고, 하객들의 칭송의 말이 이어졌다. 무슨 생각에서인지 주인공은 나그네에게도 시 한 수를 청했는데, 허기를 채우고 난 나그네는 거짓과 형식에 얽매인 그 자리가 재미없고 불편해졌다. 하지만 한 끼 식사를 해결해 준 것에 대한 답례라 생각하고 나그네는 마지못한듯 붓을 들고 단숨에 「피좌노인불사인(彼坐老人不似人)」이라고 써 내렸다. 그러자 주인공을 비롯해 자식들과 하객들의 눈이 휘둥그레졌다. 그리고 잠시 후 주인공의 아들인 듯한 젊은이가 날카로운 기세로 쏘아붙였으나 그는 말없이 미소만 띠고 있었다. 주인공은 가능한 한 위엄을 지키면서 온화한 목소리로 그런 것은 시가 될 수 없다고 말했다. 그러자 나그네는 다시 붓을 들었다. 사람들은 이번에는 도대체 어떤 불손한 글귀가 나올까 하고 숨을 죽였다.

「의시천상강신선(疑是天上降神仙)」

잠자코 옆에 있던 최(崔)노인이 그 글귀를 보고 "정말 김영감은 천상에서 내려온 신선이다!"라며 무릎을 쳤고, 다른 하객들과 주인공의 아들들도 그것이 자신들을 야유하는 말인 줄도 모르고 몹시 기뻐했다. 하지만 한편에서는 아첨이니 영합이니 하는 소리가 흘러나왔고, 그 바람에 좌중은 다시 심상치 않은 분위기가 되었다.

바로 그 때, 주인공의 한 아들이 나그네에게 "당신은 시를 짓고 있는 거요? 아니면 우리들을 욕하고 있는 거요?"라며 버럭 화를 냈다. 그가 의연하게 "시를 짓고 있습니다."라고 대답하자, 아들은 뭔가 다른 매력에 끌렸는지 호쾌하게 웃으면서 "당신은 정말 시신(詩神)이구려!"라며 호탕하게 웃어젖혔다. 그럼에도 불구하고 나그네는 쓸쓸한 기분으로 그 집을 뒤로

하고 마을 반대편으로 걸어갔다. 밤나무숲에 다다르니 밤꽃향기가 가슴속까지 스며들었다. 딱히 어디로 간다는 목적은 없었지만 또 걷기 시작했다. 그러다가 슬그머니 고향생각이 났다. 아이들도 그리웠다. 집을 떠나온 지 어언 20년이지만 그간 아이들을 만난 건 겨우 세 번에 불과했다. 견딜 수 없이 고향이 그리웠지만 자신이 안주할 수 있는 고향이 아니었다.

그에게는 언제 벗어날지 알 수 없는 시름이 있었다. 그러나 그 시름을 벗으려고 발버둥칠 생각은 없었다. 그저 걸을 뿐이다. 걷고 또 걸으면서 그 시름과 함께 한 생명이 끝난다 해도 상관없을 것 같았다. 밤나무숲으로 들어가자 시원함과 함께 피곤이 몰려왔다. 뒤돌아 마을을 내려다보니, 조금 전 밥 한 끼 얻어먹었던 집이 보였다. 기름진 음식으로 주린 배는 채웠지만 비굴하게 시를 쓰던 자신의 모습이 떠올라 쓴 웃음을 지었다. 습관처럼 삿갓을 벗어놓고 풀밭에 누워 하늘을 쳐다보았다. 울창한 나뭇잎 틈에서 새어나온 햇빛이 비단실을 만들었다. 일시에 피곤이 몰아쳐 그는 작은 봇짐을 베게 삼아 한숨 자려고 하는데 이상하게 등이 가려웠다.

「그는 그 이(虱)를 짓이겨 죽일까 아니면 거기 어디에 던져버릴까 고민이라도 하는지 잠시 쳐다보더니, 이번에는 "케케케." 이상한 목소리로 혼자 웃기 시작했다. 손끝으로 간신히 잡고 있던 이(虱)가 떨어지려하자 엄지와 검지 사이에 넣고 빙글빙글 돌리더니 약이라도 올리듯 다시 손끝으로 문질렀다.

귀엽다는 듯이 그는 또 한 번 웃어젖혔다.

"바보 같은 놈, 너도 상당히 운이 없는 놈이구나. 나 같이 기름기 없는 놈의 친구가 되려 하다니."

이렇게 중얼중얼 혼잣말을 하더니, 어찌 된 건지, 순간 그는 그와 같은 말을 지금까지 자기자신이 남들에게 몇 번, 아니 몇 백 번은 들어왔다는 데에 생각이 미쳤다. 그는 이(虱)를 풀잎 위에 놓아주었다. 그리고 껄껄껄 웃으면서 하늘을 향해 벌러덩 눕더니 이내 눈을 감았다.

"나는 어쩌면 바람 같은 놈인지 모른다. 이(虱)다. 이(虱)다. 사람도 아니다. 시인도 아니다. 한 마리의 '이(虱)'일 뿐이다."」

童話(동화)

〈기초사항〉

원제(原題)		童話
한국어 제목		동화
원작가명(原作家名)	본명	최병일(崔秉一)
	필명	

게재지(揭載誌)	배나무(梨の木)
게재년도	1944년 3월
배경	• 시간적 배경: 어느 해 봄 • 공간적 배경: 전라북도의 어느 마을
등장인물	① 중학시험에 합격하고도 입학문제로 고민하는 철(哲) ② 군청에서 해고당하여 술로 세월을 보내는 철의 아버지 등
기타사항	

〈줄거리〉

4월의 어느 푸르른 날, 철(哲)은 소나무 길을 따라 언덕정상까지 올라왔다. 철이 서있는 뒷산기슭에 새하얀 2층 건물의 새 역사(驛舍)가 들어섰다. 기관차는 가끔 하얀 연기를 내뿜으며 화물차를 끌었고, 기수는 나비처럼 청색기를 흔들었다. 기차는 하얀 연기를 뿜으며 기적소리를 내더니 기슭 쪽으로 크게 커브를 그렸다.

철은 기차가 너무 좋았다. 중학교 시험 볼 때 처음으로 기차를 탔던 그때의 설렘을 잊을 수 없었다. 그러나 지금은 자기 혼자 남겨두고 가버리는 기차를 바라보며 고독을 느꼈다.

「철은 하는 수 없이 마을 쪽으로 눈을 돌렸다. 그러자 마을 한쪽 언덕에 우뚝 솟아있는 중학교 교사(校舍)가 보였다. 3층 벽돌건물이 솔숲에 둘러싸여 조용히 마을을 내려다보고 있었다. 빨간색이 마치 꿈에 보는 호화스런 배 같았다. 철이 그런 커다란 배를 본 적은 없다. 하지만 중학교가 배고 주위의 솔숲은 푸른 바다와도 같았다. 그 배는 철 같은 소년들을 가득 태우고 파도를 가르며 풍랑을 헤치고 기쁨의 피안에 도달할 것이다. 바다 건너는 어떤 곳일까? 철은 모른다. 모르지만 어딘가 행복이 가득한 항구일 것만 같았다.

'어떻게든 중학교에 다닐 수 없을까?'

철은 다시 중학교를 보니 그런 생각이 들었다. 중학교에 다니기만 하면 어떻게 해서든 훌륭한 남자가 되어 보이겠다고 생각했다. 아니, 그보다 합격해 놓고도 다니지 못할 자신이 억울했다. 입학식이 앞으로 5일밖에 남지 않았다.」

철은 합격자명단이 중학교 게시판에 붙었을 때의 감격을 잊을 수가 없다. 다른 사람의 번호와 이름은 모두 검은 막대기처럼 보였는데 유독 '189번 사철(史哲)'만이 찬란하게 빛나고 있었다. 부모님께 한시라도 빨리 합격사실을 알리고 싶은 마음에 단숨에 집까지 뛰어왔었다.

그런데 뜻밖의 불행이 철을 기다리고 있었다. 아버지가 10년이나 다니던 군청에서 해고를 당한 것이다. 구한말 사관으로 있었던 할아버지가 허영심 때문에 많은 빚을 지고 갚지 못한 채 돌아가시는 바람에 아버지가 그 빚을 몽땅 짊어져야만 했다. 그런데 어느 날 순사가 금테안경에 양복 입은 남자와 함께 집에 와서 서로 수군거리더니 장롱과 책장, 책상에 빨간딱지를 치덕치덕 붙였다. 그 후 아버지가 지금의 마을로 전근을 오게 되었고, 어쩔 수 없이 철은 다니던 학교를 졸업할 때까지 숙부 댁에서 신세를 져야했다. 아버지와 어머니만 군청이 가까운 이 마을로 이사를 왔던 것인데, 아버지가 군청에서마저 해고당하고 만 것이다.

어김없이 합격통지서가 날아왔지만 철의 마음은 천근만근이었다. 그도 그럴 것이 아버지와 어머니가 철의 중학교 입학에 냉정한 태도를 보였기 때문이다. 어느 날인가는 술에 취해 들어오신 아버지가 철에게 학교 다닐 생각 말고 점원으로 취직해 돈이나 벌라며 화를 내기도 했다. 그렇게 중학교에 갈 형편이 못 된다는 것을 깨달은 철은 상점의 점원이나 되자고 자포자기했다. 그러나 철의 머릿속은 온통 중학교 생각뿐이었다.

아버지의 술주정과 외박이 잦아지던 어느 날, 아버지는 뻘겋게 취한 얼굴로 철을 보자 "너도 뒈져버려라. 중학교가 다 뭐냐? 중학교에 다닌다고 별 수 있냐? 죽는 편이 더 낫다. 죽어버려!"라며 고래고래 소리를 질렀다. 철과 어머니는 밤늦도록 함께 울었다. 그리고 그날 밤, 어머니는 철을 먼 친척이 경영하는 가게로 보낼 결심을 했다. 철 역시 그런 어머니의 단호한 결심과 위로의 말에 힘입어 다음 날 아침 첫 기차에 몸을 싣기로 결심하였다. 그리고는 잠이 들었다.

이튿날 아침, 철은 아버지께 작별인사 드리려고 안방으로 들어갔다. 그런데 아버지는 여전히 자고 있어서 하는 수 없이 어머니의 배웅만 받고 기차에 몸을 실었다. 철은 중학교에 못 가는 대신 낮에는 열심히 일하고 밤에 공부할 결심이었다. 하늘은 구름 한 점 없었고, 기차는 하얀 연기를 토해내며 차내 가득 규칙적인 바퀴소리를 들려주었다. 철은 기차 진동과 함께 설레도록 다가오는 기분 좋은 행복감에 잠겼다. 모든 것이 철의 앞길을 축복해주는 것만 같았다. 그런데 갑자기 기적이 울리더니 속력이 뚝 떨어졌다. 한참을 초조해하다가 철은 숨이 막히는 바람에 눈을 떴다. 꿈이었다.

이불을 떨치고 밖으로 나오니 아버지는 벌써 세수를 하고 있었다. 어젯밤의 일이 떠올라 철은 슬그머니 얼굴을 돌렸다. 그런데 아버지의 부드러운 시선이 철을 쫓아오는 듯 했다. 의아한 얼굴로 아버지를 바라보니 아버지가 입가에 미소까지 띠고 있는 게 아닌가. 철은 재빨리 부엌으로 들어가서 어머니께 어찌된 영문인지 물었다.

어머니는 "아버지가 취직되었다는 기별이 왔구나."라며 즐거워했다. 아침식사를 마치고, 철은 부푼 가슴으로 아버지와 함께 교복과 모자를 사기 위해 집을 나섰다.

090-7

梨の木(배나무)

〈기초사항〉

원제(原題)		梨の木
한국어 제목		배나무
원작가명(原作家名)	본명	최병일(崔秉一)
	필명	
게재지(揭載誌)		배나무(梨の木)

게재년도	1944년 3월
배경	• 시간적 배경: 어느 해 가을~겨울 • 공간적 배경: 강원도 치악산 부근
등장인물	① 읍내 제일의 부자 김만복 ② 김만복의 이웃 권인봉 ③ 조선어를 능숙하게 구사하는 일본인 서장 등
기타사항	

〈줄거리〉

　　익숙지 않은 손놀림으로 조급하게 지팡이를 흔들며 기세 좋게 김만복(金萬福)의 집 마당 앞에 선 권인봉(權仁奉)은 침통한 얼굴로 집안을 들여다보고 있었다. 허름한 절간과도 같은 자기 집에 비해 왠지 유서깊은 절 앞에라도 선 것처럼 일종의 열등감을 느끼고 있었다. 대문 앞에서 잠시 머뭇거리다가 장독대 왼편에 있는 배나무가 눈에 띄자 순간 권인봉은 주체할 수 없이 미운 마음이 솟구쳐 몸을 바르르 떨었다. 권인봉의 집 배나무 가지가 자기네 지붕을 덮는 다는 이유로 하인을 시켜 잘라버린 데 대한 분노였다.

　　권인봉은 주먹을 불끈 쥐고 대뜸 김만복의 방으로 쳐들어갔다. 한참을 노려보다가 서로 담지 못할 욕을 주고받더니 급기야 권인봉은 김만복을 경찰에 고소하겠다고 악을 써댔다.

　　그 후 권인봉은『육법전서』를 뒤져가며 고소장을 작성하여 경찰서장을 찾아갔다. 그리고 배나무 사건에 대해 울분을 토하며 김만복을 고소하겠다고 선언했다. 사람 좋은 서장은 이웃사촌 끼리 사이좋게 지내야하지 않겠느냐, 무엇보다 경방단(警防団)부단장이고 소방(消防)조의 조장인 권인봉이 이웃인 김만복을 고소한다면 그런 부끄러운 일이 어디 있겠느냐며 화해할 것을 간곡히 부탁했다. 하지만 권인봉은 막무가내로 고소처리 해달라고 당부하고 돌아갔다.

　　권인봉이 돌아가기 무섭게 이번에는 김만복이 쇠고기를 사들고 서장을 찾아왔다. 김만복은 권인봉이 보낸 내용증명서를 서장에게 내보이며 그의 시샘으로 인한 안하무인격인 행동을 욕했다. 하지만 서장은 김만복에게 법적으로 따지면 3년 이하의 징역이나 500엔 이하의 벌금형을 받을 수도 있는 일이라 타이르며, 일단 권인봉에게 사과하고 권인봉의 의부와 사이 좋게 지냈던 것처럼 권인봉과도 사이좋게 지내라고 설득했다. 김만복은 당연히 자기편이 되 어줄 줄 알았던 서장이 이렇게 나오자, 화를 참지 못하고 사왔던 쇠고기를 집어 들고 서장의 집을 나왔다.

　　그날 이후, 서장은 권인봉의 고소장을 일단 미결서류함에 넣어둔 채 두 달이 다 지나도록 두 사람을 화해시킬 묘안을 고민하고 있었다. 그러는 동안 권인봉은 이제나저제나 하고 서장의 처분을 기다렸고, 김만복은 해볼 테면 해보라는 심산으로 권인봉의 집 앞에 산더미처럼 소작미를 쌓아두기도 했다. 권인봉은 이를 괘씸해 하면서도 서장의 처분이 내려질 날을 기다리 며 간신히 화를 억누르고 있었다.

　　그렇게 겨울에 접어든 어느 날 밤, 이런저런 생각을 하다 얼핏 잠이 든 김만복은 모기우는 소리에 눈을 떴다. 그 순간 갑자기 얼굴이 화끈거리고 등줄기에 땀이 흥건함을 느꼈다. 본능적 으로 방문을 확 밀쳐보니 맞은편 하늘이 벌겋게 물들어있었고, 시뻘건 불이 엄청난 기세로 다 가오고 있었다. 놀란 김만복은 "불이야! 불이야!"하고 외쳤으나 그 소리는 입안에서 용솟음 칠 뿐 입 밖으로는 나오지 않았다. 불은 거친 바람을 타고 안채로 옮겨 붙었다. 언제 왔는지 소방수들은 열심히 불을 끄고 있었고, 모여든 사람들 중에 서장도 눈에 띄었다. 정신을 잃고 엎어져 있는 아내를 본 김만복은 울컥했다. 일 때문에 한 달이면 거의 스무날이나 집을 비웠고, 그렇게 집에 돌아오면 가느다란 등잔 밑에서 바느질 하던 아내의 모습이 겹치자 김만복은 애잔한 마음에 안타까워 발을 동동 굴렸다.

「자세히 보니 소방수들이 들어와서 열심히 불을 끄고 있었다. 그들 속에서 서장을 발견한 김만복은 뭔가에 취하기라도 한 듯, 마치 눈에 보이지 않는 거대한 힘에 얻어맞은 것처럼 서장과 불꽃에서 눈을 떼지 못했다.
순식간에 노란색을 뒤집어쓴 것 같은 연기 속에서, 이건 또 어찌된 일인지 권인봉이 마치 죽은 사람 같이 엎어져있던 아내를 등에 업고 나오는 것이 아닌가! 김만복은 깜짝 놀라 눈을 흡뜬 채 이 자리를 어떻게 모면해야 할지 어쩔 줄 몰라 하고 있는데, 다행히도 권인봉은 그를 보지 못한 모양이었다. 하지만 그때 네깟 놈한테 신세 따위 안 져도 된다는 생각이 순간 떠올랐는데, 그 생각은 이제까지 경험한바 없는 강한 감동에 의해 이내 희미해져 갔다.」

사실 권인봉은 스스로도 납득할 수 없는 마음의 동요를 느끼고, 위험을 무릅쓰고 불길로 뛰어들어 김만복의 아내를 업고 나왔던 것이다.
사태가 어느 정도 수습되자 서장과 김만복과 권인봉을 비롯한 주변 사람들이 한 요릿집에 모여 앉았다. 서장은 극구 사양하는 권인봉에게 술을 권하고 그 술잔을 다시 김만복에게 건네게 했다. 어쩔 수 없이 권인봉이 술을 삼키자 서장은 손뼉을 치며 좋아하더니, 다시 권인봉에게 그 잔을 김만복에게 올릴 것을 권했다. 모두의 시선을 한몸에 받으며 권인봉이 김만복에게 술을 따라주자 서로에 대한 오해와 미움이 녹아내린 듯 했다. 서장은 마치 자신의 일인 양 기뻐하며 자신 역시 연거푸 술잔을 받았다.
술자리가 끝나자 김만복과 권인봉은 동터오는 새벽길을 약간의 거리를 두고 집 쪽으로 걸어갔다.

風景畵 - 小品三題(풍경화 - 세 이야기)

〈기초사항〉

원제(原題)	風景畵 - 小品三題	
한국어 제목	풍경화 - 세 이야기	
원작가명(原作家名)	본명	최병일(崔秉一)
	필명	

게재지(揭載誌)	배나무(梨の木)
게재년도	1944년 3월
배경	• 시간적 배경: 어느 해 겨울 • 공간적 배경: 강원도 어느 읍내의 시장통과 진주 남강 부근
등장인물	① 양력설을 권고하는 면서기 ② 시장상인들의 상회를 진행하는 반장과 강선생 등
기타사항	<글의 차례: 산촌풍경(장날 - 동리 - 자동차 - 읍내) - 애국반장 - 반상회>

〈줄거리〉

산촌풍경(山村風景)

가을추수가 끝난 뒤라선지 시장은 인파로 발 디딜 틈이 없었다. 큰길가 포목점에서는 어린 점원이 부산하게 움직였고, 익살스럽게 가위질 하며 묘한 동작으로 노래를 부르는 엿장수 앞에선 배고픈 아이들이 침을 삼켰다. 우시장에서는 송아지의 '음메~' 소리가 그치지 않았고, 돼지나 닭 울음소리, 소달구지 굴러가는 소리, 술주정뱅이가 소리치는 소리, 각종 물건 파는 소리 등으로 장날만 되면 이 작은 읍내는 발칵 뒤집혔다.

징소리와 함께 울려 퍼지는 농악소리는 시장의 이런 시끌벅적함을 한층 고조시켰다. 사람들은 일제히 소리 나는 쪽으로 눈을 돌렸다. 추석이 지난 지도 한참이고 12월도 거의 끝나가고 있는 지금, 뜻밖의 농악소리에 사람들은 너도나도 그 쪽으로 다가갔다. 농악대는 적색 황색 천에 한글로 「구정폐지(舊正廢址) 신정단행(陽正斷行)」이라 쓰인 깃발을 치켜들고 악기소리에 박자를 맞춰 흥을 돋우었다. 시장사람들이 왁자지껄하는 사이에 양복 입은 면서기가 나타나 "양력으로 설을 쇠지 않으면 벌금이요!"라고 외치며 삐라를 돌렸다. 시장사람들은 '생활을 개선합시다.'라느니 '비경제적인 이중과세(二重過歲)를 철폐하고 양력설을 지냅시다.'라고 쓰인 삐라를 어설프게 따라 읽었다.

자동차 정류장은 혼잡했다. 작은 스토브를 빙 둘러서서 농민처럼 보이는 남자, 읍내에서 쌀집을 하고 있는 주인, 하천공사 노동자인 듯한 남자 앞에는 여자들이 양손을 비비며 얼굴을 빨갛게 달구고 있었다. 대합실 주변에는 의자가 놓여 있고 벽에는 시간표와 운임표가 다닥다닥 붙어있었다. 만원인 횡성행 버스는 눈길을 엉금엉금 달려 다리를 건너 읍내를 빠져 나갈 때 도중에 승객을 태우기 위해 멈췄다. 청색 칠이 벗겨져 덕지덕지 기운 것 같은 버스는 끼-익 끽 당장이라도 부서질 듯한 쇳소리를 냈다. 딱딱한 의자에 앉은 승객들은 수도 없이 엉덩방아를 찧었다.

드디어 양력설이 되었다. 몇몇 초가지붕 위에는 국기(일장기)가 계양되어 있었다. 마침 오늘이 장날인지라 치악산 화전민 두 사람이 땔나무와 낙엽을 긁어모아 장에 내다 팔려고 읍내로 나왔다. 읍내에서는 양력설을 지낸다는 사실을 몰랐던 이들은 당황했다. 나무 한 지게도 못 팔고 그 짐을 다시 지고 돌아갈 생각을 하니 맥이 빠졌다. 그래도 팔아보려고 이 집 저 집을 다니며 아무리 문을 두드려도 누구하나 대꾸하지 않았다. 그때 갑자기 양복 입은 남자 대여섯 명이 취한 얼굴로 나타나 목청을 돋우었다. 그 중에는 일전에 삐라를 뿌리던 면서기도 있었다. 그들은 얼근하게 취하여 노래를 부르며 비틀비틀 다가오더니 화전민의 나뭇짐에 부딪혔다. 뒤로 비틀거리던 그가 양손으로 지게를 힘껏 밀치는 바람에 화전민 한 사람이 앞으로 푹 고꾸라졌다. 양복 입은 그 남자는 자세를 가다듬고 "바보 같으니……. 뭐야? 설날에 나뭇짐 따위나 팔러 다니고……."라며 매섭게 노려보았다. 그리고 다시 노래를 부르며 가다가 빙판에서 휘청거리더니 시궁창으로 굴러 떨어졌다.

애국반장(愛國班長)

석유가 떨어져 촛불이라도 켤까 하던 어느 날 아침, 여느 때와 다름없이 뒷산 솔숲에서 굵은 징소리와 함께 공지사항을 알리는 애국반장의 목소리가 들려왔다. 기다리던 석유가 왔다거나, 고무신과 포목 등의 배급품이 도착했다는 반가운 소식도 알려주지만, 애국일이면 반드시 신사참배를 해야 한다는 소식에는 더욱 열을 올렸다. 오늘도 애국반장은 예나 다름없이 신사참배에 모두 참여하라고 외치며 다녔다. "김(金)씨는 언제나 늦잠만 자서는 안 되지요. 김씨. 김씨부인 빨리 일어나세요."라고 외치기 무섭게 어느새 김(金)씨 집 대문을 두드리며 "오늘은 애국일입니다. 빨리 나와 주시오. 모두들 기다리고 있어요."라고 소리쳤다. 졸린 눈을 비비며 김(金)이 나왔다. 애국반기는 어린이에게 들게 하고 반원 열대여섯 명은 애국반장을 따라 진주신사로 향했다. 남새밭 두렁에 접어들자 애국반장은 애견과 함께 뒤쳐져서 따라왔다.

어느 날 밤, 불을 끄고 잠자리에 들려는데 솔숲에서 애국반장의 "에, 오늘밤 여러분께 한마디 말씀 드리겠습니다." "에, 불 끄고 자려는 집이 상당합니다만, 에, 내일 아침 6시까지는 여러분 삽과 괭이자루라도 상관없습니다. 가지고 제방으로 나와 주십시오. 근로봉사입니다." 그리고 잠시 후 "에헴, 여러분이 잠귀로 못 들을지도 모르니까 다시 한 번 말씀드리자면……." 이라는 내용의 어둔한 목소리가 들렸다. 나는 이불 속에서 킥킥 웃었다. 방공훈련에 나와 달라는 공지도 늘 이런 식이었다.

나는 애국반장이 어떤 경력을 가진 사람이고 지금 무슨 일을 하는 사람인지 몰랐다. 그러나 애국반장의 어둔한 연설조의 말씨는 정말 애교만점이다. 악센트도 특이하여 원래부터 이 고장 사람은 아닐 거라는 생각도 들었지만, 어쨌든 그런 것과는 무관하게 친근감이 느껴지는 건 사실이었다. 한번쯤은 애국반장과 주막에서 막걸리 잔을 기울이며 가슴을 터놓고 이야기를 나누고 싶을 정도다. 마음껏 그의 유머를 맛보고 싶었다.

반상회(常會)

오늘은 반상회가 있는 날이다. "다른 사람은 손수건을 두세 장은 다 받았는데 나는 아직 한 장도 못 받았소."라는 불만스런 말을 시작으로 반상회가 열렸다. 뒷산 솔숲을 스치고 건너온 바람소리가 덜컹덜컹 유리창을 때렸다. 나는 오늘 처음 나온 반상회였는데 마침 오늘 밤은 구장(區長)과 부총대가 임석했다. 좁은 방안은 담배연기와 내쉬는 숨소리, 코를 찌르는 체취와 온기로 가득 찼다.

일제히 황국신민서사를 제창했다. 다들 알고 있는 척 했지만 가사도 정확하지 않았고 박자도 들쭉날쭉 이상했다. 거의가 글을 모르는 사람들이라 말은 말을 꽃피우고 유머는 유머를 낳을 뿐, 설명을 하는데도 알아듣는 사람은 거의 없는 것 같았다. 그러나 배급 이야기가 나오자 좌중은 활기를 띠었다. 쌀 배급소 이야기도 그랬지만 고무신 배급으로 화제가 옮겨지자 더욱 시끌벅적해졌다. 모두들 고무신을 빨리 받고 싶어 했다. 순번을 정하여 받자는 쪽과 추첨하자는 쪽으로 양분되었다. 소란스럽기만 할 뿐, 좀처럼 결말은 나지 않았다. 밤 12시쯤 되었을까, 한약방 할아버지는 꾸벅꾸벅 졸기 시작했다.

「하얀 상복에 여름의 색 바랜 파나마모자를 쓴 강(姜)선생이 일어나 말했다.

　"잠깐이나마 반장을 한 경험에서 하는 말인데, 실제로 여러분 말씀도 무리는 아닙니다. 하지만 반에서 받는 것은 항상 사람 수에 비해 부족합니다. 어떻게 하면 공평하게 나눌 수 있을지 정말 골치 아픕니다. 반장도 말했다시피 못 받은 사람은 오해로 인해 길가에서 만나도 모른 척 합니다. 그 때문에 반상회를 하는 것입니다. 하지만 반상회에서 단번에 뭐든 해결할 수 있다고 생각하면 오산입니다. 순번도 추첨도 일장일단이 있어요. 다시 한 번 생각해보고 다음 반상회에서 정하는 것이 좋겠소. 구장이나 총대님도 갈 길이 머니까요. 오늘 밤은 이것으로 폐회합니다. 그 대신 다음부터는 정한 시간에 모여서 확실히 결정할 수 있도록 준비해 오도록 합시다. 늦거나 여자만 내보내는 것도 안 됩니다."」

　모두들 엉거주춤 일어섰다. 구장이 폐회선언을 하는데도 듣는 둥 마는 둥 더듬더듬 신발을 찾느라 문 앞은 몹시 혼잡했다.

　별빛 하나 없는 칠흑같이 캄캄한 밤이었다. 멀리 이웃마을의 불빛만이 반짝반짝 빛났다. 겨우 작별인사를 나누고, 발밑도 보이지 않을 정도로 캄캄한 어둠속으로 빨려들듯이 하나씩 둘씩 사라져갔다.

村の人(마을 사람)

〈기초사항〉

원제(原題)	村の人	
한국어 제목	마을 사람	
원작가명(原作家名)	본명	최병일(崔秉一)
	필명	
게재지(揭載誌)	배나무(梨の木)	
게재년도	1944년 3월	
배경	• 시간적 배경: 어느 해 겨울 • 공간적 배경: 경남 진주	
등장인물	① 북쪽 지방에서 남쪽 지방의 S부로 이사온 준(俊) ② 일본으로 가기 위해 남편의 전보를 기다리는 춘자 ③ 마을 어귀에서 노점상을 하는 춘자 어머니 등	
기타사항		

　　늦어도 점심때까지는 답전(答電)이 도착했을 것이라 생각하니 마음이 편했다. 준(俊)은 전보가 무사히 도착했다는 만족감보다 그 답전을 받았을 때 기뻐할 춘자(春子)의 모습을 떠올리면서 저물어가는 둑길을 걸었다. 12월이라 해도 봄 같은 따뜻한 날씨가 계속되었다. 맑은 남강을 어루만지며 불어오는 바람은 온화하고 따뜻했다. 저녁안개 속에서도 선명한 촉석루는 고풍스럽게 강을 내려다보고 있는 한폭의 수묵화 같았다. 피가 번지듯이 붉게 물든 서쪽하늘이 지리산 봉우리를 배경으로 아름답게 채색되어 있었다.

　　그 해 봄, 준은 근무지인 S부로 전근해 왔다. S부는 유독 주택난이 심각하여 집을 구할 수 없었기에, 준은 10리나 떨어진 이 마을에 거주지를 정했다. 마을이라고는 해도 농가는 드물고 대부분 하루 벌어 하루를 사는 가난한 사람들이나 중풍병자, 절름발이, 맹인 등이 어우러져 살고 있었는데, 대부분은 일자무식이었다.

　　준은 이사 온 첫날부터 편지대독이나 차용증서 대필 등을 부탁받았다. 그래도 준은 마음이 선량한 마을사람들에게서 오히려 사람 사는 따뜻함을 느꼈다.

　　어느 날 저녁, 식사를 마치고 신문을 보고 있는데 비실비실한 노파가 뚱뚱한 아주머니를 데리고 찾아왔다. 그 아주머니는 일본에 사는 딸이 다니러왔다가 다시 일본으로 가야 하는데 도항증명서가 있어야 한다며 편지를 써달라고 부탁했다. 뒤따라 아주머니의 딸 춘자가 들어왔다. 열아홉이라는 나이에 비해 퍽 어른스러워 보였고, 남편이라는 나카무라(中村)에 대해서도 절대적 신뢰감을 지닌 듯 했다. 춘자는 남편의 본처가 자신의 편지를 중간에서 빼돌렸을 거라며, 남편이 집에 있을 시간에 전보를 쳐달라고 부탁하러 온 것이었다.

　　준은 춘자가 돌아간 후에도 한참동안 그녀의 모습이 눈앞에 아른거렸다. 힘든 생활 속에서도 순수함을 잃지 않은, 아니 순수함 보다는 무지하다고 하는 쪽이 맞을지도 모르지만 그런대로 살아갈 수 있다면 그것으로도 괜찮을 것 같았다. 동시에 춘자의 남편이라는 나카무라의 인품까지는 알 수 없지만 춘자의 생각만큼 그렇게 단순할 것 같지는 않아 보였다.

　　「그날 밤, 가는 비가 소리 없이 내리고 있었다. 근무처에 늦게까지 남아 일하던 그가 비를 맞으며 마을 입구에 다다랐을 때 갑자기 "끼얏!"하는 심상치 않은 비명소리가 들렸다. 준은 깜짝 놀라 걸음을 멈추고 주위를 둘러보았다. 아무도 없었다. 희미한 석유등 불빛이 집집마다 새어나오고 있을 뿐 캄캄했다. 잘못 들었나보다고 생각한 순간 그 소리가 다시 들렸다. 그리고 동시에 "이년! 이년! 속은 것을 몰랐단 말이냐? 그놈한테 미쳐서…… 굶어죽으란 말이냐?"

　　그러더니 창자가 끊어지는 듯한 기침소리가 계속되었다. 불빛도 없는 춘자의 집이었다. 쥐죽은 듯 조용했다.

　　"마을에서는 뭔 일이 있어도 일하지 않겠단 말이지, 이년!" 말투가 험해지더니 "아이쿠, 아이쿠!"하는 춘자의 신음소리가 들려왔다.」

　　다음 날 퇴근하니 춘자가 성황당에서 제사지낸 떡을 가져왔다며 아내가 떡을 내밀었다. 준은 문득 전날 밤의 일이 떠올랐다. 그리고 성황당에 제를 올리며 '제발 편지가 도착하게 해 달라'고 간절하게 빌었을 그녀의 모습을 그려 보았다.

　　일요일 낮, 마루 끝에서 뒹굴며 푸른 하늘을 바라보고 있는데 춘자가 허둥지둥 뛰어왔다.

기다리던 편지가 드디어 도착했다며 그녀는 도항증명서와 소액우편환을 편지와 함께 보여주었다. 일본으로 돌아갈 수 있게 된 것이 너무도 기뻤는지 춘자는 한참이나 천진하게 떠들어댔다.

춘자는 예정대로 그날 3시 기차를 타고 떠났다. 아내의 만류에도 불구하고 준은 춘자를 배웅하러 나갔다. 입장권을 구하지 못한 탓에 그녀의 어머니와 함께 철문 밖에서 우두커니 서 있었다. 이제 다시 볼 수 없을 것 같은 이별임을 감지했는지 햇볕에 그을린 춘자어머니의 양 볼에 눈물이 주르르 흘렀다. 춘자는 객차의 승강구에 우뚝 서서 이쪽을 바라보고 있었다. 손수건을 흔드는 그녀의 모습이 점점 작아졌다.

便り(소식)

〈기초사항〉

원제(原題)	便り	
한국어 제목	소식	
원작가명(原作家名)	본명	최병일(崔秉一)
	필명	
게재지(揭載誌)	동양지광(東洋之光)	
게재년도	1944년 6월	
배경	• 시간적 배경: 태평양전쟁 시기 • 공간적 배경: 경성	
등장인물	① 출장 차 경성에 올라와 고향친구 순옥을 찾아가는 준(俊) ② 조선제일의 여공을 꿈꾸는 순옥 ③ 순옥의 어머니 등	
기타사항		

〈줄거리〉

마치 기름을 쥐어짜는 듯한 만원버스 안에서 계란상자를 필사적으로 껴안고 있던 준(俊)은, 버스가 흔들릴 때마다 앞으로 고꾸라지고 사람들 어깨에 부딪쳐 조마조마했다. 순옥(順玉)에게 전해주기 위해 멀리 진주에서부터 하나도 깨뜨리지 않고 소중하게 가지고 온 계란이었다.

느릿느릿 달리던 버스는 한 시간이나 걸려서 겨우 종점에 닿았다. 버스에서 내린 준은 정차장에서 조금 떨어진 파출소 근처에서 걸음을 멈추고 보자기를 풀어 보았다. 지푸라기를 엮어

한 줄에 5개씩 4줄을 넣은 계란은 모두 흠집하나 없이 동글동글한 얼굴을 내보이고 있었다. 겨우 안심한 준은 보자기를 다시 싸들고 옛 기억을 더듬어 순옥이 일하고 있는 공장을 찾았다. 5년 만에 찾아온 이 공장지대는 너무도 많이 변해 있었다. 그때 공장 직공들을 상대로 길 양쪽 가득 늘어선 노점도 이제는 흔적조차 없었다. 준은 자주 다녔던 길이라 쉽게 찾을 줄 알았는데 이제는 아무것도 짐작할 수 없었다. 준은 순간 당황하여 근처 파출소를 찾았다.

순옥과 준은 그날 벌어 그날 먹고사는 사람들이 모여 사는 칸막이 연립셋방에서 살았다. 준이 숙직하고 돌아올 때면 천변에 서서 경쟁이라도 하듯 아침이슬에 젖어가며 노래연습을 하는 어린 기생들을 보곤 했는데, 거기서 준은 이웃집에 사는 순옥을 발견했다. 순옥이 기생이었다는 것을 몰랐던 준은 처음엔 자기 눈을 의심했다. 준은 마치 보아서는 안 될 것이라도 본 것처럼 가책을 느꼈다. 사랑니도 나지 않은 열여섯 소녀가 혼탁한 세계에서 몸부림치고 있는 것 같아 잔혹하다는 느낌을 지울 수 없었다. 어린 순옥의 너무 조숙해버린 몸놀림이 소름 끼칠 정도도였다. 순옥이 '일심(一心)'이라는 예명으로 알려지기 시작할 즈음에 향락업종이 철퇴를 맞았다. 순옥은 어쩔 수 없이 기생을 그만두고 막막하던 참에 기생시절 순옥의 손님이었던 사람의 소개로 이곳 공장의 식당일을 하게 되었다. 그때 준은 때마침 보험회사 직원으로부터 외무사원을 권유받았던 순옥이, 굳이 이 공장을 택한 것에 대해 뭔가 뜻한 바가 있었을 것이라 생각했다.

준은 무남독녀 외동딸을 기생으로 내보내고, 이제는 천리타향으로 돈벌이를 보내는 순옥의 어머니를 이해할 수 없었다. 그래도 순옥어머니의 마음은 준이 생각한 것보다 훨씬 깊고도 넓었다. 그녀는 딸에게 보내는 편지를 준에게 몇 번이나 대신 써줄 것을 부탁했다. 준은 나름대로 창작을 가미해서 자식을 생각하는 어머니의 정을 구구절절 써서 순옥에게 보냈다. 하지만 순옥에게선 답장 한 장 없이 감감무소식이었다. 그러던 차에 준의 경성 출장이 정해졌고, 그것을 안 순옥어머니가 허둥지둥 역까지 뛰어와서 순옥에게 전해달라며 계란을 건네준 것이다.

가까스로 순옥이 일하는 공장을 찾았다. 주변의 다른 공장들에 비하면 공장 같지도 않은 건물이었다. 잠시 머뭇거리다가 준은 수위에게 순옥을 찾아달라고 부탁했다. 면회실 의자에 앉은 준은 왠지 어색하여 두리번거리며 순옥을 기다렸다. 이윽고 휴식 사이렌이 울리고, 잠시 후 하얀 모자를 뒤로 젖혀 쓰고 카키색 여공복을 입은 순옥이 나타났다. 준을 보고 몹시 놀란 순옥은 부끄러운 듯이 눈길을 아래로 내리깔고 동상에 걸려 빨개진 손을 문지르고 있었다. 준도 어색해져서 순옥의 손으로 눈길이 갔다. 곳곳에 불그스레하게 부어오른 손등은 한 때 장구를 치고 가야금을 켜던 손이라고는 도저히 믿기지 않을 정도로 생소했다. 기생시절 분바른 모습 못지않게 주근깨투성이의 맨얼굴도 준에게는 낯설었다. 그런데도 순옥은 조금도 기죽지 않았다. 교태스런 웃음과 얼굴은 여전했지만, 지금의 순옥은 당당했고 거침이 없었다.

점심시간인지 은어처럼 팔팔한 스무 살 전후의 여공들이 마당으로 쏟아져 나와 천진하게 뒤섞여 술래잡기 같은 것을 하고 있었다. 저들 속에서 순옥도 함께 지난 일을 잊고 즐겁게 지내고 있었을 것을 생각하니 준도 기뻤다.

준은 소중하게 가져온 계란 보자기를 순옥 앞에 펴보였다. 그녀는 친구들과 나누어 먹겠다며 좋아했다. 친구 하나 제대로 사귀지 못하던 순옥이 요즘은 친구도 사귀고, 게다가 글도 배우고 있다고 했다.

「"어머니께서 집에 뭐 보낼 생각 말고 열심히 일하고 건강 상하지 않도록 하라고, 그것만이 소원이라고 하시더라."

말이 없었다. 고개를 떨어트리고 잠시 또 동상 걸린 손을 문질렀는데, 그 손등으로 눈물이 후드득 떨어졌다. 연이어 또 떨어지는가 싶더니 이내 손끝으로 눈을 비볐다.

"괜히 눈물이 나고 난리야……. 엄마만 생각하면 언제나 어린 애가 되어버린다니까. 열심히 일할 거야. 감독님이 '조선 제일의 여공'이 되라고 항상 말씀하시거든. 조선 제일의 여공이 될 거라고 가끔 주제넘은 생각을 하곤 해."

"그럼 됐다. 그럼 됐어."

그는 그녀의 말에서 지금 그녀의 진짜 영혼을 만난 듯 감동하고 말았다. 무엇보다 그런 잿빛 세계에 몸담고 있었던 그녀의 어디에 그런 순수한 싹이 상실되지 않고 살아있었던 것일까 신기한 생각마저 들었다.

"다음 달에 다시 올 수 있을 거야."

점심시간이었기에 너무 오래 앉아있을 수도 없어서 그는 금방 자리에서 일어났다.」

준은 다부지게 발돋움하는 순옥의 환한 미소를 떠올리며 무거운 짐을 내려놓은 듯한 안도감에 한층 발걸음이 가벼워졌다.

崔曙海(최서해)

—

최서해(1901~1932) 소설가. 아명 정곡. 본명 학송(鶴松). 호 설봉(雪峰), 설봉산인(雪峰山人),
풍년년(豊年年).

091

약력

1901년	1월 21일 함경북도 성진군에서 빈농의 외아들로 태어났다.

1901년 1월 21일 함경북도 성진군에서 빈농의 외아들로 태어났다.

1917년 고향을 등지고 살길을 찾아 아버지가 계신다는 간도(間島)로 갔다. 춘원 이광수
의『무정』을 읽고 감명을 받았다.

1918년 「학지광」에 시「우후정원의 월광」, 「추교의 모색」, 「반도청년에게」를 발표하며
창작활동을 시작했다.

1923년 고국으로 돌아와 국경 부근 어느 정거장에서 노동자 생활을 하였다. ≪북선일일
신문≫에 시「자신」을 '서해(曙海)'라는 이름으로 발표하였다.

1924년 《동아일보(東亞日報)》에「토혈」을 연재해 소설가로서의 역량을 발휘했으며,
같은 해에 단편「고국」이「조선문단」의 추천을 받아 정식으로 데뷔하였다. 11월
상경한 후 이광수의 소개로 경기도 양주군 봉선사로 들어갔다.

1925년 「조선문단」 1월호에「근대영미문학의 개관」을 발표하였다. 봉선사를 떠나 2월
부터 조선문단사 방인근의 집에서 기거하였다. 「조선문단」에 단편「십삼원」,
「탈출기」, 「살려는 사람들」, 「박돌의 죽음」, 「기아와 살육」, 「큰물진 뒤」와 회상
기「그립운 어린때」, 일기문「?!?!?!」, 수필「여름과 물」 등을 발표하여 일약 중견
작가가 되었다. 10월에 조선문단사를 퇴사하였다. <카프(KARF, 조선프롤레
타리아예술가동맹)>가 결성되자 박영희의 권유로 <카프>에 가입하였다.

1926년 2월 자신의 첫 창작집인『혈흔(血痕)』(11편 수록)을 글벗집에서 발간하였다. 단
편「폭군」, 「해돋이」, 「동대문」, 「그믐밤」, 「금붕어」, 「누가 망하나」, 「농촌야화」,
「8개월」, 「무서운 인상」과, 수상문「흐르는 이의 군소리」, 「담요」 등을 발표하였
다. 같은 해 4월 8일에는 육당 최남선의 주례로 시조시인이자 문우인 조운(曺雲)
의 누이동생 조분려와 재혼하였다. 6월에「조선문단」이 휴간되자 잠시「현대평
론」 기자로 지내다가 다시 조선문단사에 입사하였다. 「기아와 살육」이 일본어
로 번역, 발표되었다.

1927년 단편「홍염」과「전아사」, 수필「미덥지 못한 마음」과「잡담」 등을 발표하였다.

1929년	5월 일본어콩트 「이중(二重)」이 「현대평론(現代刑論)」에 발표되었고, 10월에 조선총독부 조사자료인 「조선의 언론과 세상(朝鮮の言論と世相)」에 게재되었다. 중외일보사에 입사하면서 「신생」의 문예추천작가로 위촉되었다. 단편 「행복」, 「무명초」를 발표하였다. 자의반 타의반으로 <카프>를 탈퇴하였다.

5월 일본어콩트 「이중(二重)」이 「현대평론(現代刑論)」에 발표되었고, 10월에
조선총독부 조사자료인 「조선의 언론과 세상(朝鮮の言論と世相)」에 게재되었다.

1929년 중외일보사에 입사하면서 「신생」의 문예추천작가로 위촉되었다. 단편 「행복」,
「무명초」를 발표하였다. 자의반 타의반으로 <카프>를 탈퇴하였다.

1930년 중외일보사가 경영난으로 어려워지자 퇴사하였다. 단편 「누이동생을 따라」를
발표하였다. 생계를 위해 매일신보사에 입사하였다. 9월부터 장편 『호외시대
(號外時代)』를 1931년 8월까지(310회) 연재하였다.

1931년 5월 두 번째 창작집인 『홍염(紅焰)』이 삼천리사에서 간행되었다.

1932년 지병인 위병(위문협착증)의 악화로 병원에 일주일간 입원하여 큰 수술을 받았
으나 7월 9일 새벽, 32세의 나이로 사망하였다.

1935년 단편 「홍염」이 일본어로 번역, 발표되었다.

최서해는 신경향파 작가 중 가장 많은 작품(시 8편, 소설 60여 편, 수필 50여 편, 평론 7편, 동화
2편 등)을 남긴 작가로, 그의 작품 대부분은 북간도 유민이나 빈농의 비참한 궁핍상을 다루고 있으
며 대체로 파국을 맞는 것으로 종결된다.

飢餓と殺戮(기아와 살육)

〈기초사항〉

원제(原題)	飢餓と殺戮	
한국어 제목	기아와 살육	
원작가명(原作家名)	본명	최학송(崔鶴松)
	필명	최서해(崔曙海)
게재지(揭載誌)	조선시론(朝鮮時論)	
게재년도	1926년 9월	
배경	• 시간적 배경: 어느 해 겨울 • 공간적 배경: 북조선(北鮮)지방과 간도	
등장인물	① 세상에 대한 분노에 사로잡힌 경수 ② 병든 아내 ③ 며느리의 약값을 마련하기 위해 노심초사하는 경수어머니 ④ 돈만 밝히는 최의사와 약국주인 등	
기타사항	번역자: 임남산(林南山)	

<줄거리>

　　지독하게 궁핍한 경수(慶秀)는 세상에 대한 분노에 사로잡혀 있었다.

　　가까스로 중학은 마쳤으나 가진 땅이 없어 농사도 지을 수 없고, 자본이 없어 장사도 할 수 없었다. 또 교사나 사무원 노릇을 하려해도 말 한번 잘못하면 쫓겨나기 일쑤라 이렇게 자포자기할 수밖에 없는 세상이라는 생각이, 간도 땅까지 흘러들어온 경수를 지배하고 있었다.

　　서북쪽에서 세차게 불어오는 차디찬 바람이 몸을 에는 듯 했지만 경수는 어머니와 처자식을 불기 하나 없는 냉방에서 굶주리게 할 수 없어 오늘도 중국인 소유의 산으로 나무를 하러 나갔다. 몰래 나뭇짐을 지고 내려오던 경수는 산 임자에게 뒷덜미를 잡힐 것 같은 두려움에 휩싸여 정신없이 내달렸다. 식은땀으로 흠뻑 젖은 채 휘청거리며 나뭇짐을 지고 온 경수를 맞이한 건 세 살 된 어린 딸 학실(鶴實)과 아들의 고생에 측은해 어쩔 줄 몰라 하는 어머니였다.

　　늙은 어머니와 산후병이 도져 열흘 넘도록 얼음장 같은 구들에서 일어나지 못하는 아내, 새파래진 입술로 재잘거리며 놀고 있는 어린 딸을 바라보던 경수는, 이내 20여 년 동안의 자신의 삶이 한푼의 가치도 없는 것처럼 느껴져서 화가 나고 부끄럽기도 하여 가족들 앞에서 차마 얼굴을 들 수가 없었다.

　　집주인은 오늘도 어김없이 집세 독촉을 하고 간 모양이었다. 경수는 각박한 세상이 원망스럽기도 하고 비참한 현실과 가족이 주는 무게감에 억눌리다 못해 마침내 '가족이 다 죽어버리면 이 무거운 짐을 벗을 수 있지 않을까' 하는 생각까지 하게 되었다.

　　한때는 내 식구에 연연하지 않고 세상 모든 인류가 다 같이 살아갈 운동에 몸 바칠 생각을 한 적도 있었다. 언제 어디서나 처지가 절박한 사람을 보면 가슴 아파하던 적도 있었다. 그러나 이제는 미약하기만 한 자기에게 목숨을 의탁한 가족들의 모습이 눈앞에 어른거려 끓어오르는 감정을 억누를 수밖에 없었다. 그들을 짓밟는 흉악한 그림자가 눈앞에 아른거릴 때마다 참을 수 없는 불쾌감을 느끼기도 했다. 그럴 때마다 경수는 온몸의 피가 끓어올라서 소리를 지르고 뛰어나가 지구라도 부숴버리고 싶은 충동을 느꼈다.

　　누워있는 아내의 이마에 갑자기 구슬 같은 땀방울이 맺혔다. 바싹 마른 입술은 쇳빛같이 타들어갔고 눈은 충혈 되다 못해 검붉었으며 온몸이 오그라들더니 호흡도 가빠졌다. 어머니는 그런 아내를 보더니 원이라도 없게 의원을 불러오라고 경수를 재촉했다. 경수는 수중에 돈 한 푼 없는 이 집에 와줄리 없다는 걸 알면서도 다급한 마음에 최의사를 찾아가 애원했다. 그런데 최의사는 이번에도 역시 돈부터 챙기려 하였다. 한 달 안으로 진료비를 갚지 못하면 1년간 머슴살이를 하겠다는 계약서를 써 주고서야 의사를 불러올 수 있었다. 최의사는 마지못해 침을 놓아주고는, 약도 주지 않고 처방전만 달랑 한 장 써주고 횅하니 가버렸다.

　　경수는 중국 땅에까지 와서 같은 나라 사람끼리 이토록 박정하게 대하는 최의사를 내동댕이쳐버리고 싶은 충동을 애써 억누르고 처방전을 들고 약국으로 달려갔다. 그러나 약국 역시 돈이 없다는 이유로 약을 지어주지 않았다. 서러움에 왈칵 뜨거운 눈물이 솟구쳤다.

　　죽어가는 아내에게 돈이 없어 약을 지어오지 못했다는 말은 차마 할 수가 없었다.

　　도저히 타개할 수 없는 궁핍한 현실 앞에 선 경수는 탐욕스러운 최의사와 약국주인이 원망스러워 적개심이 차올랐다. 그런데 설상가상으로 어머니가 죽어가는 며느리에게 죽이라도 끓여 먹이겠다며 머리카락을 잘라 한 되도 안 되는 누런 좁쌀을 사오던 중에 중국인이 키우는 사나운 개에게 물려 온통 피투성이가 되어 돌아온 것이 아닌가!

경수는 갑자기 머리가 아프고 온몸에 경련이 일어났다. 하늘이 시커메지고 땅은 천길만길 꺼지는 것 같았다. 어둑한 방 구석구석에서는 몸서리치도록 무서운 악마들이 뛰어나와서 시뻘건 불길을 활활 내뿜는 것 같았다. 그 불이 집을 불사르고 어머니와 아내와 어린 딸 학실을, 그리고 자기까지 집어삼키려고 하는 것 같았다. 시뻘건 불 속에서 번쩍거리는 칼을 든 악마들이 줄줄이 나타나서 온 식구를 찔러대는 환상 속에서 피를 흘리며 혀를 물고 쓰러져가는 가족들의 괴로운 신음소리가 들리자 마침내 경수의 분노는 폭발하였다.

「"해치워라. 모두 다 해치워버려!"
이렇게 소리치며 벌떡 일어섰다. 그의 손에는 식칼이 쥐여 있었다. 그는 아아악! 괴성을 지르며 칼을 치켜드는가 싶더니 힘껏 내리쳤다. 아내, 학실, 어머니를 차례로 내리쳤다. 칼에 찔린 세 사람은 부르르 몸을 떨었고, 방안은 온통 비릿한 피냄새가 코를 찔렀다.
- 이하, 3줄 삭제 -
밖으로 뛰쳐나가며 외치는 그의 목소리는 정적으로 휩싸인 어둠 속에서 차가운 바람과 함께 한층 더 괴이하게 울려 퍼졌다. 고요히 늘어서 있던 몇몇 가게는 절반은 닫혀있고 한쪽만 열려있었다.
경수의 눈앞에는 지금 주저할 것, 그리고 두려울 것이 아무것도 없었다. 그는 비틀비틀 뛰어가며 닥치는 대로 때려 부수기 시작했다. 가게가 눈에 띄면 가게를 박살냈고 사람과 마주치면 사람을 찔렀다. (중략)
경수는 어느새 윗시장 거리의 중국 경찰서 앞에 이르러 있었다. 그는 경찰서 문 앞에 서있던 순사를 찔러 쓰러트리고 안으로 뛰어 들어갔다. 창문을 때려 부쉈다.
탕 - 탕 - 탕 탕.
경찰서 안에서는 총성이 연이어 들려왔다. 벽력같이 울리는 총소리는 차가운 바람과 함께 쓸쓸한 거리에 처연하게 울렸다. 온누리는 공포의 침묵으로 가라앉았다.」

二重(이중)

〈기초사항〉

원제(原題)		二重
한국어 제목		이중
원작가명(原作家名)	본명	최학송(崔鶴松)
	필명	최서해(崔曙海)
게재지(揭載誌)		조선의 언론과 세상(朝鮮の言論と世相)

게재년도	1927년 10월
배경	• 시간적 배경: 1920년대 후반 • 공간적 배경: 일본인마을 와카쿠사(若草)
등장인물	① 일본인마을로 이사 온 '나' ② 일본인들의 차별에 분노하는 아내
기타사항	번역자 미상. 원문전체번역

〈전체번역〉

사정이 생겨서 1주일쯤 전에 일본인마을 와카쿠사(若草)로 이주해왔다.

주변은 일본인들만 사는 호화주택가인지라, 나도 저녁을 먹고 2층에 올라가 사방을 둘러보면 왠지 왕이 된 것 같다.

×××

이웃에 일본인 노파가 사는데, 우리 집으로 수돗물을 얻으러 온다. 어느 날 그 노파와 나의 아내와 아이가 목욕탕에 갔다.

×××

카운터를 보던 노파는 "조선인은 들어올 수 없어요."라며 아내 앞을 가로막고 서서 입욕을 거부했다.

×××

그런 일을 당한 아내는 울며 돌아와서, "여보, 저는 여기 와카쿠사에서 더는 살기 싫으니 빨리 다른 곳으로 이사 가요."라며 서럽게 울고불고 하였다.

×××

그걸 보고 있자니 나 역시 화가 치밀어, 수건과 비누를 들고 울고 있는 아내에게 호랑이라도 잡아올 기세로 "내가 가서 목욕탕에 들어가 보이겠다."고 말하고 집을 나섰다.

×××

너무 화가 나서 순사가 교통정리를 하고 있는 것도 모르고 달려가는데, 마침 저쪽에서 유카타(浴衣)를 걸치고 목욕하고 돌아가는 친구를 만났다.

×××

"어이, 자네 어디 가는가?"라고 묻는 친구에게, "목욕탕에 가네. 이런 일을 당해서 아내가 울며 돌아왔기에, 내가 복수한다는 의미로 입욕해 보일 걸세. 만일 이러니저러니 불만을 말하면 가만 안 둘 생각이네."

×××

"아, 자네, 안 되네 안 돼. 자네는 목욕탕에 들어갈 수 없네. 일본 하오리(羽織)에 게타(下駄)를 신으면 들어갈 수 있지만, 흰옷 입은 사람(조선인)은 못 들어간다네."

×××

나는 하는 수 없이 집으로 돌아왔다. 아아, 우리는 이중의 비애를 가지고 있다. 조선인이라는 이유로 그들은 우리의 입욕을 거부한다. 그리고 우리는 집이 없어서 주변에 일본인만 있는 곳으로 이사를 왔다. 이 비애는 참을 수가 없다. 그 뒤로 그 노파가 미워졌다. 중이 미우면 가사(袈裟)까지도 밉다더니, 노파가 인사를 하며 물을 길러 오면 함께 인사를 건넸던 나는, 아무 대답도 하지 않은 채 물 나눠주기를 거부했다.

×××

그뿐만 아니다. 집을 비워달라고 통보해 왔다.

×××

내 가슴속에 쌓이고 쌓여 혈관과 세포에 깊고 무겁게 파고드는 이중의 비애! 아아, 나는 그 커져가는 미래를 조용히 바라보고 있다.

사람들이여! 아는가 모르는가?

나는 이 비애를 견디지 못하고 이런 보잘 것 없는 글을 쓴다.

091-3

紅焰(홍염)

〈기초사항〉

원제(原題)	紅焰	
한국어 제목	홍염	
원작가명(原作家名)	본명	최학송(崔鶴松)
	필명	
게재지(揭載誌)	오사카마이니치신분(大阪每日新聞) 조선판	
게재년도	1935년 1~2월	
배경	• 시간적 배경: 어느 해 겨울 • 공간적 배경: 서간도에 위치한 가난한 마을	
등장인물	① 살길을 찾아 서간도로 이주한 문서방 ② 문서방의 딸 용례 ③ 문서방의 사위이자 중국인 지주 인(殷) 등	
기타사항	번역자 미상	

〈줄거리〉

소작인 신세로 늘 허기졌던 문서방(文書房)은 배고픔에서 벗어나기 위해 기름진 땅을 찾아 딸 하나 앞세우고 만주로 이주했다. 그러나 생각했던 것과는 달리 이곳에 와서도 소작인 신세는 면할 수 없었다. 죽어라 농사를 지어도 소작료를 주고 나면 1년 양식은 커녕 빚도 갚을 수 없는 참담함 그 자체였다. 때문에 해가 갈수록 문서방의 살림은 궁핍해졌고, 빚은 늘어만 갔다. 중국인 지주 '인(殷)'은 빚을 갚지 못하면 심하게 매질까지 해댔다.

계속되는 흉작으로 소작료조차 내지 못하는 문서방에게 인(殷)은 유독 심하게 빚 독촉을 해댔다. 음흉하기 짝이 없는 인(殷)은 아니나 다를까 문서방의 딸 용례(龍禮)를 탐내고 있었다. 처음에 빚을 독촉하러 왔을 때는 문서방의 아내를 데려가겠노라고 윽박질렀다. 그때 딸 용례가 방에서 뛰쳐나와 어머니의 손목을 잡아끌고 있는 인(殷)의 손목을 물어뜯었다. 인(殷)은 이때를 놓치지 않고 어머니 대신 용례를 끌고 가버렸다. 억센 인(殷)의 손에 붙잡혀 질질 끌려가는 용례는 애타게 아버지와 어머니를 부르며 몸부림쳤지만 허사였다. 이렇게 문서방은 이주해 온 지 3년 만에 중국인 지주에게 무남독녀 용례를 빼앗기고 말았다.

의심이 많은 인(殷)은 용례를 빼앗아간 이후 용례를 밖으로 내보내지 않을뿐더러 그 부모인 문서방 내외에게조차 얼굴 한 번 보여주지 않았다. 문서방의 아내는 그렇게 딸을 빼앗긴 것도 모자라 얼굴 한 번 제대로 볼 수 없게 되자 그만 화병으로 몸져누워버렸다. 병석에서도 용례만 부르며 딸의 얼굴을 한번만이라도 보게 해달라고 문서방에게 애원했지만 소용없었다.

보다 못한 문서방은 사정이라도 해볼 요량으로 집을 나섰다. 지주이자 사위인 인(殷)이 살고 있는 달리소로 가는 길은 눈보라 때문에 지척을 분간할 수 없었다. 딸을 팔아넘긴 것은 결코 아니었지만 주변에서 "되놈에게 딸 팔아먹은 놈"이라고 자신을 비난하는 것만 같아서 문서방의 발걸음은 자꾸만 움츠러들었다.

가까스로 찾아간 인(殷)의 집 대문에는 채필로 그린 관운장과 장비의 그림이 큼지막하게 붙어 있었다. 문서방은 더욱 주눅이 들었지만 여기까지 찾아온 이상 그냥 돌아갈 수는 없어 문을 밀쳤다.

이번이 벌써 네 번째였다. 갈 때마다 인(殷)은 마치 전당포 주인처럼 배짱을 부렸다. 다 죽어가는 어미에게 딸 용례 얼굴을 한번만 보여줄 수 있게 해 달라고 통사정해 보았지만 이번에도 여지없이 거절해버리는 인(殷)의 태도에 문서방은 화가 목까지 치밀었다. 차라리 부뚜막에 있는 낫으로 그 불뚝 튀어나온 배를 단숨에 찔러버릴까도 생각했다. 그럼에도 행여나 하는 마음으로 치밀어 오르는 분노를 가까스로 참아냈다. 그 분노를 억누르고 인(殷)의 뒤를 졸졸 따라다니면서 딸의 얼굴이라도 한 번 보게 해달라고 통사정을 했다. 하지만 인(殷)은 돈 몇 푼 문서방의 손에 쥐어주고는 대문 밖으로 쫓아냈다.

결국 문서방의 아내는 용례를 부르다가 눈도 감지 못한 채 피를 토하고 죽고 말았다. 핏발이 선 문서방은 아내가 죽은 다음날 밤 인(殷)의 집에 불을 질렀다. 하늘하늘 일어서던 불길은 모진 바람을 타고 어느새 보릿짚더미와 울타리를 살라버리더니 이내 울타리 안에 있는 집으로 옮겨 붙어 거세게 타올랐다.

문서방은 뒷산 숲속에서 활활 타오르는 불기둥을 바라보며 승리감에 도취되어 한바탕 시원스럽게 웃어젖히고는 허리춤에 찬 도끼를 만지작거렸다. 타오르는 불길 속에서 두 그림자가 밭 가운데로 튀어나왔다. 그 모습을 지켜보던 문서방은 화살처럼 그쪽으로 뛰어 내려갔다. 앞서 가던 장정의 그림자가 풀썩 거꾸러졌다. 문서방의 손에 있던 도끼가 인(殷)의 머리에 박혔다. 문서방은 놀라 정신을 잃고 거꾸러지려는 용례를 끌어안았다.

「"용례야! 놀라지 마라! 나다! 니 애비다! 용례야!"
딸을 품에 안은 문서방은 이때까지 원한으로 꽁꽁 얼었던 가슴이 눈 녹듯 녹아들고, 증오로 불타던 두 눈에서는 뜨거운 눈물이 하염없이 흘렀다. 하지만 슬픔 속에서도 그의 마음에는 정체모를 신비로운 기쁨이 솟았다. 하늘과 땅을 다 준다 해도 바꿀 수 없는 기쁨이었다. 그 기쁨!

아아 그것은 딸을 안은 아버지의 기쁨만이 아니었다.

　작고 연약하다고만 생각했던 자신의 힘이 철벽을 무너뜨렸음을 알았을 때, 그때의 기쁨만큼 큰 기쁨이 이 세상에 또 있을까.

　불길은, 그 붉은 불길은 모든 것을 남김없이 태워버릴 것처럼 더욱 세차게 하늘을 향해 타올랐다.」

崔允秀(최윤수)

—

최윤수(생몰년 미상) 소설가, 극작가.

약력

1927년   희곡 「경순왕자(敬順王子)」를 발표하였다.
1928년   3월 「문교의 조선(文敎の朝鮮)」에 희곡 「극약(劇藥)」을 발표하였다. 조간 ≪경성일보≫에 일본어 장편소설 「폐읍 사람들(廢邑の人々)」을 연재(5. 22~6. 27)하였다. 당시 경북 연일공립보통학교 훈도로 재직하였다.
1932년   4월 「혜성」에 소설 「의사 이학우(醫師李學雨)」를 발표하였다.

092-1

廢邑の人々(폐읍 사람들)

⟨기초사항⟩

원제(原題)		廢邑の人々(一~二六)
한국어 제목		폐읍 사람들
원작가명(原作家名)	본명	최윤수(崔允秀)
	필명	
게재지(揭載誌)		경성일보(京城日報)
게재년도		1928년 5~6월
배경		• 시간적 배경: 어느 해 여름 • 공간적 배경: 경상북도 포항 인근 마을

등장인물	① 도쿄유학을 다녀온 지식인 수상 ② 전형적인 구식여성인 수상의 아내 ③ 미모의 울산숙모 ④ 수상과 은밀한 사랑에 빠진 19세의 사촌처제 복화 등
기타사항	

〈줄거리〉

형산강 수면은 여름답지 않게 흐려있었다. 수상(スサング)과 아내는 답답한 듯 말없이 창밖을 바라보았다. 아내의 친정나들이에 나선 두 사람의 생각은 전혀 달랐다. 아내는 한시라도 빨리 친정에 도착하기를 바라며 차 안의 다른 여자들에게 자랑이라도 하듯 유난스럽게 아들 응태(ウンテ)를 달래고 있었다. 반면 수상은 아들 응태를 안고 처음 가는 처가나들이에서 아내의 사촌동생 복화(ボクファ)를 만날 수 있으리라는 기대감에 들떠있었다. 수상은 복화의 마중을 은근히 기대하고 있었다.

사실 수상과 수상의 아내는 당시 도쿄에서 유학중이던 수상의 사진만 보고 소위 '사진맞선'을 통해 결혼했다. 수상의 아내는 처음 수상의 사진을 보았던 때를 떠올렸다. 한눈에 봐도 멋진 신식남자인 수상에 비해, 못생긴데다 구식인 자신의 처지에 주눅이 들었고 정체모를 불안감을 느꼈었다. 그때 야쿠자와 결혼한 미모의 울산숙모가 들어와 두려움에 떨고 있는 조카를 위로하면서 멋진 신식남편에게 시집가게 될 그녀를 오히려 부러워했었다.

그렇게 사진맞선을 본 이후 한 달 만에 수상과 결혼을 했지만, 수상이 도쿄유학을 마칠 때까지 3년간을 친정에서 지냈고, 그러는 동안 방학을 맞아 돌아오는 남편과 미모에 요염하기까지 한 울산숙모 때문에 늘 불안해 했다. 그런 그녀의 불안과는 달리 수상은 무사히 공부를 마치고 돌아왔다. 그리고 아무 탈 없이 2년이 흐르는 동안 아들 응태를 낳았고 드디어 첫 친정나들이에 나서게 된 것이다.

기차를 타고 형산강역에 도착한 수상부부는 아들 응태를 안고 생길리로 가는 배에 올라탔다. 그간 내린 폭우로 형산강 수면은 범람이라도 할 듯 불어 있었다. 수상에게 강물의 위협은 큰 걱정거리였다. 아니나 다를까 뱃사공의 얼굴에도 불안한 기색이 역력했다. 작년 추석 전날 배가 전복되어 수장되어버린 김서방(金書房)의 일이 퍼뜩 스친 모양이었다. 다행히 배는 전복의 위험에서 벗어났고, 열심히 노를 저어댄 뱃사공 덕분에 수상부부는 무사히 배에서 내려 무거운 다리를 이끌고 영일(ヨンイル) 거리로 들어섰다. 딸을 팔아 장만한 밭이 수장되어버렸다는 뱃사공의 저주하는 소리가 수상의 귓전에 맴돌았다. 수상은 뒤돌아 우두커니 서 있는 뱃사공을 보았다. 그리고 아내의 얼굴을 보았다. 조금 전 느꼈던 불쾌감보다는 오히려 연민을 느꼈다. 아내를 허물어져가는 영일의 유물적 상징으로 보았기 때문이었다.

「노인의 이빨 같은 영일 길, 게으른 농민들, 조급한 어민, 민둥산, 그곳 사람들은 살아갈 이유 없이 사는 사람들 같았다. 그곳의 딸들은 팔려가는 것이 대단한 출세라고 생각하는지, 그들의 행복은 결국 먹거리였던 것이다. 그것은 그들의 전통적 철학이고 이치였다.

수상은 그렇게 영일을 비평하면서 고개를 떨어뜨린 채 잠자코 걸었다.

"아, 폐읍! 그리고 폐국이여, 폐족이여! 너희들은 영원히 지구 밖의 존재다!"

수상은 칠칠치 못한 모순병자 같은 무기력한 상태에의 질타를 섞어 조사(弔辭)를 올릴 수밖에 없었다. 잠시 무언중에 영일가도에 접어들기 시작했다. 그는 어떤 중대한 교훈으로 귀의를 느낀 듯, 이렇게 중얼거렸다.

"폐읍으로! 폐읍으로! 폐읍으로!"」

이윽고 처가에 도착한 수상부부는 젊은 새 장모와 하녀들의 환영을 받으며 집안으로 들어 갔다. 수상은 처가의 어린 동생들에게 '메두사(Medusa)이야기'를 들려주고 나서 아내가 자고 있는 방으로 들어갔다. 그런데 등잔 밑에 울산숙모와 아내가 나란히 누워 자고 있는 게 아닌 가! 수상의 눈은 울산숙모의 잠든 아름다운 모습에 꽂혔다. 부풀어 오른 가슴이 그대로 눈에 들어와 떠나지 않았다. 그 순간, 그는 무심코 울산숙모의 입술로 자기의 모든 존재가 빨려 들 어가는 듯한 충동을 느꼈다. 수상은 온몸이 싸늘해지며 '같은 여자이고 같은 핏줄인데, 이 저 주스런 대조는 뭐란 말인가!'라고 중얼거렸다. 그러다 문득 정신을 차리고 아내 곁으로 갔다.

그러나 수상의 깊은 비밀은 음란한 신경을 건드렸다. 그 순간 수상은 복화를 떠올리고 있었 다. 복화로 인한 끝없는 고뇌는 행복감과 교차하여 수상의 마음을 심란하게 했다.

웅태가 태어나고 처음 온 처가나들이는 그대로 축복된 만남으로 이어졌다. 복화는 웅태를 유난히 사랑스러워했다. 수상은 일을 마치고 집에 들어선 복화가 웅태를 업고 달래고 있는 모 습을 보고 깜짝 놀라 그대로 멈춰 섰다. 그 순간 수상은 복화의 모습이 여신 같다고 생각했다. 검은 머리를 늘어뜨리고 천진함을 띠고 있는 복화의 모습은 분명 남자를 정화시키고, 진정시 키고, 흥분시키는 여신의 모습이었다. 수상은 웅태를 달래는 척하면서 복화의 늘어뜨린 머리 카락에 입술을 갖다 대었다. 그때 수상은 자신의 입술을 피하지 않는 복화를 보고 전율하며 그만 눈을 감아버렸다. '웅태아버지'라는 지순한 감정이 복화의 투명한 속살에 맥없이 무너 져버린 것이다. 수상은 다시 불순한 번뇌로 흔들리기 시작했다.

웅태를 핑계로 한 그들의 만남은 계속되지 않았다. 마실 나온 복화할머니가 눈치를 채고 만 것이다. 이 일로 복화의 결혼이 서둘러지게 되었다. 수상은 복화가 결혼하지 않기를 바랐지만 그에게는 이러한 현실을 타파할 어떤 힘도 없었다. 복화 역시 부모님의 뜻을 거역할 수 없었 다. 수상은 애가 탔다. 그럴 때마다 어린 웅태를 힘껏 껴안았다.

복화와 헤어진 날 아침, 수상은 안고 있는 웅태의 얼굴에 눈물을 떨어뜨렸다. 사랑하는 복 화를 생각하며 지내온 1주일이 참으로 고통스러운 지옥이었다. 수상은 궤도를 벗어난 생활 에 대한 자책과 번민으로 초조해 하며 마침내 영적인 자살을 감행하기로 했다. 부모님 뜻에 따라 다른 남자에게 시집가는 복화의 행복을 빌어주기로 한 것이다. 그렇게 마음을 정리한 수상은 상쾌함을 느꼈다. 그리고 눈앞에 아른거리는 복화를 털어버리려고 연거푸 안녕을 고 했다.

崔載瑞(최재서)

—

최재서(1908~1964) 소설가, 문학평론가, 영문학자. 필명 석경우(石耕牛), 학수리(鶴首里), 석경(石耕), 석경생(石耕生). 창씨명 이시다 고조(石田耕造), 이시다 고토(石田耕人).

093

약력

1908년	2월 11일 황해도 해주에서 출생하였다.
1926년	3월 경성제2고등보통학교를 졸업하고, 4월 경성제국대학 예과에 입학하였다.
1928년	3월 예과를 수료하고, 4월 경성제국대학 법문학부 영문과에 입학하였다.
1931년	3월 경성제국대학 영문과를 졸업하고, 4월에 경성제국대학 대학원에 입학하였다. 잡지「신흥(新興)」5호에「미숙한 문학」을 발표하면서 비평가로 데뷔하였다.
1933년	≪조선일보(朝鮮日報)≫에「구미 현 문단 총관 - 영국편(歐美現文壇總觀 - 英國篇)」을, ≪동아일보(東亞日報)≫에「영국 현대소설의 동향」을 발표하였다.
1934년	경성제국대학 대학원을 졸업하였다. 경성제국대학 법문학부 강사를 역임하였다. 대학원 졸업 후 영국 런던대학에서 공부하였다. ≪조선일보≫에 평론「현대주지주의문학이론의 건설 - 영국평단의 주류 -」,「현대주지주의문학이론」,「비평과 과학」등을 발표하였고, ≪동아일보≫에도「미국 현대소설의 동향」을 발표하였다.
1935년	≪동아일보≫에 평론「사회적 비평의 대두 - 1934년도의 영국평단 회고」를, 10월 ≪조선일보≫에「비평의 형태와 기능」을 발표하였다.
1937년	12월 인문사(人文社)를 설립하여 대표로 취임하였다.
1938년	1월 ≪조선일보≫에 평론「취미론(趣味論)」을 발표하였다. 6월에는 평론집『문학과 지성』을 발간하였고, ≪동아일보≫에「명일의 조선문단」외에도 다수의 비평문을 발표하였다.
1939년	2월 <황군위문작가단>을 발의하였으며, 3월 황군위문 문단사절(文壇使節) 위문사 후보선거의 실행위원으로 활동하였고, 4월 황군위문작가단 장행회에서 경과보고를 하였다. 10월 <조선문인협회> 발기인과 기초위원을 맡았으며, 잡지「인문평론(人文評論)」을 주관 발행하였다.
1940년	11월 31일부터 12월 5일까지 <문예보국강연회> 강사로 활동하면서 평양, 신의주, 선천, 진남포, 해주, 개성 등지에서 강연하였다.
1941년	4월 주관하던「인문평론」이 폐간되었다. 8월 <조선문인협회> 간사로 선임되었

	다. 9월 조선임전보국단 발기인으로 참여하였다. 10월 그동안 발행해 오던 「인문평론」을 임전체제에 부응하여 「국민문학(國民文學)」으로 변경하였고, 11월에 「국민문학」 창간호를 발행하였다.
1943년	4월 <조선문인보국회> 상임이사, 6월 평론수필부 회장으로 선임되었다. 7월 「국민문학」에 일본어소설 「보도연습반(報道演習班)」을 발표하였다. 8월~9월 일본 도쿄에서 개최된 <제2차 대동아문학자대회>에 조선대표로 참가하였다. 11월부터 <조선문인보국회> 주관 '결전소설 및 희곡 현상모집'에서 심사위원으로 활동하였다.
1944년	1월 「국민문학」에 일본어소설 「부싯돌(燧石)」을, 「녹기(綠旗)」에 「쓰키시로군의 종군(月城君の從軍)」을 발표하였다. 2월 평론집 『전환기의 조선문학』으로 <국어문학총독상>을 수상하였다. 5월~8월 「국민문학」에 일본어소설 「철 늦은 꽃(非時の花)」을 발표하였다. 9월 <국민동원총진회>의 발기인과 상임이사를 역임하였다.
1945년	1월~2월 「국민문학」에 일본어소설 「민족의 결혼(民族の結婚)」을 발표하였다. 6월 <조선언론보국회> 발기인으로 참여하여 상무이사로 선임되었고, 7월에는 <대일본흥아회 조선지부> 연구조사위원에, 그리고 8월에는 <조선문인보국회> 평의원에 선임되었다.
1948년	12월 시공관에서 개최된 <민족정신앙양 전국문화인 총궐기대회>에 발기인으로 참여하였다.
1949년	9월 <반민족행위처벌법>에 의해 구속 수감되었다가 공소시효 만료로 기소유예되었다. 연세대학교 교수에 임용되었다.
1952년	12월 시어도어 드라이저((Theodore Dreiser)의 대표작을 번역한 번역서 『아메리카의 비극』을 백영사에서 출간하였다.
1960년	평론집 『문학원론(文學原論)』을 춘조사(春潮社)에서 발행하였다. 연세대학교 교수를 사임하고 동국대학교 대학원장에 취임하였다.
1961년	『최재서 평론집』을 출간하였다. 동국대학교 대학원장을 사임하고, 한양대학교 교수를 역임하였다.
1964년	11월 16일 사망하였다.

　최재서의 문단 활동은 1931년 「신흥(新興)」 5호에 브래들리(Bradley,A.C.)를 소개하는 「미숙한 문학」을 발표하면서부터 시작되었다. 영국 런던에 체재하면서 ≪조선일보≫와 ≪동아일보≫에 주지주의문학론을 중심으로 한 영문학의 동향을 소개하는 한편, 이를 통하여 흄(Hulme,T.E.), 엘리어트(Eliot,T.S.), 리드(Read,H.), 리처드(Richards,I.A.) 등의 문학이론을 집중적으로 소개하였다. 그는 당시의 문단에 올바른 비평 자세를 정립시키기 위하여 비평의 본질과 방법론에 관한 글을 발표하였다. 이 외에도 지성, 풍자문학, 모럴, 취미 등의 문제에 큰 관심을 표명한 글도 여러 편 남겼는데, 1938년에는 이러한 글들을 모아 『문학과 지성』이라는 평론집을 펴냈다. 영문학 지식을 바탕으로 한 그의 비평은 한국문학사에서 비평학의 모범이자 강단비평(講壇批評)의 원조로 평가되기도 하였다.

최재서의 친일협력은 <중일전쟁>이 한창 진행되던 중 일제로부터 문학자의 사명이 강요되면 서부터이다. 친일단체조직을 비롯한 적극적인 친일활동 및 체제에 협력하는 글을 발표하기 시작하여 1941년 친일문학잡지「국민문학」창간을 계기로 극대화 되어 더욱 적극적인 친일활동을 하는 한편 내선일체 황민화를 주제로 한 다수의 일본어소설을 발표하기도 하였다.

이외에도『영시개설』(1971) 등이 있고, 번역서로는『햄릿』,『아메리카의 비극』,『주홍글씨』,『포우 단편집』등이 있다.

093-1

報道演習班(보도연습반)

〈기초사항〉

원제(原題)	報道演習班(一～五)	
한국어 제목	보도연습반	
원작가명(原作家名)	본명	최재서(崔載瑞)
	필명	
게재지(揭載誌)	국민문학(國民文學)	
게재년도	1943년 7월	
배경	• 시간적 배경: 일제강점 말기 • 공간적 배경: 대동강 일대에 위치한 대동진영	
등장인물	① 출판사에 다니다 보도연습반에 지원한 송영수② 보도연습반 지휘관인 나카노대위 등	
기타사항		

〈줄거리〉

5월 그믐께 전쟁의 새로운 단계에 대처하기 위해 동원된 보도연습반원들은 군복차림으로 왼쪽 팔에 '조선군보도반(朝鮮軍報道班) 제××호'라는 완장을 두르고 조선신궁 계단을 오르고 있었다. 만주사변과 중일전쟁을 거쳐 대동아전쟁(태평양전쟁)으로 이어지는 격변의 시기를 온몸으로 실감해 온 송영수(宋永秀)는, 그들 무리에 섞여 신궁을 참배하면서 만감이 교차했다.

올해 나이 36세의 송영수는 다섯 아이를 둔 한집안의 가장으로서 나이걱정, 자식걱정, 학문의 노고 등으로 남달리 고민이 많았다. 그러던 중 작년 5월 조선호텔에서 군 보도부장으로부터 징병제를 실시한다는 발표를 듣고, 송영수는 그동안 눈앞을 가렸던 안개가 말끔히 걷히는 기분이 들었다. 그날 집에 돌아와 저녁식사를 마친 송영수는 가족들에게 석간신문을 일일이 읽어주면서 시국의 급박함을 토로했었다.

그로부터 1년이 지났다. 군인으로서는 결코 적지 않은 나이와 가족에 대한 부담감으로 걱정이 많던 송영수는, 어느 날 사무실에서 「제1차 보도연습에 관한 件」이라는 공문을 보고 스스로 군부대에 자원했고, 그렇게 제××호 부대의 보도연습에 참여하게 된 것이다. 그는 무라이(村井)반장으로부터 기초훈련을 받게 되는데, 배부된 총의 무게만큼이나 무거운 부담감과 불안으로 격심한 심리적 갈등을 겪었다. 그런 와중에 그는 자신도 결국 하나의 의사에 따라 움직이는 전체 중의 한 사람임을 깨달았다. 이윽고 15분간의 휴식시간이 주어지자, 송영수는 주변의 풍경을 돌아보며 감회에 젖었다.

「평화로운 농촌과 격심한 군대훈련! 이 두 개의 개념은 송영수의 머릿속에서 쉽게 연결되지 않았다. 그는 당황하여 자신의 주변을 돌아보았다. 저 산야처럼 유구한 야마토(大和)민족, 그 유구한 생명력으로부터 더 높이 비상하려고 몸부림치는 젊은 일본. 그렇다, 일본은 저 초목처럼 푸릇푸릇 살아있다. 그리고 더 높이 비상하지 않으면 안 된다. 일본의 비상만이 동아(東亞)의 10억을, 아니 세계의 파탄을 구할 수 있다. 2천 7백만 조선인은 일본을 도와 이 성스러운 과업을 완수하지 않으면 안 된다.

그렇게 생각하고 송영수는 피우던 담배를 풀숲에 내던지고 결연히 일어섰다.」

다시 훈련에 참가한 송영수는 진지공격연습까지 마친 후 야간보초를 섰다. 갈증을 느끼고 수통을 가지러 가려다가 전쟁터에서의 군인정신을 되새기며 끝내 자리를 지켰다.

다음날 지휘관 나카노(中野)대위는 공격정신과 군인정신에 대해 강의한 후, 보도연습의 목적을 구체적으로 설명하고 나서 송영수에게 '문학방면의 체험기'에 대해서 물었다.

보도반원으로서의 생활은 결코 만만한 것이 아니었다. 연습을 마치고 평양의 병영으로 돌아온 날 저녁, 송영수는 PX를 견학한다는 소식에 내심 술과 단것이 그리웠다. 그런데 기대와는 달리 PX에서는 술과 양갱(羊羹) 대신 지원병 출신의 군인들을 견학하라는 것이 아닌가. 송영수가 그 동안 지녀왔던 지원병에 대한 이미지는 불안과 회의에 짓눌리고 비방과 조소로 왜곡된 모습이었다. 그런데 오늘 만나본 10명의 지원병들은 그야말로 늠름한 자태와 굳은 신념을 지니고 있었다. 송영수는 지금까지 갖고 있었던 지원병에 대한 선입견을 버리지 않을 수 없었다.

'동족의 의심과 조롱을 극복해 가며 여기까지 도달하기 위해, 그들은 얼마나 고된 훈련으로 정진해 왔을까?' 또 '수많은 시행착오를 거치며 이것을 단행하고 여기까지 이끌어 오기 위해, 군(軍)은 얼마나 많은 준비를 했을까?'에 생각이 미치자, 송영수는 저절로 숙연해졌다. 그들은 일부 무책임한 사람들이 생각하는 것처럼 관리나 마을 유지의 강요로 군대에 들어온 것이 아니었다. 여러 훈련병들과 이야기를 나누던 송영수는 모든 문제에 대한 논의가 이곳에서는 신속하게 실천되고 있다는 것과 '충군애국'이라는 말이 하나하나 행동으로 나타나고 있음을 깨달았다.

밖에서는 기다리던 비가 본격적으로 쏟아지기 시작했다. 시커먼 어둠속에서 떨어지는 빗방울에 군복을 적시며 송영수는 '젊은 조선의 모습이 여기 있었구나!'라고 중얼거렸다.

- 6. 10 -

燧石(부싯돌)

〈기초사항〉

원제(原題)		燧石
한국어 제목		부싯돌
원작가명(原作家名)	본명	최재서(崔載瑞)
	필명	
게재지(揭載誌)		국민문학(國民文學)
게재년도		1944년 1월
배경		• 시간적 배경: 1943년 • 공간적 배경: 경주행 기차 안
등장인물		① 학도병 권고연설을 위해 경주행 기차를 탄 '나' ② 내선일체와 학도병 징집령을 강변하는 '노인' 등
기타사항		

〈줄거리〉

　　학도병 징집령이 떨어진 후, 권고연설을 위해 급조된 '학도선배단'의 일원이 된 나는 경상북도에 배치되었다. 단원 4명을 인솔하여 대구에 도착하였다. 도(道) 간부들의 협의 하에 지역의 지원으로 다시 2개 반으로 분반하였는데, 내가 속하게 된 반은 그곳에서 좌담회를 열고 호별방문을 마친 다음 경주행 기차를 탔다.

　　기차 안은 코를 찌르는 쾌쾌한 냄새로 가득했다. 대부분 장사꾼으로 보이는 남자들이었고 부녀자도 몇 명 눈에 띄었다. 빡빡한 일정에 피곤했던 나는 잠시 눈을 붙였다. 그런데 열차 한쪽 구석에서 구성진 경상도사투리가 소란스럽게 들렸다. 눈을 떠보니 어디서 탔는지 키가 큰 노인이 은빛수염으로 뒤덮인 얼굴에 홍조를 띠고 지팡이로 바닥을 툭툭 치면서 옆에 앉아있는 젊은이에게 뭔가를 열심히 설명하고 있었다. 노인은 전형적인 조선의 얼굴이었다.

　　아까부터 뜸쑥에 불이 붙지 않아 쇠붙이와 돌멩이를 부딪치고 있던 옆자리의 젊은이를 보다 못한 노인은, 젊은이에게서 쇠붙이와 돌멩이를 낚아채고는 부싯돌로 불을 붙이는 시범을 손수 보여주고 있었다. 그리고는 무릎을 치면서, "아직도 부싯돌을 쓰냐며 이 늙은이를 놀려대던 자들이 말이야, 요즘은 배급성냥이 딸리니까 엄살을 떨어요. 또 고무신이다 작업신이다 해서 요즘 농사꾼은 짚신도 만들 줄 몰라. 그래서 농사가 되겠는가? 천년동안 짚신 신고 살아온 농사꾼이 말이야. 그리고 우마차는 어떤가? 화물차가 많으니까 우마차를 때려 부숴서 장작감으로 써버린 생각 없는 놈이 우리 마을에도 두셋은 있어. 뭐 벌이도 신통치 않았던 모양이지만. 그런데 나라가 전쟁을 하게 되니까 이렇게 편리한 것들이 또 나타났으니 고마운 일이고 말고!"라면서, 전쟁을 하게 되니 새로운 것이 많이 발명되기도 했지만, 옛것이 상당수 부활된 것이 무엇보다 고맙고 반가운 일이라고 열변을 토했다.

지금 경주에 살고 있고, 한때 멧돼지사냥꾼이었다는 노인은 자연스럽게 신라시대의 불국사 창건에 얽힌 이야기와 고대인의 곰(熊) 숭배 이야기를 했다. 그리고 곰 숭배 이야기는 다시 일본 규슈(九州)의 곰 이야기로 자연스럽게 이어졌다. 태백산맥을 따라 남하하던 맥족(貊族)은 지금의 강릉이나 울진 근처에서 바다로 나와 다지마(但馬)로 건너갔으며, 다른 일파는 남해안에서 직접 규슈로 건너갔을 것으로 추측되고 있다는 것이다.

그렇게 부싯돌로 시작된 노인의 이야기는 조선과 일본이 동일한 조상이라는 것으로 발전해 갔다. 그리고는 자연스럽게 청일전쟁과 러일전쟁에서 일본을 도운 조선인 포수의 이야기로 옮겨가더니, 또 학도병 징집령에 관한 이야기로 이어졌다.

「"……그나저나 얼마 전 애국반장이 와서 이번 조선의 전문대학생들에게도 일본인 학생과 마찬가지로 육군에 특별 지원하는 길이 열렸다. 이번에 지원하는 학생들은 머잖아 황군간부가 될 자격을 얻을 수 있게 됐다고 하니 절호의 기회다. 그러니 조선인학생은 일제히 나가지 않으면 안 된다고 하더군. 옳거니 싶어서 우리 손주녀석은 어떻게 할 거냐고 물었더니 그게 확실하지 않은 모양이야. 아무래도 고향으로 돌아온 것 같은데 무슨 말이 없더냐고 묻더군. 내 원 참, 창피하기도 하고 화도 나고, 노발대발해서 딸에게 편지를 보냈지. 그랬더니 딸년도 별 생각 없이 아무래도 본인이 결정을 못 내린 것 같다느니 뭐니 얼버무리잖어. 무슨 소리를 하고 있냐 싶어서 그길로 어젯밤 집을 나와 당장 70리길을 달렸다네. 이래봬도 하루에 120리는 거뜬히 걷던 다리니까. 70리쯤이야 거뜬하지."」

조선의 젊은이들에게 요즘보다 더 좋은 시절은 없다고 강변하는 늙은 포수의 이야기는, 전통의 부활에서 새로운 시대정신으로 이어졌다. 나는 노인의 정열적인 강변에 새삼스럽게 그 얼굴을 다시 보았다. 눈처럼 희고 풍성한 수염에 혈색 좋은 얼굴에서는 윤기가 돌았다. 나이를 잊은 노인의 활기찬 생명력에 나는 잠시 내 자신을 돌아보았다.

이윽고 노인과 헤어져야 할 때가 되었다. 나는 국민복 차림이었던지라 노인에게 거수경례를 하고 나서 진심을 담아서 작별인사를 했다. 노인은 놀란 표정으로 거수경례하는 내 오른손을 양손으로 받치면서 큰 소리로 웃었다. 눈을 반짝이며 웃는 노인의 웃음이 내내 머릿속에서 사라지지 않았다.

月城君の從軍(쓰키시로군의 종군)

〈기초사항〉

원제(原題)	月城君の從軍
한국어 제목	쓰키시로군의 종군

원작가명(原作家名)	본명	최재서(崔載瑞)
	필명	석경(石耕)
게재지(揭載誌)	녹기(綠旗)	
게재년도	1944년 2월	
배경	• 시간적 배경: 1943년 가을 • 공간적 배경: 호남지방 군사연습지	
등장인물	① 신참 종군기자 쓰키시로 ② 보도반 지도관 노가미대위 등	
기타사항		

〈줄거리〉

신참기자 쓰키시로(月城)군이 처음 배정받은 종군지는 남태평양 전쟁터나 중국 토벌지역도 아닌 '조선군 보도반'이라는 다소 위압적인 명칭의 호남지방 군사 연습지였다.

어떤 신문사든 사단연습에는 노련한 기자를 파견하는 것이 관례였지만, 입사한 지 얼마 되지도 않은 쓰키시로가 특별대우격인 보도반원으로 파견된 데에는 사회부장의 추천도 있었지만, 평소 지원병이나 징병제에 대한 그의 두터운 관심이 사내에 널리 인식되어 있었던 까닭이다. 이런 사실만으로 쓰키시로는 이번의 새 임무에 대해 각오가 남달랐다. 그런데 날이 갈수록 자신이 급속히 무너져가고 있음을 깨달았다. 그 절망감은 자기혐오와도 같은 일종의 공허감이었다.

그로서도 보도임무의 중대성을 모를 리 없었기에 '보도전사'의 위상에 걸맞게 내면적 자각과 포부도 충분히 갖출 생각이었다. 그러나 실제적인 활동에 직면하면 끓어오르는 그 무언가가 뚜렷하지 않았다. 만약 '제일선에서의 전투상황에 직면한 상황이라면?'이라는 생각이 들 때마다 견딜 수 없는 자책감이 들었다.

이번 보도반이 국방사상 보급을 위해 편제된 것임을 분명히 알고 있었기에, 아직 군대에 대한 이해조차 부족한 그로서는 '자신의 붓으로 과연 얼마만큼 국방사상을 보급할 수 있을 것인가?'에 대한 회의가 들었다. 끈끈한 정에 치우친 수식어로 장식된 보도기사로는 국방사상이 보급될 수 없다는 것을 쓰키시로는 잘 알고 있었다. 요컨대 일반 민중들이 품는 '황군은 왜 이다지도 강한가?'라는 의문과 경이로움에 대해 명쾌한 해답을 제공하지 못한다면, 군 보도기사를 쓰는 자신의 임무가 아무 의미를 가질 수 없기 때문이다.

오늘 새벽의 전투를 계기로 훈련은 전혀 새로운 단계에 접어들었다. 오늘의 결전장이 될 김제 북방 일대는 밀림과 공터가 많아서 전투하는 장병들에게 매우 힘든 장소였으며, 관람하는 보도반의 입장에서도 포착하기 어려운 지형이었다. 훈련지로 가는 길가에는 하얗고 빨간 코스모스가 가로수 대신 청초한 빛을 발하고 있었다. 그 가운데 작은 일장기를 흔들면서 만세를 외치는 아동들과, 일손을 멈추고 손을 흔드는 농부들의 모습이 눈에 띄었다. 이런 모습들은 언제 보아도 감격스러웠다.

보도반에게 배당된 숙소는 시골치고는 제법 훌륭한 집이었다. 연습지(演習地)에 와서 민가에 묵을 수 있으리라고는 예상도 못했기에 왠지 모를 훈훈함을 느꼈다. 제대로 된 대문이 있고, 정원보다 한 계단 위에 위치한 안채와 사랑채는 기와지붕이었다. 마당 외곽에 외양간과 제법 큰 곳간이 있는 것으로 보아 유복한 농가 같았다. 안채에 딸린 부엌에서는 식사를 준비하는 서너 명의 부인이 바지런히 움직이고 있었다.

쓰키시로는 여러 가지 정황으로 보아 조선인들의 마음속에 큰 변화가 일고 있다는 사실을 깨달았다. 연맹의 간부나 경방단 청년들 또는 어린 아동들처럼 제복을 갖춰 입은 사람들의 열성은 말할 것도 없고, 일반 민중들의 황군에 대한 관심이 놀랍도록 변화되고 있음을 느꼈다. 군대나 병사들을 보아도 전처럼 슬금슬금 도망치지도 않았고 행군, 전투상황, 장갑차에도 열광하고 있었다. 장차 아들이나 손자가 입대할 군대이기도 하였지만, 황국을 위한 전쟁을 자기 일처럼 여기고 있기 때문이 아닐까.

별이 아름다운 하늘이었다. 갑자기 "탕탕!" 연이은 소총소리가 들려왔다. 쓰키시로는 멈춰 서서 어둠 사이를 주시하였다. 이번에는 반대쪽에서 묵직한 총소리가 들려왔다. 순간 쓰키시로는 "제군들이 자고 있는 사이에도 병사들은 쉬지 않는다."라고 말했던 노가미(野上) 지휘관의 말이 떠올라 입술을 꽉 깨물었다. 그러자 왠지 모를 뜨거운 눈물이 주르륵 두 뺨을 타고 흘러내렸다.

실전을 위한 연습훈련은 낮과 밤을 불문하고 있어왔던 일이었기에, 칠흑 같은 어둠속에서 야간훈련을 한다는 것도 지극히 평범한 일이다. 그러나 지금 쓰키시로에게는 그것이 큰 감격으로 다가와 하염없이 눈물이 흘렀다. 사람들은 가끔 아무 이유 없이 눈물이 어리는 경우가 있다. 순수한 것과 장엄한 것 그리고 진정한 것을 대했을 때, 또 깊은 깨달음을 얻었을 때 마음속 깊은 곳에서 솟구치는 전율이 있기 때문일 것이다. 우두커니 천정을 바라보던 쓰키시로는 무언가 큰 암시에 부딪힌 기분이 들었다.

「천황의 위광! 그렇다. 천황의 위광을 느낄 때, 일본인은 자신을 잊는다. 천황의 명령에 대한 절대적 순종. 오직 임무수행만이 있을 뿐이다. 그것은 의무라든가 복종이라는 말로는 결코 설명할 수 없는 것이다. 부모를 따르는 젖먹이의 심리와 다를 바 없다. 천황께서 그렇게 하도록 분부하신 것을 몸소 실행하는, 그것이 바로 충의(忠義)인 것이다.」

쓰키시로는 높은 산에 올라서야만 볼 수 있는 장엄한 해돋이를 맞이할 때와 같은 상쾌한 기분을 느꼈다.

非時の花(철 늦은 꽃)

〈기초사항〉

원제(原題)	非時の花(一~二二)
한국어 제목	철 늦은 꽃

원작가명(原作家名)	본명	최재서(崔載瑞)
	필명	이시다 고토(石田耕人)
게재지(揭載誌)		국민문학(國民文學)
게재년도		1944년 5~8월
배경		• 시간적 배경: 서기 672~675년 무렵 • 공간적 배경: 신라
등장인물		① 당(唐)과의 전투에서 전사하지 못한 것을 후회하는 원술 ② 당 축출을 위해 고심하는 김유신 ③ 무열왕의 셋째 딸이자 김유신의 셋째부인 지소부인 ④ 원술과의 사랑을 이루지 못하고 비구니가 된 남해공주 등
기타사항		

〈줄거리〉

　　백제 멸망 후 신라에게 가장 큰 문제는 당(唐)이었다. 김유신(金庾信)은 당나라와 맞서 출병하기를 제안했지만 왕제 지경(知鏡, 문무왕의 5째 동생)의 '신중론' 등이 있어 뜻대로 하지 못했다. 유신은 강수(强首)를 불러 자기의 신념, 즉 당은 원래 신라를 탐내고 있었기 때문에 이쪽에서 먼저 쳐야한다는 것과, 출전할 때 아들 원술(元述)을 대신하여 출병시킬 의향을 밝혔다. 그리고 남쪽의 일본은 신라를 공격할 의사가 없으니 일본과 손을 잡는 것이 좋겠다는 결론을 얻었다.

　　8월 15일 가배절(嘉俳節). 원술은 화랑의 무술대항시합에서 우승했다. 그 늠름한 모습을 본 남해공주(南海公主)의 가슴에 사랑이 움트기 시작했다. 원술에 대한 공주의 사랑은 침식을 잊을 정도가 되었고, 마침내 원술을 자신의 배필로 삼을 것을 마음속으로 결정했다.

　　한편 김유신의 소원이었던 적국항복과 진호국가를 목적으로 건축한 원원사(遠願寺)의 낙성식이 있던 날, 뒷산에 올라간 원술은 그곳에서 뜻밖에 남해공주를 만나게 된다. 원술은 이미 공주의 마음을 알고 있던 터라 공주를 남겨두고 싸움터로 나가야 한다는 사실이 큰 아픔으로 다가왔다. 원술은 몹시 번민하다가 '왕께 충성을 다하고, 나라를 위하여 목숨을 바치는 것이 효도'라는 아버지 김유신의 말을 떠올리고, 공주에게 자신의 각오를 밝혔다. 공주 또한 원술이 나라를 지켜야 하는 무사임을 깨닫고 원술을 격려했다.

　　원술이 출정하게 되자 유신은 원술에게 신라의 삼국통일에 대한 사명을 알려주었고, 어머니 지소부인(智炤夫人)도 젊은 시절 유신이 이룩한 기적과 충군애국의 대의를 일러 주었다.

　　당초 당나라와의 전쟁에서 신라군의 활약은 눈부셨다. 그러나 공명심이 앞선 나머지 신라군은 앞뒤 가리지 않고 서두르다가 당군의 책략에 빠지고 말았다. 출전할 당시의 기세와는 전혀 다르게 신라군은 초라한 귀환을 하게 되었다. 그리고 죽어야 할 때를 놓치고 살아 돌아온 원술은 돌이킬 수 없는 수치심에 빠져 깊은 산속으로 행방을 감추고 말았다.

　　전세가 불리해지고 급기야 신라왕이 당에 굴복하자, 성난 백성들은 도처에서 일어나 당나라군과 싸웠다. 그즈음 당과의 접전이 위급할 때마다 바람처럼 복면의 기사가 나타나 당나라군을 물리치고 바람처럼 사라졌다. 이윽고 당과의 전쟁이 끝나고 평화가 찾아왔다. 왕은 위급할 때마다 신라군을 도와준 그 복면의 기사를 찾으라는 어명을 내렸다. 마침내 그가 원술임을 알아낸 왕은 그 공을 높이 치하하며 벼슬을 권했지만, 원술은 "이미 나라에 죄를 지은 몸으로 이번에도 죽지 못한 것이 한"이라면서 왕의 뜻을 정중히 거절했다.

　드디어 삼국통일이 이루어져 궁성이 화려하게 지어지고 임해전(臨海殿)이 낙성되었다. 남몰래 그 광경을 지켜보던 원술은 자기가 그곳에 서 있는 가신들보다 훨씬 노쇠했다는 느낌이 들어 쓸쓸한 마음으로 연못가를 서성거리고 있었다. 그때 남해공주가 원술 앞에 나타났다.

　「"하지만 당신은 매초성전투에서 이미 충분히 수치를 만회하였습니다. 게다가 그것이 우리 군의 마지막 승리를 이끌어냈다는 것은 모두가 알고 있는 일. 상감마마도 그 점은 충분히 통촉하고 계실 줄 압니다."

　"활을 든 자가 전장에 나가 작은 무훈을 세웠다고 해서 그것이 무어란 말입니까. 당연한 일이지 않습니까? 게다가 저는 공훈을 세우기 위해서 그 전장에 나간 것이 아닙니다. 6년 전 얻지 못했던 죽음의 장소를 스스로 찾기 위해서였습니다. 죽을 기회는 무사에게 한 번밖에 오지 않는다는 것을 저는 겨우 깨달았습니다."

　"하지만 신라의 모든 사람들은 당신의 무용을 칭송하고 있습니다. 그리고 아직 젊으신 것을요."

　"그것이 저의 생각과는 정반대입니다. 살구꽃은 역시 봄에 피는 꽃. 만일 그것이 가을이나 겨울에 피면 역시 사람들은 때 아니게 핀 꽃이라고 떠들어대겠지요. 하지만 그것은 결국 미친 꽃에 지나지 않습니다. 열매도 그 무엇도 맺지 못하는 덧없는 꽃입니다. 저는 그야말로 철 늦은 꽃입니다. 저의 이름은 앞으로 몇 십년, 몇 백 년 동안 사람들 입에 오르겠지요. 그것은 희귀해서입니다. 저 역시 저 꽃잎들처럼 봄에 피었다 봄에 지고 싶었습니다……."

　"아아." 공주는 거의 비명에 가까운 탄식을 토했다.」

　원술은 단 한 번 자비령전투에서 죽음의 시기를 놓친 것이 두고두고 후회스러웠다. 무사에게 있어 죽음의 시기란 단 한 번밖에 없다는 것을 통감한 원술은 그날 이후 어떤 희망도 가질 수 없었다. 다시 남해공주를 만나게 되었어도 아무 감동이 일지 않았다. 원술은 결국 의상대사가 계신 태백산 부석사로 들어가 불법에 귀의하여 신라를 오래도록 수호하기로 결심했다. 불문에 들어간 원술은 그제야 비로소 무거운 짐을 내려놓은 것 같은 홀가분함을 느꼈다. 남해공주 역시 비구니가 되어 그리운 원술의 뒤를 따랐다.

　문무왕 13년 2월, 유신이 노쇠하여 죽을 때가 가까워졌을 즈음, 원술이 찾아와 용서를 빌었다. 그러나 유신은 끝까지 원술을 용서하지 않은 채 80년의 생을 마감했다. 지소부인도 원술이 유신의 장례에 참여하는 것을 허락하지 않았고, 장례를 마치고 바로 선도산(仙桃山)으로 들어갔다.

　그로부터 3개월이 지난 만추의 어느 날 아침, 비구니 한 사람이 짚신에 삿갓을 쓰고 낙엽 떨어지는 선도산 위에서 말없이 도읍을 바라보며 하늘을 향해 합장하였다.

民族の結婚(민족의 결혼)

〈기초사항〉

원제(原題)	民族の結婚	
한국어 제목	민족의 결혼	
원작가명(原作家名)	본명	최재서(崔載瑞)
	필명	이시다 고토(石田耕人)
게재지(揭載誌)	국민문학(國民文學)	
게재년도	1945년 1~2월	
배경	• 시간적 배경: 신라 진평왕 시절(630년 전후) • 공간적 배경: 신라왕실과 김유신의 집안	
등장인물	① 춘추와 여동생의 결혼으로 신라와 가야의 결합을 꾀한 김유신 ② 유신의 둘째여동생 아지 등	
기타사항	<글의 차례: 꿈을 사다 - 성골 - 아버지와 아들 - 번제(燔祭) - 후일담>	

〈줄거리〉

소판(蘇判, 신라시대 관등) 김서현(金舒玄)은 아들 유신(金庾信)을 심하게 꾸짖었다. 그가 집을 비운 사이 유신이 축국(蹴鞠)을 하다 떨어진 춘추(金春秋)의 옷고름을 일부러 누이동생 아지(阿只)에게 꿰매어주게 했기 때문이다. 이제는 아지를 춘추와 결혼시키는 수밖에 없다는 유신의 말에, 아버지 서현은 성골의 법도도 모르냐며 크게 호통을 쳤다.

김유신이 여동생 아지에게 춘추를 권하고, 아지와 춘추의 결혼문제가 불거졌을 때부터, 성골(聖骨)과 외반(外潘)이라는 장벽으로 인해 두 집안의 어려움은 이루 말할 수 없이 커졌다.

춘추의 집안에서도 월랑과의 혼담을 권하며 차라리 아지를 소실로 맞으라고 요구하였지만, 춘추는 금관왕국의 후예(末裔)인 유신의 동생을 그렇게 대접할 수 없다며 아지를 정실로 받아들이겠다고 고집했다. 어머니가 아무리 타일러도 춘추는 막무가내였다. 춘추는 성골사람들이 500여 년 동안 자기를 지키는 일에만 정신이 팔려 한 번도 바깥세계를 향해 문을 열지 않았기 때문에 공기가 탁해져가고 있다고 생각했다.

원래 유신의 집안은 수로왕을 시조로 한 금관국의 왕가였다. 조그만 나라로 항상 백제와 신라 사이에서 위협받던 금관국주가 신라 법흥왕 19년에 왕비와 아들들을 데리고 신라를 찾았다. 이에 신라왕은 예를 갖추어 받아들임으로써 무력없이 가락국을 금관국주에게 내주어 지금에 이른 것이었기에 '귀화족'이라는 말이 유신에게는 오히려 이상하게 들릴 정도였다. 유신은 이 결혼이 가락족에 대한 이유없는 모욕을 깨뜨리는 계기가 되리라 믿었다. 춘추 역시 성골과 외반의 구별이 애당초 근거없는 것임을 알고 이제는 그런 것에 구애될 시대가 아니라고 믿었다.

이러한 난관을 타개하기 위해 유신은 책략을 꾀했다. 진평왕이 행차할 때 집에서 번제를 올리고 여동생 아지를 제물로 바치려고 하면, 왕이 이를 딱하게 여기고 칙명을 내려 그들의 결혼을 허락하리라 생각한 것이다. 그러나 만약 실패한다면 아지는 불에 타 죽을 수밖에 없었기에, 유신은 비장한 마음으로 아지에게 그 결의를 밝혔다. 아지는 자신의 희생으로 신라와 가락국의 담장이 철폐될 수 있다면 기꺼이 오라비의 뜻에 따르겠노라고 답하였다.

그러던 어느 날, 유신이 시킨 대로 어느 절간에 숨어 지내던 아지가 오랜만에 오라비와 산책을 나왔다. 신록의 계절 아지는 춘추의 씨를 잉태하고 있었다. 두 사람은 왕이 황룡사로 행차하는 기회를 보아 번제를 드리기로 상의했다.

이윽고 진평왕이 황룡사로 납시던 중에 유신의 집 근처에서 뭉게뭉게 연기가 피어오르는 것을 보았다. 왕은 화재가 발생한 줄 알고 불을 끄라고 명했다. 이때 유신이 달려와 왕 앞에 부복하고, 부모 허락 없이 임신한 동생을 번형(燔刑)하려는 것이라고 아뢴 다음 전후 사정을 자세히 고하였다.

유신으로부터 사정을 들은 진평왕은 한참동안 고심하더니 아지의 뱃속에 든 아이가 진정 춘추의 아이라면 그 아이가 자신의 증손이라는 데에 생각이 미쳤다. 진평왕은 무엇보다도 우선 번형을 중지하도록 분부할 수밖에 없었다. 그리고 '성골이란 무엇이며 범골이란 또 무엇인가?'를 되뇌며 새삼 성골의 법도에 대해 고심했다. 성골이니 범골이니 하는 까다로운 문제에 대해 한 번도 깊이 생각해 본 적이 없던 진평왕은, 그것이 자신의 문제로 이렇게 다가오리라고는 꿈에도 생각지 못했다.

번형을 중지하라는 왕명에 따라 신하들은 군중을 헤치고 서현의 집으로 들어가 왕명을 전했다. 서현을 비롯한 모두가 왕의 은혜에 감읍하였고, 두 남매의 목숨을 건 모험의 결실은 춘추와 아지의 결혼으로 맺어졌다. 그 후 6년 만에 진평왕이 승하함에 따라 춘추는 왕위를 계승하여 무열왕이 되었다.

그동안 백제의 내습과 내부의 반란 등으로 신라는 온갖 역경을 겪어야 했으나 김유신과 김춘추가 반생 동안 염원하고 노력해 온 민족결혼의 정신과 진의가 큰 힘이 되었다.

「무열왕을 중심으로 한 전후(前後)의 시대가 왕의 골(骨)에 의해 구별되는 것은 역사상의 명문(明文)이 제시하고 있는 바이다. 하지만 이른바 성골과 진골의 구별은 무엇에 의해 구별되는가, 그에 대해서 역사는 아무 말도 하지 않는다. 상고(上古)와 중고(中古)를 구별할 정도인 것을 보면 정말 중요한 이유가 있음에 분명하다. 하지만 그 이유는 이렇다하게 명문에 제시될 수 없다. 만일 제시한다면 그 이유는 바로 무열왕의 혼인과 연관이 있을 것이 분명하기 때문이다. 무열왕이 가락족의 딸을 받아들인 것은 참으로 충격적이고 혁명적인 일이었다.

어쨌든 신라의 역사는 30세 청년 김유신이 남몰래 가슴에 품었던 포부대로 전개되어, 용삭(龍朔) 원년 제30대 문무왕은 화려하게 각광을 받으며 무대에 서게 되었다. 문무왕 법민(法敏)이야말로 민족결혼의 최초의 결실이다. 그는 신라와 가락 양 민족의 단단한 결합을 토대로, 충렬한 명장 김유신을 선두에 세우고 보무도 당당하게 나아가 마침내 삼국을 통일하였다.」

* 이 이야기를 창작함에 있어 스에마쓰 야스카즈(末松保和)교수의 연구「신라삼대고(新

羅三代考)」가 많은 것을 시사해 주었다. 이 연구는 신라역사 연구에 신기원을 열었다고 믿는다. 이 귀중한 연구가 하루라도 빨리 발표되기를 기대함과 동시에 미발표 원고를 기꺼이 대여해 주고 그 내용을 자유롭게 이용하도록 해준 것에 깊이 감사한다. 다만 언급해 두고 싶은 것은 이 이야기가 그대로 교수의 연구내용은 아니라는 점이다.

崔貞熙(최정희)

—

최정희(1906~1990) 소설가, 언론인. 호 담인(淡人).

094

약력

1906년	12월 3일 함북 성진군 예동에서 최재연과 조덕선의 4남매 중 장녀로 태어났다.
1920년	부모와 함께 함남 단천으로 이사하였다.
1924년	상경하여 서울 동덕여학교 1학년에 편입하였다.
1925년	숙명여학교 2학년에 편입하였다.
1928년	숙명여학교를 졸업하였다. 3월 서울 중앙보육학교에 입학하였다.
1929년	서울 중앙보육학교를 졸업하고, 4월 경남 함안유치원 보모로 부임하였다.
1930년	일본으로 건너가 도쿄 미카와(三河)유치원 보모로 부임하였다. 유치진, 김동원 등이 멤버로 있는 <학생극예술좌>에 참여하였다.
1931년	일본에서 귀국하여 삼천리사(三千里社)에 입사하였다.
1934년	2월 잡지 「중앙(中央)」에 「가버린 미례(美禮)」를 발표하였다. <카프(KAPF, 조선프롤레타리아예술가연맹)>의 강제해산 및 일제검속에 연루되어 전주형무소에 투옥되었다.
1935년	출옥하여 조선일보사 출판부에 입사하였다. 「조광」에 단편 「흉가」를 발표함으로써 문단에 데뷔하였다.
1936년	4월 「가버린 미례」를 개작한 단편 「그늘(日陰)」이 《오사카마이니치신분(大阪每日新聞) 조선판》에 일본어로 번역, 게재되었다.
1937년	단편 「인맥」을 「문장」에 발표하였다. 조선일보사를 퇴사하였다.
1939년	9월 「문장」에 단편 「지맥(地脈)」을 발표하였다.
1940년	중편 「천맥(天脈)」을 「삼천리」에 연재하였다. 「지맥(地脈)」이 일본어로 번역, 발표되었다.
1941년	2월 「국민총력(國民總力)」에 일본어소설 「환영 속의 병사(幻の兵士)」를, 5월 「문화조선(文化朝鮮)」에 「정적기(靜寂記)」를 발표하였다. 단편 「봉황녀」를 발표하였다.
1942년	4월 「신시대(新時代)」에 일본어소설 「2월 15일 밤(二月十五日夜)」을, 「국민문학(國民文學)」에 「야국초(野菊抄)」를 발표하였다.

1945년	단편집『천맥』을 간행하였다.
1947년	단편「베갯모」, 「고추」, 「점례」, 「우물치는 풍경」, 「풍류 잡히는 마을」을 발표하였으며, 제1창작집『풍류 잡히는 마을』을 아문각에서 발행하였다.
1948년	단편「꽃피는 계절」, 「수탉」을 발표하였다.
1950년	1월 단편「봄」을「문예」에 발표하였다.
1951년	종군작가단이 구성되자 공군종군작가 단체인 <창공구락부> 부원으로 참가, 종군기자로 활약하였다. 수필집『사랑의 이력』을 계몽사에서, 창작집『천맥』을 수선사에서 간행하였다. 단편「바람 속에서」를「신천지」3월호에 발표하였다.
1953년	≪서울신문≫에 장편『녹색의 문』을 2월부터 7월까지 연재하였다. 11월에 단편「추락된 비행기」를「문예」에 발표하였다.
1954년	동화집『장다리꽃 필 때』를 학원사에서, 장편『녹색의 문』을 정음사에서 간행하였다. 서울시 문화위원에 위촉되었다.
1955년	「현대문학」창간호에 단편「수난의 장」을, 「사상계」에 단편「인정」을, ≪서울신문≫에 단편「소용돌이」를 발표하였다. 창작집『바람속에서』를 채문사에서 간행하였다.
1956년	≪서울신문≫에 중편「데드마스크의 비극」을 연재하였다. 「문학예술」6~8월호에 중편「찬란한 대낮」을 발표하였다.
1958년	장편『인생찬가』로 <제8회 서울시문화상> 본상을 수상하였다. 장편『끝없는 낭만』을 신흥출판사에서 간행하였다.
1960년	장편『인간사』를「사상계」에 연재하다가 중단하였다.
1962년	장편『별을 헤는 소녀들』을 학원사에서, 수필집『젊은 날의 증언』을 제민사에서 간행하였다.
1963년	「현대문학」12월호에 단편「귀뚜라미」를 발표하였다.
1964년	장편『인간사』를 신사조사(新思潮社)에서 간행하였다. 장편『인간사』로 <제1회 여류문학상>을 수상하였다. 장편『강물은 또 몇 천리』제1부를「현대문학」에 2년 동안 연재하였다.
1965년	10월 <자유중국부인사작협회> 초청으로 자유중국을 방문하였다. 국세청 자문위원에 위촉되었다.
1967년	단편「제2여자의 풍경」, 「제3여자의 풍경」을 발표하였다. 종군작가 단장으로 파월장병 위문차 베트남의 사이공, 퀴논 등을 방문하였다.
1969년	학원사의 <학원장학회> 이사, <한국여류문학인협회> 회장에 당선되었다.
1970년	「월간문학」5월호에 단편「바다」를, 「현대문학」5월호에「205호 병실」을 발표하였다. 예술원 회원으로 당선되었다.
1972년	한국예술원 본상을 수상하였다.
1976년	창작집『찬란한 대낮』을 간행하였다.
1977년	『최정희 문집』을 간행하였다.
1979년	『최정희 선집』을 간행하였다.
1982년	<3·1 문화상>을 수상하였다.
1990년	12월 21일 사망하였다.

日陰(그늘)

〈기초사항〉

원제(原題)	日陰(第一回~第五回)	
한국어 제목	그늘	
원작가명(原作家名)	본명	최정희(崔貞熙)
	필명	
게재지(揭載誌)	오사카마이니치신분(大阪每日新聞) 조선판	
게재년도	1936년 4~5월	
배경	• 시간적 배경: 1930년대 초반 • 공간적 배경: 경성	
등장인물	① 작가인 '나' ② 스물네 살의 주인집 딸 미례 ③ 미례의 집에 세든 천리교 포교사 등	
기타사항	번역자 미상	

〈줄거리〉

책을 읽거나 글쓰기를 하던 나는, 어쩌다 외출이라도 하지 않으면 늘 방에 틀어박혀서 지냈다. 특별한 용무가 없는 한 사람을 만나는 일이 없었기에, 평범한 여성들의 말상대는 하고 싶지 않다는 생각이 나를 강하게 지배하고 있었기 때문이다.

그런데 묘하게 휘어져 다른 한 쪽 다리보다 훨씬 짧은 미례(美禮)의 왼쪽 다리는 그런 나의 흥미를 끌기에 충분했다. 한 집에 살면서도 나는 그녀와 대화를 나눈 적이 없었다. 품위 있어 보이는 여주인 뒤에 서서 나를 살피고 있던 마른 체형에 우울한 그림자가 깃든 그 소녀를 처음엔 별로 마음에 두지 않았다. 그런데 미례가 절름발이라는 걸 알고 나서부터 그녀를 돌봐주고 싶은 마음이 들었다. 그래서 그녀에게 상냥하게 대했고, 때때로 내 방으로 불러서 말 상대가 되어주기도 했다.

이미 혼기를 놓쳐버린 그녀는 지금까지 맞선을 본 적은 더러 있었으나 한 번도 청혼을 받아본 일은 없노라고 했다. 그런데도 미례는 결혼에 대한 꿈을 버리지 않았고, 좋은 남자를 만나 결혼하고 싶어 했다. 그녀는 내 방에 놀러올 때에도 늘 바느질 도구를 가지고 와서, 보통 처녀들이 결혼준비로 해두는 테이블보라든가 수저집이라든가 베개 장식 같은 것들을 만들었다. 푼푼이 모은 돈으로 마련해 둔 남자용 예물시계를 자랑하기도 했다.

가을이 깊어가고 추위가 시작되자 다리의 통증이 심해진 미례는 방에 틀어박혀 바느질만 하며 지냈다. 그러던 그녀가 어느 날 느닷없이 외출복을 입고 내 방으로 왔다.

「"선생님, 저 오늘 좋은 곳에 가요."

"어머, 그래? 어디 가는데?"

"진짜 좋은 곳이에요. 내 다리를 낫게 해줄 곳."

"정말 잘 됐네. 어디에 가서 다리를 고치는데? 좋은 의사선생님이라도 찾은 거니?"

"아니에요, 선생님. 의사가 다리를 고칠 수 있다고 생각하세요? 그런 데가 아니에요."

나는 눈을 감았다.

"선생님한테 상담할까도 생각했지만 좀 부끄러워서 말하지 않았어요."

그러더니 그녀는 자기는 지금 어머니와 함께 남대문 밖에 있는 <천리교 관리소>에 간다고 했다. 그리고 사실은 열흘 전부터 그곳의 전도사가 와서 천리교를 진실로 믿으면 꼽추도 낫고 문둥병도 낫고 눈병, 콧병 등 병이란 병은 다 나을 수 있다, 자기도 원래는 간질병으로 고생했는데 거기 들어간 뒤로 언제인지 모르게 다 나았다, 그래서 이렇게 평생 결혼도 하지 않고 고마운 신에게 봉사하게 되었다며, 미례도 천리교만 믿고 그에 봉사하면 반드시 다리를 고칠 수 있다고 했다는 것이다.」

그 후로 미례는 추운 날씨에도 아랑곳 않고 불편한 다리로 매일같이 천리교에 다녔다.

열흘 정도 지났을까, 급한 용무로 외출했다가 집에 들어와 보니 대문 한쪽 기둥에 <천리교 반도포교소>라는 큰 간판이 걸려 있는 게 아닌가. 깜짝 놀라 들어가 보니 대문 옆에 있는 큰 방 안에는 여러 가지 도구들이 놓여있고, 모르는 남녀가 10명 정도 모여서 포교사로 보이는 젊은 남자의 이야기를 듣고 있었다. 그 중에는 미례도 있었는데 나를 보고도 아는 체 하지 않았다.

그때부터 미례는 24, 5세 정도밖에 안 되어 보이는 포교사를 '그 분'이라고 부르며 무슨 성스러운 사람 대하듯 하였다. 어쩌다 포교사가 외출이라도 하는 날에는 밤이 늦도록 잠도 안자고 기다렸다. 그 포교사를 하늘처럼 떠받드는 것은 미례의 어머니 역시 마찬가지였다. 두 모녀는 식사는 물론이고 빨래며 청소까지 도맡아 해주고 있었다.

미례는 천리교 일로 아침 일찍부터 불편한 다리를 질질 끌며 돌아다녔고, 걸핏하면 구실을 만들어 포교사의 방에 들어가 시중을 들었다. 당연히 미례는 내 방에 오지도 않았고 나와의 관계도 서먹서먹해졌다. 세 들어 사는 다른 여인들이나 이웃사람들은 미례가 그 포교사와 약혼을 했다느니 벌써 약혼 이상까지 갔다느니 제멋대로 험담을 했다. 미례의 다리가 완전히 나았다는 소문까지 떠돌았다. 처음엔 나도 천리교라는 것이 그렇게 용한 것인가 싶어 놀랍기도 했다. 그러나 애써 짓는 미례의 환한 표정 뒤에는 언제나 쓸쓸한 체념이 표류하고 있었고, 그것이 나로 하여금 포교사에 대해 의혹을 갖게 하였다.

미례는 걷거나 일할 때 부자연스럽게 걷지 않으려고 무진 애를 쓰는 것 같았다. 그 때문에 오히려 이전보다 더 심하게 다리를 절기도 했다. 하지만 미례나 미례어머니의 헌신적인 봉사에 대한 포교사의 태도는 안하무인이었다. 그런데도 두 모녀의 포교사에 대한 특별한 대접은 여전했다.

그 해도 어느덧 저물어 크리스마스가 가까워진 어느 날, 미례어머니는 포교사에게 조심스럽게 미례와의 결혼이야기를 꺼냈다. 포교사는 '결혼할 사람이 따로 있는데 금년 안으로 결혼하기로 했다'며 일언지하에 거절했다.

크리스마스가 지난 3일 후, 포교사의 결혼식이 있었다. 미례와 미례어머니는 결혼식에 참석하기 위해 '천리교 경성 총관리소'로 갔다. 미례는 억지로 태연한 척 했지만 내내 창백한 얼굴이었다. 결혼식이 끝나자 포교사는 방을 얻어 다른 집으로 이사했다.

포교사가 떠난 다음 날부터 미례는 거센 파도가 휩쓸고 지나간 뒤처럼 의기소침했다. 그녀는 수척해진 몸으로 쌓인 눈 위를 예전처럼 다리를 질질 끌며 다녔다.

地脈(지맥)

〈기초사항〉

원제(原題)	地脈	
한국어 제목	지맥	
원작가명(原作家名)	본명	최정희(崔貞熙)
	필명	
게재지(揭載誌)	조선문학선집(朝鮮文學選集)	
게재년도	1940년 9월	
배경	• 시간적 배경: 1930년대 말 • 공간적 배경: 대구와 경성	
등장인물	① 아빠 없는 두 아이를 키우며 사는 '나(은영)' ② 사회주의운동을 하다 사망한 아이들 아빠 홍민규 ③ 경성기생 김연화 ④ 집주인의 후처 부용 ⑤ 홍민규의 친구 이상훈 등	
기타사항	번역자 미상	

〈줄거리〉

하늘에 떠있는 구름에 들뜨고 지평선 너머 꿈 같은 세상의 낭만을 꿈꾸던 도쿄의 M대학 시절의 일이었다. 여름방학을 맞아 잠시 귀국한 '나'는 친구의 소개로 어느 독서회에 들어가서 듬직한 청년 홍민규(洪閔圭)를 알게 되었다. 그에게서 문학보다는 정치를 배웠고, 사회과학 책을 읽기 시작했으며, 그가 읽었다는 책은 아무리 어렵더라도 읽어냈다. 홍민규는 그 어려운 사회주의 이론에 관한 책을 읽어내는 나와 서로 이야기가 통하게 되자 기뻐하더니 함께 살자고 했다. 그래서 나는 학교를 그만두었고, 어머니의 반대와 세상의 비웃음을 무릅쓰고 아내가 있는 홍민규와의 동거를 시작했다.

본처가 찾아와서 난동을 부리고, 홍민규가 감옥에 가고, 친정어머니가 돌아가시는 등, 연이어 역경이 닥쳐왔을 때에도 홍민규가 살아 있었기에 나는 전혀 낙심하지 않았다. 그때까지만 해도 세상이 모두 내 마음대로 될 것만 같았다. 적어도 홍민규가 죽지 않고 살아있는 날까지는 그의 아내로, 그리고 아이들의 어머니로 행복하게 지냈다.

그러나 홍민규가 숨을 거둔 후, 나는 비로소 내가 세상에서 가장 불행한 운명의 소유자라는 것을 알았다. 세상의 도덕이, 인습이, 그리고 법규가 철저하게 나를 버렸다는 것을 알게 되었다. 홍민규가 죽은 지 20일 만에 시아버지마저 돌아가시고, 본처가 집안 재산 전부를 자기 앞으로 돌려놓았다고 큰소리를 쳤을 때도 나는 그 어떤 대꾸도 할 수 없었다.

이제는 두 아이와 이 험한 세상을 살아가야 하는데 생활비도 만만치 않았다. 직업을 구하려 했으나 호적 없는 아내라는 이유로 선생, 회사원, 은행원 등등은 모두 거부당했다. 아직 처녀로 되어있는 호적을 이용하면 직장을 구할 수도 있었겠지만, 2년씩이나 극심한 생활고를 겪으면서도 나는 그렇게 하지 않았다. 수없이 갈등한 끝에 대구를 떠나기로 결심했다.

경성기생 김연화(金連花)의 집에 침모 겸 집사로 가기 위해 짐을 꾸리고 있는 내 마음은 착잡하기만 했다. 자본론이니 노동조합조직론이니 하는 어려운 책들을 읽어가며 우리가 꿈꾸던 세상이 정말 오기만 한다면, 기생의 침모가 되기 위해 아이들을 두고 떠난다는 현실쯤이야 그렇게 두렵거나 싫지도 않았을 것이다.

나는 떨어지지 않으려는 두 아이를 달래놓고 혼자 경성으로 올라와 기생 김연화의 집에서 일을 시작했다. 김연화가 보통 기생과는 달리 교양 있고 품위 있다고 들은 바 있었고, 나이도 서른이 넘었으니 포용력 있고 넉넉할 줄로만 알았다. 그런데 자기감정을 조절하지 못하는데다가 때때로 퍼붓는 김연화의 모욕적인 언사에, 나는 한 달도 버티지 못하고 그 집을 나오고 말았다.

그 후 함께 일하던 행랑어멈의 소개로 돈 많은 남자의 후처인 부용(芙蓉)의 집으로 거처를 옮겼다. 어린 딸을 떼어놓고 돈 많은 남자의 후처로 들어와 사는 부용은 적대감으로 가득 차 있는 전실 자식을 둘이나 키우고 있었다. 나와 부용은 십년지기와도 같은 마음으로 함께 아파하고 서로를 위로하였다.

아무런 대책 없이 세월은 흘러 아이들을 입학시켜야 할 시기가 다가왔다. 사생아로 되어있는 아이들의 호적문제 때문에 고민하던 나는 남편친구이자 한때 나를 연모했던 이상훈(李相薰)을 찾아가기로 했다. 그동안 온갖 풍상을 겪느라고 소식 한 번 없이 8년이라는 세월을 보냈지만, 나 역시 그를 잊은 것은 아니었다. 상훈을 만난 나는 뜻밖에도 그가 나의 근황을 다 알고 있었다는 사실에 가슴이 철렁 내려앉았다.

「"네, 불사조입니다. 내 마음속에 영원히 살아있는 불사조. 이 불사조 때문에 나는 고독하고 또 행복합니다."

"나는 그런 신비로운 존재가 아니에요." 나는 다시 내 자신에게 몸을 돌렸다. 어두운 현실이 거대한 짐승처럼 내 앞을 가로막고 있었기 때문이다.

"당신은 그렇다 해도 나에게는 변함이 없습니다. 은영씨가 남편분과 아이들과 행복하게 살던 그 순간에도, 나는 혼자 추억에 잠겨 쓸쓸하고 그리고 언젠가는 반드시 내 앞에 돌아오리라는 기적을 기다리고 있었습니다."

나는 깜짝 놀랐다. 그의 말이 거짓일 리는 없었다. 진실을 보았을 때만큼 두려운 것은 없다는 말을 듣기는 했지만, 바로 지금 내 앞의 이 엄숙한 사실에 마음도 몸도 바들바들 떨려왔다.

"하지만 나를 단순한 친구로 생각해 주세요. 나는 지금 하신 말씀을 들을 만한 여자가 못

된답니다. 내가 얼마나 힘든 상황에 처해있는지 들으셨잖아요?" 나는 외치듯, 애원하듯 내가 그에게 하고자 했던 이야기를 - 아이들의 입적문제를 - 단숨에 말해버렸다.

상훈은 가만히 내 이야기에 귀를 기울인 후 태연하게 말했다.

"그럼 무엇이든 온전히 나에게 맡기세요.」

상훈과 내 마음을 알게 된 부용은 서로 사랑하는데다 둘 다 혼자 몸인데 문제될 게 무어냐며 결혼하기를 권했지만 나는 괴롭기만 했다. '아무 상관없는 남의 자식은 사랑할 수 있어도 아내가 낳아온 자식은 미워할 수밖에 없다'는 세상의 통념 때문에, 상훈과의 결혼을 생각할 때마다 아이들 문제가 걱정되었고, 차라리 아이들과 함께 죽어버릴까도 생각했다.

결국 나는 상훈을 떠나기로 결심하고, 군이 일자리를 황해도 해주에 있는 요양원으로 정했다. 상훈을 잊기 위해 멀리 떠나면서도 행여나 상훈이 플랫폼에 나타날 것만 같아 내 눈은 사람들 속에서 쉼 없이 그를 찾았다. 해주로 떠나는 기차 안에서 턱을 괴고 오랫동안 밤하늘의 별을 바라보며, 우주를 결코 벗어나지 않는 별의 궤도를 생각해 보았다. 엄마와 처음으로 기차를 타는 것이 즐거워서 깔깔거리고 웃어대다 잠이 든 형주(亨柱)와 설주(雪柱) 옆에서, 나는 아이들을 잘 키우는 것이 내게 주어진 운명이요, 내가 벗어나지 못할 지상의 궤도라는 생각을 했다. 그리고 지상의 궤도를 벗어나지 않을 인내와 극기와 성실과 용기를 갖추어야겠다고 다짐했다.

幻の兵士(환영 속의 병사)

〈기초사항〉

원제(原題)	幻の兵士	
한국어 제목	환영 속의 병사	
원작가명(原作家名)	본명	최정희(崔貞熙)
	필명	
게재지(揭載誌)	국민총력(國民總力)	
게재년도	1941년 2월	
배경	• 시간적 배경: 1941년 1월 • 공간적 배경: 경성	
등장인물	① 건강 때문에 공부를 중단하고 도쿄에서 경성으로 돌아온 영순 ② 일본인 병사 야마모토와 동료 병사들 등	
기타사항		

　　도쿄에서 대학을 다니다가 몸이 좋지 않아 집에 돌아와 있던 영순(英順)은, 서리가 흠뻑 내린 아침 등산에 나섰다. 의사가 등산을 권유한 탓도 있었지만 그날따라 서리의 처절한 차가움이 가슴 저리도록 와 닿았기 때문이다. 산속의 나무들은 색깔도 향기도 잃어버린 채 처량한 모습의 들국화만이 차갑게 침묵하고 있었다. 들국화처럼 묵묵히 아침안개 속에 잠겨있는 북악산을 바라보고 있는데 뒤에서 어떤 병사가 말을 걸어왔다. 그렇게 만난 병사 야마모토 이사무(山本勇)와 영순은 서로 호감을 갖게 되었다.

　　다음날부터 영순은 가을의 차가운 아침이 스산하다는 것도 잊은 채 매일 산에 올라가 야마모토와 많은 이야기를 나눴다. 야마모토는 여동생과 어머니가 고향인 히로시마(廣島)에 살고 있다는 것, 봄에 상고를 나와 은행에 근무했었다는 것, 자신의 취미는 문학이었기 때문에 은행의 사무가 적성에 맞지 않았다는 것 등을 이야기했다. 영순도 외동딸로 도쿄의 여자대학에 2년쯤 다니다가 집에 와서 요양을 하고 있다고 말했다. 둘은 어느새 야마모토의 막사에까지 놀러갈 정도로 가까워졌다.

　　막사에는 야마모토 외에 4명의 병사가 있었다. 모두들 영순과 친해져서 그녀가 오는 것을 반갑게 맞아주었다. 영순은 야마모토에게 아리랑 노래와 한글을 가르쳐 주었는데 일본군인들은 한글낱자가 조선의 집 모양과 비슷하다며 신기해했다. 이를 본 야마모토가 모두에게 한글을 가르쳐달라고 하자, 기꺼이 '가'행부터 '하'행까지 써 주면서 영순은 콧등이 시큰해지는 것을 느꼈다. 병사들은 이걸 다 외우면 영순과 더욱 친해질 것 같다면서 출정할 때까지 전부 외우고야 말겠다며 즐거워했다.

　　그러나 한글을 다 외우기도 전에, 네 명의 병사는 낙동강 연안의 철도경비대로 파견되어 떠났고, 야마모토는 중국 북부로 이동하게 되었다.

　　막사가 철거되자 영순은 외로웠다. 다른 병사들은 가끔 엽서를 보내왔으나 영순이 가장 마음에 두었던 야마모토에게서는 편지 한 통 없었다. 막사가 있던 기둥의 흔적과 불을 피우던 화로 흔적을 멍하니 바라보는 것이 영순의 일과처럼 되어버렸다.

　　그렇게 겨울이 지나고 봄비 내리는 어느 날 영순은 드디어 기다리고 기다리던 야마모토의 편지를 받았다.

　　「김영순 님께
　　"……동양평화 - 신동아 건설을 목표로 하는 이념 - 순수하고 충실하며 부정과 거짓이 없는 공정한 '일본정신'이므로 어쩔 수 없습니다. 제가 그만 흥분한 것 같습니다. 당신 앞에선 항상 흥분하는 버릇이 있어 큰일입니다. 사실 이곳에 와서 깨달은 것입니다만, 당신이 써주신 당신의 이름과 언문(한글)을 가끔 펼쳐보면서 당신을 느끼고, 당신의 어머니를 비롯해 친척, 그런 분들과 같은 동포인 조선인 전체를 느낌과 동시에, 언문의 모양을 하고 있는 조선의 가옥구조와 중국가옥의 구조가 닮아있다는 생각을 했습니다. 그러면서 중국과 조선과 일본은 신대(神代)부터 어떤 인연이 있다고 믿게 되었습니다. 즉 신대부터의 숙명적인 인연만큼은 어찌할 수 없는 일이라고 생각합니다.

　　부디 당신도 나와 같은 이념을 가지시기 바랍니다. 그리고 신의 뜻인 동양평화를 위해 강한 여성이 되어주세요. 전쟁을 위한 전쟁은 죄가 되기도 하겠지만 평화를 위한 전쟁이라면 신께서도 기뻐하실 겁니다. 편지 주세요. 당신을 닮은 가냘픈 글자를 하루라도 빨리 보고 싶습니다. 기다리고 있겠습니다. 안녕히.

야마모토 이사무(山本勇) 드림.」

야마모토의 편지를 받아본 영순은, '당신의 신념대로 나 역시 강하게 살아가겠노라'는 내용의 답장을 보냈다. 그런데 답장을 보낸 지 열흘 쯤 지난 어느 날, 영순은 야마모토가 전사했다는 소식을 들었다. 영순은 자신이 보낸 편지도 받아보지 못하고 야마모토가 전사했을 거라는 생각에 괴로웠다. 동네 꼬마들이 부르는 군가만 들어도 귀를 막고 오열할 정도로 가슴이 아팠다.

야마모토 병사의 굵은 목소리가 아직도 귀에 쟁쟁하게 들리는 것 같아, 영순은 마음 약하게 울고 있을 때가 아니라는 것을 깨달았다. 그의 엄숙한 얼굴이 눈앞에 떠올라 영순은 다음날 아침 산을 넘어 막사가 있던 자리로 갔다. 화로가 있던 자리에 돌을 쌓고 엄숙하게 묵도를 하고, 야마모토의 성스러운 영령이 편안히 쉴 수 있도록 기원하고 있을 때, 그의 환영이 옛 모습 그대로 나타났다. 그 환영 속에서 야마모토는 영순에게 '일본과 조선, 그리고 중국은 신대(神代)적부터 숙명적인 연관이 있다고 나는 믿습니다. 당신도 그렇게 믿어 주세요.'라고 말하는 것 같았다. 야마모토는 갔지만 영순은 환영 속에서 들었던 그의 말을 떠올리며 대동아공영권에 대한 이념을 공유할 수 있었다.

- 1941년 1월 14일 -

靜寂記(정적기)

〈기초사항〉

원제(原題)		靜寂記
한국어 제목		정적기
원작가명(原作家名)	본명	최정희(崔貞熙)
	필명	
게재지(揭載誌)		문화조선(文化朝鮮)
게재년도		1941년 5월
배경		• 시간적 배경: 어느 해 초여름 • 공간적 배경: '나'의 친정집
등장인물		① 남편과의 불화로 아이를 시댁에 두고 친정에 와 있는 '나'
기타사항		생활문 형식

〈줄거리〉

'나'는 아이의 생일날 동물원에 가서 잠시나마 여자의 슬픔도 인생의 괴로움도 모두 잊고 행복한 시간을 보냈다. 아이를 데리러 온 시어머니의 다시 한 번 생각해 보라는 말에 망설이기도 했지만, 아이를 붙잡고 싶은 마음을 간신히 잠재우고 끝내 시댁으로 돌려보냈다. 나는 남편과 아이 때문에 살아가는 여자가 아닌, 나 자신만을 위해 살아가는 나쁜 여자이기를 선택했다. 생활고로 인한 고통 또한 그랬다. 여자에게 불리한 세상을 탓하기도 했다. 신문사에 다닐 때는 아이를 돌봐줄 사람이 없어 아이 손에 장난감 대신 부엌도구를 쥐어주고 나가기도 했던, 피가 마르는 고달픈 생활이 엄마로서의 길을 포기하게 했는지도 모른다.

그러나 아이를 보내고 난 후 아무것도 손에 잡히지 않았다. 아이는 꿈에까지 나타나 나를 힘들게 하였으며, 지금이라도 당장 내 앞으로 걸어올 것만 같았다.

친정어머니는 나보다 더 가슴아파하셨다. 사랑하는 손녀를 떼놓은 친정어머니의 마음을 잘 알기에 나는 소리 내어 울지도 못했다. 어머니 역시 행복한 삶을 살지 못했으면서 아이를 보내버린 딸의 괴로움을 생각하느라 부덕(婦德)을 강조하였고, 아이를 보내지 않으려 했다. 못난 딸을 위해서 언제나 노심초사하시는 친정어머니께 행복한 모습을 보여주지 못한 나 역시 괴로웠다.

내가 아는 한 어머니에게는 행복한 날이 하루도 없었던 것 같다. 결혼 한 지 5년도 채 안 되어 첩을 데리고 먼 곳으로 떠나버린 아버지를, 어머니는 20여 년 동안 하루도 기다리지 않는 날이 없었다. 그런 아버지였음에도 언젠가 돌아오시기만 하면 어머니는 함께 살아갈 날을 기대하였다. 하지만 아버지는 끝내 돌아오지 않았고 결국 첩의 집에서 세상을 떠나셨다. 그런 가운데서도 어머니는 우리 형제들을 모두 의젓하게 키워내셨다.

어쩌면 그런 아버지에 대한 실망과 좌절이 나로 하여금 남성에 대한 부정적 선입견을 갖게 했는지 모른다. 그러다 결국 나는 남편으로부터 벗어나기 위해 아이를 시댁에 맡길 결심까지 하게 된 것이다.

아이를 잊어보려고 술도 마셨지만 아이의 환영만이 가득 떠올랐다. 어디선가 "어머니!" 하고 달려올 것 같은 환청에 시달리기까지 했다. 나는 점점 야위어갔다. 거울 앞에서 불끈거리는 심장을 본 나는 그제야 내가 아직도 살아있음을 깨달았다.

「7월 ×일
나는 매일 해골처럼 야위어간다. 서있는 것조차도 뜻대로 할 수 없다. 돈 있는 사람을 찾아가 악기점 점원이 되고 싶다고 말한 것이 남의 일처럼 느껴진다.

아이의 아버지에게서 편지가 왔다. 아이를 데려갈 때까지는 하루가 멀다 하고 편지를 보내더니, 이것은 두 달 만에 받는 편지였다. 나의 약점 - 아이 없이는 살 수 없는 나의 약점을 알아채고, 지금까지 한 장의 편지도 보내오지 않은 걸 생각하면 괘씸하기도 했지만, 나는 목마른 사람처럼 편지봉투를 뜯어 읽어 내렸다.

나는 하염없이 눈물을 뚝뚝 흘리면서 오열했다. 아이가 아파서 엄마만 부른다고, 엄마가 돌아올 거라면서 밤에도 대문을 잠그지 못하게 한다고 했다.

나는 울고 또 울면서 아이 아버지에게 편지를 썼다.
── 내가 갈게요…….」

‘모성’이란 나를 잃게도 하지만 결국 내 삶을 다시 찾게 하는 것임을, 그리고 여자는 모성애를 지닐 때 강인한 삶의 의지를 갖게 되는 것임을 새삼 깨달았다.

남성중심의 사회와 가족 구조에 대항하여 정신적, 물질적 속박을 당하는 여자의 곤혹스러운 처지에 일종의 반란을 일으켜도 보았지만, 아이 앞에서는 어쩔 수 없는 나를 발견했다. 자궁이 여성들로 하여금 슬픈 운명을 갖고 태어나게 하기에 달갑지 않은 주머니라고 생각했었다. 하지만 그것이 없으면 어머니가 될 수 없다는 까닭에 자궁 없는 여자는 더 불행할 것 같다는 감상에 젖어들기도 했다.

그러나 밀려드는 생활고는 나를 더 이상 감상에 빠져들게 하지 않았다. 나는 돈 있는 사람과 타협할 생각으로 기억 속의 한 남자를 찾아가기로 했다. 오랜만에 정성들여 화장을 하고 그 남자를 만났다. 그런데 그 남자는 돈 이야기는 안중에도 없고 갑자기 붉어진 얼굴로 거친 숨소리를 흘리며 음흉한 눈으로 나를 응시했다. 참지 못하고 밖으로 뛰쳐나온 나는 해가 저물 때까지 정처없이 걸었다.

한때는 보들레르를 읽으며 마음의 평화를 얻었던 나였는데, 궁핍 앞에서는 어쩔 도리가 없었다. 시내 어느 악기점에 ‘여점원 구함’이라 붙어있는 것을 보고 주저 없이 안으로 들어갔다. 나는 주인으로 보이는 사람을 붙잡고 매일 레코드를 100장씩 팔 수 있으니 채용해 달라고 사정했다. 이제는 조금도 부끄럽지 않았고 무섭지도 않았다.

二月十五日の夜(2월 15일 밤)

〈기초사항〉

원제(原題)	二月十五日の夜	
한국어 제목	2월 15일 밤	
원작가명(原作家名)	본명	최정희(崔貞熙)
	필명	
게재지(揭載誌)	신시대(新時代)	
게재년도	1942년 4월	
배경	• 시간적 배경: 1942년 2월 15일 • 공간적 배경: 선주의 집	
등장인물	① 애국반장으로 활동하는 아내 선주 ② 아녀자의 바깥활동을 싫어하는 남편 남준 등	
기타사항		

〈줄거리〉

연애 1년에 결혼생활 2년. 이제껏 한 번도 잔소리를 들은 적이 없었던 선주(仙柱)는 처음으로 남편 남준(南駿)에게 잔소리를 들었다. 선주가 애국반장이 된 것, 단지 그 때문이었다. 실제로 선주는 애국반 모임에 언제나 가정부를 대신 보냈었는데, 태평양전쟁이 시작되고부터는 시국의 긴박함을 통감하고 지금까지 부려왔던 가정부를 내보냈다. 그 후부터 직접 집안일을 해왔고 애국반 모임에도 나갔는데 이번이 두 번째였다.

막상 애국반 모임에 나가보니 구장(區長)과 반장(班長)의 하는 일이 말이 안 될 정도로 형편없었다. 당국에서 내려오는 지시를 기계적으로 전달할 뿐이었다. 말투는 항상 답답했으며, 그나마 의사전달도 제대로 되지 않았다. 왜 저금을 하는지, 왜 국방헌금을 내야 하는지, 국채는 왜 사야 하는지, 철(鐵)을 왜 나라에 바쳐야 하는지 등에 대해서는 한 번도 제대로 설명해 주지 않았다. 또 반원(班員)은 반원대로 어디에서 전쟁을 하고 있는지, 하물며 애국반에 모인 이유조차 모르는 사람이 대부분이었다. 거의 대부분이 구장이나 반장이 나눠주는 배급전표 때문에 모이는 것 같았다. 심지어 반원 중에는 고무신 배급전표를 주지 않으면 방공연습에 나가지 않겠다고 으름장을 놓는 사람까지 있었다.

선주는 도저히 가만히 있을 수 없어 구장과 반장에게 '후방국민은 전쟁하는 병사처럼 전쟁터에 임하는 긴장된 나날을 보내야 하며, 개인을 생각하기보다는 국가를 먼저 생각하고, 어떠한 고난이 닥쳐도 국가를 위하여 참고 견뎌야 한다'고 자신의 의견을 분명히 말했다. 그 때문인지 구장이 일부러 아침 일찍 선주를 방문하여 애국반장이 되어달라고 부탁했고 선주는 그것을 수락했다.

그러나 남준의 반대는 의외로 완강했다. 선주가 아무리 애국반 사정과 형편을 말해도 '떠들썩한 일을 하는 여자는 질색'이라며 들어주지 않았다. 뿐만 아니라 여자는 가정을 지키는 것이 본분이고, 나라가 어지러울 때일수록 오히려 각자 맡은 영역을 확고히 지키는 것이 중요하다며, 내일 아침 일찍 가서 거절하고 오라고 잔뜩 불만스러운 얼굴로 말하는 것이 아닌가.

「"난 집안일을 하면서도 충분히 할 수 있다고 생각해요."

"당신 같은 여자에게 그런 일은 안 어울리니까 하지 말라고 하는 거야. 어울리지도 않는 일을 하는 것은 보기 흉해."

"당신 말씀은 잘 알겠어요. 하지만……."

"하지만 어쨌다는 거야?"

남준의 목소리는 다시 격해졌다. 선주는 적잖이 당황해서 남준의 얼굴을 올려다보았다. 남준은 선주의 시선을 피했다. 선주는 남편이 외면한 텅 빈 시선을 천정으로 돌리며 말했다.

"하지만 미(美)의 표준이라는 것도 언제까지나 고정된 것은 아니라고 생각해요. 잠자리처럼 아름답게 나는 비행기가 아름답게 보인 적도 있었지만, 그런 아름다움은 이제 보잘 것 없지 않을까요? 아름답게 비행하는 것보다 불꽃이 되어 적기를 추격하며 싸우는 비행기가 훨씬 낫다고 생각해요. 그것처럼 여자의 아름다움도 마찬가지예요. 멍하니 하늘만 바라보는 여자의 모습이 보헤미안 같아서 좋은 때도 있었지만, 요즘은 그런 여자보다 하늘을 바라보며 저 하늘을 어떻게 잘 지킬 수 있을까를 생각하는 여자가 훨씬 아름답게 보여요."

선주가 이 말을 꺼낸 것은 도쿄시절 남준이 했던 말이 기억났기 때문이다.」

지금까지의 남준은 여자의 아름다움은 활발하고 강건한 데에 있는 것보다는 그 반대라고 생각해왔다. 그런데 선주의 긴 설명을 듣고 난 그는 깊은 생각에 잠겼다.

바로 그 때, 뉴스를 예고하는 차임벨 소리가 나더니 싱가포르가 황군의 손에 함락되었다는 뉴스가 반복해서 흘러나왔다. 선주가 "가슴이 후련해지는데요!"라고 하자, 남준도 감격하였는지 "음, 결국 해냈군. 잘 했다. 통쾌하다!"라며 조금 전 선주와의 언쟁도 잊은 듯 목소리까지 달라졌다. 선주는 이때를 놓치지 않고 남편의 기분에 편승하여 "이제 애국반장이 되어도 되겠지요?"라고 물었다. 남준은 어린아이처럼 선주를 쏘아보며 웃었다. 선주는 남이 하라고 해서라기보다 자신이 맡으면 좋은 결과를 얻고 나만의 아름다움을 찾을 수 있으리라는 기대감 때문에 애국반장이 되려한다고 웃으며 말했다. 서로의 얼굴이 너무 진지했는지 남준이 먼저 큰 소리로 웃자 선주도 어린애처럼 활짝 웃었다.

野菊抄(야국초)

〈기초사항〉

원제(原題)	野菊抄	
한국어 제목	야국초	
원작가명(原作家名)	본명	최정희(崔貞熙)
	필명	
게재지(揭載誌)	국민문학(國民文學)	
게재년도	1942년 11월	
배경	• 시간적 배경: 어느 해 가을 • 공간적 배경: 지원병훈련소	
등장인물	① 아들 승일에게 지원병훈련소를 견학시키는 '나' ② 명예와 지위 때문에 나를 버린 남자 ③ 아들 승일 ④ 지원병훈련소의 교관 하라다 등	
기타사항	서간문 형식	

〈줄거리〉

아들 승일(勝一)을 데리고 예전에 승일아버지를 따라 걷던 시골의 논길을 걸어 지원병훈련소로 가는 중이다. 지금 머릿속은 그 남자 생각으로 가득했다. 외나무다리를 건널 때 나를 향해 '너를 위해서라면 강물에 빠져도 좋다'고 했던 사람이었기에, 이 세상 모든 사람들로부터 버림받는다 해도 그 남자만 곁에 있어준다면 더없이 행복했던 나였다. 그러나 그 남자는 나보다 명예와 지위를 소중하게 여기는 사람이었다. 때문에 결혼하여 아이까지 있는 그 남자는 애초부터 우리는 맺어질 수 없노라고 못을 박았고, 나 역시 그렇게 각오했었다.

그런데 어찌된 일인지 그 남자한테서 전화가 걸려오면 닫혔던 속마음이 다시 열렸고, 병원 일이 끝나기가 무섭게 우리는 만났다. 그 남자도 나를 만나기 위해서 연회나 모임 등은 거의 피했다. 우리는 사람들 눈에 잘 띄지 않는 산과 들을 피곤함도 잊은 채 자주 걸었다. 그 남자와 함께 있는 순간이 나에게는 가장 아름다운 시간이었다. 그리고 그 남자와 헤어져 혼자가 되면 금세 불안에 빠졌다.

나는 그 남자와 함께 하는 내내 기쁨과 불안을 함께 느꼈다. 그럼에도 나는 그 남자를 사랑했고 그 남자의 아이를 가졌다. 하지만 내가 아무 주저함 없이 임신했다는 이야기를 했을 때 부주의한 나를 탓하던 그의 표정은 내가 그를 안 후 처음 보는 모습이었다. 나는 아무 말도 못하고 남자의 군은 얼굴, 난처해 하는 얼굴을 뒤로한 채 밖으로 뛰쳐나오고 말았다. 그래도 남자는 나를 붙잡지 않았다. 그로부터 2, 3일 후 와달라는 남자의 편지를 받고 난 또 속절없이 기뻤다. 그리고 일말의 희망을 가지고 간 나에게 남자는 '아이를 지울 것'을 권했다. 인정미 없는 싸늘한 그 남자가 원망스러웠지만, 나는 그의 앞에서 결코 눈물을 흘리지 않았다.

명예와 지위를 더 소중히 여기던 그는 부인과 아이를 데리고 고향 부근의 지점장으로 영전되어 갔고, 그 소문을 들은 나는 남자의 지위와 명예 때문에 입술을 깨물었다. 때때로 사생아로 자라게 하느니 차라리 남자의 말대로 남몰래 지워버릴까도 생각했다. 그런 와중에서도 뱃속의 아이는 무럭무럭 자랐다.

혼자 낳아서 혼자 키운 그 아이가 지금 열한 살이 되었다. 이름은 패배하지 말고 승리하라는 뜻에서 '승일(勝一)'이라 지었다. 아버지와 꼭 닮은 승일을 보면, 그 남자의 옛 모습이 떠올랐지만 나는 가급적 그렇게 하지 않으려고 노력했다. 그래서 나는 승일을 지식보다는 그 남자에게서 찾지 못했던 인간미 넘치는 진실하고 올바른 인간으로 키우고 싶었다. 그래서 나는 승일이 장차 '훌륭한 제국군인'으로 자라주기를 바랐다. 하지만 군인과는 인연이 먼 나는, 군인 생활을 알 수 없었고 군인정신이 뭔지도 몰랐다. 군인정신이 없는 것은 곧 '혼이 없는 인간'과 같다고 생각했다. 그리고 군인이 되고 싶어 하는 승일에게도 그것은 큰 결함이었다. 그래서 군인정신을 배우고 또 그것으로 무장하기 위해 나는 지금 아들과 함께 지원병훈련소로 가고 있는 것이다.

훈련소에 도착한 승일과 나는 그곳의 하라다(原田)교관으로부터 설명을 들으며 내부를 견학했다. 하라다교관은 5년간 지원병 훈련에 힘쓰면서 자식의 지원을 반대하는 반도의 어머니들이 많다는 것에 놀랐다며, 진정으로 아들을 사랑하는 어머니라면 빛나는 미래를 내다보고 하루 빨리 각성해야 한다고 역설했다.

반도의 청년이 훌륭한 군인이 되기 위해서는 어머니의 힘이 중요하다고 역설하는 하라다교관의 설교는, 나보다는 차라리 반도의 어머니에게 보내는 당국의 설교 같았다. 이어서 식당, 내무반, 강당, 연병장 등을 견학시켜주며, 하라다교관은 지원병훈련생들의 일과를 상세하게 설명해 주었다.

견학을 마치고 밖으로 나오니 하늘은 더욱 푸르고 잠자리의 몸짓도 더욱 아름답게 보였다. 훈련생 한 팀이 쾌청한 하늘 아래에서 교련을 받고 있었다. 늠름한 자세, 총을 들고 있는 손, 빛나는 눈, 정확하게 나오는 호령소리, 또 씩씩한 발걸음에 감격하지 않을 수 없었다.

일요일인데도 보통 때처럼 훈련받는 것에 내가 감탄하자, 하라다교관은 군대에서는 일요일도 월요일처럼, 토요일도 금요일처럼 생각하고 훈련을 받는다면서 "月月火水木金金이라는 말이 여기에서 나왔다."며 평일의 일정에 대해서도 상세하게 설명해 주었다. 나는 하라다교관에게 머리 숙여 깊이 감사했다. 그리고 나와 승일은 훈련생들의 배웅을 받으며 훈련소를 빠져나왔다.

집으로 돌아오는 길, 승일이 갑자기 들에 핀 꽃 이름을 물어왔다. 그것은 들국화였다.

「언젠가 당신과 둘이서 이런 논둑길을 걸을 때였습니다. 그때도 지금처럼 들국화가 많이 피어있었는데, 당신은 그 꽃 한 송이를 꺾어 저에게 주면서 "작고 가련한 꽃이다. 당신과 닮은……" 이라고 하셨지요. 당신은 모두 잊으셨겠지요.

"엄마, 이 꽃, 꺾어가요." 승일은 논둑길로 가서 들국화를 꺾었습니다.

"승일아, 꺾어가도 금방 말라버리니까 안 돼." 저는 추억을 일깨우고 싶지 않았습니다.

"뿌리 째 뽑아가서 창가 밑에 심으면 오래 살 거예요."

"그래도 안 돼. 들국화는 서리가 내리면 시들고 마는 슬픈 꽃이란다."

"한 번 시들어버려도, 내년 이맘때가 되면 다시 피지 않을까요?"

"그건 그렇지만." "그럼 괜찮아요!"

승일은 이윽고 들국화 몇 포기를 뽑아들었습니다. 들국화는 뽑혀도 의연히 붉은 색도 아니고 자주색도 아닌 묘한 색을 내뿜으며 아름답습니다.

"엄마, 내가 전쟁에 나가 죽더라도 이 꽃을 보고 울지 마세요." (중략)

나는 더 이상 아무 생각도 않고 승일을 키우는 것과 같이 승일을 위해 들국화를 아름다운 꽃, 강한 꽃으로 키우렵니다. 그것이 나에 대한, 그리고 당신에 대한 복수가 될 테니까. 안녕히.」

韓商鎬(한상호)

—

한상호(생몰년 미상) 소설가.

약력

19??년	경기도에서 태어났다.
1929년	경성제국대학 예과에 입학하였다.
1930년	3월 경성제국대학 잡지 「청량(淸凉)」에 일본어소설 「봄을 기다리다(春を待つ)」를, 7월에 「누이동생의 자살(妹の自殺)」을 발표하였다.
1934년	3월 경성제국대학 법문학부를 졸업하였다.

 095-1

春を待つ(봄을 기다리다)

〈기초사항〉

원제(原題)	春を待つ	
한국어 제목	봄을 기다리다	
원작가명(原作家名)	본명	한상호(韓商鎬)
	필명	
게재지(揭載誌)	청량(淸凉)	
게재년도	1930년 3월	
배경	• 시간적 배경: 어느 해 가을에서 겨울 • 공간적 배경: 일본의 Y마을	

등장인물	① 한때 자신을 배신했던 여인과 새 삶을 시작하는 하야시 겐이치 ② 겐이치를 배신했다가 돌아온 요시코 등
기타사항	

〈줄거리〉

「「너무 갑작스러워 조금 이상하게 생각하실지 모르겠네요. 하지만 그렇게 놀라지 마세요. 모든 것은 오늘밤 만나서 말씀드릴 테니까요. 부디 8시까지 기다려 주세요.

- 외출이라도 하면 안 돼요. 17일 -요시코(芳子)로부터 -」

상하이에서 대학생활을 마치고 돌아온 그가 조용하기만 한 Y마을에 하숙을 시작한 지 벌써 5개월째가 되는 초가을 어느 날의 일이었다.

"하야시(林)씨, 편지 왔어요." 여주인은 이렇게 말하며 편지를 두고 동쪽 계단을 내려갔다. 마치 '편지라곤 거의 안 오는 너한테 별일도 다 있다, 그것도 여자 글씨체라니!'라고 말하는 것 같은 표정으로.」

지난주 전람회장에서 우연히 보았던 요시코(芳子)의 편지였다.

그 즈음의 하야시 겐이치(林健一)는 대학을 마치고도 취직을 못한 채 그저 하숙의 2층만이 신이 허락한 유일한 세계라 여기며 살아가는 중이었다. 그런 자신의 처지가 못마땅해 겐이치는 점점 잿빛나락으로 빠져들고 있었는데, 느닷없이 만나자는 편지까지 보낸 것이다. 겐이치는 몇 년째 소식 한 장 없던 그녀의 편지가 영 탐탁지 않았다. 다른 사내와 바람나서 자신을 떠나버린 그녀에게 받았던 지난날의 모욕이 떠올라, 겐이치는 이제 와서 다시 그녀를 만난다 해도 그 옛날과 다를 바 없으리라 생각했다.

지금은 비록 백수 신세지만 학창시절의 겐이치는 이성적이었으며, 누구에게도 지지 않는 이상주의자였다. 요시코와 헤어진 이후 겐이치는 습관처럼 이성에 대한 동경이나 공상 따위는 애써 금하고 있었고, 여성을 '미련한 자'로 단정하거나 필요 이상으로 폄하하며 혼자만의 세계에 빠져들고 있었다.

그래도 때가 때인 만큼 한번쯤은 만나보는 것도 괜찮을 것 같다는 생각에 요시코를 만났다. 학창시절부터 활동적이고 소위 모던여성 대열에서도 빠지지 않았던 그녀였지만, 헤어져 있던 2, 3년 동안 그녀가 지내온 이야기를 듣고 난 겐이치는 여자에 대한 실망과 멸시감이 한층 더 깊어졌다. 겐이치는 여자란 아무리 교육을 받고 수양을 쌓아도 어떠한 명예도 얻을 수 없다는 것을 깨닫고 은근한 쾌감마저 느꼈다.

겐이치는 지난날 그녀에게 받았던 모욕은 간데없이 왠지 요시코가 불쌍하다는 생각이 들었다. 다소 저항감도 없진 않았지만, 의아하리만치 그녀에 대한 동정심이 싹트기 시작했다.

그로부터 한 달쯤 후, 겐이치는 마음속의 모든 저항감을 이겨내고 요시코와 동거에 들어갔다. 겐이치는 무엇보다도 요시코와의 생활비가 시급했다. 학력을 내세워 좋은 직장을 구하려 했지만 뜻대로 되지 않아 우선 H공장에 취직했다.

예전에 비해 터무니없이 적은 수입이었지만 그녀는 조금도 불평하지 않았다. 이미 물질적인 풍요가 정신적으로 얻어지는 행복에 비해 아무것도 아니라는 것을 깨달은 터였기에 오히려 물질의 노예로 살았던 자신을 구해준 겐이치에게 날마다 감사했다.

요시코의 배신으로 인한 상처 때문에 지금까지 여자를 멀리했던 겐이치도, 과거의 죄를 참회하고 전혀 다른 사람이 되어 돌아온 요시코가 더없이 고마웠다. 새로운 삶에 대한 희망과 행복감을 맛보게 해 주었기에, 겐이치는 그동안 지켜왔던 자신의 동정을 요시코에게 바친 것이 전혀 아깝지 않았다. 오히려 혹시라도 그녀에게 상처가 될까봐 겐이치는 그녀의 과거에 대해서는 단 한 마디도 꺼내지 않으려고 매사에 삼가고 조심하였다.

한편 겐이치가 다니는 공장에서는 노동자 대우개선 문제로 동맹태업을 단행하고 있었다. 대학 출신이라는 이유로 처음에는 겐이치가 주모자로 오해받기도 했지만, 겐이치의 행동을 주시하던 공장장도 태업과 상관없이 성실하게 열심히 일하는 겐이치를 신뢰하게 되어, 이제는 공장 내의 사소한 일까지도 털어놓는 사이가 되었다.

어느 날 피곤한 얼굴로 귀가한 겐이치는 요시코에게 오는 4월이면 기사로 승진되어 S마을 지사공장장을 맡게 될 거라는 소식을 전했다. 요시코는 어린아이처럼 기뻐했다.

추운 겨울인데도 Y마을에는 따뜻한 훈풍이 불었고, 두 사람은 하루빨리 꽃 피는 봄이 오기를 기다렸다.

- 1930. 1. 19 -

妹の自殺(누이동생의 자살)

〈기초사항〉

원제(原題)	妹の自殺	
한국어 제목	누이동생의 자살	
원작가명(原作家名)	본명	한상호(韓商鎬)
	필명	
게재지(揭載誌)	청량(清凉)	
게재년도	1930년 7월	
배경	• 시간적 배경: 어느 해 봄 • 공간적 배경: 한적한 어느 시골마을	
등장인물	① 모범생이자 공부벌레였던 '그' ② '그'의 갑작스런 결석이 걱정되고 의심스러운 '나' 등	
기타사항		

　　요 며칠 학교에 나오지 않아서 웬일일까 궁금해 읍에서 떨어진 그의 하숙집을 찾아갔다. 공부벌레였던 그가, 그리고 '학교에 빠지는 것은 손해'라는 말을 입버릇처럼 달고 다니던 그가 2, 3일씩이나 결석을 했다는 것은 보통일이 아니라 여겼기 때문이다.

　　그가 문화를 접할 수 있는 도시를 버리고 시대와 교류가 없는 한적한 시골에 하숙을 정한 가장 큰 이유는 누구의 통제도 받지 않고 마음껏 상상할 수 있고, 영어에 몰두할 수 있으며, 학비가 덜 든다는 점에서였을 것이다. 그의 성적(成績), 그의 사상, 그의 진학계획 등도 모두 그 소박한 2층의 하숙에서 만들어졌으며, 실제로 그가 중학교 1학년부터 4학년까지 줄곧 1등을 놓치지 않았던 것도 그런 영향이었을 것이었다.

　　그런 그가 최근 들어 급작스럽게 돌변했다. 그 동기나 진상을 아는 사람은 반에서 한 명도 없었다. 어제 H군이 방문했을 때도 만나지 못했고, N군이 갔을 때도 그는 피했다.

　　어릴 적부터 비교적 친했던 나에게도, 그것은 하나의 수수께끼처럼 알 수 없는 일이었다. 일부러 쓸쓸한 숲을 누비고 논밭을 건너서 조용한 언덕 위에 그저 혼자서 명상하고 있었던 것일까? 아니면 종일 혼자서 꾸준히 공부만 하려는 야심은 아닐까?

　　나는 끊임없이 일종의 질투심과도 같은 호기심이 발동하여 그의 하숙집을 찾아갔다. 걱정 반 호기심 반으로 안부를 묻는 나에게 그는 아무 일 없다는 듯이 태연한 얼굴로 내게 방석을 내주었다. 나는 그의 창백한 얼굴을 놓치지 않았다. 나의 예리한 시선이 신경 쓰였는지 그는 말없이 밖으로 나갔다.

　　그가 나가자 나는 먼저 방을 둘러보았다. 참고서 위에는 먼지가 수북이 쌓여 있고 책상은 마치 미친개가 지나간 것처럼 난장판이었다. 그것으로 보아 남몰래 혼자 열심히 공부만 한 것 같지는 않아 보였다.

　　밖으로 나간 그는 좀처럼 돌아오지 않았다. 어제 H군에게 그랬던 것처럼 기다리다 돌아가게 할 작정인지도 몰랐다. 그 순간 그가 얄밉기까지 했지만, 나는 의구심을 떨치지 못하고 이불 속을 들추어 편지봉투 하나를 찾아냈다. 겉봉에 '오사카의 동생으로부터'라고 쓰여 있었다. 여자의 필체가 분명했다. 남몰래 연애라도 하는가 싶어 호기심이 발동한 나는 결국 편지를 펼쳐보았다.

　　「오라버니, 상당히 오랫동안 연락을 드리지 못했어요. 이런 누이를 용서하세요. 오라버니는 내가 편지를 안 써도 그런 건 아무렇지 않게 생각할지 몰라요. 하지만 단 하나 뿐인 오라버니. 난 역시 오라버니도 정말이지 너무하다고 생각해요. 아무리 공부가 중요하다지만, 그것은 그 동안 오라버니가 유일한 누이에게 소식을 전하지 않은 것에 대한 변명 치고는 너무 작은 이유가 아닌가요!? 하지만 이제와 새삼 오라버니를 탓하고 싶진 않아요.

　　오라버니! 난 어쩌면 이것으로 오라버니에게 영원히 소식을 전하지 못하게 될지 몰라요. 그러니 부디 건방지다 생각하지 말고 내 이야기를 들어주세요.

　　오라버니, 나는 지금 바다로 가려고 합니다. 아아, 바다! (중략)

　　오직 그곳만은 영원히 평온을 유지하고 나를 쉴 수 있게 해 줄 거라고……. 오라버니, 그런데 내가 왜 그곳에 가야하는지에 대해서는 너무 자세히 묻지 말아주세요. 나는 이제 세상이 싫어졌어요. 더 나은 삶을 살고자 하는 사람들의 소용돌이 속에서 함부로 시달리면서도 비참하고 흉하고 게다가 무자비한 암흑세계를 용감하게 헤쳐 나가려고도 생각했어요. 하지만 그 것이 무엇일까요!? 나에게는 세상의 청춘들처럼 그런 흔한 일들을 해나갈 그 어떤 길도 지금 은 모두 허무하게 여겨집니다. 허무합니다. 모든 것이 허무합니다. 오라버니! 저도 부모님께 는 죄송하게 생각해요. 하지만 이것도 운명이라고 생각하기에 감히 불효를 저지르는 겁니다. 그렇다고 오라버니, 저 하나 때문에 모든 여자가 연약한 존재라고 섣불리 결정하진 마세요. 나에게는 강한 동지도 있습니다. 언젠가는 그들의 존재도 인정하게 되겠지요. 아아, 이제 쓰 는 것도 힘들어졌습니다. 나의 모든 경험을 여기에 지리멸렬하게 쓰고 싶지 않아요. 나의 모든 과거는 내 일기장이 말해줄 거예요.(그것은 K에게 있습니다.) 오라버니! 모든 걸 용서해 주세 요. 나는 갑니다. 오라버니의 건강과 성공을 빌며…… - 떠나는 여동생으로부터 -」

지금까지의 내 짐작이 여지없이 빗나갔다는 생각이 들었다.
'도대체 그녀와는 어떤 관계일까? 그리고 그녀의 정체는 뭘까? 어째서 세상을 떠나지 않으 면 안 되었을까?! 왜 어째서??' 이런저런 의구심에 나는 혼란스러웠다.
그때 등 뒤에서 그의 목소리가 들렸다. 그는 암갈색 책 상자에서 빨간 표지의 일기장을 꺼 내더니 작은 소리로 "……하지만 나는 속았습니다. 화려한 도시——그곳에서는 각종 향락과 눈부신 갖가지 변화로 시대인을 도취시킨다고만 믿었던 나의 동경의 예상은 멋지게 배반당 했습니다. …… 아! 도망가는 빵이여. 쫓아오는 굶주림이여."라고 읽어주었다.

韓雪野(한설야)

—

한설야(1900~?) 소설가, 평론가. 본명 한병도(韓秉道). 필명 한설야, 김덕혜(金德惠), 설야생(雪野生), 설야광(雪野廣), 윤영순(尹英順), 한형종(韓炯宗), 만년설(萬年雪) 등.

096

약력

1900년	8월 30일 함흥 인근 나촌에서 태어났다.
1914년	서울 경성고등보통학교에 입학하였다가, 이후 함흥으로 내려가 함흥고등보통학교에 편입하였다.
1919년	함흥고보를 졸업한 후 아버지의 뜻대로 함흥법전에 진학하였다가 <동맹휴학사건>으로 제적되었다.
1920년	형을 따라 중국 베이징으로 가서 '익지(益智)영문학교'에서 사회과학을 공부하다 귀국하였다.
1921년	니혼대학(日本大學) 사회학과에서 수학하였다.
1923년	관동대지진으로 학교를 휴학하고, 겨울에 귀국하여 북청고보 학습강습소(후에 대성학교) 강사로 재직하였다.
1924년	니혼대학 사회학과를 졸업하였다. 귀국 후 북청사립중학 강사로 재직하였다.
1925년	<카프(KAPF, 조선프롤레타리아예술가동맹)>의 결성에 참가하였다. 이광수의 추천으로 처녀작 「그날 밤」과 「도쿄」를 「조선문단」에 발표하면서 데뷔하였다. 부친이 사망하자 가족과 함께 만주 무쉰(撫順)으로 이주하였다.
1926년	소설 「평범」을 ≪동아일보(東亞日報)≫에, 소설 「주림」을 「조선문단」에 발표하였다. 평론 「예술적 양심이란 것」, 「프롤레타리아 예술의 선언」 등을 발표하였다.
1927년	1월 무쉰을 배경으로 한 일본어소설 「첫사랑(初戀)」, 「합숙소의 밤(合宿所の夜)」을, 2월 「어두운 세계(暗い世界)」를 ≪만주일일신문(満洲日日新聞)≫에 발표하였다. 2월 귀국한 후 <카프>에 가담하여 「계급대립과 계급문학」이란 글을 「조선지광」에 발표하여 본격적인 이론가로 등장하였다. 단편소설 「그릇된 풍경」을 ≪동아일보≫에, 「그 전후」를 「조선지광」에 발표하였다. 평론 「작품과 평」, 「예술의 유물사관이론」 등을 발표하였다.
1928년	<카프>의 내부논쟁으로 비판받고 귀향하여, ≪조선일보(朝鮮日報)≫함흥지국을 운영하는 한편 창작에 몰두하여 단편 「인조폭포」를 「조선지광」에, 「홍수」를 ≪동아일보≫에 발표하였다.

1929년	농촌의 황폐화와 농민의 노동자화(化)를 그린 단편소설「과도기」를「조선지광」에 발표하였다.
1930년	희곡「총공회」를「조선지광」에 발표하였다.
1931년	소설「공장지대」를「조선지광」에 발표하였다.
1932년	조선지광사 학예부에 입사하여 편집 일을 하였다.
1933년	조선일보사 학예부에 입사하여 편집 일을 하였다.
1934년	<카프 제2차 검거사건(전주사건)>에 연루되어 1년 여간 감옥생활을 하였다.
1935년	석방되어 함흥으로 귀향하였다. 평론「흑인문학」을 발표하였다.
1936년	고향에서 인쇄소를 경영하는 한편 창작에 힘써 첫 장편소설『황혼』을「조선연보」에, 단편「임금」을「신동아」에,「딸」을「조광」에 발표하였다.
1937년	2월 일본어소설「하얀 개간지(白い 開墾地)」를 일본 문예지「분가쿠안나이(文學案內)」에 발표하였다.
1938년	인쇄소를 그만두고 동명극장을 경영하였다. 단편「강아지」를「여성」에,「산촌」을「조광」에 발표하였다.
1939년	단편「귀향」을「야담」에,「이녕」을「문장」에 발표하였고, 그 외에도「술집」,「종두」,「모색」등을 발표하였다. 일본어 장편소설『대륙(大陸)』을 ≪국민신보(國民新報)≫에 연재(1939. 5. 28~9. 24)하였다.
1940년	단편「탑」을 발표하였다.
1941년	단편「아들」을「삼천리」에,「유전」을「문장」에 발표하였다.
1942년	일본어소설「피(血)」와「그림자(影)」를「국민문학」에 발표하였다.
1945년	9월 <조선문학가동맹>에 참여하여 월북하였다. 소설「혈로」를 김일성장군특집「우리들의 태양」에 발표하였다.
1946년	3월 <북조선문학예술총동맹> 결성을 주도하였다.
1948년	<제1기 최고인민회의> 대의원을 지냈다.
1951년	<조선문학가총동맹>이 창설될 때 위원장을 지냈다. 김일성의 항일투쟁을 형상화한 장편『역사』로 <인민상>을 수상하였다. 이 시기 단편「승냥이」,「모자」,「혈로」등을 발표하였다.
1954년	장편소설『역사』를 발표하였다.
1955년	장편소설『대동강』을 발표하였다.
1956년	장편『설봉산』등을 발표하여 북한문학의 전개에 크게 영향을 끼쳤다.
1961년	『한설야전집』전14권(1960~1961)을 발간하였다.
1963년	김일성의 국내파 숙청 대상이 되어 모든 직책을 박탈당했다.

初戀(첫사랑)

〈기초사항〉

원제(原題)		初戀(上·中·下)
한국어 제목		첫사랑
원작가명(原作家名)	본명	한병도(韓秉道)
	필명	설야생(雪野生)
게재지(揭載誌)		만주일일신문(滿洲日日新聞)
게재년도		1927년 1월
배경		• 시간적 배경: 1920년대 중후반 • 공간적 배경: 만주
등장인물		① 우연히 떠나버린 옛 여자의 결혼광고를 보게 된 '그' ② 그의 친구 신이치 ③ 2년 전 '그'를 떠났던 유키코 등
기타사항		

〈줄거리〉

　　어젯밤 과음한 탓인지 그는 일어나자마자 차가운 꿀물을 벌컥벌컥 마시고 큰 하품과 함께 한껏 기지개를 켠 다음 벌러덩 누워 신문을 집어 들었다. 그리고 포근한 비단이불 속으로 파고든 그는 귀공자와 같은 자신을 실감하면서 여느 때와 다름없이 달콤한 화젯거리를 찾아 신문을 뒤졌다. 한창때인 수캐처럼 사회면을 샅샅이 훑어 내리던 그는 어느 남녀의 사진을 보더니 미심쩍은 듯 눈을 두 세 차례 비비고 다시 보았다. 분명 유키코(雪子)의 결혼을 소개하는 사진이었다. 그는 놀라지 않을 수 없었다. 뭔지 모를 혹독한 충격을 받은 그는 마음 한구석 어딘가에 바늘에 찔린 것 같은 고통을 느꼈다. 그 동안 잊고 지냈던 그 옛날의 상처가 크게 되살아났다.

　　그는 자기도 모르게 "도대체 어떤 얼간이 같은 녀석이……!"라 중얼거리면서 눈길은 다시 신문지면으로 향했다. 사진 속의 그녀는 마치 자기가 만인을 행복하게 한다고 믿는 듯 활짝 웃고 있었다. 그는 옛 상처로 인해 욱신욱신 쑤시는 통증을 느꼈다.

　　「재작년 초가을 어느 날 밤이었다. 신이치(信一)라는 친구의 집을 방문했다가 그가 없는 방에서 식후의 달콤한 잠에 빠져들었다.

　　"아이 참!"

　　얼마나 지났을까, 그는 간질거리는 나긋나긋한 자극에 잠에서 깨어났다.

　　"나 가버릴 거예요."

　　그것은 틀림없이 달콤한 여성의 목소리였다. 애교를 부리는 달콤한 목소리가 그의 귓가로 파고들었다. 취한 사람처럼 멍하게 누워있던 그는, 순간 어딘가 따끔하게 꼬집히고 말았다.

　"얄미운 사람!"

　"아, 아얏!"

　그는 거의 무의식적인 상태에서 깜짝 놀라 눈을 떴지만 방은 어두웠다(전등은 어젯밤 꺼둔 채인 모양이었다). 그는 다음에 찾아올 기적을 기다리기라도 하듯 귀를 세우고 기다렸지만, 바스락거리는 소리가 두세 번 들리는가 싶더니 이내 누군가가 문을 열고 종종걸음으로 도망쳤다. 그리고 밖에서 흘러드는 바람이 향기로운 냄새를 풍기며 코를 찌를 뿐이었다. 순간 여자라는 것을 그는 직감했다. 하지만 왠지 모르게 아쉬웠다. 그는 여자들의 출입이 잦은 행운아 신이치가 새삼 부러웠다.」

　어쨌든 그날 밤의 일을 계기로 그는 유키코를 알게 되었다. 친구 신이치의 '여자는 이제 질색'이라는 말에 다소 안심한 그는 유키코와 가까워지려고 갖은 노력을 다했다. 유키코 역시 그의 적극성이 싫지만은 않은 모양이었다. 그렇게 두 사람의 교제는 거침없이 순조로웠다. 그런데 무슨 이유에선지 두려움을 느낀 그는 문득 그녀에게 '그 날 밤의 일'에 대해 말하게 되었다. 하지만 유키코는 전혀 모르는 일이라며 시치미를 떼는 게 아닌가. 이 일을 계기로 유키코의 태도는 급작스럽게 달라지기 시작했다.

　그러나 그는 유키코와의 '유일한 기념일'을 끝까지 믿고 싶었고, 동시에 그녀도 자신과 같이 그것을 믿고 지키기를 내심 바라고 있었다. 하지만 남녀의 기념일이란 둘이 함께 인정하지 않으면 안 되는 것이기에 난감했다. 그녀의 태도는 어딘가 미심쩍었고, 그 미심쩍음이 쌓이면 쌓일수록 그는 그녀의 마음을 꿰뚫어보고 싶어졌다. 그는 애써 그녀에게 가까이 다가갔지만, 그녀는 냉정했다. 남자의 말초신경이 경련이 날 정도로 홍조를 띠어도 그녀는 언제나 굳은 모습만 보이곤 했다. 그녀는 여전히 그날 밤의 일을 모른 척 시치미를 떼고 있었다.

　유일한 기념일도 혼자만의 것일 뿐, 그에게는 다시 오지 않을 기념일을 증명해 보일 그 무엇도 없었다. 마침내 그녀는 그로부터 완전히 모습을 감추고 말았다.

　그는 자신의 경솔하고 조심성 없음을 후회했다. 그는 마음 한구석에 언제라도 유키코가 들어올 수 있는 문을 열어두었지만 2년의 세월이 지나도록 소식조차 없었다. 그렇게 풀리지 않는 수수께끼처럼 사라진 유키코가 2년 만에 더할 수 없이 행복한 모습으로 그의 눈앞에 등장한 것이다. 그것도 미지의 남자 품에 스르르 녹아들었음을 자랑이라도 하듯 신문지상에 공개적으로 과시까지 하면서 말이다.

　유키코는 더욱 아름다웠고, 더 행복해진 모습으로 여봐란 듯이 활짝 웃고 있었다. 그것이 그에게 너무도 아픈 비아냥거림이었다. 그는 차라리 냉소하기로 했다. "내가 먼저였잖아? 내 것이었어!"라며 히죽거려 보았으나 마음까지 후련하진 않았다. 엄숙한 식장에 어울리는 화사한 신부와 신랑, 눈부신 결혼예물의 교환, 군침을 흘리며 샘내는 관중들…… 만인에게 '나의 남편', '나의 아내'임을 선언한 후에 있을 달콤한 그들만의 사랑 행위가 생생히 떠올랐다.

　그는 유키코를 찾아가 머리카락이라도 쥐어뜯고 싶었다. 하지만 이내 그녀가 이미 남의 아내라는 불가침적인 영역에 속해 있음을 깨달았다. 그는 신문을 떨어뜨리고 눈을 감아버렸다.

合宿所の夜(합숙소의 밤)

〈기초사항〉

원제(原題)		合宿所の夜 (上·下)
한국어 제목		합숙소의 밤
원작가명(原作家名)	본명	한병도(韓秉道)
	필명	설야생(雪野生)
게재지(揭載誌)		만주일일신문(滿洲日日新聞)
게재년도		1927년 1월
배경		• 시간적 배경: 1920년대 중후반 • 공간적 배경: 무쉰(撫順)탄광 합숙소
등장인물		① 탄광노동자 료타 ② 탄광노동자들을 감시하는 십장 ③ 십장이 요릿집에서 데려온 조선여자 기요 등
기타사항		

〈줄거리〉

후끈하고 고약한 냄새가 나는 합숙소 구석에서 근질거리는 몸을 북북 긁고 있던 료타(良太)는 옆방에서 나는 신음소리에 그나마 든 선잠에서 깨어났다. 하지만 순간 넘볼 수 없는 높은 성벽이 가로막혀 있음을 느꼈다. 노동자들이 거처하는 지옥과도 같은 방과, 바로 옆의 십장이 거처하는 극락 같은 방 사이에 있는 보이지 않는 성벽이다.

오랫동안 십장의 감시와 체벌 아래서 죽음의 노동을 강요당해 온 비참한 노동자들의 처지가 안타까워, 료타는 마음속으로나마 영웅적인 투쟁을 도모하고 있었다. 그러던 참에 자신의 거처까지 흘러들어오는 기묘하고 아름다운 신음소리에 료타는 눈물이 어릴 정도로 묘한 감정에 부딪쳐 직감적으로 머리를 쳐들었다. 그 순간 그을음과 먼지로 거무스름해진 전등이 너무 밝게 보였다. 마치 자신을 주시하는 것만 같아 료타는 재빨리 '안전제일'이라 쓰여 있는 전등을 꺼버렸다. 그러자 옆방의 불빛이 오른쪽 문틈으로 새어 들어왔다. 료타는 그 틈새로 머뭇머뭇 날카로운 시선을 던졌다. 다행히 무서운 십장은 보이지 않았고, 부석부석한 눈, 탱탱한 뺨마저도 선녀처럼 아름다워 보이는 여자가 료타를 혼미하게 하였다. 끓어오르는 흥분은 점점 그에게 요행을 바라게 하였고, 마음속 깊은 곳에서 강렬한 굶주림이 요란스럽게 짖어대며 료타에게 목숨을 건 도박을 지시하였다.

'외롭다, 심심하다'를 연발하던 십장은 작년 가을, 어느 요릿집에서 빚을 갚아주고 조선인 여자를 지금 거처하는 방에 들어앉혔다. 그리고는 매일같이 입술이 닳도록 "기요(淸)! 기요!"를 연발하고 다녔다.

합숙소 동료들은 모두 그녀에게 군침을 흘렸고 '여왕'이라는 호칭까지 붙여주었다. 합숙소에 있는 100명 정도의 노동자들은 낮에는 갱내나 길가의 수로 쪽에서 중노동을 한 탓에 저녁식사가 끝나면 모래톱에 남겨진 해파리와 같이 축 늘어져 있다가 지저분한 모습으로 곯아떨어지기 일쑤였다. 그런데도 틈만 나면 모두 일벌처럼 이 한 명의 여왕을 뚫어져라 쳐다보는 것이었다. 탐스러운 몸이 파도처럼 요동칠 때라든가 가슴 앞쪽이 조금이라도 벌어져 있을 때에는 노동자들은 그것이 축축하게 미동하고 있는 것도 모른 채 지켜보았다. 모두들 여왕을 볼 때마다 신이 나서 용수철인형처럼 들떠 있었고, 이 여왕의 눈에 들기 위해 우스꽝스러운 짓을 할 때도 있었다. 여왕의 대꾸 한 마디에 삭막한 합숙소 생활은 활기가 넘쳤으며, 흘깃 뒤돌아보는 여왕의 모습을 보는 기쁨은 마음속에 핀 한 송이 꽃이었다. 하지만 여왕은 거만하기 짝이 없었다. 십장의 신임을 돈독히 받고 있는 가장 연장자가 부드럽게 말을 걸어도 여왕은 단지 한 귀로 듣고 한 귀로 흘려버릴 뿐이었다.

비록 십장에게 눈총을 받고 있지만, 그나마 가장 젊고 호남자였기에 료타는 자신이 여왕에게 가장 예쁨을 받고 있다는 생각에 그녀에게 은근한 추파를 던져보았다. 남의 애인을 짝사랑하는 재미에 빠진 사람은 료타만이 아니었다. 노동자들은 지친 몸으로도 여왕의 모습을 보느라 늦게까지 잠자리에 들지 못했다.

외출에서 돌아온 십장은 어김없이 문을 열고 합숙소 안을 조사했으며, 만약 한 놈이라도 자지 않는 놈이 있으면 지독하게 야단을 치고는 빨리 자라고 재촉했다. 노동자들은 이야기꽃을 피우다가도 십장의 발소리가 들릴라치면 스스로 아이처럼 작아졌다. 행여 십장과 눈이 마주치기라도 하면 '남의 애인을 짝사랑한 죄'로 조바심을 내며 새우처럼 웅크려져 잠들곤 했다.

오늘밤은 십장이 연회에 나갔기 때문에 적어도 9시는 넘어야 올 거라고 예상하고, 료타는 눈요기라도 실컷 할 요량으로 문틈에서 좀처럼 눈을 떼지 못했다. 여왕은 외로워 보였다. 나른했는지 때때로 하품을 하면서 바느질을 하더니 그마저도 내팽개치고 그대로 누워버렸다. 추운 것인지 따뜻한 것인지 몸을 움츠리면서 긴 하품을 하자, 눈물 한 줄기가 '또로롱' 떨어졌다. 료타의 눈에는 그런 모습마저도 아름답게 보였다.

「덜컥 문이 열리는 소리와 함께 거친 목소리가 얼어붙은 적막을 깨고 온 방에 울려 퍼졌다. 눈요기를 하던 이의 귀가 찢어질 듯했다. 그것은 틀림없는 십장의 목소리였다. 눈요기의 훼방꾼이었다. "멍청한 새끼, 전등은 어쨌어?" 훼방꾼의 직감은 예리했다. 눈요기 하던 이는 두려움에 벌벌 떨며 너덜너덜하고 냄새나는 이불 속으로 파고들었다.

"누구야, 꾸물대는 놈이?" 전등이 확 켜졌다. 숨이 멎을 것 같았다. 갑자기 뒷덜미를 잡혀 내처질 것 같아 두려웠다.

"료타? 료타는 자는가?"

몽둥이로 한 대 얻어맞은 것 같았다. 하지만 대답하지 않았다.

"기요! 기요! 혼자 자는 거요?"

훼방꾼은 언제 그랬냐 싶게 이렇게 주책을 떨면서 자기 방으로 들어갔다. 겨우 한시름 놓긴 하였지만 눈물방울이 후두둑 떨어졌다.

"빌어먹을……."」

暗い世界(어두운 세계)

〈기초사항〉

원제(原題)	暗い世界(一~五)	
한국어 제목	어두운 세계	
원작가명(原作家名)	본명	한병도(韓秉道)
	필명	설야광(雪野廣)
게재지(揭載誌)	만주일일신문(滿洲日日新聞)	
게재년도	1927년 2월	
배경	• 시간적 배경: 1920년대 중후반 • 공간적 배경: 중국의 탄광촌 무쉰	
등장인물	① 탄광촌의 노동자 도라노스케 ② 요정 '상춘관'의 여주인과 포주 ③ '상춘관'의 여급 히나와 유키 등	
기타사항		

〈줄거리〉

　　탄광촌 무쉰(撫順)은 요즘 들어 사양길에 접어들고 있었지만, 탄층이 없는 기차역 주변과 중국인이 몰려들어 사는 중국인마을은 오히려 더 번화했다. 대낮에도 캄캄한 굴속에서 석탄가루를 마시며 일하는 탄광노동자들에게 밤의 향락마저 없었다면 그 어두운 도시에서 밤조차도 아무 의미가 없었을 것이다. 그런 세계에서 중국인 노동자들은 간간이 무리지어 행패를 부렸다.

　　그들의 횡포를 참다못한 도라노스케(虎之助)는 가끔 중국인 노동자를 몽둥이로 반쯤 죽여놓곤 했다. '그들을 어설프게 잡았다가는 수습이 되지 않는다는 것'이 여기서 터득한 그의 처세철학이었다. 도라노스케는 어떤 무리를 대적할 때도 먼저 우두머리의 급소를 찌르고, 그 아래 수하들에게는 단지 겁만 주는 술책을 주로 사용했다. 그것이 힘을 적게 들이고 또 단결력이 약한 중국인들을 상대하기에는 썩 괜찮은 방법이라 생각했다.

　　오늘 요릿집에서 벌인 한판 싸움도 그러했다.

　　"어서 꺼져. 빨리 꺼지지 않으면 모두 죽여버릴 줄 알아!"라고 소리친 후, 마치 권총이라도 가지고 있는 것처럼 주머니에 손을 집어넣고 거친 숨을 내뿜으면서 노려보았다. 그러자 놈들은 뿔뿔이 흩어졌고 그것으로 승부는 깨끗이 끝났다.

　　이렇게 한 차례의 소동이 끝나고 탄광촌의 밤은 더욱 깊어졌다. 그러나 향락을 쫓는 그들에게 어둠은 오히려 밝은 세계였고 기다림의 보람이었다. 그들은 일만 하면 돈이 쥐어졌고 그 돈을 내놓으면 육체든 과자든 무엇이든 손에 넣을 수 있었다.

　　도라노스케는 가즈오(一雄)와 함께 뿔뿔이 흩어진 그들을 비웃으며 예나 다름없이 홍등가 쪽으로 발길을 재촉하였다. '상춘관'이라는 요정으로 들어가자 스모선수처럼 생긴 '히나(雛)'와 꼬마처럼 작은 '유키(雪)'가 달려 나와 두 사람을 맞아들였다. 두 남자는 풍풍한 히나는 거들떠보지도 않고 꼬마 유키의 유혹에 약간 관심을 보이다가 너무 어린아이 같다는 생각이 들었는지 그냥 나와 버렸다.

얼어붙은 듯한 적막함 속에 남겨진 히나와 유키는 말없이 서로 마주보았다. 포주 '아귀(餓鬼)'와 여주인 '여우(狐)'가 어딘가에서 송곳 같은 눈빛을 보내고 있을게 틀림없었다. 히나와 유키는 무섭고 혹독한 그 무엇이 다가오고 있음을 느끼고 벌벌 떨었다.

히나는 1년쯤 전에 빚 150원 때문에 조선에서 만주의 어느 술집으로 팔려왔다. 처음에는 2년 계약이었는데, 반년 정도 남았을 때 역시 같은 금액에 다른 곳으로 팔려 옮겨갔고, 5개월 정도 지나자 또 다시 팔려 지금의 요정으로 오게 된 것이다. 아무리 일을 해도 히나 자신은 땡전 한 푼 만지지 못한 채, 빚은 줄기는커녕 오히려 늘어만 갔다. 열심히 일해 보려고 해도 스모선수처럼 풍풍한데다가 워낙 못생긴 탓에 이곳에 온 지 한 달이 다 되어 가는데도 겨우 두 번밖에 손님을 받지 못했다. 그래서 포주에게 심한 질책과 무시무시한 구중을 들어야했다. 그때마다 히나는 "용서해 주세요. 용서해 주세요"를 연발하며 울었다. 그러다가도 문득 눈물을 훔치고 다시 현관으로 나가서 또 손님을 맞이해야 했다. 눈총 받고, 학대받고, 걷어차이는 굴욕과 아픔을 참아내며 몇 번이나 입술을 깨물고 피를 흘렸던가. 게다가 같이 잡혀온 유키가 포주에게 '밉상인 주제에 아무 말도 안 하니까 손님이 그냥 가버린 것'이라고 일러바치는 바람에 모든 혹독한 벌은 죄다 히나가 받아야 했다.

오늘밤도 생쥐 같은 유키는 자기를 보려고 모처럼 찾아온 손님을 히나가 내보내기라도 한 것처럼 누명을 씌웠다. 중요한 손님을 보내버린 죄는 혹독했다. 포주는 매상을 못 올린 히나에게 도둑질이라도 해서 당장 300원을 갚으라고 윽박질렀다. 히나가 울면서 용서를 빌자, 연기를 내뿜고 있던 담뱃대가 갑자기 목 근처로 날아와 '번쩍'하고 불꽃이 튀는가 싶더니 포주의 손이 '퍽!'하고 그녀의 뺨을 후려쳤다.

이 세상은 히나에게 눈물과 용서해 달라는 말 외에 자신을 보호할만한 어떤 것도 가르쳐 주지 않았다. 오직 그 말만이 유일한 처세인 양 히나는 포주에게 연신 용서를 빌었다. 이를 줄곧 지켜보고 있던 여우같은 여주인의 중재로 겨우 수습이 되긴 하였지만, 한숨 돌리고 밖으로 나가려던 히나의 뒤통수에 대고 포주는 "오늘밤 안으로 손님을 끌어들이지 못하면 두고 봐. 끝장내버릴 테니까."라며 포악을 떨었다. 포주의 말은 날카로운 비수가 되어 히나의 가슴에 꽂혔다. 너무 서러운 나머지 차라리 도망치거나 죽어버리고 싶었다. 그러나 포주의 험상궂은 얼굴을 떠올리면 그런 생각은 꿈도 꿀 수 없었다. 오직 손님을 끌어들여야 한다는 일념밖에는 없었다.

「그때 불쑥 탄광의 '호색한'들이 들어왔다. 그런데 그들은 조소와 멸시만 남긴 채 아무렇지 않게 나가버리고 말았다. 히나의 마음은 바늘로 찔리고 칼로 도려내어진 것만 같았다. 이미 눈에는 피눈물이 맺혀 그녀는 시간 가는 줄도 몰랐다.

"유키, 안녕……. 다행히 있었네!"

"어머, 어서 와요!"

이런 말소리에 그녀는 화들짝 놀라 뒤돌아보았다. 낯익은 남자는 거들떠보지도 않고 유키의 손을 잡고 안으로 들어가 버렸다. 아아, 멍하니 그 뒷모습을 바라보던 그녀는 그 자리에 그대로 쓰러지고 말았다. 알 수 없는 눈물만 하염없이 흐를 뿐이었다.

탄광왕국의 밤은 그렇게 무심하게 깊어만 갔다.」

白い開墾地(하얀 개간지)

〈기초사항〉

원제(原題)	白い開墾地(一~六)	
한국어 제목	하얀 개간지	
원작가명(原作家名)	본명	한병도(韓秉道)
	필명	한설야(韓雪野)
게재지(揭載誌)	분가쿠안나이(文學案內)	
게재년도	1937년 2월	
배경	• 시간적 배경: 어느 해 가을에서 이듬해 봄 • 공간적 배경: 함경도 K평야 일대의 H마을	
등장인물	① 보통학교를 졸업하고 김(金)농장에서 소작하는 경삼 ② T학교 교장이자 고바야시 농장의 소유주인 고바야시교장 ③ 경삼의 연인 복녀 등	
기타사항		

〈줄거리〉

산자락에서 말아 올라오는 가을바람이 제법 차갑긴 했지만 경삼(慶三)은 여느 때와 다름없이 아침 일찍부터 제방으로 나왔다. 당초에는 어느 세월에 복구될 지 까마득했던 제방이 매일매일 개미처럼 땅을 파고 흙을 날라 매립한 덕분에 어느 정도 모양새가 갖추어졌다. 그 모습을 보니 힘들었던 지난날들이 일순간 사라지고, 내년쯤은 다시 김(金)농장에서 소작할 수도 있을 것 같은 희망으로 가슴이 벅차올랐다.

그런데 이 김(金)농장이 동양척식회사로 넘어가게 되어, 고바야시(小林)교장이 브로커를 내세워 인수한다는 이야기가 나돌았다. 김(金)농장을 사들여 일본의 모범농가를 이곳으로 이주시키고, T학교 졸업생 중에서 중견분자를 뽑아서 현재의 고바야시농장과 견줄만한 훌륭한 모범경작지로 만들 계획을 세워 현재 교섭 중이라고 했다. 이러한 소문을 들은 경삼과 소작인들은 걱정이 이만저만이 아니었다.

경삼은 고바야시교장의 그런 모습과 올해 고바야시농장으로 인해 입은 수해의 참상이 떠올라 몸서리를 쳤다. 고바야시농장 측에서 이쪽 배수로를 끊어버린 탓에 무진년(1928년)의 대홍수에도 끄떡없었던 제방 위로 일순간 물이 넘쳐 김(金)농장의 피해가 엄청났다. 마을 사람 모두가 "제방을 지켜라, 모두 나와라!"라고 외치며 그 제방을 지키려고 밤새도록 몸부림쳤던 일을 떠올렸다. 마을사람들은 자신의 생명줄과도 같은 김(金)농장의 소작을 뺏길지도 모른다는 생각에 불안했다. 특히 경삼을 비롯한 젊은이들은 모두 담판을 짓자며 아우성이었다.

경삼은 우선 고바야시교장을 찾아가보기로 했다. 그러나 경삼아버지는 무슨 일이든 하늘의 섭리로 돌리고, 신(神)과 지주는 거역하지 말고 숭배하자는 쪽이었다.

경삼은 항상 그런 아버지가 못마땅했다. 경삼은 학교까지 가는 도중 오늘 교장을 만나서 해야 할 말을 몇 번이나 되풀이했다. 그런데 막상 교장 앞에 서니 말이 제대로 나오지 않아 답답했다. 정의감이나 의협심이라곤 찾아볼 수 없는 교장은 경삼의 말을 귀담아 듣지 않고 지극히 교장다운 이야기만 했다. 틀에 박힌 관료냄새가 풀풀 나는 교장의 말에는 분명 경삼에 대한 악감정이 묻어있었다. 교장의 생각은 기존 소작인의 생계는 전혀 고려하지 않고 다른 곳으로 소작을 주려는 의도가 분명히 엿보였다.

「교문을 나서던 경삼은 교장이 했던 말의 의미에 점점 더 화가 치밀었다. 있었는지 없었는지도 모를 정도로 희미해져버린 위험한 사제관계 속에서, 그나마 알아듣기 어렵게 간신히 말하긴 했지만 요컨대 교장의 태도로 보아선 한 치도 먹혀들 것 같지 않았다.

"보통의 농장과는 다르다. 국난타개의 제일선에 서야할 모범청년을 양성하기 위한 농장이다." 교장은 이렇게 말했다.

"×××××××××하는 것은 농민이다. 즉 하늘을 가장 잘 받들어야 하는 것은 땅이다. 그러므로 농민 한 사람이라도 나는 신의 허락 없이는 고용할 수 없다. 가령 여기에 아주 성실한 농민 한 사람이 있다고 하자. 그럼 나는 먼저 눈을 감고 신탁을 기다릴 것이다. 그렇지만 물론 아무나 무분별하게 신탁을 기다리는 그런 모독은 범하지 않을 것이다. 진인사대천명(盡人事待天命)이라 했으니, 아무 때나 신에게 의뢰하는 것은 더욱 신을 모독하는 일이 될 것이다."는 이야기도 했다.」

아버지는 고바야시교장을 만나러 간 것을 알고 자꾸만 다그쳤다. 그런 아버지를 피해 집을 나선 경삼은 복녀(福女)의 집으로 가려다 말고 먼저 친구 집으로 갔다. 경삼은 친구들과 앞으로의 일에 대해서 여러 이야기를 나누었다. 경삼은 '되든 안 되든 담판을 짓자'느니 '봄이 되면 누가 뭐라든지 상관 말고 먼저 경작을 시작하자'는 친구들의 의견에 다소 마음이 든든해져서 복녀의 집으로 발길을 옮겼다. 경삼은 복녀에게 호감을 가지고 있었다. 고바야시양잠소에서 함께 일할 때 다른 동료들의 비난에도 불구하고 복녀에게만 뽕잎 무게를 더 올려주는 등 유난을 떨기도 했었다. 복녀아버지도 아들이 농업조합 총검거사건으로 잡혀간 후 일손이 없는 복녀 집에 가끔 와서 일을 도와주는 경삼을 친절하게 대해 주었다. 경삼은 친구들과 나눈 이야기를 복녀아버지에게 들려주고 나서, 고바야시교장을 다시 찾아가 담판을 짓겠노라고 했다. 그러자 복녀아버지는 이번에 담판 짓는다고 나서면 아들의 형기가 더 늘어날 것 같았는지 갑자기 불안한 표정을 지었다.

봄이 되자 굶는 사람이 더 많아졌다. 소작인들은 예년보다 빨리 밭일을 시작했다. 하지만 모범농이나 모범 경작생들이 매일같이 와서 이쪽저쪽 레일을 깔고 화차로 흙을 옮겨와서 제방과 수문 개수공사를 시작했다. 그 바람에 거의 매일 작은 충돌이 그치지 않았다.

어느 날 밤, 소작인들이 야음을 틈타 종자를 뿌린 것을 다음날 고바야시농장 쪽에서 바로 밀어버린 탓에 아까운 종자가 쓸모없게 되었다. 종래의 관습상 일단 파종한 것을 밀어버리는 것은 큰 죄악이었기 때문에 충돌은 더욱 컸다. 마침 그때 'T농조(農組)재건사건'이 일어나 대량검거가 시작되었고, 경삼을 비롯하여 몇 명은 쟁의를 일으킨 죄로 검거되었다. 이후 두 농장간의 충돌도 끝이 났다.

추수 후 가까스로 풀려난 경삼은 아버지로부터 복녀 일가가 고향 S군인지 간도인지로 떠났다는 말을 전해 들었다. 뿐만 아니라 50호나 되었던 마을의 소작인들도 헐값에 집을 팔고 대부분 떠나버린 후였다. 대신 모자를 쓴 모범경작생들이 H마을을 거의 점령하였고, H마을 유사 이래 전혀 본 적이 없는 '검은 집'도 5채나 새로 지어져 있었다. 그 집들에는 국기게양 탑이 높이 세워져 있고, 그곳에서 모범경작생들이 와자지껄 떠들며 일을 하고 있었다.

096-5

大陸(대륙)

〈기초사항〉

원제(原題)	大陸(全17回)	
한국어 제목	대륙	
원작가명(原作家名)	본명	한병도(韓秉道)
	필명	한설야(韓雪野)
게재지(揭載誌)	국민신보(國民新報)	
게재년도	1939년 5월~9월	
배경	• 시간적 배경: 만주사변 직후 • 공간적 배경: 만주국의 수도 신징(新京)	
등장인물	① 약혼녀가 있지만 다른 여성을 사랑하는 오야마 히로시 ② 오야마를 사랑하지만 그의 약혼녀 때문에 오야마를 떠나려는 마리 ③ 오야마의 약혼녀 유키코 ④ 오야마의 동지 하야시 가즈오 등	
기타사항	<글의 차례 : 처녀지(處女地) - 봄 - 사선을 넘어 - 꿈틀거리다 - 책동 - 슬픈 입술 - 실종 - 인질 - 미끼 - 애원 - 태풍 - 육지의 불빛>	

　　오야마 히로시(大山博)와 하야시 가즈오(林一夫)는 만주국 오지에서 이민촌(移民村) 농지개척과 금광개간에 종사하고 있었다. 하야시는 간도의 사정을 잘 알고 있기에 자신의 계획에 자신감을 갖고 있었다. 하야시는 아버지가 세운 중학교를 졸업하고, 동향인이며 동창생인 오야마의 도움을 받아 도쿄(東京)에서 대학을 졸업하고 다시 만주로 건너왔던 것이다. 그 사업은 오야마의 약혼자인 유키코(雪子)의 숙부 고토(後藤)의 출자에 의한 것이었다. 한편 또 만주국 군부인 오연명(吳連明)과 민간 측 유력자인 조집오(趙輯伍)의 원조에 의한 것도 적지 않았다. 조집오는 중앙정계에 이름이 알려진 길림성의 대의원이었다.

　　조집오의 딸 마리(瑪麗)는 일본여자대학 출신의 미모를 겸비한 아가씨로 유키코 숙부의 회사에 취직하였고, 그리고 머잖아 오야마와 사랑에 빠졌다.

　　한편 사장인 고토 또한 마리에게 마음이 있어 취중에 겁탈하려고 했으나 미수에 그치고, 그것을 계기로 마리와 오야마는 오히려 급속도로 가까워졌다. 그러자 유키코와 고토는 둘 사이를 갈라놓으려고 여러 가지 방책을 세웠다. 오야마의 아버지도 오야마의 사업이 고토의 원조 없이는 진행될 수 없기에 아들과 헤어지라며 마리를 협박했다.

　　마리는 오야마와 그의 집안을 위해 자신이 희생하리라 각오하고 행방을 감췄다. 오야마는 마리의 행방을 찾으러 다녔고, 오야마의 아버지는 고토 집안에서 중단한 사업자금을 조달하기 위해 용정(龍井)으로 떠났다. 그러다 그만 오야마의 아버지가 마적에게 붙잡히고 말았다. 그런데 오야마가 형인 요시오(義雄) 대위를 만나러 신징(新京)에 갔을 때 뜻밖에도 그곳에서 마리를 만났다. 하지만 오야마 곁에 유키코가 있었으므로 그녀는 거처를 알려주지 않고 가버렸다.

　　오야마는 이민촌으로 돌아와 하야시와 협의하고 오영장(吳營長)과 도모하여 스파이를 고용해 아버지를 구출하려고 분주하게 움직였다. 하지만 아버지의 몸값을 준비하여 마적 본거지로 간 오야마마저 감금당하고 말았다.

　　한편 마리는 오야마와 헤어져 신징의 오리엔탈클럽에 몸을 의탁하고 있었는데, 그곳의 마담인 오락(誤落)은 장학량(張學良)의 스파이로 오야마 부자가 잡혀있다는 사실을 알고 오야마의 형마저 생포하려는 음모에 가담하였다. 그 비밀을 알아차린 마리는 홀로 용정으로 가서 자신의 아버지를 설득하여 한때 친분이 있던 마적 두목에게 부탁해 오야마 부자를 구출하였다.

　　마리는 오야마를 사랑하지만 약혼녀가 있기 때문에 사랑하는 마음을 접을 수밖에 없다고 여겼다. 하지만 오야마는 오로지 마리만을 사랑하였다. 마리가 오야마를 구출한 날 밤, 두 사람은 밤새도록 많은 이야기를 나누게 되었다.

　　그러나 다시 마적단의 습격을 받아 오야마는 치명상을 입어 중태에 빠지고 병원으로 옮겨졌다. 오랫동안 사이가 소원해졌던 유키코가 제일 먼저 달려왔다. 유키코가 알려주어 마리도 병원으로 찾아왔다.

　　오야마의 몸은 점점 좋아지고 있었다. 병원에는 오야마와 유키코와 마리가 함께 있는 경우가 많았다. 마리는 유키코가 있는 이상 자기가 있어서는 안 되리라 생각하였다. 그런데 언제부터인가 유키코의 모습이 보이지 않았다. 모두들 궁금해 하고 있을 때 간호부에게서 유키코의 편지를 건네받았다.

　　「히로시씨, 용서해 주세요. 실례인 줄 알면서 말도 없이 오늘 펑톈(奉天)으로 돌아갑니다.

화내지 말아 주세요. 저의 진심을 당신만은 이미 알고 계시리라 믿어요. 그러니 화내기는커녕 오히려 이전보다 더, 아니 이전과는 전혀 다른 의미에서 유키코라는 한 인간을 이해해 주실 거라고 생각합니다. (중략)

이번 기회에 분명히 말해 두지만, 저는 이번에 마음으로부터 약혼자인 히로시씨에게 '안녕'을 고하고 왔습니다. 그러니 그 일로 다시는 히로시씨에게 폐를 끼치는 일은 절대 없을 겁니다. 하지만 그것은 물론 당신에 대한 악감정에서 그런 건 아닙니다. 뭐랄까, 그에 대해선 지금의 저로서는 적절한 표현을 찾을 수 없지만, 바꿔 말하면 히로시씨를 알고, 그리고 가능하다면 저라는 여자도 알아주기를 바라는, 즉 진정한 재회를 위한 이별인 거죠. 그러니까 다음에는 단지 인간 히로시씨와 재회할 수 있기를 바라는 겁니다. 히로시씨, 진심에서 드리는 부탁이니, 부디 마리씨와 결혼해 주세요. (중략)

그리고 주제넘은 이야기 같지만 당신들은 대륙에서의 사명에 정진하기를 바랍니다. 평생 변함없이 약한 자들을 위해 최선을 다해 주세요. 당신이나 하야시씨 그리고 다른 분들의 존귀한 마음을 잘 알고 있습니다. 그러므로 저도 보이지 않게 기도하고 힘을 보태도록 하겠습니다. ……」

오야마를 비롯해 하야시와 마리는 감동에 겨워 '진실'과 '패기'가 넘치는 유키코의 편지를 읽고 또 읽었다. 그리고 새롭게 태어난 유키코야말로 진정한 인간의 모습이며, 자신뿐 아니라 다른 사람도 바로 그런 인간이 되어야 한다고 생각했다. 대륙이 없었다면 자신은 결코 이와 같은 생각을 하지 못했을 거라 생각한 오야마는, 지금 새삼 대륙에 대한 고마움을 느꼈다.

그로부터 한 달 후 병원을 퇴원한 오야마는 대륙을 비추는 등대가 될 것을 다짐하고, 마리와 함께 전사자들의 묘를 방문했다.

096-6

摸索(모색)

〈기초사항〉

원제(原題)	摸索	
한국어 제목	모색	
원작가명(原作家名)	본명	한병도(韓秉道)
	필명	한설야(韓雪野)
게재지(揭載誌)	조선문학선집(朝鮮文學選集)	
게재년도	1940년 9월	
배경	• 시간적 배경:	
	• 공간적 배경: 'H부'라는 작은 도시의 상점과 'H부'를 왕래하는 전동차 안	

등장인물	① 자신의 무능함을 한탄하는 작가 남식 ② 언제나 당당하고 활발한 남식의 아내 등
기타사항	번역자: 이몽웅(李蒙雄)

〈줄거리〉

언제부터인지는 알 수 없으나 남식(南植)은 곧잘 자신의 머리를 의심하기 시작했고, 어떤 때는 장엄하게 죽어가는 자신의 모습을 상상하는 묘한 버릇이 생겼다. 그런가 하면 자신이 네거리 행길 바닥에서 가끔 보는 미친 사람과 무슨 연관이라도 있는 것처럼 그 사람과 비교해보는 일도 요즘 들어 부쩍 심해졌다.

생각하면 한심할 뿐이다. 동년배인 옛 친구들은 관리니 의사니 문사니 실업가니 해서 상당한 지위와 가산을 모았고, 자기보다 훨씬 나이어린 후진들도 보기 좋게 이름을 날리고 있는데 남식은 신문이나 잡지의 구석진 자리밖에 차지하지 못하고 있었다. 그나마도 가뭄에 콩 나듯 드문 일인데다 원고료라고 해야 어쩌다 잡지사에서 선심 쓰듯 보내주는 푼돈이 전부였다. 그 몇 푼에 기대어 살아야 하는 자신이 너무 초라해 보여 남식은 혼자 한탄한 적도 있었다. 그럴 때마다 남식은 자기 자신을 그 미친 사람과 비교해 보고, 아마 모르면 몰라도 머릿속 알맹이가 몇 개는 빠졌거나 어딘가가 꽉 막혀서 정신과 신경계통에 이상이 생긴 것이 아닐까 싶기도 했다.

그는 또 자기 아내를 생각했다. 구차한 살림에 못난 남편과 아이들 때문에 모르긴 몰라도 히스테리에 걸린 것이 틀림없었다. 아내는 이따금 남식에게 대들고 심지어 칼부림까지 한 적도 있었다. 그러나 남식은 말속이 좋고 비위가 틀리면 누구에게든 굴하지 않는 아내의 뱃심이 한없이 부러웠다. 아내는 얼마 전에도 시장판에서 내로라하는 상인과 싸운 일이 있었다. 아내는 자기가 옳다고 생각하면 어느 누구와도 당당하게 싸울 줄 알았다.

아내는 남식과는 정반대로 그날 있었던 일을 미주알고주알 남편에게 이야기하는 것이 사는 낙이었다. 아내는 일상에서 벌어지는 모든 일이 다 흥미 있는 일이요 가치 있는 일이었다. 그러나 남식은 늘 자신이 구질구질하고 어둡고 좁고 초라한 세상에만 처박혀있다고 여겼기 때문에 그가 겪는 일들이 모두 하찮게만 여겨졌다. 아내는 그런 사정 따위는 아랑곳없이 말수 적은 남식에게 불만을 터뜨렸다.

술 한 잔 마시고 싶은 마음이 간절했지만 가진 돈이 없어 일찍 집에 돌아온 어느 날, 아내는 원고료가 20원이나 들어왔다며 기쁘게 남편을 맞았다. 아직까지 원고료를 단번에 20원씩이나 받아본 적이 없었던 남식은, 최근엔 내놓을 만한 작품이 없었기에 의아했다. 곰곰이 생각해 봐도 남식은 도무지 짐작되는 데가 없었다.

그러나 남식의 생각과는 상관없이 아내는 의외의 수입에 대만족이었는지 내일 당장 돈을 찾아서 H부(府)로 물건을 사러 가자고 했다. H부 공급소는 물건이 잘 구비되어있고 가격이 싸서 두 사람 왕복차비로 80전이 든다 해도 훨씬 남는 장사라는 것이다.

아내의 성화에 남식은 이튿날 아침 우편국에 가서 돈을 찾아 아내와 함께 H부에 가려고 전동차 정거장으로 나갔다. 20분 만에 한번 씩 떠나는 차를 방금 놓친 탓에 기다리기가 멀쑥해진 남식은, 이리저리 거닐다가 거의 차시간이 되어서야 대합실로 들어왔다. 그런데 아내가 평소에 밉살맞게 여기는 여자와 이야기하는 것을 보고 화가 난 남식이 한마디 쏘아붙이는 바람에 모처럼의 부부동반 외출이 썰렁해지고 말았다.

H부 공급소 안에서도 아내는 종업원과 다퉜다. 아내의 초라한 행색에 공급소 직원이 푸대접

을 한 모양이었다. 아내는 잔뜩 독이 올라있는데 아무도 대꾸하는 사람이 없어서 도대체 누구와 싸우고 있는지조차 알 수 없었다. 아내는 계속 식식거리며 끌려나오다시피 공급소를 나왔다.

마침 퇴근 시간이라 돌아오는 전동차는 초만원이었다. 그런데 공교롭게도 아까 아내와 싸웠던 남자가 같은 전동차에 타고 있는 것이 아닌가. 남식은 짐짓 못 본 체 하며 아내 역시 그래 주기를 바랐다. 그 사내는 차 안을 둘러보더니 아내 주변에 싸늘한 시선을 보내고 있었다. 그 모습에 남식은 사내가 행여 아내에게 무슨 짓이라도 할까봐 긴장을 놓지 못하고 있다가 그가 내린 후에야 겨우 안도의 숨을 내쉬었다.

아내는 물건 사러 다니는 것이 그런대로 재미있었는지 다음에 원고료가 생기면 또 가자며 웃었다.

「"원고료?" 남식은 순간 깜짝 놀랐다. 그는 문득 사람이 산다는 것이 얼마나 어려운 것인지를 생각했다. 그것은 그야말로 어렵지 않으면 안 되는 것 같았다. 다음으로 그는 오늘 아내에게 있었던 일들을 떠올렸다. 아무 것도 아니면서 지극히 사소한 것이지만, 요컨대 그것은 산다는 것 - 생명을 이어간다는 것이며 특히 가까운 거리에 놓여있는 것이라 생각했다. 원고료라는 것도 어차피 그런 것이다. 차는 여전히 달리고 있었다. 차창 밖을 내다보니, 사람과 전봇대와 길과 논밭이, 달리는 전동차에 길을 내주면서 뒤로뒤로 물러났다. 어쨌든 달리지 않는 것은 하나도 없었다. 특히 반대 방향으로 달려가는 두 개의 물체를 볼 때, 그 속도는 한결 빨랐다. 가만히 차창을 바라보고 있는 그의 눈에는 그 달리는 속에 무슨 불가사의한 것이 숨어있고, 또 그 불가사의한 것 때문에 달리는 것처럼 보였다. 자신의 몸도 전동차도 모두 그 불가사의한 것의 날개를 타고 질주하는 것 같았다. 그리고 왔다가 멀어지고, 멀어졌다가 다시 왔다. 언제까지나 무(無)가 아닌 영원한 계승(繼承)이 그 달리는 가운데 숨어있는 것 같았다.

전동차는 여전히 달리고 있었다. 그 어떤 것도 따라올 것 같지 않았다. 산도 뒤로 달리고 집들도 뒤로 물러났다. 그리고 다시 왔다가 또다시 사라졌다.

전동차는 평탄한 곳과 산과 절벽 그리고 터널을, 혹은 직선으로, 혹은 구불구불 길을 내며 질주하고 있었다.」

血(피)

〈기초사항〉

원제(原題)	血	
한국어 제목	피	
원작가명(原作家名)	본명	한병도(韓秉道)
	필명	한설야(韓雪野)

게재지(揭載誌)	국민문학(國民文學)
게재년도	1942년 1월
배경	• 시간적 배경: 어느 해 가을 • 공간적 배경: 도쿄, 조선
등장인물	① 예술에 대한 열정으로 도쿄로 유학 간 '나' ② 스승 스이후 ③ 같은 문하생 마사코 ④ 선배 이소가이 등
기타사항	

〈줄거리〉

　　내가 스이후(翠風)선생님의 가르침을 받기로 결심한 데에는 "새로운 시대의 흐름에 따라 새로운 방면을 개척하지 않으면 안 된다."는 충고를 해준 친구이자 그림 선배인 K군의 추천이 있었기 때문이다. 뿐만 아니라 그 해 선전(鮮展, 조선미술전)에 재입선 된 내 작품의 심사를 맡은 스이후선생님의 화풍을 사숙(私淑)하고 있었던 까닭이기도 했다.

　　사실 오래 전부터 동양화(東洋畵)가 성에 차지 않았던 나에게 선생님의 작품은 어떤 야심적인 시사를 안겨주었기에 스이후선생님이 일정을 마치고 도쿄로 돌아간다고 했을 때 바로 뒤따라가려고 했다. 그런데 그때 공교롭게도 병에 걸려서 뜻을 이루지 못했다. 모처럼 찾아온 좋은 기회였는데 그 기회를 허무하게 놓친 안타까움에 내내 씁쓸했었다.

　　가난한 집에서 태어난 나는 학자금 때문에 그다지 자유롭게 활동하지는 못했으나 당시 예술에 대한 열정만큼은 남달랐다. 때문에 가장노릇도 제대로 못하고 처갓집에 얹혀사는 주제였음에도 아내를 설득하여 도쿄로 건너가서 고학이라도 해볼 결심을 했다. 그런데 이번에는 어머니가 위독하다는 전보를 받고 또다시 주저앉았다. 중요한 순간마다 내 앞길을 가로막는 기막힌 운명에 나는 공포를 느꼈다.

　　그렇게 꺾어지려는 예술에 대한 열정을 가까스로 가다듬고 5년 만에 고향을 찾았다. 어머니는 생활고와 병에 시달려 수척해질 대로 수척해져 있었다. 그래도 목소리만큼은 또렷했기에 조금은 안심하고 있었는데, 병세가 급격히 악화되더니 마치 마른가지가 뚝 부러지듯이 갑자기 숨을 거두고 말았다. 그렇게 어머니를 보내고 난 나는 오늘로써 영원히 이별할지도 모르는 고향의 모습을 화폭에 담은 후 고향을 떠났다.

　　그 후 얼마 되지 않아 나는 어느 선배의 도움으로 도쿄로 건너가 스이후선생님의 문하로 들어갔다. 그러나 그림지도는 언제나 스이후선생님 문하의 선배인 이소가이(磯貝)가 대신하였고, 선생님의 지도를 직접 받은 적은 거의 없었다.

　　어느 날 선생님이 문하생들의 그림을 둘러보았는데, 선생님은 내 그림에 관심을 보이며 최근에 그린 그림을 보여 달라고 했다. 실은 그려놓은 그림 두세 장이 있었음에도 나는 거의 밤을 새워가며 새로 그린 그림을 가지고 스이후선생님을 찾아갔다. 하지만 이소가이의 방해로 결국 선생님을 만나지 못하고 돌아왔다.

　　그러던 어느 날 갑작스럽게 선생님이 나를 방문했다. 나는 그때를 놓치지 않고 선생님께 그림을 보여드렸다. 선생님은 내 그림을 보시고 아낌없는 칭찬을 해 주었다. 그 때문이었는지 이후 문하생 모두가 나를 질투하기 시작했다.

　　몇 달 후, 선생님은 나에게 '쇼토쿠태자 전람회'에 출품할 것을 권했다. 그 순간 내 마음은 오랜 세월 동안 잊고 지냈던 '고향의 자연'이 횃불처럼 타올랐다. 어머니의 시신을 묻고 영원히 이별을 고하고 나올 때 그렸던, 그때까지도 소묘인 상태로 가지고 있던 그림을 완성하겠다고 결심한 것은 바로 그 순간이었다. 나는 이소가이 패거리들의 괴롭힘에도 아랑곳 않고 예술에 대한 열정을 불태우며 그림에만 전념했다. 고독하고 외로운 나날의 연속이었다.

그즈음 같은 문하생이었던 마사코(マサ子)가 나에게 호감을 드러냈다. 그러나 나는 경성에 아내가 있었고, 게다가 그것이 나에 대한 동정인 것만 같아 그녀의 호감이 썩 내키지 않았다. 우리가 서로 호감을 갖고 사랑하게 된 것은 마사코가 나에게 그림을 배우러 왔고 함께 예술을 논하면서부터였다. 나는 나에 대한 마사코의 사랑이 어느 정도인지 확인하고 싶어졌다. 내가 유부남이라는 사실을 알고도 나를 사랑할 수 있다면 그것이야말로 진짜 사랑일거라는 생각이 들었다. 나는 내 모든 개인사정과 고국에 아내가 있다는 사실을 마사코에게 밝혔다. 그런데 그것이 조선인 남자를 거부하기에 충분한 이유가 되었던 것인지 마사코는 너무 쉽게 나를 떠나버렸고, 이후 미술과는 전혀 상관없는 평범한 남자와 결혼해 버렸다.

그 후 조선으로 돌아온 나는 정말 외톨이가 되었다. 아내는 나를 기다리다 지쳤는지 이미 다른 남자와 떠나버린 뒤였고 딸아이는 외갓집에서 키우고 있었다.

나는 한동안 방황하다가 다시 붓을 들었고, 오직 미술에만 정진하고 있었다. 그러다가 우연히 마사코를 만나 서로의 안부를 물었다. 내 이혼소식을 들은 마사코의 얼굴에 묘한 미소가 어리는 것 같았다. 그날 밤 마사코는 남편과 함께 나를 찾아와 자신의 초상화를 그려달라고 부탁했다. 내키지는 않았지만 나는 정성들여 그림을 완성하여 마사코 부부에게 건네주었다. 그림을 보면서 만족해하는 마사코 부부를 보며 나는 한때 연애감정 이상의 성스러움을 느꼈다. 영원히 그녀를 잊을 수 없을 것 같았다.

「나는 계곡 바위에 앉아서 마사코의 편지를 뜯었다. 아까부터 두꺼운 편지라고 생각했는데, 안을 들여다보니 흰 편지 1장과 100원짜리 지폐 네다섯 장이 들어있었다.

'용서해 주세요. 이건 당신이 바라는 바가 아니라는 것을 잘 알고 있습니다. 그래서 당신을 만나지 않고 떠납니다.'

나는 편지를 바위 위에 떨어트렸다. 물론 처음부터 이런 사례를 받으려고 한 것은 아니었다. 마사코도 나의 마음을 짐작하고 있었던 것 같다. 나는 다시 마사코를 만날 수 있다면, 무조건 이 봉투를 되돌려주겠지만 아마도 다시 그녀를 만날 수 있을 것 같지 않았다. 그날 밤의 이별이 평생의 이별이었는지도 모른다. 그녀는 결국 걷어낼 수 없는 마음의 부담을 내게 지워주고 자신은 아주 가벼운 마음으로 떠났겠지만, 나의 마음은 언제까지나 납처럼 흐려서 개이지 않았다. 마사코의 이런 호의가 나에게는 하나의 고통이 되리라고는 그녀도 생각지 못했을 것이다. 어차피 이번에도 그녀는 나에게 고통만 남기고 떠났다. 그것으로 된 것이다. 평생 고통과 싸울 운명을 가진 사람에게 그것은 피할 수 없는 일이다. 하지만 나의 고통이란 것은 반드시 외부에서 주어지는 것이 아니라 나의 핏속에 있는 것이 아닐까. 나는 파란 하늘에 흘러가는 흰 구름을 한없이 바라보았다.」

- 1941. 12. 8 -

影(그림자)

〈기초사항〉

원제(原題)		影
한국어 제목		그림자
원작가명(原作家名)	본명	한병도(韓秉道)
	필명	한설야(韓雪野)
게재지(揭載誌)		국민문학(國民文學)
게재년도		1942년 12월
배경		• 시간적 배경: 어느 해 겨울과 봄 • 공간적 배경: 조선의 B읍
등장인물		① 사랑했던 여인이 남겨준 생명의 환호성으로 현실을 살아가는 '나(金)' ② 10년 전 사랑했던 여인 지에코 등
기타사항		

〈줄거리〉

　　가끔 격정적으로 치밀어 오르는, 선명하고 애달픈 추억에 번민하면서 10년 전 지에코(ちえ子)와의 일을 떠올렸다. 생각해 보면 지에코는 그 시절 나만의 세계에 뿌리를 내려 꽃을 피우게 하였고, 지금까지도 그립고 아름다운 꿈의 세계로 남아있다.

　　내가 지에코를 알게 된 것은 도쿄에서 대학을 졸업하고 돌아와 시골 B읍에서 교사로 일하고 있을 때였다. 양조장을 하던 지에코의 집과 마당 넓은 내 하숙집은 조그만 사과밭을 사이에 두고 마주하고 있었다.

　　공부에 전념할 수 있을 것 같아 그곳에 하숙을 정했던 나는, 매일 아침 물뿌리개로 나무에 물을 주는 아름다운 여자를 발견했다. 나긋나긋한 동작의 그녀가 다소 무표정한데다 촌스럽기까지 한 나와는 도저히 어울리지 않을 것 같아 처음엔 오히려 무감각했다. 그것이 지에코와의 인연이라면 인연이었다. 당시 나는 헤겔에 열중해 있었던 터라, 출근 전 매일같이 헤겔에 몰두하며 사과밭 좁은 길을 걷는 것이 즐거운 일과 중 하나였다.

　　어느 날 아침, 여느 때와 다름없이 책을 읽으며 걷다가 작은 돌에 걸려 앞으로 푹 고꾸라지고 말았다. 비틀거리는 내 모습이 몹시도 꼴사나웠을 것 같아 적잖이 당황스러웠지만, 그나마 보는 이가 아무도 없는 것 같아 안심하고 있었다. 그런데 갑작스럽게 웃음소리가 들려왔다. 두리번거려보니 맞은편 정원수 아래에 지에코가 서 있는 게 아닌가. 나와 시선이 마주친 지에코는 홍조를 띤 얼굴로 인사를 했다. 우리의 만남은 그렇게 시작되었다.

　　지에코와 나는 여름 내내 매일같이 산책로에서 만났고, 서로 문학과 철학을 이야기하며 많은 시간을 함께 보냈다. 지에코도 그랬지만 지에코 가족은 내가 도쿄에서 대학을 나왔다는 것에 특히 호감을 가졌다. 우리는 밤중에 산책을 나가 서로 포옹하는 사이로까지 발전했다. 그러나 더 이상 가까워지지 못했고, 나의 잠 못 이루는 밤은 계속되었다.

그러던 중 지에코가 어머니의 백내장 치료차 일본으로 떠나게 되었다. 처음엔 두어 번 편지가 오고갔는데 이내 소식이 끊겼다. 한 번 소식이 끊기고 나니 겨울이 지나고 새싹이 돋아도 지에코로부터는 아무 연락이 없었다.

나는 지에코를 생각하며 싹트는 여린 새싹에라도 매달리고 싶은 심정에 하릴없이 죄 없는 풀을 쥐어뜯기도 했다. 지에코를 너무 그리워한 나머지 어떤 때는 그녀의 육체가 느껴지는 것 같기도 했다. 만약 우리가 서로의 육체를 가졌더라면 헤어지지 않았을지도 모른다는 생각이 들었다. 나는 지에코와 거닐던 길, 즐거웠던 일들을 떠올리며 지에코가 돌아와 주기만을 간절히 소망했다. 그러나 그것은 대답 없는 메아리일 뿐 공허한 나날은 계속되었다. 너무도 견디기 힘들어 우리 안으로 뛰어 들어온 어린 양을 놓아준 늑대처럼 후회했다.

그해 가을, 나는 결국 학교를 그만두고 B읍을 떠났다. 그리고 머잖아 다른 여자와 결혼했고, 어느새 아이 셋을 둔 아버지가 되었다.

「만일 내가 그녀와 결혼했다면, 과연 어땠을까요? 말할 것도 없이 지금의 아내와 나의 아이와는 다른 얼굴의 아이가 태어났겠지요. 그리고 그 얼굴이 다른 것처럼 각자 다른 심리를 가지고 다른 길을 걷고 있을 테지요. 물론 인간으로서의 형태는 적어도 같을까요?

하지만 그 영혼에 각자 어느 정도의 차이가 있을 거라고 나는 가끔 진지하게 생각해보곤 한답니다. 요컨대 보이지 않는 것들 간의 차이를 알고 싶은 겁니다. 형태로 나타나지 않는 것을 위해 인간은 과연 얼마만큼의 노력과 열의를 가지고 있을까요? 나는 지상의 많은 사람들의 황폐함과 공허함을 볼 때, 내면에 있어야 할 형태가 없는 것의 빈곤함을 떠올립니다. 하지만 그녀는 분명 나에게 형태로 보이지 않는 그 무엇을 주었습니다. 그것은 말할 것도 없이 내게 플러스가 되고 부(富)가 된다고 생각합니다. 나는 지금도 집요하게 그녀와의 그런 한때가 없었더라면 지금의 나는 과연 어떻게 되었을까, 어쩌면 신(神)조차도 알지 못할 것을 추구하고 싶어집니다만, 그것은 차치하더라도 나는 그녀를 떠올릴 때 내 마음 속에서 분명 생명의 탄성을 듣습니다.」

나는 이런 생각을 하며 그녀를 떠올릴 때, 마음속 깊은 곳에서 생명의 환호성을 듣는다. 비록 지에코는 내 곁에 없지만, 그 생명의 환호성은 내 안에 온전히 내 것으로 남아있다. 내가 염원하는 것은 내 목숨이 다하고 앙상한 뼈만 남을 때까지 지금 이대로의 행보를 지속하고 싶다는 한 가지이다. 그렇게 할 때만 내 마음속 생명의 환호성이 내게 들려오기 때문이다.

- 1942. 10 -

韓植(한식)

—

한식(1907~ ？) 시인, 평론가. 필명 니시카와 오이(西川生), 니시카와 우에(西川植).

097

1907년	함경남도 함흥에서 출생하였다.
1925년	일본으로 건너갔다.
1926년	1월 일본어콩트「이력과 선언(履歷と宣言)」을 일본잡지「신진(新人)」에 발표하였다.
1927년	일본 도쿄고등사범 영문과 재학 중 조중곤(趙重滾), 홍효민(洪曉民), 김두용(金斗鎔) 등과 사회주의경향의 문예동인지「제3전선」을 창간하였다. <카프(KAPF, 조선프롤레타리아예술가동맹)>에 가담한 후 평론「현 단계의 예술운동이란 무엇인가」를「개척」에 발표하였다. 7월에「프롤레타리아게이주쓰(プロレタリア雲術)」에 일본어소설「엿장수(飴賣り)」를 발표하였다.
1930년	<카프> 해체 이후「풍자문학에 대하야- 그 실체와 발생한 시대」등 본격적인 비평활동에 주력하였다.
1935년	평론「두옹(杜翁)의 예술에 있어서의 영원한 것에 대하야」를 ≪동아일보(東亞日報)≫에 발표하였다.
1936년	평론「자유주의의 본질 특히 문학에 관계하야」,「풍자문학에 대하야」,「인류의 교사로서의 '로망롤랑' 그 위대한 70년의 족적」,「최근 노문단(露文壇)의 제(諸)문제」,「문호 막씸골키의 문학사상의 지위」,「최근 문단에 대한 수감수삼(隨感數三)」을 ≪동아일보≫에 발표하였다.「사회주의 리아리즘의 재인식」,「문학의 진실한 발전을 위하여」를 ≪조선중앙일보≫에,「이민문학의 과거와 현재」,「비평문학의 수립과 그 방법」을 ≪조선일보(朝鮮日報)≫에 발표하였다.
1937년	평론「문화단체의 진로」,「노서아문학사상의 푸쉬킨의 지위」,「문화의 민족성과 세계성」,「문화의 대중화와 언어문제」,「문학상의 역사적 제재」,「신문소설의 재검토」를 ≪조선일보≫에,「푸쉬킨의 단상」,「푸쉬킨의 레아리즘의 특징과 로만티즘」,「이무영씨의 문학에 대하여」를「조선문학」에,「문학의 형상화와 언어의 확립」,「휴맨이즘의 욕구」,「문화옹호의 열정과 의의」를 ≪동아일보≫에 발표하였다.
1938년	평론「문학정신의 앙양」,「개성확립과 독창의 문학」을 ≪조선일보≫에,「문학

	의 위기와 신인의 각오」를 ≪동아일보≫에 발표하였다.
1939년	7월에 평론「확신과 꿈」, 「지성과 감성」, 「예술성의 독립」과, 시「고향에 돌아갈 때」를 「조선문학」에, 「문학건설의 결의」를 ≪조선일보≫에 발표하였다. 평론「스페샬리제이션의 확립」, 「향수(享受)의 시대적 의의」, 「비평의 현대적 방법」을 ≪동아일보≫에, 평론「시의 현대성」을 「문장」에, 「문화인과 정신」을 「청색지(靑色紙)」에 발표하였다.
1940년	평론「작가의 세계와 작품의 권위」를 「청색지」에, 「비평의 방법과 이론의 빈곤」을 「비판」에, 「에밀졸라의 회상」을 ≪동아일보≫에, 「시의 비평과 상징의 길」을 「문장」과 「인문평론」에, 독후감「빙화 - 윤곤강씨의 신시집(新詩集)」을 ≪매일신보(每日申報)≫에 발표하였다.
1941년	국민문학론이 본격화 되자 '시민적 의식'을 '조국(肇國)의 정신'으로 국책에 참가한다는 「국민문학의 문제」를 「인문평론」에 발표하였다.
1942년	학창시절부터 일본어로 창작한 시 44편을 수록한 처녀시집『고려촌』을 발간하였다.
1945년	해방직후 <조선프롤레타리아문학동맹>에 가담하였다. 이후 월북하여 평양을 중심으로 문필활동을 하였다.
1947년	평론「조선문학의 발전을 위하여」를 「문학예술」에 발표하였다.

097-1

履歷と宣言(이력과 선언)

〈기초사항〉

원제(原題)	履歷と宣言	
한국어 제목	이력과 선언	
원작가명(原作家名)	본명	한식(韓植)
	필명	
게재지(揭載誌)	신진(新人)	
게재년도	1926년 1월	
배경	• 시간적 배경: 1920년대 초중반 늦가을 • 공간적 배경: 도쿄	
등장인물	① 내가 아는 어느 여인	
기타사항	원문전체번역	

〈전체번역〉

　　내가 알고 있는 어느 여인의 이력 및 선언을 다음과 같이 올립니다. 사양하지 마시고 보시기 바랍니다.

　　생년월일. 본적. 현주소 모두 불명.

　　본명은 '레이라쿠 요코(零落羊子)'라 하고 올해 열여섯. 혹은 열일곱 아니면 열여덟. 출생지는 붉고 텅 빈 6시 전(前) 전차. 일곱 살 때 부친 사망. 병명은 애매병, 온몸을 지탱해주던 지팡이를 잃은 어머니는 자리보존. 빚쟁이의 독촉. 나는 그 빚쟁이한테 끌려갔다. 현대판 노예생활이 시작되었다. 동물 취급. 이해할 수 없는 심리. 도망. 메밀국수집 입학. ××장사. 새빨간 혀. 퇴학. 제3막이 오르자마자 카페 연대(聯隊)에 입영. 근세(近世)문화사의 한 전형. 세계는 귀신집단. 문명은 악마의 싸움. 과학은 무의미의 퇴적. 도덕종교는 암내의 사탕조림. 살해당해 마땅한 돼지. 거미줄을 모르는 고추잠자리. 비통. 분노. 반항. 흡혈. 번뇌. 인형. 똥!

　　이리하여 나는 완전히 사회주의가 되었습니다. 끝!

097-2

飴賣り(엿장수)

〈기초사항〉

원제(原題)	飴賣り	
한국어 제목	엿장수	
원작가명(原作家名)	본명	한식(韓植)
	필명	
게재지(揭載誌)	프롤레타리아게이주쓰(プロレタリア藝術)	
게재년도	1927년 7월	
배경	• 시간적 배경: 1920년대 중후반의 늦가을 • 공간적 배경: 도쿄	
등장인물	① 거리에서 엿 파는 조선인 소녀	
기타사항		

〈줄거리〉

　「'……작년 말까지의 통계에 의하면, 식민지 주민의 일본 내지(內地)로의 이주는 매월 ×× 의 비율입니다. 그들은 혹시 일본을 식민지화하려 하고 있는지 모릅니다. 정부는 신속히 이에 대한 대책을……'

제×××의회의 기록에 이렇게 쓰여 있었다. 게다가 그날 석간에는 3행에 걸쳐 쓴 큼지막한 표제어에 이어 다음과 같은 기사가 실렸다.

'내지를 식민지화하려고 하는
    20세기적 음모
        본국을 저주라도 하듯 백의의 발호
지저분한 상복 같은 흰옷을 입은 조선인들이 도쿄 곳곳에 벌집 같은 집을 짓고, 백주 대낮에 공공연히 활보하고 다니는 모습은 실로 **쇼와성대(昭和聖代)의 추태로** 상서롭지 못한 일이 많고, **세계에 자랑할 만한 도쿄시의 미관을 어지럽히게 된다**는 이유로, 제×××의회에서는 여당이 이에 대한 대책의 법률안을 제출하였다.'」

그런가 하면 19××년 늦가을의 어느 날, 땅거미에 석양이 쫓길 무렵 '貴族一名拾圓也(귀족한 명 10엔)'이라는 커다란 표제어가 붙은 호외가 날아들었다. 러시아대혁명으로 시베리아로 추방된 백위군장교와 함께 유랑하는 러시아 귀족 600여명이 입항했다는 내용으로 '그들은 추위와 굶주림으로 어쩔 수 없이 자녀를 10엔에 팔아 치운다는데 2, 3일 내로 5엔으로 하락할 전망'이라는 내용이었다.

흰옷 입은 조선인들의 구차한 삶은 도쿄의 미관을 어지럽히는 '쇼와성대(昭和聖代)의 추태'로 여겼고, 한 번도 본 적 없는 서양귀족이 고향에서 추방되고 그들의 자녀들이 구사일생으로 구차한 땅에까지 와서 돈에 팔려간다는 소식에 모두들 크게 동정했다.

× × ×

흰옷을 입은 소녀가 젖은 아스팔트를 걷고 있었다. 가다 서기를 반복하면서 제 그림자를 쫓으며 걸었다. 그녀는 가는 대나무로 엮은 바구니를 걸치고 있었는데, 아침에는 낫토(納豆)를 팔았고 저녁에는 엿을 팔았다.

소녀는 팔리지도 않는 엿을 팔려고 밤이 되면 좁고 음침한 뒷골목을 헤매고 다녔다. 냉랭한 눈초리와 냉소, 자신을 두고 수군거리는 소리 따위 아랑곳하지 않고 이 카페에서 저 카페로 옮겨 다니며 엿을 팔기 위해 머리를 조렸다. 엿을 팔지 못하면 꼼짝없이 굶을 지경인지라 소녀는 용기를 내어 통사정을 했다. 하지만 담배를 꼬나물고 짙은 화장을 한 여자들은 거친 말로 내쫓는가 하면 구두를 벗어 던지기까지 했다. 겸연쩍어 엉금엉금 밖으로 기어 나온 소녀는 등줄기에 땀이 흥건해졌다. 밤바람을 맞으니 정신이 바짝 들면서 설움이 북받쳤다. 참았던 눈물이 왈칵 솟구쳐 소녀는 잠시 우두커니 서 있을 수밖에 없었다. 소녀는 이내 제 그림자를 질질 끌면서 강 쪽으로 향했다.

다리 밑에는 나뭇잎 같은 거적을 뒤집어 쓴 거지 모자(母子) 세 명이 자고 있었다. 소녀는 그것을 물끄러미 바라보다가 불빛이 희미하게 떠오른 거무튀튀한 수면으로 눈길을 돌렸다. 작고 여린 가슴에 접어 두었던 몇 안 되는 슬픈 기억이 되살아와서 심장을 차갑게 했다.

고향에 계신 어머니. 어머니는 지금쯤 뭘 하고 계실까? 아버지 생각은 나지 않았지만 어머니만큼은 선명하게 떠올랐다. 아픈 어머니 대신 누가 물을 길어올까? 지금도 면사무소나 소학교(초등학교) 마당에서 쓰레기를 줍고 있을까? 물을 뿌리거나 풀을 뽑고 있을까? 이제 추워져서 그런 일을 못하게 될 텐데, 그렇다면 밥벌이는 누가 하지?…… 소녀는 제방 쪽으로 걸어갔다. 간간이 흔들리는 검은 수면을 바라보더니 소녀는 물속으로 들어갔다.

다음날 아침 아주 짤막한 기사가 신문에 실렸다.

「엿장수 소녀 투신자살. ××일 오후 9시경 ×××에서 흰옷 입은 엿 파는 조선인 소녀가 투신자살했다. 수상경찰이 발견했을 때는 이미 숨져 있었다.」

이 기사는 맨 아래쪽에 너무 작게 실려서 거의 눈에 띄지도 않았다.

韓再熙(한재희)

—

한재희(생몰년 미상) 소설가.

약력

1927년	5월 잡지 「신민(新民)」에 일본어소설 「박노인 이야기(朴爺の話)」를 발표하였다. 동년 10월 조선총독부 조사자료인 「조선의 언론과 세상(朝鮮の言論と世相)」에 수록 되어 있다.
1928년	2월 잡지 「조선공론(朝鮮公論)」에 일본어소설 「아사코의 죽음(朝子の死)」을 발표하였다.
1931년	9월 ≪경성일보≫에 일본어소설 「사촌형수의 죽음(從嫂の死)」을 발표하였다.

098-1

朴爺の話(박노인 이야기)

〈기초사항〉

원제(原題)	朴爺の話	
한국어 제목	박노인 이야기	
원작가명(原作家名)	본명	한재희(韓再熙)
	필명	
게재지(揭載誌)	조선의 언론과 세상(朝鮮の言論と世相)	
게재년도	1927년 10월	
배경	• 시간적 배경: 어느 날 해질녘 • 공간적 배경: 경북 김천의 5일장	

등장인물	① 시장에 나온 박노인 ② 가짜 일본인 신사 ③ 양복차림의 조선인 청년
기타사항	원문전체번역

〈전체번역〉

경북 김천에 있는 시장은 꽤 번화한 곳이라 장날이 되면 농민들이 시골에서 떼로 몰려들었다. 박(朴)노인도 김천시장에 나왔다가 한 잔 마시고 얼근하게 취하여,

"에, 만세 ○○만세……."라며 해질녘 귀갓길에 올랐다.

그때 갑자기 뒤에서 박노인에게 달려드는 사람이 있었다.

박노인은 쓰러졌다. 뒤돌아보니 거기에 양복 입은 신사가 위풍당당하게 서 있었다. 그 신사는 쓰러진 박노인을 노려보면서

"바보 같으니! 여보시오, 당신 눈이 없소? 내가 호각을 불어 신호를 보냈는데!"
라고 소리쳤다.

박노인은 "일본신사 양반, 나는 시골사람인데 한잔 마셔서 그랬으니 제발 용서해 주시오. 한번만 봐주시오"라며 마치 자기에게 잘못이라도 있는 것처럼 무조건 사죄했다.

이때 박노인에게 또다시 뜻밖의 일이 닥쳤다.

어디서 왔는지 양복차림의 한 청년이 나타나, 박노인을 위로하면서 "어디 다친 데는 없습니까? 아니 여기서 피가 나네!"라면서 살펴보더니, 아무 말도 하지 않고 일본신사의 자전거를 내동댕이치고는 신사의 따귀를 냅다 갈겼다. 그리고 목이 터질 듯이 큰 소리로 "이 자식, 어디서 이따위 나쁜 짓을 배웠어? 너 같은 짐승 같은 놈에게 품위 있게 말해봤자 쇠귀에 경 읽기다! 내 주먹맛 좀 볼 테냐?"라고 악을 써댔다.

박노인은 어안이 벙벙한 눈으로, 그러나 흐뭇한 마음으로 이 청년이 하는 모양을 지켜보았다.

양복 입은 신사는 "예예, 제발 용서해 주시오. 저 분의 치료비는 제가 지불하겠소. 제발 한번만 용서해 주시오."라며 사죄했다. 박노인은 양복 입은 신사가 일본인이라 생각했는데 유창한 조선말로 사죄하는 것을 보았다. 모두들 비로소 그가 가짜 일본인 신사라는 사실을 알았다.

098-2

朝子の死(아사코의 죽음)

〈기초사항〉

원제(原題)	朝子の死
한국어 제목	아사코의 죽음

원작가명(原作家名)	본명	한재희(韓再熙)
	필명	
게재지(掲載誌)	조선공론(朝鮮公論)	
게재년도	1928년 2월	
배경	• 시간적 배경: 1920년대 중반의 어느 봄날 • 공간적 배경: 평양 Y읍	
등장인물	① 부모님을 잃고 큰어머니 댁에 얹혀사는 아사코 ② 아사코와 사랑에 빠진 조선청년 박(朴) ③ 아사코를 늙은이의 후처로 팔아넘기려는 큰어머니 ④ 큰어머니의 딸 후지코 등	
기타사항		

〈줄거리〉

아사코(朝子)가 부모를 모두 잃고 평양에 사는 큰어머니 집으로 온 것은 4년 전인 열다섯 살 때였다. 당시 교토(京都)에서도 상당한 재력가였던 아버지에 비해 아사코의 어머니는 허약하여 종가의 집안일을 감당하지 못한데다 신경질적이기까지 했다. 집에서 기쁨을 찾지 못한 아버지는 밖으로 나돌게 되어 며칠씩이나 집에 들어오지 않는 날이 많았다. 그럴 때마다 어머니는 극심한 히스테리를 부렸다. 이런 가운데서도 아사코는 그나마 부모를 이어주는 유일한 끈이 되어 사랑만큼은 듬뿍 받으며 어려움 없이 자랐다.

그러나 아사코가 열세 살 되던 해 어머니가 세상을 떠나자, 아버지는 기다렸다는 듯이 스물을 갓 넘은 기생 출신의 젊은 여자를 새엄마로 맞아들였다. 이후 아사코와 아버지의 관계는 날이 갈수록 멀어져만 갔다. 아사코는 1년여를 그런 분위기에서 돌아가신 어머니를 그리워하며 지냈다.

이후 재력가였던 아버지는 정치운동에 뛰어들어 활동하던 중 관동대지진의 여파로 파산 지경에 이르게 되었고, 급기야 정신이상이 되어 비참하게 세상을 떠났다.

이런 사정으로 오갈 데 없는 외톨이 신세가 되자 아사코는 현해탄을 건너 평양에 사는 큰어머니 댁으로 오게 되었다. 큰어머니에게는 결혼 전 유랑생활 중에 얻은 후지코(富士子)라는 사생아가 있었다. 그런데 교편생활을 하던 큰아버지를 만나 천리교(天理敎)를 알게 되었고, 큰아버지의 이국동포를 구원해야 한다는 불타는 사명 덕분에 평양 Y읍에 작은 포교소를 꾸려가고 있었다. 그런데 큰아버지가 북부조선의 혹한과 강풍에 폐렴이라는 병을 얻어 평양에 온 지 반년도 되지 않아 세상을 떠나고 말았다.

타고난 임기응변과 먹고사는 일에 천재적 재능을 가진 큰어머니는 얼마 안 되는 종교적 지식을 밑천으로 남편이 남긴 포교소를 태연하게 유지해갔다. 큰어머니는 언제나 타산적이었으며 신자들의 헌금봉투에 무척이나 민감했다.

아사코가 큰어머니 댁으로 온 지도 어느새 3년이라는 세월이 흘렀고, 평양의 모란대(牧丹臺)는 벚꽃이 한창이었다. 그 무렵 모 신문사 주최로 전기전람회가 열렸다. 아사코는 교회신자의 소개로 그 전람회장에서 접대원으로 일하고 있었다.

그곳에 신문사에서 파견 나온 '박(朴)'이라는 조선인 청년이 있었는데, 그는 조선인으로서는 드물게 보는 깨끗한 이미지로 아사코의 마음을 사로잡았다. 아사코는 지금까지 느껴보지 못한 감정에 가슴앓이를 하게 되었고 그와 동시에 말로 표현할 수 없는 환희와 위안을 느꼈다. 둘은 서로에게 호감을 가졌고, 전람회가 끝나갈 무렵 드디어 아사코는 박(朴)으로부터 사랑 고백을 받았다. 그 후 둘은 사람들의 눈을 피해서 달콤한 사랑을 속삭이게 되었다. 전람회가 끝나는 날 둘은 대동강변 소나무숲에 앉아 손을 꼭 잡고 서로 변치말자고 약속했다.

전람회가 끝난 터라 자주 만날 수는 없었지만, 그 후로도 열정적인 박(朴)의 편지는 아사코에게 한없는 위안과 기쁨이 되었다. 그러나 행복도 잠시, 두 사람이 주고받은 편지를 후지코에게 들키고 말았다. 질투심 많은 후지코는 큰어머니에게 고자질한 것도 모자라 당장에라도 아사코를 요절내겠다고 날뛰었다.

그 무렵 큰어머니는 2만원이라는 기부금을 조건으로 1년 전에 상처한 늙은 고니시(小西)에게 아사코를 후처로 보낼 작정을 하고 있었다. 돈에 눈이 먼 큰어머니는 아사코가 박(朴)과 연애한다는 사실을 알고 가능한 한 빨리 약혼식이라도 치를 심산이었다. 아사코는 그런 큰어머니와 후지코의 틈바구니에서 괴로운 나날을 보내면서도, 박(朴)의 열렬한 사랑으로 모든 괴로움과 슬픔을 간신히 견뎌내고 있었다.

그런데 언제부터인가 일주일이 지나고 보름이 지나도 박(朴)의 편지가 오지 않게 되었다. 아사코는 큰어머니가 중간에서 편지를 빼돌리고 있다는 것도 모르고 애타게 박(朴)의 편지만을 기다렸다.

그러던 어느 날, 큰어머니는 혼담이 결정되었다며 "이 달에 약혼하고 다음달에 식을 올리겠다."고 선언하였다. 일언반구 상담도 없이 제멋대로 혼담을 결정해버린 큰어머니의 횡포에 화가 났지만 심약하기만 한 아사코는 아무런 저항도 할 수 없었다. 큰어머니 집에서 가출해 버릴까도 여러 번 생각했지만, 큰어머니와 후지코의 감시의 눈초리가 끊임없이 아사코의 주위를 맴돌고 있어서 그 생각은 헛된 공상으로 끝나고 말았다.

그러던 어느 날, 아사코는 저녁노을을 바라보다 갑자기 울음을 터트렸다. 그리고는 몇 날 며칠을 계속 우는가 싶더니 이내 병이 들고 말았다. 병상에 누워있던 아사코는 사흘이 지나자 갑자기 정신병자처럼 발작을 일으켰다. 큰어머니는 아사코의 병을 일시적인 발작이려니 생각하고 외부로 새어나가지 않도록 하려고 애썼다. 하지만 약혼식날이 이틀 앞으로 다가왔는데도 아사코의 병은 좋아지기는커녕 갈수록 깊어질 뿐이었다.

교활하고 몰인정한 큰어머니도 갈수록 참혹해져가는 아사코의 모습을 보고 마침내 자신의 죄를 뉘우쳤다. 고니시의 집에 사실을 밝히고, S신문사의 박(朴)에게도 사실을 알렸다. 그러나 이미 때는 늦었다. 아사코를 경성의 R병원으로 옮겨 입원시키기로 한 날 밤 아사코는 병원을 뛰쳐나가 대동강교 위에 섰다. 유유히 흐르는 강물 위로 아사코는 "박선생님!"을 부르며 몸을 던져버렸다. 대동강은 아사코를 삼키고 잠시 일렁이더니 이내 잔잔해졌다. 다음날 아침, 그녀의 사체는 멀리 강 하류 쪽 모래 위로 밀려왔다.

「"이 모든 게 꿈이다, 모두 꿈이다! 왜 나에게 빨리 알려주지 않았는가!"
아사코의 신변에 일어난 운명의 변화도 모른 채 그저 미래의 행복을 꿈꾸면서 사랑하는 사람에게 행복이 가득하기만을 기도하던 박(朴)은, 주변에서 들리는 소문으로 비로소 아사코가 죽은 것을 알았다. 그는 너무나도 뜻밖의 일에 잠시 실신한 사람처럼 멍하니 아사코의 시체를 바라볼 뿐이었다. 이윽고 그는 그녀의 시체를 끌어안고 처절하게 울었다.

"아사코씨, 아사코씨, 내 절친한 친구여, 사랑하는 아내여 - 당신은 왜 죽었습니까?"
그는 가슴을 치며 울부짖었다.

× × ×

모순된 사회는 황금에게 절대적인 세력을 부여하고, 황금은 인간을 밤낮으로 추하고 작고 비열하게 만든다. 사회의 모든 죄악과 비극이 거기에서 비롯된다. 모순된 사회는 아사코에게 살아야할 세상을 허락하지 않았다. 황금은 아사코를 속박하고 그녀의 생명을 빼앗았다. 하지만 그녀의 영혼을 정복하지는 못했다……」

從嫂の死(사촌형수의 죽음)

〈기초사항〉

원제(原題)	從嫂の死(上·中·下)	
한국어 제목	사촌형수의 죽음	
원작가명(原作家名)	본명	한재희(韓再熙)
	필명	
게재지(揭載誌)	경성일보(京城日報)	
게재년도	1931년 9월	
배경	• 시간적 배경: 어느 해 늦가을 • 공간적 배경: 어느 병원	
등장인물	① 사촌형수를 사랑한 시게카즈 ② 중매로 시게카즈의 사촌형과 결혼한 유키요 ③ 아내 유키요에게 냉담했던 사촌형 겐지 등	
기타사항		

〈줄거리〉

이 가을에 사촌형수는 온통 하얗기만 한 병실에서 연필처럼 야위어가고 있었다.
정말 뜻밖의 운명으로 '사촌형수와 시동생'이라 불리는 사이가 되었지만, 사실 그녀를 먼저 안 것은 사촌형 겐지(健二)가 아닌 시게카즈(重一)였다. 시게카즈는 애당초 그녀를 자기 연인으로 또 장래의 아내로 동경했었다. 그런데 더 이상 다가갈 수 없는 장벽 너머에 그녀가 있다고 생각하니 시게카즈로서는 자신의 태도를 억제하는 데 애를 먹었다.
시게카즈가 재미없는 시골 공무원 생활을 그만두고 집에 돌아와 있을 때의 일이다. 매년 겨울만 되면 재발하는 축농증을 치료하기 위해 이비인후과에 갔다가 여동생과 함께 온 그녀를 처음 만났다. 둥근 얼굴에 윤곽이 뚜렷한 이지적인 그녀는 희고 고운 손으로 잡지책을 넘기고 있었다. 시게카즈는 그 날부터 2, 3일 계속 병원에서 그녀를 보았고, 이제는 그녀를 만날 생각에 부풀어 병원 갈 시간을 기다릴 정도였다. 그러나 며칠 뒤부터는 치료가 끝났는지 그녀는 더 이상 병원에 오지 않았다.

만약 그녀와의 인연이 그것으로 끝났더라면 잠시 동안 그리워하다 이내 잊어버렸을 것이다. 그러나 짓궂은 운명은 두 사람을 기막힌 인연으로 다시 만나게 했다.

유키요(雪代)! 나중에 알게 된 이름이지만, 그녀는 우연한 중매로 사촌형 겐지의 아내가 되어버린 것이다. 그녀를 짝사랑했던 시게카즈는 정말 어처구니없는 일을 당하면서 어떻게 해야 좋을지 머리가 복잡할 뿐이었다.

유키요의 성격은 정말 얄궂게도 시게카즈가 막연하게 그리던 이상형 그대로였다. 여학교 교육이 전부였던 그녀는 많은 것을 알지 못했지만 예리한 이해력을 가졌고, 취미는 유행 따라 좌우되지 않을 뿐 아니라 오히려 유행이라는 것에 반감을 갖는 미덕도 가지고 있었다. 그녀의 감정은 냉정함 가운데 가끔 들끓는 잠재력으로 차 있었다. 또한 도덕에 대한 겸허함도 갖추고 있었다. 마침내 시게카즈는 그녀의 성격에 심취해 버렸다.

유키요의 성격에 감화된 시게카즈의 사랑은 이제 육체적인 사랑을 넘어 정신적인 사랑으로 승화되어 갔다. 오직 그녀는 시게카즈의 마음속의 아내였다. 아니 아내 이상의 반려자였다. 그녀와 마주 앉아있는 것만으로도 비 갠 산처럼 청량한 기분이 들었다.

그런데 형 겐지는 의외로 아내 유키요에게 냉담했다. 시게카즈는 형의 그런 태도를 도저히 이해할 수 없었다. 게다가 시게카즈를 대하는 겐지의 태도도 예전 같지 않았을 뿐 아니라, 혼자 있을 때는 더욱 우울해 보였고 성격 또한 변했다. 사촌형과 유키요의 성격이 맞지 않는 점도 있었지만, 형은 아내를 사랑하려고 해도 사랑할 수 없어서 몹시 괴로워하는 것 같았다.

시게카즈가 오랜 백수생활에서 벗어나 회사에 취직하게 된 봄부터 유키요는 병이 들었다. 처음에는 감기인 줄 알았던 것이 의외로 장(腸)에 이상이 있었고, 그로 인한 합병증으로 결국 입원해야만 했다. 유키요는 날로 쇠약해져 갔다.

사촌형 겐지는 유키요가 중병이라는 것을 알고도 전혀 놀라지 않았고 여전히 냉담한 태도로 일관했다. 형 대신 병원에서 간호하던 시게카즈는 갈수록 야위어가는 유키요를 보고 형을 원망하면서 그 해 여름을 보냈다.

깊은 가을 거친 광풍이 휘몰아치고 지나간 다음날, 병원 마당은 땅바닥이 보이지 않을 정도로 낙엽이 수북이 쌓였다. 밤새 불어댄 광풍 속에서 고민하던 시게카즈는 알 수 없는 섬뜩함을 느꼈다.

그날 밤 갑자기 유키요의 용태가 변하고 팔은 얼음기둥보다도 차갑고 가느다란 숨은 오락가락했다. 겐지는 유키요의 머리맡에 선 채 침묵으로 일관하고 있었다. "최선을 다했습니다만 유감입니다"라는 의사의 의례적인 말이 끝나기가 무섭게 유키요는 숨을 거두었다. 사촌형은 조용히 병상으로 다가가 아내 유키요의 눈을 감겼다. 병에 시달렸던 얼굴은 아련한 향기와 함께 오히려 기품이 있었다. 잠시 후 형이 나를 불러 말했다.

「"유키요가 죽는 편이 우리를 위해 잘된 일이겠지."

시게카즈는 형의 말투에서 그 말의 의미를 깨닫고 뒤통수를 얻어맞은 것처럼 당황스러웠다. 머릿속에 형의 목소리가 공허하게 울리더니 귀가 멍해졌다. 귓불로 흐르는 피가 양쪽 볼을 뜨겁게 달궜다.

"그럼 형은……?"

"알고 있었지. 어떻게 모를 수가 있겠니?" 목소리가 한층 더 무겁게 가라앉았다.

"그런데 너무 늦게 알았어. 유키요는 나에게도 없어서는 안 될 아내였거든. 너를 보면 가엾다는 생각도 들었지만, 나에게도 유키요는 차마 놓아버릴 수 없는 사람이었다."

시게카즈는 오랜만에 사촌형이라는 사람의 참모습을 본 것 같았다. 위엄을 가장한 사촌형의 가슴에 철철 흐르는 눈물을 짐작할 수 있었다. 사촌형수를 잃은 대신 사촌형을 발견했다. 그런 감정의 포화에 취해 흘러내리는 눈물을 삼켰다.

"미안한 건 나였어. 분에 넘치는 감정을 억누르지 못하고 형에게 번민의 씨앗을 뿌린 게 나니까. 말없이 용서해 준 형에게 부끄러워. 다행히 사람의 도리를 벗어나는 일은 없었지만."

시게카즈는 자신의 마음을 표현할 말을 찾지 못하다 문득 마지막 말을 내뱉었다.」

許泳(허영)

—

허영(1908~1952) 영화연출가, 소설가. 필명 히나쓰 에이타로(日夏英太郎), 히나쓰 에이(日夏英) 등.

099

099

약력

1908년	만주에서 태어났다. 본적은 함경남도 함흥이다.
1920년대	중반에 일본으로 건너가 일본인 여성과 결혼했으며 후반에 영화계에 입문하였다.
1931년	시나리오작가 양성소 <마키노>에서 각본가 및 조감독을 맡아 일했다.
1932년	노무라(野村)감독의 영화「금색야차(金色夜叉)」의 감독보조로 참여하였다. 9월「와카쿠사(若草)」에 일본어소설「방랑(流れ)」을 발표하였다.
1941년	귀국하여 내선일체를 전면에 내세운 영화「그대와 나(君と僕)」를 연출하였다.
1944년	<태평양전쟁> 중 인도네시아 자바로 가서, 일본군 포로수용소를 다룬 선전영화「호주의 부르는 소리」의 각본과 연출을 맡아 일본 군부의 호평을 받았다.
1945년	8월 일본이 패망하자 귀국을 포기하고 인도네시아에 남아 영화교육을 하였다.
1950~51년	인도네시아에서 '훈'이라는 이름으로 활동하며「하늘과 땅 사이에」,「레스토랑의 꽃」,「스포츠 하는 여자」등 3편의 영화를 연출하였다.
1952년	9월 인도네시아에서 사망하였다.

  허영은 일찍이 도일(渡日)하여 히나쓰 에이타로(日夏英太郎)라는 일본식 이름으로 지냈다. 영화인으로서의 첫 작품은 요시카와 에이지(吉川英治)의 원작을 각색한 요시노 지로 감독의「처녀점쟁이」였으며, 이 작품의 호평에 힘입어 시대극「붉은 박쥐」제1편으로 두각을 드러냈다. 1931년, 시나리오 작가 양성소로 알려진 <마키노>의 각본가 및 조감독으로 출발하면서 일본영화계에 알려지기 시작하였다.「그대와 나」는 산시성전투에서 전사한 조선인 지원병 제1호인 이인석상등병을 모델로 한 영화이다.

流れ(방랑)

〈기초사항〉

원제(原題)	流れ	
한국어 제목	방랑	
원작가명(原作家名)	본명	허영(許泳)
	필명	히나쓰 에이타로(日夏英太郎)
게재지(揭載誌)	와카쿠사(若草)	
게재년도	1932년 9월	
배경	• 시간적 배경: 어느 해 가을~겨울 • 공간적 배경: 도쿄, 상하이	
등장인물	① 남자에게 이용만 당하는 고코 ② 고코를 철저하게 이용하는 이가와 시로 ③ 고코를 겁탈한 배우 야마다 아키라 등	
기타사항		

〈줄거리〉

도호쿠(東北)지방 작은 마을에서 학교를 마치고 혼자 상경한 고코(幸子)는 음악가인 M씨의 아틀리에에서 일하면서 피아노와 성악을 사사받고 있었다. 그곳에서 알게 된 상냥하고 명랑한 청년 이가와 시로(井川四郎)를 사랑하게 되었다. 함께 커피를 마시고 영화를 보는 등 이가와와 함께 하는 시간이 고코에게는 그 어느 때보다 즐겁고 행복했다.

여름이 되자 도호쿠 시골집으로 돌아간 고코는 마치 자기의 반쪽이 없어진 것처럼 쓸쓸해하며 이가와를 그리워했다. 그러다 9월이 되어 다시 상경한 고코는 이가와로 부터 만나자는 연락을 받고 단숨에 약속장소로 달려갔다. 하지만 이가와는 배우 야마다 아키라(山田章)를 고코에게 소개한 뒤 횡하니 돌아서가버렸다. 야마다는 거무스름한 빛을 띤 대담한 눈으로 그녀를 쏘아보더니 쇠사슬 같은 팔로 그녀를 꼭 끌어안았다. 고코는 그렇게 야마다의 광폭한 완력과 교묘한 협박에 걸려 잔혹하게도 그 자리에서 몸을 빼앗기고 말았다.

그날 이후 조각 같은 야마다의 얼굴이 정욕의 가면을 뒤집어쓴 환상이 되어 집요하게 그녀를 쫓아다녔다. 비로소 이가와의 사랑을 의심하기 시작한 고코는, 이가와에게 야마다와의 일과 자신의 심경을 솔직하게 고백하는 내용의 편지를 보냈다. 그러나 답장은 오지 않았다.

그렇게 시간은 흘러 9월 말이 되었다. 그 어느 저녁, 고코는 신바시(新橋)역 앞에서 우연히 야마다와 맞닥트렸다. 야마다는 망령처럼 고코를 쫓아와서 차마 듣기 힘든 이야기를 들려주었다. 다름이 아니라 이가와는 자신의 욕망을 채우기 위해 많은 여자를 울렸고, 이번에는 야마다의 정부인 여배우를 빼앗기 위해 고코를 야마다에게 넘겼다는 것이다. 야마다의 말을 들은 고코는 너무나 기가 막혀 마치 땅이 꺼지는 것 같았다.

폐인이 되다시피 비참해진 고코는 하는 수 없이 고향으로 내려갔다. 그런데 고향에선 결혼 문제가 그녀를 기다리고 있었다. 부모님은 어려서 그녀가 오빠라 불렀던 마을의 수재 청년과 결혼시키려고 했다. 고코는 부모님께 어떻게 설명해야 할지, 무슨 말로 거절해야할지 너무도 막막하여 끝내 가출을 하고 말았다.

다시 도쿄로 돌아온 고코는 직장을 얻고 오이(大井)에 하숙을 정했다. 그러나 그 직장마저도 그녀에게는 가혹했다. 과장이 고코에게 흑심을 품었고, 눈치 빠른 사원들도 그녀를 헐뜯기 시작하여 결국 직장을 그만둘 수밖에 없었다.

성실하게 살아갈 마음마저 상실해버린 고코는 긴자(銀座) 뒷골목의 여급이 되었다. 짙게 화장을 하고 남자들의 비위를 맞추며 웃음 파는 일로 돈을 벌어들이는 생활. 그런데 이런 생활에도 좋은 점은 하나 있었으니, 이가와를 떠올려도 더 이상 고통스럽지 않다는 것이었다.

그러나 얄궂은 운명은 그녀를 또 흔들어놓았다. 고코가 일하는 바에 이가와가 찾아온 것이다. 꺼질 것 같던 불이 바람에 다시 타오르기 시작하듯, 이가와를 다시 만나자 고코의 정체모를 사랑은 다시 되살아났다. 그러나 얽히고설킨 서로의 마음은 두 사람의 관계를 기형적인 관계로 만들어갔다. 이가와는 고코를 학대하였고 고코는 이가와에게 당하는 극심한 학대를 참혹한 향락으로 받아들였다.

그렇게 반년이 지난 어느 날, 이가와는 애인의 빚을 갚아주어야 한다면서 1,500엔이나 되는 거금을 고코에게 요구했다. 고코는 너무 허탈하고 슬퍼서 말문이 막혔지만 결국 그 돈을 마련해주겠노라고 얼토당토않은 말을 해버렸다.

그 큰돈을 마련하기 위해서 고코가 할 수 있는 일은 '몸을 파는 일'밖에 없었다. 그녀는 뭔가에 홀린 것처럼 재빨리 그 결심을 실행에 옮겼다. 그리고는 선창가의 T호텔에서 정욕을 뒤집어쓴 남자들에게 고무공처럼 자신을 맡겼다.

시간이 흐르고 세월도 흘렀다. '바'도 아닌 허름한 집 마루 끝에 남자 신발을 걸친 흐트러진 고코의 모습이 있었다. 그리고 또 세월은 흘러, 상하이 외국인 거류지에 있는 일본경찰서에 몰라보게 변한 고코가 약간 졸린 듯한 눈으로 앉아있었다.

「"바보 같으니! 너 대체 제정신이야, 엉!?"
"호호호, 최근에 이런 여자가 유행하고 있다던데……. 몰랐어요? 너무 한다~."
"이봐! 그런 말도 안 되는 소리 하고 있을 때가 아니야!"
"말도 안 되는 소리가 아니라, 진짜예요."
"아무래도 정신에 이상이 있는 모양이군."
"그럴지도 모르지요. 그럼 안녕히."
오전 10시. 상하이는 아직 깊은 잠에 빠져있었다.
싸락눈이 고코의 비틀거리는 걸음에 들러붙더니 이내 얼어버렸다.
쓸쓸한 여정은
미래의 미소를 맞이하기 위해
추운 겨울은
이윽고 찾아올 따뜻한 봄을 만나기 위해
하지만……
하지만……」

許俊(허준)

―

허준(1910 ~ ?) 시인, 소설가, 평론가.

100

약력

1910년	2월 27일 평안북도 용천에서 출생하였다.
19??년	중앙고보를 거쳐 일본 호세이대학(法政大學)을 졸업하였다.
1935년	8월 평론 「나의 문학전」을, 10월 ≪조선일보(朝鮮日報)≫에 詩 「모체(母體)」를 발표하였다.
1936년	2월 소설 「탁류(濁流)」를 「조광」에 발표하면서부터 소설창작에 전념하였다.
1938년	9월 소설 「야한기(夜寒記)」를 ≪조선일보≫에 연재(9. 3 ~ 11. 11)하였다.
1939년	1월 평론 「신진작가좌담회」를 「조광」에, 5월 「문예시평 - 비평과 비평정신」을 ≪조선일보≫에 발표하였다.
1940년	10월 일본어소설 「습작실에서(習作部屋から)」를 「조센가호(朝鮮畵報)」에 발표하였다.
1941년	한글판 「습작실에서」를 「문장」에 게재하였다.
1946년	1월부터 7월에 걸쳐 소설 「잔등」을 「대조」에 연재한 것을 비롯해, 평론 「문학방법론」을 ≪중앙신문≫에, 「한식일기(寒食日記)」를 「민성(民聲)」에 발표하였다. <조선문학가동맹>에 가담하여 서울시지부 부위원장, 문학대중화운동위원회 위원을 역임하였다. 소설집 『잔등』을 을유문화사에서 발간하였다.
1947년	12월 소설 「속·습작실에서」를 「조선춘추」와 「문학」(1948. 1)에 발표하였다.
1948년	소설 「평매저울」을 「개벽」에, 「역사」를 「문장」에, 평론 「1년간 문학계의 회고와 전망」을 ≪서울신문≫에 발표하였다.
1948년	월북하였다.

쩝作部屋から(습작실에서)

〈기초사항〉

원제(原題)	쩝作部屋から	
한국어 제목	습작실에서	
원작가명(原作家名)	본명	허준(許俊)
	필명	
게재지(揭載誌)	조센가호(朝鮮畫報)	
게재년도	1940년 10월	
배경	• 시간적 배경: 어느 해 겨울 • 공간적 배경: 경성의 하숙집	
등장인물	① 문학을 하는 '나(安)' ② 수수께끼의 남자 이경택 등	
기타사항		

〈줄거리〉

「나는 뒷골목 기다란 하숙집의 몹시 눅눅하고 어둑하며 습기 많고 냄새나는 방을 평생 잊을 수 없을 겁니다. 바보스럽게 옆으로만 늘어선 기형아의 이마처럼 생긴 방이긴 했지만, 그래도 이 길쭉한 방에 누워 하루종일 이런 습기와 먼지를 마시면서 '나만의 청춘'을 생각하면 정작 힘든 고통만 가득했다고는 말할 수 없는 뭔가가 있었는지 모릅니다. 거기에는 어느 정도 몸의 더러움을 씻어낼 한 청춘의 한없는 게으름과 무위의 흐름이 있다 하더라도 시대의 흐름에 휩쓸리지 않고 지금까지 나에게 생존의 이유인 미주(美酒, 맛있는 술)를 만들어내고 있는 것은 역시 이 청춘이 지닌 습기와 먼지로 된 이상한 누룩이 아닐 수 없습니다.

'생존의 이유인 미주'라니, 상당히 달콤한 말일지 모르지만 이렇다 할 이유가 있는 것도 아니고 흔해빠진 그 진부한 것에 의해 연결된 것들에 지나지 않겠지만, 나로 하여금 가끔 살아갈 강한 힘마저 느끼게 하는 것은 이들의 쓰고 떫은 뒷맛의 여운을 남기는 무엇임에는 틀림이 없습니다.」

나는 단 하룻밤을 함께했던 이상한 한 과객의 이야기를 하려고 한다.

고향 이원(利原)에서 고기를 잡는다는 그 사람은 우리 집에서 하룻밤 묵어갈 것을 청했다. 그는 내 안색을 살피며 그동안 찾아보지 못한 선조의 무덤을 성묘하러 마산에 가는 중이라고 했다. 그리고 숙박계를 쓰자마자 밖으로 나가더니 사과와 감을 사왔다. 그 과일을 받아든 나는 코끝에 빨간 감물이 묻어나도록 맛있게 먹었는데, 마치 가난한 고향친구와 마주앉아 있는 느낌이었다. 그리고 술상에 마주앉아 시를 읊었고, 두보를 이야기하던 그 사람은 "고기잡아 본

일이 있느냐?"면서 건강해 보이지 않는 나를 걱정했다. 좀처럼 사람 앞에서 자신을 드러내는 일이 없는 내가 일면식도 없는 그에게 속내를 털어놓는걸 보니, 역시 그의 따뜻한 배려에 내 마음이 매료된 것이 틀림없었다.

이튿날 아침, 잠에서 깬 그는 우체국에 들러 평양의 한 여학교에 다니는 조카에게 학비 30원을 보내고 왔노라고 했다. 그러면서 자신의 주소를 나의 하숙집으로 해두었으니 행여라도 우편이 되돌아오면 날보고 받아둬달라고 부탁했다. 뿐만 아니라 서점에 책을 신청해 두었으니 그것을 사서 영보(永保)중학에 다니는 친구의 아들에게 보내달라며 책값으로 15원을 건네주었다.

그렇게 헤어지고 이틀 후, 나는 안국동 책방으로 나가 필요한 책을 18원 어치 정도 사서 그가 말한 학생에게 보내주었다. 돈이 부족하면 돈만큼만 사서 보내라고 했지만, 어쩐지 그 사람과의 인연이 계속될 것 같은 이상한 예감이 들었기 때문에 주문해 두었던 책을 모두 사서 보냈던 것이다.

그런데 이틀 후 평양에 보냈다는 돈이 되돌아왔다. 처음에는 그것을 이원(利原)으로 전송할까 망설이기도 했지만 부탁하고 간 사람과의 인연을 생각해, 때마침 고향에 다녀올 참이었던지라 직접 평양으로 가지고 갔다.

그러나 나는 그의 조카라는 여학생을 만나지 못했다. 서류의 이름과 주소는 다름이 없는데, 학교에 그런 학생은 없다는 것이다. 나는 되돌아온 돈을 어떻게 하면 좋겠느냐고 이원으로 편지를 보냈다. 그런데 어찌된 일인지 그 편지마저 반송되어 돌아왔다.

그렇게 겨울이 지나고 따뜻한 봄이 찾아온 어느 날, 키가 별로 크지 않고 얼굴은 창백한 한 남자가 나를 찾아와서 '이경택'이라는 사람을 아느냐고 물었다. 처음에는 내가 그를 기억하지 못하고 어리둥절해 하자, 남자는 뜻밖에도 예전의 30원에 대한 이야기를 꺼냈다.

나를 찾아온 남자는, 이경택이 현재 감옥에서 언제 끝날지 모르는 예심을 받고 있다고 했다. 그러면서 예심 중에는 면회도 할 수 없어 그러니, 자신을 대신해 검은색 옷을 차입해 달라고 부탁했다. 나는 결국 평양에 있다는 질녀의 이름으로 옷을 차입해 주었다. 그리고 내친 김에 평양에서 되돌아온 30원을 어떻게 할 것인지 물었다. 그는 나에게 보내온 첫 번째 편지에 '차입해 줘도 어디에도 쓸 곳이 없으니' 자신과의 통신을 위한 우표값으로 써달라고 부탁했다.

나는 그의 편지를 읽으며 '아무리 긴 예심이라도 30원어치의 우표를 다 쓰려면 얼마나 오랜 시간이 걸릴까'를 생각하며, 이 눅눅하고 어두운 방에 앉아 너무나도 바보스럽게 청춘을 낭비해 온 것에 부끄러움을 감출 길이 없었다.

玄鎭健(현진건)

—

현진건(1900~1943) 소설가. 호 빙허(憑虛).

약력

1900년	8월 경북 대구에서 출생하였다.
1907년	대한제국 육군 공병대위였던 당숙 현보운의 양자로 들어갔다.
1912년	서당에서 한문을 수학한 후 도쿄의 세이조중학(成城中學)에 입학하였다.
1915년	이상화, 백기만, 이상백 등과 함께 동인지 「거화(巨火)」를 발행하였다.
1917년	세이조중학을 졸업한 뒤에 잠시 귀국했다가 중국 상하이에서 독립운동을 하던 형을 찾아가 호강대학(滬江大學) 독일어 전문부에 입학하였다.
1919년	학교를 마치지 못하고 귀국하였다.
1920년	11월 「개벽(開闢)」에 단편 「희생화(犧牲花)」를 발표하여 문단에 등단하였다.
1921년	조선일보사에 입사하였다. 「개벽」에 단편 「빈처」와 「술 권하는 사회」를 발표하였다.
1922년	홍사용, 박종화, 나도향, 박영희 등과 함께 「백조」의 동인이 되었다. 「개벽」에 단편 「타락자」를 발표하였고 조선도서에서 단편집 『타락자』를 출간하였다.
1923년	최남선이 주재하는 「동명」의 편집동인이 되었다. 시대일보에 입사하였다. 「백조」에 단편 「할머니의 죽음」을, ≪동아일보(東亞日報)≫에 단편 「우편국에서」를 발표하였다.
1924년	「개벽」에 단편 「까막잡기」와 「운수좋은 날」을, 「폐허」에 「그리운 흘긴 눈」을, ≪시대일보≫에 「발」을, 「조선문단」에 「B사감과 러브레터」를 발표하였다. 단편집 『지새는 안개』와 번역집 『악마와 가치』를 출판하였다.
1925년	「조선문단」에 단편 「불」, 「새빨간 웃음」을 발표하였다. 번역집 『첫날밤』을 발간하였고, 한성도서에서 『지새는 안개』를 간행하였다. 동아일보사에 입사하였다. 9월 단편 「불」이 일본어로 번역되어 「분쇼쿠라부(文章俱樂部)」에 게재되었다.
1926년	「개벽」에 단편 「사립정신병원장」을, 「그의 얼굴」을 ≪조선일보(朝鮮日報)≫에 발표하였다. 단편집 『조선의 얼굴』이 글벗집에서 간행되었고, 이를 토대로 창작번역된 일본어소설 「조선의 얼굴(朝鮮の顔)」이 「조선시론(朝鮮時論)」에 게재되었다.
1927년	「조선문단」에 「해뜨는 지평선」을 발표하였다.
1929년	단편 「여류음악가」, 「환원행」을 ≪동아일보≫에, 「신문지와 철창」을 「문예공

896 한국인 일본어 문학사전

론」에, 「정조와 음악가」를 「신소설」에 발표하였다.

1930년	2월과 12월에 장편 『웃는 포사』를 「신소설」에 연재하였으나 4회만에 중단하였다.
1931년	「서투른 도적」을 「삼천리」에, 「연애의 청산」을 「신동아」에 발표하였다.
1933년	12월부터 장편 『적도』를 ≪동아일보≫에 연재하였다(1933. 12. 20~1934. 6. 17).
1935년	「할머니의 죽음」을 「사해공론」에 발표하였다. 「B사감과 러브레터(B舍監とラヴレター)」가 일본어로 번역되어 ≪오사카마이니치신분(大阪毎日新聞) 조선판≫에 실렸다.
1936년	동아일보사 사회부장 재직시 올림픽 마라톤 우승자인 손기정의 사진 속 일장기 말살사건으로 1년간 복역하였다.
1937년	출옥 후 동아일보사를 그만두고 창작에 몰두하였다.
1938년	장편 『무영탑』을 ≪동아일보≫에 연재하였다(1938. 7. 20~1939. 2. 7).
1939년	「화형」을 「박문」에, 「흑치상치」를 ≪동아일보≫에 연재하였다(1939. 10. 25~1940. 1. 16). 장편 『적도』와 『무영탑』을 박문서관에서 간행하였다.
1941년	장편 역사소설 『선화공주』를 「춘추」에 연재하였고, 『현진건단편집』을 박문서관에서 간행하였다.
1943년	4월 폭음으로 인한 장결핵으로 사망하였다.
1948년	사후에 『단군성지순례(檀君聖跡巡禮)』라는 기행문이 출간되었다.

　　현진건은 김동인, 염상섭과 함께 우리나라 근대 단편소설의 모형을 확립한 작가이자 사실주의 문학의 개척자로 평가되고 있다. 전기의 작품세계는 1920년대 조선사회의 모순과 부조리 등에 밀착하여 사실주의 기법으로 표현했고, 1930년대 후반에 접어들면 단편에서 보였던 강한 현실 인식에서 탈피하여 역사에 대한 관심으로 전환하였다.

101-1

火事(불)

〈기초사항〉

원제(原題)		火事
한국어 제목		불
원작가명(原作家名)	본명	현진건(玄鎭健)
	필명	
게재지(揭載誌)		분쇼쿠라부(文章倶樂部)

게재년도	1925년 9월
배경	• 시간적 배경: 어느 해 7월 • 공간적 배경: 어느 시골마을
등장인물	① 어린나이에 시집온 순자 ② 밤마다 순자를 성적으로 혹사시키는 남편 ③ 순자에게 호된 시집살이 시키는 시어머니
기타사항	번역자: 채순병(蔡順秉)

〈줄거리〉

　　열다섯 어린나이에 가난 때문에 팔려오다시피 시집온 순자(順子)는 밤이면 남편에게 성적으로 혹사당하고, 낮에는 시어머니로부터 무수히 내려지는 노역에 혹사당했다.

　　시집온 지 한 달 남짓한 어린 순자는 잠이 어릿어릿한 가운데도 숨길이 갑갑해짐을 느꼈다. 순자의 비둘기 같은 연약한 가슴에 바위가 덮친 것 같은 무게로 남편의 솥뚜껑 같은 얼굴이 제 얼굴을 덮고 있었다. 마치 장마지는 여름날같이 눅눅하고 축축하고 무거운데다, 복날 개와 같이 헐떡이는 남편의 무게는 천근을 더한 것 같았다. 허리와 엉덩이뼈가 뻐개지는 듯, 쪼개내는 듯, 갈기갈기 찢기는 것같이, 산산이 바수는 것같이 욱신거리고 쓰라리고 쑤시고 아파서 견딜 수 없었다. 그 가운데서도 염치없는 잠에 취하기도 하고 무서운 현실에 눈을 뜨기도 하면서 시달리다 보면 7월의 짧은 밤은 어느새 밝아오곤 하였다. 이런 남편과의 잠자리가 너무도 괴롭고 고통스러운 순자는 남편과 함께 자는 방을 '원수의 방'이라고 생각했다.

　　오늘도 시어머니의 집 떠나갈 듯한 호통소리에 순자는 몸을 발딱 일으켰으나 온몸이 욱신거렸다. 아침을 짓고, 보리를 찧고, 모심는 일꾼에게 점심을 날라야 했다. 새벽부터 쇠죽을 끓이고 아침밥을 지을 물을 길러 갔다. 한 동이 여다 놓고 또 한 동이 이러 왔을 때 송사리가 겁 없이 떠다니고 있었다. 얄랑거리는 꼴이 얄미워 두 손으로 잡으려 했지만 송사리는 용하게 잘도 빠져나갔다. 몇 번이나 애를 쓴 순자가 화가 나서 돌멩이를 던져도 송사리들은 용케 피한다. 짜증이 나서 울고 싶었지만 다시금 손으로 움켜보았다. 그 중 불행한 놈이 순자의 손아귀에 들어 파닥거리다가 지친 듯 손바닥에 붙자 패대기를 쳐버렸다. 생명 하나 없앴다는 공포심이 순자의 뒷덜미를 잡아당기는 듯하였다. 처음에 느꼈던 재미는 사라지고 생명을 죽였다는 공포가 엄습하였다.

　　국이며 밥을 잔뜩 이고 냇물을 건너던 순자는 송사리가 큰 몸뚱으로 다가오는 것을 느끼며 현기증과 함께 쓰러지고 말았다. 이윽고 눈을 떠 보니 또다시 그 '원수 같은 방'에 누워 있는 것이 아닌가. 그 방에 누워 있기 싫어 아픈 몸을 이끌고 밖으로 나왔다. 그를 본 시어머니는 사발을 깬 며느리가 밉지만 들어가 쉬라고 마음에 없는 말을 했다. 그 방에 눕는 게 싫어 기어이 거부하자 시어머니는 밥과 국을 못 먹게 만들고 사발을 두 개나 산산조각 냈다며 "요 방정맞은 년 같으니, 어쩌자고 그릇을 다 부수고 어슬렁어슬렁 기어나오는 게야?"라며 욕설과 함께 며느리를 때렸다.

　　두려움과 무서움에 방을 뛰쳐나왔던 순자는 시어머니의 매질에 오히려 짜릿한 쾌감을 느꼈다. 맞아도 아픈 줄을 몰랐다. 제풀에 지친 시어머니는 들어가서 저녁이나 지으라고 윽박질렀다. 부엌에 들어가 밥을 짓는데 어느덧 저녁이 되었다. 지긋지긋한 밤에 대한 공포심으로 순자는 또 하염없이 눈물이 났다. 그때 일터에서 돌아온 남편이 "왜 울어, 울지 말어, 울지 말어!"라며 그녀를 위로하면서 솥뚜껑 같은 손으로 순자의 눈물을 씻어주고는 나갔다. 하지만 순자는 그 순간에도 어떻게 하면 '밤'을 피할 수 있을까를 궁리했다.

「저 원수 같은 방을 없애버릴 방도는 없을까? 언제나 그곳을 피해 다녔지만 뜻을 이루지 못했던 순자는 또 다시 그 생각에 빠졌다.

밥이 다 되었다. 순자는 솥뚜껑을 열려고 일어섰다. 그때 옆에 있던 성냥이 그녀의 눈길을 끌었다. 이상한 생각이 번개처럼 그녀의 머리를 스쳤다. 그녀는 성냥을 움켜쥐었다. 성냥을 쥔 그 손이 희미하게 떨렸다. 순간 주위를 한번 둘러보고는 성냥을 옷섶에 숨겼다. 이렇게 하면 될 일을 왜 지금까지 몰랐을까? 그렇게 생각한 그녀는 씨익 웃었다.

그날 밤, 그 집에서는 뜻밖의 불길이 바깥의 뒷담에서 솟아올랐다. 때마침 불어온 바람에 힘입어 불길은 삽시간에 지붕으로 번져 활활 타올랐다. 그때 옆집 담벼락 밑에서 순자가 요즘 들어 볼 수 없었던 밝은 표정으로 좋아서 어쩔 줄 모르겠다는 듯 두근거리는 가슴으로 폴짝폴짝 뛰었다.」

朝鮮の顔(조선의 얼굴)

〈기초사항〉

원제(原題)	朝鮮の顔	
한국어 제목	조선의 얼굴	
원작가명(原作家名)	본명	현진건(玄鎭健)
	필명	
게재지(揭載誌)	조선시론(朝鮮時論)	
게재년도	1926년 8월	
배경	• 시간적 배경: 1925년 겨울 • 공간적 배경: 대구발 경성행 기차 안	
등장인물	① 경성에 살고 있는 '나' ② 쫓기듯 만주로 떠나 부모님을 잃고 홀로 떠돌게 된 '그' 등	
기타사항	'창작번역' 번역자 미상	

〈줄거리〉

대구에서 경성으로 돌아오는 열차 안에서 있었던 일이다.

나는 맞은편 좌석에 앉은 그를 질리지도 않고 꽤 흥미롭게 바라보고 있었다. 그는 양복 상의에 기모노를 걸치고 중국식 바지를 입고, 조선식 각반에 짚신을 신고 있었다. 앞가르마를 탄 머리에 모자도 쓰지 않은, 이를테면 3개국의 옷을 한몸에 걸치고 계속 뭔가를 지껄이고 있었다.

"어디까지 가십니까?"로 시작하여 사람들에게 계속 말을 걸고 있었다. 그러다 주위 사람들이 별 반응이 없자, 이번에는 나를 보고 싱긋 웃더니 경상도 사투리로 말을 걸어왔다. 고생이 얼마나 사람을 늙게 하는지, 스물여섯이라는 그의 얼굴은 족히 열 살은 더 들어 보였다. 그런 그의 얼굴에 거부감은 사라지고 이내 그의 이야기에 빠져들었다.

그의 고향은 대구에서도 상당히 떨어진 한적한 시골로 100호 정도 되는, 대부분이 소작생활을 하지만 그럭저럭 먹고살만한 평화로운 농촌마을이었다. 그런데 시국이 바뀌면서 토지가 전부 동양척식회사 소유가 돼버렸다. 게다가 동양척식회사의 중간 소작인이 지주의 권리를 행사하게 되면서부터 농민들은 힘들여 농사를 지어도 이중삼중으로 소작료를 착취당하게되자, 하나 둘 살길을 찾아 고향을 떠났다.

그의 가족도 서간도(남만주)로 이주했다. 그러나 쫓기는 자의 운명이 어디선들 마음이 편할까! 그곳의 비옥한 땅에서조차 그들에게 돌아올 혜택은 없었다. 그나마 괜찮은 땅은 이미남의 차지가 되었고 남은 것이라곤 황무지뿐인지라, 그곳에 도착한 다음날부터 식량걱정을해야 했다.

2년 동안 온갖 고생으로 목숨을 이어가는 중에 병을 얻은 아버지가 숨을 거두고, 그 후 채 4년이 못되어 영양실조에 극심한 노동을 당해내지 못하고 어머니마저 세상을 떠났다. 돌아가시기 전에 약 한 첩 못해드렸다며 자책하던 그는 갑자기 울음을 터트렸고 그 바람에 이야기는잠시 중단되었다.

기차에 탈 때 친구가 사준 정종이 있어서 우리 둘은 서로 술잔을 주고받았다. 그는 술로 모든 것을 잊으려는 사람처럼 연거푸 다섯 잔이나 들이킨 다음 이야기를 계속했다.

부모 잃은 땅에 더 이상 있을 수 없었던 그는 신의주에서 중국의 안동현으로 흘러가 노동자로 일하기도 했고, 일본까지 나가서 일자리를 찾아 헤매기도 했다. 혼자 몸으로 규슈의 탄광, 오사카의 철공장 등등을 전전하였다. 그렇게 하여 어느 정도 돈은 벌었지만, 한창 때 젊은나이의 정욕을 못 이기고 자신도 모르게 유곽에 발을 들여놓게 되었다. 그때부터 돈은 좀처럼 모아지질 않았다. 때때로 치밀어 오르는 울화통 때문에 그곳에서도 진득하게 일을 하지못했다.

떠나온 고향이 하도 그리워 찾아가 보았더니 100호 남짓 되던 마을이 10년 만에 집도, 사람도, 개새끼 한 마리도 볼 수 없게 되었더라고 했다. 그는 긴 한숨을 내쉬면서 당시의 모습을 떠올리듯 멍하니 먼 산을 바라보았다.

「"그럼 요참에 고향사람은 한 사람도 만나지 못했습니까?"
"한 사람, 딱 한 사람 만났습니다."
"그 사람은 친척이었습니까?"
"아니, 아닙니다. 우리 집 바로 옆에 살던 사람이었습니다."
대답하는 그의 얼굴에 한층 쓸쓸함이 더해졌다.
"거 참 반가웠겠습니다."
"예. 죽은 사람이라도 만난 듯 반가웠지요. 게다가 나랑은 사연이 있던 사람이라……."
"사연이라니요?"

"나랑은 허혼 이야기가 오가던 사람이었지요."

"에?" 나는 너무 놀라 벌어진 입을 다물지 못했다.」

    아버지로 인해 20원에 대구의 유곽으로 팔려갔다는 그녀는, 몸값을 갚기 위해 10년이나 죽어라 일했다. 하지만 되려 60원의 빚에 나쁜 병까지 얻어 거의 주검처럼 살아갔다. 보다 못한 주인이 특별히 빚을 탕감해주어 자유의 몸이 되긴 하였지만 찾아온 고향에 가족은커녕 건물의 흔적도 남아있지 않았다. 울다 지쳐 방황하던 그녀는 유곽생활에서 귀동냥으로 익힌 한두마디 일본어 덕분에 일본인의 집에서 애보기로 일하고 있다고 했다.

    "사람이 변한다는 것에 놀랐지요. 머리카락은 희끗희끗해지고 눈은 움푹 패고, 윤기 있고 건강했던 얼굴색은 황산을 끼얹은 듯 까맣게 그을려 있었지요."

    그는 자못 쓸쓸한 표정으로 입을 다물고 말았다. 나 역시 너무 참담하고 슬픈 사연을 듣고 참을 수 없을 만큼 고통스러웠다. 그의 눈에서 흘러내리는 눈물이 너무 가련했다. 나는 이 시대 '조선의 얼굴'을 확연히 보는 듯 했다.

    우리는 권커니 잣거니 하면서 정종 한 병을 다 마셨다.

    얼근하게 취한 그는 어린 시절에 아무 뜻도 모르고 자주 불렀던 노래를 흥얼거렸다.

- 1925년 12월 30일 밤 -

ピアーノ(피아노)

〈기초사항〉

원제(原題)	ピアーノ	
한국어 제목	피아노	
원작가명(原作家名)	본명	현진건(玄鎭健)
	필명	
게재지(揭載誌)	조선시론(朝鮮時論)	
게재년도	1926년 9월	
배경	• 시간적 배경: 1922년 가을 • 공간적 배경: 경성의 어느 가정	
등장인물	① 물질로써 '이상적인 가정'을 가꾸고자 하는 어느 재산가 ② 재산가의 젊은 아내	
기타사항	번역자: 임남산(林南山)	

재력가 부모 덕분에 태어날 때부터 상당한 재산을 소유한 그는, 보기만 해도 지긋지긋한 형식상의 아내가 병들어 사망하자, 일본 ×××대학을 졸업하자마자 고등여학교를 마친 어여쁜 처녀와 신식결혼식을 올렸다. 새아내는 비스듬히 가른 머리카락과 구두를 신은 사뿐한 발만으로도 그에게 더할 수 없는 만족감을 주었다. 게다가 늘씬한 몸매에 언제든지 생글생글 미소를 머금고 있는 눈매를 바라볼 때 그는 말로 형언할 수 없는 행복을 느꼈다.

새아내와의 사랑을 맘껏 즐기기 위해, 그는 번거롭고 귀찮은 일이 많은 고향을 떠나 서울에 새살림을 차렸다. 그는 20칸 남짓 되는 집을 장만하고 새아내와 함께 그동안 동경했던 대로 이상적인 가정을 꾸미기 위해 노력하였다.

식구라고 해야 단 둘뿐인데 식모와 침모를 두고 보니 부인이 할 일은 별로 없었다. 남편도 재산이 넉넉한지라 인재를 몰라주는 이런 사회에서 대수롭지 않은 이익을 위해 다툴 필요도 없었다. 독서를 하기도 하고, 야한 이야기나 화투, 키스, 포옹 등으로 하루하루를 보냈다. 그것 이외의 일과는 이상적인 가정에 필요한 물품을 사들이는 일이었다. 이상적인 아내는 놀랄 만큼 예리한 관찰력으로 이상적인 가정에 합당한 물건을 생각해 내었다.

그러던 어느 날, 아내는 이상적인 가정에 없어서는 안 될 만한 어떤 물건을 생각해냈다. 아내는 외출한 남편이 돌아오자마자 무언가 긴급한 상담이라도 있는 듯이 쏜살같이 남편에게 달려들었다.

「"저 오늘 또 하나 멋진 물건을 생각해 냈어요!"

"어떤 물건을?"

"이것이야말로, 이상적인 가정에 없어서는 안 될 물건이에요!"

남자는 싱글벙글 웃으면서 "또 시작이군. 어떤 물건인데?"

"당신, 맞혀보세요."

아내의 눈에는 자랑스러운 빛이 역력했다.

"글쎄, 뭘까……?"

남자는 딱히 어디랄 곳도 없이 여기저기를 돌아보면서 잠시 진지하게 고민하더니 "아무래도 모르겠는데……."라며 쑥스럽다는 듯 다시 한 번 웃었다.

"그걸 모르겠어요?" 아내는 이렇게 한 마디 내쏘더니 이내 싱글싱글 웃는 눈으로 멍하니 응시하였다. 그러고는 무언가 중대한 사건을 밀고라도 하는 사람처럼 자기 입을 남편의 귀에다 대고 속삭였다.

"피아노요!"」

남편은 피아노가 그들 부부에게 얼마나 큰 행복을 가져다줄지 상상만 해도 즐거웠다. 남편의 눈에는 벌써 피아노의 건반 위를 현란하게 움직이는 아내의 하얀 손가락이 어른거렸다.

두 시간이 채 지나지 않아 멋진 피아노가 그 이상적인 집 마루 위에 여왕처럼 모셔졌다. 두 사람은 휘황찬란한 피아노를 바라보며 기쁨에 넘치는 눈빛을 교환하였다. 남편은 만족한 듯 크게 웃으며 아내에게 피아노 솜씨를 보여 달라고 재촉했다. 그러자 그렇게도 빛나던 아내의 얼굴색이 갑자기 흐려지다 못해 피로 물들인 것처럼 새빨개졌다. 아내는 그런 기색을 감추려

애를 쓰면서 기어들어가는 목소리로 남편에게 먼저 피아노를 쳐보라고 했다.

납덩이 같은 무겁고 답답한 침묵이 한동안 그들을 엄습하였다. 남편은 아내에게 "그러지 말고 한번 연주해 봐요. 그렇게 부끄러워할 것이 무엇 있소."라며 달래듯 채근했다. 모기만한 소리로 "저기…… 저 피아노 칠 줄 몰라요."라고 대답하는 아내의 두 뺨은 수치심으로 빨개졌고 눈에는 눈물이 고였는지 반짝거리기까지 했다.

남편은 득의만만하게 웃더니 피아노 앞에 앉았다. 그리고는 피아노건반을 위에서 아래로, 아래에서 위로 엉터리로 훑어 내렸다. 아내는 약간 안심이 된 듯 비웃음을 참으며 이렇게 말했다.

"참 잘 치시네요."

- 1922년 9월 -

B舍監とラヴレター(B사감과 러브레터)

〈기초사항〉

원제(原題)	B舍監とラヴレター(一~四)	
한국어 제목	B사감과 러브레터	
원작가명(原作家名)	본명	현진건(玄鎭健)
	필명	
게재지(揭載誌)	오사카마이니치신분(大阪毎日新聞) 조선판	
게재년도	1935년 2월	
배경	• 시간적 배경: 1925년 12월 • 공간적 배경: C여학교의 기숙사	
등장인물	① C여학교의 노처녀 교원이자 기숙사 사감 B여사 ② 기숙사의 여학생들	
기타사항	번역자 미상	

〈줄거리〉

C여학교 교원 겸 기숙사 사감(舍監)인 B여사는 성격적으로는 딱장대요, 신조로는 독신주의자이며, 정신면에서는 자칭 예수꾼으로 일상적인 자세가 근엄하기 짝이 없었다.

나이 마흔에 가까운 노처녀인 그는 주근깨투성이 얼굴이 처녀다운 맛이라곤 약에 쓰려고 해도 찾아볼 수 없었다. 시들고 거칠고 마르고 누렇게 뜬 곰팡슬은 굴비를 생각하게 했고, 여러 겹 주름 잡혀 홀렁 벗겨진 이마라든지 숱이 적어서 법대로 쪽지거나 틀어 올리지도 못하고 엉성하게 그냥 빗어넘긴 머리꼬리가 뒤통수에 마치 염소 똥 만하게 붙어있었다. 어쨌든 그의 늙어가는 모습은 아무리 감추려 해도 감출 길이 없었다. 뾰족한 입을 앙다물고 돋보기 너머의 쌀쌀한 눈으로 노려볼 때엔 기숙생들이 오싹해 하며 몸서리를 칠만큼 그녀는 엄격하고 매서웠다.

이러한 B여사가 철저하게 싫어하는 것이 있었으니, 그것은 기숙사로 하루에도 몇 통씩 날아드는 러브레터였다. 그녀는 제대로 편지를 건네주지 않을 뿐 아니라 그 학생들을 사감실로 불러 미주알고주알 자초지종을 캐물으며 닦달하기까지 했다.

달짝지근한 사연을 보는 족족 그는 더할 수 없이 흥분한 얼굴을 붉으락푸르락 물들이며, 편지 든 손을 발발 떨면서 성을 냈다.

2시간이 넘도록 문초를 한 후 사내란 믿지 못할 것이라느니, 여성을 잡아먹으려는 마귀라느니, 연애가 자유네 신성하네 하는 것도 모두 악마가 지어낸 소리라고 입이 마르도록 설교를 했다. 그러다가도 문득 닦지도 않은 마룻바닥에 무릎을 꿇고 기도를 올리기도 했다.

그리고 두 번째로 싫어하는 것은 남자가 기숙생을 면회 오는 일이었다. 친부모, 친동기간이라도 규칙을 핑계대어 기필코 그냥 돌려보냈다.

이로 말미암아 학생들이 동맹휴학을 하였고 교장의 설교까지 들었건만 그래도 그 버릇은 고치려 들지 않았다.

이렇듯 표면적으로는 근엄하기 짝이 없던 그녀에게 변화가 일어났다. 폐쇄시켜둔 여자로서의 본능이 노출되기 시작한 것이다.

어느 날 밤 난데없이 여자의 교성과 남자의 구애하는 목소리가 들려왔고, 그런 일은 몇날 며칠 계속되었다. 처음 그 소리를 들은 여학생들은 도깨비장난인가 싶었고 어느 친구의 잠꼬대이겠거니 생각하기도 하였다.

그러던 어느 날 밤, 드디어 용감한 세 여학생에 의해 그 해괴한 사건의 비밀이 파헤쳐지게 되었다. 소리의 출처는 다름 아닌 B여사의 방이었다. 한밤중에 감미로운 연애장면을 독백으로 연출하는 주인공은 놀랍게도 바로 B여사였다. 그녀는 학생들에게 온 러브레터를 몰래 뜯어보고 편지에 적힌 내용을 가지고 혼자서 연극을 하듯 남자와 여자의 대사를 번갈아가며 하고 있었던 것이다.

「"오오 경숙씨, 이 남자를 어쩔 생각입니까?"

아까부터 하던 말을 계속했다. 그러더니 갑자기 쌀쌀맞게 토라져서 누군가를 밀쳐내는 시늉을 하며 이번에는 차갑고 높은 여자의 목소리로

"난 싫어요, 싫어요. 당신 같은 사내는 싫어요."라고 말하는가 싶더니 이내 '하하하하!' 자지러지게 웃어젖혔다. 그러더니 또 한 장 - 물론 기숙생 앞으로 온 러브레터지만 - 을 꺼내 황홀한 표정으로 얼굴에 문지르며,

"정말 날 그렇게나 사랑하시나요? 당신의 목숨처럼 나를 사랑하시나요? 나를, 이 나를 ……?"이라고 속삭이면서 허리를 흔들어댔다. 그것은 분명 울음소리였다.

"에그머니, 어찌 된 걸까요?"

"아마도 미쳤나 봐. 한밤중에 혼자 일어나서 왜 저러고 있을까?"

"불쌍해라."

나이가 가장 많은 학생의 눈에 눈물이 고였다.」

- 1925년 12월 14일 -

玄薫(현훈)

—

현훈(생몰년 미상) 소설가.

약력

1943년   10월 「춘추(春秋)」에 일본어소설 「바위(巖)」를 발표하였다.
1944년   2월 「춘추」에 일본어소설 「채석장(採石場)」을 발표하였다.
1945년   1월 「동양지광」에 일본어소설 「산 넘어 산(山また山)」을 발표하였다.

102-1

巖(바위)

〈기초사항〉

원제(原題)		巖
한국어 제목		바위
원작가명(原作家名)	본명	현훈(玄薫)
	필명	
게재지(揭載誌)		춘추(春秋)
게재년도		1943년 10월
배경		• 시간적 배경: 어느 해 가을 • 공간적 배경: 강원도 대진(大津) 바닷가
등장인물		① 남에게 지는 것을 싫어하는 김노인 ② 힘세고 건장한 아들 용바위 ③ 김노인이 데려와 며느리로 삼은 분이 등
기타사항		

바람이 조금이라도 불라치면 해안은 소란스러웠다. 처음에는 도저히 살아갈 엄두가 나지 않았던 이곳으로 젖먹이 용바위(龍巖, ヨンバイ)를 품에 안고 들어온 지도 어언 20여년이 되었다.

젊지 않은 나이에 얻은 사내아이였던지라 김(金)노인의 기쁨은 말할 수 없이 컸다. 그런데 그 기쁨이 채 가시기도 전에 아내는 마을의 젊은 놈과 눈이 맞아 어디론가 도망가 버렸다. 김노인은 사람들의 숱한 비웃음을 뒤로 하고 이곳으로 들어온 것이다.

김노인은 바닷가 골짜기 경사면을 조금씩 개간하기 시작했다. 해조류나 조개를 줍기도 하고 풀뿌리로 연명하면서 김노인은 어미 없는 용바위를 혼자서 키웠다. 누구보다도 강하게 키우려고 어려서부터 바닷물에 집어넣어 스스로 헤엄쳐 나오는 것을 터득하게 하였고, 근처 바위나 돌멩이를 들거나 던지게 하여 체력을 단련시켰다.

어느덧 용바위는 열여덟의 건장한 청년으로 자랐다. 양어깨는 독수리 같았고, 오막살이 안에서 눕기가 곤란할 정도로 키도 컸다. 이에 비해 노인은 머리에 서리가 하얗게 내리고 구리처럼 윤이 나던 얼굴이 떨어진 사과처럼 쭈글쭈글해졌다.

어느 봄날 저녁, 김노인이 대진(大津)에서 '분이(分伊)'라는 깡마른 여자아이를 데리고 들어왔다. 열세 살 정도 되었을까? 아직 어린데다 인물도 볼품이 없었지만 목소리만큼은 고왔다. 분이가 온 후로 삭막했던 집안공기가 사뭇 따뜻해졌다. 3개월 정도 지나니 분이도 살집이 붙어 처음 이곳에 왔을 때의 모습과는 다르게 제법 어른 티가 났다.

그럭저럭 2년이 흘렀다. 때때로 엄습하는 변덕스런 날씨는 심한 폭풍우로 급변하더니 바위산 중턱에 위치했던 집을 휩쓸어버렸다. 노인은 내친김에 폭풍우에도 안전한 골짜기 깊은 곳으로 부지를 옮겨 먼저 부엌을 만들고 방도 두 칸을 만들었다. 김노인은 무엇보다도 아들내외에게 별도의 방을 마련해 준 것이 기뻤다. 나이에 비해 제법 성숙한 티가 나는 분이에게서 금명간 좋은 소식이 있으리라는 생각을 하면 몹시 흐뭇했다.

그런데 이듬해 가을부터 용바위는 일이 바쁘다는 이유로 2, 3일씩 대진에 머물며 집에 돌아오지 않는 날이 많아졌다. 집에 돌아와서도 분이와 하찮은 일로 말다툼을 하고 주먹을 쓰는 일도 잦아졌다. 게다가 풍어 때인데도 용바위는 돈 한푼 집으로 가져오지 않았다. 가까스로 분이의 뱃속에 아이가 생긴 것 같아 김노인은 걱정이 태산이었다. 고심하던 끝에 대진에 다녀온 김노인은 이 모든 일이 여자문제였다는 것을 알아챘다. 처음엔 거짓말로 얼버무리려던 용바위도 김노인이 호되게 야단치자 용서를 빌었다. 이 후 용바위는 아무리 폭풍우가 몰아쳐도 반드시 집으로 돌아왔다.

그러던 용바위가 명절을 앞두고 또 집에 들어오지 않았다. 풍어기였던 까닭에 처음 이틀 정도는 그러려니 하던 김노인도 사흘째가 되자 걱정이 되기 시작했다. 분이도 처음에는 슬그머니 화가 났는데 폭풍우가 몰아치니 내심 걱정이 되었다.

용바위가 소식을 끊은 지 닷새째가 되자 기다리다 못한 김노인은 다시 대진의 그 여자 집으로 찾아갔다. 그런데 여자는 이미 그곳을 떠난 뒤였다. 다행히 여자문제는 아닌 것 같았다. 속이 탄 김노인은 선주(船主)의 사무실로 찾아가서 사환에게 다그쳐 물었다. 그랬더니 임금문제로 선주와 싸움이 났는데, 선주는 몸져눕고 서너 명의 일꾼들과 함께 용바위도 경찰에 끌려갔다는 것이다. 애가 탄 김노인은 애꿎은 담배만 뻑뻑 피워대다가 밤늦게야 집으로 돌아왔다.

　김노인은 하루 종일 비를 맞고 다닌 탓에 심하게 열이 났다. 모든 게 귀찮아 잠자리에 들었는데, 다음날 아침 오한이 나서 그대로 몸져눕고 말았다. 김노인의 머리에는 온통 몽둥이로 심하게 얻어맞고 심문장 널빤지에 쓰러져 있는 용바위의 모습뿐이었다. 울부짖으며 아버지를 찾는 모습이 계속해서 떠올라 김노인은 견딜 수 없었다. 저녁이 되자 열은 점점 높아져 급기야 노인은 인사불성이 되고 말았다. 분이는 어쩔 줄 모르고 한숨만 내쉬었다. 죽음의 그림자가 점점 김노인에게 다가오는 것 같아 눈물만 났다. 밤이 되니 더욱 무서운 생각이 들었다. 등에 불을 붙이고 김노인을 빤히 보던 분이는, 그 다정다감했던 모습은 간데없이 비참하게 누워있는 김노인의 모습에 그만 울어버렸다. 한참 울다 그 옆에 쪼그린 채 얼마나 잤을까? 젖은 손이 목덜미에 닿는 느낌에 놀라 눈을 떠 보니, 용바위가 안아 올리려고 목 뒤로 손을 넣고 있었다. 한참동안 용바위를 빤히 쳐다보던 분이는 훌쩍훌쩍 울기 시작했다.

　「다음 날 아침, 김노인은 어느 정도 기운을 차렸다. 어느 정도 정신도 들어 사람 얼굴을 알아볼 정도는 되었다.
　"아버지, 잘못했어요. 저 용바윕니다."
　"오오, 바위구나, 잘 돌아왔다. 그래, 거기 일은 어찌 된 게야?"
　"거기 일이라뇨?"
　"어찌 됐느냐 말이다?"
　"엊저녁에 높은 사람이 와서 오늘은 경사스런 추석이니 특별히 용서해주겠다며, 이 마음을 잊지 말고 원래대로 주인하고 사이좋게 일하라고 했어요. 저, 이제 대진까지 일하러 안 가요. 앞으로 집에서 일하겠어요. 아버지 대신 제가 일할 거란 말예요."
　"그래, 다시는 다른 사람한테 고개 숙이지 말고 집안일을 하는 것이 좋지."
　용바위는 병고로 인해 까매진 아버지의 얼굴, 힘겹게 이어지는 아버지의 흔들리는 목소리에 슬퍼져서 고개를 숙인 채 코를 훌쩍이며 울었다. 요 닷새 동안 겪었던 말로 다할 수 없는 비분도 더해진 것이리라.
　"바보 같으니라고, 왜 우냐? 난 안 죽는다."
　"……."
　"요까짓 정도로 내가 죽을 성 싶으냐?"」

　그러나 아들의 소매를 붙잡은 채 다시 정신을 잃은 김노인은 그대로 숨을 거두고 말았다. 하늘은 구름 한 점 없이 맑았고, 가끔씩 바위를 때리는 파도소리만이 들려왔다.

山また山(산 넘어 산)

〈기초사항〉

원제(原題)	山また山	
한국어 제목	산 넘어 산	
원작가명(原作家名)	본명	현훈(玄薰)
	필명	
게재지(揭載誌)	동양지광(東洋之光)	
게재년도	1945년 1월	
배경	• 시간적 배경: 일제 말기 어느 여름 • 공간적 배경: 두메산골의 어느 화전민 부락	
등장인물	① 군 입대를 앞둔 화전민 태산 ② 태산을 사랑하는 분녀 ③ 영림서의 관리 영준	
기타사항		

〈줄거리〉

깊은 산속의 화전민 부락에 사는 태산(泰山)은 무더운 한여름에도 소가 다닐 수 없는 좁은 길을 산더미처럼 쌓은 통나무를 큰 지게에 매고 다니는 긍지로 살아가고 있었다. 징병신체검사 당시 군의관조차도 눈이 휘둥그레질 정도로 태산의 흑갈색 몸매는 다부졌다.

무더운 어느 날 태산은 흙 가마 2개가 나란히 있는 아궁이 입구에서 장작을 패고 있는 아버지의 모습을 보고 평생 일만 해왔으니 이제는 좀 편안히 지내시기를 바랐다. 그러나 아버지는 앞으로 10년은 거뜬하다며 아들에게만 숯가마 일을 맡기지 않았다. 태산과 어머니는 군대를 마치고 난 후 분녀(粉女)와 혼인하는 것이 옳다고 생각하고 있었지만, 아버지는 군대 가기 전에 서둘러 결혼해야 손자라도 볼 수 있지 않겠느냐며 아들의 결혼을 재촉하였다. 하지만 태산은 분녀와의 결혼에 소극적이었다. 이유는 분녀의 용모나 인격이 마음에 들지 않아서가 아니라 주변 친구들의 조혼풍습을 탐탁하게 생각하지 않았고, 혹시 자신에게 어떤 문제라도 생기면 상대의 운명을 그르칠 염려가 있어서였다. 그런데 입영하기 전까지는 분녀와의 결혼문제를 언급하지 않기로 했던 태산의 결심에 갑작스런 변화가 생겼다. 그것은 다름 아니라 영림서(營林署) 관리인 영준(永俊) 때문이었다. 영준은 집안도 넉넉하고 직업도 탄탄한 유부남인데 부인이 아이를 갖지 못한다는 이유로 분녀를 첩으로 삼으려고 했다. 그런 사실을 알게 된 태산은 영림서 관리라는 지위를 이용해 순수한 처녀를 음란하게 이용하려는 영준을 도저히 용서할 수가 없었다. 분녀에 대한 동정에서 시작된 태산의 마음은 그녀의 아름다움에 빠져서 어느새 사랑으로 변하고 말았다. 솔직히 분녀의 입장에서 보면 영준에게 시집가는 것이 더 나을지도 몰랐다. 태산의 집처럼 땀범벅이 되도록 일하지 않아도 될 것이기 때문이다.

태산은 숯가마의 불을 살피고 온다는 구실로 분녀와 밀회를 나눈 적이 있었다. 태산은 분녀에게 "지금 우리, 뭔가 잘못되어가고 있는 게 아닐까?" "네가 불쌍해질 것 같아."라며 현재의 상황을 걱정하였다. 그러자 분녀는 "그런 이야기 싫어요! 난 당신이 너무 좋은데, 지금까지 내내 맘고생만 시켜놓고 이제 와서 잘못되었다니, 싫어요, 싫어!"라며 태산의 가슴에 얼굴을 묻고 격렬하게 몸을 떨며 울음을 터트렸다.

그로부터 며칠 후 답답하기만 한 태산은 이윽고 약혼의 수순을 밟을 결심으로 분녀에게 밀회를 청했다. 태산은 차갑게 식은 가마 앞에서 분녀가 나타나기를 기다리며 어둠을 응시하고 있었다. 하지만 분녀는 끝내 나타나지 않았다. 요즘 들어 영준이 분녀와 자주 만난다는 소문은 있었지만, 분녀가 자신을 배신할 리 없다고 생각하며 쓸쓸히 오솔길을 걸어 내려왔다.

이튿날, 통나무를 지게로 운반하던 태산이 계곡에서 땀에 젖은 얼굴을 씻고 있는데 상류 쪽에서 영준과 분녀가 불쑥 나타났다. 두 사람을 본 태산은 분노에 찬 얼굴로 그들 앞으로 다가갔다. 태산은 영준의 등 뒤로 숨어 부들부들 떨고 있는 분녀에게 다가가 그녀의 작은 어깨를 붙잡았다. 제복차림의 영준은 덜덜 떨리는 손으로 옆구리에 차고 있던 칼을 뽑아들고 덤벼들려고 했지만 태산의 발길질 한 번에 나둥그러지고 말았다.

「"분녀, 내가 했던 말 기억해? 지금 우린 뭔가 잘못돼가고 있는 거야. 내 말이 맞았어, 하하하……."

태산은 흥분하여 얼굴을 찡그리며 산골짜기가 쩌렁쩌렁 울릴 정도로 큰소리로 웃었다. "저는 어떤 일이 있어도 당신이 좋아요. 내내 맘고생만 시켜놓고 이제야……."라며 가슴에 얼굴을 묻던 때의 분녀라고는 도저히 생각되지 않을 정도로 요사스러웠다.

태산은 무슨 결심을 했는지 분녀의 어깨를 살며시 놓아주고는, 계곡물을 끼고 울창하게 자란 삼림, 자신의 손때가 묻은 숲, 그리고 연이은 산 넘어 산들을 지그시 응시하였다.

태산은 아무래도 연약한 여자를 사이에 놓고 하찮은 싸움 따위 하고 싶지 않았다. 아무리 생각해도 자기 앞에는 더 중요한 임무가 놓여있음을 깨달았기 때문이다.」

洪永杓(홍영표)

—

홍영표(생몰년 미상)

103

약력

19??년	함경남도에서 출생하였다.
1933년	경성제국대학 예과에 입학하였다. 재학 중 예과문예지 「청량(淸凉)」에 일본어 소설 「희생(犧牲)」을 발표하였다.
1936년	경성제국대학 법문학부를 졸업하였다.

103-1

犧牲(희생)

〈기초사항〉

원제(原題)		犧牲(Ⅰ~Ⅳ)
한국어 제목		희생
원작가명(原作家名)	본명	홍영표(洪永杓)
	필명	
게재지(揭載誌)		청량(淸凉)
게재년도		1933년 3월
배경		• 시간적 배경: 어느 해 겨울 • 공간적 배경: 청량리에 위치한 카페 '브라질'

등장인물	① 경성제국대학생 남태우 ② 카페 여급 춘자 ③ 춘자의 선금 빚을 갚아주고 춘자를 범한 박(朴) 등
기타사항	

〈줄거리〉

해가 기울어 슬슬 어둠의 그림자가 가로등 위로 드리울 즈음 남태우(南太禑)는 오랜만에 종로거리로 나섰다. 넘치는 행인들 사이를 헤치고 카페 '브라질'로 들어간 남태우는 외투와 모자를 의자에 걸쳐놓고 단추를 풀기가 무섭게 의자에 앉아 급히 주문하고 안쪽을 엿보았다. 카페 안은 여전했지만 아니나 다를까 역시 춘자(春子)는 없었다.

'이대로 춘자와 끝나고 마는 것인가? 그녀는 역시 임신했던 것일까?' 하는 의문이 꼬리에 꼬리를 물었다. 그러나 남태우는 이대로 춘자를 잃을 수는 없었다. 남태우는 그동안의 추억을 회상이라도 하듯 지그시 눈을 감았다.

2개월 전 우리는 춘자와 함께 예과생으로서의 첫걸음을 기념하는 기념제를 가졌다. 춘자가 순서대로 우리 일곱 명의 컵에 맥주를 따랐고, 우리는 환희의 건배를 들고 이어서 춘자의 행복을 바라는 의미로 축배를 들었다. 모두의 시선이 춘자에게 쏠렸다. 그 바람에 분위기가 어색해지고 일행은 취한 걸음으로 카페를 떠났다. 그때 문득 뒤돌아본 남태우는 춘자의 눈에 고인 눈물을 보았다. 그날 밤, 일행은 춘자가 임신했을 가능성에 대한 이야기로 떠들썩했다. 남태우 또한 화장실 세면대 앞에서 구토를 하고 있는 그녀를 보았던 기억을 떠올렸다.

얼마 전 내린 눈이 녹아 거의 자취를 감출 무렵이 되자 모두들 시험 준비에 바빴는지, 아니면 그녀에 대한 열정이 식어서였는지 카페 '브라질'에도 그들의 발길이 부쩍 소원해졌다. 그럼에도 남태우는 잠시라도 틈만 나면 계속 출입했다. 그 이유는 춘자의 천진스러움이 좋아서이기도 했지만 진한 화장 속에 가려진 그녀의 기구한 비밀을 알고 싶어서이기도 했다.

시험이 끝난 날 저녁 남태우는 놀러가자는 심(沈)을 따돌리고 서둘러 카페 '브라질'로 갔다. 자신이 하숙집을 옮기려 하는 것을 춘자가 그리 탐탁해하지 않았던 것과, 요즘 들어 부쩍 야위어가는 춘자가 마음에 걸렸기 때문이었다.

남태우는 단도직입적으로 춘자에게 그 이유를 물었다. 춘자는 잠시 침묵하더니 이윽고 입을 열었다.

인천에서 가난한 집안 장녀로 태어났다는 것에서 춘자의 이야기는 시작되었다. 열다섯 살 되던 해 봄에 어머니가 돌아가시기 무섭게 아버지는 새엄마를 맞아들였다. 아버지는 새엄마가 데려온 자식들만 사랑하고 돌보았다. 덕분에 춘자는 어린 나이에 친동생 둘의 부양을 떠맡은 가장이 되었노라고 했다. 때마침 식모 자리가 나와서 춘자는 2년 계약을 맺고 선금 200원을 받았다. 하지만 1년도 채우지 못하고 그 집을 나올 수밖에 없었는데, 공교롭게도 그 집이 바로 남태우가 새로 옮기려던 하숙집이었던 것이다. 그녀가 이미 받아 써버린 선금 1년 치는 남태우도 잘 알고 있는 박(朴)이라는 사내가 갚아줬노라고 했다.

「이 무슨 운명의 장난이란 말인가. 홍분 속에서 그는 무엇을 보았는가? 화장을 말끔히 씻어낸 그 얼굴은 초처럼 창백하고 눈동자는 텅 비어 희망에서 멀어지고 체념한 듯 보였다. 항상 열려있던 입술마저 굳게 닫히고 말았다.

'희생'이라는 말이 가슴을 찔렀다. 그는 벌떡 일어섰다.

"외로움에서 벗어나기 위해" "박씨는 짐승이에요." "춘자가 임신했다."

이런 말들이 눈사태처럼 그의 가슴으로 밀려와 폭발했다. 불꽃처럼 산산이 흩어졌고 극약처럼 가슴을 후벼 팠다.」

맥주 한 병은 도화선이 되었고 추리의 도르래는 정신없이 돌았다. 비열한 박(朴)이여, 그대는 예술인이란 이름으로 짐승 같은 짓을 범했다. 고독한 영혼을 넘보는 독수리. 그대는 처자가 없다고 속이며 지금도 여전히 방 입구에 빨간 구두를 진열해 놓은 채 제2의 춘자를 만들고 있지 않은가! 남태우는 박(朴)을 향한 저주의 말이 들에 방치된 이리처럼 입안에 포효하고 있음을 느꼈다.

어둠은 해로처럼 흐르고 가로등은 물고기 눈처럼 도취되어 있었다. 길 저편에는 가로수 그림자가 즐비해있고, 사람들의 발길이 끊어진 길가에는 간혹 야시장인 듯한 노점이 있었다. 안개구름이 낮게 드리워져 갈색으로 반사된 도회의 빛이 어쩐지 기분 나빴다. 나뭇가지 끝이 우는 것으로 보아 광풍이 불 것 같은 예감이 들었다. 묵묵히 걷고 있는 남태우는 영혼 깊은 곳까지 싸늘해진 느낌이 들어, 걸을 때마다 팔랑거리는 망토마저 저주스러웠다.

洪鐘羽(홍종우)

—

홍종우(1908 ~ ?) 소설가. 필명 아오키 히로시(靑木洪).

104

약력

1908년	황해도 황주에서 태어났다.
1938년	6월 「분게이슈토(文藝首都)」에 일본어소설 「도쿄의 외진 곳에서(東京の片隅で)」를 발표하였다.
1941년	8월 일본어 장편소설 『경작하는 사람들(耕す人々の群)』을 일본의 다이이치쇼보(第一書房)에서 간행하였다. 9월 수필 「유유전전(流々転々)」을 「신분카(新文化)」에 발표하였다.
1942년	2월 일본어소설 「민며느리(ミインメヌリ)」를 「주오코론(中央公論)」에 발표하였다. 귀국하여 고향 황해도에서 집필활동을 이어가면서, 「국민문학」에 일본어소설 「아내의 고향(妻の故郷)」, 「고향의 누이(ふるさとの姉)」와 수필 「고향의 노래(ふるさとのうた)」를 발표하였다.
1943년	7월 일본어콩트 「작은 위문문(小さな慰問文)」이 일본문학보국회 편집의 『辻小説』에 수록되었다. 8월 소설 「철의 직장(鉄の職場)」을 「국민총력」에 발표하였고, 12월에는 단편 「견학 이야기(見學物語)」를 「국민문학」에 발표하였다.

　홍종우는 집안이 몰락하고 아버지가 사망하자 간도에서 방랑하다가 일본으로 건너가 문학을 배웠다. 정식으로 문학교육을 받지 못했으나, 낮에는 고된 육체노동을 하고 밤에는 소설창작에 매진하여 아오키 히로시(靑木洪)라는 필명으로 작품활동을 하였다. 33세가 되던 1941년 발표한 장편소설 『경작하는 사람들(耕す人々の群)』은 당시 일본문단에서 제창하고 있던 국민문학론과 관련하여, "국민문학의 기본조건을 생각하는 데 최상의 전거가 될 수 있는 위대한 문학의 제일보"라는 극찬을 받았다.

東京の片隅で(도쿄의 외진 곳에서)

〈기초사항〉

원제(原題)	東京の片隅で(一~五)	
한국어 제목	도쿄의 외진 곳에서	
원작가명(原作家名)	본명	홍종우(洪鐘羽)
	필명	아오키 히로시(靑木洪)
게재지(掲載誌)	분게이슈토(文藝首都)	
게재년도	1938년 6월	
배경	• 시간적 배경: 어느 봄날 • 공간적 배경: 도쿄	
등장인물	① 일본 각지를 떠돌며 일하는 조선인 노동자 신타 ② 신타를 사랑하는 십장의 아내 오타미 ③ 여자와 도박에 정신이 팔린 십장 ④ 신타의 일본인 친구 구마코 등	
기타사항		

〈줄거리〉

어느 따뜻한 봄날 아침, 오타미(お民)는 서둘러 도시락 2개를 신문지에 싸서 담장 밖에서 기다리고 있는 신타(申太)와 구마코(熊公)에게 건넸다. 신타로서는 십장이 집을 비운 덕에 그의 아내인 오타미에게 받는 특별한 서비스였다.

5년 전 신타는 일본을 너무 동경하여 연로한 어머니를 남겨두고 일본행을 감행하였다. 규슈를 시작으로 오사카, 교토, 나고야, 도쿄 등을 전전하다가 이곳으로 들어온 지 1년반이 되었다. 그의 원래 이름은 '신태춘(申太春)'이었는데 본명에서 '春'과, 혼자 외로운 광야를 방랑한다는 의미에서 '野'를 붙여 하루노 신타(春野申太)라는 이름으로 일본에서의 고독한 생활을 버텨나갔다.

반년 전에 이곳에 온 구마코와는 신참과 고참자로서 아주 각별한 사이였다. 신타는 구마코가 일본인이면서도 다른 사람들과는 달리 친절하게 대해주어서 좋아했고, 구마코 또한 언젠가 돈이 필요했을 때 전당포에 시계까지 잡혀가며 도와준 신타를 진정한 친구로 여기고 서로 믿고 의지했다.

십장 요이치의 아내 오타미는 혼자서 가족과 인부 등 20여 명의 식사와 세탁을 비롯하여 온갖 집안일을 도맡아 해내는 까닭에 동네사람들로부터 칭찬이 자자한 며느리였다. 그러나 오타미는 주색과 노름에 빠져 집안을 돌보지 않는 남편과 깐깐하기 짝이 없는 시어머니, 뿐만 아니라 온갖 궂은일들로 허리 한 번 제대로 펼 수 없는 빠듯한 생활에 지쳐 이혼해 줄 것을 요구하며 울기도 많이 울었다. 한 번은 부부싸움 끝에 집을 뛰쳐나가 이틀씩 돌아오지 않은 적도 있었다. 신타는 그런 오타미를 안쓰럽게 여겼고, 오타미 또한 신타에게 좋은 감정을 지니고 있었다.

십장은 홋카이도(北海道)에 조그만 사업이 있는 것을 구실삼아 시종 첩의 품에 파묻혀 살았다. 이미 50고개를 넘었는데도 여자놀음, 협잡, 경마 등에 심취하여 본가에는 얼굴조차 내밀지 않았고 사업도 거의 돌보지 않았다. 아들이 셋이나 되었지만 그 아들들 역시 아버지에게 질세라 주색과 노름에 정신이 팔려 돈을 버는 족족 거기에 퍼붓고 있었다.

이제 인부들은 노임도 제대로 나오지 않는 이곳에서 더 이상 일할 수 없다고 했다. 신타도 이 기회에 고향으로 돌아가려고 마음먹고 있던 참이었다. 그런데 십장이 홋카이도로 떠나기 며칠 전, 마침 비가 내린 탓에 집에서는 자연스럽게 술자리가 벌어졌다.

술이 들어가자 십장은 술자리에서 느닷없이 "우리 마누라는 아무래도 신타 놈에게 홀딱 반해 있나봐!"라고 비아냥거리면서 오타미를 툭툭 치며 시비를 걸었다. 그 모습을 그냥 보고만 있을 수 없던 신타는 벌떡 일어나 십장에게 주먹을 내질렀다. 순식간에 술자리는 난장판이 되었다. 모두 한통속이 되어 신타를 욕하며 뒷방으로 끌고 가서 마구 욕을 퍼부었다. 신타는 훼방꾼들을 뿌리치며 쫓아가려 했고 오타미는 그런 그를 필사적으로 말렸다. 그러는 와중에 신타의 오른손이 장지문 틈새에 끼면서 와장창 유리창이 깨지고, 그 바람에 신타의 손에 유리조각들이 박혀 심한 부상을 입고 말았다.

오타미가 재빨리 손수건으로 손의 상처를 싸맸지만, 손수건은 순식간에 피로 물들었다. 오타미의 얼굴을 찬찬히 보던 신타는 마음속으로 "모두 너 때문이다. 너를 사랑한 때문이다."라고 속삭였다. 오타미를 의지하여 의사에게 찾아가 응급처치를 받은 신타는 처참해진 손을 보며 동생을 떠올렸다. 어렸을 때 낫으로 심하게 손바닥을 찢긴 동생이 불구가 된 것을 비관하여 자살한 일이 착란처럼 떠올랐다. 신타는 자기도 행여 불구가 되지 않을까 하는 두려움과 함께 어머니의 얼굴이 떠올라 한없이 울었다.

어느덧 손의 상처가 치료되자 임금을 정산해 받은 신타는 조선으로 돌아간다는 구실로 십장의 집을 나왔다. 그리고 일단 구마코의 큰집에 몸을 숨기고, 거기서 오타미가 도망 나오기로 약속한 날을 하루가 천 날 같이 기다렸다.

가까스로 오타미와 만난 신타는 구마코의 도움을 받아 일단 니가타(新潟)행 기차에 몸을 실었다. 구마코는 입장권을 사서 두 사람의 짐을 들고 복잡한 사람들 사이를 비집고 열차 안으로 들어갔다. 그는 '신랑 신부'를 위한 자리를 찾아주기도 하였고, 트렁크와 보따리를 선반에 올려주기도 했다. 신타는 어려울 때마다 힘이 되어준 구마코가 말할 수 없이 고마웠다. 중매인 역할도 나름대로 즐거웠다는 구마코의 말에 신타는 격한 감정이 치밀어 올라 구마코의 손을 꽉 잡았다.

드디어 이별할 때가 되었다. 두 사람은 잠시 동안 말없이 서로를 바라보았다. 구마코가 내리자 신타의 눈에서 구슬 같은 눈물이 흘러내렸다. 신타와 오타미는 안개처럼 흐려진 눈으로 점점 멀어져가는 구마코의 모습을 바라보았다.

둘만 남게 되자, 오타미는 5년 전 생판 모르는 할아버지에게 이끌려 도쿄로 팔려 와 온갖 고생을 하며 살아온 세월을 떠올리며 한없이 울었다. 신타는 오타미를 감싸 안으며 오타미에게 다시 태어났다는 의미의 '오싱(お申)'이라는 이름을 붙여주었다.

「오타미는 얼굴을 들어 촉촉하게 젖은 눈으로 신타를 정면으로 바라보았다.

"신타씨!" 그녀는 이렇게 말하고 다시 신타의 가슴에 얼굴을 묻었다.

"난…… 당신의 사람이에요!" 그녀는 어깨를 들썩이며 흐느껴 울었다.

"바보……. 당신은 걸핏하면 울기부터 하니 원……." 신타는 눈물을 감추려고 창문을 열었다. 그리고 어둠속에서 붉고 푸르게 명멸하는 네온사인을 가리켰다.

"오싱! 저길 봐." 오타미도 조용히 고개를 그쪽으로 돌려 바라보았다.

"어머, 아름다워라……."

"아름답지? '아아 어둠이여! 안녕!' 이라고 말해봐."

"안녕……." 오타미는 작은 소리로 속삭였다. 그녀는 이제 웃고 있었다. 신타도 그녀의 얼굴을 바라보며 미소를 지었다. 그들은 둘만의 새로운 생활이 시작되었음을 믿었다.

열차는 이미 그들의 모든 '시련의 장'이었던 도쿄를 벗어나 북으로 북으로 달리고 있었다.」

耕す人々の群(경작하는 사람들)

〈기초사항〉

원제(原題)	耕す人々の群	
한국어 제목	경작하는 사람들	
원작가명(原作家名)	본명	홍종우(洪鐘羽)
	필명	아오키 히로시(靑木洪)
게재지(揭載誌)	경작하는 사람들(耕す人々の群)	
게재년도	1941년 8월	
배경	• 시간적 배경: 어느 해 늦가을에서 겨울 • 공간적 배경: 황해도 황주 인근의 돌메기 마을	
등장인물	① 8년간의 머슴살이를 마치고 고향으로 돌아온 임용민 ② 남편이 죽은 후 행상으로 5남매를 키우며 집안을 꾸려온 용민의 어머니 ③ 산골 천민의 집안으로 돈에 팔려 시집간 용민의 큰누이 ④ 어려서 장님이 된 아름다운 셋째 보비 ⑤ 10살의 나이에 민며느리로 팔려간 넷째 서분과 유복자로 태어난 일 개미 같은 막내 유복 ⑥ 평양에서 의술을 배우던 중 도시가 싫어 고향으로 돌아온 절름발이 하식 등	
기타사항	<제1권>으로 끝나는 미완성 작품임. <글의 차례: 제1부(농주의 가정 - 가난과 장님 여동생 - 아아, 고향이여 - 우리 집과 마을 - 어머니의 행상) 제2부(교제 - 농민과 시장 - 오랜 둥지의 제비 - 혼인잔치 - 가정을 가진 여자들)>	

〈줄거리〉

　　먼 우물마을의 주인집 어른들이 마련해준 곡식과 떡 그리고 옷가지 등을 주인어른이 특별히 내준 송아지의 등에 싣고, 용민(用民)은 고향 돌메기마을로 돌아왔다. 그의 품에는 8년간의 머슴살이 끝에 번 돈 220원이 들어있었다. 집에서는 스물두 살의 눈먼 여동생 보비(寶妃)가 성치 않은 몸으로 마을 어귀까지 나와 이제나저제나 오라비의 귀가를 기다리고 있었다. 어머니는 여느 때처럼 행상을 나가 아직 돌아오지 않았고 열다섯 살 된 유복(有腹)은 땔감을 하러 나가고 집에 없었다. 옆집의 삼손(三孫)어미 단실(丹實)에게 부탁해 손질한 저고리를 곱게 입고 오빠를 마중 나온 보비를 우연히 만난 하식(夏植)은 그녀를 향한 자신의 사랑을 고백했다. 보비 또한 '세상에서 아름답다고 느낀 것은 오로지 너뿐'이라는 그의 고백에 깊이 감동했다. 보비는 그런 하식과 함께 언덕 위에서 용민이 돌아오길 기다리다가 한참이 지나도 오빠가 오지 않자 하식의 손을 잡고 집으로 돌아왔다.

　　얼마나 지났을까, 정오가 한참 지났을 때 용민이 마을에서 가장 허름하고 가난한 자신의 집으로 들어섰다. 아버지가 술과 도박으로 있는 땅마저 다 잃고 끝내 물에 빠져 죽어버린 뒤, 먹고살기 위해 큰누이와 어린 여동생을 돈에 팔아야했던 어려운 집안형편을 구하기 위해 자진해서 머슴살이를 떠난 지 8년만이었다. 먼 친척뻘인 주인아주머니가 손수 지어준 웃옷을 말끔히 차려입고 어느새 훌쩍 자란 송아지에 곡식 등을 가득 싣고 돌아온 용민을, 가족들은 말할 것도 없고 이웃들 또한 부러운 마음으로 반가이 맞아주었다. 특히 유복은 형이 끌고 온 송아지가 얼마나 반갑고 좋은지 몰랐다. 두 형제는 이튿날부터 소외양간을 짓고 용민의 결혼을 대비하여 허술한 집안을 수리하기 위해 필요한 재료들을 구하고, 일해 줄 인부들을 구하기 위해 동분서주하였다. 그리고 하식의 소개를 받아 마을청년들끼리 서로 협력하기 위해 만든 동갑계의 도움으로 외양간 짓는 일을 무사히 마쳤다.

　　황주장이 열리는 날, 가을걷이한 곡식들을 등에 지고 머리에 인 마을사람들은 장사진을 이루고 이른 아침부터 시장으로 향했다. 딱히 수확한 것이 없는 용민네는 용민의 결혼준비를 위해 등에 진 것 없는 송아지를 데리고 시장으로 갔다. 사람들로 발 디딜 틈 없는 시장에서, 어머니와 용민 그리고 유복은 결혼에 쓸 옷감과 옷장 등을 사고 또 보비에게 줄 고무신과 댕기 등을 사서 소 등에 싣고 집으로 돌아왔다.

　　동지(冬至)가 가까워지는 어느 날, 드디어 첫눈이 내렸다. 어머니는 용민의 결혼준비로 분주한 가운데 시집보낸 딸들이 오기만을 기다리고 있었다. 결혼을 일주일 정도 남겨둔 어느 날, 민며느리로 팔려갔던 소분(素紛)이 먼저 도착했다. 소분은 가난도 가난이지만 남편의 폭력으로 불행 중 최악의 불행 속에 살고 있었고, 오빠의 결혼선물 때문에 친정에 오는 날까지도 남편과 큰 싸움을 하고 나온 터였다. 어쨌든 겸이포에서 소분이 왔다는 소식에 제일 먼저 달려온 것은 단실이었다. 단실은 용민 어머니의 중매로 겸이포에서 시집을 왔는데, 그녀는 술에 빠져 정신을 못 차리는 남편 순풍(順風) 때문에 하루하루가 지옥 같기만 하였다. 그래도 발랄한 성격을 잃지 않던 단실이, 소분에게서 비참하기만 한 친정소식을 전해들은 뒤로는 영 기운을 차리지 못했다. 게다가 시아버지마저 아들 순풍의 패악을 이제 더는 봐줄 수 없다고 엄포를 놓은 터라 더더욱 죽을 맛이었다.

　　한편 용민의 혼인날은 하루하루 다가오고 있는데 산골 천민에게 시집간 큰누이는 소식도 없이 오지 않았다. 사실 큰누이의 시댁은 천민이긴 하였지만 경제적으로는 그나마 안정적이었고 남편과 시아버지는 세상없이 착한 사람들이었다. 시집 간 지 10년이 넘은 큰누이는 벌써 세 아이의 어머니였다. 그녀는 동생의 결혼선물들을 머리에 이고 막내아이를 등에 업은 채 친 정나들이에 나섰다. 20리 길을 걸어온 그녀는, 마을사람들의 눈을 피하기 위해 고향집이 내려 다보이는 미륵고개에서 날이 어두워지기를 기다렸다. 그리고 마침내 날이 어두워져서야 짐 보따리를 머리에 이고 언덕을 내려왔다.

「"다들 있어요!" 집안에 대고 이렇게 말을 떼자마자 온 식구가 벌컥 문을 열었다.
"오메, 언니!" 이렇게 외치며 제일 먼저 소분이 뛰쳐나오더니 머리의 짐을 잽싸게 받아 내 렸다. 이렇게 방에 들어서기 무섭게 다들 와락 부둥켜안고 울음을 터트렸다. 앉을 틈도 없이 서로 얼싸안는 통에 숨이 막혀 말 한 마디 제대로 못할 정도였는데, 특히 보비의 울음은 통곡 에 가까웠다. (중략)
"그래그래, 늬들 울고 싶은 만큼 울어라…… 눈물 한 방울 남기지 말고 울어라."
그래서 그들은 마음껏 울었다. 아무리 울어도 눈물은 마르지 않았다. 침울한 분위기가 얼마 간 지속되고 간신히 마음을 가다듬은 뒤 큰누이를 중심으로 모두들 둘러앉았다.
"얼마나 기다렸다고…… 왜 더 일찍 안 왔어?"
"기다리게 해서 미안해…… 세상은 우리를 이토록 울게 하지 않으면 안 되나보다…… 나 도 너희가 얼마나 보고 싶었는지 몰라. 그래도 이렇게 만나게 돼서 기뻐……."
이들의 대화는 아직 비애를 벗어버리지 못하고 있었다. 특히 보비를 바라보는 눈에는 저절 로 눈물이 맺혔고 보비의 볼과 손과 머리를 만지는 손마저 오열하였다. 보비의 꼭 감긴 눈꺼풀 이 세상을 보려 안간힘을 쓰며 바르르 떨렸다. 그것을 바라보는 언니는 이제라도 번쩍 뜨일 것만 같은 착각에 사로잡혀 끙끙 힘을 줘보지만 역시 그런 일은 일어나지 않았다. (중략)
"유복아, 너 나 알아보겠냐?" 누이는 눈을 바짝 갖다 대며 이렇게 물어보지만, 어울리지 않 게 수줍어하며 유복은 간신히 고개를 끄덕여 보일 뿐이었다. 누이라곤 하지만 그에게는 그저 손님에 지나지 않았다.
"그래, 그래도 내 품에 안겨서 날 얼마나 힘들게 했는지 모를 테지…… 세월 참 빠르다. 어느 새 저렇게 크다니…… 그리고 용민이도 저렇게 훌쩍 키가 크다니, 참 많이 변했어."
형제들을 번갈아 바라보며 무한한 감동에 젖었다. (중략)
어느새 밤은 깊었다. 다들 말로 표현할 길 없는 마음으로 세상사는 이야기를 나누며 밤을 지새웠다. 희미한 램프 아래 세 자매는 무릎을 맞대고 앉아 제각각 바느질을 했다. 누이와 소 분은 서둘러 신랑의 두루마기를 깁고, 보비는 더듬더듬 오빠의 전낭(錢囊)을 기웠다.」

용민의 결혼식 준비로 용민네는 말할 것도 없고 온 마을이 잔치분위기에 들떠있었다. 드디 어 용민은 얼굴도 본 적 없는, 3년 전 어머니가 중매인의 소개로 혼약을 한 신부를 맞이하였다. 자신을 집안의 짐이라고 자책하며 오빠의 결혼을 한편으로는 걱정했던 보비의 두려움과는 달리, 신부는 아리따운 외모만큼 마음씨도 착했으며 야무지기까지 했다.
결혼식을 무사히 마치고 나흘째 되는 날, 10년 만에 해후한 큰누이는 가족들과 아쉬운 이별 을 고하고 시댁으로 돌아갔다. 서분 또한 먼우물마을로 인사드리러 가는 용민과 함께 시댁인 겸 이포로 돌아가기로 되어있었다. 큰누이를 배웅하고 돌아오는 길, 용민은 보비 문제로 어색하기만 하였던 하식과 마주쳤다. 그런데 하식이 한때 용민의 선조들의 소유였던 갈몰의 논을 순풍이 팔기로 했다는 놀라운 소식을 전해주었다. 용민은 그 논을 되찾고 싶은 욕망에 순간 가슴이 마구 뛰었지만, 형편이 녹록치 않아 먼우물마을 주인어른께 상의해 보기로 결심하였다.

그런가 하면 미륵고개까지 큰언니를 배웅 나갔던 소분과 보비. 소분은 누구에게도 말하지 않았던 자신의 임신 사실을 큰언니에게 털어놓으며 남편과 다시 잘 살아볼 결심을 한다. 하염 없는 눈물로 큰언니를 보내고 소분과 보비는 집으로 돌아오는데, 바로 그때 보비를 뚫어져라 바라보고 있던 하식과 마주쳤다. 용기를 낸 보비는 소분을 먼저 집으로 보내고 하식과 나란히 언덕에 앉은 모습을 보여줌으로써 언니를 안심시켰다.

한편 집으로 돌아와 먼우물마을로 갈 차비를 마친 용민은 겸이포로 돌아갈 소분과 단실을 데리고 집을 나섰다. 그때 갈몰의 논을 팔고 고향을 떠나려는 순풍의 일을 친정 식구들과 상의 하여 어떻게든 마음잡고 살아보게 하겠다는 단실을 보며, 용민은 잠시나마 갈몰의 논을 욕심 내었던 자신이 부끄러웠다. 이렇게 길을 나선 용민 일행이 미륵고개 앞에 다다랐을 때 저 멀리 서 한 쌍의 남녀의 모습이 보였다. 그들은 하얀 옷차림으로 나란히 언덕을 내려오는 하식과 보비를 흐뭇한 미소로 지켜보았다.

- 제1권 끝 -

ミインメヌリ(민며느리)

〈기초사항〉

원제(原題)	ミインメヌリ(一~三)	
한국어 제목	민며느리	
원작가명(原作家名)	본명	홍종우(洪鐘羽)
	필명	아오키 히로시(青木洪)
게재지(揭載誌)	주오코론(中央公論)	
게재년도	1942년 2월	
배경	• 시간적 배경: 어느 해 연초 • 공간적 배경: 함경북도 청진	
등장인물	① 일본을 떠돌다 5년 만에 조선 청진으로 돌아온 '나' ② 12살에 민며느리로 팔려간 큰누나의 장녀 예쁜이 ③ 일본인의 집에서 바느질일을 하고 있는 큰누나의 둘째딸 무동이 ④ 결혼해 분가한 누나의 장남 병묵 ⑤ 예쁜이를 혹사시키고 위협하는 바보 남편 하섭 ⑥ 시골처자들을 꾀어내어 술집 등에 팔아넘기며 살아온 하섭의 어머니 등	
기타사항		

청진(淸津)의 누나 집에 계시던 어머니가 위독하다는 소식을 듣고 나는 도쿄에서 서둘러 귀국하였다. 이번이 마지막이라고 생각했는데 다행히 어머니의 병세는 호전되었다. 일본에서 방랑생활을 해오던 나는 5년 만에 연말연시를 청진의 누나 집에서 보내게 되었다.

10년 전, 간도에서의 힘든 이주민생활을 청산하고 다시 청진으로 돌아온 누나네는 아직도 가난한 생활에서 벗어나지 못하고 있었다. 나도 누나네와 함께 간도에서 돌아와 공사현장에서 힘든 노동일을 하며 생활했지만, 동생의 비참한 죽음에 충격을 받아 홀어머니를 누나에게 맡기고 일본으로 건너갔던 것이다.

그렇게 떠난 지 5년 만에 돌아와 보니, 청진은 몰라보게 발전해 있었다. 이전에는 볼 수 없었던 여러 공장과 큰 무역상이 들어서있고, 인가와 학교도 많아져 시가지는 완전히 공업화되어 있었다. 이 장족의 발전을 본 나는 주민들의 생활이 얼마나 윤택해졌을지 궁금해지기까지 했다. 청진은 북부조선 제일의 항구도시이기도 했다. 힘들다고는 하지만 누나네 가족의 생활 형편도 예전처럼 심하지는 않았다. 올해 스물세 살이 된 장남 병묵(炳黙)은 벌써 결혼을 했고 철도에서 근무하고 있었다. 어머니는 분가한 큰조카와 함께 불효자 아들을 그리워하며 여생을 보내고 있었고, 50대에 들어선 누나는 술주정뱅이 남편에게 시달리면서도 자식들 커가는 모습을 보는 재미로 살아가고 있었다.

누나는 슬하에 딸 셋과 아들 셋을 둔 어머니였는데, 그 중에서 가장 가엾은 것이 12살에 100원의 몸값을 받고 가족을 위해 민며느리로 들어간 장녀 예쁜이(エップニ)였다.

보고 싶다는 서신을 보내도 아무 연락이 없는 예쁜이를 만나기 위해 나는 병묵과 함께 10리쯤 떨어진 그녀의 시댁을 찾아갔다. 그 집에는 예쁜이부부와 시어머니 외에도, 무슨 관계인지 모를 거지같은 몰골의 늙은 남자와 수양딸이 있었다. 그런데 그 수양딸 역시 예쁜이의 남편 하섭(夏燮)의 누이들처럼 술집에라도 팔 요량인 듯 보였다. 나는 모질기로 소문난 예쁜이의 시어머니에게 예쁜이의 친정나들이를 허락받고 그녀를 데리고 병묵의 집으로 향했다. 그렇게 예쁜이를 데리고 역을 향해 걸어가는데 뒤에서 하섭이 쫓아오더니 기어이 병묵의 집까지 함께 오고 말았다.

나와 예쁜이 내외는 병묵의 집에서 설음식인 만둣국을 먹은 후, 예쁜이는 누나의 집으로 가고 하섭은 병묵의 집에서 하룻밤을 묵기로 했다. 누나네로 간 예쁜이는 오랜만에 만난 여동생 무동이(ムオンニ)와 바느질한 옷가지를 놓고 와자지껄 수다를 떨며 회포를 풀었다. 그러다 예쁜이는 한겨울에도 갈아입을 옷 하나 없는 자신의 신세를 한탄하며 이내 제 어머니에게 원망의 화살을 돌렸다.

「"엄니는 나를 이 지경으로 만들어놓고 기분이 어때요? 내 몸뚱이랑 바꾼 좁쌀이 목구멍으로 술술 잘 넘어갑디여……?" 예쁜이는 이렇게 쏘아붙이고 분한지 또다시 울음을 터트렸다.

"이제 와서 니가 무슨 소릴 해도 나는 할 말이 없다……. 그래도 세상천지에 제 자식을 좋아라고 지옥으로 떠다밀 부모가 어디 있다니. 나도 열두 살에 니 아부지한테 와서, 지독한 시엄니랑 니 아부지가 얼마나 원망스럽던지……. 친정으로 도망쳤다가 다시 쫓겨 오기도 하고, 너무 힘들고 싫어서 그때 콱 죽어버릴까도 했었다. 그래도 그때를 참고 지내다 보니 너희들 낳고 키웠다……. 사람이 잘됐든 못됐든 다 하느님이 정해주신 운명이다. 니 불행도 운명이려니 생각해다오."

"다들 그렇게 말하지만, 난 저 바보랑 평생을 살 생각을 하면 가슴이 시커매요. 밝은 해가 지고 밤이 되는 게 얼마나 무서운지 몰라. 그것이 너무 무서워서 한번은 방을 박차고 나가 마을을 왈칵 뒤집어 놓은 적도 있어요. …… 근데…… 근데 저 짐승이 도끼를 휘두르며 내 이 머리칼을 틀어쥐고…… 협박을 해대는데…… 내가 그때 얼마나 엄니아부지를 원망했는지 몰라. 원망스러워서, 너무 원망스러워서 저주라도 하고 죽으려고 했어……."

그녀는 미친 듯이 몸부림을 치며 어미의 발치로 그만 쓰러지고 말았다.

"엄니는…… 엄니는…… 자기도 그 고생을 했다면서 딸인 나까지 그런 신세로 만들어 놓고 싶던가? 내 이 원통하고 아픈 속을 엄니는 알 거 아니요? ……아아 아이고…… 아, 무서워 ……." 밤이 깊어가는 방안에 깊은 비애의 침묵이 감돌았다.」

예쁜이의 오열이 잠잠해지기도 전에 술 취한 매형이 돌아왔다. 평소에 말이 없던 매형은 술만 마시면 난폭해지곤 했는데, 이날 밤 오랜만에 찾아온 딸에게 욕을 퍼붓고 부모를 원망하는 몹쓸 자식이라며 예쁜이의 뺨을 후려치고 말았다. 예쁜이는 그 길로 집을 뛰쳐나가 파도가 밀려오는 바닷가로 내달렸고, 나와 무동이는 그 뒤를 쫓았다. 내가 차가운 바다로 뛰어든 예쁜이를 간신히 데리고 나오자 무동이는 언니의 젖은 옷을 벗기고 자신의 옷을 벗어 입히며 통곡하였다.

이튿날 나는 예쁜이는 나중에 데려다주겠노라며 하섭을 달래어 먼저 집으로 돌려보냈다. 그런데 집안의 아녀자들이 예쁜이의 옷을 짓느라 한창 바쁘게 손을 놀리고 있을 때, 꼭 산도깨비 같은 험악한 모습의 하섭이 자신의 어머니가 위독하다며 예쁜이를 데리러 온 것이 아닌가. 그 모든 것이 하섭의 어머니가 시킨 거짓임을 눈치 챈 나는, 더 이상 예쁜이를 '짐승 같은' 너희에게 보내지 않겠노라 선포하고 하섭을 쫓아냈다.

하지만 일은 그리 간단히 끝나지 않았다. 하섭의 어머니는 큰딸을 대동하고 쳐들어와서 예쁜이를 데려가려고 했고, 무동이는 정 방법이 없으면 불쌍한 언니를 대신해서 자신이 그 집으로 들어가겠다고 했다. 그렇게 며칠이 지난 어느 날, 하섭의 어머니는 마을사람들과 함께 소달구지를 끌고 와 예쁜이를 강제로 포박하여 데리고 갔다. 그들을 저지하려고 덤벼든 나는 마을사람들의 발길질에 그만 쓰러지고 말았고, 무동이는 애타게 언니를 부르며 그 뒤를 쫓아갔다. 가족들은 일을 이 지경까지 만들었다며 나를 원망하였고, 병묵은 "작은 계집애 하나 때문에 자신의 이상을 희생하려고 하느냐?"며 나를 비난했다. 그 말에 나는 "너에게는 너의 육친을 희생할 정도로 큰 이상이 있었더냐?"고 울부짖으며 그들의 케케묵은 '남존여비' 사상을 한탄했다.

妻の故郷(아내의 고향)

〈기초사항〉

원제(原題)	妻の故郷(一~三)	
한국어 제목	아내의 고향	
원작가명(原作家名)	본명	홍종우(洪鐘羽)
	필명	아오키 히로시(靑木洪)
게재지(揭載誌)	국민문학(國民文學)	
게재년도	1942년 4월	
배경	• 시간적 배경: 1941년대 초 • 공간적 배경: 도쿄 인근 무라야마(村山)	
등장인물	① 일본인이 되고 싶어 일본여인과 결혼한 조선인 작가 아라이 ② 아라이와 결혼한 일본인 이혼녀 가쓰코 ③ 가쓰코의 딸 시게코 등	
기타사항		

〈줄거리〉

　　일본을 동경한 나머지 일본인이 되고자 했던 아라이(新井)는, 아이가 딸린 이혼녀 가쓰코(勝子)와 결혼함으로써 그 꿈을 이루었다고 생각했다. 그런데 결혼한 지 20여일 만에 나선 처가나들이가 아라이로서는 아무래도 쑥스러웠다. 모처럼의 나들이가 즐거웠는지 소박하게나마 갖은 멋을 부리고 나선 두 모녀에 비해 아라이는 마지못해 따라나선 사람처럼 표정도 그리 밝지 않았고 걸음도 자꾸만 뒤쳐졌다. 다시 아내의 나이를 확인한 아라이는 중매인 노파를 떠올리며, 열한 살이나 어린 일본인 여자와 부부가 된 기막힌 인연에 새삼 놀라며 애써 기분전환을 해보려고 부근의 경치로 시선을 돌렸다.

　　역은 몹시 혼잡했다. 전차를 기다리는 동안 아내 가쓰코는 딸 시게코(重子)를 두고 선물을 사러 갔다. 아라이는 화려한 차림으로 파라솔을 든 여자들의 즐거움이 가득한 표정, 달콤한 목소리로 대화를 나누는 남녀들의 활기찬 모습과 지금 자신의 심경을 비교하면서 여러 가지 생각에 잠겼다. 엄마가 빨리 오지 않는다고 연신 짜증을 내는 시게코를 보며, 순간 아라이는 '만약 가쓰코가 영영 돌아오지 않는다면 혼자서 시게코를 잘 키울 수 있을까?'라는 엉뚱한 의혹에 사로잡혔다. 그가 자인하는 희생정신이 불행한 이 아이를 구한다면, 과연 이 기묘한 결혼은 행복인가 슬픔인가! 이 같은 의문이 꼬리를 물어 그의 표정은 점점 굳어졌다.

　　이윽고 가쓰코가 허둥지둥 뛰어오고 그들은 함께 아사카와(浅川)행 전차를 탔다. 중앙선 연선에 늘어선 교외의 집들, 햇빛을 받으며 빛나는 가로수, 초원 같은 밭 등의 풍경이 아라이의 눈을 즐겁게 했다. 아라이는 아내와 아이보다 자연의 아름다움에 푹 빠져버렸다.

　　환승역에 내려서 무라야마(村山)행 전차로 갈아탔다. 몹시 흔들리는 전차는 시골 풍정의 손님으로 가득 차 있었다.

　이윽고 처가에 당도했다. 일본생활에 어느 정도 익숙해졌다고는 해도 풍토나 풍속이 전혀 다른 조선 농가에서 태어난 아라이로서는 어쩐지 어색했다. 마음으론 친밀감 있게 다가가려 하지만 소극적인 성격의 그는 연신 머뭇거렸다. 가쓰코의 어머니 역시 그런 아라이가 어색했는지 그저 "어서 오세요."라는 인사만 할 뿐 별 말이 없었다. 가쓰코로부터 가족에 대한 이야기를 들으며 둘은 밖으로 나왔다.

　무라야마 저수지까지는 그리 멀지 않았다. 완만한 언덕의 찻집을 지나 굽이굽이 산줄기를 타고 올라갔다. 아라이는 높이 솟은 오래된 소나무와 삼나무, 회나무 등이 울창한 멋진 나무숲에 온통 마음을 빼앗겼다. 이윽고 저수지의 가득 찬 수면이 아라이의 눈에 들어왔다. 도쿄 시민의 목을 축여주는 이 인공저수지는 마치 잔잔하고 깨끗한 바다 같았다. 태양빛이 쏟아지자 저수지의 수면이 금파은파처럼 빛났다. 다리 끝에서 물찬 곳으로 완만한 푸른 잔디가 심어져 있었고, 그 사이에 오리떼가 한가로이 노닐고 있었다.

　일본으로 건너와서 8년을 사는 동안 여러 가지 일을 겪었고, 한 번은 어설픈 연애도 해 보았지만 아라이는 그 어느 것도 즐겁다고 여긴 적이 없었다. 그러나 자연은 그가 힘들 때마다 언제나 그를 위로해 주었고 기쁨을 주었다. 자연의 아름다움에 도취된 아라이는 "아아 좋다. 참 좋다!"를 연발했다. 가쓰코는 아라이의 팔에 매달려 걸으면서 맞은편에 있는 야마구치 저수지를 비롯하여 이곳저곳에 대해 자세하게 안내해 주었다. 두렁을 따라 걷다가 고사리 하나를 발견한 가쓰코는 그 속을 헤집고 들어가 능숙한 솜씨로 고사리를 찾아냈다. 아라이는 자그마한 몸으로 고사리를 뜯는 가쓰코가 너무 사랑스러웠다. 문득 고향에서 처녀들이 나물 캐러 갈 때 불렀던 노래가 생각나 아라이는 나무 그늘에 기대어 조선어로 그 노래를 읊조렸다. 잠시 후 가쓰코가 손에 가득 고사리를 들고 나왔다. 아라이는 애써 뜯어온 고사리를 보며 너무 사랑스러워 그녀를 꼭 껴안았다. 해가 저무는 것도 잊고 둘은 이곳저곳을 돌아다녔다. 이날 하루가 온전히 자기들만의 세상 같았다. 일본의 자연이 너무 사랑스러워 아라이는 행복감에 흠뻑 젖어 시를 읊으면서 내려왔다.

　여름의 한날은 길었다. 둘은 고사리와 나물을 가지고 집으로 돌아왔다. 모두들 돌아와 있었다. 처가 식구들과 일일이 인사를 나누고 저녁을 함께 했다. 지금까지 별말이 없던 어머니는 아직 세상모르는 철부지 딸을 잘 부탁한다며 믿음직스런 눈으로 아라이를 바라보았다. 아라이도 "이제 서로 알게 되었으니 도쿄에 놀러 올 때 들러주세요."라는 말로 인사를 대신했다.

「"다들 좋은 분들이야."
아라이는 아내에게 속삭였다. 그는 모두 알게 되어 정말 다행이라고 생각했다.
"그러니까 제가 그렇게 말했잖아요. 아아, 정말 잘됐어요."
가쓰코는 자기 일처럼 감동했다.
"그런데 내 신상에 대해서는 누구도 묻질 않더군."
"지난번에 왔을 때, 내가 다 말해뒀는걸요. 지금 새삼 또 물을 필요가 뭐 있어요."
그리고는 그의 팔을 붙잡고 이렇게 속삭였다.
"내 고향을 소개했으니까, 다음엔 당신 차례예요. 나 당신 고향에 가보고 싶어요……."
이렇게 말한 가쓰코는 그의 가슴에 얼굴을 기댔다. 그는 그것이 갸륵해서 그녀의 머리를 쓰다듬었다.

　"그럼 이번엔 '남편의 고향'인가? 당신이 그렇게 원한다면 언젠가 한 번 다녀오자고. 근데 가봤자 내 고향은 집이 있는 것도 아니고 부모형제가 있는 것도 아냐. 누이가 하나 있을 뿐이야. 그런데 오늘 맛본 당신 고향에서의 공기를 언젠가 소설로 쓰고 싶어졌어."

　"꼭 쓰도록 해요. 당신이 쓴 내 고향……. 다시 한 번 오늘 같은 즐거움을 꼭 음미하고 싶어요. 아아, 정말 행복해……."

　가쓰코는 진심으로 감격하면서 그의 손을 꼬옥 잡았다.」

- 1942년 2월 고향에서 -

ふるさとの姉(고향의 누이)

〈기초사항〉

원제(原題)	ふるさとの姉(一～三)	
한국어 제목	고향의 누이	
원작가명(原作家名)	본명	홍종우(洪鐘羽)
	필명	아오키 히로시(青木洪)
게재지(揭載誌)	국민문학(國民文學)	
게재년도	1942년 10월	
배경	• 시간적 배경: 1940년대 초 • 공간적 배경: 황해도 겸이포	
등장인물	① 누이의 집에 얹혀살다 일본으로 건너가 작가가 되어 귀국한 '나' ② 나를 업어 키운 큰누이 등	
기타사항		

〈줄거리〉

　「어머니의 태중에서부터 방랑의 운명을 짊어지고 이 세상에 태어난 나는, 타향에서 떠돌던 중 조모와 부모님과 누이들을 모두 잃고, 피를 나눈 형제 중 살아남은 이는 나이 차이가 상당히 나는 두 누이뿐이었다. 성씨가 같은 친족들뿐인 고향에서 재산도 상당히 있고 인망도 두터워 면장까지 지냈던 아버지였는데, 무슨 연유인지 중대한 과실을 범하여 하루아침에 재산을 다 날리고 마침내 친척들에게까지 금전적인 손해를 입힌 탓에 어쩔 수 없이 고향을 떠나지 않으면 안 되게 되었다. 그 무렵 어머니 뱃속에서 태동하고 있던 나는 가족이 거리에서 방황하던 때 일곱 번째로 '남존(男尊)'의 첫 남아로 태어났다. 그러나 반대로 가정이 유복하던 때 '여비(女卑)'의 여자로 태어난 누나들은 어떻게 자랐을까? 아래로 네 명의 누나는 장성하지 못하고 모두 사망하였고, 큰누나는 열두 살에 아홉 살의 어린 신랑에게 시집갔으며, 둘째누나는 열일곱에 몰락한 일가의 희생양으로 내몰려 역시 나이 어린 가난한 농부에게 보내졌다.」

　나는 어려서부터 큰누이의 등에 업혀 자랐다. 일찍 시집갔던 큰누이가 첫딸을 낳자 나는 조카와 함께 누이의 젖을 나눠먹으며 자란 탓에 누이의 가슴이 어린 나에게는 우주와도 같았다. 그런데 큰누이는 내리 딸만 넷을 낳은 데다 친정식구까지 돌본다는 이유로 시어머니로부터 갖은 구박을 당했다. 결국 큰누이는 시댁에서 쫓겨나다시피 분가해야 했지만, 나는 여전히 큰누이 집에 얹혀살며 농사일을 도왔다. 그렇게 지내면서 마을의 사립소학교 과정을 마친 나는, 8년간 닥치는 대로 일을 하다 일본으로 건너가 규슈, 오사카, 도쿄 등등을 5년 정도 전전했다.
　마침 어머니의 임종 때 출장을 겸해서 돌아왔는데 2개월 정도 여유가 있어서 그리운 큰누이의 집을 찾았다. 그런데 큰누이에게서는 옛날의 따스했던 애정을 찾아볼 수 없었다. 이미 큰누이는 10남매를 둔 어머니로, 남편과 외아들에게 거의 집착하다시피 모든 것을 쏟아붓고 있어서, 나 같은 동생은 안중에도 없는 것 같았다. 한 달쯤 후 씁쓸한 마음으로 돌아가려는데, 큰누이가 뒤따라 나와, 솜으로 누빈 옷과 여비를 쥐어주며 "나는 너를 키우면서 훌륭한 사람이 되길 바랐다. 이제 두 번 다시 내 집에 오지마라."라며 몰래 눈물을 훔쳤다. 이렇게 헤어진 나는 만주 신징(新京)에서 소정의 일을 마치고 곧장 도쿄로 돌아갔다. 그리고 누이들과는 왕래 한 번 없이 또 5년의 세월이 흘렀다.
　도쿄에서 작품 1편을 발표하고 나는 드디어 작가로 이름을 날렸다. 그리고 짧은 결혼생활의 실패로 부쩍 고향과 누이가 그리워진 나는, 첫 작품의 속편을 쓸 요량으로 다시 고향을 찾기로 결심했다. 벅찬 가슴을 안고 겸이포역에 내려 누이의 집을 찾아갔다. 그런데 누이들은 2년 전부터 10리 정도 떨어진 공사장에서 노동자들을 상대로 작은 상점을 하고 있다고 했다. 또 매부가 첩을 두고 있던 까닭에 가정에 풍파가 끊이지 않았고, 큰누이는 결국 정신이상까지 일으킬 정도였다고 했다.
　의외의 소식에 실망한 나는 그냥 가버릴까 하다가 결국 큰누이의 집을 찾아갔다. 오랜만에 본 큰누이의 모습은 무서운 병마에서 구사일생으로 살아난 듯 몰골이 처참했다. 그래도 오랜만에 큰누이를 만난 반가움에 나는 도쿄에서 저서를 출판하고 문단에 등단한 이야기를 전하며, 받은 원고료 중에서 100원을 누이에게 맡아달라고 했다. 그런데 누이보다도 매부가 더 나의 금의환향을 칭찬하며 앞으로 외아들 홍일(弘一)을 잘 부탁한다고 했다.
　돌아오길 잘했다며 반기는 큰누이에게 고마움을 느끼며 큰누이가 차려준 밥을 먹은 후 피곤이 몰려와 그대로 잠이 들었다. 한참 깊은 잠에 빠져있는데 갑자기 귀를 찢는 듯한 고함소리가 들렸다. 캄캄한 방 안에서 큰누이가 험악한 얼굴로 매부에게 소리치고 있었다. 큰누이는 점점 더 격앙되더니 매부의 등과 머리를 닥치는 대로 때렸다. 가끔 발작을 일으킨다는 큰누이의 광적인 태도는 지난날 매부의 바람기를 떠올리며 자신의 화를 이기지 못한 때문인 것 같았다. 홍일이 길길이 날뛰는 큰누이를 밖으로 끌고나가서 진정시키지 않았더라면 큰누이의 발작은 밤새 계속되었을지도 모른다. 귀한 외아들 홍일의 위로만이 큰누이의 울분을 삭여줄 수 있는 모양이었다.

그런데 이상한 것은 다음날 아침 큰누이의 밝은 모습이었다. 언제 그랬냐는 듯이 나를 위해 닭까지 잡으며 갖가지 음식을 준비하는 게 아닌가. 온 가족이 큰누이가 정성들여 차린 밥상 앞에 둘러앉았다. 화기애애하게 아침식사를 마치고, 매부가 겸이포 마을로 나가자 나도 화물로 보낸 짐을 찾으러 나갔다. 사흘정도 머물다가 실로 17년 만에 드디어 큰누이와 함께 고향 마을로 돌아왔다. 큰누이는 내 손을 꼭 잡고서 아버지가 살았던 때처럼, 옛 집터에 새로 집을 지어 멋지게 살아달라고 부탁했다.

고향에 온 지 벌써 반년이 흘렀다. 그런데 나는 고향 집보다 오히려 큰누이의 집에서 지내는 날이 많았다. 큰누이는 지금 내 색시를 찾는 일에 동분서주하고 있는 모양이다.

- 1942년 6월 고향에서 -

見學物語(견학 이야기)

〈기초사항〉

원제(原題)	見學物語	
한국어 제목	견학 이야기	
원작가명(原作家名)	본명	홍종우(洪鐘羽)
	필명	아오키 히로시(靑木洪)
게재지(揭載誌)	국민문학(國民文學)	
게재년도	1943년 12월	
배경	• 시간적 배경: 어느 해 여름 • 공간적 배경: 부산행 기차 안, 진해	
등장인물	① 해군부대 견학을 위해 여정에 오른 '나'와 일행 ② '연맹'이라는 별명을 가진 시인의 아버지 ③ 진해의 해군경비부 참모장 등	
기타사항	<글의 차례: 서언 - 어둠에 빛 - 새벽녘의 조선 - 총독의 시찰담 - 시찰대의 구성원 - 환승역에서 - 바다의 기운 - 봄은 벚꽃, 가을은 코스모스 - 혈서지원 500 - 해군감화의 마을 - 내선일체론 - 바다를 건너다>	

〈줄거리〉

8월 28일 한밤중, 나는 동지들과 함께 급행열차에 몸을 실었다.

기차는 어둠속에서 빛을 발하며 각자에게 주어진 사명을 위해 일본으로 향하는 우리를 비롯해 많은 승객들을 태우고 목적지인 부산을 향해 어둠속을 힘차게 달렸다. 태어나서 처음으로 기차 침대에 누워 잠을 청했으나 나의 '희망'은 끊임없이 '빛'으로 꿈틀거렸다.

고독과 방랑을 생활의 발판으로 살아온 나는 10년 전부터 '방랑열차'를 타기 시작하여, 만주 곳곳과 일본 본토 곳곳을 정처없이 유랑했었다. 그때도 나는 '조선의 새벽'을 얼마나 갈망했는지 모른다.

마침 해군경비부의 후원으로 일본해군을 시찰할 수 있게 되었는데, 그것을 계기로 그곳에서의 감동과 조선청년들에 대한 나의 희망을 글로 써서 앞으로 새로운 세계를 개척해 나갈 고향소년들의 마음을 깨우쳐주고 싶었다.

나는 밝아오는 새벽, 멀리 닭 울음소리를 들으며 기차의 승강대로 나왔다. 여기는 조선의 어디쯤일까? 충북? 아니면 경북일까? 이런 궁금증에도 아랑곳없이 열차는 정해진 궤도 위를 달렸다. 차 안은 몹시 더웠다. 우리 일행은 잠자리에서 일어나 얼굴을 씻고 준비해 온 도시락으로 아침을 먹었다. 예정된 순서에 따라 진해의 해군경비부에 들러야 했기 때문에 우리 일행은 환승역인 삼랑진역에서 내렸다. 나는 차림새 때문에 동료들로부터 '포로(捕虜)'라는 별명을 얻었던 터라, 환승기차를 기다리는 동안 일종의 앙갚음으로 모두에게 별명을 붙여주기로 했다. 우선 일행 중 가장 젊고 도쿄대학을 나와 어느 문예잡지에 『태백산맥』이라는 장편소설을 집필하고 있는 친구에게 '태백(太白)'이라는 칭호를 헌상했다. 다음으로 언문과 국문(일본어)소설을 쓰는 이에게는 '유령(幽靈)'이라는 별명을, 시인으로 연맹에서 일하고 있는 일행의 인솔자에게는 '연맹(聯盟)', 또 가장 연배인 화백은 양반 특유의 걸음걸이 때문에 '양반(兩班)'이라 불렸고, 모 백작과 같은 성을 가진 대장에게는 '백작(伯爵)'이라는 별명을 붙였는데 모두 이의 없이 찬성했다.

이윽고 일행은 진해행 열차에 올랐다. 얼마나 달렸을까, 바다가 가까워졌는지 소금기 있는 바람이 창문으로 들어왔다. 이곳 진해는 과연 군항이었다. 개찰구를 빠져나가는 하얀 제복을 입은 수병들의 모습은 이 군항에 첫발을 디딘 우리에게 한층 빛나는 인상을 심어주었다. 본부로 가는 넓은 도로 양측에는 어린 벚나무가 늘어서 있었고, 신선한 해풍은 그 가지와 잎을 간지럽히고 있었다. 머잖은 장래에 이곳을 무대로 바다의 용사가 될 조선청년들이 한없이 부러웠다. 이곳에서 태어나고 자랐다는 '연맹'도 "봄은 벚꽃, 가을은 코스모스."라며, 이곳이 조선에 둘도 없는 시인들의 세계임을 자랑스러워했다.

수차례의 통과절차를 마치고 드디어 해군본부 응접실로 안내받은 우리일행은 참모장과 가볍게 인사를 나누었다. 일동을 대표하여 '백작'이 정중하게 인사를 한 다음, 조선에 내려진 <해군특별지원병령>을 축하하며, 일본 출발에 앞서 해군학교 견학을 하게 되어 기쁘고 고맙다는 말도 전했다. 그리고 이번 해군지원병에 기대이상으로 많은 조선청년들이 응모했으며 그 중에 혈서지원자가 500명이나 된다는 참모장의 말에 우리는 놀라지 않을 수 없었다. 그러나 조선인의 해군에 대한 인식이 아직 초보단계이기 때문에 우리 일행의 일본해군 견학에 거는 기대는 남달랐다. 우리 일행은 막중한 사명감을 느끼고 굳은 결의를 보이며 그곳을 나왔다.

점심때가 지나 어지간히 배가 고팠던 우리는 마을로 들어갔다. 모두 일본식 가옥뿐인 이 마을은 어디를 가도 질서 있고 깨끗했다. 나는 마치 내 희망이 이 마을에서 이루어진 것 같은 기쁨을 느꼈다. 우리는 '연맹'의 본가로 발길을 옮겼다. 나무판자 담으로 둘러싸인 2층집이었다. 차례로 목욕을 마치고 산뜻해진 기분으로 준비된 방에 들어가니 벌써 술자리가 시작되고 있었다. 나는 '연맹'의 아버지에게 잔을 권했다.

「"아버님, 이곳은 참으로 좋은 곳이네요. 저는 여러분의 노력과 성의가 많이 깃들어 있다고 생각하는데, 언제부터 이곳에 정착하셔서 이렇게 훌륭하게 세우셨습니까?"

"훌륭하다고 해주시니 몸 둘 바를 모르겠소만, 우리가 처음 왔을 때는 정말이지 말도 못할 정도였습니다. 나는 러일전쟁 직후 전쟁터에서 곧바로 이곳으로 왔는데, 저 아들놈들도 모두 이곳에서 태어났지요. 이곳은 우리의 고향이 되었어요. 이곳이 이렇게 번창한 것은 다 해군의 힘 덕분이라 할 수 있어요. 그때에 비하면 조선도 완전히 달라졌어요."

"참 고마운 일이군요. 그래서 저는 내선일체의 실천은 두 가지 방법으로 실현되어야 한다고 생각합니다. 그 하나는 현대 조선의 청장년층의 군대교육에 의한 방법으로, 이것은 방법이라는 말로 논하기에는 적합하지 않습니다만. 그리고 또 하나는 내선인의 친밀한 교류를 통해 자연발생적으로 이어지는 내선결혼이라고 생각합니다. 그런데 저는 현재의 내선일체가 영 탐탁지 않습니다. 우리는 모두 일본식 교육을 받고 일본어로 말하면서 왜 재래의 조선생활에 연연하는 걸까요? 왜 온돌생활에 집착할까요? 조선인 대부분이 일본에 있는 동안에는 다다미생활을 잘도 하면서 조선에 돌아오면 다시 도로아미타불입니다. 그건 실로 어이가 없는 일이지요.……"」

우리는 그렇게 '연맹'의 집에서 환대를 받은 후 다시 부산행 기차에 몸을 실었다. 그런데 기차가 늦어진 탓에 밤 10시 30분에 부산을 출항하는 시모노세키(下関)행 마지막 배를 놓쳐버렸다. 우리는 하는 수 없이 새벽 1시에 출항하는 하카타(博多)행 배를 기다릴 수밖에 없었다. 나는 15, 6년 전 일본을 동경해 이곳에 왔던 일을 떠올리며 바닥에 드러누워 어슴푸레 잠이 들었다. 얼마나 지났을까? "드디어 출범이다!"라며 흔들어 깨우는 소리에 잠에서 깼다. 그리고 잠시 떠나있을 동안 고향 소년들의 건강을 빌며 배에 올랐다.

安東盆雄(안도 마스오)

—

안도 마스오(생몰년 미상) 소설가. 본명 미상. 別名 안도 겐지(安東絃二)

105

약력

1936년　　　교토(京都)의 료요(兩洋)중학교를 졸업하였다.
1942년　　　5월 「국민문학(國民文學)」에 일본어소설 「젊은 힘(若い力)」을, 12월 「내선일체」에 「바닷바람(汐風)」을 발표하였다. 혜화전문학교에 재학 중이었다.
1943년　　　5월 「국민문학」에 일본어소설 「산들바람(晴風)」을 발표하였다. <조선문인보국회> 회원으로 활동하면서 5월에 「국민문학」에 일본어르포 「도장생활의 일단 - 함북총력전도장 방문기(道場生活の一端 - 咸北總力戰道場訪問記)」를 발표하였다.

　안도 마스오(安東盆雄)에 대해서는 거의 알려진 바가 없다. 다만 1936년 교토(京都)의 료요(兩洋)중학을 졸업한 후 도쿄에 머물던 때 안도 겐지(安東絃二)로 불렸다는 것, 그리고 조선으로 돌아온 후에는 몇 편의 글을 쓰면서 재적지(在籍地)인 함경도를 전전하였다는 것 정도만이 알려져 있다.

105-1

若い力(젊은 힘)

〈기초사항〉

원제(原題)	若い力
한국어 제목	젊은 힘

원작가명(原作家名)	본명	미상
	필명	안도 마스오(安東益雄)
게재지(揭載誌)		국민문학(國民文學)
게재년도		1942년 5·6월 합병호
배경		• 시간적 배경: 어느 해 겨울 • 공간적 배경: '송상리'라는 어느 시골마을
등장인물		① 교육을 통해 마을의 정신을 바로잡으려는 젊은 교장 마키야마 신이치 ② 도자기를 구워 가족을 부양하는 기평 ③ 기평의 장남 도쿠지 등
기타사항		<조선문인협회> 현상 당선소설

〈줄거리〉

언제부터인지 알 수 없지만 마을입구에 있는 둔덕을 마을 젊은이들 간에는 아리랑고개라
고 불렀다. 마키야마 신이치(牧山信一)교장은 아리랑 민요에서 스며나는 애수를 가슴에 그
리며 이 고개에 뭔가 깊은 사연이 있으리라는 생각으로 솔바람 부는 고갯길을 넘어 마을로 들
어섰다. 길은 두 갈래로 갈라져 약간 높은 곳에 '국민정신총동원 송상리연맹'이라는 표지판
이 세워져 있었다.

30대의 젊은 교장은 의지에 불탔다. 시대의 변화와 상관없이 옛날 그대로인 이 학교를 개축
하고, 6년제로의 학급증가를 실현하기 위하여 교장 신이치는 부임 당시부터 여러 가지 계획
을 세웠다. 그 계획을 추진하려면 자금이 필요했기에 궁리 끝에 신이치는 우선 오래된 창고에
서 고문서를 꺼내어 일일이 확인해 보았다. 그 결과, 학교의 기본재산은 옛 마을 소유의 전답
과 임야를 기부 받을 수 있다는 것을 알아냈다. 금액으로 환산하면 15,000원이 넘는 4~5년
전의 미수된 기부금승낙서도 찾아냈다.

신이치는 직원들과 함께 마을을 돌며 사정을 알아보았다. 그런데 기부금승낙자의 아이
들은 이미 학교를 졸업했거나 혹은 집을 떠나 있어서 징수하기 어려웠다. 이러한 기부금 승
낙서에 기평(基平) 일가도 포함되어 있었다. 신이치는 기평의 가마터까지 찾아갔지만 기평
의 처지가 너무 어려운 터라 말도 꺼내지 못했다. 아들 도쿠지(德次)가 없는 가마일이 기평
에게는 몹시 힘들어 보였다. 소학교(초등학교)를 졸업하자 일본으로 가겠다는 것을 겨우 뜯
어말리고 도자기 굽는 일을 돕게 했던 도쿠지가, 얼마 전 지원병훈련소에 입소하였기 때문
이다.

기평의 가마는 시대의 변화와 무관하게 옛날 그대로의 방식을 고수하고 있었다. 그런 가운
데서도 기평은 거의 폐인이나 다름없는 아흔 노모에, 2남 2녀와 동생까지 부양하기 위해 일
년 내내 뜨거운 가마 앞에서 전시(戰時) 대용품을 구워냈다.

기부금 성격상 강제로 징수할 수는 없었지만 그래도 끊임없이 노력한 끝에 모여진 돈이 어
느새 3천 원이 넘었다. 빈곤 속에서도 자녀의 교육만큼은 열의가 상당했던 농민들은 신이치
에게 보람과 기쁨을 안겨주었다.

어느 날 밤, 기평부부가 허둥지둥 뛰어와 신이치를 찾았다. 도쿠지에게서 온 편지를 읽어달
라는 것이었다. 편지를 읽는 동안 신이치는 도쿠지의 나라에 대한 충성심에 감격했다. 그리고
기평의 답장과 함께 자신도 도쿠지에게 감격의 편지를 써서 보냈다.

도쿠지가 훈련소에서 돌아오는 날 마을사람들은 어른 아이 할 것 없이 아리랑고개를 넘어 역으로 마중을 나갔다. 불과 6개월 만에 의젓한 모습으로 돌아온 도쿠지를 보며 기평과 신이치는 감격했다. 다음날 신이치는 도쿠지를 학교로 초대하여 학생들과 좌담회 형식으로 지원병훈련소에서의 경험을 학생들에게 들려주게 하였다.

　　그러던 어느 날 도쿠지는 마을에서 4명이 지원병에 합격했다는 소식을 전해 듣고 이윽고 입영통지서를 받았다. 도쿠지가 뛸 듯이 기뻐하며 자랑하자 기평과 신이치는 싱글벙글 기뻐 어쩔 줄 몰라 했다.

　　도쿠지가 지원병으로 입소하는 오늘은 날씨가 한층 맑았다. 어제 내린 눈이 푸른 하늘과 어우러져 눈부신 은백의 세계를 만든 가운데 근래에 드물게 따사로워 마치 이른 봄날 같았다. 기평의 집 앞에는 '축 입영, 축 입소'라고 쓴 현수막이 걸리고 일장기를 든 군중이 색색의 깃발 아래 길게 정렬하고 있었다. 오늘의 용사들을 선두로 700명에 달하는 군중은 군가에 발맞추어 마을의 아리랑고개를 넘어 집합장소인 경찰서 쪽으로 향했다. 그곳은 이미 군중들로 꽉 차 있었다. 그곳에서 더 큰 무리가 된 군중들은 줄지어 마을 신사로 향했다. 궁성요배 등의 의식을 마친 군중들은 신진 용사들에게 격려의 말을 건넸고, 용사 중에서 대표가 나와 감사의 뜻과 그 결의를 말했다. '천황폐하 만세' 소리와 함께 군중들은 군가를 외치며 일장기를 하늘 높이 치켜들고 역 쪽으로 이동하기 시작했다. 기평은 아들 도쿠지가 자랑스러웠다. 감격에 겨운 기평은 도쿠지에게 집 걱정은 말고 맨 앞장서서 가라고 격려했다. 이윽고 열차 진입 신호기가 내려지고 새카만 열차가 요란하게 기적을 울리면서 들어왔다. 그것을 보던 군중들은 일제히 깃발을 흔들며 노래를 불렀다.

　　「천황의 부름을 받아
　　생명이 태동하는 이른 새벽
　　격려하며 보내는 1억의
　　환호는 높이 하늘을 찌르네
　　자! 가라 용사여, 일본남자여」

　　기차가 역 구내를 빠져나가자 순간 쥐죽은 듯 고요해졌다. 군중들은 줄줄이 역을 빠져나갔고 도쿠지를 배웅한 일행도 마을 쪽으로 발길을 돌렸다. 묵묵히 걷고 있던 신이치는 묘한 흥분에 이끌려 계속해서 "직역봉공!"을 외쳤다.

　　아리랑고개에 다다를 즈음 뒤돌아보니, 멀리 눈 덮인 들판 가운데에 있는 마을은 언제 그랬냐는 듯이 겨울의 적막함으로 돌아가 있었다.

晴風(산들바람)

〈기초사항〉

원제(原題)		晴風
한국어 제목		산들바람
원작가명(原作家名)	본명	미상
	필명	안도 마스오(安東益雄)
게재지(揭載誌)		국민문학(國民文學)
게재년도		1943년 5월
배경		• 시간적 배경: 어느 해 겨울 • 공간적 배경: 어느 항구마을
등장인물		① 야학교사 상준 ② 야학에 다니는 효옥 ③ 야학을 그만두고 기생이 된 종희 ④ 돈 때문에 딸을 팔아넘기려는 효옥아버지 등
기타사항		작품말미에 (第一部終)으로 표기된 미완성

〈줄거리〉

상준(相俊)이 일하고 있는 학원은 주야간 2부로 나뉘어져 있었다. 주간부와는 달리, 3년 동안 국어(일본어)와 산술만을 가르치는 야간부는 15세 이상의 여성으로 편성되어 있어서, 교실정돈이나 학교의 커튼과 테이블보 또는 교직원의 의복세탁은 물론 학생간의 투쟁문제도 자치적으로 해결하도록 되어 있었다.

어느 날 밤, 상준이 담임을 맡고 있는 학급에서 싸움이 일어났다. 기생이 되려고 하는 종희(鐘姬)에게 효옥(孝玉)이 욕을 한 데서 비롯된 싸움이었다. 상준의 중재로 둘이 화해는 하였지만 그 후로 종희는 모습을 감추고 말았다. 그때부터 상준은 효옥을 비롯한 이곳 여학생들의 졸업 후의 진로에 대해 특별한 관심을 갖기 시작했다.

어느 날 야학을 마치고 상준은 모임이 있어서 읍내의 요정에 나갔다가 우연히 거기서 일하고 있는 종희를 만났다. 종희의 천연덕스러운 모습에 상준은 화가 났지만 동생들을 공부시키기 위해서는 어쩔 수 없었다는 종희의 사연을 듣고 나니 오히려 연민이 느껴졌다. 마침 효옥의 일이 떠올라 상준은 종희로부터 효옥의 가정형편과 사는 집을 알아낼 수 있었다.

상준은 그날로 효옥의 집을 찾아갔다. 효옥은 학생의 뒷조사나 하고 다니냐며 불쾌해했지만, 상준의 본마음은 학생을 바르게 이끌기 위한 것이었고, 또 자신이 담임을 맡고 있는 한 종희의 전철을 밟게 하고 싶지는 않았다.

며칠 후 야학이 끝나 모두들 집으로 돌아간 뒤 효옥이 직원실로 뛰어 들어왔다. 그녀는 아버지가 자신을 찾으러 오고 있으니 절대로 집을 가르쳐주지 말라는 말만 남기고 서둘러 직원실을 빠져나갔다. 아니나 다를까 겨우 마흔을 넘긴 정도로 보이는 효옥아버지가 찾아와 다짜고짜 효옥의 집을 알려달라고 했다. 상준은 대충 얼버무리다가 2, 3일 후에 다시 한 번 들러보라며 돌려보냈다.

이런 일이 있고나서 효옥은 일요학교에도 나오지 않았다. 좀처럼 결석한 일이 없던 그녀가 느닷없이 나오지 않는 것이 마음에 걸려 상준은 일요학교가 끝나자마자 효옥의 집을 찾아갔다. 그리고 효옥과 어머니를 만나 효옥아버지에 대한 내력을 들었다. 술과 여자밖에 모르는 효옥아버지는 가정을 돌보기는커녕 집안에 돈만 있으면 빼앗아가 술집에 틀어박혀 지냈다. 그러다 돈이 떨어지자 효옥을 팔아버리려고까지 했고, 그때부터 4년 동안 효옥과 어머니는 아버지를 피해 숨어살고 있다고 했다.

그런 아버지에게 발견될까봐 불안해하는 모녀를 보니 상준은 왠지 가슴이 아렸다. 이 학교를 졸업한 후에 요정 같은 곳으로 흘러간, 예컨대 종희와 같은 경우에도 배후에 효옥의 아버지 같은 부류의 인간이 있을 것이라 생각하니 상준은 슬그머니 화가 났다.

그런데 며칠이 지나도 효옥아버지는 나타나지 않았다. 단념했을 거라는 생각도 들었지만 한편으론 뭔가 책동하고 있을 것 같은 생각이 꼬리를 물었다. 아니나 다를까 야학이 끝나면 효옥에 대해 캐묻고 다니는 이상한 남자가 있다는 소문이 돌았다. 야학을 마친 상준은 학생들이 가르쳐준 대로 건널목을 지나 조그만 공터로 가보았다. 짐작대로 효옥아버지가 지나가는 학생을 붙잡고 효옥이 학교에 나오는지를 묻고 있었다. 상준이 나타나자 효옥아버지는 그다지 기죽은 기색도 없이 잰걸음으로 상준을 따라 직원실로 들어왔다.

상상했던 것과는 달리 효옥의 아버지는 난폭하지도 않고 오히려 순순히 상준의 말에 수긍하는 듯 보였다. 그날 이후로 그는 학교 앞에 나타나지 않았다. 효옥은 다시 야학에 다니게 되었다. 그래도 혹시나 싶어서 상준은 한동안 야학이 끝나면 효옥을 집까지 데려다 주었다. 이제는 혼자 다녀도 되겠다 싶어 효옥을 혼자 다니게 했는데, 어느 날 야학이 파하고 학생들이 모두 돌아갔을 즈음 한 학생이 급하게 뛰어와서 효옥이 키 큰 남자들에게 심하게 맞고 있다고 알려주었다. 순간 상준은 피가 역류하는 것을 느꼈다. 상준은 출입구 옆에 세워진 목검을 들고서 단숨에 학생이 가르쳐준 곳으로 뛰어갔는데 아무도 보이지 않았다. 어딘가로 끌고 갔으리라는 생각에 상준은 캄캄한 제방을 따라 걷기 시작했다. 제방 경사면에서 여자의 흐느끼는 소리가 들렸다. 상준은 급히 소리 나는 곳으로 가보았다. 검은 두 그림자가 한 여자를 가운데 두고 앉아있는 모습이 보였다. 예상대로 효옥아버지였다. "어서 네 에미가 있는 곳을 말해. 아니면 이대로 아버지랑 갈 거냐?"라며 효옥을 다그치고 있었다. 상준은 단숨에 뛰어가 두 거한을 힘껏 걷어찼다. 두 거한은 불시의 습격에 언 강 위로 굴러 떨어졌다.

「"이 사기꾼 놈! 내 학생을 어떻게 하겠다고? 다시는 안 속는다. 자, 덤빌 테면 덤벼봐라! 이 목검으로 머리를 박살내 줄 테다!!"

큰소리로 옥박지르며 단단한 떡갈나무 목검을 허공에 휘둘렀다. 붕붕 바람을 가르는 불길한 소리가 사방으로 울려 퍼졌다.

"잘 들어 둬. 우리나라는 지금 국운을 걸고 큰 전쟁을 하고 있다. 국민들 한 사람도 빠짐없이 전쟁에 참가하고, 한 사람도 빠짐없이 전쟁을 수행하기 위해 일터에서 일해야 할 이때에, 네놈들은 뭐냐? 장래 병사의 어머니가 될 자기 딸을 돈벌이로 이용하려는 놈! 그러고도 네가 인간이냐? 일본인이냐? 효옥에게 손가락 하나라도 대면 가만두지 않겠다. 불만 있으면 경찰에든 재판소에든 나와 봐. 아니면 여기서 덤비든지."」

상준은 성난 사자처럼 포효했다. 그리고는 효옥의 손을 잡고 제방 위에 서서 어둠속에 멍하니 서 있는 두 남자를 내려다보았다.

金園正博(가나조노 마사히로)

—

가나조노 마사히로(1924?~ ?) 소설가, 평론가. 본명미상.

106

약력

1942년	3월 경성상업실천학교(京城實踐商業) 3학년에 재학 중, 「동양지광(東洋之光)」에 일본어소설 「누나는 어디에(姉は何処に)」를 발표하였다.
1944년	5월 「동양지광」에 일본어소설 「무장(武裝)」을 발표하였다.

106-1

姉は何処に(누나는 어디에)

〈기초사항〉

원제(原題)	姉は何処に(一~六)	
한국어 제목	누나는 어디에	
원작가명(原作家名)	본명	미상
	필명	가나조노 마사히로(金園正博)
게재지(揭載誌)	동양지광(東洋之光)	
게재년도	1942년 3월	
배경	• 시간적 배경: 1941년 겨울부터 이듬해 1월 • 공간적 배경: 경성	
등장인물	① 신문배달부 박영철 ② 일본에 간 누이를 찾아 조선에서 온 다나카 스스무 ③ 마음씨 좋은 신문보급소 사장 등	
기타사항	작품 앞에 가네무라 류사이(金村竜済, 김용제)의 '소개의 말(紹介の言葉)'이 실림.	

* 소개의 말: 작자 가나조노(金園)군은 경성상업실천학교(京城實踐商業) 3학년생으로 아직 18세의 조선소년이다. 처음 아주 갑작스럽게 찾아온 이후부터 참으로 열심히 나를 찾아왔다. 나는 그의 작품을 세 편 정도 읽고 첨삭이나 주의 등을 해주었는데, 이번에는 내 쪽에서 그의 소질에 흥미를 가지고 뭐든 새로운 작품을 써 와보라고 권했다. 그랬더니 본 작품의 테마에 대해 상담을 해온 것이다. 나는 그 구성에 대해 약간의 암시를 해주었고, 그가 마침내 써온 것이 바로 본 작품이다. 이 원고에서는 다만 자구적인 수정만 했을 뿐이다. (金村龍濟)

<대동아전쟁(태평양전쟁)>이 발발한 이후 박영철(朴英喆)은 호외와 신문을 돌리느라 전에 없이 아주 바쁜 하루하루를 보내고 있었다. 특히 연이은 승전뉴스를 담은 호외를 배달할 때는 군중들은 불에 기름을 퍼부은 듯 너도나도 호외를 낚아채갔다. 그럴 때면 영철은 기쁨의 비명을 질렀고 또 자신의 두 다리가 중대한 역할을 하고 있다는 자부심을 느꼈다.

지금도 영철은 한 다발의 호외를 다 돌리고 발걸음도 가볍게 왔던 길을 되돌아가고 있었다. 그런데 한 번화한 거리에 이르렀을 때 여느 때와 달리 사람들이 웅성거리며 모여 있는 모습을 목격했다. 무슨 일인가 궁금해진 영철은 인파를 헤치고 무리속으로 들어가 보았다. 거기에서는 뜻밖의 광경이 펼쳐지고 있었다. 열일곱쯤으로 보이는 한 소년이 길바닥에 뭔가 글씨를 쓰고 있는 게 아닌가.

「지금 소년이 분필로 쓰고 있는 글씨를 읽어보았다. 한자가 섞인 가타카나의 낯선 글씨로 "나는 오직 한 명뿐인 누나를 찾아 일본에서 머나 먼 조선까지 왔습니다. 누나의 이름은 다나카 기요코(田中キヨ子)라고 하고, 나이는 스물 네 살, 본적은 오사카시 스미요시구 다마치입니다. 나는 벙어리입니다. 그래서 누구에게도 사정을 말할 수 없습니다. 혼자 누나를 찾아왔지만 여비도 떨어져 곤경에 처해 있습니다."

여기까지 쓰고 난 후 소년은 쓰윽 눈물을 훔치는 듯하더니 잠시 후 다시 쓰기 시작했다. "남들은 나를 벙어리라고 바보취급 하지만, 나는 결코 바보가 아닙니다. 나는 지금 일하고 싶습니다. 누군가 일하게 해주세요."」

박영철은 벙어리라는 이 소년과 소년이 쓴 '일하고 싶다'는 글귀에 놀라고 감동했다. 그리고 무엇보다 누나를 찾겠다는 소년의 일념과 벙어리라는 이유로 세상에서 받을 학대 등을 생각하며, 그에 대한 동정의 마음을 억누르지 못하고 소년에게 다가갔다. 영철은 소년을 데리고 만두집으로 갔다. 그리고 연필로 자기와 신문배달을 해보겠느냐는 질문을 써서 소년에게 보여주었다. '다나카 스스무(田中進)'라고 이름을 써보인 소년은, 그런 영철에게서 '같은 민족 같은 동포에 대한 두터운 열정의 불꽃과 억누를 수 없는 인류애'를 느끼며 그 일을 꼭 하게 해달라고 부탁했다.

만두가게에서 나온 영철은 스스무를 데리고 곧장 신문보급소로 가서 사장에게 사정을 이야기했다. 영철의 이야기를 들은 사장은 사람은 필요하지만 벙어리인 것이 마음에 걸린다며 안타까워했다. 그런데 바로 그때 완전히 벙어리인줄 알았던 스스무가 어눌한 말투로 "조, 금, 은 말할, 수, 있어, 요."라고 사장을 안심시키려는 듯 입을 열었다. 깜짝 놀란 사장은 그런 스스무에게 어떻게 해서 누나를 찾아 이곳까지 오게 되었는지 사연을 이야기해 달라고 했다. 스스무는 거의 울먹이며 누나를 찾아오게 된 사연을 띄엄띄엄 말하기 시작했다. 영철은 놀란 마음을 진정시키지 못한 채 스스무의 이야기를 들었다.

스스무는 세 살이 되도록 말을 제대로 하지 못했다. 두려움에 휩싸인 그의 부모님은 그를 병원에 데리고 갔고, 그때 비로소 스스무가 벙어리라는 사실을 알게 되었다. 크게 절망한 부모님은 스스무가 커서 농아학교에 다니게 되었을 때 이미 세상을 떠나고 안 계셨고, 그에게는 오직 누나 혼자 남게 되었다. 부모님이 남기고 간 유산도 없이 생활에 쫓기던 중, 누나 기요코는 돈을 벌기 위해 조선으로 건너가고, 스스무는 농아학교의 기숙사로 보내졌다. 그런데 조선으로 간 누나에게선 소식 한 장이 없었다. 결국 스스무는 학교를 그만두고 누나를 찾기 위해 무작정 조선으로 건너왔다. 하지만 어디 사는지도 모르는 누나를 찾기란 결코 쉬운 일이 아니었다. 결국 스스무는 일을 하면서 누나를 찾기로 결심하게 되었다고 했다.

영철은 스스무를 자기 방에 함께 지내게 해주었고, 그의 누나의 인상착의를 물어 매일 신문을 돌리면서 스스무와 함께 누나를 찾아보려고 애를 썼다. 그러던 12월 말의 어느 따사로운 날, 스스무는 황군의 연이은 승전기사를 실은 신문을 자랑스러운 기분으로 배달하다 누나와 꼭 닮은 여인을 보고 하마터면 '누나!'라고 부를 뻔 하기도 했다. 하지만 그는 결코 포기하지 않았다. 자신을 걱정해주고 격려해주는 영철과 '칠전팔기'라는 격언을 떠올리며 마음을 다잡고는 하였다.

그렇게 해가 바뀌고 1월 중순의 어느 날, 경찰의 호출을 받고 나갔다온 스스무는 어눌한 말투로 누나의 행방을 알아냈노라고 외쳤다. 정말 예기치 않은 뜻밖의 소식이었다. 게다가 놀라운 것은 스스무의 누나가 바로 얼마 전 그들의 고향인 오사카로 돌아가서 스스무를 찾고 있다는 것이다. 사실 누나는 조선에 오자마자 병에 걸려 돈도 벌지 못하고 동생에게 소식도 전하지 못했다. 다행히 병이 완치된 후 공장에서 일하게 되면서 동생에게 편지를 보냈지만 그때는 이미 스스무가 학교를 떠난 뒤였고, 반송된 편지에 놀란 누나는 얼마간 돈을 모아 동생을 찾기 위해 오사카로 돌아갔던 것이다.

스스무는 자신이 오사카로 돌아가는 것을 안타까워하는 영철과 사장에게 누나와 금방 다시 돌아오겠다고 다짐하였다.

「드디어 스스무가 떠나는 날이 되었다. 맑게 갠 날 오후였다. 경성의 포장도로에는 녹기 시작한 눈이 질척질척 신발에 엉기는 따사로운 날이었다. 길이 나빠서 걷는 것이 쉽지 않았기에, 그는 역으로 가는 전철에 몸을 실었다. 박영철도 함께였다.

"날이 진짜 따뜻하군. 이렇게 눈이 녹았으니……."

전철에서 내려 걷고 있던 박영철이 이렇게 말을 꺼냈다.

"이윽고…… 머잖아 봄이 오는가……." 혼잣말처럼 또 중얼거렸다.

역에 도착한 스스무는 플랫폼으로 나가려다 말고 다시 한 번 박영철을 돌아보았다. 바로 그 순간 두 사람의 시선이 마주쳤다. 데일 듯이 뜨거운 시선이었다.

"돌아올 때는 편지 보내. 내가 마중 나올 테니까."

영철이 이렇게 말하고 스스무의 시선을 피하면서 가볍게 손을 내밀었다.

스스무도 화답하듯 말없이 손을 내밀었다. 재회를 약속하는 악수였다. 감격에 겨운 스스무와 박영철은 얼마간 잡은 손을 놓으려하지 않았다.」

武裝(무장)

〈기초사항〉

원제(原題)	武裝
한국어 제목	무장
원작가명(原作家名)	**본명** 미상
	필명 가나조노 마사히로(金園正博)
게재지(揭載誌)	동양지광(東洋之光)
게재년도	1944년 5월
배경	• 시간적 배경: 태평양전쟁 시기의 어느 해 겨울 • 공간적 배경: 경성
등장인물	① 센닌바리(千人針) 부적을 만드는 요코 ② 머잖아 입대하게 될 오빠 용관 등
기타사항	

〈줄거리〉

　　한겨울이라고는 믿기지 않을 정도로 따사로운 날들이 계속되더니, 정월 초하루가 되자 언제 그랬냐싶게 추운 바람이 거리에서 센닌바리(千人針) 부적을 만들고 있는 요코(洋子)의 뺨을 따갑게 때렸다. 추운데 고생이 많다고 위로해 주며 한 땀 바느질을 해주고 멀어져가는 조선인 부인의 뒷모습을 요코는 감사하는 마음으로 바라보았다. 그때 또 지나가던 여학생 두 명이 다가와 바느질을 해주고 갔다. 요코는 머잖아 입대하게 될 오빠 용관(容寬)을 위해 센닌바리 부적을 만들려고, 설날임에도 사람의 왕래가 많을 거라 믿고 거리로 나온 것이다. 하지만 예상과 달리 거리에는 왕래하는 사람이 별로 없었다.

　　사실 용관은 요코의 친오빠가 아니었다. 요코의 집에는 딸만 여섯이었는데, 아들을 낳지 못하고 끝내 아버지가 돌아가시자 집안의 대를 잇기 위해 친족회의에서 아버지의 조카뻘인 용관을 양자로 맞아들이기로 결정한 것이다. 당시 용관은 도쿄대학에 다니고 있었는데, 졸업을 한 뒤에는 경성으로 돌아와 금방 큰 공장에 취직까지 하게 되었다. 그런 용관 덕분에 아버지의 죽음 이후 드리웠던 집안의 어두운 분위기도 걷히고, 요코와 동생들도 용관을 친오빠처럼 잘 따랐다. 그런데 뜻밖에도 '학도출진'이라는 놀라운 소식이 용관의 머리 위로 날아든 것이다.

　　「멀리 프랑스의 비참한 패배를 떠올리고 또 이탈리아의 비극을 떠올릴 때, 한 순간의 머뭇거림도 허용되지 않는 현실 앞에 서있다는 사실을 깨달았다. 그는 그 순간 일대 비장한 소원을 담아 지원서에 서명했다. 그때 그의 손은 희미하게 떨리고 있었다.

　　일신의 모든 운명을 결정할 한 장의 서류! 하지만 그는 그것이 이윽고 반도 2천 5백만 아니

1억 전체의 운명을 결정지을 서류라는 지순한 생각에 이르렀을 때, 빙그레 웃는 얼굴로 군사령부에 출두하였다. 그리고 검사결과 갑종(甲種)합격이라고 결정된 후로는 다시금 냉정과 침착성을 되찾을 수 있었다. 입영하는 날까지 그는 근무를 게을리 하지 않고 침착한 태도를 보였다.

그때 요코는 도저히 가만히 있을 수 없었다. 비장한 눈을 감고 그 날 그 날의 신문기사(학도 출진의 기사)를 읽고 있는 오빠의 눈과 굳게 다문 입술을 바라볼 때 비록 여자지만 흥분하지 않을 수 없었다.」

그렇게 하여 만들기 시작한 센닌바리가 이윽고 완성되었고, 며칠이 지나 드디어 오빠에게 현역병 증서가 교부되던 날, 요코는 정성껏 만든 센닌바리를 오빠에게 건넸다. 용관은 "내 몸에도 이렇게 많은 여성의 지성이 담긴 것을 두르게 되다니…… 아아, 내 몸에는 탄환 따위 절대 맞지 않을 거야!"라며 기쁨을 감추지 못했다.

마침내 기다리고 기다리던 입영날이 되었다. 용관은 어제까지 집안에 남겨진 자신의 물건들을 가족들이 다 알 수 있도록 정리하고, 이른 아침 정갈한 몸가짐으로 동쪽을 향해 절을 올렸다. 집집마다 일장기를 달고 용관을 배웅하기 위해 수많은 사람들이 모여들었다. 용관은 그들과 함께 용산까지 걸어갔다. 요코는 군복차림의 용맹스러운 오빠의 모습에 감격하였다. 요코는 어머니와 함께 오빠의 군장을 몇 번이고 바라보았다. 이처럼 훌륭한 군복으로 몸을 감싸고 있으면 검에 찔려도 총에 맞아도 결코 죽지 않을 것만 같았다.

「이윽고 15분의 면회시간이 끝나갈 무렵, 용관은 시계를 보면서 말했다.
"센닌바리는 안에 잘 간직하고 있어. 목숨을 걸고 나아가 싸울 때 이 군복 아래에 달 거야."
그리고 용관은 자신의 군장을 돌아보았다. 모자, 옷, 구두 모든 것이 새것이었다.
요코와 그녀의 어머니는 이 늠름한 오빠의, 그리고 아들의 용맹스러운 모습을 언제까지나 - 단 1분의 시간도 아까운 듯 언제까지나 황홀하게 바라보았다.」

- 끝 -

吳本篤彦(구레모토 아쓰히코)

—

구레모토 아쓰히코(1920 ~ ?) 소설가, 수필가. 본명 미상.

107

약력

1920년	8월 제주도에서 출생하였다.
19??년	목포상업학교를 졸업하였다.
1941년	10월 <국민총력조선연맹> 문화부 문화익찬(文化翼贊) 현상모집에 일본어소설 처녀작 「귀착지(歸着地)」가 입선하였으며, 뒤이어 「한춘(寒椿)」과 각본 「파도(波濤)」 등이 입선하였다.
1943년	9월 「긍지(矜持)」를 「국민문학(國民文學)」(신인추천)에, 11월에는 「굴레(羈絆)」를 「국민문학」에 발표하였다.
1944년	일본어소설 「이지러진 달(虧月)」(4월)과 「벼랑(崖)」(9월)을 「국민문학」에 발표하였고, 5월 일본어수필 「일본어문학과 나(國語文學と私)」를 「국민문학」에, 9월 일본어수필 「나의 주제(私の主題)」를 「국민문학」에 발표하였다. 그리고 「흥아문화」에 「해녀(海女)」(7월)를, 「신여성」에 「보리피리(麦笛)」(10월)를, 「국민총력」에 「바다 저 멀리(沖遠く)」(11월)를 발표하였다.
1945년	1월 「흥아문화(興亞文化)」에 「금선(琴線)」을 발표하였다.

1920년 제주도 이도동 소재 삼성혈 부근에서 출생한 구레모토 아쓰히코(吳本篤彦)는 고향인 제주도에서 문학활동을 하였다. 이상에 소개한 작품 외에도 <조선문인협회> 현상소설 모집 예선 통과작인 「양지바른 집(日向の家)」과, 「쌍엽(雙葉)」 등 친일성향이 강한 다수의 일본어소설을 집필한 것으로 알려져 있다.

矜持(긍지)

〈기초사항〉

원제(原題)		矜持(一~五)
한국어 제목		긍지
원작가명(原作家名)	본명	미상
	필명	구레모토 아쓰히코(吳本篤彦)
게재지(揭載誌)		국민문학(國民文學)
게재년도		1943년 9월
배경		• 시간적 배경: 어느 해 겨울 • 공간적 배경: 경성, 광양동 옛집
등장인물		① 형 때문에 집안이 몰락했다며 형을 원망하는 윤철수 ② 결혼 반대에 부딪혀 방황하던 형 문수 ③ 장남 문수에게 집안의 긍지를 되찾기를 바라는 철수 아버지
기타사항		'신인추천'

〈줄거리〉

「힘없이 비틀거리는 수레바퀴 자국을 응시한 채, 철수(哲洙)는 말 한마디 없이 계속 걸었다. 으악! 소리라도 지르며 울고 싶은 충동이 목구멍까지 치밀어 올랐다. 한층 산뜻해진 포돗빛 서쪽하늘에 고양이 발톱 같은 달이 섬뜩한 빛을 발하고 있었고, 눈빛에 녹다만 길은 얼어붙은 채였다. 철수는 보아선 안 될 것을 훔쳐보는 사람처럼 몇 번이나 왔던 길을 돌아보고 또 돌아보았다. 어둠속으로 빨려갈 듯이 이어진 한길 언덕 허리쯤에 와서도 지금까지 정들었던 집이 아직 시야에서 사라지지 않고 있었다. 증조부, 조부, 아버지 3대에 걸쳐 살아온 집이다. 아버지가 가진 유일한 자랑이었고 긍지의 전부였던 이 광양동 집까지 급기야 남의 손에 넘어가고 말았다.」

철수는 불과 2년 사이에 급작스럽게 불어닥친 폭풍우와도 같은 시련을 떠올리며 형 문수(文洙)를 원망했다.

형 문수는 경성에서 H전문학교를 졸업하자마자, 그림에서 막 튀어 나온 것처럼 예쁜 은순(銀順)을 데리고 와서는 결혼하게 해달라고 연일 아버지를 졸랐다. 아버지가 단호하게 거절한 것은 읍내 포목상 배도민(裵度敏)의 딸 숙희(淑姬)에 대한 배려이기도 했다. 형과 숙희는 정식으로 결혼을 약속한 적은 없었지만 어릴 적 천자문을 읽을 때부터 서로 신랑각시 하던 사이였고, 부모님들 간에도 무언중에 허락된 사이였다. 때문에 아버지의 입장이 이만저만 난처해진 것이 아니었다. 호탕한 성격의 배도민은 그런대로 형을 이해해 주었으나, 아버지는 부모의 허락도 받기 전에 덜컥 임신부터 한 근본 없는 여자를 윤씨 집안의 며느리로 받아들일 수 없다며 은순을 내쫓아버렸다.

형은 무거운 몸으로 쫓겨난 은순을 따라 경성으로 올라가버렸다. 아버지는 형이 몹시 어렵게 살아가고 있다는 소식을 듣고도 모른 체 했고, 어머니는 애태우며 아버지 몰래 돈을 보내기도 했다. 이윽고 은순은 산달이 되어 여자아이를 낳았는데 산후 회복이 좋지 않은데다가 급성 폐렴까지 겹쳐 아이를 낳은 지 20일 만에 죽고 말았다. 갓 태어난 아이도 어미젖 한번 제대로 빨아보지 못하고 죽어버렸다. 형은 그때부터 매일같이 술에 찌들어 살면서 부모님이 학대한 탓에 은순과 애꿎은 아이가 불쌍하게 죽었다며 있는 대로 독설을 퍼부었다.

그렇게 마셔댄 술값청구서가 월말이 되면 어김없이 아버지 앞으로 날아들었고, 아버지는 그 엄청난 외상술값을 갚느라 선조로부터 물려받은 전답을 은행에 저당까지 잡혔다. 보다 못한 친척들이 눈살을 찌푸렸으나, 아버지는 그렇게라도 해서 형이 어서 빨리 제자리로 돌아와주기만을 바랐다. 그러나 형은 말없이 집을 나가버렸다. 아버지는 그 많던 전답을 다 날리고 가세를 회복시켜볼 요량으로 투기사업에 손을 댔다가 결국 소중한 집마저 날리게 되었다.

새로 이사한 집은 너저분한 읍내 변두리에 위치해 있었다. 집 바로 앞에는 농업창고가 가로막고 있었고 뒤로는 높은 벼랑이 있어서 햇빛이 전혀 들지 않았다. 고양이 이마만도 못한 마당에는 나무는커녕 화초를 심을만한 공간조차 없었고, 항상 눅눅하고 답답한 집이었다.

배도민의 딸 숙희는 들어오는 모든 혼담을 거절하고 이렇게 망해버린 집으로 스스로 들어왔다. 그리고 언제 돌아올지 모를 형을 기다리면서 은순의 제사를 한 번도 거르지 않았다.

어느 날 어머니가 시장에 다녀오면서 감을 사왔다. 철수는 1년 만에 감을 먹어보니 문득 할아버지 때 심었던 감나무가 생각나서 동생과 함께 그곳으로 달려갔다. 그 감나무 아래서 멀리바다 저편에 있는 세상을 상상하다가 문득 형 문수와의 추억에 잠겼다. 바로 그때 낯선 두 남자가 돌계단을 내려오고 있는 모습이 보였다. 숨어서 보니 한 사람은 배도민이었고 다른 한 사람은 스프링코트에 깃을 높이 세우고 검은 모자를 쓴 남자였다. 그 남자는 감나무 앞에 서서 담배에 불을 붙이고 있었는데 성냥불에 흔들린 옆얼굴과 어깨선과 뒷모습이 형 문수를 떠올리게 했다. 그 남자는 감나무를 올려다 본 채 한참을 그대로 서 있다가 담배를 발로 비벼 끄고는 배도민을 따라 내려갔다. 철수는 채 꺼지지 않은 담뱃불이 발하는 빛에 이상하리만치 가슴이 따뜻해져왔다.

그 후 1주일도 안되어 형 문수가 성공해서 돌아왔다는 소문이 돌았다. 그리고 배도민이 아버지를 찾아와서 문수가 사죄하며 다시 광양동 집을 사들였다는 말을 전해주었다. 아버지는 몸이 나른하다며 눕더니 그대로 몸져누워버렸다. 그렇게 열흘이나 일어나지 못한 아버지는 쇠약해질 대로 쇠약해져 갔다.

그러던 어느 날, 아버지가 갑자기 문수를 불러들이더니 서둘러 광양동 집으로 이사하기를 재촉했다. 몸이 좋아지면 택일해서 이사하자는 어머니의 만류에도 불구하고 아버지는 막무가내로 밀어붙였다. 그리고 무엇에 홀린 듯이 벌떡 일어서더니 정확한 발놀림으로 걷기 시작했다. 어디에 이런 강인한 힘이 있었는지 모두들 눈이 휘둥그레졌다.

광양동 옛집으로 이사를 하던 날 아버지는 옛집에 도착하자마자 혼절해 버렸다. 황급히 의사를 불러 응급조치를 한 덕분에 아버지는 가까스로 정신을 되찾을 수 있었다. 때마침 배도민이 찾아왔기에 아버지는 숙희와 문수의 혼담을 승낙하고 난 후 조용히 형을 불렀다. 그리고 형에게 "우리 집안의 긍지를 반드시 회복시켜야 한다."고 힘주어 말했다. 형은 울컥 흐느끼려다 이를 억누르며 한참동안 아버지를 바라보았다.

공허해 보이던 아버지의 눈이 번개같이 번쩍 빛났고, 그 찰나에 철수는 순간 전신이 마비되는 것을 느꼈다. 아버지는 조용히 눈을 감았다.

羈絆(굴레)

〈기초사항〉

원제(原題)		羈絆(一~五)
한국어 제목		굴레
원작가명(原作家名)	본명	미상
	필명	구레모토 아쓰히코(呉本篤彦)
게재지(揭載誌)		국민문학(國民文學)
게재년도		1943년 11월
배경		• 시간적 배경: 태평양전쟁 시기 • 공간적 배경: 충청남도 천안
등장인물		① 주인집 도련님에 대한 은혜를 갚기 위해 노력하는 권노인 ② 주인집 아들이자 권노인 가족의 생명의 은인인 슌이치 ③ 권노인의 아들 용삼
기타사항		'신인추천'

〈줄거리〉

5시를 알리는 시계소리가 나자마자 용수철처럼 벌떡 일어난 권(權)노인은 서둘러 침구를 정리하고 집안을 둘러본 다음 단정한 차림으로 하얗게 밝아오기 시작한 동쪽을 향해 깊이 허리를 굽혔다. 그리고 안채 정면에 걸린 액자를 향해 엄숙하게 머리를 숙였다. 그 액자에는 군복차림의 늠름한 모습으로 말 위에 앉아있는 슌이치(俊一)도련님의 사진이 들어있었다. 권노인은 사진을 보며 전선에서 용감하게 싸우고 있을 도련님 모습을 떠올렸다.

1년 만에 돌아오는 아내의 기일인데도 이렇듯 권노인의 아침일과는 여느 때와 다르지 않았다. 방에 들어온 권노인은 아들 용삼(容三)이 보내준 20원짜리 우편환어음과 쇠고기장조림을 아내의 불단에 올렸다. 근래 몇 년 동안 혼자서 지키는 아내의 기일이긴 하지만, 회사 일에 쫓겨 함께하지 못하는 용삼의 심정을 헤아리니 애처롭기만 했다. 그래도 아내가 생전에 먹고 싶어 했던 쇠고기를 잊지 않고 보내준 것과, 편부 슬하에서도 비뚤어지지 않고 잘 자라준 것을 생각할 때마다 권노인은 도련님과 주인어른의 은혜가 사무치게 고마웠다.

15년 전 고향 서산에서 쫓겨나다시피 하여 사흘밤낮을 굶은 채 이곳에 도착했을 때, 길가에 쓰러져 있는 권노인네 식구를 살려준 생명의 은인이 슌이치 도련님이었다. 이곳 여관 '도라야(虎屋)'에서 일하게 해준 것도 고마운데, 주인어른은 용삼의 학비를 대주어 소학교(초등학교)와 공업학교를 마치게 해주었고, 작년 봄에는 용삼의 결혼까지 주선해 주었다. 뿐만 아니라 가까운 곳에 용삼의 일자리를 마련해 주는가 하면, 마침 사카에마치(榮町)에 지은 집이 비었다며 권노인과 아들내외가 함께 살게 해 주었다. 권노인은 아들과 함께 기거하게 된 것만으로도 뛸 듯이 기뻤다. 게다가 아들며느리는 권노인을 지극정성으로 섬겼다.

그러던 어느 날 아침, 권노인이 여관의 손님을 배웅하고 돌아오는데 도련님이 전사했다는 통지가 날아와 있는 게 아닌가! 어느새 방 정면에 걸려 있던 도련님의 사진이 불단 위에 모셔져 있고, 액자 위로는 검은 리본이 둘러져 있었다. 권노인은 멍하니 사진 속의 웃고 있는 도련님을 바라보았다. 도련님이 전사했다는 것이 도무지 믿기지 않았다.

집안을 발칵 뒤집어 놓은 것 같은 분주한 날이 사흘이나 계속되었다. 도련님의 전사는 어두운 그늘이 되어 끊임없이 권노인을 따라다녔다. 도련님을 생각할 때마다 권노인은 뭔가에 쫓기는 듯 했다. 권노인은 짐마차라도 끌어 돈을 벌어야겠다고 결심하고, 용삼에게 짐마차 한 대 차용해 줄 것을 부탁했다. 그리고 지금까지 다달이 받은 급료와 손님으로부터 받은 팁을 모아 저금해 둔 5천원을 꺼내 보았다. 실은 이 돈으로 아내의 불단을 새로 장만하고 남은 돈은 아들에게 물려줄 생각이었다. 그러나 권노인은 이 꿈을 깨끗이 묻기로 했다. 권노인은 저금해 둔 5천원과, 앞으로 짐마차라도 끌어 번 돈으로 도련님이 꿈꾸던 훌륭한 여관을 짓는 데 보탬이 되고 싶었기 때문이다.

그런 생각으로 열심히 하루 일을 마치고 집으로 돌아오는 어느 날, 갑자기 화재를 알리는 경보음이 울려퍼졌다. 역 일대가 온통 화염에 휩싸여 있는 것을 보고 권노인은 아연했다. 여관 '도라야'가 불타고 있었고, 안채에 엎드려 있는 주인의 모습이 바로 눈앞에서 황망하게 보였다. 뒤이어 검은 리본 속의 도련님 눈망울이 아른거리자 권노인은 정신없이 내달렸다. 소방수가 뛰어 들어가 호스를 들고 덤볐지만, 풀무질이라도 한 것처럼 화염은 점점 맹렬한 기세로 타 들어갔다.

「"안채가 위험해! 불단이 위험해!" 주인이 입가에 경련을 일으키며 외쳤다. 그리고 필사적으로 매달리고 있는 하녀들과 마님, 아가씨를 뿌리치고 비틀거리며 화염 속으로 들어갔다. 권노인은 순간 철퇴로 정수리를 얻어맞은 것 같았다. 불단의 도련님 모습이 화염에 희롱당하는 것 같았다. 15년 동안의 일들이 파노라마처럼 스쳐 지나갔다. 권노인은 마치 신들린 사람처럼 앞사람의 물통을 빼앗아 흠뻑 뒤집어쓰고서 막 뛰어들려는 주인을 붙잡아 마님 쪽으로 보낸 뒤 자신이 화염 속으로 몸을 던졌다. 불길이 이글거리며 권노인을 에워쌌다. 아랑곳하지 않고 안채로 다가가니 불단도, 도련님의 사진도 아직은 그대로였다. 권노인은 불단을 목표로 정신없이 뛰어들었다. 순간 안채의 기둥이 무너져 권노인을 가로막았다. 권노인은 엉겁결에 두세 발짝 뒤로 물러나 거북이처럼 목을 움츠렸다. 순간 누군가가 화살처럼 자신을 향해 뛰어 들어오는 것을 보고 정신을 잃었다.」

한참 후 몸 한 부분이 예리한 것에 베이는 것 같은 아픔과 함께 권노인은 정신을 차렸다. 바늘로 찌르는 것처럼 눈이 따끔거렸지만 힘주어 눈을 떠보았다. 바로 옆에서 주인부부가 지켜보고 있었다.

불단을 걱정하는 권노인에게 주인은 "무사해, 고마워, 할아범과 용삼이 덕분이야."라며 바로 옆을 가리켰다. 옆을 보니 붕대를 둘둘 감은 용삼이 잠들어 있었다. 권노인은 비로소 불속으로 쏜살같이 뛰어들어 자신을 구해준 사람이 바로 아들 용삼이었음을 알았다. 감격한 권노인은 아픈 것도 잊고 아들 용삼을 부르며 흔들었다. 용삼도 힘없는 목소리로 아버지를 부르면서 손을 내밀었다. 권노인은 침대에서 내려와 눈시울을 붉히며 아들의 손을 꼬옥 잡았다.

107-3

虧月(이지러진 달)

〈기초사항〉

원제(原題)	虧月(一~五)	
한국어 제목	이지러진 달	
원작가명(原作家名)	본명	미상
	필명	구레모토 아쓰히코(吳本篤彦)
게재지(揭載誌)	국민문학(國民文學)	
게재년도	1944년 4월	
배경	• 시간적 배경: 태평양전쟁이 한창이던 해 이른 봄 • 공간적 배경: 충청도 어느 탄광마을	
등장인물	① 요정을 떠돌다 탄광마을로 온 봉옥 ② 탄광에서 일을 하다 전쟁터로 출정하게 된 아키야마 다카오 등	
기타사항		

〈줄거리〉

아침햇살이 어슴푸레 사립문 옆 '히사고(ひさご)'라 걸려있는 술집 요정 처마등불을 비추자 주방에서는 아침을 맞는 듯 요란하게 접시 부딪치는 소리가 났다. 여느 때보다 일찍 아침을 마치고 부랴부랴 방으로 들어온 봉옥(鳳玉)은 서랍에서 옷을 꺼냈다. 그녀는 경대 앞에 앉아 언젠가 아키야마 다카오(秋山隆夫)가 '좋구나!'라고 감탄했던 나고야(名古屋)식으로 옷을 차려입었다. 마침 오늘이 토요일이라 아키야마가 오리라는 예감이 들어 봉옥은 아침부터 그의 희끗한 수염을 떠올리며 가슴이 설렜다.

숙식제공에 월 150원이라는 좋은 조건으로 이 벽촌까지 흘러들어와 처음 만난 사람이 바로 아키야마였다. 아키야마는 힘든 광산일로 인한 갈증을 해소하려는 듯 토요일이면 찾아와서 술을 마셨다. 아키야마와 대작한 봉옥은 취기가 오르자 속마음을 털어놓고 아키야마에게 매달렸다. 그런데 아키야마는 갑자기 봉옥의 따귀를 갈기고 나가버렸다. 달아오른 뺨을 양손으로 감싼 채 봉옥은 멀어져가는 아키야마의 어깨선을 멍하니 바라보았다. 봉옥은 맥없이 그 자리에 쓰러져 눈물이 마를 때까지 울었다. 일주일 후 같은 시각에 또 아키야마가 왔다. 그간의 기분을 주체하지 못한 봉옥은 정색을 하고 아키야마에게 잔을 내밀었다. 그러나 아키야마는 자포자기하는 인간은 쓰레기나 다름없다고 봉옥을 꾸짖고, 혼자서 술을 마시고는 그냥 가버렸다.

오늘은 청년대 시무식이 있는 날이다. 원래 여자청년대는 20세까지라는 연령제한이 있었으나, 봉옥의 부탁으로 신진부락 분대장인 아키야마와 대장인 교장이 절충한 끝에 22세인 봉옥과 25세인 선자(璇子)도 참여할 수 있게 되었다. 봉옥은 '신진여자분대'의 제3반장을 맡았다. 몸빼에 머리띠를 한 여자들이 얼굴을 붉히고 눈동자를 빛내며 비상소집 경쟁에 열을 올리는 광경은 봉옥에게는 또 다른 별세계였다. 아키야마에게 끌렸던 충동이 아직 아픔으로 남아 있었지만 봉옥은 청년대에 나오는 날 만큼은 복잡했던 기분이 어느새 누그러졌고 나름대로 사는 보람을 느꼈다.

그로부터 며칠 후, 주인아주머니가 들어와 '극동석면광(極東石綿鑛)'에서 손님접대가 있다는 연락이 왔다며 봉옥에게 출장 나갈 것을 부탁했다. 그 광산은 아키야마가 일하는 곳이라 선뜻 가겠다고 대답한 봉옥은 바로 준비하고 길을 나섰다. 본부에서 온 귀한 손님이라 그런지 연회는 성대했다. 여러 사람에게 잔을 받은 탓에 봉옥은 얼굴이 화끈 달아올라 연회가 끝나갈 무렵 슬며시 밖으로 나왔다. 잠시 후 검은 점퍼에 작업화 차림의 아키야마가 봉옥에게 다가와서 광산을 둘러보자고 권했다. 아키야마의 안내로 화차에 올라탄 봉옥은 전등이 희미하게 켜져 있는 갱내에 당도하자, 몸 안의 피가 쑥쑥 빠져나가는 것 같았고 오싹 소름이 돋았다. 귀가 터질 것 같은 발파소리와 함께 회사의 자랑이라는 노천굴을 둘러본 후 둘은 화차에서 내렸다. 깎아지른 벼랑을 앞서서 휘이휘이 걸어가는 아키야마의 뒤를 따라가면서 봉옥은 온몸이 저리고 정신마저 아찔했다.

그곳에는 수많은 광부들이 비장한 모습으로 돌을 깨고 있었다. 광부들의 꾹 다문 입매와 눈빛은 청년대 훈련을 담당하고 있는 주인집 아들 쓰요시(剛)와, 자신의 세계를 굳건히 지켜가는 아키야마의 그것과 흡사했다. 하루 일당 1원으로 한 달 일해야 겨우 30원. 자기 월급의 5분의 1도 안 되는 수입이지만, 광부들의 흐트러짐 없는 눈과 입은 단호하였다. 봉옥은 쓰요시와 아키야마를 볼 때마다 느끼는 그 무엇을 이제야 비로소 알 것 같았다. 광부들의 쇠망치소리는 요정에서의 장구소리와는 비교할 수 없을 정도로 봉옥의 피를 끓어오르게 했다.

봉옥은 아키야마를 맞아들일 방을 아름다운 꽃꽂이로 장식하고 싶어서, 그에 필요한 재료들을 준비했다. 그리고 주인집 딸 유리에(百合枝)의 도움을 받아 꽃꽂이를 정성스럽게 마무리하였다. 그리고 백자에 담긴 새빨간 남천(南天)과 열매를 머금고 부드럽고 힘차게 뻗은 한죽(寒竹)에 아키야마를 향한 마음을 담아 그를 안내할 방에 장식했다. 부디 아키야마가 이 꽃에서 자신의 마음을 발견해 주기를 바랐다.

낮부터 하늘이 꾸물거리더니 저녁이 되자 비가 내렸다. 9시가 넘어서야 나타난 아키야마가 자리에 앉자 봉옥은 조신하게 절을 올렸다. 평소와는 사뭇 다른 봉옥에게 아키야마는 자신이 비운 술잔을 내밀었다. 그 잔을 받아 든 봉옥의 손이 가느다랗게 떨렸다. 아키야마에게 따귀를 맞은 이후 애써 거절해 왔던 술이었다.

「아키야마는 끝내 시선을 돌리고 다 식어버린 술잔을 입으로 가져갔다.
　노(櫓)도 키(舵)도 파도에 휩쓸려
　이 몸은 떠도는 배
　어딘가 닻을 내릴만한 섬도 없네.
말도 어눌해질 정도로 취했는지 선자의 노랫소리가 쓸쓸하게 들려왔다. 아키야마는 그 소리
에 귀를 기울이더니, "구단자카(九段坂)에서는 자네 노래도 못 듣겠지. 기념으로 아리랑 한 곡
들려주지 않겠는가? 자네가 그리울 때 떠올릴 수 있게."라고 말하고 이내 눈을 감았다. 봉옥은
갑자기 몸이 달아올랐다. 몸이 갈기갈기 찢기는 듯한 아픔을 느끼며 아키야마의 얼굴을 빤히
바라보았다. 봉옥은 몸속에 스며있는 퇴색된 것을 내팽개치는 마음으로 노래를 불렀다.
　대동아전쟁과
　시계바늘은
　일본의 승리를 새기며
　나아간다……
병사들 사이에서 유행하고 있는 노래였다. 아키야마를 보내는 데 이만한 노래는 없다고 생
각했다. 아키야마는 눈을 감고 입을 다문 채 "으음"하고 신음했다.」

봉옥은 얼굴이 화끈거려 창문을 열었다. 이른 봄 찬바람이 술로 달아오른 봉옥의 뺨을 희롱
했다. 하늘을 올려다보니 얼어붙은 하늘에 이지러진 달이 건너가고 있었다. 언젠가는 만월이
되리라 기대하며 그 달을 보는 봉옥의 두 뺨에 뜨거운 눈물이 흘러내렸다.

 107-4

崖(벼랑)

〈기초사항〉

원제(原題)	崖(一~五)	
한국어 제목	벼랑	
원작가명(原作家名)	본명	미상
	필명	구레모토 아쓰히코(吳本篤彦)
게재지(揭載誌)	국민문학(國民文學)	
게재년도	1944년 9월	
배경	• 시간적 배경: 태평양전쟁이 한창이던 어느 해 가을 • 공간적 배경: 전남 해남의 어느 바닷가	

등장인물	① 뱃사공 박서방 ② 지원병을 희망하는 차남 동훈 ③ 지원병 신체검사를 위해 목포로 가는 학생 등
기타사항	

〈줄거리〉

깊게 드리워진 어두움이 서서히 벗겨지기 시작할 즈음, 참배길 입구에서 경내 구석구석까지 청소를 마친 뱃사공 박(朴)서방은 도리이(鳥居) 아래 우뚝 서서 은빛 턱수염을 쓸어내리면서 신음하듯 한숨을 토해냈다. 박수소리가 경내에 메아리쳤다. 박서방은 잘록한 양손을 코끝에 합장하고 조용히 눈을 감았다. 작년 이맘때 죽은 장남 경훈(璟勳)의 모습이 눈앞에 선명하게 떠올랐다.

소학교(초등학교)를 나오자마자 바지런히 가업을 도왔고, 정취 있는 뱃노래도 썩 잘 불렀던 장남 경훈이 출정하고 나서부터 박서방은 늘 황량한 외로움에 싸여 지냈다. 평소 군인이 되어 전쟁에 나가고 싶어 했던 경훈은, 아침저녁 인사하듯이 죽음을 입에 올리더니 결국 그 말이 씨가 되고 말았다. 경훈에게 이끌려 강제로 끌려나온 아이처럼 뒷걸음질하면서 밟았던 신사의 계단에 선 박서방은 가슴이 미어지는 것을 겨우 참고 있었다.

아들이 죽었다는 것을 생각하면 박서방은 미칠 것만 같았다. 온종일 낚싯대를 드리워도, 어정쩡한 수심가를 불러도, 밤술에 쓰러질 정도로 취해도, 땅을 치고 통곡을 해 보아도 그 아픔은 가시지 않았다. 아들이 어딘가에서 살아서 돌아올 것만 같았다. 그 끝에 결심한 것이 아들에게 이끌려왔던 신사를 참배하는 일이었고, 아들이 했던 대로 따라하면 그런대로 마음이 편안해짐을 느꼈다. 그러기를 반년, 박서방은 신사의 경내를 청소하게 되었고, 그 동안만큼은 숱한 고통과 슬픔도 얼마간은 잊을 수 있었다.

어제 낮, 사각모자를 쓴 학생이 목포 도항을 마치고 돌아오는 박서방의 배에 올라탔다. 방학이 아니라 의아해하던 참이었는데, 함께 탄 손님들이 그 학생을 둘러싸고 은밀한 이야기를 하고 있었다. 노를 저으면서 그 쪽에서 새어나오는 소리를 듣던 박서방은 그 학생을 보며 독학으로 전문학교 시험에 합격하여 일본으로 건너간 둘째아들 동훈(東勳)을 떠올렸다. 아비를 닮지 않아 어려서부터 신동이라 불리던 아들이었다.

그들은 대학생에게 지원병제도가 실시되었다는 말을 하고 있었다. 그렇잖아도 얼마 전 동훈의 전보를 받았던 터라 박서방의 마음은 착잡했다. 경훈이 죽고 난 후 둘도 없는 버팀목이었던 동훈마저 군대에 보낼 생각을 하니 갑자기 모골이 송연해졌다. 박서방은 배에서 내리자마자 무엇에 끌린 것처럼 신전으로 갔다. 배례전 한 가운데로 두 아들의 얼굴이 떠올랐다.

시국이 시국인지라 마을의 모든 눈과 입이 육지를 왕래하는 박서방의 움직임에 쏠려 있었다. 일찍 일을 마친 박서방은 내내 집에 틀어박혀 있었다. 안으로 방문을 잠그고 아들 동훈에게서 온 전보를 꺼냈다. 동훈도 학도병으로 지원할 결심을 하고 아버지의 허락만 기다린다는 내용이었다. 아들의 장래가 자신의 회답에 따라 결정된다고 생각하니 박서방은 자꾸만 초조해졌다. 그러나 언제까지 묵묵부답인 채로 있을 수만은 없었다. 시국이 그러하니 맘껏 지원하라고 말해주고 싶지만, 장남 경훈을 그렇게 보내고 난 후 쓰라림이 너무도 컸기에 쉽게 결정할 수 없었다. 마음이 온통 뒤죽박죽 엉키어 종잡을 수 없었다.

이렇게 아들생각에 잠겨있는데 이웃마을 임(林)참봉이 찾아와 지원병에 대한 이야기를 했다. 임참봉의 말꼬리가 마치 '왜 지원을 허락해 주지 않느냐?'고 따지는 경훈의 목소리로 들렸다.

다음날 저녁에는 군수와 서장이 연달아 방문하여 지원병의 의미와 학도병의 출진에 대해서 설명했다. 박서방은 도중에 말을 끊고 아들에게 '지원해라. 제일 먼저 지원해라.'라는 내용의 전보를 쳤다고 말해버렸다.

한낮이 지나자 갑자기 바람이 일더니 구름의 행보가 빨라졌다. 일찍 일을 마치고 귀가한 박서방은 대충 식사를 끝내고 상을 물렸다. 박서방이 이불 속에 발을 넣고 잠시 졸고 있는데, 밖에서 낮은 목소리가 들려왔다. 망토를 옆에 낀 학생이 거친 숨을 몰아쉬며 배를 내달라는 것이다. 지원병이 되기 위해 내일 검사를 받아야 하니 오늘 밤 반드시 바다를 건너야 한다며 연거푸 재촉했다. 박서방은 귀찮았지만 문득 차남 동훈을 떠올리며 문을 열었다. 이런 풍랑 속에 배를 띄운다는 것은 박서방으로서는 상상도 할 수 없는 일이었다. 하지만 아들 동훈의 심정이 박서방의 가슴을 때렸다. 잠시 궁리하던 박서방은 마지못해 배에 올라 돛을 올렸다. 거센 바람이 불어 얼마 안가서 돛이 찢어져버렸고, 앞을 분간할 수 없을 정도의 칠흑 같은 어둠에 싸였다. 바람은 점점 거세졌지만 박서방은 있는 힘을 다해 노를 붙들며 학생을 향해 깎아지른 벼랑에 솟은 '울돌목' 섬의 이순신장군의 비석을 가리켰다.

「"······우리도 결코 겁쟁이가 아니야. 저 장군과 같은 피가, 틀림없이 자네의 몸에도 끓고 있을 것이야······!" 학생은 입을 앙다물었다.

"정신 바짝 차려야해! 절대 져서는 안 돼!" 눈동자를 빛내고 있는 학생을 박서방은 아들을 앞에 둔 아버지 같은 눈으로 언제까지고 응시하였다. 두 아들과 이 학생의, 눈에 보이지 않는 거대한 것 앞에서 몸부림치는 뭔가를 내포하고 있는 뜨거운 시선을 그대로 받아들이고 있는 눈이었다. 박서방은 노를 젓는 것도 잊고 허연 절벽 위에 우뚝 솟아있는 비석과 학생의 이글거리는 눈을 번갈아 바라보았다.」

高野在善(다카노 재선)

—

다카노 재선(생몰년 미상) 본명 미상.

108

약력

1943년　　　　12월 「국민총력(國民總力)」에 「군장(軍裝)」을 발표하였다.

정확한 본명은 확인되지 않지만 일각에서는 '고재선(高在善)'으로 추론되고 있다.

108-1

軍裝(군장)

〈기초사항〉

원제(原題)		軍裝
한국어 제목		군장
원작가명(原作家名)	본명	미상
	필명	다카노 재선(高野在善)
게재지(揭載誌)		국민총력(國民總力)
게재년도		1943년 12월
배경		• 시간적 배경: 전쟁이 한창이던 어느 해 가을 • 공간적 배경: 경성
등장인물		① 보도연습반원으로 전쟁터로 가게 된 '나' ② 새삼 전쟁에 관심을 갖게 된 아내 ③ 딸 수미와 아들 경
기타사항		

　가을비가 보슬보슬 내리는 어느 날, 나는 커다란 보자기를 들고 집으로 왔다. 보자기 안에는 군인아저씨의 군복, 수통, 반합과 각반, 군화, 전투모, 멜빵 등이 들어있었다. 아이들은 보자기 안의 물건에 대한 호기심이 가득했다. 딸 수미(壽美)는 이것이 무엇이냐며 빨리 열어보라고 보챘다. 아내가 거짓말로 "수미야 이것은 군인의 옷이란다. 아버지가 내일부터 군인이 되어서 먼 곳에 가신대."라고 말했다. 놀란 수미는 골똘히 생각한 끝에 내 품에 안겼다. 아내가 "수미야, 아버지는 진짜 군인이 아니에요. 하지만 진짜 군인과 함께 보도연습을 하러 간단다."라고 알려주자 고개를 끄덕였다. 옷을 한번 입어보기로 했다. 내가 군복으로 갈아입고 서서 진지하게 "경례!"라고 하자, 평소에 사내아이들과 군인놀이를 한 덕분에 대충 경례하는 방법을 터득한 수미는 그림속의 아이처럼 경례를 한 후, 동생의 손을 잡고 경례 흉내를 시켰다.

　우리 가족은 이렇게 태어나서 처음으로 뜻밖의 기회에 경례식을 마쳤다. 나는 아내에게 "어때, 이 옷 어울리지 않아? 지금 군인이 되어도 그렇게 늦진 않아."라고 말했다. 옷은 커보였지만 모자는 내게 터무니없이 작았다. 정수리에 반 정도 밖에 들어가지 않은 모자를 보고 아이들은 손뼉을 치면서 깔깔 웃었다. 나는 이번에는 수통을 차면 진짜 군인아저씨처럼 보일 것 같아 수통과 멜빵을 양 어깨에 십자로 걸친 후 한쪽 손으로 반합을 쥐고 그대로 부동자세를 취했다. 걸어오라는 아이의 명령대로 오른손을 입에 대고 나팔 부는 흉내를 냈다. 그러면서 "수미야, 이것은 군인이 식사 할 때 부는 나팔이란다. 그러니까 아버지 군인도 식사를 해야지."라면서 아이들의 군인놀이를 간신히 멈추게 했다.

　저녁식사가 끝나자 아들이 딸아이 곁에 있던 모자를 잽싸게 들고 도망치자 둘 사이에 모자 뺏기 전투가 시작되었다. 어느새 아내가 나서서 훗날 군인이 될 남동생에게 모자를 양보하도록 했다. 수미는 모자를 체념한 대신 먼지떨이를 거꾸로 해서 어깨에 메고 손나팔을 불었다. 동생도 누나처럼 어깨에 멜 것을 내놓으라고 때를 써서 나는 할 수없이 파리채를 건네주었다. 둘이는 손을 흔들면서 뜻도 모르는 군가를 부르며 이리저리 뛰어다녔다. 그런 모습을 보며 나는 많은 혜택을 받고 있는 지금의 아이들이 아무쪼록 튼튼하고 다부지게 자라길 바랐다.

　「"순탄하게 자라면 반드시 군인이 되어야 한다. 지금과 달리 이 아이가 군인이 될 때쯤이면 조선에서도 훌륭한 군인이 많이 배출될 거야."

　"저는 요즘 많은 생각을 해봐요. 지금까진 전혀 그런 생각을 해 본 적도 없는데, 이번에 조선에도 징병제가 선포되었잖아요. 덕분에 참 많은 것을 알게 됐어요. 지금처럼 전쟁이 더 길어지면 우리 애들도 역시 전쟁터에 가겠구나 생각하니까, 지금까지 신문이나 잡지의 전쟁기사와 사진 등에 관심을 갖지 않았지만 이제는 다른 눈으로 보게 되었어요. (중략) 자기 자식은 몇 명이 됐든 사랑스러운 법이에요. 게다가 부모 없는 자식은 없잖아요. 그 부모의 자식이 몇 만, 몇 천만 명이 나라를 위해 고귀한 목숨을 바치고 있다는 생각이 들었을 때, 저는 비로소 마음이 편안해졌어요. 게다가 나라를 위해 돌아가신 분도 그렇지만 그 자식을 나라를 위해 바친 부모님, 그 중에서도 특히 어머니를 떠올렸을 때, 저는 뭔가 매우 귀중한 보물이라도 얻은 것처럼 하루 종일 감격하고 흥분했어요."」

　놀이에 지친 아이들은 코를 골면서 자고 있었다. 군복의 안쪽을 들추던 아내는 '사카우치

(坂内), 쇼와 16년(1941년)'이라고 쓰여 있는 것을 발견했다. 아내는 지금쯤 사카우치씨가 어디에서 전쟁을 하고 있을지 모르지만, 부디 무사했으면 좋겠다고 말했다. 그러면서 작년에 야스쿠니신사(靖國神社)에 갔던 일을 떠올렸다.

사실 작년 이맘때 쯤, 우리 가족은 도쿄의 야스쿠니신사에서 열리는 가을의 임시대제(臨時大祭)에 참배하러 갔었다. 우리는 그렇게 많은 사람들이 참배하는 모습을 그때 처음 보았는데, 평소의 신사참배와는 전혀 다른 느낌이었다. 자꾸만 숙연해져 고개를 들 수 없었는데, 그때의 일은 아내뿐만 아니라 나 역시 평생 잊을 수 없을 것 같았다. 그런 회상에 젖어있을 때, 아내의 무릎 위에서 잠들어 있던 아들이 크게 몸을 뒤척였다. 나는 그런 아들을 보며, 이제부터 이 아이는 우리만의 아이가 아니므로 더더욱 잘 키워야 한다고 아내에게 말했다. 아내 역시 같은 생각을 하던 참이라고 했다.

이번 나의 출장 역시 특별한 의미가 있다. 나는 아직 군대 경험이 없지만, 병사들과 함께 심신을 튼튼하게 단련해 올 작정이다. 나이를 먹었다고 뒤로 물러서거나 전쟁터에 나가지 않아도 된다고 뒷짐만 지고 있으면 우리는 영원히 살아남기 어려울 것이다. 우리가 더 많은 피를 흘릴수록 이 나라의 장래는 밝고 풍요롭게 되리라는 나의 말에 아내는 말없이 고개를 끄덕였다.

南川博(미나미가와 히로시)

—

미나미가와 히로시(생몰년 미상) 소설가. 본명 미상.

109

약력

1943년	5월 「조선공론」에 일본어논평 「소국민문학시론(小國民文學試論)」을 발표하였다.
1944년	3월 「국민문학」에 일본어소설 「김옥균의 죽음(金玉均の死)」을, 5월 「국어문학과 나(國語文學と私)」를 발표하였다.

109-1

金玉均の死(김옥균의 죽음)

〈기초사항〉

원제(原題)		金玉均の死(一~五)
한국어 제목		김옥균의 죽음
원작가명(原作家名)	본명	미상
	필명	미나미가와 히로시(南川博)
게재지(掲載誌)		국민문학(國民文學)
게재년도		1944년 3월
배경		• 시간적 배경: 1890년대 초반 • 공간적 배경: 도쿄, 오가사와라섬, 상하이

등장인물	① 갑신정변 실패 후 일본으로 도항한 김옥균 ② 김옥균의 하인 이윤과 ③ 김옥균과 의리가 돈독했던 후쿠자와 유키치 ④ 김옥균이 일본에서 인연을 맺은 여인 오유키 등
기타사항	'신인추천'

〈줄거리〉

「하인 이윤과(李允果)는 애처로울 정도로 야위어버린 김옥균(金玉均)의 베갯머리에 앉아 있었다.

"고균(古筠, 김옥균의 아호)나으리, 여기 향초와 파인애플(鳳梨)주스가 있습니다. 조금이라도 목을 축이시지요."

그는 김옥균의 창백한 얼굴을 들여다보며 이렇게 말했지만, 김옥균의 눈은 불상처럼 고요하게 감긴 채 끝내 뜨지 않았다.

"오늘아침은 아무것도 드시지 않았습니다. 이러시면 건강이 점점 더 나빠지실 텐데……."

걱정스러운 얼굴로 중얼대는 이윤과의 눈은 범상한 빛으로 날카롭게 빛나고 있었다. 하지만 김옥균은 죽은 사람처럼 침묵하고 있었다.

오가사와라(小笠原)섬의 도쿄부 출장소 구내 별관 6조 남짓한 방, 여기까지 흘러온 김옥균의 가슴에는 그저 적막한 감정이 겹겹이 쌓여 있었다.」

갑신정변이 실패로 끝나자 김옥균은 인천에서 배를 타고 일본으로 도항했다. 조선 조정은 사대당이 정권을 잡게 되었고, 조정에서는 청국의 이홍장(李鴻章)을 앞세워 일본에 있는 김옥균을 소환하도록 하고, 일본영내에서 추방할 것을 주장했다. 이와 같은 압력이 3국간의 외교문제로 비화되는 것을 염려한 일본당국에 의해, 김옥균은 마침내 이곳 남태평양의 오가사와라섬으로 오게 되었던 것이다.

그 후 유배생활 5년 만에 쇠약해진 몸으로 다시 도쿄로 돌아온 김옥균은 준비된 마차를 타고 후쿠자와 유키치(福澤諭吉)의 저택으로 향했다. 유배생활 내내 다시 도쿄의 푸른 하늘 아래서 후쿠자와와의 대면을 염원하던 김옥균이었다.

후쿠자와는 눈물을 글썽이며 김옥균의 무사귀환을 축하하였다. 후쿠자와를 만나자 김옥균은 다시금 혁명의 피가 끓어올랐다. 김옥균은 후쿠자와에게 군자금 융통의 편의를 제공해주기를 간곡히 부탁했다. 후쿠자와는 김옥균에게 그동안 수척해진 몸을 먼저 살필 것을 권하면서 집안 대대로 내려온 보물인 장검 유테이(祐定)를 김옥균에게 건네주었다.

1890년 함박눈이 내리는 밤, 후쿠자와 저택의 서재에는 후쿠자와를 비롯하여 당시의 정객 도야마 미쓰루(頭山滿), 오카모토 류노스케(岡本柳之助), 우치다 료헤이(內田良平), 고토 쇼지로(後藤象二郎)와 김옥균이 둥글게 둘러앉았다. 모두 조선의 사정에 정통한 사람들이었고 김옥균의 처지도 잘 알고 있었다. 그러나 당시의 일본정부는 그것을 받아들일 형편이 아니었다. 김옥균은 또 다시 도쿄에서의 퇴거명령을 받고 결국 홋카이도(北海道)로 유배를 가게 되었다.

1년 만에 다시 도쿄로 돌아온 김옥균은 가마쿠라(鎌倉), 교토(京都), 나라(奈良) 등지로 여행을 다니다가, 나가사키(長崎)로 가서 그리운 여인 오유키(お雪)를 만나 모처럼 한가한 시간을 보냈다. 오유키는 김옥균이 일본사신의 신분으로 처음 도쿄에 왔을 때, 여정을 위로해 주었던 사랑스러운 여자였다.

한편 조선의 사대당은 밤낮으로 비밀회의를 열었다. 그리고 그 회의에서 김옥균의 암살이 결정되었다. 좌의정 조병세는 홍종우 등 4명을 불러 일본으로 도항하여 김옥균을 암살할 것을 명했다. 이런 사실을 전혀 모르고 있던 김옥균은 동지를 모집할 요량으로 사숙을 열었다. 표면적으로는 무사태평한 태도를 가장했지만, 내심으로는 일본 유학중인 조선학생들에게 혁신당의 정신을 가르치며 권토중래의 시기를 기다릴 계획이었다.

1892년 봄, 마침내 도쿄 시바우라(芝浦)의 한쪽 구석에 '친린의숙(親隣義塾)'이라는 간판이 세워지고 학생 30명이 모였다. 거기에서 김옥균은 일본으로 유학 온 학생에게 친일의 뜻과 함께 서양문물과 앞선 개국정책을 가르치며, 유학생들의 의지가 견고해질 수 있도록 독려했다.

또한 박영효, 서광범, 서재필 등의 동지들과 밀회를 거듭한 끝에 후쿠자와를 방문하여 여러 가지 교시를 받고 정치적인 계획도 세웠다. 그 와중에도 김옥균은 조선의 평화는 일본의 도움만으로는 안 된다는 생각을 가지고 있었다. 일본과 조선과 청국 세 나라가 완전히 일체가 되었을 때, 영원한 동양평화가 확립될 수 있다고 믿었던 김옥균은, 틈만 나면 청국의 사정을 탐색하려고 했다. 광활한 청국! 서양문물의 수입에 있어서도 조선과 육지로 연결되어있는 청국을 김옥균은 결코 외면할 수 없었다.

마침내 김옥균은 박영효 등의 반대를 무릅쓰고 진정한 동양평화를 위하여 중국 상하이로 출발했다. 상하이에 도착한 김옥균은 윤치호에게 간단한 편지를 쓰고 후쿠자와에게서 받은 장검을 베갯머리에 놓고 잠자리에 들었다.

다음날 조병세의 밀명을 받은 홍종우가 김옥균을 찾아와 품속에서 권총을 꺼내더니 김옥균의 가슴을 향해 방아쇠를 당겼다. 김옥균은 불의의 저격에 비틀거렸고, 가슴에서는 피가 용솟음쳤다. 김옥균은 장검을 잡은 채 고개를 떨어뜨렸다. 피가 튀어 벽을 새빨갛게 물들이고, 몸에서는 피가 계속 흘러내리고 있었다. 반시간 정도 지나 심부름에서 돌아온 시종 엔지로(延次郎)가 김옥균을 일으켰을 때는 이미 의식이 몽롱해진 상태였다. 엔지로가 애타게 그를 흔들어댔을 때, 그는 마침내 숨을 거두고 말았다. 김옥균의 무릎에는 '진리란 본래 흔적이 없다'라고 적힌 종잇조각이 떨어져있었다.

도쿄에서 김옥균의 암살소식을 접한 후쿠자와는 김옥균의 명복을 비는 듯 차분히 양손을 무릎에 놓고 침묵으로 일관하였고, 오유키는 비탄에 빠져 사나흘을 끼니도 거른 채 후쿠자와 댁의 법요에 참가한 후, 초연히 어딘가로 떠났다.

한국인 일본어 문학사전

A Dictionary of Literature in Japanese by Korean Authors

〈부록(附錄)〉

목 차

Ⅰ. 조선인 일본어 문학 목록   **959**

  1. 조선인 일본어소설 인명별 목록   960

  2. 조선인 일본어소설 작품별 목록   969

  3. 조선인 일본어소설 연도별 목록   979

  4. 조선인 일본어소설 게재지 목록   988

  5. 조선인 일본어 시가(詩歌) 목록   997

  6. 조선인 일본어 수필(隨筆) 목록   1009

  7. 조선인 일본어 평론(評論) 목록   1017

  8. 조선인 일본어 동화(童話) 목록   1030

  9. 조선인 일본어 논설(論說) 목록   1031

10. 조선인 일본어 서간문(書簡文) 목록   1036

11. 조선인 일본어 기행문(紀行文) 목록   1037

12. 조선인 일본어 일기문(日記文)·추도문(追悼文) 목록   1038

13. 조선인 일본어 희곡(戲曲)·시나리오 목록   1039

14. 조선인 일본어 르포·방문기(訪問記)·보고문(報告文) 목록   1040

15. 조선인 일본어 선언문(宣言文)·격문(檄文) 목록   1044

16. 조선인 일본어 앙케트 목록   1045

17. 조선인 일본어 좌담회(座談會) 목록   1046

18. 조선인 일본어 사설(社說)·기사(記事) 목록   1049

19. 조선인 일본어 극평(劇評)·문예시평(文藝時評) 목록   1052

20. 조선인 일본어 위문문(慰問文) 목록   1053

21. 조선인 일본어 잡문(雜文) 목록   1054

Ⅱ. 조선인 일본어 문학 게재지 목록   1061

  1. 일본잡지 및 신문 목록   1062

  2. 조선잡지 및 신문 목록   1066

  3. 일본잡지 및 신문 목록 서지사항   1068

  4. 조선잡지 및 신문 목록 서지사항   1090

Ⅲ. 재일한국인 일본어 문학 목록   1103

  1. 재일한국인 일본어 문학 작가별 목록   1104

  2. 재일한국인 일본어 문학 작품별 목록   1120

Ⅰ. 조선인 일본어 문학 목록

1. 조선인 일본어소설 인명별 목록
2. 조선인 일본어소설 작품별 목록
3. 조선인 일본어소설 연도별 목록
4. 조선인 일본어소설 게재지 목록
5. 조선인 일본어 시가(詩歌) 목록
6. 조선인 일본어 수필(隨筆) 목록
7. 조선인 일본어 평론(評論) 목록
8. 조선인 일본어 동화(童話) 목록
9. 조선인 일본어 논설(論說) 목록
10. 조선인 일본어 서간문(書簡文) 목록
11. 조선인 일본어 기행문(紀行文) 목록
12. 조선인 일본어 일기문(日記文)·추도문(追悼文) 목록
13. 조선인 일본어 희곡(戲曲)·시나리오 목록
14. 조선인 일본어 르포·방문기(訪問記)·보고문(報告文) 목록
15. 조선인 일본어 선언문(宣言文)·격문(檄文) 목록
16. 조선인 일본어 앙케트 목록
17. 조선인 일본어 좌담회(座談會) 목록
18. 조선인 일본어 사설(社說)·기사(記事) 목록
19. 조선인 일본어 극평(劇評)·문예시평(文藝時評) 목록
20. 조선인 일본어 위문문(慰問文) 목록
21. 조선인 일본어 잡문(雜文) 목록

1. 조선인 일본어소설 인명별 목록

※ 정렬순서는 인명의 가나다순으로 하였고 창씨명(본명미상)으로 게재한 작가는 마지막에 정렬하였다.

NO	작가명	작 품 명	게재지	게재년월일	필명
1	姜敬愛	長山串	大阪每日新聞 朝鮮版	1936. 6	
2	姜相鎬	父の心配	「ひ」新しき村	1928. 4	
3	高晶玉	シーク	淸涼	1930. 7	
4	具滋均	別れ行く	淸涼	1933. 3	
5	金耕修	新らしき日	東洋之光	1939. 5~6	
6	金光旭	移住民	進め	1929. 4~5	
7	金近烈	彼は凝視する	文章俱樂部	1928. 9	
8	金南天	少年行	朝鮮小說代表作集	1940. 2. 15	
		姉の事件	朝鮮文學選集	1940. 9. 20	
		或る朝	國民文學	1943. 1	
9	金達壽	をやぢ	藝術科	1940. 11	大澤達雄
		族譜	新藝術	1941. 11	大澤達雄
		塵	文藝首都	1942. 4	金光淳
10	金東里	野ばら	朝鮮小說代表作集	1940. 2	
		村の通り道	モダン日本	1940. 8	
11	金東仁	馬鈴薯	文章俱樂部	1928. 10	
		ペタラギ	大阪每日新聞 朝鮮版	1935. 1	
		赭い山 - ある醫師の手記	朝鮮小說代表作集	1940. 2. 15	
		足指が似て居る	朝鮮文學選集	1940. 9. 20	
12	金來成	橢圓形の鏡	ぷろふいる	1935. 12	
		探偵小說家の殺人	ぷろふいる	1935. 3	
13	金末峰	苦行	大阪每日新聞 朝鮮版	1936. 5~6	
14	金明淳	人生行路難	朝鮮及滿洲	1937. 9~10	
15	金文輯	京城異聞	三田文學	1936. 5	
16	金飛兎	白衣のマドンナ - 妻の不貞に泣く友 T君の爲に	淸涼	1928. 12	
17	金史良	土城廊	堤防	1936. 10	具珉
		土城廊(개작)	文藝首都	1940. 2	
		尹參奉	帝國大學新聞	1937. 3	具珉
		光の中に	文藝首都	1939. 10	
		箕子林	文藝首都	1940. 6	
		天馬	文藝首都	1940. 6	
		草深し	文藝	1940. 7	
		蛇	朝鮮畵報	1940. 8	
		無窮一家	改造	1940. 9	
		コブタンネ	光の中に	1940. 12	
		光冥	文學界	1941. 2	

NO	작가명	작 품 명	게재지	게재년월일	필명
		泥棒	文藝	1941. 5	
		月女	週刊朝日	1941. 5. 18	
		蟲	新潮	1941. 7	
		郷愁	文藝春秋	1941. 7	
		天使	婦人朝日	1941. 8	
		山の神々	文化朝鮮	1941. 9	
		鼻	知性	1941. 10	
		嫁	新潮	1941. 11	
		ムルオリ島	國民文學	1942. 1	
		親方コブセ	新潮	1942. 1	
		Q伯爵	故郷	1942. 4	
		乞食の墓	文化朝鮮	1942. 7	
		太白山脈	國民文學	1943. 2	
18	金士永	兄弟	新時代	1942. 11	
		幸不幸	國民文學	1943. 11	
		聖顔	國民文學	1943. 5	
		道	國民文學	1944. 5	
		細流	國民文學	1944. 7	清川士朗
19	金三圭	杭に立ったメス	朝鮮地方行政	1929. 11 ~1930. 1	
20	金聖珉	半島の藝術家たち	サンデー毎日	1936. 8~9	
		緑旗聯盟	緑旗聯盟	1940. 6	
21	金英根	苦力	戰旗	1928. 10	
22	金永年	朴書房 ᴾᵃᴷ꜀ᴼ꜀ᴮᴬᴺ	清凉	1932. 9	
		夜	清凉	1932. 9	
23	金寧容	愛すればこそ	サンデー毎日	1936. 6	
24	金龍濟	壯丁	國民文學	1944. 8	金村龍濟
25	金鍾武	救はれた小姐	清凉	1928. 4	
26	金鎭壽	肩掛 ꜱʜᴏʟᴜ	立教文學	1932. 2	
		夜	立教文學	1933. 10	
27	金哲	冬の宿	山都學苑	1938. 2	
28	金晃	おつぱらふやつ	進め	1928. 7	
29	金熙明	乞食の大將	野獸群	1927. 1	
		麗物侮辱の會	文藝鬪爭	1927. 4	
		笞の下を行く	文藝戰線	1927. 9	
		インテリゲンチヤ	社會福利	1930. 7~12	
30	羅稻香	啞者の三龍	週刊朝日	1929. 10	
31	盧聖錫	うたかた	清凉	1933. 11	
		名門の出	清凉	1934. 3	
32	盧天命	下宿	大阪毎日新聞 朝鮮版	1936. 5	

NO	작가명	작 품 명	게재지	게재년월일	필명
33	明貞基	或る女店員の秘密	朝鮮及滿洲	1937. 11	
34	朴能	味方 - 民族主義を蹴る	プロレタリア文學	1932. 9	
35	朴泰遠	崔老人傳抄錄	朝鮮小說代表作集	1940. 2	
		路は暗きを	モダン日本	1940. 8	
		距離	朝鮮文學選集	1940. 9. 20	
36	朴花城	洪水前後	大阪每日新聞 朝鮮版	1936. 5	
		旱鬼	改造	1936. 10	
37	白大鎭	饅頭賣ノ子供	新文界	1915. 1~3	樂天子
38	白黙石	一小事件	城大文學	1936. 5	
39	白信愛	顎富者 テオクプチヤ	大阪每日新聞 朝鮮版	1936. 4	
40	卞東琳	淨魂	國民文學	1942. 12	
41	徐起鴻	アザビの記錄	立敎文學	1937. 12	
42	孫東村	草堂 チョダン	文藝首都	1937. 9	
43	辛仁出	緋に染まる白衣	進め	1928. 8	
44	安舍光	放浪息子 - Kさんに捧ぐ	釜山日報	1930. 2	安鍾彦
45	安懷南	軍鶏	朝鮮小說代表作集	1940. 2	
		謙虛 - 金裕貞傳	朝鮮文學選集	1940. 12	
		溫室	朝鮮畵報	1941. 4	
46	廉想涉	自殺未遂	朝鮮文學選集	1940. 12. 10	
47	吳泳鎭	婆さん	淸凉	1934. 7	
		眞相	城大文學	1936. 2	
		友の死後	城大文學	1936. 5	
		かがみ	城大文學	1936. 7	
		丘の上の生活者	城大文學	1936. 11	
		若い龍の郷	國民文學	1944. 11	
48	禹昌壽	釋迦の夢	靑卷	1926. 5. 1	
49	兪鎭午	金講師とT敎授	文學案內	1937. 2	玄民
		かち栗	海を越えて	1939. 9	
		秋 - 又は杞壺の散步	朝鮮文學選集	1939. 12	
		滄浪亭記	朝鮮小說代表作集	1940. 2. 15	
		夏	文藝	1940. 7	
		蝶	早稻田文學	1940. 7	
		汽車の中	國民總力	1941. 1	
		福男伊	週刊朝鮮	1941. 5	
		南谷先生	國民文學	1942. 1	
		祖父の鐵屑	國民總力	1944. 3. 15	
50	尹基鼎	氷庫	朝鮮の言論と世相	1927. 10	
51	尹白南	口笛	改造	1932. 10	
		破鏡符合	朝鮮公論	1933. 6	
52	尹滋瑛	友の身の上	朝鮮公論	1920. 11	SY生

NO	작가명	작 품 명	게재지	게재년월일	필명
53	李光洙	愛か	白金學報	1909. 12	李寶鏡
		血書	朝鮮公論	1928. 4~5	
		無情	朝鮮思想通信	1928. 8 ~1929. 5	
		萬爺の死	改造	1936. 8	
		無明	モダン日本	1939.11	
		見知らぬ女人	朝鮮小說代表作集	1940. 2. 15	
		心相觸れてこそ	綠旗	1940. 3~7	
		嘉實	嘉實	1940. 4	
		亂啼烏	嘉實	1940. 4	
		夢	嘉實	1940. 4	
		鬻庄記	嘉實	1940. 4	
		山寺の人々	京城日報	1940. 5	
		加川校長	國民文學	1943. 10	
		蠅	國民總力	1943. 10	香山光郎
		兵になれる	新太陽	1943. 11	香山光郎
		大東亞	綠旗	1943. 12	香山光郎
		四十年	國民文學	1944. 1~3	香山光郎
		元述の出征	新時代	1944. 6	香山光郎
		少女の告白	新太陽	1944. 10	香山光郎
54	李光天	或る子供の備忘録	朝鮮の教育研究	1929. 2	
55	李箕永	故鄕	文學案內	1937. 1~4	
		苗木	朝鮮小說代表作集	1940. 2	
56	李無影	坂	大阪毎日新聞 朝鮮版	1934. 10	
		文書房	朝鮮國民文學集	1943. 4	
		土龍 - 間島旅裏 第2話	國民文學	1943. 4	
		靑瓦の家	靑瓦の家	1943. 9	
		宏壯氏	文化朝鮮	1944. 2	
		花屆物語	國民總力	1944. 4	
		情熱の書	情熱の書	1944. 4	
		婿	情熱の書	1944. 4	
		肖像	情熱の書	1944. 4	
		母	情熱の書	1944. 4	
		果園物語	情熱の書	1944. 4	
		初雪	情熱の書	1944. 4	
		第一課第一章	情熱の書	1944. 4	
57	李北鳴	初陣	文學評論	1935. 5	
		裸の部落	文學案內	1937. 2	
		鐵を掘る話	國民文學	1942. 10	
58	李箱	つばさ(翼)	朝鮮小說代表作集	1940. 2. 15	
59	李碩崑	觀音菩薩	城大文學	1936. 7	
		收縮	城大文學	1936. 11	

NO	작가명	작품명	게재지	게재년월일	필명
60	李石薰	五錢の悲しみ	釜山日報	1929. 8	
		平家蟹の敗走	釜山日報	1929. 10	
		ホームシツク	釜山日報	1929. 11	石井薫
		ある午後のユーモア	釜山日報	1929. 12	
		おしろい顔	釜山日報	1929. 12	
		澱んだ池に投げつけた石	釜山日報	1929. 12	石井薫
		バリカンを持った紳士	釜山日報	1930. 1	石井薫
		大森の追憶	釜山日報	1930. 2〜3	石井薫
		やっぱり男の世界だわ！	釜山日報	1930. 3	
		家が欲しい	京城日報	1932. 6	
		墜落した男	京城日報	1932. 6	
		樂しい葬式	京城日報	1932. 9	
		移住民列車	京城日報	1932. 10	
		ユエビンと支那人船夫	京城日報	1932. 11	
		嫉妬	東洋之光	1939. 3	
		ふるさと	綠旗	1941. 3	
		黎明 - ある序章	國民總力	1941. 4	
		インテリ、金山行く!	文化朝鮮	1941. 11	
		靜かな嵐	國民文學	1941. 11	
		どじようと詩人	文化朝鮮	1942. 5	牧洋
		東への旅	綠旗	1942. 5	牧洋
		夜 - 靜かな嵐 第二部 完結篇	國民文學	1942. 5〜6	牧洋
		先生たち	東洋之光	1942. 8	牧洋
		北の旅	國民文學	1943. 6	牧洋
		永遠の女	靜かな嵐	1943. 6	牧洋
		靜かな嵐 第三部 完結篇	靜かな嵐	1943. 6	牧洋
		隣りの女	靜かな嵐	1943. 6	牧洋
		漢江の船唄	靜かな嵐	1943. 6	牧洋
		豚追遊戲	國民文學	1943. 7	牧洋
		行軍	國民文學	1943. 7	牧洋
		血緣	東洋之光	1943. 8	牧洋
		蓬島物語 よもぎしまものがたり	國民文學	1943. 9	牧洋
		善靈	國民文學	1944. 5	牧洋
		處女地	國民文學	1945. 1	牧洋
61	李星斗	朝鮮の女優を繞る二人の男	朝鮮及滿洲	1937. 6	
		戀人を父より奪った一鮮人の手記	朝鮮及滿洲	1937. 8	
62	李壽昌	愚かなる告白	朝鮮公論	1924. 11	
		悩ましき回想	朝鮮及滿洲	1924. 11	
		或る鮮人求職者の話	朝鮮公論	1925. 1	
		街に蹄りて	朝鮮公論	1927. 3	
		或る面長とその子	朝鮮公論	1927. 4	

NO	작가명	작 품 명	게재지	게재년월일	필명
63	李菁玶	イヨ島	國民文學	1944. 8	宮原三治
		新任教師	國民文學	1945. 2	宮原三治
64	李永福	畑堂任	青年作家	1942. 7	森山一兵
65	李允基	北支戰線追憶記	東洋之光	1942. 4	大村謙三
		戰ふ志願兵	東洋之光	1942. 10~12	大村謙三
		平原を征く - 河北戰線從軍記	東洋之光	1943. 5~9, 11~12	大村謙三
		追擊戰記	國民文學	1943. 11	大村謙三
66	李益相	亡靈の亂舞	朝鮮詩論	1926. 6	
67	李人種	寡婦の夢	都新聞	1902. 1	
68	李在鶴	淚	淸凉	1925. 5	
		街路の詩人	淸凉	1926. 3	
69	李甸洙	とつかび	朝鮮行政	1937. 2	
70	李貞來	愛國子供隊	文藝	1942. 1	
71	李周洪	地獄案內	東洋之光	1943. 12 ~1944. 1	
72	李泰俊	櫻は植ゑたが	改造	1936. 10	
		不遇先生	外地評論	1939. 2	
		福德房	東洋之光	1939. 4	
		鴉	モダン日本	1939. 11	
		農軍	朝鮮小說代表作集	1940. 2	
		鐵路	京城日報	1940. 4. 10	
		ねえやさん	福德房	1941. 8	
		孫巨富	福德房	1941. 8	
		アダムの後裔	福德房	1941. 8	
		夜道	福德房	1941. 8	
		寧越令監	福德房	1941. 8	
		月夜	福德房	1941. 8	
		兎物語	福德房	1941. 8	
		侘しい話	福德房	1941. 8	
		土百姓	福德房	1941. 8	
		石橋	國民文學	1943. 1	
		第一號船の揷話	國民總力	1944. 9	
73	李皓根	不安なくなる	淸凉	1930. 7	
74	李孝石	豚	文藝通信	1936. 8	
		蕎麥の花の頃	文學案內	1937. 2	
		銀の鱒	外地評論	1939. 2	
		綠の塔	國民新報	1940. 1. 1 ~4. 28	
		一票の效能	京城日報	1940. 4	
		ほのかな光	文藝	1940. 7	

NO	작가명	작품명	게재지	게재년월일	필명
		秋	朝鮮畵報	1940. 11	
		素服と靑磁	婦人畵報	1940. 12	
		春衣裳	週刊朝日	1941. 5	
		薊の章	國民文學	1941. 11	
		皇帝	國民文學	1942. 8	
75	任淳得	名付親	文化朝鮮	1942. 10	
		秋の贈物	每新寫眞旬報	1942. 12. 1	
		月夜の語り	春秋	1943. 2	
76	張德祚	子守唄	大阪每日新聞 朝鮮版	1936. 5	
		行路	國民總力	1943. 12	
77	張赫宙	白揚木	大地に立つ	1930. 10	
		餓鬼道	改造	1932. 4	
		追はれる人々	改造	1932. 10	
78	丁旬希	演奏會	朝鮮及滿洲	1928. 11	
79	鄭飛石	村は春と共に	綠旗	1942. 4	
		愛の倫理	文化朝鮮	1943. 4	
		山の憩ひ	新時代	1943. 4~5	
		化の皮	國民文學	1943. 7	
		射擊	國民文學	1943. 7	
		幸福	半島作家短篇集	1944. 5	
		落花の賦	國民文學	1945. 1	
80	鄭然圭	血戰の前夜	藝術戰線	1923. 6	
		咽ぶ淚	生の悶え	1923. 6. 5	
		棄てられた屍	生の悶え	1923. 6. 5	
		大澤子爵の遺書	新人	1925. 8	
		光子の生	解放	1925. 9	
81	鄭遇尙	聲	文學評論	1935. 11	
82	鄭人澤	見果てぬ夢	朝鮮畵報	1941. 1	
		淸凉里界隈	國民文學	1941. 11	
		殼	綠旗	1942. 3	
		傘 - 大人のお伽噺	新時代	1942. 4	
		色箱子	國民文學	1942. 4	
		晚年記	東洋之光	1942. 5	
		濃霧	國民文學	1942. 11	
		雀を燒く	文化朝鮮	1943. 1	
		不肖の子ら	朝光	1943. 9	
		かへりみはせじ	國民文學	1943. 10	
		連翹	文化朝鮮	1944. 5	
		愛情	半島作家短篇集	1944. 5	
		覺書	國民文學	1944. 7	
		美しい話	淸凉里界隈	1944. 12	

NO	작가명	작품명	게재지	게재년월일	필명
83	趙容萬	神経質時代	清凉	1928. 5	
		UNE VIE	清凉	1928. 12	
		船の中	國民文學	1942. 7	
		森君夫妻と僕と	國民文學	1942. 12	
		ふるさと	綠旗	1942. 12	
		佛國寺の宿	國民總力	1943. 10	
		端溪の硯	興亞文化	1944. 4	
84	朱瓊淑	情熱の末路	朝鮮及滿洲	1937. 1	
85	池奉文	權爺さん	綠旗	1943. 3	池内奉文
86	秦學文	叫び	京城日報	1917. 8	秦瞬星
87	蔡萬植	童話	朝鮮小說代表作集	1940. 2. 15	
88	崔東一	渦巻の中	麵麭	1936. 2	
		狂つた男	麵麭	1936. 9	
		惡夢	麵麭	1936.12	
		或下男の話	麵麭	1937. 4	
		泥海	麵麭	1937. 9	
89	崔明翊	逆說	朝鮮小說代表作集	1940. 2. 15	
		心紋	モダン日本	1940. 8	
90	崔秉一	或る晩	東洋之光	1943. 1	
		本音	國民文學	1943. 11	
		安書房	梨の木	1944. 3	
		啞	梨の木	1944. 3	
		旅人	梨の木	1944. 3	
		童話	梨の木	1944. 3	
		梨の木	梨の木	1944. 3	
		風景畵 - 小品三題	梨の木	1944. 3	
		村の人	梨の木	1944. 3	
		便り	東洋之光	1944. 6	
91	崔曙海	飢餓と殺戮	朝鮮時論	1926. 9	
		二重	朝鮮の言論と世相	1927. 10	
		紅焰	大阪每日新聞 朝鮮版	1935. 1~2	崔鶴松
92	崔允秀	廢邑の人々	京城日報	1928. 5~6	
93	崔載瑞	報道演習班	國民文學	1943. 7	
		燧石	國民文學	1944. 1	
		月城君の從軍	綠旗	1944. 2	石耕
		非時の花	國民文學	1944. 5~8	石田耕人
		民族の結婚	國民文學	1945. 1~2	石田耕人
94	崔貞熙	日陰	大阪每日新聞 朝鮮版	1936. 4~5	
		地脈	朝鮮文學選集	1940. 9	
		幻の兵士	國民總力	1941. 2	
		靜寂記	文化朝鮮	1941. 5	
		二月十五日の夜	新時代	1942. 4	
		野菊抄	國民文學	1942. 11	

NO	작가명	작 품 명	게재지	게재년월일	필명
95	韓商鎬	春を待つ	淸凉	1930. 3	
		妹の自殺	淸凉	1930. 7	
96	韓雪野	初戀	滿洲日日新聞	1927. 1	雪野生
		合宿所の夜	滿洲日日新聞	1927. 1	雪野生
		暗い世界	滿洲日日新聞	1927. 2	雪野廣
		白い開墾地	文學案內	1937. 2	
		大陸	國民新報	1939. 5. 28 ~ 9. 24	
		摸索	朝鮮文學選集	1940. 9	
		血	國民文學	1942. 1	
		影	國民文學	1942. 12	
97	韓植	履歷と宣言	新人	1926. 1	
		飴賣り	プロレタリア藝術	1927. 7	
98	韓再熙	朴爺の話	朝鮮の言論と世相	1927. 10	
		朝子の死	朝鮮公論	1928. 2	
		從嫂の死	京城日報	1931. 9	
99	許泳	流れ	若草	1932. 9	日夏英太郎
100	許俊	習作部屋から	朝鮮畫報	1940. 10	
101	玄鎭健	火事	文章俱樂部	1925. 9	
		朝鮮の顔	朝鮮時論	1926. 8	
		ピアーノ	朝鮮時論	1926. 9	
		B舍監とラヴレター	大阪每日新聞 朝鮮版	1935. 2	
102	玄薰	巖	春秋	1943. 10	
		山また山	東洋之光	1945. 1	
103	洪永杓	犧牲	淸凉	1933. 3	
104	洪鐘羽	東京の片隅で	文藝首都	1938. 6	靑木洪
		耕す人々の群	耕す人々の群	1941. 8	靑木洪
		ミインメヌリ	朝鮮國民文學集	1942. 2. 2	靑木洪
		妻の故鄉	國民文學	1942. 4	靑木洪
		ふるさとの姉	國民文學	1942. 10	靑木洪
		見學物語	國民文學	1943. 12	靑木洪
105	安東益雄	若い力	國民文學	1942. 5~6	
		晴風	國民文學	1943. 5	
106	金園正博	姉は何處に	東洋之光	1942. 3	
		武裝	東洋之光	1944. 5	
107	吳本篤彦	矜恃	國民文學	1943. 9	
		羈絆	國民文學	1943. 11	
		蘗月	國民文學	1944. 4	
		崖	國民文學	1944. 9	
108	高野在善	軍裝	國民總力	1943. 12	
109	南川博	金玉均の死	國民文學	1944. 3	

2. 조선인 일본어소설 작품별 목록

※ 정렬순서는 작품의 가나(アイウ)순으로 하였다.

NO	작 품 명	작가명	게재지	게재년월일	필명
1	愛か	李光洙	白金學報	1909. 12	李寶鏡
2	愛國子供隊	李貞來	文藝	1942. 1	
3	愛すればこそ	金寧容	サンデー毎日	1936. 6	
4	愛の倫理	鄭飛石	文化朝鮮	1943. 4	
5	靑瓦の家	李無影	靑瓦の家	1943. 9	
6	赭い山 - ある醫師の手記	金東仁	朝鮮小說代表作集	1940. 2. 15	
7	緋に染まる白衣	辛仁出	進め	1928. 8	
8	秋	李孝石	朝鮮畫報	1940. 11	
9	秋 - 又は杞壺の散步	兪鎭午	朝鮮文學選集	1939. 12	
10	秋の贈物	任淳得	每新寫眞旬報	1942. 12. 1	
11	惡夢	崔東一	麵麭	1936. 12	
12	朝子の死	韓再熙	朝鮮公論	1928. 2	
13	アザビの記錄	徐起鴻	立敎文學	1937. 12	
14	薊の章	李孝石	國民文學	1941. 11	
15	啞者の三龍	羅稻香	週刊朝日	1929. 10	
16	足指が似て居る	金東仁	朝鮮文學選集	1940. 9. 20	
17	アダムの後裔	李泰俊	福德房	1941. 8	
18	新らしき日	金耕修	東洋之光	1939. 5~6	
19	姉の事件	金南天	朝鮮文學選集	1940. 9. 20	
20	姉は何處に	金園正博	東洋之光	1942. 3	
21	飴賣り	韓植	プロレタリア藝術	1927. 7	
22	或る朝	金南天	國民文學	1943. 1	
23	或下男の話	崔東一	麵麭	1937. 4	
24	或る子供の備忘錄	李光天	朝鮮の敎育硏究	1929. 2	
25	或る女店員の秘密	明貞基	朝鮮及滿洲	1937. 11	
26	ある午後のユーモア	李石薰	釜山日報	1929. 12	
27	或る鮮人求職者の話	李壽昌	朝鮮公論	1925. 1	
28	或る面長とその子	李壽昌	朝鮮公論	1927. 4	
29	或る晚	崔秉一	東洋之光	1943. 1	
30	安書房	崔秉一	梨の木	1944. 3	
31	家が欲しい	李石薰	京城日報	1932. 6	
32	犠牲^{イケニヘ}	洪永杓	淸凉	1933. 3	
33	石橋	李泰俊	國民文學	1943. 1	
34	移住民	金光旭	進め	1929. 4~5	
35	移住民列車	李石薰	京城日報	1932. 10	
36	一小事件	白默石	城大文學	1936. 5	

NO	작품 명	작가명	게재지	게재년월일	필명
37	一票の効能	李孝石	京城日報	1940. 4	
38	妹の自殺	韓商鎬	清凉	1930. 7	
39	イヨ島	李菁珩	國民文學	1944. 8	宮原三治
40	巖	玄薰	春秋	1943. 10	
41	インテリ、金山行く！	李石薰	文化朝鮮	1941. 11	
42	インテリゲンチヤ	金熙明	社會福利	1930. 7～12	
43	初陳	李北鳴	文學評論	1935. 5	
44	元述の出征	李光洙	新時代	1944. 6	香山光郎
45	兎物語	李泰俊	福德房	1941. 8	
46	渦巻の中	崔東一	麵麭	1936. 2	
47	うたかた	盧聖錫	清凉	1933. 11	
48	美しい話	鄭人澤	清凉里界隈	1944. 12	
49	UNE VIE	趙容萬	清凉	1928. 12	
50	永遠の女	李石薰	靜かな嵐	1943. 6	牧洋
51	演奏會	丁旬希	朝鮮及滿洲	1928. 11	
52	大澤子爵の遺書	鄭然圭	新人	1925. 8	
53	大森の追憶	李石薰	釜山日報	1930. 2～3	石井薰
54	丘の上の生活者	吳泳鎭	城大文學	1936. 11	
55	啞	崔秉一	梨の木	1944. 3	
56	おしろい顔	李石薰	釜山日報	1929. 12	
57	おつぱらふやつ	金晃	進め	1928. 7	
58	追はれる人々	張赫宙	改造	1932. 10	
59	覺書	鄭人澤	國民文學	1944. 7	
60	親方コブセ	金史良	新潮	1942. 1	
61	をやぢ	金達壽	藝術科	1940. 11	大澤達雄
62	愚かなる告白	李壽昌	朝鮮公論	1924. 11	
63	溫室	安懷南	朝鮮畫報	1941. 4	
64	街路の詩人	李在鶴	清凉	1926. 3	
65	かへりみはせじ	鄭人澤	國民文學	1943. 10	
66	果園物語	李無影	情熱の書	1944. 4	
67	かがみ	吳泳鎭	城大文學	1936. 7	
68	加川校長	李光洙	國民文學	1943. 10	
69	餓鬼道	張赫宙	改造	1932. 4	
70	影	韓雪野	國民文學	1942. 12	
71	崖	吳本篤彦	國民文學	1944. 9	
72	傘 - 大人のお伽噺	鄭人澤	新時代	1942. 4	
73	火事	玄鎭健	文章倶樂部	1925. 9	
74	嘉實	李光洙	嘉實	1940. 4	
75	かち栗	兪鎭午	海を越えて	1939. 9	
76	合宿所の夜	韓雪野	滿洲日日新聞	1927. 1	雪野生

NO	작 품 명	작가명	게재지	게재년월일	필명
77	化の皮	鄭飛石	國民文學	1943. 7	
78	寡婦の夢	李人稙	都新聞	1902. 1	
79	殼	鄭人澤	綠旗	1942. 3	
80	鴉	李泰俊	モダン日本	1939. 11	
81	彼は凝視する	金近烈	文章俱樂部	1928. 9	
82	觀音菩薩	李碩崑	城大文學	1936. 7	
83	旱鬼	朴花城	改造	1936. 10	
84	飢餓と殺戮	崔曙海	朝鮮時論	1926. 9	
85	蘗月	吳本篤彦	國民文學	1944. 4	
86	汽車の中	兪鎭午	國民總力	1941. 1	
87	箕子林	金史良	文藝首都	1940. 6	
88	北の旅	李石薰	國民文學	1943. 6	牧洋
89	羈絆	吳本篤彦	國民文學	1943. 11	
90	逆說	崔明翊	朝鮮小說代表作集	1940. 2. 15	
91	鄉愁	金史良	文藝春秋	1941. 7	
92	矜恃	吳本篤彦	國民文學	1943. 9	
93	兄弟	金士永	新時代	1942. 11	
94	距離	朴泰遠	朝鮮文學選集	1940. 9. 20	
95	金玉均の死	南川博	國民文學	1944. 3	
96	金講師とT敎授	兪鎭午	文學案內	1937. 2	玄民
97	銀の鱒	李孝石	外地評論	1939. 2	
98	苦行	金末峰	大阪每日新聞 朝鮮版	1936. 5~6	
99	草深し	金史良	文藝	1940. 7	
100	口笛	尹白南	改造	1932. 10	
101	Q伯爵	金史良	故鄕	1942. 4	
102	暗い世界	韓雪野	滿洲日日新聞	1927. 2	雪野廣
103	苦力	金英根	戰旗	1928. 10	
104	狂つた男	崔東一	麵麭	1936. 9	
105	軍鷄	安懷南	朝鮮小說代表作集	1940. 2	
106	軍裝	高野在善	國民總力	1943. 12	
107	京城異聞	金文輯	三田文學	1936. 5	
108	下宿	盧天命	大阪每日新聞 朝鮮版	1936. 5	
109	血書	李光洙	朝鮮公論	1928. 4~5	
110	血緣	李石薰	東洋之光	1943. 8	
111	月女	金史良	週刊朝日	1941. 5. 18	
112	血戰の前夜	鄭然圭	藝術戰線	1923. 6	
113	見學物語	洪鍾羽	國民文學	1943. 12	靑木洪
114	謙虛 - 金裕貞傳	安懷南	朝鮮文學選集	1940. 12	
115	戀人を父より奪った一鮮人の手記	李星斗	朝鮮及滿洲	1937. 8	
116	紅焰	崔曙海	大阪每日新聞 朝鮮版	1935. 1~2	崔鶴松

NO	작 품 명	작가명	게재지	게재년월일	필명
117	行軍	李石薰	國民文學	1943. 7	牧洋
118	洪水前後	朴花城	大阪毎日新聞 朝鮮版	1936. 5	
119	宏壯氏	李無影	文化朝鮮	1944. 2	
120	皇帝	李孝石	國民文學	1942. 8	
121	幸不幸	金士永	國民文學	1943. 11	
122	幸福	鄭飛石	半島作家短篇集	1944. 5	
123	行路	張德祚	國民總力	1943. 12	
124	聲	鄭遇尙	文學評論	1935. 11	
125	故鄕	李箕永	文學案內	1937. 1～4	
126	心相觸れてこそ	李光洙	綠旗	1940. 3～7	
127	乞食の大將	金熙明	野獸群	1927. 1	
128	乞食の墓	金史良	文化朝鮮	1942. 7	
129	五錢の悲しみ	李石薰	釜山日報	1929. 8	
130	コブタンネ	金史良	光の中に	1940. 12	
131	塵	金達壽	文藝首都	1942. 4	金光淳
132	光冥	金史良	文學界	1941. 2	
133	子守唄	張德祚	大阪毎日新聞 朝鮮版	1936. 5	
134	權爺さん	池奉文	綠旗	1943. 3	池內奉文
135	細流	金士永	國民文學	1944. 7	淸川士朗
136	坂	李無影	大阪毎日新聞 朝鮮版	1934. 10	
137	櫻は植ゑたが	李泰俊	改造	1936. 10	
138	叫び	秦學文	京城日報	1917. 8	秦瞬星
139	釋迦の夢	禹昌壽	靑卷	1926. 5. 1	
140	シーク	高晶玉	淸凉	1930. 7	
141	靜かな嵐	李石薰	國民文學	1941. 11	
142	靜かな嵐 第三部 完結篇	李石薰	靜かな嵐	1943. 6	牧洋
143	嫉妬	李石薰	東洋之光	1939. 3	
144	射擊	鄭飛石	國民文學	1943. 7	
145	習作部屋から	許俊	朝鮮畫報	1940. 10	
146	收縮	李碩崑	城大文學	1936. 11	
147	處女地	李石薰	國民文學	1945. 1	牧洋
148	少女の告白	李光洙	新太陽	1944. 10	香山光郎
149	肖像	李無影	情熱の書	1944. 4	
150	少年行	金南天	朝鮮小說代表作集	1940. 2. 15	
151	肩掛	金鎭壽	立敎文學	1932. 2	
152	白い開墾地	韓雪野	文學案內	1937. 2	
153	地獄案內	李周洪	東洋之光	1943. 12 ～44. 1	
154	自殺未遂	廉想涉	朝鮮文學選集	1940. 12. 10	
155	從嫂の死	韓再熙	京城日報	1931. 9	

NO	작 품 명	작가명	게재지	게재년월일	필명
156	淨魂	卞東琳	國民文學	1942. 12	
157	情熱の書	李無影	情熱の書	1944. 4	
158	情熱の末路	朱瓊淑	朝鮮及滿洲	1937. 1	
159	神経質時代	趙容萬	淸凉	1928. 5	
160	眞相	吳泳鎭	城大文學	1936. 2	
161	新任敎師	李菁珩	國民文學	1945. 2	宮原三治
162	心紋	崔明翊	モダン日本	1940. 8	
163	人生行路難	金明淳	朝鮮及滿洲	1937. 9~10	
164	燧石	崔載瑞	國民文學	1944. 1	
165	救はれた小姐	金鍾武	淸凉	1928. 4	
166	雀を燒く	鄭人澤	文化朝鮮	1943. 1	
167	棄てられた屍	鄭然圭	生の悶え	1923. 6. 5	
168	聖顔	金士永	國民文學	1943. 5	
169	靜寂記	崔貞熙	文化朝鮮	1941. 5	
170	晴風	安東益雄	國民文學	1943. 5	
171	色箱子 (セクサンヂヤ)	鄭人澤	國民文學	1942. 4	
172	先生たち	李石薰	東洋之光	1942. 8	牧洋
173	善靈	李石薰	國民文學	1944. 5	牧洋
174	壯丁	金龍濟	國民文學	1944. 8	金村龍濟
175	滄浪亭記	兪鎭午	朝鮮小說代表作集	1940. 2. 15	
176	蕎麥の花の頃	李孝石	文學案內	1937. 2	
177	祖父の鐵屑	兪鎭午	國民總力	1944. 3. 15	
178	素服と靑磁	李孝石	婦人畵報	1940. 12	
179	族譜	金達壽	新藝術	1941. 11	大澤達雄
180	孫巨富	李泰俊	福德房	1941. 8	
181	太白山脈	金史良	國民文學	1943. 2	
182	大陸	韓雪野	國民新報	1939. 5. 28 ~ 9. 24	
183	第一號船の挿話	李泰俊	國民總力	1944. 9	
184	第一課第一章	李無影	情熱の書	1944. 4	
185	大東亞	李光洙	綠旗	1943. 12	香山光郎
186	橢圓形の鏡	金來成	ぷろふいる	1935. 12	
187	耕す人々の群	洪鐘羽	耕す人々の群	1941. 8	靑木洪
188	戰ふ志願兵	李允基	東洋之光	1942. 10~12	大村謙三
189	樂しい葬式	李石薰	京城日報	1932. 9	
190	旅人	崔秉一	梨の木	1944. 3	
191	便り	崔秉一	東洋之光	1944. 6	
192	端溪の硯	趙容萬	興亞文化	1944. 4	
193	探偵小說家の殺人	金來成	ぷろふいる	1935. 3	
194	血	韓雪野	國民文學	1942. 1	

NO	작품명	작가명	게재지	게재년월일	필명
195	父の心配	姜相鎬	「ひ」新しき村	1928. 4	
196	地脈	崔貞熙	朝鮮文學選集	1940. 9	
197	蝶	兪鎭午	早稻田文學	1940. 7	
198	朝鮮の顔	玄鎭健	朝鮮時論	1926. 8	
199	朝鮮の女優を繞る二人の男	李星斗	朝鮮及滿洲	1937. 6	
200	草堂	孫東村	文藝首都	1937. 9	
201	淸涼里界隈	鄭人澤	國民文學	1941. 11	
202	崔老人傳抄錄	朴泰遠	朝鮮小說代表作集	1940. 2	
203	追擊戰記	李允基	國民文學	1943. 11	大村謙三
204	墜落した男	李石薰	京城日報	1932. 6	
205	月城君の從軍	崔載瑞	綠旗	1944. 2	石耕
206	月夜	李泰俊	福德房	1941. 8	
207	月夜の語り	任淳得	春秋	1943. 2	
208	杭に立ったメス	金三圭	朝鮮地方行政	1929. 11 ~1930. 1	
209	つばさ(翼)	李箱	朝鮮小說代表作集	1940. 2.15	
210	妻の故鄕	洪鍾羽	國民文學	1942. 4	靑木洪
211	顎富者	白信愛	大阪毎日新聞 朝鮮版	1936. 4	
212	鐵路	李泰俊	京城日報	1940. 4. 10	
213	鐵を掘る話	李北鳴	國民文學	1942. 10	
214	長山串	姜敬愛	大阪毎日新聞 朝鮮版	1936. 6	
215	天使	金史良	婦人朝日	1941. 8	
216	天馬	金史良	文藝首都	1940. 6	
217	東京の片隅で	洪鍾羽	文藝首都	1938. 6	靑木洪
218	童話	蔡萬植	朝鮮小說代表作集	1940. 2. 15	
219	童話	崔秉一	梨の木	1944. 3	
220	土城廊	金史良	堤防	1936. 10	具珉
221	土城廊(개작)	金史良	文藝首都	1940. 2	
222	どじようと詩人	李石薰	文化朝鮮	1942. 5	牧洋
223	とつかび	李甸洙	朝鮮行政	1937. 2	
224	隣りの女	李石薰	靜かな嵐	1943. 6	牧洋
225	土百姓	李泰俊	福德房	1941. 8	
226	友の死後	吳泳鎭	城大文學	1936. 5	
227	友の身の上	尹滋瑛	朝鮮公論	1920. 11	SY生
228	豚	李孝石	文藝通信	1936. 8	
229	土龍 - 間島旅裏 第2話	李無影	國民文學	1943. 4	
230	泥棒	金史良	文藝	1941. 5	
231	泥海	崔東一	麴麴	1937. 9	
232	苗木	李箕永	朝鮮小說代表作集	1940. 2	

NO	작품명	작가명	게재지	게재년월일	필명
233	流れ	許泳	若草	1932. 9	日夏英太郎
234	梨の木	崔秉一	梨の木	1944. 3	
235	夏	兪鎭午	文藝	1940. 7	
236	名付親	任淳得	文化朝鮮	1942. 10	
237	涙	李在鶴	清凉	1925. 5	
238	悩ましき回想	李壽昌	朝鮮及滿洲	1924. 11	
239	南谷先生	兪鎭午	國民文學	1942. 1	
240	二月十五日の夜	崔貞熙	新時代	1942. 4	
241	二重	崔曙海	朝鮮の言論と世相	1927. 10	
242	ねえやさん	李泰俊	福德房	1941. 8	
243	農軍	李泰俊	朝鮮小説代表作集	1940. 2	
244	濃霧	鄭人澤	國民文學	1942. 11	
245	野菊抄	崔貞熙	國民文學	1942. 11	
246	野ばら	金東里	朝鮮小説代表作集	1940. 2	
247	廢邑の人々	崔允秀	京城日報	1928. 5~6	
248	蠅	李光洙	國民總力	1943. 10	香山光郎
249	花屈物語	李無影	國民總力	1944. 4	
250	破鏡符合	尹白南	朝鮮公論	1933. 6	
251	裸の部落	李北鳴	文學案内	1937. 2	
252	初戀	韓雪野	滿洲日日新聞	1927. 1	雪野生
253	初雪	李無影	情熱の書	1944. 4	
254	鼻	金史良	知性	1941. 10	
255	母	李無影	情熱の書	1944. 4	
256	春を待つ	韓商鎬	清凉	1930. 3	
257	春衣裳	李孝石	週刊朝日	1941. 5	
258	婆さん	吳泳鎭	清凉	1934. 7	
259	朴書房 バクソバン	金永年	清凉	1932. 9	
260	朴爺の話	韓再熙	朝鮮の言論と世相	1927. 10	
261	畑堂任 バッタンニム	李永福	靑年作家	1942. 7	森山一兵
262	バリカンを持った紳士	李石薰	釜山日報	1930. 1	石井薰
263	馬鈴薯	金東仁	文章俱樂部	1928. 10	
264	漢江の船唄	李石薰	靜かな嵐	1943. 6	牧洋
265	半島の藝術家たち	金聖珉	サンデー毎日	1936. 8~9	
266	晩年記	鄭人澤	東洋之光	1942. 5	
267	日陰	崔貞熙	大阪毎日新聞 朝鮮版	1936. 4~5	
268	光の中に	金史良	文藝首都	1939. 10	
269	東への旅	李石薰	綠旗	1942. 5	牧洋
270	非時の花	崔載瑞	國民文學	1944. 5~8	石田耕人
271	B舍監とラヴレター	玄鎭健	大阪毎日新聞 朝鮮版	1935. 2	

NO	작품명	작가명	게재지	게재년월일	필명
272	白衣のマドンナ - 妻の不貞に泣く友T君の爲に	金飛兎	淸凉	1928. 12	
273	氷庫	尹基鼎	朝鮮の言論と世相	1927. 10	
274	ピアーノ	玄鎭健	朝鮮時論	1926. 9	
275	不安なくなる	李皓根	淸凉	1930. 7	
276	風景畵 - 小品三題	崔秉一	梨の木	1944. 3	
277	不遇先生	李泰俊	外地評論	1939. 2	
278	不肖の子ら	鄭人澤	朝光	1943. 9	
279	船の中	趙容萬	國民文學	1942. 7	
280	冬の宿	金哲	山都學苑	1938. 2	
281	ふるさと	李石薰	綠旗	1941. 3	
282	ふるさと	趙容萬	綠旗	1942. 12	
283	ふるさとの姉	洪鍾羽	國民文學	1942. 10	靑木洪
284	武裝	金園正博	東洋之光	1944. 5	
285	豚追遊戲	李石薰	國民文學	1943. 7	牧洋
286	佛國寺の宿	趙容萬	國民總力	1943. 10	
287	平家蟹の敗走	李石薰	釜山日報	1929. 10	
288	平原を征く - 河北戰線從軍記	李允基	東洋之光	1943. 5~9, 11~12	大村謙三
289	兵になれる	李光洙	新太陽	1943. 11	香山光郎
290	蛇	金史良	朝鮮畵報	1940. 8	
291	ペタラギ	金東仁	大阪毎日新聞 朝鮮版	1935. 1	
292	放浪息子 - Kさんに捧ぐ	安含光	釜山日報	1930. 2	安鍾彦
293	報道演習班	崔載瑞	國民文學	1943. 7	
294	北支戰線追憶記	李允基	東洋之光	1942. 4	大村謙三
295	ほのかな光	李孝石	文藝	1940. 7	
296	ホームシツク	李石薰	釜山日報	1929. 11	石井薰
297	亡靈の亂舞	李益相	朝鮮詩論	1926. 6	
298	福德房	李泰俊	東洋之光	1939. 4	
299	福男伊	兪鎭午	週刊朝鮮	1941. 5	
300	白揚木	張赫宙	大地に立つ	1930. 10	
301	本音	崔秉一	國民文學	1943. 11	
302	街に歸りて	李壽昌	朝鮮公論	1927. 3	
303	幻の兵士	崔貞熙	國民總力	1941. 2	
304	萬爺の死	李光洙	改造	1936. 8	
305	饅頭賣ノ子供	白大鎭	新文界	1915. 1~3	樂天子
306	味方 - 民族主義を蹴る	朴能	プロレタリア文學	1932. 9	
307	見知らぬ女人	李光洙	朝鮮小說代表作集	1940. 2. 15	
308	道	金士永	國民文學	1944. 5	
309	路は暗きを	朴泰遠	モダン日本	1940. 8	
310	光子の生	鄭然圭	解放	1925. 9	

NO	작 품 명	작가명	게재지	게재년월일	필명
311	綠の塔	李孝石	國民新報	1940. 1. 1 ~4. 28	
312	見果てぬ夢	鄭人澤	朝鮮畫報	1941. 1	
313	民族の結婚	崔載瑞	國民文學	1945. 1~2	石田耕人
314	ミインメヌリ	洪鐘羽	朝鮮國民文學集	1942. 2. 2	青木洪
315	無窮一家	金史良	改造	1940. 9	
316	婿	李無影	情熱の書	1944. 4	
317	蟲	金史良	新潮	1941. 7	
318	無情	李光洙	朝鮮思想通信	1928. 8 ~1929. 5	
319	咽ぶ涙	鄭然圭	生の悶え	1923. 6. 5	
320	笞の下を行く	金熙明	文藝戰線	1927. 9	
321	無明	李光洙	モダン日本	1939. 11	
322	村の通り道	金東里	モダン日本	1940. 8	
323	村の人	崔秉一	梨の木	1944. 3	
324	村は春と共に	鄭飛石	綠旗	1942. 4	
325	ムルオリ島	金史良	國民文學	1942. 1	
326	文書房	李無影	朝鮮國民文學集	1943. 4	
327	名門の出	盧聖錫	清凉	1934. 3	
328	摸索	韓雪野	朝鮮文學選集	1940. 9	
329	蓬島物語	李石薫	國民文學	1943. 9	牧洋
330	森君夫妻と僕と	趙容萬	國民文學	1942. 12	
331	やっぱり男の世界だわ！	李石薫	釜山日報	1930. 3	
332	山寺の人々	李光洙	京城日報	1940. 5	
333	山の神々	金史良	文化朝鮮	1941. 9	
334	山の憩ひ	鄭飛石	新時代	1943. 4~5	
335	山また山	玄薫	東洋之光	1945. 1	
336	愛情	鄭人澤	半島作家短篇集	1944. 5	
337	ユエビンと支那人船夫	李石薫	京城日報	1932. 11	
338	夢	李光洙	嘉實	1940. 4	
339	鬻壓記 鬻庄記	李光洙	嘉實	1940. 4	
340	尹參奉	金史良	帝國大學新聞	1937. 3	具珉
341	澱んだ池に投げつけた石	李石薫	釜山日報	1929. 12	石井薫
342	夜道	李泰俊	福德房	1941. 8	
343	嫁	金史良	新潮	1941. 11	
344	夜	金永年	清凉	1932. 9	
345	夜	金鎭壽	立教文學	1933. 10	
346	夜 - 静かな嵐 第二部	李石薫	國民文學	1942. 5~6	牧洋
347	寧越令監	李泰俊	福德房	1941. 8	
348	四十年	李光洙	國民文學	1944. 1~3	香山光郎
349	落花の賦	鄭飛石	國民文學	1945. 1	

NO	작 품 명	작가명	게재지	게재년월일	필명
350	亂啼烏	李光洙	嘉實	1940. 4	
351	履歷と宣言	韓植	新人	1926. 1	
352	麗物侮辱の會	金熙明	文藝鬪爭	1927. 4	
353	黎明 - ある序章	李石薰	國民總力	1941. 4	
354	連翹	鄭人澤	文化朝鮮	1944. 5	
355	綠旗聯盟	金聖珉	綠旗聯盟	1940. 6	
356	若い力	安東益雄	國民文學	1942. 5~6	
357	若い龍の郷	吳泳鎭	國民文學	1944. 11	
358	別れ行く	具滋均	淸凉	1933. 3	
359	侘しい話	李泰俊	福德房	1941. 8	

3. 조선인 일본어소설 연도별 목록

※ 정렬순서는 작품게재 날짜순으로 하였다.

NO	게재년월일	작가명	작 품 명	게재지	필명
1	1902. 1	李人稙	寡婦の夢	都新聞	
2	1909. 12	李光洙	愛か	白金學報	李寶鏡
3	1915. 1~3	白大鎭	饅頭賣ノ子供	新文界	樂天子
4	1917. 8	秦學文	叫び	京城日報	秦瞬星
5	1920. 11	尹滋瑛	友の身の上	朝鮮公論	SY生
6	1923. 6	鄭然圭	血戰の前夜	藝術戰線	
7	1923. 6. 5	鄭然圭	棄てられた屍	生の悶え	
8	1923. 6. 5	鄭然圭	咽ぶ涙	生の悶え	
9	1924. 11	李壽昌	愚かなる告白	朝鮮公論	
10	1924. 11	李壽昌	悩ましき回想	朝鮮及滿洲	
11	1925. 1	李壽昌	或る鮮人求職者の話	朝鮮公論	
12	1925. 5	李在鶴	涙	清凉	
13	1925. 8	鄭然圭	大澤子爵の遺書	新人	
14	1925. 9	鄭然圭	光子の生	解放	
15	1925. 9	玄鎭健	火事	文章倶樂部	
16	1926. 1	韓植	履歴と宣言	新人	
17	1926. 3	李在鶴	街路の詩人	清凉	
18	1926. 5. 1	禹昌壽	釋迦の夢	青卷	
19	1926. 6	李益相	亡靈の亂舞	朝鮮詩論	
20	1926. 8	玄鎭健	朝鮮の顔	朝鮮時論	
21	1926. 9	崔曙海	飢餓と殺戮	朝鮮時論	
22	1926. 9	玄鎭健	ピアーノ	朝鮮時論	
23	1927. 1	金熙明	乞食の大將	野獸群	
24	1927. 1	韓雪野	合宿所の夜	滿洲日日新聞	雪野生
25	1927. 1	韓雪野	初戀	滿洲日日新聞	雪野生
26	1927. 2	韓雪野	暗い世界	滿洲日日新聞	雪野廣
27	1927. 3	李壽昌	街に歸りて	朝鮮公論	
28	1927. 4	金熙明	麗物侮辱の會	文藝鬪爭	
29	1927. 4	李壽昌	或る面長とその子	朝鮮公論	
30	1927. 7	韓植	飴賣り	プロレタリア藝術	
31	1927. 9	金熙明	笞の下を行く	文藝戰線	
32	1927. 10	尹基鼎	氷庫	朝鮮の言論と世相	
33	1927. 10	崔曙海	二重	朝鮮の言論と世相	
34	1927. 10	韓再熙	朴爺の話	朝鮮の言論と世相	
35	1928. 2	韓再熙	朝子の死	朝鮮公論	
36	1928. 4	姜相鎬	父の心配	「ひ」新しき村	
37	1928. 4	金鍾武	救はれた小姐	清凉	
38	1928. 4~5	李光洙	血書	朝鮮公論	
39	1928. 5	趙容萬	神経質時代	清凉	
40	1928. 5~6	崔允秀	廢邑の人々	京城日報	

NO	게재년월일	작가명	작품명	게재지	필명
41	1928. 7	金晃	おつぱらふやつ	進め	
42	1928. 8	辛仁出	緋に染まる白衣	進め	
43	1928. 8 ～1929. 5	李光洙	無情	朝鮮思想通信	
44	1928. 9	金近烈	彼は凝視する	文章俱樂部	
45	1928. 10	金東仁	馬鈴薯	文章俱樂部	
46	1928. 10	金英根	苦力	戰旗	
47	1928. 11	丁旬希	演奏會	朝鮮及滿洲	
48	1928. 12	金飛兎	白衣のマドンナ - 妻の不貞に泣く友 T君の爲に	清凉	
49	1928. 12	趙容萬	UNE VIE	清凉	
50	1929. 2	李光天	或る子供の備忘錄	朝鮮の教育研究	
51	1929. 4～5	金光旭	移住民	進め	
52	1929. 8	李石薰	五錢の悲しみ	釜山日報	
53	1929. 10	羅稻香	啞者の三龍	週刊朝日	
54	1929. 10	李石薰	平家蟹の敗走	釜山日報	
55	1929. 11	李石薰	ホームシツク	釜山日報	石井薰
56	1929. 11 ～1930. 1	金三圭	杭に立ったメス	朝鮮地方行政	
57	1929. 12	李石薰	ある午後のユーモア	釜山日報	
58	1929. 12	李石薰	おしろい顔	釜山日報	
59	1929. 12	李石薰	澱んだ池に投げつけた石	釜山日報	石井薰
60	1930. 1	李石薰	バリカンを持った紳士	釜山日報	石井薰
61	1930. 2	安含光	放浪息子 - Kさんに捧ぐ	釜山日報	安鐘彦
62	1930. 2～3	李石薰	大森の追憶	釜山日報	石井薰
63	1930. 3	韓商鎬	春を待つ	清凉	
64	1930. 3	李石薰	やっぱり男の世界だわ！	釜山日報	
65	1930. 7	高晶玉	シーク	清凉	
66	1930. 7	李皓根	不安なくなる	清凉	
67	1930. 7	韓商鎬	妹の自殺	清凉	
68	1930. 7～12	金熙明	インテリゲンチヤ	社會福利	
69	1930. 10	張赫宙	白揚木	大地に立つ	
70	1931. 9	韓再熙	從嫂の死	京城日報	
71	1932. 2	金鎭壽	肩掛	立教文學	
72	1932. 4	張赫宙	餓鬼道	改造	
73	1932. 6	李石薰	墜落した男	京城日報	
74	1932. 6	李石薰	家が欲しい	京城日報	
75	1932. 9	金永年	朴書房	清凉	
76	1932. 9	金永年	夜	清凉	
77	1932. 9	朴能	味方 - 民族主義を蹴る	プロレタリア文學	
78	1932. 9	李石薰	樂しい葬式	京城日報	
79	1932. 9	許泳	流れ	若草	日夏英太郎
80	1933. 10	金鎭壽	夜	立教文學	

NO	게재년월일	작가명	작 품 명	게재지	필명
81	1932. 10	尹白南	口笛	改造	
82	1932. 10	李石薰	移住民列車	京城日報	
83	1932. 10	張赫宙	追はれる人々	改造	
84	1932. 11	李石薰	ユエビンと支那人船夫	京城日報	
85	1933. 3	具滋均	別れ行く	清凉	
86	1933. 3	洪永杓	犠牲 イケニヘ	清凉	
87	1933. 6	尹白南	破鏡符合	朝鮮公論	
88	1933. 11	盧聖錫	うたかた	清凉	
89	1934. 3	盧聖錫	名門の出	清凉	
90	1934. 7	吳泳鎭	婆さん	清凉	
91	1934. 10	李無影	坂	大阪毎日新聞 朝鮮版	
92	1935. 1	金東仁	ペタラギ	大阪毎日新聞 朝鮮版	
93	1935. 1~2	崔曙海	紅焰	大阪毎日新聞 朝鮮版	崔鶴松
94	1935. 2	玄鎭健	B舍監とラヴレター	大阪毎日新聞 朝鮮版	
95	1935. 3	金來成	探偵小説家の殺人	ぷろふいる	
96	1935. 5	李北鳴	初陣	文學評論	
97	1935. 11	鄭遇尙	聲	文學評論	
98	1935. 12	金來成	橢圓形の鏡	ぷろふいる	
99	1936. 2	吳泳鎭	眞相	城大文學	
100	1936. 2	崔東一	渦巻の中	麵麭	
101	1936. 4	白信愛	顎富者 テオクプチヤ	大阪毎日新聞 朝鮮版	
102	1936. 4~5	崔貞熙	日陰	大阪毎日新聞 朝鮮版	
103	1936. 5	金文輯	京城異聞	三田文學	
104	1936. 5	盧天命	下宿	大阪毎日新聞 朝鮮版	
105	1936. 5	朴花城	洪水前後	大阪毎日新聞 朝鮮版	
106	1936. 5	白默石	一小事件	城大文學	
107	1936. 5	吳泳鎭	友の死後	城大文學	
108	1936. 5	張德祚	子守唄	大阪毎日新聞 朝鮮版	
109	1936. 5~6	金末峰	苦行	大阪毎日新聞 朝鮮版	
110	1936. 6	姜敬愛	長山串 てふさんかん	大阪毎日新聞 朝鮮版	
111	1936. 6	金寧容	愛すればこそ	サンデー毎日	
112	1936. 7	吳泳鎭	かがみ	城大文學	
113	1936. 7	李碩崑	觀音菩薩	城大文學	
114	1936. 8	李光洙	萬爺の死	改造	
115	1936. 8	李孝石	豚 トヤチ	文藝通信	
116	1936. 8~9	金聖珉	半島の藝術家たち	サンデー毎日	
117	1936. 9	崔東一	狂つた男	麵麭	
118	1936. 10	金史良	土城廊	堤防	具珉
119	1936. 10	朴花城	旱鬼	改造	
120	1936. 10	李泰俊	櫻は植ゑたが	改造	
121	1936. 11	吳泳鎭	丘の上の生活者	城大文學	
122	1936. 11	李碩崑	收縮	城大文學	
123	1936. 12	崔東一	惡夢	麵麭	

NO	게재년월일	작가명	작품 명	게재지	필명
124	1937. 1	朱瓊淑	情熱の末路	朝鮮及滿洲	
125	1937. 1~4	李箕永	故鄕	文學案內	
126	1937. 2	兪鎭午	金講師とT敎授	文學案內	玄民
127	1937. 2	李北鳴	裸の部落	文學案內	
128	1937. 2	李甸洙	とつかび	朝鮮行政	
129	1937. 2	李孝石	蕎麥の花の頃	文學案內	
130	1937. 2	韓雪野	白い開墾地	文學案內	
131	1937. 3	金史良	尹參奉	帝國大學新聞	具珉
132	1937. 4	崔東一	或下男の話	麵麭	
133	1937. 6	李星斗	朝鮮の女優を繞る二人の男	朝鮮及滿洲	
134	1937. 8	李星斗	戀人を父より奪った一鮮人の手記	朝鮮及滿洲	
135	1937. 9	孫東村	草堂	文藝首都	
136	1937. 9	崔東一	泥海	麵麭	
137	1937. 9~10	金明淳	人生行路難	朝鮮及滿洲	
138	1937. 11	明貞基	或る女店員の秘密	朝鮮及滿洲	
139	1937. 12	徐起鴻	アザビの記錄	立敎文學	
140	1938. 2	金哲	冬の宿	山都學苑	
141	1938. 6	洪鐘羽	東京の片隅で	文藝首都	靑木洪
142	1939. 2	李泰俊	不遇先生	外地評論	
143	1939. 2	李孝石	銀の鱒	外地評論	
144	1939. 3	李石薰	嫉妬	東洋之光	
145	1939. 4	李泰俊	福德房	東洋之光	
146	1939. 5. 28 ~ 9. 24	韓雪野	大陸	國民新報	
147	1939. 5~6	金耕修	新らしき日	東洋之光	
148	1939. 9	兪鎭午	かち栗	海を越えて	
149	1939. 10	金史良	光の中に	文藝首都	
150	1939. 11	李光洙	無明	モダン日本	
151	1939. 11	李泰俊	鴉	モダン日本	
152	1939. 12	兪鎭午	秋 - 又は杞壺の散步	朝鮮文學選集	
153	1940. 1. 1 ~4. 28	李孝石	綠の塔	國民新報	
154	1940. 2	金東里	野ばら	朝鮮小說代表作集	
155	1940. 2	金史良	土城廊(개작)	文藝首都	
156	1940. 2	朴泰遠	崔老人傳抄錄	朝鮮小說代表作集	
157	1940. 2	安懷南	軍鷄	朝鮮小說代表作集	
158	1940. 2	李箕永	苗木	朝鮮小說代表作集	
159	1940. 2	李泰俊	農軍	朝鮮小說代表作集	
160	1940. 2. 15	金南天	少年行	朝鮮小說代表作集	
161	1940. 2. 15	金東仁	赭い山 - ある醫師の手記	朝鮮小說代表作集	
162	1940. 2. 15	兪鎭午	滄浪亭記	朝鮮小說代表作集	
163	1940. 2. 15	李光洙	見知らぬ女人	朝鮮小說代表作集	
164	1940. 2. 15	李箱	つばさ(翼)	朝鮮小說代表作集	
165	1940. 2. 15	蔡萬植	童話	朝鮮小說代表作集	

NO	게재년월일	작가명	작 품 명	게재지	필명
166	1940. 2. 15	崔明翊	逆說	朝鮮小說代表作集	
167	1940. 3~7	李光洙	心相觸れてこそ	綠旗	
168	1940. 4	李孝石	一票の効能	京城日報	
169	1940. 4	李光洙	嘉實	嘉實	
170	1940. 4	李光洙	亂啼烏	嘉實	
171	1940. 4	李光洙	鬻庄記	嘉實	
172	1940. 4	李光洙	夢	嘉實	
173	1940. 4. 10	李泰俊	鐵路	京城日報	
174	1940. 5	李光洙	山寺の人々	京城日報	
175	1940. 6	金史良	天馬	文藝首都	
176	1940. 6	金史良	箕子林	文藝首都	
177	1940. 6	金聖珉	綠旗聯盟	綠旗聯盟	
178	1940. 7	金史良	草深し	文藝	
179	1940. 7	兪鎭午	蝶	早稻田文學	
180	1940. 7	兪鎭午	夏	文藝	
181	1940. 7	李孝石	ほのかな光	文藝	
182	1940. 8	金史良	蛇	朝鮮畵報	
183	1940. 8	金東里	村の通り道	モダン日本	
184	1940. 8	朴泰遠	路は暗きを	モダン日本	
185	1940. 8	崔明翊	心紋	モダン日本	
186	1940. 9	金史良	無窮一家	改造	
187	1940. 9	崔貞熙	地脈	朝鮮文學選集	
188	1940. 9	韓雪野	摸索	朝鮮文學選集	
189	1940. 9. 20	金南天	姉の事件	朝鮮文學選集	
190	1940. 9. 20	金東仁	足指が似て居る	朝鮮文學選集	
191	1940. 9. 20	朴泰遠	距離	朝鮮文學選集	
192	1940. 10	許俊	習作部屋から	朝鮮畵報	
193	1940. 11	金達壽	をやぢ	藝術科	大澤達雄
194	1940. 11	李孝石	秋	朝鮮畵報	
195	1940. 12	金史良	コブタンネ	光の中に	
196	1940. 12	安懷南	謙虛 - 金裕貞傳	朝鮮文學選集	
197	1940. 12	李孝石	素服と靑磁	婦人畵報	
198	1940. 12. 10	廉想涉	自殺未遂	朝鮮文學選集	
199	1941. 1	兪鎭午	汽車の中	國民總力	
200	1941. 1	鄭人澤	見果てぬ夢	朝鮮畵報	
201	1941. 2	金史良	光冥	文學界	
202	1941. 2	崔貞熙	幻の兵士	國民總力	
203	1941. 3	李石薰	ふるさと	綠旗	
204	1941. 4	安懷南	溫室	朝鮮畵報	
205	1941. 4	李石薰	黎明 - ある序章	國民總力	
206	1941. 5	金史良	泥棒	文藝	
207	1941. 5	兪鎭午	福男伊	週刊朝鮮	
208	1941. 5	李孝石	春衣裳	週刊朝日	
209	1941. 5	崔貞熙	靜寂記	文化朝鮮	

NO	게재년월일	작가명	작 품 명	게재지	필명
210	1941. 5. 18	金史良	月女	週刊朝日	
211	1941. 7	金史良	鄕愁	文藝春秋	
212	1941. 7	金史良	蟲	新潮	
213	1941. 8	金史良	天使	婦人朝日	
214	1941. 8	李泰俊	ねえやさん	福德房	
215	1941. 8	李泰俊	夜道	福德房	
216	1941. 8	李泰俊	寧越令監	福德房	
217	1941. 8	李泰俊	兎物語	福德房	
218	1941. 8	李泰俊	侘しい話	福德房	
219	1941. 8	李泰俊	土百姓	福德房	
220	1941. 8	李泰俊	孫巨富	福德房	
221	1941. 8	李泰俊	アダムの後裔	福德房	
222	1941. 8	李泰俊	月夜	福德房	
223	1941. 8	洪鐘羽	耕す人々の群	耕す人々の群	青木洪
224	1941. 9	金史良	山の神々	文化朝鮮	
225	1941. 10	金史良	鼻	知性	
226	1941. 11	金達壽	族譜	新藝術	大澤達雄
227	1941. 11	金史良	嫁	新潮	
228	1941. 11	李石薫	インテリ、金山行く！	文化朝鮮	
229	1941. 11	李石薫	靜かな嵐	國民文學	
230	1941. 11	李孝石	薊の章	國民文學	
231	1941. 11	鄭人澤	淸涼里界隈	國民文學	
232	1942. 1	金史良	ムルオリ島	國民文學	
233	1942. 1	金史良	親方コブセ	新潮	
234	1942. 1	兪鎭午	南谷先生	國民文學	
235	1942. 1	李貞來	愛國子供隊	文藝	
236	1942. 1	韓雪野	血	國民文學	
237	1942. 2. 2	洪鍾羽	ミインメヌリ	朝鮮國民文學集	青木洪
238	1942. 3	金園正博	姉は何處に	東洋之光	
239	1942. 3	鄭人澤	殼	綠旗	
240	1942. 4	金達壽	塵	文藝首都	金光淳
241	1942. 4	金史良	Q伯爵	故鄉	
242	1942. 4	李允基	北支戰線追憶記	東洋之光	大村謙三
243	1942. 4	鄭飛石	村は春と共に	綠旗	
244	1942. 4	鄭人澤	傘 - 大人のお伽噺	新時代	
245	1942. 4	鄭人澤	色箱子	國民文學	
246	1942. 4	崔貞熙	二月十五日の夜	新時代	
247	1942. 4	洪鍾羽	妻の故鄉	國民文學	青木洪
248	1942. 5	李石薫	どじようと詩人	文化朝鮮	牧洋
249	1942. 5	李石薫	東への旅	綠旗	牧洋
250	1942. 5	鄭人澤	晚年記	東洋之光	
251	1942. 5～6	李石薫	夜 - 靜かな嵐 第二部	國民文學	牧洋
252	1942. 5～6	安東益雄	若い力	國民文學	
253	1942. 7	金史良	乞食の墓	文化朝鮮	

NO	게재년월일	작가명	작 품 명	게재지	필명
254	1942. 7	李永福	畑堂任	青年作家	森山一兵
255	1942. 7	趙容萬	船の中	國民文學	
256	1942. 8	李石薫	先生たち	東洋之光	牧洋
257	1942. 8	李孝石	皇帝	國民文學	
258	1942. 10	李北鳴	鐵を掘る話	國民文學	
259	1942. 10	任淳得	名付親	文化朝鮮	
260	1942. 10	洪鍾羽	ふるさとの姉	國民文學	青木洪
261	1942. 10~12	李允基	戰ふ志願兵	東洋之光	大村謙三
262	1942. 11	金士永	兄弟	新時代	
263	1942. 11	鄭人澤	濃霧	國民文學	
264	1942. 11	崔貞熙	野菊抄	國民文學	
265	1942. 12	卜東琳	淨魂	國民文學	
266	1942. 12	趙容萬	ふるさと	綠旗	
267	1942. 12	趙容萬	森君夫妻と僕と	國民文學	
268	1942. 12	韓雪野	影	國民文學	
269	1942. 12. 1	任淳得	秋の贈物	每新寫眞旬報	
270	1943. 1	金南天	或る朝	國民文學	
271	1943. 1	李泰俊	石橋	國民文學	
272	1943. 1	鄭人澤	雀を燒く	文化朝鮮	
273	1943. 1	崔秉一	或る晩	東洋之光	
274	1943. 2	金史良	太白山脈	國民文學	
275	1943. 2	任淳得	月夜の語り	春秋	
276	1943. 3	池奉文	權爺さん	綠旗	池内奉文
277	1943. 4	李無影	土龍 - 間島旅裏 第2話	國民文學	
278	1943. 4	李無影	文書房	朝鮮國民文學集	
279	1943. 4	鄭飛石	愛の倫理	文化朝鮮	
280	1943. 4~5	鄭飛石	山の憩ひ	新時代	
281	1943. 5	金士永	聖顔	國民文學	
282	1943. 5	安東益雄	晴風	國民文學	
283	1943. 5~9, 11~12	李允基	平原を征く - 河北戰線從軍記	東洋之光	大村謙三
284	1943. 6	李石薫	北の旅	國民文學	牧洋
285	1943. 6	李石薫	永遠の女	靜かな嵐	牧洋
286	1943. 6	李石薫	靜かな嵐 第三部 完結篇	靜かな嵐	牧洋
287	1943. 6	李石薫	隣りの女	靜かな嵐	牧洋
288	1943. 6	李石薫	漢江の船唄	靜かな嵐	牧洋
289	1943. 7	李石薫	豚追遊戲	國民文學	牧洋
290	1943. 7	李石薫	行軍	國民文學	牧洋
291	1943. 7	鄭飛石	化の皮	國民文學	
292	1943. 7	鄭飛石	射擊	國民文學	
293	1943. 7	崔載瑞	報道演習班	國民文學	
294	1943. 8	李石薫	血緣	東洋之光	
295	1943. 9	吳本篤彦	孕恃	國民文學	
296	1943. 9	李石薫	蓬島物語	國民文學	牧洋

NO	게재년월일	작가명	작품명	게재지	필명
297	1943. 9	李無影	靑瓦の家	靑瓦の家	
298	1943. 9	鄭人澤	不肖の子ら	朝光	
299	1943. 10	李光洙	蠅	國民總力	香山光郎
300	1943. 10	李光洙	加川校長	國民文學	
301	1943. 10	鄭人澤	かへりみはせじ	國民文學	
302	1943. 10	玄薰	巖	春秋	
303	1943. 10	趙容萬	佛國寺の宿	國民總力	
304	1943. 11	金士永	幸不幸	國民文學	
305	1943. 11	吳本篤彦	羈絆	國民文學	
306	1943. 11	李光洙	兵になれる	新太陽	香山光郎
307	1943. 11	李允基	追撃戰記	國民文學	大村謙三
308	1943. 11	崔秉一	本音	國民文學	
309	1943. 12	高野在善	軍裝	國民總力	
310	1943. 12	李光洙	大東亞	綠旗	香山光郎
311	1943. 12	張德祚	行路	國民總力	
312	1943. 12	洪鍾羽	見學物語	國民文學	靑木洪
313	1943. 12 ～1944. 1	李周洪	地獄案内	東洋之光	
314	1944. 1	崔載瑞	燧石	國民文學	
315	1944. 1～3	李光洙	四十年	國民文學	香山光郎
316	1944. 2	李無影	宏壯氏	文化朝鮮	
317	1944. 2	崔載瑞	月城君の從軍	綠旗	石耕
318	1944. 3	南川博	金玉均の死	國民文學	
319	1944. 3	崔秉一	風景畵 - 小品三題	梨の木	
320	1944. 3	崔秉一	梨の木	梨の木	
321	1944. 3	崔秉一	安書房	梨の木	
322	1944. 3	崔秉一	村の人	梨の木	
323	1944. 3	崔秉一	童話	梨の木	
324	1944. 3	崔秉一	旅人	梨の木	
325	1944. 3	崔秉一	啞	梨の木	
326	1944. 3. 15	兪鎭午	祖父の鐵屑	國民總力	
327	1944. 4	吳本篤彦	虧月	國民文學	
328	1944. 4	李無影	情熱の書	情熱の書	
329	1944. 4	李無影	第一課第一章	情熱の書	
330	1944. 4	李無影	初雪	情熱の書	
331	1944. 4	李無影	母	情熱の書	
332	1944. 4	李無影	婿	情熱の書	
333	1944. 4	李無影	肖像	情熱の書	
334	1944. 4	李無影	果園物語	情熱の書	
335	1944. 4	李無影	花屆物語	國民總力	
336	1944. 4	趙容萬	端溪の硯	興亞文化	
337	1944. 5	金園正博	武裝	東洋之光	
338	1944. 5	金士永	道	國民文學	
339	1944. 5	李石薰	善靈	國民文學	牧洋

NO	게재년월일	작가명	작 품 명	게재지	필명
340	1944. 5	鄭飛石	幸福	半島作家短篇集	
341	1944. 5	鄭人澤	連翹	文化朝鮮	
342	1944. 5	鄭人澤	愛情	半島作家短篇集	
343	1944. 5~8	崔載瑞	非時の花	國民文學	石田耕人
344	1944. 6	李光洙	元述の出征	新時代	香山光郎
345	1944. 6	崔秉一	便り	東洋之光	
346	1944. 7	金士永	細流	國民文學	清川士朗
347	1944. 7	鄭人澤	覺書	國民文學	
348	1944. 8	金龍濟	壯丁	國民文學	金村龍濟
349	1944. 8	李箸珩	イヨ島	國民文學	宮原三治
350	1944. 9	吳本篤彦	崖	國民文學	
351	1944. 9	李泰俊	第一號船の挿話	國民總力	
352	1944. 10	李光洙	少女の告白	新太陽	香山光郎
353	1944. 11	吳泳鎭	若い龍の郷	國民文學	
354	1944. 12	鄭人澤	美しい話	清凉里界隈	
355	1945. 1	李石薰	處女地	國民文學	牧洋
356	1945. 1	鄭飛石	落花の賦	國民文學	
357	1945. 1	玄薰	山また山	東洋之光	
358	1945. 1~2	崔載瑞	民族の結婚	國民文學	石田耕人
359	1945. 2	李箸珩	新任教師	國民文學	宮原三治

4. 조선인 일본어소설 게재지 목록

※ 정렬순서는 작품 투고가 많은 게재지 순, 가나다로 정렬하였고, 각 게재지의 정렬은 게재날짜 순으로 하였다.

NO	게재지(출판사)	편수	작가명	작 품 명	게재년월일	필명
1	國民文學	57	李石薰	靜かな嵐	1941. 11	
			李孝石	薊の章	1941. 11	
			鄭人澤	清涼里界隈	1941. 11	
			金史良	ムルオリ島	1942. 1	
			兪鎭午	南谷先生	1942. 1	
			韓雪野	血	1942. 1	
			鄭人澤	色箱子	1942. 4	
			洪鍾羽	妻の故鄕	1942. 4	靑木洪
			安東益雄	若い力	1942. 5～6	
			李石薰	夜 - 靜かな嵐 第二部	1942. 5～6	牧洋
			趙容萬	船の中	1942. 7	
			李孝石	皇帝	1942. 8	
			李北鳴	鐵を掘る話	1942. 10	
			洪鍾羽	ふるさとの姉	1942. 10	靑木洪
			鄭人澤	濃霧	1942. 11	
			崔貞熙	野菊抄	1942. 11	
			卞東琳	淨魂	1942. 12	
			韓雪野	影	1942. 12	
			趙容萬	森君夫妻と僕と	1942. 12	
			金南天	或る朝	1943. 1	
			李泰俊	石橋	1943. 1	
			金史良	太白山脈	1943. 2	
			李無影	土龍 - 間島旅裏 第2話	1943. 4	
			金士永	聖顔	1943. 5	
			安東益雄	晴風	1943. 5	
			李石薰	北の旅	1943. 6	牧洋
			李石薰	行軍	1943. 7	
			李石薰	豚追遊戯	1943. 7	牧洋
			鄭飛石	化の皮	1943. 7	
			鄭飛石	射擊	1943. 7	
			崔載瑞	報道演習班	1943. 7	
			吳本篤彦	矜恃	1943. 9	
			李石薰	蓬島物語	1943. 9	牧洋
			李光洙	加川校長	1943. 10	
			鄭人澤	かへりみはせじ	1943. 10	
			金士永	幸不幸	1943. 11	
			吳本篤彦	羈絆	1943. 11	
			李允基	追擊戰記	1943. 11	大村謙三
			崔秉一	本音	1943. 11	
			洪鍾羽	見學物語	1943. 12	靑木洪

NO	게재지(출판사)	편수	작가명	작품명	게재년월일	필명
			崔載瑞	燧石	1944. 1	
			李光洙	四十年	1944. 1～3	香山光郎
			南川博	金玉均の死	1944. 3	
			吳本篤彦	籬月	1944. 4	
			金士永	道	1944. 5	
			李石薰	善靈	1944. 5	牧洋
			崔載瑞	非時の花	1944. 5～8	石田耕人
			金士永	細流	1944. 7	清川士朗
			鄭人澤	覺書	1944. 7	
			金龍濟	壯丁	1944. 8	金村龍濟
			李菁珩	イヨ島	1944. 8	宮原三治
			吳本篤彦	崖	1944. 9	
			吳泳鎭	若い龍の郷	1944. 11	
			李石薰	處女地	1945. 1	牧洋
			鄭飛石	落花の賦	1945. 1	
			崔載瑞	民族の結婚	1945. 1～2	石田耕人
			李菁珩	新任教師	1945. 2	宮原三治
2	清凉	17	李在鶴	淚	1925. 5	
			李在鶴	街路の詩人	1926. 3	
			金鍾武	救はれた小姐	1928. 4	
			趙容萬	神経質時代	1928. 5	
			金飛兎	白衣のマドンナ - 妻の不貞に泣く友T君の爲に	1928. 12	
			趙容萬	UNE VIE	1928. 12	
			韓商鎬	春を待つ	1930. 3	
			高晶玉	シーク	1930. 7	
			李皓根	不安なくなる	1930. 7	
			韓商鎬	妹の自殺	1930. 7	
			金永年	朴書房 バクソバン	1932. 9	
			金永年	夜	1932. 9	
			具滋均	別れ行く	1933. 3	
			洪永杓	犠牲 イケニヘ	1933. 3	
			盧聖錫	うたかた	1933. 11	
			盧聖錫	名門の出	1934. 3	
			吳泳鎭	婆さん	1934. 7	
3	東洋之光	14	李泰俊	福德房	1939. 4	
			李石薰	嫉妬	1939. 3	
			金耕修	新らしき日	1939. 5～6	
			金園正博	姉は何處に	1942. 3	
			李允基	北支戰線追憶記	1942. 4	大村謙三
			鄭人澤	晩年記	1942. 5	
			李石薰	先生たち	1942. 8	牧羊
			李允基	戰ふ志願兵	1942. 10～12	大村謙三
			崔秉一	或る晩	1943. 1	
			李允基	平原を征く - 河北戰線從軍記	1943. 5～9, 11～12	大村謙三

NO	게재지(출판사)	편수	작가명	작 품 명	게재년월일	필명
			崔秉一	便り	1943. 6	
			李石薫	血緣	1943. 8	牧羊
			李周洪	地獄案内	1943. 12 ~1944. 1	
			金園正博	武装	1944. 5	
			玄薫	山また山	1945. 1	
4	朝鮮小説代表作集	12	金南天	少年行	1940. 2. 15	
			金東里	野ばら	1940. 2. 15	
			金東仁	赭い山 - ある醫師の手記	1940. 2. 15	
			朴泰遠	崔老人傳抄録	1940. 2. 15	
			安懷南	軍鶏	1940. 2. 15	
			兪鎭午	滄浪亭記	1940. 2. 15	
			李光洙	見知らぬ女人	1940. 2. 15	
			李箕永	苗木	1940. 2. 15	
			李箱	つばさ(翼)	1940. 2. 15	
			李泰俊	農軍	1940. 2. 15	
			蔡萬植	童話	1940. 2. 15	
			崔明翊	逆説	1940. 2. 15	
5	京城日報	11	秦學文	叫び	1917. 8	秦瞬星
			崔允秀	廢邑の人々	1928. 5~6	
			韓再熙	從嫂の死	1931. 9	
			李石薫	家が欲しい	1932. 6	
			李石薫	墜落した男	1932. 6	
			李石薫	樂しい葬式	1932. 9	
			李石薫	移住民列車	1932. 10	
			李石薫	ユエビンと支那人船夫	1932. 11	
			李孝石	一票の効能	1940. 4	
			李泰俊	鐵路	1940. 4. 10	
			李光洙	山寺の人々	1940. 5	
6	大阪毎日新聞 朝鮮版	11	李無影	坂	1934. 10	
			金東仁	ペタラギ	1935. 1	
			崔曙海	紅焔	1935. 1~2	崔鶴松
			玄鎭健	B舎監とラヴレター	1935. 2	
			白信愛	顎富者 [テオクプチヤ]	1936. 4	
			崔貞熙	日陰	1936. 4~5	
			盧天命	下宿	1936. 5	
			朴花城	洪水前後	1936. 5	
			張德祚	子守唄	1936. 5	
			金末峰	苦行	1936. 5~6	
			姜敬愛	長山串 [てふさんかん]	1936. 6	
7	國民總力	10	兪鎭午	汽車の中	1941. 1	
			崔貞熙	幻の兵士	1941. 2	
			李石薫	黎明 - ある序章	1941. 4	

NO	게재지(출판사)	편수	작가명	작 품 명	게재년월일	필명
			李光洙	蠅	1943. 10	香山光郎
			趙容萬	佛國寺の宿	1943. 10	
			高野在善	軍裝	1943. 12	
			張德祚	行路	1943. 12	
			俞鎭午	祖父の鐵屑	1944. 3. 15	
			李無影	花屈物語	1944. 4	
			李泰俊	第一號船の挿話	1944. 9	
8	文化朝鮮	10	崔貞熙	靜寂記	1941. 5	
			金史良	山の神々	1941. 9	
			李石薰	インテリ、金山行く！	1941. 11	
			李石薰	どじようと詩人	1942. 5	牧洋
			金史良	乞食の墓	1942. 7	
			任淳得	名付親	1942. 10	
			鄭人澤	雀を燒く	1943. 1	
			鄭飛石	愛の倫理	1943. 4	
			李無影	宏壯氏	1944. 2	
			鄭人澤	連翹	1944. 5	
9	釜山日報	10	李石薰	五錢の悲しみ	1929. 8	
			李石薰	平家蟹の敗走	1929. 10	
			李石薰	ホームシツク	1929. 11	石井薰
			李石薰	澱んだ池に投げつけた石	1929. 12	石井薰
			李石薰	ある午後のユーモア	1929. 12	
			李石薰	おしろい顔	1929. 12	
			李石薰	バリカンを持った紳士	1930. 1	石井薰
			安含光	放浪息子 - Kさんに捧ぐ	1930. 2	安鐘彦
			李石薰	大森の追憶	1930. 2〜3	石井薰
			李石薰	やつぱり男の世界だわ！	1930. 3	
10	綠旗	9	李光洙	心相觸れてこそ	1940. 3〜7	
			李石薰	ふるさと	1941. 3	
			鄭人澤	殼	1942. 3	
			鄭飛石	村は春と共に	1942. 4	
			李石薰	東への旅	1942. 5	牧洋
			趙容萬	ふるさと	1942. 12	
			池奉文	權爺さん	1943. 3	池內奉文
			李光洙	大東亞	1943. 12	香山光郎
			崔載瑞	月城君の從軍	1944. 2	石耕
11	福德房	9	李泰俊	夜道	1941. 8	
			李泰俊	ねえやさん	1941. 8	
			李泰俊	土百姓	1941. 8	
			李泰俊	兎物語	1941. 8	
			李泰俊	孫巨富	1941. 8	
			李泰俊	月夜	1941. 8	
			李泰俊	アダムの後裔	1941. 8	
			李泰俊	侘しい話	1941. 8	
			李泰俊	寧越令監	1941. 8	

NO	게재지(출판사)	편수	작가명	작품명	게재년월일	필명
12	朝鮮公論	8	尹滋瑛	友の身の上	1920. 11	SY生
			李壽昌	愚かなる告白	1924. 11	
			李壽昌	或る鮮人求職者の話	1925. 1	
			李壽昌	街に歸りて	1927. 3	
			李壽昌	或る面長とその子	1927. 4	
			韓再熙	朝子の死	1928. 2	
			李光洙	血書	1928. 4～5	
			尹白南	破鏡符合	1933. 6	
13	朝鮮文學選集	8	兪鎭午	秋 - 又は杞壺の散步	1939. 12	
			崔貞熙	地脈	1940. 9	
			韓雪野	摸索	1940. 9	
			金南天	姉の事件	1940. 9. 20	
			金東仁	足指が似て居る	1940. 9. 20	
			朴泰遠	距離	1940. 9. 20	
			安懷南	謙虛 - 金裕貞傳	1940. 12	
			廉想涉	自殺未遂	1940. 12. 10	
14	改造	7	張赫宙	餓鬼道	1932. 4	
			尹白南	口笛	1932. 10	
			張赫宙	追はれる人々	1932. 10	
			李光洙	萬爺の死	1936. 8	
			朴花城	旱鬼	1936. 10	
			李泰俊	櫻は植ゑたが	1936. 10	
			金史良	無窮一家	1940. 9	
15	文藝首都	7	孫東村	草堂	1937. 9	
			洪鐘羽	東京の片隅で	1938. 6	靑木洪
			金史良	光の中に	1939. 10	
			金史良	土城廊(개작)	1940. 2	
			金史良	天馬	1940. 6	
			金史良	箕子林	1940. 6	
			金達壽	塵	1942. 4	金光淳
16	城大文學	7	吳泳鎭	眞相	1936. 2	
			吳泳鎭	友の死後	1936. 5	
			白默石	一小事件	1936. 5	
			李碩崑	觀音菩薩	1936. 7	
			吳泳鎭	かがみ	1936. 7	
			李碩崑	收縮	1936. 11	
			吳泳鎭	丘の上の生活者	1936. 11	
17	梨の木	7	崔秉一	旅人	1944. 3	
			崔秉一	童話	1944. 3	
			崔秉一	村の人	1944. 3	
			崔秉一	梨の木	1944. 3	
			崔秉一	啞	1944. 3	
			崔秉一	風景畵 - 小品三題	1944. 3	
			崔秉一	安書房	1944. 3	

NO	게재지(출판사)	편수	작가명	작 품 명	게재년월일	필명
18	情熱の書	7	李無影	初雪	1944. 4	
			李無影	婿	1944. 4	
			李無影	情熱の書	1944. 4	
			李無影	母	1944. 4	
			李無影	果園物語	1944. 4	
			李無影	第一課第一章	1944. 4	
			李無影	肖像	1944. 4	
19	朝鮮及滿洲	7	李壽昌	惱ましき回想	1924. 11	
			丁匋希	演奏會	1928. 11	
			朱瓊淑	情熱の末路	1937. 1	
			李星斗	朝鮮の女優を繞る二人の男	1937. 6	
			李星斗	戀人を父より奪った一鮮人の手記	1937. 8	
			金明淳	人生行路難	1937. 9～10	
			明貞基	或る女店員の秘密	1937. 11	
20	麵麭	5	崔東一	渦巻の中	1936. 2	
			崔東一	狂つた男	1936. 9	
			崔東一	惡夢	1936. 12	
			崔東一	或下男の話	1937. 4	
			崔東一	泥海	1937. 9	
21	モダン日本	5	李光洙	無明	1939. 11	
			李泰俊	鴉（カラス）	1939. 11	
			金東里	村の通り道	1940. 8	
			朴泰遠	路は暗きを	1940. 8	
			崔明翊	心紋	1940. 8	
22	文藝	5	金史良	草深し	1940. 7	
			兪鎭午	夏	1940. 7	
			李孝石	ほのかな光	1940. 7	
			金史良	泥棒	1941. 5	
			李貞來	愛國子供隊	1942. 1	
23	文學案內	5	李箕永	故郷	1937. 1～4	
			兪鎭午	金講師とT教授	1937. 2	玄民
			李北鳴	裸の部落	1937. 2	
			李孝石	蕎麥の花の頃	1937. 2	
			韓雪野	白い開墾地	1937. 2	
24	新時代	5	鄭人澤	傘 - 大人のお伽噺	1942. 4	
			崔貞熙	二月十五日の夜	1942. 4	
			金士永	兄弟	1942. 11	
			鄭飛石	山の憩ひ	1943. 4～5	
			李光洙	元述の出征	1944. 6	香山光郎
25	朝鮮畵報	5	金史良	蛇	1940. 8	
			許俊	習作部屋から	1940. 10	
			李孝石	秋	1940. 11	
			鄭人澤	見果てぬ夢	1941. 1	
			安懷南	溫室	1941. 4	

NO	게재지(출판사)	편수	작가명	작 품 명	게재년월일	필명
26	静かな嵐	4	李石薫	永遠の女	1943. 6	牧洋
			李石薫	漢江の船唄	1943. 6	牧洋
			李石薫	静かな嵐 第三部 完結篇	1943. 6	牧洋
			李石薫	隣りの女	1943. 6	牧洋
27	李光洙短篇集 嘉實	4	李光洙	嘉實	1940. 4	
			李光洙	亂啼烏	1940. 4	
			李光洙	夢	1940. 4	
			李光洙	鬻庄記	1940. 4	
28	朝鮮時論	4	李益相	亡靈の亂舞	1926. 6	
			玄鎮健	朝鮮の顔	1926. 8	
			崔曙海	飢餓と殺戮	1926. 9	
			玄鎮健	ピアーノ	1926. 9	
29	立教文學	3	金鎮壽	肩掛	1932. 2	
			金鎮壽	夜	1933. 10	
			徐起鴻	アサビの記録	1937. 12	
30	滿洲日日新聞	3	韓雪野	初戀	1927. 1	雪野生
			韓雪野	合宿所の夜	1927. 1	雪野生
			韓雪野	暗い世界	1927. 2	雪野廣
31	文章俱樂部	3	玄鎮健	火事	1925. 9	
			金東仁	馬鈴薯	1928. 10	
			金近烈	彼は凝視する	1928. 9	
32	新潮	3	金史良	蟲	1941. 7	
			金史良	嫁	1941. 11	
			金史良	親方コブセ	1942. 1	
33	進め	3	金晃	おつばらふやつ	1928. 7	
			辛仁出	緋に染まる白衣	1928. 8	
			金光旭	移住民	1929. 4～5	
34	朝鮮の言論と世相	3	尹基鼎	氷庫	1927. 10	
			崔曙海	二重	1927. 10	
			韓再熙	朴爺の話	1927. 10	
35	國民新報	2	韓雪野	大陸	1939. 5. 28 ～ 9. 24	
			李孝石	綠の塔	1940. 1. 1 ～4. 28	
36	週刊朝日	2	羅稻香	啞者の三龍	1929. 10	
			李孝石	春衣裳	1941. 5	
37	文學評論	2	李北鳴	初陳	1935. 5	
			鄭遇尙	聲	1935. 11	
38	半島作家短篇集	2	鄭飛石	幸福	1944.	
			鄭人澤	愛情	1944. 5	
39	サンデー毎日	2	金寧容	愛すればこそ	1936. 6	
			金聖珉	半島の藝術家たち	1936. 8～9	
40	生の悶え	2	鄭然圭	棄てられた屍	1923. 6. 5	
			鄭然圭	咽ぶ涙	1923. 6. 5	
41	新人	2	鄭然圭	大澤子爵の遺書	1925. 8	
			韓植	履歷と宣言	1926. 1	

NO	게재지(출판사)	편수	작가명	작품명	게재년월일	필명
42	新太陽	2	李光洙	兵になれる	1943. 11	香山光郎
			李光洙	少女の告白	1944. 10	香山光郎
43	外地評論	2	李孝石	銀の鱒	1939. 2	
			李泰俊	不遇先生	1939. 2	
44	朝鮮國民文學集	2	洪鐘羽	ミインメヌリ	1942. 2. 2	靑木洪
			李無影	文書房	1942. 3	
45	春秋	2	任淳得	月夜の語り	1943. 2	
			玄薰	巖	1943. 10	
46	ぷろふいる	2	金來成	探偵小説家の殺人	1935. 3	
			金來成	橢圓形の鏡	1935. 12	
47	耕す人々の群	1	洪鐘羽	耕す人々の群	1941. 8	靑木洪
48	故鄕	1	金史良	Q伯爵	1942. 4	
49	光の中に	1	金史良	コプタンネ	1940. 12	
50	綠旗聯盟	1	金聖珉	綠旗聯盟	1940. 6	
51	大地に立つ	1	張赫宙	白揚木	1930. 10	
52	都新聞	1	李人稙	寡婦の夢	1902. 1	
53	文藝戰線	1	金熙明	笞の下を行く	1927. 9	
54	文藝春秋	1	金史良	鄕愁	1941. 7	
55	文藝通信	1	李孝石	豚	1936. 8	
56	文藝鬪爭	1	金熙明	麗物侮辱の會	1927. 4	
57	文學界	1	金史良	光冥	1941. 2	
58	白金學報	1	李光洙	愛か	1909. 12	李寶鏡
59	婦人朝日	1	金史良	天使	1941. 8	
60	婦人畫報	1	李孝石	素服と靑磁	1940. 12	
61	「ひ」新しき村	1	姜相鎬	父の心配	1928. 4	
62	社會福利	1	金熙明	インテリゲンチヤ	1930. 7~12	
63	山都學苑	1	金哲	冬の宿	1938. 2	
64	三田文學	1	金文輯	京城異聞	1936. 5	
65	新文界	1	白大鎭	饅頭賣ノ子供	1915. 1~3	樂天子
66	新藝術	1	金達壽	族譜	1941. 11	大澤達雄
67	野獸群	1	金熙明	乞食の大將	1927. 1	
68	若草	1	許泳	流れ	1932. 9	日夏英太郞
69	藝術科	1	金達壽	をやぢ	1940. 11	大澤達雄
70	藝術戰線	1	鄭然圭	血戰の前夜	1923. 6	
71	戰旗	1	金英根	苦力	1928. 10	
72	帝國大學新聞	1	金史良	尹參奉	1937. 3	具珉
73	堤防	1	金史良	土城廊	1936. 10	具珉
74	朝光	1	鄭人澤	不肖の子ら	1943. 9	
75	朝鮮思想通信	1	李光洙	無情	1928. 8 ~1929. 5	
76	朝鮮地方行政	1	金三圭	杭に立ったメス	1929. 11 ~1930. 1	
77	朝鮮行政	1	李甸洙	とつかび	1937. 2	
78	朝鮮の敎育硏究	1	李光天	或る子供の備忘錄	1929. 2	
79	早稻田文學	1	兪鎭午	蝶	1940. 7	

NO	게재지(출판사)	편수	작가명	작품 명	게재년월일	필명
80	週刊朝鮮	1	俞鎮午	福男伊	1941. 5	
81	週刊朝日	1	金史良	月女	1941. 5.18	
82	知性	1	金史良	鼻	1941. 10	
83	靑年作家	1	李永福	畑堂任 ^(パッタンニム)	1942. 7	森山一兵
84	淸凉里界隈	1	鄭人澤	美しい話	1944. 12	
85	靑瓦の家	1	李無影	靑瓦の家	1943. 9	
86	靑卷	1	禹昌壽	釋迦の夢	1926. 5. 1	
87	プロレタリア文學	1	朴能	味方 - 民族主義を蹴る	1932. 9	
88	プロレタリア藝術	1	韓植	飴賣り	1927. 7	
89	解放	1	鄭然圭	光子の生	1925. 9	
90	海を越えて	1	俞鎮午	かち栗	1939. 9	
91	興亞文化	1	趙容萬	端溪の硯	1944. 4	
92	每新寫眞旬報	1	任淳得	秋の贈物	1942. 12. 1	

5. 조선인 일본어 시가(詩歌) 목록

※ 정렬순서는 인명의 가나다순과 게재날짜순으로 하였고, 작자 미상이나 창씨명은 마지막에 가나(アイウ)순으로 하였다.

순번	작가 명	작품 명	게재지	게재년월일	필명	비고
1	姜鷺鄉	深夜	ナップ	1931. 11		
2	姜信哲	春のひゞき / 優しき夢も	清涼	1925. 5. 18		
3	姜信哲	まぼろし	清涼	1925. 12. 18		
4	具滋吉	繪のある葉書	東洋之光	1943. 11		
5	權炳吉	永遠の自由	文藝戰線	1926. 1		
6	金璟麟	若さの中で	東洋之光	1943. 6		
7	金璟麟	卓上をめぐつて / 故園	朝鮮詩歌集	1943. 11. 5		
8	金鯨波	此の地よ	文藝戰線	1926. 5		
9	金景憙	春の抒情	東洋之光	1943. 4		
10	金景憙	夏草の章	東洋之光	1943. 7		
11	金景憙	友への手紙	春秋	1943. 9		
12	金景憙	夏草之章 / 海邊の獨白	朝鮮詩歌集	1943. 11. 5		
13	金敎喜	灯	詩人	1936. 6. 6		童謠
14	金起林	蝶と海	モダン日本	1939. 11		金素雲 譯
15	金起林	ホテル	觀光朝鮮	1939. 12		
16	金圻洙	古譚	國民文學	1942. 1		
17	金大均	城門	朝光	1944. 11		
18	金突破	創刊の歌	自我聲	1926. 3. 20	突	
19	金突破	坤の死	自我聲	1926. 3. 20	波	
20	金突破	盲者の叫び	自我聲	1926. 4. 20	突	
21	金突破	被動に踊るな！	自我聲	1926. 4. 20	突	
22	金東林	別離の章 - 燐場にで	朝光	1942. 8		
23	金東林	生がすべてゞある	朝光	1943. 9		
24	金東林	秋の日に	朝光	1943. 11		
25	金東林	別離の章 - 夢に誨ふ	朝光	1944. 4		
26	金東林	應徵士李君へ	朝光	1944. 11		
27	金東鳴	こゝろ	朝鮮畵報	1943. 5		
28	金東燮 他	朧吟社少年句會	京城日報	1926. 5. 18		俳句
29	金東煥	罪	モダン日本	1940. 8		民謠 / 金鍾漢 譯
30	金東煥	一千兵士の森 / 皐蘭寺にて	三千里	1941. 11	白山靑樹	
31	金東煥	ぬれぎぬ	文化朝鮮	1942. 12		金鍾漢 譯
32	金斗龍	現代朝鮮短歌集	現代朝鮮短歌集	1938. 5. 28		短歌
33	金杜榮	かれ木	釜山日報	1929. 8. 18		童謠
34	金萬夏 他	朝鮮俳句選集(抄)	朝鮮俳句選集	1930. 5. 20		俳句
35	金文煥	夕日	京城日報	1920. 1. 20		童謠
36	金炳昊	今日は朝鮮のお盆です	日本詩人	1925. 12		
37	金炳昊	色々思ひながら野山を步く	日本詩人	1926. 4		
38	金炳昊	朝鮮民謠意譯	日本詩人	1926. 8		
39	金炳昊	蘆	日本詩人	1926. 9		
40	金史良	苦悶 / 凍原	創作	1935. 10	具岷	

순번	작 가 명	작 품 명	게재지	게재년월일	필명	비고
41	金相崙	もみぢ	京城日報	1931. 1. 1		童謠
42	金尙鎔	螢	モダン日本	1940. 8		金鍾漢 譯
43	金瑞奎	白菊	朝鮮歌集	1934. 1. 25		短歌
44	金錫厚	牛と童兒	歌集朝鮮	1939. 3. 31		短歌
45	金素雲	朝	京城日報	1930. 7. 22		童謠
46	金億	友情	週刊朝日	1923. 9. 30	金岸曙	
47	金億	やなぎのなげき / 百合の花 / 失せたその日	朝鮮公論	1933. 9	金岸曙	
48	金億	西關	モダン日本	1940. 8		民謠 / 金鍾漢 譯
49	金榮道	餅つき兎	京城日報	1927. 1. 1		童謠
50	金永鎭	迎年祈世	京城日報	1940. 1. 12		
51	金永勳	故郷	清凉	1936. 12. 19		
52	金龍濟	アカホシ農民夜學を守れ！	プロレタリア詩	1931. 2		
53	金龍濟	玄海灘	プロレタリア詩	1931. 3		
54	金龍濟	春のアリラン	プロレタリア詩	1931. 4		
55	金龍濟	答へを待つ - 牢獄の中から	プロレタリア詩	1931. 5		
56	金龍濟	その前夜 - 朝鮮の仲間から	プロレタリア詩	1931. 5		
57	金龍濟	誇れる行列	プロレタリア詩	1931. 5		
58	金龍濟	曉の歌	ナップ	1931. 6. 7		
59	金龍濟	若返つたおつ母さん	プロレタリア詩	1931. 7		
60	金龍濟	焔の街に - 女車掌のノートから	プロレタリア詩	1931. 9		
61	金龍濟	愛する大陸よ	ナップ	1931. 10. 8		
62	金龍濟	晴れ	プロレタリア詩	1931. 10		
63	金龍濟	國境 - 十四週年の革命記念日に	ナップ	1931. 11		
64	金龍濟	危險信號に朝燒が	プロレタリア詩	1931. 11		
65	金龍濟	牛乳配達の朝	プロレタリア詩	1931. 12		
66	金龍濟	鐵窓の春	プロレタリア詩	1932. 2		
67	金龍濟	晴れ	プロレタリア詩集	1932. 8		재수록
68	金龍濟	春は夢から	文學評論	1936. 5		
69	金龍濟	愛する同志へ / 生ひ立つもの	詩人	1936. 6		
70	金龍濟	獄中漢詩選	詩人	1936. 7		漢詩
71	金龍濟	黑い太陽の日	詩人	1936. 8		
72	金龍濟	亞細亞の詩	東洋之光	1939. 3	金村龍濟	
73	金龍濟	內鮮一體の歌	東洋之光	1939. 4	金村龍濟	
74	金龍濟	揚子江	東洋之光	1939. 5	金村龍濟	
75	金龍濟	悲しみを越えて	總動員	1939. 6		
76	金龍濟	亞細亞詩集 (一) - 序詩 / 雲雀 / 青春 / 少女の嘆き / 御馳走 狩り / かちどき	東洋之光	1939. 7	金村龍濟	
77	金龍濟	亞細亞詩集(二) - 爆擊 / 戰車 / 籠城 / 步哨の夜 / 馬 / 屍とも 思はぬ	東洋之光	1939. 8	金村龍濟	
78	金龍濟	亞細亞詩集(三) - 燕 / 螢	東洋之光	1939. 9	金村龍濟	

순번	작 가 명	작 품 명	게재지	게재년월일	필명	비고
79	金龍濟	亞細亞詩集(四) - 許婚へ / 戰爭哲學	東洋之光	1939. 10	金村龍濟	
80	金龍濟	亞細亞詩集(五) - 母へ / 配給米	東洋之光	1939. 11	金村龍濟	
81	金龍濟	亞細亞詩集(六) - 國境にて / 風の言葉 / 苦言	東洋之光	1939. 12 ~1940. 1.		
82	金龍濟	東方の神々	國民文學	1941. 11	金村龍濟	
83	金龍濟	亞細亞詩集(七)捨石 / 山の神話 / 故鄕の雲 / おれ樣は	東洋之光	1941. 12	金村龍濟	
84	金龍濟	宣戰の日に	國民文學	1942. 2	金村龍濟	
85	金龍濟	秋の囁き	國民文學	1942. 11	金村龍濟	
86	金龍濟	送年の言葉	新時代	1942. 12	金村龍濟	
87	金龍濟	春日詩抄 - 淚うるはし / 口笛吹けば / 早春(其一)(其二) / 少婦たちに / 蟻	東洋之光	1942. 3	金村龍濟	
88	金龍濟	南北詩抄 - 北邊の春 / 松花江邊 / 南へ往く / 南に北に	東洋之光	1942. 5		
89	金龍濟	徵兵詩抄 - 祈り / 學生に / 眞夏の詩	東洋之光	1942. 7		
90	金龍濟	鍾	東洋之光	1942. 8		
91	金龍濟	日本の朝	朝日新聞 南鮮版	1943. 1	金村龍濟	
92	金龍濟	童話	東洋之光	1943. 8		
93	金龍濟	弟たち	朝日新聞 中鮮版	1943. 8. 3	金村龍濟	
94	金龍濟	不文の道 / 奈良に憶ふ	國民文學	1943. 11	金村龍濟	
95	金龍濟	十二月八日	東洋之光	1943. 12	金村龍濟	
96	金龍濟	青年詩集(一) - 青年の橋 / 從弟に	東洋之光	1944. 2		
97	金龍濟	青年詩集(二) - 氷上飛行 / この春	東洋之光	1944. 3		
98	金龍濟	戰ふ乙女	內鮮一體	1944. 3	金村龍濟	
99	金龍濟	青年詩集(三) - 甲種 / かんばせ	東洋之光	1944. 4		
100	金龍濟	非時香菓 - 田道間守の系譜を想ふ	國民文學	1944. 4	金村龍濟	
101	金龍濟	春の朝	新時代	1944. 4	金村龍濟	
102	金龍濟	學兵の華 - わが朝鮮出身の光山昌秀上等兵の英靈に捧ぐる詩	國民文學	1944. 7	金村龍濟	
103	金龍濟	青年詩集(四) - 學徒動員	東洋之光	1944. 9·10		
104	金龍濟	天罰の神機 - 獸敵アメリカの殘虐性はわが將兵の靈屍を冒瀆す	國民文學	1944. 10	金村龍濟	
105	金容浩	山麓	東洋之光	1943. 9		
106	金在喆	春は來れど	清凉	1928. 4		
107	金鍾武	インキ壺の乾盃	清凉	1928. 12		
108	金鍾漢	朝鮮風物詩(一)古井戶のある風景	藝術科	1938. 6		
109	金鍾漢	四月二題(四月 / 生活)	婦人畵報	1939. 4		
110	金鍾漢	歸路 / 旅情	藝術科	1939. 5		

순번	작가명	작품명	게재지	게재년월일	필명	비고
111	金鍾漢	故園の詩 / 連峯霽雪 / 歸路 / 古井戸のある風景	婦人畫報	1940. 12		
112	金鍾漢	園丁	國民文學	1942. 1		
113	金鍾漢	合唱について	國民文學	1942. 4		
114	金鍾漢	風俗	國民文學	1942. 6		
115	金鍾漢	弱冠	東洋之光	1942. 6		
116	金鍾漢	徵兵の詩ー幼年	國民文學	1942. 7		
117	金鍾漢	待機ー再來・十二月八日	國民文學	1942. 12	金鐘漢	
118	金鍾漢	殺鷄白飯	大東亞	1943. 3		
119	金鍾漢	たらちねのうた	たらちねのうた	1943. 7		
120	金鍾漢	雪白集	雪白集	1943. 7		
121	金鍾漢	放送局の屋上で	新時代	1943. 9		
122	金鍾漢	海洋創世	文藝	1943. 9		
123	金鍾漢	待機 / 童女	朝鮮詩歌集	1943. 11. 5		
124	金鍾漢	老子頌歌 弱冠 / 墳墓	春秋	1943. 12		
125	金鍾漢	龍飛御天歌	國民文學	1944. 1		
126	金鍾漢	歸農詩篇(族譜 / 歸路 / 染指 鳳仙花歌)	朝光	1944. 3		
127	金鍾漢	金剛山 / 瀑布	新時代	1944. 6		
128	金鍾漢	白馬江 / 百濟古甕賦	朝光	1944. 9		
129	金鍾漢	急性肺炎(くらいまっくす / 快癒期)	新時代	1944. 11		
130	金昌南	地下鐵スト萬歲	文學新聞	1932. 4. 5		
131	金秋實	現代朝鮮短歌集	現代朝鮮短歌集	1938. 5. 28		短歌
132	金台俊	猥和韜軒先生辭鮮述懷韻 / 祝高田韜軒洋行並且榮轉	淸凉	1928. 4. 10		漢詩
133	金炯元	愛吟詩鈔 - 穢れた血	東洋之光	1939. 5		金素雲 譯
134	金弘來	かゞし	京城日報	1931. 1. 3		童謠
135	金西鎭	朝鮮の詩	週間朝日	1923. 9. 30		
136	金億	友情	週間朝日	1923. 9. 30		金岸曙
137	金熙明	詩調	亞細亞公論	1922. 10		
138	金熙明	幸ひ	文藝戰線	1925. 1		
139	金熙明	異邦哀愁	文藝戰線	1926. 3		
140	南宮壁	孤獨は爾の運命である / 月よ / 懺悔の涙(一) / 懺悔の涙(二) / 「覺えがき」より	靑春	1918. 6		
141	盧森堡	飛行機の爆音を聴いて - 日本の勤勞大衆に	プロレタリア詩	1932. 2		
142	盧天命	幌馬車・鹿	東洋之光	1939. 4		金素雲 譯
143	盧天命	若人に	東洋之光	1942. 1		金村龍濟 譯
144	麥滋	笛について	國民文學	1942. 10		
145	毛允淑	薔薇	東洋之光	1939. 3		金素雲 譯
146	文哲兒	戰場(友を想ふ / H・Mに贈る)	日本詩壇	1938. 11		
147	朴麒麟	鄕愁	新時代	1943. 6		

순번	작가명	작품명	게재지	게재년월일	필명	비고
148	朴南秀	女の風俗史(發明の記 / かくれんぼ)	日本詩壇	1938. 4		
149	朴南秀	自畫像	日本詩壇	1938. 5		
150	朴南秀	異常な存在	日本詩壇	1938. 6		
151	朴南秀	向日葵と太陽	日本詩壇	1938. 7		
152	朴南秀	赤い機關車	日本詩壇	1938. 12		推薦
153	朴東一	於淸凉寺 / 懷友 / 夜景	淸凉	1925. 12. 18		漢詩
154	朴烈	强者の宣言	自我聲	1926. 3. 20		
155	朴魯植 他	滿鮮俳句	朝鮮及滿洲	1928. 11. 7		俳句
156	朴魯植 他	第一回鮮俳句大會	京城日報	1929. 11. 3		俳句
157	朴魯植 他	朝鮮人俳壇(上)	京城日報	1929. 12. 28		俳句
158	朴魯植 他	朝鮮人俳壇(下)	京城日報	1929. 12. 29		俳句
159	朴魯植 他	朝鮮人俳壇	京城日報	1930. 2. 11		俳句
160	朴魯植	木曜會	京城日報	1930. 4. 25		俳句
161	朴魯植	親日と…	ホトトギス	1931. 10		俳句
162	朴魯植	春	每日申報	1939. 2. 5		俳句
163	朴世汶	再見高浪浦	朝鮮公論	1937. 9		
164	朴承杰	いきること	詩精神	1935. 3		
165	朴承杰	故鄕に春を感ずる	詩精神	1935. 3		
166	朴永浦	青いチョツキ	文學評論	1936. 6		入賞
167	朴鍾和	白魚のような白い手が	モダン日本	1940. 8		金鍾漢 譯
168	朴齊純	金剛山	朝鮮公論	1913. 8		漢詩
169	朴泰鎭	守錢奴	京城日報	1927. 2. 11		童謠
170	裵鍾突	車掌と人々	藝術科	1940. 8. 1		
171	白石	焚火	モダン日本	1943. 9. 11		金鍾漢 譯
172	白鐵	雹の降った日	地上樂園	1929. 11		
173	白鐵	妹よ	地上樂園	1929. 12		
174	白鐵	彼等だつて	地上樂園	1930. 1	白鐵	
175	白鐵	追悼	地上樂園	1930. 3. 1		
176	白鐵	反逆と接吻	農民	1930. 3		
177	白鐵	隅田川、夕陽	地上樂園	1930. 4. 25		
178	白鐵	×された仲間へ / 鷗群 - 友, 市原君に寄す	地上樂園	1930. 5		
179	白鐵	春と×はれた同志 / 松林	地上樂園	1930. 6		
180	白鐵	三月一日のために	プロレタリア詩	1931. 3		
181	白鐵	國境を越えて	プロレタリア詩	1931. 4		
182	白鐵	公判の朝 - 一植民地勞働者として	プロレタリア詩集	1932. 8. 8		
183	卞榮魯	時調三章	京城日報	1940. 1. 14	片榮魯	
184	徐廷柱	航空日に	國民文學	1943. 10		
185	成春慶	世さらに	野獸群	1927. 1		
186	孫克敏	漢詩	淸凉	1936. 7. 31		漢詩
187	孫克敏	冬夜客舍有感	淸凉	1936. 12. 19		漢詩
188	申南澈	乳房と蟬	淸凉	1928. 4. 10		
189	申龍均	李仁錫君を讚ふ	東洋之光	1939. 8		

순번	작가명	작품명	게재지	게재년월일	필명	비고
190	安正浩	お地藏さん	京城日報	1923. 7. 5		童謠
191	嚴土夫	夜の鑑	詩精神	1935. 7		
192	楊明文	富士山に寄す	國民文學	1943. 2		
193	嚴星波	朝顏の花	詩精神	1934. 10		
194	廉庭權	羈思	清凉	1925. 5. 18		漢詩
195	吳刀成	希望	日本詩人	1924. 6		
196	吳麟鳳	兎の子	京城日報	1927. 1. 1		童謠
197	吳禎民	すめらみひかり	東洋之光	1943. 5		短歌
198	元道根	秋	京城日報	1931. 1. 1		童謠
199	柳睡蓮	生の轉換	京城日報	1929. 11. 21	睡蓮	
200	柳睡蓮	詩作のあとに	京城日報	1929. 12. 12	睡蓮	
201	柳睡蓮	石なりとも	京城日報	1929. 12. 27	睡蓮	
202	柳龍夏	靑蝗の歌	詩精神	1934. 9		
203	柳寅成	夜間飛行 / 鄕土訪問飛行 / 一塊の雪 / ふるさとの乙女たち	平壤詩話會作品集	1944. 9. 5		
204	兪鎭午	月と星と	清凉	1926. 3. 16		
205	兪鎭贊	聖戰誠詩集序	聖戰誠詩集	1937. 12. 19		漢詩
206	柳致環	旗 / 生命の書	東洋之光	1939. 4		金素雲 譯
207	尹孤雲 他	朝鮮風土歌集	朝鮮風土歌集	1935. 1. 1		短歌
208	尹斗憲	戰勝の歲暮	國民詩歌	1942. 3	平沼文甫	
209	尹興福	小さき勞働者よ	新天地	1928. 5. 15		
210	李康洙	カーベラの花に寄せて	朝光	1942. 7	李春人	
211	李光洙	江南の春	週間朝日	1923. 9. 30	李春園	
212	李光洙	折にふれて歌へる	東洋之光	1939. 2		和歌
213	李光洙	迎年祈世	京城日報	1940. 1. 1		
214	李光洙	日記より[三首]	京城日報	1940. 8. 15	香山光郎	短歌
215	李光洙	聲 / 朝	國民詩歌	1940. 9	香山光郎	
216	李光洙	冬至の雨[四首]	內鮮一體	1941. 1	香山光郎	短歌
217	李光洙	わが泉	國民詩歌	1941. 10	香山光郎	
218	李光洙	元旦[七首]	新時代	1942. 1	香山光郎	短歌
219	李光洙	シンガポール落つ	新時代	1942. 3	香山光郎	
220	李光洙	徵兵制に寄せて	朝日新聞 中鮮版	1943. 8. 5	香山光郎	
221	李光洙	舞鶴の乙女たち	內鮮一體	1944. 3	香山光郎	
222	李光洙	半島靑年の決意	朝日新聞 中鮮版	1945. 1. 18	香山光郎	
223	李光天	殺された風景 / 病人の家 / 無力な高唱	朝鮮詩華集	1928. 11. 10		
224	李均	日本の同志に	農民	1930. 5		
225	李克魯	迎年祈世	京城日報	1940. 1. 9		
226	李根	蜘蛛	國民新報	1939. 7. 23		
227	李瑾榮	漢詩三題	清凉	1941. 3. 30		漢詩
228	李吉春	岩を割る… / 一丈の…	國民新報	1939. 5. 21		短歌
229	李北風	こいつは、誰もさえぎれないのだ	プロレタリア詩	1931. 12		藤枝丈夫 譯

순번	작가명	작품명	게재지	게재년월일	필명	비고
230	李箱	異常ナ可逆反應 / 破片ノ景色 / ノ遊戲 /ひげ/ BOITEUX· BOITEUSE / 空腹	朝鮮と建築	1931. 7		
231	李箱	烏瞰圖(二人…1…/二人…2… / 神經質的に肥滿した三角形 / LE URINE / 顔 / 運動 / 狂 女の告白 / 興行物天使	朝鮮と建築	1931. 8		
232	李箱	三次角設計圖 (線に關する覺 書 1 / 線に關する覺書 2 / 線に關する覺書 3 / 線に關す る覺書 4 / 線に關する覺書 5 / 線に關する覺書 6 / 線に關 する覺書 7)	朝鮮と建築	1931. 10		
233	李箱	建築無限六面角體 (AU MAGASIN DE NOUVEAUTES) / 熱河略圖 No.2 / 眞檀 1:0 / 暗殺 / 且 8 氏の出發 / 二十 二年 / 出版法 / 眞晝	朝鮮と建築	1932. 7		
234	李石薫	鐵蹄屋の爺さん	釜山日報	1929. 8. 18		童謠
235	李石薫	孤りの星よ！わが友よ	釜山日報	1929. 8. 20	李石薫生	
236	李石薫	お…森には神秘な心が…	釜山日報	1929. 8. 30	石薫生	
237	李石薫	人間に生まれた悲哀	釜山日報	1929. 8. 30	石薫生	
238	李石薫	鳳仙花に秋を感ずる！	釜山日報	1929. 8. 31		
239	李石薫	或る雨の日の描寫	釜山日報	1929. 9. 8		
240	李石薫	ころばぬ先の杖だ！	釜山日報	1929. 9. 10		
241	李石薫	田舍町の初秋	釜山日報	1929. 9. 16		
242	李石薫	口先か心か	釜山日報	1929. 9. 20		
243	李石薫	初秋の空模樣	釜山日報	1929. 9. 26		
244	李石薫	牛車は默々と進む	釜山日報	1929. 9. 29		
245	李石薫	星共の戲れによろこびを汲み たい	釜山日報	1929. 10. 5		
246	李石薫	小舟の行方は?	釜山日報	1929. 10. 30		
247	李石薫	島の娘	釜山日報	1929. 10. 30		
248	李石薫	おゝ！夕やけの國に！	釜山日報	1929. 11. 2		
249	李石薫	定州ヨイコト	釜山日報	1930. 1. 21		
250	李石薫	雪の街を行く	釜山日報	1930. 1. 30		
251	李石薫	忘れ得ぬ白濱	釜山日報	1930. 1. 31		
252	李石薫	感傷	釜山日報	1930. 3. 12	春川 李石薫	
253	李石薫	小春	釜山日報	1930. 3. 13	春川 李石薫	
254	李石薫	絶望	釜山日報	1930. 3. 14	春川 李石薫	
255	李石薫	古びた櫛	京城日報	1930. 4. 25		
256	李順子	現代朝鮮短歌集	現代朝鮮短歌集	1938. 5. 28		短歌
257	李淳哲 他	朝鮮人俳句會	京城日報	1929. 12. 6		俳句
258	李淳哲 他	水砧集·雜詠	水砧	1941. 7. 25		俳句
259	李承葉	微風よ	日本詩壇	1943. 4		
260	李庸海	徵兵の詩 - 鯉	國民文學	1942. 7		

순번	작가명	작품명	게재지	게재년월일	필명	비고
261	李允秀	水流レ	京城日報	1925. 3. 25		童謠
262	李林奉	家の石段	釜山日報	1930. 1. 5		童謠
263	李長啓	印度は××と同じですか？	文藝戰線	1928. 2		
264	李在鶴	市街の謳歌 / 蟻殺！！/ 偶像贊美	淸凉	1925. 12. 18		
265	李靜香	讀者文藝 - 大陸へ嫁ぐ姉	東洋之光	1939. 6		
266	李周洪	田園にて	東洋之光	1944. 5		
267	李珍珪	Ecstasy	藝術科	1940. 8. 1		
268	李燦	子等の遊び	國民文學	1944. 2		
269	李燦	せめてよく死に	東洋之光	1944. 3		
270	李昶雨	玄米パンうり	京城日報	1930. 4. 25		
271	李泰鎔	偶成	淸凉	1929. 12. 15		漢詩
272	李漢稷	ひとつの願	綠旗	1944. 2	李家漢稷	
273	李煥琦	萉	日本詩壇	1943. 3		
274	李孝石	冬の市場 / 冬の食卓 / 冬の森 / 蛭のやうな心	淸凉	1926. 3. 16		
275	李孝石	六月の朝 / 里の森で / 家に歸らう / 老人の死 / 一つの微笑 / 赤い花	淸凉	1927. 1. 31		
276	林兼道	馭者クロヌスに寄す - ガーテ	淸凉	1941. 3. 30		
277	林光範	施盤工の歌	プロレタリア詩集	1932. 8. 8		
278	林學洙	哈爾賓驛にて	モダン日本	1940. 8		金鍾漢 譯
279	林學洙	自畫像	國民文學	1941. 11		
280	林和	タンクの出發	プロレタリア藝術	1927. 10		李北滿 譯
281	林和	街の順ちゃん	詩精神	1934. 5		金龍濟 譯
282	張孤星	朝鮮の藝術よ	釜山日報	1929. 9. 18		
283	張風雲	水邊の少女	釜山日報	1929. 9. 13		
284	全相玉	冬の夕	京城日報	1931. 1. 1		童謠
285	全澤根	お星	京城日報	1931. 1. 3		童謠
286	全孝根	ほたる	京城日報	1931. 1. 3		童謠
287	鄭萬朝	初春雅集	朝鮮公論	1913. 6		漢詩
288	鄭文植	ソンネツト	國民新報	1939. 7. 23		
289	鄭石允	彼の遣せし手帖より - Cの一同忌に選ぶ	朝鮮の教育研究	1929. 2. 6		
290	鄭秀溶	追憶	國民新報	1939. 7. 23		
291	鄭秀溶	海	國民新報	1939. 7. 23		
292	鄭玉蓮	あゝ半島よ	釜山日報	1929. 11. 12		
293	鄭在述	白い凧	京城日報	1931. 1. 1		童謠
294	鄭芝溶	新羅の柘榴	街	1925. 3		
295	鄭芝溶	まひる / 草の上	街	1925. 7. 10		
296	鄭芝溶	かつふえ / ふらんす	近代風景	1926. 12		
297	鄭芝溶	海	近代風景	1927. 1		
298	鄭芝溶	みなし子の夢	近代風景	1927. 2		
299	鄭芝溶	悲しき印象畫 / 金ぼたんの哀唱 / 湖面 / 雪	近代風景	1927. 3		

순번	작가명	작품명	게재지	게재년월일	필명	비고
300	鄭芝溶	初春の朝	近代風景	1927. 4		
301	鄭芝溶	幌馬車	近代風景	1927. 4		
302	鄭芝溶	甲板の上	近代風景	1927. 6		
303	鄭芝溶	鄕愁の靑馬車 / 笛 / 酒場の夕日	近代風景	1927. 10		
304	鄭芝溶	眞紅な汽罐車 / 橋の上	近代風景	1927. 12		
305	鄭芝溶	旅の朝	近代風景	1928. 2		
306	鄭芝溶	馬・1 / 馬・2	同志社文學	1928. 10. 20		
307	鄭芝溶	ふるさと / 紅疫	東洋之光	1939. 3		金素雲 譯
308	鄭芝溶	白鹿潭	モダン日本	1939. 11		金鍾漢 譯
309	鄭芝溶	紅疫 / 地圖 / 流れ星 / 豫報	婦人畵報	1940. 12		金鍾漢 譯
310	鄭芝溶	馬について	文化朝鮮	1942. 7		金鍾漢 譯
311	鄭芝溶	異土	東洋之光	1942. 8		金村龍濟 譯
312	鄭芝溶	毘盧峯	文化朝鮮	1942. 12		金鍾漢 譯
313	鄭昌漠	街燈	京城日報	1931. 1. 3		童謠
314	鄭秋江	耕土を追はるゝ日	大地に立つ	1930. 6		
315	趙明熙	愛吟詩鈔 - 驚異	東洋之光	1939. 5		金素雲 譯
316	趙相範 他	鮮滿俳壇	朝鮮及滿洲	1932. 3		俳句
317	趙相範 他	鮮滿俳壇	朝鮮及滿洲	1939. 8. 7		俳句
318	趙演鉉	虎 / 航海	國民新報	1939. 5. 14		
319	趙演鉉	學園・學生欄(君よ靜かに思ひ給へ)	東洋之光	1942. 5	德田演鉉	
320	趙靈出	學びの窓巾	朝光	1943. 12		
321	趙靈出	山水の匂ひ	國民文學	1944. 2		
322	趙容萬	山路	淸凉	1928. 12		
323	趙宇植	海に歌ふ	國民文學	1942. 1		
324	趙宇植	東方の神々 - 九軍神の英靈に捧ぐ	朝光	1942. 8		
325	趙宇植	故鄕にて	東洋之光	1942. 11		
326	趙宇植	家族頌歌	國民文學	1943. 6		
327	趙宇植	神州風	東洋之光	1943. 8		
328	趙宇植	歷程 / 濱の詩	朝鮮詩歌集	1943. 11. 5		
329	趙薰	哀歌	日本詩壇	1942. 2	趙鄕	
330	趙薰	駱駝	日本詩壇	1942. 3		
331	趙薰	金魚葬	日本詩壇	1942. 4		
332	趙薰	憧憬	日本詩壇	1942. 5	趙鄕	
333	趙薰	翼	日本詩壇	1942. 7		
334	趙薰	少女	日本詩壇	1942. 12		
335	趙薰	瞳	日本詩壇	1943. 2		
336	趙薰	譯詩二題 - 冬眠 - 季節の瑠璃窓 / 召燕歌	日本詩壇	1943. 3		
337	趙薰	鄕愁	日本詩壇	1943. 5		
338	趙薰	少年	日本詩壇	1943. 10		
339	趙薰	無題	日本詩壇	1943. 12		
340	朱永涉	黑い河	詩精神	1934. 11		
341	朱永涉	省線一夜12時	詩精神	1934. 12		

순번	작 가 명	작 품 명	게재지	게재년월일	필명	비고
342	朱永涉	冬の思ひ出	詩精神	1935. 1		
343	朱永涉	森に歌ふ	詩精神	1935. 3		
344	朱永涉	康村の春	詩精神	1935. 5		
345	朱永涉	驢馬	國民詩歌	1942. 8		
346	朱永涉	ゴムの歌	國民文學	1942. 10		
347	朱永涉	飛行詩	國民文學	1943. 6		
348	朱永涉	飛行詩 / 驢馬	朝鮮詩歌集	1943. 11. 5		
349	朱永涉	ゴムの歌 / 山にて / 大空の詩 / 燕の歌 / 學徒出陣	平壤詩話會作品集	1944. 9. 5	松村永涉	
350	朱耀翰	五月雨の朝	文藝雜誌	1916. 10	芝區朱耀翰	
351	朱耀翰	山腹の…	文藝雜誌	1916. 10. 1	芝	俳句
352	朱耀翰	山をつゝむ…	文章世界	1916. 11	白鷗	俳句
353	朱耀翰	狂人	文藝雜誌	1916. 11	芝朱耀翰	
354	朱耀翰	馬去りて…	文藝雜誌	1916. 11. 1	芝	俳句
355	朱耀翰	をもひで(幼き昔 / さ迷ひの群 / 野菊 / あさまだき / 友よ)	白金學報	1916. 12. 20	白おう	
356	朱耀翰	お春	伴奏	1917. 1. 26		
357	朱耀翰	月淡く… / 霜踏みて…	文藝雜誌	1917. 3. 1	朱白鷗	俳句
358	朱耀翰	しづけき夜…	文藝雜誌	1917. 3	朱白鷗	短歌
359	朱耀翰	冬 / 欲求	伴奏	1917. 4. 10		
360	朱耀翰	葡萄の花 / 眠れる嬰兒 / ふるさと / 失なはれし者	伴奏	1917. 7. 5		
361	朱耀翰	地の愛	日本現代詩選	1917. 11		
362	朱耀翰	かゞやく太陽 / 春たつ日の歌	白金學報	1917. 12. 17		
363	朱耀翰	晝と夜の祈禱(2)	現代詩歌	1918. 2		
364	朱耀翰	春立つ日の歌	現代詩歌	1918. 3		
365	朱耀翰	あくる朝 / 朝	現代詩歌	1918. 4		
366	朱耀翰	夜、寝る時 / 晝と夜の祈禱(4)	現代詩歌	1918. 5		
367	朱耀翰	夕暮の誘惑 / 卓上の靜物 / 女	現代詩歌	1918. 6		
368	朱耀翰	まどろむ女	現代詩歌	1918. 7		
369	朱耀翰	芝淸正公	現代詩歌	1918. 7		
370	朱耀翰	自畵像 / 星	現代詩歌	1918. 8		
371	朱耀翰	嵐	現代詩歌	1918. 8		
372	朱耀翰	七月の夜	現代詩歌	1918. 9		
373	朱耀翰	微光 / あけぼの	現代詩歌	1918. 10		
374	朱耀翰	暗黑	現代詩歌	1918. 11		
375	朱耀翰	食卓 / 月光	現代詩歌	1918. 12		
376	朱耀翰	朝鮮歌曲鈔	現代詩歌	1919. 1		
377	朱耀翰	霧と太陽	現代詩歌	1919. 2		
378	朱耀翰	余が心情に待つ	週間朝日	1923. 9. 30		
379	朱耀翰	愛吟詩鈔 - 雨	東洋之光	1939. 5		金素雲 譯
380	朱耀翰	鳳仙花	モダン日本	1939. 11		金鍾漢 譯
381	朱耀翰	手に手を	國民文學	1941. 11		
382	朱耀翰	タンギ	國民文學	1941. 11		
383	朱耀翰	徵兵制實施卽吟	京城日報	1942. 5. 14	松村紘一	短歌

순번	작가명	작품명	게재지	게재년월일	필명	비고
384	朱耀翰	戰ふ詩人	朝鮮公論	1943. 5	松村紘一	
385	朱耀翰	一番血潮	文書館	1943. 7	松村紘一	
386	朱耀翰	千年を超えて	朝日新聞 中鮮版	1943. 8. 4	松村紘一	
387	朱耀翰	鉢 / 千年を越えて	朝鮮詩歌集	1943. 11. 5	松村紘一	
388	朱耀翰	雨後 / 同義語	新時代	1944. 5	松村紘一	
389	朱耀翰	決戰辻詩　日々の忠魂	毎日新聞	1944. 6. 20	松村紘一	
390	朱耀翰	靜謐	新時代	1944. 7	松村紘一	
391	蔡奎鐸	追慕	清凉	1929. 12. 15		漢詩
392	崔圭悰	自由はだだ	自我聲	1926. 4. 20		
393	崔淳文	或夏の夜	清凉	1928. 4. 10		
394	崔載瑞	共同浴場	清凉	1928. 4. 10		
395	崔瀚武	すずむしのこゑ	京城日報	1931. 1. 3		童謡
396	河嵩志	詩頂	日本詩壇	1938. 9		
397	韓光炫	慰問袋	新時代	1943. 6		
398	韓喬石	初秋	清凉	1941. 3. 30		
399	韓植	炭よ燃へてくれ	文藝戰線	1926. 4		
400	韓植	印度の祈禱	高麗村	1942. 12		
401	韓植	墳墓の地 - 高麗村の入口にて	高麗村	1942. 12		
402	韓植	終焉	高麗村	1942. 12		
403	韓植	黑檀の匣 - 高麗村のお婆さん	高麗村	1942. 12		
404	韓龍雲	思鄕 / 山寺獨夜	和融誌	1908. 6. 5		漢詩
405	韓龍雲	雨中獨唫 / 春夢 / 閑唫 / 失題	和融誌	1908. 7. 5		漢詩
406	韓龍雲	唫春 / 思夜聽雨 / 獨窓風雨	和融誌	1908. 8. 5		漢詩
407	韓龍雲	秋曉 / 秋夜聽雨有感 / 郊行	和融誌	1908. 9. 5		漢詩
408	韓遠敎 他	朧吟社少年句會	京城日報	1926. 5. 28		俳句
409	韓昌洙	金剛山	朝鮮公論	1913. 8		漢詩
410	許仁穆	久々の…他	清凉	1941. 3. 30		俳句
411	玄永燮	野良に連れて行かれる女の子	清凉	1928. 4. 10	玄永男	
412	洪性善	闇の谷間の記憶	立敎文學	1939. 8		
413	黃貴男	がんがんがん	京城日報	1931. 1. 1		童謡
414	黃錫禹	小供の空の上の自然の說明	黃錫禹詩集 自然頌	1929. 11. 19		在東京時代の日文詩
415	黃錫禹	四季の讐へ	黃錫禹詩集 自然頌	1929. 11. 19		在東京時代の日文詩
416	黃錫禹	蝶の輓いてくる花輿	黃錫禹詩集 自然頌	1929. 11. 19		在東京時代の日文詩
417	黃錫禹	雲雀さんの答へ	黃錫禹詩集 自然頌	1929. 11. 19		在東京時代の日文詩
418	黃錫禹	妾氣になつて仕様がない	黃錫禹詩集 自然頌	1929. 11. 19		在東京時代の日文詩
419	黃錫禹	無題 / 無題 / 空が吼える	黃錫禹詩集 自然頌	1929. 11. 19		童謡
420	黃錫禹	春のお手紙	黃錫禹詩集 自然頌	1929. 11. 19		在東京時代の日文詩
421	黃龍伯	失はれし日の追憶	釜山日報	1930. 2. 21		
422	黃準洪	書の月	釜山日報	1930. 1. 1		童謡

순번	작가명	작품명	게재지	게재년월일	필명	비고
423	新井美邑	朝鮮詩歌集	朝鮮詩歌集	1943. 11. 5		短歌
424	新井雲平	燈	國民文學	1944. 7		
425	新井雲平	鷗	國民文學	1944. 7		
426	新井雲平	祖母に	國民文學	1944. 7		
427	新井雲平	鑛山地帶	國民文學	1944. 12		
428	新井志郎	朝鮮詩歌集	朝鮮詩歌集	1943. 11. 5		短歌
429	李家原甫	新春所感	東洋之光	1944. 2		漢詩
430	小川沐雨	朝鮮詩歌集	朝鮮詩歌集	1943. 11. 5		短歌
431	大島修	日本海	國民總力	1944. 3		
432	金城文興	道 / 故山に寄す / 復讐以前	平壤詩話會作品集	1944. 9. 5		
433	城山昌樹	雪の宵 - 南に征ろた竹村に	日本詩壇	1943. 1		
434	城山昌樹	晩歌 / 哀章	朝鮮詩歌集	1943. 11. 5		
435	城山昌樹	濱邊にて	國民總力	1941. 9	城山眞砂樹	
436	城山昌樹	驟雨	國民詩歌	1941. 10		
437	城山昌樹	白い風景 / 凍てついた路を	日本詩壇	1942. 3		
438	城山昌樹	古い苑でうたふ / 朝鮮情緒	日本詩壇	1942. 7		
439	城山昌樹	麥秋記	國民詩歌	1942. 8		
440	城山昌樹	ふるさとにて	國民文學	1942. 10		
441	城山昌樹	わかもののうた	東洋之光	1942. 10		
442	城山昌樹	海邊五章(沖の帆かけ船 / 空と鷗と / ポンポン蒸氣 / 海鳴り / 旅愁)	國民文學	1943. 6		
443	城山豹	肖像	國民文學	1944. 2		
444	城山豹	徵用・詩三編(立志の日に / 海邊の村の夕暮 / わが瘦腕の賦)	國民文學	1944. 11		
445	德山文伯	決戰辻詩 うるほひ	每日新聞	1944. 6. 18		
446	德山文伯	新しき風俗 / ふるさとの雪 / 蒼穹 / 新しき歷史の章	平壤詩話會作品集	1944. 9. 5		
447	平沼奉周	新嘉坡陷落	國民詩歌	1942. 3		
448	宮本正培	決戰辻詩 みんなもう一度	每日新聞	1944. 6. 13		
449	柳虔次郎	河	朝鮮詩歌集	1943. 11. 5		
450	來在守	冬	京城日報	1931. 1. 3		童謠
451	?城第一國民校 (松山德一 /新井秀吉 /大山金? / 大山宇 馥 / 大山明雄)	學園增産譜	每日新聞	1944. 6. 21		短歌
452	無記名	崔承喜に	婦人畫報	1940. 12		

6. 조선인 일본어 수필(隨筆) 목록

※ 정렬순서는 인명의 가나다순으로 하였고, 작자 미상이나 창씨명은 마지막에 가나(アイウ)순으로 하였다.

순번	작가명	작품명	게재지	게재년월일	필명
1	姜世馨	伯林生活の思出	國民文學	1941. 11	
2	高明子	婦人の愛國運動	東洋之光	1942. 2	
3	高裕燮	售狗沽酒	書說	1938. 10	高靑
4	高漢容	北の國より	開放新聞	1925. 3. 15	
5	郭牛佛	朝鮮靑年學生に檄す(上)	東洋之光	1941. 12	
6	郭鍾元	若き世代の形象化	內鮮一體	1944. 8	岩谷鍾元
7	郭鍾元	私の主題 - 靑年の倫理	國民文學	1944. 9	岩谷鐘元
8	吉鎭燮	歲晩京城(1)~(5)	京城日報	1939. 12	
9	金健	街を語る(上)(下)	京城日報	1940. 2. 25~27	
10	金健	長谷川町の肉感	國民新報	1940. 3. 17	
11	金菅	音樂隨感(1)(2)(3)	京城日報	1932. 10. 6~8	
12	金基鎭	內鮮問答 - 麻生久先生足下	モダン日本	1940. 8	
13	金惠永	陶磁蒐集今昔談	國民文學	1942. 10	
14	金東仁	朝鮮文壇と私の步んだ道	國民文學	1941. 11	
15	金斗鎔	朝鮮を描け！	帝國大學新聞	1929. 9. 16	
16	金斗鎔	火田民·土幕民の話	生きた新聞	1935. 2	
17	金來成	書けるか！	ぷろふいる	1936. 1	
18	金來成	鐘路の吊鐘	モダン日本	1939. 11	
19	金文輯	武士道と國仙道	國民新報	1939. 7. 30	
20	金文輯	漢陽秋風 - 南山展望 - 他の山を語る山	國民新報	1939. 10. 1	
21	金普燮	京城散步道 - 大學通り	國民新報	1939. 8. 27	
22	金鳳元	山寺の春	國民新報	1940. 3. 3	
23	金史良	朝鮮人と半島人	新風土	1941. 5	
24	金史良	故鄕を想ふ	知性	1941. 5	
25	金史良	山の神々	文藝首都	1941. 7	
26	金史良	南京蟲よ、さよなら	讀賣新聞	1941. 11. 3	
27	金史良	故鄕を鳴く	甲鳥	1942. 1. 31	
28	金史良	ナルパラム	新太陽	1943. 11	
29	金士永	國語文學と私 - 自戒の辯	國民文學	1944. 5	
30	金士永	私の主題 - 駑馬の夢	國民文學	1944. 9	淸川士郎
31	金瑞圭	朝鮮の色服勵行	朝鮮公論	1932. 6	
32	金聖七	濟州島の三多	金融組合	1940. 10	
33	金素雲	釜山埠頭の白衣群	東洋	1929. 11	
34	金素雲	眼鏡(上)(下)	每日申報	1937. 2	
35	金素雲	「新しき土」を觀て	綠旗	1937. 3	
36	金素雲	挿話一ツ - 畵を切り縮めた畵家	國民新報	1939. 6. 18	
37	金素雲	京城散步道 - 鐘路の哀傷	國民新報	1939. 8. 6	
38	金昇默	母に死別れて	朝鮮公論	1924. 6	

순번	작가명	작품명	계재지	계재년월일	필명
39	金信哉	海 - 四人集 - シヤーリーと鷗	國民新報	1939. 7. 16	
40	金億	京城散步道 - 光化門通り	國民新報	1939. 9. 10	金岸曙
41	金億	落葉日記 - 落葉の私語き	國民新報	1939. 11. 12	金岸曙
42	金永吉	故鄕に呼びかける - 故里今更に懷かし	旅	1932. 10. 8	永田絃次郎
43	金英一	アカシヤの樹蔭に沐みする女 - 胡國淸調の城川江	大阪朝日新聞	1926. 8. 6	
44	金午星	金剛山の劫火	國民新報	1940. 1. 14	
45	金龍濟	朝ともなれば	國民新報	1940. 8. 11	
46	金龍濟	現實の言葉	東洋之光	1942. 6	金村龍濟
47	金龍濟	東西斷想	國民文學	1945. 3	金村龍濟
48	金容浩	饒舌る話	東洋之光	1943. 7	
49	金義用	閔元植を追憶して	朝鮮公論	1921. 4	
50	金井鎭	キムチ禮讚(全4回)	京城日報	1932. 11	
51	金鐘漢	露領の見える街	婦人畫報	1939. 8	金鍾漢
52	金鐘漢	詩人廢業記	新時代	1942. 12	金鍾漢
53	金鐘漢	鰯抒情	新時代	1943. 1	金鍾漢
54	金鐘漢	朝鮮のこころ	朝光	1943. 12	金鍾漢
55	金振九	圓山應擧の軸を思ひ出す - 南總督名古屋でのひとときを見て	國民新報	1939. 8. 6	
56	金晋燮	立飮屋のこと	モダン日本	1939. 11	
57	金哲	柿の葉の落つる頃	山都學苑	1938. 2. 7	
58	金熙明	プロ文藝夜話	文藝市場	1927. 5	
59	南宮營	朝鮮産業団體の統制	朝鮮公論	1932. 6	
60	南斗星	新しき女に與ふ	朝鮮公論	1913. 4	
61	盧春城	放浪の夏	文章俱樂部	1926. 9	
62	馬海松	滿月臺	手帖	1927. 7	
63	馬海松	雜記	モダン日本	1940. 8	
64	萬翠生	朝鮮の巫女	朝鮮公論	1937. 10	
65	萬翠生	朝鮮の類似宗敎	朝鮮公論	1937. 10	
66	萬翠生	朝鮮の繪畫	朝鮮公論	1938. 3	
67	文藝峰	落葉日記 - 枯葉散る木蔭 - 志願兵撮影の一日	國民新報	1939. 11. 19	
68	朴基采	凉風をクロズアツプす	國民新報	1939. 9. 10	
69	朴榮喆	多端なる時局に直面して	朝鮮公論	1932. 6	
70	朴勝極	蛙	東洋之光	1942. 8	
71	朴勝極	瓜	東洋之光	1942. 10	
72	朴勝極	僧 - 田園散話	東洋之光	1942. 11	
73	朴勝極	米	東洋之光	1942. 12	
74	朴勝極	墓	東洋之光	1943. 1	
75	朴勝極	綿	東洋之光	1943. 3	
76	朴勝極	燈	東洋之光	1943. 4	
77	朴勝極	叺	東洋之光	1943. 7	
78	朴勝極	詩 希望の歌 - 轉換の『自畵像』	東洋之光	1943. 11	
79	朴勝極	草	東洋之光	1943. 12	

순번	작가명	작품명	게재지	게재년월일	필명
80	朴勝極	牛	東洋之光	1944. 3	
81	朴勝極	兎	東洋之光	1944. 5	
82	朴勝極	土	東洋之光	1944. 6	
83	朴勝極	水	東洋之光	1944. 10	
84	朴榮喆	溫情溢るる如くにして極めて謙遜	朝鮮公論	1933. 3	
85	朴英鎬	第二のドン・キホーテ	東洋之光	1944. 11	
86	朴英熙	京城散步道 - 義州通り	國民新報	1939. 8. 20	
87	朴仁德	强き家庭の建設 - 我が塾の精神 -	東洋之光	1943. 4	永河仁德
88	方臺榮	ウォン・クラシバアー	朝鮮公論	1928. 2	
89	裵相河	春支度	朝日新聞 南鮮版	1943. 1	星野相河
90	裵雲成	京城の黃昏	文化朝鮮	1943. 10	
91	白信愛	春光を浴びて	國民新報	1939. 4. 9	
92	白信愛	わたしのシベリヤ放浪記(全二回)	國民新報	1939. 4	
93	白信愛	旅は道伴れ - 仁川獨人樣, 妾はあなたの後を追ひ地獄の旅にお伴します	國民新報	1939. 7. 2	
94	白鐵	窓外散見	學藝	1930. 12. 5	白世哲
95	白鐵	妻	金融組合	1940. 1	
96	徐斗銖	午前三時のたは言	國民文學	1941. 11	
97	徐廷肇	梨の花	內鮮一體	1944. 8	
98	宋今珽	內鮮問答 - 內地の知識階級に訴へる	モダン日本	1940. 8	
99	宋錫夏	新協劇團"春香傳"の公演に寄せる(1)	京城日報	1938. 10. 9	
100	宋惠任	巫女踊り	每日申報	1937. 2. 17	
101	申賢均	演劇人の反省	東洋之光	1940. 1	
102	安夕影	海 - 四人集 · 夏の海	國民新報	1939. 7. 16	
103	安夕影	漢陽秋風 - 逍遙山の紅葉	國民新報	1939. 10. 15	
104	安在鴻	神州の亡びたるを歎きつ	「調査資料」二一集 朝鮮の言論と世相	1927. 10	
105	安含光	謙讓の精神	モダン日本	1940. 8	
106	嚴浩奭	告白と文學	東洋之光	1942. 12	
107	吳泳鎭	平壤の街	朝鮮	1944. 7	
108	吳龍淳	國語文學と私 - 古典の魅惑	國民文學	1944. 5	
109	吳里頌	音樂すること	東洋之光	1944. 1	
110	吳禎民	このひとすぢ - 或る友人への返書	國民文學	1943. 4	
111	吳禎民	風土と愛情(一)(二)	內鮮一體	1944. 6	山田榮助
112	兪鎭午	漫想	京城帝國大學 學友會會報	1930. 3	
113	兪鎭午	新協劇團"春香傳"の公演に寄せる(1)	京城日報	1938. 10. 9	
114	兪鎭午	平凡人の世界 - 西洋のモラルと東洋の道德	國民新報	1939. 5. 7	
115	兪鎭午	京城の電車車掌	金融組合	1939. 6	
116	兪鎭午	『人格』について	國民新報	1940. 1. 7	
117	兪鎭午	葡萄園の主人の話	金融組合	1940. 3	
118	兪鎭午	滅びゆくものの美	觀光朝鮮	1940. 5	
119	兪鎭午	朝鮮人とユーモア	朝鮮	1943. 2	

순번	작 가 명	작 품 명	게재지	게재년월일	필명
120	兪鎭午	李孝石について	朝鮮畫報	1943. 4	
121	兪鎭午	豊かなる季節	文學報國	1943. 9	
122	兪鎭午	舊友と語る	新太陽	1943. 11	
123	兪鎭午	慶州と金剛山	寫眞報道 戰ふ朝鮮	1945. 6. 20	
124	柳致眞	京城散歩道 - 南大門通りと南大門と	國民新報	1939. 9. 3	
125	柳致眞	片想	國民新報	1940. 2. 18	
126	柳致眞	北進隊それから - 北進隊餘話	國民文學	1942. 6	
127	柳河回	宮澤賢治精神	東洋之光	1942. 11	
128	尹斗憲	より高くより遠く	東洋之光	1944. 4	平沼文甫
129	尹斗憲	唇に歌をもて	內鮮一體	1944. 8	平沼文甫
130	尹石重	內地に得る	每新寫眞旬報	1941. 10. 21	
131	李光洙	特別寄贈作文	富の日本	1910. 3	李寶鏡
132	李光洙	車中雜感	京城日報	1918. 4	
133	李光洙	京釜線車中より	京城日報	1918. 4. 19	
134	李光洙	山陽線車中より	京城日報	1918. 4. 21	
135	李光洙	無佛翁の憶出(1)~(6)	京城日報	1939. 3	
136	李光洙	冬季雜筆 - 歲暮雜感	國民新報	1939. 12. 24	
137	李光洙	京城の春(一)(二)	東京朝日新聞	1940. 4	
138	李光洙	近頃の音樂	朝鮮公論	1940. 5	孤舟
139	李光洙	我が交友錄	モダン日本	1940. 8	
140	李光洙	顔が變る	文藝春秋	1940. 11	
141	李光洙	內鮮一體隨想錄	協和事業	1941. 2	香山光郎
142	李光洙	行者	文學界	1941. 3	香山光郎
143	李光洙	家訓	新時代	1941. 12	香山光郎
144	李光洙	家訓(續)	新時代	1942. 1	香山光郎
145	李光洙	新しき美	朝日新聞 南鮮版	1943. 1	香山光郎
146	李光洙	三京印象記	文藝界	1943. 1	
147	李光洙	山國の旅	文化朝鮮	1943. 8	香山光郎
148	李光洙	いくつかの無駄	金融組合	1943. 9	香山光郎
149	李光天	秋風隨言(全四回)	京城日報	1928. 9	
150	李克魯	文化の自由性	モダン日本	1940. 8	
151	李東珪	西洋人考	東洋之光	1942. 5	
152	李基也	新協劇團"春香傳"の公演に寄せる(3)	京城日報	1938. 10. 9	
153	李命浩	決戰批判の規範	東洋之光	1945. 1	
154	李無影	釜山日報「青瓦の家」	大東亞	1943. 3	
155	李無影	農軍のこと	新太陽	1943. 11	
156	李石薰	村の生活(1)~(5)	京城日報	1940. 6	
157	李石薰	隨想三題(1)~(3)	京城日報	1941. 9~10	
158	李石薰	主觀と客觀	朝光	1942. 3	牧洋
159	李石薰	新らしさについて	東洋之光	1942. 6	牧洋
160	李石薰	京城日報「永遠の女」	大東亞	1943. 3	牧洋
161	李石薰	京城の街	文化朝鮮	1943. 10	牧洋

순번	작가명	작품명	게재지	게재년월일	필명
162	李石薰	滿洲の話	新時代	1944. 5	牧洋
163	李石薰	旅の得失	內鮮一體	1944. 8	牧洋
164	李成淑	朝鮮婦人に就いて	朝鮮公論	1937. 9	
165	李壽昌	靑年の日記(全8回)	京城日報	1927. 6	
166	李庸華	漢陽秋賦 - 漢江の賦	國民新報	1939. 9. 24	
167	李榮敏	都市對抗野球より歸りて	朝鮮公論	1935. 10	
168	李人稙	夢中放語	都新聞	1901. 12. 18	
169	李人稙	入社說	都新聞	1901. 11. 29	
170	李人稙	韓國雜感(全4回)	都新聞	1902. 3	
171	李一	燕京旅情記	國民新報	1939. 9. 17	
172	李一	漢陽秋風 - 秋の三角山	國民新報	1939. 10. 8	
173	李著珩	私の主題 - 愛情の翼	國民文學	1944. 9	宮原三治
174	李貞喜	故鄕に呼びかける - 故鄕を空から	旅	1935. 7. 1	
175	李周洪	靑年と道義	東洋之光	1943. 7	
176	李周洪	街頭瑣談	東洋之光	1943. 11	
177	李周洪	幸福への示唆	東洋之光	1945. 1	
178	李泰俊	墨竹の新婦	婦人畫報	1940. 12	
179	異河潤	海 - 四人集 - 海へ憧れの記	國民新報	1939. 7. 16	
180	李軒求	寸旅小感	モダン日本	1939. 11	
181	李孝石	季節の落書	金融組合	1937. 1	
182	李孝石	こころの陰翳	金融組合	1937. 5	
183	李孝石	具殼の匙金融組合	金融組合	1937. 11	
184	李孝石	樹木について	金融組合	1938. 8	
185	李孝石	春香傳來演の頃	金融組合	1939. 1	
186	李孝石	大陸の皮(1)~(4)	京城日報	1939. 9	
187	李孝石	水の上	金融組合	1939. 9	
188	李孝石	新秋隨筆　新秋	國民新報	1939. 9. 10	
189	李孝石	北滿だより	朝鮮及滿洲	1939. 11	
190	李孝石	柳都だより(1)~(4)	京城日報	1940. 4	
191	李孝石	朱乙素描	文化朝鮮	1940. 12	
192	李孝石	葡萄の蔭	博浪抄	1941. 8	
193	李孝石	廊下で	金融組合	1941. 8	
194	李孝石	冬の旅	朝光	1942. 3	
195	李孝石	五月の空	新時代	1942. 5	
196	李孝石	樹木について	朝鮮畫報	1943. 4	
197	印禎植	農民文學門外觀	國民文學	1943. 6	
198	任淳得	澤のいらら草に寄せて	國民新報	1939. 4. 16	
199	任一	雪の街	國民新報	1940. 1. 28	
200	林學洙	京城散步道 - 安國町今昔記	國民新報	1939. 8. 13	
201	林學洙	漢陽秋賦 - 仁旺山	國民新報	1939. 10. 22	
202	林學洙	新しさを求めて	國民新報	1940. 1. 21	
203	林學洙	夢の告別	國民新報	1940. 6. 2	

순번	작가명	작품명	게재지	게재년월일	필명
204	林和	朝鮮の詩歌と女性	國民新報	1939. 5. 21	
205	林和	京城散步道 - 本町	國民新報	1939. 7. 30	
206	林和	漢陽秋賦 - 北漢連山	國民新報	1939. 9. 17	
207	林和	落葉日記 - 追憶は毒なり	國民新報	1939. 11. 5	
208	林和	初冬雜記(その一)~(その四)	京城日報	1939. 12	
209	林和	落葉雜筆 - 冬まだ淺し	國民新報	1939. 12. 10	
210	林和	春まだ遠し	國民新報	1940. 1. 14	
211	林和	過冬記	金融組合	1940. 2	
212	張赫宙	僕の文學	文藝首都	1933. 1	
213	張赫宙	離京の悲しみ	文藝通信	1935. 5	
214	張赫宙	チョング・マンソ - の話	文藝	1935. 8	
215	張赫宙	『春香傳』について	テアトロ	1936. 3	
216	張赫宙	虛無を感ずる - 東京に移住して	京城日報	1936. 7.14	
217	張赫宙	朝鮮の冬	帝國大學新聞	1936. 11. 30	
218	張赫宙	日本の女性	文學案內	1937. 4	
219	張赫宙	「旅路」を見て感じたこと	每日申報	1937. 5. 28	
220	張赫宙	滿洲移民について	文藝首都	1937. 11	
221	張赫宙	貝殼の匙	金融組合	1937. 11	
222	張赫宙	私の場合 - わが文學修業	文章	1939. 4	
223	張赫宙	京城の秋と東京の秋	國民新報	1939. 10. 1	
224	張赫宙	金剛山雜感	モダン日本	1939. 11	
225	張赫宙	父を思ふ	博浪抄	1940. 2. 5	
226	張赫宙	丸山さんの詩	博浪抄	1941. 1. 5	
227	張赫宙	京城	文化朝鮮	1942. 12	
228	鄭飛石	落葉日記 - 落葉に托す	國民新報	1939. 11. 26	
229	鄭飛石	知識人	東洋之光	1942. 7	
230	鄭飛石	國境	國民文學	1943. 4	
231	鄭寅燮	新協劇團“春香傳”の公演に寄せる(3)	京城日報	1938. 10. 9	
232	鄭寅燮	兒童の愛護 - 呼び覺したい大人の童心	國民新報	1939. 5. 14	
233	鄭寅燮	朝鮮のローカル・カラー	モダン日本	1940. 8	
234	鄭寅燮	冬日通信(1)~(3)	京城日報	1941. 11	
235	鄭人澤	書齋(上)(下)	每日申報	1937. 3	
236	鄭人澤	淸涼里界隈(1)~(4)	每日申報	1937. 6~7	
237	鄭人澤	書齋など	朝光	1942. 3	
238	鄭鎭旭	靑年と保健	東洋之光	1944. 6	
239	趙演鉉	靑春斷想	東洋之光	1943. 5	
240	趙演鉉	藝術の機能 - 友への手紙(上)	東洋之光	1943. 7	
241	趙演鉉	藝術の機能 - 友への手紙(下)	東洋之光	1943. 8	
242	趙容萬	車中のこと	東洋之光	1942. 7	
243	趙容萬	炭坑より還りて	國民文學	1944. 7	
244	趙宇植	婦人雜誌について	東洋之光	1942. 5	則武三雄
245	趙宇植	崔載瑞氏	文化朝鮮	1943. 4	

순번	작가명	작품명	게재지	게재년월일	필명
246	趙宇植	兪鎭午氏	文化朝鮮	1943. 8	
247	趙潤濟	濟州島の民謠	文化朝鮮	1941. 7	
248	趙晶鎬	撮影所の窓から - 朝鮮ハリウドの夢	國民新報	1940. 6. 2	
249	朱耀翰	霜の朝	白金學報	1913. 12	
250	朱耀翰	秋の日を	文章世界	1916. 11	
251	朱耀翰	あれから	白金學報	1918. 3	
252	秦瞬星	秋の石坡亭(全2回)	京城日報	1917. 10	
253	崔南善	麻姑の手 - 土曜漫筆	朝鮮日報	1927. 7. 2	
254	崔南善	秋の金剛美	隨筆朝鮮	1935. 10. 25	
255	崔碩珍	人の横顔	朝鮮公論	1938. 2~3	
256	崔承喜	第二回作品發表に際して	京城日報	1931. 2. 4	
257	崔承喜	故郷に呼びかける - 朝鮮によい舞踊を	旅	1932. 10. 7	
258	崔承喜	東京における發表會を前に(1)(2)	京城日報	1934. 9	
259	崔承喜	わたしには	文藝	1935. 3	
260	崔承喜	踊る夏	行動	1935. 8	
261	崔承喜	秋の思ひ出	大阪毎日新聞	1935. 10. 14	
262	崔承喜	文藝映畫と私	文藝	1936. 9	
263	崔承喜	私の自叙傳	日本書莊	1936. 10. 15	
264	崔承喜	ふるさとを憶ふ	朝鮮行政	1937. 1	
265	崔承喜	『春香傳』が見たい	京城日報	1938. 10. 23	
266	崔承喜	幾山河故國を想ふ	婦人朝日	1941. 2. 10	
267	崔仁旭	古本について	新時代	1942. 10	
268	崔載瑞	兩班道 - 傳統と表現の相違	國民新報	1939. 5. 7	
269	崔載瑞	秋風と共に(1)~(6)	京城日報	1939. 9~10	
270	崔載瑞	文人氣質	東洋之光	1942. 1	
271	崔載瑞	西鮮から北鮮へ	國民文學	1943. 1	
272	崔載瑞	宣傳の效果	朝鮮	1943. 4	
273	崔載瑞	決戰下の内地	國民總力	1943. 10	
274	崔貞熙	母のこゝろ - 子供をもって見れば	國民新報	1939. 5. 14	
275	崔貞熙	私の告白	國民新報	1940. 1. 21	
276	崔貞熙	内鮮問答 - 親愛なる内地の作家へ	モダン日本	1940. 8	
277	崔貞熙	二つのお話	京城日報	1941. 1	
278	崔貞熙	時局の母親 - 軍國の子供に感激	京城日報	1941. 2. 18	
279	崔貞熙	初秋の手紙(第一信)~(第三信)	京城日報	1941. 9	
280	崔貞熙	林芙美子と私	三千里	1941. 12	
281	崔貞熙	德壽宮の朝	國民文學	1942. 1	
282	崔貞熙	花	文化朝鮮	1942. 5	
283	漢江生	新聞及新聞記者の自覺	朝鮮公論	1937. 3	
284	韓植	差異と理解	モダン日本	1939. 11	
285	韓植	大乘的風習論	國民文學	1942. 1	
286	韓榮淑	山國便り(上)(下)	毎日申報	1937. 2	

순번	작 가 명	작 품 명	게재지	게재년월일	필명
287	韓銀珍	海 - 四人集 - 海に憬れて	國民新報	1939. 7. 16	
288	韓再熙	狂想片々	京城日報	1927. 9	
289	咸世德	演劇コンクールをまへに	國民文學	1943. 9	
290	許泳	內鮮一體映畵 "君と僕" 制作準備に來鮮して	京城日報	1941. 2. 23	日夏英太郎
291	玄斌譯	東洋の旅人(ハンガリーアンソロイーより)	東洋之光	1941. 12	
292	玄永燮	近感二題	綠旗	1937. 2	
293	玄永燮	二つの立場	國民新報	1939. 8. 13	
294	洪臾鉉	早稻田在學中の感	早稻田學報	1928. 5	
295	洪淳昶	秋夕	旅と傳說	1940. 10	
296	洪鍾羽	流々轉々	新文化	1941. 9	靑木洪
297	洪鐘羽	ふるさとのうた	國民文學	1942. 7	靑木洪
298	洪鍾羽	草鞋	金融組合	1943. 8	靑木洪
299	洪海星	若き漂泊の夢	築地小劇場	1925. 1	
300	洪曉民	人生の道	東洋之光	1942. 1	
301	大島修	國語文學と私 - 國語文學覺書	國民文學	1944. 5	
302	大島修	私の主題 - 正直な告白	國民文學	1944. 9	
303	大原明子	軍國の母に學ぶ	東洋之光	1942. 5	
304	大原明子	母の感激と覺悟	東洋之光	1942. 6	
305	金本宗熙	傳統と仕奉の問題	東洋之光	1944. 11	
306	吳本篤彦	國語文學と私 - 私の道順	國民文學	1944. 5	
307	吳本篤彦	私の主題 - 浴衣の溝	國民文學	1944. 9	
308	城山豹	國語文學と私 - わが素懷	國民文學	1944. 5	
309	城山豹	私の主題 - 詩作覺書	國民文學	1944. 9	
310	城山昌樹	秋深き「水豐湖」行	文化朝鮮	1941. 11	
311	松岩聖根	禊	國民文學	1943. 8	
312	南川博	國語文學と私 - 國語文學と私	國民文學	1944. 5	
313	K-記者	讀書室	婦人畫報	1939. 8	
314	K-記者	詩人が語つた「新しさ」について	婦人畫報	1939. 8	
315	TH生	其刹那	京城日報	1918. 5. 31	
316	無記名	朝鮮人の新年の賀詞	都新聞	1902. 1. 2	
316	無記名	韓人閑話(上)(下)(續)(續)(續)	都新聞	1902. 5~7	
317	無記名	韓國の新年	都新聞	1903. 1. 2	
318	無記名	國語面創設に就いて	每日申報	1937. 1. 12	
319	編輯部	溫突住宅の近代的價値	婦人畫報	1940. 12	
320	編輯部	朝鮮のジアナリズム	婦人畫報	1940. 12	
321	編輯部	朝鮮の米	婦人畫報	1940. 12	
322	編輯部	朝鮮の女流作家	婦人畫報	1940. 12	

7. 조선인 일본어 평론(評論) 목록

※ 정렬순서는 인명의 가나다순으로 하였고, 작자 미상이나 창씨명은 마지막에 가나(アイウ)순으로 하였다.

순번	작 가 명	작 품 명	게재지	게재년월일	필명
1	高飛	日本に於ける民族演劇の現勢	演劇新聞	1933. 2	
2	高承濟	文化政策の理想	國民文學	1942. 10	
3	高承濟	大東亞文化の創造	國民文學	1943. 3	
4	高承濟	新文化と人間形成	國民文學	1943. 9	
5	高週吉	プロレタリア詩と映畫	プロレタリア詩	1931. 1. 1	
6	高週吉	キノ「サイレン」の成立とその將來	プロキノ	1932. 5. 10	
7	郭鍾元	世代と倫理	國民文學	1944. 2	岩谷鐘元
8	郭鍾元	決戰文學の理念	國民文學	1944. 4	岩谷鐘元
9	郭鍾元	學徒勤勞動員について	國民文學	1944. 8	岩谷鐘元
10	郭鍾元	靑年の倫理	國民文學	1944. 9	岩谷鐘元
11	權熹奎	新詩形發見の經路	朝鮮思想通信	1927. 3. 21	
12	金健	私の新演劇論(1)～(7)	京城日報	1941. 2～3	
13	金寬鉉	副業の獎勵に就て	朝鮮公論	1923. 10	
14	金寬鉉	産業獎勵に就て	朝鮮公論	1925. 1	
15	金起林	詩におけるモダニズム	大阪每日新聞 朝鮮版	1934. 7	
16	金基鎭	朝鮮文藝變遷過程(1)～(32)	朝鮮思想通信	1929. 4～6	八峰學人
17	金基鎭	朝鮮文學の現在…これから	大阪每日新聞 朝鮮版	1934. 7	金八峰
18	金基鎭	生産と文學	國民文學	1944. 7	金村八峰
19	金基鎭	文化人に檄す	新時代	1944. 9	金村八峰
20	金東仁	朝鮮近代文藝	朝鮮及滿洲	1932. 4	
21	金東仁	朝鮮文人の生活相	大阪每日新聞 朝鮮版	1934. 7	
22	金東鎭	名物男寸評	朝鮮公論	1938. 4	
23	金東煥	愛國文學に就て	朝鮮の言論と世相	1927. 10	
24	金東煥	朝鮮に忘れれぬ人々の思ひ出(1)～(7)	京城日報	1940. 2～3	
25	金東勳	半島大衆國家觀念	朝鮮公論	1937. 1	金原邦光
26	金東勳	國民の均しく赴くべき道	朝鮮公論	1939. 1	金原邦光
27	金東勳	著しく强化された半島大衆國家觀念	朝鮮公論	1937. 1	
28	金斗鎔	動く魂と生活	嶽水會雜誌	1925. 12	
29	金斗鎔	朝鮮のプロ文學	帝國大學新聞	1932. 6	
30	金斗鎔	朝鮮のプロ文學の現狀	プロレタリア文學 講座	1933. 3	
31	金斗鎔	農業朝鮮より工業朝鮮へ - 殖民地大衆へのその影響	生きた新聞	1935. 1. 5	
32	金斗鎔	「文化戰線の見通し」を批判す - 藏原氏と北氏の誤謬について	生きた新聞	1935. 3. 5	
33	金斗鎔	インテリゲンチヤ論は何故擡頭したか	生きた新聞	1935. 4. 5	
34	金斗鎔	プロレタリアに春は來たが	生きた新聞	1935. 5. 5	
35	金斗鎔	社會主義的リアリズムか***リアリズムか	文學評論	1935. 6	

순번	작 가 명	작 품 명	게재지	게재년월일	필명
36	金斗鎔	農村に夏は來たれど	生きた新聞	1935. 7	
37	金斗鎔	森山啓君の批判	生きた新聞	1935. 7	
38	金斗鎔	魂の哲學	大衆の哲學	1936. 4. 1	
39	金斗鎔	朝鮮藝術座の近況	テアトロ	1936. 5	
40	金萬益	朝鮮映畵制作の實際	大阪毎日新聞朝鮮版	1934. 8	
41	金文輯	朝鮮文壇の特殊性	新潮	1936. 2	
42	金文輯	朝鮮文壇人(1)~(5)	京城日報	1939. 3~4	
43	金復鎭	美術足跡(一)~(四)	大阪毎日新聞朝鮮版	1934. 7	
44	金史良	朝鮮の作家を語る	モダン日本	1939. 11	
45	金史良	内地語の文學	讀賣新聞	1941. 2. 14	
46	金思演	人事移動綱紀及權限問題	朝鮮公論	1933. 9	
47	金思演	米穀統制に關する政府案を排擊す	朝鮮公論	1933. 10	
48	金思演	農村振興と朝鮮小作令	朝鮮公論	1933. 12	
49	金思演	農村振興運動を此後更に具體化し、組織化する事が緊要	東洋之光	1934. 1	
50	金思演	組織化する事が緊要	朝鮮公論	1934. 1	
51	金思演	飽まで鮮米差別的制度を排擊せよ	朝鮮公論	1934. 3	
52	金思演	滿一周年を迎へて	朝鮮公論	1934. 6	
53	金思演	岡田大將推薦の経緯と組閣の迫力に就て	朝鮮公論	1934. 8	
54	金思演	水害對策とその批判	朝鮮公論	1934. 9	
55	金思演	宇垣イズムの徹底へ	朝鮮公論	1934. 10	
56	金思演	危機昭和十年を迎ふ	朝鮮公論	1935. 1	
57	金聲均	昭和十六年の半島文學の回顧	朝鮮	1942. 1	
58	金素雲	朝鮮の農民歌謠(全五回)	地上樂園	1927. 1~4. 6	金敎煥
59	金素雲	朝鮮の民謠に就いて	東洋	1927. 6	
60	金素雲	朝鮮の勞作民謠	東洋	1928. 12	
61	金素雲	朝鮮民謠の律調	民俗藝術	1928. 12. 15	
62	金素雲	童謠に觀る朝鮮兒童性	東洋	1929. 4	
63	金素雲	明日の情緒への尺度 (上)(下)	京城日報	1930. 10. 9	
64	金素雲	言草謠に觀る朝鮮兒童性片鱗	朝鮮の教育研究	1930. 12. 1	
65	金素雲	アリラン峠 (上)(中)(下)	東京朝日新聞	1931. 7. 23	
66	金素雲	朝鮮民謠の時代的變遷	神戸新聞	1932. 3. 28	
67	金素雲	朝鮮民謠	週刊朝日	1933. 1. 22	
68	金素雲	Rへ - あとがきに代へて	乳色の雲 朝鮮詩集	1940. 5. 25	素雲生
69	金素雲	兒童朝鮮を直視して	大阪毎日新聞朝鮮版	1934. 8	
70	金順鐘	國内の幣芟除	朝鮮公論	1940. 7	孤峯
71	金順鐘	日獨伊三國同盟·愈々新秩序建設へ邁進(孤峯)	朝鮮公論	1940. 10	孤峯
72	金順鐘	新體制とスポーツ	朝鮮公論	1940. 11	孤峯
73	金順鐘	米穀頻廢風俗輸入に吸々	朝鮮公論	1941. 1	孤峯
74	金順鐘	自姿放縱、無軌道アメリカ思想	朝鮮公論	1941. 3	孤峯
75	金順鐘	戰後の對策	朝鮮公論	1941. 5	孤峯
76	金順鐘	思想の肅正(孤峯)	朝鮮公論	1941. 7	孤峯

순번	작가명	작품명	게재지	게재년월일	필명
77	金順鐘	海と船	朝鮮公論	1941. 8	孤峰
78	金順鐘	敵性國家明示が必要(孤峯)	朝鮮公論	1941. 10	孤峰
79	金心石	內鮮同化策と吾人の主張	朝鮮公論	1923. 9	金井泉
80	金心石	朝鮮統治の參政權	朝鮮公論	1923. 3	
81	金心石	朝鮮人の觀たる地方産業の發展と過去	朝鮮公論	1923. 4	
82	金心石	朝鮮に於ける早婚と法規との關係	朝鮮公論	1923. 8	
83	金億	油斷は禁物	京城日報	1942. 12	
84	金永?	現段階に於ける朝鮮文學の諸問題(1)~(5)	京城日報	1940. 1~2	
85	金龍濟	「地下道の春」について	文學評論	1936. 7	
86	金龍濟	日本への愛執 - 林房雄氏の『轉向』『青年』『壯年』に就て	國民文學	1942. 7	金村龍濟
87	金義用	朝鮮思想統治の一考察	朝鮮公論	1929. 8	
88	金龍濟	「地下道の春」について	文學評論	1936. 7	
89	金龍濟	師への言葉　兄への言葉(1)~(6)	京城日報	1939. 4	
90	金龍濟	半島文壇と國語の問題	綠旗	1942. 1	金村龍濟
91	金龍濟	文藝政策私語(1)~(4)	京城日報	1942. 3	金村龍濟
92	金龍濟	國民文學の黎明期	東洋之光	1942. 9~10	金村龍濟
93	金龍濟	總督賞の意義	京成日報	1943. 1~2	金村龍濟
94	金義用	現代教育の理想と朝鮮教育問題	朝鮮公論	1921. 7	
95	金義用	朝鮮民衆の生活樣式と其の改善策	朝鮮公論	1931. 12	
96	金義用	滿蒙に於ける朝鮮人問題	朝鮮公論	1932. 9	
97	金義用	滿洲に於ける鮮人移民の重要性	朝鮮公論	1933. 3	
98	金一	在鮮內地人の反者を促す	朝鮮公論	1924. 11	
99	金仁秀	絶對的株式組織に直進せよ	朝鮮公論	1924. 2	金景泰
100	金子和	現代小說に映じた朝鮮的現狀 - 張赫宙論	文學評論	1936. 3	
101	金正浩	電氣事業發展論	朝鮮公論	1923. 7	
102	金鍾漢	朝鮮文化の基本姿勢	三千里	1941. 1	
103	金鍾漢	ありかた談義(一)~(四)	京城日報	1942. 4	
104	金鍾漢	短歌門外觀	綠旗	1942. 4	
105	金鍾漢	新しき史詩の創造	國民文學	1942. 8	金鍾漢
106	金鍾漢	文藝時評 - 新進作家論	國民文學	1943. 3	金鍾漢
107	金鍾漢	文學賞について	文化朝鮮	1943. 4	
108	金鍾漢	文化の一年	新時代	1943. 6	月田茂
109	金鍾漢	兵制と文學	新時代	1943. 6	
110	金鍾漢	思想の誕生	新時代	1943. 8	
111	金鍾漢	偶語二題	文化朝鮮	1943. 8	
112	金鍾漢	朝鮮の詩人たち	文化朝鮮	1943. 12	
113	金漢卿	性格と教養について	東洋之光	1944. 5	金本憲治
114	金浩永	東京で活躍してゐる半島の人々	モダン日本	1940. 8	
115	金弘賢	貴族制度創設以來	朝鮮公論	1929. 4	
116	金弘賢	思想取締法規の變遷に就いて	朝鮮公論	1930. 9	
117	金熙明	プロとダダレフ	文藝市場	1926. 2	
118	金熙明	野獸主義提唱とその不完成なる理論(その1)	野獸群	1926. 7	
119	金熙明	共同戰線の一方向	進め	1926. 10	
120	金熙明	プロ藝術の陳營より	詩潮	1927. 3	

순번	작가명	작품명	게재지	게재년월일	필명
121	金熙明	メーデーを前にして	文藝戰線	1927. 5	
122	金熙明	プロレタリア藝術團體の分裂と對立	進め	1928. 1	
123	金熙明	朝鮮藝術運動の現段階	前衛	1928. 1	
124	金熙明	二月のプロレタリア文學	前衛	1928. 3	
125	南宮璧	鮮人の草したる寄稿(一)(二)	朝鮮新聞	1913. 6	
126	南宮璧	朝鮮統治政策に就いて	太陽	1919. 8	
127	南宮璧	朝鮮文化史上の光輝點	太陽	1919. 11	
128	童子	詩壇時評 - モテイヴ談義	國民文學	1942. 12	
129	羅雄	朝鮮映畫の現狀	映畫評論	1937. 1	
130	柳完熙	朝鮮の新興文學運動(一)~(十五)	朝鮮思想通信	1927. 6	
131	柳致眞	朝鮮新劇界一瞥(上)(下)	京城日報	1938. 8	
132	柳致眞	“春香傳”を見る	京城日報	1938. 10	
133	柳致眞	半島の徴兵制と文化人 - 先づ尚武の精神	京城日報	1942. 5. 30	
134	晩翠生	朝鮮の繪畫	朝鮮公論	1938. 3	
135	文元奎	火田整理と地方行政	朝鮮公論	1929. 8	
136	閔大植	半島財界の動向	朝鮮公論	1935. 1	
137	閔斗植	映畫時評	東洋之光	1944. 11	
138	閔斗植	映畫時評	東洋之光	1945. 1	
139	閔牛涉	沈滯の運命をもつた復興か	朝鮮思想通信	1927. 3. 18	
140	閔元植	新日本主義を高唱す	朝鮮公論	1919. 11	
141	閔元植	新日本主義	朝鮮公論	1921. 2	
142	朴冥善	朝鮮新文學の搖籃時代	朝鮮及滿洲	1939. 4	
143	朴冥善	大戰直後の朝鮮文學	朝鮮及滿洲	1939. 5	
144	朴冥善	朝鮮に於ける傾向文學	朝鮮及滿洲	1939. 6	
145	朴冥善	最近の朝鮮文學	朝鮮及滿洲	1939. 7	
146	朴勝極	朝鮮の文學について	文化集團	1934. 2	
147	朴勝極	「農樂」と蓄音器	文化集團	1934. 10	
148	朴勝極	朝鮮と文學	文學評論	1936. 1	
149	朴勝極	希望の歌	東洋之光	1943. 9	
150	朴承稷	水利組合を合理化せよ	朝鮮公論	1926. 5	
151	朴榮喆	財界多難と隱忍自重	朝鮮公論	1932. 1	
152	朴榮喆	東洋の平和	朝鮮公論	1932. 10	
153	朴榮喆	インフレーション景氣と財界	朝鮮公論	1933. 1	
154	朴榮喆	我が國の財界展望	朝鮮公論	1935. 1	
155	朴英熙	戰體制下の文學と文學の臨戰體制	國民文學	1941. 11	芳村香道
156	朴英熙	通俗文學の建設	朝鮮の言論と世相	1927. 10	
157	朴英熙	新體制と文學	綠旗	1940. 10	芳村香道
158	朴英熙	文化人よ起て	京城日報	1942. 1	芳村香道
159	朴英熙	半島の徴兵制と文化人 - 自慢よりも鍊成	京城日報	1942. 5. 14	芳村香道
160	朴英熙	相寄る魂と魂	京城日報	1942. 11	芳村香道
161	朴英熙	十億が一身に	朝鮮畫報	1943. 1	芳村香道
162	朴英熙	それ故の精進	京成日報	1943. 1~2	芳村香道
163	朴容九	音樂時評	東洋之光	1945. 1	
164	朴準秉	朝鮮人移民の現狀とその將來	東洋之光	1937. 10	

순번	작가명	작품명	게재지	게재년월일	필명
165	朴重陽	副業の奬勵に就て	朝鮮公論	1923. 10	朴忠重陽
166	朴重陽	朝鮮現下の諸問題と産業第一主義	朝鮮公論	1925. 1	朴忠重陽
167	朴重陽	朝鮮の林政に就いて	朝鮮公論	1928. 12	朴忠重陽
168	朴春琴	朝鮮統治の禍根	朝鮮公論	1931. 3	
169	朴八陽	朝鮮の詩壇を語る	大阪每日新聞 朝鮮版	1934. 8	
170	朴赫	現代への決意 - 作家の文學的態度について	國民文學	1943. 9	
171	朴花城	朝鮮女流作家短命記	大阪每日新聞 朝鮮版	1934. 9	
172	裵相河	力と文化(1)～(4)	京城日報	1941. 7	星野相河
173	白頭巾	官界財界ふんふん錄	朝鮮公論	1925. 12	
174	白信愛	インテリ女性の家	大阪每日新聞 朝鮮版	1934. 7	
175	白鐵	プロレタリア詩の現實問題について	地上樂園	1930. 5	
176	白鐵	プロレタリア詩論の具體的檢討	地上樂園	1930. 6	
177	白鐵	唯物辨證法的理解と詩の創作	プロレタリア詩	1930. 10. 9	
178	白鐵	知識と創造	文藝	1940. 3	
179	白鐵	朝鮮文學通信	文藝	1940. 5	
180	白鐵	朝鮮の作家と批評家	文藝	1940. 7	
181	白鐵	舊さと新しさ - 戰時下の文藝時評	國民文學	1942. 1	
182	白鐵	文學の理想性(一)～(二)	東洋之光	1942. 7	
183	白鐵	決意の時代 - 評論の一年	國民文學	1942. 11	
184	徐斗銖	名作硏究 - 防人のこころ	國民文學	1942. 11	
185	徐斗銖	國學者列傳②賀茂眞淵	國民文學	1943. 6	
186	徐寅植	文學と純粹性(1)～(5)	京城日報	1939. 12	
187	徐恒錫	朝鮮の劇界と新劇運動	大阪每日新聞 朝鮮版	1934. 10	
188	徐恒錫	最近朝鮮の演劇界	朝鮮及滿洲	1936. 1	
189	徐恒錫	半島の新劇界を展望する	モダン日本	1940. 8	
190	徐恒錫	感謝と誓願	京城日報	1942. 12	
191	鮮于鐵	內鮮同和問題	朝鮮公論	1921. 7	
192	孫晉泰	朝鮮の古歌と朝鮮人	東洋	1926. 5	
193	孫晉泰	朝鮮の童謠	東洋	1926. 8	
194	孫晉泰	朝鮮の子守唄と婦謠	東洋	1926. 9	
195	孫晉泰	古型を固執する時は退步す(上)(下)	朝鮮思想通信	1927. 3. 19	
196	孫晉泰	天下大將軍の話	大阪每日新聞 朝鮮版	1934. 7～8	
197	宋秉畯	朝鮮統治の好適任	朝鮮公論	1919. 9	
198	宋錫夏	朝鮮の人形芝居	民族藝術	1929. 4	
199	宋錫夏	民衆の情緖と年中行事	大阪每日新聞 朝鮮版	1934. 7	
200	宋錫夏	朝鮮の舞踊	旅と傳說	1934. 9	
201	申鼓頌	朝鮮に於ける演劇運動の現情勢	プロット	1932. 4	
202	申鼓頌	怒りの亞細亞	新時代	1944. 11	
203	申應熙	五大希望と一大警告	朝鮮公論	1917. 2	

순번	작가명	작품명	게재지	게재년월일	필명
204	申應熙	新施政の徹底に努力(甲應熙)	朝鮮公論	1919. 11	
205	辛兌鉉	春香傳上演を鑑て	朝鮮		
206	沈春童	狂詩の天才金笠(1)(2)	朝鮮及滿洲	1939. 8~9	
207	安漠	朝鮮に於けるプロレタリア藝術運動の現勢	ナップ	1931. 3	
208	安碩柱	朝鮮映畫噂話	朝鮮及滿洲	1936. 1	
209	安英一	演出家金波宇論	テアトロ	1935. 6	
210	安英一	朝鮮新劇運動の動向	テアトロ	1936. 10	
211	安英一	國民演劇の樹立	朝鮮畫報	1943. 5	
212	安二孫	朝鮮農民の爲に	農民	1929. 9	
213	安含光	朝鮮文學の特質と方向について	國民文學	1943. 1	
214	安含光	農業生産增强を繞りて	金融組合	1943. 5	廣安正光
215	安含光	農民への愛情論	金融組合	1944. 3	廣安正光
216	梁柱東	漢臭的内容を破打しやう	朝鮮思想通信	1927. 3. 22	
217	廉尙燮	朝野の諸公に訴ふ	デモクラシイ	1919. 4	
218	廉想涉	どうして疑問がありますか(上)(下)	朝鮮思想通信	1927. 3. 17	
219	廉想涉	朝鮮の文壇を語る	大阪每日新聞 朝鮮版	1934. 8	
220	吳瑛	滿洲女流作家群像 - 原題「滿洲女性文學の 人及作品	國民文學	1945. 2	
221	吳泳鎭	朝鮮映畫の一般的課題	新時代	1942. 6	
222	吳泳鎭	ある映畫人への手紙	新時代	1942. 8	
223	吳泳鎭	劇映畫について	國民文學	1944. 8	
224	吳龍淳	新しき人間の形像化	國民文學	1944. 2	
225	吳龍淳	作品と評論の乖離	國民文學	1944. 6	
226	吳禎民	劇作家への希望	國民文學	1943. 2	
227	吳禎民	演劇の一年	新時代	1943. 6	
228	吳禎民	「わが文學精神」善惡の集結	國民文學	1943. 8	
229	吳禎民	倫理の系譜 - 小說選集を讀んで	國民文學	1943. 9	
230	吳禎民	劇界散策記	文化朝鮮	1943. 12	
231	吳禎民	決戰と文學	國民文學	1943. 12	
232	吳禎民	決戰文學の檢討	國民文學	1944. 4	山田榮助
233	吳禎民	文學と仕奉の問題	國民文學	1944. 6	山田榮助
234	元應常	政治は常に新政を要す	朝鮮公論	1919. 11	
235	元應常	全南農務の大要	朝鮮公論	1923. 4	
236	元應常	全南の産業と副業	朝鮮公論	1923. 10	
237	兪萬兼	靑年と宗敎心	朝鮮公論	1933. 8	
238	劉影三	朝鮮映畫への不滿と期待	國民新報	1939. 5. 7	
239	兪鎭午	ミューズを尋ねて	淸凉	1925. 12	
240	兪鎭午	朝鮮文壇の傾向	帝國大學新聞	1937. 5	玄民
241	兪鎭午	所謂 "二重過歲"(1)~(3)	京城日報	1939. 1	
242	兪鎭午	張赫宙氏へ	帝國大國新聞	1939. 3	玄民
243	兪鎭午	朝鮮文壇の現狀	朝鮮日報	1939. 7	
244	兪鎭午	新しき創造へ(1)~(3)	京城日報	1940. 1	
245	兪鎭午	作家·李孝石	國民文學	1942. 7	
246	兪鎭午	主題から見た朝鮮の國民文學	朝鮮	1942. 10	

순번	작 가 명	작 품 명	게재지	게재년월일	필명
247	俞鎭午	國民文學といふもの - 創作の一年	國民文學	1942. 11	
248	俞鎭午	文學者大會の成果(上)(下)	讀賣報知	1942. 11	
249	俞鎭午	日本語の普及	京城日報	1942. 11	
250	俞鎭午	朝鮮文壇一年を顧る(1)~(5)	京城日報	1942. 12	
251	俞鎭午	個人的接觸の機會	朝日新聞 中鮮版	1943. 1	
252	俞鎭午	朝鮮文壇の水準向上	朝日新聞 中鮮版	1943. 1~2	
253	俞鎭午	文化亦戰爭と共に	朝日新聞 中鮮版	1943. 2	
254	俞鎭午	"亞細亞詩集"(上)(下)	京城日報	1943. 3	
255	俞鎭午	大東亞文學者大會に列して	朝鮮畵報	1943. 4	
256	俞鎭午	大いなる拍車	京成日報	1943. 8	
257	俞鎭午	作家と氣魄	文藝	1943. 9	
258	俞鎭午	朝鮮文學通信	新潮	1943. 12	
259	俞鎭午	我等必ず勝つ	新時代	1944. 9	
260	尹甲炳	御都合政治の弊	朝鮮公論	1925. 4	
261	尹甲炳	食糧問題の解決と土地の開墾	朝鮮公論	1924. 1	
262	尹斗憲	創作の一年	新時代	1939. 11	平沼文甫
263	尹斗憲	生活と文學	國民文學	1942. 6	平沼文甫
264	尹斗憲	國民詩の理想と人間	東洋之光	1942. 11	平沼文甫
265	尹斗憲	詩と言葉 - 言葉の問題	國民文學	1943. 2	平沼文甫
266	尹斗憲	推進か便乘か	國民文學	1943. 6	平沼文甫
267	尹斗憲	斬込む氣持	京城日報	1943. 12	平召文甫
268	尹斗憲	思想的前進 - 國民文學から臣民文學へ	國民文學	1944. 2	平沼文甫
269	尹斗憲	新しき人間と倫理	國民文學	1944. 5	平沼文甫
270	尹白南	ソロバンと劇場	大阪毎日新聞 朝鮮版	1934. 7	
271	尹滋瑛	朝鮮貿易と内地資金流入の關係	朝鮮及滿洲	1930. 4	SY生
272	尹致昊	憂ふべき鮮人の妄動	朝鮮公論	1919. 5	
273	尹喜淳	朝鮮美展の模索性	國民文學	1943. 7	
274	尹喜淳	東洋の畵心	國民文學	1945. 3	
275	李劍鳴	朝鮮の女流文士	婦人文藝	1935. 1	
276	李光洙	民謠に現はれたる朝鮮民族性の一端	直筆	1927.	
277	李光洙	若き朝鮮人の願ひ(一)~(一二)	朝鮮思想通信	1928. 9	
278	李光洙	朝鮮の文學	改造	1932. 6	
279	李光洙	戰爭と文學	新時代	1939. 3	香山光郎
280	李光洙	現狀勢と日本魂	朝鮮公論	1939. 5	孤舟
281	李光洙	時事吐氣寄せ	朝鮮公論	1939. 5~6	孤舟
282	李光洙	時事寸觀	朝鮮公論	1939. 7	孤舟
283	李光洙	文學の國民性(1)~(3)	京城日報	1940. 1	
284	李光洙	内鮮一體と朝鮮文學	朝鮮	1940. 3	春園生
285	李光洙	譯詩集に寄せて	乳色の雲 朝鮮詩集	1940. 5. 25	
286	李光洙	内鮮青年に寄す	總動員	1940. 9	香山光郎
287	李光洙	同胞に寄す(1)~(8)	京城日報	1940. 10	香山光郎
288	李光洙	時事隅言	朝鮮公論	1940. 12	孤舟
289	李光洙	朝鮮文化の將來	總動員	1941. 1	
290	李光洙	半島の弟妹に寄す	新時代	1941. 10	香山光郎

순번	작가명	작품명	게재지	게재년월일	필명
291	李光洙	恒久遠大の構想	朝鮮公論	1942. 1	孤舟
292	李光洙	半島の徴兵制と文化人 - 御楯とならん日	京城日報	1942. 5. 21	香山光郎
293	李光洙	重大なる決心(1)~(4)	京城日報	1942. 11	香山光郎
294	李光洙	大東亞精神(上)(下)	京城日報	1942. 11	香山光郎
295	李光洙	起上る農村(上)(下)	京城日報	1943. 1	香山光郎
296	李光洙	私と國語	京城日報	1943. 1	香山光郎
297	李光洙	感想に代へて	朝鮮畫報	1943. 1~2	香山光郎
298	李光洙	文壇點描	文化朝鮮	1943. 4	香山光郎
299	李光洙	半島青年に寄す	新時代	1944. 8	香山光郎
300	李光洙	青年と今日	新時代	1944. 9	香山光郎
301	李光洙	文學總督賞	京成日報	1944. 10	香山光郎
302	李光洙	大東亞文學の道 - 大東亞文學者大會席上にて	國民文學	1945. 1	香山光郎
303	李光天	朝鮮の近代俗謠に對する考察	朝鮮及滿洲	1929. 9	
304	李光天	朝鮮の正月	朝鮮及滿洲	1930. 1	
305	李均	農民イデオロギーの確立へ	農民	1930. 7	
306	李均	朝鮮に於ける我々の戰術	農民	1930. 9	
307	李均	朝鮮の農民と農民文學	農民	1931. 8	
308	李均	農民文藝と方言の問題	農民	1932. 1	
309	李根弘	金氏の宗教批判に對する若干の疑問	大衆の哲學	1936. 5. 5	
310	李基世	朝鮮に於ける演劇變遷	朝鮮及滿洲	1927. 5	
311	李箕永	プロ文學に就いて	大阪毎日新聞 朝鮮版	1934. 8	
312	李淚聲	朝鮮の文壇　朝鮮の文士	文章倶樂部	1926. 9	
313	李源圭	朝鮮歌謠の史的考察	朝鮮及滿洲	1929. 1·3·6	
314	李恩用	富豪と社會敎育	朝鮮公論	1931. 3	
315	李明孝	朝鮮の知識人として答ふ	文藝	1942. 12	
316	李無影	農村にて(1)~(3)	京城日報	1940. 7	
317	李無影	この日にして	京城日報	1942. 3	
318	李無影	文學の眞實性(1)~(5)	京城日報	1943. 6	
319	李秉岐	何事も誠意を披してしやう	朝鮮思想通信	1927. 3. 15	
320	李北滿	朝鮮の藝術運動	プロレタリア藝術	1927. 8	
321	李北滿	朝鮮とその守護神	プロレタリア藝術	1927. 10	
322	李北滿	山梨總督を迎へるに際して	プロレタリア藝術	1928. 2	
323	李北滿	朝鮮に於ける無産階級藝術運動の過去と現在(一)(二)	プロレタリア藝術、戰旗	1928. 4~5	
324	李恩用	社會的敎育學の趨勢	朝鮮公論	1928. 5	
325	李瑞求	國語劇の現狀	國民文學	1944. 5	牧山瑞求
326	李瑞求	新しい農村文化の爲に	國民文學	1944. 7	牧山瑞求
327	李石薰	戰時下の滿洲	朝光	1940. 1	牧洋
328	李石薰	朝鮮文學通信	文藝	1941. 12	
329	李石薰	新しき決意(上)(中)(下)	京城日報	1941. 12	牧洋
330	李石薰	半島の新文化といふこと	綠旗	1942. 4	牧洋
331	李石薰	半島の徴兵制と文化人 - 謙讓に、誠實に	京城日報	1942. 5. 16	牧洋
332	李石薰	新しさについて	東洋之光	1942. 6	牧洋

순번	작가명	작품명	게재지	게재년월일	필명
333	李石薰	名作研究 - 不屈のドイツ精神 グリーゼの「怒濤」を讀んで	國民文學	1942. 10	牧洋
334	李石薰	國民文學の諸問題	綠旗	1943. 1～2	牧洋
335	李石薰	滿洲の白系ロシヤ文學	國民文學	1944. 3	牧洋
336	李石薰	共榮圈文學通信 - 最近の華北文壇	國民文學	1944. 6	牧洋
337	李石薰	作家の矜持	京成日報	1944. 11	牧洋
338	李鮮光	朝鮮文壇作家の素描	朝鮮及滿洲	1936. 2	
339	李星海	そんなに問題視することはない	朝鮮思想通信	1927. 3. 16	
340	李壽昌	朝鮮文壇の紹介	週刊朝日	1929. 10	
341	李晶燮	蔣介石の新生活運動	朝鮮公論	1934. 7	宮本晶燮
342	李周洪	盤谷先生とその弟子達	東洋之光	1943. 12	
343	李永錫	春香傳朝鮮公演を見て	テアトロ	1938. 12	
344	李雲赫	最後の一戰	朝鮮公論	1917. 8	春秋
345	李原圭	朝鮮民謠の由來と此に現はれたる民族性の一端	朝鮮及滿洲	1928. 7	
346	李原圭	朝鮮民謠の由來と民族性の一端(其二)	朝鮮及滿洲	1928. 8	
347	李原圭	朝鮮民謠の由來と民族性の一端(其三)	朝鮮及滿洲	1928. 9	
348	李原圭	朝鮮歌謠の史的考察と此に現はれたる時代色 と地方色	朝鮮及滿洲	1928. 12	
349	李原圭	朝鮮歌謠の史的考察と此に現はれたる時代色 と地方色(接前號)	朝鮮及滿洲	1929. 1	
350	李原圭	朝鮮歌謠の史的考察(接十二月號)	朝鮮及滿洲	1929. 3	
351	李源圭	最近における朝鮮文藝總觀	朝鮮及滿洲	1929. 10	
352	李源朝	論理的レアリズム	黑潮	1934. 6	
353	李源朝	朝鮮文壇の動向	朝鮮	1940. 1	
354	李允宰	世界の思潮は世界思潮、國民文學は國民文學	朝鮮思想通信	1927. 3. 22	
355	李殷相	時調の復興に就いて	朝鮮思想通信	1927. 3. 22	
356	李人直	雪中慘事	都新聞	1902. 2	
357	李載明	映畵法の實施と朝鮮映畵への影響	國民新報	1939. 4. 30	
358	李朝民	朝鮮文壇の現狀	文學評論	1935. 6	
359	李周洪	學生風俗時評	東洋之光	1943. 6	向破
360	李軫鎬	教育界の一轉期	朝鮮公論	1926. 1	
361	李軫鎬	絶對なる喜び	朝鮮公論	1926. 5	
362	李軫鎬	教育の生活化を圖らむ	朝鮮公論	1927. 1	
363	李軫鎬	初等教育の普及は急務	朝鮮公論	1928. 1	
364	李軫鎬	教育の普及充實へ	朝鮮公論	1929. 1	
365	李昌根	半島統合の推進力	朝鮮公論	1938. 3	
366	李昌洙	學生風俗時評	東洋之光	1943. 6	
367	李昌洙	交戰各國の國民徵用	東洋之光	1944. 4	
368	李泰俊	陶磁のこと	大阪每日新聞 朝鮮版	1934. 8	
369	李泰俊	朝鮮小說界を覗く(上)(下)	京城日報	1938. 4	
370	李海用	國土計畫下の半島産業	朝鮮公論	1942. 4	三州海用
371	李軒求	朝鮮詩壇觀	愛誦	1929. 3	
372	李軒求	朝鮮における文學精神の探求、模索	大阪每日新聞 朝鮮版	1934. 9	

순번	작가명	작품명	게재지	게재년월일	필명
373	李玄載	維持育成法に就て	朝鮮公論	1942. 5	李家玄載
374	李孝石	新しい國民文藝の道 - 私はかう考へてゐる	國民文學	1942. 4	
375	印貞植	朝鮮文人協會への要望何ヶ條(1)~(4)	京城日報	1943. 12	
376	任東爀	音樂の一年	新時代	1939. 2	
377	林和	朝鮮映畵の諸傾向に就いて	新興映畵	1930. 3	
378	林和	朝鮮文學通信	文藝	1939. 2	
379	林和	言葉を意識する(1)~(4)	京城日報	1939. 8	
380	林和	朝鮮の現代文學(1)~(3)	京城日報	1940. 2	
381	林和	李光洙氏の小說「無明」に就て(上)(下)	京城日報	1940. 6	
382	林和	現代朝鮮文學の環境	文藝	1940. 7	
383	林和	朝鮮に於ける近代劇運動の終焉	プロレタリア科學	1930. 8	
384	張赫宙	優秀より巨大へ	文藝首都	1933. 9	
385	張赫宙	朝鮮文壇を背負ふ人	帝國大學新聞	1936. 6	
386	張赫宙	朝鮮文壇の作家と作品	文學案內	1936. 6	
387	張赫宙	現代朝鮮作家の素描	文學案內	1937. 2	
388	張赫宙	春香傳劇評とその演出	帝國大學新聞	1938. 4	
389	張赫宙	朝鮮文壇の現役作家 - 大陸の文壇 - 朝鮮の卷上	福岡日日新聞	1940. 11. 8	
390	張赫宙	半島文壇の中堅作家 - 大陸の文壇 - 朝鮮の卷中	福岡日日新聞	1940. 11. 9	
391	張赫宙	憂愁すぎる人々 - 大陸の文壇 - 朝鮮の卷下	福岡日日新聞	1940. 11. 11	
392	張赫宙	半島の文學	文章	1942. 5	
393	張赫宙	朝鮮文學の新方向	文學報國	1942. 12	
394	張赫宙	朝鮮の知識人に訴ふ	文藝	1944. 11	
395	鄭飛石	作家の立場から	國民文學	1942. 4	
396	鄭錫泰	夏と衛生	東洋之光	1943. 7	
397	鄭寅燮	朝鮮の鄕土舞踊	民俗藝術	1928. 9	
398	鄭寅燮	世界文學と朝鮮文學	大阪每日新聞 朝鮮版	1934. 8	
399	鄭寅燮	時局と朝鮮文學	國民新報	1939. 12. 3	
400	鄭寅燮	西洋文學への反省	國民文學	1942. 1	
401	鄭寅燮	半島の徵兵制と文化人 - 形式と內容と	京城日報	1942. 5. 23	東原寅燮
402	鄭寅燮	大なる曉	京城日報	1943. 3	東原寅燮
403	鄭人澤	新しい國民文藝の道 - 作家の心構へ・その他	國民文學	1942. 4	
404	鄭人澤	靜かなる嵐(上)(下)	京城日報	1942. 12	
405	鄭鎭旭	靑年と保健	東洋之光	1944. 6	
406	鄭泰述	朝鮮文化に就ての一考察	朝鮮及滿洲	1924. 12	
407	鄭勳	志願兵制度と各自の襟度	朝鮮公論	1938. 4	
408	鄭勳	皇軍を扶翼し奉れ	朝鮮公論	1938. 6	
409	曺秉相	間島在住同胞の實情を何と見る	朝鮮公論	1930. 12	夏山茂
410	趙演鉉	ツアラツストラを想ふ	國民文學	1942. 6	
411	趙演鉉	藝術の機能(上)	東洋之光	1943. 7	
412	趙演鉉	評檀の一年	新時代	1943. 7~8	
413	趙演鉉	藝術の機能(下)	東洋之光	1943. 8	
414	趙演鉉	わが文學精神 - 自己の問題から	國民文學	1943. 8	
415	趙演鉉	文壇現地報告	文化朝鮮	1943. 8	

순번	작가명	작품명	게재지	게재년월일	필명
416	趙演鉉	藝術の機能(上)(下)	東洋之光	1943. 9	
417	趙演鉉	ニーチエ的創造(上)(下)	東洋之光	1943. 12	
418	趙潤濟	朝鮮韻文の形態	朝鮮の教育研究	1934. 9	
419	趙重應	遺伝病に罹れる民衆救助	朝鮮公論	1915. 8	
420	趙重應	余が千五百万の朝鮮人に代りて訴ふべき一大事	朝鮮公論	1916. 12	
421	趙義聞	土百姓になれ	朝鮮公論	1972. 2	
422	朱永涉	國民演劇の樹立	國民文學	1942. 4	
423	朱永涉	詩と言葉 - 生きた言葉	國民文學	1943. 2	
424	朱永燮	詩を讀む心	內鮮一體	1943. 7	松村永燮
425	朱永涉	詩の圓周	國民文學	1943. 11	
426	朱永燮	新しい詩劇のために	文化朝鮮	1944. 2	
427	朱耀翰	藝術の使命	白金學報	1917. 12	
428	朱耀翰	三月の詩壇	現代詩歌	1918. 4	朱耀翰也
429	朱耀翰	四月の詩壇	現代詩歌	1918. 5	朱耀翰也
430	朱耀翰	前號の詩歌	現代詩歌	1918. 5	
431	朱耀翰	五月の詩壇	現代詩歌	1918. 6	朱耀翰也
432	朱耀翰	春の頌	現代詩歌	1918. 7	
433	朱耀翰	六月の詩壇	現代詩歌	1918. 7	朱耀翰也
434	朱耀翰	七月の詩壇	現代詩歌	1918. 8	朱耀翰也
435	朱耀翰	前號の詩歌	現代詩歌	1918. 9	耀翰
436	朱耀翰	八月の詩壇	現代詩歌	1918. 9	朱耀翰也
437	朱耀翰	九月の詩壇	現代詩歌	1918. 10	朱耀翰也
438	朱耀翰	十月の詩壇	現代詩歌	1918. 11	朱耀翰也
439	朱耀翰	三月の詩壇鳥瞰	現代詩歌	1919. 4	耀翰
440	朱耀翰	四月の詩壇	現代詩歌	1919. 5	耀翰
441	朱耀翰	時調の復興は新詩運動にまで影響	朝鮮思想通信	1927. 3. 18	
442	朱耀翰	戰ふ演劇の姿	新時代	1942. 12	松村紘一
443	朱耀翰	戰ふ詩人	朝鮮公論	1943. 5	松村紘一
444	朱耀翰	出船の精神	新時代	1944. 1	松村紘一
445	朱耀翰	詩部幹事長松村紘一(朱耀翰氏)の發言	新時代	1944. 3	松村紘一
446	朱耀翰	詩壇三十年	新時代	1944. 4	松村紘一
447	朱耀翰	決戰下滿洲の藝文態勢	新時代	1944. 7	松村紘一
448	蔡萬植	俘虜の示唆	京城日報	1939. 7	
449	崔南善	朝鮮民謠の槪觀	直筆	1927.	
450	崔南善	復興は當然の復興なり	朝鮮思想通信	1927. 3. 23	
451	崔南善	朝鮮の古敎文獻及び傳奇小說の鼻祖	朝鮮思想通信	1927. 5	
452	崔南善	不感文化論	朝鮮思想通信	1927. 8. 14	
453	崔南善	日本文學に於ける朝鮮の面影	朝鮮之圖書館	1931. 12	
454	崔南善	神ながらの昔を憶ふ	京城日報	1934. 3	
455	崔南善	朝鮮文化當面の問題(全4回)	京城日報	1937. 2	
456	崔麟	言論力の總結集 - 朝鮮言論報國會の發足	國民文學	1945. 5	佳山 麟
457	崔載瑞	內鮮文學の交流	ラヂオ講演講座	1941. 2	
458	崔載瑞	朝鮮における農村文化の問題	福岡日日新聞	1941. 3. 4	
459	崔載瑞	國民文學の要件	國民文學	1941. 11	

순번	작가명	작품명	게재지	게재년월일	필명
460	崔載瑞	子よ安らかに - 亡兒剛に贈る	國民文學	1942. 1	
461	崔載瑞	私の頁	國民文學	1942. 3	
462	崔載瑞	私の頁	國民文學	1942. 4	
463	崔載瑞	半島の徵兵制と文化人 - 祖國觀念の自覺	京城日報	1942. 5. 26	
464	崔載瑞	徵兵制實施の文化的意義	國民文學	1942. 6	
465	崔載瑞	新しき批評のために	國民文學	1942. 7	
466	崔載瑞	朝鮮文學の現段階	國民文學	1942. 8	
467	崔載瑞	文學者と世界觀の問題	國民文學	1942. 10	
468	崔載瑞	新半島文學の性格	文化朝鮮	1942. 12	
469	崔載瑞	詩人としての佐藤淸先生 - 「碧靈集」の出版を機として	國民文學	1942. 12	
470	崔載瑞	文學新體制化の目標	綠旗	1943. 4	
471	崔載瑞	轉換期の朝鮮文學	人文社	1943. 5	
472	崔載瑞	勤勞と文學	國民文學	1943. 5	
473	崔載瑞	海ゆかば(上)(下)	京城日報	1943. 6	
474	崔載瑞	徵兵誓願行 - 感激の八月一日を迎へて	國民文學	1943. 8	
475	崔載瑞	決戰下文壇の一年 - 特に創作にみる	國民文學	1943. 12	石田耕人
476	崔載瑞	學徒出陳をめぐりて	國民文學	1943. 12	
477	崔載瑞	まつろふ文學	國民文學	1944. 4	石田耕造
478	崔載瑞	徵兵と文學	國民文學	1944. 8	石田耕造
479	崔載瑞	今年の新人群	國民文學	1944. 12	石田耕人
480	崔貞熙	半島の徵兵制と文化人 - 御國の子の母に	京城日報	1942. 5. 19	
481	崔貞熙	晴れた靑空	京城日報	1942. 12	
482	片上伸	藝術を無視した敎育	朝鮮公論	1921. 5	
483	漢江生	重油の悩み / 制度より人間 / 弊根芟除	朝鮮公論	1939. 11	
484	韓民	演劇時感	朝光	1944. 9	
485	韓相龍	好況を齊らさん	朝鮮公論	1914. 9	
486	韓相龍	最近の財界を窺ひて	朝鮮公論	1925. 8	
487	韓相龍	工業の振興を望む	朝鮮公論	1926. 2	
488	韓相龍	朝鮮の享くる幸福は寔に甚大	朝鮮公論	1926. 5	
489	韓相龍	朝鮮産業界の將來	朝鮮公論	1927. 1	
490	韓相龍	朝鮮人物養成論	朝鮮公論	1927. 11	
491	韓相龍	本年朝鮮の財界は内地に先立ちて好轉せん	朝鮮公論	1928. 1	
492	韓相龍	犬養內閣出現と財界	朝鮮公論	1932. 1	
493	韓雪野	大陸文學など(1)~(3)	京城日報	1940. 8	
494	韓植	朝鮮文學の展望	文藝年鑑二六〇〇年版	1940. 5	
495	韓植	朝鮮文學の最近の動向	文學界	1940. 8	
496	韓植	朝鮮文壇の近況	モダン日本	1940. 12	
497	韓植	朝鮮文學と東洋的課題	新文化	1941. 8	
498	韓曉	國文文學問題(1)~(6)	京城日報	1939. 7	
499	咸大勳	現代朝鮮のモボ、モガ風土記	大阪每日新聞 朝鮮版	1934. 9	
500	咸大勳	近代劇と國民演劇(1)~(5)	京城日報	1941. 1	
501	咸大勳	國民劇樹立の意義(1)~(3)	京城日報	1941. 3	

순번	작가 명	작품 명	게재지	게재년월일	필명
502	咸大勳	朝鮮演劇の現狀	國民文學	1941. 11	
503	咸大勳	朝鮮映畵、演劇における國語使用の問題	綠旗	1942. 3	
504	咸和鎭	朝鮮の祭樂	朝鮮	1937. 10	
505	玄永燮	英國の新聞雜誌研究	朝鮮及滿洲	1937. 2	
506	玄永燮	現代朝鮮人文化論(上)(下)	朝鮮及滿洲	1937. 5~6	
507	洪命熹	新幹會の使命	朝鮮思想通信	1927. 2	
508	洪命熹	開城杜門洞の史蹟(一)~(四)	朝鮮思想通信	1928. 10	
509	洪承均	農村の開發は中心人物の養成に在り	朝鮮公論	1931. 10	
510	洪海星	一演出家としての回顧と待望	大阪每日新聞 朝鮮版	1934. 9	
511	一鮮人	墓地規則に就て	朝鮮公論	1920. 10	
512	金本宗凞	靑年と文學	東洋之光	1943. 6	
513	金本宗凞	新文學の精神的基調	朝光	1944. 1	
514	金本宗凞	戰爭と文學	東洋之光	1944. 6	
515	吳本篤彦	浴衣の溝	國民文學	1944. 9	
516	白山靑樹	戰ひの曲	京城日報	1942. 12	
517	成山昌樹	羞恥する心について	國民詩歌	1942. 8	
518	成山昌樹	對象の把握に就いて	國民詩歌	1942. 11	
519	知村生	社會・文化時評	東洋之光	1939. 6	
520	平間文壽	半島の音樂家を語る	國民文學	1941. 11	
521	星出壽雄	演劇統制の諸問題	國民文學	1942. 1	
522	漢陽學人	朝鮮藝術賞(1)~(2)	京城日報	1939. 12	
523	南川博	小國民文學試論	朝鮮公論	1943. 5	
524	C生	新人風土 - 朱永涉	文化朝鮮	1941. 7	
525	D生	新人風土 - 金信哉	文化朝鮮	1941. 7	
526	K.T.Y	朝鮮のプロ作家李箕永の人と作品	文學案內	1937. 1	
527	綠旗	兪鎭午氏に聞く朝鮮文學の現狀	綠旗	1940. 3	
528	無記名	朝鮮の農業(上)(下)	都新聞	1904. 1	
529	無記名	內鮮文學の交流 / 日本文學報國會と半島文人	國民文學	1942. 8	

8. 조선인 일본어 동화(童話) 목록

※ 정렬순서는 인명의 가나다순으로 하였고, 작자 미상이나 창씨명은 마지막에 가나(アイウ)순으로 하였다.

순번	작 가 명	작 품 명	게재지	게재년월일	필명	기타
1	金相德	日曜日	國民新報	1939. 12. 10		
2	金相德	鉛筆に叱られた英植さんの初夢	國民新報	1940. 1. 7		
3	金相德	恩がえし	國民新報	1940. 2. 18		소년소설
4	金相德	鬼と胡桃	國民新報	1940. 6. 23 ~6. 30		
5	金素雲	果報せむし	週刊朝日	1931. 3. 8		お伽朝鮮童話
6	金素雲	金の綱の釣瓶	週刊朝日	1932. 7. 3		朝鮮童話
7	金素雲	やなぎの愚痴	週刊朝日	1933. 7. 9		
8	金順鐘	春宵夜話	朝鮮公論	1940. 3	孤峰	야화
9	金鐘星	春を待つ家	아이생활	1944. 1		國本鐘星
10	金熙明	クラルテ	前衛	1928. 2		앙리 바르뷔스 (Henri Barbusse)
11	朴勝極	村の話 兎	東洋之光	1944. 5		
12	方定煥	兄弟星	每日新報	1943. 12. 16		鄭泰炳 譯
13	徐德出	春便り	每日新報	1943. 12. 20		鄭泰炳 譯
14	楊美林	燕の脚	國民新報	1939. 7. 16 ~7. 17		朝鮮のお伽噺より
15	李範益	道より眺める明日の朝鮮	朝鮮公論	1932. 6		說話
16	李俊興	子兎のちゑ	國民新報	1939. 4. 9		
17	鄭寅燮	象の鼻	每日新報	1943. 12. 27		鄭泰炳 譯
18	韓晶東	蘆笛	每日新報	1943. 12. 23		鄭泰炳 譯
19	金葉律子	ライオンの王様	前衛	1928. 2		

9. 조선인 일본어 논설(論說) 목록

※ 정렬순서는 인명의 가나다순으로 하였고, 작자 미상이나 창씨명은 마지막에 가나(アイウ)순으로 하였다.

순번	작 가 명	작 품 명	게재지	게재년월일	필명
1	姜柄順	兵役義務と兵役法	東洋之光	1942. 12	
2	姜永錫	皇道朝鮮	東洋之光	1939. 7	
3	姜永錫	皇道朝鮮(二)	東洋之光	1939. 8	
4	姜永錫	皇道朝鮮(三)	東洋之光	1939. 9	
5	姜永錫	皇道朝鮮(四)	東洋之光	1939. 10	
6	姜永錫	皇道朝鮮(五)日本民族と日本國體(一)	東洋之光	1939. 11	
7	高明子	新しい婦人運動の道	東洋之光	1939. 6	
8	具然壽	浮浪鮮人の救濟策	朝鮮及滿洲	1916. 11	
9	金管	朝鮮音樂に關するフラーグメント	東洋之光	1939. 6	
10	金大龍	東京(印度支那)→重慶・緬甸→重慶 - 英、佛蔣の陰謀道路 -	東洋之光	1939. 5	
11	金大羽	朝鮮に於ける兒童及母性に關する社會事業	朝鮮及滿洲	1936. 11~12	
12	金東仁	朝鮮近代文藝	朝鮮及滿洲	1932. 4	
13	金斗禎	亞細亞復興と內鮮一體	東洋之光	1939. 5	
14	金斗禎	老朽英帝國の進退と懊惱	東洋之光	1939. 7	
15	金斗禎	新東亞建設に於ける思想國防の重要性	朝鮮及滿洲	1939. 12	
16	金斗禎	徵兵制實施と半島青年の錬成	東洋之光	1943. 3	
17	金明植	戰時體制下の朝鮮農村	東洋之光	1939. 9	
18	金曙海	孔子的イデオロギーと綜合研究	東洋之光	1939. 4	
19	金龍業	各會社合同側面觀	朝鮮及滿洲	1927. 11	金華山人
20	金龍濟	戰爭文學の展望	東洋之光	1939. 3	金村龍濟
21	金龍濟	朝鮮文化運動の當面の任務 - その理論・構成・實踐に關する覺書 -	東洋之光	1939. 6	
22	金龍濟	民族的感情の內的精算へ	東洋之光	1939. 4	
23	金尹錫	日本精神と朝鮮人	朝鮮及滿洲	1936. 9	
24	金子禎	徵兵制實施と半島青年の錬成	東洋之光	1943. 3	金子斗禎
25	金子平	新段階の朝鮮經濟	東洋之光	1939. 7	
26	金正祿	京城株街の景氣	朝鮮及滿洲	1937. 1	
27	金井鎭	朝鮮人側の放送プロに就て	朝鮮及滿洲	1934. 3	
28	金兌鎭	映畫の命題と統制映畫問題	東洋之光	1939. 10	
29	金默熙	心田開發の實行促進案	朝鮮及滿洲	1935. 9	
30	金漢卿	東洋文化と日本精神	東洋之光	1939. 2	金本憲治
31	金漢卿	現代朝鮮青年論	東洋之光	1939. 6	
32	金漢卿	功利主義英國の正體	東洋之光	1939. 8	金本憲治
33	金漢卿	自然の秩序としての東洋倫理	東洋之光	1942. 1	金本憲治
34	金漢卿	青年へに期待(一)	東洋之光	1942. 7	金本憲治
35	金漢卿	青年へに期待(二)	東洋之光	1942. 8	金本憲治
36	金漢卿	青年の性格と錬成	東洋之光	1943. 9	金本憲治

순번	작가명	작품명	게재지	게재년월일	필명
37	金漢卿	靑年の性格とその鍊成に就て(二)	東洋之光	1943.11	金本憲治
38	金漢卿	性格と敎養について	東洋之光	1944.5	金本憲治
39	金漢一	時局と朝鮮人インテリ	朝鮮及滿洲	1938.1	
40	金化俊	家族主義の確立	東洋之光	1939.2	
41	金活蘭	婦人同志の愛情と理解 - 內鮮婦人の愛國的協力のために	東洋之光	1939.6	
42	金活蘭	最大努力	東洋之光	1942.1	天城活欄
43	金熙善	歐洲戰爭の見透しと日本	東洋之光	1939.10	
44	金熙善	東洋の光に期す	東洋之光	1939.1	
45	羅景錫	朝鮮靑年に告ぐ	東洋之光	1942.7	
46	羅公民	食糧と營養	東洋之光	1942.11	
47	羅一夫	不擴大か長期戰か - 第二次歐洲大戰の性格	東洋之光	1940.1	
48	閔丙會	朝鮮徵兵制實施の特殊性	東洋之光	1943.8	
49	朴慶淑	時局下の婦人界片感	東洋之光	1939.8	
50	朴寬洙	皇國女性の修養講話(一) - 「鑑草」を通じて	東洋之光	1942.8	琴川寬
51	朴寬洙	皇國女性の修養講話(二) - 「鑑草」を通じて	東洋之光	1942.10	琴川寬
52	朴寬洙	朝鮮に於ける初等敎育を回顧して	東洋之光	1943.1	琴川寬
53	朴寬洙	戰場は靑年を招く - 半島靑年の奮起を望む	東洋之光	1944.2	琴川寬
54	朴念仁	國境對岸の滿洲を語る	朝鮮及滿洲	1932.3	
55	朴念仁	葫蘆島の築港	朝鮮及滿洲	1932.7	
56	朴熙道	政治的思想家の執るべき態度	東洋之光	1939.2	
57	朴熙道	轉向者の新しき進路	東洋之光	1939.6	
58	朴熙道	排英運動强化論 - 東洋平和の敵を進擊すべし	東洋之光	1939.8	
59	朴熙道	非常時靑年の使命	東洋之光	1939.9	
60	朴熙道	興亞の靑年に與ふ	東洋之光	1939.10	
61	朴熙道	現段階の再認識	東洋之光	1939.11	
62	朴熙道	一死報國の念 - 町內三勇士の美談に因みて	東洋之光	1940.1	
63	朴熙道	銃後國民の急先務	東洋之光	1941.12	
64	朴熙道	空前の決戰と難局打開	東洋之光	1942.1	
65	朴熙道	新嘉坡陷落と八紘一宇	東洋之光	1942.3	
66	朴熙道	靑年は神になれ - 特別攻擊隊の精華を讚へて	東洋之光	1942.5	
67	朴熙道	朝鮮同胞の榮譽と使命	東洋之光	1942.6	
68	朴熙道	世界平和の發端 - 支那事變五周年を迎へて	東洋之光	1942.7	
69	朴熙道	內地同胞の溫情に應へよ	東洋之光	1943.5	
70	朴熙道	眞心を獻納せよ	東洋之光	1943.6	
71	朴熙道	靑年と指導者原理	東洋之光	1943.7	
72	朴熙道	決戰と靑年 - 大東亞戰爭二周年に際して	東洋之光	1943.12	
73	朴熙道	決戰非常の秋 - 蹶起せよ半島靑年	東洋之光	1944.3	
74	白鐵	時局と文化問題の行き方	東洋之光	1939.4	
75	白鐵	文學の理想性(一)	東洋之光	1942.6	
76	白鐵	文學の理想性(二)	東洋之光	1942.7	
77	徐光霽	新段階の朝鮮映畫	東洋之光	1942.11	
78	石鎭衡	朝鮮人より見たる日鮮同化觀	朝鮮及滿洲	1913.1	

순번	작가명	작품명	게재지	게재년월일	필명
79	孫弘遠	志願兵諸君に望む	東洋之光	1939.8	
80	愼甲範	世界史の東洋的轉回	東洋之光	1940.1	
81	申鉉弼	兵站基地としての半島水産資源	東洋之光	1939.2	
82	申興雨	公生活と私生活	東洋之光	1939.1	
83	申興雨	朝鮮基督敎の國家的使命	東洋之光	1939.2	高靈興雨
84	申興雨	英國自退の期	東洋之光	1939.8	高靈興雨
85	安記石	轉換期の朝鮮新劇運動 - 國語劇上演の必要性その他	東洋之光	1939.6	
86	安炳珠	ガンジー小論	東洋之光	1942.11	
87	安炳珠	戰爭と營養と食糧	東洋之光	1943.5	
88	嚴浩奭	フランスの戰爭文學	東洋之光	1942.11	
89	嚴浩奭	靑年と處世	東洋之光	1943.3	
90	元應常	朝鮮の時局に就て：大に日本の統治の眞儀を宣伝せん	朝鮮及滿洲	1919.11	
91	柳光烈	大東亞戰爭の史的意義	東洋之光	1943.9	
92	尹斗憲	藝術は直觀する	東洋之光	1942.10	平沼文甫
93	尹相弼	在滿鮮人の救濟に就て	朝鮮及滿洲	1932.2	
94	尹致昊	內鮮一體徹底化の爲めに	東洋之光	1939.2	
95	尹致昊	內鮮一體に對する所信	東洋之光	1939.4	
96	尹致昊	吾人の排英態度	東洋之光	1939.8	
97	李東珪	花郎と尙武精神	東洋之光	1942.7	
98	李東珪	李朝の女流詩瞥見(一)	東洋之光	1942.9	
99	李東珪	李朝の女流詩瞥見(二)	東洋之光	1942.10	
100	伊東惠	現代日本の世界史的役割	東洋之光	1939.3	
101	伊東惠	今日の問題	東洋之光	1939.6	
102	李書房	朝鮮の社會層	朝鮮及滿洲	1932.2	
103	李聖根	痛快に堪えぬ	東洋之光	1942.1	金川聖
104	李元榮	小磯新總督論	東洋之光	1942.8	
105	李元榮	戰局の緊迫と靑年への要望	東洋之光	1944.4	
106	李允基	陸軍將校への道	東洋之光	1942.7	大村謙三
107	李源圭	朝鮮文藝總觀	朝鮮及滿洲	1929.10	
108	李周淵	私の目に映じたアメリカ人氣質	朝鮮及滿洲	1927.3	
109	李周洪	學制改革と學徒の覺悟	東洋之光	1943.3	川原周洪
110	李仲剛	母國の政爭と彼方に	朝鮮及滿洲	1931.3	
111	李軫鎬	朝鮮の敎育の發達	朝鮮及滿洲	1927.4	
112	李昌洙	大東亞戰一年の回顧と展望	東洋之光	1942.12	國本昌洙
113	李昌洙	靑年に訴ふ	東洋之光	1943.9	國本昌洙
114	李昌洙	交戰各國の國民徵用	東洋之光	1944.4	國本昌洙
115	李昌洙	勤勞捧げて生産決戰の完勝へ	東洋之光	1944.11	國本昌洙
116	李弘根	內鮮の産業合作を徹底化せよ - 內鮮一體促進の一策として	東洋之光	1939.3	吉富淳
117	李弘根	國民精神總動員聯盟の改組を論ず	東洋之光	1939.5	
118	李弘根	新生朝鮮當面の課題 - 國民的敎化と訓練の組織	東洋之光	1939.10	吉富淳

순번	작가명	작품명	게재지	게재년월일	필명
119	李弘根	新生朝鮮當面の課題(二)	東洋之光	1939. 11	吉富淳
120	李弘根	史錄の闡明 - 內鮮歷史の一元的解釋	東洋之光	1941. 12	吉富淳
121	印東秀	講和會議の開られつつある巴里の春	朝鮮及滿洲	1919. 3	
122	印貞植	內鮮一體の必然性について	東洋之光	1939. 1	桐生一雄
123	印貞植	戰時體制下の朝鮮經濟(一)	東洋之光	1939. 2	
124	印貞植	戰時體制下の朝鮮經濟(二)	東洋之光	1939. 6	
125	印貞植	旱害と朝鮮農村經濟	東洋之光	1939. 10	桐生一雄
126	印貞植	朝鮮農地令第十六條の問題	東洋之光	1939. 11	桐生一雄
127	印貞植	朝鮮米の東亞的地位	東洋之光	1940. 1	桐生一雄
128	印貞植	米國戰時經濟の弱點	東洋之光	1942. 2	桐生一雄
129	印貞植	獅港陷落と南方經濟の再編	東洋之光	1942. 3	桐生一雄
130	印貞植	徵兵制と兵營結合	東洋之光	1942. 7	桐生一雄
131	印貞植	農業增產と共同作業の問題	東洋之光	1942. 10	桐生一雄
132	印貞植	農業生產力の擴充の爲めに	東洋之光	1943. 1	桐生一雄
133	印貞植	敢へて都市の青年に警告する！	東洋之光	1943. 5	桐生一雄
134	印貞植	農村生活の娛樂と啓蒙	東洋之光	1943. 11	桐生一雄
135	印貞植	農村生活と迷信	東洋之光	1944. 2	桐生一雄
136	林得一	神武必勝	東洋之光	1944. 10	
137	張德秀	力と道義の光	東洋之光	1939. 1	
138	張德秀	戰時體制下の産業報國	東洋之光	1939. 3	
139	張德秀	新嘉坡の陷落と英帝國	東洋之光	1942. 3	
140	張德秀	徵兵所感の一二	東洋之光	1942. 7	
141	張德秀	北方守護の意義 その牛島との關係について	東洋之光	1942. 11	
142	張德秀	義務教育制の實施を控へて - 牛島 青年諸君に與ふ	東洋之光	1943. 3	
143	張承斗	古代族稱より觀たる內鮮一體	朝鮮及滿洲	1939. 4	
144	張憲植	朝鮮の時局に就て：內鮮人共に反省を要す	朝鮮及滿洲	1919. 11	
145	全明石	半島同胞の北支進出その現狀と將來	東洋之光	1939. 10	
146	鄭大鉉	內鮮人共學の可否：必ずしも共學の要を認めす	朝鮮及滿洲	1921. 12	
147	鄭雲復	大韓協會の本領	朝鮮及滿洲	1908. 3	
148	鄭雲復	敢て日本人諸君に告ぐ	朝鮮及滿洲	1908. 5	
149	池奉文	國語を正しく書くべく	東洋之光	1943. 3	池內奉文
150	陳憲植	排英運動の必然性と其の目標	東洋之光	1939. 8	
151	崔基爽	大同亞建設と統制經濟の現段階	東洋之光	1942. 8	
152	崔基爽	大同亞經濟建設と統制經濟の現段階	東洋之光	1942. 12	
153	崔棟	大東亞戰爭の地文・文化的考察(一)	東洋之光	1942. 5	
154	崔棟	大東亞戰爭の地文・文化的考察(二)	東洋之光	1942. 6	
155	崔棟	地文・文化の說 - 世界文化指導權の確立	東洋之光	1942. 8	
156	崔淳文	朝鮮女性の家庭爭議偶感	朝鮮及滿洲	1935. 5	
157	崔麟	長期建設と防共防諜	東洋之光	1939. 2	
158	崔麟	英國の猛省を促す	東洋之光	1939. 8	
159	崔麟	長期建設と防共防諜	東洋之光	1939. 2	
160	崔一岳	日本主義の腦	東洋之光	1939. 10	

순번	작가명	작품명	게재지	게재년월일	필명
161	崔在鶴	內鮮人共學の可否：共學は內鮮人生徒の何れにも利益で無い	朝鮮及滿洲	1921. 12	
162	崔泰鎔	朝鮮基督教會の再出發	東洋之光	1942. 10	福元唯信
163	韓相建	朝鮮知識靑年の道	東洋之光	1939. 9	
164	韓相建	朝鮮新劇の將來(一)	東洋之光	1939. 10	
165	韓相建	戰爭と美術 - 新しい宣傳美の工夫について	東洋之光	1942. 5	西原宗武
166	韓相建	新羅時代の歌曲について	東洋之光	1943. 1	西原宗武
167	韓相龍	大東亞戰爭の必勝	東洋之光	1942. 5	
168	韓翼敬	軍備縮小に依って得た剩余金を朝鮮にも分割せよ：國民の資力を養成せよ	朝鮮及滿洲	1922. 2	
169	玄永燮	政治論の一齣	朝鮮及滿洲	1936. 9	
170	玄永燮	非常時局と朝鮮人の覺悟	朝鮮及滿洲	1937. 9	
171	玄永燮	內鮮一體と內鮮相婚	朝鮮及滿洲	1938. 4	
172	玄永燮	事變の人類史的意義と內鮮一體の東亞協同體完成への寄與	東洋之光	1939. 7	
173	大陸學人	黃河と支那文化	東洋之光	1939. 2	
174	大原明子	食糧事情	東洋之光	1942. 7	
175	大義生	話の不連續線	東洋之光	1939. 1	
176	金子玄禎	興農私見數題	東洋之光	1942. 11	
177	李原會碩	新しき學問と日本の使命	東洋之光	1944. 8	
178	知村生	靑年の友へ - 我が情熱の言葉	東洋之光	1939. 9	
179	知村生	女性の自意識	東洋之光	1942. 7	
180	R生	北支だより	東洋之光	1939. 9	
181	R生	北支だより	東洋之光	1940. 1	

10. 조선인 일본어 서간문(書簡文) 목록

※ 정렬순서는 인명의 가나다순으로 하였고, 작자 미상이나 창씨명은 마지막에 가나(アイウ)순으로 하였다.

순번	작가명	작품명	게재지	게재년월일	필명	기타
1	金文輯	あなたの蟷螂姿 - 橫光利一さんへの私信	國民新報	1939. 4. 30		內地文壇人への公開狀
2	金史良	金史良より龍瑛宗宛書簡		1941. 2. 8		直筆
3	金龍濟	獄中から	プロレタリア文學	1932. 10		書簡
4	金龍濟	獄中通信	文學新聞	1932. 12		書簡
5	金龍濟	ゴム紐の感 - 德永直氏の『鬪牛性』と『耕牛性』	國民新報	1939. 4. 30		內地文壇人への公開狀
6	金鐘漢	佐藤春夫先生へ	國民文學	1942. 4		手紙
7	朴赫	學兵だより①	國民文學	1944. 3		手紙文
8	朴赫	私の祈願 - 學兵と出で立つ日	國民文學	1944. 1		手紙文
9	原幸穗	體驗と自覺	東洋之光	1943. 5		
10	李光洙	阿部充家宛書簡	齋藤實文書	1926. 7		書簡
11	李無影	加藤武雄先生へ	國民文學	1942. 4		手紙
12	李軒求	おらが庭	國民文學	1942. 8		葉書回答
13	林榮均	朝鮮を內地に認識せしめる方策	朝鮮公論	1943. 8		葉書
14	林和	孤獨への愛 - 島木健作君へ	國民新報	1939. 4. 30		內地文壇人への公開狀
15	鄭飛石	おらが庭	國民文學	1942. 8		葉書回答
16	鄭人澤	內鮮兒童融合の楔子	京城日報	1921. 1		書簡
17	鄭芝溶	手紙一つ	近代風景	1929. 3		書簡
18	鄭芝溶	春三月の作文	近代風景	1929. 4		
19	秦學文	阿部充家宛書簡	齋藤實文書	1922. 5		書簡
20	崔南善	阿部充家宛書簡	齋藤實文書	1923. 1		書簡
21	崔貞熙	おらが庭	國民文學	1942. 8		葉書回答
22	崔載瑞	古丁氏に - 滿洲國決戰藝文會議から歸つて	國民文學	1945. 1	石田耕造	手紙文
23	無記名	京釜鐵道に對する韓民の感想	都新聞	1902. 2		書簡

11. 조선인 일본어 기행문(紀行文) 목록

※ 정렬순서는 인명의 가나다순으로 하였고, 작자 미상이나 창씨명은 마지막에 가나(アイウ)순으로 하였다.

순번	작가명	작품명	게재지	게재년월일	필명
1	金龍濟	北鮮紀行	綠旗	1943. 1	金松龍濟
2	朴英熙	戰線紀行(一)	東洋之光	1939. 9	
3	朴英熙	戰線紀行(二)	東洋之光	1939.10	
4	朴重陽	東京往復	朝鮮公論	1924. 11	朴忠重陽
5	朴重陽	東都往還記(一)(二)	朝鮮公論	1928. 7~8	朴忠重陽
6	牛容潤	出陣學徒の跡を追ふて	東洋之光	1944. 2	
7	柳致眞	拉濱線にて - 半島人とお米	東洋之光	1942. 10	
8	尹滋英	朝鮮溫泉めぐり	朝鮮公論	1935. 4	SY生
9	李光洙	五道踏破旅行(全35回)	京城日報	1917. 6~7	
10	李光洙	一寸永興まで(一)~(七)	京城日報	1917. 9	
11	李石薰	山と水は媚(一)~(四)	京城日報	1930. 6	石薰生
12	李石薰	京城行(一)~(六)	京城日報	1931. 4	石薰生
13	李石薰	隣郡めぐり(一)~(四)	京城日報	1931. 12	
14	李石薰	扶餘紀行(1)~(3)	京城日報	1941. 2~3	
15	李益相	白頭山紀行(一)~(十二)	京城日報	1931. 8	
16	李遠雨	大陸紀行	東洋之光	1939. 6	
17	張赫宙	海印寺紀行(上)(下)	大阪每日新聞	1935. 7	
18	鄭人澤	滿洲·旅信抄	國民文學	1942. 7	
19	鄭人澤	滿洲開拓村紀行=大梨溝屯を中心に	國民文學	1943. 3	
20	朱耀翰	含滿ヶ淵に迷ふ	白金學報	1915. 12	
21	朱耀翰	新京の旅	國民文學	1944. 1	松村紘一
22	秦瞬星	釋王寺(上)(中)(下)	京城日報	1917. 8	秦學文
23	秦瞬星	鮮人靑年のものした「釋王寺夏籠りの記」	京城日報	1917. 8	秦學文
24	崔完圭	鐘乳洞龍窟探險記	朝鮮及滿洲	1929. 10	

12. 조선인 일본어 일기문(日記文)·추도문(追悼文) 목록

※ 정렬순서는 인명의 가나다순으로 하였고, 작자 미상이나 창씨명은 마지막에 가나(アイウ)순으로 하였다.

순번	작가명	작품명	게재지	게재년월일	필명	기타
1	金突破	編輯後記	自我聲	1926. 4	突	追悼文
2	金斗鎔	同志よ安かに眠れ！	プロレタリア文學	1933. 5		追悼文
3	金龍濟	新春日記	東洋之光	1942. 2	金村龍濟	
4	金井鎭	崔鶴松君を悼む(上)(下)	京城日報	1932. 7		追悼文
5	金熙明	新潟講演行脚記	前衛	1928. 2		追悼文
6	朴熙道	續刊に際して	東洋之光	1941. 12		
7	李光洙	山家日記	東洋之光	1939. 8		日記編輯室飜譯
8	李石薰	金鐘漢の人及作品	國民文學	1944. 11	牧洋	追悼文
9	朱曜翰	反省獨語	白金學報	1914. 3		追悼文
10	朱曜翰	編輯だより 第三信	白金學報	1917. 7	朱	追悼文
11	崔承喜	私の旅日記から	京城日報	1941. 3		日記
12	韓相建	八咫烏旗の下に - (橿原日記)	東洋之光	1939. 5		
13	瑞原幸穗	わが志願の記	東洋之光	1944. 1		
14	無記名	編輯後記	自我聲	1926. 3		追悼文

13. 조선인 일본어 희곡(戱曲)·시나리오 목록

※ 정렬순서는 인명의 가나다순으로 하였고, 작자 미상이나 창씨명은 마지막에 가나(アイウ)순으로 하였다.

순번	작가명	작품명	게재지	게재년월일	필명	기타
1	金建	瓢(パカヂ)	文化朝鮮	1943. 8		戱曲
2	金承久	希望の家(一幕)	東洋之光	1939. 7		戱曲
3	吳泳鎭	ベベンイの巫祭	國民文學	1942. 8		시나리오
4	吳泳鎭	孟進士邸の慶事	國民文學	1943. 4		시나리오
5	李東珪	洛花圖(上) 嚴浩奭 譯	東洋之光	1941. 12		嚴浩奭 譯
6	李東珪	洛花圖(下) 嚴浩奭 譯	東洋之光	1942. 1		嚴浩奭 譯
7	李光洙	投げ棄てられた骸子	朝鮮公論	1926. 6~7	香山光郎	戱曲
8	李源庚	海賊ブリイ·ヘイズ(四幕)	國民文學	1943. 5·6		
9	林庸均	春の嵐	國民文學	1942. 7		시나리오
10	趙容萬	礦山の夜(一幕) - 移動慰問演劇團のために	國民文學	1944. 11		戱曲
11	咸世德	エミレェの鐘	國民文學	1943. 2		鄭人澤 譯
12	咸世德	町は秋晴れ(一幕)	國民文學	1944. 11		戱曲
13	咸世德	バリー島紀行	國民文學	1945. 5		
14	許泳	君と僕	朝鮮軍報道部	1943. 12. 16	日夏英太郎	
15		父と子(防共ラヂオ·ドラマ)	東洋之光	1939. 6		本社編

14. 조선인 일본어 르포·방문기(訪問記)·보고문(報告文) 목록

※ 정렬순서는 인명의 가나다순으로 하였고, 작자 미상이나 창씨명은 마지막에 가나(アイウ)순으로 하였다.

순번	작가명	작품명	게재지	게재년월일	필명	기타
1	郭鍾元	鎭海鍊成の記 - 海洋男兒の搖藍	國民文學	1944. 9	岩谷鐘元	報告
2	金健中	在滿鮮人壓迫の實相	朝鮮公論	1928. 6		르포
3	金光均	日本の兄弟よ	戰旗	1930. 6		르포
4	金光均	植民地から	戰旗	1930. 8		르포
5	金大龍	東京→重慶·緬甸→重慶	東洋之光	1939. 5		르포
6	金東仁	物語的な報告小說を書く - 作家の立場から	國民新報	1939. 4. 16		出陣記
7	金斗鎔	朝鮮のメーデー	戰旗	1929. 5		르포
8	金斗鎔	川崎亂鬪事件の眞相	戰旗	1929. 7		報告文
9	金斗鎔	讚映會を＊＊するまで	新興映畵	1930. 3		報告文
10	金瑞圭	全北の農業事情と其の救濟策	朝鮮公論	1931. 10		報告文
11	金魯聖	朝鮮の人口現象に關する一考察	朝鮮公論	1933. 9		
12	金星波	怒濤！芝公園の夜	戰旗	1929. 2		報告文
13	金龍濟	失業反對　詩と繪の展覽會の鬪爭略記	プロレタリア詩	1931. 7		報告文
14	金重政	元山の××的勞働者蹶起について	戰旗	1929. 2		報告文
15	金形容	讚映會を××するまで	新興映畵	1930. 3. 1		報告文
16	盧天命	鍊成の夏 - 女人鍊成 - 咸南女子訓練所參觀記	國民文學	1943. 6		報告文
17	李逈雨	慶北高女訪問記	東洋之光	1939.12～40. 1		訪問記
18	李喜鎭	高麗人蔘を論す	朝鮮公論	1923. 10		르포
19	林漢瑄	人蔘は朝鮮の國宝	朝鮮公論	1923. 10		르포
20	閔生	朝鮮から	戰旗	1930. 5		르포
21	朴相駿	朝鮮の寶庫咸鏡北道の情勢	朝鮮公論	1927. 6		報告文
22	朴石丁	「朝鮮の夕」は成功的に鬪はれた	働く婦人	1933. 1		르포
23	朴永善	自由！	自我聲	1926. 3		르포
24	朴榮喆	高松宮御視察に就て	朝鮮公論	1926. 10		報告文
25	朴英熙	聖戰の文學的把握 - 評論家の立場から	國民新報	1939. 4. 16		出陣記
26	朴英熙	戰線を巡りて	京城日報	1939. 5		報告文
27	朴英熙	半島ペン部隊帰る - 北支より帰りて	國民新報	1939. 6. 4		報告文
28	朴英熙	戰線紀行	東洋之光	1939. 9		르포
29	朴熙道	戰線紀行	東洋之光	1939. 10		르포
30	朴春琴	米穀統制案に對する卑見	朝鮮公論	1933. 1		報告文
31	朴春琴	米穀統制案に對する卑見	朝鮮公論	1933. 10		報告文
32	徐廷億	明治神宮國民體育大會を見て	東洋之光	1940. 1	洪承均	訪問記
33	石鎭衡	全羅南道の産業對策	朝鮮公論	1927. 6		報告文
34	鮮于全	自然の魔戱より生じたる慘狀	朝鮮公論	1934. 9		報告文
35	申應熙	咸鏡南道	朝鮮公論	1916. 3		報告文
36	楊在河	表滿洲安全農村設定狀況	朝鮮公論	1933. 12		報告文

순번	작가명	작품명	게재지	게재년월일	필명	기타
37	吳禎民	敬虔な民草 - 農報隊配屬の村を訪ねて	國民文學	1944. 2	山田映介	報告文
38	吳興敎	我等の同志	文藝戰線	1928. 2		르포
39	牛容潤	地方文化を建設せよ - 農村現地報告	東洋之光	1942. 8		報告文
40	牛容潤	責任生産制現地報告 - 增産の村を往く	東洋之光	1944. 8		報告文
41	兪星濬	拓けゆく江原道の現況	朝鮮公論	1928. 9		報告文
42	柳致眞	昌城屯にて	國民文學	1942. 10		報告文
43	尹斗憲	地方文化の陳容 - 咸南だより	國民文學	1945. 5	平沼文甫	通信
44	元應常	未墾地を利用せよ、造林事業を起せ	朝鮮公論	1919. 1		報告文
45	李圭完	咸南の養蚕業	朝鮮公論	1919. 1		報告文
46	李均	「農藝」の正體	農民	1932. 1		르포
47	李大北	漢江の勞働者より日本の學生へ	プロレタリア藝術	1927. 7		르포
48	李惠相	舒川芋布組合の業績	朝鮮公論	1925. 4		報告文
49	李東珪	報道演習行 - 第一次報道演習に參加して	黃德純	1943. 7		訪問記
50	李東珪	朝鮮軍報道班員の手帖 - 野營	國民文學	1943. 7		從軍記
51	李東珪	北支たより	東洋之光	1939. 7		報告文
52	李無影	朝鮮農民を語る	金融組合	1943. 8		報告文
53	李民友	朝鮮の夕の報告	文學新聞	1933. 1		報告文
54	李範益	農村の狀況と其施設並對策	朝鮮公論	1931. 10		報告文
55	李北滿	朝鮮勞働者慰安會の記	プロレタリア藝術	1927. 12		通信
56	李北滿	我々の演劇の暴壓	前衛	1928. 3		報告文
57	李北滿	無記名	戰旗	1928. 5		르포
58	李北滿	追放	戰旗	1928. 9		르포
59	李生	朝鮮學生事件	戰旗	1930. 2		通信
60	李石薰	道議戰序曲(全3回)	京城日報	1930. 3		報告文
61	李石薰	史北面の小作爭議(一)~(三)	京城日報	1930. 5		報告文
62	李石薰	第二の搖藍更生への第一步 - 移民村訪問記(一)~(八)	京城日報	1931. 7		訪問記
63	李淵雨	朝鮮の雅樂	朝鮮公論	1927. 1		報告文
64	李允基	兵營生活①	東洋之光	1943. 3	大村謙三	르포
65	李允基	兵營生活②	東洋之光	1943. 4	大村謙三	르포
66	李允基	朝鮮志願兵奮戰	時局雜誌	1943. 8. 7		報告文
67	李鐘植	戰線の思出(一)	東洋之光	1940. 1		르포
68	李軫鎬	全羅南道	朝鮮公論	1916. 5		報告文
69	李弘根	皇民鍊成運動 - 平南に於ける皇民鍊成事業の報告など	東洋之光	1942. 8	吉富淳	報告文
70	林學洙	聖地へのロマンチシズム - 詩人の立場から	國民新報	1939. 4. 16		報告文
71	林學洙	半島ペン部隊帰る - 娘子關附近	國民新報	1939. 5. 21		報告文
72	林學洙	北支へ使して(上)(下)	京城日報	1939. 5		報告文

순번	작가명	작품명	게재지	게재년월일	필명	기타
73	張赫宙	朝鮮人聚落を行く	改造	1937. 6		르포
74	全高麗	最近に於ける韓人側の商勢	朝鮮及滿洲	1908. 9		報告文
75	全高麗	朝鮮からのたより	プロレタリア藝術	1927. 7		通信
76	全星淯	江原道と内鮮同組の實證	朝鮮公論	1927. 6		報告文
77	鄭飛石	間島及西比利亞に於ける分布朝鮮人と水田業	朝鮮及滿洲	1921. 9		報告文
78	鄭飛石	朝鮮軍報道班員の手帖 - 射撃	國民文學	1943. 7		從軍記
79	鄭然基	内地に歡迎さるる全北米の誇り	朝鮮公論	1938. 10		報告文
80	鄭人澤	朝鮮火田民の生活	東洋	1932. 10		報告文
81	鄭黑壽	朝鮮の同志に	進め	1924. 11		報告文
82	鄭黑壽	儒城農民道場を見る - 現地報告(一)	東洋之光	1943. 6		報告文
83	鄭順浩	北支從軍記	東洋之光	1939. 1		르포
84	趙明鎬	高麗人蔘に就て	朝鮮公論	1923. 10		報告文
85	趙宇植	朔風の深林に自然と闘ふ白糸露人の村を訪ねて	東洋之光	1943. 5		訪問記
86	趙宇植	現地報告(一)儒城農民道場を見る	東洋之光	1943. 6		報告文
87	趙宇植	現地報告 - 夫餘中堅靑年修練所訪問記(上)	東洋之光	1943. 7		報告文
88	趙宇植	現地報告 - 夫餘中堅靑年修練所訪問記(下)	東洋之光	1943. 8		報告文
89	趙宇植	白龍女子靑年錬成所訪問記 - 學び鍛へる娘達	東洋之光	1944. 10		報告文
90	朱永涉	劇場巡禮記(一) - 協同藝術座巡廻公演報告書	東洋之光	1939. 11		報告文
91	朱永涉	國語普の及現地報告 - 平壤大和塾	國民文學	1943. 1		報告文
92	朱永涉	巣立つ特別錬成生 錬成狀況報告	東洋之光	1944. 4		報告文
93	崔承喜	"半島の舞姬"の滯米通信	週刊朝日	1938. 9		通信
94	崔承喜	北支從軍記	東洋之光	1939. 1		從軍記
95	崔承喜	崔承喜の歐洲だより - 巴里より	國民新報	1939. 5. 7		通信
96	崔載瑞	大東亞意識の目覺め - 第二回大東亞文學者大會より還りて	國民文學	1943. 10		報告文
97	韓圭復	農事改良及農村一般に關する狀況	朝鮮公論	1931. 10	井垣圭復	報告文
98	韓相建	八咫烏旗の下に	東洋之光	1939. 5		르포
99	韓相龍	韓國側の金融常態	朝鮮及滿洲	1908. 9		報告文
100	韓相龍	朝鮮蠶絲業と陸地綿の栽培	朝鮮公論	1923. 10		報告文
101	韓雪野	感謝と不滿	文藝戰線	1927. 9		르포
102	韓鐵鎬	平壤ゴムのゼネスト	戰旗	1930. 11		르포
103	韓鐵鎬	北支戰線追憶記	東洋之光	1942. 5		報告文
104	玄永燮	朝鮮國民精神總動員運動展望	東洋之光	1939. 2		報告文
105	洪命熹	百折不撓、所信に邁進	朝鮮思想通信	1929. 1		르포
106	洪命熹	錬成記 - 大和塾中央特別錬成會に參加して	東洋之光	1944. 2		報告文

순번	작가명	작품명	게재지	게재년월일	필명	기타
107	洪承均	忠淸北道に於ける産業	朝鮮公論	1930. 11		報告文
108	黃德純	副業獎勵に關する施設	朝鮮公論	1923. 10		報告文
109	安東益雄	道場生活の一端 - 咸北總力戰道場訪問記	國民文學	1943. 5		報告文
110	安東益雄	地方文化の陳容 - 平南地方の文化陳容	國民文學	1945. 5		通信
111	大島修	朝鮮の運動	農民	1930. 8		르포
112	大島修	(錬成の夏)行者たち - 全羅南道皇民指導者養成所を訪ねて	國民文學	1943. 6		報告文
113	城山昌樹	朝鮮軍報道班員の手帖 - 出發	國民文學	1943. 7		報告文
114	城山昌樹	國語普及現地報告 - 全州券番 / 全州完山國民學校	國民文學	1943. 1		報告文
115	西野道眞	職場に學ぶ決戰學徒!造兵廠に動員學徒の作業を見ろ	東洋之光	1944. 8		報告文
116	金××	朝鮮から	ナツプ	1931. 11. 13		通信
117	日本プロレタリア文化聯盟中央協議會	朝鮮協議會報告	プロレタリア文化	1932. 6		報告文
118	無記名	自我聲!	自我聲	1926. 3		르포
119	無記名	ハーディーを前にして!	三・一劇場ニュース	1932. 7		르포
120	無記名	朝鮮協議會報告	プロレタリア文化	1933. 8		報告文

15. 조선인 일본어 선언문(宣言文)·격문(檄文) 목록

※ 정렬순서는 인명의 가나다순으로 하였고, 단체는 마지막에 단체명의 가나다순으로 하였다.

순번	작가명	작품명	게재지	게재년월일	필명	기타
1	金末峰	「第七回全關西婦人聯合會大會代表者會」における發言	全國關西婦人聯合會	1925. 11		宣言文
2	金波宇	派遣代表の挨拶 - 朝鮮人として	プロット	1932. 9		宣言文
3	朴重陽	農事に志す靑年	朝鮮公論	1929. 4	朴忠重陽	檄文
4	朴熙道	事變前途に對する覺悟	東洋之光	1939. 7		決意文
5	嚴昌燮	決戰下に於ける國民の覺悟	朝鮮公論	1943. 3	武永憲樹	檄文
6	李聖根	我等は大東亞の中核分子	朝鮮公論	1943. 9	金川聖	檄文
7	李聖根	日常生活を反省せよ	朝鮮公論	1943. 2	金川聖	檄文
8	李人稙	韓國新聞創設趣旨書	都新聞	1925. 11		宣言文
9	李春植	宣言	自我聲	1926. 3	春植	宣言文
10	李黃植	半島朝鮮人學生諸君に激す	朝鮮公論	1919. 5		檄文
11	崔麟	新らしき覺悟	東洋之光	1940. 1		決意文
12	韓相龍	年柄活況を呈せん	朝鮮公論	1926. 1		檄文
13	韓相龍	山林事業の徹底を圖れ	朝鮮公論	1927. 3		檄文
14	三月會 他	通告文	新人	1926. 1		宣言文
15	思想報國聯盟京城支部仁川分會	決議 仁川に於ても思想報國の烽火	法政新聞	1938. 12		宣言文
16	時局對応全鮮轉向者聯盟	宣言. 決議 時局對応全鮮轉向者連盟の結成式擧行	京城日報	1938. 7		宣言文
17	新進會	宣言	自我聲	1926. 3		宣言文
18	新幹會東京支會々員	聲明書 全民族的單一戰線破壞陰謀に關し全朝鮮民衆に訴ふ	文藝戰線	1928. 2		宣言文
19	新幹會創立總會開催	新幹會創立總會開催	朝鮮思想通信	1927. 2		宣言文
20	朝鮮文人協會	朝鮮文人協會宣言	京城日報	1941. 12. 11		宣言文
21	朝鮮プロレタリア藝術同盟·中央委員會書記局	日本プロレタリア作家同盟第五回大會へのメッセーヂ	プロレタリア文學	1932. 6		宣言文

16. 조선인 일본어 앙케트 목록

※ 정렬순서는 인명의 가나다순으로 하였고, 작자 미상이나 창씨명은 마지막에 가나(アイウ)순으로 하였다.

순번	작가명	작품명	게재지	게재년월일	필명	기타
1	金基鎭 등 9명	大東亞戰爭に依つて何を教へられたか？ この機會に我々の改むべき點は？	國民文學	1942. 2		앙케트
2	金東仁 등 30명	今後如何に書くべきか！	國民文學	1942. 1		앙케트
3	金復鎭 他	ことし見た映畫の印象	京城日報	1936. 12		앙케트
4	朴英熙	「文學による大東亞戰完遂の方法」に就いて	大東亞	1943. 3	芳村香道	發言앙케트
5	兪鎭午	「大東亞精神の强化普及」に就いて	大東亞	1943. 3		發言앙케트
6	兪鎭午	滿洲作家諸氏へ	大東亞	1943. 3		發言앙케트
7	兪鎭午	大いなる融和	文學報國	1943. 9		發言앙케트
8	李光洙	朝鮮の結婚と意見(一)	朝鮮通信	1930. 5		앙케트
9	李光洙	菊池寬議長へ	大東亞	1943. 3	香山光郎	發言앙케트
10	李光洙	「大東亞精神の樹立」に就いて	大東亞	1943. 3	香山光郎	發言앙케트
11	李孝石 他	我が國語で文學を書くについての信念	綠旗	1942. 3		發言앙케트
12	張赫宙	懸賞小說の思ひ出、埋もれて了つた作家	文藝通信	1935. 2		앙케트
13	張赫宙	初めて逢った文士と当時の思ひ出	文藝通信	1935. 7		앙케트
14	崔南善	諸名士に聞く	綠旗	1937. 6		앙케트
15	崔南善・李光洙	我々は如何に生きて生くべきか	朝鮮思想通信	1927. 1		앙케트
16	崔承喜	僕の警句	文藝	1936. 3		앙케트
17	崔承喜	二月二十六日	中央公論	1936. 4		앙케트
18	崔載瑞	軍人精神について	國民文學	1943. 2		인터뷰
19	崔載瑞	決戰朝鮮の急轉換	文學報國	1943. 9		發言앙케트
20	洪命熹	民族的總力量を集中する實行方法	朝鮮思想通信	1928. 1		앙케트
21	咸世德	日本の藝道	國民文學	1944. 9		인터뷰

17. 조선인 일본어 좌담회(座談會) 목록

※ 정렬순서는 좌담회의 날짜순으로 정렬하였다.

순번	게재년월일	작 가 명	작 품 명	게재지	필명	기타
1	1929. 3	李東善 등 10명	朝鮮と地方自治問題	朝鮮公論		座談會
2	1929. 9	李圭完 등 44명	齋藤新總督に望む	朝鮮公論		座談會
3	1930. 3	廉相燮 他	朝鮮日報座談會 - 文藝運動(全4回)	朝鮮通信		座談會
4	1932. 1	韓相龍	景氣は相當良くなろう	朝鮮公論		座談會
5	1936. 4	崔承喜 등 19명	崔承喜をめぐる座談會(1)~(3)	大阪每日新聞		座談會
6	1937. 10	朴英熙 등 29명	轉向者座談會(全2回)	法政新聞		座談會
7	1938. 12	柳致眞 등 14명	春香傳批判座談會	テアトロ		座談會
8	1939. 1	張赫宙 등 12명	朝鮮文化の將來	文學界		座談會對談
9	1939. 3	尹日善 등 12명	新歸朝者座談會	東洋之光		座談會
10	1939. 4	張德秀 등 12명	新歸朝者座談會	東洋之光		座談會
11	1939. 5	塩原時三郎 등 14명	當面の諸問題を語る座談會	東洋之光		座談會
12	1939. 6	金斗禎 등 15명	山田淸三郎·寄本司麟兩氏を圍む座談會	東洋之光		座談會
13	1939. 6	金漢卿 등 15명	山田淸三朗·寄本司麟兩氏を圍む座談會	東洋之光		座談會
14	1939. 6	白鐵 등 16명	大陸開拓文藝懇話會歡迎會	東洋之光		座談會
15	1939. 6~7	李泰俊 등 10명	文化を探ねて(1)~(9)	京城日報		座談會對談
16	1939. 7	金龍濟 등 10명	金子小將を圍む座談會	東洋之光		座談會
17	1939. 7	金龍濟 등 20명	金子少將を圍む座談會六月五日於朝鮮ホテル	東洋之光		座談會
18	1939. 7	金淑子·森繁貞雄夫妻	出征家族に聞く - 內鮮一體は家庭生活から·名譽の負傷後 외2	東洋之光		座談會
19	1939. 8	朴熙道	范總領事を圍む鼎座放談(中華民國駐京城總領事)	東洋之光		座談會
20	1939. 9	東洋之光社·協同藝術座 會員	東洋之光社協同藝術座提携紀念宴會	東洋之光		座談會
21	1939. 10	高明子 등 9명	內鮮一體婦人座談會	東洋之光		座談會
22	1940. 8	李光洙 등 15명	文人の立場から(1)~(7)	京城日報		座談會對談
23	1940. 12	崔貞熙 등 6명	苦き世代が語る修正·內鮮結婚問題	婦人畫報		
24	1941. 11	白鐵 등 6명	朝鮮文壇の再出發を語る	國民文學		座談會
25	1942. 1	兪鎭午	日米開戰と東洋の將來	國民文學		座談會
26	1942. 1	林和 등 13명	文藝動員を語る	國民文學		座談會
27	1942. 2	金仁泳	米英打倒座談會(アングロ·サクソン人の有色人に對する態度)	東洋之光		座談會
28	1942. 2	朴仁德	米英打倒座談會(米國婦人の戰爭觀)	東洋之光	永河仁德	座談會
29	1942. 2	朴熙道	米英打倒座談會(日本は何故戰ふか)	東洋之光		座談會
30	1942. 2	白樂濬	米英打倒座談會(米英の民情と植民政策)	東洋之光		座談會
31	1942. 2	申興雨	米英打倒座談會(英國人の民族性)	東洋之光	高靈興雨	座談會

순번	게재년월일	작가명	작품명	게재지	필명	기타
32	1942. 2	梁柱三	米英打倒座談會(アメリカは何故戰ふか)	東洋之光	梁原柱三	座談會
33	1942. 2	俞鎭午·張赫宙	朝鮮文學の將來	文藝	天谷春洙	座談會
34	1942. 2	尹日善	米英打倒座談會(ルーズベルトと米國の今後)	東洋之光		座談會
35	1942. 2	尹致暎	米英打倒座談會(アメリカは何故戰ふか)	東洋之光		座談會
36	1942. 2	李容卨	米英打倒座談會(米國人の民族性)	東洋之光		座談會
37	1942. 2	李勳求	米英打倒座談會(ルーズベルトと米國の今後)	東洋之光		座談會
38	1942. 2	張德秀	米英打倒座談會(米英敵性の政體)	東洋之光		座談會
39	1942. 2	全弼淳	米英打倒座談會(米國人の民族性)	東洋之光		座談會
40	1942. 2	鄭仁果	米英打倒座談會(米英人の宗敎政策)	東洋之光	德川仁果	座談會
41	1942. 2	鄭春洙	米英打倒座談會(米英人の宗敎政策)	東洋之光	天谷春洙	座談會
42	1942. 2	崔棟	米英打倒座談會(アングロ·サクソン人の有色人に對する態度)	東洋之光		座談會
43	1942. 2	崔淳周	米英打倒座談會(米國資本家の戰爭觀)	東洋之光	崔宮淳周	座談會
44	1942. 2	崔載瑞 등 5명	大東亞文化圈の構想	國民文學		座談會
45	1942. 2	韓錫源	米英打倒座談會(アングロ·サクソン人の有色人に對する態度)	東洋之光		座談會
46	1942. 3	崔載瑞 등 9명	半島の基督敎革新を語る	國民文學		紙上座談
47	1942. 4	李海用	國土計畫下の半島産業	朝鮮公論	三州海用	座談會
48	1942. 4	金龍濟 등 7명	新しい半島文壇の構想	綠旗		座談會
49	1942. 6	金龍濟 등 10명	軍國の女學生に徵兵を聞く	東洋之光		鼎談
50	1942. 6	崔載瑞 등 9명	半島學生の諸問題を語る	國民文學		座談會
51	1942. 7	金鐘漢 등 8명	軍人と作家　徵兵の感激を語る	國民文學		座談會
52	1942. 9. 3		綜合された新文化の造立へ - 俞鎭午氏を語る	京城日報		座談會
53	1942. 10	崔載瑞 등 5명	北方圈文化を語る	國民文學		座談會對談
54	1942. 11	金鐘漢 등 9명	國民文學の一年を語る	國民文學		座談會
55	1942. 12	崔載瑞 등 9명	明日への朝鮮映畵	國民文學		座談會
56	1943. 1	崔載瑞	文化と宣傳	國民文學		座談會
57	1943. 1	崔載瑞 등 9명	平壤の文化を語る	國民文學		座談會
58	1943. 1	李無影 등 5명	國語諸問題會談	國民文學		座談會
59	1943. 2	金鐘漢 등 7명	詩壇の根本問題	國民文學		座談會
60	1943. 3	崔載瑞 등 7명	新半島文學への要望	國民文學		座談會
61	1943. 3	尹致暎 등 28명	新嘉坡陷落に寄す	東洋之光		座談會
62	1943. 4	崔載瑞 등 5명	義務敎育になるまで	國民文學		座談會
63	1943. 5	金泳柱 등 6명	學園學生欄	東洋之光		座談會
64	1943. 5	崔載瑞 등 5명	農村文化のために	國民文學		座談會
65	1943. 6	金龍濟 등 10명	軍國の女學生に「徵兵」を聞く	東洋之光		座談會
66	1943. 6	金鐘漢 등 9명	戰爭と文學	國民文學		座談會

순번	게재년월일	작가명	작품명	게재지	필명	기타
67	1943. 7	金鐘漢 등 7명	映畫「若き姿」を語る	國民文學		座談會
68	1943. 8	兪鎭午 등 5명	「半島文化」を語る座談會(上)(中)(下)	朝日新聞 中鮮版 南鮮版		座談會 對談
69	1943. 8	兪鎭午 등 9명	國民文化の方向	國民文學		座談會
70	1943. 9	金鐘漢 등 3명	文學鼎談	國民文學		鼎談
71	1943. 10	李無影 등 6명	見て來た海軍生活を語る	國民總力		座談會 對談
72	1943. 12	李聖根 등 15명	內鮮同祖發祥聖地の闡明の座談會	朝鮮公論		座談會
73	1944. 6	方漢駿 등 10명	軍と映畫 - 朝鮮軍報道部作品「兵隊さん」を中心に	國民文學		座談會
74	1944. 12	柳光烈 등 6명	總力運動の新構想	國民文學		座談會
75	1945. 1	崔載瑞 등 5명	處遇改善を廻りて	國民文學		座談會
76	1945. 2	崔載瑞 등 3명	思想戰の現段階	國民文學		座談會
77	1945. 3	崔載瑞・車載貞	言論打開の道	國民文學	石田耕造	對談

18. 조선인 일본어 사설(社說)·기사(記事) 목록

※ 정렬순서는 인명의 가나다순으로 하였고, 작자 미상이나 창씨명은 마지막에 가나(アイウ)순으로 하였다.

순번	작가명	작품명	게재지	게재년월일	필명	기타
1	金璟麟	新世代の言葉(新しさと時代性)	東洋之光	1943. 1		記事
2	金景熹	新世代の言葉(新しさについて)	東洋之光	1943. 1		記事
3	金文輯	祝ふべき死!	國民新報	1939. 7. 16		社說
4	金海鄉	卷頭言(全一四回)	朝鮮と建築	1932. 6. 1 ~12. 1		卷頭言
5	金斗禎	國語生活 - 嶺南婦人に學べ	東洋之光	1942. 5	金子斗禎	記事
6	金龍濟	朝鮮作家のメッセーヂ	セルパン	1939. 5		社說聲明他
7	金炳觀	學園·學生欄(司法科受驗記)	東洋之光	1942. 5		記事
8	金泳柱	學園·學生欄(我が校風)	東洋之光	1942. 5		記事
9	金活蘭	學園·學生欄(感激に副ひ奉りて)	東洋之光	1942. 6	天城活蘭	記事
10	羅雄	映畫製作の立場から	東洋之光	1939. 4		記事
11	木和鈞	我が愛國班	東洋之光	1942. 5		記事
12	朴英熙	文化人よ起て	京城日報	1942. 1. 10	芳村香道	社說
13	朴仁德	學園·學生欄(第一回の修業生を送る)	東洋之光	1942. 5	永河仁德	記事
14	徐廷億	朝鮮のスポーツ界	朝鮮及滿洲	1940. 1		記事
15	徐廷億	朝鮮スポーツ界の展望	朝鮮及滿洲	1940. 5		記事
16	徐廷億	半島體育界の近況	朝鮮及滿洲	1941. 1		記事
17	孫晉泰	學園·學生欄(普通圖書館)	東洋之光	1942. 5		記事
18	嚴浩奭	强き國民精神とエスペラント	東洋之光	1939. 4		記事
19	柳西粉	夫を軍國に捧げて	東洋之光	1942. 8	西原西粉	記事
20	兪鎭午	歐州大戰から何を學ぶか - 物心總動員の實	京城日報	1940. 6. 30		社說
21	柳致眞	歐州大戰から何を學ぶか - 總力戰の强さ	京城日報	1940. 7. 2		社說
22	柳浩根	徵兵適齡者に覺悟を聞く(覺悟は出來てゐる)	東洋之光	1943. 4		記事
23	尹斗憲	新世代の言葉(「生意氣」の倫理)	東洋之光	1943. 1	平沼文甫	記事
24	李光洙	純眞なる朝鮮愛	古稀之無佛翁	1931. 5. 26		祝詞
25	李光洙	年頭の誓	國民新報	1940. 1. 7	香山光郎	社說
26	李光洙	小說『牡丹崩れず』連載について謹告と『妻の悩み』	京城日報	1940. 7. 5		社說
27	李光洙	非常時を自覺 各自が出直せ	京城日報	1941. 12. 9	香山光郎	社說
28	李圭海	北支たより	東洋之光	1939. 7		記事
29	李東波	上海とスパイとテロ	東洋之光	1939. 3		記事
30	李元榮	小磯新總督論	東洋之光	1943. 8		
31	李孝石	歐州大戰から何を學ぶか - 勝つた方がいい	京城日報	1940. 7. 3		社說
32	鄭錫泰	夏と衛生 - 豫防注射の話	東洋之光	1943. 7		記事
33	趙演鉉	學園·學生欄(東洋への郷愁)	東洋之光	1942. 5	德田演鉉	記事
34	趙演鉉	學園欄(岡倉天心について)	東洋之光	1942. 8	德田演鉉	記事

순번	작가명	작품명	게재지	게재년월일	필명	기타
35	趙演鉉	學園欄(岡倉天心について)(完)	東洋之光	1942. 10	德田演鉉	記事
36	趙演鉉	新世代の言葉(文學者の立場)	東洋之光	1943. 1		記事
37	趙宇植	新世代の言葉(歷史の自覺と共に)	東洋之光	1943. 1		記事
38	朱白鷗	及ばないでは…他	文藝雜誌	1917. 3		
39	崔南善	壽阿部無佛翁七十序	古稀之無佛翁	1931. 5. 26		賀章
40	崔鉉培	學園・學生欄(靑年の生甲斐)	東洋之光	1942. 7		記事
41	玄永燮	朝鮮國民精神總動員運動展望	東洋之光	1939. 2		記事
42	安東益雄	新世代の言葉(時代に忠實)	東洋之光	1943. 1		記事
43	李家昌夫	若人の榮光	東洋之光	1942. 10		記事
44	金延瑞基	靑年論壇 大東亞戰爭の現段階に想ふ	東洋之光	1944. 7		記事
45	金園正博	首途の元旦 - 適者の手記	東洋之光	1944. 1		記事
46	朝鮮文人報告會	皇軍感謝決議文	京城日報	1943. 4		社說 聲明他
47	朝鮮文人報告會	宣言朝鮮文人報告會	京城日報	1943. 4		社說 聲明他
48	朝鮮文人協會	知識人に愬ふ(上)(中)(下)	京城日報	1941. 7		社說 聲明他
49	朝鮮文人報國會事務局	牡丹崩れず(第129回分)とお斷り	京城日報	1940. 7. 6		社說
50	朝鮮文人報國會事務局	文報の頁	國民文學	1943. 9		記事
51	朝鮮文人報國會事務局	文報の頁	國民文學	1943. 5		記事
52	朝鮮文人報國會事務局	文報回覽板	國民文學	1943. 8		記事
53	朝鮮文人報國會事務局	文報回覽板	國民文學	1943. 7		記事
54	朝鮮文人報國會事務局	文報回覽板	國民文學	1943. 6		記事
55	朝鮮文人報國會事務局	文化陳營	國民文學	1943. 4		記事
56	朝鮮文人報國會事務局	文化陳營	國民文學	1943. 3		記事
57	朝鮮文人報國會事務局	文化陳營	國民文學	1943. 2		記事
58	朝鮮文人報國會事務局	半島文學者總蹶起大會	國民文學	1944. 7		記事
59		朝生夕死を永遠に	朝鮮の言論と世相	1927. 10		社說
60		朝鮮文化研究の高調	朝鮮通信	1930. 7		社說
61		朝鮮兒童讀物の最近の傾向	朝鮮思想通信	1929. 5		社說
62		文藝運動と朝鮮語運動	朝鮮思想通信	1929. 1		社說
63		朝鮮語辭典編纂會の創立	朝鮮思想通信	1929. 11		社說
64		朝鮮文壇人に對する希望	朝鮮思想通信	1929. 7		社說
65		朝鮮文學樹立と文人の使命	朝鮮思想通信	1929. 4		社說
66		文士諸君民衆を凝視せよ	朝鮮思想通信	1928. 1		社說

순번	작가명	작품명	게재지	게재년월일	필명	기타
67		朝鮮プロレタリア藝術同盟員の檢擧と左翼文藝運動の沒落	高等警察報	1936		
68		朝鮮文人協會に寄す	京城日報	1939. 12		社說.聲明他
69		知識人總進軍の秋	京城日報	1943. 5		社說.聲明他
70		文人協會ニュース	國民文學	1942. 1		記事
71		文人協會ニュース	國民文學	1942. 2		記事
72		文化運動の發足	京城日報	1941. 2		社說.聲明
73		「朝鮮全書」の刊行	國民文學	1943. 9		記事
74		國民文學選集が出る	國民文學	1943. 9		記事
75		海軍見學団に靑木洪氏を派遣	國民文學	1943. 9		記事
76		文化人は戰つてゐるか	京城日報	1944. 12. 4		社說

19. 조선인 일본어 극평(劇評)·문예시평(文藝時評) 목록

※ 정렬순서는 인명의 가나다순으로 하였고, 작자 미상이나 창씨명은 마지막에 가나(アイウ)순으로 하였다.

순번	작가명	작품명	게재지	게재년월일	필명	기타
1	金寬洙	演劇時評	國民文學	1942. 10	岸本 寬	劇評
2	金斗鎔	作者の意圖はどこ？	社會運動通信	1935. 10		劇評
3	金斗鎔	「斷層」の批評	社會運動通信	1935. 11		劇評
4	金スチャン	春香傳	テアトロ	1938. 5		劇評
5	金士永·安東益雄	文人協會懸賞小說選者の感想 - 兄弟若い力	國民文學	1942. 4	安東益雄	選評
6	金承久	驀進する朝鮮の演劇	テアトロ	1938. 6		劇評
7	金承久	春香傳について	テアトロ	1937. 8		劇評
8	金子道	演劇時評 - 資格審査について	東洋之光	1944. 5		劇評
9	金子道	演劇時評	東洋之光	1944. 8		劇評
10	金子道	演劇時評	東洋之光	1944. 11		劇評
11	金子道	演劇時評	東洋之光	1945. 1		劇評
12	金鐘漢	金東煥抒情詩集 海棠花	國民文學	1942. 7	月田茂	書評
13	金鐘漢	朝鮮文人協會編「朝鮮國民文學選集」	國民文學	1943. 7	月田茂	書評
14	金波宇	東京學生藝術座の第一回公演	テアトロ	1935. 7		劇評
15	朴勝極	詩	東洋之光	1943. 11		批評
16	石東岩	「羽の生えた靴」を就いて	プロレタリア演劇	1933. 1		劇評
17	吳龍淳	作家の眼	國民文學	1944. 8		文藝時評
18	吳龍淳	現實への態度 - 「淸凉里界隈」について	國民文學	1945. 3		書評
19	吳洋	回顧と展望	國民文學	1943. 3		劇評
20	吳禎民	現代劇場の魅力	國民文學	1943. 6		劇評
21	兪鎭午·佐藤淸·杉本長夫	崔載瑞評論集「轉換期の朝鮮文學」	國民文學	1943. 7		書評
22	尹喜淳	美術時評 - 個人展を巡る	國民文學	1943. 4		美術時評
23	尹喜淳	美術時評	國民文學	1943. 3		美術時評
24	鄭飛石	情熱の書「靜かな嵐」	國民文學	1943. 10		書評
25	鄭人澤	寺田瑛氏著　話の不連續線	國民文學	1942. 7		書評
26	趙演鉉	ニーチエ的創造(上)	東洋之光	1942. 12		批評
27	趙演鉉	ニーチエ的創造(下)	東洋之光	1943. 1		批評
28	韓雪野	李箕永著「春(一名生活の倫理)」	國民文學	1943. 2		書評
29	千仞子	映畵時評	國民文學	1941. 11		時評
30	AIZ	映畵時評	國民文學	1941. 11		時評
31	一步生	演劇時評	國民文學	1941. 11		時評
32	無記名	音樂 - 金天愛獨唱會評	國民文學	1943. 5		音樂時評

20. 조선인 일본어 위문문(慰問文) 목록

※ 정렬순서는 인명의 가나다순으로 하였고, 작자 미상이나 창씨명은 마지막에 가나(アイウ)순으로 하였다.

순번	작가명	제목	게재지	게재년월일	필명	기타
1	金南天	氣慨は同じペンと筆	國民新報	1939. 12. 17		兵隊さん有難う - 朝鮮文人協會の慰問文集
2	金明洙	行進曲高らかに	國民新報	1939. 12. 17		兵隊さん有難う - 朝鮮文人協會の慰問文集
3	朴基采	私供の分まで賴みます	國民新報	1939. 12. 10		兵隊さん有難う - 朝鮮文人協會の慰問文集
4	朴英熙	感謝にむせびつく	國民新報	1939. 12. 3		兵隊さん有難う - 朝鮮文人協會の慰問文集
5	安東洙	親愛なる兵隊さんへ	國民新報	1939. 12. 17		兵隊さん有難う - 朝鮮文人協會の慰問文集
6	吳時泳	平和の日を念じつゞ	國民新報	1939. 12. 10		兵隊さん有難う - 朝鮮文人協會の慰問文集
7	兪鎭午	半島の地を踏まれる機を望みます	國民新報	1939. 12. 10		兵隊さん有難う - 朝鮮文人協會の慰問文集
8	李光洙	凱旋の時は朝鮮へ私がご案内します	國民新報	1939. 12. 3		兵隊さん有難う - 朝鮮文人協會の慰問文集
9	李箕永	一日も早く御凱旋を	國民新報	1939. 12. 17		兵隊さん有難う - 朝鮮文人協會の慰問文集
10	林學洙	網膜に映る大陸の山野	國民新報	1939. 12. 10		兵隊さん有難う - 朝鮮文人協會の慰問文集
11	鄭人燮	學舍にも新しい希望の芽が	國民新報	1939. 12. 10		兵隊さん有難う - 朝鮮文人協會の慰問文集
12	蔡萬植	戰線の困苦を偲び	國民新報	1939. 12. 3		兵隊さん有難う - 朝鮮文人協會の慰問文集
13	崔貞姬	ではご無事で	國民新報	1939. 12. 3		兵隊さん有難う - 朝鮮文人協會の慰問文集
14	玄永燮	武久を祈一億同胞	國民新報	1939. 12. 17		兵隊さん有難う - 朝鮮文人協會の慰問文集
15	古城珠江	忠勇の一滴を召せ	國民新報	1939. 12. 10		兵隊さん有難う - 朝鮮文人協會の慰問文集
16	朝鮮文人協會	私どもの熱情とどうかお汲み取り下さい	國民新報	1939. 12. 3		兵隊さん有難う - 朝鮮文人協會の慰問文集

21. 조선인 일본어 잡문(雜文) 목록

※ 정렬순서는 인명의 가나다순으로 하였고, 작자 미상이나 창씨명은 마지막에 가나(アイウ)순으로 하였다.

순번	작가명	작품명	게재지	게재년월일	필명	기타
1	姜永錫	東亞先覺志士記傳の讀後感	東洋之光	1939. 12 ~1940. 1		讀後感
2	高明子	キユリー婦人の一生『キユリー婦人傳』の紹介(上)	東洋之光	1939. 7		感想
3	高安彦	新嘉坡陷落に寄す - 戰爭は寧ろこれからだ	東洋之光	1942. 3		感想
4	具斗書	郷土の伝説考「蟾」	朝鮮公論	1935. 7		說明
5	具滋誠	徵兵制實施に際し感激・感想・覺悟を語る(適齡者の喜び)	東洋之光	1943. 8		感想
6	金吉昌	米英打倒感想文 - 大義の名に於て	東洋之光	1942. 2		感想
7	金童子	殖民地女氣質 - 戀の永樂町八人女(其一)(其二)	朝鮮公論	1916. 1~2		雜文
8	金東鎭	滿洲旅行中の所感	朝鮮公論	1940. 1		感想
9	金東煥	名士・徵兵の感激を語る - 朝鮮神宮の前で	國民文學	1942. 6	白山靑樹	感想
10	金東勳	農村振興運動の過去一年を顧みて	朝鮮公論	1934. 1	金原邦光	所感
11	金東勳	昭和第十春を迎ふ	朝鮮公論	1935. 1	金原邦光	感想
12	金思演	朝鮮公論社長に就任して	朝鮮公論	1933. 6		記念辭(感想)
13	金相範	朝鮮の正月の慣習	朝鮮及滿洲	1927. 1		說明
14	金順鐘	壬俠旅鳥圖繪	朝鮮公論	1939. 7	孤峰	美談
15	金順鐘	學校家庭の名コンビで愛兒を培ふ我が愛兒の育て方	朝鮮公論	1940. 1	孤峯	
16	金順鐘	思ひ出深き漢城衛生會 - 肥汲み漫談	朝鮮公論	1940. 5	孤峯	說明
17	金順鐘	爐邊漫言	朝鮮公論	1941. 2	孤峰	漫評
18	金順鐘	闇	朝鮮公論	1941. 4	孤峰	雜文
19	金順鐘	燈下漫言	朝鮮公論	1941. 11	孤峰	漫評
20	金義用	日本國民の世界的使命	朝鮮公論	1921. 8~9		
21	金田明	寸感 米英打倒感想文	東洋之光	1942. 2		感想文
22	金正浩	新年を迎え更に責任の大なるものを惟ふ	朝鮮公論	1934. 1		所感
23	金鐘漢	編集後記	國民文學	1942. 12		編集後記
24	金鐘漢	編集後記	國民文學	1943. 2		編集後記
25	金鐘漢	編集後記	國民文學	1943. 3		編集後記
26	金鐘漢	編集神話	國民文學	1943. 5		編集後記
27	金鐘漢	編集後記	國民文學	1943. 6		編集後記
28	金鐘漢	編集後記	國民文學	1943. 7		編集後記
29	金川聖	新嘉坡陷落に寄す - 第二段階へ入る	東洋之光	1942. 3		感想
30	金八峰	松村紘一・その作品 - 本年度太陽社朝鮮藝術賞作品	國民文學	1944. 4	金村八峰	紹介
31	金浩永	名士・徵兵の感激を語る - てつかぶとの歌	國民文學	1942. 6		感想

순번	작 가 명	작 품 명	게재지	게재년월일	필명	기타
32	金熙善	初めて内地を觀た朝鮮人の感想	朝鮮公論	1918. 4		感想
33	羅景錫	新嘉坡陷落に寄す(必勝)	東洋之光	1942. 3		感想
34	南廣憲	朝鮮人の衛生狀態	朝鮮及滿洲	1929. 1		說明
35	南山生	京城府會議員への感想	朝鮮公論	1939. 6		野話
36	毛允淑	名士·徵兵の感激を語る - くやしかつた	國民文學	1942. 6		感想
37	木原實	徵兵制實施に際し感激·感想·覺悟を語る(兄の感想)	東洋之光	1943. 8		感想
38	閔元植	海外移住と朝鮮人	朝鮮公論	1920. 12		說明
39	朴金龍	未婦喧嘩の心理	朝鮮公論	1916. 2	金童	
40	朴富陽	新嘉坡陷落に寄す - 獅港陷落に際して	東洋之光	1942. 3		感想
41	朴榮喆	昭和八年の金融界を回顧して九年への展望	朝鮮公論	1934. 1		所感
42	朴榮喆	朝鮮經濟の特異性に鑑み更に一致協力の努力を要す	朝鮮公論	1936. 1		感想
43	朴榮喆	非常時に備へん	朝鮮公論	1937. 1		感想
44	朴英熙	名士·徵兵の感激を語る - 國民文化の樹立	國民文學	1942. 6	芳村香道	感想
45	朴玉淳 他	京城女學生の作品	全關西婦人聯合會	1930. 1. 10		作文
46	朴疇明	內地視察餘談	朝鮮公論	1932. 10		餘談
47	朴重陽	忠北の蠶業に就て	朝鮮及滿洲	1925. 4		說明
48	朴春琴	只感激に堪えず	朝鮮公論	1938. 2		感想
49	朴熙道	希望と信念を持て	東洋之光	1939. 3		卷頭言
50	朴熙道	新東亞の建設と我等の使命	東洋之光	1939. 4		卷頭言
51	朴熙道	血書の愛國心	東洋之光	1939. 5		卷頭言
52	方義錫	新春を迎えて	朝鮮公論	1934. 1		所感
53	方台榮	新嘉坡陷落に寄す - 新嘉坡は落ちた	東洋之光	1942. 3		感想
54	邊成烈	跋扈して來た國際テロ	朝鮮公論	1933. 12		說明
55	徐椿	名士·徵兵の感激を語る - 吾は五兒の父	國民文學	1942. 6		感想
56	徐恒錫	最近朝鮮の演劇界	朝鮮及滿洲	1936. 1		雜文
57	石鎭衡	'ヨボ'と云ふ語に就きて	朝鮮及滿洲	1912. 11		說明
58	蘇完奎	區制所感	朝鮮公論	1943. 3	小林英司	意見書
59	蘇園	官民融化以て皇道を宣揚せよ	東洋之光	1939. 1		感想
60	宋秉畯	朝鮮蠶業の將來	朝鮮公論	1913. 5		
61	宋全璇	お日樣とお月樣(上)(下)	京城日報	1921. 8		作文類
62	安碩柱	朝鮮映畵噂話	朝鮮及滿洲	1936. 1		雜文
63	楊潤植	府民生活の利便	朝鮮公論	1943. 3		意見書
64	梁柱三	新嘉坡陷落に寄す(祝新嘉坡陷落)	東洋之光	1942. 3	梁原柱三	感想
65	嚴興?	コドモの作文	京城日報	1922. 2		作文類
66	吳相淳	一筆啓上仕り候	朝鮮畵報	1939. 7		
67	吳泳鎭	「ベベンイの巫祭」に關するノオト	國民文學	1942. 11		自作自題
68	吳珽煥	名古屋より	朝鮮公論	1932. 6		雜文
69	吳珽煥	內地電氣事業視察の感想	朝鮮公論	1932. 8		感想

순번	작 가 명	작 품 명	게재지	게재년월일	필명	기타
70	禹壽榮	授業料	京城日報	1939. 3		作文
71	禹壽榮	禹壽榮君のこと	文藝	1939. 6		作文
72	禹壽榮	映畵を見て	京城日報	1940. 4		作文
73	柳光烈	山本元師の一生	東洋之光	1943. 7		感想
74	兪萬兼	朝鮮宗敎界の変遷	朝鮮及滿洲	1927. 4		說明
75	兪萬兼	朝鮮社會事業の趨勢	朝鮮公論	1933. 10		說明
76	兪萬兼	年頭所感	朝鮮公論	1940. 1		感想
77	兪鎭午	名士·徵兵の感激を語る - 突檄の心理	國民文學	1942. 6		感想
78	兪鎭午 등 8명	大東亞戰爭一周年を迎える私の決意	國民文學	1942. 12		小論
79	柳致眞	決戰文學の確立 - 戰ふ國民の姿	國民文學	1943. 6		意見
80	尹日善	新嘉坡陷落に寄す(南方醫學のために)	東洋之光	1942. 3	伊東日善	感想
81	尹致暎	新嘉坡陷落に寄す(獅港陷落を慶祝す)	東洋之光	1942. 3		感想
82	尹兌鉉	米英打倒感想文(米英打倒感)	東洋之光	1942. 2		感想
83	尹喜永	支那と朝鮮との國葬儀礼比較	朝鮮及滿洲	1919. 3		說明
84	李光洙	待たるる雛の由來、嫁入道具の一つ - ゆかしい早春情緒	朝鮮公論	1939. 3	孤舟	說明
85	李光洙	小學校の先生方へ	國民新報	1940. 1. 7	香山光郞	
86	李光洙	近頃の音樂	朝鮮公論	1940. 5	孤舟	感想
87	李圭完	副業としての養蠶と機業	朝鮮公論	1918. 1		
88	李根澤	新嘉坡陷落に寄す(銃後の責務)	東洋之光	1942. 3		感想
89	李基世	朝鮮に於ける演劇の変遷	朝鮮及滿洲	1927. 5		說明
90	李基鍾	農村の一朝鮮人より	朝鮮公論	1926. 4		手記
91	李基瑢	新嘉坡陷落に寄す(感謝)	東洋之光	1942. 3		感想
92	李大山	朝鮮音樂斷想	朝鮮及滿洲	1936. 1		雜文
93	李無影	「文書房」への手紙	國民文學	1942. 11		自作自題
94	李秉綱	米英打倒感想文 - 亞細亞十億の解放	東洋之光	1942. 2		感想
95	李炳圭	花岡萬舟丹心畵批展を觀る 評を許さぬ氣持	東洋之光	1939. 8		感想
96	李丙學	重量擧と體育新體制	朝鮮公論	1942. 9		說明
97	李石薰	「靜かな嵐」など	國民文學	1942. 11	牧洋	自作自題
98	李石薰	新嘉坡陷落に寄す - 進まう日章旗と共に	東洋之光	1942. 3	牧洋	感想
99	李鮮光	朝鮮文壇作家の素描	朝鮮及滿洲	1936. 2		雜文
100	李性求	我等の籠球は斯くして	朝鮮公論	1936. 3		感想
101	李龍根	斯うして家を興した	朝鮮公論	1923. 10		手記
102	李容高	新嘉坡陷落に寄す(新嘉坡の陷落)	東洋之光	1942. 3		感想
103	李源圭	朝鮮歌謠の史的考察と此に現れたる時代色と地方色	朝鮮及滿洲	1928. 12		說明
104	李源圭	朝鮮民謠の由來と民族性の一端	朝鮮及滿洲	1928. 7~9		說明
105	李允基	徵兵制實施に際し感激·感想·覺悟を語る - 先輩志願兵として	東洋之光	1943. 8	大村謙三	感想
106	李遺雨	轉向者の視たる朝鮮經濟	東洋之光	1939. 1		感想
107	李鍾鎭	朝鮮の風俗習慣に就て	朝鮮及滿洲	1940. 11		說明
108	李周洪	第二戰線の空手形	東洋之光	1943. 10		時事漫畵

순번	작가명	작품명	게재지	게재년월일	필명	기타
109	李周洪	時事漫畫	東洋之光	1943. 11		時事漫畫
110	李周洪	漫畫の一年	東洋之光	1943. 12		時事漫畫
111	李春燮	木浦見學記(上)(中)(下)	每日申報	1937. 4		作文類
112	李煥器	卒業の感想 - 卒業生の覺悟	東洋之光	1943. 4		感想
113	印東秀	佛國より歸朝して	朝鮮及滿洲	1918. 8		感想
114	印東秀	佛蘭西遊の回顧	朝鮮及滿洲	1919. 7		感想
115	印東秀	巴里の秋	朝鮮及滿洲	1919. 10		感想
116	林益相	內朝鮮融和に對する管見	朝鮮公論	1921. 10		雜文
117	張德秀	名士·徵兵の感激を語る - あへてことあげず	國民文學	1942. 6		感想
118	全馨	文藝噸語	朝鮮及滿洲	1940. 3		雜文
119	鄭鐘元	積極性の追究 - 作品「大東亞」を讀んで	東洋之光	1944. 3	岩谷鐘元	感想
120	鄭春洙	新嘉坡陷落に寄す - 宗教政策の終焉	東洋之光	1942. 3	禾谷春洙	感想
121	趙容萬	名士·徵兵の感激を語る - 一死國に殉ぜよ	國民文學	1942. 6		感想
122	趙容萬	「船の中」について	國民文學	1942. 11		自作自題
123	趙宇植	「詩集 海の序說」	國民文學	1944. 2		廣告
124	趙澤元	舞踊素感	朝鮮公論	1936. 5		感想
125	趙義聞	桑苗の擴張と蠶業の獎勵	朝鮮公論	1918. 1		
126	朱耀翰	名士·徵兵の感激を語る - 御民われ	國民文學	1942. 6	松村紘一	感想
127	朱耀翰	決戰文學の確立 - 勝たねばならぬ	國民文學	1943. 6	松村紘一	意見
128	池明觀	馬鹿に出來ない民間藥	朝鮮公論	1935. 11	T·K生	雜文
129	崔敬學	米英打倒感想文(以頭以擊)	東洋之光	1942. 2		感想
130	崔棟	新嘉坡陷落に寄す(シンガポールの陷落)	東洋之光	1942. 3		感想
131	崔晩達	隣人を愛せよ	朝鮮公論	1921. 10	山江達雄	雜文
132	崔生	朝鮮人は食ふて行かれぬ	朝鮮公論	1927. 9		感想
133	崔完錫	貨幣·價値·金に就て	朝鮮及滿洲	1940. 11		說明
134	崔載瑞	新しき決意 - 大東亞戰爭一周年顧みて	國民文學	1942. 12		卷頭言
135	崔載瑞	編輯を了へて	國民文學	1942. 3		編集後記
136	崔載瑞	編輯を了へて	國民文學	1942. 4		編集後記
137	崔載瑞	編輯後記	國民文學	1942. 6		編輯後記
138	崔載瑞·金鐘漢	編集後記	國民文學	1942. 10		編集後記
139	崔載瑞·金鐘漢	編集後記	國民文學	1942. 11		編集後記
140	崔載瑞	編輯を了へて	國民文學	1943. 1		編集後記
141	崔載瑞	決戰文學の確立 - 思想戰の尖兵	國民文學	1943. 6		意見
142	崔貞熙	名士·徵兵の感激を語る - 子をつれて	國民文學	1942. 6		感想
143	韓相龍	內地財界の所感	朝鮮公論	1930. 12		所感
144	韓相龍	昭和五年の回顧	朝鮮公論	1931. 1		雜文
145	韓相龍	昭和6年の回顧	朝鮮公論	1932. 1		雜文
146	韓相龍	いささかも恩を賣らず、熱情の人、信念の人	朝鮮公論	1933. 3		追悼文

순번	작가명	작품명	게재지	게재년월일	필명	기타
147	韓相龍	最近に於ける朝鮮金融界の狀況	朝鮮公論	1934. 1		感想
148	韓相龍	勝敗を決するの年	朝鮮公論	1944. 1		所感
149	韓相龍	新嘉坡陷落に寄す - 熱鐵一丸	東洋之光	1942. 3		感想
150	玄永燮	時局に關するそくばくの言葉	朝鮮及滿洲	1939. 8		雜文
151	玄濟明	新嘉坡陷落に寄す - 新嘉坡陷落感想	東洋之光	1942. 3		感想
152	洪承嵩	伊藤博文と金允植	朝鮮公論	1933. 7	木春山人	傳記
153	洪承嵩	朝鮮の新聞史話	木春山人	1933. 7		說明
154	洪承嵩	大院君引退の裏面	朝鮮公論	1934. 2	木春山人	說明
155	洪承嵩	洪繼寬奇談	朝鮮公論	1934. 4	木春山人	解頤錄(언행록)
156	洪承嵩	朝鮮奇人物語	朝鮮公論	1934. 4	木春山人	解頤錄(언행록)
157	李家吉求	卒業の感想 - 卒業の春を迎へて	東洋之光	1943. 4		感想
158	李元熙 他	皇軍慰問作文佳作	每日申報	1937. 9		作文類
159	延李彰宰	我に必勝の信念あり	東洋之光	1942. 2		感想文
160	延李彰宰	米英打倒感想文 - 我に必勝の信念あり	東洋之光	1942. 2		感想
161	大原明子	徵兵制實施に際し感激・感想・覺悟を語る - 强き兵の母たれ！- 五人の子をもつ姉に	東洋之光	1943. 8		感想
162	鴨綠江人	安東縣奇人列傳	朝鮮公論	1923. 2		列傳
163	金井甲順	卒業の感想 - 卒業を前にして	東洋之光	1943. 4		感想
164	金井玉枝	卒業の感想 - 劍とる意氣で	東洋之光	1943. 4		感想
165	金村仁泳	新嘉坡陷落に寄す - 新嘉坡陷落に際して	東洋之光	1942. 3		感想
166	金村泰男	新嘉坡陷落に寄す - 罪業の總決算	東洋之光	1942. 3		感想
167	金山鎭弼	卒業の感想 - 決戰下の卒業	東洋之光	1943. 4		感想
168	德田圭詳	徵兵制實施に際し感激・感想・覺悟を語る - 父の立場 - 適齡期の我が子に與へる手紙	東洋之光	1943. 8		感想
169	平川昌乙	卒業の感想 - 卒業に際して	東洋之光	1943. 4		感想
170	藤原鏡水	米英の吊鍾	東洋之光	1942. 2		感想文
171	松村基弘	新嘉坡陷落に寄す - 新嘉坡陷落に際して	東洋之光	1942. 3		感想
172	人文社	御挨拶 - 株式會社人文社設立	國民文學	1942. 8		人事文
173	朝鮮文報事務局	文報の頁	國民文學	1943. 12		日誌
174	朝鮮文報事務局	文報の頁	國民文學	1944. 2		日誌
175	朝鮮文報事務局	文報の頁	國民文學	1944. 3		日誌
176	朝鮮文報事務局	文報の頁	國民文學	1944. 5		日誌
177	朝鮮文報事務局	文報の頁	國民文學	1944. 6		日誌
178	朝鮮文報事務局	文報の頁	國民文學	1944. 8		日誌

순번	작가명	작품명	게재지	게재년월일	필명	기타
179	朝鮮文報事務局	文報だより	國民文學	1944. 9		日誌
180	朝鮮文報事務局	文報の頁	國民文學	1944. 12		日誌
181	朝鮮文報事務局	文報の頁	國民文學	1945. 2		日誌
182	朝鮮文報事務局	文報行事報	國民文學	1945. 3		日誌
183	無記名	文壇意識を棄てよ / 大いなる主題 / 文報の急速なる整備を望む	國民文學	1944. 6		卷頭言
184		土月會が殘した思ひ出の舞臺面	朝鮮畫報	1941. 6		기타
185		國語雜誌への轉換	國民文學	1942. 6		公告
186						
187		決戰と生産 / 生産文學と効用性 / 生産と文學者自身の問題 / 現地派遣の積極化 / 勤勞觀の確立	國民文學	1944. 7		卷頭言
188		戰爭と創造 / 靑少年の讀書指導 / 諺文出版物について	國民文學	1944. 9		卷頭言
189		內鮮文學の交流	國民文學	1942. 8		卷頭言
190		編集者の地位と使命	國民文學	1942. 10		卷頭言
191		お知らせ「國民歌人」の誕生	國民文學	1944. 9		案內
192		出版部だより	國民文學	1943. 4		案內
193		徵兵制實施記念論文懸賞募集	國民文學	1942. 6		案內
194		朝鮮文學の新傾向	國民新報	1939. 11. 26		

Ⅱ. 조선인 일본어 문학 게재지 목록

1. 일본잡지 및 신문 목록
2. 조선잡지 및 신문 목록
3. 일본잡지 및 신문 목록 서지사항
4. 조선잡지 및 신문 목록 서지사항

1. 일본잡지 및 신문 목록

※ 정렬순서는 가나(アイウ) 순으로 하였다.

순번	잡지명	발간 년월	발행처	성격
1	ウリトンム (우리동무)	1932. 8	日本プロレタリア文化聯盟 朝鮮協議會	기관지
2	大阪朝日新聞 (오사카아사히신분)	1879. 1. 25	朝日新聞社	일간지
3	大阪每日新聞朝鮮版 (오사카마이니치신분 조센반)	1922. 11	大阪每日新聞社	일간지
4	改造 (가이조)	1919. 4	改造社	종합잡지
5	開拓 (가이타쿠)	1941. 1~1945. 1	滿洲移住協會	기관지
6	解放 (가이호)	1차: 1919. 6~1923. 9 2차: 1925. 10~1933. 3	1차:大鐘閣 2차:解放社	월간 종합지
7	關朝 (간초)	1940. 1	關西大學朝鮮人學友會	대학회보
8	協和事業彙報 (교와지교이호)	1939. 9	中央協和會	회보
9	藝術科 (게이주쓰카)	1934~1937	日本大學藝術科	대학문예지
10	藝能科研究 (게이노카겐큐)	1940~1941	藝能科研究會	
11	月刊文章 (겟칸분쇼)	1931. 3	厚生閣	문학지
12	現代文學 (겐다이분가쿠)	1940. 1~1944. 1	大觀堂	문예지
13	行動 (고도)	1933. 10~1935. 9	紀伊國屋書店	문예지
14	サンデー每日 (선데이마이니치)	1922. 4	大阪每日新聞社	주간지
15	兒童 (지도)	1930. 8	藝能科研究會	문예지
16	社會福利 (샤카이후쿠리)	1929~1940	東京府社會事業協會	기관지
17	週刊朝日 (슈칸아사히)	1922. 4	朝日新聞社	주간지
18	白金學報 (시로가네가쿠호)		明治學園	동창회보
19	新藝術 (신게이주쓰)	1941. 2~1944. 5	日本大學藝術科	대학문예지

순번	잡지명	발간 년월	발행처	성격
20	新人 (신진)	1900. 7~1926. 1	新人社	월간지
21	新太陽 (신타이요)	1943~1945	新太陽社	월간지
22	新潮 (신초)	1904. 5	新潮社	순수문예지
23	新文化 (신분카)	1941. 4~1944. 3	第一書房	종합지
24	新滿洲 (신만슈)	1939. 4~1940. 12	滿洲移住協會	기관지
25	進め (스스메)	1923. 12	進め社	무산계급 전투잡지
26	靑年作家 (세이넨삿카)	1940~1949	靑年作家社	동인지
27	戰旗 (센키)	1928. 5~1932. 12	全日本無産者藝術聯盟	기관지
28	大地に立つ (다이치니타쓰)	1929. 10~1931. 1	春秋社	농민잡지
29	魂 (다마시)	1926.	皇學會	기관지
30	段階 (단카이)	1927. 3		
31	知性 (지세이)	1차:1938. 5~1944. 8 2차:1945. 8~1957. 4	河出書房	종합지
32	中央公論 (주오코론)	1899. 1~1944. 7 복간 1946. 1	中央公論新社	월간종합지
33	朝鮮畫報 (조센가호)	1939. 7. 1~?	東京朝鮮文化社	종합지
34	朝鮮社會事業 (조센샤카이지교)	1923~1934. 11 1940. 1~	朝鮮社會事業研究會 朝鮮社會事業協會	월간지
35	帝國大學新聞 (데이코쿠다이가쿠신분)	1923~1948 1920. 12~1947. 10	帝國大學新聞社	대학신문
36	堤防 (데이보)	1936.5~1937. 10	文藝首都社	도쿄제국대학 문예동인지
37	日本の風俗 (니혼노후조쿠)	1938. 9~?	日本風俗硏究會	기관지
38	日本評論 (니혼효론)	1935. 10~1943 복간 1946. 4~	日本評論社	월간종합지
39	麵麭 (빵)	1932. 11~1938. 1	麵麭社	문예잡지
40	「ひ」新しき村 (「히」아타라시키무라)	1918. 7	新しき村出版部	문예지
41	福岡日日新聞 (후쿠오카니치니치신분)	1880~	福岡日日新聞社	일간지

순번	잡지명	발간 년월	발행처	성격
42	婦人畵報 (후진가호)	1905. 7 ~	婦人畵報社	월간여성지
43	文學案內 (분가쿠안나이)	1935	文學案內社	문학지
44	文學界 (분가쿠카이)	1기:1893. 1 ~ 1898. 1 2기:1933. 10 ~ 1944. 4 3기:1949. 3 ~	文化公論社	순수문예지
45	文學クォタリイ (분가쿠쿼타리)	1932. 3	クォタリイ	계간문학지
46	文學評論 (분가쿠효론)	1934. 3 ~ 1936. 8	ナウカ社	문예지
47	文藝 (분게이)	1차:1933. 11 ~ 1944. 7 2차:1944. 10 ~ 1957. 3	改造社	순수문예지
48	文藝首都 (분게이슈토)	1933. 1 ~ 1970. 1	文藝首都社	문예동인지
49	文藝春秋 (분게이슌주)	1923. 1	文藝春秋社	문예종합지
50	文藝情報 (분게이조호)	1942. 1	文藝情報社	문예지
51	文藝戰線 (분게이센센)	1924. 6	文藝戰線社	기관지
52	文藝通信 (분게이쓰신)	1933. 10 ~ 1937. 12	文藝春秋社	문예종합지
53	文藝鬪爭 (분게이토소)	1927. 4	文藝鬪爭社	문예지
54	文章俱樂部 (분쇼쿠라부)	1916. 5 ~ 1929. 4	新潮社	문예지
55	文友 (분유)			문예지
56	ぷろふいる (프로필)	1933. 5 ~ 1937. 4	ぷろふいる社	탐정소설전문지
57	プロレタリア藝術 (프롤레타리아게이주쓰)	1928. 3	全日本無産者藝術連盟	기관지
58	プロレタリア文學 (프롤레타리아분가쿠)	1932. 1 ~ 1933. 10	日本プロレタリア作家同盟	기관지
59	北海道帝國大學新聞 (홋카이도데이코쿠다이 가쿠신분)	1926. 5 ~ 1960. 12	北海道帝國大學新聞部	대학신문
60	每日新聞 夕刊 (마이니치신분 유칸)	1872. 2	每日新聞社	일간지
61	滿蒙時代 (만모지다이)	1932. 6	滿蒙時代社	월간지
62	三田文學 (미타분가쿠)	1910. 5	三田文學會	게이오대학 문학동인지

순번	잡지명	발간 년월	발행처	성격
63	都新聞 (미야코신분)	1884. 9~1942. 10	都新聞社	일간지
64	モダン日本 朝鮮版 (모던니혼 조센반)	1930~1951	モダン日本社	오락잡지
65	野獸群 (야주군)	1926. 8~1927. 3	文藝鬪爭社	아나키스트 문예잡지
66	若草 (와카쿠사)	1차:1925. 10~1944. 3 2차:1946. 3~1950. 2	寶文館	문예지
67	早稻田文學 (와세다분가쿠)	1차:1891. 10~1898. 10 2차:1906. 1~1827. 12 3차:1934. 6~1949. 3 4차:1949. 5~1949. 9 5차:1951. 11~1953. 11 6차:1959. 1~1959. 8 7차:1969. 2~1975. 1 8차:1976. 6~1997 9차:1997~2005 10차:2008~	早稻田文學社	문학잡지

2. 조선잡지 및 신문 목록

※ 정렬순서는 가나다 순으로 하였다.

순번	잡지명	발간 년월	발행처	성격
1	京城日報 朝刊, 夕刊 (경성일보 조간, 석간)	1906. 9	京城日報社	일간신문
2	觀光朝鮮 (관광조선)	1939. 6~1940. 11	日本旅行協會朝鮮支部	격월간지
3	國民文學 (국민문학)	1941. 11~1945. 5	人文社	종합문예지
4	國民新報 (국민신보)	1939. 4	每日新報社	주간신문
5	國民總力 (국민총력)	1942. 10	國民總力朝鮮聯盟	기관지
6	金融組合 (금융조합)	1928. 11	朝鮮金融組合聯合會	잡지
7	內鮮一體 (내선일체)	1940. 1~1944. 10	內鮮一體實踐社	잡지
8	東洋之光 (동양지광)	1939. 1~1945. 5	東洋之光社	잡지
9	綠旗 (녹기)	1936. 1~1944. 2	綠旗聯盟	기관지
10	每日申報 (매일신보)	1910. 8~1945. 11	每日申報社	일간신문 (총독부기관지)
11	文友 (문우)	1925~1927	京城帝國大學	경성제국대학 예과동인지
12	文化朝鮮 (문화조선)	1940. 12~1944. 12	東亞旅行社朝鮮支部	문화잡지
13	釜山日報 朝刊 (부산일보 조간)	1905. 2	釜山日報社	일간신문
14	城大文學 (성대문학)	1935~1939	京城帝國大學	경성제국대학 문과동인지
15	新時代 (신시대)	1941. 1~1944. 2	新時代社	대중종합지
16	新女性 (신여성)	1923. 9~1934. 4	開闢社	여성전문잡지
17	朝光 (조광)	1935. 11~1944. 12 1946. 3~1948. 12	朝鮮日報社	월간종합지
18	朝鮮公論 (조선공론)	1913. 4. 1~1944. 11	朝鮮公論社	월간종합잡지
19	朝鮮の敎育硏究 (조선교육연구)	1928.4~1940	朝鮮初等敎育硏究會	교육잡지
20	朝鮮及滿洲 (조선 및 만주)	1912. 1~1941. 1	朝鮮及滿洲社	월간지

순번	잡지명	발간 년월	발행처	성격
21	朝鮮時論 (조선시론)	1926. 6～1927. 8	朝鮮時論社	잡지
22	朝鮮新聞 夕刊 (조선신문 석간)	1908. 12～1942. 2	朝鮮新聞社	일간지
23	朝鮮實業俱樂部會報 (조선실업클럽회보)	1920. 3～1940	朝鮮實業俱樂部	회보
24	朝鮮地方行政 (조선지방행정)	1923	帝國地方行政學會 朝鮮本部	월간행정지
25	朝鮮行政 (조선행정)	1937. 1～1944. 3	朝鮮行政學會	월간지
26	淸凉 (청량)	1925. 5～1941. 3	京城帝國大學	경성제국대학 예과동인지
27	總動員 (총동원)	1939. 6～1940. 8	國民精神總動員朝鮮聯盟	월간종합지
28	春秋 (춘추)	1941. 3～1944. 10	朝鮮春秋社	월간종합지
29	會誌 (회지)		京城高等工業學校校友會	교우회지
30	興亞文化 (흥아문화)	1944. 3	興亞文化出版株式會社	기관지

3. 일본잡지 및 신문 목록 서지사항

※ 게재지명의 가나(アイウ)순으로 하였다.

※ 인명 및 기타 일본어의 표기는 초출에만 '일본어 한글표기(원문)'으로 하고, 이하 원문으로 표기하였다.

잡지명 / 사양 / 발행처 / 발행기간	주 요 사 항 및 성 격	주 요 작 품
ウリトンム (우리동무) 일간지 日本プロレタリア文化聯盟朝鮮協議會 1932. 8	김두용이 1932년 일본의 감옥에서 출옥한 후, <일본프롤레타리아문화연맹(日本プロレタ文化聯盟)> 조선협의회 위원장이 되어 발행한 잡지이다. 김두용은 기관지「우리동무(ウリトンム)」편집장으로 활동하였다.	*「飯場」(金斗鎔) 1932. 8
大阪朝日新聞 (오사카아사히신분)  일간지 朝日新聞社 1879. 1. 25	1879년 1월 오사카(大阪)에서 창간된 일간 신문이다. 1888년 호시 도루(星亨)의 《메자마시신분(めざまし新聞)》을 인수하여 《도쿄아사히신분(東京朝日新聞)》을 창간하였다. 오사카 발행의 것을 《오사카아사히신분(大阪朝日新聞)》이라고 개칭하였으나, 1940년 《아사히신분(朝日新聞)》으로 제호를 통합하였다. 《大阪朝日新聞》은 1913년부터 1925년까지 오사카에서 滿鮮付錄, 滿鮮版, 朝鮮版, 臺灣版, 滿洲版으로 편집 발행되었다. 1925년부터 1935년까지는 《오사카아사히신분조센아사히(大阪朝日新聞 朝鮮朝日)》로 발행되었으나 1935년부터 1938년까지 《大阪朝日 南鮮版》, 《大阪朝日 朝鮮西北版》 2종류의 조선판을 발행하였다. 1939년부터 1944년까지 《大阪朝日 朝鮮西北版》을 분리하여 《大阪朝日 朝鮮北鮮版》과 《大阪朝日 朝鮮北鮮版》으로 나누고, 새롭게 《大阪朝日 朝鮮中鮮版》 기존의 《大阪朝日 南鮮版》 등 4종류로 발행하였다. 그러나 1945년 태평양전쟁 말기가 되자 종이보급이 어려워져 南鮮版, 中鮮版, 北西版 3종류로 줄여서 발행하였다.	*「めくらの目があいた話」(張赫宙) 沈淸傳의 改作 1945. 3. 15
大阪每日新聞 朝鮮版 (오사카마이니치신분 조센반) 일간지	《도쿄니치니치신분(東京日日新聞)》(1872. 2. 21~)과 《오사카마이니치신분(大阪每日新聞)》(1888. 11. 20~)이 1911년 합병하였으며, 1943년 《마이니치신분(每日新聞)》으로 제호가 바뀌었다. 《大阪每日新聞》에서는 도카이 산시(東海散士) 등이 활약했다. 문화면에서 메이지(明治)기에는 가정소설(家庭小說) 정도였지만 다이쇼(大正)·쇼와(昭和)기에 들어서는 모리 오가이(森鷗外)의 「澁江抽齋」, 아쿠타가와 류노스케(芥川龍之介)의 「地獄變」, 무샤노코지 사네아쓰(武者小路實篤)의 「友情」 등의 명작이 연재되었다. 《大阪每日新聞》은 1922년 11월 규슈(九州)와 朝鮮版을 최초로 편	*「ベタラギ(舟唄)(九回)」(1)~(9)(金東仁:역자 미상) 1935. 1. 12~13, 15~20, 22 《大阪每日新聞》 18576~18586號, 朝鮮版 3930~3940號 *「紅焰(十回)(1)~(10)(崔曙海:역자 미상) 1935. 1. 23~27, 29, 2. 1~3, 5 《大阪每日新聞》 18587~18600號, 朝鮮版 3941~3945號 *「B舍監とラヴレター(四回)(1)~(4)(玄鎭健:역자 미상) 1935. 2. 6~9 《大阪每日新聞》 18601~18604號, 朝鮮版 3955~3958號 *「顎富者(テオクブジャ)」(六回)(白信愛:역자 미상)『朝鮮女流作家集』(1)

잡지명 / 사양 / 발행처 / 발행기간	주 요 사 항 및 성 격	주 요 작 품
일간지 大阪每日新聞社 1922. 11	집, 발행하였다. 1928년 ≪大阪每日新聞 朝鮮版≫을 ≪朝鮮每日≫로 바꾸고 지면을 南部版(8道), 北部版(5道)으로 분리하여 발행하였다. 피식민지의 취재망으로 1919년 11월 京城지국을 시작으로 1923년 3월 베이징(北京)지국, 1924년 9월 타이베이(臺北)지국, 1925년 3월 다롄(大連)지국, 1930년 11월 평양에 서조선(西鮮)지국을 개설하였다. 1939년 ≪大阪每日新聞 朝鮮版≫의 구독자는 총 83,339부였는데 그 중에서 일본인이 68,956부, 조선인이 14,319부 구독하였다. 1935년 1월 12일부터 2월 9일까지 조선의 유명소설가의 작품을 번역하여 특집으로 게재하였다. 또한 1936년 4월 21일부터 6월 10일까지 백신애, 최정희, 장덕조, 노천명, 박화성, 김말봉, 강경애 등의 작품을 「半島女流作家集」 특집으로 게재하였다.	~(6) 1936. 4. 21~26. 19037~19042號 *「日蔭」(五回) (崔貞熙:역자 미상) 『朝鮮女流作家集』(7)~(11) 1936. 4. 27~5.1, 4, 5. 19043~19047號 *「子守歌」(九回) (張德祚:역자 미상) 『朝鮮女流作家集』(12)~(20) 1936. 5. 2~10. 19048~19056號 *「下宿」(六回) (盧天命:역자 미상) 『朝鮮女流作家集』(21)~(26) 1936. 5. 12~17. 19058~19063號 *「洪水前後」(八回) (朴花城:역자 미상) 『朝鮮女流作家集』(27)~(34) 1936. 5. 19~21, 23, 25~28. 19065~19067號, 19069~19074號 *「苦行」(八回) (金末峰:역자 미상) 『朝鮮女流作家集』(35)~(42) 1936. 5. 29~6. 5. 19075~19082號 *「長山串(てふさんかん)」(五回) (姜敬愛:역자 미상) 『朝鮮女流作家集』(43)~(47) 1936. 6. 6~10. 19083~19087號
改造 (가이조) KAIZO 造改 十月號 1931 종합잡지 改造社 1919. 4	다이쇼(大正)데모크라시 운동이 한창일 때 가이조샤(改造社)의 야마모토 사네히코(山本實彦)가 1919년 4월 3일 창간한 종합잡지이다. 창간 당시에는 명확한 편집 방침과 별다른 특색이 없어서 발행부수 3만부(정가 35錢) 중 대부분이 반품되었다. 그러다가 4호부터 당시 유행하게 된 사회 개조사상을 정면으로 수용하여 특집을 구성하였는데 이때부터 독자들이 늘어났다. 1920년 다이쇼 종교문학을 대표하는 가가와 도요히코(賀川豊彦)는 하숙 생활자가 생의 현실에 쫓기는 것을 형상화 한 「死線を越えて」를 연재하여 독자들로부터 많은 인기를 독차지하였다. 미국의 천문학자 러셀(Robert John Russell), 여성운동가 마가렛 생거(Margaret Sanger), 알버트 아인슈타인(Albert Einstein)등 외국 지식인을 초청하였고, 프롤레타리아문학이 유행할 때에는 많은 지면을 할애하여 새로운 사조를 민감하게 파악하게 했다. 다이쇼 말기 무렵에는 「주오코론(中央公論)」과 대적할 만큼 성장했다. 1932년 4월 장혁주의 「아귀도(餓鬼道)」가 현상공모에 2등으로 입선하여 일본 문단에서 주목을 받기 시작했다. 야마모토 사네히코가 식민지 작가 우대책을 취한 결과 조선작가의 작품이 비교적 많이 실리게 되었다.	*「餓鬼道」(14-4) (張赫宙) 1932. 4 *「口笛」(14-10) (尹白南) 1932. 10 *「追はれる人々」(14-10) (張赫宙) 1932. 10 *「權といふ男」(15-12) (張赫宙) 1933. 12 *「一日」(17-1) (張赫宙) 1935. 1 *「墓參に行く男」(17-8) (張赫宙) 1935. 8 *「萬爺の死」(18-8) (李光洙) 1936. 8 *「旱鬼」(18-10) (朴花城:崔載瑞 譯) 1936. 10 *「櫻は植ゑたが」(18-10) (李泰俊:崔載瑞 譯) 1936. 10 *「月姬と僕」(18-11) (張赫宙) 1936. 11 *「路地」(20-10) (張赫宙) 1938. 10 *「密輸業者」(22-8) (張赫宙) 1940. 5 *「無窮一家」(22-16) (金史良) 1940. 9
開拓 (가이타쿠)	<만주이주협회(滿洲移住恊會)>는 1934년 말 新京(현 長春)에서 개최된 관동군 주최의	*「幸福の民」(6-5~8) (張赫宙) 1942. 5~8

잡지명 / 사양 / 발행처 / 발행기간	주 요 사 항 및 성 격	주 요 작 품
기관지 滿洲移住協會 1941. 1~1945. 1	'對滿農業移民會議'에서 심의를 거쳐 1935년 10월에 발족했다. 이민 실시 기관으로서 拓務省을 보좌하고 국내의 이민 송출을 담당하기 위해 1937년 재단법인으로 바뀌었다. 주요사업은 홍보과에서 이민사업 선전을 주목적으로 하는 출판사업이어서 기관지인 「히라케만모(拓け滿蒙)」(1936.4)를 간행하였다. 이 잡지는 1939년 4월 「신만슈(新滿洲)」로, 1941년 1월부터는 잡지명을 「가이타쿠(開拓)」로 변경하고 1945년 1월까지 간행하였다.	*「拓土送出:芳野開拓團母村の人々」(上)(下) (8-8, 9) (張赫宙) 1944. 8~9
解放 (가이호) 월간 종합지 1차:大鐘閣 2차:解放社 1차: 1919. 6~1923. 9 2차: 1925. 10~1933. 3	「가이호(解放)」는 1차로 1919년 6월 1일부터 1923년 9월까지 총 52권을 大鐘閣에서 발행한 월간 종합지이다. 2차는 1925년 10월부터 1933년 3월까지 전48권을 解放社에서 발행하였다. 1차는 사회주의적 색채가 강한 잡지로 사회사상란의 평론에 특색이 있었다. 당초 시마자키 도손(島崎藤村) 등을 고문으로 영입하여 대가, 중견작가의 작품이 문예란에 많이 실렸지만 점차로 노동자, 사회주의작가 많아졌다. 2차에는 1차보다 더 격렬한 사회주의적인 잡지가 되었다. 1927년 6월부터 日本無産派文藝聯盟의 기관지가 되었다.	*「光子の生」 3-4(鄭然圭) 1925. 8
關朝 (간초) 대학회보 關西大學朝鮮人學友會 1940. 1	「간초(關朝)」는 간사이대학(關西大學) 조선인학우회 회보로서 1940년 1월 창간되었다.	*「自畵像」(創刊號) (方炳種) 1940. 1. 28
協和事業彙報 (교와지교이호) 회보 中央協和會 1939. 9	「교와지교이호(協和事業彙報)」는 1939년 9월 27일 제1권 제1호를 시작으로 일본의 中央協和會에서 발행한 잡지이다. 일본에 거주하는 조선인 문제를 주로 다루고 있다.	*「沈淸傳」(3-1) (張赫宙) 1941. 1. 15 *「李さん」(4-1) (張赫宙) 1942. 1
藝術科 (게이주쓰카) 대학문예지 日本大學藝術科 1934	「게이주쓰카(藝術科)」는 1934년부터 1937년까지 발행된 니혼대학(日本大學) 專門部 藝術科의 문예지이다.	*「解約」(7-5) (趙城鎬) 1939. 6 *「ながれ」(7-10) (李殷直) 1939. 11 *「ぶらんこ:あるチョンガーの物語」(8-7) (李殷直) 1940. 7 *「位置」(8-8) (金達壽) 1940. 8 *「をやぢ」(8-11) (大澤達雄:金達壽) 1940. 11 *「晴着と大根」(8-11) (李殷直) 1940. 1 *「萌芽」(李殷直) 1941. 1

잡지명 / 사양 / 발행처 / 발행기간	주 요 사 항 및 성 격	주 요 작 품
藝能科研究 (게이노카켄큐) 藝能科研究會 1940~1941	「게이노카겐큐(藝能科研究)」는 1934년부터 1940년(7券7号)까지 新興美育協會가 간행했던 「新興美育」의 후신으로, 잡지명의 개명과 함께 발행기관도 藝能科研究會로 변경되었다. 발행 호수 또한 「7卷8号」를 창간호로 한다.	*「橋の上にて」(8-5) (張赫宙) 1941. 6
月刊文章 (겟칸분쇼) 문학지 厚生閣 1931. 3	「겟칸분쇼(月刊文章)」는 1931년 3월 1일 발행한 문학잡지로 편집인은 마에모토 가즈오(前本一男), 발행인은 오카모토 쇼이치(岡本正一), 발행처는 厚生閣이다.	*「二つの愛情」(6-7) (張赫宙) 1940. 7 *「楓の挿話」(6-10) (金聖) 1940. 10 *「花郎」(全4回) (8-11~9-2) (張赫宙) 1942. 11~1943. 2
現代文學 (겐다이분가쿠) 문예지 大觀堂 1940. 1~1944. 1	「겐다이분가쿠(現代文學)」는 1940년 1월부터 1944년 1월까지 총 45권을 다이칸도(大觀堂)에서 발행한 월간 문예지이다. 1938년 6월부터 1939년 11월까지 총 14권을 발행한 「엔쥬(槐)」의 후속 잡지이다.	*「仲違ひ」(4-9) (張赫宙) 1941. 11 *「南の使節」(5-1) (張赫宙) 1942. 11
行動 (고도) 문예지 紀伊國屋書店 1933. 10~1935. 9	「고도(行動)」는 1933년 10월부터 1935년 9월 총 24권을 기이노쿠니야쇼텐(紀伊國屋書店)에서 발행한 문예잡지로 나중에 종합지로 바뀌었다. 도요타 사부로(豊田三郎)를 편집 발행인으로 하고 후나바시 세이이치(船橋聖一), 아베 도모지(阿部知二), 다나베 모이치(田辺茂一) 들이 중심이 되어 행동주의 문학 운동에 기여했다. 후계지로 「고도분가쿠(行動文學)」(1936. 6~12, 전 6권)가 있다.	*「劣情漢」(2-6) (張赫宙) 1934. 6
サンデー毎日 (선데이마이니치)	마이니치신분샤(每日新聞社)는 1920년경 미국의 선데이지와 같은 週刊新聞의 발간을 기획하였다. 이를 위해 미국에서 그라비아(gravure)윤전기를 도입하여 1921년 10월 7일부터 ≪오사카마이니치신분(大阪每日新	*「愛すればこそ」(15-28) (金寧容) 1936. 6. 7 *「半島の藝術家たち」(八回連載) (金聖民) 懸賞當選作 1936. 8. 2~9. 20 매주 1회

잡지명 / 사양 / 발행처 / 발행기간	주 요 사 항 및 성 격	주 요 작 품
 주간지 大阪每日新聞社 1922. 4	聞)≫ 일요일 부록으로 발행했다. 이를 발전시켜 마침내 「선데이마이니치(サンデー每日)」의 창간호를 1922년 4월 2일에 발간하였다. 1950년대에 주간지 바람이 일 때까지 「슈칸아사히(週刊朝日)」와 함께 양대 주간지로서의 위상을 떨쳤다. 타블로이드판에, 한 주의 뉴스 모음을 중심으로 한 대중종합지였는데, 특히 문예에 힘을 쏟아 1926년에는 <サンデー每日大衆文藝賞>, 1936년에는 <지바 가메오(千葉龜雄)>상을 마련하는 등 현상소설을 모집하여 많은 신인작가를 배출했다. 매주 화요일 발매했다.	
兒童 (지도) 문예지 藝能科硏究會 1930. 8	「지도(兒童)」는 1930년부터 1940년 8월까지 「게이노카겐큐(藝能科硏究)」에서 7권 8호로, 1940년 9월부터 「게이노카겐큐카이(藝能科硏究會)」에서 7권 9호로 발행한 잡지이다.	*「或る兄弟」 (1-3) (張赫宙) 1934. 8 *「靈と肉(副題 仁王洞時代) (1-6〜2-3) (張赫宙) 1934. 11〜1935. 3
社會福利 (샤카이후쿠리) 기관지 東京府社會事業協會 1929〜1940	「샤카이후쿠리(社會福利)」는 1929년부터 1940년까지 도쿄부의 샤카이지교교카이(社會事業協會)에서 발행한 기관지이다.	*「インテリゲンチャ」 (全5回) (金熙明) 1930. 7〜10, 12
週刊朝日 (슈칸아사히) 주간지 朝日新聞社 1922. 4	≪도쿄아사히신분(東京朝日新聞)≫의 스기무라 소진칸(杉村楚人冠)이 발의하고, ≪오사카아사히신분(大阪朝日新聞)≫의 가마다 게이시로(鎌田敬四郎)가 계획을 세워 1922년 2월 25일 「준칸아사히(旬刊朝日)」를 창간했다. 마이니치신분샤(每日新聞社)가 주간잡지를 발행하는 것을 감지하고 이에 대항하기 위하여 급히 기획 발행한 것으로, 1922년 4월 2일 발매된 제 5호부터 주간(週刊)으로 바뀌어 「슈칸아사히(週刊朝日)」로 개명하였다. 1950년대에 주간지 바람이 일어날 때까지 「선데이마이니치(サンデー每日)」와 함께 양대 주간지로서 자리 잡았다. 판형은 타블로이드판에 36쪽의 한주 뉴스모음과 해설을 중심으로 한 대중종합지로서 신문을 모체로 태어난 일요일의 부록적인 성격을 가졌다. 1941년 가을부터 편집부를 오사카에서 도쿄로 이전했다. 1941년 5월 18일 발행한 「週刊朝日」(39-22)집에 「半島作家新人集」 3편이 실려 있다.	*「彼」 (8-22) (鄭然圭) 1925. 11. 15 *「啞者の三龍」 (16-18) (羅稻香:李壽昌 譯) 1929. 10. 27 *「春衣裳」 (39-22) (李孝石) 1941. 5. 18 *「月女(ウオルネ)」 (39-22) (金史良) 1941. 5. 18 *「福男伊(ポクナミ)」 (39-22) (兪鎭午) 1941. 5. 18

잡지명 / 사양 / 발행처 / 발행기간	주 요 사 항 및 성 격	주 요 작 품
白金學報 (시로가네가쿠호) 동창회보 明治學園	「시로가네가쿠호(白金學報)」는 이광수가 일본에 유학했을 당시 발행되었던 메이지가쿠인(明治學園)의 동창회보이다.	*「愛か」 (19) (李寶鏡:이광수) 1909. 12
新藝術 (신게이주쓰) 대학문예지 日本大學藝術科 1941. 2~1944. 5	「신게이주쓰(新藝術)」는 1941년 2월부터 1944년 5월까지 발간된 니혼다이가쿠(日本大學) 문예지이다. 이전 잡지명은 「게이주쓰카(藝術科)」였다.	*「汽車辨」 (1-2) (大澤達雄:김달수) 1941. 3 *「回想」 (1-5~7) (李殷直) 1941. 6~8 *「族譜」 (1-9) (大澤達雄:김달수) 1941. 11 *「鈍走譜」 (李殷直) 1942. 2 *「雜草」 (2-7) (大澤達雄:김달수) 1942. 7
新人 (신진) 월간지 新人社 1900. 7~1926. 1	「신진(新人)」은 1900년 7월 1號를 간행하여 1926년 1월 301號를 마지막으로 종간된 월간지이다. 발행자는 사상가이자 교육자이며 목사로 활동한 에비나 단조(海老名 彈正)로, 吉野作造, 內ヶ崎作三郎, 深田康算, 鈴木文治 등이 동참하여 일본의 사상계와 그리스도교계의 주목을 받았다.	*「大澤子爵の遺書」 (297) (鄭然圭) 1925. 9 *「履歷と宣言」 (韓植) 1926. 1
新太陽 (신타이요) 월간지 新太陽社 1943~1945	월간잡지 「新太陽」는 1930년에 기구치 간(菊池寬)이 창간한 「モダン日本」의 후신으로 잡지명을 「신타이요(新太陽)」로 개명하여 전시중인 1943년 1월부터 1945년까지 발행되었던 월간잡지이다. 권호 수 또한 전신인 「모던니혼(モダン日本)」에 이어지는 호 수를 이어받아 「14券 1号」부터 시작되나 1945년의 마지막 호는 불분명하다. 전후인 1950년에 「別冊モダン日本」으로 재생되지만 오래 가지 못하고 1951년 폐간된다.	*「兵になれる」 (14-11) (香山光郎:이광수) 1943. 11 *「母のよろこび」 (14-11) (牧洋:이석훈) 1943. 11 *「恩義」 (15-2) (張赫宙) 1944. 2 *「少女の告白」 (15-10) (香山光郎:이광수) 1944. 10
新潮 (신초) 순수문예지 新潮社 1904. 5	「신초(新潮)」는 1904년 5월부터 「신세이(新聲)」의 후신으로 사토 요시스케(佐藤義亮)가 신초사(新潮社)에서 발행한 순수문예지이다. 나카네 고마주로(中根駒十郎), 나카무라 무라오(中村武羅雄), 미즈모리 가메스케(水守龜之助), 나라사키 쓰토무(楢崎勤) 등의 편집에 의해 신초사의 간판잡지로 일본의 대표적인 문예잡지가 되었다. 당초에는 투고지였지만 시평(時評), 인물평(月評), 합평(合評), 작가론(作家論)이 특색으로 다이쇼(大正)기부터 문예지로서의 명성을 얻었다. 쇼	*「山男」 (33-1) (張赫宙) 1936. 1 *「蟲」 (38-7) (金史良) 1941. 7 *「嫁」 (38-11) (金史良) 1941. 11 *「親方コブセ」 (39-1) (金史良) 1942. 1

잡지명 / 사양 / 발행처 / 발행기간	주 요 사 항 및 성 격	주 요 작 품
	와(昭和)기에 들어 신감각파, 신흥예술파의 아성이 되었다. 전후에도 문단의 공공기관으로 자부심 강한 편집태도를 관철시켰다. 주요 게재작품은 고이즈미 야쿠모(小泉八雲)의 「怪談」, 시가 나오야(志賀直哉)의 「好人物の夫婦」, 아리시마 다케오(有島武雄)의 「小さき者へ」, 아쿠타가와 류노스케(芥川龍之介)의 「舞踏會」, 나카무라 무라오(中村武羅雄)의 「誰だ？花園を荒す者は！」, 구보 사카에(久保榮)의 「火山灰地」, 다자이 오사무(太宰治)의 「斜陽」, 아가와 히로유키(阿川弘之)의 「雲の墓標」, 미시마 유키오(三島由紀夫)의 「金閣寺」, 오에 겐자부로(大江健三郎)의 「遅れてきた青年」, 고바야시 히데오(小林秀雄)의 「本居宣長」 등이 있다. 조선작가로는 1936년 장혁주(張赫宙)가 처음으로 게재하였고 뒤이어 김사량(金史良)의 소설도 게재되었다.	
新文化 (신분카) 종합지 第一書房 1941. 4 ~ 1944. 3	1941년 4월부터 1944년 3월까지 발행된 종합지이다. 1931년 5월부터 1941년 3월까지는 「세르팡(セルパン)」이라는 잡지명으로 총 122권을 第一書房에서 발행했다. 당시에 혁신적인 스타일로 앙드레 지드(Andre Gide)나 장 콕토(Jean Cocteau)등 해외문학을 소개한다는 특색을 유지하였다. 1940년경부터는 문학색이 옅어지면서 1941년 4월 「신분카(新文化)」로 잡지명을 바꿔 발행했다.	*「新しい倫理」 (13-5) (張赫宙) 1943. 5
新滿洲 (신만슈) 기관지 滿洲移住協會 1939. 4 ~ 1940. 12	<만슈이주쿄카이(滿洲移住協會)>가 이민사업 선전을 주목적으로 1936년 4월 기관지 「히라케만모(拓け滿蒙)」를 창간한 후 1939년 4월부터 1940년 12월까지 「신만슈(新滿洲)」로 개제하여 발행했다.	*「氷解」 (3-7)(張赫宙) 1939. 7
進め (스스메) 	1923년 사회운동가인 기타하라 다쓰오(北原龍雄)가 창간한 무산계급전투잡지이다. 창간 2년째인 1924년 11월까지는 오사카의 스스메사(進め社)에서 출판하였던 것을 이듬해 1월부터 도쿄의 進め社본부에서 출판하였다. 타이틀은 1924년 8월까지는 「無産階級戰鬪雜誌 進め」였고, 1925년 6월(3年6号)에는 「無産階級運動 進め」로 부제에	*「おっぱらふやつ」 (6-7) (金晃) 1928. 7 *「緋に染まる白衣」 (6-8) (辛仁出) 1928. 8 *「移住民」 (2回) (7-4, 5) (金光旭) 1929. 4 ~ 5

잡지명 / 사양 / 발행처 / 발행기간	주 요 사 항 및 성 격	주 요 작 품
무산계급전투잡지 進め社 1923. 12~?	있어 조금씩의 변화가 있었다. 그리고 그간 월간으로 간행되던 것이 1934년 3월 12일부터는 「The daily susume」라는 타이틀의 일간으로 변경되었다.	
靑年作家 (세이넨삿카) 동인지 靑年作家社 1940~1949	도쿄에서 발행된 동인지로, 1942년 4~8월까지 모두 5권이 발간되었다.	*「畑堂任(バツタンニム) (1-6) (森山一兵:李永福) 1942. 7
戰旗 (센키) 문예잡지 全日本無産者藝術聯盟 1928. 5~1932. 12	「센키(戰旗)」는 <전일본무산자예술연맹(NAPF)>의 기관지로 1928년 5월 창간되었다가 1931년 12월 폐간되었다. 노동자, 농민에 대한 계몽운동을 목적으로 하였다. 「戰旗」에는 고바야시 다키지(小林多喜二)의 「1928년 3월 25日」, 「蟹工船」, 도쿠나가 스나오(德永直)의 장편소설 「太陽のない街」 등의 화제작을 발표하였다. 나카노 시게하루(中野重治)가 편집을 담당했다. 조선작가로 강문석, 박달, 김병호 등의 詩가 발표되었다.	소설 *「苦力」(1-7) (金英根:李北萬 譯) 1928. 11 시 *「われらはピオニール」(姜文錫) 1929. 5 *「暴壓に抗して」(朴達) 1929. 5 *「おりやあ朝鮮人だ」(金炳昊) 1929. 2
大地に立つ (다이치니타쓰) 농민잡지 春秋社 1929. 10~1931. 1	「다이치니타쓰(大地に立つ)」는 농민주의적 아나키스트 작가 가토 가즈오(加藤一夫)가 1925년 1월부터 1927년 4월까지 간행한 잡지 「原始」의 후속잡지로, 1929년 10월 국판(菊判) 41페이지로 출발하였다. 가토 가즈오가 편집을 주관하였고, 내용 면에서는 문학과 예술뿐 아니라 농민과 농촌 그 자체에 주된 관심을 두었다. 1931년 1월에 제3권 제1호를 마지막으로 종간되었다. 장혁주는 여기에 「白楊木(ぽぷら)」를 투고하여 일본 문단에 데뷔하였다.	*「白楊木」(2-10) (張赫宙) 1930. 10
魂 (다마시) 기관지 皇學會 1926.	「다마시(魂)」는 조선에서 추방당한 정연규(鄭然圭)가 일본으로 건너가 <고가쿠카이(皇學會)>라는 단체를 주재하면서 발행한 잡지이다. 이 잡지의 주재자인 정연규는 조선총독부로부터 1922년 11월 이전의 반일성향의 문학 활동이 문제되어 작품을 압수당하고 도일하여 관동대지진을 겪게 된다. 1925년부터는 작품보다는 언론에 비중을 두었고, 1926년 잡지 「다마시(魂)」를 발행하였다.	*「黃海の嘆き」(5-54~57, 59, 60) (鄭然圭) 1936. 5~8, 10, 11 *「血(一)」(6-64) (鄭然圭) 1937. 1
段階 (단카이) 1927. 3	잡지 「단카이(段階)」에 대해서는 알려진 바가 거의 없다.	*「新しき里標」(1-2) (李亮) 1927. 3. 17

잡지명 / 사양 / 발행처 / 발행기간	주 요 사 항 및 성 격	주 요 작 품
知性 (지세이) 종합지 河出書房 1차:1938. 5 ~ 1944. 8 2차:1954. 8 ~ 1957. 4	「지세이(知性)」는 제1차는 1938년 5월부터 1944년 8월까지이고, 제2차는 1954년 8월부터 1957년 4월까지 통산 110권을 가와데 쇼보(河出書房)에서 발행한 종합지이다. 제1차에서는 미키 기요시(三木淸)의 「哲學ノート」외 하세가와 뇨제칸(長谷川如是閑) 등이 평론을 썼다. 문예면에서는 이토 세이(伊藤整)의 「得能五郎の生活と意見」, 고바야시 히데오(小林秀雄)와 미요시 다쓰지(三好達治) 공역 「惡の華序詩」 등이 발표되었다. 제2차에서는 反動化와 파시즘화를 비판하는 진보파의 평론을 중심으로 미시마 유키오(三島由紀夫), 요시유키 준노스케(吉行淳之介) 등의 소설이 실려 있다.	*「鼻」(金史良) 1941. 10
中央公論 (주오코론)  월간종합지 中央公論新社 1899. 1 ~ 1944. 7 1946. 1 ~	「주오코론(中央公論)」은 1887년 8월 교토(京都)의 니시혼간지(西本願寺) 보통학교의 학부모들에 의해 「한세이카이잣시(反省會雜誌)」로 창간되었다. 1892년 5월 「한세이잣시(反省雜誌)」로 잡지명이 바뀐 후 1899년 1월 15일 「中央公論」으로 바뀌어 오늘에 이르고 있는 월간종합잡지이다. 발행소는 한세이카이(反省會), 한세이잣시샤(反省雜誌社), 한세이샤(反省社)를 거쳐서 1914년 1월부터 주오코론신샤(中央公論新社)가 발행하고 있다. 1899년 1월에 「주오코론(中央公論)」으로 개명한 후 점차 종교색이 옅어지고 자연주의가 태동한 무렵부터는 문예를 중시하여 나쓰메 소세키(夏目漱石), 구니기타 돗포(國木田獨步), 모리 오가이(森鷗外) 등의 소설과 평론들이 다수 게재되었다. 메이지(明治) 말에 입사한 다키다 초인(瀧田樗陰)은 아쿠타가와 류노스케(芥川龍之介)와 기쿠치 간(菊池寬)을 재빨리 기용하였다. 다이쇼(大正)기에는 요시노 사쿠조(吉野作造)의 정치평론을 시작으로 자유주의적인 논문을 많이 게재하여 다이쇼데모크라시시대의 언론을 리드했다. 또한 소설란은 신인작가의 등용문이었다. 마르크스주의가 유행하기 시작한 1919년부터 급진적인 「가이조(改造)」가 발간되자 중도적인 노선을 걸었다. 태평양전쟁 중 요코하마(橫浜)사건이 발생한 것을 계기로, 1944년 군부의 권고에 의해 「가이조(改造)」와 함께 7월호부터 폐간되었다가 1946년 1월 복간되었다.	*「ミインメヌリ」(57-2) (靑木洪:홍종우) 1942. 2
朝鮮畫報 (조센가호)	「조센가호(朝鮮畫報)」는 東京朝鮮文化社에서 1939년 7월에 창간한 잡지로 정치, 경	*「蛇」(金史良) 1940. 8 *「習作部屋から」(許俊) 1940. 10

잡지명 / 사양 / 발행처 / 발행기간	주 요 사 항 및 성 격	주 요 작 품
 종합지 東京朝鮮文化社 1939. 7~?	제, 상업, 법률과 전쟁보도 등의 내용을 게재하였다. 김사량이 아쿠타가와상 후보가 된 후 약 2년간 일본에 체류하면서 단편소설 및 소품 등을 발표하였다.	*「見果てぬ夢」(鄭人澤) 1941. 1
朝鮮社會事業 (조센샤카이지교) 월간학술지 朝鮮社會事業協會 1923~1934. 11 1940. 1~	「조센샤카이지교(朝鮮社會事業)」는 1923년부터 1934년 11월까지 朝鮮社會事業研究會에서 출판되다가, 그 해 12월(「12券12月號)부터는 朝鮮社會事業協會에 의해 출판된 학술지 성격의 월간잡지이다. 그러다 1936년 5월부터 잡지명을 「도호아이(同胞愛)」로 바꾸어 1939년 12월(14卷5月號~17卷12月號)까지 간행한 후, 1940년 1월(「18券 1號」)부터는 다시 잡지의 이름을 「朝鮮社會事業」로 변경하여 발행하였다.	*「インテリゲンチャ」(9-1~3) (全3回) (金熙明) (2. 3회) (靑木史朗:김희명) 1931. 1~3
帝國大學新聞 (데이코쿠다이가쿠신분) 대학신문 帝國大學新聞社 1920. 12~1947. 10	≪데이코쿠다이가쿠신분(帝國大學新聞)≫은 1920년 12월 25일(1号)부터 1947년 10월 2일(1042号)까지 帝國大學新聞社에서 간행된 대학신문으로, 1944년 6월부터 1946년 4월까지는 휴간하였다. 1947년 학교명이 바뀌면서 신문명은 ≪東京大學新聞≫으로 개명되어 1947년 10월 9일부터 재간되었다가 1948년 12월 27일자 1100號를 마지막으로 폐간되었다. 도쿄제국대학(東京帝國大學) 학생신문으로 교내의 기사나 학문, 연구동향을 보도하는 것에 그치지 않고 일본의 저널리즘 내에서 특이한 위치를 차지하며 사상과 학술동향에도 적잖은 영향을 미쳤다.	*「李致三」(706號) (張赫宙) 1938. 2. 7
堤防 (데이보) 도쿄제국대학문예동인지 文藝首都社 1936. 5~1937. 10	「데이보(堤防)」는 1936년 5월부터 김사량(金史良)이 우메자와 지로(梅澤次郎)와 신타니 도시로(新谷俊郎) 등 도쿄제국대학 독문과 친구들과 격월간 간행한 동인지(同人誌)로 통권 5권을 발행했다. 이 시기 김사량은 조선예술좌에 관계하고 있어서 한 차례 검거되었다. 1937년 10월 28일부터 2개월간 모토후지(本富士)경찰서에서 미결수로 지냈다. 이로 인해 잡지 「데이보」가 와해되었다.	*「土城廊」2 (金史良) 1936. 10
日本の風俗 (니혼노후조쿠) 기관지 日本風俗硏究會 1938. 9~?	「니혼노후조쿠(日本の風俗)」는 日本風俗硏究會에서 1938년 9월에 발행된 잡지로 교육학예지의 성격을 갖고 있다. 1941년 실린 김사량의 작품 「神々の宴」은 에세이 「山の神々」(분게이슈토1941년 7월호)와 소설 「山の神々」(1942. 4)의 중간이다.	*「神々の宴」(4-10) (金史良) 1941. 10

잡지명 / 사양 / 발행처 / 발행기간	주 요 사 항 및 성 격	주 요 작 품
日本評論 (니혼효론) 월간종합지 日本評論社 1935. 10 ~ 1943. 1946. 4 ~	니혼효론샤(日本評論社)가 1926년 3월 5일 월간종합지 「게이자이오라이(経済往來)」를 창간한 후, 1935년 10월부터 잡지명을 「니혼효론(日本評論)」으로 바꾸었다. 국판(菊判)으로 주간(主幹)은 1943년까지 무로후시 고신(室伏高信)으로, 아베 도모지(阿部知二)의 「風雪」 등의 작품을 게재했다. 1944년 전시통제로 인해 「게이자이효론(経済評論)」으로 잡지명을 바꾸었다가, 패전 후 1946년 4월호부터는 「니혼효론(日本評論)」으로 복원하여 다큐멘터리 기법을 구사한 르포나 점령군 정책을 비판한 '시대의 움직임(時の動き)' 등과 같은 새로운 면을 개설하였다.	*「憂愁人生」 (12-10) (張赫宙) 1937. 10
麺麭 (빵) 문예잡지 麺麭社 1932. 11 ~ 1938. 1	「빵(麺麭)」은 1932년 11월부터 1938년 1월까지 총 61권을 麺麭社에서 발행하였다. 기타가와 후유히코(北川冬彦) 등의 잡지 「지칸(時間)」과 이노우에 요시오(井上良雄), 신포 고타로(神保光太郎)들의 잡지 「시토산분(詩と散文)」(1931.2~6 全 3권)이 합해져서 잡지 「지바(磁場)」(1931.9~1932. 4 全 6권)의 후신으로 신사실주의(네오리얼리즘)를 이념으로 했다. 전후에 복간된 「時間」이 후계지가 되었다. 조선작가로 1936년부터 1937년까지 2년에 걸쳐서 최동일(崔東一)의 소설 5편이 실려 있다.	*「渦巻きの中」 (5-2) (39) (崔東一) 1936. 2 *「狂つた男」 (5-9) (46) (崔東一) 1936. 9 *「惡夢」 (5-12) (49) (崔東一) 1936. 12 *「或下男の話:秋の夜長物語」 (6-4) (53) (崔東一) 1937. 4 *「泥海」 (6-8) (57) (崔東一) 1937. 9
「ひ」新しき村 ('히'아타라시키무라)  잡지 新しき村出版部 1918. 7	무샤노코지 사네아쓰(武者小路實篤)가 주간한 잡지 「「ひ」新しき村」는 1918년 7월 창간되었다. 1918년 11월 미야자키현(宮崎縣) 고유군(兒湯郡) 기조무라(木城村)에서 무샤노코지 사네아쓰 등의 추진으로 이상주의 집단이 만들어졌다. 내적요구에 충실하며 서로 자기를 살릴 수 있도록 무샤노코지 사네아쓰의 외침에 전국에서 많은 청년들이 참여했다. 「아카이도리(赤い鳥)」와 동시에 다이쇼(大正)시대의 사상과 문화의 반영이었다. 휴가(日向)로 결정하기 전, 1918년 7월 무샤노코지 사네아쓰는 기관지 「아타라시키무라(新しき村)」를 창간하여 「시라카바(白樺)」에 들였던 애정을 여기에도 쏟아부었다. 이런 운동에 대해서 「시라카바」 내부에서는 아리시마 다케오(有島武郎)와 당시 사회주의자들은 그의 이상향적인 발상에 대해 근본적으로 비판하였다. 여기에 그는 「幸福者」, 「友情」, 「第三の隱者の運命」, 「人間万歳」 등의 대표작을 발표했다. 그런데 무샤노코지 사네아쓰는 다이쇼 말기 이 마을을 떠났고, 그를 대신하여 무사노코지 가문의 양자가 되어 성(姓)까지 이어받은 스기야마 마사오(杉山正雄: 1903~1983) 등의 노력에 힘입어 지속되었다.	*「父の心配」 (3-4) (姜相鎬) 1928. 4. 1

잡지명 / 사양 / 발행처 / 발행기간	주 요 사 항 및 성 격	주 요 작 품
福岡日日新聞 (후쿠오카니치니치신분) 일간지 福岡日日新聞社 1880~	≪후쿠오카니치니치신분(福岡日日新聞)≫은 후쿠오카(福岡)에서 발행한 유력 지방신문이다. 전신은 1877년 3월 창간된 ≪쓰쿠시신분(筑紫新聞)≫이었지만, 그 해 9월 폐간되었다. 1878년 12월 ≪메자마시신분(めざまし新聞)≫으로 再刊하여 1879년 ≪쓰쿠시신포(筑紫新報)≫, 1880년 ≪福岡日日新聞≫으로 개명하였다. 후쿠오카 지방의 최초 일간지로 자유민권주의의 기관지였기 때문에, 정쟁에 얽힌 수난의 시대도 있었으나 소야노 한야(征矢野半弥)사장 시절(1891~1912)에 적극적인 정책을 펼쳐 전국 굴지의 지방지로 발전했다. 1901년 지방신문사로서는 처음으로 마리노니(Marinoni press) 인쇄기를 도입하였다. 메이지시대 말부터 각 현(縣)에 전환판을 발행하고 규슈(九州) 전 지역으로 부수를 늘렸고 1921년부터 朝·夕間制를 실시하였다.	*「痴人淨土」(全68回) (張赫宙) 1937. 6. 16~11. 6
婦人畵報 (후진가호) 여성월간지 婦人畵報社 1905. 7 ~	「후진가호(婦人畵報)」는 1905년 허스트 후진가호샤(ハースト婦人畵報社)의 원형인 긴지가호샤(近事畵報社)의 창업과 동시에 창간된 여성전용 생활정보지이다. 초기에는 구니키타 돗포(國木田獨步)가 편집장을 지냈고, 1906년 돗포샤(獨步社)로 개칭되었다가 구니키타 돗포의 사후 도쿄샤(東京社)가 이를 계승하여 후진가호샤(婦人畵報社)가 되었다. 여행, 음식, 패션, 뷰티, 문화, 문학 등 다양한 내용을 취급하고 있으며, 현존하는 일본 최고(最古)의 월간 여성잡지이다.	*「素服と青磁」(李孝石) 1940. 12
文學案内 (분가쿠안나이) 문학지 文學案內社 1935	「분가쿠안나이(文學案內)」는 1935년 야스타카 도쿠조(保高德藏)가 발행한 프롤레타리아 계열의 문학잡지이다. 야스타카 도쿠조는 1936년 7월 文學案內社에서 장혁주(張赫宙) 환영연을 개최하였다. 이후 장혁주는 1936년 10월부터 편집고문으로 활동하면서 조선작가의 작품을 기획하고 번역에 관여하였다. 1937년 2월호에 이북명(李北鳴), 한설야(韓雪野), 강경애(姜敬愛)의 소설과 유진오(俞鎭午), 이효석(李孝石)의 소설작품 번역을 함께 실어 朝鮮現代作家 특집호로 발행하였다. 장혁주는 이 특집호에서 「現代朝鮮作家の素描」라는 제목으로 해설을 담당 하였다.	*「アン·ヘエラ1·2」(2-1.2) (張赫宙) 1936. 1 *「深淵の人」(2-9) (張赫宙) 1936. 9 *「裸の部落」(3-2) (李北鳴) 朝鮮現代作家特輯 1937. 2 *「金講師とT教授」(3-2) (玄民:俞鎭午 自作自譯) 1937. 2 *「白い開墾地」(3-2) (韓雪野) 1937. 2 *「長山串」(3-2) (姜敬愛) 1937. 2 *「薔薇の花の頃」(3-2) (李孝石:自作自譯) 1937. 2
文學界 (분가쿠카이)	「분가쿠카이(文學界)」는 순수문예잡지로 발행시기에 따라 제1기, 제2기, 제3기로 나눈다. 제1기는 1893년 1월부터 1898년 1월까지 총 58권을 발행했다. 발행소는 처음에는 조가쿠잣시샤(女學雜誌社)였으나 5호 이후에는 분가쿠카이잣시샤(文學界雜誌社)로 바뀌었	*「醉へなかつた話」(4-1) (張赫宙) 1937. *「故郷」(3-1~4) (李箕永:高秀明 譯) 1937. 1~4 *「光冥」(8-2) (金史良) 1941. 2

잡지명 / 사양 / 발행처 / 발행기간	주 요 사 항 및 성 격	주 요 작 품
순수문예지 文化公論社 1기: 1893. 1~1898. 1 2기: 1933. 10~1944. 4 3기: 1949. 3~	다. 주요 동인은 호시노 덴치(星野天知), 히라다 도쿠보쿠(平田禿木), 시마자키 도손(島崎藤村), 기타무라 도코쿠(北村透谷), 도가와 슈코쓰(戸川秋骨), 바바 고초(馬場孤蝶), 우에다 빈(上田敏) 등이다. 이들은 주로 기독교 중심의 교유관계로 젊은 기고자를 축으로 간행되었기에 주관적이고 정서적인 낭만주의 운동을 전개하였다. 초기에는 기타무라 도코쿠의 형이상학적인 평론, 중기는 우에다 빈, 히라다 도쿠보쿠의 예술지상주의 주장과 히구치 이치요(樋口一葉)의 소설, 후기는 시마자키 도손(島崎藤村)의 서정시로 대표된다. 제2기는 1933년 10월부터 1944년 4월까지 총 119권을 발행하였다. 발행소는 분카고론샤(文化公論社)에서 분포도(文圃堂)로, 또 다시 분게이슌주샤(文藝春秋社)로 바뀌었다. 復刊은 1947년 6월부터 1948년 12월 총 18권을 文學界社에서 발행하였다. 다케다 린타로(武田麟太郎), 하야시 후사오(林房雄), 고바야시 히데오(小林秀雄), 가와바타 야스나리(川端康成), 후카다 규야(深田久弥), 히로쓰 가즈오(廣津和郎), 우노 고지(宇野浩三) 등이 편집동인으로서 참여하여 후에 고바야시 히데오(小林秀雄)와 가와카미 데쓰타로(河上鐵太郎)를 중심으로 동인을 확대하여 큰 세력이 되었다. 제3기는 1949년 3월부터 현재까지 文藝春秋社에서 발행하였고 현대문단을 대표하는 문예지의 하나가 되었다.	
文學クォタリイ (분가쿠쿼타리) 계간문학지 1932. 3	「분가쿠쿼타리(文學クォタリイ)」는 1932년 3월 장혁주(張赫宙)가 야스다카 도쿠조(保高德藏)의 도움을 받아 발간한 계간잡지이다.	*「迫田(サコタ)農場」(2) (張赫宙) 1932. 6. 30
文學評論 (분가쿠효론) 문예지 ナウカ社 1934. 3~1936. 8	「분가쿠효론(文學評論)」은 1934년 3월부터 1936년 8월까지 나우카샤(ナウカ社)에서 총 31권 발행한 문예잡지이다. 日本프롤레타리아 작가 동맹의 해체 후, 프롤레타리아 문학계 문학자들의 근거지가 되었다. 주요 게재 작품은 시마키 겐사쿠(島木健作)의 「癩」, 하시모토 에이키치(橋本英吉)의 「炭坑」, 하야마 요시키(葉山嘉樹)의 「人間の値段」 등이 있다.	*「初陳」文學評論 臨時增刊 (2-6) (李北鳴) 1935. 5. 29~31 朝鮮日報「窒素肥料工場」의 飜譯 *「聲」(2-12) (鄭遇尙) 1935. 11

잡지명 / 사양 / 발행처 / 발행기간	주 요 사 항 및 성 격	주 요 작 품
文藝 (분게이)  순수문예지 改造社 1차:1933. 1～1944. 7 2차:1944. 10～1957. 3	「분게이(文藝)」는 1933년 11월 1일부터 1944년 7월까지 발행하다가 1944년 10월부터 1957년 3월까지 재차 복간하여 발행한 순수 문예잡지이다. 1933년에서 1944년까지는 가이조샤(改造社)에서 발행되었지만 1944년 7월에 同社가 정부의 탄압으로 해산되었기 때문에 가와데쇼보(河出書房)로 이양되었다. 가와카미 데쓰타로(河上徹太郎), 요시다 겐이치(吉田健一) 등의 새로운 비평정신의 부활을 제창한 문예지 「히효(批評)」와 함께 패전 전후까지 계속 간행되었다. 편집장은 改造社시대에는 간바야시 아카쓰키(上林曉), 다카스기 이치로(高杉一郎) 등이었고, 가와데쇼보 시대에는 노다 우타로(野田宇太郎), 스기모리 히사히데(杉森久英), 이와야 다이시(巖谷大四) 등이었다. 복간 후에는 사카모토 히토가메(坂本一龜), 데라다 히로시(寺田博) 등이 편집장을 맡았다. 전쟁 전에는 프롤레타리아문학 퇴조 후의 문예부흥기를 「분가쿠카이(文學界)」, 「신초(新潮)」와 함께 떠맡았다. 이시자카 요지로(石坂洋次郎)의 「麥死なず」, 다카미 준(高見順)의 「如何なる星の下に」 등, 나카무라 신이치로(中村伸一郎) 「愛神と死神と」, 시마오 도시오(島尾敏雄)의 「出孤島記」, 노마 히로시(野間宏)의 「青年の環」 등을 게재했다. 1962년에 창설된 문예상에 다카하시 가즈미(高橋和巳)의 「悲の器」, 마쓰기 노부히코(眞繼伸彦)의 「鮫」 등이 선정되었다. 평론에는 나카무라 미쓰오(中村光夫)의 「風俗小說論」, 혼다 슈고(本多秋五)의 「白樺派の文學」 등이 있다. 창작·평론을 중심으로 해외문학의 소개에도 힘을 쏟았다. 1940년 「文藝」 7월호에 장혁주, 이효석, 김사량, 유진오의 작품을 게재한 「朝鮮文學特輯號」를 발행했다.	*「ガルボウ」 (2-3) (張赫宙) 1934. 3 *「葬式の夜の出來事」 (2-8) (張赫宙) 1934. 8 *「十六夜に」 (2-11) (張赫宙) 1934. 11 *「愚劣漢」 (3-4) (張赫宙) 1935. 4 *「愛怨の園」 (5-5) (張赫宙) 1937. 5 *「雰圍氣」 (6-6) (張赫宙) 1938. 6 *「加藤淸正」 (7-1) (張赫宙) 1939. 1 *「慾心疑心」 (8-7) (張赫宙) 1940. 7 *「ほのかな光」 (8-7) (李孝石) 1940. 7 *「草深し」 (8-7) (金史良) 1940. 7 *「夏」 (8-7) (兪鎭午) 1940. 7 *「泥棒」 (9-5) (金史良) 1941. 5 *「愛國子供隊」 (10-1) (李貞來) 1942. 1
文藝首都 (분게이슈토)  문예동인지 文藝首都社 1933. 1～1970. 1	동인지 「신세이삿카(新生作家)」와 「아오자루(蒼猿)」가 통합되어 성립된 「분게이슈토(文藝首都)」는, 1933년 1월부터 1970년 1월까지 일본에서 발행한 투고지를 겸한 문예동인지로 주로 「가이조(改造)」의 당선 작가들이 주축이 되었다. 발행 장소는 여러 곳이지만 편집인은 야스타카 도쿠조(保高德藏)가 마지막까지 담당하였다. 야스타카(保高)의 자기희생적인 정신에 의해서 지속되었고 오하라 도미에(大原富枝), 시바키 요시코(芝木好子), 기타 모리오(北杜夫), 히누마 린타로(日沼倫太郎) 등의 많은 동인 작가와 비평가가 길러졌다. 장혁주는 이 잡지의 동인이었	*「兄の脚を截る男」 (1-5) (張赫宙) 1933. 5 *「奮ひ起つ者」 (1-9) (張赫宙) 1933. 9 *「女房」 (2-1) (張赫宙) 1934. 1 *「山犬(ヌクテ)」 (2-5) (張赫宙) 1934. 5 *「あらそひ」 (3-5) (張赫宙) 1935. 5 *「狂女點描」 (4-3) (張赫宙) 1936. 3 *「或る時期の女性」 (4-11) (張赫宙) 1936. 11 *「草堂(チョダン)」 (5-9) (孫東村) 佳作 1937. 9 *「東京の片隅で」 (6-6) (靑木洪:홍종우) 1938. 6

잡지명 / 사양 / 발행처 / 발행기간	주 요 사 항 및 성 격	주 요 작 품
	다. 김사량은 장혁주의 소개로 야스타카 도쿠조를 찾아가서 부탁하여「文藝首都」에 작품을 발표하였다.	*「光の中に」 (7-10) (金史良) 1939. 10 *「土城廊」(8-2) (金史良) 1940. 2 개작 *「箕子林」(8-5) (金史良) 1940. 6 *「塵」(10-2) (金光淳:金達壽) 1942. 3
文藝春秋 (분게이슌주) 文藝종합지 文藝春秋社 1923. 1	「분게이슌주(文藝春秋)」는 기쿠치 간(菊池寬)이 1923년 1월 1일 文藝春秋社를 창설하여 창간한 문예종합지이다. 창간 당시에는 기쿠치 간 편집의 同人誌였고 1924년 8월에는 수필지였지만 기쿠치 간이 아쿠타가와 류노스케(芥川龍之介), 나오키 산주고(直木三十五), 가와바타 야스나리(川端康成) 등의 협력을 얻어서 점차 문예지로서의 성격으로 바꿔놓았다. 반 프롤레타리아문학의 입장을 취하면서「신초(新潮)」에 대항하는 문단의 큰 세력이 되었다. 그 당시 주요 작품으로 아쿠타가와 류노스케의「侏儒の言葉」, 나오키 산주고의 가십(gossip) 기사, 요코미쓰 리이치(橫光利一)의「蠅」, 기시다 구니오(岸田國士)의「紙風船」, 가와바타 야스나리의「雪國」의 제1장, 고바야시 히데오(小林秀雄)의 문예비평, 기쿠치 간의「話の屑籠」 등이 있다. 1935년 아쿠타가와상(芥川賞)을 제정한 이래 수상작 발표지로서 오늘에 이르렀다. 전후 미야모토 유리코(宮本百合子)의「風知草」를 게재하는 등 문예지의 특색을 유지하면서 사사키 모사쿠(佐々木茂索) 사장의 헌신적인 노력으로 폭넓은 시야에 신선한 화제를 제공하는 종합지로 탈피하였다. 이를 통해 시대의 움직임을 규명하는 양식 있는 제언을 다 하는 잡지 저널리즘의 새로운 방향을 제시하였다. 김사량의 「빛 속으로(光の中に)」가 1940년 상반기 아쿠타가와상 후보로 선정되었다.	*「光の中に」 (18-3) (金史良) 再錄 1940. 3 *「天馬」(18-6) (金史良) 1940. 6 *「郷愁」(19-7) (金史良) 1941. 7
文藝情報 (분게이조호) 문예지 文藝情報社 1942. 1~	「분게이조호(文藝情報)」는「○월 상·하순호」로 매월 2회(5일과 20일) 발행하였다. 1942년 5월 하순호가 '제8권 제10호'에 해당하는 것으로 보아, 1942년 1월에 창간된 것으로 추정된다. 임동운의「金春吉」은 1942년 5월 상순호에 게재되었다.	*「金春吉」(8-9) (任東雲) 入選作品 1942. 5
文藝戰線 (분게이센센)	「분게이센센(文藝戰線)」은 1924년 6월「種蒔く人」를 대신하여 무산계급 해방을 표방하며 <일본프로문예연맹>의 기관지로 발간되었다. 후에 <일본프로문예연맹>에서 탈퇴한	<소설> *「答の下を行く」(4-9) (金熙明) 1927. 9 <시> *「幸ひ」(金熙明) 1925. 11

잡지명 / 사양 / 발행처 / 발행기간	주 요 사 항 및 성 격	주 요 작 품
기관지 文藝戰線社 1924. 6	문인들이 조직한 <노동예술가동맹>의 기관지 역할을 하였다. 조선의 주요작가로 김희명(金熙明), 한식(韓植), 김경파, 권병길, 이장계 등으로 대부분 詩를 발표했다.	*「異邦哀愁」(金熙明) 1926. 3 *「炭よ燃へてくれ」(韓植) 1926. 1 *「此の地よ」(金鯨波) 1926. 5 *「印度は××と同じですか？」(李長啓) 1928. 1
文藝通信 (분게이쓰신) 문예종합지 文藝春秋社 1933. 10 ~ 1937. 12	「분게이쓰신(文藝通信)」은 1933년 10월(1권 1호)부터 1937년 12월까지(5권 3호) 文藝春秋社에서 총 42권을 발행하였다. 소위 문예부흥기에 에세이, 小品, 문단소식, 인물론, 만화, 앙케이트 등을 매호 64쪽으로 구성된 소책자의 이색적인 잡지였다. 나가이 다쓰오(永井龍男)가 편집을 담당했다.	*「豚(トヤヂ)」(4-8) (李孝石) (奏明燮·則武三雄 譯) 1936. 8
文藝鬪爭 (분게이토소) 문예집 文藝鬪爭社 1927. 4	1917년 4월 1일부터 발행된 잡지 「야주군(野獸群)」이 1927년 4월 「분게이토소(文藝鬪爭)」로 개명되어 문예투쟁사에서 간행된 잡지이다. 「文藝鬪爭」는 주로 「분게이센센(文藝戰線)」의 동인들을 공격하였다.	*「麗物侮辱の會」(金熙明) 1927. 4
文章俱樂部 (분쇼쿠라부) 문예지 新潮社 1916. 5 ~ 1929. 4	「분쇼쿠라부(文章俱樂部)」는 1916년 5월 1일부터 1929년 4월까지 신초사(新潮社)에서 총 156권을 발행한 문예잡지로, 편집 담당자는 가토 다케오(加藤武雄)였다. 신초샤는 순문예지로 명성이 난 「신초(新潮)」를 발행하고 있지만, 신인작가 지망생에게 문학입문자의 등용문 역할을 하고자 「신분단(新文壇)」의 후계지로 창간하였다. 초기에는 문장작법, 투고란 등이 중심이었지만 후에는 다이쇼(大正)의 대표적 작가들의 소품과 단편소설 등을 게재하여 점차 문예지로서의 색채가 강해지기 시작했다.	*「火事」(10-9) (玄鎭健:蔡順秉 譯) 1925. 9 *「彼は凝視する」(13-9) (金近烈) 1928. 9 *「馬鈴薯」(13-10) (金東仁:李壽昌 譯) 1928. 10
文友 (분유) 문예지	「분유(文友)」에 대해서는 한혁동 번역작 「안전(安全)」이 수록 되었다는 것 이외 알려진 바가 없다.	*「安全」(5) (ジョン・アーピング:韓赫東 譯) 1941. 6. 5
ぷろふいる (프로필)	「프로필(ぷろふいる)」은 교토의 탐정소설 애호가인 구마 고이치(熊谷晃一)가 창간한 일본의 탐정소설 전문지로 1933년 교토(京都)에서 창간되었다. 1933년 5월호부터 1937년 4월호까지 4년간 총 48권 출간하였다. 발행사는 ぷろふいる社로 태평양전쟁 이전에는 가장 오래 지속된 탐정소설전문지이다.	*「橢圓形の鏡」(3-3) (金來成) 1935. 3 *「探偵小說家の殺人」(3-12) (金來成) 1935. 12 *「新作探偵小說選集」(金來成) 1936. 6

잡지명 / 사양 / 발행처 / 발행기간	주 요 사 항 및 성 격	주 요 작 품
 탐정소설전문지 ぷろふいる社 1933. 5 ~ 1937.4	간사이(關西)에 거점을 둔 탐정소설 전문지로는 「ぷろふいる」 이전에도 「단테이슈미(探偵趣味: 1925년 창간)」,「단테이에이가(探偵映畵:1927년 창간)」,「료키(獵奇:1928년 창간)」 등이 있었지만 1933년 당시에는 모두 폐간된 상태였다. 처음에는 간사이(關西)의 탐정소설잡지로 출발하여 고베(神戶)의 야마모토 노기타로(山本禾太郎), 니시다 마사지(西田政治), 구키 시로(九鬼紫郎), 도다 다쓰미(戶田巽), 교토의 야마시타 헤이하치로(山下平八郎) 등이 참가했지만, 4호부터는 구마가이 고이치(熊谷晃一)의 친척으로 도쿄에 살고 있던 호리바 게이자부로(堀場慶三郎)를 통해 도쿄의 작가에도 기고를 요청하여 당시 활약했던 탐정소설작가들의 대부분이 지면에 등장하게 되었다. 1933년 「完全犯罪」로 본격적으로 데뷔한 오구리 무시타로(小栗虫太郎)와 1934년에 데뷔한 기기 다카다로(木々高太郎)에게도 원고를 의뢰하였다. 신인발굴에 적극적이어서 4년간 40여 명의 신인작가를 등장시켰다. 나중에 작가로 대성한 인물은 그리 많지 않았지만 괴기탐정의 명수 니시오 다다시(西尾正), 본격 추리장편 「船富家の慘劇」으로 알려진 아오이 유(蒼井雄), 나중에 한국 추리 문단의 창시자가 된 김래성(金來成) 등을 배출시켰다. 편집 작업은 처음부터 이토 도시오(伊東利夫)가 담당했다. 또한 3호에 단편이 입선하여 「ぷろふいる」에 등장한 사토 겐바(左頭弦馬)도 편집부에서 편집을 도왔다. 1935년 10월호부터 기고가였던 구키 시로(九鬼澹)가 야마모토 노기타로(山本禾太郎)의 추천으로 마지막호까지 편집장을 역임하였다. 표지 일러스트는 구마가이 고이치(熊谷晃一)와 화가 가노 아키라(加納哲)가 창간호 때부터 담당했지만, 나중에는 만화가 요코야마 류이치(横山隆一)와 서양화가 다카이 데이지(高井貞二)에게도 의뢰했다. 말기에는 교토에서 도쿄로 편집부를 옮겼지만 1937년 4월호를 마지막으로 폐간되었다. 「ぷろふいる」은 당시의 탐정소설 논단의 중심지가 되었다. 독자투고 코너의 「단와시쓰(談話室)」에서 아마추어 탐정소설 마니아가 토론의 꽃을 피웠으며, 또한 탐정소설 예술론을 둘러싼 고우 사부로(甲賀三郎)와 기기 고타로(木々高太郎) 논쟁의 무대가 되었다. 이때의 입선작은 김래성(金來成)의 작품을 포함해 모두 5편이었는데 히라쓰카 하쿠긴(平塚白銀)의 「세인트루이스 블루스(セント	

잡지명 / 사양 / 발행처 / 발행기간	주 요 사 항 및 성 격	주 요 작 품
	ルイス·ブルース)」(8월호 게재), 미쓰이시 가이타로(光石介太郎)의 「空間心中の顚末」(9월호), 미야기 사토시(宮城哲)「龍美夫人事件」(10월호), 이시자와 주로(石澤十郎) 「鐘樓の怪人」(11월호)이다. 이 5편의 입선작 중 金來成의 「探偵小說家の殺人」과 미쓰이시 가이타로(光石介太郎)의 「空間心中の顚末」은 1936년 6월호(ぷろふいる特集)에 「幻影城」라는 타이틀로 재수록 되었다.	
プロレタリア藝術 (프롤레타리아게이주쓰) 기관지 日本無産者藝術連盟 1928. 3	「프롤레타리아게이주쓰(プロレタリア藝術)」는 총 41권이 발간되었다. 1928년 3월에 발생한 3.15사건에 저항하기 위하여, 구라하라 고레히토(藏原惟人) 등의 전위예술가동맹과 나카노 시게하루(中野重治)등의 프롤레타리아예술연맹이 합해서 결성된 NAPF(全日本無産者藝術連盟)의 기관지이다. 구라하라 고레히토(藏原惟人)들의 기관지 「젠에이(前衛)」와 나카노 시게하루(中野重治)들의 기관지 「プロレタリア藝術」가 합해져 「분게이센센(文藝戰線)」의 사회민주주의적인 경향에 대해 공산주의 예술운동의 전개를 목표로 하였다.	*「飴賣り」(1-2) (韓植) 1927. 7. 25
プロレタリア文學 (프롤레타리아분가쿠) 기관지 日本プロレタリア作家同盟 1932. 1～1933. 10	「프롤레타리아분가쿠(プロレタリア文學)」는 1932년 1월부터 1933년 10월까지 총 20권을 발행한 일본프롤레타리아작가동맹의 기관지이다. 고바야시 다키지(小林多喜二)의 「轉形期の人々」, 미야모토 유리코(宮本百合子)의 「1932年の春」 등이 게재되었다. 문예와 어학 등을 취급하였다.	*「味方:民族主義を蹴る」(1-11) (朴能) 1932. 9
北海道帝國大學新聞 (홋카이도데이코쿠다이가쿠신분) 대학신문 1926. 5～1960. 12 北海道帝國大學新聞部	≪홋카이도데이코쿠다이가쿠신분(北海道帝國大學新聞)≫은 1926년 5월 14일 창간되어 1960년 12월 5일에 475호로 폐간된 대학신문이다. 창간호는 '본 학교 창건의 은인인 클라크선생의 흉상 완성'이라는 타이틀로, 삿포로농학교(札幌農學校) 창립 50주년과 클라크선생의 흉상 완성을 전하는 내용을 다루었다. 1945년 종전 이후에도 1～3개월에 한 번 꼴로 발행되었다.	*「夢」(282) (張赫宙) 1943. 2. 23
每日新聞 夕刊 (마이니치신분 유간)	≪마이니치신분(每日新聞)≫은 1872년 2월 21일 발행한 ≪도쿄니치니치신분(東京日日新聞)≫과 1888년 11월 20일 발행한 ≪오사카마이니치신분(大阪毎日新聞)≫이 1911	*「岩本志願兵」(全15回)」(張赫宙) 1943. 8. 24～9. 9. 24115～24131號 *「初詣」(全10回) (張赫宙) 1945. 1. 25～27. 1. 29～2.4 每日新聞戰時版

잡지명 / 사양 / 발행처 / 발행기간	주 요 사 항 및 성 격	주 요 작 품
每日新聞 일간지 每日新聞社 1872. 2	년 합병한 후 1943년에 ≪마이니치신분(每日新聞)≫으로 제호를 통일하였다. 장혁주의 작품이 ≪마이니치신분(每日新聞)≫(戰時版)에 실려 있다.	330~332號, 334~340號
滿蒙時代 (만모지다이) 代時蒙滿 기관지 滿蒙時代社 1932. 6	「만모지다이(滿蒙時代)」는 1932년 6월, 정연규가 경찰관료 출신인 마루야마 쓰루키치(丸山鶴吉)와 함께 滿蒙時代社를 창립하고 그 기관지로 창간한 황도문예사상지이다. 「滿蒙時代」는 만주와 몽고에 대한 사정을 소개하고, 대만주정책의 확립을 취지로 하고 있어, 창간호에 기고한 사람들도 육군대신 아라키 사다오(荒木貞夫), 전 육군대신 미나미 지로(南次郞), 전 만철(滿鐵)이사 오쿠라 킨모치(大藏公望) 등 당시 군부와 재계에 막강한 힘을 가진 인물이 대부분이다. 일제의 침략전쟁을 옹호하고 내선일체를 선전하는 등 정치의 선전성이 다분하다.	*「皮肉な人生(一)」(3-21) (鄭然圭) 2월호 發禁으로 인해 3월호에 再揭載 1934. 3
三田文學 (미타분가쿠) 三田文學 게이오대학문학동인지 三田文學會 1910. 5	「미타분가쿠(三田文學)」는 1910년 5월부터 1925년 3월까지 총 175권, 1926년 4월부터 1944년 11월까지 총 214권이 발간되었다. 그리고 1946년 1월 이후에는 복간과 휴간을 6회에 걸쳐 반복했다. 창간 당시에는 게이오대학(慶應大學) 당국이 「와세다분가쿠(早稻田文學)」에 대항할 목적으로 문학과 교수로 재직하고 있던 나가이 가후(永井荷風)를 편집장으로 의뢰해서 창간하였다. 집필자는 나가이 가후 이외 모리 오가이(森鷗外), 우에다 빈(上田敏), 오사나이 가오루(小山內薰), 다니자키 준이치로(谷崎潤一郎), 요시이 이사무(吉井勇), 기타하라 하쿠슈(北原白秋) 등 소위 반자연주의를 표방한 작가와 시인들이 많아서 커다란 반향을 불러 모았다. 또한 학생 신분으로 작품을 실어서 문단에 등장한 구보타 만타로(久保田万太郎), 사토 하루오(佐藤春夫) 등 많은 인재를 배출하였다. 1916년 나가이 가후가 게이오대학(慶應大)을 떠난 후 그 반향도 적지 않았지만 이 잡지를 무대로 하여 신인이 등장하는 경향은 계속되었다. 1946년 사토 하루오를 주축으로 재건에 힘써서 마침내 복간되었다.	*「京城異聞」(11-5) (金文輯) 1936. 5

잡지명 / 사양 / 발행처 / 발행기간	주 요 사 항 및 성 격	주 요 작 품
都新聞 (미야코신분) **都新聞** 일간지 都新聞社 1884. 9 ~ 1942. 10	≪미야코신분(都新聞)≫은 1884년 9월 25일부터 1942년 10월 1일까지 도쿄에서 발행된 석간신문이다. 1884년 가나가키 로분(仮名垣魯文)을 주필로 석간 ≪곤니치신분(今日新聞)≫이 창간되어, 1888년에는 구로이와 루리코(黑岩淚香) 주필의 조간 ≪미야코신분(みやこ新聞)≫으로, 1889년에는 ≪미야코신분(都新聞)≫으로 개명되었다. 연극, 문예 기사에 특색이 있고 서민 취향의 신문이었는데, 1942년 <新聞事業令>(1941.12 공포)에 의해 ≪고쿠민신분(國民新聞)≫과 합병하고 夕刊 지방지 ≪도쿄신문(東京新聞)≫이 되었다. 1935년 소설가 다자이 오사무(太宰治)가 입사 시험에 응시했으나 낙방된 적이 있다고 한다.	*「寡婦の夢」(其上)(其下) 6面 5137 ~ 5138號 (李人稙 稿:麗水 補) 1902. 1 28 ~ 29
モダン日本 朝鮮版 (모던니혼 조센반) 오락잡지 モダン日本社 1930 ~ 1951	「모던니혼(モダン日本)」은 1930년 기쿠치 간(菊池寬)이 창간하여 전시 중에는 「신타이요(新太陽)」로 개명하고 1950년에는 「벳사쓰모던니혼(別冊モダン日本)」으로 또다시 개명한 후 1951년 폐간된 오락잡지이다. 「모던니혼 조센반(モダン日本 朝鮮版)」에 1939년 11월 발행한 조선 특집호와 1940년 8월에 발행한 임시증간호 조선판이 실려 있다. 1939년 김사량은 モダン日本社의 위촉을 받아 「모던니혼 조센반(モダン日本 朝鮮版)」의 편집을 맡아 게재 작품의 선택 및 번역에 참여하였다.	(朝鮮特輯號) *「蕎麥の花の頃」(10-12) (李孝石:作者自譯) 1939. 11 *「鴉」(10-12) (李泰俊:朴元俊譯) 1939. 11 *「無明」(10-12) (李光洙:金史良 譯) 1939. 11 *「秋」(11-1) (兪鎭午:吳泳鎭 譯) 1939. 12 *「無明」「夢」「鬻庄記」「亂啼鳥」「血書」「嘉實」(李光洙短篇飜譯集) 1940. 4. 10 *「有情」(李光洙) 1940. 6. 25 (臨時增刊號朝鮮版) *「路は暗きを」(11-9) (朴泰遠:金種漢 譯) 1940. 8 *「村の通り道」(11-9) (金東里:金山泉 譯) 1940. 8 *「心紋」(11-9) (崔明翊:金山泉 譯) 1940. 8 *小說集「愛」(前編) (李光洙:金逸善 譯) 1940. 10. 10 *小說集「愛」(後編) (李光洙:金逸善 譯) 1941. 3. 6
野獸群 (야주군) 문예잡지 文藝鬪爭社 1926. 8 ~ 1927. 3	「야주군(野獸群)」은 1926년 8월 발행한 아나키스트 문예잡지로 1927년 4월 「분케이토소(文藝鬪爭)」로 개명했다.	*「乞食の大將」(2-1) (金煕明) 1927. 1
若草 (와카쿠사)	「와카쿠사(若草)」는 1925년 10월(제1권 제1호)부터 1944년 3월 (제20권 1호)까지 총 217호를 발행한 문예지이다. 창간 초기에는 1922년 4월 1일 창간한 소녀 취향의 여성잡	*「美佐子」(11-9) (張赫宙) 1935. 9 *「口惜しがる」(11-10) (張赫宙) 1935. 10

잡지명 / 사양 / 발행처 / 발행기간	주 요 사 항 및 성 격	주 요 작 품
 문예지 寶文館 1차: 1925. 10 ~ 1944. 3 2차: 1946. 3 ~ 1950. 2	지 「레이조카이(令女界)」와 같은 젊은 여성 대상의 잡지였다. 1930년대에 들어서면서 문예적인 색채를 드러내며 문예중심의 잡지로 자리매김하였다. 후에 문예 투고지로서 문단에 새로운 바람을 일으켰다. 쇼와(昭和)시대 유명작가인 다케다 린타로(武田林太郎), 니와 후미오(丹羽文雄), 이부세 마스지(井伏鱒二) 등이 활동했다. 1943년 3월 이후 휴간에 들어간 후 패전 후인 1946년 3월 재개하여 1950년 2월까지 계속 발행하다가 폐간되었다. 김사량 이외 장혁주, 김소운, 김성민 등의 글이 게재되어 있는 것으로 보아 잡지 「若草」는 식민지 작가들에게 널리 문호를 개방했던 것으로 추정된다.	
早稻田文學 (와세다분가쿠) 문학잡지 早稻田文學社 1차:1891. 10 ~ 1898. 10 2차:1906. 1 ~ 1927. 12 3차:1934. 6 ~ 1949. 3 4차:1949. 5 ~ 1949. 9 5차:1951. 11 ~ 1953. 11 6차:1959. 1 ~ 1959. 8 7차:1969. 2 ~ 1975. 1 8차:1976. 6 ~ 1997 9차:1997 ~ 2005 10차:2008 ~	「와세다분가쿠(早稻田文學)」의 제1차는1891년 10월부터 1898년 10월까지 총 156권을 처음에는 東京專門學校 후에는 早稻田文學社에서 발행했다. 주간(主幹)은 쓰보우치 쇼요(坪內逍遙)로 처음에는 교외교육으로 강의록이 중심이었지만 점차 문학적인 색채로 변화되었다. 문학의 활동으로 「지분효론(時文評論)」에서 공평하게 사실을 보도하는 기사적인 태도를 취했다. 쓰보우치 쇼요와 모리 오가이(森鷗外)의 <沒理想論爭>으로 유명하다. 제2차는 1906년 1월부터 1927년 12월까지 총 263권을 金尾文淵堂, 早稻田文學社, 東京堂에서 발행했다. 주간(主幹)은 시마무라 호게쓰(島村抱月), 뒤이어 혼마 히사오(本間久雄)가 담당했다. 이 기간에는 자연주의관이 중심이 된 탓에 마사무네 하쿠초(正宗白鳥), 다야마 가타이(田山花袋) 등의 작품이 지면을 장식하여 문단의 지도적인 역할을 수행하였다. 이후에는 소마 다이조(相馬泰三), 다니자키 세이지(谷崎精二) 등이 활약했다. 제3차는 1934년 6월부터 1949년 3월까지 총 143권을 早稻田文學社, 新星社, 三笠書房에서 발행했다. 주간(主幹)은 다니자키 세이지(谷崎精二)였고 오자키 가즈오(尾崎一雄), 아사미 후카시(淺見淵) 등이 활약했다. 전쟁 중에는 자유주의 면목을 유지하였다. 제4차는 1949년 5월부터 1949년 9월까지 총 4권으로 銀柳書房에서 발행했다. 제5차는 1951년 11월부터 1953년 11월까지 총 20권을 早稻田文學社에서 발행했고 주간(主幹)은 다니자키 세이지(谷崎精二)가 담당했다. 제6차는 1959년 1월부터 8월까지 총 8권을 雪華社에서 발행했다. 니와 후미오(丹羽文雄), 이시카와 다쓰조(石川達三), 히노 아시헤이	*「蝶」(7-7) (俞鎭午) 作者自譯 1940. 7

잡지명 / 사양 / 발행처 / 발행기간	주 요 사 항 및 성 격	주 요 작 품
	(火野葦平) 등이 편집을 담당했다. 제7차는 1969년 2월부터 1975년 1월까지 총 72권을 早稻田文學社에서 발행했다. 제8차는 1976년 6월부터 1997년까지 早稻田文學社에서 발행했다. 이때부터 신인작가 발굴에 의욕적인 자세를 보여서 와세다분가쿠(早稻田文學) 신인상을 제정하였다. 제9차는 1997년부터 2005년까지로 소설보다 비평과 사상 중심으로 전환하였다. 2005년 5월호부터 서점판매형태를 일시 중지하고 2005년 11월부터 2007년까지 무료신문형식으로 간행되었다. 제10차는 2008년 4월 다시 「早稻田文學」로 복간되어 오늘에 이르고 있다.	

4. 조선잡지 및 신문 목록 서지사항

※ 게재지명의 가나다순으로 하였다.
※ 인명 및 기타 일본어의 표기는 각 항의 초출에만 '일본어한글표기(원문)'으로 하고, 이하 원문으로 표기하였다.

잡지명 / 사양 / 발행처 / (발행기간)	주 요 사 항 및 성 격	주 요 작 품
京城日報 朝刊, 夕刊 (경성일보 조간, 석간)  일간지 京城日報社 1906. 9~	「경성일보(京城日報)」는 이토 히로부미(伊藤博文)가 통감부 서기관 이토 스게타나(伊東祐侃) (전 오사카아사히신문 주필)로 하여금 ≪漢城新報≫와 ≪大東新報≫를 합병시켜, 1906년 9월 1일 창간하였다. 창간 당시는 국한문판과 일문판으로 발행하였다. 1907년 4월 21일부터 국한문판은 중지하고(국한문판 지령 185호) 일문판만 발행하였다. 1910년 강점 후에는 한말 최대의 민족지였던 ≪大韓每日申報≫를 흡수 합병하여 ≪每日申報≫로 개제하고 ≪京城日報≫ 자매지로 발행하였다. 1913년 1월에는 자본금 7만 원의 합자회사를 만들었다. 1914년에는 서울 필동에 있던 사옥을 현재의 서울시청 자리인 태평로 1가 31번지로 옮겼다. 1923년에는 시청 자리에 있던 사옥을 경성부청(京城府廳) 신축부지로 양도하고 그 옆자리인 현재의 대한공론사와 서울신문사가 들어서 있는 자리에 사옥을 신축하여 1924년 이전하였다. 1930년에는 자본금을 50만 원으로 대폭 늘리고, 조선총독부 기관지이면서 독립된 회사로 운영되던 영자신문 ≪서울프레스(The Seoul Press)≫를 병합하였다. 일본어(京城日報), 한국어(每日申報), 영어(서울프레스) 등 3개 국어로 된 신문을 발행하게 되었다. 그 후 1937년 5월 30일 ≪서울프레스≫는 폐간되었다. 1938년 4월 16일에는 ≪每日申報≫를 ≪京城日報≫로부터 독립시켜 새로운 주식회사로 만들었고, ≪京城日報≫는 다시 일본어신문만 발간하게 되었다. <조선연감(朝鮮年鑑)>과 단행본 등도 발간하였고, 일제의 조선통치를 홍보하는 여러 부대사업을 실시하였다.	조간 *「圖書館にて」(1)~(6) (李壽昌) 1928. 3. 20. 21. 23. 25. 27. 28. 7294, 7295, 7297, 7299, 7301, 7302號 *「廢邑の人々」(全30回) (崔允秀) 1928. 5. 22~6. 27 7356~7392號 *「從嫂の死」(上)(中)(下) (韓再熙) 1931. 9. 16~18 8551~8553號 *「樂しい葬式」(上)~(下) (李石薰) 1932. 9~3. 4. 6 8898, 8899, 8910號 *「移住民列車」(1)~(5) (李石薰) 1932. 10. 14~16. 19. 20 8939~8941, 8944, 8945號 *「ユエビン支那人船夫」(1)~(7) (李石薰) 1932. 11. 13. 15~18. 20. 22 8968, 8970~8973, 8975, 8977號 *「一票の效能」(李孝石:鄭人澤 譯) 小說飜譯 1940. 4. 10 11640號付錄「奉祝 紀元千六百年始政三十周年躍進 朝鮮の全貌」所收 *「永遠の女」(牧洋:이석훈) 1942. 10. 28~12. 7 12574~12614號 (全41回) *「海への書」(1~9, 10~110) (李無影) 1944. 2. 29~3. 9 석간 *「山寺の人々」(1)~(7) (李光洙) 1940. 5. 17~19, 21~24 11686~11688, 11690~11693號 *「海への書 (1~9,10~110)1(李無影) 1944. 2. 29~3. 9, 1944. 4. 25~8. 31 1944년 3월 10일부터 석간이 폐지되어 연재 10회째(4.25)부터 조간으로 게재
觀光朝鮮 (관광조선) 격월간지 日本旅行協會朝鮮支部 1939. 6~1940. 11	「관광조선(觀光朝鮮)」은 1939년 6월 일본여행협회 조선지부에서 2개월에 1번씩 격월간지로 발행한 관광잡지이다. 1940년 11월에 발행한 2권 6호를 마지막으로 그해 12월 잡지명을 「문화조선(文化朝鮮)」으로 바꾸고 1944년 12월까지 발행하였다.	*「邂逅」(2-3) (張赫宙) 1940. 5. 1 *「邂逅」(2-4) (張赫宙) 1940. 7. 1 *「靜寂記」(3-3) (崔貞熙) 1941. 5. 1

잡지명 / 사양 / 발행처 / (발행기간)	주 요 사 항 및 성 격	주 요 작 품
國民文學 (국민문학)  종합문예지 人文社 1941. 11~1945. 5	「국민문학(國民文學)」은 1941년 11월 1일부터 1945년 5월까지 통권 38호를 발행된 문예잡지이다. 1941년 최재서가 발간하고 있던 「인문평론(人文評論)」을 자진 폐간하고 이태준이 주재한 「문장(文章)」을 흡수하여 제호를 「국민문학(國民文學)」으로 고쳐서 발행한 대표적인 친일문예잡지이다. 애초에는 1년에 일본어판 4회, 한글판 8회를 낼 계획이었으나 조선작가의 작품이 수합되지 않아 한글판 발간을 종결하고 1942년 5.6월 합병호부터 일본어판으로만 간행했다. 편집 겸 발행인은 최재서(崔載瑞 : 石田耕造), 인쇄인 가네미쓰(金光容圭 : 김용규), 편집인 김종환, 인쇄소 (주) 대동(大同)출판사, 발행소 인문사(人文社), A5판 236면 정가 70전이다.	*「薊の章」(1-1) (李孝石) 1941. 11 *「靜な嵐」(1-1) (李石薫) 1941. 11 *「淸凉里界隈」(1-1) (鄭人澤) 1941. 11 *「血」(2-1) (韓雪野) 1942. 1 *「南谷先生」(2-1) (兪鎭午) 1942. 1 *「ムルオリ島」(2-1) (金史良) 1942. 1 *「色箱子」(2-4) (鄭人澤) 1942. 4 *「妻の故鄕」(2-4) (靑木洪:홍종우) 1942.4 *「若い力」(2-5) (安東益雄:본명미상) 　1942. 6. 1 *「夜(靜かな嵐·第2部)」(2-5) (牧洋: 　이석훈) 1942. 6. 1 *「船の中」(2-6) (趙容萬) 1942. 7 *「皇帝」(2-7) (李孝石:金種漢譯) 1942.8 *「鐵を掘る話」(2-8) (李北鳴) 1942. 10 *「ふるさとの姉」(2-8) (靑木洪:홍종 　우) 1942. 10 *「濃霧」(2-9) (鄭人澤) 1942. 11 *「野菊抄」(2-9) (崔貞熙) 1942. 11 *「影」(2-10) (韓雪野) 1942. 12 *「森君夫妻と僕と」(2-10) (趙容萬) 1942. 　12 *「靜魂」(2-10) (卞東琳) 1942. 12 *「石橋」(3-1) (李泰俊:平本一平 譯) 　1943. 1 *「或る朝」(3-1) (金南天) 1943. 1 *「太白山脈(8回)」(3-2~4，6~10) 　(金史良) 1943. 2~4, 6~10 *「土龍:間島旅裏第二話」(3-4) (李無 　影) 1943. 4 *「聖顔」(3-5) (金士永) 1943. 5 *「晴風」(3-5)(安東益雄:본명미상)1943. 5 *「北の旅」(3-6) (牧洋:이석훈) 1943. 6 *「報道演習場」(3-7) (崔載瑞) 1943. 7 *「豚追遊戲」(3-7) (牧洋:이석훈) 1943. 7 *「化の皮」(3-7) (鄭飛石) 1943. 7 *「行軍」(3-7)(李石薫) 1943. 7 *「射擊」(3-7)(鄭飛石) 1943. 7 *「蓬島物語(第1回)」(3-9) (牧洋:이석 　훈) 1943. 9 *「矜恃」(3-9) (吳本篤彦:본명미상) 　1943. 9 *「加川校長」(3-10) (香山光郎:이광수) 　1943. 10 *「かへりみはせじ」(3-10) (鄭人澤) 　1943. 10 *「幸不幸」(3-11) (金士永) 1943. 11 *「覊絆」(3-11) (吳本篤彦:본명미상) 　新人推薦 1943. 11 *「本音」(3-11) (崔秉一) 1943. 11 *「見學物語」(3-12) (靑木洪:홍종우) 　1943. 12

잡지명 / 사양 / 발행처 / (발행기간)	주 요 사 항 및 성 격	주 요 작 품
		*「燧石」(4-1) (崔載瑞) 1944. 1 *「四十年1,2,3」(4-1~3) (香山光郎:이광수) 1944. 1~3 *「金玉均の死」(4-3) (南川博:본명미상) 1944. 3 *「虧月」(4-4) (吳本篤彦:본명미상) 1944. 4 *「善靈」(4-5) (牧洋:이석훈) 1944. 5 *「道」(4-5) (金士永) 1944. 5 *「非時の花(1)~(4)」(4-5~8) (石田耕造:최재서) 1944. 5~8 *「細流」(4-7) (淸川士郎:김사영) 1944. 7 *「覺書」(4-7) (鄭人澤) 1944. 7 *「壯丁」(4-8) (金村龍濟:김용제) 1944. 8 *「イョ島」(4-8) (宮原三治:이저형) 1944. 8 *「崖」(4-9) (吳本篤彦:본명미상) 1944. 9 *「若い龍の鄕」(4-11) (吳泳鎭) 1944. 11 *「處女地(第一回)」(5-1) (牧洋:이석훈) 1945. 1 *「洛花の賦」(5-1) (鄭飛石) 1945. 1 *「民族の結婚 1,2」(5-1,2) (石田耕造:최재서) 1945. 1. 2 *「新人敎師」(5-2) (宮原三治:이저형) 1945. 2
國民新報 (국민신보) 주간신문 每日新報社 1939. 4. 3	《국민신보(國民新報)》는 일제강점기 체제에 순응하는 문학을 부르짖기 시작하던 1939년 4월 3일 每日新報社에서 매주 발행한 주간신문이다. 1939년은 식민지말기 문학작품 발표매체를 고려할 때 중요한 분기점이라 할 수 있는데, 본 신문의 창간이 <조선문인협회> 결성과 겹쳐 있어, 문학작품 외에도 이 협회 회원의 위문문이 3차례 걸쳐 게재된 것이나, 주장 등이 게재된 것도 주목을 끈다. 초창기에는 매 호마다 조선인 문학작품이 게재되다가, 1940년대에는 대폭 감소되었고, 무기명 발표도 적지 않았다. 언제까지 발행하였는지는 정확히 알 수 없으나, 현재 제177호(1942. 8. 30) 발행분까지는 결호 없이 국립중앙도서관에 남아 있다.	*「處女の倫理」(張赫宙) 1939. 4. 3~8. 13 *「祖國に歸る」(鄭飛石) 1939. 4. 23 *「秘花苑」(金文輯) 1939. 5. 21~5. 28 *「大陸」(韓雪野) 1939. 6. 4~9. 24 *「地獄行」(遺稿) (白信愛) 1939. 7. 2 *「別れの曲」(金文輯) 1939. 11. 5~11. 12 *「綠色搭」(李孝石) 1940. 1. 11 *「花咲く春」(崔英朝) 1940. 5. 5~5. 19 *「母」(鄭人澤) 1940. 9. 1 *「愛國子供隊」(李貞來) 1941. 11. 11 *「世紀の行進」(國本直樹) 1942. 8. 16~8. 30
國民總力 (국민총력) 	「총동원(總動員)」은 1939년 6월 4일 창간된 후 1940년 10월 國民總力朝鮮聯盟의 기관지「국민총력(國民總力)」으로 제호를 바꿔 총 4권으로 발행된 대중종합잡지이다. 편집겸 발행인은 니시야마(西山力), 인쇄자는 酒井與三吉, 인쇄소 鮮光인쇄(주), 발행소는 國民總力朝鮮聯盟(京城府 南米倉町 9), A5판 101면, 정가 15전이다. 조선총독부기관지「總動員」은 1년 4개월 간 총 2권 10호까지 발행되었다. 사실상「總動員」은 일제의 정책, 정략이 고스란히 담겨 있다.	*「汽車の中」(3-1) (兪鎭午) 1941. 1. 7 *「幻の兵士」(3-2) (崔貞熙) 1941. 2. 7 *「黎明:或る序章」(3-4) (李石薫) 1941. 4. 7 1943. 6「靜かな嵐」로 수록 *「新しい出發」(張赫宙) 1943. 7. 15, 8. 1 *「蠅」(5-19) (香山光郎:이광수) 1943. 10. 1 *「佛國寺の宿」(5-20) (趙容萬) 1943. 10. 15 *「母」(5-21) (池内奉文:지봉문) 1943. 11. 1

잡지명 / 사양 / 발행처 / (발행기간)	주요사항 및 성격	주요작품
기관지 國民總力朝鮮聯盟 1940. 10~		*「軍裝」(5-23) (高野在善) 1943. 12. 1 *「武田大尉」(6-2) (鄭人澤) 1944. 1. 15 *「祖父の鐵屑」(6-6) (兪鎭午) 1944. 3. 15 *「花窟物語」(6-8) (李無影) 1944. 4. 15 *「鳳さん」(6-13) (李北鳴) 1944. 7. 1 *「第一號船の挿話」(6-17) (李泰俊) 1944. 9. 1 *「沖遠く」(6-21) (吳本篤彥) 1944. 11. 1
金融組合 (금융조합) 잡지 朝鮮金融組合聯合會 1928. 11	「금융조합(金融組合)」은 <朝鮮金融組合聯合會>에서 매월 발행한 잡지로, 1928년 11월 창간호를 발행했다. 장혁주의 「金田琴子」는 1942년 3월 발행 「半島の光」(182)호에 再錄되었다.	*「こころ」(126) (張赫宙) 1939. 3 *「或る靑年の告白」(139) (張赫宙) 1940. 4 *「金田琴子」(160) (張赫宙) 1942. 2 *「鏡の城」(181) (張赫宙) 1944. 1
內鮮一體 (내선일체) 잡지 內鮮一體實踐社 1940. 1~1944. 10	「내선일체(內鮮一體)」는 1940년 1월 1일 창간되어 1944년 10월 통권 38호로 종간된 친일잡지이다. 편집 겸 발행인 오토모 사네오미(大朝實臣, 본명:朴南圭), 인쇄인 金光容圭(본명:김용규), 인쇄소 (주) 대동(大同)인쇄소, 발행소 內鮮一體實踐社(京城府 宮井町 83의 1), A5판 100면, 정가 40전이다. 주요 집필자는 李家源甫(본명:李源甫), 香山光郞(본명:李光洙), 天野道夫(본명:玄永燮), 竹山龍伯(본명:安龍伯), 玉山壹義(본명미상) 등이다. 현영섭은 '내선일체론'의 대표적인 이론가로 안용백과 함께 경성제국대학 예과 출신이다.	*「建設の道(上)」(1-2) (張正男) 1940. 2. 11 *「母と子」(1)~(6) (2-2), (4~8) (趙雲) 1941. 2. 4~8 *「汐風」(3-11) (通卷16號) (安東益雄:본명미상) 1942. 12
東洋之光 (동양지광) 잡지 東洋之光社 1939. 1~1945. 5	「동양지광(東洋之光)」은 1939년 1월부터 1945년 5월까지 통권 83호 발행된 친일잡지이다. 편집 겸 발행인은 박희도(朴熙道), 인쇄인 김용규(金容圭), 인쇄소 (주)대동(大同)출판사, 발행소 동양지광사(明治町 88 : 서울 명동) A5판 117면 정가 40전이다. 발행인 박희도(1889~1951)는 3·1운동 민족대표 33인 중의 한 사람이다. 황해도 해주 출생으로 연희전문학교(현 연세대)를 중퇴했다. 1916년 6월 서울 YMCA회원으로 활약하다가 1919년 2월 22일 이승훈(李承薰) 오화영(吳華英) 이갑성(李甲成) 함태영(咸台永) 안세환(安世桓) 등이 모인 비밀회의에 동참하고 3월 1일에는 민족대표로서 독립선언서에 서명하고 태화관 회의에 참석했다가 구금되어 2년여의 옥고를 겪었다. 1922년 3월 잡지 「신생활(新生活)」을 창간하여 신생활을 제창하며 신사상을 고취하다가 필화(筆禍)로 함흥감옥에서 옥고를 치렀다. 그러다가 1939년 1월 「東洋之光」을 창간하여 사장이 되고 <국민총력조선연맹> 등 친일단체에서 활약했다.	*「嫉妬」(1-3) (李石薰:李素峽 譯) 1939. 3 *「福德房」(1-4) (李泰俊:李素峽 譯) 1939. 4 *「新しき日 1, 2」(1-5.6) (金耕修) 1939. 5. 6 *「晩年記」(4-5) (鄭人澤) 1942. 5 *「先生たち」(4-8) (牧洋:이석훈) 1942. 8 *「或る晩」(5-1) (崔秉一) 1943. 1 *「幼な友:一老兵の想ひ出話」(5-3) (ボウル·ブウルヂエ:巖浩爽 譯) 1943. 4 *「血緣」(5-7) (牧洋:이석훈) 1943. 8 *「地獄案內 (上) (下)」(5-10) (6-1) (李周洪) 1943. 12. 1944. 1 *「武裝」(6-5) (金園正博:본명미상) 1944. 5 *「便り」(6-6) (崔秉一) 1944. 6 *「山また山」(7-1) (玄薰) 1945. 1

잡지명 / 사양 / 발행처 / (발행기간)	주 요 사 항 및 성 격	주 요 작 품
綠旗 (녹기) 기관지 綠旗聯盟 1936. 1 ~ 1944. 2	「녹기(綠旗)」는 1936년 1월부터 1944년 2월까지 통권 96호 발행한 사상계몽을 위한 기관지이다. 창간호의 판권장을 보면, 편집 겸 발행인 노나카(野中), 인쇄인 사와다(澤田敏郎), 인쇄소 지카자와(近澤)印刷部, 발행소 녹기연맹(綠旗聯盟, 京城府 初音町 76), A5판 61면, 정가 20전이다. 발행인은 노나카로 되어 있으나 이 잡지의 실제 주재자는 경성제국대학 예과 교수 쓰다 사카에(津田榮)이다. 동생 쓰다 다카시(津田剛)는 경성제국대학 철학과 출신으로 「綠旗」의 주간을 맡았다. 창간할 당시에는 재조일본인으로만 구성되어 있으나 1937년부터 조선인 현영섭(玄永燮)이 연맹에 가담한 후 친일적인 조선인이 다수 참여하게 되었다.	*「ふるさと」(6-3) (李石薰) 1941. 3 *「天上物語」(1)~(5) (6-3.6) 8~10) (金聖珉:宮原惣一) 1941. 3. 6. 8~10 第四回부터 宮原惣一라는 창씨개명으로 바뀜 *「山の靈」(6-12) (Nバイコフ:白石 譯) 1941. 12 *「穀」(7-1) (鄭人澤) 1942. 1 *「隣りの女」(7-3) (牧洋:이석훈) 1942. 3 *「村は春と共に」(7-4) (鄭飛石) 1942. 4 *「車への旅」(7-5) (牧洋:이석훈) 1942. 5 *「婿」(7-9) (李無影) 1942. 9 *「靜かな嵐(完結篇)」(7-11) (牧洋:이석훈) 1942. 11 *「ふるさと」(7-12) (趙容萬) 1942. 12 *「ある篤農家の述懷」(8-1) (張赫宙) 1943. 1 *「權爺さん」(8-3) (池內奉文:池奉文, 한재희?) 1943. 3 *「旅のをはり」(8-6) (牧洋:이석훈) 1943. 6 *「大東亞」(8-12) (香山光郞:이광수) 1943. 12 *「こだま」(9-1) (金士永) 1944. 1 *「月城君の從軍」(9-2) (石耕:崔載瑞) 1944. 2
每日申報 (매일신보) 일간신문 每日申報社 1910. 8 ~ 1945. 11	《매일신보(每日申報, 每日新報)》는 일제강점기 조선에서 발행된 조선총독부 기관지이다. 전신은 1904년 창간된 항일독립지향 성격이 강한 《대한매일신보(大韓每日申報)》이다. 1910년 한일병탄 직후에 《경성일보(京城日報)》가 대한매일신보의 경영을 인수받아 《매일신보》로 개제된 후, 《경성일보》의 자매지로서 발행되었고, 통합 분리를 거쳐 1937년에 제호를 《매일신보(每日新報)》로 변경하였다. 이후 《경성일보》는 일본어판으로, 《매일신보》는 한글판으로 발행되었지만, 간혹 일본어 단문이 실리기도 했다. 이를 계기로 주식회사가 되었는데, 당시 조선총독부가 주식의 과반수를 보유하고 있었다. 1945년 8월 총독부가 해체됨에 따라 좌익계열 사원들이 자치위원회를 구성하여 운영하던 중 미군정과의 충돌을 반복하면서 동년 11월 10일에 일시정간명령이 하달되었고, 11월 23일에 《서울신문》으로 복간되었다.	*「書齋」(鄭人澤) 1937. 3. 4 ~ 3. 5(2회) *「淸凉里界畏」(鄭人澤) 1937. 6. 26 ~ 7. 2(4회)
文友 (문우) 경성제국대학 예과동인지 京城帝國大學 1926 ~ 1929	「문우(文友)」의 발행은 유진오의 서양고전과 일본고전 일색이었던 「청량(淸凉)」에 조선고전을 수록하자는 것에서 촉발되었다. 이러한 조선인학생의 노력에 의해 <학우회>와는 별도로 <문우회>가 조직되었고, 조선어 잡지 「문우(文友)」를 발간하게 되었다. 1925년에는 작가 이효석과 훗날 남로당 간부가 된	

잡지명 / 사양 / 발행처 / (발행기간)	주 요 사 항 및 성 격	주 요 작 품
	최용달과 이강국 등이 참여하였다. 「문우」의 기본이념은 유기춘(柳基春)에 의해 "한시도 쉬지 말고 곡괭이를 들고 문명의 고분을 탐구하지 않으면 안 된다. 그래서 조상의 해골이 되려는, 뭔가가 되려는 강력한 탐구이다. 그렇게 함과 동시에 '너의 것'을 사랑하라. 그리고 또한 '너의 것'에 대한 근심을 물으라. 그래야 새로운 문우회원(問憂會員)이다."(『文友』, 1927.11)로 표현되었다. 「문우(文友)'의 진정한 의미를 '문우(問憂)'에 있는 것, 결국 조선의 것, 조선의 근심을 묻는 것에 있다고 주장한 것이다.	
文化朝鮮 (문화조선) 문화잡지 東亞旅行社朝鮮支部 1940. 12 ~ 1944. 12	「문화조선(文化朝鮮)」은 1940년부터 1944까지 동아여행사(東亞旅行社) 조선지부에서 발행한 조선의 종합문화잡지이다. 1940년 12월 잡지명을 「관광조선(觀光朝鮮)」에서 「文化朝鮮」으로 바꾸고 1944년 12월까지 간행하였다. 이 잡지에는 철도, 명승지, 시각표 등 조선의 여행가이드뿐만이 아니라 기행, 소설, 수필, 민요 등 다양한 문학장르가 들어있다. 또한 만화, 콩트, 영화, 음악계 소식까지 들어있는 종합문화잡지의 성격이다.	*「靜寂記」(3-3)(崔貞熙) 1941. 5. 1 *「山の神々」(3-5)(金史良) 1941. 9. 1 *「インテリ·金山へ行く」(3-6)(李石薰) 1941. 11. 1 *「どじょうと詩人」(4-3)(牧洋:이석훈) 1942. 5. 10 *「乞食の墓」(4-4)(金史良) 1942. 7. 10 *「名付親」(4-5)(任淳得) 1942. 12. 10 *「雀を燒く」(5-1)(鄭人澤) 1943. 1. 30 *「愛の倫理」(5-2)(通卷 22號)(鄭飛石) 1943. 4. 20 *「宏壯氏(クエンチャン氏)(6-1) 通卷 27號(李無影) 1944. 2. 25 *「連翹」(6-2)(通卷 28號)(鄭人澤) 1944. 5. 10 *「甲種合格」(6-4)(通卷 30號)(鄭人澤) 1944. 12. 25
釜山日報 朝刊 (부산일보 조간) 일간신문 釜山日報社 1905. 2	≪부산일보(釜山日報)≫는 1905년 2월 부산에서 창간되었다. 창간 당시에는 제호가 ≪조선일보(朝鮮日報)≫이였으나 얼마 되지 않아 ≪조선시사신보(朝鮮時事新報)≫로 바꾸었다가 1907년 10월부터 ≪釜山日報≫로 명칭이 변경되었다. 판형은 타블로이드판이며 발행면수는 1913년부터 4면에서 6면으로, 1917년 2월부터는 8면으로 증면되었다. 1923부터 1월 15일부터 조간과 석간의 발행체제로 들어가 1925년 조간과 석간 각 4면씩 총 8면을 발행하였다. 1929년 조간 6면, 석간 4면 총 10면 발행하였다. 1934년 11월 1일부터 조간과 석간이 12면으로 증면 발행했다. 1941년 ≪조선시보(朝鮮時報)≫와 ≪남선일보(南鮮日報)≫와 통합되면서 발행 면수는 조간이 2면, 석간이 4면으로 축소되었다. 1907년 ≪釜山日報≫로 제호가 바뀔 당시 초대사장은 아쿠타가와 다다시(芥川正)의 개인 소유의 회사로 세습 운영되었다. 1915년 사옥에 화재가 발생하여 공장시설을 다시 건축하였다. 1916년 7월 윤전기를 구입하고, 1917년 2월부터 다	*「五錢の悲しみ」(上)(下)(李石薰) 1929. 8. 28. 29 7739, 7740號 *「平家蟹の敗走」(1)~(4)(李石薰) 1929. 10. 23~26 7793~7796號 *「ホームシツク」(石井薰:李石薰) 1929. 11. 29 7828號 *「ある午後のユーモア」(이석훈) 1929. 12. 3 7832號 *「おしろい顔」(李石薰) 1929. 12. 7 7836號 *「バリカンを持つた紳士」(石井薰:李石薰) 1930. 1. 17 7872號 *「放浪息子:Kさんに捧ぐ」(上)(中)(下)(安種彦:안함광) 1930. 2~25. 27. 28 7910, 7912, 7913號 *「大森の追憶」(1)~(7)(石井薰) 1930. 2. 26~3. 2, 3. 4. 5 7911~7915, 7917, 7918號 *「やつぱり男の世界だわ!」(1)~(3)(李石薰) 1930. 3. 6. 10. 11 7919, 7922, 7923號 *「靑瓦の家」(李無影) 1942. 9. 8~

잡지명 / 사양 / 발행처 / (발행기간)	주 요 사 항 및 성 격	주 요 작 품
	시 8면으로 증면하면서 구독료도 50전으로 인상하였다. 이 당시부터 새롭게 조선어면 도 신설하여 조선 독자를 상대로 시장 확대를 시도하였다. 1919년 2월 1일부터는 개인 경영을 떠나 주식회사 체제로 운영되었다. 1928년 1월 사장과 주필을 맡아 온 아쿠타가와 다다시가 사망하자 일찍이 부산에 진출하여 수산업으로 막강한 자본을 축적한 가시이 겐타로(香椎源太郎)가 새롭게 대표로 취임하였다. 1931년 1월 27일 또다시 화재가 발생하여 사옥이 전부 소실되었다. 1932년 2월 일본 신문계의 원로인 시노자키 쇼노스케(篠崎昌之介)를 부사장 겸 편집국장으로 영입하였다. 1940년부터 일제의 1道 1社의 방침에 따른 언론 통폐합 정책으로 부산과 경남 마산에서 발행되고 있던 ≪朝鮮時報≫와 ≪南鮮日報≫를 1941년 5월 27일 통합하였다. 이로 인해 부산과 경남 시장을 독점하였다. ≪釜山日報≫는 당시 광고 수입에서 조선총독부 기관지인 ≪京城日報≫에 뒤이어 2위를 유지할 정도로 규모가 컸다.	1943. 2. 7 12406號~이후 號數 미상, 1943. 9 단행본으로 간행
城大文學 (성대문학) 경성제국대학 문과동인지 京城帝國大學 1935~1939	「성대문학(城大文學)」은 경성제국대학 예과에서 학부로 진학한 일본학생들이 만든 문학동인지이다. 일본인 잇시키 다케시(一色豪)가 편집 겸 발행인으로서 표기되어 있으며, 그 밖의 동인으로 미야자키 세이타로(宮崎淸太郎), 와타나베 마나부(渡部學), 이즈미 세이치(泉靖一), 모리타 시로(森田四郎) 등 일본인 학생들이 동인으로 구성되었다. 그러나 동인이라고 해도 동일한 문학관이나 동일한 이념이 없이 작품활동을 하였으므로, 결속력 면에서는 동인과 비동인 사이에 큰 차이는 없어 보인다. 조선인 학생으로는 예외적으로 오영진(吳泳鎭), 이석곤(李碩崑) 등이 참여하였다.	*「眞相」(吳泳鎭) 1936. 2 *「友の死後」(吳泳鎭) 1936. 5 *「一小事件」(白默石) 1936. 5 *「觀音菩薩」(李碩崑) 1936. 7 *「かがみ」(吳泳鎭) 1936. 7 *「收縮」(李碩崑) 1936. 11 *「丘の上の生活者」(吳泳鎭) 1936. 11
新時代 (신시대) 대중종합지 新時代社 1941. 1~1944. 2	「신시대(新時代)」는 1941년 1월 1일부터 1944년 2월 1일까지 통권 54호 발행한 조선의 대중종합잡지로 한글과 일본어 작품이 반씩 섞여 있다. 창간호에는 표지·목차·판권장이 없어져서 본문내용은 거의 볼 수 없으나, 제2호는 완전본이다. 제2호의 판권장을 보면, 편집 겸 발행인인 미즈하라(瑞原益亭:盧益亭), 인쇄인 이상오(李相五), 발행소 신시대사(서울 종로2가86), A5판 304면 정가 50전이다. 발행인 노익형(盧益亭)은 당시 조선 굴지의 출판사 '박문(博文)서관' 창업주로서 많은 양서를 출판했으며, 1938년 10월에는 우리나라 최초의 수필잡지 「博文」(1941.1종간. 통권 23호, 崔泳柱 편집)을 발행했다.	*「傘:大人のお伽噺」(2-4) (鄭人澤) 1942. 4 *「二月十五日の夜」(2-4) (崔貞熙) 1942. 4 *「兄弟(全5回)」(2-11,12, 3-1~3) (金士泳) 1942. 11~1943. 3 *「山の憩ひ(全2回)」(3-4,5) (鄭飛石) 1943. 4. 5 *「最後の家寶」(3-8) (牧洋:이석훈) 辻小說 1943. 8 *「元術の出征」(4-6) (香山光郎:이광수) 1944. 6

잡지명 / 사양 / 발행처 / (발행기간)	주 요 사 항 및 성 격	주 요 작 품
新女性 (신여성)  여성 전문 잡지 開闢社 1923. 9 ~ 1934. 4	「신여성(新女性)」은 1922년 6월부터 1923년 9월까지 발행되었던 「婦人」의 후신으로 1923년 9월 1일 창간되어 1924년 4월 4일 통권 38호로 종간되었다. 개벽사(開闢社)에서 발행된 여성 전문 월간지로 편집 겸 발행인은 박달성(朴達成)과 방정환(方定煥)이었다.	*「果園物語」(李無影) 1943. 1 (綠8-1) *「今日一日」(北川貞來:이정래) 1943. 2 (綠8-2) *「母の勉強」(北川貞來) 1943. 3 (綠8-3) *「希望の歌」(2-6)~(3-8) (張赫宙) 1943. 6~1944. 8 *「母の入齒:適齡者の日記手記」(3-2) (國本種星:이종성) 1944. 2 *「いづみ」(3-5) (淸川士郎:김사영) 1944. 5 *「麥笛」(3-9.10) (吳本篤彦:본명미상) 9.10合倂號 1944. 10. 1 *「双葉」(3-11) (吳本篤彦:본명미상) 1944. 11
朝光 (조광)  월간종합지 朝鮮日報社 1935. 11 ~ 1944. 12 1946. 3 ~ 1948. 12	「조광(朝光)」는 1935년 11월 1일 조선일보사에서 창간한 월간종합잡지이다. 발행인은 방응모(方應謨), 편집인은 함대훈·김내성이었다. 국판, 400면 내외이다. 주요 필진은 이광수·최현배·채만식·주요섭·차상찬·홍난파·김영수·이헌구·김도태·윤석중 등이었다. 1940년 8월 《조선일보》가 폐간당하자 조광사로 독립하여 발행했으며, 1944년 12월 1일 통권 110호로 종간되었다. 1946년 3월 복간되었다가 1948년 12월 통권 3호로 종간되었다. 시사 경제·사회문제 등을 다루는 한편, 문화면에 역점을 두어 많은 작품을 발표하였으며, 스포츠·음악·영화·요리·의학 분야의 글도 실었다. 일제 탄압이 가중되어 1941년부터 일본어가 섞이기 시작하였고, 논조도 친일적인 방향으로 기울었다.	*「母の告白」(9-9) (牧洋:이석훈) 1943. 9 *「不肖の子ら」(9-9) (鄭人澤) 1943. 9 *「驛前」(9-9) (李無影) 1943. 9 *「母の語らひ」(9-9) (鄭飛石) 1943. 9
朝鮮公論 (조선공론) 월간종합잡지 朝鮮公論社 1913. 4. 1. ~ 1944. 11	「조선공론(朝鮮公論)」은 일본인 마키야마 고조(牧山耕藏)가 1913년 4월 1일 창간하여 1944년 11월까지 총 380호를 발행한 월간종합잡지이다. 1913년 4월 1일 창간호를 시작으로 1942년 346호(1월호)까지 발행되었다가 다음달 2월호(347호)부터 개권호로 발행되었다. 현재 남아 있는 최종호는 1944년 380호(11월호)까지이다.	*「愚かなる告白」(12-11) (李壽昌) 1924. 11. 1 *「或る鮮人求職者の話」(13-1) (李壽昌) 1925. 1. 1 *「投げ捨てられた骸子」(15-2) (李光泳) 1927. 2 *「或る面長とその子」(15-4, 5) (李壽昌) 1927. 4. 5~1927. 5(2회 연재) *「朝子の死」(16-2) (韓再熙) 1928. 2 *「血書」(16-4, 5) (李光洙 : 李壽昌 譯) 1928. 4. 5 *「破鏡符合」(21-6) 通卷 243號 (尹白南) 1933. 6

잡지명 / 사양 / 발행처 / (발행기간)	주 요 사 항 및 성 격	주 요 작 품
朝鮮の敎育硏究 (조선교육연구)  교육잡지 朝鮮初等敎育硏究會 1928. 4 ~ 1940	「조선교육연구(朝鮮の敎育硏究)」는 1928년 4월부터 1940년까지 조선에서 발행한 교육잡지이다. 이 잡지는 경성사범학교 출신 교사들과 부속학교 교원들을 중심으로 구성된 초등교육단체인 <朝鮮初等敎育硏究會>가 발행하였다. 1941년부터는 「國民敎育」으로 개명하여 계속 발간하였다. 주로 초등학교 교사와 경성사범대 교수, 조선총독부 관료 등을 주축으로 초등교육 방법개선이나 연구조사, 평론 등의 관한 글을 게재하였다.	*「或る子供の備忘錄」(6) (李光天) 1929. 2. 6
朝鮮及滿洲 (조선 및 만주)  월간지 朝鮮及滿洲社 1912. 1 ~ 1941. 1	「조선 및 만주(朝鮮及滿洲)」는 1908년 3월 창간된 「조선(朝鮮)」이 1912년 1월 총 47호부터 개명되어 1941년 1월(통권 47호에서 398호)까지 발간된 일본어 종합잡지이다. 1912년 6월(통권 52호)부터 12월(통권 65호)까지 매월 1일과 15일에 발행된 것을 제외하면 월간지였다. 잡지의 편집은 창간호부터 샤쿠오 슌죠(釋尾春芿)가 담당하여 1909년 4월에 발행된 「朝鮮」 제3권 제2호부터 경영을 책임졌다. 처음에는 권-호 체제로 발행되다가, 1910년 3월호인 제25호부터 통권 체제로 발행되었다. 국판형 크기에 100쪽 가량으로 발행되었으며, 가격은 「朝鮮」 창간 당시 20전, 1909년부터 25전, 1941년 폐간 당시는 60전이었다. 월 2회 발행될 때는 국배판이었으며, 2권 40전으로 판매하였다.	*「惱ましき回想」(205) (李壽昌) 1924. 11 *「T博士との對話」(205) (李壽昌) 1924. 11 *「演奏會」(252) (丁陶希) 1928. 11 *「人生行路難」(358) (359) (金明淳) 1937. 9. 10 *「情熱の末路」(朱瓊淑) 1937. 1 *「朝鮮の女優を繞る二人の男」(李星斗) 1937. 6 *「或る女店員の秘密」(明貞基) 1937. 11
朝鮮時論 (조선시론)  잡지 朝鮮時論社 1926. 6 ~ 1927. 8	1926년 6월부터 1927년 8월까지 식민 2세대의 등장과 그들의 주도로 창간한 「조선시론(朝鮮時論)」은 잡지를 통한 조선 문화(문학)의 번역에 목적을 두었다. 편집자들은 과거 일본어 미디어들이 '초시대성'에 기반을 둔 조선 문화에 대한 인식 비판, 즉 조선 문화의 번역에 대한 당위성 부재를 비판적으로 극복하려 하였다.	*「亡靈の亂舞」(1) (李益相) 1926. 6 *「じゃがいも」(2) (金東仁) 削除 1926. 7 *「故鄕」(3) (玄鎭健) 1926. 8 *「飢餓と殺戮」(4) (崔曙海) 1926. 9 *「ピアノ」(4) (玄鎭健)) 1926. 9 *「火事場」(6) (金熙明) 發禁 1926. 11

잡지명 / 사양 / 발행처 / (발행기간)	주요사항 및 성격	주요작품
朝鮮新聞夕刊 (조선신문석간) 朝鮮新聞社 1908. 12~1942. 2		*「愛國子供隊(一)~(四)」(北川貞來: 李貞來) 1941. 10. 15.21. 23.24 14532, 14537, 14538, 14540號
朝鮮實業俱樂部會報 (조선실업클럽회보) 회보 朝鮮實業俱樂部 1920. 3~1940	「조선실업클럽(朝鮮實業俱樂部)」은 조선 총독부의 고위관료와 일본인 부호 그리고 조 선인 대지주와 예속 자본가 등이 주축이 되어 1920년 3월 발족된 친일단체이다. 친목과 내 선융합을 위한 친목단체를 표방하고 박영효, 이완용, 송병준 등이 참여하였다. 이 단체가 발행한 회보가 朝鮮實業俱樂部會報이다. 1940년부터는 「조선실업(朝鮮實業)」으로 개제하여 발행하였다.	*「入支修道」(8-9) (李敏英) 讀者文藝 欄 1930. 9. 15 *「或る婚談」(8-10) (姜要安) 1930. 10. 15 *「惡夢」(8-11) (朴能緒) 1930. 11. 15 *「五つの鍵」(1)-(5) (9-2~4), (9-6~ 8) (高永益) 1931. 2. 15~4. 15, 6. 15 ~8. 15
朝鮮地方行政 (조선지방행정) 월간지 帝國地方行政學會 朝鮮本部 1923~	「조선지방행정(朝鮮地方行政)」은 1923년 에 창간되었다. 제국지방행정학회 조선본부 에서 월간지로 발행되었다.	*「机に立つたメス」(金三圭) 1929. 11~ 1930. 1
朝鮮行政 (조선행정) 월간지 朝鮮行政學會 1937. 1~1944. 3	「朝鮮地方行政」(1922)의 후계지인 「조선행 정(朝鮮行政)」은 1937년 1월부터 1944년 3월에 걸쳐 일본의 제국지방행정학회 조선 본부 조선행정학회에서 발행한 월간지로 총 28권을 발행했다. 조선총독부 각 부서의 간부뿐 아니라 지방 행정담당관 등도 다수 집필하였고, 정치사, 법정사, 경제사, 교육사, 사회사, 문화사 등 극히 넓은 분야에서 연구자의 요망에 응한 식민지 조선 연구의 기초 자료가 되었다.	*「とつかび」(1-2) (李甸洙) 入選創作 1937, 2
清凉 (청량)	「청량(清凉)」은 1925년 5월부터 1941년 3 월까지 총 30회 발행한 경성제국대학 예과생 학우회 교내 잡지이다. 학우회 회칙을 보면	*「涙」(1) (李在鶴) 1925. 5. 18 *「街路の詩人」(3) (李在鶴) 1926. 3. 16 *「救はれた小姐」(5) (金種武) 1928. 4.10

잡지명 / 사양 / 발행처 / (발행기간)	주 요 사 항 및 성 격	주 요 작 품
 경성제국대학 예과동인지 京城帝國大學 1925. 5～1941. 3	학우회의 통상회원인 재학생 외에 교수와 직원이 특별회원으로, 졸업생도 찬조회원으로 참가 할 수 있다. 회장은 예과부장이 맡고, 부회장, 이사, 각부 부장은 교수가 맡아서 교수의 통제가 강한 조직이었다. 실린 글은 연구논문, 시, 소설, 희곡, 번역물, 한시, 단가 등 다양하였다.	*「神經質時代」(5) (趙容萬) 1928. 4. 10 *「UNE VIE」(6) (趙容萬) 1928. 12. 15 *「白衣のマドンナ:妻の不貞に泣く友T君の爲に」(6) (金飛兎) 1928. 12. 15 *「春を待つ」(8) (韓商鎬) 1930. 3. 13 *「妹の自殺」(9) (韓商鎬) 1930. 7. 4 *「不安なくなる」(9) (李晧根) 1930. 7. 4 *「シーク」(9) (高晶玉) 1930. 7. 4 *「朴書房」(パクソバン) (14) (金永年) 報告文學特輯號 1932. 9. 1 *「夜」(14) (金永年) 報告文學1等入選作 1932. 9. 1 *「別れ行く」(15) (具滋均) 1933. 3. 25 *「犠牲(イケニヘ)」(15) (洪永杓) 1933. 3. 25 *「うたかた」(16) (盧聖錫) 1933. 11. 8 *「名門の出」(17) (盧聖錫) 1934. 3. 9 *「婆さん」(18) (吳泳鎭) 1934. 7. 10
總動員 (총동원)  월간종합지 國民精神總動員朝鮮聯盟 1939. 6～1940. 8	「총동원(總動員)」은 1939년 6월 4일 창간되어 1940년 8월 총 15호로 종간되었다. 후에 「국민총력(國民總力)」으로 바뀌었다. 편집 겸 발행인은 시오바라 도키사부로(塩原時三郎)이고 인쇄인은 酒井與三吉, 인쇄소는 선광(鮮光)인쇄(주), 발행소는 <國民精神總動員朝鮮聯盟>(京城府 南米倉町 9), A5판 64면, 정가 1년에 50전이다. 발행인 시오바라 도키사부로는 조선총독부 학무국장으로 잡지 성격은 관변잡지이다. <國民精神總動員朝鮮聯盟>의 명예총재는 오노 겐이치로(大野綠一郎) 조선총독부 정무총감이고 조선인 이사로 尹致昊, 朴興植, 朴榮喆, 李覺種, 李升雨, 韓相龍, 曺秉相, 孫貞圭, 元悳尙, 崔麟, 崔昌學, 金活蘭, 金大羽, 金明濬, 金性洙, 金思演, 卞村進, 閔奎植 등으로 구성되어 있다.	*「黑ずんだ血書」(1-5) (金文輯) 1939. 10. 7
春秋 (춘추)  월간종합지 朝鮮春秋社 1941. 3～1944. 10	「춘추(春秋)」는 1941년 3월 1일부터 1944년 10월까지 총 39호까지 발행한 월간종합지이다. 저작 겸 발행인은 양재하(梁在廈), 인쇄인 가네미쓰(金光容圭:김용규), 인쇄소 대동출판소, 발행소 조선춘추사(서울 재동 112), A5판 351면, 정가 60전이다. 발행인 양재하는 1933년 10월 동아일보사에 입사하여 경제부·사회부를 거쳐 1940년 8월 ≪동아일보≫가 강제 폐간될 때까지 기자로 활약했다.	*「月夜の語り」(4-2) (任淳得) 1943. 2 *「巖」(4-9) (玄薰) 1943. 10

잡지명 / 사양 / 발행처 / (발행기간)	주요사항 및 성격	주요작품
會誌 (회지) 교우회지 京城高等工業學校校友會	「회지(會誌)」는 경성고등공업학교 교우회에서 간행한 교우회지이다.	*「闇を行く」(4) (金絲雀) 1926. 3. 30
興亞文化 (흥아문화) 기관지 興亞文化出版株式會社 1944. 3~	「흥아문화(興亞文化)」는 1944년 3월부터 「녹기(綠旗)」의 후신으로 개명하여 발행되었다.	*「端溪の硯」(9-4) (趙容萬) 1944. 4 *「峠」(9-5) (李無影) 1944. 5 *「海女」(9-7) (吳本篤彦) 1944. 7 *「旅草」 (9-11) (金村龍済:김용제) 1944. 11 *「琴線」(10-1) (吳本篤彦) 1945. 1

Ⅲ. 재일한국인 일본어 문학 목록

1. 재일한국인 일본어 문학 작가별 목록
2. 재일한국인 일본어 문학 작품별 목록

1. 재일한국인 일본어 문학 작가별 목록

※ 인명은 가나다순으로 하였으며, 인명 및 기타 일본어의 표기는 각 항의 초출에만 '일본어한글표기(원문)'로 하고
이하 원문으로 표기하였다.

순	성 명(생몰년)	직 업 및 약 력	대 표 작	수 상 력
1	가네시로 가즈키 (金城一紀) (1968~　)	소설가. - 1968년 사이타마현 (埼玉県) 출생. - 조총련계 초·중·고 교를 거쳐 게이오대 학(慶應大學) 법학 부 졸업.	『고-(GO)』(2000), 소설집 『레볼 루션 넘버3(レヴォリューションNO.3)』 (2001), 장편 『플라이 대디(フライ ダディ)』(2003), 「연애소설(恋愛小 説)」 「영원의 반지(永遠の円環)」 「꽃(花)」이 수록된 단편집 『대화 편(対話篇)』(2003) 등.	- 1998년 「레볼루션 넘버3(レ ヴォリューションNO.3)」로 <소설현대(小說現代)신인 상> 수상. - 2000년 『GO』로 <나오키상 (直木賞)> 수상.
2	가야마 스에코 (香山末子) (1922~　)	시인. - 1922년 한국 출생. - 한센병을 앓아 실명함. - 49세 때부터 일본 어 시를 씀.	시집 『구사쓰아리랑(草津アリラン)』 (1983), 『메까치 우는 지옥계곡 (鴬の啼く地獄谷)』(1991), 『파란 안 경(青いめがね)』(1995), 『앞치마 의 노래(エプロンのうた)』(2002) 등.	
3	가쿠 사나에 (郭早苗) (1956~　)	소설가. - 1956년 출생.	『아버지·코리아(父·KOREA)』 (1986), 『허공을 떠돌다(宙を舞う)』 (1991) 등.	
4	강기동(姜琪東) (1937~　)	실업가, 하이진(俳人). - 1937년 고치현(高知 県) 출생.	하이쿠집 『반 쪽바리(パンチョッパ リ)』, 『신세타령(身世打鈴)』(1997), 『강기동 하이쿠집(姜琪東俳句集)』 (1997), 『울지마라(ウルジマラ)』 (2006), 『돌진을 잊은 코뿔소(突 進を忘れし犀)』(2008) 등.	
5	강순(姜舜) (1918~1988)	시인. - 1918년 경기 강화 도 출생. - 1930년 도일(渡日).	시집 (조선어) 『조선부락(朝鮮部 落)』, 『불씨』, 『강순시집(姜舜詩 集)』, 『강바람(江風)』 등과, 일본 어 번역시집 『나루나리(なるなり)』 (1970), 『단장(断章)』(1986) 등.	
6	강신자(姜信子) (1961~　)	저널리스트, 소설가. - 1961년 가나가와현 (神奈川県) 출생. - 도쿄대학교 법학부 졸업.	『지극히 평범한 재일한국인(ごく 普通の在日韓國人)』(1986), 『달 팽이의 걸음걸이(かたつむりの歩 き方)』(1991), 『나의 월경 렛슨 한 국편(私の越境レッスン 韓國篇)』 (1993), 『한일음악 노트 '월경' 하 는 나그네의 노래를 쫓아서(日韓 音楽ノート<越境>する旅人の歌 を追って)』(1998), 『버린 고향 노 트(棄郷ノート)』(2000), 『안주하 지 못하는 우리들의 문화-동아시 아 유랑(安住しない私たちの文化 -東アジア流浪)』(2002), 『추방당 한 고려인 '자연의 미'와 백년의 기 억(追放の高麗人「天然の美」と百 年の記憶)』(2002), 『노래의 선물 (うたのおくりもの)』(2007), 『여행하는 대화(旅する対話)』(2013) 외 다수.	- 1986년 『지극히 평범한 재 일한국인(ごく普通の在日韓 國人)』으로 <제2회 논픽션 아사히저널상> 수상. - 2000년 『버린 고향 노트(棄 郷ノート)』로 <구마모토니치 니치신분(熊本日日新聞)문 학상> 수상.

순	성 명(생몰년)	직 업 및 약 력	대 표 작	수 상 력
7	강위당(姜魏堂) (1901~1991)	소설가, 극작가. - 1901년 가고시마현 (鹿兒島県) 출생. - 임진왜란 당시 일본 으로 끌려간 도공의 후손.	『살아있는 포로 : 사쓰마도자기 유래기(生きている虜囚 : 薩摩焼ゆらい記)』(1966),『신을 두려워하지 않는 사람들(神を畏れぬ人々)』(1968),『어느 귀화조선인의 기록(ある帰化朝鮮人の記録)』(1973),『묻혀사는 사쓰마의 도공(秘匿·薩摩の壷屋)』(1979.7) 등.	- 1968년『신을 두려워하지 않는 사람들(神を畏れぬ人々)』로 <요미우리(読売)연극문화상> 수상.
8	강일생(姜一生) (1947~)	교사, 작가. - 1947년 후쿠시마현 (福島県) 출생. - 후쿠시마(福島) 조 선초·중등학교 교사 역임.	『나의 학교(私の學校)』(1982).	
9	고사명(高史明) (1932~)	소설가. 본명 김천삼(金天三) - 1932년 야마구치현 (山口県) 시모노세 키(下関) 출생.	『밤이 시절의 걸음을 어둡게 할 때(夜がときの歩みを暗くするとき)』(1971),『어느 소년의 성장 - 산다는 것의 의미(ある少年のおいたち - 生きることの意味)』(1974),『저 너머 빛을 찾아서(彼方に光を求めて)』(1973),『나는 12세, 오카마 사후미(ぼくは十二歳·岡真史)』(1976),『목숨의 행방 - 인간이란 무엇인가(いのちの行方 - 人間とは何か)』(1981),『지혜의 함정(知恵の落とし穴)』(2001),『신란에게 묻다(親鸞に聞く)』(2010) 외 다수.	
10	구수연(具秀然) (1961~)	광고·영화감독, 소설가 - 1961년 야마구치현 (山口県) 시모노세키 (下関) 출생.	소설 『하드 로맨티커(ハードロマンチッカー)』(2001),『우연히도 최악의 소년(偶然にも最悪な少年)』(2002),『하드 로맨티커 외전(ハードロマンチッカー 外伝)』(2011) 등.	
11	권재옥(權載玉) (1933~)	교육자, 소설가. - 1933년 출생. - 일본 조선고등학교 교원을 거쳐 조선대 학교 교수, 평양 외 국어 대학 객원교수 등을 역임.	『아버지 - 지우산과 대님바지(アボジ - 番傘と繋いだズボン)』(1994),『청춘교사(青春教師)』(1995) 등.	
12	기타 에이치 (北影一) (1930~)	소설가. - 1930년 서울 출생.	『제3의 죽음(第三の死)』(1965),『혁명은 왔건만(革命は来たれども)』(1987),『안녕 전장이여(さらば戦場よ)』(1989),『자유의 땅은 어디에(自由の地いずこ)』(1997) 등.	
13	김달수(金達寿) (1919~1997)	저널리스트, 소설가. - 1919년 경남 창원 출생 - 1930년 도일. - 1939년 니혼(日本)	『후예의 거리(後裔の街)』(1948),『반란군(叛乱軍)』(1950),『현해탄(玄海灘)』(1954),『전야의 장(前夜の章)』(1955),『고국 사람(故国の人)』(1956),『일본의 겨울(日本	- 『현해탄(玄海灘)』이 <제30회 아쿠타가와상>과 <신초(新潮)문학상>의 후보에 오름. - 『박달의 재판(朴達の裁判)』

순	성 명(생몰년)	직업 및 약력	대 표 작	수 상 력
		대학 예술과에서 수학하며 시가 나오야(志賀直哉)의 사소설에 심취함.	의 冬)』(1957), 『번지 없는 마을(番地のない部落)』(1959),『박달의 재판(朴達の裁判)』(1959),『밀항자(密航者)』(1963),『중산도(中山道)』(1963),『태백산맥(太白山脈)』(1969),『소설 재일조선인사(小説 在日朝鮮人史)』(1975),『낙조(落照)』(1979),『쓰시마까지(対馬まで)』(1979),『고국까지(故国まで)』(1982) 외 다수.	이 <제40회 아쿠타가와상> 후보에 오름.
14	김마스미 (金眞須美) (1961~)	연극인, 소설가. - 1961년 교토 출생. - 노틀담여자대학 졸업 후 도쿄 <사쿠라회(木)>에서 연극을 수학함.	『메서드(メソッド)』(1995), 「불타는 초가집(燃える草家)』(1997), 「나성의 하늘(羅聖の空)』(2001) 등	- 1995년 『메서드(メソッド)』로 <제32회 문예상> 우수작 수상.
15	김문집(金文輯) (1907~ ?)	평론가, 소설가. 창씨명 오에 류노스케(大江龍之介). - 1907년 7월 대구 출생. - 일본 와세다(早稲田) 중학과 마쓰야마(松山)고교를 거쳐 도쿄제국대학 문과 중퇴. - 1939년 조선문인협회 발기인 간사 역임.	콩트 「동정의 낭만파(童貞の浪漫派)』(1936), 소설 「경성이문(京城異聞)』(1936)과 창작집 『아리랑고개(ありらん峠)』(1938) 「검붉은 혈서(黒ずんだ血書)』(1939) 외에도, 논문으로 「조선 중립과 조선연방(朝鮮中立と朝鮮聯邦)」(1960) 등.	
16	김미혜(金美恵) (1955~)	시인. - 1955년 도쿄 출생. - 이화여자대학교 중퇴.	시집 『우리 말(ウリマル)』(1995).	
17	김사량(金史良) (1914~1950)	시인, 소설가. 본명 김시창(金時昌). - 1914년 평양 출생. - 1930년 평양고보 재학 중 도일하여 일본 사가(佐賀) 고등학교 진학. - 1939년 도쿄제국대학 졸업.	『빛 속으로(光の中に)』(1939),『토성랑(土城廊)』(1940),『기자림(箕子林)』(1940),『천마(天馬)』(1940),『숲풀 헤치기(草探し)』(1940), 「도둑(泥棒)』(1941),『물오리섬(ムルオリ島)』(1942), 「거지의 무덤(欠食の墓)』(1942),『태백산맥(太白山脈)』(1943),『바다의 노래(海への歌)』(1943) 외 다수의 소설, 시, 평론 등.	- 1940년 「빛 속으로(光の中に)」가 <아쿠타가와상> 후보에 오름.
18	김석범(金石範) (1925~)	저널리스트, 소설가. 본명 신양근(愼陽根). - 1925년 오사카(大阪) 출생. - 간사이(関西)대학 경제학과를 거쳐 교토(京都)대학 문학부 미학과 졸업.	「간수 박서방(看守朴書房)」(1957), 「가마귀의 죽음(鴉の死)」(1957),『만덕유령기담(万徳幽霊奇譚)』(1970),『입 있는 자는 말하라(口あるものは語れ)』(1975),『화산도(火山島)』(1976~1981)『김석범작품집(金石範作品集)』(전2권, 2005) 외 다수.	-『火山島』로 1984년 <오사라기지로(大佛次郎)상>, 1998년 <마이니치(毎日)예술상> 수상. -『火山島』로 2015년 4월 <제1회 제주 4·3평화상> 수상.
19	김소운(金素雲) (1908~1981)	시인, 번역가. 본명 김교환(金教煥).	『조선민요집(朝鮮民謡集)』(1929) 번역시집『젖빛구름(乳色	

순	성 명(생몰년)	직 업 및 약 력	대 표 작	수 상 력
		- 1903년 부산 출생. - 12세 때 도일. - 기타하라 하쿠슈(北原白秋)에게 사사받음.	の雲)』(1940), 민화집『파를 심은 사람(ネギをうえた人)』(1953), 번역시집『조선시집(朝鮮詩集)』(1954), 에세이『희망은 아직 버릴 수 없다(希望はまだすてられない)』(1955), 『아시아의 4등 선실(アジアの四等船室)』(1956) 외 다수.	
20	김수선(金水善) (? ~ ?)	시인. - 제주도 출생.	시집 『제주도의 여인(濟州島の女)』(1995).	
21	김시종(金時鐘) (1929~)	시인. 평론가. - 1929년 함경남도 원산 출생. - <제주4·3사건> 당시 게릴라의 일원으로 참가한바 있으며, 이후 탄압을 피해 오사카로 도일함.	시집 『지평선(地平線)』(1955), 『이카이노시집(猪飼野詩集)』(1978), 『광주시편(光州詩片)』(1983), 『들판의 시(原野の詩)』(1991)와, 강연평론집 『재일의 틈바구니에서(「在日」のはざまで)』 등.	
22	김연화(金蓮花) (1962~)	소설가. 본명 김수미(金秀美). - 1962년 3월 도쿄(東京) 출생. 재일교포 3세. - 일본 조선대학교 사범교육학부 미술과 졸업. - 조선초·중등학교 교사 역임	『은엽정 차이야기 - 금강산 기담(銀葉亭茶話 - 金剛山綺譚)』(1994), 「무희타령(舞姬打鈴)」(1994), 「물의 도시 이야기(水の都の物語)」, 「달의 미궁, 해의 미궁(月の迷宮陽の迷宮)」 등.	- 1994년 『은엽정 차이야기 - 금강산 기담(銀葉亭茶話 - 金剛山綺譚)』으로 <제23회 코발트·노벨대상(コバルト·ノーベル大賞)> 수상.
23	김이자(金利子) (1951~)	시인. - 1951년 미에현(三重県) 출생.	시집 『하얀 고무신(白いコムシン)』(1993), 『불 냄새(火の匂い)』(1999) 등.	
24	김재남(金在南) (1932~)	소설가. 본명 강득원(姜得遠). - 1932년 전남 목포 출생. - 와세다대학 러시아 문학과 졸업.	장편 『봉선화 노래(鳳仙花のうた)』(1992), 단편집 『아득한 현해탄(遥かなり玄海灘)』(2000) 등.	
25	김중명(金重明) (1956~)	소설가, 번역가. - 1956년 도쿄 출생. - 1976년 도쿄대학교 입학 후 자퇴하고 오사카(大阪) 외국어대학 조선어학과 중퇴.	『환상의 대국수(幻の大國手)』(1990), 『산학무예장(算学武芸帳)』(1997), 『무진산학전기(戊辰算学戦記)』(1999), 『오월의 백성(皐の民)』(2000), 『탐라전기 삼별초(耽羅戦記三別抄)』(2005), 『악당의 싸움(悪党の戦)』(2009), 『북천의 거성(北天の巨星)』(2010), 『13세 딸에게 이야기하는 가로아의 수학(13歳の娘に語るガロアの数学)』(2014) 외 다수.	- 1997년 『산학무예장(算学武芸帳)』으로 <아사히(朝日) 신인문학상> 수상. - 2005년 『탐라전기 삼별초(耽羅戦記三別抄)』로 <레키시(歴史)문학상> 수상. - 2014년 『13세 딸에게 이야기하는 가로아의 수학(13歳の娘に語るガロアの数学)』으로 <일본수학회(日本数学会) 출판상> 수상.
26	김찬정(金賛汀) (1937~)	논픽션작가. - 1937년 교토 출생.	『우키시마호 부산항으로 향하지 못하고(浮島丸釜山港へ向かわ	

순	성 명(생몰년)	직 업 및 약 력	대 표 작	수 상 력
		- 일본 조선대학교 졸업.	ず)』(1994), 『통곡의 두만강(慟哭の豆滿江)』(2000), 『불꽃은 어둠의 건너편으로 - 전설의 무희·최승희(炎は闇の彼方に一伝説の舞姫·崔承喜)』(2002) 등.	
27	김창생(金蒼生) (1951~　)	소설가. - 1951년 오사카 이카이노(猪飼野) 출생. - 오사카 조선고급학교 졸업.	저서『나의 이카이노 - 재일 2세에 있어 조국과 타국(わたしの猪飼野 - 在日二世にとっての祖国と異国)』(1982),『빨간 열매 - 김창생 작품집(紅い実 - 金蒼生作品集)』(1995), 『아카이노발 코리언 노래(イカイノ発コリアン歌留多)』(1999)와, 에세이집『제주도에서 살면(済州島で暮らせば)』(2017) 등.	
28	김태생(金泰生) (1924~　)	소설가. - 1924년 제주도 출생. - 1929년 도일(오사카).	『뼛조각(骨片)』(1972), 『나의 인간지도(私の人間地図)』(1978), 「빨간 꽃(紅い花)』(1983), 『나그네 전설(旅人(ナグネ伝説)』(1985) 등.	
29	김하일(金夏日) (1926~　)	가인. - 1926년 출생. - 한센병을 앓음.	가집『황토(黃土)』(1986), 『야요이(やよい)』(1993), 수필집『도라지의 시(トラジの詩)』(1987),『점자와 함께(点字とともに)』(1990) 등.	
30	김학영(金鶴泳) (1938~　)	소설가. - 1938년 군마현(群馬県) 출생. - 1945년 신마치(新町) 소학교 입학. - 1958년 도쿄대학교 이과대학 입학. - 1965년 도쿄대학교 문학부 동인지 「신사조」에 참가.	『얼어붙은 입(凍える口)』(1966), 「유리층(遊離層)」(1968), 「알코올 램프(アルコールランプ)」(1973), 「자갈길(石の道)」(1973), 「향수는 끝나다. 그리고 우리들은(鄕愁は終わり、そしてわれらは-)」(1983) 외 다수.『김학영작품집성(金鶴泳作品集成)』(1986) 등.	- 1966년 『얼어붙은 입(凍える口)』으로 <문예상> 입선.
31	김향도자 (金香都子) (1945~　)	소설가. - 1945년 오사카 출생 - 백두학원 건국소학교와 오사카 텐노지(天王寺)중학교 강사 역임.	『이카이노 뒷골목을 지나(猪飼野路地裏通りゃんせ)』(1988).	
32	노진용(盧進容) (1952~　)	시인. - 1952년 효고현(兵庫県) 출생. - 조선고급학교 졸업.	시집『붉은 달(赤い月)』(1995).	
33	다케다 세이지 (竹田青嗣) (1947~　)	철학자, 교육자, 문예 평론가. 본명 강수차(姜修次), 호적명 강정수(姜正秀). - 1947년 10월 오사	『'재일'이란 근거(<在日>という根拠)』(1983), 『현대비평의 원근법(現代批評の遠近法)』(1998) 등.	

순	성 명(생몰년)	직 업 및 약 력	대 표 작	수 상 력
		카 출생. - 와세다대학 정치경제학부 졸업. - 메이지학원대학교 국제학부 교수, 와세다대학 국제교양학부 교수 역임.		
34	다치하라 마사아키 (立原正秋) (1926~1980)	시인, 소설가. 본명 김윤규(金胤奎) - 1926년 1월 경북 안동 출생 - 와세다대학 법률학과 제적, 국문과도 제명됨.	「8월의 오후와 4개의 단편(八月の午後と四つの短編)」(1960), 「다키기노(薪能)」(1964), 「쓰루가사키(剣ケ崎)」(1965), 「하얀 양귀비(白い罌粟)」(1965), 「일본과 조선의 멸망을 바라고 있다(日本と朝鮮の滅亡を願っている)」, 「아름다운 성(美しい城)」, 「세일즈맨 쓰다 준이치(セールスマン・津田順一)」 등. 저서 『야생동백꽃(やぶつばき)』(1982) 외 다수.	- 1960년 「8월의 오전과 4개의 단편(八月の午後と四つの短編)」으로 <제2회 근대문학상> 수상. - 1965년 「하얀 양귀비(白い罌粟)」로 <제55회 나오키상> 수상.
35	마쓰모토 도미오 (松本富生) (1937~　)	소설가. - 1937년 경남 삼천포 출생. - 1942년 도일. - 메이지(明治) 대학 영미문학과 졸업. - 1972년 일본국적 취득.	「들장미 길(野薔薇の道)」(1986), 「바람이 지나는 길(風の通る道)」(1995), 『통곡의 요사사강 - 탁류를 삼킨 남자(慟哭の余笹川 - 濁流を呑む男)』(1999) 등	- 1986년 「들장미 길(野薔薇の道)」로 <문학계(文学界) 신인상> 수상.
36	미야모토 도쿠조 (宮本徳蔵) (1930~2011)	수필가, 소설가. - 1930년 미에현(三重県) 출생. - 도쿄대학 문학부(불문과) 졸업, 동대학원 석사과정 수료.	소설 「66부(六十六部)」(1973), 「부유(浮遊)」(1975), 『호포기(虎砲記)』(1991)와, 수필『장사의 유랑(力士漂泊)』(1987), 『은여우초록(銀狐抄)』(1994), 『겨울부채 에세이집(冬の扇 エッセイ集)』(1994), 『스페인 사무라이(スペイン侍)』(1995), 『파성선녀(破城仙女)』(1997), 『해홍비(海虹妃)』(2000), 『쌀의 섬(米の島)』(2002), 『적역(敵役)』(2004), 『식도락 일기(たべもの快楽帖)』(2006), 『문호의 식탁(文豪の食卓)』(2010) 외 다수.	- 1975년 「부유(浮遊)」로 <신초(新潮) 신인상> 수상. - 1987년 수필 『장사의 유랑(力士漂泊)』으로 <요미우리(読売)문학상> 수상. - 1991년 『호포기(虎砲記)』로 <시바타렌타로(柴田錬三郎)상> 수상.
37	박경남(朴慶南) (1950~　)	수필가. - 1950년 돗토리현(鳥取県) 출생. - 1972년 리츠메이칸(立命館)대학 사학과 졸업.	『꿈이여! 경남씨와 말한다(クミヨ(ゆめよ)!キョンナムさんと語る)』(1990), 『둥근달이 뜨면(ポッカリ月がでましたら)』(1992), 『언젠가는 만나리(いつか会える)』(1995), 『살아만 있으면(命さえ忘れなきゃ)』(1997), 『나 이상도 아닌, 나 이하도 아닌 나(私以上でもなく、私以下でもない私)』(2003), 『요코하마르네상스(横浜ルネサンス)』(2003) 외 다수.	- 1992년 『둥근달이 뜨면(ポッカリ月がでましたら)』으로 <제10회 세이큐(青丘)문화상> 장려상 수상.

순	성 명(생몰년)	직 업 및 약 력	대 표 작	수 상 력
38	박경미 (ぱくきょんみ) (1956~　)	시인, 번역가. - 1956년 도쿄 출생.	번역시집『지구는 둥글다(地球は まるい)』(1987),『달 위를 뛰어 넘 고(月なんかひとっとび)』(1990), 『처음의 처음 - 아기와 함께(はじ めのはじめ - あかちゃんといっしょ に)』,『정원의 주인(庭のぬし)』 (1999)과, 시집으로『수프(すう ぷ)』,『그 아이(そのコ)』(2003) 외 다수.	
39	박동염(朴東廉) (1927~　)	소설가. - 1927년 제주도 출생. - 1937년 도일.	『친구와 사랑, 그리고 어머니(友と 愛、そして母)』(2001).	
40	박수남(朴寿南) (1936~　)	소설가.	『죄와 죽음과 사랑(罪と死と愛と)』 (1963),『이진우전서간집(李珍宇 全書簡集)』(1979) 등.	
41	박중호(朴重鎬) (1935~　)	소설가. - 1935년 홋카이도 무로란(室蘭) 출생. - 고베(神戸)외국어 대학을 거쳐 도쿄외 국어대학 이태리어 과 졸업.	「밀고(密告)」(1987),「회귀(回帰)」 (1988),『개의 감찰(犬の鑑札)』 (1989),「령목(澪木)」(1990),「사 라진 나날들(消えた日々)」과『일 본마을의 엽전(にっぽん村のヨプ チョン)』(2003) 외 다수.	- 1988년「회귀(回帰)」로<제 22회 홋카이도신문문학상 (北海島新聞文学賞)> 수상. - 1989년 <무로란(室蘭)>문 화연맹 예술상> 수상
42	사기사와 메구무 (鷺沢崩) (1968~2004)	소설가. - 1968년 도쿄 출생. - 조치(上智)대학 러 시아학과 수학.	「강변 길(川べりの道)」(1987), 『돌아가지 못한 사람들(帰れぬ人 びと)』(1992),『개나리도 꽃, 사쿠 라도 꽃(ケナリも花 サクラも花)』 (1994),『달리는 소년(駆ける少 年)』(1995),『그대는 이 나라를 좋 아하는가(君はこの国を好きか)』 (1997),『안녕(バイバイ)』(1997) 등.	- 1987년「강변길(川べりの道)」 로<문학계 신인상> 수상. -「달리는 소년(駆ける少年)」 으로 <이즈미교카상(泉鏡 花賞)> 수상.
43	서경식(徐京植) (1951~　)	수필가. - 1951년 교토 출생. - 와세다대학 문학부 졸업.	『아이의 눈물(子どもの涙)』(1995), 『길고 험난한 도정(長くきびしい道 のり)』,『프리모・레뷔 여행(プリー モ・レーヴィへの旅)』(1999),『지나 가지 않는 사람들(過ぎ去らない 人々)』(2000),『반 난민의 위치에 서 - 전후 책임논쟁과 재일조선인 (半難民の位置から - 戦後責任論 争と在日朝鮮人)』(2002) 등.	- 1995년『아이의 눈물(子ど もの涙)』로<제34회 에세이 스트클럽(エッセイストクラ ブ)상> 수상.
44	성미자(成美子) (1949~　)	평론가, 수필가. - 1949년 가나가와 현(神奈川県) 요코 하마 출생.	『동포들의 풍경(同胞たちの風景)』 (1986),『가부키초 진쟈라행진 곡(歌舞伎町ちんじゃら行進曲)』 (1990),『진쟈라격전중(チンジャ ラ激戦中)』(1995),『재일 2세 어 머니가 재일 3세 딸에게(在日二世 の母から在日三世の娘へ)』 (1995),『파친코 업계 보고서(パ チンコ業界報告書)』(1998) 등.	

순	성 명(생몰년)	직 업 및 약 력	대 표 작	수 상 력
45	성윤식(成允植) (1930~　)	소설가. - 1941년 도일.	작품집 『조선인 마을(朝鮮人部落)』(1973),『바다를 건너면 내 고향(海を渡ればわが古里)』(1979), 그리고「어머니(オモニ)」,「변모(変貌)」,「벽(壁)」,「갈라놓은 것(引き裂くもの)」,「강은 흐른다(河は流れる)」,「라이터 불빛(ライターの灯)」등이 수록된 『어머니의 항아리(オモニの壺)』(1985) 등.	
46	성율자(成律子) (1933~　)	소설가, 평론가. - 1933년 후쿠이현(福井県) 출생.	『이국의 청춘(異国の青春)』(1976),『이국으로의 여행(異国への旅)』(1979),『하얀 꽃 그림자(白い花影)』(1982) 외 평전『조선사의 여인들(朝鮮史の女たち)』(1986) 등.	
47	송민호(宋敏鎬) (1963~　)	의사, 시인. - 1963년 출생. - 아이치현(愛知県) 나고야(名古屋) 거주.	시「유리카(ユリイカ)」(1997), 시집『프룻크린(ブルックリン)』(1997) 등.	- 1997년 <나카하라주야(中原中也)상> 수상
48	쓰카 고헤이(つか こうへい) (1948~　)	극작가. 본명 김봉웅(金峰雄). - 1948년 후쿠오카현(福岡県) 출생. - 게이오 대학(慶應大學) 문학부 철학과 중퇴.	「아타미살인사건(熱海殺人事件)」(1974),『전쟁에서 죽지 못했던 아버지를 위하여(戦争で死ねなかったお父さんのために)』(1976),「가마타행진곡(蒲田行進曲)」(1982),「비룡전90(飛竜伝90)」(1990) 외에도『초급혁명강좌 비룡전(初級革命口座飛竜伝)』(1997),『히로시마에 원폭이 투하된 날(広島に原爆を落とす日)』(1996),『딸에게 일러준 조국(娘に語る祖国)』(1990) 등.	- 1974년「아타미살인사건(熱海殺人事件)」으로 <제18회 기시다구니오(岸田国士)희곡상> 수상. - 1982년「가마타행진곡(蒲田行進曲)」으로 <제86회 나오키상>, <제28회 키네마순보(キネマ旬報)상> 각본상 수상. - 1983년 <제6회 니혼아카데미(日本アカデミ)상> 최우수 각본상 수상. - 1990년「비룡전90(飛竜伝90)」으로 <제42회 요미우리문학상> 희곡상 수상.
49	신유인(申有人) (1914~1994)	배우, 시인. 본명 신현섭(申鉉燮). - 1914년 전남 곡성 출생. - 1920년 도일. - 1940년 도호(東宝)의 신인으로 영화 출연. - 시 전문잡지「코스모스」동인으로 활동.	「장승(長丞)」,「강계(江界)」,「가면극의 발라드(仮面劇のバラード)」,「손가락이 짧은 어머니여(指の短かいオモニよ)」등이 수록된『낭림기(狼林記)』(1995) 등.	
50	신인홍(申仁弘) (1921~　)	소설가. - 1921년 제주도 출생. - 1943년 도일.	『천지유정 - 수당야화(天地有情 - 水堂夜話)』(1998).	
51	안우식(安宇植) (1932~　)	평론가, 번역가. - 1932년 도쿄(東京) 출생.	『김사량, 그 저항의 생애(金史良 その抵抗の生涯)』(1972),『천황제와 조선인(天皇制と朝鮮人)』(1977),	

순	성 명(생몰년)	직 업 및 약 력	대 표 작	수 상 력
		- 1954년 와세다대학 중퇴. - 일본 조선대학교 교원 역임.	『평전 김사량초풍관(評伝金史良草風館)』(1983) 외에도 『조선인 소설사(朝鮮小說史)』, 『돌베개(石枕)』 등.	
52	양석일(梁石日) (1936~)	시인, 소설가. - 1936년 오사카(大阪) 이카이노(猪飼野) 출생. - 고등학교 졸업 후 조총련 가입. - 1956년 시인 김시종과 「진달래(チンダレ)」 회원으로 활동함. - 1958년까지 시작에 몰두함. - 이후 인쇄사업 실패로 문학활동을 중단하고, 10여년간 도쿄에서 택시운전수로 일함. - 1980년경 문학활동을 재개함.	『광조곡(狂躁曲)』(1981)과 『택시기사의 일지(タクシードライバー日誌)』(1984), 『운전기사·최후의 반역(ドライバー·最後の叛逆)』(1987)과, 에세이 『수라를 살다(修羅を生きる)』가 있으며, 장편 『족보의 끝(族譜の果て)』(1989), 『밤의 강을 건너라(夜の河を渡れ)』(1990), 『아시아적 신체(アジア的身體)』(1990), 『자궁속 자장가(子宮の中の子守歌)』(1992), 『단층해류(断層海流)』(1993), 『밤을 걸고(夜を賭けて)』(1993), 『피와 뼈(血と骨)』(1998), 『족보의 끝(族譜の果て)』(1999), 『이방인의 밤(異邦人の夜)』(2004), 『어둠의 자식들(闇の子供たち)』(2004) 외 다수.	- 1998년 『피와 뼈(血と骨)』로 <야마모토슈고로(山本周五郎)상> 수상.
53	여라(麗羅) (1924~)	소설가. 본명 정준문(鄭埈汶). - 1924년 경남 함양 출생. - 1947년 도일.	『르방그섬의 유령(ルバング島の幽霊)』(1973), 『내 주검에 돌을 쌓아라(わが屍に石を積め)』(1977), 『오! 산하여(山河哀号)』(1979), 『사쿠라코는 돌아왔는가(桜子は帰ってきたか)』(1983), 『영령의 몸값(英霊身代金)』(1986), 『현해탄 살인행(玄界灘殺人行)』(1986) 등.	- 1973년 『르방그섬의 유령(ルバング島の幽霊)』으로 <제4회 선데이마이니치(サンデー毎日) 신인상> 수상. - 1983년 『사쿠라코는 돌아왔는가(桜子は帰ってきたか)』로 문예춘추 <제1회 산토리 미스테리(サントリーミステリー)대상> 독자상 수상.
54	오임준(吳林俊) (1930~1977)	시인, 비평가.	시집 『바다와 얼굴(海と顔)』(1969), 『기록 없는 감옥수(記録なき因人)』(1969년), 『조선인으로의 일본인(朝鮮人としての日本人)』(1971), 『조선인 속의 '천황(朝鮮人の中の≪天皇≫)』(1972), 『끊임없는 가교(絶えざる架橋)』(1973), 『해협(海峽)』(1973), 『전설의 군상(伝説の群像)』(1974) 등.	
55	오쓰루 기탄 (大鶴義丹) (1968~)	배우, 영화감독, 소설가. 본명 오쓰루 기탄(大鸐義丹) - 1968년 4월 도쿄 스기타미구(杉並區) 출생. - 니혼(日本)대학 예술학부 문예학과 중퇴.	『스플래쉬(スプラッシュ)』(1990), 『내 안의 8밀리(私のなかの8ミリ)』(2009), 『브레이크(ブレーキ)』(2009) 등.	- 1990년 『스플래쉬(スプラッシュ)』로 <스바루(スバル)문학상> 수상.

순	성 명(생몰년)	직 업 및 약 력	대 표 작	수 상 력
56	원수일(元秀一) (1950~　)	소설가. - 1950년 오사카 출생.	『이카이노 이야기(猪飼野物語)』(1987), 『AV 오디세이(AV·オデッセイ)』(1997) 등.	
57	원정미(元靜美) (1944~　)	아동문학가. - 1944년 오사카 출생.	동화집『우리 학교의 회오리바람(ウリハッキョのつむじ風)』(1985), 민화집『이야기 할멈 - 제주도 옛날이야기(おはなしハルマンさま - 濟州島の昔ばなし)』(1996) 등.	
58	유묘달(庾妙達) (1933~1996)	시인. - 1933년 경남 출생. - 교토(京都)여자대학 사학과 졸업.	시집『이조추초(李朝秋草)』(1990), 『이조백자(李朝白磁)』(1992) 등.	
59	유미리(柳美里) (1968~　)	극작가, 소설가. - 1968년 가나가와현(神奈川県) 출생. - 1984년 요코하마 공립학원 고등학교 중퇴. - 1988년 <청춘오월당(青春五月堂)> 결성.	희곡『정물화(静物画)』(1991),『녹색 벤치(Green Bench)』(1994),『물고기의 축제(魚の祭)』(1993) 등. 소설『풀하우스(フルハウス)』(1996), 『가족 시네마(家族シネマ)』(1997),『남자(男)』(2000),『생(生)』(2000),『명(命)』(2001),『혼(魂)』(2001),『돌에서 헤엄치는 물고기(石に泳ぐ魚)』(1994),『타일(タイル)』(1997),『골드러시(ゴールドラッシュ)』(1998),『여학생의 친구(女学生の友)』,『8월의 저편(8月の果て)』(2004),『자살의 나라(自殺の国)』외 다수.	- 1993년『물고기의 축제(魚の祭)』로 <제37회 기시다 구니오(岸田国士)희곡상> 수상. - 1996년 『풀하우스(フルハウス)』로 <제24회 이즈미교카(泉鏡花)문학상>과 <제18회 노마(野間)문예신인상> 수상. - 1997년『가족 시네마(家族シネマ)』로 제116회 아쿠타카와상> 수상.
60	윤민철(尹敏哲) (1952~　)	시인. - 1952년 와카야마현(和歌山県) 출생. - <재일한국양심수 동우회> 회장 역임.	시집『u의 기적(μの奇蹟)』(2002).	
61	윤정태(尹政泰) (　~　)	가인. - 1950년대 중반 출생	가집『써지지 않는 의지(書かれざる意志)』(1976).	
62	윤자원(尹紫遠) (1910~？)	소설가. 필명 윤덕조(尹德祚). - 1910년 출생.	『월음산(月陰山)』(1942), 「38도선(三十八度線)』(1950) 등.	
63	윤재현(尹在賢) (？~？)	학자, 소설가. - 태평양전쟁 때 충칭(重慶)의 광복군 및 조선임시정부에서 근무. - 알마대학에서 유전학 전공, 오하이오 주립대학에서 박사학위 취득. - 1966년부터 보스턴대학 교수로 재직.	저서『어느 독립운동가의 조국(ある独立運動家の祖国)』(1976, 日本語訳 安宇植),『동토의 청춘(東土の青春)』(1979) 등	
64	윤학준(尹學準) (1933~2003)	소설가. - 1933년 경북 출생.	『온돌야화(オンドル夜話)』(1996),『타향살이 노래 - 내 안의	

순	성 명(생몰년)	직 업 및 약 력	대 표 작	수 상 력
		- 1953년 도일. - 호세이(法政)대학 문학부 졸업. - 호세이대학 국제문화학부 교수 역임.	한일세시기(タヒャンサリの歌 - わたしの中の日韓歳時記)』(1996), 『한국양반 소동기(韓国両班騒動記)』(2000) 등.	
65	이기승(李起昇) (1952~　)	소설가, 공인회계사. - 1952년 야마구치현(山口県) 출생. - 1975년 후쿠오카대학 상학과 졸업. - 1976년 서울대학교 재외국민연구원에서 한국사 수학. - 1981년 민단중앙본부에서 근무.	『잃어버린 도시(ゼロはん)』(1985), 『실은 간단한 빠칭코회계(本当は簡単パチンコ会計)』(2004), 『입문 파친코 회계(入門パチンコ会計)』(2010), 『호랑나비(胡蝶)』(2013), 『일본은 한국이었는가, 한국은 일본이었는가, 일찍이 일본어는 바다를 건너 이야기되고 있었다(日本は韓国だったのか韓国は日本だったのかかつて日本語は海を越えて話されていた』(2016) 등.	- 1985년 『잃어버린 도시(ゼロはん)』로 <제28회 군조(群像)신인문학상> 수상
66	이명숙(李明淑) (1932~　)	시인. 1932년 오사카 출생.	시집 『어머니(オモニ)』(1979)	
67	이소동(李泝東) (1921~　)	소설가. - 1921년 경남 창녕 출생. - 1925년 도일.	『나의 성지(私の聖地)』(1998)	
68	이순일(李淳馹) (1961~　)	소설가. - 1961년 출생.	『또 한명의 역도산(もう一人の力道山)』(1996), 『럭비를 읽다(ラグビーをひもとく)』(2016) 등.	
69	이승순(李承淳) (?~　)	시인. - 서울 출생. - 서울대학교 음대 피아노과 졸업. - 일본 무사시노(武藏野) 음대 졸업. - 일본문예가협회 및 시인협회에서 활동중.	『지난 세월을 벗어버려요(過ぎた月日を脱ぎ棄て』(1998), 『귀 기울여 봐요(耳をすまして聞いてみて)』(2000), 『풍선 속에 갇힌 초상화(風船に閉ざされた肖像画)』(2007), 『그렇게 조용히 웅크리고 있네(そのように静かに蹲っている)』(2010) 등.	
70	이양지(李良枝) (1955~1992)	소설가. - 1955년 야마나시현(山梨県) 출생. - 1975년 와세다대학 사회과학부 중퇴. - 1988년 서울대학교 국문학과 졸업. - 1988년 이화여자대학교 대학원 무용학과 수료.	소설 「나비타령(ナビ・タリョン)」(1982), 「해녀(かずきめ)」(1983), 「각(刻)」(1984), 「갈색의 오후(鳶色の午後)」(1985), 「그림자 저쪽(影絵の向こう)」(1985), 「Y의 초상(采意)」(1986), 「푸른바람(青色の風)」(1986), 「유희(由熙)」(1988) 등과, 장편 『돌의 소리(石の声)』(1992) 등. 사후에 『이양지전집(李良枝全集)』(1993) 간행됨.	- 1989년 『유희(由熙)』로 <제100회 아쿠타가와상> 수상
71	이오 겐시 (飯尾憲士) (1926~　)	소설가. - 1926년 8월 오이타현(大分県) 출생. - 제5고등학교 문과 졸업.	「불꽃(炎)」(1964), 「바다 건너의 피(海の向こうの血)」(1978), 「서울의 위패(ソウルの位牌)」(1980), 「양눈의 사람(隻眼の人)」(1981) 외에, 저서로 『가이몬다케(開聞	- 1978년 『바다 건너의 피(海の向こうの血)』로 <제2회 스바루(スバル)문학상> 가작

순	성 명(생몰년)	직 업 및 약 력	대 표 작	수 상 력
			岳)』(1985),『자결(自決)』(1982),『함대와 사람(艦と人)』(1983),『양눈의 사람(隻眼の人)』(1984)과, 에세이집『원망(怨望)』(1993),『1940년 부산(一九四○年釜山)』(1995),『살의(殺意)』(1997) 등이 있음.	
72	이용해(李龍海) (1954~　)	소설가, 시인. - 1954년 후쿠이현(福井県) 출생.	소설「만다라 달의 고운 밤(マンダラムーンの麗しき夜)」(1994) 등과, 시집『서울(ソウル)』(1994),『붉은 한글강좌(赤いハングル講座)』(1998) 등.	
73	이은직(李殷直) (1917~　)	소설가. - 1917년 전북 출생.	「흐름(ながれ)」(1938),『신편 춘향전(新編春香傳)』(1967),『탁류(濁流)』(1968, 전3권),『조선의 여명을 바라며(朝鮮の夜明けを求めて)』(1997, 전5권),『'재일' 민족교육·고난의길 - 1948년10월~54년4월(「在日」民族教育·苦難の道 - 一九四八年一0月~五四年四月)』(2003) 등.	
74	이정자(李正子) (1947~　)	가인. - 1947년 미에현(三重県) 이가(伊賀)시출생. - 우에노(上野)고등학교 졸업.	가집『봉선화 노래(鳳仙花のうた)』(1984),『나그네타령(ナグネタリョン)』(1991),『어린잎이 난 벚나무(葉桜)』(1997),『뒤돌아보니 일본(ふりむけば日本)』(1994) 등.	- 1992년『봉선화의 노래(鳳仙花のうた)』로<미에(三重)현 문학신인상> 수상.
75	이쥬인 시즈카 (伊集院 静) (1949~　)	작가, 작사가. 본명 조충래(趙忠來). 호적명 니시야마 다다키(西山忠来). 필명 다테 아유미(伊達歩). - 1949년 야마구치현(山口県) 출생. - 야마구치현립 보후(防府)고등학교를 거쳐 릿쿄(立教)대학 문학부 졸업.	『어느 아이의 카네이션(あの子のカーネーション)』(1989),『삼년고개(三年坂)』(1989),『유방(乳房)』(1990),『초생달(受け月)』(1992),『기관차 선생(機関車先生)』(1994),『해협(海峡)』(1991),『고갯마루 소리(峠の声)』(1992),『조류(潮流)』(1993),(마파람(むかい風)』(1994),『잠자리(とんぼ)』(1995),『데굴데굴(ごろごろ)』(2001),『노보씨 소설 마사오카 시키와 나쓰메 소세키(ノボさん小説 正岡子規と夏目漱石)』(2014) 외 다수.	- 1991年『유방(乳房)』으로<제12회 요시카와 에이지(吉川英治)문학신인상> 수상. - 1992년「초생달(受け月)」로<제107회 나오키상> 수상. - 1994년『기관차선생(機関車先生)』으로<제7회 시바타 렌타로상(柴田錬三郎賞)> 수상. - 2001년『데굴데굴(ごろごろ)』로<제36회 요시카와에이지(吉川英治)문학상> 수상. - 2014년『노보씨 소설 마사오카 시키와 나쓰메 소세키(ノボさん 小説 正岡子規と夏目漱石)』로 제18회<시바료타로(司馬遼太郎)상> 수상.
76	이회성(李恢成) (1935~　)	소설가, 편집인. - 1935년 사할린(樺太)마오카(眞岡) 출생. - 도립 삿포로(札幌)고등학교 졸업. - 와세다(早稲田)대학 노문과 졸업.	「또 다시 이 길을(またふたたびの道)」(1969),『우리들 청춘의 길목에서(われら青春の途上にて)』(1970),「가얏코를 위하여(伽倻子のために)」(1970),「청구의 하숙집(青丘の宿)」(1971),「다듬이질 하는 여인(砧をうつ女)」(1972),	- 1969년「또 다시 이 길을(またふたたびの道)」로 <제12회 군조(群像)신인문학상> 수상. - 1972년「다듬이질 하는 여인(砧をうつ女)」으로 <제66회 아쿠타가와상> 수상.

순	성 명(생몰년)	직 업 및 약 력	대 표 작	수 상 력
		- 조총련 중앙교육부 및 조선신보사 근무.	『약속의 땅(約束の土地)』(1977), 『백년의 나그네들(百年の旅人た ち)』(1994), 『지상생활자(地上生 活者)』외 다수.	- 1994년 『백년의 나그네들 (百年の旅人たち)』로 <노 마문학상> 수상.
77	장두식(張斗植) (1916~)	소설가. - 1916년 경남 창원 출생. - 1923년 도일하여 김 달수 등과 「민주조 선(民主朝鮮)」 발 행에 참여. - 1965년 <일본민주 주의문학동맹> 결 성에 참여.	『어느 재일 한국인의 기록(ある在 日朝鮮人の記録)』(1966), 『일본 속의 조선인(日本のなかの朝鮮人)』 (1969), 『운명의 사람들(運命の人 びと)』(1979) 등.	
78	장혁주(張赫宙) (1905~1998)	소설가. 본명 장은중(張恩重), 필명 노쿠치 가쿠추 (野口赫宙), 노구치 미 노루(野口稔). - 1905년 경북 대구 출생. - 1919년 경주 계림 보통학교 졸업. - 1926년 대구고보 졸 업. - 1939년 <대륙개척 문예간화회> 참가. - 1943년 <황도조선 연구위원회> 위원.	「아귀도(餓鬼道)」(1932), 『인왕 동시대(仁王洞時代)』(1935), 『애 증의 기록(愛憎の記録)』(1940), 『개간(開墾)』(1943), 「가토 기요 마사(加藤清正)」(1939), 「이와모 토 지원병(岩本志願兵)」(1944), 『고아들(孤児たち)』(1946), 『한국 과 일본(韓と倭)』(1977), 『도자기 와 검(陶と剣)』(1980) 외 다수.	
79	전화황(全和凰) (1909~1996)	화가, 소설가. 본명 전봉제(全鳳濟) - 1909년 평남 안주 (安州) 출생. - 1938년 도일하여 교토(京都)에서 불 교화가로 활동함.	소설집 『갓난이의 매장』(1958) 과, 『전화황집(全和凰集)』(1976) 등. 화집 『전화황화집(全和凰画集)』 (1982) 등.	
80	정귀문(鄭貴文) (1916~)	소설가. - 1916년 경북 출생.	「밀고자(密告者)」(196?), 『고국 조국(故国祖国)』(1983), 『투명한 거리(透明の街)』(1984) 등.	
81	정승박(鄭承博) (1923~2001)	소설가, 수필가. - 1923년 9월 경북 안 동 출생. - 1932년 9세 때 도일. - 1942년 도쿄 일본 고등무선학교 입학, 이듬해 퇴학당함. - 1970년 <농민문학 회(農民文學会)> 가입하여 활동함.	소설 「도요다강(富田川)」(1966), 「쫓기는 나날들(追われる日々)」 (1971), 『쓰레기장(ゴミ捨て場)』 (1970), 「쫓기는 나날들(追われる 日々)」(1970), 「벌거벗은 포로(裸 の捕虜)」(1970), 「양돈가의 파수 군(豚舎屋の番人)」, 「어느날의해협」, 「단애(断崖)」, 「솔잎장수(松葉売り)」 (1983) 외 다수. 저서 『벌거벗은 포로(裸の捕虜)』(1973), 『수평의	- 1972년 3월 「벌거벗은 포로 (裸の捕虜)」로 <농민문학 상> 수상. - 1991년 11월 효고(兵庫)현 <교직원조합 예술문화상> 수상

순	성 명(생몰년)	직 업 및 약 력	대 표 작	수 상 력
			사람(水平の人)』(1996) 등. 수필 「내가 만난 사람들(私の出會った人々)」(1984~2001) 등.	
82	정윤희(鄭潤熙) (1951~)	소설가. - 1951년 출생.	「어둠 속에서(闇の中から)」(1983), 「한여름의 꿈(真夏の夢)」(1996) 등.	
83	정인(鄭仁) (1931~)	시인. - 1931년 오사카 이카이노 출생.	시집『감상주파(感傷周波)』(1981).	
84	정장(丁章) (1968~)	시인. - 1968년 교토 출생. - 오사카 외국어대학 중국어학과 졸업.	시집『민족과 인간과 사람(民族と人間とサラム)』(1998),『마음소리(マウムソリ)』(2001),『활보하는 재일(闊歩する在日)』(2004) 등.	
85	정청정(鄭清正) (1924~)	소설가. - 1924년 경북 출생. - 1941년 도일(후쿠오카 요시즈미(吉隈) 탄광에 강제 연행됨).	저서『원과 한과 고국(怨と恨と故国と)』(1984) 등.	
86	조남철(趙南哲) (1955~)	시인. - 1955년 히로시마현(広島県) 출생. - 1979년 일본 조선대학교 졸업.	시집『연작시 바람의 조선(連作詩風の朝鮮)』(1986),『나무마을(樹の部落)』(1989),『따뜻한 물(あたたかい水)』(1996)과 번역집『광주 사람들(光州の人びと)』(1984) 등.	
87	조영순(趙榮順) (1955~)	- 1955년 도쿄 출생. - 아오야마(青山)학원 여자단기대학 영문학과 졸업.	저서『일본 친구에게 보내는 편지(日本の友への手紙)』,『봉선화(鳳仙花)』 등.	
88	종추월(宗秋月) (1944~2011)	시인, 소설가. 본명 송추자(宋秋子). - 1944년 사가현(佐賀県) 출생. - 오사카 문학학교에서 오노 도자부로(小野十三郎) 사사 받음.	시집『종추월시집(宗秋月詩集)』(1971),『이카이노·여자·사랑·노래 - 종추월시집(猪飼野·女·愛·うた - 宗秋月詩集)』(1984)과 에세이집『이카이노타령(猪飼野タリョン)』(1986),『사랑해(サランへ-愛してます)』(1987) 등. 소설로는『이카이노 한가한 안경(猪飼野のんき眼鏡)』(1986) 등.	
89	최석의(崔碩義) (1927~)	소설가. - 1927년 경남 사천 출생. - 리쓰메이칸(立命館)대학 문학부 졸업.	『방랑 천재시인 김삿갓(放浪の天才詩人 金笠)』(2001),『노란색 게(黄色蟹)』 등.	
90	최용원(崔龍源) (1952~)	시인. - 1952년 나가사키현(長崎県) 사세보(佐世保) 출생.	시집『우주개화(宇宙開花)』(1982),『새는 노래했다(鳥はうたった)』(1993) 등.	
91	최일혜(崔一惠) (1942~)	시인. - 1942년 출생. - 코리아평론사(コリア評論社) 근무.	시집『내 이름(わたしの名)』(1979) 등.	

순	성 명(생몰년)	직 업 및 약 력	대 표 작	수 상 력
92	최화국(崔華國) (1915~1997)	시인. - 1915년 경북 경주 출생.	시집『윤회의 강(輪廻の江)』(1977), 『당나귀의 콧노래(驢馬の鼻歌)』 (1980),『고양이 이야기(猫談義)』 (1985),『피터와 G(ピーターとG)』 (1988) 등.	
93	최현석(崔賢錫) (1935년~)	실업가, 시인. - 1935년 전북 남원 출생. - 5세 때 도일. - 와세다대학 러시아 문학과 중퇴.	한일합본시집『솔방울(毬果)』(1965) (「나르시스」「까마귀」 등 시 28편 수록됨).	
94	하기 루이코 (萩ルイ子) (1950~)	시인. 본명 요시오카 마사 미(吉岡正実) - 1950년 오사카출생.	시집『어린 시절 친구들(幼友達)』, 『백자(白磁)』(1993),『나의 길(わ たしの道)』(2001),『사랑의 미로 (愛の迷路)』(2007) 등.	
95	한무부(韓武夫) (1931~1998)	가인. 예명 니시하라 다케 오(西原武夫), 고이즈 미 다케오(小泉武夫). - 1931년 오사카 이 카이노 출생. - 1945년 이카이노고 등소학교 졸업. - 리츠메이칸(立命 館)고등학교 퇴학.	가집『양의 노래(羊のうた)』(1969).	
96	한구용(韓丘庸) (1934~)	아동문학가, 번역가 - 1934년 일본 교토 출생. - <사리코(サリコ)아 동문학회> 주재.	「윤복이의 시(ユンボキの詩)」(1988), 「밤중에 본 구두(夜中に見た靴)」 (1988) 등과 작품집『조선 세시풍 속 여행(朝鮮歳時の旅)』(1997), 『조선이 있는 아동문학 풍경(朝鮮 のある児童文学風景)』(1999),『조 선 아이들의 박물관여행(朝鮮の 子どもの遊び博物館)』(2000) 등.	
97	허남기(許南麒) (1918~1988)	시인. - 1918년 경남 출생. - 1939년 도일 - 니혼(日本)대학 예 술학부 영화과 편입, 중퇴. - 주오(中央)대학 법학 부 졸업. - 해방 후 조선인학교 교장, 재일문예작가 동맹위원장, 조총련 중앙부의장, 조선민 주주의인민공화국 최고인민회의 대의 원 역임.	시집『화승총 노래(火縄銃のうた)』 (1951),『거제도(巨濟島)』(1952), 『시집 조선 겨울이야기(詩集朝鮮 冬物語)』(1952),『일본시사시집 (日本時事詩集)』(1952),『허남기 시집(許南麒詩集)』(1955),『조선 해협(朝鮮海峽)』(1959),『허남기 의 시(許南麒の詩)』(1979) 등.	

순	성 명(생몰년)	직 업 및 약 력	대 표 작	수 상 력
98	현월(玄月) (1965~)	소설가. - 1965년 일본 오사카 출생.	「타국의 사생아(異郷の落とし児)」(1998)와, 「연극배우의 고독(舞台役者の孤独)」(1998), 「젖가슴(おっぱい)」(1998), 「나쁜 소문(悪い噂)」(1999), 「그늘의 집(蔭の棲みか)」(2000), 「땅거미(宵闇)」(2000), 「섬광(繊光)」(2001), 「짖어대는 개(おしゃべりな犬)」(2002), 「초열(焦熱)」(2002) 외 다수.	- 2000년 「그늘의 집(蔭の棲みか)」으로 <아쿠타가와상> 수상.
99	황민기(黃民基) (1948년~)	번역가. 본명 김성만. - 1948년 출생. - 와세다대학 정경학부에서 국제정치학 전공.	『놈들이 통곡하기 전에, 이카이노 불량소년들(奴らが哭く前に、猪飼野少年愚連隊)』(1988)	
100	후카사와 가이 (深沢夏衣) (1943~)	소설가. 호적명 야마구치 후미코(山口文子). - 1943년 니가타현(新潟県) 출생.	『밤의 아이(夜の子供)』(1992), 「팔자타령(八字タリョん)」(1998), 『후카사와가이작품집(深沢夏衣作品集)』 등.	- 1992년 『밤의 아이(夜の子供)』로 <제23회 신니혼(新日本)문학상> 특별상 수상.

2. 재일한국인 일본어 문학 작품별 목록

※ 정렬순서는 한글 번역제목의 가나다순으로 정렬하였다.

순번	대 표 작	성 명	발표년도	기타
1	13세 딸에게 이야기하는 가로아의 수학 (13歳の娘に語るガロアの数学)	김중명(金重明)	2014	
2	8월의 오전과 4개의 단편(八月の午後と四つの短編)	다치하라 마사아키(立原正秋)	1960	
3	간수 박서방(看守朴書房)	김석범(金石範)	1957	
4	강기동 하이쿠집(姜琪東俳句集)	강기동(姜琪東)	1997	
5	거지의 무덤(欠食の墓)	김사량(金史良)	1942	
6	고-(GO)	가네시로 가즈키(金城一紀)	2000	
7	고국 사람(故国の人)	김달수(金達壽)	1956	
8	고국까지(故国まで)	김달수(金達壽)	1982	
9	광주시편(光州詩片)	김시종(金時鐘)	1983	
10	구사쓰아리랑(草津アリラン)	가야마 스에코(香山末子)	1983	시집
11	기자림(箕子林)	김사량(金史良)	1940	
12	김학영 작품집성(金鶴泳作品集成)	김학영(金鶴泳)	1986	
13	까마귀의 죽음(鴉の死)	김석범(金石範)	1957	
14	꽃(花)	가네시로 가즈키(金城一紀)	2003	
15	나그네 전설(旅人(ナグネ)伝説)	김태생(金泰生)	1985	
16	나는 12세, 오카마사후미(ぼくは十二歳・岡真史)	고사명(高史明)	1976	
17	나루나리(なるなり)	강순(姜舜)	1970	일본어 번역시집
18	나성의 하늘(羅聖の空)	김마스미(金眞須美)	2001	
19	나의 월경 렛슨 한국편(私の越境レッスン 韓国篇)	강신자(姜信子)	1993	
20	나의 이카이노(わたしの猪飼野)	김창생((金蒼生)		
21	나의 인간지도(私の人間地図)	김태생(金泰生)	1978	
22	나의 학교(私の学校)	강일생(姜一生)	1982	
23	낙조(落照)	김달수(金達壽)	1979	
24	노래의 선물(うたのおくりもの)	강신자(姜信子)	2007	
25	다키기노(薪能)	다치하라 마사아키(立原正秋)	1964	
26	단장(断章)	강순(姜舜)	1986	일본어 번역시집
27	달팽이의 걸음걸이(かたつむりの歩き方)	강신자(姜信子)	1991	
28	도가리고개(戸狩峠)	김재남(金在南)	1990	
29	도둑(泥棒)	김사량(金史良)	1941	
30	도라지의 시(トラジの詩)	김하일(金夏日)	1987	수필집
31	도랑 속에서(暗渠の中から)	김재남(金在南)	1990	
32	돌진을 잊은 코뿔소(突進を忘れし犀)	강기동(姜琪東)	2008	

순번	대 표 작	성 명	발표년도	기타
33	동정의 낭만파(童貞の浪漫派)	김문집(金文輯)	1936	꽁트
34	들장미 길(野薔薇の道)	마쓰모토 도미오(松本富生)	1986	
35	들판의 시(原野の詩)	김시종(金時鐘)	1991	
36	레볼루션 넘버3(レヴォリューションNO.3)	가네시로 가즈키(金城一紀)	2001	
37	만덕유령기담(万德幽霊奇譚)	김석범(金石範)	1970	
38	메까치 우는 지옥계곡(鶯の啼く地獄谷)	가야마 스에코(香山末子)	1991	
39	메솟도(メソッド)	김마스미(金眞須美)	1995	
40	목숨의 행방 - 인간이란 무엇인가(いのちの行方ー人間とは何か)	고사명(高史明)	1981	
41	무진산학전기(戊辰算学戦記)	김중명(金重明)	1999	
42	무희타령(舞姫打鈴)	김연화(金蓮花)	1994	
43	묻혀사는 사쓰마의 도공(秘匿·薩摩の壷屋)	강위당(姜魏堂)	1979	
44	물오리섬(ムルオリ島)	김사량(金史良)	1942	
45	밀항자(密航者)	김달수(金達壽)	1963	
46	바다의 노래(海への歌)	김사량(金史良)	1943	
47	바람이 지나는 길(風の通る道)	마쓰모토 도미오(松本富生)	1995	
48	박달의 재판(朴達の裁判)	김달수(金達壽)	1959	
49	반 쪽바리(パンチョッパリ)	강기동(姜琪東)	1997	하이쿠집
50	반란군(叛乱軍)	김달수(金達壽)	1950	
51	밤이 시절의 걸음을 어둡게 할 때(夜がときの歩みを暗くするとき)	고사명(高史明)	1971	
52	버린 고향 노트(棄郷ノート)	강신자(姜信子)	2000	
53	번지 없는 마을(番地のない部落)	김달수(金達壽)	1959	
54	봉선화(鳳仙花)	김재남(金在南)	1992	
55	봉선화의 노래(鳳仙花のうた)	김재남(金在南)	2006	장편
56	북천의 거성(北天の巨星)	김중명(金重明)	2010	
57	불 냄새(火の匂い)	김이자(金利子)	1999	
58	불꽃은 어둠의 건너편으로 - 전설의 무희·최승희(炎は闇の彼方にー伝説の舞姫·崔承喜)	김찬정(金贊汀)	2002	
59	불타는 초가집(燃える草家)	김마스미(金眞須美)	1997	
60	붉은 꽃(紅い花)	김태생(金泰生)	1983	
61	붉은 달(赤い月)	노진용(盧進容)	1995	시집
62	빛 속으로(光の中に)	김사량(金史良)	1939	
63	뼛조각(骨片)	김태생(金泰生)	1972	
64	산학무예장(算学武芸帳)	김중명(金重明)	1997	
65	살아있는 포로(生きている虜囚 : 薩摩焼ゆらい記)	강위당(姜魏堂)	1966	
66	덤불 숲(草探し)	김사량(金史良)	1940	

순번	대 표 작	성 명	발표년도	기타
67	신란에게 듣는다(親鸞に聞く)	고사명(高史明)	2010	
68	신세타령(身世打鈴)	강기동(姜琪東)	1997	
69	신을 두려워하는 사람들(神を畏れぬ人々)	강위당(姜魏堂)	1968	
70	쓰루가사키(剣ケ崎)	다치하라 마사아키(立原正秋)	1965	
71	쓰시마까지(対馬まで)	김달수(金達寿)	1979	
72	아득한 현해탄(遥かなり玄海灘)	김재남(金在南)	2000	
73	아리랑고개(ありらん峠)	김문집(金文輯)	1938	
74	아버지·코리아(父·KOREA)	가쿠 사나에(郭早苗)	1986	
75	아버지 - 지우산과 묶어진 바지(アボジ ― 番傘と繋いだズボン)	권재옥(權載玉)	1994	
76	아시아의 4등 선실(アジアの四等船室)	김소운(金素雲)	1956	
77	아카이노발 코리언 노래(イカイノ発コリアン歌留多)	김창생((金蒼生)	1999	
78	악당의 싸움(悪党の戦)	김중명(金重明)	2009	
79	안녕 전장이여(さらば戦場よ)	기타 에이치(北影一)	1989	
80	안주하지 못하는 우리들의 문화 - 동아시아 유랑(安住しない私たちの文化 - 東アジア流浪	강신자(姜信子)	2002	
81	알코올램프(あるこーるらんぷ)	김학영(金鶴泳)	1973	
82	앞치마의 노래(エプロンのうた)	가야마 스에코(香山末子)	2002	
83	야요이(やよい)	김하일(金夏日)	1993	
84	어느 귀화조선인의 기록(ある帰化朝鮮人の記録)	강위당(姜魏堂)	1973	
85	어느 소년의 성장 - 산다는 것의 의미(ある少年のおいたち - 生きることの意味	고사명(高史明)	1974	
86	어둠속의 박(暗やみの夕顔)	김재남(金在南)	1990	
87	얼어붙은 입(凍える口)	김학영(金鶴泳)	1966	
88	여행하는 대화(旅する対話)	강신자(姜信子)	2013	
89	연애소설(恋愛小説)	가네시로 가즈키(金城一紀)	2003	
90	영원의 반지(永遠の円環)	가네시로 가즈키(金城一紀)	2003	
91	오월의 백성(皐の民)	김중명(金重明)	2000	
92	우리 말(ウリマル)	김미혜(金美恵)	1995	시집
93	우연히도 최악의 소년(偶然にも最悪な少年)	구수연(具秀然)	2002	
94	우주를 춤춘다(宙を舞う)	가쿠 사나에(郭早苗)	1991	
95	우키시마호 부산항으로 향하지 못하고(浮島丸釜山港へ向かわず)	김찬정(金賛汀)	1994	
96	울지마라(ウルジマラ)	강기동(姜琪東)	2006	
97	유리층(遊離層)	김학영(金鶴泳)	1968	
98	은엽정 차이야기-금강산 기담(銀葉亭茶話-金剛山綺譚)	김연화(金蓮花)	1994	

순번	대표작	성명	발표년도	기타
99	이카이노 뒷골목 지나가서(猪飼野路地裏通りゃんせ)	김향도자(金香都子) キムヒャンドジャ	1988	
100	이카이노시집(猪飼野詩集)	김시종(金時鐘)	1978	
101	일본의 겨울(日本の冬)	김달수(金達壽)	1957	
102	자갈길(石の道)	김학영(金鶴泳)	1973	
103	자유의 땅은 어디에(自由の地いずこ)	기타 에이치(北影一)	1997	
104	장미의 거리(後裔の街)	김달수(金達壽)	1948	
105	재일의 틈바구니에서(「在日」のはざまで)	김시종(金時鐘)	1991	강연 평론집
106	재일조선인사(在日朝鮮人史)	김달수(金達壽)	1975	
107	저편 빛을 구하며(彼方に光を求めて)	고사명(高史明)	1973	
108	전야의 장(前夜の章)	김달수(金達壽)	1955	
109	점자와 함께(点字とともに)	김하일(金夏日)	1990	
110	젖빛구름(乳色の雲)	김소운(金素雲)	1929	번역시집
111	제3의 죽음(第三の死)	기타 에이치(北影一)	1965	
112	제주도의 여인(濟州島の女)	김수선(金水善)	1995	시집
113	조선민요집(朝鮮民謠集)	김소운(金素雲)	1954	
114	조선시집(朝鮮詩集)	김소운(金素雲)	1953	번역시집
115	중산도(中山道)	김달수(金達壽)	1963	
116	지극히 평범한 재일한국인(ごく普通の在日韓国人)	강신자(姜信子)	1986	
117	지평선(地平線)	김시종(金時鐘)	1955	시집
118	지혜의 함정(知恵の落とした穴)	고사명(高史明)	2001	
119	천마(天馬)	김사량(金史良)	1940	
120	청춘교사(青春教師)	권재옥(權載玉)	1995	
121	추방단한 고려인 '자연의 미'와 백년의 기억 ((追放の高麗人「天然の美」と百年の記憶)	강신자(姜信子)	2002	
122	탐라전기 삼별초(耽羅戦記三別抄)	김중명(金重明)	2005	
123	태백산맥(太白山脈)	김달수(金達壽)	1969	
124	태백산맥(太白山脈)	김사량(金史良)	1943	
125	토성랑(土城廊)	김사량(金史良)	1940	
126	통곡의 두만강(慟哭の豆滿江)	김찬정(金贊汀)	2000	
127	통곡의 요사사강 - 탁류를 삼킨 남자(慟哭の余笹川 - 濁流を呑む男)	마쓰모토 도미오(松本富生)	1999	
128	파란안경(青いめがね)	가야마 스에코(香山末子)	1995	
129	파를 심은 사람(ネギをうえた人)	김소운(金素雲)	1940	민화집
130	플라이 대디(フライ・ダディ)	가네시로 가즈키(金城一紀)	2003	
131	하드 로맨티커 외전(ハードロマンチッカー外伝)	구수연(具秀然)	2011	
132	하드 로맨티커(ハードロマンチッカー)	구수연(具秀然)	2001	
133	하얀 양귀비(白い罌粟)	다치하라 마사아키(立原正秋)	1965	

순번	대 표 작	성 명	발표년도	기타
134	하얀 고무신(白いコムシン)	김이자(金利子)	1993	시집
135	한일음악 노트 '월경'하는 나그네의 노래를 쫓아서(日韓音楽ノート <越境>する旅人の歌を追って)	강신자(姜信子)	1998	
136	향수는 끝나고, 그리고 우리들은(郷愁は終わり、そしてわれらは一)	김학영(金鶴泳)	1983	
137	혁명은 왔건만(革命は来たれども)	기타 에이치(北影一)	1987	
138	현대비평의 원근법(現代批評の遠近法)	다케다 세이지(竹田青嗣)	1998	평론집
139	현해탄(玄海灘)	김달수(金達寿)	1954	
140	화산도(火山島)	김석범(金石範)	1976~1981	
141	환상의 대국수(幻の大国手)	김중명(金重明)	1990	
142	황토(黄土)	김하일(金夏日)	1986	가집
143	희망은 아직 버리지 않았다(希望はまだすてられない)	김소운(金素雲)	1955	

참고문헌

| 한국저서 |

강만길·성대경 엮음(1996), 『한국사회주의운동 인명사전』, 창작과 비평사

고봉준 외(2010), 『1930년대 문학의 재조명과 문학의 경계 넘기』, 국학자료원

곽건홍(2001), 『일제의 노동정책과 조선노동자』 도서출판 신서원

구인환(1986), 「李光洙의 「無情」 – 지향적 욕구와 존재적 현실의 갈등구조」, 『한국현대소설 작품론』, 문장

국사편찬위원회 편(1971), 『자료대한민국사』 국사편찬위원회

宮田節子 著·이영랑 역(1997), 『朝鮮民衆과 皇民化政策』, 일조각

권보드래(2002), 『한국 근대소설의 기원』, 소명출판

권영민(1986), 『해방직후의 민족문학운동연구』, 서울대학교 출판부

권영민 외(1990), 『韓國近代文人 大辭典』, 亞細亞文化社

_____(2004), 『韓國現代文學 大辭典』, 서울대학교 출판부

김경일(2004), 『여성의 근대, 근대의 여성』, 푸른역사

김근수(1973), 『한국잡지 개관 및 호별 목차집』, 한국학연구소

김명석(2002), 『한국소설과 근대적 일상의 경험』, 새미

김미현(1996), 『한국여성소설과 페미니즘』, 신구문화사

金炳傑·金圭東 편(1986), 『親日文學作品選集』(1)(2), 실천문학사

김병택(2005), 『제주현대문학사』, 제주대학교 출판부

김삼웅(2018), 『현민 유진오 평전』, 채륜출판사

김상태(1996), 『박태원 : 기교와 이데올로기』, 건국대학교 출판부

김성옥(2012), 『최서해 소설 연구』, 지식과 교양

김순전 외(2010), 『조선인 일본어소설 연구』, 제이앤씨

김순전(2015), 『한일 경향소설의 선형적 비교연구』, 제이앤씨

김순전·박경수(2014), 『정인택의 일본어 소설 완역』, 제이앤씨

김양선(2003), 『1930년대 소설과 근대성의 지형학』, 소명

김영민(1996), 『한국근대소설사』, 솔

김영화(2000), 『변방인의 세계』, 제주대학교 출판부

김윤식(1973), 『한국문학사논고』, 법문사

_____(1990), 『한국 근대작가론고』, 일지사

_____(1993), 『한일문학의 관련양상』, 一志社

_____(1997), 『김윤식 교수의 시 특강』, 한국문학사

_____(1999), 『이광수와 그의 시대』,1, 솔

_____(2003), 『한·일 근대문학의 관련양상 신론』, 서울대학교 출판부

_____(2003), 『일제말기 한국 작가의 일본어 글쓰기론』, 서울대학교 출판부

_____(2009), 『최재서의『국민문학』과 사토 기요시 교수』, 도서출판 역락

김윤식·정호웅 편(1987), 『한국리얼리즘 소설연구』, 문학과비평사

김윤식외 34인(1989), 『한국현대문학사』, 현대문학

김인걸(1989), 『1920년대 마르크스·레닌주의의 보급과 노동운동의 발전』, 일송정

김재용 외6인(2003), 『친일문학의 내적 논리』, 역락

김재용·김미란譯(2003), 『식민주의와 협력』 – 일제말 전시기 일본어 소설선 1, 역락

김재용(2004), 『일제말 사회와 문학 협력과 저항』, 소명출판

김정자(1991), 『한국여성소설 연구』, 민지사

김주현 주해(2005),『정본 이상문학전집』, 소명출판
나혜석저·이상경 편, (2000),『나혜석전집』, 태학사
다카하시 데쓰야著·이목譯(2008),『국가와 희생』, 책과함께
류종렬(2004),『이주홍의 일제강점기 문학 연구』, 국학자료원
민족문제사전작업소 편(2009),『친일인명사전』, (주)민연
三枝壽勝 저·심원섭 옮김(2005),『사에구사교수의 한국문학연구』, 베틀북
박경수(2011),『정인택, 그 생존의 방정식』, 제이앤씨
박연옥 엮음(2010),『이익상 작품집』, 지만지
박용옥(1988),『한국근대여성사』, 민음사
박화성著·박연옥編(2008),『박화성 작품집』, 지식을 만드는 지식
백철(1949),『조선신문학사조사』, 현대편, 백양당
변신원(2001),『박화성소설연구』, 국학자료원
사희영(2011),『『國民文學』과 한일작가들』, 도서출판 문
상허학회(2003),『한국 근대문학 양식의 형성과 전개』, 도서출판 깊은샘
_____(2007),『한국 근대문학의 전환과 모색』, 도서출판 깊은샘
서경석 외(2007),『신여성 길 위에 서다』, 호미
서정자(2001),『한국 여성문학과 페미니즘』,『한국 여성소설과 비평』, 푸른세상
_____(2001),『한국 여성소설과 비평』, 푸른사상
서정자 외(2013)『박화성, 한국문학사를 관통하다』 푸른사상
손유경(2016),『슬픈 사회주의자 : 미학적 실천으로서의 한국 근대문학』(전1권), 소명출판사
송민호(1976),『개화기 소설의 사적 연구』, 일지사
_____(1991),『일제말 암흑기 문학 연구』, 새문사
송하춘(2013),『한국현대장편소설사전』, 고려대학교 출판부
신상성(1991),『金南天硏究(下)』, 慶雲出版社
신주백(1999),『만주지역 한인의 민족운동사』, 아세아문화사
신주원(2008)『1930년대 후반기 소설론 : 임화, 김남천, 안함광을 중심으로』, 한국학술정보
신희교(1996),『일제말기 소설 연구』, 국학자료원
안우식·신원섭 譯(2000),『김사량평전』, 문학과 지성사
안회남 지음,이성천 옮김(2008),『안회남 작품집』,지만지
양왕용 외(1998),『일제강점기 재일한국인의 문학활동과 문화의식 연구』, 부산대출판부
염상섭著·고명철 해설(2017),『화관 : 염상섭 장편소설』, 글누림
염상섭著·김성해 편저(2018),『표본실의 청개구리 외』, 넥서스
오무라 마스오(2016),『윤동주와 한국 근대문학』, 소명출판사
_____(2016),『사랑하는 대륙이여 : 시인 김용제 연구』, 소명출판사
우에노 치즈코 저·이선이 역『내셔널리즘과 젠더』, 박종철출판사
유숙자(2000),『재일 한국인 문학사전작업』, 월인
유진오著·진영복 편저 (2012),『유진오단편집』, 지만지
윤대석(2006),『식민지 국민문학론』, 도서출판 역락
윤정현(2002),『한국근대소설론』, 세종출판사
이경훈(2000),『철천의수사학』, 소명출판사
이관희 編(1989),『越北作家代表文學』, 서음출판사
이광수著·송창현 편저(2018),『무정』, 넥서스
이남영(1984),『식민지시대문학론』, 필그림
이상경(1997),『강경애:문학에서의 성과』, 건국대학교출판부
_____(1999),『강경애 전집』, 소명출판사
이상 著·방민호 해설 (2014),『날개 외』, 재승출판.

이승원 외 공저(2004), 『국민국가의 정치적 상상력』, 소명출판
이재선(1980), 『韓國現代小說史』, 弘益社
이주형(1995), 『한국근대소설연구』, 창작과 비평사
이태숙(2016), 『근대의 수정구슬 : 근대 여성과 한국문학』, 소명출판사
이현진·가나즈 히데미(2014), 『경성의 일본어 탐정 작품집』, 학고방
이호림(2006), 「친일문학은 없다」, 한강출판사
이효석(2003), 『이효석전집』 7,8 창미사
이훈구(1932), 『滿洲와 朝鮮人』, 平壤
임종국(1966), 『친일문학론』, 평화출판사
_____(1974), 『韓國文學의 社會史』, 정음사
_____(2002), 『親日文學論』, 민족문제 연구소
임형택·민충환 편(1992), 『해방 전후 : 이태준 단편선』, 창작과비평사
장덕순(1963), 『일제 암흑기의 문학사』, 세대
장백일(1985), 『金東仁 文學研究』, 文學藝術社
전관수(2007), 『한시 작가, 작품사전』, 국학자료원
전관용(1986), 『신소설연구』, 새문사
전기철(1998), 『戰後韓國文學批評資料集』, 韓國人文科學院
정운현(1994), 「일제 잔재의 청산과 창씨개명 문제」, 『창씨개명』, 학민사
정하은 편저(1986), 『김말봉의 문학과 사회』, 종로서적
정호웅(1994), 『우리 소설이 걸어온 길』, 솔
조남현(2012), 『한국현대소설사』 2, 문학과 지성사
조동일(1977), 『한국소설의 이론』, 지식산업사
조미숙(1996), 『현대소설의 인물 묘사 방법론』, 박이정
朝鮮圖書出版 편(1944), 『半島作家短篇集』, 朝鮮圖書出版(株)
朝鮮總督府 편(1927), 『朝鮮の言論と世相(調査資料 第二十一)』, 朝鮮總督府
조연현(1968), 『한국현대문학사』, 인문사
조용만(1992), 「京城野話」, 도서출판窓
주종연(1987), 『한국소설의 형성』, 집문당
최원식(1986), 『한국근대소설사론』, 창작과 비평사
최주한(2005), 『제국 권력에의 야망과 반감 사이에서』, 소명출판
콜론타이 著·신윤선 譯(1947), 『연애와 신도덕』, 신학사
하정일(2005), 「민족과 계급의 변증법」, 「한국 근대문학연구」 제11호, 한국근대문학회
한국문학사전작업학회 편(2001), 『한국근대문학과 일본문학』, 국학자료원
한국정신문화연구원편집부(1991), 『한국민족문화대백과사전』, 한국정신문화연구원
한수영(2005), 『친일문학의 재인식』, 소명출판

▌일본저서 ▐

青柳優子(1997), 『韓國女性文學研究 . 1』, 御茶の水書房
荒井秀夫(2001), 『半島作家短篇選』, ゆなに書房
安懷南(1940), 『朝鮮文学選集. 第3巻』, 赤塚書房
礒田光一(1988), 『新潮日本文学辞典』, 新潮社
礒貝治郎(1992), 『戰後日本文学のなかの朝鮮韓国』, 大和書房
任展慧(1994), 『日本における朝鮮人の文學の歷史』, 法政大学出版局
上野千鶴子他(2002), 『女性学事典』, 岩波書店
江種満子(1998), 『ジェンダ ～の日本近代文学』, 幹林書房
大村益夫(1998), 『『國民文學』別冊 解題·總目次·索引』, 綠陰書房

大村益夫, 布袋敏博 編(1997), 『朝鮮文學関係日本語文献目録』, 緑陰書房
_____(2001), 『近代朝鮮文學日本語作品集』評論隨筆篇I, 緑陰書房
_____(2001), 『近代朝鮮文学日本語作品集』創作篇1~4, 緑陰書房
香川幹一(1938), 『滿洲國』, 東京古今書店
川村湊(1993), 『近代日本と植民地6 –抵抗と屈従』, 岩波書店
_____(1995), 『湯浅克衛植民地小説集』, 「カンナニ」, 年譜
金思燁(1978), 『韓國・詩とエッセイ一旅』, 六興出版
金達壽(1980), 『金達壽小説全集』, 筑摩書房
国文学編輯部(1992), 『近代文学作中人物事典』, 学燈社
高榮蘭(2010), 『「戦後」というイデオロギ――歴史 記憶 文化』, 藤原書店
白川豊(1995), 『植民地期 朝鮮の作家と日本』, 株式會社大學教育出版
高沖陽造(1953), 「國民文學論」, 厚文社
高橋亨外(1996), 『日本文学史제4券 二〇世紀の文学』, 岩波書店
申建 訳編 (1940), 『朝鮮小説代表作集』, 教材社
竹内好(1953), 「国民文学の問題点」(高沖陽造 「國民文學論」, 厚文社)
田中英光(1980), 『日本現代文学全集95』, 講談社
田村栄章(2002), 「1935年張赫宙の思想的轉換點」, 日本文化學報 第15輯
朝鮮文人協會 編(1943), 『朝鮮國民文學集』, 東都書籍
鄭百秀(2013), 『日韓近代文学の交差と断絶―二項対立に抗して』, 明石書店
寺尾とし(1950), 『傳說の時代 –愛と革命の二十年-』, 未來社
西尾達雄(2003), 『日本植民地下における朝鮮學校體育政策』, 明石書店
日本近代文學館 編(1977), 『日本近代文學大事典⑴』, 講談社
村松定孝・渡辺澄子(1990), 『現代女性文学辞典』, 東京堂出版
宮田節子(1992), 『朝鮮民衆と「皇民化」政策』, 未来社
三好行雄(1976), 「反近代の系譜」『日本近代文學』, 日本放送出版協會
三好行雄외3인(1994), 『日本現代文学大事典』, 明治書院
長谷川泉 編(1993), 『現代文学研究情報と資料』, 至文堂
藤石貴代외4인(2005), 『金種漢全集』, 緑陰書房
李建志(1998), 『二〇世紀を生きた朝鮮人』, 大和書房
李建志(1999), 『「寡婦の夢」の世界―李人稙文学の原点』, 朝鮮学報
李泰俊 著, 熊木勉 訳(2016) 朝鮮近代文學選集 7 『思想の月夜』ほか五篇, 平凡社

▎논문▎

계곤(2002), 「일제강점기 간도소설연구」, 경남대학교 박사논문
곽효환(2011), 「노천명의 자의식과 친일·애국시 연구」, 한국근대문학연구 제24집, 한국근대문학회
권성우(2005), 「이태준 기행문 연구」, 『상허학보』, vol.14.
김 철(2002), 「몰락하는 新生」, 『상허학보』제9집, 상허학회
김계자(2011), 「1930년대 조선 문학자의 일본어 글쓰기와 잡지『문예수도』」, 日本文化研究 제38집
김복순(2011), 「1950년대 박화성 소설에서의 대중성의 재편과 젠더」, 대중서사연구 제26집, 대중서사학회
김수영(2010), 「국민적인 사고방식과 의식의 체현」, 『시와 산문』, 제66호
김양선(2002), 「친일문학의 내적논리와 여성(성)의 전유양상」, 『실천문학』, 겨울호
김연숙(2005), 「社會主義思想의 수용과 女性作家의 正體性」, 『어문연구』제33권, 한국어문교육연구회
김윤식(1968), 「여성과 문학」, 『아세아여성연구』제7집
김윤식(1974), 「韓國作家의 日本語作品 – 日語로 쓴 作品들과 그 問題點」, 문학사상24호
김재용(1993), 「환상에서 환멸로 – 카프작가의 전향문제」, 『역사비평』, 역사문제연구소
_____(1997), 「북한의 여성문학」『한국문학연구』제19집, 동국대 한국문학연구소

김효주(2012), 「최명익 소설에 나타난 사진의 상징성과 시간관 고찰−<비오는 길>을 중심으로」, 『한민족어문학』 제61집

노상래(1997), 「해방기 자기고백 소설 연구(1)」, 『한민족어문학』 제32호.

_____(2004), 「『국민문학』 소재 한국작가의 일본어 소설연구」, 한민족어문학회 편

류종렬(2013), 「이주홍의 일제 말기 일문 작품 연구(1)」, 한국문학논총 제65집

문학사상사(2004), 「월북작가 박태원의 『갑오농민전쟁』과 비참한 최후」, 『문학사상』, 제33권8호

三枝寿勝(1977), 「狀況과 文學者의 姿勢」, 경희대 석사논문

박경수(2003), 「일제 말기 재일 한국인의 일어시와 친일 문제」, 배달말학회 제32집

_____(2014), 「박화성 초기소설의 '民族' 읽기」, 『比較日文學』 한양대 일본학국제비교연구소

_____(2016), 「1930년대 여성작가의 일본어소설 연구−『大阪毎日新聞』의 '朝鮮女流作家集'을 중심으로−」, 『일본연구』 제41집, 중앙대학교 일본연구소

박광현(2005), 「『국민문학』의 기획과 전망」, 배달말학회 편

박범신(1984), 「李益相 小說 研究」, 고려대학교 교육대학원

박종홍(1983), 「개인의식의 지양과 사회의식의 성숙−김동인 소설의 변모양상을 중심으로」, 『문학과 언어』, 제4집.

방민호(2005), 「일제말기 이태준 단편소설의 '사소설' 양상」, 『상허학보』 Vol.14, 상허학회

배주영(2003), 「1930년대 만주를 통해 본 식민지 지식인의 욕망과 정체성」, 『한국학보』 제29권 3호.

배주자(1982), 「金文輯 研究 : 그의 批評.傳統觀을 中心으로」, 부산대학교 국어국문학 석사학위 논문

백승호(2013), 「서평 : 구자균(具滋均)의 『조선평민문학사(朝鮮平民文學史)』에 대하여」, 국문학연구 27집, 국문학회

백지혜(2002), 「이효석 소설에 나타난 '여행'의 의미 연구」, 『현대문학연구』 제251집.

성윤자(2000), 「崔載瑞의 親日文學論 연구」, 서울대 석사논문

송민호(1987), 「일제말기 「國民文學」지의 문학적 성격연구」, 人文論集 제32집

신영숙(1986), 「일제하 신여성의 연애결혼 문제」, 『한국학보』 제45집. 겨울, 일지사

심원섭(2007), 「金種漢의 초기 문학수업 시대에 대하여」, 한국문학논총 제46집

에비하라 유타카(2015), 「아오키 히로시(靑木洪) 『경작하는 사람들의 무리(耕す人々の群)』에 나타나는 한국 전통의식 연구」, 『동아시아고대학』 Vol.38, 동아시아고대학회

유재진(2014), 「韓国人の日本語探偵小説試論 金三圭「杭に立つたメス」」, 日本學報 98

윤대석(2005), 「저항과 협력을 가로지르는 글쓰기−최병일의 일본어 소설집 『배나무』에 대하여−」, 한국학보, 일지사

_____(2006), 『1940년대 '국민문학' 연구』, 서울대학교 대학원 박사논문

이경영(1990), 「金南天論 : 모랄·고발, 전형, 전향의 문제를 中心으로」, 泮矯語文研究 제2집, 반교어문학회

이상경(2003), 「식민지에서의 여성과 민족의 문제」, 『실천문학』, 봄호, 실천문학사

_____(2004), 「1930년대의 신여성과 여성작가의 계보연구」, 『여성문학연구』, 한국여성문학학회

이성천·권선영(2014), 「김명순의 일본어소설 『인생행로난(人生行路難)』 고찰」, 한민족문화연구

이원경(2009), 「일제말기 '동양론'의 수용과 소설적 형상화 : 정비석의 단편소설을 중심으로」, 현대소설연구42집

이희춘(2001), 「姜敬愛 小說 研究」, 『韓國言語文學』 46輯, 韓國言語文學會

임명숙(2003), 「노천명의 여성적 글쓰기연구 : '젠더'공간에서 시텍스트의 의미 작용을 중심으로」, 성신여자대학교 국어국문학과 박사학위 논문

장미경(2008), 「근대한일 여성 사회소설 비교연구」, 『일본어연구』 제39집, 한국일본어문학회

장효현(2008), 「具滋均의 국문학 연구, 그 의의와 과제」, 『韓國文學論叢』 제50집, 한국문학회

정실비(2012), 「일제 말기 이효석 소설에 나타난 고향 표상의 변전(變轉)」, Vol.25, 한국근대문학연구

정종현(2005), 「식민지 후반기 한국문학에 나타난 동양론 연구」, 동국대 박사논문

정현숙(1990), 「朴泰遠 小說 研究」, 梨花女子大學校 국어국문학과 박사학위 논문

정희모(1994), 「한국전후 장편소설연구」, 연세대학교 박사학위 논문

조달옥(1993), 「羅稻香 小說 研究」, 효성여자대학교 국어국문학과 박사학위 논문

조진기(2000), 「일제의 만주정책과 간도문학」, 『배달말』 제27집, 배달말학회

_____(2002), 「만주이민의 현실왜곡과 체제순응」, 『현대소설연구』 제17호, 한국현대소설학회

진덕규(1988), 「한국 민족운동에서의 코민테른의 영향에 대한 고찰」, 『한국독립운동사연구』 제2집
최성윤(2014), 「최명익, <심문>의 인물 형상화와 만주 인식의 상관성 고찰」, 『현대소설연구』Vol.55, 한국현대소설학회
추석민(2005), 「金史良과 金達壽 文學 比較」, 일어일문학 제27집, 대한일어일문학회
布袋敏博(1996), 「일제말기 일본어소설 연구」, 서울대학교 대학원 석사논문
_____(1996), 「일제말기 일본어소설의 서지학적 연구」, 『문학사상』
한민영(2009), 「박화성 전후 장편소설연구」, 동국대 석사학위 논문
허석(1997), 「明治時代 韓國移住 日本人의 文學結社와 그 特性에 대한 調査研究」, 日本語文學 第3輯
호사카 유지(2005), 「崔載瑞の「親日」論理考察」, 『일본언어문화』, 한국일본언어문화학회
홍은희(2002), 「金末峰 小說 研究」, 大邱가톨릭大學校 國語國文學科 석사학위 논문
홍일표(1999), 「일본의 식민지 '동화정책'에 관한 연구」, 서울대학교 석사논문

▌잡지 및 신문 ▌

〈잡지〉
「國民文學」(1941~1945, 1998년 人文社 발행 영인본 12책)
「東洋之光」(1939~1945, 2005년 울타리 발행 영인본 9책)
「朝鮮公論」(1913-1944, 2007년 어문학사 발행 영인본 78책)
「朝鮮及滿洲」(1908-1941, 1908년 어문학사 발행 영인본 57책)
그 외 「少年」, 「靑春」, 「白鳥」, 「開闢」, 「三千里」, 「文章」, 「人文評論」, 「時事評論」, 「文學思想」, 「新東亞」, 「現代文學」 등

〈신문〉
《獨立新聞》, 《大韓每日申報》, 《朝鮮日報》, 《東亞日報》, 《韓國日報》, 《中央日報》, 《京鄕新聞》, 《國民日報》, 《文化日報》, 《서울신문》, 《한겨레신문》 등

▌참고사이트 ▌

구글 백과사전
네이버 지식백과
다음 백과사전
야후 백과사전

저 자 약 력

김순전 金順槇

소속 　전남대 명예교수, 한일비교문학·일본근현대문학 전공
대표업적 ① 논문 : 「근대 한일 초등교과서와 문학 연구」, 日本語文學, 제77집, 한국일본어문학회, 2018년 6월
　　　　 ② 저서 : 『일본의 사회와 문화』, 제이앤씨, 2006년 9월
　　　　 ③ 저서 : 한국인을 위한 『일본소설개설』, 제이앤씨, 2015년 8월
　　　　 ④ 저서 : 한국인을 위한 『일본문학개설』, 제이앤씨, 2016년 3월
　　　　 ⑤ 저서 : 『경향소설의 선형적 비교연구』, 제이앤씨, 2014년 12월
　　　　 ⑥ 저서 : 『제국의 역사 지리 연구－조선총독부 歷史 地理를 중심으로－』, 제이앤씨, 2017년 3월
　　　　 ⑦ 저서 : 한국인을 위한 『일본문학 감상』, 제이앤씨, 2018년 2월

박경수 朴京洙

소속 　전남대 일문과 강사, 일본근현대문학 전공
대표업적 ① 논문 : 「1930년대 여성작가의 일본어소설 연구－『大阪每日新聞』의 '朝鮮女流作家集'을 중심
　　　　　　 으로－」, 『일본연구』 제41집, 중앙대학교일본연구소, 2016년 5월
　　　　 ② 저서 : 『정인택, 그 생존의 방정식』, 제이앤씨, 2011년 6월
　　　　 ③ 역서 : 『정인택의 일본어 소설 완역』, 제이앤씨, 2014년 6월

사희영 史希英

소속 　전남대 일문과 강사, 한일 비교문학 일본근현대문학 전공
대표업적 ① 논문 : 「태평양전쟁말기 한·일 『地理』교과서 비교 고찰－朝鮮總督府『初等地理』와 文部省『初
　　　　　　 等科地理』를 중심으로－」, 『日語日文學』 제76집, 대한일어일문학회, 2017년 11월
　　　　 ② 저서 : 『『國民文學』과 한일작가들』, 도서출판 문, 2011년 9월
　　　　 ③ 역서 : 『잡지 『國民文學』의 詩世界』, 제이앤씨, 2014년 1월

김경인 金鏡仁

소속 　전남대 일문과 박사, 일본근현대문학 전공
대표업적 ① 논문 : 「핵공해 사건을 서사한 문학연구」, 『日本語文学』 75집, 한국일본어문학회, 2017년 12월
　　　　 ② 역서 : 『슬픈 미나마타(苦海浄土)』(石牟礼道子), 달팽이, 2007년 6월
　　　　 ③ 역서 : 『아주 사적인 시간(私的生活)』(田辺聖子), 북스토리, 2014년 7월

박제홍 朴濟洪

소속 　전남대 일문과 강사, 일본근현대문학 전공
대표업적 ① 논문 : 「日帝의 朝鮮人 差別敎育政策 批判－이북만의 『帝國主義治下 朝鮮의 敎育狀態』를 중심
　　　　　　 으로－」, 『일본어문학』 41집, 2009년 6월
　　　　 ② 논문 : 「'족보'와 '창씨개명'－김달수의 『族譜』와 가지야마 도시유키의 『族譜』를 중심으로－」,
　　　　　　 『일본문화학보』 42집, 2009년 8월
　　　　 ③ 저서 : 『제국의 식민지창가－일제강점기 唱歌교과서 연구－』 제이앤씨, 2014년 8월

장미경 張味京

소속 　전남대 일문과 강사, 일본근현대문학 전공
대표업적 ① 논문 : 「일제강점기 조선에서 불린 엔카 고찰－고가 마사오를 중심으로－」 「일본학연구」 제45
　　　　　　 집, 단국대학교 일본연구소, 2015년 5월
　　　　 ② 논문 : 「조선총독부 편찬 초등교과서에 표상된 대만－<지리> <일본어> 교과서를 중심으로－」
　　　　　　 「일본어교육」 제81집, 한국일본어 교육학회, 2017년 9월
　　　　 ③ 저서 : 『제국의 전시가요 연구』, 제이앤씨, 2015년 12월

한국인 일본어 문학사전

초 판 인 쇄   2018년 12월 10일
초 판 발 행   2018년 12월 18일

감   수   김순전
저   자   김순전·박경수·사희영 ·김경인 ·박제홍 ·장미경
발 행 인   윤석현
발 행 처   제이앤씨
책 임 편 집   최인노
등 록 번 호   제7-220호

우 편 주 소   서울시 도봉구 우이천로 353 성주빌딩 3층
대 표 전 화   02) 992 / 3253
전   송   02) 991 / 1285
홈 페 이 지   http://www.jncbms.co.kr
전 자 우 편   jncbook@hanmail.net

ⓒ 김순전 외 2018 Printed in KOREA.

ISBN 979-11-5917-128-4   91800   정가 120,000원